蔡东藩历朝通俗演义　绣像本

第三部

两晋通俗演义（上）

蔡东藩　著

中华书局

自 序

《晋书》百三十卷,相传为唐臣房乔等所撰,盖采集晋朝十有八家之制作,及魏崔鸿所著之《十六国春秋》等书,会而通之,以成此书。独宣武二帝纪,与陆机王羲之传论,出自唐太宗手笔,故概以御撰称之,义在尊王,无足怪也。后书评论《晋书》之得失,不一而足,而《涑水通鉴》《紫阳纲目》叙述晋事,书法与《晋书》相出入者,亦不胜举焉。愚谓当今之时,以古为鉴,不必问其史笔之得失,但当察其史事之变迁。两晋之史事繁矣,即此内讧外侮之复杂,已更仆难详。宫闱之祸,启自武元,藩王之祸,肇自汝南,胡虏之祸,发自元海;卒致铜驼荆棘,蒿目苍凉,鳌坠三山,鲸吞九服,君主受青衣之辱,后妃遭赭寇之污,此西晋内讧外侮之大较也。王敦也,苏峻也,陈敏杜弢(tāo)祖约也,孙恩卢循徐道复也,而桓玄则为篡逆之尤,此东晋内讧之最大者。二赵也,三秦也,四燕五凉也,成夏也,而拓跋魏则为强胡之首,此为东晋外侮之最甚者。盖观于东西两晋之一百五十六年中,除晋武开国二十余年外,无在非祸乱侵寻之日,不有内讧,即有外侮,甚矣哉! 有史以来未有若两晋祸乱之烈也。夫内政失修,则内讧必起,内讧起则外侮即乘之而入,木朽虫生,墙罅蚁入,自古皆然,晋特其较著耳。鄙人愧非论史才,但据历代之事实,编为演义,自南北朝以迄民国,不下十数册,大旨在即古证今,惩恶劝善,而于《两晋演义》之着手,则于内讧外侮之所由始,尤三致意焉。盖今日之大患,不在外而在内,内讧迭起而未艾,吾恐五胡十六国之祸,不特两晋为然，而两晋即今日之前车也。天下宁有蚌鹬相争，而不授渔人之利乎？若夫辨忠奸，别贞淫，抉明昧，核是非，则为书中应有之余义，非敢谓上附作者之林，亦聊以寓劝戒之意云尔。惟书成仓猝，不免讹误，匡我未逮，是所望于阅者诸君。

中华民国十三年夏正季秋之月，古越蔡东藩自叙于临江寄庐。

两晋世系图

按晋武帝为司马懿孙,元帝则为司马懿曾孙,祖伯父观,皆为琅邪王。相传觐妃夏侯氏与小吏牛金通而生元帝,故有牛代马后之谣,特附录之。

西晋

❶武帝炎[在位二十六年] — ❷惠帝衷[在位十六年]
❸怀帝炽[在位六年]
吴王晏 — ❹愍帝邺[在位四年]

东晋

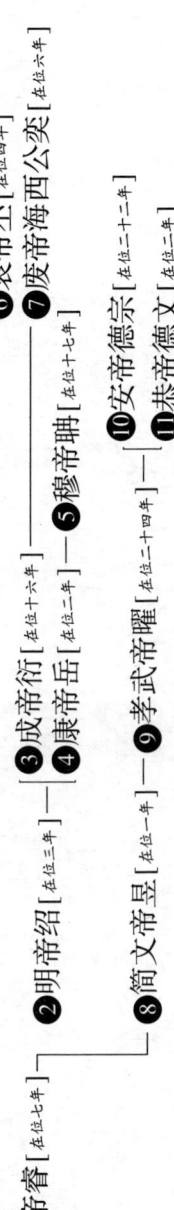

❶元帝睿[在位七年] — ❷明帝绍[在位三年] — ❸成帝衍[在位十七年] — ❻哀帝丕[在位四年]
❹康帝岳[在位二年] — ❼废帝海西公奕[在位六年]
❽简文帝昱[在位一年] — ❺穆帝聃[在位十七年]
❾孝武帝曜[在位二十四年] — ❿安帝德宗[在位二十二年]
⓫恭帝德文[在位二年]

西晋传三世,凡四主,计五十二年。东晋传四世,凡十一主,计一百零四年,两共计一百五十六年。《晋书》载西晋五十四年,东晋一百零二年,此为怀愍失国后之二年,晋廷无主,仍用怀愍年号,今读史家言,谓百并入东晋,颇有至理,故从之。

目 录

第 一 回	祀南郊司马开基　立东宫庸雏伏祸	1
第 二 回	堕诡计储君纳妇　慰痴情少女偷香	9
第 三 回	杨皇后枕膝留言　左贵嫔摅才上颂	17
第 四 回	图东吴羊祜定谋　讨西虏马隆奏捷	25
第 五 回	捣金陵数路并举　俘孙皓二将争功	33
第 六 回	纳群娃羊车恣幸　继外孙螟子乱宗	41
第 七 回	指御座讽谏无功　侍帝榻权豪擅政	49
第 八 回	怙势招殃杨氏赤族　逞凶灭纪贾后废姑	57
第 九 回	遭反噬楚王受戮　失后援周处捐躯	65
第 十 回	讽大廷徙戎著论　诱小吏侍宴肆淫	73
第 十一 回	草逆书醉酒逼储君　传伪敕称兵废悍后	81
第 十二 回	坠名楼名姝殉难　夺御玺御驾被迁	90
第 十三 回	迎惠帝反正除奸　杀王豹擅权拒谏	98
第 十四 回	操同室戈齐王毕命　中诈降计李特败亡	106
第 十五 回	讨逆蛮力平荆土　拒君命冤杀陆机	114
第 十六 回	刘刺史抗忠尽节　皇太弟挟驾还都	122
第 十七 回	刘渊拥众称汉王　张方恃强劫惠帝	130
第 十八 回	作盟主东海起兵　诛恶贼河间失势	138
第 十九 回	伪都督败回江左　呆皇帝暴毙宫中	147
第 二十 回	战阳平苟晞破贼垒　佐琅琊王导集名流	155
第二十一回	北宫纯力破群盗　太傅越擅杀诸臣	163
第二十二回	乘内乱刘聪据国　借外援猗卢受封	171
第二十三回	倾国出师权相毙命　覆巢同尽太尉知非	179

第二十四回	执天子洛中遭巨劫	起义旅关右迕亲王	187
第二十五回	贻书归母难化狼心	行酒为奴终遭鸩毒	195
第二十六回	诏江东愍帝征兵	援灵武麹允破虏	203
第二十七回	拘王浚羯胡吞蓟北	毙赵染晋相保关中	211
第二十八回	汉刘后进表救忠臣	晋陶侃合军破乱贼	219
第二十九回	小儿女突围求救	大皇帝衔璧投降	227
第 三 十 回	牧守联盟奉笺劝进	君臣屈辱蒙难丧生	235
第三十一回	晋王睿称尊嗣统	汉主聪见鬼亡身	244
第三十二回	诛逆登基羊后专宠	乘衅独立石勒称王	252
第三十三回	段匹磾受擒失河朔	王处仲抗表叛江南	260
第三十四回	镇湘中谯王举义	失石头元帝惊心	268
第三十五回	逆贼横行廷臣受戮	皇灵失驭嗣子承宗	276
第三十六回	扶钱凤即席用谋	遣王含出兵犯顺	284
第三十七回	平大憝群臣进爵	立幼主太后临朝	292
第三十八回	召外臣庾亮激变	入内廷苏峻纵凶	300
第三十九回	温峤推诚迎陶侃	毛宝负创救桓宣	308
第 四 十 回	枭首逆戡乱成功	宥元舅顾亲屈法	316
第四十一回	察铃音异僧献技	失军律醉汉遭擒	324
第四十二回	并前赵石勒称尊	防中山徐遐泣谏	332
第四十三回	背顾命鸦子毁室	凛梦兆狐首归丘	340
第四十四回	尽愚孝适贻蜀乱	保遗孤终立代王	348
第四十五回	杀妻孥赵主寡恩	协君臣燕都却敌	356
第四十六回	议北伐蔡谟抗谏	篡西蜀李寿改元	364
第四十七回	钱刘翔晋臣受责	逐高钊燕主逞威	372
第四十八回	斩敌将进灭宇文部	违朝议徙镇襄阳城	380
第四十九回	擢桓温移督荆梁	降李势荡平巴蜀	388
第 五 十 回	选将得人凉州破敌	筑宫渔色石氏宣淫	396

第五十一回	诛逆子纵火焚尸　责病主抗颜极谏	405
第五十二回	乘羯乱进攻反失利　弑赵主易位又遭囚	413
第五十三回	养子复宗冉闵复姓　孱主授首石氏垂亡	421
第五十四回	却桓温晋相贻书　灭冉魏燕王僭号	429
第五十五回	拒忠言殷浩丧师　射敌帅桓温得胜	437
第五十六回	逞刑戮苻生纵虐　恣淫威张祚杀身	445
第五十七回	具使才说下凉州　满恶贯变生秦阙	453
第五十八回	围广固慕容恪善谋　战东阿诸葛攸败绩	461
第五十九回	谢安石应征变节　张天锡乘乱弑君	469
第六十回	失洛阳沈劲死义　阻石门桓温退师	477
第六十一回	慕容垂避祸奔秦　王景略统兵入洛	485
第六十二回	略燕地连摧敌将　拔邺城追掳孱王	493
第六十三回	海西公遭诬被废　昆仑婢产子承基	501
第六十四回	谒崇陵桓温见鬼　重正朔王猛留言	509
第六十五回	失姑臧凉主作降虏　守襄阳朱母筑斜城	517
第六十六回	救孤城谢玄却秦军　违众议苻坚窥晋室	525
第六十七回	山墅赌弈寇来不惊　淝水交锋兵多易败	533
第六十八回	结丁零再兴燕祚　索邺城申表秦庭	541
第六十九回	据渭北后秦独立　入阿房西燕称尊	549
第七十回	堕房谋晋将逾绝涧　应童谣秦主缢新城	557
第七十一回	用僧言吕光还兵　依逆谋段随弑主	564
第七十二回	谋刺未成秦后死节　失营被获毛氏捐躯	571
第七十三回	拓跋珪创兴后魏　慕容垂讨灭丁零	579
第七十四回	智姚苌旋师惊噩梦　勇翟瑥斩将扫孱宗	586
第七十五回	失都城西燕被灭　压山寨北魏争雄	594
第七十六回	子逼母燕太后自尽　弟陵兄晋道子专权	602
第七十七回	殷仲堪倒柄授桓玄　张贵人逞凶弑孝武	610
第七十八回	追诛奸称戈犯北阙　僭称尊遣将伐西秦	617

第七十九回	吕氏肆虐凉土分崩	燕祚浸衰魏兵深入	625
第八十回	拓跋珪转败为胜	慕容宝因怯出奔	633
第八十一回	攻旧都逆子忘天理	陷中山娇女作人奴	640
第八十二回	通叛党兰汗弑君	诛贼臣燕宗复国	647
第八十三回	再发难王恭受戮	好惑人孙泰伏诛	654
第八十四回	戕内史独全谢妇	杀太守复陷会稽	662
第八十五回	失荆州参军殉主	弃苑川乾归逃生	669
第八十六回	受逆报吕纂被戕	据偏隅李暠独立	677
第八十七回	扫残孽南燕定都	立奸叔东宫失位	684
第八十八回	吕隆累败降秦室	刘裕屡胜走孙恩	692
第八十九回	覆全军元显受诛	夺大位桓玄行逆	699
第九十回	贤孟妇助夫举义	勇刘军败贼入都	707
第九十一回	截江洲冯迁诛逆首	陷成都谯纵害疆臣	715
第九十二回	贪女色吞针欺僧侣	戕妇翁拥众号天王	722
第九十三回	葬爱妻遇变丧身	立犹子临终传位	730
第九十四回	得使才接眷还都	失兵机纵敌入险	737
第九十五回	覆孤城慕容超亡国	诛逆贼冯文起开基	744
第九十六回	何无忌战死豫章口	刘寄奴固守石头城	751
第九十七回	窜南交卢循毙命	平西蜀谯纵伏辜	759
第九十八回	南凉王愎谏致亡	西秦后败谋殉难	766
第九十九回	入荆州驱除异党	夺长安翦灭后秦	773
第一百回	招寇乱秦关再失	迫禅位晋祚永终	781

第一回
祀南郊司马开基　立东宫庸雏伏祸

　　华夷混杂，宇宙腥膻，这是我国历史上，向称为可悲可痛的乱事。其实华人非特别名贵，夷人非特别鄙贱，如果元首清明，统御有方，再经文武将相，及州郡牧守，个个是贤能廉察，称职无惭，就是把世界万国联合拢来，凑成一个空前绝后的大邦，也不是一定难事，且好变作一大同盛治了。眼高于顶，笔大如椽。无如我国人一般心理，只守定上古九州的范围，不许外人羼入，又因圣帝明王，寥寥无几，护国乏良将相，殖民乏贤牧守，仅仅局守本部，还是治多乱少；所以旧儒学说，主张小康，专把华夷大防，牢记心中，一些儿不肯通融，好似此界一溃，中国是有乱无治，从此没有干净土了。看官，试搜览古史，何朝不注重边防，何代能尽除外患？日日攘外夷，那外夷反得步进步，闹得七乱八糟，不可收拾。究竟是备御不周呢，还是别有他故呢？古人说得好："人必自侮，然后人侮；家必自毁，然后人毁；国必自伐，然后人伐。"又云："木朽虫生，墙罅蚁入。"这却是千古不易的名言。历朝外患，往往从内乱引入，内乱越多，外患亦越深。照此看来，明明是咎由自取，应了前人的遗诫，怎得专咎外夷与防边未善呢？别具只眼。

　　小子尝欲将这种臆见，抒展出来，好待看官公决是非，但又虑事无佐证，徒把五千年来的故事，笼笼统统地说了一番，看官或且诮我为空谈，甚至以汉奸相待，这岂不是多言招尤么！近日笔墨少闲，聊寻证据，可巧案左有一部晋书，乃是唐太宗汇集词臣，撰录成书，共得一百三十卷，当下顺手一翻，看了一篇序言，是总说五胡十六国的祸乱，因猛然触起心绪，想到外祸最烈，无过晋朝，晋自武帝奄有中原，仅阅一传，便已外患迭起，当时大臣防变未然，或说是罢兵为害，山涛。或说是徙戎宜早，郭钦江统。言谆谆，听藐藐，遂致后来外祸无穷，由后思前，无人不为叹惜。哪知牝鸡不鸣,群雄自息;八王不乱,五胡何来?并且貂蝉满座,麈尾挥尘,大都龌龊龌龊,庸庸碌碌,没一个文经武纬,没一个坐言起行。看官试想,这种败常乱俗的时局,难道尚能支持过去么? 假使兵不罢,戎早徙,亦岂果能慎守边疆,严杜狡寇么? 到了神州陆沉,铜驼荆棘,两主被虏,行酒狄庭,无非是内政不纲,所以致此。既而牛传马后,血统变迁,阳仍旧名,阴实易姓,王马共天下,依然是乱臣贼子,内讧不休,一波未平,一波又起,单剩得江表六州,扬荆江湘交广。尚且朝不保暮,还有什么余力,要想规复中原呢?幸亏有几个智士谋臣,力持危局,淝水一役,大破苻秦,半壁江山,侥幸保全;那大河南北,长江上游,仍被杂胡占据,虽是倏起倏衰,终属楚失楚得,就中非无一二华族,夺得片土,与夷人争衡西北,张实据凉州,李暠据酒泉,冯跋据中山。究竟势力甚微,无关大局;且仇视晋室,仍似敌国一般。东晋君臣,稍胜即骄,由骄生惰,毫无起色,于是篡夺相寻,祸乱踵起,不能安内,怎能对外? 大好中原,反被拓跋氏逐渐并吞,成一强国,结果是枭雄柄政,窥窃神器,把东晋所有的区宇,也不费一兵,占夺了去。咳!东西两晋,看似与外患相终始,究竟自成鹬蚌,才有渔翁。西晋尚且如此,东晋更不必说了。有人谓司马篡魏,故后嗣亦为刘裕所篡,这是从因果上着想,应有此说;但添此一番议论,更见得晋室覆亡,并非全是外患所致。伦常乖舛,骨肉寻仇,是为亡国第一的祸胎;信义沦亡,豪权互阋,是为亡国的第二祸胎。外人不过乘间抵隙,可进则进,既见我中国危乱相寻,乐得趁此下手,分尝一脔,华民虽众,无拳无勇,怎能拦得住胡马,杀得过番兵。眼见得男为人奴,女为人妾,同做那夷虏的仆隶了。伤心人别有怀抱。自古到今,大抵皆然,不但两晋时代,遭此变乱,只是内外交迫,两晋也达到极点。为惩前毖后起见,正好将两晋史事,作为榜样,奈何后人不察,还要争权夺利,扰扰不休,恐怕四面列强,同时入室,比那五胡十六国,更闹得一塌糊涂,那时国也亡,家也亡,无论豪族平民,统去做外人的砧上鱼,刀上肉,无从幸免,乃徒怨及外人利害,试问外人肯受此恶名吗? 论过去兼及未来,真是眼光四射。

话休叙烦,且把那两晋兴亡,逐节演述,作为未来的殷鉴。看官少安毋躁!待小子援笔写来:晋自司马懿起家河内,曾在汉丞相曹操麾下充当掾吏,及曹丕篡汉,出握兵权,与吴蜀相持有年,迭著战绩。懿死后,长子师嗣,后任大将军录尚书事,都督中外各军,废魏主曹芳及芳后张氏,权焰逼人。未几师复病死,弟昭得承兄职,比乃兄还要跋扈,居然服衮冕,着赤舃。魏主曹髦,忍耐不住,尝谓司马昭之心,路人皆知。因即号召殿中宿卫及苍头官僮等,作为前驱,自己亦拔剑升辇,在后督领,亲往讨昭,才行至南阙下,正撞着一个中护军,面目狰狞,须眉似戟,手下有二三百人,竟来挡住乘舆。这人为谁,就是平阳人贾充。特别提出,不肯放过贼臣,且为该女乱晋张本。魏主髦喝令退去,充非但不从,反与卫士交锋起来,约莫有一两个时辰。充寡不敌众,将要败却,适太子舍人成济,也带兵趋入,问为何事相争,充厉声道:"司马公豢养汝等,正为今日,何必多问!"成济乃抽戈直前,突犯车驾。魏主髦猝不及防,竟被他手起戈落,刺毙车中。兄废主,弟弑主,一个凶过一个。余众当然逃散。

司马昭闻变入殿,召群臣会议后事。尚书仆射陈泰流涕语昭道:"现在惟亟诛贾充,尚可少谢天下。"看官,你想贾充是司马氏功狗,怎肯加诛?当下想就了张冠李戴的狡计,嫁祸成济,把他推出斩首,还要夷他三族。助力者其视诸!一面令长子中抚军炎,迎入常道乡公曹璜,继承魏祚。璜改名为奂,年仅十五,一切国政,统归司马昭办理。昭复部署兵马,遣击蜀汉,骁将邓艾钟会,两路分进,蜀将望风溃败,好容易攻入成都,收降蜀汉主刘禅。昭引为己功,进位相国,加封晋公,受九锡殊礼。俄而进爵为王,又俄而授炎为副相国,立为晋世子。正拟安排篡魏,偏偏二竖为灾,缠绕昭身,不到数日,病入膏肓,一命呜呼。世子炎得袭父爵,才过两月,即由司马家臣,奉书劝进,胁魏受禅。魏主奂早若赘疣,至此只好推位让国,生死唯命。司马炎定期即位,设坛南郊。时已冬暮,雨雪盈途,炎却遵吉称尊,服衮冕,备卤簿,安安稳稳的坐了法驾,由文武百官拥至郊外,燔柴告天。炎下车行礼,叩拜穹苍,当令读祝官朗声宣诵道:

皇帝臣司马炎,敢用玄牡,明告于皇皇后帝。魏帝稽协皇运,绍天明命以命炎。昔者唐尧熙隆大道,禅位虞舜,舜又禅禹。迈德垂训,多历年载。暨汉德既衰,太祖武皇帝,指曹操。拨乱济时,辅翼刘氏,又用受命于汉。粤在魏室,仍世多故,几于颠坠,实赖有晋匡拯之德,用获保厥肆祀,弘济于艰难,此则晋之有大造于魏也。诞惟四方,罔不祗顺。廓清梁岷,包怀扬越,八纮(hóng)同轨,祥瑞屡臻,天人

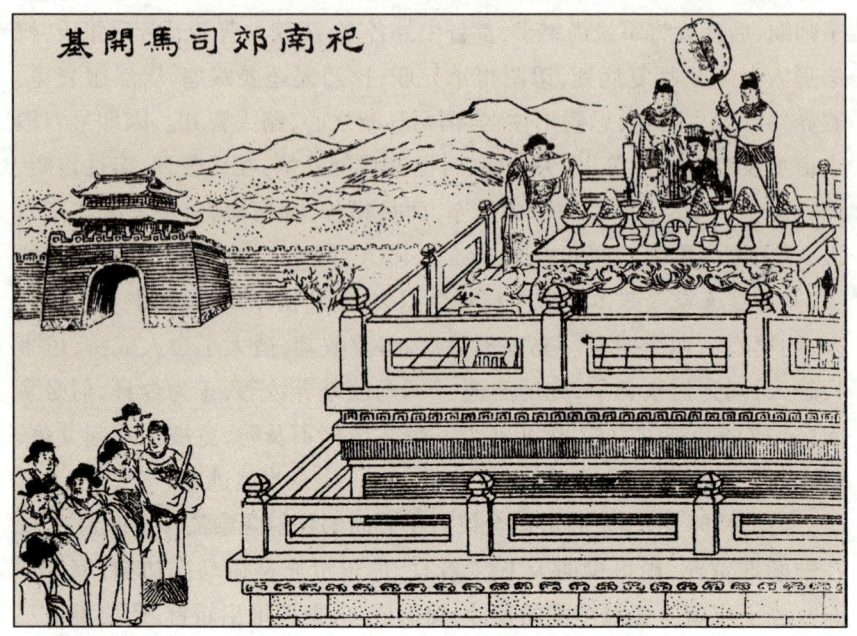

协应,无思不服。肆予宪章三后,用集大命于兹。炎维德不嗣,辞不获命,于是群公卿士,百辟庶僚,黎献陪隶,暨于百蛮君长,佥曰:"皇天鉴下,求民之瘼,既有成命,固非克让所得距违。天序不可以无统,人神不可以旷主。"炎虔奉皇运,寅畏天威,敬简元辰,升坛受禅,告类上帝,永答众望。

祝文读毕,祭礼告终。司马炎还就洛阳宫,御太极前殿,受王公大臣谒贺。这班王公大臣,无非是曹魏勋旧,昨日臣魏,今日臣晋,一些儿不以为怪,反且欣然舞蹈,曲媚新朝。攀龙附凤,何代不然?随即颁发诏旨,大赦天下,国号晋,改元泰始。封魏主奂为陈留王,食邑万户,徙居邺宫。奂不敢逗留,没奈何上殿辞行,含泪而去。朝中也无人饯送,只太傅司马孚,拜别故主,唏嘘流涕道:"臣已年老,不能有为,但他日身死,尚好算作大魏纯臣哩。"看官道孚为何人?乃是司马懿次弟,即新主司马炎的叔祖父,官至太傅,生平尝洁身远害,不预朝政,所以司马受禅,独孚未曾赞成。但年已八十有余,筋力就衰,不能自振,只好自尽臣礼,表明心迹,这也不愧为庸中佼佼了。

过了一日，诏遣太仆刘原往告太庙，追尊皇祖懿为宣皇帝，皇伯考师为景皇帝，皇考昭为文皇帝，祖母张氏为宣穆皇后，母王氏为皇太后。相传王太后幼即敏慧，过目成诵，及长，能孝事父母，深得亲心。既适司马氏，相夫有道，料事屡中。后来生了五子，长即司马炎，次名攸，又次名兆，又次名定国、广德。兆与定国、广德三人，均皆早夭，惟炎攸尚存。炎字安世，姿表过人，发长委地，手垂过膝，时人已知非常相。攸字大猷，早岁岐嶷，成童后饱阅经籍，雅善属文，才名籍籍，出乃兄右，司马昭格外钟爱。因兄师无后，令攸过继，且尝叹息道："天下是我兄的天下，我不过因兄成事，百年以后，应归我兄继子，我心方安。"及议立世子，竟遂属攸，左长史山涛劝阻道："废长立少，违礼不祥。"贾充已进爵列侯，亦劝昭不宜违礼。还有司徒何曾，尚书令裴秀，又同声附和，请立嫡长，因此炎得为世子。炎篡位时，正值壮年，春秋鼎盛，大有可为，初政却是清明，率下以俭，驭众以宽。有司奏称御牛丝鞋（yīn），已致朽敝，不堪再用，有诏令用麻代丝。高阳人许允，为司马昭所杀，允子奇颇有才思，仍诏为太常丞，寻且擢为祠部郎。海内苍生，讴歌盛德，哪一个不望升平？但天下事靡不有初，鲜克有终，晋主炎正坐此弊，所以典午家风，午肖马，典者司也，故旧称司马为典午。不久即坠呢。这事备详后文，看官顺次细阅，自见分晓。惟晋主炎的庙号，叫作武帝，小子沿着史例，便称他为晋武帝。

且说晋武帝已经篡魏，复力惩魏弊，壹意更新。他想魏氏摧残骨肉，因致孤立，到了禅位时候，竟无人出来抗衡，平白地让给江山，自己虽侥幸得国，若使子子孙孙，也像曹魏时孤立无援，岂不要仍循覆辙么？于是思患预防，大封宗室，授皇叔祖父孚为安平王，皇叔父幹司马懿第三子。为平原王，亮懿第四子。为扶风王，伷懿第五子。为东莞王，骏为汝阴王，懿第六子京早卒。骏为第七子。肜懿第八子。为梁王，伦懿第九子。为琅琊王，皇弟攸为齐王，鉴为乐安王，机为燕王。鉴与机为晋武异母弟。还有从伯叔父，及从父兄弟，亦俱封王爵，列作屏藩。名称不详，因无关后来治乱，所以从略。上文如亮如伦，为八王之二，故例须并举。进骠骑将军石苞为大司马，封乐陵公，车骑将军陈骞为高平公，卫将军贾充为鲁公，尚书令裴秀为巨鹿公，侍中荀勖为济北公，太保郑冲为太傅，兼寿光公，太尉王祥为太保，兼睢陵公，丞相何曾为太尉，兼朗陵公，御史大夫王沈为骠骑将军,兼博陵公,司空荀颙(yǐ)为临淮公,镇北大将军卫瓘为菑阳公。此外文武百僚,各加官进爵有差。

转瞬间已过残腊,便是泰始二年,元旦受朝,不消细说。有司请建立七庙,武帝恐劳民伤财,不忍徭役,但将魏庙神主,徙置别室,即就魏庙作为太庙,所有魏氏诸王,皆降封为侯。旋册立王妃杨氏为皇后。杨氏为弘农郡人,名艳,字琼芝,父名文宗,曾仕魏为通事郎,母赵氏产女身亡,女寄乳舅家,赖舅母抚育成人,生得姿容美丽,秀外慧中,相士尝说她后当大贵,司马昭乃纳为子妇,伉俪甚谐。昭纳杨女为媳,明明是有心篡国。及得立为后,追怀舅氏旧恩,请敕封舅氏赵俊夫妇,武帝自然依议。俊兄赵虞,也得授官。虞有一女,芳名是一粲字,颇有三分姿色,杨后召她入宫,镇日里留住左右,就是武帝退朝,与后叙谈,粲亦未尝回避,有时却与武帝调情,杨后玉成人美,遂劝武帝纳作嫔嫱,赐号夫人。武帝还道杨后大度,毫不妒忌,哪知杨后正要这中表姊妹来做帮手,一切布置,仿佛与美人计相似。武帝为色所迷,怎能窥破杨后的私衷呢?这也是杨后特别作用,与普通妇人不同。

杨后初生一男,取名为轨,二岁即殇。嗣复生了二子,长名衷,次名柬。衷顽钝如豕,年至七八岁,尚不能识之无,虽经师傅再三教导,也是旋记旋忘。武帝尝谓此儿不肖,未堪承嗣,偏杨后钟爱顽儿,屡把立嫡以长的古训,面语武帝,惹得武帝满腹狐疑,勉强延宕了一年。衷已年至九岁了,杨后常欲立衷为太子,随时絮聒,又经赵夫人从旁帮忙,只说"衷年尚幼冲,怪不得他童心未化,将来大器晚成,何至不能承统。今主上即位二年,尚未立储,似与国本关系,未免欠缺,应速立衷为嗣"云云。从来妇人私语,最易动听,况经一妻一妾,此倡彼和,就是铁石心肠,也被销熔。况晋武帝牵情帷帟(yì),无从摆脱,怎能不为她所误,变易成心?泰始三年正月,竟立衷为皇太子。祸本成了。内外官僚,哪个来管司马家事?且衷为嫡长,名义甚正,更令人无从置喙。大众不过依例称贺,乐得做个好好先生,静观成败罢了。

是年特下征书,起蜀汉郎官李密为太子洗马。密父虔早殁,母何氏改醮,单靠祖母刘氏抚养,因得长成。是时刘氏年近百岁,起居服食,统由密一人侍奉。密乃上表陈情,愿乞终养。表文说得非常恳切,一经呈入,连武帝也为动情,且阅且叹道:"孝行如是,毕竟名不虚传呢。"陈情表传诵古今,不待录入,惟事可风世,因特笔表明。待至刘终服阕,仍复征为洗马,不久即出为守令,免官归田,考终原籍。随手了结,免致阅者疑问。

泰始四年,皇太后王氏崩。武帝居丧,一遵古礼,追丧葬既毕,还是缞绖(cuīdié)临朝。先是武帝遭父丧时,援照魏制,三日除服,但尚素冠蔬食,终守三年。至是改魏为晋,法由己出,因欲仿行古制,持三年服,偏百官固请释缞,乃姑允通融,朝服从吉,常服从凶,直到三年以后,才一律改除。不没晋武孝思,惟不能力持古礼,尚留遗憾。事有凑巧,晋室方遭大丧,那孝子王祥,亦老病告终。祥系琅琊人氏,早年失恃,继母朱氏,待祥颇虐,卧冰求鲤的故典,便是王祥一生的盛名。后仕魏至太尉,封睢陵侯,武帝即位,迁官太保,进爵为公。见上文。祥以年老乞休,一再不已,乃听以睢陵公就第,禄赐如前。已而病殁,赙赠甚优,予谥曰元。祥弟名览,为朱氏所出,屡次谏母护兄。孝友恭恪,与祥齐名,后来亦官至光禄大夫。门施五马,代毓名贤,这岂不是善有善报么?叙祥及览,连类并书。

且说晋武帝新遭母丧，无心外事，但将内政稍稍整顿，已是兆民乐业，四境蒙麻。过了年余，方欲东向图吴，特任中军将军羊祜为尚书左仆射，出督荆州军事。祜坐镇襄阳，日务屯垦，缮备军实，意者待时而动，不愿与吴急切启衅，故在军中常轻裘缓带，有儒雅风。武帝亦特加宠信，听他所为。不意雍凉交界，忽出了一个外寇，叫作秃发树机能。这树机能系出鲜卑，为秦汉时东胡遗裔，散居塞北鲜卑山，因即沿称为鲜卑种。鲜卑酋匹孤，集得部众千人，从塞北入居河西。妻相掖氏方孕，延至足月，陡欲分娩，不及起床坐蓐，竟在被中产出一儿。鲜卑人呼被为秃发，乃以秃发两字，为婴儿姓氏，取名寿阗。寿阗年长，嗣父遗业，却也没甚奇异，不过部众日繁，约得数千人。寿阗子就是树机能，骁果多谋，集众数万，出没雍凉。当邓艾破蜀时，上表乞降，遂任他居住。偏偏养痈贻患，到了泰始六年，居然造起反来，是为胡人蠢动的第一声。**提要钧元**。小子有诗叹道：

豺狼生性本猖狂，聚众咆哮敢肆殃。

不信晋朝开国日，已闻叛贼树西方。

欲知树机能造反后事，容待下回叙明。

本回开宗明义，揭出西晋外患，由内乱而起，确是探原之论，并足援古证今，为未来之龟鉴。可见作者别具苦心，特借史事以讽世，冀免沦胥之苦，非好为是浪费笔墨也。魏蜀之亡，应详见《后汉演义》中，故从简略。独提出贾充之助逆，作一伏案，盖佐晋开国者贾氏，误晋乱国者亦贾氏，所关甚大，不容恝(jiá)视。及晋主炎篡位以后，封宗室，立杨后，俱属振领提纲之笔，至册皇子衷为太子，事出晋主之误信妇人，帷帝之言，十有九败，何辨之不早辨也？至若晋武之终丧，及李密王祥之尽孝，均随事叙入，惩恶而劝善，其犹有良史之遗风欤。

第二回

堕诡计储君纳妇　慰痴情少女偷香

　　却说树机能拥众造反,气焰甚盛,雍凉边境,多被劫掠,十室九空。晋武帝本恐杂胡作乱,尝从雍凉二州故土,析置秦州,并遣胡烈为秦州刺史,令他屯兵镇守,严防胡人。胡烈莅任,甫及一年,树机能便即蠢动。烈当然督兵往讨,与树机能对垒争锋。树机能确是乖巧,先用老弱残众出来诱敌,略经交战,马上遁去。烈三战三胜,便藐视树机能。树机能乃自来挑战,待烈出营,即麾众倒退,烈追赶一程,树机能退走一程,至烈欲收军回来,他又拨转马头,作进逼状。好几次相持不舍,激得胡烈性起,向前直追,约行数十里,见前面都是乱山深箐,险恶得很,树机能部下,统向山谷中跑入,杳无人影。烈未免惶惑,且未知此处地名,只好勒兵不进,谁知山冈上一声胡哨,竟张起一面叛旗,旗下立着一个番酋,戟手南指,口中咿咿不休,大约是辱骂晋军。无非诱敌。烈又忍耐不住,策马当先,驰入山中。霎时间叛胡四起,把晋军截作数段,烈冲突不出,身受数创,创重身亡,部下军士,大半陷没,逃归的不过数人。看官听着,这地方叫作万斛堆,山上立着的番酋,就是秃发树机能。树机能既诱杀胡烈,势益猖獗,西陲大震。

　　扶风王司马亮,方都督雍凉军事,急遣将军刘旗往援。旗闻胡烈败没,不敢进击,但在中道逗留。那寇警日甚一日,连洛都中亦屡有急报,上下震惊。武帝乃传诏责亮,贬亮为车骑将军,并饬亮执送刘旗,处以死刑。亮复称节度无方,咎在臣亮,乞免刘旗死罪。武帝更下诏道:"若罪不在旗,当有他属。"因将亮免官召归,另简尚书石鉴为安西将军,都督秦州军事,出讨树机能,更命前河南尹杜预为秦州刺史,兼轻车将军。预与鉴素有宿嫌,鉴欲借此陷预,遂令预孤军出战,不得延期。预知鉴有意为难,复书辩驳,大致说是"胡马方肥,势又甚盛,不可轻敌。且官军远行乏粮，更难久持，宜并力运足刍米，待至来春大进，方可平虏"等语。鉴得书大怒，即劾预张皇寇势，挠阻士心，有诏遣御史至秦州，囚预入都，械付廷尉。亏得预为皇室懿亲，曾尚帝姑高陆公主，内线一通，便有人出来解免，想总不外杨后等人。援照议亲减罪故例，准他图功自赎。预才得出狱，还归私宅。那石鉴一再发兵，统被树机能击退，日久无功。忮忌如是，怎能有成？到了泰始七年，树机能且与北地叛胡，互相连结，进围金城。凉州刺史牵弘，复为所杀。从前高平公陈骞，尝言："胡烈牵弘，有勇无谋，不堪重任。"武帝以为龃言，及二将先后阵亡，方悔不用骞议，但已是无及了。

于是趁着秋狝（xiǎn）时候，再简将帅，特任鲁公兼车骑将军贾充，都督秦凉二州军事。这诏一下，累得贾充日夕彷徨，不知所措。他本来没甚韬略，徒靠着谄媚逢迎伎俩，得列元勋，看官阅过上文，应知他有两大功劳，第一着是与弑魏主，第二着是劝立冢子。嗣是邀殊宠，位上公，蟠踞朝堂，党同伐异。太尉临淮公荀𫖮，侍中荀勖，越骑校尉冯䌷（dǎn），皆与充友善，朋比为奸，独侍中任恺，中书令庾纯，刚直守正，不肯附充。充长女荃又为齐王攸妃，恺等恐他威焰日加，必为后患，可巧武帝择将西征，遂入内密陈，请命充都督秦凉。武帝竟允所请，骤然颁下诏书，迅雷不及掩耳，几令充莫名其妙。及仔细探听，方知由任恺等所荐举。外示推崇，实是排斥，不由的懊恨异常，但又无法推辞，只好托词募兵，迁延数月，到了寒信迭催，不便再挨，只好硬着头皮，上朝辞行。百僚往饯夕阳亭，盛筵相待，酒至半酣，充离座更衣，荀勖亦起身随入，两人得一处密谈。充皱眉道："我实不愿有此行，公可为我设策否？"勖答道："公为朝廷宰辅，乃受制一夫，煞是可恨。勖为公筹划已久，苦无良策，近得宫中消息，却有一隙可乘，若得成事，公自得免远行了。"充问有何事？勖又道："闻主上为太子议婚，公尚有二女待字，何不乘此营谋，倘蒙俞允，是遣嫁在迩，主上亦不使公行了。"充狞笑道："恐无此福。"勖凑机道："事在人为。"说至此，又与充附耳数语。充喜出望外，向勖再拜，恨不得跪下磕头。极力形容。勖慌忙答礼，握手并出，还座畅饮。待至日暮兴阑，彼此方才告别。充徐徐就道，每日不过行了数里，老天有意做人美，竟连宵降雪，变成一个粉妆玉琢的世界，千山皆白，飞鸟不通，何况这远行军士呢？充即遣使飞奏，说是雨雪载途,难以行道,惟有待晴再往一法。果然皇恩浩荡,曲体军心,便令充折回都门,缓日起程。充喜如所期,匆匆还都。时来福凑,皇太子结婚问题,竟被充运动到手,得将三女许字青宫,这正是一大喜事,差不多似锦上添花。

原来太子衷年已十二,武帝欲为他择配,拟纳卫瓘女为太子妃。充妻郭槐,早思将己女许配太子,暗地里纳赂宫人,托他向杨后处说合。妇人家耳朵最软,屡经左右提及贾女,说她如何有德,如何有才,不由的艳羡起来,便乘武帝入宫时,劝纳贾女为冢妇。武帝摇首道:"不可,不可。"杨后惊问何因?武帝道:"我意愿聘卫女,不愿聘贾女。卫氏种贤,并且多子,女貌秀美,身长面白,贾氏种妒,子息不蕃,女貌丑劣,身短面黑,两家相较,优劣不同,难道舍长取短么?"*初意原是不差。*杨后道:"闻贾女颇有才德,陛下不应固执成见,坐失佳妇。"武帝仍然不答。杨后又固请武帝访问群臣,证明可否。武帝方略略点首。越宿召群臣入宴,与论太子婚事,荀勖正得列座,力言贾女贤淑,宜配储君。再加荀颉冯纨,亦极口称赞贾女,说得天花乱坠,娓娓动听。武帝不觉移情,便问:"贾充共有几女?"荀勖答道:"充前妻生二女,已经出嫁,后妻生二女,尚未字人。"武帝又问:"未字二女,年龄几何?"勖又答道:"臣闻他季女最美,年方十一,正好入配青宫。"武帝道:"十一岁未免太幼。"颉即接口道:"还是贾氏三女,已十有四龄,貌虽未及幼女,才德比幼女为优,女子尚德不尚色,还请圣裁!"*好一个有德女子,请看将来。*武帝道:"既如此说,不如叫贾氏三女,入配吾儿。"勖等闻言,便离席拜贺。*媒人做成了,我且当为媒人贺喜。*武帝也有喜色,再令勖等入席,续饮数巡,方撤席而散。是日充正还都,荀勖等一出殿门,便欢天喜地,跑往贾府称贺去了。

小子走笔至此,更不得不将贾充二妻,详叙一番。充本娶魏中书令李丰女为妇,颇有才行,生下二女,长名荃,便是齐王攸妃,次名浚,亦得适名门。李丰前为司马师所杀,充妻李氏,亦坐父罪被戍,与充诀别,自往戍所。充不耐鳏居,更娶城阳太守郭配女,叫作郭槐。槐性妒悍,为充所惮,晋武践阼(zuò),颁诏大赦。李氏蒙恩释归,留居母家。武帝方感贾充旧惠,*即对司马昭固请立长之功。*特别隆宠,命得置左右夫人。充母柳氏,亦嘱充迎还故妇,郭槐攘袂忿争道:"佐命荣封,惟我得受,李氏乃一罪

奴,怎得与我并等?"充素畏阃威,未便逆命,只好委曲答诏,托言臣无大功,不敢当两夫人盛礼。武帝还道他谦卑自牧,哪知是河东狮吼,从中作梗哩。俗称惧内多富,充之富贵,想即出此。已而长女荃得为齐王攸妃,复欲替母设法,令得迎还。充终畏郭槐,但筑室居李,未尝往来。荃至充前,吁请一往,充仍不许。及充奉命西行,荃复与妹浚同往劝充,求充会母,甚至叩头流血,尚不见允。郭槐却妒上加妒,定欲将己女入配东宫,与荃比势。她有二女,长名南风,幼名午,南风矮胖不文,午虽短小,尚有姣容。此次与太子为配,正是矮而且胖的贾南风。贾充闻武帝俯允婚事,自然笑逐颜开,对着荀勖等人,称谢不置。还有屏后探信的郭槐,得着这个好消息,真个是喜从天降,愉快莫名。自是备办奁具,无日不忙。充亦儿无暇晷,把西征事搁在脑后,就是武帝也并不问及。至年暮下诏,仍令充复居原职,两老二小,团圝(luán)过年,快意更可知了。

泰始八年二月,为太子衷纳妃佳期。坤宅是相府豪门,纷华靡丽,不消细说,只忙煞了一班官僚,既要两边贺喜,又要双方襄礼,结果是蠢儿丑女,联合成双,也好算是无独有偶,天赐良缘了。调侃得妙。武帝见新妇面目,果如所料,心中不免懊悔,好在两口儿很是亲热,并无忤言,也乐得假痴假聋,随他过去罢了。惟郭槐因女入东宫,非常贵显,因欲往省李氏,自逞威风。充从旁劝阻道:"夫人何必自苦,彼有才气,足敌夫人,不如勿往。"郭槐不信,令左右备了全副仪仗,自坐凤舆,呼拥而去。行至李氏新室,李氏不慌不忙,便服出迎。槐见她举止端详,容仪秀雅,不由的竦然起敬,竟至屈膝下拜。李氏亦从容答礼,引入正厅,谈吐间不亢不卑,转令郭槐自惭形秽,局促不堪。多去献丑。勉强坐了片刻,便即告辞。李氏亦不愿挽留,由她自归。她默思李氏多才,果如充言,倘充或一往,必被李氏羁住,因此防闲益密,每遇充出,必使亲人随着,隐为监督。傍晚必迫充使归,充无不如命,比王言还要敬奉,堂堂宰相,受制一妇,乃真是可愧可恨哩。回应荀勖语,惊人心骨。充母柳氏,素尚节义,前闻成济弑主,尚未知充为主使,因屡骂成济不忠,家人俱为窃笑。充益讳莫如深,不敢使母闻知。会柳母老病不起,临危时由充入问:"有无遗嘱?"柳母长叹道:"我教汝迎李新妇,汝尚未肯听,还要问甚么后事哩?"遂瞑目长逝。充料理母丧,仍不许李氏送葬,且终身不复见李氏。长女荃抑郁成疾,也即病终。不忠不孝不义不慈,充兼而有之。还有一件贾府的丑史,小子也连类叙下,免得断断续续,迷眩人目。自贾女得为太子妃,充位兼勋戚,复进官司空尚书令,领兵如故。当时有一南阳人韩寿,为魏司徒韩暨曾孙,系出华胄,年少风流,才如曹子建,貌似郑子都,乘时干进,投谒相门。贾充召令入见,果然是翩翩公子,丰采过人,及考察才学,更觉得应对如流,言皆称意。充大加叹赏,便令他为司空掾,所有相府文牍,多出寿手,果然文成倚马,技擅雕龙。相国重才,格外信任,每宴宾僚,必令寿与席,充作招待员。寿初入幕,尚有三分拘束,后来已得主欢,逐渐放胆,往往借酒鸣才,高谈雄辩,座中佳客,无不倾情。好容易物换星移,大小宴不下数十次,为了他议论风生,遂引出一位绣阁娇娃,前来窃听。一日宾朋满座,寿仍列席,酒酣兴至,又把这饱学少年,倾吐了许多积愫。偏那屏后的锦帷,无风屡动,隐约逗露娇容,好似芍药笼烟,半明半灭。韩寿目光如炬,也觉帷中有人偷视,大约总是相府婢妾,不屑留神。谁知求凤无意,引凤有心,帷间的娇女儿,看这韩寿丰采丽都,几把那一片芳魂,被他勾摄了去。等到酒阑席散,尚是呆呆的站着一旁,经侍婢呼令入室,方才怏怏退回。既入房中,暗想世上有这般美男子,正是目未曾睹,若得与他结为鸳侣,庶不至辜负一生。当下问及侍婢,谓席间少年,姓甚名谁?侍婢答称韩寿姓名,并说是府中掾吏。那娇女儿既是一喜,又是一忧,喜的是萧郎未远,相见非难,忧的是绣闼重扃,欲飞无翼。再加那脉脉春情,不堪外吐,就使高堂宠爱,究竟未便告达,因此长吁短叹,抑郁无聊,镇日里偃息在床,不思饮食,竟害成一种单思病了。倒还是个娇羞女子。

看官道此女为谁?就是上文说过的少女贾午。午自胞姊出嫁,闺中少了一个伴侣,已觉得无限寂寥,蹉跎蹉跎,过了一两年,已符乃姊出阁年龄,都下的公子王孙,哪个不来求婚,怎奈贾充不察,偏以为只此娇儿,须要多留几年,靠她娱老。俗语说得好:"女大不中留。"贾午年虽尚稚,情窦已开,听得老父拒婚,已有一半儿不肯赞成,此次复瞧见韩寿,不由的惹动情魔,恹恹成病。贾充夫妇,怎能知晓?总道她感冒风寒,日日延医调治,医官几番诊视,未始不察出病根,但又不便在贾充面前唐突出言,只好模模糊糊的拟下药方,使她煎饮。接连饮了数十剂,毫不见效,反觉得娇躯越怯,症候越深。治相思无药饵。充当然忧急,郭槐更焦灼万分,往往迁怒婢女,责她服侍不周,致成此疾。其实婢女等多已窥透贾午病源,不过似哑子吃黄连,无从诉苦,就中有个侍婢,为贾午心腹,便是前日与午问答,代为报名的女奴。她见午为此生病,早想替午设法,好做一个撮合山,但一恐贾午胆怯,未敢遽从,二恐贾充得闻,必加严谴,所以逐日延挨,竟逾旬月。及见午病势日增,精神亦愈觉恍惚,甚至梦中呓语,常唤韩郎,心病必须心药治,不得已冒险一行,潜至幕府中往见韩寿。寿生性聪明,蓦闻有内婢求见,已料她来意蹊跷,当下引入密室,探问情由。来婢即据实相告,寿尚未有室,至此也惊喜交并,忽转念道:"此事如何使得?"便向来婢答复,表明爱莫能助的意思。来婢愀然道:"君如不肯往就,恐要害死我娇姝了。"寿又觉心动,更问及贾女容色,来婢舌上生莲,说得人间无二,世上少双。寿正当好色,怎能再顾利害,便嘱来婢返报,曲通殷勤。婢当即回语贾午,午也与韩寿情意相同,惊喜参半。婢更为午设谋,想出往来门径,令得两下私会。午为情所迷,一一依议,乃嘱婢暗通音好,厚相赠结,即以是夜为约会佳期。彼此已经订定,午始起床晚妆,匀粉脸,刷黛眉,打扮得齐齐整整,静候韩郎。该婢且整理衾裯,熏香添枕,待至安排妥当,已是更鼓相催,便悄悄的趋至后垣,屏息待着。到了柝声二下,尚无足音,禁不住心焦意乱,只眼巴巴的望着墙上,忽听得一声异响,即有一条黑影,自墙而下,仔细一瞧,不是别物,正是日间相约的韩幕宾。婢转忧为喜,私问他如何进来?韩寿低语道:"这般短墙,一跃可入,我若无此伎俩,也不敢前来赴约了。"毕竟男儿好手。婢即与握手引入,曲折至贾午房中。午正望眼将穿,隐几欲寐,待至绣户半开,昂头外望,先入的是知心慧婢,后入的便是可意郎君,此时身不由主,几不知如何对付,才觉相宜。至韩寿已趋近面前,方慢慢的立起身来,与他施礼。敛衽甫毕,四目相窥,统是情投意合,那婢女已出户自去,单剩得男女二人,你推我挽,并入欢帏。这一宵的恩爱缠绵,描摹不尽。最奇怪的是被底幽香,非兰非麝,另有一种沁人雅味。寿问明贾午,方知是由西域进贡的奇香,由武帝特赐贾充。午从乃父处乞求,藏至是夕,才取出试用。寿大为称赏,贾午道:"这也不难,君若明夕早来,我当赠君若干。"寿即应诺,待晓乃去。俟至黄昏,又从原路入室,再续鸾交。贾午果不食言,已向乃父处窃得奇香,作为赠品。这一段便是贾女偷香的故事,小子有诗咏道:

逾墙钻穴太风流，处子贪欢甘被搂。

莫道偷香原韵事，须知淫贱总包羞。

究竟两人欢会情状，后来被人知晓否，容至下回续详。

阅坊间旧小说，言情者不可胜计，多半是说豪府佳人，倾情才子，即如前清时代之袁简斋，亦有"美人毕竟大家多"之句，是皆悬空揣拟，不足取信。试观贾充二女，即可略见一斑，充固权相也，二女为相府娇娃，应该饶有美色，乃南风短而黑，午虽较乃姊为优，史册中究未尝称美，度亦不过一寻常女子耳。所可信者权奸之门，往往无佳子女，如南风之配储君，而其后淫乱不道，卒以乱国，如午之私谐韩寿，而其后嗣子不良，亦致赤族。女子之足以祸人，固不必其尽为尤物也。本回专叙贾充二女，实为后文亡国败家之伏笔，且举其奸丑情状，首先揭出，俾阅者知始谋不正，后患无穷，骗婚不足取，偷香亦岂可效尤乎？

第三回

杨皇后枕膝留言　左贵嫔摅才上颂

却说韩寿得了奇香，怀藏回寓，当然不使人知，暗地收贮。偏此香一着人身，经月不散。寿在相府当差，免不得与人晋接，大众与寿相遇，各觉得异香扑鼻，诧为奇事。当下从旁盘诘，寿满口抵赖，嗣经同僚留心侦察，亦未见有甚么香囊悬挂身上，于是彼此动疑，有几个多嘴多舌的人，互相议论，竟致传入贾充耳中。充私下忖度，莫非就是西域奇香，但此香除六宫外，唯自己得邀宠赉，略略分给妻女，视若奇珍，为什么得入寿手？且近日少女疾病，忽然痊愈，面目上饶有春色，比从前无病时候，且不相同，难道女儿竟生斗胆，与寿私通，所以把奇香相赠么？惟门闾森严，女儿又未尝出外，如何得与寿往来？左思右想，疑窦百出，遂就夜半时候，诈言有盗入室，传集家僮，四处搜查。僮仆等执烛四觅，并无盗踪，只东北墙上，留有足迹，仿佛狐狸行处，因即报达贾充。充愈觉动疑，只外面不便张皇，仍令僮役返寝，自己想了半夜，这东北墙正与内室相近，好通女儿卧房，想韩寿色胆如天，定必从此入觳。是夕未知韩寿曾否续欢，若溜入女寝，想亦一夜不得安眠。俄而晨鸡报晓，天色渐明，充即披衣出室，宣召女儿侍婢，秘密查问，一吓二骗，果得实供，慌忙与郭槐商议。槐似信非信，复去探问己女，午知无可讳，和盘说出，且言除寿以外，宁死不嫁。槐视女如掌中珠，不忍加责，且劝充将错便错，索性把女儿嫁与韩寿，身名还得两全。充亦觉此外无法，不如依了妻言，当下约束婢女，不准将丑事外传，一面使门下食客，出来作伐，造化了这个韩幕宾，乘龙相府，一番露水姻缘，变作长久夫妻，诹吉入赘，正式行礼，洞房花烛，喜气融融，从此花好月圆，免得夜来明去，尤妙在翁婿情深，竟蒙充特上荐牍，授官散骑常侍，妻荣夫贵，岂不是旷古奇逢吗？若使断章取义，真是天大幸事。话分两头。

且说安平王司马孚，位尊望重，进拜太宰，武帝又格外宠遇，不以臣礼相待，每当元日会朝，令孚得乘车上殿；由武帝迎入阼阶，赐他旁坐。待朝会既毕，复邀孚入内殿，行家人礼。武帝亲捧觞上寿，拜手致敬。孚下跪答拜，各尽仪文。武帝又特给云母辇、青盖车，但孚却自安淡泊，不以为荣；平居反常有忧色，至九十三岁，疾终私第，遗命诸子道："有魏贞士河内司马孚，字叔达，不伊不周，不夷不惠，立身行道，终始若一，当衣以时服，殓用素棺。"诸子颇依孚遗嘱，不敢从奢。凡武帝所给厚赙，概置不用。武帝一再临丧，吊奠尽哀，予谥曰献，配飨太庙。孚虽未尝忘魏，然不能远引，仍在朝柄政，自称有魏贞士，毋乃不伦。孚长子邕袭爵为王，余子亦授官有差。外如博陵公王沈，巨鹿公裴秀，乐陵公石苞，寿光公郑冲，临淮公荀𫖮等，俱相次告终。又有武帝庶子城阳王宪，东海王祗，亦皆夭逝。武帝屡次哀悼，常有戚容，不意福无双至，祸不单行，那杨皇后做了八九年的国母，已享尽人间富贵，竟致一病不起，也要归天。后与武帝情好甚笃，六宫政令，委后独裁，武帝从未过问。就是后庭妾御，为数无多，也往往敝服损容，不敢当夕。自从武帝即位，至泰始八年，除旧有宫妾外，只选了一个左家女，拜为修仪。左女名芬，乃是秘书郎左思女弟。左思字太冲，临淄人氏，家世儒学，夙擅文名。思尝作《齐都赋》，一年乃成。妃白俪黄，备极工妙。嗣又续撰《三都赋》，魏吴蜀三都。构思穷年，自苦所见未博，因移家京师，搜采各书，朝夕浏览。每得一句，即便录出，留作词料。蓄杨公卫瓘及著作郎张载，中书郎刘逵等，闻思好学能文，皆引与交游，且荐为秘书郎。思得了此官，所有天府藏书，任他取阅，左宜右有，始得将《三都赋》制成。屈指年华，正满十稔，后人称他为炼都十年。三赋脱稿，都下争抄，洛阳为之纸贵，就是左太冲三字的价值，也冠绝一时。随笔带入左思炼都，意在重才。左芬得兄教授，刻意讲求，仗着她慧质灵心，形诸歌咏，居然能下笔千言，作一个扫眉才子。武帝慕才下聘，左思只好应命，遣芬入宫，更衣承宠，特沐隆恩。可惜她姿貌平常，容不称才，武帝虽然召幸，终嫌未足，因此得陇望蜀，复欲广选绝色女子，充入后庭。

会海内久安，四方无事，遂诏选名门淑质，使公卿以下子女，一律应选，如有隐匿不报，以不敬论。那时豪门贵族，不敢违慢，只好将亲生女儿，盛饰艳妆，送将进去。武帝挈了杨后，临轩亲选，但见得粉白黛绿，齐集殿门，杨后阴怀妒忌，表面上虽无愠色，心计中早已安排，待各选女应名趋入，遇有艳丽夺目，即斥为妖冶不经，未堪中选，惟身材长大，面貌洁白，饶有端庄气象，才称合格。娶媳时何不操定此见？武帝也无可奈何，只好由她拣择。俄有一卞家女冉冉进来，生得一貌如花，格外娇艳，武帝格外神移，掩扇语后道："此女大佳。"后应声道："卞氏为魏室姻亲，三世后族，今若选得此女，怎得屈以卑位？不如割爱为是。"好辩才。武帝窥透后意，只好舍去。卞女退出，复来了一个胡女，却也艳丽过人，惟乃父奋为镇军大将军，女秉有遗传性质，婀娜中有刚直气，后乃不复多说，便许武帝选定。当时中选女子，概用绛纱系臂，胡女笼纱下殿，自思不得还见父母，未免含哀，甚至号泣有声。左右忙摇手示禁道："休哭！休哭！恐被陛下闻知。"胡女反朗声道："死且不怕，怕甚么陛下？"倒是一个英雌。武帝颇有所闻，暗暗称奇。嗣复选得司徒李胤女，廷尉诸葛冲女，太仆臧权女，侍中冯荪女等，共数十人，乃退入后宫，是夕不传别人，独宣入胡家女郎，问她闺名，系一芳字。当下叫她侍寝，胡女到了此时，也只好唯命是从。一夜春风，恩周四体，翌晨即有旨传出，着洛阳令司马肇奉册入宫，拜胡芳为贵嫔。复因左芬先入，恐她抱怨，也把贵嫔禄秩，赏给了她。后来复召幸诸女，只有诸葛女最惬心怀，小名叫一婉字，颇足相副，因亦封为夫人，但尚未及胡贵嫔的宠遇，一切服饰，仅亚杨后一等，后宫莫敢与争。独后由妒生悔，由悔生愁，竟致染成一病，要与世长辞了。插入此段，包含无数笔墨。

武帝每日入视，且迭征名医诊治，始终无效，反逐渐加添起来。时已为泰始十年初秋，凉风一霎，吹入中宫，杨后病势加剧，已是临危，武帝亲至榻前，垂涕慰问，后勉强抬头，请武帝坐在榻上，乃垂头枕膝道："妾侍奉无状，死不足悲，但有一语欲达圣聪，陛下如不忘妾，请俯允妾言。"武帝含泪道："卿且说来，朕无不依从。"杨后道："叔父骏有一女，小字男胤，德容兼备，愿陛下选入六宫，补妾遗恨，妾死亦瞑目了。"言讫，呜咽不止。武帝也忍不住泪，挥洒了好几行，并与后握手为誓，决不负约。杨后见武帝已允，才安然闭目。竟在武帝膝上，奄然长逝，享年三十七岁。看官，你道杨后何故有此遗言？她恐胡贵嫔入继后位，太子必不得安，所以欲令从妹为继，既好压制胡氏，复得保全储君，这也是一举两得的良策。谁知后来反害死叔父，害死从妹。武帝也瞧破隐情，但因多年伉俪，不忍

相违,所以与后为誓,勉从所请。当下举哀发丧,务从隆备,且令有司卜吉安葬,待至窀穸(zhūnxī)有期,又命史臣代作哀策,叙述悲怀,随即予谥曰元,奉葬峻阳陵。左贵嫔芬,独献上一篇长诔,追溯后德,诔文不下数千言,由小子节录如下。何必多出风头,难道想做继后不成?

维泰始十年秋七月丙寅,晋元皇后杨氏崩。呜呼哀哉!昔有莘适殷,姜姒归周,宣德中闱,徽音永流。樊卫二姬,匡齐翼楚,马邓两妃,亦毗汉主。元后光嫔晋宇,伉俪圣皇,比踪往古。遭命不永,背阳即阴,六宫号咷(táo),四海恸心。嗟予鄙妾,衔恩特深。这是乏色的好处。追慕三良,甘心自沉。何用存思?不忘德音。何用纪述?托词翰林。乃作诔曰:赫赫元后,出自有杨,奕世朱轮,耀彼华阳。维岳降神,显兹祯祥。笃生英媛,休和烈光。含灵握文,异于庶姜。率由四教,匪怠匪荒。行周六亲,徽音显杨。显杨伊何?京室是臧。乃娉乃纳,聿嫔圣皇。正位闺国,维德是将。鸣珮有节,发言有章。思媚皇姑,虔恭朝夕。允厘中馈,执事有恪。于礼斯劳,于敬斯勤。虽曰齐圣,迈德日新。亦既青阳,鸣鸠告时。躬执桑曲,率导媵姬。修成蚕簇,分茧理丝。女工是察,祭服是治。祗奉宗庙,永言孝思。于彼六行,靡不蹈之。皇英佐舜,涂山翼禹,惟卫惟樊,二霸是辅。明明我后,异世同轨,内敷阴教,外毗阳化。绸缪庶正,密勿夙夜。恩从风翔,泽随雨播,退迤咏歌,中外禔福。天祚贞吉,克昌克繁,则百斯庆,育圣育贤。教逾妊姒,训迈姜嫄,堂堂太子,惟国之元。济济南阳,后子东封南阳王。为屏为藩。本支菴蔼,四海荫焉。积善之堂,五福所并,宜享高年,匪陨匪倾。如彭之齿,如聃之龄,云胡不造?于兹祸殃。寝疾弥留,瘖瘵不康,巫咸骋术,扁鹊奏方。祈祷无应,尝药无良。形神既离,载昏载荒。奄忽崩殂,湮精灭光。哀哀太子,南阳繁昌。攀援不寐,擗(bì)踊摧伤。呜呼哀哉!阃宫号咷,宇内震惊。奔者填衢,赴者塞庭。哀恸雷骇,流涕雨零,唏嘘不已,若丧所生。惟帝与后,契阔在昔。比翼白屋,双飞紫阁,悼后伤后,早即窀穸。言斯既及,涕泗陨落。追维我后,实聪实哲。通于性命,达于俭节。送终之礼,比素上世。禭(suì)无珍宝,唅无明月。恐怕未必。潜辉梓宫,永背昭晰。臣妾哀号,同此断绝。庭宇遏密,幽室增阴。空设帷帐,虚置衣衾。人亦有言,神道难寻。悠悠精爽,岂浮岂沉?丰奠日陈,冀魂之临。孰云元后,不闻其音。乃议景行,景行已溢。乃考龟筮,龟筮袭吉。爰定宅兆,克成玄室。魂之往兮,于以今日。仲秋之晨,启明始出。星陈凤驾,灵舆结驷。其舆伊何?金根玉箱。其驷伊何?二骆双黄。习习容车,朱服丹章。隐隐辀(ér)轩,弁绖(dié)繐(suì)裳。华毂曜野,素盖被原。方相仡仡,旌旐(zhào)翻翻,挽童引歌,白骥鸣辕。观者夹途,士女涕涟。千乘万骑,迄彼峻山。峻山峨峨,层阜重阿。弘高显敞,据洛背河。左瞻皇姑,右睇帝家。惟存揆亡,明神所嘉。诸姑姊妹,娣姒媵御,追送尘轨,号咷衢路。王侯卿士,云会星布,群官庶僚,缟盖无数。中外俱临,同哀并慕。有始有终,天地之经。自非三光,谁能不零?存播令德,没图丹青。先哲之志,以此为荣。温温元后,实宣慈焉。抚育群生,恩惠滋焉。遗爱不已,永见思焉。悬名日月,垂万世焉。呜呼庶妾,感四时焉。言思言慕,涕涟洏焉。

这篇诔文,经武帝览着,看她说得悲切,也出了许多眼泪,并重芬词藻，屡加恩赐。但芬体素弱，多愁多病，终不能特别邀宠，镇日里闷坐深宫，除笔墨消遣外，毫无乐趣。从来造物忌才，左家女有才无色，也是天意特意缺陷，使她无从得志哩。幸亏有此，才得令终。

越年正月朔日，颁诏大赦，改元咸宁，追尊宣帝为高祖，景帝为世宗，文帝为太祖，并录叙开国功臣，已死得配飨庙食，未死得铭功天府。帝德如春，盈庭称颂。武帝自杨后殁后，虽然不免悲感，但也有一桩好处，妃嫔媵嫱，尽可随意召幸，不生他虑。无如人主好色，往往喜新厌故，宫中虽有数百个娇娥，几次入御，便觉味同嚼蜡，因此复下诏采选，暂禁天下嫁娶，令中官分驰州郡专觅娇娃。可怜良家女子，一经中官合意，无论如何势力，不能乞免，只好拜别爹娘，哭哭啼啼，随着中使，趋入宫中，统共计算，差不多有五千人。武帝朝朝挹艳，夜夜采芳，把全副龙马精神，都向虚牝中掷去，究竟娥眉伐性，力不胜欲，徒落得形容憔悴，筋骨衰颓。咸宁二年元日，竟不能视朝，托词疾疫，病倒龙床，接连有数日未起。朝野汹汹，俱言主上不讳，太子不堪嗣立，不如拥戴皇弟齐王攸，河南尹夏侯和，且私语贾充道："公二婿亲疏相等，充长女适齐王，次女适太子，均见前回。立人当立德，不可误机。"和岂不知充有悍妇吗？充默然不答。既而武帝得了良医，病幸渐瘳，仍复出理朝政。荀勖冯𬘩，阿谀取容，素为齐王攸所嫉，积不相容。勖乃乘间行谗，使𬘩进说武帝道："陛下洪福如天，病得痊愈。今日为陛下贺，他日尚为陛下忧。"武帝道："何事可忧？"𬘩嗫嚅道："陛下前立太子，无非为传统起见，但恐将来或有他变，所以可忧。"武帝复问为何因？𬘩又道："前日陛下不豫，百僚内外，统已归心齐王，陛下试想万岁千秋后，太子尚能嗣立么？"是谓肤受之愬（sù）。武帝不觉沉吟。𬘩见武帝心动，更献计道："臣为陛下划策，莫若使齐王归藩，免滋后虑。"武帝也不多言，唯点首至再。及𬘩既趋出，复遣左右随处探访，得知夏侯和前日所言，仍徙和为光禄勋，并迁贾充为太尉，罢免兵权。惟见攸守礼如恒，无瑕可指，因暂令任职司空，再作计较。外如何曾得进位太傅，陈骞得迁官大司马，不过挨次升位，并没有甚么关系。独汝阴王骏，受职征西大将军，都督雍凉等州军事，专讨树机能，都督荆州军事羊祜，加官征南大将军，专御孙吴。

转瞬间为杨后二周年，遣官往祭峻阳陵，并忆及杨后遗言，拟册杨骏女为继后,先令内使往验女容,果然修短得中,纤秾合度,乃援照古制,具行六礼,择吉初冬,续行册后典仪。届期这一日,龙章丽采,凤辇承恩,当然有一番热闹。礼成以后,下诏大赦,颁赐王公以下及鳏夫寡妇有差。新皇后入宫正位,妃嫔等无不趋贺。左贵嫔也即与列,当由武帝特旨赐宴,并命左贵嫔作颂。左贵嫔略略构思,便令侍女取过纸笔,信手疾书,但见纸上写着:

峨峨华岳,峻极泰清。巨灵导流,河渎是经。惟渎之神,惟岳之灵。钟于杨族,载育盛明。穆穆我后,应期挺生。含聪履哲,岐嶷凤成。如兰之茂,如玉之荣。越在幼冲,休有令名。飞声八极,龠习紫庭。超任媲姒,比德皇英。京室是嘉,备礼致聘。令月吉辰,百僚奉迎。周生归韩,诗人是咏。我后戾止,车服辉映。登位太微,明德日盛。群黎欣戴,函夏同庆。翼翼圣皇,睿哲孔纯。愍兹狂戾,阐惠播仁。蠲衅涤秽,与时维新。沛然洪赦,恩诏遝申。后之践祚,囹圄虚陈。万国齐欢,六合同欣。坤神忭舞,天人载悦。兴顺降祥,表精日月。和气氤氲,三光朗烈。既获嘉时,寻播甘雪。玄云晻蔼,灵液霏霏。既储既积,待旸而晞。曣㬈(yànxiàn)沾濡,柔润中畿。长享丰

年，福禄永绥。

属稿既成，另用彩纸誊真，约有一二个时辰，已将颂词缮就，妃嫔等同声赞美，推为隽才。可巧武帝在外庭毕宴，慢慢的踱入中宫，新皇后以下，一律迎驾。左贵嫔即将颂词呈上，由武帝览阅一周，便称赏道："写作俱佳，足为中宫生色了。"说着，亲举玉卮，赐饮三觞。左贵嫔受饮拜谢，时已昏黄，便各谢宴散去。小子有诗赞左贵嫔道：

　　曹氏大家常续史，左家小妹复能文。

　　从知大造无偏毓，巾帼多才也轶群。

宫中已经散席，帝后两人共入龙床，同去做高唐好梦了。欲知后事，请看下回。

　　祸晋者贾氏，而成贾氏之祸者，实惟杨皇后。立蠢儿为太子，一误也；纳悍女为子妇，二误也；至临危枕膝，尚以从妹入继为请，死且徇私，可叹可恨。盖妇人心性，往往只知有己，不知有家，家且不知，国乎何有？晋武为开国主，何其沾沾私爱，甘心铸错？甚至误信佞臣，疑忌介弟，试思有子如衷，有媳如南风，尚堪付畀大业乎？左贵嫔一诔一颂，类多粉饰之词，不足取信，但以一巾帼妇人，多才若此，足令须眉汗下。本回两录原文，为女界贡一词采，非漫誉两杨后也。

第四回
图东吴羊祜定谋　讨西虏马隆奏捷

却说武帝继后杨氏，名芷，字李兰，小名叫作男胤，年方二九，饶有姿容，并且德性婉顺，能尽妇道。详叙后德，影射下文贾后之悍。自从入继中宫，与武帝情好甚欢，大略与前后相似。后父骏曾为镇军将军，至是进任车骑将军，封临晋侯。骏有弟珧，任职卫将军，独上表陈情道："从古以来，一门二后，每不能保全宗族，况臣家功微德薄，怎堪受此隆恩？乞将臣表留藏宗庙，庶几后日相证，尚可曲邀天赦，免罹祸殃。"似有先见，然看到后文，实是要挟语。武帝准如所请，乃将珧表留藏。惟骏自恃国戚，怙宠生骄，尚书郭奕等，表称骏器量狭小，不宜重任，武帝为后推爱，竟不少省。又是一误。镇军将军胡奋，见骏骄侈，竟直言相规道："公靠着贵女，乃更增豪侈么？历观前朝豪族，与天家结婚，辄至灭门，不过略分迟早呢。"骏瞿然道："君女亦纳入天家，何必责我？"见前回。奋微笑道："我女虽然入宫，只配与公女作婢，怎得相比？我家却无关损益，不如公门显赫，令人侧目，此后还请公三思！"可谓诤友。骏终不以为意，且还疑奋有妒意，怏怏别去。

既而卫将军杨珧等，上言"古时封建诸侯，实为屏藩王室起见，今诸王公皆在京师，实与古意未合，应一律遣使出镇，俾就外藩。且异姓诸将，散屯边疆，非皆可恃，亦宜参用亲戚，隐为监制"云云。武帝乃核定国制，就户邑多少为差，分为三等。大国置三军，共五千人，次国二军，共三千人，小国一军，共一千五百人。凡诸王兼督军事，各令出镇。于是徙扶风王亮为汝南王，出为镇南大将军，都督豫州诸军事。琅琊王伦为赵王，兼领邺城守事。渤海王辅司马孚三子。为太原王，监并州诸军事。东莞王伷(zhòu)已莅徐州，徙封琅琊王。汝阴王骏已赴关中，徙封扶风王。又徙太原王颙司马子孙，为后来八王之一。为河间王，河间王威为章武王。威亦孚孙。尚有疏戚诸王公,悉令就国。大家恋恋都中,不愿远行,奈因王命难违,不得已涕泣辞去。寻又立皇子玮为始平王,允为濮阳王,该为新都王,遐为清河王,数子年尚幼弱,皆留居京师。

征南大将军羊祜,入镇襄阳,垦田得八百余顷,足食足兵。襄阳与吴境接壤,吴主孙皓,系吴主孙权长孙,粗暴骄盈,好酒渔色。祜本欲乘隙图吴,因吴左丞相陆凯,公忠体国,制治有方,所以虚与周旋,未敢东犯。及凯已病殁,乃潜请伐吴,适益州兵变,又致迁延。祜有参军王浚,奉调为广汉太守,发兵讨益州乱卒,幸即荡平。浚得任益州刺史,讲信立威,绥服蛮夷。武帝征浚为大司农,祜独密表留浚,谓欲灭东吴,必须凭借上流。浚才可专阃,不宜内用,武帝乃仍令留任,且加浚龙骧将军,监督梁益二州军事。当时吴中有童谣云:"阿童复阿童,衔刀浮渡江。不畏岸上兽,但畏水中龙。"浚籍隶弘农,小名正叫作阿童,小具大志,丰姿俊逸。燕人徐邈,有女慧美,及笄未嫁,邈甚是钟爱,令女自择偶,迄未当意。会邈出守河东,浚得选为从事,年少英奇,颇为邈所赏识。邈因大会佐吏,使女在幕内潜窥,女指浚告母,谓此子定非凡器。<u>独具慧鉴</u>。邈闻女言,即将女嫁浚为妻,琴瑟和谐,不消细说。<u>事与贾午相似,但彼为苟合,此实光明</u>。嗣投羊祜麾下,祜亦加优待,每事与商。祜兄子暨尝伺间语祜道:"浚好大言,恐滋他患,宜预加裁抑,休使胡行!"祜粲然道:"如汝怎能知人?浚有大才,一得逞志,必建奇功,愿勿轻视!"<u>徐女尚垂青眼,何况羊叔子</u>。及浚得监督梁益二州,祜欲借上流势力,顺道伐吴,并因浚名与童谣相符,即表闻晋廷,请饬浚密修舟楫,为东略计。武帝依言诏浚。浚即大作战舰,长百二十步,可容二千余人,舰上用木为城,架起楼橹,四面开门,上可驰马往来,又在各船头上,绘画鹢(yì)首怪兽,以惧江神。<u>绘兽惊神,未免近愚</u>。工作连日不休,免不得有木头竹屑,被水漂流,随江东下。吴建平太守吾彦,留心西顾,瞧见江心竹木,料知上流必造舟楫,当即捞取呈报,谓晋必密谋攻吴,宜亟加戍建平,堵塞要冲。吴主皓方盛筑昭明宫,大开苑囿,侈筑楼观,采取将吏子女,入宫纵乐,还有何心顾及外侮?得了吾彦的表章,简直是不遑细览,便即搁过一边。吾彦不得答诏,自命工人冶铁为锁,横断水路,作为江防。

适吴西陵督军步阐,惧罪降晋,吴大司马陆抗,<u>凯从弟</u>。自乐乡督兵讨阐，围攻西陵。祜奉诏往援，自赴江陵，别遣荆州刺史杨肇攻抗。抗分军抵御，击败杨肇。祜闻肇败还，正拟亲往督战，偏西陵已被抗攻入，步阐被诛，屠及三族。祜只好付诸一叹，率兵还镇。武帝罢杨肇官，任祜如旧。祜乃敛威用德，专务怀柔，招徕吴人。有时军行吴境，刈谷为粮，必令给绢偿值，或出猎边境，留止晋地，遇有被伤禽兽，从吴境奔入，亦概令送还。就是吴人入掠，已为晋军所杀，尚且厚加殡殓，送尸还家。如得活擒回来，愿降者听，愿归者亦听，不戮一人。吴人翕然悦服。祜又尝通使陆抗，互有馈遗。抗送祜酒，祜对使取饮，毫不动疑。及抗有小疾，祜合药馈抗，抗亦即取服。部下或从旁谏阻，抗摇首道："羊叔子岂肯鸩人？"叔子即祜表字。抗又遍戒边吏道："彼专行德，我专行暴，是明明为丛驱雀了。今但宜各保分界，毋求细利。"羊祜对吴，无非笼络计策，即陆抗亦为所愚。吴主皓反以为疑，责抗私交羊祜。抗上疏辩驳，并陈守国时宜十二条，均不见行。皓且信术士刁元言，谓："黄旗紫盖，出现东南。荆扬君主，必有天下。"乃大发徒众，杖钺西行，凡后宫数千人，悉数相随。行次华里，正值春雪兼旬，凝寒不解，兵士不堪寒冻，互相私语道："今日遇敌，便当倒戈。"皓颇有所闻，始引兵还都。陆抗忧国情深，抑郁成疾，在镇五年，竟致溘逝。遗表以西陵建平，居国上游，不宜弛防为请。吴主皓因命抗三子分统部军，抗长子名元景，次名元机，又次名云，机云善属文，并负重名，独未谙将略。吴主却令他分将父兵，真所谓用违其长了。

术士尚广，为吴主卜筮，上问休咎。尚广希旨进言，说是岁次庚子，青盖当入洛阳，吴主大喜。已而临平湖忽开，朝臣多称为祯祥。临平湖自汉末湮塞，故老相传："湖塞天下乱，湖开天下平。"吴主皓以为青盖入洛，当在此时，因召问都尉陈顺。顺答说道："臣止能望气，不能知湖的开塞。"皓乃令退去。顺出语密友道："青盖入洛，恐是衔璧的预兆。今临平湖无故忽开，也岂得为佳征么？"嗣复由历阳长官奏报，历阳山石印封发，应兆太平。皓又遣使致祭，封山神为王，改元天纪。东吴方相继称庆，西晋已潜拟兴师，羊祜缮甲训卒，期在必发，因首先上表，力请伐吴，略云：

> 先帝顺天应时，西平巴蜀，南和吴会，海内得以休息，兆庶有乐安之心，而吴复背信，使边事更兴，夫期运虽天所授，而功业必由人而成，蜀平之时，天下皆谓吴当并亡，蹉跎至今，又越十三年，是谓一

周。今不平吴,尚待何日?议者尝谓吴楚有道后服,无礼先强,此乃诸侯之时耳,令当一统,不得与古同论。夫适道之言,未足应权,是故谋之虽多,而决之欲独。凡以险阻得存者,谓所敌者同,力足自固,苟其轻重不齐,强弱异势,则智士不能谋,而险阻不可保也。蜀之为国,非不险也,高山寻云霓,深谷肆无影,束马悬车,然后得济,皆言一夫荷戟,千人莫当,及进兵之日,曾无藩篱之限,斩将搴旗,伏尸数万,乘胜席卷,径至成都,汉中诸城,皆鸟栖而不敢出,非皆无战心,力不足以相抗也。至刘禅降服,诸营堡者索然俱散,今江淮之险,不过剑阁,山川之险,不如岷汉,孙皓之暴,侈于刘禅,吴人之困,甚于巴蜀,而大晋兵众,多于前世,资储器械,盛于往时,今不于此平吴,更阻兵相守,征夫苦役,日寻干戈,经历盛衰,不可长久,宜乘时平定以一四海,今若引梁益之兵,水陆俱下,荆楚之众,进临江陵,平南豫州,直指夏口,徐扬青兖,并会秣陵,鼓旆以疑之,多方以误之,以一隅之吴,当天下之众,势分形散,所备皆急,一处倾坏,上下震荡,虽有智者,不能为谋。况孙皓恣情任意,与下多忌,将疑于朝,士困于野,平常之日,独怀去就,兵临之际,必有应者,终不能齐力致死,已可知也。又其俗急速,不能持久,弓弩戟楯,不如中国,唯有水战,是其所长,但我兵入境,则长江非复彼有,还保城池,去长就短,我军悬进,人有致节之志,吴人战于其内,徒有凭城之心,如此则军不逾时,克可必矣。乞奋神断,毋误事机,臣不胜櫜(gāo)鞬待命之至。

这表呈上,武帝很为嘉纳,即召群臣会议进止。贾充荀勖冯纨,力言未可,廷臣多同声附和,且言秦凉未平,不应有事东南。武帝因饬祜且缓进兵。祜复申表固请,大略谓:"吴虏一平,胡寇自定,但当速济大功,不必迟疑。"武帝终为廷议所阻,未肯急进。祜长叹道:"天下不如意事,常十居八九,当断不断,天与不取,恐将来转无此机会了。"既而有诏封祜为南城郡侯,祜固辞不拜。平时嘉谟入告,必先焚草,所引士类,不令当局得闻,或谓祜慎密太过,祜慨然道:"美则归君,古有常训。至若荐贤引能,乃是人臣本务,拜爵公朝,谢恩私室,更为我所不取呢。"又尝与从弟琇书道:"待边事既定,当角巾东路,言归故里,不愿以盛满见责。疏广见《汉史》。便是我师哩。"如此志行,颇足令后人取法。咸宁四年春季,祜患病颇剧,力疾求朝,既至都下,武帝命乘车入视,使卫士扶入殿门,免行拜跪礼,赐令侍坐。祜仍面请伐吴,且言:"臣死在朝夕,故特入觐天颜,冀偿初志。"武帝好言慰谕,决从祜谋。祜乃趋退,暂留洛都。武帝不忍多劳,常命中书令张华,衔命访祜。祜语华道:"主上自受禅后,功德未著,今吴主不道,正可吊民伐罪,混一六合,上媲唐虞,奈何舍此不图呢?若孙皓不幸早殁,吴人更立令主,虽有众百万,也未能轻越长江,后患反不浅哩。"华连声赞成。祜唏嘘道:"我恐不能见平吴盛事,将来得成我志,非汝莫属了。"华唯唯受教,复告武帝。武帝复令华代达己意,欲使祜卧护诸将。祜答道:"取吴不必臣行,但取吴以后,当劳圣虑,事若未了,臣当有所付授,但求皇上审择便了。"未几疾笃,乃举杜预自代。预已起任度支尚书,应第二回。至是因祜推荐,即拜预为镇南大将军,都督荆州诸军事。预尚未出都,祜已疾终私第,享年五十八。武帝素服临丧,恸哭甚哀。是时天适严寒,涕泪沾着须鬓,顷刻成冰,及御驾还宫,特赐祜东园秘器,并朝服一袭,钱三十万,布百匹,追赠太傅,予谥曰成。

　　祜本南城人,九世以清德著名。补述籍贯,以地表人,本书著名人物,概用此例。自祜出镇方面,起居服食,仍守俭素,禄俸所入,皆分赠九族,

或散赏军士，家无余财，遗命不得厚殓，并不得以南城侯印入柩。武帝高祜让节，许复本封。原来祜曾受封巨平侯，巨平系是邑名，与南城不同。襄阳百姓，闻祜去世，追忆遗惠，号哭罢市。祜生前在襄阳时，好游岘山，百姓因就山立祠，岁时享祭，祠外建碑，道途相望，相率流涕，后来杜预号此碑为堕泪碑。太傅何曾，同时逝世。曾性颇孝谨，整肃闺门，自少至长，绝意声色，晚年与妻相见，尚各正衣冠，礼待如宾。惟阿附贾充，无所建白。自奉甚厚，一食万钱，尚谓无下箸处。博士秦秀，为曾议谥，慨语同僚道："曾骄侈过度，名被九域，生极恣情，死又无贬，王公大臣，尚复何惮？谨按谥法，名与实异曰缪，恬乱肆行曰丑，可谥为缪丑公。"恰也爽快。武帝忆念勋旧，不欲加疵，仍策谥为孝。比羊叔子何如？正拟举兵伐吴，忽闻凉州兵败，刺史杨欣，又复战死，武帝又未免踌躇，仆射李憙，独举匈奴左部帅刘渊，使讨树机能，侍臣孔恂谏阻道："非我族类，其心必异，刘渊岂可专征？若使他讨平树机能，恐西北边患，从此益深了。"武帝乃不从憙言。

看官听着，刘渊是西晋祸首，小子既经叙及，不得不详为表明。从前南匈奴与汉和亲，自称汉甥，冒姓刘氏。魏祖曹操，曾命南匈奴单于呼厨泉，入居并州境内，分匈奴部众为五部。左部帅刘豹，系呼厨泉兄子，部族最强。后司马师用邓艾计，分左部为二，另立右贤王，使居雁门。豹子名渊，字元海，幼即俊异，师事上党人崔游，博习经史，尝语同学道："我常耻随陆无武，绛灌无文。随何陆贾绛侯周勃灌婴，皆汉初功臣。随陆遇汉高祖，不能立业封侯，绛灌遇汉文帝，不能兴教劝学，这岂非一大可惜么？"于是兼学武事，日演骑射，少长已膂力过人，入为侍子，留居洛阳。安东将军王浑父子，屡称渊文武兼长，可为东南统帅，李憙又荐他督领西军，俱被孔恂等谏阻。渊得知消息，密语好友王弥道："王李见知，每相推荐，非徒无益，恐反为我患哩。"因纵酒长啸，欷歔流涕。当有人告知齐王攸，攸入奏武帝道："陛下不除刘渊，臣恐并州不能久安。"王浑在侧，独替渊解免道："大晋方以信义怀柔殊俗，奈何无故加疑，杀人侍子呢？"晋主遂释渊不诛，未几豹死，竟授渊为左部帅，出都而去。纵虎归山。

已而复闻树机能攻陷凉州，武帝且忧且叹道："何人为我讨平此虏？"道言未毕，左班内闪出一人道："陛下若肯任臣，臣决能平虏。"武帝瞧将过去,乃是司马督马隆,便接口道:"卿能平贼,当然委任,但未知卿方略何如?"隆答道:"臣愿募勇士三千人,率领西行,陛下不必预问战略,由臣临敌制谋,定能报捷。"武帝大喜道:"卿能如是,朕复何忧?"当下命隆为讨虏将军,兼武威太守。廷臣多言隆本小将,妄谈难信,且现兵已多,何必再募勇士?武帝不听,一意委隆。隆设局募兵,悬标为的,须引弓四钧,挽弩九石,方得合选。隆亲自简试,得三千五百人,称为已足。又自至武库选仗,武库令但给敝械,与隆忿争。隆复入白武帝,陈明武库令阻难情形,武帝因传谕武库令,任隆自择。隆始得往取精械,分给勇士,一面入朝辞行。武帝面许给三年军资,隆拜命出都,向西进发。行过温水,树机能等拥众数万,据险拒守。隆见山路崎岖,不易轻进,乃令部下造起扁箱车,载兵徐进,遇着地方辽阔,联车为营,四面排设鹿角,相随并趋,一入狭径,另用木屋覆盖车上,得避弓弩。胡兵虽有埋伏,也觉技无所施,就使出来拦阻,亦被隆逐段杀退。始终不外持重。隆且战且前,并令勇士挽弓四射,发无不中。胡兵多应弦倒地,有几个侥幸脱毂,均皆骇散。因此隆冒险进兵,如同平地,转斗千里,未尝一挫。反杀伤胡虏数千人,得直

讨西虏马隆奏捷

抵武威镇所。自从隆领兵西进,音问杳然,好几月不见军报,朝廷颇以为忧。或谓隆已陷没,故无音耗,及隆使到达,始知他已安抵武威。武帝抚掌欢笑,自喜知人,诘朝召语群臣道:"朕若误信卿等,是已无秦凉了。"群臣怀惭退去。武帝即降诏奖隆,假节宣威将军,加赤幢曲盖鼓吹。未几,又得隆捷报,已擒降鲜卑部酋数人,得众万余。又未几更闻报大捷,十年以来的巨寇树机能,竟被隆乘胜奋斫,枭首凉州,秦凉各境,一律肃清。小子有诗咏道:

用兵最忌是拘牵,良将功成在任专。
十载胡氛从此扫,明良相遇自安全。

秦凉既平,武帝拟按功行赏,偏朝上一班奸臣,又复出来阻挠,毕竟隆众能否邀赏,且看下回再表。

《商书》有言:"取乱侮亡。"吴主孙皓,淫暴无道,已寓乱亡之兆,羊祜之决议伐吴,亦即取乱侮亡之古义耳。惟前时吴尚有人,内得陆凯之为相,外得陆抗之为将,故羊祜虚与周旋,未敢进逼。"将军欲以巧胜人,盘马弯弓故不发。"羊叔子庶几近之,或谓其刈谷偿绢,送还猎兽,第愚弄吴人之狡术,殊不足道,不知外交以才不以德,必拘拘然绳以仁义,几何而不蹈宋襄之覆辙也。况岘首筑祠,堕泪名碑,三代以下,亦不数觏。本回详为演述,褒扬之义,自在言中。彼如马隆之得平树机能,未始非晋初名将,观晋武之倚重两人,乃知开国之主,必有所长,不得以外此瑕疵,遽掩其知人之明也。

第五回

捣金陵数路并举　俘孙皓二将争功

却说马隆既讨平秦凉,朝议将加赏西征将士,偏有人出来阻挠,谓西征将士,已加显爵,不宜更授。独卫将军杨珧进驳道:"前由隆募选骁勇,稍加爵命,不过为鼓励起见,今隆众已荡平西土,未得增赏,将来如何用人,反觉得朝廷失信了。"武帝也以为然,遂颁诏酬勋,赐爵加秩如例。先是西北未平,尚不暇顾及东南,吴主孙皓,还道是四境平安,乐得淫佚。每宴群臣,必令沉醉,又尝置黄门郎十余人,密为监察,群臣醉后忘情,未免失检,那黄门郎立即纠弹,皓即令将失仪诸臣,牵出加罪,或剥面,或凿眼,可怜他无辜遭谴,徒害得不死不活,成为废人。晋益州刺史王濬,察知东吴情事,遂奉表晋廷,略谓:"孙皓荒淫凶逆,宜速征伐,臣造船七年,未得出发,反致朽败。且臣年七十,死亡无日,愿陛下无失时机,亟命东征!"武帝复召廷臣会议,贾充荀勖等仍执前说,力阻行军,唯张华忆羊祜言,赞同濬议。适将军王浑,调督扬州,镇守寿阳,与吴人屡有战争,遂上言:"孙皓不道,意欲北上,应速筹战守为宜。"朝议以天已严寒,未便出师,决待来春大举,武帝亦乐得休暇。一日,正召入张华弈棋,忽由襄阳递入急奏,武帝不知何因,忙即展览,奏中署名,是荆州都督杜预,大略说是:

故太傅羊祜,与朝臣异见,不先博谋,独与陛下密议伐吴,故朝臣益致龃龉。凡事当以利害相较,今此举之利,十有八九,而其害止于无功耳。近闻朝廷事无大小,异议蜂起,虽人心不同,亦由恃恩不虑后难,故轻相同异也。昔汉宣帝议赵充国所上事,获效之后,召责前时异议诸臣,始皆叩头而谢,此正所以塞异端,杜众枉耳。今自秋以来,讨贼之形颇露,若又中止,孙皓怖而生计。或徙都武昌,更完修江南诸城,远其居民,城不可攻,野无所掠,则明年之计,亦得无及矣。时哉勿可失,惟陛下察之!

武帝览毕，顺手递视张华。华看了一周，便推枰敛手道："陛下圣明神武，国富兵强，号令如一。吴主荒淫骄虐，诛杀贤能，及今往讨，可不劳而定，幸勿再疑！"武帝毅然道："朕意已决，明日发兵便了。"华乃趋出。翌晨由武帝临朝，面谕群臣，大举伐吴，即命张华为度支尚书，量计运漕，接济军饷。贾充闻命，忙上前谏阻，荀勖冯𬘭，亦附和随声。武帝不禁动怒，瞋目视充道："卿乃国家勋戚，为何屡次挠我军谋？今已决计东征，成败不干卿事，休得多言！"充碰了一鼻子灰，又见武帝变色，且惊且骇，忙即免冠拜谢。荀冯二人，亦随着磕头。<u>丑态毕露</u>。武帝方才霁颜，命镇军将军琅琊王伷出涂中，安东将军王浑出江西，建威将军王戎出武昌，平南将军胡奋出夏口，镇南大将军杜预出江陵，龙骧将军王濬与广武将军唐彬，率巴蜀士卒，浮江东下，东西并进，共二十余万人；并授太尉贾充为大都督，行冠军将军杨济<u>骏弟</u>。为副总统各军。分派既定，武帝才辍朝还宫。

吏部尚书山涛，素以公正著名，尝甄拔人物，各为题奏，时称为山公启事。他见武帝决意伐吴，不便多嘴，至退朝后，但私语同僚道："自非圣人，外宁必有内忧。今若释吴以为外惧，未始非策，何必定要出兵呢？"<u>山公语亦似是而非，彼时祸根已伏，即不伐吴，亦岂能免乱？</u>及东征军陆续出发，西方捷报又至，武帝益锐意东略，督促进军。龙骧将军王濬，筹备已久，一经奉命，率舟东下，长驱至丹阳。丹阳监盛纪，出兵迎战，怎禁得濬军一股锐气，横冲直撞，无坚不破。纪不及奔还，立被濬军擒去。濬顺流直进，探得江碛要害，统有铁锁截住，江心又埋着铁锥，逆距战船，乃作大筏数十，方百余步，缚草为人，被甲持仗，令善泅诸水手，在水中牵筏先行，筏遇铁锥，辄被引去，再用火炬长十余丈，大数十围，灌渍麻油，爇（ruò）着猛火，乘风烧毁铁锁，锁被火熔，当即断绝，于是船无所碍，鼓棹直前。时已为咸宁六年仲春，和风嘘拂，春水绿波，濬与广武将军唐彬，驱兵至西陵，西陵为吴要塞，吴遣镇南将军留宪，征南将军成璩及西陵监郑广，宜都太守虞忠，并力扼守。不防濬军甚是厉害，一鼓作势，四面攀登，吴兵统皆骄惰，毫无斗志，蓦见敌军乘城，顿时骇散，留宪成璩等，还想巷战，奈手下已皆遁去，单剩得主将数人，孤立无助，眼见得束手成擒了。濬又乘胜攻克荆门夷道二城，擒住吴监军陆晏，再下乐乡，擒住吴水军统领陆景，江东大震。吴平西将军施洪等望风投降。

晋安东将军王浑，出发横江，得破寻阳，击走吴将孔忠，俘得周兴等数人，收降吴厉武将军陈代，平房将军朱明，又镇南大将军杜预，进向江陵，密遣牙将管定周旨等，泛舟夜渡，袭据巴山，张旗举火，作为疑兵。吴都督孙歆，望见大骇，不禁咋舌道："北来诸军，怕不是飞渡长江么？"当下派兵出拒，被管定周旨等预先埋伏，突起交锋，杀得吴军大败奔还。歆尚未得知，安坐帐中，至敌军冲入，方惊起欲遁，不防前后左右，已是敌人环绕，就使力大如牛，也无从摆脱，被他活捉了去。管周二将，向预报功，预即亲抵江陵，督兵攻城。吴将伍延佯请出降，暗中却部署兵士，登陴抵御。预已先料着，趁他行列未整，即命部众缘梯登城。守兵措手不及，城即被陷，伍延战死。江陵既下，沅湘以南各州郡，望风归命，奉送印绶。预仗节称诏，一一抚慰，令各就原官，远近肃然。平南将军胡奋，亦得克江安，会奉晋廷诏命，令胡奋与王濬王戎，合攻夏口武昌，杜预但当静镇零桂，零陵桂阳。怀辑衡阳，且待江汉肃清，直指吴都未迟。预乃分兵益濬，奋与戎亦互助濬军，一战破夏口，再战平武昌，更泛舟东下，所向无前。

可巧春雨水涨，谣诼纷纭，贾充首先倡议，表请罢兵，略谓"百年逋寇，未可悉定，况春夏交际，江淮卑湿，一旦疫疠交作，反为敌乘，宜急召还各军，置作后图。且此次行军，虽似顺手，所损实多，虽腰斩张华，未足以谢天下！"等语。充屡次阻兵，究未知所操何见，想无非是妒功忌能耳。幸武帝不为少动，把充表留中不报。杜预闻充议辍兵，急忙抗表固争，一面征集各军，会议进取，有人从旁梗议，大旨与贾充相似。预奋然道："昔乐毅战国时燕人。借济西一战，几并强齐；今兵威已振，譬如破竹，数节以后，迎刃而解，还要费什么大力呢？"遂指授群帅，径进秣陵。

吴遣丞相张悌及督军沈莹诸葛靓等，率众三万，渡江逆战，行次牛渚，莹语悌道："上流诸军，素无戒备，晋水师顺流前来，势必至此，不如整兵待着，以逸制劳。今若渡江与战，不幸失败，大事去了。"悌慨然道："吴国将亡，贤愚共知，及今渡江，尚可决一死战，不幸丧败，同死社稷，可无遗恨。若坐待敌至，士众尽散，除君臣迎降以外，还有甚么良策？名为江东大国，却无一人死难，岂不可耻？我已决计效死了。"到此已无良策，如悌为国而死，还算是江东好汉。言讫，遂麾众渡江。到了板桥，与晋扬州刺

史周浚军相值。悌便即迎击,两下相交,晋军甚是骁悍,吴兵尽管退却。约阅一二小时,但见吴人弃甲抛戈,纷纷遁去。诸葛靓料难支持,劝悌逃生,悌洒泪道:"今日是我死日了。我忝居宰相,常恐不得死所,今以身死国,死也值得,尚复何言。"靓垂涕自去。悌尚执佩刀,左拦右阻,格杀晋军数名。既而晋军围裹过来,你一枪,我一槊,竟将悌刺死了事。沈莹见悌死节,也不顾性命,力战多时,至身受重创,倒地而亡。吴人视此军为孤注,一经覆没,当然心惊胆落,风鹤皆兵。晋将军王濬,闻板桥得胜,便自武昌拥舟东下,直指建业。即吴都。扬州别驾何恽,得悉王濬东来,进白刺史周浚道:"公已战胜吴军,乐得进捣吴都,首建奇功,难道还要让人么?"浚使恽走告王浑,浑摇首道:"受诏但屯江北,不使轻进,且令龙骧受我节度,彼若前来,我叫他同时并进便了。"恽答道:"龙骧自巴蜀东下,所向皆克,功在垂成,尚肯来受节度么?况明公身为上将,见可即进,何必事事受诏呢?"浑终未肯信,遣恽使还。

原来濬初下建平,奉诏受杜预节制,至直趋建业,又奉诏归王浑节制。濬至西陵,杜预遗濬书道:"足下既摧吴西藩,便当进取秣陵,平累世通寇,救江左生灵,自江入淮,肃清泗汴,然后泝河而上,振旅还都,才好算得一时盛举呢!"濬得书大悦,表呈预书,随即顺流鼓棹,再达三山。吴游击将军张象,带领舟军万人,前来抵御,望见濬军甚盛,旌旗蔽空,舳舻盈江,不由的魂凄魄散,慌忙请降。濬收纳张象,即举帆直指建业。王浑飞使邀濬,召与议事,濬答说道:"风利不得泊,只好改日受教罢。"来使自去报浑。濬直赴建业,吴主孙皓,连接警报,吓得无法可施。将军陶濬,自武昌逃归,入语皓道:"蜀船皆小,若得二万兵驾着大船,与敌军交锋,或尚足破敌呢。"皓已惶急得很,忙授濬节钺,令他募兵退敌。偏都人已相率溃散,只剩得一班游手,前来应募,吃了好几日饱饭。待陶濬驱令出发,又复溃去。陶濬也无可奈何,复报孙皓。皓越加焦灼,并闻晋王濬已逼都下,还有晋琅琊王司马伷亦自涂中进兵,径压近郊,眼见得朝不保暮,无可图存。光禄勋薛莹,中书令胡冲,劝皓向晋军乞降。皓不得已令草降书,分投王濬王浑,并向司马伷处送交玺绶。王濬接了降书,仍驱舰大进,鼓噪入石头城。吴主孙皓,肉袒面缚,衔璧牵羊,并令军士舆榇(chèn)及亲属数人,至王濬垒门,流涕乞降。濬亲解皓缚,受璧焚榇,延入营中,以礼相待。随即驰入吴都,收图籍,封府库,严止军士侵掠,丝毫不入私囊,一面露布告捷。

晋廷得着好音,群臣入贺,捧觞上寿。武帝执爵流涕道:"这是羊太傅的功劳呢!"惟骠骑将军孙秀,系吴大帝孙权侄孙,前为吴镇守夏口,因孙皓见疑,惧罪奔晋,得列显官,他却未曾与贺,且南面垂涕道:"先人创业,何等辛勤,今后主不道,一旦把江南轻弃,悠悠苍天,伤如之何?"<u>前已甘心降敌,此时却来作此语,欺人乎?欺己乎?</u>武帝以濬为首功,拟下诏褒赏,忽接到王浑表文,内称濬违诏擅命,不受自己节度,应照例论罪。武帝未以为然,举表出示群臣。群臣多趋炎附势,不直王濬,请用槛车征濬入朝。武帝不纳,但下书责濬,说他"不从浑命,有违诏旨,功虽可嘉,道终未尽"等语。看官!你想这平吴一役,全亏王濬顺流直下,得入吴都,偏王浑出来作梗,竟要把王濬加罪,可见天下事不论公理,但尚私人争。武帝还算英明,究未免私徇众议,所以古今来功臣志士,终落得事后牢骚,无穷感慨呢。<u>一声何满子,双泪落君前</u>。原来王浑闻濬入吴都,方率兵渡江,自思功落人后,很是愧忿,意欲率兵攻濬。濬部下参军何攀,料浑必来争功，因劝濬送皓与浑。浑得皓后，虽勒兵罢攻，意终未惬，乃表濬罪状，濬既奉到朝廷责言，因上书自讼，略云：

臣前受诏书，谓："军人乘胜，猛气益壮，便当顺流长鹜，直造秣陵。"奉命以后，即便东下。途次复被诏书谓："太尉贾充，总统诸方，自镇东大将军伷及浑濬彬等，皆受充节度。"无令臣别受浑节度之文。及臣至三山，见浑军在北岸，遗书与臣，但云暂来过议，亦不语"臣当受节度"之意。臣水军风发，乘势造贼，行有次第，不便于长流之中，回船过浑，令首尾断绝。既而伪主孙皓，遣使归命，臣即报浑书，并录皓降笺，具以示浑，使速会师石头。臣军以日中至秣陵，暮乃得浑所下当受节度之符，欲令臣还围石头，备皓越逸。臣以为皓已出降，无待空围，故驰入吴都，封库待命。今诏旨谓臣忽弃明制，专擅自由，伏读以下，不胜战栗。臣受国恩，任重事大，常恐托付不效，辜负圣明，用敢投身死地，转战万里，凭赖威灵，幸而能济。臣以十五日至秣陵，而诏书于十二日发洛阳，其间悬阔，不相赴接，则臣之罪责，宜蒙察恕。假令孙皓犹有螳螂举斧之势，而臣轻军单入，有所亏丧，罪之可也。臣所统八万余人，乘胜席卷，皓已众叛亲离，无复羽翼，匹夫独立，不能庇其妻子，雀鼠贪生，苟乞一活耳。而江北诸军，不知其虚实，不早缚取，自为小误。臣至便得，更见怨恚，并云守贼百日，而令他人得之，言语噂(zǔn)沓，不可听闻。案春秋之义，大夫出疆，有利专之，臣虽愚蠢，以为事君之道，唯当竭力尽忠，奋不顾身，苟利社稷，死生以之。若其顾护嫌疑，以避咎责，此是人臣不忠之利，实非明主社稷之福也。夫佞邪害国，自古已然，故无极破楚。宰嚭(pǐ)灭吴，及至石显倾乱汉朝，皆载在典籍，为世所戒。昔乐毅伐齐，下城七十，而卒被谗间，脱身出奔。乐羊战国时魏人。既返，谤书盈箧，况臣疏顽，安能免谗慝之口？所望全其首领者，实赖陛下圣哲钦明，使浸润之谮，不得行焉。然臣孤根独立，久弃遐外，交游断绝，而结恨强宗，取怨豪族，以累卵之身，处雷霆之冲，茧栗之质，当豺狼之路，易见吞噬，难抗唇齿。夫犯上干主，罪犹可救。乖忤贵臣，祸常不测。故朱云折槛，婴逆鳞之怒，望之周堪，违忤石显，虽阖朝嗟叹，而死不旋踵，俱见汉史。此臣之所大怖也。今王浑表奏陷臣，其支党姻族，又皆根据磐牙,并处世位,闻遣人在洛中,专共交构,盗言孔甘,疑惑亲听。臣无曾参之贤,而雁三至之谤,敢不悚栗。本年平吴,诚为大庆,于臣之身,独受咎累,恶直丑正,实繁有徒。欲构南箕,成此贝锦。但当陛下圣明之世,而令济济之朝,有逸邪之人,亏穆穆之风,损皇代之美,是实由臣疏顽,使至于此。拜表流汗,言不识次,伏乞陛下矜鉴!

武帝得书,也知濬为王浑所忌,不免有媒孽等情,因下诏各军,班师回朝,待亲讯功过,核定赏罚云云。王浑既得絷皓,乃与琅琊王伷会衔,送皓入洛,皓至都门,泥首面缚。由朝旨遣使释免,给皓衣服车乘,赐爵归命侯,拜孙氏子弟为郎。所有东吴旧望,量才擢叙。从前王濬东下,吴城戍将,望风归降;惟建平太守吾彦,婴城固守,及孙皓被俘,方才投诚。武帝调彦为金城太守。诸葛靓姊,为琅琊王妃,靓自板桥败后,即窜入姊家,武帝素与靓相识,亲往搜寻。靓为魏扬州都督,诸葛诞子。诞在魏主髦四年,讨司马昭不克,被杀,故靓奔吴,事见《三国演义》。靓复避匿厕中,被武帝左右牵出,始跪拜流涕道:"臣不能漆身毁面,使得复见圣颜,不胜惭愧。"武帝慰谕至再,面授靓为侍中。靓固辞不受,情愿放归乡里。武帝不得已依议,听他自去,终身起坐,不向晋廷,后幸善终。靓于晋有君父大仇,乃不能与张悌同死,徒为是小节欺人,亦何足道。

武帝复颁诏大赦,改元太康。会值诸将陆续还都,因临轩召集,并引见孙皓,赐令侍坐,且顾语皓道:"朕设此座待卿,已好几年了。"皓指帝座道:"臣在南方,亦设此座待陛下。"史家记载皓言,未及指帝座三字,遂启后人疑窦,经著书人添入,方合口吻。贾充已回朝复命,时亦在侧,向皓冷笑道:"闻君在南方,凿人目,剥人面,此刑施于何人?"皓答说道:"人臣有敢为弑逆,及奸邪不忠,方加此刑。"充听了此言,不由的面目发赪(chēng),掉头趋退。自取其辱,但皓只御人口给。不能自保宗社,究有何益?王浑王濬,相继入朝,彼此尚争功不已。武帝命廷尉刘颂,叙次战绩。颂不免袒浑,列浑为首功,濬为次功。武帝因颂考绩徇私,左迁京兆太守。怎奈王浑私党,充斥朝廷,浑子济又尚公主,气焰逼人,大家统为浑帮护,累得武帝不便专制,也只好委曲通融,乃增浑食邑八千户,进爵为公。授濬为辅国大将军,与杜预王戎等,并封县侯。以下诸将,赏赐有差。遣使祭告羊祜庙,封祜夫人夏侯氏为万岁乡君,食邑五千户。一番东

征事迹,至此结局。王濬以功大赏轻,始终不服,免不得怨忿交并,小子有诗叹道:

  楼船直下扫东吴,功业初成已被诬。
  何若当时范少伯,一舸载美去游湖。

欲知王濬后来情事,且至下回叙明。

  蜀亡在晋武开国之先,故本编首回,略略叙及,并不加详。至大举灭吴,则晋武即位,已十有余年矣。此固当列诸晋史,不得以吴列三国,应属诸三国演义,可以删繁就简也。惟晋之伐吴,倡议为羊祜,立功为王濬,而从中怂恿者为张华,余子碌碌,皆因人成事而已。武帝非不明察,卒因朝臣右袒王浑,独封浑为公,而濬以下不过封侯,无怪濬之愤恨不平也。然功成者退,知足不辱,濬乃为小丈夫之悻悻,始终未释,其后来之得全首领者,尚其幸耳。韩彭菹醢,晁错受戮,非炎盛开国时耶?史家谓浑既害善,濬亦矜功,诚足为一时定评云。

第六回

纳群娃羊车恣幸　继外孙螟子乱宗

却说王濬因功高赏轻,时怀不平,每在朝右自陈战绩及诸多枉屈情形,武帝虽有所闻,亦如聋瞽一般,绝不与谈。濬不胜愤懑,往往不别而行。武帝念他有功,始终含忍过去。益州护军范通,为濬外亲,尝入语濬道:"公有平吴大功,今乃不能居守,未免可惜。"濬惊问何因,通答道:"公返旆后,何不激流勇退,角巾私第,口不言功,如有人问及,可答称圣主宏谟,群帅戮力,若老夫实无功可言。从前蔺相如屈服廉颇,便得此意。见战国时代。公能行此,也足令王浑自愧了。"濬瞿然道:"我亦尝惩邓艾覆辙,邓艾事在前。自恐遭祸,不能无言。及今已隔多日,胸中尚不免介介,这原是我器量太小呢。"通即起贺道:"公能自知小过,便足保全。"说毕乃退。濬自是稍稍敛抑,不欲争功。博士秦秀,太子洗马孟康等,却代为濬诉陈枉抑,武帝乃迁濬为镇军大将军,加散骑常侍,领后军将军。时都中竞尚奢侈,濬本俭约,至此恐功高遭嫌,乐得随风张帆,玉食锦衣,优游自适。后又受调为抚军大将军,开府仪同三司,延至太康六年病终。年已八十,得谥为武。濬得令终,幸有范通数语。看官听说!在晋武未曾受禅以前,本来是三国分峙,各据一方,自西蜀入魏,降王刘禅,受封为安乐公,三国中已少了一国。及魏变为晋,吴又并入晋室,晋得奄有中原,规复秦汉旧土,遂划全国为十九州,分置郡国百五十余。小子特将十九州的名目,析述如下:

司　兖　豫　冀　并　青　徐　荆　扬　凉　雍　秦　益　梁
宁　幽　平　交　广

小子还有数语交代,那安乐公刘禅的死期,是在晋泰始七年间,归命侯孙皓的死期,是在晋太康二年间,两降主俱病死洛阳,已无后患。就是废居邺城的魏曹奂,无拳无勇,好似鸟入笼中,受人豢养,得能饱暖终身,还算是新朝厚惠。他最后死,直到晋惠帝泰安元年,方病殁邺城。叙结三主生死,是揭晋武厚道处,即见晋武骄盈处。武帝既混一宇内,遂思偃武修文,下诏罢州郡兵,诏云:

> 自汉末四海分崩,刺史内亲民事,外领兵马,今天下为一,当韬戢干戈,刺史分职,皆如汉时故事。悉去州郡兵,大郡但置武吏百人,小郡五十人,以示朕与民安乐,共享太平之意。

这诏颁下,交州牧陶璜,便即上书,略谓:"州兵不宜减损,自示空虚。"武帝不纳。右仆射山涛因病告假,闻朝廷下诏罢兵,亦不以为然。会武帝亲至讲武场,搜阅士卒,涛力疾入朝,随驾讲武,当下乘间进言,谓不宜去州郡武备,语意甚是剀切。武帝也为动容,但自思天下已平,不必过虑,既已颁诏四方,也未便朝令暮改,因此将错便错,延误过去。俗语说得好:"饱暖思淫欲。"武帝犹是人情,一经安乐,便勾起那淫欲心肠。他闻得南朝金粉,格外鲜妍,乘此政躬清泰,正好选入若干充作姿婢,借娱晨夕。可巧吴宫伎妾,多半被将士掠归,洛阳都下,凑娶吴娃,但教一道命令,传下都门,将士怎敢违旨?便将所得吴女,一古脑儿送入宫中。武帝仔细点验,差不多有五千名,个个是雪肤花貌,玉骨冰肌,不由的龙心大喜,一齐收纳,分派至各宫居住。自是掖廷里面,新旧相间,约不下万余人。武帝每日退朝,即改乘羊车,游历宫苑,既没有一定去处,也没有一定栖止,但逢羊车停住,即有无数美人儿前来谒驾。武帝约略端详,见有可意人物,当即下车径入,设宴赏花。前后左右,莫非丽姝,待至酒下欢肠,惹起淫兴,便随手牵了数名,同入罗帏。这班妖淫善媚的吴女,巴不得有此幸遇,挨此进供,曲承雨露。武帝亦乐不忘疲,今朝到东,明朝到西,好似花间蝴蝶,任意徘徊。只是粉黛万余,惟望一宠,就使龙马精神,也不能处处顾及,有几个侥幸承恩,大多数向隅叹泣,于是狡黠的宫女,想出一法,各用竹叶插户,盐汁洒地,引逗羊车。羊性嗜竹叶,又喜食盐,见有二物,往往停足。宫女遂出迎御驾,好把武帝拥至居室,奉献一脔。武帝乐得随缘,就便临幸。待至户户插竹,处处洒盐,羊亦刁猾起来,随意行止,不为所诱。宫女因旧法无效,只好自悲命薄,静待机缘罢了。何必定要望幸?惟武帝逐日宣淫,免不得昏昏沉沉,无心国事。后父车骑将军杨骏及弟卫将军珧,太子太傅济,乘势擅权,势倾中外,时人号为三杨。所有佐命功臣,多被疏斥。仆射山涛,屡有规讽,武帝亦嘉他忠直,怎奈理不胜欲,一遇美人在前,立把忠言撇诸脑后,还管甚么兴衰成败呢?一日,由侍臣捧入奏章,呈上御览,武帝顺手披阅,乃是侍御史郭钦所奏,大略说是:

戎狄强扩,历古为患,魏初民少,西北诸郡,皆为戎居,内及京兆魏郡弘农,往往有之。今虽服从,若百年之后,有风尘之警,胡骑自平阳上党,飙(biāo)忽南来,不三日可至孟津,恐北地西河太原冯翊安定上郡,尽为狄庭矣。宜及平吴之威,谋臣猛将之略,渐徙内郡杂胡于边地,峻四夷出入之防,明先王荒服之制,此万世之长策也。

武帝看了数行,嗤然笑道:"古云杞人忧天,大约如此。"遂置诸高阁,不复批答。仍乘着羊车,寻欢取乐去了。女色盅人,一至于此。后来得着昌黎军报,乃是鲜卑部酋慕容涉归,导众入寇。幸安北将军严询,守备颇严,把他击退。慕容氏始此,详见后文。武帝越加放心,更见得郭钦奏疏,不值一览。未几又有吴人作乱,亦由扬州刺史周浚,剿抚兼施,得归平靖。南北一乱即平,君臣上下,统说是么麽小丑,何损盛明?于是权臣贵戚,藻饰承平,你夸多,我斗靡,直把那一座洛阳城,铺设得似花花世界,荡

荡乾坤。

当时除三杨外，尚有中护军羊琇，后将军王恺，统仗着椒房戚谊，备极骄奢。琇是晋景帝*即司马师。见第一回。*继室羊后从弟，恺是武帝亲舅，乃姊就是故太后王氏，*亦见第一回中。*两家是帝室懿亲，安富尊荣，还在人意料中，不意散骑常侍石崇，却比两家还要豪雄，羊琇自知不敌，倒也不敢与较，只王恺心中不服，时常与崇比富。崇字季伦，系前司徒石苞幼子，颇有智谋，苞临终分财，派给诸子，独不及崇，谓崇将来自能致富，不劳分授，果然崇年逾冠，即得为修武令，嗣迁城阳太守，帮同伐吴，因功封安阳乡侯。旋复受调为荆州刺史，领南蛮校尉，加鹰扬将军。平居孳孳为利，在荆州时，暗属亲吏扮作盗状，往劫豪贾巨商，遂成暴富。入拜卫尉，筑室宏丽，后房百数，皆曳纨绣，珥珠翠，旦暮不绝丝竹，庖膳务极珍羞。王恺，家用粘*糖也，与饴通。*沃釜，崇独用蜡代薪；王恺作紫丝布步障四十里，崇作锦布障五十里以敌恺。恺涂屋用椒，崇用赤石脂相代。恺屡斗屡败，因入语武帝，欲假珊瑚树为赛珍品，武帝即赐与一株，高约二尺许。恺洋洋自得，取出示崇，总道崇家必无此珍奇，定要认输了事。哪知崇并不称美，反提起铁如意一柄，把珊瑚树击成数段。看官，你想王恺到此，怎得不怒气直冲，欲与石崇拚命？崇反从容笑语道："区区薄物，值得甚么？"遂命家僮取出家藏珊瑚树，约数十株，最高大的约三四尺，次约二三尺，如恺所示的珊瑚树，要算是最次的，便指示恺道："君欲取偿，任君自择。"恺不禁咋舌，赧然无言，连击碎的珊瑚树，也不愿求偿，一溜烟的避去。崇因此名冠洛阳。*多利厚亡，请看将来。*车骑司马傅咸，目击奢风，有心矫正，特上书崇俭道：

> 臣以为谷帛虽生，而用之不节，无缘不匮，故先王之化天下，食肉衣帛，皆有其制。窃谓奢侈之费，甚于天灾。古者尧有茅茨，今之百姓，竞丰其屋；古者臣无玉食，今之贾竖，皆厌粱肉；古者后妃，乃有殊节，今之婢妾，被服绫罗，古者大夫，乃不徒行，今之贱隶，乘轻驱肥；古者人稠地狭，而有储蓄，由于节也，今者土广人稀，而患不足，由于奢也。欲时之俭。当诘其奢，奢不见诘，转相夸尚，弊将胡底？昔毛玠为吏部尚书时，无敢好衣美食者，魏武帝叹曰："孤之法不如毛尚书，今使诸部用心，各如毛玠，则风俗之移，在所不难矣。"臣言

虽鄙，所关实大，幸乞垂察！

书入不报。司隶校尉刘毅，鲠直敢言，尝劾羊琇纳赂违法，罪应处死，亦好几日不见复诏。毅令都官从事程衡，驰入琇营，收逮琇属吏拷问，事皆确凿，赃证显然，乃再上弹章，据实陈明。武帝不得已罢免琇官。暂过旬月，又使琇白衣领职。贪夫得志，正士灰心，一班蝇营狗苟的吏胥，当然暮夜辇金，贿托当道，苞苴夕进，朱紫晨颁，大家庆贺弹冠，管甚么廉耻名节？到了太康三年的元旦，武帝亲至南郊祭天，百官相率扈从，祭礼已毕，还朝受谒。校尉刘毅，随班侍侧，武帝顾问道："朕可比汉朝何帝？"毅应声道："可比桓灵。"这语说出，满朝骇愕。毅却神色自若，武帝不禁失容道："朕虽不德，何至以桓灵相比？"毅又答道："桓灵卖官，钱入官库，陛下卖官，钱入私门，两相比较，恐陛下还不及桓灵呢！"再加数语，也可谓一身是胆。武帝忽然大笑道："桓灵时不闻有此言，今朕得直臣，终究是高出桓灵了。"受责不怒，权谲可知。说毕，乃抽身入内，百官联翩趋出，倘互相惊叹。刘毅仍不慌不忙，从容自去。

尚书张华，甚得主宠，独贾充荀勖冯纨等，因伐吴时未与同谋，常相嫉忌。适武帝问及张华，何人可托后事？华朗声道："明德至亲，莫如齐王。"武帝闻言，半响不出一语。华也自知忤旨，不再渎陈。原来齐王攸为武帝所忌，前文中已略述端倪，见第三回。此次由张华突然推荐，更不觉触起旧情，且把那疑忌齐王的私心，移到张华身上，渐渐的冷淡下来。荀勖冯纨，乘间抵隙，遂将捕风捉影的蜚语，诬蔑张华。华竟被外调，出督幽州军事兼安北将军。他本足智多谋，一经莅任，专意怀柔，戎夏诸民，无不悦服。凡东夷各国，历代未附，至是也慕华威名，并遣使朝贡。武帝又器重华才，欲征使还朝，付以相位。议尚未定，已被冯纨窥透隐情，趁着入侍时间，与武帝论及魏晋故事。纨怃然道："臣窃谓钟会构衅，实由太祖。"即司马昭，见第三回。武帝变色道："卿说甚么？"纨免冠叩谢道："臣愚蠢妄言，罪该万死，但惩前毖后，不敢不直陈所见。钟会才智有限，太祖乃夸奖太过，纵使骄盈，自谓算无遗策，功高不赏，因致构逆。假使太祖录彼小能，节以大防，会自不敢生乱了。"说至此，见武帝徐徐点首，且说出一个"是"字，便又叩首道："陛下既俯采臣言，当思履霜坚冰，由来有渐，无再使钟会复生。"武帝道："当今岂尚有如么？"纨又答道："谈何容易？且臣不密即失身，臣亦何敢多渎？"武帝乃屏去左右，令他极言。绗乃说道："近来为陛下谋议，著有大功，名闻海内，现在出踞方镇，统领戎马，最烦陛下圣虑，不可不防。"谗口可畏。武帝叹息道："朕知道了。"于是不复召华，仍倚任荀冯等一班佞臣。

　　既而贾充病死，议立嗣子，又发生一种离奇的问题。先是充尝生一子，名叫黎民，年甫三龄，由乳母抱儿嬉戏，当阁立着，可巧充自朝退食，为儿所见，向充憨笑。充当然爱抚，摩弄儿顶，约有片时，不料充妻郭槐，从户内瞧着，疑充与乳母有私，竟乘充次日上朝，活活将乳母鞭死。可怜三岁婴孩，恋念乳母，终日啼哭，变成了一个慢惊症，便即夭殇。未几，复生一男，另外雇一乳母，才阅期年，乳母抱儿见父，充又摩抚如初，冤冤相凑，仍被郭槐窥见，取出老法儿处死乳母，儿亦随逝，此后竟致绝嗣。充为逆臣，应该有此妒妇。充死年已六十六，尚有弟混子数人，可以入继。偏郭槐想入非非，独欲将外孙韩谧，过继黎民，为贾氏后。看官，试想三岁的亡儿，如何得有继男？况韩谧为韩寿子，明明是贾充外孙，如何得冒充为孙？当时郎中令韩咸与中尉曹轸，俱面谏郭槐道："古礼大宗无后，即以小宗支子入嗣，从没有异姓为后的故例，此举决不可行。"郭槐不听，竟上书陈请，托称贾充遗意，愿立韩谧为世孙。可笑武帝糊涂得很，随即下诏依议，诏云：

　　太宰鲁公贾充，崇德立勋，勤劳佐命，背世殂陨，每用悼心。又胤子早终，世嗣未立，古者列国无嗣，取始封支庶以绍其统，而近代更除其国。至于周之公旦，汉之萧何，或豫建元子，或封爵元妃，盖尊显勋劳，不同常例。太宰素取外孙韩谧为世子黎民后，朕思外孙骨肉至近，推恩计情，合于人心，其以谧为鲁公世孙，以嗣其国，自非功如太宰，始封无后，不得援以为例。特此谕知！

　　看官阅过第二回，应知贾午偷香，是贾门中一场风流佳话。此次又将贾午所生的儿子，还继与贾充为孙，益觉得闻所未闻。风流佳话中，又添一种继承趣事了。那韩谧接奉诏旨，即改姓为贾，入主丧务，一切仪制，格外丰备。武帝厚加赙赐，自棺殓至丧葬费，钱约二千万缗，且有诏令礼官拟谥。博士秦秀道："充悖礼违情，首乱大伦，从前春秋时代，鄫（zēng）养外孙莒公子为后，麟经大书莒人灭鄫，今充亦如此，是绝祖父血食，开朝廷乱端，岂足为训？谥法昏乱纪度曰荒，请谥为荒公。"武帝怎肯依议，再经博士段畅，拟上一个武字，方才依从，这且待后再表。

且说齐王攸德望日隆，中外属望，独荀勖冯紞，日思排挤，并加了一个卫将军杨珧，也与攸未协，巴不得将他摔去。三人互加谗间，尚未见效，冯紞是谗夫中的好手，竟入内面请道："陛下遣诸侯至国，成五等遗制，应该从懿亲为始。懿亲莫若齐王，奈何勿遣？"武帝乃命攸为大司马，都督青州军事。命令一下，朝议哗然。尚书左仆射王浑，首先谏阻，略言："攸至亲盛德，宜赞朝政，不应出就外藩。"武帝不省。嗣由光禄大夫李憙，中护军羊琇，侍中王济甄德，皆上书切谏，又不见从。王济曾尚帝女常山公主，甄德且尚帝妹京兆长公主，两人因谏阻无效，不得已乞求帷帘，浼（měi）两公主联袂入宫，吁请留攸。两公主受夫嘱托，力劝武帝，不意也碰了一鼻子灰。小子有诗叹道：

　　上书谏阻已无功，欲借娥眉启主聪。
　　谁料妇言同不用，徒教杏靥并增红。

欲知两公主被斥情形，且至下回再详。

山涛之谏阻罢兵，郭钦之疏请徙戎，未始非当时名论，但徒务外攘，未及内治，终非知本之言。武帝平吴，才及半年，即选吴伎妾五千人入宫，此何事也？乃不闻力谏，坐使若干粉黛，蛊惑君心，一褒妲已足亡天下，况多至五千人乎？不此之察，徒龂（yín）龂于兵之遽罢，戎之未徙，试思君荒臣奢，淫侈无度，即增兵徙戎，宁能不乱？后之论者，辄谓山涛之言不听，郭钦之疏不行，致有他日之祸乱，是所谓知二五不知一十者也。贾充妻郭槐，以韩谧为继孙，妇人之徇私蔑礼，尚不足怪，独怪武帝之竟从所请，清明之气，已被无数娇娃，斫丧殆尽。志已昏而死将随之矣，更何惑乎齐王攸之被遣哉！

第七回

指御座讽谏无功　侍帝榻权豪擅政

却说武帝决意遣攸，不愿从谏。暮见两公主入宫，至御座前敛衽下拜，力请留攸。武帝道："汝等妇女，怎知国事？不必来此纠缠！"两公主跪不肯起，甚至叩头涕泣，惹得武帝怒起，拂衣外出，趋往别殿。两公主见他自去，无从再求，没奈何起身归家。那武帝怒尚未息，至别殿间，正值侍中王戎值日，便顾语道："兄弟至亲，今出齐王，乃是朕家事，甄德王济，横来干涉，今且遣妻入宫，向朕哭泣，朕不死，何劳彼哭？齐王亦未尝死，更何劳彼哭呢！"妇人两行珠泪，最能动人，不意此次，却用不着。王戎听了，也不敢多言。武帝即令戎草诏，黜济为国子祭酒，德为大鸿胪。济与德因公主归来，复述武帝拒谏情形，更觉得自寻没趣，及左迁命下，越加扫兴，唯与公主相对涕洟(tì)罢了。独羊琇以杨珧排攸，运动最力，意欲与珧面论是非，怀刃寻衅。偏杨珧预先防备，托疾不出，暗嘱有司劾琇。琇降官太仆，恚愤而死。得死为幸。光禄大夫李憙，亦因年老辞职，罢死家中。是时已值年暮，齐王攸奉诏未行，暂留京都守岁。越年仲春，诏命太常议定典礼，崇锡齐王，促令就道。博士庾旉(fū)秦秀等，再上章挽留，仍不见报。祭酒曹志叹道："亲如齐王，才如齐王，不令他树本助化，反欲远徙海隅，晋室恐不能久盛了。"乃复上书极谏，谓当从博士等言。武帝览书大怒道："曹志尚不明朕心，何论他人？"遂黜免志官，并庾旉等七人除名。

原来中书监荀勖，曾在武帝前进谗，谓百僚已归心齐王，试诏令就国，必致朝议沸腾。武帝先入为主，且见群臣陆续留攸，果如勖言，免不得忮(zhì)心愈甚，所以奏牍上陈，无一见信，反加严谴。齐王攸亦不愿莅镇，奏乞守先后陵，仍被驳斥。满腔孤愤，无处上伸，累得攸郁郁成疾，竟至呕血。这也何必。武帝遣御医诊视，御医希旨承颜，复称齐王无疾。

武帝遂连番下诏，催促起程。攸素好容仪，犹力自整肃，入阙辞行。武帝见他举止如恒，益疑他居心多诈，哪知过了两日，即由攸子冏呈入讣音，称攸呕血不止，竟尔逝世。武帝以变生意外，不禁大恸，冯纨在旁劝解道："齐王名不副实，盗誉有年，今自毙逝，未始非社稷幸福，陛下何必过哀。"武帝乃收泪而止。诏为齐王发丧，礼仪如安平王孚故事，见第三回。并亲自往吊。攸子冏对帝悲号，诉称为御医所误，武帝也觉不忍，令即收诛御医。但知希旨，不知有此一着。命冏承袭父爵，冏亦八王之一。谥攸为献。攸为晋室贤王，享年只三十有六。扶风王骏，闻武帝遣攸出镇，也曾上书力阻，嗣因武帝不从，忧愤成疾，与攸同时告终。骏遗爱及民，西人多树碑志德，悲泣盈途，晋廷追赠为大司马，予谥曰武。叙攸及骏，不没贤王。乃进汝南王亮为太尉，录尚书事，光禄大夫山涛为司徒，尚书令卫瓘为司空。

涛年垂八十，老病侵寻，因固辞不许，力疾入谢，途中又感冒风寒，归卧不起，旋即去世。武帝优加赙给，赐谥曰康。涛字巨源，河内人氏，早年丧父，食贫居贱，尝向妻韩氏道："勉耐饥寒，我将来当位至三公，但未知卿堪做夫人否？"及年已四十，始为郡曹，从祖姑为宣穆皇后生母，宣穆皇后见首回。瓜葛相连，得与武帝为中表亲，乃累迁至尚书仆射，兼领吏部铨衡。有知人鉴，平居贞顺节俭，家无妾媵，禄赐俸秩，分赡亲故，殁后只遗旧屋十间，子孙不敷居住。左长史范晷，为白朝廷，武帝乃令有司拨款，代为营室，总算是酬答勋亲的惠意。另简右仆射魏舒为司徒。

舒籍隶任城，幼即失怙，寄食外家宁氏。宁氏尝增筑居宅，有堪舆家相宅道："此宅应出贵甥。"舒闻言自负，欣然语人道："当为外家成此宅相。"已而与宁氏别居，身长八尺二寸，仪容秀伟，不修小节，专喜骑射，以渔猎为生涯，尝投宿野王逆旅，闻有车马声隐隐前来，约至门外，即有人互相问答。问语为是男是女，答语称是男子。接连又有人应声道："是男至十五岁，当死兵刃。"过了片刻，复问为何人借宿？答称为魏公舒。言讫遂去。舒卧至天明，起询寓主，始知主人妻夜产一男，乃记忆而行。蹉跎蹉跎，已过了十五年，贫困如故，往探野王主人，问及生男所在？主人黯然答述，谓："伐桑伤斧，创重身亡。"舒觉前闻已验，惟年登强仕，故我依然，又似前兆未符，转思平时不学，何从上达？不如发愤攻书，借博功名。

由是日习一经，期月有成，出与郡试，得升上第，除渑池长，迁浚仪令，入为尚书郎，不数年位至尚书，晋职司徒。舒处事明决，持躬清俭，散财好施，与山涛相同，所以德望亦与涛相亚。舒亦晋初名臣，故随笔插叙。司空卫瓘，向与舒友善，至此更同心夹辅，整饬纪纲，故太康年间，虽武帝荒淫，三杨用事，尚赖两老臣极力维持，幸得少安。

　　瓘世居安邑，父觊曾仕魏为尚书，中年去世，瓘得袭父荫，弱冠已仕尚书郎，后来佐晋立功，受封菑阳公。第四子宣，得尚帝女繁昌公主，瓘得邀宠眷，遇事摅忠，尝虑储贰非人，欲密请废立，屡次入见，且吐且茹，始终未敢直陈。会武帝幸凌云台，召集百僚，各赐盛宴。瓘饮至数觥，佯为醉状，起身至御座前下跪道："臣有言上陈，未知圣意肯容纳否？"武帝许令直陈。瓘欲言又止，如是三次，乃用手抚床道："此座可惜。"武帝已悟瓘意，权词相答道："公真大醉么？"瓘亦知武帝托词，叩头而退。及宴毕还宫，过了数日，武帝想出一法，特召东宫官属，悉数入殿，概令侍宴。暗中却封着尚书疑案，遣内侍赍付东宫，令太子判决，当即复命。太子衷呆笨得很，骤接来文，晓得什么裁答，慌忙召问僚属，急切不见一人，那时仓皇失措，

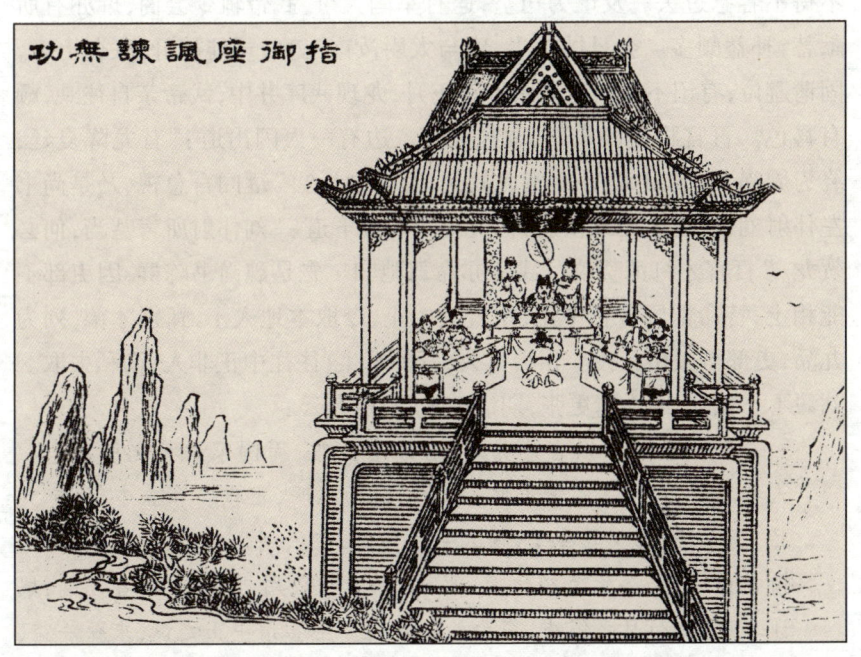

只好入问床头夜叉,与她商议。贾妃南风虽然读过好几年诗书,略通文墨,但欲代为答复,亦觉自愧未能,急来抱佛脚,忙遣侍俾趋问外臣,当有人代为拟草,引古证今,备具典博,侍婢持报贾妃,妃恐忙中有错,再召入给事张泓,使决可否。泓摇首道:"太子不学,为圣上所深知,今答诏多引古义,明明是请人代拟,一或查究,水落石出,属稿吏当然被谴,恐太子亦不能安位了。"贾妃大惊道:"这却如何是好?"泓答道:"不如直率陈词,免得陛下动疑。"贾妃乃转惊为喜,温言与语道:"烦公为我善复,他日当与共富贵。"泓因为具草,令太子自写。太子衷勉强录成,再由泓复阅,方交内使持去。武帝接视复文,词句虽多鄙俚,意见却是明通,不由的放下忧怀,既欲考验太子,何妨召入面试,乃仍辗转迟回,堕入狡吏计中,何其不明若是?便又召入卫瓘,持示答草。瓘才阅数行,即逡巡谢过,左右始知瓘有毁言,齐称陛下圣明,不受谗间,说得瓘满面怀惭,容身无地,还是武帝替他调解,方使瓘徐徐引退,尚得盖愆。

是时贾充尚在,得此消息,使人语贾妃道:"卫瓘老奴,几破汝家。"妃因此恨瓘,尝思设计报复,只因武帝知瓘忠诚,宠遇日隆,一时无可下手,不得不容忍过去。及瓘为司空,遇有军国大事,武帝辄令会商,瓘亦有所献替,补益颇多。会日蚀过半,瓘与太尉汝南王亮,司徒魏舒,联名上表,固请避位,有诏不许。至太康五年正月,龙现武库井中,武帝亲自往观,颇有喜色。百官将提议庆贺,瓘独无言。边有一人闪出道:"昔龙降夏廷,终为周祸,寻案旧典,并无贺龙故例,怎得创行?"瓘闻言急视,乃是尚书左仆射刘毅,是由司隶校尉新升,便随口接下道:"刘仆射所言甚当,何必贺龙。"百官才打消贺议。武帝亦命驾驰归。先是魏尚书陈群,因吏部不能相士,特命郡国各置中正,州置大中正,令取本地人士,甄别才德,列为九品,吏部得援格补授。相沿日久,奸弊丛生,往往中正非人,徇私去取。刘毅不忍缄默,因力请更张,期清宿敝,奏疏有云:

臣闻立政者以官才为本,官才有三难,而国家兴替之所由也。人物难知,一也;爱憎难防,二也;情伪难明,三也。今立中正,定九品,高下任意,荣辱在手,操人主之威福,夺天朝之权势,爱憎决于心,情伪由于己,公无考校之负,私无告讦之忌,用心百态,求者万端,廉让之风灭,苟且之俗成,窃为圣朝耻之。臣尝谓中正之设,未获一益,反得八损,高下逐强弱,是非随兴衰,一人之身,旬日异状,或以货赂自通,或以亲私登进,是以上品无寒门,下品无势族,慢主罔时,实为乱源,所损一也;重其任而轻其人,所立品格,徒凭一人之意见,未经众望之所归,卒使驳违之论,横于州里,嫌仇之隙,结于大臣,所损二也;推立格之意,以为才德有优劣,伦辈有首尾,序列高下,若贯鱼之成次,秩然不乱,乃法立而弊生,名是而实非,公以为格,坐成其私,徒使上欺明主,下乱人伦,优劣易地,首尾倒错,所损三也;国家赏罚,自王公以至庶人,无不如法,今置中正,委以重柄,无赏罚之防,遂至清平者寡,怨讼者众,听之则告讦无已,禁绝则侵枉无极,上明不下照,下情不上闻,所损四也;一国之士,多者千数,或流徙异地,或取给殊方,面犹不识,遑问才力,而中正无论知否,但采誉于台府,纳毁于流言,任己则有不识之蔽,听受则有彼此之偏,所损五也;职有大小,事有剧易,稽功叙绩,庶足鼓舞人才,今则反是,当官著效者,或附卑品,在官无绩者,转得高叙,抑功实而隆虚名,长浮华而废考绩,所损六也;官不同事,人不同能,得其能则成,失其能则败,今不状才能之所宜,而徒第为九品,以品取人,或非才能之所长,以状取人,则为本品之所限,即使鉴衡得实,犹虑品状相仿,况意为取舍,黑白混淆,所损七也;前时铨次九品,朝廷犹诏令善恶必书,以为褒贬,故当时犹有所忌,今之九品,所下不彰其恶,所上不列其善,废褒贬之义,任爱憎之断,清浊同流,惩劝不明,天下人焉得不臁行而骛名,所损八也。由此论之,职名中正,实为奸府,事名九品,实有八损。古今之失,无逾于此。臣以为宜罢中正,除九品,弃魏氏之弊法,立一代之美制,则铨政清而人才出矣。事关重要,恳切上闻!

这疏上后,武帝虽尝优答,仍然不见施行。司空卫瓘,更与太尉汝南王亮等,申请尽除中正,规复乡举里选的古制。乡举里选,可行于上古,不可行于后世。试看今日选举,便可知晓。武帝但务因循,终不能改。未几刘毅疾殁,魏舒又以老疾辞官,旋亦谢世。朝议征令镇南大将军杜预,还都辅政。预已六十三岁,自荆州奉诏启行,行次邓县,一病不起,告终驿馆。自武帝罢撤兵备,吏惰民嬉。独预镇襄阳,常言天下虽安,忘战必危,所以文武并重,内立泮(pàn)宫,外严堡寨,又引滍淯(Zhì)淯(Yù)诸水,

以溉原田,疏通扬夏诸水以达漕运,同私同利,兵民永赖,时人称为杜父,又号为杜武库。平居无事,辄流览经籍,自撰《春秋经传集解》,又参考众家谱弟,著成释例,再作盟会图春秋长历。再四斟酌,至老乃竣。当时侍中王济善相马,和峤善聚财,预谓济有马癖,峤有钱癖,唯自己有《左传》癖,迄今杜氏集解,流传不替。预殁后归葬京兆,追赠开府,得谥为成。天不慭(yìn)遗,老臣凋谢,只剩了一个卫司空,孤立无援,内为贾妃所忌,外为杨氏所嫌,免不得表里相倾,不安于位。卫宣曾尚帝女,见上文。复好作狭邪游,伉俪间不甚和协。杨骏等乘间设谋,谓宣若离婚,瓘必逊位,因嘱黄门侍郎等劾瓘父子,讽武帝夺宣公主。瓘当然惭惧,告老乞休。武帝准如所请,听令原爵休致,并命繁昌公主入宫居住,示与卫氏绝婚。有司又奏宣所为不法,应付廷尉治罪,武帝总算不问。后来知宣被诬,拟令公主仍归卫家,哪知缘分已断,不能再续,宣已病瘵亡身,徒使那金枝玉叶,坐守空帏,岂不可叹!

杨骏既排去卫瓘,复忌及汝南王亮,多方媒蘖,不由武帝不从,竟命亮为大司马,出督豫州诸军事,使镇许昌。又徙封皇子南阳王柬为秦王,使出督关中，始平王玮为楚王，使出督荆州，濮阳王允为淮南王，使出督扬江二州军事。东玮允三王，已见前文。更立诸子乂为长沙王，颖为成都王，乂颖与玮，并列八王中。晏为吴王，炽为豫章王，演为代王，皇孙遹（yù）为广陵王，遹为太子冢嗣，但不由嫡出，乃是宫妾谢玖所生。谢玖本系武帝宫中的才人，才人系女官名。秀外慧中，颇邀睿赏，特给赐东宫，使充妾媵，才阅年余，便生一男，取名为遹。遹年五岁，颖悟绝伦。一夕，侍武帝侧，蓦闻宫外失火，左右惊惶，武帝欲登楼觇视，遹牵住武帝衣裾，不使上楼。武帝问为何意？遹答说道："昏夜仓猝，宜备非常，不可使火光照见人主。"武帝不禁点首。至火已救熄，内外安静，益称遹为奇儿。小时了了，大未必佳。且谓遹酷肖宣帝，将来必能篡承大统，所以太子不才，武帝未尝不晓，只因遹生性敏慧，有恃无恐，所以不愿废储，照旧过去。贾妃南风，甚是妒悍，不悦皇孙，自遹得生长，更恐他妾再复生男，严加防检。适有一妾怀妊，腹大便便，为妃所觉，便用戟掷刺孕妾，随刃仆地，且责宫女防闲不密，自持刀杀死数人。武帝闻报大怒，命修金墉城冷宫，将妃废锢，充华赵粲，见首回。为妃缓颊，从容入白道："贾妃年少，未能免妒，待至长成以后，自当知改，愿陛下三思！"就是杨后亦替她劝解，再加杨珧亦为进言，谓："贾充有功社稷，不应遽忘，毋致废及亲女。"此时力为悍妃帮忙，宁知后来反噬耶？武帝乃寝议不行。当断不断，反受其乱。

转瞬间已是太康十一年，改元太熙，进王浑为司徒，起卫瓘为太保，加光禄大夫石鉴为司空。三人虽同心秉政，权力终不敌三杨。更因武帝晚年，渔色成疾，常不视朝。杨后居中用事，屡召入乃父杨骏，商榷要政。至太熙元年孟夏，武帝病剧，索性将杨骏留侍禁中，一切诏令，俱出骏手，诸王大臣，无一与谋。骏得擅易公卿，私树心腹。武帝连日昏沉，不省人事，既而回光返照，偶觉清明，居然能起阅案牍，省视黜陟，适见骏所拟诏书，用人非才，因正色语骏道："怎得便尔？"骏惶恐谢罪。武帝又道："汝南王亮，已启程否？"骏答言尚未。武帝又道："快令中书草诏，留他立朝辅政。"骏不得已传命出去。武帝卧倒床上，又昏昏睡着。骏慌忙趋出，直至中书处索阅草诏，持还禁中，越宿尚未缴出。中书监华廙（yì）入叩宫门，向骏乞还原稿，骏不肯与。到了傍晚，复传入华廙及中书令何劭，由杨后口宣帝旨，令作遗诏，授骏为太尉，兼太子太傅，都督中外诸军，录尚书事。廙与劭不敢违慢，当即草就，呈与杨后。杨后却故意引入两人，使就帝榻前作证。两人跪请帝安，然后由杨后递过草诏，使武帝自视。但见武帝睁着两眼，看了许多时候，方才掷下，一些儿不加可否。及廙与劭叩辞出宫，武帝已经弥留，临危时忽问左右道："汝南王来否？"左右答言："未来。"武帝不能再言，长叹一声，呜呼崩逝。在位二十五年，享寿五十五岁。小子有诗叹道：

欲垂燕翼贵诒谋，悍媳蠢儿已兆忧。
况复托孤无硕彦，帷廧（qiáng）怎得免戈矛？

欲知武帝死后，宫中如何行动，待至下回叙明。

齐王攸忧死而晋无贤王，山涛魏舒，相继谢世而晋无贤臣。司空卫瓘，似尚为庸中佼佼者流，然不能直言无隐，徒假此座可惜之言，为讽谏计，已觉胆小如鼷（xī）！至阅及太子答草，又未敢发奸摘伏，皇然谢过，以视刘毅诸人，尚有愧焉。武帝既知太子不聪，复恨贾妃之奇悍，废之锢之，何必多疑，乃被欺于狡吏而不之知，牵情于皇孙而不之断，受朦于宫帝而不之觉，卒至一误再误，身死而天下乱，名为开国，实是复宗，王之不明，宁足福哉？阅此已为之一叹焉！

第八回

怙势招殃杨氏赤族　逞凶灭纪贾后废姑

却说杨骏见武帝已崩，即入居太极殿，主持国政，引太子衷即位柩前，颁诏大赦，骤改太熙元年为永熙元年。何其匆促乃尔？尊皇后杨氏为皇太后，立贾妃南风为皇后。会梓宫将殡，六宫出辞，骏并不下殿，反用虎贲百人，环卫殿门，一面促令汝南王亮即日赴镇。亮不敢临丧，但在大司马门外，北向举哀，又表求送葬山陵，然后启行。骏哪里肯依，并恐亮有别图，因即告知太后，诬亮谋变，且迫令嗣主手诏遣兵，声罪讨亮。还亏司空石鉴，从中劝阻，不致遽发。亮已微闻消息，商诸廷尉何勖。勖笑说道："今朝野皆惟公是望，公不能讨人，乃怕人讨么？"亮素胆小，但知趋避，竟禽夜出都，驰赴许昌，方得免难。骏弟杨济及骏甥李斌，皆劝骏留亮。骏终不从。济语尚书左丞傅咸道："家兄若召还大司马，令主朝政，自己洁身退避，门户尚可保全。"济与珧非无一隙之明，乃不能自拔，相与沦胥，亦何足道？咸答道："但当召还大司马，秉公夹辅，便致太平，何必故意趋避呢？况宗室外戚，谊关唇齿，唇亡齿寒，恐非吉征。"济闻言益惧。又问诸侍中石崇，崇答如咸言。济乃托崇谏骏，骏方自幸得志，怎能改过不吝，从谏如流？而且前此一班老臣，多已凋谢，就是荀勖冯紞等，亦相继病终，荀冯二人之死，亦随笔带过。宫廷内外，没人敢与骏相抗。骏乐得作威作福，任意横行。越月即奉梓宫出葬峻阳陵，庙号世祖，尊谥武帝。

骏自知平时威望，未满人意，因欲大加封爵，笼络众心。左军将军傅祗，向骏贻书，谓："从古以来，未有帝王始崩，臣下得论功加封，请即辍议！"骏又不听祗，竟劝嗣主下诏，凡中外群臣，皆增位一等，预丧各官，得增二等，二千石以上，统封关内侯，复租调一年。散骑侍郎何攀，又奏言："班赏行爵，超过开国功臣及平吴诸将帅，他日将何以善后？务请收回成命！"奏入不报。未几又有诏传下，授骏为太傅大都督，假黄钺，录朝政，百官总己以听。尚书左丞傅咸，入朝语骏道："谅暗本是古制，近世久不见行，今主上谦冲，委政明公，天下乃不以为是，试问公能当此重任么？周公大圣，尚致流言，况嗣主已非冲幼，公又地居贵戚，与周公不同，何不乘山陵事毕，慎图行止？可退即退，毋拂众情！"骏忿然作色，不答一词。咸乃告退。未几又复入谏，骏恨他多嘴，将出咸为郡守，骏甥李斌，谓斥逐正士，恐失人望，骏乃罢议。杨济密遗咸书，略云："生子痴，了官事，今日官事恐未易了呢。虑君撄祸，故敢直告。"咸复称："矫枉过正，卖直市名，或不免遭祸杀身。若控控愚忠，反致见怨，咸所未闻。"济得书付诸一叹，不复再白。咸亦不再谏骏，因得无恙。看官记着，这晋王衷嗣位以后，蠢顽如故，外事悉委杨骏，内政全出贾南风，自己同木偶一般，毫无守文气象。不过史家沿称庙号，叫作惠帝，所以小子也不得不援例相呼。**特笔提明。**

杨骏虽得专政柄，也恐贾后阴险多谋，时加防备。特令甥段广为散骑常侍，执掌机密，私党张劭为中护军，督领禁兵，所有诏命，先示惠帝，继白杨太后，始付颁行，其实统由骏一人主裁，太后与帝，无非唯唯承诺，从未尝有一异言。中外臣僚，因骏独断独行，专擅严愎，啧有烦言。冯翊太守孙楚，直言规骏，终不见纳，弘训<u>官名</u>。少府蒯钦，为骏姑子，亦屡进箴规，不嫌烦渎。他人多为钦惧祸，钦慨然道："杨文长<u>系骏表字</u>。虽暗，尚能知人无罪，不可妄杀，我言不见听，不过为彼所疏，我得疏乃可免患，否则将与彼俱族了。"**骏不杀谏士**，还是一些小善，**钦借此解嘲，未免狡狯。**既而骏选匈奴东部人王彰为司马，彰逃避不受，有彰友从旁怪问，彰答语道："古来一姓二后，少有不败。况杨太傅昵近小人，疏远君子，专权自恣，终必败亡。我逾海出塞，远避千里，尚恐及祸，奈何应他辟召，自投罗网呢？且武帝不思择嗣，负荷大业，受遗又不得人，天下大乱，翘足可待，还想甚么功名？我所以见机远行了。"友人方佩服彰言。

先是侍中和峤，尝启奏武帝，谓："太子朴诚，颇有古风，但末世多伪，质朴如太子，恐不能了陛下家事。"武帝默然。嗣峤复与荀勖入侍，武帝顾语道："太子近日，颇有进境，卿等可往觇虚实。"峤与勖奉旨往验，及复命时，勖满口贡谀，独峤直说道："圣质如初。"武帝愀然变色，拂座竟入。峤当然返归。这语传入贾南风耳中，未免记在心里，隐含恨意。**要你倒甚**

么醋罐。及惠帝嗣位，经过半年，立广陵王遹为太子，进中书监何劭为太子太师，吏部尚书王戎为太子太傅，卫将军杨济为太子太保，还有少师一职，任用了卫尉裴楷，少傅一职，因幽州都督张华入朝，留任太常卿，因即迁授。和峤得厕职少保，六大臣辅遹入宫，谒见贾后，后见峤在列，触起前憾，一张半青半黑的脸上，不由的露出嗔容。摹写得妙。峤神色夷然，佯若未见，俟太子谒毕，贾后入室，少顷见惠帝出来，顾问和峤道："卿常谓我不了家事，今果何如？"明明是受意贾后。峤从容答道："臣昔事先帝，曾有此言，如臣言无效，便是国家幸福了。"惠帝被峤一说，反弄得哑口无言。峤与众大臣徐徐引退，太子遹亦辞赴青宫，不消细表。

惟贾后生性阴鸷，素来是个不安本分的泼妇，此时统领六宫，内权在手，又想出预外政，偏上有太后，下有杨骏，每事受他牵掣，不能任所欲为，因此积怨成仇，恨不得速除二人。再加武帝在日，杨太后阴为调停，阳申劝诫，贾后未知太后暗护，反因太后责言，疑她播弄是非，所以处心积虑，徐图报复。自正位中宫后，日夕思逞，可巧殿中中郎孟观李肇，为骏所憎，屡遭诟斥，平时衔骏切骨，愿做中宫耳目，为后效劳，甚且构造蜚言，谓骏将危社稷，不可不防。从中牵合的叫作董猛，向为东宫给使，超列黄门，贾后倚为腹心，辄遣他通使观肇，密谋除骏，并废太后。又令肇往唆汝南王亮，使亮入清君侧，亮怯不敢承，肇因转告楚王玮。玮少年气锐，性又狠戾，便满口应允，表请入朝。杨骏本已忌玮，尝欲征召，只因玮勇悍难制，坐此迁延，及闻他自请入朝，喜如所愿，遂劝惠帝诏从所请。时已为永熙二年，诏复改元，号为永平，春光和煦，最便行人。玮与淮南王允，联袂入朝，贾后闻玮已入都，便即发难，嘱令孟观李肇，夜启惠帝，称骏谋反。惠帝晓得甚么真假，遽付手书，降黜骏官，令以列侯就第。观与肇以为未足，便请发兵讨骏。惠帝复命东安公繇(yáo)，履历详后。率殿中兵四百人，往围骏第。楚王玮亦带领随兵，驻扎司马门，且令淮南相刘颂为三公尚书，入卫殿中。

散骑常侍段广闻变，急驰入见帝，跪伏座前，且泣且语道："杨骏受恩先帝，竭忠辅政，且年老无子，岂有反理？愿陛下审慎后行！"惠帝不答。广知无可言，因即趋出，报知杨骏。骏已得内变音耗，忙召众官入商，主簿朱振献议道："今内变猝起，定由阉竖为贾后设谋，不利公家。公宜亟率家甲,往烧云龙门,索交乱首,一面引东宫及外营兵,拥皇太子入宫,迫取奸人,殿内震惧,当将首犯斩送出来,否则不能免祸了。"骏平居很是骄傲,至此反狐疑不决,且嗫嚅道:"云龙门为魏明帝所造,工费甚大,怎好烧去?"侍中傅祗,见骏多疑,料知不能成事,便起座语骏道:"祗愿入宫观察事势,就便转圜。"复掉头语群僚道:"宫中亦不可无人。徒在此聚议,亦属无益。"大众听了,起身皆走。独尚书武茂,还是坐着,祗嗔目顾茂道:"公非朝廷大臣么?今内外隔绝,不知天子所在,怎得安坐?"茂乃惊起,随众同出。傅祗劝众同行,无非为避患起见,可见杨骏当日,已是众叛亲离。骏党左军将军刘豫,陈兵万春门,遇右军将军裴頠(wěi),问及太傅所在,頠随口设诳道:"我曾在西掖门遇着太傅,见他乘着素车,带了二人,向西出走了。"豫惊诧道:"我将何往?"頠答道:"可至廷尉处自陈。"豫为頠所绐,匆匆径去。頠即接诏代豫,领左军将军,扼守万春门。

贾后恐太后救父,作为内应,即派心腹密往监守,果然得太后帛书,自宫中射出城外,上面写着"救太傅者有赏"六字。因扬言:"太后与骏同反,大众不得妄从!"太后造反,自古罕闻。东安公繇,已率殿中兵围烧骏第,又令兵弩手等,分登阁上,环射骏门。骏与家属,俱不得出走。繇麾众掩入,四面搜寻,随手捕戮,约不下百余人,独不见有杨骏。再往马厩中缉捕,始觉有人蜷伏厩隅,群呼不应,各用戟攒刺进去,但听得几声惨号,已是溅血成红,死于非命。兵士拖尸出认,不是别人,正是前日赫声濯灵的杨太傅。争权夺利者其视诸。孟观李肇,又分收杨珧杨济张劭李斌段广刘豫武茂,及散骑常侍杨邈,中书令蒋骏,东夷校尉文鸯等,俱至市曹斩首,各夷三族,共死数千人,杨珧临刑时,呼东安公繇,悽声与语道:"表在石函,可问张华。"回应第四回。繇置诸不睬。贾氏族党,又促使行刑,珧尚号叫不止,蓦闻砉(huā)然一声,头破脑裂,方倒地而死。狡黠无益。

汲郡有高士孙登,营窟北山。夏时编草为裳,冬季用发自复,好读易抚琴,见人辄笑。杨骏在日,尝闻登名,遣使征召。登不肯就征,已而自至骏第,骏给以金帛,俱辞谢不受,又改赠布被,登携被出门外,随手乱劈,大呼道:"斫斫刺刺。"及被皆扯碎,又奄卧道旁,作已死状。自骏以下,俱目登为疯人,听他僵毙,越宿出视,竟不知去向。既而温县又有一狂徒,自造四语,歌诸市上云:"光光文长,大戟为墙,毒药虽行,戟还自伤。"当时俱莫名其妙。至骏居内府,用戟为卫,死时又被戟攒刺,始知狂徒也是高人。就是孙登举动,统有先觉,不过未曾道破,转令人索解无从呢。骏既诛死,遗骸委弃,无人敢收,惟太傅舍人阎纂,不忘故主,挺身独出,替他棺殓,却也未尝遭诛。是夕刑赏大权,统出自东安公繇。繇为琅琊王伷第三子,伷平吴后,恭俭自处,病殁青州。长子觐承袭父爵,又不永年。觐子睿嗣,就是将来的东晋元帝。预伏后文。繇得受封东安公,曾官散骑常侍,此次应诏除骏,威振内外,太子太傅王戎与语道:"大事已成,此后当谢权远势,毋蹈覆辙。"繇不能从。越宿乃奉诏大赦,复改永平元年为元康元年。贾后矫制,使后将军荀恺,徙杨太后至永宁宫。特全太后母庞氏生命,许与太后同居,暗中复唆使群臣,纠弹太后。群臣趋炎附势,不敢逆命,遂联衔上奏道:

皇太后阴渐奸谋,图危社稷,飞箭系书,要募将士,同恶相济,自绝于天。鲁侯绝文姜,《春秋》所许,盖以奉承祖宗,任至公于天下,陛下虽怀无已之情,臣下不敢奉诏,可宣敕王公于朝堂,会议进止。

当下有诏答复,说是:"事关重大,当妥议后行。"有司又复申奏,大略

说是：

> 逆臣杨骏，借外戚之资，居冢宰之任，陛下既居谅暗，委以重权，至乃阴图凶逆，布树私党。皇太后内为唇齿，协同逆谋，祸衅既彰，背捍诏命，阻兵负众，血刃官省，而复流书募众，以奖凶党，上背祖宗之灵，下绝亿兆之望。昔文姜与乱，《春秋》所贬，吕宗畔戾，高后降配，宜废皇太后为峻阳庶人，以为大逆不道者戒！

牝鸡司晨，灭伦害理，盈廷僚佐，一大半党恶助虐，附和同声。只有太子少傅张华，新任中书监，还抱定一折衷主义，敷奏上去，略谓："太后非得罪先帝，不过与父同恶，有悖母仪，宜依汉废赵太后为孝成后故事，号为武帝皇后，徙居离宫，以全终始。"此说已是牵强，但于群言庞杂，尚有可取。偏偏张议甫上，又有一个下邳王晃，系司马孚第四子。串同左仆射荀恺等，定要贬太后尊号，废锢金墉城。晃等是否有母，奈何贪昧至此。再加各王公大臣，接连奏请，应从晃等所言。那时诏书随下，竟废杨太后为庶人，出锢金墉城中。谁知贾南风心如蛇蝎，已把皇太后废去，还想把太后母庞氏，结果性命。一不做，二不休，再唆动狐群狗党，狂吠朝堂，无非说是："杨骏造反，家属同坐，怎得曲赦庞氏？"有诏尚佯称不忍，难从所请。至奏牍迭呈，援引"大义灭亲"四字，作为铁证，可怜白发皤皤的庞太君，竟奉到诏旨，枭首宫门。肚子太不争气，何故生一皇后。废太后怎忍母死，抱持悲号，且截发稽颡，上表贾后，自称为妾，乞全母命。一死便罢，何必如此倒霉？看官，试想这都是穷凶极恶的贾南风唆使出来，怎肯出尔反尔，放下屠刀？废太后拚命哀求，悍皇后反加催促，刀光闪闪，绝不留情，霎时间庞氏陨首，并将废太后杨氏，硬送入金墉城，幽禁了事。贾氏党羽，还是你一奏，我一疏，请尽诛杨骏官属，幸亏侍中傅祇，出为谏阻，方许赦免，不再滥刑。随即征汝南王亮为太宰，与太保卫瓘并录尚书事，进秦王柬为大将军，柬封秦王，见前回。东平王楙（mào）为抚军大将军，楙系司马孚庶孙。楚王玮为卫将军，下邳王晃为尚书令，东安公繇为尚书左仆射，晋爵为王，加封董猛为武安侯，孟观李肇等，皆拜爵有差。

汝南王亮入都辅政，又追论诛杨骏功，普加爵赏，封拜至千余人。傅咸已迁任御史中丞，一再致书谏亮，第一次是咎亮滥赏，第二次是劝亮让权，亮皆不愿听受，渐渐的自用自专。不知鉴及前车，真是愚惯。贾后族

第八回 怙势招映杨氏赤族　逞凶灭纪贾后废姑　63

兄贾模，从舅郭彰，及贾充嗣孙贾谧，又俱得梯荣邀宠，蟠踞朝纲。楚王玮与东安公繇，也乘势干政。宗室外戚，双方分峙，又不免彼此生嫌。繇见贾后暴悍，恐不免害及己身，因与徒党密谋，拟设法废去悍后。既有今日，何必当初。计尚未定，偏遇那同胞兄弟，先加倾轧，暗肆谗言，竟把繇排挤出去。原来繇次兄澹，曾受封东武公，向与繇不相和协，屡次至太宰亮处进谗，说他专行诛赏，欲擅朝政。亮信为真言，奏免繇官。繇与东平王楙，常相往来，至是失官生怨，与楙谈及，有诋亮语，复为亮所闻知，遂遣楙赴镇，并谪繇至带方。繇既远去，又少一个著名的宗亲。贾谧郭彰，权焰益隆，眼见得宗室日弱，敌不过外戚威权。小子有诗讥汝南王亮道：

　　危厦何堪一木支，材庸器小更难持。
　　蟠根未固先戕叶，怎奈南风再折枝。
　　毕竟宗室外戚，有无冲突，容至下回再表。

　　读此回，令人愤又令人叹，悍哉！贾南风，何凶恶至此？自来称悍后者，莫如吕武，然吕雉有相夫开国之才，故渐得预政；武曌有蛊主倾城之色，故渐得弄权。何物贾氏才不足以驭众，色不足以动人，乃一为皇后，便

置杨骏于死地！骏虽有自取之咎,然其罪不过专擅而止,诬以大逆,戮及亲党,宁非罪轻罚重乎？杨太后深居宫中,本无罪恶,飞箭示赏,志在全父,焉有父女之亲,而坐视不救者？贾南风乃借此构陷,唆动群臣,妇可废姑,伦常扫地。骏妻庞氏,为太后生母,又复为悍后所戮。古人谓貌美者心毒,不意丑黑如南风,其毒亦若是其甚也！至若满廷王公,不能与丑妇相争,反从而助其虐,是更不值一唾也已！

第九回

遭反噬楚王受戮　失后援周处捐躯

却说贾氏私党，权焰日盛，太宰亮未曾加防，反因楚王玮刚愎好杀，拟撤他兵权，遣令归镇，另用临海侯裴楷代任。太保卫瓘，亦赞成亮议。玮自恃有功，怎肯俯首听命？裴楷亦不敢受职。玮长史公孙宏及舍人岐盛，素行无赖，为玮所昵，因替玮设法，劝他与贾后结欢。贾后本恐玮难制，密怀猜忌，只因他自来迁就，也乐得曲为周旋，留作心膂，遂命玮领太子少傅。亮与瓘所谋未遂，不免加忧，瓘又因岐盛，向附杨骏，后来反噬杨氏，居心反覆，不可不除，因欲请诏诛盛。盛微有所闻，竟驰往积弩将军李肇宅中，诈称玮命，报告亮瓘有废立意。肇已为贾后功狗，深得后宠，便把盛言转达贾后。后前曾怨瓘，又因瓘与亮同掌朝政，自己仍不能专恣，索性乘势摔去，可以逞志横行，乃自草密书，胁令惠帝照写。书中略云："太宰太保，欲行伊霍故事，王宜宣诏调兵，分屯宫门，并免二公官爵。"惠帝惟后是从，匆匆写就，遂由贾后交付黄门，叫他乘夜授玮。

玮得惠帝手书，也不禁踌躇，谓当入内复奏。黄门驳说道："事宜急行，若辗转需时，一或漏泄，转非密诏本意。"玮亦知谋出贾后，为争权计，但自思亮瓘二人，与己有隙，此时正好借端报复，一快私忿；况二人得除，将来亦可进揽朝纲，自逞大欲。你会逞习，哪知别人比你更习。遂慨然应允，令黄门返报，一面部勒本军，再矫诏召入三十六军，手令晓谕道："太宰太保，密图不轨，我受密诏，都督中外诸军，汝等皆应听我节制，助顺讨逆！"诸军闻令，相率惊顾，但亦不敢不唯命是从。玮又矫诏传示亮瓘僚属，教他预先散归，概不连坐；若不奉诏，便军法从事。于是遣李肇与公孙宏，领兵讨亮。侍中清河王遐，武帝子，见第四回。率吏收瓘。亮尚未得确音，由帐下督李龙踉跄入报，请即严拒外变。亮尚疑为讹传，不肯照行。俄而府第被围，外兵登墙哗噪，亮始出问道："我并无二心，何故得罪？"公孙宏答道："奉诏讨逆，不知有他。"亮又谓："既有诏书，何不见示。"呆极。宏全然不理，但麾众攻入。亮乃返身入内，适遇长史刘准，向他泣诉。准忿然道："这必是宫中奸谋，公府内俊乂如林，尚可并力一战。"亮仍然不决。实是庸徒。未几，由李肇趋入，指麾兵士，把亮缚住。亮仰首长叹道："似我忠心，可披示天下，如何无道，枉杀不辜？"肇既执亮，使坐车下。时当六月，夜间犹热，人皆挥汗，亮被缚着，汗出如沈。有几个监守军人，悯他无罪，替他扇凉。肇从旁觑着，竟下令军中道："有人斩亮，赏布千匹！"乱兵闻利动心，一齐下手，或割鼻，或劈耳，承截手足，霎时间将亮送命，投尸北门。亮子矩亦为所杀，惟少子羕（yàng）等，年尚幼稚，由婢仆等窃负逃出，避匿临海侯裴楷家。楷与亮有姻谊，密为保护，一夕八迁，始得免害。

那清河王遐趋至瓘第，宣诏逮瓘，瓘左右亦疑遐矫诏，劝瓘上表自讼，俟得报后，就戮未迟。瓘不欲抗旨，坦然趋出，接受诏书。正拟束手就缚，不防遐背后闪出一人，拔出利刃，手起刀落，把瓘挥作两段，并趁势闯入，捕得瓘三子恒岳裔及瓘孙六人，一并杀死。这人为谁？乃是被瓘所逐的帐下督荣晦。晦又屠戮瓘门，得报宿怨，复因瓘尚有二孙，未得搜获，还想率众严索，幸二孙璪玠，有病就诊，适寓医家，无从捕戮。清河王遐，已恨晦专杀，叱令返报。晦乃随遐白玮，公孙宏李肇等，亦皆至玮前缴令。岐盛又入语玮道："亮瓘虽诛，贾谧郭彰未除，宜一并翦灭，方可正王室，安天下。"计议甚是，但不容汝奈何？玮接口道："这……这事恐不可再行呢。"盛叹息而出。

时已天明，太子少傅张华，使董猛往说贾后道："楚王既诛二公，威权在手，试问帝后如何得安？何勿责玮擅杀大臣，摒除后患！"贾后喜道："我正虑此，卿等与我同见，幸速转告张公，事在速行。"悍妇好杀，过于暴男。猛驰白张华，华即入内启帝，立遣殿中将军王宫赍驺（zōu）虞幡，出麾玮众道："楚王矫诏杀人，汝等如何盲从？"言甫毕，众皆骇走。玮左右不留一人，窘迫不知所为，亟驾着牛车，将赴秦王柬第。途遇卫士追来，立把玮拖落车下，押交廷尉，一道诏书，接连颁下，说玮擅杀二公父子，又欲诛灭朝臣，谋图不轨，罪大恶极，应速正大典，特遣尚书刘颂监刑。颂奉诏后，当命将玮推出市曹。玮从怀中取出青纸，就是前次惠帝手书，令诛亮瓘,当下递示刘颂,且泣语道:"受诏行事,怎得为擅? 自谓托体先帝,谋安社稷,乃反被见诬,幸为申奏!"迟了。颂亦唏嘘涕下,不能仰视。无如朝旨迫促,未便稽留,只得强作威容,喝令斩瓘。瓘既斩讫,复有诏命诛公孙宏岐盛,并夷三族,一股冤气,冲上九霄,顿时大风骤雨,卷入刑场,再加那电光似火,雷声如鼓,吓得刘颂以下,慌忙逃回。天非怜瓘,实是恨后。惟瓘既受诛,亮与瓘应该昭雪,偏偏过了数日,未见明文。瓘女向廷臣上书,为父讼冤,又有太保主簿刘繇等,亦各执黄幡,挝登闻鼓,请追申枉屈,兼惩余凶。大致说是:

  前矫诏者至太保第,太保承诏当免,重敕出第,子身从命,如矫诏之文,唯免太保官,右军以下,即承诈伪。违其本文,辄戮宰辅,不复表上,横收太保子孙,辄皆行刑。贼害大臣父子九人,伏见诏书,为楚王所诳误,非本同谋者皆弛遣。如书之旨,第谓吏卒被驱,逼赍白杖者耳。律称受教杀人,不得免死,况乎手害功臣,贼杀忠良,虽云非谋,理所不赦。今元恶虽诛,凶竖犹存,臣惧有司未详事实,或有纵漏,不加详尽,使太保仇贼不灭,冤魂永恨,诉于穹苍,酷痛之臣,悲于

明世。臣等身被创痍,殡殓始讫,谨陈瓘在司空时,帐下给使荣晦,有罪被黜,转投右军麾下,不自知过,反思修怨。此次变起,晦在门外,即扬声丑诋,及入门,宣毕讹诏,即敢如刃,彼又素知太保家属,按次收捕,悉加斩斫,屠戮全门,实由于晦。劫盗府库,亦皆晦所为。考晦一人,众奸毕集,乞验尽情伪,加以族诛。庶已死者犹可瞑目,而未死者尚得逃生。雪冤情,戢凶焰,臣等不胜哀吁之至。

自经繇等吁请,廷议乃归罪荣晦。执晦枭首,并诛晦族,且追复亮瓘爵位。谥亮曰文成,谥瓘曰成。嗣是贾后得志专政,委任亲党,用贾模为散骑常侍,兼加侍中。贾谧亦得任散骑常侍,并领后军将军。谧为后谋划,谓:"张华系出庶姓,不致逼上,且儒雅有识,素孚众望,宜以朝政相委。"贾后转问裴頠,頠很是赞成,乃命华为侍中,兼中书监,頠为侍中,頠从叔楷即临海侯。为中书令,加侍中,与左仆射王戎,并掌机要。华尽忠帝室,弥缝衮阙,朝野倚为柱石。后虽凶险,亦加敬礼。华常作女史箴,呈入宫中,明明为讽后起见,后虽不肯改,却也未尝恨华。贾模裴頠,并服华才略,遇有大议,皆推华主张,故元康年间,主德虽昏,犹得安然无事。郭彰亦稍自敛抑,未敢横行,独贾谧少年好事,恃宠增奢,室宇崇闳,器服珍丽,歌僮舞女,选极一时。惟好延宾客,往往开阁相迎,凡贵游豪戚及海内文士,陆续趋附,尝与谧饮酒论文,相得甚欢,当时号为二十四友。小子特将各友姓名,编次如下:

郭彰太原人,见前。石崇渤海人。欧阳建同上。潘岳荥阳人。陆机陆云吴人,见第四回。缪征兰陵人。杜斌京兆人。挚虞同上。诸葛诠琅琊人。王粹弘农人。杜育襄城人。邹捷南阳人。左思齐人,见第三回。崔基清河人。刘瑰沛人。和郁汝南人,即和峤弟。周恢籍贯同上。牵秀安平人。陈眕(zhěn)颍川人。许猛高阳人。刘讷彭城人。刘舆刘琨中山人。

这二十四友,不是豪家,就是名士。此外奔走谧门,伺候颜色,就使多方谄媚,谧只以泛交相待,未尝许为知己。谧本有文名,更得二十四人,竞为标榜,声誉益隆。贾后得谧为助,更觉似虎添翼,或需文字煽惑,皆令谧草,别人怀宝剑,我有笔如刀,可为贾后写照。贾后越无忌惮,任性妄行,故太后杨氏,出居金墉城,尚有侍女十余人,充当役使,嗣复为贾后所夺,甚至无人进膳，一代母后，竟至绝粒八日，奄奄饿死，年才三十有四。虽是武帝害她，但前此何必阴护贾氏，养虎自噬，夫复谁尤？贾后贼胆心虚，尝怨冤魂未泯，棺殓时用物覆面，又用许多符书药物，作为镇压，才得放怀。这是元康二年间事。越年，弘农雨雹，深约三尺，又越年，淮南寿春大水，山崩地陷。上谷居庸上庸，亦遭水灾，伤及禾稼，人民大饥。未始非阴气太盛所致。又越年，荆扬兖豫青徐六州，又复大水，接连是武库火灾，所有累代藏宝，如孔子履及汉高斩蛇剑等，悉数被焚。他如军械遭毁，不可胜计。宗亲如秦王柬，下邳王晃等，相继亡故，耆旧如石鉴傅咸等，亦病殁数人。中书监张华，得进位司空，陇西王泰，系宣帝司马懿弟，早膺封爵，至是入为尚书令。梁王肜(róng)已为卫将军，复加官太子太保，循资迁授，毋庸细表。

惟匈奴部落，出没朔方，渐有蠢动状态。悍目郝散，纠众万人，进攻上党，戕杀长官，当由邻近州郡，发兵往援，击退郝散。散兵败乞降。冯翊都尉，防他反覆，诱散入语，把他处斩。散弟度元，率兄余部，逃出境外，好容易招兵买马，卷土重来，誓为乃兄复仇，且勾结马兰山中的羌人。卢水附近的胡骑，一同作乱，闯入北地。太守张损，督兵堵御，反杀得大败亏输，死于非命。冯翊太守欧阳建，前往协剿，也被他数路夹攻，丧失许多人马，狼狈奔回。徒能凑奉贾谧，焉足抵制郝度元？晋廷正授赵王伦见首回及第四回。为征西大将军，都督雍梁二州军事。此次逆虏犯境，应由伦运筹决胜，制服叛徒，怎奈伦未谙韬略，徒靠那皇家势力，得握兵权，并有一个嬖人孙秀，此孙秀系琅琊人，与五回之孙秀人异名同。从中揽柄，贻误戎机。所以羌胡蜂起，无术荡平。雍州刺史解系，献议伦前，愿分兵御寇，独当一面。孙秀谓系有异志，断不可从，且促系出讨羌胡。系督兵出战，果遭羌胡夹击，失利而还。伦因此劾系，系亦劾伦，彼此各执一词。司空张华，直系曲伦，请召伦还朝，另简军帅，乃改授梁王肜出镇雍梁，领征西将军。调还赵王伦，不加谴责，反授他为车骑将军。秦雍二州的氐羌，见晋廷赏罚不明，索性乘机抗命，聚众造反，推戴了一个氐帅，叫作齐万年，僭称帝号，围攻泾阳。梁王肜甫经莅镇，因氐羌猖獗，飞使奏闻，请即济师。晋廷特派安西将军夏侯骏为统帅，率同建威将军周处，振威将军卢播，往讨齐万年。中书令陈准入谏道："骏与梁王，俱系贵戚，司马师尝纳夏侯尚女为妃，武帝追尊为后。骏系尚后裔，故云贵戚。非将帅才，进不求名，退不畏罪。周处，吴人，忠勇果敢，有怨无援，必致丧身。宜诏积弩将军孟观，带领精兵万人，为处先驱，庶足殄寇，否则梁王必使处前行，迫陷绝地，寇不可灭，徒亡一国家良将，岂不可惜？"偏廷议说他过虑，不肯照行。

或劝处道："君有老母，何不以终养为名，辞去此任？"处慨然道："忠孝不能两全，既已辞亲事君，不能顾全私义。今日是处死日了。"遂率军西去。看官道周处何故誓死，就是陈准等人，又何故知处必死？说来又是话长，待小子将周处履历，从头叙来。处系义兴人氏，父名鲂，曾仕吴为鄱阳太守。处早年丧父，不修细行，弱冠时膂力过人，好勇斗狠，为乡里患。处自知不满人口，颇思改过。一日游里社间，见乡父老愁眉不展，各有忧色，便开口问道："现今时和年丰，何为不乐？"父老答道："三害未除，何乐可言？"处又问三害底细，父老道："南山白额虎，长桥下蛟，还有一害，且不必说了。"处定要问明，父老始直言为汝。处笑答道："这有何患？凭诸我手，一并除尽，可么？"父老道："汝若果能除尽，乃是一郡的大幸了。"处欣然辞出，即往家中取了弓箭，径赴南山，静候谷中。傍晚，果见猛虎奔来，由处连发二矢，俱中要害，虎竟倒毙。又复投水搏蛟，蛟或沉或浮，行数十里，处相随不舍，仗剑与争，约斗了三日三夜，方得斩蛟首，还里报命。里人因处往除蛟，三日不返，疑他已死，互相庆贺。蓦见处斩蛟归来，又不免喜中带忧。处窥透里人隐情，便慨语道："二害已除，处亦从此改行。如再怙恶，定遭天殛。"里人见他语出真诚，才欢然道谢。叙周处改过事，不脱劝善宗旨。处乃入吴，往访陆机，机适他出，与机弟陆云相遇，具陈悔过情状，且唏嘘道："本欲自修，恐年已蹉跎，学亦无及。"云答道："古人贵朝闻夕改，况君方在壮年，但患志不立，何忧名不彰？"却是名言。处唯唯受教。嗣是励志好学，克己复礼。言必信，行必果。期年州府交辟，仕吴为东观左丞。吴亡入洛，迭任新平广汉太守，皆有政声，寻拜散骑常侍，复迁御史中丞，守正不阿，所有纠弹，不避宠戚。梁王肜尝犯法为非，廷臣因他位兼亲贵，无一敢言，独处执法相绳，登诸白简。肜坐是怨处，权贵也恨处鲠直，遂乘那氏帅僭逆，梁王西征，把处遣发出去，好使梁王借刀杀人，互泄私忿，所以处自知必死。与处交好的士大夫，也无一不为处担忧，就是氏帅齐万年，探得处奉命从军，亦顾语部众道:"周府君尝为新平太守,我知他才兼文武,不可轻敌,若专断而来,只有退避一法。今闻他受人节制,必遭牵掣,来此亦要成擒了。"乃率众七万人,分屯梁山,据险待着。

处与夏侯骏等,同见梁王,梁王肜果然挟嫌,伴称处忠勇过人,足为前驱,令领骁骑五千人,前攻梁山寇垒。处宣言道:"军无后继,必至覆败。处死不足惜,但为国取羞,岂非大误?"肜冷笑道:"将军平日毫不畏人,今乃临敌生畏吗?"处尚欲自辩,夏侯骏在座,遽接入道:"将军放心前往,我当令卢将军解刺史等,同为后应便了。"骏设词诳处比肜尤奸。处怏怏前进,行至六陌,距房营不过里许,乃整阵以待,守候卢播解系两军。才越一宵,那梁王肜的催战令,已到过两次。翌日黎明,军尚未食,又是一道催命符,立促进战。处待卢解二军,并未见到,料知梁王肜有意逞刁,自分必死,乃上马长吟道:"去去世事已,策马观西戎。藜藿甘粱黍,期之克令终。"吟毕,便麾军急进。齐万年亦驱众前来,两下交锋,各拼死决斗。自旦至暮,战到数百回合,番奴死伤甚多,但番众聚至七万,处兵只有五千,一方面逐渐加添,一方面逐渐减少,并且腹馁肠鸣,弦绝矢尽,回望后援,一些儿没有影响。处左右劝处速退,处按剑瞋目道:"这是我效节

授命的时日,怎得言退?况诸军负约,令我独战,明明是置我死地,我死便罢!"说至此,拍马向前,力杀番众数十名。番奴重重环绕,竟把这位周将军,搠死阵中。小子有诗叹道:

  知过非难改过难,一行作吏便胪欢。
  如何正直招人忌,枉使沙场暴骨寒。

周处殉国,余军尽死,欲知晋廷如何处置,试看下回便知。

  史称元康元年,皇后杀太宰亮、太保瓘及楚王玮,不书诛而书杀,且冠以皇后二字,嫉贾后也。但亮与瓘非无致死之咎,而玮之致死,更不足惜。亮既远谪东安公繇,复欲遣玮还镇,是明明自戕宗室,授贾氏以可乘之隙。瓘知惠帝之不足为君,何不预先告老,高蹈远祸,乃与亮同入漩涡,共为悍后所杀。嗜权利者必致丧身,亮与瓘其前鉴也。玮为后除骏,复为后杀亮瓘,甘心作伥,仍为虎噬,党恶之报,莫逾于此。若夫梁王肜之挟怨陷人,自坏长城,误处之罪尚小,误晋之罪实大,晋室诸王,除琅琊扶风及齐王攸外,类多失德,此所以相与沦胥也。

第十回

讽大廷徙戎著论　诱小吏侍宴肆淫

却说晋廷闻周处战死,明知为梁王所陷,所有权臣贵戚,反私相庆幸,没一人为处呼冤,就是张华陈准等人,亦不敢纠劾梁王,不过奏陈周处忠勇,应该优恤。有诏赠处为平西将军,赐钱百万,葬地一顷,又拨给王家近田,赡养处母,便算了事。转眼间又是一年,已至元康八年。梁王肜与夏侯骏等,逗留关中,毫无战绩。张华陈准,因复保荐积弩将军孟观,出讨齐万年。观奉命出发,所领宿卫兵士,类皆矫捷勇悍,一往无前。既至关中,梁王肜等知观为宫府宠臣,不敢与较,索性将关中士卒,尽付调遣。观得专戎事,不虑牵制,遂努力进讨,大小数十战,俱由观亲当矢石,无坚不摧。齐万年穷蹙失势,窜入中亭,观穷加搜剿,竟得把万年擒住,就地枭首,悬示番奴。氐羌遗众,望风奔角,不敢再贰。观乘胜转剿郝度元,度元遁去,窜死沙漠。于是马兰羌及卢水胡,相继乞降。秦雍梁三州,一律廓清。晋廷命观为东羌校尉,暂镇西陲,征梁王肜还朝,录尚书事,明明有罪,反畀以重权,可愤孰甚。独将雍州刺史解系免官,勒归私第。

原来赵王伦奉召还都,解系复上书劾伦,并请诛孙秀以谢氐羌。张华亦知孙秀不法,曾密托梁王肜令他收诛,偏被孙秀闻知,暗赂梁王参军傅仁,替他解免,方得随伦入京。秀见贾氏势盛,劝伦厚贿贾郭,为徼宠计,伦遂如秀议。果然钱可通神,非但贾郭与他交欢,就是恣肆中宫的悍后,亦渐加亲信。遇伦上奏,往往曲从,此番亦着了道儿,看下文便知。伦因得劾免解系,且复求录尚书事,后亦意动。偏张华裴颜固言不可,伦又求为尚书令,又被张裴二人阻挠,自是伦深恨二人,要与他势不两立了。伏笔。太子洗马江统,因羌胡初平,未足惩后,特著《徙戎论》以儆朝廷,论文不下数千言,由小子节录如下:

夫夷蛮戎狄,地在要荒,禹平水土,而西戎即叙。然其性气贪娄,凶悍不仁,四夷之中,未有甚于戎狄者。弱则畏服,强则侵叛。当其强也,以汉之高祖,尚困于白登,及其弱也,以元成之微,而单于入朝。是以有道之君,待之有备,御之有常,虽稽颡执贽,而边城不弛固守,强暴为寇,而兵甲不加远征,期令境内获安,疆埸不侵而已。汉建武中,光武帝时。马援领陇西太守,讨平叛羌,徙其余种于关中,居冯翊河东空地。数岁之后,族类蕃息,既恃其肥强,且苦汉人侵之。永初汉安帝年号之元,群羌叛乱,复没将守,屠破城邑,邓骘(zhì)败北,侵及河内,十年之中,夷夏俱敝,任尚马贤,仅乃克之。自此之后,余烬不尽,小有际会,辄复侵叛。魏兴之初,与蜀分隔,疆埸之戎,一彼一此。魏武帝徙武都氐于秦川,欲以弱寇强国,捍御蜀虏,此实权宜之计,非万世之利也。今者当之,已受其敝矣。夫关中土沃物饶,帝王所居,未闻戎狄宜在此土也。非我族类,其心必异,而因其衰敝,迁居畿服,士庶玩习,侮其轻弱,使其怨恨之气,冲入骨髓。至于蕃育众盛,则坐生其心,以贪悍之性,挟愤怒之情,候隙乘便,辄为横逆,此必然之势,已验之事也。当今之宜,须及兵威方盛,徙冯翊北地新平安定诸羌,使居先零、罕开、析支诸地,徙扶风始平京兆诸氐,出还陇右,仍居阴平武都之界,各附本种,反其旧土,使属国抚夷,就安集之,则华戎不杂,并得其所,纵有猾夏之心,而绝远中国,隔间山河,为害亦不广矣。至若并州之胡,幸为匈奴,桀恶之寇也。建安中汉献帝时。使右贤王古卑,诱质呼厨泉,听其部落,散居六郡,分为五部。咸熙魏主曹奂年号。之际,一部太强,分为三率,泰始见前。之初,又增为四。今五部之众,户达数万,人口之盛,过于西戎,其天性骁勇,弓马便利,倍于氐羌,若有不虞,风尘猝警,则并州之域,可为寒心,郝散之变,其近证也。魏正始中,魏主曹芳时。母丘俭讨高句骊。徙其余种于荥阳,始徙之时,户落百数,子孙孳息,今以千计。数世之后,亦必殷炽,夫百姓失职,犹或叛亡,犬马肥充,且有噬啮,况于戎狄能不为变乎?自古为邦者忧不在寡而在不安,以四海之广,士民之富,岂须夷虏在内,然后取足哉?此等皆可申谕发遣,还其本域,慰彼羁旅怀土之思,释我华夏纤介之忧,惠此中国,以绥四方,德施永世,于计为长也。

晋廷终不能用，眼见得外族日盛，侵逼中原。时匈奴左部帅刘渊，已进任五部大都督，号建威将军，封汉光乡侯，威振朔方。**回应第四回**。又有慕容涉归子廆(wěi)，遣使降晋，亦受封为鲜卑都督。相传慕容氏世居塞外，号称东胡，后为匈奴所逐，走保鲜卑山，因以为名。魏初有莫护跋入居辽西，纠集部众，建牙棘城，见燕人多戴步摇冠，因亦敛发仿效，令部众尽冠步摇，番音讹称步摇为慕容，遂以为氏或云慕二仪之德，继三光之容，因号慕容。究竟孰是孰非，无从考明。莫护跋生木延，木延生涉归，迁邑辽东，世附中国，得拜为鲜卑大单于。武帝时，涉归始入寇昌黎，为安北将军严询所败，遁归本帐。**见第六回**。已而涉归病死，弟删篡立，将杀涉归子廆，廆亡命避难，国人不服，群起杀删，迎廆入嗣。廆姿容秀伟，身长八尺，雄健有大度，从前张华为安北将军，得见廆貌，许为大器，赠给簪帻。及廆既嗣位，因与邻近宇文部，素有嫌隙，特向晋廷上表，请讨宇文氏。晋廷不许，廆怒寇辽西，不得逞志，乃复奉书乞降，受诏为鲜卑都督。廆以辽东僻远，复徙居大棘城，事大并小，渐见强盛。

此外，尚有略阳氐杨茂搜，亦据住仇池，自号辅国将军右贤王。仇池

讽大廷徙戎著论

在清水县中，约得百顷，旁绕平地，计二十余里，四面斗绝，高凌九霄，中有羊肠蟠道，须经过三十六回，方登绝顶。氐人杨驹，始居此地，驹孙千万附魏，封百顷王，千万孙飞龙，徙居略阳，飞龙无嗣，以外孙令狐茂搜为子，茂搜遂冒姓杨氏。自齐万年扰乱关中，茂搜率部落四千家，由略阳退保仇池。关中人士，亦避乱往归，因此部众渐盛，也得称霸一方。杨氏以外，更有巴氏李氏，从前秦始皇并吞中国，在巴地设黔中郡，薄赋人口，令每岁出钱四千，巴人呼赋为賨（cóng），故号为賨人。东汉季年，张鲁据汉中，賨人李氏，挈族依鲁，鲁为魏武所灭，徙李氏全族五百家，至略阳北上，名曰巴氏。李氏本巴西蛮种，强名为氏。后来出了兄弟三人，皆有勇略，长名特次名庠，又次名流，至齐万年作乱，关中荐饥，略阳天水等六郡人民，迁移就食，流入汉川，多至数万家。沿路饥民累累，辄至病仆。特兄弟仗义疏财，倾囊赈救，因得众心。流民至汉中上书，乞寄食巴蜀，朝议不许，但遣侍御史李苾（bì），持节往抚。苾受流民赂遗，表称流民十万余口，非汉中一郡所能赈赡，应从流民所请，听往巴蜀。朝廷乃许令就食蜀中，李特乘机入剑阁，遍览形势，不禁叹息道："刘禅有如此要险，乃面缚降人，岂非庸才么？"遂与二弟并居蜀地，渐思谋蜀。事见后文。匈奴鲜卑及氐并列五胡，故从详叙。

晋廷的王公大臣，但顾眼前富贵，不顾日后利害。就中如张华裴颜，稍称明达，但防御内讧，恐尚不及，如何能抵制外患？他若左仆射王戎，进位司徒，旅进旋退，毫无建树，性复贪吝，田园遍诸州，尚自执牙筹，昼夜会计，家有好李，得价便沽，又恐人得种，先将李核钻空，然后卖去。一女为裴颜妇，贷钱数万，日久未偿。女归宁时，戎有愠色，且多烦言，女立即偿清，始改为欢颜。从子将婚，尝给一单衣，婚讫仍向他索还，时人讥为膏肓宿疾。守财奴怎得为相？惟素好游散，自诩风流，尝与嵇康阮籍等，作竹林游，号竹林七贤。这七贤中，谯人嵇康，善弹琴，能操广陵散，声调绝伦，终因放荡不羁，得罪当道，为司马昭所杀。第一人先不得令终。阮籍嗜酒善啸，不循礼法，平居尝为青白眼，与人莫逆，方觉垂青，否即反白，自作《咏怀诗》八十余篇，以适性为本旨，又著《达庄论》专尚无为，作《大人先生传》痛诋正士，总算得幸全首领，老死陈留。从子名咸，亦旷达不拘，与籍相契，历任散骑侍郎。武帝说他耽酒蔑礼，出为始平太守，亦得寿终。河内向秀,与嵇康论养生诀,往复数万言,世称康善锻,秀为佐,后仕至散骑常侍而卒。尚有沛人刘伶,嗜酒如命,出入必以酒自随,伶妻捐酒毁器,涕泣劝戒,伶托言至神前宣誓,令具酒肉,及酒肉具陈,乃向天跪祝道:"天生刘伶,以酒为名,一饮一斛,五斗解酲,妇女之言,慎不可听。"语足解颐。说毕即起,仍引酒食肉,颓然复醉。伶妻无法,只好付诸一叹。伶醉后或与人相忤,争论不休,粗暴之徒,奋拳相向,伶却徐徐道:"鸡肋岂足当尊拳?"这语说出,令人自然气平,一笑而去。犯而不校,却可为负气者鉴。晋初开国,文士对策,昌言无为盛治,皆得高第,独伶以无用被斥,未几遂殁,只有一篇《酒德颂》传诵后世。尚书仆射山涛,涛籍贯,见第七回。亦列入竹林七贤中,闻望最隆。涛以后要推王戎,通籍临沂,属琅琊郡。素称望族,独惜他与世浮沉,徒尚虚骛,有所赏拔,也统是名实未符。阮咸子瞻,尝投刺谒戎,戎传见后,顾问瞻道:"圣人贵名教,老庄明自然,有无异同?"瞻答了"将毋同"三字。戎叹为知言,遂辟为掾属,时人呼他为三语掾。

戎有从弟名衍,神情朗秀,风度安详。总角时往见山涛,涛也为叹赏,及衍别去,目送良久道:"何处老妪,生这宁馨儿?但误天下苍生,必属是人。"不愧真鉴。衍年十四,诣仆射羊祜第,申陈事状,侃侃敢言,左右目为奇童。杨骏欲以女妻衍,衍佯狂自免。武帝闻衍名,尝问戎道:"夷甫衍表字。当世何人可比?"戎答道:"世无衍匹,当从古人中搜求。"无非标榜。武帝乃加意录用,累迁至尚书郎,出补元城令,终日清谈,不理政务。寻复入为黄门侍郎,高谈如故。每当宾朋满座时,自执玉柄麈尾,与手同色,娓娓陈词,无非宗尚老庄,偏重虚无,遇有义理未足,即随口变更,无人敢驳,但赠他一个雅号叫作信口雌黄。衍不以为愧,且自比子贡,到处鼓吹,风靡一时。娶妻郭氏,系贾后中表亲,杨家女不可娶,郭家女乃可娶么?郭氏恃势作威,贪鄙无厌,衍以妻为非,口不言钱。郭氏令婢用钱绕床,使不得行,至衍晨起见钱,召婢与语道:"快将阿堵物搬去。"终不道及钱字。幽州刺史李阳,与衍同乡,时称大侠,颇为郭氏所惮。衍尝语郭氏道:"如卿所为,非但我言不可,李阳亦尝谓不可。"郭氏方才稍敛,惟衍终得因妻取荣,超擢至尚书令。衍弟名澄,聪悟似衍,每有品评,衍不复置议,举世推为定论。

河南尹乐广，亦好清谈，与衍兄弟为莫逆交。更有僚吏阮修胡母辅之谢鲲王尼毕卓等，皆与澄友善，谑浪笑傲，穷欢极娱。辅之尝酣饮，子谦之大呼父字道："彦国年老，怎复如是？"辅之毫不动怒，反笑呼谦之，引与共饮。此亦与孺子牛相类，毕卓亦素来好酒，闻邻有佳酿，很是垂涎。夜半悄起，往邻盗饮，醉卧瓮旁，黎明为邻人所缚，取烛审视，乃是毕吏部。毕曾为吏部郎。因释毕缚，毕尝谓右手持酒杯，左手持蟹螯，便足了过一生。乐广虽然放达，却与胡母辅之毕卓等，不甚赞成，尝笑语道："名教中自有乐地，何必乃尔？"侍中裴頠，且作了一篇《崇有论》评驳时弊。无如敝俗已成积重难返，徒靠着一二人正言指导，怎能挽救人心？眼见是礼教沦亡，祸不旋踵了。误尽苍生，古今同慨。贾谧郭彰等，却另是一派举止，穷奢极欲，骄恣无比。晋廷只是两派人物，一尚虚无，一尚奢侈。郭彰年老病死，贾谧恃才傲物，目空一切，尝与太子通博奕争道，不肯少让，甚至谩语相侵。成都王颖，见第七回。方官散骑常侍，旁坐观博，不由的厉声诃斥道："皇太子为一国储君，贾谧怎得无礼？"谧闻颖言，辍局遽起，悻悻而出，往诉贾后。后当然袒谧，竟出颖为平北将军，镇守邺城。又因无故调颖，太露形迹，可巧梁王肜还朝，遂将河间王颙同时简放，使镇关中。颙见第四回。

先是武帝遗制，藏诸石函，非至亲不得守关中。颙系疏族，因他轻才爱士，夙孚舆论，特故畀重镇，且与颖一同外调，免滋物议，这也是贾后的苦心。惠帝好同傀儡，事事受教宫闱，或行或止，惟后所命。会值年年水灾，四方饥馑，惠帝闻报，随口语道："何不食肉糜？"左右并皆失笑。又尝游华林园，得闻蛤蟆声，便问左右道："蛤蟆乱鸣，为官呢？为私呢？"左右又笑不可抑。有一人答道："在官地为官，在私地为私。"惠帝尚一再点头。昏骏(ái)如此，所以军国重权，全在贾后掌握，甚且龙床里面，亦有人替惠帝效劳。惠帝也全然未觉，任凭贾后择人侍寝，一些儿不加防闲。可谓慷慨。太医令程据，状貌顾晰，为后所爱，后借医病为名，一再召诊，竟要他值宿宫中，连宵侍奉。定然是神针法灸，难道是燕侣莺俦？据惮后淫威，不得已勉承后命，疗治相思。偏后得陇望蜀，多多益善，除程据外，又尝令心腹婢媪，在都下招寻美少年，入宫交欢，稍稍厌忤，便即处死，省得他溜出宫门，传播秽事。惟洛南有盗尉部小吏，面目韶秀,仿佛好女,失踪数日,又复出现,身上穿着袘(rì)衣,乃是宫锦制成,不同常服,偶为同人所见,问从何来?小吏不肯实对,同人遂疑为窃取,互相私议。适贾后有疏亲被盗,向尉求缉,遂致小吏为嫌疑犯,不得不当堂对簿。小吏始实供云:"日前在途遇一老妪,谓家中人有疾病,问诸师卜,宜得城南少年,入家厌禳,今欲相烦,必当重报。于是随主登车,车有重帷,帷内有籚(lú)箱,由老妪令居籚箱中,遂饬车夫御行。约十余里,跨过六七门限,方将籚箱开启,呼令下车。说也奇怪,下车四望,统是楼阙好屋,与宫殿无二。当下问为何地?老妪答称天上,即替我香汤沐浴,易以锦衣,饲以美食。到了傍晚,复随老妪入一复室,见一贵妇人上坐,年约三十五六,身短且胖,面色青黑,眉后有疵,她竟下座挽留,同席共饮,同床共寝。如是数日,方许告归,临别时赠此袘衣,并嘱言切勿外泄,如或转告外人,必遭天谴。今被疑作贼,不能再默,只好直供"云云。说至此,那原告人不禁面赤,但言小吏既非盗犯,不必再问,因即辞去。尉亦解意,令此后毋得妄言,一笑退堂去了。看官,试想这小吏所遇的贵妇,不是贾后,还有何人?小吏为后所爱,乃得幸全,这也是命不该绝,方有此造化呢。俗

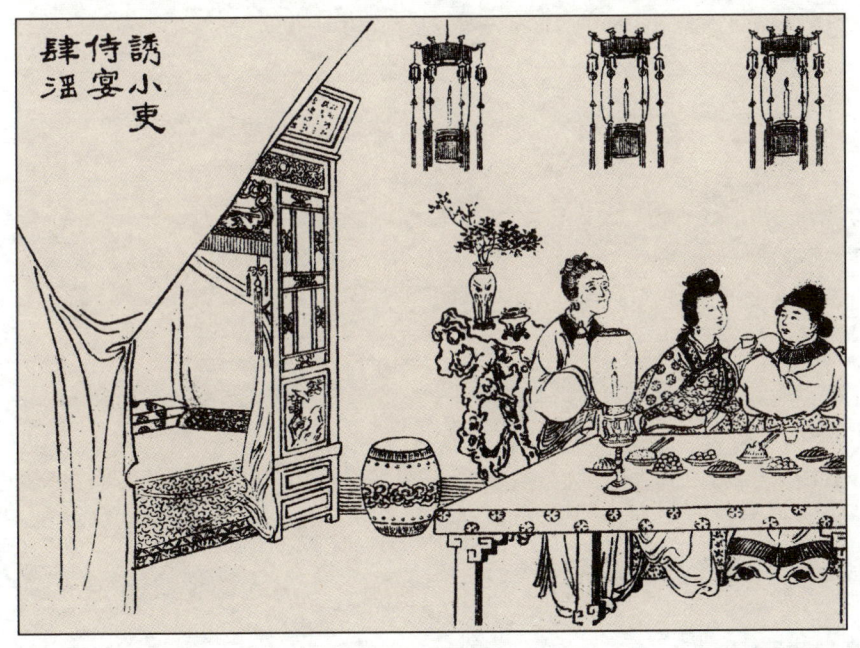

语说得好:"欲要不知,除非莫为。"为了贾后淫凶,有几个稍知忧国的大臣,秘密商议,欲将贾后废去。小子有诗叹道:

> 不是冶容也肆淫,矧(shěn)兼怨毒入人深。
> 由来女宠多倾国,如此凶横绝古今。

究竟何人欲废贾后,下回再当叙明。

读江统《徙戎论》,未始不叹为要言,但终非探本之策。古人谓天子有道,守在四夷,四夷尚为之守,何必沾沾过虑,坚读外徙耶?若暗主尸于上,牝后横于内,王公大臣,苟且偷安,恣肆如贾郭,空谈如戎衍,内乱已成,即无五胡之祸,亦宁能长治久安?况贾后凶暴未足,继以淫黩,中冓(gòu)丑声,播闻中外,古今有如是之浊秽,而不至乱且亡者,未之闻也。小吏入宫一节,本诸贾后列传中,特录述之以为佐证,非第志宫闱之失德,且以作后世之炯戒云。

第十一回

草逆书醉酒逼储君　传伪敕称兵废悍后

却说贾后淫虐日甚,秽闻中外。侍中裴頠等引以为忧,就是后党贾模,亦恐祸生不测,累及身家,因未免心下不安。裴頠已窥透模意,乃至模私第商议秘密,可巧张华亦至,一同晤谈。頠与华本来莫逆,不必避嫌,因质直相告,拟把贾后废去,更立太子遹生母谢淑媛。谢淑媛就是谢玖,见第七回。自遹为太子,母以子贵,得封淑媛。贾后很是妒忌,不令太子见母,但使淑媛静处别宫,仿佛与禁锢相似。此次裴頠倡议废后,当然欲将谢淑媛抬举起来,偏模与华齐声说道:"主上并无废后意见,我等乃欲擅行,倘主上不以为然,如何是好? 且诸王方强,各分党派,一旦祸起,身死国危,非徒无益,反致有损了。"贾模不足道,张华号称多才,何以如此胆怯? 頠半响才道:"公等所虑亦是,但中宫如此昏虐,乱可立待,我等岂果能置身事外么?"华便接口道:"如公等两人,与中宫皆关亲戚,何勿进陈祸福,预为劝诫? 言或见信,当可改过迁善,易危为安,天下不致大乱,我等方得优游卒岁了。"淫虐如贾南风,岂肯从谏? 张华此言更是痴想。原来模为贾后族兄,頠母为贾充妻郭槐姊妹,两人与贾后互有关系,故华言如此。模颇赞同华议,頠亦不便拘执己见,姑依华言进行,当下趋诣贾第,入白姨母郭槐,托他戒谕贾后,勉盖前愆,并宜亲爱太子。模亦屡入中宫,为后指陈利害。看官,试想这凶残淫暴的贾南风,习与性成,岂尚肯采纳良言,去邪归正么? 郭槐是贾后生母,向后进规,虽然不肯见从,尚无他恨,至模一再渎陈,反以为模有异心,敢加毁谤,索性嘱令宫竖,拒模入谒。模且忧且恨,竟生了一种绝症,便登鬼录。不幸中之大幸。有诏进裴頠为尚书仆射,頠上表固辞,略谓:"贾模新亡,将臣超擢,偏重外戚,未免示人不公,恳即收回成命。"复诏不许,或向頠进言道:"公为中宫亲属,可言即当尽言,言不见听,不若托病辞官。若二说不行,是有十表,恐终未能免祸了。"顾颇为感动。但初念欲见机而作，转念又且住为佳，因此日误一日，仍复在位。这是常人的通病，怎知祸足杀身！那贾郭二门的子弟，恃权借势，卖爵鬻官，贿赂公行，门庭如市，南阳人鲁褒，尝作《钱神论》讥讽时事，谓："钱字孔方，相亲如兄，无德反尊，无势偏热，排金门，入紫闼，危可使安，死可使活，贵可使贱，生可使杀，无论何事，非钱不行。洛中朱衣，当涂人士，爱我家兄，皆无已已"云云。时人俱为传诵，互相倾倒。平阳名士韦忠，为裴颜所器重，荐诸张华，华即遣属吏征聘，忠辞疾不至。有人问忠何不就征？忠慨然道："张茂先华字茂先。华而不实，裴逸民颜字逸民。欲而无厌，弃典礼，附贼后，这岂大丈夫所为？逸民每有心托我，我常恐他蹈溺深渊，余波及我，怎尚可褰裳往就呢？"关内侯索靖，亦知天下将乱，过洛阳宫门，指着铜驼，咨嗟太息道："铜驼铜驼，将见汝在荆棘中了。"国家兴亡，匹夫有责，徒付慨叹亦觉无谓。

太子遹储养东宫，少小时本来颖悟，偏到了成童以后，不务正业，但好狎游，就是左师右保，亦不加敬礼，唯与宦官宫妾，嬉嬲（niǎo）度日。无端变坏，想是司马氏家运。贾后素忌太子，正要他隳名败行，可以借端废立，因此密嘱黄门阉宦，导令为非，尝向太子前怂恿道："殿下正可及时行乐，何必常自拘束？"及见太子拂意时，怒诋役吏，又复从旁凑奉道："殿下太觉宽仁，若辈小竖，不加威刑，怎能使他畏服呢？"古人有言："一傅众咻。"又说道："习善则善，习恶则恶。"东宫中虽有三五师傅，怎禁得这班宵小，朝夕鼓煽？就是生性聪慧，也被他陷入恶途，成为习惯了。太子生母谢淑媛，幼时微贱，家世业屠。太子偏秉遗传，辄令宫中为市，使人屠酤，能手揣斤两，轻重不差。又令西园发卖葵菜篮子鸡面等类，估本牟利，倒是一个经济家。逐日收入，随手散给，却又毫不吝惜。东宫旧制，按月请钱五十万缗，作为费用，太子因月费不足，尝索取两月俸钱，供给嬖宠。平居雕题刻桷，役使不已，若要修墙缮壁，偏好听阴阳家言，动多顾忌。洗马江统，上陈五事，规谏太子，一是请随时朝省，二是请尊敬师保，三是请减省杂役，四是请撤销市酤，五是请破除迷信，太子无一依从。舍人杜锡，也常劝太子，修德进善，毋招谗谤。太子反恨他多言，俟锡入见时，先使人至锡座毡中，插针数枚，锡怎能预料，一经坐下，被针刺臀，血满裤裆，真似哑子吃黄连，说不出的苦楚。散骑常侍贾谧，与太子年龄相仿，更为中表弟兄，免不得时往过从。太子喜怒无常，有时与谧相狎，有时与谧相谤，或令谧自坐，径往后庭嬉戏，不再顾谧，谧屡遭白眼，当然挟嫌。詹事裴权进谏道："贾谧为中宫宠倖，一旦交构，大事去了，愿殿下屈尊相待，免滋他变。"太子勃然变色，连称可恨，说得权不敢再言，俯首辞去。其实，太子并非恨权，不过因权数语，触起旧怨，致有恨声。先是贾后母郭槐，欲令韩寿女为太子妃，太子亦欲结婚韩氏，自固地位。寿妻贾午却不愿意。贾后更不乐赞成，另为太子聘王衍女。衍女有二，长女貌美，少女貌陋。太子既不得韩女，乃转思纳衍长女为妃。偏贾谧又来作梗，垂涎彼美，乞后作主。后方宠谧，便为谧娶衍长女，但使太子与衍少女为婚。太子得了丑妇，自然恨后及谧，此时听着权言，怎能不感愤交并，流露言表？嗣被谧探知消息，也惹动前日弈棋的恶感，向贾后处进谗，<u>弈棋事见前回</u>。还亏后母郭槐从中保持，不使贾后得害太子，故太子尚得无恙。<u>此非郭槐好处，还是裴颜功劳。</u>

未几，郭槐病重。由后过省，槐握住后手，嘱以二语：一语是保全太子，一语是赵粲贾午，必害汝家。<u>这却可谓先见。</u>贾后虽然应诺，心中总未以为然。至郭槐死后，谧虽守丧，仍然出入中宫，一夕，踉跄入白道："太子蓄私财，结小人，无非欲害我贾氏，若宫车晏驾，彼得入立，不特臣等遭诛，恐皇后亦坐废金墉了。"贾后不禁骇愕，便与赵粲贾午，谋废太子。可巧午生一儿，遂嘱令送入宫中，佯称自己有娠，预备产具，一面嘱令内史，暴扬太子过恶，将为李代桃僵的诡计。宫廷内外，多已瞧透阴谋。中护军赵俊，密请太子举兵废后，太子不敢照行。左卫率刘卞私白张华，且替华设策道："东宫俊乂如林，卫兵不下万人，若得公命，请太子入录尚书事，废锢贾后，徙居金墉城，但教两黄门费力，便足办到此事。华瞿然道："今天子当阳，太子乃是人子。我又未得阿衡重任，乃胆敢与太子行此大事，是变作无父无君的贼子了，就使有成，尚难免罪。况权戚满朝，威柄不一，怎见得果能成事呢？"<u>可与适道未可与权。</u>卞太息而去。不意过了一宵，即有诏出，卞为雍州刺史。卞疑有人泄谋，因有此诏，遂服药自尽。<u>胆小如此，如何为华设谋？</u>

元康九年十二月，太子长男彪<u>音彬</u>。有疾，太子为儿祷祀求福，忽由内廷颁到密诏，乃是皇上不豫，令太子立即入朝。太子只好前往，趋入宫中,不意有内侍出来,引太子暂憩别室,静待后命。太子莫名其妙,但入别室休息,甫经坐定,即由宫婢陈舞,左手持枣一盘,右手执酒一壶,行至太子座前,传诏令饮。太子酒量素浅,饮了一半,已是醉意醺醺,便摇手道:"我不能再饮了。"陈舞瞋目道:"天赐殿下酒,乃不肯饮尽,难道酒中有恶物么?"太子无可奈何把余酒一吸而尽,遂至大醉。既而又来宫婢承福,持给纸笔,并原稿二纸,逼令太子录写。太子辞不能书,复由承福矫诏逼迫。太子醉眼模糊,也不辨为何语,但看原稿中为何字,依次照录,字迹多歪歪斜斜,残缺不全,好容易录就二纸,交与承福持去。太子酒尚未醒,当由内侍拥掖出宫,扶上寝舆,使他自返。翌晨,由惠帝御式乾殿,召令王公大臣,使黄门令董猛,赍出二纸,遍示群僚,且对众宣谕道:"这是不肖子遹所书,如此悖逆,只好把他赐死罢。"百官听了多半惊心,张华裴颁更觉诧异,便接阅二纸,第一纸写着:

陛下宜自了,不自了,吾当入了之,中宫又宜速自了,不自了,吾当手了之。

大众看这数语,都为咋舌。还有一纸,文字越觉离奇,有云:

吾母宜刻期两发,勿疑犹豫致后患。茹毛饮血于三辰之下,皇天许当扫除患害,立道文为王,蒋氏为内主,愿成当以三牲祠北君,大赦天下。要疏如律令。

看这语意,似内达谢淑媛,与约同日发难。文中所叙的道文,便是太子长男虨表字,蒋氏乃是太子所宠的美人。大众瞧罢,彼此面面相觑,不发一言。都是饭桶。独张华忍耐不住,竟向座前启奏道:"这是国家的大不幸事,惟从古到今,往往因废黜正嫡,遂致丧乱,愿陛下核实乃行。"裴颁亦续奏道:"东宫果有此书,究由何人传入?且安知非他人伪造,诬陷太子?请验明真伪,方可立议。"惠帝接连闻奏,好似痴聋一般,噤不复言。那殿后却趋出内侍,奉贾后命,取了太子平日手启十余笺,令群臣对核笔迹,张华裴颁等,即互相比视,笔迹大略相符,唯一是恭缮,笔画端正,一是急书,姿势潦草,一时也辨不出真假,无从指驳。原来贾后使太子录书,原稿系嘱黄门侍郎潘岳草成,及太子录就进呈,字画缺漏,仍由岳补添成字。岳善模仿笔迹,一经改写,与太子手书无殊,故足使人迷乱心目。潘岳何为者?惟裴颁定要查究传书的姓名,张华谓须召太子对质，此外一班大臣，依违两可，聚讼不决。贾后暗坐屏后，听着张裴两人的议论，大咈(fú)已意，那惠帝又一言不发，任令絮聒，恨不得走将出去，喝住众口，倒好独断独行，只是大庭广众，未便越礼，勉强容忍了半天。看看日影西斜，还是没有结果，不由的怒气上冲，便召董猛入内，嘱使传语道："事宜速决。为何议了半日，尚未定夺？如群臣不肯传诏，应该军法从事。"猛奉命出宣，道言甫毕，张华即驳斥道："国家大政，应由皇上主裁，汝系何人？妄传内旨，淆乱圣听。"裴頠亦喝道："董猛休得多言，圣上明明御殿，难道我等未奉明诏，反依内旨不成？"猛且惭且愤，返报贾后。贾后恐事情中变，因即令侍臣草表，请免太子为庶人。这表传出，惠帝便即依议，拂袖退朝。于是使尚书和郁等，速诣东宫，废太子遹为庶人。遹方游玄圃，闻使节持至，改服受诏，步出承华门，乘粗犊车，往居金墉城。遹妃王氏，及三子虨臧尚，同时随徙。独虨母蒋氏，坐蛊惑太子罪名，生生杖毙，甚且归咎谢淑媛，一并赐死。王衍闻变，自恐株连及祸，急忙表请离婚，你有大女婿作靠，此时何必作忙？有诏准议。于是遹妃王氏，与遹永诀，恸哭了一场，辞归母家。王女却是多情。

越年，改元永康，西戎校尉司马阎缵，舆棺诣阙，上书切谏，略言："汉戾太子称兵拒命，尚有人主从轻减，说是罪不过笞，今遹罪不如戾太子，理应重选师傅，先加严诲，若不悛改，废弃未迟。"这书呈入，当然不报。**缵不见谴，还是皇恩广大**。贾后因异议沸腾，终究未妥，不如下一辣手，致死太子，方绝后患，乃再行设计，嘱使黄门自首，诡言与遹谋逆。有诏将黄门自首表文，颁示公卿，遂命卫士押徙太子，往锢许昌宫，不许宫僚送行。洗马江统潘滔，舍人王敦杜蕤鲁瑶等，冒禁往饯，至伊水旁涕泣拜辞，不意司隶校尉满奋，已奉诏驰至，把江统等一并拘去，分系河南洛阳两狱中。河南尹乐广，不待赦书，已悉数放归。洛阳令曹摅，未敢遽释罪囚，经都官从事孙琰，向贾谧处说情，方得一律释出。右卫督司马雅，系是晋室疏亲，平时常给事东宫，得遹宠爱，每思为遹效力，设法复位，乃与从督许超，殿中郎士猗等，日夕营谋，彼此互议，统说张华裴頠，贪恋禄位，未足与图大事，不如右军将军赵王伦，手握兵权，素性贪冒，尚可假彼行权。**冒昧图逞，亦非良策**。因往说孙秀道："中宫凶妒，与贾谧等诬废太子，无道已甚。今国无嫡嗣，社稷垂危，大臣将起行大事，公乃素奉中宫，与贾郭亲善，外人皆谓公实预内谋，一朝变起，祸必相及，何勿先事预防呢？"秀被他一说，也觉寒心，当即转告赵王伦，拟废去贾后，迎还太子。伦惟言是从，密结通事令史张林及省事张衡等，使为内应，待期举发。偏孙秀又变了一计，再与伦语道："太子聪明刚猛，若得还东宫，必图报复。明公素党贾后，道路共知，今虽为太子建立大功，太子且未必见德，一有衅隙，仍然加罪，不若迁延缓期，俟贾后害死太子，然后为太子报仇，入废贾后，名正言顺，更无他患，岂不是一举两得么？"**这是卞庄刺二虎之计，我亦佩服**。伦拍手赞成，连称好计。秀复散布谣言，谓殿中人欲废皇后，迎太子，一面往见贾谧，劝他早除太子，杜绝众望。谧立白贾后，后正得外间谣传，阴启杀心，一闻谧语，便召入太医令程据，使合毒药。据即用巴豆杏仁，研末为丸，交与贾后。后复令黄门孙虑，假传上命，赴许昌毒死太子。

太子至许昌后，常恐见鸩，所有饮食，必令宫人当面煮熟，方敢取尝。孙虑到了许昌，先与监守官刘振说明，振即徙太子至小坊中，绝不与食。宫人得太子厚恩，尚从墙上递给食物，俾得充饥。那孙虑急欲复命，径持入毒药，逼令太子吞下。太子不肯照服，托词如厕。虑袖出药杵，从太子

第十一回 草逆书醉酒逼储君 传伪敕称兵废悍后

背后,掷击过去,太子中杵倒地,再由虑拾起药杵,用力猛搥,太子大声哀呼,声彻户外,及要害受伤,一声惨号,气绝而逝。年才二十三岁。孙虑如此凶横,难道能长寿不成?虑回都复命,有司请用庶人礼葬遹,贾后即假托慈悲,上表帝前,略云:

> 遹不幸丧亡,伤其迷悖,又早短折,不能自已。妾常冀其刻肌刻骨,更思孝道,使得复正名号,此志不遂,重以酸恨。遹虽罪大,犹是王者子孙,便以匹庶送终,情实可悯,特乞天恩,赐以王礼。妾诚暗浅,未识礼义,不胜至情,冒昧陈闻。录入此表,以见贾后之狡诈。

惠帝得贾后表,方命用广陵王礼,厚葬太子。会天象告警,尉氏雨血,妖星现西方,太白昼现,中台星坼,中外诧为怪象。张华少子名韪,劝华即速辞职,为避祸计。华踌躇多时,方答说道:"天道幽远,未尽可凭,不如修德禳灾,静俟天命。"利令智昏。既而,孙秀使司马雅见华,屏人与语道:"赵王欲与公共匡社稷,为天下除害,使雅以实情告公,请公勿疑!"华摇首不答。雅不禁怒起,掉头趋出,且行且语道:"刃将加颈,尚作此态么?"当下诣赵王伦府第中,敦促起事。伦遂矫称诏敕,遍谕三部司马晋左右二卫,有前驱由基强弩三部司马。道:"中宫与贾谧等杀我太子,为此命车骑将军兼领右军将军赵王伦,入废中宫,汝等皆当从命!事成当赐爵关内侯。如或不从,罪及三族。"三部司马,接了此敕,哪有不从之理?齐王冏见前文。方任翊军校尉,亦与伦通谋,遂与三部司马,突入宫中,排闼趋进。华林令骆休为内应,引冏至惠帝住室,迫帝出御东堂,一面召入贾谧。谧无从趋避,应召而至,及见甲杖如林,复走至西钟下面,大呼阿后救我!声尚未绝,已有人追至背后,拔刀砍去,首随刀落。贾后闻谧呼救声,慌忙出视。正与齐王冏相遇,便惊问道:"卿来此做甚么?"冏答道:"有诏收后。"后复道:"诏当从我发出,这是何处诏旨?"一面说,一面返身入内,趋上阁中,凭槛遥呼道:"陛下有妇,乃使人废去,恐陛下亦将被废了。"冏复带兵入阁,胁后徙居。后复问起事为谁,冏答称梁赵二王。原来尚书令梁王肜,曾预闻伦事,也愿赞成,故冏有是言。贾后长叹道:"系狗当系颈,今反系尾,怎得不尔?"乃出居建始殿中,由冏派兵监守。随即收捕赵粲贾午,驱入暴室,一顿杖责,把两个如花似玉、貌美心毒的妇人,送归冥府,往销阎王簿据去了。就是韩寿兄弟子侄,也共同连坐,诛黜

有差。偷香结果,一至于此,可见天道恶淫。伦复召入中书监侍中黄门侍郎等,黉夜入殿,趁势拿下司空张华,及仆射裴頠。华顾通事张林道:"汝等欲害我忠臣么?"林矫诏诘责道:"卿为宰相,不能保全太子,及太子废死,又复不能死节,怎得称忠?"华驳说道:"式乾殿中的争议,臣尝力谏,尽可复按。"见上。林不待说毕,便接口道:"力谏不从,何不去位?"中肯语。华听到此语,无言可驳,只好俯首就刑,遂与裴頠一同受戮,并至夷族。华是日昼寝,梦见屋坏,入夜即验,死时年六十九,著有《博物志》十篇及文章等并传后世。华长子散骑常侍祎及少子散骑侍郎韪,同时遇害。頠死时才三十四岁。二子嵩该,由梁王肜代为保护,谓:"頠父裴秀,有功王室,不应殄绝后嗣。"因得免死,流徙带方。校尉阎缵,时尚在都,入抚张华尸首,且泣且语道:"我曾劝君逊位,君乃不从,今果见戮,莫非是命中注定么?"小子有诗讥张华道:

　　蹉跎已届古稀年,何事名缰尚被牵。
　　老且受诛儿并戮,如斯结局也堪怜。

华頠既死,赵王伦未肯罢手,还要杀死数人。欲知何人被杀,待看下回报明。

典午得国,始自贾充之弑曹髦,厥后贾女入宫,种种淫态,即酿成八王之乱,而西晋即因是覆亡。天道好还,亶其然乎?张华裴颜位登台辅,不能拨乱反正,虽由二人之才识不足,亦天意之未许建功耳。况太子遹幼即聪明,一变而为淫僻昏顽之豚犬,置酒别室,醉草逆书,是何莫非大造之巧为播弄,假手悍后,有以斫其根而戕其本欤?及后恶贯满盈,不使张华裴颜之从权废立,而反令贪鄙阴狡之伦秀二人,乘隙图功,一祸才了,一祸复起,天之不欲安晋也明矣。此外已尽见细评,姑不赘述云。

第十二回

坠名楼名姝殉难　夺御玺御驾被迁

却说赵王伦杀死裴张二人，本意是报复旧怨，不论罪状。事见前文。还有前雍州刺史解系，前时已为伦所谮，免官居京，伦余恨未泄，也将他拘至，并将系弟结一并下狱。梁王肜复出来救解，伦怫然道："我在水中见蟹，犹谓可恨，况解系兄弟，素来轻我，此而可忍，孰不可忍？"系为西征事招怨。亦见前文。肜苦争不得。系结皆为伦所杀，并戮及妻孥。结尝为御史中丞，有一女许字裴氏，择定嫁期，正在解家被祸的第二日，裴氏欲上书营救。女泣叹道："全家若此，我生何为？"遂亦坐死罪。后来晋廷怜女无辜，始改革旧制，女不从坐。惠帝全无主意，一任伦滥杀无辜。伦又恃孙秀为耳目，秀言可杀即杀，秀言不可杀即不杀。伦也是个傀儡。秀复为伦决计，废贾后为庶人，迁往金墉城。后党刘振董猛孙虑程据等，一体捕诛。刘振等死有余辜。司徒王戎，系裴頠妇翁，坐是罢职。此外文武百官，与贾郭张裴四家，素关亲戚，不是被诛，便是被黜，简直是不胜枚举了。

于是赵王伦托称昭制，大赦天下，自为都督中外诸军事兼相国侍中，一依宣文宣帝文帝。辅魏故事。置左右长史司马及从事中郎四人，参军十人，掾属二十人，府兵万人。使长子荂音敷。领冗从仆射，次子馥为前将军，封济阳王，三子虔为黄门郎，封汝阴王，幼子诩为散骑侍郎，封霸城侯，长子未曾封王，是欲为将来袭封起见。孙秀为中书令，受封大郡。司马雅张林等，并皆封侯，得握兵权。百官总己，听伦指挥。孙秀从中主政，威振朝廷。有诏追复故太子遹位号，使尚书和郁，率领东宫旧僚，赴许昌迎太子丧。太子长男虨，已经夭逝，亦得追封南阳王，虨弟臧为临淮王，臧弟尚为襄阳王。有司奏称尚书令王衍，备位大臣，当太子被诬时，志在苟免，不思营救，应禁锢终身，诏从所请。衍既免官还第，尚恐遇害，佯狂自免。任你如何刁滑，到头总难免横死。前平阳太守李重，素有令名，由伦辟为长史。重知伦有异志，托疾不就，偏经伦再三催逼，硬令人扶曳入府，胁令就官。重满腔忧愤，无处可伸，归家后果然成疾，不愿医治，未几遂亡。淮南王允，前曾随楚王玮入朝，见前第九回。玮被戮后，允仍然莅镇。至太子被废，朝议将立允为太弟，复密促还朝，留住都中。太弟议尚未定夺，赵王伦已经发难，允两不袒护，置身事外，至此乃受诏为骠骑将军，开府仪同三司，兼领中护军。允性沈毅，为宿卫将士所畏服，他见伦不怀好意，便豫养死士，密谋诛伦。伦毫无闻知，惟孙秀瞧料三分，劝伦防允。伦方才加防，且恐贾后与允勾结，或致死灰复燃，因与秀密商，想出两条计策：一是鸩死贾后，一是册立皇太孙。当下遣尚书刘弘，赍金屑酒至金墉城，赐贾后死。贾后无可奈何，只得一吸而尽，一代悍后，至此乃终。晋室江山，已被她一半收拾了。弘既复旨，即立临淮王臧为皇太孙，召还故太子妃王氏，令他抚养。所有太子旧僚，就作为太孙官属。赵王伦兼为太孙太傅，追谥故太子曰愍怀，改葬显平陵。

中书令孙秀，既得逞志，计无不遂，便逐渐骄淫，闻石崇家有美妾绿珠，妖冶善歌，兼长吹笛，遂使人向崇乞请，谓肯以绿珠见赠，当起复崇官。看官阅过前文，应知崇为贾谧好友，贾氏得祸，崇已坐谧党褫职，惟家产未遭籍没，崇仍得席丰履厚，拥艳藏娇。且崇有别馆，在河阳金谷中，号为金谷园。自崇罢职后，常居园中休养，登高台，瞰清流，日与数十婢妾，饮酒赋诗，逍遥自在，反比那供职庙堂，更加快活。恐不能安享此福。及孙秀使至，崇含糊对付，遣使返报。秀竟再令人带着绣舆，往迓绿珠。崇尽出婢妾数十人，由来使自择。来使左眄右盼，个个是飘长裾，翳轻袖，绮罗斗艳，兰麝熏香，端的是金谷丽姝，不同凡艳，便问崇道："孙公命迓绿珠，未识孰是。"崇勃然道："绿珠是我爱妾，怎得相赠？"为一美妾而覆家，也不值得。来使道："公博古通今，察远照迩，愿加三思，免贻后悔。"崇仍然不允。来使既去复返，再为劝导。崇始终固执，叱退来使。秀得来使归报，当然大怒，便拟设计害崇。

崇亦自知惹祸，与甥欧阳建及旧友黄门郎潘岳，私下商酌，为除秀计。秀前为岳家小吏，岳恨他狡黠，辄加鞭挞，及秀为中书令，岳时与相值，尝问秀道："孙令公，尚记得前日周旋否？"秀引古语相答道："中心藏之，何日忘之。"见《诗经·小雅》。岳知他怀恨未忘，很加忧惧，与崇建等议及除秀，谓不如交结淮南王，劝令起事，摔去伦秀二人。淮南王允，正思讨灭伦秀，既得潘岳等相劝，筹备益急。伦与秀探察得实，遂迁允为太尉，阳示优礼，实夺兵权。允称疾不拜，秀遣御史刘机逼允，收允官属，并矫诏责允拒命，大逆不敬。允取诏审视，系秀手书，便怒叱道："孙秀何人？敢传伪诏。"说至此，返身取剑，欲杀刘机。机狂奔出门，幸逃性命。允追机不及，便顾语左右道："赵王欲破我家。"随即召集部兵七百人，出门大呼道："赵王造反，我将讨逆，如肯从我，速即左袒。"兵吏常仇怨赵王，多左袒趋附。允率众赴宫，适尚书左丞王舆，闻变先入，闭住掖门。允不得趋入，乃转围相府。伦与秀仓猝调兵，与允相持，屡战屡败，死伤约千余人。太子左率陈徽，勒东宫兵，鼓噪宫内，作为内应。允列阵承华门前，令部众各持强弩，迭射伦兵。伦正督众死战，矢及身前，主书司马眭秘，挺出翼伦，可巧一箭射来，向胸穿入，立即倒毙。伦不禁着忙，旁顾门右，幸有大树数株，便挈领官属，趋至树后，借树为蔽。树上矢如猬集，伦幸得免。自辰至未，尚是喊杀连天，未曾罢斗。

中书令陈准，系陈徽胞兄，入值宫中，意欲助允，便请诸帝前，谓宜遣使持白虎幡，出解战事。乃使司马督护伏胤，率骑兵四百，持幡从宫中出来。胤藏着空板，古时诏书录板，板以桐木为之，长约尺许。诈称有诏，径至允阵前，取板遥示。允还道他是前来帮助，又见他持着诏书，定有他命，便令军士开阵纳胤，自己下马受诏。不防胤突至允前，拔出利刃，竟将允挥为两段。允众相顾错愕，胤复对众宣诏，略言"允擅自称兵，罪在不赦，除允家外，胁从罔治"等语。于是大众骇散。允子秦王郁汉王迪等，均被胤追捕，相继杀死。看官道是何因？原来白虎幡是借以麾军，并非解斗，陈准因惠帝昏愚，托言解斗，实欲麾动允军，威吓伦兵，使知允众攻伦，实出帝命，偏遣了一个贪利怀诈的伏胤，受命出宫，行过门下省，与伦子汝阴王虔相值。虔邀入与语，誓同富贵，嘱令变计图允。胤坐此生心，便去诳允。允见他持着白虎幡，又是赍奉诏敕，明明是得着内援，怎得不为胤所绐（dài）？哪知一场好事，竟成恶果，这也是晋朝的气数。无可归咎，只好归之于天。

允既被害，赵王伦越加威风，复饬令严索允党，一体同罪。孙秀遂指称石崇欧阳建潘岳等，奉允为逆，应该伏诛。崇正在楼上高坐，与绿珠等欢宴,蓦闻缇骑到门,料知有变,便旁顾绿珠道:"我今为汝得罪了,奈何奈何?"绿珠涕泣道:"妾当效死公前,不令公独受罪。"遂叩头谢别,抢步临轩,一跃下楼。崇慌忙起座,欲揽衣裾,已是不及,但见下面倒着娇躯,已是头破血流,死于非命。绿珠本贻祸石家,幸有坠楼殉主,尚可自解。崇不禁垂泪道:"可惜!可惜!我罪亦不过流徙交广,卿何必至此。"你既钟爱绿珠,何不随同坠楼,且还想活命,真是痴人说梦。遂驾车诣狱,未到狱门,已有人传到敕书,令赴东市就刑。崇至东市,方长叹道:"奴辈利我家财。"旁有押吏应声道:"早知财足害身,何不散给乡里?"崇不能答,仰首就戮。崇甥欧阳建,亦同时被杀,绝命时尚口占诗章,词甚凄楚。崇母兄及妻子等十五人,骈戮无遗,家产籍没。有司按录簿籍,得水碓三十余区,苍头八百余人,田宅货财,不可胜数。多藏厚亡,视崇益信。黄门郎潘岳,并为所害。岳字安仁,少美丰姿,尤工词藻。弱冠以前,尝挟弹出洛阳,妇女皆掷果相赠,满载以归。嗣为河阳令,遍植桃树,时人号为一县花。妻殁作悼亡词,哀艳绝伦,惟躁急干进,不安恬淡。岳母尝责岳道:"汝当知足,奈何奔竞不休?"岳不能从。及被收

坠名楼名姝殉难

时，始入与母诀道："负阿母！"出至东市，见崇亦在列，相顾唏嘘。崇呼岳道："安仁亦遭此祸么？"岳泣答道："可谓白首同所归。"这一语，乃是岳寄金谷园时，不料竟成谶语。岳死，家属亦多毙刀下，惟兄子伯武，在逃得免。

赵王伦又收捕淮南王弟吴王晏，拟即加刑，经光禄大夫傅祗力争，始得贷死，贬为宾徒县王。齐王冏与伦相结，迁任游击将军，冏尚未满意，颇有恨色。秀即白伦，将冏外调，令出为平东将军，使镇许昌，免得在内生变，伦趾高气扬，拟自加九锡殊礼。吏部尚书刘颂道："从前汉锡魏武，魏锡晋宣，俱系一时异数，并非古礼。周勃霍光，立功甚大，并不闻有九锡的宠命呢。"*权词讽谏，可算苦心。* 伦党张林，斥颂为张华余党，因有异议，将加颂死刑。还是孙秀进言道："杀张裴已乖物望，不宜再杀刘颂。"伦乃罢议。秀为伦嘱使群僚，均至相府称道功德，应用九锡典命，伦伴为谦让，再由朝使持诏敦勉，方才拜受。进秀为侍中兼辅国将军，仍领相国司马，相府增兵至二万人，与禁中宿卫相同。秀子会为校尉，年已二十，形短貌丑，少时尝在城西为富家贩马，此时骤得贵显，居然欲与帝女结婚。惠帝已同虚设，但教伦秀二人，如何裁决，便即允行，伦遂为秀子作伐，使尚帝女河东公主。秀即把将军孙旂外孙女羊氏，为帝说合，请为继后。旂与秀同族，旂婿为尚书郎羊玄之，生有一女，名叫献容，姿容秀媚，倾国倾城，与前时贾南风相比，判若天渊。永康元年仲冬，羊女得册为后，好算是非常遭际，喜从天来。吉期已届，盛妆启行，不料衣上忽然起火，几吓得魂胆飞扬，还亏左右侍女，急忙扑救，才得将火光灭熄，但一袭翚衣，半成焦黑，已觉得预兆不祥。*为后文伏案。* 慌忙将原衣脱去，再从宫中乞取后服，重复穿上，方好登舆入宫。礼成以后，见惠帝年逾四十，面目粗蠢，知识愚钝，不由的大失所望，只得自悲命薄，蹉跎度日罢了。*河东公主下嫁蠢子，羊女献容上配愚君，彼此不偶，岂非天命！* 惟后父羊玄之，却得超拜光禄大夫，特进散骑常侍，加封兴晋侯，自夸奇遇，深感秀德。谁料到腊尽春来，竟出了一桩篡国奇闻，好好一位新皇后，竟随了一个老皇帝，同徙金墉城，这真是祸福无常，福为祸倚了。

看官不必细猜，便可知那篡国的贼臣，就是相国赵王伦。伦迷信神鬼，好听巫言。孙秀欲迫伦篡位，自为首功，乃密使牙门赵奉，诈为宣帝

第十二回 坠名楼名姝殉难 夺御玺御驾被迁

神语,命伦早入西宫。又言宣帝在北邙山,阴为伦助。伦乃在邙山立宣帝庙,私自祷祝,潜构逆谋,令太子詹事裴劭,左军将军卞粹等,充当相府从事中郎,作为帮手。更使义阳王威,司马孚曾孙。与黄门郎骆休,闯入内廷,逼夺玺绶,伪作禅诏。诏既草就,即付尚书令满奋,及仆射崔随,令并玺绶送往相府,禅位与伦。伦又假作谦恭,固让不受,一班寡廉鲜耻的王大臣,早已由孙秀运动,一齐趋至,满口是功德巍巍,天与人归的套话,趋奉伦前,再三劝进。伦遂直任不辞,于是遣左卫将军王舆、前军将军司马雅等,率甲士入殿,晓谕三部司马,示以威赏。三部莫敢抗议,唯唯听命。伦乃备卤簿,乘法驾,昂然入宫,登太极殿,受百官朝谒,大赦天下,改元建始。一面徙惠帝及羊后,出居金墉城,阳尊惠帝为太上皇,改称金墉城为永昌宫。废皇太孙臧为濮阳王,立长子荂为皇太子,封次子馥为京兆王,三子虔为广平王,幼子诩为霸城王,皆兼宫侍中,分握兵权;又用梁王肜为宰衡,何劭为太宰,孙秀为侍中中书监,兼骠骑将军,仪同三司。义阳王威为中书令,张林为卫将军,余党皆为卿将,越次超迁;下至奴卒,亦加爵位。每遇朝会,貂蝉盈座,都下竞相传语道:"貂不足,狗尾续。"真是一班

摇尾狗。伦既据大位,亲祠太庙,还遇大风,吹折麾盖。伦也觉不安,因密使人害死濮阳王臧,省却后患。越要逞凶,越不久长。且恃孙秀为长城,每有号令,必先示秀。秀得意全窜改,或自书青纸,充作诏书。朝令夕更,百官常转易如流。孙旗子弼及弟子髦辅琰四人,因与秀同族,旬月三迁,皆得为将军,受封郡侯,并加旗为车骑将军,使得开府。旗正出镇襄阳,闻子侄辈受伦官爵,恐为家祸,因迁幼子回入都诮让,迫令辞职。弼等方致位通显,履坚策肥,怎肯勒马悬崖,幡然谢去?仍令回返报乃父,极称平安。旗不能遥制,惟有自悲自痛罢了。自己何不远引?

卫将军张林,与孙秀积有夙嫌,并怨不得开府,因私与荂笺,具言秀专权擅政,未协众心,应速诛为是。荂持书白伦,伦又复示秀,气得秀咆哮不已,急请诛林,伦怎敢不从?当即往华林园,伴言会宴,召林入侍,立即拘住,赏他一刀,并夷三族。林原该死,但为伦所杀,怎得瞑目?秀复虑齐王冏成都王颖河间王颙等,各据方面,拥强兵,无从控制,乃悉遣亲党,往为三王参佐,具加冏为镇东大将军,颖为征北大将军,皆开府仪同三司,隐示羁縻。偏齐王冏不受笼络,首先发难,传檄讨伦,一面遣使四出,联结诸王。成都王颖,接冏来使,便召邺令卢志入商,志答说道:"赵王篡逆,神人同愤,殿下能助顺讨逆,何患不克?"颖乃命志为谘(zī)议参军兼左长史,即日调发兖州刺史王彦,冀州刺史李毅,督护赵骧石超等为前驱,自率部兵为后继。行抵朝歌,远近响应,得众二十万,声势大振。常山王乂,本来是受封长沙,因与楚王玮为同母兄弟,连坐被贬,徙封常山,既得冏书,即与太原内史刘暾,率众应冏。还有新野公歆,扶风王骏子。闻冏起事,未知所从,嬖人王绥道:"赵亲而强,齐疏而弱,公宜从赵。"参军孙洵在座,厉声叱道:"赵王凶逆,人人得诛,有甚么亲疏强弱呢?"洵与卢志,俱不失为义士。歆乃与冏连兵,愿作声援。前安西将军夏侯奭,在始平纠合党羽得数千人,与冏相应。并致书河间王颙,约同赴义。颙初用长史李含谋,遣振武将军张方,率兵诱奭,擒至长安市,把奭腰斩。及冏使驰至,复将他拘住,使张方押使入都,并为伦助。方至华阴,颙得二王兵盛消息,忙着人将方追还,更附二王。颙本心已不可靠。

各种警报,次第传入洛阳。伦与秀始相顾惊惶,不能安枕,忙遣上军将军孙辅,折冲将军李严,率兵七千,出延寿关;征虏将军张泓,左军将军蔡璜，前军将军间和，率兵九千，出崿（è）阪关；镇军将军司马雅，扬威将军莫原，率兵八千，出成皋关：这三路兵马，统往拒齐王冏。再令孙秀子会，督率将军士猗许超，领宿卫兵三万名，出敌成都王颖。更召东平王冏见前文。为卫将军，都督军事。再命次子京兆王馥，三子广平王虔，领兵八千，为三军继援。分拨已定，尚觉心绪不宁。伦秀两人，日夜祈祷宣帝庙，拜道士胡沃为太平将军，替他求福禳灾，并使巫祝选择战日。秀又潜令亲党往嵩山，身服羽衣，诈称仙人王乔，贻书与伦，说他福祚灵长。伦将伪书宣告大众，为欺人计。哪知此次变起，曲直昭然，一切欺饰手段，全然用不着了，小子有诗咏道：

情同鬼蜮太离奇，一举敢将帝座移。
待到楚歌传四面，欺人诡计究谁欺？

毕竟后来胜败如何，且看下回续叙。

绿珠坠楼，古今传为美谈，良以绿珠身为妓妾，犹知报主，石家虽破，名节尚存，略迹原心，不能不为之称叹也！本回前半篇，本叙淮南王允事，绿珠坠楼，第连类及之，而标目偏以绿珠为主脑，亦非无因，石崇却孙秀之求，乃与潘岳欧阳建等密谋，怂恿淮南王起事，是淮南王之发难，未始不由于绿珠，故谓石崇之被覆于绿珠也；可谓淮南王之被覆于绿珠，亦无不可。何物娇娃？招此祸水，其所由舍瑕录瑜者，幸有此坠楼之殉节耳！若赵王伦实一庸徒耳，见欺孙秀，潜构异图；名除贾郭，实害裴张，甚且夺玺绶于深宫，受朝谒于前殿，此而欲逆取顺守，宁可得耶？三王联兵，二凶丧气，犹欲托诸神鬼，诳惑人民，可笑可恨，无逾于此。彼附伦为逆者，诚绿珠之不若矣。

第十三回

迎惠帝反正除奸　杀王豹擅权拒谏

却说齐王冏兵至颍阴,正与张泓军相遇,彼此交锋,冏军失利,死亡至数千人,辎重亦半为所夺。冏收集败卒,再图一战,乃分军渡颍,复为张泓所遏,不能前进。泓遂于颍上列阵,日夜防守。孙辅等亦陆续相会,与泓分地屯兵。冏乘夜掩击,泓军不动,独孙辅骇退,遁还洛阳,诣阙入报道:"齐王兵盛,势不可当,张泓等已战没了。"赵王伦不禁战栗,飞召三子虔及许超入卫。超匆匆驰归,虔亦继至,会接到张泓捷报,谓已击退冏军,乃复遣许超出赴军前。看官,试想出兵打仗,全靠纪律,忽而召还,忽而遣去,怎得不令人生疑,自挫锐气?伦之愚鄙,于此益见。不过齐王冏非将帅才,尚在颍上相持,一时未能攻入。张泓且麾军渡颍,直攻冏营,冏几乎被乘,幸部众猛力截杀,得破泓部将孙髦司马谭,泓始退去。孙髦司马谭部下败兵,散归洛阳。孙秀还诈称得胜,宣示都下,谓已破灭冏营,朝臣皆贺。已而孙会败报又至,瞒无可瞒,吓得伪皇帝瞠目结舌,不知所为。如此没用,也想为帝,一何可笑?原来孙会与士猗许超,出拒颍军,行抵黄桥,一鼓作气,得破颍前锋军士,俘斩至万余人。颍欲退保朝歌,参军卢志进谏道:"今我军失利,敌新得志,势必轻我,我若退缩,士气沮丧,不可复用。况胜负乃兵家常事,不若更选精兵,出奇制胜,方可得志。"颍乃汰弱留强,涕泣宣誓,激动众心,鼓勇再进。孙会等果然轻颍,不复设备,及颍军已到营前,方驱兵出战。这番接仗,与前次大不相同,颍军俱蓄怒前来,好似江上秋潮,一发莫御。会与士猗许超,见来军如此厉害,不由的胆战心惊,步步倒退。战了两三个时辰,但见头颅乱滚,血肉纷飞,部下士卒,除战死外,多半逃亡。会料知不妙,拨马先奔,士猗许超相继骇走,都一口气跑回洛阳。所有宿卫兵三万人,任他自生自灭,无暇再问下落了。

孙秀见会等奔还,也急得无法可施,只好集众会议:或谓应收集余

第十三回 迎惠帝反正除奸 杀王豹擅权拒谏

众,背城一战,或谓且毁去宫室,诛锄异党,挟伦南就孙旗孟观,再图后举。孙旗已见前文,孟观自擒灭齐万年后,由东羌校尉任内调入为右将军,赵王伦篡位,令观出监沔北诸军事,齐王冏檄观讨伦,观粗知天文,仰望紫宫帝座,并无他变,还道伦得应天象,不至速败,因仍为伦固守,不愿应冏。*失之毫厘,谬以千里。*孙秀恐旗观二人,未必可恃,所以迟疑不决,那外边的警报,杂沓传来,不是说颖军渡颍,就是说冏军逾河。都下将吏,汹汹思变。左卫将军王舆,与尚书广陵公漼(cuǐ)琅琊王伷第四子,乘风转舵,号召营兵七百余人,自南掖门入宫,倡言反正。三部司马也乐得依声附和,联同一气。舆令三部兵分卫宫门,自率部曲至中书省,拿捉孙秀,秀忙将省门闭住,不使舆入。舆纵兵登墙,掷入火具,毁及房屋,霎时烟焰满室,不可向迩。秀与士猗许超冒烟出走,正遇左部将军麾下赵泉,舞刀过来,顺手劈去,巧巧剁落三个头颅,又搜杀秀子孙会与前将军谢惔(tán)、黄门令骆休、司马督王潜、尚书左丞孙弼。*即孙旗长子。*

舆还屯云龙门,使人入白赵王伦,速即迎还惠帝。伦不得已,宣令道:"我为孙秀所误,激怒二王,今已诛秀,可迎太上皇复位,我当归老农亩,不问朝事。"*也想做太上皇么?*令既发出,复使亲校执驺虞幡,至宫门外麾示罢兵,一面挈领家属,出华林东门,退归私第。舆乃使甲士数千人,赴金墉城,迎还惠帝。帝与羊后并驾入宫,道旁百姓,咸称万岁,当下由惠帝亲自登殿,召集百官,群臣皆顿首谢罪。*犹记得向伦劝进否?*诏送伦父子至金墉城,派兵监守,改元永宁,大酺五日,且分遣使臣慰劳冏颖颙三王。梁王肜首先上表,请诛伦父子以谢天下。有诏令百官会议,百官皆如肜旨,共请诛伦。*总算善变。*乃使尚书袁敞持节责伦,赐饮金屑酒。*请君亦尝此美味。*伦取酒饮毕,用巾覆面,且泣且呼道:"孙秀误我!孙秀误我!"未几即毒发而毙。*做了一百日的皇帝,也算威风,不应徒怨孙秀。*伦子荂馥虔诩,一并捕诛。此外如伦秀私党,并皆斥免,台省府卫,所存无几。成都王颖,驰入都中,使部将赵骧石超,往助齐王冏,讨张泓等。泓等闻都中复辟,伦已受戮,没奈何向冏乞降。自兵兴六十余日,两下战死,差不多有十万人。闾和孙辉张衡伏胤等,自戍所还洛,均因他情罪较重,斩首东市。蔡璜畏罪自杀。义阳王威,尝入宫夺玺,惠帝记在心中,至是语廷臣道:"阿皮可恨!夺我玺绶,致捩(liè)我指,不可不杀。"阿皮为威小

迎惠帝反正除奸

字，因即遭诛。东平王楙免官。河间王颙与齐王冏先后入都，冏部众约数十万，威震京师，复传檄襄沔，令诛孙旗孟观。襄阳太守宗岱，承檄斩旗，饶冶令空桐机，承檄斩观，皆传首洛阳，并夷三族。那时孙辅孙惔(tán)，为旗犹子，当然骈首市曹。不必细表。

惠帝封赏功臣，授齐王冏为大司马，加九锡殊礼，备物典策，如宣景文武并见前文。辅政故事。成都王颖为大将军，都督中外诸军事，并假黄钺，录尚书事，亦加九锡。河间王颙为侍中太尉，常山王乂为抚军大将军，兼领左军。进广陵公漼爵为王，领尚书，加侍中。新野公歆，亦进爵为王，都督荆州诸军事。授梁王肜为太宰，领司徒。起前司徒王戎为尚书令。王衍为河南尹。立襄阳王尚为皇太孙。复宾徒县王晏故封，仍为吴王。大司马齐王冏，表请呈复张华裴頠及解结兄弟原官，有诏令廷臣会议，积久未决。越年，始得如冏所请，为张裴二解昭雪，复还官阶，拨归原产，且遣使吊祭。

海内想望太平，总道是拨乱反正，除逆申冤，好从此重见天日了。哪知天不祚晋，内乱未已，东莱王蕤与左卫将军王舆，共谋害冏，骤欲生变。事前被发，始致败谋。蕤系齐王冏庶兄，素性强暴，使酒陵人，冏生平常为所侮，只因谊关手足，格外包容。及冏起兵讨伦，伦收蕤下狱，尚未加刑。惠帝反正，蕤得释出，闻冏至洛阳，往迎路旁。冏但颔以首，未尝下马与谈。蕤愤詈道："我为尔几罹死罪，何太无友于情？"既而冏入辅政，蕤只得为散骑常侍，益觉怏怏，因向冏乞求开府。冏答说道："武帝子吴王晏，尚未得开府，兄且少待。"蕤闻冏言，恨上加恨，遂密劾冏专权不道，将为管蔡。惠帝当然不报。左卫将军王舆，自谓有复辟大功，未得厚赏，因与蕤表示同情，拟伏兵阙下，俟冏入朝时，把他刺死。偏被冏得悉阴谋，立即奏闻，捕舆斩首，诛及三族，废蕤为庶人，徙居上庸。上庸内史陈钟，私伺冏意，将蕤谋毙，冏亦不复过问。冏虽寡情，蕤却自取其死。为了兄弟相戕，遂致诸王疑议，又复生出无数乱端。新野王歆，将赴荆州，与冏同出谒陵，因密语冏道："成都王系是至亲，同建大勋，当留与辅政，否则宜撤彼兵权，毋令生祸！"冏点首会意，不再答言。常山王乂，亦与成都王谒陵，乘间语颖道："天下系先帝的天下，王宜好为维持，毋使齐王逞志！"颖与乂同系武帝庶子，故有是言。颖也以为然，还语参军卢志。志进言道："齐王众号百万，与张泓等相持颍水，日久未决，大王直前渡河，首先入都，功无与比，朝野共知。今齐王欲与大王共辅朝政，志闻两雄不并立，何不因太妃微疾，求还定省，委重齐王，得收物望？这乃是今日的上策呢。"颖为武帝才人程氏所生，太妃即指程才人。颖素信志言，便即依议。越日入朝，由惠帝引至东堂，面加褒奖，颖拜谢道："这都是大司马冏的功劳，臣怎能掠美呢？"言毕趋出，即上表称冏功德，宜委以万机，自陈母疾，愿即归藩，为终养计。一面匆匆治装，不待复诏，便告辞太庙，径乘车出东阳门，西向归邺。相随只卢志等数人，不令营中与闻，就是齐王冏府第中，也只遣人贻书告别，外无他语。冏得书大惊，急驾马往追，驰至七里涧，方得见颖。颖停车叙别，涕泣滂沱，但言太妃疾苦，引为深忧，故无暇面辞。言毕，即驱车别去，毫不谈及时政。冏也即还都，尚自称为咄咄怪事。

颖既还邺，诏遣使臣再申前命，颖但受大将军职衔，辞九锡礼，且表称："兴义功臣，应并封公侯。前时大司马屯兵颖上，日久民困，乞运河北米十五万斛，赈给饥民"云云。又自制棺木八千余口，即移成都国俸为衣服，殓祭黄桥死士，并各抚家属，比普通战死为优。又命温县瘗（yì）埋赵王伦部卒，得万四千余人。看官听着，成都王颖这种行为，统是卢志替他划策，教他笼络人心，收集时誉。果然，两河南北，交口称颂，就是都城内外，也没一个不号为贤王。若能长此过去，虽属矫情，亦必终誉。还有中书郎陆机，从前为赵王府中的参军，齐王冏入都后，得伦受禅诏书，疑是陆机所为，即欲加诛，亏得颖力为解救，方得免罪。颖爱机才，后表请为平原内史，机弟云为清河内史，晋廷自然允准，立遣二人赴任。机友人顾荣戴渊，为言中国多难，劝机还吴。机感颖厚惠，且谓颖有时望，可与立功，乃逗留不去。谁知兄弟二人后来皆死颖手。

颖方惠民礼士，刻意求名。冏却植党营私，但务纵欲，所有立功将佐，如葛旟(yú)路秀卫毅刘真韩泰五人，皆封为县公，号曰五公。委以心膂，并就乃父齐王攸故第，增筑广厦，所有邻近庐舍，不问公私，统被拆毁，使大匠刻意经营，规制与西宫相等。又凿通千秋门墙，得达西阁，后房遍设钟悬，前庭屡舞八佾，沉湎酒色。常不入朝，长子冰得封乐安王，次子英得封济阳王，三子超得封淮南王。好容易过了一年，太孙尚又复夭逝，梁王肜相继去世，诏复封常山王乂为长沙王，领骠骑将军，起东平王楙为平东将军，都督徐州军事，使镇下邳。召还东安王繇给复官爵，繇被废徙带方事，见前文。且拜为宗正卿，再迁至尚书左仆射。齐王冏欲久专国政，见皇孙俱已死亡，成都王颖为众望所归，倘立为皇太弟，于自己大有不利，因表请立清河王覃为太子。覃系惠帝弟遐长男，年才八岁，当即择日册立，入居东宫，使冏为太子太师。是时，尚有东海王越，为八王之殿。为宣帝从子，父泰曾受封高密王。泰死后越得袭爵，改封东海。越少有令名，不慕富贵，恂恂如布衣。永康初，始入为中书令，冏思联为臂助，进拜越为侍中，寻复授职司空，领中书监，越乃渐得预闻政事。侍中嵇绍，见惠帝昏庸如故，内权属齐王冏，外望归成都王颖，将来必启争端，乃上疏防变，大略说是：

  臣闻改前辙者车不倾，革往弊者政不爽，故存不忘亡，安不忘危，为大易之至训。今愿陛下无忘金墉，大司马无忘颖上，大将军无忘黄桥，则祸乱之萌，无由而兆矣。

绍既上疏，又致冏书，援引唐虞茅茨，夏禹卑宫的美迹，作为规讽。冏虽巽言答复，终不少改。那惠帝是个糊涂人物，不识好歹，就使嵇侍中上书万言，也似不见不闻，徒然置诸高阁罢了。冏坐拜百官，符敕三台，选举不公,嬖佞用事。殿中御史桓豹,因事上奏,未曾先报冏府,即被谴斥。南阳处士郑方,露书谏冏,且陈五失,冏亦不省。主簿王豹抗直敢言,向冏上笺,请冏谢政归藩。去了一豹,又来一豹,俱可称为豹变之君子,可惜遇着顽豚。辞云:

豹闻王臣蹇蹇,匪躬之故,将以安主定时,保存社稷者也。是以为人臣而欺其君者,刑罚不足以为诛,为人主而逆其谏者,灵厉不足以为谥。伏惟明公虚心下士,开怀纳善,而逆耳之言,未入于听。豹思晋政渐阙,始自元康以来,宰相在位,皆不获善终。今公克平祸乱,安国定家,若复因前日倾败之法,寻中国覆车之轨,欲冀长存,非所敢闻。今河间树根于关右,成都盘桓于旧魏,新野大封于江汉,三面贵王,各以方刚强盛,并典戎马,处险害之地,明公兴义讨逆,功盖天下,以难赏之功,挟震主之威,独据京都,专执大权,进则元龙有悔,退则蒺藜生庭,冀此求安,未知其福,敢以浅见陈写愚情。昔武王伐纣,封建诸侯为二伯:自陕以东,周公主之,自陕以西,召公主之。及至其末,四海强兵,不敢遽阚九鼎,所以然者,天下习于所奉故也。今诚能遵用周法,以成都为北州伯,统河北之王侯,明公为南州伯,摄南土之官长,各因本职,出居其方,树德于外,尽忠于内,岁终率所领而贡于朝,简良才,命贤隽,以为天子百官,则四海长宁,万国幸甚,明公之德,当与周召并美矣。惟明公实图利之!

这笺上后,王豹待了十余日,并无答语,因再上一笺云:

豹上笺以来,十有二日,而盛德高远,未垂采察,不赐一字之令,不敕可否之宜,豹窃疑之!伏思明公挟大功,抱大名,怀大德,执大权:此四大者,域中所不能容,贤圣所以战战兢兢,日昃不暇食,虽休勿休者也。昔周公以武王为兄,成王为君,伐纣有功,以亲辅政,执德弘深,圣思博远,至忠至仁,至孝至敬,而摄政之日,四国流言,离主出奔,居东三年,赖风雨之变,成王感悟,若不遭皇天之应,神人之察,恐公旦之祸,未知所限也。至于执政,犹与召公分陕为伯,今明公自视功德,孰如周公旦。元康以来,宰相之患,危机窃发,不及营思,密祸潜起,辄在呼吸,岂复宴然得全生计?前鉴不远,公所亲见也。君子不有远虑,必有近忧,忧至乃悟,悔无所及。今若从豹此策,皆遗王侯

之国,北与成都分河为伯,成都在邺,明公都宛,宽方千里,以与圻内侯伯子男,小大相率,结好要盟,同奖王家,贡御之法,一如周典。若合尊旨,可先与成都共议,虽以小才,愿备行人。百里奚秦楚之商人也,一开其说,两国以宁。况豹虽陋,犹大州之纲纪,与明公起事险难之主簿也,身虽轻而言未必否,倚装以待,伫听明命!

冏连接二笺,方有明令批答道:"得前后白事,具见悃(kǔn)诚,当深思后行。"掾属孙惠,亦上笺谏冏,略言"大名不可久荷,大功不可久任,大权不可久执,大威不可久居,宜思功成身退之义,崇亲推近,委重长沙成都二王,长揖归藩,方足保全身名"等语。冏不能用,惠辞疾竟去。*却是见机。*冏问记室曹摅道:"或劝我委权还国,汝以为何如?"摅答道:"大王能居高思危,褰裳早去,原为上计。"冏始终不决。适长沙王乂过访冏第,见案上列着书牍,便顺手展阅,看到王豹二笺,不由的发怒道:"小子敢离间骨肉,何不拖他至铜驼下,打杀了事?"冏听着此言,也不禁愤急起来,再经乂添入数语,好似火上加油,愈不可遏,便奏请诛豹,略云:

臣忿奸凶肆逆,皇祚颠坠,与成都长沙新野三王,共兴义兵,安复社稷,唯欲戮力皇家,与懿亲宗室,腹心从事。不意主簿王豹,妄造异言,谓臣忝备宰相,必构危害,虑在旦夕,欲臣与成都分陕为伯,尽出蕃王,上诬圣朝鉴御之威,下启骨肉乖离之渐,讪上谤下,谗内间外,构恶导奸,莫此为甚。昔孔丘匡鲁,乃诛少正,子产相郑,先戮邓析,诚以交乱名实,若赵高诡怪之类也。豹为臣不忠不顺不义,应敕赴都街,正国法以明邪正,谨此奏闻!

奏入,便奉诏依议,当下将豹推出东市,用鞭挞死。豹将死时,顾监刑官道:"可将我头悬大司马门,使得见外兵攻齐哩。"小子有诗叹道:

逆耳忠言反受诛,臣心原可告无辜。

临刑尚订悬头约,犹是当年伍大夫。

豹既冤死,同僚多恐遭祸,随即告退。容至下回报明。

齐冏为名父之子,倡义勤王足为功首。成都次之,长沙又次之,河间更次之。惠帝复辟,伦秀就戮,叙功论赏,固无出齐王右者。为齐王计,能与诸王同心戮力,夹辅惠帝,则如周公之弼成王。诸葛孔明之相刘禅,谁曰不宜?否则激流勇退,委政而去,亦不失为明哲士。乃逞心纵欲,居安忘危,有良言而不见纳,有嘉谟而不肯从,甚至冤戮王豹,杜塞众口,孔圣谓言莫予违,必致丧邦,况同为人臣乎?本回于郑方孙惠诸谏牍,俱皆从略,而独录豹二笺,并及同奏,所以表豹之忠义,且嫉冏之暴戾(lì)云。

第十四回
操同室戈齐王毕命　中诈降计李特败亡

却说王豹受戮,中外称冤,与豹同事的官僚,各有戒心。掾属张翰,见秋风徐来,忆及江南家景,有菰菜莼羹鲈鱼脍诸风味,便慨然自叹道:"人生贵适意,何必恋情富贵呢?"遂上笺辞官,飘然引去。僚友顾荣,故意酣饮,不省府事。冏长史葛旟,说他嗜酒废职,被徙为中书侍郎。颍川处士庾衮,闻冏期年不朝,亦不禁唏嘘道:"晋室将从此衰微了。看来祸乱不远,我不便在此久居。"乃挈妻子逃入林虑山中。冏溺志宴安,终不自悟,且因河间王颙,前曾依附赵王伦,很不满意,任令还镇,并加意设防。颙长史李含,尝被征为翊军校尉,与梁州刺史皇甫商有嫌,商得参冏军事。含以此不安,冏右司马赵骧,又与含有积怨,含益恐罹祸,竟匹马出都,奔还关中。颙见含回来,当然惊问。含诈称传达密诏,令颙诛冏,颙将信将疑,含遂说颙道:"成都王为皇室至亲,且有大功,今委政归藩,甚得众心。齐王冏越亲专政,朝野侧目,为大王计,可檄长沙王讨齐,齐王必诛长沙王,我得借此兴师,归罪齐王,师出有名,不患不胜。若除去齐王,使成都王辅政,除逼建亲,永安社稷,岂不是一番大功劳么?"搬弄是非,图害二王,如此刁滑,最堪痛恨。颙贪立大功,居然依议,便抗表陈请道:

王室多故,祸难罔已。大司马冏虽曾倡义,有兴复皇位之功,而安定都邑,克宁社稷,皆成都王之勋力也,而冏不能固守臣节,实乖众望。自京城大定,篡逆诛夷,乃率百万之众,来绕洛城,阻兵经年,不一朝觐,百官拜伏,晏然南面,坏乐官市署,用自增广,取武库秘仗,严列不解。故东莱王蕤,知其逆节,表陈事状,横遭诬陷,加罪黜徙。彼益树植私党,僭立官属,幸妻嬖妾,名号比之中宫,宠竖顽僮,官爵侔同勋戚,密署心腹,实为货谋,斥罪忠良,窥窃神器,逆伦始谋,固犹是也。臣受重任,蕃卫方岳,见冏所行,实怀激愤。即日翊军校尉李含,乘驲密来，宣腾诏书，臣伏读感切，五情若灼，《春秋》之义，君亲无将。冏拥强兵，置党羽，权官要职，莫非私人，虽加重责之诛，恐不义服。今特勒精卒十万，与州郡并协忠义，共会洛阳。骠骑将军长沙王义，同奋忠诚，废冏还第，成都王颖，明德茂亲，功高勋重，往岁去就，允合众望，宜为宰辅，代冏阿衡之任。臣志安社稷，未敢营私，为此拜表摅诚，急切上闻！

颙既上表，即令李含为都督，出次阴盘，张方为前锋，进逼新安，距洛阳百二十里，一面遣使邀结成都王颖，新野王歆，并范阳王虓。音哮。虓系宣帝从孙，父绥尝封范阳王。绥死由虓袭封，拜安南将军，都督豫州军事，就镇许昌。诸王接到颙使，尚各按兵不动，坐观成败。也是中立政策。那齐王冏得了颙表，事出意外，不免惊惶，忙召百官，会议府中。冏首先开口道："孤首倡义兵，扫除元恶，区区臣心，可质神明。今二王听信谗言，忽构大难，究应如何对待，方保万全？"尚书令王戎应声道："如公勋业，原足盖世，但赏不及劳，故人怀贰心。今二王相结，恐不可当，公何不委权崇让，洁身就第，使二王无从借口，自然得安。"司空东海王越，也如戎议。忽有一人趋入，怒目厉声道："赵庶人听任孙秀，移天易日，当时衮衮诸公，无一倡义，赖我王犯矢石，贯甲胄，攻围陷阵，事乃得济。今日计功行封，未遍三台，这是赏报稽迟，责不在府。今谗言肆逆，理应一致同心，共图诛讨，乃虚承伪书，令王就第，试想汉魏以来，王侯就第有能保全妻子否？谁主此议，实可斩首！"你想讨灭二王，果可保全妻子么？王戎闻言，大出一惊，慌忙审视，乃是冏门下中郎将葛旟。再顾齐王冏面色，也觉有异，更惶恐的了不得。眉头一皱，计上心来，托言腹胀如厕，装出龙钟状态，才至厕所跌了一交，弄得满身粪秽，臭不可闻，乃踉跄逃去。亏他装做得出。百官莫敢置议，也陆续溜了出来。

冏恐长沙王义为内应，忙遣心腹将董艾，引兵袭义。偏义已走了先着，率左右百余人，驰入中宫，阖住诸门，挟了惠帝，号召卫士，出攻大司马府。董艾陈兵宫西，纵火焚千秋神武诸门，又亦遣部将宋洪，往烧冏第。两下里喊声大震，火光烛天。冏使黄门令王湖盗出驺虞幡，麾示大众，宣言长沙王矫诏为乱。又却拥惠帝至上东门，御楼传旨，说是大司马谋反。董艾不顾利害，望见天子麾盖，竟令部众仰射，矢集御前，侍驾诸臣，多被

射伤,或即倒毙。都下各军,见董艾如此无礼,遂疑冏谋反是实,于是相率攻冏,接连战了三日三夜,冏众大败。大司马长史赵渊,执冏请降,当由乂牵冏上殿,面见惠帝。冏自陈枉屈情形,伏地涕泣。惠帝不觉心动,意欲赦冏。乂亟叱左右推冏出外,一刀杀死,枭示六军。同党如董艾葛旟等,皆夷三族,戮至二千余人。冏子超、冰、英,一并褫爵,幽禁金墉城。冏弟北海王寔(shí),连坐被废。乃复请惠帝登殿,下诏大赦,改元太安。进长沙王乂为太尉,都督中外诸军事。封废王蕤子炤(zhào)为齐王,奉齐献王攸遗祀,且遥谕河间王颙等罢兵。颙乃召还李含张方,含怏怏退归。原来含为颙计,檄乂讨冏,本意是借乂为饵,总道乂非冏敌,必为所杀,待冏杀乂后,势必俱敝,正好乘衅入都,除冏废帝,迎立成都王颖,由颙为相,自己好佐颙预政,偏偏不如所料,乂得一举杀冏,反把朝廷大权,平白地为乂取去,真是替人作嫁,毫无益处。含因此失望,又想设法挑衅,劝颙除乂。适值巴氏李特,倡乱成都,颙有西顾忧,遣督护衙博出屯梓潼,与特相持,不得不将内政问题,暂且搁起。小子也只好将李特乱事,随笔叙明。

自从李特兄弟,与流民西行入都,见前文。益州刺史赵廞(xīn),见特材武,引为己用。特弟庠流,当然同处。特恃势掠民,为蜀人患。成都内史耿滕,密奏晋廷,略言"流民剽悍,蜀民懦弱,喧宾夺主,必为乱阶。刺史赵廞,不能控驭,反假权宠,应如何防患未然,酌量调遣"云云。晋廷遂征还赵廞,用滕为益州刺史。廞本贾后姻亲,接到朝旨,愈觉悚惶,自思晋廷衰乱,不如抗命据蜀,独霸一方。乃大发仓廪,遍赈流民,更厚待李特兄弟,倚作爪牙。待耿滕入州,竟发兵出攻,把滕击死,又诱杀西夷校尉陈总,自称大都督大将军益州牧,建置僚属,改易守令,分遣李特兄弟,屯守要害。庠招集各郡壮勇,得万余人,堵塞北道,受廞封为威寇将军,廞长史杜淑张粲,谓廞倒戈授人,恐为庠噬,廞从此忌庠。庠未曾闻知,反入劝廞速称尊号,语尚未毕,即被淑粲两人,左右突出,把庠拿下,责他大逆不道,推出斩首。特与流在外握兵,乃骤斩一庠,岂非冒昧? 一面遣人慰抚特流,但言庠罪应死,兄弟不相连坐,尽可安心戍守。特与流哪里肯从,便引众趋归绵竹。廞恐二人报怨,拟遣将加防,适牙门将许弇(yǎn),求为巴东监军,杜淑张粲,固执不许。弇怒杀淑粲,淑粲左右复杀弇。三人皆廞心腹,同时毙命,廞如失左右手,不得已遣长史费远,蜀郡太守李苾(bì),督护常俊,率领万余人,往戍绵竹附近的石亭。李特欲为弟报仇,潜募徒众,得七千余人,夜袭费远等军营。远等骇走,奔还成都。特乘胜进攻,日夜不休。远苾与军祭酒张微,复斩关夜遁,文武尽散。廞孤立无助,只好带了妻孥,混出城门,驾着扁舟,走向广都。手下亲丁数名,见廞失势,顿时图变杀廞,函首送特。特已趋入成都,大掠三日。既得廞首,悬示城门,且遣使入都,表陈廞罪,伫待朝命。先是梁州刺史罗尚,闻廞逆命,曾上言廞非雄才,不久必毙,已而果如尚言。晋廷以尚为能,即授尚平西将军,领益州刺史。尚率牙门将王敦,广汉太守辛冉,及新任蜀郡太守徐俭等入蜀。特闻尚来,且忧且惧,使季弟骧绕道出迎,赂贻珍玩,统是五光六色,价值连城。尚不禁大喜,见利即喜,贪鄙可知,乌足济事? 立命骧为骑督,特与弟流复率部众牵牛担酒,驰至绵竹,为尚接风。王敦辛冉语尚道:"特等统是盗贼,可乘他来会,拿住斩首,方免后患。"尚不肯依议。厚抚特流,偕入成都,更保举特为宣威将军,流为奋武将军。会秦雍二州,接奉朝旨,令召还入蜀流民。又由御史冯该,往蜀督遣,流民多不愿行。特尚有兄辅,留居略阳,此时赴蜀,语特谓中国方乱,不宜遣还流民。特乃再致赂罗尚，并及冯该，请展缓流民归期。两人得了货赂，许令宽限半年。

时方春季，转瞬间即到新秋，流民多为人佣工，无资可行，且因水潦方盛，五谷未登，更不便就道，复乞特再为缓颊。特因申禀罗尚，更请延期。尚颇欲允许，广汉太守辛冉，向尚力阻，坚持前约。就中还有一段隐情，乃是冉暗中舞弊，只手瞒天，当特流二人受官时，诏书迭下，令冉等调查流民，果与特等同讨赵廞，亦应按功加赏等语，冉匿下朝命，并未照办，且欲杀流民首领，劫取资财。流民相率怨冉，复相率感特。特欲收结众心，便在绵竹连置大营，安处流民，并移文至冉，请他法外施仁，毋使流民失所。冉阅特文，勃然大怒，索性悬赏通衢，募李特兄弟头颅。特闻冉悬赏购己，令人潜往揭榜，令弟骧添写数语，谓能斩送流民首级，每一头赏布百匹，于是流民大愤，奔投特营，旬日间至二万余人。冉复立栅冲要，谋掩流民，且遣广汉都尉曾元，牙门张显率步骑三万人，夜袭特营。罗尚亦遣督护田佐为助。特正分部众为二垒，自居东营，令弟流居西营，缮甲厉兵，设伏以待。曾元张显田佐等，到了特营，见营中灯火无光，寂无声响，总道特未曾防备，放胆直入。不料号炮一声，伏兵四出，特自营内杀出，流从营外杀入，一阵乱剁，把曾元张显田佐三人，一古脑儿了结性命，余众多死，逃脱的不过数千人。流民喜跃异常，共推特行镇北大将军，承制封拜。流行镇东大将军，兼号东督护。辅与骧亦俱为将军，进兵攻冉。冉督兵出战，屡为所败，遂溃围出走德阳。既不能战，又不能守，还想什么大富贵？特入据广汉，令李超为太守，再率众往攻成都。沿途晓示蜀民，与他约法三章，施舍赈贷，礼贤拔滞，军律肃然，秋毫无犯。蜀民大悦。是谓强盗发善心。罗尚出兵拒特，统被击退，不得已在城外筑垒，连营自固，一面贻书梁州，及南夷校尉等处，乞请援师。

河间王颙，得成都被困消息，乃遣衙博带领兵士，往援成都。晋廷亦授张微为广汉太守，进军德阳，罗尚又遣督护张龟，出次繁城。三路人马，遥相呼应，为夹攻计。特使次子荡引兵袭博，自统部众击破张龟，再至德阳堵御张微。博引兵至梓潼，列营阳沔，突闻李荡掩至，仓猝出战，被他杀败，退保葭萌。梓潼太守张演，弃城遁去。巴西丞毛植迎降荡军。荡再攻衙博，博又怯走，麾下兵悉数降荡。荡向特报捷，特遂自称大将军益州牧，都督梁益二州军事。改年建初，大发兵攻张微。微依高据险，与特相持，连日不决。待至特众惰弛，乃遣步兵循山而下，突入特营。特抵挡不住，且战且走。途中七高八低，险些儿为微所乘，几至全军覆没。忽见一少年将军，身穿重铠，手持长矛，大呼直前，让过李特，竟向微军中杀入，左挑右拨，无人敢当，接连刺死数十人，方将微军杀退。特瞧将过去，那少年不是别人，正是次子李荡，不由的喜出望外，复驱众返追微军。微见特追至，整阵再战，不料荡余勇可贾，仗着一杆蛇矛，摧锋陷阵，辟易千人。微军已胆弱气衰，不敢与斗，微只得逃回德阳。特既得胜仗，便欲引还，荡进言道："微已战败，士卒伤残，智勇俱竭。我军正可乘他劳敝，一鼓擒微，若失此机会，待微休养疮痍，再得振奋，恐未易图谋了。"特乃令荡进围德阳。微溃围出走，由荡驱众追杀，竟得将微刺死，并生擒微子存，旋师报特。特召存入见，存跪伏乞命。特乐得施恩释存使归，发还微尸。也知权诈。遣部将骞硕为德阳太守，正拟再攻成都。

忽闻河间王颙，又遣梁州刺史许雄，率兵前来，乃留众守候。俟雄军一到，便杀将过去。雄军远来困乏，怎敌得李特的生力军？战不数合，便即败退，越宿又战。雄军复败，遁回梁州。特乃得移兵西进，复攻罗尚。尚自特东去后，曾在郫水岸上，增戍加防，且因李流李骧，未曾随特他去，仍然分驻毗桥，因此不敢远出，但遣兵出扰骧营。骧再战再胜，三战失利，奔入流营，与流并力回攻，又大破尚军。尚军真不耐战。尚急得没法，偏李特又潜军渡江，击退郫水戍卒，会集流骧两营，直逼城下，声震山谷，直使尚叫苦不迭，寝食难安。尚尝谓廞无雄才，试问自己有雄才否？成都尚有内外二城，内城叫作太城，外城叫作少城，蜀郡太守徐俭，见李特势盛，竟将少城降特，尚只孤守太城，越觉汹惧，不得已向特求和。特未肯遽许，入据少城。是时，蜀人危惧，皆结坞自保，特遣使安抚，众皆听命。惟特尝申行禁令，不准侵掠，部下流民，趋集如蚁，免不得人多粮少，乃分遣流民，自向诸坞就食。李流入告道："诸坞新附，人心未固，宜令大姓子弟，入城为质，方保无虞。"特怒答道："大事已定，但当安民，奈何迫令入质，使他离叛呢？"徒知小惠，亦属不合。既而晋廷遣荆州刺史宗岱，建平太守孙阜，带领水军三万人，西援成都。岱令阜为前锋，进逼德阳。特亟遣李荡等往御阜军，一战失利，入守德阳。益州从事任睿，向尚献议道："特散众就食，矫怠无备，朝廷援军大至，将入德阳，这正是天意诛逆的时候了。

乘此密结诸坞,约期同发,内外夹击,定可破贼。"尚乃令睿夜缒出城,往告诸坞。诸坞人民,正得阜军入境消息,便即从命,愿如睿约。睿还城报尚,又自请往特诈降。尚悉依睿计,睿又出城诣特。特问及城中虚实,睿答道:"粮储将尽,只有货帛,不久便可破灭了。鄙意不甘同尽,故来投降。"特信为真言,留诸麾下。睿在特营二日,备悉特军情状,乃求还省家,特仍不以为疑,听令自去。睿复入内城,部署兵马,如期出发,直薄特营。诸坞亦遵约四应,表里合击,杀得特众走投无路,东倒西歪。睿领着锐卒,冲至特前,特见睿到来,还疑他纠众来援,当拍马相迎,不防睿劈面一刀,立即送命,倒毙马下。李辅急上前相救,又被睿顺手杀死。惟李流李骧,及特少子李雄,挈领家属及所有残众,拚命杀出,遁往赤祖去了。罗尚出城安民,把李特李辅尸身,一并焚骨扬灰,惟先时将两首枭下,遣使传送洛阳。小子因有诗叹道:

　　挺身百战逞强梁,一败偏遭马上亡。
　　莫笑当年刘后主,兴衰得丧本无常。

特既败死,荡在德阳,闻报即还,欲知后来情形,待至下回再表。

长沙王乂,随同起兵,未尝亲临一战,而因人成事,得复故封,此未始非一时之幸遇。为乂计,亦可以知足矣,乃与颖谒陵,即有乘间挑拨之言,小人得志,为鬼为蜮,诚哉其靡所底止也。李含之为颙设谋,比乂尤狡,乂欲借颖以除颙,含且借颙以除同乂。假令当日者,颙乂果得并除,含计得逞,安知含之不再除颖颙也? 然木必朽而后虫生,堤必裂而后蚁入。颙颖乂颙,能知同族之不宜相戕,推诚相与,虽有百含,何能为哉? 彼李特兄弟与流民同入成都,得良吏以驾驭之,未始不可收为爪牙,乃前有赵廞,后有罗尚,贪欲无艺,反使李特等乘怨行私,挟众为乱,至特诛而乱似可止矣,然罗尚犹存,民怨未已,蜀岂能有宁日乎? 此贪夫之所以终为国祸也。

第十五回

讨逆蛮力平荆土　拒君命冤杀陆机

却说李流遁至赤祖，收集残众，尚不下数万人。李荡亦自德阳奔还，助流拒守。流与荡雄各为一营，流居北，荡雄居西。部众以军中无主，无所适从，因复推流为大将军，领益州牧，秣马厉兵，再图一战。是时，德阳已为孙阜所破，守将骞硕等被擒，阜退屯涪陵，罗尚却遣督护何冲常深等，分道攻流。还有涪陵民药绅，亦起兵相助。流与李骧拒深，使荡与雄拒绅，何冲却乘虚攻北营。流已外出，只留部将苻成隗伯等居守营中，两将忽生变志，与冲为应，冲趁势杀入，不意营内出了一个女将军，擐甲执矛，麾动部众，拚命抵住。女将为谁，请看官掩卷一猜。冲不禁诧异，但令军士困住女将，与她厮杀。那女将毫不畏惧，反抖擞精神，当先冲突，好几次被她荡决，直使冲无可下手，目眙心惊。忽从刺斜里闪出一人，手执利刃，直奔女将，女将连忙闪避，那刀锋已到眉尖，伤及左目，顿时血泪交迸，点滴不休。冲总道这女将受伤，必致败遁，偏女将仍复酣战，反觉得裂眦扬眉，拚个你死我活。看官欲知女将来历，乃是特妻罗氏。刃伤罗氏左目，便是隗伯。罗氏已有死志，始终不肯退去，那营内却已被捣乱，眼见得危巢将覆，猛听得营门外面一声呼啸，有两大头目，率众杀到，一是李流，一是李荡。原来流往拒常深，得破深垒，深已遁去；荡往拒药绅，绅闻深败，不战自退，所以流与荡得收兵驰还，来救北营。何冲只一支孤军，怎禁得两路来攻。只好冲开一条血路，没命似的乱跑。苻成隗伯，也溃围突出，随冲同诣成都。流与荡尚不肯舍，在后力追。荡自恃勇力，持矛先驱，将到成都城下，不防苻成隗伯翻身猛斗，苻执矛，隗执刀，双战李荡。荡格过了矛，又要防刀，格过了刀，又要防矛，略略一个失手，被苻成刺中腰胁，堕落马下。是亦与养由基之死艺相类。苻成正要枭取荡首，适值李流驰到，众部甚盛，料知不遑下手，亟与隗伯掉头入城。何冲已在城闉(yīn)守候,见二人得入,立将城门阖住,阻遏外兵。流抢得荡尸,涕泪并下,再拟鼓众攻城,忽有急足驰到,报称孙阜将至,没奈何长叹一声,载尸引还。既返北营,检点营中士卒,也被何冲一战,伤毙多人。自思兄侄俱亡,孙阜又至,不由的悲惧交并。姊夫李含,曾由特任为西夷校尉,此李含与颙长史同姓同名,但不同人,惟含与特同姓结婚,究不脱蛮俗。至是劝流乞降阜军。流无可奈何,因遣子世及含子胡,至阜军为质,壹意求和。李骧李雄,交谏不从,胡兄离为梓潼太守,闻信驰还,欲谏不及,退与雄谋袭阜军。雄很是赞成,但虑流不肯发兵。离答道:"事若得济,何妨擅行。"雄大喜过望,便语部众道:"我等前已残虐蜀民,今一旦束手,便为鱼肉,为今日计,惟有同心袭阜,尚可死中求生。"众皆踊跃从命。雄与离遂不复白流,率众径袭阜军。阜因流已求和,不复设备,竟被雄等捣入营垒,杀得一个落花流水。阜但率数骑遁去。宗岱驻军垫江,得病身亡,荆州军遂退。雄始向流报捷,流不禁愧服,嗣是一切军事,委雄主持。雄更出兵攻杀汶山太守陈图,夺踞郫城。相传雄为罗氏所生,与荡同出一母,罗氏尝梦见大蛇绕身,方致怀妊,阅十四月乃生。罗氏知非常人,告诸李特。特因取名为雄,表字仲俊。术士刘化,见雄有奇姿,尝语人道:"关陇士人,皆当南移,李氏子中,惟仲俊有奇表,将来终为人主呢。"后果如刘化言,这且慢表。为下文李雄僭号张本。

且说晋廷闻蜀乱未平,再遣侍中刘沈,出统罗尚许雄等军,申讨李流。沈行过长安,河间王颙慕沈才学,留为军司,表请易人。颙已有无君之心,故得截留军师。诏授沈为雍州刺史,使得与颙相处。另由颙派出一人,叫作席薳(wěi),也是有名无实,不闻西行。廷议欲再简良帅,蓦由新野王歆,递入急奏,乃是义阳蛮酋张昌,聚众为逆,锋不可当,请朝廷急速发兵,分道进援。又起一波。当时荆州东南,蛮民伏处,尚知归服王化,自歆出镇荆州,政尚严急,失蛮人心。义阳蛮张昌,聚众数千人,乘隙思乱,适晋廷征发荆州丁壮,往讨李流,大众俱不愿远行,诏书一再督促,并责令地方官随地查察,不准役夫逗留。郡县有司,依诏办理,不敢违慢。被役兵民,急不暇择,索性相聚为盗。还有饥民趋集,约数千口。于是张昌四处煽诱,即就安陆县石岩山中,作为巢穴,自己移名改姓,叫作李辰,诸戍役及众饥民,多往趋附,众至万余。江夏太守弓钦,遣兵往讨,反为所败。

昌遂出巢攻江夏郡，钦督众迎战，又复失利，竟与部将朱伺奔往武昌。昌得入据江夏，又造出一种妖言，谓当有圣人出世，为万民主。已而得山都县吏邱沈，使改姓名曰刘尼，诈称汉后，奉为天子，且向众诳言道："这便是圣人呢。"昌自为相国，指野鸟为凤凰，充作符瑞，居然拥着邱沈，郊天祭地，号为神凤元年，徽章服色，一依汉朝故事，如有人民不肯应募，便即族诛。并捏称"江淮以南，统已造反，官军大起，悉加诛戮，惟得真主保护，方可免难"等语。为此种种讹传，煽动远近，遂致乱徒四起，与昌相应，旬月间多至三万人，皆首著绛帽，用马尾作髯，几与戏子演剧，仿佛相同。天下事莫非幻戏，何怪张昌。

新野王歆，闻江夏失守，乃遣骑督靳满往剿。满至江夏，与昌交锋，不到半日，杀得大败亏输，慌忙奔还。歆因乞请济师，诏遣监军华宏往讨，又不是张昌的对手，败绩障山。廷议乃如歆所请，发兵三道：一是命屯骑校尉刘乔为豫州刺史，攻昌东面；一是命宁朔将军刘弘为荆州刺史，攻昌西面；一是诏河间王颙，使遣雍州刺史刘沉，率州兵万人，并征西府五千人，出蓝田关，攻昌北面。哪知颙不肯奉诏，止沉不遣。叛形已露。沉自领州兵至蓝田，又被颙遣使追还，北路兵完全无效。唯刘乔出屯汝南，刘弘及前将军赵骧，平南将军羊伊，出屯宛城。昌遣党羽黄林，率二万人向豫州，自统众攻樊城。新野王歆，因乱党逼近，不得已亲自出马，督兵往御。两下相值，彼此列阵，歆方麾兵接仗，不防部下一声哗噪，竟尔四散。那乱党竟摇旗呐喊，好似狂风猛雨，一齐扑来。歆心慌意乱，正思拍马逃奔，偏乱党已突至马前，把他围裹，你刀我槊，四面杀入，霎时间把一位晋室藩王，收拾性命，送往冥途。还算是为国而死，死尚值得。

败报传到洛阳，一道急诏，令刘弘代歆为镇南将军，都督荆州诸军事。弘相州人，颇有才略，御下有律，宽严相济，昌党黄林，进薄弘营，被弘一鼓击退。及接朝廷诏敕，星夜就道，即向荆州进发。昌意图南扰，别遣悍党石冰，东寇扬州，击败刺史陈徽，诸郡尽被陷没。又攻破江州，连陷武陵零陵豫章武昌长沙诸州郡，沿江大震。临淮人封云，复起应石冰，骚扰徐州，遂致荆江扬豫徐五州境地，多为贼据。官吏或逃或降，由张昌另易牧守，专用部下一班盗贼。萑蒲小丑，何知抚字，一味的恃强行凶，到处掠夺，人民不堪暴虐，才思把盗贼驱除，蓄谋待变；再加刘弘御寇有方，一入荆州境内，便将司马歆的苛政，尽行蠲除，然后遣南蛮长史陶侃为大都护，牙门将皮初为都战帅，进据襄阳，扼守要害。昌屡攻不克，退处竟陵。侃留皮初居守，自率兵攻竟陵城，与昌前后数十战，尽得胜仗，斩贼首至数万级，昌弃城遁去。侃号令贼中，降者免死，贼党遂弃戈抛甲，悉数投诚。刘乔亦遣部将李杨等进取江夏，诛死刘尼，荆土遂平。

　　弘至荆州城下，望见城门四闭，城上遍列官军，似与弘相仇敌。弘很是诧异，便呼城上人答话，叫他开门。守卒答道："我等奉范阳王令，到此守城。无论何人，概不放入。"弘答道："我受诏前来，督辖此土，岂范阳王尚未闻知么？究竟由何将监守，请出来相会，说个明白。"言毕停辔相待，好一歇才见开城，一将带兵出门，跃马当先，势甚凶猛。弘料他不怀好意，扬起马鞭，向后一招，将士等已一齐向前，截住来将，来将无从突入，始自报姓名职衔，说是长水校尉张奕，由范阳王虓（xiāo）差遣到此。弘出诏相示，奕仍不服，舞刀欲斗，经弘一声喝令，将士即将奕围住，好似群虎攒羊，不到半时，已把奕斫死了事。奕真该死。弘乃得入城安众，并将奕首送入阙廷，说奕兴兵拒诏，所以枭首，且自请擅杀的处分。有诏慰抚刘弘，不复

讨逆蛮力平荆土

问罪。倒还明白。弘因再发陶侃等剿捕张昌，昌窜入下俊山，由侃军入山搜缉，连斗数次，昌众尽死，只剩昌一人一骑，逃往清水，嗣被侃军追及，眼见是不能脱逃，身首两分。侃军回城报命，弘起座迎侃，欢颜与语道："我昔为羊公参军，蒙羊公器重，谓我他日必镇此地，今果得验。我看卿亦非凡器，他日亦必继老夫了。"*羊公指羊祜录入弘语，为陶侃都督荆州伏案。*侃当然逊谢，不消细叙。侃字士行，鄱阳人氏，少孤身贫，及长乃为县吏。鄱阳孝廉范逵，尝过访侃家，侃母湛氏，截发为双髲（bì）*，假发*。易钱市酒肴，款待范逵，畅饮尽欢。*叙截发事，以表陶母*。及逵别去，侃送逵至百里外，逵知侃微意，便语侃道："君是否欲为郡曹？"侃答道："正苦无人荐引，公能为我吹嘘否？"逵满口答应，方与侃握别。逵至庐江，见太守张夔，极称侃才，夔因召侃为督邮，领枞阳令，始有能名。夔又举侃为孝廉，侃乃得入为郎中，寻调吏部令史。弘受命出镇，辟侃为南蛮长史，令他从军，果然一战成功，更由弘叙劳上奏，封东乡侯，授江夏太守。又举皮初为襄阳太守，晋廷以襄阳名郡，恐皮初未能胜任，改令前东平太守夏侯涉补授。涉系弘婿，弘又表称涉系姻亲，例须避嫌，皮初有功，宜见酬报。诏乃从弘。弘复语人道："为政须秉大公，若必用亲戚，试想荆州十郡，莫非有十女婿不成？"*知此方可致治*。当下劝课农桑，宽刑省赋，公私交济，万姓腾欢。

惟叛党石冰，与临淮乱徒封云相结，攻陷临淮，寇焰尚盛。议郎周玘等，起兵江东，推前吴兴太守顾秘，都督扬州军事。传檄州郡，仗义讨贼。周玘系故将军周处子，颇有闻望，一经起义，四处响应。前侍御史贺循，起自会稽，庐江内史华谭及丹阳人葛洪甘卓，均集众应玘。玘得连破石冰，斩首万级。冰自临淮退趋寿春，征东将军刘准，方戍广陵，闻冰将至，不禁惶骇，独度支陈敏，愿出击石冰，乃成军前往，与冰屡战屡胜。冰众十倍陈敏，统是乌合，故敏能用少胜多。冰奔往建康，敏再与周玘合师进击，冰复败走。冰党封云正留扰徐州，冰乃北窜就云，云部下张统，料二人不能成事，杀冰及云，献首军前，扬徐二州乃平。玘与贺循，散众还家，不求封赏，惟陈敏得为广陵相，敏自是恃勇生骄，渐渐的发生出异志来了。*比诸周玘贺循，相去何如*。是时，洛阳都中，已闹得一塌糊涂，不可收拾，庸愚无识的晋惠帝，任人播弄，忽东忽西，几至身家不保，颠危得很，说来不但可恨，也觉可怜。河间王颙,不服朝命,日夕思逞,再加长史李含,从旁挑拨,越觉跋扈不臣。应第十四回。还有成都王颖,恃功骄弛,差不多与颙相似。长沙王乂,在都专政,虽事事就颖函商,颖尚未厌所欲,因此与颙交通,共图除乂。适皇甫商复为乂参军,商兄重出任秦州刺史,李含怀有宿忿,闻商兄弟俱得邀宠,不得不设计驱除,亦回应十四回。乃向颙进言道:"商为乂所任重,重又出刺秦州,二人为乂爪牙,必为我患,今可表迁重为内职,诱令还过长安,顺便拘戮,也得除却一患了。"颙如言上表,晋廷亦准如所议。偏重已猜透含计,露檄上闻,竟发陇上兵讨含。乂因兵患方纾,决意和解,既征含为河南尹,又敕重罢兵息争。含喜得美缺,即日就征,重却不肯奉诏。颙遣金城太守游楷,陇西太守韩稚等,合兵攻重,复密遣人授意李含,使与侍中冯荪,中书令卞粹,共谋杀乂。偏又被皇甫商料着,向乂报闻,乂即捕杀李含,害人适以自害,何苦为此鬼蜮。便将冯荪卞粹,也即收戮。含党骠骑从事诸葛玫等,恐遭连坐,都逃赴邺城,往报河间王颙。颙不闻犹可,既已闻知,哪得不怒气直冲?便飞使关中,约颖会师讨乂。颖即欲如约,左司马卢志入谏道:"公前有大功,乃委权谢宠,甘心就藩,所以物望同归,交口称美。今因辅政非人,欲加整顿,何必带兵入阙,但教文服入朝,从容论治,自足服人。志料长沙王必未敢反抗呢。"颖本来深信卢志,及骄心一起,前后判若两人,所以良言进规,拒绝勿纳。又有参军邵续,亦谓兄弟如左右手,不应自去一臂,颖亦不从,遂许从颙约,与颙联名上表,劾"乂论功不平,且与右仆射羊玄之,左将军皇甫商,共擅朝政,杀戮忠良,请诛玄之皇甫商,遣乂还镇"云云。不意朝廷下诏,亲出征颙,特命乂为太尉,都督中外诸军事。于是颙令张方为都督,统率精兵七万,自函谷东趋洛阳,颖亦出屯朝歌,令平原内史陆机,为前将军都督,统率北中郎将王粹,冠军将军牵秀,中护军石超等,领兵二十万,南向洛阳。

惠帝出都至十三里桥,由乂下令,遣皇甫商督兵万人,往拒张方。商至宜阳,被方掩击一阵,竟至败还。惠帝返驻芒山,转往缑氏,羊玄之忧惧成疾,数日告终。还是死得便宜。成都王颖进屯河南,使石超进逼缑氏,惠帝又走归洛阳。陆机等直薄都下,乂陈兵东阳门,击退机军。颖复遣将军马咸,为机臂助,机本文士,未娴军旅,且骤握重任,不能服人,王粹等多

有异言,遂致全军生贰。为颖逼君,义亦未安。机名为读书,奈何不明此义。又奉惠帝御建春门,麾兵再战。司马王瑚,率数千骑为前驱,马上各系大戟,冲突机军。机军前队,由马咸督领,骤为王瑚所乘,顿时溃乱,咸马仆被擒,当即枭斩。牵秀石超,率部曲先遁,王粹亦去,机军大败,各赴七里涧逃生,多半溺死,涧水为之不流。偏将贾崇等十六人,悉遭陷没。尚有小督孟超,同时败死。孟超兄叫作孟玖,系是河间王宠奴,尝乞简乃父为邯郸令,为机所阻,遂与机有隙。超虽随机出行,不受节制,自领万人为一队,到处大掠。机收逮超麾下将弁,超立率骑士百余名,入机帐中,竟把部将夺去,且悍然语机道:"看你蛮奴能作督否?"机司马孙拯,劝机杀超,机不能决。便是没有将才。超且出语大众道:"陆机将反。"又寄书与玖,诬机阴持两端。玖早欲进谗,会闻弟又败没,便诉诸颖前道:"机已私通长沙王,不可不除。"牵秀素来媚玖,又恐败还见责,便将失败情由,统委诸陆机身上,证成机罪。颖当即大怒,使秀率兵收机,参军王彰谏道:"今日战事,强弱异势,愚人犹知必胜,今乃反是,实因机为吴人,北土旧将,不肯服从,所以有此挫失呢。还乞殿下赦机。"颖不肯听,促秀使去。机闻秀至，释戎服，着白袷，与秀相见，并作笺辞颖，随即长叹道："华亭鹤唳，可再闻否？"谁叫你不听忠告。秀竟杀机。又收机弟清河内史云，平东祭酒耽及司马孙拯，一并下狱。记室江统蔡克等，先后营救，统被孟玖阻住，且催令速杀云耽，夷及三族。狱吏拷掠孙拯，甚至两踝露骨，仍言机冤。吏知拯义烈，乃语拯道："二陆沉冤，人已尽知，君奈何不自爱身呢？"拯仰天叹道："陆君兄弟，为当世奇才，我既蒙知遇，不能相救，难道还好忍心相诬么？"拯有门人费慈宰意，诣狱省拯。拯与语道："我不负二陆，死亦甘心，汝等何必来此？"二人答道："先生不负二陆，我等怎敢负先生？"遂为拯上书，谓拯无罪。孟玖已令狱吏诈为拯供，亦夷三族，并将费慈宰意二人，一律处斩。小子有诗叹道：

  才高班马露英华，一跌丧身并覆家。
  何若当年先引去，好随云鹤隐天涯。

  究竟战事如何结局，待至下回叙明。

  新野王歆，亦一狡诈徒，前随齐王同起义，冒功受爵，谒陵时，即有离间成都之言，假使无张昌之乱，速死战场，则后此颙颖为逆，彼必不肯袖手，其与颙颖辈并受恶名，同归死绝，亦势所必至者耳。故歆之得死于张昌，议者咎歆之无能，吾谓歆固无能死于寇，视死于逆者犹较胜也。刘弘代歆，选陶侃为大都督，便得平逆，得人之效，固如此其彰著哉。河间王颙，跋扈不臣，原不足道，成都颇负时望，乃亦一变至此，甚至信用嬖人，枉杀机云，宜其终遭人噬，死且不容也。夫陆机附逆逼君，死本自取，但不死于朝廷之大法，而独死于逆党之谗言，则不得不为之呼冤，实则亦非真冤也。良禽择木而栖，良臣择主而事，谁令彼甘心事逆，自蹈死地？冤乎否乎，读史者自能辨之。

第十六回

刘刺史抗忠尽节　皇太弟挟驾还都

却说长沙王乂,既击败颖军,复转攻颙军,惠帝仍亲出督战。颙军都督张方,率众近城,众见乘舆麾盖,不禁气沮,便即退走。方亦禁遏不住,只好却还。乂竟驱兵杀来,把方军前队的兵士,多半杀毙,共约五千余人。方退屯十三里桥,众心未定,尚拟夜遁。方下令道:"胜败乃兵家常事,古来良将用兵,往往能因败为胜,今我更向前营垒,出他不意,也是一兵家奇策呢。"遂乘夜前进数里,筑垒数重,为持久计。乂得战胜方军,总道是方不足忧。到了翌晨,接得侦报,才悉方又复进逼,连忙引兵往攻,那方已倚垒为固,无隙可乘。乂军上前挑战,方按兵不发,及见乂军欲退,乃开垒出战,一盈一竭,眼见是方军得势,乂军失利了。

乂败回都城,未免心慌,因与群臣集议军情,大众多面面相觑,你推我诿,结果是想出一个调停法子,拟先与颖和,然后并力拒颙。乂与颖本是兄弟,总望他顾及本支,罢兵息怨,乃使中书令王衍,光禄勋石陋等,同往说颖,令与乂分陕而居,颖竟不从。越亲越勿亲。衍等归报,乂再致书与颖,为陈利害,劝使还镇。颖复书请斩皇甫商等,方可退兵,乂亦不纳。颖又进兵薄京师,两镇兵士,齐逼都下,皇命所行,仅及一城,米石万钱,公私俱困。骠骑主簿祖逖,为乂设策道:"雍州刺史刘沈,忠勇果毅,足制河间,今宜奏请遣沈,使袭颙后,颙欲顾全根本,必召还张方,一路退去,颖亦无能为了。"计非不善,奈肘腋间尚有一患奈何。乂当然称善,便即奏闻。惠帝无不依从,颁诏去讫。乂又申请一敕,令皇甫商赍敕西行,饬金城太守游楷等罢兵,且使皇甫重进军讨颙。又又是一大失着,徒断送皇甫兄弟性命。商行至新平,与从甥相遇,述及密计,从甥与商有隙,驰往告颙。颙遣众往追,将商擒归,当即杀死,并遥令游楷等速攻秦州。幸皇甫重坚壁固守,部下亦愿为死战。好容易又过一年,长沙王乂,鼓众誓师,出与颖军决战,屡得胜仗,斩俘至六七万人,颖军大沮。张方见颖军失败,亦欲退还,惟探得都城乏食,或有内乱可乘,所以留兵待变。果然不到数日,左卫将军朱默,与东海王越通谋,竟勾通殿中将士,把乂拿下,入启惠帝,且免乂官,锢置金墉城中,一面大赦天下,改元永安,开城与颖颙二军议和。颖颙二军,无词可驳,勉强从命,独乂在金墉城上表道:

<blockquote>
陛下笃睦,委臣朝事,臣小心忠孝,神祇所鉴,诸王承谬,率众见责,朝臣无正,各虑私困,收臣别省,幽臣私宫,臣不惜躯命。但念大晋衰微,枝党将尽,陛下孤危,若臣死国,宁亦家之利,但恐快凶人之心,无益于陛下耳。幸陛下察之!
</blockquote>

原来乂居围城,侍奉惠帝,未尝失礼。城中粮食日窘,乂与士卒同食粗粝,甘苦共尝,所以出御两军,胜多败少。偏出了一个东海王越,忌乂成功,潜下毒手。<u>越罪更甚于乂,故语带抑扬</u>。将士等初为所诳,因致盲从,及见外兵不盛,乂表可哀,乃隐起悔心,复欲迎乂拒越。越察得众情,不禁着忙,便召黄门侍郎潘滔入议道:"众心将变,看来只有杀乂一法,省得人心悬悬。"滔应声道:"不可,不可!杀乂终负恶名,何勿让与别人。"<u>滔更凶狡</u>。越已会意,乃使滔密告张方。方系杀人不眨眼的魔星,得滔通报,立即派兵至金墉城,取乂入营,锁诸柱上,剥去衣服,四围用炭火焙着,好像烧烤一般。可怜乂身被火炙,号声震地,到了乌焦巴弓,才见毕命。方营中大小将士,睹此惨状,俱为流涕。惟方狰狞上坐,反露笑容。<u>毒愈虎狼</u>。乂死时只二十八岁,遗尸由故掾刘佑收埋,步持丧车,悲恸行路。方却目为义士,不复过问。<u>这却如何晓得?</u>先时洛下有谣言云:"草木萌芽杀长沙。"乂死时适当正月二十七日,谣言果验。

成都王颖,得入京师,使部将石超等,率兵五万,分屯十二城门。殿中宿卫,平时为颖所忌,概皆处死。自为丞相,增封二十郡,加东海王越为尚书令,乃出都返镇,表卢志为中书监,参署丞相府事。雍州刺史刘沈尚未闻都中情事,自得密诏后,即纠合七郡兵旅,径向长安进发。河间王颙,尚屯兵关外,为方声援,蓦闻刘沈起兵到来,慌忙退守渭城,并遣人飞召张方。方大掠洛中,掳得官私奴婢万余人,向西驰去,未及入关,颙已与沈军交战,败还长安。沈使安定太守衙博,功曹皇甫澹领着精甲五千,掩入长安城门,直逼颙帐。不意旁面杀出一彪人马,锐厉无前,把衙博等军,冲作

两段。博等专望沈军来援,偏偏沈军迟至,致博等孤军失继,相率战死。这一路援颙的兵马,乃是冯翊太守张辅带来,他见博军无继,便来横击一阵,及刘沈驰至,前军已经覆没,只好收拾败卒,渐渐退去。适值张方西归,亟遣部将敦伟夜袭沈营,沈军惊溃,沈与麾下南走,被伟追及,射沈落马,活捉回来。当下押沈见颙,颙责他负德,沈朗声道:"知己恩轻,君臣义重,沈奉天子诏命,不敢苟免,明知强弱异形,乃投袂起兵,期在致死,虽遭菹醢,甘亦如荠。"声可裂地。颙顿时怒起,鞭沈至百,方令腰斩,一道忠魂,上升天界去了。

颖与颙既相连接,颙上书称颖有大功,宜为储副。又言羊玄之怙宠为非,该女不宜为后,颖亦表称玄之已殁,未降明罚,宜废后以暴父罪。惠帝虽然愚钝,但对着如花似玉的羊皇后,却也不忍相离,因将两王表文,出示廷臣,商决可否。朝右百官,个个是贪生怕死,哪里还敢冲撞二王?再加东海王越,是与二王表里为奸,当然赞同二议。惠帝没法,乃将羊后废为庶人,徙居金墉城。皇太子覃,仍黜为清河王,立颖为皇太弟,都督中外诸军事,兼职丞相。乘舆服御,皆迁往邺中,进颙为太宰大都督,领雍州牧,起前太傅刘寔为太尉,寔自称老疾,固辞不拜。高尚可风。看官阅过前文,如汝南王亮,如楚王玮,如赵王伦,如齐王冏,如长沙王乂,没一个不是争权夺利,丛怨亡身。偏颖颙越三王,不思借鉴前车,也想挟权求逞,结果是凶终隙末,同室操戈,终落得蚌鹬相持,渔人得利,这岂不是司马家儿的大病么？标明八王乱本,且为后世大声疾呼,苦衷如揭。

成都王颖,既得为皇太弟,越加骄恣,不知有君,嬖人孟玖等,倚势横行,大失众望。右卫将军陈眕,殿中中郎逯苞(qǐ)成辅及长沙王故将上官巳等,怂恿东海王越,谋共讨颖。越乐得转风,借着众怒为名,好夺朝柄,便与陈眕勒兵入云龙门,称制召三公百僚,相率戒严,收捕颖将石超。超突出都门,奔往邺城。随即迎还庶人羊氏,仍立为后,就是清河王覃,亦复入东宫,再为太子。越奏惠帝北征,自为大都督,召前侍中嵇绍,扈跸同行。侍中秦准语绍道：“今日随驾出征,安危难料,君可有佳马否？”绍正色道：“臣子扈卫乘舆,违计生死,要甚么佳马呢？”准叹息而退。绍从惠帝出抵安阳,沿途由大都督越檄召兵士,陆续趋集,得十万余人。邺中震恐。颖召群僚问计,议论不一,东安王繇,新遭母丧,留居邺中,独入帐宣言道：“天子亲征,臣下宜释甲缟素,出迎请罪。”颖闻言动怒道：“莫非自去寻死么？”折冲将军乔智明,亦劝颖奉迎乘舆,颖复怒说道：“卿名为晓事,投身事孤,今主上为群小所逼,勉强北来,卿奈何亦为此说,使孤束手就刑哩？”遂叱退繇乔二人,立遣石超率兵五万,前往迎战。

越驻军荡阴,探得邺中人心不固,以为无患,竟不加严备,哪知石超驱兵杀来,势甚汹涌,立将越营攻破。越仓皇逃命,不暇顾及惠帝,一溜烟的走往东海。以惠帝作孤注,真好良心。惠帝猝不及避,被超军飞矢射来,颊中三箭,痛苦的了不得。百官侍御,有几个也遭射伤,纷纷窜去。独侍中嵇绍,朝服下马,登辇卫帝,超军一拥上前,将绍拖落,惠帝忙牵住绍裾,惶遽大呼道：“这是忠臣嵇侍中,杀不得！杀不得！”但听超军回答道：“奉太弟命,但不犯陛下一人。”两语才毕,已将绍一刀斫死,碧血狂喷,溅及帝衣,吓得惠帝浑身乱颤,兀坐不稳,一个倒栽葱堕落车下,僵卧草中。随身所带的六玺,悉数抛脱,尽被超军拾去。还算超有些天良,见帝堕下,喝令部众不得侵犯,自己下马相救,叫醒惠帝,扶他上车,拥入本营,且问惠帝有无痛楚。惠帝道：“痛楚尚可忍耐,只腹已久馁了。”超乃亲自进水,令左右奉上秋桃。惠帝吃了数枚,聊充饥渴。超向颖报捷,并言奉帝留营。颖乃遣卢志迎驾,同入邺城。颖率群僚迎谒道左,惠帝下车慰劳,涕泣交并。及入城以后,复下诏大赦,改永安元年为建武元年。一年两纪元,有何益处？皇弟豫章王炽,司徒王戎,仆射荀藩,相继至邺,见惠帝衣上有血,请令洗浣。惠帝黯然道:"这是嵇侍中血,何必浣去。"戎等亦皆叹息。惟颖却请帝召越,颁诏东海,越怎肯赴邺？却还诏使。前奋威将军孙惠,诣越上书,劝越邀结藩方,同奖王室。越遂令惠为记室参军,与参谋议。北军中候苟晞,往投范阳王虓,虓令为兖州刺史。陈眕上官巳等,走还洛阳,奉太子清河王覃,保守都城,偏又来了一个魔贼张方,仗着一般蛮力,擅将都城占住。原来越出讨颖,颙曾遣张方救邺,及越已败走,惠帝被颖劫去,颙即令方折回中道,往踞洛阳。方至洛阳城下,上官巳与别将苗愿,出拒方军,为方所败,便即遁去,方遂入洛都。太子覃至广阳门,迎方下拜,方下马扶住,偕覃入阙,派兵分戍城门。才越两日,复把羊皇后太子覃废去,居然皇帝无二,自作威福,独断独行,这真叫作天下无道,政及陪臣呢。

先是安北将军王浚,即故尚书令王沈子。都督幽州。颖颙义三王,入讨赵王伦时,曾檄令起兵为助,浚不应命。颖常欲讨浚,迁延未果。嗣令右司马和演为幽州刺史,密使杀浚,演与乌桓单于审登连谋,邀浚同游蓟城南清泉,为刺浚计。会天雨骤下,兵器沾湿,苦不得行。审登胡人,最迷信鬼神,疑浚阴得天助,因将演谋告浚。浚即与审登连兵杀演,自领幽州营兵。颖既劫入惠帝,欲为和演报仇,乃传诏征浚入朝。浚料颖不怀好意,索性纠合外兵,驰檄讨颖。乌桓单于遣部酋大飘滑弟羯朱,引兵助浚,还有浚婿段务勿尘,系是鲜卑支部头目,也率众相从。浚既得两部番兵,势焰已盛,复约同并州刺史东嬴公腾,联兵攻邺。腾系东海王越亲弟,正接越书,令他联络幽州,攻颖后路。凑巧浚使亦到,自然答书如约。于是幽并二州的将士及乌桓鲜卑的胡骑,合得十万人,直向邺城杀来。纲目予浚讨颖,故本篇亦写出声势。颖遣北中郎将王斌及石超等出兵往御,复因东安王繇,前有迎驾请罪的议论,恐他密应外兵,立即拿斩了事。繇兄子琅琊王睿,惧祸出奔,自邺还镇。颖先敕关津严行检察,毋得轻放贵人。睿奔至河阳,适被津吏阻住,可巧有从吏宋典,自后继至,用鞭拂睿,佯作笑语道："舍长官,禁贵人,汝何故亦被拘住呢?"津吏与睿,不甚相识,蓦闻典言,疑是误拘,便向典问个明白。典又伪称睿是小吏,并非贵人,更兼睿微服出奔,容易混过。当由津吏放睿渡河。睿潜至洛阳,迎了太妃夏侯氏,匆匆归国去了。是为元帝中兴张本,故特叙明。

颖因外兵压境,也无心追问,但与僚属日议军事。王戎等谓胡骑势盛,不如与和。颖却欲挟帝还洛,暂避敌锋。忽有一相貌堂堂,威风凛凛的大元戎,趋入会议厅中,与大众行过了军礼,就座语颖道:"今二镇跋扈,有众十余万,恐非宿卫将士及近郡兵马所能抵制呢!愚意却有一计,可为殿下解忧。"颖见是冠军将军刘渊,便问他有何妙策。渊答道:"渊曾奉诏为五部都督,今愿为殿下还说五部,同赴国难。"颖半响才答道:"五部果可调发么?就使发遣前来,亦未必能御鲜卑乌桓。我欲奉乘舆还洛阳,再传檄天下,以顺制逆,未知将军意见何如?"渊驳说道:"殿下为武皇帝亲子,有功皇室,恩威远著,四海以内,何人不愿为殿下效死?况匈奴五部,受抚已久,一经调发,无患不来,王浚竖子,东嬴疏属,怎能与殿下争衡?若殿下一出邺城,向人示弱,恐洛阳亦不能到了。就使得到洛阳,威权亦被人夺去,未必再如今日。不如抚勉士众,静镇此城,待渊为殿下召入五部,驱除外寇,二部摧东嬴,三部枭王浚,二竖头颅,指日可致,有甚么可虑呢?"刘渊此言,虽为归国自主起见,但劝颖镇邺,未始非策。颖听了渊言,不禁心喜,遂拜渊为北单于,参丞相军事,即令刻日就道。纵虎归巢。

渊辞颖出发,行至左国城,匈奴右贤王刘宣等,早欲推渊为大单于,至是与部众联名,奉书致渊,愿上大单于位号。渊先让后受,旬日闻得众五万,定都离石,封子聪为鹿蠡王。遣部将刘宏率铁骑五千,往援邺城。是时王浚与东嬴公腾,已击败颖将王斌,长驱直进。颖将石超,收兵堵御,平棘一战,又为浚先锋祁弘所败,退还邺城,邺中大骇,百僚奔走,士卒离散。中书监卢志,劝颖速奉惠帝还洛阳,颖乃令志部署军士,翌日出发。军士尚有万五千人,均仓猝备装,忙乱一宵,越宿待命启行,守候半日,并无音响。大众当然动疑,及探悉情由,方知颖母程太妃不愿离邺,因此延宕不决。俄而警报送至,哗传外兵将到,大众由疑生贰,霎时溃散。颖惊愕失措,只得带同帐下数十骑,与卢志同奉惠帝,南走洛阳。惠帝乘一犊

车,仓皇出城,途中不及赍粮,且无财物,只有中黄门被囊中,藏着私蓄三千文,当由惠帝面谕,暂时告贷,向道旁购买饭食,供给从人。夜间留宿旅舍,有宫人持升余糠米饭及燥蒜盐豉,进供御前。惠帝连忙啖食,才得一饱。庸主之苦,一至于此。睡时无被,即将中黄门被囊展开,席地而卧。越日又复登程,市上购得粗米饭,盛以瓦盆,惠帝啖得两盂,有老叟献上蒸鸡,由惠帝顺手取尝,比那御厨珍羞,鲜美十倍。自愧无物可酬,乃谕令免赋一年,作为酬赏。老叟拜谢而去。行至温县,过武帝陵,下车拜谒,右足已失去一履,幸有从吏脱履奉上,方得纳履趋谒。拜了数拜,不由的悲感交集,潸然泪下。儿女子态,不配为帝。左右亦相率唏嘘。及渡过了河,始由张方子黑,带着骑士三千,前来奉迎。黑乘着青盖车,让与惠帝,自己易马相从。至芒山下,张方自领万余骑迎帝,见了御驾,欲行拜跪礼仪。惠帝下车搀扶,方不复谦逊,便即上马,引帝还都。散众陆续踵至,百官粗备,乃升殿受朝,颁赏从臣,并下赦书。旋闻邺城探报,已被王浚各军掳掠一空。乌桓部长羯朱,追颖不及,已与王浚等一同北归。惟鲜卑部掠得妇女约八千人,因浚不许带归,均推入易水中,向河伯处当差去了。河

伯何幸,得此众妇。小子有诗叹道:

    无端军阀起纷争,祸国殃民罪不轻。

    更恨狼心招外寇,八千妇女断残生。

  邺中已经残破,刘渊所遣部将王宏,驰援不及,也即引归,报达刘渊。究竟刘渊能否践约,且至下回再详。

  刘沈发兵讨颙,虽为乂所遣,然所奉之诏敕,固明明皇言也。况颙固有可讨之罪乎?乂为张方所杀,死状甚惨,纲目不称其死义,而独予沈以死节,诚以乂受颙使,甘为乱首,当其杀齐王同时,侥幸得志,代握大权,彼方欣欣然感颙之惠,不知助己者颙,杀己者亦颙,方为颙将,方杀乂,犹颙杀乂也。我杀人,人亦杀我,互相杀而国愈乱,乂死不得为枉,唯如刘沈之见危授命,不屑乞怜,乃真所谓气节士耳。本回以刘沈尽节为标目,良有以也。惠帝昏愚,听人播弄,忽西忽东,狼狈万状,愚夫不可与治家,遑言治国?读《晋书》者,所由不能无憾于武帝欤。

第十七回

刘渊拥众称汉王　张方恃强劫惠帝

　　却说刘渊得刘宏归报,慨然语道:"颖不用我言,弃邺南奔,真是奴才,但我尝受他知遇,保荐为冠军将军,寓邺以来,他总算待我不薄,我既与约相援,不可不救。"颖保荐刘渊,从渊口中叙出笔不渗漏。说毕,即命右于陆王刘景,左独鹿王刘延年,率步骑兵二万,将讨鲜卑。刘宣等入阻道:"晋人不道,待我如奴隶,我正恨无力报复,今彼骨肉相残,自相鱼肉,乃是天厌晋德,授我重兴的机会。鲜卑乌桓,与我同类,可倚以为援,奈何反发兵攻击?况大单于威德方隆,名震远迩,诚使怀柔外部,控制中原,就是呼韩邪基业,也好从此恢复了。"渊笑答道:"卿言亦颇有见识,但尚是器小,未足喻大。试想禹出西戎,文王生东夷,帝王有何常种?今我众已至十余万,人人矫健,若鼓行而南,与晋争锋,一可当十,势若摧枯,上为汉高,下亦不失为魏武,呼韩邪亦何足道哩?"确是枭雄。刘宣等皆叩首道:"大单于英武过人,明见万里,原非庸众所能企及,请即乘势称尊,慰我众望。"渊徐徐答道:"众志果已从同,我亦何必援颖,且迁居左国城,再作计较。"宣等遵令起身,各整行装,随渊徙至左国城。远近依次归附,又达数万人,正拟拥众称尊,雄长北方,不料西方巴蜀,已有人先他称王,遂令野心勃勃的刘元海,急不暇待,便树起大汉的旗帜来了。

　　小子按时叙事,不得不先将蜀事表明,再述刘渊开国情形。李雄称成都王,比刘渊略早,本回虽以渊为主,但称王实始于雄,且正可就此带叙,故随笔插入。自李雄得取成都,遂奉叔父李流,一同居住。应十五回。蜀民相率避乱,或南入宁州,或东下荆州,城邑皆空,野无烟火。惟涪陵人范长生,挈千余家依青城山,依险自固。流无从掠食,部众饥困。平西参军徐𦥑(yú),求为汶山太守,特向益州刺史罗尚献谋,谓"流已乏食,正好进讨,且可邀范长生为犄角,并力合攻"云云。偏尚不肯依议,惹动𦥑怒，反出城附流，并为流往说长生，运粮济困，尚固失策，辇亦不忠。流军复振。既而流病将死，嘱部将等协力事雄，部将共愿遵嘱，俟流死后，即推雄为益州牧。雄使将校朴泰，通书罗尚，伪言愿为内应。尚遽令降氐隗伯攻郫城，陷伏被擒。雄赦免隗伯，使李骧带领降卒，夜至成都，诈称已得郫城，还兵报捷。守卒不知有诈，开门纳入。骧即杀死守吏，据住外城。惟内城还是关着，未曾失手。罗尚急登陴抵御，堵住外兵，骧留兵攻扑，自往截尚粮道，适值犍为太守袭恢，运粮前来，被骧麾兵掩击，将恢杀死，尽把粮车夺去。尚困守孤城，无粮可食，再经骧还军击攻，更由雄添兵相助，眼见得朝不保暮，危如累卵，三十六策，走为上策，乃留牙将张罗居守，自率左右开门夜遁。张罗以尚为镇将，还且弃城逃生，自己位居偏裨，何苦为国殉难，便即插起降旗，纳入骧军。骧迎雄入成都，兵不血刃，坐得了西蜀雄藩。梁州刺史许雄，坐视不救，由晋廷召还治罪。罗尚逃至江阳，遣使表闻，适晋廷大乱，无暇加谴，但令他权统巴东巴郡涪陵诸郡，收取军赋。尚又遣别驾李兴，赴荆州乞粮，镇南将军刘弘，拨给粮米三万斛，尚乃得自存，但苦兵力衰残，不能再复成都。

李雄占据成都数月，因范长生素有德望，见重蜀民，乃欲迎立为君，自愿臣事长生。长生不肯应命，雄乃自即成都王位，大赦境内，号为建兴元年。除晋弊制，约法七章，令叔父骧为太傅，兄始为太保，折冲将军李离为太尉，建威将军李云为司徒，翊军将军李璜为司空，材官李国为太宰，尊母罗氏为王太后，追号父特为景王，又遣使往迎范长生。长生自青城山登舆，布衣应征，及抵成都，甫入城闉，即见雄下马相迎，握手引进，延他上坐，称为范贤，详询政治。长生约略对答，甚惬雄心。雄即亲递板册，拜为丞相。长生也乐得受命，坐享安荣，嗣复劝雄称帝，便是这位范贤人了。句中有刺。看官，试想李雄是个流民子弟，还能据地称雄，何况五部大都督刘渊，才兼文武，识迈华夷，怎尚肯蜷伏一隅，不思自主呢？当下由刘宣等奉书劝进，请他筑坛即位，立国纪元。渊笑语道："昔汉有天下，历世久长，恩结人心，所以昭烈帝仅据益州，尚能与吴魏抗衡，相持至数十年。我本汉甥，约为兄弟，兄亡弟继，有何不可？我就称为汉王便了。"乃命就南郊筑坛，也是告天祭地，仿行汉制。登坛这一日，五部胡人，统来谒贺。刘渊令竖起大汉旗帜，居然祖述汉朝，下令谕众道：

　　昔我太祖高皇帝，以神武应期，廓开大业，太宗孝文皇帝，重以明德，升平汉道，世宗孝武皇帝，拓土攘夷，威倾中外，中宗孝宣皇帝，搜扬俊乂，多士盈朝，是我祖宗道迈三王，功高五帝，故卜年倍于夏商，卜世过于姬氏。而元成多僻，哀平短祚，贼臣王莽，滔天篡逆。我世祖光武皇帝，诞资圣武，恢复鸿基，祀汉配天，不失旧物。显宗孝明皇帝，肃宗孝章皇帝，累叶重辉，炎光再阐。自和安以后，皇嗣渐颓，天步艰难，国统频绝。黄巾海沸于九州，群阉毒流于四海，董卓因之，肆其猖獗，曹操父子，凶逆相寻，故孝愍委弃万国，昭烈播越岷蜀，冀否终有泰，旋轸旧京，何图天未悔祸，后帝窘辱？自社稷沦丧，宗庙之不血食，四十年于兹矣。今天诱其衷，悔祸皇汉，使司马氏父子兄弟，迭相残灭，黎庶涂炭，靡所控告。孤今猥为群公所推，绍修三祖之业，顾兹尫(wāng)暗，战惶靡厝。但以大耻未雪，社稷无主，衔胆栖冰，勉从群议，特此令知。录入此文，见得张冠李戴，可发一噱。

　　此令下后，即改易正朔，称为元熙元年。国仍号汉，立汉高祖以下三祖五宗神主，筑庙祭祀，汉祖汉宗，不意有此贤子孙。追尊安乐公刘禅为孝怀皇帝。禅若有知,更乐不思蜀了。一切开国制度,皆依两汉故例。立妻呼延氏为王后,长子和为世子,鹿蠡王聪守职如故。族子曜生有白眉,目炯炯有赤光,两手过膝,身长九尺三寸,少时失怙,由渊抚养,成人后既长骑射,尤工文字,渊尝称为千里驹,因亦授为建武将军。命刘宣为丞相,召上党人崔游为御史大夫,后部人陈元达为黄门侍郎,崔游为上党耆硕。渊曾从受业,至是固辞不受。不愧醇儒。陈元达亦尝躬耕读书,渊为左贤王时,曾招为僚属,元达不答,此次驿书往征,却欣然就道,愿为渊臣。见利忘义,怎得善终。他如刘宏刘景刘延年等,皆渊族人,并授要职,不消细说。渊僭号旬日,即率众往攻东嬴公腾。腾遣将军聂玄,率兵出拒,行次大陵,与渊军相值。两下交锋,勇怯悬殊,才及数合,玄军大败,狼狈遁归。腾闻败大惧,亟领并州二万余户,避往山东,渊乃四处寇掠,入居蒲子。是为五胡乱华之首。复遣曜进寇太原。曜兵锋甚锐,连陷泫氏屯留长子诸县。别将乔晞,往攻介休。介休县令贾浑,登城死守,约历旬日,内无粮草,外无救兵,斗大孤城,怎能支持得住?便被乔晞陷入。浑尚率兵巷战,力竭被擒,晞勒令投降,浑正色道:"我为大晋守令,不能保全城池,已失臣道,若再苟且求活,屈事贼虏,还有什么面目得见人民?要杀便杀,断不降汝。"晞听着"贼虏"两字,当然发怒,即喝令推出斩首。裨将尹崧(sōng)进谏道:"将军何不舍浑,也好劝人尽忠。"晞怒答道:"他为晋尽节,与我大汉何涉?"遂不从崧言,促使牵出。忽有一青年妇人,号哭来前,与浑诀别。晞闻声喝问道:"何人敢来恸哭?快与我拿来!"左右奉令,便出帐拘住妇人,牵到晞前,且报明妇人来历。乃是贾浑妻宗氏。晞见她散发垂青,泪眦变赤,颦眉似锁,娇喘如丝,不由的怜惜起来,便易怒为喜道:"汝何必多哭,我正少一佳人呢。"语犹未了,外面已将浑首呈入,宗氏瞧着,越觉狂号。晞尚狞笑道:"休得如此,好好至帐后休息,我当替你压惊。"宗氏听了,反停住了哭,戟指骂晞道:"胡狗!天下有害死人夫,还想污辱人妇么?我首可断,我身不可辱,快快杀我,不必妄想!"斩钉截铁之语,得诸巾帼,尤属可敬。晞尚不忍加害,再经宗氏詈骂不休,激动野性,竟自拔佩刀,起身下手。宗氏引颈就戮,渺渺贞魂,随夫俱逝,年才二十余岁。叙入此段,特为忠臣义妇写照。当有消息传报刘渊,渊不禁大怒道:"乔晞敢杀忠臣,并害义妇,假使天道有知,他还望有遗种么？"遂命厚葬贾浑夫妇,且将乔晞追还镌秩四等。已而东嬴公腾,又遣部将司马瑜周良石鲜等,分统部曲,往攻离石,与渊将刘钦交锋,四战皆败,一并逃归。渊更得横行北方,无人敢撄。晋廷又内乱未休,还顾着甚么边防？就是一座洛阳城中,也弄得乱七八糟,迄无宁日。张方迎帝入都,专制朝政,不但公卿百僚,无权无势,连太弟颖亦削尽权力。都下人士,统惮方凶威,莫敢发言。惟豫州都督范阳王虓,徐州都督东平王楙,从外上表道:

　　自愍怀被害,皇储不建,委重前相,辄失臣节,是以前年太宰颙与臣永维社稷之贰,不可久虚,特共启成都王颖,以为国副。受重之后,弗克负荷,小人勿用而以为腹心,骨肉宜敦而猜嫌荐至,险诐(bǐ)宜远而谗说殄行,此皆臣等不聪不明,失所宗赖,遂令陛下谬于降授,虽戮臣等,不足以谢天下。今大驾还宫,文武空旷,制度荒废,靡有孑遗。臣等虽劣,足匡王室,而道路流言,谓张方与臣等不同,悠悠之口,非尽可凭。臣等以为太宰惇德元元,著于具瞻,每当义节,辄为社稷宗盟之先。张方受其指教,为国效劳,此即太宰之良将,陛下之忠臣；但以秉性强毅,未达变通,且虑事翻之后,为天下所罪,故不即西还耳。臣闻先代明主,未尝不全护功臣,令福流子孙。自中叶以来,陛下功臣,初无全者,非必人才皆劣,实由朝廷驾驭失宜,不相容恕,以一旦之忿,丧其积年之勋,既违周礼议亲之典,且使天下人臣,莫敢复为陛下致节者。臣等此言,岂独为一张方？实为社稷远计,欲令功臣身守富贵,臣愚以为宜委太宰以关右之任,自州郡以下,选举受任,一皆仰成,若朝之大事,废兴损益,每辄畴咨,此则二伯述职,周召分陕之义,陛下复行于今时。遣方还郡,令群后申志,时定王室,所加方官,请悉如旧,则忠臣义士有劝,功臣必全矣。司徒戎异姓之贤,司空越公族之望,并忠国爱主,小心翼翼,宜干机事,委以朝政。安北将军王浚,率身履道,远近所推,如今日之大举,实有定社稷之勋,此臣等所以叹息归功也。浚宜特崇重之以逼众望,使抚幽朔,长为北藩。臣等竭力捍城,屏藩皇家,则陛下垂拱,而四海自正矣。乞垂三思,察臣所言。

　　未几,又再上一疏,略言"成都王弗克负荷,实为奸邪所误,不足深责,可降封一邑,保全生命"云云,张方得见二表,不禁忿恚道:"我奉迎车驾,保全都城,明明是自守臣节,乃反讥我未识变通,促我西还。王戎庸驽,怎得称贤？东海专擅,怎能惬望？王浚称兵犯驾,还说他有功社稷,这等妄谈,不值一辩。我亦无意留此,就变通一着,免致小觑,看他如何对付呢？"原来方久留洛阳,部兵逐日剽掠,十室九空,群情扰扰,俱有归志。方正思拥帝西去,适为二表所激,乃决意一行,但恐帝及百官,未肯照从,只得借谒庙为名,诱帝出宫,才好劫驾登程。当下使人白帝,请出主庙祀,偏惠帝不肯亲出,答言须遣派诸王。惠帝未必有是聪明,当是有人教导。方顿时盛怒道:"他不出谒庙,难道我不能使他西迁么？"当下传令部兵,齐集殿门,自率亲卒数百人,跨马入宫,胁迫乘舆。惠帝闻变,慌忙趋避,驰匿后园的竹林中。方令士卒搜寻,当即觅着,硬将惠帝拥出。惠帝面色如土,托称乘舆未备,须备就乃行。士卒哗声道:"张将军已驾好坐车,来迎陛下,陛下不必多虑。"惠帝无奈,垂涕出殿,由士卒扶掖登车。又要蒙尘,何命苦至此？方在宫门前候着,见惠帝驾车出来,才在马上叩首道:"今寇贼纵横,宿卫单少,愿陛下亲幸臣垒,臣当竭尽死力,备御不虞。"

何必要你这般费心？惠帝无词可答，四顾左右，也没有一个公卿，只中书监卢志在侧，恐是张方党羽，欲言不言。志启奏道："陛下今日，当概从张将军。"惠帝乃驰入方营，令方多具车辆，装载宫人宝物，方即令部卒入宫载运。部卒贪馋得很，遇着这个美差，正是意外飞来，当下拥入宫中，见有姿色的宫人，便任情调笑，逼令为妻，所有库中的宝藏，值钱的都藏入私囊，单剩那破败杂物，搬置车上，甚至你抢我夺，分配不匀，好好一顶流苏宝帐，被割至数十百块，取作马幰（jiān）。经此一番劫掠，把魏晋以来百余年积蓄，荡涤无遗。

　　穷凶极恶的张方，还想将宗庙宫室，一概毁去，免得使人返顾。卢志亟向方谏阻道："董卓不道，焚烧洛阳，怨毒至今，尚未有已。将军奈何效此凶人？"方乃罢议。过了三日，方遂拥帝及太弟颖豫章王炽等，西往长安。时适仲冬，天降大雪，途次非常寒冷，行到新安，惠帝忍冻欲僵，手足麻木，突然间堕落车下，伤及右足。尚书高光，正在帝后，忙下马搀扶，仍令登辇。惠帝始知足痛，扪伤垂泪，光自裂衣襟，代为裹创。惠帝且泣且语道："朕实不聪，累卿至此。"*不经此苦，何能自觉？*光亦为泣下。好容易到了霸上，遥见有一簇人马，站住道旁。惠帝似惊弓之鸟，又吓得冷汗淋漓。张方下马启奏道："太宰来迎车驾了。"惠帝才稍稍放心。已而太宰颙趋至驾前，拱手拜谒。惠帝依着老例，下车止拜，遂由颙导入长安，就借征西府为行宫，休息数日，再议大政。那时仆射荀藩，司隶刘暾，太常郑球，河南尹周馥等，尚在洛阳，号为留台，承制行事，复称年号为永安。羊皇后为张方所废，仍居金墉城，未尝随驾。*见前回。*留台诸官，仍复迎她入宫，奉为皇后。于是关洛各设政府，时人号为东西台。太宰颙有意废颖，与张方商决可否，方不甚赞成，颙已立定主意，决计废颖立炽。惠帝有兄弟二十五人，相继死亡，惟颖炽及吴王晏尚存。晏材质庸下，炽却早年好学，故颙推立为皇太弟，且因四方分裂，祸难未已，并请下诏调停，期得少安。小子有诗叹道：

　　　　扰扰江山已半倾，如何翻欲作干城？
　　　　狂澜一决难重挽，大错由谁误铸成。

　　欲知诏命如何，且看下回录叙。

刘渊为乱华之首,故本回叙述,特别加详。至插入李雄一段,因五胡十六国中,雄首先僭号,比刘渊尚早旬月。叙刘渊,不得不夹叙李雄,志祸始也。贾浑夫妇,忠烈绝伦,浑入《忠义传》,浑妻宗氏,入《烈女传》。本回叙述无遗,意寓褒扬,为忠臣义妇作一榜样。典午之季,纲常坠地,得此二人以激励之,宁非一发千钧之所系耶?张方之恶,较诸王为尤甚,后可废,太子可黜,而车驾何不可西迁?独怪满朝文武,行尸走肉,毫无生气,一任恶人之肆行无忌,播弄朝纲,哀莫大于心死,而身死次之,晋臣固皆心死者也,何怪五胡之乘间乱华乎?而惠帝更不足责焉。

第十八回

作盟主东海起兵　诛恶贼河间失势

却说惠帝到了长安，政权为太宰颙所把持，颙议立豫章王炽为太弟，并及一切调停的法度，入白惠帝，当然依议颁诏。诏云：

　　天祸晋邦，冢嗣莫继，成都王颖，自在储贰，政绩亏损，四海失望，不可承重，其以王还第！豫章王炽，先帝爱子，令闻日新，四海注意，今以为皇太弟，以隆我晋邦。司空越可进任太傅，与太宰颙夹辅朕躬，司徒王戎，参录朝政，光禄大夫王衍为尚书左仆射，安南将军虓，即范阳王。平东将军楙，即东平王。平北将军腾，即东嬴公。各守本镇。高密王略为镇南将军，领司隶校尉，权镇洛阳。东中郎将模，为宁北将军，都督冀州，镇于邺。略模皆司空越弟。镇南大将军刘弘，领荆州以镇南土。其余百官，皆复旧职。齐王冏前应还弟，长沙王乂轻陷重刑，可封其子绍为乐平县王，以奉其祀。自顷戎车屡征，劳费人力，供御之物，三分减二，户调田租，三分减一，蠲除苛政，爱人务本，清通之后，当还东京。此诏。

诏书既下，又大赦天下，改元永兴。命太宰颙都督中外诸军事，张方为中领军，录尚书事，领京兆太守，一切军国要政，颙为主，方为副。无论如何和解，要想辑睦宗室，慎固封疆，哪里有这般容易呢？东海王越，先表辞太傅职任，不愿入关，高密王略，拟奉诏赴洛，偏被东莱乱民，相聚攻略，连临淄都不能守，走保聊城。司徒王戎，当张方劫驾时，已潜奔郏县，避地安身，且年逾七十，怎肯再出冒险？当下称疾辞官，不到数月，果然病死。王衍素来狡猾，名为受职，未尝西行。只北中郎将模，往镇邺中，收拾余烬，募兵保守。

越年为永兴二年，张方又逼令惠帝，颁诏洛阳，仍饬废去羊皇后，幽居金墉城。不知彼与后何仇？留台各官，不得已依诏奉行。会秦州刺史皇甫重，累年被困，遣养子昌驰赴东海，向越乞援。越因东西遥隔，不愿出兵，昌径诣洛阳，诈传越命，迎还羊后入宫，即用后令，发兵讨张方，奉迎大驾。事起仓猝，百官不暇考察，相率依议。俄而察悉诈谋，便即杀昌，传首关中。颙方主和平行事，不欲久劳兵戎，因请遣御史赍诏宣重，敕令入朝行在。重又不肯奉命。秦州自遭围以后，内外隔绝，音信不通，即如长沙王遇害，皇甫商被杀等情，亦全未闻知。重问诸御史驺（zōu）人，谓我弟早欲来援，如何至今未到？驺人答道："汝弟早为河间王所杀，怎得再生？"重闻言失色，也将驺人杀死。城中守卒，始知外援已断，群起杀重，函首乞降。颙调冯翊太守张辅为秦州刺史。辅莅任后，与金城太守游楷，陇西太守韩稚等有隙，互起战争，终至败死。了结皇甫重，并了结张辅，无非找足前文。这且搁过不提。

且说东海王越，既不愿入关受职，当然与太宰颙有隙，中尉刘洽，劝越往讨张方，为迎驾计。越已补卒搜乘，整缮戎行，遂从刘洽言，传檄山东各州郡，谓当纠率义旅，西向讨罪，奉迎天子，还复旧都。东平王楙，先举徐州让越，自为兖州都督。范阳王虓与幽州都督王浚，亦与越相应，推为盟

主,联兵勤王。越二弟腾模,并任方镇,均归乃兄节度。越托名承制,改选各州郡刺史,朝士多赴东海,乘便梯荣。*如此乱世,何必定要做官。*偏赵魏交界,又出了一个公师藩,独树一帜,往攻邺郡。师藩系成都王颖故将,闻颖被废,心甚不平,遂自称将军,声言为颖报怨,纠众至数万人,无论悍贼黠胡,并皆收用。当时有个羯人石勒,原名为㔨(bèi),先世为匈奴别部小帅,因号为羯。*羯亦五胡之一。*勒寄居上党,年方十四,随邑人行贩洛阳,倚啸上东门,适为王衍所见,不禁诧异。嗣复顾语左右道:"小小胡雏,便有这般长啸,将来必有异图,为天下患,不如早除为是。"乃遣人捕勒,勒已先机逃归,无从追获。过了数年,勒强壮绝伦,好骑善射,相士尝称他壮貌奇异,不可限量。邑人嗤为妄言。

会并州大饥,刺史东嬴公腾,用建威将军阎粹计议,掠卖胡人,充作军费。勒亦为所掠,卖与茌平人师欢为奴。欢令他耕作,身旁尝有鼓角声,并耕诸人,屡有所闻,归告诸欢。欢颇以为奇,别加优待,听令自由。牧师汲桑,与欢家毗邻,勒得往来过从,互相投契,且纠合壮士,作为朋侣,闻师藩起兵,竟与汲桑挈领牧人,并党与数百骑,投入师藩部下。桑始令他以石为姓,以勒为名。勒骁勇敢战,愿作前驱,连破阳平汲郡,杀害太守李志张延,转战至邺。邺中都督司马模,*见上。*亟遣将军赵骧出御,并向邻郡乞援。广平太守丁邵,引兵救模。范阳王虓,亦命兖州刺史苟晞往救。两路兵到了邺城,与赵骧合军御寇,师藩自然怯退,就是胆豪力大的石勒,也只得随众引归。*石勒为晋后患,即十六国中之一寇,故详叙来历。*

模为越弟,向越告捷。越因邺中无恙,使发兵西行,授刘洽为司马,尚书曹馥为军司,督军前进。留琅琊王睿屯守下邳,接济军需。睿请留东海参军王导为司马,越亦许诺。导字茂弘,系前光禄大夫王览孙,少有风鉴,识量清远,素与睿相亲善,故睿引入帷幄,使参军谋。导亦倾心推奉,知无不言。*后来为中兴名相,此处乃是伏笔。*越留此二人,放心西向,出次萧县,麾下约三万余人。范阳王虓,亦自许昌出屯荥阳,为越声援。越命虓领豫州刺史,调原任豫州刺史刘乔,移刺冀州,并使刘蕃为淮北护军,刘舆为颍川太守。虓亦令舆弟琨为司马,独刘乔不受越命,发兵拒虓,且上书行在,历陈刘舆兄弟罪恶,并说他胁虓为逆,应加讨伐等语。究竟刘舆兄弟,是何等人物?小子尚未曾叙及,应该就此说明。看官阅过前文，当知贾谧二十四友中，舆琨亦尝列入。舆字庆孙，琨字越石，乃父就是刘蕃，系汉朝中山静王胜后裔。世居中山，兄弟并有才名，京都曾相传云："洛中奕奕，庆孙越石。"两人相继为尚书郎，只因他党附贾谧，已受时讥。舆妹又适赵王伦世子荂，伦篡位时，舆为散骑侍郎，琨为从事中郎，父蕃为光禄大夫，一门皆受伪职，益致失名。及伦被诛，齐王冏辅政，器重二人，特从宥免，仍授舆为中书郎，琨为尚书左丞，转司徒左长史。琨后来颇有奇节，叙及前行，隐为改过者劝。至此由越派遣，不足服乔。乔因归罪二人，借以动众。太宰河间王颙，正虑师藩为乱，越又起兵，中夜徬徨。筹出二策，一面起成都王颖为镇军大将军，都督河北军事，给兵千人，授卢志为魏郡太守，随颖镇邺，抚慰师藩。一面请惠帝下诏，令东海王越等，各皆还国，不得构兵。其实乃是弄巧成拙，毫无益处。颖为颙所废，未免怨颙，怎肯再为颙尽力？越既出兵，自然不从诏命，仍使颙无法可施。

会接到刘乔书，喜得一助，便令乔讨虓，分越兵势，且使镇南大将军刘弘、征东大将军刘准等，助乔进攻。又遣张方大都督，率领建威将军吕郎、北地太守刁默，集兵十万，讨舆兄弟，同会许昌。还要成都王颖，邀同故将石超，出屯河桥，为乔继援。范阳王虓，得知消息，忙向越告急。越即移师灵璧，援虓拒乔。乔令长子祐率兵御越，自引轻骑进击许昌。最可怪的是东平王楙，据住兖州，不发一兵，专事括赋，累得州县奔命。兖州刺史苟晞，前由虓遣往援邺，此时引军还镇，又为楙所拒。虓使楙徙镇青州，楙不愿移节，索性变易初志，与虓为敌，负了越约，竟同刘乔联盟去了。一班反覆小人，哪得不乱？独镇南大将军刘弘，志在息争，不欲偏袒，特分缮两书，一书寄乔，一书寄越，无非劝他释怨罢兵，同扶王室。越与乔已势不两立，哪里还肯听从？弘因无法，乃驰表行在，申述意见，略云：

范阳王虓，欲代豫州刺史刘乔，乔举兵逐虓，司空东海王越，以乔不从命，讨之。臣以为乔忝受殊恩，显居州司，自欲立功于时，以殉国难，无他罪阙，而范阳代之，代之为非，然乔亦不得以虓之非，专威辄讨，诚应显戮，以惩不恪。自顷兵戈纷乱，猜祸锋生，疑隙构于群王，灾难延于宗子，今夕为忠，明日为逆，翩其反而，互为戎首，载籍以来，骨肉之祸，未有甚于今日者也，臣窃悲之。今边陲无备预之储，中华有杼轴之困,而股肱之臣,不维国体,职竞寻常,自相楚剥,为害转深。万一四夷乘虚为变,此亦猛兽交斗,自效于卞庄者矣。臣以为宜速发明诏,令越等两释猜疑,各保分局。自今以后,其有不被诏书,擅与兵马者,天下共伐之。诗云:"谁能执热,逝不以濯。"若诚濯之,必无灼烂之患,永有泰山之固矣。谨陈鄙悃,伏乞采行!

顒得弘书,意亦少动,但自思山东连兵,方为己患,赖有刘乔为助,如何反加罪名?因此拒绝不纳。那刘乔已倍道前进,径至许昌城下,乘夜登城。虓不及备御,夺门出奔,渡河北去。司马刘琨,方往说汝南太守杜育,引兵还救,见许昌已为乔所夺,也与兄舆俱奔河北。惟琨父蕃为乔所执,琨思亲念重,恋主情深,由急生智,凭着那三寸妙舌,往说冀州刺史温羡,劝他让位与虓。羡却也慷慨得很,竟将刺史的印信,付琨带回,挂冠去职。乐得离开险路。虓得入冀州,再遣琨至幽州乞师,幽州都督王浚,见琨词气忠愤,涕泪交并,也慨然顾念同袍,特选突骑八百人,随琨返报。琨又招募冀州健卒,得数千人,鼓行南下,到了河上,见有数营扎住,便即攻入。营中守将,叫做王阐,是由石超遣来,防戍河滨。他在河上逍遥自在,并不防有战事,哪知琨引兵掩至,一时不及措手,立被琨突破营寨,欲逃无路,断命送终。虓闻琨得胜,也倾巢出来,为琨后应,相继渡河。

时成都王颖,因洛阳有变,乘隙进都,不在河桥,事见后文。只留石超把守。超见琨兵杀到,仓猝逆战,两下里杀了半日,未分胜负,不防虓又驱兵继至,以众临寡,顿时支持不住,奔往西南。虓与琨如何肯舍,策骑穷追,超众逃命要紧,沿途四散。单剩亲卒百余骑,保超飞奔。偏偏幽州突骑,赶得甚快,与风驰电掣相似,不多时被他追及,便将超围住,再加琨从后驰到,一声喊杀,千手并举,即将超砍死了事。砍得好。琨志在救父,不遑休息,复领健骑五千人,乘夜攻乔。乔正困住琨父,进据考城,夜间阖城安睡。蕃被喊声惊醒,起视城上,已是火炬齐明,外兵猝上,乔料不可敌,慌忙遁去。琨父蕃囚住槛车,无人异(yú)取,幸得留下,琨一入城,当然将蕃释出,父子重逢,不胜欢忻。越宿,虓亦趋到,开宴相贺,酒后议及军情,琨进议道:"刘乔败去,必往灵璧,与伊子合兵,我军正宜往迎东海,夹击刘乔父子。乔如可灭,便好乘胜入关了。"虓鼓掌称善。正拟拨兵迎越，忽有探卒入帐，报称东平王楙，已出屯廪邱，虓勃然道："楙乃反覆小人，此来必接应刘乔，我当自去击他。"琨起身道："不劳大王亲往，琨愿当此任。"虓答道："卿去甚佳，再令田督护助卿，可好么？"琨应声如命。虓即令督护田徽，与琨同行，步骑兵各数千人，将到廪邱，已接侦骑走报，楙怯战东归，仍还兖州去了。贪夫怎禁一战。

　　琨乃遣使报虓，自与田徽径趋灵璧。一日，行至灵璧附近，又由侦骑报明，刘乔父子，合兵杀败东海军，追往谯州。琨即顾语田徽道："果不出我所料，我等快往救东海王。"说毕，麾兵急进。到了谯州，正值刘乔父子，耀武扬威，驱杀越军。琨大喝一声，当先杀去。乔子祐见有来兵，持刀返斗，琨仗剑相迎，约有数十回合，未见胜败。田徽挥众上前，突入乔军，那东海王越，听得后面有战斗声，回头一顾，见有刘字旗号，料知刘琨等来援，也即返兵来战。两路军夹攻刘乔，乔拦阻不住，正在着忙，祐恐乃父有失，舍了刘琨，回马保父，忽刺斜里戳入一槊，适中祐胁，祐负痛伏鞍，兜头又劈下一剑，削去脑袋，堕死马下。这一槊是被田徽从旁刺入，一剑是由刘琨顺手劈下，两人结果祐命，越觉精神焕发，同往杀乔。乔哪里还敢招架？夺路飞跑。部众或死或溃，单剩得五百骑兵，奔投平氏县中，才得幸免。不听弘言，枉送长子性命。

　　刘琨田徽，与越相会，越慰劳备至，遂进屯阳武，直指关中。幽州都督王浚，复遣部将祁弘，率领鲜卑乌桓骑卒，前来助越，愿为先驱。于是兵威大盛，浩浩荡荡，杀奔长安。张方屯兵霸上，但遣吕郎往据荥阳，自己逗留不进。刘弘以张方残暴，料颙必败，因通书与越，愿归节制。刘准也按兵不动，眼见得关中大震，风鹤皆兵。颙闻刘乔败还，还想成都王颖，由洛拒越，阻他西行。颖既入洛都，当然不受颙命，究竟颖如何入洛，待小子表明原因。当时留洛诸官，尚与关中传达消息，所有诏旨，多半遵行。忽有玄节将军周权，诈称被诏，复立羊后，自称平西将军，意图讨颙。洛阳令何乔，探悉诈谋，引兵杀权，又将羊后废锢，报告行在。颙因羊后忽废忽立，终为后患，索性遣尚书田淑，持了一道伪敕，赐后自尽，留台校尉刘暾等，不肯照行，即使田淑还奉表章，力保羊后，大致说是：

　　　　奉被诏书，伏读惶悴，臣按古今书籍，亡国破家，毁丧宗祊，皆由犯众违人之所致也。自陛下迁幸，旧京廓然，众庶悠悠，罔所依倚。

势失间河贼恶诛

家有跋踵之心,人想銮舆之声,思望大德,释兵归农,而兵缠不解,处处互起,岂非善者不至,人情猜隔故耶?今宫阙摧颓,百姓喧骇,正宜镇之以静,而大使忽至,赫然执药,当诣金墉,内外震动,谓非圣意。羊庶人门户残破,废放空宫,门禁峻密,若绝天地,无缘得与奸人构乱。众无智愚,皆谓不然,刑书猥至,罪不值辜。人心一愤,易致兴动。夫杀一人而天下喜悦者,宗庙社稷之福也。今杀一枯穷之人,而令天下伤惨,臣虑凶竖乘间,妄生变故。臣忝司京辇,观察众心。实已忧深,宜当含忍。谨密奏闻,愿陛下更深与太宰参详,勿令远近疑惑,取谤天下,国家幸甚!臣民幸甚!

颙览表大怒,命吕朗自荥阳带兵,入洛收暾。暾自恐得祸,已先机遁往青州。成都王颖,适至河桥,趁着这个机会,径入洛阳,闭城拒朗。朗只好退去,羊后才得免死。不如死得干净,省得后来出丑。颙不能逞志,又因越军逼近,屡次传诏,促颖击越。颖终不报。颙急得没法,没奈何想出一策,欲与越议和。颙有妻舅缪胤,尝为太子右卫率,胤从兄播,又为中庶子,当东海起兵时,两人拟为颖调停,诣越进言令颙奉帝还洛,约与越分陕为伯。越素重二人才望，倒也屈志相从，使二人报颙立约。颙亦欲依议，偏张方硬加阻挠，厉声语颙道："关中为形胜地，国富兵强。王挟天子以令诸侯，谁敢不从？奈何拱手让人，甘为人制呢？"颙因此中止。

颙有参军毕垣，常为方所侮，衔恨不休，屡思设法害方，至越军相迫，得乘间语颙道："张方久屯霸上，盘桓不进，必有异谋。闻他帐下督郅辅，屡与密议，何不召人讯明，首先除患？"缪播缪胤，尚留关中，时亦在侧，也凑机插入道："山东起兵，无非为了张方一人，王诚斩方首以谢山东，东军自然退去了。"颙不禁耳软，便令人往召郅辅。辅本长安富人，方微时尝得辅资助，故引为心腹，此次应召入帐！毕垣在帐外候着，即握住辅手，引至密室，附耳与语道："张方欲反，有人谓君实知谋，所以王特召问，君来见王，将如何对答？"辅愕然道："我实不闻方有反谋，如何是好？"垣又佯惊道："休得欺我！"辅指天誓日，自明无欺。垣说道："平素知君真诚，故特相告，方谋反是实，君果不闻，倒也罢了，但王今问君，君但当应声称是，休得取祸。"辅点首入帐，向颙谒见。颙便启问道："张方谋反，卿可知否？"辅答了一个"是"字。颙又说道："即遣卿取方首级，卿可能行否？"辅又答了一个"是"字。颙乃付一手书，使辅送达张方，顺手取方首级。辅连答三个"是"字，退出见桓。桓复道："君欲取大富贵，便在此举，莫再误事。"辅匆匆还入方营，时已黄昏，辅佩刀入帐，帐下守卒，因辅是张方心腹，毫不动疑。方见辅回来，问为何事？辅递过颙书，方在灯下启函，正要详阅，不图辅拔刀砍方，砉然一声，方首落地。辅拾起方首，抢步趋出，竟向颙复命去了。小子有诗咏道：

　　挟众横行已有年，刀光一闪首离肩。
　　从知天道无私枉，恶报到头不再延。

颙得方首，进辅为安定太守，并将方首传送越军，与越议和。毕竟越肯否允议，待至下回表明。

　　本回事实，最为繁杂，要之不外乎颙越争权，张方煽乱，遂致生出许多纠缠。公师藩之起兵，名为助颖，实拒颙越，虓与模之起兵，助越而拒颙也，刘乔之起兵，助颙而拒越也，东平王楙，忽而助越拒颙，忽而助颙拒越，尤为离奇。刘弘本不助越，亦不助颙，厥后复转而助越拒颙者，非嫉颙，实嫉张方耳。凶恶如方,人人以为可杀,而颙独信之,故越之讨方,实为正理,与颙相较,固有彼善于此者在耳。及颙杀方求和,为时已晚,况又非出自本心乎？平心论之,颙之恶实不亚于方云。

第十九回

伪都督败回江左　呆皇帝暴毙宫中

　　却说太宰河间王颙，把张方首送与越军，总道是越肯允和，兵可立解，偏越将方首收下，不允和议，叱还去使，即遣幽州将领祁弘为前锋，西迎车驾，一面令部将宋胄往徇洛阳，刘琨往取荥阳。琨持方首，径至荥阳城下，揭示守将吕朗，朗即开城迎降，胄行至中途，又遇邺中军将冯嵩，奉遣来助，遂偕往洛都。成都王颖，兵单势寡，料不能守，便由洛阳出奔，西赴长安。到了华阴，闻颙已与越议和，且前次不受颙命，恐颙挟嫌谋害，不敢西进。颙因越军未退，复悔杀张方，穷诘郅辅，才察出虚情，把辅斩首。不及二缪，究是妻舅。遂遣弘农太守彭随与刁默等，统兵拒越，更令他将马瞻郭伟为后应。随与默行至关外，正与祁弘相遇，弘麾下多鲜卑兵，纵横驰突，锐厉无前，一阵冲击，把随默所领的部众，裂作数段。随不能顾默，默不能顾随，便即骇散，被弘杀退数里，伤毙多人。弘进至霸水，又遇颖将马瞻郭伟，一边是转战直前，势如潮涌，一边是临敌先怯，隐兆土崩。战不多时，马郭两将，又逃得不知去向，只晦气了许多士卒，冤冤枉枉，做了胡马脚下的垫底泥。造语新颖。败报连达关中，吓得颙魂驰魄散，不知所为。俄又有人入报道："敌军已经入关，猖獗的了不得，大王须亟自为计。"颙至此也顾不得别人，忙自上马，扬鞭急走。侥幸逃出城外，旁顾并无随兵，只有坐骑还算亲昵，负他飞奔，自思孤身只影，不能远避，还是窜入山谷，免得露眼，遂向太白山中，策骑驰去。军阀失势，如此如此。

　　祁弘杀入长安，无人敢当，一任鲜卑兵淫杀掳掠，伤亡至二万余人。百官都奔往山间，无处觅食，亏得橡实盈山，大家采拾若干，充作口粮。惠帝尚在行宫，无人保护，只好生死由命。幸司空越随后踵至，禁住淫掠，入宫谒见，又召集百官，即日东归，命太弟太保梁柳为镇西将军，留戍关中，自率各军奉帝还都，仓猝中不及备辇，便用牛车载着惠帝，及左右宫人，趋还洛阳。何必这般急急。途中还算安稳。及入洛城，由惠帝登御旧殿，朝见官僚，但觉得两阶积秽，四壁生尘，所有一切仪仗，统是七零八落，不由得悲感丛生，唏嘘下涕。愚夫亦解此苦楚。越率扈驾诸臣，草草拜谒，便算礼毕，转谒太庙，也是蠨蛸（xiāoshāo）在户，庙貌不华，及返至宫中，虚若无人，不过有三五个老宫婢及六七个穷太监，充当服役。惠帝寂寞得很，忙草了一道诏书，使宫监持至金墉城，迎还故后羊氏。羊皇后又惊又喜，略略梳裹，便与来使乘车入宫，桃花无恙，人面重逢，惠帝好生喜欢，自然令她仍主中宫，颁诏内外。看官听着，这羊皇后也算命薄，一为继后，便遇着赵王伦的乱祸，后来五废五复，真是死里逃生，哪知磨蝎重重，还是未了，请看官续阅下去，便见分晓哩。

是年为永兴三年六月，复改为光熙元年，诏赏迎驾诸臣，进司空越为太傅，录尚书事，范阳王虓为司空，仍令镇邺，宁北将军模为镇东大将军，守平昌公封爵，模前时已封平昌公。仍镇许昌，幽州都督王浚为骠骑大将军，都督东夷河北诸军事兼领幽州刺史。此外如皇太弟以下，各仍旧职。惟颖与颙不复提叙，但下了一道赦书罢了。

说也奇怪，当惠帝在长安时，江东却出了一个假皇太弟，居然承制封官，占踞一方。这假皇太弟，究是何人？原来是丹阳人甘卓。卓本为吴王常侍，曾与陈敏等同讨石冰，冰被陈敏穷追，为下所杀，事见十五回。卓亦得叙功受封，列爵都亭侯。嗣由东海王越引为参军，出补离狐令，因见天下大乱，弃官东归。行抵历阳，巧与陈敏相遇，数年阔别，一旦相逢，当然有一番叙谈。但敏却有特别秘谋，急切不便明说。惟与卓格外欢昵，愿订婚姻。卓有一女，正与敏子景年貌相当，敏求卓女为子妇，卓亦便即允从，不消数旬，男婚女嫁，当即成礼。不料敏与卓密议，竟要他假充皇太弟，立帜江东。煞是奇闻。原来敏攻克石冰，自谓无敌，便想占据江左，敏父屡次诃阻，谓此子必灭我门，旋即忧死，敏丁艰去职。及东海起兵，越起敏为右将军前锋都督，乃易服从戎，灵璧一战，敏先败挫，得刘琨等助攻，方转败为胜。见前回。敏遂请东归，还次历阳，召集将士，意在图乱。适遇甘卓回来，想他作一帮手，于是先缔婚约，继与密谋。卓已中敏计，没奈何将错便错,就把"皇太弟"三字,作为头衔,拜敏为扬州刺史。敏因遣次弟恢及部将钱端等,南略江州,季弟斌东略诸郡,江州刺史应邈、扬州刺史刘机、丹阳太守王旷,俱闻风遁去。敏得据有江东,遍征名士,召顾荣为右将军,贺循为丹阳内史,周玘为安丰太守。顾荣见第四回,贺循周玘见十五回。循佯狂自免。玘亦称疾,不肯赴郡。荣前为中书侍郎,避乱家居,恐不从敏召,反触彼怒,乃从容前往,单骑见敏。敏正恨江东名士,多半却聘,拟尽加捕戮,闻荣肯来应召,怒气却消了一半,当即迎入。寒暄已毕,便与荣谈及恨事。荣答说道:"中国丧乱,胡夷内侮,司马氏恐难复振,百姓不得安全,江南半壁,虽被石冰扰乱,人物尚称无恙,荣正虑无孙刘诸王,保抚人民,今得将军神武盖世,带甲数万,连下各州,先声已振,诚使委任君子,推诚相与,不记小忿,不听谗言。将见名流趋集,大事可图,上流各州郡,便传檄可定了。否则刑罚一加,人皆裹足,怎能济事?"幸有顾荣数语,方得保全江东名士。敏不禁心喜,起座谢教。遂使荣领丹阳内史,事辄与商。又复大会僚佐,嘱令大众推为楚公,都督江东诸军事,兼大司马,加九锡礼。伪言密授中诏,令自己溯江入汉,奉迎车驾。当下率兵出发,鼓棹前行。

镇南将军刘弘,亟遣江夏太守陶侃,与武陵太守苗亮,出堵夏口,又令南平太守应詹,调集水师,策应陶侃等军。是时,太宰颙尚在关中,亦命顺阳太守张光,带着步骑五千,至荆州协助刘弘,弘即使他前往夏口,与侃合兵,侃与陈敏同郡,又与敏同年举吏。随郡内史扈怀,恐侃与敏相结,为荆州患,乃密白刘弘道:"侃居大郡,握强兵,倘有异图,荆州便无东门了。"以小人腹,度君子心。弘笑答道:"忠勤如侃,必无他虑,尽可放心。"怀乃退去。当有人传入侃耳,侃即令子洪及兄子臻,往荆为质,自明无贰。弘引为参军,且给资遣臻归省,临行与语道:"贤叔出外御寇,君祖母年高,应该前去侍奉,匹夫交友,尚不负心,况身为大丈夫呢?"及臻归去,又加侃为督护,使他安心拒敏。驭将者固当如是。侃自然感激,整军待敌。适敏弟恢受乃兄伪命,挂了荆州刺史的头衔,充作前驱,进逼武昌。侃用运船为战舰,载兵击恢。或谓运船不便行军,侃怡然道:"用官船击官贼,有何不便?但教统兵得人,无可无不可呢。"遂与恢交锋,连战皆捷。敏遣钱端继进,侃邀同张光苗亮二军,共击钱端。端又败却,荆州兵威,震响江淮。敏只好收兵回去,不敢再窥江汉。

刘弘乃遣张光西归,且表叙诸将战功,列光为首。南阳太守卫展语弘道:"张光系太宰腹心,公既与东海连盟,何不把光斩首,自明向背?"弘摇首道:"宰辅得失,与光无涉,危人自安,岂是君子所为?"说着,竟遣光西去。及光入关,东海军亦至长安,弘遣参军刘盘为督护,往会越兵。越奉驾东归,加弘车骑将军,余官如故。弘积劳成疾,年亦寖衰,方拟申请辞职,草表未上,病势遽剧,竟在任所告终。弘专督江汉,威行南服,事成尝归功他人,事败辄归咎自己,遇有兴废,致书守相,必叮咛款密,所以人皆感悦,无不效命。僚属私相语道:"得刘公一纸书,远胜十部从事。"弘殁后统皆下泪。就是荆州士女,亦相率悲恸,若丧所亲,这可见刘公的惠泽及民了。朝议谥弘为元,追赠新城郡公。乱世有弘,可称一鹗。独弘司马郭劢(mài),因弘已病殁,欲奉河间王颖入襄阳,奉为镇帅。弘子璠追述弘志,墨绖从戎,率府兵斩劢首,襄沔复安。太傅越手书致璠,甚加赞美,一面调高密王略代镇荆州。璠俟略莅任,奔丧还里。略行政未能如弘,寇盗又盛,有诏起璠为顺阳内史,使为略助。璠再出受职,江汉间翕然畏服,仍然安堵,父子济美,作述重光,却是晋史上的美谈。

还有南方的宁州，得了李氏兄妹二人，易危为安，也是出类拔萃的人材。宁州频年饥疫，边疆有一种五苓夷，逐渐强横，乘饥大掠，甚至围逼州城，刺史李毅，正患重病，又闻夷人进攻，急上加急，遽致气绝。州民大恐。忽有一位年甫及笄的女英雄，满身缟素，趋至府舍，号召兵民，涕泣宣誓，无非说是"父殁身存，当与全城共同生死，力拒夷虏"等语。大众瞧着，乃是刺史的爱女，芳名是一秀字，郑重出名，极写李女。不由的肃然起敬，齐声应命。李秀复说道："我是一女子身，恐难制虏，还仗诸位举一主帅，专司军政，方保万全。"大众见她气概不凡，声容并壮，料知不是个弱女子，竟同心一德，愿推李秀权领州事。秀又朗声道："诸位推我暂为州主，试想全城责任，何等重大？敢问大众肯听我号令么？"众又齐声道："愿听指挥！"秀乃部署兵士，分队守城，并手定赏罚数条，揭示城门。条文皆井井不乱，令人畏服。夷人围攻兼旬，昼夜不休。秀身穿银铠，足踏蛮靴，左持宝剑，右执令旗，镇日里登城巡阅，未尝少辍；每伺夷人懈弛，即出兵掩击，屡有斩获。夷人却也中馁，只一时不肯解围。既而城中粮尽，无米可炊，不得已熏鼠拔草，聊充口食。秀坚忍如故，士卒亦皆感奋，誓死不贰。可巧毅子钊自洛中驰至，手下却带有数百兵马，来救州城，秀亦从城中杀出，内外合攻，竟把夷虏杀退，得将州城保全。原来钊在洛阳就官，未曾随侍，此次毅得病身亡，当然由李秀报丧，并将夷人猖獗情形，一并告达，所以钊招募勇士，星夜南行，得与秀并力退敌。兄妹相见，如同隔世，秀即将州事让与乃兄，众亦愿奉钊为主。钊暂允维持，一面遣使入都，乞简刺史。晋廷选王逊为南夷校尉，兼刺宁州。逊既莅任，抚辑饥民，击平叛夷，那李钊兄妹，却早已扶榇回籍，居家守制去了。《晋书》不载此事，《列女传》亦不列李秀，惟《通鉴》于光熙元年三月，略叙其事，特表出之，以志女豪。

且说成都王颖，自洛阳奔至华阴，逗留数日，闻关中已破，车驾还洛，乃复折回南行，竟至新野。荆州司马郭劢，与颖勾通，为刘璠所杀，见上。颖知栖身无所，复渡河北向，欲走依公师藩。偏被顿邱太守冯嵩，要截途中，执颖送邺。范阳王虓，遂把颖拘禁起来，公师藩自白马渡河，前来寇邺。虓飞檄兖州刺史苟晞，统兵迎击，一战败师藩，再战斩师藩，独汲桑石勒等遁去，为后文伏线。晞仍还原镇，虓旋病死邺中。长史刘舆，恐邺人释颖图乱,因令人假充朝使,逼颖自尽,然后为虓发丧,上报朝廷。颖二子皆被杀死。旧有僚属,统已散尽,惟卢志自洛随奔,始终不离,并收殓颖尸,购棺暂厝。贵为皇太弟乃如此收场,争权利者其鉴诸!太傅越得知底细,嘉志信义,特召为军谘祭酒。又因刘舆防变未然,亦有殊劳,并征令入洛。越左右却先入白道:"舆犹腻物,近即害人。"越即记入胸中,待舆到来,即淡漠相遭,不甚加礼。舆密视天下兵簿及仓库牛马器械等,一一详记,至会议时,他人不能猝答,舆独应对如流。越不禁倾倒,叹为奇才,立命为左长史,宠任无比,并与商及镇邺事宜。舆请调东嬴公腾镇邺中,所有并州刺史遗缺,荐了一个胞弟刘琨,谓可委镇北方。荐人之弟,亦荐己之弟,可谓两面顾到。越无不依议,便表琨为并州刺史,且进东嬴公腾为东燕王,领车骑将军,移督邺城诸军事。双方交代,事见后文。

惟河间王颙,逃入太白山中,匿居多日,不敢出头。会故将马瞻等,收集散卒,混入长安,杀毙关中留守梁柳,更偕始平太守梁迈,至太白山迎颙入城。偏弘农太守裴廙(yì),秦国内史贾龛,安定太守贾疋(yǎ)等,疋即古文雅字。复起兵击颙。马瞻梁迈,为颙效力,立即率兵三千,前往拦阻。终因寡不敌众,一同战死。颙惶急无措,还幸有平北将军牵秀,镇守冯翊,特来援颙,得将三镇兵击退。太傅越闻颙又入关,忙遣督护糜晃,引兵西讨,途次接得三军败耗,惮不敢进,怎料到颙复内变,长史杨腾,欲叛颙归越,诈传颙命,至秀军前,饬秀罢兵。秀出营相迎,兜头遇着一刀,竟尔毙命。这一刀不必细猜,便可知是杨腾下手了。秀本为颖将,随颖入关,乃为颙用,前时曾枉杀陆机,此次也遭人枉杀,天道好还,毕竟不紊。应十五回。腾既斩牵秀,又诳秀军,但说是奉令而行。兵士以秀无辜遭诛,益不服颙,相率散去。腾持秀首送入晃营,晃正拟进关,适都中传出急诏,乃是惠帝暴崩,太弟登基,循例大赦,眼见得是不必讨罪,乐得守候中途,静俟后命。

看官道惠帝何故暴亡?相传为被太傅越鸩死。惠帝并无疾病,一夕在显阳殿中,食饼数枚,才逾片刻,腹中忽然搅痛,不可名状,但卧倒床上,辗转呼号,当由内侍飞召御医。至御医入宫,见惠帝眼白口开,已不省人事,诊视六脉,已如散丝,便接连摇首道:"罢了罢了!不可救药了!"宫人问他是何病症,他尚未敢说明,及穷诘底细,方轻轻说出"中毒"二字,一溜烟似的出宫去了。究竟毒为何人所置？也无从查考,不过太傅越身秉国政,眼睁睁的视主暴崩,一些儿不加追究,便遣侍中华混等,急召太弟炽嗣位,显见得无私有弊呢。尚有一层可疑的情由,皇后羊氏,恐太弟得立,自己只做了一个皇嫂,不得为太后,已密召清河王覃,入尚书阁,有推立意。偏太弟炽同时进来,又由太傅越从旁拥护,一时情见势绌,没奈何闭口无言,任炽即位。照此看来,内外早生暗斗,后欲立覃,越欲立炽,呆皇帝做了磨心,平白地被人毒死,十有八九,是越进毒,羊后恐无此胆量呢。若使羊后进毒,应该先召清河王入宫了。统计惠帝在位十六年,改元七次,享年四十八岁。

太弟炽系武帝幼子,入承兄祚,大赦天下,是谓怀帝。尊谥先帝为孝惠皇帝,即号羊后为惠皇后,移居弘训宫,追尊所生太妃王氏为皇太后,立妃梁氏为皇后,命太傅越辅政。越请出诏书,征河间王颙为司徒。明明有诈。颙但困守长安一城,长安以外,统是附越,自知不能孤立,不如应诏赴洛,还可自解。这叫作拼死吃河豚。当下挈眷登车,出关东行,路过新安,忽来了一班赳赳武夫,手持利刃,拦住去路,且大声喝道："快留下头

颙,放你过去!"头颅留下,怎能过去,这是作者调侃语,并非不通。颙出一大惊,但至此已逃无可逃,不得不硬着头皮,颤声问道:"你等从何处差来,敢阻我车?"那来人反唇相诘,颙答道:"我是河间王,现奉诏入洛,受职司徒,你等是大晋臣民,应该拜谒,怎得无礼?"来人一齐哗笑道:"你死在眼前,还要称王说帝,岂不可笑?"说至此,便有数人跃登车上,把颙揪倒,扼住颙喉。颙有三子,都上前相救,怎禁得这班悍党,拳打足踢,把三子陆续击死。颙被扼多时,气不能达,两手一抖,双足一伸,呜呼哀哉!小子有诗叹道:

豆釜相煎何太急?瓜台屡摘自然稀。
试看骨肉摧残尽,典午从兹慨式微。

究竟是何人杀颙,且至下回再表。

帝室相残,内讧四起,即如江东陈敏,不度德,不量力,妄思占踞半壁,称雄南方,意者其亦张昌邱沈之流亚欤?父怒灭门,竟致忧死,不忠不孝,安能有成?观其劫持甘卓,使充太弟,指鹿为马,掩耳盗铃,尤觉可笑。及溯江西上,有刘弘以坐镇之,有陶侃以出御之,两战皆败,奔还扬州,非不幸也,宜也。弘父子以保境成名,尚有李氏兄妹,亦力捍宁州,乱世未尝无人,在朝廷之用与不用耳。但李秀一女子身,竟能誓众御夷,食尽不变,七尺须眉,能无愧死,此本回之所以大书特书也。至若颍颙之死,皆由自取,而惠帝遇毒,戚亦自诒,以天下之大愚,致天下之大乱,其得在位十余年者,犹幸事耳,与东海何尤哉?然东海之敢行鸩主,罪固不可逭(huàn)矣。

第二十回

战阳平苟晞破贼垒　佐琅琊王导集名流

　　却说新安杀颙的武夫，似盗非盗，实是由许昌将军梁臣，领着健卒数百名，扮做强盗模样，截路杀颙。许昌镇帅，是太傅越弟模，梁臣为许昌将，当然为模所遣。模杀颙后，就加封南阳王，可知主动力出越一人，自无疑义。前冀州刺史温羡，已起为中书监，得进官司徒，尚书仆射王衍，升授司空。羡与衍均见十八回。待惠帝安葬太阳陵，已是腊残春至，元日由怀帝御殿受朝，改元永嘉，颁诏大赦，除三族刑。族诛本是虐政，但怀帝诏令革除，亦特别施仁，乃是太傅越所陈请，就中也有一段原因。自从清河王覃，不得入嗣，仍然退居外邸，覃舅吏部郎周穆与妹夫御史中丞诸葛玫，尚欲立覃，共向越进言道："今上得为太弟，全出张方私意，不洽众情。清河王本为太子，无端见废，先帝暴崩，多疑太弟，公何不效伊霍盛事，安宁社稷呢？"语尚未终，越不禁瞋目道："大位已定，汝等尚敢乱言？罪当斩首。"两人吓得魂不附体，还想哀词辩诉，偏越毫不容情，即命左右驱出两人，赏他两刀。穆与玫贸然进言，真是该死，但越未尝拷问，便即处斩，隐情亦可知了。穆为越姑子，本应援大逆不道的故例，罪及三族，越总算法外行仁，表称玫稷世家，身外不应连坐，且因此请除三族旧刑。于是怀帝得下此诏，名为仁政，仍然由太傅越暗中营私呢。

　　越又请追复废太后杨氏尊号，依礼改葬，谥为武悼。怀帝年二十四，尚无子嗣，越因清河王未绝众望，不能无虑，乃倡议建立储君，即以清河王弟诠为太子。诠曾受封豫章王，尚在髫龄，越主张立诠，也是一番调停的苦心。怀帝践阼未久，不得不勉从越议，但因立储一事，免不得心下怏怏，乃援武帝旧制，听政东堂，每日朝见百官，辄留意庶政，勤谘不倦。黄门侍郎傅宣，叹为复见武帝盛事。怎晓得怀帝隐衷，是欲亲揽万机，免得军国大权，常落越手，越亦暗中窥透，自愿就藩。一再奉表，得邀俞允，许以原官出镇许昌，即调南阳王模为征西大将军，都督秦雍梁益四州军事，镇守长安。改封东燕王腾为新蔡王，都督司冀二州军事，乃居邺中。腾前镇并州，屡遇饥年，又尝为汉刘渊部众所掠，自刘琨出刺并州，移腾镇邺。腾喜出望外，不待琨至，便即东下。吏民万余人，统随腾就食冀州，号为乞活，所遗人口，不满二万家，寇贼纵横，道路梗塞。腾移镇邺中，琨出刺并州，均见前回。琨至上党，探得前途多阻，乃募兵得五百人，且斗且前，得至晋阳。晋阳境内，也是萧条不堪，经琨抚循劳徕，流民渐集，才得粗安。腾至邺城，总道是出险入夷，可以无恐，哪知汲桑石勒，复来相扰，好好一条性命，被两寇摧索了去。人有旦夕祸福。

桑自公师藩败没，仍逃入牧马苑中，勒亦相随未散，回应前回。两人仍纠集亡命，劫掠郡县，桑自称大将军，署勒为讨虏将军，又声言为成都王报仇，转战至邺。腾仓猝闻警，亟调顿邱太守冯嵩，移守魏郡，堵御寇盗。嵩出兵迎击，禁不住寇势凶横，竟至败绩。石勒为桑前锋，长驱至邺，腾素来悭吝，更因邺中府库空虚，格外鄙啬，待遇军士，务从克扣，部下皆有怨言。至石勒兵至城下，不得已犒赐将士，促令守城。但每人不过给米数升，帛数尺，将士未惬所望，当然不愿尽力，一哄而散。死不放松，亦何愚蠢。腾支撑不住，轻骑出奔。桑将李丰，窥悉腾踪，从后追蹑，约至数十里外，与腾相及。腾无可逃生，只得拔出佩刀，拨马交战，才经数合，被李丰刺中要害，跌落马下。从吏或死或逃，一个不留。丰斩了腾首，返报汲桑。桑与石勒已入邺城，放火杀人，无恶不作。邺宫室尽被毁去，烟焰蔽霄，旬日不灭。复发出成都王颖棺木，载诸车上，呼啸而去。再从南津渡河，将击兖州。太傅越得知消息，飞调兖州刺史苟晞，及将军王赞等，往讨桑勒。两下里相遇阳平，却是旗鼓相当，大小三十余战，互有杀伤，历久未决。太傅越乃出屯官渡，为晞声援，晞颇善用兵，见桑与勒锐气未衰，连战不下，索性不与交锋，固垒自守，以逸待劳。流寇最怕此策，既不得进，又不得退，坐至粮尽卒疲，各有散志。晞连日坐守，任令挑战，不发一兵，及见寇垒懈弛，始督军杀出，连破桑营，毁去八垒，毙贼万余。桑与勒收拾余众，渡河北走，又被冀州刺史丁绍，邀击赤桥，杀死无数。桑奔还马牧，勒逃往乐平。桑与勒从此分途。太傅越连接捷报，方还屯许昌，加丁绍为宁北将军，监督冀州军事，仍檄苟晞还镇兖州，加官抚军将军,都督青兖诸事。王赞亦从优加赏,不消细述。惟东平王楙,前经刘琨田徽等出兵,怯走还镇,不敢与苟晞相抗,又经越调还洛阳,在京就第,怀帝即位,改封为竟陵王,拜光禄大夫,也不过循例议叙,不假事机,所以晞久镇兖州,训练士卒,累战不疲,威名称盛。叙入东平王,找足十八回文字。汲桑逃回牧苑后,乞活人田甄田兰等,聚众同仇,为腾报怨,入攻马牧。桑不能拒,窜往乐陵,被甄兰等追上杀死,且将成都王颖遗棺,投入眢(yuān)井中。枯骨尚遭此劫,生前何可不仁?嗣经颖旧日僚佐,再为收瘗,及东莱王蕤子遵,奉怀帝诏,继承颖祀,乃得迁葬洛阳。东莱王蕤,系齐王攸子。

独石勒自乐平还乡,正值胡部大张䩦督等入据上党,胡人呼部长为部大,姓张名䩦督。遂趋往求见。䩦督本无智略,徒靠着一身蛮力,做了头目,勒能言善辩,见了䩦督,说出一番绝大的议论,顿使䩦督心服,惟命是从。原来勒欲往投刘渊,因恐孑身奔往,转为所轻,乃特向䩦督游说,劝令归汉。见面时先恭维数语,引起䩦督欢心,旋即迎机引入道:"刘单于举兵

注:图中所题回目名应为"战阳平苟晞破贼垒"

击晋，所向无敌，独部大拒绝不从，如果得长久独立，原是最佳，但究竟有此能力否？"匈督沉吟道："这却不能。"勒又道："部大自思，不能独立，何不早附刘单于？倘迟延不决，部下或受单于赏募，叛了部大，自往趋附，反恐不妙。"匈督瞿然道："当如君言。"说着，即令部众守候上党，自与勒谒刘渊。渊正招致枭桀，当然延纳，授勒为辅汉军，封平晋王，命匈督为亲汉王，使勒至上党召入胡人，即归勒统带，作为亲军。乌桓张伏利度，有众二千，出没乐平。渊尝遣人招徕，屡为所拒。勒却为渊设策，佯与渊忤，出奔伏利度。伏利度大喜，与勒结为弟兄，使勒率众回掠，勇敢绝伦，众皆畏服。勒复买动众心，益得众欢，遂返报伏利度。伏利度出帐迎勒，被勒握住两手，呼令部众将他缚住，且遍语众人道："今欲起大事，我与伏利度，何人配做主帅？"大众愿推勒为主。勒即笑顾伏利度道："众愿奉我，我尚不能自立，只好往从刘大单于，试问兄究有何恃，能反抗刘单于呢？"伏利度已被勒缚住，且思自己果不及勒，乃愿从勒教。勒遂亲为释缚，并为道歉，使伏利度死心塌地，始从勒归汉。*勒弄伏利度如小儿，确是有些智术。*刘渊大喜，复加勒都督山东征讨诸军事，并将伏利度旧有部众，统付勒节制调遣。勒遂得如虎生翼，不可复制了。

话分两头，且说伪楚公陈敏，占据江左，已历年余，刑政无章，民不堪命，又纵令子弟行凶，不加督责。顾荣等引以为忧，常欲图敏。适庐江内史华谭，遗荣等密书，且讽且嘲，略云：

  陈敏盗据吴会，命危朝露，诸君或剖符名郡，或列为近臣，而更辱身奸人之朝，降节叛逆之党，不亦羞乎？吴武烈*孙坚。*父子，皆以英杰之才，继承大业，今以陈敏凶狡，七弟顽穴，欲蹑桓王*孙。*之高踪，蹈大皇之绝轨，远度诸贤，犹当未许也。皇舆东返，俊彦盈朝，将举六师以清建业，*即金陵。*诸贤何颜复见中州之士耶？幸诸贤图之！

荣得书，且愧且奋，因即密遣使人，往约征东大将军刘准，使发兵临江，自为内应，剪发明信。准乃遣扬州刺史刘机，出向历阳，领兵讨敏。敏亟召荣入议，荣答道："公弟广武将军昶，历阳太守宏，均有智力，若使昶出屯乌江，宏出屯牛渚，据守要害，虽有强敌十万，也不敢入窥了。"敏即依荣议，分兵与二弟昶宏，令他去讫。尚有弟处在敏侧，待荣退出，便密语敏道："弟恐荣不怀好意，欲遣开我等兄弟，使彼得居中行事，一或生变，患且不测，不如先杀荣等为是。"敏瞋目道："荣系江东名士，相从年余，并未闻有异志，今遣我二弟，正恐别人未必可恃，故有此议，汝奈何叫我杀荣？荣一冤死，士皆离心，我兄弟尚得生活么？"杀荣原未必能生，不杀荣愈觉速死。昶司马钱广与周玘同为安丰人氏，玘因递与密缄，劝令杀昶，协图反正。广复称如命，待昶至中途安营，熟睡帐中，即持刀突入，把昶刺死，即将昶首持示大众，谓已受密诏诛逆，如敢抗旨，夷及三族。众唯唯从命，遂由广勒兵回来，驻扎朱雀桥南，传檄讨敏。

敏闻广杀昶为变，惊惶得很，便遣甘卓拒广，所有坚甲精兵，尽付卓带去。顾荣恐敏动疑，忙驰入白敏道："广为大逆，义当速讨，但恐城内或有广党，意外构变，所以荣特来卫公。"敏愕然道："卿当四出镇卫，怎得就我。"荣乃辞出，竟往说甘卓道："江东事如果有成，我等理应努力，但看今日情势，可得望成功否？敏本庸才，政令反覆，计划不一，子弟又各极骄矜，不败何待？我等尚安然受他伪命，与彼同尽？使江西诸军，函首送洛，指为逆贼顾荣甘卓首级，这岂非万世奇辱么？请君三思后行！"卓踌躇道："我本意原不愿出此，只因女为敏媳，堕入诡计，勉强相从，今若背敏，未始不是正理，只我女不免惨死了。"荣慨然道："以一女害三族，智士不为，且今日何尝不可救女呢？"卓造膝问计，荣与附耳数言，卓乃转忧为喜，俟荣退去，即出至朱雀桥，与广对垒，诘旦伪称有疾，高卧不起，亟遣使报敏，令女出视。敏尚不知有诈，竟遣卓女往省。卓得见爱女，麾兵渡桥，将桥拆断，与广合兵，并把北岸船只，一古脑儿撑至南岸。于是顾荣周玘及丹阳太守纪瞻等，统与甘卓钱广，联合一气，同声讨敏。

敏闻报大惧，没奈何召集亲兵，得万五千人，出城御卓。两军隔水列阵，卓遥语敏军道："本欲与汝等同事陈公，奈顾丹阳周安丰等名士，已皆变志，我亦不能支持，汝等亦宜早思变计。"敏众闻言，尚是狐疑未决，俄见顾荣跃马而出，揽辔遥语道："陈敏为逆，上干天怒，今新主当朝，派兵来讨，早晚将至，我等亦受密诏讨逆，汝等何尚不去，难道自甘灭族么？"说着，将手中所执的白羽扇，向敌一麾，敌众哗散，只剩下陈处一人，余皆溃去。一扇贤于十万军。敏亦只好回头北走，处随后同奔。顾荣复把白羽扇向后一招，部众即下舟渡江，登岸追敏。行不数里，便将敏兄弟擒住，

解回建业。荣与甘卓等人,已尽入建业城,当即将敏兄弟处斩。敏长叹道:"诸人误我,致有今日。"还要怨人。又顾弟处道:"我负卿,卿不负我。"就使听了弟言,亦未必不致死。霎时间双首尽落,昆季归阴,所有敏弟及子,一并捕诛。只卓女不免守孀。

是时,征东大将军刘准,已经调任,继任为平东将军周馥。建业诸军,函着敏首,送交馥处,馥又传敏首至京师。有诏叙讨逆功,征顾荣为侍中,纪瞻为尚书郎太傅,太傅越辟周玘为参军。荣等奉命北行,到了徐州,闻北方未靖,仍复折回,朝廷特派琅琊王睿为安东将军,都督扬州诸军事,使镇建业。睿由下邳启行,仍用王导为司马,同至江东,每事必向导咨谋,非常亲信。导劝睿优礼名贤,收揽豪俊,睿当然依从。但睿尚无重望,为吴人所轻,所以睿虽加意旁求,总觉乏人应命。导为睿设策,从睿临江观禊,睿但乘肩舆,导与掾属,皆跨着骏马,安辔徐行。吴中人士,望见仪从雍容,始知睿真心爱士,相率称扬。可巧顾荣纪瞻等,亦在江乘修禊,得睹丰采,也觉倾心,不由的望尘下拜。睿下舆答礼,毫无骄容,益令荣等悦服。及睿已回城,导因语睿道:"吴中物望,莫如顾荣贺循,宜首先汲引,维系人心,二人肯来,外此无虑不至了。"睿乃使导往聘循荣。循荣各欢喜应命,随导见睿。睿起座相迎,殷勤款接,立授循为吴国内史,荣为军司,兼散骑常侍,所有军府政事,无不与谋。荣与循转相荐引,名流踵至。纪瞻入为军祭酒,周圯进为仓曹属,外如济阴人卞壸,为从事中郎,琅琊人刘超为舍人,吴人张闿及鲁人孔衍,并为参军,端的是英才济济,会聚一堂。吴中幕府,于斯为盛。为政在人,观此益信。睿颇好酒,或致废事。导婉言进规,睿即引觞覆地,不复再饮。导又尝语睿道:"谦以接士,俭以足用,清静为政,抚绥新旧,这便是创成大业的根本呢。"睿一一依议,见诸施行。果然吴会风靡,一体归诚。相传睿初生时,神光满室,户牖尽明,及年渐长成,日角上忽生长毫,皑白有光,隆准龙颜,目有精采,顾盼晔然。十五岁嗣父觐遗封,得为琅琊王,侍中嵇绍,见睿状貌,便语人道:"琅琊王毛骨非常,前途难量,当不至终身为臣,就是天子仪表,亦不过如是罢了。"既而太妃夏侯氏,病殁琅琊,睿表请奔丧,葬毕还镇,加封镇东大将军,开府仪同三司。

惟尚有一条异闻,载诸稗史,流传今古,当非尽诬。睿名为觐子,实为小吏牛金所生。觐妃夏侯氏,貌赛王嫱,性同夏姬,因小吏牛金入值,见是美貌少年,就与他眉挑目逗,竟成苟合,未几即身怀六甲,产下一男,觐颇有所疑,因爱妃貌美,生子又有异征,遂含忍不发,认为己子。从前司马懿执政时候,闻玄石图记中,有牛继马后的谶文,尝隐忌牛氏,把将校牛金鸩死。哪知后来复出一牛金与他孙妇勾引成奸,居然生下一睿,为司马氏后继,保住江东半壁,即位称帝,号为中兴,这大约是天数已定,人事难逃,凭你司马懿足智多谋,也不能顾及子孙,防闲终古呢。我说还是司马氏幸运,别人替他生子,多传了百余年。小子有诗咏道:

  中冓遗闻不可详,但留一脉保残疆。
  若非当日牛金力,怀愍沉沦晋已亡。

江东得睿镇守,差幸少安,惟江东以外,乱势方炽,不可收拾,欲知详情,试看下回接叙。

  东嬴公腾,借兄之力,晋受王封,且调镇邺中,得避胡寇,可谓踌躇满志,不意有汲桑石勒之乘其后,攻邺而追戕之。塞翁得马,安知非祸?腾亦犹是耳。苟晞用深沟固垒之谋,卒败桑勒,桑宵死而勒北走,奔降刘渊,天不祚晋,欲留一痈以为晋患,此勒之所以终得逃生也。彼陈敏之盗据江东,智不若勒,乃欲收揽名士,而卒为名士所倾,夫岂名士之无良?正以见名士之有识耳。况琅琊王睿,移镇建业,得王导之忠告,抗名士而礼用之。卒以成中兴之业,名士之有益于国,岂浅鲜哉?本回于琅琊王事,特别从详,正为后来中兴写照,不用贤则亡,削何可得,子舆氏固不我欺也。

第二十一回

北宫纯力破群盗　太傅越擅杀诸臣

却说江南既平,河北一带,尚有未靖,太傅越虽出镇许昌,朝政一切,仍然由他主持,怀帝总未得专行。越以邺中空虚,特请简尚书右仆射和郁为征北将军,往守邺城,且令王衍为司徒,怀帝自然准议。衍因往说越道:"朝廷危乱,当赖方伯,须得文武兼全的人材,方可任用。"越问何人可使?衍却援举不避亲的古例,即将二弟面荐,一是亲弟王澄,一是族弟王敦。越便允诺,奏请授澄为荆州刺史,敦为青州刺史。有诏令二人任职,二人当然不辞。衍喜语二弟道:"荆州内江外汉,形势雄固,青州面负东海,亦踞险要,二弟在外,我在都中,正好算作三窟了。"老天不由你料奈何?看官记着,荆州自高密王略出镇,亏得刘璠出为内史,才得安堵,见十九回。略未几即死,后任为山涛子山简,因璠得众心,未免加忌,特奏请迁调。不及乃父远识。晋廷徙璠为越骑校尉,荆湘遂从此多事。澄虽有虚名,无非是王夷甫一流人物,衍字夷甫。徒尚空谈,不务实践,要他去镇守荆州,眼见是不能胜任呢。王敦眉目疏朗,神情洒脱,少时即号称奇童,得尚武帝女襄城公主,拜驸马都尉,兼太子舍人,声名尤盛。但素性残忍,不惜人死,从弟王导,曾说他不能令终,太子洗马潘滔,亦尝讥他豺声未振,蜂目已露,人不噬彼,彼将噬人。如此刚暴不仁,衍却替他荐引,恃作护符,这也是知人不明,徒增妄想罢了。为澄敦二人后来伏案。

敦甫经莅镇,即由太傅越征令还朝,授中书监,敦不免失望,但也只好奉召入都。青州刺史一缺,由兖州刺史苟晞调任,晞屡破巨寇,为越所重,常引晞升堂,结为异姓兄弟。此时潘滔为越长史,屏人语越道:"兖州为东方冲要,魏武尝借此创业,现由苟晞居守有年,若晞有大志,便非纯臣,今不若移镇青州,厚加名号,晞必欣然徙去,公乃自牧兖州,经纬诸夏,藩卫本朝,这才叫作防患未然哩。"越颇以为然,自为丞相,领兖州牧,都督兖豫司冀幽并诸州军事，加苟晞为征东大将军，都督青州诸军事，领青州刺史，封东平郡公。晞虽奉调东去，却已是猜透越意，暗暗生嫌。他本来严刑好杀，不肯少宽，在兖州时，迎养从母，颇加敬礼。从母为子求将，晞摇首道："王法无亲，若一犯法，我不能顾及从弟了，不如不做为妙。"从母固请如初，晞乃说道："不要后悔。"因令为督护。后来果然犯法，晞即令处斩。从母叩头吁请，乞贷一死，晞终不从。及斩讫返报，乃素服临哀，且哭且语道："斩卿是兖州刺史，哭弟是苟道将。"晞字道将。部下见他情法兼尽，很是慑服。实是一种权诈手段。至移镇青州，复思以严刻示威，日加杀戮，血流成川，州人号为屠伯。

晞弟名纯，亦颇知兵，由晞遣讨盗目王弥，得获胜仗。弥为掫音坚。县名。令刘伯根长史，伯根尝纠众作乱，为幽州都督王浚讨平，独弥亡命为盗，再集伯根遗众，出没青徐。阳平人刘灵，少时贫贱，力大无穷，能手挽奔牛，足及快马，尝恨无人举引；又见晋室浸衰，不由的抚膺太息道："老天！老天！我一贫至此，莫非令我造反不成？"及闻王弥为乱，也招致盗贼，揭竿起事，乃自称大将军，寇掠赵魏。已而弥为苟晞所败，灵为别将王赞所败，两人俱奉书降汉，敛迹不出。忽顿邱太守魏植，为流民所迫，有众五六万，大掠兖州。太傅越急檄苟晞进援，晞出屯无盐，留弟纯居守青州。纯嗜杀行威，比晞还要厉害，州民生谣道："一苟不如一苟，小苟毒过大苟。"如此凶残，安望有后。未几晞得诛植，乃仍还青州。偏王弥又复蠢动，党羽集至数万人，分掠青徐兖豫四州，所过残戮，郡邑为墟。苟晞再奉诏出征，连战未克，太傅亦下令戒严，移镇鄄城。

会闻前北军中侯吕雍与度支校尉陈颜等，谋立清河王覃为太子，便由越一道矫诏，遣将收覃，幽锢金墉城。过了旬月，索性命人赍鸩，把覃逼死。拥立者也。属无谓加害者，抑何太毒？但越只能制内，不能制外，那王弥竟从间道突入许昌，且自许昌进逼洛阳，越亟遣司马王斌，率甲士五千人入卫京师。还有凉州刺史张轨，亦遣督护北宫纯等，领兵入援。轨系汉张耳十七世孙，家住安定，才华明敏，姿仪秀雅，与同郡皇甫谧友善，隐居宜阳女几山。泰始初年叔父锡入京为官，轨亦随侍，得授五品禄秩，嗣复进官太子舍人，累迁散骑常侍征西军司。他见国家多难，谋据河西，筮得《周易》中泰与观卦，投筴大喜道："这是霸兆，得未曾有哩。"遂求为凉州刺史。天下无难事,总教有心人,果然得如所愿,一麾出守,及至凉州,适鲜卑为寇,盗贼纵横,便即调兵出讨,斩首万余级。嗣是威著西州,化行河右。张轨后嗣建国称凉,号为前凉,故特从详叙。至是闻王弥寇洛,因遣将勤王。晋廷方命司徒王衍,都督征讨诸军事,发兵出御镮辕,被王弥一阵杀败,兵皆溃归,京师大震,宫城昼闭,弥竟进攻津阳门。可巧凉州兵驰至,统将北宫纯,入城见衍,与东海司马王斌会师,相约出战。纯愿为前驱,选得勇士百余人,作为冲锋,疾驰而出,与弥对垒,才经交锋,由纯飐(zhǎn)动令旗,便突出一队身长力大的壮士,跨着铁骑,持着利刃,不管那枪林箭雨,只硬着头冲将进去。凉州兵也不肯落后,既有勇士为导,当然拚了性命,一齐跟入,任他王弥党羽是百战剧盗,都落得心慌意乱,纷纷倒退。北宫纯趁势杀上,王斌亦领兵继进,杀得盗党血流漂杵,尸积成山。王弥大败,抱头东窜。

都中又驱出一支生力军,系是王衍所遣,军官是左卫将军王秉,来应北宫纯王斌两军。两军正追杀数里,稍觉疲乏,因即让过王秉一路人马,听令追去。秉追至七里涧,王弥见来军服饰,与前略殊,还道是强弱不同,

复思回身一战,当下勒马横刀,令盗众一律返顾,与秉接仗。盗众勉强应命,但已是胆怯得很,不耐久斗,略略交手,又复溃散。弥始知不能再战,只得与部下盗目王桑,逃出轵(zhǐ)关,竟去投汉。汉主刘渊,与弥本有旧交,当即遣使郊迎,且传令语弥道:"孤已亲至客馆,拂席洗爵,敬待将军。"弥闻令大喜,便随入见渊。渊即面授弥为司隶校尉,加官侍中,且命王桑为散骑侍郎。刘灵得王弥归汉消息,也亲往谒渊,受封平北将军。渊收了两个大盗,便用为向导,使子聪带兵数千,同袭河东。

可巧北宫纯自洛阳旋师,途次与聪兵相值,即杀将过去。聪不意官军掩至,顿时忙乱,且疑此外尚有伏兵,不敢恋战,匆匆的收兵遁回,麾下已死了数百人,纯乃归凉州,禀明张轨,申表奏闻。有诏封轨为西平郡公,轨辞不受命,且屡贡方物,藩臣中推为首忠,也是确评。

惟刘渊闻聪败还,未免失望,且因并州一带,由刘琨居守晋阳,无隙可乘,前遣将军刘景往攻,亦遭一挫,两方面统是败仗,尤觉得忧悔交并。侍中刘殷王育进议道:"殿下起兵以来,年已一周,乃专守偏方,王威未振,甚属可惜。诚使命将四出,决机大举,枭刘琨,定河东,建帝号,鼓行南下,攻克长安,作为都城,再用关中士马,席卷洛阳,易如反掌。从前高皇帝建竖鸿基,荡平强楚,便是这番谋划,殿下何不仿行呢?"渊不禁鼓掌道:"这正是孤的初心呢!"遂号召大众,亲自督领,趁着秋高马肥的时候,袜鞴(màdào)起行。到了平阳,太守宋抽,惊惶的了不得,弃城南奔。渊得拔平阳城,再入河东。太守路述,却是有些烈性,募集兵民数千,出城搦战,怎奈众寡不敌,伤亡多人,没奈何退守城中。渊督众猛攻,相持数日,城垣被毁去数丈,一时抢堵不及,竟为胡马所陷。述还是死战,力竭捐躯。渊连得数郡,遂移居蒲子。上郡四部鲜卑陆逐延,氐酋单征,并向渊请降。渊又遣王弥石勒,分兵寇邺,征北将军和郁,也是贪生怕死,走得飞快,把一座河北险要的邺城,让与强胡。于是渊得逞雄心,公然称帝,大赦境内,改元永凤。命嫡子和为大司马,加封梁王,尚书令刘欢乐为大司徒,加封陈留王,御史大夫呼延翼为大司空,加封雁门郡公;同姓以亲疏为等差,各封郡县王;异姓以勋谋为等差,各封郡县公侯。就把这蒲子城,号为汉都。

看官记着,当时氐酋李雄,与刘渊同时称王,此次渊僭号称尊,比李雄还迟二年。李雄称帝，国号成，改元晏平，且在晋惠帝末年六月中。刘渊称帝，是在晋怀帝二年十月中。小子属辞此事，前文未及西陲，无复插叙，此次为刘渊称帝，不能不补叙李雄。五胡十六国开始，就是李雄刘渊两酋长最早僭号，看官幸勿责我漏落呢。补笔说得明白，更足令阅者醒目。

渊既僭号，两河大震。晋廷遣豫州刺史裴宪，出屯白马，车骑将军王堪，出屯东燕，平北将军曹武，出屯大阳，无非为防汉起见。偏刘渊得步进步，不肯少休，复遣石勒刘灵率众三万，进寇魏汲顿邱三郡，百姓望尘降附，多至五十余垒。勒与聪请诸刘渊，各给垒主将军都尉印绶，并挑选壮丁五万为军士，老弱仍令安居。魏郡太守王粹，领兵抵御，一战即败，被勒活捉了去，押至三台，一刀毕命。越年为晋怀帝永嘉三年，正月朔日，荧惑星入犯紫微，汉太史令宣于复姓。修之，入白刘渊道："陛下虽龙兴凤翔，奄受大命，但遗晋未灭，皇居逼仄，紫宫星变，犹应晋室。不出三年，必克洛阳。蒲子崎岖，不可久安，平阳近有紫气，且是陶唐旧都，愿陛下上迎乾象，下协坤祥。"渊当然大喜，便即迁都平阳。会汾水滨有人得玺，篆文为"有新保之"四字，乃是王莽后投失，他却聪明得很，增刻"渊海光"三字，献与刘渊。渊表字元海，便称为己瑞，又复改元，即以"河瑞"二字为年号，封子裕为齐王，子隆为鲁王，聪为楚王，南向窥晋。

晋廷专靠太傅越为主脑，越不务防外，专务防内，真正可叹。他本已移镇鄄城，因鄄城无故自坏，心滋疑忌，乃徙屯濮阳。未几，又迁居荥阳，忽自荥阳带兵入朝，都下人士，相率惊疑。中书监王敦语人道："太傅专执威权，选用僚属，还算依例申请，尚书不察，动以旧制相绳，他必积嫌已久，来此一泄，不识朝臣有几个晦气，要遭他毒手呢？"及越既入都，盛气诣阙，见了怀帝，便忿然道："老臣出守外藩，尽心报主，不意陛下左右，多指臣为不忠，捏造蜚言，意图作乱，臣所以入清君侧，不敢袖手呢。"怀帝听了，大是惊惶，便问何人谋乱。越并未说明，即向外大呼道："甲士何在？"声尚未绝，外面已跑入一员大将，乃是平东将军王景，一作王秉，今从《晋书》。领着甲士三千人，鱼贯入宫，形势甚是汹涌，差不多与虎狼相似。越随手指挥，竟命将帝舅散骑常侍王延，尚书何绥，太史令高堂冲，中书令缪播，太仆卿缪胤等，一古脑儿拿至御前，请旨施刑。怀帝不敢不从，

又不忍遽从,迟疑了好多时,未发一言。越却暴躁起来,厉声语王景道:"我不惯久伺颜色,汝可取得帝旨,把此等乱臣交付廷尉便了。"说着,掉头径去。跋扈极了。怀帝不禁长叹道:"奸臣贼子,无代不有,何不自我先,不自我后,真令人可痛呢。"当下起座离案,握住播手,涕泣交下。播前在关中,随惠帝还都,应第十九回。与太弟很是亲善,所以怀帝即位,便令他兄弟入侍,各授内职,委以心膂。偏由越诬为乱党,勒令处死,叫怀帝如何不悲? 王景在旁相迫,一再请旨,怀帝惨然道:"卿且带去,为朕寄语太傅,可赦即赦,幸勿过虐,否则凭太傅处断罢。"景乃将播等一并牵出,付与廷尉,向越报命。越即嘱廷尉杀死诸人,一个不留。

何绥为前太傅何曾孙,曾尝侍武帝宴,退语诸子道:"主上开创大业,我每宴见,未闻经国远图,但说生平常事,这岂是贻谋大道? 后嗣子孙,如何免祸,我已年老,当不及难。汝等尚可无忧。"说到"忧"字,忽然咽住,好一歇才指诸孙道:"此辈可惜,必遭乱亡。"你既知诸孙难免,何不嘱诸子辞官,乃日食万钱,尚云无下箸处,子劭尚日食二万钱,如此奢侈,怎得裕后? 及绥被戮,绥兄嵩泣语道:"我祖想是圣人,所以言有奇验哩。"后来洛阳陷没，何氏竟无遗种，这虽是因乱覆宗，但如何曾父子的骄奢无度，多藏厚亡，怎能保全后裔？怪不得一跌赤族了。<u>至理名言。</u>

越自解兖州牧，改领司徒，使东海国将军何伦，与王景值宿宫廷，各带部兵百余人，即以两将为左右卫将军，所有旧封侯爵的宿卫，一律撤罢。散骑侍郎高韬，见越跋扈，略有违言，便被越斥为讪上，逼令自杀。嗣是朝野侧目，上下痛心。越留居都中，监制怀帝，无论大小政令，统须由越认可，才得施行。

那汉大将军石勒，已率众十余万，进攻钜鹿常山，用张宾为谋主，刁膺张敬为股肱，夔安孔苌支雄桃豹逯明为爪牙，除兵营外，另立一个君子营，专纳豪俊，使参军谋。张宾系赵郡中邱人，少好读书，阔达有大志，常自比为张子房。及石勒寇掠山东，宾语亲友道："我历观诸将，无如此胡将军，可与共成大业，我当屈志相从便了。"<u>张子房为韩复仇，宾奈何靦（tiǎn）颜事胡？</u>乃提剑至勒营门，大呼求见。勒召入后，略与问答，亦不以为奇。嗣由宾屡次献策，无不合宜，因为勒所亲信，署为军功曹，动静必资，格外契合。正拟进略郡县，忽接刘渊命令，使率部众为前锋，移攻壶关，另授王弥为征东大将军，领青州牧，与楚王聪一同出兵，为勒后援，勒当然前往。并州刺史刘琨，急遣将军黄肃韩述赴援。肃至封田，与勒相遇，一战败死。述至西涧，与聪争锋，亦为聪所杀。

警报传达洛阳，太傅越又令淮南内史王旷，将军施融曹超，往御汉兵。旷渡河亟进，融谏阻道："寇众乘险间出，不可不防。我兵虽有数万，势难分御，不如阻水自固，见可乃进，方无他患。"旷怒道："汝敢阻挠众心么？"融退语道："寇善用兵，我等冒险轻进，必死无疑了。"遂长驱北上，逾太行山，次长平坂。正值刘聪王弥，两路杀来，捣入晋军阵内，晋军大乱，旷先战死，融超亦亡。<u>旷是该死，只枉屈了融超。</u>聪乘胜进兵，破屯留，陷长子，斩获至万九千级，上党太守庞淳，举壶关降汉，汉势大炽。刘渊连得捷报，更命聪等进攻洛阳，晋廷命平北将军曹武，集众抵御，连战皆败。聪入寇宜阳，藐视晋军，总道是迎刃立解，不必加防。弘农太守垣延，探得汉兵骄弛，用了一条诈降计，自谒聪营，假意投诚。聪沿路纳降，毫不动疑，哪知到了夜半，营外喊声连天，营内亦呼声动地。外杀进，里杀出，立将聪营踏平。聪慌忙上马，引众宵遁，侥幸得全性命。诸君不必细问，便可知是垣延的兵谋了。垣延上表告捷,廷臣称庆,不料隔了两旬,那刘聪等复到宜阳,前有精骑,后有锐卒,差不多有七八万人,比前次猖獗得多了。小子有诗叹道:

　　外患都从内讧生,金汤自坏寇横行。

　　乱华戎首刘元海,典午河山一半倾。

毕竟刘聪能否深入,待至下回表明。

晋初八王之乱,越最后亡,观前文之害死长沙,已太无宗族情,顾犹得曰义不死,都下之战祸,终难弭也。及纠合同盟,迎驾还洛,义闻不亚桓文,几若八王之中,莫贤于越矣。惠帝之殁,谓越进毒,犹为疑案,至清河王之被鸩,而越之罪乃彰焉。王弥攻陷许昌,不闻速讨,徒遣王斌等五千人入卫,借非北宫纯之自西入援,前驱突陈,其能破百战之剧盗乎?张轨地位疏远,尚遣良将以勤王,越固宗亲,犹未肯亲自讨贼,其居心之险诈,不问可知。至其后带甲入朝,擅杀王延缪播诸人,冤及无辜,气凌天子,设非外寇迭兴,几何而不为赵王伦也。要之有八王而后有五胡,八王犹甘心亡晋,于五胡何尤哉?

第二十二回

乘内乱刘聪据国　借外援猗卢受封

却说刘聪复至宜阳，同行诸将，乃是刘曜刘景王弥呼延翼，骑兵五万，步卒三万，大有气吞河洛的势焰，都中大震。聪率轻骑先进，连败成兵，直达都下，屯兵西明门，凉州刺史张轨，再遣北宫纯等入援，纯至洛阳，与汉兵对面扎营，待至夜半，方率勇士千余人，直攻汉垒。聪亦预先防着，即令征虏将军呼延颢，开营抵敌。颢甫出营门，正与纯撞个满怀。纯眼明手快，一刀劈下，正中颢首，脑浆迸流，倒毙地上。汉兵见颢被杀死，顿时骇退，纯即踹入营中，左斫右劈，杀死汉兵数十人。聪喝令各军，上前拦阻，还是招架不住，亏得队伍尚齐，且战且行，退至洛水滨下寨。纯因夜色昏黄，也恐有失，便收兵回营。

越日，呼延翼营内自乱，步卒不服翼令，将翼杀死，竟自溃归。刘渊闻败，飞饬聪等还师。聪不肯遽退，表称"晋兵微弱，可以力取，不得以翼颢死亡，自挫锐气，遽尔班师"云云。渊乃听令留攻，聪复分兵进逼，自攻宣阳门，令曜攻上东门，弥攻广阳门，景攻大夏门，四面猛扑，声震山谷。太傅越婴城拒守，且调入北宫纯等，一齐登陴，随方抵御。聪攻了数日，竟不能入，不由的想入非非，要至嵩岳中去祷山神，求他保佑，速下洛城，嵩岳有灵，岂容汝蹂躏中原？当下留平晋将军刘厉及冠军将军呼延朗，暂摄军事，自己竟带着千骑，跨马而去。太傅越参军孙询，探得聪不在营中，谓可乘虚出击，越即令询挑选劲卒，得三千人，由将军邱光楼裒等带领，潜开宣阳门，呐一声喊，冲将出去。呼延朗身不及甲，马不及鞍，冒冒失失，前来搠战。邱光楼裒，双械并举，杀得朗手法散乱，一个疏忽，被邱光挑落马下，楼裒再加一槊，结果性命，此次汉将死亡，都出呼延氏，想是呼延家运已衰。刘厉忙麾兵相救，已是不及。且邱楼二将，越加胆壮，领着三千健卒，横冲直撞，辟易万人。厉亦只好却走。聪在半途闻变，忙即折回，方得招架一阵，邱楼亦即收兵入城。刘厉恐为聪所责，竟投水自尽，聪不觉叹息。

王弥趋至聪营，向聪进言道："今既失利，洛阳犹固，殿下不如还师，再图后举，下官当立兖豫二州间，收兵积谷，守候师期。"聪皱眉答道："前曾表请留攻，此时不待命令，便即还师，未免不合。"弥笑道："这有何虑，下官为殿下设法便了。"遂即致书宣于修之，托他解说。修之已料知聪军不利，既得弥书，便入白刘渊道："岁在辛未，当得洛阳，今晋气尚盛，大军不归，必败无疑。"渊乃促聪回军，聪始与刘曜同归。惟王弥南出镮辕，沿途流民，陆续趋附，多至数万人。

还有石勒一支人马，自攻破壶关后，仍留扰并州一带，收降山北诸胡，再与刘灵进攻常山。幽州都督王浚，遣部将祁弘，邀同鲜卑部酋务勿尘等，带领十余万骑，来讨石勒。勒从常山退兵数里，至飞龙山前，依险列营，专待祁弘角斗。弘驱众直进，行近山麓，望见勒兵扎住，营伍颇严，便心生一计，使务勿尘领着本部，登山而下，直压勒营，自统部众与勒接仗。勒令刘灵守营。分兵趋出，奋斗祁弘。两边统是朔方劲旅，旗鼓相当，酣战了两三个时辰，未分胜败，不防务勿尘从后面杀入，突破勒营。刘灵保不住营寨，也只得出会勒军。勒军见营垒已破，当然慌乱，就是勒亦万分惊惶，自知立脚不住，不如夺路逃奔，一声呼啸，向南飞逸。刘灵迟走一步，被祁弘追及背后，用槊猛戳，穿通心胸，立即倒毙。大力将军，只好至冥间报效去了。余众约毙万余人。勒垂头丧气，走保黎阳，及闻幽州兵回去，复分兵四出，攻陷三十余堡寨，又进寇信都。适东海司马王斌，出任冀州刺史，引兵拒勒，一战败亡。晋车骑将军王堪，北中郎将兼豫州刺史裴宪，奉诏联兵，合攻石勒。勒引兵还拒，道出黄牛垒，魏郡太守刘矩，举城降勒。勒收得粮械，兵势益振。裴宪胆小如鼷，探得勒众甚盛，即潜奔淮南，连兵马都不遑带去。王堪孤掌难鸣，也退保仓垣。勒便从石桥渡河，攻陷白马，坑死男妇三千余口，复东袭鄄城，杀害兖州刺史袁孚，再攻仓垣。王堪败没，还与王弥合兵，连下广宗清河平原阳平诸县。捷书屡达平阳，刘渊加封勒为镇东大将军，兼汲郡公，又命聪曜等出兵会勒，共攻河内。

河内太守裴整，飞表乞援，诏命宋抽为征虏将军，往援河内，被勒邀击中途,把抽杀死。河内人复执整降汉,整得受汉职,拜为尚书左丞。河内督将郭默,收整余众,自为坞主。刘琨表称默为河内太守,时已为怀帝永嘉四年。会值刘渊得病,召还各军,河北山东,暂得少安。渊后呼延氏殁,另立氏酋单征女为皇后,这位新皇后的姿色,端的是纤丽无比,美艳无双,自从单征降汉,便将女纳为渊妾,宠号专房。生子名义,亦得殊宠。可巧渊妻病死,妾媵不下数十,偏被那娇娇滴滴的单氏女,越级超升,得为继后,且封义为北海王。单氏感恩不已,镇日里振起精神,侍奉刘渊。渊见她靓妆媚骨,处处可人,不由的为色所迷,贪欢无度。怎奈少女多情,老夫已迈,渐渐的精力不支,酿成羸疾。<u>蛾眉原是伐性,老年愈觉可畏。</u>当下为顾托计,命梁王和为太子,齐王裕为大司徒,鲁王隆为尚书令,楚王聪为大司马大单于,特在平阳城西,置单于台,为聪任所。北海王义为抚军大将军,领司隶校尉。始安王曜为征讨大都督兼单于左辅。廷尉乔智明为冠军大将军兼单于右辅。尚有同姓老臣陈留王刘欢乐,进官太宰,长乐王刘洋,进官太傅,江都王刘延年,进官太保。<u>是时刘宣已死,故不列入。</u>渊恃三人为心膂,所以加位三公,付他重任。到了病不能起,即召入禁中,亲授遗命,叫他拥立太子,同心辅政,三人自然遵嘱。越二日渊竟逝世,共计称王四年,称帝三年。

　　太子和嗣为汉主,和本渊妻呼延氏所生,前大司空呼延翼,便是后父,被杀洛阳,翼子名攸,官拜宗正。渊因他素无才行,终身不令迁官,侍中刘乘,与聪有隙,西昌王刘锐,未得预顾命,三人共怀不平,乃串同一气,入殿语和道:"先帝不顾重轻,使三王在内总兵,大司马拥劲卒十万,逼居近郊,陛下不过做了一个寄主,将来祸难,恐不可测,不如早为设法,先发制人。"和颇以为然。夜召武卫将军刘盛刘钦及左卫将军马景等,使图裕隆聪乂诸王。盛抗声道:"先帝尚在殡宫,四王未有逆节,今忽生他谋,自相鱼肉,臣恐不能邀福,反且召祸。况四海未定,大业粗成,陛下但应继志述事,开拓鸿基,幸勿误听谗言,疑及兄弟。古诗有言:'岂无他人,不如我同父。'陛下不信诸弟,他人如何轻信呢?"锐与攸正在和侧,闻言大怒道:"今日计议,已由主上裁决,理无反汗,领军怎得妄言?"盛尚欲再言,已被锐拔出佩剑,劈为两段。<u>可怜刘盛。</u>钦与景不禁惶惧,慌忙应命,乃共在东堂设誓,诘旦举发。

转瞬间已是天明，由和派兵四路，分攻四王。锐与马景赴单于台，攻楚王聪，攸与右卫将军刘安国，诣司徒府，攻齐王裕，乘与钦攻鲁王隆，使尚书田密，武卫将军刘璿，攻北海王乂。乂尚年少，不知守备，立被田密刘璿等闯入，只好延颈待戮，不料命未该绝，由璿抢步上前，把乂轻轻掖住，招呼部曲，斩关急走，趋往单于台。密亦随行，共见刘聪，报明内变。聪见乂无恙，心下大喜。已寓微意。便命军士服甲持械，静待刘锐等到来。锐至城外，已知田密刘璿举动，料聪必有预备，不敢轻往，当下折回城中，与攸乘等会攻隆裕。复恐安国与钦，尚有异志，因再杀死二人，然后进攻司徒府。裕不能守御，竟为乱军所害。锐等移兵攻隆，隆亦被杀。

是夕，闻西明门外，喊声大震，乃是大司马聪，率领全军，来攻都城。锐攸乘三人，亟趋上城楼，督众拒守，约莫过了一日有余，已被聪军攻入，乱兵四窜。锐等奔入南宫，聪军追入，把锐攸乘陆续擒住。刘和避匿光极殿西室，托词守丧。聪军持械直进，不管他皇叔不皇叔，顺手乱砍，立即毙命。刘渊口舌未干，三子即遭惨死，可见治国以礼，多力无益。聪入居光极殿，命诛锐攸乘三人，枭首通衢，示众三日。马景未闻遭诛，先后均得幸免，是何运气？群臣联笺上聪，请即尊位，聪呼众与语道："我弟乂为单后所生，子以母贵，应该嗣立，我愿退就单于台。"道言甫毕，即有一少年趋至聪前，长跪流涕道："先帝创业未终，全仗兄长继承先志，倘或舍长立幼，如何维持？还乞兄长勉从众言。"聪俯首瞧着，正是北海王乂，忙即离座搀扶。乂不肯起立，百官亦皆跪请，乃慨然答道："乂与群公，既因四海未定，国难尚多，谓孤年较长，迫孤就位，这乃国家大事，不便固辞。今孤当远遵鲁隐，俟乂年长，当复子明辟，表孤素心。"百官交口称颂，乂亦拜谢，阅者至此，总道聪有让德，谁知他另存歹意。乃皆起身出殿，筹备新君即位礼仪。

聪进谒单后，请安道歉，礼节甚恭。单后见他仪容秀伟，冠冕堂皇，不禁由爱生羡，待遇加优。且因聪保全己子，柔声道谢。句中有眼。聪听得一副娇喉，禁不住情迷心荡，再审视单氏花容，毕竟轻盈艳冶，与众不同，可惜耳目众多，不能无端调戏，没奈何按定了神，对答数语，徐徐辞出，转往别宫，去谒生母张夫人。原来聪为渊第四子，母为渊妾张氏，怀妊时梦日入怀，醒后告渊，渊称为吉征。嗣过了十五月，方产一男，形体伟岸，左耳有一白毛,长二尺余,闪闪有光,渊因取名为聪。幼时敏悟过人,年至十四,博通经书百家及孙吴兵法,又工书草隶,善作诗文,十五岁演习骑射,能弯弓三百斤,膂力骁捷,冠绝一时。渊亦谓此儿不可限量,很是钟爱。果然武艺超群,得登大位。称尊以后,改元光兴。尊单后为皇太后,张夫人为帝太后,立义为帝太弟,领大单于大司徒。立妻呼延氏为皇后,封子粲为河内王,领抚军大将军,都督中外诸军事。粲弟易为河间王,翼为彭城王,悝为高平王,乂为父渊发丧,移棺奉葬,号渊墓为永光陵,追谥为光文皇帝,庙号高祖。

聪既将国家要事,依次施行,所有王公百官,概仍旧职,毫无异言。他乐得趁闲寻乐,卖笑追欢,不过他心目中只有一人,要想同她勾搭,只苦不能下手,且有名分相关,似乎未便妄为。可奈意马心猿,不能自制,更且平时入省,时近芳容,越觉得撩乱情思,无从摆脱。嗣是朝朝暮暮,问安视寝,一个是垂涎已久,昏夜乞怜,一个是寂处难安,心神似醉。移花不妨接木,拢篙正可近舵,好风流处便风流,还管甚么尊卑上下呢?况名分虽嫌未合,年貌正是相当,意外鸳鸯,倍饶乐趣,从此春生螯帐,连

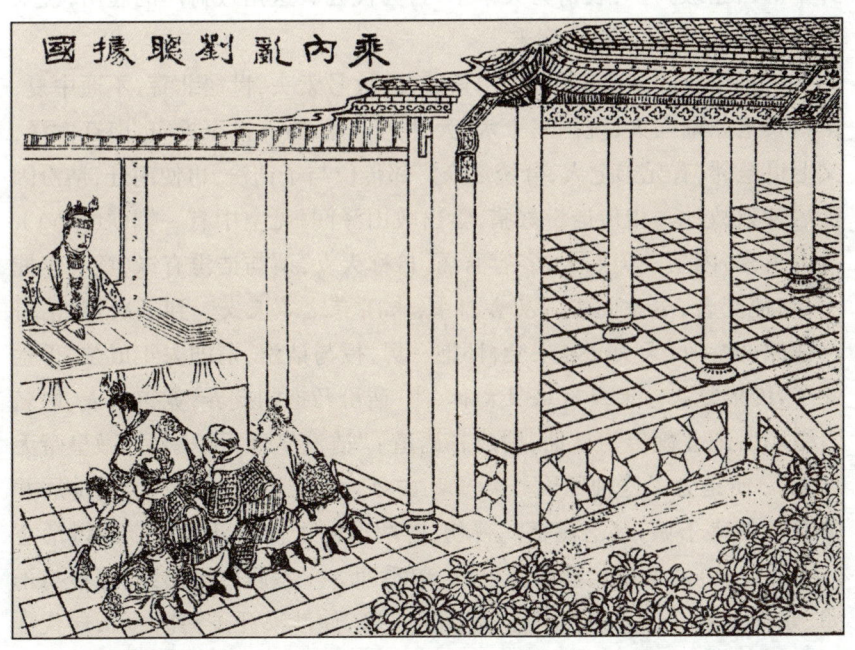

夕烝（zhēng）淫，望断长门，同悲陌路。俗语说得好："好事不出门，恶事传千里。"这汉主聪的不法行为，才经数夕，已是喧传内外，统说他母子通奸。别人不过播为笑谈，最难堪的是北海王乂，少年好胜，禁不起冷讽热嘲。有时入宫省母，隐约进规，那母亲却也怀惭，但木已成舟，无可挽回。到了黄昏时候，新皇帝复来续欢，不能不再效于飞，与子同梦。两口儿确是情浓，只北海王引为恨事，已气愤得不可名状。恐皇嫂也作此想。

是时，略阳出了一个氐酋，叫作蒲洪，相传为夏初有扈氏苗裔，世作西戎酋长。洪家池中忽生了一枝蒲草，长约五丈，中有五节，略如竹形，时人号为蒲家。因即以蒲为姓。洪身长力大，权略过人，为群氐所畏服，威震一隅。即苻秦之祖，为后来十六国之一。汉主聪意欲羁縻，特遣使至略阳，拜洪为平远将军。洪不肯受命，却还来使，旋即自称秦州刺史略阳公，聪亦无暇过问。还是与母后调情，较为适意。惟雍州流民王如，寄居南阳，因晋廷逼他还乡，激使为乱，聚众至四五万，陷城邑，杀令长，自称大将军，向汉称藩。汉主聪当然收纳，且命石勒领并州刺史，使他略定河北，方好锐下河南。晋并州刺史刘琨，身当敌冲，恐孤危失援，为虏所乘，乃外结鲜卑部酋拓跋猗卢，表请为大单于，封为代公。这拓跋猗卢的履历，说来又是话长，小子只好略叙巅末。

这拓跋氏即索头部，俗喜用索编发，故号索头，世居北荒，不通中夏，至酋长毛始渐强大，统国三十六，大姓九十九，历五世至推寅，南迁大泽，又七世至邻，有兄弟七人，分统部众。邻传位与子诘汾，再使南迁，诘汾因徙居匈奴故地。相传诘汾好猎，尝出畋山泽间，见空中有一辎軿（píng），冉冉下来，内坐一美妇人，姿容秀丽，自称天女，谓与诘汾有缘，竟下车握手，与他交合，尽欢而去。从古以来，未闻有这等天女。到了次年，诘汾再往原处游畋，天女又复来会，怀抱一男，授与诘汾，谓即去年成孕，得生此子，说毕复去。天女有这般无耻么？诘汾乃抱归抚养，竟得成人，取名力微。后来北魏传为佳话，编成二语道："诘汾皇帝无妇家，力微皇帝无母家。"便是为了这种原因。无稽之言勿听。诘汾死，力微立，复徙居并州塞外的盛乐城，部落寖盛。晋初，曾两遣嗣子沙漠汗入贡。力微活至一百四岁，方才病殁。沙漠汗已死，弟悉鹿立。悉鹿传与弟绰，绰传与子弗，弗死无嗣。叔父禄官嗣位，分国为三部，使沙漠汗子猗㐌（yí），居代郡附近。猗㐌弟猗卢,居盛乐城,自居上谷的北边。猗卢善用兵,屡破匈奴乌桓各部,降服三十余国。及刘渊起兵入寇,幽州刺史东嬴公腾,尝向猗㐌处乞援。猗㐌与弟猗卢,率众援腾,击散渊兵。腾表猗㐌为大单于,既而猗㐌禄官,先后去世,猗卢遂总摄三部。会刘琨至并州,欲讨匈奴遗裔铁弗氏等,因遣使卑辞厚礼,结交猗卢,请他出兵相助。猗卢乃遣从子郁律,领二万骑助琨,破铁弗氏酋长刘虎。琨遂与猗卢约为兄弟,指水同盟,且遣长子遵往质,嗣因汉寇益盛,乃请以代郡封猗卢。朝议却也依琨,授册转交。惟代郡尚属幽州管辖,幽州都督王浚,不肯照允,发兵击猗卢,致为猗卢所败。自是浚与琨有隙,琨但求得猗卢欢心,不暇顾浚。这是刘琨误处。猗卢以封邑暌隔,民不相接,乃率部落万余家,由云中入雁门,向琨求陉北地。琨既引他入境,不能再拒,只得将楼烦马邑阴馆繁峙崞五县人民,徙至陉南,就把陉北地让与猗卢,这便是拓跋据代的源流。小子又考得拓跋二字,也有寓意,鲜卑称土为拓,后为跋,所以叫作拓跋氏。

会汉主刘聪,大举图晋,命河内王粲,始安王曜,与王弥率兵四万,入寇洛阳,又令石勒发四万骑兵,与粲等会师,共至大阳城。晋监军裴邈,逆

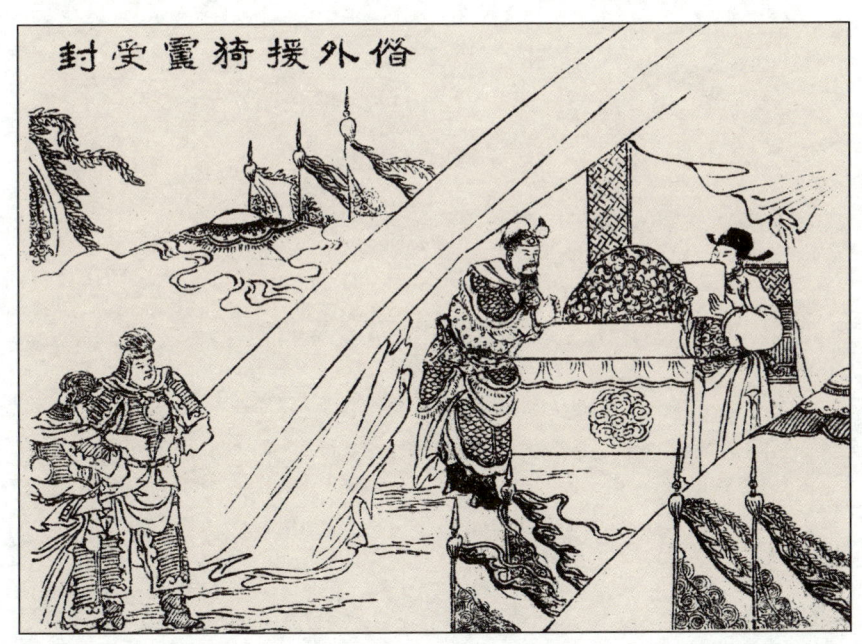

战渑池,败绩南奔。汉兵直指洛川,复分两路。粲出辕辕,勒出成皋,沿途四掠,烽火连天。刘琨在并州闻警,即与猗卢同约举兵,往讨刘聪石勒,先遣人至洛阳,向太傅越报明。偏越别怀猜忌,复书谢绝。琨乃遣还猗卢,按兵不发。小子有诗叹道:

> 国势颠危已可忧,借资外助亦忠谋。
> 如何权相犹多忌,坐使神京一旦休?

欲知太傅越的隐情,试看下回分解。

刘渊以骁桀之姿,还踞朔方,进略河东,占平阳为根据地,又复遣将四掠,入窥洛阳,推其用意,无非欲为子孙帝王万世业耳。然身死未几,即有骨肉相戕之祸,司马氏因内乱而致危,不意刘汉亦蹈此辙,要之礼义不兴,鲜有不自相鱼肉者也。刘聪因乱得位,首烝母后,大本先亏,徒恃乃父之遗业,南向陵晋,晋之乱迄未有已,故刘聪得以乘之耳。彼刘琨之导入猗卢虽未始非引虎自卫,然其时汉已势盛,胡马频乘,得猗卢以牵制之,亦一用夷攻夷之权道也。东海不察,谢绝刘琨,坐待危亡,是真不可救药也夫。

第二十三回

倾国出师权相毙命　覆巢同尽太尉知非

却说太傅越拒绝刘琨，并不是猜忌外夷，实因青州都督苟晞与越有嫌，见二十一回，越恐他乘隙图乱，袭据并州，乃令琨固守本镇，不得妄动。琨只得奉令而行，遣还猗卢。那汉兵却齐逼洛阳，有进无退，洛阳城内，粮食空虚，兵民疲敝，眼见是不能御侮。太傅越乃传檄四方，征兵入援。前日拒绝刘琨，此时何又征兵？怀帝且面谕去使道："为我寄语诸镇，今日尚可援得，再迟即无及了。"可怜可叹！哪知朝使四出，多半不肯应召。惟征南将军山简，差了督护王万，引兵入援，到了涅阳，被流贼王如邀击一阵，兵皆溃散。王如且不能敌，怎能御汉。如反与徒党严嶷侯脱等，大掠汉沔，进逼襄阳。荆州刺史王澄，号召各军，拟赴国难。前锋行至宜城，闻襄阳被困，且有失陷消息，不由的胆怯折回。汉将石勒，引众渡河，将趋南阳，王如等不愿迎勒，堵截襄城，顿时触动勒怒，移兵掩击，把贼党万余人，悉数擒住。侯脱被杀，严嶷乞降，王如遁去。勒趁势寇掠襄阳，攻破江西垒壁四十余所，还驻襄城。

晋太傅越，已失众望，心不自安，复闻胡寇益盛，警信屡至，乃戎服入见，自请讨勒。怀帝怆然道："今胡虏侵逼郊畿，王室蠢蠢，莫有固志，朝廷社稷，惟仗公一人维持，公奈何远去，自孤根本？"越答道："臣今率众出征，期在灭贼，贼若得灭，国威可振，四方职贡，自然流通。若株守京畿，坐待困穷，恐贼氛四逼，患且加盛。"看你如何灭贼？怀帝也不愿苦留，听越出征。越乃留妃裴氏，与世子毗及龙骧将军李恽，右卫将军何伦，守卫京师，监察宫省。命长史潘滔为河南尹，总掌留守事宜。于是调集甲士四万人，即日出发，并请以行台随军，即用王衍为军司，朝贤素望，悉为佐吏，名将劲卒，尽入军府，单剩着几个无名朝士，已老将官，局居辇毂，侍从乘舆。府库无财，仓庾无粮，荒饥日甚，盗贼公行。看官，试想这一座空空洞洞的洛阳城，就使天下太平，也不能支持过去，何况是四郊多垒，群盗交侵，哪里还得保全呢？谁为为之？孰令听之？越东出屯项，自领豫州牧，命豫州刺史冯嵩为左司马，复向各处传檄，略云：

> 皇纲失驭，社稷多难。孤以弱才，备当大任，自项胡寇内逼，偏裨失利，帝乡便为戎州，冠带奄成殊域。朝廷上下以为忧惧，皆由诸侯蹉跎，遂及此难。还要归咎他人。投袂忘履，讨之已晚，人情奉本，莫不义奋，当须会合之众，以俟战守之备，宗庙主上，相赖匡救，此正忠臣战士效诚之秋也。檄到之日，便望风奋发，勿再迟疑！

这种檄文，传发出去，并不闻有一州一郡，起兵响应，大约是看作废纸，都付诸败字篓（lǒu）中了。怀帝以越既出征，得离开这眼中钉，总好自由行动，哪知何伦等比越更凶，日夕监察，几视怀帝似罪犯一流，毫不放松。东平王楙，时改封竟陵王，未曾从军，因密白怀帝，谋遣卫士夜袭何伦。偏卫士都是何伦耳目，不从帝命，反先去报伦。伦竟带剑入宫，逼怀帝交出主谋。怀帝急得没法，只好向楙委罪。伦乃出宫捕楙，幸楙已得悉风声，逃匿他处，始得免害。先是汉兵日逼，朝议多欲迁都避难，独王衍一再谏阻，且出卖车牛，示不他移。至是扬州都督周馥，又上书阙廷，请迁都寿春，太傅越得悉馥书，谓馥不先关白，竟敢直接陈请，禁不住忿火交加，怒气勃发，即下了一道军符，令淮南太守裴硕，与馥一同入都。馥料知触怒，不肯遽行，但令硕率兵先进。硕诈称受越密令，引兵袭馥，反为馥败，乃退保东城，遣人至建业求救。琅琊王睿，总道是周馥逆命，即遣扬威将军甘卓等，往攻寿春。馥众奔溃，馥亦北走。豫州都督新蔡王确，系太傅越从子，即腾子。镇守许昌，当即遣兵邀馥，将他拘住，馥竟气死。谁叫你多去饶舌？已而石勒攻许昌，确出兵抵御，行至南顿，正值勒驱众杀来，矛戟如林，士卒如蚁，吓得确军相顾失色，不待接仗，先已却走。确尚想禁遏溃卒，与决胜负，哪知部下已情急逃生，未肯听令。胡骑却抢前急进，毫不容怜，一阵乱砍，晦气了许多头颅。就是新蔡王确，也做了刀头鬼。可为周馥吐气。勒扫尽确军，遂进陷许昌，杀死平东将军王康，占住城池。

许昌一失，洛阳愈危，怀帝寝馈难安，尚日传手诏，令河北各镇将，星夜入援。青州都督苟晞，接受诏书，便向众扬言道："司马元超，越字元超。为相不道,使天下淆乱,苟道将怎肯以不义使人?汉韩信不忍小惠,致死妇人手中,今道将为国家计,惟有上尊王室,入诛国贼,与诸君子共建大功,区区小忠,何足挂齿呢?"说着,即令记室代草移文,遍告诸州,称己功劳,陈越罪状。当有人传报都中,怀帝得信,复手诏敦促,慰勉殷勤。晞乃驰檄各州,约同勤王。适汉将王弥,遣左长史曹嶷,行安东将军事,东略青州。嶷破琅琊,入齐地,连营数十里,进薄临淄。晞登城遥望,颇有惧色。及嶷众附城,才麾兵出战,幸得胜仗。嶷且却且前,晞亦且战且守。过了旬日,晞挑选精锐,开城大战。不意大风陡起,尘沙飞扬,嶷兵正得上风,顺势猛扑,晞不能招架,遂至败溃,弃城遁走。弟苟纯亦随晞出奔,同往高平。嗣是收募众士,复得数千人。会得怀帝密敕,命晞讨越,晞亦闻河南尹潘滔及尚书刘望等,向越构己,因复上表道:

奉被手诏,肝心若裂。东海王越,以宗臣得执朝政,委任邪佞,宠树奸党,至使前长史潘滔,从事中郎毕邈,主簿郭象等操弄大权,刑赏由己。尚书何绥,中书令缪播,太仆缪胤,皆由圣诏亲加拔擢,而滔等妄构,陷以重戮,带甲临官,诛讨后弟,翦除宿卫,私树党人,招诱逋亡,复丧州郡,王涂圮隔,方贡乖绝,宗庙阙蒸尝之飨,圣上有约食之匮。征东将军周馥,豫州刺史冯嵩,前北中郎将裴宪,并以天朝空旷,权臣专制,事难之兴,虑在旦夕,各率士马,奉迎皇舆,思隆王室,以尽臣礼。而滔邈等劫越出关,矫立行台,逼徙公卿,擅为诏令,纵兵寇抄,茹食居人,交尸塞路,暴骨盈野,遂令方镇失职,城邑萧条。淮豫之氓,陷离涂炭,臣虽愤懑,局守东嵎,自奉明诏,三军奋厉,拟即卷甲长驱,径至项城,使越稽首归政,斩送滔等,然后显扬义举,再清胡虏,谨拜表以闻。

怀帝既得晞表,日望晞出兵到项,削除越权,偏是望眼将穿,晞尚未至。晞亦不是忠臣,何必望他?时已为永嘉五年仲春,怀帝近虑越党,外忧汉寇,镇日里对花垂泪,望树怀人。越党何伦等,倚势作威,形同盗贼,尝纵兵劫掠宦家,甚至广平武安两公主私第,两公主系武帝女。亦遭蹂躏。怀帝忍无可忍,乃复赐诏与晞,一用纸写,一用练书,诏云:

太傅信用奸佞,阻兵专权,内不遵奉皇宪,外不协毗方州,遂令戎狄充斥,所至残暴。留军何伦,抄掠官寺,劫制公主,杀害贤士,悖乱

天下,不可忍闻。虽曰亲亲,宜明九伐。诏至之日,其宣告天下,率同大举。桓文之绩,一以委公,其思尽诸宜。善建弘略,道涩故练写副手笔示意。

睎接诏后,因遣征虏将军王赞为先锋,带同裨将陈午等,戒期赴项,并遣还朝使,附表上陈。略云:

奉诏委臣征讨,喻以桓文,纸练兼备,伏读跪叹,五情惶怛。自顷宰臣专制,委仗佞邪,内擅朝威,外残兆庶,矫诏专征,遂图不轨,纵兵寇掠,陵践官寺。前司隶校尉刘暾,御史中丞温畿,右将军杜育,并见攻劫。广平武安公主,先帝遗体,咸被逼辱,逆节虐乱,莫此之甚。臣祇奉前诏,部奉诸军,已遣王赞率陈午等,将兵诣项,恭行天罚,恐劳圣虘(jǐn),用亟表闻。

朝廷赍表还报,行至成皋,不料被游骑截住,把他押至项城,往见太傅司马越。越令左右搜检,得睎表及诏书,不禁大怒道:"我早疑睎往来通使,必有不轨情事,今果得截获,可恨!可恨!"你可谓守轨么?遂将朝使拘住,下檄数睎罪恶。即命从事中郎杨瑁为兖州刺史,使与徐州刺史裴盾，合兵讨晞。晞密遣骑士入洛，收捕潘滔。滔夜遁得免。惟尚书刘曾，侍中程延，为骑士所获，讯明是为越私党，一并斩首。

越以为不能逞志，累及故人，且内外交迫，进退两难，不觉忧愤成疾，遂致不起。临死时召入王衍，嘱以后事。衍秘不发丧，但将越尸棺殓，载诸车上，拟即还葬东海。大众推衍为元帅，衍不敢受，让诸襄阳王范。范系楚王玮子，亦辞不肯就，乃同奉越丧，自项城启行，径向东海进发。大敌当前，还想从容送丧，真是该死。讣音传入洛中，何伦李恽等，自知不满众望，且恐虏骑掩至，不如先期出走，好良心。乃奉裴妃母子，出都东行。城外士民，相率惊骇，多半随去。还有宗室四十八王，也道是强寇即至，愿与何伦李恽，同行避难。都去寻死。于是都中如洗，只有怀帝及宫人，尚然住着，孤危无助，蒿目苍凉，自思乱离至此，咎实在越，因追贬越为县王，诏授苟晞为大将军大都督，督领青徐兖豫荆扬六州诸军事。

汉将石勒，闻越已病死，立率轻骑追袭，倍道前进。行至苦县宁平城，竟得追及越丧。王衍本不知用兵，全然无备，就是襄阳王范等，都未曾经过大敌，彼此面面相觑，不知所为。还是一位将军钱端，稍有主意，麾动士卒，出拒勒众。两下交战，约二三时，勒众煞是利害，任意蹂躏，无人敢当。端竟战死。勒复指麾铁骑，围住王衍等人。衍众不下数万，没一个是敢死士，更兼统帅无人，号令不专。大都怀着一个遁逃秘诀，你想先奔，我怕落后，自相践踏，积尸如山。最凶横的是个石勒，出了一声号令，叫骑士四面攒射，不使衍等脱逃。可怜王衍以下，只有闭目待死，束手就擒。当下由胡骑突入，东牵西缚，好像捆猪一般，无一遗漏。除衍及襄阳王范外，如任城王济，宣帝司马懿从孙。武陵王澹，琅琊王伷子，见前。西河王喜，济之从子。梁王禧，澹子。齐王超齐王同子，见前。及吏部尚书刘望，廷尉诸葛铨，前豫州刺史刘乔，太傅长史庾敳等，统被拿住，押入勒营。勒升帐上坐，令衍等坐在幕下，顾问衍道："君为晋太尉，如何使晋乱至此？"衍支吾道："衍少无宦情，不过备位台司，朝中一切政治，统由亲王秉政，就是今日从军，也由太傅越差遣，不得不行。若论到晋室危乱，乃是天意亡晋，授手将军，将军正可应天顺人，建国称尊，取乱侮亡，正在今日。"卖国求荣，全无廉耻。勒掀须狞笑道："君少壮登朝，延至白首，身居重任，名扬四海，尚得谓无宦情么？破坏天下，正是君

覆巢同尽太尉知非

罪,无从抵赖了。"这一席语,说得衍无词可答,俯首怀惭。求荣反辱,令人称快。勒命左右将衍扶出,更向他人讯问。众皆畏死,作乞怜状,独襄阳王范,神色不变,从旁呵叱道:"今日事已至此,何必多言。"勒乃顾语部将孔苌道:"我自从戎以来,东驰西骤,足迹半天下,未尝见有此等人物,汝以为可使存活否?"苌答道:"彼皆晋室王公,终未必为我用,不如今日处决罢。"勒沉吟半晌,方道:"汝言亦是。但不可加他锋刃,使得全尸以终。"说至此,即令将被虏诸人,统驱往民舍中,监禁起来。俟至夜半,使兵士推倒墙壁,压入室内。覆巢之下,尚有什么完卵呢?唯王衍临死呼痛,惨然语众道:"我等才力,虽不及古人,但若非祖尚玄虚,能相与戮力,匡扶王室,当不至同遭惨死。"晓得迟了。说到"死"字,顶遇巨石压下,顿时头破血流,奄然长逝。卖国贼其鉴诸。余皆同时毙命,砌成一座乱石堆,也不辨为谁氏尸骸,何人血肉了。譬如做一石椁。勒又命人劈开越棺,焚骨扬灰,且宣言道:"乱晋天下,实由此人,我今为天下泄恨,故焚骨以告天地。"王弥弟璋,在勒军中,更将道旁尸首一并焚毁,见有肥壮的死人,割肉烹食,咀嚼一饱,方拔营起行。到了洧仓,刚值何伦李恽等，仓皇奔来，冤冤相凑，投入虎口，李恽忙自杀妻子，逃往广宗，何伦亦奔向下邳。晋室四十八王及越世子毗，统被勒众虏去，死多活少。惟越妻裴氏，已经年老，无人注目，当时乘乱走脱，嗣被匪人掠卖，售入吴姓民家，作为佣媪。后来元帝偏安江左，始辗转渡江，得蒙元帝收养，才得令终。八王乱事，至是作一结束。小子恐看官失记，再将八王提出，表明如下：

汝南王亮宣帝懿子，为楚王玮所杀。楚王玮武帝炎子，为贾后所杀。赵王伦宣帝懿子，奉诏赐死。齐王冏齐王攸子，为长沙王乂所杀。长沙王乂武帝炎子，为张方所杀。成都王颖武帝炎子，为范阳长史刘舆所杀。河间王颙安平王孚孙，为南阳部将梁臣所杀。东海王越高密王泰子，病殁项城，尸为石勒所焚。

后人又另有一说，去亮与玮，列入淮南王允及梁王肜。俱见前文。惟《晋书》中八王列传，却是亮玮伦冏乂颖颙越八人，小子依史叙事，当然援照《晋书》。总之，晋室诸王，好的少，坏的多，八王手执兵权，骄横更甚，后来是相继诛戮，没有一个良好结果。越虽是善终，终落得尸骨被焚，妻被掠，子被杀，这也是祖宗诒谋，本非忠孝，子孙相沿成习，不知忠孝为何事，此争彼夺，各不相让。骨肉寻仇，肝脑涂地，五胡乘隙闯入，大闹中原，神州致慨陆沈，衣冠悉沦左衽，岂不可恨？岂不可痛？古人说得好："告往知来。"如晋朝的往事，确是后来的殷鉴。奈何往者自往，来者自来，兵权到手，便不顾亲族，自相残杀，甘步八王的后尘，情愿将华夏土宇，让与别人脔割呢。借端寄慨，遗恨无穷。小子有诗叹道：

八王死尽晋随亡，滚滚胡尘覆洛阳。
为语后人应鉴古，兵戈莫再构萧墙。

虏焰大张，中原板荡，西晋要从此倾覆了。看官续阅下回，自见分晓。

司马越出兵讨勒，以行台自随，所有王公大臣，多半带去，仅留何伦李恽，监守京师。彼已居心叵测，有帝制自为之想。能胜敌则迫众推戴，还废怀帝，不能胜敌，即去而之他，或仍回东海，据守一方；如洛阳之保存与否，怀帝之安全与否，彼固不遑计及也。无如人已嫉视，天亦恶盈，内见猜于怀帝，外见逼于苟晞，卒至忧死项城，焚尸石勒，穷其罪恶，杀不胜辜。然妻离子戮，终至绝后，厥报亦惨然矣。王衍清谈误国，尚欲乞怜强虏，靦（tiǎn）颜劝进，山涛谓："何物老妪，生此宁馨儿？"吾谓实一贼子，何宁馨之足云？襄阳王范，稍存气节，而临变无方，徒自取死。余子皆不足齿数。晋用若辈为臣僚，虽欲不亡，奚可得耶？本回录苟晞二表，所以罪越，述王衍临死之语，所以罪衍，至结尾一段，更提出八王结局，缀以叹词，语重心长，实为当世作一棒喝，固非寻常小说所得同日语也。

第二十四回

执天子洛中遭巨劫　起义旅关右迓亲王

却说怀帝因越已病死,改任大臣,进太子太傅傅祇为司徒,尚书令荀藩为司空,进幽州都督王浚为大司马,都督幽冀诸军事,南阳王模为太尉,凉州刺史张轨为车骑大将军,琅琊王睿为镇东大将军,兼督扬江湘交广五州诸军事。复颁诏四方,促令勤王。可奈神州鼎沸,世乱益滋,两河南北,胡骑充斥,各镇将自顾不遑,怎能入卫?就是荆襄一带,也闹得一塌糊涂。征南将军山简,驻守襄阳,俄为王如所逼,又俄为石勒所攻,他本是个酒中徒,时在高阳池滨游宴,童儿为简作歌道:"山公出何许,住自高阳池。日夕倒载归,酩酊无所知。"照此看来,前时遣督护王万入援,事虽不成,还算他提醒精神,力图报效。回应前回。后来接连遇寇,安坐不稳,复迁屯夏口。勉强支撑。

外如荆州刺史王澄,误信谣言,折回江陵,亦见前回。适巴蜀流民,散居荆湘,与土人忿争,激成乱衅,戕杀县令,啸聚乐乡。澄遣内史王机,率兵往讨,流民已望风乞降,澄佯为许诺,暗令机乘夜掩袭,沈杀八千余人,所有流民妻子,悉数充赏。但尚有益梁流民,未曾从乱,免不得兔死狐悲,更兼湘州参军冯素,亦欲尽诛流民,遂致流民大骇,寓居四五万家,同时造反,推醴陵令杜弢为主,奉为湘州刺史,南破零陵,东掠武昌。王机出军堵御,失利奔回。澄亦不加忧惧,且与机日夜纵酒,投壶博戏,消遣光阴。即如乃兄王衍,惨死宁平,他亦没甚悲戚,反抱着达观主义,得过且过罢了。

至若成都为李雄所据,前益州刺史罗尚,始终不能规复,反由李雄出兵东略,屡攻涪城,梓潼太守谯登,固守三年,食尽援穷,终遭陷没。登被擒不屈,致为所害。叙入此事,所以旌忠。长江上下游,如此扰乱,还有何人勤王?惟琅琊王睿镇守江东,尚觉安居无事,但他是已脱虎口,栖身乐国,何苦再投险地,来作孤注？所以宅中驭外的洛阳城,反弄到内无粮草,外无救兵。怀帝终日忧闷,徒唤奈何。会大将军大都督苟晞,表请迁都仓垣,并使从事中郎刘会,运船数十艘,宿卫五百人,谷米千斛,来迎乘舆。怀帝意欲从晞,召集公卿,决议行止。公卿已是寥寥,剩了几个糊涂虫,毫无智谋,当断不断。侍从左右,又只管眼前温饱,恋恋家室,未肯远行。究竟怀帝是个主子,不能孑身潜遁,没奈何顺从众意,又蹉跎了好几日。既而洛中饥困,人自相食,百姓流离转徙,十死八九。怀帝实不堪久居,再召公卿集议,决意启行。偏是卫从寥落,车马萧条,怀帝抚手长叹道:"如何竟无车舆？"乃使傅祇出诣河阴整治舟楫,自与朝士数十人,步行出西掖门。到了铜驼街,但见盗贼盈途,随处劫掠,料知不能过去,只好退回。度支校尉魏浚,率领流民数百家,出保河阴的硖(xiá)石,有时掠得谷麦,献入宫廷。怀帝已饥不择食,未便问及来历,就将这谷麦赡济宫人,并加浚为扬威将军,仍领度支如故。*居然做了贼皇帝。*

蓦然间,传入警报,乃是汉大将军呼延晏,率众二万七千人,杀奔洛阳来了,怀帝当然加忧。嗣是连接败耗,多至一十二次,统共合算死亡人数,直达三万余人。已而又闻汉兵日盛,刘曜王弥石勒三路人马,会同呼延晏,趋集都下,急得怀帝形色仓惶,不知所措。迁延数日,果然汉兵进逼,猛攻平昌门,城内汹汹,无心拒守。才阅一夕,便被汉兵陷入,再攻内城,杀人放火,猖獗得很。东阳门外,烟雾迷离,就是各府寺衙门,多被延烧,骚扰了一昼夜,竟尔退去。怀帝急命荀藩兄弟,具舟洛水,准备东行。藩与弟组奉命往办,船只甚少,东招西呼,才凑集了数十艘。不料汉兵又复转来,放起一把无名火,将各船一律毁尽。藩组两弟兄,不敢回都,竟逃往轘(huán)辕去讫。*第一条好计。*

原来前时攻入都门,只有呼延晏一支兵马,他在都中扰乱一宵,还恐孤军有失,未敢久留,所以引兵暂退。及王弥刘曜,先后继至,晏自然放心大胆,再来攻城,适见洛水中备有船只,料知晋主将遁,乐得乘机毁去,断他走路,遂与王弥再攻宣阳门。都中已经残破,越觉无人守御,晏与弥当即攻入,内城卫士,亦纷纷逃散。汉兵斩关直进,如入无人之境。两汉将驰入南宫,登太极前殿,纵兵大掠,所有宫中妇女,库中珍玩,抢劫一空。怀帝不能不走,带了太子诠吴王晏竟陵王楙等,趋出华林园门,欲奔长

第二十四回 执天子洛中遭巨劫 起义旅关右迓亲王

安。可巧刘曜自西明门进来,兜头碰着,一声号令,部将齐进,立把怀帝等抓住,拘禁端门,再拨兵收捕朝臣,凡右仆射曹馥、尚书间邱冲袁粲王绲,河南尹刘默及王公以下百余人,悉数拿住,一并屠戮。太子诠与晏楙二王,亦为所害。只留侍中庾珉王俊,陪侍怀帝,不令加刑。都下士民,被难死亡,约二万人。由曜命兵士迁尸,至洛水北滨,筑为京观。复发掘诸陵,焚毁宗庙宫阙,大肆凶威。是年正岁次辛未,适应宣于修之的前言。见二十二回。曜又搜劫后妃,自皇后梁氏以下,分赏诸将,充作妻妾,自己拣了一个惠皇后羊氏,逼与为欢。羊皇后在惠帝时,九死一生,留居弘训宫中,年已三十左右,犹是鬓发红颜,一些儿不见憔悴,此次为曜所逼,仍然怕死,不得已委身强房,由他淫污。其余后妃嫔嫱,也与羊后一般观念,宁可失节,不可捐生。剥尽司马氏的脸面。独故太子遹妃王氏,在宫被掠,为汉将乔属所得,王氏召还宫中,见十二回。属见她风韵未衰,便欲下手行强,自快肉欲,不料王氏铁面冰心,誓不相从,觑着属腰下佩剑,趁他未及防备,顺手拔来,向属猛刺,偏属将身一扭,竟得闪过。王氏执剑指属道:"我乃太尉公女,皇太子妃,义不为胡逆所辱,休得妄想!"衍有此

女，胜过乃父十倍。乔属至此，禁不住怒气上冲，便向王氏手中夺剑，究竟王氏是个女流，怎能相敌？霎时间剑被夺去，还手乱砍，呜呼告终。一道贞魂，上冲霄汉。看官欲知烈妇遗名，乃是王衍少女王惠风。仿佛画龙点睛。石勒最后入都，见都中已同墟落，掠无可掠，乃仍然引去，往屯许昌。

刘曜既污辱羊后，又杀害太子诸王，尚嫌财帛未足，不免怨及王弥，说他先入洛阳，格外多取。弥尚未知曜意，向曜献议道："洛阳为天下中州，山河四塞，城阙宫室，不劳修理。殿下宜表请主上，自平阳徙都此地，便可坐镇中原，奄有华夏了。"曜借端泄忿道："汝晓得甚么？洛阳四面受敌，不可固守，况已被汝等掠夺净尽，只剩了一座空城，还有何用？"弥亦怒起，且行且骂道："屠各子，匈奴贵种，叫作屠各。莫非想自做帝王么？"遂亦引兵出洛，东屯项关。曜遣呼延晏押着怀帝及庾珉王俊等赴平阳，复将宫阙焚去，挈了羊后，麾兵北行。汉兵已三路分趋，胡氛少散。司徒傅祗，曾出诣河阴，尚未还都，见上。便在河阴设立行台，传檄四方，劝令会师孟津，共图恢复，无如年垂七十，筋力就衰，偶然感冒风寒，就不能支，竟尔谢世。一路了。

大将军苟晞，屯兵仓垣，适太子诠弟豫章王端，自洛阳微服逃出，奔至晞处，晞始知洛阳已陷，即奉端为皇太子，徙屯蒙城，建设行台，自领太子太傅，都督中外诸军事。别将王赞出戍阳夏，他本出身微贱，超任上将，已不免志骄气盈，此次挟端承制，独揽大权，更觉得意气扬扬，饶有德色。平居侍妾数十，奴婢近千，终日景夜，不出庭户，僚佐等稍稍忤意，不是被杀，即是被笞；私党务为苛敛，毒虐百姓，因此怨声载道，将士离心。辽西太守阎亨，上书极谏，大触晞怒，即诱令入问，把他枭首。从事中郎明预，有疾居家，闻亨受戮，乃力疾乘车，入帐白晞道："皇晋如此危乱，乘舆搬迁，生灵涂炭，明公亲禀庙算，将为国家拨乱反正，除暴安民，阎亨善士，奈何遭诛？预窃不解公意，所以负疾进陈。"此等人实不屑与谈。晞怒叱道："我自杀阎亨，与汝何涉，乃抱病前来，胆敢骂我！"预从容答道："明公尝以礼进预，预亦欲以礼报公。今明公怒预，恐天下亦将怒公。从前尧舜兴隆，道由翕受，桀纣败灭，咎在饰非，天子尚且如此，况身为人臣呢？愿明公暂且霁威，熟思预言。"晞见他意诚语挚，倒也不觉自惭，因巽词答复，遣令回家，惟骄惰荒纵，仍不少改。

部将温畿傅宣等，相继叛去，并且疫疠交侵，饥馑荐至，眼见是不能保守，坐待灭亡。果然石勒从许昌杀来，先破阳夏，擒住王赞，复轻骑驰至蒙城。睎尚安坐厅中，与嬖妾等饮酒调情，直至勒兵已入，方惊出征兵，兵尚未集，寇已先临。那时大苟小苟，无处奔避，统被勒兵捉去。豫章王端，也即受擒。勒有意辱睎，锁住睎颈，且署为左司马，一面报告刘聪。聪加勒为幽州牧。王弥欲自王青州，只忌一勒，佯贻勒书，贺勒获睎，书中说道："公一鼓获睎，用为司马，猛以济宽，令弥拜服。果使睎为公左，弥为公右，天下有何难定呢？"勒览书毕，顾语参谋张宾道："王弥位重言卑，必非好意。"宾答道："诚如公言，宾料王公私意，无非欲据有青州，自安故土，弥本青州人。只恐明公踵袭彼后，所以甘言试公，公不图彼，彼且图公了。"勒乃令宾作书答弥，谓愿与弥结欢，使弥主青州，自主并州，当即约期会盟。弥却信为真言，复书如约。欺人者卒被人欺。勒遂移营就弥，请弥至营内宴会。弥长史张嵩，劝弥勿往，弥不肯听，昂然径去。勒殷勤款待，酒至半酣，被勒拔剑出鞘，一挥了命，便即纵兵出营，持了弥首，往抚弥众。弥众不敢与争，只好降勒。于是弥在洛阳时所掠子女玉帛，尽为勒有，勒始得如愿以偿了。目的无非为此。

　　汉主聪闻勒擅杀王弥，手书诘责，勒表称王弥谋叛，所以加诛。聪因王弥已死，损一大将，不得不笼络石勒，乃加勒镇东大将军，督并幽二州军事。苟睎王赞，潜谋杀勒，事泄被戮。豫章王端亦遇害，睎弟纯一并毙命。一路复了。勒复引兵南掠豫州诸郡，临江乃还，屯驻葛陂。尚有刘曜一军，进攻蒲阪，守将赵染，乃奉南阳王模军令，统兵留戍，至此竟举城出降。曜即遣染为先锋，使攻长安，自为后应。适河内王刘粲，亦由汉主聪遣发，领兵到来，与曜相会。曜借粲同行，途次接赵染捷报，在潼关击破模兵，长驱至下邽(guī)，曜粲大喜。未几又接染书，报称模已出降，粲志在劫掠，麾兵先进，乃抵长安，染已将模拘至，令他见粲，且攘袂瞋目，旁数模罪，粲即令推出斩首。模妃刘氏，与次子范阳王黎，亦送至粲前，粲见刘氏姿貌平常，年亦半老，不禁冷笑道："此妇只合配我奴仆，奈何为王妃？"随即叫过胡奴张本，指刘与语道："赏了汝罢！"张本拜谢，竟领刘氏趋入帐后，大约是去效于飞了。王妃下配胡奴，可耻孰甚。范阳王黎，又由粲叱出处斩，惟模长子保，镇守上邽，幸得免难。都尉陈安，率模余众，出走

依保,余如长史鲁繇,将军梁汾等俱作俘虏,由粲送入平阳。是时关西饥馑,饿莩盈途,粲无从饱掠,怏怏引去,留刘曜居守长安。曜得晋封中山王,领雍州牧,复遣兵出掠州郡,勒令归汉。

安定太守贾疋(yǎ),惮汉兵威,方与诸氐羌等,奉书与曜,且送子弟为质。途次遇着冯翊太守索綝(chēn),问明情由,截使折回,同行见疋,慨然与语道:"公为晋臣,怎得未战先降?况关西亦不乏将士,何不首先倡议,勉图兴复呢?"疋愧谢道:"我非无此意,但恨兵力未足,暂图安民,今得君来助,自当受教。"原来綝为模从事中郎,出守冯翊,因模已败死,乃与安夷护军麹(qū)允,频阳令梁肃等,共议为模复仇,即由綝往说贾疋,约同起义。疋已依了綝言,綝便召麹允梁肃同至安定,公推疋为平西将军,集众五万,共指长安。雍州刺史麹特,新平太守竺恢,扶风太守梁综,亦望风响应,合兵十万,与疋相会,军势大振。

汉河内王粲,行次新丰,接得关西军警,忙令降将赵染,部将刘雅,往攻新平。索綝急引兵赴援,努力鏖斗,杀退赵刘二将,再与贾疋会合,进攻刘曜。曜领兵至黄邱,一场大战,曜众败却,退还长安。疋移兵袭汉梁州,击毙汉刺史彭荡仲，又遣麹特等往攻新丰，也是卷甲衔枚，出其不意，得将刘粲杀败。粲奔还平阳，于是大集各军，合围长安。关西胡晋，翕然归附，大有叱咤风云，光复河山的气象。靡不有初，鲜克有终。

可巧前豫州刺史阎鼎，奉秦王业至蓝田，遣人告疋。疋乃发兵相迎，导入雍城，使梁综引众为卫，俟收复长安后，再定规程。这秦王业为吴王晏子，过继秦王东为嗣，年甫十二，乃是司空荀藩外甥。藩与弟组同奔密县，业亦往依，适阎鼎招集西州流民，也至密县，藩乃奉业为主，用鼎为佐，前中书令李㫰(gèng)，司徒左长史刘畴，镇军长史周顗，司马李述等，陆续趋至，谓鼎才可用，劝藩署鼎冠军将军，仍行豫州刺史事。鼎本天水人氏，意欲还乡，乃与大众商议，拟奉业入关。荀藩等俱籍隶东南，不愿西去，只因山东未靖，总须迁地为良，于是转趋许颍。会河阳令傅畅，祇子。寄书与鼎，谓不如速赴长安，起兵雪耻，鼎遂决意西往。行至中途，荀藩等俱皆奔回，鼎勒兵返追，㫰等被杀，唯藩组顗述四人，分路逃脱。鼎力追不及，才西趋蓝田，得疋相迎，转入雍城，这且待后再表。

且说荀藩兄弟及李述奔往荥阳，收集部属，往保开封。独周顗渡江东行，走依琅琊王睿。睿令顗为军谘祭酒，颇加礼遇。当时海内大乱，只江东少安，士大夫为避乱计，陆续东来。王导劝睿延揽俊杰，共得一百六人，皆辟为掾属，号百六掾。最著名的是前颍川太守刁协，东海太守王承，广陵相卞壸，江宁令诸葛恢，历阳参军陈颜(yūn)，前太傅掾庾亮诸人，就是周顗亦参列在内。既而前骑都尉桓彝，亦奔投建业，见睿微弱，退语周顗道：“我因中州多故，来此求全，乃单弱至此，怎能济事？”顗也未免唏嘘。及彝往见王导，与谈时事，导口讲指画，议论风生，顿令彝心悦诚服。又还语周顗道："江左有管夷吾，我不必再忧了。"也恐未必。建业城南有临沧观，在劳劳山上，有亭七间，名曰新亭。导每与群僚往游，设宴共饮。周顗饮了数觥，不由的悲从中来，凄然叹息道：“风景不殊，举目有山河之异。”大众听了，具相顾流涕。惟导慷慨激昂，举觞与语道：“我辈聚首一方，应共戮力王室，克复神州，奈何颓然不振，徒作楚囚对泣呢？”数语颇有丈夫气。众乃收泪，相与谢过。导又借着酒兴，谈了一番匡复事宜，方才偕归。已而陈颜与王导书，请黜虚崇实，大略说是：

中华所以倾敝，四海所以土崩者，正以取才失所，失自望虚名之意。而后实事,浮竞驱驰,互相贡荐。言重者先显,言轻者后叙,遂相波扇,乃至凌迟。加有老庄之俗,倾惑朝廷,养望者为弘雅,政事者为俗人,王职不恤,法物沦丧,夫欲制远,必由近始,故出其言善,千里应之。今宜改张,明赏信罚,拔卓茂于密县,显朱邑于桐乡,然后大业可举,中兴可冀耳。**朱邑卓茂皆东汉时人。**

看官试阅颙书,应知晋室危亡,正坐此弊,就是隔江人士,过从如鲫,亦不过侈谈文物,雅号风流,若要他戮力从公,实是寥寥无几,导虽有志振兴,但究未能转移风俗,得了颙书,无非是付诸一叹罢了。小子有诗咏道:

不经坚忍不成忠,士节凌夷国本空。

但解清谈终误国,余风尚自染江东。

江东初造,百废待兴,忽闻石勒在葛陂治兵,有进攻建业消息,免不得又要开战了。欲知后事,且阅下回。

观怀帝之坐处危城,粮尽援绝,甚至欲出无车,欲奔无路,可见帝王失势,比庶民犹且不如。司马氏之列祖列宗,死后有知,应悔前时之挟权篡魏,反足贻祸子孙,是何如不为帝王之为愈也。刘曜石勒王弥辈,徒知屠掠,毫无英雄气象,不过因晋室无人,遂至横行海内,否则跳梁小丑,亦何能为?试看索綝贾疋等之倡言起义,一鼓而集十余万人,破刘粲,败刘曜,兵威大震,向使始终如一,则中兴事业,当属诸愍(mǐn)帝,而琅琊王睿无与也。彼刘曜石勒,亦乌能更迭称雄乎?要之得人者昌,失人者亡,两河已矣,江左虽多名士,亦不过互相标榜,无裨实用,此关洛之所以终亡,而江东之仍归积弱也。

第二十五回

贻书归母难化狼心　行酒为奴终遭鸩毒

却说石勒屯兵葛陂，课农造船，将攻建业。琅琊王睿，得知消息，乃大集士卒，使至寿春城会齐，即命镇东长史纪瞻为扬威将军，统兵讨勒。勒整兵抵御，两下相持至三月余，霖雨浸淫，连旬不绝，勒军中遇疫，粮食又尽，死亡过半。勒不免加忧，与将佐共议行止。右长史刁膺，谓不如输款江东，暂且求和，再作计较。勒愀然长啸，声尚未绝，即闪出三十余将，由孔苌为首领，厉色大呼道："刁长史休得胡言！试想我军未尝败衄（nǜ），如何乞降？若分路进军，夜入寿春，斩吴将头，据城食粟，乘胜下丹阳，定江南，不出一年，可告成功，请刁公看着哩！"勒始有喜色，笑语诸将道："这才不愧为勇将了。"遂各赏铠马一匹。惟谋士张宾，始终无言。别有会心。勒顾问道："君意以为何如？"宾乃答道："将军攻陷京师，囚执天子，杀害王公，妻掠妃主，得罪晋室，擢发难数，奈何尚得改颜事晋呢？去年既杀王弥，不应南来，今天降霖雨，明明示意将军，速宜变计。"天道有知，也不应助勒。勒掀髯道："君意拟将何往？"宾又道："邺城西接平阳，山河四塞，为将军计，亟宜北行据邺，经营河北。河北既定，南下未迟。今可令辎重先发，将军从后徐退，定保无虞。江东军闻我北去，幸得自全，哪里还愿追袭呢？"为勒设想，原是此策最善。勒攘袂鼓髯道："妙计！妙计！决从张君。"又叱责刁膺道："汝既来佐孤，应思共成大业，奈何劝孤降晋？本应处斩，姑念汝素来胆怯，别无歹意，特从宽贷，不来杀汝。"膺慌忙拜谢，赧颜退去。勒即黜膺为裨将，擢宾为左长史，称为右侯。

勒遣从子石虎，领着骑兵二千，抵挡晋军。自引兵出发葛陂，辎重在先，兵队在后，依次北去。石虎往向寿春，适值江南运船数十艘，载米到来，他即麾兵抢夺，不料两岸俱有伏兵，一鼓齐起，围击石虎。虎兵贪劫运米,已无纪律,当然四溃。虎亦拍马急奔,晋将纪瞻追击,直至百里以外,竟及勒军。勒整阵以待,很是严肃。瞻不敢进逼,乃退还寿春。勒复驱军北行,沿途皆坚壁清野,无从掠取,士卒饥甚,人自相食。致东燕渡河,闻汲郡太守向冰,聚众数千,驻扎枋头,勒恐被邀击,因召诸将问计。张宾鼓掌道:"今我军欲渡河北去,正苦乏船,何妨向冰借用。"诸将闻言,俱不禁暗笑,连勒亦诧为奇语。宾又说道:"诸君休笑!冰船尽在对岸,未入枋头,我若遣兵缚筏,从间道袭取冰船,载运大军,军一得济,还怕什么向冰呢?"勒依计而行,令部将孔苌支雄,诣文荡津,缚筏夜渡。果然船中无备,尽被两将夺来。及冰得闻警,率军收船,不但船已被夺,且勒军亦陆续渡河。冰急忙回营,扼堃固守。

　　勒令主簿鲜于丰挑战,三面埋伏,诱冰出来。冰初意原不欲出战,经丰至垒门前,百般辱骂,惹动冰怒,乃开门来追。丰且战且走,引冰入伏,同时俱起,夹攻冰军。冰欲归无路,欲战无继,只好杀开血路,落荒遁去。勒得入冰营,尽取营中资械,长驱寇邺。守将刘演,将所有守兵,分布三台,为保邺计。曹操在邺中作铜雀台、金虎台、冰井台,号邺中三台。勒将孔苌等,即欲攻扑三台,张宾道:"刘演虽弱,众尚数千,三台险固,未易攻拔,何必在此劳师。方今王浚刘琨,为公大敌,宜先往规取,区区一演,何足深虑?且天下饥乱,明公拥众游行,人无定志,终非善策,不如急据要地,广聚粮储,西禀平阳,北略幽并,方可图王称霸呢。"勒说道:"右侯所言甚是,但究应择居何地?"宾答道:"莫如邯郸襄国,请择一为都。"勒喜道:"我就进据襄国罢。"遂移兵至襄国,城内无备,兵民骇散,勒不费兵力,安据了襄国城。宾又向勒进议道:"今将军据此为都,刘琨王浚,必来相犯,若城堃未固,资粮未广,二寇交至,如何对待?宜亟收野谷,充作军食,一面速报平阳,具陈情形,将来缓急有恃,方可无虞。"勒乃表达刘聪,分命诸将略冀州,收降郡县数处,得粮济勒。刘聪亦复诏褒功,加勒散骑常侍,都督冀幽并营四州军事,领冀州牧,封上党公。先是勒被鬻荏平,与母王氏相失,王氏至此尚存,由并州刺史刘琨,访得王氏踪迹,特遣属吏张儒将王氏迎入府厅,款留数日,乃令儒偕王氏同行,送交石勒。勒得见王氏,母子重逢,且悲且喜,一面厚待张儒,儒取出琨书,交勒启视,书中说道:

第二十五回 贻书归母难化狼心 行酒为奴终遭鸩毒 197

　　将军发迹河朔，席卷兖豫，饮马江淮，折冲汉沔，虽自古名将，未足为喻，所以攻城而不有其人，略地而不有其土，倏尔云合，忽复星散，将军岂知其然哉？存亡决在得主，成败要在所附。得主则为义兵，附逆则为贼众，义兵虽败而功业必成，贼众虽克而终归殄灭。昔赤眉黄巾，横逸宇宙，所以一旦败亡者，正以兵出无名，聚而为乱，将军以天挺之姿，威振宇内，择有德而推崇，随时望而归之，勋义堂堂。长享遐贵，背聪则祸除，向主则福至，采纳往诲，翻然改图，天下不足定，螘(yǐ)寇不足扫。今相授侍中持节车骑大将军，领护匈奴中郎将襄城郡公，总内外之任，兼华戎之号，显封大郡，以表殊能，将军其受之，副远近之望也。自古以来，诚无戎人而为帝王者，至于名臣而建功业者，则有之矣。今之望风怀想，盖以天下大乱，亟需雄才，遥闻将军攻城野战，合于机神，虽不视兵书，暗与孙吴同契，所谓生而知之者上，学而知之者次，但得精骑五千，以将军之才，何向不摧？至心实事，皆张儒所具知，合当面述，伫待复音。

　　勒启书览毕，掀髯一笑，并不多言。唯设宴飨儒，款留一夕，至次日厚送赆(jìn)仪，并取出名马珍宝，使儒转送刘琨，且给与复书，遣儒归

报。儒即回晋阳,呈入勒书及礼仪。琨见书中寥寥数行,除首尾称呼外,只有四语,云:

> 事功殊念,非腐儒所闻。君当逞节本朝,吾自夷难为效。

琨掷下勒书,自思所谋未遂,禁不住长叹数声,随即趋入后庭,令歌伎数十人,作乐侑饮,排遣愁肠。原来琨素性奢豪,颇好声色,河南人徐润,善长音律,为琨所宠,琨竟擢为晋阳令。润恃势骄恣,干预政权。护军令狐盛,抗直敢言,屡劝琨除润,琨不肯从。已而润至琨处进谗,谓盛将劝公为帝,遂致激动琨怒,加盛死刑。琨母闻琨杀盛,召琨入责道:"汝不能驾驭豪杰,与图远略,乃好佞恶直,害及正人,祸必及我。"琨母颇有远识,可惜终难免祸。琨颇自认过,极思矫正,但始终不肯诛润。到了愁闷无聊的时候,仍然借着声色,聊作欢娱。但部下将吏,总道他是纵逸忘情,互生讥议,再加令狐盛枉遭杀害,尤失人心。可见人不宜有偏嗜。

盛子泥潜踪奔汉,泣拜刘聪,乞师报仇。父仇原不共戴天,但向虏乞兵,亦属不合。聪问及晋阳内容,泥具言虚实。聪不禁大喜,便令河内王粲,入寇并州,即用令狐泥为向导,一面使中山王曜,率兵继进。看官阅过前回,应知曜在关中,为贾疋等所围,此时曜已失败,弃城遁还,被贬为龙骧将军,留居平阳。及刘粲出攻并州,乃复使他领兵策应,无非叫他立功赎罪的意思。刘琨闻汉兵入寇,亟东出常山,招募兵士,但令部将郝诜张乔,领兵拒粲。偏雁门诸胡,乘隙造反。上党太守龚醇,又复降汉,累得琨不能兼顾,没奈何遣使往代,至猗卢处乞援,自己决先平胡,然后御汉。哪知汉兵步步进逼,所遣郝诜张乔二将,只与汉兵战了一次,便即败亡。刘粲刘曜竟乘虚袭晋阳,晋阳虽尚有士卒数千,多系老弱残兵,不足御寇。太原太守高乔及并州别驾郝聿等,由琨委他居守,他急不暇择,竟开门迎纳汉兵。徐润不知何往,史传中未及提叙,大约总是降汉了。粲与曜相继入城,搜杀刘琨家属,琨父母并皆遇害。

汉主聪得晋阳捷报,仍授曜为车骑大将军,命前将军刘丰为并州刺史,同镇晋阳。刘琨正杀退诸胡,蓦闻晋阳被围,急率轻骑还援,已是不及,乃复走常山,飞使敦促代公猗卢,速即济师。猗卢令子六修及兄子普根,将军卫雄、范班、箕澹等,率众数万,作为前锋,自率大军为后应,耀武扬威,直指晋阳。刘琨收得散卒数千骑,自常山往会,导至汾东。刘曜出兵搿战,渡汾对垒,曜军已经饱掠,各无斗志,那代兵方如出水蛟龙,飞扬奋迅,一往无前,杀得曜军七颠八倒,东走西奔。曜尚不肯遽退,还想上前招架,偏遇代将突入,攒槊丛刺,曜身中七创,竟致堕落马下。汉讨虏将军傅虎,奋勇救曜,杀退代将,把曜扶起,使乘己马,曜凄然道:"我已不能再战了,宁可死在此地,将军不可无马,且驰还晋阳,请得大兵,为我报仇。"虎流涕道:"虎蒙大王识拔至此,常思效命,今日正应致死了。况汉室初基,宁可无虎,不可无大王。"说着,扶曜上马,自己步行,翼曜至汾水旁,使曜涉汾,复返截追军,竟致战死。

曜奔回晋阳,夜与河内王粲,并州刺史刘丰,掠得晋阳子女,出城逸去。琨引猗卢大军,连夜追蹑,追及蓝谷,大破汉兵,擒住刘丰,斩汉将邢延等三千余级,伏尸数百里,只曜与粲飞马遁去。猗卢回至寿阳山,令部众陈阅尸首,流血盈途,山石皆赤。琨自营门步入拜谢,再乞进兵。猗卢道:"我不早来,致君父母见害,未免抱愧。但君已得复州境,我军远来疲敝,不便再举。刘聪尚未灭,容俟后图。"<u>究竟是个外族,怎肯为琨尽力?</u>琨亦不能相强,只好举酒饯行。猗卢留马牛羊各千余匹,车百乘,赠给与琨,并使部将箕澹段繁,助戍晋阳,自引大军北归。琨入城后,收瘗父母尸骸,即将刘丰斩讫,取血祭灵,大恸一场。嗣见城中民居,已被掠尽,一时不能规复,又恐寇至难守,乃徙居阳曲,招集亡散,抚慰疮痍,徐图后举罢了。

且说关中郡县,自经贾疋索綝等,兴兵匡复,多半略定,复将刘曜逐出长安,于是奉秦王业为皇太子,由雍城迎入长安,创立行台,祭坛告类。<u>类系祭名</u>。并建宗庙社稷,下令大赦,用阎鼎为太子詹事,总摄百揆,加封贾疋为镇西大将军,遥授南阳王保为大司马,领秦州刺史。<u>保即模子,见前</u>。尚书令司空荀藩,仍守本职,令他督摄远近。藩弟组为司隶校尉,行豫州刺史,仍奉永嘉年号,承制行事。且时距怀帝被掳的时候,已隔一年,中原久无共主,海内尚怀念故君,又无强宗可以推戴,所以海内臣民,除成汉两国外,共沿称永嘉六年。

究竟怀帝掳入平阳,如何处置,应该补笔叙明。怀帝被汉兵拘住,由呼延晏押至平阳,汉主聪升殿受俘,堂皇高坐。呼延晏先行入报,聪当然欣慰,面加晏为镇南大将军。晏拜谢毕,起立一旁,即呼左右押入怀帝及晋臣庾珉王俊等人。怀帝至此，身作俘囚，不得不向聪行礼。珉与俊随帝下拜。聪狞笑道："我父与汝先帝有交，应从宽宥，汝等可在此留居，听我命令便了。"怀帝与珉俊两人，又不得不稽首称谢。国君死社稷，何必至虏庭，况后来仍不得生存呢。聪乃命退居别室，派兵监守，一面称诏行赦，改元嘉平，封晋主为平阿公，晋臣庾珉王俊，为光禄大夫。怀帝也只好忍垢含羞，做了胡虏的臣奴。好容易寄居一年，汉皇后呼延后去世，宫内发丧，汉臣当然吊送，晋君亦未能免例，大约亦低首送丧，这却毋庸细表。

先是刘聪烝单太后，非常亲昵，太弟北海王乂，委实看不过去，屡至宫中进规单后，回应二十二回。单后又恨又惭，竟致成疾。不到一年，便即死别。聪悲悼万分，足足哭了好几日。嗣闻单后病死，由乂规谏所致，免不得与乂有隙。聪后呼延氏，又另存一种思想，时常忌乂，一日，向聪进言道："父死子继，古今常道，如陛下践位，实承高祖遗业，奈何今日立一太弟呢？妾恐陛下百年以后，粲兄弟将无遗种了。"不立太弟，未见粲等果得留种。聪半晌方答道："容我徐作计较。"呼延后复道："事缓变生。太弟见粲兄弟渐长，必至不安，万一有他人构衅，祸且立发了。陛下能容太弟，太弟未必肯侍陛下。"聪应声道："我知道了。"单太后有兄名冲，曾仕汉为光禄大夫，平时出入宫禁，已有风闻，乃往东宫见乂，未言先泣。乂惊闻何因？冲方与密语道："疏不间亲，主上已属意河内王，请殿下先机退让，免蹈危机！"乂瞿然道："河瑞末年，主上因嫡庶有别，尝让位与乂。乂因主上年长，故相推奉，天下系高祖的天下，兄终弟及，有何不可？就是粲兄弟将来序立，犹如今日。若谓疏不间亲，乂想子弟关系，相去无几，主上亦未必爱子憎弟哩。"尚在梦中。冲见乂未肯相信，因默然退去。惟聪虽听信妇言，有意废乂，但回忆单后生时，如何柔媚，如何亲爱，又不觉耳热面红，未忍将乂废去。蹉跎过了一两年，呼延后得病身亡，想是忧死。少了一个太弟对头，越将前事搁起。

且聪本好色，自单后死后，广选名家女子，充入后宫，及呼延后殁，即命司空王育女为左昭仪，尚书令任颛女为右昭仪，大将军王彰女，中书监范隆女，左仆射马景女，皆为贵人，右仆射朱纪女为贵妃，均佩金印紫绶，轮流进御。后又探悉太保刘殷，家多丽姝，女二人，女孙四人，统是天姿国色，秀丽绝伦，遂欲一并纳入，充作嫔嫱。不问尊卑长幼，好算廓然有容。

太弟乂独援同姓不婚的古例,上书切谏。聪乃转问太宰刘延年及太傅刘景,两人专知迎合,便齐声答道:"太保自谓出自刘康公,系周朝卿士,见《春秋》《左传》。与陛下同姓异源,何不可纳?"聪闻言大喜,便即召入刘氏二女及四女孙,拜二女为左右贵嫔,位在昭仪上,四女孙为贵人,位次贵嫔。六个美人儿,同时入宫,引得这位汉主聪,应接不暇,镇日里深居简出,罕闻外事。廷臣陈奏,辄令中黄门收入,归左右两贵嫔裁决。两贵嫔一名英,一名娥,隐寓娥皇女英的意思。尧二女名娥皇女英。刘殷本是晋臣,旧为新兴太守,陷没汉廷,历官侍中太保,并将二女及四孙女尽献与聪,取荣求媚,这也是无耻已极了。应该斥骂。

既而聪授晋主仪同三司,加封会稽郡公。庾珉王俊,依次加秩。晋君臣入朝拜谢,聪引与共饮,从容语晋主道:"卿前为豫章王时,朕在中原,曾与王武子即王济表字。见首文。访卿,卿尝示朕乐府歌,又引朕入射厅,同试技艺,朕得十二筹,卿与武子俱得九筹,卿赠朕柘弓银砚,今可记忆否?"怀帝答道:"臣怎敢失记?但恨当时不早识龙颜。"亏他厚脸说出。聪又道:"卿家骨肉,何故屡相残害?"怀帝道:"这是天意,实非人事。大汉将应天受命,故为陛下自相驱除,若臣家能守武帝遗业,九族敦

睦，陛下何从得平河洛呢？"聪不禁大笑，饮至黄昏，竟呼出小贵人刘氏，赏与怀帝，且与语道："这是名公女孙，今赐为卿妻，卿好为待遇，幸勿轻视！"说至此，又转嘱刘氏数语，面封她为会稽国夫人，使怀帝即夕领去。

光阴容易，转瞬冬残，越年元旦，聪御光极殿，大宴群臣，使晋主改着青衣，旁立斟酒。怀帝不堪耻辱，满面生惭。庾珉王俊，时亦在列，禁不住悲恸起来。聪顿时动恼，把他斥出。至怀帝行酒毕，亦令退去。过了旬月，有人告讦庾珉王俊，说他阴谋变乱，将召刘琨入攻平阳，聪即遣人赍着毒酒，鸩死怀帝，并杀庾珉王俊。总计怀帝在位四年余，臣虏一年余，殁时三十岁。小子有诗叹道：

青衣行酒作囚奴，天子宁甘拜黠胡？

畏死终难逃一死，何如临变早捐躯？

怀帝遇害，耗问四达，欲知晋朝有无嗣主，且至下回说明。

由石勒带及刘琨，由刘琨带及刘曜，由刘曜带及猗卢，事迹复杂，全赖作者一支妙笔，随事联属，方不至断断续续，足令阅者一目了然。下半回因秦王入关，串入怀帝，复由怀帝串入刘聪，叙及汉宫诸事，即以怀帝得配刘氏，主青衣行酒，遇害作结。看似随笔铺叙，而笔下熬费经营，阅者试览晋朝各史，有是穿插否？有是明白否？即此一回，已见作者苦心，而得失褒贬，又如见言表，是固兼有三长，与刘知几之言，隐相吻合者也。

第二十六回

诏江东愍帝征兵　援灵武麹允破虏

却说秦王业入居长安，已阅一年，长安新遭丧乱，户不满百，荆棘成林，太子詹事阎鼎与征西将军贾疋，职掌内外，又未免挟权专恣，未协舆情。汉梁州刺史彭荡仲，被疋袭死。见前回。荡仲子天护，纠合群胡，来攻长安。疋出拒天护，竟至败回。天护从后追击，时已日暮，疋误堕涧中，士卒奔散，无人捞救，再经天护等乱投矢石，眼见是一命归阴了。天护既得杀疋，引众自归，长安还得无恙。偏扶风太守梁综，调任京兆尹，与鼎争权，鼎将综杀死，另用王毗代任。综弟梁纬，方守冯翊，梁肃又新任北地太守，闻兄遇害，当然不服，索综麹允，本来是倡义勤王，应称功首。及秦王入关，反被阎鼎做了首辅。专揽大政，两人亦暗抱不平。綝与梁氏兄弟，又系姻亲，因即共同联络，说鼎擅杀大臣，目无主上，一面上笺秦王，请加严谴，一面号召党羽，即行声讨。鼎虑不能敌，出奔雍城，为氐人窦首所杀，传首长安。事功未就便自相残害，怎得不亡？于是麹允索綝，才得逞志。允领雍州刺史，綝领京兆太守，承制黜陟，号令关中。至怀帝凶问，得达长安。秦王业举哀成礼，由綝索两大臣及卫将军梁芬等，奉业即位，是谓愍帝，传旨大赦，改元建兴。命梁芬为司徒，麹允为尚书左仆射，录尚书事，索綝为尚书右仆射，领吏部京兆尹。寻即加綝卫将军，兼官太尉。公私只有车四乘，百官无章服印绶，但用桑版署号，将就了事。嗣复命琅琊王睿为左丞相，都督陕东诸军事，南阳王保为右丞相，都督陕西诸军事，且诏谕二王道：

夫阳九百六之灾，虽在盛世，犹或遘（gòu）之。朕以幼冲，篡承洪绪，庶凭祖宗之灵，群公义士之力，荡灭凶寇，拯拔幽宫，瞻望未达，肝心分裂。昔周召分陕，姬氏以隆，平王东迁，晋郑为辅，今左右丞相，茂德齐圣，国之昵属，当侍二公。扫除鲸鲵，奉迎梓宫，克复中兴，

令幽并二州,勒卒三十万,直造平阳,右丞相宜率秦凉雍武旅三十万,径诣长安,左丞相率所领精兵二十万,径造洛阳,分遣前锋,为幽并后应,同赴大期,克成元勋,是所至望,毋替成命!

是时琅琊王睿,保守江东,无心北上,得新皇诏旨,但遣使表贺,不愿兴师。前中书监王敦,由洛阳陷没以前,已出任扬州刺州,幸不及祸。睿召为军谘祭酒,及扬州都督周馥走死,见二十三回。睿又令敦复任扬州都督征讨诸军事。江州刺史华轶及豫州刺史裴宪,不受睿命,均由敦会师往讨。斩华轶,逐裴宪,威名浸盛。荆州刺史王澄,屡为杜弢所败,走奔沓中。见二十四回。他与敦为同族弟兄,因即致书乞援,敦转达琅琊王睿,睿令军谘祭酒周颉往代,召澄为军谘祭酒,且遣敦接应周颉,同讨杜弢。敦乃进屯豫章,为颉后援,澄既得交卸,回过豫章,与敦相见。敦自然接待,共叙亲情。惟澄素轻敦,敦素惮澄,此次澄遭败衄,尚傲然自若,仍把那旧日骄态,向敦凌侮,敦也是一个杀星,至此怎肯忍受?眉头一皱,计上心来,佯请澄留宿营中,盘桓数日,暗中实欲害澄。澄尚有勇士二十人,执鞭为卫,自己尝手捉玉枕,防备不测。敦不便下手,复想出一策,宴澄左右,俱令灌醉,又伪借玉枕一观,澄不知有诈,出枕付敦。敦奋然起座,指澄叱责道:"兄何故与杜弢通书?"澄亦勃然道:"哪有此事?有何凭据?"敦置诸不理,即召力士路戎等,入室杀澄。澄一跃登梁,呦呦骂敦道:"汝如此不义,能勿及祸么?"敦指麾力士,上梁执澄。澄虽力大,究竟双手不敌四拳,终被路戎等拿下,把他扼死。澄固有取死之道,但敦之残忍,已可概见。

太子洗马卫玠,素为澄所推重,时正寓居豫章,见敦忍心害理,不欲久依,乃致书别敦,奔投建业。未几即殁,年才二十七岁。玠系故太保卫瓘孙,表字叔宝,幼时风神秀异,面如冠玉,当时号为璧人。骠骑将军王济,即王浑子。为玠舅父,亦具丰姿,及与玠相较,尝自叹道:"珠玉在侧,使我形秽。"又辄语人道:"与玠同游,好似明珠在侧,朗然照人。"至玠年已长,好谈玄理,语辄惊人。王澄雅善清谈,每闻玠言,必叹息绝倒。时人尝谓:"卫玠谈道,平子绝倒。"平子即澄表字。玠妻父河南尹乐广,素有清名。广号冰清,玠称玉润,翁婿联镳(biāo),延誉一时。怀帝初年,征为太子洗马。玠见天下将乱,奉母南行,到了江夏,玠妻病逝,征南将军山简,待玠甚优,且将爱女嫁为继室。玠纳妇山氏,又复东下,道出豫章,正值王敦镇守。敦长史谢鲲,相见倾心,欢谈竟夕。越日,引玠见敦,敦亦叹为名士。别敦后转趋建业。江东人士,素闻玠有美姿,聚观如堵。琅琊王睿,拟任以要职,偏玠体羸多病,竟致短命。玠被人看杀,语足解颐。谢鲲哭玠甚哀,人问他何故至此?鲲答道:"栋梁已断,怎得不哀呢?"玠不过美容善谈,非必真命世才,后人称道不置,传为佳话。故随笔叙入。

且说王澄卫玠,相继死亡,琅琊王睿,乃别用华谭为军谘祭酒,谭先为周馥属吏,走依建业,睿尝问谭道:"周祖宣馥字祖宣。何故造反?"谭答道:"馥见寇贼滋蔓,神京动摇,乃请迁都以纾国难,执政不悦,兴兵讨馥。馥死未几,洛都便覆,如此看来,馥非无先见,必谓他有意造反,实是冤诬。"睿又道:"馥身为镇帅,拒召不入,见危不扶,就是不反,也是天下罪人呢。"谭亦接着道:"见危不扶,当与天下人共受此责,不能专责一馥呢。"睿默然不答。自问能无愧衾影否?参军陈颁,数持正论,犯颜敢谏,府吏多半相忌,就是睿亦恨他多言,竟出为谯郡太守。不信仁贤,故卒致

偏安。既而长安忽又有诏命到来,当由睿接读,诏书有云:

> 朕以冲昧,纂承洪绪,未能枭夷凶逆,奉迎梓宫,枕戈烦冤,肝心抽裂。前得魏浚表,知公率先三军,已据寿春,传檄诸侯,协齐威势,想今渐进,已达洛阳。凉州刺史张轨,乃心王室,连旌万里,已到汧(qiān)陇,梁州刺史张光,亦遭巴汉之卒,屯在骆谷。秦川骁勇,其会如林,间遣使探悉寇踪,具知平阳虚实。且幽并隆盛,余胡衰破,顾彼犹恃险不服,须我大举,未知公今所到此处,是以息兵秣马,未便进军。今若已至洛阳,则乘舆亦当出会,共清中原。公宜思弘谋猷,勷济远略,使山陵旋返,四海有赖,故遣殿中都尉刘蜀苏马等,具宣朕意。公茂德昵属,宣隆东夏,恢融六合,非公而谁?但洛都寝庙,不可空旷,公宣镇抚以绥山东。右丞相当入辅弼,追踪周召以隆中兴也。东西悬隔,跂予望之!

睿读罢诏书,踌躇半晌,始接待刘蜀苏马,与他会谈,略说"江东粗定,未暇北伐,只好宽假时日,方可兴师"云云。刘苏二人,亦不便力劝,当即告辞。睿使他赍表还报,便算复命。当时恼动了一位正士,竟从京口谒睿,愿假一偏师,规复中原。这人为谁?乃是军谘祭酒祖逖。<u>江东如逖寰二少双,故从特笔</u>。逖字士雅,世籍范阳,少年失怙,不修仪检。年十四五犹未知书,惟轻财好侠,慷慨有气节。后乃博览书史,淹贯古今,旋与刘琨俱为司州主簿,意气相投,共被同寝。夜半闻鸡鸣声,蹴琨使醒道:"此非恶声,能唤醒世梦,披衣起舞。"有时与琨谈及世事,亦互相策励道:"若四海鼎沸,豪杰并起,我与足下,当相避中原呢。"已而,累迁至太子舍人,复出调济阴太守。会丁母忧,去官守丧。及中原大乱,乃挈亲党数百家,避居淮泗。衣服粮食,与众共济,众皆悦服,推为行主。琅琊王睿,颇有所闻,特征为军谘祭酒,使戍京口。逖常怀匡复,纠合骁健,谋为义举。闻睿两得诏书,仍未北伐,乃毅然入谒,向睿进言道:"国家丧乱,并非由上昏下叛,实由藩王争权,自相残杀,遂致戎狄乘隙,流毒中原。今遗黎既遭酷虐,人人思奋,欲扫强胡,大王若决发威命,使如逖等志士,作为统率,料想郡国豪杰,必望风归向,百姓亦共庆来苏,中原可复,国耻可雪,愿大王毋失时机!"<u>是英雄语</u>。睿见他义正词严,倒也不好驳斥,乃使为奋威将军,领豫州刺史,给千人粮,布三千匹,惟不发铠仗,使逖自往招募。<u>明明</u>

是不愿动兵。逖也不申请，当即辞归，便率部曲百余家，乘舟渡江，驶至中流，击楫宣誓道："祖逖若不能澄清中原，便想渡还，有如大江。"语至此，神采焕发，非常激昂，众皆感叹。及抵江阴，冶铁铸械，募得二千余人，然后北进。并州都督刘琨，闻逖起兵渡江，慨然语人道："尝恐祖生先我着鞭，今祖鞭已进着了。"看官听说，这时候的刘琨，已由愍帝拜为大将军，都督并州诸军事。琨志在同仇，但苦力弱，当时曾奉一谢表，说得感慨淋漓，略云：

> 陛下略臣大愆，录臣小善，猥蒙天恩，光授殊宠，显以蝉冕之荣，崇以上符之位，伏省诏书，五情飞越。臣闻晋文以郤縠为元帅而定霸功，汉高以韩信为大将而成王业，咸有敦诗说礼之德，戎昭果毅之威，故能振丰功于荆南，拓洪基于河北。况臣凡陋，拟踪前哲，俯惧折鼎，虑在复悚。昔曹沫三败而收功于柯盟，冯异垂翅而奋翼于渑池，皆能因败为成，以功补过。陛下宥过之恩已隆，而臣自新之善不立，臣虽不逮豫闻前训，恭谨之节，臣犹庶几。所以冒承宠命者，实欲没身报国，以死自效。臣闻夷险流行，古今代有，灵厌皇德，曾未悔祸。蚁狄纵毒于神州，夷裔肆虐于上国，七庙阙禋(yīn)祀之飨，百官丧彝伦之序，梓宫沦辱，山陵未兆，率土永慕，思同考妣。陛下龙姿日茂，睿质弥光，升区宇于既颓，崇社稷于已替。四海之内，肇有上下，九服之萌，复睹典制。但尚蒙尘于外，越在秦郊，烝尝之敬在心，桑梓之思未克。臣备位历年，才质驽下，权假位号，未报涓埃。得奉先朝之班，苟存偏师之职，赦其三败之愆，收其一功之用，使获骋志虏场，快意大逆，虽身膏野草，无恨黄垆。陛下偏恩过隆，曲蒙抽擢，遂授上将，位兼常伯，征讨之务，得从便宜，拜命惊惶，五情战悸，深惧陨越，以为朝羞。昔申胥不殉柏举，而成复楚之勋，伍员不从城父，而济入郢之绩，臣虽顽钝，无觊古人，其于披坚执锐，致身寇仇，当惟力是视，有死无二。受恩图报，谨拜表陈闻！

琨上表后，适值汉石勒从子石虎，为勒所遣，率众攻邺。虎长七尺五寸，勇悍好杀，善战无前。勒尝因他生性凶残，意欲杀虎，还是勒母王氏，从旁戒勒道："快牛为犊，多能破车，汝且容忍为是。"真是养虎贻患。勒乃罢议，屡使虎领兵为寇。邺中守将刘演，系刘琨兄子，据守三台，见前

回。被虎攻入。演奔廪邱,琨乃令演为兖州刺史,暂借廪邱为汛地。同时有三个兖州刺史,一为司空荀藩所遣,叫作李述,一为琅琊王睿所遣,叫作郗鉴,第三个便是刘演。琨因寇氛日亟,复议出师,即约同代公猗卢,会叙陉北,共谋击汉。猗卢乃遣拓跋普根,进屯北屈。琨亦进据蓝谷,使监军韩据,领兵攻西平。汉主聪使刘粲等拒琨,刘易等拒普根,兰阳等助守西平。琨见汉兵有备,又复退还。汉兵仍未撤回,为战守计。刘聪更命中山王曜,西攻长安。曜遣降将赵染为先锋,驱兵大进。愍帝忙遣麹允为冠军将军,出次黄白城,堵御汉兵。允与染交战数次,均皆失利,再加曜军从后继进,关东大震。愍帝又授索綝为征东大将军,引兵助允。染闻索綝复至军前,即向曜献策道:"麹允索綝,先后继至,长安必定空虚,若往掩袭,一鼓可下了。"曜亦以为奇计,立拨精兵五千,归染统带,使袭长安。染从间道绕出,直趋长安城下。长安果然无备,更兼染兵衔枚夜进,尤不及防。

　　三更已过,愍帝在秦宫酣寝,忽有卫士入报,说是汉兵已入外城,吓得愍帝梦中惊醒,慌忙披衣起床,走奔射雁楼。幸喜内城各门,还是紧闭,城上有卫卒保守,未曾失手,因此染不能攻入,只在龙首山麓,纵火大噪,焚掠诸营。待至天明，染始退屯逍遥园，晋将麴鉴，自阿城引兵入援，杀退赵染，乘胜追击，驰至灵武。刚值刘曜统兵前来，染得了援军，自然杀回。麴鉴部下，只五千人，怎能抵敌得住？顿时奔溃，逃还阿城。曜与染就在灵武扎营，拟休息一宵，再攻长安。不料到了夜半，营外突然火起，满寨皆红，曜从睡梦中跃起，仓皇对敌，部众都睡眼朦胧，穿了军服，不及持械。携了刀枪，不及衣甲，那外兵似潮涌入，如何阻拦？汉冠军将军乔智明，不识好歹，尽管向前堵截，突被来兵裹住，四面攒刺，戮毙帐中。汉兵无从抢救，越加心慌，彼此都逃命要紧，乱窜出营。曜与染亦料不可支，统从帐后遁去。到了晨光熹微，汉垒已都扫光，单剩了一堆尸骸，约莫有三五千名，来兵得胜而返，为首大将，乃是晋尚书左仆射麴允。允料曜恃胜无备，乘夜劫营，果得了一大胜仗，奏凯还师。倒戟而出。曜与染奔还平阳，好几月敛兵不动。

惟占据襄国的石勒，锐图幽并，想出许多计策，既欺王浚，复绐刘琨，竟先将幽州夺去，然后规取并州。幽州都督王浚，自洛阳陷没后，设坛祭天，假立太子，自为尚书令，布告天下，托言密受中诏，承制封拜，备置百官，列署征镇。适前豫州刺史裴宪，由南方奔至，浚命宪与女夫枣嵩，并为尚书，大张威令，专行征伐。遣督护王昌，中山太守王豹等，会同鲜卑部长段疾陆眷，系务勿尘子。务勿尘见前十六回。及疾陆眷弟匹䃅(dī)文鸯，从弟末柸(bēi)，率众三万，共攻石勒。勒出战不利，奔还城中。末柸轻入城闉，为勒所获，勒即以末柸为质，遣人至疾陆眷处求和。疾陆眷恐末柸被杀，不得不允从和议，遂用铠马金银，取赎末柸。勒召末柸与饮，格外欢昵，约为父子，复厚赠金帛，送还疾陆眷军前。疾陆眷感勒厚惠，复与石虎订盟，结为兄弟，誓不相侵，引兵自去。王昌等失去厚援，当然退归。

看官记着，王浚与段氏，本来是甥舅至亲，相约为助，浚曾嫁女与务勿尘，故称甥舅。此次段氏被石勒诱去，仿佛似断了一臂，全体皆僵。父子且不可恃，遑问甥舅？浚尚不以为意，反与刘琨争冀州。原来代郡上谷广宁三郡人民，尚属冀州管辖，至是因王浚苛暴，趋附刘琨，所以浚愤愤不平，竟把讨勒各军撤回，与琨相距，往略三郡。琨不能与争，只好由他张威，三郡士女，俱被浚兵驱逐出塞，流离颠沛，奄毙道旁。浚且欲自称尊号，戕杀谏官，遂令强虏生心，伺间而入，这叫作自作孽，不可活呢。小子有诗叹道：
> 无才妄想建雄图，纵虐残民毒已逋。
> 天网恢恢疏不漏，诛凶手迹假强胡。

欲知王浚后事，且看下回详叙。

琅琊王睿，两次受诏，仍按兵不进，彼以江东为乐土，姑息偷安，已为有识者所共见。祖逖志士，击楫渡江，实为当时第一流人物，但大厦将倾，断非一木所能支持。他如江左夷吾，名未副实，余子碌碌，尤不足道。其稍称勇武者，则又如王敦辈之残忍好杀，致治不足，致乱有余耳。若愍帝草创长安，即遭内讧，预兆不祥，称尊以后，鞠索二相，智不足以御寇，才不足以保邦，灵武之役，得败刘曜，第一时之幸事耳。彼王浚刘琨，名为健将，又自相龃龉，互构争端。要之晋室之败，在一私字，在一争字，诸王营私则相争，大臣营私则又相争，方镇营私，则更相争，内讧不已，而夷狄已入据堂奥，举国家而尽攫之，可哀也夫。

第二十七回

拘王浚羯胡吞蓟北　毙赵染晋相保关中

　　却说王浚骄盈不法,意欲称尊,商诸燕相胡矩。矩婉言谏阻,致拂浚意,被徙为魏郡守。燕国霍原,志节清高,浚屡征不就,再使人诱令劝进,原当然不从,浚竟诬原谋变,派吏拘原,枭首以徇。北海太守刘搏,及司空掾高柔,相继切谏,又为浚所杀;女夫枣嵩,最得浚宠,尚有掾属朱硕,表字丘伯,亦专事谀媚,甚惬浚心。两人朋比为奸,贪婪无度,北州有歌谣云:"府中赫赫朱丘伯,十囊五囊入枣郎。"又有一谣云:"幽州城门似藏户,中有伏尸王彭祖。"彭祖即王浚表字。浚又令枣嵩督率诸军,出屯易水,复召段疾陆眷,与同讨勒。疾陆眷已与勒有盟,哪里还肯应召?浚引为深恨,使人赍着金帛,往赂代公猗卢,令讨段氏,再檄鲜卑部酋慕容廆,发兵助讨。猗卢遣子六修往攻,为疾陆眷所败,退还代郡。独慕容廆所向皆捷,得取徒河。慕容氏已见前文。先是河洛人氏,北向避乱,俱往依王浚,嗣见浚政刑日紊,往往他去,作塞外游。外族以段氏慕容氏为最盛,段氏兄弟,专尚武力,不礼文士,惟廆喜交宾客,雅览英豪,所以士多趋附,远近如归。廆尝自称鲜卑大单于,至王浚承制封拜,授廆散骑常侍、冠军将军、前锋大都督大单于名号,廆却不受。此次奉檄攻段,并非甘为浚使,不过段氏盛强,亦中廆忌,所以乐得卖情,出兵拓土。他部下却有许多人物,分任庶政,河东人裴嶷,代郡人鲁昌,北平人杨耽,为廆心腹。广平人游邃,北海人逢羡,渤海人封抽,西河人宋奭,河东人裴开,为廆股肱。平原人宋该,安定人皇甫岌皇甫真,渤海人封弈封裕,并典机要。会稽人朱左车,泰山人胡母翼,鲁人孔纂,皆为宾友。又平原宿儒刘赞为东庠祭酒,令子皝(huáng)带着国胄,北面受业,居然习礼讲让,用夏变夷。慕容之兴,实基于此。幽州从事韩咸,监护柳城,入谒王浚,盛称廆下士爱民,无非是借廆讽浚,诱令改过的意思。不料浚竟翻起脸来,叱他私通外族，喝令斩首。

嗣是人心益离，往往叛入鲜卑，再加幽州一带，连岁饥馑，不是旱灾，就是蝗灾，百姓非常困苦。浚尚纵令枣嵩诸人，横征暴敛，荼毒生灵，古人有言："木朽虫生。"为了幽州衰敝，遂致汉将石勒，虎视眈眈。他还未敢遽行动手，拟先遣使往觇，探明虚实。僚佐请用羊祜陆抗故事，见前文。致书王浚，以便通使。勒乃转咨右长史张宾。宾答道："浚名为晋臣，实图自立，但患四海英雄，不肯依附，所以迁延至今。将军威振天下，若卑辞厚礼，与彼交欢，犹惧未信，况如羊陆抗衡，能使彼相信不疑么？"勒踌躇道："如右侯言，将用何术？"宾说道："荀息灭虞，勾践沼吴，俱见《春秋》《左传》。前策具在，奈何不行？"勒闻言大喜，便令宾草就一表，特遣舍人王子春董肇，赍表诣浚，又使带去许多珍宝，半献王浚，半赠枣嵩。子春与肇，领命至幽州，当由王浚召入，问明来意。子春格外谦恭，拜呈表文，浚即取表展览，但见纸上写着：

  勒本小胡，遭世饥乱，流离屯厄，窜命冀州，窃相保聚，以救性命。今晋祚沦夷，中原无主，殿下州乡贵望，四海所宗，为帝王者，非公其谁，勒所以捐躯起兵，诛讨暴乱者，正欲为殿下驱除尔。伏愿殿下应天顺人，早登皇祚。勒奉戴殿下，如天地父母，殿下察勒微忱，亦当视之如子也。谨此表闻！

浚览表毕，禁不住喜笑颜开，再由子春等奉上珍物，都是五光十色，价值连城，好钓饵。便命左右一概全收，使子春等左右旁坐，欢颜与语道："石公亦当世英雄，据有赵魏。今乃向孤称藩，殊为不解。"我亦不解。子春本是辩士，随口答道："石将军兵力强盛，诚如圣论，但因殿下中州贵望，威振华夷，石将军自视勿如，所以愿让殿下。况自古到今，胡人为上国名臣，尚有所闻，从未有突然崛起，得为帝王。石将军推功让美，正是明识过人，殿下亦何必多疑呢？"欺弄王浚即此已足。浚顿时大悦，面封子春等为列侯。子春等当然拜谢，退就宾馆。又将礼物一份，赠与枣嵩，托他善为周旋。嵩满口应承，入与王浚商议，遣使报勒，厚贶子春与肇，偕使同行。

既到襄国，勒先将劲卒精甲，藏入帐后，唯用羸卒站立，开府接使，北面拜受来书。浚使亦略有礼物相遗，内有麈尾一柄，勒佯不敢执，高悬壁上，且对浚使道："我见赐物，如见王公，当朝夕下拜呢。"随即款宴浚使，待如上宾，挽留了好几日，方才送归。复遣董肇奉表与浚，约期入谒，当亲上尊号，并修笺传达枣崧，求封并州牧兼广平公。浚使返报，具言勒形势寡弱，款诚无二，再经董肇接踵到来，奉表递笺，喜得王浚翁婿二人，如痴如狂，一个是候补皇帝，一个是候补宰相，指日高升，说不尽的快活了。恐怕要请君入瓮。

石勒部署兵马，将赴幽州，唯尚有一种疑虑，迟延未发。张宾入问道："将军果欲袭人，须掩他不备。今兵马已经部署，尚延滞不行，莫非虑及刘琨及鲜卑乌桓等部落，乘虚袭我么？"勒皱眉道："我意原是如此，右侯有无妙策？"宾答道："刘琨及鲜卑乌桓，智勇俱不及将军，将军虽然远出，彼亦未敢遽动。且彼亦未知将军一往，便能速取幽州，将军轻骑往返，不过二旬，就使彼有心图我，出师掩至，将军已可归来，自足抵御。若再恐刘琨路近，变生意外，何妨向琨请和，佯与周旋。琨与浚名为同寅，实是仇敌，万一料我袭浚，亦必不肯往援，兵贵神速，幸勿再延！"料事如神，可惜所事非主。勒跃然起立道："我所未了的事情，右侯能为我代了，还有何说？"遂命军士夤夜起程，亲自督行，所有与琨求和的书函，统委张宾办理。

宾替勒修笺，遣人达琨，无非说是"去逆效顺，讨汉自赎"等语。与对待王浚不同，便是看人行计。琨得笺大喜，移檄州郡，谓"勒已奉笺乞降，当与代公猗卢，共讨平阳，这是累年积诚所感，得此效果"等语。仿佛做梦。勒在途中接得消息，越发放心前进，行至易水，为王浚督护孙纬所闻，忙驰入白浚，请速拒勒。浚笑语道："石公此来，正践前约，如何拒他？"说至此，旁立许多将佐，齐声进谏道："羯胡贪而无信，必有诡谋，不如出击为是。"浚不禁动怒道："他既有心推戴，正应迎他进来，汝等反谓可击，真正奇怪。"道言未绝，又由范阳镇守游统，奉书至浚，略言"石勒前来，志在劝进，请勿多疑"云云。看官，你道游统何故上书？原来统已阴附石勒，卖主求荣，所以特地报浚，借坚浚信。浚越以为真，便下令道："敢言击勒者，斩！"将佐乃不敢再言。浚且预备盛筵，俟勒入府舍时，替他接风。

过了两天，勒已率兵驰至，天适破晓，叫开城门，尚恐内有埋伏，先驱

牛羊数十头进城,假称礼物,实欲堵截街巷,阻碍伏兵,待见城内空虚,乃麾众直进,立即四掠。浚左右亟请抵御,尚未邀允。但浚到此时,也觉惊惶,或坐或起,形神不安。勒率众升厅,召浚出见,浚还望他好意相待,昂然出来,甫至厅前,即被勒众七手八脚,把浚拘住。浚无子嗣,只有妻妾数人,被勒众入内搜劫,牵出见勒。浚妻乃是继室,年齿未暮,尚有姣容。勒拉与并坐,始令兵士推浚入厅。搂人妻而见其夫,太属淫恶,但莫非由浚自取。浚且惭且愤,向勒骂道:"胡奴调侃乃公,为何凶逆至此?"勒狞笑道:"公位冠元台,手握强兵,坐睹神州倾覆,不发一援,反欲自为天子,尚得谓非凶逆么?况闻公委任奸贪,残虐百姓,贼害忠良,毒遍燕蓟,这才叫作真正凶逆呢。"说着,即派部将王洛生,率领五百骑兵,先送浚往襄国。浚被押出城,愤投濠中,又被骑兵捞起,上了桎梏,匆匆去讫。勒收捕浚众万余人,一律杀死。

　　浚将佐等均诣勒帐谢罪,馈赂交错,独尚书裴宪,从事中郎荀绰,未见往谢。勒使人召至,面加诃责道:"王浚暴虐,由孤亲来讨伐,首恶已擒,诸人俱来庆谢,二人乃甘与同恶,难道独不怕死吗?"宪接口道:"宪等世仕晋朝，得蒙宠禄，浚虽粗悍，犹是晋室藩臣，所以宪等相从，不敢有贰。明公若不修德义，专尚威刑，宪等自知应死，也不愿求免了。"言毕，即掉头趋出。勒急忙呼还，待以客礼，惟拿下枣嵩朱硕，责他纳贿乱政，推出枭斩。游统自范阳进见，满望功成加赏，不料勒叱他不忠，也命斩首。应该处斩，足为卖主求荣者戒。又籍浚将佐亲戚，多半是积资巨万，只裴宪荀绰家内，有书百余箱，盐米十余斛罢了。勒语僚属道："我不喜得幽州，但喜得二人呢。"遂令宪为从事中郎，绰为参军。甘心事羯，终非好汉。分遣流民，各还乡里。一住二日，便拟旋师。授前尚书刘翰为幽州刺史，使他居守蓟城。临行时毁去晋宫，挈着浚妻，驰还襄国。途次被浚督护孙纬邀击，勒众败溃，惟勒得逃还，连浚妻都不知去向了。又不知作谁家妇。勒回至襄国，尚有余忿，立将王浚枭首，函送平阳。汉主聪加授勒为大都督兼骠骑大将军，封东单于。

乐陵太守邵续，为浚所署，屯居厌次，续子乂为勒所虏，使为督护，且令乂往劝续降。续因孤危失援，暂且附勒。渤海太守刘胤，弃郡依续，且语续道："大丈夫当思立名全节，君为晋臣，奈何从贼自污呢？"续凄然谢过，并说明苦衷，行当自拔。可巧幽州留守刘翰，亦不欲从勒，特举城让与段匹䃅。匹䃅为段疾陆眷弟，已见前回，疾陆眷与勒联盟。独匹䃅心下不愿，仍与刘琨通书，不忘旧好，故刘翰邀他守蓟，情愿去位。匹䃅遂贻邵续书，招使归晋。续即复称如约。或谓续不宜背勒，自害嗣子，续泣答道："我出身为国，怎得顾子废义呢？"当下与勒相绝，即遣刘胤往报江东，愿听琅琊王睿驱遣。睿用胤为参军，遥授续为平原太守。石勒闻续负约，竟杀邵乂，发兵攻续。续忙向蓟城乞援，段匹䃅令弟文鸯，引众援续。续被围，幸得文鸯援兵，才能退敌。且与文鸯追至安陵，虏勒所署官吏，并驱回流民三千余家，然后还兵。

刘琨得悉幽州军报，始知为勒所绐，懊悔无及，乃复遣人诣代，与猗卢约同攻汉。猗卢方有内患，不遑赴约，琨亦只好罢休。会有长安使至，传示诏书，并报称关东大捷。琨暂留来使，询明大捷情形。原来汉中山王刘曜，自被麹允击破营寨，与赵染奔回平阳。见前回。他却整缮兵甲，休养了好几月，又复从平阳出发，欲寇长安。曜进屯渭汭（ruì），染进屯新丰。晋征东大将军索𬘭，引兵出拒，行至新丰附近，早有虏谍报入染营，染奋然道："前次误堕诡计，致与中山王败退，今彼复敢前来，定是到此送死了。"长史鲁徽道："晋室君臣，亦知强弱难敌，只因我军入境，不得不拚死来争。古语有云：'一夫拚命，万夫莫当。'将军幸勿轻视。"染瞋目道："强盛如司马模，我一往取，势如摧枯，索綝一小竖子，不足污我马蹄，怕他甚么！"时已天晚，即欲出营杀去，又经徽好言拦阻，勉强按住忿火，宿了一宵。次日早起，便率轻骑数百人，前往迎战，且扬言道："擒住索綝，还食未迟。"一面说，一面麾兵急进。到了新丰城西，正与綝军相遇，两下不及答话，便即厮杀起来。綝见染兵不多，却也生疑，但素知汉兵强悍，未可轻敌，因先麾动前队，与他交锋，约有两个时辰。染兵已经枵（xiāo）腹，气力不加，偏綝驱出后队的生力军，一拥齐上，逢人便斫，见马便戳，好像削瓜切菜一般，把染兵斩杀殆尽。染亦受伤，拨马奔回。后面追兵不舍，险些儿被他杀到，还亏鲁徽遣兵援应，方得保染回营。染且悔且叹道："我不用徽言，致有此败。"既而又咬牙自恨道："回去无面目见徽，不如杀死了他，免我生惭。"如此狠毒，禽兽不如。计划已定，方驰入营门，兜头碰着鲁徽，几似仇人相见，格外眼红，一声喝令，竟将鲁徽拿下。徽怅然道："将军不听忠言，愚愎致败，乃复忌贤害士，欲快私忿，天地有知，能令将军安死衽席么？"赵染戕模降虏，心术可知，徽若果有智识，引避不暇，乃甘为属吏，死亦自取。染越加动恼，竟令杀徽。再向曜率众数万，从间道趋向长安。

愍帝因綝报捷，方加綝骠骑大将军承制行事，不防汉兵又进逼都城，连忙使麴允出御。允至冯翊，与曜染交战一场，不幸败绩，当夜收拾败卒，再劫汉营，避实击虚，杀入汉将殷凯营内。凯慌张失措，被允擒斩。及曜染整兵出救，允已退去。曜恐复为所袭，乃移攻河内太守郭默。默婴城固守，被围月余，粮食已尽，乃向曜乞籴，愿送妻子为质。曜得默妻子，总道默已愿降，乃给粮与默。哪知默得了粮米，仍闭城拒曜。曜将默妻子沉死河中，督兵再攻。默亦邵续之流亚，故叙笔不肯从略。曜因使人夜缒出城，驰往新郑，向太守李矩乞援，矩令甥郭诵迎默。诵闻汉兵势盛，不敢遽进，会刘琨遣将刘肇带领鲜卑五百余骑，入援长安，道阻不通，乃还过矩营。矩邀肇同击汉兵，汉兵最怕鲜卑骑士，不战自去，河内才得解围。默率众依矩，远避敌冲。曜已退屯蒲坂，独染转攻北地，由麴允移师赴救，再与染对垒争锋。染夜梦鲁徽,弯弓注射,负痛惊醒。翌晨出战,被允诱入伏中,四面突出弓弩手,弦声齐响,箭如飞蝗。染虽然凶悍,哪禁得万镞飞来,霎时间集矢如猬,倒毙马下。余众多死。这一次射毙悍虏,总算是大获胜仗了。刘琨闻报,送还朝使,又向愍帝上表道:

逆胡刘聪,敢率犬羊,凭陵肇毂,神人同愤,遐迩奋怒。伏省诏书,相国南阳王保,太尉凉州刺史张轨,纠合二州,同恤王室。冠军将军麹允,骠骑将军索綝,总齐六军,戮力国难,王旅大捷,俘馘(guó)千计。旌旗扬于晋路,金鼓振于河曲。崤函无虔刘之惊,汧(qiān)陇有安业之庆,斯诚宗庙社稷,陛下神武之所致,含气之伦,莫不引领,况臣之心,能无踊跃? 臣前与鲜卑猗卢,约讨平阳,适羯奴石勒,以诡计掩入蓟城,大司马王浚,受其伪和,为勒所虏,勒势转盛,欲来袭臣,城坞骇惧,唯图自守。又猗卢国内,适有变患,卢虽得诛奸臣,已愆成约,臣所以泣血宵吟,扼腕长叹者也。勒据襄国,与臣隔山,寇骑朝发,夕及臣城,同恶相求,其徒实繁。自东北八州,勒灭其七,先朝所授,存者唯臣,是以勒朝夕谋虑,以图臣为计,窥伺间隙,寇抄相

寻。戎士不得解甲，百姓不得在野，天网虽张，灵泽未及。唯臣孑然与寇为伍，自守则稽聪之谋，进讨则勒袭其后，进退维谷，首尾狼狈，徒怀愤踊，力不从心。臣与二虏，势不并立，聪勒不枭，臣无归志，比者秋谷既登，胡马已肥，前锋诸军，当有至者。臣愿首启戎行，身先士卒，得凭陛下威灵，使获展微效，然后陨首谢国，殁亦无恨矣！臣琨谨表。申录琨表，以揭其忠。

愍帝得表，复遣大鸿胪赵廉持诏，拜琨为司空，都督并冀幽三州军事。琨辞去司空，拜受都督，且进加封猗卢为王，好教他感激图报，共讨刘聪。小子有诗咏道：

一木难为大厦支，枕戈泣血勉扶持。

臣躯未死心犹在，敢搁丹忱报主知。

欲知愍帝是否依议，且至下回再详。

王浚刘琨，俱为石勒所赚，堕入狡谋，但琨尚可原，而浚不可恕。琨之意在于讨汉，故闻石勒之请降，即以为强虏可平，喜出望外，智虽不足，忠实有余。所不能无讥者，坐视幽州之陷没，不能忘私耳。王浚身为晋臣，坐拥强兵，既不能宣劳王室，复不能堵御强胡，信贪夫，戮正士，种种罪恶，史不胜书，其为石勒所侮弄，非不幸也，宜也。见拘堂上，委命强胡，谩骂亦何补乎？赵染本为司马模僚属，乃背模降虏，反訑（dàn）訑然以杀模为能，新丰之败，不听鲁徽，反杀鲁徽，凶横至此，宁能久存？此其所以终遭射死也。要之梦梦者天，昭昭者亦天。恶报昭彰，近则在身，远则在子孙，人亦何苦逆天行事，自贻伊戚乎哉？

第二十八回

汉刘后进表救忠臣　晋陶侃合军破乱贼

　　却说愍帝得刘琨申请,加封猗卢为代王,许置官属,食代常山二郡。猗卢向刘琨借材,请拨并州从事莫含,作为参军。含不欲去琨,琨乃语含道:"并州单弱,外邻二寇,如我不才,尚得保存境土,实赖代王为援,我倾身竭资,奉事代王,且使长子为质,无非欲为国家雪耻,卿奈何徒顾小诚,转忘大体呢?"含乃往依猗卢。卢优礼相待,常与参商大计。惟卢有少子比延,最为昵爱,意欲立以为嗣,因使长子六修,出居新平城,且将六修母废去。父子兄弟,互生嫌隙,所以祸机暗伏,内外不安。卢亦防有变动,所以不能远出,助琨讨汉。

　　汉主聪自恃强盛,恣意奢淫。既将晋怀帝鸩死,复把小刘贵人收入后庭,仍为贵人,食品必备具珍馐,居处必穷极奢丽。左都水使者刘摅,失供鱼蟹,将作大匠靳陵,奉命筑造温明徽光二殿,逾限不成,均枭首东市。又尝出外游猎,朝出晚归,观鱼汾水,用烛继昼,中军将军王彰,犯颜直谏,几致断首。还是彰女王氏,入宫为上夫人,见二十五回。代父乞哀,乃贷彰死罪,囚入狱中。再经聪母张氏,恨聪滥刑,三日不食。太弟乂与河内王粲,舆榇切谏,还有太宰刘延年,率领百官,伏阙固诤,方将王彰释放。聪欲立左贵嫔刘英为继后,母张氏究嫌同姓,不使继立,因纳弟实二女徽光丽光入宫,先使她并为贵人,然后命聪择一为后。聪为母命所迫,没奈何指定徽光。会刘英父殷,得病身亡。英悲愤两迫,郁极致病,医药罔效,也即与聪长别,玉殒香消。聪乃立张贵人徽光为后,进后父将军实为光禄大夫。才阅数月,聪母张氏又殁,聪后徽光,哭姑甚哀,累得体瘠血枯,竟化作一场春梦。渺渺芳魂,返入冥途,仍至乃姑前侍奉去了。究竟红颜没福,或由刘英为祟,亦未可知。徽光已逝,丽光本可继立,但前此册立徽光,全由聪母作主,此时聪母已逝,眼见得中宫位置,被那刘家女夺去。刘英女弟刘娥,已由右贵嫔进为左贵嫔,挨次上升,即得为后,聪大加宠爱,特命造一鹒(huáng)仪楼,鹒与凰同。为藏娇计。廷尉陈元达,上书谏阻道:

> 臣闻古之圣王,爱国如家,故皇天亦佑之如子。夫王生烝民而树之君,使司牧之,非以兆民之命,穷一人之欲也。晋民暗虐,视百姓如草芥,故上天剿绝其祚,眷佑皇汉,苍生引领,庶几息肩,怀更苏之望有日矣。我高祖光文皇帝,靖言惟兹,痛心疾首,故身衣大布,居不重茵,先皇后嫔,服无绮彩,重逆群臣之请,乃建南北二宫,今光极殿之前,足以朝群后,享万国矣;昭德温明二殿以后,足以容六宫,列十二尊矣。陛下龙兴以来,外殄二京不世之寇,内兴殿观四十余所,加以军旅数兴,馈运不息。饥馑疾疫,死亡相继,兵疲于外,民怨于内,为民父母,果若是乎?伏闻诏旨,将营鹒仪,中宫新立,诚臣等乐为子来者也。窃以大难未夷,宫宇粗给,今之新营,尤实非宜。况有晋遗类,西据关中,南擅江表,李雄奄有巴蜀,刘琨窥窬(yú)肘腋,石勒曹嶷,贡禀渐疏,陛下释此不忧,乃更为中宫作殿,岂目前之所急乎?昔太宗孝文皇帝,承高祖指汉高帝刘邦。之业,惠吕息役之后,四海之富,天下之殷,粟帛流衍,尚惜百金之费,辍露台之役,历代比美,迹垂不朽,故能断狱四百,拟于成康。陛下承荒乱之余,所有之地,不过太宗之二郡,战守之备,非特匈奴南越而已。孝文之广,思费如彼,陛下之狭,欲损如此。愚臣所以敢犯颜切谏,冒不测之祸者也。昧死上闻,幸陛下鉴之!

聪览毕全文,掷诸地上,愤然大怒道:"朕为万乘主,但营一殿,何干汝鼠子事!乃敢妄言阻挠,藐视朕躬,不杀此鼠子,朕殿何由得成?"说至此,喝令左右:"快将元达拿到,斩首市曹,妻子一并骈戮,令他群鼠共穴,方泄朕恨。"言已,自往逍遥园去了。元达闻旨,先自锁腰入园,且用锁扣及堂下李树,朗声大呼道:"如臣所言,关系社稷至计,陛下不信,反命杀臣,臣死有知,当先诉上天,继诉先帝。朱云西汉时人。有言:'臣得与龙逢比干,同游地下,亦可无恨。'但未审陛下为何如主,常得保全身名否?"聪闻言益怒,叱左右牵他出斩。偏元达抱住李树,不令人曳,恼得聪拍案狂呼,几欲自拔佩刀,下堂加刃。大司徒任顗,光禄大夫朱纪,左仆射范隆,骠骑大将军刘易等,齐跪堂下,叩头流血道:"元达为先帝所知,开国受命,便已引置门下,彼亦尽忠竭虑,知无不言,臣等窃禄苟安,每对元达,自顾生惭。今元达语虽狂直,还乞陛下包容,开恩特宥。倘为了数语谏净,即加诛戮,元达死固足惜,陛下亦累盛名,还乞三思!"聪怒尚未息,不肯依议。忽有一内侍踉跄出来,呈上一表,乃是新皇后的手笔,即由聪接阅道:

伏闻敕旨,将为营殿,今宫室已备,无烦更营。且四海未一,祸难犹繁,宜爱民力,廷尉之言,社稷之计也。陛下当加爵赏,而反欲诛之,四海谓陛下何如哉?夫忠臣进谏者,固不顾其身也,而人主拒谏者,亦不顾其身也,陛下为妾营殿,而杀谏臣,使忠良结舌者由妾,公私困敝者由妾,社稷阽危者由妾,天下之罪,皆萃于妾,妾何以当之?妾观自古败国亡家,未始不由妇人,每览古事,忿之不已,何由今日妾自为之,使后人视妾,犹妾之视前人也。妾复何面目仰侍巾栉?请归死此堂,以塞陛下之过!

聪看到"归死"二字,急得面色仓皇,连下文都不及看下,便顾语内侍

道:"快……快入报皇后,朕决赦元达了,愿皇后放怀!"应有此状,应有此言,但幸由刘后贤明,得成佳话。内侍奉命复入,聪再览表文,只有结末数语,料想是官样文章。也无心细阅,便召任颚等上堂,赐令旁坐,从容与语道:"朕近来微得狂疾,往往喜怒失常,不能自制。元达原是忠臣,朕未及细察。幸诸卿能规我过失,竭诚效忠,朕且愧对诸卿,怎敢再违忠告呢?"任颚等听了聪言,无非将改过不吝的套话,说了几句,引得聪沾沾自喜,饶有欢容。当下指使左右,将元达开锁,赐给衣冠,亦令旁坐,取后表出示道:"外辅如公等,内辅如皇后,朕可无后忧了。"遂改称逍遥园为纳贤园,堂为愧贤堂,且笑顾元达道:"本意当使卿畏朕,偏今日使朕畏卿了。"非畏元达,实畏刘后。元达等拜谢而出。

  小子演述至此,还要补叙数语:当元达抱树时,左右意存观望,不亟曳出,这是经刘后着人暗嘱,教他延捱时刻,好得进表,否则一个元达,怎能抵得住数人?就使力大如虎,也早被牵出斩首了。补添数语,免使阅者指摘,且更见刘后之贤。但刘聪虽似好贤,终不免荒淫败德。刘后聪明机警,可谏乃谏,不可谏亦只好听他做去。至嘉平四年正月,即晋愍帝建兴二年。天象地理,相继告变,有三日出自西方,径向东行,平阳地震,崇明观陷为陂池,水亦如血,有赤龙奋身飞去。最奇怪的是流星起自牵牛,入紫微垣,状如龙形,堕落平阳北十里,化为一肉,长三十步,阔二十七步,臭达平阳。肉旁常有哭声,昼夜不止。究是何物,可惜当时无博学家考究详明。平阳内外,哗称怪事。汉主聪亦不能无疑,乃召公卿等入问休咎。陈元达及博士张师,同声进对道:"陛下问及星变,臣等恐吉少凶多,不久将至。若后庭内宠过多,三后并立,必致亡国败家,愿陛下思患预防,毋自取咎!"此不过闻聪私议,因有此谏,若谓流星化肉,应兆三后,恐无此征。聪摇首道:"天变无常,难道定关人事么?"说着,拂袖入内,纵乐如故。适刘后有娠,常患腹痛,等到十月满足,势将临盆,非常难产,晕死了好几次,经医官竭力救治,才得分娩。不料生下两种怪物,一是半红半白的怪蛇,一是有角有头的怪兽,蛇兽并出,惊倒左右,霎时间蛇即窜去,兽亦遁走,不知去向。愈出愈奇,令人不可思议。有人蹑迹寻视,到了陨肉处,蛇兽俱在,似死非也,也不敢下手掩捕,惟还报都中,益称奇异。刘后既遭难产,又出重惊,当然酿成危症,挨了数日,气绝而亡。如此贤后,似不应遭

<u>此奇疾,这想是为刘聪所累。</u>那胾肉却也失去,哭声亦止。汉主聪最爱此后,丧葬仪制,格外从隆,予谥武宣,并将后姊刘英,亦追谥为武德皇后。

二刘既死,尚有四小刘,统想承恩邀宠,求跻后位。聪已将四小刘挨次序进,最长的进位左贵嫔,次为右贵嫔,不过立后问题,还未解决。一日,至中护军靳准宅中,饮酒为欢。准呼二女出谒,由聪瞧着,好似那仙子下凡,嫦娥出世,不由的拍起案来,连声叫绝。准趁势面启道:"臣女月光月华,年将及笄,倘蒙陛下不弃葑菲,谨当献纳。"<u>恐是一条美人计。</u>聪喜出望外,即夕载二女入宫,普施雨露,合抱衾裯,彻夜绸缪,其乐无极。翌日,即封二女为贵嫔。月光尤为妖媚,无体不骚,引得聪魄荡神迷,爱逾珍璧。过了旬月,竟立为继后。又过了数月,复因左右两个刘贵嫔,侍奉有年,不便向隅,特册左贵嫔刘氏为左皇后,右贵嫔刘氏为右皇后,<u>《通鉴》载月华为右皇后,今从《晋书》及《十六国春秋》。</u>加号皇后靳月光为上皇后。<u>真是后来居上。</u>校尉陈元达,上言:"三后并立,适如臣虑,将来必有大患,务乞收回成命。"聪不肯从。且调元达为右光禄大夫,阳示优礼,阴实夺权。已而太尉范隆,大司马刘丹,大司空呼延宴,尚书令王鉴等,情愿让位元达,乃复徙元达为御史大夫,仪同三司。

元达复居谏职,仍常监察宫廷,得间便谏。可巧查得一种秽史,遂援了有犯无隐的故例,确凿陈词,递将进去。聪取览奏牍,乃劾上皇后靳氏,私引美少年入宫,与他苟合等情。看官,试想天下没有一个男儿汉,不恨妻室犯奸。聪虽宠爱月光,听了犯奸二字,也不禁忿火中烧,便趋入上皇后宫内,痛詈月光,并将元达原奏,随手掷示,令他自阅。月光情虚畏罪,只好呜呜咽咽,哀乞求怜。偏聪置诸不理,拂袖竟去。到了次日,竟有内侍报聪,说是上皇后服药自尽。聪又不禁追念前情,急去临视,见他颦眉泪眼,尚带惨容,顿时爱不忍释,又抱尸大哭一场,才令棺殓。从此由悲生愤,深嫉元达,无论什么规谏,都置若罔闻。甚且益肆荒淫,终日不出,但命子粲为丞相,总掌百揆,一切国事,俱委粲裁决便了。

惟聪虽不道,余威未衰,石勒刘曜,进退无常,终为晋患。愍帝孤守关中,势甚岌岌,只望着三路兵马,合力勤王。建兴三年二月,命左丞相睿为丞相,都督中外诸军事,南阳王保为相国,刘琨为司空。诏使分遣,加官进爵,无非是劝勉征镇的意思。无如琨在晋阳,介居胡羯,一步不能远离,

保自上邽出据秦州,收抚氐羌,军势稍振,但也无心顾及长安。睿虽奄有江左,比并州秦州两路,较为强盛,可奈一东一西,相去太远。河洛未靖,荆湘又乱,中途被阻,未便行军,所以诏书日迫,睿总以道梗为辞,须俟两江戡定,方可启行。乐得推诿。小子查阅《晋书》,那时沿江乱首,莫如杜弢,次为胡亢杜曾。杜弢已见前文,见二十四、二十五回。胡亢系前新野王歆牙门将,歆死后将佐四散,歆死张昌之难,见前文。亢至竟陵,纠集散众,自号楚公,用歆司马杜曾为竟陵太守。曾技勇过人,能被甲入水,不致沉没,所以亢恃为股肱,常使他出掠荆襄。荆湘人民,既苦杜弢,复苦胡亢杜曾,当然不得宁居,流离失所。荆州刺史周顗,甫经莅镇,便为杜弢所迫,退走浔水城。扬州刺史兼征讨都督王敦,屯兵豫章,见二十六回。急檄武昌太守陶侃,寻阳太守周访,历阳内史甘卓等,合兵讨弢。弢正进围浔水城,由陶侃督兵往援,使明威将军朱伺为前驱,奋击弢众。弢还保冷口,侃语朱伺道:"弢必步向武昌,掩我无备,我军亟宜还郡,扼住寇踪,毋中彼计!"说着,仍遣伺带着轻骑,从间道先归,自率步兵继进。伺至江陵,城尚无恙,正在城外安营,遥闻喊声大震,料是弢众前来,不禁大呼道:"陶公真是神算,有我在此,看贼能摇动我城否?"当下按辔待着,不到片时,㲚众已至,伺即麾骑杀出,迎头痛击,反使㲚意外惊疑,仓猝对敌。两下里正在酣战,不防后面又来了一支步兵,各执短刀,杀入㲚阵。㲚前后受敌,立即溃散,遁归长沙。伺会同步兵,追至数十里外,擒斩千人,方才回城。这支步兵,不必细问,便可知是陶侃带来。侃使参军王贡,向敦告捷,敦欣然道:"今日若无陶侯,便无荆州了。"遂表侃为荆州刺史,令屯沔左。周顗自浔水城,追至豫章,仍奉琅琊王命令,召还建业,复任军谘祭酒,不消细叙。

惟侃使王贡,由豫章西还,道出竟陵。竟陵城内的杜曾,已因胡亢好猜失众,潜引故都督山简参军王冲袭杀胡亢,并有亢部,贡想乘机邀功,径入竟陵城。诈传陶侃号令,授曾为前锋大都督,使击王冲,冲本在山简麾下,因简病殁夏口,所以聚众为乱。杜曾闻王贡言,乐得转风使航,将冲击死,即令贡报答陶侃,贡作书寄往沔左,但言曾愿投诚,未及矫命情事。侃乃征召杜曾,曾见来札中,并无前锋大都督字样,未免启疑,不肯应召。贡亦恐矫命事发,或至得罪,索性直告杜曾,且与曾合谋袭侃。侃哪知两人密谋,未及防备,蓦被杜曾潜兵突入,害得全营大乱。还亏命不该绝,侥幸逃生。百密难免一疏,可见行军之难。王敦得报,表夺侃官,以白衣领职,侃复邀同周访等,进破杜㲚,敦乃复奏复侃官。已而侃又为㲚将王真所袭,败奔溳中,得周访援,方将王真击退。杜曾王贡与㲚联合,到处劫掠,王敦又令陶侃甘卓等,并力击㲚,大小数十战,㲚众多死,乃遣使诣建业,向睿乞降。睿不肯许,㲚已穷蹙,因再贻南平太守应詹书,托他代为解免,当图功赎罪。詹将原书转呈建业,并称㲚有清望,应许他悔恶归善,借息兵锋。睿乃使前南海太守王运,往受㲚降,赦免前愆,令为巴东监军。㲚已受命,偏征㲚诸将,未肯罢兵,仍然攻㲚不止。㲚不胜愤恨,拘害王运,又复为乱,分遣部将杜弘张彦,掩袭临川豫章。临川内史谢摛(chī)被杀,豫章亦几被陷没,幸周访击杀张彦,逐去杜弘,豫章复安。陶侃专攻杜㲚,㲚使王贡挑战,横足马上,状极嚣张。侃出马遥语道:"杜㲚为益州小吏,盗用库钱,父死不奔丧,毫无礼义,卿本善人,奈何背我助逆?难道天下有白头贼么?"谓为贼不得至老。说至此,见贡敛容下足,易倨为恭,便不与交锋,还入原垒。夜间乃遣使慰谕,并截发为信,誓不记仇。贡遂趋降侃营，侃推诚相待，令贡反袭杜弢。

弢骤为所乘，不能抵敌，除逃以外无别策。但贡与弢麾下将佐，均已熟识，当时向众大呼，降可免死，并可加官。于是人人解甲，个个投戈，单剩弢一人一骑，狂窜而去。贡收降众报侃，侃不戮一人，择尤录用，余皆给资遣归，遂乘胜进复长沙，后来追索杜弢，竟无下落，想已是走死荒野了。小子有诗叹道：

　　漂摇风雨满神州，日下江河乱未休。
　　戡定荆湘非易事，论功应独让陶侯。

杜弢已死，只有杜曾未除，逃匿石城。丞相琅琊王睿，得了长沙捷报，承制颁给赦书，分赏诸将，欲知底细，容待下回说明。

陈元达房臣也，刘娥房后也，一沧左衽，一偶番主，就是有善可称，亦似在无足轻重之列，然孔子《春秋》中国用夷礼，则夷之进于中国，则中国之无畛域之见存于其间，故《春秋》一书，流传万世。依例而推，则如元达之直谏刘聪，不得谓非忠臣，刘氏之疏救元达，不得谓非贤后，善善从长，恶恶从短，固史家应有之要旨也。杜弢为逆，胡亢杜曾，又复从乱，乱逆之徒，人人得而诛之。陶侃周访甘卓等，合兵进讨，义在则然，但侃尤为忠勇，故叙侃较详，叙访卓则皆从略，详略之分，均具深意，是又阅者所当体察也。

第二十九回

小儿女突围求救　大皇帝衔璧投降

却说琅琊王睿，因杜弢走死，湘州告平，遂进王敦为镇东大将军，都督江扬荆湘交广六州诸军事，领江州刺史，封汉安侯。外如陶侃以下，无甚超擢，唯奖叙有差。敦既握六州兵权，得自选置官属，权势益隆。当时江东一带。内倚王导，外恃王敦，曾有王马共天下的谣言。实是王牛，并非王马。荆州刺史陶侃，最称有功，反中敦忌。侃却未悉敦情，但知平乱，复引兵往击杜曾。适愍帝派侍中第五猗为安南将军，监领荆梁益宁四州军事。猗自武关南下，由杜曾至襄阳往迎，曲致殷勤，且娶猗女为侄妇，竟与猗分据汉沔，作为犄角。及侃赴石城攻曾，也未免恃胜生骄，视为易取。司马鲁恬谏侃道："兵法有言，知己知彼，百战百胜，杜曾非可轻视，公当小心将事，毋中彼计。"侃不以为然，径向石城进发。到了城下，麾兵猛攻。曾多骑士，突然开门，纵骑突出，冲过侃垒。侃率众抢城，不遑顾后，哪知前面由曾杀出，后面又有骑兵返击，几至腹背受敌，为曾所乘，还亏侃军素有纪律，临危不乱，才得勉力支持，但兵众已战死了数百人。曾见侃力战不退，也不愿返守石城，因下马别侃。侃亦不欲进逼，由他自去。

时晋廷因山简已殁，见前回。续派襄城太守荀崧，都督荆州江北诸军事，驻节宛城。杜曾自石城出走，引众往攻荀崧，突将宛城围住。崧不意寇至，顿时慌乱，又兼兵少食寡，势难久持，不得已向外乞援，为解围计。当时襄阳太守石览，为崧故吏，崧即缮就书函，拟遣人送达襄阳，求发援兵。偏僚佐不敢出城，得了崧命，都面面相觑，呆立不动。崧急得没法，只得据案唏嘘；蓦见一垂髫女子，从屏后出来，振起娇喉，向崧朗禀道："女儿愿往！"写得突兀。崧惊起俯视，乃是亲女荀灌，年只一十三龄，不由的叹息道："汝虽愿往投书，但身为弱女，如何突围？"灌奋答道："城亡家破，同时毕命，果有何益？女儿年虽幼弱，颇具烈志，倘能突出重围，乞得援兵,那时城池可保,身家两全,岂不甚善?万一不幸,为贼所困,也不过一死罢了,同是一死,何若冒险一行。"说至此,竟把两道柳眉,耸上眉棱,现出一种威毅的气象。旁边站立的僚佐,都不禁暗暗喝采,啧啧称奇。自知愧否?灌又向外召集军士,慨然与语道:"我父被困,诸君亦被困,譬如同舟遇难,共虑覆亡,我一弱女子身,不忍同尽,所以自愿乞援,今夜即拟出发,如有与我同志,即请偕行。退贼以后,我父不惜重赏,与诸君共享安乐,愿诸君三思!"言未毕,即有壮士数十名,踊跃上前道:"女公子尚不惜身命,我等怎敢自阻?愿为女公子先驱!"全从义愤激起。灌又顾语僚佐道:"灌冒昧求援,往返必需时日,守城重责,我父以外,还仗诸公。"僚佐听了,也不好再为推诿,便即应声如命。灌乃与勇士立约,准至夜半出城,自己入内筹备。

到了黄昏时候,饱餐一顿,便即束住头巾,缚紧腰肢,身穿铁铠,足着蛮靴,佩了三尺青虹剑,携了两把绣鸾刀,出至堂上,辞别乃父。荀崧瞧着,好似一个女侠模样,不觉又喜又惊,便嘱语道:"汝既愿往,我也不便阻汝,须要小心为上。"灌答道:"女儿此去,必有佳音,愿父亲勿忧!"全无一些儿女态,真好英雌。崧乃递与乞援书,灌接藏怀中,即奋然告别道:"女儿去了。"此四字胜过易水荆卿。一面说,一面出厅,但见壮士数十名,俱已扎束停当,携械待着,经灌一声招呼,都上前听令。灌命大众上马,自己亦跨上征鞍,驰至城边,潜开城门,一声驱出。杜曾营外,只有侦骑巡逻,见城内有人出来,忙即报知杜曾。待曾拨兵出阻,灌等已穿垒过去。曾兵相率来追,被灌指麾壮士,回杀一阵,砍倒曾兵数名。究竟夜深天黑,咫尺不辨,曾兵亦何苦寻死,乐得退还。

灌得驰至襄阳,入谒石览,呈上父书。览见灌是个少女,却能突围求救,自然另眼相看。再经灌词气慷慨,情致肫诚,当即满口应承,即日赴援。灌尚虑览兵未足,再代崧草书,遣人飞报寻阳太守周访,请他为助,自与石览兵众,还救宛城。城中日夕望援,见有救兵到来,欢声四噪,荀崧即督众出迎。灌引览至城下,被杜曾兵阻住,当即跃马冲入,且战且前。览军随进,奋力突阵,荀崧亦已杀出,里应外合,即将杜曾兵击退。崧览并马入城,灌亦随进,未几,又来了一员小将,带兵三千,也来援崧。杜曾见救兵陆续到来,料知宛城难下,见机引去。看官欲问小将为谁?乃是周访子抚。崧迓抚入城,与览并宴,席中谈及乃女突围事情,览与抚同声赞美。从此灌娘芳名,遂得传诵一时,称扬千古了。力为巾帼褒扬。

石览周抚,辞归本镇,不在话下,惟杜曾退次顺阳,遣人至荀崧处上笺,有"乞求抚纳,讨贼自效"等语。崧因宛中兵少,恐曾再至,不得不复书允许。陶侃闻报,亟贻崧书道:"杜曾凶狡,性如鸱枭,将来必致食母,此人不死,州土不安,足下当记我言,幸勿轻许。"崧不听侃言,果然杜曾复出,进围襄阳,亏得襄阳有备,无懈可击,曾始退去。侃将还江陵,欲至王敦处告别,部将朱伺等,俱向侃谏阻,谓敦方见忌,不宜轻往。侃以为敦不足惧,慨然竟行。见敦以后,果为所留,别用从弟王廙为荆城刺史。侃吏郑攀马俊等,诣敦上书,共请留侃,敦当然不许。攀等相率恨敦,竟率徒党三千人,西迎杜曾,同袭王廙。激使为变,谁实尸之。廙奔至江安,调集各军讨曾,曾既得郑攀等人,复北合第五猗,来攻王廙,廙又为所败。王敦嬖人钱凤,素来嫉侃,遂诬称攀等为乱,实承侃旨。看官,试想敦既与侃有嫌,又经钱凤从旁媒蘖,顿时起了杀心,披甲持矛,拟往杀侃。转念一想,不便杀侃,又复回入。再一转念,仍要杀侃,又复趋出。辗转至四五次,为

注:图中所题回目名当为"小儿女突围求救"

侃所闻，竟昂然见敦，正色与语道："使君雄断，当裁制天下，奈何迟疑不决呢？"言毕，趋出如厕。未免太险，但看下文梅陶等之谏，想侃已与接洽，故有此胆。谘议参军梅陶，长史陈颂，并入谏敦道："周访与侃，乃是姻亲，相倚如左右手，岂有左手被断，右手不应么？愿公慎重为是！"敦意乃解。释甲投矛，命设盛筵，召侃同宴，且调侃为广州刺史。侃宴毕即行，惟侃子瞻尚留敦处，由敦引为参军。

先是广州人民，不服刺史郭讷，另迎前荆州内史王机为刺史，王机见二十四回。机至广州，恐为王敦所讨，因遣使白敦，情愿转徙交州。敦却也允诺，故令侃往刺广州。偏机收纳杜曾将杜弘，杜弘见前回。听了弘言，仍欲还取广州。可巧陶侃驰至，击破王机及杜弘，机走死道中，弘奔投王敦。广州平定，侃得进封柴桑侯，食邑四千户。侃在州无事，辄朝运百甓(pì)至斋外，夜运百甓至斋内。左右问为何因？侃答说道："我方欲致力中原，不宜过逸，今得少暇，欲借此习劳，免致筋力废弛呢。"左右乃服。只是郑攀等与廙相拒，尚未了结，俟至下文再表。

且说汉中山王刘曜，奉汉主聪命，复出兵寇掠关中。晋愍帝令麹允为大都督，率兵抵御。索綝为尚书仆射，都督宫城诸军事，保守长安，曜至冯翊，太守梁肃，弃城奔万年。冯翊为曜所得，再移兵攻北地。麹允出至灵武，因兵力单弱，不敢轻进，再上表长安，乞请济师。长安无兵可调，只得向南阳王征兵。南阳王保，与僚佐商议行止，僚佐皆说道："蝮蛇螫手，壮士断腕，今胡寇方盛，不如且断陇道，见可乃进。"从事中郎裴诜道："今蛇已螫头，头可断不可断么？"诘问得妙。保实不愿援长安，但使镇军将军胡崧为前锋都督，待诸军会集，然后进援。恐不耐久待了。麹允待援不至，又表请奉帝就保。索綝从中阻议道："保得天子，必逞私图，不如不去。"就保亦危，不就保益危，看到下文，是綝已隐有异志了。乃不从允议，但促允速援北地。允不得已集众赴救，行至中途，遥望北地一隅，烟焰蔽天，仿佛大火燎原，不可向迩，心下已未免惊疑，又见有一班难民，狼狈前来，便饬军停住，问及北地情形。难民答说道："郡城已陷，往救恐不及了。且寇锋甚盛，不可不防。"说毕，即踉跄趋去。允听了此言，进退两难，不料部众竟先骇散，不待允令，便即奔回。允也只好拍马返走。其实，北地尚未陷没，由曜纵火城下，计诱援兵，就是一班难民，也是汉兵假扮，来给麴允。允不辨真伪,竟堕曜计,回至磻(pán)石谷,又被曜众杀到,此时还有何心对敌,连忙奔窜,走入灵武城内。麾下不过数百骑兵,还算戴头归来,是一幸事。允颇忠厚,惜无断制,威不足服人,惠不能及众,所以诸将慢法,士卒离心。直揭病根,瑕不掩瑜。安定太守焦嵩,本是由允荐举,嵩却瞧允不起,很是倨傲,至是允遣使告嵩,饬即进援。嵩冷笑道:"待他危急,往救未迟。"遂却还来使,但言当会齐人马,然后趋救。允亦无法催逼,只好束手坐视。

那刘曜已攻取北地,进拔泾阳,渭北诸城,相继奔溃。曜长驱直进,势如破竹。晋将鲁充梁纬等,沿途堵御,均为所擒。曜素闻充贤,召令共饮,且劝充道:"司马氏气运已尽,君宜识时变计,能与我同心共事,平定天下不难了。"充怅然道:"身为晋将,不能为国御敌,自致败覆。还有何面目求生?若蒙公惠,速死为幸。"曜连称义士,拔剑付充。充即自刎。梁纬亦不肯降曜,也被杀死。纬妻辛氏,亦在戍所,同时遭掳。辛氏形容秀丽,仪态端庄,曜不禁艳羡起来,便好言慰谕,想把她纳为姬媵。独不怕羊氏吃醋么?辛氏大哭道:"妾夫已死,义不独生。况烈女不事二夫,妾若隳节,试问明公亦何用此妇?"曜亦叹为贞女,听令自杀,命兵士依礼棺殓,与纬合葬。鲁充遗赅,照样办理。忠臣烈妇,并得千秋,死且不朽了。特笔。

曜遂率众逼长安,西都大震,愍帝四面征兵,朝使迭发,并州都督刘琨,拟约同代王猗卢,入援关中。偏猗卢为子所弑,国中大乱。小子于前回起首,曾叙及猗卢宠爱少子,黜徙长子六修,并及修母,嗣因六修入朝,猗卢使下拜六修。六修不愿拜弟,拂袖竟去。猗卢饬将士往追,将士亦不服猗卢,纵还新平城。偏猗卢尚不肯干休,督兵往讨。六修佯为谢罪,夜间竟掩袭父营。猗卢未曾预备,再经将士离叛,一哄散去,单剩猗卢一人,逃避不及,竟为乱军所害。猗卢从子普根,居守代郡。闻得猗卢死耗,仗义兴师,往攻六修。前次为猗卢废长立幼,因致舆情不服,此次闻六修以子弑父,又不禁激起众愤,俱来帮助普根,同讨六修。究竟人心不死。六修连战失利,旋即伏诛。普根嗣立,国中尚未大定,当然不能助琨。琨孤掌难鸣,怎能入援长安,琅琊王睿,路途遥远,又一时不能西行,只有凉州刺史张实,遣将王该,率步骑五千人入援。

寔系凉州牧张轨子，轨镇凉有年，始终事晋，每遇国家危难，辄发兵勤王，晋封为太尉凉州牧西平公。愍帝二年六月，轨寝疾不起，遗令诸子及将佐，务安百姓，上思报国，下思宁家。已而轨没，长史张玺等，表称世子寔继摄父位。愍帝乃诏寔为凉州刺史，袭爵西平公，赐轨谥曰武穆。**轨能忠晋，故特表明。**凉州军士，得着玉玺一方，篆文为"皇帝行玺"四字，献与张寔。寔承父命，不敢背晋，即将玉玺送入长安，并奉上诸郡方贡。有诏命寔都督陕西军事，寔弟茂拜泰州刺史。及长安被困，寔乃遣王该入援，但该带兵不多，眼见是不能却虏。安定太守焦嵩，始与新平太守竺恢，弘农太守宋哲等，引兵救长安。散骑常侍华辑，曾监守京兆冯翊弘农上洛四郡，也募众入救，同至霸上，探得曜众甚盛，仍不敢前进，作壁上观，南阳王保，遣胡崧带兵进援，崧尚有胆力，独至灵台袭击曜营，得破数垒。索綝麹允，并未遣人犒赏，崧怀恨退去，移屯渭北，未几竟驰还槐里。曜见晋军各观望不前，乐得麾众大进，攻扑长安。麹索两人，保守不住，即由外城退入内城，外城遂致陷没，曜复攻内城，围得水泄不通。

城中粮食已尽，斗米值金二两，人自相食，或饿死，或逃亡，唯凉州义勇千人，入城助守，誓死不移。太仓有曲数十饼，由麹允先时运入，舂碎为粥，暂供宫廷，寻亦食尽。时已为愍帝三年仲冬，雨雪霏霏，饥寒交迫，外面的钲鼓声、刀箭声，又陆续不绝，日夜惊心。愍帝召入麹允索綝，与商大计，允一言不发，只有垂泪。綝想了多时，但说出了一个"降"字。**綝前时为模复仇，约同起义，尚有丈夫气象，胡为此时一变至此？**愍帝亦不禁涕泣，顾语麹允道："今穷厄如此，外无救援，看来只好忍耻出降，借活士民。"允仍然不答。忽有将吏入报道："外面寇兵，势甚猖獗，恐城池不能保守了。"索綝便抢步出去，允亦徐退。愍帝长叹道："误我国事，就是麹索二公。"随即召入侍中宗敞，叫他草就降笺，送往曜营。敞持笺出殿，转示索綝。綝留敞暂住，潜使子出城诣曜，向曜乞请道："今城中粮食，尚足支持一年，急切未易攻下，若许綝为车骑将军，封万户郡公，綝即当举城请降。"曜不禁动怒，叱责綝子道："帝王行师，所向惟义，孤将兵已十五年，未尝用诡计欺人，**你前时何故给（dài）允？**必待他兵穷势极，然后进取。今索綝所言如此，明明是晋室罪臣，天下无论何国，不讲忠义，乱臣贼子，人人得诛，果使兵食未尽，尽可勉力固守，否则粮竭兵微，亦宜早知天命，速即来降，何必欺我！"说着，即令左右将绁子推出，枭首徇众，送还城中。绁得了子首，当然悲哀，惟自己总还想保全性命，没奈何遣发宗敞，使诣曜营乞降。

曜收了降笺，令敞返报。愍帝委实没法，自乘羊车，衔璧舆榇，驰出东门。群臣相随号泣，攀车执愍帝手，哭声震地。何益国事？愍帝亦悲不自胜。御史中丞吉朗，掩面泣叹道："我智不能谋，勇不能死，难道就随主出降，北面事虏么？"说至此，即向愍帝前叩别，且启愍帝道："愿陛下好自珍重，恕臣不能追随陛下！臣今日死，尚不失为晋臣呢。"索绁其听之！拜毕起身，用头撞门，头破脑裂，倒地而亡。愍帝到了此时，已无主宰，意欲不去，又不好不去，乃径诣曜营。曜接见愍帝，居然行起古礼，焚榇受璧，暂使宗敞奉帝还宫，收拾行装，指日东行。

越宿，曜入长安城，检点图籍府库，令兵士入迫愍帝及公卿等迁往曜营。又越一日，曜派将押同愍帝等人，送往平阳。愍帝登汉光极殿，汉主聪早已坐着，由愍帝稽首行礼。麹允伏地痛哭，触动聪怒，命将允拘入狱中，允即自杀。还是与吉朗同时殉国，较为清白。聪授愍帝为光禄大夫，

封怀安侯,赠麹允车骑将军,旌扬忠节,独责索綝不忠,处斩东市。斩得爽快。一面下令大赦,改元麟嘉,命中山王曜假黄钺大都督,统领陕西军事,进官太宰,改封秦王。于是西晋两都,一并覆灭,西晋遂亡。总计西晋自武帝称尊,传国三世,共历四主,凡五十一年。小子有诗叹道:

　　洛阳陷没已堪哀,谁料西都又被摧?
　　怀愍相随同受掳,徒稽史迹话残灰。

西晋虽亡,尚有征镇诸王,能否兴废继绝,且至下回再表。

　　以十三龄之弱女,独能奋身而出,突围求援,如此奇女子,求诸古今史乘中,得未曾有,本回力为摹写,尤足使女界生色。吾慨夫近世女子,厕身学校,假平等自由四字为口头禅,居然侈言爱国,要求参政,曾亦闻有荀灌之实心实力,得保君亲否耶?他如梁纬妻辛氏,秉贞抱节,不肯苟全,谁谓中国妇女素无学识?以视今日之略识之无,眼高于顶,自命为士女班头,而反荡检逾闲,不顾道德,吾正不愿有此奇邪之学识也。麹允索綝,奉愍帝而续晋祚,复降刘曜而亡晋室,出尔反尔,自相矛盾,而索綝尤为不忠。允之死已有愧鲁充吉朗诸人,綝之被杀,并有愧麹允。等是一死,而或则留芳,或反贻臭,奈之何不辨之早辨也?愍帝谓误我事者,麹索二公,其言诚然。或谓愍帝用人不明,未尝无咎,然愍帝年未及冠,又继流离颠沛之余,情有可原,迹更可悯,而索綝之罪,不容于死,试证以荀女梁妻,其相去为何如乎?

第三十回

牧守联盟奉笺劝进　君臣屈辱蒙难丧生

却说长安陷没，愍帝被掳，荡荡中原，又变了没有正主的国家。霸上屯着的援兵，都已遁还，就是凉州差来了王该，也收回义勇，与黄门郎史淑同去。回应前回，一丝不漏。当愍帝出降前一日，淑曾亲受诏命，赍着愍帝手书，加拜张寔为凉州牧，承制行事。且诏中有云"朕已命琅琊王睿，继摄大位，愿公协赞，共济多难"云。淑得先入王该营中，所以与该同往。行到姑臧，就是凉州治所，当下入见张寔，报明愍帝被掳情形。寔辞官不受，大哭三日。又遣司马韩璞等，率步骑万人，东往击汉，并贻南阳王保书。有云："王室多难，不敢忘死，况朝廷倾覆，天子蒙尘，东向悲愤，死有余责。今遣璞等讨贼，愿公即日会师，同建义举。寔当唯命是从。"这书亦付璞带去。璞至陕西，为寇所阻，自思手下只有万人，怎能敌得过数万汉兵？不如见机引还，尚保万全，乃麾兵径归。就是寄保一书，亦不得达。惟凉州一带，幸由张氏镇守，尚得无恙。先是关中有童谣云："秦州中，血没腕，惟有凉州倚柱观。"及长安失陷，汉兵四掠，氐羌亦乘隙蠢动，骚扰陇右。雍秦两州人民，十死八九，惟凉州得安，果如歌谣相符。弘农太守宋哲，自长安奔至建康，由琅琊王睿接见。哲从怀中取出愍帝诏书，南面宣读。睿下阶跪伏，但听哲读诏道：

遭遇迍(zhūn)否，皇纲不振。朕以寡德，奉承洪绪，不能祈天永命，绍隆中兴，至使凶胡敢率犬羊，逼迫京辇，朕今幽塞穷城，忧虑万端，恐一旦奔溃，因令平东将军宋哲，诣丞相府，具宣朕意，使摄万几，恢复旧都，修缮陵庙，以雪大耻而报深仇，是所至望！丞相其毋辞！

诏既读毕，睿起身接受，留哲在府。哲复述及长安情状，睿乃入易素服，出次举哀，且移檄四方，拟即北征。西阳王羕(yàng)，系前汝南王亮第三子，见前文。曾从睿渡江，睿承制拜为抚军大将军，至是邀同僚佐牧守,上笺劝进。睿不肯从。羕等再三固请,睿慨然流涕道:"孤乃皇晋罪人,惟有蹈节死义,誓雪国耻,得能济事,尚可自赎,且孤本受封琅琊,若诸贤见逼,再四不已,孤只有仍归原国便了。"你亦知罪么?但恐言不由衷,徒然欺人。说罢,便自呼私奴,命驾归国,羕等不敢再劝,但请依魏晋故事,称为晋王。睿乃允诺,择日即晋王位,设坛西郊。届期受僚属参谒,改元建武,愍帝尚在平阳。睿既不欲称尊,何必急急改元。号建业为建康,颁令大赦。除杀祖父母父母及刘聪石勒等,不从此令外,悉数宥免。遂备置百官,立宗庙社稷。有司请立王太子,睿爱次子宣城公裒,意欲为嗣,因商诸王导道:"立子应该尚德否?"导主张立长,谓世子绍与宣城公,朗俊相同,但立长较为顺理,幸勿乱序。睿乃立世子绍为皇太子,次子裒为琅琊王,奉恭王后,恭王名觐,见前。使镇广陵。绍与裒同为宫人荀氏所生,颇得睿宠,唯睿妃虞氏,素妒荀宫人。荀氏不免怨望,为睿所闻,遂致见疏。虞妃无子,至睿为晋王时又已去世,所以立绍为嗣。绍虽见立,荀氏仍不得加位,但追尊虞氏为王后,这也无容细评。西阳王羕,受封太保,外如征南大将军王敦,进为大将军领江州牧,右将军王导,进为骠骑将军,领扬州刺史,都督中外诸军事。左长史刁协为尚书左仆射,右长史周𫖮为吏部尚书,军谘祭酒贺循为中书令,右司马戴渊王邃为尚书,司直刘隗为御史中丞,参军刘超为中书舍人,余亦封拜有差。王敦辞去州牧,王导因敦外握兵权,亦辞去中外都督,贺循亦自称老病,辞去中书令,睿皆准如所请。惟改任循为太常卿,循为江左儒宗,明习礼仪,颇为睿所推重。还有刁协历仕中朝,熟谙旧事,睿亦随事谘询。江东草创,百为待举,一切兴作,多由二人决议,才见推行。

未几,又来了一个名士,姓温名峤,字太真,乃是故司徒温羡从子,本是祁县人氏,父憺(dàn)为河东太守。峤生性聪颖,博学能文,年十七时,已有盛名,州郡辟召,均皆不就。后为东阁祭酒,补授潞令。平北大将军并州刺史刘琨妻,系峤从母,琨因引为参军,迁擢上党太守,加建威将军,拒击石勒,辄有战功。琨进官司空,复任峤为右司马。小子尝阅《世说新书》,亦称《世说新语》,为刘宋临川王义庆所著。载有峤艳史一则。峤元配王氏,早年病殁,从姑刘氏有一女,秀外慧中,刘氏嘱峤觅婿,峤自有婚意,但佯答道:"佳婿难得,若有人似峤,可能中意否?"刘氏道:"不敢望汝。但教品学少优，便可将就了。"过了两三日，峤即入报道："已得佳婿了，门第恰也清高，婿现为名宦，与峤相似。"刘氏大喜。峤即取出玉镜台一枚，作为聘物，刘氏当然收下。到了婚期，峤引导彩舆，往迎新嫁娘。刘家还道峤是媒妁，待以常礼，及刘女登舆，峤亦随回，竟令彩舆抬入己家，居然改穿吉服，自作新郎，与女交拜。礼毕入房，女用手自披纱扇，顾峤大笑道："我原疑是老奴！"峤亦笑道："如峤可得配卿否？"女本来慕峤，自然乐允。旧中表作为新夫妇，相亲相爱，更逾常人。惟看官不要误作琨女，琨妻是峤的从母，俗例叫姨母，若刘氏是峤的从姑，乃是姑母，与姨母不同。*《尔雅》谓父之从父姊妹为从姑，母之姊妹为从母。*这事虽无关时势，但古今传为韵事，所以小子也随笔叙入，见得峤风流自喜，确是一个不羁才。

　　至长安陷没的时候，琨为石勒所攻，奔入蓟城，当时也有一段情事，不得不补叙明白。汉主聪使刘曜攻长安，复使石勒攻并州，双方并举，免得琨入援长安。勒进陷廪邱，守将刘演，遁往段氏，*演守廪邱见二十六回*。勒复进围乐平，太守韩据，向琨求救，适琨子遵，因代有内乱，*见前回*。引着代将卫雄箕澹等，并及人马牛羊，趋回晋阳。琨得了资助，即拟出兵拒勒，箕澹谓代众新附，不宜轻用。琨急欲平寇，不从澹言，且使澹率代众为前趋，往救乐平，自屯广牧为后援。澹中石勒埋伏计，丧失兵马一大半，走还代郡，韩据亦弃城他窜，并土大震。那石勒确是厉害，又从间道袭晋阳，留守长史李弘，竟举城降勒，于是琨进退失据，不得已奔往蓟城，投依段匹䃅。匹䃅已领幽州刺史，*见五十二回*。见琨来奔，很加器重，与琨约为兄弟，并结姻好，两人遂歃血同盟，期复晋室，一面檄告华夷，邀同太尉豫州牧荀组，镇北将军刘翰，单于广宁公段辰，辽西公段眷，冀州刺史邵续，兖州刺史刘广，东夷校尉崔毖，鲜卑大都督慕容廆等，并推晋王睿为晋主，同心讨汉。就是汉将曹嶷，占据齐鲁间郡县，自守临淄，筑广固城，因与石勒有隙，也去汉附琨，愿戴晋王。琨即令温峤南赴建康，奉书劝进。峤奉令即行，母崔氏不愿峤往，牵住峤裾，峤绝裾径去。*未免太忍，但为出行，亦属难辞。*兼程至建康，王导周𫖮等，素闻峤名，迎入客廨，问明来意。峤取笺出示，导等大喜，即引入见睿。睿面加慰劳，且取笺展览道：

　　臣闻天生烝民，树之以君，所以对越天地，司牧黎元，圣帝明王，

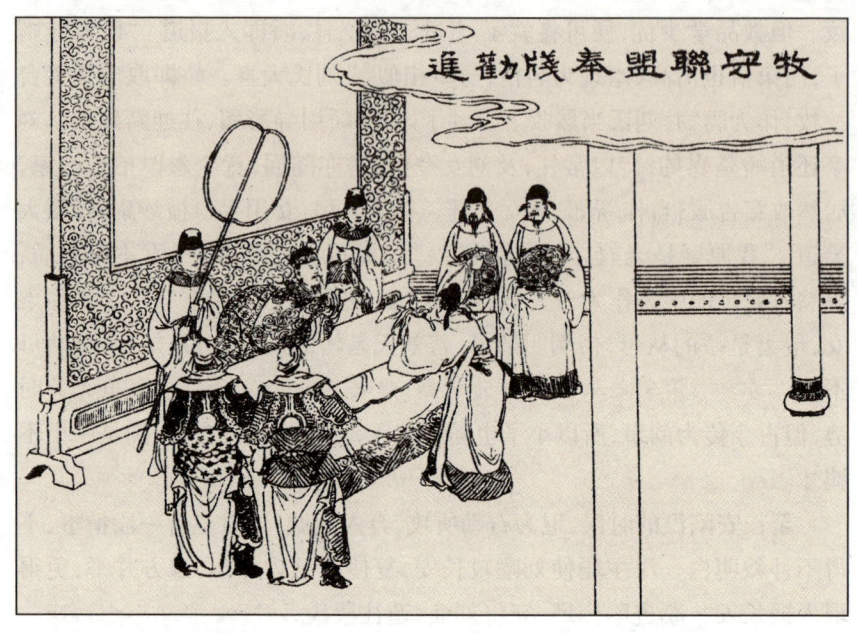

监其若此,知天地不可以乏享。故屈其身以奉之;烝黎不可以无主,故不得已而临之。社稷多难,则戚藩定其倾,郊庙或替,则宗哲纂其祀,是以弘振遐风,式固万世。三五以降,靡不由之。伏维高祖宣皇帝,肇基景命,世祖武皇帝,遂造区夏,三叶重光,四圣继轨,惠泽侔于有虞,卜世过于周氏。自元康以来,艰难繁兴,永嘉之际,氛厉弥昏,宸极失御,登遐丑裔,国家之危,有若缀旒,赖先后之德,宗庙之灵,皇帝嗣建,旧物克甄,诞授钦明,服膺聪哲。玉质幼彰,金声凤振。冢宰摄其纲,百辟辅其政,四海想中兴之美,群臣怀来苏之望。不图天不悔祸,大灾荐臻,国未忘难,寇害寻兴,逆胡刘曜,纵逸西都,敢肆犬羊,陵虐天邑。主上幽劫,复沉虏庭,神器流离,再辱荒逆。臣每览史籍,观之前载,厄运之极,古今未有。苟在食土之毛,含血之类,莫不叩心绝气,行号巷哭。况臣等荷宠三世,位厕鼎司,闻问震惶,精爽飞越,且惊且愧,五情无主。臣闻昏明迭用,否泰相济,天命无改,历数有归,或多难以固邦国,或殷忧以启圣明。是以齐有无知之祸,而小白为五霸之长,晋有骊姬之难,而重耳主诸侯之盟。社稷靡安,必将有以扶其危,黔首几绝,必将有以继其绪。伏维陛下,玄德通于神明,圣姿合于两仪,应命世之期,绍千载之运,符瑞之表,天人有征,中兴之兆,图谶垂典。自京畿陨丧,九服奔离,天下嚣然,无所归怀,虽有夏之遘夷羿,宗姬之雁犬戎,蔑以过之。陛下抚征江左,奄有旧吴,柔服以德,伐叛以刑,抗明威以慑不类,杖大顺以号宇内,纯化既敷,则率土宅心,义风既畅,则遐方企踵,百揆时叙于上,四门穆穆于下。昔少康之隆,夏训以为美谈,宣王中兴,周诗以为休咏。况茂勋格于皇天,清晖光于四海,苍生颙然,莫不欣戴,声教所加,愿为臣妾者哉。且宣皇之胤,惟有陛下,亿兆依归,曾无与二。天祚大晋,必将有主,主晋祀者,非陛下而谁?是以迩无异言,远无异望,讴歌者无不吟讽徽猷,讼狱者无不思于圣德。天地之际既交,华夷之情允洽,一角之兽,连理之木,以为休征者,盖有百数,冠带之伦,要荒之众,不谋同辞者,动以万计。是以臣等敢考天地之心,因函夏之趣,昧死上尊号,愿陛下存舜禹至公之情,抉由巢抗矫之节,以社稷为务,不以小行为先,以黔首为忧,不以克让为嗣,上慰宗庙乃顾之怀,下释普天倾首之勤,则所谓生繁华于枯荑,育丰肌于朽骨,神人获安,无不幸甚。臣闻尊位不可久虚,万几不可久旷,虚之一日,则尊位已殆,旷之浃辰,则万几以乱。方今踵百王之季,当阳九之会,狡寇窥窬,伺国瑕隙,黎元波荡,无所系心,安可废而不恤哉?陛下虽欲逡巡,其若宗庙何?其若百姓何?昔者惠公虏秦,晋国震骇,吕郤之谋,欲立子圉,外以绝敌人之志,内以固阃境之情,故曰丧君有君,群臣辑睦,好我者劝,恶我者惧。前事之不忘,后代之元龟也。陛下明并日月,无幽不烛,深谋远猷,出自胸怀,不胜犬马忧国之情,待睹神人开泰之路。是以陈其乃诚,布之执事。臣等忝于方任,久在遐外,不得陪列阙廷,与睹盛礼,踊跃之怀,南望罔极,敢布腹心,幸乞垂鉴!

睿既览毕,半晌才说道:"主上播越,正臣子见危致命的时候。奈何敢妄窃天位呢?"遂留峤在建康,另遣使赍递复书,语云:

豺狼肆毒,荐复社稷,亿兆颙颙,延首罔系。是以居于王位,以答天下,庶几迎复圣主,扫荡仇耻,岂可猥当隆极? 此孤之至诚,著于遐迩者也。公受奕世之宠,极人臣之位,忠允义诚,精感天地,实赖远谋，共济艰难，南北迥邈，同契一致。万里之外，必存咫尺，公其抚宁华戎，致罚丑类，动静以闻！

琨得晋王睿复书，便与段匹䃅商议，先讨石勒，再击平阳。匹䃅推琨为大都督，自为琨副，联名檄州郡牧守，会师襄国，且发兵出屯固安，俟集各军。偏匹䃅从弟末柸，得勒厚赂，多方阻挠，各州郡牧守，亦多徘徊观望，未闻出师。琨与匹䃅，只好付诸长叹，同归蓟城。总之晋乱已甚，天怒人怨，大势一去，无可挽回，汉主聪原是不道，但势方强盛，连虏二帝，晋室王公，半多束手，有几个侈谈匡复，或力不从心，或言不由衷，全局似散沙一般，怎能毅然进讨，问罪平阳呢？建武元年十二月，汉主聪复弑愍帝，简直如屠戮犬豕一般，从臣只死了一个辛宾，总算是孤忠耿耿，碧血千秋。

这愍帝遇弑原因，全是聪子粲一人主张，说将起来，又有一番颠末，应该约略叙明。自聪多内宠，不理朝政，凡事皆委粲办理，且加封晋王。粲不但欲代父统，并想奄有中原，做一个华夷大皇帝，惟事有先后，第一着下手，非除太弟乂不可。乂在东宫，亦窃窃自危。一日，天忽雨血，东宫延明殿中，下血尤多，乂且惊且忧，转问太傅崔玮、太保许遐。两人齐声道："天象已明示殿下，须要流血一次，方可安枕，试想主上立殿下为太弟，无非暂安众心，今已属意晋王，任为相国，权势威重，高出东宫，殿下若再容忍过去，位必难保，且有不测的危祸，故不如先发制人，免为彼算。"乂迟疑不答。两人复并说道："今东宫卫兵，不下四千，相国轻佻，但教遣一刺客，便足了事，余王并幼，有何能为？若殿下有意，二万精兵，叱嗟可致，一鼓入云龙门，卫士必倒戈相迎，正无烦费力呢。"乂终不从。这却不能咎乂。

东宫舍人荀裕，竟入告汉主聪，报称崔许劝太弟谋反，聪立收崔许入狱，寻即诛死，别使冠威将军卜抽，率兵监守东宫，禁乂朝会。乂非常忧惧，上表乞为庶人，请以晋王粲入嗣。抽将表捺住，不使上达。乂虽未被废，已等囚奴，从前乂妾靳氏，为护军靳准从妹，与役吏宣淫，被乂窥透奸情，杀死靳氏，且屡次嘲准。准暗生忿恨，尝至粲处进谗，谓乂将谋变，窃发有期。粲不禁着急，向准问计。准说道："主上爱信太弟，若猝然相告，未必肯信，不如撤回东宫监守，使太弟仍得交通宾客，太弟素好待士，必不加防，俟探得间隙，下官乃可举发，再将太弟往来宾佐，拘住数人，利诱威迫，不怕大狱不成！"金壬狡谋，大率如此。粲喜从准言，便令卜抽引兵撤回。乂还道是相国有情，得免禁锢，哪知他是请君入瓮的诡谋。

汉主聪更加糊涂，沉湎酒色，好几月不出视朝，后宫佩皇后玺绶，多至七人，以靳月华为正皇后，又拣了一个宫人樊氏，使侍巾栉。樊氏系聪母张氏侍婢，生小入宫，垂髫后妖媚无比，便得偷沾雨露，仰沐皇恩。聪宠爱逾恒，竟令她为上皇后，做了靳月光的替身。采荍采菲，无以下体。想聪必熟读此诗。从来女子小人，往往有连带关系，宫中既有若干宠妾，当然有若干权阉，中常侍王沈宣怀，中宫仆射郭猗等，皆嬖倖用事，车服第舍，僭越诸王，子弟多出为守令，靳准欲设法除乂，不得不联络阉人，表里为奸。东宫少府陈休，左卫将军卜崇，人品清正，素嫉宦官，虽在公座，不与王沈等交言。侍中卜干，尝引窦武陈蕃故事，见《东汉演义》。隐戒休崇。休崇情愿一死，不肯少屈，果然恡(xiān)人构陷，大祸临头。汉主聪忽御上秋阁，命收陈休卜崇，及特进綦毋达，大中大夫公师彧，尚书王琰田歆，大司农朱诞，一并加诛。綦毋达等，同为宦寺所忌，故亦连坐。侍中卜干，见诏旨猝下，慌忙谏阻，甚至叩头流血。王沈站立聪侧，厉声叱干道："卜侍中胆敢拒诏么？"聪闻沈言，拂衣竟入。休崇等遂被牵出市曹，一齐处斩。干趋退后，有诏黜为庶人。太宰河间王刘易，大将军渤海王刘敷，粲弟。御史大夫陈元达，光禄大夫西河王刘延等，联名上表，弹劾宦官。汉主聪反将所上表章，取示王沈，且笑语道："群儿为元达所引，乃致有此痴语呢？"沈即叩头称谢。聪复召粲入问，粲极言沈等忠清，因复封沈等为列侯。刘易闻诏，伏阙上疏，稽首固谏。聪竟大怒，把易疏撕碎，掷还刘易。易乃趋出，恚忿而死。陈元达临丧大恸道："人之云亡，邦国殄瘁，我从此不能再言，还要活着做甚么？"及吊毕归家，亦服毒自杀。何不早去？

既而聪宴会群臣，引见太弟乂，见他面目憔悴，涕泣陈词，也不觉潸然泪下，乃与乂畅宴，待遇如初。那靳准王沈等，却非常惶急，亟谒相国刘粲，授与密计。粲即使私党王平，往语太弟乂道："顷得密旨，谓京师将有大变，请饬左右衷甲戒严，豫备不虞。"乂信为真言，命宫臣衷甲以待。不意靳准王沈，借此诬乂，聪听信谗言，竟使粲往围东宫，收捕太弟僚佐，屈打成招，自诬与乂谋反。供词入呈。聪反称沈等忠贤，并废乂为北海王。

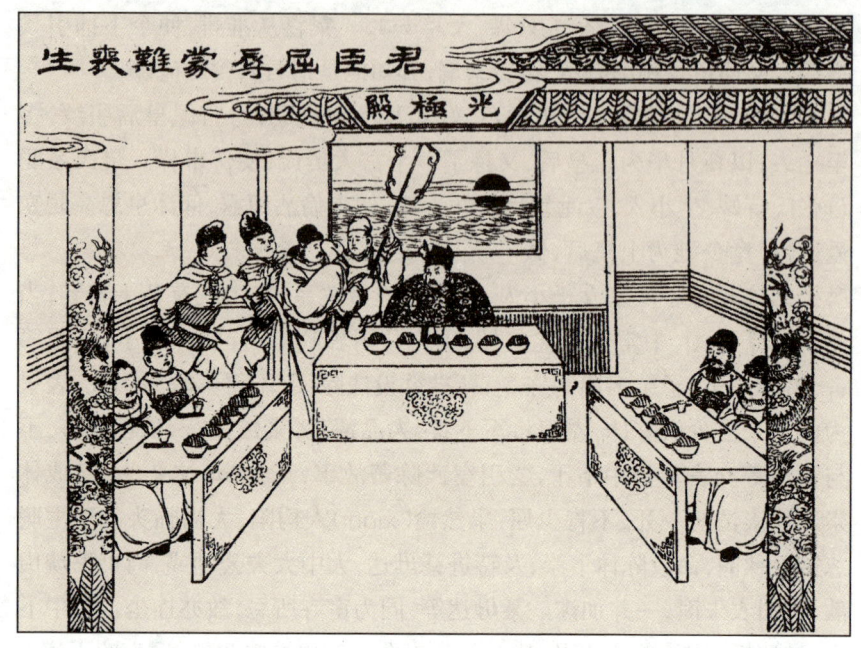

粲又使准进毒鸩乂,乂死得不明不白,无处伸冤。东宫官属,亦枉死了数十人。粲得立为皇太子,仍领相国大单于,总摄朝政如故。

会聪出猎上林,召晋愍帝行车骑将军,使他执戟前导,行三驱礼。平阳父老,聚观道旁,都不觉惨然道:"这便是长安故天子呢!"粲时在列,听到是言,触起旧感,俟罢猎回宫,即向聪进言道:"周武王岂愿杀纣?正恐同恶相求,容易生患,不如早除为是。"聪踌躇道:"前杀庾珉王俊,尚滋众议,我今不忍再行此事。"粲不肯遽退,又复力请。经聪以他日为约,方才退出。未几又在光极殿会宴。聪使愍帝行酒洗爵,及更衣时,又使执盖。晋尚书郎辛宾,侍从愍帝,不由的目击心伤,起抱帝腰,大哭失声。实属无谓。不过表明一腔愚忠。聪愤愤道:"想汝不望再活,愿随庾珉辈后尘呢。"遂叱左右扯出辛宾,一刀杀死。愍帝吓得乱抖,只因死期未届,尚使退回。会荥阳太守李矩,招降洛阳汉将赵固,使与河内太守郭默,共攻汉境,师次小平津。聪令太子粲出御,固因扬言道:"要当生缚刘粲,赎还天子。"粲即使人奉表道:"今司马睿跨据江东,赵固李矩,同逆相济,皆以故主为口实,须亟杀子业,示绝民望,彼矩固等无词可借,士卒必离,不战

自溃了。"聪乃害死愍帝,时年才一十八岁。小子有诗叹道:

  一君陷死几何年,又听平阳惨报传。
  执盖洗樽犹遇害,可怜天地两腥膻。

  愍帝遇害,赵固郭默等众,又被粲发兵击退。那时晋室统绪,当然要属诸晋王睿了。欲知底细,请看下回便知。

  两都陷没,晋室垂尽,所留遗者,惟南阳琅琊二王,同居征镇,欲求继绝,舍二王其谁与归?但南阳王保,局处秦州,琅琊王睿,雄踞江左,两者相较,固应属睿而不属保。即以才行言之,睿亦似稍胜一筹。刘琨等之联名劝进,谁曰不宜?惜乎睿有继承之势,而无匡复之心,怀愍穷蹙,不闻出援,至长安失守,移檄北征,亦不过徒有虚名,未见实事,此作者之所以不能无讥也。下半回叙愍帝被弑事,夹入汉太弟乂之死谚,原为销纳之笔,但西晋于此告终,汉亦由是大乱,骨肉相残,必至覆祀,无古今中外一也,观于此而知作者之垂戒深矣。

第三十一回

晋王睿称尊嗣统　汉主聪见鬼亡身

却说愍帝凶闻，传至建康，晋王睿斩衰居庐，百官请上尊号，睿尚不许，前会稽内史纪瞻，上书申请，大略说是：

　　陛下性与天道，犹复役机神于史籍，观古人之成败，今世事举目可知，不为难见。二帝失御，宗庙虚废，神器去晋，于今二载。梓宫未殡，神人无主。陛下膺箓受图，特天所授，使六合革面，遐荒来庭，宗庙既建，神主复安，亿兆向风，殊俗毕至。若列宿之绾北极，百川之归巨海，而犹欲守匹夫之谦，非所以阐七庙，隆中兴也。但国贼宜诛，当以此屈己谢天下耳。而欲逆天时，违人事，失地利，三者一去，虽复倾匡于将来，岂得救祖宗之危急哉？适时之宜万端，其可纲维大业者，惟理与当。晋祚屯否，理尽于今，促之则得，可以隆中兴之祚，纵之则失，所以资奸寇之权，此所谓理也。陛下身当厄运，篡承帝绪，顾望宗室，谁复与让？当承大位，此所谓当也。四祖廓开宇宙，大业如此，今五都燔爇，宗庙无主，刘石窃弄神器于西北，陛下方欲高让于东南，此所谓揖让而救火也。臣等区区，尚所不许，况大人与天地合德，日月并明，而可以失机后时哉？机不可失，时不再来，幸陛下垂察！

瞻一面上书，一面已安排御座，召集百官，力劝晋王睿登位。睿尚徘徊不进，至瞻等拥他升殿，还令殿中将军韩绩，撤去御座。瞻厉声叱绩道："帝座上应列星，谁敢妄撤？妄撤即斩！"睿也为动容。瞻即请睿下即位令，慰副民望。睿乃允诺，当有草令官缮就文辞，颁发朝堂，令云：

　　孤以不德，当厄运之极，臣节未立，匡救未举，夙夜所以忘寝食也。今宗庙废绝，亿兆无系，群官庶尹，咸勉之以大政，亦何敢辞？谨从众请，即日履新，特此令知！

令文甫下，忽由奉朝请周嵩，递入一笺，乃是谏阻登基，与众不同。略言:"古时帝王,义全后取,让成后受,故能享世长久,万载重光。今梓宫未返,旧京未清,何不训卒励兵,先雪大耻?待至功德具隆,自然天与人归!"云云。这一张笺文,映入睿目,不由的心下一惊,默忖多时,才把原笺递示百官,又说出几句谦逊的话头。<u>曲折写来,心术已昭然如揭</u>。纪瞻等顿时大哗,统言周嵩无知,应从贬斥。右将军王导进言道:"诸公不必哗噪,殿下亦不必过谦。圣如孔子,犹言从众,一二人异议,何足介怀,请殿下易衣登座,君临万民,然后四海有主,方好一意讨虏了。"睿闻导言,始决意践阼,复入内改着法服,衮冕出郊,祭告天地,还朝即皇帝位,受百官谒贺。百官依次俯伏,三呼已毕,睿命导并升御床。导固辞道:"若太阳下同万物,苍生何从仰照呢?"睿乃罢议,因即下诏道:

  昔我高祖宣皇帝,诞应期运。廓开王基,景文皇帝。奕世重光,缉熙诸夏,爰暨世祖,应天顺时,受兹明命,功格天地,仁济宇宙。昊天不融,降此鞠凶。怀帝短世,越去王都,天祸荐臻,大行皇帝崩殂,社稷无奉,肆群后三司六事之人,畴谘庶尹,至于华戎,致辑大命于朕躬。予一人畏天之威。用弗敢违,遂登坛南岳,受终文祖。燔柴颁瑞,告类上帝。惟朕寡德,缵我弘绪,若涉大川,罔知攸济,惟尔股肱

爪牙之佐，文武熊罴之臣，用能弼宁晋室，辅予一人。思与万国，共同休庆。钦哉惟命！

看官记着，睿是江东开国的第一个主子，历史上称为东晋，又因他后来庙号，叫作元皇帝，所以沿称元帝。先是江左有童谣云："五马浮渡江，一马化为龙。"时人都莫名其妙。至永嘉年间，睿与西阳王羕，注见前文。汝南王祐，亮长孙。南顿王宗，羕弟。彭城王释，宣帝弟，东武城侯馗曾孙。相继渡江，睿独得为帝，童谣始验。但穷究底细，实是牛代马后，小子于前文中，已经叙过，想看官应早接洽呢。话休絮烦。

且说元帝睿既已即位，颁诏大赦，复改建武二年为太兴元年，立王太子绍为皇太子。绍幼年聪颖，素得父宠，数岁时，坐置膝下。适长安使至，元帝问绍道："汝谓日与长安，孰近孰远？"绍答道："长安近，不闻人从日边来。"次日，元帝款待来使，并宴及群僚，又召绍出问道："究竟长安近呢，还是日近呢？"绍却答言日近。元帝失色道："汝曾言长安近，为何今日异词？"绍又答道："举目见日，不见长安，所以说是日近。"元帝益觉惊异，群僚当然推为奇童。及长，颇知仁孝，喜属文辞，又善武艺，好贤礼士，虚心纳谏，与庾亮温峤等，为布衣交。亮风格峻整，善谈老庄，仍不脱竹林窠白。元帝称亮有清才，因纳亮妹为绍妇，绍为太子，庾氏当然为太子妃，亮亦得侍讲东宫。元帝尝以韩非书赐太子，亮进谏道："申韩刻薄伤化，不足取法。"太子绍深纳亮言，故不尚烦苛，专主宽简，中外目为贤储君。

绍弟琅琊王裒，曾奉父命，带领锐卒三万，往助豫州刺史祖逖，北讨石勒。逖自击楫渡江，进至谯城，见二十六回。流人张平樊雅，曾聚众谯郡，自称坞主，逖使参军殷乂，往招平雅，乂意甚轻平，谓平屋只可作厩，又见大镬(huò)，谓可置铁器。平夸言是帝王镬，待天下清平，大有用处。乂冷笑道："头且不保，尚爱这镬么？"平勃然怒起，拔剑斩乂。乂真不知世务，徒自取死。遂督众固守。逖往攻不克，以重利啗平将谢浮，使杀张平。浮将平刺死，携首献逖。惟樊雅尚据住谯城，未肯降服，逖更使人说降，谯城乃下。石勒遣从子虎围谯，适南中郎将王含，使参军桓宣往援，虎乃退去，逖表宣为谯国内史。至琅琊王裒驰至，谯城已经解围，裒还建康，数月病殁。裒有弟冲，封东海王，使继故太傅越宗祀，尊越妃裴氏为太妃。见二十三回。冲弟晞,亦封武陵王,加王导骠骑大将军,开府仪同三司,仍进王敦为江州牧,迁刁协为尚书令,荀崧为尚书左仆射,其余内外文武各官,俱增位二等。惟出周嵩为新安太守,阴示薄惩。

忽由河北传到骇闻,乃是前并州都督刘琨,竟被幽州刺史段匹䃅杀死。看官阅过前文,应知匹䃅与琨,约为兄弟,申以婚姻,同盟讨汉,齐心事晋,为甚么凶终隙末,反致害琨呢?原来元帝即位,曾命琨为太尉,仍广武侯,匹䃅为渤海公。会匹䃅因兄死奔丧,琨遣嫡子群送往,偏匹䃅从弟末柸,私通石勒,率众袭击匹䃅,末柸得贿事见前回。匹䃅走脱,刘群为末柸所执,厚礼相待,许琨为幽州刺史,诱群同攻匹䃅。群不得已允了末柸,作书遗父,请为内应。偏匹䃅回蓟,防备末柸,屡遣探骑侦察,凑巧末柸使人,被他拘住,搜得群书,献与匹䃅。匹䃅即将原书示琨,琨大为惊异。匹䃅道:"我知公无他意,所以白公。"琨答道:"与王同盟,志匡王室,仰仗威力期雪国耻。若儿书密达,乃是末柸为反间计离我二人,我终不私爱一子,负公忘义呢。"匹䃅也一笑而罢。琨本别屯故征北府小城,此次由匹䃅召来,彼此证明心迹,情好如初。琨即欲还屯,匹䃅弟叔军白兄道:"我等俱系胡人,向为晋所轻视,今不过畏我兵众,所以甘心俯就,若我骨肉构祸,示以间隙,适使彼得图我,倘有人奉琨发难,我族将从此无遗了。"匹䃅因留琨不遣。琨庶长子遵,留居征北府小城,闻琨被拘,遂与琨左长史杨桥,并州治中如绥,闭门自守。匹䃅使人慰谕,遵等不从。经匹䃅发兵围攻,相持兼旬,小城中粮尽食空,守将龙季猛,暗降匹䃅,斩桥绥,执刘遵,开城纳匹䃅兵。遵与群俱皆失计,徒致害死乃父。琨迭闻变故,自知难免,索性将生死置诸度外,毫不慌忙,惟尚有一腔忠愤,无处可挥,特吟五言诗一首,寄赠别驾卢谌,诗云:

幄中有悬璧,本自荆山璆。维彼太公望,昔是渭滨叟。邓生何感激?千里来相求。白登幸曲逆,曲逆侯陈平。鸿门赖留侯。张良。重耳凭五贤,小白相射钩。能通二霸主,安问党与仇?中夜抚枕叹,想与数子游。吾衰久矣夫!何其不梦周?谁云圣达节?知命故无忧。宣尼悲获麟,西狩泣孔丘,功业未及建,夕阳忽西流。时哉不我与,去矣如云浮。朱实陨劲风,繁英落素秋。狭路倾华盖,骇驷摧双辀(zhōu)。何意百炼刚,化作绕指柔?

诗中寓意，无非借鸿门白登故事，激励卢谌。谌无甚奇略，但用常词酬和，且谓琨措词未合，不应作帝王思想。琨见他不知己意，付诸一叹罢了。已而代郡太守辟闾嵩，辟闾系复姓。与雁门太守王据，后将军韩据同谋，欲袭匹䃅，救出刘琨。不料韩据女为匹䃅儿妾。得知三人密计，竟告匹䃅。匹䃅即诱执王据辟闾嵩，并皆杀死。会江州牧王敦，寄书匹䃅，嗾使杀琨。不知他所挟何仇？莫非因忠奸不同，故有此举？匹䃅亦虑众为变，托称建康有诏，处琨死刑。琨闻敦使到来，顾语子侄道："处仲敦字处仲。使来，不闻见告，这明明是诱杀我呢。死生有命，但恨仇耻未雪，愧与君亲相见地下呢。"因呜咽流涕。俄顷，即有吏趋入，伪传诏命，逼琨自缢。琨子侄四人，亦俱被害。卢谌等率琨遗众，走依末杯，奉琨子群为主，暂依末杯部下。末杯匹䃅，益寻仇不已，晋人尤不服匹䃅，相率离散，匹䃅亦转盛为衰。

元帝闻匹䃅杀琨，尚畏匹䃅势焰，不敢指斥，且未尝为琨举哀。琨右司马温峤，表称琨尽忠帝室，应加褒恤。元帝不报，但除琨为散骑侍郎。峤既悲琨死，又闻母亡，因固辞职位，苦请北归。有诏不许，且责峤道："今寇逆未枭，诸军奉迎梓宫，尚不得进，峤怎得专顾私难，任官不拜呢？"峤不得已受命。

会凉州刺史西平公张寔，遣牙门将蔡忠，通问建康，书中尚用建兴年号，不称太兴。当时东西悬隔，元帝即位的诏书，尚未颁到，所以犹仍旧号，且遣忠东行，亦非无因。南阳王都尉陈安，举兵叛保，入逼上邽。保向凉州告急，寔发步骑二万人往援，安始退去。凉州兵还镇，谓保欲自称尊号，破羌都尉张诜，因向寔献议道："南阳王不思国耻，遽欲称尊，将来必不能成功。晋王近亲，且有名德，公当为天下首倡，奉戴江东。"寔依诜言，乃使忠诣建康。及忠自建康西归，寔亦已知元帝即位，并由忠代赍诏书，虽语多慰勉，实含有专制的意义。寔也未免怀嫌，阳若奉晋，阴实离晋，嗣是凉州亦别为一国了。即十六国中之一。

当时尚有南安赤亭水名。羌人姚弋仲，为后汉时西羌校尉迁那子，怀帝末年，因见中国大乱，得由赤亭东徙榆眉，华夷人民，襁负相随，共有数万。弋仲遂自称扶风公。为后秦开国张本。洛阳氐酋杨茂搜，见前文。有子难敌，袭踞梁州，刺史张光愤死，光子迈战殁，嗣由州人张咸，纠众逐去难敌,举州附成。成主李雄,得管领梁益二州,难敌回至略阳,适茂搜病死,便嗣立为氐王,这也是一路杂胡。代王普根,戡定国难,不久即死,国人立猗卢从子郁律为主。郁律好武,击走铁弗部酋刘虎,收降虎众,又西取乌孙故地,东并勿吉诸部,士马精强,复得雄长北方。还有慕容廆庶兄吐谷浑,吐谷,读若突欲。与廆分部自治。会二部马斗,廆遣人诮浑,浑即率众西徙,后复度陇而下,据洮水西,拓地至白兰,羌别种。地方数千里。鲜卑谓兄为阿干,廆追怀兄浑,为作阿干歌。浑子甚多,相传有六十人,长子吐延嗣位,未几为羌人所杀,子叶延继立。叶延好学尚礼,谓公侯之子,得用王父字为氏,因把吐谷浑三字作为国号,后来享国最长,在五胡十六国外,好算是一个西徼的雄封哩。连述数国,自成一束。

独汉主聪,骄淫荒虐,不修政事,朝廷内外,无复纲纪,佞人日进,货赂公行,后宫赏赐,动至千万。聪次子大将军敷,屡次泣谏,聪大怒道:"尔欲乃公速死么?朝朝暮暮,生来哭人。"敷积忧病死。河东大蝗,犬豕相交,东宫四门,无故自坏,内史女人,化为丈夫,灾异不绝,聪毫不戒惧。已而聪所居蠡斯百则堂,猝遭火灾,焚死聪子孙二十余人,聪自投床下,哀塞气绝,良久乃苏。但事过又忘,淫昏如故。中常侍王沈,有一养女,年方十四,娇小玲珑,为聪所爱,拟立为左皇后。尚书令王鉴,中书监崔懿之,中书令曹恂等,上书谏阻,略云:

> 臣闻皇者之立后也,将以上配乾坤之性,象二仪敷育之义,生承宗庙,母临天下,亡配后土,执馈皇姑,必择世德名宗,幽娴令淑,乃副四海之望,称神祇之心。是故周文造周,姒氏以兴,关雎之化洽,则百世之祚永。孝成汉成帝。任心纵欲,以婢为后,使皇统亡绝,社稷沦倾。有周之隆,既如彼矣,大汉之祸,又如此矣。从麟嘉以来,乱淫于色,纵沈之女弟,刑余小丑,犹不可侍琼寝,污清庙,况其家婢耶?六宫妃嫔,皆公子公孙,奈何一旦以婢主之。何异象榱玉簧,而对腐木朽槛哉?臣恐无福于国家,反有害于宫寝也。明知冒渎,不敢不陈,谨昧死上闻!

聪览毕大怒,即令中常侍宣怀,传语太子粲道:"鉴等小子,慢侮国家,狂言嫚语,无复君臣上下礼节,速即加刑。"粲一奉命,便伤兵吏收捕鉴等,牵往市曹。金紫光禄大夫王延,驰至殿门,意欲入谏,王沈密嘱司阍,不许

入内。沈却自赴市曹监刑,用杖叩鉴等道:"庸奴!庸奴!尚能逞刁么?乃公养女为后,干汝甚事?"鉴瞋目叱沈道:"竖子!以竖子对庸奴,恰是绝对。使皇汉灭亡,即由汝等鼠辈,与靳准一人。我死后,当诣先帝前诉汝,活捉汝等至地下。"懿之亦厉声道:"靳准枭声獍(jīng)形,必为国患,汝等为国蠹贼,党同枭獍,今日食人,他日人亦食汝,看汝能活到几时?"沈且怒且惭,立使刑吏加刃,刀光起处,首皆落地,时人都为呼冤。

中常侍宣怀,也觅得一个丽姝,作为养女,献入汉宫。聪多多益善,一视同仁,复立她为中皇后。这八九个年少娇娃,轮流供御,再加后庭粉黛,不下千百,任令聪随意选召,日夕淫嬲(niǎo),就使铜头铁骨,也为所熔,何况是血肉身躯呢?聪渐觉不支,奄卧光极殿寝室中,常闻鬼哭,更迁至建始殿中,鬼哭如故。聪少子东平王约,已经夭逝,一日,聪适昼寝,并未睡熟,蓦见帐外有一人影,举目审视,不是别人,正是东平王约,禁不住大声呼异,声浪一传,那人影复杳然不见。这是聪淫欲过度,目光昏乱,并非真正见鬼。聪越加惊疑,便召太子粲入室,握手叮咛道:"我寝疾缠绵,见闻多怪,今又见约来此,想是我命该终,此儿特来迎我呢。人死果有神灵,我亦何必怕死。但现今世难未平,汝不必拘守谅暗古制,朝死夕殓,旬日出葬便了。"何劳汝嘱,他已情愿汝速死了。粲含糊答应。聪又命粲颁发诏令,征刘曜为丞相,石勒为大将军,并录尚书事,夹辅朝政,二人皆奉表固辞。粲复入白,聪乃改令刘景为太宰,刘骥为大司马,刘颢为太师,朱纪为太傅,呼延晏为太保,并录尚书事。范隆守尚书令,仪同三司,靳准为大司空,领司隶校尉,皆迭决尚书奏事。过了数日,聪病加剧,满身呼痛,等到气竭声嘶,两目一翻,呜呼死了。共计在位九年,太子粲嗣为汉主,依聪遗命,旬日即葬,追谥聪为昭武皇帝,庙号烈宗。小子有诗叹道:

　　　　九载淫荒恶贯盈,到头一死国随倾。
　　　　及身幸免儿孙受,莫向苍天怨不平。

粲既嗣位,恣行无道,比乃父还要荒淫,欲知详情,试看下回续叙。

　　纪瞻周嵩,一劝晋王睿称尊,一阻晋王睿即位,劝睿者以继统为正,阻睿者以雪耻为先,固皆持之有故,言之成理者也。但观睿之无志北征,则知纪瞻之请,实自揣摩迎合而来,不若周嵩之义正词严,较为直谅耳。睿一即位,使王导并坐御床,夫自古无君臣共坐之理,睿喜极忘怀,故有此语,然则睿之情亦大可见矣。若汉主刘聪,荒淫不道,天变人异,不足以儆其心,甚至刑余养女,俱册为后,古人谓并后匹嫡,足为乱本,如聪之所为,正不特并后匹嫡已也。乃在位九年,竟获考终,阅者几疑恶报之未彰,不知报愈迟者祸愈烈,试观下回靳准之乱,掘墓毁庙,尽屠刘氏,乃知聪之恶为最甚,而报之惨亦蔑以加矣。

第三十二回

诛逆登基羊后专宠　　乘衅独立石勒称王

却说刘粲为刘聪长子,少时却也聪隽,具文武才。自得为宰相后,威福自专,远忠贤,近奸佞,任情严刻,拒谏饰非,好兴宫室,罗列姜媵,相国府仿佛紫宫。及继承大位,毫无戚容。聪后靳月华,得尊为皇太后,樊氏号弘道皇后,宣氏号弘德皇后,王氏号弘孝皇后,这四后俱在妙年,未满二十,面庞儿均皆齐整,模样儿又皆轻狂,此次刘聪已死,眼见得四位嫠妇,不耐守嫠,好在嗣主粲能体心贴意,善代父劳,一身周旋四后,夜以继日,挨次烝淫,妇人家水性杨花,乐得屈尊就卑,共图欢乐。聪只烝一单后。粲能烝及四人,确是跨灶。但粲已有妻孥,未免多嘴,粲乃立妻靳氏为皇后,想又是靳准家儿。子元公为太子,大赦境内,改年汉昌。

司空靳准,阴蓄异志,潜入白粲道:"臣闻诸公欲行伊霍故事,将先杀太保,次杀臣身,另推大司马统摄万几。陛下若不先图,臣恐祸机不远,便在旦夕间了。"粲瞿然道:"恐无此事,休得相疑!"准怏怏退出,恐粲转告诸刘,反致杀身,乃急商诸太后皇后,教她们乘间进谗。二后俱系靳家儿女,当然唯命是从,趁着粲入宫行乐,便说诸刘如何设谋,如何废主,虽是无端捏造,一经莺簧百啭,竟觉得语语似真。靳月华尤善逞刁,对着粲前,鸣咽与语道:"宗臣等密谋废立,无非为嗣君烝淫而起,嗣君欲脱免此祸,幸勿再至妾宫,妾愿与陛下生别,冀得少安。"看官试想,粲与靳月华,已似胶漆相投,融成一片,哪里还分拆得开?经此一激,遂不管他是真是假,是好是歹,便毅然下令,收逮太宰上洛王刘景,太师昌国公刘顗,大司马济南王刘骥,大司徒齐王刘劢等,一古脑儿斩首。骥弟车骑大将军吴王刘逞,亦连坐被诛,惟太傅朱纪,太保呼延晏,太尉兼尚书令范隆,出奔长安。

粲又大阅上林,谋讨石勒,命丞相刘曜为相国,都督中外诸军事,留镇长安。授靳准为大将军，录尚书事。准暗嘱内侍，令劝粲晏处后宫，凡军国重事，尽付大将军裁决。粲正流连四美，倚翠偎红，巴不得有此良臣，代主国事，好使他安心纵乐。哪知准怀着鬼胎，潜谋不轨，乃大权到手，遂矫托粲旨，用从弟靳明为车骑将军，靳康为卫将军，仿佛王衍三窟。所有宫廷宿卫，概归兄弟三人节制，于是决计作乱，戒兵待发。金紫光禄大夫王延，老成硕德，向负时望，准欲引为臂助，遣人与谋。延怎肯从乱？且拟入宫告粲，途次为靳康所劫，送至准处。准把延拘住，当即勒兵入宫。宫中无人阻拦，一任准等闯进，直登光极殿，使人执粲。粲尚在太后宫中，与靳月华饮酒调情，突见甲士驰入，还道是同宗发难，走匿床下。甲士呼道："司空有令，请主上升殿！"粲听了司空两字，不待收捕，便放胆出来，随甲士趋入殿中。哪知靳准竟高升御座，瞋目叱粲，说他种种淫虐，罪在不赦，粲才觉着忙，双膝跪下，叩头乞哀。女婿向岳丈磕头，理所应有，可惜这岳丈不肯容情。准置诸不睬，竟喝令左右，将粲刺死，一面拘拿刘氏眷属，无论男女，不问少长，皆屠戮东市，只留着靳太后靳皇后二人，发掘刘渊刘聪陵墓，枭聪死尸，焚毁刘氏宗庙。准与刘氏无仇，乃残毒至此，是必冥冥之中，另有一种公案。嗣是彻夜鬼哭，声闻百里。惟征北将军刘雅，得出奔西平。

准自号大将军汉天王，称制置百官，召语汉臣胡嵩道："从古无胡人为天子，今将传国玺付汝，汝可送还晋家。"既屠刘氏，却不愿为帝，靳准毋乃太愚。嵩不敢受。准又怒起，立命杀嵩，另派人通使司州。司州尚有晋属地，由河内太守李矩，迁为刺史，闻汉使到来，不知何因。至相见时，来使语矩道："刘渊屠各注见前文。小丑，因大晋内乱，乘隙称兵，矫称天命，至使二帝幽没北廷，现由靳大将军汉天王，为晋复仇，屠灭刘氏，谨率众扶侍梓宫，请代表上闻！"矩乃飞奏元帝，遣太常韩胤等奉迎梓宫。胤尚未至平阳，那刘曜石勒等，已合兵攻准，眼见是战云扰扰，不便进行。准潜居宫禁，超擢私党，诛锄异己，仍将王延释出，令为左光禄大夫。延怒骂道："屠各逆奴，我岂肯为逆臣？快快杀我！且剜我左目置西阳门，右目置建春门，好看相国大将军入都，同诛逆贼哩。"准当然大愤，把延杀死。

相国刘曜，自长安发兵讨逆，大将军石勒，亦率精锐五万人，先驱讨准，据住襄陵北原。准屡拨兵挑战，勒坚壁不动，通书刘曜，愿会师同进。

曜行抵赤壁，正与呼延晏、朱纪、范隆相遇，报明平阳惨状，且言曜母及兄，亦俱遭害。曜不禁大恸，誓报亲仇。呼延晏等遂请曜即尊，谓："国家不可一日无主，应先加尊号，维系众望。"曜即依议，就在赤壁设坛，行即位礼，大赦境内，惟准一门不在赦例。改元光初，使朱纪领司徒，呼延晏领司空，太尉范隆以下，各仍原职。遣使拜石勒为大司马大将军，加九锡，增封十郡，进爵赵公。勒进攻平阳，收降羌羯人民七万余名，均徙往所部郡县。刘曜亦檄征北将军刘雅，镇北将军刘策，进屯汾阴，作为声援。

靳准闻两路进兵，恐不能敌，乃使侍中卜泰，持了乘舆服御，送往勒营，情愿修和。勒将泰囚送曜营，曜释了泰缚，婉颜与语道："先帝末年，实乱大伦，司空仿行伊霍故例，使朕得登大位，不特无罪，并且有功；若能早迎大驾，当以政事相委，宁止免死？卿可为朕入城，具宣此意。"泰乃别去，返报靳准。准已害曜母及兄，恐曜未必相容，因沉吟不决。会车骑将军乔泰、王腾，卫将军靳康与将军马忠等，刺杀靳准，推靳明为盟主，再使卜泰赍奉传国六玺，献与刘曜。曜欣然语泰道："使朕得此神玺，建帝王大业，实赖卿力。"因厚待卜泰，嘱令返报，许他归降。

石勒闻卜泰持玺降曜，未尝报勒，遂不禁怒起，增兵攻明。明出战屡败，婴城固守；且遣人向曜求救。曜使刘雅等纳降，靳明率平阳士女万五千人，奔归曜营，不料曜变了面目，俟明入见时，一声呼喝，便把他两手绑住，推出枭斩，且将靳氏全家诛戮，就是靳太后靳皇后等，亦悉数祭刀。惟靳康女，饶有姿容，为曜所羡，拟纳为皇后。女慨然道："陛下既诛妾父母兄弟，还要留妾何用？况妾家犯了逆案，致受诛夷，古人惩逆锄恶，尚当污宫伐树，难道可容留子女么？"靳家亦有烈女，不得谓部娄之下，必无松柏。说至此，泪容满面，越觉令人生怜。曜怎忍下手，还与她譬喻百端。康女总咬定一个"死"字，始终不肯从曜。曜乃纵令自去，且免康一子，使奉靳氏宗祀。

迎母胡氏丧于平阳，还葬粟邑，谥为宣明皇太后，追尊三代为皇帝，徙都长安，前筑光世殿，后筑紫光殿。立羊氏为皇后，羊氏就是晋惠帝继室，从前五废五复，九死一生，不料尚有这一段外缘，要去做那外国皇帝的正宫。曜尝私问羊氏道："我比司马家儿优劣何如？"羊氏嫣然一笑，复柔声作昵语道："陛下乃开国圣主，怎得与亡国庸夫，互相比论？彼贵为帝王,只有一妻一子及本身三人,尚不能保护,使妻子受辱庶人手中,妾当时已愤不欲生,何意复有今日?妾生长高门,误配庸奴,尝怪世间男子,为甚么无丈夫气?及得侍陛下,趋奉巾栉,乃知天下自有丈夫,正不能一概并论呢。"亏她老脸,说得出这种话儿。曜闻言大悦,宠爱有加。羊氏也格外逢迎,床笫(zǐ)承欢,情好百倍。接连生下三子,长名熙,次名袭,幼名阐,并得曜宠。曜前妻卜氏,已有子数人,曜竟舍长立幼,以羊氏长男熙为嗣,册为太子,另封诸子为王。缮宗庙,定社稷,用司空呼延晏议,谓:"晋以金德王天下,今宜承晋,取金水相生之义,不必沿汉旧号,可改称为赵。赵出天水,正与水德相符。"于是自称大赵,复以匈奴大单于为太祖,冒顿读若墨特,见《前汉演义》。配天,渊配上帝,牲牡尚黑,旗帜尚玄,颁令大赦,且使侍中郭汜(fán),持节署石勒为太宰,领大将军,进爵赵王。

勒已入平阳,修复渊聪二墓,收瘗刘粲以下百余尸骸,并将浑仪乐器,徙至襄国,一面遣左长史王修,至长安献捷,且贺曜即位。修谒曜称臣,呈上勒表,曜见表文中多恭逊语,很是欣慰,便留修馆宴,待遇甚优。勒有舍人曹平乐,前由勒遣至长安,应对皆如曜意。曜使侍左右,未曾遣归,至是

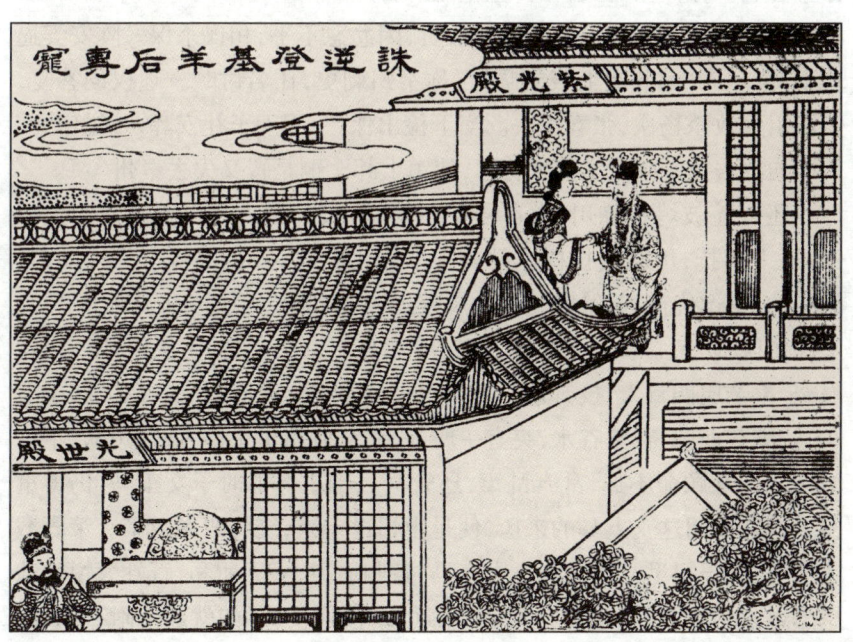

独向曜进言道："大司马遣修到此,外表输诚,内觇强弱,待修一返,报明虚实,彼必将潜兵西来,轻袭乘舆。羯人无信,不可不防!"曜矍然道:"卿言甚是,朕几为他所算。"遂发轻骑追还郭汜,且将王修牵出斩首。修随吏刘茂逃归,报明修被杀情形,勒遂回襄国,捕诛平乐家人,夷及三族,追赠修为太常,并下令示众道:

> 孤兄弟之奉刘家,人臣之道过矣。若微孤兄弟,岂能南面称朕哉?根基既立,便欲相图。天不助恶,使假手靳准,孤惟事君之体,当资舜求瞽瞍之义,故复推崇令主,齐好如初。何图长恶不悛,杀奉诚之使,帝王之起,复何常耶?赵王赵常,孤自取之,名号大小,岂其所节耶?此后与刘氏绝好,俾众周知!

自勒下此令后,与曜交恶,遂成仇敌,这便是胡羯分离的张本,也就是刘曜灭亡的祸根了。夷狄原无信义,但曜勒交恶,曲在曜,不在勒。秦州刺史陈安,即晋南阳王保都尉,他本是个反覆无常的小人,曾叛保附汉,叛保事,见前回。寻复降成。及刘曜即位,又遣人至曜处奉表,为保复仇。原来保闻愍帝凶耗,便欲称尊,好容易过了一年,竟自称晋王,改元建康,分置官属。保体极肥大,相传重量至八百斤。想非十六两秤。平居嗜睡,暗弱无能。部将张春、杨次,触怒被责,因忿怼不平,相谋杀保。陈安尝逼攻上邽(guī),偏此次上表刘曜,自称秦州刺史,托名讨贼。曜权词答复,安即引兵攻杀杨次,张春遁去。当下检出保尸,用天子礼安葬,私谥曰元,因即向曜告捷。曜授安为大将军,使镇上邽。嗣是晋又失去秦州。

还有蓬陂坞主陈川,尝自号宁朔将军,兼陈留太守。晋豫州刺史祖逖,遣人招抚,川愿效指挥。逖攻张平樊雅时,川曾拨部将李头往助,力战有功,得逖优待,赠给骏马。头感叹道:"若得此人为主,虽死无恨。"及平诛雅降,均见前回。头仍返蓬陂,不意陈川疑头归逖,将头杀死。头党冯宠,率亲属四百人,投奔逖军。川得报益怒,竟入掠豫州诸郡,大获子女车马,满载而归,行至谷水,突有一彪人马,从刺斜里杀出,截住川众,不许饱扬。川众顾命不遑,乱奔乱窜,还管甚么辎重。那时子女车马,仍得重归。看官欲问这支人马的来历,便是由祖逖差来,统将叫做卫策。策既截还所掠,还报祖逖。逖命将子女车马,各归原主,一无所私,百姓大悦。独川恐逖进讨,思借外援,自忖长安太远,未便通使,不如就近依附石勒,或得呼应较灵,乃奉书襄国,乞降求救。石勒即遣从子石虎,率兵五万,往援陈川。可巧祖逖亦引兵来攻,彼此相见,免不得一场大战。逖兵寡失利,退驻梁国。既而勒将桃豹,复率精骑至蓬关,遂与石虎陈川,共击祖逖。逖设伏待着,败虎前驱,虎乃退去,与陈川同还襄国,留桃豹守川故城,即蓬陂坞。当下由虎倡议,请勒自称尊号。勒左长史张敬,右长史张宾,左司马张屈六,右司马程遐,及诸将佐百余人,当然赞成虎议,异口同辞。勒佯不肯允,虎等又复上书道:

> 臣等闻有非常之度,必有非常之功,有非常之功,必有非常之事。是以三代陵迟,五霸迭兴,静难济时,绩侔睿古。伏维殿下天纵圣哲,诞应符运,鞭挞宇宙,弼成皇业,普天率土,莫不来苏。嘉瑞征祥,日月相继。物望去刘氏,威怀于明公者,十分而九矣。今山川夷静,星辰不孛,夏海重译,天人系仰,诚应升御中坛,即皇帝位,使攀附之徒,蒙尺寸之润,请称大将军大单于领冀州牧赵王,依汉昭烈在蜀,魏王在邺故事,以河内、魏郡、汲郡、顿邱、平原、清河、钜鹿、常山、中山、长乐、乐平十一郡。并前赵国广平、阳平、章武、渤海、河间、上党、定襄、范阳、渔阳、武邑、燕国、乐陵十三郡,合二十四郡户二十九万为赵国,封内依旧,改为内史。准禹贡冀州之境,南至盟津,西达龙门,东至于河,北至塞垣,以大单于镇抚百蛮,罢并朔司三州,通置部司以监。伏愿钦若昊天,垂副群望,克日即位,翘首俟命!

勒览书后,尚装出许多做作,西向五让,南向四让。越演越丑。僚佐等叩头固请,勒乃允诺,即赵王位,赦境内殊死以下,腾出百姓田租半额,分赐孝悌力田及死义子孙,帛各有差。孤老鳏寡,每人谷二石,大酺(pú)七日,依春秋列国及汉初侯王故例,每世称元,号为赵王元年。史家称为后赵,示与刘曜有别。勒建社稷,立宗庙,营东西官署,从事中郎裴宪,参军傅畅、杜嘏(gǔ),并领经学祭酒,参军续咸、庾景,并领律学祭酒,任播、崔浚,并领史学祭酒,中垒将军支雄,游击将军王阳,并领门臣祭酒。禁胡人凌侮华族,遣使循行州郡,劝课农桑,朝会始用天子礼乐。加张宾为大执法,专总朝政,位冠僚首。署石虎为单于元辅,都督禁卫诸军事,加骠骑将军,赐爵中山公。其余群臣,授位进爵有差。又悉召武乡耆旧,均至襄国,与同欢饮,畅叙平生。独旧邻李阳,不敢赴召。阳尝与勒争沤麻池,互致

殴伤,所以畏缩不前。勒掀髯道:"我方经营天下,岂与匹夫为仇?阳尽管前来,决无他患。"乃又遣乡人召阳,阳只好硬着头皮,随同见勒,伏地谢罪。勒下座扶阳,引臂令起,且与笑语道:"孤往日惹卿老拳,卿亦饱孤毒手,事成已往,何足介怀?"因特给巨觥,命他畅饮,并赐阳甲第一区,拜为参军都尉。不念旧恶,原是厚道,惟拜官赐第,毋乃太过。嗣复下令道:"武乡是我故里,譬如汉朝的丰沛,百年以后,魂灵仍当归复,应豁除三世赋役,不得苦我乡人。"

会闻桃豹自蓬陂败还,颇以为虑,乃致书与逖,愿同和好。看官阅过上文,已知豹居守蓬陂,逖亦使部将韩潜,率兵掩入蓬陂坞,据住东台,从东门出入。豹守西台,从南门出入,与潜相持至四旬。逖用布囊盛土,伪作米状,使千余人运囊与潜,又别使数人挑米继进。豹见他陆续运粮,发兵出劫,挑米各人,弃担遁去。豹众正苦饥疲,夺得粮米,自然喜欢。独豹以逖粮食充足,不免加忧。逖却令部将冯铁,梭巡汴水,适值勒将刘夜堂,运粮馈豹,冯铁即报知韩潜,会兵截击,逐走夜堂,尽夺军粮。豹闻粮被夺去,料知难守,遂黉夜出走,遁往东燕城。

逖又使韩潜进次封邱,冯铁据有蓬陂,自至雍邱驻节,规画两河,剿抚兼施。石勒所遣各镇戍,不是散走,就是降逖,累得勒无法可施,只好与逖通好,乞求互市。逖得书不报,但默许商人往来,按货课税,收利十倍。勒因逖籍隶范阳,祖父墓皆在故里,特令范阳守吏代为修墓,并置守塚二家。逖乃遣使报谢,贻赠方物。勒厚赏逖使,报逖礼仪,计马百匹,金五十斤。既而逖将童建,擅杀新蔡内史周密,走降石勒。勒斩建首,函送与逖,且寄逖书道:"叛臣逃吏,是我深仇,建负将军,胆敢叛亡,我国非逋逃薮。亦与将军同恶,故枭恶以闻。"逖答书称谢,自是勒众来降,逖亦不纳,彼此各禁侵暴,两河南北,少得安息。小子有诗咏道:

中流击楫誓澄清,百战河南众丑平。

毕竟祖鞭先一著,虏庭也自慑威名。

石勒与逖修和,另图幽冀并三州,欲知他略地情形,待至下回再详。

靳准屠刘氏,刘曜亦屠靳家,天为刘氏之纵恶,而假手靳准,又为靳氏之肆逆,而假手刘曜,然则世人亦何苦纵恶肆逆,而自取灭门之祸哉?靳康有女,尚知守贞,而羊氏曾为中国皇后,乃委身强虏,献媚贡谀,我为中国愧死矣。篇目特标明羊后,嫉之也。石勒之力攻靳明,固未免营私,但如靳氏之敢为大逆,正应声罪行诛,岂可如曜之挟诈欺人,诱其降而复歼之乎?故略情原迹,勒尚不失为正,而曜则行同鬼蜮,未足服人,至杀勒使,而其理尤曲矣,宜乎勒之背曜独立也。

第三十三回

段匹䃅受擒失河朔　王处仲抗表叛江南

却说幽州刺史段匹䃅,害死刘琨,因致舆情不服,多半叛离。见三十一回。末杯复屡攻匹䃅,匹䃅不能支持,拟北奔乐陵,往依冀州刺史邵续,行至盐山,忽被一大队人马截住,统将叫作石越,乃是石勒麾下的前锋。匹䃅不敢恋战,引众急退,已被石越掩杀一阵,零零落落,走保蓟城,已而石勒复遣部将孔苌,攻陷幽州诸郡,势将及蓟。匹䃅大惧,又弃城出奔,拟往上谷。偏偏代王郁律,发兵扼阻,不令前进。匹䃅恐代兵追来,慌忙窜去。途次又被末杯邀击,连妻子都不及顾,但与弟文鸯等,走依邵续。续顾念旧情,留住匹䃅。匹䃅前曾救续,事见二十七回。匹䃅凄然语续道:"我本夷人,因慕义破家,君若不忘旧好,乞与我同讨末杯,感惠无穷。"匹䃅如果知义,何致枉杀刘琨。续慨然许诺,即督领部曲,与匹䃅同击末杯,斩获甚众,末杯仓皇遁去。末杯弟占据蓟城,匹䃅与弟文鸯,复移兵往攻。

唯邵续还屯乐陵,石勒从子石虎,与别将孔苌,伺续空虚,竟来攻续,突至城下,大掠居民。续麾兵出救,虎诈败佯输,诱续远追,暗中却令孔苌,带着精骑绕出续背,前后夹攻。续中箭落马,为虎所擒,缚至城下,胁令招降守兵。续呼兄子笠等,慷慨与语道:"我志欲报国,不幸至此,汝等但努力守城,奉匹䃅为主,勿生贰心。"语毕自退。虎将续解往襄国,勒使人责续道:"汝前既归我,后复叛我,国有常刑,汝甘受否?"续答说道:"续为晋臣,宜尽臣节,本无贰心。前次委命纳赘,无非为保全乡宗起见,大王不察愚衷,诛及续子,使续不得早叩天门,是大王负续,非续负大王。大王如欲杀续,续自甘就死,尚有何言?"勒闻续言,顾语张宾道:"续言忠挚,孤且增惭,右侯可为孤招待便了。"宾奉勒命,延续入馆,厚加慰抚,寻复令续为从事中郎。续不愿事勒,亲自灌园鬻菜,作衣食资,勒称为高士,临朝时辄加叹赏,激励百僚。

惟续被擒后,匹磾得报,急与文鸯还救乐陵,中途为石虎所遮,兵皆骇散。亏得文鸯多力,带领数百亲兵,保住匹磾,血战入城,与续子缉,及续从子存笠等,乘陴拒守。石虎孔苌,屡攻不克,苌恃强无备,反为文鸯所袭,大败一阵,退军十里。虎亦却走。既而虎与苌,又复进攻,相持兼旬,城内粮食垂尽,城外亦被掠一空。文鸯请诸匹磾,愿决一死战。匹磾不许。文鸯毅然道:"我以勇力著名,故为民所倚望,今不能救民,已失民心,况粮竭无援,守亦死,战亦死,同是一死,何如一战,倒还好杀死几个胡虏。"说毕,径率壮士数十骑出战。石虎见文鸯出来,麾兵围绕,至数十匝。文鸯手执长槊,左挑右拨,十荡九决,戮毙虎兵无数,人尚未困,马却已乏,乃伏鞍少憩。虎高呼道:"兄与我俱出夷狄,久欲与兄同为一家,今天不违愿,复得相见,何必苦战,请释仗共叙。"文鸯骂道:"汝为寇贼,早该致死,天不祚我,使我骨肉相戕,令汝犹得称雄,我宁斗死,不为汝屈。"说着,下马再战,槊忽折断,拔刀冲突,自辰至申,腹枵力尽,然后被执。城上守兵,当然夺气。文鸯原是勇士,惜乎徒勇无谋。先是邵续被围,报至建康,吏部郎刘胤,曾奏闻元帝道:"北方藩镇,只一邵续,倘复为石虎所灭,何以对忠臣义士?请亟发兵往救,免致沉沦。"元帝不能用。至续已陷没,乃令王英持节北行,令续子缉承袭父职。英到了乐陵,坐居围城,不能南归。匹磾欲与英突围,同赴建康,偏邵续弟洎,曾为乐安内史,不许匹磾出城,且欲执英送虎。匹磾正色道:"卿不遵兄志,逼我不得归朝,已经无礼,且并欲执天子使,送交寇虏,我虽夷人,却未闻有这般横逆哩。"洎竟迫令缉笠等,舆榇出降。石虎入城见匹磾,尚拱手行礼。匹磾道:"我受晋恩,志在灭汝,不幸我国自乱,竟致如此,既不能死,也不能为汝加敬呢。"虎竟拥匹磾出城,令与文鸯等同往襄国。勒授匹磾为冠军将军,文鸯为左中郎将,散诸流民三万余户,各复本业,分置守宰,按地抚治。于是幽冀并三州,俱入后赵。匹磾留居襄国,犹常着晋朝服,持晋旄节,一住年余。旧部又密谋规复,仍推匹磾为主,不幸事泄,为勒所杀。文鸯邵续,亦被鸩死。了过段匹磾等。惟末杯尚存,臣事后赵,奄然不振,后文自有表见,暂且搁下。

且说晋江州牧王敦,扼守长江,权倾中外,但虑杜曾难制,特嘱梁州刺

段匹磾受擒失河朔

史周访,叫他努力擒曾,且预把荆州刺史一职,作为酬劳。<u>上有元帝,敦怎得私约酬庸?可见敦已目无君上。</u>先是杜曾出没汉沔,纠合郑攀马俊,屡与荆州刺史王廙为难,小子于前文二十九回中,曾已叙明。嗣由武昌太守赵彦,襄阳太守朱轨,合兵救廙,杀败郑攀马俊等军,攀等惶恐乞降。杜曾亦请击第五猗以自赎,廙因杜曾服罪,乃自江安赴荆州,留长史刘浚屯戍扬口,竟陵内史朱伺白廙道:"曾乃猾贼,佯示屈服,诱公西行,待公启程,他定来袭扬口了。"廙不信伺言,便即就道。途次,接得刘浚急报,曾等果入袭扬口,慌忙遣伺还援,扬口已经被围。伺力战受伤,浮水得免。曾遣人招伺,伺拒绝道:"我年逾六十,不能再从君作贼了。"乃还就王廙,病殁甑山。杜曾已陷入扬口,复击退朱轨各军,径趋沔口。轨等再战败死,曾势大振。幸周访屯兵沌阳,出奇制胜,大败曾兵。曾还走武当,汉沔复平。

访本为豫章太守,至是始迁南中郎将,领梁州刺史,进屯襄阳。访慨语将佐道:"春秋时晋楚交兵,城濮一战,楚已败退,晋文谓得臣未死,尚有忧色。今不斩曾,祸难未已,我当与诸君再接再厉,誓诛此贼。"于是整缮兵马,再拟进击。可巧王敦以荆州相属,乐得公私两济,鼓勇直前。曾在武当，未及豫备，被访领兵突至，踊跃登城，曾众溃散。独曾狼狈出走，距城约数十里，田访部将苏温，引兵追来。曾欲逃无路，欲战无兵，只好束手就擒，牵入访营。访历数曾罪，腰斩以徇，复移军转攻第五猗。猗闻曾败没，已吓得魂胆飞扬，哪里还敢对敌？东逃西窜，结果是仍入罗网，为访所获。适王敦移镇武昌，访即将猗解往，且作书白敦，谓："猗本中朝所署，为曾所逼，应特加宽宥，不可加诛。"敦方欲杀人示威，怎肯听信周访？待猗解至，即升座叱责，置诸重辟。

时王廙已早莅荆州，滥杀陶侃将佐，士民交怨。元帝颇有所闻，征廙为散骑常侍，令访代任荆州刺史。敦以前时曾与访约，至此得朝廷委任，正好践言，倒也没有异议。偏从事郭舒语敦道："荆州虽遇寇难，现状荒敝，但究系用武要区，不可轻易假人，公宜自领为是。"访既刺梁州，已足报功，倘再移荆州，恐尾大不掉，转为公忧。"敦听了舒言，竟易初志，便表达元帝，请留访仍任梁州，愿自领荆州刺史。虽由郭舒进谗所致，但主权总在王敦，敦怀私失信，咎将安辞。元帝不好驳议，只得加敦荆州牧，命访留任，但使为安南将军。访平素谦逊，不自矜功，此次也不禁动怒，贻书诋敦，敦裁笺作答，强为慰解，并馈访玉环玉碗，申明厚意。访将环碗掷地，顾叱敦使道："我非贾竖，不爱珍宝，怎得把此物欺我哩？"敦使自去。访务农训卒，秣马厉兵，本意欲宣力中原，规复河洛。自与敦有隙，隐料敦有异志，遂一意防敦。守宰有缺，即择心腹补任，然后奏闻。敦虽然加忌，但惮访勇略，未敢逞威。无如访已垂老，天不假年，平曾后仅阅一载，竟致病逝。访系南安人氏，与陶侃素相友善，且结为儿女姻亲。庐江人陈训，有相人术，当访与侃卑贱时，尝语二人道："二君皆位至方岳，功名亦大略相同。但陶得上寿，周得下寿，寿有长短，事业不能不少异了。"及访病殁梁州任所，年六十一，尚小侃一岁。两人俱为刺史，适如训言。有诏赠访为征西将军，赐谥曰壮，另调湘州刺史甘卓继任，兼督沔北诸军事，仍镇襄阳。

卓未到时，王敦已遣从事中郎郭舒，监襄阳军。至卓已莅镇，敦乃召还郭舒，元帝征舒为右丞，敦留舒不遣，自是元帝亦未免疑敦，另引刁协刘隗为腹心，裁抑王氏权势，就是佐命元勋王茂弘，即导表字，见前。亦渐被疏远。中书郎孔愉，谓："王导忠贤，且有勋望，仍宜委任如初。"元帝竟出愉为司徒左长史。王导尚随势浮沉，没甚介意，独王敦愤愤不平，上疏陈请道：

> 臣从弟王导，昔蒙殊宠，委以事机，虚己求贤，竭诚奉国，遂借恩私，居辅政之重。帝王体远，事义不同，虽皇极初建，道教方阐，维新之美，犹有所阙。臣每慷慨于退远，愧愤于门宗，是以前后表疏，何尝不寄言及此。陛下未能少垂顾昒，畅臣微怀。顷导见疏外，导诚不能自量，陛下亦未免忘情。天下事大，尽理实难，导虽凡近，未有秽浊之累，既往之勋，畴昔之顾，情好绸缪，足以激励薄俗，明君臣合德之义。昔臣亲受嘉命云："吾与卿及茂弘，当管鲍之交。"臣忝外任，渐冉十载，训诱之诲，日有所忘，至于斯命，铭之于心。窃犹眷眷，谓前恩不得一朝而尽。伏维陛下，圣哲日新，广延俊乂，临之以政，齐之以礼。顷者令导内综机密，出录尚书，杖节京都，并统六军。既为刺史，兼居重号，殊非人臣之礼。流俗好凭，必有讥谤，宜省录尚书杖节及都督。且王佐之器，当得宏达远识，高正明断，道德优备者为之。以臣暗识，未见其才。如导辅翼积年，实尽心力。自来霸王之主，何尝不任贤使能，共相终始。管仲有三归反坫之讥，子犯有临河要君之责，萧何周勃，得罪囹圄，然终为良佐。以导之才，何能无失？当今任不过分，役其所长，以功补过。若圣恩不终，则退迩失望，天下荒弊，人心易动；物听一移，将致疑惑。臣非敢苟私亲亲，惟欲效忠于社稷耳。事阙补衮，不尽欲言。

这篇奏疏，明明是心怀怨望，挟制朝廷。使人到了建康，先至导第，取疏出示。导摇手道："此疏不便上闻，烦汝持还便了。"因将原疏封固，交与来使，缴还王敦。敦不甘罢休，仍遣人直接奏陈。元帝览到此疏，也觉介意，夜召谯王承入宫，出疏与阅，且语承道："朕待敦不为不厚，今敦要求不已，语多忿激，究宜如何处置？"承答道："陛下不早为抑损，致有今日，若再加姑息，祸患不远了。"元帝亦不免叹悔。越日，复召刘隗入商，隗请速简重臣，出镇方面，以备非常。元帝点首，适王敦表荐宣城内史沈充，代甘卓为湘州刺史，元帝不从，复召语谯王承道："王敦奸逆已著，视朕如惠皇帝，朕若不图，必蹈覆辙。湘州地居上游，形势冲要，怎得再用王敦私人，同恶相济？看来只好烦劳叔父，为朕一行。"承答说道："臣仰承诏命，唯力是视，何敢辞劳？但湘州甫遭寇乱，人物凋敝，若奉命莅镇，必及三年，方可从戎。否则时日迫促，教养两难，虽粉身亦恐无益呢。"却有先见之明。元帝竟颁下诏书，令承为湘州刺史。

承系谯王逊次子，即宣帝弟城阳亭侯进庶孙，兄随已殁，承得袭父爵，秉性忠厚，为元帝所亲信。此次出刺湘州，陛辞就道，行至武昌，撤去戎备，坦然见敦。敦不得不设宴相待，席间用言讽承道："大王系雅素佳士，恐未足为将帅才。"承知他有意啮己，便应声道："铅刀虽钝，或堪一割，公亦休得轻人。"敦付诸一笑。及宴毕散席，敦入语参军钱凤道："彼不知畏惧，漫学壮语，显见是虚憍（jiāo）无术，有甚么能为呢？"遂听令赴镇。

阅年为太兴四年，春季天变，日中有黑子，夏仲地震，终南山忽崩，时人目为不祥。元帝益恐王敦为乱，更命尚书仆射戴渊，为征西将军，出督司兖豫并雍冀六州军事，领司州刺史，镇守合肥。丹阳尹刘隗，为镇北将军，出督青徐幽平四州军事，领青州刺史，镇守淮阴。两人皆假节领兵，名为讨胡，实隐为防敦起见。且迁王导为司空，录尚书事，外尊内疏，一切机事，多不与议，但遥与刘隗密通敕奏，决定施行。隗实一庸才，元帝亦太误信。敦探悉刘隗专政，即寄书与隗，略言："足下近得圣眷，朝野共知，现今北虏未灭，中原鼎沸，敦欲与足下等，戮力王室，共静海内，事若有成，帝祚永隆，否则从此无望了。"隗复书道："鱼相忘于江湖，人相忘于道术，竭股肱之力，济以忠贞，便是区区素志，愿与公各勉将来。"敦得复书，见他言外寓意，更加忿恨。复表陈："古今忠臣，见疑君上，俱由幸臣交构所致。"这明明是指斥刘隗。元帝益生疑忌，但因筹备未固，暂加敦羽葆鼓吹，借示羁縻。

敦视刘隗刁协等人，均非己敌，惟豫州刺史祖逖，颇为所惮。逖已肃清河南，荡平群丑，方拟规画河北，逐渐进取，偏朝廷简派戴渊，来统豫州。逖因渊徒有虚名，不足共事，心甚怏怏。且闻王敦与刁刘构隙，将致内乱，眼见是国家多难，势不能恢复中原，于是感愤成疾，日重一日。临危时，尚营缮虎牢，命诸将筑垒，工未告竣，魂已长辞。当时豫州分野，发现妖星术士戴洋，谓祖豫州九月当死，历阳人陈训，亦谓西北当折一大将，就是逖亦知自应星象，抱病长叹道："我志平河北，乃天不佑国，偏欲杀我，我死尚有何望呢？"长使英雄泪满襟。已而果殁，享年五十有六。豫州

士女,若丧考妣;谯梁百姓,多为立祠。有诏赠逖车骑将军,令逖弟约,代领州事。约无抚驭才,士卒离心。王敦得祖逖死耗,喜出望外,遂以为天下无敌,决计发难。是时为太兴五年正月,元帝方改元永昌,颁诏大赦。那王敦发难的表文,接踵呈入,表云:

> 刘隗前在门下,邪佞谄媚,谮毁忠良,疑惑圣听,遂居权宠,挠乱天机,威福自由,中外杜口。晋魏以来,未有此比。倾尽帑藏,以自资奉,大起事役,以扰士民。臣前求迎,诸将妻息,圣恩听许,而隗绝之,使三军之士,莫不怨愤。又徐州流人,辛苦经载,家计始立,隗悉驱逼,以实己府。当陛下践阼之始,投刺王官,本以非常之庆,使豫蒙荣分,而隗使更充征役,仍依旧名,百姓哀愤,怨声盈路。臣备位宰辅,与国存亡,诚乏平勃济时之略,然自忘驽骀。志存社稷,岂可坐视成败,以亏圣美?事不获已,乃进军致讨。愿陛下深垂省察,速斩隗首,则众望餍服,皇祚复隆。隗首朝悬,诸军夕退。昔太甲不能遵明汤典,颠覆厥度,幸纳伊尹之勋,殷道复昌。汉武雄略,亦惑江充,至乃父子相屠,流血丹地,终能克悟,不失大纲。今日之事,有逾于此。

忆昔陛下坐镇扬州,虚心下士,优贤任能,宽以得众。故君子尽心,小人毕力,如臣暗蔽,预奉徽猷,王业遂隆,维新克建,四海延颈,咸望太平。自从信隗以来,刑罚不中,街谈巷议,皆云如吴之将亡,闻之惶惑,精魂飞散,不觉胸臆摧破,泣血横流。陛下当令祖宗之业,存神器之重,察臣前后所启,奈何弃忽忠言,遂信奸佞,谁不痛心?愿出臣表,咨之朝臣。介石之讥,不俟终日,令诸军早还,不至虚扰,则四海乂安,社稷永固矣。擐(huàn)甲待命,无任翘企!

表文既上,遂带领水陆各兵,出发武昌。宣城内史沈充,本系王敦爪牙,还至吴兴原籍,招募徒众,起应王敦。敦至芜湖,命充为大都督,督护东吴诸军事,又上表罪状刁协,迫令加诛,建康大震。小子有诗叹道:

　　果然蜂目露豺声,藐视朝廷敢逞兵。

　　纵使刁刘难免咎,叛君毕竟是横行。

欲知元帝如何对付,下回再行说明。

先儒于段匹䃅之死,多以全节许之,独本书叙述匹䃅,贬过于褒,非好为此苛论也。刘琨志匡晋室,而匹䃅杀之,彼固尝与琨结为昆季矣,口血未干,遽下毒手,对琨则不义,对晋即不忠。至杀琨以后,人心不附,迨为羯胡所虏,犹授石氏冠军将军之职,临难不死,徒着晋服,持晋节,自命为晋室忠臣,欺人耶?欺己耶?李陵答苏武书,有虚死不如立节之言,而后人鲜有为陵恕者,何于段匹䃅而独嘉之也?王敦蜂目,潘滔早料其噬人,而元帝反付以重权,令督六州军事。夫当时义勇卓著,如祖逖、周访、陶侃诸人,皆可分任,乃专用一残忍无亲之王敦,虽欲不乱,得乎?况有刘隗刁协之从中酝酿者哉!

第三十四回

镇湘中谯王举义　失石头元帝惊心

却说元帝连接逆表,已知王敦造反,不由的动起怒来,当下飞召征西大将军戴渊,镇北将军刘隗,还卫京师,一面下诏讨敦。略云:

　　王敦凭恃宠灵,敢肆狂逆,方朕太甲,欲见幽囚,是可忍也,孰不可忍?今当统率六军,以诛大逆,有杀敦者封五千户侯。朕不食言。

敦闻诏后,毫无惧色,仍决意进兵,且拣选名士,入居幕府:一是故太傅羊祜从孙羊曼,一是前咸亭侯谢鲲,一是著作佐郎郭璞。曼本为黄门侍郎,迁晋陵太守,坐事免官,敦却引为左长史。曼性嗜酒,此时为敦所邀,不便固辞,乐得借酒韬迹,多醉少醒。那谢鲲是个放浪不羁的人物,能琴善歌,家住阳夏,表字幼舆,尝为东海掾吏,因佻达无行,除名回籍。邻家高氏女有姿色,鲲屡往挑引,被该女投梭中唇,击落门齿两枚,时人作韵语讥鲲道:"佻达不已,幼舆折齿。"鲲不以为羞,怡然长啸道:"尚不害我啸歌,折齿亦何妨呢。"究乖名教。既而王敦辟为长史,与讨杜弢,叙功得封咸亭侯,嗣因母忧去职,至敦将作乱,仍使起复,且召入与语道:"刘隗奸邪,将危社稷,我欲入清君侧,卿意以为何如?"鲲答道:"隗诚足为祸首,但城狐社鼠,何足计较。"此语恰还近理。敦愤叹道:"卿乃庸才,不达大体。"造反可谓大体吗?便令鲲为豫章太守。鲲即日告辞,又留住不遣。及起兵东下,逼鲲同行。鲲随时通变,却也无喜无忧。

惟郭璞家世河东,素长经学,好古文奇字,通阴阳算历,尝拜隐士郭公为师,得青囊中书九卷,日夕研究,并通五行天文卜筮诸学。惠怀时河东先乱,璞筮得凶象,避走东南,抵将军赵固泛地。适固丧良马,璞谓能起死回生,固向璞求术,璞答道:"可用健夫二三十人,俱持长竿东行,约三十里,见有丘林社庙,便用竿打拍,当得一物,可急持归来,医活此马。"固如言施行,果得一物,仿佛似猴。璞令置马旁,便向马鼻嘘吸,马一跃而起,鸣食如常，惟此物遁去，不知下落。固大加诧异，厚给资斧。行至庐江，太守胡孟康，由建康召为军谘祭酒，孟康不欲南渡。璞替他卜易，谓庐江不宜再居。孟康疑为妄言，不甚礼璞。璞寄居逆旅，见主人有一婢，婉娈可爱，便想出一法，取小豆三斗，分撒主人住宅旁。主人晨出，见赤衣人数千围绕，大骇奔还。璞自言能除此怪，谓宜贱鬻此婢，怪即立除。主人不得已从了璞言，将婢卖去。璞即为画一符，投入井中，数千赤衣人，皆反缚入井，杳无形影。主人大悦，厚赐璞资。其实该婢为璞所买，不过嘱人间接，至赆仪到手，除婢价外，尚有余资，且得了一个如花似玉的美鬟，挈领而去，途中偎玉倚香，不问可知。术士之坏，往往如此。

过了数旬，庐江果被寇蹂躏，村邑成墟。璞既过江，宣城太守殷祐，引为参军，屡占屡验。寻为王导所闻，征璞为掾。尝令卜筮，璞惊说道："公当有灾厄，速命驾四出，至数十里外，有柏树一株，可截取至此，长如公身，置卧寝旁，灾乃可免了。"导亟向西行，果有柏树一株，取置寝室。数日，有大声出寝室，柏树粉碎，导独无恙。恐亦如前次撒豆成人之术，第借此以愚王导。

时元帝尚未登位，璞筮得咸井二卦，便白王导，谓东北有武名郡县，当出铎为受命符瑞，西南有阳名郡县，井当上沸。已而武进县人，果在田中得铜铎五枚，献入建康。历阳县中井沸，经日乃止。及元帝为晋王时，又使璞占易，得豫及睽卦。璞说道："会稽当出瑞钟，上有勒铭，应在人家井泥中。爻辞谓先王作乐崇德，殷荐上帝，便是此兆。"作乐两语，见《周易》豫卦象辞。未几，由会稽剡县，在井中发现一钟，长七寸二分，口径四寸半，上有古文奇书十八字，只有会稽岳命四篆文，尚易辨认，余皆莫识。璞独指为灵符，元帝就此称尊。安知非郭璞隐铸此钟，藏此井内？璞尝著《江赋》，又作《南郊赋》，词皆伟丽，为元帝所叹赏，因命为著作佐郎。后来迭上数疏，无非借灾祥变异，略进箴规。

王敦闻璞能预知，致书与导，召璞一行。导遣璞往武昌，敦即令为记室参军。璞知敦必为乱，恐自己预祸，常以为忧。大将军掾陈述，表字嗣祖，素有重名，为敦所重。敦将起兵，述即病逝。璞临哭甚哀，且向柩连呼道："嗣祖嗣祖，安知非福？"璞知将来遇祸，何不设法他去？难道命已注定，不能自免吗？惟敦见朝廷无人，必能逞志，所以率兵遽发，毫不迟疑。

敦兄王含，曾在建康留仕，官拜光禄勋，闻敦已至芜湖，遂溜出都门，乘舟归敦。敦曾遣使告梁州刺史甘卓，约与同返，卓佯为允诺。及敦已出兵，卓竟不赴，但使参军孙双，往阻敦行。敦惊问道："甘侯已与我有约，奈何失信？我并非觊觎社稷，不过入除凶邪，事成以后，当使甘侯作公，烦汝归报，幸勿渝盟。"双回报甘卓，卓叹道："昔陈敏作乱，我先从后违，时人讥我反覆无常，我若复作此态，如何自明？越要受人唾骂了。"乃使人转告顺阳太守魏该，该答复道："该但知尽忠王室。今王公举兵内向，显是悖逆，怎得相从呢？"卓得闻该言，益不愿与敦同行。

敦又使参军桓罴至湘州，请谯王承为军司，承长叹道："我将死了！地荒民寡，势孤援绝，不死何为？但得死忠义，亦所甘心。"因拘住桓罴，即檄长沙虞悝为长史。悝适遭母丧，承亲自往吊，向悝问计道："我欲讨王敦，但兵少粮乏，且莅任不久，恩信未孚，卿兄弟系湘中豪杰，当如何教我？"悝答道："大王不以悝兄弟为鄙劣，亲临下问，悝兄弟敢不致死。但本州荒敝，实难进讨，不如收众固守，传檄四方，先分敦势，然后图敦，或尚可望捷哩。"承遂授悝为长史，悝弟望为司马，督护诸军，当即移檄远近，劝令讨逆。零陵太守尹奉，建昌太守王循，衡阳太守刘翼，舂陵令易雄，皆应声如响，举兵讨敦。惟湘东太守郑澹不从。澹系敦姊夫，甘心附恶，承使司马虞望讨澹，澹出拒被诛，传首四境，徇示吏民。

承复遣主簿邓骞，往说甘卓道："刘大连隗字大连。虽然骄蹇，自失民心，但与天下无甚大害，大将军王敦，蓄意称兵，敢向北阙，忠臣义士，应当共愤。公受任方伯，奉辞伐罪，便是齐桓晋文的盛举了。"卓微笑道："桓文事非我所能，若尽力国难，乃我本心，当徐图良策。总未免多疑少决。"骞再欲进言，旁有参军李梁，为卓献议道："东汉初年，隗嚣跋扈，窦融保守河西，徐归光武，终享令名。今将军控扼上游，还可效法古人，按兵坐待。若大将军事捷，公必得方面，不捷亦可邀朝命，代大将军后任，始终不失富贵，何必出生入死，与决存亡哩？"言未毕，骞即接口驳梁道："古今异势，怎得相比？从前光武创业，中国未平，故窦融可从容观望；今将军已久事晋室，理应为国尽力。襄阳又不若河西，可以固守，假使大将军得克刘隗，还镇武昌，增石城戍卒，绝荆湘粮运，试问将军将归何处？参军将依何人呢？"梁被骞一驳，倒也哑口无言。惟卓尚迟疑不决，留骞小住,再决行止。

骞待了两三日,未见举动,乃复见卓道:"今公既不为义举,又不承大将军檄,莫非坐自待祸么?骞想公数日不决,大约恐强弱不同,未能制胜,实则大将军部曲,不过万余,至留守武昌,只得五千人。将军麾下,势且过倍,本旧日的盛名,率本府的精锐,杖节鸣鼓,效顺讨逆,何忧不克?何患不成?为将军计,当乘虚先攻武昌,武昌一下,据军实,施德惠,镇抚二州,截断大将军归路,大将军当不战自溃,怎能还与公敌?今有此机会,乃束手安坐,自待危亡,岂非不智?岂非不义?"快人快语。卓听了骞语,也觉眉动色扬,跃跃欲动。

可巧来了王敦参军乐道融,由卓召入,问明来意。道融答道:"大将军催公东行,公果愿意呢,还不愿意呢?"卓半晌不答一词。道融请屏除左右,然后进白道:"道融此来,实为大将军所遣,促公启程,免得后顾。但道融究是晋臣,不便专事大将军,试想主人亲临万机,自用谯王为湘州,并非专用刘隗,乃王氏擅权构衅,背恩肆恶,举兵犯阙,敢为不韪。公受国重寄,若与他同逆,便是违悖大义,生为逆臣,死作愚鬼,岂不

可惜？今不若伪许出兵，却暗地驰袭武昌，逆众闻风生惧，自然溃散，公就得坐建大功了。"慷慨激昂，也是邓骞流亚。卓乃转疑为喜，起座答说道："君言正合我意，我志决了。"恐怕还是未决。乃使道融与骞同留幕下，参议军事，一面约同巴东监军柳纯，南平太守夏侯承，宜都太守谭该等，檄数敦罪，合军致讨，更遣参军司马赞孙双，奉表入都，报明起义情形。再使参军罗英，南赴广州，邀同刺史陶侃，会师讨敦。侃便遣参军高宝，引兵北上，作为声援。

元帝加卓为镇南大将军，都督荆梁二州军，领荆州牧，兼梁州刺史。侃为平南将军，都督交广二州军事，兼领江州刺史。王敦闻警，却也心惊，惟令兄含，固守武昌，慎防袭击。另拨南蛮校尉魏义，将军李恒，率兵二万，往攻长沙。长沙为湘州治所，城郭不完，资储又阙，单靠谯王承一腔忠义，乘城守着，到底是不能久持。或劝承南投陶侃，或退保零桂，零陵桂阳。承慨然道："我起兵时，志在死节，岂可贪生苟免，临难即逃？事若不济，我身虽死，我心总可告无愧哩。"遂遣司马虞望，出城交战，互有杀伤，嗣复连战数次，望中箭而亡，全城恟(xiōng)惧。

邓骞闻长沙被围，请诸甘卓，乞即赴援。卓尚欲留骞，骞一再固辞，乃使参军虞冲，偕骞同赴长沙，赍交谯王承书，谓"当出兵沔口。断敦归路，湘围当然可解，请暂从严守"云云。承遣还虞冲，付与复书，略言："江左中兴，方在草创，不图恶逆，启自宠臣，我忝为宗室，猝受重任，不胜艰巨，但竭愚诚。足下能卷甲速来，尚可望救，若再迟疑，唯索我于枯鱼肆中。"这一番书辞，也算是万分迫切，偏甘卓年已垂老，暮气甚深，当驰檄讨敦时，颇似蹈厉发扬，饶有执戈前驱的状态，及过了数日，便即衰靡下去。想亦如今之所谓五分钟热心者。且州郡各军，一时亦未能趋集，他便得过且过，无心去顾及长沙了。

且说戴渊刘隗，奉命入卫，隗先至建康，百官迎接道左。隗首戴岸帻，腰悬佩刀，谈笑尽欢，意气自若。及入见元帝，与刁协同陈御前，请尽诛王氏。元帝不许，隗始有惧色。司空王导，率从弟中领军邃，左卫将军廙，侍中侃彬，及诸宗族二十余人，每日辄诣台待罪。尚书周𫖮，晨起入朝，行径台省。导呼𫖮表字道："伯仁！我家百口，今当累卿。"𫖮并不旁顾，昂然直入，既见元帝，却极言导忠，申救甚力。元帝颇加采纳，且命𫖮侍饮畅谈。颛素嗜酒，至醉乃出。导尚守候，又连呼伯仁，颛仍不与言，但顾语左右道："今年当杀诸贼奴，好取斗大黄金印，系诸肘后了。"狂态如绘，然终因此送命。一面说，一面趋归宅中，又上表明导无罪，语甚切挚。导未知底细，还疑颛从中媒孽，暗暗切齿。会有中使出达帝命，还导朝服，导入阙谢恩，叩首陈词道："逆臣贼子，无代不有，可恨今日出自臣族。"元帝跣足下座，亲执导手道："茂弘！朕方欲寄卿重命，何烦多言。"导拜谢而起，自请讨敦，乃诏命导为前锋大都督，加戴渊骠骑将军，同掌军务。进周颛为尚书左仆射，王邃为右仆射，又使王廙往谕王敦，饬令撤兵还镇，敦怎肯从命，留廙不遣。廙为敦从弟，乐得在敦营中，希图荣利。敦即自芜湖进向石头，元帝命征虏将军周札为右将军，都督石头诸军事，另简刘隗屯守金城，复亲自披甲上马，出阅诸军，晓谕顺逆，然后还都。

敦既至石头，欲攻金城，敦将杜弘献计道："刘隗死士颇多，未易攻克，不如专捣石头，周札少恩，兵不为用，必致败覆。我得败札，隗众亦自然骇走了。"敦点首称善，即命弘为前锋，驱兵至石头城下，鼓噪攻城。城内守兵，果无斗志，多半思遁。札料不能战，竟开门纳弘。弘麾众直入，安安稳稳的据住石头。敦亦继进，登城自叹道："我今不能为盛德事了。"谢鲲在旁接入道："大将军何出此言？但使从今以后，日忘前忿，庶几君臣猜嫌，亦可日去，便无伤盛德呢。"敦默然不答。旋闻刁协刘隗戴渊等，率众来攻，便麾兵出战。刁刘等本不知兵，所领军士，没甚纪律，一经对垒，统皆观望不前。那王敦部下，未曾剧战，一些儿没有劳乏，便仗着一股锐气，横冲直撞，驰突无前，自辰至午。刁刘戴三部将士，均已溃走，三帅也拨马奔还，再经王导周颛，及他将郭逸虞潭，分道出御，导与颛已不相容，巴不得颛军战败，那肯同仇敌忾？而且号令不一，行止不同，徒落得土崩瓦解，四散奔逃。郭逸虞潭，相继败走，颛亦退还，王导并不出兵，也且同声报败，愿受那丧师失律的污名。直揭王导罪状，不为曲讳。

败报连达宫廷，太子绍忍耐不住，拟自督将士出战，决一存亡，当下升车欲行。中庶子温峤，执辔进谏道："殿下乃国家储贰，关系至重，奈何轻冒不测，自弃天下？"绍尚欲前进，被峤抽剑断鞅，然后停留。太子尚有雄心，故后来卒能诛逆。宫廷宿卫，惊慌的了不得，逃的逃，躲的躲，只有安东将军刘超及侍中二人，尚留值殿中。元帝到了此时，一筹莫展，但脱

去戎衣,改著朝服,闷坐殿上,顾语刘超道:"欲得我座,亦可早言,何必如此害民?"前时不肯北征,总道是可以偏安,谁知复有此日?超亦无词可劝,随声叹息。蓦闻敦纵使士卒,入掠都下,喧嚷声与啼哭声杂沓不休。元帝乃遣使谕敦道:"公若不忘本朝,便可就此息兵,共图安乐。若未肯已,朕当归老琅琊,自避贤路。"简直要拱手让人了。敦置诸不理,急得元帝没法摆布,越觉慌张。确是庸牛。适刁协刘隗,狼狈入宫,俯伏座前,呜咽不止。元帝握二人手,相对涕洟,好一歇,才说出两语道:"事已至此,卿二人速去避祸。"协答道:"臣当守死,不敢有贰。"元帝又道:"卿等在此,徒死无益,不如速行。"说着,便顾令左右,选择厩马二匹,赐与隗协,并各给仆从数人,令他速去。二人拜别出殿,协老不堪骑,又素乏恩惠,一出都门,从人尽散,单剩他一人一骑,行至江乘,为人所杀,携首献敦。隗返至第中,挈领妻孥及亲信数百人,出都北去,竟投后赵,勒用为从事中郎,累迁至太子太傅,竟得寿终。小子有诗叹道:

> 无端构衅动京尘,一死犹难谢国人。
> 况复逃生甘事虏,叛君误国罪维钧。

究竟元帝能否免祸,且至下回再详。

谯王承与甘卓,皆不附王敦,传檄讨逆,迹似相同,而心术不同。承甫莅长沙,兵单粮寡,加以乱离之后,城郭不完,自知不能御侮,而桓黑一至,即置狱中,毅然决然,不少迟疑,彼固舍生取义,而置利害于不顾者。卓则多疑少决,临事迟疑,论者谓其年老气衰,以至于此,实则畏死之见,与生俱来。当陈敏为逆时,甘心被胁,甚且冒充太弟,摇惑人心,设非畏死,何至昏愦若此?故谯王承之忠,乃为真忠,甘卓非其伦也。刁协刘隗,智不足以驭人,勇不足以却寇,构衅有余,弭(mǐ)乱不足。王敦一发,即陷石头,仓猝抵御,狼狈败还。刁协尚有守死不贰之言,而隗则不发一语,即挈妻孥而远遁,谁为首祸,乃置天子于不顾,竟藉虏廷以求活耶?元帝不察,尚以为忠,纵使避祸,此江左之所以终慨式微也。

第三十五回

逆贼横行廷臣受戮　皇灵失驭嗣子承宗

却说刁协走死,刘隗奔往后赵。王敦并非不闻,本来君侧已清,理应入朝谢罪,收兵还镇,但敦是个蜂目豺声的忍人,既已起事,怎肯就此罢休?当下据住石头,按兵不朝,明明是胁迫元帝,志在横行。元帝无法抵制,只得令公卿百官,统往石头,劝令罢兵。敦盛气相见,不待百官开口,便先问戴渊道:"前日交战,君尚有余力否?"渊听了此语,暗暗吃惊,勉强接口道:"怎敢有余,但苦不足。"敦又问道:"我今为此事,天下以为何如?"渊答道:"但论形迹,未免指公为逆,若体诚心,应该谅公为忠。"<u>模棱语恐不足欺奸</u>。敦冷笑道:"卿也好算是能言了。"又顾周颚道:"伯仁!汝未免负我。"颚抗声道:"公兴兵犯顺,下官亲率六军,不能尽职,终致王师挫败,这原是有负公心呢。"敦被颚讥嘲,倒也无词可答,但召入王导,屏人与语道:"老弟不用我言,险些儿灭族了。"导答道:"兄亦太觉孟浪,今日侥幸得志,还是祖宗的荫庇,得休便休,幸勿太过。"敦掀髯道:"弟为何这般胆小?刁刘余党,尚列朝廷,还须除去数人。且主子由我等推戴,怎得疑忌我家?就使主位不移,也当有一番改革,方免后忧。"导又道:"但教朝廷悔祸,不再加忌,我兄弟长得安全,也好趁此罢手了。"<u>可见导当时心术</u>。敦尚是摇首,导乃退出。原来元帝即位时,敦忌帝年长,意欲另立幼君,以便专政,独导不肯依敦,所以敦有此云云。

导出与百官商议一番,还白元帝,百官承导意旨,当然不敢斥敦,但请元帝颁发赦书,并加王敦官爵,饬令退兵。元帝无可如何,只得下诏大赦,进王敦为丞相,都督中外诸军,录尚书事,封武昌郡公,领江州牧,使太常荀崧赍册诣敦,敦语荀崧道:"我此来不望升官,唯欲为国家除患,一切封爵,我不愿受,烦卿缴还便了。"<u>实是无君,非特伪让而已</u>。崧申劝数语,敦终不听,乃辞归复命。敦又召集百官,议废太子,呼中庶子温峤至前,厉声诘问道:"太子有何德望?卿侍东宫,理应深知。古人有言:'事父母几谏。'主上有过,不闻太子谏阻,难道尚得称孝么?"峤从容答道:"钩深致远,非浅见所能窥,据峤看来,太子实是贤孝,就是公来辇下,亦未闻东宫抗议,贻误国家,怎见他不从中几谏哩?"大众亦随声附和,齐称太子有道,说得敦无可辩驳,不得不自发自收,含糊过去。百官乃复还朝。

元帝召周𫖮入见,蹙然与语道:"近日大事,二宫无恙,诸人平安,大将军果得副民望么?"𫖮答道:"二宫原如明谕,臣等生死,尚未可知。"元帝不禁长叹。𫖮退至朝堂,护军长史郝嘏等,与𫖮相遇,都劝𫖮暂避凶锋。𫖮奋袂道:"我备位大臣,坐睹朝廷丧败,已足增羞,岂尚可草间求活,外投胡越么?"郝嘏等乃不便再劝,各叹息而去。果然不到数天,即致发作,首恶是王敦参军吕猗,从恶是王敦堂弟王导。书法严刻。吕猗尝为台郎,性好谄谀,为周𫖮戴渊所嫉,此时出为敦助,竟乘隙白敦道:"𫖮与渊俱负重名,今日不除,必为公患。"敦本忌二人才望,一闻猗言,遂起杀心。适值王导复入,便顾问道:"周戴望重南北,果应登列三司否?"导默然不答。敦又道:"若不应列三司,止可使为令仆么?"导又不答。敦复张目道:"既不应列三司,又不应为令仆,看来只好杀却了。"导仍然不答。三问三不答,无非不满周戴。敦即遣部将邓岳,率兵往捕周𫖮戴渊。

敦复召谢鲲入问道:"近日都下人士,有无异议?"鲲应声道:"物议悠悠,原不足计,但公尝谓朝臣重望,莫如周戴,诚使大用二人,群情自然帖服了。"敦动怒道:"君真粗疏,不达时事,二人怎可大用?我已遣人收捕了。"鲲不禁骇愕,再欲进言,旁有参军王峤,向敦谏阻道:"济济多士,文王以宁,想公定知此语,奈何捕戮名士?"敦怒上加怒,竟欲杀峤。鲲亟进谏道:"公举大事,不妄戮一人。峤不过纳言忤意,便欲把他衅鼓,也未免过甚了。"敦乃释峤不诛,惟黜峤为领军长史。周𫖮被收,道经太庙,向庙大呼道:"贼臣王敦,倾覆社稷,枉杀忠臣,神祇有灵,应速诛殄,毋使漏网。"说至此,被兵士用戟刺口,血流至踵,仍不改形。道旁行人,俱为流涕。至石头城南门外,正值戴渊亦被绑前来,渊已面无人色,𫖮仍容止自若,引颈就刑。𫖮被害后,渊首亦相随落地。同是一死,勇怯悬殊,泰山鸿毛,所以有别。

元帝又使王彬劳敦,慰劳他做甚,难道他能杀大臣么?彬素与𫖮善,

先往哭颛,然后见敦。敦见他面目凄惨,尚有泪痕,便问为何事?彬直说道:"见伯仁尸首,不禁凄惨,所以下泪。"敦愤然道:"伯仁自寻死路,死何足惜?汝与他有甚么情谊,反去哭他?"彬答道:"满朝大臣,如伯仁忠直,实不多得。况朝廷新下赦诏,伯仁本无大罪,无故遭此酷刑,怎得不悲?怎得不哭?"敦又道:"汝莫非病疯么?"彬不禁瞋目道:"如兄抗旌犯顺,杀害忠良,谋为不轨,如此过去,恐祸及全家了。"说着,词气慷慨,声泪俱下。敦攘臂起诟道:"汝这般无礼,狂悖已极,难道我不能杀汝么?"这数语声达帐外。王导闻知,抢步趋入,忙为排解,且劝彬向敦拜谢。彬直答道:"脚痛不能拜。况彬并未尝得罪,何必致谢。"敦狞视道:"脚痛比颈痛,究竟是何种厉害?"彬仍无惧容,仍不肯拜。导恐他再起冲突,即扯彬同出,导有愧彬多矣。敦乃不复追究。后来导入检中书故事,方见颛上表救己,执表流涕道:"我虽不杀伯仁,伯仁由我而杀,幽冥中负此良友了。"死骨已朽,追悔何益?

且说王敦既杀死周颛戴渊,仍未罢兵,敦将沈充,陷入吴郡,吴国内史张茂被杀,此时镇南大将军甘卓,但出屯豬口,逗留不进。卓兄子卬(áng),曾为敦参军,敦先遣印归卓,嘱令传语道:"君兴师相抗,自守臣节,我也不敢怪君。但我为身家起见,不得不然,事平便当归镇,君亦可返斾襄阳,彼此再结旧好,往事不必重提了。"甘卓本来是没甚主意,见印得归来,已喜出望外,且闻敦有意修好,乐得观望徘徊,在途观变。既而敦又遣台使赍驺虞幡,晋朝有白虎驺虞二幡。白虎是催军,驺虞是解斗。令卓退兵。卓问明台使,得周戴二人死状,乃流涕语印道:"我正恐王敦得志,必害忠良,尚幸圣上元吉,太子无恙,我据敦上流,想敦未必敢遽危社稷,我若进夺武昌,敦无路可归,必劫持天子,越加猖獗,今不如还守襄阳,再作后图罢了。"便下令军中,拔营退回。都尉秦康,邀同乐道融,道融见前回。相偕进谏道:"将军奈何还兵?试想将军仗义东行,无非为讨逆起见,逆敦不除,有进无退,今正当分兵,堵截彭泽,使敦上下不得相救,众自离散,敦势既孤,一战可擒。若就此中止,转失人望。况将军麾下,士卒多思除逆立功,博取富贵,乃索然退回,恐反将嫁祸将军,将军尚能安然西还么?"苦口危言,难救膏肓沉痼。卓不肯从。道融复连番泣谏,乃不见听,竟致忧愤而殁。卓竟引兵退入襄阳去了。

王敦闻甘卓还军,当然心慰,令西阳王羕为太宰,王导为尚书令,王廙为荆州刺史,擅易百官及各处镇将,转徙黜免,数以百计。乃拟率兵西还武昌,谢鲲进言道:"公入都以来,累日不朝,所以功业虽成,众心未服。今若入朝天子,使君臣两释猜嫌,尚有何人不服呢?"敦沉吟道:"我若入朝,能保无他变吗?"鲲答道:"鲲近日入觐,主上正侧席待公,宫省穆然,必无他虞。若防有他变,鲲愿侍从。"敦勃然道:"君等屡来饶舌,我若杀君等数百人,也没有甚么害处。"一味蛮横。鲲见他声色俱厉,料难再谏,因即告退,未几病殁。敦始终不朝,自思布置已妥,便即启行,径还武昌。

南蛮校尉魏乂等,为敦所遣,围攻湘州,见前回。谯王承婴城拒守,已将匝月。宜都内史周级,曾密遣兄子该入长沙,向承投书,约为援应。该留住围城,见承危急,自请出外求援。承乃缒该出城,复命从事周崎,与该俱出。冤家碰着对头,竟被乂军阻住,擒送乂营。乂升座语崎道:"汝尚望活否?"崎答道:"生死由公,要死就死。"乂又道:"汝若肯从我言,不但得活,并且加赏。"崎问为何语?乂说道:"今令汝至城下,传语守卒,但言大将军已克建康,甘卓退还襄阳,外援阻绝,不如出降为是。"崎即允诺，径往城下，朗声大呼道："我不幸为贼所获，恐城中未知消息，故来相报。各处援兵，便可到来，请诸君努力坚守便了。"乂闻崎易词传报，不禁大怒，立命军士牵回，把崎杀死。一面严刑讯该，问他何故到此。该诡词作答，甚至掠死，终不肯稍吐真情，乃父周级，才得免祸。是忠臣，是孝子。

乂等奋力攻城，连日不已。嗣又由王敦递到台臣书疏，令乂射入城中，守兵知建康失守，莫不怅惋，但尚誓死守着，各无贰心。有时潜兵出扰，杀获乂军多名。相持至百余日，粮食已尽，士卒多死。衡阳太守刘翼，又复阵亡，于是支持不住，为乂所陷。谯王承尚率领残兵，巷战多时，害得械尽力穷，相继被执。长史虞悝，骂乂助逆不忠，乂先令斩首。悝子弟俱对悝号泣，悝慨然道："人生总有一死，今阖门为忠义鬼。死得留名，尚有何恨？"遂伸颈受刑。子弟亦多被杀害。乂用槛车载承，及舂陵令易雄，解送武昌。佐吏统皆逃散，惟主簿桓雄，西曹书佐韩阶，从事武延，易服改装，扮作家僮模样，随承同行，不离左右。乂见桓容止不凡，料非常人，将他杀毙。阶与延仍无惧容，依然随着。途次遇着荆州刺史王廙，是密承王敦意旨，来杀谯王承。承便即被害，年五十有九。为司马氏中之佼佼者。阶延两人，收尸棺殓，送入都中，安葬乃去。

惟易雄拘入武昌，意气慷慨，绝不少屈。王敦取出湘中原檄，遣人示雄道："小小邑令，檄中乃敢署名。"雄答道："确有此事，可惜雄位卑力弱，不能救国。今日战败被执，死也甘心。"敦因他义正词严，不便明戮，暂令释缚，使就客舍。大众以雄复更生，相率道贺。雄微笑道："我不过暂活数天，怎得再生？"果然不到数日，由敦潜遣心腹，害死易雄。惟长沙主簿邓骞，遁归故里，魏乂屡遣人搜索，里人皆为骞寒心。骞笑道："这有何怕？我料他不欲杀我，反将用我，他新得湘州，多杀忠良，自知不满众口，所以求我出见，畀我一官，聊塞人望呢。"说毕，径赴长沙见乂。乂果称为古时解扬，命为别驾。解扬，春秋时晋人。既而托疾引归。

晋廷调陶侃为湘州刺史，王敦不欲侃赴湘，贻书止侃。侃闻敦势力尚盛，且按兵养晦，并将前时所遣的参军高宝，亦召还广州，徐作计较。独甘卓引还襄阳，竟变易常度，性情粗暴，举动失常；常对镜自照，不见头颅，顾视庭树，仿佛头在树上，越加惊疑。全是怕死的心肠，激动出来。府舍中金柜忽鸣，声重似槌，召巫入卜。巫言金柜将离，所以悲鸣。主簿何无忌，及家人子弟，皆劝卓随时戒备。卓闻谏辄怒，呵叱交加，复遣散兵众，令他务农，毫不加防。襄阳太守周虑，得敦密书，嘱使图卓。虑遂想了一计，诈称湖中多鱼，劝卓遣发左右，向湖捕取。卓为虑所绐，即令帐下亲卒都往捕鱼。到了夜间，正要就寝，忽听外面有人马声，非常喧嚷，惊出探视。适值周虑带兵进来，正要诘问，已被虑拔出佩刀，兜头劈下。卓将头一闪，刀中肩上，流血倒地；再复一刀，结果性命。卓有四子，俱为所杀。虑即枭卓首级，送与王敦。畏死者亦难免一死么？敦心下大喜，便命从事中郎周抚，往督沔北诸军事，代卓镇守襄阳，抚为故梁州刺史周访长子，得袭父荫，任官武昌太守。他与父志趣不同，甘心助敦，得敦亲信，所以特加委任。虎父生犬子。

敦既得志，骄倨益甚，四方贡献，多入府中。将相岳牧，皆出门下。用沈充钱凤为谋主，诸葛瑶邓岳周抚李恒谢雍为爪牙。充等皆凶险残暴，大起营府，侵人里宅，剽掠市道，百姓互相咒诅，但祝王敦早亡。敦尚作福作威，自领宁益二州都督，好像没有君主一般。会荆州刺史王廙病死，敦并不奏闻，即令卫将军王含，代刺荆州，都督沔南诸军事。又使下邳内史王邃，都督青徐幽平四州军事，镇守淮阴。武昌太守王谅，为交州刺史，且令谅诱杀交州刺史修湛。朝廷毫无主权，长江上下游，全然是王敦的势力圈。余如淮北河南，屡受后赵寇锋。泰山太守徐龛，忽叛忽降，结果为石虎所破，龛被擒斩。兖州刺史郗鉴，退保合肥，徐州刺史卞敦，亦退保盱眙。石虎复进陷青州，别将石瞻，又攻取东莞东海。河南为后赵将石生所攻。司州刺史李矩，颍川太守郭默，屡战屡败，转向赵主刘曜处乞援。曜出击石生，大败奔还。郭默南奔建康，李矩亦率众南归，病殁道中。豫州刺史祖约，自谯城退守寿春，陈留被陷。嗣是司豫青徐兖诸州，均被后赵夺去。总括一句，简而不漏。

元帝内迫叛臣，外逼强寇，名为江左天子，几乎号令不出国门。累日穷愁，无可告语，遂致忧郁成疾，卧床不起，自思内外重臣，只有司徒荀组，尚是老成宿望，因迁官太尉，兼领太子太保，意欲使他主持朝事，遥制王敦。偏组年已六十有五，未曾入拜，便即谢世。元帝很是悲叹，索性将司徒丞相二职，暂从罢撤，不再补官。好容易过了数宵，元帝病势加剧，遂致弥留，不得已召入司空王导，嘱授遗诏，令辅太子绍即位。是夕驾崩。总

皇灵失驭嗣子承宗

　　计元帝在位五年，改元二次，享年四十七岁。元帝生平无甚设施，只有节俭一端，尚传后世。有司尝奏太极殿广室，应施绛帐，有诏令冬施青布，夏施青练，宫中将册封贵人，侍从请购金雀钗，又奉诏不许；所幸郑夫人，衣无文采，但着练裳；从母弟廙，筑屋过制，尝流涕谕禁，终使改作，所以轻赋薄税，民无怨声。可惜自治有余，治人不足，终致魁柄下移，豺狼当道，含羞忍垢，饮恨终身，这也是可怜可叹呢。评论精确。

　　太子绍受遗即位，是谓明帝，循例大赦，尊生母荀氏为建安郡君，别立第宅，颐养慈颜。是时已为永昌元年腊月，未几即腊尽春来，元日因梓宫在殡，不受朝贺，年号尚沿称永昌。再阅一月，始奉梓宫，葬建平陵，庙号中宗，尊谥元帝。明帝送葬尽哀，徒跣至陵所，亲视封墓，然后还宫。又阅月，方改元太宁，立妃虞氏为皇后，后兄亮为中书监。命特进华恒为骠骑将军，都督石头水陆诸军事。兖州刺史郗鉴，为安西将军，都督扬州江西诸军事。这两处镇将，是由明帝特别简任，明明是防备王敦，阴令扼守。如弈棋然，先下暗着，以此知明帝不凡。敦也知明帝谋略，密谋篡逆，特上表称贺,且讽朝廷征己入朝。明帝将计就计,即下手诏,召敦诣阙,且加敦黄钺班剑,奏事不名,入朝不趋,剑履上殿。敦托辞入觐,引兵至姑孰,屯驻湖县,仍然不进,请迁王导为司徒,自领扬州牧,部署军士,拟将犯阙。侍中王彬,系敦从弟,再四谏阻。敦面色遽变,顾视左右,意欲收彬。彬正色道:"君前时害兄,今又欲杀弟么?"原来彬从兄豫章太守王棱,曾为敦所害,所以彬有是言。敦听了彬语,也觉不忍,乃出彬为豫章太守,复因郗鉴督领扬州江西,诸多牵掣,乃表请授鉴尚书令,使他入辅。明帝也即准议,鉴闻命入都,道过姑孰,与敦相见,自述志趣,语多激昂。敦留鉴不遣,继思鉴为名士,不应加害,乃许令东行。鉴至建康,遂与明帝谋讨王敦,明帝方得着一个心腹士了。小子有诗咏道:

> 君明还要仗臣忠,一德同心始立功。
> 莫道茂弘堪寄命,赤心到底让郗公。

究竟王敦曾否行逆,明帝能否致讨,一切详情,容至下回表明。

　　元帝实一庸主,毫无远略,始则纵容王敦,使据长江上下游,继则信任刁协刘隗,疑忌王敦,激之使叛,而外无可恃之将,内无可倚之相,孤注一掷,坐致神京失守,受制贼臣,刁协死,刘隗遁,周颛戴渊,又复被戮,其不为敦所篡弑者,亦几希矣。谯王承之与城俱亡,最称忠节,甘卓误承,周虑绐卓,卓畏死而终死,甚至四子骈戮,且何若用乐道融言,断彭泽,据武昌,或得建功立业,不幸败死,犹不失为忠义鬼。百世而下,以卓视承,其相去为何如耶?元帝忧愤成疾,中年崩殂,犹幸付托得人,不致亡国,此专制之朝,所以不能无赖于君主也。

第三十六回

扶钱凤即席用谋　遣王含出兵犯顺

却说明帝谋讨王敦,虽与郗鉴定有密谋,究竟事关重大,王室孤危,未便仓猝从事。那王敦谋逆的心思,日甚一日。敦有从弟允之,年方总角,性甚聪警,为敦所爱。一夕,侍敦夜饮,稍带酒意,便辞醉先寝。敦尚未辍席,与钱凤等商议逆谋,均为允之所闻。允之恐敦多疑,就用指控喉,吐出许多宿食,累得衣面俱污,还是闭眼睡着,伪作鼾声。童子能用诈谋,却也非凡。及敦既散席,果然取烛入炤(zhào),见允之寝处污秽,尚自熟睡,不由的呼了数声。允之明明醒着,却假意将身转侧,仍然睡去。敦置不复顾,自去安寝,才不疑及允之。允之自喜得计,睡至天明,方整理被褥,不消细叙。既而允之父王舒,得拜廷尉,允之即求归省父,得敦允许,便赴建康,急将敦凤秘谋,详告乃父。舒与王导入白明帝,阴为戒备。敦还道逆谋未泄,但欲分树宗族,陵弱帝室,因请徙王含为征东将军,都督扬州江西诸军事,王彬为江州刺史。这三人中,只有含为敦兄,同恶相济,舒彬虽为敦从弟,却未甘助逆,所以明帝尽从敦请,一并迁调。

会稽内史周札,前在石头城时,尝开门纳敦军,见三十四回。敦迭加荐擢,迁右将军,会稽内史,封东迁县侯。札兄子懋,为晋陵太守,封清流亭侯,懋弟筵,为征虏将军,兼吴兴内史,筵弟赞,为大将军从事中郎,封武康县侯,赞弟缙为太子文学,封都乡侯。还有札次兄子勰,亦得为临淮太守,封乌程公。一门五侯,贵盛无比。及筵丁母忧,送葬达千人,因此反为王敦所忌。敦适有疾,钱凤劝敦早除周氏,敦也以为然,迁延未发。周颉弟嵩,由敦引为从事中郎,每忆兄无故遭殃,心常愤愤。敦无子嗣,便养王含子应为继子,并令统兵。嵩为王应嫂父,因私怨王敦,遂谓应难主军事。敦闻嵩言,不免疑嵩。时有道士李脱,妖言惑众,自称八百岁,号为李八百,由中州至建业,挟术疗病,得人信事。有徒李弘,转趋灊(qián)山,煽惑更甚，诡言应谶当王。敦遂乘隙设谋，唆使庐江太守李恒，上表建康，谓"李脱谋反，勾通周札等人，请即捕脱正法"云云。晋廷接到此表，饬吏捕脱，讯得种种妖言，即将脱枭斩都市。敦得脱死信，一面遣人至灊山，收诛李弘，一面就营中杀死周筵，并把周嵩也连坐在内，说他与筵串同一气，潜通周札，故一概就戮。

嵩为故安东将军周浚次子，与兄颛，俱为浚妾所生。浚妾李氏，名叫络秀，系汝南人。浚为安东将军时，尝出猎遇雨，避止李家。李氏父兄，均皆外出，独络秀在室，宰牲备饭，款待浚等。浚左右约数十人，均得饱餐。且闻内室寂静如常，并无忙乱形状，不由的惊诧起来，暗地窥望，只有一女一婢，女容甚是秀美，浚因即生心，既回府舍，便令人赍给金帛，往酬李氏，并求李女为妾。李氏父兄，颇有难色。络秀道："门户寒微，何惜一女，若得连姻贵族，将来总有益处。否则得罪军门，恐反因此惹祸哩。"<u>此女有识，并非情急求婚。</u>父兄听了，也觉女言有理，不得已遣女归浚。浚当然宠爱，迭生三子，长即颛，次即嵩，又次名谟。颛等年长，浚已去世，络秀顾语诸子道："我屈节为妾，无非为门户起见，汝家仍不与我家相亲，我亦何惜余生，愿随汝父同逝罢。"颛等惶恐受教，乃与李氏相往来。晋代最重门阀，自周李联为姻戚，李氏始得列入望族，免人奚落，及颛等并作显官，母亦得受封。会逢冬至令节，母子团圞聚宴，络秀因举觞相庆道："我家避难南来，尝恐无处托足。今汝等并贵，列我目前，我从此可无忧了。"嵩起语道："恐将来难如母意。伯仁志大才短，名高识暗，好乘人敝，未足自全。嵩性抗直，亦为世所难容，惟阿奴碌碌，当得终养我母呢。"阿奴就是谟小字。络秀闻言，未免不欢，哪知后来果如嵩言，只有谟得免戮，送母归灵，官至侍中中护军乃终。<u>络秀入《列女传》，故随笔补叙，惟嵩既有自知之明，仍难免祸，弊在不学耳。</u>

且说王敦既枉杀周嵩周筵，复遣参军贺鸾，往诣沈充，向充拨兵，执杀周札诸兄子，进袭会稽。札未尝预防，仓猝被兵，但率麾下数百人，出城拒战，兵散被杀。札贪财渔色，专务刻啬，库中本储有精仗，及贺鸾兵至，左右请拨仗给兵，札尚靳惜，但将敝械出给，所以士卒离心，终至夷戮。<u>札曾附逆，不死何为？</u>是时已为太宁二年，敦病尚未愈，延至夏季，病且加重，矫诏拜养子应为武卫将军，兄含为骠骑大将军，开府仪同三司。钱凤入省敦疾，乘便问敦道："倘有不讳，便当将后事付应么？'敦唏嘘道："应尚年少，怎能当此大事？我果不起，只有三计可行。"凤复问及三计，敦说道："我死以后，即释兵散众，归事朝廷，保全门户，最为上计。若退还武昌，敛兵自守，贡献不废，便是中计。及我尚存，悉众东下，万一侥幸，得入京都，不幸失败，身死族灭，这就是下计了。"凤应命退出，召语同党道："如公下计，实为上策，我等就此照行罢。"呜呼罢了。遂致书沈充，约同起兵，再犯建康。

　　中书令温峤，前遭敦忌，由敦表请为左司马，峤竟诣敦所，佯为勤敬，尝进密谋，从敦所欲，厚结钱凤，誉不绝口。凤字世仪，峤与同僚谈及，必称钱世仪精神满腹，凤得峤赞扬，喜欢的了不得，遂与峤为莫逆交。可巧丹阳尹缺人，尚未补充，峤向敦启闻道："京尹责任重大，地扼咽喉，公宜急荐良才，免得朝廷用人，致有后悔。"敦答道："卿言诚是，但何人可补此缺？"峤说道："莫如钱凤。"敦召凤与语，凤情愿让峤，峤一再推辞，凤推峤愈坚，敦遂表峤为丹阳尹，使觇伺朝廷。有诏召峤莅镇。峤本意是欲得丹阳，可以入依帝阙，设法图敦，所谋既遂，即向敦告辞。敦力疾起床，为峤饯行。凤亦列席。峤恐自己去后，为凤所觉，或致遣人追还，因且饮且思，蓦得一计，便假作醉态，向凤斟酒，迫令速饮。凤略觉迟慢，峤即用手版击堕凤帻，且作色道："钱凤何人？温太真行酒，乃敢不速饮么？"凤亦觉变色。敦见峤已醉，忙出言劝解，始无争言。至彻饮后，峤与敦话别，涕泗横流，既出复入，如是三次，方上马径去。凤入语敦道："峤与庾亮有旧交，心在晋室，恐此去未必可恃。"敦冷笑道："太真饮醉，稍加声色，汝怎得便来相谗？"观此可见温峤用计之妙。凤碰了一鼻子灰，默然退去。

　　过了数日，接得建康探报，谓峤入建康，即与庾亮日夕密商，共图姑孰。敦勃然道："我乃为小物所欺，可恨可恨！"随即致书王导，略言："太真别来几日，胆敢负我，我当募人生致太真，亲拔舌根，方泄我恨。"导此时已不愿附敦，置诸不理。峤与庾亮等定议讨敦，并有郗鉴为助，相偕入奏。明帝已有动机，再问光禄勋应詹，詹亦赞同众议，乃决意兴师。但究竟敦军情形，尚未详察，意欲亲往一窥，验明虚实，遂自乘巴滇骏马，微服出都，随身只带得一二人，直至湖阴，察敦营垒。敦正昼寝，梦见旭日绕城，红光炎炎，顿时惊寤。适帐外有侦骑入报，说有数人窥营，内有一人状甚英武,想非常侣。敦不禁跃起道:"这定是黄须鲜卑奴,来探虚实,快快追去,毋使逃脱。"帐下将士,即有五人应声,控骑出追。看官道黄须鲜卑奴,是何出典?原是明帝生母荀氏,系代郡人,明帝状类外家,须色颇黄,故敦呼为黄须奴。追兵出发,明帝已经驰去,马有遗粪,用水浇沃。道旁有老妪卖饼,由明帝购得数枚,赠以七宝鞭,并语老妪道:"后有骑兵追来,可取鞭出示。"说着即行。俄而追骑至卖饼处,问及老妪,老妪即取示七宝鞭。谓:"客已去远,恐难追及。"追骑互相把玩,遂致稽迟,且见马粪已冷,料不可及,乃拨马还营,明帝始得安然还宫。虽是胆略过人,但亦太觉冒险。越宿临朝,遂加司徒王导为大都督,领扬州刺史,丹阳尹温峤,为中垒将军,与右将军卞敦,共守石头城。光禄勋应詹,为护军将军,都督前锋及朱雀桥南诸军事。尚书令郗鉴,行卫将军,都督从驾诸军事。中书监庾亮,领左卫将军,尚书卞壶(kǔn),行中军将军。导等俱皆受职,惟郗鉴谓徒加军号,无益事实,固辞不受,但请征召外镇,入卫京师。乃下诏征徐州刺史王邃,豫州刺史祖约,兖州刺史刘遐,临淮太守苏峻,广陵太守陶瞻等,即日入卫。一面拟传诏罪敦。王导闻敦已病笃,谓:"不如诈称敦死,嫁罪钱凤,方足振作士气,免生畏心。"总不免掩耳盗铃。乃率子弟为敦

举哀，并令尚书颁诏讨罪，大略说是：

> 先帝以圣德应运，创业江东。司徒导首居心膂，以道翼赞，故大将军敦参处股肱，或内或外，夹辅之勋，与有力焉。阶缘际会，遂据上宰，杖节专征，委以五州。刁协刘隗，立朝不允，敦抗义致讨，情希翳拳。翳举兵谏，见春秋列国时。兵虽犯顺，犹嘉乃诚。礼秩优崇，人臣无贰。事解之后，劫掠城邑，放恣兵人。侵及宫省，背违赦诏，诛戮大臣，纵凶极逆，不朝而退。六合阻心，人情同愤。先帝含垢忍耻，容而不责，委任如旧，礼秩有加。朕以不天，寻丁酷罚，茕茕在疚，哀悼靡寄。而敦曾无臣子追远之诚，又无辅孤同奖之操，缮甲聚兵，盛夏来至，辄以天官假授私属，将以威胁朝廷，倾危宗社。朕愍其狂戾，冀其觉悟，故且含隐以观其后。而敦矜其不义之强，仍有侮辱朝廷之志，弃亲用疏，背贤任恶。钱凤竖子，专为谋主，逞其凶愿，诬罔忠良。周嵩亮直，谗言致祸。周札周筵，累世忠义，札尝附逆，安得为忠？听受谗构，残夷其宗。秦人之酷，刑不过五。敦之诛戮，滥及无辜，灭人之族，莫知其罪。天下骇心，道路以目。神怒人怨，笃疾所婴。昏荒悖逆，日以滋甚，乃立兄息以自承代，从古未有宰相继体，而不由王命者也。顽兄相奖，无所顾忌，擅录冶工，私割运漕，志骋凶丑，以窥神器，社稷之危，匪旦则夕。天不长奸，敦以陨毙，凤承凶宄(guǐ)，弥复煽逆，是可忍也，孰不可忍？今遣司徒导，丹阳尹峤等，武旅三万，十道并进，平西将军邃，即王邃。兖州刺史遐，奋武将军峻即苏峻。奋威将军瞻，即陶瞻。精锐三万，水陆齐势。朕亲御六军，率同左卫将军亮，护军将军詹，中军将军壹，骠骑将军南顿王宗，镇军将军汝南王祐，太宰西阳王羕等，被练三千，组甲三万，总统诸军，讨凤之罪，豺狼当道，安问狐狸？罪止一人，朕不滥刑。有能诛凤送首者，封五千户侯，赏布五千匹。冠军将军邓岳，志气平厚，识明邪正。前将军周抚，质性详简，义诚素著。功臣之胄，情义兼常，往年从敦，情节不展，畏逼首领，不得相违，论其乃心，无贰王室。朕嘉其诚，方欲任之以事。其余文武，为敦所授用者，一无所问。刺史二千石，不得辄离所职，书到奉承，自求多福，无或猜嫌，以取诛灭。敦之将士，从敦弥年，怨旷日久，或父母陨殁，或妻子丧亡，不得奔赴，衔哀从役，

朕甚愍之,希不凄怆。其单丁在军,皆遣归家,终身不调。其余皆给假三年,休讫还台,当与宿卫同例三番。明承诏书,朕不负信。

这诏传到姑孰,为敦所见,非常懊恼,但当久病以后,忽又惹动一片怒意,转至病上加病,不能支持。惟心中总不肯甘休,即欲入犯京师,便召记室郭璞筮易,决□休咎。璞筮易毕,直言无成。敦含怒问道:"卿可更占我寿,可得几何?"璞答道:"不必再卜,即如前卦,已明示吉凶,公若起事,祸在旦夕。唯退往武昌,寿不可测。"敦大怒道:"卿寿尚得几何?"璞又道:"今日午刻,命已当终。"敦即命左右拘璞,牵出处斩。璞既出府,顾语役吏道:"当至何处?"役吏答称南岗头。璞言:"我命当尽双柏树下。"及抵南岗,果有柏树并立。璞又道:"此树应有大鹊巢。"役吏遍索不得。璞再令细觅,枝上果得一大鹊巢。为叶所蔽,故一时不得相见。先是璞经越城间,遇一人,呼璞姓名。璞即赠以裤褶,辞不肯受。璞语道:"尽可受得,不必多谦,将来自有分晓哩。"于是领受而去。及遇害时,便是此人行刑,感念璞惠,替璞棺殓,埋葬岗侧。后璞子骜,为临驾太守,才得改葬。璞撰卜筮书甚多,又注释《尔雅》《山海经》《穆天子传》《三仓方言》,及《楚辞》《子虚上林赋》,约数十万言,均得流传后世,死时四十九岁。及王敦平后,得追赠弘农太守。好艺者多以艺死,郭景纯便是前鉴。

敦既杀璞,即使钱凤邓岳周抚等,率众三万,东指京师。敦兄含语敦道:"这是家事,我当自行。"乃复使含为元帅。钱凤临行,向敦启问道:"事若得克,如何处置天子?"敦瞋目道:"尚未南郊,算什么天子?但教保护东海王及裴妃,此外尽卿兵力,无庸多顾了。"裴妃即东海王越妻,已见前文,但不知王敦何意,乃命保护? 凤领命即发,王含亦随后东行。敦又遣人上表,以诛奸臣温峤等为名,明帝当然不睬。孟秋朔日,王含等水陆五万,掩至江宁西岸,人情惶惧。温峤移军水北,烧断朱雀桥,阻住叛兵。含等不得渡,但在桥南列营。明帝欲亲自往击,闻桥梁毁断,不禁动怒,召峤入问。峤答道:"今宿卫单弱,征兵未集,若被贼突入,危及社稷,宗庙尚恐不保,何爱一桥梁呢?"明帝方才无言。王导作书致含,劝令退兵,书云:

近闻大将军困笃,或云已至不讳,惨怛之情,不能自己。寻知钱

凤首祸,欲肆奸逆,朝士忿愤,莫不扼腕。窃谓兄备受国恩,当抑制不遑,还镇武昌,尽力藩任,乃猝奉来告,竟与犬羊俱下,兄之此举,谓可得如大将军昔日之事乎?昔年佞臣乱朝,人怀不宁,如导之徒,心思外济。不膏亲口供状。今则不然,大将军来屯于湖,渐失人心,君子危怖,百姓劳敝,将终之日,委重安期。即王应字。安期断乳未几,又乖物望,便可袭宰相之迹耶?自开辟以来,曾有宰相以孺子为之者乎?诸有耳者,皆知将为禅代,非人臣之事也。先帝中兴遗爱在民,圣主聪明,德洽朝野,兄乃欲妄萌逆节,凡在人臣,谁不愤叹?导门户大小,受国厚恩,今日之事,明目张胆,为六军之首,宁为忠臣而死,不为无赖而生。但恨大将军桓文之勋不遂,而兄一旦为逆节之臣,负先人平素之志,既没之日,何颜见诸父子于黄泉,谒先帝于地下耶?今为兄计,愿速建大计,擒取钱凤一人,使天下获安,家国有福。若再执迷不悟,恐大祸即至,试思以天子之威,文武毕力,压制叛逆,岂可当乎?祸福之机,间不容发,兄其早思之。

王含得书,并不答复。导待了两日,未见回音,因复议及战守事宜。

或谓王含钱凤,挟众前来,宜由御驾自出督战,挫他锐气,方可制胜。郗鉴道:"群贼为逆,势不可当,宜用智取,未便力敌。且含等号令不一,但知抄掠,吏民惩前毖后,各自为守,以顺制逆,何忧不克?今贼众专恃蛮突,但求一战,我能坚壁相持,旷日持久,彼竭我盈,一鼓可灭。若急思决战,万一蹉跌,虽有申胥等投袂起义,何补既往,奈何举天子为孤注呢?"申胥即申包胥,春秋时楚人。于是各军皆固垒自守,相戒勿动。王含钱凤,屡次出兵挑战,不得交锋,渐渐的懈弛起来。郗鉴却夜募壮士千人,令将军段秀及中军司马曹浑等,率领过江,掩他不备,突入含营。含仓皇命战,前锋将何康,出遇段秀,战未三合,被秀一刀,劈落马下。含众大骇,俱拥含遁走。段秀等杀到天明,斩首千余级,方渡江归营。王敦养病姑孰,闻含败状,盛气说道:"我兄好似老婢,不堪一战,门户衰败,大事去了。看来只好由我自行。"说至此,便从床上起坐,方欲下床,不料一阵头晕,仍然仆倒,竟致魂灵出窍,不省人事。小子有诗咏道:

> 病亟犹思犯帝京,狼心到死总难更。
> 须知公理留天壤,乱贼千年播恶名。

毕竟王敦性命如何,且看下回续表。

王敦三计,惟上计最足图存,既已知此计之善,则中计下计,何必再言。其所以不安缄默者,尚欲行险侥幸,冀图一逞耳。钱凤所言,正希敦旨,故敦未尝谕禁,寻即内犯,要之一利令智昏而已。王允之伪醉绐敦,确是奇童,温峤亦以佯醉戏敦,并及钱凤,敦虽狡猾,不能察峤,并不能察允之,而妄思篡逆,几何而不覆灭乎?元帝之为敦所逼,实为王导所误,导固附敦,至温峤入都,敦犹与导书,将生致太真,其往来之密切可知。及明帝决意讨敦,敦尚未死,而导且诈为敦发丧,嫁罪钱凤,如谓其不为敦助,奚可得乎?厥后与王含一书,情伪益著,惟敦璞精于卜筮,乃居敦侧而躐杀机,岂真命该如此耶?吾为之怀疑不置云。

第三十七回
平大憝群臣进爵　立幼主太后临朝

却说王敦晕倒床上，不省人事，惊动帐下一班党羽，都至床前省视，设法营救，才见王敦苏醒转来。敦长叹数声，张目四顾，见舅羊鉴及养子王应，俱在床侧，便呜咽道："我已不望再活了。我死应便即位，先立朝廷百官，然后办理丧事，方不负我一番经营。"还想做死皇帝么？鉴与应唯唯受命。越宿敦死，应秘不发丧，用席裹尸，外涂以蜡，暂埋厅中，自与诸葛瑶等，任情淫狎，不顾军情。王含自江宁败后，退驻数里，遥促沈充会师，再图进攻。明帝也恐沈充前来，特遣廷臣沈桢，往说沈充，许为司空，劝令投诚。充摇首道："三司重任，我何敢当。古人谓币重言甘，实是诱我，今日正应此语。况丈夫共事，始终不移，若中道变心，便失信义，将来还有何人容我呢？"顺逆不明，自寻死路。遂举兵趋江宁。宗正卿虞潭，因病乞休，辞还会稽故里，至是独起义余姚，传檄讨充。明帝即授潭为会稽内史。前安东将军刘超，宣城内史钟雅，亦皆募兵举义，与充为敌。义兴人周蹇，杀死王敦所署太守刘芳，平西将军祖约，亦逐敦所署淮南太守任台，彼此俱效命朝廷，交口讨逆。沈充尚怙恶不悛，自率万余人，兼程北行，与王含合兵。司马顾飏说充道："今欲举大事，偏被王师先扼咽喉，锋摧气沮，相持日久，必致祸败。今不若决破栅塘，引湖中水，灌入京邑，一面乘着水势，纵舟进攻，这便是不战屈人的上计。此计不行，或借我军初至的锐气，并合东西各军，十道并进，我众彼寡，所向必摧，尚不失为中计。若欲转祸为福，因败为成，诱召钱凤计事，设伏斩凤，携首出降，乃是今日的下计。"我谓下计，却是上计。充迟疑半响，终不作答。飏料充无成，遁归吴兴。

那兖州刺史刘遐，临淮太守苏峻，已各率精兵万人，同来勤王。明帝连夜召见，慰劳有加，并出库帛分赐将士，众皆踊跃。沈充钱凤，欲因北军初到，迎头进击，乃自竹格渚渡淮，直前攻扑。护军将军应詹、建威将军赵胤等，拒战失利，退至宣阳门。充与凤乘胜进逼，拔栅将战，不意刘遐苏峻，从东塘横击过来，把充凤两军冲断，再加应詹赵胤，也来助战，杀得充凤大败亏输，夺路飞奔，还逾淮水，人不及济，后面追兵大至。叛众纷纷投水，溺毙至三千人。刘遐尾追不舍，行至青溪，又奋击沈充一阵，充狼狈走脱。

寻阳太守周光，系周抚弟，因王敦举兵，也率数千人助敦。既至姑孰，与王应相见，便欲入省敦疾。应嗫嚅道："我父病中，不愿见客，且待异日进见罢！"光退语道："我远道来赴，不得一见王公，想必是已死了。"遂急赴军前，去探乃兄。抚闻光至，当然出见，光开口便语道："王公已死，兄何故与钱凤作贼？"大众闻言，都不胜惊愕，连周抚亦有悔心，即夕遁还。王含势孤失援，也毁营夜遁。

明帝本已出屯南皇堂，闻叛党尽走，乃还宫大赦，惟敦党不在赦例。申命庾亮督同苏峻等军，往追沈充。温峤督同刘遐等，往追王含钱凤。含奔回姑孰，拟挈王应同奔荆州。应谓不如投依江州。含皱眉道："大将军生前，与江州屡有龃龉，奈何往依？"应答道："正为江州平日异趋，所以宜往。彼时大将军兵马强盛，江州尚不肯阿附，识见高出常人，今见我困陀，必然相怜，不致加害。若荆州守文拘谨，怎能意外行事呢？"*王应虽少，智过乃父；但天道恶淫，岂容竖子漏网？* 含不肯依言，竟与应载一扁舟，往奔荆州。荆州刺史王舒，遣兵出迎。俟含父子入城，立命拿下，缚住手足，投诸江中，眼见是葬身鱼腹了。江州刺史王彬，却密具舟楫，静待王含父子，日久不至，料知窜死，却引为己恨。*王含为逆，何足深惜，彬亦未知大体。* 钱凤走至阖庐洲，为周光所杀，函首诣阙，自赎前愆。沈充奔回吴兴，闻故吴内史张茂妻陆氏，招茂旧部，在途中守候充至，将执充脔割，为夫复仇。*茂为充所杀，见三十五回。* 充不敢竟归，绕道奔窜，竟致失路，误入故将周儒家。儒诱充入复壁中，因笑语充道："我今日得三千户侯了。"充始知为儒所赚，乃流涕与语道："汝能顾义活我，我必厚报，若为利杀我，我死必令汝灭族，不要后悔。"儒竟杀充，传首建康。充子劲，例当坐诛，为乡人钱举所匿，幸得免死。后来劲竟灭周氏，如充所言。*充为叛贼，顾能作厉鬼耶？*

平大憝群臣进爵

晋廷因叛党悉平，当然解严。有司发掘王敦尸首，焚去衣冠，扶尸跪着，枭去首级，与沈充首同悬高桥。郗鉴入奏明帝道："前朝诛杨骏等人，皆先加官刑，后听私殡。臣以为逆敦既伏王诛，不妨使全私义，可听敦家收葬，藉示皇恩。"明帝准如所请，乃将敦首取下，听令葬埋。敦党周抚邓岳，相偕出亡。抚弟光拟给兄路资，阴图执岳。抚怒道："我与邓伯山同亡，如欲害邓，宁先杀我。"伯山即岳表字，俄而岳至，抚即趋出，遥与岳语道："快去！快去！我弟尚不相容，何论他人。"岳回身返走。抚亦取得资斧，追及邓岳，同窜入西阳蛮中。后来再经大赦，才得东还。

明帝加封王导为始兴公，温峤为建宁公，卞壸为建兴公，庾亮为永昌公，刘遐为泉陵公，苏峻为邵陵公，郗鉴为高平侯，应詹为观阳侯，卞敦为益阳侯，赵胤为湘南侯，下此按功晋秩，不胜殚述。有司奏称王彬等为敦亲族，均应除名，复诏谓："司徒导大义灭亲，应宥及百世，况彬等皆司徒近支，毋庸再问。"大义灭亲四字，恐导不足当此。惟王敦纲纪，悉令除籍，参佐并皆禁锢。温峤又上疏解免道：

王敦刚愎不仁，忍行杀戮，亲任小人，疏远君子，朝廷所不能制，骨肉所不能阻，处其朝者，恒惧危亡，故士人结舌，道路以目，诚贤人君子，道穷数尽，遵养时晦之辰也。且敦为大逆之日，拘录人士，自免无路，原其私心，岂遑宴处？如陆玩羊曼刘胤蔡谟郭璞，常与臣言，备知之矣。必其赞导凶悖，自当正以典刑，如其枉陷奸党，还宜施之以宽。臣以玩等之诚，闻于圣听，当受同贼之责，苟默而不言，实负其心。陛下仁圣含弘，思求允中，臣阶缘博纳，干非其事，诚在爱才，不忘忠益，谨昧死上闻。"

明帝览疏，颇加感动，特下群臣议决。郗鉴谓："君臣有义，义在死节，不应偷生。王敦佐吏，虽多被胁，但进不能谏止逆谋，退不能脱身远引，有亏臣道，宜加义责。"外此或从峤议，或如鉴言，论久未决。还是明帝有意行仁，终从峤请，于是敦党皆免连坐。张茂妻陆氏，诣阙上书，语多哀痛，表面上是为茂谢罪，说他不能克敌，自致阵亡，实际上是为茂请封，无非说是"略迹原心，应待恩恤"等语。明帝乃赠茂太仆，且拨库帑，抚恤遗孥。陆氏始谢恩归家。也算一个奇妇人。既而再叙前勋，命王导为太保，兼领司徒，西阳王羕领太尉，应詹为江州刺史，刘遐为徐州刺史，苏峻为历阳内史，庾亮加护军将军，温峤加前将军，惟导固辞不受。江州本由王彬镇守，骤遭易任，吏民未安。嗣经詹加意怀柔，才得翕服。

转瞬间又是一年，明帝追赠谯王承甘卓戴渊周𫖮虞望郭璞王澄等官，不及周札。札故吏为札讼冤，尚书卞壶，谓札居守石头，开门延寇，不当追赠。偏王导出来申辩道："往年札守石头，王敦逆迹未彰，如臣等俱昧先几，无怪一札。要想回护自己，不得不回护周札。后来瞧破逆情，札便举身委国，横被诛夷。札未尝有义举，怎得谓举身许国？臣意宜与周戴同例，一并赠谥。"郗鉴听着，心下很是不服。我亦不服。便从旁参议道："周戴死节，周札延寇，迹异赏同，何从劝善？如司徒议，谓往年王敦犯顺，不妨延纳，是谯王周戴等，俱当加责，何得赠谥？今三臣既予褒扬，札尚不应加贬么？"是极。导尚强辩道："札与谯王周戴，虽所见不同，后来均至死节，奈何必吹毛索瘢呢？"鉴又道："王敦谋逆，好似履霜坚冰，由来已久，必谓敦往年入犯，义等桓文，难道先帝亦如幽厉么？"说到此语，驳得王导俯首无词。明帝终不忍违导，仍赠札官。

会因储君未立，国本有关，乃立长子衍为皇太子。衍为皇后庾氏所出，年甫五龄，受册礼毕，大酺三日，增文武官员各二级，赐鳏寡孤独布帛，每人二匹。调荆州刺史王舒为安南将军，都督广州诸军事，领广州刺史，即迁陶侃为征西大将军，都督荆湘雍梁诸军事，领荆州刺史。侃性极勤谨，终日敛膝危坐，军府诸事，检摄无遗。远近文牍，随到随答，不使积滞。宾佐求见，无不接谈。尝语人道："大禹圣人，尚惜寸阴，至如众人，当惜分阴，怎得逸游荒醉？生无益于世，死无闻于后耶？"诸参佐或好饮好博，偶至废事，侃随时查察，搜得酒器樗蒱等具，悉令投江，将吏有犯，且加鞭扑，严词儆戒道："樗蒱系牧猪奴戏，汝等奈何出此？"樗蒱即博具。是时清谈余风，尚未尽改，侃辄忿恨道："老庄浮华，并非先王法言，怎可遵行？君子当振衣冠，摄威仪，那有蓬头跣足，自诩宏达呢？"古今传为格言，故备录之。人民有所奉馈，必问所由来，若系力作所致，虽微必喜，慰赐三倍，否则掷还不受。一日出游，见有一人，手持禾秆，结谷未熟，因问作何用？答称禾遗路旁，所以拾取。侃大怒道："汝未尝为农，乃戏取人稻，还不知罪么？"竟加鞭数十，方才叱退。荆州士女，闻侃复至，互相庆贺。且因侃注重农桑，便相戒嬉游，各勤工作。因此家给人足，境内大安。侃既不旷时，又无弃物，竹头木屑，并皆收藏，旁人都不解侃意，及元旦宴贺，积雪始晴，厅前余雪尚湿，侃即将木屑铺地，往来交便，人始知侃有先见，号为精明。这且慢表。

且说明帝既调王舒至广州，寻复徙镇湘州，即以湘州刺史刘颙，移督广州，复命尚书令郗鉴为车骑将军，都督青兖二州军事，暂镇广陵。授领军将军卞壶为尚书令，寻复进尚书仆射，荀崧为光禄大夫，录尚书事，用尚书邓攸为尚书左仆射。此种叙述，看似闲文，实与后文俱有关系。到了闰七月间，明帝忽得暴病，医药罔效，势且垂危，亟召太宰西阳王羕，司徒王导，尚书令卞壶，车骑将军郗鉴，护军将军庾亮，前将军温峤，领军将军陆晔，并受遗诏，使辅太子诏云：

自古有死，贤圣所同。寿夭穷达，归于一概，亦何足深痛哉？朕抱病日剧，常虑忽然，仰惟祖宗洪基，不能克终堂构，大耻未雪，百姓涂炭，所以有慨耳。不幸之日，敛以时服，一遵先度，务从俭约，劳众崇饰，皆勿为也。衍以幼弱，猥当大重，当赖忠贤，训而成之。昔周公匡辅成王,霍氏拥育孝昭,义存前典,功冠二代,岂非宗臣之道乎?凡此公卿,时之望也,敬听顾命,任托付之重,同心断金,以谋王室。诸方岳征镇刺史将守,皆朕捍城,推毂于外,虽事有内外,其致一也。故不有行者,谁捍牧圉?譬若唇齿,表里相资,宜戮力一心,若合符契,要以缉事为期。百辟卿士,其总己以听于冢宰,保佑冲幼,弘济艰难,永令祖宗之灵,宁于九天之上,则朕没于地下,无恨黄泉。特此留谕,钦哉惟命!"

越日,明帝驾崩,年仅二十七岁,在位只得三年。右卫将军虞胤,左卫将军南顿王宗,本得明帝亲信,使典禁兵,入值殿内,掌守宫门管钥。当明帝寝疾时,庾亮尝夜入奏事,向宗求钥。宗辄不与,且叱亮使道:"这难道是汝家门户,好自由出入么?"语亦近理,但不察缓急事宜,一味蛮言,亦属非是。亮从此恨宗。及明帝疾笃,群臣多不得进见。亮疑宗胤有异谋,排闼入见。请黜逐二人,明帝不从。既授遗诏,更命亮为中书令,亮因得专政。太子衍承统嗣位,群臣奉上玺绶,独王导称疾不至。无非忌一庾亮。卞壶入朝正色道:"王公非社稷臣,大行在殡,嗣皇甫立,岂是大臣辞疾时么?"这数语传入导耳,导乃舆疾而至,谒见新主,行即位礼。再由

大众会议，谓嗣皇年甫五龄，不能亲政，应请母后临朝。于是尊母后庾氏为皇太后，垂帘训政。命王导录尚书事，与中书令庾亮，夹辅帝室。导遇事退让，推亮主持。亮又是太后亲兄，太后当然倚任，所以军国重事，全归亮一人裁决，导不过列一虚名罢了。亮迁南顿王宗为骠骑将军，改授汝南王祐为卫将军，一面料理丧葬，至十月初旬，奉梓宫出葬武平陵，庙号肃祖，尊谥曰明。明帝在位三年，能奋发有为，亲除大憝（duì），不可谓非英主。谥法称明，却是名实相符。可惜天不永年，未壮即殁。至太子衍立，便是成帝，越年改元咸和。

尚书左仆射邓攸，及徐州刺史刘遐，江州刺史应詹，相继去世。邓攸就是邓伯道，系平阳襄陵人氏，早丧父母，以孝友闻。祖殷尝为中庶子，攸得承祖荫，年逾弱冠，即为太子洗马，嗣出为河东太守。永嘉末年，陷没石勒，勒使为参军，攸不愿事虏，觑隙南奔，途挈妻子及从子绥，不幸遇贼，行装被掠。攸因子侄皆幼，不能并携，拟弃子存侄，与妻贾氏商议道："我弟早亡，只有一子，理不可绝。但我儿亦幼，势难两全，只好把我儿弃去。我若得存，天必鉴我苦衷，再当使我生子。"贾氏涕泣从命。不愧攸妻。攸将子缚诸树上，挈绥急遁，辗转至江东。元帝令为中庶子，寻复出守吴郡，载米赴任，不受俸禄，但饮吴水。会吴郡大饥，亟开仓赈民，先行后奏，致挂弹章，还算元帝仁恕，不加攸罪。嗣因遇病辞职，始终不取吴郡一钱。百姓遮道挽留，攸乃小停，待夜潜去。及病愈复起，入拜侍中，复迁吏部尚书。好几年才得超任右仆射。越年即殁，追赠光禄大夫。攸妻贾氏，终不得孕。攸生前纳得一妾，颇加宠爱，旋讯妾家属，乃是北人遭乱，流落江南，述及父母姓名，竟是攸的甥女。攸非常悔恨，乃不复畜妾，终至无嗣。时人尝叹为天道无知，乃使伯道无儿。从子绥服丧三年，悲号擗踊，不啻亲生，这也好算得恩义两全了。犹子比儿，可为伯道一慰。

刘遐为故冀州刺史邵续女夫，勇健无敌，冀人常拟为关张。关羽张飞。河朔大乱，遐曾遣使至建康，禀承元帝节制，元帝命为龙骧将军。遐妻邵氏，亦勇敢有父风，遐尝为石虎所围，邵氏披甲跨马，督率数骑，陷阵救遐。遐亦奋呼杀出，与妻同归。后来渡江入朝，累任刺史，因功封泉陵公，已见前文，殁后得追赠安北将军。应詹汝南人，弱冠知名，博通文艺。前镇南大将军刘弘，系詹祖舅，引詹为长史，委以军政，措置咸宜。嗣迁南平太守,兼督天门武陵二郡,讨平叛蛮,民皆爱戴。寻且贼(bì)杜弢,败杜充钱凤,出刺江州,尤洽民情。病笃时,尚致书陶侃,勖以忠义,少府卿韦泓,得詹厚惠,祀詹终身。江州百姓,闻詹病殁,远近举哀。晋廷追赠詹为镇南大将军,予谥曰烈。小子有诗叹道:

贤如伯道竟无儿,邵女能军又守嫠。

再看江州悲雾起,茫茫天道果难知。

徐江二州,既亡刺史,免不得着人补授,欲知何人继任,容至下回再详。

　　王敦既平,余党概免连坐,虽曰行恕,究属过宽。温峤之上疏营解,安知非由王导之嘱托,始有此议乎?至追赠周札一事,尤属不经。卞壸郗鉴之言,百世不易,而导欲自洗前愆,必使札与周戴同例,明帝竟曲从所请,此苏峻祖约之叛,所以不旋踵而又兴也。且明帝以未壮之年,遽尔溘逝,黄口幼儿,居然嗣位,青年国母,便即临朝,国事委诸元舅,老成相继沦亡,天不祥晋,降兹艰阨,江左其何自再振乎?

第三十八回

召外臣庾亮激变　入内廷苏峻纵凶

却说刘遐应詹，相继去世，晋廷特派车骑将军郗鉴，出领徐州刺史，前将军温峤，出领江州刺史，再命征虏将军郭默，为北中郎将，临督淮南诸军事。刘遐妹夫田防，及部将史迭卞咸李龙等，不愿他属，竟拥遐子肇接任，反抗朝命。遐妻邵氏，谕止不从，乃潜自纵火，毁去甲械，免得滋乱。田防等尚不肯罢手，仍部署徒众，准备迎敌。晋廷即遣郭默进兵，往讨敌党。默甫就道，那临淮太守刘矫，已乘便袭击，得斩田防卞咸。史迭李龙，奔往下邳，由矫督兵追及，也即擒诛，传首诣阙。朝议令刘遐遗眷，及参佐将士，悉还建康。且因邵氏与肇，本未从乱，仍令肇袭父爵，留都养母，这也不必细表。

惟郗鉴陛辞出都，朝臣皆为饯别，王导常称病乞假，至是也出送鉴行，为尚书令卞壸所见，即上书劾导，说他亏法从私，失大臣体，应免官示罚。宫廷虽搁起不提，但举朝皆惮鉴风裁，各有戒心。壸平生廉俭，处事勤敏，不肯苟合时趋。丹阳尹阮孚，尝语壸道："君常无闲泰，终日劳神独不嫌辛苦？"壸正色道："诸君子道德恢弘，侈尚风流，壸不与同性，自甘劳役，宜被人笑为鄙吝了。"是时贵游子弟，多慕王澄谢鲲等人，好为放达。壸在朝指斥道："悖礼伤教，实犯大罪，中朝倾覆，皆由此辈，我恨不一洗恶习哩。"实是正论。随即商诸王导庾亮，拟奏劾当时名士。导与亮皆以文采为高，怎肯依议？壸只得罢休。惟导素尚宽和，能得众心，至亮专国政，任法裁物，不满人意。豫州刺史祖约，自恃重望，不落人后，偏明帝顾命，但及郗卞诸人，于己无与，不由的心下怏怏。及遗诏褒进大臣，又不及约，连陶侃亦不得与列，所以约与侃书，疑亮从中舞弊，故意删除，侃因此亦不能无嫌。侃且如此，遑问他人。

历阳内史苏峻，讨贼有功，威望素著，部下甲仗精锐，遂致轻视朝廷，又尝招纳亡命,仰食县官,稍不如意,即肆忿言。事为庾亮所闻,当然加忌,故令温峤出督江州,居守武昌,复调王舒为会稽内史。阴树声援。一面修缮石头城,作为预备。丹阳尹阮孚,私语亲属道:"江东创业未久,主幼时艰,庾亮轻躁,德信未孚,恐祸乱又将发作了。"遂求为广州刺史,得请即行。却是趋避的妙法。南顿王宗,被亮调为骠骑将军,失去要职,遂生怨望,常与苏峻往来通书,欲废执政。亮颇有所闻,已有意除宗,可巧中丞钟雅,劾宗谋反,遂不请诏令,即使右卫将军赵胤率兵捕宗。宗也挈部出拒,战败被杀,贬宗族为马氏。宗三子绰超演,皆废为庶人。西阳王羕,系是宗兄,也降封为弋阳县王。前右卫将军虞胤,已徙职大宗正,至此复左迁桂阳太守。宗是王室近支,羕又是先王保傅,一旦翦黜,罪状不明,势不能慑服舆情,成帝全未闻知。过了多日,始问及亮道:"前日的白头公,许久不见,究往何处?"原来宗多白发,故呼为白头公。亮沉吟半响,方答称谋反伏诛。成帝流涕道:"舅言人反,便好杀死,倘人言舅反,应该如何处置呢?"幼主能作是语却也不凡。亮不禁失色。但总以幼主易欺,遇有异己,必加排斥。宗党卞阐,亡奔历阳,亮遣人往索,苏峻匿阐不与,去使只好回报。亮益恨峻。适后赵将军石聪,进攻寿春,豫州刺史祖约,正在寿春驻守,见三十五回。闻后赵兵至,亟向建康乞援。亮前已忌约,竟不发兵。人可弃,地亦可弃么?聪进寇阜陵,建康大震。幸苏峻遣将韩晃,领兵邀截,方得击退聪兵。亮欲作涂塘,以遏胡寇。涂即滁河,在寿春东,若就河筑塘,便将寿春隔开。祖约闻报大恚道:"这明明是欲弃我呢。"遂与苏峻,密谋抗命,互通往来。庾亮以峻约勾连,必为祸乱,拟下诏征峻入朝。司徒王导劝阻道:"峻好猜疑,必不肯奉诏,不若姑示包容,待后再议。"亮不以为然,召集群臣向众扬言道:"苏峻狼子野心,终必作乱,今日颁诏征峻,就使彼不顺命,为祸尚浅,若再经年月,势且益大,不可复制。譬如汉朝七国,削亦反,不削亦反哩。"语非不是,但知彼不知己,如何制胜?大众闻言,莫敢驳议。独卞壸接入道:"峻外拥强兵,逼近京邑,一旦有变,朝发夕至,现在都下空虚,还请审慎为是。"亮不肯从。壸知亮必败,乃与江州刺史温峤书,略云:

元规亮表字。召峻意定,怀此于邑。温生足下,奈此事何?壸今所虑,是国之大事,峻已出狂意而召之,是更速其祸也,必纵毒螫以召

朝廷。朝廷威力,即桓桓称盛,接锋履刃,尚未知能否擒逆。王公亦同此情。壶与之力争,终不见信,本出足下以为外援,而今更恨足下在外,不得相与共谏,如何如何？幸足下教之！

峤得书后,即作书谏亮。亮终不听。峻已得消息,迁司马何仍入都,与亮婉商道:"讨贼外任,远近惟命,若欲峻内辅,实不相宜,请俯允通融,幸勿固执！"亮仍然不许,遣回何仍,召北中郎将郭默为后将军,领屯骑校尉,命司徒右长史庾冰,为吴国内史,严兵戒备。于是下诏征峻为大司农,加官散骑常侍,令峻弟逸代领部曲。峻复上表道:"昔明皇帝亲执臣手,使臣北讨胡虏,今中原未靖,臣何敢自安？乞补青州界一荒郡,俾臣得效鹰犬微劳,不胜万幸。"这一篇表文,呈递建康,亮置诸不理,但促峻即日入都。观峻两次请求,尚非决意叛国；何物庾亮,必欲激成巨变。峻整装将发,欲行又止。参军任让入语道:"将军求处荒郡,尚不见许,事势至此,恐无生路,不如勒兵自守,还可求全。"阜陵令匡术,亦阻峻入朝,峻遂不应诏,私自征兵。

温峤闻变,便致书与亮,愿率众入卫京师。亮复峤书道:"我忧西陲,且过历阳,足下幸勿越雷池一步,免我西忧。"峤乃罢议。亮尚遣使谕峻,示无他意。峻语朝使道:"台下说我欲反,我怎得再活哩。我宁山头望廷尉,不能廷尉望山头。从前国家,危如累卵,非我不济。狡兔既死,猎狗应烹,我已自分一死,不过我无端遭枉,死也要死得明白呢。"朝使见话不投机,自然东归。峻即遣参军徐会,驰赴寿春,推祖约为盟主,共讨庾亮。约不禁大喜,从子智衍,又赞成约旨,便拟发兵助峻。谯国内史桓宣语智道:"本因强胡未灭,将戮力致讨,奈何反还抗帝室呢?使君欲为雄霸,何不助国讨峻,自显威名?今乃与峻同反,怎得久存?"智视为迂谈,鼻作嗤声。宣更求见约,又以闭门羹相待,乃与约断绝,不通往来。约遂遣兄子祖沛,逖之子。内史祖涣,女婿淮南太守许柳,率兵会峻。逖妻许氏,即许柳姊,固谏不从。姊为约嫂,弟为约婿,亦觉名义不合。峻既得约兵,因即发难,当有警报传入建康,有诏命尚书令卞壸,领右卫将军,会稽内史王舒,行扬州刺史事,吴兴太守虞潭,督三吴诸郡军事,整缮行伍,筹备出师。尚书右丞孔坦,司徒司马陶回,司徒属下有司马。共至王导前献议道:"峻已倡乱,必将东来,今请乘峻未至,急断阜陵,守江西当涂诸口。阻住叛兵,以逸待劳,一战可决。若峻迟回不发,我亦可往攻历阳,否则我尚未往,彼已先来,人心一动,便不能与战了。"导极口称善,转告庾亮。亮不知兵法,踌躇未决。才阅两日,果得姑孰紧报,峻将韩晃张健等,掩入姑孰,所有盐米,尽被取去。亮叹悔无及,乃颁诏戒严,自督征讨诸军事,授右卫将军赵胤为冠军将军,兼历阳太守,使与左将军司马流,出守慈湖,另派前射声校尉刘超,为左卫将军,侍中褚翜(shà),典征讨军事,并使弟庾翼,白衣从戎,领数百人戍石头。

宣城内史桓彝,拟起兵赴难,长史裨惠谓:"郡兵寡弱,山民易扰,不如静守待时。"彝厉色道:"汝独不闻古语么?见无礼于君者,若鹰鹯(zhān)之逐鸟雀。见《春秋》《左传》。今社稷危迫,君主受困,难道尚坐视不成?"说毕,即调集数千人马,进屯芜湖。峻将韩晃,乘他初至,便掩杀过去。究竟宣城兵弱,敌不过历阳锐卒,战不多时,竟致败退。韩晃就进攻宣城,彝退保广德,晃纵兵四掠,饱载而还。徐州刺史郗鉴,表请入卫,有诏令他备御北寇,不必移兵。时已残冬,雨雪载途,彼此未便行军,因得相持过年。

未几，为咸和三年正月，江州刺史温峤，出屯寻阳，遣督护王愆期，西阳太守邓岳，*即前文之邓岳，遇赦复官。*鄱阳太守纪睦为前锋，进次直渎。荆州刺史陶侃，也遣督护龚登，率兵会峤，听峤驱遣。苏峻恐日久兵集，屡促韩晃等进攻慈湖。慈湖守将司马流，素来懦弱，未战先怯，但请济师。庾亮再拨侍中钟雅，为骁骑将军，督领水师，前往助流，不防流为韩晃所袭，猝被摧陷，竟至败死。赵胤亦拒战失利，慈湖被夺，单剩钟雅一支舟军，如何济事？没奈何拨棹退回。苏峻径率祖涣许柳等，拥众二万人，自横江东渡，直登牛渚，进至蒋陵复舟山。台军节节败退，警报与雪片相似，庾亮未免惶急。陶回复入献计道："石头设有重戍，峻必不敢直下。回料他必出间道，当从小丹阳步行前来，若用伏兵邀击，定可擒峻。峻既受擒，祖约等自无能为了。"亮谓峻必直向石头，不从回言。嗣闻峻果出小丹阳，夜迷失道，部伍尽乱，亮又自悔失机，纵峻得入，*愚而好自用，灾必及身。*都中大惧，吏民相率潜奔，朝臣亦各遣妻孥，东出避难。独左卫将军刘超，挈妻孥入居宫内，冀定众心。

亮又传出诏书，命卞壶都督大桁以东军事，*大桁即朱雀桁。*所有钟雅赵胤郭默等军，尽归节制。壶尚有继母裴氏，亦奉养京师，至此与母诀别，挈得二子眕盱，慨然赴敌，出战西陵。峻兵凶悍，远过台军，任尔卞将军如何忠愤，不顾死生，可奈兵不用命，孤掌难鸣，叛军节节向前，台军步步退后，结果是旗靡辙乱，舆尸败归。既而峻又进攻青溪栅，壶再率诸军抵御，两军攻守多时，未分胜负。偏是天不做美，竟起了一阵绝大的东风，峻因风纵火，烟雾迷漫，栅内各军，避火不暇，如何抗拒，霎时间栅尽延烧，一炬成墟。*天实为之，谓之何哉？*壶知事不济，决计死节，尚率左右力战。时正背疮新愈，创痕未合，一经气愤，流血淋漓，再加用力过度，顿至暴裂，自觉忍痛不住，大叫一声，血从口出，倒地而亡。二子追随父后，见父毕命，亦痛不欲生，索性突入敌阵，格杀叛党数十名，身上各受重创，相继捐生。部下将壶尸抢回，舁入壶家，母裴氏抚尸大恸道："父为忠臣，子为孝子，谅无遗恨，只恨我年已老，尚见此惨剧哩。"壶字望之，系济阴冤句人，阵亡时，年四十八。还有丹阳尹羊曼，守住云龙门，与黄门侍郎周导，庐江太守陶瞻，统皆战死。庾亮在宣阳门内，麾兵布阵，尚未及列，众皆散走，不得已挈弟三人，及郭默赵胤，俱奔寻阳。临行时，顾侍中钟雅道："后事一概委公。"雅答道:"栋折榱崩,究是何人所致?"亮愀然道:"事已至此,也不必再言了。"闹得一塌糊涂,竟以一走了之,真好计策。说着,匆匆出城,趋驾小舟。乱兵沿途劫掠,亮执弓射贼,误中舵工,应弦即倒。技艺又如此不精。船上各相惊失色,亮独不动,且徐徐道:"此手何可使著贼?"你手不可著贼,人家的性命,如何视同草菅?众见他形态雍容,方才心定,驶舟而去。

峻兵突入台城,毁去台省及诸营寺署,焚掠一空。司徒王导,驰入宫廷,急语侍中褚翜道:"至尊当速御正殿,君可启阁,请御驾出来。"翜即诣阁中,抱掖成帝,出登太极前殿。导及光禄大夫陆晔荀崧,尚书张闿,共登御床,夹卫幼主。左卫将军刘超,及侍中钟雅褚翜,站立两旁。太常孔愉,朝服守宗庙。峻兵呼噪而至,叱令褚翜下殿。翜兀立不动,还声呵斥道:"苏冠军来觐至尊,军人怎得侵逼?"峻兵被他一斥,倒也面面相觑,不敢闯入殿门。小立多时,待峻不至,乃转往后宫。宫中统是女侍,如何阻挡?被乱兵东牵西扯,劫去多人,所有珍玩衣饰,亦遭掳掠,甚至庾太后宫中,亦胆敢搜索。左右女侍,稍有姿色,便难幸脱。乱兵夺得子女玉帛,一

拥出宫，复去劫掠豪门，任意凌侮，不但夺取财货，还要驱役官僚，令他肩挑背负，送往蒋山，稍一迟延，便加鞭挞。前江州刺史王彬，去职入都，受职光禄勋，素性抗直，与乱兵论数语，乱兵即鞭捶交下，几至击死。最可悲的是宦家妇女，多被他掖往僻处，褫去衣服，污辱一番，且赤条条的任他卧着，自往别处抢掠。妇女含羞忍耻，或觅得敝席坏毡，少蔽身体，无毡无席，用土自覆，哀号声震动内外。苏峻并不加禁，纵兵横行。宫中所藏布帛二十万匹，金银五千斤，钱亿万，绢数万匹，谷米数百斛，一古脑儿搬往峻营，只留御厨中食米数石，聊供御膳。

或语侍中钟雅道："君性亮直，必不为寇贼所容，何不见几趋避？"雅答道："国乱不能救，君危不能扶，尚欲趋避求生，朝廷要用甚么臣子呢？"还是硬汉。既而峻称诏大赦，惟庾亮兄弟，不在赦例。平素颇推重王导，故仍使为原官，自为骠骑大将军，录尚书事。令祖约为侍中太尉尚书令，许柳为丹阳尹，马雄为左卫将军，祖涣为骁骑将军。弋阳王羕，徒步见峻，称述峻功，峻当然心喜，仍封羕为西阳王，兼官太宰，录尚书事。峻复遣兵攻吴国内史庾冰。冰系亮弟，所以峻不肯干休。冰不能御，弃郡奔会稽，行至浙江，追兵尚不肯舍。幸有吴卒引冰下船，覆以草荐，吟啸鼓棹，沂流而去。每过逻所，辄用棹叩船，口作吴歌道："苏将军，悬赏缉庾冰，庾冰正在此，奈何不问侬？"岸上逻兵，见他舟中无人，还道他是酒醉胡言，由他过去。冰得幸免，往依会稽内史王舒。庾亮奔抵寻阳，宣太后诏，命温峤为骠骑将军，开府仪同三司，又加徐州刺史郗鉴为司空。峤怆然道："今日当以灭贼为急，若无功加官，何以服天下？"遂辞官不受。一面分兵给亮，涕泣誓师，志在讨峻，且先遣使奉表建康，慰问二宫起居。偏苏峻已经防着，出屯湖阴，不容外使出入，峤使只得返报。其实太后庾氏，已不堪忧郁，得病身亡，年仅三十二岁。太后性本仁惠，兼美容仪，临朝一事，曾推让再三，不得已乃受。咸和元年，有司请追赠后父琛及母邱氏，又由太后固让，终不见从。只是阴教虽娴，难语治国，名为训政，实都归庾亮一人主持，酿成叛乱，终至忧愤而崩。小子有诗叹道：

汹汹乱党入宫城，母后遭凶饱受惊。

三十二年悲短命，九原应自怨亲兄。

欲知建康能否再安，且待下回再表。

王敦甫平，苏峻又乱。敦见忌于元帝，遂蓄异图，峻见忌于庾亮，乃生变志。推原祸始，皆由朝廷驭将无方，酿成巨衅。然庾亮之失，较元帝为尤甚。峻虽有不臣之心，但观其闻召之始，遣使白亮，自愿外迁，乃征命已下，又复乞补荒郡，倘亮许为通融，尚未敢称兵犯阙，大祸潜消，未可知也。乃一再不许，激之为乱，温峤郗鉴，求入卫而俱却之，孔坦陶回，谋截击而复不从，事前无弭变之方，临事无御贼之策，卒至忠臣战死，乱党入都，凭陵宫阙，劫掠府库，辱官吏，污士女，而亮反驾舟远逸，窜匿寻阳，谋人家国者，果可若是之躁妄粗疏，轻狂狡猾耶？故吾谓苏峻之乱，亮实首祸，而峻尤其次焉者也。

第三十九回

温峤推诚迎陶侃　毛宝负创救桓宣

却说建康为苏峻所困,内外不通,宫中一切情事,外人无从得闻。江州刺史温峤,原想进兵讨逆,无如京城消息,一无所知,也不好冒昧前进。可巧有都人范汪,从间道奔至寻阳,报称:"苏峻政令不壹,贪暴凶横。人情愤怒,共愿诛峻,朝廷亦待援甚急,宜速进讨"云云。峤即使汪转白庾亮,亮即令汪参护军事。峤与亮本相友善,因互推为盟主。峤有从兄名充,佐峤戎幕,独向峤进议道:"陶征西位重兵强,何不推为领袖?" 陶侃为征西大将军,见三十七回。峤颇以为然,遂遣督护王愆期,驰往荆州,邀侃同赴国难。侃与庾亮有隙,且以未预顾命为恨,见前回。便答愆期道:"我乃疆场外将,未敢与闻内事。" 陶公大误。愆期依言复峤,峤再手书敦勉,终不见从,乃复遣使语侃,但说是仁公且守,仆当先行。使人已发,适参军毛宝,从他处回来,亟入见峤道:"欲举大事,当与天下共谋,古人谓师克在和。便是此意。就使情迹可疑,尚当示人不觉,况自为携贰,尚能成事么?公急追使改书,推诚相与,料陶公亦不至固执了。"峤乃追还去使,另草一书,说得诚诚恳恳,愿奉侃为盟主。果然使人往返,得了效果,由侃遣督护龚登,率兵诣峤。峤有众七千,洒泪登舟,一面列数苏峻罪状,移告各镇。文云:

　　贼臣苏峻祖约,同恶相济,用生邪心,天夺其魄,死期将至,谴负天地,自绝人伦。寇不可纵,宜增军进讨,屯次湓(pén)口,即日护军庾亮来营,宣太后诏,寇逼宫城,王旅挠败,出告藩臣,谋宁社稷。后将军郭默,冠军将军赵胤,奋武将军龚保,与峤督护王愆期,西阳太守邓岳,鄱阳内史纪瞻,率其所领,相寻而至。逆贼肆凶,陵轹(lì)宗庙,火延宫掖,矢流太极。二宫幽逼,宰相困迫,残虐朝士,劫辱子女。承闻悲惶,精魂飞散。峤暗弱不武,不能殉艰,哀恨自咎,五情摧陨,惭负先帝托负之重,义在毕力,死而后已。今躬率所统,为士卒先,催进诸军,一时电击。西阳太守邓岳,寻阳太守褚诞等,连旗相继,宣城内史桓彝,已勒所属,屯滨江之要。江夏相周抚,与邓岳同时还朝,得为江夏相。乃心求征,军已向路。昔包胥楚国之微臣,重趼(jiǎn)致诚,义感诸侯。蔺相如赵邦之陪隶,耻君之辱,按剑秦廷。皇汉之季,董卓作乱,劫迁献帝,虐害忠良,关东州郡,相率同盟。广陵功曹臧洪,郡之小吏耳,登坛歃血,涕泪横流,慷慨之节,实属群后。况今居台鼎,据方州,列名邦,受国恩者哉?不期而会,不谋而同,不亦宜乎?二贼合众,不盈五千,且外畏胡寇,城内饥乏,后将军郭默,已于战阵俘杀贼千人,贼今虽残破都邑,其宿卫兵人,即时出散,不为贼用。祖约情性褊窄,忌克不仁,苏峻小子,惟利是视,残酷骄猜,权相假合,江表兴义以抗其前,强胡外寇以蹑其后,运漕隔绝,资食空悬,内乏外孤,势何得久?群公征镇,职在御侮,征西陶公,国之耆德,忠肃义正,勋庸弘著。诸方镇州郡,咸齐断金,同禀规略,以雪国耻。苟利社稷,死生以之。峤虽怯劣,忝据一方,赖忠贤之规,文武之助,君子竭诚,小人尽力。高操之士,被褐而从戎,负薪

之徒，匍匐而赴命，率其私仆，致其私仗，人士之诚，竹帛不能载也，岂峤无德而致之哉？士禀义风，人感皇泽耳。且护军庾公，帝之元舅，德望隆重，率郭后军等，与峤戮力，得有资凭，且悲且庆，若朝廷之不泯也，其各明率所统，毋后事机。赏募之信，明如日月，有能斩约峻者，封五等侯，赏布万匹。忠为令德，为仁由己，万里一契，不在多言。

这篇移文，分使四颁，满望各处响应，同时举义。不意陶侃督护龚登，竟至峤舟相见，说是得陶公来书，促令还镇，弄得峤莫名其妙，慌忙将登留住，再遣王愆期致书陶侃，书中有云：

仆谓军有进而无退，宜增而不可减。近已移檄远近，言于盟府，克日大举。南康建安晋安三郡军，并在路次，同赴此会，惟须仁公督军戾止，使齐进耳。仁公今乃召还督护，疑惑远近，成败之由，将在于此。仆才轻任重，实赖仁公笃爱，远禀成规，至于首启戎行，不敢有辞。仆于仁公，当如常山之蛇，首尾相衔耳。或者不达高旨，将谓仁公缓于讨贼，此声难追，仆于仁公并受方岳之任，安危休戚，理既同之。且自倾之顾，绸缪往来，情深义重，著于人士之口，一旦有急，亦望仁公悉众见救。况社稷之难，惟仆偏当一州，州之文武，莫不翘企，假令此州不守，约峻树置官长于此，荆楚西逼强胡，东接逆贼，因之以饥馑，将来之危，必有甚于今日者。以大义言之，则社稷颠覆，主辱臣死。公进当为大晋之忠臣，参桓文之义，开国承家，铭之天府；退当以慈父雪爱子之痛。约峻凶逆无道，囚制人士，裸其五体，近日来者，不可忍见，骨肉生离，痛感天地。人心齐一，咸皆切齿。今之进讨，如以石投卵，无虑不克，若出军既缓，复召兵还，人心乖离，是为败于几成也，愿深察所陈，以副三军之望。

愆期到了荆州，奉书与侃。侃展书详览，至慈父雪爱子之痛句，不禁流涕道："我儿果死了吗？"看官，你道侃子为谁？原来就是庐江太守陶瞻，小子在前回中，已曾叙及，不过尚未说明侃子。就是当时内外断绝，陶瞻战死，侃虽稍有所闻，尚未确悉，此次得了峤书，已经证实，当然生悲。愆期复接口道："公子殉难，真实不虚。且苏峻乃是豺狼，如得逞志，四海虽广，肯容明公托足么？"侃将书放下，投袂而起，立即大集将士，戎服登舟，与愆期同赴峤军，倍道急进。将至寻阳，令愆期先行返报。愆期驰抵峤营，峤问明原委，喜出望外，只庾亮捏着一把冷汗，惟恐侃来报复，不得不与峤相谋。**谁叫你平日量狭？**峤说道："陶公既来赴难，谅不至再记前嫌，就使尚有芥蒂，总教向彼谢过便了。有峤在此，保无他忧。"遂与亮回舟相迎，两下会叙，由峤引导庾亮，代达殷勤。侃见亮趋入，故意不睬，亮只好硬着头皮，向侃拜谢。**急来抱佛脚**。侃拈须冷笑道："庾元规乃拜陶士行么？"亮见他词色不佳，慌忙引咎自责，亏得他生就厚脸，又有三寸妙舌，说得悱恻动人。**赖有此尔**。侃意乃少解，握住亮手道："君侯修石头城，防备老子，今日反来求救，才知老子是忠心为国，未尝通叛呢。"峤在旁婉劝，侃益释然，便相偕入寻阳城，大开筵宴，欢谈竟夕。越宿复登舟启行，东指建康，共计戍卒四万，旌旗相蔽，轴轳互连，钲鼓声远达数百里。

徐州刺史郗鉴，在广陵接得亮书，并所传太后诏旨，已流涕誓众，指日勤王。及闻陶温联兵东指，复遣将军夏侯长，间行语峤道："公既仗义兴师，鉴愿执鞭从事，但闻叛贼欲挟天子，东入会稽，请公先立营垒，屯据要害，防贼逃逸，又断彼粮道，坚壁清野，与贼相持，贼进不得攻，退无所掠，不出旬月，自然溃散了。"峤深服鉴策，遣还夏侯长，麾舟进行。

苏峻闻四方兵起，用参军贾宁计，自姑孰还据石头，分兵拒敌，一面入宫劫迁幼主，出居石头城。司徒王导，与峤力争，舌剑谈锋，怎敌真刀真槊？毕竟拗他不过，强胁幼主登车。八龄天子，骤遭迫辱，哪得不掩面哀啼？将军刘超，侍中钟雅，并步行相随。天适大雨，道路泥泞，峻给刘钟二人乘马，二人皆不愿乘坐，且泣且行。到了石头，扶帝下车，入居仓屋，尘秇委积，不堪小住。峻即号为行宫，令亲信许方等人，补充司马督殿中监，外托宿卫为名，内实监制刘超钟雅。超与雅日侍帝侧，还有右光禄大夫荀崧，金紫光禄大夫华恒，尚书荀邃，侍中丁潭等，同处患难，各不相离。成帝在宫，尝读《孝经》《论语》，超仍然禀授，不使少闲。**一息尚存，此志不容少懈**。峻既忌超，又复敬超，时有馈遗，超皆不受。左光禄大夫陆晔，为峻所迫，令守行台，峻党匡术守台城。

尚书左丞孔坦，奔往陶侃，侃令为长史，与同计议。坦谓："须联合东军，两面夹攻，方可灭贼。"侃也称良策，只虑道路中梗，不得相通。事有凑巧，那司徒王导，已遣密使得达三吴，托称太后诏谕，勉令东军起义，入救天子。于是会稽内史王舒，使庾冰为奋威将军，领兵万人，西渡浙江。

吴兴太守虞潭，吴国内史蔡谟，前义兴太守顾众等，均望风起应，募兵讨贼。潭母孙氏，系吴孙权族孙女，早岁守嫠，教子有方，至是复尽发家僮，随潭助战，且鬻去环佩衣饰，充作军资，复召潭申诫道："汝当移孝作忠，舍生取义，勿以我老为累呢。"是真贤母。潭益加奋勉，整兵将行。孙氏又闻会稽内史王舒，遣子允之为督护，乃再语潭道："王府君遣子出征，汝何不相效，反出人下？"潭因令子楚为督护，使为前驱，往会允之。允之与庾冰，同至吴国，冰曾任吴国内史，见前回。蔡谟以冰当还旧任，即去职让冰，彼此同心协力，相继西进。途次与峻将管商张健等相值，两下交锋，互有杀伤，急切不能抵京。东边方兵争未决，西边亦战舰迭乘，陶侃温峤，进军茄子浦，峤因部兵习水，不善陆战，因下令军中，如有擅自登岸，立处死刑。

会峻送米万斛，馈运祖约，约遣司马桓抚率兵接应，为峤前锋将毛宝所闻，便欲上岸劫粮。部将以军令为辞，宝奋然道："兵法有言，将在外，君命有所不受。今贼粮在道，难道可纵令过去，仍不登岸邀击么？"遂不暇白峤，即麾兵上岸，鼓勇直前，杀退桓抚及运粮等人，把粮米一并夺来，始向峤处请罪。峤大喜道："君能通变达权，立功不小，何罪可言？"遂荐宝为庐江太守。陶侃亦表请王舒监浙东军事，虞潭监浙西军事，郗鉴都督扬州八郡军事，节制舒潭等军。鉴率众渡江，与侃等会合，雍州刺史魏该，亦引兵诣侃，侃乃麾动舟师，直指石头，屯次查浦，峤军另屯沙门浦。苏峻闻西军大至，自登烽火楼，望见长江一带，舟楫如林，不禁失色道："我原防温峤，能得众心，今果成事实了。"说毕，下楼派兵，分道扼守。庾亮使督护王彰，领兵进击，为峻党张曜所败，乃使司马殷融，送节谢侃。侃答语道："古人三败，君侯尚止二次，当今事势急迫，不宜自扰，致惑军心。"遂遣还殷融，劝令静守。侃部下都欲决战，侃与语道："贼众尚盛，未可争锋，不如宽待时日，用计破贼，方保万全。"由是按兵待变，未尝进攻。

苏峻得再遣部将韩晃，往攻宣城，宣城内史桓彝，前次入讨无功，反致败还，见前回。长史裨惠，复劝彝通好苏峻，权与周旋，冀纾兵祸。彝勃然道："我受国厚恩，义在致死，怎能忍耻与逆臣通问？事或不济，也是命数使然，虽死无恨。"遂遣偏将俞纵，往戍兰石。纵在戍未久，不遑修缮，闻韩晃掩至，只得驱兵出战。晃系百战悍将，部众又都精锐，眼见俞纵不是敌手,纵虽拚死奋斗,可奈部卒力弱,再进再却。左右劝纵退军,纵叹息道:"我受桓侯厚恩,理当死报,我不负桓侯,犹桓侯不负国家。今日是我绝命时期了。"说着,策马突阵,竟至战死。韩晃乘胜进薄宣城,彝困守多日,势孤力屈,终遭陷没,为晃所害。不没两忠。

先是彝与郭璞为友,尝令璞筮定休咎,筮既成卦,璞即用手搅乱,彝惊问何因?璞怅然道:"卦与我同。丈夫当此,必无良好结果,奈何奈何?"已而璞语彝道:"我与君情好多年,如来访我,尽可入室,但千万不可如厕。倘或误犯,必至客主有殃。"彝记在心中,未敢犯忌。一日过饮至醉,竟闯入璞家,觅璞无着,便往厕所。家人忙来拦阻,已是无及。他见璞对厕兀立,裸身被发,衔刀莫醊(zhuì),禁不住狂笑起来。却是好笑。璞闻声回顾,见是桓彝,不觉大惊,掷刀与语道:"我前嘱君勿来厕所,君竟失约,不但祸我,君亦难免。天数难逃,无可禳解了。"彝似信非信,尚疑璞为捣鬼,大笑而去。谁料后来果如璞言,两人俱不得善终。命也何如。

话休叙烦,且说陶侃温峤,屯兵江上,自夏经秋,已经累月。峤本主张急进,屡次出战,亦皆失利。侃决意坐守,并未与峻党交锋。会因峤军败还,峻兵尚耀威江岸,拟迫侃军,侃军多有惧色。监军李根,请诸陶侃,拟筑白石垒,以蔽舟车。侃依根议,即拨兵贪夜赶筑,至晓即成。忽闻峻军内有号炮声,诸将互相惊愕,总道是峻来攻垒,独长史孔坦驳议道:"峻若攻垒,必待东北风起,今天气清静,必不敢来,尽可勿虑。"诸将问何故鸣炮?坦又道:"我料他必发兵东出,堵御东来各军。"诸将尚不肯信,及侦骑来报,果由峻出兵东向,击败王舒虞潭等军。孔坦复献议道:"峻兵既得败东军,必来攻白石垒了,须亟遣重兵镇守。还有一虑,东军败退,京口随在可危,宜速使郗公还镇,尚可无忧。"侃乃使庾亮率精兵二千,住守白石,又令郗鉴与后将军郭默,同戍京口,立大业曲阿庱(chěng)亭三垒,分峻兵势。峻果率步骑万余,攻白石垒,幸由庾亮严守,无隙可乘,方才退去。忽闻祖涣桓抚等来袭浥口,侃料是祖约应峻,双方并举,遂拟遣雍州刺史魏该,率兵往御。便有军吏入报道:"魏刺史病故了。"侃惊疑道:"魏刺史病殁,只好由我自行了。"遂往会温峤,拟留峤暂统各军,自率偏师,往援浥口。莫非有去意么?峤尚未答言,旁有一将应声道:"义军恃

注：图中所题回目名当为"毛宝负创救桓宣"

公为主帅，公奈何轻行？此等小贼，只配末将等往剿呢。"侃见是毛宝发言，便问宝愿往否？宝答称愿往，奉令即行。途次接得谯国警耗，乃是祖涣桓抚，道出谯国，竟将谯城围住，当由宝兼程赴援，才到城下，即被涣抚等一阵冲突，并令弓弩手更番迭射，毙宝前队多人。宝向前力战，也为流矢所中，贯髀彻鞍。宝使人蹋鞍拔箭，流血满靴，他却毫不呼痛，收军暂退。等到箭声中断，复转身杀上，冲将过去。涣与抚已自幸得胜，不加防备，忽见宝跃马冲来，一时未及拦阻，竟被突入。宝军见主将受伤，尚如此奋勇，哪有不相率感奋，一齐随上。你刀我斧，尽力掩杀，立将敌阵捣乱。桓抚料不可敌，拨马先逃。祖涣独力难支，自然随走，谯城因得解围。内史桓宣，得出城迎宝，宝见他憔悴得很，不能再当冲要，乃使他东赴峤营，自率军进捣东关，攻破合肥戍垒。会接峤营来使，召令东还，乃引兵退归。祖约闻宝已退去，又欲派兵进击，不料故尚书令陈光，号召徒党，潜入攻约，好容易把约擒住，及仔细审视，乃是一个假祖约，貌似相类，实出两人，姓名叫作阎秃，系约帐下的从吏，约已从后墙逸出，无从追获了。想还有数月可活。光斩了阎秃，恐约召兵来攻，不能抵敌，乃北奔后赵，请石勒袭取寿春。勒遂令石聪石堪，领兵渡淮，径抵寿春城下。又由光寄发密书，诱动约将，使为内应。内外连结，顿将祖约逐去。约奔往历阳，聪等掳得寿春人民二万余户。渡淮北还。小子有诗咏道：

　　昆季如何大不同，乃兄靖虏弟兴戎。

　　痴心未遂先遭逐，叛贼由来少令终。

　　祖约败蹙，苏峻当然失势，峻将路永匡术贾宁等，向峻献策，峻却不从。究竟所献何计，容待下回叙明。

　　陶侃为晋室重臣，拥兵上游，理应为国图存，与同休戚，乃以一时之私忿，置国家于不顾，宁非大误？温峤一再贻书，推为盟主，而侃犹不从，甚至龚登已遣，尚欲召还，可私憾之深，一至于此耶？及闻陶瞻战死，舐犊生哀，乃登舟东指，与峤相会，然犹讥嘲庾亮，情见乎词，亮固有误国之罪，而侃亦不得为保国，若非温峤之推诚相与，则侃必不肯赴难，其去亮果几何也。厥后屯兵江上，旷日持久，虽峻兵尚盛，未易撄锋，然其徘徊瞻顾之状，犹可想见。桓彝之死，安知非侃之敛兵不动，有以致之？以视温峤之志在勤王，毛宝之志在戮力，盖不能无惭德矣。虞母孙氏尚知大义，奈何以堂堂之须眉，反出巾帼下？吾不禁为陶士行叹息云。

第四十回
枭首逆戡乱成功　宥元舅顾亲屈法

却说苏峻部将,如路永匡术贾宁等人,闻祖约败奔历阳,恐势孤援绝,不能成事,特向峻献议,劝峻尽诛司徒王导等,断绝人望,别树腹心。峻素来敬导,不允众议,路永遂生贰心。王导探知消息,即使参军袁眈,诱永归顺。永便即从导,导欲奉帝出奔,恐被峻党拦阻,反致不妙,因挈二子恬恰,与路永俱奔白石,往依义军。舍主自去,亦太取巧。陶侃温峤,与苏峻相持日久,仍然不决。峻却分兵四出,东西攻掠,所向多捷,人情汹惧。就是朝士奔往西军,亦云峻众势盛,锐不可当,侃未免灰心。独峤怒答道:"诸君怯懦。不能讨贼,反来誉贼么?"话虽如此,但屡战不胜,也觉胆寒,已而峤军粮尽,向侃告贷。侃愤愤道:"使君曾与我言,不患无良将,无兵粮,但欲得老仆为主帅,今数战皆败,良将何在?荆州接近胡蜀二虏。当备不虞,若再无兵食,如何保守?仆便当西归,更思良策,他日再来灭贼,也是未迟。"君可忘,子亦可忘吗?峤闻言大惊,忙答说道:"师克在和,古有明训,从前光武济昆阳,曹公拔官渡,兵以义动,故能用寡胜众。今峻约小竖,凶逆滔天,何患不灭?峻骤胜生骄,自谓无敌,若诱令来战,一鼓可擒,奈何自败垂成,反欲却退哩?况天子幽逼,社稷颠危,四海臣子,正当肝脑涂地,奋不顾身,峤与公并受国恩,何能坐视?事若得济,臣主同休,万一无成,亦惟灰身以谢先帝。今日势成骑虎,不能再下,公或违众独返,人心必沮,沮众败事,义旗将回指公了。"侃默然不答。

峤乃退出,与参军毛宝熟商,宝奋然道:"下官能留住陶公。"乃诣侃进言道:"公本应镇守芜湖,为南北声援。前既东下,势难再返,军法有进无退,非但整率三军,示众必死,就是一退以后,士心离沮,仓皇失据,必致败亡。前日杜弢为乱,亦尝猖獗,公一举灭弢,始享盛名,今难道不能灭峻么?贼亦畏死,未必统是勇悍,公可先拨给宝兵,上岸截粮,若宝不立功,然后公去,人情也不致生恨了。"侃方答道:"君既肯奋力杀贼,我愿依议。"遂加宝为督护,拨兵数千,遣令速往。宝奉令即行。

竟陵太守李阳,又替峤白侃道:"今温军乏食,向公借粮。公若不借,必至温军溃散,大事无成,阳恐各军将集怨公身,公虽有粟,也无从得食了。"侃乃分米五万石,接济峤军。嗣闻毛宝告捷,把句容湖熟诸屯粮,悉数毁去,这屯粮是苏峻的根本,根本既撤,料峻军必至乏食,久将自乱。侃乃留屯江上,不复言归。

峻遣韩晃张健等,往攻大业戍垒,不出孔坦所料。垒为后将军郭默所守,被韩晃等困住,水泄不通,守兵无从汲水,甚至取饮粪汁,聊自解渴。郭默不耐苦守,突围出奔,惟留戍卒守着。郗鉴在京口驻节,蓦闻郭默潜遁,不免加忧,参军曹纳进言道:"大业为京口屏蔽,大业失守,京口恐难保全,不如亟还广陵,再图后举。"鉴摇手不答,但命左右召集僚佐。至僚佐已集,方责纳道:"我尝受先帝顾命,不能预救危难,虽捐躯九泉,未足塞责。今强寇在迩,众志未定,君为我腹心,乃倡议退归,摇惑众心,教我如何驭众呢?"说至此,便旁顾左右,拟将纳推出斩首。纳吓得魂不附体,慌忙跪伏哀求,僚佐亦替他解免,方得贷死。鉴即拨兵助守大业,且遣使至侃军乞援。

侃欲亲自赴救,长史殷羡进谏道:"我兵不惯步战,若往救大业,不能得胜,大事反从此去了。今不若急攻石头,石头得克,大业不劳往救,自然解围呢。"侃依了羡言,遂与庾亮温峤赵胤等会商,使亮等率着步兵,从白石南进,自督水军攻石头城。亮等皆如侃议,乃分率步兵万人,登岸南行。胤为前驱,峤与亮为后应。

苏峻闻步兵来攻,亲率八千人迎战,遣子硕与部将匡孝,分领前军数十骑,先薄胤军。匡孝骁勇异常,当先开路,及与胤军相遇,仗着那一杆铁槊,左挑右拨,运动如飞,胤军纷纷落马,无人敢当。后队兵士,相率倒退。胤亦禁遏不住,只好退走。峻在马上遥望,见胤军退去,不禁惹起野心,顾语左右道:"孝能破贼,难道我不如孝么?"说着,即挈数骑前进,往追赵胤。寻死去了。可巧温峤军至,来助胤军,并力将匡孝杀退。孝已回马他遁,峻却冒冒失失,向前突阵。峤胤两军,已经排齐队伍,准备厮杀,还怕甚么苏峻?峻见不可敌,回趋白木阪,忽听得扑蹋一声,马失前蹄,竟

至扑倒。峻亦随向前扑,不能安坐,正拟下马易骑,不防背后有物投来,忍不住一阵奇痛,便即跌下。看官道是何物?原来是一种兵器,叫作钩矛,俗语呼为钩头枪,这钩头枪是何人所掷?乃是彭世李千,彭李两人,为陶侃部将,从峤助战,他见苏峻返奔,便策马力追。峻闻后有追兵,脚忙手乱,马缰一松,因致颠踬。彭李见他马蹶,相距还有数丈,只恐峻得脱逃,所以将矛遥掷,也是苏峻恶贯满盈,命数该绝,巧巧掷中背上,遂至坠地。彭世李千,立刻驰至,下马拔刀,将峻枭首。峻手下尚有数骑,逃命要紧,走得一个不留。温峤赵胤等,一并趋集白木阪,命将峻脔割如糜,毁去尸骨。众军齐呼万岁。峻兵八千人,顿时骇散,惟石头城还未溃乱。峻弟逸在城中,由司马任让等,奉为主将,闭城自守。峻将韩晃,得峻死耗,撤大业围,引还石头。他将管商弘徽,尚留攻庱亭垒,为郗鉴部将李闳,及长史滕含所破。管商走降庾亮,弘徽走依张健。温峤进薄石头城,就在城外设立大营,暂作行台,布告远近,凡故吏二千石以下,皆令赴台自效。官吏陆续趋集,各思图功。见危即避,闻利即趋,真是好计。

时光易过,两下相持,又过残年。光禄大夫陆晔,本由峻派守行台,峻将匡术,派守台城,至是晔令弟尚书陆玩,劝术反正。术见大势已去,乐得变计求生,遂举台城归附西军。百官亦乘势出头,推晔督领宫城军事。陶侃又遣毛宝入守南城,邓岳入守西城,建康复定,只有石头未下。右卫将军刘超,侍中钟雅,与建康令管旆等,拟奉成帝出赴西军,不幸密谋被泄,即由任让奉苏逸令,带兵入宫,拘住超雅。成帝下座,将超雅二人抱住,且语且泣道:"还我侍中右卫。"让不肯从,扯开成帝,竟把二人牵出,一刀一个,杀死了事。复大发兵攻台城。韩晃当先,逸与从子硕继进,用了火弓火箭,射入城中,焚去太极东堂,延及秘阁。毛宝饬兵士扑救,自执弓矢,登城守御,弓弦响处,无不倒毙。晃见宝箭法如神,便仰首呼宝道:"君号勇果,何不出斗?"宝亦答道:"君号健将,何不入斗?"晃不禁大笑,再欲攻城,忽接到石头被攻消息,乃收兵退去。苏逸苏硕,先已引还,那围攻石头的兵马,便是陶侃温峤等军。就是扼守京口的郗鉴,亦遣长史滕含等入助。滕含带着步兵,在石头城下待着,邀击苏逸。逸退还时,被含痛击一阵,伤亡甚多。苏硕后至,与含混战,方得杀开走路,拥逸入城。至韩晃到来,含已退去,硕自恃骁勇,率领壮士数百,渡淮赴战,正值温峤截住,乘硕渡至中流,麾舟急击,把硕兵冲作数段。硕长陆战,不善水斗,弄得进退两难,立被峤军击毙。石头戍兵,闻硕败死,统皆夺气。韩晃开城出走,兵士争先恐后,一齐狂奔,无如门隘难容,互相践踏,死不胜计。滕含正在城外巡弋,趁机掩杀,门不及闭,便得攻进,兜头碰着苏逸,两马相交,刀枪并举,不到数合,被含卖个破绽,刺逸下马。含将李汤,从旁趋至,将逸擒住,任让急来抢救,已是不及。含麾众围让,让欲走无路,也即受擒。成帝尚在行宫,由含将曹据入卫,抱帝赴温峤船。峤率群臣迎谒,顿首请罪。成帝虽然年稚,究竟在位四年,多见多闻,也说了几句慰劳的话儿,均令起身。未几陶侃亦至,见过成帝,奉入京师,随即诛死苏逸,并斩任让。让与侃有旧交,侃请贷一死,成帝流泪道:"他杀我侍中右卫,怎得赦免呢?"<u>侃多怀私,反不及幼主明白。</u>侃不便再言,让乃伏诛。又捕戮西阳王羕,及羕二子播充。司徒王导,由白石入石头,令取故节,侃嘲语道:"苏武节似不如是。"导不禁赧颜,侃一笑而散。于是颁诏大赦。

峻党张健,奔驻曲阿,弘徽韩晃等,先后趋至。健拟东窜吴兴,弘徽谓不如北走,两人争论起来。健拔出佩刀,刹毙弘徽,遂使韩晃等乘车陆行,自己乘舟水行。舟车中满载子女玉帛,由延陵东赴吴兴,东军尚未退去,即由王允之亲督将士,截住水陆两路叛党,大破张健韩晃,夺得男女万余口,并金银布帛等物。健晃收拾余众,改向西奔,又被郗鉴阻住,不能过去,因转走岩山。鉴使参军李闳,领兵追击,健等逃匿山冈,不敢出战。惟韩晃挟箭两囊,至山腰中,自坐胡床,弯弓迭射。闳麾众登山,前驱多中箭倒毙,直至箭已射尽,才得杀上,把晃围住,四面攒击。任你韩晃如何枭悍,也落得身首异处,一命呜呼。闳众挟刃再登,搜杀健等,健料不能免,惶恐出降。闳责他罪恶滔天,立命枭首。自是峻党尽平。冠军将军赵胤,复遣部将甘苗,往攻历阳。祖约部将牵腾,开城迎苗。约挈领家族及左右数百人,逃奔后赵去了。

两叛既灭,江左粗安,惟建康宫阙,已成灰烬,一时不及筑造,但借建平园为宫。温峤欲迁都豫章,三吴人士,请迁都会稽。议出两岐,纷纭未决。司徒王导,独主张仍旧,排斥众议道:"孙仲谋与刘玄德,俱言建康饶有王气,足为皇都,怎得无端迁徙呢?古时圣帝明王,卑宫菲服,不求华丽,若能务本节用,休养生息,不出数年,元气渐复,自见蕃昌;否则移居乐土,亦且成墟,即如近来北寇,日伺我隙,我再避往蛮越,更属非计,道在镇定如常,安内驭外,才无后忧。"此语却说得有理。温峤等听到此言,也以为导有远见,取消前议,不复迁都,即用褚翜为丹阳尹。翜收集散亡,尽心抚字,京邑复安。朝廷论功行赏,进陶侃为侍中太尉,封长沙公,兼督交广宁州诸军事。郗鉴为侍中司空,封南昌公。温峤为骠骑将军,开府仪同三司,加散骑常侍,封始安公。陆晔进爵江陵公。此外得进封侯伯子男,不可胜计。追赠卞壼桓彝刘超钟雅羊曼陶瞻等官爵,并各赐谥。峻党路永匡术贾宁,相继反正,王导欲悉予封阶。温峤道:"永等皆苏峻腹心,首为乱阶,负罪甚大,晚虽改悟,未足赎罪。诚使得全首领,已为幸事,岂尚可再给荣封么?"导乃罢议。

陶侃因江陵偏远,请移镇巴陵。有诏依议,侃乃辞去。温峤亦陛辞归镇,朝议欲留峤辅政。峤推让王导,谓系先皇旧臣,仍当照常倚任,不宜参用藩臣,因固辞而出。且以京邑荒残,资用不足,特将私蓄财物,留献宫廷,然后西行。温太真确是纯臣。惟庾亮初谒成帝,稽颡谢罪,嗣复上表辞职,欲阖门投窜山海。成帝手诏慰谕,谓系社稷危难,责不在舅云云。

未免左袒。亮自觉过意不去，又上书引咎道：

臣凡鄙小人，才不经世，阶缘戚属，累忝非服，叨窃弥重，谤议弥兴。皇家多难，未敢告退，遂随谍辗转，便膺显任。先帝不豫，臣参侍医药，登遐顾命，又豫闻后事，岂云德授？盖以亲也。臣知其不可，而不敢逃命，实以田夫之交，犹有寄托，况君臣之义，道贯自然。哀悲眷恋，不敢违拒。加以陛下初在谅暗，先后亲揽万机，宣通外内，臣当其责，是以激节驱驰，志以死报。顾乃才下位高，知进忘退，乘宠骄盈，渐不自觉，进不能抚宁内外，退不能推贤宗长，遂使四海谤怨，群议沸腾。祖约苏峻，不堪其愤，纵肆凶逆，事由臣发，社稷倾覆，宗庙虚废，先后以忧逼登遐，陛下盱食逾年，四海哀惶，肝脑涂地，臣之招也，臣之罪也。朝廷寸斩之，屠戮之，不足以谢祖宗七庙之灵。臣灰身灭族，不足以塞四海之责。臣负国家，其罪实大，实天所不覆，地所不载。陛下矜而不诛，有司纵而不戮，自古及今，岂有不忠不孝，如臣之甚？不能伏剑北阙，偷存视息，虽生之日，犹死之年。朝廷复何理齿臣于人次？臣亦何颜自次于人理？臣欲自投草泽，思愆之心也，愿陛下览先朝谬授之失，虽垂宽宥，全其首领，犹宜弃之，任其自存自殁，则天下粗知劝戒之纲矣。冒昧渎陈，翘切待命。

这书呈入，复有诏复答道：

苏峻奸逆，人所共闻，今年不反，明年必反。舅勃然而召，正是不忍见无礼于君者也。论情与义，何得谓之不忠乎？若以总率征讨，事至败丧，有司宜绳以国法，诚则然矣。但舅申告方伯，席卷东来，舅躬擐甲胄，卒得珍逆，社稷乂安，宗庙有奉，岂非舅与二三方伯，忘身陈力之勋耶？方当策勋行赏，岂可咎及既往？舅当上奉先帝付托之重，弘济艰难，使衍冲人，永有凭赖，则天下幸甚！

亮既接诏，尚欲逃入山海，准备舟楫，东出暨阳，可不必作主了。诏令有司收截各舟，亮乃改求外镇，效力自赎，因出督江西宣城诸军事，拜平西将军，假节豫州刺史，领宣城内史，镇守芜湖。还有湘州刺史卞敦，前曾闻难不赴，但遣督护带领数百人，随从大军。陶侃劾敦阻军观望，请槛车收付廷尉。敦原宜劾，但出自陶公，问心果能免疚否？独王导谓丧乱甫平，应从宽宥，惟徙敦为广州刺史。敦适抱病，不愿南行，乃征为光禄大

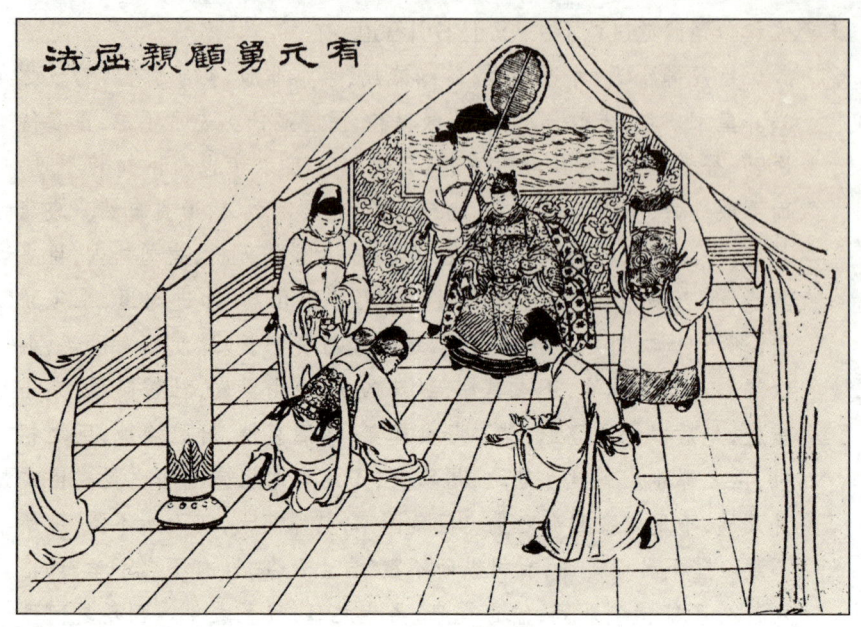

夫。未几病死,尚追赠散骑常侍,赐谥曰敬。宜削去右旁,谥一苟字。

温峤自建康西还武昌,舟过牛渚矶,水深不可测摸,相传下多怪物。峤发出奇想,令燬犀角照水,果见怪物丛集,或乘马,或乘车,多着赤衣,奇形异状,见所未见。是夕,卧宿舟中,梦有一异人来语道:"与君幽明相隔,何故照我?"峤尚欲详问,被异人用物击来,适中门牙,痛极而醒。次日,齿尚觉痛,他本有齿疾,至此因痛不可耐,将牙齿拔落二枚。不意痛仍未瘥,反致唇舌艰涩,如中风状。莅镇以后,医治无效,不到旬日,便即去世,年只四十有二。江州士民,相率下泪。有诏赠峤侍中大将军,赐钱百万,布千匹,予谥忠武。

即令峤军司刘胤,嗣为江州刺史。陶侃郗鉴,表称胤不胜任,宜别简良才,王导不从。胤素纵酒渔色,不恤政事。后将军郭默,曾为胤所侮,时常怀恨,此时留屯淮北,竟率兵夜向武昌,候旦开门,突然掩入,诈称有诏收胤,不问他人。胤部下将吏,不知何因,未便拒抗。默突入内寝,胤尚拥妾同卧,被默牵出床下,一刀砍死。妾有姿色,取为己有,又掠得金宝及胤妻女,自称江州刺史,一面将胤首传入建康,诬胤谋逆。王导虑不可制,但令默为豫州刺史，不敢问罪。王导专尚姑息。武昌太守邓岳，驰白陶侃。侃即上表讨默，且致导书道："郭默害方州，就用为方州，倘再害宰相，莫非便使为宰相么？"诘问得妙！导复书谓："遵养时晦，留待足下。"侃览书大笑道："这乃遵养时贼哩。"遂驱兵登舟，直向武昌，四面环攻。默将张丑宋侯等，惧侃威势，缚默出降。侃斩默枭首，解送京师，诏令侃兼督江州，并领刺史。小子有诗叹道：

　　藐视王章太不伦，况经矫诏害疆臣。

　　若非当日陶公在，时贼居然得苾新。

侃既平默，威名益震，连后赵都惮他英威，不敢南窥。惟后赵主石勒，时正强盛，并吞前赵，欲知详情，请看下回分解。

　　合东西各军之力，夹攻苏峻，犹至旷日无功，非将帅之皆无用，弊在号令不专，互相观望耳。苏峻之突阵被斩，实遭天殛，非尽由人力也。试观书中所叙，唯温峤一人，志在讨逆，彻始贯终；毛宝勇敢，未始非为峤所激，感奋而成，陶士行辈皆无取尔。庾亮身为元舅，败不能死，徒自引咎，以塞众谤。卞敦观望不前，仍不加罪，晋政不纲，亦可知矣。成帝幼冲，原无足怪，司其责者，实惟王导，而时人反目为江左夷吾，其然岂其然乎？

第四十一回
察铃音异僧献技　失军律醉汉遭擒

却说后赵主石勒,乘晋内乱,连夺司豫青徐兖诸州,见三十五回。复遣兵进扰江淮,攻陷寿春。见三十九回。一面令石虎等率众四万,从轵(zhǐ)关西行,往攻刘曜,略定河东五十余县,进迫蒲坂。曜大发水陆各军,亲自督领,由卫关北渡黄河,为蒲坂援应。石虎闻曜军大至,不免震惧,乃撤围退兵。曜追至高候,得及虎兵,两下交战,虎兵大败,偏将石瞻战死,余众亦伤亡大半,伏尸二百余里,丧失资械,不可胜计。虎逃奔朝歌,曜乘胜南下,攻金墉城。后赵守将石生,竭力抵御,曜猛扑不克,因决穿千金堨(è)外的流水,灌入城中。城内兵民,险些儿变成鱼鳖,幸亏金墉城素来坚固,不致坍没。石生移民登阜,麾兵乘城,日夜严防,兀自支撑得住。曜见金墉难拔,又分兵转攻汲郡河内,后赵荥阳太守尹矩,野王太守张进等,均迎降曜军,曜势大振,襄国戒严。

是时石勒右长史张宾,已经病殁,勒如失左右手,尝临丧大恸道:"天不欲我成事么?何故夺我右侯?"不令汝死,老天然是有情。既而令司马程遐,代为右长史,遐智计不及张宾,但因妹为勒妾,得预政权。勒每与遐议及国事,意见不合,辄流涕道:"右侯遽舍我长逝,乃令我与此辈共议,岂非天数?"又要归咎于天,天岂常来顾汝么?及曜围金墉,勒拟亲出为援,程遐等入谏道:"刘曜乘胜南行,一时难与争锋,惟金墉城坚粮足,不致遽陷,待曜师老力疲,自然退去。大王不宜亲动,一或躁率,难保万全,大业反从此失败了。"勒怒叱道:"汝等何知?休来妄言!"遐尚欲再谏,勒竟拔剑置案,几欲动手杀遐,遐乃怯退。

先是参军徐光,醉后忘情,致忤勒意,为勒所幽。至是勒复忆光,释令出狱,召与商议道:"刘曜乘高候胜仗,进围洛阳,看似锋不可当,但孤思曜带甲十万,围攻一城,多日不克,势必懈怠。若率我锐卒,击彼怠兵,无虑不胜。倘迟至洛阳不守,曜必鼓勇前来,席卷河北,直至冀州,我军为彼所慑,不战必溃,大事去了。程遐等不欲我行,卿意以为何如?"光应声道:"大王所料,确是胜算,试想刘曜既战胜高候,不能进临襄国,乃反往攻金墉,显见是无能为呢。诚使大王督兵亲征,彼必望旗奔败,平定天下,在此一举,何必多疑。"勒狞笑道:"如卿才合孤心哩。"遂下令调集人马,克日启行。

勒平时常敬礼西僧佛图澄,因复将出师休咎,令他预决。澄忽作梵语道:"秀支替戾冈,仆谷劬秃当。"靳听了茫然不解,请澄释明意义。澄乃答道:"秀支便是兵,替戾冈是出行的意义,仆谷指刘曜胡位,劬秃当就是捉人意。依此解释,定能出兵拒曜了。"勒又问出自何经?澄答称是相轮寺铃音。铃音可作预谶么?勒将信将疑。澄自言尚有一法,可觇未来,当由勒请令一试,澄谓须展期七日,七日内令一童子持斋,斋期满,方能觇视,于是如法施行。眨眼间已是七日,澄即入见,在勒前行法,令左右取过麻油及胭脂,二物挽合,置诸掌心,又用两手摩擦,好一歇方才启掌,粲然有光。勒等只见他掌中光芒,看不出甚么奇异,独持斋七日的童子,顾视澄掌,不禁大诧道:"内有无数兵马,捉住一须长面白的大人。"澄即语勒

察铃音异僧献技

道："这就是刘曜了。"掌中有如此幻影，无怪如来佛能捉孙悟空。勒乃大喜，即令亲将石堪石聪，往会豫州刺史桃豹等，各率部众趋荥阳，复饬石虎进据石门，自统步骑四万，出发襄国，下令敢谏者斩，程遐等自然不敢再言，一任勒上马登途去了。

但佛图澄究是何人，能有这般秘术？相传澄生长天竺，本姓帛氏，至晋怀帝永嘉四年，始至洛阳，自云百有余岁，能服气摄生，连日不食。每持神咒，役使鬼神，腹旁有一孔，用絮塞住，夜间拔絮露孔，光照一室。又尝至流水侧，从孔中取出脏腑，就水洗净，还纳腹中，洛人称为奇僧。至洛中大乱，投依勒将郭黑。黑从勒四出，每预知行兵吉凶，勒当然疑问。黑谓由澄所授，因即召澄相见，试以道法。澄取钵盛水，焚香持咒，立见钵中生出青莲，花光曜日，勒乃惊服，嗣是勒有举动，澄辄先知。勒为赵王至五年，襄国大旱，勒令澄祷雨，澄言祷求无益，别有良法。遂率徒侣往石井岗，掘得死龙一条，长约尺余，取置水盂，半日复苏。澄向龙咒诵，用酒为奠，蓦见龙一跃上升，腾往天空，即见阴霾四塞，大雨倾盆，田野沾足。因改名天井岗为龙岗。过了数年，襄国城壕，水源骤涸，勒又求澄设法。澄笑答道："城壕无水，敕龙往取便了。"勒本字世龙，疑澄有心嘲弄，亦笑语道："正因龙不能取水，所以商诸高僧。"澄乃正色道："这是实语，并非戏言。水泉无论大小，必有神龙居住，今城堑水源，在西北五里团丸祠下，若非敕龙取水，水何从来？"说毕自出。随引弟子法首等数人，径至团丸祠下，自坐绳床，烧安息香，口中念念有词，絮絮不绝。直至三日三夜，方有小水流动，一小龙长五六寸，随水出没，人民相率趋观。澄禁令逼视，不到半日，水势骤涨，汹涌澎湃，流满隍堑，龙亦不知去向了。澄返报石勒，勒益加敬礼，号为大和尚，这且待后再表。事见《十六国春秋》中。

且说赵王刘曜，自据位称尊后，起初还从善纳谏，用游子远为车骑大将军，讨平氐羌。依侍中乔豫和苞等言，罢建宫室。又在长乐宫东隅立太学，未央宫西隅立小学，凡百姓年在十三以上，二十五以下，聪颖可教，俱令入学肄业，共得千五百人。命中书监刘均领国子祭酒，散骑侍郎董景道为崇文祭酒，居然尊经讲道，用夏变夷。曜后羊氏，虽得专宠干政，究竟也没有甚么权力，曜立羊氏为后，见三十二回。在位四年，境内尚称平安，不过与后赵已成仇隙，屡有兵争。是年五月，终南山忽崩。长安人刘终，从山崩处拾得白玉一方，上有篆文云："皇亡，皇亡，败赵昌，井水竭，构五梁。咢(è)酉小衰，困嚣丧鸣。呜呼呜呼，赤牛奋靷其尽乎。"终莫名其妙，但赍玉献曜。曜臣都称为石勒将灭，乃有此征，因联翩入贺。曜也以为天锡祯祥，特斋戒七日，至太庙中拜受瑞玉，命终为奉瑞大夫。好像做梦。独中书监刘均上书道：

臣闻国主山川，故山崩川竭，国君为之不举。终南京师之镇，国之所瞻，无故而崩，其凶可知。昔三代之季，其灾也如是，今朝臣皆言祥瑞，臣独言非，诚上忤圣旨，下违众议。然臣不达大理，窃所未同。何则，玉之于山石也，犹君之于臣下。山崩石坏，象国倾人乱，皇亡皇亡。败赵昌者，此言王室将为赵所败，赵因之而昌大。今大赵都于秦雍，而勒跨全赵之地，赵昌之应，当在石勒，不在我也。井水竭，构五梁者，井谓东井，秦之分也，五谓五车，梁谓大梁，五车大梁，赵之分也，此言秦将绝灭以构成赵也。咢者岁之次，名作咢也，言岁取作咢酉之年，当有败军杀将之事。困谓困敦，岁在子之年名，玄嚣亦在子之次，言岁取于子。国当丧亡。赤牛奋靷，谓赤奋若，在丑之岁名也，牛谓牵牛，东北维之宿，丑之分也，言岁在于丑，当灭之殆尽，无复遗也。太岁在酉曰作咢，在子曰困敦，在丑曰赤奋，若语见《尔雅》。此其诚悟蒸蒸，欲陛下勤修德化以禳之耳。纵为嘉祥，尚愿陛下夕惕以答之。书曰："虽休勿休。"愿陛下追踪周旦盟津之美，捐鄙虢公梦庙之凶，谨归沐浴以待妖言之诛，则国家幸甚！

曜览毕均书，倒也怃然动容。廷臣劾均狂言瞀说，诬妄妖瑞，应作大不敬论。曜却谓不问灾祥，均当深戒，怎得加罪刘均。越年，又从并州献入玉玺一枚，文为"赵盛"二字。曜乃不复称瑞，但收贮库中罢了。既而征服仇池王杨难敌，又因秦州刺史陈安叛乱，亲往讨平。赤亭羌酋姚弋仲，亦称臣受封。姚弋仲见前文。凉州牧张寔，为帐下将阎涉所戕，张寔见第三回。寔弟张茂，平定内乱，嗣为凉州刺史。曜复率领戍卒二十八万，进攻凉州。茂惮曜兵威，奉表称藩，曜乃退兵。自是渐即骄盈，沉湎酒色。羊后病死，更立侍中刘昶侄女刘氏为后。才阅一年，刘氏又病不能起，留有遗言，请纳从妹刘芳。芳女姿色，比姊秀美，年甫十三，已长七尺八寸，垂手过膝，发与身齐。曜当然纳入，即册为继后，时已为光初十一年。*光初为刘曜年号,见三十二回。*曜命骠骑将军刘述为大司徒,侍中刘昶为太保,召公卿以下子弟,入阙亲选,见有材武出众,便使为亲御郎,被甲乘马,随同出入。尚书郝述,都水使者支当等,谓人主不宜日近武人,致触曜怒,勒令服毒自尽。是夕,曜梦见空中降下三神,统是金面丹唇,东向逡巡,不言即退。当下恍惚前追,屈身下拜,俯履三人足迹。俄而惊寤,细思梦兆,辨不出什么吉凶。翌晨,召入公卿,令他详梦。一班谐臣媚子,无非曲意献谀,交口称贺,惟太史令任义,谓梦兆不祥,列陈见解,大略说是:

  三者历运统之极也,东为震位,王者之始次也。金为兑位,物衰落也。丹唇不言,事之毕也。逡巡揖让,退舍之道也。为之拜者,屈服于人也。履迹而行,慎勿出疆也。东井,秦之分也,五车,赵之分也,秦兵必大起,亡主丧师,留败赵地,远至三年,近七百日,其应不远,幸熟思而慎防之!

曜闻言大惧,即亲祀二郊,修缮神祠,遍祷名山大川,大赦死罪以下,减免百姓半租。*徒务表面,有何益处?* 越年,春令大旱,好几月不见甘霖,曜偏分兵袭仇池,攻凉州,略河南,一些儿不加轸恤,但令出掠境外,夺得子女玉帛,还充府实。*国人遇着旱灾,令他四出纵掠,不可谓非理财妙诀。* 又越年出败石虎,便是围攻金墉城一役。*补叙刘曜数年间事,使知败亡之由来。* 后赵主石勒,自救金墉。至大堨渡河,时当仲冬,寒风似刀,河滨更甚。及勒军将渡,忽天气转为晴和,风静冰泮,安然得济。济毕又狂风大起,沉阴如故。勒大喜道:"这是天神佑我哩。"*此番才喜有天了。* 遂改名大堨为灵昌津。参军徐光,亦随勒南行,勒顾语光道:"刘曜闻我出兵,若移兵成皋,据关拒我,方为上策;依洛为营,负水自固,乃是下策,坐守洛阳,束手待擒,便成无策了。"既而勒至成皋,会集诸军,得步兵六万,骑兵二万七千,鼓行而进,一路无阻,并不见有曜军。勒举手上指,又自指额,连声呼天。*天何言哉。* 复令兵士卷甲衔枚,从间道出巩訾间,昼夜不休,直至洛水,遥见曜兵俱退驻对岸,连营十余里,差不多有十多万人,更不禁大喜道:"曜真庸奴,为我所料,诸将士已好贺我了。"大众闻言,统向勒道贺。勒扬鞭得意,督步骑入宣阳门,由守将石生出接,迎入故太极前殿,升座劳众,休息一宵。越宿,乃部署兵马,整顿器械,准期明日出战。

命石虎率步卒三万人，自城北趋西，攻曜中军，石堪石聪各领骑兵八千人，自城西趋北，击曜前锋。三人领命归营。勒又预戒亲卒，五更造饭，黎明饱餐，开城助战。

这一边已安排就绪，那一边尚杂乱无章。刘曜围攻金墉，已过了三月有余，他见坚城难下，索性置诸度外，镇日与群臣饮博，酣醉无度，不恤士卒。左右或进言相规，曜斥为妄语，连杀数人。及闻勒渡河亲至，方拟遣兵增戍，堵截勒兵。议尚未定，勒兵已抵洛水，前驱谍使，被曜候骑获得一人，献入营中。曜亲问道："大胡自来么？率众几何？"谍使答道："大王自来，兵势甚盛。"曜闻言不禁失色，便下令撤围，退营洛水西岸。叙出曜军情形，方与上文接笋。到了勒兵入城，曜尚无布置，仍然拼命饮酒。临战的早晨，已闻石虎石堪等两路杀来，还要饮酒数斗，喝得醉意醺醺，方披甲上马。马无故悲鸣，立住不动，经曜挥了数鞭，反见马倒退下去，一前一却，几乎把曜掀落，亏得左右将曜扶住，仓猝下马，改乘他骑。已兆不祥。曜疑是酒力未足，致马作怪，再命左右进酒一斗，一气喝干，乃策马出营，径诣西阳门。说时迟，那时快，石虎从左杀到，石堪石聪从右杀来。曜兵抵挡不住，纷纷溃乱。曜已烂醉如泥，不知进退，但向西阳门驰去，不防石勒带着亲兵，由閶阖门绕至西阳门，迎头击曜。曜醉眼朦胧，望不出甚么石勒，惟听得一声大喝道："刘曜快来受死！"这一语传入耳鼓，才把十分酒意，吓退三分。又见前面兵士，好几个滚下头颅，乃拍马返奔，忙不择路，只管沿洛水边乱跑。又听背后有人叫道："刘曜休走！"曜也不敢回头，飞马奔逃。那后面的箭镞，接连射来，可恨背上不生眼睛，无从闪避，徒受了三处箭伤。马亦中了数箭，负痛乱跃，高低不辨，竟致陷入石渠。曜慌忙提缰，马足虽得拔出，马力已竭，坠倒水滨，曜亦当然同坠。可巧水结成冰，将人马一同搁住，不致沉溺。还是溺死的好。奈左右俱已逃散，无人相救。俄而追兵驰到，用着挠钩等件，将曜钩起。曜身上又受创十余，卧在地上，由他捆缚，勉强开眼一瞧，面前立着一马，马上坐着一员大将，正是后赵都尉石堪。堪见曜西奔，率马追来，用箭射倒刘曜，遂得擒曜报功。

曜兵一半逃去，一半被杀。勒乃下令道："我只欲擒获一人，今已得擒住，将士等可抑锋止锐，毋得再加杀戮，有伤天仁。"于是收军入城，牵

失津军醉溴遭擒

曜至河南丞靡,把他拘住。一面宰牛设飨,大犒将士。一连三日,方班师北还襄国,使征东将军石邃,押曜同行。曜创痕未痊,不能行动,因用马车载曜,令金创医李永,与曜同载,沿途疗治。既至北苑市,三老孙机,请诸勒前,愿一见曜,勒即允诺。机持酒一大觥,进白刘曜道:"仆谷王,关右称帝王,当持重,保土疆;轻用兵,败洛阳,祚运穷,天所亡;开大量,进一觞。"曜见机庞眉皓首,须发似银,乃接觥答语道:"老翁年当近百,尚这般康健么?我当为公满饮此觞。"说着,一吸立尽。适配胃口。孙机乃退。勒闻机言,也为怅然道:"亡国奴,应该使老叟数罪哩。"及驰入襄国,勒令曜居永丰小城,遗还伎妾,与曜为伴,惟派兵监守,不准曜出入自由。

先是两赵连岁交兵,互有擒获,勒将石佗,为曜军所擒,便即杀死。曜将刘岳刘震,为勒军所擒,尚未被杀,至此岳震等,得奉勒命,许令见曜。曜瞿然道:"我道卿等久为灰土,不意石王仁厚,全宥至今,我骤杀石佗,有愧石王,无怪今日遭祸呢。"乃留岳震等同宴,终日始别。此时已近死期,乐得痛饮数杯。勒使人语曜,令致彼太子熙书,嘱使速降。曜不从勒意,但伤熙与群臣维持社稷,不必为我易虑云云。勒因此嫉曜,寻

即将曜害死。曜僭位十三年,岁次戊子,兵败被擒,正与刘均言相符,小子有诗叹道:

> 谶纬遗文宁足凭? 荒耽才是国亡征。
> 古今多少沧桑感,无道保邦得未曾。

曜子熙居守长安,能否保全宗祀。且看下回自知。

佛图澄之种种秘术,俱载前史,相传至今,是否确凿,亦无从证实。即果有其事,亦不过如张陆于吉之流耳。律以治国平天下之大道,澄固未足语此也。刘曜少时,以聪慧闻,刘渊尝称为千里驹,及长尤多奇略,自比乐毅萧曹,刘聪又以世祖魏武拟之,及靳准篡汉,仗义讨贼,再兴刘氏,似乎刘渊父子之言,不为无见,乃观其金墉一役,醉态昏迷,毫无军谋,仓猝一战,便为所擒,岂其天夺之魄,使汨性灵? 抑亦由沉湎酒色,乃有此昏庸之结果也!世间自有大丈夫,特淫妇人之嫕(xiè)词耳。曜顾信之不疑,酿成骄态,其曷能免灭亡之祸哉?

第四十二回

并前赵石勒称尊　防中山徐遐泣谏

　　却说刘熙居守长安，接得乃父被擒消息，当然大骇，急与南阳王刘胤等商量方法。胤本是刘曜嫡子，为元配卜氏所生，从前靳准作乱，胤逃匿邻近郁鞠部。及刘曜即位，郁鞠部送胤归国，曜见他身长多力，意欲废熙立胤。胤舅左光禄大夫卜泰，及太子太保韩广等，均谓不宜废立，胤亦涕泣固辞。曜也追忆羊后，不忍废熙，乃封胤为王，号为皇子，追谥元配卜氏为元悼皇后，进卜泰为太子太傅，仪同三司。其实太子熙，原是懦弱，就是胤亦徒有外表，未足称能。曜率兵南下时，胤且进署大司马，辅熙居守。一切政事，归胤裁决，所以曜陷没后赵，熙即召胤计议。胤谓长安难守，不如退保秦州。尚书胡勋进言道："今主子虽已丧亡，国家尚未残缺，兵士不下数十万人，正可并力扼险，堵御石氏，万一力不能拒，再走未迟。"胤怒叱道："汝敢挠沮众心么？"遂喝令左右，把胡勋牵出斩首。胤不但无能，且是个糊涂虫，怎能保国？勋既冤死，还有何人再敢多嘴，遂相率奔往上邽。首都一动，各镇皆摇，汝阴王刘厚，安定王刘策，各弃镇西走，关中大乱。

　　将军蒋英辛恕，拥众数万，入据长安，遣人奉表后赵，情愿投降。石勒览表，即敕洛阳守将石生，乘便西略。生即带领部曲，径入长安。那时刘胤却率兵数万，从上邽出发，来与石生争长安城。前时已愿弃去，此时复欲夺还，奇极怪极。陇东武都安定新平北地扶风始平诸郡胡人，亦奋起应胤。胤军次仲桥，石生婴城自守，飞使向襄国乞援。勒即遣石虎往救，拨给骑兵二万，由虎带去。虎行至义渠，与各郡胡人相值，好似虎入羊群，不值一扫，夷人四面遁去，虎即进捣胤营。胤闻胡人败遁，已是心怯，没奈何出营迎战。两阵对圆，锋刃相交，虎麾动铁骑，冲入胤阵，纵横驰骤，十荡十决。胤慌忙奔还，经虎从后追击，杀得尸横遍野，血流成渠，遂进薄上邽城下。上邽城内的将吏,见胤逃还,都吓得魂魄飞扬,哪里还敢抵御?不到数日,便即溃散。虎挥众登城,擒住赵太子熙,南阳王胤,及王公卿校以上三千余人,一律杀死,所有后宫妃妾,俱分给将士。惟曜有女安定公主,年甫十二,却生得身材窈窕,眉目轻盈。虎取为己有,也不管她年龄长幼,到了夜间,便将她抱入寝处,恣情行乐,亏得胡人体质本来强壮,还勉强容受得住,但已是蕊破花惝,不堪狼籍了。身入虎口,不死亦伤。欢娱数夕,方挈女东行,并徙赵台省文武,关东流民,及秦雍大族九千余人,俱至襄国,又坑死王公等及五郡胡人,共五千余名,比虎狼还要凶暴。前赵遂亡。总计自刘渊僭号,共历三传,前称汉,继称赵,凡三十五年。刘曜受擒,岁次戊子,刘熙被屠,岁次己丑。困骂丧鸣,赤牛其尽,白玉篆文,至次毕验了。

　　石虎还至襄国,赍献前赵传国玺,并拟上勒尊号,奉为赵帝。勒未肯遽许,再经内外百僚,全体申请,无非说是"功德并隆,祥符俱萃,应亟崇徽号,下副人望"等语。勒又迁延过年,始自称为赵天王,行皇帝事。名称亦奇。立妻刘氏为王后,世子弘为太子,余子宏为骠骑大将军,都督中

并前赵石勒称尊

外诸军事,兼大单于,封秦王,斌为右卫将军,封太原王恢,为辅国将军,封南阳王,进中山公虎为太尉,兼尚书令,易公为王。虎子邃为冀州刺史,封齐王,石生为河东王,堪为彭城王,署左长史郭敖为尚书左仆射,右长史程遐为右仆射,徐光为中书令,领秘书监。此外,文武百官,各封拜有差。侍中任播等参议,谓赵承金为水德,旗帜尚玄,牲牡尚白,子社丑腊,方符天命。勒依议而行。右仆射程遐进言道:"天下初定,应明罚敕法,显示顺逆。从前汉高斩丁公,赦季布,便是此意。大王自起兵以来,褒忠诛逆,中外归心,惟江左叛臣祖约,犹存我国,窃为不解。且约大引宾客,又占夺先人田里,地主多衔怨切骨,大王何尚事姑容,不申天罚呢?"勒本谓约不忠,有心鄙薄,虽然前次收纳,却未尝召见,约降后赵,见四十回。至此听了遐言,便使人给约道:"祖侯远来,未暇欢叙,今幸西寇告平,国家无事,可率子弟来会,借表积诚。"言外又与订会期。

约得了此信,当然欣慰,届期这一日,约挈子弟登殿,求见赵天王石勒。勒佯称疾,但令程遐接待。遐邀入别室,引与共饮,暗中着人诈托约言,召约亲属,一并到来。约见全族俱至,不禁动疑,且室外甲士趋集,料知凶多吉少,自思无法脱身,索性拼命乱喝,得能从此醉死,也省得眼见惨刑。偏程遐瞧透约意,待约半醉,便起座大言道:"天王有令,祖约叛国不忠,罪应诛夷。"这语说出,甲士俱从外突入,立将祖约拿下,所有约亲信数十人,均被驱出,牵往市曹。蓦见有一群罪犯,由兵役押令前来,仔细一瞧,乃是一班蓬头少妇,垢面童儿,没一个不是家眷。此时心如刀割,险些儿晕了过去。忽有一数龄稚子,趋至约旁,手牵衣襟,哭呼外祖。约手未被缚,便将稚子抱起,且泣且语道:"外孙外孙,汝外祖不该背国,连害汝曹。"悔也迟了。旁边走过似虎似狼的甲士,把他外孙夺去,掷诸地上,已是跌个半死。一声炮响,刀光四闪,可怜祖约以下的男子,不论老少长幼,都做了无头鬼。就中只有祖逊庶子道重,由后赵左卫将军王安,买嘱兵士,将他留下,为安携去。余如妇女妓妾,也算赦免,但已皆没为官奴,分充羯人的婢妾去了。叛国贼听着!

看官道王安何人,肯救逊子?原来安本羯奴,为逊所得,留侍左右,很加宠爱。及逊镇雍邱,安亦寝长,逊与语道:"石勒与汝同种,汝可往依,免汝久羁他乡,汝可愿否?"安尚不忍别,逊复说道:"我亦不在尔一人,尔尽管前去便了。"遂厚给路资,遣令北去。安得见勒,累擢至左卫将军,及闻约族骈诛,不禁长叹道:"怎可使祖士雅无后呢?"乃设法取出道重,匿居僧舍,令为沙门。时道重尚只十岁,及石氏灭后,始得南归。这未始非忠臣之报。逖有兄祖纳,与约异母,憎纳如仇,尝闲散家居,览书自乐。约为逆时,纳得不坐。及约奔降后赵,纳仍在江东,由温峤荐引,辟为光禄大夫,卒获考终。祖氏一脉,赖此不亡。道重归宗,便与纳子孙同居,不在话下。

且说石勒既自称天王,群臣尚申表固请,统说是名位未正,应加帝号。勒乃加号称帝,改元建平,由襄国迁都临漳,追尊三代。妻称皇后,王子弘为皇子,封进百官,毋庸再叙。惟史家因前赵已亡,此后但称勒为赵主,不称后赵,小子亦依史叙述,止称为赵,看官不要疑我脱漏一字呢。叙法绵密。勒并吞关陇,复窥江淮,特遣荆州监军郭敬,与南蛮校尉董幼,寇晋襄阳。晋南中郎将周抚,不能固守,退保武昌,襄阳遂陷。中州流民,悉数降赵,就是前平北将军魏该弟遐,亦率领部曲,自石城降敬。敬遂毁襄阳城,徙百姓至沔北,就樊城旁增筑城堡,居民屯兵,作为城镇。赵主石勒,即署敬为荆州刺史,领秦州牧。陇右氐羌,不受赵命,兴众为乱,勒遣河东王石生往讨,一鼓荡平,赵威大震。东方的高勾骊肃慎诸国,贡入楛(hù)矢,宇文部并献名马。凉州牧张骏,本承叔父张茂遗命,嘱令服事晋室,仍守祖制,所以茂死骏继,自称晋大将军凉州牧,与前赵屡起战争。前赵亡,后赵主勒,遣使至凉州,拜骏征西大将军,兼凉州牧,加九锡殊礼,骏抗拒不受。及氐羌为石生所败,多奔凉州,骏恐生乘胜进击,乃遣官诣赵,奉贡称臣。还有西域诸部落,如高昌于阗鄯善大宛等,亦皆向赵奉贡,不惮远行。

赵主勒喜出望外,遂欲大营邺宫,自壮观瞻。廷尉续咸上书切谏,勒大怒道:"不斩此老,朕宫如何得成?"说着,即饬御史收咸下狱。中书令徐光进规道:"陛下天资聪睿,臣以为将超越唐虞,今乃厌闻直言,是将变作桀纣了。咸言可用即用,不可用亦当大度包容,奈何反欲加诛呢?"勒乃叹道:"人主不得自专,一至于此。朕岂不知咸言为忠?但偶与为戏呢。匹夫略积家资,尚想购一别室,况富有天下,难道不能营缮一宫?将来终当筑造,现且暂停工作,不负忠言。"乃释咸引见,面加慰谕,赐绢百匹,稻百斛。随命公卿百僚,荐举贤良方正,直言秀异,孝义清廉各一人。一面就襄国西偏,创造明堂辟雍灵台,俨然有上法姬周的痴想。

既而霖雨经旬,中山西北,水忽暴涨,漂集巨木百余万根,共至堂阳。勒闻报大喜道:"天意欲我营邺宫哩。"遂大兴工作,亲授规模。自建平二年孟秋营造,历久未成。越年正月,勒仍在旧殿朝见群臣,遍赐盛宴,酒至半酣。顾语中书令道:"朕可比古时何等君主?"光答道:"陛下神武谋略,越过汉高,雄材卓荦,超绝魏武,自古以来,罕可比伦,大约为轩辕黄帝之流亚哩。"勒掀髯道:"人生岂不自知? 卿言未免太过。朕若遇汉高祖,当北面臣事,与韩彭毗肩,若遇光武,当并驱中原,未知鹿死谁手。大丈夫行事,须磊磊落落,皎如日月,怎可似曹孟德司马仲达辈,曹操字孟德,司马懿字仲达。欺人孤儿寡妇,窃取天下? 如朕品诣,应在二刘上下。轩辕乃上古圣人,朕何敢比拟哩?"群臣闻言,皆下座叩首,齐呼万岁。

勒本不识文字,但好令诸生讲读古书,静坐听诵,或出己意评论得失,类皆中肯,人多佩服。一日听读《汉书》,至郦食其劝立六国后,不禁惊诧道:"此法大误,何故能得天下?"及闻为留侯张良所阻,乃恍然道:"赖有此呢。"聪明原是过人,可惜不学。勒视当世人物,都不足取,惟晋豫州刺史祖逖,与荆州牧陶侃,先后推重,目为将才。侃方镇守巴陵,闻襄阳被陷,武昌垂危,倒也吃一大惊。接连是苏峻旧将冯铁,暗杀侃子,奔依石勒,得为戍将,害得侃又惊又悲,乃缮就一书,遣人赍往临漳,责勒纳用叛臣。勒有心干誉,便召入冯铁对着侃使,把他斩首。侃使才告谢南归。侃再遣长史王敷,赍送江南珍宝,与勒修好,并表谢忱。勒当即收受,厚待王敷,并赠赆(jìn)仪。敷乃返报。

看官你道侃果真愿与勒和么? 他因襄阳失守,意欲设法规复,所以计上加计,令他自弛兵备,好乘虚夺回襄阳,既得王敷归报,便从巴陵移镇武昌,命子斌率领锐卒,会同南中郎将桓宣,往袭樊城。赵将郭敬,果然无备,且督兵南掠江西,桓宣等掩入城中,将所有居守兵民,悉数俘获,又料敬必还援,使斌留镇樊城,自往涅水埋伏,截敬来路。敬得樊城警报,挟怒前来,到了涅水,听得一声号炮,伏兵猝发,他却毫不惊慌,分头抵敌。桓宣也督众力战,自午至暮,方将赵兵杀败,陆续退去。这一次鏖斗,赵卒死了多人,宣兵亦伤亡过半。宣因飞使报侃,再请济师,侃令兄子南阳太守臻，竟陵太守李阳，率兵万人，共攻新野，遥应樊城。郭敬往救新野，又吃了一回败仗，方才北遁。襄阳城前已被毁，无人守着，当由侃军唾手取回，侃即命桓宣镇守。宣重修城寨，招集流亡，简刑罚，课农桑，复成重镇，赵一再进攻，终不能克。宣镇襄阳十余年，远近畏怀，时人比诸祖逖周访，可见得捍边固圉，全靠着有良将呢。总断一笔。

惟赵主石勒，中了侃计，叹息累日，暗想陶侃用伪和计，夺去襄阳，自己亦好如法泡制，与晋言和。计策已定，待至建平四年正月，借着贺年的名目，遣使至晋，奉帛修好。偏晋廷拒绝来使，且将所献各帛，焚毁都下。赵使撞了一鼻子灰，匆匆北归。勒顿时怒起，又欲动兵侵晋，偏偏天变迭兴，内忧隐伏，转令一个足智多谋的石季龙，有所顾忌，未敢妄行。

建平三年的夏天，已是疾风骤雨，雷震建德殿端门，及襄国市西门，殛死五人。既而雹降西河介山，大如鸡卵，平地水深三尺。太原乐平武乡赵郡广平钜鹿千余里，树木摧折，禾稼荡然。勒避殿禳灾，且问中书令徐光，主何凶兆？光言："介山为介之推所依，之推焚死，阴灵未泯，宜普复寒食故制，立祠奉祀。"原来勒曾禁止寒食，故光疑之推为祟，因致此灾。黄门郎韦谀（xiāo）驳去光议，独援《春秋左氏传》言，谓："藏冰失道，阴气发泄为雹，与之推无关。若以之推为贤臣，但令绵介间人民奉祀，便足申敬，何必普及全国呢。"此说较光语为长，但《左氏传》亦非真足据。勒从谀议，只命并州复行寒食，更迁冰室至极寒处所，期顺天时。到了建平四年的夏天，红日当空，寂静无风，塔上一铃，无故自鸣。佛图澄素识铃音，说是国有大丧，不出今年。过了数日，有流星大如象尾，足似蛇形，自北极西南流动，约五十余丈，光芒烛地，坠入河中，声闻九百余里，勒亦自觉非祥。忽爱子斌暴亡，遂疑为流星所应，将备棺殓。忽佛图澄趋入道："小殿下尚未致死，何故骤令入棺？"勒惊叹道："朕闻虢太子死，扁鹊能起死回生，难道大和尚亦能救死么？"澄答一"能"字，遂取杨枝沾水，且洒且咒，果见尸身少动，手足渐能屈伸。澄即向前握手道："可起来了。"言已，斌即坐起，饮食如常。勒因命诸少子居澄寺中，托他照管。惟太子弘年已弱冠，留居东宫，襄办军国大事，凡尚书奏请，多归太子参决。次为骠骑大将军大单于秦王宏，亦得预政，权侔主相。石虎守邺有年，前时宏为大单于。虎甚不平，私语于石邃道："我身当矢

石二十余年，得成大赵基业，大单于位置，应该属我，奈何反轻授黄口婢儿？俟主上宴驾后，当尽杀无遗，方泄我恨。勒自号英明，奈何养虎贻患？及弘宏兄弟，得专国政，虎益怏怏。

弘素好文士，尝引与交游，石勒谓："世未承平，不宜右文轻武。"乃使刘彻任播等教弘兵书，王阳教弘击刺，但弘已性格生成，终不脱文人气象。勒尝语徐光道："大雅弘字大雅。惜惜，可惜不类将种。"光答道："汉高祖以马上取天下，孝文帝治以玄默，守文令主，原与创业不同，何必过忧。"勒始有喜色。光因进言道："皇太子仁孝温恭，中山王雄暴多诈，陛下万岁以后，臣恐社稷必危，宜渐夺中山威柄，休使上逼储君。"勒虽然点首，但因虎累立大功，也未便遽夺虎权。既而右仆射程遐，复入白道："中山王勇武权智，群臣莫及，看他志意，除陛下一人外，统皆蔑视。今专征日久，威振内外，性又不仁，残暴好杀，诸子又并长大，似虎添翼，共预兵权，陛下在日，谅无他变，将来必致跋扈，非少主臣，还请陛下绸缪，早除此患。"勒变色道："今天下未平，兵难未已，大雅年少，宜资辅弼，中山系佐命功臣，亲同鲁卫，朕方欲委以重任，何至如卿所言。卿莫非因中山在侧,虽然身为帝舅,将来不得专政,故有此虑?朕已早为卿计,如或不讳,先当使卿参预顾命,卿尽可安心哩。"遐不禁流泪道:"臣实公言,并非私计,陛下奈何疑臣有私?中山虽为皇太后所养,究竟非陛下骨肉,难语恩义,近不过托陛下神规,稍建功绩,陛下报以重爵,并及嗣子,也可谓恩至义尽了。魏任司马懿父子,终被篡国,前鉴未远,怎得不防?臣累沐宠荣,又与东宫托附瓜葛,若不尽言,尚望何人?陛下今不除中山恐社稷不复血食了。"以疏间亲,亦非良策。勒终不肯从。遐只好叩头告退,小子有诗叹道:

养虎原为心腹忧,如何先事未绸缪。
毁巢取子犹难料,漫向廷臣诩智谋。

遐退出后,适与徐光相遇,免不得有一番叙谈。欲知后事,且至下回表明。

枭桀如石勒,不可谓非一世雄,观其智料刘曜,算无遗策,卒能举前赵而尽有之。及称尊以后,诛祖约,戮冯铁,虽曰权谋,不戾正道。天下之恶一也,约为晋臣,敢行悖逆,不诛何待?铁系逆党,又杀侃子,召而诛之,谁曰不宜?示人以彰瘅(dàn)之公,与世无爱憎之异,勒之自矜磊落者,其以此夫。然明于远而忽于近,知其著未见其微,以凶残暴戾之石虎,不善驾驭,致贻后患,徐光谏之而不用,程遐言之而反致疑,此其所以身死未几,而子嗣沦亡也。

第四十三回

背顾命鸮子毁室　凛梦兆狐首归丘

却说程遐出遇徐光，便与光叙谈，述及进谏不从情形。光答道："中山王对我两人时常切齿，不但与国有害，且必累及家祸，我等总当预先设法，保国安家，怎可坐待危祸哩？"遐皱眉道："君有甚么良策？"光想了多时，方答说道："中山手拥强兵，威势甚盛，我等无拳无勇，如何抵制？看来只好再三进谏，得能感悟主心，方得转祸为福呢。"但靠此策，何能制虎？遐摇首道："只恐主上未必肯从。"光说道："待我再去一试罢。"说毕乃散。过了数日，光入内白事，见勒面有愁容，便乘间讽勒道："陛下廓平八州，驾驭海内，为何神色未怡？当有隐患。"勒怅然道："今吴蜀未平，书轨不一，司马家儿，未绝丹阳，后世将疑我未应符箓，难为真主，我一想着，便不觉有忧色了。"光应声道："臣以为陛下忧及心腹，哪知陛下徒忧及四肢，四肢尚不足忧，腹心乃是大患呢。从前魏承汉祚，为正朔帝王，刘备虽绍兴巴蜀，总不能谓汉尚未亡，吴尝跨据江东，与魏无损。今陛下包括二都，平荡八州，适与魏王相符，彼司马家僻居江左，无异刘备。李氏据蜀，尚逊孙权，帝王大统，不属陛下，将属何人？这不过是四肢的微患，无庸深忧。惟中山王托陛下威灵，所向无敌，中外共目为英武，有类陛下，可惜他残暴多奸，见利忘义，迹同管蔡，情异伊霍，且父子并据权位，势倾王室，臣见他尚未满意，阴蓄异图。近在东宫侍宴，傲慢不恭，轻视太子，陛下想亦察觉，不过曲示宽容，臣恐陛下传及太子，宗社必生荆棘，这才是腹心重病，足为大患，奈何陛下顾小忘大呢？"勒默然不答。光当然说不下去，没奈何趋回私第。

已而安定府间，报称蛇鼠相斗，越宿蛇死，临泾亦报称马忽生角，长安城内，又报称鸡有怪声，勒不以为意，西巡沣水宫，途次感冒风寒，竟致成疾，便即还都。那病势日加沉重，因召太子弘，中常侍严震，与中山王虎，并侍禁中。虎立即入宫，矫托勒命，阻住弘震，不准入侍，就是王公大臣等问疾，也一概拒绝。内外隔断，不通音问，连勒病势的增减，都无人知晓。虎又召还秦王宏及彭城王堪，可巧勒病少痊，起床散步，忽见宏进来请安，便向虎惊问道："秦王何故来此？我使王等出处藩镇，正为今日的预备，究竟是何人召入，还是不召自来呢？如或有人矫制召王，便当处斩。"虎慌忙答语道："秦王想念陛下，暂时归省，今即遣令还镇便了。"宏闻虎言，才知是由虎擅召，只因虎势力逼人，未敢与辩，不得已含忍而退，待了数日，并无遣还命令，又只好留住都下。勒问虎曾否遣宏？虎诈言奉谕即遣，所以勒不复再言。

是时荧惑入昴，星陨邺中，又有赤黑黄云，绵亘如幕，声如雷震，坠地后气热如火，尘起连天。勒是番王，未必果应天象，且据新学家言，天象与人事无关，惟史家罗列灾象，故略述一二。勒病势复剧，势难再起，乃遗令三日即葬，概从俭朴。牧守等不必奔丧，仍令照常镇守。内外百僚，既葬除服，毋禁婚嫁祭祀，饮酒食肉。又复申嘱数语道："大雅文弱，恐未能绍承我志，中山以下，宜各司所典，勿违朕命。大雅与斌宜好自维持，司马氏即汝等殷鉴，务须互相和好，勿蹈彼辙。中山王亦当三思周霍，勉力匡辅，我死方得瞑目了。"恐不能如汝所愿。言讫即逝，年正六十，僭位十五年。虎主持勒丧，棺殓既毕，即舁棺夜瘗山谷，人不能测。这是何意，想亦如魏武疑冢，恐被人发掘，或即由勒私嘱石虎，亦未可知。别使大臣子弟六十人，为挽歌郎，引锦一匹，备具文物仪卫，虚葬城外，号高平陵，尊为高祖明皇帝。当下劫出太子弘，使他升殿，胁令手书，收捕程遐徐光下狱，并召齐王邃入宫宿卫，监制太子。文武百官，统皆骇散。弘亦大惧，情愿让位与虎。虎冷笑道："君薨，世子当立，这是古今通义，臣怎敢背越礼法？"弘料虎不怀好意，复泣陈："才力庸弱，不堪重寄，还是让位为是。"虎变色道："如果不堪重任，天下自有公论，也不能私相授受呢。"岂亦想磊磊落落么？遂逼弘登位，改元延熙。文武百官，各进位一等，惟将程遐徐光牵斩市曹。虎自为丞相，魏王大单于，加九锡礼，据魏郡等十三邑，总摄百揆。虎妻郑氏为魏王后，长子邃为王太子，加官侍中大将军，都督中外诸军，并录尚书事，次子宣为车骑大将军，领冀州刺史，封河间王，三子韬为前锋将军，司隶校尉，封乐安王，四子遵为齐王，五子鉴为代王，六子苞为乐平王,徙太原王斌为章武王,所有虎旧时僚属,悉署台省要职,改称太子宫为崇训宫,勒后刘氏以下,俱迁居崇训宫中。凡故宫侍女,具有姿色,及车马珍宝服饰玩好等类,尽被载入丞相府署。令镇军将军夔安为左仆射,尚书郭殷为右仆射。安与殷均虎党羽,所有举措,俱禀虎后行。虎虽未篡位,简直与君主无二。

勒后刘氏,不堪胁迫,密召彭城王石堪入见,流涕与语道:"皇祚恐将覆灭了。王与先帝,义同父子,应该顾全一脉,毋致凌夷。"堪唏嘘道:"先帝旧臣,均已被斥,宫廷僚属,统是中山心腹,无可与谋。臣惟有出奔兖州,据住廪邱,挟南阳王为盟主,勒子恢为南阳王,见前回。宣太后诏,号召诸镇牧守,令各起义兵,入讨桀逆,方能济事。"刘氏道:"事已万急,便应速发,毋使日久变生。"堪应命而出,微服轻骑,往袭兖州。不料兖州有备,未能掩入,部下不过百余骑,如何持久?只好南奔谯城。石虎得知消息,亟遣部将郭太等追击,行至城父,与堪相值。堪兵单力寡,被太围住,一阵乱箭,把堪射倒,活捉了去。虎见了石堪,怒冲牛斗,即命左右取出鼎镬,将他炙死,复召石恢还都。嗣探得刘氏与谋,竟带兵入崇训宫,逼令自杀,别尊弘母程氏为皇太后。

关中镇将石生,洛阳镇将石朗,闻虎敢杀太后,很是不平,遂连兵讨虎。虎留子邃居襄国,自率步骑七万人,倍道攻金墉城,朗不意虎兵骤至,仓猝守御,偏守兵各无斗志,相率骇走,城即被陷,朗被擒住。虎命先刖朗足,继砍朗首,然后移兵转攻长安,用将军石挺为前锋大都督,引兵急进。石生遣部将郭权,与鲜卑涉璝(guī)部落,共二万人为前驱,自统大军为后应。权等到了潼关,正值石挺领兵前来,两下争锋,鲜卑兵骁悍异常,横冲直撞,立将挺阵捣破。挺竟战死,众多覆没。虎亦退走渑池,暗中差人赍着重赂,买嘱鲜卑,令他反攻石生。鲜卑贪赂忘信,背了郭权,还击生军。生猝不及防,单骑奔长安,又恐虎兵追至,潜逃至鸡头山。前此俱为骁将,何此时统皆没用。郭权尚有余众三千,退保渭汭,虎令裨将石广,与权相持,自率轻骑入关,竟至长安城下。长安守将蒋英,倒还凭城抵拒,好容易过了十多日,为虎所破,蒋英阵亡。再分兵四觅石生,且悬赏购募。生部下又贪厚赏,斩生出降。郭权孤军在外,当然不能支持,即逃往陇右。虎又遣将军麻秋进讨氐酋略阳公蒲洪,见前文。洪率部落二万户降虎,虎授洪为龙骧将军，使居枋头。羌帅姚弋仲，亦率众迎接虎军，虎又拜弋仲为奋武将军，兼西羌大都督，令徙居清河滠头，乃引兵东还襄国，颁令大赦，且讽弘命建魏台，一如魏武辅汉故事。寻闻郭权据住上邽，向晋投诚，晋授权为镇西将军，领秦州刺史。石广进攻失利，乃再遣将军郭敖，及章武王斌等，率步骑四万人攻权，行次华阴，那上邽人闻风惶骇，竟将权刺死，函首迎降。

虎因乱党悉平，踌躇满志，便欲篡移赵祚。适秦王隐有违言，即将他拘入别室，幽禁起来。弘更大惧，亲往魏宫，奉玺与虎。父如龙而儿如豚，奈何？虎摇首道："帝王大业，当由天下人公论，怎得屡来扰我？"遂却玺不受。弘流涕还宫，入白太后程氏道："先帝种果不得再遗了。"让位求生，还做不到，真正苦极。未几，即由尚书省出名，向虎上书，请依唐虞禅让故事。虎勃然道："弘性愚憎，居丧无礼，不能君临天下，直可废去，说甚么禅让呢？"倒还爽快，免得许多做作。便令右仆射郭殷持节入宫，废弘为海阳王，迫令徙居。弘徐步就车，顾语左右道："愚昧不堪承统，自惭群后。但也由天命已去，致遭此祸，尚复何言？"左右统皆流涕，宫人亦恸哭失声，于是群臣俱诣魏台劝进。虎下书道："王室多难，海阳自弃，四海任重，勉从推戴。但朕闻道合乾坤，方可称皇，德协神人，方可称帝。皇帝尊号，朕不敢当，今暂称为居摄赵天王，聊副众望。"既自称朕，又不愿称皇帝，此次未免近迂。群臣不好违议，虎即号居摄赵天王，升殿视朝，改元建武，立子邃为太子，进夔安为太尉，郭殷为司空，韩晞为尚书左仆射，魏概冯莫张崇曹显为尚书，申钟为侍中，王波为中书令，外此文武百官，俱进秩有差。当下放出毒手，命将故主弘及太后程氏，并秦王宏南阳王恢等，一古脑儿锁禁崇训宫，派兵监守。暗中却嘱使党羽，乘夜突入，凡自程太后以下，悉数被戕。弘在位才得逾年，只二十二岁而终。

是时各郡镇将，俱奉表贺虎。独西羌大都督姚弋仲，称疾不贺。虎疑他有异志，屡次发使驰召。弋仲始至，正色语虎道："弋仲尝谓大王命世英雄，奈何把臂受托，乃遽行篡夺呢？"虎答道："我岂乐为此谋，但海阳年少，恐不能了家事，所以代为主治，卿亦太不谅我哩。"弋仲听不入耳，奋衣趋出。虎见弋仲诚实，也不加罪。实是自愧。惟因谶文中云："天子当从东北来。"乃特备法驾，东往信都，再向北方环巡一周，然后还都，这

背顾命骁子毁室

算是自己应谶的意思。全是痴想。

徐州从事朱纵,不服赵政,杀毙刺史郭祥,举城降晋。虎遣将军王朗击纵,纵奔淮南。虎率众南下,行近历阳,但欲张皇声威,恫吓晋廷,实无深入用兵的意思。历阳太守袁耽,吓得心胆俱裂,飞使报达建康,混称石虎入寇,江南已有好几年不闻兵革,骤得此信,都是错愕失措,相顾彷徨,再加太尉荆州牧陶侃,已经病亡,朝廷失去一座长城,更觉得守边乏材,不寒而栗。小子叙到此处,又不得不将侃死情形,略为表明。侃自克复襄阳后,见前回。晋廷因功加赏,拜侃为大司马大将军,剑履上殿,入朝不趋,赞拜不名。侃上表固辞,不肯受赏。相传侃少时往渔雷泽,网得一织布梭,取回家中,悬挂壁上。俄而天大雷雨,梭化为龙,破壁飞去,侃视为祥征,有志自负。寻复在夜间得了一梦,乃是身生八翼,奋飞上天,得登天门八重,惟一重不得闯入。内有阍人,携杖出击,触身坠地,致折左翼,痛极而寤。次日左腋尚痛,数宿乃愈。又尝诣厕所,见一人朱衣介帻,敛版前谒道:"君有长者风,故特来报,君将来当得公封,位至八州都督。"言讫不见。嗣复有相士师圭,握视侃手,随即指示道:"君左手中指有直纹,理当封公。若向上贯彻,便贵不可言了。"侃闻圭言,就用针戳中指上纹,欲使纹路上达。忽有指血漂入壁上,流为公字,再用纸揩指中恶血,也现出一个公字,愈拭愈明。及都督八州,受封长沙公,自思前事俱验,不敢再有他望,且每念及折翼梦兆,更恐盈满致祸,屡与僚佐言及,将上书乞休。僚佐再三苦留,方才中止。至成帝咸和七年,侃已七十六岁,一病垂危,即上表辞职,略云:

臣少长孤寒,始愿有限,过蒙圣朝历世殊恩,陛下睿鉴,宠灵弥泰,有始必终,自古而然。臣年垂八十,位极人臣,启手启足,当复何恨,但以陛下春秋尚富,余寇不诛。山陵未反,所以愤忾兼怀,不能已已。臣虽不知命,年时已迈,国恩殊特,赐封长沙,陨越之日,当归骨故土。臣父母旧葬,尚在寻阳,拟以来秋奉迎窀穸,待葬事讫,乃告老下藩。不图所患,遂尔绵笃,伏枕感结,情不自胜。臣间者犹谓犬马之齿,尚可小延,欲为陛下西平李雄,北吞石虎,是以遣毋丘奥于巴东,授桓宣于襄阳,良图未叙,于此长乖。此方之任,内外之要,愿陛下速选臣代,使必得良才,奉宣王猷。遵成臣志,则臣死之日,犹生之

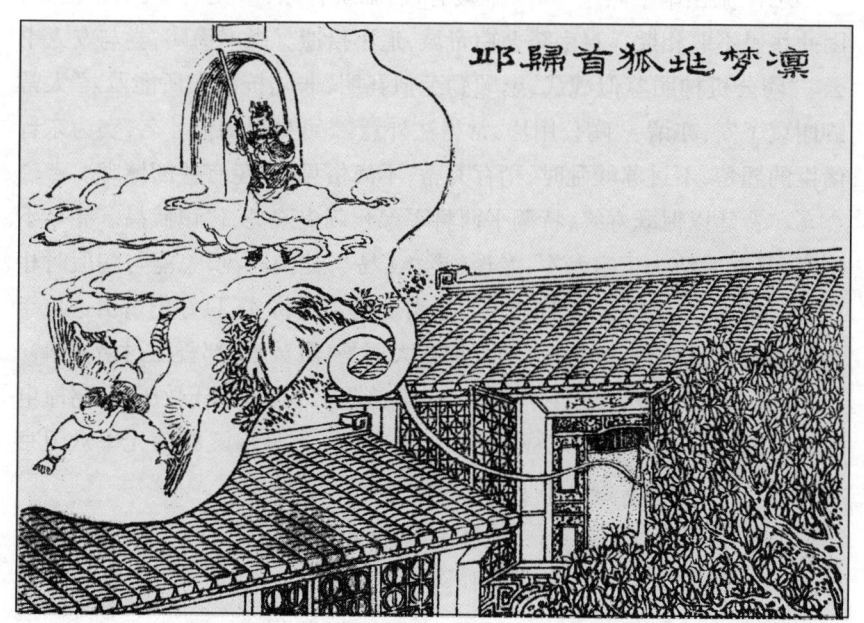

年。陛下虽圣姿天纵,英奇日新,方事之殷,当赖群俊。司徒导鉴识经远,光辅三世,司空鉴简素贞正,内外惟允,平西将军亮雅量详明,器用周时,即陛下之周召也。献替畴咨,敷融政道,地平天成,四海幸赖。谨遣左长史殷羡,奉送所假节麾幢曲盖,侍中貂蝉太尉章,荆江州刺史印传棨戟,仰恋天恩,悲酸感结。以后事付右司马王愆期,加督护统领文武职衔,俾臣得归死首邱,虽在泉壤,亦拜赐无穷矣。谨待死上闻。

表文已发,即将军谘器仗,牛马舟车,照簿移交。仓库自加管钥,付与王愆期掌管,自己一无所私,乃力疾登舆,出府自去。愆期等送至江口,洒泪告别。侃顾语道:"老子婆婆,徘徊未去之意。正为君辈,今恐当长别了。"说罢,下舆登舟,行至樊溪,越宿便逝。讣闻晋廷,即有诏颁发道:

故使持节侍中太尉,都督荆江雍梁文广益宁八州诸军事,荆江二州刺史长沙郡公,经德蕴哲,谋猷弘远,作藩于外,八州肃清,勤王于内,皇家以宁。乃者桓文之勋,伯舅是凭,方赖大猷。俾屏予一人,前进位大司马,礼秩册命,未及加崇,昊天不吊,奄忽薨殂。朕用震悼于厥心,今特追赠大司马,予谥曰桓,祀以太牢,魂而有灵,嘉兹宠荣。

总计侃在军中四十一年,雄毅有权,临机善断,事无大小,莫不明察,因此兵民不敢相欺。自南陵至白帝城,道不拾遗。尚书梅陶,尝与友人书云:"陶公机神明鉴似魏武,忠顺勤劳似孔明,非陆抗诸人所能及。"太常卿谢哀子安,亦谓:"陶公用法,常得法外意。"可见得陶侃才名,实为东晋诸臣之翘楚,不过苏峻乱时,稍存芥蒂,不离俗见,未免有些阙憾哩。评论公允。晋廷以侃既寿终,特调平西将军豫州刺史庾亮,代镇武昌。亮名不副实,又辟殷浩为记室参军,专谈《老》《易》,徒尚风流,怎能与陶侃时相比?一闻石虎南来,正是自顾不暇。晋廷选不出将才,只好仍请出这位年高望重的王茂弘,抵御羯寇,当下加官大司马,假黄钺,都督征讨诸军事。成帝时已十有四岁,也观兵广漠门,分遣诸将,命将军刘仕救历阳,赵胤屯慈湖,路永戍牛渚,王允之戍芜湖。司空郗鉴,亦使广陵相陈光率众卫京师中外戒严,非常紧急。小子有诗叹道:

到底江南暮气深,一闻寇至便惊心。

纷纷遣将徒滋扰,虎子怀安不尔侵。

欲知后来有无战事,且待下回再表。

　　石勒之有从子虎,犹刘渊之有族子曜。曜助渊而建汉祚,虎佐勒而成赵业,当时之为主立功,情固相同。厥后曜得嗣聪,虎得继弘,迹亦相类。但曜之得国,取诸靳准之手,尚有中兴之名,虎则直攫勒子而有之,其罪大,其恶极,曜尚不若是也。夫刘氏之亡,主之者勒,辅之者虎,而勒之妻孥,亦终为虎所残灭,养虎噬人,即还而自噬,何报应之若是其速耶？若东晋将才,足以畏赵者,惟祖逖陶侃二人,而侃之功为尤大,史称其都督八州,据上流,握强兵,潜有窥窬(yú)之志,每思折翼之祥而止,是说未足尽信。侃生平并无逆迹,第当苏峻之乱,不应入援,必待温峤之敦促而始发,时人乃疑其有贰耳。然袁氏了凡,犹谓其诬,是则侃固东晋之名臣欤。本回又于侃之没世,特加详叙,正善善从长之遗意也。

第四十四回

尽愚孝适贻蜀乱　保遗孤终立代王

却说晋廷防备石虎,遣将调兵,慌张的了不得。忽有探马来报,赵兵退向东阳去了,建康城中,方稍稍安定。嗣闻石虎已回临漳,乃下诏解严,但授南中郎将桓宣为平北将军,都督江沔前锋征讨诸军事,领司州刺史,仍镇襄阳。石虎还都后,复遣征虏将军石遇,率同骑兵七千人,渡过沔水,进攻桓宣。宣督兵守城,更遣人至荆州乞援。荆州都督庾亮,亟使辅国将军毛宝、南中郎将王国、征西司马王愆期等,往救襄阳。石遇掘地攻城,三面掘通三窟,欲从地道,入达城中。宣早已防着,招募壮士,先在地道中守候。俟外兵潜入,用了火器,向地道外烧将出去,外兵连忙倒退,已死伤了好几百人,遇策全然失败。宣又纵兵杀出,获得铠马甚多,弄得遇无法可施。又闻援兵将至,自己军粮垂尽,乃撤围夜遁。宣收回南阳诸郡难民,共八千余人,诏令宣督南阳襄阳新野南乡诸军事,兼梁州刺史。毛宝为征虏将军,镇守邾城。边境少安。

是年,已为成帝第十年,应加元服,改元咸康。增文武位秩各一等,大酺三日。成帝甚推重王导,幼时相见,每向导下拜,即位后手书与导,犹必加"惶恐言"三字,下诏亦云:"敬问。"导年垂六十,常有羸疾,不能赴朝。成帝亲幸导第,纵酒作乐,尽欢乃归。世未平治,亦不应在大臣第饮酒作乐。遇有要政召询,必令乘舆入殿,赐座案侧。导性和缓,与人无忤,所以两遇内乱,终得保全禄位,安享天年。独导妻曹氏,性甚妒忌,为导所惮,导密营别馆,居住姬妾,老头儿尚欲藏娇么?不料为曹氏所闻,即欲往视。导恐众妾被辱,忙令备车,自去保护。车夫驾马稍迟,竟至迫不及待,即改乘牛车,自执麈尾柄驱牛,驰至别馆,使众妾避匿他处。及曹氏到来,已变了一间空屋,但向导诟詈不休。导如痴聋一般,置诸不理,曹氏亦急得没法,只好悻悻归去。不能齐家,安能治国?但以柔道制悍妻,不可谓非良诀。太常蔡谟,闻知此事,向导戏语道:"朝廷将加公九锡了。"导自言无功无德,决不敢受。谟笑语道:"可惜未曾备物,但有短辕犊车,长柄麈尾罢了。"导不禁色变,谟大笑而去。导引为耻事,尝语僚属道:"我昔与诸贤共游洛中,并未闻有蔡克儿,今反来侮弄老夫,也太不循礼了。"原来谟父名克,曾为河北从事中郎,新蔡王腾,为汲桑等所害,克亦殉难。腾死时,见前文。谟少有令名,累任至太常,素好诙谐,故与导为戏。导当时颇觉不平,后来事过情忘,却也不忍报复,这便是他的大度。想是为冤杀伯仁,所以改过。话休叙烦。

且说成帝即位以后,西北两方的僭国,除前后赵兴亡,并见前文外,尚有成代二国,先后代嬗,也经过许多沿革,应该大略表明。成主李雄,据有巴蜀,却安享了二三十年,彼时中原大乱,晋氏播荡,势不能顾及西隅,就是前后两赵,也只管寇扰两河,无暇西略。雄既将巴蜀占据,已是心满意足,兴学校,薄赋敛,与民休息,无志动兵,所以四海鼎沸,蜀独安全。未始非蜀民之幸。惟朝无威仪,官无禄秩,君子小人,服章无别,免不得品流猥杂,贤否混淆,又因舍子立侄,致启后来的争端,当时说他贻谋不臧,酿成祸患,其实也是国运使然,不能专责李雄。雄尝立妻任氏为后,任氏无子,惟有妾子十余人,他因长兄荡战死成都,见前文。荡子班性颇仁孝,且尝好学,遂命立为太子。雄叔父太傅骧,与司徒王达进谏道:"先王传子立嫡,无非为防备篡夺起见,吴王舍子立弟,终致专诸刺僚,指春秋吴王余祭事。宋宣不立与夷,独立穆公,终致华督弑主。亦见《春秋左传》。事贵守经,不宜自紊,请三思后行!"雄叹道:"我从前起兵据蜀,不过举手扦头,本无帝王思想,适值天下丧乱,得安西土,诸君谬相推戴,忝窃大位,自思目前基业,皆为先考所贻,吾兄嫡长,不幸捐躯,有子成材,应使主器,怎得私子忘侄呢?我志已定,毋庸多言。"语亦近理。骧知难再谏,退朝流涕道:"乱从此起了。"

会凉州牧张骏,遣使诣蜀,劝雄自去帝号,向晋称藩。雄复称:"晋室陵夷,德声不振,所以称长西方,君欲远尊楚汉,推崇义帝,见《汉史》。雄借以比晋。却是春秋大义。假使晋出明主,我亦相从,引领东望,非自今始了。"一派滑头话。骏还道雄语出真诚,很加敬服,自是聘问不绝。既而骏为赵兵所逼,不得已向赵称臣。见前回。及赵有内乱,复欲通表建

康,因遣使向成借道,雄不肯许。骏又使治中从事张淳,再向成称藩,卑辞假道。雄佯为允诺,暗使心腹扮作盗状,将俟淳出东峡,把他颠覆江中。可巧有蜀人桥赞,侦知消息,潜往告淳。淳乃使人白雄道:"寡君使臣假道上国,通诚建康,实因陛下嘉赏忠义,乐成人美,故有此举。今闻欲使盗杀臣江中,威刑不显,何以示人。"雄不意密谋被泄,只答称:"并无此事。"司隶校尉景骞,谓:"淳系壮士,不如留为我用。"雄答道:"壮士怎肯为我留?卿且先探彼意。"骞遂往见淳道:"卿体丰肥,天热未便行道,不如小住我国,待至天凉,再行未迟。"淳答道:"寡君以皇舆播越,梓宫未返,生民涂炭,故遣淳通诚上都,会议北伐,就使汤山火海,亦所不辞,寒暑何足惮呢?"雄乃引淳入见,并问淳道:"贵主英名盖世,地险兵强,何不亦乘时称帝,自娱一方?"淳应声道:"寡君自祖考以来,世笃忠贞,近因仇恨未雪,方且枕戈待旦,何暇自娱?"雄不禁怀惭,赧颜与语道:"我乃祖乃父,也是晋臣,前与六郡流民,避难此地,为众所推,乃有今日。果使晋室中兴,自当率众归附,卿至建康,可为我达意。"说着,即厚礼馈淳,遣淳就道。淳谢别而出,自往建康去了。可谓不辱使命。

会太傅李骧病死,雄令骧子寿为大将军、西夷校尉,都督中外诸军事,如骧故例。*此亦一祸本。*又命太子班为抚军将军,班弟珪(wǔ)为征北将军,兼梁州牧。嗣遣寿督同征南将军费黑,征东将军任邵,陷晋巴郡。太守杨谦,退保建平,费黑乘胜进逼,建平监军毋邱奥,退屯宜都。寿引兵西归,但使任邵,屯巴东。已而又调费黑攻朱提。朱提与宁州相近,刺史尹奉,发兵往援。黑屡攻不下,寿亲督兵往攻,包围数月,城中食尽。朱提太守董炳,及宁州援将霍彪等,开城出降。寿复移兵攻宁州,尹奉闻风惶惧,亦举州降寿。寿迁奉至蜀,自领宁州刺史。雄因寿有功,加封建宁王,召令还朝。寿乃分宁州地,别置交州,使降将霍彪为宁州刺史,爨琛为交州刺史,自引兵还成都。时雄在位,已三十年,寿逾六十,忽头上生疮,脓血淋漓。雄子车骑将军越等,统憎嫌的了不得,不愿近前。独班亲为吮痈,毫无难色,每当尝药,辄至流涕,昼夜不脱冠带,侍奉寝宫。可奈雄痈大溃,不可收拾,加以前时百战,伤痕甚多,至此相继溃决,遂至丧命。大将军建宁王寿,受遗诏辅政,拥班嗣位,尊谥雄为武帝,庙号太宗。班依谅暗古礼,苦次守丧,政事皆委寿办理。雄子越,曾出镇江阳,前虽入省,未几即还,此次闻讣奔丧,自思大位传班,很觉不平,遂与弟期密谋为乱。班弟珪,却瞧透三分,劝班遣越还镇,并出期为梁州刺史,戍葭萌关。班言梓宫未葬,怎可遽遣? 不如推诚相待,使释猜嫌。*想是多读古书,执而不化。*珪再加苦谏,班非但不从,反调珪出戍涪城。适天空有白气六道,流动不休,太史令韩豹入奏,谓:"宫中有阴谋起兵,兆主宗亲。" 班尚未悟,但在殡宫居哭,日夕闻声。越与期夤夜突入,班尚对棺恸哭,不防刀光一闪,头已落地,两目间还带泪痕,年终四十有七,在位不满一年。*迂愚亦足致死。*

越又杀班仲兄领军将军都,诈传太后任氏命令,诬班罪状,废为戾太子。期欲奉越嗣位,越却让与弟期,这却令人不解。期遂僭就大位,徙封建宁王寿为汉王,进任大都督。又封兄越为建宁王,位兼相国,加大司马大将军,与寿并录尚书事。仲兄霸为镇南中领军,弟保为镇西中领军,从兄始为征东将军,代越镇江阳。一面移雄遗柩,出葬安都陵。始因期弑主篡位,隐怀不服,乃与寿密商,意图讨逆。寿惮不敢发,始不禁怒起,竟向期告变,反说寿欲为逆。*前后如出两人,可见人禽之界,只判几希。*期本拟诛寿,适值涪城守将李珪,抗命起兵,将为兄复仇。期欲借寿敌珪,因改变前意,令寿出攻涪城。寿先遣人告珝,为言去就利害,示明去路。珝料不能敌,便与部将进会罗凯等,弃城东奔,向晋乞降。寿据实报期,期即使寿为梁州刺史,居守涪城。越年,期改元玉恒,立妻阎氏为皇后,仍尊任氏为皇太后。期为雄第四子,生母冉氏,本为贱妾。任氏见期面目清秀,移养为儿,故期事任氏,不亶己母。仆射罗演,为班母舅,表面上虽为期臣,心中恨期甚深,常欲杀期泄忿。汉王相上官淡,与演友善,遂同谋杀期,改立班子幽为主。事尚未行,计已先泄。期即收杀演淡,并害班母罗氏。嗣是期放斥旧臣,专任亲幸,外倚尚书令景骞及尚书姚华田褒,内恃中常侍许涪等人,庆赏刑威,但令数人裁决,纪纲废弛,法度荡然,国势渐见衰颓了。暂作一束。

且说代王郁律,为猗㐌猗庐从子,自猗㐌子普根殁后,入嗣王爵,已见前文。姿质雄壮,饶有威略。击走匈奴支部刘虎,收降刘虎从弟路孤,复西取乌孙故地,东并勿吉西境,士马精强,雄长朔方。赵主石勒,遣使通问,愿与郁律结为兄弟。郁律不许,斩使示威。东晋授册加封,亦拒绝不纳。好容易过了五年,普根母惟氏,欲立己子贺傉(nù),想把郁律摔去。郁律向来疏阔,毫不加防,那惟氏却阴结诸将,乘间逞谋,得将郁律害死,并戮部酋数十人。郁律有子什翼犍,幼在襁褓,母王氏,匿居袴中,向天遥祝道:"天若有意存孤,切切勿啼。"果然什翼犍并不发声,好似睡熟一般。王氏藏儿出帐,惟氏令诸将监视,但见她子身外徙,总道妇女没有能力,乐得放走,哪知她已挈儿出去。还有什翼犍兄翳槐,年已长成,向居外部,故亦得避难逃奔,往依贺兰部酋蔼头。蔼头系翳槐舅家,就是王氏带出什翼犍,亦借贺兰为藏身地。蔼头当然收纳,概令羁居。惟氏遂得立贺傉,自己出来训政,总揽朝纲。她恐赵主记念前仇,或致加兵,因特着人赍书往赵,说是:"翳槐已受天诛,今另立新君,力反旧政,情愿修好邻邦。"赵主勒问明情形,含糊答应,惟索交宗子为质。代使答须回禀太后,方可定夺,勒乃遣归。赵人因他权归惟氏,特号他为女国使。

过了四年,惟氏病死,贺傉始得亲政,但贺傉素来懦弱,未足服人。不似乃母。各部酋多半生贰,阴有违言,累得贺傉胆怯心虚,徙居东木根山,倚险筑城,作为都邑。他尚恐各部进逼,时怀忧惧,愁里光阴,不堪消受,结果是心神劳悴,终丧天年。得马安知非祸。贺傉死后,弟纥那嗣。

第四十四回 尽愚孝适贻蜀乱 保遗孤终立代王 353

纥那较为刚猛,制服诸部,又向贺兰部酋蔼头,索交翳槐。蔼头顾全亲谊,不肯从命,纥那即约同宇文部,共击蔼头。蔼头向赵求救,赵拨兵助蔼头,破宇文部,并逐纥那,纥那退保大宁,于是蔼头号召诸部,拥立翳槐为代王,再向大宁进兵。纥那复奔宇文部,收合余烬,徐图恢复。翳槐当然加防,因使季弟什翼犍,至赵为质,与敦和好,隐树外援。纥那却也生畏,不敢动兵,偏是蔼头恃拥立功,骄恣不臣,非但不修职贡,还要今岁索金,明岁索币,屡与翳槐为难。翳槐初尚容受,积忿至六七年,实是忍耐不住,因诱蔼头入帐,暗伏甲士,刺杀蔼头。蔼头一死,各部酋俱咎翳槐负德,相继离叛。两造俱属非是。纥那得乘隙而入,再还大宁,与诸部共攻翳槐。翳槐奔邺依赵,赵王石虎,遣将军李稷等,帮助翳槐,往攻纥那。纥那拒守数月,部落复叛,自知不能久持,弃城奔燕。翳槐复得为代王,就盛乐筑城,安然居住。先后在位九年,得病不起,召庶弟屈孤与语道:"我命在旦夕,想难再生,两弟皆非治国才,看来只有迎立什翼犍,方可主持社稷,长治久安。"未几遂殁。孤欲奉兄遗命,往迎什翼犍,独屈有心自立,故意迁延,

注:图中所题回目名当为"保遗孤终立代王"

各部酋互相私议，谓："国家不可无君，什翼犍在赵为质，来否尚未可定，就使得来，恐为屈所拒，未必得位。屈刚暴多诈，难为人主，不如杀屈立孤，较为妥当。"议定后，当即举行，共入盛乐，把屈杀死，请孤即日正位。孤流涕道："孤实不才，未堪承统，诸公如不忘先王，应各守遗言，迎立什翼犍。否则孤宁饮刃，尚可对我父兄。"不亚曹子臧吴季札。各部酋见他名正言顺，倒也未便抗议，但虑赵未肯放还质子。孤复道："由我自往，不患什翼犍不来。"遂跨马出都，星夜驰至赵都，入见赵主石虎，说明来意。石虎果然迟疑，孤慨语道："孤奉先君遗命，来迎什翼犍，若大王见疑，孤情愿留身为质，但求放还什翼犍便了。"石虎听了，不禁赞许道："孝友兼全，情义两尽，我怎得不曲成人美哩。"残戾如虎，犹知仁义。因遣令俱归。孤拜谢而出，即与什翼犍同还。

什翼犍年方十九，身长八尺，仪表过人，隆准龙颜，立时发长委地，卧时乳垂至席。翳槐尝目为英器，所以留有遗嘱，使立什翼犍。既归故帐，就在繁畤北设坛登位，创立正朔，纪元建国。革弊制，订新仪，仿华夏立国规程，设立百官，分掌众务。用代人燕凤为长史，许谦为郎中令，特定叛逆杀人奸盗诸刑律，号令严明，政事清简，人民悦服，相率趋附。在位甫及三年，已得众数十万人，东自涉貊（mò），西至破落那，南距阴山，北及沙漠，统翕然向慕，无复异言。果非凡品。什翼犍又大会诸部，议定都灅（lěi）源川，彼此持论未决，什翼犍母王氏道："我先世以来，居无定所，无非为防患起见。今国家多难，尚未奠平，若必筑城定都，恐一旦寇至，无从避难，不如仍守旧制罢！"什翼犍依了母命，不复营都，但将境内分作二大部，北境命孤监守，南境命实君监守。孤即什翼犍弟兄，实君系什翼犍子，年甫数龄，另遣大臣为辅。什翼犍虽然有室，不过系出卑微，并非望族。此次拟立皇后，意欲求婚他国，较示优崇。当时北方强国，除赵以外，要算燕王慕容皝。什翼犍乃遣使诣燕，乞与和亲，小子有诗咏道：

奉币远来乞许婚，欲加象服待邦媛。
休言齐大非吾耦，得匹豪宗即外援。

究竟慕容氏曾否许婚，待至下回续叙。

李雄舍子嗣而立班，李班尽子道以事雄，雄能传贤，班能全孝，不可谓非盛德事,然卒酿成篡夺之祸者,何哉？盖非有盛德者,不能为盛德事,有尧之盛德,而后能开禅让之局,有舜之盛德,而后能化顽傲之心,否则如宋宣公,如吴王余祭,皆以授受之不经,酿成隐祸,何惑于李雄？即宋殇吴僚之遭弑,亦皆与李班相同,何惑于李班？顾或者谓班性仁孝,乃罹惨祸,几疑天道之无知,实则班似仁而实迂,似孝而实愚,对盗跖而谈礼义,入裸国而被衣冠,几何不为所戕害也？什翼犍以患难余生,终得嗣统,惟氏不能杀,石虎不能拘,冥漠中似隐有护之者。然郁律无过而被戕,贺傉无才而攘国,其不能不辗转推迁,属诸什翼犍之身,亦理数之所必然者也。况有翳槐之知人,与拓跋孤之守义乎哉？

第四十五回

杀妻孥赵主寡恩　协君臣燕都却敌

却说燕王慕容皝，就是慕容廆第三子。慕容廆见前文。廆为鲜卑大单于，建牙辽西大棘城，礼贤下士，声望日隆。平州刺史崔毖，密结高句丽段氏宇文氏，合谋灭廆，三分廆地，廆遗子皝，与长史裴嶷，击破宇文部。段氏高句丽皆惧，遣使乞和。崔毖遁往高句丽。廆乃使裴嶷献捷建康，晋封廆为辽东公，都督幽平二州诸军事，领平州牧，仍为鲜卑大单于。廆因置官司守宰，立子皝为世子，命庶长子翰为建威将军，少子仁为征虏将军，分守要塞。赵遣使通和，因廆拒命，嗾(sǒu)使宇文部酋乞得归，再引兵攻廆。廆仍命皝等出御，连败乞得归，直入宇文部帐，虏得人民牲畜，奏凯班师。乞得归穷蹙失势，为别部逸豆归所逐，窜死荒郊。逸豆归继为宇文部长，收复故土。复经慕容皝率兵往讨，逸豆归惶恐乞盟，方才引还，皝威名大振。补叙慕容廆，兼及慕容皝，文法不漏。已而廆得病身亡，寿终六十五岁。廆自晋武帝十年时，受晋封为鲜卑都督，直至封公去世，共阅四十九年。

皝承袭父位，忌翰及仁，翰奔依段氏。仁据住平郭，与皝为仇，尽取辽东地。皝督兵攻克辽东，轻骑趋平郭，掩仁不备，擒仁而归，杀死了事。又遣将军封奕等，击败段氏宇文氏，遂自称燕王，立妻段氏为王后，子俊为王太子，拜封奕为国相，韩寿为司马，裴开阳骛王寓李洪等为列卿，历史上称为前燕。即十六国中之一。至代王什翼犍，遣使求婚，皝闻什翼犍才名，自为两雄相遇，愿与和亲，乃将妹兴平公主嫁与什翼犍。什翼犍大喜，迎为王后，就在盛乐城筑起宫室，暗寓金屋藏娇的意思。看官记着，这时候除东晋外，共为五国，赵为最大，次为成，次为燕，次为代，次为凉。提要钩玄，点醒眉目。凉州牧张骏，虽未曾僭号，但境内统称他为凉王，不过他尚守先命，仍然称藩晋室，自遣张淳赴建康，见前回。晋廷格外嘉尚，特拜骏为大将军,都督陕西雍秦凉州诸军事。骏乃岁修朝贡,通使不绝。至成帝咸康元年冬季,骏复遣参军麹护,奉表晋都,请即北伐。表文有云:

> 东西隔塞,逾历年载,凤承圣德,心系本朝,而江湖寂静,余波莫及,虽肆力修涂,同盟靡恤,及至奉诏,悲喜交并。天恩光被,褒崇辉渥,即以臣为大将军,都督陕西雍秦凉州诸军事。休宠震赫,万里怀戴,嘉命显至,衔感屏营。伏维陛下天挺岐嶷,堂构晋室,遭家不造,播幸吴楚,宗庙有黍离之哀,园陵有殄废之痛,普天咨嗟,含气悲伤。臣专命一方,职在斧钺,遐域僻陋,势极秦陇,人怀反正,谓石虎李期之命,曾不崇朝,而皆篡继凶逆,鸱目有年,东西辽旷,声援不捷,遂使桃虫鼓翼,四夷喧哗,向义之徒,更思背诞。铅刀有干将之志,萤烛希日月之光,是以臣前章恳切,欲并力声讨,而陛下雍容江表,坐视祸败,怀目前之安,替四祖之业,驰檄布告,徒设空文,臣所以宵吟荒漠,痛心长路者也。且兆庶离主,渐冉经世,先老销落,后生靡识,忠良受枭悬之罚,群凶贪纵横之利,怀君恋故,日月告流,虽时有尚义之士,畏逼首领,哀叹穷庐。臣闻少康中兴,由于一旅,光武嗣汉,众不盈百,祀夏配天,不失旧物。况以荆扬剽悍,尽州突骑,吞噬遗羯,在于掌握哉!愿陛下敷弘臣虑,永念先绩,敕司空鉴征西亮等,泛舟江沔,首尾齐举,臣愿执櫜(gāo)鞬以从,廓清河朔不难矣。拜表神驰,无任引企!

这篇表文,到了建康,正值成帝筹备大婚,有什么工夫,去讨北虏?但不过礼遣麹护,期诸他日罢了。越年二月,册立杜氏为皇后,后系故镇南将军杜预曾孙女,父乂曾为丹阳丞,姿容秀美,擅有盛名。前宣城内史桓彝,尝谓卫玠神清,杜乂形清。王导从子秘书郎羲之,亦称乂肤若凝脂,目如点漆,可谓神仙中人。怎奈天不假年,早岁去世,所遗仅一女子,妻裴氏嫠居养女,谨守礼教,甚有德音。女少擅容仪,姿采发越,有是父应有是女。惟年至二七,尚未生齿,因此人来求婚,往往中止。及成帝选为中宫,纳采这一夕,齿忽尽生,当时传为奇闻。至备礼入宫时,成帝亲御太极前殿,受群臣庆贺,盛赐筵宴,直至画漏已尽,宫门悬篽(yuè),百官始散席告归。后与成帝同年,乾坤合德,龙凤呈祥,当然恩爱缠绵,不消细说。当张骏申请北伐时,插入立后一段,虽是按时叙事,未免寓有讽意。惟张骏因未遂所请，再遣使申陈前意，适值赵主石虎，迁都邺城，闻张骏常与晋往来，料有他故，特命侦骑四布，遇有凉州使人，由西赴东，往往把他截住，拘回邺中，所以骏使东行，多不得达。石虎自恃富强，浸成骄侈，命在旧都筑太武殿，新都造东西宫。太武殿基高二丈八尺，纵六十五步，阔七十五步，砌以文石，下置窟室，设卫士五百人，用漆灌瓦，金珰银楹，珠帘玉壁，穷工极巧，不计价值。殿上施白玉床，流苏帐，特制金莲花，盖住帐顶。广采良家美女，充作宫妾，服珠玉，被绮縠，长黛轻裾，多至万余人。又教宫女占星气，习骑射，用女骑千人为卤簿，皆着紫纶巾，衣熟锦裤，金银镂带，五色成文，每一出游，必令她们随行，执羽仪，鸣鼓吹，仿佛天女散花，令人眩目。是时，境内大旱，粟二斗，值金一斤，百姓嗷嗷待哺。虎却徭役并兴，日夜不休，又使牙门将张弥，至洛阳宫中，迁徙钟虡（jù）、九龙、翁仲、飞廉等物，搬入邺城。一钟沉入河流，募得泗水壮士三百人，捞取此钟，岸上系着竹绠（gěng），驱牛百头，仿辘轳法，引钟出水，才得捞起，用大舟载归。石虎大悦，赦二岁刑，赍百官粟帛，赐民爵一级。又依尚方令鲜飞计议，就邺南役石河中，欲造飞桥，工费数千万亿，桥竟不成。既而赵太保夔安等，上虎尊号，甫入殿庭。庭燎油沸，猝然倒下，散及百官身上，炮得头青面肿，有几个火气攻心，舁（yú）回家中，竟致暴毙。虎引为深恨，拿下值殿侍臣成公段，责他疏忽，腰斩闾阖门。

先是虎已欲称尊，戴服衮冕，将祀南郊，尝揽镜自照，不见己首，乃大加惶惧，不敢称帝。至此因群臣劝上尊号，但自称赵天王，再就南郊筑坛，即位受朝。天王与皇帝何殊？岂即可保全首领么？立后郑氏为天王后，太子邃为天王太子，惟诸子反降王为公，宗室且降王为侯。这是何意？大约即民无二王之意。郑后小字樱桃，本为晋尤从仆射郑世达家歌妓，没入襄国。虎见她妖冶绝伦，即纳为己妾。虎元配郭氏，系征北将军郭荣女弟，虎本与她相敬如宾，未尝反目。不过郭氏无子，常为虎忧。及樱桃入室，生成一种淫妒性质，先用柔媚手段把虎迷住，然后掩袖工谗，媒孽正室。郭氏不堪忍受，免不得反唇相讥，哪知虎袒护樱桃，不令郭氏插嘴。郭氏如何肯依？竟致与虎争执。虎性似烈火，口舌不足，继以武力拳打足踢，立将郭氏殴毙，再娶清河崔氏女为继室。相处年余，适值樱桃生男，崔氏欲养为己子，樱桃不许。俄而婴儿夭殇，樱桃又对虎哭诉，捏称崔氏挟嫌诅咒,致子夭亡。且多取胡儿为养子,未识何心。虎闻言大怒,急取弓箭,召崔入问。崔徒跣出庭,且泣且语道:"勿妄杀妾,乞听妾言!"虎狞笑道:"汝若不生歹意,何必着忙。且还入座中,随汝分剖。"崔氏转身入座,不防背后弓弦声响,急欲闪避,已是不及,刚刚穿入胸中,倒地毕命。虎善咥(dié)人,遑问爱妻。

自是樱桃得为虎继妻,生有二男,长子就是太子邃,小名阿铁,次子名遵,受封郡公。邃秉性阴鸷,膂力过人,确是有遗传性。虎既立邃为天王太子,复命他参决尚书奏事,且常顾左右道:"司马氏父子兄弟,自相残灭,故使朕得至此,试想阿铁是我大儿,我肯忍心杀他么?"慢着!左右齐声道:"陛下父慈子孝,怎出此言?"已而太子邃恃宠生骄,因骄成暴,酗酒渔色,纵欲无度,或终日游畋,入夜乃归,或夜出宫臣家,见有姿色妇女,即迫与交欢,有时且妆饰宫人,斩首洗血,置诸盘上,传示四座。又采纳美貌女尼,白日宣淫,狎媟(xiè)既毕,便视作猪羊一般,洗剥宰割,与猪羊肉合贮一器,煮熟取食,有余遍赐左右,令他分尝一脔。肉味何如?河间公石宣,乐安公石韬,皆邃庶弟,得虎宠爱,邃独视如仇雠,虎毫不加察,

也变作一个糊涂虫,左抱娇妾,右执大觥,镇日里昏醉沉迷,不问朝事。邃尝有事呈报,虎嫌他琐碎,即呵斥道:"这等小事,呈报什么?"后来邃未报闻,被虎察觉,又召邃入骂道:"为什么掯(kèn)匿不报?"邃未免记述前言,益触虎怒,往往鞭笞交下,不少宽贷。邃屡遭鞭责,当然不平,私语中庶子李颜等道:"官家指主子言。很难服侍,我欲行冒顿故事,卿等肯从我否?"冒顿弑父自立,见前汉事。颜等不敢置词,都与傀儡相似。邃即托词有疾,不出莅事,暗中却带领宫僚,共计五百余骑,往饮李颜家。酒至半酣,顾颜与语道:"我欲往杀河间公。"颜答言:"今日饮酒,且从缓图。"邃又狂饮数觥,因酒使气,勃然起座,即上马饬众道:"快随我杀河间公,如或不从,便当斩首。"大家骇走。颜叩头苦谏,邃亦醉不能支,踉跄趋归。

虎闻邃有疾,拟往探视,命人驾车,蓦见一人趋入,叩马谏阻道:"陛下不宜屡往东宫。"虎瞧将过去,乃是大和尚佛图澄,遂延他入座,且命停车不赴。原来佛图澄言多奇验,很为虎所敬信。及与澄谈了数语,澄即别去,虎又不禁怀疑,瞋目大言道:"我为天下主,难道亲如父子,反不相信么?"随即遣女官觇邃。邃佯呼与语,背地里拔出佩剑,殴击女官。幸亏女官身材伶俐,只被他击了一下,便转身逃出,奔回报虎。虎乃大怒,收逮中庶子李颜等三十余人,当面诘问。颜知无可讳,具白邃状。虎仍责他辅导无方,都令推出斩首,全是强暴行为。因将邃幽锢东宫。甫经半日,便令释出,传他入见。邃照常朝谒,并未叩谢,拜毕便退。虎令左右传谕道:"太子当入朝中宫,奈何便去?"邃似无所闻,昂头径出。于是虎怒不可遏,立废邃为庶人,仍把他拘禁起来。到了夜间,索性遣人杀邃,并邃妻张氏,及男女二十六人,一律诛死,同瘗(yì)一棺。又杀东宫僚属二百余人,就是邃母王后郑樱桃,也连坐得罪,被废为东海太妃,另立河间公宣为太子,宣母杜昭仪为后。

适燕主慕容皝,遣使至赵,具表称藩,愿乞师会讨段氏。虎最喜用兵,又见皝表文恭顺,当然大悦,便与来使约定师期,遣他归报,当即招募壮士三万人,赐官龙腾中郎。旋命横海将军桃豹,渡辽将军王华,统领舟师十万,出漂渝津。虎骧将军支雄,冠军将军姚弋仲,统领步骑十万,充作前锋,往伐段氏。虎也督率亲兵,出次金台。段氏酋长名辽,闻赵将入犯,先遣从弟段屈云,进袭幽州,刺史李孟,退保易州。及支雄兵到,击退屈云,复长驱直进,连拔四十余城。燕王慕容皝,亦出兵遥应,攻掠令支北面。令支即段氏建牙处,段辽使弟兰御皝,为皝所诱,引入伏中,大破兰兵,驱五千户而返。辽南北皆败。又闻赵兵已入安次,杀毙部酋那楼奇,不由的心惊意骇,急率母妻子姓等,夤夜出奔,逃往密云山。辽左长史刘群,右长史卢谌,司马崔悦等,封好府库,遣使至虎军乞降。虎再遣将军郭泰麻秋,带着轻骑二万,倍道追辽。行至密云,与辽相遇,辽众无心恋战,怎能敌得过赵兵?眼见是仓皇四溃,如鸟兽散。辽亦单骑窜去,连母妻都不及顾,尽被赵兵挈住,又乘势追杀,斩首三千级。虎直入令支,据住辽宫,正值辽子乞特真,赍献表文,情愿投诚,并贡名马百匹。虎许令降附,收受名马,徙民户二万余人,入居司雍兖豫四州。

是时,燕王慕容皝,已早还师,不复来会。虎恨他无礼,拟移军攻燕。佛图澄随虎偕行,从旁谏阻道:"燕势方盛,福德正隆,现在未可加兵,不若班师为是。"虎作色道:"我率大众进攻,战必胜,攻必取,区区小竖,唾手可擒,能逃到哪里去呢?"太史令赵揽亦入谏道:"燕地岁星所守,行师无功,且恐受祸。"虎大怒道:"你也敢来阻我么?"命左右鞭揽百下,把他逐出,谪为肥如长。当下引众出令支城,攻入燕境,并遣使招诱民夷。燕地各郡县,却也闻风惶骇,相继请降。虎得燕城三十六,乘锐东进,直捣棘城,有众数十万,四面猛扑,呐喊声震彻辽东。燕王皝日夕担忧,竟欲出走。帐下将士慕舆根进言道:"赵强我弱,不宜轻动,大王若一举足,全局瓦解,适张赵威。若赵人掠我国民,夺我府实,兵多粮足,如何可敌?且赵人四面环迫,正欲大王畏惧出亡,奈何堕他诡计?今不若固守坚城,镇定士心,观形察变,出奇制胜,就使不能济事,走亦未晚,怎可望风委去,自速灭亡哩?"言之有理。皝乃决计守城,但面上总难免惧色。玄菟(sōu)太守刘佩献议道:"今强寇在外,众志惊惶,国事安危,系诸一人。大王今日,无从推诿,当振作精神,率厉将士,不宜再示疲弱。事已万急,臣愿拼死出击,就使不能大捷,亦可小挫敌锋,借定众心呢。"皝乃许诺。佩即率敢死士数百骑,乘夜出城,掩击赵兵。赵兵虽然防备,究竟夜深月黑,不知有多少来军,仓猝抵敌,虚张声势。那佩众却人自为战,不按纪律,但用短兵突阵,乱砍乱斫,俘斩赵兵数百名,便收军入城。为了这一番踹营,赵兵

稍稍气沮，守卒才有生机。

　　皝再向封奕问计，奕答道："石虎凶残已甚，人神共嫉，祸败将至，计日可待。今倾国远来，攻守势异，彼虽强横，无能为患。若顿兵多日，必将自乱，大王但坚守不息，俟彼退去，遣锐追击，必得大胜。"皝意乃安。石虎射书招降，守兵拾书呈皝，皝扯碎来书，慨然说道："孤方欲规取天下，肯降这凶竖么？"既而虎督兵猛攻，四面蚁附，缘城而上。守将慕舆根等，力战不退，所有缘城的赵兵，尽被击仆，相持至十余日，赵兵死了无数，终不能克。虎无法可施，只好引退。行了数里，忽见后面尘头大起，燕兵努力追来。为首一员少年将官，横槊跃马，当先趋至，大呼："石虎快来受死。"虎闻声怒起，饬令大众回马接战，偏各军都有归志，不服号令，随你石虎如何督饬，只是掉头不顾，落荒窜去。小子有诗叹道：

　　　　自古佳兵定不祥，况兼暴戾等豺狼。
　　　　劳师已久军心溃，失律贻凶即否臧。

　　欲知石虎能否退敌，下回再当表明。

晋元东渡，两河为墟，胡羯鲜卑诸部落，乘势入据，互相吞并，其目无典午也久矣。独凉州张氏，本为汉族，世奉晋室，如张骏之申请北伐，尤为东晋史上仅见之文字。本回录入原表，所以旌张氏之忠也。惜乎！江左诸君，志在偏安，无暇北讨，而残虐凶暴之石虎，反得横行河洛，称霸一方，天地晦盲，虎腥四煽，岂非一极大厄运欤？夫石虎宠妾杀妻，性本残忍，及子邃谋逆，连坐妻孥。邃有罪当诛，邃之妻子，何为俱诛？东宫僚属，宁无臧否？一并屠戮，其草菅人命也甚矣！至若攻燕一役，屯兵城下，日久无功，虽由燕臣之善谋，坚守不挠，要亦由石虎之暮气已深，天不容其再逞耳。否则如慕容皝之戕贼骨肉，背盟败约，亦石虎之流亚也，虎何至遽为所败哉！

第四十六回

议北伐蔡谟抗谏　篡西蜀李寿改元

　　却说石虎还至中途,遇着燕兵追来。燕将叫作慕容恪,乃是慕容皝的第四子。恪为皝妾高氏所生,高氏无宠,恪亦失爱。及恪年十五,容貌雄毅,谋虑精详,皝始目为奇童,授以孙吴兵法,至是统兵追虎,部下不过二千骑,却击败赵兵十余万人。赵兵原是劳敝,不堪再战,但亦由恪勇往直前,才得大破虎众,斩获至三万余级,夺还三十六城,奏凯而回。虎狼狈还邺,检点各军,统皆残缺,独游击将军石闵,一军独全。闵本姓冉,世居魏郡,石勒破魏,掳得闵父冉瞻,少年有力,为勒所爱,乃命侍虎左右,使为虎养子,瞻遂易姓为石,历任左积射将军,封西华侯,后竟战死。虎悯瞻殉难,因抚闵如孙,使承父荫。闵既长成,也饶勇略,得为北中郎将游击将军。至是从虎出师,还军时队伍整齐,不缺一人。虎极口赞赏,奖叙有加。养虎贻患,好一个冥中报应。复召赵揽为太史令,一面造船积谷,再图攻燕。

　　时段辽尚在密云山,遣使诣赵,乞赵发兵相迎,嗣复中悔,又遣使至燕,谢罪投诚。燕王皝亲率诸军迎辽,辽与皝相见,自述前时使赵情形,现当助燕拒赵,计歼赵军。皝大喜过望,便遣慕容恪带领精骑,埋伏密云山,专待赵军到来。赵主石虎,怎知段辽中变,竟遣征东将军麻秋,领众三万,往迎段辽。临行时却面嘱麻秋道:"受降如受敌,不可轻忽哩。"毕竟有些智略,可惜已中人计。又命尚书左丞阳裕为军司马,令作向导。裕本段氏旧臣,前次赵军入蓟,战败降赵。虎因他驾轻就熟,所以命助麻秋,也是格外谨慎的意思。麻秋领兵前进,还道是石虎过虑,尽管纵马急行。将到三藏口,乃是密云山入谷要道,远远探望,只有深林丛箐,并无兵马往来,他遂麾兵入谷。才经一半,猛听得胡哨声起,深谷震响,始觉得毛发森竖,胆战心惊。正顾虑间,那慕容恪已挥动伏兵,两面杀来,秋慌忙退兵,可奈山路崎岖，易进难退，一时情急失措，竟致自相蹴踏，伤毙甚多。再经燕兵大刀阔斧，当头乱劈，就使铜头铁骨，也被斫伤。何况是血肉身躯，怎禁得这番横暴？当下赵兵三万人，约死了二万有余。单剩得几千残兵，保秋还奔。秋马已受伤，下马急跑，才得幸免。

阳裕已被燕兵擒去。赵将单于亮失马被围，冲突不出，索性倚石危坐。燕兵叱令起来，亮厉声道："我是大赵上将，怎肯受屈小人？汝等若能杀我，尽可下手，否则让开走路，听我自归。"燕兵见他状貌伟岸，声气雄壮，倒也不敢进逼，但遣人走报慕容皝。皝用马迎亮，召与叙谈，大加器重，遂授为左常侍。亮见皝厚礼相待，也即受命，从前平州刺史崔悫东遁，妻女没入燕庭。崔悫事见前回。皝命将悫女妻亮，且释出阳裕，使为郎中令，遂载辽俱归，待若上宾。越年，辽复谋叛，乃把辽杀死，并辽党数十人。又遣长史刘翔，参军鞠运，至晋报捷，并乞册封，晋廷未许，惟闻赵为燕败，也不禁跃跃思逞，倡出北伐的议论来了。也想出些风头，其实可以不必。

看官道何人首倡此议？原来是征西将军庾亮。出诸彼口，尤属不符。咸康四年，成帝命司徒王导为太傅，郗鉴为太尉，庾亮为司空。导性宽厚，委任诸将赵胤贾宁等，多不奉法，朝臣多引以为忧。亮不服王导，挟嫌尤深，尝与太尉郗鉴书道："人主春秋既盛，尚不稽首归政，究竟怀着何意？况身为师傅，豢养无赖，更属非宜。公与下官，并受顾命，朝廷有此大奸，不能扫除，他日到了地下，如何对得住先帝？现拟与公同日起事，廓清君侧，公作内应，亮为外援，不患无成，愿公勿疑！"鉴览书后，付诸一笑，并不答复。有人探悉此事，报知王导，劝导密为防备。导叹息道："我与元规谊同休戚，当无异心，果如君言，我便角巾还第，有什么畏惧呢？"话虽如此，但因亮在外藩，却要来干预内政，心下总未免不平。尝遇西风尘起，举扇自蔽，慢慢的说道："元规尘污人。"晋臣多半矫情。晋廷诸臣，统因导老成宿望，为帝师傅，格外推重，且拟降礼相见。太常冯怀，商诸光禄勋颜含，含正色道："王公虽为傅相，究竟是个人臣，礼无偏敬，诸君如要降礼，可请自便。鄙人年老，未识时务，但知遵守古礼呢。"及冯怀别去，转告亲友道："我闻伐国不问仁人，冯祖思怀字祖思。意欲谄人，偏来问我，莫非我有邪德不成？"随即上表辞官，退归琅琊故里。再历二十余

议北伐蔡谟抗谏

年,安殁家中。**表明高尚。**

　　惟庾亮既反对王导,又欲窃名邀誉,借着北伐的虚声,张皇中外。因特援举不避亲的古义,把两弟登诸荐牍,一是临川太守庾怿,谓可监督梁雍二州军事,使领梁州刺史,镇守魏兴;一是西阳太守庾翼,谓可充任南蛮校尉,使领南郡太守,镇守江陵。再请授征虏将军毛宝,监督扬州及江西诸军事,与豫州刺史樊峻,同率精骑万人,出戍邾城。然后调集大兵十万,分布江沔,由自己移镇石城,**此非江南之石头城,乃在沔水左近。**规复中原,乘机伐赵。表文上面,说得天花乱坠,俨然有运筹帷幄、决胜疆场的状态。**这叫作画饼充饥。**成帝览到亮表,也不禁怦然心动,便将表文颁示廷臣,令他议复。太傅王导,是朝中领袖,且又得成帝诏命,升任丞相。这番军国大事,当然要他首先裁决,导看了表文,掀髯微笑道:"庾元规能行此事,还有何说,不妨请旨施行。"**言下有不满意,实是请君入瓮。**太尉郗鉴接口道:"我看是行不得的,现在军粮未备,兵械尚虚,如何大举?"**忠厚人口吻。**此外百官,亦多赞成鉴议。太常蔡谟,更发出一篇大议论,

作为议案,由小子录述如下:

　　盖闻时有否泰,道有屈伸。暴逆之寇,虽终灭亡,然当其强盛,皆屈而避之,是以高祖受屈于巴汉,忍辱于平城也。若争强于鸿门,则亡不终日,故萧何曰:"百战百败,不死何待也。"原始要终,归于大济而已,岂与当亡之寇,争迟速之间哉?夫惟鸿门之不争,故垓下莫能与之争。文王身厄于羑里,故道泰于牧野,勾践见屈于会稽,故威申于强吴。今日之事,亦犹是耳。贼假息之命垂尽,而豺狼之力尚强,为吾国计,莫若养威以待时。时之可否,系于胡之强弱,胡之强弱,系于石虎之能否。自石勒举事,虎常为爪牙,百战百胜,遂定中原,所据之地,同于魏世,及勒死之日,将相欲诛虎,虎独起于众异之中,杀嗣主,诛宠臣,内难既定,千里远出,一举而拔金墉,再举而擒石生,诛石聪,如拾遗,取郭权,如振槁,还据根本,内外平定,四方镇守,不失尺土。以是观之,虎为能乎?抑不能也。假令不能者为之,其将济乎?抑不济也。贼前攻襄阳而不能拔,诚有之矣,但不信百战之效,而徒执一攻之验,譬诸射者百发而一不中,即可谓之拙乎?且不拔襄阳者,非虎自至,乃石遇之边师也。桓平北桓宣为平北将军,见前,守边之将耳,遇攻襄阳,所争者疆场之土,利则进,否取退,非所急也。今征西指庾亮。以重镇名贤,自将大军,欲席卷河南,虎必自率一国之众,来决胜负,岂得以襄阳为比哉?今征西欲与之战,何如石生?若欲守城,何如金墉,欲沮沔水,何如大江?欲拒石虎,何如苏峻?凡此数者,宜详较之。石生猛将关中精兵,征西之战,殆不能胜也。金墉险固,刘曜十万众所不能拔,今征西之守,殆不能胜也。又当是时洛阳关中,皆举兵击虎,今此三镇,反为其用,方之于前,倍半之势也。石生不能敌其半,而征西欲当其倍,愚所疑也。苏峻之强,不及石虎,沔水之险,不及大江,大江不能御苏峻,而欲以沔水御石虎,又愚所疑也。昔祖士雅在谯,田于城北,虑贼来攻,预置军屯以御其外。谷将熟,贼果至,丁夫战于外,老弱获于内,多持炬火,急则烧谷而走,如此数年,竟不得其利。是时贼惟据沔北,方之于今,四分之一耳。士雅不能捍其一,而征西欲御其四,又愚所疑也。或云贼若多来,则必无粮。然致粮之难,莫过崤函,而石虎首涉此险,深入敌国,平关中而后还。今至襄阳,路既无险,又行其国内,自相供给。方之于前,难易百倍,前已经至难,而谓今不能济其易,又愚所疑也。然此所论,但说征西既至之后耳,尚未论道路之虏也。自沔以西,水急岸高,鱼贯泝流,首尾百里,若贼无宋襄之义,及我未阵而击之,将如之何?今王师与贼,水陆异势,便习不同,寇若送死,虽开江延敌,以一当千,犹吞之有余,宜诱而致之,以保万全。若弃江远进,以我所短,击彼所长,惧非庙胜之算也。鄙议如此,伏乞明鉴。

这篇大文,表示大众,没一人敢与他批驳,就是呈入御览,成帝亦一目了然,料知北伐是一种难事,乃诏亮停止北伐,不必移镇。会太尉郗鉴得疾,上疏逊位,疏中有云:

臣疾弥留,遂至沉笃,自忖气力,不能再起,有生有死,自然之分。但忝位过才,曾无以报,上惭先帝,下愧日月,伏枕哀叹,抱恨黄泉。臣今虚乏,危在旦夕,因以府事付长史刘遐,乞骸骨归丘园,惟愿陛下崇山海之量,弘济大猷,任贤使能,事从简易,使康哉之歌,复兴于今,则臣虽死,犹生之日耳。臣所统错杂,率多北人,或逼迁徙,或是新附,百姓怀土,皆有归本之心。臣宣国恩,示以好恶,处以田宅,渐得少安。闻臣疾笃,众情骇动,若当北渡,必启寇心。太常臣谟,平简贞正,素望所归,可为都督徐州刺史;臣亡兄子晋陵内史迈,谦爱养士,甚为流亡所宗,又是臣门户子弟,堪任兖州刺史。公家之事,知无不为,是以敢希祁奚之举,<u>祁奚春秋时晋人。</u>迫切上闻。

这疏上后,不到数日,便即谢世,年已七十有一。鉴系高平金乡人,忠亮清正,能识大体,殁后予谥文成,所有朝廷赠恤,一如温峤故事。且依鉴遗疏,迁蔡谟为徐州刺史,都督徐兖二州军事,即授郗迈为兖州刺史。可巧丞相王导与鉴同时起病,先鉴告终,成帝特别哀悼,特遣大鸿胪监护丧事,赠(fēng)襚(suì)典礼,仿诸汉博陆侯霍光,及晋安平献王司马孚,予谥文献。导卒年六十有四,当时号为中兴第一名臣。看官阅过前文,应知导毕生事实,究竟优劣何如,请看官自下断语,小子恕不琐叙了。<u>意在言中。且随郗鉴带叙,明示导不如鉴,有瑜不掩瑕之意。</u>

成帝征庾亮为丞相,亮复表固辞,乃进丹阳尹何充为护军将军,亮弟会稽内史庾冰为中书监,领扬州刺史,充并参录尚书事。冰办理政务,不舍昼夜，礼遇朝贤，引擢后进，朝野翕然归心，号为贤相。胜过乃兄。独庾亮尚欲北伐，又想申表固请，适接邾城失守警信，方不敢再提北伐二字。邾城虚悬江北，内无所倚，外接群夷，真是孤危得很。从前陶侃在日，镇守武昌，僚属屡劝侃分戍邾城，侃乃引集将佐，渡水指示道："此城为江北要冲，差不多是虎口中物，我国家现在势力，只能保守江南，倚江为堑，阻住戎马，若出守此城，必致引虏入寇，非但无益，反且有损。我闻孙吴御魏，尝用三万兵扼守此城，今我兵不过数万，怎能分顾？不若弃为空地，省得夷人生心，我却好安守江南，尚不失为中策呢。"将佐因侃说得有理，当然无言，随侃渡江回镇。侃既去世，由亮代任，亮视邾城为要地，谓可借此进兵，乃使毛宝樊峻，往守邾城，见本回上文。果被石虎闻知，立遣大都督夔安，带领石鉴石闵李农张貉李菟等五将，分率五万人，进攻邾城。毛宝忙向亮求救，亮反视若无事，不急往援，终致邾城陷没。宝与峻突围出走，为赵兵所追，俱投江溺死。夔安又转陷沔南。连拔江夏义阳等郡，进围石城。还亏竟陵太守李阳，发兵掩击，得破赵兵，斩首五千余级，才将赵兵杀退。亮始终不敢渡江，但上表谢过，自愿贬降三等，权领安西将军。有志北伐者，果如是乎？有诏免议，惟庾怿为辅国将军，领豫州刺史，监督宣城庐江历阳安丰四郡军事，镇守芜湖。亮自邾城陷没，忧慨成疾，旋即殁世，年五十二，追赠太尉，谥曰文康，进护军将军何充为中书令，命南郡太守庾翼为安西将军，领荆州刺史，都督江荆司雍梁益六州诸军事，代亮镇武昌。

翼年仅及壮，超居大任，时人恐他不能称职，他却竭尽志虑，劳谦不懈，戎政严明，经略深远，自是公私充实，舆论帖然。惟翼志大言大，好谈兵事，既欲灭赵，又思平蜀，仍不脱阿兄气习。因通使燕凉，拟与和好，倚为外援。那赵主石虎，却也雄心逞逞，贻书西蜀，志在并吞江南，愿与蜀主平分。蜀本称成，此时已改号为汉，就是主子李期，也已遭弑，为大将军李寿所篡了。李期见四十四回。期据位后，骄虐日甚，滥杀无辜，籍没资财妇女，充入后宫，内外汹汹，道路侧目。镇南大将军李霸，镇北大将军李保，俱系雄子，相继暴亡，朝臣都说是为期所鸩。期从子尚书仆射李戴，素有才名，期又诬他谋反，迫令自尽。大将军汉王李寿，本为期所忌，幸得不死，外镇涪城，亦见前文。每当入朝，辄诈造边书，辞以警急。会有巴西处士龚壮，谒见李寿，为寿画策，劝他入袭成都。看官道是何因？原来龚

壮父叔,前为李特所杀,壮早欲报仇,苦不得间,历年悲恸,服阕未除,远近称为孝子。寿亦闻壮名,礼征不起,及寿与期有嫌,为壮所知。乃拟借寿泄恨,密加游说。寿竟信壮言,遂与掾吏罗恒解思明谋攻成都。期亦防寿为变,屡遣中常侍许涪窥寿,侦察动静。又鸩杀寿养弟安北将军李攸。一面与建宁王越,及尚书令景骞,尚书田褒姚华等,共议袭寿,将要发兵,不料寿已先发,自率步骑万人,由涪城径趋成都,用部将李奕为先锋,长驱直达。寿子势为翊军校尉,留居成都,正是一个好内应,马上开城迎接。李奕先入,李寿继进,便围住宫门,鼓噪不休。期不及防备,急得没法,只得遣人出慰寿军。寿奏称建宁王越,与景骞田褒姚华,以及李遐李西,统皆怀奸乱政,宜加重辟。期尚未复报,已由寿指挥兵士,收捕越等,随到随诛。兵士乘间四掠,数日乃定。寿即矫称任太后令,废期为邛都县公,幽居别室,追谥戾太子李班为哀皇帝。于是大会将佐,熟商后事。

罗恒解思明李奕,劝寿称镇西将军益州牧成都王,向晋称藩,执邛都公,送往建康。独寿妹夫任调,与侍中李艳,司马蔡兴等,请寿称帝,不宜屈膝江东。寿乃令卜人占验吉凶,卜人视得卦兆,谓可作数年天子。任调跃起道:"一日为帝,已足称威。况多至数年呢。"怪不得古今盗贼,都想自做皇帝。解思明驳说道:"数年天子,何如百世诸侯?"寿微笑道:"朝闻道,夕死尚可。任卿语原是上策哩。"所望在此。遂僭即帝位,改国号汉,纪元汉兴,追尊父骧为献皇帝,母昝氏为皇太后,立妻阎氏为皇后,世子势为皇太子,命旧吏董皎为相国,罗恒为尚书令,解思明为广汉太守,任调为征北将军,领梁州刺史,李奕为西夷校尉,从子权为宁州刺史,所有公卿守令,一律参换,旧臣近亲,悉皆摈斥,特用安车乘马,征龚壮为太师,壮独不受,乃听令缟巾素带,待若宾师。庸中佼佼。邛都公李期,被幽兼旬,慨然叹道:"天下主降为小县公,生不如死。"说着,即解带自缢,年仅二十五,在位三年,寿谥为幽公。期妻子徙死穷边。小子有诗叹道:

敢戕孝子乱天常,叛贼何能不速亡?

容易得来容易失,投环尚幸免刑章。

寿既僭位,便得赵主石虎来书,约他连兵寇晋,究竟寿如何复赵,待至下回说明。

亡西晋,掳怀愍者,非他,一为刘曜,一即石勒也。曜为勒所灭,已受冥诛,勒虽死而虎尚存,雄暴且过于勒。为典午复仇计,原宜北伐,为河朔救民计,亦宜北伐,庾亮之奏请伐赵,似也。所惜者,亮有其志而无其才耳。蔡谟之驳议,非谓赵不可伐,正以亮之不能伐赵,不得不为此激切之辞也。若夫李期篡国,刑政无章,此而能久,谁不可为天下主?李寿直入成都,一举而即废之,彼尚以小县公为怏怏,自言生不如死,遂致投环毕命,曾亦思李班何罪,乃擅加弑逆乎?我杀人,人亦杀我,推刃之报,固其宜也,于李寿乎何尤?

第四十七回
钱刘翔晋臣受责　逐高钊燕主逞威

却说汉主李寿,得了赵主来书,竟喜出望外,即遣散骑常侍王嘏(gǔ),中常侍王广,驰赴邺中,与赵定约。龚壮曾上陈封事,劝寿附晋,寿不肯从;至是又谏阻联赵,仍然不听;且大修军舰,储粮缮甲,准备东下。一面命尚书令马当为六军大都督,调集军士七万余人,齐至东场,由寿亲往校阅,并下书誓众,略言"吴会遗烬,久逭天诛,今将大兴百万,躬行天讨"云云。小人得志,往往大言不惭。及军舰告成,便分载水师,舣(yǐ)集成都城下。寿登城俯瞩,但见帆樯蔽日,轴(zhú)舻横江,不由的露出骄容,扬扬得意。偏群臣多与寿异心,相率谏阻道:"我国地小兵单,只可自守,不应进取。且吴会险远,更未易图,一动不如一静,幸勿为赵所误,自蹈危机。"寿怒叱道:"天与不取,反受其咎,今赵欲与我平分江南,正是天授我朝的机会,奈何勿往?"广汉太守解思明,再向寿反复陈词,极言利害,寿终不信。至龚壮申疏切谏,谓通胡宁可通晋,并援假虞灭虢事以戒寿,寿尚以为非。又经群臣叩头固争,方才罢议。大众齐称万岁。

寿有旧将李闳,前为东晋所获,得间奔赵。寿向赵致书,请遣还李闳。书中称虎为赵王石君,虎未免不悦,付诸廷议。中书监王波进言道:"李闳尝志在故国,以死自誓,诚使陛下遣还蜀汉,使彼感恩,理当纠率宗族,归向王化,就使不如臣料,我国将多士众,何必留这一人?今寿既自称尊号,僭据一方,若我用制诏,彼必不受,不如赠以国书,示彼大度,免有违言,这也未始非怀柔之计。"虎意乃释然,遣闳使归。适挹娄国献入楛(hù)矢,波谓可转赠巴蜀,使寿知我国威服远人,虎亦依议,因派使臣偕闳赴蜀,往送楛矢。及使臣返国,报称李寿并未称谢,且下令国中道:"羯使来庭,献楛矢。"于是石虎大怒,黜免王波,令以白衣领职。既而凉州牧张骏,遣别驾马诜至赵,贡献方物,虎颇有喜色,览及来文,语多謇傲。虎转喜为怒,即欲斩诡。**全是喜怒无常**。侍中石璞道："今日为陛下大患,莫若江东,区区河右,何关轻重?今若斩马诡,必征张骏,出师西略,无暇南讨,建业君臣,反得苟延过去,岂非失策?况梁州一隅,就使胜彼,也不足为武,不胜反贻笑四邻,倒不如格外厚抚,使彼改图谢罪,彼若执迷不悟,往讨未迟。**璞与王波却同是一流人物**。虎乃礼待马诡,便即遣归。

忽闻燕兵有入侵消息,乃大加防备,集兵五十万,具船万艘,自河通海,运谷千一百万至乐安城,且由幽州东迄白狼山,广兴屯田,括取民马,得四万余匹,大阅宛阳,为攻燕计。那知燕王皝已探悉虎谋,密与诸将商议道："石虎专顾乐安城,总道是防守重复,固若金汤,若蓟城南北,必不设备,我今从间道出发,掩他不备,破彼积聚,才不致他轻觑哩。"说着即整率各军,从蠮螉(yēwēng)塞攻入赵境,连破各戍,直抵蓟城。幽州刺史石光,拥兵数万,不敢出战,但闭城拒守。燕兵转渡武遂津,驰诣高阳,沿途焚毁积聚,掠徙幽冀三万余户而还。虎闻燕兵入境,急拟整军对敌,一时未及召齐,只好迁延数日。到了兵马会集,燕兵已饱载远扬,虎始知皝有智略,倒也不敢轻自出兵了。皝引兵归国,因前使刘翔等,尚留江东,未见北返,乃再贻晋中书监庾冰书,责他忘仇误国,大略说是:

> 君以椒房之亲,舅氏之昵,总据枢机,出纳王命,兼拥列将州司之位,昆弟网罗,显布畿甸,自秦汉以来,隆赫之极,岂有若此者乎?以吾观之,若功就事举,必享申伯之名,如或不立,不免梁窦之迹矣。每观史传,未尝不宠恣母族,使执权乱朝,先有殊世之勋,寻有负乘之累,所谓爱之适足以为害。吾尝愍历代之王,不尽防萌终宠之术,何不以一土之封,令藩国相承,如周之齐陈?如此则永保南面之尊,宁复有黜辱之忧乎?窦武何进,虚己好善,天下归心,虽为阉竖所危,天下嗟痛,犹有能履以不骄,图国亡身故也。方今天下有倒悬之急,中夏逋僭逆之寇,家有漉血之怨,人有复仇之憾,宁得安枕逍遥,雅谈卒岁?吾虽寡德,过蒙先帝列将之授,以数郡之人,尚欲并吞强虏,是以自顷及今,交锋接刃,一时务农,三时用武,而犹师徒不顿,仓有余粟,敌人日畏,我境日广。况乃王者之威,堂堂之势,岂可同年而语?若之何不自振作,反为胡人笑也?《传》曰:"畏首畏尾,身其余几。"幸执事图之!

钱刘翔晋臣受责

是时江左君臣，为了燕使乞封问题，议论经年，尚未决定。燕使刘翔，争论数次，晋廷总借口成制，谓大将军不处边，异姓不封王，翔不得所请，所以淹留不去。至燕王皝贻书责冰，冰颇加惭惧，乃与中书令何充商议，不如封皝为王。充尝与刘翔会叙，翔直言语充道："四海板荡，忽已三纪，宗社为墟，生灵涂炭，这正庙堂宵旰忧劳，卧薪尝胆的时候。翔羁居年余，每见诸公宴安江左，以奢靡为荣，以放诞为贤，试问如此过去，怎能尊主济民呢？"应被揶揄。充闻翔言，也觉抱愧。因与冰联名奏请，乞封慕容皝为大将军、幽州牧、大单于、燕王。成帝下诏依议。翔既得奉诏，乃入朝辞行。朝旨又授翔为代郡太守，翔固辞不受，叩头趋出，当下与晋臣等告别，整装启行。公卿等饯送都门，宴饮尽欢，翔慨然道："古时少康兴夏，一成一旅，尚灭有穷；句践霸越，甲楯三千，终沼强吴。蔓草尚宜早除，况国仇呢？今石虎李寿，志在吞噬，王师即未能澄清北方，亦当从事巴蜀，一旦石虎先人举事，西并李寿，据形胜地以临东南，虽有智士，恐也不能善后了。"是有心人吐属。中护军谢广，时亦在座，奋衣起应道："刘君高论，实获我心,应该大家努力呢。"已而饮毕撤席,翔等自去,晋臣等当然散归。

才过数日,忽宫中传出大丧,乃是皇后杜氏,得病而亡,百官相率入临,毋庸絮述。杜后在位六年,未得子嗣,享年只二十有一。当时三吴女子,并簪白花,好似素柰一般。相传为天亡织女,因着素服,哪知适应在杜后身上。成帝下诏治丧,概从节俭,应筑陵墓,但求洁扫,不得滥用涂车刍灵。又禁远近遣使吊赠,俟至葬讫,概令臣民释服。追谥杜后为恭皇后。杜后殁后,宫中要算周贵人最邀宠眷,生有二男,长名丕,次名奕。后文自有表见。

好容易过了一年,元旦正值日食,都人目为不祥。又越半载,成帝不豫,竟至辍朝。王公大臣,统至宫门请安,不意有中书符敕颁发出来,谓不得擅纳宰相,大众不禁失色。中书监庾冰,独不改容,徐徐说道:"敕从何来?我备位中书,毫不接洽,可见得是虚伪了。"当下入宫考问,果无是敕。冰但戒饬僚吏,此后务从审慎,不必追究既往,所以群疑俱释,镇定如常。<u>冰颇能持大体</u>。及入谒成帝,见帝病已垂危,拟请以琅琊王岳为嗣。岳系成帝母弟,比成帝仅少一岁,冰因成帝二子皆在襁褓,<u>即丕奕</u>。故欲立长君。中书何充在侧,私语庾冰道:"父子相传,先王旧典,若嗣立皇弟,如何处置孺子?"冰答道:"强寇逼伺,国家未靖,倘再立幼主,如何支持社稷呢?"未几,由成帝传召大臣,并授顾命,除冰充二人外,尚有武陵王晞,<u>元帝子</u>。会稽王昱,<u>元帝少子</u>。尚书令诸葛恢,均至榻前受旨。冰即请立琅琊王岳。成帝颔首,便令冰代草遗诏,诏云:

朕以眇年获嗣洪绪,托于王公之上,于兹十有八年,未能阐融政道,剪除逋祲(jìn),夙夜战兢,不遑宁处。今忽遘(gòu)疾,竟致不起,是用震悼于厥心。千龄<u>奕字千龄</u>。眇眇,未堪艰难,司徒琅琊王岳,亲则母弟,体则仁长,君人之风,允塞时望,肆尔王公卿士其辅之,以祗奉祖宗明祀,协和内外,允执其中。呜呼!敬之哉!无坠祖宗之顾命!

遗诏既已草就,冰等乃退。越三日,成帝驾崩,年只二十二。帝冲龄嗣统,受制舅家,苏峻叛乱,实由庾亮一人激成,及乱事告平,迁亮出镇,成帝方得亲理万机。但亮尚思干预朝纲,引子弟为要援,庾冰居内,庾翼居外,还算有些才干,足当大任。惟豫州刺史庾怿,素性褊狭,尝与江州刺史王允之有嫌，特遣人赍送毒酒，谋害允之。允之却也小心，先把酒令犬试饮，犬一饮即毙，因将情状表闻。成帝不禁动怒道："大舅已乱天下，小舅复敢出此么？"这语传到芜湖，怿悔惧交并，又当庾亮殁后，失一护符，自恐得罪被谴，遂致仰药自杀。本欲害人，反致害己，可为阴险者鉴。王公大臣，始畏成帝英明。且成帝崇俭恶奢，力求简约，尝欲就后园增设射堂，估计需四十金，便即罢议。可惜年方逾冠，便即去世，这也是气运使然，无可挽回呢。

皇弟琅琊王岳，受遗入嗣，即皇帝位，是谓康帝。封成帝子丕为琅琊王，丕弟奕为东海王，追尊成帝为显宗，奉葬兴平陵。进中书令何充为骠骑将军，中书监庾冰为车骑将军，令他同心辅政，匡奕王室。此外文武百官，各增二等。立王妃褚氏为皇后。后为豫章太守褚裒女。裒字季野，为京兆人氏，慎重寡言，夙负盛名。桓彝尝谓季野有皮里春秋，说他外无臧否，内寓褒贬。谢安亦极加推重，尝语人云："裒虽不言，却具四时正气。"郗鉴辟裒为参军，嗣迁司徒从事中郎，转任给事黄门侍郎。成帝闻裒女端淑，因聘为母弟琅琊王妃，至是夫尊妻贵，遂得正位中宫。裒方出为豫章太守，特旨征召，迁官侍中。他却不愿内任，有志避嫌，坚求外调。适江州刺史王允之病殁，乃令裒代刺江州，出镇半洲。

越年元旦，改正朔为建元元年。建元二字，由庾冰议定。冰拥立康帝，原以长君利国为名，但未尝不怀着一种鬼胎。康帝为成帝母弟，当然是庾氏次甥，冰仍居舅氏地位，不致疏远，所以年号亦议定建元，取再兴中朝的意义。有人入语冰道："从前郭璞遗下谶文，曾云立始之际丘山颓，今年号建元，建训为立，元训为始，丘山即嗣皇本名，据此看来，这年号应即改易，不宜自应谶语。冰也觉失惊，渐复自叹道："吉凶早定，但改年号，恐未必就能禳灾呢。"遂仍用"建元"二字。果然康帝不能永年，事见后文。冰谓吉凶早定，我亦云然，但冰不应自存私意。

且说燕王皝既受晋册封，特授刘翔为东夷校尉，领大将军长史。使内史阳裕为左司马，令至龙山西麓，督工筑城。建立宗庙宫阙，取名龙城，率众徙居，作为新都。皝见慕容翰，曾出奔段氏，见四十五回。段氏败亡，又北走宇文部，部酋逸豆归忌翰才名，阴欲加害。翰乃佯狂酗饮，或被发歌呼，或拜跪乞食，逸豆归以为真疯，不复监察，听令自由。翰得随地往返，默览山川形势,一一记忆。皝追忆翰才,且因他挟嫌出奔,并非叛乱,特令商人王车,至宇文部觇翰,劝令归国,并密遗弓矢。翰遂窃逸豆归名马,自挈二子,携弓矢逃归。逸豆归闻翰脱走,忙使骁骑百余名追翰,将要追及,翰回身顾语道:"我久客思归,既得上马,断无还理。我前此佯作愚狂,实是诳汝,我艺犹在,幸勿相逼,自取死亡哩。"追骑见他手下寥寥,不肯退回,仍然趋进。翰复朗声道:"我久居汝国,不愿杀汝,汝今可距我百步,握刀立住,我若得射中汝刀,汝即可回去,非我敌手,否则我射不中,汝等尽可追来。"前追骑乃解刀立住,由翰射箭。翰发箭射去,叮噹一响,正中刀环,追骑便即骇走。翰得揽辔徐归。

皝闻翰至,大喜出迎,握手道故,殷勤款待,仍署翰为建威将军。翰乃为皝设策道:"宇文部强盛日久,屡为我患。今逸豆归性情庸暗,将帅非才,国无防卫,军无部伍,臣久在他国,熟悉地形,彼虽远附强羯,声势不接,缓急难恃,我若发兵往击,可保必胜。惟高句丽接近我国,常相窥伺,我果破灭宇文,免不得使彼生惧,俟我一出,必且掩我不备,乘虚深入。我少留兵卒,不足自守,多留兵卒,不足远行,这却是心腹大患,应该早除。宇文部只知负固,料不能远来争利。我既得取高句丽,再还取宇文部,势如反手,立见成功。至两国既平,利尽东海,国富兵强,无返顾忧,然后好徐图中原了。"*独不闻鸟尽弓藏兔死狗烹之语,乃必设策毒人,真是何苦?* 皝连声称善,即召集将士,出攻高句丽。高句丽古称朝鲜,系周时箕子旧封,汉初为燕人卫满所篡,两传即亡,地为汉有。*见《前汉演义》。*至汉元帝时,汉威已衰,不能及远,高朱蒙纠众自立,创建高句丽国,后来日渐强大,屡寇辽东。慕容氏据有辽土,尚与高句丽时有战争。朱蒙十世孙钊,号称故国原王,正与慕容皝同时。皝既决意东略,遂与诸将会议军情。诸将谓高句丽有二道,北道坦平,南道险狭,今不如从北道进兵,较为无虞。独慕容翰献议道:"不入虎穴,焉得虎子?臣谓宜南北并进,使他应接不暇,方可得志。且虏情必谓我从北道,当重北轻南,我正可避实击虚,以南道为正兵,北道为偏师;大王宜自率锐骑,掩入南道,出其不意,直捣彼都,别遣他将出北道,就使北道无功,我已取彼腹心,四肢亦何能为呢?"皝依翰议,即命翰为前锋,由南道进兵,自督劲卒四万为后应。另派长史王宇等,率兵万五千人,从北道徐入。

高句丽王钊，果然如翰所料，注重北面，所有国中精锐，悉令出诸北道，即命弟武为统帅，自挈老弱残兵，防备南道。不意慕容翰从南道杀来，部下都是锐卒，搅入高句丽阵中，好似虎入羊群，所向披靡。钊尚勉强抵敌，东拦西阻，至慕容皝继进，势如潮涌，无坚不摧，高句丽兵统是羸弱，哪里还能招架？不是被杀，就是四溃，单剩钊子身逃走，不敢还都。燕兵乘胜长驱，攻入高句丽都城。钊母及妻子统被燕兵拘住，钊父利墓，亦为所掘，所有库中珍宝，及男女五万余口，悉遭掳掠。高句丽都城，叫作丸都，简直是搬徙一空，变作墟落。皝还拟穷兵追钊，闻北道兵已经败没，乃变计言归，载钊父尸，及钊母钊妻钊子，并子女玉帛等，一并驱回。临行时，复将丸都城毁去。钊穷无所归，不得已遣使至燕，奉款称臣，乞还父尸及母妻等。皝将钊父尸发还，留母为质。钊亦没法，只好收拾残众，徙都国内城。小子有诗叹道：

慈母娇妻悉受擒，丸都王气尽销沉。
须知御侮需才智，庸弱何能免敌侵？

皝既战胜高句丽,乃规取宇文部,究竟宇文部是否被灭,且看下回分解。

有国耻而不能雪,有国仇而不能报,偷安旦夕,故步自封,宜其见笑外人,为慕容皝所揶揄,与燕使刘翔之讥议也。庾冰身为大臣,但知久揽政权,拥立次甥,听其言,未始非计,问其心,不免近私,其与亮怿之相去,有几何哉？慕容皝贻书而即惧,至若何充抗议,乃以长君为借口,固执不从,对外何怯,对内何勇也？皝用慕容翰言,欲图宇文部,先攻高句丽,并且避实击虚,皆如所料。高钊败走,丸都陷没,子女玉帛,悉数掳归。翰之为皝计固得矣,而其自为计则未也。敌国破而谋臣亡,翰其能免此祸乎？

第四十八回

斩敌将进灭宇文部　违朝议徙镇襄阳城

却说慕容皝既破高句丽,即谋取宇文部。宇文部酋逸豆归,却先遣国相莫浅浑,引兵击燕。皝反下令诸将,不准出战,但须严守堡寨。无处非计。莫浅浑数次挑战,无人对敌,还道是燕兵怯弱,不足为虑,遂报知逸豆归,述及燕兵畏懦情形。逸豆归信以为真,遂酣饮纵猎,不复设备。哪知过了一月,燕兵奋击莫浅浑,莫浅浑大败而逃,仅以身免,余众都被燕兵俘去。逸豆归方才着急,忙遣骁将涉奕干等,调集精兵,防堵燕军。果然慕容皝乘胜大举,令建威将军慕容翰为先锋,刘佩为副,率着骑士二万,作为正兵,再分遣广威将军慕容军、渡辽将军慕容恪、平狄将军慕容霸,及折冲将军慕舆根,三道并进,自引亲兵为后应。左司马高诩道:"我军今伐宇文部,无虑不胜,惟恐将帅未免罹殃。"说着,也不愿回家,但使人传语妻孥,嘱及家事,便即从军前行。

宇文将涉奕干,自恃骁勇,麾众逆战。慕容翰刘佩高诩等,与他厮杀,两下鏖斗,足足战了半日有余,未分胜负。时将天暮,翰等拟鸣金收军,不防对面阵内,一声梆响,箭如雨发,燕兵多被射倒。翰不禁大忿,自与刘佩高诩断后,麾军退还。那来箭尚未中断,竟向翰等射来。翰佩诩三将,各中流矢,忍痛支持,且战且回。既归本营,检点兵马,伤亡不少。翰令受伤军士,皆至后帐休养,自与佩诩拔去箭镞,幸尚未中要害,不过各负创痛,彼此敷上箭疮药,方觉少瘥(chài),一面遣人报达燕王皝。皝使人复语道:"奕干雄悍,勇冠三军,未可轻敌,不如暂避凶锋,待彼势骄怠,然后进战,自足制胜。"翰奋然道:"逸豆归尽出锐卒,付与涉奕干,正为奕干素有勇名,威倾全部,我能杀败涉奕干,部众闻风畏惧,不战自溃了。惟我在宇文部有年,素知奕干有勇无谋,徒播虚声,未识韬略,但教用一小计,便可擒戮渠魁,奈何避锋示弱,挫我兵气呢?"遂佯为高卧,累日不起,暗中却约同平狄将军慕容霸,为夹攻计。霸年方二九,善用双槊,有万夫不当之勇。他本与翰等分道异趋,及得翰书,方与翰约期会兵,同攻涉奕干。

涉奕干屡逼翰营,再四搦战,见翰兵固垒不动,他便令兵士指名辱骂,啰啰苏苏,无非说翰背德负义,应速受死等语。翰置若罔闻,但戒军士妄动,违令者斩。约莫过了三五天,已知慕容霸将到,便自起整军,披甲上马,开营跃出。涉奕干正来挑战,还道慕容翰照常闭垒,仍无战事,因此饬众散坐,信口喧呶。不意翰一马当先,厉声大呼道:"涉奕干休得啰唣,今日是汝死期,特来取汝首级。"写得突兀。涉奕干虽然骁勇,见翰突至,声若洪钟,也不禁慌乱起来,忙令部众上马,倒退里许,才与接战。部众不知就里,疑是涉奕干怯退,相率骇走,无复行列。翰引兵杀上,好似摧枯拉朽一般,刺倒敌兵好几百名。涉奕干大吼一声,舞着大刀,挺身接战,翰略与交锋,一来一往,约有数合,刘佩驰马冲至,代翰战住涉奕干,翰即退下,俟佩续战数合,又命高诩替佩。是用车轮战计。涉奕干连战三将,并不退缩,刀法盘旋,一无渗漏。诩负疮未愈,反敌不住涉奕干,涉奕干刀法一紧,没头没脑的劈来,害得诩眼花缭乱,几乎不能招架。忽斜刺里驰到一

斩敌将进灭宇文部

将,双槊并举,左槊格住涉奕干刀锋,右槊刺入涉奕干心窝,涉奕干不及闪避,仓猝被刺,鲜血直喷,一声狂叫,倒毙马下。写涉奕干死状,益见其有勇无谋。

看官道来将为谁?原来就是慕容霸。霸既挑死涉奕干,便趁势乱戮虏兵,虏兵已失了主将,当然乱窜,逃得慢的,都做了刀头鬼。于是慕容霸在先,慕容翰在后,直入宇文部,沿途无人阻挡,一任他杀到虏庭。逸豆归素无恩惠,部下离心,都一哄儿遁去,仅剩逸豆归家属,如何固守?急忙相挈遁逃,窜往漠北,宇文氏从此散亡。燕王皝接得捷报,也驰入宇文氏都城,尽收畜产资货,辟地千余里,徙宇文部众五万余至昌黎。先是涉奕干居南罗城,为宇文部各城领袖,皝命改为威德城,使弟左将军彪居守,自引诸军还都。赵主石虎,因宇文部本为藩属,累岁朝贡不绝,至此闻逸豆归被兵,特派右将军白胜,并州刺史王霸,出兵相救。及行至宇文部,已成墟落,只得进攻威德城。连日未克,撤兵退去,反被慕容彪追击一阵,丧失许多辎重,连兵士亦死了千人。虎闻白胜等败还,也只有付诸一叹,再探逸豆归消息,已在漠北病死,无从援助了。了过宇文氏。

高诩刘佩,箭疮迸发,相继毕命。诩善占天文,皝尝与语道:"卿有佳书,独不肯给我,未免不忠。"诩答道:"臣闻人君执要,人臣执职,执要乃逸,执职乃劳,所以后稷播种,尧不预闻。今欲占候天文,必须深夜不寐,未晨即兴,备极劳苦,非至尊所宜亲为,殿下何用出此哩。"观此知高诩前言,当是从占候而知。皝乃罢议。惟慕容翰还军后,亦因箭疮未愈,卧病多日,嗣得渐痊,在家试骑乘马。有人与翰有嫌,向皝进谗,诬翰诈病不朝,私习骑乘,恐将为变。皝虽借翰勇略,但心下常自忌翰,竟不察真伪,遽赐翰死。翰闻命自叹道:"我负罪出奔,幸得重还,直至今日方死,已是迟了。但羯贼跨据中原,我不自量,意欲为国家荡壹区夏,此志不遂,遗恨无穷,这想是命数使然,尚有何言呢。"说毕,即仰药而死。弑庶兄,害功臣,皝之残忍可见。

会代王什翼犍,因皝妹兴平公主病亡,复向燕求婚,皝使纳马千匹作为聘礼。什翼犍不允,复书多倨慢语。什翼犍娶燕王皝妹,见四十五回。皝遣世子俊等往讨,什翼犍遁去,俊乃退还。既而犍复遣部酋长孙秩,至燕谢罪,皝乃遣女适代,嫁与什翼犍为继室,一面请代女为己妃。什翼犍乃将翳槐遗女，遣嫁慕容皝。**什翼犍本为慕容皝妹夫，乃娶皝女为继室，是变作皝婿了。又复将翳槐女嫁皝，翳槐为犍兄，兄女为皝妻，皝又变为犍之侄婿，未知彼时将如何相呼？** 燕代仍旧和好，待后再表。

且说晋安西将军庾翼，代兄亮镇守武昌，府舍中屡有妖怪，乃欲移镇乐乡，上书朝廷，乞如所请。朝议纷纭未决，征虏长史王述，独向车骑将军庾冰上笺，谓不宜徙镇，略云：

乐乡去武昌千有余里，数万之众，一旦移徙，新立城壁，公私劳扰。又江州当沂流数千里，供给军府，力役增倍。且武昌实江东镇戍之中，非但捍御上流而已，缓急赴告，呼应不难。若移乐乡，远在西陲，一旦江渚有虞，不相接救，宁不可虑？方岳重将，固当居要害之地，为内外形势，使窥觎之心，不知所向。昔秦忌亡胡之谶，卒为刘项之资；周恶檿(yǎn)弧之谣，适启褒姒之乱。是以达人君子，直道而行，禳避之道，皆所不取。但当凭人事之胜理，思社稷之长计耳。安西之请，似不可行，乞公鉴之！

冰得笺后，颇以为然，乃撤销翼议，仍令镇守武昌。骠骑将军何充，本与冰同受遗诏，夹辅晋室。嗣见冰自恃贵戚，事多专断，乃不欲在朝尸位，乞请外调。朝旨乃令充出镇京口，都督扬徐二州军事，兼领徐州刺史。自是冰主内政，翼主外务，兄弟相应，又把那东晋国家，变做庾氏的产业了。

时琅琊内史桓温，为宣城内史桓彝子。彝殉难后，晋廷特加优恤，使温得尚南康公主。温性情豪爽，议论崇闳，尝与庾翼友善。翼甚相器重，当成帝未崩时，曾上疏推荐道："温系当世英雄，愿陛下勿以常人相待，常婿相畜，诚使委以重任，必能弘济艰难，方叔召虎不难复见哩。"**但知其一，未知其二。** 成帝乃令温为琅琊内史。温与翼彼此通问，互相标榜，即互相期许。翼常欲灭赵取蜀，及得温怂恿，更跃跃欲动，遂遣使东约燕王皝，西约凉王骏，克期并举，当即上表道：

羯贼石虎，年垂六十，奢淫理尽，丑类怨叛，又欲决死辽东，皝虽骁果，未必能固。若北无掣肘之虏，则江南将不异辽左矣。臣所以辄激天良，不顾忿咎，然东西形援，未必尽举，且议北进，移镇安陆，入沔五百里，通道涢水，先率南郡太守王愆期、江夏相谢尚、寻阳太守袁真、西阳太守曹据等，精锐三万，风驰上道，并勒平北将军桓宣，往取丹水，摇荡秦雍，御以长辔，用逸待劳。比及数年，兴复可冀。臣既临许洛，窃谓桓温可渡戍广陵，何充可移据淮泗，路永可进屯合肥。伏愿表上之日，便决圣听，不可广询同异，以乖事会。兵闻拙速，不闻工之久也。谨此吁闻。

这表既上，遂调发所统六州兵马，昼夜催迫。百姓不堪需索，怨声盈路。康帝遣使谕止，朝士亦多贻书劝阻。还有车骑参军孙绰，又上笺力谏。翼皆不从，径引众出发夏口，复上表请徙镇襄阳，略云：

臣近以胡寇有敝亡之势，暂率所统，致讨山北，略复江夏数城。臣以九月十九日发武昌，以二十四日达夏口，简卒搜乘，停当上道，而所调供牛马，来处皆远，百姓所畜，谷草不充，并多羸瘠，难以涉路。加以向冬野草渐枯，往返二千里，或容踬顿，辄便随事筹量，权停此举。又山南诸城，每至秋冬，水多燥涸，运漕用功，实为艰阻。窃思襄阳为荆楚之旧，西接益梁，与关陇咫尺，北去洛河，不盈千里，土沃田良，方城险峻，水路流通，转运无滞，进，可以扫荡秦赵，退，可以保据上流。臣虽不武，意略浅短，荷国厚恩，志存立效，是以受任四年，唯以习戎为务，实欲上凭圣朝威灵之被，下借士民义愤之诚，因寇衰敝，渐临逼之。去年春，曾上表请据乐乡，广农蓄谷，以伺二寇之衅，乃值天高听邈，未垂察照。朝议纷纭，遂令微诚不畅。自尔以来，上参天人之微，下采降俘之言，胡寇衰灭，为日不远。臣虽未获长驱中原，馘（guó）截凶丑，亦不可不进据要害，徐思攻取之宜。是以量宜入沔，徙镇襄阳，其谢尚王愆期等，悉令还据本戍，须到所在，驰遣启闻。

康帝迭览翼表，与己意实不相同，就是中外臣僚，也多有异议，只庾冰桓温，与前谯王承子无忌，极口赞成。两庾统是元舅，虽康帝亦拗他不过，只得听他施行。冰因翼移镇襄阳，亦欲外出为继，作翼声援。康帝乃使冰都督江荆宁益梁交广七州，及豫州四郡军事，领江州刺史，出镇武昌，为翼援应，且加翼都督征讨诸军事；征徐州刺史何充入朝辅政，录尚书事；调琅琊内史桓温，都督青兖徐三州军事，领徐州刺史；召还江州刺史褚裒，入为卫将军，领中书令。转眼间已是一年，翼有众四万，驻节襄阳，大会僚佐，具陈旌甲，亲授各将弓矢，分给后尚余三箭，遂奋身起座道："我今日引众北行,有如此矢。左右可取正鹄至百步外,由我迭射,试看我能命中否?"说着,已有军吏摆好箭靶,翼三射三中,顿时大众喝采,喧声如雷。当下檄令梁州刺史桓宣,往击丹水。宣奉檄出兵,行至丹水附近,正与赵将李黑相值。黑骁勇过人,部下亦多精锐,竟将宣军杀败。宣失利奔回,翼奏贬宣为建威将军。宣惭愤成疾,竟致谢世。翼令长子方之为义城太守,代领宣众,又授司马应诞为襄阳太守,参军司马勋为梁州刺史,并戍西城。

时赵王石虎,方大兴土木,连筑台观四十余所,又营洛阳长安二宫,工役多至四十余万人,并欲自邺城起造阁道,直达襄国,一面饬河南四州,整备舟械,为南侵计,并朔秦雍,筹集兵马,为西略计,青冀幽州,储积刍粟,为东攻计。诸州军赶造甲胄,共集五十余万人,还有舟夫篙工,又多至十七万名。再加公侯牧宰,竞营私利,暴敛横征,民不堪命。贝邱人李弘,乘势为乱,自言姓名应谶,号召党羽,署置百僚。经石虎派兵剿捕,始得诛灭,连坐至数千家。虎以为乱党立平,无人敢侮,索性日日畋游,纵情淫乐。又尝微服出行,觇察工役。侍中韦謏(xiǎo),婉言规谏,虎厚赐谷帛,

违朝谏徙镇襄阳城

似重善言，其实是并不少俊，荒诞如故。秦公韬为虎庶子，常得虎宠，独太子宣隐加猜忌，与韬有嫌。右仆射张离，向宣献媚，谓宜减削诸公府吏，免致侵逼东宫。宣闻言大悦，即令张离上书奏请，得虎允许，遂饬秦燕义阳乐平四公府，只准置吏百九十七人，兵二百人。四公以下，三成减二，为这一番裁减，得腾出兵士四万，悉配东宫。诸公相率含怨，遂生暗衅。石虎尚似睡在梦中，一些儿没有察觉。

会青州守吏报称济南平陵城北，有一石头雕制的老虎，忽然活动，走至城东南，后有狼狐千余头跟着，所过脚迹，统皆成蹊。石虎大喜道："石虎便是朕名。自西北徙至东南，大约天意欲使朕荡平东南呢。天意不可违，应敕诸州兵悉集，明年当由朕亲率六军，奉天南讨便了。"全是妄想。于是群臣皆贺。就中有一百七人，上皇德颂，说得石虎功德巍巍，尽情谀媚。虎益加欢忭，遂制令民家五户，出车一乘，牛二头，米十五斛，绢十匹，违令者斩，不足亦斩。可怜百姓无从筹给，甚至卖男鬻女，上供军需，尚不满数，没奈何自缢道旁。乡村林麓，遗骸累累，一方怨气，酿成变异。泰山上面，有石自燃，八日乃灭。东海有大石自立，旁有血流。邺西山石间出血，流十余步，延袤二尺余。太武殿初成，壁上多绘古圣先贤，忠臣孝子，贞夫烈妇，忽皆变做异状，狰狞可怖，过了旬日，头皆缩入肩中，仅余冠巾露出。虎也觉惊异，秘不使宣。惟佛图澄为虎所信，呼令入视。澄但欷歔流涕，不发一言。澄为奇僧，何不借端规谏？乃徒以流涕了事。已而虎御太武前殿，宴飨群臣，见有白雁数百翔集，虎命群臣起射，无一得中，复由自己射雁，亦无所得，不由的惊诧起来，乃召问太史令赵揽。揽密白道："白雁集庭，是宫室将空的预兆。陛下但静镇宫城，不可南行，便足隐弭此变了。"还是揽能善谏。虎因往至宣武观，大阅军士，各军已会集百余万，候命南下，当由虎校阅一番，饬令散归，全体解严。嗣是虎无意南下，但饬各戍将严守本汛，不得擅离，所以晋朝的庾翼庾冰，主张北伐，调兵遣将，瞎闹了一年有余，虽然不见成功，还算是未经大敌，不至大败。至康帝建元二年九月，帝忽寝疾，日甚一日，险些儿要归天了。小子有诗叹道：

　　　国丧才了又遭丧，两载君王一旦亡。
　　　毕竟丘山容易倒，谶文未必尽荒唐。谶文见前回。

欲知康帝曾否崩逝，且看下回再表。

慕容翰之智，足以料涉奕干，并足以料逸豆归，独于慕容皝之雄猜好忌，反不能逆料，卒至自杀其身，岂明能烛远，而昧于察近耶？盖喜功之心一深，往往忽近图远，能料敌人于千里之外，而于萧墙之间，转轻心掉之。文种见诛于勾践，韩信被杀于吕后，皆类是耳。彼晋之庾翼庾冰，亦未始非喜功之士，才不逮慕容翰，而权且过于慕容翰。幸而赵虎荒虐，将士离心，晋康庸弱，主权旁落。两庾得张皇其词，违众自行，丹水一战而桓宣败还，先机已挫，假令石氏之百万雄师，长驱南牧，试问两庾将如何对待乎？谋之未臧，乃欲以侥幸图功，虽曰名正言顺，其如才力之未逮何也？

第四十九回

擢桓温移督荆梁　降李势荡平巴蜀

　　却说康帝寝疾，日甚一日，内外诸臣，免不得有些惶急。最紧要的第一著，是储嗣未定，将来康帝不起，应由何人承统？大众遂开紧急会议，一面且遥问二庾。庾冰庾翼，仍欲推立长君，拟立会稽王昱为嗣。见四十七回。惟何充在内建议，愿立康帝长子聃为太子，领司徒蔡谟等亦皆赞成。此时两庾在外，鞭长莫及，内事统由何充作主，一经议定，便即册定东宫。两庾亦无可奈何，只有暗恨何充罢了。悔不该出外图功。未几，康帝告崩，年仅二十有二，在位只阅两年，何充等奉太子聃即位，是为穆帝。聃甫及二龄，镇日里需人保抱，怎能亲揽万几？当下由何充蔡谟，想出一策，尊康帝后褚氏为皇太后，即请太后临朝摄政，当下推蔡谟领衔，上奏太后道：

　　　嗣皇诞哲歧嶷，继承天统，率土宅心，兆庶蒙赖，陛下体兹坤道，训隆文母，昔涂山光夏，简狄熙殷，实由宣哲以隆休祚。伏惟陛下德侔二姒，淑美关雎，临朝摄政，以宁天下。今社稷危急，兆庶悬命，臣等章惶，一日万几，事运之期，天禄所钟，非复冲虚高让之日。汉和熹顺烈，并亦临朝，近明穆指明帝后庾氏。故事，以为先制。臣等不胜悲怖，谨伏地上请，乞陛下上顺祖宗，下念臣吏，推公弘道，以协天人，则万邦协庆，群黎更生，天下幸甚！臣等幸甚！

　　褚太后览奏后，亦下了一道诏旨，无非说是"嗣主幼冲，宜赖群公同心夹辅，今既众谋佥同，恳切上词，当勉从所请，暂遵先后故事"云云。于是遂临朝称制。何充希太后旨，独表荐后父褚裒，宜总朝政。太后乃命裒为侍中，兼卫将军，录尚书事。偏裒以近戚避嫌，固辞内职，坚请外调，乃改授裒都督徐兖青三州，并扬州二郡军事，兼徐兖二州刺史，仍官卫将军，出镇京口，另征江州刺史庾冰入朝。冰适有疾，不便就征，已而病笃，临终时，语长史江虨道："我将死了，报国初心，不能终展，岂非天命？我死以后,殓用常服,毋得妄用官物呢!"言讫而逝。冰清廉自矢,临财不苟,殁后无绢为衾,又室无妾滕,家无私积,时人传为美谈。一节之长,亦必备录。讣闻朝廷,追赠侍中司空,予谥忠成。庾翼得报,留子方之戍襄阳,自还夏口,兼辖冰所遗部兵。有诏令翼仍督江州,并领豫州刺史。翼表辞豫州,又请移镇乐乡,廷议不许。翼乃缮修军器,大修积谷,勉图后举。但尚遣益州刺史周抚,西阳太守曹据,侵入蜀境,与蜀将李桓接战,得破蜀兵,夺得辎重牲畜,随即还师。

越年元旦,晋廷改元永和,皇太后御太极殿,悬设白纱帷,抱帝临轩,颁诏大赦。进武陵王晞为镇军大将军,开府仪同三司,镇军将军顾众,为尚书右仆射,且复召褚裒入辅。吏部尚书刘遐,及长史王胡之,向裒进言道:"会稽王令德雅望,可作周公,理宜授以大政,公何弗推德让美,避重就轻呢?"裒乃辞不就征,即表称会稽王昱可当大任。有诏令昱为抚军大将军,录尚书六条事。吏部、殿中、五兵、田曹、度支、五民,号为六条。昱清虚寡欲,好为玄辞,尝引刘惔王濛韩伯为谈客,郄超为抚军掾,谢万为从事中郎,清谈遗俗,至此复盛,这也是司马家的气运了。

会由江州都督庾翼上表,报称患病甚剧,特荐次子爰之为荆州刺史,

委以后任。朝旨尚未答复，接连是讣状上闻，乃追赠翼为车骑将军，予谥曰肃。当时廷臣会议，谓："诸庾世在西藩，人心向附，不如从翼所请，即令爱之继任。"独何充驳斥道："荆楚为我国西门，户口百万，北控强胡，西邻劲蜀，难道可用一白面少年，当此重任么？我看现在牧守，只有徐州刺史桓温，才略过人，足守西藩，外此恐皆未及呢。"会稽王昱，亦以为然。独丹阳尹刘惔，私白昱道："温原有大才，可惜心术未纯，此人得志，适为国忧。荆州地控上游，夙号形胜，怎可令他往镇，酿成后患？为大王计，不如自请出守。惔虽不敏，粗具智识，若以军司马见委，效劳麾下，谅亦不至偾事呢。"*言人所未言，不为无智。*昱未信惔言，竟遣使传诏，命温代翼，都督荆梁诸州军事。

惔字真长，世居沛国，祖宏，曾为光禄勋，表字终嘏。宏兄粹，字纯嘏，官至侍中。宏弟潢，字仲嘏，官至吏部尚书。兄弟并有时名，都人尝谓洛中雅雅，唯有三嘏。惔父耽亦尝为晋陵太守，中年去世，家无遗财。惔与母任氏，寓居京口，织履为业，人莫能识。独王导留意延揽，推为清才。后来入登仕籍，声望鹊起，得尚明帝女庐陵公主。会稽王昱，待如上宾，每一列座，语辄惊人，无敢与辩。就是桓温，亦服他伟论。温尝问惔道："近日会稽王谈玄，有进境否？"惔答道："大有进境，不过未列上乘，只好排在第三流哩。"温惊问道："第一流当属何人？"惔答道："当在我辈。"温一笑而散。

小子前时叙及桓温，但云为宣城内史桓彝子，就中尚有许多故事，尚未详载，应该撮要申明。温生未及期，为故将军温峤所见，便谓温有奇骨，又试温使啼，声甚洪壮，峤极叹为英物。彝因婴儿为峤所赏，遂取名为温，表字元子。峤笑语道："移姓为名，此后我将易姓呢。"及彝为苏峻部将韩晃所害，泾令江播，亦曾助晃。*桓彝殉难，见前文。*温年方十五，枕戈泣血，誓复父仇。播已反正，随时戒备，无隙可乘。越三年，播病死发丧，温佯为吊客，挟刃踵门，突入丧次。斫死播子彪等三人，随即自首。朝廷嘉温孝义，不复论罪，温以此得名。及温年逾冠，姿貌甚伟，面有七星。刘惔尝语人道："温眼如紫石棱，须作猬毛磔，是孙仲谋司马宣王的流亚呢。"*语有分寸，与对会稽王昱语相符。*

既而温得尚公主，*见前。*累任至荆梁都督。他本是个豪爽不羁，睥睨一切的人物,既得蟠踞上游,手握重兵,当然想做些事业,显些威风。到了永和二年,何充又复病殁,晋廷予谥文穆,特进前国子祭酒顾和为尚书令,前司徒长史殷浩为扬州刺史。这两人为褚裒所荐。和以孝著名,正直有余,干济不足。浩父名羡,尝为豫章太守,就是不肯寄书,掷诸流水的殷洪乔。<u>羡字洪乔。</u>浩素尚风流,谈吐不俗,前为庾亮参军,得亮信任。亮殁后,屏居墓侧,屡征不起。时人目为管葛,王濛谢尚,且相偕劝驾,不得邀允,归途互语道:"深源不起,如苍生何?"深源即浩小字。浩越不肯出,越负令名。独庾翼谓:"丧乱时代,此辈只应束诸高阁,俟天下太平,再议任使。"嗣翼为江荆都督,拟辟浩为司马,致书与浩,有"毋为王夷甫,<u>即王衍,见前。</u>当出图济世"等语,浩当然不就。桓温亦尝轻浩,谓:"少时尝与浩戏游,共骑竹马,我将竹马弃去,浩辄取归,可见浩出我下。"至是命浩为扬州刺史,浩尚固辞,会稽王昱,贻书劝勉,至有"足下去就,关系兴废"二语,于是浩乃授命就职。<u>何必摆这般架子?</u>桓温隐加鄙薄,每叹朝廷用人失宜,惟因情急建功,尚无暇顾及内事,但与僚佐等议伐胡蜀,准备出师。江夏相袁乔白温道:"胡蜀二寇,俱为我患,但蜀虽险固,比胡为弱,再加李势无道,臣民不附,若用精卒万人,轻赍疾进,直趋蜀境,待彼惊觉,我已得入据险要,就使李氏君臣,出来抵御,也可一战成擒了。"温大喜道:"诚如卿言。"将佐等尚多异议,谓:"我军入蜀,赵必乘虚袭我,不可不防。"袁乔又申驳道:"羯赵久据河朔,内讧不已,势亦寝衰。且闻我万里出征,总道我有内备,未敢轻举,就使逾河南来,沿江诸军,亦足自守,可无他忧。惟蜀土富实,号称天府,从前诸葛武侯恃蜀为固,抗衡中夏,今即不能为害,究竟他据住上游,易为寇盗,我若乘机袭取,得蜀财,抚蜀众,岂非国家的大利么?"温奋起道:"我志决了,卿可为我先驱,我为卿后应,灭蜀就在此举了。"乔应声道:"愿效微劳。"温遂令乔率水军二千人,充作前锋,自与益州刺史周抚,南郡太守谯王无忌等,领军继进,即日拜表入都,不待复报,便即启行。晋廷接到温表,虑温兵少无继,骤入险地,恐难成功。独丹阳尹刘惔,料温必克,或问惔如何先知,惔笑道:"温素好博,今日伐蜀,与博相似,若自知不胜,如何肯行?但恐温既胜蜀,未免专恣,倒是朝廷的隐忧了。"<u>始终是看透温志。</u>这且不必絮叙。

且说蜀已称汉,汉主李势,就是李寿的太子。<u>见四十六回。</u>寿篡位后，尝欲与赵连横图晋，经龚壮再三谏阻，方才中止。壮劝寿向晋称藩，寿终不从，因此壮辞疾归里，终身不复入成都。寿初尚宽俭，旋由使臣往返邺中，屡述石虎威强，宫殿美丽，刑禁苛严，寿不禁生慕，乃改从侈汰，也居然大修宫室，广凿陂池，募工兴役，多多益善。臣下偶有谏议，即指为诽谤，置诸极刑。左仆射蔡兴，入宫极谏，竟被叱出处斩。右仆射李嶷，也因直言忤旨，诬以他罪，下狱论死。并把李雄诸子，一律骈戮。好容易过了五年，忽得了一种重病，镇日里狂言谵语，闹个不休，不是说李期索命，就是说蔡兴伸冤，喧噪了好几天，终落得一命呜呼，伏惟尚飨。太子势嗣称汉帝，改元太和，尊嫡母阎氏为皇太后，生母李氏为太后。阎氏无子，势为寿妾李氏所出。李父名凤，前为李骧所杀，凤女没入掖庭，身长貌美，姿态动人，寿遂纳为妾媵，生子名势。杀人父而纳其女，怪不得生亡国儿。势亦脑满肠肥，腰带十四围，犹善附仰，蜀人称为奇姿。所娶妻室，也是姓李，父作子述。即位后，册为皇后。李后也连生数女，不得一男。

　　势弟汉王广，求为太弟，势不肯允。旧臣马当解思明，相偕入谏道："陛下兄弟不多，若复加废黜，恐益孤危，不如从汉王议，可固国基。"势默然不答。两人又复力请，惹动势怒，将他叱出。嗣复疑马当等与广有谋，竟使相国董皎，收诛马当解思明，夷及三族。思明素有智谋，抗直敢谏，临刑长叹道："国家不亡，赖有我等数人，今我等无罪遭诛，国亡不远了。"说着，伸首就刑，毫无惧态。马当亦素得民心，及两人死后，士卒无不动哀。势且令太保李奕，袭执汉王广，贬广为临邛侯。广服毒自尽，奕得受命为镇东大将军，镇守晋寿。越年，奕竟谋反，攻陷巴东，蜀人相率从奕，聚至数万，遂进迫成都，势登城拒战。奕单骑突门，守兵觑奕不防，暗放冷箭，得中奕脑，倒毙马下，叛众骇散。势引兵屠抄奕家，独见奕女有色，贷她死罪，带回宫中。是夕即令她侍寝，一夜欢娱，曲尽恩爱，诘旦即封女为妃，并大赦境内，改元嘉宁。自是日益淫纵，渔财好色，每令内侍访求美妇，不问她有夫无夫，但教面貌韶秀，尽令强取入宫，该夫或稍争执，当即杀死。后庭妇女，多至千百，势遂日夜宣淫，不问国事，坐此众叛亲离，夷獠四起。群下谏诤，无一听从，反且横起夷戮，冤气盈衢。宫人张氏，妖淫善媚，大得势宠。一夕，忽化大斑狸蛇，长约丈余，由势逐出宫门，窜入苑中。到了夜半，蛇复入宫，卧势床下，势益惊惧，呼令武士，将蛇杀死。张氏想是蛇妖,故终化为蛇,但妇人心性,多半是蛇蝎,幻影何足深怪?还有一个郑美人,也是势所宠爱,忽然化为雌虎,噬食宫人。宫人大哗,各持械驱逐,虎竟自毙。此外怪异,不可胜举。势尚不少改,依然荒淫。

蓦得边戍急报,晋桓温引军入境,前锋已到青衣江,势乃出调将士,遣叔父右卫将军李福,从兄镇南将军李权,与前将军昝坚等,带领数千人,自山阳趋往合水,堵截晋军。诸将谓宜设伏江南,以逸待劳,昝坚不从,引兵渡江,竟向犍为进发。那时晋军已进次彭模,与汉兵相距不远。桓温拟分作两军,异道并进,袁乔道:"今悬军深入,不遑返顾,事若得济,大功可成,否则将无遗类。为我军计,惟有同心并力,一战扬威,若分作两路,反致军心不一,一或偏败,大事去了。故不如合军亟进,弃去釜甑,但赍三日干粮,示无还志,方得将士死力,战胜可豫决了。"温依乔议,留参军孙盛周楚,在彭模守住辎重,自率步兵,径趋成都。蜀将李福,进攻彭模,被孙盛一鼓击退。桓温进遇李权,三战三捷,蜀兵尽败还成都。昝坚到了犍为,方知与温异道,急忙返渡沙头津,还救成都,行至十里陌,但见晋军已排好阵势,旌旗甲仗,甚是精严,不由的魂驰魄散,相率窜去。

势闻各军俱溃,不得已悉众出战,到了笮桥,正与温军相遇,两下交战,蜀兵却也厉害,迎头痛击。晋参军龚护阵亡,温未肯遽却,尚自麾军前搏,不防前面突来一箭,险些儿射中脑前,亏得温眼明手快,纵辔一跃,那箭向马头落下,得免受伤。温遭此一吓,也觉胆寒,便勒马不进,大众俱不敢向前。即欲退还,令鼓吏击鼓退兵。偏鼓吏误作进鼓,又蓬蓬勃勃的擂将起来。袁乔拔剑当先,督众力战。于是人人拚死,争突敌阵。势不能抵御,败回成都,各军皆溃。温遂进薄成都城,四面纵火,焚毁城门,守兵大骇,一日数惊。汉中书监王嘏,散骑常侍常璩,劝势出降。势转问侍中冯孚,孚答道:"东汉时吴汉征蜀,尽诛公孙氏,今晋下书不赦,若诸李出降,恐亦未必能保全呢。"势乃夜开城门,与昝坚等突围出走,奔至葭萌城。逃亦无益。温得入成都,拟即遣兵追势,可巧势遣散骑常侍王幼,来送降书,由温展开,只见纸上写着道:

伪嘉宁二年,略阳李势,叩头死罪。伏维大将军节下,先人播流,恃险因衅,窃有汶蜀。势以暗弱,复统末储,偷安荏苒,未能改图。猥烦朱轩,践冒险阻,将士狂愚,干犯天威,仰惭俯愧,精魂飞散,甘受斧

降李势荡平巴蜀

锧(zhì),以衅军鼓。伏惟大晋天网恢宏,泽及四海,恩过阳日,逼迫仓卒,自投草野。即日到白水城,谨遣私署散骑常侍王幼,奉笺以闻,并敕州郡投戈释仗。穷池之鱼,待命漏刻,诸乞矜鉴。

温既得降书,便令王幼还报,准他投诚,不加罪责。幼奉令去后,果见李势面缚舆榇,趋至军门。还有李福李权等十余人,也随同前来。温开营纳降,令势入见,当即释缚焚榇,以礼相待。随将李势等送往建康,所有汉司空谯献之等,仍用为参佐,举贤旌善,蜀人大悦。惟汉尚书仆射王誓、镇东将军邓定、平南将军王润、将军隗文等,复纠众拒温。温与袁乔周抚等,分头扑灭,阵斩王誓王润,惟邓定隗文遁去。温留成都三十日,振旅还江陵,留益州刺史周抚,镇守彭模。既而邓定隗文,复入据成都,迎立故国师范长生子范贲为帝,捏造妖言,煽动蜀境。蜀人多半趋附,也猖獗了一两年。嗣经益州刺史周抚,引兵往剿,围攻多日,方得破入成都,擒斩范贲等人,蜀土复平。李势到了建康,受封为归义侯。总计李氏据蜀,自特为始,至势被灭,共得六世,凡四十六年。势居建康十二年乃死。小子有诗叹道:

笮桥一败蜀中休,面缚迎降也足羞。

试问十年天子贵,何如百世作诸侯?

温既平蜀,晋廷论功行赏,拟封温为豫章郡公。忽有一人出来谏阻,欲知他姓甚名谁,容待下回再表。

本回叙桓温之发迹,以及桓温之建功,当其时头角不凡,英才卓荦,固俨然一忠臣子也,杀江彪而报父仇,无惭孝义;轻殷浩而加鄙薄,不愧灵明。至引兵伐蜀,一鼓荡平,举四十六年之蜀土,重还晋室,此固庾冰庾翼之所不能逮,何充司马昱之所未及料也。假令功高不伐,全节终身,即起祖逖陶侃而问之,亦且自叹弗如。乃中外方称为英器,而刘惔独料其不臣,天未祚晋,惔不幸多言而中。盖古来之奸雄初起,如曹操司马懿辈,未有不先自立功,而继成专恣者,温亦犹是也,而惔之所见远矣。

第五十回

选将得人凉州破敌　筑宫渔色石氏宣淫

却说晋廷议加封桓温,将给豫章大郡。有一人出来梗议道:"温若复平河洛,试问将赏他何地?"朝臣相率注视,乃是尚书左丞荀蕤,一时瞠目结舌,不知所对。于是改封温为临贺郡公,兼征西大将军,开府仪同三司。加谯王无忌为前将军,袁乔为龙骧将军,封湘西伯。自从温平蜀后,威名大盛,震动朝廷。会稽王昱,也不禁畏忌起来,乃引殷浩为心膂,阴欲抗温。浩方因父忧去职,扬州刺史一缺,由领司徒蔡谟摄任。至浩已服阕,复起为扬州刺史,兼建武将军,参与政权。秘书丞荀羡,即尚书左丞蕤弟,少有令名,浩特荐为征北将军,兼义兴太守。未几,又迁任吴国内史。所有桓温奏请,浩与羡尝互相抗议,酌量驳斥。看官试想,这时候的桓元子,温字元子,见前回。威势方隆,怎肯受制浩羡?不过因国无他衅,勉强容忍,心下实已是衔恨了。暗伏下文。

故丞相王导从子羲之,识见旷达,素有清名,表字叫作逸少,与导子王悦,湛子王承,皆以年少见称,时号为王氏三少。太尉郗鉴,尝使门生至王导府中,选择女夫,导令往就东厢,遍览子弟。门生览毕自归,向鉴复报道:"王氏诸少并佳,但听到择婿二字,各自矜持,反至拘谨,独一人在东床坦腹,饮食自如,恍若不闻,此子应算是王氏翘楚了。"鉴惊喜道:"佳婿佳婿,我当访明确实,即与联姻。"后来探知坦腹王郎,便是羲之,当即将女许嫁。羲之生平,最工书法,尤长隶书。相传羲之笔势,飘若浮云,矫若惊龙。先是魏太傅钟繇,以善书闻,繇曾孙女琰,颇得祖传,能文工书,嗣嫁与晋司徒王浑为妻,礼仪法度,为中表则,又与浑弟湛妻郝氏,和好无间。琰为世家,未尝挟贵陵郝;郝出卑族,未尝因贱谄琰。当时称为钟有礼,郝有法。古人最重妇德,所以钟夫人的文字,反搁起不提。钟女往适卫家,为故太子洗马卫玠母,玠祖卫瓘,善草书,父卫恒,善草隶书,因此卫氏子女，俱工书法。恒有从妹名铄，曾适太守李矩，笔法高妙，冠绝一时，时号为卫夫人。羲之家世琅琊，与王浑系出晋阳，虽是同姓不宗，但因伯叔通籍，当然与王卫二家，互相往来。羲之少时，素慕钟繇书法，后得卫夫人笔迹，仿佛钟繇，才知他辗转传授，学有渊源，因即师事卫夫人，亲承指示，遂臻绝技。插入此段，叙明魏晋字学真传，且将钟郝礼法，及卫夫人墨技，亦就此补叙，借古以讽今也。初出为秘书郎，旋为征西长史，累迁宁远将军。殷浩雅重羲之，复引为护军将军。羲之固辞不允，复求外调，乃命为右军将军，会稽内史。羲之既至会稽，闻浩与桓温不协，贻书劝浩，略称内外和衷，然后国家可安。浩私心未化，怎肯遽纳嘉言？因此内外嫌隙，越积越深。惟温素轻浩，虽然挟嫌，却瞧浩不起，以为容易摔去，倒不如再行图功。等到河洛平定，那时威震四海，就是皇帝老子，也在掌中，还怕甚么殷浩呢？

是时，凉州牧张骏病殁，由世子重华嗣位。骏本誓守臣节，不愿称王，惟境内都以凉王相呼。到了晚年，分境地为二十三郡，始自称大都督大将军，假摄凉王，置百官，建旌旗，私拟王制，越年即殁。永和元年。重华自称凉州牧，假凉王，尊嫡母严氏为太王太后，生母马氏为王太后，轻赋敛，除关税，省园囿，赈贫穷，居然有宽仁气象。惟因赵主石虎，比晋为强，恐不免乘丧入犯，所以遣使报丧，先赵后晋。偏石虎不讲道理，一味蛮横，既闻张骏去世，嗣子重华，年未及冠，便道是机不可失，乐得兴兵图凉，略定河西。当下令将军王擢，引兵袭武街，擒去守将曹权胡宣，再遣将军麻秋，为凉州刺史，进攻金城，胁降太守张冲，凉州大震。

重华亟使征南将军裴恒，统率境内全军，出御赵兵。恒行次广武，逗留不进。凉州司马张耽，进白重华道："臣闻国以兵为强，兵以将为主，将有优劣，关系存亡，所以燕任乐毅，几下全齐，及骑劫代将，立失七十余城，可见是将难轻任呢。今朝士举将，多推宿旧，臣独谓未尽合宜。试想，汉举韩信，齐用穰苴，吴用吕蒙，何尝是任用旧将？但教才足专阃，便可委任。今强寇在郊，诸将不进，人情骚动，国势岌岌，若再不另擢良将，主持军务，如何能却敌安民？臣见主簿谢艾，文武兼长，晓明兵略，若授彼斧钺，使彼专征，必能折冲御侮，歼除丑类，请殿下勿疑。"张耽不愧荐贤。重华听了，即召艾入询方略。艾答道："汉耿弇（yǎn）不欲以贼遗君父，蜀

黄权愿以万人当寇,今殿下委心用臣,臣愿假兵七千人,自足扫贼。王擢麻秋,怕他甚么?"重华大喜,即授艾为中坚将军,使统步骑五千人,出击麻秋。

艾拜命即行。道出振武,正值天暮,乃择地安营。到了夜半,有二枭飞止营帐,鸣声聒噪。艾闻声遽起道:"六博得枭,便是胜兆。今枭鸣帐上,胜敌无疑。"这是借枭鸣以作士气,并非真寓胜兆。说着,即令部众齐起,埋锅造饭,饱餐一顿。不待天明,便拔寨前进,衔枚疾走,直逼赵营。赵将麻秋,因连日不得一战,懈怠无备,尚是高枕卧着,哪知营外鼓角乱鸣,一彪军奋勇杀到。待至麻秋惊起,垒门已被捣破,赵兵身不及甲,马不及鞍,又兼腹中饥饿,如何支持?眼见是弃营四散了。麻秋也跨马遁去,幸全性命。凉州兵乘势追杀,斩首五千级,天已大明,才收军退回。重华闻捷,大喜过望,即封艾为福禄伯,待遇甚隆。偏贵戚豪门,互嫉艾功,交相谮毁,乃出艾为酒泉太守。功臣之难处如此。石虎闻谢艾被斥,又遣麻秋进攻大夏,大夏护军梁式,执住太守宋晏,举城降秋。秋胁晏作书,招降宛戍都尉宋距,距扯毁来书,逐出来使。秋得报大怒,麾众往攻。宋距自知不敌,向秋遥语道:"辞父事君,当立功义,功义不立,当守名节。距宁为主死,不敢偷生。"说毕,即先杀妻子,然后自刎。戍卒皆散。秋遂移兵进攻枹(fú)罕。晋阳太守郎坦,谓枹罕城大难守,拟弃去外城。武城太守张俊道:"不可不可。外城一弃,众心摇动,内城亦不能守了。"宁戎校尉张璩,赞成俊议,固守大城。秋屡攻不下,调集兵士八万人,把枹罕城四面围住,上架云梯,下穿地道,仰攻俯凿,日夕不休。张璩随方守御,用炬毁梯,用土塞穴,击毙赵兵甚多。赵复遣刘浑率兵二万,来助麻秋。张璩仍婴城死守,独郎坦恨己言不用,密嘱弁目李嘉,潜引赵兵千余人,乘夜登城。亏得璩防备甚严,立率诸将力战,杀退赵兵,斩获三百余人,且查出李嘉奸谋,诛嘉徇众。一面佯为嘉使,出诱赵兵,乘隙纵火,毁去赵兵攻具。麻秋刘浑,没奈何退回大夏。张璩功绩,不亚谢艾,可惜郎坦未闻加诛。

　　石虎闻秋等败回,再遣中书监石宁,为征西将军,率领并司二州兵二万余人,会同秋等,再攻凉州。重华使部将宋秦,统兵堵御。秦畏赵势盛,反驱民二万户降赵,赵兵长驱直进,警报飞达重华,几与雪片相似。重华惶急非常,只好再召酒泉太守谢艾,使为军师将军,率步骑兵三万人,往堵临河。艾乘轺(yáo)车,戴白帢(tāo),鸣鼓进行,到了临河前面,遇着赵将麻秋,带着大队,截住途中,他便叫过裨将张瑁,密嘱秘计,瑁奉命自去。艾乃乘车径出,直呼麻秋答话。秋见艾冠服雍容,神情闲暇,不由的大怒道:"艾一年少书生,身临大敌,乃敢这般闲雅,这明明是轻我呢。我与他有什么攀谈,但杀将过去,擒住了他,便好进捣凉州了。"遂督黑矟(shuò)龙骧军三千人,鼓勇突阵。艾将李伟,见赵兵踊跃过来,忙请艾退回阵内,易车乘马,就是艾众,亦俱有惧容,惟艾不慌不忙,容色自若,反令左右移出胡床,索性下车坐着,指挥军士,站立两旁,不准妄动。秋率赵兵驰至,距艾坐处,不过丈许,便令军士呐喊起来,响声震彻山谷,艾似不见不闻一般,仍然端坐。镇定如此,才足为将。秋不禁动疑,戒兵轻进,但呆呆的瞧艾举动。艾令左右大呼道:"麻秋何不进兵?"呼声愈急,秋愈不敢进,猛听得赵兵阵后,喊声大振,秋回头一顾,见凉州兵绕出后面,慌忙还救。艾见秋退去,却上马麾军,并力追击,并下令军前,能擒斩麻秋,立加重赏。部众已经放胆追杀,更兼望赏心切,统不管死活,向秋进蹙;再加凉州将张瑁,在赵军后队杀入,两下夹攻,大败赵兵。秋从斜刺里逃去,凉州兵将,怎肯舍秋?只管前追。秋将杜勋汲鱼,返身拦阻,被凉州将围裹拢来,一阵乱砍,杀死两人。秋得了两个替死鬼,一溜风的奔往大夏去了。

艾得此大捷,检点俘馘,约得一万三千名,当然返报。重华进艾为左长史,封邑五千户,赏帛八千匹。才阅两旬,麻秋又与石宁王擢等,集兵十二万,分道进攻。重华以寇众大至,拟亲出拒敌。艾极力谏阻,从事索遐,亦进谏道:"一国主君,不应轻动。左长史谢艾,屡建奇功,足当大任,殿下但居中作镇,委艾御贼,已破贼有余了。"重华乃使艾持节,都督征讨诸军事,行卫将军,遐为正军将军,率二万人出拒赵兵。艾建牙誓众,适有西北风吹至,飘动旌旗,尽指东南。遐喜语艾道:"风为号令,今使旗帜俱指东南,正天令我破贼哩。"也是鼓动士气之言。艾亦大悦,进次神乌,正值赵将王擢前锋,便驱众痛击,擢等败遁。艾又进击麻秋,斩首千余级,俘二千八百人,获牛羊十余万头,秋遁还金城。石虎屡接败报,不禁长叹道:"我帅偏师定九州,所向无敌,今用九州兵力,出攻枹罕,反为所困,可见凉州有人,未可轻图呢。"遂无心西略,专事游畋。

太子宣亦日兴土木,使人四伐大树,充作宫材,役夫数万,呼嗟满道。领军王朗,据实白虎,请下禁令,为宣所恨。会星象告变,荧惑守房,宣使太史令赵揽进言道:"房为天王,今为荧惑所守,必主祸殃,请陛下移祸贵臣,方可禳灾。"虎问何人可当此祸?揽答道:"无如王领军。"虎踌躇道:"此外尚有何人?"揽想了多时,便将中书监王波,对答出去。想是与波积有仇恨。虎乃下诏收波,追论波前议楛矢罪,楛矢事,见四十七回。把他腰斩,并杀波四子,投尸漳水,嗣复闵波无辜,追赠司空,封波孙为侯。虎第五子鉴,封义阳公,出镇长安,旋复令鉴弟乐平公苞,代鉴出镇,修治长安未央宫,又发诸州工役二十六万人,往缮洛阳宫阙,再使各州民出牛二万余头,配朔州牧场,增置女官二十四等,诸公侯七十余国,皆令置女官九等。凡民女二十以下,十三以上,概令应选,充作女官。郡县有司,仰承意旨,务求美色,往往夺人妻女,多至三万余名。太子及诸公,又私自采访,强取至万余人。这四万妇女,驱至邺中,虎临轩简选,多是妙年韶秀,袅袅婷婷,不由的心花怒开,盛称采择得人,赏功封爵,计得十有二侯。当下按第分派,与众同乐,自己仗着一种虎力,糟蹋民妇,日夜不休。

哪知义夫烈妇,不肯应命,或被杀,或自尽,已是不可胜计。河南人民流叛略尽,虎又坐罪守令,说他不善抚绥,下狱论死,共五十余人。金紫光禄大夫逯明,当面切谏,虎叱武士,将明拉死。自是朝臣杜口,莫敢发言。尚书朱轨,与中黄门严生未协,生屡思构陷,会值霪(yín)雨连绵,道路泞陷,生遂谮轨不修道途,讪谤朝政。虎当然动怒,收轨系狱。冠军将军蒲洪,上书直谏道:

  臣闻圣王之御天下也,土阶三尺,茅茨不翦,食不累味,刑措而不用。亡君之驭海内也,倾宫琼台,象箸玉杯,截胫剖心,脯贤刳孕,故其亡也忽焉。今陛下既有襄国邺宫,足康帝宇,又修长安洛阳宫殿,将何以用之? 盘于畋游,耽于女色,三代之亡,恒必由此;而忍为猎车千乘,环数千里,以养禽兽,夺人妻女数万口,以充后宫,圣帝明王之所为,固若是乎? 尚书朱轨,纳言大臣,今以道路不修,将加酷法,此自陛下德政失和,阴阳灾沴(lì),天降霪雨,七日乃霁,霁方二日,虽有鬼兵百万,亦未能去道路之涂潦,而况人乎? 刑政如此,其如史笔何? 其如四海何? 愿止作徒,罢苑囿,出宫女,赦朱轨,以副众望,则天下安而国祚自永矣。伏乞明鉴施行!

筑宫渔色石氏宣淫

虎览书不悦，惟畏洪强直，却也不敢加罪，为罢洛阳长安诸工役，但仍不肯赦轨，竟处死刑。一面聚敛金帛，贪多无厌，悉发前代陵墓，掘取宝货。沙门吴进白虎道："国运将衰，晋当复兴，宜苦役晋人，镇压戾气。"虎乃使尚书张群，发近郡男女十六万人，车十万乘，运土至邺城北隅，筑华林苑。沿苑遍筑长墙，广袤数十里。是年八月，天大雨雪，积地三尺，役夫冻毙至数千人。赵揽申钟石璞等，上言："天文错乱，百姓雕敝，宜停止工役。"虎大怒道："我筑苑墙，干天甚事？就使阴至天谴，但得苑墙朝成，我虽夕死，也无遗恨。"遂促张群连夜赶造，四围燃烛，光同白昼，筑三观，辟四门。三门通漳水，皆用铁屏为障，忽遇暴风大雨，涨水丈余，漂没至数万人。扬州献黄鹄五雏，颈长一丈，声闻十余里，虎令游泳池中，俄化为龟，因号池为玄武池。此外，郡国牧守，先后献入苍麟十七头，白鹿七头，虎命司虞张昌柱，管驭麟鹿，驾以芝盖，每遇朝会，即将麟鹿站立殿庭，俨然有百兽率舞的意思。已而令太子宣出祀山川，为祈福计。虎不畏天,何需祈福？宣驾着大辂，羽葆华盖，建天子旌旗，前呼后拥，戎卒至十八万，出金明门。虎在后宫登凌霄观，遥见宣仪容烜赫，甲仗如林，便掀髯笑语道："我家父子，如此威武，若非天崩地塌，尚有何忧？我但当抱子弄孙，自求乐趣便了。"仿佛梦呓。

宣借祷祀为名，沿途驻足，辄列长围，驱逐禽兽。至暮皆集行幄，文武官吏，或跪或立，环绕幄外，烽炬连宵，照彻百里。夜间犹令劲骑驰射，自与姬妾乘辇临观，欢娱忘返，必至兽尽乃止。所过三州十五郡，有司供张，穷极珍奇，历年积储，皆无子遗。及还邺复命，虎复命秦公韬继出，自并州至秦雍，亦与宣行径相似。宣本已忌韬，又闻韬与己匹敌，格外生嫌。宦官赵生，得宣宠幸，遂劝宣谋韬。宣性暴戾，往往与虎面谈，亦有傲色。虎尝谓悔不立韬，韬闻言益骄，宣恨韬及虎，隐起杀心。可巧韬在府第中筑起一堂，取名宣光殿，梁长九丈，宣当然闻知，引众往视，斥他逾制，斩匠截梁，悻悻而去。韬亦怒甚，重加修筑，增至十丈。宣乃与力士杨柸，及幸臣赵生牟成道："凶竖傲慢，敢违我命，汝等如能杀却，我当将韬所有国邑，分给汝等。且韬既杀死，主上必亲临韬丧，我乘此得行大事，当无虑不济了。"柸等应声道："殿下所委，敢不敬从。"宣因此大喜，便令柸等伺隙行事，要做出一种逆天害理的行为来了。小子有诗叹道：

到底豺狼种祸苗，一波才了一波摇。

东宫兴甲成常事，险衅都缘乃父招。

欲知宣如何逞谋，试看下回便知。

石虎以九州兵力，不能制一凉州，虽敌有谢艾，智力过人，而石赵之势，已衅浸衰，所谓强弩之末，势不能穿鲁缟者也。虎尚不少悛，反且大筑宫室，妄戮谏臣，甚至夺民妇数万人，驱入邺中，自淫不足，反导子弟尽为淫人，是亦安望有贤子弟耶？虎子邃阴谋弑父，为虎所杀，别立邃弟宣为太子。宣建天子旌旗，出祀山川，是其心目中已无君父。虎不加禁止，反有喜色，是明明纵子为恶，与人何尤？至悔不立韬，盖已晚矣！虽然，如虎之淫暴，而使其有令子，是善不足劝，而恶不必惧也，虽曰乱世，岂真无天道哉？

蔡东藩历朝通俗演义

绣像本

第一部

前汉通俗演义（下）

蔡东藩 著

中华书局

第五十一回

老郎官犯颜救魏尚　贤丞相当面劾邓通

却说文帝既赦淳于意,令他父女归家。又因缇萦书中,有刑者不可复属一语,大为感动,遂下诏革除肉刑。诏云:

> 诗曰:恺悌君子,民之父母。今人有过,教未施而刑已加焉,或欲改过为善,而道无繇至,朕甚怜之! 夫刑至断肢体,刻肌肤,终身不息,何其痛而不德也! 岂为民父母之意哉? 其除肉刑,有以易之!

丞相张苍等奉诏后,改定刑律,条议上闻。向来汉律规定肉刑,约分三种,一为黥,就是面上刻字;二为劓,就是割鼻;三为断左右趾,就是把足趾截去。经张苍等会议改制,乃是黥刑改充苦工,罚为城旦舂;城旦即旦夕守城,见前注。劓刑改作笞三百,断趾刑改作笞五百,文帝并皆依议。嗣是罪人受刑,免得残毁身体,这虽是文帝的仁政,但非由孝女缇萦上书,文帝亦未必留意及此。可见缇萦不但全孝,并且全仁。小小女子,能做出这般美举,怪不得千古流芳了!极力阐扬。后来文帝闻淳于意善医,又复召到都中,问他学自何师,治好何人? 俱由意详细奏对,计除寻常病症外,共疗奇病十余人,统在齐地。小子无暇具录,看官试阅《史记》中《仓公列传》,便能分晓。仓公就是淳于意,意曾为太仓令,故汉人号为仓公。

话分两头,且说匈奴前寇狄道,掠得许多人畜,饱载而去。见前回。文帝用晁错计,移民输粟,加意边防,才算平安了两三年。至文帝十四年冬季,匈奴又大举入寇,骑兵共有十四万众,入朝那,越萧关,杀毙北地都尉孙印,又分兵入烧回中宫,宫系秦时所建。前锋径达雍县甘泉等处,警报连达都中。文帝亟命中尉周舍,郎中令张武,并为将军,发车千乘,骑卒十万,出屯渭北,保护长安。又拜昌侯卢卿为上郡将军,宁侯魏遬为北地将军,隆虑侯周灶为陇西将军,三路出发,分戍边疆。一面大阅人马,申教

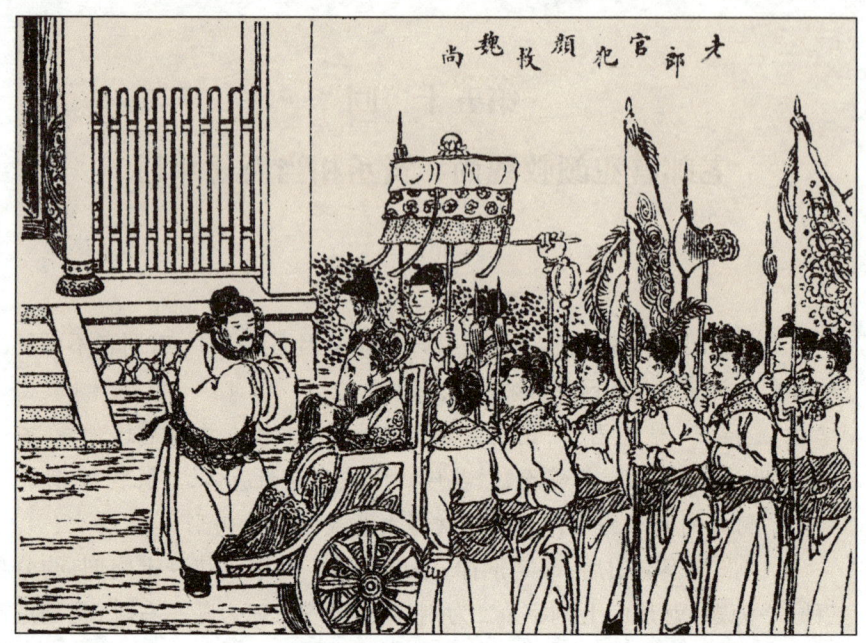

令,厚犒赏,准备御驾亲征。群臣一再谏阻,统皆不从,直至薄太后闻悉此事,极力阻止,文帝只好顺从母教,罢亲征议,另派东阳侯张相如为大将军,率同建成侯董赤,内史栾布,领着大队,往击匈奴。匈奴侵入塞内,骚扰月余,及闻汉兵来援,方拔营出塞。张相如等驰至边境,追蹑番兵,好多里不见胡马,料知寇已去远,不及邀击,乃引兵南还,内外解严。

文帝又觉得清闲,偶因政躬无事,乘辇巡行。路过郎署,见一老人在前迎驾,因即改容敬礼道:"父老在此,想是现为郎官,家居何处?"老人答道:"臣姓冯名唐,祖本赵人,至臣父时始徙居代地。"文帝忽然记起前情,便接入道:"我前在代国,有尚食监高祛,屡向我说及赵将李齐,出战钜鹿下,非常骁勇,可惜今已没世,无从委任,但我尝每饭不忘。父老可亦熟悉此人否?"冯唐道:"臣素知李齐材勇,但尚不如廉颇李牧呢。"文帝也知廉颇李牧,是赵国良将,不由的抚髀叹息道:"我生已晚,恨不得颇牧为将,若得此人,还怕什么匈奴?"道言未绝,忽闻冯唐朗声道:"陛下就是得着颇牧,也未必能重用哩。"这两句话惹动文帝怒意,立即掉转了头,命驾回宫。既到宫中,坐了片刻,又转想冯唐所言,定非无端唐突,必有特别原因,乃复令内侍,召唐入问。俄顷间唐已到来,待他行过了礼,便开口诘问道:"君从何处看出,说我不能重用颇牧?"唐答说道:"臣闻上古明王,命将出师,非常郑重,临行时必先推毂。屈膝与语道:阃以内,听命寡人;阃以外,听命将军,军功爵赏,统归将军处置,先行后奏。这并不是空谈所比。臣闻李牧为赵将,边市租税,统得自用,飨士犒卒,不必报销,君上不为遥制,所以牧得竭尽智能,守边却虏。今陛下能如此信任么?近日魏尚为云中守,所收市租,尽给士卒,且自出私钱,宰牛置酒,遍飨军吏舍人,因此将士效命,戮力卫边。匈奴一次入塞,就被尚率众截击,斩馘(guó)无数,杀得他抱头鼠窜,不敢再来。陛下却为他报功不实,所差敌首只六级,便把他褫官下狱,罚作苦工,这不是法太明,赏太轻,罚太重么?照此看来,陛下虽得廉颇李牧,亦未必能用。臣自知愚戆,冒触忌讳,死罪死罪!"老头子却是挺硬。说着,即免冠叩首。文帝却转怒为喜,忙令左右将唐扶起,命他持节诣狱,赦出魏尚,仍使为云中守。又拜唐为车骑都尉。魏尚再出镇边,匈奴果然畏威,不敢近塞,此外边防守将,亦由文帝酌量选用,北方一带,复得少安。自从文帝嗣位以来,至此已有十四五年,这十四五年间,除匈奴入寇外,只济北一场叛乱,旬月即平,就是匈奴为患,也不过骚扰边隅,究竟未尝深入。而且王师一出,立即退去,外无大变,内无大役,再加文帝蠲租减税,勤政爱民,始终以恭俭为治,不敢无故生风,所以吏守常法,民安故业,四海以内,晏然无事,好算是承平世界,浩荡乾坤。原是汉朝全盛时代。

　　但文帝一生得力,是抱定老氏无为的宗旨,就是太后薄氏,亦素好黄老家言。母子性质相同,遂引出一两个旁门左道,要想来逢迎上意,徼宠求荣。有孔即钻,好似寄生虫一般。有一个鲁人公孙臣,上言秦得水德,汉承秦后,当为土德,土色属黄,不久必有黄龙出现,请改正朔,易服色,一律尚黄,以应天瑞云云。文帝得书,取示丞相张苍,苍素究心律历,独谓汉得水德,公孙臣所言非是,两人都是瞎说。文帝搁过不提。偏是文帝十五年春月,陇西的成纪地方,竟称黄龙出现,地方官吏,未曾亲见,但据着一时传闻,居然奏报。文帝信以为真,遂把公孙臣视作异人,说他能预知未来,召为博士。当下与诸生申明土德,议及改元易服等事,并命礼官订定郊祀大典。待至郊祀礼定,已是春暮,乃择于四月朔日,亲幸雍郊,祭祀五帝。嗣是公孙臣得蒙宠眷,反将丞相张苍,疏淡下去。

古人说得好,同声相应,同气相求,有了一个公孙臣,自然倡予和汝,生出第二个公孙臣来了。当时赵国中有一新垣平,生性乖巧,专好欺人。闻得公孙臣新邀主宠,便去学习了几句术语,也即跑至长安,诣阙求见。文帝已渐入迷团,遇有方士到来,当然欢迎,立命左右传入。新垣平拜谒已毕,便信口胡诌道:"臣望气前来,愿陛下万岁!"文帝道:"汝见有何气?"平答说道:"长安东北角上,近有神气氤氲,结成五彩。臣闻东北为神明所居,今有五彩汇聚,明明是五帝呵护,蔚为国祥。陛下宜上答天瑞,就地立庙,方可永仰神庥(xiū)。"文帝点首称善,便令平留居阙下,使他指示有司,就五彩荟集的地址,筑造庙宇,供祀五帝。平本是捏造出来,有什么一定地点,不过有言在先,说在东北角上,应该如言办理。当即偕同有司,出东北门,行至渭阳,疑神疑鬼的望了一回,然后拣定宽敞的地基,兴工筑祠。祠宇中共设五殿,按着东南西北中位置,配成青黄黑赤白颜色,青帝居东,赤帝居南,白帝居西,黑帝居北,黄帝居中,也是附会公孙臣的妄谈,主张汉为土德,是归黄帝暗里主持。况且宅中而治,当王者贵,正好凑合时君心理,借博欢心。好容易造成庙貌,已是文帝十有六年,文帝援照旧例,仍俟至孟夏月吉,亲往渭阳,至五帝庙内祭祀。祭时举起燋火,烟焰冲霄,差不多与云气相似。新垣平时亦随着,就指为瑞气相应,不若径说神气。引得文帝欣慰异常。及祭毕还宫,便颁出一道诏令,拜新垣平为上大夫,还有许多赏赐,约值千金,于是使博士诸生,摘集六经中遗语,辑成《王制》一篇,现今尚是流传,列入《礼记》中。《礼记》中《王制》以后,便是《月令》一篇,内述五帝司令事,想亦为此时所编。新垣平又联合公孙臣,请仿唐虞古制,行巡狩封禅礼仪。文帝复为所惑,饬令博士妥议典礼,博士等酌古斟今,免不得各费心裁,有需时日。文帝却也不来催促,由他徐定。

一日驾过长门,忽有五人站在道北,所着服色,各不相同。正要留神细瞧,偏五人散走五方,不知去向。此时文帝已经出神,暗记五人衣服,好似分着青黄黑赤白五色,莫非就是五帝不成。因即召问新垣平,平连声称是。未曾详问,便即称是,明明是他一人使乖。文帝乃命就长门亭畔,筑起五帝坛,用着太牢五具,望空致祭。已而新垣平又诣阙称奇,说是阙下有宝玉气。道言甫毕,果有一人手捧玉杯,入献文帝。文帝取过一看,杯式也不过寻常,惟有四篆字刻着,乃是"人主延寿"一语,不禁大喜,便命左右取出黄金,赏赐来人,且因新垣平望气有验,亦加特赏。平与来人谢赐出来,又是一种好交易。文帝竟将玉杯当作奇珍,小心携着,入宫收藏去了。平见文帝容易受欺,复想出一番奇语,说是日当再中。看官试想,一天的红日,东现西没,人人共知,哪里有已到西边,转向东边的奇闻?不意新垣平瞎三话四,居然有史官附和,报称日却再中。想是有挥戈返日的神技。文帝尚信为真事,下诏改元,就以十七年为元年,汉史中叫做后元年。元日将届,新垣平复构造妖言,进白文帝,谓周鼎沉入泗水,已有多年,见前文。现在河决金堤,与泗水相通,臣望见汾阴有金宝气,想是周鼎又要出现,请陛下立祠汾阴,先祷河神,方能致瑞等语。说得文帝又生痴想,立命有司鸠工庀(pǐ)材,至汾阴建造庙宇,为求鼎计。有司奉命兴筑,急切未能告竣,转眼间便是后元年元日,有诏赐天下大酺,与民同乐。

　　正在普天共庆的时候,忽有人奏劾新垣平,说他欺君罔上,弄神捣鬼,没一语不是虚谈,没一事不是伪造,顿令堕入迷团的文帝,似醉方醒,勃然动怒,竟把新垣平革职问罪,发交廷尉审讯。廷尉就是张释之,早知新垣平所为不正,此次到他手中,新垣平还有何幸,一经释之威吓势迫,没奈何将鬼蜮伎俩和盘说出,泣求释之保全生命。释之怎肯容情?不但谳成死罪,还要将他家族老小,一体骈诛。这谳案复奏上去,得邀文帝批准,便由释之派出刑官,立把新垣平绑出市曹,一刀两段。只是新垣平的家小,跟了新垣平入都,不过享受半年富贵,也落得身首两分,这却真正不值得呢!福为祸倚,何必强求!

　　文帝经此一悟,大为扫兴,饬罢汾阴庙工,就是渭阳五帝祠中,亦止令祠官随时致礼,不复亲祭。他如巡狩封禅的议案,也从此不问,付诸冰阁了。惟丞相张苍,自被公孙臣夺宠,辄称病不朝,且年已九十左右,原是老迈龙钟,不堪任事,因此迁延年余,终致病免。文帝本欲重任窦广国,转思广国乃是后弟,属在私亲,就使他著有贤名,究不宜示人以私。广国果贤,何妨代相。文帝自谓无私,实是惩诸吕覆辙,乃有此举。乃从旧臣中采择一人,得了一个关内侯申屠嘉,先令他为御史大夫,旋即升迁相位,代苍后任。苍退归阳武原籍,口中无齿,食乳为生,享寿至百余岁,方才逝世。

那申屠嘉系是梁人,曾随高祖征战有功,得封列侯,年纪亦已垂老,但与张苍相比,却还相差二三十年。平时刚方廉正,不受私谒,及进为丞相,更是嫉邪秉正,守法不阿。一日入朝奏事,蓦见文帝左侧,斜立着一个侍臣,形神怠弛,似有倦容,很觉得看不过去。一俟公事奏毕,便将侍臣指示文帝道:"陛下若宠爱侍臣,不妨使他富贵,至若朝廷仪制,不可不肃;愿陛下勿示纵容!"文帝向左一顾,早已瞧着,但恐申屠嘉指名劾奏,连忙出言阻住道:"君且勿言,我当私行教戒罢了。"嘉闻言愈愤,勉强忍住了气,退朝出去。果然文帝返入内廷,并未依着前言,申戒侍臣。

究竟这侍臣姓甚名谁?原来叫做邓通。现任大中大夫。通本蜀郡南安人,无甚才识,只有水中行船,是他专长。辗转入都,谋得了一个官衔,号为黄头郎。黄头郎的职使,便是御船水手,向戴黄帽,故有是称。通得充是职,也算侥幸,想什么意外超迁,偏偏时来运至,吉星照临,一小小舵工,竟得上应御梦,平地升天。说将起来,也是由文帝怀着迷信,误把那庸夫俗子,看做奇材。先是文帝尝得一梦,梦见自己腾空而起,几入九霄,相距不过咫尺,竟致力量未足,欲上未上,巧来了黄头郎,把文帝足下极力一推,方得上登天界。文帝非常喜欢,俯瞰这黄头郎,恰只见他一个背影,衣服下面,好似已经破裂,露出一孔。正要唤他转身,详视面目,适被鸡声一叫,竟致惊醒。文帝回思梦境,历历不忘,便想在黄头郎中留心察阅,效那殷高宗应梦求贤故事,冀得奇逢。是读书入魔了。

是日早起视朝,幸值中外无事,即令群臣退班,自往渐台巡视御船。渐台在未央宫西偏,旁有沧池,水色皆苍,向有御船停泊,黄头郎约数十百人。文帝吩咐左右,命将黄头郎悉数召来,听候传问。黄头郎不知何用?只好战战兢兢,前来见驾。文帝待他拜毕,俱令立在左边,挨次徐行,向右过去。一班黄头郎,遵旨缓步,行过了好几十人,巧巧轮着邓通,也一步一步的照式行走,才掠过御座前,只听得一声纶音,叫道立住,吓得邓通冷汗直流,勉强避立一旁。等到大众走完,又闻文帝传谕,召令过问。通只得上前数步,到御座前跪下,俯首伏着。至文帝问及姓名,不得不据实陈报。嗣听得皇言和蔼,拔充侍臣,方觉喜出望外,叩头谢恩。文帝起身回宫,叫他随着,他急忙爬起,紧紧跟着御驾,同入宫中。黄头郎等远远望见,统皆惊异,就是文帝左右的随员,亦俱莫名其妙;于是互相推测,议论纷纷。我也奇怪。其实是没有他故,无非为了邓通后衣,适有一孔,正与文帝梦中相合,更兼邓(繁体作鄧)字,左旁是一登字,文帝还道助他登天,应属此人,所以平白地将他拔擢,作为应梦贤臣。实是呆想。后来见他庸碌无能,也不为怪,反且日加宠爱。通却一味将顺,虽然没有异技,足邀睿赏,但能始终不忤帝意,已足固宠梯荣。不到两三年,竟升任大中大夫,越叨恩遇。有时文帝闲游,且顺便至通家休息,宴饮尽欢,前后赏赐,不可胜计。

独丞相申屠嘉,早已瞧不上眼,要想摔去此奴,凑巧见他怠慢失仪,乐得乘机面劾。及文帝出言回护,愤愤退归,自思一不做,二不休,索性遣人召通,令至相府议事,好加惩戒。通闻丞相见召,料他不怀好意,未肯前往。哪知一使甫去,一使又来,传称丞相有命,邓通不到,当请旨处斩。通惊慌的了不得,忙入宫告知文帝,泣请转圜。文帝道:"汝且前去,我当使人召汝便了。"这是文帝长厚处。通至此没法,不得不趋出宫中,转诣相府。一到门首,早有人待着,引入正厅,但见申屠嘉整肃衣冠,高坐堂上,满脸带着杀气,好似一位活阎罗王。此时进退两难,只好硬着头皮向前参谒,不意申屠嘉开口一声,便说出一个斩字! 有分教:

严厉足惊庸竖胆,刚方犹见大臣风。

毕竟邓通性命如何,且至下回分解。

　　语有之,观过知仁,如本回叙述文帝,莫非过举,但能改过不吝,尚不失为仁主耳。文帝之惩办魏尚,罪轻罚重,得冯唐数语而即赦之,是文帝之能改过,即文帝之能全仁也。他如公孙臣干进于先,新垣平售欺于后,文帝几堕入迷团,复因片语之上陈,举新垣平而诛夷之,是文帝之能改过,即文帝之能全仁也。厥后因登天之幻梦,授水手以高官,滥予名器,不为无咎。然重丞相而轻幸臣,卒使邓通之应召,使得示惩,此亦未始因过见仁之一端也。史称文帝为仁君,其尚非过誉之论乎!

第五十二回

争棋局吴太子亡身　肃军营周亚夫守法

却说邓通进谒申屠嘉,听他开口便是一个斩字,吓得三魂中失去两魂,只好免冠跣足,跪伏地上,叩首乞怜。申屠嘉却厉声道:"朝廷是高皇帝的朝廷,一切朝仪,无论何等人员,均应遵守,汝乃一个小臣,擅敢在殿上戏玩?应作大不敬论,例当斩首!"说至此,便顾视左右府吏,连声喝道:"斩!斩!……"府吏满口答应,不过一时未便动手,但为申屠嘉助威恫吓邓通。通已抖做一团,尽管向嘉磕头,如同捣蒜,心中只望朝使到来,替他解救。哪知头额已磕得青肿,甚至血流如注,尚不见有救命恩人前来解危。真是急煞。那申屠嘉还是拍案连呼,定要将他绑出斩首,左右走将过来,正要用手绑缚,忽外面报有诏使,持节前来。申屠嘉方才起座,出迎诏使。使人见了申屠嘉,当即传旨道:"通不过是朕弄臣,愿丞相贷他死罪!"嘉奉到谕旨,始准将通释放,但尚向通吩咐道:"汝他日若再放肆,就使主上赦汝,老夫却不肯饶汝了。"通只得唯唯受教。诏使辞别申屠嘉,带通入宫。通见了文帝,忍不住两泪直流,呜咽说道:"臣几被丞相杀死了!"文帝见他面目红肿,三分像人,七分像鬼,既好笑,又可怜,便召御医替他敷治,且叫他此后不宜冲撞丞相。通奉命维谨,不敢再有失礼。文帝宠爱如初,并擢通为上大夫。

汉自许负以后,相士不绝,辄与公卿等交游,每谈吉凶,尝有奇验。文帝既宠爱邓通,便召入一个有名相士,为通看相。相士直言不讳,竟说通相貌欠佳,将来难免贫穷,甚且饿死。文帝愀然不乐,竟把相士叱退,且慨然说道:"通欲致富,有何难处?但只凭我一言,管教他富贵终身,何至将来饿死呢!"于是下一诏命,竟将蜀郡的严道铜山,赏赐与通,且许通自得铸钱。从前高祖开国,因嫌秦钱过重,约有半两,所以改铸荚钱,每文只重一铢半,径五分,形如榆荚,钱质太轻,遂致物价腾贵,米石万钱,文帝乃复改制，特铸四铢钱，并除盗铸法令，准人民自由铸钱。贾谊贾山，皆上书谏阻，文帝不从。当时吴王濞管领东南，觅得故鄣铜山，铸钱畅行，富埒皇家。至是邓通也得铜山铸钱，与吴王东西并峙，东南多吴钱，西北多邓钱，邓通的富豪，不问可知。

惟通既得此重赐，自然感激不尽，无论如何污役，也所甘心。会当文帝病痈，竟至溃烂，日夕不安，通想出一法，代为吮吸，渐渐的除去败脓，得免痛苦。看官试想！这疮痈中脓血，又臭又腐，何人肯不顾污秽，用口吮去？独邓通情愿为此，毫无厌恶，转令文帝别生他感，触起愁肠。一夕，由通吮去痈血，嗽过了口，侍立一旁，文帝向通启问道："朕抚有天下，据汝看来，究系何人，最为爱朕？"通未知文帝命意，但随口答道："至亲莫若父子，以情理论，最爱陛下，应无过太子了。"文帝默然不答。到了翌日，太子入宫省疾，正值文帝痈血又流，便顾语太子道："汝可为我吮去痈血。"太子闻命，不由的皱起眉头，欲想推辞，又觉得父命难违，没奈何屏着鼻息，向疮上吮了一口，慌忙吐去，已是不堪秽恶，几欲呕出宿食，勉强忍住。<u>却是难受</u>。文帝瞧着太子形容，就长叹一声，叫他退去，仍召邓通入吮余血。通照常吮吸，一些儿没有难色，益使文帝心为感动，宠昵愈甚。惟太子回到东宫，尚觉恶心，暗思吮痈一事，是由何人作俑，却使我也去承当？随即密嘱近臣，仔细探听。旋得复报，乃是邓通常入宫吮痈，免不得又愧又恨。嗣是与邓通结成嫌隙，待时报复，事见后文。

且说齐王襄助诛诸吕，收兵回国，未几便即病亡。襄子则嗣立为王，至文帝十五年，又复去世，后无子嗣，遂致绝封。文帝追念前功，不忍撤除齐国，又记起贾谊遗言，曾有国小力弱的主张，<u>见治安策中</u>。乃分齐地为六国，尽封悼惠王肥六子为王。长子将闾，仍使王齐，次子志为济北王，三子贤为菑川王，四子雄渠为胶东王，五子卬为胶西王，六子辟光为济南王。六王同日受封，并皆莅镇，待后再表。<u>为后文七国造反伏案</u>。

独吴王濞镇守东南，历年已久，势力渐充，既得铜山铸钱，<u>见上文</u>。复煮海水为盐，垄断厚利，国益富强。文帝在位，已十数年，并未闻吴王入朝，但遣子贤入觐一次，就与皇太子相争，自取祸殃，太子启与吴太子贤，本是再从堂兄弟，向无仇怨，此时因贤入朝，奉了父命，陪他游宴，当然和气相迎，格外欢洽。盘桓了好几天，相习生狎，渐觉得熟不拘礼，任意笑谈。吴太子身旁，又有随来的师傅，相偕出入，一淘儿逐队寻欢，除每日酣饮外，又复博弈消闲。两人对坐举棋，左立东宫侍臣，右立吴太子师傅，从旁参赞，各有胜负。彼此已赌赛了好几次，不免有些龃龉，太子启偶受讥嘲，已带着三分懊恼，只吴太子尚有童心，未肯见机罢手，还要与皇太子决一雌雄。太子启也不肯示弱，再与他下棋斗胜。方罫中间，各圈地点，到了生死关头，皇太子误下一着，被吴太子一子掩住，眼见得牵动全局，都要输去。皇太子不肯认输，定要将一着错棋，翻悔转来，吴太子如何肯依？遂起争论。再加吴太子的师傅，多是楚人，秉性强悍，帮着吴太子力争，你一言，我一语，统说皇太子理曲，一味冲撞。皇太子究系储君，从未经过这般委屈，怒从心上起，恶向胆边生，竟顺手提起棋盘，向吴太子猛力掷去，吴太子未曾防备，一时不及闪避，被棋盘掷中头颅，立即晕倒，霎时间脑浆迸流，死于非命。何苦寻死！

吴太子师傅等，当然喧闹起来，幸亏东宫侍臣，保护太子出去，奏明文帝。文帝倒也吃惊，但又不好加罪太子，只得训戒一番，更召入吴太子师傅等，好言劝慰。一面厚殓吴太子，令他师傅等送柩回吴。吴王濞悲恨交并，不愿收受，且怒说道："方今天下一家，死在长安，便葬在长安，何必送

争棋局吴太子亡身

来？"当下派吏截住棺木，仍叫他发回长安。文帝闻报，也就把他埋葬了事，从此吴王濞心存怨望，不守臣节，每遇朝使到来，骄倨无礼。朝使返报文帝，文帝也知他为子衔恨，原谅三分。复遣使臣召濞入京，意欲当面排解，释怨修和。偏濞不愿应召，托词有病，却回朝使。文帝又使人至吴探问，见濞并无病容，自然据实返报。文帝倒也惹动怒意，见有吴使入京，即令有司将他拘住，下狱论罪。已而又有吴使西来，贿托前郎中令张武，代为先容，才得面见文帝。文帝开言责问，无非是说吴王何故诈病，不肯入朝。吴使从容答语道："古人有言，察见渊鱼者不祥，吴王为子冤死，托病不朝，今被陛下察觉，连系使人，近日吴王很是忧惧，唯恐受诛。若陛下再加急迫，是吴王越不敢入朝了。臣愿陛下不咎既往，使彼自新，人孰无良，得陛下如此宽容，难道尚不悦服么？" 可谓善于措词。文帝听了，很觉有理，遂将所系吴使，一并放归，且遣人赍了几杖，往赐吴王，传语吴王年老，可使免朝。吴王濞自然拜命，不敢生心。

惟当时吴王不反，也亏有一人从中阻止，所以能使积骄积怨的强藩暂就羁縻。是人为谁？就是前中郎将袁盎。盎屡次直谏，也为文帝所厌闻，把他外调，出任陇西都尉。未几，即迁为齐相，嗣复由齐徙吴。盎有兄子袁种，私下谏盎道："吴王享国已久，骄恣日甚，今公往为吴相，若欲依法纠治，必触彼怒，彼不上书劾公，必将挟剑刺公了！为公设法，最好是一切不问。南方地势卑湿，乐得借酒消遣，既可除病，又可免灾。只教劝导吴王，不使造反，便可不至生祸了。"盎依了种言，到吴后，如法办理，果得吴王优待。不过有时晤谈，总劝吴王安守臣道，吴王倒也听从，所以盎在吴国，吴王总算勉抑雄心，蹉跎度日。后来袁盎入都，吴王始生变志，这是后话。惟张武曾受吴赂，渐为文帝所闻，文帝并不说破，索性加赐武金，叫他自愧，以赏为罚。不可谓非文帝的权术呢！此事亦未足为训。

且说文帝自改元后，又过了好几年，承平如故，政简刑清，就是控驭匈奴，也主张修好，无志用兵。当改元后二年时，复遣使致书匈奴，推诚与语，各敦睦谊，书中有和亲以后，汉过不先等语。匈奴主老上单于，即稽粥，见前文。亦令当户且渠两番官，当户且渠皆匈奴官名。献马二匹，复书称谢。文帝乃诏告全国道：

> 朕既不明，不能远德，使方外之国，或不宁息。夫四荒之外，不

安其生,封圻之内,勤劳不处,二者之咎,皆由于朕之德薄,不能达远也。间者累年匈奴并暴边境,多杀吏民,边臣吏民,又不能谕其内志,以重吾不德,夫久结难连兵,中外之国,将何以自宁? 今朕夙兴夜寐,勤劳天下,忧苦万民,为之恻怛不安,未尝一日忘于心,故遣使者冠盖相望,结辙于道,以谕朕志于单于。今单于反古之道,计社稷之安,便万民之利,新与朕俱弃细过,偕之大道,结兄弟之义,以全天下元元之民,和亲以定,始于今年。

过了两年,老上单于病死,子军臣单于继立,遣人至汉廷报告。文帝又遣宗室女往嫁,重申和亲旧约,军臣单于得了汉女为妻,却也心满意足,无他妄想。偏汉奸中行说,屡劝军臣单于伺隙入寇。军臣单于起初是不愿背约,未从说言,旋经说再三怂恿,把中国的子女玉帛,满口形容,使他垂涎,于是军臣单于竟为所动,居然兴兵犯塞,与汉绝交。文帝后六年冬月,匈奴兵两路侵边,一入上郡,一入云中,统共有六万余骑,分道扬镳,沿途掳掠。防边将吏,已有好几年不动兵戈,蓦闻虏骑南来,正是出人不意,慌忙举起烽火,报告远近。一处举烽,各处并举,火光烟焰,直达到甘泉宫。文帝闻警,急调出三路人马,派将统率,往镇三边。一路是出屯飞狐,统将是中大夫令勉;一路是出屯句注,统将是前楚相苏意;一路是出屯北地,统将系前郎中令张武。这三路兵同日出发,星夜前往,文帝尚恐有疏虞,惊动都邑,乃复令河内太守周亚夫,驻兵细柳,宗正刘礼,驻兵霸上,祝兹侯徐厉,驻兵棘门。内外戒严,缓急有备,文帝才稍稍放心。

过了数日,御驾复亲出劳军,先至霸上,次至棘门,统是直入营中,不先通报。刘徐两将军,深居帐内,直至警跸入营,才率部将往迎文帝,面色都带着慌张,似乎事前失候,踢蹰不安,文帝虽瞧料三分,但也不以为怪,随口抚慰数语,便即退出。两营将士,统送出营门,拜辞御驾,不劳细述。及移跸至细柳营,遥见营门外面,甲士森列,或持刀,或执戟,或张弓挟矢,仿佛似临敌一般。文帝见所未见,暗暗称奇,当令先驱传报,说是车驾到来,营兵端立不动,喝声且住,并正色相拒道:"我等只闻将军令,不闻天子诏!"语可屈铁掷地,作金石声。先驱还报文帝,文帝麾动车驾,自至营门,又被营兵阻住,不令进去。文帝乃取出符节,交与随员,使他入营通报。亚夫才接见来使,传令开门。营兵将门开着,放入车驾,一面嘱咐御

车,传说军令道:"将军有约,军中不得驰驱!"文帝听说,也只好按辔徐行。到了营门里面,始见亚夫从容出迎,披甲佩剑,对着文帝行礼,作了一个长揖,口中说道:"甲胄之士不拜,臣照军礼施行。请陛下勿责!"文帝不禁动容,就将身子略俯,凭式致敬,并使人宣谕道:"皇帝敬劳将军。"亚夫带着军士,肃立两旁,鞠躬称谢。文帝又亲嘱数语,然后出营。亚夫也未曾相送,一俟文帝退出,仍然闭住营门,严整如故。文帝回顾道:"这才算是真将军了!彼霸上棘门的将士,好同儿戏,若被敌人袭击,恐主将也不免成擒,怎能如亚夫谨严,无隙可乘呢?"说罢回宫,还是称善不置。

嗣接边防军奏报,虏众已经出塞,可无他虑,文帝方将各路人马,依次撤回,遂擢周亚夫为中尉。亚夫即绛侯周勃次子。勃二次就国,不久病逝。长子胜之袭爵,弟亚夫为河内守。闻老妪许负,尚是活着,素称善相,**许负相人,屡见前文中**。因特邀至署中,令她相视。许负默视多时,方语亚夫道:"据君贵相,何止郡守,再过三年,便当封侯。八年以后,出将入相,手秉国钧,人臣中独一无二了。可惜结局欠佳!"亚夫道:"莫非要犯罪遭刑么?"许负道:"这却不至如此。"亚夫再欲穷诘,许负道:"九

第五十二回 争棋局吴太子亡身 肃军营周亚夫守法

年后自有分晓,毋待老妇哓哓(xiāo xiāo)。"亚夫道:"这也何妨直告。"许负道:"依相直谈,恐君将饿死。"亚夫冷笑道:"汝说我将封侯,已出意外,试想我兄承袭父爵,方受侯封,就使兄年不永,自有兄子继任,也轮不到我身上,如何说应封侯呢?若果如汝言,既得封侯,又兼将相,为何尚致饿死?此理令人难解,还请指示明白。"许负道:"这却非老妇所能预晓,老妇不过依相论相,方敢直言。"说至此,即用手指亚夫口旁道:"这两处有直纹入口,法应饿死!"许负所言相法,不知从何处学来?亚夫又惊又疑,几至呆若木鸡,许负揖别自去。说也奇怪,到了三年以后,亚夫兄胜之,坐杀人罪,竟致夺封。文帝因周勃有功,另选勃子继袭,左右皆推许亚夫,得封条侯。至细柳成名,进任中尉,就职郎中,差不多要入预政权了。

约莫过了年余,文帝忽然得病,医药罔效,竟至弥留。太子启入侍榻前,文帝顾语后事,且谆嘱太子道:"周亚夫缓急可恃,将来如有变乱,尽可使他掌兵,不必多疑。"却是知人。太子启涕泣受教。时为季夏六月,文帝寿数已终,瞑目归天,享年四十六岁。总计文帝在位二十三年,宫室苑囿,车骑服御,毫无增益,始终爱民如子,视有不便,当即取销。尝欲作一露台,估工费须百金,便慨然道:"百金乃中人十家产业,我奉先帝宫室,尚恐不能享受,奈何还好筑台呢?"遂将露台罢议,平时衣服,无非弋绨。弋黑色,绨厚缯。所幸慎夫人,衣不曳地,帷帐无文绣,所筑霸陵,统用瓦器,凡金银铜锡等物,概屏勿用,每遇水旱偏灾,发粟蠲租,唯恐不逮,因此海内安宁,家给人足,百姓安居乐业,不致犯法。每岁断狱,最多不过数百件,有刑措风。史称文帝为守成令主,不亚周时成康。惟遗诏令天下短丧,未免令人遗议,说他不循古礼,此外却没有什么指摘了。小子有诗赞道:

　　博得清时令主名,廿年歌颂遍苍生。
　　从知王道为仁恕,但解安民便太平。

文帝既崩,太子启当然嗣位。欲知嗣位后事,容至下回说明。

文帝即位改元,便立皇子启为太子,彼时太子尚幼,无甚表见,至文帝二次改元,太子年已逾冠矣。吴太子入朝,与饮可也,与博则不可。况为区区争道之举,即举博局掷杀之,虽未始非吴太子之自取,然其阴鸷少恩,已可概见。即如邓通吮痈一事，引为深恨，通固不近人情，太子亦未免量狭。较诸乃父之宽仁，相去远矣。周亚夫驻军细柳，立法森严，天子且不能遽入，遑问他人。将才如此，原可大用，然非文帝有知人之明，几何不至锻炼成狱，诬以大逆乎？司马穰苴受知于齐景，孙武子受知于吴阖庐，周亚夫受知于汉文帝，有良将必赖明君，此良臣之所以择主而事也。

第五十三回

呕心血气死申屠嘉　主首谋变起吴王濞

却说太子启受了遗命，即日嗣位，是谓景帝。尊太后薄氏为太皇太后，皇后窦氏为皇太后，一面令群臣会议，恭拟先帝庙号。当由群臣复奏，上庙号为孝文皇帝，丞相申屠嘉等，又言功莫大于高皇帝，德莫大于孝文皇帝。应尊高皇帝为太祖，孝文皇帝为太宗，庙祀千秋，世世不绝。就是四方郡国，亦宜各立太宗庙，有诏依议。当下奉文帝遗命，令臣民短丧，且匆匆奉葬霸陵。至是年孟冬改元，就称为景帝元年。廷尉张释之，因景帝为太子时，与梁王共车入朝，不下司马门，曾有劾奏情事，见前文。至是恐景帝记恨，很是不安，时向老隐士王生问计。王生善谈黄老，名盛一时，盈廷公卿，多折节与交。释之亦尝在列。王生竟令释之结袜，释之不以为嫌，屈身长跪，替他结好，因此王生看重释之，恒与往来。及释之问计，王生谓不如面谢景帝，尚可无虞。释之依言入谢，景帝却说他守公奉法，应该如此。但口虽如此对付，心中总不能无嫌。才过半年，便将释之迁调出去，使为淮南相，另用张欧为廷尉。欧尝为东宫侍臣，治刑名学，但素性朴诚，不尚苛刻，属吏却也悦服，未敢相欺。景帝又减轻笞法，改五百为三百，三百为二百，总算是新政施仁，曲全罪犯。再加廷尉张欧，持平听讼，狱无冤滞，所以海内闻风，讴歌不息。

转眼间已是二年，太皇太后薄氏告终，出葬南陵。薄太后有侄孙女，曾选入东宫，为景帝妃，景帝不甚宠爱，只因戚谊相联，不得已立她为后。为下文被废张本。更立皇子德为河间王，阏为临江王，余为淮阳王，非为汝南王，彭祖为广州王，发为长沙王。长沙旧为吴氏封地，文帝末年，长沙王吴芮病殁，无子可传，撤除国籍，因把长沙地改封少子，这也不必细表。前后交代，界划清楚。

且说太子家人晁错，在文帝十五年间，对策称旨，已擢任中大夫。及

景帝即位,错为旧属,自然得蒙主宠,超拜内史。屡参谋议,每有献纳,景帝无不听从。朝廷一切法令,无不变更,九卿中多半侧目。就是丞相申屠嘉,也不免嫉视,恨不得将错斥去。错不顾众怨,任意更张,擅将内史署舍,开辟角门,穿过太上皇庙的短墙。太上皇庙,就是高祖父太公庙,内史署正在庙旁,向由东门出入,欲至大道,必须绕过庙外短墙,颇觉不便。错未曾奏闻,便即擅辟,竟将短垣穿过,筑成直道。申屠嘉得了此隙,即令府史缮起奏章,弹劾错罪,说他蔑视太上皇,应以大不敬论,请即按律加诛。这道奏章尚未呈入,偏已有人闻知,向错通报,错大为失色,慌忙乘夜入宫,叩阍进见。景帝本准他随时白事,且闻他夤夜进来,还道有什么变故,立即传入。及错奏明开门事件,景帝便向错笑说道:"这有何妨,尽管照办便了。"错得了此言,好似皇恩大赦一般,当即叩首告退。是夕好放心安睡了。

那申屠嘉如何得悉?一俟天明,便怀着奏章,入朝面递,好教景帝当时发落,省得悬搁起来。既入朝堂,略待须臾,便见景帝出来视朝,当下带同百官,行过常礼,就取出奏章,双手捧上。景帝启阅已毕,却淡淡的顾语道："晁错因署门不便,另辟新门,只穿过太上皇庙的外墙,与庙无损,不足为罪,且系朕使他为此,丞相不要多心。"嘉碰了这个钉子,只好顿首谢过,起身退归。回至相府,懊恼得不可名状,府史等从旁惊问,嘉顿足说道："我悔不先斩错,乃为所卖,可恨可恨!"说着,喉中作痒,吐出了一口粘痰,色如桃花。府史等相率大惊,忙令侍从扶嘉入卧,一面延医调理。俗语说得好,心病还须心药治,嘉病是因错而起,错不除去,嘉如何能痊?眼见是日日呕血,服药无灵,终致毕命。急性子终难长寿。景帝闻丧,总算遣人赐赙,予谥曰节,便升御史大夫陶青为丞相,且擢晁错为御史大夫。错暗地生欢,不消细说。

惟大中大夫邓通,时已免官,他还疑是申屠嘉反对,把他劾去。及嘉已病死,又想运动起复,哪知免官的原因,是为了吮痈遗嫌,结怨景帝。景帝把他黜免,他却还想做官,岂不是求福得祸么?一道诏下,竟把他拘系狱中,饬吏审讯。通尚未识何因,至当堂对簿,方知有人告讦,说他盗出徼外铸钱。这种罪名,全是捕风捉影,怎得不极口呼冤。偏问官隐承上意,将假成真,一番诱迫,硬要邓通自诬,通偷生怕死,只好依言直认。及问官复奏上去,又得了一道严诏,收回严道铜山,且将家产抄没,还要令他交清官债。通已做了面团团的富翁,何至官款未还? 这显是罗织成文,砌成此罪。通虽得出狱,已是家破人空,无从居食。还是馆陶长公主,记着文帝遗言,不使饿死,特遣人赍给钱物,作为赒济。怎晓得一班虎吏,专知逢迎天子,竟把通所得赏赐,悉数夺去。甚至浑身搜检,连一簪都不能收藏。可怜邓通得而复失,仍变做两手空空。长公主得知此事,又私下给与衣食,叫他托词借贷,免为吏取。通遵着密嘱,用言搪塞,还算活了一两年。后来长公主无暇顾及,通不名一钱,寄食人家,有朝餐,无晚餐,终落得奄奄饿死,应了相士的前言。大数难逃,吮痈何益?

惟晁错接连升任,气焰愈张,尝与景帝计议,请减削诸侯王土地,第一着应从吴国开手。所上议案,大略说是:

前高帝初定天下,昆弟少,诸子弱,大封同姓,齐七十余城,楚四十余城,吴五十余城,封三庶孽,半有天下。今吴王前有太子之隙,诈称病不朝,于古法当诛,文帝不忍,因赐几杖,德至厚也,当改过自新,反益骄恣,即山铸钱,煮海水为盐,诱天下亡人,潜谋作乱,今削亦反，不削亦反，削之其反亟，祸小，不削则反迟，祸大。末二语未尝无识。

景帝平日，也是怀着此念，欲削王侯。既得错议，便令公卿等复议朝堂，大众莫敢驳斥。独詹事窦婴，力言不可，乃将错议暂行搁起。窦婴字王孙，系窦太后从侄，官虽不过詹事，未列九卿，但为太后亲属，却是有此权力，所以不畏晁错，放胆力争。错当然恨婴，惟因婴有内援，却也未便强辩，只得暂从含忍，留作后图。景帝三年冬十月，梁王武由镇入朝，武系窦太后少子，由淮阳徙梁，事见前文。统辖四十余城，地皆膏腴，收入甚富，历年得朝廷赏赐，不可胜计，府库金钱，积至亿万，珠玉宝器，比京师为多。景帝即位，武已入觐二次，此番复来朝见，当由景帝派使持节，用了乘车驷马，出郊迎接。待至阙下，由武下车拜谒，景帝即起座降殿，亲为扶起，携手入宫。窦太后素爱少子，景帝又只有这个母弟，自然曲体亲心，格外优待。既已谒过太后，当即开宴接风，太后上座，景帝与武左右分坐，一母两儿，聚首同堂，端的是天伦乐事，喜气融融。景帝酒后忘情，对着幼弟欢欣与语道："千秋万岁后，当将帝位传王。"武听了此言，且喜且惊。明知是一句醉话，不便作真，但既有此一言，将来总好援为话柄，所以表面上虽然谦谢，心意中却甚欢愉。窦太后越加快慰，正要申说数语，使景帝订定密约，不料有一人趋至席前，引卮进言道："天下乃高皇帝的天下，父子相传，立有定例，皇上怎得传位梁王？"说着，即将酒卮捧呈景帝，朗声说道："陛下今日失言，请饮此酒！"景帝瞧着，乃是詹事窦婴，也自觉出言冒昧，应该受罚，便将酒卮接受，一饮而尽。独梁王武横目睨婴，面有愠色，更着急的乃是窦太后，好好的一场美事，偏被那侄儿打断，真是满怀郁愤，无处可伸。随即罢席不欢，怅然入内。景帝也率弟出宫，婴亦退去。翌日，即由婴上书辞职，告病回家。窦太后余怒未平，且将婴门籍除去，此后不准入见。门籍谓出入殿门户籍。梁王武住了数日，也辞行回国去了。

御史大夫晁错，前次为了窦婴反对，停消议案，此次见婴免职，暗地生欢，因复提出原议，劝景帝速削诸王，毋再稽迟。议尚未决，适逢楚王戊入朝，错遂吹毛索瘢，说他生性渔色，当薄太后丧葬时，未尝守制，仍然纵淫，依律当加死罪，请景帝明正典刑。太觉辣手。这楚王戊系景帝从弟，乃祖就是元王刘交，即高祖同父少弟，殁谥曰元，前文中亦曾叙过。刘交王楚二十余年，尝用名士穆生、白生、申公为中大夫，敬礼不衰。穆生素不嗜酒，交与饮时，特为置醴，借示敬意。及交殁后，长子辟非先亡，由次子郢客嗣封。郢客继承先志，仍然优待三人。未几郢客又殁，子戊袭爵。起初尚勉绳祖武，后来渐耽酒色，无意礼贤，就使有时召宴穆生，也把醴酒失记，不为特设。穆生退席长叹道："醴酒不设，王意已怠，我再若不去，恐不免受钳楚市了。"遂称疾不出。申公、白生，与穆生同事多年，闻他有疾，忙往探省。既入穆生家内，穆生虽然睡着，面上却没有什么病容，当下瞧透隐情，便同声劝解道："君何不念先王旧德，乃为了嗣王忘醴，小小失敬，就卧病不起呢？"穆生喟然道："古人有言，君子见机而作，不俟终日。先王待我三人，始终有礼，无非为重道起见，今嗣王礼貌浸衰，是明明忘道了。王既忘道，怎可与他久居？我岂但为区区醴酒么？"申公、白生也叹息而出，穆生竟谢病自去。不愧知机。戊不以为意，专从女色上着想，采选丽姝，终日淫乐，所以薄太后丧讣到来，并没有什么哀戚，仍在后宫倚翠偎红，自图快活。太傅韦孟，作诗讽谏，毫不见从，孟亦辞归，戊以为距都甚远，朝廷未必察觉，乐得花天酒地，娱我少年。哪知被晁错查悉，竟乘戊入朝时，索取性命。还亏景帝不忍从严，但削夺东海郡，仍令回国。

错既得削楚，复议削赵，也将赵王遂摘取过失，把他常山郡削去。赵王遂即幽王友子，见前文。又闻胶西王印，系齐王肥第五子，见前文。私下卖爵，亦提出弹劾，削去六县。三国已皆怨错，惟一时未敢遽动，错遂以为安然无忌，就好趁势削吴。正在兴高采烈的时候，忽来了一个苍头白发的老人，踵门直入，见了错面，即皱眉与语道："汝莫非寻死不成？"错闻声一瞧，乃是自己的父亲，慌忙扶令入座，问他何故前来。错父说道："我在颍川家居，却也觉得安逸，今闻汝为政用事，硬要侵削王侯，疏人骨肉，外间已怨声载道，究属何为？所以特来问汝！"错应声道："怨声原是难免，但今不为此，恐天子不尊，宗庙不固。"错父遽起，向错长叹道："刘氏得安，晁氏必危，我年已老，实不忍见祸及身，不如归去罢。"此老却也有识。错尚欲挽留，偏他父接连摇首，扬长自去。及错送出门外，也不见老父回顾，竟尔登车就道，一溜烟似的去了。错还入厅中，踌躇多时，总觉得箭在弦上，不得不发，只好违了父嘱，壹意做去。

吴王濞闻楚赵胶西并致削地，已恐自己波及，也要坐削。忽由都中传

主谋首 变起 吴王濞

出消息,说是晁错议及削吴,果然不出所料,自思束手待毙,终属不妙,不如先发制人,或可泄愤。惟独力恐难成事,总须联络各国,方好起兵。默计各国诸王,要算胶西王最有勇力,为众所惮,况曾经削地,必然怀恨,何妨遣人前往,约同起事。计划已定,即令中大夫应高,出使胶西。胶西王卬,闻有吴使到来,当即召见,问明来意。应高道:"近日主上任用邪臣,听信谗贼,侵削诸侯,诛罚日甚,古语有言,刮糠及米,吴与胶西,皆著名大国,今日见削,明日便恐受诛。吴王抱病有年,不能朝请,朝廷不察,屡次加疑,甚至吴王胁肩累足,尚惧不能免祸。今闻大王因封爵小事,还且被削,罪轻罚重,后患更不堪设想了。未知大王曾预虑否?"卬答道:"我亦未尝不忧,但既为人臣,也是无法,君将何以教我?"应高道:"吴王与大王同忧,所以遣臣前来,请大王乘时兴兵,拚生除患。"卬不待说完,即瞿然惊起道:"寡人何敢如此!主上操持过急,我辈只有拚着一死,怎好造反呢?"高接说道:"御史大夫晁错,荧惑天子,侵夺诸侯,各国都生叛意,事变已甚,今复彗星出现,蝗虫并起,天象已见,正是万世一时的机会。吴王已整甲待命,但得大王许诺,便当合同楚国,西略函谷关,据住荥阳敖仓的积粟,守候大王,待大王一到,并师入都,唾手成功,那时与大王中分天下,岂不甚善!"卬听了此言,禁不住高兴起来,便即极口称善,与高立约,使报吴王。吴王濞尚恐变卦,复扮作使臣模样,亲至胶西,与卬面订约章。卬愿纠合齐菑川胶东济南诸国,濞愿纠合楚赵诸国。彼此说妥,濞遂归吴,卬即遣使四出,与约起事。

胶西群臣,有几个见识高明,料难有成,向卬进谏道:"诸侯地小,不能当汉十分之二,大王无端起反,徒为太后加忧,实属非计!况今天下只有一主,尚起纷争,他日果侥幸成事,变做两头政治,岂不是越要滋扰么!"卬不肯从。利令智昏。旋得各使返报,谓齐与菑川胶东济南诸国,俱愿如约。卬喜如所望,飞书报吴,吴亦遣使往说楚赵。楚王戊早已归国,正是愤恨得很,还有什么不允?申公、白生,极言不可,反致触动戊怒,把二人连系一处,使服赭衣,就市司舂。楚相张尚,太傅赵夷吾,再加谏阻,竟被戊喝令斩首。狂暴至此,不亡何待。遂调动兵马,起应吴王,赵王遂也应许吴使,赵相建德内史王悍,苦谏不听,反致烧死。比戊还要残忍。于是吴楚赵胶西胶东菑川济南七国,同时举兵。

独齐王将闾,前已与胶西连谋,忽觉此事不妙,幡然变计,敛兵自守。还有济北王志,本由胶西王号召,有意相从,适值城坏未修,无暇起应,更被郎中令等将王监束,不得发兵。胶西王卬,因齐中途悔约,即与胶东菑川济南三国,合兵围齐,拟先把临淄攻下,然后往会吴兵。就是失机。惟赵王遂出兵西境,等候吴楚兵至,一同西进,又遣使招诱匈奴,使为后援。

吴王濞已得六国响应,就遍征国中士卒,出发广陵,且下令军中道:"寡人年六十二,今自为将,少子年甫十四,亦使作前驱,将士等年齿不同,最老不过如寡人,最少不过如寡人少子,应各自努力,图功待赏,不得有违!"军中听着命令,未尽赞成,但也不能不去,只好相率西行,鱼贯而出,差不多有二十万人。濞又与闽越东越诸国,东越即东瓯。通使贻书,请兵相助。闽越犹怀观望,东越却发兵万人,来会吴军。吴军渡过淮水,与楚王戊相会,势焰尤威,再由濞致书淮南诸王,诱令出兵。淮南分为三国,事见前文。淮南王刘安,系厉王长冢子,尚记父仇,得濞贻书,便欲发兵,偏中了淮南相的计谋,佯请为将,待至兵权到手,即不服安命,守境拒吴。刘安不即诛死,还亏此相。衡山王勃,不愿从吴,谢绝吴使。庐江王赐，意在观望，含糊答复。吴王濞见三国不至，又复传檄四方，托词诛错。当时诸侯王共有二十二国，除楚赵胶西胶东菑川济南与吴同谋外，余皆裹足不前。齐燕城阳济北淮南衡山庐江梁代河间临江淮阳汝南广川长沙共十五国加入同叛七国，合得二十二国。濞已势成骑虎，也顾不得祸福利害，竟与楚王戊合攻梁国。梁王武飞章入都，火急求援，景帝闻报，不觉大惊，亟召群臣入朝，会议讨逆事宜。小子有诗叹道：

封建翻成乱国媒，叛吴牵率叛兵来。

追原祸始非无自，总为时君太好猜。

景帝会议讨逆，当有一人出奏，请景帝御驾亲征，欲知此人为谁，待至下回再表。

申屠嘉虽称刚正，而性太躁急，不合为相。相道在力持大体，徒以严峻为事，非计也。观其檄召邓通，擅欲加诛，已不免失之鲁莽。幸而文帝仁柔，邓通庸劣，故不致嫁祸己身耳。彼景帝之宽，不逮文帝，晁错之狡，远过邓通，嘉欲以待邓通者待晁错，适见其惑也。呕血而死，得保首领，其犹为申屠嘉之幸事欤？若邓通之不死嘉手，而终致饿毙，铜山无济，愈富愈穷，彼之热衷富贵者，不知以通为鉴，尚营营逐逐，于朝市之间，果胡为者？吴王濞首先发难，连兵叛汉，虽晁错之激成，终觉野心之未餍，名不正，言不顺，是而欲侥幸成功也，宁可得乎？彼楚赵胶西胶东菑川济南诸王，则更为不度德不量力之徒，以一国为孤注，其愚更不足道焉。

第五十四回

信袁盎诡谋斩御史　遇赵涉依议出奇兵

却说景帝闻七国变乱,吴为首谋,已与楚兵联合攻梁,急得形色仓皇,忙召群臣会议。当有一人出班献策,请景帝亲自出征。这人为谁? 就是主议削吴的晁错。景帝道:"我若亲征,都中由何人居守?"晁错道:"臣当留守都中。陛下但出兵荥阳,堵住叛兵,就是徐潼一带,暂时不妨弃去,令彼得地生骄,自减锐气,方可用逸制劳,一鼓平乱。"景帝听着,半响无言。猛记得文帝遗言,谓天下有变,可用周亚夫为将,因即掉头左顾,见亚夫正端立一旁,便召至案前,命他督兵讨逆,亚夫直任不辞。景帝大喜,遂升亚夫为太尉,命率三十六将军,出讨吴楚,亚夫受命即行。

景帝遣发亚夫,正想退朝,偏又接到齐王急报,速请援师。景帝踌躇多时,方想着窦婴忠诚,可付大任,乃特派使臣持节,召婴入朝。既用周亚夫,又召入窦婴,不可谓景帝不明。婴已免官家居,使节往返,不免需时,景帝未便坐待,当然退朝入内。及婴与使臣到来,景帝正进谒太后,陈述意见。应该有此手续。婴虽违忤太后,被除门籍,但此时是奉旨特召,门吏怎敢拦阻? 自然放他进去,他却趋入太后宫中,拜见太后及景帝。景帝即命婴为将,使他领兵救齐。婴拜辞道:"臣本不才,近又患病,望陛下另择他人。"景帝知婴尚记前嫌,未肯效力,免不得劝慰数语,仍令就任。婴再三固辞,景帝作色道:"天下方危,王孙即婴字,见上。谊关国戚。难道可袖手旁观么?"婴见景帝情词激切,又暗窥太后形容,也带着三分愧色,自知不便固执,乃始承认下去。景帝就命婴为大将军,且赐金千斤。婴谓齐固当援,赵亦宜讨,特保荐栾布郦寄两人,分统军马。景帝依议,拜两人并为将军,使栾布率兵救齐,郦寄引兵击赵,都归窦婴节制。

婴拜命而出,先在都中,暂设军辕,即将所赐千金,陈诸廊下。一面招集将士,分委军务,应需费用,令就廊下自取。不到数日,千金已尽,无一入私，因此部下感激，俱乐为用。婴又日夕部署，拟即出发荥阳，忽有故吴相袁盎乘夜谒婴，婴立即延入，与谈时事。盎说及七国叛乱，由吴唆使，吴为不轨，由错激成，但教主上肯听盎言，自有平乱的至计。婴前时与错相争，互有嫌隙，此时听了盎言，好似针芥相投，格外合意。婴错争论，见前回。因留盎住宿军辕，愿为奏达。盎暗喜道："晁错，晁错，看汝今日尚能逞威否？"原来盎与错素不相容，虽同为朝臣，未尝同堂与语，至错为御史大夫，创议削吴，盎方辞去吴相，回都复命，错独说盎私受吴王财物，应该坐罪，有诏将盎免官，赦为庶人。及吴楚连兵攻梁，错又嘱语丞史，重提前案，欲即诛盎，还是丞史替盎解说，谓盎不宜有谋，且吴已起兵，穷治何益，错乃稍从缓议。偏已有人向盎告知，盎遂进见窦婴，要想靠婴势力，乘间除错。婴与他意见相同，哪有不替他入奏。

　　景帝闻得盎有妙策，自然召见。盎拜谒已毕，望见错亦在侧，正是冤家相遇，格外留心。但听景帝问道："吴楚造反，君意将如何处置？"盎随口答道："陛下尽管放怀，不必忧虑。"景帝道："吴王倚山铸钱，煮海为盐，诱致天下豪杰，白头起事，若非计出万全，岂肯轻发？怎得说是不必忧呢？"盎又道："吴只有铜盐，并无豪杰，不过招聚无赖子弟，亡命奸人，一哄为乱，臣故说是不必忧呢。"错正入白调饷事宜，急切不能趋避，只好呆立一旁，待盎说了数语，已是听得生厌，便从旁插入道："盎言甚是，陛下只准备兵食便了。"偏景帝不肯听错，还要穷根到底，详问计策，盎答道："臣有一计，定能平乱，但军谋须守秘密，不便使人与闻。"明明是为了晁错。景帝因命左右退去，惟错不肯行，仍然留着。盎暗暗着急，又向景帝面请道："臣今所言，无论何人，不宜得知。"何必这般鬼祟！景帝乃使错暂退，错不好违命，悻悻的趋往东厢。盎四顾无人，才低声说道："臣闻吴楚连谋，彼此书信往来，无非说是高帝子弟，各有分土。偏出了贼臣晁错，擅削诸侯，欲危刘氏，所以众心不服，连兵西来，志在诛错，求复故土。诚使陛下将错处斩，赦免吴楚各国，归还故地，彼必罢兵谢罪，欢然回国，还要遣什么兵将，费什么军饷呢！"景帝为了亲征计议，已是动疑，此次听了盎言，越觉错有歹心，所以前番力请亲征，自愿守都，损人利己，煞是可恨。因复对盎答说道："如果可以罢兵，我亦何惜一人，不谢天下！"盎乃答说道："愚见如此，惟陛下熟思后行！"景帝竟面授盎为太常，使他秘密治装,赴吴议和,盎受命而去。

晁错尚莫名其妙,等到袁盎退出,仍至景帝前续陈军事,但见景帝形容如旧,倒也看不出什么端倪。又未便问及袁盎所言,只好说完本意,怅然退归。约莫过了一旬,也不见有特别诏令,还道袁盎无甚异议,或虽有异言,未邀景帝信从,因此毫无动静。哪知景帝已密嘱丞相陶青,廷尉张欧等劾奏错罪,说他议论乖谬,大逆不道,应该腰斩,家属弃市。景帝又亲加手批,准如所奏,不过一时未曾发落,但召中尉入宫,授与密诏,且嘱咐了好几语,使他依旨施行。中尉领了密旨,乘车疾驰,直入御史府中,传旨召错,立刻入朝。错惊问何事?中尉诡称未知,但催他快快登车,一同前去。错连忙穿好冠带,与中尉同车出门。车夫已经中尉密嘱,一手挽车,一手扬鞭,真是非常起劲,与风驰电掣相似。错从车内顾着外面,惊疑的了不得,原来车路所经,统是都市,并非入宫要道。正要开口诘问中尉,车已停住,中尉一跃下车,车旁早有兵役待着,由中尉递了一个暗号,便回首向错道:"晁御史快下车听诏!"错见停车处乃是东市,向来是杀头地方,为何叫我此处听旨,莫非要杀我不成!一面想,一面下车,两脚方立住地

上，便由兵役趋近，把错两手反剪，牵至法场，令他长跪听诏。中尉从袖中取出诏书，宣读到应该腰斩一语，那晁错的头颅，已离了脖项，堕地有声。<u>叙得新颖</u>。身上尚穿着朝服，未曾脱去。中尉也不复多顾，仍然上车，还朝复命。景帝方将错罪宣告中外，并命拿捕错家全眷，一体坐罪。<u>诛错已不免失刑，况及全家！</u>旋由颍川郡报称错父于半月前，已服毒自尽，<u>回应前回</u>。外如母妻子侄等，悉数拿解，送入都中。景帝闻报，诏称已死勿问，余皆处斩。可怜错夙号智囊，反弄到这般结局，身诛族夷，聪明反被聪明误，看错便可了然！这且毋庸细表。<u>言之慨然</u>。

且说袁盎受命整装，也知赴吴议和，未必有效，但闻朝廷已经诛错，得报宿仇，不得不冒险一行，聊报知遇。景帝又遣吴王濞从子刘通，与盎同行。盎至吴军，先使通入报吴王，吴王知晁错已诛，却也心喜，不过罢兵诏命，未肯接受，索性将通留住军中，另派都尉一人，率兵五百，把盎围住营舍，断绝往来，盎屡次求见，终被拒绝，惟遣人招盎降吴，当使为将。总算盎还有良心，始终不为所动，宁死勿降。

到了夜静更深，盎自觉困倦，展被就睡，正在神思朦胧，突有一人叫道："快起！快走！"盎猛被惊醒，慌忙起来，从灯光下顾视来人，似曾相识，唯一时叫不出姓名，却也未便发言。那人又敦促道："吴王定议斩君，期在诘朝，君此时不走，死在目前了！"盎惊疑道："君究系何人，乃来救我？"那人复答道："臣尝为君从史，盗君侍儿，幸蒙宽宥，感恩不忘，故特来救君。"盎乃仔细辨认，果然不谬，因即称谢道："难得君不忘旧情，肯来相救！但帐外兵士甚多，叫我如何出走？"那人答道："这可无虑。臣为军中司马，本奉吴王命令，来此围君，现已为君设策，典衣换酒，灌醉兵士，大众统已睡熟，君可速行。"盎复疑虑道："我曾知君有老亲，若放我出围，必致累君，奈何奈何！"那人又答道："臣已安排妥当，君但前去，不必为臣担忧！臣自有与亲偕亡的方法。"盎乃向他下拜，由那人答礼后，即引盎至帐后，用刀割开营帐，屈身钻出。帐外搭着一棚，棚外果有醉卒卧着，东倒西歪，不省人事，两人悄悄的跨过醉卒，觅路疾趋。一经出棚，正值春寒雨湿，泥滑难行。那人已有双屐怀着，取出赠盎，使盎穿上，又送盎数百步，指示去路，方才告别。盎黉夜疾走，幸喜路上尚有微光，不致失足。自思从前为吴相时，从史盗我侍儿，亏得我度量尚大，不愿究治，且将侍儿赐

第五十四回　信袁盎诡谋斩御史　遇赵涉依议出奇兵

与从史，因此得他搭救，使我脱围。盎之宽免从史，与从史之用计救盎，都从两方语意中叙出，可省许多文字。但距敌未远，总还担忧，便将身中所持的旄节，解下包藏，藏在怀中，免得露出马脚。自己苦无车马，又要著屦行走，觉得两足滞重，很是不便，但逃命要紧，也顾不得步履艰难，只好放出老力，向前急行。一口气跑了六七十里，天色已明，远远望见梁都，心下才得放宽，惟身体不堪疲乏，两脚又肿痛交加，没奈何就地坐下。可巧有一班马队，侦哨过来，想必定是梁兵，便又起身候着。待他行近，当即问讯，果然不出所料。乃复从怀中取出旄节，持示梁军，且与他说明情由。梁军见是朝使，不敢怠慢，且借与一马，使盎坐着。盎至梁营中一转，匆匆就道，入都销差去了。侥幸侥幸。

景帝还道盎等赴吴，定能息兵，反遣人至周亚夫军营，饬令缓进。待了数日，尚未得盎等回报，只有谒者仆射邓公入朝求见。邓公为成固人，本从亚夫出征，任官校尉，此次正由亚夫差遣，入报军情。景帝疑问道："汝从军中前来，可知晁错已死，吴楚曾愿罢兵否？"邓公道："吴王蓄谋造反，已有好几十年，今日借端发兵，不过托名诛错，其实并不是单为一错呢！陛下竟将错诛死，臣恐天下士人，从此将钳口结舌，不敢再言国事了！"景帝愕然，急问何故？邓公道："错欲减削藩封，实恐诸侯强大难制，故特创此议，强本弱末，为万世计。今计划方行，反受大戮。内使忠臣短气，外为列侯报仇，臣窃为陛下不取呢！"景帝不禁叹息道："君言甚是！我亦悔恨无及了！"已而袁盎逃还，果言吴王不肯罢兵，景帝未免埋怨袁盎。但盎曾有言说明，要景帝熟思后行，是诛错一事，实出景帝主张，景帝无从推诿。且盎在吴营，拼死不降，忠诚亦属可取。于是不复加罪，许盎照常供职，一面授邓公为城阳中尉，使他回报亚夫，相机进兵。

邓公方去，那梁王武的告急书，一日再至。景帝又遣人催促亚夫，令速救梁。亚夫上书献计，略言楚兵剽轻，难与争锋，现只可把梁委敌，使他固守，待臣断敌食道，方可制楚。楚兵溃散，吴自无能为力了。景帝已信任亚夫，复称依议。亚夫时尚屯兵霸上，既接景帝复诏，便备着驿车六乘，拟即驰赴荥阳。甫经启行，有一士人遮道进说道："将军往讨吴楚，战胜，宗庙安；不胜，天下危，关系重大，可否容仆一言？"亚夫闻说，忙下车相揖道："愿闻高论。"如此虚心，怎得不克？士人答道："吴王素

遇赵涉依议出奇兵

富,久已蓄养死士,此次闻将军出征,必令死士埋伏崤渑,预备邀击,将军不可不防!且兵事首贵神速,将军何不绕道右行,走蓝田,出武关,进抵雒阳,直入武库,掩敌无备,且使诸侯闻风震动,共疑将军从天而下,不战便已生畏了。"亚夫极称妙计,因问他姓名,知是赵涉,遂留与同行。依了赵涉所说的路途,星夜前进,安安稳稳的到了雒阳。亚夫大喜道:"七国造反,我乘传车至此,一路无阻,岂非大幸!今我若得进据荥阳,荥阳以东,不足忧了!"当下遣派将士,至崤渑间搜索要隘,果得许多伏兵,逐去一半,擒住一半,回至亚夫前报功。亚夫益服赵涉先见,奏举涉为护军。更访得雒阳侠客剧孟,与他结交,免为敌用。然后驰入荥阳,会同各路人马,再议进行。

看官听说!荥阳扼东西要冲,左敖仓,右武库,有粟可因,有械可取,东得即东胜,西得即西胜,从来刘项相争,注重荥阳,便是为此。至亚夫会兵荥阳,喜如所望,亦无非因要地未失,赶先据住,已经占了胜着。说明形势,格外醒目。彼时吴中也有智士,请吴王先机进取,毋落人后,吴王不肯信用,遂为亚夫所乘,终致败亡。当吴王濞出兵时,大将军田禄伯,曾进语吴王道：“我兵一路西行，若无他奇道，恐难立功，臣愿得五万人，出江淮间，收复淮南长沙，长驱西进，直入武关，与大王会，这也是一条奇计呢！”吴王意欲照行，偏由吴太子驹，从中阻挠，恐禄伯得机先叛，请乃父不可分兵，遂致一条奇计，徒付空谈。嗣又有少将桓将军，为吴划策道："吴多步兵，步兵利走险阻，汉多车骑，车骑利战平地，今为大王计，宜赶紧西进，所过城邑，不必留攻，若能西据雒阳，取武库，食敖仓粟，阻山带河，号令诸侯，就使一时不得入关，天下已定，否则大王徐行，汉兵先出，彼此在梁楚交界，对垒争锋，我失彼长，彼得我失，大事去了！"吴王濞又复狐疑，偏问老将。老将都不肯冒险，反说桓将军年少躁进，未可深恃。于是第二条良谋，又屏弃不用。吴王该死。好几十万吴楚大兵，徒然屯聚梁郊，与梁争战。

梁王武派兵守住棘壁，被吴楚兵一鼓陷入，杀伤梁兵数万人。再由梁王遣将截击，复为所败。梁王大惧，固守睢阳，闻得周亚夫已至河雒，便即遣使求援。哪知亚夫抱定本旨，未肯相救，急得梁王望眼将穿，一日三使，催促亚夫。亚夫进至淮阳，仍然逗留。梁王待久不至，索性将亚夫劾奏一本，飞达长安。景帝得梁王奏章，见他似泣似诉，料知情急万分，不得不转饬亚夫，使救梁都。亚夫却回诏使，用了旧客邓尉的秘谋，故意的退避三舍，回驻昌邑，深沟高垒，坚守勿出。梁王虽然愤恨亚夫，但求人无效，只好求己，日夜激励士卒，壹意死守，复选得中大夫韩安国，及楚相张尚弟羽为将军，且守且战。安国持重善守，羽为乃兄死事，尚为楚王戊所杀，见前回。立志复仇，往往乘隙出击，力败吴兵，因此睢阳一城兀自支持得住。吴楚两王，还想督兵再攻，踏破梁都。不料有探马报入，说是周亚夫暗遣将士，抄出我兵后面，截我粮道，现在粮多被劫，运路全然不通了。吴王濞大惊道："我兵不下数十万，怎可无粮？这且奈何！"楚王戊亦连声叫苦，无法可施。小子有诗咏道：

　　老悖原为速死征，陵人反致受人陵。
　　良谋不用机先失，坐使雄兵兆土崩。

欲知吴楚两王，如何抵制周亚夫，且待下回再叙。

晁错之死，后世多代为呼冤。错特小有才耳，其杀身也固宜，非真不幸也。苏子瞻之论错，最为公允，自发而不能自收，徒欲以天子为孤注，能保景帝之不加疑忌耶！惟袁盎借公济私，当国家危急之秋，反为是报怨欺君之举，其罪固较错为尤甚，错死而盎不受诛，错其原难瞑目欤！彼周亚夫之受命出征，以谨严之军律，具翕受之虚心。赵涉，途人耳，一经献议，见可即行，邓尉，旧客也，再请坚壁，深信不疑，以视吴王之两得良谋，终不能用，其相去固甚远矣。两军相见，善谋者胜，观诸周亚夫而益信云。

第五十五回

平叛军太尉建功　保孱王邻封乞命

却说吴楚两王，闻得粮道被断，并皆惊惶，欲待冒险西进，又恐梁军截住，不便径行。当由吴王濞打定主意，决先往击周亚夫军，移兵北行。到了下邑，却与亚夫军相值，因即扎定营盘，准备交锋。亚夫前次回驻昌邑，原是以退为进，暗遣弓高侯韩颓当等，绕出淮泗，截击吴楚粮道，使后无退路，必然向前进攻，所以也移节下邑，屯兵待着。既见吴楚兵到来，又复坚壁相持，但守勿战。吴王濞与楚王戊，挟着一腔怒气，来攻亚夫，恨不得将亚夫大营顷刻踏破，所以三番四次，逼营挑战。亚夫只号令军士，不准妄动，但教四面布好强弩，见有敌兵猛扑，便用硬箭射击，敌退即止，连箭干都似宝贵，不容妄发一支。吴楚兵要想冲锋，徒受了一阵箭伤，毫无寸进，害得吴楚两王非常焦灼，日夜派遣侦卒，探伺亚夫军营。一夕，亚夫营中，忽然自相惊扰，声达中军帐下，独亚夫高卧不起，传令军士毋哗，违令立斩！果然不到多时，仍归镇静。持重之效。

过了两天，吴兵竟乘夜劫营，直奔东南角上，喊杀连天，亚夫当然准备，临事不致张皇，但却能见机应变，料知敌兵鼓噪前来，定是声东击西的诡计，当下遣派将吏，防御东南，仍令照常堵住，不必惊惶，自己领着精兵，向西北方面严装待敌。部将还道他是避危就安，不能无疑，哪知吴楚两王，潜率锐卒，竟悄悄的绕出西北，想来乘虚踹营。距营不过百步，早被亚夫窥见，一声鼓号，营门大开，前驱发出弓弩手，连环迭射，后队发出刀牌手，严密加防。亚夫亲自督阵，相机指挥，吴楚兵乘锐扑来，耳中一闻箭镞声，便即受伤倒地，接连跌翻了好几百人，余众大哗。时当昏夜，月色无光，吴楚兵是来袭击，未曾多带火炬，所以箭已射到，尚且不知闪避，徒落得皮开肉裂，疼痛难熬，伤重的当即倒毙，伤轻的也致晕翻。人情都贪生怕死，怎肯向死路钻入，自去拼生，况前队已有多人陨命，眼见得不能再进,只好退下。就是吴楚两王,本欲攻其无备,不意亚夫开营迎敌,满布人马,并且飞矢如雨,很觉利害,一番高兴,化作冰消,连忙收兵退归,懊怅而返。那东南角上的吴兵,明明是虚张声势,不待吴王命令,早已退向营中去了。亚夫也不追赶,入营闭垒,检点军士,不折一人。

又相持了好几日,探得吴楚兵已将绝粮,挫损锐气,乃遣颍阴侯灌何等,率兵数千,前去搦战。吴楚兵出营接仗,两下奋斗多时,恼动汉军校尉灌孟,舞动长槊,奋勇陷阵。吴楚兵向前拦阻,被灌孟左挑右拨,刺死多人,一马驰入。孟子灌夫,见老父轻身陷敌,忙率部曲千人,上前接应。偏乃父只向前进,不遑后顾,看看杀到吴王面前,竟欲力歼渠魁,一劳永逸。那吴王左右,统是历年豢养的死士,猛见灌孟杀入,慌忙并力迎战。灌孟虽然老健,究竟众寡悬殊,区区一支长槊,拦不住许多刀戟,遂致身经数创伤,危急万分。待至灌夫上前相救,乃父已力竭声嘶,倒翻马上。灌夫急指示部曲,将父救回,自在马上杀开吴军,冲出一条走路,驰归军前。顾视乃父,已是挺着不动,毫无声息了。夫不禁大恸,尚欲为父报仇,回马致死。灌何瞧着,忙自出来劝阻,一面招呼部众,退回大营。这灌孟系颍阳人,本是张姓,常事灌何父婴,由婴荐为二千石,因此寄姓为灌。灌婴殁后,何得袭封。孟年老家居,吴楚变起,何为偏将,仍召孟为校尉。孟本不欲从军,但为了旧情难却,乃与子灌夫偕行。灌夫也有勇力,带领千人,与乃父自成一队,隶属灌何麾下。此次见父阵亡,怎得不哀? 亚夫闻报,亲为视殓,并依照汉朝定例,令灌夫送父归葬。灌夫不肯从命,且泣且愤道:"愿取吴王或吴将首级,报我父仇。"*却有血性。*亚夫见他义愤过人,倒也不便相强,只好仍使留着,惟劝他不必过急。偏灌夫迫不及待,私嘱家奴十余人,夜劫敌营。又向部曲中挑选壮士,得数十名,裹束停当,候至夜半,便披甲执戟,带领数十骑出寨,驰往敌垒。才行数步,回顾壮士,多已散去,只有两人相随,此时报仇心切,也不管人数多少,竟至吴王大营前,怒马冲入。吴兵未曾预防,统是吓得倒躲,一任灌夫闯进后帐。灌夫手下十数骑,亦皆紧紧跟着。后帐由吴王住宿,绕守多人,当即出来阻住,与灌夫鏖斗起来。灌夫毫不胆怯,挺戟乱刺,戮倒了好几人,惟身上也受了好几处重伤,再看从奴等,多被杀死,自知不能济事,随即大喝一声,拍马便走。吴兵从后追赶,亏得两壮士断住后路,好使灌夫前行。至灌夫走出吴营,两壮士中又战死一人,只有一人得脱,仍然追上灌夫,疾驰回营。灌何闻夫潜往袭敌,亟派兵士救应。兵士才出营门,已与夫兜头碰着,见他战袍上面尽染血痕,料知已经重创,忙即扶令下马,簇拥入营。灌何取出万金良药,替他敷治,才得不死。但十余人能劫吴营,九死中博得一生,好算是健儿身手,亘古罕闻了!

吴王经他一吓,险些儿魂离躯壳,且闻汉将只十数人,能有这般胆量,倘或全军过来,如何招架得住,因此日夜不安。再加粮食已尽,兵不得食,上下枵腹,将佐离心,自思长此不走,即不战死,也是饿死。踌躇终日,毫无良法,结果是想得一条密策,竟挈领太子驹,及亲卒数千,黄夜私行,向东逃去。蛇无头不行,兵无主自乱,二十多万饥卒,仓猝中不见吴王,当然骇散。楚王戊孤掌难鸣,也想率众逃生,不料汉军大至,并力杀来。楚兵都饿得力乏,怎能上前迎战?一声惊叫,四面狂奔,单剩了一个楚王戊拖落后面,被汉军团团围住。戊自知不能脱身,拔剑在手,向颈一横,立即毙命。可记得后宫美人否?亚夫指挥将士,荡平吴楚大营,复下令招降敌卒,缴械免死。吴楚兵无路可归,便相率投诚。只有下邳人周邱,好酒无

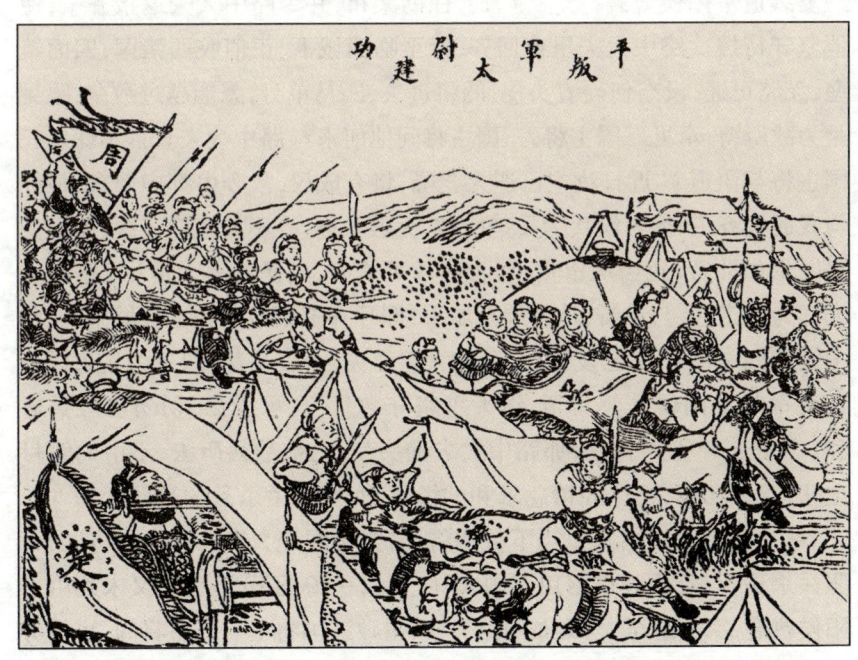

赖，前投吴王麾下，请得军令，略定下邳，北攻城阳，有众十余万，嗣闻吴王败遁，众多离散，邱亦退归。自恨无成，发生了一个背疽，不久即死。吴王父子渡淮急奔，过丹徒，走东越，沿途收集溃卒，尚有万人。东越就是东瓯，惠帝三年，曾封东越君长摇为东海王，后来子孙相传，与吴通好。吴起兵时，东越王曾拨兵助吴，驻扎丹徒，为吴后援。回应五十四回。及吴王父子来奔，见他势穷力尽，已有悔心，可巧周亚夫遣使前来，嘱使杀死吴王，当给重赏，东越王乐得听命，便诱吴王濞劳军，暗令军士突出，将濞杀毙。六十多岁的老藩王，偏要这般寻死，所谓自作孽，不可活，与人何尤！但高祖曾说濞有反相，至是果验，莫非因相貌生成，到老也是难免吗？不幸多言而中。濞既被杀，传首长安，独吴太子驹幸得逃脱，往奔闽越，下文自有交代。

且说周亚夫讨平吴楚，先后不过三月，便即奏凯班师，惟遣弓高侯韩颓当带兵赴齐助攻胶西诸国。胶西王卬，使济南军主持粮道，自与胶东菑川，合兵围齐，环城数匝。回应前回。齐王将闾，曾遣路中大夫入都告急，景帝已将齐事委任窦婴，由婴调派将军栾布，领兵东援，至路中大夫进见，乃复续遣平阳侯曹襄，曹参曾孙。往助栾布，并令路中大夫返报齐王，使他坚守待援。路中大夫星夜回齐，行至临淄城下，正值胶西诸国，四面筑垒，无路可通，没奈何硬着头皮，闯将进去，匹马单身，怎能越过敌垒，眼见是为敌所缚，牵见三国主将，三国主将问他何来？路中大夫直言不讳。三国主将与语道："近日汝主已遣人乞降，将有成议，汝今由都中回来，最好与我通报齐王，但言汉兵为吴楚所破，无暇救齐，齐不如速降三国，免得受屠。果如此言，我当从重赏汝，否则汝可饮刀，莫怪我等无情！"路中大夫佯为许诺，并与设誓，从容趋至城下，仰呼齐王禀报。齐王登城俯问，路中大夫朗声道："汉已发兵百万，使太尉亚夫，击破吴楚，即日引兵来援。栾将军与平阳侯先驱将至，请大王坚守数日，自可无患，切勿与敌兵通和！"齐王才答声称是，那路中大夫的头颅，已被敌兵斫去，不由的触目生悲，咬牙切齿，把一腔情急求和的惧意，变作拚生杀敌的热肠。舍身谏主，路中大夫不愧忠臣！当下督率将士，婴城固守。未几即由汉将栾布，驱兵杀到，与胶西胶东菑川三国人马，交战一场，不分胜负。又未几由平阳侯曹襄，率兵继至，与栾布两路夹攻，击败三国将士。齐王将闾，也乘势开城,麾兵杀出,三路并进,把三国人马扫得精光。济南军也不敢相救,逃回本国去了。如此不耐久战,造什么反!

胶西王卬,奔还高密,即胶西都城。免冠徒跣,席稿饮水,入向王太后谢罪。王太后本教他勿反,至此见子败归,惹得忧愤交并,无词可说。独王太子德,从旁献议,还想招集败卒,袭击汉军。卬摇首道:"将怯卒伤,怎可再用?"道言未绝,外面已递入一书,乃是弓高侯韩颓当差人送来。卬又吃了一惊,展开一阅,见书中写着道:

奉诏诛不义,降者赦除其罪,仍复故土,不降者灭之。王今何处?当待命从事!

卬既阅罢,问明来使,始知韩颓当领兵到来,离城不过十里。此时无法拒绝,只好偕同来使,往见颓当。甫至营前,即肉袒匍匐,叩头请罪。既已做错,一死便了,何必这般乞怜!颓当闻报,手执金鼓,出营语卬道:"王兴师多日,想亦劳苦,但不知王为何事发兵?"卬膝行前进道:"近因晁错用事,变更高皇帝命令,侵削诸侯,卬等以为不义,恐他败乱天下,所以联合七国,发兵诛错。今闻错已受诛,卬等谨罢兵回国,自愿请罪!"颓当正色道:"王若单为晁错一人,何勿上表奏闻,况未曾奉诏,擅击齐国,齐本守义奉法,又与晁错毫不相关,试问王何故进攻? 如此看来,王岂徒为晁错么?"说着,即从袖中取出诏书,朗读一周。诏书大意,无非说是造反诸王,应该伏法等语。听得刘卬毛骨皆寒,无言可辩。及颓当读完诏书,且与语道:"请王自行裁决,无待多言!"卬乃流涕道:"如卬等死有余辜,也不望再生了。"随即拔剑自刎。卬母与卬子,闻卬毕命,也即自尽。胶东王雄渠,菑川王贤,济南王辟光,得悉胶西王死状,已是心惊,又闻汉兵四逼,料难抵敌,不如与卬同尽,免得受刀。因此预求一死,或服药,或投缳,并皆自杀。七国中已平了六国,只有赵王遂,守住邯郸。由汉将郦寄,率兵围攻,好几月不能取胜。乃就近致书栾布,请他援应。栾布早拟班师,因查得齐王将闾,曾与胶西诸国通谋,不能无罪,所以表请加讨,留齐待命。齐王将闾,闻风先惧,竟至饮鸩丧生,布乃停兵不攻。会接郦寄来书,乃移兵赴赵。赵王遂求救匈奴,匈奴已探知吴楚败耗,不肯发兵,赵势益危。郦栾两军,合力攻邯郸城,尚不能下。嗣经栾布想出一法,决水灌入,守兵大惊,城脚又坏,终被汉军乘隙突进,得破邯郸。赵王遂无

路可奔,也拼着性命,一死了事,于是七国皆平。

济北王志,前与胶西王约同起事,虽由郎中令设法阻挠,总算中止。见五十三回。但闻齐王难免一死,自己怎能逃咎,因与妻子诀别,决计自裁。妻子牵衣哭泣,一再劝阻,志却与语道:"我死,汝等或尚可保全。"随即取过毒药,将要饮下。有一僚属公孙玃,从旁趋入道:"臣愿为大王往说梁王,求他通意天子,如或无成,死亦未迟。"志乃依言,遣玃往梁。梁王武传令入见,玃行过了礼,便向前进言道:"济北地居西塞,东接强齐,南牵吴越,北逼燕赵。势不能自守,力不足御侮。前因吴与胶西双方威胁,虚言承诺,实非本心。若使济北明示绝吴,吴必先下齐国,次及济北,联合燕赵,据有山东各国,西向叩关,成败尚未可知。今吴王联合诸侯,贸然西行,彼以为东顾无忧,哪知济北抗节不从,致失后援,终落得势孤援绝,兵败身亡。大王试想区区济北,若非如此用谋,是以犬羊敌虎狼,早被吞噬,怎能为国效忠,自尽职务?乃功义如此,尚闻为朝廷所疑,臣恐藩臣寒心,非社稷利!现在只有大王能持正义,力能斡旋,诚肯为济北王出言剖白,上全危国,下保穷民,便是德沦骨髓,加惠无穷了!愿大王留意为

第五十五回　平叛军太尉建功　保屏王邻封乞命

幸！"不外恭维。梁王武闻言大悦，即代为驰表上闻，果得景帝复诏，赦罪不问。但将济北王徙封菑川。公孙獲既得如愿，自然回国复命，济北王志才得幸全。

各路将帅，陆续回朝，景帝论功行赏，封窦婴为魏其侯，栾布为鄃侯。惟周亚夫曹襄等早沐侯封，不便再加，仍照旧职，不过赏赐若干金帛，算做报功。其余随征将士，亦皆封赏有差。自齐王将闾服毒身亡，景帝说他被人胁迫，罪不至死，特从抚恤条例，赐谥将闾为孝王，使齐太子寿，仍得嗣封。一面拟封吴楚后人，奉承先祀。窦太后得知此信，召语景帝道："吴王首谋造反，罪在不赦，奈何尚得封荫子孙？"景帝乃罢。惟封平陆侯宗正刘礼为楚王，礼为楚元王交次子，命礼袭封，是不忘元王的意思。又分吴地为鲁江都二国，徙淮阳王余为鲁王，汝南王非为江都王。二王为景帝子，见五十三回。立皇子端为胶西王，彻为胶东王，胜为中山王。迁衡山王勃为济北王，庐江王赐为衡山王。济南国除，不复置封。

越年，立子荣为皇太子，荣为景帝爱姬栗氏所出，年尚幼稚，因母得宠，遂立为储嗣。时人或称为栗太子。栗太子既立，栗姬越加得势，遂暗中设法，想将薄皇后挤去，好使自己正位中宫。薄皇后既无子嗣，又为景帝所不喜，只看太皇太后薄氏面上，权立为后。见五十三回。本来是个宫中傀儡，有名无实，一经栗姬从旁倾轧，怎得保得住中宫位置？果然到了景帝六年，被栗姬运动成熟，下了一道诏旨，平白地将薄后废去。无故废后，景帝不为无过。栗姬满心欢喜，总道是桃僵可代，唾手告成，就是六宫粉黛，也以为景帝废后，无非为栗姬起见，虽然因羡生妒，亦惟有徒唤奈何罢了。谁知天有不测风云，人有旦夕祸福，栗姬始终不得为后，连太子荣都被摇动，黜为藩王。可怜栗姬数载苦心，付诸流水，免不得愤恚成病，玉殒香消。小子有诗咏道：

　　欲海茫茫总不平，一波才逐一波生。
　　从知谗妒终无益，色未衰时命已倾。

究竟太子荣何故被黜，待至下回再详。

吴楚二王之屯兵梁郊，不急西进，是一大失策，即非周亚夫之善于用兵，亦未必果能逞志。项霸王以百战余威，犹受困于广武间，卒至粮尽退师，败死垓下，况如吴楚二王乎？灌夫之为父复仇，路中大夫之为主捐躯，忠肝义胆，照耀史乘，备录之以示后世，所以劝子臣也。公孙獟愿说梁王，以片言之请命，救屏主于垂危，亦未始非济北忠臣。假令齐王将闾，有此臣属，则亦何至仓皇毕命。将闾死而志独得生，此国家之所以不可无良臣也。彼七王之致毙，皆其自取，何足惜乎！

第五十六回

王美人有缘终作后　栗太子被废复蒙冤

却说景帝妃嫔，不止栗姬一人，当时后宫里面，尚有一对姊妹花，生长槐里，选入椒房，出落得娉娉婷婷，成就了恩恩爱爱。闺姓王氏，母名臧儿，本是故燕王臧荼孙女，嫁为同里王仲妻，生下一男两女，男名为信，长女名娡，一名姝儿。次女名息姁。未几仲死，臧儿挈了子女，转醮与长陵田家，又生二子，长名蚡，幼名胜。娡年已长，嫁为金王孙妇，已生一女。臧儿平日算命，术士说她两女当贵，臧儿似信非信。适值长女归宁，有一相士姚翁趋过，由臧儿邀他入室，令与二女看相。姚翁见了长女，不禁瞠目道："好一个贵人，将来当生天子，母仪天下！"继相次女，亦云当贵，不过比乃姊稍逊一等。汉家相士，所言多验，想是独得秘传。臧儿听着，暗想长女已嫁平民，如何能生天子？得为国母？因此心下尚是怀疑。事有凑巧，朝廷选取良家子女，纳入青宫，臧儿遂与长女密商，拟把她送入宫中，博取富贵。长女娡虽已有夫，但闻着富贵两字，当然欣羡，也不能顾及名节，情愿他适。臧儿即托人向金氏离婚，金氏如何肯从，辱骂臧儿。臧儿不管他肯与不肯，趁着长女归宁未返，就把她装束起来，送交有司，辇运入宫。

槐里与长安相距，不过百里，朝发夕至。一入宫门，便拨令侍奉太子，太子就是未即位的景帝。壮年好色，喜得娇娃，娡复为希宠起见，朝夕侍侧，格外巴结，惹得太子色魔缠扰，情意缠绵，男贪女爱，我我卿卿，一朵残花，居然压倒香国，不到一年，便已怀胎，可惜是弄瓦之喜，未及弄璋。大器须要晚成。惟宫中已呼她为王美人，或称王夫人。美人系汉宫妃妾之称，秩视二千石。这王美人忆及同胞，又想到女弟身上，替她关说。太子是多多益善，就派了东宫侍监，赍着金帛，再向臧儿家聘选次女，充作嫔嫱。臧儿自送长女入宫后，尚与金氏争执数次，究竟金氏是一介平民，不能与储君构讼，只好和平解决，不复与争。此次由宫监到来，传说王美人如何得宠，如何生女，更令臧儿生欢。及听到续聘次女一事，也乐得惟命是从，随即受了金帛，又把次女改装，打扮得齐齐整整，跟着宫监，出门上车。

好容易驰入东宫，乃姊早已待着，叮嘱数语，便引见太子。太子见她体态轻盈，与乃姊不相上下，自然称心合意，相得益欢。当夜开筵与饮，令姊妹花左右侍宴，约莫饮了十余觥，酒酣兴至，情不自持，王美人知情识趣，当即辞去。神女初会高唐，襄王合登巫峡，行云布雨，其乐可知。比乃姊如何。说也奇怪，一点灵犀，透入子宫，竟尔絪缊化育，得孕麟儿。十月满足，产了一男，取名为越，就是将来的广川王。

乃姊亦随时进御，接连怀妊，偏只生女不生男，到了景帝即位这一年，景帝梦见一个赤彘，从天空中降下，云雾迷离，直入崇芳阁中，及梦觉后，起游崇芳阁，尚觉赤云环绕，仿佛龙形，当下召术士姚翁入问，姚翁谓兆主吉祥，阁内必生奇男，当为汉家盛主。景帝大喜，过了数日，景帝又梦见神女捧日，授与王美人，王美人吞入口中。醒后即告知王美人，偏王美人也梦日入怀，正与景帝梦兆相符。景帝料为贵兆，遂使王美人移居崇芳阁，改阁名为绮兰殿，凭着那龙马精神，与王美人谐欢竟夕，果得应了瑞征。待至七夕佳期，天上牛女相会，人间麟趾呈祥，王美人得生一子，英声初试，便是不凡。景帝尝梦见高祖，叫他生子名彘，又因前时梦彘下降，遂取王美人子为彘。嗣因彘字取名，究属不雅，乃改名为彻。王美人生彻以后，竟不复孕，那妹子却迭生四男，除长男越外，尚有寄乘舜三人，后皆封王。事且慢表。

且说王美人生彻时，景帝已有数男，栗姬生子最多，貌亦可人，却是王美人的情敌。景帝本爱恋栗姬，与订私约，俟姬生一子，当立为储君。后来栗姬连生三男，长名荣，次名德，又次名阏。德已封为河间王，阏亦封为临江王，见五十三回。只有荣未受封，明明是为立储起见。偏经王家姊妹，连翩引入，与栗姬争宠斗妍，累得栗姬非常愤恨。王美人生下一彻，却有许多瑞兆相应，栗姬恐他立为太子，反致己子失位，所以格外献媚，力求景帝践言。景帝既欲立荣，又欲立彻，迁延了两三年，尚难决定。惟禁不住栗姬催促，絮聒不休，而且舍长立幼，也觉不情，因此决意立荣，但封彻

第五十六回　王美人有缘终作后　栗太子被废复蒙冤

为胶东王。见前回。

是时馆陶长公主嫖，为景帝胞妹，适堂邑侯陈午为妻，生有一女，芳名叫做阿娇。长公主欲配字太子，使人向栗姬示意，总道是辈分相当，可一说便成。偏偏栗姬不愿结婚，竟至复绝。原来长公主出入宫闱，与景帝谊属同胞，素来亲昵，凡后宫许多妾媵，都奉承长公主，求她先容，长公主不忍却情，免不得代为荐引。乐得做人情。独栗姬素来妒忌，闻着长公主时进美人，很为不平，所以长公主为女议婚，便不顾情谊，随口谢绝。长公主恼羞成怒，遂与栗姬结下冤仇。统是妇人意见。那王美人却趁此机会，联络长公主，十分巴结。两下相遇，往往叙谈竟日，无语不宣。长公主说及议婚情事，尚有恨声，王美人乐得凑奉，只说自己没福，不能得此佳妇。长公主随口接说，愿将爱女阿娇，与彻相配，王美人巴不得有此一语，但口中尚谦言彻非太子，不配高亲。语语反激，才情远过栗姬。惹得长公主耸眉张目，且笑且恨道："废立常情，祸福难料，栗氏以为己子立储，将来定得为皇太后，千稳万当，哪知还有我在，管教她儿子立储不成！"王美人忙接入道："立储是国家大典，应该一成不变，请长公主不可多心！"再激一句更恶。长公主愤然道："她既不中抬举，我也无暇多顾了！"王美人暗暗喜欢，又与长公主申订婚约，长公主方才辞去。王美人见了景帝，就说起长公主美意，愿结儿女姻亲。景帝以彻年较幼，与阿娇相差数岁，似乎不甚相合，所以未肯遽允。王美人即转喜为忧，又与长公主说明。长公主索性带同女儿，相将入宫，适胶东王彻，立在母侧。汉时分封诸王，年幼者多未就国，故彻尚在宫。长公主顺手携住，拥置膝上，就顶抚摩，戏言相问道："儿愿娶妇否？"彻生性聪明，对着长公主嬉笑无言。长公主故意指示宫女，问他可否合意？彻并皆摇首。至长公主指及己女道："阿娇可好么？"彻独笑着道："若得阿娇为妇，合贮金屋，甚好甚好！"小儿生就老脸皮。长公主不禁大笑，就是王美人也喜动颜开。长公主遂将彻抱定，趋见景帝，笑述彻言。景帝当面问彻，彻自认不讳。景帝想他小小年纪，独喜阿娇，当是前生注定姻缘，不若就此允许，成就儿女终身大事，于是认定婚约，各无异言。长公主与王美人，彼此做了亲母，情好尤深，一想报恨，一想夺嫡，两条心合做一条心，都要把栗姬母子挤去。栗姬也有风闻，惟望自己做了皇后，便不怕她播弄。好几年费尽心机，才把薄皇后挤落台下，正想自己登台，偏有两位新亲母，从旁摆布，不使如愿。这也是因果报应，弄巧反拙呢！

景帝方欲立栗姬为后，急得长公主连忙进谗，诬称栗姬崇信邪术，诅咒妃嫱，每与诸夫人相会，往往唾及背后。量窄如此，恐一得为后，又要看见人彘的惨祸了！景帝听及人彘二字，未免动心，遂踱至栗姬宫内，用言探试道："我百年后，后宫诸姬，已得生子，汝应善为待遇，幸勿忘怀。"一面说，一面瞧着栗姬容颜忽然改变，又紫又青，半晌不发一言。一味嫉妒，全无才具，怎能免人挤排。待了多时，仍然无语，甚且将脸儿背转，遂致景帝忍耐不住，起身便走。甫出宫门，但听里面有哭骂声，隐约有老狗二字。本想回身诘责，因恐徒劳口角，反失尊严，不得已忍气而去。自是心恨栗姬，不愿册立。长公主又日来侦伺，或与景帝晤谈，辄称胶东王如何聪俊，如何孝顺，景帝也以为然。并记起前时梦兆，多主吉祥，如或立为太子，必能缵承大统。此念一起，太子荣已是动摇，再加王美人格外谦和，誉满六宫，越觉得栗姬母子，相形见绌了。

流光如驶，又是一年，大行官礼官。忽来奏请，说是子以母贵，母以子贵，今太子母尚无位号，应即册为皇后。景帝瞧着，不禁大怒道："这事岂汝等所宜言？"说着，即命将大行官论罪，拘系狱中，且竟废太子荣为临江王。条侯周亚夫，魏其侯窦婴，先后谏诤，皆不见从。婴本来气急，谢病归隐，只周亚夫仍然在朝，寻且因丞相陶青病免，即令亚夫代任，但礼貌反不及曩时，不过援例超迁罢了。看官听说！景帝决然废立，是为了大行一奏，疑是栗姬暗中主使，所以动怒。其实主使的不是栗姬，却是争宠夺嫡的王美人。王美人已知景帝怨恨栗姬，特嘱大行奏请立后，为反激计。果然景帝一怒，立废太子，只大行官为此下狱，枉受了数旬苦楚。后来王美人替他缓颊，才得释放，总算侥幸免刑。那栗姬从此失宠，不得再见景帝一面。深宫寂寂，长夜漫漫，叫她如何不愤，如何不病。未几又来了一道催命符，顿将栗姬芳魂，送入冥府！看官不必细猜，便可知彻为太子，王美人为皇后，是送死栗姬的催命符呢。

惟自太子荣被废，至胶东王彻得为太子，中间也经过两月有余，生出一种波折，几乎把两亲母的秘谋，平空打断。还亏王氏母子，生就多福，任凭他人觊觎，究竟不为所夺，仍得暗地斡旋。看官欲知觊觎储位的人物，就是景帝胞弟梁王武。梁王武前次入朝，景帝曾有将来传位的戏言，被窦婴从旁谏阻，扫兴还梁。见五十三回。至七国平定，梁王武固守有功，得赐天子旌旗，出警入跸，开拓国都睢阳城约七十里，建筑东苑方三百余里，招延四方宾客，如齐人羊胜公孙诡邹阳，吴人枚乘严忌，蜀人司马相如等，陆续趋集，侍宴东苑，称盛一时。公孙诡更多诡计，不愧大名。常为梁王谋划帝位，梁王倍加宠遇，任为中尉。及栗太子废立时，梁王似预得风闻，先期入朝，静觇内变，果然不到多日，储君易位。梁王进谒窦太后，婉言干请，意欲太后替他主张，订一兄终弟及的新约。太后爱怜少子，自然乐从，遂召入景帝，再开家宴，酒过数巡，太后顾着景帝道："我已老了，能有几多年得生世间，他日梁王身世，所托惟兄。"景帝闻言避席，慌忙下跪道："谨遵慈命！"太后甚喜，即命景帝起来，仍复欢宴。直至三人共醉，方罢席而散。既而景帝酒醒，自思太后所言，寓有深意，莫非因我废去太子，即将梁王接替不成。因特召入诸大臣，与他密议所闻。太常袁盎首答道："臣料太后意思，实欲立梁王为储君，但臣决以为不可行！"景帝复问及不可行的理由，盎复答道："陛下不闻宋宣公么？宋宣公见春秋时代。不立子殇公，独立弟穆公，后来五世争国，祸乱不绝。小不忍必乱大谋，故春秋要义，在大居正，传子不传弟，免得乱统。"说到此语，群臣并齐声赞成。景帝点首称是，遂将袁盎所说，转白太后。太后虽然不悦，但也无词可驳，只得罢议。梁王武不得逞谋，很是懊恼，复上书乞赐容车地，由梁国直达长乐宫。当使梁民筑一甬道，彼此相接，可以随时通车，入觐太后，这事又是一大奇议，自古罕闻。景帝将原书颁示群臣，又由袁盎首先反对，力为驳斥。景帝依言，拒复梁王，且使梁王归国。梁王闻得两番计策，都被袁盎打消，恨不得手刃袁盎，只因有诏遣归，不便再留，方怏怏回国去了。

　　景帝遂立王美人为皇后，胶东王彻为皇太子，一个再醮的民妇，居然得入主中宫，若非福命生成，怎有这番幸遇！可见姚翁所言，确是不诬。还有小王美人息姁，亦得进位夫人，所生长子越与次子寄，已有七龄，并为景帝所爱，拟皆封王。到了景帝改元的第二年，景帝三次改元，第一次计七年，第二次计六年，第三次计三年，史称第二次为中元年，末次为后元年。即命越王广川，寄王胶东，尚有乘舜二幼子，后亦授封清河

王美人有缘终作后

常山二王。可惜息姁享年不永,未及乃姊福寿,但也算是一个贵命了。话休叙烦。

且说太子荣,既失储位,又丧生母,没奈何辞行就国,往至江陵。江陵就是临江国都,本是栗姬少子阏分封地,见前文。阏已夭逝,荣适被黜,遂将临江封荣。荣到国甫及年余,因王宫不甚宽敞,特拟估工增筑。宫外苦无隙地,只有太宗文皇帝庙垣与宫相近,尚有余地空着,可以造屋,荣不顾后虑,乘便构造。偏被他人告发,说他侵占宗庙余地,无非投井下石。景帝乃征令入都。荣不得不行,就在北门外设帐祖祭,即日登程。相传黄帝子累祖,壮年好游,致死道中,后人奉为行神。一说系共工氏子修。每遇出行,必先设祭,因此叫作祖祭。荣已祭毕,上车就道,蓦听得豁喇一声,车轴无故自断,不由的吃了一惊,只好改乘他车。江陵父老,因荣抚治年余,却还仁厚爱民,故多来相送。既见荣车断轴,料知此去不祥,相率流涕道:"我王恐不复返了!"荣别了江陵百姓,驰入都中,当有诏旨传将出来,令荣至中尉处待质。冤冤相凑,碰着了中尉郅都,乃是著名的酷吏,绰

号苍鹰,朝臣多半侧目,独景帝说他不避权贵,特加倚任。这大约是臭味相投,别有赏心呢! <u>句中有刺。</u>

先是后宫中有一贾姬,色艺颇优,也邀主眷。景帝尝带她同游上苑,赏玩多时,贾姬意欲小便,自往厕所,突有野彘从兽栏窜出,向厕闯入。景帝瞧着,不禁着忙,恐怕贾姬受伤,急欲派人往救。郅都正为中郎将,侍驾在旁,见景帝顾视左右,面色仓皇,却故意把头垂下,佯作不见。景帝急不暇择,竟拔出佩剑,自去抢救,郅都偏趋前数步,拦住景帝,伏地启奏道:"陛下失一姬又有一姬,天下岂少美妇人? 若陛下自去冒险,恐对不住宗庙太后,奈何为一妇人,不顾轻重呢!"景帝乃止。俄而野彘退出,贾姬也即出来,幸未受伤,当由景帝挈她登辇,一同还宫。适有人将郅都谏诤,入白太后,太后嘉他知义,赏赐黄金百斤。景帝亦以都为忠,加赐百金,嗣是郅都称重朝廷。<u>也亏贾姬不加妒忌,才得厚赐。</u>既而济南有一瞷氏大族,约三百余家,横行邑中,有司不敢过问。景帝闻知,特命郅都为济南守,令他往治。都一到济南,立即派兵往捕,得瞷氏首恶数人,斩首示众,余皆股栗,不敢为非。约莫过了一年,道不拾遗,济南大治,连邻郡都惮他

栗太子被废复蒙冤

声威,景帝乃召为中尉。

郅都再入国门,丰裁越峻,就是见了丞相周亚夫,亦只一揖,与他抗礼。亚夫却也不与计较。及临江王荣,征诣中尉,郅都更欲借此申威,召至对簿,装起一张黑铁面孔,好似阎罗王一般。荣究竟少年,未经大狱,见着郅都这副面目,已吓得魂胆飞扬,转思母死弟亡,父已失爱,余生也觉没趣,何苦向酷吏乞怜,不若作书谢过,自杀了事。主意已定,乃旁顾府吏,欲借取纸笔一用。哪知又被郅都喝阻,竟叱令皂役,把他牵回狱中。还是魏其侯窦婴闻悉情形,取给纸笔。荣写就一封绝命书,托狱吏转达景帝,一面解带悬梁,自缢而亡。*却是可怜!* 狱吏报知郅都,都并不惊惶,但取荣遗书呈入。景帝览书,却也没有什么哀戚,只命将王礼殓葬,予谥曰闵,待至出葬蓝田,偏有许多燕子,替他衔泥,加置冢上。途人见之,无不惊叹,共为临江王呼冤。小子有诗叹道:

入都拚把一身捐,玉碎何心望瓦全?
底事苍鹰心太狠,何如燕子尚知怜!

窦婴闻报,代为不平,便即入奏太后。欲知太后曾否加怜,待下回详细说明。

薄皇后为栗姬所排,无辜被废,而王美人又伺栗姬之后,并栗太子而掉去之,天道好还,何报应之巧耶?独怪景帝为守成令主,乃为二三妇人所播弄,无故废后,是为不义;无端废子,是为不慈。且王美人为再醮之妇,名节已失,亦不宜正位中宫,为天下母,君一过多矣,况至再至三乎!太子荣既降为临江王,欲求免祸,务在小心,旧有王宫,居之可也,必欲鸠工增筑,致有侵及宗庙之嫌,未免自贻伊戚。但晁错穿庙垣而犹得无辜,临江王侵庙地而即致加罪,谁使苍鹰,迫诸死地?谓其非冤,不可得也。夫有栗太子之冤死,益足见景帝之忍心,苏颖滨谓其忌刻少恩,岂过毁哉!

第五十七回

索罪犯曲全介弟　赐肉食戏弄条侯

却说窦婴入谒太后，报称临江王冤死情形，窦太后究属婆心，不免泣下，且召入景帝，命将郅都斩首，俾得雪冤。景帝含糊答应，及退出外殿，又不忍将都加诛，但令免官归家。未几又想出一法，潜调都为雁门太守。雁门为北方要塞，景帝调他出去，一是使他离开都邑，免得母后闻知，二是使他镇守边疆，好令匈奴夺气。果然郅都一到雁门，匈奴兵望风却退，不敢相逼。甚至匈奴国王，刻一木偶，状似郅都，令部众用箭射像，部众尚觉手颤，迭射不中。这可想见郅都声威，得未曾有哩！匈奴本与汉朝和亲，景帝五年，也曾仿祖宗遗制，将宗室女充作公主，遣嫁出去，但番众总不肯守静，往往出没汉边，时思侵掠。自从郅都出守，举国相戒，胆子虽怯，心下总是不甘，便由中行说等定计，遣使入汉，只说郅都虐待番众，有背和约。景帝也知匈奴逞刁，置诸不问。偏被窦太后得知，大发慈威，怒责景帝敢违母命，仍用郅都，内扰不足，还要叫他虐待外人，真正岂有此理！今惟速诛郅都，方足免患。景帝见母后动怒，慌忙长跪谢过，并向太后哀求道："郅都实是忠臣，外言不足轻信，还乞母后贷他一死，以后再不轻用了！"太后厉声道："临江王独非忠臣么？为何死在他手中，汝若再不杀都，我宁让汝！"这数句怒话，说得景帝担当不起，只好勉依慈命，遣人传旨出去，把郅都置诸死刑。都为人颇有奇节，居官廉正，不受馈遗，就使亲若妻孥，也所不顾，但气太急，心太忍，终落得身首两分，史家称为酷吏首领，实是为此。持平之论。

景帝得使臣还报，尚是叹惜不已。忽闻太常袁盎，被人刺死安陵门外，还有大臣数人，亦皆遇害。景帝不待详查，便顾语左右道："这定是梁王所为，朕忆被害诸人，统是前次与议诸人，不肯赞成梁王，所以梁王挟恨，遣人刺死；否则盎有他仇，盎死便足了事，何故牵连多人呢！"说着，即令有司严捕刺客，好几日不得拿获。惟经有司悉心钩考，查得袁盎尸旁，遗有一剑，此剑柄旧锋新，料经工匠磨洗，方得如此。当下派干吏取剑过市，问明工匠，果有一匠承认，谓由梁国郎官，曾令磨擦生新。干吏遂复报有司，有司复转达景帝，景帝立遣田叔吕季主两人，往梁索犯。田叔曾为赵王张敖故吏，经高祖特别赏识，令为汉中郡守。见前文。在任十余年，方免职还乡。景帝因他老成练达，复召令入朝，命与吕季主同赴梁都。田叔明知刺盎首谋就是梁王，但梁王系太后爱子，皇上介弟，如何叫他抵罪？因此降格相求，姑把梁王撇去，唯将梁王幸臣公孙诡羊胜，当作案中首犯，先派随员飞驰入梁，叫他拿交诡胜两人。诡胜是梁王的左右手，此次遣贼行刺，原是两人教唆出来，梁王方嘉他有功，待遇从隆，怎肯将他交出？反令他匿居王宫，免得汉使再来捕拿。田叔闻梁王不肯交犯，乃持诏入梁，责令梁相轩邱豹及内史韩安国等，拿缉诡胜两犯，不得稽延。这是旁敲侧击的法门，田叔不为无见。轩邱豹是个庸材，碌碌无能，哪里捕得到两犯？只有韩安国材识远过轩邱豹，却是有些能耐，从前吴楚攻梁，幸赖安国善守，才得保全。见五十四回。还有梁王僭拟无度，曾遭母兄诘责，也亏安国入都斡旋，求长公主代为洗刷，梁王方得无事。此数语是补叙前文之阙。后来安国为诡胜所忌，构陷下狱，狱吏田甲，多方凌辱，安国慨然道："君不闻死灰复燃么？"田甲道："死灰复燃，我当撒尿浇灰！"哪知过了数旬，竟来了煌煌诏旨，说是梁内史出缺，应用安国为内史。梁王不敢违诏，只好释他出狱，授内史职，慌得田甲不知所措，私下逃去。安国却下令道："甲敢弃职私逃，应该灭族！"甲闻令益惧，没奈何出见安国，肉袒叩头，俯伏谢罪。这也是小人惯技。安国笑道："何必出此！请来撒尿！"甲头如捣蒜，自称该死。安国复笑语道："我岂同汝等见识，徒知侮人？汝幸遇我，此后休得自夸！"甲惶愧无地，说出许多感恩悔过的话儿，安国不复与较，但令退去，仍复原职。甲始拜谢而出。从此安国大度，称颂一方。惟至刺盎狱起，诡胜二人匿居王宫，安国不便入捕，又无从卸责。踌躇数日，乃入白梁王道："臣闻主辱臣死，今大王不得良臣，竟遭摧辱，臣情愿辞官就死！"说着，泪下数行，梁王诧异道："君何为至此？"安国道："大王原系皇帝亲弟，但与太上皇对着高帝，与今上对着临江王，究系谁亲？"梁王应声道："我却勿如。"安国道："高帝尝谓提三尺剑，自取天下，所以太上皇不便相制，坐老栎阳。临江王无罪被废，又为了侵地一案，自杀中尉府。父子至亲，尚且如此，俗语有云，虽有亲父，安知不为虎？虽有亲兄，安知不为狼？今大王列在诸侯，听信邪臣违禁犯法，天子为着太后一人，不忍加罪，使交出诡胜二人，大王尚力为袒护，未肯遵诏，恐天子一怒，太后亦难挽回。况太后亦连日涕泣，惟望大王改过，大王尚不觉悟，一旦太后晏驾，大王将攀援何人呢？"怵以利害，语婉而切。梁王不待说毕，已是泪下，乃入嘱诡胜，令他自图。诡胜无法求免，只得仰药毕命。梁王命将两人尸首，取示田叔吕季主，田吕乐得留情，好言劝慰。但尚未别去，还要探刺案情。梁王不免加忧，意欲选派一人，入都转圜，免得意外受罪。想来想去，只有邹阳可使，乃嘱令入都，并取给千金，由他使用，邹阳受金即行。这位邹阳的性格，却是忠直豪爽，与公孙诡羊胜不同，从前为了诡胜不法，屡次谏诤，几被他构成大罪，下狱论死。亏得才华敏赡，下笔千言，自就狱中缮成一书，呈入梁王。梁王见他词旨悱恻，也为动情，因命释出狱中，照常看待。阳却不愿与诡胜同事，自甘恬退，厌闻国政。至诡胜伏法，梁王始知阳有先见，再三慰勉，浼他入

都调护，阳无可推诿，不得不勉为一行。既入长安，探得后兄王信，方蒙上宠，遂托人介绍，踵门求见，信召入邹阳，猝然问道："汝莫非流寓都门，欲至我处当差么？"邹阳道："臣素知长君门下，人多如鲫，不敢妄求使令。信系后兄，时人号为长君，故阳亦援例相称。今特竭诚进谒，愿为长君预告安危。"信始竦然起座道："君有何言？敢请明示！"阳又说道："长君骤得贵宠，无非因女弟为后，有此幸遇。但祸为福倚，福为祸伏，还请长君三思。"长君听了，暗暗生惊。原来王皇后善事太后，太后因后推恩，欲封王信为侯。嗣被丞相周亚夫驳议，说是高祖有约，无功不得封侯，乃致中止。这也是补叙之笔。今阳来告密，莫非更有意外祸变，为此情急求教，忙握着阳手，引入内厅，仔细问明。阳即申说道："袁盎被刺，案连梁王，梁王为太后爱子，若不幸被诛，太后必然哀戚，因哀生愤，免不得迁怒豪门。长君功无可言，过却易指，一或受责，富贵恐不保了。"庸人易骄亦易惧，故阳多恫吓语。长君被他一吓，越觉着忙，皱眉问计。阳故意摆些架子，令他自思，急得王信下座作揖，几乎欲长跪下去。阳始从容拦阻，向他献议道："长君欲保全禄位，最好是入白主上，毋穷梁事，梁王脱罪，太后必深感长君，与共富贵，何人再敢摇动呢！"信展颜为笑道："君言诚是，惟主上方在盛怒，应如何进说主上，方可挽回？"连说话都要教他，真是一个笨伯！阳说道："长君何不援引舜事，舜弟名象，尝欲杀舜，及舜为天子，封象有庳（bēi），自来仁人待弟，不藏怒，不宿怨，只是亲爱相待，毫无怨言。今梁王顽不如象，应该加恩赦宥，上效虞廷，如此说法，定可挽回上怒了。"信乃大喜，待至邹阳辞出，便入见景帝，把邹阳所教的言语，照述一遍，只不说出是受教邹阳。景帝喜信能知舜事，且自己好摹仿圣王，当然合意，遂将怨恨梁王的意思，消去了一大半。可巧田叔吕季主查完梁事，回京复命，路过霸昌厩，得知宫中消息，窦太后为了梁案，日夜忧泣不休，田叔究竟心灵，竟将带回案卷，一律取出，付诸一炬。吕季主大为惊疑，还欲抢取，田叔摇手道："我自有计，决不累君！"季主乃罢。待至还朝，田叔首先进谒，景帝亟问道："梁事已办了否？"田叔道："公孙诡羊胜实为主谋，现已伏法，可勿他问。"景帝道："梁王是否预谋？"田叔道："梁王亦不能辞责，但请陛下不必穷究。"景帝道："汝二人赴梁多日，总有查办案册，今可带来否？"田叔道："臣已大胆毁去了。试想陛下只有此亲弟，又为太后所爱，若必认真办理，梁王难逃死罪。梁王一死，太后必食不甘味，寝不安席，陛下有伤孝友，故臣以为可了就了，何必再留案册，株累无穷。"景帝正忧太后哭泣不安，听了田叔所奏，不禁心慰道："我知道了。君等可入白太后，免得太后忧劳。"田叔乃与吕季主进谒太后，见太后容色憔悴，面上尚有泪痕，便即禀白道："臣等往查梁案，梁王实未知情，罪由公孙诡羊胜二人，今已将二人加诛，梁王可安然无事了。"太后听着，即露出三分喜色，慰问田叔等劳苦，令他暂且归休。田叔等谢恩而退。吕季主好似寄生虫。从此窦太后起居如故。景帝以田叔能持大体，拜为鲁相。田叔拜辞东往。梁王武却谢罪西来。梁臣茅兰，劝梁王轻骑入关，先至长公主处，寓居数日，相机入朝。梁王依议，便将从行车马，停住关外，自己乘着布车，潜入关中，至景帝闻报，派人出迎，只见车骑，不见梁王，慌忙还报景帝。景帝急命朝吏，四出探寻，亦无下落。正在惊疑的时候，突由窦太后趋出，向景帝大哭道："皇帝果杀我子了！"不脱妇人腔调。景帝连忙分辩，窦太后总不肯信。可巧外面有人趋入，报称梁王已至阙下，斧锧待罪。景帝大喜，出见梁王，命他起身入内，谒见太后。太后如获至宝，喜极生悲，梁王亦自觉怀惭，极口认过。景帝不咎既往，待遇如初，更召梁王从骑一律入关。梁王一住数日，因得邹阳报告，知是王信代为调停，免不得亲去道谢。两人一往一来，周旋数次，渐觉情投意合，畅叙胸襟。王信为了周亚夫阻他侯封，心中常存芥蒂，就是梁王武，因吴楚一役，亚夫坚壁不救，也引为宿嫌。两人谈及周丞相，并不禁触起旧恨，想要把他除去。梁王初幸脱罪，又要报复前嫌，正是江山可改，本性难移。因此互相密约，双方进言。王信靠着皇后势力，从中媒孽(niè)，梁王靠着太后威权，实行谗诬。景帝只有个人知识，哪禁得母妻弟舅，陆续蔽惑，自然不能无疑。况栗太子被废，及王信封侯时，亚夫并来絮聒，也觉厌烦，所以对着亚夫，已有把他免相的意思。不过记念旧功，一时未便开口，暂且迁延。并因梁王未知改过，仍向太后前搬弄是非，总属不安本分，就使要将亚夫免职，亦须待他回去，然后施行。梁王扳不倒亚夫，且见景帝情意浸衰，也即辞行回国，不复逗留。景帝巴不得他离开面前，自然准如所请，听令东归。会因匈奴部酋徐卢等六人，叩关请降，景帝当然收纳，并欲封为列侯。当下查及六人履历，有一个卢姓降酋，就是前叛王卢绾孙，名叫它人。绾前降匈奴,匈奴令为东胡王。见前文。嗣欲乘间南归,终不得志,郁郁而亡。至吕后称制八年,绾妻子潜行入关,诣阙谢罪,吕后颇嘉她反正,命寓燕邸,拟为置酒召宴,不料一病不起,大命告终,遂至绾妻不得相见,亦即病死。惟绾孙它人,尚在匈奴,承袭祖封,此时亦来投降。景帝为招降起见,拟将六人均授侯封,偏又惹动了丞相周亚夫,入朝面谏道:"卢它人系叛王后裔,应该加罪,怎得受封? 就是此外番王,叛主来降,也是不忠,陛下反封他为侯,如何为训!"景帝本已不悦亚夫,一闻此言,自觉忍耐不住,勃然变色道:"丞相议未合时势,不用不用!"亚夫讨了一场没趣,怅怅而退。景帝便封卢它人为恶谷侯,余五人亦皆授封。越日即由亚夫呈入奏章,称病辞官,景帝也不挽留,准以列侯归第,另用桃侯刘舍为丞相。舍本姓项,乃父名襄,与项伯同降汉朝,俱得封侯,赐姓刘氏。襄死后,由舍袭爵,颇得景帝宠遇,至是竟代为丞相。舍实非相材,幸值太平,国家无事,恰也好敷衍过去。一年一年又一年,已是景帝改元后六年,舍自觉闲暇,乃迎合上意,想出一种更改官名的条议,录呈景帝。先是景帝命改郡守为太守,郡尉为都尉。又减去侯国丞相的丞字,但称为相。舍拟改称廷尉为大理,奉常为太常,典客为大行,后又改名为大鸿胪。治粟内史为大农,后又改名大司农。将作少府为将作大匠,主爵中尉为都尉,后又改名右扶风。长信詹事为长信少府,将行为大长秋,九行为行人,景帝当即准议。未几又改称中大夫为卫尉,但改官名,何关损益,我国累代如此,至今尚仍是习,令人不解。总算是刘舍的相绩。挖苦得妙。梁王武闻亚夫免官,还道景帝信用己言,正好入都亲近,乃复乘车入朝。窦太后当然欢喜,惟景帝仍淡漠相遇,虚与应酬。梁王不免失望,更上书请留居京中,侍奉太后,偏又被景帝驳斥,梁王不得不归。归国数月,常闷闷不乐,趁着春夏交界,草木向荣,出猎消遣,忽有一人献上一牛,奇形怪状,背上生足,惹得梁王大加惊诧。罢猎回宫,惊魂未定,致引病魔,一连发了六日热症,服药无灵,竟尔逝世。讣音传到长安,窦太后废寝忘餐,悲悼的了不得,且泣且语道:"皇帝果杀我子了!"回应一笔,见得太后溺爱,只知梁王,不知景帝。景帝入宫省母,一再劝慰,偏太后全然不睬,只是卧床大哭,或且痛责景帝,说他逼归梁王,遂致毕命。景帝有口难言,好似哑子吃黄连,说不出的苦闷,没奈何央恳长公主代为劝解。长公主想了一策,与

第五十七回 索罪犯曲全介弟　赐肉食戏弄条侯

景帝说明,景帝依言下诏,赐谥梁王武为孝王,并分梁地为五国,尽封孝王子五人为王,连孝王五女,亦皆赐汤沐邑。太后闻报,乃稍稍解忧,起床进餐,后来境过情迁,自然渐忘。总计梁王先封代郡,继迁梁地,做了三十五年的藩王。拥资甚巨,坐享豪华,殁后查得梁库,尚剩黄金四十余万斤,其他珍玩,价值相等,他还不自知足,要想窥窃神器,终致失意亡身。惟平生却有一种好处,入谒太后,必致敬尽礼,不敢少违。就是在国时候,每闻太后不豫,亦且食旨不甘,闻乐不乐,接连驰使请安,待至太后病愈,才复常态。赐谥曰孝,并非全出虚诬呢。孝为百行先,故特别提叙。

梁王死后,景帝又复改元,史称为后元年。平居无事,倒反记起梁王遗言,曾说周亚夫许多坏处,究竟亚夫行谊,优劣如何,好多时不见入朝,且召他进来,再加面试。如或亚夫举止,不如梁王所言,将来当更予重任,也好做个顾命大臣,否则还是预先除去,免贻后患。主见已定,便令侍臣宣召亚夫,一面密嘱御厨,为赐食计。亚夫虽然免相,尚住都中,未尝还沛。一经奉召,当即趋入,见景帝兀坐宫中,行过了拜谒礼,景帝赐令旁坐,略略问答数语,便由御厨搬进酒肴,摆好席上。景帝命亚夫侍食,亚夫不好推辞,不过席间并无他人,只有一君一臣,已觉有些惊异,及顾视面

前，仅一酒卮，并无匕箸，所陈肴馔，又是一块大肉，余无别物，暗思这种办法，定是景帝有意戏弄，不觉怒意勃发，顾视尚席道：<u>尚席是主席官名。</u>"可取箸来。"尚席已由景帝预嘱，假作痴聋，立着不动。亚夫正要再言，偏景帝向他笑语道："这还未满君意么？"说得亚夫又恨又愧，不得已起座下跪，免冠称谢。景帝才说了一个起字，亚夫便即起身，掉头径出。<u>也太率性。</u>景帝目送亚夫出门，喟然太息道："此人鞅鞅，<u>与怏字通。</u>非少主臣。"<u>谁料你这般猜忌！</u>亚夫已经趋出，未及闻知，回第数日，突有朝使到来，叫他入廷对簿。亚夫也不知何因，只好随吏入朝。这一番有分教：

烹狗依然循故辙，鸣雌毕竟识先机。<u>汉高祖曾封许负为鸣雌亭侯。</u>

究竟亚夫犯着何罪，待看下回便知。

若孔子尝杀少正卯，不失为圣，袁盎亦少正卯之流亚也，杀之亦宜。然孔子之杀少正卯，未尝不请命鲁君，梁王武乃为盗贼之行，潜遣刺客以毙之，例以擅杀之罪，夫复何辞！但梁王为窦太后爱子，若有罪即诛，是大伤母后之心，倘母以忧死，景帝不但负杀弟之名，且并成逼母之罪矣！贤哉田叔，移罪于公孙诡羊胜，悉毁狱辞，还朝复命，片言悟主，此正善处人母子兄弟之间。而曲为调护者也。若周亚夫之忠直，远出袁盎诸人之上，盎之示直，伪也，亚夫之主直，诚也，盎以口舌见幸，而亚夫以功业成名，社稷之臣也，犹将十世宥之，以功能者，乃以直谏忤旨，赐食而不置箸，信谗而即召质，卒致柱石忠臣，无端饿死，庸非冤乎！黄钟毁弃，瓦釜雷鸣，古今殆有同慨焉。

第五十八回

嗣帝阼董生进三策　应主召申公陈两言

却说周亚夫到了大廷，已由景帝派出问官，责令亚夫对簿，且取出一封告密原书，交与阅看。亚夫览毕，全然没有头绪，无从对答。原来亚夫子恐父年老，预备后事，特向尚方掌供御用食物之官。买得甲楯五百具，作为他时护丧仪器。尚方所置器物，本有例禁，想是亚夫子贪占便宜，秘密托办，一面饬佣工运至家中，不给佣钱。佣工心中怀恨，竟说亚夫子偷买禁物，意图不轨，背地里上书告密。景帝方深忌亚夫，见了此书，正好作为罪证，派吏审问。其实亚夫子未尝禀父，亚夫毫不得知，如何辩说。问官还道他倔强负气，复白景帝，景帝怒骂道："我亦何必要他对答呢？"遂命将亚夫移交大理。即廷尉，见前。亚夫子闻知，慌忙过视，见乃父已入狱中，才将原情详告。亚夫也不暇多责，付之一叹。及大理当堂审讯，竟向亚夫问道："君侯何故谋反？"亚夫方答辩道："我子所买，乃系葬器，怎得说是谋反呢！"大理又讥笑道："就使君侯不欲反地上，也是欲反地下，何必讳言！"亚夫生性高傲，怎禁得这般揶揄，索性瞑目不言，仍然还狱。一连饿了五日，不愿进食，遂致呕血数升，气竭而亡，适应了许负的遗言。命也何如。

景帝闻亚夫饿死，毫不赗赠，但更封亚夫弟坚为平曲侯，使承绛侯周勃遗祀。那皇后亲兄王长君，却得从此出头，居然受封为盖侯了。莫非萦私！独丞相刘舍，就职五年，滥竽充数，无甚补益，景帝也知他庸碌，把他罢免，升任御史大夫卫绾为丞相。绾系代人，素善弄车，得宠文帝，由郎官迁授中郎将，为人循谨有余，干练不足。景帝为太子时，曾召文帝侍臣，同往宴饮，惟绾不应召，文帝越加器重。谓绾居心不贰，至临崩时曾嘱景帝道："卫绾忠厚，汝应好生看待为是！"景帝记着，故仍使为中郎将。未几出任河间王太傅，吴楚造反，绾奉河间王命，领兵助攻，得有战功，因超拜中尉，封建陵侯。嗣复徙为太子太傅，更擢为御史大夫。刘舍免职，绾循资升任，也不过照例供职，无是无非。至御史大夫一职，却用了南阳人直不疑。不疑也做过郎官，郎官本无定额，并皆宿卫宫中，人数既多，退班时辄数人同居，呼为同舍。会有同舍郎告归，误将别人金钱携去，失金的郎官，还道是不疑盗取，不疑并不加辩，且措资代偿。*未免矫情。*嗣经同舍郎假满回来，仍将原金送还失主，失主大惭，忙向不疑谢过。不疑才说明意见，以为大众蒙谤，宁我受诬，于是众人都称不疑为长老。及不疑迁任中大夫，又有人讥他盗嫂无行，徒有美貌。不疑仍不与较，但自言我本无兄，从来也因从击吴楚得封塞侯，兼官卫尉，卫绾为相，不疑便超补御史大夫，两人都自守本分，不敢妄为。但欲要他治国平天下，却是相差得多呢！*断煞两人。*

景帝又用宁成为中尉，宁成专尚严酷，比郅都还要辣手，曾做过济南都尉，人民疾首，并且居心操行，远不及郅都的忠清。偏景帝视为能吏，叫他主持刑政，正是嗜好不同，别具见解。看他诏令中语，如疑狱加谳，*景帝中五年诏令。*治狱务宽，*后元年诏令。*也说得仁至义尽，可惜是徒有虚文，言与行违，就是戒修职事，*后二年诏令。*诏劝农桑，禁采黄金珠玉，*后三年诏令。*亦未必臣民逖听，一道同风。可见景帝所为，远逊乃父，史家以文景并称，未免失实。不过与民休息，无甚纷更，还算有些守成规范。到了后三年孟春，猝然遇病，竟致崩逝，享寿四十有八，在位一十六年。遗诏赐诸侯王列侯马各二驷，吏二千石，各黄金二斤，民户百钱，出宫人归家，终身不复役使，作为景帝身后隆恩。

太子彻嗣皇帝位，年甫十有六岁，就是好大喜功，比迹秦皇的汉武帝。*回顾本书第一回。*尊皇太后窦氏为太皇太后，皇后王氏为皇太后，上先帝庙号为孝景皇帝，奉葬阳陵。武帝未即位时，已娶长公主女陈阿娇为妃，此时尊为天子，当然立陈氏为皇后。*金屋贮娇，好算如愿。*又尊皇太后母臧儿为平原君，连臧儿所生子田蚡田胜，亦予荣封。蚡为武安侯，胜为周阳侯。*臧儿改嫁田氏，已与王氏相绝，田氏二子怎得无功封侯？即此已见武帝不遵祖制。*所有丞相御史等人，暂仍旧职，未几已将改年。向来新皇嗣统，应该就先帝崩后，改年称元，以后便按次递增，就使到了一百年，也没有再三改元等事。自文帝误信新垣平候日再中，乃有二次改元的创闻,见五十一回。景帝未知干蛊,还要踵事增华,索性改元三次,史家因称为前元中元后元,作为区划。武帝即位一年,照例改元,本不足怪,惟后来且改元十余次,有司曲意献谀,谓改元宜应天瑞,当用瑞命纪元,选取名号,因此从武帝第一次改元为始,迭用年号相系。元年年号,叫作建元,这是在武帝元鼎三年时新作出来,由后追前,各系年号,后人依书编叙,就称武帝第一年为建元元年。看官须知年号开始,创自武帝,也是一种特别纪念,垂为成例呢。标明始事,应有之笔。

　　武帝性喜读书,雅重文学,一经践阼,便颁下一道诏书,命丞相御史列侯郡守诸侯相等,举荐贤良方正、直言极谏之士。于是广川人董仲舒,菑川人公孙弘,会稽人严助,以及各处有名儒生,并皆被选,同时入都,差不多有百余人。武帝悉数召入,亲加策问,无非询及帝王治要。一班对策士子,统皆凝神细思,属笔成文,约莫有三五时,依次呈缴,陆续退出。武帝逐篇披览,无甚合意,及看到董仲舒一卷,乃是详论天人感应的道理,说得原原本本,计数千言。当即击节称赏,叹为奇文。原来仲舒少治《春秋》,颇有心得,景帝时已列名博士,下帷讲诵,目不窥园,又阅三年有余,功益精进。远近学子,俱奉为经师。至是诣阙对策,正好把生平学识,抒

展出来，果然压倒群儒，特蒙知遇。武帝见他言未尽意，复加策问，至再至三。仲舒更迭详对，统是援据《春秋》，归本道学，世称为天人三策，传诵古今。小子无暇抄录，但记得最后一篇，尤关重要，乃是请武帝崇尚孔子，屏黜异言。大略说是：

> 臣闻天者群物之祖，故遍复包含而无所殊。圣人法天而立道，亦溥爱而无私。春者天之所以生也，仁者君之所以爱也，夏者天之所以长也，德者君之所以养也，霜者天之所以杀也，刑者君之所以罚也，故孔子作《春秋》，上揆之天道，下质诸人情，书邦家之过，兼灾异之变，以此见人之所为，其美恶之极，乃与天地流通，而往来相应，此亦言天之一端也。夫天令之谓命，命非圣人不行，质朴之谓性，性非教化不成，人欲之谓情，情非制度不节，是故古之王者，上谨于承天意，以顺命也，下务明教化民，以成性也，正法度之宜，别上下之序，以防欲也。修此三者，而大本举矣，人受命于天，固超然异于群生，故孔子曰：天地之性人为贵，明于天性，知自贵于物，然后知仁义，知仁义然后重礼节，重礼节然后安处善，安处善然后乐循理，乐循理然后谓之君子。臣又闻之：聚少成多，积小致巨，故圣人莫不以晻与暗字通致明，以微致显。是以尧发于诸侯，舜兴于深山，非一日而显也，盖有渐以致之矣。言出于己，不可塞也；行发于身，不可掩也。言行之大者，君子所以动天地也，故尽小者大，慎微者著。积善在身，犹长日加益而人不知也；积恶在身，犹火之销膏而人不见也，此唐虞之所以得令名，而桀纣之可为悼惧者也。夫乐而不乱，复而不厌者，谓之道。道者万世无敝，敝者道之失也。夏尚忠，殷尚质，周尚文者，救敝之术，当用此也。道之大原出于天，天不变，道亦不变，是以禹继舜，舜继尧，三圣相授，而守一道，不待救也。由是观之，继治世者其道同，继乱世者其道变，今大汉继乱之后，若宜少损周之文，致用夏之忠者。夫古之天下，犹今之天下，共是天下，古大治而今远不逮，安所缪盭而陵夷若是，意者有所失于古之道与？有所诡于天之理与？天亦有所分予，予之齿者去其角，傅之翼者两其足，是所受大者，不得取小也。古之所予禄者，不食于力，不动于末，与天同意者也。身宠而载高位，家温而食厚禄，因乘富贵之资力。以与民争利于下，民安能如

之哉？民日被朘(juān)削，浸以大穷，死且不避，安能避罪，此刑罚之所以繁，而奸邪之所以不可胜者也。公仪子相鲁，至其家，见织帛，怒而出其妻，食于舍而茹葵，愠而拔之，曰吾已食禄，又夺园夫红女利乎？红读如工。夫皇皇求财利，尝恐乏匮者，庶人之意也。皇皇求仁义，惟恐不能化民者，大夫之意也。易曰：负且乘，致寇至。言居君子之位，而为庶人之行者，祸患必至也。若居君子之位，当君子之行，则舍公仪休之相鲁，无可为者矣。且臣闻《春秋》大一统者，天地之常经，古今之通谊也。今师异道，人异论，百家殊方，指意不同，是以上无以持一统，法制数变，下不知所守。臣愚以为诸不在六艺之科，孔子之术者，皆绝其道，勿使并进。邪僻之说灭息，然后统纪可壹，法度可明，民乃知所从矣。

这篇文字，最合武帝微意。武帝年少气盛，好高骛远，要想大做一番事业，震古烁今，可巧仲舒对策，首在兴学，次在求贤，最后进说大一统模范，请武帝崇正黜邪，规定一尊，正是武帝有志未逮，首思举行，所以深相契合，大加称赏。当下命仲舒为江都相，使佐江都王非。景帝子，见前。武帝既赏识仲舒，何不留为内用？丞相卫绾，闻得武帝嘉美仲舒，忙即迎合意旨，上了一本奏牍，说是各地所举贤良，或治申韩学，申商韩非。或好苏张言，无关盛治，反乱国政，应请一律罢归。武帝自然准奏，除公孙弘严助诸人，素通儒学外，并令归去，不得录用。卫绾还道揣摩中旨，可以希宠固荣，保全禄位，哪知武帝并不见重，反因他拾人牙慧，格外鄙夷。不到数月，竟将卫绾罢免，改用窦婴为丞相。婴系窦太后侄儿，窦太后尝与景帝说及，欲令婴居相位。景帝谓婴沾沾自喜，量窄行轻，不合为相，所以终不见用。武帝也未尝定欲相婴，意中却拟重任田蚡，不过因蚡资望尚浅，恐人不服，并且婴是太皇太后的兄子，蚡乃皇太后的母弟，斟情酌理，亦应先婴后蚡，所以使婴代相，特命蚡为太尉。太尉一官，前时或设或废，惟周勃父子，两任太尉，及迁为丞相后，并将官职停罢。武帝复设此官，明明是位置田蚡起见。蚡虽曾学习书史，才识很是平常，只有性情乖巧，口才敏捷，乃是他的特长。自从武帝授为武安侯，他亦自知才具不足，广招宾佐，预为计划。入朝时乃滔滔奏对，议论动人，武帝堕入彀中，错疑他才能迈众，欲加大位。为此一误，遂惹出后来许多波澜，连窦婴也要被他排挤，断送

应主召申公陈两言

性命,这且待后再表。

　　且说窦婴田蚡,既握朝纲,揣知武帝好儒,也不得不访求名士,推重耆英。适御史大夫直不疑免官,遂同举代人赵绾继任,并又荐入兰陵人王臧,由武帝授为郎中令。赵王两人,既已受任,便拟仿照古制,请设明堂辟雍。武帝也有此意,叫他详考古制,采择施行,两人又同奏一本,说是臣师申公,稽古有素,应由特旨征召,邀令入议。这申公就是故楚遗臣,与白生同谏楚王,被罚司舂。见五十三回。及楚王戊兵败自焚,申公等自然免罪,各归原籍。申公鲁人,归家授徒,独重诗教,门下弟子,约千余人。赵绾王臧,俱向申公受诗,知师饱学,故特从推荐。武帝夙闻申公重名,立即派遣使臣,用了安车蒲轮,束帛加璧,迎聘申公。

　　申公已八十余岁,杜门不出,此次闻有朝使到来,只好出迎。朝使传述上意,赍交玉帛,申公见他礼意殷勤,不得不应召入都。既到长安,面见武帝,武帝见他道貌高古,格外加敬,当下传谕赐坐,访问治道,但听申公答说道:"为治不在多言,但视力行何如。"两语说完,便即住口。武帝待了半晌,仍不闻有他语,两语够了。暗思自己备着厚礼,迎他到来,难道叫他说此二语，便算了事？一时大失所望，遂不欲再加质问，但命他为大中大夫，暂居鲁邸，妥议明堂辟雍及改历易服与巡狩封禅等礼仪。申公已料武帝少年喜事，行不顾言，所以开口提出二语，待他有问再答。嗣见武帝不复加询，也即起身拜谢，退出朝门。赵绾王臧，引申公至鲁邸，叩问明堂辟雍等古制，申公微笑无言。绾与臧虽未免诧异，但只道是远来辛苦，不便遽问，因此请师休息，慢慢儿的提议。哪知宫廷里面，发生一大阻力，不但议事无成，还要闯出大祸，害得二人失职亡身，这真叫做冒昧进阶，自取祸殃哩。

原来太皇太后窦氏，素好黄老，不悦儒术，尝召入博士辕固取示老子书。辕固尚儒绌老，猝然答说道："这不过家人常言，无甚至理。"窦太后发怒道："难道定要司空城旦书么？"固知太后语意，是讥儒教苛刻，比诸司空狱官，城旦刑法，因与私见不合，掉头自退。固本善辩，从前与黄生争论汤武，黄生主张放弑，固主张征诛。景帝颇袒固说，此番在窦太后前碰了钉子，还是不便力争，方才退出。那窦太后怒气未平，且因固不知谢过，欲加死罪，转思罪无可援，不如使他入圈击彘，俾彘咬死，省得费事。恶之欲其死，全是妇人私见。亏得景帝知悉，不忍固无端致死，特令左右借与利刃，方才将彘刺死。太后无词可说，只得罢休。但每闻儒生起用，往往从中阻挠，所以景帝在位十六年，始终不重用儒生。及武帝嗣位，窦太后闻他好儒，大为不然，复欲出来干预。武帝又不便违忤祖母，所有朝廷政议，都须随时请命。窦太后对着他事，却也听令施行，只有关系儒家法言，如明堂辟雍等种种制度，独批得一文不值，硬加阻止。冒冒失失的赵绾，一经探悉，便入奏武帝道："古礼妇人不得预政，陛下已亲理万机，不必事事请命东宫。"处人骨肉之间，怎得如此直率！武帝听了，默然不答。看官听说，绾所说的东宫二字，乃是指长乐宫，为太皇太后所居。长乐宫在汉都东面，故称东宫。诠释明白，免致阅者误会。自从绾有此一奏，竟被太皇太后闻知，非常震怒，立召武帝入内，责他误用匪人。且言绾既崇尚儒术，怎得离间亲属？这明明是导主不孝，应该重惩。武帝尚想替绾护辩，只说丞相窦婴，太尉田蚡，并言赵绾多才，与王臧一同荐入，所以特加重任。窦太后不听犹可，听了此语，越觉怒不可遏，定要将绾臧下狱，婴蚡免官。武帝拗不过祖母，只好暂依训令，传旨出去，革去赵绾王臧官职，下吏论罪。拟俟窦太后怒解，再行释放。偏窦太后指二人为新垣平，非诛死不足示惩，累得武帝左右为难。哪知绾与臧已拚一死，索性自杀了事。*倒也清脱。* 小子有诗叹道：

才经拜爵即遭灾，祸患都从富贵来。

莫道文章憎命达，衔才便是杀身媒。

绾臧既死，窦太后还要黜免窦婴田蚡。究竟婴蚡曾否免官，待至下回再表。

武帝继文景之后，慨然有为，首重儒生，而董仲舒起承其乏，对策大廷，衰然举首。观其三策中语，持论纯正，不但非公孙弘辈可比，即贾长沙亦勿如也。武帝果有心鉴赏，应即留其补阙，胡为使之出相江都，是可知武帝之重儒，非真好儒也。第欲借儒生之词藻，以文致太平耳。申公老成有识，一经召问，即以力行为勉，譬如对症发药，先究病源，惜乎武帝之讳疾忌医，而未由针砭也。就令无窦太后之阻力，亦乌有济？董生去，申公归，而伪儒杂进，汉治不可问矣。

第五十九回

迎母姊亲驰御驾　访公主喜遇歌姬

却说窦婴田蚡，为了赵绾王臧，触怒太皇太后，遂致波及，一同坐罪。武帝不能袒护，只得令二人免官。申公本料武帝有始无终，不过事变猝来，两徒受戮，却也出诸意外，随即谢病免职，仍归林下，所有明堂辟雍诸议，当然搁置，不烦再提。武帝别用柏至侯许昌为相，武疆侯庄青翟为御史大夫，复将太尉一职，罢置不设。

先是河内人石奋，少侍高祖，有姊能通音乐，入为美人。美人乃是女职，注见前。奋亦得任中涓，内侍官名。迁居长安。后来历事数朝，累迁至太子太傅，谨慎供职，备位全身。有子四人，俱有父风，当景帝时，官皆至二千石，遂赐号为万石君。奋年老致仕，仍许食上大夫俸禄，岁时入朝庆贺，守礼如前，就是家规，亦非常严肃，子孙既出为吏，归谒时必朝服相见，如有过失，奋亦不欲明责，但当食不食，必经子孙肉袒谢罪，然后饮食如常，因此一门孝谨，名闻郡国。太皇太后窦氏示意武帝，略言儒生尚文，徒事藻饰，还不如万石君家，起自小吏，却能躬行实践，远胜腐儒。因此武帝记着，特令石奋长子建为郎中令，少子庆为内史。建已经垂老，须发尽白，奋尚强健无恙，每值五日休沐，建必回家省亲，私取乃父所服衣裤，亲为洗濯，悄悄付与仆役，不使乃父得知，如是成为常例。至入朝事君，在大庭广众中，似不能言，如必须详奏事件，往往请屏左右，直言无隐。武帝颇嘉他朴诚，另眼相看。一日有奏牍呈入，经武帝批发下来，又由建复阅，原奏内有一个马字，失落一点，不由的大惊道："马字下有四点（繁体字"馬"），像四足形与马尾一弯，共计五画，今有四缺一，倘被主上察出，岂不要受谴么？"为此格外谨慎，不敢少疏。看似迂拘，其实谨小慎微，也是人生要务，故特从详叙。惟少子庆，稍从大意，未拘小谨，某夕因酒后忘情，回过里门，竟不下车，一直驰入家中。偏被乃父闻知，又把老态形容出来，不食不语。庆瞧着父面，酒都吓醒，慌忙肉袒跪伏，叩头请罪，奋只摇首无言。时建亦在家，见弟庆触怒父亲，也招集全家眷属，一齐肉袒，跪在父前，代弟乞情，奋始冷笑道："好一个朝廷内史，为现今贵人，经过闾里，长老都皆趋避，内史却安坐车中，形容自若，想是现今时代，应该如此！"庆听乃父诘责，方知为此负罪，连忙说是下次不敢，幸乞恩恕。建与家人，也为固请，方由奋谕令退去，庆自此亦非常戒慎。比现今时代之父子相去何如？嗣由内史调任太仆，为武帝御车出宫，武帝问车中共有几马？庆明知御马六龙，应得六马，但恐忙中有错，特用鞭指数，方以六马相答。武帝却不责他迟慢，反默许他遇事小心，倚任有加。可小知者，未必能大受，故后来为相，贻讥素餐。至奋已寿终，建哀泣过度，岁余亦死，独庆年尚强，历跻显阶，事且慢表。夹入此段，虽为御史郎中令补缺，似承接上文之笔，但说他家风醇谨，却是借古箴今。

且说弓高侯韩颓当，自平叛有功后，还朝复命，见五十五回。未几病殁。有一庶孙，生小聪明，眉目清扬，好似美女一般，因此取名为嫣，表字叫做王孙，武帝为胶东王时，尝与嫣同学，互相亲爱，后来随着武帝，不离左右。及武帝即位，嫣仍在侧，有时同寝御榻，与共卧起。或说他为武帝男妾，不知是真是假，无从证明。惟嫣既如此得宠，当然略去形迹，无论什么言语，都好与武帝说知。武帝生母王太后，前时嫁与金氏，生有一女，为武帝所未闻。见五十六回。嫣却得自家传，具悉王太后来历，乘间说明。武帝愕然道："汝何不早言？既有这个母姊，应该迎她入宫，一叙亲谊。"当下遣人至长陵，暗地调查，果有此女，当即回报。武帝遂带同韩嫣，乘坐御辇，前引后随，骑从如云，一拥出横城门，横音光。横城门为长安北面西门。直向长陵进发。

长陵系高祖葬地，距都城三十五里，立有县邑，徙民聚居，地方却也闹热，百姓望见御驾到来，总道是就祭陵寝，偏御驾驰入小市，转弯抹角，竟至金氏所居的里门外，突然停下。向来御驾经过，前驱清道，家家闭户，人人匿踪，所以一切里门，统皆关住。当由武帝从吏，呼令开门，连叫不应，遂将里门打开，一直驰入。到了金氏门首，不过老屋三椽，借蔽风雨。武帝恐金女胆怯或致逃去，竟命从吏截住前后，不准放人出来。屋小人多，甚至环绕数匝，吓得金家里面，不知有何大祸，没一人不去躲避。金女是个女流，更慌得浑身发颤，带抖带跑，抢入内房，向床下钻将进去。哪知外面已有人闯入，四处搜寻，只有大小男女数人，单单不见金女。当下向他人问明，知在内室，便呼她出来见驾。金女怎敢出头？直至宫监进去，搜至床下，才见她缩做一团，还是不肯出来。宫监七手八脚，把她拖出，叫她放胆出见，可得富贵。她尚似信非信，勉强拭去尘污，且行且却，宫监急不暇待，只好把她扶持出来，导令见驾。金女战兢兢的跪伏地上，连称呼都不知晓，只好屏息听着。一路描摹，令人解颐。

　　武帝亲自下车，呜咽与语道："嘻！惊愕之辞。大姊何必这般胆小，躲入里面？请即起来相见！"金女听得这位豪贵少年，叫她大姊，尚未知是何处弟兄。不过看他语意缠绵，料无他患，因即徐徐起立。再由武帝命她坐入副车，同诣宫中。金女答称少慢，再返入家门，匆匆装扮，换了一套半新半旧的衣服，辞别家人，再出乘车。问明宫监，才知来迎的乃是皇帝，不由的惊喜异常。一路思想，莫非做梦不成！好容易便入皇都，直进皇宫，仰望是宫殿巍峨，俯瞩是康衢平坦，还有一班官吏，分立两旁，非常严肃，真是见所未见，闻所未闻。待到了一座深宫，始由从吏请她下车，至下

迎母姊亲驰御驾

车后,见武帝已经立着,招呼同入。因即在后跟着,缓步徐行。

既至内廷,武帝又嘱令立待,方才应声住步。不消多时,便有许多宫女,一齐出来,将她簇拥进去,凝神睇视,上面坐着一位雍容华贵的妇人,左侧立着便是引她同入的少年皇帝,只听皇帝指示道:"这就是臣往长陵,自去迎接的大姊。"又用手招呼道:"大姊快上前谒见太后!"当下福至心灵,连忙步至座前,跪倒叩首道:"臣女金氏拜谒。"亏她想着!王太后与金女,相隔多年,一时竟不相认,便开口问着道:"汝就是俗女么?"金女小名是一俗字,当即应声称是。王太后立即下座,就近抚女。女也曾闻生母入宫,至此有缘重会,悲从中来,便即伏地涕泣。太后亦为泪下,亲为扶起,问及家况。金女答称父已病殁,又无兄弟,只招赘了一个夫婿,生下子女各一人,并皆幼稚,现在家况单寒,勉力糊口云云。母女正在泣叙,武帝已命内监传谕御厨,速备酒肴。顷刻间便即搬入,宴赏团圞。太后当然上坐,姊弟左右侍宴,武帝斟酒一卮,亲为太后上寿,又续斟一卮,递与金女道:"大姊今可勿忧,我当给钱千万,奴婢三百人,公田百顷,甲第一区,俾大姊安享荣华,可好么?"金女当即起谢,太后亦很是喜欢,顾语武帝道:"皇帝亦太觉破费了。"武帝笑道:"母后也有此说,做臣子的如何敢当?"说着,遂各饮了好几杯。武帝又进白太后道:"今日大姊到此,三公主应即相见,愿太后一同召来!"太后说声称善,武帝即命内监出去,往召三公主去了。

太后见金女服饰粗劣,不甚雅观,便借更衣为名,叫金女一同入内。俗语说得好,佛要金装,人要衣装,自从金女随入更衣,由宫女替她装饰,搽脂抹粉,贴钿横钗,服霞裳,着玉舄(xì),居然像个现成帝女,与进宫时大不相同。待至装束停当,复随太后出来,可巧三公主陆续趋入。当由太后武帝,引她相见,彼此称姊道妹,凑成一片欢声。这三公主统是武帝胞姊,均为王太后所出。见五十六回。长为平阳公主,次为南宫公主,又次为隆虑公主,已皆出嫁,不过并在都中,容易往来,所以一召即至。既已叙过寒暄,便即一同入席,团坐共饮,不但太后非常高兴,就是武帝姊弟,亦皆备极欢愉,直至更鼓频催,方才罢席。金女留宿宫中,余皆退去。到了翌日,武帝记着前言,即将面许金女的田宅财奴,一并拨给,复赐号为修成君。金女喜出望外,住宫数日,自去移居。偏偏祸福相因,吉凶并至,金女骤得富贵,乃夫遽尔病亡，想是没福消受。金女不免哀伤，犹幸得此厚赐，还好领着一对儿女，安闲度日。有时入觐太后，又得邀太后抚恤，更觉安心。

惟武帝迎姊以后，竟引动一番游兴，时常出行，建元二年三月上巳，亲幸霸上祓祭。还过平阳公主家，乐得进去休息，叙谈一回。平阳公主，本称阳信公主，因嫁与平阳侯曹寿为妻，故亦称平阳公主。曹寿即曹参曾孙。公主见武帝到来，慌忙迎入，开筵相待。饮至数巡，却召出年轻女子十余人，劝酒奉觞。看官道平阳公主是何寓意？她是为皇后陈氏久未生子，特地采选良家女儿，蓄养家中，趁着武帝过饮，遂一并叫她出来，任令武帝自择。偏武帝左右四顾，略略评量，都不过寻常脂粉，无一当意，索性回头不视，尽管自己饮酒。平阳公主见武帝看了诸女，统不上眼，乃令诸女退去，另召一班歌女进来侑酒，当筵弹唱。就中有一个娇喉宛转，曲调铿锵，送入武帝目中，不由的凝眸审视，但见她低眉敛翠，晕脸生红，已觉得妩媚动人，可喜可爱。尤妙在万缕青丝，拢成蛇髻，黑油油的可鉴人影，光滑滑的不受尘蒙。端详了好多时，尚且目不转瞬，那歌女早已觉着，斜着一双俏眼，屡向武帝偷看，口中复度出一种靡曼的柔音，暗暗挑逗，直令武帝魂驰

访公主喜遇歌姬

魄荡，目动神迷。色不醉人人自醉。平阳公主复从旁凑趣，故意向武帝问道："这个歌女卫氏，色艺何如？"武帝听着，才顾向公主道："她是何方人氏？叫做何名？"公主答称籍隶平阳，名叫子夫。武帝不禁失声道："好一个平阳卫子夫呢！"说着，佯称体热，起座更衣。公主体心贴意，即命子夫随着武帝，同入尚衣轩。公主更衣室名尚衣轩。好一歇不见出来，公主安坐待着，并不着忙。又过了半晌，才见武帝出来，面上微带倦容，那卫子夫且更阅片时，方姗姗来前，星眼微饧，云鬟斜軃，一种娇怯态度，几乎有笔难描。怕武帝耶？怕公主耶？平阳公主瞧着子夫，故意的瞅了一眼，益令子夫含羞俯首，拈带无言。好容易乞求得来，何必如此！武帝看那子夫情态，越觉销魂，且因公主引进歌姝，发生感念，特面允酬金千斤。公主谢过赏赐，并愿将子夫奉送入宫。武帝喜甚，便拟挈与同归，公主再令子夫入室整妆。待她妆毕，席已早撤，武帝已别姊登车。公主忙呼子夫出行。子夫拜辞公主，由公主笑颜扶起，并为抚背道："此去当勉承雨露，强饭为佳！将来得能尊贵，幸勿相忘！"子夫诺诺连声，上车自去。

时已日暮，武帝带着子夫，并驱入宫，满拟夜间再续欢情，重谐鸾凤，偏有一位贪酸吃醋的大贵人在宫候着，巧巧冤家碰着对头，竟与武帝相遇，目光一瞬，早已看见那卫子夫。急忙问明来历，武帝只好说是平阳公主家奴，入宫充役。谁知她竖起柳眉，翻转桃靥，说了两个好字，掉头竟去。这人究竟为谁？就是皇后陈阿娇。武帝一想，皇后不是好惹的人物，从前由胶东王得为太子，由太子得为皇帝，多亏是后母长公主，一力提携。况幼年便有金屋贮娇的誓言，怎好为了卫子夫一人，撇去好几年夫妻情分？于是把卫子夫安顿别室，自往中宫，陪着小心。陈皇后还要装腔作态，叫武帝去伴新来美人，不必絮扰。嗣经武帝一再温存，方与武帝订约，把卫子夫锢置冷宫，不准私见一面。武帝恐伤后意，勉强照行，从此子夫锁处宫中，几有一年余不见天颜。陈后渐渐疏防，不再查问，就是武帝亦放下旧情，蹉跎过去。

会因宫女过多，武帝欲察视优劣，分别去留，一班闷居深宫的女子，巴不得出宫归家，倒还好另行择配，免误终身，所以情愿见驾，冀得发放。卫子夫入宫以后，本想陪伴少年天子，专宠后房，偏被正宫妒忌，不准相见，起初似罪犯下狱，出入俱受人管束，后来虽稍得自由，总觉得天高日远，毫无趣味,还不如乘机出宫,仍去做个歌女,较为快活,乃亦粗整乌云,薄施朱粉,出随大众入殿,听候发落。武帝亲御便殿,按着宫人名册,一一点验,有的是准令出去,有的是仍使留住。至看到卫子夫三字,不由的触起前情,留心盼(xì)着。俄见子夫冉冉过来,人面依然,不过清瘦了好几分,惟鸦鬟蝉鬓,依然漆黑生光。子夫以美发闻,故一再提及。及拜倒座前,逼住娇喉,呜呜咽咽的说出一语,愿求释放出宫。武帝又惊又愧,又怜又爱,忙即好言抚慰,命她留着。子夫不便违命,只好起立一旁,待至余人验毕,应去的即出宫门,应留的仍返原室。子夫奉谕留居,没奈何随众退回,是夕尚不见有消息。到了次日的夜间,始有内侍传旨宣召,子夫应召进见,亭亭下拜。武帝忙为拦阻,揽她入怀,重叙一年离绪。子夫故意说道:"臣妾不应再近陛下,倘被中宫得知,妾死不足惜,恐陛下亦许多不便哩!"武帝道:"我在此处召卿,与正宫相离颇远,不致被闻。况我昨得一梦,见卿立处,旁有梓树数株,梓与子声音相通,我尚无子,莫非应在卿身,应该替我生子么?"日有所思,夜有所梦,武帝自解梦境,未免附会。说着,即与子夫携手入床,再图好事。一宵湛露,特别覃恩,十月欢苗,从兹布种。小子有诗咏道:

阴阳化合得生机,年少何忧子嗣稀?
可惜昭阳将夺宠,祸端从此肇宫闱。

子夫得幸以后,便即怀妊在身,不意被陈后知晓,又生出许多醋波。欲知后事,且看下回。

　　武帝与金氏女,虽为同母姊,然母已改适景帝,则与前夫之恩情已绝,即置诸不问,亦属无妨。就令武帝曲体亲心,顾及金氏,亦惟有密遣使人,给彼粟帛,令无冻馁之虞,已可告无愧矣。必张皇车驾,麾骑往迎,果何为者?名为孝母,实彰母过,是即武帝喜事之一端,不足为后世法也。平阳公主,因武帝之无子,私蓄少艾,乘间进御,或称其为国求储,心堪共谅,不知武帝年未弱冠无子宁足为忧。观其送卫子夫时,有贵毋相忘之嘱,是可知公主之心,无非徼利,而他日巫蛊之狱,长门之锢,何莫非公主阶之厉也!武帝迎金氏女,平阳公主献卫子夫。迹似是而实皆非,有是弟即有是姊,同胞其固相类欤?

第六十回

因祸为福仲卿得官　寓正于谐东方善辩

却说卫子夫怀妊在身,被陈皇后察觉,恚恨异常,立即往见武帝,与他争论。武帝却不肯再让,反责陈后无子,不能不另幸卫氏,求育麟儿。陈皇后无词可驳,愤愤退去。一面出金求医,屡服宜男的药品,一面多方设计,欲害新进的歌姬。老天不肯做人美,任她如何谋划,始终无效。武帝且恨后奇妒,既不愿入寝中宫,复格外保护卫氏,因此子夫日处危地,几番遇险,终得复安。陈皇后不得逞志,又常与母亲窦太主密商,总想除去情敌。窦太主就是馆陶长公主,因后加号,从母称姓,所以尊为窦太主。太主非不爱女,但一时也想不出良谋,忽闻建章宫中,有一小吏,叫做卫青,乃是卫子夫同母弟,新近当差,太主推不倒卫子夫,要想从她母弟上出气,嘱人捕青。

青与子夫,同母不同父,母本平阳侯家婢女,嫁与卫氏,生有一男三女,长女名君孺,次女名少儿,三女就是子夫。后来夫死,仍至平阳侯家为佣,适有家僮郑季,暗中勾搭,竟与私通,居然得产一男,取名为青。郑季已有妻室,不能再娶卫媪,卫媪养青数年,已害得辛苦艰难,不可名状。谁叫你偷图快乐。只好使归郑季,季亦没奈何,只好收留。从来妇人多妒,往往防夫外遇,郑季妻犹是人情,怎肯大度包容?况家中早有数子,还要他儿何用?不过郑季已将青收归,势难麾使他去,当下令青牧羊,视若童仆,任情呼叱。郑家诸子,也不与他称兄道弟,一味苛待。青寄人篱下,熬受了许多苦楚,才得偷生苟活,粗粗成人。一日跟了里人,行至甘泉,过一徒犯居室,遇着髡奴,注视青面,不由的惊诧道:"小哥儿今日穷困,将来当为贵人,官至封侯哩!"青笑道:"我为人奴,想什么富贵?"髡奴道:"我颇通相术,不至看错!"青又慨然道:"我但求免人笞骂,已为万幸,怎得立功封侯?愿君不必妄言!"贫贱时都不敢痴想。说罢自去。已而

第六十回　因祸为福仲卿得官　寓正于谐东方善辩

年益长成，不愿再受郑家奴畜，乃复过访生母，求为设法。生母卫媪，乃至平阳公主处乞情，公主召青入见，却是一个彪形大汉，相貌堂堂，因即用为骑奴。每当公主出行，青即骑马相随，虽未得一官半职，较诸在家时候，苦乐迥殊。时卫氏三女，已皆入都，长女嫁与太子舍人公孙贺。次女与平阳家吏霍仲孺相奸，生子去病。三女子夫，已由歌女选入宫中。青自思郑家兄弟，一无情谊，不如改从母姓，与郑氏断绝亲情，因此冒姓为卫，自取一个表字，叫做仲卿。这仲卿二字的取义，乃因卫家已有长子，自己认作同宗，应该排行第二，所以系一仲字，卿字是志在希荣，不烦索解。惟据此一端，见得卫青入公主家，已是研究文字，粗通音义。聪明人不劳苦求，一经涉览，便能领会，所以后此掌兵，才足胜任。否则一个牧羊儿，胸无点墨，难道能平空腾达，专阃无惭么？应有此理。

惟当时做了一两年骑奴，却认识了好几个朋友，如骑郎公孙敖等，皆与往还，因此替他荐引，转入建章宫当差。不意与窦太主做了对头，好好的居住上林，竟被太主使人缚去，险些儿斫落头颅。建章系上林宫名。亏得公孙敖等召集骑士，急往抢救，得将卫青夺回，一面托人代达武帝，武帝不禁愤起，索性召见卫青，面加擢用，使为建章监侍中，寻且封卫子夫为夫人，再迁青为大中大夫。就是青同母兄弟姊妹，也拟一并加恩，俾享富贵。青兄向未知名，时人因他入为贵戚，排行最长，共号为卫长君。此时亦得受职侍中。卫长女君孺，既嫁与公孙贺，贺父浑邪，尝为陇西太守，封平曲侯，后来坐法夺封，贺却得侍武帝，曾为舍人，至是夫因妻贵，升官太仆。卫次女少儿，与霍仲孺私通后，又看中了一个陈掌，私相往来。掌系前曲逆侯陈平曾孙，有兄名何，擅夺人妻，坐罪弃市，封邑被削，掌寄寓都中，不过充个寻常小吏，只因他面庞秀美，为少儿所眼羡，竟撇却仲孺，愿与掌为夫妇。掌兄夺人妻，掌又诱人妻，可谓难兄难弟，不过福命不同。仲孺本无媒证，不能强留少儿，只好眼睁睁的由她改适。哪知陈掌既得少妇，复沐异荣，平白地为天子姨夫，受官詹事。俏郎君也有特益。就是抢救卫青的公孙敖，也获邀特赏，超任大中大夫。

惟窦太主欲杀卫青，弄巧成拙，反令他骤跻显要，连一班昆弟亲戚，并登显阶，真是悔恨不迭，无从诉苦！陈皇后更闷个不了，日日想逐卫子夫，偏子夫越得专宠，甚至龙颜咫尺，似隔天涯，急切里又无从挽回，惟长锁蛾

眉,终日不展,慢慢儿设法摆布罢了。伏下文巫蛊之祸。惟武帝本思废去陈后,尚恐太皇太后窦氏顾着血胤,出来阻挠,所以只厚待卫氏姊弟,与陈后母女一边,未敢过问。但太皇太后已经不悦,每遇武帝入省,常有责言。武帝不便反抗,心下却很是抑郁,出来排遣,无非与一班侍臣,嘲风弄月,吟诗醉酒,消磨那愁里光阴。

当时侍臣,多来自远方,大都有一技一能,足邀主眷,方得内用。就中如词章滑稽两派,更博武帝欢心,越蒙宠任。滑稽派要推东方朔,词章派要推司马相如,他若庄助枚皋吾邱寿王主父偃朱买臣徐乐严安终军等人,先后干进,总不能越此两派范围。迄今传说东方朔司马相如遗事,几乎脍炙人口,称道勿衰。小子且撮叙大略,聊说所闻。东方朔字曼倩,系平原厌次人氏,少好读书,又善诙谐。闻得汉廷广求文士,也想乘时干禄,光耀门楣,乃西入长安,至公车令处上书自陈,但看他书中语意,已足令人解颐。略云:

　　臣朔少失父母,长养兄嫂,年十二学书,三冬文史足用,十五学击剑,十六学诗书,诵二十二万言,十九学孙吴兵法,战阵之具,钲鼓之

第六十回　因祸为福仲卿得官　寓正于谐东方善辩

教,亦诵二十二万言。凡臣朔固已诵四十四万言,又尝服子路之言。臣朔年二十二,长九尺三寸,目若悬珠,齿若编贝,勇若孟贲,*孟贲卫人,古勇士*。捷若庆忌,*吴王僚子*。廉若鲍叔,*齐大夫*。信若尾生,*古信士*。若此可以为天子大臣矣。臣朔昧死再拜以闻。

这等书辞,若遇着老成皇帝,定然视作痴狂,弃掷了事。偏经那武帝的眼中,却当作奇人看待,竟令他待诏公车。公车属卫尉管领,置有令史,凡征求四方名士,得用公车往来,不需私费。就是士人上书,亦必至公车令处呈递,转达禁中。武帝叫他待诏公车,已是有心留用,朔只好遵诏留着。好多时不见诏下,惟在公车令处领取钱米,只够一宿三餐,此外没有什么俸金,累得朔望眼将穿,囊资俱尽。偶然出游都中,见有一班侏儒,*倭人名*。从旁经过。便向他恐吓道:"汝等死在目前,尚未知晓么?"侏儒大惊问故。朔又说道:"我闻朝廷召入汝等,名为侍奉天子,实是设法歼除。试想汝等不能为官,不能为农,不能为兵,无益国家,徒耗衣食,何如一概处死,可省许多食用?但恐杀汝无名,所以诱令进来,暗地加刑。"*亏他捏造*。侏儒闻言,统吓得面色惨沮,涕泣俱下。朔复佯劝道:"汝等哭亦无益,我看汝等无罪受戮,很觉可怜,现在特为设法,愿汝等依着我言,便可免死。"侏儒齐声问计,朔答道:"汝等但俟御驾出来,叩头请罪,如或天子有问,可推到我东方朔身上,包管无事。"说罢自去。侏儒信以为真,逐日至宫门外候着,好容易得如所望,便一齐至车驾前,跪伏叩头,泣请死罪。武帝毫不接洽,惊问何因?大众齐声道:"东方朔传言,臣等将尽受天诛,故来请死。"武帝道:"朕并无此意,汝等且退,待朕讯明东方朔便了。"

众始拜谢起去。武帝即命人往召东方朔。朔正虑无从见驾,特设此计,既得闻召,立即欣然赶来。武帝忙问道:"汝敢造言惑众,难道目无王法么?"朔跪答道:"臣朔生固欲言,死亦欲言,侏儒身长三尺余,每次领一囊粟,钱二百四十,臣朔身长九尺余,亦只得粟一囊,钱二百四十,侏儒饱欲死,臣朔饥欲死,臣意以为陛下求才,可用即用,不可用即放令归家,勿使在长安索米,饥饱难免一死呢!"武帝听罢,不禁大笑,因令朔待诏金马门。金马门本在宫内,朔既得入宫,便容易觐见天颜。会由武帝召集术士,令他射覆,*是游戏术名。详见下句*。特使左右取过一盂,将守宫覆

诸盂下,令人猜射。**守宫虫名,即壁虎。**诸术士屡猜不中,东方朔独闻信趋入道:"臣尝研究易理,能射此覆。"武帝即令他猜射,朔分蓍布卦,依象推测,便答出四语道:

臣以为龙又无角,谓之为蛇又无足。

跂跂脉脉善缘壁,是非守官即蜥蜴。

武帝见朔猜着,随口称善,且命左右赐帛十匹,再令别射他物,无不奇中,连蒙赐帛。旁有宠优郭舍人,因技见宠,雅善口才,此次独怀了妒意,进白武帝道:"朔不过侥幸猜着,未足为奇。臣愿令朔复射,朔若再能射中,臣愿受笞百下,否则朔当受笞,臣当赐帛。"**想是臀上肉作痒,自愿求笞**。说着,即密向盂下放入一物,使朔射覆。朔布卦毕,含糊说道:"这不过是个窭(jù)数呢。"**独言小物**。郭舍人笑指道:"臣原知朔不能中,何必谩言!"道言未毕,朔又申说道:"生肉为脍,干肉为脯,著树为寄生,盆下为窭数。"郭舍人不禁失色,待至揭盂审视,果系树上寄生。那时郭舍人不能免笞,只得趋至殿下,俯伏待着。当有监督优伶的官吏,奉武帝命,用着竹板,笞责舍人,喝打声与呼痛声,同时并作。东方朔拍手大笑道:

"咄！口无毛,声謷謷,尻益高！"*尻读若考,平声。*郭舍人又痛又恨,等到受笞已毕,一跷一突的走上殿阶,哭诉武帝道:"朔敢毁辱天子从官,罪应弃市。"武帝乃顾朔问道:"汝为何将他毁辱？"朔答道:"臣不敢毁他,但与他说的隐语。"武帝问隐语如何,朔说道:"口无毛是狗窦形,声謷謷是鸟哺鷇(kòu)声,尻益高是鹤俯啄状,奈何说是毁辱呢！"郭舍人从旁应声道:"朔有隐语,臣亦有隐语,朔如不知,也应受笞。"朔顾着道:"汝且说来。"舍人信口乱凑,作为谐语道:"令壶齟,*侧加切。*老柏涂,*丈加切。*伊优亚,*乌加切。*狋*音银。*吽*读若牛。*牙。"朔不假思索,随口作答道:"令作命字解；壶所以盛物,齟即邪齿貌；老是年长的称呼,为人所敬；柏是不凋木,四时阴浓,为鬼所聚；涂是低湿的路径；伊优亚乃未定词；狋吽牙乃犬争声,有何难解呢？"舍人本胡诌成词,无甚深意,偏经朔一一解释,倒觉得语有来历。自思才辩不能相及,还是忍受一些笞辱,便算了事。*是你自己取咎,与朔何尤。*武帝却因此重朔,拜为郎官。朔得常侍驾前,时作谐语,引动武帝欢颜。武帝逐渐加宠,就是朔脱略形迹,也不复诘责,且尝呼朔为先生。

会当伏日赐肉,例须由大官丞*官名。*分给,朔入殿候赐,待到日昃,尚不见大官丞来分,那肉却早已摆着。天气盛暑,汗不停挥,不由得懊恼起来,便即拔出佩剑,走至俎前,割下肥肉一方,举示同僚道:"三伏天热,应早归休,且肉亦防腐,臣朔不如自取,就此受赐回家罢。"口中说,手中提肉,两脚已经转动,趋出殿门,径自去讫。群僚究不敢动手,待至大官丞进来,宣诏分给,独不见东方朔,问明群僚,才知朔割肉自去,心下恨他专擅,当即向武帝奏明。*汝何故至晚方来？*武帝记着,至翌日御殿,见朔趋入,便向他问道:"昨日赐肉,先生不待诏命,割肉自去,究属何理？"朔也不变色,但免冠跪下,从容请罪。武帝道:"先生且起,尽可自责罢了！"朔再拜而起,当即自责道:"朔来！朔来！受赐不待诏,为何这般无礼呢？拔剑割肉,志何甚壮！割肉不多,节何甚廉！归遗细君,情何甚仁！难道敢称无罪么？"*细君犹言小妻,自谦之词。*武帝又不觉失笑道:"我使先生自责,乃反自誉,岂不可笑！"当下顾令左右,再赐酒一石,肉百斤,使他归遗细君。朔舞蹈称谢,受赐而去。群僚都服他机警,称羡不置。

会东都献一矮人,入谒武帝,见朔在侧,很加诧异道:"此人惯偷王母桃，何亦在此？"武帝怪问原因，矮人答道："西方有王母种桃，三千年方一结子，此人不良，已偷桃三次了。"武帝再问东方朔，朔但笑无言。其实东方朔并非仙人，不过略有技术，见誉当时！偷桃一说，也是与他谐谑，所以朔毫不置辩。后世因讹传讹，竟当作实事相看，疑他有不死术，说他偷食蟠桃，因得延年，这真叫做无稽之谈了。辟除邪说，有关世道。惟东方朔虽好谈谑，却也未尝没有直言，即据他谏止辟苑，却是一篇正大光明的奏议，可惜武帝反不肯尽信呢。

　　武帝与诸人谈笑度日，尚觉得兴味有限，因想出微行一法，易服出游。每与走马善射的少年，私下嘱咐，叫他守候门外，以漏下十刻为期，届期即潜率近侍，悄悄出会，纵马同往。所以殿门叫做期门，有时驰骋竟夕，直至天明，还是兴致勃勃，跑入南山，与从人射猎为乐，薄暮方还。一日又往南山驰射，践人禾稼，农民大哗，鄠（hù）杜令闻报，领役往捕，截住数骑，骑士示以乘舆中物，方得脱身。已而夜至柏谷，投宿旅店。店主人疑为盗贼，暗招壮士，意图拿住众人，送官究治。亏得店主妇独具慧眼，见武帝骨相非凡，料非常人，因把店主灌醉，将他缚住，备食进帝。转眼间天色已明，武帝挈众出店，一直回宫。当下遣人往召店主夫妇，店主人已经酒醒，闻知底细，惊慌的了不得。店主妇才与说明，于是放胆同来，伏阙谢罪。武帝特赏店主妇千金，并擢店主人为羽林郎。店主人喜出望外，与妻室同叩几个响头，然后退去。亏得有此贤妻，应该令他向妻磕头。

　　自经过两次恐慌，武帝乃托名平阳侯曹寿，多带侍从数名，防备不测。且分置更衣所十二处，以便日夕休息。大中大夫吾邱寿王，阿承意旨，请拓造上林苑，直接南山，预先估计价值，圈地偿民。武帝因国库盈饶，并不吝惜。独东方朔进奏道：

　　　　臣闻谦游静悫（què），天表之应，应之以福。骄溢靡丽，天表之应，应之以异。今陛下累筑郎台，郎与廊宇通。恐其不高也，弋猎之处，恐其不广也，如天不为变，则三辅之地，尽可为苑，何必盩厔（Zhōu zhì）鄠杜乎？夫南山天下之阻也，南有江淮，北有河渭，其地从汧陇以东，商雒以西，厥壤肥饶，所谓天下陆海之地，百工之所取资，万民之所仰给也。今规以为苑，绝陂池水泽之利，而取民膏腴之地，上乏国家之用，下夺农桑之业，其不可一也。且盛荆棘之林，大虎狼之墟，坏人冢墓，毁人家庐，令幼弱怀土而思,耆老泣涕而悲,其不可二也。斥而营之,垣而圈之,骑驰东西,车骛南北,纵一日之乐,致危无堤之舆,其不可三也。夫殷作九市之宫而诸侯叛,灵王起章华之台而楚民散,秦兴阿房之殿而天下乱,陛下奈何蹈之?粪土愚臣,自知忤旨,但不敢以阿默者危陛下,谨昧死以闻。

武帝见说,却也称善,进拜朔为大中大夫,兼给事中。但游猎一事,始终不忘,仍依吾邱寿王奏请,拓造上林苑。小子有诗叹道:

谐语何如法语良,嘉谟入告独从详。
君虽不用臣无忝,莫道东方果太狂!

上林苑既经拓造,遂引出一篇《上林赋》来。欲知《上林赋》作是何人?便是上文所说的司马相如,看官且住,容小子下回叙明。

陈皇后母子欲害卫子夫,并及其同母弟卫青,卒之始终无效,害人适以利人,是可为妇女好妒者,留下龟鉴。天下未有无故害人,而能自求多福者也。东方朔好为诙谐,乘时干进,而武帝亦第以俳优畜之。观其射覆之举,与郭舍人互相角技,不过自矜才辩,与国家毫无补益。至若割肉偷桃诸事,情同儿戏,更不足取,况偷桃之事更无实证乎?惟谏止拓苑之言,有关大体,厥后尚有直谏时事,是东方朔之名闻后世者,赖有此尔。滑稽派固不足重也。

第六十一回

挑婺女即席弹琴　别娇妻入都献赋

　　却说司马相如,字长卿,系蜀郡成都人氏,少时好读书,学击剑,为父母所钟爱,呼为犬子,及年已成童,慕战国时人蔺相如,赵人。因名相如。是时蜀郡太守文翁,吏治循良,大兴教化,遂选择本郡士人,送京肄业,司马相如亦得与选。至学成归里,文翁便命相如为教授,就市中设立官学,招集民间子弟,师事相如,入学读书。遇有高足学生,辄使为郡县吏,或命为孝弟力田。蜀民本来野蛮,得着这位贤太守,兴教劝学,风气大开,嗣是学校林立,化野为文,后来文翁在任病殁,百姓追怀功德,立祠致祭,连文翁平日的讲台旧址,都随时修葺,垂为纪念,至今遗址犹存。莫谓循吏不可为。惟文翁既殁,相如也不愿长作教师,遂往游长安,入资为郎。嗣得迁官武骑常侍,相如虽少学技击,究竟是注重文字,不好武备,因此就任武职,反致用违所长。会值梁王武入朝景帝,从吏如邹阳枚乘诸人,皆工著作,见了相如,互相谈论,引为同志,相如乃欲往投梁国,索性托病辞官,竟至睢阳,梁都见前。干谒梁王。梁王却优礼相待,相如得与邹枚诸人,琴书雅集,诗酒逍遥,暇时撰成一篇《子虚赋》,传播出去,誉重一时。

　　既而梁王逝世,同人皆风流云散,相如亦不得安居,没奈何归至成都。家中只有四壁,父母早已亡故,就使有几个族人,也是无可倚赖,穷途落魄,郁郁无聊,偶记及临邛县令王吉,系多年好友,且曾与自己有约,说是宦游不遂,可来过从等语。此时正当贫穷失业的时候,不能不前往相依,乃摒挡行李,径赴临邛。王吉却不忘旧约,闻得相如到来,当即欢迎,并问及相如近状。相如直言不讳,吉代为扼腕叹息。眉头一皱,计上心来,遂与相如附耳数语,相如自然乐从。当下用过酒膳,遂将相如行装,命左右搬至都亭,使他暂寓亭舍,每日必亲自趋候。相如前尚出见,后来却屡次挡驾,称病不出。偏吉仍日日一至,未尝少懈。附近民居,见县令仆

第六十一回 挑鳌女即席弹琴 别娇妻入都献赋

仆往来，伺候都亭，不知是什么贵客寓居亭舍，有劳县令这般优待，逐日殷勤。一时哄动全邑，传为异闻。

临邛向多富人，第一家要算卓王孙，次为程郑，两家僮仆，各不下数百人。卓氏先世居赵，以冶铁致富，战国时便已著名。及赵为秦灭，国亡家灭，只剩得卓氏两夫妇，辗转徙蜀，流寓临邛。好在临邛亦有铁山，卓氏仍得采铁铸造，重兴旧业。汉初榷铁从宽，榷铁即冶铁税。卓氏坐取厚利，复成巨富，蓄养家僮八百，良田美宅，不可胜计。程郑由山东徙至，与卓氏操业相同，彼此统是富户，并且同业，当然是情谊相投，联为亲友。一日卓王孙与程郑晤谈，说及都亭中寓有贵客，应该设宴相邀，自尽地主情谊，乃即就卓家为宴客地，预为安排，两家精华，一齐搬出，铺设得非常华美，然后具柬请客，首为司马相如，次为县令王吉，此外为地方绅富，差不多有百余人。

王吉闻信，自喜得计，立即至都亭密告相如，叫他如此如此。总算玉女于成。相如大悦，依计施行，待至王吉别去，方将行李中的贵重衣服，携取出来，最值钱的是一件鹔鹴（sù shuāng）裘，正好乘寒穿着，出些风头。余如冠履等皆更换一新，专待王吉再至，好与同行。俄而县中复派到车骑仆役，归他使唤，充作驺从。又俄而卓家使至，敦促赴席。相如尚托词有病，未便应召。及至使人往返两次，才见王吉复来，且笑且语，携手登车，从骑一拥而去。

到了卓家门首，卓王孙程郑与一班陪客，统皆伫候，见了王吉下车，便一齐趋集，来迎贵客。相如又故意延挨，直至卓王孙等，车前迎谒，方缓缓的起身走下。描摹得妙。大众仰望丰采，果然是雍容大雅，文采风流，当即延入大厅，延他上坐。王吉从后趋入，顾众与语道："司马公尚不愿莅宴，总算有我情面，才肯到此。"相如即接入道："孱躯多病，不惯应酬，自到贵地以来，惟探望邑尊一次，此外未曾访友，还乞诸君原谅。"卓王孙等满口恭维，无非说是大驾辱临，有光陋室等语。未几即请令入席，相如也不推辞，便坐首位。王吉以下，挨次坐定，卓王孙程郑两人，并在末座相陪。余若驺从等，俱在外厢，亦有盛餐相待，不消多叙。那大厅里面的筵席，真个是山珍海味，无美不收。

约莫饮了一两个时辰，宾主俱有三分酒意，王吉顾相如道："君素善

挑弄女婴即席弹琴

弹琴,何不一劳贵手,使仆等领教一二?"相如尚有难色,卓王孙起语道:"舍下却有古琴,愿听司马公一奏。"王吉道:"不必不必,司马公琴剑随身,我看他车上带有琴囊,可即取来。"左右闻言,便出外取琴。须臾携至,当是特地带来。由王吉接受,奉交相如。都是做作。相如不好再辞,乃抚琴调弦,弹出声来。这琴名为绿绮琴,系相如所素弄,凭着那多年熟手,按指成声,自然雅韵铿锵,抑扬有致。大众齐声喝彩,无不称赏。恐未免对牛弹琴。正在一弹再鼓,忽闻屏后有环珮声,即由相如留心窥看,天缘辐凑,巧巧打了一个照面,引得相如目迷心醉,意荡神驰。究竟屏后立着何人? 原来是卓王孙女卓文君。文君年才十七,生得聪明伶俐,妖冶风流,琴棋书画,件件皆精,不幸嫁了一夫,为欢未久,即悲死别,二八红颜,怎堪经此惨剧,不得已回到母家,嫠居度日。此时闻得外堂上客,乃是华贵少年,已觉得摇动芳心,情不自主,当即缓步出来,潜立屏后。方思举头外望,又听得琴声入耳,音律双谐,不由的探出娇容,偷窥贵客,适被相如瞧见,果然是个绝世尤物,比众不同。便即变动指法,弹成一套凤求凰曲,

借那弦上宫商,度送心中诗意。文君是个解人,侧耳静听,一声声的寓着情词,词云:

> 凤兮凤兮归故乡,遨游四海求其凰。有一艳女在此堂,室迩人遐毒我肠。何由交接为鸳鸯!凤兮凤兮从凰栖,得托子尾永为妃。交情通体必和谐,中夜相从别有谁!

弹到末句,划然顿止。已而酒阑席散,客皆辞去,文君才返入内房,不言不语,好似失去了魂魄一般。忽有一侍儿踉跄趋入,报称贵客为司马相如,曾在都中做过显官,年轻才美,择偶甚苛,所以至今尚无妻室。目下告假旋里,路经此地,由县令留玩数天,不久便要回去了。文君不禁失声道:"他……他就要回去么?"情急如绘。侍儿本由相如从人,奉相如命,厚给金银,使通殷勤,所以入告文君,用言探试。及见文君语急情深,就进一层说道:"似小姐这般才貌,若与那贵客订结丝萝,正是一对天成佳偶,愿小姐勿可错过!"文君并不加嗔,还道侍儿是个知心,便与她密商良法。侍儿替她设策,竟想出一条夤夜私奔的法子,附耳相告。文君记起琴心,原有中夜相从一语,与侍儿计谋暗合。情魔一扰,也顾不得什么嫌疑,什么名节,便即草草装束,一俟天晚,竟带了侍儿,偷出后门,趁着夜间月色,直向都亭行去。

都亭与卓家相距不过里许,顷刻间便可走到。司马相如尚未就寝,正在忆念文君,胡思乱想,蓦闻门上有剥啄声,即将灯光剔亮,亲自开门。双扉一启,有两女鱼贯进来,先入的乃是侍儿,继进的就是日间所见的美人。一宵好事从天降,真令相如大喜望外,忙即至文君前,鞠躬三揖。也是一番侯门礼。文君含羞答礼,趋入内房。惟侍儿便欲告归,当由相如向她道谢,送出门外,转身将门掩住,急与文君握手叙情。灯下端详,越加娇艳,但看她眉如远山,面如芙蕖,肤如凝脂,手如柔荑,低鬟弄带,真个销魂。那时也无暇多谈,当即相携入帏,成就了一段姻缘。郎贪女爱,彻夜绸缪,待至天明,两人起来梳洗,彼此密商,只恐卓家闻知,前来问罪,索性逃之夭夭,与文君同诣成都去了。

卓王孙失去女儿,四下找寻,并无下落,嗣探得都亭贵客不知去向;转至县署访问,亦未曾预悉,才料到寡女文君,定随相如私奔。家丑不宜外扬,只好搁置不提。王吉闻相如不别而行,亦知他拥艳逃归,但本意是欲替相如作伐,好教他入赘卓家,借重富翁金帛,再向都中谋事,哪知他求凰甫就,遽效鸿飞,自思已对得住故人,也由他自去,不复追寻。只谢媒酒未曾吃得,当亦可惜。

惟文君跟着相如,到了成都,总道相如衣装华美,定有些须财产,哪知他家室荡然,只剩了几间敝屋,仅可容身。自己又仓猝夜奔,未曾多带金帛,但靠着随身金饰,能值多少钱文?事已如此,悔亦无及,没奈何拔钗沽酒,脱钏易粮。敷衍了好几月,已将衣饰卖尽,甚至相如所穿的鹔鹴裘,也押与酒家,赊取新酿数斗,肴核数色,归与文君对饮浇愁。文君见了酒肴,勉强陪饮,至问及酒肴来历,乃由鹔鹴裘抵押得来,禁不住泪下数行,无心下箸。相如虽设词劝慰,也觉得无限凄凉。文君见相如为己增愁,因即收泪与语道:"君一寒至此,终非长策,不如再往临邛,向兄弟处借贷钱财,方可营谋生计。"相如含糊答应,到了次日,即挈文君启程。身外已无长物,只有一琴一剑,一车一马,尚未卖去,乃与文君一同登程,再至临邛,先向旅店中暂憩,私探卓王孙家消息。

旅店中人与相如夫妇素不相识,便直言相告道:卓女私奔,卓王孙几乎气死,现闻卓女家穷苦得很,曾有人往劝卓王孙,叫他分财赒济,偏卓王孙盛怒不从,说是女儿不肖,我不忍杀死,何妨听她饿死。如要我赒给一钱,也是不愿云云。相如听说,暗思卓王孙如此无情,文君也不便往贷。我已日暮途穷,也不能顾着名誉,索性与他女儿抛头露面,开起一爿小酒肆来,使他自己看不过去,情愿给我钱财,方作罢论。主见已定,遂与文君商量。文君到了此时,也觉没法,遂依了相如所言,决计照办。文君名节,原不足取,但比诸朱买臣妻,还是较胜一筹。相如遂将车马变卖,作为资本,租借房屋,备办器具,居然择日开店,悬挂酒旗。店中雇了两三个酒保,自己也充当一个脚色,改服犊鼻裈(kūn),即短脚裤。携壶涤器,与佣保通力合作。一面令文君淡装浅抹,当垆卖酒。垆系买酒之处,筑土堆瓮。

顿时引动一班酒色朋友,都至相如店中,喝酒赏花。有几人认识卓文君,背地笑谈,当作新闻,一传十,十传百,送入卓王孙耳中。卓王孙使人密视,果是文君,惹得羞愧难堪,杜门不出。当有许多亲戚故旧,往劝卓王孙道:"足下只有一男二女,何苦令文君出丑,不给多金?况文君既失身长卿,往事何须追究,长卿曾做过贵官,近因倦游归家,暂时落魄,家况虽贫,人才确是不弱,且为县令门客,怎见得埋没终身?足下不患无财,一经阔济,便好反辱为荣了!"卓王孙无奈相从,因拨给家童百名,钱百万缗,并文君嫁时衣被财物,送交相如肆中。相如即将酒肆闭歇,仍与文君饱载而归。县令王吉,却也得知,惟料是相如诡计,绝不过问。相如也未曾往会,彼此心心相印,总算是个好朋友呢。看到此处,不可谓非相如能屈能伸。

相如返至成都,已得僮仆资财,居然做起富家翁来,置田宅,辟园囿,就住室旁筑一琴台,与文君弹琴消遣。又因文君性耽曲蘗,特向邛崃县东,购得一井,井水甘美,酿酒甚佳,特号为文君井,随时汲取,造酒合欢。且在井旁亦造一琴台,尝挈文君登台弹饮,目送手挥,领略春山眉妩。酒酣兴至,蓦来秋水瞳人。未免有情,愿从此老。何物长卿得此艳福。只是蛾眉伐性,醇酒伤肠,相如又素有消渴病,怎禁得酒色沉迷,恬不知返,因此旧疾复发,不能起床。特叙琐事以戒后人。亏得名医调治,渐渐痊可,乃特作一篇《美人赋》,作为自箴。可巧朝旨到来,召令入都,相如乐得暂别文君,整装北上。不多日便到长安,探得邑人杨得意,现为

狗监，<u>掌上林猎犬</u>。代为先容，所以特召。当下先访得意，问明大略，得意说道："这是足下的《子虚赋》，得邀主知。主上恨不与足下同时，仆谓足下，曾为此赋，现正家居。主上闻言，因即宣召足下。足下今日到此，取功名如拾芥了。"相如忙为道谢，别了得意。诘旦入朝，武帝见了相如，便问："《子虚赋》是否亲笔？"相如答道："《子虚赋》原出臣手，但尚系诸侯情事，未足一观。臣请为陛下作《游猎赋》。"武帝听说，遂令尚书给与笔札。相如受笔札后，退至阙下，据案构思，濡毫落纸，赋就了数千言，方才呈入。武帝展览一周，觉得满纸琳琅，目不胜赏，遂即叹为奇才，拜为郎官。

当时与相如齐名要算枚皋，皋即吴王濞郎中枚乘庶子。乘尝谏阻吴王造反，故吴王走死，乘不坐罪，仍由景帝召入，命为弘农都尉。乘久为大国上宾，不愿退就郡吏，莅任未几，便托病辞官，往游梁国。梁王武好养食客，当然引为幕宾，文诰多出乘手。乘纳梁地民女为妾，乃生枚皋。至梁王病殁，乘归淮阴原籍，妾不肯从行，触动乘怒，竟将她母子留下，但给与数千钱，俾她赡养，径自告归。武帝素闻乘名，即位后，就派遣使臣，用着安车蒲轮，迎乘入都。乘年已衰迈，竟病死道中。使臣回报武帝，武帝问乘子能否属文？派员调查，好多时才得枚皋出来，诣阙上陈，自称读书能文。原来皋幼传父业，少即工词，十七岁上书梁王刘买，<u>即梁王武长子</u>。得诏为郎，嗣为从吏所谮，得罪亡去，家产被收。辗转到了长安，适遇朝廷大赦，并闻武帝曾求乘子，遂放胆上书，作了自荐的毛遂。<u>赵人，此处系是借喻</u>。武帝召入，见他少年儒雅，已料知所言非虚，再命作《平乐馆赋》，却是下笔立就，比相如尤为敏捷，词藻亦曲赡可观，因也授职为郎。惟相如为文，虽迟必佳，皋却随手写来，片刻可成，但究不及相如的工整。就是皋亦自言勿如。惟谓诗赋乃消遣笔墨，毋庸多费心思，故往往诙谐杂出，不尚修辞，后人称为马迟枚速，便是为此。小子有诗咏道：

> 髦士峨峨待诏来，幸逢天子拔真才。
> 马迟枚速何遑问，但擅词章便占魁。

尚有朱买臣一段故事，不妨连类叙明，请看官续阅下回，自知分晓。

文君夜奔相如，古今传为佳话，究之寡廉鲜耻，有玷闺箴。而相如则尤为名教罪人，羡其美而挑逗之，涎其富而污辱之，学士文人，果当如是耶！我国小说家，往往于才子佳人之苟合，津津乐道，遂致钻穴窥墙之行，时有所闻。近则自由择偶，不待媒妁，盖又变本加厉。名节益荡然矣。然文君既随相如，虽穷不怨，甚至当垆沽酒，亦所甘心，以视近人之忽合忽离，行同犬彘者，其得毋相去尚远耶！读此回，不禁有每况愈下之感云。

第六十二回

厌夫贫下堂致悔　开敌衅出塞无功

　　却说吴人朱买臣，表字翁子，性好读书，不治产业，蹉跎至四十多岁，还是一个落拓儒生，食贫居贱，困顿无聊。家中只有一妻，不能赡养，只好与她同入山中，刈薪砍柴，挑往市中求售，易钱为生。妻亦负载相随，惟买臣肩上挑柴，口中尚咿唔不绝，妻在后面听着，却是一语不懂，大约总是背诵古书，不由的懊恼起来，叫他不要再念。偏是买臣越读越响，甚且如唱歌一般，提起嗓子，响彻市中。妻连劝数次，并不见睬，又因家况越弄越僵，单靠一两担薪柴，如何度日？往往有了朝餐，没有晚餐。自思长此饥饿，终非了局，不如别寻生路，省得这般受苦，便向买臣求去。买臣道："我年五十当富贵，今已四十余岁了，不久便当发迹了，汝随我吃苦，已有二十多年，难道这数载光阴，竟忍耐不住么？待我富贵，当报汝功劳。"语未说完，但听得一声娇嗔道："我随汝多年，苦楚已尝遍了，汝原是个书生，弄到担柴为生，也应晓得读书无益，为何至今不悟，还要到处行吟！我想汝终要饿死沟中，怎能富贵？不如放我生路，由我去罢！"买臣见妻动恼，再欲劝解，哪知妇人性格，固执不返，索性大哭大闹，不成样子，乃允与离婚，写了休书，交与妻手，妻绝不留恋，出门自去。实是妇人常态，亦不足怪。

　　买臣仍操故业，读书卖柴，行歌如故。会当清明节届，春寒未尽，买臣从山上刈柴，束作一担，挑将下来，忽遇着一阵风雨，淋湿敝衣，觉得身上单寒，没奈何趋入墓间，为暂避计。好容易待至天霁，又觉得饥肠乱鸣，支撑不住。事有凑巧，来了一男一女，祭扫墓前，妇人非别，正是买臣故妻。买臣明明看见，却似未曾相识，不去睬她。倒是故妻瞧着买臣，见他瑟缩得很，料为饥寒所迫，因将祭毕酒饭，分给买臣，使他饮食。买臣也顾不得羞惭，便即饱餐一顿，把碗盏交还男人，单说了一个谢字，也不问男子姓名。其实这个男子,就是他前妻的后夫。前妻还算有情。两下里各走各路,并皆归家。

转眼间已过数年,买臣已将近五秩了,适会稽郡吏入京上计,计乃簿帐之总名。随带食物,并载车内,买臣愿为运卒,跟吏同行。既到长安,即诣阙上书,多日不见发落。买臣只好待诏公车,身边并无银钱,还亏上计吏怜他穷苦,给济饮食,才得生存。可巧邑人庄助,自南方出使回来,买臣曾与识面,乃踵门求见,托助引进。助却顾全乡谊,便替他入白武帝,武帝方才召入,面询学术。买臣说《春秋》,言《楚辞》,正合武帝意旨,遂得拜为中大夫,与庄助同侍禁中。不意释褐以后,官运尚未亨通,屡生波折,终致坐事免官,仍在长安寄食。又阅年始召他待诏。

是时武帝方有事南方,欲平越地,遂令买臣乘机献策,取得铜章墨绶,来作本地长官。富贵到手了。看官欲知买臣计议,待小子表明越事,方有头绪可寻。随手叙入越事,是紧带法。从前东南一带,南越最大,次为闽越,又次为东越。闽越王无诸,受封最早,汉高所封。东越王摇及南越王赵佗,受封较迟。摇为惠帝时所封,佗为文帝时所封,并见前文。三国子

孙，相传未绝，自吴王濞败奔东越，被他杀死，吴太子驹，亡走闽越，屡思报复父仇，尝劝闽越王进击东越。回应前文五十五回。闽越王郢，乃发兵东侵，东越抵敌不住，使人向都中求救。武帝召问群臣，武安侯田蚡，谓越地辽远，不足劳师，独庄助从旁驳议，谓小国有急，天子不救，如何抚宇万方？武帝依了助言，便遣助持节东行，至会稽郡调发戍兵，使救东越。会稽守迁延不发，由助斩一司马，促令发兵，乃即由海道进军，陆续往援。行至中途，闽越兵已闻风退去。东越王屡经受创，恐汉兵一返，闽越再来进攻，因请举国内徙，得邀俞允。于是东越王以下，悉数迁入江淮间。闽越王郢，自恃兵强，既得逐去东越，复欲并吞南越。休养了三四年，竟大举入南越王境。南越王胡，为赵佗孙，闻得闽越犯边，但守勿战，一面使人飞奏汉廷，略言两越俱为藩臣，不应互相攻击，今闽越无故侵臣，臣不敢举兵，唯求皇上裁夺！武帝览奏，极口褒赏，说他守义践信，不能不为他出师。当下命大行王恢及大司农韩安国并为将军，一出豫章，一出会稽，两路并进，直讨闽越。淮南王安，上书谏阻，武帝不从，但饬两路兵速进。闽越王郢回军据险，防御汉师。郢弟余善，聚族与谋，拟杀郢谢汉，族人多半赞成。遂由余善怀刃见郢，把郢刺毙，就差人赍着郢首，献与汉将军王恢。恢方率军逾岭，既得余善来使，乐得按兵不动。一面通告韩安国，一面将郢首传送京师，候诏定夺。武帝下诏罢兵，遣中郎将传谕闽越，另立无诸孙繇君丑为王，使承先祀。偏余善挟威自恣，不服繇王，繇王丑复遣人入报。武帝以余善诛郢有功，不如使王东越，权示羁縻，乃特派使册封，并谕余善，划境自守，不准与繇王相争。余善总算受命。武帝复使庄助慰谕南越，南越王胡，稽首谢恩，愿遣太子婴齐，入备宿卫，庄助遂与婴齐偕行。路过淮南，淮南王安，迎助入都，表示殷勤。助曾受武帝面嘱，顺道谕淮南王，至是传达帝意，淮南王安，自知前谏有误，惶恐谢过，且厚礼待助，私结交好。助不便久留，遂与订约而别。为后文连坐叛案张本。还至长安，武帝因助不辱使命，特别赐宴，从容问答。至问及居乡时事，助答言少时家贫，致为友婿富人所辱，未免怅然。武帝听他言中寓意，即拜助为会稽太守，使得夸耀乡邻。谁知助莅任以后，并无善声，武帝要把他调归。

适值东越王余善，屡征不朝，触动武帝怒意，谋即往讨。买臣乘机进言道："东越王余善，向居泉山，负嵎自固，一夫守险，千人俱不能上，今闻他南迁大泽,去泉山约五百里,无险可恃,今若发兵浮海,直指泉山,陈舟列兵,席卷南趋,破东越不难了!"武帝甚喜,便将庄助调还,使买臣代任会稽太守。买臣受命辞行,武帝笑语道:"富贵不归故乡,如衣锦夜行,今汝可谓衣锦荣归了!"天子当为地择人,不应徒令夸耀故乡,乃待庄助如此,待买臣又如此。毋乃不经。买臣顿首拜谢,武帝复嘱道:"此去到郡,宜亟治楼船,储粮蓄械,待军俱进,不得有违!"买臣奉命而出。

先是买臣失官,尝在会稽守邸中,寄居饭食,守邸如今之会馆相似。免不得遭人白眼,忍受揶揄。此次受命为会稽太守,正是吐气扬眉的日子,他却藏着印绶,仍穿了一件旧衣,步行至邸。邸中坐着上计郡吏,方置酒高会,酣饮狂呼,见了买臣进去,并不邀他入席,尽管自己乱喝。统是势利小人。买臣也不去说明,低头趋入内室,与邸中当差人役,一同啖饭。待至食毕,方从怀中露出绶带,随身飘扬。有人从旁瞧着,暗暗称奇,遂走至买臣身旁,引绶出怀,却悬着一个金章。细认篆文,正是会稽郡太守官印,慌忙向买臣问明。买臣尚淡淡的答说道:"今日正诣阙受命,君等不必张皇!"话虽如此,已有人跑出外厅报告上计郡吏。郡吏等多半酒醉,统斥他是妄语胡言,气得报告人头筋饱绽,反唇相讥道:"如若不信,尽可入内看明。"当有一个买臣故友,素来瞧不起买臣,至此首先着忙,起座入室。片刻便即趋出,拍手狂呼道:"的确是真,不是假的!"大众听了,无不骇然,急白守邸郡丞,同肃衣冠,至中庭排班伫立,再由郡丞入启买臣,请他出庭受谒。买臣徐徐出户,踱至中庭,大众尚恐酒后失仪,并皆加意谨慎,拜倒地上。不如是,不足以见炎凉世态。买臣才答他一个半礼。待到大众起来,外面已驱入驷马高车,迎接买臣赴任。买臣别了众人,登车自去,有几个想乘势趋奉,愿随买臣到郡,都被买臣复绝,碰了一鼻子灰,这且无容细说。

惟买臣驰入吴境,吏民夹道欢迎,趋集车前,就是吴中妇女,也来观看新太守丰仪,真是少见多怪,盛极一时。买臣从人丛中望将过去,遥见故妻,亦站立道旁,不由的触起旧情,记着墓前给食的余惠,便令左右呼她过来,停车细询。此时贵贱悬殊,后先迥别,那故妻又羞又悔,到了车前,几至呆若木鸡。还是买臣和颜与语,才说出一两句话来,原来故妻的后夫,正充郡中工役,修治道路。经买臣问悉情形,也叫他前来相见,使与故妻同载后车，驰入郡衙。当下腾出后园房屋，令他夫妻同居，给与衣食。不可谓买臣无情。又遍召故人入宴，所有从前叨惠的亲友，无不报酬，乡里翕然称颂。惟故妻追悔不了，虽尚衣食无亏，到底不得锦衣美食，且见买臣已另娶妻室，享受现成富贵，自己曾受苦多年，为了一时气忿，竟至别嫁，反将黄堂贵眷，平白地让诸他人，如何甘心？左思右想，无可挽回，还是自尽了事，遂乘后夫外出时，投缳毕命。买臣因覆水难收，势难再返，特地收养园中，也算是不忘旧谊。才经一月，即闻故妻自缢身亡，倒也叹息不置。因即取出钱财，令她后夫买棺殓葬，这也不在话下。覆水难收，本太公望故事，后人多误作买臣遗闻，史传中并未载及，故不妄入。

且说买臣到任，遵着武帝面谕，置备船械，专待朝廷出兵，助讨东越。适武帝误听王恢，诱击匈奴，无暇南顾，所以把东越事搁起，但向北方预备出师。

汉自文景以来，屡用和亲政策，笼络匈奴。匈奴总算与汉言和，未尝大举入犯，惟小小侵掠，在所不免。朝廷亦未敢弛防，屡选名臣猛将，出守边疆。当时有个上郡太守李广，系陇西成纪人，骁勇绝伦，尤长骑射，文帝时出击匈奴，毙敌甚众，已得擢为武骑常侍，至吴楚叛命，也随周亚夫出征，突阵搴旗，著有大功，只因他私受梁印，功罪相抵，故只调为上谷太守。上谷为出塞要冲，每遇匈奴兵至，广必亲身出敌，为士卒先，典属国官名。公孙昆邪，尝泣语景帝道："李广材气无双，可惜轻敌，倘有挫失，恐亡一骁将，不如内调为是。"景帝乃徙广入守上郡。上郡在雁门内，距虏较远，偏广生性好动，往往自出巡边。一日出外探哨，猝遇匈奴兵数千人，蜂拥前来，广手下只有百余骑，如何对敌？战无可战，走不及走，他却从容下马，解鞍坐着。匈奴兵疑有诡谋，倒也未敢相逼。会有一白马将军出阵望广，睥睨自如，广竟一跃上马，仅带健骑十余人，向前奔去，至与白马将军相近，张弓发矢，飕的一声，立将白马将军射毙，再回至原处，跳落马下，坐卧自由。匈奴兵始终怀疑，相持至暮并皆退回。嗣是广名益盛。却是有胆有识，可惜命运欠佳。

武帝素闻广名，特调入为未央宫卫尉，又将边郡太守程不识亦召回京师，使为长乐宫卫尉。广用兵尚宽，随便行止，不拘行伍，不击刁斗，使他人人自卫，却亦不遭敌人暗算。不识用兵尚严，部曲必整，斥堠必周，部众当谨受约束,不得少违军律,敌人亦怕他严整,未敢相犯。两将都防边能手,士卒颇愿从李广,不愿从程不识。不识也推重广才,但谓宽易致失,宁可从严。这是正论。因此两人名望相同,将略不同。

至武帝元光元年,武帝于建元六年后,改称元光元年。复令李广程不识为将军,出屯朔方。越年,匈奴复遣使至汉,申请和亲。大行王恢,谓不如与他绝好,相机进兵。韩安国已为御史大夫,独主张和亲,免得劳师。武帝遍问群臣,群臣多赞同韩议,乃遣归番使,仍允和亲。偏有雁门郡马邑人聂壹,年老嗜利,入都进谒王恢,说是匈奴终为边患,今乘他和亲无备,诱令入塞,伏兵邀击,必获大胜。恢本欲击虏邀功,至此听了壹言,又觉得兴致勃发,立刻奏闻。武帝年少气盛,也为所动,再召群臣会议。韩安国又出来反对,与王恢争论廷前,各执一是。王恢说道:"陛下即位数年,威加四海,统一华夷,独匈奴侵盗不已,肆无忌惮,若非设法痛击,如何示威!"安国驳说道:"臣闻高皇帝被困平城,七日不食,及出围返都,不相仇怨,可见圣人以天下为心,不愿挟私害公。自与匈奴和亲,利及五世,故臣以为不如主和!"恢又说道:"此语实似是而非。从前高皇帝不去报怨,乃因天下新定,不应屡次兴师,劳我人民。今海内久安,只有匈奴屡来寇边,常为民患,死伤累累,榇(huì)车相望。这正仁人君子,引为痛心,奈何不乘机击逐呢!"安国又申驳道:"臣闻兵法有言,以饱待饥,以逸待劳,所以不战屈人,安坐退敌。今欲卷甲轻举,长驱深入,臣恐道远力竭,反为敌擒,故决意主和,不愿主战!"恢摇首道:"韩御史徒读兵书,未谙兵略,若使我兵轻进,原是可虞,今当诱彼入塞,设伏邀击,使他左右受敌,进退两难,臣料擒渠获丑,在此一举,可保得有利无害呢!"看汝做来。

武帝听了多时,也觉得恢计可用,决从恢议,遂使韩安国为护军将军,王恢为将屯将军,太仆公孙贺为轻车将军,卫尉李广为骁骑将军,大中大夫李息为材官将军,率同兵马三十多万,悄悄出发。先令聂壹出塞互市,往见军臣单于,匈奴国主名,见前。愿举马邑城献虏。单于似信非信,便问聂壹道:"汝本商民,怎能献城?"聂壹答道:"我有同志数百人,若混入马邑,斩了令丞,管教全城可取,财物可得,但望单于发兵接应,并录微劳,自不致有他患了!"单于本来贪利,闻言甚喜,立派部目随着聂壹,先入马邑,俟聂壹得斩守令,然后进兵。聂壹返至马邑,先与邑令密谋,提出

死囚数名,枭了首级,悬诸城上,托言是令丞头颅,诳示匈奴来使。来使信以为然,忙去回报军臣单于,单于便领兵十万,亲来接应,路过武州,距马邑尚百余里,但见沿途统是牲畜,独无一个牧人,未免诧异起来,可巧路旁有一亭堡,料想堡内定有亭尉,何不擒住了他,问明底细? 当下指挥人马,把亭围住,亭内除尉史外,只有守兵百人,无非是了望敌情,通报边泛。此次亭尉得了军令,佯示镇静,使敌不疑,所以留住亭内,谁料被匈奴兵马,团团围住,借大孤亭,如何固守? 没奈何出降匈奴,报知汉将秘谋。单于且惊且喜,慌忙退还,及驰入塞外,额手相庆道:"我得尉史,实邀天佑!"一面说,一面召过尉史,特封天王。却是傥来富贵,可惜舍义贪生。

是时王恢已抄出代郡,拟袭匈奴兵背后,截夺辎重,蓦闻单于退归,不胜惊讶,自思随身兵士,不过二三万人,怎能敌得过匈奴大队,不如纵敌出塞,还好保全自己生命,遂敛兵不出,旋且引还。既有今日,何必当初! 韩安国等带领大军,分驻马邑境内,好几日不见动静,急忙变计出击,驰至塞下,那匈奴兵早已遁去,一些儿没有形影了,只好空手回都。安国本不赞成恢议,当然无罪,公孙贺等亦得免谴。独王恢乃是首谋,无故劳师,轻自纵敌,眼见是无功有罪,应该受刑。小子有诗叹道：

娄敬和亲原下策,王恢诱敌岂良谋。

劳师卅万轻挑衅,一死犹难谢主忧。

毕竟王恢是否坐罪,且看下回再详。

贪之一字,无论男妇,皆不可犯。试观本回之朱买臣妻,及大行王恢,事迹不同,而致死则同,盖无一非贪字误之耳,买臣妻之求去,是志在贪富,王恢之诱匈奴,是志在贪功,卒之贪富者轻丧名节,无救于贫,贪功者徒费机谋,反致坐罪。后悔难追,终归自杀,亦何若不贪之为愈乎！是故买臣妻之致死,不能怨买臣之薄情,王恢之致死,不能怨武帝之寡德,要之皆自取而已。世之好贪者其鉴诸！

第六十三回

执国法王恢受诛　骂座客灌夫得罪

却说王恢还朝，入见武帝，武帝不禁怒起，说他劳师纵敌，罪有所归。试问自己，果能无过否？王恢答辩道："此次出师，原拟前后夹攻，计擒单于，诸将军分伏马邑，由臣抄袭敌后，截击辎重，不幸良谋被泄，单于逃归，臣所部止三万人，不能拦阻单于，明知回朝复命，不免遭戮，但为陛下保全三万人马，亦望曲原！陛下如开恩恕臣，臣愿邀功赎罪；否则请陛下惩处便了。"武帝怒尚未息，令左右系恢下狱，援律谳案。廷尉议恢逗挠当斩，复奏武帝。武帝当即依议，限期正法。恢闻报大惧，慌忙属令家人，取出千金，献与武安侯田蚡，求他缓颊。是时太皇太后窦氏早崩，在武帝建元六年。丞相许昌，亦已免职。武安侯田蚡，竟得入膺相位，内依太后，外冠群僚，总道是容易设法，替恢求生，遂将千金老实收受，入宫白王太后道："王恢谋击匈奴，伏兵马邑，本来是一条好计，偏被匈奴探悉，计不得成，虽然无功，罪不至死。今若将恢加诛，是反为匈奴报仇，岂非一误再误么？"王太后点首无言。待至武帝入省，便将田蚡所言，略述一遍。武帝答道："马邑一役，本是王恢主谋，出师三十万众，望得大功，就使单于退去，不中我计，但恢已抄出敌后，何勿邀击一阵，杀获数人，借慰众心？今恢贪生怕死，逗留不出，若非按律加诛，如何得谢天下呢！"理论亦正，可惜徒知责人，不知责己。

王太后本与恢无亲，不过为了母弟情面，代为转言。及见武帝义正词严，也觉得不便多说，待至武帝出宫，即使人复报田蚡。蚡亦只好复绝王恢。千金可曾发还否？恢至此已无生路，索性图个自尽，省得身首两分。狱吏至恢死后，方才得知，立即据实奏闻，有诏免议。看官阅此，还道武帝决意诛恢，连太后母舅的关说，都不肯依，好算是为公忘私。其实武帝也怀着私意，与太后母舅两人，稍有芥蒂，所以借恢出气，不肯枉法。

武帝常宠遇韩嫣，累给厚赏。已见前文。嫣坐拥资财，任情挥霍，甚至用黄金为丸，弹取鸟雀。长安儿童，俟嫣出猎，往往随去。嫣一弹射，弹丸辄坠落远处，不复觅取。一班儿童，乐得奔往寻觅，运气的拾得一丸，值钱数十缗，当然怀归。嫣亦不过问。时人有歌谣道："苦饥寒,逐金丸。"武帝颇有所闻，但素加宠幸，何忍为此小事，责他过奢，会值江都王非入朝，武帝约他同猎上林，先命韩嫣往视鸟兽。嫣奉命出宫，登车驰去，从人却有百余骑。江都王非，正在宫外伺候，望见车骑如云，想总是天子出来，急忙麾退从人，自向道旁伏谒。不意车骑并未停住，尽管向前驰去。非才知有异，起问从人，乃是韩嫣坐车驰过，忍不住怒气直冲，急欲奏白武帝。转思武帝宠嫣，说也无益，不如暂时容忍。待至侍猎已毕，始入谒王太后，泣诉韩嫣无礼，自愿辞国还都，入备宿卫，与嫣同列。王太后也为动容，虽然非不是亲子，究竟由景帝所出，不能为嫣所侮，非系程姬所产。乃好言抚慰，决加嫣罪。也是嫣命运该绝，一经王太后留心调查，复得嫣与宫人相奸情事，两罪并发，即命赐死。武帝还替嫣求宽，被王太后训斥一顿，弄得无法转圜，只好听嫣服药，毒发毙命。嫣弟名说，曾由嫣荐引入侍，武帝

惜嫣短命，乃擢说为将，后来且列入军功，封案道侯。江都王非，仍然归国，未几即殁，由子建嗣封，待后再表。

惟武帝失一韩嫣，总觉得太后不肯留情，未免介意。独王太后母弟田蚡，素善阿谀，颇得武帝亲信。从前尚有太皇太后与蚡不合，见前文。至此已经病逝，毫无阻碍，所以蚡得进跻相位。向来小人情性，失志便谄，得志便骄，蚡既首握朝纲，并有王太后作为内援，当即起了骄态，作福作威，营大厦，置良田，广纳姬妾，厚储珍宝，四方货赂，辇集门庭，端的是安富尊荣，一时无两。犹记前时贫贱时否？每当入朝白事，坐语移时，言多见用，推荐人物，往往得为大吏至二千石，甚至所求无厌，惹得武帝也觉生烦。一日蚡又面呈荐牍，开列至十余人，要求武帝任用。武帝略略看毕，不禁作色道："母舅举用许多官吏，难道尚未满意么？以后须让我拣选数人。"蚡乃起座趋出。既而增筑家园，欲将考工地圈入，以便扩充。考工系少府属官。因再入朝面请，武帝又怫然道："何不径取武库？"说得蚡面颊发赤，谢过而退。为此种种情由，所以王恢一案，武帝不肯放松，越是太后母舅说情，越是要将王恢处死。田蚡权势虽隆，究竟拗不过武帝，只好作罢。

是时故丞相窦婴，失职家居，与田蚡相差甚远，免不得抚髀兴嗟。前时婴为大将军，声势赫濯，蚡不过一个郎官，奔走大将军门下，拜跪趋谒，何等谦卑，就是后来婴为丞相，蚡为太尉，名位上几乎并肩，但蚡尚自居后进，一切政议，推婴主持，不稍争忤。谁知时移势易，婴竟蹉跌，蚡得超升，从此不复往来，视同陌路，连一班亲戚僚友，统皆变了态度，只知趋承田氏，未尝过谒窦门，所以婴相形见绌，越觉不平。何不归隐。

独故太仆灌夫，却与婴沆瀣相投，始终交好，不改故态，婴遂视为知己，格外情深。灌夫自吴楚战后，见五十五回。还都为中郎将，迁任代相，武帝初入为太仆，与长乐卫尉窦甫饮酒，忽生争论，即举拳殴甫，甫系窦太后兄弟，当然不肯罢休，便即入白宫中。武帝还怜灌夫忠直，忙将他外调出去，使为燕相，夫终使酒好气，落落难合，卒致坐法免官，仍然还居长安。他本是颍川人氏，家产颇饶，平时善交豪猾，食客常数十人，及夫出外为官，宗族宾客，还是倚官托势，鱼肉乡民。颍川人并有怨言，遂编出四句歌谣，使儿童唱着道："颍水清，灌氏宁，颍水浊，灌氏族。"夫在外多年，无暇顾问家事,到了免官以后,仍不欲退守家园,但在都中混迹。居常无事,辄至窦婴家欢叙。两人性质相同,所以引为至交。

一日夫在都游行,路过相府,自思与丞相田蚡,本是熟识,何妨闯将进去,看他如何相待?主见已定,遂趋入相府求见。门吏当即入报,蚡却未拒绝,照常迎入。谈了数语,便问夫近日闲居,如何消遣?夫直答道:"不过多至魏其侯家,饮酒谈天。"蚡随口接入道:"我也欲过访魏其侯,仲孺可愿同往否?"夫本字仲孺,听得蚡邀与同往,就应声说道:"丞相肯辱临魏其侯家,夫愿随行。"蚡不过一句虚言,谁知灌夫竟要当起真来!乃注目视夫,见夫身著素服,便问他近有何丧?夫恐蚡寓有别意,又向蚡进说道:"夫原有期功丧服,未便宴饮,但丞相欲过魏其侯家,夫怎敢以服为辞?当为丞相预告魏其侯,令他具酒守候,愿丞相明日早临,幸勿逾约!"蚡只好允诺。夫即告别,出了相府,匆匆往报窦婴。实是多事。

婴虽未夺侯封,究竟比不得从前,一呼百诺。既闻田蚡要来宴叙,不得不盛筵相待,因特入告妻室,赶紧预备,一面嘱厨夫多买牛羊,连夜烹宰,并饬仆役洒扫房屋,设具供张,足足忙了一宵,未遑安睡。一经天明,便令门役小心侍候。过了片刻,灌夫也即趋至,与窦婴一同候客。好多时不闻足音,仰瞩日光,已到晌午时候。婴不禁焦急,对灌夫说道:"莫非丞相已忘记不成!"夫亦愤然道:"哪有此理!我当往迎。"说着便驰往相府,问明门吏,才知蚡尚高卧未起。勉强按着性子,坐待了一二时,方见蚡缓步出来。当下起立与语道:"丞相昨许至魏其侯家,魏其侯夫妇,安排酒席,渴望多时了。"蚡本无去意,到此只好佯谢道:"昨宵醉卧不醒,竟至失记,今当与君同往便了。"乃吩咐左右驾车,自己又复入内,延至日影西斜,始出呼灌夫,登车并行。窦婴已望眼欲穿,总算不虚所望,接着这位田丞相,延入大厅,开筵共饮。灌夫喝了几杯闷酒,觉得身体不快,乃离座起舞,舒动筋骸。未几舞罢,便语田蚡道:"丞相曾善舞否?"蚡假作不闻。惹动灌夫酒兴,连问数语,仍不见答。夫索性移动座位,与蚡相接,说出许多讥刺的话儿。窦婴见他语带蹊跷,恐致惹祸,连忙起扶灌夫,说他已醉,令至外厢休息。待夫出去,再替灌夫谢过。蚡却不动声色,言笑自若。饮至夜半,方尽欢而归。即此可见田蚡阴险。

自有这番交际,蚡即想出一法,浼令宾佐籍福,至窦婴处求让城南田。此田系窦婴宝产，向称肥沃，怎肯让与田蚡？当即对着籍福，忿然作色道："老朽虽是无用，丞相也不应擅夺人田！"籍福尚未答言，巧值灌夫趋进，听悉此事，竟把籍福指斥一番。还是籍福气度尚宽，别婴报蚡，将情形概置不提，但向蚡劝解道："魏其侯年老且死，丞相忍耐数日，自可唾手取来，何必多费唇舌哩！"蚡颇以为然，不复提议。偏有他人讨好蚡前，竟将窦婴灌夫的实情，一一告知，蚡不禁发怒道："窦氏子尝杀人，应坐死罪；亏我替他救活，今向他乞让数顷田，乃这般吝惜么？况此事与灌夫何干，又来饶舌，我却不稀罕这区区田亩，看他两人能活到几时？"于是先上书劾奏灌夫，说他家属横行颍川，请即饬有司惩治。武帝答谕道："这本丞相分内事，何必奏请呢！"蚡得了谕旨，便欲捕夫家属，偏夫亦探得田蚡阴事，要想乘此讦发，作为抵制。原来蚡为太尉时，正值淮南王安入朝，蚡出迎霸上，密与安语道："主上未有太子，将来帝位，当属大王。大王为高皇帝孙，又有贤名，若非大王继立，此外尚有何人？"安闻言大喜，厚赠蚡金钱财物，托蚡随时留意。蚡原是骗钱好手。两下里订立密约，偏被灌夫侦悉，援作话柄，关系却是很大。何妨先发制人，径去告讦。蚡得着风声，自觉情虚，倒也未敢遽下辣手，当有和事老出来调停，劝他两面息争，才算罢议。

到了元光四年，蚡取燕王嘉刘泽子。女为夫人，由王太后颁出教令，尽召列侯宗室，前往贺喜。窦婴尚为列侯，应去道贺，乃邀同灌夫偕往。夫辞谢道："夫屡次得罪丞相，近又与丞相有仇，不如不往。"婴强夫使行。且与语道："前事已经人调解，谅可免嫌；况丞相今有喜事，正可乘机宴会，仍旧修好，否则将疑君负气，仍留隐恨了。"婴为灌夫所累，也是够了，此次还要叫他同行，真是该死！灌夫不得已与婴同行，一入相门，真是车马喧阗，说不尽的热闹。两人同至大厅，当由田蚡亲出相迎，彼此作揖行礼，自然没有怒容。未几便皆入席，田蚡首先敬客，挨次捧觞，座上俱不敢当礼，避席俯伏。窦婴灌夫也只得随众鸣谦。嗣由座客举酒酬蚡，也是挨次轮流。待到窦婴敬酒，只有故人避席，余皆膝席。古人尝席地而坐，就是宾朋聚宴，也是如此。膝席是膝跪席上，聊申敬意，比不得避席的谦恭。灌夫瞧在眼里，已觉得座客势利，心滋不悦，及轮至灌夫敬酒，到了田蚡面前，蚡亦膝席相答，且向夫说道："不能满觞！"夫忍不住调笑道：

"丞相原是当今贵人,但此觞亦应毕饮。"蚡不肯依言,勉强喝了一半。夫不便再争,乃另敬他客,依次挨到临汝侯灌贤。灌贤方与程不识密谈,并不避席。夫正怀怒意,便借贤泄忿,开口骂道:"平日毁程不识不值一钱,今日长者敬酒,反效那儿女子态,絮絮耳语么?"灌贤未及答言,蚡却从旁插嘴道:"程李尝并为东西宫卫尉,今当众毁辱程将军,独不为李将军留些余地,未免欺人?"这数语明是双方挑衅,因灌夫素推重李广,所以把程李一并提及,使他结怨两人。偏灌夫性子发作,不肯少耐,竟张目厉声道:"今日便要斩头洞胸,夫也不怕!顾什么程将军,李将军?"狂夫任性,有何好处?座客见灌夫闹酒,大杀风景,遂托词更衣,陆续散去。窦婴见夫已惹祸,慌忙用手挥夫,令他出去。谁叫你邀他同来?

夫方趋出,蚡大为懊恼,对众宣言道:"这是我平时骄纵灌夫,反致得罪座客,今日不能不稍加惩戒了!"说着,即令从骑追留灌夫,不准出门。从骑奉命,便将灌夫牵回。籍福时亦在座,出为劝解,并使灌夫向蚡谢过。夫怎肯依从?再由福按住夫项,迫令下拜,夫越加动怒,竟将福一手推开。蚡至此不能再忍,便命从骑缚住灌夫,迫居传舍。座客等未便再留,统皆散去,窦婴也只好退归。蚡却召语长史道:"今日奉诏开宴,灌夫

乃敢来骂座，明明违诏不敬，应该劾奏论罪！"好一个大题目。长史自去办理，拜本上奏。蚡自思一不做，二不休，索性追究前事，遣吏分捕灌夫宗族，并皆论死。一面把灌夫徙系狱室，派人监守，断绝交通。灌夫要想告讦田蚡，无从得出，只好束手待毙。

独窦婴返回家中，自悔从前不该邀夫同去，现既害他入狱，理应挺身出救。婴妻在侧，问明大略，亟出言谏阻道："灌将军得罪丞相，便是得罪太后家，怎可救得？"婴喟然道："一个侯爵，自我得来，何妨自我失去？我怎忍独生，乃令灌仲孺独死？"说罢，即自入密室，缮成一书，竟往朝堂呈入。有顷，即由武帝传令进见。婴谒过武帝，便言灌夫醉后得罪，不应即诛。武帝点首，并赐婴食，且与语道："明日可至东朝辩明便了。"婴拜谢而出。

到了翌晨，就遵着谕旨，径往东朝。东朝便是长乐宫，为王太后所居。田蚡系王太后母弟，武帝欲审问此案，也是不便专擅，所以会集大臣，同至东朝决狱。婴驰入东朝，待了片刻，大臣陆续趋集，连田蚡也即到来。未几便由武帝御殿，面加质讯，各大臣站列两旁，婴与蚡同至御案前，辩论灌夫曲直。为这一番讼案，有分教：

刺虎不成终被噬，飞蛾狂扑自遭灾。

欲知两人辩论情形，俟至下回再表。

王恢之应坐死罪，前回中已经评论，姑不赘述。惟田蚡私受千金，即恳太后代为缓颊。诚使武帝明哲，便当默察几微，撤蚡相位，别用贤良，岂徒拒绝所请，即足了事耶？况壹意诛恢，亦属有激使然。非真知有公不知有私也。窦婴既免相职，正可退居林下，安享天年，乃犹溷迹都中，流连不去，果胡为者！且灌夫好酒使性，引与为友，益少损多，无端而亲田蚡，无端而忤田蚡，又无端而仇田蚡，卒至招尤取辱，同归于尽，天下之刚愎自用者，皆可作灌夫观！天下之游移无主者，亦何不可作窦婴观也？田蚡不足责，窦婴灌夫，其亦自贻伊戚乎！

第六十四回

遭鬼祟田蚡毙命　抚夷人司马扬镳

却说窦婴田蚡,为了灌夫骂座一事,争论廷前。窦婴先言灌夫曾有大功,不过醉后忘情,触犯丞相,丞相竟挟嫌诬控,实属非是。田蚡却继陈灌夫罪恶,极言夫纵容家属,私交豪猾,居心难问,应该加刑,两人辩论多时,毕竟窦婴口才不及田蚡,遂致婴忍耐不住,历言蚡骄奢无度,贻误国家。蚡随口答辩道:"天下幸安乐无事,蚡得叨蒙恩遇,置田室,备音乐,畜倡优,弄狗马,坐享承平,但却不比那魏其灌夫,日夜招聚豪猾,秘密会议,腹诽心谤,仰视天,俯画地,睥睨两宫间,喜乱恶治,冀邀大功。这乃蚡不及两人,望陛下明察!" 舌上有刀。武帝见他辩论不休,便顾问群臣,究竟孰是孰非?群臣多面面相觑,未敢发言。只御史大夫韩安国启奏道:"魏其谓灌夫为父死事,只身荷戟,驰入吴军,身被数十创,名冠三军,足为天下壮士,现在并无大恶,不过杯酒争论,未可牵入他罪,诛戮功臣,这言也未尝不是。丞相乃说灌夫通奸猾,虐细民,家资累万,横恣颍川,恐将来枝比干大,不折必披,丞相言亦属有理。究竟如何处置,应求明主定夺!" 武帝默然不答,又有主爵都尉汲黯,及内史郑当时,相继上陈,颇为窦婴辩护,请武帝曲宥灌夫。蚡即怒目注视两人,汲黯素来刚直,不肯改言,郑当时生得胆小,遂致语涉游移。武帝也知田蚡理曲,不过碍着太后面子,未便斥蚡,因借郑当时泄忿道:"汝平日惯谈魏其武安长短,今日廷论,乃局促效辕下驹,究怀何意,我当一并处斩方好哩!"郑当时吓得发颤,缩做一团,此外还有何人,再敢饶舌,乐得寡言免尤。保身之道莫逾于此。武帝拂袖起座,掉头趋入,群臣自然散归,窦婴亦去。

田蚡徐徐引退,走出宫门,见韩安国尚在前面,便呼与同载一车,且呼安国表字道:"长孺,汝应与我共治一秃翁,窦婴年老发秃。为何首鼠两端?" 首鼠系一前一却之意。安国沉吟半晌,方答说道:"君何不自谦?

魏其既说君短，君当免冠解印，向主上致谢道：'臣幸托主上肺腑，待罪宰相，愧难胜任，魏其所言皆是，臣愿免职。'如此进说，主上必喜君能让，定然慰留，魏其亦自觉怀惭，杜门自杀。今人毁君短，君亦毁人，好似乡村妇孺，互相口角，岂不是自失大体么？"田蚡听了，也觉得自己性急，乃对韩安国谢过道："争辩时急不暇择，未知出此。长孺幸勿怪我呢！"及田蚡还第，安国当然别去，蚡回忆廷争情状，未能必胜，只好暗通内线，请太后出来作主，方可推倒窦婴。乃即使人进白太后，求为援助。

王太后为了此事，早已留心探察，闻得朝议多袒护窦婴，已是不悦，及蚡使人入白，越觉动怒，适值武帝入宫视膳，太后把箸一掷，顾语武帝道："我尚在世，人便凌践我弟，待我百年后，恐怕要变做鱼肉了！"*妇人何知大体？*武帝忙上前谢道："田窦俱系外戚，故须廷论；否则并非大事，一狱吏便能决断了。"王太后面色未平，武帝只得劝她进食，说是当重惩窦婴。及出宫以后，郎中令石建复与武帝详言田窦事实，武帝原是明白，但因太后力护田蚡，不得不从权办理。*事父母几谏，岂可专徇母意？*乃再使御史召问窦婴，责他所言非实，拘留都司空署内。*都司空系汉时宗正属官。*婴既被拘，怎能再营救灌夫，有司希承上旨，竟将灌夫拟定族诛。这消息为婴所闻，越加惊惶，猛然记得景帝时候，曾受遗诏云："事有不便，可从便宜上白。"此时无法解免，只好把遗诏所言，叙入奏章，或得再见武帝，申辩是非。会有从子入狱探视，婴即与说明，从子便去照办，即日奏上。武帝览奏，命尚书复查遗诏，尚书竟称查无实据，只有窦婴家丞，封藏诏书，当系由婴捏造，罪当弃市等语。武帝却知尚书有意陷婴，留中不发，但将灌夫处死，家族骈诛，已算对得住太后母舅。待至来春大赦，便当将婴释放。婴闻尚书劾他矫诏，自知越弄越糟，不如假称风疾，绝粒自尽。嗣又知武帝未曾批准，还有一线生路，乃复饮食如常。哪知田蚡煞是利害，只恐窦婴不死，暗中造出谣言，诬称婴在狱怨望，肆口讪谤。一时传入宫中，致为武帝所闻，不禁怒起，饬令将婴斩首，时已为十二月晦日。可怜婴并无死罪，冤冤枉枉的被蚡播弄，陨首渭城，就是灌夫触忤田蚡，也没有什么大罪，偏把他身诛族灭，岂非奇冤，两道冤气，无从伸雪，当然要扑到田蚡身上，向他索命。

元光五年春月，蚡正志得气骄，十分快活，出与诸僚吏会聚朝堂，颐指气使,入与新夫人食前方丈,翠绕珠围。朝野上下,哪个敢动他毫毛,偏偏两冤鬼寻入相府,互击蚡身,蚡一声狂叫,扑倒地上,接连呼了几声知罪,竟致晕去。妻妾仆从等,慌忙上前施救,一面延医诊治,闹得一家不宁,好多时才得苏醒。还要他吃些苦楚,方肯死去。口眼却能开闭,身子却不能动弹。当由家人昇至榻上,昼夜呻吟,只说浑身尽痛,无一好肉。有时狂言谵语,无非连声乞恕,满口求饶。家中虽不见有鬼魅,却亦料他为鬼所祟,代他祈祷,始终无效。武帝亲往视疾,也觉得病有奇异,特遣术士看验虚实,复称有两鬼为祟,更迭笞击,一是窦婴,一是灌夫,武帝叹息不已,就是王太后亦追悔无及。约莫过了三五天,蚡满身青肿,七窍流血,呜呼毕命!报应止及一身。还是田氏有福。武帝乃命平棘侯薛泽为丞相,待后再表。

且说武帝兄弟,共有十三人,皆封为王,临江王阏早死,接封为故太子荣,被召自杀,江都王非,广川王越,清河王乘,亦先后病亡。累见前文。尚有河间王德,鲁王余,胶西王端,赵王彭祖,中山王胜,长沙王发,胶东王寄,常山王舜,受封就国,并皆无恙。就中要算河间王德,最为贤德,修学好古,实事求是,尝购求民间遗书,不吝金帛。因此古文经籍,先秦旧书,

俱由四方奉献，所得甚多。平时讲习礼乐，被服儒术，造次不敢妄为，必循古道。元光五年，入朝武帝，面献雅乐，对三雍宫，辟雍，明堂，灵台，号三雍宫，对字联属下文。及诏策所问三十余事，统皆推本道术，言简意赅。武帝甚为嘉叹，并饬太常就肄雅声，岁时进奏。已而德辞别回国，得病身亡，中尉常丽，入都讣丧，武帝不免哀悼，且称德身端行治，应予美谥。有司应诏复陈，援据谥法，谓聪明睿知曰献，可即谥为献王，有诏依议，令王子不害嗣封。河间献王，为汉代贤王之一。故特笔提叙。

河间与鲁地相近，鲁秉礼义，尚有孔子遗风，只鲁王余，自淮阳徙治，不好文学，只喜宫室狗马等类，甚且欲将孔子旧宅，尽行拆去，改作自己宫殿。当下亲自督工，饬令毁壁，见壁间有藏书数十卷，字皆作蝌蚪文，鲁王多不认识，却也称奇。嗣入孔子庙堂，忽听得钟磬声，琴瑟声，同时并作，还疑里面有人作乐，及到处搜寻，并无人迹，惟余音尚觉绕梁。吓得鲁王余毛发森竖，慌忙命工罢役，并将坏壁修好，仍使照常，所有壁间遗书，给还孔裔，上车自去。相传遗书为孔子八世孙子襄所藏，就是《尚书》《礼记》《论语》《孝经》等书，当时欲避秦火，因将原简置入壁内，至此才得发现，故后人号为壁经。毕竟孔圣有灵，保全祠宇。鲁王余经此一吓，方不敢藐视儒宗。但旧时一切嗜好，相沿不改，费用不足，往往妄取民间。亏得鲁相田叔，弥缝王阙，稍免怨言。田叔自奉命到鲁，见前文。便有人民拦舆诉讼，告王擅夺民财，田叔佯怒道："王非汝主么？怎得与王相讼！"说着，即将为首二十人，各答五十，余皆逐去。鲁王余得知此事，也觉怀惭，即将私财取出，交与田叔，使他偿还人民。还是好王。田叔道："王从民间取来，应该由王自偿。否则，王受恶名，相得贤声？窃为王不取哩！"鲁王依言，乃自行偿还，不再妄取。独逐日游畋，成为习惯。田叔却不加谏阻，惟见王出猎，必然随行，老态龙钟，动致喘息。鲁王余却还敬老，辄令他回去休息。他虽当面应允，步出苑外，仍然露坐相待。有人入报鲁王，王仍使归休，终不见去。待至鲁王猎毕，出见田叔，问他何故留着？田叔道："大王且暴露苑中，臣何敢就舍？"说得鲁王难以为情，便同与载归，稍知敛迹。未几田叔病逝，百姓感他厚恩，凑集百金，送他祭礼。叔少子仁，却金不受，对众作谢道："不敢为百金累先人名！"众皆叹息而退。鲁王余也得优游卒岁，不致负咎。这也是幸得田叔，辅导有方，所以保全富贵,颐养终身哩。叙入此段,全为田叔扬名。

武帝因郡国无事,内外咸安,乃复拟戡定蛮夷,特遣郎官司马相如,往抚巴蜀,通道西南。先是王恢出征闽越,见六十二回。曾使番阳令唐蒙,慰谕南越,南越设席相待,肴馔中有一种枸酱,味颇甘美。枸亦作蒟,音矩,草名,缘木而生,子可作酱。蒙问明出处,才知此物由牂牁(Zāng kē)江运来。牂牁江西达黔中,距南越不下千里,输运甚艰,如何南越得有此物?所以蒙虽知出处,尚觉怀疑。及返至长安,复问及蜀中贾人,贾人答道:"枸酱出自蜀地,并非出自黔中,不过土人贪利,往往偷带此物,卖与夜郎国人。夜郎是黔中小国,地临牂牁江,尝与南越交通,由江往来,故枸酱遂得送达。现在南越屡出财物,羁縻夜郎,令为役属,不过要他甘心臣服,尚非易事呢。"蒙听了此言,便想拓地徼功,即诣阙上书,略云:

南越王黄屋左纛,地东西万余里,名为外臣,实一州主也。今若就长沙豫章,通道南越,水绝难行。窃闻夜郎国所有精兵,可得十万,浮舰牂牁,出其不意,亦制越一奇也。诚以大汉之强,巴蜀之饶,通夜郎道,设官置吏,则取南越不难矣。谨此上闻。

武帝览书,立即允准,擢蒙为中郎将,使诣夜郎。蒙多带缯帛,调兵千人为卫,出都南下。沿途经过许多险阻,方至巴地筰关,再从筰关出发,才入夜郎国境。夜郎国王,以竹为姓,名叫多同,向来僻处南方,世人号为南夷。南夷部落,约有十余,要算夜郎最大。素与中国不通闻问,所以夜郎王坐井观天,还道是世界以上,惟我独尊。后世相传夜郎自大,便是为此。及唐蒙入见,夜郎王多同,得睹汉官威仪,才觉相形见绌。蒙更极口铺张,具说汉朝如何强盛,如何富饶,又把缯帛取置帐前,益显得五光十色,锦绣成章。夜郎王见所未见,闻所未闻,不由的瞠目伸舌,愿听指挥。比南越何如?蒙乃叫他举国内附,不失侯封,并可使多同子为县令,由汉廷置吏为助。多同甚喜,召集附近诸部酋,与他说明。各部酋见汉缯帛,统是垂涎,且因汉都甚远,料不至发兵进攻,乃皆怂恿多同,请依蒙约。多同遂与蒙订定约章,蒙即将缯帛分给,告别还都,入朝复命。武帝闻报,遂特置犍为郡,统辖南夷,复命蒙往治道路,由僰音蔔。道直达牂牁江。蒙再至巴蜀,调发士卒,督令治道,用着军法部勒,不得少懈,逃亡即诛。地方百姓,大加惶惑,遂至讹言百出,物议沸腾。

　　事为武帝所闻,不得不另派妥员,出去宣抚,自思司马相如本是蜀人,应该熟悉地方情形,派令出抚,较为妥当。乃使相如赴蜀,一面责备唐蒙,一面慰谕人民。相如驰至蜀郡,凭着那綵花妙手,作了一篇檄文,晓谕各属,果得地方谅解,渐息浮言。莫谓毛锥无用。可巧西夷各部,闻得南夷内附,多蒙赏赐,也情愿仿照办法,归属汉朝,当即与蜀中官吏通书,表明诚意,官吏自然奏闻。武帝正拟派使调查,适相如由蜀还朝,正好问明原委。相如奏对道:"西夷如印筰音昨。冉駹,并称大部,地近蜀郡,容易交通,秦时尝通道置吏,尚有遗辙。今若规复旧制,更置郡县,比南夷还要较胜哩。"武帝甚喜,即拜相如为中郎将,持节出使,令王然于壶充国吕越人为副,分乘驿车四辆,往抚西夷。

　　此次相如赴蜀,与前次情形不同。前次官职尚卑,又非朝廷特派正使,所以地方官虽尝迎送,不过照例相待,没甚殷勤。到了此次出使,前导后呼,拥旌旄,饰舆卫,声威赫濯,冠冕堂皇。一入蜀郡,太守以下,俱出郊远迎,县令身负弩矢,作为前驱。道旁士女,无不叹羡,就是临邛富翁卓王孙,亦邀同程郑诸人,望风趋集,争献牛酒。相如尚高自位置,托言皇命在身,不肯轻与相见。卓王孙等只好恳求从吏,表示殷勤,相如才不便却还牛酒,特使从吏向他复报,全数收受。卓王孙还道相如有情,竟肯赏受,自觉得叨受光荣,对着同来诸亲友,喟然叹息道:"我不意司马长卿,果有今日!"诸亲友齐声附和,盛称文君眼光,毕竟过人。就是卓王孙撚须自思,也悔从前目光短小,未知当筵招赘,以致诸多唐突,不但对不住相如,并且对不住自己女儿!并非从前寡识,实是始终势利,故先后不同。于是顺道访女,即将文君接回临邛。昔日当垆,今日乘轩,也不枉一番慧眼,半世苦心。褒中寓贬。卓王孙复分给家财,与子相等。红颜有幸,因贵致富,相如亦得为妻吐气,安心西行。及驰入西夷境内,也是照着唐蒙老法,把车中随带的币物,使人赍去,分给西夷。邛筰冉駹各部落,原是为了财帛,来求内附。此时既得如愿,当然奉表称臣。于是拓边关,广绝域,西至沫若水,南至牂牁江,凿灵山道,架桥孙水,直达邛都。共设一都尉,十县令,归蜀管辖。规划已毕,仍从原路回蜀。

蜀中父老,本谓相如凿通西夷,无甚益处。原是无益。经相如作文诘难,蜀父老始不敢多言。卓王孙闻相如归来,亟将文君送至行辕,夫妻相见,旧感新欢,不问可知。相如遂挈文君至长安,自诣朝堂复命。武帝大悦,慰劳有加,相如亦沾沾自喜,渐有骄色。偏同僚从旁加忌,劾他出使时私受赂金,竟致坐罪免官。相如遂与文君寓居茂陵,不复归蜀。后来武帝又复记着,再召为郎。偶从武帝至长杨宫射猎,武帝膂力方刚,辄亲击熊豕,驰逐野兽,相如上书谏阻,颇合上意,乃罢猎而还。路过宜春宫,系是秦二世被弑处,相如又作赋凭吊,奏闻武帝。武帝觉辞叹赏,因拜相如为孝文园令。既而武帝好仙,相如又呈入一篇《大人赋》,借谀作规。武帝见相如文,往往称为奇才。才人多半好色,相如前时勾动文君,全为好色起见,及文君华色渐衰,相如又有他念,欲纳茂陵女为妾,嗣得文君《白头吟》,责他薄幸,方才罢议。未几消渴病发,乞假家居,好多时不得入朝。忽由长门宫遣出内侍,赍送黄金百斤,求相如代作一赋。相如问明来使,得悉原因,免不得挥毫落墨,力疾成文。小子有诗叹道:

富贵都从文字邀,入都献赋姓名标。

词人翰墨原推重,可惜长门已寂寥!

究竟相如作赋,是为何人费心,待至下回再叙。

鬼神非尽有凭,而报应却真不爽,田蚡以私憾而族灌夫,杀窦婴,假使作威作福,长享荣华,则世人尽可逞刁,何苦行善? 观其暴病之来,非必窦婴灌夫之果为作祟,然天夺之魄而益其疾,使其自呼服罪,痛极致亡,乃知善恶昭彰,无施不报,彼田蚡之但毙一身,未及全族,吾犹不能不为窦灌呼冤也。西南夷之通道,议者辄以好大喜功,为汉武咎,吾谓拓边之举,非不可行,误在知拓土而不知殖民,徒买服而未尝柔服耳。若司马相如之入蜀,蜀中守令,郊迎前驱,卓王孙辈,争送牛酒,恍如苏季之路过洛阳,后先一辙。炎凉世态,良可慨也! 本回曲笔描摹,觉流俗情形,跃然纸上。

第六十五回

窦太主好淫甘屈膝　公孙弘变节善承颜

却说司马相如,因病家居,只为了长门宫中,赠金买赋,不得已力疾成文,交与来使带回。这赋叫做《长门赋》,乃是皇后被废,尚思复位,欲借那文人笔墨,感悟主心,所以不惜千金,购求一赋。皇后为谁? 就是窦太主女陈阿娇。陈后不得生男,又复奇妒,自与卫子夫争宠后,竟失武帝欢心。见前文。子夫越加得宠,陈后越加失势,穷极无聊,乃召入女巫楚服,要她设法祈禳,挽回武帝心意。楚服满口承认,且自夸玄法精通,能使指日有效。陈后是个女流见识,怎知她妄语骗钱? 便即叫她祈祷起来。楚服遂号召徒众,设坛斋醮,每日必入宫一二次,喃喃诵咒,不知说些什么话儿。好几月不见应验,反使武帝得知消息,怒不可遏,好似火上添油一般。当下彻底查究,立将楚服拿下,饬吏讯鞫,一吓二骗,不由楚服不招,依词定谳,说她为后咒诅,大逆无道,罪应枭斩。此外尚有一班徒众及宫中女使太监,统皆连坐,一概处死。这篇谳案奏将上去,武帝立即批准,便把楚服推出市曹,先行枭首,再将连坐诸人,悉数牵出,一刀一个,杀死至三百余人。楚服贪财害命,咎由自取,必连坐至三百余人,冤乎不冤? 陈后得报,吓得魂不附体,数夜不曾合眼,结果是册书被收,玺绶被夺,废徙长门宫,窦太主也觉惭惧,忙入宫至武帝前,稽颡谢罪。武帝尚追念旧情,避座答礼,并用好言劝慰,决不令废后吃苦,窦太主乃称谢而出。

本来窦太主是武帝姑母,且有拥立旧功,应该入宫谯责,为何如此谦卑,甘心屈膝? 说来又有一段隐情,从头细叙,却是汉史中的秽闻。窦太主尝养一弄儿,叫做董偃。偃母向以卖珠为业,得出入窦太主家,有时挈偃同行,进谒太主。太主见他童年貌美,齿白唇红,不觉心中怜爱。询明年龄,尚只一十三岁,遂向偃母说道:"我当为汝教养此儿。"偃母听了此言,真是喜从天降,忙即应声称谢。窦太主便留偃在家,令人教他书算,并及骑射御车等事。偃却秀外慧中,有所授受,无不心领神会,就是侍奉窦太主,亦能曲承意旨,驯谨无违。光阴易过,又是数年,窦太主夫堂邑侯陈午病殁,一切丧葬,皆由偃从中襄理,井井有条。窦太主年过五十,垂老丧夫,也是意中情事,算不得什么苦孀。偏她生长皇家,华衣美食,望去尚如三十许人,就是她的性情,也还似中年时候,不耐嫠居。可巧得了一个董偃,年已十八,出落得人品风流,多能鄙事。自从陈午逝世,偃更穿房入户,不必避嫌。窦太主由爱生情,居然降尊就卑,引同寝处。偃虽然不甚情愿,但主人有命,未敢违慢,只好勉为效力,日夕承欢。老妇得了少夫,自然惬意,当即替他行了冠礼,肆筵设席,备极奢华。<mark>不如行合婚礼,较为有名。</mark>一班趋炎附势的官僚,相率趋贺。区区卖珠儿,得此奇遇,真是梦想不到。窦太主恐贻众谤,且令偃广交宾客,笼络人心,所需资财,任令恣取,必须每日金满百斤,钱满百万,帛满千匹,方须由自己裁夺。偃好似得了金窟,取不尽,用不竭,乐得任情挥霍,遍结交游。就是名公巨卿,亦与往来,统称偃为董君。

安陵人袁叔,系袁盎从子,与偃友善,无隐不宣。一日密与偃语道:"足下私侍太主,蹈不测罪,难道能长此安享么?"偃被他提醒,皱眉问计。袁叔道:"我为足下设想,却有一计在此,顾城庙系汉祖祠宇,<mark>文帝庙。</mark>旁有揪竹籍田,主上岁时到此,恨无宿宫,可以休息。惟窦太主长门园与庙相近,足下若预白太主,将此园献与主上,主上必喜,且知此意出自足下,当然记功赦过,足下便可高枕无忧了。"偃欣然受教,入告窦太主,窦太主也是乐从,当日奉书入奏,愿献长门园,果然武帝改园为宫,袁叔却从中取巧,坐得窦太主赠金一百斤。<mark>可谓计中有计。</mark>

已而陈后被废,出居长门宫中,尚觉生死难卜。窦太主为亲女计,复为自己计,没奈何婢颜奴膝,入求武帝,至武帝面加慰谕,方才安心回家。袁叔复替偃划策,再向偃密进秘谋,偃即转告窦太主,令她装起假病,连日不朝。武帝怎知真伪? 亲自探疾,问她所欲,窦太主故意唏嘘,且泣且谢道:"妾蒙陛下厚恩,先帝遗德,列为公主,赏赐食邑,天高地厚,愧无以报,设有不测,先填沟壑,遗恨实多! 故窃有私愿,愿陛下政躬有暇,养精游神,随时临幸山林,使妾得奉觞上寿,娱乐左右,妾虽死亦无恨了!"武帝答说道:"太主何必忧虑,但愿早日病愈,自当常来游宴,不过群从太多,免不得要太主破费哩。"窦太主谢了又谢,武帝即起驾还宫。过了数日,窦太主便自称病愈,进见武帝。武帝却命左右取钱千万,给与窦太主,一面设宴与饮。席间谈笑,暗寓讽词,窦太主知他言中有意,却也未尝抵赖,含糊答了数语,宴毕始归。又阅数日,武帝果亲临窦太主家,窦太主闻御驾将到,急忙脱去华衣,改穿贱服,下身着了一条蔽膝的围裙,仿佛与灶下婢相似,乃出门伫候,待至武帝到来,伛偻迎入,登阶就座。武帝见她这般服饰,已是一眼窥透,便笑语窦太主道:"愿谒主人翁!"天子无戏言,奈何武帝不知?窦太主听着,不禁赧颜,下堂跪伏,自除簪珥,脱履叩首道:"妾自知无状,负陛下恩,罪当伏诛,陛下不忍加刑,愿顿首谢罪!"亏她老脸。武帝又微笑道:"太主不必多礼,且请主人翁出来,自有话说。"窦太主乃起,戴簪著履,步往东厢,引了董偃,前谒武帝。偃首戴绿帻,臂缠青韝,皆厨人服。随窦太主至堂下,惶恐匍伏。窦太主代为致辞道:"馆陶公主庖人臣偃,昧死拜谒!"好一个厨宰。武帝笑着,特为起座,嘱赐衣冠,上堂与宴。偃再拜起身,入著衣冠。窦太主吩咐左右,开筵飨帝,

注:图中所题回目名当为"窦太主好淫甘屈膝"

奉食进觞，偃亦出来进爵，武帝一饮而尽，且顾左右斟酒，回敬主人，并命与窦太主分坐侍饮。*居然是敕赐为夫妇。*窦太主格外献媚，引动武帝欢心，饮至日落西山，方才撤席。及车驾将行，窦太主又献出许多金银杂缯，请武帝颁赐将军列侯从官，武帝应声称善，顾命从骑搬运了去。次日即传诏分赐，大众得了财帛，都感窦太主厚惠，无不倾心。窦太本来贪财，所以平时积贮，不可胜计，且自窦太后去世，遗下私财，都归窦太主受用，此次为了董偃一人，却毫不吝惜，买动舆情。俗语有言，钱可通灵，无论何等人物，总教慷慨好施，自然人人凑奉，争相趋集。况且偃一时贵宠，连天子都叫他主人翁，还有何人再敢轻视？因此远近闻风，争投董君门下，其实这般做作，统是袁叔教他的妙计。*总束一句，不烦琐叙。*

　　窦太主既显出丑事，遂公然带偃入朝。武帝亦爱偃伶俐，许得自由往返，偃从此出入宫禁，亲近天颜，尝从武帝游戏北宫，驰逐平乐，*系上林苑中台观名。*狎狗马，戏蹴鞠，大邀主眷。会窦太主复入宫朝谒，武帝特为置酒宣室，召偃共饮，与主合欢。可巧东方朔执戟为卫，侍立殿侧，闻武帝使人召偃，亟置戟入奏道："董偃有斩罪三，怎得进来？"武帝问为何因？朔申说道："偃以贱臣私侍太主，便是第一大罪；败常渎礼，敢违王制，便是第二大罪；陛下春秋日富，正应披览六经，留心庶政，偃不遵经劝学，反以靡丽纷华，蛊惑陛下，是乃国家大贼，人主大蜮，罪无逾此，死有余辜！陛下不责他三罪，还要引进宣室，臣窃为陛下生忧哩！"*朝阳鸣凤。*武帝默然不应，良久方答说道："此次不妨暂行，后当改过。"朔正色道："不可不可！宣室为先帝正殿，非正人不得引入，自来篡逆大祸，多从淫乱酿成，竖刁为淫，齐国大乱，庆父不死，鲁难未平，陛下若不预防，祸胎从此种根了！"武帝听说，也觉悚然，当即点首称善，移宴北宫，命董偃从东司马门入宴，改称东司马门为东交门。*改名曰交，适自增丑。*惟武帝天姿聪颖，一经旁人提醒，便知董偃不是好人，赐朔黄金三十斤，不复宠偃。后来窦太主年逾六十，渐渐的头童齿豁，不合浓妆，董偃甫及壮年，怎肯再顾念老妪，不去寻花问柳？窦太主怨偃负情，屡有责言，武帝乘机罪偃，把他赐死。偃年终三十，窦太主又活了三五年，然后病殁。武帝竟令二人合葬霸陵旁。*霸陵即文帝陵，见前文。*

　　只废后陈氏，心尚未死，暗思老母做出这般歹事，尚能巧计安排，不致获谴,自己倘能得人斡旋,或即挽回主意,亦未可知,犹记从前在中宫时,尝闻武帝称赞相如,因此不惜重金,买得一赋,命宫人日日传诵,冀为武帝所闻,感动旧念。哪知此事与乃母不同,乃母所为,无人作梗,自己有一卫氏在内,做了生死的对头,怎肯令武帝再收废后?所以《长门赋》虽是佳文,挽不转汉皇恩意,不过陈氏的饮食服用,总由有司按时拨给,终身无亏。到了窦太主死后,陈氏愈加悲郁,不久亦即病死了。<u>收束净尽。</u>

话分两头,且说陈废后巫蛊一案,本来不至株连多人,因有侍御史张汤参入治狱,主张严酷,所以锻炼周纳,连坐至三百余名。汤系杜陵人氏,童年敏悟,性即刚强。乃父尝为长安丞,有事外出,嘱汤守舍。汤尚好嬉戏,未免疏忽。至乃父回来,见厨中所藏食肉,被鼠啮尽,不禁动怒,把汤笞责数下。汤为鼠遭笞,很不甘心,遂熏穴寻鼠。果有一鼠跃出,被汤用铁网罩住,竟得捕获。穴中尚有余肉剩着,也即取出,戏做一篇谳鼠文,将肉作证,处它死刑,磔毙堂下。父见他谳鼠文辞,竟与老狱吏相似,暗暗惊奇,当即使习刑名,抄写案牍。久久练习,养成一个法律家。嗣为中尉宁成掾属。宁成为有名酷吏,汤不免效尤,习与性成,尚严务猛。及入为侍御史,与治巫蛊一案,不管人家性命,一味罗织,害及无辜。武帝还道他是治狱能手,升任大中大夫。同时又有中大夫赵禹,亦尚苛刻,与汤交好,汤尝事禹如兄,交相推重,武帝遂令两人同修律令,加添则例,特创出见知故纵法,钳束官僚。凡官吏见人犯法,应即出头告发,否则与犯人同罪,这就是见知法。问官断狱,宁可失入,不可失出,失出便是故意纵犯,应该坐罪,这叫作故纵法。自经两法创行,遂致狱讼繁苛,赭衣满路。汤又巧为迎合,见武帝性好文学,就附会古义,引作狱辞。又请令博士弟子,分治《尚书》《春秋》。

《春秋》学要算董仲舒,武帝即位,曾将他拔为首选,出相江都。<u>见前文。</u>江都王非,本来骄恣不法,经仲舒从旁匡正,方得安分终身。哪知有功不赏,反且见罚,竟因别案牵连,被降为中大夫。<u>无非是不善逢迎。</u>建元六年,辽东高庙及长陵高园殿两处失火,仲舒援据《春秋》,推演义理。属稿方就,适辩士主父偃过访,见着此稿,竟觑隙窃去,背地奏闻。武帝召示诸儒,儒生吕步舒,本是仲舒弟子,未知稿出师手,斥为下愚。偃始说出仲舒所作,且劾他语多讥刺,遂致仲舒下狱,几乎论死。<u>偃之阴险如此,怎</u>

能善终？ 幸武帝尚器重仲舒，特诏赦罪，仲舒乃得免死。但中大夫一职，已从此褫去了。

先是菑川人公孙弘，与仲舒同时被征，选为博士，嗣奉命出使匈奴，还白武帝，不合上意，没奈何托病告归。至元光五年，复征贤良文学诸士，菑川国又推举公孙弘。弘年将八十，精神尚健，筋力就衰，且经他前次蹉跌，不愿入都，无奈国人一致怂恿，乃襆被就道，再至长安，谒太常府中对策。太常先评甲乙，见他语意近迂，列居下第，仍将原卷呈入。偏武帝特别鉴赏，擢居第一，随即召入，面加咨询。弘预为揣摩，奏对称旨，因复拜为博士，使待诏金马门。齐人辕固，时亦与选，年已九十有余，比弘貌还要高古。弘颇怀妒意，侧目相视。辕固本与弘相识，便开口戒弘道："公孙子，务正学以立言，毋曲学以阿世！"弘佯若不闻，掉头径去。辕固老不改行，前为窦太后所不容，见前文。此次又为公孙弘等所排斥，仍然罢归。独公孙弘重入都门，变计求合，曲意取容，第一着是逢迎主上，第二着是结纳权豪。他见张汤方得上宠，屡次往访，与通声气。又因主爵都尉汲黯，为武帝所敬礼，亦特与结交。

第六十五回 窦太主好淫甘屈膝 公孙弘变节善承颜

汲黯籍隶濮阳，世为卿士，生平治黄老言，不好烦扰，专喜谅直。初为谒者，旋迁中大夫，继复出任东海太守，执简御民，卧病不出，东海居然大治。武帝闻他藉藉有声，又诏为主爵都尉，名列九卿。当田蚡为相时，威赫无比，僚吏都望舆下拜，黯不屑趋承，相见不过长揖，蚡亦无可如何。武帝尝与黯谈论治道，志在唐虞，黯竟直答道："陛下内多私欲，外施仁义，奈何欲效唐虞盛治呢！"一语中的。武帝变色退朝，顾语左右道："汲黯真一个憨人！"朝臣见武帝骤退，都说黯言不逊，黯朗声道："天子位置公卿，难道叫他来作谀臣，陷主不义么？况人臣既食主禄，应思为主尽忠，若徒爱惜身家，便要贻误朝廷了！"说毕，夷然趋出。武帝却也未尝加谴，及唐蒙与司马相如往通西南夷，黯独谓徒劳无益，果然治道数年，士卒多死，外夷亦叛服无常。适公孙弘入都待诏，奉使往视，至还朝奏报，颇与黯议相同。偏武帝不信弘言，再召群臣会议，黯也当然在列。他正与公孙弘往来，又见弘与己同意，遂在朝堂预约，决议坚持到底，弘已直认不辞。哪知武帝升殿，集众开议，弘竟翻去前调，但说由主圣裁。顿时恼动黯性，厉声语弘道："齐人多诈无信，才与臣言不宜通夷，忽又变议，岂非不忠！"武帝听着，便问弘有无食言？弘答谢道："能知臣心，当说臣忠；不知臣心，便说臣不忠！"老奸巨猾。武帝颔首退朝，越日便迁弘为左内史。未几又超授御史大夫。小子有诗叹道：

八十衰翁待死年，如何尚被利名牵！
岂因宣圣遗言在，求富无妨暂执鞭？

欲知后事如何，且至下回分解。

窦太主以五十岁老妪，私通十八岁弄儿，渎伦伤化，至此极矣。武帝不加惩戒，反称董偃为主人翁，是导人淫乱，何以为治？微东方朔之直言进谏，几何不封偃为堂邑侯也。张汤赵禹，以苛刻见宠，无非由迎合主心。公孙弘则智足饰奸，取容当世，以视董子辕固之守正不阿，固大相径庭矣。然笑骂由他笑骂，好官我自为之，古今之为公孙弘者，比比然也。于公孙弘乎何诛？

第六十六回

飞将军射石惊奇　愚主父受金拒谏

却说元光六年，匈奴兴兵入塞，杀掠吏民，前锋进至上谷，当由边境守将飞报京师。武帝遂命卫青为车骑将军，带领骑兵万人，直出上谷，又使骑将军公孙敖，出代郡，轻车将军公孙贺出云中，骁骑将军李广出雁门。部下兵马，四路一律，李广资格最老，雁门又是熟路，总道是旗开得胜，马到成功。哪知匈奴早已探悉，料知李广不好轻敌，竟调集大队，沿途埋伏，待广纵骑前来，就好将他围住，生擒活捉。广果自恃骁勇，当然急进，匈奴兵佯作败状，诱他入围，四面攻击，任汝李广如何善战，终究是寡不敌众，杀得势穷力竭，竟为所擒。匈奴将士获得李广，非常欢喜，遂将广缚住马上，押去献功。广知此去死多活少，闭目设谋。约莫行了数十里，只听胡儿口唱凯歌，自鸣得意，偷眼一瞧，近身有个胡儿，坐着一匹好马，便尽力一挣，扯断绳索，腾身急起，跃上胡儿马背，把胡儿推落马下，夺得弓箭，加鞭南驰。胡兵见广走脱，回马急追，却被广射死数人，竟得逃归。代郡一路的公孙敖，遇着胡兵，吃了一个败仗，伤兵至七千余人，也即逃回。公孙贺行至云中，不见一敌，驻扎了好几日，闻得两路兵败，不敢再进，当即收兵回来，总算不折一人。独卫青出兵上谷，径抵笼城，匈奴兵已多趋雁门，不过数千人留着，被青驱杀一阵，却斩获了数百人，还都报捷。全是运气使然。武帝闻得四路兵马，两路失败，一路无功，只有卫青得胜，当然另眼相待，加封关内侯。公孙贺无功无过，置诸不问。李广与公孙敖，丧师失律，并应处斩，经两人出钱赎罪，乃并免为庶人。看官听说，这卫青初次领兵，首当敌冲，真是安危难料，偏匈奴大队移往雁门，仅留少数兵士抵敌卫青，遂使青得着一回小小胜仗。这岂不是福星照临，应该富贵么？李广替灾。

事有凑巧，他的同母姊卫子夫，选入宫中，接连生下三女，偏此次阿弟得胜，阿姊也居然生男。正是喜气重重。武帝年已及壮，尚未有子，此次专宠后房的卫夫人，竟得产下麟儿，正是如愿以偿，不胜快慰！三日开筵，取名为据，且下诏命立禖祠。古时帝喾元妃姜源，三妃简狄，皆出祀郊禖，得生贵子。姜源生弃，简狄生契。武帝仿行古礼，所以立祠祭神，使东方朔枚皋等作禖祝文，垂为纪念。一面册立卫子夫为皇后，满朝文武，一再贺喜，说不尽的热闹，忙不了的仪文。惟枚皋为了卫后正位，献赋戒终，却是独具只眼，言人未言。暗伏后文。武帝虽未尝驳斥，究不过视作闲文，没甚注意，并即纪瑞改元，称元光七年为元朔元年。

是年秋月，匈奴又来犯边，杀毙辽西太守，掠去吏民二千余人，武帝方遣韩安国为材官将军，出戍渔阳。部卒不过数千，竟被胡兵围住，安国出战败绩，回营拒守，险些儿覆没全军，还亏燕兵来援，方得突围东走，移驻右北平。武帝遣使诘责，安国且惭且惧，呕血而亡。讣闻都中，免不得择人接任。武帝想了多时，不如再起李广，使他防边。乃颁诏出去，授广为右北平太守。

广自赎罪还家，与故颍阴侯灌婴孙灌强屏居蓝田南山中，射猎自娱。尝带一骑兵出饮，深夜方归，路过亭下，正值霸陵县尉巡夜前来，厉声喝止。广未及答言，从骑已代为报名，说是故李将军。县尉时亦酒醉，悍然说道："就是现任将军也不宜犯夜，何况是故将军呢？"广不能与校，只好忍气吞声，留宿亭下。待至黎明，方得回家。未几即奉到朝命，授职赴任，奏调霸陵尉同行。霸陵尉无从推辞，过谒李广，立被广喝令斩首，广虽数奇，亦非大器。然后上书请罪，武帝方倚重广才，反加慰勉，因此广格外感奋，戒备极严。匈奴不敢进犯，且赠他一个美号，叫做飞将军。

右北平向多虎患，广日日巡逻，一面了敌，一面逐虎，靠着那百步穿杨的绝技，射毙好几个大虫。一日，复巡至山麓，遥望丛草中间，似有一虎蹲着，急忙张弓搭箭，射将过去。他本箭不虚发，当然射着。从骑见他射中虎身，便即过去牵取，谁知走近草丛，仔细一瞧，并不是虎，却是一块大石！最奇怪的是箭透石中，约有数寸，上面露出箭羽，却用手拔它不起。大众互相诧异，返报李广。广亲自往观，亦暗暗称奇，再回至原处注射，箭到石上，全然不受，反将箭镞折断。这大石本甚坚固，箭锋原难穿入，独李广开手一箭，得把石头射穿，后来连射数箭，俱不能入，不但大众瞧着，惊

疑不置,就是李广亦莫名其妙,只好拍马自回。但经此一箭,越觉扬名,都说他箭能入石,确具神力,还有何人再敢当锋?所以广在任五年,烽燧无惊,后至郎中令石建病殁,广乃奉召入京,代任郎中令,事见后文。

惟右北平一带,匈奴原未敢相侵,此外边境衺延,守将虽多,没有似李广的声望。匈奴既与汉朝失和,怎肯敛兵不动,所以时出时入,飘忽无常。武帝再令车骑将军卫青率三万骑出雁门,又使将军李息出代郡。青与匈奴兵交战一场,复斩首虏数千人,得胜而回。青连获胜仗,主眷日隆,凡有谋议,当即照行,独推荐齐人主父偃,终不见用。偃久羁京师,资用乏绝,借贷无门,不得已乞灵文字,草成数千言,诣阙呈入。书中共陈九事,八事为律令,一事谏伐匈奴。大略说是:

> 臣闻怒为逆德,兵为凶器,争为末节,盖务战胜,穷武事者,未有不悔者也。昔秦皇帝并吞六国,务胜不休,尝欲北攻匈奴,不从李斯之谏,卒使蒙恬将兵攻胡,辟地千里,发天下丁男,以守北河,暴兵露师,十有余年,死者不可胜数。又使天下飞刍挽粟,起自负海,转输北河,率三十钟而至一石,男子疾耕,不足于粮饷,女子纺绩,不足于

帷幕,百姓靡敝,孤寡老弱,不能相养,天下乃始叛秦也。及高皇帝平定天下,略地于边,闻匈奴聚于代谷之外,而欲击之。御史成进,进谏不听,遂北至代谷,果有平城之围。高帝悔之,乃使刘敬往结和亲,然后天下无兵戈之事。夫匈奴难得而制,非一世也,行盗侵驱,所以为业也,天性固然,上及虞夏商周,固弗程督,禽兽畜之,不比为人。若不上观虞夏殷周之统,而下循近世之失,此臣之所以大恐,百姓之所疾苦也。且夫兵久则变生,事苦则虑易,使边境之民,靡敝愁苦,将吏相疑而外市,故尉佗章邯,得成其私,而秦政不行,权分二子,此得失之效也。故周书曰:"安危在出令,存亡在所用。"愿陛下熟计之而加察焉!

这封书呈将进去,竟蒙武帝鉴赏,即日召见,面询数语,也觉应对称旨,遂拜偃为郎中。故丞相史严安,与偃同为临淄人,见偃得邀主知,也照样上书,无非是举秦为戒,还有无终人徐乐,也来凑兴,说了一番土崩瓦解的危言,拜本上呈,具由武帝召入,当面奖谕道:"公等前在何处?为何至今才来上书?朕却相见恨晚了!"遂并授官郎中,主父偃素擅辩才,前时尝游说诸侯,不得一遇,至此时来运凑,因言见幸,乐得多说几语,连陈数书。好在武帝并不厌烦,屡次采用,且屡次超迁。俄而使为谒者,俄而使为中郎,又俄而使为中大夫,为期不满一载,官阶竟得四迁,真是步步青云,联梯直上。严安徐乐,并皆瞠乎落后,让着先鞭。偃越觉兴高采烈,遇事敢言。适梁王刘襄,刘买子。与城阳王刘延,刘章孙。先后上书,愿将属邑封弟,偃即乘机献议道:

古者诸侯,地不过百里,强弱之形易制,今诸侯或连城数十,地方千里,缓则骄奢,易为淫佚,急则恃强合纵,以逆京师,若依法割削,则逆节萌起,前日晁错是也。今诸侯子弟或十数,而嫡嗣代立,余虽骨肉,无尺地之封,则仁孝之道不宣。愿陛下令诸侯推恩,分封子弟,以地侯之,彼人人喜得所愿,靡不感德。实则国土既分,无尾大不掉之弊,安上全下,无逾于此。愿陛下采择施行!

武帝依议,先将梁王城阳王奏牍,一律批准,并令诸侯得分国邑,封子弟为列侯,因此远近藩封,削弱易制,比不得从前骄横了。贾长沙早有此议,偃不过拾人牙慧,并非奇谋,然尚有淮南之叛。元朔二年春月,匈奴又发兵侵边，突入上谷渔阳，武帝复遣卫青李息两将军，统兵出讨，由云中直抵陇西，屡败胡兵，击退白羊楼烦二王，阵斩敌首数千，截获牛羊百余万，尽得河套南地。捷书到达长安，武帝大悦，即派使犒劳两军。嗣由使臣返报，归功卫青。无非趋奉卫皇后。因下诏封青为长平侯，连青属下部将，亦邀特赏。校尉苏建，得封平陵侯，张次公得封岸头侯。

主父偃复入朝献策，说是河南地土肥饶，外阻大河，秦时蒙恬尝就地筑城，控制匈奴，今可修复故塞，特设郡县，内省转输，外拓边陲，实是灭胡的根本云云。但知迎合主心，不管前后矛盾。武帝见说，更命公卿会议，大众多有异言。御史大夫公孙弘且极力驳说道："秦时尝发三十万众筑城北河，终归无成，今奈何复蹈故辙呢？"武帝不以为然，竟从偃策，特派苏建，调集工夫，筑城缮塞，因河为固，特置朔方五原两郡，徙民十万口居住。自经此次兴筑，费用不可胜计，累得府库日竭，把文景两朝的蓄积，搬发一空了。

主父偃又请将各地豪民，徙居茂陵。茂陵系武帝万年吉地，在长安东北，新置园邑，地广人稀，所以偃拟移民居住，谓可内实京师，外销奸猾等语。武帝亦惟言是听，诏令郡国调查富豪，徙至茂陵，不得违延。也是秦朝敝法。郡国自然遵行，陆续派吏驱遣，越是有财有势，越要他赶早启程。时有河内轵人郭解，素有侠名，乃是鸣雌侯许负外孙，短小精悍，动辄杀人。不过他生性慷慨，遇有乡里不平事件，往往代为调停，任怨任怨，甚至自己的身家性命，亦可不顾。因此关东一带，说起郭解二字，无不知名，称为大侠。此次亦名列徙中。解不欲迁居，特托人转恳将军卫青，代为求免。青因入白武帝，但言解系贫民，无力迁徙。偏武帝摇首不答，待至青退出殿门，却笑顾左右道："郭解是一个布衣，乃能使将军说情，这还好算得贫穷么？"青不得所求，只好回复郭解，解未便违诏，没奈何整顿行装，挈眷登程。临行时候，亲友争来钱送，赆仪多至千余万缗，解悉数收受，谢别入关。关中人相率欢迎，无论知与不知，竟与交结，因此解名益盛。会有轵人杨季主子，充当县掾，押解至京，见他拥资甚厚，未免垂涎，遂向解一再需索。解却也慨与，偏解兄子代为不平，竟把杨掾刺死，取去首级。事为杨季主所闻，立命人入京控诉，谁知来人又被刺死，首亦不见。都下出了两件无头命案，当然哄动一时，到了官吏勘验尸身，察得来人身上，尚有诉冤告状，指明凶手郭解，于是案捕首犯，大索茂陵。解闻风潜遁，东出临晋关。关吏籍少翁，未识解面，颇慕解名，一经盘诘，解竟直认不讳。少翁越为感动，竟将他私放出关，嗣经侦吏到了关下，查问少翁，少翁恐连坐得罪，不如舍身全解，乃即自杀。解竟得安匿太原。越年遇赦，回视家属，偏被地方官闻知，把他拿住，再向轵县调查旧事。解虽犯案累累，却都在大赦以前，不能追咎，且全邑士绅，多半为解延誉，只有一儒生对众宣言，斥解种种不法，不意为解客所闻，待他回家时候，截住途中，把他杀死，截舌遁去。为此一案，又复提解讯质，解全未预闻，似应免罪，独公孙弘主张罪解，且说他私结党羽，睚眦杀人，大逆不道，例当族诛。武帝竟依弘言，便命把郭解全家处斩，解非不可诛，但屠及全家，毋乃太酷。还是郭解朋友，替他设法，救出解子孙一二人，方得不绝解后。东汉时有循吏郭伋，就是郭解的玄孙，这些后话不提。

且说燕王刘泽孙定国，承袭封爵，日夕肆淫，父死未几，便与庶母通奸，私生一男。又把弟妇硬行占住，作为己妾。后来越加淫纵，连自己三个女儿，也逼她侍寝，轮流交欢。禽兽不如。肥如令郢人，上书切谏，反触彼怒，意欲将郢人论罪。郢人乃拟入都告发，偏被定国先期劾捕，杀死灭

口。定国妹为田蚡夫人，事见十三回。田蚡得宠，定国亦依势横行，直至元朔二年，蚡已早死，郢人兄弟，乃诣阙诉冤，并托主父偃代为申理。偃前曾游燕，不得见用，至是遂借公济私，极言定国行同禽兽，不能不诛。武帝遂下诏赐死。定国自杀，国除为郡。定国应该受诛，与偃无尤。

朝臣等见偃势盛，一言能诛死燕主，夷灭燕国，只恐自己被他寻隙，构成罪名，所以格外奉承，随时馈遗财物，冀免祸殃。偃毫不客气，老实收受。有一知友，从旁诫偃，说偃未免太横，偃答说道："我自束发游学，屈指已四十余年，从前所如不合，甚至父母弃我，兄弟嫉我，宾朋疏我，我实在受苦得够了。大丈夫生不五鼎食，死就五鼎烹，亦属何妨！古人有言，日暮途远，故倒行逆施，语本伍子胥。我亦颇作此想呢！"

既而齐王次昌，与偃有嫌，又由偃讦发隐情。武帝便令偃为齐相，监束齐王。偃原籍临淄，得了这个美差，即日东行，也似衣锦还乡一般。哪知福为祸倚，乐极悲生，为了这番相齐，竟把身家性命，一古脑儿灭得精光。小子有诗叹道：

谦能受益满招灾，得志骄盈兆祸胎。

此日荣归犹衣锦，他时暴骨竟成堆。

欲知主父偃如何族灭，待至下回叙明。

李广射石一事，古今传为奇闻，吾以为未足奇也。石性本坚，非箭镞所能贯入，夫人而知之矣，然有时而泐（lè），非必无罅隙之留，广之一箭贯石，乃适中其隙耳。且广曾视石为虎，倾全力以射之，而又适抵其隙，则石之射穿，固其宜也，何足怪乎！夫将在谋不在勇，广有勇寡谋，故屡战无功，动辄得咎，后人惜其数奇，亦非确论。彼主父偃所如不合，挟策干进，一纸书即邀主眷，立授官阶，前何其难，后何其易，甚至一岁四迁，无言不用，当时之得君如偃者，能有几人？然有无妄之福，必有无妄之灾，此古君子所以居安思危也。偃不知此，反欲倒行逆施，不死何为？乃知得不必喜，失不必忧，何数奇之足惜云！

第六十七回

饰俭德故人烛隐　庆凯旋大将承恩

　　却说齐王次昌,乃故孝王将闾孙,将闾见前文。元光五年,继立为王,却是一个翩翩少年,习成淫佚。母纪氏替他择偶,特将弟女配与为婚,次昌素性好色,见纪女姿貌平常,当然白眼相看,名为夫妇,实同仇敌。纪女不得夫欢,便向姑母前泣诉,姑母就是齐王母,也算一个王太后,国内统以纪太后相称。这纪太后顾恋侄女,便想替她设法,特令女纪翁主入居宫中,劝戒次昌,代为调停,一面隐加监束,不准后宫姬妾,媚事次昌。纪翁主已经适人,年比次昌长大,本是次昌母姊,不过为纪太后所生,因称为纪翁主。汉称王女为翁主,说见前文。纪翁主的容貌性情,也与次昌相似。次昌被她管束,不能私近姬妾,索性与乃姊调情,演那齐襄公鲁文姜故事,只瞒过了一位老母。齐襄与文姜私通,见春秋左传。纪女仍然冷落宫中。

　　是时复有一个齐人徐甲,犯了阉刑,充作太监,在都备役,得入长乐宫当差。长乐宫系帝母王太后所居,见他口齿敏慧,常令侍侧,甲因揣摩求合,冀博欢心。王太后有女修成君,为前夫所生,自经武帝迎入,视同骨肉,相爱有年。见五十九回。修成君有女名娥,尚未许字,王太后欲将她配一国王,安享富贵。甲离齐已久,不但未闻齐王奸姊,并至齐王纳后,尚且茫然,因此禀白太后,愿为修成君女作伐,赴齐说亲。王太后自然乐允,便令甲即日东行。主父偃也有一女,欲嫁齐王,闻甲奉命赴齐,亟托他乘便说合,就使为齐王妾媵,也所甘心。好好一个卿大夫女儿,何必定与人作妾!甲应诺而去,及抵齐都,见了齐王次昌,便将大意告知,齐王听说,却甚愿意。纪女原可撇去,如何对得住阿姊!偏被纪太后得知,勃然大怒道:"王已娶后,后宫也早备齐,难道徐甲尚还未悉么?况甲系贱人,充当一个太监,不思自尽职务,反欲乱我王家,真是多事!主父偃又怀何意,也想将女儿入充后宫？"说至此，即顾令左右道："快与我回复徐甲，叫他速还长安，不得在此多言！"左右奉命，立去报甲，甲乘兴而来，怎堪扫兴而返？当下探听齐事，始知齐王与姊相奸。自思有词可援，乃即西归，复白王太后道："齐王愿配修成君女，惟有一事阻碍，与燕王相似，臣未敢与他订婚。"这数语，未免捏造，欲挑动太后怒意，加罪齐王，太后却不愿生事，随口接说道："既已如此，可不必再提了！"

甲怅然趋出，转报主父偃。偃最喜捕风捉影，侮弄他人。况齐王不肯纳女，毫无情面，乐得乘此奏闻，给他一番辣手。计划已定，遂入朝面奏道："齐都临淄，户口十万，市租千金，比长安还要富庶，此惟陛下亲弟爱子，方可使王。今齐王本是疏属，近又与姊犯奸，理应遣使究治，明正典刑。"武帝乃使偃为齐相，但嘱他善为匡正，毋得过急。偃阳奉阴违，一到齐国，便要查究齐王阴事。一班兄弟朋友，闻偃荣归故乡，都来迎谒。偃应接不暇，未免增恨。且因从前贫贱，受他奚落，此时正好报复前嫌，索性一并召入，取出五百金，按人分给，正色与语道："诸位原是我兄弟朋友，可记得从前待我情形否？我今为齐相，不劳诸位费心，诸位可取金自去，此后不必再入我门！"语虽近是，终嫌器小。众人听了，很觉愧悔，不得已取金散去。

偃乐得清净，遂召集王宫侍臣，鞫问齐王奸情。侍臣不敢隐讳，只好实供。偃即将侍臣拘住，扬言将奏闻武帝，意欲齐王向他乞怜，好把一国大权，让归掌握。哪知齐王次昌，年轻胆小，一遭恐吓，便去寻死。偃计不能遂，反致惹祸，也觉悔不可追，没奈何据实奏报。武帝得书，已恨偃不遵前命，逼死齐王，再加赵王彭祖上书劾偃，说他私受外赂，计封诸侯子弟，惹得武帝恨上加恨，即命褫去偃官，下狱治罪。这赵王彭祖本与偃无甚仇隙，不过因偃尝游赵，未尝举用，自恐蹈燕覆辙，所以待偃赴齐，出头告讦。还有御史大夫公孙弘，好似与偃有宿世冤仇，必欲置偃死地。武帝将偃拿问，未尝加偃死罪，偏弘上前力争，谓齐王自杀无后，国除为郡，偃本首祸，不诛偃，无以谢天下。武帝乃下诏诛偃，并及全家。偃贵幸时，门客不下千人，至是俱怕连坐，无敢过问。独洨县人孔车，替他收葬，武帝闻知，却称车为忠厚长者，并不加责。可见得待人以义，原是有益无损呢！

借孔车以讽世，非真誉偃。

严安徐乐,贵宠不能及偃,却得安然无恙,备员全身。高而危,何如卑而安。独公孙弘排去主父偃,遂得专承主宠,言听计从,主爵都尉汲黯,为了朔方筑城,弘言反复,才知他是伪君子,不愿与交。朔方事见六十五回。会闻弘饰为俭约,终身布被,遂入见武帝道:"公孙弘位列三公,俸禄甚多,乃自为布被,佯示俭约,这不是挟诈欺人么?"假布被以劾弘,失之琐屑。丞相太尉御史大夫称为三公。武帝乃召弘入问,弘直答道:"诚有此事。现在九卿中,与臣交好,无过汲黯,黯今责臣,正中臣病。臣闻管仲相齐,拥有三归,侈拟公室,齐赖以霸,及晏婴相景公,食不重肉,妾不衣帛,齐亦称治。今臣位为御史大夫,乃身为布被,与小吏无二,怪不得黯有微议,斥臣钓名。且陛下若不遇黯,亦未必得闻此言。"武帝闻他满口认过,越觉得好让不争,却是一个贤士。就是黯亦无法再劾,只好趋退。弘与董仲舒并学春秋,惟所学不如仲舒。仲舒失职家居,武帝却还念及,时常提起。弘偶有所闻,未免加忌,且又探得仲舒言论,常斥自己阿谀取容,因此越加怀恨,暗暗排挤。武帝未能洞悉,总道弘是个端人,始终信任。到了元朔五年,竟将丞相薛泽免官,使弘继任,并封为平津侯。向例常用列侯为丞相,弘未得封侯,所以特加爵邑。

弘既封侯拜相,望重一时,特地开阁礼贤,与参谋议,什么钦贤馆,什么翘材馆,什么接士馆,开出了许多条规,每日延见宾佐,格外谦恭。有故人高贺进谒,弘当然接待,且留他在府宿食。惟每餐不过一肉,饭皆粗粝,卧止布衾。贺还道他有心简慢,及问诸侍人,才知弘自己服食,也是这般。勉强住了数日,又探悉内容情形,因即辞去。有人问贺何故辞归?贺愤然说道:"弘内服貂裘,外著麻枲(xǐ),内厨五鼎,外膳一肴,如此矫饰,何以示信?且粗粝布被,我家也未尝不有,何必在此求人呢!"自经贺说破隐情,都下士大夫,始知弘浑身狡诈,无论行己待人,统是作伪到底,假面目渐渐揭露了。只一武帝尚似梦未醒。

汲黯与弘有嫌,弘竟荐黯为右内史。右内史部中,多系贵人宗室,号称难治。黯也知弘怀着鬼胎,故意荐引,但既奉诏命,只好就任,随时小心,无瑕可指,竟得安然无事。又有董仲舒闲居数年,不求再仕,偏弘因胶西相出缺,独将仲舒推荐出去。仲舒受了朝命,并不推辞,居然赴任。胶西王端,是武帝异母兄弟,阴贼险狠,与众异趋,只生就一种缺陷,每近妇

饰俭德故人炯隐

人,数月不能起床,所以后宫虽多,如同虚设。有一少年为郎,狡黠得幸,遂替端暗中代劳,与后宫轮流同寝。不意事机被泄,被端支解,又把他母子一并诛戮,此外待遇属僚,专务残酷,就是胶西相,亦辄被害死。弘无端推荐仲舒,亦是有心加害,偏仲舒到了胶西,刘端却慕他大名,特别优待,反令仲舒闻望益崇。不过仲舒也是知机,奉职年余,见端好饰非拒谏,不如退位鸣高,乃即向朝廷辞职,仍然回家。不愧贤名。著书终老,发明《春秋》大义,约数十万言,流传后世。所著《春秋繁露》一书,尤为脍炙人口,这真好算一代名儒呢。收束仲舒,极力推崇。

大中大夫张汤,平时尝契慕仲舒,但不过阳为推重,有名无实。他与公孙弘同一使诈,故脾气相投,很为莫逆。弘称汤有才,汤称弘有学,互相推美,标榜朝堂。武帝迁汤为廷尉,景帝时尝改称廷尉为大理,武帝仍依旧名。汤遇有疑谳,必先探察上意,上意从轻,即轻予发落,上意从重,即重加锻炼,总教武帝没有话说,便算判决得宜。一日有谳案上奏,竟遭驳斥,汤连忙召集属吏,改议办法,仍复上闻。偏又不合武帝意旨,重行批驳下来,弄得忐忑不安,莫名其妙。再向属吏商议,大众统面面相觑,不知所为。延宕了好几日,尚无良法,忽又有掾史趋入,取出一个稿底,举示同僚。众人见了,无不叹赏,当即向汤说知。汤也为称奇,便嘱掾属交与原手,使他缮成奏牍,呈报上去,果然所言中旨,批令照办。究竟这奏稿出自何人?原来是千乘人倪宽。倪宽颇有贤名,故从特叙。宽少学尚书,师事同邑欧阳生。欧阳生表字和伯,为伏生弟子,伏生事见前文。通尚书学,宽颇得所传。武帝尝置五经博士,公孙弘为相,更增博士弟子员,令郡国选取青年学子,入京备数。宽幸得充选,草草入都。是时孔子九世孙孔安国,方为博士,教授弟子员,宽亦与列。无如家素贫乏,旅费无出,不得已为同学司炊。又乘暇出去佣工,博资度活,故往往带经而锄,休息辄读。受了一两年辛苦,才得射策中式,补充掌故。嗣又调补廷尉文学卒史,廷尉府中的掾属,多说他未谙刀笔,意在蔑视,但派他充当贱役,往北地看管牧畜,宽只好奉差前去。好多时还至府中,呈缴畜簿,巧值诸掾史为了驳案,莫展一筹。当由宽问明原委,据经折狱,援笔属稿。为此一篇文字,竟得出人头地,上达九重。运气来了。

　　武帝既批准案牍,复召汤入问道:"前奏非俗吏所为,究出何人手笔?"汤答称倪宽。武帝道:"我亦颇闻他勤学,君得此人,也算是一良佐了。"汤唯唯而退,还至府舍,忙将倪宽召入,任为奏谳掾,宽不工口才,但工文笔,一经判案,往往有典有则,要言不烦。汤自是愈重文人,广交宾客,所有亲戚故旧,凡有一长可取,无不照顾,因此性虽苛刻,名却播扬。

　　只汲黯见他纷更法令,易宽为残,常觉看不过去,有时在廷前遇汤,即向他诘责道:"公位列正卿,上不能广先帝功业,下不能遏天下邪心,徒将高皇帝垂定法律,擅加变更,究是何意?"汤知黯性刚直,也不便与他力争,只得无言而退。嗣黯又与汤会议政务,汤总主张严劲,吹毛索瘢。三句不离本行。黯辩不胜辩,因发忿面斥道:"世人谓刀笔吏,不可作公卿,果然语不虚传!试看张汤这般言动,如果得志,天下只好重足而走,侧目而视了!这难道是致治气象么?"说毕自去。已而入见武帝,正色奏陈道:"陛下任用群臣,好似积薪,后来反得居上,令臣不解。"武帝被黯一诘,半响说不出话来,只面上已经变色。俟黯退朝后,顾语左右道:"人不可无学,汲黯近日比前益憨,这就是不学的过失呢。"原来黯为此言,是明指公孙弘张汤两人,比他后进。此时反位居己上,未免不平,所以不嫌唐

突,竟向武帝直陈。武帝也知黯言中寓意,但已宠任公孙弘张汤,不便与黯说明,因即含糊过去,但讥黯不学罢了。黯始终抗正,不肯媚人,到了卫青封为大将军,尊宠绝伦,仍然见面长揖,不屑下拜。或谓大将军功爵最隆,应该加敬,黯笑说道:"与大将军抗礼便是使大将军成名,若为此生憎,便不成为大将军了!"这数语却也使乖。卫青得闻黯言,果称黯为贤士,优礼有加。

惟卫青何故得升大将军?查考原因,仍是为了征虏有功,因得超擢。自从朔方置郡,匈奴右贤王连年入侵,欲将朔方夺还。元朔五年,武帝特派车骑将军卫青,率三万骑出高阙,锐击匈奴,又使卫尉苏建为游击将军,左内史李沮为强弩将军,太仆公孙贺为骑将军,代相李蔡为轻车将军,俱归卫青节制,并出朔方。再命大行李息,岸头侯张次公为将军,出右北平,作为声援,统计人马十余万,先后北去。匈奴右贤王,探得汉兵大举来援,倒也自知不敌,退出塞外,依险驻扎。一面令人哨探,不闻有什么动静,总道汉兵路远,未能即至,乐得快乐数天。况营中带有爱妾,并有美酒,拥娇夜饮,趣味何如。不料汉将卫青率同大队,星夜前来,竟将营帐团团围住。胡儿突然遇敌，慌忙入报，右贤王尚与爱妾对饮，酒意已有八九分，蓦闻营帐被围，才将酒意吓醒，令营兵出寨御敌，自己抱妾上马，带了壮骑数百，混至帐后。待至前面战鼓喧天，杀声不绝，方一溜烟似的逃出帐外，向北急遁。汉兵多至前面厮杀，后面不过数百兵士，擒不住右贤王，竟被逃脱。还是忙中有智。惟前面的胡兵，仓皇接仗，眼见是有败无胜，一大半作为俘虏，溜脱的甚属寥寥，汉兵破入胡营，擒得裨王即小王。十余人。男女一万五千余人，牲畜全数截住，约有数十百万，再去追捕右贤王，已是不及，乃收兵南还。

　　这次出兵，总算是一场大捷，露布入京，盈廷相贺。武帝亦喜出望外，即遣使臣往劳卫青，传旨擢青为大将军，统领六师，加封青食邑八千七百户，青三子尚在襁褓，俱封列侯。青上表固辞，让功诸将，武帝乃更封公孙贺为南窌侯，李蔡为乐安侯，余如属将公孙敖韩说李朔赵不虞公孙戎奴等，也并授侯封。及青引军还朝，公卿以下，统皆拜谒马前，就是武帝，也起座慰谕，亲赐御酒三杯，为青洗尘。旷古恩遇，一时无两，宫廷内外，莫不想望丰仪，甚至引动一位孀居公主，也居然贪图利欲，不惜名节，竟与卫大将军愿结丝萝，成为夫妇。小子有诗叹道：

　　　　妇道须知从一终，不分贵贱例相同。
　　　　如何帝女淫痴甚，也学文君卓氏风！

　　究竟这公主为谁，试看下回续叙。

　　主父偃谓日暮途穷，故倒行逆施，卒以此贻诛夷之祸。彼公孙弘之志，亦犹是耳。胡为偃以权诈败，而弘以名位终？此无他，偃过横而弘尚自知止耳。高贺直揭其伪，而弘听之，假使偃易地处此，度未必有是宽容也。即如汲黯之为右内史，董仲舒之为胶西相，未免由弘之故意推荐，为嫁祸计。但黯与仲舒，在位无过，而弘即不复生心，以视偃之逼死齐王，固相去有间矣。夫天道喜谦而恶盈，偃之致死，死于骄盈，弘固尚不若偃也。彼卫青之屡战得胜，超迁至大将军，而汲黯与之抗礼。反且以黯为贤，优待有加，青其深知持满戒盈之道乎？弘且幸免，而青之考终，宜哉！

第六十八回

舅甥踵起一战封侯　父子败谋九重讨罪

　　却说卫青得功专宠，恩荣无比，有一位孀居公主，竟愿再嫁卫青。这公主就是前时卫青的女主人，叫做平阳公主。一语已够奚落。平阳公主，曾为平阳侯曹寿妻，此时寿已病殁，公主寡居，年近四十，尚耐不住寂寞鳌帏，要想择人再醮。当下召问仆从道："现在各列侯中，何人算是最贤？"仆从听说，料知公主有再醮意，便把卫大将军四字，齐声呼答。平阳公主微答道："他是我家骑奴，曾跨马随我出入，如何是好！"如果尚知羞耻，何必再醮！仆从又答道："今日却比不得从前了！身为大将军，姊做皇后，子皆封侯，除当今皇上外，还有何人似他尊贵哩！"平阳公主听了，暗思此言，原是有理。且卫青方在壮年，身材状貌，很是雄伟，比诸前夫曹寿，大不相同，我若嫁得此人，也好算得后半生的福气，只是眼前无人作主，未免为难。何不私奔？左思右想，只有去白卫皇后求她撮合，或能如愿。于是淡妆浓抹，打扮得齐齐整整，自去求婚。看官听说！此时候皇太后王氏，已经崩逝约莫有一年了。王太后崩逝，正好乘此带叙。公主夫丧已阕，母服亦终，所以改着艳服，乘车入宫。卫皇后见她衣饰，已经瞧透三分，及坐谈片刻，听她一派口气，更觉了然，索性将她揭破，再与作撮合山。平阳公主也顾不得什么羞耻，只好老实说明，卫后乐得凑趣，满口应允。俟公主退归，一面召入卫青，与他熟商，一面告知武帝，恳为玉成，双方说妥，竟颁出一道诏书，令卫大将军得尚平阳公主。不知诏书中如何说法，可惜史中不载！成婚这一日，大将军府中，布置礼堂，靡丽纷华，不消细说。到了凤辇临门，请出那再醮公主，与大将军行交拜礼，仪文繁缛，雅乐铿锵。四座宾朋，男红女绿，都为两新人道贺，哪个不说是美满良缘！至礼毕入房，夜阑更转，展开那翡翠衾，成就那鸳鸯梦。看官多是过来人，毋庸小子演说了。卫青并未断弦，又尚平阳公主，此后将如何处置故妻，史皆未详，公主不足责，青有愧宋弘多矣。

卫青自尚公主以后，与武帝亲上加亲，越加宠任，满朝公卿，亦越觉趋奉卫青，惟汲黯抗礼如故。青素性宽和，原是始终敬黯，毫不介意。最可怪的是好刚任性的武帝，也是见黯生畏，平时未整衣冠，不敢使近。一日御坐武帐，适黯入奏事，为武帝所望见，自思冠尚未戴，不便见黯，慌忙避入帷中，使人出接奏牍，不待呈阅，便传旨准奏。俟黯退出，才就原座。这乃是特别的待遇，此外无论何人，统皆随便接见。就是丞相公孙弘进谒，亦往往未曾戴冠，至如卫青是第一贵戚，第一勋臣，武帝往往踞床相对，衣冠更不暇顾及。可见得大臣出仕，总教正色立朝，就是遇着雄主，亦且起敬，自尊自重人尊重，俗语原有来历呢。警世之言。黯常多病，一再乞假，假满尚未能视事，乃托同僚严助代为申请。武帝问严助道："汝看汲黯为何如人？"助即答道："黯居官任职，却亦未必胜人，若寄孤托命，定能临节不挠，虽有孟贲夏育，也未能夺他志操哩。"武帝因称黯为社稷臣。不过黯学黄老，与武帝志趣不同，并且言多切直，非雄主所能容，故武帝虽加敬礼，往往言不见从。就是有事朔方，黯亦时常谏阻，武帝还道他胆怯无能，未尝入耳。况有卫青这般大将，数次出塞，不闻挫失，正可乘此张威，驱除强虏。

那匈奴却亦猖獗得很，入代地，攻雁门，掠定襄上郡，于是元朔六年，再使大将军卫青，出讨匈奴，命合骑侯公孙敖为中将军，太仆公孙贺为左将军，翕侯赵信为前将军，卫尉苏建为右将军，郎中令李广为后将军，左内史李沮为强弩将军，分掌六师，统归大将军节制，浩浩荡荡，出发定襄。青有甥霍去病，年才十八，熟习骑射，去病已见前文。官拜侍中。此次亦自愿随征，由青承制带去，令为嫖姚校尉，选募壮士八百人，归他带领，一同前进。既至塞外，适与匈奴兵相遇，迎头痛击，斩首约数千级。匈奴兵战败遁去，青亦收军回驻定襄，休养士马，再行决战。约阅月余，又整队出发，直入匈奴境百余里，攻破好几处胡垒，斩获甚多，各将士杀得高兴，分道再进。前将军赵信，本是匈奴小王，降汉封侯，自恃路境素熟，踊跃直前；右将军苏建，也不肯轻落人后，联镳继进；霍去病少年好胜，自领壮士八百骑，独成一队，独走一方；余众亦各率部曲，寻斩胡虏。卫青在后驻扎，专等各路胜负，再定行止。已而诸将陆续还营，或献上虏首数百颗，或捕到虏卒数十人，或说是不见一敌，未便深入，因此回来。青将军士一一点验，却还没有什么大损，惟赵信苏建两将军，及外甥霍去病，未见回营，毫无音响。青恐有疏虞，忙派诸将前去救应。过了一日一夜，仍然没有回报，急得青惶惑不安。

正忧虑间，见有一将踉跄奔入，长跪帐前，涕泣请罪。卫青瞧着，乃是右将军苏建。便开口问道："将军何故这般狼狈？"建答说道："末将与赵信，深入敌境，猝被虏兵围住，杀了一日，部下伤亡过半，虏兵亦死了多人。我兵正好脱围，不意赵信心变，竟带了八九百人，投降匈奴。末将与信，本只带得三千余骑，战死了千余名，叛去了八九百名，怎堪再当大敌？不得已突围南走，又被虏众追蹑，扫尽残兵，剩得末将一人，单骑奔回，还亏大帅派人救应，才得到此。末将自知冒失，故来请罪！"青听毕建言，便召回军正闳，长史安，及议郎周霸道："苏建败还，失去部军，应处何罪？"周霸道："大将军出师以来，未曾斩过一员偏将，今苏建弃军逃还，例应处斩，方可示威。"闳安二人齐声道："不可！不可！苏建用寡敌众，不随赵信叛去，乃独挤死归来，自明无贰，若将他斩首，是使后来将士，偶然战败，只可弃甲降虏，不敢再还了！"<u>两人是苏建救星</u>。青乃徐说道："周议郎所言，原属未合，试想青奉令专阃，不患无威，何必定斩属将！就使有罪当斩，亦宜请命天子，青却未便专擅呢。"军吏齐声称善，<u>这便是卫青权术</u>。因将建置入槛车，遣人押送至京。

惟霍去病最后方到，提着一颗血淋淋的首级，入营报功。这首级系是何人？据言系单于大父行藉若侯产，接连由部兵绑进两人，一是匈奴相国当户，一是单于季父罗姑。这两人为匈奴头目，由去病活擒了来，此外斩首馘耳，大约二千有余。他自带着八百壮士，向北深入，一路不见胡虏，直走了好几百里，才望见有虏兵营帐，当即掩他不备，驰杀过去。虏兵不意汉军猝至，顿时溃乱，遂为去病所乘，手刃渠魁一人，擒住头目两人，把虏营一力踏破，然后回营报功。卫青大喜，自思得足偿失，不如归休，乃引军还朝。武帝因此次北征，虽得斩首万级，却也覆没两军，失去赵信，功过尽足相抵，不应封赏，但赐卫青千金。惟霍去病战绩过人，授封为冠军侯。还有校尉张骞，前曾出使西域，被匈奴截留十余年，颇悉匈奴地势，能知水草所在，故兵马不至饥渴。当由卫青申奏骞功，也受封博望侯。苏建得蒙

第六十八回 舅甥踵起一战封侯 父子败谋九重讨罪

恩赦,免为庶人。

赵信败降匈奴,匈奴主军臣单于已早病死,由弟左谷蠡王伊稚斜,逐走军臣子于单,自立有年。于单尝入塞降汉,汉封为陟安侯,未几病死,事在元朔三年。一闻赵信来降,便即召入,好言抚慰,面授为自次王,并将阿姐嫁与为妻。信当然感激,且本来是个胡人,重归故国,乐得替他设策,即教单于但增边幕,不必入塞,俟汉兵往来疲敝,方可一举成功。伊稚斜单于,依言办理,汉边才得少静烽尘。但自元光以后,连岁出兵,军需浩繁,不可胜数,害得国库空虚,司农仰屋。不得已令吏民出资买爵,名为武功,大约买爵一级,计钱十七万,每级递加二万钱,万钱一金,共鬻出十七万级,直三十余万金。嗣是朝廷名器,几与市场相似,但教有钱输入,不论他人品何如,俱好算做命官。试想这般制度,岂不是豪奴得志,名士灰心么!卖官鬻爵之弊,实自此始。

是年冬月,武帝行幸雍郊,亲祠五畤。即五帝祠,称畤不称祠,因畤义训止有神灵依止之意。忽有一兽,在前行走,首上只生一角,全体白毛。众卫士赶将过去,竟得将兽拿住,仔细看验,足有五蹄。当下呈示武帝,武帝瞧着,好似麒麟模样,便问从官道:"这兽可是麒麟否?"从官齐声答是

麟麟，且言陛下肃祀明禋，故上帝报享，特赐神兽云云。**无非献谀。**武帝大悦，因将一角兽荐诸五畤。另外宰牛致祭，礼成驾归。途中又见一奇木，枝从旁出，还附木上，大众又不禁称奇，连武帝也为诧异。既返宫廷，又复召询群臣，给事中终军上奏道："野兽并角，显系同本，众枝内附，示无外向，这乃是外夷向化的瑞应，陛下好垂裳坐待了。"**亏他附会。**武帝益喜，令词臣作《白麟歌》，预贺升平。有司复希旨进言，请即应瑞改元。改元每次，相隔六年，此时已值元朔六年初冬，本拟照例改元，不过获得白麟，愈觉改元有名，元狩纪元，便是为此。

谁知外夷未曾归化，内乱却已发生，淮南王安及衡山王赐，串同谋反，居然想摇动江山。亏得逆谋败露，才得不劳兵革，一发即平。安与赐皆淮南王长子，文帝怜长失国自杀，因将淮南故地，作为三分，封长子安勃赐为王。勃先王衡山，移封济北，不久即殁。赐自庐江徙王衡山，与安虽系兄弟，两不相容。安性好读书，更善鼓琴，也欲笼络民心，招致文士。门下食客，趋附至数千人，内有苏飞、李尚、左吴、田由、雷被、伍被、毛被、晋昌八人，最号有才，称为淮南八公。安令诸食客著作内书二十一篇，外书三十三篇，就是古今相传的《淮南子》。另有中篇八卷，多言神仙黄白术。**黄金白银，能以术化，故称黄白术。**武帝初年，安自淮南入朝，献上内书，武帝览书称善，视为秘宝。又使安作《离骚传》，半日即成，并上《颂德》，及《长安都国颂》。武帝本好文艺，见安博学能文，当然器重，且又是叔父行，更当另眼相看。当时武安侯田蚡，曾与安秘密订约，有将来推立意，**语见六十三回。**安为蚡所惑，乃生逆谋。建元六年，天空中出现彗星，当有人向安密说，说是吴楚反时，彗星出现，光芒不过数尺，今长且竟天，眼见是兵戈大起，比前益甚。安也以为然，遂修治兵器，蓄积金钱，为待乱计。庄助出抚南越，安复邀留数日，结作内援。**见六十二回。**种种计划，尚恐未足，乃更想出一法，密嘱女陵入都，侦察内情。陵青年有色，又工口才，既到长安，借作内省为名，出入宫闱，毫无拘束。随身又带着许多金钱，仗着财色两字，结识廷臣，何人不喜与交往？抢先巴结的叫作鄂但，系故安平侯鄂千秋孙，年貌相符，便与通奸。第二人为岸头侯张次公，壮年封侯，气宇不凡，也与陵秘密往来，作为腻友。**偷得馒头狗造化。**陵得内外打通，常有密书传报淮南。

淮南王后姓蓼名荼,为安所爱。荼生一男,取名为迁,尚有庶长子不害,素失父宠,不得立储。因立迁为太子。迁年渐长,娶王太后外孙女为妃,就是修成君女金蛾。见前回。安本意欲攀葛附藤,想靠王太后为护符,偏偏王太后告崩,无势可援。又恐太子妃得烛阴谋,暗地报闻,遂又密嘱太子迁,叫他与妃反目,三月不同席。自己又阳为调停,迫迁夜入妃室,迁终不与寝。妃遂赌气求去,安乃使人护送入都,奏陈情迹,表面上尚归罪己子。武帝尚信为真言,准令离婚。迁少好学剑,自以为无人可及。闻得郎中雷被,素通剑术,欲与比赛高低,被屡辞不获。两人比试起来,毕竟迁不如被,伤及皮肤。迁因此与被有嫌。被自知得罪太子,不免及祸,适汉廷募士从军,被即向安陈请,愿入都中投效。安先入迁言,知他有意趋避,将被免官,被索性潜奔长安,上书讦安。武帝遣中尉段宏查办,安父子欲将宏刺死。还是宏命不该绝,一到淮南,但略问雷被免官事迹,并未讯及别情,且辞色甚是谦和。安料无他患,不如变计周旋,但托宏善为转圜。宏允诺而别,还白武帝,武帝召问公卿,众谓安格阻明诏,不令雷被入都效力,罪应弃市。武帝不从,只准削夺二县,赦罪勿问。安尚且愧愤道:"我力行仁义,还要削地么?"这种仁义,自古罕闻。乃日夜与左吴等查考地图,整备行军路径,指日起军。

　　时庶长子不害,有男名建,年龄浸长,因见乃父失宠,常觉不平,暗中结交壮士,欲杀太子。偏被太子迁约略闻知,竟将建缚住,一再笞责。建更怨恨莫伸,遂使私人严正,入都献书道:"臣闻毒药苦口,乃足利病,忠言逆耳,也足利行。今淮南王孙建,材能甚高,王后荼及太子迁,屡思加害,建父不害无辜,又常被囚系,日夜会集宾客,潜议逆谋,建今尚在,尽可召问,一证虚实,免得养痈贻患,累及国家。"武帝得书,又发交廷尉,转饬河南官吏,就便讯治。适有辟阳侯孙审卿,尝怨祖父为厉王长所杀,意图复仇,淮南王长杀审食其事,见前文。便密查安谋逆情迹,告知丞相公孙弘。弘又函饬河南官吏,彻底究治。河南官吏,迭接君相命令,怎敢怠慢?立将刘建传到详细讯明,建将淮南罪状,悉数推到太子迁身上,统是怀私。由问官录供奏闻。安得知此事,谋反益甚。

　　先是衡山王赐,入朝武帝,道出淮南,安迎入府中,释嫌修好,与商秘谋。赐原有叛意,得安联络,也即乐从,因退归衡山,托病不朝。安部下多

浮嚣士,亦屡次劝安起兵,独中郎伍被,极言谏阻,安非但不听被言,且将被父母拘住,逼令同谋,被尚涕泣固谏。至建被传讯,事且益急,安仍向被问计,被乃说道:"方今诸侯无异心,百姓无怨气,大王猝思起事,比吴楚还要难成。必不得已,只好伪为丞相御史请书,徙郡国豪杰至朔方,又伪为诏狱书逮诸侯太子幸臣,使民间闻风怀怨,诸侯亦皆疑贰,然后遣辩士四出诱约,或可侥幸万一,还请大王审慎为是!"被不能始终力争,也属自误。安决意起反,遂私铸皇帝御玺,及丞相御史大夫将军等印信,为作伪计。又拟使人诈称得罪,往投大将军卫青,乘间行刺。且私语僚属道:"汉廷大臣,只有汲黯正直,尚能守节死义,不为人惑。若公孙弘等随势逢迎,我若起事,好似发蒙振落,毫不足畏呢!"

正部署间,忽由朝廷遣到廷尉监,廷尉府中之监吏。会同淮南中尉,拿问太子迁。迁急禀知乃父,立召淮南相与内史中尉,一并集议,即日发难。偏内史中尉,不肯应召,只有淮南相一人到来,语多支吾。迁料知不能成事,待相退出,索性寻个自尽。趋入别室,拔剑拟颈,毕竟心慌手颤,只割伤一些皮肤,已是不胜痛楚,倒地呻吟。外人闻声入救,忙将他舁到床上，延医敷治。安与后荼，亦急来探视。正在忙乱时候，突有一人入报道："不好了！不好了！外面已有朝使至此，领着大兵，把王宫围住了！"正是：

　　咎由自取难逃死，祸已临头怎解围？

究竟汉使如何围宫，待至下回表明。

　　卫青之屡次立功，俱有天幸，而霍去病亦如之。六师无功，去病独能战捷，枭虏侯，擒虏目，斩虏首至二千余级，虽曰人事，岂非天命！汉武诸将，首推卫霍，一舅一甥，其出身相同，其立功又同，亦汉史中之一奇也。淮南王安，种种诡谋，心劳日拙，彼以子女为足恃，而讵知其身家之绝灭，皆自子女酿成之。家且不齐，遑问治国？尚鳃鳃然欲窥窃神器，据有天下，虽欲不亡，乌得而不亡！

第六十九回

勘叛案重兴大狱　　立战功还挈同胞

却说汉使领了大兵,遽将淮南王宫围住,淮南王安,还是一无预备,怎能抵敌?只好佯作不知,迎入朝使。朝使并不多说,当即指挥兵士,四处搜寻,好一歇寻出谋反证据,就是私造的各种玺印。安至此无可隐讳,只吓得面如土色,听他所为。汉使便将太子迁及王后荼,一并拿去,只留安在宫中,派兵监守。又出宫捕拿许多食客,尽拘狱中。俗语有言:迅雷不及掩耳,这真好算似青天霹雳,令人不防。其实仍由刘安父子自取祸殃。安前曾拘住伍被父母,硬要迫被同谋,被虽替安想出末策,自知凶多吉少,乃乘汉使到来,前去出首。汉使不便迟慢,因即调兵入宫,搜查证据,证据到手,便好拘人,一面遣人飞报朝廷,听候诏命。未几即有宗正刘弃,持节驰至淮南,来提一班案犯。安已服毒自尽,余犯押解到京,发交廷尉张汤审办。汤是个著名辣手,怎肯从宽?先将荼迁两人,定了死罪,推出枭首。复查出庄助与安有私,鄂但张次公与安女通奸,同时拿问。安女陵无从奔避,当然拿到正法,随那父母兄弟,同入冥途。也快活得够了。还有一班淮南僚佐,与安通同谋反,汤不但悉数致死,并且悉数灭族。就是自行出首的伍被,亦谳成死刑。武帝爱被有才,拟从赦宥,汤独入请道:"伍被不能力谏,曾与叛谋,罪不可赦。"武帝不得已准议,乃将伍被处死。庄助本可邀赦,也由汤入朝固争,随即弃市。鄂但张次公,却未闻伏诛,想是与汤有交,但坐奸罪,免官赎死罢了。汤又会同公卿,请逮捕衡山王赐,武帝却批驳道:"衡山王自就侯封,虽与安为兄弟,究未闻有同谋确证,不应连坐。"这数语批发下来,赐乃得免议,惟将淮南国除为九江郡,总算了案。

哪知余波未静,一仆一起,遂致衡山亦逆谋败露,同就灭亡。衡山王赐,本与安私下订约,专待淮南起兵,当即响应。嗣闻淮南失败,只好作罢。偏是人心不轨，天道难容，也与淮南覆辙相似，弄得骨肉相残，全家毕命。赐后乘舒，生下二子一女，长子名爽，立为太子，少子名孝，女名无采。乘舒病殁，宠姬徐来继立为后，徐来亦生有男女四人。惟徐来以外，尚有一个厥姬，也曾得宠，两人素来相妒，不肯相下。至后位被徐来夺去，厥姬哪里甘心？遂向太子爽进谗，伪言太子母乘舒，被徐来暗中毒死。太子爽信以为真，甚恨徐来，会徐来兄至衡山，爽伴与宴饮，伺隙行刺，仅得不死。两造结冤愈深，互相寻衅。赐少子孝，童年失母，归徐来抚养。徐来未尝爱孝，佯示仁慈。孝姊无采，已经出嫁，与夫相忤，离归母家。无采年少思淫，怎肯守着活寡？竟与家客通奸。事为太子爽所闻，屡加诃斥，无采不知敛束，反与长兄有仇。徐来又故意厚待无采，联为臂助。转眼间孝亦长成，与徐来无采，串同一气，谗毁太子。太子爽孤立无助，当然敌不过三人，往往触怒乃父，动遭笞责。刘赐妻子，与乃兄绝对相似，真是难兄难弟。

已而徐来假母，如乳母相类。被人刺伤，徐来硬指为太子所使。赐听信谗言，又将太子敲扑一番，父子遂积成怨隙，好似冤家一般。适赐有疾病，太子爽并不入视，亦假称有疾。徐来与孝，正好乘间进言，说出太子如何心喜，准备嗣位，惹得赐非常懊恼，便欲废爽立孝。徐来见赐有废立意，又想出一种毒计，意欲并孝陷害，好使亲生子广，起嗣王封。徐来有侍女善舞，为赐所宠，适为徐来所嫉忌，乃特纵令伴孝，日夕相亲，干柴碰着烈火，怎能不爇？自然凑成一堆。太子爽闻孝奸姬侍，也觉垂涎，暗想弟烝父妾，我何不可遂烝父妻？况徐来屡加谗构，若能引与私通，定当易憎为爱，不至寻仇。想入非非。计划已就，便逐日入宫，向徐来处请安，并自陈前愆，立誓悔过。徐来不能不虚与周旋，取酒与饮，温颜慰劝。爽奉卮上寿，跪在徐来膝前，俟徐来接过酒卮，便将两手捧住两膝，涎脸求欢。徐来且惊且怒，忙将酒卮放下，将身离座，那衣襟尚被爽牵住，不肯放手，急得徐来振喉大呼，方才走脱。爽不能逞计，起身便走，回至住室，正想法免祸，那外面已有宫监进来，传述赐命，把爽拖曳了去。及得见赐面，还有何幸？无非把坐臀晦气，吃了几十下毛竹板子。爽号呼道："孝与王侍女通奸，无采与家奴通奸，王奈何勿问？尽管笞责臣儿！臣儿愿上书天子，背王自去！"说着，竟似痴似狂，向外奔出。赐已气得发昏，命左右追爽，爽

怎肯回头,及赐亲自出追,乃将爽牵回,械系宫中。孝反日见宠爱,由赐给与王印,号为将军,使居外家,招致宾客,与谋大事。

江都人枚赫陈喜,先后往依,为孝私造兵车弓箭,刻天子玺及将相军吏印,待机发作。陈喜本事淮南王,淮南事败,乃奔投衡山,为孝划策。孝谋为太子,运动乃父,上书朝廷,废长立幼。太子爽虽然被系,总尚不至断绝交通,因嘱心腹人白嬴潜往长安,使他上书告变,说孝上烝父妾,且与父谋逆等情。书尚未上,嬴却被都吏拘住,讯出孝纳叛人等情,乃行文至沛郡太守,饬他速拿陈喜。喜未尝预防,竟被捉住。孝知已惹祸,也想援自首减罪的律例,自行告发,且归咎枚赫陈喜等人。武帝又委廷尉张汤查办,汤怎肯放松?当然一网打尽,立遣中尉等驰往衡山,围住王宫。仍是一番老手段。赐惊惶自杀,赐后徐来,及太子爽次子孝,与帮同谋反诸党羽,一古脑儿押至都中。经张汤一番审谳,悉数论罪。徐来坐毒前后乘舒,爽坐告父王不孝,孝坐与王侍妾通奸,并皆弃市。所有党羽,亦皆伏诛,国除为郡。总计淮南衡山两案,株累至好几万人,真是汉朝开国以后所仅闻。主意多出自张汤,武帝见汤谳词,都是死有余辜,自然不肯特赦,徒断送了许多生命。

时皇子据年已七岁,即册立为皇太子,储作国本,冀定人心。一面拟通道西域,再遣博望侯张骞,出使西方。骞为汉中人,建元中入都为郎。适匈奴中有人降汉,报称匈奴新破月氏,音支。阵斩月氏王首,取为饮器。月氏余众西走,常欲报仇,只恨无人相助云云。武帝方欲北灭匈奴,得闻此言,便欲西结月氏,为夹击匈奴计,惟因月氏向居河西,与汉不通音问,此时为匈奴所败,更向西徙窜去,距汉更远,急切欲与交通,必须得一精明强干的人员,方可前往。乃下诏募才,充当西使。廷臣等偷生怕死,无人敢行,只张骞放胆应募,与胡人堂邑父等相偕出都,从陇西进发。陇西外面,便是匈奴属地,骞欲西往月氏,必须经过此地,方可相通,乃悄悄的引了徒众,偷向前去。行经数日,偏被匈奴逻骑将他拘住,押送虏廷。骞等不过百人,势难与抗,只好怀着汉节,坐听羁留。匈奴虽未敢杀骞,却亦加意管束,不肯放归。一连住了十多年,骞居然娶得胡妇,生有子女,与胡人往来周旋,好似乐不思蜀的状态。匈奴不复严防,骞竟与堂邑父等伺隙西逃,奔入大宛国境。大宛在月氏北面,为西域中列国,地产善马,又多葡萄苜蓿。骞等本未识路径,乱闯至此,当由大宛人把他截留。彼此问答,才得互悉情形,大宛人即报知国王。国王素闻汉朝富庶,但恨路远难通,一闻汉使入境,当即召见,询明来意。骞自述姓名,并言奉汉帝命,遣使月氏,途次被匈奴羁留,现幸脱身至此。请王派人导往月氏,若交卸使命,仍得还汉,必然感王厚惠,愿奉重酬。大宛王大喜,答言此去月氏,还须经过康居国,当代为通译,使得往达云云。骞称谢而出,遂由大宛王遣人为导,引至康居。康居国同在西域,与大宛毗邻,素来交好。既由大宛为骞介绍,乐得卖个人情,送他过去,于是骞等得抵月氏国。月氏自前王阵亡,另立王子为主,王夫人为辅,西入大夏,据有全土,更建一大月氏国。大夏在妫水滨,地势肥沃,物产丰饶,此时为月氏所据,坐享安逸,遂把前时报仇的思想,渐渐打消。骞入见国王,谈论多时,却没有什么效果。又住了年余,始终不得要领,只好辞归。归途复入匈奴境,又被匈奴兵拘去,幸亏骞居胡有年,待人宽大,为胡儿所爱重,方得不死。会匈奴易主,叔侄交争,即伊稚斜单于与兄子于单争国,事见前文。国中未免扰乱,骞又得乘隙南奔,私挈胡地妻子,与堂邑父一同归汉,进谒武帝,缴还使节。

武帝拜骞为大中大夫，号堂邑父为奉使君。从前骞同行百人，或逃或死，大率无存，随归只有二人，惟多了一妻一子，总算是不虚此行，不怕故妻吃醋么？及定襄一役，骞熟谙胡地，不绝水草，应得积功封侯。回应前回。他却雄心未厌，又想冒险西行，再去一试，乃入朝献议道："臣前在大夏时，见有邛竹杖蜀布，该国人谓买诸身毒。身音捐，毒音笃，即天竺二字之转音。臣查身毒国，在大夏东南，风俗与大夏相似，独人民喜乘象出战，国濒大川。依臣窥测，大夏去中国万二千里，身毒又在大夏东南数千里，该地有蜀物输入，定是离蜀不远。今欲出使大夏，北行必经过匈奴，不如从蜀西进，较为妥便，当不至有意外阻碍了。"武帝欣然依议，复令骞持节赴蜀，至犍为郡，分遣王然于柏始昌吕越人等四路并出，一出駹，一出筰，一出邛，一出僰。音见前。駹筰等部，本皆为西夷部落，归附汉朝。见六十四回。但自元朔四年以来，内外不通，又多反侧，此次汉使假道，又被中阻，北路为氐筰所梗，南路为巂音舍。及昆明所塞。昆明杂居夷种，不置君长，毫无纪律，见有外人入境，只知杀掠，不问谁何。汉使所赍财物，多被夺去，不得已改道前行，趋入滇越。滇越亦简称滇国，地有滇池，周围约三百里，因以为名。滇王当羌，为楚将军庄蹻后裔，庄蹻尝略定滇地，因楚为秦灭，留滇为王，后来传国数世，与中国隔绝多年，不通闻问。及见汉使趋入，当面问讯，才知汉朝地广民稠，乃好意款待汉使，代为觅道。嗣探得昆明作梗，无法疏通，乃回复汉使，返报张骞。骞亦还白武帝。

武帝不免震怒，意欲往讨，特就上林凿通一池，号为昆明池，使士卒置筏池中，练习水战，预备西讨。一面复擢霍去病为骠骑将军，使他带领万骑，出击匈奴。去病由陇西出击，迭攻匈奴守砦，转战六日，逾焉支山，深入千余里，杀折兰王，枭卢侯王，擒住浑邪王子，及相国都尉，夺取休屠王祭天金人，斩获虏首八千九百余级，始奏凯还京。武帝赏去病功，加封食邑二千户。

过了数月，适当元狩二年的夏季，去病复与合骑侯公孙敖，率兵数万，再出北地，另派博望侯张骞，郎中令李广出右北平。广领骑兵四千人为前驱，骞率万骑继进，先后相去数十里，匈奴左贤王探知汉兵入境，亟引铁骑四万，前来抵御。途次与广相值，广只四千马队，如何挡得住四万胡骑？当即被他围住。广却神色不变，独命少子李敢，带着壮士数十骑，突围试敌。敢挺身径往，左持长槊，右执短刀，跃马陷阵，两手挑拨，杀开一条血路，穿通敌围，复从原路杀回，仍至广前，手下壮士，不过伤亡三五人，余皆无恙。颇有父风。军士本皆惶惧，见敢出入自如，却也胆壮起来，且闻敢回报道："胡虏容易抵敌，不足为虑。"于是众心益安。广令军士布着圆阵，面皆外向，四面堵住，胡兵不敢进逼，但用强弓四射，箭如飞蝗。广军虽然镇定，究竟避不过箭镞，多半伤亡。广也令士卒返射，毙敌数千。嗣见箭干且尽，乃使士卒张弓勿发，自用有名的大黄箭，大黄弩名。专射敌将，每一发矢，无不奇中，接连射毙数人，胡儿素知广善射，统皆畏缩不前，惟四面守定圈子，未肯释围。相持至一日一夜，广军已不堪疲乏，个个面无人色，独广仍抖擞精神，力持不懈。俟至天明，再与胡兵力战，杀伤过当。胡兵终恃众勿退，幸张骞驱着大队，前来援应，方得击退胡兵，救出李广，收兵南回。广虽善斗，其如命何！那骠骑将军霍去病，与公孙敖驰出塞外，中途相失，自引部曲急进，渡居延泽，过小月氏，至祁连山，一路顺风，势如破竹，斩首三万级，虏获尤多，方才凯旋。武帝叙功罚罪，分别定论，广用寡敌众，兵死过半，功罪相抵，仅得免罚。张骞公孙敖延误军期，应坐死罪，赎为庶人。只去病三次大捷，功无与比，复加封五千户，连部下偏将，如赵破奴等，皆得候封。

是时诸宿将部下，俱不如去病的精锐，去病又屡得天佑，深入无阻，匈奴亦相戒生畏，不敢撄锋。至焉支祁连两山，被去病踏破，胡儿为作歌谣云："亡我祁连山，使我六畜不蕃息！失我焉支山，使我妇女无颜色。"这种歌谣，传入内地，去病声威益盛。武帝尝令去病学习孙吴兵法，去病道："为将须随时运谋，何必定拘古法呢？"武帝又替去病营宅，去病辞谢道："匈奴未灭，何以家为？"这数语颇见忠勇，为他人所未及。武帝益加宠爱，比诸大将军卫青。去病父霍仲孺，前在平阳侯家为吏，故得私通卫少儿。少儿别嫁陈掌，仲孺亦自回平阳原籍。去病初不识父名，至入官后，方才知悉。此次北伐回军，道出河东，查知仲孺尚存，乃派吏往迎，始得父子聚首。仲孺已另娶一妇，生子名光，仲孺善生贵子，却也难得！年逾成童，颇有才慧。去病视若亲弟，令他随行，一面为仲孺购置田宅，招买奴婢，使得安享天年，然后辞归。霍光随兄入都，补充郎官，大将军卫青，

见甥立功致贵,与己相似,当然欣慰。父子甥舅,同时五侯,真个是势倾朝右,烜赫绝伦。

当时都中人私相艳羡,总以为卫氏贵显,全仗卫皇后一人,因编成一歌道:"生男无喜,生女无怒,独不见卫子夫,霸天下!"卫青虽偶有所闻,但也觉得不错,未尝相怪。无如妇人得宠,全靠姿色,一到中年,色衰爱弛,往往如此。卫皇后生了一男三女,渐渐的改变娇容,就是满头的鬓发,也脱落过半。武帝目为老妪,未免讨厌,另去宠爱了一位王夫人。这王夫人出身赵地,色艺动人,自从入选宫中。见幸武帝,也产下一男,取名为闳,与卫后确是劲敌。卫后宠不如前,卫氏一门,亦恐难保,当有一个冷眼旁观的方士,进策大将军前,与决安危,顿令卫青如梦初醒,依策照行。小子有诗叹道:

到底光荣仗女兄,后宫色重战功轻。
盛衰得失寻常事,何必营营逐利名!

欲知方士为谁,所献何策,容至下回说明。

昔袁盎论淮南王长事,谓文帝纵之使骄,勿为置严傅相,后世推为至论,吾意以为未然。淮南长之不得其死,与安赐之并致夷灭,皆汉高贻谋之不善,有以启之耳。汉高宠戚姬而爱少子,酿成内乱,牝鸡当国,人彘贻殃,微平勃之交欢,预谋诛逆,汉祚殆已早斩矣。淮南王长屡次谋叛,是谓无君,安与赐盖尤甚焉,匪惟无君,甚至举父子兄弟夫妇之道而尽弃之,安死于前,赐死于后,俱由家庭之自相残害,卒至复宗,由来者渐,高祖实阶之厉欤?霍去病三次奏功,原邀天幸,而迎见乃父,提携季弟,孝友固有足多者。且匈奴未灭,何以家为之言,尤见爱国热忱。为将如霍嫖姚,正不徒以武功见称也。

第七十回

贤汲黯直谏救人　老李广失途刎首

　　却说大将军卫青,声华赫奕,一门五侯,偏有人替他担忧,突然献策。这人为谁?乃是齐人宁乘。是时武帝有意求仙,征召方士,宁乘入都待诏,好多日不得进见,累得资用乏绝,衣履不全。一日踯躅都门,正值卫青自公退食,他竟迎将上去,说有要事求见。青向来和平,即停车动问。乘行过了礼,答言事须密谈,不便率陈,当由青邀他入府,屏去左右,私下问明。乘方说道:"大将军身食万户,三子封侯,可谓位极人臣,一时无两了。但物极必反,高且益危,大将军亦曾计及否?"青被他提醒,便皱眉道:"我平时也曾虑及,君将何以教我?"乘又道:"大将军得此尊荣,并非全靠战功,实是叨光懿戚。今皇后原是无恙,王夫人已大见幸,彼有老母在都,未邀封赏,大将军何不先赠千金,预结欢心?多一内援,即多一保障,此后方可无虑了。"不以大体规人,但从钻营着想,确是方士见识。青喜谢道:"幸承指教,自当遵行。"说着即留乘寓居府中,自取出五百金,遣人赍赠王夫人母亲。王夫人母,得了厚赠,自然告知王夫人。王夫人复转告武帝,武帝却也心喜,惟暗想青素老实,如何无故赠金,乃乘青入朝,向他询及,青答说道:"宁乘谓王夫人母,尚无封赏,未免缺用,故臣特赍送五百金,余无他意。"武帝道:"宁乘何在?"青答称现在府中。武帝立即召见,拜乘为东海都尉。乘谢恩退朝,佩印出都,居然高车驷马,一麾莅任去了。片语得官,真正容易。

　　忽由匈奴属部浑邪王入塞请降,由大行李息据情奏报,武帝恐有诈谋,因命霍去病率兵往迎,相机办理。说起这个浑邪王,本居匈奴西方,与休屠王结作毗邻。自从卫、霍两将军,屡次北讨,浑邪、休屠两王,首先当冲,连战连败,匈奴伊稚斜单于责他连年挫失,有损国威,因派使征召,拟加诛戮。浑邪王方失爱子,大为悲戚,见前回。又闻单于将声罪行诛,怎得不忧怒交并？乃即约同休屠王，叛胡降汉，可巧汉李息奉武帝命，至河上筑城，浑邪王便遣人请降，求息奏闻。及霍去病领兵出迎，浑邪王往招休屠王邀同入塞。哪知休屠王忽然中悔，延期不至，惹得浑邪王愤不可遏，引兵袭击，杀死休屠王，并有休屠部众，且将休屠王妻子，悉数拘系，牵迎汉军。隔河相望，浑邪王属下裨将，见汉兵甚众，多有畏心，相约欲遁。还是去病麾军渡河，接见浑邪王，察出离心将士，计八千人，一并处死。尚有四万余名，尽归去病带领，先遣浑邪王乘驿赴都，自率降众南归。武帝闻报，命长安令发车二千辆，即日往迎。长安令连忙备办，苦乏马匹，只好向百姓贳马。百姓恐县令无钱给发，多将马藏匿他处，不肯应命，因此马匹不能凑齐，未免耽延时日。武帝还道他有意挨延，饬令斩首，右内史汲黯忍耐不住，便入朝面诤道：“长安令无罪，独斩臣黯，民间方肯出马！”快人快语。武帝用目斜视，默然不答。黯复申说道：“浑邪王叛主来降，已由各县次传驿相送，也算尽情，何必令天下骚动，疲敝中国，服事夷人呢？”武帝乃收回成命，赦免长安令死罪。

至浑邪王入都觐见，授封漯阴侯，食邑万户，裨王呼毒尼等四人，亦皆为列侯。汉朝定例，吏民不得持兵铁出关，售与胡人。自浑邪王部众

到京,沐赏至数十百万,便有钱财与民交易,民间不知法律,免不得卖与铁器,当被有司察出,收捕下狱,应坐死罪,多至五百余人。汲黯又复进谏道:"匈奴断绝和亲,屡攻边塞,我朝累年往讨,劳师无算,糜饷又无算,臣愚以为陛下捕得胡人,多应罚作奴婢,分赐将士,取得财物,亦宜遍赏兵民,庶足谢天下劳苦,消百姓怨气。今浑邪王率众来降,就使不能视作俘虏,亦何必优加待遇?今乃倾帑出赐,府库皆虚,又发良民侍养,若奉骄子,愚民何知,总道朝廷如此厚待,不妨随便贸易,法吏乃援照边律,加他死罪,待夷何仁?待民何酷?重外轻内,庇叶伤枝,臣窃为陛下不取哩!"武帝听了,变色不答。及汲黯退出,乃向左右道:"我久不闻黯言,今又来胡说了。"话虽如此,但也下诏减免,将五百人从轻发落。汲黯也可谓仁人。

　　既而遣散降众,析居陇西、北地、上郡、朔方、云中五郡,号为五属国。又将浑邪王旧地,改置武威、酒泉二郡。嗣是金城河西,通出南山,直至盐泽,已无胡人踪迹。凡陇西、北地、上郡,寇患少纾,所有戍卒,方得减去半数,借宽民力。霍去病又得叙功,加封食邑千七百户。惟休屠王太子日䃅,音低。由浑邪王拘送汉军,没为官奴。年才十四,输入黄门处养马,供役甚勤。后来武帝游宴,乘便阅马,适日䃅牵马进来,行过殿下,为武帝所瞧见,却是一个相貌堂堂的美少年,便召至面前,问他姓名。日䃅具述本末,应对称旨,武帝即令他沐浴,特赐衣冠,拜为马监。未几又迁官侍中,赐姓金氏。从前霍去病北征,曾获取休屠王祭天金人,见前回。故赐日䃅为金姓,余见后文。日䃅为汉室功臣,故特笔钩元。

　　惟自西北一带,归入汉朝,地宜牧畜,当由边境长官,陆续移徙内地贫民,使他垦牧。就是各处罪犯,亦往往流戍,充当苦工。时有河南新野人暴利长,犯罪充边,罚至渥洼水滨,屯田作苦。他尝见野马一群,就水吸饮,中有一马,非常雄骏。利长想去拿捕,才近岸边,马早逸去,好几次拿不到手。乃想出一法,塑起一个泥人,与自己身材相似,异置水旁,并将络头绊索,放入泥人手中,使他持着,然后走至僻处,倚树遥望。起初见群马到来,望见泥人,且前且却,嗣因泥人毫无举动,仍至原处饮水,徐徐引去。利长知马中计,把泥人摆置数日,使马见惯,来往自如,乃将泥人搬去,自己装做泥人模样,手持络头绊索,呆立水滨。群马究是野兽,怎晓得暴利长的诡计?利长手足未动,眼光却早已觑定那匹好马,待它饮水时候,抢步急进,先用绊索,绊住马脚,再用络头,套住马头,任他奔腾跳跃,力持不放。群马统皆骇散,只有此马羁住,无从摆脱,好容易得就衔勒,牵了回来。小聪明却也可取。又复加意调养,马状益肥,暴利长喜出望外,索性再逞小智,去骗那地方官,佯言马出水中,因特取献,地方官当面查验,果见骅骝佳品,不等驽骀,当下照利长言,拜本奏闻。武帝正调兵征饷,有事匈奴,无暇顾及献马细事,但淡淡的批了一语,准他送马入都。小子就时事次序,下笔编述,只好先将调兵征饷的事情,演写出来。

自从武帝南征北讨,费用浩繁,连年入不敷出,甚至减捐御膳,取出内府私帑,作为弥补,尚嫌不足。再加水旱偏灾,时常遇着,东闹荒,西啼饥,正供不免缺乏。元狩三年的秋季,山东大水,漂没民庐数千家,虽经地方官发仓赈济,好似杯水车薪,全不济事。再向富民贷粟救急,亦觉不敷。没奈何想出移民政策,徙灾氓至关西就食,统共计算约有七十余万口,沿途川资,又须仰给官吏。就是到了关西,也是谋生无计,仍须官吏贷与钱财,因此糜费愈多,国用愈匮。偏是武帝不虑贫穷,但求开拓,镇日里召集群臣,会议敛财方法。丞相公孙弘已经病死,御史大夫李蔡,代为丞相。蔡本庸材,滥竽充数,独廷尉张汤,得升任御史大夫,费尽心计,定出好几条新法,次第施行,列述如下:

(一)商民所有舟车,悉数课税。(二)禁民间铸造铁器,煮盐酿酒,所有盐铁各区,及可酿酒等处,均收为官业,设官专卖。(三)用白鹿皮为币,每皮一方尺,缘饰藻缋,作价四十万钱。(四)令郡县销半两钱,改铸三铢钱,质轻值重。(五)作均输法,使郡国各将土产为赋,纳诸朝廷。朝廷令官吏转售别处,取得贵价,接济国用。(六)在长安置平准官,视货物价贱时买入,价贵时卖出,辗转盘剥,与民争利。

为此种种法例,遂引进计吏三人,居中用事,一个叫做东郭咸阳,一个叫做孔仅,并为大农丞,管领盐铁。又有一个桑弘羊,尤工心计,利析秋毫。初为大农中丞,嗣迁治粟都尉。咸阳是齐地盐商,孔仅是南阳铁商,弘羊是洛阳商人子,三商当道,万姓受殃。又将右内史汲黯免官,调入南阳太守义纵继任。纵系盗贼出身,素行无赖。有姊名妁,略通医术,入侍宫闱。当王太后未崩时,常使诊治,问她有无子弟,曾否为官,妁言有弟无赖,不可使仕。偏王太后未肯深信,竟与武帝说及。武帝遂召为中郎,累迁至南阳太守。穰人宁成,曾为中尉,徙官内史,以苛刻为治,见前文。旋因失职家居,积资巨万。穰邑属南阳管辖,纵既到任,先从宁氏下手,架诬罪恶,籍没家产,南阳吏民畏惮的了不得。既而调守定襄,冤戮至四百余人,武帝还说他强干,召为内史,同时复征河内太守王温舒为中尉,温舒少年行迹,与纵略同,初为亭长,继迁都尉,皆以督捕盗贼,课最叙功。及擢至河内守,严缉郡中豪猾,连坐至千余家,大猾族诛,小奸论死,仅阅一冬,流血至十余里。转眼间便是春令,不宜决囚,温舒尚顿足自叹道:"可惜可惜!若使冬令得再展一月,豪猾尽除,事可告毕了。"草菅人命,宁得长生!武帝也以为能,调任中尉。当时张汤、赵禹,相继任事,并尚深文,但还是辅法而行,未敢妄作。纵与温舒却一味好杀,恫吓吏民。总之武帝用财无度,不得不需用计臣,放利多怨,不得不需用酷吏,苛征所及,济以严刑,可怜一班小百姓,只好卖男鬻女,得钱上供,比那文景两朝,家给人足,粟红贯朽,端的是大不相同了。愁怨盈纸。

偏有一个河南人卜式,素业耕牧,尝入山牧羊十余年,育羊千余头,贩售获利,购置田宅。闻得朝廷有事匈奴,独慨然上书,愿捐出家财一半,输作边用。武帝颇加惊异,遣使问式道:"汝莫非欲为官么?"式答称自少牧羊,不习仕官。使人又问道:"难道汝家有冤,欲借此上诉么?"式又答生平与人无争,何故有冤。使人又问他究怀何意?式申说道:"天子方诛伐匈奴,愚以为贤吏宜死节!富民宜输财,然后匈奴可灭。臣非素封,颇怀此志,故愿输财助边,为天下倡。此外却无别意呢。"使人听说,返报朝廷,时丞相公孙弘,尚未病殁,谓式矫情立异,不宜深信,乃搁置不报,弘不取卜式,未尝无识。及弘已逝世,式又输钱二十万,交与河南太守,接济移民经费,河南守当然上闻,武帝因记起前事,特别嘉许,乃召式为中郎,赐爵左庶长。式入朝固辞,武帝道:"汝不必辞官,朕有羊在上林中,汝可往牧便了。"式始受命至上林,布衣草履,勤司牧事。约阅年余,武帝往上林游览,见式所牧羊,并皆蕃息,因连声称善。式在旁进言道:"非但牧羊如是,牧民亦应如是,道在随时省察,去恶留善,毋令败群!"渐渐干进,意在言中。武帝闻言点首,及回宫后,便发出诏旨,拜式为缑氏令。式至此直受不辞,交卸牧羊役使,竟接印牧民去了。可见他前时多诈。

武帝因赋税所入,足敷兵饷,乃复议兴师北征,备足刍粮,乘势大举。元狩四年春月,遣大将军卫青,骠骑将军霍去病,各率骑兵五万,出击匈奴。郎中令李广,自请效力,武帝嫌他年老,不愿使行。经广一再固请,方使他为前将军,令与左将军公孙贺,右将军赵食其,后将军曹襄,尽归大将军卫青节制。青入朝辞行,武帝面嘱道:"李广年老数奇,音羁,数奇即命蹇之意。毋使独当单于。"青领命而去,引着大军出发定襄。沿途拿讯胡人,据云单于现居东方,青使人报知武帝。武帝诏令去病,独出代郡,自当一面。去病乃与青分军,引着校尉李敢等,麾兵自去。这次汉军出塞,与前数次情形不同,除卫、霍各领兵十万外,尚有步兵数十万人,随后继进,公私马匹计十四万头,真是倾国远征,志在平虏。当有匈奴侦骑,飞报伊稚斜单于,单于却也惊慌,忙即准备迎敌。赵信为单于划策,请将辎重远徙漠北,严兵戒备,以逸待劳。单于称为妙计,如言施行。

卫青连日进兵,并不见有大敌,乃迭派探马,四出侦伺。嗣闻单于移居漠北,便欲驱军深入,直捣虏巢。暗思武帝密嘱,不宜令李广当锋,乃命李广与赵食其合兵东行,限期相会。东道迂远,更乏水草,广不欲前往,入帐自请道:"广受命为前将军,理应为国前驱,今大将军令出东道,殊失广意,广情愿当先杀敌,虽死不恨!"青未便明言,只是摇首不答。广愤然趋出,怏怏起程。赵食其却不加可否,与广一同去讫。青既遣去李广,挥兵直入,又走了好几百里,始遇匈奴大营。当下扎住营盘,用武刚车四面环住,武刚车有巾有盖,格外坚固,可作营壁,系古时行军利器。营既立定,便遣精骑五千,前去挑战,匈奴亦出万骑接仗。时已天暮,大风忽起,走石飞沙,两军虽然对阵,不能相见。青乘势指麾大队,分作两翼,左右并进,包围匈奴大营。匈奴伊稚斜单于,尚在营中,听得外面喊杀连天,势甚汹汹,一时情虚思避,即潜率劲骑数百,突出帐后,自乘六骡,径向西北遁去。此外胡兵仍与汉军力战,两下里杀了半夜,彼此俱有死伤。汉军左校,捕得单于亲卒数人,问明单于所在,才知他未昏即遁,当即禀知卫青,青急发轻骑追蹑,已是不及。待到天明,胡兵亦已四散,青自率大军继进。急驰二百余里,才接前骑归报,单于已经远去,无从擒获,惟前面寘颜山有赵信城,贮有积谷,尚未运去等语。青乃径至赵信城中,果有积谷贮

着，正好接济兵马，饱餐一顿。这赵信城本居赵信，因以为名。

汉军住了一日，青即下令班师，待至全军出城，索性放起火来，把城毁去，然后引归。还至漠南，方见李广、赵食其到来。青责两人逾限迟至，应该论罪，食其却未敢抗议。独广本不欲东行，此时又迂回失道，有罪无功，气得须髯戟张，不发一语。始终为客气所误。青令长史赍遗酒食，促令广幕府对簿，广愤然语长史道："诸校尉无罪，乃我失道无状，我当自行上簿便了！"说着，即趋至幕府，流涕对将士道："广自结发从戎，与匈奴大小七十余战，有进无退，今从大将军出征匈奴，大将军乃令广东行，迂回失道，岂非天命！广今已六十多岁，死不为夭，怎能再对刀笔吏，乞怜求生？罢罢！广今日与诸君长别了！"说至此，即拔出佩刀，向颈一挥，倒毙地上。小子有诗叹道：

老不封侯命可知，年衰何必再驱驰？

漠南一死终无益，翻使千秋得指疵。

将士等见广自刎，抢救无及，便即为广举哀。欲知后事，请看下回再详。

本回类叙诸事,无非为北征起见。浑邪王之入降,喜胡人之投诚也;长安令之拟斩,怒有司之慢客也;用计臣以敛财,进酷吏以司法,竭泽而渔,迫以刑威,何一不为筹饷征胡计乎?暴利长之献马,与卜式之输财,皆揣摩上意,乃有此举。独汲黯一再直谏,最得治体,驭夷以道,救人以义,汉廷公卿,无出黯右,惜乎其硕果仅存耳。若李广之自请从军,全是武夫客气,东行失道,愤激自戕,非不幸也,亦宜也。而卫青固不足责云。

第七十一回

报私仇射毙李敢　发诈谋致死张汤

却说李广因失道误期,愤急自刭,军士不及抢救,相率举哀。就是远近居民,闻广自尽,亦皆垂涕。广生平待士有恩,行军无犯,故兵民相率畏怀,无论识广与否,莫不感泣。广从弟李蔡,才能远出广下,反得从征有功,封乐安侯,迁拜丞相。广独拼死百战,未沐侯封。尝与术士王朔谈及,朔问广有无滥杀情事?广沉吟半晌,方答说道:"我从前为陇西太守,尝诱杀降羌八百余人,至今尚觉追悔,莫非为了此事,有伤阴骘么?"王朔道:"祸莫大于杀已降,将军不得封侯,确是为此。"就是杀霸陵尉亦属不合。广叹息不已。至是竟到身绝域,裹尸南归。有子三人,长名当户,次名椒,又次名敢,皆为郎官。当户早死,椒出为代郡太守,亦先广病殁,独敢方从骠骑将军霍去病,出发代郡。见前回。去病出塞二千余里,与匈奴左贤王相遇,交战数次,统得胜仗,擒住屯头王韩王等三人,及裨将裨官等八十三人,俘获无算。左贤王遁去,遂封狼居胥山,禅姑衍山,登临瀚海,乃班师回朝。武帝大悦,复增封去病食邑五千八百户,李敢亦加封关内侯,食邑二百户。卫青功不及去病,未得益封,惟特置大司马官职,令青与去病二人兼任。赵食其失道当斩,赎为庶人。这次大举两军,杀获胡虏,共计得八九万名,汉军亦伤亡数万,丧失马匹至十万有余。功不补患。

惟伊稚斜单于仓皇奔窜,与众相失,右谷蠡王还道单于阵亡,自立为单于,招收散卒。及伊稚斜单于归来,方让还主位,仍为右谷蠡王,单于经此大创,徙居漠北,自是漠南无王庭。赵信劝单于休战言和,遣使至汉,重议和亲。武帝令群臣集议,或可或否,聚讼不休。丞相长史任敞道:"匈奴方为我军破败,正可使为外臣,怎得与我朝敌体言和?"武帝称善,因即令敞偕同胡使,北往匈奴。好数月不闻复命,想是由敞唐突单于,因被拘留。武帝未免怀忧,临朝时辄提及和亲利弊。博士狄山,却主张和亲。

第七十一回 报私仇射毙李敢 发诈谋致死张汤

武帝未以为然,转问御史大夫张汤。汤窥知武帝微意,因答说道:"愚儒无知,何足听信!"狄山也不肯让步,便接口道:"臣原是甚愚,尚不失为愚忠;若御史大夫张汤,乃是诈忠!"虽是快语,但言之无益,徒然取死。武帝方宠任张汤,听狄山言,不禁作色道:"我使汝出守一郡,能勿使胡虏入寇么?"狄山答言不能。武帝又问他能任一县否?山又自言未能。至武帝问居一障,即亭障。山不好再辞,只得答了一个能字。武帝便遣山往边,居守一障。才阅一月,山竟暴毙,头颅都不知去向。时人统言为匈奴所杀,其实是一种疑案,无从证明。不白之冤。朝臣见狄山枉送性命,当然戒惧,何人再敢多嘴,复说和亲?但汉兵疮痍未复,马亦缺乏,亦不能再击匈奴。只骠骑将军霍去病,闻望日隆,所受禄秩,几与大将军卫青相埒,青却自甘恬退,主宠亦因此渐衰。就是故人门下,亦往往去卫事霍,惟荥阳人任安,随青不去。

既而丞相李蔡,坐盗孝景帝园田,下狱论罪,蔡惶恐自杀。从子李敢,即李广少子,见父与从叔,并皆惨死,更觉衔哀。他自受封关内侯后,由武帝令袭父爵,得为郎中令。自思父死非罪,常欲报仇。及李蔡自杀,越激动一腔热愤,遂往见大将军卫青,问及乃父致死原由。两下稍有龃龉,敢即出拳相向,向卫青面上击去。青连忙闪避,额上已略略受伤。嗣经青左右抢护,扯开李敢,敢愤愤而去。敢固敢为,惜太敢死!青却不动怒,但在家中调养,用药敷治,数日即愈,并不与外人说知。偏霍去病是青外甥,往来青家,得悉此事,记在胸中。

既而武帝至甘泉宫游猎,去病从行,敢亦相随,正在驰逐野兽的时候,去病觑敢无备,借着射兽为名,竟向敢猛力射去,不偏不倚,正中要害,立即毙命。当有人报知武帝,武帝还左袒去病,只说敢被鹿触毙,并非去病射死。专制君主,无人敢违,只好替敢拔出箭镞,舁还敢家,交他殓葬,便即了事。天道有知,巧为报复,不到一年,去病竟致病死。武帝大加悲悼,赐谥景桓侯,并在茂陵旁赐葬,特筑高冢,使像祁连山。令去病子嬗袭封。嬗之子侯,亦为武帝所爱,任官奉车都尉,后至从禅泰山,在道病殁。父子俱当壮年逝世,嬗且无嗣,终绝侯封。好杀人者,往往无后。

御史大夫张汤,因李蔡已死,满望自己得升相位,偏武帝不使为相,另命太子少傅庄青翟继蔡后任。汤以青翟直受不辞,未尝相让,遂阴与

报私雠射毙李敢

青翟有嫌,意欲设法构陷,只因一时无可下手,权且耐心待着。会因汤所拟铸钱,质轻价重,容易伪造,奸商各思牟利,往往犯法私铸。有司虽奏请改造五铢钱,但私铸仍然不绝,楚地一带,私钱尤多,武帝特召故内史汲黯入朝,拜为淮阳太守,使治楚民,黯固辞不获,乃入见武帝道:"臣已衰朽,自以为将填沟壑,不能再见陛下,偏蒙陛下垂恩,重赐录用,臣实多病,不堪出任郡治,情愿乞为中郎,出入禁闼,补阙拾遗,或尚得少贡愚忱,效忠万一。"武帝笑说道:"君果薄视淮阳么?我不久便当召君,现因淮阳吏民,两不相安,所以借重君名,前去卧治呢。"黯只好应命,谢别出朝。当有一班故友,前来饯行,黯不过虚与周旋。惟见大行李息,也曾到来,不觉触着一桩心事,惟因大众在座,不便与言。待息去后,特往息家回拜,屏人与语道:"黯被徙外郡,不得预议朝政,但思御史大夫张汤,内怀奸诈,欺君罔上,外挟贼吏,结党为非,公位列九卿,若不早为揭发,一旦汤败,恐公亦不免同罪了!"却是个有心人。息本是个模棱人物,怎敢出头劾汤?不过表面上乐得承认,说了一声领教,便算敷衍过去。黯乃告辞而往,自去就任。息仍守故态,始终未敢发言。那张汤却揽权怙势,大有顺我便生,逆我就死的气势。大农令颜异,为了白鹿皮币一事,独持异议。<u>白鹿皮币见前文</u>。武帝心下不悦,汤且视如眼中钉,不消多时,便有人上书评异,说他阴怀两端,武帝即令张汤查办。汤早欲将异致死,得了这个机会,怎肯令他再生?当下极力罗织,却没有的确罪证,只有时与座客谈及新法,不过略略反唇,汤就援作罪案,复奏上去。谓颜异位列九卿,见有诏令不便,未尝入奏,但好腹诽,应该论死。武帝不分皂白,居然准奏。看官阅过秦朝苛律,诽谤加诛,至文帝时已将此禁除去,哪知张汤,不但规复秦例,还要将腹诽二字,指作异罪,平白地把他杀死,岂非惨闻!异既冤死,又将腹诽论死法,加入刑律。<u>比秦尤暴,汉武不得辞咎</u>。试想当时这班大臣,还有何人再敢忤汤,轻生试法呢?

御史中丞李文,与汤向有嫌隙,遇有文书上达,与汤有关,文往往不为转圜。汤又欲算计害文,适有汤爱吏鲁谒居,不待汤嘱,竟使人诣阙上书,诬告文许多奸状。武帝怎知暗中情弊!当然将原书发出,仍要这老张查问。李文还有何幸,不死也要处死了。<u>又了掉一个</u>。那张汤正在得意,不料一日入朝,竟由武帝启问道:"李文为变,究系何人详知情实?原书中不载姓名,可曾查出否?"汤已知告发李文,乃是府史鲁谒居所为,此时不便实告,只得佯作惊疑,半响才答道:"这当是李文故人,与文有怨,所以告发隐情。"武帝才不复问,汤安然趋出,还至府中,正想召入谒居,与他密谈,偏经左右报告,说是谒居有病,未能进见。<u>死在眼前,何苦逞刁</u>。汤慌忙亲去探问,见谒居病不能兴,但在榻上呻吟,说是两足奇痛。汤启衾看明,果然两足红肿,不由的替他抚摩。一介小吏,乃得主司这般优待,真是闻所未闻。无奈谒居消受不起,过了旬月,竟尔呜呼毕命。谒居无子,只有一弟同居长安,家中亦没有什么积储,一切丧葬,概由汤出资料理,不劳细叙。忽从赵国奏上一书,内称张汤身为大臣,竟替府史鲁谒居亲为摩足,若非与为大奸,何至如此狎昵,应请从速严究云云。这封书奏,乃是赵王彭祖出名。彭祖王赵有年,素性阴险,令人不测。从前主父偃受金,亦由他闻风弹劾,致偃伏诛。<u>见前文</u>。自张汤议设铁官,无论各郡各国,所有铁器,均归朝廷专卖,赵地多铁,向有一项大税款,得入彭祖私囊,至是凭空失去,彭祖如何甘心?故每与铁官争持。张汤尝使府史鲁谒居,赴赵查究,迫彭祖让交铁榷,不得再行占据。彭祖因此怨汤,并恨及谒居,暗中遣人入都,密探两人过恶。可巧谒居生病,汤为摩足,事为侦探所闻,还报彭祖。彭祖遂乘隙入奏,严词纠弹。武帝因事涉张汤,不便令汤与闻,乃将来书发交廷尉。廷尉只好先捕谒居,质问虚实,偏是谒居已死,无从逮问。但将谒居弟带至廷中。谒居弟不肯实供,暂系导官。**为少府所属,掌舂御米**。一时案情未决,谒居弟无从脱累,连日被囚。会张汤至导官署中,有事查验,谒居弟见汤到来,连忙大声呼救。汤也想替他解释,无如自己为案中首犯,未便相应,只好佯为不识,昂头自去。谒居弟不知汤意,还道汤抹脸无情,很是生恨,当即使人上书,谓汤曾与谒居同谋,构陷李文。**李文事使彼供出,造化亦巧为播弄**。武帝正因李文一案,怀疑未释,一见此书,当更命御史中丞减宣查究。减宣也是个有名酷吏,与张汤却有宿嫌,既经奉命究治,乐得借公济私,格外钩索,好教张汤死心伏罪。

　　复奏尚未呈上,忽又出了一桩盗案,乃是孝文帝园陵中,所有瘗钱,被人盗去。这事关系重大,累得丞相庄青翟,也有失察处分,只好邀同张汤,入朝谢罪。汤与青翟,乃是面上交好,意中很加妒忌。当即想就一计,佯为允诺,及见了武帝,却是兀立朝班,毫无举动。青翟瞅汤数眼,汤假作不见,青翟不得已自行谢罪,武帝便令御史查缉盗犯,御史首领就是张汤。退朝以后,汤阴召御史,嘱他如何办法,如何定案。原来庄青翟既为丞相,应四时巡视园陵,瘗钱被盗,青翟却未知为何人所犯,不过略带三分责任。汤不肯与他同谢,实欲将盗钱一案,尽推卸至青翟身上,而且还要办他明知故纵的罪名,使他受谴免官,然后自己好代相位。哪知御史隐受汤命,却有人漏泄出去,为相府内三长史所闻,慌忙报知青翟,替他设计,先发制汤。三长史为谁?第一人就是前会稽太守朱买臣,买臣受命出守,本要他预备战具,往击东越,嗣因武帝注重北征,不遑南顾,但由买臣会同横海将军韩说,出兵一次,俘斩东越兵数百名,上表献功。**回应前六十二回**。武帝即召为主爵都尉,列入九卿。越数年,坐事免官,未几又超为丞相长史。从前买臣发迹,与庄助同为侍中,雅相友善。张汤不过做个小吏,在买臣前趋承奔走。及汤为廷尉,害死庄助,**见前文**。买臣失一好友,未免怨汤。偏汤官运亨通,超迁至御史大夫,甚得主宠,每遇丞相调任,或当告假时候,辄由汤摄行相事。买臣蹭蹬仕途,反为丞相门下的役使,有时与汤相见,只好低头参谒。汤故意踞坐,一些儿不加礼貌,因此买臣衔恨越深。还有一个王朝,曾做过右内史,一个边通,也做过济南相,俱因失官复起,权任相府长史,为汤所慢。三人串同一气,伺汤过失,此次闻汤欲害青翟,便齐声禀白道:"张汤与公定约,面主谢罪,旋即负约,今又欲借园陵事倾公,公若不早图,相位即被汤夺去了。为公计划,请即发汤阴事,先坐汤罪,方足免忧。"青翟志在保位,听了三长史的言语,当然允许,且令三人代为办理。三人遂潜命吏役,往拿商人田信等,到案审讯。田信等皆为汤爪牙,与汤营奸牟利,一经廷审,严刑逼供,田信等只得招认。当有人传入宫中,武帝已有所闻,便召汤入问道:"朝廷每有举措,如何商人早得闻知,莫非有人泄漏不成?"汤并不谢过,又佯为诧异道:"大约有人泄漏,亦未可知。"一味使诈,总要被人看穿。

　　武帝闻言,面有愠色,汤亦趋退。御史中丞减宣,已将谒居事调查确凿,当即乘间奏闻。双方夹攻,不怕张汤不死。武帝越觉动怒,连遣使臣责汤,汤尚极口抵赖,无一承认。武帝更令廷尉赵禹,向汤诘问,汤仍然不服。禹微笑道:"君也太不知分量呢!试想君决狱以来,杀人几何?灭族几何?今君被人讦发,事皆有据,天子不忍加诛,欲令君自为计,君何必哓

晓置辩？不如就此自决，还可保全家族呢！"汤至此也自知不免，乃向禹索取一纸，援笔写着道：

> 臣汤无尺寸之功，起刀笔吏，幸蒙陛下过宠，忝位三公，无自塞责，然谋陷汤者，乃三长史也。臣汤临死上闻！

写毕，即将纸递交赵禹，自己取剑在手，拚命一挥，喉管立断，当然毙命。禹见汤已死，乃执汤书还报。汤尚有老母及兄弟子侄等，环集悲号，且欲将汤厚葬。汤实无余财，家产不过五百金，俱系所得禄赐，余无他物。史传原有是说，但复阅前文，恐是说亦未必尽信。汤母因嘱咐家人道："汤身为大臣，坐被恶言，终致自杀，还用什么厚葬呢？"家人乃草草棺殓，止用牛车一乘，载棺出葬，棺外无椁，就土埋讫。先是汤客田甲，颇有清操，屡诫汤不宜过酷，汤不肯听信，遂有这般结局。家族保全，还算幸事。惟武帝得赵禹复报，览汤遗书，心下又不免生悔。嗣闻汤无余资，汤母禁令厚葬，益加叹息道："非此母不生此子！"说着，便命收捕三长史，一体抵罪。朱买臣、王朝、边通，骈死市曹。买臣妻如死后有知，可无庸追悔了。就是丞相庄青翟，亦连坐下狱，仰药自尽。武帝另用太子太傅赵周为丞相，石庆为御史大夫，命释田信出狱，使汤子安世为郎。惟同时酷吏义纵，已经坐罪弃市，还有王温舒，后来受赃，亦致身死族灭。温舒两弟及两妻家，且各坐他罪，一并族诛。光禄勋徐自为叹道："古时罪至三族，已算极刑，王温舒五族同夷，岂非特别惨报么？"义纵王温舒，并见前文。至若御史中丞减宣，亦不得善终，独赵禹较为和平，总算保全首领，寿考终身。小子有诗咏道：

> 天道由来是好生，杀人毕竟少公平。
> 试看酷吏多遭戮，才识穹苍有定衡。

是时武帝已五次改元，因在汾水上得了一鼎，号为元鼎。元鼎二年，得通西域。欲知西域如何得通，待至下回说明。

李广未尝非忠臣，李敢亦未尝非孝子，乃皆以过激致死，甚矣哉血气之不可妄使也！卫青以广之失道，责令对簿，迫诸死地，已觉驭下之不情。及为李敢所击伤，却退然自阻，不愿报复，青亦渐知悔过欤？霍去病乃从旁挟忿，擅射李敢，杀人者死，汉有明刑，即有议亲议贵之条，亦不过贷及一死,乌得曲为掩护,任其妄杀乎?夫惟如武帝之偏憎偏爱,而后权贵得以横行,甚至酷吏张汤,屡陷人于死罪,冤狱累累而不少恤。刀笔吏不可作公卿,汲长孺之言信矣!然势倾朝野而不能延命,智移人主而不足欺天,徒诩诩然逞一时之权诈,果奚益乎?观于霍去病之不寿,与张汤之自杀,而后世之得志称雄者,可废然返矣。

第七十二回

通西域复灭南夷　　进神马兼迎宝鼎

却说匈奴西偏，有一乌孙国，向为匈奴役属。当时乌孙国王，叫作昆莫。昆莫父难兜靡，为月氏所杀，昆莫尚幼，由遗臣布就翎侯窃负而逃，途次往寻食物，把昆莫藏匿草间，狼为之乳，乌为之哺，布就知非凡人，乃抱奔匈奴。到了昆莫长成，匈奴已攻破月氏，斩月氏王，月氏余众，西走据塞种地，作为行巢。昆莫乘间复仇，借得匈奴部众，再将月氏余众击走。月氏徙往大夏，改建大月氏国。已见前文。所有塞种故土，却被昆莫占住，仍立号为乌孙国，牧马招兵，渐渐强盛，不愿再事匈奴。匈奴方与汉连年交战，无暇西顾，及为卫霍两军所败，匈奴更势不如前，非但乌孙生贰，就是西域一带，前时奉匈奴为共主，至此亦皆懈体，各有异心。

武帝探闻此事，乃复欲通道西域，更起张骞为中郎将，令他西行。张骞入朝献议道："陛下欲遣臣西往，最好是先结乌孙；诚使厚赂乌孙王，招居前浑邪王故地，令断匈奴右臂，且与结和亲，羁縻勿绝，将见乌孙以西，如大夏等国，亦必闻风归命，尽为外臣了。"武帝专好虚名，但教夷人称臣，无论子女玉帛，俱所不惜。因此令骞率众三百人，马六百匹，牛羊万头，金帛值数千巨万，赍往乌孙。乌孙王昆莫，出来接见，骞传达上意，赐给各物。昆莫却仍然坐着，并不拜命。骞不禁怀惭，便向昆莫说道："天子赐王厚仪，王若不拜受，尽请还赐便了。"昆莫才起身离座，拜了两拜。骞复进词道："王肯归附汉朝，汉当遣嫁公主为王夫人，结为兄弟，同拒匈奴，岂不甚善！"昆莫听了，踌躇未决，乃留骞暂居帐中，自召部众，商议可否。部众素未知汉朝强弱，且恐与汉联合，益令匈奴生忿，多招寇患，所以聚议数日，仍无定论。

就中尚有一段隐情，更令昆莫左支右绌，不能有为。昆莫有十余子，太子早死，临终时曾泣请昆莫，愿立己子岑陬为嗣，昆莫当然垂怜，面允所请。偏有中子官拜大禄，强健善将，夙任边防，闻得太子病殁，自思继立，不意昆莫另立嗣孙，致失所望，于是招集亲属，谋攻岑陬。昆莫得知此信，亟分万余骑与岑陬，使他出御中子，自集万余骑为卫，防备不虞。国中分作三部，如何制治？且因昆莫年老，越觉颓靡不振，姑息偷安。夷狄无亲，可见一斑，汉乃以和亲为长策，实属非计。

骞留待数日，并未得昆莫确报，乃别遣副使，分往大宛、康居、月氏、大夏等国，传谕汉朝威德。各副使去了多日，尚未复命，那乌孙却遣骞归国，特派使人相送，并遗良马数十匹，作为酬仪。骞偕番使一同入朝，番使进谒武帝，却还致敬尽礼，并且所献良马，格外雄壮。武帝见了，不觉喜慰，遂优待番使，特拜骞为大行。骞受任年余，竟致病逝。又阅一年，才由骞所遣副使陆续还都，西域各国，也各派使人随来，于是西域始与汉交通，汉复再三遣使，西出宣抚。各国只知博望侯张骞，不知他人。各使亦讳言骞死，但说是由骞所遣，后人因盛传张骞凿空。凿空谓开凿孔道。且因骞尝探视河源，称为张骞乘槎入天河，其实黄河远源，并不在当时西域中，以讹传讹，不足为信。惟西域一带，地形广袤，东西六千余里，南北千余里，东接玉门阳关，西限葱岭。葱岭以外，尚有数国。今据史传记载，西域共三十六国，后且分作五十余国，与汉朝往来通使，计有南北二道，南北二道的终点，就是葱岭。小子录述国名如下：

婼（ruò）羌国，楼兰国，后名鄯善。且末国，小宛国，精绝国，戎卢国，扜弥国，渠勒国，于阗国，皮山国，乌秅国，西夜国，蒲犁国，依耐国，无雷国，难兜国，以上为南道诸国。乌孙国，康居国，大宛国，桃槐国，休循国，捐毒国，与身毒不同，身毒不入《西域传》。莎车国，疏勒国，尉头国，姑墨国，温宿国，龟兹国，尉犁国，危须国，焉耆国，车师国。亦名姑师。蒲类国，狐胡国，郁立师国，单桓国，以上为北道诸国。大月氏国，大夏国，罽宾国，乌弋山离国，犁靬国，条支国，安息国，奄蔡国。以上为葱岭外诸国。

以上数十国，前时多服属匈奴，至此与汉交通，为匈奴所闻知，屡次发兵邀截，汉乃复就酒泉、武威两郡外，增置张掖、敦煌二郡，派吏设戍，严备匈奴。不意西北未平，东南忽又生乱，累得汉廷上下又要调兵征饷，出定东南。

先是南越王赵胡，曾遣太子婴齐，入都宿卫，一住数年。见前文。婴齐本有妻孥，惟未曾挈领入都，不得不另娶一妇。适有邯郸人樛氏女子，留寓都中，高张艳帜，常与灞陵人安国少季，私相往来。婴齐却一见倾情，不管她品性贞淫，便即浼人说合。好容易得娶樛女，真是心满意足，快慰非常。未几生下一男，取名为兴。祸胎在此。后来赵胡病重，遣使至京，请归婴齐，武帝准他归省，婴齐遂挈妻子南旋。不久胡死，婴齐当即嗣位，上书报闻，且请令樛女为王后，兴为太子。武帝也即依议，但常遣使征他入朝。婴齐恐再被羁留，不肯应命，只遣少子次公入侍，自与樛女镇日淫乐，竟致尪(wāng)瘵不起，中年毕命。太子兴继立为主，奉母樛氏为王太后。偏武帝得了此信，又要召他母子一同入朝。当下御殿择使，即有谏大夫终军，自请效劳，且面奏道："臣愿受长缨，羁南越王于阙下！"谈何容易！武帝见他年少气豪，却也嘉许，便令与勇士魏臣等，出使南越。又查得安国少季，曾与樛太后相识，也令同往。

终军表字子云，济南人氏，年未弱冠，即选为博士弟子，步行入关。关吏给与一繻(xū)，终军问有何用？关吏指示道："这是出入关门的证券，将来汝要出关，仍可用此繻为证。"繻系裂帛为之，用代符节。终军慨然道："大丈夫西游，何至无事出关！"一面说，一面弃繻自去。果然不到两年，官拜谒者。出使郡国，建旄出关。关吏惊诧道："这就是弃繻生，不料他竟践前言！"终军也不与多说，待至事毕还都，奏对称旨，得超迁至谏大夫。至是复出使南越，见了南越王兴，凭着那豪情辩口，劝兴内附，兴也自然畏服。偏是南越相吕嘉，历相三朝，权高望重，独与汉使反对，阻兴附汉。兴不免怀疑，入白太后，请命定夺。太后樛氏，也即出殿，召见汉使。两眼瞟去，早已瞧见那少年姘夫，当下引近座前，详问一番。安国少季即将朝廷意旨，约略相告，樛太后毫不辩驳，立即乐从，嘱兴奉表汉廷，愿比内地诸侯，三岁一朝。终军得表，遣从吏飞报长安。武帝复诏奖勉，且赐南越相吕嘉银印，及内史中尉太傅等印，余听自置，所有终军等人，都留使镇抚。

吕嘉始终不服，且闻安国少季出入宫禁，更觉怀疑，遂托疾不出，阴蓄异图。安国少季方与樛太后重续旧欢，非常狎昵，但恐吕嘉从中为变，不如劝樛太后带子入朝，自己好相偕北上，一路绸缪。樛太后虽饬治行装，惟意中却欲先除吕嘉，然后启行，乃置酒宫中，款待汉使。一面召入丞相以下诸官吏,共同入宴。吕嘉不得不往,惟嘉弟正为将军,在宫外领兵环卫。樛太后见嘉已列席,行过了酒,便向嘉顾语道:"南越内属,利国利民,相君独以为不便,究属何意?"吕嘉听着,料知太后激动汉使,与他反对,因此未敢发言。汉使也恐嘉弟在外,不便发作,只好面面相觑,袖手旁观。樛太后不免着急,忽见吕嘉起身欲走,也即离座取矛,向前刺嘉。还是南越王兴,防有他变,慌忙起阻太后,将嘉放脱。*淫妇必悍,实自取死。*嘉回到府中,便思发难,转念王兴,并无歹意,倒也不忍起事。蹉跎蹉跎,又过数月,骤闻汉廷特派前济北相韩千秋与樛太后弟樛乐,率兵二千人驰入边疆,乃亟召弟计议道:"汉兵远来,必是淫后串同汉使,召兵入境,来灭我家,我兄弟岂可束手就毙么?"嘉弟系是武夫,一闻此言,当然大愤,便劝嘉速行大事。嘉至是也不遑多顾,便与弟引兵入宫。宫中未曾防备,立被突入,樛太后与安国少季,并坐私谈,急切无从逃避,由嘉兄弟持刀进来,一刀一个,劈死了事。*死得亲昵。*两人再去搜寻王兴,兴如何得免?也遭杀害。嘉索性往攻使馆,戕杀汉使,可怜终军、魏臣等,双手不敌四拳,同时殉难。终军不过二十多岁,惨遭此祸,时人因称为终童。

嘉即下令国中道:"王年尚少,太后系中国人,与汉使淫乱,不顾赵氏社稷,故特起兵除奸,另立嗣主,保我宗祧。"国人素属望吕嘉,统皆听命,无一异议,嘉乃迎立婴齐长子术阳侯建德为王,*系婴齐前妻所生之子*。自己仍为相国,且遣人通知苍梧王赵光。苍梧为南越大郡,光与嘉素有感谊,当然复书赞成。于是嘉一意御汉,专待韩千秋到来,反令边境吏卒,开道供食,诱令深入。千秋也是矜才使气,请愿南来,一入越境,即与樛乐并驱进兵,攻破好几处城池,嗣见南越吏卒,殷勤接待,愿为向导,还道他震慑兵威,畅行无阻,谁知行近越都,相去不过四十里,突见越兵四面杀到,重重裹住。千秋只有二千人马,前无去路,后无救兵,眼见得同归于尽,无一生还。

嘉杀尽汉兵,遂函封汉使符节,使人赍送汉边,设词谢罪。边吏立即奏闻。武帝大怒,颁诏发罪人从军,且调集舟师十万,会讨南越。命卫尉路博德为伏波将军,出桂阳,下湟水;主爵都尉杨仆,为楼船将军,出豫章,下横浦;故归义越侯两人,同出零陵,一名严,为戈船将军,一名甲,为下濑将军;又使越人驰义侯遗,带领巴蜀罪人,发夜郎兵,下牂牁江,同至

番禺会齐。番禺就是南越郡城,北有寻陕石门诸险,都被杨仆捣破,直进番禺。路博德部下多罪人,沿途逃散,只有千余人至石门,与仆相会。两军同路并进,到了番禺城下,仆攻东南,博德攻西北,仆想夺首功,麾着部众,奋力猛扑,越相吕嘉,督兵死守,坚拒不退。博德却从容不迫,但在西北角上,虚设旗鼓,遥张声势。一面遣人射书入城,劝令出降。城中已是垂危,又闻博德立营西北,将要夹攻,急得守将仓皇失措,往往缒城夜出,奔降博德。博德好言抚慰,各赐印绶,令他还城相招。适杨仆攻城不下,焦躁异常,督令部兵纵火烧城,东南一带,烟焰冲霄,西北兵民,都已魂飞天外,闻得出降免死,并有封赏的消息,自然踊跃出城,争向博德处投降。吕嘉及南越王建德,如何支持?也即乘夜逃出,穷投海岛。及杨仆破城直入,那路博德早进西北门,安坐府中。斗力不如斗智。仆费了许多气力,反让博德先入,很不甘心,便欲往捕南越君相,再图建功。博德却与仆笑语道:"君连日攻城,劳疲已甚,尽可少休!南越君相,便可擒到,请君勿忧。"仆尚似信非信。过了一两日,果由越司马苏弘捕到建德,越郎都稽捕到吕嘉。经博德讯验属实,立命处斩。当即飞章奏捷,保举苏弘为海常侯，都稽为临蔡侯，且奏章中亦备述杨仆功劳。仆始知博德善抚降人，用夷制夷，智略高出一筹，也觉得自愧弗如了。不由杨仆不服。戈船、下濑两将军，及驰义侯所发夜郎兵，尚未赶到，南越已平。就是苍梧王赵光，不待往讨，已经闻风胆落，慌忙投诚，后来得封为随桃侯。

自从南越事起，朝廷亟须筹饷，不得不催收租赋。倪宽正为左内史，待民宽厚，不加苛迫，遂致负租甚多，势且获谴。百姓闻宽将免职，竞纳租税，大家牛车，小家担负，全数缴齐，反得课最。宽仍然留任，且因此更结主知。还有输财助边的卜式，已由县令超任齐相，自请父子从军，往死南越，何其热心乃尔。武帝虽未曾准遣，却也下诏褒美，封式关内侯，赐金四十斤，田十顷，布告天下，风示百官。哪知除卜式外，竟无一人继起请效，遂致武帝衔恨在心。巧值秋祭在迩，又行尝酎礼，秋祭曰尝，美酒曰酎。列侯例应贡金助祭，武帝借此泄恨，特嘱少府收验贡金，遇有成色不足，即以不敬论罪，夺去侯爵，百有六人。丞相赵周，不先纠举，连坐下狱，愤急自尽。连毙四相，毋乃太酷！另升御史大夫石庆为丞相，召齐相卜式为御史大夫。

已而车驾东巡，将往缑氏。行至左邑桐乡，正值南越捷报东来，甚是喜慰，便命桐乡为闻喜县。再行至汲县新中乡，又闻得吕嘉捕诛，因在新中乡添置获嘉县。且传谕南军，析南越地作为南海、苍梧、郁林、合浦、交趾、九真、日南、珠厓、儋耳九郡，诏路博德等班师回朝。博德已受封符离侯，至此更增食采，杨仆得加封将梁侯，外此封赏有差。惟越驰义侯遗，征兵赴越时，南夷且兰君抗命。杀毙使人，居然叛汉。遗奉诏回军，击死且兰君，乘胜攻破邛筰，连毙二酋，冉駹等国，并皆震慑，奉表归命。当由遗奏报朝廷，旋接武帝复诏。改且兰为牂牁郡，邛为越嶲郡，筰为沈黎郡，冉駹为汶山郡，广汉西白马两处为武都郡，嗣是夜郎及滇，先后降附，蒙给王印，西南夷悉平。

说也奇怪，东越王余善，也甘就灭亡，造起反来。余善尝拟从征南越，上书自效，当即发卒八千人，愿听楼船将军节制。楼船将军杨仆，到了番禺，并未见余善兵到，致书诘问，只说是兵至揭阳，为海中风波所阻。及番禺已破，询诸降人，才知余善且通使南越，阴持两端。仆乃请命朝廷，即欲移兵东讨。武帝因士卒过劳，决计罢兵，但令仆部下校尉，留屯豫章，防备

余善。余善恐不免讨伐,索性先行称兵,拒绝汉道,号将军驺力为吞汉将军,自称武帝。汉帝死后称武,余善生前称武,也是奇闻。武帝乃再遣杨仆出兵,与横海将军韩说等分道入东越境,余善尚负嵎称雄,据险不下。相持数月,由故越建成侯敖,及繇王居股,合谋杀死余善,率众迎降,东越复平。武帝以闽地险阻,屡次反复,不如徙民内处,免得生心。乃诏令杨仆以下诸将,把东越民徙居江淮。杨仆等依诏办理,闽峤乃虚无人迹了。两越俱亡。

　　同时又有先零羌人,零音怜。为唐虞时三苗后裔,散处湟中,阴通匈奴,合众十余万,寇掠令居安故等县,进围枹罕。武帝起李息为将军,使偕郎中令徐自为,率兵十万,击散诸羌,特置护羌校尉,就地镇治,总算荡平。

　　武帝见诸事顺手,自然欣慰,因记起渥洼水旁,曾有异马产出,即颁诏出去,嘱令送马入都。这异马并非异产,不过由暴利长捏说出来,从中取巧。小子于前文中已经叙明。见六十九回。此时暴利长奉命献马,到了都中,由武帝亲自验看,果觉肥壮得很,与乌孙国所献良马,大略相同。武帝遂称为神马,或与乌孙马共称天马。《通鉴辑览》载此事于元狩三年,

《汉书》则在元鼎四年,本书两存其说,故前后分叙。武帝方营造柏梁台,高数十丈,用香柏为梁,因以为名。这台系供奉长陵神君,神君为谁,查考起来,实是不值一辩。长陵有一妇人,产男不育,悲郁而亡。后来妯娌宛若,供奉妇像,说是妇魂附身,能预知民间吉凶。一班愚夫愚妇,共去拜祝,有求辄应,就是武帝外祖母臧儿,也曾往祷,果得子女贵显,遂共称长陵妇为神君。武帝得自母传,遣使迎入神君像,供诸蹛(tí)氏观中。嗣因蹛氏观规模狭隘,特筑柏梁台移供神像,且创作柏梁台诗体,与群臣互相唱和,谱入乐歌。复令司马相如等编制歌诗,按叶宫商,合成声律,号为乐府。及得了神马后,也仿乐府体裁,亲制一《天马歌》。歌云:

泰一况,泰一即天神,见后文。天马下,沾赤汗,沫流赭,志俶傥,精权奇,筴音蹛。浮云,晻上驰,驱容与,迣音逝。万里。今安匹?龙为友。

天马歌成,马入御厩,暴利长非但免罪,且得厚赏。忽又由河东太守,奏称汾阴后土祠旁,有巫锦掘得大鼎,不敢藏匿,因特报闻。这汾阴地方的后土祠,本是元鼎四年新设,不到数月,便有大鼎出现,明明由巫锦暗中作伪,哄动朝廷。也是暴利长一般伎俩。偏武帝积迷生信,疑是后土神显示灵奇,将鼎报锡,当即派使迎鼎入甘泉宫,荐诸宗庙。武帝亲率群臣,往视此鼎,鼎状甚大,上面只刻花纹,并无款识。大众不辨新旧,但模模糊糊的说是周物,统向武帝称贺。独光禄大夫吾邱寿王,谓鼎系新式,怎得说是周鼎?语为武帝所闻,召入诘问,吾邱寿王道:"从前周德日昌,上天报应,鼎为周出,故称周鼎。今汉自高祖继周,德被六合,陛下又恢廓祖业,天瑞并至,宝鼎自出,这乃汉宝,并非周宝,臣所以谓非周鼎呢!"武帝转怒为喜,连声称善,群臣亦喧呼万岁。吾邱寿王却得赐黄金十斤,武帝又亲作宝鼎歌,纪述休祥。小子有诗叹道:

虚伪何曾不易知,君臣上下并相欺。
唐虞尚有夸张事,况是秦皇汉武时。

过了月余,又有齐人公孙卿,上书说鼎。欲知他如何说法,容待下回再详。

张骞之凿空西域,后人或力诋其过,或盛称其功。吾谓凿空可也。凿空西域,乃徒以厚赂相邀,并未知殖民政策,是第耗中国之财,而未收拓土之效,宁非有损无益乎！惟断匈奴之右臂,使胡人渐衰渐弱,不复为寇,亦未始非中国之利。然则骞有过,骞亦未尝无功,谓其功过之相抵可耳。东南两越,自取灭亡,伏波楼船,徼天之幸,而武帝益因此骄侈矣。神马也,宝鼎也,无一非作伪之举,武帝岂真愚蠢？任彼所欺？意者其亦欲借此欺人欤？上下相欺,而汉道衰矣。

第七十三回

信方士连番被惑　行封禅妄想求仙

却说齐人公孙卿，本是一个方士，因闻武帝新得宝鼎，也想乘时干进，胡乱凑成一书，叫做札书，怀挟入都，钻通了一条门路，把书献入。书中语多荒诞，内有黄帝得宝鼎，是辛巳朔旦冬至，今岁汉得宝鼎，适当己酉朔旦冬至，古今相符，足称盛瑞云云。武帝览书，很觉合意，遂召公孙卿入见，问此书为何人所作。卿随意捏造，说是受诸申公，且言申公已死，只有此书遗下。武帝信以为真，且问申公有无他语。卿又答道："申公尝谓大汉肇兴，正与黄帝时代，运数相合。大约高皇帝后，或孙或曾孙，圣圣相承，必有宝鼎出现，宝鼎一出，上与神通，应该封禅，重行黄帝故事。今宝鼎适符圣瑞，可见申公所言，真实不虚了。"武帝复问黄帝如何封禅？公孙卿乱说了一大篇，无非把岳宗泰岱，禅主云亭的套话，信口铺张。又把当时甘泉宫，指为黄帝时代的明庭。谓黄帝曾在明庭接见百神，后来采铜首山，铸鼎荆山。鼎成后龙垂胡须，下迎黄帝，黄帝乘龙登天，带去后宫及大臣七十余人。还有许多小臣，要想攀髯上去，髯被扯断，统皆坠下，连黄帝所带的弓衣，亦被震落。小臣无从再攀，只得抱弓悲号，因以鼎湖名地，乌号名弓。全是牵强附会。这番言词，武帝已听过许多方士说及大略，不过公孙卿所谈，更觉得娓娓动听，遂不禁长叹道："朕如能学得黄帝，弃妻子也如敝屣哩！"当下拜卿为郎，使至太室候神，太室即嵩岳之一峰。既而卿入都面陈，谓缑氏城上有仙人迹，请武帝自往巡幸。上回所述驾幸缑氏，便是为了公孙卿一言。惟武帝也恐为所欺，曾向卿说道："汝莫非效文成五利否？"卿答称人求神仙，神仙不须求人，应该宽假岁月，精诚感应，方得上迓仙人。

看官听说！这明是借端延宕，不负责任，比那文成、五利，更为狡猾。所以文成、五利终致授首，公孙卿却得坐糜廪禄，逍遥了好几年。究竟文成、五利,姓甚名谁? 小子前时无暇叙入,只好趁此补述出来。是倒戟而出之法。

自武帝迎供长陵神君图像,便有方士李少君料知武帝迷信鬼神,入都献技。少君不娶妻,不育子,又不肯言籍贯年纪,但挟术周游,语多奇验。及抵长安,便有人替他揄扬,传达宫中。武帝便召见少君,亲加面试,取出一古铜器,令他说明何代所制。少君不待摩挲,立即答道:"这是春秋时齐国所制,齐桓公十年,曾陈设柏寝中。"武帝不免称奇。原来铜器下面,曾有文字标识,如少君言,巧被少君猜着,自然目为异人。且少君容貌清癯,似非凡相,益令武帝起敬,赐他旁坐。少君因进言道:"祠灶便能致物,致物以后,丹砂可化为黄金,并可益寿,蓬莱仙人,亦可得见。从前黄帝封禅遇仙,竟得不死,乘龙升天。就是臣活了数百年,亦亏得遨游海上,遇见仙人安期生,给臣食枣,形大如瓜,然后延年。"如哄小孩子一般。武帝听了,乃亲祀灶神。且遣方士入海,访寻蓬莱仙人。一面令少君炼砂成金,好多时未见炼成,那少君却已死去。仙枣想已泻出了。

武帝还疑他尸解成仙,很加叹息。可巧来了一个齐人少翁,也与少君一般论调,正好继续少君,说鬼谈仙。适值武帝宠姬王夫人得病身亡,王夫人有子名闳,由王夫人病重时,以子相托。时武帝长子据,已册为太子,即卫皇后所生。闳当然不能立储,只好许为齐王。王夫人却也道谢。至王夫人死后,武帝追忆不忘,少翁即自言能致鬼魂相见如少时。武帝甚喜,便命少翁作起法来,少翁命腾出净室,四周张帷,并索取王夫人生前衣服,预备招魂。到了夜间,在帷外爇起灯烛,使武帝独坐待着,自己走入帷中,东喷水,西念咒,闹了两三个时辰,果有一个美貌女子,被他引至。武帝正向帷中痴望,见了这般美妇人,不觉出神,凝睇审视,身材等确与王夫人无二。急欲入帷与语,却被少翁出帷阻住,转眼一看,美人儿已没有了。逐句写来,情伪毕露。武帝特作词寄感,列入乐府,词云:"是耶非耶? 立而望之,翩何姗姗其来迟!"语意原是约略模糊,并非确见,但尚拜他为文成将军,待以客礼,令他求仙。要他求仙,亦不应封为将军。

少翁乃请在甘泉宫中,增筑台观,绘塑许多奇形怪状的偶像,或称天神,或称地祇,或称为泰一神。泰一两字,源出古书,大约作上天的解释。当时燕齐方士,竟称天神,最贵要算泰一,五帝尚是泰一的佐使,故泰一当首先供奉。少翁也主此说,武帝方深信少翁,但教少翁如何主张,无不照办。无如神仙杳远,始终不肯光临,武帝也有些疑心起来。一日至甘泉宫,诘问少翁,忽有一人牵过一牛,少翁便指示武帝道:"这牛腹中当有奇书。"武帝乃命左右将牛牵住,立刻宰杀,剖腹审视,果有帛书一幅,上载文字,语多隐怪。经武帝看了又看,不由的猛然省悟,便将牵牛的人,拿下审问。一番吓迫,竟得实供,乃是少翁预知武帝到来,嘱将帛书杂入草中,使牛食下,意欲自显神通。哪知书上文字,被武帝瞧破机关,知是少翁亲笔,再加供词确凿,眼见得少翁欺主,头颅落地。何苦作伪?

过了一年,武帝抱病鼎湖宫,多日不愈,遍求天下巫医,适有方士游水发根,说是上郡有巫,能通神语,善知吉凶。武帝即派人迎入,向他问病,巫便作神语道:"天子何必过忧?不日自愈,可至甘泉宫相会。"当下使巫往住甘泉宫,说也奇怪,武帝果然渐瘥,乃亲至甘泉宫谢神,且就北宫中更置寿宫,特设神座,尊号神君。神不能言,但凭上郡巫传达,积录成书,名为画法。那上郡巫也是少翁流亚,借着神语,常说少翁枉死。武帝又不觉追悔起来。

乐成侯丁义,迎合意旨,荐上一个方士栾大,谓与少翁同师。武帝即使人往召栾大,大曾为胶东王刘寄家人,寄为景帝子,见前文。寄后系丁义姊,故义特荐引。及大应召入都,武帝见他身长貌秀,彬彬有礼,已是另眼相看。当下询及平时学术,大夸口道:"臣尝往来海中,遇见安期羡门等仙人,得拜为师,传授方术,大约黄金可成,河决可塞,不死药可得,仙人可致。惟因文成枉死,方士并皆掩口,臣虽蒙召,亦怎能轻谈方术哩!"武帝忙诡说道:"文成食马肝致死,毋得误听!汝诚有此方术,尽可直陈,我却毫无吝惜呢!"大答说臣师统是仙人,与人无求,陛下必欲求仙,须先贵宠使臣,引为亲属,视若宾客,方可令他通告神人。武帝听了,尚恐大空言无术,不禁沉吟。大窥破上意,遂顾令御前侍臣,取得小旗数百杆,分插殿前,喝一声疾,即有微风徐徐过来,再加了几句咒语,风势益大,把几百杆小旗卷入空中,自相触击。顿时满朝臣吏,无不称奇,就是武帝亦见所未见,禁不住失声喝彩。俄而风定旗落,纷纷下地。不过一些觇风微术,实不足奇。武帝更加赞美,面授大为五利将军。又是一位特别将军。大不过道了一个谢字,扬长而出。

　　武帝见大无甚喜色,料知他心尚未足,但国库方匮,急需金银,又因黄河决口未塞,河南屡有水患,闻得栾大具有是术,还惜什么官爵印绶?一官未足,何妨再给数官,于是天士将军地士将军大通将军的官衔,联翩加封。才阅月余,大已佩了四将军印绶了。哪知大连日入朝,仍没有什么欢容。武帝索性依他要求,加封为乐通侯,食邑二千户,赐甲第,给童仆,所有车马帷帐等类,俱代为备齐,送交过去。待至布置妥当,再将卫皇后所生长公主,嫁与为妻。一介贱夫,平白地得此奇遇,出舆盖,入仆御,一呼百诺,颐指气使,又有娇滴滴的金枝玉叶,任他拥抱取乐,快活何如!武帝未曾得仙,他却做了活神仙了。武帝时常召宴,或且至大第酒叙,赏赐黄金至十万斤,此外各物,不可胜计。大若自能炼金,何必需此巨赏?自窦太主各将相以下,又皆依势逢迎,随时馈献。也想登仙么?武帝再命刻玉印,镂成天道将军四字,特派大臣夜着羽衣,立白茅上,授与栾大。大亦照此装束,长揖受印,这算是客礼相待,明示不臣。总计大入都数月,封侯尚主,身悬六印,富贵震天下。

　　好容易又过半年,武帝不免要去催促,叫他往迎神仙,大尚支吾对付。后来实不便延宕，只好整顿行装，辞过武帝，别了娇妻，亲赴海上寻师。武帝究竟聪明，密遣内侍扮做平民，一路随去。但见大到了泰山，惟辟地为席，拜祷一番，并没有仙师，出与相语。及祷毕后，无他异举，但在海岸边游玩数日，遂折回长安。无非记着家中的女仙。内侍见他这般捣鬼，既好笑，又好恨，一入都门，不待栾大进谒，先向武帝报知。武帝当然动怒，俟大入报，作色诘责。大还要捏造师言，被武帝唤出内侍，当面对质，不由栾大不服，遂将大拘系狱中，按律坐诬罔罪，腰斩市曹。只难为了卫长公主。

看官试想，这武帝已经觉悟，连诛文成、五利，应该将方士尽行驱逐，为何又听信这公孙卿呢？原来武帝不信文成、五利，并非不信神仙，他以为文成、五利两人，法术未高，所以神仙难致，若果得一有道的术士，当必有效，因此公孙卿进见以后，无非叫他再去一试。所有一切待遇，非但不及五利，并且不及文成。亲女儿不肯无故割舍了！卿受职较卑，不使人忌，再加手段圆滑，反好从此安身。还有封禅一语，乃是公孙卿独自提议，最合武帝意旨。当时司马相如已经病殁，他有遗书上奏，称颂功德，劝武帝东封泰山，武帝已为所动，再经公孙卿一说，便决议举行。只有封禅仪制，自秦后未曾照办，无从援据。就是司马相如家中，亦曾差人查问，伊妻卓文君，谓遗书以外无他语。此妇尚未死么？武帝不得已责成博士，要他酌定礼仪。博士徐偃、周霸等，采取尚书周官王制遗文，拘牵古义，历久未决。还是左内史倪宽，谓封禅盛事，经史未详，不若由天子自行裁夺，垂定隆规。武帝乃亲自制仪，略与倪宽参酌可否。适卜式上言官卖盐铁，货劣价贵，不便人民，武帝不以为然，并因式不能文章，贬为太子太傅，特迁宽为御史大夫。总要揣摩求合，方可升官。

封禅礼定，武帝又想这般盛举，必先振兵释旅，方可施行。乃于元鼎六年秋季，诏设十二部将军，调齐人马十八万，扈驾巡边。十月初旬出发，自云阳北行，径出长城，登单于台，耀武扬威，遣侍臣郭吉往告匈奴，传达谕旨，略言东南一带，已皆荡平，南越王头，悬示北阙，单于能战，可与大汉天子，自来交锋；否则便当臣服，何必亡匿漠北云云。时伊稚斜单于已死，子乌维单于嗣立，听了吉言，不禁怒起，把吉拘住不放，自己也不发兵。武帝待了数日，不见回音，乃传令回銮。道过上郡县桥山，见有

黄帝遗冢,顿觉起疑道:"我闻黄帝不死,为何留有遗冢?"公孙卿随驾在旁,亟答说道:"黄帝登天,群臣想慕不已,因取衣冠为葬。"武帝喟然道:"我若上天,想群臣当亦葬我衣冠哩。"说着即命备礼致祭。祭毕还长安,遣兵回营。转眼间便是孟春,东风解冻,正好趁时东封。当下启跸东巡,行经缑氏,望祭中岳嵩山,从官齐集山下,听得山中发声,恍似三呼万岁一般。恐又是公孙卿捣鬼。便即告知,武帝也只说听见,令祠官加增太室祠,以山下三百户为奉邑,号曰崇高。崇嵩二字,古文通用。再东行至泰山,山下草木,尚未生长,武帝令从吏运石上山,直立山顶,上刻铭词数语道:

  事天以礼,立身以义,事父以孝,成民以仁。四海之内,莫不为郡县,四夷八蛮,咸来贡职。与天无极,人民蕃息,天禄永得。

立石既毕,遂东巡海上,礼祀八神。天主、地主、兵主、阴主、阳主、月主、日主、四时主。齐地方士,争来献书,统说海中居有神仙。武帝便命多备船只,使方士一并航海,往寻蓬莱仙人,且使公孙卿持节先行,遇仙即报。卿复称夜至东莱见有大人,长约数丈,近视即杳,但留巨迹。武帝听说，自至东莱亲视，足迹尚依稀可认，惟状类兽蹄，未免动疑。偏从臣也来启奏，谓路中遇一老翁，手中牵犬，说是欲见巨公，言毕不见。都是瞎说。武帝方信为真仙，再命随行方士，乘车四觅。自在海上守候多日，不见回音，乃回至泰山，行封禅礼。即就山下东方致祭，筑土为封，埋藏玉牒，牒中所说，无非求福求寿等语，旁人无从窥悉。又与奉车都尉霍子侯，同登山巅，秘密封土，禁人预闻。子侯名嬗，即去病子，武帝独加宠遇，故使得从行。越宿，从山北下，来禅肃然山。封禅礼成，还驻明堂。到了次日，群臣奏闻封禅各处，夜有祥光，凌晨复有白云拥护，引得武帝色动颜开。再由群臣一齐歌颂功德，武帝越加喜欢，遂下诏改称本年为元封元年，大赦天下。并忆封禅期内，连日晴和，并无风雨，当由天神护佑，或得从此接见神仙，也未可知。乃复至海上探望，但见云水苍茫，并没有神仙形影，怅立多时，心终未死，意欲亲自航海，往访蓬莱。群臣进谏不从，还是东方朔谓仙将自至，不可躁求，才将武帝劝止，不复进行。

适霍子侯感冒风寒，竟致暴死，想是成仙去了。武帝悲悼异常，厚加赗殓，饬人送柩回京。自己再沿海至碣石，终不得一见仙人，乃折向西行，过九原，入甘泉，总计费时五阅月，周行一万八千里，用去金钱巨万，赐帛百余万匹，全亏治粟都尉桑弘羊，职兼大农，置平准官，操奇计赢，才得逐年搜括，供给武帝游资。武帝因他理财有功，赐爵左庶长，金二百斤。弘羊尝自诩为计臣能手，谓民不加赋，国用自饶。独卜式斥他不务大体，专营小利。会因天气亢旱，有诏求雨，式私语亲属，谓不如烹死弘羊，自可得雨，何必祈祷？哪知武帝方倚任弘羊，怎肯把他加诛。

是秋有孛星出现天空，术士王朔，反指为德星，群臣依声附和，说是封禅瑞应。武帝大喜，乃至雍地，亲祀五畤，复回甘泉祀泰一神。自从方士称泰一最贵，特在甘泉设祠，号为泰畤。且定例三岁一郊，各畤中随时致祭，不在此例。元封二年，公孙卿又复上言，东莱有神人，欲见天子，武帝乃再出东巡，至缑氏县，拜卿为中大夫，使为前导，直赴东莱。偏是海山缥缈，云雾迷蒙，有什么天神天仙？卿无从解说，又把那野兽脚迹，混充过去。武帝也不便穷诘，但托言天时屡旱，特为人民祈雨，来祷万里沙神祠。万里沙在东莱海滨，借此为名，掩饰天下耳目。还过泰山，又复望祀，再顺路至瓠子口。瓠子河决，已二十多年，武帝尝使汲黯、郑当时前往堵塞，屡堙屡决。更命汲黯弟仁，与郭昌等往修河防，积久无成。此次武帝亲临决口，先沉白马玉璧，致祭河神，随令从官一齐负薪，填塞决河。河旁本有数万人夫，随吏供役，至是见文武百官，尚且这般辛苦，怎得不格外效劳？薪柴不足，济以竹石，好在天晴已久，河水低浅，竟得凭借众力，堵住决河。又上筑一宫，名曰宣防。此举总算为民除患，但梁楚一带，受害已二十多年了。抑扬得当。

武帝还至长安，公孙卿恐车驾徒劳，仙无从致，将来必加严谴，因复想出一法，托大将军卫青进言，谓仙人素好楼居，不如增筑高楼，徐待仙至。武帝乃令长安作蜚廉观，甘泉作通天台，台观统高三四十丈。费了许多经营，仍使公孙卿持节供张，恭候神仙，另在甘泉宫添筑前殿。殿成以后，忽在殿房中生出一草，九茎连叶，大众都称为灵芝，立即上奏。武帝亲往看验，果然不差，乃作芝房歌，颁诏大赦。既而在汶上作明堂，复出巡江汉，由南而东，增封泰山。即就明堂礼祀上帝。小子不胜殚述，但作诗申意道：

  谈仙说鬼尽无稽，英主如何也着迷？
  累万黄金空掷去，水长山杳日沉西。

土木频兴，迷信不已，辽东突来警报，又起兵戈。欲知如何起衅，待至下回再叙。

  观汉武之迷信神仙，几与秦皇同出一辙。秦始皇信方士，武帝亦信方士；秦始皇行封禅，武帝亦行封禅；秦始皇好神仙，武帝亦好神仙；秦始皇兴土木，武帝亦兴土木。凡始皇之所为，武帝皆踵而效之，尤有甚焉。始皇之信徐市卢生也，不过使之奔走海上耳。武帝乃任以高爵，待若上宾，并举爱女而亦嫁之，且少翁戮而栾大复进，栾大诛而公孙卿又进，若明若昧，何其游移若此？要之皆贪心不足，妄冀长生，乃有此种种之谬举耳。夫养心莫善于寡欲，美意乃足以延年，以好货好色好战之人主，反思与天同休，宁有是理？秦皇误于前，汉武误于后，多见其不自量也。若非轮台之悔，则汉武之异于始皇者，果几何耶？

第七十四回

东征西讨绝域穷兵　先败后成贰师得马

却说辽东塞外，有古朝鲜国，在黄海东北隅。周时封殷族箕子，为朝鲜主，传国四十一世，由燕人卫满侵入，逐去朝鲜王箕准，自立为王，建都王险城，攻略附近小邑，势力渐强，再传至孙右渠，诱致汉奸，阻遏汉使，武帝特遣廷臣涉何往责右渠，右渠不肯奉命，但遣裨酋送归涉何。何还渡浿（bèi）水，入中国境，袭杀朝鲜裨酋，反奏称朝鲜不服，斩将报功。武帝不察底细，遽令何为辽东东部都尉。何喜如所望，受诏莅任，不意朝鲜出兵报复，攻入辽东，将何击毙。警报到了长安，武帝大怒，尽发天下死囚，充当兵役，特派楼船将军杨仆，及左将军荀彘，分领士卒，往讨朝鲜。

朝鲜王右渠，闻汉兵大举东来，连忙调发人马，堵住险要。杨仆从齐地出发，渡过渤海，入朝鲜境，前驱兵七千人，浮水轻进，径至王险城下。右渠只防辽东陆路，未防水道，蓦闻汉兵攻城，却也心惊。幸亏城中也有预备，方得乘城守御。嗣探得汉兵不多，督兵出战，两下奋斗多时，毕竟众寡不敌，汉兵败溃。杨仆走匿山中，十余日才敢出头，收集溃卒，退待荀彘。彘行至浿水，渡过西岸，正与朝鲜戍兵相值，连战数次，未得大胜。当有奏报入都，武帝闻两将无功，又遣使臣卫山，往谕右渠，晓示祸福。右渠也恐不能久持，顿首请降，令太子随同卫山，东行谢罪，并献马五千匹，及随行人众，不下万余。

卫山见朝鲜兵盛，疑有他变，先与荀彘会叙，互商一策，转告朝鲜太子，不得带兵，太子亦恐汉兵有诈，率众驰回。卫山不便再赴朝鲜，只好入朝复命。武帝问明原委，恨山失计，立命处斩，仍遣人催促两将进攻。卫山之死，失之过谨。荀彘乃驱军急进，迭破数险，直抵王险城，围攻西北两隅。杨仆也招集后队，进至城南。荀彘部下，统是燕代健儿，骁勇善战，杨仆部下，多系齐人，闻得前军败北，锐气已衰，因此不敢再斗。那荀彘日

夕督攻,杨仆只按兵不动,右渠与荀彘力战,与杨仆讲和。相持数月,城尚无恙。彘屡约杨仆夹攻,仆但含糊答应,终未动手,也想学路博德了。遂致两将生嫌。事为武帝所闻,亟使前济南太守公孙遂,前往观兵,许他便宜从事。遂至彘营,彘当然归咎杨仆,与遂商定秘谋,召仆议事。仆因有诏使到来,不得不往,一见遂面,竟被遂喝令彘军,将仆拿下,且传谕仆众,归彘节制,自己总算毕事,匆匆复命。彘既并有两军,遂将全城围住,四面猛扑。城中危急万分,朝鲜大臣路人韩阴,与尼溪相参将军王唊等,共谋降汉。偏偏右渠不从,路人韩阴王唊,开城出降。尼溪相参,且号召党羽,刺杀右渠,献首汉营。荀彘正率军进城,不意城门又闭,朝鲜将军成己,婴城拒守。彘使降人招谕守兵,如再抗违,一体屠戮,守兵相率惊惶,共杀成己,一齐出降,朝鲜乃平。捷书入奏,武帝令分朝鲜地为四郡,叫作乐浪、临屯、玄菟、真蕃,召彘引师回朝。彘将杨仆囚入槛车,押归长安。途次非常得意,总道此番凯旋,定邀重赏,哪知驰入都门,惊悉公孙遂被诛消息,才转喜为忧。没奈何入朝见驾,武帝不待详报,便责他与遂同罪,擅拘大臣,当即褫去衣冠,推出斩首。至杨仆贻误军机,亦当伏法,但念他平越有功,准得赎为庶人。平心而论,仆罪绝尧,一赎一诛,岂非倒置!

同时又有将军赵破奴,与偏将王恢等,领兵西征,往击楼兰车师。此王恢与前王恢同名异人。楼兰、车师两国,同为西域部落,见七十一回。阴受匈奴招诱,拦阻西行汉使,武帝因遣两将出讨。破奴佯言进击车师,暗率轻骑七百人,掩入楼兰,得将楼兰王擒住,然后移攻车师。车师闻风骇溃,被破奴捣破虏廷,结果是两国服罪,情愿内附。破奴乃请旨定夺,武帝封破奴为浞野侯,恢为浩侯,使他暂为镇抚,威示乌孙大宛诸国。

乌孙前曾遣使献马,随中郎将张骞入朝,见七十二回。已而来使归国,报称汉朝强大,乌孙王昆莫,方悔从前不用骞言,更闻汉兵连破楼兰、车师,势将及己,乃急遣使至汉,愿遵旧约。武帝准如所请,但向来使征求聘礼。来使返报以后,当即送马千匹,作为聘仪。武帝取江都王建遗女,赐号公主,出嫁乌孙。江都王建,就是武帝兄刘非子,非殁建嗣,淫昏无道,上烝下报,甚至迫令宫女与犬羊处,同为笑乐,私刻皇帝玺绶,出入警跸,僭拟皇宫。当有人上书告发,由武帝派吏问罪,建惶恐自尽,家破国除,子女没入掖庭。至此乃遣令和亲,嫁与昆莫,昆莫立为右夫人。匈奴也欲招致乌孙,遣女往嫁,昆莫一并收纳,立为左夫人。惟昆莫年已老迈,怎禁得两国少妇左右相陪? 往往独居外帐,不敢入寝。江都公主,既悲远嫁,复适老夫,并与昆莫言语不通,服食皆异,不得已自治一庐,孑身居住。有时愁极无聊,免不得作歌告哀,歌云:

吾家嫁我兮天一方,远托异国兮乌孙王。穹庐为室兮旃为墙,以肉为食兮酪为浆。居常思土兮心内伤,愿为黄鹄兮返故乡!

歌末有黄鹄一语,因相传为《黄鹄歌》。这歌词传到长安,武帝颇为垂怜,屡通使问,赐给锦绣帷帐等类。昆莫也知精力不继,死在眼前,愿将公主让与岑陬。岑陬是昆莫孙,巴不得与公主为婚,只是公主自觉怀惭,未便下嫁,不得不上书武帝,恳求召归。武帝要想结好乌孙,共灭匈奴,竟回书劝她从俗。公主无奈,转嫁岑陬,朝为继祖母,暮作长孙妇,真是旷古异闻! 虽然降尊就卑,却是以少配少,也还值得。及昆莫病死,岑陬继立,改王号为昆弥,与汉朝通问不绝。

武帝复出巡东岳,禅高里,山名,在泰山下。祠后土,临渤海,望祀蓬莱。再遣方士入海求仙,仍无音信,乃返入长安。忽然柏梁台上,陡起火光，不知如何失慎，致兆焚如！请得一位祝融神，可谓不虚此台。武帝惊惜不已。有方士越人勇之，却说越中风俗，凡有火灾，须亟改造，比前时格外高大，方足厌禳灾殃。武帝乃立命建筑，另择未央宫西偏，造起一座绝大的宫殿，中容千门万户，东凤阙，西虎圈，北凿太液池，又有渐台、蓬莱、方丈、瀛洲、壶梁诸名目，无非是想象神仙，凭空构筑。南面有玉堂、璧门、神明台、井干楼，再架飞阁跨城，直通未央宫，说不尽的繁华靡丽，描不完的轩敞崇闳。宫成后求迎神仙，始终不至，惟采选良家女子，收入宫中，相传掖庭簿载总数共一万八千人，有几个得蒙召幸，或拜容华，或充侍衣，总算列入妃嫱，得加俸禄。试想武帝如此好色，尚能延年益寿么？

是时已为元封七年，依照旧例，每六年必一改元，大中大夫公孙卿联络同官壶遂，及太史令司马迁等，上言历纪废坏，宜改正朔，御史大夫倪宽，主张夏正，乃废去前秦正朔，以正月为岁首，改元封七年为太初元年，诏令公孙卿等造太初历。阴历莫如夏正，武帝此举，尚算正时。嗣是色尚黄，数用五，更定官名，协订音律，又费了许多手续，才得成章。

会有西使回来，报称大宛国有宝马，在贰师城，不肯示人。武帝素闻宛马有名，乃特铸金为马，并加千金，使壮士车令等赍往大宛，愿易贰师城宝马。偏偏宛王不从，车令等一再商恳，终被拒绝，惹得车令怒起，诟骂宛王，且椎碎金马，携屑而还。谁知路过郁成，竟遇着番奴千人，阻住去路。车令等与他斗死，所携金币，眼见得被他夺去了。武帝闻报大怒，立拟命将出征。汉将本推卫霍，霍去病早死，已见前文，就是卫青，亦已病亡，只落得赐谥表功，青殁后予谥曰烈。子卫伉等，虽然袭爵，却非将才，乃特选一贵戚李广利，使为贰师将军。

先是王夫人死后，后宫虽多妃妾，却无一能及王夫人。会有中山伶人李延年，入宫供奉，妙解音声，颇得武帝欢心。延年有妹，也善歌舞，又生得姿容秀媚，体态轻盈，当由平阳公主见她美丽，特为荐引。武帝立命召见，端的是天生尤物，比众不同。当下同入阳台，畅施雨露，仗着几番化育，种下胚胎，十月满足，生男名髆，后来封为昌邑王。延年因妹得官，拜为协律都尉，妹亦加封李夫人。这李夫人专宠后房，几与王夫人无二。偏她的命宫寿数，也与王夫人相同，子尚冲龄，母已病厄。武帝遍召名医诊治无效，渐渐的容销骨瘦，将致不起。到了垂危时候，武帝殷勤探问，她偏用被蒙头，不肯见面，口中但言貌未修饰，难见至尊。武帝必欲一见，用手揭被，不料她转面向内，终不从命。及武帝退出，姊妹等入宫问候，未免说她违忤君心。她却唏嘘答说道："妇女以色事人，色衰便即爱弛，今我病已将死，形容非旧，若为主上所见，必致惹嫌，不复追念，难道尚肯顾我兄弟姊妹么？"语虽不错，但把身子作为玩物，终不脱妇女思想。众人听着，方才大悟。不到数日，红颜委蜕，玉骨销香。武帝大为悲悼，葬用后礼，命在甘泉宫绘画遗容。俗语说得好，日有所思，夜有所梦，武帝时思李夫人，遂致梦中恍惚，见李夫人赠与蘅芜，醒后尚有遗香，历久不散，因名卧室为遗芳梦室。李夫人事迹，正好趁此带出。

李夫人有二兄，除延年外，还有广利一人，娴习弓马，随侍宫廷。武帝不能无故加封，乃趁着大宛抗命，竟拜广利为将军，号为贰师，是教他往贰师城取马，故有是名。发属国骑兵六千，及郡国恶少年数万人，尽归贰师将军节制，带同前往。且命浩侯王恢为向导，出玉门，经盐泽，沿途统是沙碛，无粮可因，无水可汲，所过小国，统皆固守境界，不肯给食。汉兵忍不住饥渴，往往倒毙，及抵郁成，部下不过数千，随带干粮，又皆食尽。不得已为冒险计，先攻郁成。郁成王杀死汉使，早恐汉兵前来报复，严兵守候，至汉兵进攻，便即出战。汉兵虽拚死力斗，究竟食少势孤，不能取胜，反折伤了一半人马。广利料难再持，只得收军，退至敦煌，奏请罢兵。武帝曾听姚定汉言，谓大宛兵弱，三千人可以荡平，因此特派广利出去，俾他容易奏功，可授封爵。谁知广利丧师退还，反请罢休，正是大失所望，不由得动起怒来，遣使遮住玉门关，传谕广利军前，如有一人敢入此关，立即斩首！广利奉到此谕，没奈何留驻敦煌，静待后命。

武帝再想添兵征宛，偏来了匈奴密使，说由左大都尉所遣，愿杀儿单于，举国降汉，请汉廷发兵相应等语。武帝问明情形，当然大喜，原来匈奴主乌维单于，自遁居漠北后，用赵信计，阴备军实，阳求和亲。汉使王乌、杨信，相继通番，与订和约，乌维单于语多反复，不肯听命。武帝还道两人望浅，特派路充国佩二千石印绶，前往议和，反被匈奴拘住。武帝始知匈奴多诈，命将军郭昌领兵防边。嗣复遣昌往击昆明，虽多斩获，一时不能还镇，昆明事见前文。因调浞野侯赵破奴代任。会乌维单于病死，子詹师庐继立，尚在少年，号为儿单于。单于任性好杀，国人不安，匈奴左大都尉，方遣使至汉请降。武帝得此机缘，如何不喜，即将来使遣归，命将军公孙敖带领工役，至塞外筑受降城，一面授赵破奴为浚稽将军，饬令赴浚稽山，迎接匈奴左大都尉。

赵破奴率兵二万，到了浚稽山下，待久不至，使人探听虚实，才知匈奴左大都尉，谋泄被诛，因即引军南还。忽闻后面有呐喊声，料是胡兵追来，连忙翻身迎敌。待至胡兵行近，杀将过去，把他击走，捕得虏骑数千人，部兵亦伤亡多名。但经此一胜，总道匈奴没有后继，放心南归，距受降城只四百余里，因见天色已暮，随便安营，待旦再行。营方扎定，遥见尘头大起，匈奴兵漫山遍野，骋骑前来，破奴不及移军，只好闭营守着。那匈奴兵共有八万骑，一齐趋集，围住汉营，困得水泄不通。汉营乏水，如何解渴，破奴恐军心慌乱，夤夜潜出，自去觅水。离营未及百步，竟被胡兵窥见，一声呼啸，环绕拢来。破奴只有数十个随兵，怎能与敌？一古脑儿被他捉去。全是轻率所致。大将受擒，全营皆震，胡兵乘势猛攻，汉营大乱，一半战死，一半降番。儿单于喜出望外，再进兵攻受降城，还亏公孙敖闻风预备，乘城固守，不为所乘。胡兵攻打不下，方才罢去。

公孙敖拜本上闻，武帝易喜为忧，不得不集众会议。群臣多请罢宛兵，专力攻胡，武帝以宛为小国，尚不能下，如何能征服匈奴？并且西域诸国，亦将轻汉，乃决计向宛添兵，大赦罪犯，尽发各地恶少年，悉数当兵，佐以沿边马队，共得骑卒六万，步卒七万，备足饷械，接济贰师将军李广利，又发天下七科谪戍，使他运粮。七科：谓吏有罪一，亡命二，赘婿三，贾人四，原有市籍五，父母有市籍六，祖父母有市籍七。并派出都尉两员，一号执马，一号驱马，待至攻破大宛，便好牵马归来。注重在马，何贵畜贱人如此！李广利既得大兵，当然再往，沿途各小国，见汉兵此次重来，比前为威，倒也不免惊慌，乃皆出食饷军。惟有轮台一城，独闭门拒绝，广利挥兵屠城，乘势长驱，驰入宛境。宛王毋寡，遣将搠战，与汉兵前队相遇，前队兵共三万人，奋力击射，大破宛兵，宛将败回城中。广利经过郁成城，本拟一击泄恨，因恐宛人日久备厚，不如直攻宛都，乃绕出郁成，进薄宛都贵山城。城内无井，全仗城外流水，经汉兵四面围住，断绝水道，守兵当然危急。毋寡也觉惊惶，急遣人向康居国乞援。广利连日督攻，差不多有四旬余，方将外城攻破，擒住宛勇将煎靡。宛人失去外城，越觉焦急，康居兵又未见到来,于是诸贵官相与私谋道:"我王藏匿良马,戕杀汉使,因致汉将广利,大举来攻,目下外援不至,亡在旦夕,不如杀王献马,与汉讲和。万一汉将不从,我等方背城一战,死亦未迟。"大众并皆赞成,遂攻杀宛王毋寡,枭取首级,使人持至汉营,面见广利道:"宛人未敢轻汉,咎在宛王一人,今已奉献王首,请将军勿再攻城。宛人当尽出良马,任令择取,且愿供给军粮。如将军不肯允许,宛人将尽杀良马,与决死战。且康居援兵,计日可至,里应外合,胜负难料,请将军熟权利害,何去何从!"广利想了又想,不若许和为善,商诸部将,部将亦无不主和,乃依了宛使,与订和约。宛使返入城中,始将马匹一齐献出,令汉兵自行择取,且赍送粮食至军。广利令两都尉物色良马,得数十匹,中等以下,三千余匹,又遣使入城,觇察情形。宛贵人昧察,接待尽礼,由使人还报广利。广利乃与宛人申约,立昧察为宛王,然后退师。

是时康居闻汉兵势盛,不敢过援。郁成王却是倔强,非但不肯服汉,反截杀汉校尉王申生,及故鸿胪壶充国。广利正想还击郁成,得了此报,愤不可遏,便令搜粟都尉上官桀,引兵往攻,破入城中。郁成王乘乱逃出,

奔投康居。桀追入康居境内，移檄索郁成王，康居闻汉已破宛，不敢违命，因将郁成王缚送军前。桀令四骑士押往李广利营，途次恐被走失，互相熟商。还是上邽骑士赵弟，打定主意，竟拔剑出鞘，砍落郁成王首级，持报李广利。广利乃班师东归。这番出师，虽士卒不免阵亡，究竟未及一半。无如将吏贪取财物，虐待部下，遂致死亡甚众，首殣相望，及入玉门关，众不满二万人，马不过千余匹。武帝不遑责备，但见良马到手，便已如愿，遂封李广利为海西侯，食邑八千户。赵弟亦得封为新畤侯。上官桀等均有封赏，不劳细表。

惟武帝因宛马雄壮，比乌孙马为良，乃改称乌孙马为西极马，独名宛马为天马，并作天马歌云：

天马徕，从西极，涉流沙，九夷服。天马徕，出泉水，虎脊两，化若鬼。天马徕，历无草，径千里，循东道。天马徕，执徐时，将摇举，谁与期？天马徕，开远门，竦予身，逝昆仑。天马徕，龙之媒，游阊阖，观玉台。

总计李广利出征大宛，先后劳兵十余万，历时共阅四年，结果只得了数十匹良马。小子演述至此，随笔写入一诗道：

十万兵残天马来，玉门关外贰师回。
冤魂载道愁云结，天子禽荒剧可哀。

大宛既平，西域诸国，未免震慑，多半遣子入侍，武帝欲乘此军威，再伐匈奴。欲知后事，且看下回分解。

本回专叙征伐，与上回情迹不同，而其希冀之心，则实出一辙。好神仙，不得不劳征伐，彼之希冀长生者，无非为安享奢华计耳。设非拓大一统之宏规，为天下雄主，则虽得长生，亦何足喜！故不同者其迹，而相同者其心也。朝鲜之灭，荀彘功多罪少，而独诛之；虑其专擅之为患，故用法独苛。乌孙之和，建女上书求归，而独阻之，欲其祖孙之世事，故渎伦不恤。至若征宛一役，则更为求马起衅，阅时四载，丧师糜饷不胜计，乃毫不之惜，反以良马来归，诩诩作歌。其心术尤可概见矣！语曰：止戈为武，武帝之得谥为武，其取义果安在乎？

第七十五回

入虏庭苏武抗节　　出朔漠李陵败降

却说武帝既征服大宛,复思北讨匈奴,特颁诏天下,备述高祖受困平城,冒顿嫚书吕后,种种国耻,应该湔(jiān)雪,且举齐襄灭纪故事,作为引证。齐襄复九世之仇,《春秋》大之,见《公羊传》。说得淋漓迫切,情见乎词。时已为太初四年冬季,天气严寒,不便用兵,但令将吏等整缮军备,待春出师。转眼间已将腊尽,连日无雨,河干水涸,武帝一再祈雨。且因《诗经》中有《云汉》一篇,系美周宣王勤政弭灾,借古证今,不妨取譬,乃特于次年岁首,改号天汉元年。

春光易老,日暖草肥,武帝正要命将出征,忽报路充国自匈奴归来,诣阙求见。当下召入充国,问明情形。充国行过了礼,方将匈奴事实,约略上陈。充国为匈奴所拘,事见前回。原来匈奴儿单于在位三年,便即病死,有子尚幼,不能嗣位,国人立他季父右贤王呴犁湖为单于。才及一年,呴犁湖又死,弟且鞮侯继立。恐汉朝发兵进攻,乃自说道:"我乃儿子,怎敢敌汉?汉天子是我丈人行呢。"说着,即将汉使路充国等一律释回,并遣使人护送归国,奉书求和。武帝闻得充国报告,再将匈奴使人,召他入朝。取得来书,展览一周,却也卑辞有礼,不禁欣然。言甘心苦,奈何不思?乃与丞相等商议和番,释怨修好。

丞相石庆,已经寿终,可谓幸免。由将军葛绎侯公孙贺继任。贺本卫皇后姊夫,累次出征,不愿入相,只因为武帝所迫,勉强接印。每遇朝议,不敢多言,但听武帝裁决,唯命是从。前时匈奴拘留汉使,汉亦将匈奴使臣,往往拘留。至此中外言和,应该一律释放,乃由武帝裁决,将匈奴使人释出,特派中郎将苏武,持节送归,并令武赍去金帛,厚赠且鞮侯单于。

武字子卿,为故平陵侯苏建次子,建从卫青伐匈奴,失去赵信,坐罪当斩,赎为庶人。嗣复起为代郡太守,病殁任所。武与兄弟并入朝为郎,此次受命出使，也知吉凶难卜，特与母妻亲友诀别，带同副中郎将张胜，属吏常惠，及兵役百余人，出都北去，径抵匈奴。既见且鞮侯单于，传达上意，出赠金帛，且鞮侯单于并非真欲和汉，不过借此缓兵，徐作后图。他见汉朝中计，且有金帛相赠，不由的倨傲起来，待遇苏武礼貌不周。武未便指斥，既将使命交卸，即退出房庭，留待遣归。偏生出意外枝节，致被牵罣，累得九死一生，险些儿陷没穷荒。

当武未曾出使时，曾有长水胡人子卫律，与协律都尉李延年友善。延年荐诸武帝，武帝使律通问匈奴，会延年犯奸坐罪，家属被囚，卫律在匈奴闻报，恐遭株累，竟至背汉降胡。*又是一个中行说。* 匈奴正因中行说病死，苦乏相当人士，一得卫律，格外宠任，立封他为丁灵王。律有从人虞常，虽然随律降胡，心中甚是不愿。适有浑邪王姊子缑王，前从浑邪王归汉，*浑邪王事见前文。* 嗣与赵破奴同没胡中，意与虞常相同，两人联为知己，谋杀卫律，将劫单于母阏氏，一同归汉。凑巧来了副中郎将张胜，曾为虞常所熟识，常私下问候，密与胜谋，请胜伏弩射死卫律。胜志在邀功，不向苏武告知，竟自允许，彼此约定，伺隙即发，适且鞮侯单于出猎，缑王虞常，以为有机可乘，招集党羽七十余人，即欲发难。偏有一人甘心卖友，竟去报知单于子弟，单于子弟，立即兴师兜捕，缑王战死，虞常受擒。且鞮侯单于，闻变驰归，令卫律严讯此案。张胜始恐受祸，详告苏武，武愕然道："事已至此，怎能免累？我若对簿庭廷，岂非辱国？不如早图自尽罢！"说着，即拔出佩剑，遽欲自刎。亏得张胜、常惠把剑夺住，才得无恙。*第一次死中遇生。* 武只望虞常供词不及张胜，哪知虞常一再遭讯，熬刑不起，竟将张胜供出。卫律便将供词录示单于，单于召集贵臣，议杀汉使。左伊秩訾*匈奴官名。* 劝阻道："彼若谋害单于，亦不过罪及死刑，今尚不至此，何若赦他一死，迫令投降。"单于乃使卫律召武入庭，当面受辞。武语常惠道："屈节辱命，就使得生，有何面目复归汉朝？"一面说，一面已将剑拔出，向颈欲挥。卫律慌忙抢救，抱住武手，颈上已着剑锋，流血满身，急得卫律紧抱不放，饬左右飞召医生。及医生趋至，武已晕去，医生却有妙术，令律释武置地，掘土为坎，下贮煴火，*无焰之火。* 上覆武体，引足蹈背，使得出血，待至恶血出尽，然后用药敷治，果然武苏醒转来，复有气息。*第二次死中遇生。* 卫律使常惠好生看视，且嘱医生勤加诊治，自去返报且鞮侯单于。单于却也感动,朝夕遣人问候,但将张胜收系狱中。

及武已痊愈,卫律奉单于命,邀武入座,便从狱中提出虞常、张胜,宣告虞常死罪,把他斩首,复向张胜说道:"汉使张胜,谋杀单于近臣,罪亦当死,如若肯降,尚可宥免!"说至此,即举剑欲砍张胜。胜贪生怕死,连忙自称愿降。律冷笑数声,回顾苏武道:"副使有罪,君应连坐。"武正色答道:"本未同谋,又非亲属,何故连坐?"律又举剑拟武,武仍不动容,夷然自若。律反把剑缩住,和颜与语道:"苏君听着!律归降匈奴,受爵为王,拥众数万,马畜满山,富贵如此。苏君今日降,明日也与律相似,何必执拗成性,枉死绝域哩!"武摇首不答,律复朗声道:"君肯因我归降,当与君为兄弟;若不听我言,恐不能再见我面了!"武听了此语,不禁动怒,起座指律道:"卫律!汝为人臣子,不顾恩义,叛主背亲,甘降夷狄,我亦何屑见汝?且单于使汝决狱,汝不能平心持正,反欲借此挑衅,坐观成败,汝试想来,南越杀汉使,屠为九郡,宛王杀汉使,头悬北阙,朝鲜杀汉使,立时诛灭,独匈奴尚未至此。汝明知我不肯降胡,多方胁迫,我死便罢,恐匈奴从此惹祸,汝难道尚得幸存么?"义正词严。这一席话,骂得卫律哑口

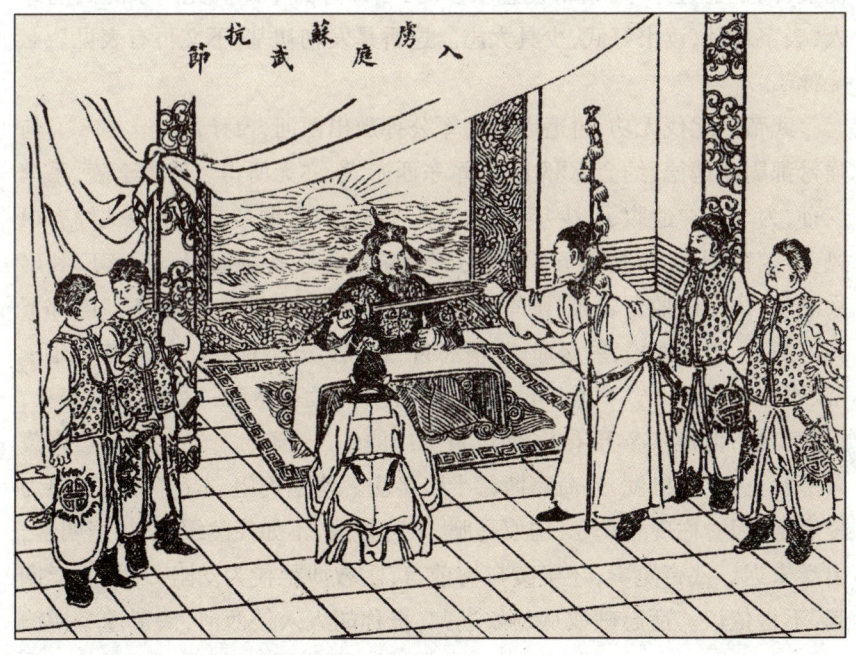

无言，又不好径杀苏武，只好往报单于。这也好算苏武第三次重生了。

单于大为嘉叹，愈欲降武，竟将武幽置大窖中，不给饮食。天适雨雪，武啮雪嚼旃，数日不死。第四次死中遇生。单于疑为神助，乃徙武置北海上，使他牧羝(dī)。羝系牡羊，向不产乳，单于却说是羝羊乳子，方许释归。又将常惠等分置他处，使不相见。可怜武寂处穷荒，只有羝羊作伴，掘野鼠，觅草实，作为食物，生死置诸度外，但把汉节持着，与同卧起。一年复一年，几不知有人间世了。这是生死交关的第五次。

武帝自遣发苏武后，多日不见复报，料知匈奴必有变卦。及探闻消息，遂命贰师将军李广利，领兵三万，往击匈奴。广利出至酒泉，与匈奴右贤王相遇，两下交战，广利获胜，斩首万余级，便即回军。右贤王不甘败衄，自去招集大队，来追广利。广利行至半途，即被胡骑追及，四面围住。汉兵冲突不出，更且粮草将尽，又饥又急，惶恐异常。还是假司马赵充国，发愤为雄，独率壮士百余人，披甲操戈，首先突围。好容易杀开血路，冲出圈外，广利趁势麾兵，随后杀出，方得驰归。这场恶战，汉兵十死六七，充国身受二十余创，幸得不死。广利回都奏报，有诏召见充国，由武帝验视伤痕，尚是血迹未干，禁不住感叹多时，当即拜为中郎。充国系陇西上邽人，表字翁孙，读书好武，少具大志。这番是发轫初基，下文再有表见。也是特笔。

武帝因北伐无功，再遣因杅将军公孙敖出西河，因杅是匈奴地名。与强弩都尉路博德，约会涿邪山，两军东西游弋，亦无所得。侍中李陵，系李广孙，为李当户遗腹子，少年有力，爱人下士，颇得重名。武帝说他绰有祖风，授骑都尉，使率楚兵五千人，习射酒泉、张掖，备御匈奴。至李广利出兵酒泉，诏令陵监督辎重，随军北进。陵乘便入朝，叩头自请道："臣部下皆荆楚兵，力能挽虎，射必命中，情愿自当一队，分击匈奴。"武帝作色道："汝不愿属贰师么？我发卒已多，无骑给汝。"陵奋然道："臣愿用少击众，无需骑兵，但得步卒五千人，便可直入房庭！"太藐视匈奴。武帝乃许陵自募壮士，定期出发，且命路博德半路接应。博德资望，本出陵上，不愿为陵后距，因奏称现当秋令，匈奴马肥，未可轻战，不如使陵缓进，待至明春，出兵未迟。武帝览奏，还疑陵自悔前言，阴教博德代为劝阻，乃将原奏搁起，不肯依议。适赵破奴从匈奴逃归，报称胡人入侵西河，武帝遂令博德往守西河要道,另遣陵赴东浚稽山,侦察寇踪。时逢九月,塞外草衰,李陵率同步卒五千人,出遮虏障,障即戍堡等类。直至东浚稽山,扎驻龙勒水上。途中未遇一敌,不过将山川形势,展览一周,绘图加说,使骑士陈步乐,驰驿奏闻。步乐见了武帝,将图呈上,且言陵能得志。武帝颇喜得人,并拜步乐为郎,不料过了旬余,竟有警耗传来,谓陵已败没胡中。

原来陵遣归步乐,亦拟还军,偏匈奴发兵三万,前来攻陵。陵急据险立营,先率弓箭手射住敌阵,千弩齐发,匈奴前驱,多半倒毙。陵驱兵杀出,击退虏众,斩首数千级,方收兵南还。不意匈奴主且鞮侯单于,复召集左右贤王,征兵八万骑追陵。陵且战且走,大小至数百回合,斫死虏众三千名。匈奴自恃兵众,相随不舍,陵引兵至大泽中,地多葭苇,被匈奴兵从后纵火,四蓺陵兵。陵索性教兵士先烧葭苇,免得延燃,慢慢儿拔出大泽,南走山下。且鞮侯单于,亲自赶来,立马山上,遣子攻陵。陵拼死再战,步斗林木间,又杀敌数千人,且发连臂弓射单于。单于惊走,顾语左右道:"这是汉朝精兵,连战不疲,日夕引我南下,莫非另有埋伏不成?"左右谓我兵数万,追击汉兵数千,若不能覆灭,益令汉人轻视。况前途尚多山谷,待见有平原,仍不能胜,方可回兵。单于乃复领兵追赶。陵再接再厉,杀伤相当,适有军侯管敢,被校尉笞责,竟去投降匈奴,报称汉兵并无后援,矢亦将尽,只有李将军麾下,及校尉韩延年部曲八百人,临阵无前,旗分黄白二色,若用精骑驰射,必破无疑。汉奸可恨,杀有余辜。单于本思退还,听了敢言,乃选得锐骑数千,各持弓矢,绕出汉兵前面,遮道击射。并齐声大呼道:"李陵、韩延年速降!"陵正入谷中,胡骑满布山上,四面注射,箭如雨下。陵与延年驱军急走,见后面胡骑力追,只好发箭还射,且射且行。将到鞮汗山,五十万箭射尽,敌尚未退。陵不禁太息道:"败了!死了!"乃检点士卒,尚有三千余人,惟手中各剩空弓,如何拒敌?随军尚有许多车辆,索性砍破车轮,截取车轴,充作兵器。此外惟有短刀,并皆执着,奔入鞮汗山谷。胡骑又复追到,上山掷石,堵住前面谷口。天色已晚,汉兵多被击死,不能前进,只好在谷中暂驻。陵穿着便衣,孑身出望,不令左右随行,慨然语道:"大丈夫当单身往取单于!"话虽如此,但一出营外,便见前后上下,统是敌帐,自知无从杀出,返身长叹道:"此番真要败死了!"实是自来寻祸。旁有将吏进言道:"将军用少击众,

威震匈奴，目下天命不遂，何妨暂寻生路，将来总可望归。试想浞野侯为虏所得，近日逃归，天子仍然宽待，何况将军？"陵摇手道："君且勿言，我若不死，如何得为壮士呢！"**意原不错**。乃命尽斩旌旗，及所有珍宝，掘埋地中。复召集军吏道："我军若各得数十箭，尚可脱围，今手无兵器，如何再战？一到天明，恐皆被缚了！现惟各自逃生，或得归见天子，详报军情。"说着，令每人各带干粮二升，冰一片，借御饥渴，各走各路，期至遮卢障相会。军吏等奉令散去，待到夜半，陵命击鼓拔营，鼓忽不鸣。陵上马当先，韩延年在后随着，冒死杀出谷口，部兵多散。行及里许，复被胡骑追及，环绕数匝。延年血战而亡，陵顾部下只十余人，不由的向南泣说道："无面目见陛下了！"说罢，竟下马投降匈奴。**错了！错了！如何对得住韩延年？** 部兵大半覆没，只剩四百余人，入塞报知边吏。

边吏飞章奏闻，惟尚未知李陵下落。武帝总道李陵战死，召到陵母及妻，使相士审视面色，却无丧容。待至李陵生降的消息，传报到来，武帝大怒，责问陈步乐。步乐惶恐自杀，陵母妻被逮下狱。群臣多罪陵不死，独太史令司马迁，乘着武帝召问时候，为陵辩护，极言陵孝亲爱士，有国士风,今引兵不满五千,抵挡强胡数万,矢尽援绝,身陷胡中,臣料陵非真负恩,尚欲得当报汉,请陛下曲加宽宥等语。武帝听了,不禁变色,竟命卫士拿下司马迁,拘系狱中。可巧廷尉杜周,专务迎合,窥知武帝意思,是为李广利前次出师,李陵不肯赞助,乃至无功。此次李陵降虏,司马迁袒护李陵,明明是毁谤广利,因此拘迁下狱。看来不便从轻,遂将迁拟定诬罔罪名,应处宫刑。迁为龙门人氏,系太史令司马谈子,家贫不能赎罪,平白地受诬遭刑,后来著成《史记》一书,传为良史。或说他暗中寓谤,竟当作秽史看待。后人自有公评,无庸小子辨明。

武帝再发天下七科谪戍及四方壮士,分道北征。贰师将军李广利,带领马兵六万,步兵七万,出发朔方,作为正路。强弩都尉路博德,率万余人为后应。游击将军韩说,领步兵三万人出五原,因杅将军公孙敖,领马兵万人,步兵三万人出雁门。各将奉命辞行,武帝独嘱公孙敖道:"李陵败没,或说他有志回来,亦未可知。汝能相机深入,迎陵还朝,便算不虚此行了!"敖遵命去迄,三路兵陆续出塞,即有匈奴侦骑,飞报且鞮侯单于。单于尽把老弱辎重徙往余吾水北,自引精骑十万,屯驻水南。待至李广利兵到,交战数次,互有杀伤。广利毫无便宜,且恐师老粮竭,便即班师。匈奴兵却随后追来,适值路博德引兵趋至,接应广利,胡兵方才退回。广利不愿再进,与博德一同南归。游击将军韩说,到了塞外,不见胡人,也即折回。因杅将军公孙敖,出遇匈奴左贤王,与战不利,慌忙引还,自思无可报命,不如捏造谎言,复奏武帝。但言捕得胡虏,供称李陵见宠匈奴,教他备兵御汉,所以臣不敢深入,只好还军。你要逞刁,看你将来如何保全?武帝本追忆李陵,悔不该轻遣出塞,此次听了敖言,信为真情,立将陵母及妻,饬令骈诛。陵虽不能无罪,但陵母及妻,实是公孙敖一人断送。

既而且鞮侯单于病死,子狐鹿姑继立,遣使至汉廷报丧。汉亦派人往吊,李陵已闻知家属被戮,免不得诘问汉使。汉使即将公孙敖所言,备述一遍,陵作色道:"这是李绪所为,与我何干。"言下恨恨不已。李绪曾为汉塞外都尉,为虏所逼,弃汉出降,匈奴待遇颇厚,位居陵上。陵恨绪教胡备兵,累及老母娇妻,便乘绪无备,把他刺死。单于母大阏氏,因陵擅杀李绪,即欲诛陵,还是单于爱陵骁勇,嘱令避匿北方。俄而大阏氏死,陵得由单于召还,妻以亲女,立为右校王,与卫律一心事胡。律居内,陵居外,好似匈奴的夹辅功臣了。小子有诗叹道：

> 孤军转战奋余威，矢尽援穷竟被围。
> 可惜临危偏不死，亡家叛国怎辞讥？

　　武帝不能征服匈奴，那山东人民，却为了暴敛横征，严刑苛法，遂铤而走险，啸聚成群，做起盗贼来了。欲知武帝如何处置，待至下回表明。

　　武帝在位数十年，穷兵黩武，连年不息，东西南三面，俱得敉（mǐ）平，独匈奴恃强不服，累讨无功。武帝志在平胡，故为且鞮侯单于所欺，一喜而即使苏武之修好，一怒而即使李陵之出军。试思夷人多诈，反复无常，岂肯无端言和？苏武之使，已为多事，若李陵部下，只五千人，身饵虎口，横挑强胡，彼即不自量力，冒险轻进，武帝年已垂老，更事已多，安得遽遣出塞，不使他将接应，而听令孤军陷没耶？苏武不死，适见其忠；李陵不死，适成为叛。要之，皆武帝轻使之咎也。武有节行，乃使之困辱穷荒；陵亦将才，乃使之沉沦朔漠。两人之心术不同，读史者应并为汉廷惜矣。

第七十六回

巫蛊狱丞相灭门　泉鸠里储君毙命

却说汉廷连岁用兵,赋役烦重,再加历届刑官,多是著名酷吏,但务苛虐,不恤人民。元封天汉年间,复用南阳人杜周为廷尉,杜周专效张汤,逢迎上意,舞文弄法,任意株连,遂致民怨沸腾,盗贼蜂起,山东一带,劫掠时闻。地方官吏,不得不据实奏闻,武帝乃使光禄大夫范昆等,著绣衣,佩虎符,号为直指使者,出巡山东,发兵缉捕。所有二千石以下,得令专诛。范昆等依势作威,沿途滥杀,虽擒斩几个真正盗魁,但余党逃伏山泽,依险抗拒。官兵转无法可施,好几年不得荡平。武帝特创出一种苛律,凡盗起不发觉,或已发觉不能尽诛,二千石以下至小吏,俱坐死罪。此法叫作沉命法,沉命即没命的意思。同时直指使者暴胜之,辄归咎二千石等捕诛不力,往往援照沉命法,好杀示威。行至渤海,郡人隽不疑,素有贤名,独往见胜之道:"仆闻暴公子大名,已有多年,今得承颜接辞,万分欣幸。凡为吏太刚必折,太柔必废,若能宽以济猛,方得立功扬名,永终天禄。愿公勿徒事尚威!"胜之见他容貌端庄,词旨严正,不禁肃然起敬,愿安承教。嗣是易猛为宽,及事毕还朝,表荐不疑为青州刺史。暴君不暴,亏有诤友,惟不疑亦从此著名了。又有绣衣御史王贺,亦偕出捕盗,多所纵舍,尝语人道:"我闻活千人,子孙有封,我活人不下万余,后世当从此兴盛呢!"为王氏荣宠张本。

是时三辅,注见前文。亦有盗贼。绣衣直指使者江充,系是赵王彭祖门客,他尝得罪赵太子丹,逃入长安,讦丹与姊妹相奸,淫乱不法。丹坐是被逮,后虽遇赦,终不得嗣为赵王。武帝因他容貌壮伟,拜为直指使者,督察贵戚近臣。江充得任情举劾,迫令充戍北方。贵戚入阙哀求,情愿输钱赎罪,武帝准如所请,却得了赎罪钱数千万缗。却是一桩好生意。武帝以充为忠直,常使随侍。会充从驾至甘泉宫,遇见太子家人,坐着车马,行驰道中,当即上前喝住,把他车马扣留。太子据得知此信,慌忙遣人说情,叫充不可上奏。偏充置诸不理，竟去报告武帝。武帝喜说道："人臣应该如此！"遂迁充为水衡都尉。

　　天汉五年，改元太始，取与民更始的意思。太始五年，又改元征和，取征讨有功，天下和平的意思。这数年间，武帝又东巡数次，终不见有仙人，惟连年旱灾，损伤禾稼。至征和元年冬日，武帝闲居建章宫，恍惚见一男子，带剑进来，忙喝令左右拿下。左右环集捕拿，并无踪迹，都觉诧异得很。偏武帝说是明明看见，怒责门吏失察，诛死数人。实是老眼昏花。又发三辅骑士，大搜上林，穷索不获。再把都门关住，挨户稽查，闹得全城不安，直至十有一日，始终拿不住真犯，只好罢休。何与秦始皇时情事逼肖？武帝暗想如此搜索，尚无形影，莫非妖魔鬼怪不成，积疑生嫌，遂闯出一场巫蛊重案，祸及深宫。

　　自从武帝信用方士，辗转引进，无论男女巫觋，但有门路可钻，便得出入宫廷。就是故家贵戚，亦多有巫觋往来，所以长安城中，几变做了鬼迷世界。丞相公孙贺夫人，系卫皇后胞姊，见前。有子敬声，得官太仆，自恃为皇后姨甥，骄淫无度。公孙贺初登相位，却也战战兢兢，只恐犯法，及过了三五年，诸事顺手，渐渐放胆，凡敬声所为，亦无心过问。敬声竟擅用北军钱千九百万，为人所讦，捕系狱中。贺未免溺爱，还想替子设法，救出囹圄。适有阳陵侠客朱安世，溷迹都中，犯案未获。贺上书武帝，愿缉捕安世为子赎罪，武帝却也应允，贺乃严饬吏役，四出查捕，吏役等皆认识安世。不过因安世疏财好友，暗中用情，任令漏网。此次奉了相命，无法解免，只好将他拿到，但与安世说及详情，免致见怪，安世笑语道："丞相要想害我，恐自己也要灭门了！"遂从狱中上书，告发丞相贺子敬声，与阳石公主私通，且使巫祷祭祠中，咒诅宫廷，又在甘泉宫驰道旁，瘗埋木偶等事。武帝览书大怒，立命拿下公孙贺，一并讯办，并把阳石公主连坐在内。廷尉杜周，本来辣手，乐得罗织深文，牵藤攀葛。阳石公主系武帝亲女，与诸邑公主为姊妹行，诸邑公主是卫皇后所生，又与卫伉为中表亲，伉本承袭父爵，后来坐罪夺封，伉为卫青长子，见七十四回。免不得有些怨言，杜周悉数罗入，并皆论死。贺父子皆毙狱中，卫伉被杀，甚至两公主亦不得再生，奉诏自尽。倒不如不生帝皇家。

第七十六回　巫蛊狱丞相灭门　泉鸠里储君毙命　577

　　武帝毫不叹惜，反以为办理得宜，所有丞相遗缺，命涿郡太守刘屈氂(máo)继任。屈氂系中山王胜子。胜为武帝兄弟，嗜酒好色，相传有妾百余，子亦有百二十人。此时胜已病逝，予谥曰靖。长子昌嗣承父位，屈氂乃是庶男，由太守入秉枢机。武帝恐相权过重，拟仿照高祖遗制，分设左右两相。右相一时乏人，先命屈氂为左丞相，加封澎侯。

　　惟武帝在位日久，寿将七十，每恐不得延年，时常引进方士，访问吐纳引导诸法，又在宫中铸一铜像，高二十丈；用掌托盘，承接朝露，名为仙人掌，得露以后，掺和玉屑，取作饮料，谓可长生，虽是一半谎言，却也未始无益。但武帝生性好色，到老不改。陈后后有卫后，卫后色衰，便宠王、李二夫人。王、李二夫人病逝，又有尹、邢两美姬，争宠后宫。尹为婕妤，邢号姪(xíng)娥，女官名，貌美之称。两人素不会面。尹婕妤请诸武帝，愿与邢姪娥相见，一较优劣。武帝令他宫女，扮作姪娥，入见尹婕妤，尹婕妤一眼瞧破，便知是别人顶替。及邢姪娥奉召真至，服饰不过寻常，姿容很是秀媚，惹得尹婕妤目瞪口呆，半响说不出话来，惟有俯首泣下。邢姪娥微笑自去。武帝窥透芳心，知尹婕妤自惭未逮，乃有此态。当下曲意温存，

才算止住尹婕妤的珠泪。但从此尹、邢两人，不愿再见，后人称为尹邢避面，便是为此。夹入此事，也是一段汉宫艳史。

此外还有一个钩弋夫人，系河间赵氏女。相传由武帝北巡过河，见有青紫气，询诸术士，谓此间必有奇女子，武帝便遣人查访，果有一个赵家少女，艳丽绝伦，但两手向生怪病，拳曲不开，当由使人报知武帝。武帝亲往看验，果如所言，遂命从人解擘两拳，无一得释。及武帝自与披展，随手伸开，见掌中握着玉钩，很为惊异，于是载入后车，将她带回。既入宫中，便即召幸，老夫得着少妇，如何不喜？当即特辟一室，使她居住，号为钩弋宫。也是金屋藏娇的意思。称赵女为钩弋夫人，亦名拳夫人。过了年余，钩弋夫人有娠，阅十四月始生一男，取名弗陵，进钩弋夫人为婕妤。武帝向闻尧母庆都，怀孕十四月生尧，钩弋子也是如此，因称钩弋宫门为尧母门。或谓钩弋夫人，通黄帝素女诸术，能使武帝返老还童，仍得每夕御女，这是野史妄谈，断不可信。武帝质本强壮，所以晚得少艾，尚能老蚌生珠。不过旦旦伐性，总有穷期，到了征和改元，武帝病已上身，耳目不灵，精神俱敝。前次见有男子入宫，全是昏眊（mào）所致。至公孙贺父子得罪，连及二女，更觉得心神不宁。一日在宫中昼寝，梦见无数木人，持杖进击，顿吓出一身冷汗，突然惊醒。醒后尚心惊肉跳，魂不守舍，因此忽忽善忘。

适江充入内问安，武帝与谈梦状，充却一口咬定，说是巫蛊为祟。全是好事。武帝即令充随时查办，充遂借端巫诈，引用几个胡巫，专至官民住处，掘地捕蛊，一得木偶，便不论贵贱，一律捕到，勒令供招。官民全未接洽，何从供起？偏充令左右烧红铁钳，烙及手足身体。毒刑逼迫，何求不得？其实地中掘出的木偶，全是充暗教胡巫，预为埋就，徒令一班无辜官民，横遭陷害，先后受戮，至数万人。毒过蛇蝎。太子据年已长成，性颇忠厚，平时遇有大狱，往往代为平反，颇得众心。武帝初甚钟爱，嗣见他材具平庸，不能无嫌，更兼卫后宠衰，越将她母子冷淡下去。还是卫后素性谨慎，屡戒太子禀承上意，因得不废。至江充用事，弹劾太子家人，卖直干宠，太子不免介意。见前文。嗣闻巫蛊案牵连多人，更有后言。充恐武帝晏驾，太子嗣位，自己不免受诛，乃拟先除太子，免贻后患。

黄门郎苏文，与充往来密切，同构太子。太子尝进谒母后，移日乃出，苏文即向武帝进谗道："太子终日在宫,想是与宫人嬉戏哩!"武帝不答,特拨给东宫妇女二百人。太子心知有异,仔细探察,才知为苏文所谗,更加敛抑。文又与小黄门常融王弼等,阴伺太子过失,砌词朦报。卫后切齿痛恨,屡嘱太子,上白冤诬,请诛谗贼。太子恐武帝烦扰,不欲渎陈,且言自能无过,何畏人言。已而武帝有疾,使常融往召太子,融当即返报,谓太子颇有喜容。及太子入省,面带泪痕,勉强笑语。当由武帝察出真情,始知融言多伪,遂将融推出斩首。苏文不得逞志,反断送了一个常融,不禁愤惧交并,便即告知江充。充乃请武帝至甘泉宫养疴,暗使胡巫檀何,上言宫中有蛊气隐伏,若不早除,陛下病终难瘳。

武帝正多日患病,一闻何言,当然相信,立使江充入宫究治。更派按道侯韩说,御史章赣为助,就是黄门苏文及胡巫檀何,亦得随充同行。充手持诏旨,率众入宫,随地搜掘,别处尚属有限,独皇后太子两宫中,掘出木人太多。太子处更有帛书,语多悖逆,充执为证据,趋出东宫,扬言将奏闻主上。太子并未埋藏木偶,凭空发现,且惊且惧,忙召少傅石德,向他问计。石德也恐坐罪,因即献议道:"前丞相父子与两公主卫伉等,皆坐此被诛,今江充带同胡巫,至东宫掘出木人,就使暗地陷害,殿下亦无从辩明;为今日计,不如收捕江充,穷治奸诈,再作计较!"太子愕然道:"充系奉遣到来,怎得擅加捕系?"石德道:"皇上方养病甘泉,不能理事,奸臣敢这般妄为,若非从速举发,岂不蹈秦扶苏覆辙么?"<u>扶苏事见前文。</u>太子被他一逼,也顾不得什么好歹,便即假传诏旨,征调武士,往捕江充。<u>卤莽之极。</u>充未曾预防,竟被拿下,胡巫檀何,一并就缚,只按道侯韩说,是军伍出身,有些膂力,便与武士格斗,毕竟寡不敌众,伤重而亡。苏文、章赣,乘隙逃往甘泉宫。

太子在东宫待报,不到多时,即由武士拿到江充、檀何。太子见了江充,气得眼中出火,戟指怒骂道:"赵虏,汝扰乱赵国,尚未快意,乃复欲构我父子么?"说着,即喝令斩充,并令将檀何驱至上林,用火烧死。<u>虽是眼前快意,但未得实供,究难塞谤。</u>一面使舍人无且,<u>读若居。</u>持节入未央宫,通报卫后,又发中厩车马,武库兵械,载运长乐宫卫士,守备宫门。<u>何不亟赴甘泉宫自首请罪?</u>苏文、章赣,奔入甘泉宫,奏言太子造反,擅捕江充。武帝惊疑道:"太子因宫内掘发木偶,定然迁怒江充,故有是变,我当召问底细便了。"遂使侍臣往召太子。侍臣临行时,由苏文递示眼色,已经解意,又恐为太子所诛,竟到他处避匿多时,乃返白武帝道:"太子谋反属实,不肯前来,且欲将臣斩首,臣只得逃归。"

武帝闻言大怒,欲令丞相刘屈氂往拘太子,可巧丞相府中的长史,前来告变。武帝问道:"丞相作何举动?"长史随口答道:"丞相因事关重大,秘不发兵。"武帝忿然道:"人言藉藉,何容秘密?丞相独不闻周公诛管、蔡么?"当下命吏写成玺书,交与长史带回。丞相屈氂,方闻变出走,失落印绶,<u>实是没用家伙</u>。心中正在惶急,忽见长史到来,持示玺书,屈氂乃取书展视,书中有云:

捕斩反者,自有赏罚!当用牛车为橹,毋接短兵,多杀伤士众!坚闭城门,毋令反者得出,至要至嘱!

屈氂看毕,才问明长史往报情形。其实长史往报,也并非由屈氂差遣,就是对答武帝,亦属随机应命。及向屈氂说明,屈氂颇喜他干练,慰勉数语,即将玺书颁示出去。未几又有诏令传至,凡三辅近县将士,尽归丞相调遣。一朝权在手,便把令来行,当即调集人马,往捕太子。太子闻报,急不暇择,更矫诏尽赦都中囚徒,使石德及宾客张光,分领拒敌,并宣告百官,说是皇上病危,奸臣作乱,应该速讨云云。百官也毫无头绪,究不辨谁真谁假,但听得都城里面,喊杀声震动天地。太子与丞相督兵交战,杀了三日三夜,还是胜负未分。至第四日始有人传到,御驾已到建章宫,才知太子矫诏弄兵。于是胆大的出助丞相,同讨太子,就是民间亦云太子造反,不敢趋附。太子部下,死一个少一个,丞相麾下死一个反多一个,长乐西阙下,变作战场,血流成渠。<u>枉死城中,恐容不住如许冤魂!</u>太子渐渐不支,忙乘车至北军门外,唤出护军使者任安,给他赤节,令发兵相助。任安系前大将军卫青门客,与太子本来熟识,当面只好受节,再拜趋入,闭门不出。太子无法,再驱迫市人当兵,又战了两昼夜,兵残将尽,一败涂地。石德、张光被杀,太子挈着二男,南走复盎门,门已早闭,无路可出。巧有司直田仁,瞧见太子仓皇情状,不忍加害,竟把他父子放出城门。及屈氂追到城边,查得田仁擅放太子,便欲将仁处斩。暴胜之已为御史大夫,在屈氂侧,急与语道:"司直位等二千石,有罪应该奏明,不宜擅戮。"屈氂乃止,自去详报武帝。武帝怒甚,立命收系暴胜之田仁,并使人责问胜之,何故祖仁不诛。胜之惶惧自杀。前怨究难幸免,但不族诛,还由晚盖之功。武帝又遣宗正刘长,执金吾刘敢,收取卫后玺绶。卫后把玺绶交出,大哭一场,投缳毕命。陈后由巫蛊被废,卫后亦由巫蛊致死,不可谓非天道好还。卫氏家族,悉数坐罪,就是太子妃妾,无路可逃,也一并自尽。此外东宫属吏,随同太子起兵,并皆族诛。甚至任安受节,亦被查觉,拘入狱中,与田仁同日腰斩。

武帝尚怒不可解,躁急异常,群臣不敢进谏,独壶关三老令狐茂上书道:

臣闻父者犹天,母者犹地,子犹万物也。故天平地安,物乃茂盛,父慈母爱,子乃孝顺。今皇太子为汉嫡嗣,承万世之业,体祖宗之重,亲则皇帝之宗子也。江充布衣,闾阎之隶臣耳,陛下显而用之,衔至尊之命,以迫蹙皇太子,造饰奸诈,群邪错谬,太子进则不得上见,退则困于乱臣,独冤结而无告,不忍忿忿之心,起而杀充,恐惧逋逃,子盗父兵,以救难自免耳。臣窃以为无邪心。往者江充谗杀赵太子,天下莫不闻,今又构衅青宫,激怒陛下,陛下不察,即举大兵而求之,三公自将,智者不敢言,辩士不敢说,臣窃痛之! 愿陛下宽心慰意,少察所亲,毋患太子之非,亟罢甲兵,勿令太子久亡,致堕奸人狡计。臣不胜惓惓,谨待罪建章阙,昧死上闻!

武帝得书,稍稍感悟,但尚未尝明赦太子。太子出走湖县,匿居泉鸠里,只有二子相随。泉鸠里人,虽然留住太子,但家况甚贫,只有督同家眷,昼夜织履,卖钱供给。太子难以为情,因想起湖县有一故友,家道殷实,不如召他到来,商决持久方法,乃即亲书一纸,使居停雇人往召。不料为此一举,竟致走漏风声,为地方官吏所闻。新安令李寿,率领干役,夤夜往捕,将太子居停家围住。太子无隙可走,便闭户自缢。好去侍奉母后了。惟二男帮助居停主人拦门拒捕,结果是同归于尽。多害死了一家。

李寿飞章上陈,武帝还依着前诏,各有封赏。后来查得巫蛊各事,均多不确,太子实为江充所迫,不得已出此下着,本意并不欲谋反,自悔前时冒失,误杀子孙! 高寝郎田千秋,供奉高祖寝庙。又上书讼太子冤,略言子弄父兵,罪不过笞。皇子过误杀人,更有何罪? 臣尝梦见白头

泉鸠里储君毙命

翁教臣言此, 真善迎合。武帝果为所动,即召见千秋。千秋身长八尺,相貌堂堂,语及太子冤情,声随泪下。武帝也为凄然道:"父子责善,人所难言。今得君陈明冤枉,想是高庙有灵,使来教我呢!" 始终迷信鬼神。遂拜千秋为大鸿胪,并诏令灭江充家,把苏文推至横桥上面,缚于桥柱,纵火焚毙。特在湖县筑思子宫,中有归来望思台,表示哀忱。小子有诗叹道:

  骨肉乖离最可悲,宫成思子悔难追;
  当年枚马如犹在,应赋招魂续《楚辞》。

  太子既死,武帝诸子,各谋代立,又惹出一场祸祟来了。欲知如何惹祸,请看下回便知。

  卫氏子夫,以歌女进身,排去中宫,得为继后,贵及一门,当其专宠之时,弟兄通籍,姊妹叨荣,何其盛也! 公孙贺起家行伍,因妻致贵,出为将,入为相,彼果知相位之难居,何不急流勇退?况有子敬声,骄奢不法,不教之以义方,反纵之为淫侠,既罹法网,尚思赎罪,几何而不沦骨以亡也。阳石、诸邑两公主,并遭连坐,皇女丧生,必及皇子。江充之谮,由来者渐,太子虑不自明,矫诏捕充,充固死有余辜,而父子相夷之祸,自此成矣。太子败而卫后死,卫后死而卫氏一门存焉者寡。人生如泡影,富贵若幻梦,何苦为此献媚取荣耶? 武帝南征北讨,欲为子孙贻谋,而反自杀其子孙,尤为可叹。思子宫成,归来台作,果何益乎?

第七十七回

悔前愆痛下轮台诏　授顾命嘱遵负扆图

却说武帝年至七十,生有六男,除长男卫太子据外,一为齐王闳,见七十三回。一为昌邑王髆,见七十四回。一为钩弋子弗陵,见前回。还有燕王旦,及广陵王胥,系后宫李姬所生。旦、胥二子,与闳同时封王,在宗庙中授册,格外郑重。事见元狩元年。闳已夭逝,燕王旦系武帝第三子,两兄俱死,依次可望嗣位,遂上书求入宿卫,窥探上意,偏武帝不许。贰师将军李广利,欲立己甥昌邑王髆为太子,屡与丞相刘屈氂商议;屈氂子娶广利女为妻,儿女私亲,当然允洽。征和三年,匈奴兵入寇五原、酒泉,汉廷闻报,即由武帝下诏,遣李广利率兵七万,往御五原;重合侯马通,率四万人出酒泉;秺音妒。侯商邱成,率二万人出西河。李广利陛辞登程,由刘屈氂送至渭桥,广利私下与语道:"君侯能早请昌邑王为太子,富贵定可长享,必无后忧。"谁知是催他速死?屈氂许诺而别。

广利麾兵出塞,到了夫羊句山,正与匈奴右大都尉等相遇,当即驱杀一阵,虏兵只有五千骑,战不过李广利军,当即败走,广利乘胜赶至范夫人城。城系边将妻范氏所筑,故有是名。马通军至天山,匈奴大将偃渠,引兵邀击,望见汉军强盛,不战而退,马通追赶不及,因即退还。商邱成驰入胡境,并无所见,乃收兵引归。回走数十里,忽由匈奴大将与李陵率兵三万从后追来,不得已翻身与战,击退胡兵,重复南行;偏胡兵且却且前,连番接仗,转战八九日,至汉军南临蒲奴水滨,力将胡兵击退,方得从容回来。两路兵已经言旋,只有李广利未归,武帝正在记念,蓦由内官郭穰,报告丞相屈氂,与贰师将军密约,将立昌邑王为帝,丞相夫人,且使女巫祈祷鬼神,诅咒主上。汉官妻女何好干预政治。武帝又勃然大怒,立拿屈氂下狱,查讯定谳,罪至大逆不道;便命将屈氂缚置厨车,腰斩东市,妻子并枭首华阳街,李广利妻子,亦连坐拘系。

　　当由广利家人飞报军前。广利惶急失色。旁有属吏胡亚夫进言道:"将军若得立大功,还可入朝自赎,赦免全家;否则匆匆归国,同去受罪,要想再来此地,恐不可复得了!"广利乃冒险再进,行至郅居水上,击败匈奴左贤王,杀毙匈奴左大将,还要长驱直入,誓捣虏庭。军中长史,因广利违众邀功,料他必败,私议执住广利,缚送回国。不幸为广利所闻,立将长史处斩。广利知军心不服,下令班师,还至燕然山,不料胡骑前来报复,抄出燕然山南麓,截住去路。汉军已经疲乏,禁不住与虏再战,只好扎下营寨,休息一宵,再行打仗。到了夜半,营后忽然火起,复有胡兵杀入,汉军大乱,开营急走,偏前面被胡骑掘下陷坑,夜黑难辨,多半跌了下去。李广利虽未坠下,也觉得无路可走,前有深堑,后有大火,眼见得死在目前,自思侥幸得脱,也是一死,不若投降匈奴,还可求生。未必!未必!主见已定,便即下马请降。匈奴兵把他拥去,使见狐鹿姑单于,单于闻他是汉朝大将,特别待遇。后闻汉廷诛死广利妻子,更将己女配与广利为妻,尊宠在卫律上。律阴怀妒忌,欲害死广利,一时无隙可乘。待至年余,适值单于有病,祷治无效,律即买嘱胡巫,叫他入白单于,说是广利屡次入侵,得罪社稷,应该将他祭社,方可挽回。单于尊信鬼神,遂把广利拿下,广利还疑是单于无情,怒骂单于道:"我死必灭匈奴!"何苦早死,免致丧名。单于竟杀死广利,用尸祭祀。会连日大雪,畜产冻死,人民疫病。单于始记起广利前言,恐他作祟,特为立祠。看官试想,广利死后,不能向卫律索命,岂尚能灾祸匈奴么?是极。话休叙烦。

　　且说武帝因广利降胡,屠戮李氏一门,连前将军公孙敖、赵破奴等,亦皆连累族诛。公孙敖族诛,可为李陵母妻泄恨。惟自思许多逆案,都与巫蛊有关,究竟这班方士有无神术,且多年求仙,终不见效,索性再往东莱,探视一番。乃再出东巡,召集方士,访问神仙真迹,大众都说是神山在海,屡被逆风吹转船只,不能前往。武帝欲亲自航行,群臣力谏不从。正拟登舟出发,海风暴起,浪如山立,惊得武帝倒退数步,自知不便浮海,但在海滨流留十余日,启跸言归。道出巨定,行亲耕礼;廵至泰山,再修封禅,祀明堂,礼毕,乃召语群臣道:"朕即位以来,所为狂悖,徒使天下愁苦,追悔无及。从今以后,事有伤害百姓,悉当罢废,不得再行!"大鸿胪田千秋

进言道:"方士竞言神仙,迄今无功,可见是虚縻廪禄,应该罢遣。"武帝点首道:"大鸿胪说得甚是,朕当照行。"遂命方士一律回去,不必空候神人,方士皆索然去讫。武帝亦即还都。随拜田千秋为丞相,封富民侯。

搜粟都尉桑弘羊,上言轮台东偏,有水田五千余顷,可遣卒屯田,设置都尉;再募健民垦荒,分筑亭障,借资战守,免致西域生心。武帝却不愿相从,又下诏悔过,略云:

> 前有司奏,欲益民赋三十助边用,是重困老弱孤独也。今又遣卒田轮台;轮台在车师千余里,前击车师,虽降其王,以辽远乏食,道死者尚数千人,况益西乎!乃者贰师败没,军士死亡,离散悲痛,常在朕心。今又请远田轮台,欲起亭障,扰劳天下,非所以优民也,朕不忍闻!当令务在禁苛暴,止擅赋,力本农,修马复。养马者,得免徭役。令以补缺,毋乏武备而已。

自经此一诏,武帝始不复用兵,就是从前种种嗜好,也一概戒绝。后人称为轮台悔诏,便是为此。可惜迟了!未几,进桑弘羊为御史大夫,另任赵过为搜粟都尉。过作代田法,令民逐岁易种,每耨草,必用土培根,根深能耐风旱,用力少,得谷多,民皆称便。越年为征和五年,武帝志在革新,复下诏改元,不用什么祥瑞字样,但称为复元元年正月,初吉,驾幸甘泉祀郊泰畤。及返入长安,丞相田千秋因武帝连年诛罚,中外恟恟,特与御史以下诸官僚,借着上寿为名,劝武帝施德省刑,和神养志,有玩听音乐颐养天年等语。武帝又复下诏道:

朕之不德,致召非彝。自左丞相与贰师,阴谋逆乱,巫蛊之祸,流及士大夫,朕日止一食者累月,何乐之足听?且至今余巫未息,祸犹不止,阴贼侵身,远近为蛊,朕甚愧之,其何寿之有?敬谢丞相二千石,其各就馆。书曰:"无偏无党,王道荡荡。"幸毋复言!

武帝此诏,虽似不从所请,却也知千秋词中有意,特加依畀。千秋本无才名,又无功绩,由一言感悟主心,便得封侯拜相,不特汉廷视为异数,就是外国亦当作奇闻。匈奴狐鹿姑单于,复遣使要求和亲,武帝亦遣使答报。狐鹿姑单于问汉使道:"闻汉新拜田千秋为丞相,此人素无重望,如何大用?"汉使答道:"田丞相上书言事,语皆称旨,因此超迁。"狐鹿姑笑道:"照汝说来,汉相不必定用贤人,只须一妄男子上书,便好拜相了。"汉使无言可答,回报武帝;武帝责他应对失辞,意欲拘令下狱,还是千秋代为缓颊,方得邀免。千秋敦厚有智,善觇时变,比诸前时诸相,较为称职,但也是适逢机会,有此光荣。虽有智慧,不如乘时。

到了盛夏时候,武帝至甘泉宫避暑,昼卧未起,忽听得一声异响,才从梦中惊寤,披衣出视,见有二人打架,一是侍中驸马都尉金日䃅,一是侍中仆射马何罗。武帝正拟喝止,那日䃅早朗声急呼道:"马何罗反!"一面说,一面将马何罗抱住,用尽生平气力,得将马何罗扳倒,投掷殿下。当由殿前宿卫,缚住马何罗,经武帝面加讯鞫,果然谋反属实,遂令左右送交廷尉,依法治罪。马何罗系重合侯马通长兄,通尝拒击太子,绩功封侯,马何罗亦得入为侍中仆射。至江充族诛,太子冤白,何罗兄弟,恐致祸及,遂起逆谋。何罗出入宫禁,屡思行刺,只因金日䃅时常随着,未便下手。适日䃅患有小恙,因卧直庐,即直宿处。何罗自幸得机,遂与弟马通及季弟安成,私下谋逆,自己入刺武帝,嘱两弟矫诏发兵,作为外应。本拟黍夜起事,因殿内宿卫严密,挨至清晨,方得怀着利刃,从外趋入。可巧日䃅病已少减,早起如厕,偶觉心下不安,折回殿中,莫非有鬼使神差。方才坐定,见何罗抢步进来，当即起问。何罗不禁色变，自思骑虎难下，还想闯进武帝寝门，偏偏手忙脚乱，误触宝瑟，堕地有声，武帝所闻之异响，从此处叙明。怀中刃竟致失落。日䃅当然窥破，赶前一步，抱住何罗，连呼反贼。何罗不能脱身，把持许久，竟被日䃅掷翻，遂得破获。武帝又令奉车都尉霍光，与骑都尉上官桀，往拿马通、马安成。此上官桀与前文上官桀不同。两马正在宫外候着，接应何罗，不意两都尉引众突出，欲奔无路，束手就擒，并交廷尉讯办。依谋反律，一并斩首，全家骈诛。

日䃅履历，已见前文，惟日䃅母教子有方，素为武帝所嘉叹，病殁后，绘像甘泉宫，署曰休屠王阏氏。至日䃅生有两子，并为武帝弄儿，束发垂髫，楚楚可爱，尝在武帝背后，戏弄上颈。日䃅在前，瞋目怒视，伊子且走且啼道："阿翁恨我！"武帝便语日䃅道："汝何故恨视我儿？"日䃅不便多言，只好趋出，惟心中很觉可忧。果然长男渐壮，调戏宫人，日䃅时加侦察，得悉情状，竟将长男杀死。武帝尚未识何因，怒诘日䃅，经日䃅顿首陈明，武帝始转怒为哀，但从此亦加重日䃅。且日䃅侍左右，从未邪视，有时受赐宫女，亦不敢与狎。一女年已及笄，武帝欲纳入后宫，偏日䃅不肯奉诏，武帝益称他忠谨，待遇日隆。难得有此好胡儿！此次手挟马何罗，得破逆案，自然倍邀主眷。

只武帝遭此一吓，愈觉心绪不宁，自思太子死后，尚未立储，一旦不讳，何人继位？膝下尚有三男，不若少子弗陵，体伟姿聪，与己相类；不过年尚幼稚，伊母钩弋夫人，又值青年，将来子得为帝，必思干政，恐不免为吕后第二。想来想去，只有先择一大臣，交付托孤重任，眼前惟有霍光、金日䃅两人，忠厚老成，可属大事。但日䃅究系胡人，未足服众，不如授意霍光，叫他预悉。乃特使黄门，绘成一图，赐与霍光。光字子孟，是前骠骑将军霍去病弟，前文中亦已叙过。他由去病挈入都中，得充郎官，累迁至奉车都尉，光禄大夫，出入禁闼，二十余年，小心谨慎，未尝有失。至是蒙赐图画，拜受回家，展开一览，乃是周公负成王朝诸侯图，也即揣知武帝微意。图既不便奉还，且受了再说。武帝见霍光受图退去，不复再请，当然欣慰。第二着便想处置钩弋夫人，故意寻隙加谴，钩弋夫人脱簪谢罪，武帝竟翻转脸色，叱令左右侍女，把她牵扯出去，送入掖庭狱中。钩弋夫人入宫以后，从未经过这般委屈，此时好似晴天霹雳，出人意外，不由的珠泪盈眶,频频回顾。武帝见她愁眉泪眼,也觉可怜,不得已扬声催促道:"去去!汝休想再活了!"实是奇想。钩弋夫人还欲再言,已被侍女牵出,送交狱中,是夕即下诏赐死。北魏屡有此例,不意自武帝作俑。一代红颜,无端受戮,只落得一抔黄土,留碣云阳。或谓钩弋夫人尸解成仙,无非是惜她枉死,故有是说。当武帝忍心赐死时,曾顾问道:"外人有无异议?"左右答道:"人言陛下将立少子,如何先杀彼母?"武帝喟然道:"庸愚无识,何知朕意?从来国家生故,多由主少母壮所致,汝等独不闻吕后故事么?"左右听了,方才无言。

又阅一年,武帝因春日闲暇,就赴五柞宫游览,宫有五柞树,荫覆数亩,故以名宫。武帝流连景色,一住数日,不料风寒砭骨,病入膏肓,遂致长卧不起,无力回宫。霍光随侍在侧,流涕启问道:"陛下倘有不讳,究立何人为嗣?"武帝答道:"君未知前日画意么?我已决立少子,君行周公事便了。"光顿首道:"臣不如金日磾。"日磾时亦在旁,亟应声道:"臣外国人,若辅幼主,徒使外人看轻,不如霍光远甚。"武帝道:"汝两人素性忠

注:图中所题回目名当为"授顾命嘱遵负扆图"

纯,朕所深知,俱当听我顾命。"二人方才退下,武帝又想朝上大臣,除丞相田千秋、御史大夫桑弘羊外,尚有太仆上官桀,颇可亲信,亦当令他辅政。乃便令侍臣草诏,翌日颁出,立弗陵为皇太子,进霍光为大司马大将军,金日䃅为车骑将军,上官桀为左将军,与丞相御史一同辅政,五人奉诏入内,都至御榻前下拜。武帝病已垂危,不能多言,只是颔首作答,便麾令出外办事。这五人的资望,上官桀最为后进,桀系上邽人氏,由羽林期门郎,迁官未央厩令,武帝尝入厩阅马,桀格外留意,勤加喂养。既而武帝患病,好几日不到厩中,桀便疏懈下去。谁知武帝少愈,便来看马。见马多瘦少肥,便向桀怒骂道:"汝谓我不复见马么?"桀慌忙跪伏,叩首上言道:"臣闻圣体不安,日夕忧惧,所以无心喂马,乞陛下恕罪。"武帝听罢,便道他忠诚可靠,不但将他免罪,更擢使为骑都尉,至捕获马通兄弟,有功加官,得任太仆。看官阅此,就可知上官桀的品性了。暗伏下文。

且说武帝既传受顾命,病已弥留,越宿即驾崩五柞宫,寿终七十一岁,在位五十四年,共计改元十一次。并见上文。史称武帝罢黜百家,表章六经,重儒术,兴太学,修郊祀,改正朔,定历数,协音律,作诗乐,本是一位英明的主子,即如征伐四夷,连岁用兵,虽未免劳师糜饷,却也能拓土扬威。只是渔色求仙,筑宫营室,侈封禅,好巡游,任用计臣酷吏,暴虐人民,终落得上下交困,内外无亲。亏得晚年轮台一诏,自知悔过,得人付托,借保国祚;所以秦皇汉武,古今并称。独武帝传位少子,不若秦二世的无道致亡,相差就在末着呢!论断公允。后人或谓武帝崩后,移棺至未央前殿,早晚祭莱,似乎吃过一般。后来奉葬茂陵,后宫妃妾,多至陵园守制,夜间仍见武帝临幸。还有殉葬各物,又复出现人世,遂疑武帝随尸解去。这种统是讹传,无容絮述。

大将军霍光等,依着遗诏,奉太子弗陵即位,是谓昭帝。昭帝年甫八龄,未能亲政,无论大小事件,均归霍光等主持。霍光为顾命大臣领袖,兼尚书事,因见主少国疑,防有不测,日夕在殿中住着,行坐俱有定处,不敢少移。且思昭帝幼冲,饮食起居,需人照料。帝母钩弋夫人,已早赐死,此外所有宫嫔,都属难恃,只盖侯王充妻室,为昭帝长姊鄂邑公主,方在寡居,家中已有嗣子文信,不必多管,正可乘暇入宫,叫她护持昭帝。于是加封鄂邑公主为盖长公主,即日入宫伴驾。谁知又种下祸根?内事琐屑,归长公主料理,当可无忧。外事与丞相御史等参商,还有辅政两将军酌议,亦不至贻讥丛脞(cuǒ)。哪知过了数夕,夜半有人入报,说是殿中有怪,光和衣睡着,闻报即起,出召尚符玺郎,掌玺之官。向他取玺。光意以御玺最关重要,所以索取,偏尚符玺郎亦视玺如命,不肯交付,光不暇与说,见他手中执着御玺,便欲夺得,那郎官竟按住佩剑道:"臣头可得!御玺却不可得呢!"却是个硬头子!光始爽然道:"汝能守住御玺,尚有何说!我不过恐汝轻落人手,何曾要硬取御玺!"郎官道:"臣职所在,宁死不肯私交!"说毕,乃退。光乃传令殿中宿卫,不得妄哗,违命即斩。此令一出,并没有什么怪异,待到天明,却安静如常了。是日即由光承制下诏,加尚符玺郎俸禄二等,臣民始服光公正,倚作栋梁。光乃追尊钩弋夫人为皇太后,谥先帝为孝武皇帝,大赦天下。小子有诗咏道:

> 知过非难改过难,轮台一诏惜年残。
> 托孤幸得忠诚士,尸骨虽寒语不寒。

未几已阅一年,照例改元,号为始元元年。这一年间,便发生一种谋反的案情,欲知祸首为谁?待至下回详叙。

太子据死,刘屈氂及李广利一诛一叛,是正所以促武帝之悔心,使之力图晚盖。意者天不亡汉,乃特为此种种之激刺欤!综观武帝生平,多与秦始皇相类,惟初政时尚有可观,至晚年轮台一诏,力悔前愆,更为秦皇之所未闻。武帝有亡秦之失,而卒免亡秦之祸者,赖有此耳!且命立少子,委任霍光,顾托得人,卒无李斯、赵高之祸,斯亦武帝知人之特长。本书叙武帝事迹,视他主为详,而于秦皇异同之处,隐隐揭出,明眼人自能体会,固不在处处互勘也。

第七十八回

六龄幼女竟主中宫　廿载使臣重还故国

却说燕王旦与广陵王胥，皆昭帝兄。旦虽辩慧博学，但性颇倨傲；胥有勇力，专喜游猎，故武帝不使为储，竟立年甫八龄的昭帝。昭帝即位，颁示诸侯王玺书，通报大丧。燕王旦接玺书后，已知武帝凶耗，他却并不悲恸，反顾语左右道："这玺书封函甚小，恐难尽信，莫非朝廷另有变端么？"遂遣近臣寿西、孙纵之等，西入长安，托言探问丧礼，实是侦察内情。及诸人回报，谓由执金吾郭广意言主上崩逝五柞宫，诸将军共立少子为帝，奉葬时并未出临。旦不待说完，即启问道："鄂邑公主，可得见否？"寿西答道："公主已经入宫，无从得见。"旦佯惊道："主上升遐，难道没有遗嘱！且鄂邑公主又不得见，岂非怪事！"昭帝既予玺书，想必载着顾命，旦为此语，明是设词。乃复遣中大夫入都上书，请就各郡国立武帝庙。大将军霍光，料旦怀有异志，不予批答，但传诏赐钱三千万，益封万三千户。此外如盖长公主及广陵王胥，亦照燕王旦例加封，免露形迹。旦却傲然道："我依次应该嗣立，当作天子，还劳何人颁赐哩？"当下与中山哀王子刘长，中山哀王，即景帝子中山王胜长男。齐孝王孙刘泽，齐孝王即将同，事见前文。互相通使，密谋为变，诈称前受武帝诏命，得修武备，预防不测。郎中成轸，更劝旦从速举兵。旦竟昌言无忌，号令国中道：

前高后时，伪立子弘为少帝，诸侯交手，事之八年。及高后崩，大臣诛诸吕，迎立文帝，天下乃知少帝，非孝惠子也。我为武帝亲子，依次当立，无端被弃，上书请立庙，又不见听。恐今所立者，非武帝子，乃大臣所妄戴，愿与天下共伐之。

这令既下，又使刘泽申作檄文，传布各处。泽本未得封爵，但浪游齐燕，到处为家，此次已与燕王立约，自归齐地，拟即纠党起应。燕王旦大集奸人，收聚铜铁，铸兵械，练士卒，屡出简阅，克期发难。郎中韩义等，先后进谏,迭被杀死,共计十有五人。正拟冒险举事,不料刘泽赴齐,竟为青州刺史隽不疑所执,奏报朝廷,眼见是逆谋败露,不能有成了。隽不疑素有贤名,曾由暴胜之举荐,官拜青州刺史。见七十六回。他尚未知刘泽谋反情事。适由瓶侯刘成,淄川靖王建子,即齐悼惠王肥孙。闻变急告,乃亟分遣吏役,四出侦捕。也是泽命运不济,立被拿下,拘入青州狱中。不疑飞报都中,当由朝廷派使往究,一经严讯,水落石出,泽即伏法,且应连坐,大将军霍光等,因昭帝新立,不宜骤杀亲兄,但使旦谢罪了事。姑息养奸。迁隽不疑为京兆尹,益封刘成食邑,便算是赏功罚罪,各得所宜。

惟车骑将军金日䃅,曾由武帝遗诏,封为秺侯,日䃅以嗣主年幼,未敢受封,辞让不受。谁知天不永年,遽生重病,霍光急白昭帝,授他侯封。日䃅卧受印绶,才经一日,便即去世,特赐葬具冢地,予谥曰敬。两子年皆幼弱,一名赏,拜为奉车都尉;一名建,拜为驸马都尉。昭帝尝召入两人,作为伴侣,往往与同卧起。赏承袭父爵,得佩两绶。建当然不能相比,昭帝亦欲封建为侯,特语霍光道:"金氏兄弟,只有两人,何妨并给两绶呢?"光答说道:"赏嗣父为侯,故有两绶;余子例难封侯。"昭帝笑道:"欲加侯封,但凭我与将军一言。"光正色道:"先帝有约,无功不得封侯!"持论甚正。昭帝乃止。

越年,封霍光为博陆侯,上官桀为安阳侯。光桀与日䃅同讨马氏,武帝遗诏中并欲加封,至是始受。偏有人入白霍光道:"将军独不闻诸吕故事么?摄政擅权,背弃宗室,卒至天下不信,同就灭亡,今将军入辅少主,位高望重,独不与宗室共事,如何免患?"光愕然起谢道:"敢不受教!"乃举宗室刘辟强等为光禄大夫。辟强系楚元王孙,年已八十有余,徙官宗正,旋即病殁。

时光易过,忽忽间已是始元四年,昭帝年正一十有二了。上官桀有子名安,娶霍光女为妻,生下一女,年甫六龄,安欲纳入宫中,希望为后,乃求诸妇翁,说明己意。偏光谓安女太幼,不合入宫。安扫兴回来,自思机会难逢,怎可失却,不如改求他人,或可成功。想了许久,竟得着一条门径,跑到盖侯门客丁外人家,投刺进见。丁外人籍隶河间,小有才智,独美丰姿。盖侯王文信与他熟识,引入幕中,偏被盖长公主瞧着,不由的惹动淫心。她虽中年守寡,未耐孳居;况有那美貌郎君,在子门下,正好朝夕勾

引,与图欢乐。丁外人生性狡猾,何妨移篙近舵,男有情,女有意,自然凑合成双。又是一个窦太主。及公主入护昭帝,与丁外人几成隔绝。公主尚托词回家,夜出不还。当有宫人告知霍光,光密地探询,才知公主私通丁外人。自思奸非事小,供奉事大,索性叫丁外人一并入宫,好叫公主得遂私欲,自然一心一意,照顾昭帝。这就是不学无术的过失。于是诏令丁外人入宫值宿,连宵同梦,其乐可知。上官安洞悉此情,所以特访丁外人,想托他入语公主,代为玉成。凑巧丁外人出宫在家,得与晤叙。彼此密谈一会,丁外人乐得卖情,满口应承。待至安别去后,即入见盖长公主请纳安女为宫嫔。盖长公主本欲将故周阳侯赵兼女儿,赵兼为淮南厉王舅,曾见前文。配合昭帝,此次为了情夫关说,只好舍己从人,一力作成。便召安女入宫,封为婕妤,未几即立为皇后。六龄幼女,如何作后?

上官安不次超迁,居然为车骑将军。安心感丁外人,便思替他营谋,求一侯爵。有时谒见霍光,力言丁外人勤顺恭谨,可封为侯。霍光对安女为后,本未赞成,不过事由内出,不便固争;且究竟是外甥女儿,得为皇后,也是一件喜事,因此听他所为。惟欲为丁外人封侯,却是大违汉例,任凭安说得天花乱坠，终是打定主意，不肯轻诺。安拗不过霍光，只好请诸乃父，与光熟商。乃父桀与光，同受顾命，且是儿女亲家，平日很是莫逆，或当光休沐回家，桀即代为决事，毫无龃龉。只丁外人封侯一事，非但不从安请，就是桀出为斡旋，光亦始终不允。桀乃降格相求，但拟授丁外人为光禄大夫，光忿然道："丁外人无功无德，如何得封官爵，愿勿复言！"桀未免怀惭，又不便将丁外人的好处，据实说明，只得默然退回。从此父子两人，与霍光隐成仇隙了。<u>此处又见霍光之持正。</u>

　　且说隽不疑为京兆尹，尚信立威，人民畏服，每年巡视属县，录囚回署，他人不敢过问。独不疑母留养官舍，辄向不疑问及，有无平反冤狱，曾否救活人命？不疑一一答说。若曾开脱数人，母必心喜，加进饮食，否则终日不餐。不疑素来尚严，因不敢违忤母训，只好略从宽恕。时人称不疑为吏，虽严不残，实是由母教得来，乃有这般贤举。<u>特揭贤母。</u>好容易过了五年，在任称职，安然无恙。始元五年春正月，忽有一妄男子，乘黄犊车，径诣北阙，自称为卫太子。公车令急忙入报，大将军霍光不胜惊疑，传令大小官僚，审视虚实。百官统去看验，有几个说是真的，有几个说是假的，结果是不能咬实，未敢复命。甚至都中人民，听得卫太子出现，也同时聚观，议论纷纷。少顷有一官吏，乘车到来，略略一瞧，便喝令从人把妄男子拿下。从人不敢违慢，立把他绑缚起来，百官相率惊视，原来就是京兆尹隽不疑。<u>一鸣惊人。</u>有一朝臣，与不疑友善，亟趋前与语道："是非尚未可知，不如从缓为是。"不疑朗声道："就使真是卫太子，亦可无虑。试想列国时候，卫蒯聩得罪灵公，出奔晋国。及灵公殁后，辄据国拒父，《春秋》且不以为非。今卫太子得罪先帝，亡不即死，乃自来诣阙，亦当议罪，怎得不急为拿问哩！"<u>临机应变，不为无识。</u>大众听了，都服不疑高见，无言而散。不疑遂将妄男子送入诏狱，交与廷尉审办。霍光方虑卫太子未死，难以处置，及闻不疑援经剖决，顿时大悟，极口称赞道："公卿大臣，不可不通经致用；今幸有隽不疑，才免误事哩。"<u>谁叫你不读经书。</u>看官阅此，应亦不能无疑，卫太子早在泉鸠里中，自缢身死，<u>见七十六回。</u>为何今又出现？想总是有人冒充，但相隔未久，朝上百官，不难辨认真伪，乃未敢咬定，岂不可怪！后经廷尉再三鞫问，方得水落石出，雾解云消。这妄男子系夏阳人，姓成名方遂，流寓湖县，卖卜为生，会有太子舍人，向他问卜，顾视方遂面貌，不禁诧异道："汝面貌很似卫太子。"方遂闻言，忽生奇想，便将卫太子在宫情形，约略问明，竟想假充卫太子，希图富贵。当下入都自陈，偏偏碰着隽不疑，求福得祸，弄得身入囹圄，无法解脱。起初尚不肯实供，嗣经湖县人张方禄等到案认明，无可狡饰，只得直供不讳。依律处断，罪坐诬罔，腰斩东市。真是弄巧成拙。这案解决，隽不疑名重朝廷，霍光闻他丧偶未娶，欲将己女配为继室，不疑却一再固辞，竟不承命。也是特识。后来谢病归家，不复出仕，竟得考终。

惟霍光自是器重文人，加意延聘。适谏议大夫杜延年，请修文帝遗政，示民俭约宽和。光乃令郡国访问民间疾苦，且举贤良文学，使陈国家利弊，当由一班名士耆儒，并来请愿，乞罢盐铁酒榷均输官。御史大夫桑弘羊，还要坚持原议，说是安边足用，全恃此策。经光决从众意，不信弘羊，才得榷酤官撤销，轻徭薄赋，与民休息，百姓始庆承平。可巧匈奴狐鹿姑单于病死，遗命谓嗣子年幼，应立弟右谷蠡王。偏阏氏、颛渠与卫律密谋，匿下遗命，竟立狐鹿姑子壶衍鞮单于，召集诸王，祭享天地鬼神。右谷蠡王及左贤王等，不服幼主，拒召不至。颛渠、阏氏方有戒心，自恐内乱外患，相逼到来，乃亟欲与汉廷和亲，遣使通问汉廷。汉廷亦遣使相报，索回苏武、常惠等人，方准言和。苏武困居北隅，已经十有九年。前时卫律屡迫武降，武执意不从。见七十五回。至李陵败降胡中，匈奴封陵为右校王，使至北海见武，劝武降胡。武与陵向来交好，未便拒绝，既经会面，不得不重叙旧情，好在陵带有酒食，便摆设出来，对坐同饮，侑以胡乐。饮至半酣，陵故意问武状况，武唏嘘道："我偷生居此，无非望一见主面，死也甘心！历年以来，苦难尽述。犹幸单于弟於靬王弋射海上，怜我苦节，给我衣食，才得忍死至今。今於靬王逝世，丁灵人复来盗我牛羊，又遭穷厄，不知此生果能重归故国否？"陵乘机进言道："单于闻陵素与君善，特使陵前来劝君，君试思子身居此，徒受困苦，虽有忠义，何人得知？且君长兄嘉，曾为奉车，从幸雍州棫阳宫，扶辇下除，除系除道。触柱折辕，有司即劾他大不敬罪，迫令自杀。君弟贤，为骑都尉，从祠河东后土，适值宦骑与黄门争船，黄门驸马，被宦骑推堕河中，竟至溺死。主上令君弟拿讯宦骑，宦骑遁逃不获，无从复命，君弟又恐得罪，服毒身亡。太夫人已经弃世，尊夫人亦闻改嫁，独有女弟二人，两女一男，存亡亦未可知。人生如朝露,何徒自苦乃尔!陵败没胡廷,起初亦忽忽如狂,自痛负国。且母妻尽被拘系,更觉心伤。朝廷不察苦衷,屠戮陵家,陵无家可归,不得已留居此地。子卿!子卿!苏武表字,见前。汝家亦垂亡,还有何恋?不如听从陵言,毋再迂拘!"苏武内外情事,即由二人口中分叙。武听得母死妻嫁,兄殁弟亡,禁不住涔涔泪下,惟誓死不肯降胡。因忍泪答陵道:"武父子本无功德,皆出主上成全,位至将军,爵列通侯。兄弟又并侍宫禁,常思肝脑涂地,报达主恩。今得杀身自效,虽斧钺汤镬,在所勿辞,幸毋复言!"李陵见不可劝,暂且忍住,但与武饮酒闲谈。今日饮毕,明日复饮,约莫有三五日。陵又即席开口道:"子卿何妨竟听陵言。"武慨答道:"武已久蓄死志,君如必欲武降,愿就今日毕欢,效死席前!"陵见他语意诚挚,不禁长叹道:"呜呼义士!陵与卫律,罪且通天了!"说着,泣下沾襟,与武别去。

已而陵使胡妇出面,赠武牛羊数十头。又劝武纳一胡女,为嗣续计。尚欲笼络苏武。武曾记着陵言,得知妻嫁子离,恐致无后,因也权从陵意,纳入胡女一人,聊慰岑寂。及武帝耗问,传达匈奴,陵复向武报知,武南向悲号,甚至呕血。到了匈奴易主,与汉修和,中外使节往来,武却全然无

廿载使臣重还故国

闻。汉使索还武等，胡人诡言武死，幸经常惠得闻消息，设法嘱通房吏，夜见汉使，说明底细，且附耳密谈，授他秘语，汉使一一受教，送别常惠。越宿即往见单于，指名索回苏武，壶衍鞮单于尚答说道："苏武已病死久了。"汉使作色道："单于休得相欺，大汉天子在上林中，射得一雁，足上系有帛书，乃是苏武亲笔，谓曾在北海中，今单于既欲言和，奈何还想欺人呢！"这一席话，说得单于矍然失色，惊顾左右道："苏武忠节，竟感及鸟兽么？"乃向汉使谢道："武果无恙，请汝勿怪！我当释令回国便了。"汉使趁势进言道："既蒙释回苏武，此外如常惠、马宏诸人，亦当一律放归，方可再敦和好。"单于乃即慨允，汉使乃退。李陵奉单于命，至北海召还苏武，置酒相贺，且饮且说道："足下今得归国，扬名匈奴，显功汉室，虽古时竹帛所载，丹青所画，亦无过足下，惟恨陵不能相偕还朝！陵虽驽怯，但使汉曲贷陵罪，全陵老母，使得如曹沫事齐，盟柯洗辱，宁非大愿？曹沫见列国时。乃遽收族陵家，为世大辱，陵还有何颜，再归故乡。子卿系我知心，此别恐成永诀了！"说至此，泣下数行，离座起舞，慷慨作歌道："经万里兮度沙漠，为君将兮奋匈奴，路穷绝兮矢刃摧，士众灭兮名已隤（tuí），老母已死，虽报恩，将安归？"苏武听着，也为泪下。俟至饮毕，即与陵往见单于，告别南归。

　　从前苏武出使，随行共百余人，此次除常惠同归外，只有九人偕还，唯多了一个马宏。宏当武帝晚年，与光禄大夫王忠，同使西域，路过楼兰，被楼兰告知匈奴，发兵截击，王忠战死，马宏被擒。匈奴胁宏投降，宏抵死不从，坐被拘留，至此得与武一同生还，重入都门。武出使时，年方四十，至此须眉尽白，手中尚持着汉节，旄头早落尽无余，都人士无不嘉叹。既已朝见昭帝，缴还使节，奉诏使武谒告武帝陵庙，祭用太牢，拜武为典属国，赐钱二百万，公田二顷，宅一区。常惠官拜郎中，尚有徐圣、赵终根二人，授官与常惠同，此外数人，年老无能，各赐钱十万，令他归家，终身免役。独马宏未闻封赏，也是一奇。想是官运未通。

　　武子苏元，闻父回来，当然相迎。武回家后，虽尚子侄团聚，追思老母故妻，先兄亡弟，未免伤感得很。且遥念胡妇有孕，未曾带归，又觉得死别生离，更增凄恻。还幸南北息争，使问不绝，旋得李陵来书，借知胡妇已得生男，心下稍慰。乃寄书作复，取胡妇子名为通国，托陵始终照顾，并劝陵得隙归汉,好几月未接复音。大将军霍光与左将军上官桀,与陵有同僚谊,特遣陵故人任立政等前往匈奴,名为奉使,实是招陵。陵与立政等,宴会数次,立政见陵胡服椎髻,不觉怅然。又有卫律时在陵侧,未便进言。等到有隙可乘,开口相劝,陵终恐再辱,无志重归,立政等乃别陵南还。临行时,由陵取出一书,交与立政,托他代给苏武。立政自然应允,返到长安复命。霍光上官桀,闻陵不肯回来,只好作罢。独陵给苏武书,乃是一篇答复词,文字却酣畅淋漓。小子因陵未免负国,不遑录及,但随笔写成一诗道:

　　子卿归国少卿降,陵字少卿。胡服何甘负故邦?
　　独有杜陵留浩气,苏武杜陵人。忠全使节世无双。

　　苏武回国以后,只隔一年,上官桀与霍光争权,酿成大祸,连武子苏元,亦一同坐罪。究竟为着何事?待小子下回叙明。

　　武帝能知霍光之忠,而不能知上官桀之奸,已为半得半失。光与桀同事有年,亦未克辨奸烛伪,反与之结儿女姻亲,是可见桀之狡诈,上欺君,下欺友,手段固甚巧也。女孙不过六龄,乃由子安私托丁外人,运动盖长公主,侥幸成功,得立为后。推原由来,光不能无咎,假使盖长公主不得入宫,则六龄幼女宁能骤登后位乎?至若苏武丁年出使,皓首而归,忠诚如此,何妨特授侯封,乃仅拜为典属国,致为外人所借口。陵复苏武书中,亦曾述及,而后来燕王旦之谋反,亦借此罪光。光忠厚有余,而才智不足,诚哉其不学无术乎!

第七十九回

识诈书终惩逆党　效刺客得毙番王

却说上官桀父子，为了丁外人不得封侯，恨及霍光。就是盖长公主得知此信，也怨霍光不肯通融，终致情夫向隅，无从贵显，于是内外联合，视霍光如眼中钉。光尚未知晓，但照己意做去，忽由昭帝自己下诏，加封上官安为桑乐侯，食邑千五百户，光也未预闻，惟念安为后父，得受侯封，还好算是常例，并非破格，所以不为谏阻。女婿封侯，丈人亦加荣宠。安却乘此骄淫，庞然自大。有时得入宫侍宴，饮罢归家，即向门下客夸张道："今日与我婿饮酒，很是快乐，我婿服饰甚华，可惜我家器物，尚不得相配哩。"说着，便欲将家中器具，尽付一炬，家人慌忙阻止，才得保存。安尚仰天大骂，哓哓不绝。会有太医监充国，无故入殿，被拘下狱。充国为安外祖所宠爱，当由他外祖出来营救，浼安父子讨情。安父桀，便往见霍光，请贷充国，光仍不许。充国经廷尉定谳，应处死刑，急得桀仓皇失措，只好密求盖长公主，代为设法。盖长公主乃替充国献马二十匹，赎罪减死，嗣是桀安父子，更感念盖长公主的德惠，独与霍光添了一种深仇。桀又自思从前职位，不亚霍光，现在父子并为将军，女孙复为皇后，声势赫濯，偏事事为光所制，很觉不平。当下秘密布置，拟广结内外官僚，与光反对，好把他乘隙摔去。亲家变成仇家，情理难容。是时燕王旦不得帝位，常怀怨望，御史大夫桑弘羊，因霍光撤销榷酤官，子弟等多致失职，意欲另为位置，又被光从旁掣肘，不得如愿，所以与光有嫌。桀得悉两人隐情，一面就近联络弘羊，一面遣使勾通燕王，两人统皆允洽，串通一气，再加盖长公主作为内援，端的是表里有人，不怕霍光不入网中。

会值光出赴广明，校阅羽林军，桀即与弘羊熟商，意欲趁此发难，但急切无从入手，不如诈为燕王旦书，劾奏霍光过恶，便好定罪。商议已定，当由弘羊代缮一书，拟即呈入。不意霍光已经回京，那时只好顺延数日，待至光回家休沐，方得拜本进去。是年本为始元七年，因改号五凤，称为五凤元年，昭帝已十有四岁，接得奏牍，见是燕王旦署名。内容有云：

  臣闻大司马大将军霍光，出都校阅羽林郎，道上称跸，令太官先往备食，僭拟乘舆。前中郎将苏武，出使匈奴，被留至二十年，持节重归，忠义过人，尽使为典属国。而大将军长史杨敞，不闻有功，反令为搜粟都尉。又擅调益幕府校尉，专权自恣，疑有非常。臣旦愿归还符玺，入宫宿卫，密察奸臣变故，免生不测。事关紧急，谨飞驿上闻。

昭帝看了又看，想了多时，竟将来书搁置，并不颁发出来。上官桀等候半日，毫无动静，不得不入宫探问，昭帝但微笑不答。**少年老成。**翌日霍光进去，闻知燕王旦有书纠弹，不免恐惧，乃往殿西画室中坐待消息。画室悬着周公负扆图，光诣室坐着，也有深意。少顷昭帝临朝，左右旁顾，单单不见霍光，便问大将军何在？上官桀应声道："大将军被燕王旦弹劾，故不敢入。"昭帝亟命左右召入霍光，光至帝座前跪伏，免冠谢罪，但闻昭帝面谕道："将军尽可戴冠，朕知将军无罪！"**胸中了了。**光且喜且惊，抬头问道："陛下如何知臣无罪？"昭帝道："将军至广明校阅，往返不到十日，燕王远居蓟地，怎能知晓？且将军如有异谋，何必需用校尉，这明是有人谋害将军，伪作此书。朕虽年少，何至受愚若此！"霍光听说，不禁佩服。此外一班文武百官，都不料如此幼主，独能察出个中情弊。虽未知何人作伪，也觉得原书可疑，惟上官桀与桑弘羊，怀着鬼胎，尤为惊慌。待至光起身就位，昭帝又命将上书人拿究，然后退朝。上书人就是桀与弘羊差遣出来，一闻诏命，当即至两家避匿，如何破获？偏昭帝连日催索，务获讯办。桀又进白昭帝道："此乃小事，不足穷究。"昭帝不从，仍然严诏促拿，且觉得桀有贰心，与他疏远，只是亲信霍光。桀忧恨交迫，嘱使内侍诉说光罪，昭帝发怒道："大将军是当今忠臣，先帝嘱使辅朕，如再敢妄说是非，便当处罪！"**任贤勿贰，昭帝确守此言。**

内侍等碰了钉子，方不敢再言，只好回复上官桀。桀索性想出毒谋，与子安密议数次，竟拟先杀霍光，继废昭帝，再把燕王诱令入京，刺死了他，好将帝位据住，自登大宝。**却是好计，可惜天道难容。**一面告知盖长公主，但说要杀霍光，废昭帝，迎立燕王旦，盖长公主却也依从。桀复请盖长公主设席饮光，伏兵行刺。更遣人通报燕王，叫他预备入都。

燕王旦大喜过望，复书如约，事成后当封桀为王，同享富贵，自与燕相平商议进行。平谏阻道："大王前与刘泽结谋，泽好夸张，又喜侮人，遂致事前发觉，谋泄无成。今左将军素性轻佻，车骑将军少年骄恣，臣恐他与刘泽相似，未必有成。就使侥幸成事，也未免反背大王，愿大王三思后行！"旦尚未肯信，且驳说道："前日一男子诣阙，自称故太子，都中吏民，相率喧哗。大将军方出兵陈卫，我乃先帝长子，天下所信，何至虑人反背呢！"平乃无言而退。过了数日，旦又语群臣道："近由盖长公主密报，谓欲举大事。但患大将军霍光与右将军王莽。此王莽系天水人，与下文王莽不同。今右将军已经病逝，丞相又病，正好乘势发难，事必有成，不久便当召我进京，汝等应速办行装，毋误事机！"群臣只好听命，各去整办。偏偏天象告警，燕都里面，时有变异。忽然大雨倾盆，有一虹下垂宫井，井水忽涸，大众哗言被虹饮尽；虹能饮水，真是奇谈。又忽然有群豕突出厕中，闯入厨房，毁坏灶甑；又忽然乌鹊争斗，纷纷坠死池中；又忽然鼠噪殿门，跳舞而死，殿门自闭，坚不可开，城上无故发火；又有大风吹坏城楼，折倒树木，夜间坠下流星，声闻远近，宫妃宫女，无不惊惶。旦亦吓得成病，使人往祀葭水、台水，有门客吕广，善占休咎，入语旦道："本年恐有兵马围城，期在九十月间，汉廷且有大臣被戮，祸在目前了！"旦亦失色道："谋事不成，妖祥屡见，兵气且至，奈何！奈何！"正忧虑间，蓦有急报，从长安传来。乃是上官桀父子，逆谋败露，连坐多人，并燕使孙纵之等，均被拘住了。旦吓出一身冷汗，力疾起床，再遣心腹人探听确音。果然真实不虚，同归于尽。

先是盖长公主，听了上官桀计议，欲邀霍光饮酒，将他刺死。桀父子坐待成功，预备庆赏。安且以为父得为帝，自己当然好为太子，非常得意，有党人私下语安道："君父子行此大事，将来如何处置皇后？"安勃然道："逐麋犬还暇顾兔么？试想我父子靠着皇后，得邀贵显；一旦人主意变，就使求为平民，且不可得。今乃千载一时的机会，怎可错过？"不如是，何至族灭？说着，且大笑不止。不料谏议大夫杜延年，竟得知若辈阴谋，遽告霍光，遂致数载经营，一朝失败！这延年的报告，是从搜粟都尉杨敞处得来，杨敞由燕苍传闻。苍前充稻田使者，卸职闲居，独有一子为盖长公主舍人，首先窥悉，辗转传达，遂被延年告发。霍光一闻此信，自然入白昭帝,昭帝便与光商定,密令丞相田千秋,速捕逆党,毋得稽延。于是丞相征事任宫,先去诡邀上官桀,引入府门,传诏斩首。丞相少史王寿,也如法炮制。再去诱入上官安,一刀处死。桀父子已经伏诛。然后冠冕堂皇,派遣相府吏役,往拿御史大夫桑弘羊。弘羊无法脱身,束手受缚,也做了一个刀头鬼。虐民之报。盖长公主闻变自杀;丁外人当然捕诛。淫恶之报。苏武子元,亦与逆谋,甚至武俱连累免官,所有上官桀等党羽,悉数捕戮,乃追缉燕使孙纵之等,拘系狱中,特派使臣持了玺书,交付燕王旦。旦未接朝使,先得急报,尚召燕相平入议,意欲发兵。平答说道:"左将军已死,毫无内应。吏民都知逆情,再或起兵,恐大王家族都难保了!"旦也觉无济,乃在万载宫设席,外宴群臣,内宴妃妾,酒入愁肠,愈觉无聊。因信口作歌道:"归空城兮犬不吠,鸡不鸣,横术术即道路。何广广兮,固知国中之无人!"歌至末句,有宠姬华容夫人起舞,也续成一歌道:"发纷纷兮填渠,骨藉藉兮亡居,母求死子兮妻求死夫,徘徊两渠间兮,君子将安居?"环座闻歌,并皆泣下。华容夫人更凄声欲绝,泪眦荧荧。俄顷饮毕,旦即欲自杀,左右尚上前宽慰,妃妾等更齐声拦阻,蓦闻朝使到来,旦

只得出迎朝使。朝使入殿，面交玺书，由旦展开审视道：

昔高皇帝王天下，建立子弟，以藩屏社稷。先日诸吕，阴谋大逆，刘氏不绝若发，赖绛侯诛讨贼乱，尊立孝文，以安宗庙，非以中外有人，表里相应故耶？樊郦曹灌，携剑摧锋，从高皇帝耘锄海内，受赏不过封侯。今宗室子孙，曾无暴衣露冠之劳，裂地而王之，分财而赐之，父死子继，兄终弟及，可谓厚矣！况如王骨肉至亲，敌吾一体，乃与他姓异族，谋害社稷，亲其所疏，疏其所亲，有悖逆之心，无忠爱之义；如使古人有知，当何面目复奉斋酎，见高祖之庙乎？王其图之。

旦览书毕，将玺书交付近臣，自悲自叹道："死了！死了！"遂用绶带自缢，妃妾等从死二十余人。华容夫人想亦在内。朝使即日返报，昭帝谥旦为剌王，赦免旦子，废为庶人，削国为郡。就是盖长公主子文信，亦撤销侯封。惟上官皇后未曾通谋，且系霍光外孙女，因得免议。封杜延年燕苍任宫王寿为列侯。杨敞既为列卿，不即告发，无功可言，故不得加封。另拜张安世为右将军，杜延年为太仆，王䜣为御史大夫，仍由霍光秉政如初。张安世曾为光禄大夫，便是前御史大夫张汤子。杜延年由谏议大夫超迁，乃是前廷尉杜周子。父为酷吏，子作名臣，也算是力能干蛊了。却是难得。

霍光有志休民，不愿再兴兵革，偏得乌桓校尉奏报，乃是乌桓部众，不服管束，时有叛心，应如何控驭等语。乌桓是东胡后裔，从前为冒顿单于所破，余众走保乌桓、鲜卑二山，遂分为乌桓、鲜卑二部，仍为匈奴役属。至武帝时，攻入匈奴各地，因将乌桓人民徙居上谷、渔阳、右北平、辽东四郡塞外，特置乌桓校尉，就地监护，使他断绝匈奴，为汉屏蔽。既而乌桓渐强，遂思反侧。霍光正费踌躇，可巧得匈奴降人，上言乌桓侵掠匈奴，发掘先单于墓，匈奴方发兵报复，出二万骑往攻乌桓。光又另生一计，阳击匈奴，阴图乌桓。当下集众会议，护军都尉赵充国，说是不宜出师，独中郎将范明友，力言可击，光即告知昭帝，拜明友为度辽将军，率二万骑，赴辽东。且面嘱明友道："匈奴屡言和亲，仍然掠我边境，汝不妨声罪致讨。倘或匈奴引退，便可径击乌桓，掩他不备，定可取胜。"明友领命而去。行到塞外，果闻匈奴兵已经退去，当即麾兵捣入乌桓。乌桓才与匈奴交战，兵力疲乏，再加汉兵袭入，势难拒守，顿时纷纷窜匿，被明友驱杀一阵，斩获六千余人,奏凯班师。明友得受封平陵侯。同时又有平乐监傅介子,也得膺立功,获膺上赏。

介子北地人,少年好学,嗣言读书无益,从军得官。闻得楼兰、龟兹两国,叛服靡常,屡杀汉使,朝廷不得通问大宛,乃独诣阙上书,自请效命。**好一个冒险壮夫!** 霍光颇为嘉叹,便命他出使大宛,顺路至楼兰、龟兹传诏诘责。介子受命即行,先至楼兰。楼兰当西域要冲,自经赵破奴征服后,向汉称臣。**见七十四回。** 又苦匈奴侵伐,只得一面事汉,一面求好匈奴,两处各遣一子为质。当武帝征和元年,楼兰王死,国人致书汉廷,请遣还质子为王。适质子犯了汉法,身受宫刑,不便遣归,乃设词答复,叫他另立新王。汉廷又责令再遣质子,新王因复遣子入质,更遣一子往质匈奴。未几新王又死,匈奴即释归质子,令王楼兰。质子叫作安归,既回国中,当然得嗣父位。夷俗专妻继母,安归未能免俗,遂将继母据为妻室。忽有汉使驰至,征令入朝。安归怀疑未决,伊妻从旁劝阻道:"先王尝遣两子入汉,至今未还,奈何再欲往朝呢?" **想是贪恋新婚。** 安归乃拒绝汉使,复恐汉朝再来严责,索性归附匈奴,不与汉通,且为匈奴遮杀汉使。至傅介子到了楼兰,严词相诘,并言大兵将来讨罪。安归理屈词穷,倒也屈服,连忙谢过。介子因辞别安归,转赴龟兹,龟兹王也即服罪。会值匈奴使人自乌孙还寓龟兹,适被介子探悉,夜率从吏攻入客帐,竟将匈奴使人杀死,持首驰归。汉廷赏介子功,迁官中郎,得为平乐监。

介子又进白霍光道:"楼兰、龟兹,反复不测,前次空言责备,未足示惩。介子前至龟兹,该国王坦率近人,容易受赚,愿往刺该王,威示诸国。"霍光徐徐答说道:"龟兹道远,不如楼兰。汝果有此胆略,可先去一试便了。"介子乃募得壮士百人,赍着金帛,扬言是颁赐各国,奉诏西行。驰至楼兰,楼兰王安归,闻报介子又来,也即出见。介子与他谈数语,旁顾安归左右,卫士甚多,未便下手,因即退出。佯语番官道:"我奉天子命,远来颁赐,汝王应该亲自出迎,奈何如此简慢呢?我明日便要动身他去。"番官闻言,亟去报知安归。安归探得介子果然带来许多金帛,不由的起了贪心,立命备办酒席,往邀介子入宴,偏介子不肯应召,连夜整装,似乎行色匆匆。到了诘旦,安归先使人挽留,旋即亲率左右近臣,至客帐中回拜介子,且将酒肴,随后挑到,摆设起来,款待介子,介子怡然就席,故

意将金玉锦绣,陈列席前,指示安归。安归目眩神迷,畅怀与饮,待至面色微醺,介子即起座与语道:"天子尚有密诏传达,请王屏去左右,方好面陈。"安归酒后忘情,竟命左右退出帐外,突见介子举杯掷地,便有十余壮士,从帐后持刀跃出,飞奔前来,正思急呼救命,那刀尖已斫中心窝,一声猛叫,倒地告终。贪财坏命。帐外番官,闻声吓走。介子却放胆出外,呼语大众道:"汝王安归,私结匈奴,屡戕汉使,得罪天子,故遣我来加诛。今汝王就戮,汝等无罪,汝王弟尉屠耆,留质汉廷,现已由大兵拥至,代就王位,汝等若敢妄动,恐不免玉石俱焚了!"大众闻言,只好唯唯听命。介子乃命番官各就原职,伫候新王尉屠耆,自枭安归首级,与壮士飞马入关,诣阙奏功。

霍光大喜,转达昭帝,命将安归首级,悬示阙下,封介子为义阳侯。即日召见尉屠耆,特赐鄯善王册印,并给宫女为夫人,派兵护送登程,由丞相将军等祖饯横门,表示殷勤。尉屠耆质汉数年,无意中得此荣宠,自然泥首拜谢,上车西去。从此楼兰国改为鄯善,不再叛汉了。小子有诗戏咏道:

质子重归得履新,还都再见旧家亲。

穹庐寡嫂应无恙,曾否迎门再献身。

尉屠耆西行归国,汉廷连遇凶丧,甚至昭帝亦得病归天,欲知详情,下回再当续叙。

霍光之不死者亦仅耳! 内有淫妇,外有权戚骄亲,圜起而谋一光,光孤而彼众,又当主少国疑之日,其危孰甚! 幸而昭帝幼聪,首烛邪谋,以十四龄之冲人,能识燕王诈书,即以周成王视之,犹有愧色。光才智不若周公,而际遇比周为优,此乃天之默鉴忠忱,有以隐相之尔。上官桀父子,妄图篡逆,死有余辜。盖长公主淫而且恶,燕王旦贪而无亲,其速死也,不亦宜乎! 范明友之破乌桓,傅介子之刺楼兰王,并得封侯,后人多轻视明友,推重介子。夫明友之得功,原非难事。介子以百人入虏廷,取番王首如拾芥,似属奇闻。然以堂堂中国,乃为此盗贼之谋,适足贻外人之口实,后有出使外夷者,其谁肯轻信之乎! 宋司马温公之讥,吾亦云然。

第八十回

迎外藩新主入都　废昏君太后登殿

却说五凤四年,昭帝年已十八,提早举行冠礼,大将军霍光以下,一律入贺,只有丞相田千秋,患病甚重,不能到来。及冠礼告成,千秋当即谢世,谥曰定侯。总计千秋为相十二年,持重老成,尚算良相。昭帝因他年老,赐乘小车入朝,时人因号为车丞相。继任相职,就是御史大夫王䜣。䜣由邑令起家,累迁至御史大夫,超拜宰辅,受封宜春侯,却是步步青云,毫无阻碍。到了官居极阶,反至转运,才阅一载,便即病终。搜粟都尉杨敞,已升任御史大夫,至是继䜣为相。敞本庸懦无能,徒知守谨,好在国家大政,俱由大将军霍光主持,所以敞得进退雍容,安享太平岁月。庸庸者多厚福。至五凤七年元日,复改元始平,诏减口赋钱十分之三,宽养民力。从前汉初定制,人民年十五以上,每年须纳税百二十钱,十五岁以下准免。武帝在位,因国用不足,加增税则:人民生年七岁,便要输二十三钱;至十五岁时,仍照原制,号为口赋。昭帝嗣祚十余年,节财省事,国库渐充,所以定议减征,这也是仁爱及民的见端。

孟春过后,便是仲春,天空中忽现出一星,体大如月,向西飞去,后有众小星随行,万目共睹,大家惊为异事。谁知适应在昭帝身上,昭帝年仅二十有一,偏生了一种绝症,医治无效,竟于始平元年夏四月间,在未央宫中告崩。共计在位十三年,改元三次。上官皇后止十五岁,未曾生育,此外虽有两三个妃嫔,也不闻产下一男。自大将军霍光以下,都以为继立无人,大费踌躇。或言昭帝无子,只好再立武帝遗胤,幸尚有广陵王胥,是武帝亲子,可以继立。偏霍光不以为然,当有郎官窥透光意,上书说道:"昔周太王废太伯,立王季;文王舍伯邑考,立武王;无非在付托得人,不必抱定长幼。广陵王所为不道,故孝武帝不使承统,今怎可入承宗庙呢?"光遂决意不立广陵王,另想应立的宗支,莫如昌邑王贺。贺为武帝孙,虽非武帝正后所出，但武帝两后，陈氏被废，卫氏自杀，好似没有皇后一般。当武帝驾崩时，曾将李夫人配飨。李夫人是昌邑王贺亲祖母，贺正可入承大统，况与昭帝有叔侄谊，以侄承叔，更好作为继子。遂假上官皇后命令，特派少府史乐成，宗正刘德，光禄大夫丙吉，中郎将利汉等，往迎昌邑王贺，入都主丧。光尚有一种微意，立贺为君，外孙女可做皇太后了。

昌邑王贺，五龄嗣封，居国已十多年，却是一个狂纵无度的人物，平时专喜游畋，半日能驰三百里。中尉王吉，屡次直谏，终不见从。郎中令龚遂，也常规正，贺掩耳入内，不愿听闻。遂未肯舍去，更选得郎中张安等人，泣求内用。贺不得已命侍左右，不到数日，一概撵逐，但与驺奴宰夫，戏狎为乐。一日贺居宫中，蓦见一大白犬，项下似人，头戴方山冠，股中无尾，禁不住诧异起来。顾问左右，却俱说未见，乃召龚遂入内，问为何兆？遂随口答说道："这是上天垂戒大王，意在大王左右，如犬戴冠，万不可用，否则难免亡国了！"这是借端进谏。贺将信将疑，过了数日，又独见一大白熊。仍然召问龚遂，遂复答道："熊为野兽，来入宫室，为大王所独见。臣恐宫室将空，也是危亡预兆。天戒甚明，请王速修德禳灾！"贺仰天长叹道："不祥之兆，何故屡至？"遂叩头道："臣不敢不竭尽忠言，大王听臣所说，原是不悦，无如国家存亡，关系甚大。大王曾读《诗经》三百五篇，中言人事王道，无一不备。如大王平日所为，试问何事能合诗言？大王位为诸侯王，行品不及庶人，臣恐难存易亡，应亟修省为是！"贺也觉惊慌，但甫越半日，便即忘怀。未几又见血染席中，再召龚遂入问，遂号哭失声道："宫室便要空虚了！血为阴象，奈何不慎？"贺终不少悛，放纵如故。

及史乐成等由长安到来，时已夜深，因事关紧要，叫开城门，直入王宫。宫中侍臣，唤贺起视，燃烛展书，才阅数行，便手舞足蹈，喜气洋洋。一班厨夫走卒，闻得长安使至，召王嗣位，都至宫中叩贺；且请随带入京。贺无不乐从，匆匆收拾行装，日中启行。王吉忙缮成一书，叩马进谏。大略举殷高宗故事，叫他谅暗不言，国政尽归大将军处决，幸勿轻举妄动等语。贺略略一瞧，当即掷置，扬鞭径去，展着生平绝技，当先奔驰，几与追风逐电相似，一口气跑了一百三十五里，已到定陶，回顾从行诸人，统皆落后，连史乐成等朝使，俱不见到，没奈何停住马足，入驿守候。待至傍晚，始见朝使等驰至，尚有随从三百余人，陆续赶来，统言马力不足，倒毙甚多。原来各驿中所备马匹，寥寥无几，总道新王入都，从吏多约百人，少约数十人；哪知贺手下幸臣，多多益善，驿中怎能办得许多良马，只好将劣马凑足，供他掉换，劣马不能胜远，自然倒毙。从吏却埋怨驿吏失职，倚势作威，不胜骚扰。龚遂却也从行，实属看不过去，因向贺面陈，请发还一半从吏，免多累赘，贺倒也应允。但从人都想攀龙附凤，如何肯中道折回？又况皆贺平时亲信，这一个不便舍去，那一个又要强从，弄得龚遂左右为难，硬挑出五十余名，饬回昌邑。还有二百多人，一同前进。

次日行至济阳，贺却要买长鸣鸡，积竹杖。这二物，是济阳著名土产，与贺毫无用处，偏贺竟停车购办，以多为妙。还是龚遂从旁谏阻，只买得长鸣鸡数只，积竹杖二柄，趱程再行。及抵弘农，望见途中多美妇人，不胜艳羡，暗使大奴善物色佳丽，送入驿中。大奴善奉了贺命，往探民间妇女，稍有姿色，强拉登车，用帷蔽着，驱至驿舍。贺如得异宝，顺手搂住，不管她愿与不愿，强与为欢。茕茕弱女，怎能敌得过候补皇帝的威势，只好吞声饮泣，任所欲为。难道不想做妃嫔么？事为朝使史乐成等所闻，谯让昌邑相安乐，不加谏阻。安乐转告龚遂，遂当然入问，贺亦自知不法，极口抵赖。遂正色道："果无此事，大奴善招摇撞骗，罪有所归，应该处罪！"善系官奴头目，故号大奴，当时立在贺侧，即由遂亲自动手，把他牵出，立交卫弁正法，趁势搜出妇女，遣回原家。可惜白受糟蹋。贺不便干预，只得睁着两眼，由他处置。

案已办了，更启行至霸上，距都城不过数里，早有大鸿胪等出郊远迎，请贺改乘法驾。贺乃换了乘舆，使寿成御车，龚遂参乘。行近广明东都门，遂向贺陈请道："依礼奔丧入都，望见都门，即宜举哀。"贺托词喉痛，不能哭泣。再前进至城门，遂复申前请，贺尚推说城门与郭门相同，且至未央宫东阙，举哀未迟。及入城至未央宫前，贺面上只有喜色，并无戚容。遂忙指示道："那边有帐棚设着，便是大王坐帐，须赶紧下车，向阙俯伏，哭泣尽哀。"贺不得已欠身下舆，步至帐前，伏哭如仪。还亏他逼出哭声。哭毕入宫，由上官皇后下谕，立贺为皇太子，择吉登基。自入宫以至即位，总算没有什么越礼，尊上官皇后为皇太后。十五岁为太后，亦属罕闻。过了数日，即将昭帝奉葬平陵，庙号孝昭皇帝。

贺既登位,拜故相安乐为长乐卫尉。此外随来各吏属,都引作内臣,镇日里与他游狎。见有美貌宫女,便即召入,令她侑酒侍寝。<u>乐得受用</u>。且把乐府中乐器,尽令取出,鼓吹不休。龚遂上书不报,乃密语长乐卫尉安乐道:"王立为天子,日益骄淫,屡谏不听;现在国丧期内,余哀未尽,竟日与近臣饮酒作乐,淫戏无度,倘有内变,我等俱不免受戮了!君为陛下故相,理应力诤,不可再延!"安乐也为感动,转思遂力谏无益,自己何必多碰钉子,还是袖手旁观,由他过去。

惟大将军霍光,见贺淫荒无道,深以为忧,独与大司农田延年,熟商善后方法。延年道:"将军为国柱石,既知嗣主不配为君,何不建白太后,更选贤能?"光嗫嚅(niè rú)道:"古时曾有此事否?"延年道:"从前伊尹相殷,尝放太甲至桐宫,借安宗庙,后世共称为圣人。今将军能行此事,也是一汉朝的伊尹呢!"<u>引伊尹事,不免牵强</u>。光乃引延年为给事中,并与张安世秘密计议,阴图废立。安世由霍光一手提拔,已迁官车骑将军,当然与光联络一气,毫无贰心。此外尚无他人,得知此谋。

会贺梦见蝇矢集阶,多至五六石,有瓦覆住,醒后不知何兆,又去召龚

遂进来，叫他占验。遂答道："陛下尝读过《诗》经，《诗》云：'营营青蝇，止于樊；恺悌君子，毋信谗言。'今陛下左右，嬖幸甚多，好似蝇矢丛集，所以有此梦兆。臣愿陛下亟摈昌邑故臣，不复进用，自可转祸为福。臣本随驾前来，请陛下首先放逐便了！"原来贺在昌邑时，曾有师傅王式，授《诗》三百五篇，所以遂时常提出，作为谏言。偏贺习与性成，并未知改，再经太仆丞张敞进谏，亦不见省，戏游如故。一日正要出游，有光禄大夫夏侯胜进谏道："上天久阴不雨，臣下必有异谋，陛下将欲何往呢？"贺闻言大怒，斥为妖言惑众，立命左右将胜缚住，发交有司究办。有司转告霍光，光不禁起疑，暗思胜语似有因，或由张安世泄漏隐情，亦未可知。因即召诘安世，安世实未与胜道及，力白冤诬，愿与胜当面对质。光乃提胜到来，亲加研讯，胜从容答道："《洪范传》有言，皇极不守，现象常阴，下人且谋代上位。臣不便明言，故但云臣下有谋。"光不觉大惊，就是张安世在旁，亦暗暗称奇，因将胜贷罪释缚，复任原官。

自经胜一番进谏，几乎把密谋道破，眼见得废立大事，不宜再延。光即使田延年往告杨敞，敞虽居相位，并无胆识，听了延年话语，只是唯唯连声，那身上的冷汗，已吓出了不少。时方盛暑，延年起座更衣，敞妻为司马迁女，颇有才能，急从东厢趋出，对敞说道："大将军已有成议，特使九卿来报君侯，君侯若不亟允，祸在目前了！"足愧乃夫。敞尚迟疑未决，可巧延年更衣归座，敞妻不及回避，索性坦然相见，与延年当面认定，愿奉大将军教令。延年还报霍光，光即令延年安世两人，缮定奏牍，妥为安排。翌旦至未央宫，传召丞相、御史、列侯，及中二千石，大夫博士，一同入议，连苏武亦招令与会。百僚多不知何因，应召齐集，光对众发言道："昌邑王行迹淫昏，恐危社稷，如何是好？"大众听了，面面相觑，莫敢发言，惟答了几个是字。田延年奋然起座，按剑前语道："先帝以幼孤托将军，委寄全权，无非因将军忠贤，足安刘氏。今群下鼎沸，社稷将倾，将军若不立大计，坐令汉家绝祀，试问将军死后，尚有面目见先帝么？今日即当议定良谋，群僚中如应声落后，臣请奋剑加诛，不复容情！"光拱手称谢道："九卿应该责光，天下汹汹不安，光当首先蒙祸了！"大众才知光有大变，志在必行，若不相从，定遭杀害，乃俱离座叩首道："宗社人民，系诸将军，唯大将军令，无不遵教！"

第八十回　迎外藩新主入都　废昏君太后登殿

光令群臣起来，从袖中取出奏议，遍示群臣，使丞相杨敞领衔，依次署名。名既署齐，遂引大众至长乐宫，入白太后，具陈昌邑王淫乱情形，不应嗣位。太后年才十五，有何主见，一唯光言听行。光请太后驾临未央宫，御承明殿，传诏昌邑群臣，不得擅入。贺闻太后驾到，不得不入殿朝谒。朝毕趋退，回至殿北温室中，霍光从后随入，指挥门吏，遽将室门阖住，不令昌邑群臣入内。贺惊问道："何故闭门？"光跪答道："皇太后有诏，毋纳昌邑群臣。"贺复说道："这也不妨从缓，何必这般惊人！"好似做梦。光不与多言，返身趋出。早由车骑将军张安世，麾集羽林兵，将昌邑群臣，驱至金马门外，悉数拿下，共得二百余人，连龚遂王吉等一并在内，送交廷尉究治。一面报知霍光，光亟传入昭帝旧日侍臣，将贺监守，嘱他小心看护，毋令自尽，致贻杀主恶名。贺尚未知废立情事，见了新来侍臣，尚顾问道："昌邑群臣，果犯何罪，乃被大将军悉数驱逐呢？"侍臣只答言未知。俄有太后诏传至，召贺诘问。贺方才惶惧，向诏使道："我有何罪，偏劳太后召我？"诏使亦模糊对答。贺无法解免，只好随往，既至承明殿，遥见上官太后，身服珠襦，坐住武帐中，侍卫森列，武士盈阶，尚不知有什么大事。战兢兢的趋至殿前，跪听诏命。旁有尚书令持着奏牍，朗声宣读道：

丞相臣敞，大司马大将军臣光，车骑将军臣安世，度辽将军臣明友，前将军臣增，韩增。后将军臣充国，御史大夫臣义，蔡义。宜春侯臣谭，王谭。当涂侯臣圣，魏圣。随桃侯臣昌乐，赵昌乐。杜侯臣屠耆堂，太仆臣延年，杜延年。太常臣昌，大司农臣延年，田延年。宗正臣德，少府臣乐成，廷尉臣光，李光。执金吾臣延寿，李延寿。大鸿胪臣贤，韦贤。左冯翊臣广明，田广明。右扶风臣德，周德。故典属国臣武，即苏武。等，昧死言皇太后陛下：自孝昭皇帝弃世无嗣，遣使征昌邑王典丧，身服斩衰，独无悲哀之心，在道不闻素食，使从官略取女子，载以衣车，私纳所居馆舍。及入都进谒，立为皇太子，常私买鸡豚以食，受皇帝玺于大行前，就次发玺不封，复使从官持节，引入昌邑从官二百余人，日与遨游。且为书曰：皇帝问侍中君卿，使中御府令高昌，奉黄金千斤，赐君卿娶十妻。又发乐府乐器，引纳昌邑乐人，击鼓歌吹，作俳优戏。至送葬还宫，即上前殿，召宗庙乐人，悉奏众乐。乘法驾皮轩鸾旗，驱驰北宫桂宫，弄彘斗虎。召皇太后所乘小马车，使

官奴骑乘,游戏掖庭之中,与孝昭皇帝宫人蒙等淫乱,诏掖庭令敢泄言者腰斩。

上官太后听到此处,也不禁怒起,命尚书令暂且住读,高声责贺道:"为人臣子,可如此悖乱么!"贺又惭又惧,退膝数步,仍然俯伏。尚书令又接读道:

> 取诸侯王列侯二千石绶,及墨绶黄绶,以与昌邑官奴。发御府金钱刀剑玉器彩缯,赏赐所与游戏之人。沉湎于酒,荒耽于色。自受玺以来,仅二十七日,使者旁午,持节诏诸官署征发,凡一千一百二十七事,失帝王礼,乱汉制度。臣敞等数进谏,不少变更,日以益甚,恐危社稷,天下不安。臣敞等谨与博士议,皆曰今陛下嗣孝昭皇帝后,所谓不轨,五辟之属,莫大不孝。周襄王不能事母,《春秋》曰:"天王出居于郑!"由不孝出之,示绝于天下也。宗庙重于君,陛下不可以承天序,奉祖宗庙,子万姓,当废。臣请有司以一太牢,具告宗庙,谨昧死上闻。

尚书令读毕,上官太后即说一可字,霍光便令贺起拜受诏。贺急仰首说道:"古语有言,天子有诤臣七人,虽无道,不失天下。"说得可笑。光不待说完,便接口道:"皇太后有诏废王,怎得尚称天子?"说着,即走近贺侧,代解玺绶,奉与太后。使左右扶贺下殿,出金马门,群臣送至阙外。贺自知绝望,因西向望阙再拜道:"愚戆不能任事!"说罢乃起。自就乘舆副车,霍光特送入昌邑邸中,才向贺告辞道:"王所行自绝于天,臣宁负王,不敢负社稷,愿王自爱!臣此后不得再侍左右了。"随即涕泣自去。

群臣复请徙贺至汉中,光因处置太严,奏请太后仍使贺还居昌邑,削去王号,另给食邑二千户。惟昌邑群臣,陷王不义,一并处斩。只有中尉王吉,郎中令龚遂,素有谏章,许得减轻,髡为城旦。贺师王式,本拟论死,式谓曾授贺《诗》三百五篇,反复讲解,可作谏书,于是也得免死刑。那应死的二百余人,均被绑赴市曹,凄声号呼道:"当断不断,反受其乱!"这两句的意思,乃是悔不杀光。但光不问轻重,一体骈诛,也未免任威好杀呢。小子有诗叹道:

国家为重嗣君轻,主昧何妨作变更。
只是从官屠戮尽,滥刑毕竟太无情。

贺既废去,朝廷无主,光请太后暂时省政,且迁胜为长信少府,爵关内侯,令授太后经术。胜系鲁人,素习尚书,至是即将生平所学,指示太后。但太后究是女流,不便久亲政务,当由百官会议,选出一位嗣主来了。欲知何人嗣立,且至下回再详。

昌邑王贺,非不可立。但选立之初,宜如何考察,必视贺有君人之德,方可遣使往迎,奈何躁率从事,不问贺之能否为君,便即贸然迎立耶?光以广陵失德,主张舍贺,就令不怀私意,而失察之咎,百喙奚辞。且贺在途中,种种不法,史乐成辈均已闻知,与其后来废立,亦何若预先慎重,遣还昌邑之为愈乎?况废立之举,侥幸成功,设有他变,祸且不测。伊尹能使太甲之悔过,而霍光徒毅然废立,专制成事,其不如伊尹多矣!然以后世之莽操视之,则光犹有古大臣风,与跋扈者实属不同。善善从长,光其犹为社稷臣乎?

第八十一回

谒祖庙骖乘生嫌　嘱女医入宫进毒

却说霍光废去昌邑王贺，汉廷无主，不得不议立嗣君，好几日尚未能决。光禄大夫丙吉，乃向光上书道："将军受托孤重寄，尽心辅政，不幸昭帝早崩，迎立非人。今社稷宗庙，及人民生命，均待将军一举，方决安危。窃闻外间私议，所言宗室王侯，多无德望，惟武帝曾孙病已，受养掖庭外家，现约十八九岁，通经术，具美材，愿将军周咨众议，参及蓍龟，先令入侍太后，俾天下昭然共知，然后决定大计，天下幸甚！"光阅书后，遍问群臣，太仆杜延年也知病已有德，劝光迎立，此外亦无人异议。光复会同丞相杨敞等，上奏太后，略云：

  孝武皇帝曾孙病已，年十八，师受《诗》《论语》《孝经》，躬行节俭，慈仁爱人，可嗣孝昭皇帝后，奉承祖宗庙，子万姓，臣等昧死以闻。

上官太后少不经事，不过名义上推为内主，要她取决，其实统是霍光一人主张；光如何定议，太后无不依从。实是一位女傀儡。当下准如所请，即命宗正刘德，备车往迎皇曾孙。皇曾孙病已，就是卫太子据孙。太子据尝纳史女为良娣，良娣系东宫姬妾，位居妃下。生子名进，号史皇孙。史皇孙纳王夫人，生子病已，号皇曾孙。太子据起兵败死，史良娣、史皇孙、王夫人并皆遇害，独病已尚在襁褓，坐系狱中。却值廷尉监丙吉，奉诏典狱，见了这个呱呱婴儿，未免垂怜。遂择女犯中赵胡二妇，轮流乳养，每日必亲加查验，不令虐待，病已乃得保全。后来武帝养病五柞宫，闻术士言长安狱中有天子气，因诏令长安各狱中，无论长幼，一律处死。王者不死，岂能擅杀？丙吉见诏使到来，闭门不纳，但传语诏使郭穰道："天子以好生为大德，他人无辜，尚不可妄杀，何况狱中有皇曾孙呢？"郭穰只得回报武帝，武帝倒也省悟道："这真是天命所在了！"乃更下赦书，所有狱中罪犯,一律免死。忽猛忽宽,已与乱命相似,惟因丙吉一言,活人无数,阴德可知。吉又为皇曾孙设法,欲将他移送京兆尹,先为致书相请,偏京兆尹驳还不受。皇曾孙已有数岁,常多疾病,赖吉多方医治,始得就痊。吉因他常留狱中,终属不妙,仔细调查,得知史良娣有母贞君,与子史恭,居住故乡,乃将皇曾孙送归史氏,嘱令留养。史贞君虽然年老,但见了外曾孙,当然怜惜,便振起精神,好生看养。至武帝驾崩,遗诏命将曾孙病已收养掖庭,病已乃复入都,归掖庭令张贺看管。贺即右将军张安世兄,前曾服侍卫太子,追念旧恩,格外勤养皇曾孙,令他入塾读书,修脯由贺担任。皇曾孙却发愤好学,黾勉有成,渐渐的长大起来。贺知他成人有造,意欲把女儿配与为妻。安世发怒道:"皇曾孙为卫太子后裔,但得衣食无亏,也好知足。我张氏女岂堪与配么!"不脱俗情。贺乃另为择偶。适有暴室啬夫许广汉,暴音曝,系宫人织染处,啬夫,官名。生有一女,叫作平君,已许字欧侯氏子为妻,尚未成婚。欧侯氏子一病身亡,遂致婚期中断,仍然待字闺中。广汉与贺,前皆因案牵连,致罹宫刑。贺坐卫太子狱,广汉坐上官桀案,累得身为刑余,充当宫中差使。掖庭令与暴室啬夫,官职虽分高下,惟同为宫役,时常晤面,免不得杯酒相邀,互谈衷曲。一日两人酒叙,饮至半酣,贺向广汉说道:"皇曾孙年已长成,将来不失为关内侯。闻君有女待字,何不配与为妻呢?"广汉已有三分酒意,慨然应允。饮毕回家,与妻谈及,妻不禁怒起,力为阻止。还是广汉定欲践言,不肯悔约,且思掖庭令是上级官长,更觉未便违命,乃将皇曾孙的履历,说得如何尊贵,如何光荣。妇人家心存势利,听得许多好处,也不禁开着笑颜。描写逼真。于是依了夫言,将女许嫁。贺便自出私财,为皇曾孙聘娶许女,择日成礼。两情缱绻,鱼水谐欢。且皇曾孙更多了一个岳家,越有倚靠,更向东海澓中翁处,肄习《诗》经,暇时出游三辅,也去斗鸡走马,作为消遣。惟常留心风俗,所有闾里奸邪,吏治得失,颇能一一记忆,历数无遗。尤有一种异相,遍体生毛,起居处屡有光耀,旁人诧为奇事,皇曾孙亦因此自豪。

昭帝元凤三年正月间,泰山有大石自立,上林中大柳已死,忽然重生。柳叶上虫食成文,约略辨认,乃是"公孙病已立"五字,中外人士,莫不惊疑。符节令眭孟,曾从董仲舒受习《春秋》,通谶纬学,独奏称大石自

立,僵柳复起,必有匹夫起为天子,应该亟求贤人,禅授帝位。大将军霍光,说他妖言惑众,捕孟处斩。谁知所言果验,竟于元平元年孟秋,由宗正刘德迎入皇曾孙,至未央宫谒见太后,虽是天潢嫡派,已经削籍为民。光以为不便径立,特请诸太后,先封皇曾孙为阳武侯,然后由群臣奉上玺绶,即皇帝位。九死一生的皇曾孙,居然龙飞九五,坐登大宝,后来因他庙号孝宣,称为宣帝。宣帝嗣阼,例须谒见高庙;大将军霍光,骖乘同行,宣帝坐在舆中,好似背上生着芒刺,很觉不安。及礼毕归来,由车骑将军张安世,代光骖乘,宣帝方才安心,怡然入宫。侍御史严延年,却劾奏霍光擅行废立,无人臣礼。至此方言明是卖直。宣帝瞧到此奏,不便批答,只好搁置不提。

未几丞相杨敞病终,升御史大夫蔡义为丞相,封阳午侯,进左冯翊田广明为御史大夫。义年已八十多岁,伛偻曲背,形似老妪,或谓光自欲专制,故用此老朽为相。当有人向光报知,光解说道:"义起家明经,从前孝武皇帝尝令他教授昭帝,他既为人主师,难道不配做丞相么?"相术与师

第八十一回　谒祖庙骖乘生嫌　嘱女医入宫进毒

道不同，光此言似是而非。是时上官太后尚居未央宫，由宣帝尊为太皇太后，只是后位未定，群臣多拟立霍光小女，就是上官太后，亦有此意。宣帝已有所闻，独下诏访求故剑，这乃是宣帝不弃糟糠，特借故剑为名，表明微意。群臣却也聪明，遂请立许氏为皇后。宣帝先册许氏为婕妤，嗣即令正后位。并欲援引先朝旧例，封后父广汉为侯。偏霍光出来梗议，谓广汉已受宫刑，不应再加侯封。光妻谋毒许后，实是因此发生。宣帝拗他不过，暂从罢论。

蹉跎过了年余，始封广汉为昌成君。光见宣帝遇事谦退，持躬谨慎，料他没有意外举动，遂请上官太后还居长乐宫。上官太后当然还驾，光且派兵屯卫长乐宫，戒备非常。已而腊鼓催残，椒花献颂，新皇帝依例改元，号为本始元年，下诏封赏，定策功臣。增封大将军霍光，食邑万七千户；车骑将军张安世，食邑万户，此外列侯加封食邑，共计十人，封侯计五人，赐爵关内侯计八人。霍光稽首归政，宣帝不许，令诸事俱先白霍光，然后奏闻。光子霍禹，及兄孙霍云霍山，俱得受官。还有诸婿外孙，陆续引进，蟠据朝廷。宣帝颇怀猜忌，但不得不虚己以听，唯言是从。独大司农田延年，首倡废立大议，晋封阳城侯，免不得趾高气扬，自鸣得意。哪知有怨家告讦，说他办理昭帝大丧，谎报雇车价值，侵吞公款至三千万钱，当由丞相蔡义，据事纠弹，应该下狱讯办。田延年素性负气，竟不肯就狱，愤然说道："我位至封侯，尚有面目入诏狱么？"俄而又闻严延年劾他手持兵器，侵犯属车，更恨上添恨道："这无非教我速死！我死便罢，何必多方迫我？"说着，竟拔剑自杀。后来御史中丞，反诘责严延年，谓既知田延年有罪，如何纵令犯法，亦当连坐。严延年弃官遁去，朝廷也不加追究。看官阅此，应知两延年一死一遁，都是性情过激，世所难容，终不免受人挤排，捽去了事！

宣帝不好过问，但凭霍光处置，惟自思本生祖考，未有号谥，乃令有司妥为议定。有司应诏奏称，谓为人后者为人子，不得私其所亲，陛下继承昭帝，奉祀陵庙，亲谥只宜称悼，母号悼后，故皇太子谥曰戾，史良娣号戾夫人。宣帝也即准议，不过重行改葬，特置园邑，留作一种报本的纪念。更立燕刺王旦太子建为广阳王，广陵王胥少子弘为高密王，越年复下诏追崇武帝，应增庙乐，令列侯二千石博士会议，群臣皆复称如诏。独长信少府夏侯胜驳议道："孝武皇帝，虽尝征服蛮夷，开拓土宇，但多伤士卒，竭尽财力，德泽未足及人，不宜更增庙乐。"这数语说将出来，顿致舆论哗然，同声语胜道："这是诏书颁示，怎得故违？"胜昂然道："诏书非尽可行，全靠人臣直言补阙，怎得阿意顺旨，便算尽忠？我意已定，死亦无悔了！"*又出一个硬头子*。大众闻言，统怪胜不肯奉诏，联名奏劾，说他毁谤先帝，罪该不道。独丞相长史黄霸，不肯署名。复被大众举劾，请与胜一同坐罪。宣帝乃命将胜、霸二人，逮系狱中。群臣遂请尊武帝庙为世宗庙，且提出武帝在日，巡行郡国四十九处，概令立庙，别立庙乐，号为盛德文始五行舞，世世祭飨，与高祖太宗庙祀相同，宣帝并皆依议，饬令照办。只胜、霸两人，久被拘系，好多时不闻究治。两人同在一处，彼此攀谈，却也不至寂寞。霸字次公，籍隶阳夏，少习法律，及长为吏，迁任河南郡丞，宽和得民。宣帝即位，因召为廷尉正，兼署丞相长史。此时被逮下狱，亲友都替他愁苦，他却遇着经师夏侯胜，正好乘闲请教，乞胜传授经学。胜言犯罪当死，何必读经？霸答道："朝闻道，夕死犹可。况今夕尚未必果死哩！"*可谓好学*。胜乃讲授《尚书》，逐日不绝。直至本始四年，方才遇赦，后文再表。

且说乌孙国王岑陬，前纳继祖母江都公主为妻，仍然臣事汉朝。*见前文*。越数年后，江都公主病死，岑陬复乞和亲，汉廷因将楚王戊孙女解忧，号为公主，遣嫁岑陬。解忧尚无生育，岑陬却患了绝症，竟致不起。自思有子泥靡，出自胡妇，幼弱未能任事，不如托诸从弟翁归靡，教他代立为王。俟至泥靡长成，然后归还主位。主见已定，遂召翁归靡入帐，述及己意，翁归靡当然听命。及岑陬一死，便即称王，又见解忧年轻有色，也把她占为己妻。*继祖母尚可为妻，何况从嫂？*解忧只好随缘，与翁归靡结为夫妇，好合数年，得生三男二女，依次长成。长男名元贵靡，留在国中。次男名万年，出为莎车王。最幼名大乐，也为左大将。及昭帝末年，匈奴因乌孙附汉，连结车师，并攻乌孙，乌孙忙发兵守御。一面由解忧公主出面，飞书至汉，求请援师。汉廷得书，正拟调兵往救，适值昭帝驾崩，国事纷纭，无暇外顾。到了宣帝即位，复由解忧夫妇，上书敦促，并言专待汉兵，夹击匈奴。宣帝与霍光议定，大发关东精锐，分路出征。命御史大夫田广明为祁连将军，领四万余骑出西河；度辽将军范明友，领三万余骑出张掖；前将军韩增，领三万余骑出云中；后将军赵充国为蒲类将军，领三万余骑出酒泉；云中太守田顺为虎牙将军，领三万余骑出五原。五路大兵，共计得十六万余人，如火如荼，杀往匈奴。再遣校尉常惠，持节发乌孙兵，会师夹攻。

匈奴主壶衍鞮单于，闻得汉兵大至，亟将人民牲畜，奔徙漠北，塞外一空。汉将五路出师，但见秋高木落，遍地荒凉，并没有什么胡兵，什么胡马，好容易驰入胡境，搜得几个人畜，也不过是老弱陋劣，一时不及迁移，乃被捕获。五将陆续班师，由汉廷严核赏罚，田广明引兵先归，田顺诈报俘虏，皆被察出，下狱自杀。范明友、韩增、赵充国三人，也是半途折回，无功有罪。宣帝因已诛二将，不欲滥刑，特令从宽免议。

独校尉常惠，监护乌孙兵五万余骑，直入右谷蠡王庭内，擒住单于伯叔，及嫂居次，*犹汉言公主*。名王犁汙，掳都尉千长以下三万九千余级，马牛羊驴七十余万头，饱载西归，返入乌孙。乌孙将掳取人畜，悉数自取，毫不分与常惠，反将常惠使节盗去。常惠无从追究，垂头丧气，驰还长安。*何其疏忽至此！*自料此番回都，必遭重谴，硬着头入报宣帝。宣帝却好言抚慰，面封惠为长罗侯，惠谢恩而退，喜出望外。后来探问同僚，才知宣帝因五将无功，还是乌孙兵得了大捷，虽然没有进益，也足令匈奴丧胆，免为汉患，所以叙功加封。寻且奉诏再使乌孙，令他赍着金帛，犒赏乌孙将士。惠乘机进奏，谓龟兹国前杀朝使，未曾加讨，应该顺道往攻。宣帝恐他多事，不肯照准。惟霍光密与惠言，许得便宜行事，惠遂往乌孙，宣诏颁赏，又矫命乌孙发兵，联合西域各国，进击龟兹。龟兹已经易主，后王绛宾，说是先人误听姑翼，因致得罪汉朝。当下将姑翼缚送军前，由惠喝令斩讫，当即罢兵回国。宣帝闻报，本欲责他专擅，因闻霍光暗中指使，只得作罢，但不复加赏，略示深衷。

谁知霍光专政，情尚可原，那光妻霍显，却是一个淫悍泼妇，公然阴谋诡计，下毒宫闱。说将起来，也是霍光治家不正，肇此祸阶。霍光元配东闾氏，只生一女，嫁与上官安为妻。东闾氏早殁，有婢名显，狡黠异常，为光所爱，曾纳为妾媵，生有子女数人。光便不他娶，就将显升做继室。显有小女成君，尚未字人，满望宣帝登台，好将成君纳入宫中，做个现成皇后。偏宣帝愿求故剑，令故妻许氏正位中宫，竟致霍显失望，满怀不平。

日思夜想,拟把许后除去,怎奈一时不得方法,没奈何迁延过去。迟至本始三年正月,许皇后怀孕满期,将要分娩,忽然身体不适,寝食难安。宣帝顾念患难夫妻,格外爱护,遍召御医诊治,且采募女医入宫,俾得日夕侍奉,较为合宜。巧有掖庭户卫淳于赏妻,单名为衍,粗通医理,应募入侍。衍尝往来大将军家,与霍显认识有年,至是淳于赏因妻入宫,便与语道:"汝何不往辞霍夫人,为我求得安池监。若霍夫人肯代白大将军,安池监定可补缺,比户卫好得多呢!"衍遵着夫嘱,径至霍家谒显,报告入宫侍后,并求派乃夫差缺。显触着心事,暗暗喜欢道:"这番机会到了!"便引衍至密室,悄然与语。特呼衍表字道:"少夫!汝欲我代谋差缺,我亦烦汝一件大事,汝可允我否?"衍应声道:"夫人有命,敢不敬从!"显笑说道:"大将军最爱小女成君,欲使极贵,特为此事,有劳少夫。"衍不解所谓,愕然问道:"夫人所嘱,是何命意?"显即将衍扯近一步,附耳与语道:"妇人产育,关系生死。今皇后因娠得病,正好将她毒死。天子若立继后,小女成君,就得册纳,少夫如肯为力,富贵与共,幸勿推辞!"顾前不顾后,全是悍妇偏见。衍闻显言,不禁失色,支吾对答道:"药须由众医配合，进服时需人先尝，此事恐难为力。"显复冷笑道："少夫若肯代谋，何至无法。现我将军管辖天下，何人敢来多嘴？就使有缓急情事，自当出救，决不相累。只恐少夫无意，才觉难成。"衍沉吟良久，方答说道："有隙可图，自愿尽力。"总为富贵二字所误。显又再三叮嘱，衍应命辞归，也不及告知乃夫，私取附子捣末，藏入衣袋，径往宫中。

可巧许后临盆，生下一女，却是不做难产，安然无恙。不过产后乏力，还须调理，经御医拟定一方，合丸进服。淳于衍凑便下手，竟将附子取出，掺入丸内。附子虽是有毒，本来可作药饵，并非酖毒可比，但性热上升，不宜产后。许后哪里知晓，取到便吞，待至药性发作，顿时喘急起来，因顾问淳于衍道："我服丸药后，头觉岑岑。沉重之意。莫非丸中有毒不成？"衍勉强答说道："丸中何至有毒。"一面说，一面再召御医诊治。御医诊治后脉，已经散乱，额上冷汗淋漓，也不识是何因，才阅片刻，许后两眼一翻，呜呼归天！还幸微贱时已产一男，总算留得一线血脉。小子有诗叹道：

赢得三年国母尊，伤心被毒竟埋冤。

杜南若有遗灵在，好看仇家且灭门。杜南为许后葬处，见下回。

许后告崩，宣帝亲自视殓，悲悼不已。忽由外面呈入奏章，乃收泪取阅。欲知奏章内容，待至下回再表。

　　史称霍氏之祸，萌于骖乘，是骖乘一事，所关甚大。夫骖乘亦常事耳，张安世亦与谋废立，官拜车骑将军，更非常官；当其代光骖乘，宣帝得从容快意，何独于霍光而疑之。吾料霍光当日，必有一种骄倨之容，流露词色，令人生畏，此宣帝之所以踧踖不安也。田延年之自杀，祸起怨家；而霍光不为救护，未免怀私。废立之议，倡自田延年，光不欲使为功首，故乐其死而恝（jiá）视之。严延年之被逐，则实为劾奏霍光而起。御史中丞，诘责严延年，即非由光之授意，而巧为迎合，不问可知。至若常惠之通使乌孙，擅击龟兹，则全出光之指授。光固视宣帝如傀儡，归政之请，果谁欺乎？悍妻霍显，胆敢私嘱女医，毒死许后，何一非由光之纵成。后人或比光为伊周，伊周圣人，岂若光之悖蓦为哉？

第八十二回

孝妇伸冤于公造福　淫妪失德霍氏横行

却说宣帝方悲悼许后，即有人递入奏章，内言皇后暴崩，想系诸医侍疾无状，应该从严拿究。宣帝当即批准，使有司拿问诸医。淳于衍正私下出宫，报知霍显，显引衍入内，背人道谢。一时未便重酬，只好与订后约。衍告别回家，甫经入门，便有捕吏到来，把她拘去。经问官审讯几次，衍抵死不肯供认，此外医官，并无情弊，自然同声呼冤。问官无法，一古脑儿囚系狱中。霍显闻知衍被拘讯，惊惶的了不得，俗语说得好，急来抱佛脚，那时只好告知霍光，自陈秘计。霍光听了，也不禁咋舌，责显何不预商。显泣语道："木已成舟，悔亦无及，万望将军代为调护，毋使衍久系狱中，吐出实情，累我全家。"光默然不答，暗思事关大逆，若径去自首，就使保全一门，那娇滴滴的爱妻，总须头颅落地，不如代为瞒住，把淳于衍等一体开释，免得及祸。谁知祸根更大。乃入朝谒见宣帝，但言皇后崩逝，当是命数注定，若必加罪诸医，未免有伤皇仁；况诸医也没有这般大胆，敢毒中宫。宣帝也以为然，遂传诏赦出诸医，淳于衍亦得释出。许皇后含冤莫白，但依礼治丧，奉葬杜南，谥为恭哀皇后。霍显见大狱已解，才得放心，密召淳于衍至家，酬以金帛，后来且替她营造居屋，购置田宅婢仆，令衍享受荣华。衍意尚未足，霍家财钱，却耗费了许多。显知阴谋已就，便为小女安排妆奁，具备许多珠玉锦绣，眼巴巴的望她为后。只是无人关说，仍然无效，没奈何再请求霍光，纳女后宫。光也乐得进言，竟蒙宣帝允许，就将成君装束停当，载入宫中。国丈无不愿为。所有衣饰奁具，一并送入。从来少年无丑妇，况是相府娇娃，总有一些秀媚状态。宣帝年甫逾冠，正当好色年华，虽尚追忆前妻，余哀未尽，但看了这个如花似玉的佳人，怎能不情动神移？当下优礼相待，逐渐宠幸。过了一年，竟将霍氏成君，册为继后。霍夫人显果得如愿以偿，称心满意了。

原是快活得很，可惜不能长久。

先是许后起自微贱，虽贵不骄，平居衣服，俭朴无华，每五日必至长乐宫，朝见上官太后，亲自进食，谨修妇道。至霍光女为后，比许后大不相同，舆服丽都，仆从杂沓，只因上官太后谊属尊亲，不得不仿许后故事，前去侍奉。上官太后，系霍光外孙女，论起母家私戚，还要呼霍后为姨母，所以霍后进谒，往往起立一旁，特别敬礼。就是宣帝亦倍加燕好，备极绸缪。

是年丞相义病逝，进大鸿胪韦贤为丞相，封扶阳侯。大司农魏相为御史大夫，颍川太守赵广汉为京兆尹。又因郡国地震，山崩水溢，北海琅琊，毁坏宗庙，宣帝特素服避殿，大赦天下，诏求经术，举贤良方正。夏侯胜、黄霸才得出狱。**回应前回。**胜且受命为谏大夫，霸出任扬州刺史。胜年已垂老，平素质朴少文，有时入对御前，或误称宣帝为君，或误呼他人表字，**君前臣名不应呼字。**宣帝毫不计较，颇加亲信。尝因回朝退食，与同僚述及宫中问答。事为宣帝所闻，责胜漏言，胜从容道："陛下所言甚善，臣非常佩服，故在外称扬。唐尧为古时圣主，言论传诵至今，陛下有言可传，何妨使人传诵呢！"宣帝不禁点首，当然无言。**夏侯胜也会献谀。**嗣是朝廷大议，必召胜列席。宣帝常呼胜为先生，且与语道："先生尽管直言，幸勿记怀前事，自安退默。朕已知先生正直了！"胜乃随事献替，多见听从。继复使为长沙少府，迁官太子太傅，年至九十乃终。上官太后记念师恩，赐钱二百万，素服五日。宣帝亦特赐茔地，陪葬平陵。**即昭帝陵，见前文。**西汉经生，生荣死哀，惟胜称最。胜本鲁人，受学于族叔夏侯始昌。始昌尝为昌邑王太傅，通尚书学，得胜受授，书说益明，时人称为大小夏侯学。胜子孙受荫为官，不废先业，这也好算得诗书余泽呢。**归功经术，寓意独深。**

且说宣帝本始四年冬季，定议改元，越年元日，遂号为地节元年。朝政清平，国家无事，惟刑狱尚沿积习，不免烦苛。宣帝有志省刑，特升水衡都尉于定国为廷尉，令他决狱持平。定国字曼倩，东海郯县人。父于公，曾为郡曹，判案廉明，民无不服。郡人特为建立生祠，号为于公祠。会东海郡有孝妇周青，年轻守寡，奉姑惟谨。姑因家况素贫，全靠周青纺织为养，甚觉过意不去，且周青又无子嗣，不如劝令改嫁，免受冻馁，一连说至数次，青决意守节，誓不再醮。姑转告邻人道："我媳甚孝，耐苦忍劳，

但我怜她无子守寡，又为我一人在世，不肯他适，我岂可长累我媳么？"邻人总道她是口头常谈，不以为意，那姑竟自缢，反致周青茕茕孑立，不胜悲苦。青有小姑，已经适人，平时好搬弄是非，竟向郯县中控告寡嫂，说她逼死老母。县官不分皂白，便将周青拘至，当堂质讯。青自然辩诬，偏县官疑她抵赖，喝用严刑。青自思余生乏味，不若与姑同尽，乃随口妄供，即由县官谳成死罪，申详太守。太守批令如议，独于公力争道："周青养姑十余年，节孝著名，断无杀姑情事，请太守驳斥县案，毋令含冤！"太守执意不从，于公无法可施，手持案卷，向府署恸哭一场，托病辞去。周青竟致柱死，冤气冲天，三年旱荒。后任太守，为民祈雨，全无效验，乃欲召问卜筮。可巧于公求见，由太守召入与语，于公乃将周青冤案，从头叙明。好在太守不比前任，立命宰牛，至周青墓前致祭，亲为祷告，并竖墓表。及祭毕回署，便觉彤云四布，霖雨连宵。东海郡三年告饥，独是年百谷丰收，民得少苏，自是都感念于公。天既知孝妇之冤，何不降灾郡守，乃独肆虐郡民，此理令人难解。

于公欣然归家，正值里门朽坏，须加修治。里人醵（jù）资估工，为缮

第八十二回 孝妇伸冤于公造福 淫妪失德霍氏横行

葺计,于公笑语道:"今日修筑里门,应比从前高大,可容驷马高车。"里人问他何故? 于公道:"我生平决狱,秉公无私,平反案不下十百,这也是一件阴德,我子孙可望兴隆,所以要高大门闾呢。"里人素敬重于公,如言办理,果然于公殁后,有子定国,出掌吏事,超列公卿。既任廷尉,哀矜鳏寡,罪疑从轻,与前此张汤杜周等人,宽猛迥别。都下有传言云:"张释之为廷尉,天下无冤民;张释之系文帝时人,见前文。于定国为廷尉,民自以不冤。"定国雅善饮酒,虽多不乱,冬月大审,饮酒越多,判断越明。又恨自己未读经书,辄向经师受业,学习《春秋》,北面执弟子礼,因此彬彬有文,谦和儒雅。大将军霍光,亦很加倚重。至地节二年春三月,光老病侵寻,渐至危迫。宣帝躬自临问,见他痰喘交作,已近弥留,不禁泫然流涕。及御驾还宫,接阅光谢恩书,谓愿分国邑三千户,移封兄孙奉车都尉霍山,奉兄骠骑将军去病遗祀。当下将原书发出,交丞相御史大夫酌议,即日拜光子禹为右将军。未几光卒,宣帝与上官太后,均亲往吊奠,使大中大夫任宣等持节护丧,中二千石以下官吏,监治坟茔。特赐御用衣衾棺椁,出葬时候,用辒辌车载运灵柩,辒辌车为天子丧车,车中有窗闭则温,开则凉,故名辒辌车。黄屋左纛,尽如天子制度。征发畿卫各军,一体送葬。予谥宣成侯。墓前置园邑三百家,派兵看守。未免滥赐。丞相韦贤等,请依霍光谢恩书,分邑与山。宣帝不忍分置,令禹嗣爵博陵侯,食邑如旧。独封山为乐平侯,守奉车都尉领尚事。御史大夫魏相,恐霍禹擅权专政,特请拜张安世为大司马大将军,继光后任。宣帝也有此意,即欲封拜。安世闻知消息,慌忙入朝固辞。偏宣帝不肯允许,但取消大将军三字,令安世为大司马车骑将军,领尚书事。安世小心谨慎,事事不敢专主,悉禀宣帝裁定,宣帝始得亲政,励精图治。每阅五日,开一大会,凡丞相以下诸官,悉令列席,有利议兴,有害议革,周咨博访,民隐毕宣。至简放内史守相,亦必亲自召问,循名责实,尝语左右道:"庶民所以得安,田里无愁恨声,全靠政平讼理,得人而治。朕想国家大本,系诸民生,民生大要,系诸良二千石,二千石若不得人,怎能佐朕治国呢?"已而胶东相王成,颇有循声,闻他招集流民,约有八万余口,宣帝即下诏褒扬,称为劳来不怠,赐爵关内侯,这是封赏循吏的第一遭。后来王成病死,有人说他浮报户口,不情不实,宣帝亦未尝追问。但教吏治有名,往往玺书勉励,增秩赐金,于是天下闻风，循吏辈出。下文自有交代。

且说地节三年，宣帝因储君未立，有碍国本，乃立许后所生子奭为皇太子，进封许后父广汉为平恩侯。复恐霍后不平，推恩霍氏，封光孙中郎将云为冠阳侯。哪知霍氏果然觖望，虽得一门三侯，意中尚嫌未足，第一个贪心无厌的人物，就是光妻霍显。她自霍禹袭爵，居然做了太夫人，骄奢不法，任意妄为，令将光生前所筑茔制，特别扩充，三面起阙，中筑神道，并盛建祠宇辇阁，通接永巷。所有老年婢妾，悉数驱至巷中，叫她看守祠墓，其实与幽禁无二。自己大治第宅，特制彩辇，黄金为饰，锦绣为茵，并用五彩丝绞作长绳，绾住辇毂，令侍婢充当车夫，挽车游行，逍遥快乐。日间借此自娱，夜间却未免寂寞，独引入俊仆冯殷，与他交欢。殷素狡慧，与王子方并为霍家奴，充役有年。霍光在日，亦爱他两人伶俐，令管家常琐事。惟子方面貌不及冯殷，殷姣好如美妇，故绰号叫作子都。显系霍光继室，当然年齿较轻，一双媚眼，早已看中冯殷。殷亦知情识意，每乘光入宫值宿，即与显有偷寒送暖等情，光戴着一顶绿巾，尚全然不晓。家有姣妻，怎得再畜俊奴，这也是光种下的祸祟。及光殁后，彼此无禁无忌，乐得相偎相抱，颠倒鸳鸯。霍禹霍山，也是淫纵得很，游佚无度。霍云尚在少年，镇日里带领门客，架鹰逐犬，有时例当入朝，不愿进谒，唯遣家奴驰入朝堂，称病乞假。朝臣亦知他欺主，莫敢举劾。还有霍禹姊妹，仗着母家势力，任意出入太后、皇后两宫。霍显越好横行，视两宫如帷闼一般，往返自由，不必拘礼。为此种种放浪，免不得有人反对，凭着那一腔懊恼，毅然上书道：

　　臣闻《春秋》讥世卿，恶宋三世为大夫，及鲁季孙之专权，皆足危乱国家。自后元以来，后元为汉武年号，见前文。禄去王室，政由冢宰。今大将军霍光已殁，子禹复为右将军，兄孙山，亦入秉枢机，昆弟诸婿，各据权势，分任兵官，夫人显及诸女，皆通籍长信宫，宫在长乐宫内，为上官太后所居。或夤夜呼门出入，骄奢放纵，恐渐不制；宜有以损夺其权，破散阴谋，以固万世之基，全功臣之世，国家幸甚！臣等幸甚！

这封书系由许广汉呈入，署名并非广汉，乃是御史大夫魏相所陈。相字弱翁，定陶人氏，少学易，被举贤良，对策得高第，受官茂陵令。迁任河南太守,禁止奸邪,豪强畏服。故丞相田千秋次子,方为雒阳武库令,闻相治郡尚严,恐自己不免遭劾,辞职入都,入白霍光。光还道相器量浅窄,不肯容故相次儿,当即贻书责备。嗣又有人劾相滥刑,遂发缇骑,拘相入都。河南戍卒,在都留役,闻知魏相被拘,都乘霍光公出,遮住车前,情愿多充役一年,赎太守罪。经光好言遣散,旋又接得函谷关吏报告,谓有河南老弱万余人,愿入关上书,请赦魏相。光复言相罪未定,不过使他候质,如果无罪,自当复任等语。关吏依言抚慰,大众方才散归。至相被逮至,竟致下狱,案无佐证,幸得不死。经冬遇赦,再为茂陵令,调迁扬州刺史。宣帝即位,始召入为大司农,擢任御史大夫。至是愤然上书,也并非欲报私仇,实由霍氏太横,看不过去。因浼平恩侯许广汉代为呈递,委曲求全。相有贤声,故笔下代为洗刷。

宣帝未尝不阴忌霍家,因念霍光旧功,姑示包容,及览到相书,自无异言。相复托广汉进言,乞除去吏民副封,借免壅蔽。原来汉廷故事,凡吏民上书,须具正副二封,先由领尚书事将副封展阅一周,所言不合,得把正封搁置,不复上奏。相因霍山方领尚书事,恐他捺住奏章,故有此请。宣帝也即依从,变更旧制,且引相为给事中。霍显得知此事,召语禹及云

山道："汝等不思承大将军余业，日夕偷安，今魏大夫入为给事中，若使他人得进闲言，汝等尚能自救么？"问汝果做何勾当？禹与云山，尚不以为意。既而霍氏家奴与御史家奴争道，互生龃龉，霍家奴恃蛮无理，竟捣入御史府中，汹汹辱骂。还是魏相出来赔礼，令家奴叩头谢罪，才得息争。旋由丞相韦贤，老病乞休，宣帝特赐安车驷马，送归就第，竟升魏相为丞相。御史大夫一缺，就用了光禄大夫丙吉。吉曾保护宣帝，未尝自述前恩，此次不过循例超迁，与魏相同心夹辅，各尽忠诚。独霍显暗暗生惊，只恐得罪魏相，将被报复。且因太子奭册立以后，尝恨恨道："彼乃主上微贱时所生，怎得立为太子？若使皇后生男，难道反受他压迫，只能外出为王么？"汝试自思系是何等出身？乃悄悄的入见霍后，叫她毒死太子，免为所制。霍后依着母命，怀着毒物，屡召太子赐食，拟乘间下毒。偏宣帝早已防着，密嘱保姆，随时护持，每当霍后与食，必经保姆先尝后进，累得霍后无从下手，只好背地咒骂，衔恨不休。有是母必有是女。宣帝留心伺察，觉得霍后不悦太子，心下大疑。回忆从前许后死状，莫非果由霍氏设计，遣人下毒，以致暴崩。且渐渐闻得宫廷内外，却有三言两语，流露毒案，因此与魏相密商，想出一种釜底抽薪的计策，逐渐进行。

当时度辽将军范明友，为未央卫尉，中郎将任胜，为羽林监，还有长乐卫尉邓广汉，光禄大夫散骑都尉赵平，统是霍光女婿，入掌兵权。光禄大夫给事中张朔，系光姊夫，中郎将王汉，系光孙婿。宣帝先徙范明友为光禄勋，任胜为安定太守，张朔为蜀郡太守，王汉为武威太守，复调邓广汉为少府，收还霍禹右将军印，阳尊为大司马，与乃父同一官衔，特命张安世为卫将军，所有两宫卫尉，城门屯兵，北军八校尉，尽归安世节制。又将赵平的骑都尉印绶，也一并撤回，但使为光禄大夫。另使许、史两家子弟，代为军将。

霍禹因兵权被夺，亲戚调徙，当然郁愤得很，托疾不朝。大中大夫任宣，曾为霍氏长史，且前此奉诏护丧，因特往视霍禹，探问病恙。禹张目道："我有什么病症？只是心下不甘。"宣故意问为何因，禹呼宣帝为县官，信口讥评道："县官非我家将军，怎得至此？今将军坟土未干，就将我家疏斥，反任许、史子弟，夺我印绶，究竟我家有什么大过呢？"宣闻言劝解道："大将军在日，亲揽国权，生杀予夺，操诸掌握，就是家奴冯子都、王子方等，亦受百官敬重，比丞相还要威严。今却不能与前并论了。许、史为天子至亲，应该贵显，愿大司马不可介怀！"宣亦有心人，惜语未尽透辟。禹默然不答，宣自辞去。

越数日禹已假满，没奈何入朝视事。天下事盛极必衰，势盛时无不奉承，势衰后必遭怨谤，况霍氏不知敛束，怎能不受人讥弹？因此纠劾霍家，常有所闻。霍禹、霍山、霍云，无从拦阻，愁得日夜不安，只好转告霍显。显勃然道："这想是魏丞相暗中唆使，要灭我家，难道果无罪过么？"妇人不知咎已，专喜咎人。山答说道："丞相生平廉正，却是无罪，我家兄弟诸婿，行为不谨，容易受谤，最可怪的是都中舆论，争言我家毒死许皇后，究竟此说从何而来？"霍显不禁起座，引霍禹等至内室，具述淳于衍下毒实情。霍禹等不觉大惊，同声急语道："这！这！这事果真么？奈何不先行告知！"显也觉愧悔，把一张粉饰的黄脸儿，急得红一块，青一块，与无盐嫫母一般。无盐嫫母，古丑妇。小子有诗叹道：

　　不经贪贼不生灾，大祸都从大福来。
　　莫道阴谋人不觉，空中天网自恢恢。

欲知霍氏如何安排，容至下回续叙。

　　孝妇含冤，三年不雨，于公代为昭雪，请太守祭茔表墓，即致甘霖之下降，是天道固非尽无凭也。天道有凭，宁有如霍显之毒死许后，纳入小女成君，而可得富贵之长保者？人有千算，天教一算，愈狡黠愈遭天忌，愈骄横亦愈致天谴；况霍显淫悍，霍禹、霍山、霍云，更游侠无度，如此不法，尚欲安享荣华，宁有是理？人即可欺，天岂可欺乎？逮至兵权被削，亲戚被徙，独不知谢职归田，反且蓄怨生谋，思为大逆，其自速灭亡也宜哉！观于霍氏之灭亡，而后之营营富贵者，可自此返矣。

第八十三回

泄逆谋杀尽后族　矫君命歼厥渠魁

却说霍显心虚情怯，悔惧交并，霍禹对显道："既有此事，怪不得县官斥逐诸婿，夺我兵权，若认真查究起来，必有大罚，奈何奈何！"霍山霍云，亦急得没有主意。还是霍禹年纪较大，胆气较粗，自思一不做二不休，将错便错，索性把宣帝废去，方可免患。比母更凶。忽又见赵平趋入道："平家有门客石夏，善观天文，据言天象示变，荧惑守住御星，御星占验，主太仆奉车都尉当灾，若非罢黜，且遭横死。"霍山正为奉车都尉，听了平言，更觉着忙。就是霍禹霍云，亦恐自己不能免祸。正在秘密商议，又有一人进来，乃是云舅李竟好友，叫做张赦。云亦与交好，当即迎入，互相谈叙。赦见云神色仓皇，料有他故，用言探试，便由云说出隐情。赦即替他设策道："今丞相与平恩侯，擅权用事，可请太夫人速白上官太后，诛此两人，翦去宫廷羽翼，天子自然势孤。但教上官太后一诏，便好废去。"云欣然受教，赦也即告别。

不意属垣有耳，竟为所闻，霍氏家中的马夫，约略听见张赦计谋，夜间私议。适值长安亭长张章，与马夫相识，落魄无聊，前来探望。马夫留他下榻，他佯作睡着，却侧着耳听那马夫密谈，待至马夫谈完，统去就寝，便不禁暗喜，想即借此出头，希图富贵。心虽不善，但不如此，则霍氏不亡。朦胧半晌，已报鸡声，本来张章粗通文墨，至此醒来，又复打定腹稿，一至天明，即起床与马夫作别，自去缮成一书，竟向北阙呈入。宣帝本欲杜除壅蔽，使中书令传诏出去，无论吏民，概得上书言事。一面由中书令逐日取入，亲自披览。至看到章书，就发交廷尉查办，廷尉使执金吾官名。往捕张赦、石夏等人。已而宣帝又饬令止捕。

霍氏知阴谋被泄，越觉惊惶。霍山等相率聚议道："这由县官顾着太后，恐致干连，故不愿穷究。但我等已被嫌疑，且有毒死许后一案，谣言日盛,就使主上宽仁,难保左右不从中举发,一或发作,必致族诛。今不如先发制人,较为得计!"已经迟了。乃使诸女各报夫婿,劝他一同举事。各婿家也恐连坐,情愿如约。会霍云舅李竟,坐与诸侯王私相往来,得罪被拘。案与霍氏相连,有诏令霍云霍山,免官就第,霍氏愈致失势。只有霍禹一人,尚得入朝办事。百官对着霍禹,已不若从前敬礼,偏又经宣帝当面责问,谓霍家女人谒长信宫,注见前回。何故无礼?霍家奴冯子都等,何故不法?说得禹头汗直淋,勉强免冠谢罪。乃退朝回来,告知霍显以下等人,胆小的都吓得发抖,胆大的越激动邪心。显忐忑不安,夜间梦光与语道:"汝知儿被捕否?"光果有灵,当先活捉冯子都,这全是霍显惊慌所致。霍禹也梦车声马声,前来拿人。母子清晨起床,互述梦境,并皆担忧。又见白昼多鼠,曳尾画地,庭树集鸮,恶声惊人。宅门无故自坏,屋瓦无风自飞,种种怪异,不可究诘。

地节四年春月,宣帝求得外祖母王媪,及母舅无故与武,当即称王媪为博平君,封无故为平昌侯,武为乐昌侯。许、史以外,又多了王门贵戚,顿使霍家相形见绌,日夜愁烦。霍山独怨恨魏相,侈然语众道:"丞相擅减宗庙祭品,如羔如兔龟,并皆酌省。从前高后时,曾有定例,臣下擅议宗庙,罪应弃市。今丞相不遵旧制,何勿把他举劾呢!"霍禹霍云,尚说此举只有关魏相,未足保家。因复另设一计,欲使上官太后邀饮博平君,召入丞相平恩侯等,令范明友、邓广汉引兵突入,承制处斩,趁势废去宣帝,立霍禹为天子。计议已定,尚未举行,又由宣帝颁诏,出霍云为玄菟太守,任宣为代郡太守。接连又发觉霍山过恶,系是擅写秘书,应该坐罪,不如意事,纷至沓来。霍显替山解免,愿献城西第宅,并马千匹,为山赎罪,书入不报。哪知张章又探得霍禹等逆谋,往告期门官名。董忠,忠转告左曹杨恽,恽又转达侍中金安上。安上系前车骑将军金日䃅从子,方得主宠,立即奏闻宣帝,且与侍中史高同时献议,请禁霍氏家族,出入宫廷。侍中金赏,为日䃅次子,曾娶霍光女为妻,一闻此信,慌忙入奏,愿与霍女离婚。

宣帝不能再容,当即派吏四出,凡霍氏家族亲戚,一体拿办。范明友先得闻风,驰至霍山霍云家内,报知祸事。山与云魂胆飞扬,正在没法摆布,便有家奴抢入道:"太夫人第宅,已被吏役围住了!"山知不能免,取毒先服,云与明友次第服下,待至捕役到门,已经毒发毙命,惟搜得妻妾子

弟,上械牵去。那霍显母子,未得预闻,竟被拘至狱中,讯出真情,禹受腰斩,显亦遭诛,所有霍氏诸女,及女婿孙婿,悉数处死。甚至近戚疏亲,辗转连坐,诛灭不下千家。冯子都、王子方等,当然做了刀头鬼,与霍氏一门,同赴冥途去了。冯子都阴魂,又好与霍显取乐,只可惜要碰着霍光了。惟金赏已经去妻,幸免株连。霍后坐此被废,徙居昭台宫。金安上等告逆有功,俱得加封,安上受封都成侯,杨恽受封平通侯,董忠受封高昌侯,张章受封博成侯,平地封侯,张章最为侥幸。侍中史高,也得受封乐陵侯。

先是霍氏奢侈,茂陵人徐福,已知霍氏必亡,曾诣阙上书,请宣帝裁抑霍氏,毋令厚亡。宣帝留中不发,书至三上,不过批答了闻知二字。及霍氏族灭,张章等俱膺厚赏,独不及徐福。有人为徐福不平,因代为上书道:

臣闻客有过主人者,见其灶直突,旁有积薪。客谓主人,更为曲突,远徙其薪,否则且有火患。主人默然不应。俄而家果失火,邻里共救之,幸而得息。于是杀牛置酒,谢其邻人,灼烂者在于上行,余各以功次坐,而不及言曲突者。人谓主人曰:"向使听客之言,不费牛酒，终无火患。今论功而请宾，曲突徙薪无恩泽，焦头烂额为上客耶？"主人乃悟而请之。今茂陵徐福数上书，言霍氏且有变，宜防绝之。向使福说得行，则国无裂土出爵之费，臣无逆乱诛灭之败。往事既已，而福独不蒙其功，惟陛下察之！愿贵徙薪曲突之策，使居焦发灼烂之右。

宣帝览书，心下尚未以为然，但令左右取帛十匹，颁赐徐福。后来总算召福为郎，便即了事。时人谓霍氏祸胎，起自骖乘，见八十一回。宣帝早已阴蓄猜疑，所以逆谋一发，便令族灭。但霍光辅政二十余年，尽忠汉室。宣帝得立，虽由丙吉倡议，终究由霍光决定，方才迎入。前为寄命大臣，后为定策元勋，公义私情，两端兼尽。只是悍妻骄子，不善训饬，弑后一案，隐忍不发，这是霍光一生大错。惟宣帝既已隐忌霍光，应该早令归政，或待至霍光身后，不使霍氏子弟蟠踞朝廷，但俾食大县，得奉朝请，也足隐抑霍氏，使他无从谋逆。况有徐福三书，接连进谏，曲突徙薪，也属未迟。为何始则滥赏，继则滥刑，连坐千家，血流都市。忠如霍光，竟令绝祀，甚至一相狎相偎的霍后，废锢冷宫，尚不能容，过了十有二年，复将她逐锢云林馆，迫令自杀。宣帝也处置失策，残刻寡恩。后世如有忠臣，能不因此懈体否？孔光、扬雄未始不鉴此虑祸，遂至失操，是实宣帝一大误处。

宣帝既诛灭霍家，乃下诏肆赦，出诣昭帝陵庙，行秋祭礼。行至途中，前驱旄头骑士，佩剑忽无故出鞘，剑柄坠地，插入泥中，光闪闪的锋头，上向乘舆，顿致御马惊跃，不敢前进。宣帝心知有异，忙召郎官梁邱贺，嘱令卜易。贺为琅琊人氏，曾从大中大夫京房受教易学。房出为齐郡太守，宣帝求房门人，得贺为郎，留侍左右。贺正随驾祠庙，一召即至，演蓍布卦，谓将有兵谋窃发，车驾不宜前行。宣帝乃派有司代祭，命驾折回。有司到了庙中，留心察验，果然查获刺客任章，乃是前大中大夫任宣子。宣坐霍氏党与，已经伏诛。章尝为公车丞，逃往渭城，意欲为父报仇，混入都中，乘着宣帝出祠，伪扮郎官，执戟立庙门外，意图行刺。偏经有司查出，还有何幸？当然枭首市曹。宣帝亏得梁邱贺，得免不测，因擢贺为大中大夫给事中。嗣是格外谨慎。

为了立后问题，几踌躇了一两年。当时后宫妃嫔，共有数人得宠，张婕妤最蒙爱幸，生子名钦；次为卫婕妤，生子名嚣；又次为公孙婕妤，生子名宇；此外还有华婕妤，但生一女。宣帝本思立张婕妤为后，转思婕妤有子，若怀私意，便与霍氏无二，如何得保全储君。乃更择一无子少妒的宫妃，使登后位。拣来拣去，还是长陵人王奉光的女儿，入宫有年，已拜婕妤，可令她作为继后，母养太子。王奉光的祖宗，曾随高祖入关，得邀侯爵，至奉光时家已中落，斗鸡走狗，落拓生涯，宣帝曾寄养外家，得与相识。奉光有女十余岁，颇具三分姿色，只生就一个怪命，许字了两三家，往往克死未婚夫。到了宣帝嗣阼，奉光女尚未适人，宣帝追怀旧谊，发生异想，把她召入后宫，立命侍寝，赐过了几番雨露，王女幸得承恩，宣帝却也无恙。想是王女命中应配皇帝。后来霍后入宫，张婕妤又复继进，或挟贵，或恃色，惹得宣帝一身无暇顾及王女，遂致王女冷落宫中，少得入御。不过宣帝却还未忘，命王女为婕妤，得令享受禄秩。王女心已知足，安处深宫，一些儿没有怨言，膝下也无子女。至此竟由宣帝选就，册为继后，就把太子奭交付了她，嘱令抚育。张婕妤等，都诧为异事，引作笑谈。惟王女虽得为后，仍不见宣帝宠遇，且情性甚是温和，毫不争夕，所以张婕妤等仍得相安，由她挂个虚名罢了。王女知足不辱，却是一个贤妇。

是时为宣帝六年，宣帝已改元二次，曾于五年间改号元康，内外百僚，竞言符瑞，连番上奏，说是泰山陈留，翔集凤凰，未央宫降滋甘露，宣帝归德祖考，追尊悼考。即史皇孙，见八十一回。为皇考，特立寝庙，豁免高祖功臣三十六家赋役，令子孙世奉祭祀，赐天下吏爵二级，民一级，女子百户牛酒，鳏寡孤独高年粟帛。又颁诏大赦，省刑减赋，令特胪述于后：

《书》云："文王作罚，刑兹无赦。"今吏修身奉法，未有能称朕意，朕甚愍焉！其赦天下，与士大夫励精更始。狱者万民之民，所以禁暴止邪，养育群生也。使能生者不怨，死者不恨，则可谓文吏矣。今则不然，用法或持巧心，析律贰端，析律谓分破律条，贰端谓妄生端绪。深浅不平，增辞饰非，以成其罪。奏不如实，上无由知。此朕之不明，吏之不讲，四方黎民，将何仰哉？二千石其各察官属，勿用此人。吏或擅兴徭役，增饰厨传，厨谓饮食，传谓传舍。越职逾法，以取民誉，譬犹践薄冰以待白日，岂不殆哉！今天下颇被疾疫之灾，朕甚愍之，其令郡国被灾甚者，毋出今年租赋，俾民休息。

宣帝又因吏民上书,多因犯讳得罪,特改名为询诏云:

闻古天子之名,难知而易讳也。今百姓多上书触讳以犯罪者,朕甚怜之,其更名询,诸触讳在令前者赦之!

宣帝方整顿内治,未遑外攘。忽由卫侯使冯奉世,报称莎车叛命,弑王戕使,由臣托陛下威灵,发兵讨罪,已得叛王首级,传送京师云云。宣帝并未尝遣讨莎车,不过因西域归附,前此所遣各使,屡不称职,乃依前将军韩增举荐,授郎官冯奉世为卫侯使。持节送大宛诸国使臣,遣返故邦。奉世系上党人,少学春秋,并读兵书,能通六韬三略。既奉宣帝诏命,遂与外使一同西行。及抵伊循城,闻得莎车内乱,有弑王戕使消息,便密语副使严昌道:"莎车王万年,前曾入质我朝。只因前王已殁,该国人请他为嗣,由朝使奚充国送往。今乃敢抗违朝命,大逆不道,若非发兵加讨,将来莎车日强,势难更制,西域各国,均受影响,岂不是前功尽废么!"严昌也是赞成,但欲遣人驰奏,请旨定夺。奉世独以为事贵从速,不宜迁缓。乃即矫制谕告诸国,征发兵马,得番众万五千人,进击莎车。莎车国人,本迎立万年为王,万年暴虐,不洽舆情,前王弟呼屠征,乘隙纠众,击毙万年,并杀

矫君命歼厥渠魁

汉使奚充国,自立为莎车王,且攻劫附近诸国,迫使联盟叛汉。至冯奉世征集番兵,掩至城下,呼屠征毫不预防,慌忙募兵抵御,已是不及,竟被奉世引兵攻入。呼屠征惶急自杀,国人不得已乞降,献出呼屠征头颅。奉世另选前王支裔为嗣王,遣回各国兵士,特使从吏赍呼屠征首,报捷长安。自与大宛使臣,西诣大宛。大宛国王,得知奉世斩莎车王,当然震慑,格外加敬,赠送龙马数匹,<u>马似龙形,故名龙马</u>。厚礼遣归。宣帝接得奉世捷报,即召见前将军韩增,称他举荐得人,且令丞相以下,会议赏功授封。丞相魏相等,均复奏道:"春秋遗义,大夫出疆,有利国家,不妨专擅。今冯奉世功绩较著,宜从厚加赏,量给侯封。"宣帝颇思依议,独少府萧望之谏阻道:"奉世出使西域,但令送客归国,未尝特许便宜。彼乃矫制发兵,擅击莎车,虽幸得奏功,究竟不可为法。倘若加封爵土,将来他人出使,喜事贪巧,必且援奉世故例,开衅夷狄,恐国家从此多事了!臣谓奉世不宜加封。"<u>望之所言,未免近迂</u>。宣帝正欲综核名实,巩固君权,一得望之谏议,便不禁改易初心。待奉世还都复命,只命为光禄大夫,不复封侯。

谁知一波才平,一波又起,侍郎郑吉,曾由宣帝派往西域,监督渠犁城屯田兵士。吉更分兵三百人,至车师屯田,偏为匈奴所忌,屡遣兵攻击屯卒。吉率渠犁屯兵千五百人,亲至驰救,仍然寡不敌众,退保车师城中,致为匈奴兵所围。赖吉守御有方,匈奴兵围攻不下,方才引去。未几又复来攻,往返至好几次,累得吉孤守车师,不敢还兵。乃即飞书奏闻,请宣帝增发屯兵。宣帝又令群臣集议,后将军赵充国,谓自西域通道,方命就渠犁屯田,为控驭计。<u>此为武帝时事,借充国口中叙明,与上文冯奉世所述莎车乱事,文法从同</u>。惟渠犁距车师,约千余里,势难相救,最好是出击匈奴右地,使他还兵自援,不敢再扰西域,庶几车师尉犁,共保无虞等语。<u>此计亦妙</u>。宣帝正在踌躇,适丞相魏相上书云:

臣闻之,救乱诛暴,谓之义兵;兵义者王。敌加于己,不得已而起者,谓之应兵,兵应者胜。争恨小故,不忍愤怒者,谓之忿兵;兵忿者败。利人土地货宝者,谓之贪兵;兵贪者破。恃国家之大,矜民人之众,欲见威于敌者,谓之骄兵;兵骄者灭。此五者,非但人事,乃天道也。间者匈奴尝有善意,所得汉民,辄奉归之,未有犯于边境。虽争屯田车师,不足致意中。今闻诸将军欲兴兵入其地,臣愚不知此兵何名者也。今边郡困乏,父子共犬羊之裘,食草菜之实,常恐不能自存,难以动兵,军旅之后,必有凶年,言民以其愁苦之气,伤阴阳之和也。出兵虽胜,犹有后忧,恐灾害之变,因此以生。今郡国守相,多不实选,风俗尤薄,水旱不时,按今年计,子弟杀父兄,妻杀夫者,凡二百二十二人,臣愚以为此非小变也。今左右不忧此,乃欲发兵报纤介之忿于远夷,殆孔子所谓吾恐季孙之忧,不在颛臾,而在萧墙之内也。愿陛下与列侯群臣,详议施行!

宣帝既得相书,乃遣长罗侯常惠,出发张掖、酒泉骑兵,往车师迎还郑吉。匈奴兵见有汉军出援,因即引去,吉率屯兵还渠犁。但车师故地,竟致弃去,仍复陷入匈奴。小子有诗叹道:

屡讨车师得荡平,如何甘失旧经营?

敛兵虽足休民力,坐隳前功也太轻。

欲知后事如何,且看下回分解。

霍氏之灭,光实酿成之。论者谓光之失,莫大于隐袒霍显,不发举其弑后之罪。吾谓显之弑后,即光果发举,亦属过迟。弑后何事?显罪固宜伏诛,光岂竟能免谴?误在元配东闾氏殁后,即以显为继室。显一狡婢耳,为大将军夫人,名不正,言不顺,失之毫厘,谬以千里,且教子无方,诒谋无术,霍禹、霍山、霍云等,无一式谷,几何而不至灭门耶。宣帝惩于霍氏之专擅,故当冯奉世之讨平莎车,因萧望之谏阻侯封,谓其矫制有罪,即停爵赏。夫《春秋》之义,大夫出疆,有利于国,专之可也,魏相之言,不为无据,而宣帝不从,其猜忌功臣之心,已可概见,然于许、史、王三家,第因其为直接亲戚,不问其才能与否,俱授侯封,厚此而薄彼,宣帝其能免萦私之诮乎?

第八十四回
询宫婢才识酬恩　擢循吏迭闻报绩

却说宣帝在位六七年，勤政息民，课吏求治，最信任的大员，一是卫将军张安世，一是丞相魏相。霍氏诛灭，魏相尝参议有功，不劳细叙。张安世却小心谨慎，但知奉诏遵行，未尝计除霍氏，且有女孙名敬，曾适霍氏亲属，关系戚谊，至霍氏族诛，安世恐致连坐，局促不安，累得容颜憔悴，身体衰羸。宣帝察知情伪，特诏赦他女孙，免致株连，安世才得放心，办事愈谨。安世兄贺，时已病殁，宣帝追怀旧惠，问及安世，才知贺子亦亡，只遗下一孤孙，年甫六龄，取名为霸。贺在时尝将安世季男彭祖，养为嗣子。彭祖又尝与宣帝同塾读书，因此宣帝询明底细，先封彭祖为关内侯。安世入朝固辞，宣帝道："我只为着掖庭令，与将军无关。"安世乃退。宣帝又欲追封贺为恩德侯，并置守冢二百家。安世复表辞贺封，且请减守冢家至三十户，宣帝总算依议，亲定守冢地点，使居墓西斗鸡翁舍。舍旁为宣帝少时游憩地，故特使三十家居住，留作纪念。已而余怀未忘，自思不足报德，便于次年下诏，赐封贺为阳都侯。予谥曰哀，令关内侯彭祖袭爵，拜贺孙霸为车骑中郎将，赐爵关内侯，食邑三百户。霸年幼弱，但予禄秩，不使任事。贺有大德，原应赡养孤孙，但赐禄则可，赐官则不可。惟安世因父子封侯，名位太高，复为彭祖辞禄，诏令都内别藏张氏钱，数约百万。安世持身节俭，身衣弋绨，妻虽贵显，常自纺绩，家童却有七百人，但皆使为农工商，勤治产业，积少成多，所以张氏富厚，胜过霍氏。不过安世约束子弟，格外严谨，终得传遗数世，不致速亡。这是保家第一要旨。

先是安世长子千秋，与霍光子禹，并为中郎将，同随度辽将军范明友，出击乌桓。及奏凯回来，进谒霍光，光问千秋战斗方略，与山川形势，千秋口对指画，毫不遗忘。至转问及禹，禹均已失记，但答言俱有文书。光不禁叹息道："霍氏必衰，张氏将兴了！"谁叫你不知教子？后来光言果验，张氏子孙,出仕不绝。时人谓昭宣以后,汉臣世祚,要算金张两家。金即金日䃅子孙。这且待后再表。

　　且说御史大夫丙吉,本与张贺同护宣帝,论起当时德惠,贺尚不及丙吉,只因吉为人深厚,绝口不道前恩。宣帝自幼出狱,尚是茫无知识,故但记及养生的张贺,未尝忆起救死的丙吉。可巧有一女子名则,尝为掖庭宫婢,保抱宣帝,至是已嫁一民夫,令他伏阙上书,自陈前功。宣帝全然忘记,特交掖庭令查讯,则供言御史大夫丙吉,曾知详细。掖庭令乃引则至御史府,验明真伪。吉见则后,面貌尚能相识,才说起前情道:"事诚不虚,但汝尝保养不谨,受我督责,今怎得自称有功?惟渭城胡组,淮阳赵征卿,曾经乳养,却是有功足录呢!"即八十一回之赵、胡两妇。掖庭令乃转奏宣帝,宣帝再召问丙吉,吉因述胡赵两妇保养情状。当下传诏至渭城淮阳,访寻两妇,俱已去世;只有子孙尚存,得蒙厚赏。则虽未及两妇辛勤,总觉得前有微劳,也特赐钱十万,豁免掖庭差役。并将则召入细问,则备述丙吉前事,宣帝方知吉有大恩。待则去后,便封吉为博阳侯,食邑千三百户。并将许、史两家子弟,如史曾、史玄、皆史恭子。许舜、许延寿等,两许皆广汉弟。曾与宣帝关系亲旧,一

体封侯。就是少时朋友，及郡狱中曾充工役，亦各给官禄田宅财物，多寡有差，一面选用良吏，入朝治事。进北海太守朱邑为大司农，渤海太守龚遂为水衡都尉，东海太守尹翁归为右扶风，颍川太守黄霸，胶东相张敞，先后为京兆尹。

朱邑字仲卿，庐江人氏，少为桐乡啬夫，廉平不苛，吏民悦服，迁补北海太守，政绩卓著，推为治行第一。宣帝乃擢为大司农。性情淳厚，待人以德，惟遇人嘱托私情，独峻拒不允，朝臣颇加敬惮。所得禄赐，辄赒济族党，家无余财，自奉却很俭约。入任大司农五年，得病不起，遗言嘱子道："我尝为桐乡吏，民皆爱我。后世子孙，向我致祭，恐反不如桐乡百姓，汝宜将我遗骸，往葬桐乡，休得有违！"言讫即逝。子遵父命，奉葬桐乡西郭，百姓果为起冢立祠，祭祀不绝。

龚遂字少卿，籍隶平阳，前坐昌邑王贺事，枉受髡刑，罚为城旦。<u>见第八十回。</u>至宣帝即位以后，适值渤海岁饥，盗贼蜂起，郡守以下，多不能制。丞相御史，便将龚遂登入荐牍，请令出守渤海，宣帝即召遂入见。遂年逾七十，体态龙钟，且身材本来短小，尤觉得曲背驼腰。宣帝瞧着，殊失所望，但已经召至，不得不开口问道："渤海荒乱，足贻朕忧，敢问君将如何处置盗贼？"遂答道："海滨遐远，未沾圣化，百姓为饥寒所迫，又无良吏抚慰，不得已流为盗贼，弄兵潢池。今陛下俯问及臣，意欲使臣往剿呢？还是使臣往抚呢？"宣帝道："朕今选用贤良，原欲使抚人民，并非一意主剿。"遂又答道："臣闻治乱民如治乱绳，不应过急，须徐徐清理，方可治平。陛下既有意抚民，使臣充乏，臣愿丞相御史，毋拘臣文法，得一切便宜从事，方可有成。"<u>成竹在胸。</u>宣帝点首允诺，并赐遂黄金百斤，令即为渤海守。遂叩谢而出，草草整装，乘驿入渤海境。郡吏发兵往迎，遂一概遣还。移檄属县，尽罢捕吏，所有操持田器的百姓，尽为良民，吏毋过问，惟持兵械，方为盗贼。盗贼得此命令，闻风解散。及遂单车至府，开发仓廪，赈贷贫民，并把旧有吏尉，去暴留良，使他安抚牧养。人民大悦，情愿安土乐业，不愿轻身试法，烽烟息警，阖郡咸安。渤海民风，向来奢侈，专务末技，不勤田作，遂以俭约率民，劝课农桑，教导树畜，民间或带持刀剑，悉令卖剑买牛，卖刀买犊，且亲加慰谕道："汝等俱系好民，为何不带牛佩犊呢？"

百姓无不遵谕，勉为良民。才阅三四年，狱讼止息，吏民富饶。抚字之道，原应如此。宣帝嘉遂政绩，遣使召归。遂奉命登程，吏民恭送出境，望车泣别，议曹王生，独愿随行。王生素来嗜酒，旁人都说他酒醉糊涂，不应与偕，遂未忍谢绝，许得相从。自渤海至长安，王生连日饮酒，未尝进言，及已入都门，见遂下车赴阙，独抢前数步，径至遂后，高声呼遂道："明府且止！愿有所白。"遂闻声回顾，视王生脸上，尚有酒意，不知他说甚话儿。但听王生语道："天子如有所问，公不宜遽陈治绩，只言是圣主德化，非出臣力，愿公勿忘！"无非是教他贡谀，但对于专制君主，只应如此。遂颔首自行，既见宣帝，果然承问治状，便将王生所言，应答出去。宣帝不禁微笑道："君怎得此长者言语，乃来答朕？"确是明察。遂不敢隐讳，索性直陈道："这是议曹教臣，臣尚未知此道呢！"恰也老实。宣帝复问了数语，当即退朝。暗想遂年已老，不能进任公卿，乃命为水衡都尉，并授王生为水衡丞。未几遂即病殁，也是一位考终的循吏。

尹翁归字子兄，音况。世居平阳，迁住杜陵。少年丧父，依叔为生，弱冠后充当狱吏，晓习文法，又喜击剑，人莫敢当。适田延年为河东太守，巡行至平阳，校阅吏役，令文吏在东，武吏在西，翁归时亦在列，独伏不肯起，抗声说道："翁归文武兼备，愿听驱策！"左右目为不逊，惟延年暗暗称奇，令他起立，与语吏事，翁归应对如流。当由延年带归府舍，嘱使谳案。发奸摘伏，民无遁情，延年大加器重，历署吏尉。及延年内调，翁归亦迁补都内令，寻且拜为东海太守。廷尉于定国，系东海人，翁归奉命出守，不能不向他辞行，乘便问及东海民风。定国有邑子二人，欲托翁归带去，量为差遣，哪知互谈多时，竟难出口，只好送他出门。返语邑子道："他是当今贤吏，不便以私相托；且汝两人，亦未能任事，我所以不好启齿呢！"邑子虽然失望，也觉得情真语确，只好罢休。那翁归到了东海，悉心查访，凡吏民贤否，及地方豪猾，一一载入籍中，然后巡行各县，按籍赏罚，善必劝，恶必惩。有郯县土豪许仲孙，武断乡曲，称霸一隅，历届太守，屡缉不获。翁归亲督捕吏，将他拘住，讯出种种罪恶，立命处死。嗣是民皆畏法，不敢为非，东海遂得大治。杀一儆百，也不可少。宣帝复调翁归为右扶风，翁归莅任，仍照东海办法，且访用廉平吏人，优礼接待。详询民间利害，闻有土

豪败类,立命县吏拘拿,所至必获,惩罪如律。因此扶风治盗,称为三辅中第一贤能。

至若黄霸履历,已见前文。在八十二回中。惟霸出任扬州刺史,察吏安民,三载考绩,当然课最。有诏迁霸为颍川太守,特赐车中高盖,以示旌异。霸至颍川,宣谕朝廷德惠,使邮亭乡官,皆畜鸡豚,赡养贫穷鳏寡。然后颁布规条,嘱令乡间父老,督率子弟,按章举行。会有密事调查,因派一老成属吏,前往访察,毋得泄机,属吏依言出发,途次易服微行,不敢食宿驿舍,遇着腹饥的时候,但在市中买得饭菜,就食野间。忽有一乌飞下,把他食肉攫去,吏不及抢夺,只好自认晦气,食毕即行。待至事已查毕,回署复命,霸一见便说道:"此行甚苦,乌鸟不情,攫去食肉,我已知汝委曲了!"吏闻言大惊,还疑霸遣人随着,无事不知,看来是不能隐蔽,只好将调查案件,和盘说出,详尽无遗。其实霸并未差人随去,不过平日在署,任令吏民白事。有乡民诣署陈情,霸问他途中所见,他即顺口说乌鸟攫肉等事,当由霸记在心中,见吏回来,乐得借端提及,使他不敢欺饰,才得真情。有时鳏寡孤独,死无葬费,由乡吏上书报明,霸即批发出去，谓有某所大木，可以为棺，某亭猪子，可以宰祭，乡吏依令往取，果如霸言，益奉霸若神明。境内奸猾，闻风趋避，盗贼日少，狱讼渐稀。许县有一县丞，老年病聋，督邮太守属吏。欲将他免官，向霸报告。霸独与语道："许丞乃是廉吏，虽是年老重听，尚能拜起如仪，汝等正应从旁帮助，勿使贤吏向隅！"督邮只好退去。或问老朽无用，如何留住？霸答道："县中若屡易长吏，免不得送旧迎新，多需费用。且奸吏得从中舞弊，盗取财物，就使换一新吏，亦未必果能贤明。大约治道，惟去其太甚，何必多此纷更呢？"自是所有属吏，各求寡过，霸亦不轻事变更，上下相安，公私交济。历观黄霸行谊，足称小知，未堪大受，故后来为相，不若治郡之有名。

适京兆尹赵广汉，因私怨杀死邑人荣畜，为人所讦，事归丞相御史查办。案尚未定，广汉却刺探丞相家事，阴谋抵制。可巧丞相府中有婢自杀，广汉疑由丞相夫人威迫自尽，乃俟丞相魏相出祭宗庙时，特使中郎赵奉寿，往讽魏相，欲令相自知有过，未敢穷究荣畜冤情。偏魏相不肯听从，案验愈急。广汉乃欲劾奏魏相，先去请教太史，只言近来星象，有无变动。太史答称本年天文，应主戮死大臣。广汉闻言大喜，总道应在丞相身上，便即放大了胆，上告魏相逼杀婢女，当下奉得复诏，令京兆尹查问。广汉正好大出风头，领着全班吏役，驰入相府。刚值魏相不在府中，门吏无法禁阻，只好由他使威。他却入坐堂上，传唤魏夫人听审，魏夫人虽然惊心，不得已出来候质。广汉仗着诏命，胁令魏夫人下跪，问她何故杀婢？魏夫人怎肯承认？极口辩驳，彼此争执一番，究竟广汉不便用刑，另召相府奴婢，挨次讯问，也无实供。广汉恐魏相回来，多费唇舌，因即把奴婢十余人，带着回衙。魏夫人遭此屈辱，当然不甘，等到魏相回府，且泣且诉。魏相也容忍不住，立即缮成奏牍，呈递进去。宣帝见魏相奏中，略言臣妻未尝杀婢，由婢有过自尽。广汉自己犯法，不肯伏辜，反欲向臣胁迫，为自免计，应请陛下派员查明，剖分曲直云云。乃即将原书发交廷尉，令他彻底查清。廷尉于定国，查得相家婢女，实系负罪被逐，斥出外第，自致缢死，与广汉所言不同。司直官名。萧望之，遂劾奏广汉摧辱大臣，意图劫制，悖逆不道。恐也是投井下石。宣帝方倚重魏相，自然嫉恨广汉，当即褫职治罪，再经廷尉复核，又得广汉妄杀无辜，鞫狱失实等事，罪状并发，应坐腰斩。廷尉依律复奏，由宣帝批准施行，眼见得广汉弄巧成拙，引颈待诛。广汉为涿郡人，历任守尹，不畏强御，豪猾敛踪，人民乐业，所以罪名既定，京兆吏民，都伏阙号泣，吁请代死。宣帝意已决定，不肯收回成命，当将吏民驱散，饬把广汉正法市曹。广汉至此，也自悔晚节不终，但已是无及了！一念萦私，祸至枭首。

惟京兆一职，著名繁剧，自从广汉死后，调入彭城太守接任，不到数月，便至溺职罢官。乃更将颍川太守黄霸，迁署京兆尹。霸原是一个好官，奉调莅任，也尝勤求民隐，小心办公。谁知都中豪贵，从旁伺察，专务吹毛索瘢，接连纠劾，一是募民修治驰道，不先上闻；一是发骑士诣北军，马不敷坐；两事俱应贬秩，还亏宣帝知霸廉惠，不忍夺职，乃使霸复回原任，改选他人补缺。仅一年间，调了好几个官吏，终难胜任。后来选得胶东相张敞，入主京兆，才能称职无惭，连任数年。

敞字子高，平阳人氏，徙居茂陵，由甘泉仓长迁补太仆丞。昌邑王贺嗣立时，滥用私人，敞切谏不从。至贺废去后，谏牍尚存，为宣帝所览及，特擢敞为大中大夫。嗣复出为山阳太守，著有循声。山阳本昌邑旧封，昌邑王废，国除为山阳郡，地本闲旷，并非难治。只因刘贺返居此地，宣帝尚恐他有变动，特令敞暗中监守，毋使狂纵，敞随时留心，常遣丞吏行察。嗣又亲往审视，见贺身长体瘠，病痿难行，著短衣，戴武冠，头上插笔，手中持简，蹒跚出来，邀敞坐谈。敞用言探视，故意说道："此地枭鸟甚多。"贺应声道："我前至长安，不闻枭声，今回到此地，又常听见枭声了。"敞听他随口对答，毫无别意，就不复再问。但将贺妻妾子女，按籍点验。轮到贺女持辔，贺忽然跪下，敞亟扶贺起，问为何因？贺答说道："持辔生母，就是严长孙的女儿。"说完两语，又无他言。严长孙就是严延年，前因劾奏霍光，得罪遁去。及霍氏族灭，宣帝忆起延年，复征为河南太守。贺妻为延年女，名叫罗紨，他把妻族说明，想是恐敞抄没子女，故请求从宽。敞并无此意，好言抚慰。至查验已毕，共计贺妻妾十六人，子十一人，女十一人，此外奴婢财物，却是寥寥无几，并无什么私蓄。料知贺是沉迷酒色，迹等痴狂，不必虑及意外情事。因即辞别回署，据实奏闻。

宣帝方以为贺不足忧，下诏封贺为海昏侯，食邑四千户。海昏属豫章郡，在昌邑东面，贺奉诏移居后，昏愚如故。侍中金安上奏白宣帝，斥贺荒废无道，不宜使奉宗庙，宣帝乃但使贺得食租税，不准预闻朝廷典礼。已而扬州刺史柯，又复奏称贺有异志，与故太守卒史孙万世交通。万世咎贺不杀大将军，听人夺去玺绶，实属失策，且劝贺谋为豫章王。贺亦自悔前误，意欲自立为王等情。宣帝虽将原奏发交有司，心中已知贺无材力，不能起事，所以有司复奏，请即逮捕，有诏谓不屑究治，只削夺贺邑三千户。贺入不敷出，未免忧愁，往往驾舟浮江，至赣水口愤慨而还，后人号为慨口。未几贺即病死。豫章太守一面报丧，一面上言贺尝暴乱，不当立后，宣帝因除国为县。后来元帝嗣位，始封贺子代宗为海昏侯，即得传了好几世。小子有诗叹道：

　　荒淫酒色太神昏，狂悖何能望久存。

　　多少废王捐首去，得全腰领尚蒙恩。

　　贺未死时，张敞已经调任胶东，欲知敞在胶东时事，待至下回表明。

　　尝读《战国策》文，见唐雎说信陵君云："人有德于我，不可忘；我有德于人，不可不忘。"此实为对己对人之要旨。如丙吉之有功不伐，固施恩不望报者；宣帝因宫婢一言，即封吉为博阳侯，亦可谓以德报德，不愧为贤。人不可无天良，宣帝之无德不报，即天良之发现，使然。此其所以为中兴令主也。且其励精图治，选用循吏，尤得抚字之方。若朱邑，若袭遂，若尹翁归，若黄霸，若张敞，果皆以治绩著名，天下多一良吏，即为国家保全数万生灵，而推厥由来，则全赖有选用循良之人主，主德清明，循吏辈出，天下自无不治矣。阅此回，益信为政在人之说，亘古不易云。

第八十五回

两疏见机辞官归里　三书迭奏罢兵屯田

却说张敞久守山阳,境内无事,自觉闲暇得很。会闻渤海胶东,人民苦饥,流为盗贼。渤海已派龚遂出守,独胶东尚无能员,盗风日炽。胶东为景帝子刘寄封土,传至曾孙刘音,少不更事,音母王氏,专喜游猎,政务益弛,敞遂上书阙廷,自请往治,宣帝乃迁敞为胶东相,赐金三十斤。敞入朝辞行,面奏宣帝,谓劝善惩恶,必需严定赏罚,语甚称旨。因即辞赴胶东,一经到任,便悬示赏格,购缉盗贼。盗贼如自相捕斩,概免前愆,吏役捕盗有功,俱得升官,言出法随,雷厉风行,果然盗贼屏息,吏民相安。与龚遂治状不同。敞复谏止王太后游猎,王太后却也听从,深居简出,不复浪游。为此种种政绩,自然得达主知。

可巧京兆尹屡不称职,遂由宣帝下诏,调敞为京兆尹。敞移住京兆,闻得境内偷盗甚多,为民所苦,就私行察访,查出盗首数人,统是鲜衣美食,仆马丽都,乡民不知为盗首,反称他是忠厚长者,经敞一一察觉,不动声色,但遣人分领召至,屏人与语,把他所犯各案,悉数提出,诸盗皆大惊失色。敞微笑道:"汝等无恐,若能改过自新,把诸窃贼尽行拿交,便可赎罪。"诸盗叩头道:"愿遵明令!不过今日蒙召到来,必为群窃所疑,计惟请明公恩许为吏,方可如约。"敞慨然允诺,悉令补充吏职。诸盗乃拟定一计,告知张敞,敞亦依议,遣令回家。这番治盗又另是一番作用。诸盗既得为吏,在家设宴,遍邀群窃入饮。群窃不知是计,一齐趋贺,列席饮酒,大众喝得酩酊大醉,方才辞出。哪知甫出门外,即被捕役拘住,好似顺手牵羊一般,无一漏网。及诣府听审,群窃还想抵赖,敞瞋目道:"汝等试看背后衣裾,各有记号,尚得抵赖么?"群窃自顾背后,果皆染着赤色,不知何时被污,于是皆惶恐伏罪,一一供认。敞按罪轻重,分别加罚,境内少去偷儿数百人,自然闾阎安枕,枹鼓稀鸣。此外治术,略仿赵广汉成迹。

惟广汉一体从严,敞却严中寓宽,因此舆情翕服,有口皆碑。

只是敞生性好动,不尚小节,往往走马章台,长安市名。轻衣纨扇,自在游行。有时晨起无事,便为伊妻画眉,都下传为艳闻。盛称张京兆眉妩风流,豪贵又据为话柄,说他失了体统,列入弹章。多事。宣帝召敞入问,敞直答道:"闺房燕好,夫妇私情,比画眉还要加甚,臣尚不止为妇画眉呢!"对答得妙。宣帝也一笑而罢,敞亦退出。但为了这种琐事,总觉他举止轻浮,不应上列公卿,所以敞为京兆尹,差不多有八九年,浮沉宦署,终无迁调音信,敞亦得过且过,但求尽职罢了。

是时太子太傅疏广与少傅疏受,谊关叔侄,并为太子师傅,时论称荣。广号仲翁,受字公子,家居兰陵,并通经术,叔以博士进阶,侄以贤良应选,当时太子奭,年尚幼弱,平恩侯许广汉为太子外祖父,入请宣帝,拟使弟舜监护太子家事。宣帝闻言未决,召问疏广,广面奏道:"太子为国家储君,关系甚重,陛下应慎择师友,预为辅翼,不宜专亲外家,况太子宫属已备,复使许舜参入监护,是反示天下以私,恐未足养成储德呢!"宣帝应声称善,待广退出,转语丞相魏相,相亦服广先见,自愧未逮。嗣是宣帝益器重疏广,屡加赏赐。太子入宫朝谒,广为前导,受为后随,随时教正,不使逾法。叔侄在位五年,太子奭年已十二,得通《论语》《孝经》。广喟然语受道:"我闻知足不辱,知止不殆,功成身退,方合天道。今我与汝官至二千石,应该止足,此时不去,必有后悔,何若叔侄同归故里,终享天年!"受即跪下叩首道:"愿从尊命!"广遂与受联名上奏,因病乞假。宣帝给假三月,转瞬期满,两人复自称病笃,乞赐放归。宣帝不得已准奏,加赐黄金二十斤。太子奭独赠金五十斤,广与受受金拜谢,整装出都。盈廷公卿,并故人邑子,俱至东都门外,设宴饯行。两疏连番受饮,谢别自去。道旁士女,见送行车马,约数百辆,两下里嘱咐珍重,备极殷勤,不禁代为叹息道:"贤哉二大夫!"及广、受归至兰陵,具设酒食,邀集族党亲邻,连日欢饮。甚至所赐黄金,费去不少,广尚令卖金供馔,毫不吝惜。约莫过了年余,子孙等见黄金将尽,未免焦灼,因私托族中父老,劝广节省。广太息道:"我岂真是老悖,不念子孙,但我家本有薄产,令子孙勤力耕作,已足自存,若添置产业,非但无益,转恐有害,子孙若贤,多财亦足灰志;子孙不贤,反致骄奢淫佚,自召危亡。从来蕴利生孽,何苦留此余

两疏见机辞官归里

金,贻祸子孙!况此金为皇上所赐,无非是惠养老臣,我既拜受回来,乐得与亲朋聚饮,共被皇恩,为什么无端悭吝呢?"看得穿,说得透。父老听了,也觉得无词可驳,只得转告疏、广子孙。子孙无法劝阻,没奈何勤苦谋生。广与受竟将余金用罄,先后考终。相传二疏生时居宅,及殁后坟墓,俱在东海罗滕城。这也不必絮述。

且说二疏去后,卫将军大司马张安世,相继病逝,赐谥曰敬。许、史、王三家子弟,俱因外戚得宠,更迭升官。谏大夫王吉,前曾与龚遂并受髡刑,见前文。嗣由宣帝召入,令司谏职。吉因外戚擅权,将为后患,已有些含忍不住,并且宣帝政躬清暇,也欲仿行武帝故事,幸甘泉,郊泰畤,转赴河东祀后土祠,又听信方士讹言,添置神庙,费用颇巨,吉乃缮书进谏,请宣帝明选求贤,毋用私戚,去奢尚俭,毋尚淫邪。语语切中时弊,偏宣帝目为迂阔,留中不报。吉即谢病告归,退居琅琊故里。吉少时常游长安,僦屋居住,东邻有大枣树,枝叶纷披,垂入吉家。吉妻趁便摘枣,进供吉食,吉还道是购诸市中,随手取啖。后知是妻室窃取得来,不禁怒起,竟与离婚，将妻撵回。东邻主人闻得王吉休妻，只为了区区枣儿，惹出这般祸祟，便欲将枣树砍去，免得伤情。嗣经里人出为排解，劝吉召还妻室，东邻亦不必砍树，吉始允从众议，仍得夫妇完聚。里人因此作歌道："东家有树，王阳妇去；东家枣完，去妇复还！"原来吉字子阳，故里人称为王阳。吉又与同郡人贡禹为友，当吉为谏大夫时，禹亦出任河南令。时人又称诵道："王阳在位，贡禹弹冠。"至吉乞休归里，禹亦谢归，出处从同，心心相印，真个是好朋友了。不略名人遗事。

惟宣帝不从吉议，依然迷信鬼神。适益州刺史王襄，举荐蜀人王褒，说他才具优长，宣帝当即召见，令作"圣主得贤臣"颂。褒应命立就，词华富赡，独篇末有雍容垂拱，永永万年，不必眇然绝俗等语，宣帝尚未以为然，但既经召至，暂令待诏金马门，褒有心干进，变计迎合，续制离宫别馆诸歌颂，铺张扬厉，方博宣帝欢心，擢褒为谏大夫。可巧方士上言，益州有金马碧鸡二宝，为神所司，可以求致。宣帝因问诸王褒，褒含糊对答，未曾详言。当由宣帝饬人致祭，褒亦乐得奉诏，正好衣锦还乡。其实金马碧鸡，乃是两山名号，不过一山似马，一山似鸡，因形留名，并非国宝。惟山上颇多神祠，褒应诏致祭，逐祠拜祷，有什么金马出现，碧鸡飞翔？褒却在途中冒了暑气，竟致一命呜呼，无从复命。想是得罪山神，故令病死。益州刺史代为报闻，宣帝很加悼惜。只因求宝未获，反致词臣道毙，也渐悟是方士谎言。又经京兆尹张敞，奏入一本，极称方士狡诈，不应亲信，宣帝乃遣散方士，不复迷信鬼神了。还算聪明。

忽由西方传入警报，乃是先零羌酋杨玉，纠众叛汉，击逐汉官义渠安国，入寇西陲。羌人为三苗遗裔，种类甚多，出没湟水附近，附属匈奴。就中要算先零、罕开二部，最为繁盛。自武帝开拓河西四郡，截断匈奴右臂，不使胡羌交通，并将诸羌驱逐出境，不准再居湟中。及宣帝即位，特派光禄大夫义渠安国，巡视诸羌，安国复姓义渠，也是羌种，因祖父入为汉臣，乃得承袭余荫。先零土豪，闻知安国西来，遣使乞求，愿汉廷恩准弛禁，令得渡过湟水，游牧荒地。安国竟代为奏闻，后将军赵充国，籍隶陇西，向知羌人狡诈，一闻此信，当即劾奏安国，奉使不敬，引寇生心。于是宣帝严旨驳斥，召还安国，拒绝羌人。先零不肯罢休，联结诸羌，准备入寇，且绕道通使匈奴，求为援助。赵充国探得秘谋，趁着宣帝召问时候,便谓秋高马肥,羌必为变,宜派妥员出阅边兵,预先戒备,并晓谕诸羌,毋堕先零诡谋。宣帝乃命丞相御史,择人为使。丞相魏相,拟仍资熟手,再令义渠、安国前往,有诏依议,复使安国西行。一误何可再误?安国驰至羌中,召集先零土豪三十余人,责他居心叵测,一体处斩。复调边兵,残戮羌首,约得千余级。先零酋杨玉,本已受汉封为归义侯,至此见安国无端残杀,也不禁怒气上冲,再加部众从旁激迫,忍无可忍,即日麾众出发,来击安国。安国方在浩亹,手下兵不过三千,突被羌人杀入,一时招架不住,拍马便奔。羌人乘势追击,夺去许多辎重兵械,安国也不遑顾及,只是逃命要紧,一口气跑至令居,闭城拒守,当即飞章入报,亟请援师。但知纵火,不能收火。

　　宣帝闻信,默思朝中诸将,只有赵充国最识羌情,可惜他年逾七十,未便临敌,乃特使御史大夫丙吉,往问充国,何人可督兵西征?充国慨然答道:"欲征西羌,今日当无过老臣!"可谓老当益壮。丙吉返报宣帝,宣帝又遣人问道:"将军今日出征,应用多少人马?"充国道:"百闻不如一见,今臣尚在都中,无从遥决,臣愿驰至金城,熟窥虏势,然后报闻。但羌戎小夷,逆天背叛,不久必亡,陛下诚委任老臣,臣自有方略,尽可勿忧!"这数语传达宣帝,宣帝含笑应诺。充国即拜命起行,直抵金城,调集兵马万骑,指令渡河。又恐为虏骑所遮,待至夜半,先遣三营人马,衔枚潜渡,立定营寨,再由充国率师复渡。到了天明,已得全军过河,遥见虏骑数百,前来挑战。诸将请开营接仗,充国道:"我军远来疲倦,不可轻动,况虏骑并皆轻锐,明明是诱我出营。我闻击虏以殄灭为期,小利切不可贪,当图大功!"说罢,遂下令军中,毋得出击,违令者斩!军士奉令维谨,自然坚守勿出。充国即密遣侦骑,探得前面四望峡中并无守虏,乃复静候天晚,潜师夜进。逾四望峡,径抵落都山,方命下寨,欣然语诸将道:"我料羌虏已无能为,若使先遣数千人马,守住四望峡中,我军宁能飞渡呢?"未几又拔寨西行,进至西部都尉府,作为行辕,安然住着。每日宴飨将士,但令静守,不准妄动。羌人连番搦战,始终不出一兵,直伺羌众退去,才遣轻骑追蹑,捕得生口数名,温颜慰问。听他答说,已知羌人互相埋怨,求战不得,各生贰心,乃即纵使归去,仍然按兵不发,坐待乖离。

　　从前先零、罕开,本为仇敌,先零意欲叛汉,始遣人与罕开讲和。罕开酋长靡当儿,疑信参半,特使弟雕靡来见西部都尉,说是先零将反,都尉暂留雕靡,派人侦察,才阅数日,果得先零反状。又闻雕靡部下,亦有通同先零,与谋叛事,遂把雕靡拘住,不肯放归。充国将计就计,索性放出雕靡,当面抚慰道:"汝本无罪,我可放汝回去;但汝须传告各部,速与叛人断绝关系,免致灭亡。现今天子有诏,令汝羌人自诛叛党,诛一大豪,得赏钱四十万,诛一中豪,得赏钱十五万,诛一小豪,得赏钱二万,就是诛一壮丁,亦赏钱三千,诛一女子或老幼,每人赏千钱,且将所捕妻子财物,悉数给与。此机一失,后悔难追,汝宜谨记此诏,宣告毋违!"雕靡唯唯受命,欢跃而去。

会有诏使到来,报称天子大发兵马,得六万人,出屯边疆,作为声援。又由酒泉太守辛武贤奏请,愿分兵出击罕开。充国与诸将会议道:"武贤远道出征,劳师费饷,如何取胜?况先零叛汉,罕开虽与通和,并未明言助逆,现宜暂舍罕开,独对先零。先零一破,罕开自不战可服了!"诸将也以为然,遂即送回诏使,上陈计议,宣帝得书,又令公卿集议,群臣俱谓须先破罕开,然后先零势孤,容易荡平。宣帝乃命乐成侯许延寿为强弩将军,辛武贤为破羌将军,合讨罕开。且责充国逗留勿进,饬令从速进兵,遥为援应。充国又上书极陈利害,略言先零为寇,罕开未尝入犯,今释有罪,讨无辜,起一难,就两害,实为非计。且先零欲叛,故与罕开结好,今若先击罕开,先零必发兵往助,交坚党合,不易荡平,故臣以为必先平先零,始可收服罕开。宣帝见了此奏,方才省悟,乃报从充国计议。

充国因引兵至先零,先零已经懈弛,总道充国但守勿战,不意汉兵遽至,统皆骇走,充国虽率兵追逐,却是徐徐进行,并不急赶。部将请诸充国,愿从急进。充国道:"这是穷寇,不宜过迫,我若急进,彼无处逃生,必然拚死返斗,反致不妙。"诸将始无异言,及追至湟水岸旁,先零兵各自奔命,纷纷南渡。船少人多,半被挤溺,再加充国从后赶至,益觉心慌。越慌越慢,越慢越僵,好几百人,做了刀头鬼。还有马牛羊十万余头,车四千余辆,不能急渡,尽被汉兵夺来。惩创先零,已经够了。充国已经得胜,却不令兵士休息,反促令大众,驰入罕开境内,只准耀武,不准侵掠。罕开闻知,相率喜语道:"汉兵果不来击我了!"正堕老将计中。渠帅靡忘,守住罕开边疆,遣人至充国军,愿听约束。充国飞书驰奏,道远未得复诏,那靡

忘复自诣军前,来议和约。充国推诚相待,赐给酒食,嘱他还谕部落,毋结先零,自取灭亡。靡忘顿首谢罪,情愿遵嘱。充国便欲遣归,将佐等齐声谏阻,统说是未奉朝旨,不宜轻纵。充国道:"诸君但贪小利,不顾公忠,我且与诸君道来。"说到此句,诏书已至,准令靡忘悔罪投诚。充国不必再与将校絮谈,当即将靡忘放还,不到数日,便得罕开酋长谢过书,全部效顺,充国喜如所望,移军再讨先零,适值秋风肃杀,充国冒寒得病,脚肿下痢。虽仍筹划军情,不得不报知宣帝。有诏令破羌将军辛武贤为副,约期冬季进兵。

偏先零羌陆续来降,先后共万余人,充国乃复变计主抚,督兵屯田,静待寇敝,因上屯田奏议,请罢骑兵,但留步兵万余人,分屯要害,且耕且守。这奏牍呈入阙廷,朝臣多半反对,说他迂远难成,宣帝因复诏道:"如将军计,虏何时得灭?兵何时得解?可即复奏!"充国乃再条陈利病道:

　　臣闻帝王之兵,以全取胜,是以贵谋而贱战。蛮夷习俗虽殊,然其欲避害就利,爱亲戚,畏死亡,一也。今虏失其美地荐草,荐草谓稠草。骨肉离心，人有叛志，而明主班师罢兵，但留万人屯田。顺天时，因地利，以待可胜之虏，虽未即伏辜，决可期月收效。臣谨将不出兵与留田便宜十二事，逐条上陈。步兵九校，吏士万人，因田致谷，威德并行，一也。排折羌虏，令不得居肥饶之地，势穷众涣，必至瓦解，二也。居民得共田作，不失农业，三也。军马一月之费，可支田卒一岁，罢骑兵以省大费，四也。至春省甲士卒，循河湟漕谷至临羌，示羌威武，五也。以闲暇时缮治邮亭，充入金城，六也。兵出乘危，侥幸不出，令反叛之虏，窜于风寒之地，离霜露疾疫瘃堕之患，坐得必胜之道，七也。无径阻远追死伤之害，八也。内不损威武之重，外不令虏得乘间之势，九也。又无惊动河南大开小开，皆羌种。使生他变之忧，十也。治隍狭中道桥，令可至鲜水以制西域，信威千里，从枕席上过师，十一也。大费既省，徭役豫息，以戒不虞，十二也。留屯田得十二便，出兵失十二利，唯明诏采择！

是书奏入，宣帝又复报充国，问他期月期限，究在何时。且羌人若闻朝廷罢兵，乘虚进袭，屯田兵能否抵御？必须妥行部署，方可定夺。充国又奏称先零精兵，不过七八千人，分散饥冻，灭亡在即。待至来春虏马瘦弱，更不敢率众寇边，就使稍有侵掠，亦不足虑。现在北有匈奴，西有乌桓，俱未平服，不能不备，若顾此失彼，两处无成，于臣不忠，于国无福，请陛下明见赐决，勿误浮言！这已是第三次奏请罢兵屯田。宣帝每得一奏，必询诸众议，第一次赞成充国，十人中不过二三；第二次便有一半赞成了；第三次的赞成，十中得八。宣帝因诘责从前反对的朝臣。群臣无词可说，只得叩头服罪。丞相魏相跪奏道："臣愚昧不习兵事，后将军规划有方，定可成功，臣敢为陛下预贺！"也是个顺风敲锣。宣帝始决依充国计策，诏令罢兵屯田。小子有诗赞充国道：

尚力何如且尚谋，平羌全仗幄中筹。
屯田半载收功速，元老果然克壮猷。

屯田策定，偏尚有人主张进攻。欲知是人为谁，待至下回再表。

两疏请老，后人或称之，或讥之。称之者曰：两疏为太子师傅，默窥太子庸懦，不堪教导，故有不去必悔之言，见几而作，得明哲保身之道焉。

讥之者曰：太子年甫十二，正当养正之时，两疏既受师傅重任，应合力提撕，弼成君德，方可卸职告归，奈何以后悔为惧，遽尔舍去。是二说者，各有理由，未可偏非。但君子难进易退，与其素餐受谤，毋宁解组归田，何必依依恋栈，如萧望之之终遭陷害乎？若赵充国之控驭诸羌，能战能守，好整以暇，及请罢兵屯田，尤为国家根本之计，老成胜算，非魏相等所可几及，而宣帝卒专心委任，俾得成功。有是臣不可无是君，充国其亦幸际明良哉！

第八十六回

逞淫谋番妇构衅　识子祸严母知儿

却说宣帝复报赵充国,准他罢兵屯田,偏有人出来梗议,仍主进击。看官道是何人?原来就是强弩将军许广汉,与破羌将军辛武贤。宣帝不忍拂议,双方并用,遂令两将军引兵出击,与中郎将赵卬会师齐进。卬即充国长子,既奉上命,不得不从,于是三路并发。许广汉降获羌人四千余名,辛武贤斩杀羌人二千余级,卬亦或杀或降,约得二千余人。独充国并不进兵,羌人自愿投降,却有五千余名。充国因复进奏,略称先零羌有四万人,现已大半投诚,再加战阵死亡,不下万余,所遗止四千人,羌帅靡忘,致书前来,情愿往取杨玉,不必劳我三军,请陛下召回各路兵马,免致暴露云云。宣帝乃令许广汉等不必进兵。好容易已过残冬,就是宣帝在位第十年间,宣帝已经改元三次,第五年改号元康,第九年复改号神爵。充国西征,事在神爵元年,至神爵二年五月,充国料知羌人垂尽,不久必灭,索性请将屯兵撤回。奉诏依议,充国遂振旅而还。有充国故人浩星赐,由长安出迎充国,乘间进言道:"朝上大臣,统说由强弩破羌二将,出击诸羌,斩获甚多,羌乃败亡。惟二三识者,早知羌人势穷,不战可服,今将军班师入觐,应归功二将,自示谦和,才不至无端遭忌呢!"论调与王生相同。充国叹息道:"我年逾七十,爵位已极,何必再要夸功。惟用兵乃国家大事,应该示法后世,老臣何惜余生,不为主上明言利害!且我若猝死,更有何人再为奏闻!区区微忱,但求无负国家,此外亦不暇顾及了!"情势原与龚遂有别。遂不从浩星赐言,诣阙自陈,直言无隐。时强弩将军许广汉,已经旋师,只辛武贤贪功未归,由宣帝依充国言,饬令武贤还守酒泉。且命充国仍为后将军。

是年秋季,果然先零酋长杨玉为下所戕,献首入关,余众四千余人,由羌人若零弟泽等,分掣归汉。宣帝封若零弟泽为王,特在金城地方,创立破羌允街二县，安置降羌，并设护羌校尉一职，拟选辛武贤季弟辛汤，前往就任。充国方抱病在家，得知此事，力疾入奏，谓辛汤嗜酒，未可使主蛮夷，不如改用汤兄临众，较为得当。宣帝乃使临众为护羌校尉。既而临众因病免归，朝臣复举辛汤继任，汤使酒任性，屡侮羌人，果致羌人携贰，如充国言。事见后文。

惟辛武贤不得重赏，仍还原任，满腔郁愤，欲向充国身上发泄，只苦无计可施。猛然记得赵卬晤谈，曾云前车骑将军张安世，亏得乃父密为保举，始得重任，这事本无人知晓，正好把卬弹劾，说他泄漏机关，复添入几句谗言，拜本上闻。宣帝得奏，竟将赵卬禁止入宫。**英主好猜，适中武贤狡计。** 卬少年负气，忿忿的跑入乃父营内，欲去禀白。情急惹祸，致违营中军律，又被有司劾奏，被逮下狱。卬越加惭愤，拔剑刎颈，断送余生。**真是一个急性子。** 充国闻卬枉死，未免心酸，当即上书告老，得蒙批准，受赐安车驷马，及黄金六十斤，免官就第。后至甘露二年，病剧身亡。充国生前，已得封营平侯，至是加谥为壮，爵予世袭，也不枉一生劳勚了。**急流勇退，还算充国知几，才得考终。**

自从充国征服西羌，匈奴亦闻风生畏，未敢犯边。又值壶衍鞮单于病死，传弟虚闾权渠单于，国中乱起，势且分崩。胡俗素无礼义，父死可妻后母，兄死可妻长嫂，成为习惯，数见不鲜。壶衍鞮单于的妻室，系是颛渠阏氏，年已半老，犹有淫心，她想夫弟嗣立，自己不妨再醮，仍好做个现成阏氏。哪知虚闾权渠，不悦颛渠，别立右大将女为大阏氏，竟将颛渠疏斥。颛渠不得如愿，当然怨望，适右贤王屠耆堂入谒新主，为颛渠所窥见，状貌雄伟，正中私怀，当下设法勾引，将屠耆堂诱入帐中，纵体求欢。屠耆堂不忍却情，就与她颠倒衣裳，演成一番秘戏图。嗣是朝出暮入，视同伉俪。可惜屠耆堂不能久住，绸缪了一两旬，不能不辞归原镇，颛渠势难强留，只好含泪与别。过了多日，才得重会欢娱数夕，又要分离，累得颛渠连年悲感，有口难言。至宣帝神爵二年，虚闾权渠单于在位已有好几年了，向例在五月间，匈奴主须大会龙城，祷祀天地鬼神。屠耆堂当然来会，顺便与颛渠续欢。及会期已过，祭祀俱了，屠耆堂又要别去，颛渠私下与语道："今日单于有病，汝且缓归，倘得机缘，汝便可乘此继位了！"屠耆堂甚喜。又耽搁了数天，凑巧单于病日重一日，就与颛渠私下密谋，暗暗布置。颛渠弟都隆奇,方为左大且渠,**匈奴官名。** 由颛渠嘱令预备,伺隙即发。也是屠耆堂运气亨通,竟得虚闾权渠死耗,当下召入都隆奇,拥立屠耆堂,杀逐前单于弟子近亲,别用私党。都隆奇执政,屠耆堂自号为握衍朐鞮单于,颛渠阏氏,竟名正言顺做了握衍朐鞮的正室了。**侥幸侥幸!**

惟日逐王先贤掸,居守匈奴西陲,素与握衍朐鞮有隙,当然不服彼命,遂遣使至渠犁,通款汉将郑吉,乞即内附。吉遂发西域兵五万人,往迎日逐王,送致京师。宣帝封日逐王为归德侯,留居长安。一面令郑吉为西域都护,准立幕府,驻节乌垒城,镇抚西域三十六国,西域始完全归汉,与匈奴断绝往来。匈奴单于握衍朐鞮,闻得日逐王降汉,不禁大怒,立把日逐王两弟,拿下斩首。日逐王姊夫乌禅幕上书乞赦,毫不见从。再加虚闾权渠子稽侯狦,系乌禅幕女夫,不得嗣位,奔依妇翁,乌禅幕遂与左地贵人,拥立稽侯狦,号为呼韩邪单于,引兵攻握衍朐鞮,握衍朐鞮淫暴无道,为众所怨,一闻新单于到来,统皆溃走,弄得握衍朐鞮穷蹙失援,仓皇窜死。**颛渠阏氏未闻下落,不知随何人去了?** 都隆奇走投右贤王,呼韩邪得入故庭,收降散众,令兄呼屠吾斯为左谷蠡王,使人告右地贵人,教他杀死右贤

逞淫谋番妇构衅

王。右贤王系握衍朐鞮弟,已与都隆奇商定,别立日逐王薄胥堂为屠耆单于,发兵数万,东袭呼韩邪单于。呼韩邪单于拒战败绩,挈众东奔,屠耆单于据住王庭,使前日逐王先贤掸兄右奥鞬王,与乌籍都尉,分屯东方,防备呼韩邪单于。会值西方呼揭王,来见屠耆,与屠耆左右唯犁当户,谗构右贤王。屠耆不问真伪,竟把右贤王召入,把他处死。右地贵人,相率抗命,共讼右贤王冤情。屠耆也觉追悔,复诛唯犁当户。呼揭王恐遭连坐,便即叛去,自立为呼揭单于,右奥鞬王也自立为车犁单于,乌籍都尉复自立为乌籍单于,匈奴一国中,共有单于五人,四分五裂,还有何幸! 同族相争,势必至此。

时为汉宣帝五凤元年,相传为凤凰五至,因于神爵五年,改元五凤。汉廷大臣,闻知匈奴内乱,竞请宣帝发兵北讨,灭寇复仇。独御史大夫萧望之进议道:"春秋时晋士匄(gài)侵齐,闻丧即还,君子因他不伐人丧,称颂至今。前单于慕化向善,曾乞和亲,不幸为贼臣所杀,今我朝若出兵加讨,岂不是乘乱幸灾么?不如遣使吊问,救患恤灾,夷狄也有人心,必且感德远来,自愿臣服。这也是怀柔远人的美政哩!"宣帝素重望之,因即依议。原来望之表字长倩,系出兰陵,少事经师后苍,学习齐诗。后复向夏侯胜问业,博通书礼,当由射策得官,迁为谏大夫。已而出任牧守,调署左冯翊,累有清名,乃召入为大鸿胪。可巧丞相魏相因病去世,御史大夫丙吉嗣为丞相,望之进为御史大夫。宣帝因望之湛深经术,格外敬礼,所以言听计从。当下遣使慰问匈奴,偏匈奴内讧益甚,累得汉使无从致命,或至中道折回。那屠耆单于,用都隆奇为将,击败车犁、乌籍两单于,两单于并投呼揭。呼揭愿推戴车犁单于,自与乌籍同去单于名号,合拒屠耆单于。屠耆单于率兵四万骑,亲击车犁,车犁单于又败。屠耆方乘胜追逐,不料呼韩邪单于,乘虚进击屠耆境内。屠耆慌忙返救,被呼韩邪邀击一阵,杀得大败亏输,惶急自刎。都隆奇挈着屠耆少子姑瞀楼头,遁入汉关。呼韩邪单于,乘胜收降车犁单于,几得统一匈奴。偏屠耆单于从弟休旬王,收拾余烬,自立为闰振单于,就是呼韩邪兄左谷蠡王呼屠吾斯,亦自立为郅支骨都侯单于,出兵攻杀闰振转击呼韩邪。呼韩邪连年战争,部下已大半死亡,又与郅支接仗数次,虽得力却郅支,精锐杀伤殆尽。乃从左伊秩訾王计议,引众南下,向汉请朝,并遣子右贤王铢娄渠堂入质,求汉援助,再击郅支,郅支也恐汉助呼韩邪,使子右大将驹于利受,入侍汉廷,请勿援呼韩邪。可谓为渊驱鱼。

时已为宣帝甘露元年了,宣帝至五凤五年,又改元甘露,大约因甘露下降,方有此举。自从神爵元年为始,到了甘露元年,中经八载,汉廷内外,却没有什么变端,不过杀死盖、韩、严、杨四人,未免刑罚失当。就中只有河南太守严延年,还是残酷不仁,咎由自取,若司隶校尉盖宽饶,左冯翊、韩延寿,故平通侯杨恽,并无死罪,乃先后被诛,岂非失刑?盖宽饶字次公,系魏郡人,刚直公清,往往犯颜敢谏,不避权贵。宣帝方好用刑法,又引入宦官弘恭石显,令典中书。宽饶即上呈封事,内称圣道浸微,儒术不行,以刑余为周召,以法律为诗书。又引韩氏易传云:五帝官天下,三王家天下,家以传子,官以传贤,譬如四时嬗运,功成当去等语。宣帝方主张专制,利及后嗣,怎能瞧得上这种奏章?一经览着,当然大怒,便将原奏发下,令有司议罪。执金吾承旨纠弹,说他意欲禅位,大逆不道,惟谏大夫郑昌,谓宽饶直道而行,多仇少与,还乞原心略迹,曲示矜全。宣帝哪里肯从,竟饬拿宽饶下狱。宽饶不肯受辱,才到阙下,即拔出佩刀,挥颈自刎。

第二个便是韩延寿。延寿字长公,由燕地徙居杜陵,历任颍川、东海诸郡太守,教民礼义,待下宽弘。至左冯翊萧望之升任御史大夫,乃将延寿调任左冯翊。延寿出巡属邑,遇有兄弟讼田,各执一词,延寿不加批驳,但向两造面谕道:"我为郡长,不能宣明教化,反使汝兄弟骨肉相争,我当任咎!"说至此不禁泪下,两造亦因此惭悔,自愿推让,不敢复争。汉民尚有古风,所以闻言知让。延寿就任三年,郡中翕然,囹圄空虚,声誉比萧望之尤盛,望之未免加忌,适有望之属吏,至东郡调查案件,复称延寿在东郡任内,曾虚耗官钱千余万,望之即依言劾奏。事为延寿所闻,也将望之为冯翊时亏空廪牺官钱百余万,廪司藏谷,牺司养牲。作为抵制。且移文殿门,禁止望之入宫。望之当即进奏,说是延寿要挟无状,乞为申理。宣帝方信任望之,当然不直延寿,虽尝派官查办,终因在下希承风旨,只言望之被诬,延寿有罪,甚且查出延寿校阅骑士,车服僭制,骄侈不法等情,无非援上陵下。宣帝竟将延寿处死,令至渭城受刑,吏民泣送,充塞途中。延寿有子三人,并为郎吏,统至法场活祭乃父。延寿嘱咐道:"汝曹当以我为戒,此后切勿为官!"三子泣遵父命,待父就戮后,买棺殓葬，辞职偕归。

延寿已死，未几便枉杀杨恽。恽系前丞相杨敞子，曾预告霍氏逆谋，得封平通侯，受官光禄勋。生平疏财仗义，廉洁无私，只有一种坏处，专喜道人过失，不肯含容。尝与太仆戴长乐有嫌，长乐竟劾恽诽谤不道，宣帝因免恽为庶人。恽失位家居，以财自娱，适有友人孙会宗与书，劝他闭门思过，不宜置产业、通宾客。哪知恽复书不逊，竟把平时孤愤，借书发挥，惹得会宗因好成怨，积下私仇。会值五凤四年，孟夏日食，忽有刍荛吏告恽不法，未肯悔过，日食告变，咎在此人。欲加之罪，何患无辞？宣帝得书，便命廷尉查办，当由孙会宗把恽复函呈示廷尉，廷尉又转奏宣帝，宣帝见他语多怨望，遂说恽大逆不道，批令腰斩。恽因言取祸，坐致杀身，倒也罢了，还要把他全家眷属，充戍酒泉。又将恽在朝亲友，悉数免官。京兆尹张敞，亦被株连，尚未免官。敞使属掾絮舜，查讯要件，絮舜竟不去干事，但在家中安居，且语家人道："五日京兆，还想办什么案情？"不意有人传将出去，为敞所闻。敞竟召入絮舜，责他玩法误公，喝令斩首。舜尚要呼冤，敞拍案道："汝道我五日京兆么？我且杀汝再说。"舜始悔出言不谨，无可求免，没奈何伸颈就刑。当有絮舜家人诣阙鸣冤。宣帝以敞既坐恽党，复敢滥杀属吏，情殊可恨，立夺敞官，免为庶人。敞缴还印绶，惧罪亡去。已而京兆不安，吏民懈弛，冀州复有大盗，乃由宣帝特旨，再召敞为冀州刺史。盗贼知敞利害，待敞莅任，各避往他处去了。

看官阅过上文三案，应知盖、韩、杨三人的冤情，惟严延年自被劾去官，逃回故里，见八十一回。后来遇赦复出，连任涿郡、河南太守，抑强扶弱，专喜将地方土豪，罗织成罪，一体诛锄。河南吏民，尤为畏惮，号曰屠伯。延年本东海人氏，家有老母，由延年遣使往迎。甫至洛阳，见道旁囚犯累累，解往河南处决，严母不禁大惊。行至都亭，即命停住，不肯入府。延年待久不至，自赴都亭谒母，母闭门拒绝。惊得延年莫名其妙，想必自己有过，不得已长跪门外，请母明示。好多时才见开门，起入行礼，但听母怒声呵责道："汝幸得备位郡守，管辖地方千里，不闻仁爱，专尚刑威，难道为民父母，好这般残酷么？"延年听着，方知母意，连忙叩首谢罪，且请母登车至府，亲为御车。至府署中，过了腊节，一经改岁，便欲还家。延年再三挽留，母愤然道："汝可知人命关天，不容妄杀，今乃滥刑若此，天道神明,岂肯容汝!我不意到了老年,尚见壮子受诛,我今去了,为汝扫除墓地罢了!"说毕驱车自去。妇人中有此先见,却是罕闻。

延年送母出城,返至府舍,自思母太过虑,仍然不肯从宽。哪知过了年余,便遇祸殃。当时黄霸为颍川太守,与延年毗邻治民。延年素轻视黄霸,偏霸名高出延年,颍川境内,年谷屡丰,霸且奏称凤凰庆止,得邀褒赏。延年心愈不服,适河南界发现蝗虫,由府丞狐义出巡,回报延年。延年问颍川曾否有蝗?义答言无有。延年笑道:"莫非被凤凰食尽么?"义又述及司农中丞耿寿昌,常作平仓法,谷贱时增价籴入,谷贵时减价粜出,甚是便民。延年又笑道:"丞相御史,不知出此,何勿避位让贤,寿昌虽欲利民,也不应擅作新法。"狐义连碰了两个钉子,默然退出,暗思延年脾气乖张,将来不免遇害,我已年老,何堪遭戮。想到此处,就筮易决疑,又得了一个凶兆。看来是死多活少,不如入都告发,死且留名。于是惘惘登程,直至长安,劾奏延年十大罪恶,把封章呈递进去,便服毒自尽。宣帝将原奏发下御史丞,查得狐义自杀确情,当即报闻。再派官至河南察访,觉得狐义所奏,并非虚诬。结果是依案定罪,瀽成了一个怨望诽谤的罪名,诛死延年。严母从前归里,转告族人,谓延年不久必死,族人尚似信非信,

至此始知严母先见。严母有子五人，皆列高官，延年居长，次子彭祖，官至太子太傅，秩皆二千石，东海号严母为万石严妪。小子有诗赞严母道：

　　一门万石并称荣，令子都从贤母生。

　　若使长男终率教，渭城何至独捐生！

延年死后，黄霸且得进任御史大夫。欲知霸如何升官，容至下回说明。

　　女蛊之害人甚矣哉！不特乱家，并且乱国，古今中外一也。观颛渠阏氏之私通屠耆堂，即致国内分崩，有五单于争立之祸，而雄踞北方之匈奴，自此衰矣。夫以迈迹自身之汉高，雄才大略之汉武，累次北征，终不能屈服匈奴，乃十万师摧之而不足，一妇人乱之而有余，何其酷欤！若夫严母之智能料子，虽不足逭(huàn)延年之诛，要未始非女中豪杰。且第一延年之杀身，而其余四子，俱得高官，未闻波及，较诸盖、韩、杨三家，荣悴不同，亦安知非严母之教子有方，失于一子而得于四子耶！然后知败家者妇人，保家者亦妇人，莫谓哲妇皆倾城也。

第八十七回

杰阁图形名标麟史　锦车出使功让蛾眉

却说御史大夫一缺，本是萧望之就任。望之自恃才高，常戏谩丞相丙吉，吉已年老，不愿与较。望之心尚未足，又奏称民穷多盗，咎在三公失职，语意是隐斥丙吉，宣帝始知望之忌刻，特使侍中金安上诘问，望之免冠对答，语多支吾。丞相司直繇延寿，*繇音婆*。素来不直望之，乘隙举发望之私事，望之乃降官太子太傅。黄霸得应召入京，代为御史大夫。才阅一年，丞相博阳侯丙吉老病缠绵，竟致不起。吉尚宽大，好礼让，隐恶扬善，待下有恩，常出遇人民械斗，并不过问，独见一牛喘息，却使人问明牛行几里。或讥吉舍大问小，吉答说道："民斗须京兆尹谕禁，不关宰相。若牛喘必因天热，今时方春和，牛非远行，何故喘息？三公当燮理阴阳，不可不察。"旁人听了，都说他能持大体。*我意未然。*

及丙吉既殁，霸代为丞相，相道与郡守不同。霸治郡原有政声，却非相才，所以一切措施，不及魏丙，一日见有鹢雀飞集相府，*鹢音芬，或作鸥。*雀形似雉，出西羌中，霸生平罕见，疑为神雀，遽欲上书称瑞。后来闻知由张敞家飞来，方才罢议。但已被大众得知，作为笑谈。*从前所称凤凰庆止，想亦如是。*既而霸复荐举侍中史高，可为太尉，又遭宣帝驳斥。略言太尉一官，罢废已久，史高系帷幄近臣，朕所深知，何劳丞相荐举等语。说得霸羞惭满面，免冠谢罪，嗣是不敢再请他事。霸为相时，已晋封建成侯，任职五年，幸得考终，谥法与丙吉相同，统是一个定字。惟黄霸的妻室，却是一个巫家女儿。从前霸为阳夏游徼，与一相士同车出游，道旁遇一少女，由相士注视多时，说她后来必贵。霸尚未娶妻，听了此语，便去探问该女姓氏，浼人说合。女父本来微贱，欣然允许，即将该女嫁霸为妻，谁知随霸多年，居然得为宰相夫人，并且所生数子，亦得通显，说也是一段佳话，闲文少表。

且说霸既病殁，廷尉于定国，正迁任御史大夫，复代霸为丞相。时为甘露三年，正值匈奴国呼韩邪单于款塞请朝，宣帝命公卿大夫，会议受朝礼节。丞相以下，俱言宜照诸侯王待遇，位在诸侯王下，独太子太傅萧望之，谓应待以客礼，位在诸侯王上。宣帝有意怀柔，特从望之所言，至甘泉宫受朝。自己先郊祀泰畤，然后入宫御殿，传召呼韩邪单于入见，赞谒不名，令得旁坐，厚赐冠带衣裳弓矢车马等类。待单于谢恩退出，又由宣帝遣官陪往长平，留他食宿。翌日宣帝亲至长平，呼韩邪上前接驾，当有赞礼官传谕单于免礼，准令番众列观。此外如蛮夷降王，亦来迎谒，由长平坂至渭桥，络绎不绝，喧呼万岁。呼韩邪留居月余，方遣令还塞，呼韩邪愿居光禄塞下，系光禄勋徐自为所筑之城。可借受降城为保障，宣帝准如所请，乃命卫尉董忠等，率万骑护送出境，且令留屯受降城，保卫呼韩邪，一面输粮接济。呼韩邪感念汉恩，一意臣服。此外西域各国，闻得匈奴附汉，自然震慑汉威，奉命维谨。就是郅支单于亦恐呼韩邪往侵，远徙至坚昆居住，去匈奴故庭约七千里。到了岁时递嬗，也遣使入朝汉廷。九重高拱，万国来同，后人称为汉宣中兴，便是为此。提清眉目。

宣帝因戎狄宾服，忆及功臣，先后提出十一人，令画工摹拟状貌，绘诸麒麟阁上。麒麟阁在未央宫中，从前武帝获麟，特筑此阁，当时纪瑞，后世铭功，无非是休扬烈光的意思。阁上所绘十一人，各书官职姓名，惟第一人独从尊礼，不闻书名。看官欲知详细，由小子录述如下：

大司马大将军博陆侯姓霍氏。　　卫将军富平侯张安世。
车骑将军龙𫄷侯韩增。𫄷音额。　后将军营平侯赵充国。
丞相高平侯魏相。　　　　　　　丞相博阳侯丙吉。
御史大夫建平侯杜延年。　　　　宗正阳城侯刘德。
少府梁邱贺。　　　　　　　　　太子太傅萧望之。
典属国苏武。

照此看来，第一人当是霍光，霍家虽灭，宣帝尚追念旧勋，不忍书名。外此十人，只有萧望之尚存，本应最后列名，为何独将苏武落后呢？武有子苏元，前坐上官桀同党，已经诛死，武亦免官。见前文。后来宣帝嗣位，仍起武为典属国，并将武在匈奴时所生一子，许令赎回，拜为郎官。即通国，见前文。神爵二年，武已逝世，宣帝因他忠节过人，名闻中外，故意置诸后列,使外人见了图形,觉得盛名如武,尚不能排列人先,越显得中国多材,不容轻视了!

先是武帝六男,只有广陵王胥,尚然存在。胥傲戾无亲,尝思为变,可惜兵力单薄,未敢发作,没奈何迁延过去。到了五凤四年,忽被人讦发阴谋,说他嘱令女巫,咒诅朝廷。宣帝遣人查访,果有此事,向胥提究女巫,胥竟把女巫杀死,希图灭口。哪知廷臣已联名入奏,请将胥明正典刑。宣帝尚未下诏,胥已先有所闻,自知不能幸免,当即自缢,国除为郡。

宣帝立次子钦为淮阳王,三子嚣为楚王,四子宇为东平王,虽是援照成例,毕竟是树恩骨肉,信任私亲。还有少子名宽,为戎婕妤所生,年龄尚幼,未便加封。钦、嚣、宇三人生母,见第八十三回,故此处仅叙及戎婕妤。这数子中,要算淮阳王钦最得宣帝欢心,一半由钦母张婕妤,色艺兼优,遂致爱母及子;一半由钦素性聪敏,喜阅经书法律,颇有才干,比那太子奭的优柔懦弱,迥不相同。宣帝尝叹赏道:"淮阳王真是我子呢!"太子奭雅重儒术,见宣帝用法过峻,未免太苛,尝因入朝时候,乘间进言道:"陛下宜用儒生,毋尚刑法。"宣帝不禁作色道:"汉家自有制度,向来王

霸杂行，奈何专用德教呢？且俗儒不达时宜，是古非今，徒乱人意，何足委任？"杂霸之言，亦岂真足垂示子孙。太子奭见父发怒，不敢再言，当即俯首趋去。宣帝目视太子，复长叹道："乱我家法，必由太子，奈何！奈何！"嗣是颇思易储，转想太子奭为许后所生，许后同经患难，又遭毒死；若将太子废去，免不得薄幸贻讥，因此不忍废立，储位如旧。

甘露元年，复命韦玄成为淮阳中尉。玄成系故相扶阳侯韦贤少子，韦贤年老致仕，见八十二回。生有四男，长名方山，已经早世，次子名弘，三子名舜，四子就是玄成。弘曾受职太常丞，得罪系狱。及贤病终，门生博士义倩等，矫托贤命，使季子玄成袭爵。玄成方为大河都尉，还奔父丧，才知有袭爵消息，暗思上有二兄，怎能越次嗣封？于是假作痴癫，为退让计。偏义倩等已将伪命出奏，宣帝即使丞相御史，传召玄成，入朝拜爵，玄成仍佯狂不理。哪知丞相御史，却已窥出玄成隐情，竟复奏玄成并未真狂。幸有一侍郎，为玄成故人，恐玄成抗命得罪，亟从旁解说道："圣主贵重礼让，应优待玄成，勿使屈志！"宣帝乃知玄成好意，仍使丞相御史，带引玄成入朝。玄成无法，只好应召诣阙，当由宣帝面加慰谕，迫令袭爵，玄成不能再让，方才拜受，寻即诏令玄成为河南太守，并将韦弘释放，使为泰山都尉。未几又召玄成入都，拜未央卫尉，调任太常。嗣复坐杨恽党与，免官归家。忽又起拜淮阳中尉，乃是宣帝为太子奭起见，特令退让有礼的韦玄成，辅导淮阳王钦，教他看作榜样，省得将来窥窃神器，酿成兄弟争端，这也是防微杜渐，苦心调剂的方法呢。

惟淮阳王钦虽然受封，还是留居长安，玄成亦未赴任。宣帝复因钦晓通经术，命与诸儒至石渠阁中，讲论五经异同。当时沛人施仇论《易》；齐人周堪，鲁人孔霸即孔子十三世孙。论《书》；沛人薛广德论《诗》；梁人戴胜论《礼》；东海人严彭祖即严延年弟。论《公羊传》；齐人公羊高传《春秋》。汝南人尹更始，与太子太傅萧望之等，论《穀梁传》。鲁人穀梁赤亦传《春秋》学。折衷取义，汇奏宣帝。宣帝亲加裁决，并设诸经博士，令习专书，修明经术，称盛一时。

忽由乌孙国遣到番使，呈上一书，乃是楚公主解忧署名。书中大意，系为年老思乡，乞赐骸骨，归葬故土。宣帝看她情词悱恻，也不觉凄然动容，当即派遣车徒，往迎楚公主解忧。

解忧本嫁乌孙王岑陬为妻,寻复改适嗣主翁归靡,生下三男两女,已见前文。见八十一回。翁归靡上书汉廷,愿立解忧所生子元贵靡为嗣,仍请尚汉公主,亲上加亲。宣帝不欲绝好,乃令解忧侄女相夫为公主,盛资遣往,特派光禄大夫常惠送行。甫至敦煌,接得翁归靡死耗,元贵靡不得嗣立,由岑陬子泥靡为王,常惠不得不驰书上奏。一面将相夫留住敦煌,自持节至乌孙,责他不立元贵靡。乌孙大臣,却是振振有词,谓前时岑陬遗言,原欲传国与子,不能另立元贵靡。亦见八十一回。常惠亦驳他不过,只好驰回敦煌,请将楚少主送归。宣帝复书批准,于是常惠即偕楚少主还都。那泥靡既得立为主,性情横暴,又将解忧强逼成奸,据为妻室。解忧已经失节,也顾不得什么尊卑,连宵缱绻,又结蚌胎,满月即产一男,取名鸱靡。但解忧究竟将老,泥靡尚属壮年,一时为情欲所迫,占住后母,渐渐的迁情他女,便与解忧失和。此外一切举动,统是任意妄为,国人号为狂王。可巧汉使卫司马魏和意,及卫侯任昌同往乌孙,解忧得与相见,密言狂王粗暴,可以计诛。问汝何不早死?魏和意即与任昌商定秘谋,安排筵宴,邀请狂王过饮。狂王毫不推辞,竟来赴宴。饮到半酣,魏和意嘱使卫士,剑击狂王,偏偏一击不中,被狂王逃出客帐,飞马窜逸,不复还都。魏和意任昌,驰入都中,托言奉天子命,来诛狂王。番官多恨狂王无道,却无异言。哪知狂王子细沈瘦,为父报仇,召集边兵,进攻乌孙都城。城名赤谷,四面被围。亏得西域都护郑吉,从乌垒城发兵往援,才得将细沈瘦逐去。吉收兵还镇,据实奏闻。宣帝使中郎将张遵等持医药往治狂王,并赐金币。拿还魏和意任昌两人,责他矫诏不臣,按律当斩。狂王不过略受微伤,既由汉使赐药给金,如法调治,不久即愈,使张遵回朝谢命,自还赤谷城,仍王乌孙。偏又有翁归靡子乌就屠,在北山号召徒众,乘隙袭杀狂王,居然自立。

　　乌就屠出自胡妇,非解忧所生,汉廷当然不认为王,即命破羌将军辛武贤,领兵万五千人,出屯敦煌,声讨乌就屠,独西域都护郑吉,恐武贤出征乌孙,道远兵劳,胜负难料,不如遣人游说,令乌就屠自甘让位,免动兵戈。当下想出了一位巾帼英雄,浼她前去劝导,果然片言立解,远过行师。这人为谁? 乃是解忧身旁一个侍儿,姓冯名嫽,西域称为冯夫人,足当彤笔。她随解忧至乌孙后,嫁与乌孙右大将为妻,生性聪慧,丰采丽都,本来知书达理。及出西域,仅阅数年,即把西域的语言文字,风俗形

势,统皆通晓。解忧尝使持汉节,慰谕邻近诸国,颁行赏赐,诸国都惊为天人,相率敬礼。乌孙右大将,得此才妇,自然恩爱有加。惟右大将与乌就屠,素相往来,冯夫人当亦识面,所以郑吉遣使关白,令她往说乌就屠。冯夫人本是汉女,满口应承,立即至乌就屠居庐,开口与语道:"昆弥乌孙王号。今日乘势崛兴,可喜可贺!但喜中不能无忧,贺后不能不吊。"乌就屠惊问道:"莫非有意外祸变么?"冯夫人道:"汉兵已出至敦煌,想昆弥当亦知悉,昆弥自思,能与汉兵决一胜败否?"乌就屠踌躇半晌,方答说道:"恐敌不住汉兵。"冯夫人道:"昆弥既自知汉兵难敌,奈何尚欲称尊,一旦汉兵前来,必遭屠灭,何若见机知退,听命汉朝,还可借此保全,不失富贵。"却是一个女张良。乌就屠道:"我亦不敢长作昆弥,但得一个小号,我便向汉归命了。"冯夫人道:"这想是没有难处。"说着,即辞别乌就屠,还报西域都护郑吉。吉便将冯夫人说降乌就屠,详报朝廷。

宣帝得报,便欲一见冯夫人,召令入都。冯夫人应召东来,好几日到了阙下。报名朝见,彬彬有礼,举止大方,再加一张簧花妙舌,见问即答,应对如流。宣帝大喜,面命她作为正使,往谕乌就屠,别遣谒者竺次期门与甘延寿两人为副,一同登程。妇人作为朝使,千载一时。冯夫人拜别宣帝,持节出朝,早有人备着锦车,请她登舆。就是竺次期门、甘延寿两人,且向冯夫人参见,听从指示。冯夫人与谈数语,从容上车,向西径去。竺次期门、甘延寿随后继进,直抵乌孙。乌就屠尚在北山,未入国都,冯夫人等往传诏命,叫乌就屠速至赤谷城,往会汉光禄大夫长罗侯常惠。原来宣帝遣还冯夫人时,又命常惠驰赴赤谷城,立元贵靡为乌孙王。所以冯夫人到了北山,常惠亦入赤谷城。至乌就屠往见常惠,惠即宣读诏书,册封元贵靡为大昆弥。惟乌就屠也不令向隅,使为小昆弥,乌就屠得如所望,当即乐从。常惠又与他分别辖地,大昆弥得民户六万余,小昆弥得民户四万余,割清界限,免致相争。

越两年余,元贵靡便即病逝。子星靡嗣立,楚公主解忧,年将七十,因上书乞归,得蒙宣帝慨允,派使往迎。解忧挈领孙男女三人,回至京师,入朝宣帝。宣帝见她白发皤皤,倍加怜惜,特赐她田宅奴婢,俾得养老。过了两年,解忧病殁,三孙留守坟墓,毋庸细表。

惟冯夫人曾随解忧回国,至解忧殁后,闻得乌孙嗣主星靡,懦弱无能,恐为小昆弥所害,乃复上书请效,愿仍出使乌孙,镇抚星靡。宣帝准奏,遣百骑护送出塞,后来星靡终得保全,冯夫人已嫁乌孙右大将,想总是功成以后,告老西陲了。冯夫人之殁,史传中未曾详叙,故特从活笔。小子有诗赞道:

  锦车出塞送迎忙,专对长才属女郎。
  读史漫夸苏武节,须眉巾帼并流芳。

越年有黄龙出现广汉,因改元黄龙。哪知不到年终,宣帝忽然生起病来,欲知病状如何,待至下回再叙。

麟阁图形,计十一人,若黄霸、于定国、张敞、夏侯胜等,皆不得并列,似乎严格以求,宁少毋滥,然如杜延年、刘德梁、邱贺、萧望之四人,不过粗具丰仪,无甚奇绩,亦胡为参预其间,且苏子卿大节凛然,独置后列,虽为震慑外人起见,但王者无私,岂徒恃虚侨之威所能及远乎?苏武后,复有冯夫人之锦车持节,慰定乌孙,女界中出此奇英,足传千古,惜乎重男轻女之风,已成惯习。宣帝能破格任使,独不令绘其像于麟阁之末,吾犹为冯夫人叹息曰:"天生若材,何不使易钗而弁也!"

第八十八回

宠阉竖屈死萧望之　惑谗言再贬周少傅

却说黄龙元年冬月，宣帝寝疾，医治罔效。到了残冬时候，已至弥留。诏命侍中乐陵侯史高为大司马，兼车骑将军，太子太傅萧望之，为前将军，少傅周堪，为光禄大夫，受遗辅政。未几驾崩，享年四十有三。总计宣帝在位二十五年，改元七次，史称他综核名实，信赏必罚，功光祖宗，业垂后嗣，足为中兴令主。惟贵外戚，杀名臣，用宦官，酿成子孙亡国的大害，也未免利不胜弊呢！总来数语，也不可少。太子奭即日嗣位，是为元帝。尊王皇后为皇太后。越年改易正朔，号为初元元年，奉葬先帝梓宫，尊为杜陵，庙号中宗，上谥法曰孝宣皇帝。立妃王氏为皇后，封后父禁为阳平侯。禁即前绣衣御史王贺子，贺尝谓救活千人，子孙必兴，见前文。果然出了一个孙女，正位中宫，得使王氏一门，因此隆盛。王氏兴，刘氏奈何？

惟说起这位王皇后的履历，却也比众不同。后名政君，乃是王禁次女，兄弟有八，姊妹有四。母李氏，生政君时，曾梦月入怀，及政君十余龄，婉娈淑顺，颇得女道。惟父禁不修边幅，好酒渔色，娶妾甚多。李氏为禁正室，除生女政君外，尚有二男，一名凤，排行最长，一名崇，排行第四。此外有谭、曼、商立、根及逢时，共计六子，皆系庶出。李氏性多妒忌，屡与王禁反目。禁竟将李氏离婚。李氏改嫁河内人苟宾为妻。禁因政君渐长，许字人家，未婚夫一聘即死。至赵王欲娶政君为姬，才经纳币，又复病亡。禁大为诧异，特邀相士南宫大有，审视政君。大有谓此女必贵，幸勿轻视。好似王奉先女。真是一对天生婆媳。禁乃教女读书鼓琴，政君却也灵敏，一学便能。年至十八，奉了父命，入侍后宫。会值太子良娣司马氏，得病垂危，太子奭最爱良娣。百计求治，终无效验，良娣且语太子道："妾死非由天命，想是姬妾等阴怀妒忌，咒我至死！"说着，泪下如雨。

恐是推己及人。太子奭也哽咽不止。未几良娣即殁，太子奭且悲且愤，迁怒姬妾，不许相见。宣帝因太子年已逾冠，尚未得子，此次为了良娣一人，谢绝姬妾，如何得有子嗣。乃嘱王皇后选择宫女数人，俟太子入朝皇后，随意赐给，王皇后当然照办。一俟太子奭入见，便将选就五人，使她旁立，暗令女官问明太子何人合意？太子奭只忆良娣，不愿他选，勉强瞧了一眼，随口答应道："这五人中却有一人可取。"女官问是何人？太子又默然不答。可巧有一绛衣女郎，立近太子身旁，女官便以为太子看中此人，当即向皇后禀明，王皇后就使侍中杜辅，掖庭令浊贤，送绛衣女入太子宫。究竟此女为谁？原来就是王政君。政君既入东宫，好多日不见召幸，至太子奭悲怀稍减，偶至内殿，适与政君相遇，见她态度幽娴，修秾合度，也不禁惹起情魔，是晚即召令侍寝。两人年貌相当，联床同梦，自有一番枕席风光。说也奇怪，太子前时，本有姬妾十余人，七八年不生一子，偏是政君得幸，一索生男。甘露三年秋季，太子宫内甲观画堂，有呱呱声传彻户外，即由宫人报知宣帝。宣帝大喜，取名为骜（ào）。才经弥月，便令乳媪抱入相见。抚摩儿顶，号为太孙。嗣是常置诸左右，不使少离。无如翁孙缘浅，仅阅两载，宣帝就崩。太子仰承父意，一经即位，就拟立骜为太子。只因子以母贵，乃先将王政君立为皇后。立后逾年，方命骜为太子，骜年尚不过四岁哩。*西汉之亡，实自此始。*

且说元帝既立，分遣诸王就国。淮阳王钦，楚王嚣，东平王宇，始自长安启行，各莅封土。还有宣帝少子竟，尚未长成，但封为清河王，仍留都中。大司马史高，职居首辅，毫无才略，所有郡国大事，全凭萧望之、周堪二人取决。二人又系元帝师傅，元帝亦格外宠信，倚畀独隆。望之又荐入刘更生为给事中，使与侍中金敞，左右拾遗。敞即金日䃅侄安上子，正直敢谏，有伯父风。更生为前宗正刘德子，*即楚元王交玄孙。*敏赡能文，曾为谏大夫，两人献可替否，多所裨益。惟史高以外戚辅政，起初还自知材短，甘心退让。后来有位无权，国柄在萧、周二人掌握，又得金、刘赞助萧、周，益觉得彼盛我孤，相形见绌，因此渐渐生嫌，别求党援。可巧宫中有两个宦官，出纳帝命，一是中书令弘恭，一是仆射石显。*二竖为病，必中膏肓。*自从霍氏族诛，宣帝恐政出权门，特召两阉侍直，使掌奏牍出入。两阉小忠小信，固结主心，遂得逐加超擢。*小人盅君，大都如此。*尚幸宣帝英明，虽然任用两阉，究竟不使专政。到了元帝嗣阼，英明不及乃父，仍令两阉蟠踞宫廷，怎能不为所欺？两阉知元帝易与，便想结纳外援，盗弄政柄。适值史高有心结合，乐得通同一气，表里为奸。石显尤为刁狡，时至史第往来，密参谋议，史高惟言是从，遂与萧望之、周堪等，时有龃龉，望之等察知情隐，亟向元帝进言，请罢中书宦官，上法古时不近刑人的遗训，元帝留中不报，弘恭石显，因此生心，即与史高计划，拟将刘更生先行调出。巧值宗正缺人，便由史高入奏，请将更生调署。元帝晓得什么隐情，当即照准。望之暗暗着急，忙搜罗几个名儒茂材，举为谏官。

适有会稽人郑朋，意图干进，想去巴结望之，乘间上书，告发史高遣人四出，征索贿赂，且述及许史两家子弟种种放纵情形。宣帝得书，颁示周堪，堪即谓郑朋谠直，令他待诏金马门。朋既得寸进，再致书萧望之，推为周召管晏，自愿投效，望之便延令入见，朋满口贡谀，说得天花乱坠，冀博望之欢心，望之也为欢颜。待至朋已别去，却由望之转了一念，恐朋口是心非，不得不派人侦察，未几即得回报，果然劣迹多端。于是与朋谢绝，并且通知周堪，不宜荐引此人，堪自然悔悟。只是这揣摩求合的郑朋，日望升官发财，哪知待了多日，毫无影响。再向萧周二府请谒，俱被拒斥。朋大为失望，索性变计，转投许史门下。许史两家，方恨朋切骨，怎肯相容，朋即捏词相诳道："前由周堪刘更生教我为此，今始知大误，情愿效力赎愆。"许史信以为真，引为爪牙。侍中许章，就将朋登入荐牍，得蒙元帝召入。朋初见元帝，当然不能多言，须臾即出。他偏向许史子弟扬言道："我已面劾前将军，小过有五，大罪有一，不知圣上肯听从我言否？"许史子弟，格外心欢。还有一个待诏华龙，也是为周堪所斥，钻入许史门径，与郑朋合流同污，辗转攀援，复得结交弘恭、石显。恭与显遂嗾使二人，劾奏萧望之、周堪、刘更生，说他排挤许史，有意构陷，趁着望之休沐时候，方才呈入。

元帝看罢，即发交恭显查问。恭显奉命查讯望之，望之勃然道："外戚在位，骄奢不法，臣欲匡正国家，不敢阿容，此外并无歹意。"恭显当即复报，并言望之等私结朋党，互为称举，毁离贵戚，专擅权势，为臣不忠，请召致廷尉云云。元帝答了一个可字，恭显立即传旨，饬拿萧望之、周堪、刘更生下狱。三人拘系经旬，元帝尚未察觉。会有事欲询周堪、刘更生，乃使内侍往召,内侍答称二人下狱,元帝大惊道:"何人敢使二人拘系狱中?"弘恭、石显在侧,慌忙跪答道:"前日曾蒙陛下准奏,方敢遵行。"元帝作色道:"汝等但言召致廷尉,并未说及下狱,怎得妄拘?"元帝年将及壮,尚未知召致廷尉语意,庸愚可知。恭显乃叩首谢过。元帝又说道:"速令出狱视事便了!"恭显同声应命,起身趋出,匆匆至大司马府中,见了史高,密议多时,定出一个方法,由史高承认下去。翌晨即入见元帝道:"陛下即位未久,德化未闻,便将师傅下狱考验。若非有罪可言,仍使出狱供职,显见得举动粗率,反滋众议。臣意还是将他免官,才不至出尔反尔呢!"元帝听了,也觉得高言有理,竟诏免萧望之、周堪、刘更生,但使出狱,免为庶人。郑朋因此受赏,擢任黄门郎。

才过一月,陇西地震,堕坏城郭庐舍,伤人无数,连太上皇庙亦被震坍。太上皇庙,即太公庙。已而太史又奏称客星出现,侵入昂宿及养舌星,元帝未免惊惶。再阅数旬,复闻有地震警报,乃自悔前时黜逐师傅,触怒上苍。因特赐望之爵关内侯,食邑六百户,朔望朝请,位次将军。又召周堪、刘更生入朝,拟拜为谏大夫。弘恭、石显,见三人复得起用,很是着忙,急向元帝面奏,谓不宜再起周刘,自彰过失,元帝默然不答。恭显越觉着急,又说是欲用周刘,也只可任为中郎,不应升为谏大夫。元帝又为所蒙,但使周堪刘更生为中郎,忽明忽昧,却是庸主情态。嗣又记起萧望之博通经术,可使为相。有时与左右谈及意见,适为弘恭石显所闻,惶急的了不得。就是许史二家,得知这般消息,也觉日夕不安,内外生谋,恨不得致死望之。望之已孤危得很,谁料到事机不顺,有一人欲助望之,弄巧成拙,反致两下遭殃。这人非别,就是刘更生。

更生本与望之友善,只恐望之被小人所嫉,把他构陷,常思上书陈明,因恐同党嫌疑,特托外亲代上封事。内称地震星变,都为弘恭石显等所致,今宜黜去恭显,进用萧望之等,方可返灾为祥。这书呈入,即被弘恭石显闻知,两人互相猜测,料是更生所为。便面奏元帝,请将上书人究治。元帝忽又依议,竟令推究上书人,上书人不堪威吓,供出刘更生主使是实,刘更生复致坐罪,免为庶人。谋之不臧,更生亦难辞咎。萧望之闻更生得祸,只恐自己株连,特令子萧伋(jí)上书,诉说前次无辜遭黜,应求伸雪。多去寻祸。元帝令群臣会议,群臣阿附权势,复称望之不知自省,反教子

上书讼冤，失大臣体，应照不敬论罪，捕他下狱。元帝见群臣不直望之，也疑望之有罪，沉吟良久道："太傅性刚，怎肯就吏？"弘恭石显在旁应声道："人命至重！望之所坐，不过语言薄罪，何必自戕。"元帝乃准照复奏，令谒者往召望之。石显借端作威，出发执金吾车骑，往围望之府第，望之陡遭此变，便思自尽。独望之妻从旁劝阻，谓不如静待后命。适门下生朱云入省，望之即令他一决。云系鲁人，夙负气节，竟直答望之，不如自裁。望之仰天长叹道："我尝备位宰相，年过六十，还要再入牢狱，有何面目？原不如速死罢！"便呼朱云速取鸩来，云即将鸩酒取进，由望之一口喝尽，毒发即亡。望之原是枉死，但亦有取死之咎。

　　谒者返报元帝，元帝正要进膳，听得望之死耗，辍食流涕道："我原知望之不肯就狱，今果如此！杀我贤傅，可惜可恨！"说到此处，又召入恭显两人，责他迫死望之。两人佯作惊慌，免冠叩头。累得元帝又发慈悲，不忍加罪，但将两人喝退。传诏令望之子伋嗣爵关内侯，每值岁时，遣使致祭望之茔墓。一面擢用周堪为光禄勋，并使堪弟子张猛为给事中。

　　弘恭石显，又欲谋害周堪师弟，一时无从下手，恭即病死。石显代恭为中书令，擅权如故，他闻望之死后，舆论不平，却想出一条计策，结交一位经术名家，自盖前愆。原来元帝即位，尝征召王吉、贡禹二人。二人应召入都，吉不幸道死，禹诣阙进见，得拜谏大夫，寻迁光禄大夫。吉、禹二人免归，见八十五回。朝臣因他明经洁行，交相敬礼，显更知禹束身自爱，与望之情性不同，乐得前去通意，亲自往拜。禹不便峻拒，只好虚与周旋。偏显格外巴结，屡在元帝面前称扬禹美。会值御史大夫陈万年出缺，即荐禹继任。禹得列公卿，也不免感念显惠，所以前后上书，但劝元帝省官减役，慎教明刑。至若宦官外戚的关系，绝口不谈。且年已八十有余，做了几个月御史大夫，便即病殁，别用长信少府薛广德继任。

时光易逝，已是初元五年的残冬，越年改元永光，元帝出郊泰畤。礼毕未归，拟暂留射猎，广德进谏道："关东连岁遇灾，人民困苦，流离四方。陛下乃居听丝竹，出娱游畋，臣意以为不可！况士卒暴露，从官劳倦，还请陛下即日返宫，思与民同忧乐，天下幸甚！"元帝总算听从，立命回跸。是年秋天，元帝又往祭宗庙，向便门出发，欲乘楼船。广德忙拦住乘舆，免冠跪叩道："陛下宜过桥，不宜乘船！"元帝命左右传谕道："大夫可戴冠。"广德道："陛下若不听臣，臣当自刎，把颈血染污车轮，陛下恐难入庙了。"元帝莫名其妙，面有愠色。旁有光禄大夫张猛，亟上前解说道："臣闻主圣臣直，乘船危，就桥安，圣主不乘危，御史大夫言可从。"元帝方才省悟，顾语左右道："晓人应该如此。"遂令广德起来，命驾过桥，往返皆安，广德直声，著闻朝廷。可惜是注意小节。

偏自元帝嗣阼，水旱连年，言官多归咎大臣，车骑将军史高，丞相于定国，与薛广德同时辞职。元帝各赐车马金币，准令还家，三人并得寿终。史高亦甘引退，还算不是奸邪。元帝因三人退职，召用韦玄成为御史大夫，未几即擢为丞相，袭父爵为扶阳侯。玄成父子，俱以儒生拜相，闾里称荣。他本是鲁国邹人，邹鲁有歌谣云："遗子黄金满籝，不如一经。"玄成为相，守正持重不及乃父，惟文采比父为胜，且遇事逊让，不与权幸争权，所以进任宰辅，安固不摇。御史大夫一缺，即授了右扶风郑弘，弘亦和平静默，与人无忤。独光禄勋周堪，及弟子张猛，刚正不阿，常为石显所忌。刘更生时已失官，又恐堪等遭害，隐忍不住，复缮成奏草一篇，呈入阙廷，奏牍约有数千言，历举经传中灾异变迁，作为儆戒，大旨是要元帝黜邪崇

正,趋吉避凶。出口兴戎,何如不言!石显见了此书,明知是指斥自己,越想越恨。转思刘更生毫无权位,不必怕他,现在且将周堪师弟除去,再作计较。于是约同许史子弟,待衅即动。会值夏令天寒,日青无光,显与许史子弟,内外进谗,并言周堪张猛,擅权用事,致遭天变。元帝方信任周堪,不肯听信。谁知满朝公卿,又接连呈入奏章,争劾堪猛二人,弄得元帝心中失主,将信将疑。始终为庸柔所误。

　　长安令杨兴,具有小材,得蒙宠幸,有时入见元帝,尝称堪忠直可用。元帝以为兴必助堪,乃召兴入问道:"朝臣多说光禄勋过失,究属何因?"兴生性刁猾,听了此问,还道元帝已欲黜堪,即应声道:"光禄勋周堪,不但朝廷难容,就使退居乡里,亦未必见容众口。臣见前次朝臣劾奏周堪,谓与刘更生等谋毁骨肉,罪应加诛。臣以为陛下前日,育德青宫,堪曾做过少傅,故独谓不宜诛堪,为国家养恩,并非真推重堪德呢!"利口喋喋。元帝喟然道:"汝说亦是。但彼无大罪,如何加诛,今果应作何处置?"兴答说道:"臣意可赐爵关内侯,食邑三百户,勿使预政,是陛下得恩全师傅,望慰朝廷。一举两得,无如此计。"元帝略略点头,待兴辞退。暗想兴亦斥堪,莫非堪真溺职不成。正在怀疑得很,忽又由城门校尉诸葛丰拜本进来，也是纠劾周堪张猛，内说二人贞信不立，无以服人。元帝不禁懊恨起来，竟亲写诏书，传谕御史道：

> 城门校尉丰，前与光禄勋堪光禄大夫猛在朝之时，数称言堪猛之美，今反纠劾堪猛，实自相矛盾。丰前为司隶校尉，不顺四时修法度，专作苛暴以获虚威。朕不忍下吏，以为城门校尉。乃内不省诸己，而反怨堪猛以求报举，告按无证之辞，暴扬难言之罪，毁誉恣意，不顾前言，不信之大也。朕怜丰耆老，不忍加刑，其免为庶人！

看官阅此诏书，应疑诸葛丰所为，也与杨兴相似。其实丰却另有原因，激成过举。元帝初年，丰由侍御史进任司隶校尉，秉性刚严，不避豪贵，且遵照汉朝故例，得持节捕逐奸邪，纠举不法。长安吏民，见他有威可畏，编成短歌道："间何阔，逢诸葛。"时有侍中许章，自恃外戚，结党横行，有门下客为丰所获，案情牵连许章身上，丰遂欲奏参许章。凑巧途中与许章相遇，便欲捕章下狱，举节与语道："可即停车！"章坐在车中，心虚情急，忙叫车夫速至宫门，车夫自然加鞭急趋，丰追赶不及，被章驰入宫门，进见元帝，只说丰擅欲捕臣。元帝正欲召丰问明，适值丰封章上奏，历数章罪，元帝总觉丰专擅无礼，不直丰言，命收回丰所持节，降丰为城门校尉。丰很是气愤，满望周堪张猛，替他伸冤，好几日不见音信。再贻书二人，自陈冤抑，又不见答。于是恨上加恨，还道周堪张猛，也是投井下石，因此平时常称誉堪猛，至此反列入弹章。实是老悖。一朝小忿，自误误人，元帝既削夺丰官，索性将周堪张猛，也左迁出去，堪为河东太守，猛为槐里令。小子有诗叹道：

> 浊世难容直道行，明夷端的利艰贞。
>
> 小卿周堪字。也号通经士，进退彷徨太自轻。

堪猛既贬，石显权焰益张，免不得党同伐异，戮及无辜。欲知显陷害何人，俟至下回说明。

萧望之、周堪、刘更生三人，皆以经术著名，而于生平涵养之功，实无一得。望之失之傲，堪失之贪，更生则失之躁者也。丙吉为一时贤相，年高望重，望之且侮慢之，何有于史高，然其取死之咎，即在于此。周堪于望之死后，即宜引退，乃犹恋栈不去，并荐弟子张猛为给事中，植援固宠之讥，百口奚辞。刘更生则好为危论，非徒无益而又害之。夫不可与言而与之言，是谓失言，智者不为也。更生学有余而识不足，殆亦意气用事之累欤？若元帝之优柔寡断，徒受制于宦官外戚而已。虎父生犬子，吾于汉宣元亦云。

第八十九回

冯婕妤挺身当猛兽　朱子元仗义救良朋

却说石显专权，怙恶横行。当时有个待诏贾捐之，为前长沙太傅贾谊曾孙，屡言石显过恶，因此待诏有年，未得受官。永光元年，珠崖郡叛乱不靖，朝廷发兵往讨，历久无功。郡在南粤海内，岛屿纷歧。自从武帝平定南越，编为郡县，居民叛服无常，屡劳征伐。元帝因连年未定，拟大举南征，为荡平计，贾捐之独上书谏阻道："臣闻秦劳师远攻，外强中干，终致内溃。武帝秣马厉兵，从事四夷，役赋繁重，盗贼四起。前事可鉴，不宜蹈辙。现今关东饥荒，百姓多卖妻鬻子，法不能禁，这乃是社稷深忧。若珠崖道远，素居化外，不妨弃置。愿陛下专顾根本，抚恤关东为是。"不务殖民远地，但以弃置为宜，亦非良策。元帝将原书颁示群臣，群臣多半赞成，遂下诏罢珠崖郡，不复过问。

捐之言虽见用，仍然不得一官，郁郁久居，不堪久待。闻得长安令杨兴新邀主眷，正好托他介绍，代为吹嘘。当下投刺请谒，互相往来。兴见捐之口才敏捷，文采风流，且是贾长沙后人，自然格外契合。彼此缔交多日，适值京兆尹出缺，捐之乘间语兴，呼兴表字道："君兰雅擅吏才，正好升任京兆尹，若使我得见主上，必然竭力保荐。"兴亦呼捐之表字道："君房下笔，言语妙天下，倘使君房得为尚书令，应比五鹿充宗，好得多了！"原来五鹿充宗，系顿丘地方的经生，与显为友，显曾引为尚书令，故兴特借着充宗，称美捐之。捐之闻言大笑道："果使我得代充宗，君兰得为京兆尹，我想京兆系郡国首选，尚书关天下根本，有我两人，求贤佐治，还怕不天下太平么！"大言不惭。兴答说道："我两人若要进见，却也不难，但教打通中书令关节，便可得志了。"捐之不禁愕然道："中书令石显么！此人奸横得很，我甚不愿与他结欢。"兴微哂道："慢着！显方贵宠，非得彼欢心，我等无从超擢。今且依我计议，暂投彼党，这也是枉尺直寻的办法呢！"捐之求官情急，不得已屈志相从，兴即与商定，联名保荐石显，请赐爵关内侯。并召用显兄弟为卿曹，再由捐之自出一奏，举兴为京兆尹。两奏先后进去，谁知早被石显闻知，先将贾杨二人密谋，奏达元帝。元帝尚有疑意，待二人奏入，果如显言，乃即饬逮二人下狱，使后父王禁与显究治。禁与显复称贾杨隐怀诈伪，更相荐誉，欲得大位，罔上不道，应即加严刑，有诏坐捐之死罪，兴减死一等，髡为城旦。可怜捐之热中富贵，反落得身首异处，兴虽免死，丢去了长安令，做了一个刑徒，求福得祸，何苦为此？可为钻营奔竞者鉴。

越年日食地震，变异相寻。东海郡经生匡衡，方入为给事中，元帝问以地震日食的原因，衡答言天人相感，下作上应，陛下能祗畏天戒，哀悯元元，省靡丽，考制度，近中正，远巧佞，崇至仁，匡失俗，自然大化可成，休征即至云云。元帝因衡奏对称旨，擢为光禄大夫，已而地又震，日又食。自永光二年至四年，迭遭警变。元帝因记起周堪张猛，被贬在外，实是衔冤，乃责问群臣道："汝等前言天变相仍，咎在堪猛，今堪猛外谪数年，何故天变较甚，试问将更咎何人？"群臣无词可答，只好叩首谢罪。元帝因复征拜堪为光禄大夫，领尚书事；猛为大中大夫，兼给事中。堪猛再入朝受职，总道元帝悔悟，此次总可吐气扬眉，哪知朝上尚书，先有四人，统是石显私党。一个就是五鹿充宗，官拜少府，兼尚书令，第二个是中书仆射牢梁，第三第四叫作伊嘉陈顺，并皆典领尚书。堪与四人位置相同，口众我寡，怎能敌得过四奸？再加元帝连年多病，深居简出，堪有要事陈请，反要石显代为奏闻，累得堪不胜郁愤，有口难言。俗语说得好，忧能伤人，况堪已垂老，如何禁受得起？一日忽然病喑，噤不成声，未几即殁。张猛失了师援，越觉孤危，遂被石显谮构，传诏逮系。猛不肯受辱，竟在宫车门前，拔剑自刭。石显未去，师弟何苦复来？显是自己寻死。刘更生闻知堪猛死亡，倍增伤感，特仿楚屈原《离骚经》体，撰成《疾谗救危及世颂》凡八篇，聊寄悲怀。还幸自己命不该绝，未被害死，也好算是蒙泉剥果了。

且说元帝后宫，除王皇后外，要算冯傅两婕妤最为宠幸。傅婕妤系河南温县人，早年丧父，母又改嫁，婕妤流离入都，得事上官太后，善伺意旨，进为才人。上官太后赐给元帝，元帝即位，拜为婕妤。凭着那柔颜丽质，趋承左右，深得主欢，就是宫中女役，亦因她待遇有恩，并皆感激，常饮酒酹地,代祝延厘。好几年生下一女一男,女为平都公主;男名康,永光三年,封为济阳王,傅婕妤得进号昭仪。元帝对她母子两人,非常怜爱,甚至皇后太子,亦所未及。光禄大夫匡衡,曾上书规谏,劝元帝辨明嫡庶,不应得新忘故,移卑逾尊。元帝因令衡为太子太傅,但宠爱傅昭仪母子,仍然如故。傅昭仪外,便是冯婕妤最为得宠。冯婕妤的家世,与傅昭仪贵贱不同,乃父就是光禄大夫冯奉世。奉世曾讨平莎车,只因矫诏的嫌疑,未得封侯。见八十三回。元帝初年,始迁官光禄勋。既而陇西羌人,为了护羌校尉辛汤,嗜酒好残,激怒羌众,复致造反。元帝因奉世夙谙兵法,特使为右将军,领兵出击。丞相韦玄成,御史大夫郑弘等,主张屯戍,只肯发兵万人,奉世谓宜出兵六万,方可平羌。元帝初意尚如丞相御史所言,令率万二千人西行,及奉世到了陇西,绘呈地形,再申前议,元帝乃使太常任千秋为奋威将军,领兵六万,前往策应。奉世既得大队人马,果然一鼓破羌,斩首数千级,余羌并皆遁去,陇西复平。奉世班师复命,得受爵关内侯,调任左将军。子野王为左冯翊,父子并登显阶,望重一时。冯婕妤系奉世长女,由元帝纳入后宫,生子名兴,得拜婕妤,受宠与傅昭仪相似。

　　永光六年,改元建昭。好容易到了冬令,元帝病体已痊,满怀高兴,挈着后宫妃嫱,亲至长杨宫校猎,文武百官,一律从行。既至猎场,元帝在场外高坐,左有傅昭仪,右有冯婕妤,此外如六宫美人,不可胜述。文官远远站立,武官多去猎射,约莫有三五时辰,捕得许多飞禽走兽,俱至御前报功。元帝大悦,传谕嘉奖。到了午后,还是余兴未尽,更至虎圈前面,看视斗兽,傅昭仪冯婕妤等当然随着。那虎圈中的各种野兽,本来是各归各栅,不相连合,一经汇集,种类不同,立即咆哮跳跃,互相蛮触。正在爪牙杂沓,迷眩众目的时候,忽有一个野熊,跃出虎圈,竟向御座前奔来。御座外面,有槛拦住,熊把前两爪攀住槛上,意欲耸身跳入。吓得御座旁边的妃嫔媵嫱,魂魄飞扬,争相后面窜逸。傅昭仪亦逃命要紧,飞动金莲,乱曳翠裾,半倾半跌的跑往他处。只有冯婕妤并不慌忙,反且挺身向前,当熊立住。却是奇突!元帝不觉大惊,正要呼她奔避,却值武士趋近,各持兵器,把熊格死。冯婕妤花容如旧,徐步引退,元帝顾问道:"猛兽前来,人皆惊避,汝为何反向前立住?"冯婕妤答道:"妾闻猛兽攫人,得人便止。意恐熊至御座,侵犯陛下,故情愿拼生当熊,免得陛下受惊。"元帝听了,

赞叹不已。此时傅昭仪等已经返身趋集,听着冯婕妤的答议,多半惊服。只有傅昭仪不免怀惭,由愧生妒,遂与冯婕妤有嫌。妇女性情,往往如此。冯婕妤怎能知晓,侍辇还宫。元帝就拜冯婕妤为昭仪,封婕妤子兴为信都王。昭仪名位,乃是元帝新设,比皇后仅差一级,前只有一傅昭仪,至此复有冯昭仪,位均势敌,差不多如避面尹邢,两不相下了。尹邢为武帝时婕妤,事见前文。

中书令石显,见冯昭仪方经得宠,冯奉世父子,又并列公卿,便拟倚势献谀。特将野王弟冯逡,代为揄扬,荐入帷幄。逡已为谒者,由元帝即日召见,欲将他擢为侍中。偏逡见了元帝,极言石显专权误国,触动元帝怒意,斥令退去,反将他降为郎官。石显闻知,当然快意,但与冯氏亦从此有仇,把从前援引的意思,变作挤排。

当时有一郎官京房,通经致用,屡蒙召问。房本与五鹿充宗,同为顿丘人氏,又同学易经,惟充宗师事梁邱贺,房师事焦延寿,师说不同,讲解互异。且充宗阿附石显,尤为房所嫉视,尝欲乘间进言,锄去邪党。一日由元帝召语经学,旁及史事,房遂问元帝道:"周朝的幽厉两王,陛下可知他危亡的原因否？"元帝道："任用奸佞，所以危亡。"房又问道："幽厉何故好用奸佞？"元帝道："他误视奸佞为贤人，因此任用。"房复道："如今何故知他不贤？"元帝道："若非不贤，何至危乱？"房便进说道："照此看来，用贤必治，用不贤便乱。幽厉何不别求贤人，乃专任不贤，自甘危乱呢？"元帝笑道："乱世人主，往往用人不明。否则自古到今，有什么危亡主子哩？"房说道："齐桓公与秦二世，也尝讥笑幽厉，偏一用竖刁，一信赵高，终致国家大乱，彼何不将幽厉为戒，早自觉悟呢？"已是明斥石显。元帝道："这非明主不能见及，齐桓秦二世，原不得算做明君。"房见元帝尚是泛谈，未曾晓悟。当即免冠叩首道："春秋二百四十年间，迭书灾异，原是垂戒将来。今陛下嗣位数年，天变人异，与春秋相似，究竟今日为治为乱？"元帝道："今日也是极乱呢！"房直说道："现在果任用何人？"元帝道："我想现今任事诸人，当不致如乱世之不贤。"房又道："后世视今，也如今世视古，还求陛下三思！"元帝沉吟半晌道："今日有何人足以致乱？"房答道："陛下圣明，应自知晓。"元帝道："我实不知，已知何为复用。"房欲说不敢，不说又不忍，只得说是陛下平日最所亲信，与参秘议的近臣，不可不察。元帝方接口道："我知道了！"房乃起身退出，满望元帝从此省悟，驱逐石显诸人。哪知石显等毫不摇动，反将房徙为魏郡太守。房自知为石显等所忌，隐怀忧惧，但乞请毋属刺史，仍得乘传奏事，元帝倒也允许，房只得出都自去。

才阅月余，便由都中发出缇骑，逮房下狱。案情为房妇翁张博所牵连，因致得罪。博系淮阳王刘钦舅，钦即元帝庶兄。尝从房学《易》，以女妻房。房每经召对，退必与博具述本末。博儇（xuān）巧无行，便将宫中隐情，转报淮阳王钦，且言朝无贤臣，灾异屡见，天子已有意求贤，请王自求入朝，辅助主上等语。钦竟为所惑，为博代偿债负二百万，博又报书敦促，诈言已贿托石显，从中说妥，费去黄金五百斤，钦复如数赍给。不料为石显所闻，当即讦发，博兄弟三人，并皆系狱，连京房亦被株连，系入都中定罪，案情为翁婿通谋，诽谤政治，诖误诸侯王，狡猾不道，一并弃市。房原姓李氏，推易得数，改姓为京。前从焦延寿学《易》，延寿尝谓京生虽传我道，后必亡身，及是果验。御史大夫郑弘，与房友善，房前为元帝述幽厉事，曾出告郑弘，弘亦深表赞成。所以房弃市后，弘连坐免官，黜为庶人，

朱元伉义救朋良

进任匡衡为御史大夫。惟淮阳王钦,不过传诏诘责,由钦上表谢罪,幸得无恙。

接连又兴起一场冤狱,也是石显一手做成。坐罪的是御史中丞陈咸,与槐里令朱云。咸字子康,为前御史大夫陈万年子。万年好交结权贵,独咸与乃父不同,十八岁入补郎官,便是抗直敢言。万年恐他招祸,往往夜半与语,教他宽厚和平。咸在床前立着,听了多时,全与己意不合,但又不便反抗,索性置若罔闻,朦胧睡去。一个打盹,把头触着屏风,竟致震响,万年不禁怒起,起床取杖,意欲挞咸。咸方惊醒跪叩道:"儿已备聆严训,无非教儿谄媚罢了!"原是一言可蔽。这语说出,累得万年无词可驳,也只得将咸喝退,上床就寝,不复与言。未几万年病死,咸刚直如前,元帝却重他才能,累迁至御史中丞。还有萧望之门生朱云,与咸气谊相投,结为好友,两人有时晤谈,辄诋斥石显诸人,不遗余力。可巧显党五鹿充宗,开会讲经,仗着权阉势力,无人敢抗,独朱云摄衣趋入,与充宗互相辩论,驳得充宗垂头丧气,怅然退去。都人士有歌谣云:"五鹿岳岳,朱云折其角。"嗣是云名遂盛,连元帝也有所闻,特别召见,拜为博士,旋出任杜陵令,辗转调充槐里令。云因石显用事,丞相韦玄成等,依阿取容,不如先劾玄成,然后再弹石显,于是拜本进去,具言韦玄成怯懦无能,不胜相位。看官试想,区区县令,怎能扳得倒当朝宰相,徒被玄成闻知,结下冤仇。会云因事杀人,被人告讦,谓云妄杀无辜,元帝因问韦玄成。玄成正怨恨朱云,便答言云政多暴,毫无善状。凑巧陈咸在旁,得闻此言,不由的替云着急,慌忙还家,写成一封密书,通报朱云。云当然惊惶,复书托咸,代为设法。咸即替云拟就奏稿,寄将过去,教云依稿缮成,即日呈进,请交御史中丞查办。计实未善。云如言办理,偏被五鹿充宗看见奏章,欲报前日被驳的羞辱,当即告知石显,批交丞相究治。陈咸见计划不成,又复通告朱云,云便逃入都门,与咸面商救急的计策。越弄越错。丞相韦玄成,派吏查讯朱云,不见下落,再差人探听消息,知云在陈咸家中,当下劾咸漏泄禁中言语,并且隐匿罪人,应一并捕治,下狱论罪。

元帝准奏,饬廷尉拘捕二人,二人无从奔避,尽被拿住,入狱拷讯。咸不肯直供,受了好几次搒掠,困惫不堪,自思受伤已重,死在眼前,忍不住呻吟悲楚。忽有狱卒走报,谓有医生入视,咸即令召入,举目一瞧,并不是什么良医,乃是好友朱博。当下视同骨肉,即欲向他诉苦,博忙举手示意,佯与诊视病状,使狱卒往取茶水,然后问明咸犯罪略情,至狱卒将茶水取至,当即截住私谈,珍重而别。博字子元,杜陵人氏,慷慨好义,乐与人交,历任县吏郡曹,复为京兆府督邮。自闻咸得罪下狱,即移名改姓,潜至廷尉府中,探听消息。一面买嘱狱卒,假称医生,亲向狱中询问明白,然后求见廷尉,为咸作证,言咸冤屈受诬。廷尉不信,笞博数百,博终咬定前词,极口呼冤。好在韦玄成得了一病,缠绵床褥,也愿放宽咸案,咸才得免死,髡为城旦。朱云也得出狱,削职为民。但非朱博热心救友,恐尚未易解决,这才可称得患难之交呢!小子有诗赞道:

临危才见旧交情,仗义施仁且热诚。
谁似朱君高气节,救人狱底得全生。

越年,韦玄成病死,后任丞相,当然有人接替。欲知姓名,试看下回便知。

冯婕妤之当熊,绰有父风,彼虽一娉婷弱质,独能奋身不顾,拼死直前,殆与乃父之袭取莎车,同一识力。彼傅昭仪辈,宁能得此。然傅昭仪因是衔嫌,而冯婕妤卒为所倾,天胡不吊。反使妒功忌能者之得逞其奸,是正足令人太息矣!不宁唯是,天下之为主效忠者,往往为小人所构陷。试观元帝一朝,二竖擅权,正人义士,多被摧锄,除贾捐之死不足惜外,何一非埋冤地下。陈咸之不死,赖有良朋,否则石显韦玄成,朋比相倾,几何不流血市曹也。宣圣有言,女子与小人为难养,诚哉其然!

第九十回

斩郅支陈汤立奇功　嫁匈奴王嫱留遗恨

却说韦玄成死后，御史大夫匡衡，循例升任，另用繁延寿为御史大夫。匡衡虽尚正直，但见石显权势巩固，也不敢与他反对，只得顺风鼓锣，做一个好好先生。石显有姊，欲与郎中甘延寿为妻，偏延寿看轻石显，不愿与婚，婉言谢绝。却有特识。显便即衔恨。建昭三年，甘延寿为西域都护骑都尉，与副校尉陈汤，同出西域，袭斩郅支单于，传首长安。朝臣多为甘陈请封，独石显联同匡衡，合词劝阻，舆论遂不直匡衡。

究竟甘陈二人，何故袭斩郅支？说来却有一种原因。郅支单于，徙居坚昆，怨汉拥护呼韩邪，不肯助己，拘辱汉使江迺始等，遣使求还侍子驹于利受。见八十六、八十七回。元帝许令回国，特遣卫司马谷吉送往，吉被郅支杀死。郅支自知负汉，又闻呼韩邪渐强，恐遭袭击。正想再徙他处，适康居国遣使迎郅支，欲令合兵，共取乌孙，郅支乐得应允，便引兵西往康居。康居王将己女嫁与郅支，郅支也将己女嫁与康居王，互相翁婿，也是罕闻。彼此结为婚姻，联兵往攻乌孙。直至赤谷城下，赤谷城为乌孙都，见前文。掠得许多人畜，方才还师。乌孙不敢追击，且将西近康居的地方，弃作荒地，所有旧时居民，一律东徙，免得遭殃。郅支恃胜生骄，即蔑视康居，凌虐康居王女。康居王女不肯服气，惹动郅支怒意，竟拔刀将她砍死。自至都赖水滨，役民筑城，民或少怠，便截斩手足，投入水中。二年余才得毕工，郅支入城居住，据险自固。屡遣使分往大宛诸国，征求岁贡。大宛国怕他强暴，不敢不依。汉廷尚以为谷吉未死，派使探问，才知吉被杀死。再使人索还尸骸，郅支不与，反将汉使羁住，佯求西域都护，自言僻居困厄，情愿归附大汉，遣子入侍。其实是设词相诳，意在缓兵。凶狡已极！西域都护郑吉，已老病归休，元帝乃特简甘延寿陈汤两人，出镇乌垒城。

延寿字君况，北地郁郅人。汤字子公，山阳瑕邱人。延寿素善骑射，向以武力著名；汤却是文士出身，不拘小节，专好奇谋。既与延寿同至西域，所过山川城邑，无不注意。当下与延寿商议道："夷狄畏服大国，本性使然。前时西域，尝服属匈奴。今郅支单于迁移至此，自恃国威，侵陵乌孙大宛，并为康居划策，谋吞二国。若乌孙大宛，果被并吞，势必北攻伊列，西取安息，南击月氏，不出数年，西域诸国，且尽为所有了！且郅支骠悍善战，此时不图，必为西域大患，最好是先发制人，尽发屯田吏士，驱从乌孙部众，直指彼城。彼守备未坚，容易攻入，乘此斩郅支首，上献朝廷，岂不是千载一时的大功么？"延寿也以为然，惟欲先奏后行。汤又劝阻道："朝廷公卿，怎知远谋？如欲奏闻，必不见从。"延寿终以为不便专擅，未肯遽行。正思上书奏请，忽然得病，只好搁置一旁，从事医治。

约过了好几日，病治少瘥，忽闻外面人声马嘶，陆续不绝，忍不住跳落床下，向外查问，但见陈汤检阅兵马，前后来列，差不多有数万人，便喝声道："众兵到此，意欲何为！"汤毫不敛缩，反按剑相叱道："大众齐集，往讨郅支，竖子尚敢阻众么！**敢作敢言**。说得延寿瞠目伸舌，不敢异议。及询明实情，才知汤乘着己病，矫制调来。那时箭在弦上，不得不发，只得与汤部勒兵士，分作六队，即日起行。三队从南道逾葱岭，由大宛绕往康居，延寿与汤自率三队，从北道过乌孙国都，入康居境。行至阗池西面，适值康居副王抱阗，领数千骑，侵赤谷城，掳得人畜回来，被汤麾兵截杀一阵，夺还人口四百七十人，交付乌孙大昆弥，牲畜留给军食。再西行入康居界，访闻康居贵人屠墨，与郅支不协，因使人召他至军，晓示祸福，屠墨自愿乞和。汤即与歃血为盟，遣令还抚部众，毋得抗汉，一面沿途揭示，不犯秋毫。途中复得屠墨从子开牟，使为向导，直向郅支居城进发。距城约三十里，扎定营盘。

可巧郅支差人到来，诘问汉兵何故到此？陈汤出应道："汝单于上书归汉，愿遣侍子，故我朝特发兵相迎，因恐惊动左右，未便遽至城下，请单于送交妻孥，我等即当东归。"**将计就计**。使人返报郅支，郅支本为缓兵起见，设词诳汉。不意弄假成真，惹引汉兵入境，难道真个割舍妻子，送交汉营？当下再遣使诱约，但言行装未备，须宽限时期。汤只准宽限三两日，限满又去催促，郅支只管延宕。两下里使节往来，约有数次，汤忽然作

第九十回 斩郅支陈汤立奇功 嫁匈奴王嫱留遗恨

色,怒对来使道:"我等为单于远来,劳兵糜饷,今到此多日,未见一名王贵人,来报实信,为何单于慢客至此?我等粮食将尽,人马困乏,再若延挨,势且不得生还,敢请单于速定筹划,毋得误我!"仍是以假应假。来使自依言回报,郅支虽亦知汉将诈谋,惟远来粮少,想是真情,但教谨守不理。汉兵无粮,不去何待?当下号令人马,分头拒守。城上悬着五彩旗帜,令数百人戴盔披甲,登陴序立。再用壮士百余人,夹门立阵,门下使游骑百余,往来巡逻。

布置甫定,见汉兵已鼓噪前来,百余游骑,却也不管好歹,就纵马来突汉兵,汉兵早已防着,张弓迭射,箭如雨注,得将胡骑射退。汉兵从后追击,遥见城上胡兵,拍手相招道:"能斗即来!"汉兵毫不怯惧,纷纷薄城,用箭仰射,飞上城头。城上守兵,退落城下,城门内外的壮士,亦皆敛入,把门关住。汉兵四面围城。城有两重,外用木城,内用土城,木城有隙,里面胡兵,射箭出来,伤毙汉兵数人。延寿与汤,愤不可遏,命兵士纵火烧城,木城遇火,立即延燃。胡兵抵御不住,多半逃入内城,只有数百锐骑,出外拦阻,统被汉兵射死。汉兵前拥刀牌,后持弩戟,一齐扑入木城,扫尽

胡兵，然后再攻土城。郅支单于见汉兵势盛，意欲出走，转思汉兵经过康居，未闻开仗，定是康居挟嫌助汉，任令通道，且汉兵阵内，夹入西域各国兵马，眼见西域诸王，亦皆为汉效力，就使得脱重围，也是无路可奔。因此决计死守，兵马不足，连宫人亦驱登城楼，自己全身披挂，上城指挥。大小阏氏，约数十人，有几个颇能射箭，也弯着强弓，俯射汉兵。汉兵用楯为蔽，觑着空隙，还射上去，弓弦迭响，射倒大小阏氏数人。可谓直中红心。有一箭不偏不倚，正中郅支鼻上，郅支忍痛不住，退入城中。宫人越觉胆怯，自然随下。

汉兵方思缘梯登城，突闻康居发兵万余，来救郅支，王女已经被杀，想是郅支女得宠康居，故以德报怨。延寿与汤，不得不暂缓扑城。时又天暮，且守住营寨，防备康居兵冲突。陈汤复想出一法，暗遣裨将带领偏师，悄悄的抄至康居兵后，举火为号，以便夹击。裨将奉命，乘夜行兵，无人窥悉。康居兵但顾前面，与城中人遥相呼应，喊声四震，奋突汉营。汉营坚壁勿动，待至逼近，方用硬箭射去，济以长枪大戟，迎头痛刺，任他康居兵如何强悍，也觉无孔可钻，一夜间驰突数次，俱被击却。看看天色微明，康居兵已皆疲倦，不意汉营中鼓声忽起，领兵杀出。康居兵急忙退后，回头一望，更不得了，但见火光四迸，烟焰中拥出许多汉兵，截住去路。吓得康居兵进退失据，被汉兵夹击一阵，好似斫瓜切菜相似，万余骑死了八九千，单剩得一二千人，抱头窜去。延寿与汤，既杀败康居兵马，乘势攻扑内城，四面架梯，冒险乘陴，顿将内城捣破。郅支挈同男女百余人，逃入宫中，汉兵纵火焚宫，阖宫大骇。郅支硬着头皮，拚命出战，怎禁得汉兵拥入，团团围住，一着失手，便被斫倒。军侯杜勋，抢前一步，枭了郅支首级，携去报功。诸将士陆续入宫，杀毙阏氏太子名王以下千五百人，生擒番目百四十五人，收降胡兵千余人，搜得汉使节二柄，并前时谷吉所赍诏书。此外金帛牲畜等件，悉数搬取，由甘延寿陈汤两主将，酌量分给，除赏赐部众，遍及各国随征兵士，全体腾欢。

先是延寿与汤，矫诏发兵，已经上书自劾，至阵斩郅支，复将首级献入长安，请悬诸藁街，威示蛮夷。藁街系长安市名，蛮夷使馆，尽在此处，故有是请。石显闻得延寿功成，大为拂意，先使丞相匡衡奏请，时当春令，应掩骼埋胔，不宜悬示房首。偏车骑将军许嘉，右将军王商，谓春秋夹谷

第九十回 斩郅支陈汤立奇功 嫁匈奴王嫱留遗恨

一会,齐优戏侮鲁君,孔子即令将优施处斩,盛夏施刑,首足两分,异门取出。今郅支逆命,幸得受诛,正宜悬示十日,方可埋葬。有诏从两将军议。匡衡见不从己奏,再与石显密商,同劾甘延寿陈汤,矫制兴兵,功难抵罪;且陈汤私取财物,应即查办。元帝乃令司隶校尉,飞饬塞上官吏,按验陈汤吏士。汤上书自讼,略言臣与吏士共诛郅支,万里还朝,应有使臣迎劳道路。今闻司隶校尉,反令地方官按验,是为郅支报仇,令臣不解。元帝得书,乃收回成命,令沿途县吏,具备酒食,供给西征回来的军士;及全师凯旋,论功行赏。石显匡衡,复先后上奏,谓延寿汤擅自兴兵,幸得不诛,若复加爵士,将来有人出使,各欲乘危侥幸,生事蛮夷,此风断不可开,免得国家贻患等语。元帝以甘陈有功,意欲加封,只因石显匡衡,是内外重臣,却也未便违议。踌躇累日,历久未决。此时刘更生已改名为向,请封甘陈两人,大致说是:

> 郅支单于,囚杀使者,伤威毁重,群臣皆闵焉。陛下赫然欲诛之意,未尝有忘。西域都护延寿,副校尉汤,承圣旨,倚神灵,总百蛮之君,集城郭之兵,出百死,入绝域,遂陷康居,屠重城,斩郅支之首,扫谷吉之耻,勋莫大焉!臣闻论大功者,不录小过,举大美者,不疵细瑕。宜以时除过勿治,尊宠爵位,以劝有功,则国家幸甚!

这书呈入,元帝有词可借,方封延寿为义成侯,官长水校尉;赐汤爵关内侯,官射声校尉。一面告祠郊庙,大赦天下,群臣置酒上寿,庆赏了好几天。有故建平侯杜延年子杜钦,乘机上书,追述冯奉世前破莎车功绩,与甘陈相同,亦宜补封侯爵,不没功臣。<u>前也为冯昭仪献谀。</u>元帝因奉世已殁,且破灭莎车,乃是先帝时事,不便重翻旧案,因将钦议搁起不提。会御史大夫繁延寿又殁,朝臣多举荐大鸿胪冯野王,称他行能第一。野王系奉世子,由左冯翊入任大鸿胪。石显既与冯氏有嫌,自然仇视野王,当即入语元帝道:"现在九卿中,原无过野王,可惜野王系冯昭仪亲兄,臣恐天下后世,还疑陛下偏私,专用后宫亲属呢!"<u>巧言如簧,令人不觉。</u>元帝闻言,不禁点首,遂别任太子少傅张谭,为御史大夫。<u>奉世不得追封,当亦由石显作梗。</u>

石显专以狡黠取宠,此次排挤野王,令元帝自然中计,他尚恐为人所斥,特向元帝密奏道:"宫中有所征发,不论早晚,若夜间宫门早闭,不及呈入,请陛下准令开门。"元帝不知有诈,便即照允。显既邀允准,往往乘夜出取物件,故意延挨,待至宫门已闭,即传诏开门,几成惯例,果然有人劾奏石显矫诏开门。元帝付诸一笑,将原书取示石显,显忙跪下泣陈道:"陛下过宠小臣,特加重任,群下无不忌嫉,争谋陷害,幸赖陛下圣明,不予严谴。此后愿仍归旧职,专备后宫扫除,免得他人侧目,臣死亦无遗恨了!"元帝听说,总道显所言非诬,格外垂怜,好言抚慰,并给厚赏。后来遇有劾显诸奏,概置不理,显越得专宠,毫无忌惮。牢梁、五鹿充宗等,倚显为援,固宠希荣。都人交口作歌道:"牢耶,石耶!五鹿客耶!印何累累!绶何若若!"歌虽如此,传不到元帝耳中,所以元帝一朝,石显等安然无恙。事且慢表。

且说建昭五年以后,复改元竟宁。竟宁元年,呼韩邪单于,自请入朝,奏诏批准,遂自塞外启行,直抵长安。他因郅支受诛,且喜且惧,所以此次朝见,面乞和亲,愿为汉婿,元帝也欲羁縻呼韩邪,慨然允诺。待至呼韩邪退朝,暗想前代曾有和亲故事,辄取宗室子女,充作公主,出嫁单于。今呼韩邪已经投降,迥非昔比,但将后宫女子,未曾召幸,随便选择一人,嫁与呼韩邪,便可了事。主见已定,即命左右取入宫女图,展览一周,任意提起御笔,点选一人,命有司代办妆奁,拣选吉日,将御笔点出的宫女,送交呼韩邪客邸,赐与完婚。待至吉期已届,那宫女装束停当,至御座前辞行。元帝不瞧犹可,瞧了一眼,竟是一个芳容绝代的丽姝,云鬟低翠,粉颊绯红,体态身材,无不合度,最可怜的是两道黛眉,浅颦微蹙,似乎有含羞嗔怨的模样。及见她柳腰轻折,拜倒座下,轻轻的唻着娇喉道:"臣女王嫱见驾。"*芳名由她自呼,转觉得旖旎动人。*元帝忍不住问道:"汝从何时入宫?"王嫱具述年月。元帝一想,该女入宫有年,为何并未见过?可惜如此美貌,反让与外夷享受,真正错极。本欲将她留住,又恐失信外人,且被臣民訾议,谤我好色,愈觉不妙。没奈何镇定心神,嘱咐数语,待她起身出去,拂袖入宫。再去查阅宫女图,十分中仅得两三分,还是草草描成,毫无生气。嗣又把已经召幸的宫人,比较一番,觉得画工精美,比本人要胜过几分,不由的大怒道:"可恨画工,故意毁损丽容。若非作弊,定有他因!"当即传饬有司,查究画工为谁?有司遵将长安画工,一律传讯,当场查出,乃是杜陵人毛延寿,曾绘王嫱面貌,索贿不获,故意把花容玉貌,

第九十回 斩郅支陈汤立奇功 嫁匈奴王嫱留遗恨

绘做泥塑木雕一般。案既审定，延寿欺君不道，谳成死刑。惟王嫱身世，应该略叙。

嫱字昭君，系南郡秭归人王穰女，当时被选入宫，例须先经画工摹绘，然后呈上御览，准备召幸。延寿本著名画家，写生最肖。只是生性贪鄙，屡向宫女索贿，宫女巴不得入宫见宠，大都倾囊相赠，延寿就从笔底上添出丰韵，能使易丑为妍。只有王昭君貌本天成，不烦藻彩，她又生性奇傲，未肯无故费钱，因此毛延寿有心毁损，特将她易妍为丑，借泄私忿。元帝但凭画图选幸，怎知宫中有如此美人？到了昭君见面，才觉追悔，因将毛延寿处斩。延寿原是该死，只昭君自悲命薄，嫁了一个老番王，无可奈何，由他取乐。呼韩邪单于当然心欢，并向元帝上书，愿代为保塞，免得中国劳师。廷臣皆以为可行，惟郎中侯应，熟习边事，力言北塞边防，万不可撤。反复指陈利害，说得元帝憬然省悟，遂令车骑将军许嘉，传谕呼韩邪单于，略言中国边防，并非专御外患，实恐盗贼出塞，寇掠外人，单于虽怀好意，但尚有窒碍，不能遽从。呼韩邪单于乃愿罢前议，入朝辞行。带了王嫱出塞，号为宁胡阏氏。岁余生下一男，叫作伊屠牙斯。后来呼韩邪单

嫁匈奴王嫱留遗恨

于病死，长子雕陶莫皋嗣立，号为复株絫同累。若鞮单于，见昭君华色未衰，复占为妻室。一介女流，怎能反抗，况且胡俗得妻后母，乃是向来老例，昭君也只好降尊从俗，得过且过。旋复生了二女，长女为须卜居次，次女为当于居次。须卜当于皆夫家氏族，居次注见前。昭君竟老死塞外，墓上草色独青，与他处黄草不同，当时呼为青冢。后人因她红粉飘零，远入夷狄，特为谱入乐府，名《昭君怨》。或说她跨马出塞，马上自弹琵琶，创成此调，如泣如诉，后来不从胡礼，服毒自尽。这都是为色生怜，凭空臆造，证诸史传，便可知是虚诬了。小子有诗叹道：

娄敬和亲号罪魁，宫妆辱没剧堪哀。
如何番虏投诚日，尚使红颜出塞来？

元帝既遣归呼韩邪，尚是纪念王昭君，愁绪无聊，恹恹成疾，便要从此归天了，欲知详情，下文再当细表。

郅支单于，杀辱汉使，理应声罪致讨，上伸国威。元帝不使甘延寿陈汤，进讨郅支，其庸弱已可见一斑。汤为副校尉，名位不逮甘延寿，独能奋威雪耻，袭斩郅支，虽曰矫制，功莫大焉。况律以《春秋》之义，更觉无罪可言。匡衡号为经儒，乃甘媚权阉，妒功忌能，读圣贤书，顾如是乎？郅支既死，呼韩邪二次请朝，此时匈奴衰弱，何必再袭娄敬和亲之下计？直言拒绝，亦属无伤，仍给以宫女王嫱，徒使绝代丽姝，终沦异域，嗟何及欤！或谓元帝不贪女色，示信外夷，犹有君人之度，讵知王道不外人情，一夫不获，时予之辜，何忍摧残红粉，辱没蛮夷！如果见色不贪，尽可使之出嫁才郎，谐成嘉耦。天子且不能庇一美人，谓非庸弱得乎？"一去紫台连朔漠，独留青冢向黄昏。"读杜少陵诗，窃为之感慨不置云。

第九十一回

赖直谏太子得承基　宠正宫词臣同抗议

却说元帝寝疾，逐日加剧，屡因尚书入省，问及景帝立胶东王故事，<u>即汉武帝</u>。尚书等并知帝意，应对时多半支吾。原来元帝有三男，最钟爱的是定陶王康，<u>系傅昭仪所出，见前文</u>。初封济阳，徙封山阳及定陶。康有技能，尤娴音律，与元帝才艺相同。元帝能自制乐谱，创成新声，尝在殿下摆着鼙鼓，自用铜丸连掷鼓上，声皆中节，与在鼓旁直击相同，他人都不能及。独康亦擅此技，有乃父风，元帝赞不绝口，常与左右谈及。驸马都尉史丹，系前大司马史高长子，随驾出入，日侍左右，闻元帝称美定陶王，便向前直陈道："陛下尝谓定陶王多材，臣愚以为材具称长，莫如聪敏好学的皇太子；若徒以丝竹鼓鼙为能，是黄门鼓吹郎陈惠李微，高出匡衡，何妨使为丞相哩！"元帝听了，也不禁失笑。

已而中山王竟，得病遽殇。竟系元帝少弟，元帝初元二年，方授王封，年幼未能就国，留居都中，与太子骜同学，颇相亲爱。中山王殁，元帝挈着太子同往吊丧，抚棺流涕，悲不自禁，独太子骜并无戚容，元帝怒说道："天下有临丧不哀，可以仰承宗庙，为民父母么？"说着，旁顾左右，见史丹在侧，便诘问道："汝言太子多材，今果何如！"丹忙中有智，即免冠叩谢道："臣见陛下悲哀过甚，因戒太子不再涕泣，免增陛下感伤，臣罪当死！"<u>既为太子辩护，又为自己表忠，好一个伶俐口才。</u>元帝被他瞒过，怒气自平。到了元帝寝疾的时候，定陶王康，与生母傅昭仪，朝夕入侍。傅昭仪狡黠过人，凭着那灵心慧舌，哄动元帝，改易太子，好把亲子补充储位。元帝颇为所惑，因欲援胶东王故例，讽示尚书。史丹又有所闻，探得傅昭仪母子，不在寝宫，竟大胆趋入，跪伏青蒲上面，尽管叩头。青蒲是青色画地，接近御床，向例只有皇后可登青蒲。史丹急不暇顾，又自恃为元

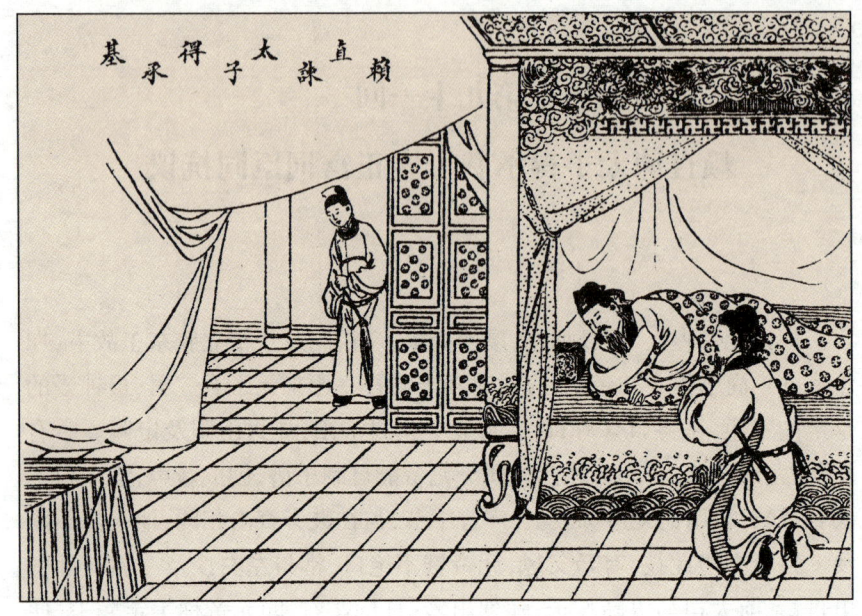

赖直谏太子得承基

帝近臣,不妨犯规强谏,元帝闻他叩头有声,开眼瞧着,见是史丹,乃惊问何因。丹涕泣陈词道:"太子位居嫡长,册立有年,天下莫不归心,今乃道路流言,传说太子不免动摇,如陛下果有此意,满朝公卿,必然死争,臣愿先自请死,为群臣倡!"保全嫡嗣,不失守经之义。元帝素信丹言,且知太子不应轻易,才喟然长叹道:"我本无此意,常念皇后勤慎,先帝又素爱太子,我怎好有违?现在我病日加重,恐将不起,愿汝等善辅太子,毋违我意!"丹乃欷歔起立,退出寝门。

又过数日,元帝驾崩,享年四十有二。在位十有六年,凡改元四次。太子骜安然即位,是谓成帝。当时太皇太后上官氏早殁,皇太后王氏尚存,因尊皇太后王氏为太皇太后,母后王氏为皇太后,封母舅阳平侯王凤为大司马大将军,领尚书事。是王氏揽权之始。奉葬先帝梓宫于渭陵,庙号孝元皇帝。越年改元建始,却有一件黜奸大计,足快人心。原来成帝居丧,朝政俱委任王凤,凤素闻石显奸刁,因即奏请成帝,徙显为长信太仆,夺去重权。丞相匡衡,御史大夫张谭,前曾阿附石显,此次见显失势,竟劾显种种罪恶,并及显党五鹿充宗等人。于是褫免显官,勒令回籍。显怏怏就道,病死途中。得全首领,大是幸事。少府五鹿充宗,被谪为玄菟太守,御史中丞伊嘉,也贬为雁门都尉,牢梁陈顺,一并罢免,舆论称快。又有歌谣传闻道:"伊徙雁,鹿徙菟,去牢与陈实无价!"

惟匡衡张谭,既将石显等劾去,总道前愆可盖,从此无忧,谁知惹动了一位直臣王尊,竟奏入一本,直言丞相御史,前知石显奸恶,并未纠弹,反与党合。今显罪已露,乃取巧弹奸,失大臣体,应该论罪!是极。成帝看了此奏,也知衡谭有过,但甫经即位,未便遽斥三公,因将原奏搁置不理。衡得知此信,慌忙上书谢罪,乞请骸骨,缴上丞相乐安侯印绶。成帝下诏慰留,仍将印绶赐还,并贬王尊为高陵令,顾全匡衡面子。衡始照旧行事,但朝臣多是尊非衡,为尊扼腕。尊系涿郡高阳人,幼年丧父,依伯叔为生,伯叔家况亦贫,嘱使牧羊,尊且牧且读,得通文字。嗣充郡中小吏,迁补书佐,郡守嘉他才能,特为保荐,尊遂以直言充选,擢为虢县令。辗转迁调,受任益州刺史。莅郡以后,尝出巡属邑,行至邛崃山,山前有九折阪,不易往来。从前王阳尝出刺益州,王阳即王吉。至九折阪前,慨然长叹道:"我承先人遗体,须当全受全归,为何屡经出险呢?"当下辞官自去,及尊过九折阪,记起王阳遗事,独使车夫疾驱向前,且行且语道:"这不是王阳的畏途么?王阳为孝子,王尊为忠臣,各行其志便了。"尊在任二年,又奉调为东平相。东平王刘宇,系元帝兄弟,少年骄纵,不奉法度。元帝知尊忠直敢为,特将他迁调过去,尊犯颜进谏,不畏豪威,宇好微行,尊即嘱令厩长,不准为宇驾马。宇亦无可如何,惟心中很是不悦。一日尊入庭谒宇,宇虽与有嫌,不得不延令就坐。尊亦窥透宇意,向宇进说道:"尊奉诏来相大王,故人皆为尊作吊,尊闻大王素有勇名,也觉自危,今就职有日,不见大王勇威,不过自恃贵宠,才知大王无勇,如尊方算得真勇呢!"突兀得很。宇听了尊言,不禁变色,意欲把尊格杀,又恐得罪朝廷,眉头一皱,计上心来,因复强颜与语道:"相君既自称有勇,腰下佩刀,定非常器,何妨与我一看?"尊注视宇面,屡次色变,料他不怀好意,但呼宇左右侍臣道:"汝可为我拔刀,呈示大王!"说着,两手高举,听令侍臣拔刀,一面正色语宇道:"大王毕竟无勇,乃欲设计陷尊,说尊拔刀向王,架诬罪名么?"真是急智。宇被尊说破隐情,暗暗怀惭,又久闻尊有直声,更致屈服。乃命左右特具酒席,邀令与宴,尽欢而散。无如宇母公孙婕妤，平生只有此子，很是宠爱，此时得为东平太后，见尊监视甚严，令子抱屈，不由的懊怒异常，**妇人溺爱煞是可恨！**当即上书朝廷，劾尊倨傲不臣，妾母子事事受制，恐遭逼死等语。元帝览奏，见她情词迫切，不得不令尊免官。及成帝即位，大司马大将军王凤，素慕尊名，因召为军中司马，奏补司隶校尉。偏后因劾奏匡衡张谭，仍然坐贬。尊到官数月，不愿久任，即托病告归。

王凤也知尊负屈，究因事关丞相，未便左袒，只好听尊乞休，徐图召用。惟成帝待遇母党，格外从优，既使大将军王凤秉政，复封母舅王崇为安成侯，王谭、王商、王立、王根、王逢时，皆赐爵关内侯。凤与崇俱系太后同母弟，故凤先封侯，崇亦继封，各得食邑万户。王谭以下，统是太后庶弟，所以受封较轻。但数人并无功勋，只为了母后兄弟，都受侯封，爵赏未免太滥，廷臣俱不敢多言。可巧夏四月间，黄雾四塞，咫尺不辨，成帝也觉得奇异，有诏问公卿大夫，各谈休咎，毋得隐讳。谏大夫杨兴，及博士驷胜等，并说是阴盛侵阳，故有此变。从前高祖立约，非功臣不得封侯，今太后诸弟，无功并侯，为历朝外戚所未有，应加裁损等语。大将军王凤，得见此奏，当即上书辞职。偏成帝不肯照准，优诏挽留。是年六月，有青蝇飞集未央宫殿，绕满廷臣坐次，八月间又有两月相承，晨现东方；九月间夜现流星，长四五丈，委曲如蛇形，贯入紫宫。种种灾异，内外多归咎王氏，独成帝因母推恩，倚畀如故。还有太后母李氏，已与太后父王禁离婚，改嫁苟氏，**见前文。**生下一子，取名为参。太后既贵，使王凤等迎还生母，且欲援田蚡故例，封苟参为列侯，**不知大体，无非是庸妇浅见。**还是成帝稍有见识，谓田蚡受封，实非正当，苟参不应加封，但尚拜参为侍中水衡都尉。此外王氏子弟，除七侯外，无论长幼，悉授官禄，这真叫做因私废公，无益有害了！

且说成帝嗣阼，年方弱冠，正是戒色时候，偏成帝生性好色，在东宫时已喜猎艳图欢。元帝因母后被毒，不得永年，特选车骑将军平恩侯许嘉女儿，为太子妃。许女秀外慧中，博通史事，并善书法，又与成帝年貌相当，惹得成帝意动神摇，好像得了仙女一般，镇日里相亲相爱，相偎相倚，说不尽的千般恩爱，万种温存。**反跌下文。**元帝令中常侍与黄门郎，前去探问两口儿情意，统回报是欢洽异常，顿使元帝欣慰，顾语左右道："汝等可酌酒贺我！"左右忙奉觞上寿，齐呼万岁。过了年余，许妃生下一男，阖宫庆贺。哪知兰征方验，玉质遽凋，徒落得一泡幻影，转眼成空。到了成帝登台，眼见这位专宠的许妃，应立为后。惟皇太后王氏，因许妃生儿不育，此外储宫里面，亦未闻有女生男，于是特传诏旨，采选良家女子，入备后宫。前御史大夫杜延年子钦，方为大将军武库令，进白大将军王凤道："古礼一娶九女，无非为承祖广嗣起见，今主上春秋方富，未有嫡嗣，将军何不上采古制，慎择淑女，早备嫔嫱？从来后妃贞淑，必有良嗣，若及今不图，待至储贰无人，另求少艾，将来争宠夺嫡，祸变且百出了！愿将军深思熟虑，毋贻后忧！"王凤闻言，也以为然，乃入告王太后。偏王太后拘守汉制，不愿法古，凤亦未便固争，只好遵循故事罢了。建始二年三月，册立许妃为皇后，专宠如故。

是年夏季大旱，越年秋令，又复霪雨连旬，直至四十余日，尚未放晴。长安人民，忽哄传大水将至，纷纷奔避，你争先，我恐后，老幼妇女，自相蹴踏，甚至伤亡多人。这消息传入宫中，成帝慌忙升殿，召入群臣，商议避水方法。王凤道："如果水势泛滥，陛下可奉两宫太后，乘船暂避，所有宫中后妃，随驾舟行，当可无忧，都中吏民，令他登城避水便了。"语尚未毕，左将军王商接入道：此王商与凤弟同名异人，履历详后。"古时国家无道，水尚不冒城郭，今政治和平，不闻兵革，上下相安，大水为何暴至？这必是民间讹言，断不可信。若再令百姓登城，岂不是更滋扰乱么！"长安地势甚高，原不至为水所湮，但必谓政治和平，愈启成帝骄淫，商亦未免失言。成帝方稍稍放心。商饬吏卒巡视城中，令民毋得妄动，约莫有三五时辰，民情少定，待至日暮，并没有大水到来，才知全城惊动，实为讹言所误。成帝因此重商，屡言商有定识，凤未免惭恨，自悔失言。

说起王商履历，乃是宣帝母舅乐昌侯王武子，王武见前文。武殁后袭爵为侯，居丧甚哀，且自愿推财相让，分给异母兄弟。廷臣因他孝义可风，交章荐举，得进任侍中中郎将。元帝时已迁官右将军，成帝复调任左将军，敬礼有加。不过成帝虽优待王商，究竟是疏不间亲，未及王凤的亲信。就是车骑将军平恩侯许嘉，本兼有两重亲谊，且又辅政有年，嘉系孝宣许皇后从弟，过继平恩侯许广汉，且系成帝后父，故云两重亲谊。偏成帝恐他牵制王凤，特将他大司马车骑将军的印绶，下诏收回。托言将军家重身尊，不宜再累吏职，特赐黄金二百斤，以特进侯就第。**汉制凡列侯有功德者，赐号特进，位在三公以下。**嘉家居岁余，便即逝世，予谥曰恭。惟许后宠尚未衰，后宫虽有婕妤数人，罕得进见。许后不再生男，只产了一个女儿，又致夭逝。太后与王凤等，屡忧成帝无子，成帝却不以为意，每日退朝，只在中宫食宿，与许后恩好甚深。许后虽非妒妇，但必欲令成帝爱情，移到妃嫔身上，亦所不愿，因此朝朝献媚，夜夜承欢。

建始三年十二月朔，日食如钩，夜间又地震起来，未央宫亦为摇动。成帝亦为不安，翌日下诏，令举直言敢谏之士，问及时政阙失。杜钦及太常丞谷永，同时奏对，并言后宫女宠太专，有碍继嗣。成帝明知他指斥许后，置诸不理。丞相匡衡，曾上疏规讽成帝，请戒妃匹，慎容仪，崇经术，远技能，未见成帝听从。及灾异迭见，复屡乞让位，成帝却优诏不许。会衡子昌为越骑校尉，酒醉杀人，坐罪下狱。越骑官属，与昌弟密谋，拟劫昌出狱，不幸谋泄，为有司所讦奏，有诏从严查办。衡闻信大惊，徒跣入朝，免冠谢罪。成帝尚留余地，谕令照常冠履，衡谢恩趋退。不意司隶校尉王骏等，又劾奏衡封邑逾界，擅盗田地，罪该不道，应罢官定罪。衡坐是褫职，免为庶人，余罪免致究治，还算是成帝的特恩。左将军王商，得代衡职，拜为丞相。少府尹忠为御史大夫。建始四年正月，亳邑陨石有四，肥累陨石有二，成帝命罢中书宦官，特置尚书员五人。**汉制尚书有四，至此更增一人。**四月孟夏，天复雨雪，诏令直言极谏诸士，诣白虎殿对策。太常丞谷永奏对道：

方今四夷宾服，皆为臣妾，北无熏粥、冒顿之患，南无赵佗、吕嘉之难，三陲晏然，靡有兵革，诸侯大者仆食数县，不得有为，无吴楚、燕梁之势，百官盘亘，亲疏相错，骨肉大臣，有申伯之忠，无重合**马何罗弟通，封重合侯。**安阳**上官桀。**博陆**霍禹。**之乱，三者无毛发之辜，乃欲以政事过差，咎及内外大臣，皆瞽说欺天者也。窃恐陛下舍昭昭之白过，忽天地之明戒，听暗昧之瞽说，归咎于无辜，倚异乎政事，重失天心，不可之大者也。陛下即位，委任遵旧，未有过政，元年正月，白气起东方，四月黄雾四塞，复冒京师，申以大水，著以震蚀，各有占应，相为表里，百官庶士，无所归依，陛下独不怪与？白气起东方，贱人将兴之表也。黄雾冒京师，王道微绝之应也。夫贱人当起，而京师道微，二者甚丑,陛下诚深察愚臣之言,致惧天地之异,长思宗庙之计,改往返过,抗湛溺之意,解偏驳之忧,奋乾纲之威,平天覆之施,使列妾得人人更进,犹尚未足也,急复益纳宜子妇人,毋择好丑,毋论年齿,广求于微贱之间,祈天眷佑,慰释皇太后之忧愠,解谢上帝之谴怒,则继嗣蕃滋,灾异永息矣。疏贱之臣,至敢直陈天意,斥讥帷幄之私,欲离间贵后盛妾,自知忤心逆耳,难免汤镬之诛,然臣苟不言,谁为言之?愿陛下颁示腹心大臣,腹心大臣以为非天意,臣当伏妄言之罪;若以为诚天意也,奈何忘国大本,背天意而从人欲?惟陛下审察熟念,厚为宗庙计,则国家幸甚!

看官阅到此文,应知谷永意中,全然帮着王凤。凤揽权用事,兄弟等并登显爵,已有人议论纷纷,统说天变屡见,实由王氏势盛所致。惟一班对策人士,都未敢明言指斥,不过模模糊糊,说了几句笼统话儿,便算塞责。谷永更趋炎附势,力为王氏洗刷,反嫁祸到许后身上,真是乖刁得很。此外还有武库令杜钦,也与谷永同一论调,果然揣摩得中,两人并列高第。永为首选,钦居第二,永得升官光禄大夫。明明是王凤主选。永字子云,籍隶长安,就是前卫司马谷吉子。吉出使匈奴,为郅支单于所杀,事

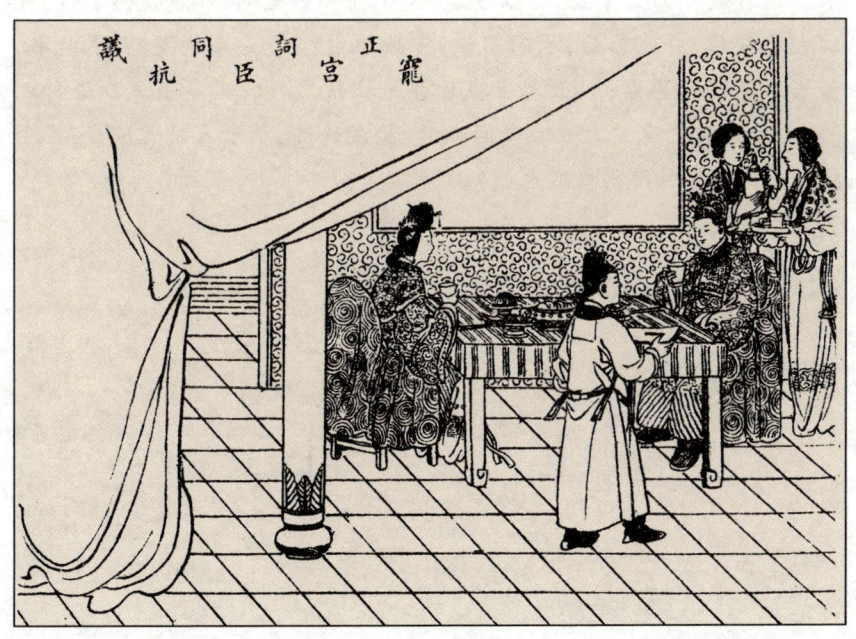

见前文。钦字子夏，一目患盲，在家饱学，无心出仕。王凤闻他材名，罗致幕下，同时有郎官杜邺，也字子夏，学成登仕，时人因两杜齐名，不便区别，特号钦为盲杜子夏。钦恨人说病，独改制小冠，游行都市，于是都人改称杜邺为大冠杜子夏，杜钦为小冠杜子夏。钦感王凤提拔，阿附王凤，还有可说；永由阳城侯刘庆忌荐入，庆忌系故宗正刘德孙，袭封阳城侯。也欲倚势求荣，比盲杜且不如了！小子有诗叹道：

　　大廷对策贵摅诚，岂为权豪独徇情？
　　谁料书生充走狗，学成两字是逢迎。

　　王氏未去，弭灾无术，俄而淫霖下降，黄河决口，百姓又吃苦不堪了。欲知河患如何得平，且看下回再表。

　　元帝三男，惟太子骜为王太后所出，以嫡长论，应立为嗣，有何疑义？况储位固已早定乎？元帝为傅昭仪所惑，几致易储，史丹一再谏诤，义所当然。或谓太子骜若不得立，则王氏之祸，可以不兴，此说似是而实非。元帝不立骜，即立康，康好声色，必致淫荒，傅昭仪亦非易与者，观哀帝时之傅太后，可见一斑。天下事但当凭理做去，祸福安能逆料乎？彼许女之为太子妃，非以色进，太子骜和好无间，亦属伉俪常情，厥后太子即位，许氏为后，乐而不淫，宁致酿灾？乃变异迭闻，史不绝书，如果为沴气所感召，则王氏应难辞咎。杜钦、谷永，不导王凤以谦抑之德，反斥许后之宠爱太专。离间帝后，构成嫌隙，祸水入而火德衰，罪由钦、永两人，宁特阿附权戚也哉！

第九十二回

识番情指日解围　违妇言上书惹祸

却说黄河为害,非自汉始,历代以来,常忧溃决,至汉朝开国后,也溃决了好几次。文帝时河决酸枣,东溃金堤,武帝时河徙顿丘,又决濮阳,元封二年,曾发卒数万人,塞瓠子河,筑宣房宫,后来馆陶县又报河决,分为屯氏河,东北入海,不再堵塞。至元帝永光五年,屯氏河淤塞不通,河流泛滥,所有清河郡属灵县鸣犊口,变作汪洋。时冯昭仪兄冯逡,方为清河都尉,请疏通屯氏河,分䥴水力。元帝曾令丞相御史会议,估计用费,不免过巨,竟致因循不行。建昭四年秋月,大雨十余日,河果复决馆陶及东郡金堤,湮没四郡三十二县,田间水深三丈,隳坏官亭庐室四万余所。各郡守飞书上报,御史大夫尹忠,尚说是所误有限,无甚大碍。成帝下诏切责,斥忠不知忧民,将加严谴。忠素来迂阔,见了这道严诏,惶急自尽。成帝亟遣大司农非调,调拨钱谷,赈济灾民,一面截留河南漕船五百艘,徙民避水。既而天晴水涸,民复旧居,乃拟堵塞决口,为善后计。犍为人王延世,素习河工,由杜钦保荐上去,命为河堤使者,监工筑堤。延世巡视河滨,估量决口,饬用竹篾为络,长四丈,大九围,中贮小石,由两船夹载而下,再用泥石为障,费时三十六日,堤得告成。可巧腊尽春来,成帝乘机改元,号为河平。*塞一决口,何必改元?* 进延世为光禄大夫,赐爵关内侯。

忽由西域都尉段会宗,驰书上奏,报称乌孙小昆弥安犁靡,叛命来攻,请急发兵援应等语。究竟小昆弥何故叛汉,应由小子补叙略情。先是元贵靡为大昆弥,乌就屠为小昆弥,划境自守,彼此相安。元贵靡死,子星靡代为大昆弥,亏得冯夫人持节往抚,星靡虽弱,幸得保全。*事见前文*。后来传子雌栗靡,被小昆弥末振将遣人刺死。末振将系乌就屠孙,恐被大昆弥并吞,故先行下手,私逞狡谋。汉廷得信,立遣中郎将段会宗,出使乌孙,册立雌栗靡季父伊秩靡为大昆弥,再议发兵往讨末振将。

兵尚未行，伊秩靡已暗使翎侯难栖，诱杀末振将，送归段会宗，使得复命。成帝以末振将虽死，子嗣尚存，终为后患，再令段会宗为西域都尉，嘱发戊已校尉及各国兵马，会讨末振将子嗣。<u>戊已校尉系守边官名</u>。会宗衔命复往，调了数处人马，行至乌孙境内，闻得小昆弥嗣立有人，乃是末振将兄子安犁靡，再探知末振将子番邱，虽未得嗣立，仍为贵官。自思率兵进攻，安犁靡与番邱必然合拒，徒费兵力，不如诱诛番邱，免得多劳。计划已定，遂留住部兵，只率三十骑急进，遣人往召番邱。番邱问明去使，只有骑兵三十，料不足患，便即带了数人，来见会宗。会宗喝令左右，缚住番邱，令他跪听诏书，内言末振将骨肉寻仇，擅杀汉公主子孙，应该诛夷，番邱为末振将子，不能逃罪。读到此处，即拔剑出鞘，把番邱挥作两段。番邱从人，不敢入救，慌忙返报小昆弥。小昆弥安犁靡，当然动怒，率兵数千骑来攻会宗。

会宗退至行营，尚恐孤军深入，或致失利，因亟驰书请援。成帝亟召王凤入议，凤记起一人，便即荐举。是人为谁？就是前射声校尉陈汤。汤与甘延寿立功西域，仅得赐爵关内侯，已觉得赏不副功。延寿由长水校尉，迁任护军都尉，当即病殁，惟汤尚无恙。及成帝嗣立，丞相匡衡，复劾汤盗取康居财物，不宜处位，汤坐是免官。康居曾遣子入侍，汤又上言康居侍子，非真王子，嗣经有司查验，复称王子是实，汤语涉虚诬，下狱论死。还是太常丞谷永替他奏免，才得贷罪出狱。惟关内侯的爵赏，因此被夺，降为士伍，沦落有年。王凤因汤熟谙外事，请成帝召问方略。成帝即宣汤入朝。汤前征郅支，两臂受湿，不能屈伸，当由成帝特别加恩，谕令免拜。汤谢恩侍立，成帝便将会宗原奏，取出示汤。汤既看罢，缴呈案上，当面推辞道："朝中将相九卿，并属贤才，小臣老病，不足参议！"<u>也是愤懑之词</u>。成帝道："现在国家有急，召君入商，君可勿辞！"汤方答说道："依臣愚料，可保无忧。"成帝问为何因。汤申说道："胡人虽悍，兵械未利，大约须胡人三名，方可当我一人。今会宗西行，非无兵马，何至不能抵御乌孙？况远道发兵，救亦无及，臣料会宗意见，并非必欲救急，实愿大举报仇，乃有此奏。请陛下勿忧！"成帝道："据汝说来，会宗必不致被围，就使被他围住，也容易解散了。"汤屈指算罢道："不出五日，当有吉音。"<u>全凭经验得来，故能料事如神</u>。成帝听说，喜逐颜开，命王凤暂停发兵，汤亦辞退。

　　果然过了四日,接到会宗军报,小昆弥已经退去。原来小昆弥安犁靡,进攻会宗,会宗也不慌忙,出营与语道:"小昆弥听着!我奉朝廷命令,来讨末振将,末振将虽死,伊子番邱,应该坐罪,与汝却是无干。汝今敢来围我,就使我被汝杀死,亦不过九牛亡一毛,汉必大发兵讨汝。从前宛王与郅支,悬首藳街,想汝应早闻知,何必自循覆辙哩!"安犁靡听了,也觉惊慌,但尚不肯遽服,设词答辩道:"末振将辜负汉朝,汉欲加罪番邱,何不预先告我?"会宗道:"我若预告昆弥,倘被闻风逃避,恐昆弥亦将坐罪;况昆弥与番邱,谊关骨肉,必欲捕交番邱,当亦不忍,所以我不便预告,免使昆弥为难。昆弥尚不知谅我苦衷么?"说得宛转。安犁靡无词可驳,不得已号泣退回。

　　会宗一面具奏,一面携着番邱首级,回朝复命。成帝赐爵关内侯,并黄金百斤。王凤因汤明足察几,格外器重,特奏为从事中郎,引入幕府,参决军谋。后来汤复因受赃得罪,免为庶人,病死长安。惟会宗再使西域,镇抚数年,寿已七十有五,不及告归,竟在乌孙国中逝世。西域诸国,并为

发丧立祠,可见得会宗平日,威爱兼施,故得此报。了过陈汤,段会宗,省得后文重提。

还有一位直臣王尊,辞官家居,王凤又荐他贤能,召入为谏大夫,署京辅都尉,行京兆尹事。是时终南山有剧盗傰(péng)宗,纠众四掠,大为民害。校尉傅刚,奉命往剿,年余不能荡平。王凤因将尊推荐,嘱使捕盗。尊莅任后,盗皆奔避,地方肃清,尊得实授京兆尹,在任三载,威信大行。独豪贵以为不便,嗾使御史大夫张忠,出头弹劾,说尊暴虐未改,不宜备位九卿,尊遂致坐免,吏民争为呼冤。湖县三老公乘兴上书,力为尊代白无辜,乃复起尊为徐州刺史,寻迁东郡太守。东郡地近黄河,全仗金堤捍卫。尊至东郡,不过数月,忽闻河水盛涨,冲突金堤,急忙跨马往视,到了堤边,见水势很是湍急,奔腾澎湃,险些儿摇动金堤,当下督令民夫,搬运土石,准备堵塞。哪知流水无情,所有土石掷下,尽被狂流卷去,反将堤身冲成几个窟窿。尊看危堤难保,急切也无法可施,只有恭率吏民,虔祷河神。先命左右宰杀白马,投入河中,自己高棒圭璧,恭恭敬敬的立在堤上,使巫代读祝文,情愿拚身填堤,保全一方民命。待祝文焚罢,祭礼告成,索性叫左右搭起篷帐,就堤住宿,听天由命。吏民数十万人,争向尊前叩头,请他回署,尊终不肯去,兀坐不动。俄而水势越大,浪迭如山,离堤面不过两三尺,堤上泥土,纷纷堕落,眼见得危在顷刻,无从挽回。吏民各顾生命,陆续逃散,只尊仍然坐着,寸步不离。身旁有一主簿,不敢劝尊他去,独垂头涕泣,拚死相从。却是一个义吏。那水势却也奇怪,腾跃数回,好似怕着王尊一般,回流自去。嗣是渐渐平静,堤得保全。可谓至诚感神。吏民闻水平堤立,复次第回来,尊又指示堤隙,饬令修堵,竟得无恙。白马三老朱英等,为民代表,奏称太守王尊,身当水冲,不避艰险,终得河平浪退,返危为安。诏令有司复勘,果如所奏,乃加尊秩中二千石,赐金二百斤。既而尊病殁任所,吏民争为立祠,岁时致祭,这也好算是汉朝循吏了。应该赞美。

河平二年正月,沛郡铁官冶无故失性,铁竟上飞。到了夏天,楚国雨雹,形大如釜,毁坏田庐。成帝犹未觉悟,且尽封诸舅为列侯,王谭为平阿侯,王商为成都侯,王立为红阳侯,王根为曲阳侯,王逢时为高平侯。五人同日受封,世因号为五侯。总计王禁八子,惟曼早世,余七子并沐侯封。

第九十二回　识番情指日解围　违妇言上书惹祸

汉代外戚,此为最盛。前宗正刘向,起为光禄大夫,成帝诏求遗书,令向校勘。向见王氏权位太盛,意欲借书进谏,乃因尚书洪范,推演古今符瑞灾异,历详占验,号为《洪范五行论》,呈入宫中。成帝亦知向寓有深意,但终不能抑损王氏,杜渐防微。丞相王商,虽然也是外戚,但与大将军王凤相较,势力大不相同。凤与商又有宿嫌,恨不得将王商除去。

会值呼韩邪病死,子复株累若鞮单于继立,特遣右皋林王伊邪莫演,入贡方物。伊邪莫演自称愿降,不愿回国,朝臣多言不妨受降。惟谷永、杜钦二人,谓单于称臣,无有贰心,今不应受彼逋逃,致生间隙,成帝乃遣还伊邪莫演。复株累若鞮单于,探闻此信,虽未将伊邪莫演免职,但心中却感念汉德,因于河平四年,亲自入朝。成帝御殿召见,单于拜谒如仪。成帝与他问答数语,便命左右导他出朝。单于既出朝门,适遇丞相王商,也即趋前行礼。商身长八尺有余,状貌魁梧,仪容端肃,既与单于相揖,免不得慰劳一番。单于仰面视商,见他有威可畏,不由得倒退数步,立即辞出。当有人告知成帝,成帝叹道:"这才不愧为汉相了!"为此一语,被大将军王凤闻悉,越加生忌。

冤家有孽,刚值琅琊郡内,连出灾异十余事,商派属吏前往查办,琅琊太守杨肜,音融。与王凤为儿女亲家,凤恐肜被参落职,忙向商说情道:"灾异乃是天事,非人力所得挽回,肜尚有吏才,幸勿按问!"商竟不从,奏劾肜守郡不职,致干天谴,乞即罢官。成帝留中不报。王凤恨商不留情面,反且出来纠弹,遂欲乘隙构陷,借端报复。一时无过可寻,只说他闺门不谨,使私人耿定上书讦发。成帝阅书,暗思事关暧昧,并无确证,不如搁置不提。偏王凤进去力争,定要彻底查究,成帝乃将原书发出,令司隶校尉查办。商得知消息,也觉着忙,记起前时王太后曾欲选纳己女,充备后宫,当日因女有痼疾,不便允许,现在女病已愈,不若纳入,作为内援。可巧后宫侍女李平,新拜婕妤,方得上宠,正好托她进言,代为说合。于是密嘱内侍致意李婕妤,哪知求荣反辱,越弄越糟。明人也走暗路,怎得不败! 会值暮春日食,大中大夫张匡,上言咎在近臣,乞求召对。成帝使左将军史丹问匡,匡言商曾奸父婢,并与女弟淫乱,前耿定上书告讦,俱系实情。现方奉诏查办,商敢私怀怨恨,请托后宫,意图纳女,谋植内援,居心实不可问。臣恐黄歇、吕不韦故事,复见今日,亟宜将商免官,穷法究治,庶足上回天变，下塞人谋，乞将军代奏毋迟！史丹即将匡言转达成帝，成帝素器重王商，料知匡言未确，下诏勿问。王凤又入宫固争，方由成帝派遣侍臣，往收丞相印绶。成帝庸柔，酷肖乃父。商将印绶缴出，悔愤交并，惹得肝脉偾张，连吐狂血，不到三日，一命呜呼。朝廷予谥曰戾。所有王商子弟，曾在朝中为官，悉数左迁。一班趋附王凤的走狗，还要诣阙狂吠，夺商世封。成帝总算有些主见，不肯照议，仍许商长子安嗣爵乐安侯，一面超拜张禹为丞相。

禹字子文，河内轵县人氏，以明经著名。成帝为太子时，曾向禹受学《论语》，所以特加宠遇，赐爵关内侯，授官光禄大夫给事中，令与王凤并领尚书事。禹见凤专权秉政，内不自安，因屡次称病，上章乞休。成帝亦屡次慰留，赐金遗膳，优礼相待，累得禹不敢再请，只得迁延度日。及王商免职，竟受封安昌侯，擢为丞相。禹固辞不获，勉强就职，但也不过旅进旅退，随声附和，保全自己的老命罢了。一语断煞。

越年改元阳朔，定陶王刘康入朝，成帝友于兄弟，留令伴驾，朝夕在侧，甚见亲重。王凤恐他入与政权，从旁牵制，因援引故例，请遣定陶王回国。偏成帝体贴亲心，自思先帝在日，常欲立定陶王为太子，事不果行，定陶王却并不介意，居藩供职，现在皇子未生，他日兄终弟及，亦无不可，因此将他留住。就是王凤援例相请，也只好置诸不理。哪知过了两月，又遇日蚀，凤复乘势上书，谓日食由阴盛所致，定陶王久留京师，有违正道，故遭天戒，宜亟令归国云云。但知责人，不知责己。成帝不得已遣康东归，康涕泣辞去，凤才得快意。独有一个京兆尹王章，直陈封事，将日食事归罪王凤。成帝阅罢，颇为感动，因复召章入对。章竟侃侃直陈，大略说是：

> 臣闻天道聪明，佑善而灾恶，以瑞异为符效。今陛下以未有继嗣，引近定陶王，所以承宗庙，重社稷，上顺天心，下安百姓，此正善事，当有祯祥；而灾异迭见者，为大臣专政故也。今闻大将军凤，猥归日食之咎于定陶王，遣令归国，欲使天子孤立于上，专擅朝事，以便其私，安得为忠臣？且凤诬罔不忠，非一事也。前丞相商，守正不阿，为凤所害，身以忧死，众庶愍之。且闻凤有小妇弟张美人，已尝适人，托以为宜子，纳之后宫，以私其妻弟，此三者皆大事，陛下所自见，足

第九十二回　识番情指日解围　违妇言上书惹祸

以知其余。凤不可令久典事,宜退使就第,选忠贤以代之,则乾德当阳,休祥至而百福骈臻矣!

成帝见章说得有理,欣然语章道:"非京兆尹直言,朕尚未闻国家大计。现有何人忠贤,可为朕辅?"章答说道:"莫如琅琊太守冯野王。"成帝点首,章乃趋退。这一席话,传到王凤耳中,凤顿时大怒,痛骂王章负义忘恩,意欲乘章入朝,与他拚命。还是盲杜足智多谋,亟劝凤暂从容忍,附耳说了数语,凤始消融怒气,依言做去。原来王章字仲卿,籍隶泰山郡钜平县,宣帝时已为谏大夫。元帝初年,迁官左曹中郎将,诋斥中书令石显,为显所陷,竟致免官。成帝复起章为谏大夫,调任司隶校尉,王凤欲笼络名臣,特举为京兆尹。章少时家贫,游学长安,只有一妻相随,偶然患病,困卧牛衣中。<u>编乱麻为衣,覆蔽牛身</u>。自恐将死,与妻诀别,眼中泪流个不住,那妻不禁发怒道:"仲卿,汝太无志气!满朝公卿,何人比汝为优?疾病乃人生常事,为什么涕泣不休,作此鄙态哩!"<u>章妻却有丈夫气</u>。章被她一激,精神陡振,病亦渐愈。及受职京兆尹,虽由王凤推荐,心中实不服王凤。待至王商罢相,定陶王遣归,益觉忍无可忍,遂缮成奏牍,函封待呈。章妻瞧着,连忙劝阻道:"人当知足,独不念牛

衣涕泣时么？"章已义愤填胸，不可复抑，竟摇首作答道："这非儿女子所能知晓，汝勿阻我！"越日便即呈入。又越二日，奉诏入对，接连又入朝数次。不意祸变猝来，骤令下狱，反觉得闺中少妇，尚有先见哩。小子有诗叹道：

> 牛衣困泣本堪怜，已得荣身好息肩。
> 何若见几先引去，与妻偕隐乐林泉！

欲知王章如何下狱，容待下回叙明。

本回所叙各节，俱与王凤相干连，凤之行谊，谓为权臣也可，谓为奸臣犹未可也。陈汤被劾失官，而凤独能举之。乌孙一役，不烦兵而自定，汤之智能料敌，即凤之明能举贤也。汤以外又举王章，捕盗障河，不愧民誉，亦未始非由凤之知人。独于王商王章两人，有意构陷，未免失德。但两王之死，不得谓全出无辜，谈彼短而恃己长，为王商一生之大玷，继以纳女一事，更足贻人口实。大丈夫当磊磊落落，遵道而行，顾效儿女子之所为，其能不贻讥当世，受人媒蘖乎！王章泣困牛衣，其志何鄙？及上书劾凤，其气何暴？彼既不愿附凤，则凤之荐为京兆尹，何勿慨然辞去，自洁其身？既已受职，则当视凤为知己，贻书规凤，亦无不可；凤若不从，去之尚未晚也。乃率尔纠弹，沽直适以召祸。名为读书有素，反不及一妇人之智，哀哉！

第九十三回

惩诸舅推恩赦罪　嬖二美夺嫡宣淫

却说王凤深恨王章，听了杜钦计策，上书辞职，暗中却向太后处乞怜。太后终日流涕，不肯进食，累得成帝左右为难，只得优诏慰凤，仍令视事。王太后尚未肯罢休，定欲加罪王章，成帝乃使尚书出头，劾章党附冯野王，并言张美人受御至尊，非所宜言。弹章朝入，缇骑暮出，立将章逮系下狱。廷尉仰承凤旨，谳成大逆，章知不可免，在狱自尽。章妻及子女八人，连坐下狱，与章隔舍居住。有女年甫十二，夜起恸哭道："前数夕间，狱吏检点囚人，我闻他历数至九，今夜只呼八人，定是我父性刚，先已去世了！"翌日问明狱吏，果系王章已死。当由廷尉奏报成帝，命将王章家属，充戍岭南合浦地方，家产籍没充公。合浦出产明珠，章妻子采珠为业，倒积蓄了许多钱财，后来遇赦回里，却还得安享余年。毕竟章妻多智。冯野王在琅琊任内，闻得王章荐已得罪，自恐受累，当即上书称病。成帝准予告假。假满三月，野王仍请续假，又蒙批准，遂带同妻子归家就医。王凤却嗾令御史中丞，劾野王擅敢归家，罪坐不敬，遂致免官。会御史大夫张忠病逝，凤又引入从弟王音为御史大夫，于是王氏益盛。王凤兄弟，惟崇先逝，此外谭、商、立、根、逢时五侯，门第赫奕，争竞奢华，四方赂遗，陆续不绝，门下食客甚多，互为延誉。独光禄大夫刘向，上书极谏道：

　　臣闻人君莫不欲安，然而常危；莫不欲存，然而常亡，失御臣之术也。夫大臣操权柄，持国政，鲜有不为害者。故书曰：臣之有作威作福，害于而家，凶于而国。孔子曰：禄去公室而政逮大夫，危凶之兆也。今王氏一姓，乘朱轮华毂者二十三人，青紫貂蝉，充盈幄内。大将军秉事用权，五侯骄奢僭盛，依东宫之尊，王太后时居东宫。假甥舅之亲，以为威重，尚书九卿，州牧郡守，皆出其门，称誉者登进，忤恨者诛伤，排摈宗室，孤弱公族，未有如王氏者也。夫事势不两大，王氏与刘氏不并立,如下有泰山之安,则上有累卵之危。陛下为人子孙,守持宗庙,而今国祚移于外亲,纵不为身,奈宗庙何?妇人内夫家而外父母家,今若此,亦非皇太后之福也。明者造福于无形,销患于未然,宜发明诏,吐德音,援近宗室,疏远外戚,则刘氏得以长安,王氏亦能永保,所以褒睦内外之姓,子子孙孙无疆之计也。如不行此策,田氏齐。复见于今,六卿晋。必起于汉,为后嗣忧,昭昭甚明。惟陛下留意垂察!

这书呈入,成帝也知向忠诚,当下召向入见,对向长叹道:"君且勿言,容我深思便了!"向乃趋退,成帝终迟疑不决。蹉跎过了一年,王凤忽然得病,势甚危急,成帝亲往问疾,执手垂涕道:"君若不讳,当使平阿侯嗣位。"凤在床上叩首道:"臣弟谭虽系至亲,但行为奢僭,不如御史大夫音,平生谨饬,臣敢誓死相保。"成帝点首应允,又安慰了数语,当即回宫。看官欲知王凤保举从弟,不荐亲弟,实因谭平时骄倨,未肯重凤,独音百依百顺,与凤名为弟兄,好似父子一般,所以凤舍谭举音。未几凤即谢世,成帝依凤遗言,命音起代凤职,加封安阳侯。另使谭位列特进,注见前文。领城门兵。谭不得当国,未免与音有嫌。但音却小心供职,与凤不同。成帝得自由用人,擢少府王骏为京兆尹。骏即前谏大夫王吉子,夙擅吏才。及为京兆尹,地方称治,与从前赵广汉、张敞、王尊、王章,并有能名。都人常号尊章骏为三王,且并为称誉道:"前有赵张,后有三王。"

成帝因畿辅无惊,四方平靖,乐得赏花醉酒,安享太平。起初许后专宠,惟在中宫取乐,廷臣还归咎许后身上,说她恃宠生妒,无逮下恩。其实是许后方在盛年,色艺俱优,故独邀主眷。至成帝即位十余年,许后年近三十,花容渐渐瘦损了,云鬟渐渐稀落了,成帝素性好色,见她面目已非,自然生厌。色衰爱弛,不特许后为然。于是移情妃妾,别宠一个班婕妤。班婕妤系越骑校尉班况女,生得聪明伶俐,秀色可餐。成帝尝游后庭,欲与同辇,班婕妤推让道:"妾观古时图画,圣帝贤王,皆有名臣在侧,不闻妇女同游,传至三代末主,方有嬖妾。今陛下欲与妾同辇,几与三代末主相似,妾不敢奉命!"成帝听说,却也称善,不使同辇。王太后闻婕妤言,也为心喜,极口称赞道:"古有樊姬,今有班婕妤!"樊姬系楚庄王夫人,谏止庄王畋游,见刘向《列女传》。班婕妤承宠有年,生男不育。适有侍女李平,年

第九十三回 惩诸舅推恩赦罪 嬖二美夺嫡宣淫

已及笄，丰姿绰约，也为成帝所爱，班婕妤遂使她荐寝，得蒙宠幸，亦封婕妤，赐姓曰卫。此外还有张美人，就是王凤所进，成帝普施雨露，始终不获诞一麟儿。秀而不实，徒唤奈何！也觉得对着名花，索然无味。巧有一个侍中张放，乃是故富平侯张安世玄孙，世袭侯爵，曾娶许后女弟为妻，貌似好女，媚态动人。成帝引与寝处，爱过嫔嫱，龙阳君宁能生子，越觉得白费精神。遂使他为中郎将，监长乐宫屯兵，得置幕府，仪比将军。放知成帝性好佚游，乘势怂恿，导引微行。成帝就去一试，先嘱期门郎在外候着，自己轻衣小帽，与放出宫，乘小车，跨快马，带同期门郎等，往来市巷，东眺西瞩，自在逍遥。从前成帝一出一入，都由王凤管束，不便轻动。此时凤已早死，王音但求无过，管什么天子微行？莫谓阿凤无益。成帝一次出外，非常畅适，当然不肯罢休。每遇暇日，必与放同行，近游都市，远历郊野，斗鸡走狗，随意寻欢，所有甘泉、长杨、五柞诸宫，无不备历。放不必避忌，成帝却诡称为富平侯家人。皇帝原是乏味，不如侯门奴幸。

是年复改易年号，号为鸿嘉元年。丞相张禹老病乞休，罢归就第，许令朔望朝请，赏赐甚厚，用御史大夫薛宣为相，封高阳侯。宣字赣君，东海郯人，累任守令，迁官左冯翊。光禄大夫谷永，称宣经术文雅，能断国事，成帝因即召为少府，擢任御史大夫。至是且代禹为相，待后再表。越年三月，博士行大射礼，有飞雉来集庭中，登堂呼毂，嗣又飞绕未央宫承明殿，兼及将军、丞相、御史等府。车骑将军王音，才因物异上书，谏阻成帝微行。成帝游兴方浓，怎肯中止？仍然照常行动。一日经过一座花园，见园中耸出高台，台下有山，好与宫中白虎殿相似，禁不住诧异起来。当即指问从吏道："这是何家花园。"从吏答称曲阳侯王根。成帝忿然作色，立命回宫，召入车骑将军王音，严词诘责道："我前至成都侯第，见他穿城引水，注入宅中，行船张盖，四面帷蔽，已觉得奢侈逾制，不合臣礼。今曲阳侯又叠山筑台，规仿白虎殿，越不近情理了。如此过去，成何体统！"说得音哑口无言，只好免冠谢罪。成帝拂袖入内，音即起身趋出，归语王商、王根。商、根亦吓得发怔，意欲自加黥劓，至太后处谢罪。但黥面劓鼻，又觉耐不住痛，且是大失面子，将来如何见人，正在踌躇未定的时候，又有人入报道："司隶校尉及京兆尹，并由尚书传诏诘问，责他阿纵五侯，不知举发，现俱入宫谢罪去了。"商与根越加着急，嗣复有人赍入策书，付与王

音。音展阅一周，内有最要数语道："外家日强，宫廷日弱，不得不按律施行。将军可召集列侯，令待府舍！"音也觉失色，详问朝使，并知成帝更下诏尚书，令查文帝诛薄昭故事，尤觉得瞠目伸舌，形色仓皇。商与根且抖个不住，待至朝使去后，还是音较有主意，先遣使人入请太后，乞为转圜。一面邀同王商、王立、王根，同去请罪，听候发落。音席藁待罪，商立根皆身负斧锧，俯伏阙下。约有一两个时辰，竟由内廷传出诏旨，准照议亲条例，赦罪勿诛。原来是银样镴枪头。四人方叩头谢恩，欢跃而归。

　　成帝既将王氏诸舅惩戒一番，又复照常微行。偶至阳阿公主家，阳阿公主想是成帝姊妹，史传未详。与同宴饮。公主召集歌女数人，临席侑酒。就中有一个女郎，歌声娇脆，舞态轻盈，惹动成帝一双色眼，仔细端详，真个是妖冶绝伦，见所未见。待至宴毕起身，便向公主乞此歌姬，一同入宫，公主自然应允。成帝大喜，挈回宫中，帝泽如春，妾情如水，芙蓉帐里，款摆柔腰，翡翠衾中，腾挪玉体，妙在回旋应节，纵送任情，直令成帝喜极欲狂，惊为奇遇，欢娱夜短，曙色映帏，好梦回春，披衣并起。露出美人本色,弱不胜娇,溜来秋水微眸,目能传语。成帝越看越爱,越爱越怜,当即亲书纶旨,拜为婕妤。看官欲问她芳名,就是古今闻名的赵飞燕!画龙点睛。相传飞燕原姓冯氏,母系江都王孙女姑苏郡主,曾嫁中尉赵曼,暗地与舍人冯大力子万金私通,孪生二女。分娩时不便留养,弃诸郊外,三日不死,方始收归。天生尤物,岂肯轻死! 长名宜主,次名合德。及年至数龄,赵曼病逝,二女俱送归冯家,又过了好几年,万金又死,冯氏中落,二女无家可依,流寓长安,投入阳阿公主家内,学习歌舞。宜主身材袅娜,态度蹁跹,时人看她状似燕子,因号飞燕。合德肌肤莹泽,出水不濡,与乃姊肥瘠不同,但也是个绝世娇娃,凑成两美。飞燕既入宫专宠,合德尚在阳阿公主家中,当时后宫有一女官,叫做樊嫕(yì),乃是飞燕的中表姊妹,成帝因她是飞燕亲戚,另眼相看,樊嫕遂献示殷勤,竟将合德美貌,上达御前。成帝忙命舍人吕延福,用着百宝凤舆,往迎合德。合德却装腔做势,谓必须奉有姊命,方敢入宫。延福还宫复命,成帝曲为体贴,料知合德隐情,恐遭姊妒,乃与樊嫕计议,先赐飞燕许多珍奇,特腾出一所别宫,铺设得非常华丽,名为远条馆,居住飞燕,买动飞燕欢心,然后使樊嫕乘间进言,托称皇嗣未生,正好将合德进御,为日后计。飞燕依了嫕言,便使宫人召入合德。合德巧为梳裹,打扮得齐齐整整,入朝至尊。成帝睁开龙目,注视红妆,但见她鬟若层云,眉若远山,脸若朝霞,肌若晚雪,端的是胡天胡帝,差不多疑幻疑仙。待至合德裣衽下拜,自陈姓氏,只觉得一片莺簧,已把那成帝神魂摄引了去,几不辨为何言何语。就是左右侍御,也不禁目荡心迷,失声赞美。只有披香博士淖方成,立在成帝背后,轻轻唾地道:"这是祸水,将来定要灭火了!"独具只眼。成帝勉强按神,低声呼起,合德方才起来,即由成帝指令宫人,拥入后宫,自己亦随了进去。好容易等到天晚,即替合德卸装,轻轻的携入绣帏,着体便酥,胜过重裀氍氀(qú dié),含苞渐润,快同灌顶醍醐。比诸乃姊欢会时,更别有一种风味,因赐号为温柔乡。描写赵家姊妹欢情,各合身分,不同泛填。尝叹语道:"我当终老是乡,不愿效武帝求白云乡了。"

合德入宫数日,也即拜为婕妤,两姊妹轮流侍寝,连夕承欢,此外后宫粉黛,俱不值成帝一顾,只好自悲命薄,暗地伤心。独有正位中宫的许皇后,从前与成帝何等亲昵,此时孤帏冷落,心实不甘。有姊名谒,曾为平安侯王章妻室，王章系宣帝王皇后兄王舜子。暇时入宫见后，后与谈及心事，谒亦替她忧愁。暗中代延巫祝，设坛祈禳。妇人迷信，最足坏事。不幸为内侍所闻，报达赵家姊妹。赵婕妤飞燕，正想恃宠夺嫡，得了这个消息，立刻告发，竟把诅咒宫廷的罪名，坐在许后身上，并牵连及班婕妤。成帝已经含怒，再加王太后主张严办，立将许谒拿究，问成死罪，即日加诛，并收回许后印绶，废处昭台宫。一面传讯班婕妤，班婕妤从容说道："妾闻生死有命，富贵在天，修正尚未得福，为邪还有何望？若使鬼神有知，岂肯听信谮说？万一无知，咒诅何益，妾非但不敢为，也是不屑为呢！"乐得坦白。成帝听说，颇为感动，遂命班婕妤退处后宫，不必再究。班婕妤虽得免罪，自思赵氏姊妹，从中谗构，将来难免被诬，不如想个自全方法，还可保身。当下思忖一番，凭着慧心妙腕，缮成一篇奏章，自请至长信宫供奉太后，遣宫人呈上成帝。成帝准如所请，班婕妤即移居长信宫，厮混度日。平居无事，吟诗作赋，消遣光阴，悯蕃华之不滋，借秋扇以自比，也未免留有余哀哩。毕竟红颜多薄命。

且说许后既废，当然轮着赵飞燕入主中宫。成帝即欲择日册立，偏王太后因她出身微贱，尚有异言。成帝未便擅行，只得寻出一个说客，先向太后前讨情。可巧有个卫尉淳于长，乃是太后姊子，又生成一张利嘴，正好嘱充此任。果然数次关白，得蒙太后允许，乃改阳朔五年为永始元年，先封飞燕义父赵临为成阳侯，褒示恩宠，然后册后。赵临系阳阿公主家令，飞燕入公主家，曾因赵临同姓，拜为义父，所以无功受赏，得蒙荣封。真好运气。偏有谏大夫刘辅，上书抗议道：

> 臣闻天之所与，必先赐以符瑞，天之所违，必先降以灾变，此自然之占验也。昔武王、周公，承顺天地，以飨鱼鸟之瑞，然犹君臣只惧，动色相戒。况于季世，不蒙继嗣之福，屡受威怒之异者乎？虽夙夜自责，改过易行，妙选有德之世，考卜窈窕之女，以承宗庙，顺神祇，子孙之祥，犹恐晚暮。今乃触情纵欲，倾于卑贱之女，欲以母天下，惑莫大焉！里语曰：腐木不可以为柱，人婢不可以为主。天人之所不平。必有祸而无福，市途皆共知之，朝廷乃莫敢一言，臣窃伤心！不敢不冒死上闻！

这篇奏议，明是大忤上意，成帝即令侍御史收捕刘辅，系入掖庭秘狱，朝夕待死。还亏大将军辛庆忌、右将军廉褒、光禄勋师丹、大中大夫谷永联名保救,方将辅徙系诏狱,减死一等,释为鬼薪。自是无人敢谏,遂立婕妤赵飞燕为皇后,进赵合德为昭仪。一对姊妹花,同时并宠,花朝拥,月夜偎,风流天子,尝尽温柔滋味,快乐何如!

　　成帝特命在太液池中,造一大舟,自挈飞燕登舟游咏,嘱令歌舞。又使侍郎冯无方吹笙,亲执文犀簪轻击玉杯,作为节奏。舟至中流,大风忽至,吹得飞燕裙带飘扬,险些儿将身飞去。成帝急令冯无方救护飞燕,无方将笙放下,两手握住飞燕双履。飞燕本爱冯无方,由他紧握,索性凌风狂舞,且舞且歌。俄而风势少定,舞亦渐停,后人谓飞燕能作掌上舞,便是出此。舞罢兴阑,回棹拢岸,成帝与飞燕携手入宫,厚赐冯无方金帛,并许他出入中宫,取悦飞燕。情愿作元绪公。

　　飞燕本来淫荡,免不得有暧昧情事,成帝好像盲聋一般,由她胡行。飞燕得陇望蜀,复见侍郎庆安世,年轻貌美,雅善弹琴,便借琴歌为名,请成帝许令出入,成帝也即照允。飞燕遂与庆安世眉挑目逗,伺着成帝经宿妹处,就留住庆安世,同效于飞。嗣且因连年不育,妄思借种,查有多子的侍郎宫奴,往往诱与寝狎,逐日迎新。又恐为成帝所闻,另辟密室一间,托

言供神祷子，无论何人，不得擅入。其实是密藏少年，恣意肆淫，好好一朵娇花，勾引狂蜂浪蝶，听令摧残，哪里还能够生子呢！小子有诗叹道：

　　寡欲生男语不诬，纵淫安得望生珠？

　　绿巾奉戴君王首，毕竟延陵是下愚。延陵系成帝葬处，见下文。

飞燕这般淫荡，合德究属如何，且看下回续表。

　　观五侯之奢侈，与两赵婕妤之淫恣，可见得成帝之昏，不可救药，然未始非王太后一人酿成。成帝尚知刘向之忠，意欲抑损外家，及见王商王根之奢侈逾制，且欲按律加罪，非王太后之隐为袒护，则当商根等待罪之时，亦何至遽行赦免乎？彼飞燕姊妹之入宫，虽由成帝好色，亲为选取；然微行之初，太后胡不预戒？不微行，则两赵无从选入，祸水自消。至于两赵承宠，阴谋夺嫡，讦许皇后诅咒之罪，就使查有实据，而不能不废许后，则继位中宫者，当莫如班婕妤。太后已知班婕妤之贤，乃犹为淳于长所惑，舍班立赵，浊乱宫闱，何其憒憒若此！彼成帝尚知有母，其如母德之不明何也！

第九十四回
智班伯借图进谏　猛朱云折槛留旌

　　却说合德既受封昭仪，成帝命居昭阳宫，中庭纯用朱涂，殿上遍施髹漆，黄金为槛，白玉为阶，壁间横木，嵌入蓝田璧玉，饰以明珠翠羽。此外一切构造，无不玲珑巧妙，光怪陆离。所陈几案帷幔等类，都是世间罕有的珍奇，最奢丽的是百宝床，九龙帐，象牙簟，绿熊席，熏染异香，沾身不散。更兼合德芳体，丰若有余，柔若无骨，怪不得成帝昏迷，恋恋这温柔乡，情愿醉生梦死。合德生性，与乃姊大略相似，不过新承帝宠，自然稍加敛束，但将成帝笼络得住，叫他夜夜到来，便算得计。飞燕日思借种，远条馆中，藏着男妾数十名，恣意欢娱，巴不得成帝不到，就使成帝临幸，也不过虚与周旋，勉强承应。成帝觉得飞燕柔情，不及合德，所以昭阳宫里，御驾常临，远条馆中，反致疏远。一夕成帝与合德叙情，偶谈及乃姊飞燕，有不满意。合德已知飞燕秘事，只恐成帝发觉，连忙解说道："妾姊素性好刚，容易招怨，保不住有他人逸构，诬陷妾姊。倘或陛下过听，赵氏将无遗种了！"说至此，泫然泣下。好一腔手足情谊。成帝慌忙取出罗巾，替合德拭泪，并用好言劝慰，誓不至误信蜚言。有几个莽撞人物，得知飞燕奸情，出来告讦，都被处斩。飞燕遂得公然淫纵，毫无忌惮。

　　后来由合德与述前言，飞燕颇感她回护，特荐一个宫奴燕赤凤，表明谢忱。赤凤身长多力，体轻善跃，能超过几重楼阁，飞燕引与交欢，非常畅适，因此不忍独乐，使得分尝一脔。合德领略好意，趁着成帝至远条馆时，便约赤凤欢会，果然满身舒畅，比众不同。嗣是赤凤往来两宫，专替成帝效劳，只是远条馆与昭阳宫相隔太远，合德恐赤凤往来，未免不便，遂乞成帝另筑一室，与远条馆相连。成帝自然乐从，饬工赶造，数月告成，名为少嫔馆。合德便即移住，于是两处消息灵通，赤凤踪迹，随成帝为转移。后来成帝因赵氏姊妹宠幸有年，并不得一男半女，也不能不别有所属，随意召幸宫人，冀得生男。**为下文赵氏得罪伏笔。**远条、少嫔两馆中，俱不见成帝踪迹，赤凤虽然有力，究没有分身法，惹得两姊妹含酸吃醋，几至失和。还是樊嬺力为调停，劝合德向姊谢罪，才复相协。中冓（gòu）丑事，也得暂免张扬。**欲要人不知，除非己莫为。**光禄大夫刘向，因采取诗书所载贤妃贞女，淫妇嬖妾，序次为《列女传》八篇，又辑传记行事，著《新序》《说苑》五十篇，奏呈成帝。且上书屡言得失，胪陈诸戒，无非请成帝轻色重德，修身齐家。成帝非不称善，但知善不用，也是枉然。

还有一件用人失当，种下了亡国祸根，险些儿把刘氏子孙，凌夷殆尽，汉朝的大好江山，竟沦没了一十八年。看官欲知何人为祟？就是那王太后从子王莽！**大书特书。**莽系王曼次子，曼早死不得封侯，长子亦遭短命。莽字巨君，事母维谨，待遇寡嫂，亦皆体心贴意，曲表殷勤。至若侍奉伯叔，交结朋友，礼貌更极周到，毫无惰容，又向沛人陈参，受习礼经，勤学好问，衣服如寒士相同。当时五侯子弟，竞为侈靡，席丰履厚，乘坚策肥，独莽不挟富贵，好为恭俭，居然像个孝悌忠信的人杰，博取盛名。伯父王凤病危，莽日夕侍疾，衣不解带，药必先尝，引得凤非常怜爱。待到弥留时候，尚面托太后及帝，极口称贤。成帝因拜莽为黄门郎，迁官射声校尉。叔父王商，也称莽恭俭有礼，情愿将自己食邑，分给与莽。就是朝右名臣，亦皆交章举荐，成帝乃进封莽为新都侯，授官光禄大夫侍中。莽越加谦抑，折节下交，所得俸禄，往往赡给宾客，家无余财，因此名高诸父，闻望日隆。成帝优待外家，有加无已，王谭死后，即令王商入代谭职。已而王音又殁，复进商为大司马卫将军，使商弟立领城门兵。商因成帝耽恋酒色，淫荒无度，也引为己忧，尝入见王太后，请为面戒成帝。太后却也训告数次，商亦从旁微谏。无如成帝流连忘返，终不少悛。永始二年二月，星陨如雨，复遭日食，适值谷永为凉州刺史，入朝白事，成帝使尚书问永意见，商即乘便嘱永，叫他具疏切谏，永有恃无恐，遂将成帝过失，一一揭出，力请除旧更新。成帝大怒，立命侍御史收永下狱，商已预有所闻，亟使永出都回任。永匆匆就道，侍御史饬人往追，已经不及，也即复命。成帝怒亦渐平，不复穷究，但仍然淫佚如前。侍中班伯，乃是班婕妤胞弟，因病请假，假满病愈，入宫进谒，可巧成帝与张放等宴饮禁中，引酒满觞，任意笑谑。班伯拜谒已毕，也不多言，惟注视座右屏风，目不转瞬。成帝呼令共宴,班伯口中虽然应命,两眼仍注视屏风上的画图。成帝还道屏风上有甚怪象,忙即旁顾,但见屏上并无别物,只有绘着一幅古迹,乃是商纣与妲己夜饮图。原来为此。当下瞧透班伯微意,故意问道:"此图何为示戒?"班伯才对着成帝道:"沉湎于酒,微子所以告去,式号式謼,《大雅》所以示儆。诗书所言淫乱原因,无非因酒惹祸哩!"借画进规,不愧为班婕妤之弟。成帝始喟然叹息道:"我久不见班生,今日复得闻直言了!"张放等方恨班伯多嘴,不料成帝叹为直言,只好托词更衣,快怏趋出。成帝也就令撤席,一番酒兴竟被班伯打断,不消多说。

会成帝入朝王太后,太后向他流涕道:"皇帝近日颜色瘦黑,也应自知保养,不宜沉湎酒色。班侍中秉性忠直,须从优待遇,使辅帝德。富平侯可遣令就国,慎勿再留!"成帝听了,只好应声而退。到了自己宫中,还不肯将张放遣去。丞相薛宣,御史大夫翟方进,俱由王商授意,联名奏劾张放,成帝不得已将放左迁,贬为北地都尉。过了数月,复召为侍中。王商复白王太后,太后怒责成帝,成帝无法,再出放为天水属国都尉。放临行时,与成帝相顾泣别。俟放去后,常赐玺书劳问。后来放归侍母疾,至母病愈,调任河东都尉。未几又召为侍中。真是情爱缠绵。那时丞相

薛宣,已经夺职,翟方进升任丞相,再劾放不应召用。成帝上惮太后,下怕相臣,因赐放钱五百万,遣令就国。放感念帝恩,终日不忘,及成帝驾崩,连日哭泣,毁瘠而死。可惜是个龙阳君,若变做女子身,倒是为主殉节也,可流芳百世了。这是后语不提。

惟丞相薛宣,何故免官,事由太皇太后王氏,得病告崩,丧事办得草率,不尽如仪,成帝坐罪薛宣,免为庶人。连翟方进亦有处分,贬为执金吾。廷臣都为方进解免,争言方进公洁持法,请托不行,于是成帝复擢方进为相,封高陵侯。方进字子威,汝南上蔡人,以明经得官,性情褊狭,好修恩怨。既为丞相,如给事中陈咸,卫尉逢信,后将军朱博,钜鹿太守孙闳等,迭被劾去。咸忧恚成疾,竟致暴亡,但统是与方进有嫌,致遭排击。惟奏弹红阳侯王立,说他奸邪乱政,还算是不畏权贵,放胆敢言。至御史大夫一缺,委任了光禄勋孔光。光字子夏,系孔子十四世孙。父名霸,曾师事夏侯胜,选为博士。宣帝时进任大中大夫,补充太子詹事,元帝赐霸关内侯,号褒成君。光为霸少子,年未二十,已举为议郎,累迁至光禄勋,典领枢机十余年,遵守法度,踵行故事,从未闻独出己见,争论大廷。所有宫中行事,虽对兄弟妻子,亦不轻谈。有人向光问及,谓长乐宫内温室中,栽种何树?光默然不应,另用他语作答。看似持重慎密,实在是借此保身,取容当世罢了!断定孔光。故南昌尉梅福,虽然辞职家居,却是心存君国,遇有朝使过境,往往托寄封事,成帝复置诸不理。至是复上书直谏,略云:

> 士者国之重器,得士则重,失士则轻。臣闻齐桓之时,有以九九见者,九九系算术,如今九章之类。桓公不逆,今臣所言,非特九九也。自阳朔以来,群臣皆承顺上指,莫有执正,故京兆尹王章,面引廷争,戮及妻子,凡受罪被辱皆称为戮,非专主刑杀也。折直士之节,结谏臣之舌,天下以言为戒,最国家之大患也。往者不可及,来者犹可追,方今君命犯而主威夺,外戚之权,日以益隆,陛下不见其形,愿察其景。建始以来,日食地震,三倍春秋,水灾无与比数,阴盛阳微,金铁为飞,此何景也?亲戚之道,全之为上,今乃尊宠其位,授以魁柄,势陵于君,权隆于上,然后防之,亦无及已!

这书呈入,也似石沉大海一般,并不见报。福自是读书养性,杜门不出,及王莽专政,越见得主柄下移,势且倾汉,遂抛妻撇子,一去不还。时人疑为仙去,后有人在会稽道上见他为吴市门卒,呼语不应。问诸旁人,代述姓名,并非梅福两字,才知他是移名改姓,自甘沦落了。**录述梅福言行,无非阐发幽光**。永始四年孟秋,日复食,越年改号元延,元旦天阴,日再食,孟夏无云闻雷,有流星随着日光,向东南行,四面如雨,自晡及昏,方才不见。到了新秋,星孛东井,天变迭现,成帝也觉惊心,不得不遍咨群臣,使他详陈得失。刘向正调任中垒校尉,**掌北军垒门,故称中垒**。应诏陈言,始终是归咎外戚。谷永方调任北地太守,也应诏入对,始终是归咎后宫。**两人宗旨不同**。这两件紧要大事,成帝目中,早已看过数次,都是不能照办,只好迁延度日。

会值大司马卫将军王商病死,依次挨补,应使王立继任。立在南郡垦田数百顷,卖与县官,取值至一万万以上,为丞相司直孙宝所发,成帝乃舍立不用,超迁王根为大司马骠骑将军。根与故安昌侯张禹,素不相容。成帝独待禹甚优,前后赏赐无算,遇有国家大事,必遣使咨问。禹亦倚老卖老,求福得福,置田多至四百顷,前厅舆马,后庭丝竹,尚是贪心不足,还要寻块葬地,为身后计。适有平陵旁肥牛亭地,最为合意,**平陵为昭帝陵,见前文**。便上书乞请,求恩拨赐。成帝便欲允许,独王根入朝谏阻,谓肥牛亭与平陵毗连,乃是寝庙衣冠,出入要道,理难拨给,只好另赐别地云云。成帝不从,竟将肥牛亭地赐给张禹。根越加妒恨,屡次说禹短处。偏成帝暗暗忌根,每经根毁禹一次,必遣使向禹问遗。且因刘向等屡斥王氏,也欲与禹商决,亲往禹家面谈。既到禹家,值禹抱病在床,不便开口,惟至床前下拜,问候病情。禹在床上叩谢,使少子进谒成帝,拜罢便站立一旁。成帝温言慰问,禹欷歔道:"老臣衰朽,死不足惜,膝下四男一女,三子俱蒙恩得官,一女远嫁张掖太守萧咸,老臣平日爱女,比诸男为甚,只恐老臣临死,不得一见女面,所以未免怀思呢!"成帝道:"这有何难!我当调回萧咸,就近为官便了。"禹不能起身,使少子代为拜谢。成帝谕他免礼,少子乃起。禹尚欲替少子求官,碍难出口,惟两眼注视少子,作沉吟状。成帝已经窥透,面授禹少子为黄门郎给事中。禹心中只此两事,并得所请,自然喜欢。**老年贪得**。既令少子谢恩,复欲强起自拜,成帝忙叫他不必多礼,起身回宫;立调萧咸为弘农太守。待至禹疾已瘳,复亲临禹家,

禹亟出门迎谒,延入内堂。由成帝问及安否,禹把仰叨天眷的套话,随口答讫。成帝屏去左右,就袖中取出奏牍数篇,交禹察看。禹展览一周,统是劾奏王氏专政,不由的满腹踌躇。自思年老子弱,何苦与王氏结冤,且前日为了葬地一事,更与王根有嫌,不若替他回护,以德报怨,使他知感为是。乃即答说道:"春秋二百四十年间,日食三十余次,地震五次,或主诸侯相杀,或主夷狄内侵,实在天道微渺,人未易知。孔子圣人,且不语神怪,贤如子贡,犹不得闻性与天道,何况是浅见鄙儒!陛下能勤修政事,自足上迓天庥。现在新学小生,妄言惑人,愿陛下切勿轻信哩!"说着,即将奏牍呈还成帝。成帝愿安承教,辞别而去,王氏因此无恙。禹乐得卖情,不免告知亲友,当有人传到王根耳边,根果被笼络,易仇为亲,忙去谢禹,相得甚欢。此外王氏子弟,亦往来禹家,联为至好。

独有故槐里令朱云,前坐陈咸党与,罚为城旦,役满还家。闻得张禹袒护王氏,朋比为奸,又不禁激动忠忱,愤然诣阙,求见成帝。可巧成帝临朝,公卿等站立两旁,云行过拜跪礼,便朗声说道:"满朝公卿,济济盈廷,上不能匡主,下不能泽民,无非是尸位素餐,毫不中用!孔子所谓鄙夫事君，患得患失，无所不至，臣愿乞赐上方斩马剑，断佞臣一人头，儆戒群臣。"声可震殿。成帝听他语言莽撞，已滋不悦，当即喝声问道："佞臣为谁？"云直答道："安昌侯张禹！"好胆量。成帝大怒道："小臣居下讪上，廷辱师傅，还当了得！"说着，复顾左右道："此人罪在不赦，应即拿下！"御史奉命，即将云扯出殿外。云攀住殿槛，不肯遽行，御史偏要把他拖去，彼此用力过猛，竟将殿槛折断。云大呼道："臣得从龙逢比干，同游地下，也是甘心！但不知圣朝成为何朝！"说到此句，已由御史牵去。群臣为云所讥，都含怒意，独左将军辛庆忌，尚带侠气，忙免冠至御座前，解去印绶，叩头力谏道："小臣朱云，素来狂直，著名当世，言果合理，原不宜诛；就使妄言，也乞陛下大度包容，臣敢拚死力争！"成帝怒尚未解，不肯照允，直至庆忌碰头出血，淋落座前，也不觉回心转意，命将朱云赦免，云始得放归。后来有司修治殿槛，成帝却面嘱道："不必易新，但从坏处修补，令得留旌直臣！"成帝非全然糊涂，可惜辅导乏人。云返家后，不复出仕，常乘牛车闲游，到处欢迎，年至七十余，在家寿终。

　　元延三年春月，岷山崩，土石堕落江中，水道被壅，三日不流。刘向闻报，私下叹息道："从前周岐山崩，三川告竭，幽王遂亡，岐山系周朝龙兴地，故主亡周，今汉家起自蜀郡，蜀地山崩川竭，便是亡汉的预兆！况前年星孛东井，从参及辰，辰为大火，本主汉德，乃被怪星闯入，显见是乱亡不远了！"

　　成帝燕乐如常，还道是内外无事，尽可安心度日，不过年逾四十，未得一男，却也不免加忧。赵家姊妹，又是嫉妒得很，自己好纳男姿，独不许成帝私迎宫人，或得生男。成帝鬼鬼祟祟，偷召宫婢曹晓女曹宫，交欢了两三次，得结珠胎，生下一男。成帝闻知，暗暗心欢，特派宫女六人，服侍曹宫。不意被赵合德察觉，矫制收宫下掖庭狱，迫令自尽，所生婴儿，也即处死，连六婢都不肯放松，勒毙了事。悍妇心肠，毒过蛇蝎。成帝怕着合德，不敢救护，坐看曹宫母子等毕命归阴。

　　还有一个许美人，住居上林涿沐馆中，每年必召入复室，临幸数次，也得产下一男。成帝使中黄门靳严，带同医生乳媪，送入涿沐馆，叫许美人静心调养。又恐为合德所闻，踌躇多日，计不如自行告知，求她留些情面，免遭毒手。当下至少嫔馆中，先与合德温存一番，引开合德欢颜，方将许美人生男一事，约略说出。话尚未终，即见合德竖起柳眉，易喜为怒，起座指成帝道："常骗我言从中宫来，如果在中宫，许美人何从生男？好好！就去立许美人为皇后罢！"一面说，一面哭，并且用手捣胸，把头触柱，闹得一塌糊涂。侍婢将她扶卧床上，她又从床上滚下，口口声声，说要回去。无非撒泼。成帝呆如木偶，好多时才开言道："好意告汝，为何这般难言，令我不解！"合德只是哭闹，并未答言。时已天暮，宫人搬入夜膳，合德不肯就食，成帝也只好坐待，免不得用言劝解。合德带哭带语道："陛下何故不食？陛下常誓约不负，今将何说？"成帝道："我原是依着前约，不立许氏，使天下无出赵氏上，汝尽可放心了！"合德方才止哭，又经侍婢从旁力劝，勉强就座，略略吃了几颗饭粒。成帝也胡乱进餐，稍得疗饥，便令撤去。是夕留宿少嫔馆中，枕席上面，不知如何调停。嗣是每夕与合德同寝，约阅三五天，竟诏令中黄门靳严，向许美人索交婴孩，用苇编箧，装儿入少嫔馆中，由成帝与合德私下展视，不令人看，好一歇竟将苇箧上封缄，嘱令侍婢取出，发交掖庭狱丞籍武，使他埋葬僻处，休使人知。武乃在狱楼下掘坎埋儿，看官不必细问，就可知这个死儿，是被合德辣手加害了。先是都下曾有童谣云："燕飞来，啄皇孙！"至是果验。小子有诗叹道：

　　燕燕双飞入汉宫，皇孙啄尽血风红。

　　古今不少危亡祸，半自蛾眉误主聪。

　　合德连毙两儿，成帝遂致绝嗣，不得不择人继承。欲知何人过继，待至下回说明。

　　成帝之世，非无正士，如班伯，如朱云，亦庸中佼佼者流，惜乎其皆非亲近之臣也。班伯疏而不亲，朱云卑而不近，片言进谏，幸则若班伯之见从，为益无多；不幸则若朱云之触怒，险遭不测，微辛庆忌之流血力争，几何而不为王仲卿乎！王氏首秉枢机，第知怙势，张禹望隆师傅，但务阿谀，再加飞燕姊妹之骄淫悍妒，啄尽皇孙，人事如此，不亡何待，遑论天道哉！故吾谓西汉之亡，不待哀平，成帝固已早启之矣。

第九十五回

泄机谋鸩死许后　争坐位怒斥中官

却说元延四年春正月,中山王刘兴及定陶王刘欣,同时入朝。兴系成帝少弟,为冯昭仪所出,由信都移封中山,欣即定陶王刘康嗣子。康中年病殁,正妻张氏无出,惟妾丁姬生子名欣,由祖母傅昭仪抚养成人,得袭父爵。傅昭仪早为王太后,向有智略,闻得成帝无嗣,想把自己孙儿承继过去,因此乘欣入朝,随令同行,并使傅相中尉,一律相从。中山王兴只带了太傅一人。两人入谒成帝,成帝见欣少年俊逸,却也生欢,特借端发问道:"汝何故带同许多官吏?"欣从容答道:"诸侯王入朝,依法得使二千石随行,臣想傅相中尉,秩皆二千石,故使同来。"成帝又问道:"汝平日所习何经?"欣答称习《诗》。成帝随意掇诗数章,令他背诵,欣记得烂熟,历诵无遗。又能讲解大义,亦无差谬。成帝连声称善,嗣又顾问刘兴道:"汝为何只带太傅一人?"兴竟不能答。成帝又问他曾习何经?兴答称《尚书》。及成帝令他背诵数篇,他却断断续续的答了数语,一半已经忘记。冯昭仪颇有干才,如何生此豚儿?成帝暗想兴年已三十有余,为何这般呆笨,反不如十六七岁的少年?因即挥令退去。欣亦随同趋出。成帝回入宫中,可巧欣祖母傅昭仪,亦来相见,成帝慰问路途辛苦,且称她孙儿英敏,赞不绝口。傅昭仪谦逊一番,并言挈欣入朝,一是凑便问安,二是恐欣失仪,随时教导。成帝也谢她厚意,留住宫中。傅昭仪已谒过王太后,又至赵皇后赵昭仪处,问讯一周。且嘱孙儿刘欣入宫遍谒,并使他往候大司马王根,随处周旋,面面俱到。最动人的金帛珍玩,随身带来,半赠两赵姊妹,半赂王根。俗语说得好,钱可通灵,赵氏姊妹,虽然锦衣玉食,但得了许多珍宝,也觉动心。就是王根亦贪得无厌,格外感情。于是互相庇护,共称刘欣多材,足为帝嗣。成帝非无此意,但尚望两赵生男,免却旁继。乃只为欣行了冠礼,遣还定陶。傅昭仪自然随归。赵家姊妹，殷勤饯别，席间由傅昭仪婉言请托，自在意中。至刘欣母子东返，刘兴早已遣归了。

好容易又是一年，赵氏姊妹仍然不育，交相怂恿，劝立定陶王欣为太子。王根亦上书申请，成帝乃决意立欣，改元绥和，使执金吾任宏，署大鸿胪，持节召欣入京。欣祖母傅昭仪，及欣母丁姬，俱送欣至都。御史大夫孔光，独上书请立中山王，想是由王立等嘱托。成帝不从，贬光为廷尉，但加封中山王兴食邑三万户，兴舅谏大夫冯参为宜乡侯，免致兴有怨言。同日立欣为皇太子，入居东宫。又思欣已过继，不便承祀共王刘康，康殁后，予谥曰共，共读如恭。乃另立楚孝王孙刘景为定陶王，使奉共王康祀。傅昭仪与丁姬，留寓定陶邸中，不得随欣入宫，未免怏怏。傅昭仪遂入求王太后，许得与太子相见。王太后商诸成帝，成帝说道："太子入承大统，不应再顾私亲。"王太后道："太子幼时，全靠傅昭仪抱养，好似乳母一般；若令她得见太子，想亦无妨。"实是违礼。成帝难违母意，准令傅昭仪入见太子。惟丁姬不在此例，只好向隅，待后再说。

惟孔光既经遭贬，改任京兆尹何武为御史大夫。武字君公，蜀郡郫县人，向来守法尽公，颇有政声。及为御史大夫，上言世事烦琐。宰相才不及古，却令他职兼三公，未免废弛，应仿古制建三公官。成帝以王根本为大司马，仍令守职，惟罢去骠骑将军官衔。即命何武为大司空，封汜乡侯，罢去御史大夫官衔，俸禄皆如丞相，与丞相并称三公。

已而王根病免，一时乏人接替，暂从缓议。偏侍中王莽，谋代根位，只恐被淳于长夺去，遂与王根说及，谓长见叔父病免，常有喜色，自言必可代任，且有种种不端情事，备细告知。根当然动怒，使莽入白王太后。长本王太后外甥，前次飞燕立后，赖长出力疏通，感念不置，尝劝成帝封长侯爵，成帝因封长为定陵侯。长迭得内援，势倾朝野，成帝时有赏赐，再加诸侯王岁时馈送，积资亿万，广蓄娇妻美妾，恣行淫乐。适有龙頟侯韩宝妻许嬺，为废后许氏胞姊，丧夫寡居，姿色未衰，长借吊问为名，一再勾引。妇人多半势利，见长尊荣无比，情愿委身事长，甘做小妻，卑污已极。长竟纳嬺为妾，嬺尚不知羞耻，堂堂皇皇的探视胞妹，直陈不讳。胞妹系废后许氏，方徙居长定宫，寂寞无聊，还想再承雨露，求为婕妤。姊妹情性相同，都是无耻。因取出从前私蓄，交嬺转送淳于长，托长至成帝前说情，力为挽回。长明知此事难言，只因见财起义，不忍割舍，乃想出一法，诡言将乘间入请，立为左皇后，使嬺如言转告。废后许氏总道长不去骗她，日夕盼望，有时召嬺入问，浼她催促。长反觉惹厌，故意使嬺入慰。接连致书与嬺，内容语意，多半揶揄许后，说她求欢太急，何不降尊就卑！也想娶为小妻么？真是坏蛋。许后有所需求，只好含羞忍气。不意有人传出，竟被王莽得知。莽向王根报明，无非为着此事，就是入白王太后，也是一五一十，详陈无隐。恐还要加添数语。惹得太后怒起，使莽转告成帝。成帝心尚爱长，不欲治罪，但遣令就国。长吃了一惊，自思无法转圜，不得已收拾行装，准备登程。忽来了王立长子王融，问他索求车马，意以为长既远行，势难把车骑尽行带去，不如留赠自己，却好现成使用。长与融本是中表弟兄，见面时却也应允。但尚想留住都中，屏人与谈，要他转求乃父，代为斡旋，并取出许多珍宝，送与王融。融一力担承，就将珍宝携回家中，向父告知。立前时不得辅政，疑由长暗中进谗，常在成帝面前揭长过恶。此次见了珍宝，竟致得意忘言，忙入宫去见成帝，为长诉冤。成帝不禁起疑，默然不答，待立趋出，竟命有司彻底查究。有司明查暗访，察出

王融私受长赂，便要派吏拿融。立方才悔恨，怨融自去惹祸，累及家门。融无词可说，自知闯了大祸，不如自尽，当即服毒毕命。贪夫结果。吏役到了融家，见融已死，便去回报，有司当即复奏。成帝越想越疑，索性捕长下狱，一再审讯，把长奸淫贪诈的详情和盘托出，罪坐大逆，瘐死狱中。自作自受。妻子移徙合浦，母归故里。许嬷不知下落，想亦充戍合浦去了。成帝复使廷尉孔光，持鸩至长定宫，赐废后许氏自尽。可怜许后在位十四年，听了两个阿姊的邪言，既失位置，复丧性命。虽是自贻伊戚，也觉得可悲可悯呢！抑扬得当。红阳侯王立，勒令就国。

　　王莽发奸有功，且由王根荐令代位，遂拜为大司马。莽得秉国钧，欲使名誉高出诸父，特聘请远近名士，作为幕僚，所得赏赐，悉数分给宾佐，自己格外从俭，菲食恶衣，与平民相同。会莽母有疾，公卿列侯，各遣夫人探问，大都是绮罗蔽体，珠翠盈头。莽妻王氏，乃是故相宜春侯王䜣曾孙女，同姓不婚，莽既好名，何独不知守礼。急忙出门相迎，衣不曳地，裙仅蔽膝。各女宾还道她是仆妇，及密问左右，才知她是大司马夫人，都不禁诧异起来。莽妻接待女宾，分外周到，惟所供茶点，不过寻常数色。待大众问过太夫人，陆续辞归，各言大司马家俭约过人。莽得闻众言，私心暗喜，毋庸多表。全是矫诈。

　　且说绥和二年仲春，荧惑守心，丞相议曹李寻，上书丞相，说是灾祸将至，君侯难免当灾，应即与阖府官属商议趋吉避凶的良策。丞相翟方进，览书惶惑，不知所为。果然不到数日，便有郎官贲丽，奏请天象告变，急须移祸大臣。是翟方进的催命鬼。成帝听着，立召方进入朝，责他为相有年，不能燮理阴阳，致有种种灾异，宜善自为计，毋待朕言。方进免冠叩谢，惶然趋出，回至相府，也知不免一死，但尚望有生路可寻，未肯遽自引决。谁知过了一宵，又由朝使赍入策书，严加责备，且赐他上尊酒十石，养牛一头，叫他自裁。方进接到牛酒，想着汉家故例，牛酒赐给相臣，就是赐死的别名。没奈何硬着头皮，取出鸩酒一杯，忍心吞服，须臾毒发，便即倒毙。冤哉枉也。成帝还托言丞相暴亡，厚加赙恤，特赐乘舆秘器，并且亲往吊丧，掩耳盗铃，煞是可笑！

　　惟方进既死，丞相出缺，成帝选择廷臣，还是廷尉孔光，居官恭谨，可使为相。因先擢为左将军，再命有司拟定策文，铸成侯印，指日封拜孔光。是时梁王立系梁王揖七世孙。楚王衍宣帝孙，即楚王嚻子。入朝，已由成帝召见数次，预备翌旦辞行。成帝午后无事，便至少嫔馆餐宿，夜间不知为何欢娱，到了天色大明，赵昭仪合德先起，成帝也即起坐，才把袜带系就，忽然仆倒床上，不言不语，竟尔归阴。合德尚不知何因，连呼不应，用手微按，已无气息，不由的神色慌张，急命内侍宣召御医。等到医官入视，已是脉绝身僵，还有什么回生妙方？那时只好报知太后及内外要人。太后急忙趋视，亲抚帝体，肌冷如冰，当然号啕大哭。皇后赵飞燕等，陆续走集，统皆陪哭一场。及大众止哀，办理棺殓，太后召入三公，独缺丞相。当由王莽禀明，谓丞相已择定孔光接任，于是复召孔光，就灵前拜为丞相，封博山侯。好在策文印绶，俱已办就，即付与孔光领受。光拜谢后，即与王莽等料理大丧。越宿由太后下诏，令王莽孔光，会同掖庭令查明皇帝起居及暴病一切原因。莽接奉诏旨，乐得从严究治，迭派属吏至少嫔馆调查，细诘赵昭仪合德，气焰逼人。合德虽未尝毒死成帝，自思从前亏心各事，若一经逮问，断难隐讳，且要连累姊弟，一同坐罪。沉吟多时，觉得除死以外，已无别法，遂召集贴身侍婢，各给赏赐，嘱令毋谈前愆，自己仰药毙命。一缕芳魂，总算赶上鬼门关，往寻成帝去了。也是显报。

　　成帝在位二十六年，改元七次，寿终四十五岁。本来是体质强壮，状貌魁梧，俨然像个尊严天子，怎奈酒色过度，斫丧本元，遂致乐极亡阳，霎时晕死，后来奉葬延陵。太子欣入宫嗣位，是谓哀帝。尊太后王氏为太皇太后，皇后赵氏为太后。太皇太后王氏，喜谀寡断，傅昭仪谋立孙儿，常至长信宫伺候，竭力趋奉，就是丁姬也承欢献媚，孝敬有加，因此哀帝嗣位，太皇太后王氏，便令傅昭仪丁姬两人，十日一至未央宫，与帝相见。又传旨询问丞相孔光，及大司马何武，谓定陶太后应居何宫？孔光素闻傅昭仪权略过人，若得入居宫中，将来必干预政事，挟制嗣君，所以复议上去，请另择地筑宫。何武未知光意，谓不如北宫居住，省得劳费。太皇太后依了武言，遂使哀帝诏迎定陶太后，入居北宫。傅昭仪即日移入，丁姬亦随同进去。北宫有紫房复道，与未央宫相通，傅昭仪得日夕往来，屡向哀帝要求，欲称尊号，并封外家亲属。哀帝甫经嗣阼，不敢自出主张，所以游移未决。巧有高昌侯董宏，得闻消息，意欲乘间迎合，上

书引秦庄襄王故事,谓庄襄王本夏氏所生,过继华阳夫人;即位以后,两母并称太后,今宜据以为例,尊定陶共王后为帝太后。亏他寻出佐证。哀帝得书,正想依议下诏,偏大司马王莽,左将军师丹,联名劾宏。略言皇太后名号至尊,有一无二;宏乃引亡秦敝政,蛊惑圣明,应以大不道论罪。哀帝虽然不快,究因王莽为太皇太后从子,未便梗议,乃免宏为庶人。傅昭仪闻信大怒,立到未央宫,面责哀帝,定要速上尊号。哀帝无奈,入白太皇太后,太皇太后允如所请,乃尊定陶共王为共皇,定陶太后傅氏为定陶共皇太后,共皇妃丁姬为定陶共皇后。傅太后系河内温县人,早年丧父,母又改嫁,无亲兄弟,只有从弟三人,一名晏,一名喜,一名商。哀帝为定陶王时,傅太后欲亲上加亲,特取晏女为哀帝妃,至是即立晏女傅氏为后,封晏为孔乡侯。又追封傅太后父为崇祖侯,丁皇后父为褒德侯。丁皇后有两兄,长兄忠,已经去世,忠子满也得受封平周侯;次兄明方值中年,并封为阳安侯。哀帝的本生外家,已经加封,只好将皇太后赵氏弟钦,晋封新城侯,钦兄子䜣为成阳侯。王、赵、丁、傅四家子弟,并膺显爵,朱轮华毂,杂沓都中。

太皇太后王氏，置酒未央宫，拟邀集傅太后、赵太后、丁皇后等，一同会宴，共叙欢忧。国丧才毕，不宜大开筵宴，王政君也是多事。筵席且备，应设坐位，太皇太后坐在正中，自无疑义，第二位轮着傅太后，即由内者令官名。在正座旁，铺陈位置，预备傅太后坐处。此外赵太后、丁皇后等，辈分较卑，当然置列左右两旁。位次既定，忽来了一位贵官，巡视一周，便怒目视内者令道："上面如何设有两座？"内者令答道："正中是太皇太后，旁坐是定陶傅太后。"道言未绝，便听得一声怪叫道："定陶太后，乃是藩妾，怎得与至尊并坐？快与我移下座来！"内者令不好违慢，只好将座位移列左偏。看官道是何人动怒？原来是大司马王莽。莽见座位改定，方才出去。已而太皇太后王氏及赵太后、丁皇后等，俱已到来就席，哀帝亦挈同皇后傅氏，共来侍宴。只有傅太后不至，当下差人至北宫催请，好几次俱被拒绝，显见得傅太后为了坐位，已有所闻，不肯前来赴席。太皇太后不暇久待，乃嘱令大家饮酒。天厨肴馔，比不得吏民酒席，自然丰盛得很。但因傅太后负气不来，反累得满座不欢，饮不多时，当即散席，各归本宫。傅太后余怒未平，免不得迫胁哀帝，叫他撵逐王莽。哀帝尚未下诏，莽已得知风声，自请辞职。当即奉诏批准，特赐黄金五百斤，安车驷马，罢令就第。朔望仍得朝请，礼如三公。公卿大夫，尚称莽持正不阿，进退以义，有古大臣风。又入王莽彀中。

莽既免职，舆情都属望傅喜。喜已任右将军，学行纯正，志操清洁，傅家子弟，要算他最有令名。偏傅太后因喜常有谏诤，与己未协，不欲令他辅政，乃进左将军师丹为大司马，封高乐侯。喜亦托疾辞官，缴还右将军印绶，有诏赐金百斤，令食光禄大夫俸禄，归第养疴。大司空何武，尚书令唐林，皆上书留喜，谓喜行义修洁，忠诚忧国，不应无故遣归，致失众望。哀帝亦知喜贤良，一时为祖母所制，不能不留作后图。过了数日，接阅司隶校尉解光奏牍，乃是一本弹章，指斥著名权戚两人。正是：

　　由来仕路多艰险，益信人心好诡随。

欲知解光弹劾何人，容俟下回发表。

　　财能买命，亦足伤命；色可迷人，实足害人。试观淳于长之贪财得赂，复舍财请留，两罪并发，卒致杀身。王融贪财而死，许后舍财而死，财之误人生命，宁不大哉！成帝好色，得遇两美，其乐何如？然绝嗣由此，丧生亦由此，色之为害，最酷最烈，故财色二字，为古今之大戒，一为所蛊，其不至亡身灭种者几希！傅昭仪固尝以色进矣，为孙谋承正统，幸得逞志，顾所欲无厌，称尊号，争坐次，藉一己之幸遇，为种种之请求，妇德无极，信而有征。王莽命移坐位，似兢兢于嫡庶之分，言之成理，但窥其私意，仍不外为身家计。外戚争权，不顾王室，刘氏庸有幸乎！

第九十六回

忤重闱师丹遭贬　害故妃史立售奸

却说司隶校尉解光,因见王莽去职,丁傅用事,也来迎合当道,劾奏曲阳侯王根及成都侯王况,况系王商嗣子。所犯过恶,俱见奏章,略述如后:

窃见曲阳侯王根,三世据权,五将秉政,天下辐辏,赃累巨万,纵横恣意,大治室第。第中筑造土山,蠹立两市,殿上赤墀,门户青琐。游观射猎,使仆从被甲,持弓弩,陈步兵,止宿离宫。水衡官名。供张,发民治道,百姓苦其役。内怀邪,欲篡朝政,推近吏主簿张业为尚书,蔽上壅下,内塞王路,外交藩臣。按根骨肉至亲,社稷大臣,先帝弃天下,根不悲哀,思慕山陵未成,公然聘娶掖庭女乐殷严王飞君等,置酒歌舞,捐忘先帝厚恩,背臣子义。根兄子成都侯况,幸得以外亲继列侯侍中,不思报德,亦聘娶故掖庭贵人为妻,皆无人臣礼,大不敬不道。应按律惩治,为人臣戒!

哀帝自即位后,也因王氏势盛,欲加抑损,好得收回主权,躬亲大政。既有此意,奈何复封丁傅。既将王莽免官,复得解光弹劾王根,当然中意,不过大不敬不道罪名,究嫌太重,且对着太皇太后,亦觉不情,乃只遣根就国,黜免况为庶人。到了九月庚申日,地忽大震,自京师至北方,凡郡国三十余处,城郭多被震坍,压死人民四百余人。哀帝因灾异过巨,下诏询问群臣,待诏李寻上书奏对道:

臣闻日者众阳之长,人君之表也。君不修道,则日失其度,晻昧无光。间者日光失明,珥蜺数作,珥蜺系日旁云气。小臣不知内事,窃以日视陛下,志操衰于始初多矣。唯陛下执乾纲之德,强志守度,毋听女谒邪臣之欺,与诸阿保乳母甘言卑词之托,勉顾大义,绝小不忍,有不得已,只可赐以货财,不可私以官位。臣闻月者众阴之长,妃后大臣诸侯之象也。间者月数为变,此为母后与政乱朝,阴阳俱伤,两不相便。外臣不知朝事,窃信天文如此,近臣已不足仗矣。唯陛下亲求贤士,以崇社稷,尊强本朝。臣闻五行以水为本,水为准平。王道公正修明,则百川理落脉通,偏党失纲,则涌溢为败。今汝颍漂涌,与雨水并为民害,咎在皇甫卿士之属,唯陛下抑外亲大臣。臣闻地道柔静,阴之常义,间者关东地数震,宜务崇阳抑阴以救其咎。传曰:"土之美者善养禾,君之明者善养士。"中人皆可使为君子,如近世贡禹,以言事忠切,得蒙宠荣,当此之时,士之厉身立名者甚多。及京兆尹王章,坐言事诛灭,于是智者结舌,邪伪并兴,外戚专命,女宫作乱。此行事之败,往者不可及,来者犹可追也。愿陛下进贤退不肖,则圣德清明,休和翔洽,泰阶平而天下自宁矣。

原来哀帝初政,也想力除前弊,崇俭黜奢。曾罢乐府官及官织绮绣,除任子令,汉制凡吏二千石以上视事满三年,得任子弟一人为郎,不以德选,至此才命革除。与诽谤诋欺法,出宫人,免官奴婢,益小吏俸,政事皆由己出,海内颇喁喁望治。偏是傅太后从中干政,称尊号,植私亲,闹个不了,反使哀帝胸无主宰,渐即怠荒。仅阅半年,便致怠弛,无怪后来不长。李寻所言,明明是借着变异,劝勉哀帝,指斥傅太后。哀帝尚知寻忠直,擢为黄门侍郎,唯欲防闲太后,裁抑外家,实在无此能力,只好模糊过去。但朝臣已分为两派,一派是排斥傅氏,不使预政。一派是阿附傅氏,专务承颜。傅太后日思揽权,见有反对的大臣,定欲驱除,好教公卿大夫,联络一气,免受牵掣。大司空氾乡侯何武,遇事持正,不肯阿谀,傅太后心下不乐,密令私人伺武过失。适武有后母在家,往迎不至,即被近臣举劾,斥武事亲不笃,难胜三公重任。哀帝亦欲改易大臣,乃令武免官就国,调大司马师丹为大司空。师丹系琅琊东武县人,表字仲公,少从匡衡学诗,得举孝廉,累次超擢,曾为太子太傅,教授哀帝。既受任为大司空,也与傅氏一派不合,前后奏章数十上,无非援三年无改的古训,规讽哀帝改政太急,滥封丁傅。哀帝非不感动,但为傅丁两后所压迫,也是无可如何。惟有一侍中傅迁,为傅太后从侄,人品奸邪,舆论不容,哀帝因将迁罢职,遣归故郡。不意傅太后出来干涉,硬要哀帝复还迁官,留任宫廷。哀帝无法,只好再将迁留住。丞相孔光,与师丹入朝面奏,谓诏书前后相反,徒使天下疑惑,无所取信,仍请将迁放归。哀帝说不出苦衷,装着痴聋一般,光、丹两人,不得已趋出,迁得为侍中如故。一官都不能黜陟,哀帝亦枉为天子!

先是掖庭狱丞籍武,见赵合德屡毙皇儿,很是不忍。尝与掖庭令吾邱遵密商,拟即告发。无如官卑职小,反恐多言惹祸,因致迁延。吾邱遵又复病殁,武更孤掌难鸣,只得作罢。到了哀帝嗣位,合德自杀,籍武尚然生存,不妨稍露宫中秘情,辗转流传。被司隶校尉解光闻悉,正好扳倒赵家外戚,使傅太后独擅尊荣。当下拜本进去,追劾赵昭仪忍心辣手,曾害死成帝嗣子两人,不但中宫女史曹宫等,冤死莫明,此外后宫得孕,统被赵昭仪用药堕胎。赵昭仪惧罪自尽,未彰显戮,同产家属,尚得尊贵如恒,国法何在?应请穷究正法等语。照此奏议,连赵太后亦不能免辜,赵钦等更不消说得。哀帝因自己入嗣,曾得赵太后调护,厚惠未忘,乃仅将赵钦、赵䜣夺爵,免为庶人,充戍辽西。钦䜣封侯,见前回。赵太后不被干连,算是万幸。慢着!时朝廷已经改元,号为建平元年,三公中缺少一人,朝臣多推荐光禄大夫傅喜,乃拜喜为大司马,封高武侯。郎中令冷褒、黄门郎段犹,见喜得列三公,傅氏威权益盛,乐得凑机献媚。上言共皇太后与共皇后,不宜再加定陶二字,所有车马衣服,皆应称皇,并宜为共皇立庙京师。哀帝即将原奏发落,诏令群臣集议可否,群臣都随口赞成。独大司空师丹,首出抗议,大略如后:

> 古时圣王制礼,取法于天,故尊卑之礼明,则人伦之序正,人伦之序正,则乾坤得其位,而阴阳顺其节。今定陶共皇太后共皇后,以定陶为号者,母从子,妻从夫之义也。欲立官置吏,车服与太皇太后相埒,非所以明尊无二上之义也。定陶共皇号谥,前已定议,不得复改。礼,父为士,子为天子,祭以天子,其尸服以士服,子无爵父之义,尊父母也。为人后者为之子,故为所后服斩衰三年,而降其父母为期服,明尊本祖而重正统也。孝成皇帝圣恩深远,故为共皇立后,奉承宗祀。今共皇长为一国太祖,万世不毁,恩义已备。陛下既继体先帝,持重大宗,承宗庙天地社稷之祀,义不可复奉定陶共皇,祭入其庙。今欲立庙于京师,而使臣下祭之,是无主也。又亲尽当毁,空去一国太祖不堕之祀,而就无主当毁不正之礼,非所以尊厚共皇也。臣丹谨议。

照这议论,原是至公至正,不可移易,丞相孔光,极力赞同,就是大司

诈重闸 师丹遗 贬丹

马傅喜,也以为丹言甚是,应该如议。独傅太后及傅晏、傅商等,共恨师丹,兼及孔光、傅喜,统欲把他摔去。第一着先从师丹下手,探得师丹奏草,由属吏私下抄出,传示外人,当即据事奏弹,劾他不敬。里面复有傅太后主张,迫令哀帝下诏,免丹官职,削夺侯封。给事中申咸,博士炔钦,**炔音桂。**联名上奏,称丹经行无比,怀忠敢谏,奏草漏泄,咎在簿书,与丹无与。今乃因此贬黜,恐失众心。哪知诏书批斥,反将咸钦贬秩二等。尚书令唐林看不过去,复疏称丹罪甚微,受罚太重,中外人士,统说是宜复丹爵邑,使奉朝请,愿陛下加恩师傅,俯洽众心。哀帝乃复赐丹关内侯,食邑三百户,特擢京兆尹朱博为大司空。从前朱博救免陈咸,义声卓著。**见八十九回。**咸起为大将军长史,将博引入,为王凤所特赏,委任栎阳长安诸县令,累迁冀州刺史、琅琊太守,专用权术驾驭吏民,相率畏服。嗣奉召为光禄大夫,迁授廷尉,博恐为属吏所欺,故意召集属吏,取出累年积案,意欲判断,多与原判相符。属吏见他明察,不敢相欺,隔了一年,得擢为后将军,坐党红阳侯王立,免官归里。哀帝复征为光禄大夫,使任京兆尹。适值傅氏用事,要想联络几个廷臣,作为羽翼,遂由孔乡侯傅晏,与博往来，结为知交，至师丹罢免，便引博为大司空。博平时专重私情，不务大体，此次与傅晏交好，也是这般行为，从此位置益高，声名反减，居然变做傅家走狗了。一失足成千古恨！

傅太后既除去师丹，便要排斥孔光，因思孔光当日，曾请立中山王兴为嗣，兴已病死，兴母冯昭仪尚存。从前为了当熊一事，留下惭恨，未曾报复，现已大权在手，不但内除孔丞相，还要外除冯昭仪。也是冯昭仪命数该终，一不加防，被她诬成逆案，致令一位著名贤妃，舍生就死，遗恨千秋。实是可惜！

原来中山王兴，自增封食邑后，得病即亡。王妃冯氏，就是兴舅宜乡侯冯参女儿，生下二女，却无子嗣。兴乃另纳卫姬，得产一男，取名箕子，承袭王封。箕子年幼丧父，并且多病，医家号为肝厥症，不时发作，每发辄手足拘挛，指甲皆青，连嘴唇亦皆变色。冯昭仪只此一孙，当然怜爱，因见他病根不断，医药难痊，没奈何祷祀神祇，希图禳解。当熊侠妇，也要迷信鬼神，总之，不脱妇人性情。哀帝闻箕子有疾，特遣中郎谒者张由，带同医士，前往诊治。既至中山，冯昭仪依礼接待，并不怠慢。由素有疯病，留居数日，见医士调治未愈，不由得惹动愁烦，引起旧恙。喧呶了一两天，竟命从人收拾行装，匆匆回都，入朝复命。哀帝问及箕子痊否，由答言未痊。恼动哀帝怒意，叱令退出。另遣尚书责问，诘他何故速归？由连碰钉子，倒将神志吓清，疯病好了一大半，暗想自己病得糊涂，无端遽返，若没有回话手本，定要坐罪。事到其间，宁我负人，毋人负我，可恶！乃即捏词作答，只说中山王太后冯氏，私下嘱令巫觋，咒诅皇上及傅太后，事关机密，所以匆匆回报。尚书得了口供，慌忙入宫告知。哀帝尚未着急，傅太后已怒不可遏，亟召御史丁玄入内，嘱咐数语，叫他速往中山，尽法究办。丁玄是共皇后丁氏侄儿，与傅氏互相连结，奉命即往。一到中山，就将宫中吏役，以及冯氏子弟，拘系狱中，统共得百余人。由玄逐日提讯，好几天不得头绪，无从复奏。傅太后待了旬日，未见丁玄回音，再遣中谒者史立，与丞相长史大鸿胪丞，同往审讯。史立星夜就道，驰至中山，先与丁玄晤谈。丁玄因不得供词，未免皱着眉头，对立叹息。立却暗暗嘲笑，以为这般美差，可望封侯，乃丁玄如此没用，让我来占功劳，真是富贵逼人，非常侥幸。想到此处，跃跃欲试。当日提齐案卷，升堂鞫讯，一班案中人犯，挨次听审,平白地如何招供,自然一齐呼冤。立不分皂白,专用严刑拷讯,连毙数人,尚无供词。立也觉为难,情急智生,竟令诸人一齐退下,独将男巫刘吾提入,用了种种骗吓手段,教他推到冯昭仪身上,供称咒诅是实。刘吾竟为所赚,依言书供。立得此供词,再将冯昭仪女弟冯习,及寡弟妇君之,提到堂上,硬指她与冯昭仪通谋,冯习不禁怒起,开口骂立,立动了懊恼,喝令左右动刑,笞杖交下。一介弱妇,如何熬受得起,当堂毙命。史立杀有余辜!立见冯习死去,也觉着忙,因习是冯昭仪妹子,比不得寻常吏役,处死无妨。当下命将君之返系狱中。想了多少时候,得着一计,遂去召入医士徐遂成,与他密谈一番,嘱令承认。遂成是经张由带去,未曾回京,此次受了史立嘱托,便出作证人,依嘱诬供道:"冯习与君之,曾对我密语云:'武帝有名医修氏,医好帝疾,赏赐不过二千万,今闻主上多病,汝在京想亦入治,就使治愈,也不得封侯,不如药死主上,使中山王代为皇帝,汝定可得侯封了!'"立听他说罢,佯作不信,经遂成指天誓日,决非虚诬。立越觉有词可借,竟唤出冯昭仪,面加责问,冯昭仪怎肯诬服,自然与立对辩。立冷笑道:"从前挺身当熊,自甘拚死,勇敢何如?今日何这般胆怯呢!"冯昭仪听了,方才省悟,遂不屑与辩,愤然还宫。顾语左右道:"当熊乃前朝事,且是宫中语言,史立如何得晓?这定是内廷有人陷我!我知道了,一死便罢!"语中已指傅太后。当即仰药自尽。

史立已将冯昭仪等咒诅谋逆等情,谎词奏报,有司即请诛冯昭仪。哀帝还觉不忍,只下诏废为庶人,徙居云阳宫,哪知冯昭仪已死。史立第二次奏报,又复到来。哀帝以冯昭仪自尽在未废前,仍命用王太后礼安葬,一面召冯参入诣廷尉。参少通尚书,前为黄门郎,宿卫十余年,严肃有威,就是王氏五侯,亦尝见惮。后来以王舅封侯,得奉朝请。此次无辜被陷,不肯受辱,遂仰天叹道:"参父子兄弟,皆备大位,身至封侯。今坐被恶名,死何足惜!但恨地下对不住先人哩!"说至此,竟拔剑自刎。弟妇君之,与习夫及子,皆被株连,或自尽,或被戮,共死十七人。参女为中山王兴妃,免为庶人,与冯氏宗族徙归故郡。

颍川人孙宝,方为司隶校尉,目睹案情冤枉,心甚不平,因即奏请复审。傅太后正在快意,偏遇孙宝硬来干涉,当然动恼,便令哀帝下诏,将宝系狱。尚书令唐林,上书力争,也被贬为敦煌鱼泽障候。汉官名。大司马

第九十六回　忤重闱师丹遭贬　害故妃史立售奸　743

傅喜，虽是傅太后从弟，却是情理难安，便与光禄大夫龚胜，一同进谏，请将孙宝复职。哀帝乃转白傅太后，傅太后尚不肯照允。嗣经哀帝一再求情，勉强许可，孙宝才得复还原官。张由首发有功，得受封关内侯，史立迁官中太仆。仍然不得封侯，何苦屈死多人？有几个公正人士，背地里俱嘲骂张、史二人，谗陷取荣，忍心害理。二人还得意洋洋，自诩得计。直至哀帝崩后，由孔光追劾二人过恶，夺官充戍，谪居合浦。但冯氏冤狱，未闻申雪，冯昭仪不得追封，毕竟是乱世纷纷，黑白混淆了。

惟傅太后既报宿仇，便想斥逐孔光，且因傅喜不肯为助，反去助人，心中越想越气，即与傅晏商议，谋斥二人。傅晏复邀同朱博，先后进谗，不是说孔光迂僻，便是说傅喜倾邪。建平二年三月间，遂策免大司马傅喜，遣他就国。越月又策免丞相孔光，斥为庶人。朱博曾奏请罢三公官，仍照先朝旧制，改置御史大夫，于是撤销大司空职衔，使博为御史大夫，另拜丁明为大司马卫将军。未几升博为相，用少府赵玄为御史大夫。博与玄方登殿受策，忽殿中传出怪响，声似洪钟，好一歇才得停止。殿中侍臣，左右骇顾，不知从何处发声，就是博与玄亦惊心动魄，诧为异闻。小子有诗叹道：

国家柱石待贤臣,小智如何秉国钧。

殿上一声传预报,荣身已是兆亡身。

究竟声从何来,且至下回续叙。

史称傅昭仪入宫,善事人,下至宫人左右,饮酒酹地,皆祝延之。不知此正固宠希荣之伎俩,使人堕入术中而不自觉者也。哲妇倾城,本诸古训,傅昭仪固一哲妇耳。哀帝之入嗣大统,全赖傅昭仪之营谋。即位以后,其受制于傅昭仪也,固意中事,善事人者,一变而为善害人。师丹持议甚正,即首黜之;傅喜以行义称为傅氏子弟中之翘楚,而傅昭仪犹不肯相容,何论他人?彼解光之阿旨献谀,劾奏赵氏,原为赵氏姊妹之恶报,犹可言也。冯昭仪何罪?竟以当熊之惭恨,信张由之诬,容史立之诈,卒使贤妃自尽,冯氏凌夷。妇人之心,多半褊刻,宁特赵氏姊妹云尔哉!朱博颇有能名,甘作傅家走狗,无惑乎不得其死也。

第九十七回

莽朱博附势反亡身　美董贤阖家同邀宠

却说朱博赵玄，登殿受策，闻得殿上发出怪声，都是提心吊胆，匆匆谢归。哀帝也觉有异，使左右验视钟鼓，并无他人搏击，为何无故发声？乃召问黄门侍郎扬雄，及待诏李寻，寻答说道："这是《洪范传》所谓鼓妖呢！"名称新颖。哀帝问："何为鼓妖？"寻又说道："人君不聪，为众所惑，空名得进，便致有声无形。臣谓宜罢退丞相，借应天变，若不罢退，期年以后，本人亦难免咎哩。"哀帝默然不答，扬雄亦进言道："寻言并非无稽，愿陛下垂察！即如朱博为人，强毅多谋，宜将不宜相，陛下应因材任使，毋致凶灾！"哀帝始终不答，拂袖退朝。内有祖母主张，小孙何得擅改？

朱博晋封阳乡侯，感念傅氏厚恩，请上傅、丁两后尊号，除去定陶二字。傅太后喜如所望，就令哀帝下诏，尊共皇太后傅氏为帝太太后，古今罕闻。居永信宫。共皇后丁氏为帝太后，居中安宫。并在京师设立共皇庙，所有定陶二字，并皆删去。于是宫中有四太后，各置少府太仆，秩皆中二千石，傅太后既列至尊，浸成骄僭，有时谈及太皇太后，竟直呼为老妪。亏得王政君素来和缓，不与计较，所以尚得相安。赵太后飞燕势孤失援，却去奉承傅太后，买动欢心，往往问候永信宫，不往长信宫。太皇太后虽然懊怅，但因傅氏权力方盛，也只有勉强容忍，听她所为。飞燕不得善终，已兆于此。

博与玄又接连上奏，请复前高昌侯董宏封爵，谓宏首议帝太太后尊号，乃为王莽师丹所劾，莽丹不思显扬大义，胆敢贬抑至尊，亏损孝道，不忠孰甚。宜将莽丹夺爵示惩，仍赐还宏封爵食邑。哀帝当即批答，黜师丹为庶人，令莽出都就国。独谏大夫杨宣上书，略言先帝择贤嗣统，原欲陛下承奉东宫。注见前。今太皇太后春秋七十，屡经忧伤，饬令亲属引退，借避丁傅，陛下试登高望远，对着先帝陵庙，能勿怀惭否？说得哀帝也为耸动，因复封王商子邑为成都侯。

会哀帝屡患痿疾，久不视朝，待诏黄门夏贺良，挟得齐人甘忠可遗书，妄称能知天文。上言汉历中衰，当更受命，宜急改元易号，方可益年延寿。哀帝竟为所惑，遂于建平二年六月间，改元太初，自号陈圣刘太平皇帝。哪知祯祥未集，凶祸先来，帝太后丁氏得病，不到旬日，便即逝世。哀帝力疾临丧，忙碌数日，身体愈觉不适，索性奄卧床上，不能起身。幸由御医多方调治，渐渐就痊，遂命左右调查夏贺良履历。仔细钩考，实是一个妖言惑众的匪人。他平生并无技能，单靠甘忠可遗书，作为秘本。甘忠可也是妖民，曾制《天官历》《包平太平经》二书，都是随手掇拾，似通非通。忠可尝自称为天帝垂赐，特使真人赤精子传授。当时曾经光禄大夫刘向，斥他罔上惑民，奏请逮系，卒至下狱瘐死。向当哀帝初年去世，夏贺良乘隙出头，就将甘忠可邪说，奉为师傅，入都干进。可巧长安令郭昌，与他同学，遂替他转托司隶解光，待诏李寻代为举荐。解光、李寻便将贺良登诸荐牍，奉旨令贺良待诏黄门。此次切实调查，报知哀帝，哀帝已知他学说不经，那贺良还不管死活，复奏言丞相御史，未知天道，不足胜任，宜改用解光、李寻辅政。自己寻死，尚嫌不足，还要添入两人。哀帝越加动怒，诏罢改元易号二事，立命捕系。贺良问成死罪，并将解光、李寻谪徙敦煌郡。解光阿附傅氏，应该至此，李寻未免遭累。

傅太后既减削王、赵二外家，独揽国权，自然快慰。只有从弟傅喜，始终不肯阿顺，实属可恨，应该将他夺去爵邑，方好出气。当下嘱令孔乡侯傅晏，商诸丞相朱博，要他追劾傅喜，夺去侯封。博欣然领命，待晏去后，即邀御史大夫赵玄到来，请他联名劾奏。赵玄迟疑道："事成既往，似乎不宜再提。"博变色道："我已应许孔乡侯了！匹夫相约，尚不可忘，何况至尊！君怕死，博却不怕死！"原是叫你去死。玄见他色厉词刚，倒也胆怯，只好唯命是从。傅又想出一法，恐单劾傅喜，反启哀帝疑心，索性将汜乡侯何武，亦牵入案中。当下缮成奏疏，内称何武傅喜，前居高位，无益治道，不当使有爵土，请即免为庶人等语。这奏疏呈将进去，总道与师丹、王莽相同，立见批准。不料复诏未下，却由尚书令奉着密旨，召入赵玄，彻底盘问。玄始尚含糊，及尚书说明上意，已知是傅晏唆使，教玄自己委责，老实说明。玄性尚忠厚,不能狡赖,遂将晏嘱使朱博,傅强迫联名,备述一遍。当由尚书复报哀帝,哀帝立即下诏,减玄死罪三等,削晏封邑四分之一,使谒者持节召博入掖庭狱。博才知大错铸成,无法求免,不如图个自尽。当即对着谒者,取出鸩酒,一喝即尽,须臾毕命。鼓妖预兆,至是果验了!冰山未倒,先已杀身。

谒者见博已自刎,回宫销差。哀帝特进光禄勋平当为御史大夫,未几即升任丞相。当字子思,籍隶平陵,以明经进阶,官至骑都尉。哀帝因他经明禹贡,使领河堤。当尝奏称按经治水,只宜疏浚,不宜壅塞,须博求浚川疏河的名士,共同监役,方可奏功,哀帝却也依议。当有待诏贾让,具陈上中下三策。上策是顺河故道,中策是凿河支流,下策是随河筑防,时人叹为名言。贾让三策,随笔插入,是不没名论。平当专主中策,择要疏浚,河患少纾。至拜为丞相,正当建平二年的冬季,汉制冬月不封侯,故只赐爵关内侯。越年当即患病,哀帝召当入朝,意欲加封,当称病不起。家人请当强起受印,为子孙计,当喟然道:"我得居大位,常患素餐。若起受侯印,还卧而死,死有余罪。汝等劝我为子孙计,哪知我不受侯封,正是为子孙计哩!"言之有理。说罢,遂命长子晏缮奏,乞请骸

莽朱博附势反亡身

骨。哀帝尚优诏慰留,敕赐牛酒,谕令调养。当终不得愈,春暮告终,乃擢御史大夫王嘉为丞相。

嘉字公仲,与平当同乡,也以明经射策,得列甲科,入为郎官。累次超擢,竟登相位,封新甫侯。才阅数月,又出了一场重案,几与中山情迹相同,也有些含冤莫白,枉死多人。王嘉为相未久,不便强谏,只得袖手旁观,付诸一叹罢了!先是东平王宇,**宣帝子**。受封历三十三年,幸得考终,子云嗣为东平王。建平三年,无盐县中出二怪事。一是危山上面,土忽自起,复压草上,平坦如驰道状。一是瓠山中间,有大石转侧起立,高九尺六寸,比原址移开一丈,阔约四尺。远近传为异闻,哗动一时。无盐属东平管辖,东平王刘云,得知此事,总疑是有神凭依,即备了祭具,挈了王后谒等,同至瓠山,向石祀祷。**自去寻祸**。祭毕回宫,复在宫中筑一土山,也仿瓠山形状,上立石像,束以黄草,视作神主,随时祈祷。**想是祈死**。这消息传入都中,竟有两个揣摩求合的妄人,想乘此升官发财,步那张由、史立的后尘。一个叫做息夫躬,系河阳人;一个叫做孙宠,系长安人。躬与孔乡侯傅晏,籍贯相同,素来认识,又曾读过《春秋》大义,粗通文墨,遂入都夤缘,得为待诏。宠做过汝南太守,坐事免官,流寓都门,也曾上书言事,与息夫躬同为待诏朋友。待诏二字,并非实官,不过叫他留住都中,听候录用。两人都眼巴巴的望得一官,好多日不见铨选,怀金将尽,抑郁无聊。自从得着东平王祭石消息,躬便以为机会到来,密对宠笑语道:"我等好从此封侯了!"**异想天开**。宠亦嗤然道:"汝敢是痴心病狂么?"躬作色道:"我何曾病狂?老实相告,却有一个绝好机会。"宠尚未肯信,经躬邀至僻处,耳语了好多时,宠始心下佩服,情愿与躬同谋。躬遂悄悄的撰成奏疏,托中郎右师谭,转交中常侍宋弘,代为呈入。大略说是:

> 无盐有大石自立,闻邪臣附会往事,以为泰山石立,孝宣皇帝遂得宠兴,**事见前文**。东平王云,因此生心,与其后日夜祠祭,咒诅九重,欲求非望。而后舅伍弘,咒以医术幸进,出入禁门。臣恐霍显之谋,将行于杯杓;荆轲之变,必起于帷幄,祸且不堪设想矣!事关危急,不敢不昧死上闻。

看官试想,这荆轲、霍显两语,何等利害!就使是个聪明令主,也要被

第九十七回　莽朱博附势反亡身　美董贤阖家同邀宠

他耸动,何况哀帝庸弱,又是连年多病,能不惊心? 当下饬令有司,驰往严办,结果是势驱刑迫,屈打成招,只说东平后谒,阴使巫傅恭婢合欢等,祠祭诅祝,替云求为天子。云又与术士高尚,占验天象。料知上疾难痊,云当得天下。所以大石起立,与孝宣皇帝时相同。这种案词复奏上来,东平王夫妇,还有何幸? 哀帝诏废云为庶人,徙居房陵。云后谒与后舅伍弘,一并处死。廷尉梁相,急忙谏阻,谓案情未见确实,应委公卿复讯。尚书令鞠谭,仆射宗伯凤,都与梁相同意,奏请照准。哪知哀帝非但不从,反说三人意存观望,不知嫉恶讨贼,罪与相等,应该削职为民。三人坐免,还有何人再敢力争? 东平王云,愤急自尽。谒与伍弘,徒落得身首两分,冤沉地下。那息夫躬得为光禄大夫,孙宠得为南阳太守。就是宋弘右师谭,亦得升官。杀人市宠,可惜可叹! 居心叵测,一至于此。

哀帝还想借着此案,封一幸臣。看官欲问他姓名,乃是云阳人董贤。父名恭,曾任官御史。贤得为太子舍人,年纪还不过十五六岁。宫中侍臣,都说他年少无知,不令任事,所以哀帝但识姓名,未尝相见。至哀帝即位,贤随入为郎,又厮混了一两年。会值贤传报漏刻,立在殿下,哀帝从殿中看见,还道是个美貌宫人,扮做男儿模样。当即召入殿中,问明姓氏,不禁省悟道:"你就是舍人董贤么?"口中如此问说,心中却想入非非。私讶男子中有此姿色,真是绝无仅有,就是六宫粉黛,也应相形见秽,叹为勿如。于是面授黄门郎,嘱令入侍左右。贤虽是男儿,却生成一种女性,柔声下气,搔首弄姿,引得哀帝欲火中烧,居然引同寝处,相狎相亲。贤父恭已出为云中候,由哀帝向贤问知,即召为霸陵令,擢光禄大夫。贤一月三迁,竟升任驸马都尉侍中,出常骖乘,入常共榻。一日与哀帝昼寝,哀帝已经醒寤,意欲起来,见贤还是睡着,不忍惊动。无如衣袖被贤体压住,无从取出,自思衣价有限,好梦难寻,竟从床头拔出佩刀,将袖割断,悄然起去。后人称嬖宠男色,叫做断袖癖,就是引用哀帝故事。想见当时恩爱远过后妃。及贤睡觉,见身下压着断袖,越感哀帝厚恩。嗣是卖弄殷勤,不离帝侧,就是例当休沐,也不肯回家,托词哀帝多病,须在旁煎药承差,小心伺候。南风烈烈,难道是无妨龙体? 哀帝闻他已有妻室,嘱使回去欢聚,说到三番四次,贤终不愿应命。哀帝过意不去,特开创例,叫贤妻名隶宫籍,许令入宿直庐。又查得贤有一妹,尚未许字,因令贤送妹入宫,夤夜

召见。凝眸注视,面貌与乃兄相似,桃腮带赤,杏眼留青,益觉得娇态动人,便即留她侍寝,一夜春风,绾住柔情,越宿即拜为昭仪,位次皇后。皇后宫殿,向称椒房,贤妹所居,特赐号椒风,示与皇后名号相联。就是贤妻得蒙特许,出入宫禁,当然与哀帝相见。青年妇女,总有几分姿色,又况哀帝平日赏赐董贤,无非是金银珠宝,贤自然归遗细君。一经装饰,格外鲜妍。哀帝也不禁心动,令与贤同侍左右。贤不惜己身,何惜妻室,但教博得皇帝宠幸,管什么妻房名节,因此与妻妹二人,轮流值宿。俗语叫做和窠爵。

哀帝随时赏给,不可胜算,复擢贤父为少府,赐爵关内侯。甚至贤妻父亦为将作大臣,贤妻弟且为执金吾。并替贤筑造大第,就在北阙下择地经营,重殿洞门,周垣复道,制度与宫室相同。又豫赐东园秘器,朱襦玉柙,命就自己万年陵旁,另茔一冢,使贤得生死陪伴,视若后妃。二十岁左右就替他起冢,显是预兆不祥。惟贤尚未得封侯,一时无功可言,不便骤赐侯爵。迁延了一两年,正值东平巨案,冤死多人,告发诸徒,平地受封。侍中傅嘉,仰承风旨,请哀帝将董贤姓名,加入告发案内,便好封他为侯。

第九十七回 莽朱博附势反亡身 美董贤阖家同邀宠

哀帝正合私衷,遂把宋弘除出,只说贤亦尝告逆,应与息、夫躬、孙宠同膺懋赏,并封关内侯。一面恐傅太后出来诘责,特将傅太后最幼从弟傅商,授封汝昌侯。不意尚书仆射郑崇,却入朝进谏道:"从前成帝并封五侯,黄雾漫天,日中有黑气。今傅商无功封侯,坏乱祖制,逆天违人,臣愿拼身命,担当国咎!"说着,竟将诏书案提起,诏书案系承受诏书,形如短几,足长三寸。不使哀帝下诏,扬长而去。忠直有余,智略不足。

崇系平陵人,由前大司马傅喜荐入,抗直敢言。每次进见,必著革履,橐橐有声,哀帝不待见面,一闻履声作响,便笑语左右道:"郑尚书履声复至,想是又来陈言了!"道言甫毕,果见崇到座前,振振有词,哀帝却也十依七八。就是此次谏阻封侯,哀帝也想作罢,偏被傅太后闻悉,怒向哀帝道:"天下有身为天子,反受一小臣专制么!"哀帝经此一激,决意封商为侯。傅太后母,曾改嫁为魏郡郑翁妻,见九十五回。生子名恽,恽又生子名业,至是亦封为信阳侯,追尊业父恽为信阳节侯。郑崇虽不能谏止封商,但素性戆直,不肯就此箝口,因见董贤宠荣过盛,复入内谏诤。哀帝最爱董贤,怎肯听信?当然要将他驳斥。尚书令赵昌,专务谄媚,与崇积不相容,遂乘间谮崇,诬崇交通宗族,恐有奸谋。哀帝乃召崇责问道:"君门如市人,奈何欲禁遏主上?"崇慨然道:"臣门如市,臣心如水,愿听查究!"哀帝恨崇答言不逊,命崇系狱逮治。狱吏又一意迎合,严刑拷迫,打得崇皮开肉烂,崇却抵死不肯诬供。司隶孙宝,知崇为赵昌所诬,上书保救,略言崇搒掠将死,终无一辞,道路都替崇呼冤。臣恐崇与赵昌,素有嫌疑,因遭诬陷,愿将昌一并查办,借释众疑。哀帝竟批斥道:"司隶宝附下罔上,为国蠹贼,应免为庶人!"宝被谪归田,崇竟病死狱中。

哀帝复欲加封董贤,先上傅太后尊号,称为皇太太后,买动祖母欢心。再令孔乡侯傅晏,赍着封贤诏书,往示丞相御史。丞相王嘉,为了东平冤狱,尚觉不平,此时见诏书上面,又提及董贤告逆有功,不由的触起前恨,因与御史大夫贾延,并上封事,极力阻止,哀帝不得已延宕数月。后来待无可待,毅然下诏道:

> 昔楚有子玉得臣,晋公为之侧席而坐。近如汲黯,折淮南之谋,功在国家。今东平王云等,至有弑逆之谋,公卿股肱,莫能悉心聪察,销乱未萌。幸赖宗庙神灵,由侍中董贤等发觉以闻,咸伏厥辜。

《书》不云乎？"用德彰厥善"，其封贤为高安侯，孙宠为方阳侯，息夫躬为宜陵侯。

息夫躬性本狡险，骤得宠荣，便屡次进见哀帝，历诋公卿大臣。朝臣都畏他势焰，相率侧目。谏大夫鲍宣，慷慨进谏，胪陈百姓七亡七死，不应私养外亲，及幸臣董贤，就是孙宠、息夫躬等，并属奸邪，亟宜罢黜。召用故大司马傅喜，故大司空何武、师丹，故丞相孔光，故左将军彭宣，共辅国政，方可与建教化，图安危，语意很是剀切。哀帝因宣为名儒，总算格外优容，但把原书置诸高阁，不去理睬罢了。小子有诗叹道：

　　熏莸臭味本差池，黜正崇邪两不宜。
　　主惑如斯民怨起，汉家火德已全衰。

欲知鲍宣生平履历，俟至下回再详。

朱博计救陈咸，颇有侠气。乃其后晚节不终，甘附丁傅，曲媚孔乡，劾傅喜，弹何武，意欲缘此固宠。不意反动哀帝之疑，坐陷诬罔之罪，仰药而死。富贵之误人大矣哉！东平冤狱，不减中山，息夫躬孙宠，犹之张由史立耳。哀帝不察，谬加封赏，且举董贤而羼入之，昏愚至此，可慨孰甚？然观《汉书·佞幸传》，高祖时有籍孺，惠帝时有闳孺，文帝时有邓通，武帝时有韩嫣，成帝时有张放，嫠畜弄儿，几已成为家法。董贤则以色见幸，且举妻妹而并进之，无惑乎其得君益甚，受宠益隆也！特原其祸始，实自祖若宗贻之。其父杀人，其子必且行劫，吾于哀帝亦云。

第九十八回

良相遭囚呕血致毙　幸臣失势与妇并戕

却说谏大夫鲍宣，表字子都，系是渤海人氏。好学明经，家本清苦。少年尝受业桓氏，师弟相亲，情同父子。师家有女桓少君，配宣为妻。结婚时装束甚华，宣反愀然不悦，面语少君道："少君家富，华衣美饰；我实贫贱，不敢当礼！"少君答道："家大人平日重君，无非为君修德守约，故使妾来侍巾栉。妾既奉承君子，敢不唯命是从！"少君乃卸去盛装，送还母家，改著布衣短裙，与宣共挽鹿车，同归故里。宣家只有老母，由少君拜谒如仪，当即提瓮出汲，修行妇道，乡党共称为贤妇。特叙桓少君事，好作女箴。

既而宣得举孝廉，入为郎官，大司马王商，闻宣高行，荐为议郎，大司空何武，复荐宣为谏大夫。宣不屑苟谀，所以上书切谏。哀帝置诸不理，宣亦无可如何。忽由息夫躬上言，近年灾异迭见，恐有非常变祸，应遣大将军巡边，斩一郡守，立威应变。毫无道理。哀帝即召问丞相王嘉，嘉当然奏阻，哀帝只信息夫躬，不从嘉言。建平四年冬季，定议改元，遂于次年元日，改称元寿元年，下诏进傅晏为大司马卫将军，丁明为大司马骠骑将军，两大将军同日简选，意欲遣一人出巡，依着息夫躬所言，哪知是日下午，日食几尽，哀帝不得不诏求直言。丞相王嘉，又将董贤劾奏一本，哀帝心中不怿。丹阳人杜邺，以方正应举，应诏对策，谓日食失明，是阳为阴掩的灾象。今诸外家并侍帷幄，手握重权，复并置大司马，册拜时即逢日食，天象告儆，不可不防！哀帝待遇丁傅，不过为外家起见，特示尊崇，若论到真心宠爱，不及董贤，所以董贤被劾，全然不睬。至若丁傅两家，遇人讥议，倒还有些起疑。接连是皇太太后傅氏生起病来，不到旬日，呜呼哀哉！老姬的洪福也享尽了。先是关东人民，无故惊走，或持稻秆，或执麻秆，辗转付与，说是行西王母筹。有几个披发跣足，拆关逾墙，有几个乘车跨马，急足疾驰，甚至越过郡国二十六处，直抵京师。官吏禁不胜禁，只好由他瞎闹，愚民又多聚会歌舞，祀西王母。当时都下人士，借端谀颂，比太皇太后王氏为西王母，谓当寿考无疆。谁知却应在皇太太后傅氏身上，命尽归西。

傅氏既殁，哀帝又不禁记忆孔光，特派公车征召。俟光入朝，即问他日食原因，光奏对大意，也说是阴盛阳衰。哀帝方才相信，赐光束帛，拜为光禄大夫。董贤也乘时进言，将日食变象，归咎傅氏。巧为卸过。于是哀帝下诏，收回傅晏印绶，罢官归第。丞相王嘉，御史贾延，又上言息夫躬、孙宠罪恶，躬宠已失奥援，无人代为保救，便即奉诏免官，限令即日就国。躬只好带同老母妻子，仓皇就道，既至宜陵，尚无第宅，不得已寄居邱亭，就地匪徒，见他行装累累，暗暗垂涎，夜间常去探伺，吓得躬胆战心惊。适有河内掾吏贾惠过境，与躬同乡，入亭问候。见躬形色慌张，询知情由，便教他折取东南桑枝，上画北斗七星。每夜披发北向，执枝诵咒，可以弭盗，又将咒语相告。躬信以为真，谢别贾惠，即依惠言办理，夜夜咒诅，好似疯人一般。偏有人上书告发，指为诅咒朝廷。当由哀帝派吏捕躬，系入洛阳诏狱。问官提躬审讯，但见躬仰天大呼，响声未绝，立即倒地。吏役忙去验视，耳鼻口中，统皆出血，咽喉已经中断，不能再活了。问官见躬扼喉自尽，越道他咒诅属实，不敢剖辩，因此再讯躬母。躬母名圣，白发皤皤，被问官威吓起来，身子抖个不住。问官愈觉动疑，迫令招供，只说是母子同谋，罪坐大逆不道，判处死刑。躬妻子充戍合浦。至哀帝崩后，孙宠及右师谭，也为有司所劾，追发东平冤狱，夺爵充戍，并死合浦郡中。这叫做天道好还，无恶不报哩！当头棒喝。

谏大夫鲍宣，又请起用何武、师丹、彭宣、傅喜，并遣董贤就国。哀帝遣宣为司隶校尉，征召何武彭宣。独对着这位亲亲昵昵的董圣卿，贤字圣卿。非但不肯遣去，还要加封食邑二千户，伪托皇太太后遗命，颁发出来。丞相王嘉，封还诏书，力斥董贤谄佞，不宜亲近，结末有陛下继嗣未立，应思自求多福，奈何轻身肆志，不念高祖勤苦等语。这数句针砭入骨，大忤哀帝意旨。哀帝乃欲求嘉过失，记起中山案内，梁相、鞠谭、宗伯凤三人，一体坐免。独嘉复为保荐，迹近欺君。遂召嘉至尚书处责问，嘉只得免冠谢罪。不意光禄大夫孔光，觊觎相位，想把王嘉摔去。竟邀同左将军公孙禄,右将军王安,光禄勋马宫等,联名劾嘉,斥为罔上不道,请与廷尉杂治。独光禄大夫龚胜,以为嘉备位宰相,诸事并废,应该坐咎,若但为保荐梁相诸人,就坐他罔上不道的罪名,不足以示天下。哀帝竟从孔光等奏议,召嘉诣廷尉诏狱。当时相府掾属,劝嘉不如自裁,代为和药,进奉嘉前。嘉不肯吞服,有主簿泣语道:"将相不应对狱官陈冤,旧例如此,望君侯即自引决!"嘉摇首不答。内使危坐门首,促嘉赴狱。主簿又向嘉进药,嘉取杯掷地道:"丞相得备位三公,奉职负国,当服刑都市,垂为众戒!奈何作儿女子态,服药寻死呢?"说着,即出拜受诏,乘坐小车,径诣廷尉,缴出丞相新甫侯印绶,束手就缚。内使将印绶持报哀帝,哀帝总道王嘉闻命,定即自尽,及闻他径诣诏狱,越加气愤。立命将军以下至二千石,会同穷究。嘉不堪侵辱,仰天叹道:"我幸得备位宰相,不能进贤退不肖,以是负国,死有余责了!"大众问及贤不肖主名,嘉答说道:"孔光何武是贤人,董贤父子是不肖!我不能进孔光何武,退董贤父子,罪原该死,死亦无恨哩!"将军以下,听嘉如此说法,倒也不能定谳。嘉系狱至二十余日,呕血数升,竟致绝命。看官试想王嘉致死,一半是孔光逼成,嘉却反称光贤,真正可怪。究竟光是何等样人?看到后文,才知他是个无耻小人

了！一语断煞。

哀帝闻得王嘉遗言，遂拜孔光为丞相，起何武为前将军，彭宣为御史大夫。宣字子武，淮阳人氏，经明行修，由前丞相张禹荐为博士，累任郡守，入为大司农光禄勋右将军。哀帝本调他为左将军，嗣欲位置丁傅子弟，乃将宣策免，赐爵关内侯，遣令归里。至是复蒙召入，哀帝转罢去御史大夫贾延，使宣断任。

会丞相孔光出视园陵，从吏向驰道中乱跑，有违法度，适为司隶鲍宣所见，喝令左右从事，拘住相府从吏，并把车马充公。光不甘受辱，虽未尝上书劾宣，但与同僚谈及，怨宣不情。当有人趋奉丞相，报知哀帝。哀帝正信任孔光，饬令御史中丞查办。御史使人捕宣从事，却受了一杯闭门羹。当下奏闻哀帝，劾宣闭门拒命，无人臣礼，大不敬不道。哀帝也不问曲直，立命系宣下狱。博士弟子王咸等，都称宣奉法从公，有何大罪？当即就太学中竖起长幡，号召大众道："如欲救鲍司隶，请集此幡下！"诸生听了此语，争先趋集，霎时间多至千余人。乘着孔光入朝，拦住车前，要他救免鲍宣。光见人多势众，不便驳斥，只好佯从众意，托言入朝奏请，定使鲍司隶无恙，众乃避开两旁，使光进去。光既入朝堂，怎肯为宣解免？奸猾可知。诸生复守阙上书，为宣讼冤。哀帝只许贷宣死罪，罚受髡钳，放至上党。宣见上党地宜农牧，又少盗贼，就将家属徙至上党，一同居住。那孔光既得报复私怨，自然快意，从此感激皇恩，但能博得哀帝欢心，无不如命。

哀帝复欲荣宠董贤，使居大位，巧值大司马丁明，怜惜王嘉，为帝所闻，因即将明免官，拟令董贤代任。贤故意推辞，哀帝乃进光禄大夫薛赏为大司马，赏受职才越数日，忽然暴亡，情迹可疑！于是决计令贤为大司马。策文有云：

朕承天序，唯稽古，建尔于公，以为汉辅。往悉尔心，统辟元戎，折冲绥远，匡正庶事，允执其中。天下之众，受制于朕，以将为命，以兵为威，可不慎与！

是时董贤年只二十有二，竟得超列三公，掌握兵权，真是汉朝开国以来，得未曾有。想是能摆龙阳君阵，故得超授。贤父恭迁光禄大夫，秩中二千石，贤弟宽信代为驸马都尉，此次董氏亲属，并得联翩入都，受职邀荣。从前丁、傅二外家，虽然贵显，尚没有董氏的迅速，这真可谓隆恩优渥了！从前孔光为御史大夫，贤父恭尝为光属吏，及贤为大司马，与光并列三公。哀帝却故意使贤访光，看光如何待贤？光却整肃衣冠，出门恭迎。见贤车已到门前，引身倒退。俟贤既至中门，复避入门侧，直待贤下车后，方延入厅中，低头便拜。拜毕起身，请贤上坐，自在下座陪着，好似卑职迎见长官，不敢敌礼。卑鄙至此，令人齿冷。及贤起座告辞，又恭恭敬敬的送出门外，请贤登车去讫，然后回入府中。贤很是高兴，还报哀帝。哀帝大喜，拜光两兄子为谏大夫常侍，光子放已经就职侍郎，故不另授。在光还道是喜出望外，哪知人格已丧，这区区浮云富贵，有什么稀罕呢？

时外戚王氏失势，只有平阿侯王谭子去疾，尚为侍中，去疾弟闳为中常侍，闳妻父中郎将萧咸，系故将军萧望之子。贤父恭，素慕咸名，欲娶咸女为次媳，特托王闳为媒，前去说合。闳不便推辞，只好转白萧咸，咸慌忙摇手，口中连说不敢当，一面屏去左右，密语闳道："董贤为大司马，册文中有'允执其中'一语，这是尧传舜的禅位文，并非三公故事，朝中故老，莫不惊奇！我女怎能与董公兄弟相配？烦汝善为我辞便了！"闳听罢即行，暗记前日策文，果有此语，难道汉室江山，真要让与董贤，越想越奇，又好笑，又好气，当下仍至董恭处复报，替萧家满口谦逊，只言寒门陋质，不敢高攀。恭尚以为故作谦辞，再向闳申说一番，闳已咬定前言，有坚却意。恭不禁作色，自言自叹道："我家何负天下？乃为人所畏如是！"试问汝家何益天下？闳见恭含着怒意，起身辞去。过了数日，哀帝置酒麒麟殿，召集董贤父子亲属及一班皇亲国戚，共同宴叙。闳亦在旁侍饮，酒至半酣，哀帝笑视董贤道："我欲法尧禅舜，可好么？"贤陡闻此言，喜欢的了不得，但一时如何答说，也不禁暗暗沉吟。忽有一人进言道："天下乃高皇帝天下，非陛下所得私有。陛下上承宗庙，应该传授子孙，世世相继，天子岂可出戏言！"哀帝听说，举目一瞧，便是中常侍王闳，当下默然不悦，竟遣闳出归郎署，不使侍宴。左右都为闳生愁，恐闳因此得罪。太皇太后王氏，闻知此事，代闳谢过，哀帝乃复召闳入侍。闳却不肯中止，复上书极谏道：

臣闻王者立三公，法三光，居之者当得贤人。《易》曰："鼎折足，覆公餗。"喻三公非其人也。昔孝文皇帝幸邓通,不过中大夫;武皇帝幸韩嫣,赏赐而已,皆不在大位。今大司马卫将军董贤,无功于汉朝,又无肺腑之连,复无名迹高行以矫世,升擢数年,列备鼎足,典卫禁兵,无功封爵,父子兄弟,横蒙拔擢,赏赐空竭帑藏,万民喧哗不绝,诚不当天心也。昔褒神蚖变化为人,实生褒姒,乱周国,故臣恐陛下有过失之讥,贤有小人不知进退之祸,非所以垂法后世也。

哀帝览书,也觉不欢,但因闳为太皇太后从子,不得不格外含容。前时法尧禅舜一语,未免失言,因此不置可否,模糊过去。会匈奴单于囊知牙斯,及乌孙大昆弥伊秩靡入朝。囊知牙斯乃是复株累若鞮单于少弟,复株累若鞮早死,传弟且麋胥,且麋胥又传弟且莫车,且莫车再传弟囊知牙斯,号为乌珠留若鞮单于。国势浸衰,因此历代事汉,来朝哀帝。参见已毕,由哀帝传旨赐宴,廷臣统在旁侍饮。乌孙大昆弥,当然在座,专顾饮酒,不暇张望。独囊知牙斯年少好奇,左右顾盼,蓦见廷臣中有一青年,唇红齿白,秀丽过人,坐位却在上面,居然首冠百僚。心中不禁诧异,遂向译员指问道:"这位大员姓甚名谁?"译员尚未及答,已为哀帝所见。询及原因,便命译员答说道:"这就是大司马董贤,年方逾冠,才德兼全,却是我朝的大贤。"**董贤既是大贤,哀帝何不特赐双名!**囊知牙斯晓得什么董贤品行,一闻此语,便出席起贺,拜称汉得贤臣,哀帝很是心欢。待至宴罢,赏赐囊知牙斯,比乌孙王还要加厚,两番主谢恩回国。

董贤已任大司马,比不得前此在宫,朝夕留侍,所以公事一了,回家休息。不防到了门首,一声怪响,门竟坍倒。贤吓了一跳,自思门第新筑,结构甚坚,且是妻父将作大匠监工,何至遽朽?再令左右检验土木,原是牢固得很,不知何故倒坏?心甚不安。次日有诏颁出,乃是修复三公职衔,贤为大司马如故。改称丞相为大司徒,即令孔光任职。迁御史大夫彭宣为大司空,封长平侯。这诏与贤毫不关碍,贤当然无虞。又过了一二旬,仍无变动情事,贤把那大门倒坏的怪事,也淡淡忘却了。谁知内报传来,哀帝寝疾不起,急得贤神色慌张,立刻入宫省视,只见哀帝卧在床上,委顿异常,一时也不好细问,只得约略请安。哀帝不愿多言,含糊答了数语,惟口中呻吟不绝。贤也觉不佳,但思哀帝年未及壮,当不致一病即崩,自己宽慰自己,就在宫中留侍数日。偏偏哀帝病势日重,即于元寿二年六月中,奄然归天,年止二十有六,在位只有六年。

傅皇后及董昭仪等,入哭寝宫,贤感哀帝厚恩,也在寝门外号恸不休。蓦由太皇太后王氏到来,抚尸举哀,哀止即收取御玺,藏在袖中。一面召贤入问,丧事该若何调度。贤从未办过大丧,且因哀帝告崩,如寡妇失去情夫,三魂中失去二魂,竟至对答不出。好一位大司马。太皇太后方说道:"新都侯莽,曾奉先帝大丧,熟习故事,我当令他进来助汝。"贤忙免冠叩首道:"如此幸甚!"太皇太后立即遣使,召入王莽。莽陪道入都,进谒太皇太后,首言董贤无功无德,不合尸位,太皇太后点首称是。莽遂托太皇太后意旨,命尚书劾贤不亲医药,当即禁贤出入宫殿。贤闻知此信,慌忙徒跣诣阙,免冠谢罪。莽竟传太皇太后命令,就阙下收贤印绶,罢归就第。贤怅怅回家,自思莽如此辣手,定是来报前嫌,将来自己性命,总要被他取去,不如图个自尽,免得受诛。乃即与妻说明意见,妻亦知无可挽回,情愿同死,两人对哭一场,先后自杀。冥途中若遇哀帝灵魂,仍好前后承欢,怪不得哀帝称为大贤呢!

家人还道有大祸临门,不敢报丧,遽将董贤夫妇棺殓,贪夜埋葬,事为王莽所闻,疑他诈死,复嘱有司奏请验尸,自行批准。令将贤棺抬至狱中,

开棺相验,果系不差。但因他棺用朱漆,殓用珠璧,又说他僭行王制,把贤尸拖出棺外,剥去衣饰,用草包裹,乱埋狱中。再劾贤父恭骄恣不法,贤弟宽信淫佚无能,一并夺职,徙往合浦。家产发官估卖,约值钱四千三万万缗。贤平时厚待属吏朱诩。诩买棺及衣,至狱中收得贤尸,再为改葬,因即上书自劾,莽大为不悦,另寻诩罪,将他击死。大司徒孔光,专知贡谀献媚,当即邀同百官,推莽为大司马。前将军何武,后将军公孙禄,谓不宜委政外戚,自相荐举。太皇太后决意用莽,竟拜莽为大司马,领尚书事。莽自是手握大权,逐渐放出手段来了。小子有诗叹道:

　　幸臣死去大奸来,汉室江山已半灰。
　　毕竟妇人无远识,引狼入室自招灾!

欲知王莽如何举动,待至下回表明。

　　王嘉入相三年,守正不阿,不可谓非良相,惜乎不得其人,所遇非主耳!且其称美孔光,亦无知人之明。孔光阴险,恶过董贤父子,嘉知董贤父子之不肖,而不知孔光之为大奸,身被构陷,反以为贤,其致死也亦宜哉!司隶鲍宣,亦为孔光所排挤,仅得不死,而对于嬖幸之董贤,至不屑下拜,卑污若此,尚得谓之贤乎!董贤原有可杀之罪,但不当死于王莽之手,即其所劾罪案,亦不足以服人。孔光专媚于前,王莽专横于后,大奸之后,继以大憝(duì),汉亦安能不亡?彼董贤之伏法,吾犹当为之称冤云。

第九十九回

献白雉罔上居功　惊赤血杀儿构狱

　　却说王莽既得专政，遂与太皇太后商议，迎立中山王箕子为嗣。箕子为哀帝从弟，就是刘兴嗣儿。兴母冯婕妤死后，箕子幸未连坐，仍袭王封。当下派车骑将军王舜，持节往迎。舜系王音子，为莽从弟，太皇太后素来爱舜，故特使迎主立功。舜奉命去讫。宫中无主，太皇太后又老，一切政令，全由莽独断独行。莽即将皇太后赵氏，贬为孝成皇后，皇后傅氏，逼令徙居桂宫。赵太后的罪状，是与女弟赵昭仪，专宠横行，残灭继嗣。傅后的罪状，是纵令乃父傅晏，骄恣不道，未尝谏阻。罪案宣布以后，没一人敢与反对。莽索性追贬傅太后为定陶共王母，丁太后为丁姬，所有丁傅两家的子孙，一律免官归里。傅晏负罪尤甚，令与妻子同徙合浦，独褒扬前大司马傅喜，召入都中，位居特进，使奉朝请。嗣复再废傅太后赵皇后为庶人，二后皆愤恚自杀。论起四后优劣，赵太后生前淫恶，该有此报，傅太后专擅过甚，也应有此，丁姬因哀帝入嗣，不过母以子贵，未闻干政，傅后更无过失，就是傅晏擅权，也由哀帝主见，并非傅后从中请求。王莽怎得不分皂白，一概贬黜？况莽系汉朝臣子，怎得擅贬母后，无论丁姬傅后，不应被贬，即如赵飞燕的淫恶，傅昭仪的专擅，罪有攸归，也岂莽所得妄议！义正词严。太皇太后王氏，平时受着傅、赵二后的恶气，还道莽为己泄忿，暗地生欢。哪知莽已目无尊亲，何事不可做得？履霜坚冰，由来者渐，奈何尚沾沾自喜呢！庸妪晓得什么？

　　莽既连贬四后，恣所欲为，惟见孔光历相三朝，为太皇太后所敬重，不得不阳示尊崇。实是喜他阿谀。特引光女婿甄邯为侍中，兼奉车都尉。凡朝右百僚，但为莽所不合，莽即罗织成罪，使甄邯赍着草案，往示孔光。光不敢不依旨举劾，莽便持光奏章，转白太皇太后，无不邀允。于是何武公孙禄，坐实互相标榜的罪名，一并免官，令武就国。董宏子武，嗣爵高昌侯，坐父诒佞，褫夺侯爵。关内侯张由，史太仆史立等，坐中山冯太后冤案，削职为民，充戍合浦。红阳侯王立，为莽诸父，成帝时遣令就国，哀帝时已召还京师，莽不免畏忌，又令孔光奏立前愆，请仍遣之就国。太皇太后亲弟，只立一人，不愿准奏。又经莽从旁撺掇，谓不宜专顾私亲，太皇太后无可奈何，只好命立回国。莽遂引用王舜、王邑王商子。为腹心，甄邯、甄丰主弹击，平晏平当子。领机事，刘歆刘向子。典文章，孙建为爪牙。布置周密，一呼百诺，平时欲有所为，但教微露词色，党与即希承意旨，列入奏章。太皇太后有所褒奖，莽假意推让，叩首泣辞。其实是上欺姑母，下欺吏民，口是心非，自便私图罢了。

　　大司空彭宣，见莽挟权自恣，不愿在朝，遂上书乞休。莽恨他无端求退，入白太后，策免宣官，令就长平封邑。宣居长平四年，寿考终身。就是傅喜奉诏入都，也觉得孤立可危，情愿还国，莽亦许他归去，亦得寿终。莽因进左将军王崇为大司空，崇为王吉孙，与王太后母弟王崇同名异人。封扶平侯。

　　既而中山王箕子到来，由莽召集百官，奉着太皇太后诏命，拥他登基，改名为衎(kàn)，是为平帝。年只九岁，不能亲政，即由太皇太后临朝。莽居首辅，百官总已以听。奉葬哀帝于义陵，兼谥孝哀皇帝。大司徒孔光，却也内怀忧惧，上书求乞骸骨。有诏徙光为帝太傅，兼给事中，掌领宿卫，供奉宫禁。所有政治大权，尽归莽手，与光无涉。莽想权势虽隆，功德未著，必须设一良法，方可笼络人心。踌躇数日，得了一策，暗使人至益州地方，嘱令地方官吏，买通塞外蛮夷，叫他假称越裳氏，献入白雉。地方官当即照办。平帝元始元年正月，塞外蛮人入都，说是越裳氏瞻仰天朝，特奉白雉上贡，莽即奏报太皇太后，将白雉荐诸宗庙。从前周成王时代，越裳氏重译来朝，也曾进献白雉，莽欲自比周公，故特想出此法。果然群臣仰承莽意，奏称莽德及四夷，不让周公旦。公旦辅周有功，故称周公，今大司马莽安定汉朝，应加称安汉公，增封食邑。太皇太后当即依议，偏莽装出许多做作，故意上表固辞，只说臣与孔光、王舜、甄丰、甄邯诸人，共定策迎立中山王，今请将孔光等叙功，臣莽不敢沐恩。太皇太后得了莽奏，不免迟疑。甄丰、甄邯等急忙上书，谓莽功最大，不宜使落人后。太皇太后乃谕莽毋辞。莽再三推逊，定要让与孔光等人，寻且称疾不起。太皇太后因封孔光为太师,王舜为太保,甄丰为少傅,甄邯为承安侯,然后乃颁诏召莽,入朝受赏。莽尚托病不至,真会装乜。再经群臣申请封莽,即日下诏,令莽为太傅,赐号安汉公,加封食邑二万八千户,莽始出受官爵名号,但将封邑让还。且为东平王云伸冤,使云子开明为东平王,奉云祭祀。又立中山王宇孙桃乡侯子成都为中山王,奉中山王刘兴祭祀。再封宣帝耳孙三十六人,皆为列侯。此外王侯等无子有孙,或为同产兄弟子,皆得立为嗣,承袭官爵,皇族因罪被废,许复属籍,官吏年老致仕,仍给旧俸三分之一,赡养终身,下至庶民鳏寡,无不周恤。如此种种恩施,统由王莽创议施行,好教朝野上下,交口称颂,都说是安汉公的仁慈,把老太后小皇帝二人,一概抹煞。真是好计。莽又讽示公卿,奏称太皇太后春秋太高,不宜亲省小事,此后惟封爵上闻,他事尽归安汉公裁决。太皇太后又复依议,于是朝中只知有王莽,不知有汉天子了。

惟当时一班朝臣,偶有私议,谓平帝入嗣大统,本生母卫姬未得加封,不免向隅。莽独惩丁傅覆辙,恐卫姬一入宫中,又要引进外家,干预国政。但若不加封卫姬,又未能塞住众口,乃遣少傅甄丰,持册至中山,封卫姬为中山王后,帝舅卫宝卫玄,爵关内侯,仍然留居中山,不得来

京。扶风功曹申屠刚,直言对策道:"嗣皇帝始免襁褓,便使至亲分离,有伤慈孝,今宜迎入中山太后,使居别宫,使嗣皇帝得按时朝见,乐叙天伦,并召冯卫二族,平帝祖母冯婕妤,故云冯卫二族。选入执戟,亲奉宿卫,免得另生他患。"迎母则可,必召入外家宿卫,亦属未善。这数语最中莽忌,莽当然驳斥,因不欲出自己出名,特请太皇太后下诏,斥责申屠刚僻经妄说,违背大义,因即放归田里。恩归自己,怨归太后。刚被黜归还,有何人再敢多言?

越年二月,黄支国献入犀牛,廷臣相率惊异,都称黄支国在南海中,去京师三万里,向来未曾朝贡,今特献犀牛,想来又是安汉公的威德。正要上书献谀,偏又接得越巂郡奏报,说有黄龙出游江中。太师孔光,遂与新任大司徒马宫,以及甄丰甄邯等三人,拟奉表称瑞,归德王莽。旁有大司农孙宝说道:"周公上圣,召公大贤,彼此尚有龃龉,今无论遇着何事,都是异口同声,难道近人,果胜过周召么?"众人听了,莫不失色,甄邯遂口称奉旨,暂令罢议。其实犀牛入献,也是买嘱出来,黄龙游江,未必果是真事。邯本与莽同谋,自觉情虚,所以情愿中止,但心中很仇视孙宝,不肯轻轻放过。当下嘱咐党与,阴伺孙宝过失。适宝遣人迎接老母,并及妻子数人,母至中途,忽患老病,因折回弟家养疴,但遣妻子入都。当有司直陈崇,查得此事。立上弹章,斥宝宠妻忘母。莽即告知太皇太后,将宝免官。大司空王崇,不愿与群小联络,称病乞归。当有诏书批准,令崇解职,改用甄丰为大司空。光禄大夫龚胜,大中大夫邴汉,并皆辞官归里。胜系楚人,节行并茂。同郡人龚舍,与胜友善,胜尝荐为谏大夫,舍不肯就征,再召拜光禄大夫,仍然不起,平居以鲁诗教授生徒,年至六十八乃终,时人称为两龚。邴汉系琅琊人,亦有清行。兄子曼容,养志自修,为官不肯过六百石,稍有不合,当即辞归,因此名望益隆,几出汉右。莽尚欲借此市恩,优礼送归胜汉。胜汉明知莽奸巧,表面上只好道谢,两袖清风,飘然自去。摆脱名缰,莫如此策。

会当盛夏大旱,飞蝗为灾,莽不能视作祥瑞,只得派吏查勘,准备赈饥。一面奏请太皇太后,宜衣缯减膳,表率万民。自己也戒杀除荤,连日茹素,且愿出钱百万,献田三十顷,付诸大司农,助给灾黎。满朝公卿,见莽如此慷慨，也不得不捐田助宅，充作灾赈，共计有二百三十人。但第一发起，总要算安汉公王莽，一班灾民，仍说莽功德及人，莽又借着天灾，得了一种大名。处处使乖。已而得雨经旬，群臣联疏上陈，请太皇太后照常服食，又盛称安汉公修德禳灾，感格天心，果沛甘霖。

可巧匈奴有使人到来，入见王莽。莽问及王昭君二女，是否俱存。来使答言俱已适人，现并无恙，莽乘机说道："王昭君系我朝遣嫁，既有二女遗传，亦应使她入省外家，顾全亲谊，烦汝转告汝主便了！"来使唯唯受教，谢别而去。过了月余，匈奴单于囊知牙斯，竟依着莽意，特遣王昭君长女云，曾号须卜居次，入谒宫廷。须卜居次，见前文。当由关吏飞章入报，莽闻信大悦，便令地方官好生接待，派妥吏护送来京。及须卜居次已到，莽即禀白太皇太后，说是匈奴遣女入侍，应该召见。太皇太后听着，也是心欢，立即传见须卜居次，须卜居次虽是番装，却尚不脱遗传性质，面貌颇肖王昭君，楚楚动人。再加中朝言语，也有好几句通晓，就是寻常礼节，亦约略能行，所以入见太皇太后，跪拜应对，大致如仪。太皇太后喜动慈颜，赐她旁坐，问过了许多说话，然后赐给衣饰等物，令她留住宫中。须卜居次生长朔方，所居所食，无非毳帐酪浆，此次得至皇宫中寄居数月，服罗绮，戴金珠，饱尝天厨珍馐，有何不愿？不过安汉公以下的走狗，又说得天花乱坠，归德安汉公，能使外人悦服，遣女入侍。就是太皇太后也道由莽德能及远，上下被欺，莽计又被用着了。

时光易过，又是一年，须卜居次怀念故乡，恳请遣归。太皇太后却不加阻，准令北返，临行时复厚给赏赐。须卜居次拜舞而去。平帝年仅一十二岁，情窦未开，但当须卜居次来往时，见她语言举动，半华半夷，很觉有些稀奇，所以每与相见，辄为注目。莽又凑着机会，转告太皇太后，应为平帝择婚，太皇太后自无异议。莽复采取古礼，谓宜援天子一娶十二女制度，方可多望生男，借广继嗣，当下诏令有司，选择世家良女，造册呈入。有司领命，采选数日，已得了数十人，按年编次，呈将进去。莽先行展阅，见他所开选女，原是豪阀名家，但一半是王氏女儿，连己女亦有名在内。莽眉头一皱，计上心来，即携名册入内，面奏太皇太后道："臣本无德，女亦无材，不堪入选，应即除名。"太皇太后听了，不知莽是何用意，俯首细思，想系莽不欲外家为后，故有此议。当下诏令有司，王氏女俱不得选入。哪知王莽本意，正要想己女为后，好做个现成国丈；不过为了选名册中，多采入王氏女，只恐鱼目混珠，被他夺去。偏太皇太后无端误会，竟命将王氏女一概除去，岂不是弄巧成拙么？全是欲取姑与的狡计。正忧虑间，已有许多朝臣，伏阙上书，请立安汉公女为皇后，接连是吏民附和，都奏称安汉公功德巍巍，今当立后，奈何不选安汉公女，反去另采他家？说得太皇太后不能不从，只好依言选定。莽始尚推辞，继见太皇太后已经决意，乃申言臣女为后，亦当另选十一人，冀合古制。群臣又相率上议，竟言不必另选，免多后患。莽还要生出周折，一是请派官看验，一是请卜定吉凶。太皇太后因遣长府宗正尚书令等，往视莽女，须臾复命，俱言女容窈窕，允宜正位中宫。再令大司徒大司空，策告宗庙，兼及卜筮。太卜又奏称卜得吉兆，乃是金水旺相，父母得位，定主康强逢吉。谁知后来是乌焦巴弓！于是续议聘礼，遵照先代聘后故事，计黄金二万斤，钱二万万缗。莽仍请另选十一媵女，待至选就，自己只受聘礼钱四千万，还把四千万内腾出三千三百万，分给媵女各家，每家得三百万。群臣再奏称皇后受聘，只收受七百万钱，与媵女相去无几，应该加给。太皇太后复增钱二千三百万，合莽原留七百万缗，共计三千万，莽又腾出一千万，散给九族。群臣更寻出古礼，谓古时皇后父受封百里，今当举新野田二万五千六百顷，加封安汉公，莽慌忙固辞，乃不复加封。莽意原不止此。

后既聘定，由太史择定婚期，应在次年仲春吉日。莽家闻信，预备嫁奁，自然有一番忙碌。不意一夕有门吏出外，见一人立在门前，才打了一个照面，便即窜去。门吏本认识此人，乃是莽长子宇妻舅吕宽，平日尝相往来，为何鬼鬼祟祟，逢人即避？此中定有蹊跷。正在怀疑，驀闻有一阵血腥气贯入鼻中，越觉奇怪得很。慌忙返身入门，取火出照。见门上血迹淋漓，连地上亦都沾湿，不由的毛骨悚然。亟入内报知王莽，莽怎肯不问？连夜遣人缉捕吕宽。次日即被捕到，仔细盘问，乃是莽子宇唆使出来。从前莽迎入平帝，只封帝母卫姬为中山王后，不许入都。见本回前文。卫后止有此子，不忍远离，免不得上书请求，莽仍然不从。独莽子宇，不直乃父，恐将来平帝长成，必然怀怨，不如预先筹谋，省得后悔。当下与师吴章，及妻兄吕宽私下商议良策。章默想多时，方密告道："论理应由汝进谏；但汝父执拗，我亦深知，现在只有一法，夜间可用血洒门，使汝父

第九十九回 献白雉罔上居功 惊赤血杀儿构狱

暗中生疑,向我说起,我方好进言,劝他迎入卫后,归政卫氏便了。"吕宽拍手道:"此计甚妙,便可照行。"宇知莽迷信鬼神,亦连声称善,遂托吕宽乘夜办理。宽遂出觅猪羊狗血,聚藏钵内,至夜间往洒莽门。冤冤相凑,撞见门吏,竟被发觉诡谋,不得不卸罪王宇。他想宇是莽子,定可邀恕,谁知莽毫无恩情,立刻将宇召入,问由何人主谋。宇答由吴师所教。莽竟缚宇,送交狱中,连宇妻吕焉一同连坐。越宿即逼宇自杀,吕焉腹中有孕,才令缓刑,复把吴章拿到,磔死市曹。狼心狗肺,至此已露。

章籍居平陵,素通《尚书》,入为博士。生徒负笈从游,约有一千余人。莽都视为恶党,下令禁锢。诸生统皆抵赖,不肯自认为吴章弟子,独有大司徒掾属云敞,自认章徒,且收抱吴章遗尸,买棺殓葬。都人士因此誉敞,就是莽从弟王舜,亦称敞见义必为,足比栾布。布收彭越首级事,见前文。莽专好沽名,因闻敞为众所称,倒也不敢加罪。惟甄邯等入白太皇太后,极称莽大义灭亲。当由太皇太后下诏道:"公居周公之位,行管蔡之诛,不以亲亲害尊尊,朕甚嘉之!"为此一诏,更激动贼莽狠心,一不做,二不休,索性杀尽卫氏支属,只留下帝母卫后一人。还有元帝女弟敬武公主,曾为高阳侯薛宣继妻,宣死后留居京师,屡言莽专擅不臣。

莽查得宣子薛况与吕宽为友，遂将他母子株连，迫令敬武公主自尽，处况死刑。外如莽叔父红阳侯王立，及从弟平阿侯王仁，王谭长子。乐昌侯王安，王商子。与莽未协，由莽假传太皇太后诏旨，并皆赐死。又杀死故将军何武，前司隶鲍宣，护羌校尉辛通，函谷都尉辛遵，水衡都尉辛茂，南郡太守辛伯等人，所有罪状，都坐与卫氏通谋。北海人逢萌，留寓长安，怅然语友人道："三纲已绝，若再不去，祸将及身！"说着，即脱冠悬挂东城，匆匆出都。至家中挈领妻子，渡海东游，径往辽东避祸去了。小子有诗叹道：

洒血门前理固差，论心还是望持家。
无端杀尽诸亲属，难怪伊人逝水涯。

越年便是元始四年，平帝大婚期至，特派大员，往迎莽女。所有一切礼仪，且至下回再叙。

本回全叙王莽专恣，见得莽阴贼险鸷，与众不同。甫经起用，即贬废四后，彼岂尚有人臣之义耶？孝元后反喜其报怨，妇人之私，断不足与议大体。越裳氏之献白雉，何足言功？周公之称为元圣，固与白雉无关，况其由买嘱而致乎？厥后黄支献犀牛，越巂现黄龙，何一非侈饰祯祥，矫揉造作。即如须卜居次之入侍，与汉廷有何利益？而朝臣竟称为王莽功德，不值一哂！至若吕宽事起，亲子可杀，已非人情，甚且叔父从弟，无辜被害，是可忍，孰不可忍！宁待入宫逼玺，始无姑侄情乎？要之莽之篡汉，全由孝元后一人酿成，彼孔光等何足责哉！

第一百回

窃国权王莽弑帝　投御玺元后覆宗

　　却说元始四年春二月,平帝大婚。特遣大司徒马宫,大司空甄丰等,奉着乘舆法驾,至安汉公第恭迎皇后。莽令女儿装束齐整,出受皇后玺绶,登舆入宫。当有典礼官依着仪注,引着一十三岁的小皇帝,与莽女成婚。莽女年龄,与平帝相去不多,也未曾通晓礼节,全赖男女傧相,随时指导。礼成以后,颁诏大赦,三公以下,一律加赏。

　　太保王舜,邀集吏民八千余人,申请加封安汉公王莽。事下有司复议,议定大略,仍将莽所让还新野诸田,作为赏赐,采集伊尹、周公称号,命莽为宰衡,位居上公。赐莽母太夫人号为功显君,莽子安为褒新侯,临为赏都侯,加皇后聘金三千七百万。太皇太后当即依议,亲临前殿,授策封拜。莽率二子入朝,稽首辞让,不敢受赏。又要装腔。及趋退后,复上奏章,只愿受母功显君称号,余皆不受。太师孔光,又出来谀莽,向太皇太后面奏道:"安汉公勋德绝伦,所议封赏,尚未足以酬功,公虽谦抑退让,朝廷总当显秩酬庸,毋令固辞!"太皇太后又依言谕莽,莽仍求见太皇太后,叩头涕泣,坚辞封赏。装得像。太皇太后再召问孔光,光答言新野诸田,或可听他让还,功显君名号,止及一身,褒新赏都两国,不过三千户,并非重赏,聘金加给,乃是尊重皇后,与安汉公无关,应再派大员推诚晓谕,勿受让词。王舜为莽从弟,助莽或犹可说,孔光实属可杀。太皇太后乃再命大司徒马宫,大司空甄丰,持节劝莽,莽方才拜受。惟所受例外聘金,又取出千万,赒遗太皇太后,下至宫娥彩女,无不沾润。且请尊太皇太后姊君侠为广恩君,妹君力为广惠君,君弟为广施君,三人均给汤沐邑。妇人女子,得了好处,当然大喜过望,交口誉莽。于是内外一致,莫不称莽为第一好人。

　　莽又求媚太皇太后,无所不至。暗想老年妇人,寂处深宫,定乏兴趣,不若导令出游，使她快意。遂入请太皇太后，四时出巡，存问孤寡。**又是一个好题目。**太皇太后果然合意，带领皇后及列侯夫人，乘辇巡幸。莽饬有司预备钱帛牛酒，随辇出发，到处查问孤儿寡妇，量为赐给，一班穷民，欢呼万岁。太皇太后已经大悦，再加辇迹所经，都是长安城外的名胜地方，有山可眺，有水可观，还有草木鸟兽，无奇不备，试想这老太后久处宫中，忽得别开生面，一旷眼界，还有什么不恰情悦色哩！太皇太后有一弄儿，病居外舍，莽且亲往探视，弄儿感激非常，待至病愈，自然入白太皇太后。太皇太后尤为得意，觉得莽面面周到。就是古来孝子，想亦不过如斯，何况是一个侄儿，偏能这般孝顺，真好说独一无二了！**哪知他要夺你的家产！**

莽既取悦太皇太后，还想笼络天下士人，特创议设立明堂辟雍灵台，踵行周制。**想做周公原应如此。**并筑学舍万间，招罗天下俊秀，齐集京师。一面立乐经，增博士员，考校士人优劣。贤能为师，愚陋为徒。各有廪饩，不使向隅。群臣又奏言周公摄政七年，制度乃定，今安汉公辅政四年，营作二旬，大功毕成，应请升宰衡位置，在诸侯王上。太皇太后便即许可。群臣具会议九锡隆礼，为莽崇封。莽心想九锡封典，乃是异数，自从辅政以来，虽得运动四方夷狄，南献白雉犀牛，北亦遣女入侍，只是东西两方，还未入贡，应该再广招徕。**招徕二字用得妙。**乃复派遣心腹，多持金帛，贿通东夷西羌，东献方物，西献鲜水海**即青海。**允谷盐池等地，莽特增置西海郡，派吏往治。一片荒陬，毫无生产，乃更令罪犯徙居，迫令垦牧。每年充发，多约数万，少约数千，罪犯不足，继以边民，百姓始渐有怨言了。

越年孔光病死，代以马宫，宫比孔光还要谄谀，促成九锡礼仪。且阴嘱吏民，陆续上书，请加赏安汉公。一时书奏杂陈，仅阅旬月，上书人数，总计共得四十八万七千余名，究竟是虚是实，后亦无从确查，大约是见字计数罢了。**近来选举敝习，就是从此处学来。**太皇太后，见得朝野上下，恭维王莽，遂决行九锡封典。九锡是一锡衣服，二锡车马，三锡弓矢，四锡斧钺，五锡秬鬯，六锡命圭，七锡朱户，八锡纳陛，九锡虎贲。这是古今特别厚赏，由太皇太后御殿亲行。莽上殿拜受，却不推辞，太皇太后更将楚王旧邸，赐给王莽。莽即令修筑，整刷一新，复改造祖庙，统用朱户纳陛，仿佛宫殿规模。会因采风使陈崇王恽等八人，还朝复命，这八人系王莽所遣，叫他观风问俗。他却窥透王莽本意，出去游览一周，管甚么风俗醇浇，徒诌成了几句歌功谣、颂德诗，就来复报。莽都说他有功，尽封列侯。好运气。

当时郡国傅相，四方守令，均由采风使与他叙谈，嘱使上陈符瑞。大众统皆应命，独广平相班稚，不肯遵行。琅琊太守公孙闳，反奏报灾荒。大司空甄丰，便劾闳捏造不祥，稚搁置嘉应，俱罪坐不道，应该捕诛。无理之至。当下由王莽批准，命将二人逮京。还是太皇太后有些慈心，与莽谈及，稚系班婕妤弟，为贤妃家属，宜加哀矜，莽乃将稚放归。闳下狱论死。莽又奏上市无二价，官无狱讼，邑无盗贼，野无饥民，道不拾遗，男女异路的古制，颁示天下。有人违法，应处象刑。看官听说！这象刑二字，出自《尚书》，凡刑人俱按律更衣，游行市曹，作为众戒。但也须由王道化成，方足使人无犯，哪里靠着一道文告，就得见效？可笑王莽贼头贼脑，竟欲踵行古制，粉饰太平，天下甚大，岂真尽为莽所欺吗？况莽所行诸事，多是自相矛盾，忽而行仁，忽而逞威。从前吕宽事起，杀子及弟，并害叔父，此外无辜连坐，又有多人，一腔残忍，已见端倪。

至元始五年夏季，又欲发掘丁、傅两后坟墓，太皇太后不肯听从。莽却忿然力争道："傅氏、丁氏，曾怀着皇太太后、帝太后玺绶，今已明旨加贬，若不将玺绶取毁，如何行法？且傅氏更宜徙葬定陶，方足正名。"太皇太后只好应诺，但不准易棺，并须备椁作冢，祭用太牢。莽默然退出，即命有司督同工役，分掘二后坟茔。傅太后曾合葬渭陵，即元帝陵，见前。筑土甚高，工役开掘进去，费了无数气力。突闻一声响亮，土石崩颓，压毙了数百人，余众悉数逃回。丁姬合葬共皇园，甫经掘通椁门，忽有火光射出，烟焰高至四五丈。工役都吓得倒躲，经监工官饬令救火，方用水乱浇。等到火灭烟消，仔细看视，椁中器物，已尽被毁过，只有棺木不动。两处都逢怪象，并报王莽，莽尚不知悔，反奏称共王母前尝骄僭，触怒皇天，故致坍陷。丁姬葬亦逾制，火焚椁中。且两处棺木，并称梓宫，衣用珠玉，更非藩妾所宜，臣前拟只取玺绶，尚属非是，应改易棺木，并将丁姬改葬媵妾墓旁，方为顺天合理云云。太皇太后信为真言，居然许可，于是两棺俱发。傅氏椁中，臭达数里。其生也荣，其死也臭。吏役不得已塞鼻检视，取出玺绶珠宝,把尸骨另易他棺,草草葬讫。丁姬处也是照办。可怪的是丁姬棺上,突然燕子数千,口中统衔泥投棺,惹得工役亦为感动,力为建筑,固土厚封。独葬恐众人私议,令就二后墓上,遍种荆棘,作为瘅恶的榜样,垂戒后人。要说人恶,愈见己恶。

太师马宫,前曾与议傅太后尊谥,此时见莽追翻前案,心下不安,因上书自劾,愿乞骸骨。莽本因宫事事阿顺,无心追究,偏他胆小如鼷(xī),自来请罪,一时无法挽留,不得已请太皇太后下诏,免太师官,以侯爵归第。这种事情,平帝全然不得参议。但平帝年已十四,知识渐开,闻得莽掘迁二后坟墓,也觉不平,并因莽杀尽舅家,单剩生母卫后一人,还不许相见,如此刻毒,实属容忍不住,所以与莽见面,常露愠色,背地里且有怨言。宫中侍役,多是王莽耳目,当然有人报知。王莽一想,皇帝小小年纪,竟要怨我,将来长成,还当了得!况汉室江山,已在掌握,所碍唯一女儿,他时亦好改嫁。我不如先发制人,较为得计! 主见已定,也不商诸他人,待到是年腊日,进献椒酒,暗中置毒。汉以大寒后戌日为腊,并非除夕。平帝何从知晓,见酒便喝,一杯下肚,夜间便即发作,自呼腹痛,辗转呻吟。翌日由宫中传出,平帝得病甚剧,医治乏效。莽暗暗心喜,又恐被人瞧破,假意入宫问疾,装作愁眉泪眼一般。及至退出,复令词臣制成一篇祝文,情愿以身代帝,立赴泰畤祷告。再将祝文藏置金縢,故意嘱语群臣,不得多言。群臣以为金縢藏策,是周公故事,周公为了武王有病,愿甘代死,今安汉公也是如此,真是周公重生。哪知平帝一条性命,已被贼莽断送,腹痛数日,竟致告崩。名目上是在位五年,活得一十四岁。

莽入临帝丧,伪作悲号,一面令殓用元服,尊谥为孝平皇帝,奉葬康陵,命官吏丧服三年。太皇太后因平帝无嗣,特召群臣会议立储。时元帝支裔已绝,只有宣帝曾孙五人为王,淮阳王缜、中山王成都、楚王纡、信都王景、东平王开明。及列侯四十八人。群臣拟就五王列侯中,推立一人,独王莽厉声道:"五王列侯,统系大行皇帝兄弟,不能相继为后,应就宣帝玄孙中选立。"群臣闻言,都不敢出声。莽利在立幼,故有此说。惟宣帝玄孙二十三人,莽独寻出一个最幼的玄孙,名叫作婴,父为广戚侯显,乃是楚王嚣曾孙,年仅二岁。托言卜相俱吉,应立为嗣。群臣怎敢抗议?全体赞成。先是泉陵侯刘庆上言,谓宜令安汉公摄政,如周公相成王故事。

议尚未行,此时又由前辉光谢嚣奏称,武功县长孟通,浚井得白石,上有丹书,文云:"告安汉公莽为皇帝。"前辉光就是长安,莽曾改定官名。及十二州郡县界划,分长安为前辉光、后承烈二郡。谢嚣由莽荐举,又在都中,因即揣摩迎合,捏造符命。莽亟令王舜转白太皇太后,太皇太后作色道:"这是欺人妄语,不宜施行!"晓得迟了!王舜道:"事已至此,无可奈何!莽亦但欲居摄,镇服天下,余无他意。"只可欺骗妇人。太皇太后不得已下诏道:

  盖闻天生众民,不能相治,为之立君以统理之。君年幼稚,必有寄托而居摄焉,然后能奉天施而成地化。朕以孝平皇帝幼年,且统国政,几加元服,委政而属之。今短命而崩,呜呼哀哉!已使有司征孝宣皇帝玄孙婴,入嗣孝平皇帝之后,玄孙年在襁褓,不得至德君子,孰能安之?安汉公莽,辅政三世,制礼作乐,与周公异世同符。今前辉光嚣上言丹石之瑞,朕深思厥意,云为皇帝者,乃摄行皇帝之事也。其令安汉公居摄践阼,如周公故事,以武功县为安汉公采地,名曰汉光邑。所有居摄礼仪,令有司具奏以闻。

群臣接奉诏书,酌定礼仪,安汉公当服天子衮冕,负扆践阼,南面受

朝,出入用警跸,皆如天子制度。祭祀赞礼,应称假皇帝。臣民称为摄皇帝,自称臣妾。安汉公自称曰予。若朝见太皇太后、皇帝、皇后,仍自称臣。这种不伦不类的礼议,呈将上去,有诏许可。转眼间已是正月,便改号为居摄元年。莽戴着冕旒,穿着衮衣,坐着銮驾,前呼后拥,到了南郊,躬祀上帝,祀毕至东郊迎春,又赴明堂行大射礼,亲养三老五更,**五更亦老人能知五行更代之事,周制尝设三老五更,故莽特仿行**。然后返宫。迟至春暮,方立宣帝玄孙婴为皇太子,号为孺子。尊平帝后为皇太后,使王舜为太傅左辅,甄丰为太阿右拂,**读若弼**。甄邯为太保后承。这项特别的官名,都是王莽创造出来。

才阅一月,便有安众侯刘崇起兵,前来讨莽。崇系长沙定王发六世孙,**定王发系景帝子**。闻得莽为假皇帝,遂与相张绍商议道:"莽必危刘氏,天下共知莽奸,莫敢发难,我当为宗族倡义,号召天下,同诛奸贼!"张绍很是赞成,崇不顾利害,单率部下百余人,进攻宛城。宛城守兵,却有数千,一经对仗,任你刘崇如何忠勇,也是多寡不敌。崇及绍俱死乱军中。崇族父嘉,绍从弟竦,未被杀死,只恐王莽追究,反诣阙谢罪。莽欲牢宠人心,下诏特赦。张竦能文,又替刘嘉做了一篇奏章,极力谀莽,且愿潴崇宫室,垂为后戒。**何其无耻乃尔**。莽览奏大喜,立即批准。褒封嘉为率礼侯,竦为淑礼侯。都人替他作歌道:"欲求封,无过张伯松;力战斗,不如巧为奏!"伯松系竦表字,竦由他歌笑,大官大禄,总得安然享受了。群臣乘机上奏,略言刘崇谋逆,由安汉公权力太轻,今应许他重权,方可镇抚天下。太皇太后一想,莽已居摄,还有何权可加?再召王舜等人问,舜等谓宜除去臣字,朝见时也即称假皇帝。太皇太后已不能制莽,只好由他称呼。

偏是东郡地方,又有义兵崛起,传檄讨逆,为首的乃是郡守翟义。义为故丞相方进子,表字文仲,居官正直,因闻王莽种种要求,势将篡汉,不由得义愤填胸,遂谋起义。有甥陈丰,年只十八,却生得胆力兼全。义因召丰入议道:"新都侯莽,摄天子位,故意择定幼主,号为孺子,将来必篡汉家。今宗室衰弱,外无强藩,没人敢抗国难,我父子受国厚恩,义当为国讨贼,汝意以为如何?"丰扬眉抵掌,朗声应诺。义尚恐陈丰一人,不能济事,再约同东郡都尉刘宇,严乡侯刘信,及信弟璜,共同起事。一面部勒车骑材官,招募郡中勇敢战士,准备出发,自称大司马柱天将军,推立刘信为天子。信系东平王云子,东平一案,人皆称冤,见九十七回。所以将他推戴,以便号召。当下传檄郡国,略言王莽鸩杀平帝,摄天子位,欲灭汉室,今天子已立,当恭行天罚等语。远近义士,见他名正言顺,却也慨然乐从。义克日兴师,自东郡行至山阳,约得十余万众。警报传到长安,莽不觉心惊,几乎食不下咽。慌忙召集党羽,决议迎敌,拜轻车都尉孙建,为奋武将军,成都侯王邑,为虎牙将军,明义侯王骏,为强弩将军,城门校尉王况,为震威将军,忠孝侯刘宏,为奋冲将军,震羌侯窦况,为奋威将军,尽发关东兵甲,分道击义。

正在陆续进兵的时候,又有三辅土豪赵朋霍鸿等,与义相应,趁着都中空虚,竟来攻打长安。莽远近受敌,愈觉着忙,亟令卫尉王级为虎贲将军,大鸿胪阎迁为折冲将军,领兵出御,赵朋霍鸿,兵势甚盛,不下十余万名,到处放火,连未央宫前殿,都瞧见火光。莽又使甄邯为大将军,受钺高庙,总掌天下兵马,屯守城外。王舜甄丰,昼夜巡行殿中。莽抱孺子婴至郊庙间,日夜祷告,且召语群臣道:"昔周公辅相成王,管、蔡挟禄父叛周,今翟义亦挟刘信作乱,古时大圣人尚忧此变,况莽本斗筲,何堪遇此?"群臣都应声道:"不经此变,如何得彰明圣德哩!"可谓善颂善祷。莽又仿《周书》作大诰,颁示天下,表明反位孺子的意思。果然计划精良,军士效力,七将军会齐陈留,与翟义等大战一场,先斩刘璜,后获翟义,只刘信逃得不知去向。义被捕至都中,磔死市曹。义有勇无谋,所以败死。七将军班师西行,移攻三辅。赵朋霍鸿,探得翟义兵败,已经气馁,再加莽军大集,愈不能敌,勉强持过了年,终落得兵败身亡,同归于尽。

莽连得捷报,大喜过望,当即大封诸将,颁爵五等。意欲即日篡位,适值莽母功显君得病,只好在家侍奉,佯示孝思。迁延到了秋季,功显君方才死去。莽只服缌缞,自言居摄践阼,当承汉后,但令长孙王宗主丧,素服三年。莽专援古例,敢问此例出自何朝?广饶侯刘京,车骑将军千人官名。扈云、太保属吏臧鸿,先后上书,竞言符瑞。京说是齐郡临淄县亭长辛当,梦见天使与语云:"摄皇帝当为真皇帝,如若不信,但看亭中发现新井,便是确证。"次晨辛当起来,往视亭中,果有新井,深至百尺。云说是巴郡有石牛出现,上有丹文。鸿说是扶风雍石,也有文字发表。石牛雍

御投重元后覆宗

石,一并呈验。**全是现造。**莽欣然迎纳,还要加造数语,奏白太皇太后,谓雍石文共有八字,乃是天告帝符,献者封侯。看来天意难违,此后令天下奏事,不必称摄,并改居摄三年为初始元年,上应天命。太皇太后已悟莽奸诈百出,但权在莽手,不能不从。期门郎张充,颇怀忠义,密邀同志五人,刺杀王莽,改立楚王刘纡为帝。不幸谋泄,尽被杀死。

梓潼人哀章,素行无赖,挟诈求逞,暗制铜匮一具,上署两签,一署天帝行玺金匮图,一署赤帝玺邦传与皇帝金策书。自己扮作方士模样,黄衣黄冠,趁着黄昏时候,赍匮至高帝庙中,付与守吏。一经交代,匆匆引去。守庙官忙报王莽,莽密令人展视铜匮中语,略言摄皇帝莽,应为真天子,下署佐命十一人,一王舜,二平晏,三刘歆,四就是哀章本名,五甄邯,六王寻,七王邑,八甄丰,九王兴,十孙建,十一王盛。看毕后返报王莽,莽亦知是外人捏造,但正要他这般做作,方好侈言神命,篡窃国家。初始元年十二月朔,莽率群臣至高祖庙,拜受金匮神禅,还谒太皇太后,说了一派胡言。太皇太后正想诘驳,莽已见机趋出,改服天子冠裳,大摇大摆的走至未央宫前殿,居然登座。一班趋炎附势的官僚,居然向莽朝贺。莽喜逐颜开,立命左右写好诏旨,堂皇颁布,定国号曰新,即改十二月朔日为始建国元年正月朔日,服色旗帜尚黄,牺牲尚白。此诏一出,争呼新皇帝万岁。

莽下座回宫,自思得为天子,侥幸已极,只是传国御玺,尚在太皇太后手中,应该向她取索。便召王舜入内,嘱咐数语。舜应命即行,直至长乐宫中,向太皇太后取玺。原来孺子婴未立,玺归太皇太后执管。太皇太后骂舜道:"汝等父子兄弟,蒙汉厚恩,尚无报答,今受人托孤,反敢乘机篡夺,不顾恩义?如此过去,恐狗彘将不食其余。天下岂有像汝等兄弟么?且莽既托言金匮符命,自作新皇帝,尽可自去制玺,还要这亡国玺何用?我是汉家老寡妇,死且旦夕,欲与此玺俱葬,汝等休得妄想!"迟了!迟了!说着,涕泣不止。侍女统皆下泪,舜亦俯首唏嘘。过了片时,舜乃仰头申说道:"事已至此,臣等无可挽回;若莽必欲得玺,太后岂能始终不与么?"太皇太后沉吟半响,竟取出御玺,狠命的摔在地上,且大骂道:"我老将死,看汝兄弟能不灭族否?"舜也不答言,拾玺即出,缴与王莽。

莽见玺上已缺一角,问明王舜,知被太皇太后掷碎。不得已用金修补,终留缺痕。这玺乃是秦朝遗物,由秦子婴献与汉高祖,汉高祖留与子孙,至是暂归王莽。莽用冠军人张永言,改称太皇太后为新室父母皇太后。未几废孺子婴为定安公,号孝平皇后为定安太后,西汉遂亡。总计前汉十二主,共二百一十年。究竟王莽阴谋诡计,窃得汉家天下,能否长久享受,且孝元孝平两后,及孺子婴等如何结局,当由小子续编《后汉演义》再行详叙。惟有俚句二绝,作为《前汉演义》的煞尾声。诗曰:

百战经营造汉朝,谁知一旦付鸱鸮?

庸妪无术江山去,空使宫僚著黑貂!莽改汉黑貂著黄貂,元后独令宫吏黑貂,事见《后汉演义》。

得自子婴失亦婴,两朝授玺若同情;

从知报应由来巧,莫替刘家恨不平!

孝元皇后,无傅太后之骄恣,又无赵氏姊妹之淫荒,亦可谓母后中之贤者。乃过宠王莽,使其罔上行私,得窃国柄,是则失之愚柔,非失之骄淫也。莽知元后之易与,故设为种种欺媚,牢笼元后于股掌之中。追弑平帝而元后不察,迎孺子而元后不争,称摄皇帝假皇帝而元后不问,徒怀藏一传国玺,不欲遽给,果何益耶?要之妇人当国,暂则危,久则亡。元后享年八十有余,历汉四世,不自速毙,宜乎汉之致亡也。呜呼元后!呜呼西汉!

蔡东藩历朝通俗演义 绣像本

第二部

后汉通俗演义 附三国（下）

蔡东藩 著

中华书局

第五十一回
受一钱廉吏迁官　劾群阉直臣伏阙

却说第五种见忤权阉,被徙朔方,已是冤屈得很,哪知单超更计中有计,叫他前往朔方,实是一条死路,不使生归。蛇蝎心肠。原来朔方太守董援,乃是单超外孙,一闻第五种将到,自然摩厉以须,即欲将种处死。种前为高密侯相,尝优待门下掾孙斌,斌此时已入京当差,侦知超谋,亟语友人间子直甄子然道:"盗憎主人,由来已久。今第五使君当投裔土,偏有单超外孙,为彼郡守,是明明前去送死哩!我意欲追援使君,令得免难。若我奉使君回来,计惟付汝二人,好为藏匿,方可无虞!"间、甄二人齐声应诺。于是斌率侠客数人,星夜追种,行至太原,幸得相遇,当然格毙送吏,由斌下马让种,斌随后步行,一昼夜行四百里,才得脱归,就将种交与间、甄二家,匿处数年。至单超已死,徐州从事臧旻,为种讼冤,始得邀赦还乡,正命考终。幸有义友。惟单超于延熹二年病死,诏赐东园秘器,及棺中玉具。到了出葬时候,复发五营骑士,与将作大匠,筑造坟茔,更令将军、侍御史护丧,备极显赫。嗣是左悺、具瑗、徐璜、唐衡等四侯,越觉骄横,统皆起第宅,筑楼观,穷工极巧,备极繁华,又多取良人美女,充作姬妾,衣必绮罗,饰必金玉,几与宫中妃嫔相似。假夫妻有何乐趣?所有仆从婢媪,亦皆乘车出入,倚势作威。都中人为作短歌道:"左回天,具独坐,徐卧虎,唐两堕。"两堕,谓随意所为,不拘一格,或作"两"为"雨"者,误。四侯权焰熏天,只苦不能生育,于是收养螟蛉,或取自同宗,或乞诸异姓,甚且买奴为子,谋袭封爵。兄弟姻戚,都得乘势攀援,出宰州郡。单超弟安,得为河东太守;弟子匡,得为济阴太守;左悺弟敏,得为陈留太守;具瑗兄恭,得为沛相;徐璜弟盛,得为河内太守;兄子宣,得为下邳令。这班权阉家属,统是无德无能,但知作威作福,可怜那无辜百姓,枉受折磨,无从呼吁。就中有下邳令徐宣,尤为暴虐,莅任以后,有所需求,定要弄他到手，不管什么理法。故汝南太守李暠，籍隶下邳，生有一女，却是美貌似花，守身如玉。宣早闻她德容兼工，求为姬妾。李暠虽已去世，究竟是故家世族，怎肯将黄堂太守的女儿，配做阉人子弟的次妻？当然设词谢绝。哪知宣怀恨在心，既做了下邳令，就潜遣吏卒，闯入暠家，竟将暠女劫取了来，暠女宁死不从，信口辱骂，惹得徐宣性起，指挥奴仆，将暠女褫去外衣，赤条条的绑住柱中，要她俯首受污，暠女倔强如故。宣反易怒为笑，取出一张软弓，搭住箭干，戏把暠女作为箭靶，接连射了好几箭，断送了名媛性命，反掷弓地上，大笑不止，当下将女尸拖出，藁葬城东。令人发指。暠家失去娇女，自然向太守鸣冤，偏太守惮宣威势，不敢按验，一味的延宕过去，经暠家再四催请，终无音响。可巧有个东海相黄浮，刚正著名，不畏强御，当由暠家具词申控，果然朝进冤词，夕蒙批准。下邳为东海属县，浮正好秉公办理，立饬干吏传到徐宣，面加讯鞫，宣尚狡词抵赖，再将宣家属一并拘入，无论老少长幼，各自审问，免不得有人招认。一经质对，宣亦无从狡展，惟还仗着乃叔势力，不肯服罪。浮竟命左右褫宣衣冠，将他反剪，喝令推出斩首。掾史以下，争至浮前谏阻，浮奋然道："徐宣国贼，淫凶无道，今日杀宣，明日我即坐罪，死亦瞑目了！"好一个铁面官。说着，即起座出辕，亲自监斩，榜罪通衢，暴尸市曹，都中无不称快。独徐璜得宣死耗，大为怨恨，便入白桓帝，捏造谎言，只说黄浮得了私贿，妄害侄儿。桓帝信以为真，即将浮革职论罪，输作左校。嗣复令左悺兄胜，为河东太守，皮氏县长赵岐，耻为胜属，即日弃官归里。岐为京兆人氏，总道归田守志，可以无虞，哪知京兆尹换一新官，乃是唐衡兄玹（xuán），与岐有隙，诬称岐窃帑逃回，饬吏收捕。岐先得风声，走匿他处，吏役无可报命，索性把岐家族，尽行拘去，迫令将岐交出。岐闻全家被系，奔窜益远，那里还敢投案？唐玹即将岐家族数十人，一体骈戮，只有岐隐姓埋名，逃至北海市中，卖饼为生。北海人孙嵩，见岐仪容雅秀，料非凡品，因即载与俱归，藏置复壁中。后来诸唐失势，岐乃复出，再拜并州刺史。事见后文。

且说太尉黄琼，因病免官，继任为太常刘矩。矩系沛人，前为雍丘令，以礼化民，民有争讼，辄传引至前，提耳训告，说是忿恚可忍，县署不可入，使他归家自思，两造闻言感悟，往往罢去，因此狱讼空虚，循声卓著，累迁为朝中首辅，颇号得人。未几司空虞放，亦因事免归，再召黄琼为司空。琼固辞不获,勉强就职,月余复乞休归去,乃进大鸿胪刘宠为司空。宠籍隶东莱,曾出守会稽,除烦苛,禁非法,郡中大治,被征为将作大匠,襆(fú)被起行,途遇五六老叟,各赍百钱,奉作赆仪。宠慰谕道:"父老远来送行,得毋太苦?"诸老叟齐声道:"山谷衰民,未识朝仪,但知前时太守,专务苛征,郡吏奉令催迫,日夜不绝,无人敢安。今自明府下车以来,吏不追呼,犬不夜吠,小民何幸,得遇使君?乃闻朝廷征公内用,无从挽留,不得已来此送公,明知百钱不足为赆,惟思公两袖清风,不愿多受,区区奉敬,聊表诚意罢了!"宠温颜答道:"我政何能尽如叟言?只是烦劳父老,未便却情。"说至此,即将诸老叟所奉各钱,选出大钱一枚,总算收受,余皆却还,遂与诸老叟拱手告别。后人称为刘宠一钱,便是为此。可传不朽。宠入都为将作大匠,转调大鸿胪,超迁司空,与刘矩同为东汉良辅,且当时司徒种暠,亦有重名,三人齐心辅政,阉竖等稍稍敛迹,号称清平。故太尉李固幼子燮,奉诏征入,见四十八回。向姐文姬辞行,文姬戒燮道:"我家血食将绝,幸存我弟,得延一脉,重见天日。此去不患不得官,惟得官以后,宜杜绝交游,勿妄往来,更不可恨及梁氏,或有怨言,否则

受一钱廉吏迁官

牵连主上，祸且重至了！"好姐姐。燮唯唯而去，入朝得为议郎。已而王成病逝，燮追忆旧恩，依礼奉葬，每遇四节，必特设上宾位置，虔诚奉祀，王成保护李燮，亦见前文。这也可谓以德报德，不负恩人了。延熹三四年间，西羌复叛，护羌校尉段颎屡次出讨，无战不捷，可奈羌众刁顽，出没无常，此去彼来，彼仆此起，累得河西一带鸡犬不宁。烧当、烧何诸羌，先寇陇西、金城，已被段颎击退，嗣又有先零羌、零吾羌等，进寇三辅，转入并、凉二州，段颎复调集湟中义从诸兵，前去堵截。偏凉州刺史郭闳，贪功忌能，多方牵掣颎军，使不得进，义从诸兵，役久思归，陆续溃叛。郭闳且上书劾颎，反咎他不能抚下，遂致朝廷震怒，逮颎下狱，输作徒刑。河西失一长城，羌众愈炽。时皇甫规为泰山太守，平定剧贼叔孙无忌，威震一方。他本家居安定，熟悉羌情，因闻叛羌猖獗，志在奋效，乃即慨然上疏道：

> 自臣受任，志竭愚钝，实赖兖州刺史牵颢之清猛，中郎将宗资之信义，得承节度，幸无咎誉。今猾贼就灭，泰山略平，复闻群羌并皆反逆。臣生长邠岐，年已五十有九，昔为郡吏，再更叛羌，预筹其事，有误中之言。臣素有痼疾，恐犬马齿穷，不报大恩，愿乞冗官，备单车一介之使，劳来三辅，宣国威泽，以所习地形兵势，佐助诸军。臣穷居孤危之中，坐观郡将，已数十年矣，自鸟鼠山至东岱，其病一也。力求猛敌，不如清平；勤明吴、孙，未若奉法。前变未远，臣诚戚之。是以越职，尽其区区，伏赐垂鉴。

这疏呈入，有诏令规为中郎将，使持节监关中兵，往讨诸羌。规受命西行，既至凉州，立即部署兵马，出击羌众，斩首至八百级，羌众乃退。规复晓谕威信，随机招抚，相率畏怀，互为劝降，投诚至十数万人。到了次年，沈氐羌又入寇张掖、酒泉，规发降羌往御，适值暮春霪雨，疫气熏蒸，军中陆续传染，十死三四，规亲至营帐，巡视将士，三军感奋，壁垒一新，羌人望风震慑，遣使乞降。安定太守孙儁，属国都尉李翕，督军御史张禀，贪残狼藉，多杀降羌；凉州刺史郭闳，汉阳太守赵熹，又皆倚恃权贵，不遵法度。规按罪条奏，或免或诛，羌人更不胜感激，翕然听命。沈氐羌豪滇昌、饥恬等，带领十余万口，共诣规营，长叩请罪，当由规善言抚慰，扶令起身，延入座中，晓示祸福利害，滇昌等应声如响，欢跃而去。看官试想，如皇甫规这番功绩，应该从优议叙，晋锡崇阶，谁知朝中腐竖，因他劾去私党，且没有什么私赠,竟在桓帝面前,交相逸构,反谮规贿嘱群羌,虚词降服。桓帝糊涂得很,遽下玺书责规。规忧愤交并,因复上书自讼道:

　　四年之秋,戎丑蠢戾,爰自西州,侵及泾阳,旧都惧骇,朝廷西顾,明诏不以臣愚驽怠,使率军就道。幸蒙威灵,得振国命,羌戎诸种,大小稽首,所省之费,约一亿以上。以为忠臣之义,不敢告劳,故耻以片言自及微效。然比方先事,庶免罪悔。前践州界,先奏郡守孙儁,次及属国都尉李翕,督军御史张禀;旋又劾凉州刺史郭闳,汉阳太守赵熹,陈其过恶,执据大辟。凡此五臣,支党半国家,下至小吏,所连及者复有百余。吏托报将之怨,子思复父之耻,载赘驰车,怀粮步走,交构豪门,竞流谤讟,云臣私赂诸羌,雠以钱货。若臣以私财,则家无担石,如物出于官,则文簿易考。就臣愚惑,信如言者,前世尚遗匈奴以宫姬,镇乌孙以公主,今臣但费千万,以怀叛羌,则良臣之才略,兵家之所贵,将有何罪负义违理乎? 自永初以来,将出不少,覆军有五,动资巨亿,有旋车完封,输入权门,而名成功立,厚加爵赏。今臣还督本土,纠举诸郡,绝交离亲,戮辱旧故,众谤阴害,固其宜也! 臣虽污秽,廉洁无闻,今见覆没,耻痛实深,传称"鹿死不择音",谨冒昧略上!

桓帝得书,虽然免谴,但仍将规召还都中,使为议郎。中常侍徐璜、左悺,尚欲向规求赂,屡遣私人问规功状,规终不一答。璜等恼羞成怒,再将前案提起,迫规就吏。规毅然对簿,词不少屈。亲友属僚,多劝规从权贬节,且各欲为规醵(jù)资,馈遗权阉,规誓死不从。于是罗织成狱,说是余寇未绝,坐系廷尉,罚令至左校署充工,可悲,可叹! 幸亏三公从中解救,又有太学生张凤等三百余人,诣阙陈书,代规鸣冤,规始得赦罪,罢遣归家。会南中变起,长沙、零陵一带,盗贼啸聚,进攻桂阳;艾县贼又相继响应,焚长沙,掠益阳;零陵、武陵诸蛮,复乘势蠢动,四出劫掠。御史中丞盛修,奉诏往讨,反为贼败。南郡太守李肃,弃城逃生,主簿胡爽叩马谏净,被肃杀死。朝廷捕肃处斩,荫恤爽子,特令太常冯绲为车骑将军,督兵剿贼。绲见前时所遣将帅,往往被宦官陷害,因请中常侍一人偕行,监察军费,乃命张敞监军。前武陵太守应奉,有德及民,舆情翕服,绲又调令同往。及抵长沙,便使奉晓谕贼众,贼果释械请降。进击武陵

注：图中所题回目名当为"劾群阁直臣伏阙"

蛮，斩首四千级，受降十余万，荆州平定。绲归功应奉，荐为司隶校尉，自乞骸骨归里，有诏不许。惟宦官向绲索赂，不得如愿，遂嗾使监军张敞，奏称绲挈美婢二人，戎服从军，又至江陵勒石纪功，妄为夸张，请下吏案验。尚书令黄儁谓绲无罪，才得罢议。越年桂阳复乱，由太守陈奉讨平，绲终坐此免官。狐鼠凭城，难为功狗。前冀州刺史朱穆，复起为尚书，目睹宦官骄横，不忍缄默，因申疏力谏道：

> 案本朝故事，中常侍参选士人，建武以后，乃悉用宦者。自延平以来，浸益贵盛，假貂珰之饰，处常伯之任，天朝政事，一更其手，权倾海内，宠贵无极，子弟亲戚，并荷荣任，故放滥骄溢，莫能禁御。凶狡无行之徒，媚以求官，恃势怙宠之辈，渔食百姓，穷破天下，空竭小民。愚臣以为可悉罢省，遵复往初，率由旧章。更选海内清净之士，明达国体者，以补其处，则陛下可为尧、舜之君，众僚皆为稷、契之臣，兆庶黎民，蒙被圣化矣！

疏入不省，朱穆待了数日，未见批答，乃入朝进见，伏阙面陈道："臣闻汉家旧典,尝置侍中、中常侍各一人,省览尚书事,又有黄门侍郎一人,传发书奏,这三人统用士族。自和熹太后临朝,不接公卿,始用阉人为常侍小黄门,通命两宫,嗣是以后,权倾人主,穷困天下,今宜一律罢遣,博选耆硕,与参政事,方可追复前规,再臻盛治。愿陛下勿疑!"桓帝听着,默不一答,面上且现出怒容。穆伏不肯起,当由左右传旨令退,好多时方才起来,徐徐退去。宦官恨穆切直,屡加诋毁,穆愤不得伸,疽发背上,未几病终,享年六十有四。总计穆居官数十年,蔬食布衣,家无余产,公卿共表穆立节忠清,虔恭机密,守死善道,宜蒙旌宠。桓帝乃下诏褒叙,追赠穆为益州太守。先是穆父颉为陈相,修明儒术,颉殁后,由穆与诸儒考依古义,谥为贞宣先生。及穆病逝,陈留人蔡邕,复与门人述穆体行,谥为文忠先生。前太尉黄琼,家居二年,老病益剧,自思权阉当道,未能力除,常引为己憾。特草成遗疏千言,使人赍至阙廷,由小子节录如下:

陛下初从藩国,爰升帝位,天下拭目,谓见太平,而即位以来,未有胜政。诸梁秉权,竖宦充朝,重封累职,倾动朝廷,卿校牧守之选,皆出其门,羽毛齿革、明珠南金之宝,殷满其室,富拟王府,势回天地,言之者必族,附之者必荣。忠臣惧死而杜口,万夫怖祸而木舌,塞陛下耳目之明,更为聋瞽之主。故太尉李固、杜乔,忠以直言,德以辅政,念国忘家,殒殁为报,而坐陈国议,遂见残灭,贤愚切痛,海内伤惧。又前白马令李云,指言宦官罪秽宜除,皆因众人之心,以救积薪之敝。弘农杜众,知云所言宜行,惧云以忠获罪,故上书陈理之,乞同日而死,所以感悟国家,庶云获免。而云既不幸,众又并坐,天下尤痛,益以怨结,故朝野之人,以忠为讳。尚书周永,昔为沛令,素事梁冀,藉其威势,坐事当罪,越拜令职。及见冀将衰,乃阳毁示忠,遂因奸计,亦取封侯。又黄门协邪,群辈相党,自冀兴盛,腹背相亲,朝夕图谋,共构奸宄,临冀当诛,无可设巧,复记其恶,以要爵赏。陛下不审别真伪,复与忠臣并时显封,使朱紫共色,粉墨杂蹂,所谓抵金玉于沙砾,碎珪(guī)璧于泥涂,四方闻之,莫不愤叹。臣至顽驽,世荷国恩,身轻位重,勤不补过,然惧于永殁,负衅益深,敢以垂绝之日,陈不讳之言,庶有万分,无恨三泉。

这本奏章,也是自知必死,尽言规主,怎奈桓帝沉迷不醒,看了这班刑余腐竖,好似再造恩人,无论他如何凶横,总是不忍撵逐,坐使赤胆忠心的黄世英,琼字世英。饮恨以终。讣闻朝廷,总算予谥忠侯,追赠车骑将军。小子有诗叹道:

临死犹闻上谏章,良言未用志难偿。
臣躯虽逝忠常在,赢得千秋一字香。

黄琼既殁,四方名士,争往会葬,多至六七千人。独有一儒生前来吊丧,举动行止,与众人迥不相同。欲知此人来历,待至下回表明。

东汉时代,循吏颇多,往往升任三公,匡辅王室,而朝政未闻有起色者,君失其明,内蔽群小,而三公不能久任故也。试观刘宠之卸任会稽,仅受一钱,其生平之廉洁可知。及擢任司空,与刘矩、种暠同心辅政,应不难坐致太平。然而庸主之昏迷如故,虽有良辅,无能为力;况置三公如弈棋,不久而皆闻罢免耶?段颎、皇甫规、冯绲等,并有功加罪,朱穆力诤而不用,黄琼死谏而不从,汉之为汉,大势可知。宁待党锢祸起,正士一空,而始见东京之沦替欤?

第五十二回
导后进望重郭林宗　易中宫幽死邓皇后

却说黄琼殁后,会葬至六七千人,就中有一儒生,行至冢前,手携一筐,从筐中取出絮包,内裹干鸡,陈置墓石,再至冢旁汲水,即将干鸡外面的絮裹,漉入水内,絮本经酒渍过,入水犹有酒气,当下取絮酬墓,点点滴滴,作为奠礼,复向筐内探出饭包,借用白茅,然后拜哭尽哀,起身携筐,掉头竟去。会葬诸人,先见他举动异常,不便过问,惟在墓旁敛坐默视,到了该生去后,方交头接耳,猜及姓名。太原人郭泰首先开口道:"这定是南昌高士徐孺子呢!"陈留人茅容,素善高谈,便应声道:"郭公所言,想必无讹,容当追往问明便了!"说着,即据鞍上马,向前急追,约行数里,果得追及,问明姓氏,确系徐穉,表字孺子。容便沽酒设肉,与为宾主,两人小饮颇酣,性情款洽。容乘间谈及国事,穉微笑不答;惟问至稼穑,方一一相告。待至饮罢,彼此起身揖别,穉始与语道:"为我谢郭林宗,泰字林宗。大树将颠,非一绳所能维,何必栖栖皇皇,不遑宁处呢?"见识独高。容即返告郭泰,泰不禁叹息。或向泰进言道:"茅生非不可与言,孺子乃未肯与谈国事,岂非失人?"泰摇首道:"孺子为人,清廉高洁,饥不可得食,寒不可得衣,今为季伟饮食,明是视为知己,刮目相看。若不答国事,便所谓智可及,愚不可及哩!"看官听说,这季伟就是茅容表字,容家居陈留,年至四十余,在野躬耕,与同侪避雨树下,众皆蹲踞,惟容整襟危坐,郭泰适过道旁,见容造次尽礼,就揖容与语,借着寻宿为名,意欲寓居容家。容坦然允诺,留泰归宿。黎明即起,杀鸡为黍,泰总道是饷客所需,未免过意不去,哪知容是杀鸡奉母,及与泰共餐,只有寻常菜蔬,未得一脔。泰食毕与语道:"君真高士,郭林宗尚减牲缩膳,储待宾客,君乃孝养老母,好算是我良友了!"因劝令从学,终成名士。泰明能知人,素好奖引士类,后进多赖以成名。钜鹿人孟敏,尝负甑堕地,不顾而去,可巧泰与

相值,召问敏意,敏直答道:"甑已破了,回顾何益?"泰见他姿性敏快,亦劝令游学,果得成名。陈留人申屠蟠,九岁丧父,哀毁过礼,服阕犹不进酒肉,约十余年。当十五岁时,闻得同郡孝女缑玉,为父报仇,杀死夫从母兄李士,被系狱中,他即邀集诸生,替玉讼冤道:"如玉节义,足为无耻子孙,隐加激励。就使不遇明时,尚当旌表庐墓,况一息尚存,遭际盛明,怎得不格外哀矜呢?"颇有侠气。外黄令梁配,览书感动,乃减玉死罪,但处轻刑。乡人称为义童。惟因家世贫贱,不得已佣作漆工。泰闻蟠义侠有声,特往与相见,假资勉学,蟠遂得以经艺名家。此外教授子弟,不下千人,惟不愿出仕,故太尉黄琼等,屡次辟召,泰终不应。有人从旁劝驾,泰喟然道:"我夜观乾象,昼察人事,天已示废,如何再能支持呢?"话虽如此,但尚周游京邑,诱掖后进,不遗余力。

时有蒲亭长仇香,以德化民,尝令子弟就学,期年大化。有顽民陈元不孝,被母告发。香亲至元家,为陈人伦孝行,反复晓谕,元不禁感泣,立誓悔过,终为孝子。考城令王奂,闻香贤名,召为主簿,且与语道:"君在蒲亭,使陈元不罚而化,政绩可嘉。但古人有言:'嫉恶如鹰鹯。'君得毋尚少此志么？"香答说道："鹰鹖究不若鸾凤，香所以不愿出此哩！"奂叹息道："枳棘非鸾凤所栖，百里非大贤所驻。今日太学诸生，曳长裾，蜚声誉，皆不若主簿，何苦郁郁居此，埋没一生？"香辞以无资，奂持捐俸一月，遣令入都。栽培名士，当效郭、王。香既进太学，与同郡符融毗舍邻居。融性喜交游，宾客不绝，见香闭门自处，便乘暇过语道："京师为人文渊薮，英雄四集，君奈何不与结交？"香闻言正色道："天子设太学，难道使诸生徒骋游谈么？"说得符融嗒然若丧，俯首趋出。既而融转告郭泰，泰投刺往访，与谈数语，当即起拜道："君足为泰师，不止为泰友哩！"嗣香学成归里，仍然杜门谢客，无心仕进，隐居终身，惟泰往来如故，虽系屠沽卒伍，向他问业，无不收受。陈国童子魏昭，慕泰重名，踵前相请道："经师易遇，人师难求，愿为先生供给洒扫！"泰即令为弟子，随时指导，旋即成材。扶风人宋果，行为粗暴，太原人贾淑，性情险恶，皆经泰曲示裁成，化为善士。因此远近景仰，无不归怀。泰尝至陈、梁间，途中遇雨，巾坠一角，时人乃故意仿效，号为"林宗巾"，可见得人心向慕，远近从同了。前光禄勋主事范滂，与泰相识，或问范滂道："郭林宗究系何等人？"滂应声道："隐不违亲，贞不绝俗，天子不得臣，诸侯不得友。此外非我所敢知呢。"后来泰丁母忧，悲戚过甚，竟至呕血，杖而后起，出视庐前，见有生刍一束，置诸地上，因即问明旁人，才知有人吊丧，置刍自去。当下因感生慨道："这又是徐孺子所为。《诗经》有云：'生刍一束，其人如玉。'我有何德，足以当此？"其实徐穉寓意，仍教他蛰居空谷，毋致絷维的意思，就是徐穉前祭黄琼，亦无非追怀旧谊，自表余情，并不是慕琼勋名，来赶这热闹场。从前琼在家授徒，穉辄过访经义，及琼备历显阶，却绝迹不赴，琼遣吏辟召，亦俱谢绝。他如陈蕃为豫章太守时，悬榻待穉，穉间或往来，见前文。嗣闻蕃入为尚书令，也不复往谒。蕃将穉名登诸荐牍，又屡征不起。蕃却在朝多年，屡退屡进，平时辄因事匡谏，往往未见施行。无道则隐，何不效徐孺子？先是侍中爰延，在宫值差。桓帝尝问延道："卿视朕为何如主？"延以中主相对，桓帝又问为何因，延复说道："尚书令陈蕃任事即治，中常侍黄门与政即乱，臣故知陛下可与为善，可与为非。"论颇平允。桓帝虽随口称善，进延为五官中郎将，但究不能重任陈蕃。会因客星经犯帝座，延又劝桓帝任贤去邪，终不见从，延称病引去，蕃仍守原职，未闻乞休。及调任光禄勋，正值车驾出幸河南，校猎广成苑中，陈蕃上疏谏阻，略言时当"三空"，不应畋游。"三空"是田野空、朝廷空、仓库空，却是确中时弊，并非虚言。偏桓帝游兴方浓，未肯中止，再加一班左右近臣，巴不得乘舆出幸，好乘此予取予求，自饱欲壑，于是奉驾南行，沿途需索，不可胜计，到了罢猎回宫，已皆贪囊充牣（rèn），喜跃而归。小人无一不贪财。

太尉刘矩，司空刘宠，俱因灾异相寻，坐谴免官，司徒种暠，又复病殁，桓帝特进太常杨秉为太尉，卫尉许栩为司徒，周景为司空。秉即杨震次子，父子相继为太尉，士论称荣。周景在卫尉任内，正直无私，素与杨秉气谊相投，至同列台阶，遂联名上奏，请将中官子弟，悉数罢斥，桓帝总算依从，黜免匈奴中郎将燕瑗，青州刺史羊亮，辽东太守孙喧等五十余人，再起皇甫规为度辽将军，往镇朔方。规莅任数月，即奏举武威太守张奂，才略兼优，宜为主帅，自己愿为奂副。朝廷准如所请，乃迁奂为度辽将军，规为使匈奴中郎将。奂本酒泉人氏，曾为梁冀故吏，坐党梁氏，致遭禁锢。皇甫规常与友善，荐牍七上，乃得起为武威太守。武威僻处西陲，民多愚野，经奂严加赏罚，济以教养，风俗一新，百姓无不悦服，为立生祠。至迁任度辽将军，并得皇甫规为辅，爱威并用，夷夏归心，幽、并二州，安静了好几年。惟桓帝耽情游乐，屡思南巡，自广成苑校猎以还，倏忽一载，乃复鼓动游兴，托言至章陵祭祖，启跸出都，章陵即春陵县，事见前文。翠华一出，扈从万计，比前此校猎广成时，热闹加倍，途次征求费役，更形骚扰。独护驾从事胡腾，看不过去，上言天子无外，乘舆所幸，即为京师，臣请以荆州刺史，比司隶校尉，臣自同都官从事。桓帝依议施行，腾乃得严申约束，遇有阉宦私索等情，立令州县报闻，州县如有徇隐，罪与同科，得此一举，才觉纪律肃然，莫敢干扰。车驾到了章陵，谒祭园庙，颁赐守令以下，多寡有差，再启行至云梦泽，临览汉水，复还幸新野，遍祀湖阳、新野两公主各祠，两公主，系光武帝祠。然后返驾入都，时已为延熹八年的残腊了。越年正月，诏遣中常侍左悺，前往苦县，致祭老子。真是多事，且由宦官主祭，老氏有灵，岂肯就飨？待至左悺复命，凑巧权阉得罪，悺亦被劾，声势隆隆的左回天，到此亦无术求生，只好自寻死路了。说起权阉得罪的祸根，起自益州刺史侯参。参为中常侍侯览亲弟，倚兄势力，贪暴横行，凡民间财产丰富，即诬以大逆，诛灭全家，没入财物，前后得赃无数，怨积全州。事为太尉杨秉所闻，因即据实纠弹，有诏用槛车逮参，参在道自杀。京兆尹袁逢，至旅舍阅参行李，共有三百余车，统载金银珍玩，光耀满目，特上书报闻，秉乃再劾侯览，请一并放黜，语云：

> 臣案国旧典，宦竖之官，本在给使省闼，司昏守夜，而今猥受过宠，执政操权。其阿谀取容者，则因公褒举，以报私惠；有忤逆于心者，必求事中伤，肆其凶忿。居法王公，富拟国家，饮食极肴膳，仆妾盈绮素。虽季氏专鲁，穰侯擅秦，穰侯即秦昭王舅。何以尚兹？案中常侍侯览弟参，贪残元恶，自取祸灭，览固知衅重，必有自疑之意，臣愚以为不宜复见亲近。昔齐懿公刑邴歜(chù)之父，夺阎职之妻，而使二人参乘，卒有竹中之难，《春秋》书之，以为至戒。盖郑詹来而国乱，事见《公羊传》。四佞放而众服。四佞即四凶。以此观之，容可近乎？览宜即屏斥，投畀有虎，若斯之人，非恩所宥，请免官送归本郡，全其余生，则忧足弭而为德亦大矣。

桓帝览奏，还是不忍罢览，再令尚书召秉掾属，用言诘问道："公府外职，乃奏劾近官，经典、汉制，曾有此故事否？"掾吏答道："春秋时，赵鞅兴甲晋阳，入除君侧，经义不以为非，传谓'除君之恶，惟力是视。'汉丞相申屠嘉，面责邓通，文帝且为请释。本朝故事，三公职任，无所不统，怎说不能奏劾近官呢？"理由充足。尚书无词可驳，还白桓帝，桓帝不得已罢免览官。司隶校尉韩缜，复奏列左悺罪恶，及悺兄太仆左称。悺与称胆怯心虚，自恐不能逃罪，并皆仰药毕命。缜又劾具瑗兄恭，历任沛相，受赃甚多，亦应按赃治罪，诏即征恭下狱。瑗入宫陈谢，缴还东乡侯印绶。桓帝令瑗免官，贬为都乡侯，瑗归死家中。时单超、唐衡早卒，徐璜亦死，子弟本皆袭封，至此并降为乡侯，这就是五侯的结局。只有左悺自尽，余皆令终，不可谓非幸遇。皇后邓氏，专宠后庭，母族均叨恩宠，兄子康已早封淮阳侯，康弟统复袭后母封邑，得为昆阳侯，邓后母宣曾封昆阳君，至是，宣殁，故令统袭封。统从兄会，却袭后父香封爵，得为安阳侯，统弟秉，又受封淯阳侯，就是后叔父邓万世，尝拜官河南尹，与桓帝并坐博弈，宠幸无比。约莫有六七年，邓后色已浸衰，桓帝又别选丽姝，充入后宫，先后不下五六千人，就中总有几个容貌超群，赛过邓后，桓帝得新忘旧，自然把邓后

冷淡下来，邓后不免怀忿，时有怨言。又因桓帝所宠，莫如郭贵人，因与她积成仇隙，互搬是非。郭贵人甫承宠眷，一言一语，皆足移情，桓帝素来昏庸，怎能不为所蛊惑？那郭贵人乐得媒孽，遂把那邓后行止，随时谮毁，说得她如何骄恣，如何妒忌，惹动桓帝怒意，于延熹八年正月，废去皇后邓氏，攆往暴室，活活幽死。河南尹邓万世，及安阳侯邓会，并连坐下狱，相继瘐死；邓统等亦逮系暴室，褫夺官爵，黜归本郡，财产俱没入县官，邓氏复败。前度辽将军李膺，再起为河南尹，适值宛陵大姓羊元群，自北海郡罢官归来，赃罪狼藉，膺表陈元群罪状，欲加惩治，哪知元群行赂宦官，反说膺挟嫌中伤，竟将膺罢官系狱，输作左校。前车骑将军冯绲，复入为将作大匠，迁官廷尉，按验山阳太守单迁，因他情罪从重，笞死杖下。迁为故车骑将军单超亲弟，中官与有关系，遂飞章构成绲罪，亦与李膺同为刑徒。中常侍苏康、管霸，霸占良田美产，州郡不敢诘，大司农刘祐移书州郡，将二阉占有产业悉数没收。二阉当然泣诉桓帝，桓帝大怒，亦将刘祐下狱论罪，输作左校。太尉杨秉，正欲为三人讼冤，不意老病侵寻，竟致不起。秉中年丧妻，不复续娶，居官以清白见称，绰有父风，尝自谓我有三不惑、酒、色与财,及病殁时,年已七十有四。桓帝赐茔陪陵,特进陈蕃为太尉,蕃奉诏固辞道:"不愆不忘,率由旧章,臣不如太常胡广;齐七政,训五典,臣不如议郎王畅;聪明亮达,文武兼资,臣不如弛刑徒李膺。愿陛下就三人中,简贤授职,臣却不敢滥厕崇阶!"桓帝优诏不许,蕃乃受命就任,入朝白事,屡言李膺、冯绲、刘祐三人冤屈,应即日赦宥,赐还原职,桓帝置诸不答。蕃复跪请再三,反复陈词,备极恳切,仍未见桓帝允许,乃流涕起去。司隶校尉应奉,见蕃屡请不准,独上疏申讼道:

> 昔秦人观宝于楚,昭奚恤苙以群贤;梁惠王玮其照乘之珠,齐威王答以四臣。夫忠贤武将,国之心膂。窃见左校弛刑徒前廷尉冯绲、大司农刘祐、河南尹李膺等,执法不挠,诛举邪臣,肆之以法,众庶称宜。昔季孙行父亲逆君命,逐出莒仆,于舜之功二十有一,今膺等投身强御,毕力致罪,陛下既不听察,而猥受谮诉,遂令忠臣同愆元恶,自春迄冬,不蒙降恕,遐迩观听,为之叹息。夫立政之要,记功忘失,是以景帝舍安国于徒中,景帝时,韩安国为梁大夫,坐法抵罪,后复起为梁内史。宣帝征张敞于亡命。敞为京兆尹,杀人亡命,会冀州乱,复征为刺史。绲前讨蛮荆,均吉甫之功;周尹吉甫征服狁狁。祐数读若朔。临督司,有不吐茹之节;膺威著幽、并,遗爱度辽。今三陲蠢动,王旅未振,《易》称"雷雨作解,君子以赦过宥罪"。乞原膺等,以备不虞,是臣等所无任翘望者也。

经此一疏,却蒙桓帝听从,便将三人赦罪。陈蕃屡言不听,应奉一疏即行,为蕃计已可引身退去。已而桓帝拟立继后,意在采女田圣。圣家世微贱,独生得妖娆艳冶,姿态绝伦,桓帝得了此女,又将郭贵人撇诸脑后,日夕与田圣同处,相猥相倚,如漆投胶,因此欲将圣册立为后。司隶应奉,伏阙固诤,力言田氏单微,不足为天下母。太尉陈蕃,亦申言后宜慎选,不如册立窦贵人,却是世家旧戚,足配圣躬。桓帝无可如何,乃立窦贵人为继后。后为窦融玄孙,窦武女儿,即章帝后从祖弟的孙女,入宫未几,得为贵人,既已正位中宫,父武得进任城门校尉,受封槐里侯。惟窦后姿色不及田圣,桓帝因公论难违,勉强册立,所以御见甚稀,有名无实。那桓帝的爱情,仍然专属田圣一人。小子有诗叹道:

溺情无过绮罗丛,欲海沉迷太不聪。

二十年来昏浊甚,徒教妇寺乱深宫!

欲知后事如何,且看下回续叙。

隐不违亲,贞不绝俗,乃郭林宗一生确评。林宗生遭衰世,已知大局之不可复支,惟悲天悯人之衷,始终未恝(jiá),不得已栽培后进,使之成才,为斯文留一线之光。孔孟之辙环天下,教授生徒,犹是志耳。彼陈蕃、李膺诸人,知进而不知退,毋乃昧机。且于邓后之废死,蕃正在朝辅政,不闻出言谏诤,延至继立中宫,方谓田氏微贱,不如选立窦贵人。夫邓后何罪,不过为儿女私嫌,竟遭幽死;窦后何德,乃请立为后。厥后北寺之冤,已隐伏于后位之废立时矣。徐孺子尝诫郭林宗,而于下榻之陈蕃,反未闻预为规谏,抑独何也?

第五十三回

激军心焚营施巧计　信谗构严诏捕名贤

　　却说桂阳太守陈奉，前已剿平长沙贼党，见五十二回。复破灭桂阳贼李研，桂阳乃安。惟余贼卜阳、潘鸿等，逃入深山，伏处年余，觑得兵防少弛，又四出劫掠，蹂躏居民。还有艾县残贼，亦与卜、潘二贼连合，大为民患。荆州刺史度尚，颇有胆略，招募蛮夷杂种，悬赏进讨，大破贼众，连平三寨，夺得珍宝甚多。卜、潘二贼，仍窜入山谷间，党羽犹盛。尚欲穷捣贼巢，殄绝根株，只士卒已腰囊满盈，不愿冒险再入，彼此逍遥自在，各无斗志。尚乃想出一法，向众扬言道："卜阳、潘鸿，乃是多年积贼，能战能守，未易驱除，我兵已经劳苦，且与贼相较，还是彼众我寡，一时不便轻进。今

宜征发诸郡兵马,并力击贼,方可图功。尔等可随时习劳,出外射猎,毋使游惰,待至诸郡兵到,大举进剿,岂不是一劳永逸么?"士卒闻言,很是喜悦,当即成群结队,共出游猎,每日获得禽兽,充入庖厨,足供大嚼。众情愈加踊跃,遂至倾寨俱出,四处弋射,尽兴始归。不意到了营旁,统是惊心怵目,叫苦连天:原来那几座营盘,都已变做灰烬,所有平时珍积,被祝融氏收拾尽净了。却是奇绝。看官阅此,还道是营中失火,谁知却是度尚的秘计。尚见军心懈弛,无非为骄富所致,因特诱他出猎,密令心腹将士,暗地纵火,毁去各营,使他失所凭借,然后可以再用。大众未知尚谋,正在自悔自恨,涕泪交并,可巧尚来营巡视,故意顿足道:"我令汝等出猎习劳,实为平贼起见,今营中无故被毁,致失汝等蓄积,怕不是由贼狡计,前来放火么?这都是我失防闲,致遭此害,我定要向贼求偿呢!"说至此,见大众并皆感泣,又继续宣言道:"卜、潘二贼的财货,足富数世,诸君若能努力击贼,便可悉数取来,区区小失,不足介意,明日就进捣贼巢便了!"虽是一番权谋,但欲驱策骄兵,亦不得不尔。众皆应声道:"愿如尊命!"尚心中大喜,饬各军秣马蓐食,待旦即发。未几已是黎明,便传出号令,全军启行,自己亦披挂上马,扬鞭急进,驰抵贼寨。卜阳、潘鸿等贼,甫经起食,一些儿没有防备,被官军长驱杀入,如削瓜刈草一般。卜、潘二贼,弃食出奔,由吏士抢步赶上,乱刀交挥,任他两贼如何凶悍,已剁得有头无尾,血肉模糊。余贼大半饮刀,剩了几个脚长的毛奴,虽得侥幸逃生,也已心胆交碎,情愿改过自新,变做平民,荆州大定,群寇悉平。尚以功得封右乡侯,调任桂阳太守,越年征还京师,改命任胤为桂阳太守。荆州兵目朱盖等,戍役日久,财赏不足,复愤恚作乱,与桂阳贼胡兰等合并,共计三千余人,进攻桂阳,焚掠郡县。任胤胆小如鼷(xī),弃地逃走。贼众辗转迫胁,多至数万,移扰零陵。太守陈球,婴城拒守,掾吏向球进说道:"贼势甚盛,明公不如挈家避难,尚可自全!"球勃然发怒道:"太守分国虎符,受任一方,岂可顾全妻孥,折损国威?如敢再言奔避,立斩勿贷!"掾吏乃咋舌退去。球即削木为弓,断矛为矢,引机扳发,射死贼党多人。贼攻城不下,因决城外流水,灌入城中,球相视地势,据高屯兵,反引水淹贼,贼众惊骇,乃将流水泄去。内外相拒十余日,全城无恙。朝廷再授尚为中郎将,使率幽、冀、黎阳、乌桓步骑二万六千人,往救零陵。尚连败贼众,又与长沙太守抗徐等，调集各郡士卒，合力讨击，大破胡兰。兰急不择路，骤马乱奔，尚督兵追及，张弓搭箭，射倒兰马，兰颠仆地上，当由眼快脚快的军士，赶出一刀，了结贼命，余贼失去头颅共约三千五百级，朱盖等窜往苍梧。诏赐尚钱百万，抗徐等亦受赏有差。尚系山阳人，徐系丹阳人，两人为同时名将。至朱盖等入苍梧境，复被交趾刺史张磐击退，仍还荆州，后来为零陵太守杨璇讨平，这且无庸细表。

且说李膺遇赦后，复起为司隶校尉。他本生性刚直，不肯诡随，虽已迭经挫折，仍然风裁严峻，执法不阿。小黄门张让弟朔，为野王令，贪残无道，甚至刑及孕妇，一闻膺为校尉，便即惧罪入京，匿居乃兄第舍。果然膺闻风往捕，亲率吏卒至让家，四处搜寻，不见形影，及见室有复壁，即令吏卒毁壁入视，得将张朔觅着，一把抓住，押赴洛阳狱中，讯鞫得供，立即处斩。让遣人说情，已经无及，没奈何入诉桓帝，谓膺专擅不法。桓帝召膺入殿，当面诘责，问他何故不先奏请，便即行诛。膺从容答说道："昔晋文公执卫成公，归诸京师，《春秋》不以为非；《礼》云公族有罪，虽加三宥，有司尚可执宪不从。且孔子为鲁司寇，七日即诛少正卯，今到官已越一旬，自恐稽迟获罪，不意反欲速见讥。就使臣罪至死，还望陛下宽限五日，使臣得殄除元恶，然后退就鼎镬，也所甘心了！"元恶何能尽除？徒使权阉侧目，膺亦可以休矣！桓帝听着，因他理直气壮，不能再诘，乃旁顾张让道："这是汝弟有罪，应该加戮，不得专咎司隶呢。"遂令膺退去，张让亦只好趋出。嗣是黄门常侍，皆屏足帖息，虽经休沐，不敢复出宫省。桓帝怪问原因，众阉并叩头泣语道："畏李校尉！"是时朝廷日乱，纲纪颓弛，惟膺不屈不挠，好似中流砥柱，士人或得邀容接，辄相欣庆，号为登龙门。龙将烧尾，奈何？奈何？太尉陈蕃，荐引议郎王畅，进为尚书，出任河南太守，奋厉刚猛，与李膺齐名。太学诸生三万余人，常钦慕陈蕃、李膺、王畅等人，交口赞美，编出三语道："天下楷模李元礼，不畏强御陈仲举，天下俊秀王叔茂。"元礼、仲举、叔茂，便是李膺、陈蕃、王畅三人的表字。自从太学生有此标榜，遂致中外承风，竞相臧否，孰忠孰奸，孰贤孰不肖，往往意为褒贬，信口歌谣。于是君子小人，辨别甚清，君子与君子为一党，小人与小人为一党，小人只知为恶，党派却结得牢固，不至分争。君子与君子，有时为了学说不同，政见不同，却互生龃龉，又从一党中分出两党来，两党相诽,久持不下,反被小人从旁窃笑,乘隙攻入,得将党人二字,加到君子身上。暗君不察,疑他结党为非,听信谗言,滥加逮捕,闹得一塌糊涂,这就叫做党祸。小人原属可恨,君子亦不能无咎。

看官听着,待小子叙明东汉党祸的源流。一朝大狱,应该特别叙明。先是桓帝为蠡吾侯时,曾向甘陵人周福受业,及入承大统,便擢福为尚书;又有甘陵人房植,曾一任河南尹,也有重名。福字仲迟,植字伯武,乡人替他作歌道:"天下规矩房伯武,因师获印周仲迟。"据此两语,似乎房植的名望,驾过周福,惟两人既相继通显,自然各置宾僚,福门下无不助福,往往优福劣植,植门下无不助植,又往往优植劣福,两造互争优胜,积不相容,免不得各树党徒,浸成仇隙,党人的名号,就从甘陵的周、房两家,发生出来。既而汝南太守宗资,用范滂为功曹,南阳太守成瑨(jìn),用岑晊(zhì)为功曹,并委他褒善纠违,悉心听政,二郡又有歌谣道:"汝南太守范孟博,南阳宗资主画诺;南阳太守岑公孝,弘农成瑨但坐啸。"宗资南阳人,成瑨弘农人,孟博系范滂表字,公孝系岑晊表字,歌中寓意,是归美范滂、岑晊二人,名为功曹,实与太守无二,冤冤相凑,衅启南阳。宛县人张汎,为桓帝乳母外亲,拥有资财,工雕刻术,尝琢玉镂金,私贿中官,中官与为莫逆交,往来甚密,汎得恃势骄横,肆行无忌,宛吏不敢过问。南阳功曹岑晊,因宛县为南阳属地,特劝太守成瑨,捕汎入狱,汎慌忙通讯中官,乞为救护,中官即为代请,颁下赦文,晊又促瑨诛死张汎,然后宣诏施赦。小黄门赵津,家居晋阳,贪残放恣,太原太守刘瓆(zhì),亦将津捕入狱中,遇赦不赦,把津处死。中常侍侯览,时已复官,即使张汎妻上书讼冤,并向桓帝前谮诉瑨、瓆,说他不奉诏命,罪同大逆。桓帝顿时大怒,立征瑨、瓆下狱,饬令有司审谳,有司仰承中旨,复称两人俱当弃市。同时山阳太守翟超,使张俭为督邮,巡视全境。侯览家在防东,残害百姓,大起茔冢,俭举奏览罪,被览从中搁置,壅不上闻,惹得俭容忍不住,竟督吏役,毁去览冢,籍没资财。览怎肯罢休?泣诉桓帝,归罪太守翟超,超又被逮下狱,当由有司定案,与前东海相黄浮同科,并输左校。黄浮事见五十一回。司空周景,时已免官,由太常刘茂代任,太尉陈蕃,邀茂一同入谏,请赦瓆、瑨、超、浮四人,桓帝不从,中常侍复从中媒孽,茂恐为所构,不敢复言。独陈蕃不甘隐默,再上疏力谏道:

臣闻齐桓修霸，务为内政；《春秋》于鲁，小恶必书。宜先自整饬，后乃及人。今寇贼在外，四肢之疾；内政不理，心腹之患。臣寝不能寐，食不能饱，实忧左右日亲，忠言以疏，内患渐积，外难方深。陛下超从列侯，继承天位。小家蓄产百万之资，子孙尚耻愧失其先业，况乃产兼天下，受之先帝，而欲惰怠以自轻忽乎？即不爱己，不当念先帝得之勤苦耶？前梁氏五侯，毒遍海内，天启圣意，收而戮之，天下之议，冀当小平。明鉴未远，覆车如昨。而近习之权，复相煽结。小黄门赵津，大猾张汜等，肆行贪虐，奸媚左右。前太原太守刘瓆，南阳太守成瑨，纠而戮之，虽言赦后不当诛杀，原其诚心，在于去恶，至于陛下，有何悁悁？而小人道长，荧惑圣听，遂使天威为之发怒，各加刑谪，已为过甚，况乃重罚，令伏欧刀乎？又前山阳太守翟超，东海相黄浮，奉公不挠，嫉恶如仇，超没侯览财物，浮诛徐宣之罪，并蒙刑坐，不蒙赦恕。览之骄纵，没财已幸；宣犯衅过，死有余辜！昔丞相申屠嘉召责邓通，洛阳令董宣折辱公主，而文帝从而请之，光武加以重赏，未闻二臣有专命之诛。而今左右群竖，恶伤党类，妄相交构，致此刑谴，闻臣是言，当复啼诉。陛下深宜割塞近习预政之源，引纳尚书朝省之事，公卿大官，五日一朝，简练清高，斥黜佞邪。如是天和于上，地洽于下，休祯符瑞，岂远乎哉？陛下虽厌恨臣言，臣但知为国效忠，冀回上意，用敢昧死奏闻！

桓帝览疏，非但不从蕃请，并且下诏责蕃。黄门中常侍等，恨蕃加甚，只因蕃为名臣，一时未敢加害，故蕃尚居官如故。平原人襄楷，诣阙陈书，力为瑨、瓆讼冤，终不见报。会因河水告清，楷以为清属阳，浊属阴，河水当浊而反清，是阴欲乘阳之兆；又桓帝尝就濯龙宫中，亲祀老子，用郊天乐，楷书中亦曾提及，谓黄老清虚，好生恶杀，省欲去奢，今陛下厉行诛罚，博采妇女，全与黄老相反，祭祀何益？词意很是激切，桓帝惟置诸不理。楷复上书纠劾宦官，文中有云："殷纣好色，妲己是出；叶公好龙，真龙游廷。今黄门常侍，并犯天刑，陛下乃宠遇日甚，臣愚以为继嗣未兆，实坐此弊！"这数语激动一班阉竖，大起哗声。桓帝年已逾壮，未得一子，也不免触起懊恼，即召楷入朝，令尚书问状。楷直答道："古时本无宦官，自武帝末年，屡游后宫，始令阉人侍从，设置官职，这乃先朝弊政，不足为

法！"尚书等斥楷违经诬上，应即论罪，竟把楷收送洛阳狱中，还是桓帝搁置不提，才免死刑。符节令蔡衍，议郎刘瑜，表救成瑨、刘瓆，言亦切直，并坐罪免官；瑨与瓆竟榜死狱中，惟岑晊、张俭，在逃未获。瑨、瓆毕命，事由晊、俭二人启衅，乃瑨、瓆死而晊、俭逃生，以义相绳，未免负友。俭有清名，望门投止，辗转至东莱，匿李笃家。外黄令毛钦，闻风往捕，笃与语道："张俭知名天下，所为无罪，明府素行清正，何忍拘及名士？"钦起抚笃背道："蘧伯玉耻独为君子，足下如何自专仁义？"笃又答道："笃虽好义，明府今日，也分得一半了！"钦叹息自去，笃复送俭出塞，方得幸存。晊窜往齐、鲁，亲友亦竞为收容，惟前新息长贾彪，闭门不纳。彪曾有重望，在新息长任内，见贫民多弃子不育，特严令禁止，有犯与杀人同科，数年间户口蕃庶，民间称为贾父。至不纳岑晊一事，为众所疑，彪喟然道："传云：'相时而动，无累后人！'公孝要君致衅，自贻伊戚，我岂可私相容隐么？"足令岑晊自愧。后来晊走匿江夏山中，得疾乃终。一案未了，一案又起，河内有术士张成，颇善占验，预料朝廷当赦，纵子杀人。司隶校尉李膺，收捕成子下狱，越日果有诏大赦，成子应当脱罪，膺独援杀人抵命的故例，不肯轻恕，竟将成子加诛。成尝挟术干时，交通宦官，宦官便替成报怨，嗾使成弟子牢脩上书，劾膺交结太学游士，共为部党，诽谤朝廷，败坏风俗。桓帝误为听信，严旨逮捕党人，班行郡国，布告天下。案经三府，当由太尉陈蕃，展览党人名籍，俱系海内闻人，便皱眉捻须道："今欲逮捕诸人，统是忧国忠公，驰誉四海的名士；就使子孙有过，尚应十世加宥，况本身未著罪状，奈何无端收捕呢？"说着，遂将党人名籍却还，不肯署名。桓帝越加动怒，索性将司隶校尉李膺，罢官系狱；词连太仆杜密，御史中丞陈翔，及陈寔、范滂等，共二百余人，陆续捕入；或已闻风避匿，经有司悬金购募，务获到案。党人并非大盗，为何这般严酷？

　　杜密颖川人，累迁北郡、泰山太守，调任北海相，监视宦官子弟，有恶必惩；及去官还家，每见守令，多所陈托。同郡刘胜，亦自蜀郡告归，闭门扫轨，不复见客。颖川太守王昱，尝向密称美刘胜，说他清高绝俗，密知昱讽己，奋然说道："刘胜位为大夫，见礼上宾，乃知善不荐，闻恶无言，隐情惜己，自同寒蝉，这乃是当世罪人！密却举善纠恶，使明府赏罚得中，令闻休扬，岂非有裨万一么？"无道则隐，奈何不知？昱闻言怀惭，待遇加厚。嗣入朝为尚书令，迁官太仆，嫉恶甚严，与李膺名行相次，时人号为李杜；膺既得罪，密自然不能脱身，与同连坐。陈翔系汝南人，官拜议郎，出任扬州刺史，尝举发豫章太守王永，私赂中官，吴郡太守徐参，倚兄中常侍徐璜权势，在职贪秽，永与参因此被黜，宦竖与他结嫌，亦将他列名党案，逮入狱中。陈寔本与宦官无仇，不过因名盛遭忌，致被罗织。有人劝寔逃亡，寔叹息道："我不就狱，众无所恃。"乃挺身入都，自请囚系。范滂本反对佥人，一闻逮捕，便昂然入狱，狱吏谓犯官坐系，应祭皋陶，滂正色道："皋陶为古时直臣，若知滂无罪，且当代诉天帝；如或不然，祭亦何益？"众闻滂言，并皆罢祭。度辽将军张奂，已就征为大司农，由中郎将皇甫规升任度辽将军。闻朝廷大兴党狱，遍拘名士，自耻不得与列，径拜表上陈道："臣前荐大司农张奂，便是附党，又臣输作左校时，由太学生张凤等为臣讼冤，便是党人所附。臣应同入党案，受罪坐罚！"桓帝得书，却搁置一旁，并不批答。想是宦竖与规无嫌。就中恼了一位大臣，复毅然申奏，力为党人辩诬，正是：

　　　　谗口嚣嚣真罔极，忠言谔谔总徒劳。

欲知何人出为辩诬，容至下回再表。

　　国家设兵，原以防盗，盗去不击，乌用兵为？观度尚之计激军心，似以诈谋使人，不足为法，然尚之所用以击贼者，乃蛮夷杂种耳，平素未曾训练，第因一时之募集，驱使从戎，若非设法以鼓动之，安能令其再接再厉，捣平贼巢耶？故尚之所为，权道也，非正道也。孔子所谓可与权者，尚其有焉。若李膺等虽素怀刚正，而当国家无道之秋，不如洁身远害，天地闭，贤人隐，古有明言，乃以一时之矫激，祸及海内，宁非愚忠？徐孺子谓大木将颠，非一绳所能维，郭林宗谓天之所废，不可复支，正洞明权变之言，故卒能超然于党祸之外。刘胜甘作寒蝉，亦比物此志云尔。李、杜虽忠，其如未识权宜何也？

第五十四回

驳问官范滂持正　嫉奸党窦武陈词

却说桓帝延熹八年，大兴党狱，缉捕至二百余人，恼动了一位大臣，不忍坐视，因复上疏极谏，这人为谁？就是太尉陈蕃。疏中有云：

臣闻贤明之君，委心辅佐；亡国之主，讳闻直辞。故汤武虽圣，兴于伊吕；桀纣迷惑，亡在失人。由此言之，君为元首，臣为股肱，同体相须，共成美恶者也。伏见前司隶校尉李膺、太仆杜密、太尉掾范滂等，滂曾为太尉黄琼掾吏。正身无玷，死心社稷，以忠忤旨，横加考案，或禁锢闭隔，或死徙非所。杜塞天下之口，盲聋一世之人，与秦焚书坑儒，何以为异？昔武王克殷，表闾封墓；今陛下临政，先诛忠贤。遇善何薄？待恶何优？夫谗人似实，巧言如簧，使听之者惑，视之者昏。然吉凶之效，存乎识善，成败之机，在于察言。人君者，摄天地之政，秉四海之维，举动不可以违圣法，进退不可以离道规，谬言出口，则乱及八方，何况髡无罪于狱、杀无辜于市乎？昔禹巡狩苍梧，见市杀人，下车而哭之曰："万方有罪，在予一人！"故其兴也勃焉。又青、徐灾旱，五谷损伤，民物流迁，茹菽不足。而宫女积于房掖，国用尽于罗纨，外戚私门，贪财受赂，所谓"禄去公室，政在大夫"。昔春秋之末，周德衰微，数十年间，无复灾眚者，天所弃也。天之于汉，恨（liàng）恨无已，恨恨犹眷眷也。故殷勤示变，以悟陛下，除妖去孽，实在修德。臣位列台司，忧责深重，不敢尸禄惜生，坐观成败，如蒙采录，使身首分裂，异门而出，所不恨也！

桓帝已信任宵小，决除党人，看了陈蕃奏疏，也疑他是党中魁硕，大为拂意；再加阉竖乘隙进谗，交毁陈蕃，遂传出一道诏旨，责蕃辟召非人，将他罢免，再起周景为太尉。景颇持躬亮直，但见蕃因言获戾，未敢再陈；此外更乐得置身局外，钳口避灾。迁延过了一年，党人尚未邀赦，当由前

新息长贾彪,义愤填膺,在家叹语道:"我不西行,大祸不解!"因即辞家入都,进谒城门校尉窦武,及尚书霍谞,请为党人申理。武乃缮疏进奏道:

　　臣闻明主不讳讥刺之言,以探幽暗之实;忠臣不恤谏争之患,以畅万端之事。是以君臣并熙,名奋百世。臣幸得遭盛明之世,逢文武之化,岂敢怀禄逃罪,不竭其诚?陛下初从藩国,爰登圣祚,天下逸豫,谓当中兴。自即位以来,未见善政,梁、邓诸恶,虽或诛灭,而常侍黄门,续为祸虐,欺罔陛下,竞行谲诈,自造制度,妄爵非人,朝政日衰,奸臣日盛。伏寻西京放恣王氏,佞臣执政,终丧天下。今不虑前事之失,复循覆车之轨,臣恐秦二世之难,必将复及,赵高之变,不朝则夕!近者奸臣牢脩,造设党议,遂收前司隶校尉李膺、太仆杜密、御史中丞陈翔、太尉掾范滂等,逮考连及数百人,旷年拘系,事无左证。臣惟膺等建忠抗节,志在王室,此诚陛下稷、契、伊、吕之佐,而虚为奸臣贼子之所诬枉,天下寒心,海内失望。惟陛下留神澄省,即时理释,以厌人鬼喁喁之心!臣闻古之明君,必须贤佐,以成政道。今台阁近臣陈蕃、胡广,及尚书朱寓、荀绲、刘祐、魏朗、刘矩、尹勋等,皆国之贞士,朝之良佐,尚书郎张陵、妫皓、苑康、杨乔、边韶、戴恢等,文质彬彬,明达国典。内外之职,群材并列,而陛下委任近习,专树饕餮,外干州郡,内干心膂,宜以次贬黜,案罪纠罚,抑夺宦官欺国之封,案其无状诬罔之罪,信任忠良,平决臧否。使邪正毁誉,各得其所,则咎征可消,天应可待矣!"

窦武既将疏呈入,复缴上城门校尉及槐里侯印绶,自愿罢官,桓帝不许,仍将印绶发还。尚书霍谞又表请释放党人,桓帝亦稍稍感悟,乃使中常侍王甫,就狱讯问。时党人皆锢住北寺狱中,为黄门所管辖。一应人犯,类皆三木囊头,奄立阶下,王甫依次传入,逐加诘问,有几个略为辩白,有几个不愿多谈,滂独数次前进。王甫启口诘滂道:"君为人臣,不知忠国,反勾结部党,自相褒举,评论朝廷,虚词交构,究竟意欲何为?宜供出实情,不得欺饰!"滂答说道:"孔子有言:'见善如不及,见恶如探汤。'滂欲使善善同清,恶恶同污,不料朝廷反目为朋党,难道善反为恶,恶反为善么?"甫又诘问道:"如君等互相推举,迭为唇齿,稍有不合,即加排斥,这是何意?"滂仰天长叹道:"古人修善,自求多福;今日修善,反陷大戮。身死以后,愿将尸首埋葬首阳山侧,上不负皇天,下不愧夷、齐!"慨当以慷。甫听了滂言,也憝然改容,乃命并解桎梏,返报桓帝。李膺等又多引入宦官子弟,说他同党,宦官亦不禁惶惧,乃向桓帝进言,以为天时当赦,桓帝才将狱中二百余人,一概释放;但尚留名三府,禁锢终身。一面下诏改元,号为永康。范滂出狱后,往候尚书霍谞,并不为谢,或咎滂何不谢谞,滂答语道:"春秋时叔向坐罪,祁奚入援,未闻叔向谢恩,祁奚炫惠,滂亦效法古人,何必称谢?"叔向、祁奚皆晋人。说毕,即出都还至汝南。南阳士大夫在道欢迎,有车数百辆,滂叹息道:"这乃反使我速祸哩!"遂从间道还乡,不复见客,余人亦统皆归里。从前钩党诏下,郡国都希旨举奏,多至百数;惟平原相史弼,不奏一人,诏书前后迫促,髡笞掾吏,且使从事坐待传舍。弼往见从事,谓平原实无党人。从事作色道:"青州六郡,五郡有党,敢问平原有何治化,独无党人?"弼亦峻词相拒道:"先王疆理天下,划界加境,水土异宜,风俗不同,他郡有党,平原自无,怎得相比?若徒知趋承上司,诬害良善,是平原民居,户户可入党籍了!弼宁死不敢从命!"也是个硬头子。从事且惭且恨,回朝复旨,将加弼罪名，会因党禁从宽，只令弼罚俸一年；平原士人，幸免牵连，这都是史弼的厚惠，保全甚多。会稽人杨乔，由城门校尉窦武荐引，入朝为郎。乔容仪伟丽，奏对详明，桓帝爱他才貌，欲将公主配乔。乔见群阉当道，正士一空，料知将来无甚善果，因即上书固辞。桓帝不许，定要将爱女嫁乔为妻，且令太史择吉成婚，乔竟誓死相拒，绝粒数日，一命告终。好一个现成帝婿，弃去不为，反且如此拼生，真是奇闻！无非是想做夷、齐。

是年仲夏，京师及上党地裂；到了仲秋，东方大水，渤海溃溢。郡国官吏，转受中官嘱托，讹言瑞应。巴郡报称黄龙现，西河报称白兔来，魏郡报称嘉禾生、甘露降，种种虚诬，无一非贡谀献媚，取悦上心。大司农张奂，因鲜卑、乌桓复叛，受命为中郎将，再出督幽、并、凉三州，及度辽、乌桓二营。乌桓素闻奂威名，不战即降；独鲜卑大酋檀石槐，恃勇不服，虽然引兵暂退，仍复觊觎边疆。朝廷虑不能制，遣使封檀石槐为王，拟与和亲。檀石槐不肯受命，自分属地为东、西、北三部，各置酋长管领，有时辄出掠幽、并、凉诸州。桓帝方耽恋酒色，宠幸佥壬，私幸天下无事，只有西北一带，稍闻寇患，无庸多忧，不如及时行乐，与采女田圣等，朝夕纵欢，享受温柔滋味；待至精髓日涸，疾病交侵，尚封田圣等九女为贵人，勉与绸缪，结果是脾肾皆亏，无可救药，好好一个三十六岁的皇帝，竟至德阳前殿，奄卧不起，瞑目归天。淫荒之主，怎得延年？总计桓帝在位，改元多至七次，为东汉时所仅见，历数亦不过二十一年。三立皇后，无一嫡嗣，此外贵人数十，宫女百千，也不闻诞育一男。寡欲方可生男，否则多妻何益？窦皇后情急失措，急召乃父窦武，入议立嗣。武复转问侍御史刘儵，拟向宗室中选立贤王。儵沉吟良久，方答出一个解渎亭侯宏。宏系河间王开曾孙，祖名淑，父名苌，世封解渎亭侯，母为董氏，宏袭封侯爵，年才十二。儵举宏为对，明明是奉承窦后，好教她援引故例，藉口嗣君幼弱，亲出临朝。窦武告知窦后，果然隐合后意，即使儵持节迎宏，偕同中常侍曹节，与中黄门、虎贲、羽林兵千人，星夜驰往河间，迓宏入都。先是桓帝初年，京师有童谣云："城上乌，尾毕逋。公为吏，子为徒。一徒死，百乘车。车班班，入河间。河间姹女工数钱，以钱为室金为堂。石上慊慊舂黄粱。梁下有悬鼓，我欲击此丞卿怒。"当时有人听此童谣，无从索解。及窦氏定策禁中，迎宏至夏门亭，由窦武带领群臣，奉宏入宫，即皇帝位，才将童谣起头的八语,逐条推测,有迹可寻。"城上乌"二句,是譬喻桓帝高居九重,专知聚敛;"公为吏"二句,是言蛮夷叛逆,父为军吏,子为卒徒,同时外征;"一徒死"二句,是前一人出征死事,后又遣兵车继讨;"车班班"二句,是刘儵至河间迎宏,更明白易解了;尚有后五语未曾应验,仍留作疑团,无人剖晰。后来宏即位二年,母董氏进为太后,喜积金钱,鬻官得贿,充满堂室,才知"姹女""数钱"两语,已为谶兆;至"石上慊慊"三语,乃指董太后贪心未足,常使人舂黄粱为食,忠臣义士,欲击鼓谏阻,反被丞卿怒斥。可见得自古童谣,俱非无因,但不知由何人创造,成此预谶哩!半属后人附会,不能援作铁证。闲文少表。

且说桓帝告崩,已是永康元年的残冬,及解渎亭侯宏入宫即位,已在次年正月,是为灵帝,当即改元建宁。窦后已早自尊为皇太后,临朝称制;不待桓帝出葬,便将贵人田圣等一并处死,泄除宿忿,开手即杀宫妃,怪不得后来多难。一面授窦武为大将军,首握朝纲。太尉周景因病乞休,旋即逝世;司徒许栩已先罢职,由太常胡广继任;司空刘茂亦已免官,代任为光禄勋宣酆。窦太后追溯前事,忆及自己得正位中宫,全赖陈蕃、周景两人,见五十二回。景已病殁,无可报德,乃特进陈蕃为太傅,使与大将军窦武,及司徒胡广,参录尚书事;复将司空宣酆免职,迁长乐卫尉王畅为司空;奉葬桓帝于宣陵,追尊嗣皇祖淑为孝元皇,夫人夏氏为孝元皇后,父苌为孝仁皇,墓号慎陵,母董氏生存无恙,号为慎园贵人。又加封窦武为闻喜侯,武子机为渭阳侯,从子绍为鄠(Hù)侯,靖为西乡侯,一门四人,同沐侯封。当由涿郡人卢植,代为寒心,特献书讽武道:

植闻嫠有不恤纬之事,漆室有倚楹之戚,"嫠不恤其纬,而忧宗周之陨。"语见《左传》。漆室女倚柱悲吟,忧国伤怀,事见《列女传》。忧深思远,君子之情。夫士立诤友,义贵切磋,《书》陈"谋及庶人",《诗》咏"询于刍荛",植诵先王之书久矣,敢爱其瞽言哉!今足下之于汉朝,犹旦、奭之在周室,建立圣主,四海有系,诸以为吾子之功,于斯为重。天下聚目而视,攒耳而听,谓准之前事,将有景风之祚。窃绎《春秋》之义,王后无嗣,择立就长,年均以德,德均则决之卜筮。今同宗相后,披图按牒,以次建之,何勋之有?岂横叨天功,以为己力乎?宜辞大赏,以全身名。又比者世祚不竟,仍外求嗣,可

谓危矣！而四方未宁，盗贼伺隙，恒岳、渤碣，尤多奸盗，将有楚人胁比，尹氏立朝之变。并见《春秋》。宜依古礼，置诸子之官，征王侯爱子，宗室贤才，外崇训导之义，内息贪利之心，简其良能，随用爵之，是亦强干弱枝之道也！

窦武得书，总道嗣君新立，大权在握，一时断不至变动，何必听信植言，自弃富贵？当下将来书搁置，不复留意。窦太后更封太傅陈蕃为高阳侯，中常侍曹节为长安乡侯。节当然乐受，惟蕃累疏固辞，章至十上，竟不受封。但与大将军窦武，同心辅政，征用前司隶李膺，太仆杜密，宗正刘猛，庐江太守朱寓（yǔ）等，并列朝廷；又引前越巂太守荀昱为从事中郎，前太丘长陈寔为掾吏，共参政事，志在除奸。窦太后却也悉心委任，言听计从。不过妇女见识，容易动摇，往往喜人谀言，厌闻正论。灵帝有乳母赵娆，随帝入宫，宫中号为赵夫人，性情狡黠，善揣人意，镇日里入侍太后，话长论短，深得太后欢心；还有一班女尚书，系内官总名。也俱受赵娆笼络，串同一气，日夕营私。中常侍曹节、王甫等，复谄事太后，与赵娆等朋比为奸，交相煽蔽，太后反皆视为好人，有所请求，无不允许，因此屡出内旨，封拜多人。以阴遇阴，更易相感。看官试想，如女子小人的荐引，何有贤才？太后误为听信，不待窦武、陈蕃商量，便即授命，武与蕃不便封驳，又不忍坐视，自然懊怅异常。蕃嫉恶尤甚，尝与武会晤朝堂，私下语武道："曹节、王甫等，在先帝时，已操弄国权，浊乱海内，百姓恟恟，无不痛心。今若不设计诛奸，后必难图！"武点首称善，蕃心下大喜，推席而起，欢颜别去。武乃复引同志尹勋为尚书，令刘瑜为侍中，冯述为屯骑校尉，密商大计。适值五月朔日，日食告变，有诏令公卿以下，各言得失，蕃即前往语武道："昔御史大夫萧望之，为一石显所困，竟致自杀，况今有石显数十辈呢？近如李、杜诸公，祸及妻子，皆由权阉煽乱，正士罹殃，蕃年将八十，尚有何求？但欲为朝廷除害，佐将军立功，所以暂留不去。今正可为了日食，斥罢宦官，上塞天变。且赵夫人及女尚书，摇惑太后，亦宜屏绝。请将军从速措置，毋贻后忧！"武依了蕃言，便进白太后道："向来黄门常侍，只令给事省内，看守门户，主管近署财物，今乃使干预政事，谬加重任，子弟布列，专为贪暴，天下恟恟，都为此故，宜一概诛黜，扫清宫廷！"窦太后徐答道："汉朝故事，世有宦官，但当稽察有罪，酌量加惩，怎可同时尽废呢？"武乃先讦中常侍管霸、苏康，挟权专恣，应即加诛，太后总算依议，当由武收捕管霸、苏康，下狱处死。武又请诛曹节等人，偏太后犹豫未忍，迁延不报。陈蕃不暇久待，即上疏申请道：

> 臣闻言不直而行不正，则为欺乎天而负乎人；危言极意，则群凶侧目，祸不旋踵。钧此二者，臣宁得祸，不敢欺天也！今京师嚣嚣，道路喧哗，竟言曹节、侯览、公乘昕、王甫、郑飒，与赵夫人、诸女尚书，并乱天下，附从者升进，忤逆者中伤。方今一朝群臣，如河中木耳，泛泛东西，耽禄畏害。陛下前始摄位，顺天行诛，苏康、管霸，并伏其辜，是时天地清明，人鬼欢喜，奈何数月复纵左右？元恶大奸，莫此之甚！今不急诛，必生变乱，倾危社稷，其祸难量。愿出臣章宣示左右，并令天下诸奸，知臣嫉恶，不敢为非，则官禁清而治道可冀矣！

蕃上此疏，满望太后感念旧惠，如言施行，谁知太后仍然搁起，并不听用。去恶宜速，岂空言所可济事？况太后是个女流，难道能纤手除奸吗？那一班油头粉面的妖娆，及口蜜腹剑的腐竖，已是愤恨异常，竟与这窦武、陈蕃，势不两立了！俗语说得好："和气致祥，乖气致戾。"为了朝局水火，

遂致上苍示儆,发现端倪。小子有诗叹道:

　　天变都从人事生,吉凶悔吝兆先呈。

　　漫言冥漠无凭证,星象高悬已著明。

欲知天变如何,待至下回详叙。

　　观范滂对簿之词,原足上质鬼神,下对衾影;即其不谢霍谞,非特自白无私,且免致中官藉口,谤及谞身,滂之苦衷,固可为知者道,难为俗人言也。然时当乱世,正不胜邪,徒为危言高论,终非保身之道,此范滂之所以终于不免耳。及桓帝告崩,窦后临朝,陈蕃有德于窦后,而进列上公,窦武更位极尊亲,手握兵柄,二人同心,协谋诛奸,似乎叱嗟可办。然必不动声色,密为掩捕,使妇寺无从预备,一举尽收,然后奏白太后,声罪加诛,吾料太后亦不能不从,肃清宫禁,原反手事耳!计不出此,乃徒向太后絮聒,促令除奸,何其寡谋乃尔?且陈蕃疏中,固尝云危言极意,则群凶侧目,祸不旋踵,彼既明知诛恶之宜速,处事之宜慎,奈何尚请宣示左右耶?谋之不臧,语且矛盾,识者已知其无能为矣。

第五十五回

驱蠹贼失计反遭殃　感蛇妖进言终忤旨

却说灵帝元年八月,太白星出现西方,侍中刘瑜,颇知天文,暗思星象示儆,危及将相,免不得瞻顾彷徨,因即上奏太后道:"太白侵入房星,光冲太微,象主宫门当闭,将相不利,奸人为变,宜亟加防!"一面又致书窦武、陈蕃,略言星辰错谬,不利大臣,请速决大计,毋自贻祸。武与蕃乃再协商,筹定计议,先令朱寓为司隶校尉,刘祐为河南尹,虞祁为洛阳令,然后奏免黄门令魏彪,另用小黄门山冰代任,且使冰入白太后,收捕长乐尚书郑飒,送入北寺狱中。陈蕃向武进言道:"若辈既经收捕,便当处死,何必送他入狱,多烦考讯哩?"蕃言甚是,但徒杀一郑飒,何足济事?武不肯从,即使山冰会同尚书令尹勋,侍御史祝瑨,就狱讯飒。飒供词连及曹节、王甫,勋与冰即据词复奏,使侍中刘瑜呈入。武踌躇满志,总道曹节、王甫等有权无力,唾手可取,不必防备他变,遂放心出宫,归府待信。蜂虿尚且有毒,况权阉蟠踞有年,怎可不为之备?刘瑜呈入奏章,也即退出。不料出纳奏章的内官,持了奏本,先去告知长乐宫内的五官史朱瑀(yǔ)。瑀闻郑飒被收,已怀疑惧,且与曹节、王甫等人,素相亲善,彼此互为倚托,自然时刻留心。当下索取奏本,私自展阅,看了数行,已经怒起,及阅毕后,更觉忍耐不住,自言自语道:"中官不法,自可诛夷;我辈何罪,乃尽欲加诛呢?"说着,眉头一皱,计上心来,便大声喧呼道:"陈蕃、窦武,奏白太后,将废帝为大逆,此事如何了得?"一面说,一面遍召长乐宫从吏,乘夜入商。当时应召驰至,计得共普、张亮等十七人,歃血共盟,谋诛窦武、陈蕃,然后报告曹节、王甫。节仓猝惊起,入语灵帝道:"外间喧哗,将不利圣躬,请速出御德阳前殿,宣诏平乱!"宵小诡谋,煞是可畏!灵帝年才十三,怎知内外隐情?当即依了节言,出御前殿。节与阉党拔剑相随,踊跃趋出,乳母赵娆,亦从至殿中,在旁拥护,传令闭诸禁门,召入尚书官属,取出亮晃晃的白刃,胁作诏书;尚书官属,无不贪生,就使心恨阉人,到此亦为威所迫,不敢不依言缮写。节也托称帝意,拜王甫为黄门令,使他持节至北寺狱,收系尹勋、山冰。冰等时已就寝,闻有中使到来,急忙披衣出迎,兜头一看,乃是王甫,且见他张目宣诏,声势恟恟,心下不禁怀疑,返身复入;甫即抢上一步,厉声吆喝道:"山冰汝敢不奉诏么?"道言未绝,手中已拔出佩剑,竟向山冰背后劈去,刀光一闪,冰已倒地。尹勋也从梦中惊醒,出外接诏,又被王甫手起剑落,结果性命。

甫即就狱中放出郑飒,还入长乐宫,竟去劫迫太后,索取玺绶。窦太后尚未起床,玺绶已被人取出,献与王甫。汝不忍人,人将忍汝！甫令谒者守住南宫,扃阁门,断复道,令郑飒等持节,及侍御史谒者,往捕窦武、陈蕃。武闻变驰入步兵营,与兄子步兵校尉窦绍,张弓拒使,射死数人,且召集北军五校士数千人,屯守都亭,向众宣令道:"黄门、常侍等造反,汝等能尽力诛奸,当有重赏!"军士尚将信将疑,勉听武命。郑飒慌忙奔还,报知曹节、王甫,节复矫诏令少府周靖行车骑将军,使与护匈奴中郎将张奂,率五营兵士讨武。奂方自北方受征,还都不过二三日,未知底细,一闻宫中急诏,当即奉命出来,与靖会合。王甫又招集虎贲、羽林诸将士,出来应奂,途中遇着陈蕃,与官属诸生八十余人,持刀入承明门,将至尚书门前,八十余人,何足济事？此来意欲何为？因即摆开兵马,将蕃截住。蕃等攘臂奋呼道:"大将军忠心卫国,黄门胆敢叛逆,怎得反诬窦氏呢？"甫应声诟骂道:"先帝新弃天下,山陵未成,武有何功,乃父子兄弟,并得侯封,时常设乐张宴,妄取掖庭宫人,私下纵欢,旬日间积资巨万？这四语是诬陷窦武。大臣若此,尚得说是有道么？公为宰辅,且与相阿党,岂非不忠？此外更不必说了!"说着,即指挥军士,将蕃围住,蕃拔剑叱甫,词色愈厉,甫悍然不顾,竟令军士一拥齐上,拘拿陈蕃。蕃年已垂老,又没有什么武力,所领官属诸生,多是文质彬彬,如何敌得住军吏？眼见是束手就缚,无策逃生。总计蕃等八十余人,一大半被他捕去,押送北寺狱中。黄门从官,统是权阉羽翼,见了陈蕃捕到,便奋拳伸足,相率殴踢道:"死老魅尚敢减损我等人员,剥夺我等廪饩么？"蕃怎肯忍气,自然反唇相讥,恼动这班狐群狗党,报告曹节、王甫,索得伪诏,将蕃害死。时已天明,张奂引兵出屯朱雀掖门,王甫领军继至,差不多有数千人,与窦武两下对垒。甫又使军士大呼武军道："窦武为逆,汝等皆系禁兵,应当宿卫宫省,为什么从逆抗命? 如肯翻然知悟,反正来降,朝廷自当加赏,毋得多疑!"营府素畏服中官,且见张奂、王甫等,自内出来,持节指麾,总应亲受帝命,方得如此张皇,因此心怀顾虑,不愿助武。张奂领兵多年,善觇敌势,遥望武军懈弛,就麾军进攻,气势甚锐。武军既已疑武,复遭奂军压迫,料知情势不佳,不如见机往降,还可免罪受赏,于是彼弃甲,此倒戈,纷纷投入奂军。自朝至暮,武手下只剩百余骑,怎能支持? 不得已拍马逃走;武从子绍亦即随奔。奂与王甫驱军追击,到了洛阳都亭,得将武等围住。武与绍惶急万分,自思无路可脱,先后拔剑自刎。奂即将二人枭首,缴与王甫,甫令悬首都亭,示众三日;奂有重名,应知窦武忠正,奈何助奸戮忠? 本编以追杀窦武,归咎张奂,具有良史书法。随即还兵收捕窦氏宗族,及亲戚宾佐,一体骈戮;惟将窦武妻妾贷死,徙往日南。先是窦武生时,与一蛇同出母胎,家人未敢杀蛇,送往林中。及武母殁后,举棺出葬,有大蛇蜿蜒到来,用首触柩,泪血并流,历时乃去。智士已目为不祥,至是始验。武有孙辅,年只二岁,亏得掾吏胡腾,闻风先至武家,将辅抱匿他

处，才得幸存。他如侍中刘瑜，与屯骑校尉刘述，均被捕戮，家族诛夷。曹节、王甫，复迫窦太后徙往南宫；且乘隙报怨，诬称虎贲中郎将刘淑，暨前尚书魏朗，俱与窦武等通谋，遣吏捕拿，二人皆愤急自尽。余如公卿以下，前经窦武、陈蕃荐举，尽行黜免，甚至两家门生故吏，无一逃罪，悉数禁锢。

议郎巴肃，本与武等同谋，曹节等未明情迹，但因他为武等荐引，免官归里，后来查悉肃与通谋，复派朝使前往拘戮。肃得知消息，不待朝吏到家，便诣县投案。县吏素重肃名，解去印绶，欲与俱亡。肃慨然道："既为人臣，有谋不敢隐，有罪不逃刑。肃本与谋除奸，不幸失败，何敢逃罪？愿随窦、陈二公于地下，使后世知有渤海巴肃。如君盛情，死且感念，今实不愿相累呢！"*可谓义士。*县令很是叹息，将肃交与朝使。朝使宣诏诛肃，肃引颈就刑，毫无惧容。铚（Zhì）令朱震，为太傅陈蕃故友，弃官入都，收葬蕃尸。蕃家属或死或徙，只有蕃子逸在逃，向震投依，震尚恐被捕，嘱逸隐姓埋名，避匿甘陵县境。后来果被发觉，系震下狱，一再考讯，胁令供逸所在，震抵死不肯承认，甚至全家被拘，连日榜掠，仍然不得实供，方得将案情延搁；直至黄巾贼起，朝廷大赦，震始得释，逸亦安归。就使窦武遗骸，亦由胡腾收埋。武孙辅，赖腾保护，与令史张敞，遁入零陵，诈云已死，自己改名谋生，以辅为子，费尽许多辛苦，养辅成人，替他娶妇，及赦诏屡颁，尚未敢遽言本姓。至献帝建安年间，荆州牧刘表，辟辅为从事，方知辅为窦武后裔，使还窦氏，仍奉武祀。这也是天鉴孤忠，不使绝后，所以有朱震、胡腾诸义士，极力保全，虽是颠连困苦，终得一线留遗。试看那宦官后来结果，究竟还是忠臣子孙，垂亡不亡，勿谓乱世时代，果可怙恶不悛哩！*苦口婆心。*

且说曹节、王甫等害尽忠良，扬扬得志。节迁官长乐卫尉，封育阳侯；甫迁官中常侍，仍守黄门令如故；宋瑀、共普、张亮等，皆为列侯；张奂仍拜大司农，亦受侯封。嗣奂悔悟前失，深恨为曹节等所卖，上书固让，缴还侯印，有诏不许。*悔已迟了。*越年三月，灵帝尊母董贵人为孝仁皇后，由慎园迎入都中，特置永乐宫奉养，如皇太后仪。过了月余，有青蛇从空坠下，蟠绕御座，历久方去；翌日又遇大风雨雹，霹雳四震，拔起大木百余株。有诏令群臣直言，大司农张奂因乘机上疏道：

> 臣闻风为号令，动物通气；木生于火，相须乃明；蛇能屈伸，配龙

腾蛰。顺至为休征,逆来为殃咎。阴气专用,则凝精为雹。故大将军窦武,太傅陈蕃,或志宁社稷,或方直不回,前以逸胜,并伏诛戮,海内默然,人怀震愤。昔周公葬不如礼,天乃动威;周成王葬周公于成周,天大雷电以风,偃禾拔木,乃改葬于毕,示不敢臣,语见《尚书大传》。今武、蕃忠良,未邀明宥,妖眚之来,皆为此也。宜急为改葬,徙还家属。其从坐禁锢,一切蠲除。又皇太后虽居南宫,而恩礼不接,朝廷莫言,远近失望,宜思大义顾复之报,以全孝道而慰人心,则国家幸甚!

灵帝看到此疏,却也感动,转语中常侍等,欲亲往南宫定省,中常侍等并皆色变,慌忙拦阻。究竟灵帝年纪尚轻,胸无主宰,又复延宕过去。司徒胡广,已代陈蕃为太傅,录尚书事。广一任司空,再任司徒,三登太尉,又迁太傅,居官三十余年,颇能炼达故事,熟悉朝章,只是素性优柔,专知和颜悦色,取媚当时,所以同流合污,任令宫廷如何变乱,一些儿不遭迁累。京师有俚语云:"万事不理问伯始,天下中庸有胡公。"伯始即胡广表字,万事不理,却是胡广一生的确评;若中庸二字,乃是圣贤至德,难道逢迎为悦的胡广,也能当此美名?可见舆论悠悠,非真足信。此外如宗正刘

宠,代王畅为司空,进任司徒,再继刘矩为太尉,平素清廉有余,刚断不足,故虽忧心时事,究未敢直言贾祸,匡正朝廷。至若许栩、许训等,相继为司徒,刘嚣、桥玄等,相继为司空,才具不过平常,在任又属不久,更无容赘述了。表明四府沿革,免致渗漏。张奂见四公在位,各无建白,因又与尚书刘猛等,共荐李膺等足备三公,曹节、王甫闻言衔恨,当即请旨谴责;奂与猛自囚廷尉,数日始得释出,尚令罚俸三月,聊示薄惩。郎中谢弼蒿目时艰,满怀愤懑,特上书奏谏道:

臣闻和气应于有德,妖异生乎失政。上天告谴,则王者思其愆;政道或亏,则奸臣当其罚。夫蛇者,阴气所生;鳞者,甲兵之符也。《洪范传》曰:"厥极弱,时则有蛇龙之孽。"又荧惑守亢,荧惑与亢,皆星名。徘徊不去,在有近臣谋乱,发于左右。不知陛下所与从容帷幄之内,亲信者为谁,宜急放黜,以消天戒。臣又闻"惟虺惟蛇,女子之祥"。伏惟皇太后定策宫闱,援立圣明。《书》云:"父子兄弟,罪不相及。"窦氏之诛,岂宜咎延太后?幽隔空宫,愁感天心,如有雾露之疾,陛下当有何面目以见天下?昔周襄王不能敬事其母,夷狄遂致交侵;孝和皇帝不绝窦氏之恩,前世以为美谈。礼为人后者为之子,今以桓帝为父,岂得不以太后为母哉?《援神契》曰:《援神契》,纬书名。"天子行孝,四夷和平。"方今边境日蹙,兵革蜂起,自非孝道,何以济之? 愿陛下仰慕有虞蒸蒸之化,俯思《凯风》慰母之念!臣又闻爵赏之设,必酬庸勋,开国承家,小人勿用。今功臣久疏,未蒙爵秩,阿母宠私,乃享大封,大风雨雹,亦由于兹。又故太傅陈蕃,辅相陛下,勤身王室,夙夜匪懈,而见陷群邪,一旦诛灭,其为酷滥,骇动天下,门生故吏,并罹徙锢。蕃身已往,人百何赎! 宜还其家属,解除禁锢。夫台宰重器,国命所系,今之四公,惟刘宠断断守善,余皆素餐致寇之人,必有折足覆𫗧(sù)之凶,《易》曰:"鼎折足,覆公𫗧。"𫗧,鼎实也。折足覆𫗧,喻不胜任。可因灾异,并加罢黜! 亟征故司空王畅,司隶李膺,并居政事,庶灾变可消,国祚惟永。臣山薮顽暗,未达国典,伏见陛下因变求言,明诏令公卿以下,无有所隐,用敢不避忌讳,冒死渎陈,惟陛下裁察。

这书呈入,阉党大哗,即欲将弼加罪;但因灵帝为了邪妖天变,下诏求言,若遽至收弼,不免与前诏相背,乃只说他党同罪人,不宜在位,出谪为广陵府丞。弼不愿就职,辞官回家,阉宦尚未肯甘休,查得弼家居东郡,特简曹节从子绍为东郡太守,前往监束。绍即诬构弼罪,将他拘系,几次讯鞫,硬要他供认罪状;弼明明无辜,怎肯自诬?终落得刑杖交加,枉死狱中。暗无天日。故太尉杨秉子赐,方进为光禄勋,灵帝常令他侍讲殿中,问及蛇妖征验,赐博通经术,因即据经奏对道:

　　臣闻和气致祥,乖气致戾,休征则五福应,咎征则六极至。夫善不妄来,灾不空发。王者心有所维,意有所想,虽未形颜色,而五星为之推移,阴阳为其变度。以此而观,天之与人,岂不符哉?《尚书》曰:"天齐乎人,假我一日。"我,指君主言,此为《尚书》中语。是其明征也。夫皇极不建,则有蛇龙之孽,《诗》云:"惟虺惟蛇,女子之祥。"故春秋两蛇斗于郑门,昭公殆以女败;昭公之立,由于祭仲女之泄谋,逐去厉公,故得入立,至蛇斗见兆,昭公遇弑,故云以女败。康王一朝晏起,《关雎》见机而作。佩玉晏鸣,《关雎》叹之。事见《鲁诗》,今已佚亡。夫女谒行则谗夫昌,谗夫昌则苞苴通,故殷汤以此自戒,终济亢旱之灾。商初七年大旱,汤祈天自责,卒得大雨。惟陛下思乾刚之道,别内外之宜,崇帝乙之制,受元吉之祉,见《易·泰卦》。抑皇甫之权,割艳妻之爱,见《诗·小雅》。则蛇变可消,祯祥立应。殷戊、宋景,其事甚明,殷王太戊时,桑谷拱生于朝,太戊修德,而桑谷死;宋景公时,荧惑守心,景公修德,而星退舍,并见《史记》。幸垂察焉。

看赐奏对,也是隐斥权奸,不过语从含混,未尝指明阉党,但就妇女上立说。此时灵帝尚未立后,只有乳母赵娆,一介女流,未能周知外情,因此赐尚得无恙;惟所请各条,终归无效,徒付诸纸上空谈罢了。小子有诗叹道:

　　衰朝谁复重忠贤? 主暗臣邪总不悛!
　　尽有良言无一用, 何如刘胜作寒蝉?

内政虽乱,外事还幸顺手,当由边疆传入捷报,乃是东西羌一律讨平。欲知功出何人,待至下回再表。

窦武之死,其失在玩;陈蕃之死,其失在愚。彼曹节、王甫等蟠踞宫廷,根深蒂固,太后嗣主,俱在若辈掌握之中,即使谋出万全,尚恐投鼠忌器,奈何事已发作,尚出轻心耶?武之误事不一端,而莫甚于出宫归府,不先加防。蕃与武密谋已久,仍不能为万全之计,至闻变以后,徒率官属诸生,持刃入承明门,岂寥寥八十余人,遂足诛锄阉党乎?诛阉不足,送死有余,何其愚也?然则二族之横被诛夷,迹固可悯,而实由自取。刘瑜、尹勋以下,更不足讥焉。张奂为北州豪杰,甘作阉党爪牙,罪无可恕;至妖异迭见,乃请改葬蕃、武,朝谒太后,欲盖已往之愆,宁可得耶?谢弼官卑秩微,犯颜敢谏,虽曰徒死,不失为忠,是又不得以张奂例之矣。

第五十六回

段颎百战平羌种　曹节一网殄名流

却说并、凉外面的羌种，叛服无常。自从段颎、皇甫规等依次出讨，屡破羌人，西境少安；至段颎、皇甫规先后被谗，征还受罪，羌众复炽。见五十一回。规已起任度辽将军，独颎尚输作刑徒，未得起复。会西州吏民陆续诣阙，为颎讼冤，颎乃得免罪入朝，拜为议郎，出任并州刺史。会有滇那等羌，入寇武威、酒泉、张掖诸郡，焚掠庐舍，势甚猖狂，凉州几被陷没。朝廷闻警，乃复命颎为护羌校尉，乘驿赴任。滇那等素惮颎威，不待交锋，便即请降。还有当煎、勒姐诸羌种，互相勾结，抗拒如故。颎连年出击，屡破诸羌，当煎、勒姐诸羌人，并皆败北。再由颎率兵穷追，转战山谷间，大小经数十次，共斩首二万三千级，获生口数万人，马牛羊八百万头，收降部落万余，西羌瓦解，颎因功得封都乡侯。既而鲜卑诱引东羌，与共盟诅，使寇河西，中郎将张奂，方出督幽、并、凉三州，见五十四回。主张招抚，东羌或率种愿降，惟先零羌不肯从命。再由度辽将军皇甫规遣使宣谕先零。先零朝降暮叛，狡黠异常，嗣复进掠三辅，奂乃遣司马尹端、董卓出击，阵斩虏首万余人，三辅少安。董卓始此。时尚为桓帝末年，有诏问颎以驭羌方略，颎独驳去规、奂两人计划，力主征讨，朝廷准如所议，听令出兵。颎即率兵万余人，赍半月粮，进剿先零羌。自彭阳直指高平，行抵逢义山，望见前面布满羌人，辎重牲畜，累累不绝，颎众不免惊惶，独颎神色自如，下令军中分为数队，前张强弩，次持长矛，又次挟利刃，共列三重，再用轻骑分驻两旁，成左右翼，然后召语将士道："今去家已数千里，进可图功，退必尽死！各应努力向前，祸福安危，决在今日了。"亦一激将法。随即向众大呼，麾令杀敌，众皆应声腾跃，逐队奋进。先驱为强弩队，扯弓并射，箭如飞蝗，羌众纷纷避箭；阵势已动，当由长矛、利刃两队，乘隙杀入，一番乱搅，好似虎入羊群，无坚不破；再由颎亲率左右两翼，包抄过去，虏众大骇，顿时大溃。颎从后追剿，斩首至八千余级，获牛羊二十八万头，乃收兵回营，露布告捷。适灵帝即位，窦太后临朝，进拜颎为破羌将军，赐钱二十万，召颎子一人为郎中；敕中藏府颁给金钱彩物，犒赏军前。颎既奉诏，复领轻骑追羌，驰出桥门谷，进抵走马水，侦知败羌屯集奢延泽中，即倍道兼行，一昼夜行二百余里，果见羌众在前，麾骑突上，喊杀声震动天地，羌众不意颎至，无暇抵敌，都是回头就跑，略略迟慢，便把性命丢脱；及逃至落川，距奢延泽已数十里，方见颎军止追，乃收集溃羌，暂图休息。颎又遣骑司马田晏，率五千人出羌东，假司马夏育，率二千人出羌西，东西并进，夹攻逃羌。羌人也已预防，持械待着，可巧田晏先至，便兜头拦住，与晏鏖斗，晏部下只五千人，未及羌众半数，致为羌人所围。两下里拼死力争，正杀得难解难分，那西路已驰到，夏育攻入围场，援应晏军，晏趁势杀出，与育驱击羌众，羌众复败，窜至令鲜水上，倚流自固。晏使人飞报颎营，颎自往接应，会同晏、育两军，再向前行。到了令鲜水旁，军士已皆饥渴，水为羌众所据，无从汲饮，当由颎勒众齐进，驱虏过水，虏连败心惊，因复却走，颎军才得取水解渴，炊饭疗饥。饥渴既解，精神又振，更逾水击羌，且战且追，直抵灵武谷。羌众背山为阵，拟决一死战；颎见他立住不动，已料透羌人心意，索性披甲先登，怒马突阵，又是一激将法。将士无不感奋，相率随上，一当十，十当百，杀得羌众弃甲曳兵，四处奔散。颎复穷追至三日三夜，斩馘无算。到了泾阳，军士皆脚下生茧，方停足不追，余羌俱窜入汉阳山谷间，颎拟休养数旬，再进军荡平余羌。适中郎将张奂，奏称东羌虽破，余种难尽，段颎性轻志急，胜负无常，不如用恩济威，庶无后悔，朝廷乃止颎再进，谕令审慎。颎已决志平羌，覆书申请道：

> 臣本知东羌虽众，而软弱易制，所以前陈愚虑，思为永宁之算，而中郎将张奂，谓虏强难破，宜用招降。圣朝明鉴，信纳謇言，故臣谋得行，奂计不用。事势相反，遂怀猜恨，信叛羌之诉，饰词润意，云臣兵累见折衄，又言羌一气所生，不可诛尽，山谷广大，不便穷搜，流血污野，伤和致灾。臣伏念周、秦之际，戎狄为害，中兴以来，羌寇最盛，诛之不尽，虽降复叛。今先零杂种，累以反复，攻没县邑，剽掠人物，发冢露尸，祸及死生，上天震怒，假手行诛。昔邢为无道，卫国伐之，

师兴而雨。臣动兵涉夏,连获甘澍,岁时丰稔,人无疾疫。上占天心,不为灾伤;下察人事,众和师克。自桥门以西,落川以东,故官县邑,更相通属,非为深险绝域之地,车驰安行,无应折衂。案奂为汉吏,身当武职,驻军二年,不能平寇,徒欲修文戢戈,招降犷敌,诞辞空说,僭而无征。何以言之?昔先零为寇,赵充国徙令居内,煎当乱边,马援迁之三辅,始服终叛,至今为梗。故远识之士,以为深忧。今旁郡户口单少,数为羌所创毒,而欲令降徒,与之杂居,是犹树枳棘于良田,养虺蛇于内室也!故臣奉大汉之威,建长久之策,欲绝其根本,不使能殖,本规三年之费,用计五十四亿,今才期年,所耗未半,而余寇残烬,将向殄灭。臣每奉诏书,军不内御,愿卒斯言,一以委臣,临时量宜,不失权便,务使羌虏殄而西徼常安,则臣庶足报国恩于万一,区区此意,不尽欲言。

时朝廷方有内变,宰辅权阉,互相私斗,至有窦、陈骈戮等事,未遑顾及外情,所以颍虽复奏,不闻详细批答;但遣谒者冯禅,抚慰汉阳散羌,羌众正在穷蹙,情急愿降,受抚约四千人。段颍闻报,复上言春令方交,百姓

甫在野农耕,羌虽暂降,县官无廪粟济给,必当复为盗贼,不若乘虚进兵,一鼓平羌等语,朝廷又搁置不报。颎竟自发兵,再击东羌。行至凡亭山,与羌垒相距四五十里,即命田晏、夏育率五千人屯据山上,羌人率众来争,蚁聚山下,仰首大呼道:"田晏、夏育曾否在此?可来与我决一死生!"无非是恐吓伎俩。晏、育听了,当然动愤,便鼓励将士,下山力战,卒破群羌。羌众向东奔溃,走入射虎谷中,分守诸谷上下门。颎欲乘此殄虏,先遣千人截羌去路,结木为栅,广二十里,长四十里;又命晏、育等率七千人,衔枚夜上西山,结营穿堑,俯临羌垒;更使司马张恺等率三千人上东山,与为犄角。羌酋望见山上旗帜,才觉惊慌,亟引众来攻东山,断截水道,颎自领步骑往援,杀退羌众,乘胜会集。东西山将士,进攻射虎谷上下门,一鼓捣破,遍搜深岩穷谷,屠戮殆尽,共诛羌酋以下万九千级,夺得牛马驴骡毡裘庐帐,不可胜计,未免太酷,颎之不得令终,当亦由好杀所致。单剩冯禅所抚四千人,尚获生全,分置安定、汉阳、陇西三郡,于是东羌乃平。统计段颎两年用兵,先后经百八十战,斩首凡三万八千六百余级,获牲畜至四十二万七千五百余头,费用四十四亿,军士只死亡了四百余人。朝廷论功行赏,进封颎为新丰侯,食邑万户。颎驭军仁恕,士卒罹伤,辄亲自省视,手为裹创,在营数年,未尝一日安寝,上下甘苦同尝,故人人感德,乐为效死。当时皇甫规、张奂,并以防边著名,颎与他鼎足并峙。规字威明,奂字然明,颎字纪明,三人皆籍隶凉州,世称为"凉州三明",这且待后再表。

且说李膺、杜密等人,自经陈、窦失败,复致连坐,一体废锢。偏是声名未替,标榜益高,前此尝号窦武、陈蕃、刘淑为三君,三君皆死,海内无不痛惜。此外尚有八俊、八顾、八及、八厨诸名称。八俊就是李膺、杜密、荀翌、王畅、刘祐、魏朗、赵典、朱寓。俊字的意义,无非说他是人中英杰。八顾系是郭泰、宗慈、巴肃、夏馥、范滂、尹勋、蔡衍、羊陟。顾字的意义,谓能以德引人。八及乃是张俭、岑晊、刘表、陈翔、孔昱、苑康、檀敷、翟超。及字的意义,谓能导人追宗。八厨便是度尚、张邈、王考、刘儒、胡母班、秦周、蕃向、王璋。厨字的意义,谓能仗义疏财。这三十二人,除尹勋、巴肃被戮外,统尚留存,士人竞相景慕;惟阉竖视为仇雠,每下诏书,辄申党禁。中常侍侯览,为了张俭毁冢一事,衔怨甚深,见五十三回。嘱使乡人朱并上书告俭。并素奸邪,为俭所弃,当然仰承览意,诬称俭与同乡二十四人,私署名号,图危社稷。封章朝上,诏令夕颁,即饬有司严捕俭等。长乐卫尉曹节,复讽朝臣奏发钩党,请将故司空虞放,及李膺、杜密、朱㝢、荀翌、刘儒、翟超、范滂诸人,一并逮治。灵帝年方十四,召问曹节等道:"如何叫做钩党?"节应声道:"就是私相钩结的党人!"灵帝又问道:"党人有何大恶,乃欲加诛?"节又答道:"谋为不轨!"灵帝更问道:"不轨欲如何?"节直答道:"欲图社稷。"灵帝乃不复言,准令逮治。看他所问数语,好似痴呆,怪不得为宵小所迷。李膺有同乡士人,得知风声,急往语膺道:"祸变已至,请速逃亡!"膺慨然道:"事不辞难,罪不逃刑,方不失为臣。我年已六十,死生有命,去将何往?"乃径诣诏狱,终被掠死;妻子徙边,门生故吏,并被禁锢。侍御史景毅子顾,为膺门徒,尚未及谴,毅独叹息道:"本谓膺贤,遣子师事,怎得自幸漏名,苟安富贵呢?"遂自表免归,时人称为义士。汝南督邮吴导,奉诏往捕范滂,滂家居征羌县中,导至驿舍,闭户暗泣。滂闻声即悟道:"这定是不忍捕我,为我生悲哩!"当下赴县诣狱。县令郭揖,见滂大惊,出解印绶,引与俱亡,

且与语道："天下甚大，何处不可安身？君何故甘心就狱？"滂答说道："滂死方可杜祸，何敢因罪累君？况母年已老，滂若避死，岂不是更累我母么？"揖乃遣吏迎滂母子，使与诀别。滂向母拜辞道："季弟仲博，素来孝敬，自能奉养，儿愿从我父龙舒君共入黄泉，滂父显，曾为龙舒侯相。存亡并皆得所，望母亲割舍恩情，勿增悲感，譬如儿得病身亡罢了！"母闻言拭泪，复咬牙徐语道："汝今得与李、杜齐名，死亦何恨？若既获令名，又求寿考，天下事恐未必有此两全呢！"此母亦一奇妇人。滂长跪受教，起身嘱子道："我欲使汝为恶，恶岂可为？使汝为善，我生平原不为恶！"说至此，不禁呜咽，挥手令去，遂随吴导入都，亦即被掠死狱中。余如前司空虞放，司隶校尉朱寓，沛相荀翌，任城相刘儒，山阳太守翟超等，并皆被捕，一并冤死，妻子皆流往边疆。

更可恨的是权阉肆毒，任意株连，平日稍有嫌隙，即把他名列党籍，非锢即戮，或与宦官素无仇怨，但有重名，播闻远近，亦就指为党人，一网打尽。因此党狱连坐，共死百余人。再令州郡捕风捉影，辗转钩连，或死或徙，或废或禁，又不下六七百人。惟郭泰名列八顾中，却能和光同尘，不为危言激论，所以怨祸不及，幸得免累，但探闻正人名士，枉死甚众，不由的悲从中来，私自挥泪道："周诗有言：'人之云亡，邦国殄瘁。'今汉室亦蹈此辙，灭亡恐不远了！但未知瞻乌爱止，究在谁屋呢？"瞻乌爱止，于谁之屋？亦《诗经》中语。独张俭亡命未归，始终不得捕获，侯览定欲杀俭，令郡国严缉到案，如有收匿，与俭同罪。郡国官吏，应命侦查，四处搜缉，遇有前时留俭的人家，便即收讯，笞杖交下，往往至死。鲁人孔褒，与俭为至交，俭曾亡奔褒门，褒适外出，有弟融年才十六，出门应客。俭询知褒不在家，面有窘色，融转叩行踪，俭又因他年轻，未便遽告，免不得言语支吾。融即笑语道："兄虽外出，难道我不能为君作主么？"乃留俭居宿，数日方去。郡吏闻风往捕，俭已脱走，遂将褒、融二人，系狱就讯。融首先认罪道："俭来融家，原有此事，今已他去，未知何往。惟融兄在外，融实留俭，若要坐罪，融愿承当，与兄无涉！"褒待融说毕，当即接口道："彼来求我，弟本不知，罪当坐褒。"郡吏得供，反致疑惑不定，因复传讯孔母。孔母答道："妾夫已殁，应为家长，家事处分，应归家长担任，妾甘心认罪！"郡吏见他一门争死，仍难定谳，乃将供词申奏朝廷，有诏竟令褒坐罪，释母及融，融由是显名。史称融为孔子二十世孙，表字文举，父名伷（zhòu），曾为泰山都尉。融幼有异禀，年四岁时，与诸兄食梨，舍大取小，家人问为何因？融答说道："我乃小儿，法当取小梨。"家属便呼奇童。**不愧为孔氏子孙。**及年十岁，随父诣京师，适李膺为河南尹，严肃门禁，除当代名士，及通家世好外，概不接见。融欲往视膺，独至膺府门前，顾语门吏道："我是李公通家子弟，特来求见，敢烦通报！"门吏见他年幼有仪，料非凡品，因即入内白膺。膺以为通家子弟，不能不许他进见，特令门吏引入；及见面后，并不相识，惟觉融趋承尽礼，举止大方，却也暗暗称奇。乃开口问融道："童年到此，定必高明，但未识令祖令父，与仆果有恩旧否？"融从容道："先祖孔子，与明公先祖李老君，同德类义，相为师友，可见得是累世通家了！"**虽似辩言，却有至理。**膺不禁叹赏，宾佐亦啧啧称羡。大中大夫陈炜后至，阖座便将融言转告，炜顺口说道："小时了了，大未必奇！"融应声道："如君所言，少小时宁可呆笨，勿可聪明么？"炜不能答。膺却大笑道："高明若此，他日必为伟器！"融乃辞去。越三年，即丁父忧，哀恸逾恒，扶而后起，乡里又称为孝子；至与兄襃争死法庭，孝且兼悌，自然名誉益隆。**孔融少年履历，随笔叙过。**惟张俭已出塞远扬，终得免戮，只晦气了几个亲友。陈留人夏馥，**即前八顾中之一。**闻俭亡命，牵累多人，不禁窃叹道："孽由己作，空污良善；一人逃死，祸及万家，还要求什么生活呢？"遂剪须发，逃入林虑山中，自隐姓名，为冶家佣，日亲烟炭，形容毁瘁，阅二三年，无人知为夏馥。馥弟静载送缣帛，反惹动馥怒，愤然与语道："弟奈何载祸相饷？幸速携还！"静乃退归。汝南人袁闳，恐遭党累，意欲投迹深山，只因老母尚存，未便远遁，乃筑土室，不设门户，但开一小窗，孑身伏处室中，从窗间纳入饮食。母或思闳，有时往视，闳方开窗应答，母去便将窗掩住，虽兄弟妻孥，不得相见，如是历十有八年，竟在土室中病终。故太丘长陈寔，家居颍川，也是一时名士，与中常侍张让同乡，让遭父丧，郡吏并皆会葬，惟名士裹足不前，寔却屈节往吊，让因此感寔，所有颍川名士，赖寔解免，多得全身。陈留人申屠蟠，前闻李膺、范滂等非议朝政，为世所重，独引为深忧道："昔战国时代，处士横议，国君且拥彗先驱，后来终有焚书坑儒的大祸；今日恐复见此事了！"遂避迹梁砀间，因树为屋，自同佣人，及钩党狱兴，蟠得脱然无累，倘徉终日。小子有诗咏道：

> 箕山颍水尚逃名，乱世如何反自鸣？
> 多少英雄流血后，才知智士善全生。

蹉跎过了二年，灵帝行加冠礼，颁下赦文，惟党人不赦。阉人凶焰，横亘神州。欲知后事变迁，且看下回续叙。

西羌之为汉患，历有年所，诚能举兵荡平，未始非一劳永逸之计。然吾闻圣王之待夷狄，叛则讨之，服则舍之，非好为姑息养奸，实体上天好生之德，不忍芟夷至尽也。张奂主抚，段颎主剿，皆属一偏之见。虽后来颎得平羌，然斩首至三万八千余级，得无所谓血流污野，伤和致灾乎？况外侮可平，内蠹不可去，钩党狱兴，名流尽殄；曹节、王甫等之斫丧国脉，比羌患不啻倍蓰（xǐ），豺狼当道，安问狐狸？张纲可作，吾知其愤且益甚矣。惟李膺、杜密、范滂诸人，不知韬晦待时，徒以一朝之标榜，祸及身家，株连亲友，是岂不可以已乎？而郭林宗、申屠蟠辈，则偭乎远矣。

第五十七回

葬太后陈球伸正议　　规嗣主蔡邕上封章

却说窦太后徙居南宫,已经二年,灵帝并未往省,张奂、谢弼相继进谏,俱为阉人所阻,事见前文。会灵帝选定皇后宋氏,朝廷称贺。宋氏为执金吾宋酆女,由建宁三年选入掖庭,册为贵人,越年正位中宫,晋封酆为不其乡侯。后既正位,当然至永乐宫朝见灵帝生母孝仁皇后,即董贵人,见五十五回。独未闻过谒南宫。既而灵帝天良发现,暗思自己入承帝统,全仗窦太后从中主持,大恩究不可忘,因于十月朔日,率群臣往朝南宫,亲至窦太后前,奉馈上寿;窦太后亦改忧为喜,畅饮尽欢。黄门令董萌,素受窦太后恩眷,至此见灵帝省悟,乐得乘间进言,屡为窦太后诉冤,灵帝乃常遣董萌过省,一切供奉,比前加倍。偏曹节、王甫等引为深恨,反诬萌谤讪永乐宫,下狱处死,窦太后又失一臂助。灵帝复为阉党所迷,将南宫置诸脑后,不再往朝。越年颁诏大赦,改元熹平。中常侍侯览调任长乐宫太仆,骄奢益甚,夺人妻女,破人居屋,怨满通衢,甚至同党亦被他侵迫,互生嫌疑;有司始得举劾览罪,策收印绶,下狱自杀。多行不义必自毙。惟曹节、王甫揽权如故,窦太后为节、甫所排,频年抑郁,饮恨不休,嗣闻生母复流死日南,连尸骸都不得归葬,益觉得哀思百结,无限酸辛。也是自贻伊戚。古人有言,女子善怀,况如窦太后的始荣终悴,不堪回首,怎能不怏怏成疾,促丧天年?熹平元年六月,竟在南宫中病逝。阉竖积怨窦氏,但用衣车载太后遗骸,出置城南市舍;曹节、王甫居然入白灵帝,请用贵人礼殡殓。灵帝摇首道:"太后亲立朕躬,统承大业,朕方自愧不孝,怎得反降太后为贵人哩?"还算有些良心。于是棺殓如仪,举哀发丧。曹节等复欲别葬太后,进冯贵人配祔(fù)桓帝,灵帝未以为然,因诏令公卿集议朝堂,特派中常侍赵忠监议。仍用阉人监议,可见曹节等势力。时太傅胡广已死,太尉刘宠早经免职,后任又掉换数人,继起为太仆李咸。咸自超迁

葬太后陈球申正议

太尉后,屡患疾病,告假养疴,闻得朝廷集议,欲将窦太后别葬,因即力疾起床,令家人捣好椒毒,取纳袖中,便与妻子诀别道:"若窦太后不得配食桓帝,我誓不生还了!"说着,遂乘舆入朝,遥见群僚已萃集一堂,差不多有数百人,乃下车徐进,按席坐着;好一歇不闻人声,彼此面面相觑,无敢先言,因也暂忍须臾。少顷由赵忠开口道:"诸公既已到齐,应该即时定议!"坐旁方有人起立道:"皇太后以盛德良家,母临天下,宜配先帝,何必多疑?"咸闻言正中心坎,忙视发言的大臣,乃是廷尉陈球,正思接口赞成,那赵忠已微笑道:"陈廷尉既有此意,应即操笔立议!"球并不推辞,就取过纸笔,随手草成数行,遍示大众。但见纸上写着:

皇太后自在椒房,有聪明母仪之德。遭时不造,援立圣明,承继宗庙,功烈至重。先帝晏驾,因遇大狱,迁居空宫,不幸早世,家虽获罪,事非太后,今若别葬,诚失天下之望。且冯贵人冢,尝被发掘,骸骨暴露,魂灵污染,生平固无功于国,何足上配至尊?臣球谨议。冯贵人冢尝为盗所发,事在建宁三年。

大众览毕，都无异词，惟赵忠面色陡变，强颜语球道："陈廷尉创建此议，可谓胆略独豪。"球应声道："陈、窦已经受冤，皇太后尚无故幽闭，臣常痛心，天下亦无不愤叹。今日为国直言，就使朝廷罪臣，臣也甘心！"这数语更拂忠意，顿时扬眉张目，欲出恶声。咸至是不能再忍，便起语道："臣意与廷尉陈球相同，皇太后不宜别葬。"群僚听着，方才同声附和道："应如此言！"公等碌碌，所谓因人成事者也。忠自觉势孤，未便多嘴，乃悻悻入内；李咸、陈球等也陆续退归。偏是曹节、王甫，尚在灵帝前力争，说是梁后家犯恶逆，别葬懿陵，即桓帝后。武帝尝黜废卫后，以李夫人配食，今窦氏罪深，怎得合葬先帝等语。李咸探知消息，因复抗疏力谏，略云：

　　　　臣伏惟章德窦后虐害恭怀，安思阎后家犯恶逆，而和帝无异葬之议，顺朝无贬降之文。事并见前文。至于卫后，孝武皇帝身所废弃，不可以为比。今长乐太后，尊号在身，亲尝称制，且援立圣明，光隆皇祚，太后以陛下为子，陛下岂得不以太后为母？子无黜母，臣无贬君，宜合葬宣陵，一如旧制。臣咸谨昧死以闻。

　　灵帝览奏，决计依议，始奉窦太后梓宫，合葬宣陵，追谥为桓思皇后。既而朱雀阙下，发现无名揭帖，有"曹节、王甫幽杀太后，公卿皆尸位苟禄，莫敢忠言，天下当大乱"云云。曹节、王甫慌忙报知灵帝，自白无辜。有诏令司隶校尉刘猛，从严查缉，十日一比，猛因谤书切直，不愿急捕，迁延至一月有余，未得主名。节、甫遂劾猛玩宕，左迁为谏议大夫。适护羌校尉段颎，班师东归，入为御史中丞，阉党素与往来，颇相友善，因此奉诏代猛，受任司隶校尉。当下派吏四出，捕得太学游生等千余人，拘系狱中，逐日考讯，亦无左证，徒累得一班士子，冤苦吞声。曹节等又嘱颎追劾刘猛，摭拾他罪，猛因此落职，罚作左校刑徒。颎为平羌功臣，何苦作阉人走狗？大司农张奂，调任太常，因与宦官屡有违言，致为所忌，且与段颎争论羌事，积不相容；并见前两回中。又有前司隶校尉王寓，依倚权阉，向奂有所请托，奂谢绝不允，遂由寓设词构陷，劾奂曾阿附党人，罪坐废锢。段颎更欲投井下石，逐奂回籍，授意郡县，迫令自裁。奂不胜惶惧，因致书谢颎道：

　　　　小人不明，得过州将，司隶管辖河南、洛阳、三辅、三河、弘农七郡，奂回籍经过，故书称州将。千里委命，以情相归。足下仁笃，照其辛苦，使人未返，复获邮书，恩诏分明，前已写白，而州期切迫，无任屏营，父母朽骨，孤魂相托，若蒙矜怜，壹流咳唾，则泽流黄泉，施及冥冥，非免生死所能报塞。夫无毛发之劳，而欲求人丘山之用，此淳于髡所以拍髀仰天而笑者也。诚知言必见讥，然犹不能无望。何者？朽骨无益于人，而文王葬之；死马无所复用，而燕昭宝之。觉同文、昭之德，岂不大哉？凡人之情，冤则呼天，穷则叩心。今呼天不闻，叩心无益，诚自伤痛。俱生圣世，独为匪人。孤微之人，无所告诉，如不哀怜，便为鱼肉，企心东望，无所复言。

颍得书后，也觉得心生恻隐，不忍害免，乃饬州郡好意看待，送免西归。免既返敦煌，闭户著书，不闻世事，才得幸全。未几又由中常侍王甫，察得渤海王悝，与同党郑飒、董腾交通，密告段颍，使他从速查究；颍又奉命惟谨，再兴大狱，惨戮多人。这渤海王悝，系是恒帝亲弟，前曾袭封蠡吾侯，<u>桓帝系蠡吾侯翼长子，入嗣帝位，故令弟悝袭封，事见前文。</u>嗣因渤海王鸿，身后无子，乃令悝过继，承鸿遗封，得为渤海王。<u>鸿为质帝生父，即千乘王伉孙。</u>桓帝延熹八年，有司奏悝有邪谋，因降悝为瘿陶王，只食一县；悝潜谋复国，尝使人入都钻营，贿托中常侍王甫，代为申请，得能仍复旧封，当谢钱五千万缗，王甫满口应许。既而桓帝驾崩，遗诏赐复悝封，悝喜如所望；惟探得复封原因，乃是桓帝顾念亲亲，有此遗命，并非由王甫代为转圜，于是将五千万钱的原约，视为无效。哪知甫贪婪得很，屡遣心腹吏向悝索钱，始终不得如愿，乃阴伺悝过，为报怨计。先是朝廷迎立灵帝，道路曾有流言，谓渤海王悝，恨不得立，蓄有异图，当时亦无暇详究；后来中常侍郑飒，与中黄门董腾，串通渤海，常有书信往来，为王甫所侦知，遂令段颍出头告发，收郑飒等，送北寺狱，锻炼周章。尚书令廉忠，也是王甫爪牙，阿附甫意，诬奏郑飒等谋迎立悝，大逆不道。再经曹节从旁证实，不由灵帝不信，立即诏饬冀州刺史，拘悝下狱；复遣大鸿胪、宗正、廷尉三官，同赴渤海，逼悝自尽。悝有妃妾十一人，子女十七人，伎女二十四人，皆系死狱中。就是傅、相以下诸僚属，亦责他辅导不忠，冤冤枉枉的杀死多人。郑飒、董腾，既由廉忠指为祸首，哪里还能生活，自然一并受诛。<u>飒应处死，余实可怜。</u>甫得进封冠军侯，曹节亦增邑四千六百户。宫廷内外，要算曹、王二宦官权势最盛，父兄子弟，并为公卿列校，牧守令长,布满天下。节弟破石为越骑校尉,贪淫骄纵,探得营吏妻有美色,即胁令献入,营吏怎敢违抗?只好与妻诀别,嘱使前往。哪知妻却有烈性,晓得三从四德,执意不行,结果是服毒自尽,完名全节。**可哀可敬,惜乎姓氏失传。**破石闻知,尚责营吏防守不严,革去职使。看官你道是冤不冤呢?惨不惨呢?**艳福原难消受,况是一个寻常营吏。**

  熹平二年,春季大疫,病死甚多,夏季地震,海水四溢。灵帝不知反省,往往归咎大臣,太尉李咸免官,进司隶校尉段颎为太尉,司徒桥玄、许栩,司空许训、来艳、杨赐,先后任免,命大鸿胪袁隗为司徒,太常唐珍为司空。颎与宦官通同一气,故得超迁。隗系故太尉袁汤第三子,承父遗荫,少历显宦,中常侍袁赦,认与同宗,常相推重,所以隗得进列三公。珍乃故中常侍唐衡弟,显是宦官亲党。台辅诸公,并作群阉耳目,国事更不问可知了。**堂堂宰辅,援系腐竖,可耻孰甚!**会稽人许生,首先发难,自称越王,传檄四方,指斥时政,不到月余,聚众万数,东攻西略,占了好几座城池;诏令扬州刺史臧旻,丹阳太守陈夤,并力剿贼,好多日不能扫平。许生反占号阳明皇帝,连败官军,还是吴郡司马孙坚,具有智勇,召募壮士千余人,作为臧旻、陈夤的先驱,才得一再破贼,捣入会稽,枭下了许生头颅,勘定东南。**孙坚始此。**但已是两年扰乱,被难的人民,害得十室九空,试问从何处求偿呢?灵帝方宠信宦官,听令横行,管什么民间疾苦?四府三公,又多仰阉人鼻息,专严党禁,且议出一种钳制吏职的规条,叫做三互法。凡世俗有姻谊相关,及两州人士,不得交互为官,名为革除情弊,实是杜绝朋党。自是选用牧守以下,辄多禁忌,辗转需时。幽并二州,屡有寇患;鲜卑骑士,出没塞下,庸吏被黜,狡吏乞休,往往悬缺不补,防务更坏。议郎蔡邕上书进谏道:

  伏见幽、冀旧壤,铠马所出,比年兵饥,渐至空耗。今者百姓虚悬,万里萧条,阙职经时,吏人延属,而三府选举,逾月不定,臣窃怪之。论者每云当避三互,不得不出以审慎,愚以为三互之禁,禁之薄者,今得申以威灵,明其宪令,在任之人,岂不戒惧?顾斤斤然坐设三互,自生留阂耶?昔韩安国起自徒中,朱买臣出于幽贱,并以才宜,还守本邦。又张敞亡命,擢授剧州,岂宜顾循三互,继以末制乎?三公明知二州之要,所宜速定,当越禁取能,以救时敝,而不顾争臣之义,

苟避轻微之科,选用稽滞,以失其人。臣愿陛下上则先帝,蠲除近禁,其诸州刺史器用可换者,无拘日月三互,以差厥中,则责成有属,而边境可期宁谧矣!

书奏不省,邕亦不便再谏,只好容忍过去。惟邕字伯喈,籍隶陈留。六世祖勋,前汉时曾为郿令,嗣因王莽篡位,弃官入山,高隐以终;及邕父棱亦素行清白,殁谥为贞定公。邕事母至孝,与叔父从弟三世同居,不分财产,乡里交相推美,名重一时。又平居博览书史,兼及术算、音律诸学,雅善鼓琴。桓帝时五侯骄恣,征邕入都,欲命他鸣琴悦耳,邕行到偃师,称疾折回,不肯赴召;至桥玄为司徒,辟为掾属,方才应命。未几受官郎中,校书东观,又未几迁为议郎。邕因五经文字,拾自烬余,沿讹袭谬,疑误后学,乃与五官中郎将堂豁(xī)典,光禄大夫杨赐,谏议大夫马日䃅(dī)等,奏请正定六经文字;灵帝本好经学,当即依议。邕即手录五经,用古文篆隶三体,依次缮成,镌碑刻石,竖立太学门外,使后学得所取正;于是中外士子,多来摹写,每日车马杂沓,填塞街衢。通经所以致用,徒正书法,实为末事。灵帝亦自造《皇羲篇》五十章,颁示天下;又使能文善赋的生徒,待制鸿都门。嗣且如能工尺牍，书板为牍，长一尺，所以抄录词赋。及善书鸟篆，亦引召至数十人。侍中祭酒乐松贾护，又招徕了许多俗士，使他奏陈闾里趣闻，冀动上听。果然灵帝年少好奇，看了这班俗士奏本，好似燕书郢说，无奇不搜，乐得朝披暮阅，消遣闲情；一面饬使源源续陈，优给廪饩。还有几个市贾小民，不知他如何运动，得称为宣陵孝子，名闻廊庙，居然受拜郎中，暨太子舍人。好造化。永昌太守曹鸾，痛心时事，以为收揽俗子，何如赦宥名流，乃特为党人申讼，书中有云：

夫党人者，或耆年渊德，或衣冠英贤，皆宜股肱王室，左右大猷者也。而久被禁锢，辱在涂泥。谋反大逆，尚蒙赦宥；党人何罪，独不开恕乎？所以灾异屡见，水旱荐臻，皆由于斯。宜加恩赦宥，以副天心！不胜万幸。

鸾将此书呈入，还望灵帝俯首采纳，立赦党人；不意赦书并未下降，缇骑却已到来，竟令鸾缴出印绶，褫去冠带，平白地加上锁链，牵入槛车，送至槐里狱中。槐里令且奉诏审问，阴承风旨，刑讯了好几次，打得曹鸾皮开肉绽，体无完肤。鸾又气又痛，绝食数天，一道忠魂，遽归冥府。灵帝还说应该处死，更下诏州郡，重申党禁，坐及五族，连门生故吏的父子兄弟，亦须免官禁锢，不准起复。这真是错中加错，冤上添冤了！古人说得好："天视由民，天听由民。"当此政刑两失，民情愤郁，怎能不上感天心？俄而疾风暴雨，俄而震雷陨雹，禾稼受害，大木皆拔；最奇的御殿后面，槐树被风掀起，又复倒竖。灵帝也觉惊心，下诏引咎，且令群臣各陈政要，俾见施行。蔡邕因复上封事道：

臣伏读圣旨，虽周成遇风，询诸执事；宣王遭旱，密勿祗畏，无以或加。臣闻天降灾异，缘象而至，霹雳数发，殆刑诛繁多之所生也。风者天之号令，所以教人也，夫昭事上帝，则自怀多福；宗庙致敬，则鬼神以著；国之大事，实先祀典，天子圣躬所当恭事。臣自在宰府，及备朱衣，迎气五郊，而车驾稀出；四时致敬，屡委有司，虽有解除，犹为疏废，故皇天不悦，显此诸异。《洪范传》曰："政悖德隐，厥风发屋折木。"坤为地道，《易》称安贞，阴气愤盛，则当静反动，法为下叛。夫权不在上，则雹伤物；政有苛暴，则虎狼食人；贪利伤民，则螟虫损稼。且本年六月二十八日，太白与月相迫，兵事恶之，鲜卑犯塞，所从来远矣。今之出师,未见其利,上违天文,下逆人事,诚当博览众议,从其安者。臣不胜愤懑,谨条陈七事以闻。

七事大纲:一肃祭祀,二纳忠谏,三求贤才,四去谗人,五屏浮士,六严考课,七惩诈伪,通篇约有数千言,不及细录。灵帝积迷不返,怎能悉见施行?但至初冬迎气北郊,总算车驾亲行;此外如宣陵孝子等,已授太子舍人,到此乃出为丞尉罢了。小子有诗叹道:

> 信谗愎谏最堪忧,七事徒陈愿莫酬。
> 果使见机宜早作,多言无益反招尤。

是年秋日,更发兵北讨鲜卑,蔡邕又伸前议,谏阻北征。欲知灵帝是否肯从,且至下回再叙。

窦太后徙居南宫,虽由自取,然于窦武、陈蕃之欲诛权阉,太后固未尝与谋。曹节、王甫非不知太后之无能为,但既杀窦武,不能不归狱太后,为斩草除根之计;其所以逼徙南宫,不即害死者,尚恐清议难逃耳。然灵帝为太后所援立,应知感念旧恩,入宫一谒,又复绝迹不朝,至于太后殁后,且因阉竖之议为改葬,瞻顾彷徨,微陈球之抗议于先,李咸之赞同于后,几何不令太后之遗恨无穷也!蔡邕一文学士,所陈奏议,未始非守正之谈,然或嫌迂远,或涉虚浮,才有余而忠不足,吾于邕犹有余憾焉。但曹鸾一言而即遭掠死,国家无道之秋,固未足与陈说论者。邕之所失,在可去而不去耳,文字之间,固无容苛求也。

第五十八回

弃母全城赵苞破敌　蛊君逞毒程璜架诬

却说鲜卑大酋檀石槐,自恃强盛,未肯服汉,且连年寇掠幽、并诸州;朝廷以田晏、夏育两人,曾随段颎破灭诸羌,勋略俱优,特任田晏为护羌校尉,夏育为乌桓校尉,分守边疆。既而晏坐事论刑,意欲立功自赎,特使人入托王甫,求为统将,愿击鲜卑;夏育亦有志徼功,上言鲜卑寇边,自春至秋,不下三十余次,请征幽州诸郡兵马,出塞往讨,大约一冬二春,便可殄灭鲜卑等语。灵帝乃召群臣会议,或可或否,聚讼纷纷。议郎蔡邕,前曾谓不宜用兵鲜卑,至此仍坚持前议,再行申说道:

自匈奴遁逃,鲜卑强盛,据其故地,称兵十万,才力劲健,意智益生。加以关塞不严,禁网多漏,精金良铁,皆为贼有,汉人逋逃,为之谋主,兵利马疾,过于匈奴。昔段颎良将,习兵善战,有事西羌,犹十余年;今育晏才策,未必过颎,鲜卑种众,不弱于曩时,而虚计二载,自许有成,若祸结兵连,岂得中休?当复征发众人,转运无已,是为耗竭诸夏,并力蛮夷。夫边陲之患,手足之疥癣;中国之困,胸背之痈疽。方今郡县盗贼,尚不能禁,况此丑虏,而可伏乎?昔高祖忍平城之耻,吕后弃嫚书之诟,方之于今,何者为甚?天设山河,秦筑长城,汉起塞垣,所以别内外,异殊俗也。苟无慼国内侮之患则可矣,岂与群蚁较胜败,争往来哉?虽或破之,岂可殄尽?夫专胜者未必克,挟疑者未必败。众所谓危,圣人不任,朝议有嫌,明主不行也。昔淮南王安谏伐越曰:"天子之兵,有征无战。"言其莫敢校也。今欲以齐民易丑虏,皇威辱外夷,就如其言,犹已危矣,况乎得失未可量也?臣闻守边之术,李牧善其略;保塞之论,严尤申其要。遗业犹在,文章俱存,循二子之策,守先帝之规,臣曰可矣。幸垂察焉。

灵帝见了邕议,竟不肯从。王甫在内,蔡邕何能抗争?即拜田晏为破

鲜卑中郎将,使领万骑出云中,作为正师;再令夏育出高柳,中郎将臧旻出雁门,作为偏师。三路并进,约有三四万人,出塞二千余里,方与鲜卑兵相遇。鲜卑大酋檀石槐,召集东西中三部头目,来敌汉军,汉军远行疲乏,不堪一战;那檀石槐以逸待劳,尽锐争锋,叫汉兵如何招架?眼见得纷纷败下,为虏所乘,晏、育、旻三将,各自顾全生命,回头乱跑,所有辎重车徒,尽行弃去,甚至所持汉节,也并抛失。三路人马,十死七八,只剩得残骑数千,零零落落,奔回原营。朝廷闻报,拘还晏、育、旻三将,并下诏狱;由三将倾家出资,赎为庶人。鲜卑既得胜仗,寇掠尤甚。广陵令赵苞,素有清节,政教修明,蒙擢为辽西太守,地当虏冲,由苞缮治城堡,训练士卒,战守有资,屹为重镇;就职逾年,乃遣使至甘陵故里,迎接老母妻孥,好多日不见到来,未免系念。忽有候吏入报道:"鲜卑兵万余人,突来犯边,前锋已经入境,不久要到城下了!"苞闻报大怒道:"蠢尔鲜卑,敢来犯我疆界么?我当前去截击,使他片甲不回,方免后患!"说着,即召齐将士,慷慨晓谕,饬令为国效忠,将士等皆踊跃从命。当下调集兵马二万骑,由苞亲自督领,出城搦战。约行了一二十里,便见前面尘头大起,虏兵蜂拥前来。于是倚险列阵，截住房踪，那房众被苞阻住，也即停止。苞正拟麾兵突上，不料敌阵中驱出囚车，约有数具，左右各押着房兵，持刃大喝道："赵苞快下马受缚，免得诛灭全家！"苞闻声出马，举目一瞧，好似万箭穿胸，险些儿晕倒地上。原来囚车里面，不是别人，正是白发鬖（sān）鬖的老母，与那娇颜稚齿的妻儿。自从苞饬迎家眷，母妻等相偕赴任，路过柳城，遇着鲜卑游骑，把他掠去，询知为辽西太守眷属，即挟为奇货，号召骑士万余人，进攻辽西，意欲藉此胁苞。苞见家眷被劫，怎不惊心？况母子恩情，何等深重？此时为房所缚，惨同羊豕，若要不降，必致杀母；若要遽降，岂不负君？进退彷徨，激出了许多涕泪，凄声遥语道："为子无状，本欲将所得微俸，奉养朝夕，不意反为母祸！昔为母子，今为王臣，至我不得顾私毁公，罪当万死！如何塞责？"说至此，即听母声遥应，呼己小字道："威豪！人各有命，怎得相顾自亏忠义？从前王陵母陷入楚中，对着汉使，伏剑勉陵。我愿效陵母，尔亦当如陵忠汉便了！"苞待母说罢，竟打定主意，回首大呼道："大小将士，幸与我努力杀贼，上雪国耻，下报家仇！"道言未绝，即由军吏一齐杀出，骤马上前；房兵凶横得很，一声喊起，把苞母及妻子等，立刻杀死，取首级掷入苞军，苞军虽然急进，已是不及救护，但抢得数具囚车，及车内的无头尸骸。苞母原是贤烈，苞亦未免太忍。苞至此悲愤填膺，还顾什么利害，当即挺刃当先，与房拼命，部下二万人，也个个激动义愤，执着大刀阔斧，冒死捣入鲜卑阵中，霎时间摧破房阵，刴死房兵无算，房众不可支持，自然四溃。苞赶至数十里外，见残房已鼠窜出境，只得收兵还城；随将母妻子各尸，买棺殡殓，上表陈述军情，且请辞职归葬。灵帝得表，忙即遣使吊慰，加封苞为鄃（Shū）侯，准令还葬母尸，厚赐赙恤。苞奉诏回乡，已将母尸等葬讫，顾语乡人道："食禄避难，不得为忠；杀母全义，亦不得为孝。我还有什么面目偷息人世呢？"乡人欲上前劝解，不料苞骤然心痛，用手椎胸，呕出紫血数升，突至仆倒地上。乡人忙将他舁入家中，奄卧床间，只呼了几声母亲，便即灵魂出窍，驰往冥途去寻那老母妻孥了。阅至此，令人酸鼻。苞本为中常侍赵忠从弟，与忠素不相协，耻谈门族，就官以后，从未致忠一书；所以苞既病殁，忠亦不为请谥，但教自己威福不致损失，管什么兄弟宗亲？灵帝亦只宠左右，不看重内外臣工。太傅一职，悬缺不补，太尉、司徒、司空三官，一岁数易。

段颎为太尉后，复由陈耽、许训、刘宽、孟彧（yù）数人互为交替，只刘宽尚知自好，廉慎有余。到了熹平七年间，日食地震，相继不绝，反无缘无故的下诏改元，号为光和，大赦天下。太尉孟彧罢免，竟授常山人张颢为太尉。颢为中常侍张奉弟，因兄得官，出为梁相，适有喜鹊飞翔府前，由役吏与鹊为戏，用竿拨鹊，便致堕落，役吏忙去拾取，哪知鹊滚地一变，化成圆石，役吏非常惊愕，取石献颢，颢命将圆石椎破，内有金印，印上有"忠孝侯印"四个篆文，因此喜出望外，便致书兄奉，夸为瑞征。鹊何能变石？想俱由张颢捏造出来。奉入侍时，觑隙与灵帝谈及，又托永乐宫门吏霍玉，代为揄扬，灵帝竟为所惑，召颢入都，使为太常，未几即迁官太尉，想他做个太平宰相。余如司徒、司空，亦换去袁隗、唐珍、杨赐、刘逸、陈球、袁滂、来艳等人，更迭就任，多约数月，少只数旬。看官试想，世上能有这般大材，速成治道么？无非依宦官为进退。光和元年四月，都中又闻地震，侍中署内，有雌鸡变作雄鸡。到了五月，有白衣人入德阳殿内，与中黄门桓贤相遇。贤喝问何事，白衣人却厉声道："梁伯夏叫我上殿，汝为何阻我？"贤不知梁伯夏为何人，正要将他扭住，详讯来历，偏赶到白衣人身前，一手抓去，落了个空，白衣人也不知去向了。贤不胜骇异，查问宫廷内外，亦不闻有梁伯夏，只好约略奏报，留作疑案。至六月间，又有黑气堕入温德东庭中，长十余丈，形状似龙，好一歇方才散去。再过一月，有青虹出现玉堂殿庭，种种怪异，人相惊扰。灵帝乃召光禄大夫杨赐，谏议大夫马日磾、议郎蔡邕、张华，太史令单飏等，诣金商门，引入崇德殿，使中常侍曹节、王甫两人，就问灾异原因，并及消变方法。惟杨赐、蔡邕，引经据谶，奏对较详，节与甫还白灵帝，灵帝又特诏问邕，使他直陈得失，许用皂囊封上。汉制惟奏闻密事，得用皂囊封入。邕见灵帝推诚下问，不必再有忌讳，乃直揭时弊，密上封章道：

臣伏惟陛下圣德允明，深悼灾眚，褒臣末学，特垂访及，斯诚输肝沥胆之秋，岂可顾患避害，使陛下不闻至戒哉？臣伏思诸异，皆亡国之怪也。天于大汉，殷勤不已，故屡出妖变，以当谴责，欲令人君感悟，改危即安。今灾眚之发，不于他所，远则门垣，近在寺署，其为监戒，可谓至切。霓堕鸡化，皆妇人干政之所致也。前者乳母赵娆，贵重天下，生则资藏侔于天府，死则丘墓逾于园陵，此时赵娆已死。两子受封，兄弟典郡；继以永乐宫门吏霍玉，依阻城社，又为奸邪。今道路纷纷,复云有程大人者,察其风声,将为国患,宜严为堤防,明设禁令,深惟赵、霍,以为至戒。今圣意勤勤,思明邪正。而闻太尉张颢,为玉所进;光禄勋姓璋,有名贪浊;又长水校尉赵玹,屯骑校尉盖升,并叨时幸,荣富优足。宜念小人在位之咎,退思引身避贤之福!伏见廷尉郭禧,纯厚老成;光禄大夫桥玄,聪达方直;前太尉刘宠,忠实守正,并宜为谋主,数见访问。夫宰相大臣,君之四体,委任责成,优劣已分,不宜听纳小吏,雕琢大臣也。又尚方工伎之作,鸿都辞赋之文,可且消息,以示惟忧。《诗》云:"敬天之怒,不敢戏豫。"天戒诚不可戏也。宰府孝廉,士之高选,近者以辟召不慎,切责三公,而今并以小文超取选举,开请托之门,违明王之典,众心不餍,莫之敢言。臣愿陛下忍而绝之,思惟万几,以答天望。圣朝既自约厉,左右近臣,亦宜从化。人自抑损,以塞咎戒,则天道亏满,鬼神福廉矣。臣以愚戆,感激忘身,敢触忌讳,手书具对。夫君臣不密,上有漏言之戒,下有失身之祸,愿寝臣表,无使尽忠之吏,受怨奸仇,则臣虽万死,感且不朽矣。

灵帝启封展阅,却也不胜叹息。曹节适立在后面,早已眈眈注视,只恨相距太远,一时看不清楚,又未便抢前明视,正在心中躁急;凑巧灵帝起座更衣,乃即趋近一瞧,已知大略,虽于自己无甚关碍,但据蔡邕劾奏诸人,统是自己同党,总不免暗里怀嫌。当下传告左右,遂将蔡邕表奏的内容,宣扬出去。*咎在灵帝一人。*邕与大鸿胪刘郃,素不相平,叔父蔡质,方为卫尉,又与将作大匠阳球有隙,球即中常侍程璜女夫。*想系程璜的干女婿,否则璜为阉人,怎得有女?* 璜因邕章奏中,曾有程大人将为国患等语,恐他指及己身,不如先发制人,免被劾去,乃阴使人飞章发密,诬称蔡邕叔侄,屡将私事托郃,郃不肯相从,遂致邕怀怨望,谋害郃身。灵帝又为所迷,即令尚书向邕诘状,邕上书自讼道:

臣被召问,以大鸿胪刘郃,前为济阴太守,臣属吏张宛,休假百日,*汉制吏休假百日,例当免职。* 郃为司隶,又托河内郡吏李奇,为州书佐,及营护故河南尹羊陟,侍御史胡母班,郃不为用,致怨之状。臣屏营怖悸,肝胆涂地,不知死命所在。窃自寻案,实属宛奇,不及陟班。小吏进退,无关大体。臣本与陟姻家,岂敢申助私党?如臣叔侄欲相伤陷,当明言台阁,具陈恨状所缘。内无寸事,而谤书外发,宜以臣对

盎君莲毒程璜罪证

与郃参验。臣得以学问特蒙褒异,执事秘馆,操管御前,姓名貌状,微简圣心。今年七月,臣诣金商门,问以灾异,赍诏申旨,诱臣使言,臣实愚戆,惟识忠荩,出言忘躯,不顾后害,遂讥刺公卿,内及宠臣,实欲以上抒圣虑,救消灾异,为陛下建康宁之计。陛下不念忠臣直言,宜加掩蔽,诽谤猝至,便用疑怪,尽心之吏,岂得容哉?诏书每下百官,各上封事,欲以改政思谴,除凶致吉,而言者不蒙延纳之福,旋被陷破之祸,今皆杜口结舌,以臣为戒,谁敢为陛下尽忠孝乎?臣季父质连见拔擢,位在上列,臣被蒙恩渥,数见访逮。言事者因此欲陷臣父子,破臣门户,非复发纠奸伏,补益国家者也。臣年四十有六,孤持一身,得托名忠臣,死有余荣。恐陛下于此,不复闻至言矣!臣之愚冗,职当咎患,而前者所对,质不及闻,而衰老白首,横见引逮,随臣摧没,并入陷坑,诚冤诚痛!臣一入牢狱,当为楚毒所迫,促以饮章,饮,犹隐也,言原告姓名,无可对问。辞情何缘复问?死期垂至,冒昧自陈,愿身当辜戮,乞质不并坐,则身死之日,犹更生之年也。惟陛下加餐,为万姓自爱!

邕书虽似详明，可奈程璜在内反对，定要将邕加害，坚请灵帝收邕下狱，彻底查讯。灵帝本来糊涂，因即依议，邕遂被拘至洛阳狱中，连蔡质一并逮治。有司不敢忤旨，且受程璜暗中嘱托，锻炼成谳，奏称邕私怨废公，谋害大臣，罪坐大不敬，应该弃市。幸亏邕命不该绝，得着一个大救星，从中缓颊，才得起死回生。这大救星不属公卿，却仍出自中常侍间，姓吕名强，表字汉盛，与程璜同为阉人，同作内官，偏生性与璜等不同，倒是一个清正公忠的好侍臣。鹤立鸡群，应加褒扬。他知蔡邕无罪，不忍坐视，便挺身出来，至灵帝前叩首保邕，力为诉冤。灵帝乃使强传诏，减邕死罪一等，受髡钳刑，充戍朔方，质亦坐徙，家属同科。将作大匠阳球，得知此信，忙使刺客预伏要路，待邕出都就戍，将他刺死，哪知刺客颇感邕义，佯为受命，索给路费，至钱财到手，却一溜烟似的逃向他处，竟不返报。球候久不至，料知无成，再遣使人赍着金帛，追赂戍所监守官。监守官得了贿赂，反将详情告邕，教他戒备，因此邕与质等幸得生存。偏宫闱中又起风波，帝后间且遭谗构，好好一位宋皇后，并无什么大过，竟为逆阉王甫所潜，遽致身死家灭，说将起来，更觉令人发指。宋后不过中姿，且简言寡笑，未善趋承，因此正位以后，并不得宠，后宫妃妾，各思乘机夺嫡，互播蜚言，灵帝已不免怀疑。渤海王悝妃宋氏，系是宋后的姑母，悝被王甫陷害，夫妇同死，见前回。甫恐宋后报怨，趁机下手，约同大中大夫程阿，捏言宋后听信左道，咒诅皇上；再经妃嫔等从旁诬证，构成冤狱，遂由灵帝下诏废后，收还玺绶，徙居至暴室中，活活幽死，后父酆及兄弟等，并皆被诛。后来宫内侍臣，怜后无辜，各出私囊，凑集钱物，收葬后尸，及酆父子遗骸，归葬宋氏旧茔皋门亭。小子有诗叹道：

历朝废后总伤伦，况复谗言出寺人？
汉季外家多赤族，冤如宋氏最酸辛！

宋后枉死，王甫等权焰益张。当有一位公正的尚书，上书进规。欲知尚书姓名，容至下回再详。

赵苞之弃母全城，后人多悯其全忠，而惜其昧义。夫君与亲一也，亲不可弃，犹之君不可忘，为赵苞计，不如退兵守城，徐为设法，或啖以重利，或佯为乞降，务使母得生还，然后再谋却敌；万一不能如愿，则为君弃母，亦为后人所共谅,奈何锐图杀贼,忍视老母之遽膏锋刃乎?故苞之失不在于昧义,而在于少智。设令智士处此,当不若是之冒昧进战也。蔡邕之屡谏不从,已可引去,乃尚徘徊于廊庙之间,致为奸人所陷害,微吕强,身家已夷灭矣,邕其亦有才无智欤?若曹节、程璜诸人,罪不容于死,何足责焉。

第五十九回

诛大憨酷吏除奸　　受重赂妇翁嫁祸

却说涿人卢植，前曾献书窦武，劝令辞封让贤，武不能用，遂致枉死，见五十四回。嗣由朝廷征为博士，出拜九江、庐江各郡太守，并有政绩，入补议郎，转为侍中，进授尚书。植身长八尺二寸，声如宏钟，少时与北海人郑玄，并师事马融，博古通今，能识大义。融为明德皇后从侄，明德皇后，即明帝后马氏。家富才豪，不拘小节，居处服饰，好尚奢华，常在高堂中悬绛纱帐，前授生徒，后列女乐，弟子依次讲授，免不得纷心靡丽，窥及声色。独植受学数年，未尝转眄，却是难能。融以是另眼相看。及学成辞归，亦阖门教授生徒。秉性刚毅，有志济时，光和元年，已迁擢为尚书，见宋氏无辜遭祸，与各种秕政相寻，不由的触动热诚，因上陈八事，请即施行。语繁不及备录，由小子撮要如下：

一、用良，谓宜使州郡核举贤良，随方委用。二、原禁，谓历届党锢，多非其罪，应悉加赦宥。三、御疠，谓宋后家属，无罪横尸，致成疫疠，当一律妥埋，以安游魂。四、备寇，谓侯王之家，赋税减削，愁穷思乱，必致非常，宜使给足，以防未然。五、修礼，应征有道之人，若郑玄诸徒，陈明《洪范》，禳解灾咎。六、尊尧，谓郡守、刺史，一月数迁，宜依黜陟，以彰能否，纵不九载，可满三岁。尧帝时，九载考绩，故植以尊尧为条目，但当时三公屡易，不止郡守、刺史，植言尚失之偏见。七、御下，谓请谒希荣诸敝习，概宜禁塞，迁举之事，责成主者。八、散利，谓天子之体，理无私积，宜弘大务，蠲略细微。

这八事陈将进去，灵帝竟无一采行；惟宋后家属，听令内侍收葬，不再过问。太尉张颢，任职半年，无甚建树，且因天灾迭见，把他免官，用太常陈球为太尉；又司空来艳病殁，进屯骑校尉袁逢为司空。逢即前司徒袁隗胞兄，承父袁汤遗荫，袭爵安国亭侯。灵帝入嗣，逢曾居官太仆，预议迎立，故尝增封三百户。隗先为司徒，逢继为司空，虽是世家显宦，实由中常侍袁赦推荐，故先后超迁。附阉宦以增荣，行谊可知。隐士袁闳，就是逢隗从子，常私语家人道："我先公福祚留贻，后世不能修德承家，乃好慕荣利，与乱世争权，恐不免为晋三郤了！"三郤并为晋厉公所杀，事见《春秋左传》。为此居安思危，所以蛰居土室，久伏不出。遇有从父馈遗，一介不受，甚至母殁丁忧，亦未闻出室送葬，乡人目为狂生。哪知他无穷感慨，激成畸行，从前箕子佯狂，接舆避世，都操这种主意，看官幸勿视同怪物呢！回应五十六回。陈球夙怀忠直，做了两个月太尉，便被阉党排挤，借着日食为名，坐致策免，更任光禄大夫桥玄为太尉。玄亦有重名，历任司徒、司空，均因朝廷昏乱，无力挽回，自劾求去。灵帝因他素孚物望，屡罢屡召，及升任太尉，就职月余，又复托病乞休，有诏赐假养疴。又逾两月，仍以衰病告辞，乃再起段颎为太尉，使玄食大中大夫禄俸，就医里舍。玄有十龄幼子，独游门外，猝有三盗持杖，把玄子执登门楼，向玄求货。玄不肯照给，遣使往报司隶校尉，促令捕盗。时将作大匠阳球，调任司隶，接得玄报，忙率河南尹、洛阳令等，围守玄家，但恐盗杀玄子，未敢过迫。玄瞋目大呼道："奸人无状，玄岂为了一子性命，轻纵国贼么？"遂迫令进攻，阳球乃驱众入室，将要登楼，盗已将玄子杀死，然后下楼拼命，被众格毙。玄因上书奏请，凡天下有掳人勒赎等情，并当严捕治罪，不准以财货相赎，开张奸路。于是盗贼无从要挟，劫质罕闻，都下粗安。

偏灵帝因内帑未充，尝嫌桓帝不能作家，特想出一条敛钱的方法，就西园开张邸舍，卖官鬻爵，各有等差。二千石官阶，定价二千万；四百石官阶，定价四百万；如以才德应选，亦须照纳半价，或三分之一；令长等缺，随县好丑，定价多寡；富家先令入钱，贫士至赴任后，加倍输纳。明明是叫他剥民。这令一下，无论何种人物，但教有钱可买，便可平地升官，一班蝇营狗苟的鄙夫，乐得明目张胆，集资买缺，将来总好在百姓身上，取偿厚利。因此西园邸内，交易日旺，估客如林。好一座贸易场。灵帝见逐日得钱，盈千累万，自然喜欢。还有永乐宫中的董太后，嗜钱如命，闻得灵帝有这般好买卖，也即出来分肥，且令灵帝扩张生意，就是三公九卿，亦可出卖。灵帝却也遵教，不过少存顾忌，暗令左右私下贸易，公价出钱千万，卿价百万。约阅数月，内库充牣，永乐宫中，亦满堆金钱。灵帝大喜，召问侍中杨奇道："朕比桓帝何如？"奇系杨震曾孙，震长子牧孙。颇有祖风，承问即答道："陛下与桓帝，亦犹虞舜比德唐尧！"答得甚妙。灵帝作色道："卿真强项！不愧杨震子孙，他日死后，必复致大鸟了！"大鸟事见前文。遂出奇为汝南太守，奇亦不愿在内，拜命即去。过了一年，即光和二年。春令大疫，遣中常侍等出施医药，接连是暮春地震，孟夏日食，灵帝专归咎大臣，策免司徒袁滂，司空袁逢，另任大鸿胪刘郃为司徒，太常张济为司空；惟太尉段颎，独得内援，不致免官。

　　谁知天下事多出人料，往往求福得祸，乐极生悲。颎所恃惟王甫，甫恶贯满盈，伏法受诛，连颎也因此坐罪，一并送命。甫有养子二人，一名萌，曾为司隶校尉，转任永乐少府；一名吉，亦为沛相。平时皆贪暴不法，吉尤残酷，凡杀人皆磔尸车上，榜示大众，夏月腐烂，用绳穿骨，传示一郡，臭气熏途，远近俱为疾首。吉却靠甫声势，任至五年，杀人万计。阳球为将作大匠时，尝闻报发愤道："若阳球得为司隶，断不令此辈久生！"阳球亦酷吏之一，且陷害蔡邕，罪恶亦甚，惟为吉动愤，尚算秉公。已而果为司隶校尉，方拟举劾王甫父子，适甫使门生王翘，至京兆境内，辜榷官财物七千余万，多受私赇，为京兆尹杨彪所发。彪系杨赐子。甫正休沐里舍，颎亦方以日食自劾，还府待命；阳球闻彪已上弹章，又乘甫、颎等不在宫廷，当即入阙面陈，极言甫、颎等种种罪状，灵帝也觉动怒，即命阳球查究此事。球受命出朝，立派全班吏役，先拿王甫、段颎，再拘甫养子永乐少府萌，并将沛相吉，一并逮至，收系洛阳狱中，亲加审讯，严词逼供。王甫等怎肯招认？狡赖异常。那阳球是著名酷吏，从前历任守令，理奸惩恶，动辄骈诛，至是积愤多时，怎肯轻轻放过？当下喝令左右，取出多少刑具，加上甫身，甫熬刑不住，甚至晕绝，良久始苏。萌仰首语球道："我父子果当伏诛，也请顾念先后任使，稍为宽假，贷我老父！"萌前为司隶，故有此语。球拍案叱道："尔等罪大恶极，死有余辜！尚欲论及先后，想我宽假么？"萌乃对骂道："尔前事我父子，不啻奴仆；奴仆敢反侮主人，临厄相挤，恐尔亦将自及了！"无瑕者乃可戮人，球未能免疵，故遭此反詈。球怒上加怒，再令左右将萌拖倒，用泥塞口，棰楚交至，立即挞死；甫与吉亦同毙杖下，颎亦自杀。球令将甫尸露置夏城门，大书揭示道："贼臣王甫。"一面籍没甫产，家属尽徙南方。甫既伏辜，球尚欲劾去曹节等人，因

敕中都官从事道:"且先去权贵大猾,然后议及余子;若公卿豪右如袁家儿辈,从事自能办理,何烦校尉费心?"既欲尽除宵小,不宜先自泄谋。这数语传达出去,权臣莫不震惧,连曹节也不敢出宫。会冲帝母虞贵人病逝,发丧出葬。冲帝为虞美人所出,事见前文,惟加封贵人,系灵帝时事。百官送殡往还,曹节等亦曾在列;节见甫尸暴露,不禁洒泪道:"我辈可自相食,奈何使犬舐余汁哩?"说着,又嘱诸常侍勿留里舍,亟相引入殿,面白灵帝道:"阳球乃有名酷吏,不宜使作司隶,纵令毒虐!"灵帝点首,即命节传诏,徙阳球为卫尉。球方因虞贵人安葬,奉命祭陵,节托尚书令即日召球,促就卫尉职任。球闻召驰回,进见灵帝,叩首陈请道:"臣原无奇才,猥蒙陛下委为鹰犬,得诛王甫、段颎诸奸,但尚是狐狸小丑,未足宣示天下;愿再假臣一月,必使豺狼鸱枭,各伏其辜!"说至此,更叩头流血,但闻殿上呵声道:"卫尉敢抗诏不从么?"球尚不肯止,至呵叱再三,不得已受职拜谢,怏怏趋出。曹节等又不必避忌,横行如故,中常侍朱瑀,与节相类。郎中审忠,不忍缄默,乃抗疏上奏道:

> 臣闻理国,得贤则安,失贤则危,故舜有臣五人而天下治,汤举

伊尹，不仁者远。陛下即位之初，未能亲揽万几，皇太后念在抚育，权时摄政，故中常侍苏康管霸，应时诛殄。太傅陈蕃，大将军窦武，考其党羽，志清朝政，朱瑀、曹节等知事觉露，祸及其身，遂兴造逆谋，作乱王室，撞蹋省闼，执夺玺绶，迫胁陛下，聚会群臣，离间骨肉母子之恩，遂诛蕃、武及尹勋等。因共割裂城社，自相封赏，父子兄弟，备蒙尊荣，素所亲厚，布在州郡，或登九列，或据三司。不惟禄重位尊之贵，而苟营私门，多蓄财货，缮修第舍，连里竟巷。盗取御水，以作渔钓，车马服玩，拟于天家，群公卿士，杜口吞声，莫敢有言，州牧郡守，承顺风旨，故虫蝗为之生，夷寇为之起。天意愤盈，积十余年，故频岁日食于上；地震于下，所以谴戒人主，欲令觉悟。昔殷高宗以雊（gòu）雉之变，获中兴之功；近者神祇启悟陛下，发赫斯之怒，诛及王甫父子，路人士女，莫不称善，若除父母之仇。诚怪陛下复忍孽臣之类，不悉殄灭。昔秦信赵高，以危其国，吴使刑人，身遘（gòu）其祸。春秋时，吴子余祭，使阍守舟，为阍所弑。今以不忍之恩，赦夷族之罪，奸谋一成，悔亦何及？臣为郎十五年，皆耳目闻见，瑀等所为，诚皇天所不复赦。愿陛下留漏刻之听，裁省臣表，扫灭丑类，以答天怒。与瑀考验，有不如言，愿受汤镬之诛，虽妻子并徙，亦臣所甘之如饴者也！谨不胜翘切待命之至。

忠将此疏呈入，早已拚生待诏，不意似石沉大海一般，多日不见复报。还是大幸。中常侍吕强，与曹节等志趣不同，由灵帝封为都乡侯，强固辞不受，因闻审忠陈言不省，也续陈一疏道：

臣闻高祖立约，非功臣不侯，所以重天爵，明劝戒也。中常侍曹节等，品卑人贱，谗谄媚主，佞邪徼宠，有赵高之祸，未受轘（huàn）裂之诛。陛下不悟，妄授茅土，开国承家，小人是用。又并及家人，重金兼紫，交结邪党，下毗群佞，阴阳乖剌，稼穑荒芜，民用不康，罔不由兹。臣诚知封事已行，言之无及，所以冒死干触，进陈愚忠者，实愿陛下损改既谬，从此一止。臣又闻后宫采女，数千余人，衣食之费，日数百金，近时谷虽贱，而户有饥色。案法当贵而今更贱者，由赋发繁数，以解县官，寒不敢衣，饥不敢食。民有斯厄，而莫之恤，宫女无用，填积后庭，天下虽复尽力耕桑，犹不能供。昔楚女悲愁，西官致灾；注见前。况终年积聚，岂无愁怨乎？又承诏书，当于河间故国，起解渎之馆。陛下龙飞即位，虽从藩国，然处九天之高，岂宜有顾恋之意？且河间疏远，解渎邈绝，而欲劳民殚力，未见其便。又今外戚四姓之家，及中官公族无功德者，造起馆舍，约有万数，楼阁相接，丹青素垩，不可殚言。丧葬逾制，奢丽过礼，竞相仿效，莫肯矫正。《穀梁传》曰："财尽则怨，力尽则怼。"此之谓也。又闻前召议郎蔡邕，对问于金商门，邕不敢怀道迷国，而切言极对，毁刺贵臣，讥呵宦竖，陛下不密其言，至令宣露，群邪膏唇拭舌，竞欲咀嚼，造作飞条，陛下同受诽谤，致邕刑罪，室家徙放，老幼流离，岂不负忠臣哉？今群臣皆以邕为戒，上畏不测之诛，下惧刺客之害，臣知朝廷不得复闻忠言矣。故太尉段熲，武勇冠世，习于边事，垂发服戎，功成皓首，历事二主，勋烈独昭。陛下既已式序，位登台司，而为司隶阳球所诬胁，一身既毙，而妻子远播，天下恫怅，功臣失望。宜征邕更加授任，返熲家属，则忠臣路开，众怨以弭矣！

灵帝得疏，仍然不省。前太尉陈球，方为永乐少府，志在除奸，特与司徒刘郃结交，秘密筹谋。郃兄儵尝为侍中，因与大将军窦武同党，连坐致死，郃为兄衔怨，故亦欲诛灭权阉，冀销宿恨。事未及发，球复致书劝郃道：

公出自宗室，位登台鼎，天下瞻望，社稷镇卫，岂得雷同容容无违而已？今曹节等放纵为害，而久在左右，又公兄侍中，受害节等，永乐太后所亲知也。今可表徙卫尉阳球为司隶校尉，以次收节等诛之。政出圣主，天下太平，可翘足而待也！

郃见球书，意亦相同，但恐节等势大，未敢遽决。会有尚书刘纳，触忤宦官，被贬为步兵校尉，因闻郃欲报兄仇，特向郃进谒，谈及曹节等贻祸国家，不可不除。郃皱眉自叹道："我亦常作此想，只因宦竖耳目甚多，一或不慎，事尚未成，反恐受祸。"纳慨然道："公为国栋梁，危不持，颠不扶，焉用彼相？"焉作何字解，本出《论语》。郃方答说道："承君勖我，敢不勉力？但君亦须为我臂助！"纳应声道："这却不待公嘱，纳已愿为效死了！"死期原是将至。郃忆陈球来书，拟使阳球复职。阳为诛奸能手，理应先与说明，乃乘暇会球，表明情意；球本有此志，自然极口赞成。怎奈屏后有一小妻，在内悄立，已听得明明白白。这小妻正是中常侍程璜女

第五十九回 诛大憝酷吏除奸 受重赂妇翁嫁祸 463

儿,待球送客入内,方才回房,两人面色,都与常时不同。球本偏爱小妻,料已被窃听了去,不如和盘说出,叫她先报程璜,说明诛死节等,与璜无干;倘能相助,事后当共享富贵。计非不妙,惟与妇寺会商,多难成事。那小妻满口答应,即托词归宁,转告乃父。程璜虽与曹节同党,但节等果死,内政可以自专,未始非利,乐得卖个情面,由他做去,因嘱女儿返报阳球,许守秘密。偏被曹节闻风,自去见璜,先说了一派兔死狐悲的话儿,感动璜心,再从袖中取出黄金,置诸几上,作为赠礼;随后复用虚词恫吓,说得程璜又惊又惧,又感又惭,不由的倾吐肺腑,竟将阳球所报的密谋,一一告知。女夫也不管了。节且邀同程璜,及党与等入白灵帝,齐声奏请道:"刘郃等常与藩国交通,声名狼藉,近又与步兵校尉刘纳,永乐少府陈球,卫尉阳球,私遗书疏,谋为不轨,若非从速捕治,旦夕必有祸变!臣等死不足惜,恐有碍圣躬,所以急切奏闻!"灵帝见他人多语合,谅非虚诬,不禁大发雷霆,命节等带领卫士,往拿刘郃、刘纳、陈球、阳球,四人无从抗辩,各束手受缚,同入狱中,眼见是棰楚交施,依次毙命。小子有诗叹道:

外言入阃本非宜,秘策如何嘱爱姬?

受重赂妇翁嫁祸

弄巧不成终一跌,杀身害友悔嫌迟!

过了一年,灵帝又要册立皇后了。欲知何人为后,待至下回报明。

　　汉季之中常侍,谁不曰可杀?惟庸主如桓灵,方信而用之。虽阉党亦有自相残灭之时,但与正士相抗,则一致同谋,曹节所谓我辈自相残食,不使犬得舐汁,即此意也。阳球之欲歼阉党,未始非志士所为,观其严鞠王甫父子,五毒交加,虽曰酷虐,而施诸凶竖,尚为相当之报应,不足为阳球责也。独球既嫉视权阉,乃纳程璜之女,列作宠姬,卒至机事不密,终为小妻所误,而轻丧生命,是宁非自作自受乎?且刘郃、陈球诸人,亦横遭牵累,同时毕命,可慨孰甚?传有之,谋及妇人,宜其死也。璜女不欲害其夫,而其夫卒因此致毙,此女子、小人所以不可与谋也夫!

第六十回

挟妖道黄巾作乱　毁贼营黑夜奏功

却说宋皇后被废后，忽忽间已过两年，尚未册立继后，六宫无主，当由内外臣工，一再申请，乞立继后，以宣阴化；灵帝乃立贵人何氏为皇后。后出身微贱，本是一个屠家女儿。父名真，家居南阳，营业积资，每思攀援权贵，博些微名，凑巧宫中招选采女，遂囊金出都，赂遗中官，得将女儿充选。也是这女应该大贵，生成一副花容玉貌，比众不同，身长七尺一寸，肌肤莹艳，骨肉婷匀。灵帝素来好色，瞧着这个美人儿，哪有不喜欢的道理？衾裯使抱，列作小星，几度春风，含苞结种，十月满足，生下一男，取名为辨。时后宫常生子不育，灵帝恐再蹈覆辙，特令乳媪抱辨出宫，寄养道人史子眇家，号曰史侯。名为皇帝，何亦做村妪思想？因即册何女为贵人，甚有宠幸，至是竟得立为皇后，征后兄进为侍中，嗣复追封后父真为车骑将军，兼舞阳侯，号后母兴为舞阳君。后性刚多忌，既得正位，尚恐他人夺宠，随时加防。偏有赵国佳人王氏，为前五官中郎将王苞孙女，也得应选入宫，姿色与何后相同，才具比何后较胜，能书能算，应对尤长，灵帝又不肯放过，再令她入侍巾栉，好几次鸾颠凤倒，更种成欢叶爱苗，灵帝因她身怀六甲，晋号美人。汉制宫中妃嫔，贵人以下为美人。何皇后略有所闻，侦察愈严，常图陷害；还是王美人生性聪敏，备豫不虞，有时进谒正宫，往往用帛束腰，不令大腹宣露。无如胎中儿日大一日，美人腹亦日胀一日，累得王氏朝夕不安，只恐隐瞒不住，当下购服堕胎药，饮将下去，满望胎得堕落，还可保全性命；哪知药竟无灵，胎终不动，夜间复得梦兆，屡次负日前行，心中暗想：莫非应生贵子，未便使堕？于是不再服药，听天由命。也是这个胎中儿该有三十年帝号，所以安居腹中，无论如何刺激，总得保存过去。好容易过了十月，不圻不劈，脱离母胎，侍女报知灵帝，灵帝自然心欢，替他取下一名，是一协字。协既产出，王美人身尚未健，须服药调治；那何后阴谋设计，密遣心腹内侍，赍着鸩毒，走至王美人宫内，觑隙置入药中，王美人虽然伶俐，究竟防不胜防，服毒以后，呜呼毕命！可怜。灵帝闻丧，亲往验视，看她四肢青黑，料是中毒，禁不住泪下潸潸；再经查究起来，察出何后下毒情由，顿时怒不可遏，即欲将何后废去。慌得何后又惊又惧，急忙贿嘱曹节、张让等人，代为缓颊，竭力斡旋。果然钱可通神，奸能蒙主，曹节等从中吁请，得使何后位置，仍然稳固，毫不动摇。惟灵帝预防一着，令将王美人所生子协，寄居永乐宫，请董太后留心抚养；董太后却一口应承，协始安然无恙，免遭暗算。灵帝尚悼亡心切，凭着生平才学，撰成《追德赋》《令仪颂》两篇，词旨缠绵，如泣如诉。但身为天子，不能庇一妇人，终觉得乾纲失纽，薄幸贻讥，虽有哀词，无从共谅，因此遗制失传，徒有篇名流播罢了。惟灵帝不但好色，并且好游，特在洛阳宣平门外，筑起两座大花园，署名罼圭苑，分列东西，东罼圭苑周一千五百步，西罼圭苑周三千三百步；又在两苑旁增造灵昆苑，规制与两苑相同，苑中布置，备极繁华，小子也无暇细述。灵帝尚嫌不足，更在阿亭道筑造台观，高至四百尺，又特置园圃署，用宦官为令，再就后宫中设市列肆，使诸采女相率贩卖，由灵帝自作肆主，易服为商，握算持筹，估赢较绌。其实灵帝究非商人，怎知情伪？所有肆中货物，辄被诸采女窃去，甚至彼多此少，人有我无，弄得暗争明斗，吵闹不休，只瞒过灵帝一双眼睛。灵帝反自鸣得意，昼督诸女贸易，夕拥诸女酣宴，把朝政置诸不顾，一味儿纵乐寻欢。宫女以外，尚有一班阉人子弟，入宫服役，玩弄狗马，灵帝俱赏赐爵禄，使著进贤冠带绶。进贤冠系汉朝文官服饰。又往往用四驴驾车，由帝亲自执辔，驰驱苑中，京师互相仿效，驴价与马价相齐。有时郡国贡献方物，必令先输例钱，纳入中署，叫作导行费。一人聚敛，四海沸腾。中常侍吕强，夙具忠诚，因上疏进规道：

> 天下之财，莫不生之阴阳，归之陛下，本无公私之别。而今尚书方敛诸郡之宝，中御府积天下之缯，西园引司农之藏，中厩聚太仆之马。而所输之府，辄有导行之财，调广民困，费多献少，奸吏因其利，百姓受其敝。又阿媚之臣，好献其私，容谄姑息，自此而进。旧典选举，委任三府，三府有选，参议掾属，咨其行状，度其器能，受试任用，责以成功，若无可察，然后付之尚书，尚书举劾，请下廷尉复按虚实，行其赏罚。

今但任尚书,或复敕用,如是三公得免选举之负,尚书亦复不坐,责赏无归,岂肯空自苦劳乎?夫立言无显过之咎,明镜无见玼(cī)之尤。如恶立言以记过,则不当学也;不明镜之见玼,则不当照也。愿陛下详思臣言,不以记过见玼为责,则圣德懋而天下安矣!

灵帝沉迷不醒,怎肯听从?四府三公,又多凭宦官好恶,随势进退,还有什么公是公非?自从太尉段颎,与司徒刘郃,相继诛死,后任为刘宽、杨赐,两人皆负重望,足谐舆论;惟司空张济,趋奉权阉,赃私狼藉。哪知宽与赐任职年余,并皆罢去,独张济居位如故,另用许馘为太尉,陈耽为司徒。馘品行贪鄙,不亚张济;惟陈耽尚有清操,不久免职,再起袁隗为司徒。三公并系阉人党与,浊乱可知。天变人异,历年不绝,日食星孛,河决山崩,最奇怪的是洛阳女子,生下一个婴儿,两头四臂,似人非人,为此种种妖异,遂引出无数妖人来了。时钜鹿郡有张氏弟兄三人,长名角,次名宝,又次名梁。角读书不成,误入左道,自号大贤良师,诱惑愚民,设坛讲授,所谈一切,无非是假托黄老,以伪乱真。会值民间大疫,十病九危,角得乘间行私,查得几个医疗古方,锉合成药,用水煎汁,倾入瓶内,为人治病。病人踵门求药,他便将药水取出,假意烧符持咒,令病人跪拜坛前,然后给药与饮,有数人命不该死,饮下药水,果得病退身安,于是奉角为神,辗转称扬,每日至角处求医,多约百余人,少亦数十。角复自称为太平道人,另遣门徒周游四方,转相诱惑,大约过了十多年,凡青、徐、幽、冀、荆、扬、兖、豫八州人民,无不知有张大贤良师,交相倾慕,甚且弃卖财产,争赴张门,奔波跋涉,虽死不辞。因此十余年间,徒众多至数十万名,郡县未识角意,反誉角善道教化,为民所归。独司徒杨赐引为深忧,尝与掾吏刘陶相语道:"张角等诳惑百姓,必为后患,现今势已蔓延,若即令州郡捕讨,恐反激成速变。我意欲饬刺史二千石,简别流人,各使归籍,待至邪党散去,贼目自孤,那时派吏往捕,不劳可获。卿以为此法善否?"**果行是言,何至骚扰八方?** 陶应声道:"这正如孙子所云'不战屈人',怎得谓非善策呢?"赐即将所拟计策,列入奏章,条陈上去,多日不见施用,赐乃因病乞休。刘陶更申前议,乞请照行,略言张角阴谋日甚,四方谣言,谓角等潜入京师,觇视朝政,欲图不轨,州郡互相忌讳,不欲上闻,宜亟下明诏,购捕角等,赏以国土,有敢回避,与贼同科。灵帝仍不以为意,将原疏留中不报。

角逍遥法外,私置三十六方,大方万余人,小方六七千,各立渠帅,位等将军;何不尽称道人?讹言"苍天当死,黄天当立,岁在甲子,天下大吉"。老天也有生死语,真奇怪。阴令徒党混入京中,夜用白土为书,自京城寺门,以及大小官署,皆写成甲子二字。甲子岁次,就是灵帝光和第七年。大方贼帅马元义,先收荆、扬无赖徒数万人,与张角约期起兵,自己辇运金帛,至京师贿通中常侍,约为内应。中常侍曹节已死,赵忠、张让、夏恽、郭胜、段珪、宋典、孙璋、毕岚、栗嵩、高望、张恭、韩悝等十二人,皆得封侯,贵盛无比;又有封谞、徐奉,亦得邀宠,但不及赵忠、张让的威权。灵帝尝谓张常侍是我父,赵常侍是我母,所以两人势焰直同皇帝。阉人可呼为父母,张角等应不愧为祖师。封谞、徐奉虽是赵忠、张让的羽翼,但因势力不及两人,也未免阳奉阴违;既得马元义私赂,遂不顾灵帝恩眷,竟与他订定私约,愿为内援。元义大喜,立即报知张角,约期三月五日,内外并起。角有门徒唐周,独上书告变,于是遣吏密捕元义,一鼓擒住,就在洛阳市中,处以辗刑,且诏令三公司隶,查究宫省直卫,及内外吏民,遇有与角交通,当即处死,诛杀至千余人;并敕冀州刺史,严拿张角兄弟。角等闻事已败露,星夜举兵,自称天公将军,号弟宝为地公将军,梁为人公将军,所有徒众,统令头上包裹黄巾,作为标记,因此时人呼为黄巾贼。角党三十六方,同时响应,燔烧官府,劫掠州郡,遂致烽火连天,中外俱震。灵帝迭接警报,也觉得焦急起来,乃命何皇后兄进为大将军,加封慎侯,使率左右羽林兵五营,出屯都亭;复就函谷、大谷、广成、伊阙、镮(Huán)辕、旋门、孟津、小平津八关,派员扼守,赐名八关都尉,严遏黄巾。偏是贼势浩大,官军多望风披靡,莫敢争锋,警信传达京师,几乎一日数至,灵帝不得已大会群臣,共议讨贼方法。北地太守皇甫嵩,方述职还都,入朝与议,力请赦除党禁,并发中藏私钱、西园厩马,班赐军前,鼓励士心。这两事为灵帝所厌闻,但到此无可如何的时候,也不便固执成见,因再询诸中常侍吕强。强乘势进言道:"党锢久积,人情怨愤,若再不赦宥,将与张角合谋,为患滋甚,后悔无及!今请先考核左右,诛贪惩浊,复大赦党人,察量二千石、刺史能否,拨乱致治,虽有盗贼,亦无虑不平了!"灵帝乃颁下赦书,尽弛党禁,凡从前坐罪被徙诸徒,一体放还;独张角不赦。遂诏求列将子孙,大发天下精兵,使尚书卢植为北中郎将,督领北军五校士,往讨张角,再进皇甫嵩为左中郎将,谏议大夫朱儁为右中郎将,共发五校三河骑兵,并募壮丁四万余人,分讨颍川黄巾贼。三将俱晓畅戎机,热心报国,一经简选,当即分道进兵;途次探悉盗贼诡谋,尚有勾通内侍消息,自然据实奏陈。封谞、徐奉,曾私交贼党马元义,元义诛死,两人慌忙得很,只恐谋泄并诛,因将所得金帛,转赠张让,求他代为转圜。让即为入白,寥寥数语,便把封、徐两人的逆谋,刷洗净尽。阿父训令,为皇儿的应该服从。至三将奏报到京,灵帝复诘责诸常侍道:"汝等常谓党人欲危社稷,概令禁锢,今党人且为国用,汝等反敢通贼,应斩与否,可令汝等自说!"诸常侍连忙跪下,叩头流涕道:"这皆是王甫、侯览等所为,臣等实未知情,乞陛下恩宥!"好一条推诿法。灵帝见他们哀求情状,又不禁心中怜惜,谕令起身;但将封谞、徐奉两人,下狱治罪。诸常侍尚怀疑惧,陆续求退,各自诏还京外子弟,不令为吏。灵帝还要温语慰留,叫他安心守职。独吕强看不过去,劝灵帝速惩逆党,毋再养奸,灵帝才诛封谞、徐奉,余皆不问。赵忠、夏恽,与封、徐交谊颇深,遂共潜吕强,谓与党人共毁朝廷,屡读《霍光传》,志在废立,且强兄弟出为郡吏,并贪秽不法,应即究治。灵帝不察真伪,便令小黄门持剑召强。

燔燎贼营夜奏功

强不觉动怒道:"我死,内乱不可复止! 大夫欲尽忠国家,怎能坐对狱吏,枉受棰楚呢?"说着,便取过小黄门手中持剑,向颈一挥,流血毕命。死得可惜。小黄门见强已自杀,当即返报。赵忠等又进谗言道:"强未知所问,便即自尽,显系情虚畏罪,惶急轻生! 尚有强亲族留存,须再加明审,休使漏网!"灵帝因复收强亲属,没入财产。侍中向栩,上书论事,讥刺阉党,又为张让所诬,说他与张角通谋,欲为内应,即收送黄门北寺狱,把他处死。郎中张钧,复上书指斥宦官,有云:

> 窃惟张角所以能兴兵作乱,万民所以乐附之者,其源皆由十常侍,多放父兄子弟,婚亲宾客,典据州郡,辜榷财利,侵掠百姓,百姓之冤,无所告诉,故谋议不轨,聚为盗贼。宜斩十常侍,悬首南郊,以谢百姓! 又遣使者布告天下,方可不烦师旅,而大寇自消矣。

灵帝得书,取示张让等人,叫他自阅。又要断送张钧性命了。让等看毕,统吓得形色仓皇,各免冠徒跣,叩首谢罪,乞自诣洛阳诏狱,并出家财补助军饷。何不依他? 灵帝又心怀不忍,谕令起著冠履,照常办事,且愤然道:"钧真狂奴,难道十常侍中,竟无一善人么?"张让等始谢恩而退。

第六十回　挟妖道黄巾作乱　毁贼营黑夜奏功

钧却不管死活，申疏如前，益惹动权阉怒意，阴嘱御史构成钧罪，拘系狱中，指为学黄巾道，搒死杖下。前司徒杨赐，复起拜太尉，代许馘后任，灵帝召赐入问，商及讨贼事宜，赐上言欲禁外寇，先黜内奸。明明是救时良策。偏灵帝心怀不悦，竟将赐免官，改用太仆邓威为太尉，并罢去司空张济，特遣大司农张温为司空；一面诏饬三中郎将，限期平贼。左中郎将皇甫嵩，右中郎将朱儁，各统一军，驰赴颍川。儁与黄巾贼波才相遇，两下交锋，儁军败退；波才进攻皇甫嵩，嵩暂避贼锋，退保长社，凭城自固。各处黄巾贼，闻得官军败退，越加猖狂，南阳黄巾贼张曼成，攻杀太守褚贡；汝南太守赵谦，又被黄巾贼杀败；幽州刺史郭勋，及太守刘卫，均为黄巾贼所杀。那颍川黄巾贼波才，复乘胜进围长社，皇甫嵩婴城拒守。部下兵不过数千，俯瞰城下贼众，约有数万，不由的相顾失色。嵩下令军中道："贼势虽盛，我自有计破他，汝等但能静守，听我号令，包管破贼！"军士闻知，稍稍安定，协力守城。波才攻扑数次，因城上矢石交下，不能得手。时当仲夏，天气溽暑，贼众多结草为营，罢战乘凉，嵩乃召语军吏道："兵有奇变，不在多寡，今贼众依草结营，正好用计破灭了！"军吏问是何计，嵩不慌不忙，说出一条火攻的计策，且嘱咐道："贼众借草自蔽，一遇火烧，必致四延，延烧以后，还有不惊乱么？我若乘势出兵，四面绕击，定可大胜，灭贼建功，就在今夜哩！"军吏听着，齐称好计。嵩即令军士各束草炬，每人一扎，待至黄昏将静，俱执炬登城。可巧大风四起，天昏如墨，各军士用火爇炬，齐向贼营中抛去，草遇火燃，火随风炽，霎时间烟焰冲天，贼众大惊。嵩复使锐士开门出城，四逼贼营，再纵火大呼，声彻郊野，城上亦举燎相应，慌得贼众骇愕万分，不知所措。嵩又从城中鼓噪而出，麾动部兵，驰突贼阵，贼皆股栗，觅路乱奔。经嵩驱兵进击，杀得群贼尸横遍野，血落成渠。转眼间已是天明，忽又有一彪军杀到，截住贼众去路，为首一员将弁，细目长须，仪容不俗。看官欲问他来历，乃是一位汉末枭雄，特奉朝命，来此杀贼。正是：

　　欲平贼党非难事，且看枭雄已出场。

欲知此人为谁，且待下回报明。

　　黄门用事，引出黄巾，以内贼召外贼，古今来衰乱之征，大都如是，何疑乎张角？角之所为，殆亦一篝火狐鸣之小智耳。封谞、徐奉，与贼相应，灵帝既已察觉，应立申国宪，置诸死刑，顾必待诸内外之奏请，晚矣！且张让等日侍左右，亦有通贼之嫌，乃姑息勿诛，使之反噬正人；吕强为内侍中之忠且直者，而迫之使死，向栩、张钧，皆以直言受戮，昏愦如此，天下宁有不乱乎？皇甫嵩用火攻计，燔烧贼众，此为兵法上之所易知者，但施诸乌合之贼，即此已足。波才小丑，原不足道；而张角之破灭，亦藉此为先声之举，莫谓皇甫非良将才也！

第六十一回

曹操会师平贼党　朱儁用计下坚城

却说黄巾贼波才,被中郎将皇甫嵩击败,觅路乱奔,途次又为官军所阻,为首将领,乃是骑都尉曹操。奸雄发轫。操字孟德,小名阿瞒,系沛国谯郡人。本姓夏侯氏,因父嵩为中常侍曹腾养子,故冒姓为曹。少时机警过人,长好游猎,放浪无度,不治生产。有叔父恨操无行,尝白诸曹嵩,嵩因即责操,操心中记着,偶与叔父相值,即翻身倒地,状若中风。叔父忙向嵩报明,嵩急往抚视,操已起立。嵩问操道:"汝病已痊愈否?"操答言无病。嵩复问道:"汝叔谓汝中风,怎说无病?"操佯作惊疑道:"儿并未中风,想系叔父恨儿,乃有是言!"父可欺,何人不可欺？嵩信以为真,遂听令放荡,不复过问。乡人见他斗鸡走狗,行同无赖,相率鄙夷,独梁人桥玄,曾为太尉。南阳人何颙,不同俗见,视操为命世才,尝语操道:"天下将乱,非人才不能济事,将来欲安天下,所赖惟君!"何颙亦言汉室将亡,惟操可安天下,未免高视阿瞒。操因此自负,常与两人往来。桥玄复嘱操道:"君尚未有名,可交许子将,当得蜚声,幸勿自误!"操应命自去。这许子将系许劭表字,劭为前司徒许训从子,籍隶汝南,具知人鉴,与从兄靖,俱负重名,凡乡里人物,一经评骘,往往垂为定论,他且性好褒贬,每月一更,故汝南人称他为月旦评。及操往见劭,劭正为郡功曹,延操入室,互谈世事,操却应对如流,惟劭随便酬酢,或吐或茹,累得操烦躁起来,禁不住质问道:"操奉桥公训诲,特来访君,君素善衡鉴,请看操为何如人?"劭微笑不答。已经瞧透。操愤然道:"见善即当称善,见恶即当言恶,奈何善恶不分,徒置诸不答呢?"劭为操所逼,方应声道:"汝系治世能臣,乱世奸雄!"确是至论。操毫不动怒,反大喜道:"君真可谓知己了!"操亦自认为奸雄。遂别劭还里。年二十,得举孝廉,进拜郎官,调任洛阳北部尉,甫入廨舍,即缮治四门,特设五色棒十余条,悬挂门首,一面张示

立禁,如有违犯,不论贵贱,一体棒责。小黄门蹇硕,方得灵帝宠眷,有叔父提刀夜行,适犯禁令,操饬左右将他拿住,用棒打死。嗣是豪贵敛迹,无人敢犯。操遂扬名中外,迁顿丘令,复受征为议郎。黄巾贼起,朝廷授操骑都尉,使率军士数千人,往助皇甫嵩、朱儁,讨颍川贼。操引兵驰抵长社,正值贼众败走,乐得乘贼危急,截杀一阵,贼众心慌意乱,哪里还敢对敌?但得冲开死路,连忙抱头窜去。操挥兵杀贼多人,夺得旗鼓马匹,不可胜计。待至残贼尽遁,皇甫嵩亦领兵赶到,与操相会,自然欢洽,当下合兵追贼,长驱直进,朱儁亦到来会师,三路兵联成大队,逐贼出境。波才等收众再战,复为官军所败,击毙至数万人,颍川乃平。皇甫嵩上表告捷,有诏封嵩为都乡侯,嵩益加感奋,邀同朱儁、曹操,进讨汝南、陈国诸贼。贼目波才,方逃至阳翟,打家劫舍,抢夺民粮,一闻嵩等又到,慌忙集众对敌,已是不及,嵩、儁、操三面兜拿,得将残贼剿灭净尽,波才无路可奔,眼见是妻子就戮了。**么么小丑,有什么好结果?** 嵩等再驰抵西华,适有贼目彭脱,在该地猖獗害民,未曾经过大敌,冒冒失失,来与嵩等接仗,交战至一二时,已被嵩等捣破阵势,纷纷溃散,嵩下令招降,贼多匍匐乞命,彭脱见不可支，夺路遁去。汝南、陈国诸贼众，俱至嵩营投诚，两郡又平。嵩上书白状，将首功让诸朱儁，并言操亦杀贼有功，这是皇甫嵩好处。朝廷加封儁为西乡侯，赐号镇贼中郎将，迁操为济南相，复令嵩讨东郡，儁讨南阳，操赴济南任事，于是三人受诏，分途告别。是时北中郎将卢植，连破张角，斩获至万余人，角走保广宗，由植追至城下，筑围凿堑，造作云梯，正拟誓众登城，为歼贼计；不意都中来了小黄门左丰，赍着诏书，来视植军，植瞧他不起，勉强迎入，淡淡地酬应一番，丰含有怒意，匆匆辞行，或劝植厚送赆仪，植摇首不答，听令还都。丰星夜驰归，入白灵帝道："广宗贼容易破灭，可惜卢中郎固垒息军，连日不动，臣看他是要留待天诛了！"灵帝听了，不禁怒起，立派朝使带着槛车，拘植入都，另调河东太守董卓为东中郎将，代植后任。说起这个董卓，本是陇西郡临洮县人，表字叫作仲颖，素性粗猛，兼有膂力，平时能带着两鞬，左右驰射。鞬即弓袋。陇西一带，羌胡杂居，卓尝往来寨下，交结羌豪，羌豪见卓多力，并皆畏服。桓帝末年，曾入为羽林郎，从中郎将张奂征羌，得为军司马，转战有功，见前文。迁拜郎中，赐缣九千匹。卓慨然道："我得叙功，全靠军士。"乃将缣分赏军士，一无所私。后来如何专欲自恣？嗣出任并州刺史，转为河东太守，至是奉诏为东中郎将，持节至广宗军营。军中因卢植被拘，心怀不服，再加卓颐指气使，满面骄倨，越使军心生贰，不愿效劳。张角却从城中突出，来攻董卓，卓麾兵与战，兵皆退走，卓亦禁遏不住，只好返奔，却被张角追至下曲阳，夺去许多辎重，满载还城，留弟张宝屯守，与卓相拒。卓自知不敌，没奈何上表乞师，灵帝严旨遣卓，勒令罢职，特遣皇甫嵩进兵讨角。嵩正进剿东郡，生擒黄巾贼卜己，斩首七千余级，荡平郡境，既接朝廷诏命，移讨张角，便兼程驰诣广宗。角得了重病，不能起床，既善符水，何不自医？但遣季弟梁出城迎战。梁部下多系剧贼，且新得战胜，气焰甚张，嵩军虽亦精锐，但两下里旗鼓相当，接战多时，兀自不分胜负。嵩鸣金收军，退至十里外下寨，闭营休士，静觇贼变。翌日令谍骑往探，见城外贼营如昨，惟众心惶惶，似有大故，仔细侦查，才知张角已死。当即向嵩报知，嵩喜出望外，传令军士，三更造饭，五更攻贼，军士依令部署，待至鸡鸣，一拥齐出，由嵩亲自督领，直抵贼阵；贼未肯让步，出营厮杀，约莫战到午后，贼党渐渐疲乏，阵势少乱，嵩急鸣战鼓，驱兵向前，兵士各猛力齐进，冲破贼阵，东斫西刴,滚落许多贼头。贼众骇奔,张梁也欲逃回,偏被官军杀至,不及回马,拼着死命,左右遮拦,百忙中一着失手,已为官军搠倒,从马上跌落马下,已经死去,再经兵刃交加,立成糜烂;只首级由快手割去,尚是完全无缺,向嵩报功。嵩见张梁已死,乘势抢城,城中贼夺门出走,又由嵩分兵追杀,赶至河滨,贼忙不择路,齐投河中,河水方涨,湮没了好几万人。嵩得入广宗,见署中摆着棺木,料是张角尸骸,即令破棺戮尸,传首京师。惟角弟宝尚驻守下曲阳,未曾伏诛,乃复邀同钜鹿太守郭典,往击张宝,连战连捷,阵斩宝首,余贼多降,差不多有十余万众。事见《皇甫嵩传》。罗氏《三国演义》谓宝由贼党严政所杀,不知何据? 三张并了,贼渠已歼,功首应推皇甫嵩,当由灵帝论功行赏,进嵩为左车骑将军,领冀州牧,封槐里侯。嵩请减免冀州一年田租,暂苏民困,有诏依议。百姓为嵩作歌道:"天下大乱兮市为墟,母不保子兮妻失夫,赖得皇甫兮复安居。"嵩在军中,善能抚循士卒,故甚得众心;及治理民政,恩威兼济,莫不畏怀。独有一前信都令阎忠,挟策干时,劝嵩入清君侧,创建奇功,大略说是:

　　昔韩信不忍一餐之遇,而弃三分之业,利剑已扬其喉,方发悔恨之叹者,机失而谋乖也。今主上势弱于刘、项,将军权重于淮阴,指㧑足以振风云,叱咤可以兴雷电,赫然奋发,因危抵颓。崇恩以绥先附,振武以临后服,征冀方之士,动七州之众,羽檄先驰于前,大军响振于后,蹈流漳河,饮马孟津,诛阉宦之罪,除群凶之积,虽僮儿可使奋拳以致力,女子可使褰裳以用命,况厉熊罴之卒,因迅风之势哉?功业已就,天下已顺,然后请呼上帝,示以天命,混齐六合,南面称制,移宝器于将兴,推亡汉于已堕,实神机之至会,风发之良时也。夫既朽不雕,衰世难佐,若欲辅难佐之朝,雕朽败之木,是犹逆坂走丸,迎风纵棹,岂云易哉?且今竖宦群居,同恶如市,上命不行,权归近习,昏主之下,难以久居,不赏之功,逸人侧目,如不早图,后悔无及矣!议虽不经,却是奇论。

　　嵩见了这种议论,未敢遽从,因召忠面语道:"嵩实庸才,不足与语此举。且人未忘主,天不佑逆,若妄想大功,转致速祸,不如委忠本朝,谨守臣节,就使遭谗,也不过放废而止,死有令名,犹且不朽。如君所言,乃系反常,嵩不敢闻命!"嵩犹足为社稷臣,非操、卓所得比。忠见计议不用,因即亡去。后来梁州贼王国等,劫忠为主,号为车骑将军,忠感恚致疾,竟致毕命,这且搁过不提。且说镇贼中郎将朱儁,往略南阳,南阳黄巾贼张曼成,屯众宛下,约百余日,为南阳新任太守秦颉击毙。贼党更推赵弘为帅,余焰复盛,攻陷宛城,有众十数万。朱儁到了南阳,与太守秦颉,及荆州刺史徐璆(qiú),合兵万八千人,围攻赵弘,两月不下。廷臣闻儁日久无功,奏请征儁问罪,司空张温进谏道:"古时秦用白起,燕任乐毅,并皆旷年历岁,方得克敌;中郎将朱儁,前讨颍川,已著功效,今引师南指,必有方略,将来自足平贼,臣闻临军易将,兵家所忌,何若宽假时日,责令成功?"灵帝乃止,但传诏军前,促令急攻。儁慷慨誓师,定期歼贼,可巧赵弘领众出城,前来劫营,被儁军一鼓杀出,并力上前,将弘刺死。余贼逃回城中,又推了一个贼目,叫作韩忠,婴城固守。儁探得城中贼党,尚有数万,自恐兵少难敌,乃张围结垒,特筑土山,高出城头,俯瞰城内动静。儁登高凝视,沉吟良久,忽得了一条奇计,便返入垒中,擂鼓发兵,使攻城西南隅。贼帅韩忠忙率众守御西南,儁却悄悄地带领亲兵,约有四五千人,绕至东北,架梯命攻,佐军司马孙坚奋勇先登,引兵入城。韩忠闻东北失

守,吓得魂驰魄散,忙弃去西南隅,退保内城,遣人乞降。徐璆、秦颉,及儁部下司马张超,俱欲收降息兵,儁独不许,且表明意见道:"行军要诀,须察时宜,往往有形同势异,不可拘执。从前秦项纷争,民无定主,故高祖尝纳降赏附,劝示群雄。今海内一统,惟黄巾贼胆敢造反,若乞降即纳,如何劝善?贼急乃请降,缓复图变,纵敌长寇,终非良策,不若讨平为是!"说着,即将贼使叱去,更督兵力攻内城,贼众料无生路,冒死抵拒,无懈可乘。儁再登土山,默视城中,司马张超,随侍在侧,儁回顾张超道:"我已想得破城的方法了。贼因外围周匝,内城逼急,乞降不受,欲出不得,没奈何与我死战。试想万人一心,尚不可当,况多至数万呢?我意在暂时撤围,纵敌出城,贼既得出,必无心恋战,势散心离,方容易破灭了!"儁颇知兵法。张超听了,很是赞成,当下传令撤围,退出外城。贼帅韩忠不知是计,还道儁军有变,因此退去,于是号召贼众,倾城出追。儁且战且行,诱忠离城十余里,然后翻身杀转,与贼鏖斗,且更分兵抄出贼后,断贼归路。韩忠正在厮杀,回望后面亦有官军旗帜,才知中了儁计,急忙拍马退回,偏儁军不肯放松,步步紧逼,无法脱身;后面的官兵,也来夹攻,害得腹背受敌,进退两难,不得已横冲出去,觅路逃生。怎奈贼势愈蹙,官军愈张,待至有路可奔,已是遍地贼尸,惨不忍睹。有一大半弃去韩忠,各走各路,忠只好落荒狂窜,飞马乱逃。约走了数十里,身已疲困,马亦劳乏,手下不过数百骑,正拟下马休息,不意官军从后追到,一霎时围裹拢来,四面八方,都是黑森森的旌旗,亮晃晃的刀械,就使韩忠背上生翼,也是无从飞去,眼见得存亡呼吸,命在须臾;忠尚想求生,凄声乞降。当有军吏报知朱儁,儁许令投诚,解围一面,放出忠马。忠至儁前叩首悔过,儁还恐忠有狡谋,令左右将他缚住,牵至城下。城内已虚若无人,任令官军进去,忠亦随入,甫过城闉(yīn),突有一将兜头拦住,手起剑落,把忠劈作两段。看官道是何人杀忠?原来是南阳太守秦颉,颉恨忠前次固守,多费兵力,所以不从儁令,将忠杀死。无故杀降,亦属非理。儁未免叹息,但因颉从征有功,不便发作,只好含忍过去。哪知溃贼多闻风生疑,仍然啸聚,再拥孙夏为头目,还屯宛境,要想夺回城池。儁接得探报,趁着贼心未固,急引兵往攻孙夏;夏复败走,窜入西鄂城南的精山中。儁未敢轻纵,追蹑贼踪,穷搜山谷,斩首至万余级,贼乃骇散,不复成群,宛城始安。儁一再奏捷,受封右车骑将军,振旅班师。先是护军司马傅燮,随嵩、儁等出讨黄巾,尝在营中抒发谠论,上陈阙廷,及转战南北,屡歼贼渠,积功甚多,应加懋赏;偏中常侍赵忠,嫉燮直言,从中谮毁,不但掩没燮功,还要将燮治罪。幸灵帝尚有微明,回忆燮奏牍中,曾有预言,因此不欲罪燮,模糊过去;但如傅燮的汗马功劳,却已搁过一旁,也不复提及了。小子有诗叹道:

  国家赏罚有明经,宵小谗言怎可听?
  功罪不分昏愦甚,从知灵帝本无灵!

  欲知傅燮所陈何词,容至下回补叙。

  黄巾之平,皇甫嵩为首功,朱儁其次焉者也。曹操虽奉命出讨,往助嵩、儁,但不过因人成事,略有微劳,而本回标目,特举操名者,殆因操之发迹,实始于此。他日之挟天子,令诸侯,为三国时代之第一奸雄,不得不大书特书,预为揭示耳,非真主宾倒置也。朱儁与皇甫嵩齐名,而谋略不及皇甫嵩,颍川之役,微皇甫嵩,儁且一蹶不振矣。若汝南、陈国之平贼,亦赖嵩为主帅,而儁得分功。至移讨宛城,两月不下,必待朝廷之督促,方苦心焦思,用谋破贼,然亦幸遇赵弘、韩忠之犷悍无谋,乃得为儁所算耳。惟罗氏《三国演义》,演写张角等种种妖术,且将刘、关、张三人,亦夹入嵩、儁二军中,语多臆造,不足为据,本回概不阑入,所以存其真也。

第六十二回

起义兵三雄同杀贼　拜长史群寇识尊贤

却说护军司马傅燮,系北地灵州人氏,本字幼起,嗣慕南容三复白圭,南容,春秋时鲁人,事见《鲁论》。乃改字南容。身长八尺,仪表过人,郡将举燮为孝廉,因得出仕;后闻郡将丁忧,也弃官行服,借报知遇;及为护军司马,独谓国家大患,不在贼寇,实在阉人,所以从军出征,尚在营中拜表道:

臣闻天下之祸,不由于外,皆兴于内。是故虞舜升朝,先除四凶,然后用十六相,明恶人不去,则善人无由进也。今张角起于赵、魏,黄巾乱于六州,此皆衅发萧墙,而祸延四海也。臣受戎任,奉辞伐罪,始到颍川,战无不克,黄巾虽盛,不足为庙堂忧也。臣之所惧,在于治水不自其源,末流弥增其广耳。陛下仁德宽容,多所不忍,故阉竖弄权,忠臣不进,诚使张角枭夷,黄巾变服,臣之所忧,甫益深耳。是扼要语。何者?夫邪正之人,不宜共国,亦犹冰炭不可同器。彼知正人之功显,而危亡之兆见,皆将巧词饰说,共长虚伪。夫孝子疑于屡至,市虎成于三夫,若不详察真伪,忠臣将复有杜邮之戮矣。秦白起死于杜邮亭。陛下宜思虞舜四罪之举,速行谗佞放殛之诛,则善人思进,奸凶自息。臣闻忠臣之事君,犹孝子之事父也。子之事父,焉得不尽其情?使臣身备铁钺之戮,陛下稍用其言,国之福也。

自燮有此奏,方得感动灵帝,幸免谴罚,惟有功不封,只命为安定都尉。还有豫州刺史王允,与讨黄巾,搜得贼中文件,有中常侍张让宾客私书,允将原书奏报,灵帝召让诘责,让叩头陈谢,且言"书从外来,安知非诈,不能作为确证"云云。说得灵帝也起疑心,竟被他花言巧语,瞒骗过去。让既得免罪,索性诬允欺君罔上,应该逮治,灵帝竟偏信让言,逮允下狱。及朱儁班师回朝,授为光禄大夫,宫廷内外,庆贺贼平,灵帝不胜喜慰,诏改光和七年为中平元年。时将岁暮,还要改元,真是多此一举。惟颁出一道赦文，却便宜了好几个罪犯；王允亦遇赦得释，就是前北中郎将卢植，囚解进京，减死一等，也因此释放出狱，还复自由。回应前回，笔不渗漏。再经皇甫嵩上书举植，盛称植行师方略，乃复起植为尚书。植有一个高足弟子，与植同郡，乘乱起兵，出讨黄巾余孽，立了一些功劳，由校尉邹靖，登名荐牍，使列仕版，就职安喜县尉。这人为谁？乃汉景帝子中山靖王刘胜裔孙，名备字玄德。特笔提出，表明汉裔。胜子贞尝封涿县陆城亭侯，因酎（zhòu）金欠佳，坐谴革爵，汉武时宗庙祭祀，命宗藩献金，号为酎金，酎金不佳，例当夺封。贞遂留居涿县，好几传生出刘备。备祖雄与父弘，世为郡县吏，弘早病逝，单剩下妻子二人，家乏遗资，寡妇孤儿，形影相吊，不得已贩履织席，权作生涯。住宅东南角上，有大桑树，高约五丈余，浓荫满地，好似车盖一般，往来行人，互相诧异，里民李定，颇知相法，谓此家必出贵人。备幼时尝与村儿共戏树下，指树与语道："我将来当乘此羽葆盖车。"少成若天性。叔父刘子敬，闻言相戒道："汝勿妄语，恐灭我门！"何胆小乃尔？备乃不复言。年至十五，母使游学，因与同宗刘德然、辽西公孙瓒，俱往拜卢植为师。德然父元起，独怜备家贫，出资赒给。元起妻劝阻道："我与彼各自一家，为何不惜钱财，时常给与？"不脱村妇心性。元起叹道："我同宗中有此佳儿，定非凡器，奈何不分财济贫呢？"既而备年力渐强，身体日壮，长至七尺五寸，耳大垂肩，手垂过膝，目能自顾两耳，性喜狗马，又爱音乐；惟与人相接，宽厚和平，语言不烦，喜怒不形，豪侠少年往往乐与交游，备亦好士不倦，休休有容。当时有两大壮士，同至备家，得备欢迎，遂结为生死交，始终不渝。一个是河东解县人，姓关名羽，初字长生，改字云长，朱颜赭面，凤眼蚕眉，美须髯，擅膂力，在本县杀死土豪，逃难亡命，奔至涿郡，适与刘备相遇，谈论甚欢，遂成至友。一个是世居涿郡，姓张名飞，表字翼德，《三国志》作益德。豹头环眼，燕颔虎须，平素粗豪使酒，直遂径行，独见了刘备、关羽，却是沉滛相投，格外莫逆。莫非前缘。相传三人尝结义桃园，誓为异姓兄弟，不愿同日生，只愿同日死。备年最长，次为关羽，又次为张飞，依序定称，不啻骨肉，食同席，寝同床，出入必偕，不离左右。会闻黄巾贼起，意欲仗义起兵，为国讨贼，只苦粮草马匹，无从筹办；三个异姓弟兄，单靠着六条臂膀，如何成事？正愁虑间，凑巧有豪贩两人，引着伙伴，驱马前来，刘备眼快心

灵,即向两人问讯,彼此互答,才知两人是中山大商,贩马为业,一叫张世平,一叫苏双。当由备延入庄中,置酒相饷,殷勤款待。两人申说沿途多贼,不便贩卖,所以奔投僻处,为避寇计,备即与语道:"我正欲纠集义徒,前往杀贼,可惜手无寸铁,无财无马,甚费踌躇。"两人便同声接入道:"这有何难?我等当量力相助便了!"少顷饮毕,即取出白金数百两,良马数十匹,慨然持赠。也是侠客。备乐得领受,谢别二客,就招集乡勇,铸造兵械。备自制双股剑,关羽制青龙偃月刀,张飞制丈八蛇矛,各置全身盔甲,配好马匹,领着徒众,往投校尉邹靖。靖见三人气宇轩昂,不禁起敬,因即留居麾下,待至黄巾入境,便率三人同去截击。云长的宝刀,翼德的利矛,初发新硎,连毙剧贼,就是刘玄德的双剑,也得诛寇数人,发了一回大利市。句法新颖。邹靖得了三雄,立将黄巾贼驱出境外,上书奏闻,不没备功。朝廷因备起自布衣,只予薄赏,但命备为安喜县尉。

备奉命就职,辞了邹靖,带着关、张二人,同诣安喜。约有数月,忽由都中颁下诏书,凡有军功得为长吏,当一律汰去。备也为惊心,转思县尉一职,官卑秩微,去留听便,何妨静候上命。又过了好几日,闻郡守遣到督邮,已入馆舍,县令忙去迎谒,备亦不得不前往伺候。哪知督邮高自位置,只许县令进见,不准县尉随入,备只得忍气退回。翌日又整肃衣冠,至馆门前投刺求谒,待了多时,才有一人出报,说是督邮抱病,不愿见客。备明知督邮藐视县尉,托词拒见,一时又不便发怒,勉强耐着性子,懊怅回来。关、张两人见备两次空跑,问明情由,禁不住愤急起来。张飞更性烈如火,便欲至馆舍中抓出督邮,向他权借头颅,刘备一再禁阻,飞阳为顺从,觑得一个空隙,竟抢步趋出,与督邮算帐去了。俄而备查及张飞,不见形影,料他必去闯祸,慌忙带着关羽等人,驰往督邮馆舍;将至门前,已听得一片喧闹,声声骂着害民贼。老张声音,初次演写。备急走数十步,才见督邮被张飞揪住,且骂且打,放开巨掌,在督邮头上乱搥,当即高声喝住。督邮又痛又愤,已是神志昏迷,及闻备喝阻声音,方将灵魂儿收转躯壳,喘息一番,复要拉着架子,向备叱问道:"这……这个野奴,乃是由汝差来么?"备尚未及答,督邮又说道:"我奉命到此,正要黜逐汝等狂夫,汝却目无尊长,反且差人打我,敢当何罪?"这数语激动备怒,也不禁接口道:"我也奉府君密教,特来拿汝!"此君也要使诈了。张飞在旁,闻备亦这般说法,胆气又壮,仍将督邮一把抓去,遥望左近有一系马桩,便牵过督邮,攀落马桩旁边的柳条,当作绳索,将督邮缚住桩上,再用柳条为鞭,尽力扑打,差不多有一二百下。快人快事。备又上前阻住张飞,飞大嚷道:"兄长积功甚大,只得了一个小小官儿,不做便罢,我今杀死这贼,却为民间除一污吏,有何不可?"说至此,竟回取佩刀,要将督邮结果性命。吓得督邮浑身发抖,不能不改口哀求道:"玄德公恕我无知,乞饶性命!"何前倨而后恭?备方转怒为笑道:"汝早知如此,我等自然好好伺候,何必受此一顿痛打哩?"说至此,便取出印绶,系督邮颈上,且与语道:"烦汝交还印绶,我也不愿在此为官,当与汝长辞了!"言已即回。张飞正取刀来杀督邮,当由备将他拦转,共返署中,草草收拾行装,飘然引去。那督邮手下,非无从卒,但看了张飞虎威,统皆自顾性命,不敢向前;等到张飞已经去远,才敢走至树旁,解放督邮,督邮满身疼痛,由从卒扶至馆舍,医治了好几日,方得少痊,还报郡守。郡守详申省府,遣人捕拿,刘、关、张三人,早已远扬他方,无从拘获了。《三国志·刘先主纪》谓先主入缚督邮,杖二百,罗氏《三国演义》属诸张飞,较为合理,姑从之。

且说中平二年二月，南宫云台忽然失火，毁去灵台、乐成等殿，延及北阙，复向西燃烧，如章德殿、和欢殿等，尽被毁去。宫中宿卫，竭力抢救，四面沃水，偏似火上添油，越浇越猛。等到火势渐息，已是大半乌焦，所有龙台凤阁，尽变做瓦砾荒场，残焰熊熊，尚是不绝，半月后始火尽烟消。灵帝不知修省，仍拟兴工再筑，规复原状，可奈国库告罄，一时腾不出这般巨款，未免忧劳。中常侍张让、赵忠，为帝设法，请加征天下田赋，每亩十钱，积少成多，已足修复宫室，更铸铜人。灵帝当即依议，颁诏郡国，按亩加征。乐安太守陆康，上疏谏阻，略言春秋时代，鲁宣税亩，即生蝝灾，哀公增赋，孔子以为非理，怎可聚夺民物，妄兴土木，违弃圣训，自蹈危亡？这数语原是激切，与张让、赵忠等大相反对。让与忠即潜康谤毁圣明，等诸亡国，应以大不敬论罪。有诏用槛车征康，囚诣廷尉；还亏侍御史刘岱，力为解免，方得贷罪归田。于是诏发州郡材木文石，令内侍督工监造。内侍贪得无厌，往往向州郡索赂，稍不如意，便说他材木文石，不能合用，强令折价贱卖，另行购办；至第二次解到都下，又不肯即受，终致材料朽腐，宫室连年不成。又遣西园驺从，分道四出，督促州郡。州郡官吏，欲免罪谴，不得不贿托朝使，乞力转圜，一面却克剥百姓，私加赋税，作为挹注，暗地里还想中饱若干。看官试想，百姓已困苦不堪，那上供朝廷的款项，实行报解，十成中不过四五成，朝廷尚嫌不足，令牧守荐举茂才孝廉，俱当责助修宫钱；甚至简放官吏，亦必使先到西园，议定缴价，然后得赴任供职。新简钜鹿太守司马直，素有清名，西园允许减价，但尚索钱三百万，直怅然道：“为民父母，顾可剥夺人民，上应时求，这却非我所忍为呢！”遂辞疾不行，迭经朝廷催迫，没奈何单车就道。到了孟津，复上书极谏时弊，并致书家人，与他永诀，竟服药自杀。衰乱时代，原是速死为幸。灵帝得直遗疏，稍稍感动，乃暂罢修宫钱，惟大小官吏，仍须纳资西园，方得到任。司徒袁隗因事免官，继任为廷尉崔烈。烈本冀州名士，至是因宫中傅母程夫人，纳钱五百万，才得超迁，但名誉因此骤衰。灵帝尚嫌价值太廉，顾语左右道："悔不少靳诏命，若昂价求沽，定可得千万钱！"亏他说出。程夫人从旁应声道："崔公名士，怎肯买官？赖我设法张罗，方能得此，难道尚嫌不足么？"灵帝听了，也不加责，一笑作罢。市侩家也不应如此，堂堂帝室，乃有这般笑话，真是古今罕闻。

惟是朝政日非，吏民交怨，免不得流为盗贼，一倡百和，所在横行。盗目各有绰号，不可殚述，大约声如雷震，便号为雷公；骑坐白马，便号为白骑；多须号为氐根，或号髭丈八；大眼就号作大目；他如浮云、白雀、杨凤、眭固、苦蝤（qiú）等名目，各有所因，传为绰号。大群约二三万，小群亦六七千。常山贼褚燕，轻勇趫捷，贼党呼为飞燕，互相惮服，陆续趋附，依黑山为巢穴，愈聚愈众，多至百万人，时号黑山贼。河北郡县，无不受害，朝廷不能讨，遣使饵以官爵，诱令投诚；褚燕乃上表乞降，诏授燕为平难中郎将，使领河北诸山谷事。燕虽尝拜命，仍旧纵众殃民，未肯帖然就范，朝廷也无可如何，得过且过，置作缓图。惟陇西一带，驻守非人，湟中杂胡，乘势图变，推胡人北宫伯玉为将军，勾结先零羌种，与枹罕、河关诸盗，一同作乱。金城人边章、韩遂，素有胆略，著名西州，群盗劫入寨中，使主军政，攻掠州郡，戕杀金城太守陈懿，及护羌校尉泠征。陇右刺史左昌，拥兵不救，长史盖勋，极言力谏，反触动昌怒，但给勋数百人，使他出屯阿阳，抵御贼锋；更派从事辛曾、孔常，与勋同往，阳为助守，阴实监制，意欲伺勋偾绩，然后加罪。哪知勋素孚物望，连盗贼都不敢相侵。边章等绕出河阳，竟至冀城攻昌。昌忙使人移檄，召还辛曾、孔常、盖勋。曾等疑不肯赴，勋怒说道："古时庄贾后期，穰苴奋剑，本列国时齐国故事。公等不过位居从事，难道还比古时监军，权力更重么？"庄贾曾为齐监军，故勋言若是。曾等闻言知惧，乃与勋还兵救昌。勋至城下，见边章指挥群盗，猖獗异常，因高声呼章道："汝本望重西州，奈何反联合寇贼，违叛朝廷？"章答说道："左使君若早从君言，发兵临我，庶可自改，今负罪已重，势难再降，计惟退避三舍，权谢高贤！"说罢，即引军撤围，扬长自去。既而左昌玩寇坐罪，革职去官；后任刺史，叫作宋枭。或作宋泉。枭见陇右多盗，拟令民讲读经书，使知大义，想是一个迂儒。乃召勋与语道："凉州人民寡学，故屡致叛乱，今不如多写《孝经》，遍使诵习，待至家喻户晓，乱自可弭了！"勋答说道："昔太公封齐，崔杼弑君；伯禽侯鲁，庆父篡位。齐、鲁岂乏士人，何为至此？今不亟求靖难方法，徒欲济以文治，恐不止结怨一州，反将取笑朝廷，勋以为决不可行！"枭不以为然，竟将己意申奏，果被诏书诘责，召令还京。会新任护羌校尉夏育，为羌人所围，勋率州兵往援，终因众寡不敌，败退下来；羌众随后尾追，勋部下多半溃散，单剩得百余骑兵，还算

跟着。勋结阵自固，怎奈羌人四蹙，孤弱难支，百余骑又战死一半，勋亦身中三创，马又负伤，不能再战，索性下马危坐，指着木表道："我当就死此地，为国殉身，也不足惜了！"羌众见勋已力尽，各欲上前杀勋，独有一羌渠跃马拦阻道："盖长史乃系贤人，汝等若将他杀死，岂非负天？"羌人也知重贤。勋闻言审视，系是句就种羌帅滇吾，向曾相识，但此身已拼着一死，不愿向滇吾说情，因瞋目叱骂道："死反虏，晓得什么天道？快来杀我罢了！"滇吾毫不动怒，反趋近勋旁，下马相见，且愿让马与勋；勋仍不肯允，滇吾乃挥动徒众，把勋拥去，到了自己寨中，请勋上坐，呼众罗拜，再出酒肴相待，备极殷勤。转瞬间已是旬日，方拨羌骑数十人，送勋入塞，回至汉阳。朝廷闻勋忠义动人，征为讨虏校尉。小子有诗咏道：

羌虏猖狂也畏天，持刀未敢害忠贤。

一营罗拜申诚意，赢得名臣姓氏传。

勋虽生还，寇终未平，满朝公卿，又为了凉州乱事，会议征讨事宜。欲知如何定议，请看下回便知。

刘先主起自寒微,以一贩履织席之贫民,独能具有大志,交结英雄,为国讨贼,较诸曹阿瞒之已为朝吏,奉遣出兵,其难易固属不同,其忠义亦自有别,正不特一为汉裔,一为阉奴已也。关、张两人,或刚或暴,而与刘先主交游,偏能沆瀣相投,誓同生死,此正可见刘先主之驾驭英雄,自有令人倾倒、乐为用命者。怒鞭督邮一事,阅者称快,安得举天下后世之贪官污吏,尽付英雄之鞭笞乎?盖勋位不过长史,独能远谐物望,为世所钦。边章已入寇党,避而远之;滇吾本为虏帅,敬而礼之。盗贼夷狄,犹向慕贤者若此,人生亦何苦纵恶,而自丧声名,甘为此万年遗臭也?

第六十三回

请诛奸孙坚献议　拼杀贼傅燮捐躯

　　却说凉州乱事,连年未平,朝臣奉诏会议,又觉得聚讼盈廷,莫衷一是。司徒崔烈且欲弃去凉州,时安定都尉傅燮已入为议郎,亦得与议,听了崔烈言论,不由得鼓动热肠,正色厉声道:"司徒可斩!斩了司徒,天下乃安!"好大胆!三语说出,四座皆惊,烈亦为变色。尚书欲顾全崔烈面目,不得不劾燮妄言。灵帝召燮问状,燮从容答道:"凉州为天下要冲,国家藩卫,今牧御失人,乃使一州叛逆,烈为宰辅,不思弭寇,反欲轻弃万里疆场;若使虏众得居此地,士劲甲坚,入寇内地,试问国家将如何抵御?这岂不是社稷深忧么?"灵帝乃依了燮言,诏令左车骑将军皇甫嵩,回镇长安,相机讨贼。贼党边章、韩遂等,入掠三辅,嵩引兵出战,得将贼党击退。偏中常侍张让、赵忠,与嵩有嫌,反说他屡战无功,徒縻军饷;灵帝竟不分皂白,收还嵩左车骑将军印绶,降嵩为都乡侯。原来嵩讨张角时,路过邺中,见赵忠宅居逾制,奏请没收;张让又向嵩求赂钱五千万,嵩亦不许,两人由此生恨,屡谋害嵩。且因嵩平张角,称为首功,若把嵩摔去,好将功劳夺归内廷,自己可以受赏。果然阴谋得遂,嵩被排斥,昏昏沉沉的汉灵帝,坐受群小荧惑,说是前讨张角,内侍参议有功,竟封张让、赵忠等十三人为列侯。独不记张让通贼书么?一面使司空张温,代为车骑将军,并召前中郎将董卓,使为破虏将军,归温节制,出讨凉州诸贼。温调集诸郡兵马,约得十余万人,进屯善阳。边章引众来攻,温与战失利,卓亦败退。已而时届仲冬,天气严冷,夜间有流星如火,光长十余丈,照彻贼营,贼众疑为不祥,欲归金陵。卓得此消息,心下大喜,复邀同右扶风鲍鸿等,向晨攻贼。贼皆有归志,不愿力战,一哄儿弃营西走,倒被卓等驱杀一阵,斩首数千级,还营报功。温令卓往讨叛羌,另派荡寇将军周慎,追击边章。章方败走榆中,据城固守,慎即欲进攻。前佐军司马孙坚,方由温奏调至军,参议军事,坚因向慎献策道:"贼新入榆中,必无粮储,定当由外输入。坚愿得万人,截贼粮道,将军率大兵为后应,贼不能久守,自然骇走。若窜入羌中,并力往讨,便可荡平,凉州得从此安靖了!"慎不从坚议,遂引兵围榆中城。边章闻慎军将到,先拨分贼党,往驻葵园;待至慎军攻城,坚守勿战,却密令葵园贼众,断慎粮道。慎乏食生惊,弃去辎重,狼狈遁还。

就是董卓一路人马,行抵望垣北隅,突遇羌胡大队,蜂拥前来,急切不能退避,致为所围。兵既被困,饷又不继,急得董卓彷徨终日,左思右想,幸得了一条良策,立命军士照行。卓本倚水立营,就从水旁筑起一坝,佯为捕鱼,暗中却将水势堵塞,腾出淤地,乘着宵深更静,拔寨潜走,悄悄的从坝下过军,待贼闻知,出来追击,卓军已经过尽,决塞放水,反将贼众淹死多人,贼慌忙走还;卓得全师引归,反屯扶风。适边章与韩遂争功,两不相协,章致书张温,自请投降,实是一缓兵计。温乐得应允,收兵退回长安,并将前后军情,奏报阙廷。灵帝览奏,见战功多出董卓,因特封卓为斄(Tái)乡侯,食邑千户,调任并州牧。当下颁诏付温,使温转告董卓。卓

请诛奸孙坚献议

已得知封侯消息,便即志高气盈,睥睨一切。及温使人往召,竟不奉命。温待久不至,再遣属吏赍诏召卓,卓方徐徐到来,入帐见温,并未谢及奏叙之惠德,且满面露着骄容,居然有压倒张温的气象。已是跋扈。温看不入眼,出言谯让,卓竟反唇相讥,并谓西征诸将,全属无用,若非我董卓功劳,怎能使贼畏服?温又愤然与语道:"边章等名虽乞降,心实难恃,将军既智勇兼全,还当再接再厉,扫平群贼,方得上报国恩!"卓亦抗声说道:"贼已降我,无故往攻,岂不是自失威信么?卓志在杀贼,却不愿师出无名!"说着便起座自去。温见卓如此倨傲,也不起送,但闷闷地坐在帐中。旁边恼了一位参军,向前密语道:"将军奈何放卓出营?"温见是孙坚,便屏去左右,问为何因。坚答说道:"卓不自知罪,反敢大言不惭,将军何不申明军法,说他不肯应召,有违节度,立命斩首?"温惊顾道:"卓颇有威名,若将他杀死,西行何依?"坚慨然道:"明公亲率大军,威震天下,何恃一卓?况卓有三罪,不杀何待?卓抗辞不逊,慢言无礼,便是一罪。边章、韩遂跋扈经年,理当按时进讨,卓反谓不宜往攻,沮军疑众,便是二罪。卓受任无功,应召稽留,乃尚趾高气扬,妄自尊大,便是三罪。古时名将,杖钺临众,往往先斩悍将,借示威名,如穰苴斩庄贾,魏绛戮杨干,故事可征,并非创例。今明公不忍诛卓,纵令骄恣,自亏威重,后悔恐无及了!"温若果听坚言,何至养痈贻患?温终不能决,挥坚使退,坚乃趋出,叹惜不已。未几有诏书颁到长安,进温为太尉,三公在外拜命,由温为始。温虽不能除卓,但颇重坚才,荐为议郎。坚为将来东吴始祖,小子应将他出身履历,补叙详明。

坚字文台,系吴郡富春县人,就是孙武子后裔,世为郡吏,历代祖墓,并在富春城东,墓上辄有五色云罩住,光延数里。乡父老少见多怪,常互相告语道:"这非寻常云气,看来孙氏子孙,必将兴旺了!"及坚母怀妊,梦有人剖腹出肠,取绕吴郡阊门,不禁失声大呼,突致惊寤,回忆梦境,尚觉可怖。翌日出告邻母,邻母劝慰道:"安知非将来吉征?何必多忧?"既而生子名坚,头角峥嵘,状貌伟岸。好容易长大成人,出为县吏。十七岁时,与父共载船至钱塘,遥见有海贼数十人,掠得商人财物,在岸上分赃,坚即白父道:"速击海贼!"父摇手阻坚,嘱勿妄动。哪知坚已取得一刀,划船近岸,耸身跃上,大呼杀贼,手中刀东西指挥,如招人状。壮哉文台！贼惊出意外，还道坚招呼官军，当即抛弃财物，分头窜散；坚尚持刀追去，刹死一贼，携首还船。嗣是扬名郡县，由郡守召为郡尉，迁官司马。会稽贼许生造反，逾年未平，亏得坚召募勇士，会合州郡兵马，阵斩许生父子。见前文，《三国志》作许昌。刺史臧旻，上奏坚功，朝命未尝加赏，但使他做了三任县丞。至黄巾乱起，始由右中郎将朱儁保荐，历年从军，前文中已经叙及，无庸小子絮述了。惟自张温出征后，司空一职，悬缺不补，会灵帝查阅案牍，得杨赐、刘陶所上奏章，曾云遣散张角党羽，然后诛及渠魁，事见六十回。当时置诸不理，遂致蔓延。此时张角虽平，前言俱在，灵帝也自觉悔悟，因加封赐为临晋侯，使代张温为司空；且封刘陶为中陵乡侯，使任谏议大夫。赐就职不过月余，便即病殁，灵帝也为辍朝三日，素服举哀，优加赗赠，令公卿以下会葬，予谥文烈。长子杨彪袭爵。那谏议大夫刘陶，既入为言官，常思补衮尽职，因复上疏言事道：

  臣闻事之急者，不能安言；心之痛者，不能缓声。窃见天下前遇张角之乱，后遭边章之寇，每闻羽书告急之声，心灼内热，四体惊悚。今西羌逆类，私署将帅，皆多段颎时吏，晓习战阵，识知山川，变诈万端。臣常惧其轻出河东、冯翊，抄西军之后，东之函谷，据厄高望。今果已攻河东，恐更豕突上京，如是则南道断绝，车骑之军孤立，关东破胆，四方动摇，威之不来，呼之不应，虽有田单、陈平之策，亦计无所施。况三郡人民，皆已奔亡，南出武关，北徙壶谷，冰骇风散，惟恐在后。今其存者尚十之三四，军吏士民，悲愁相守，民有百走退死之心，而无一前斗生之计。西寇浸前，去营咫尺，胡骑分布，已至诸陵。将军张温，天性精勇，而主者旦夕迫促，军无后殿，假令失利，其败不救。臣自知言数见厌，而言不自裁者，以为国安则臣蒙其庆，国危则臣亦先亡也。谨复陈当今要急八事，乞须臾之间，深垂纳省，则国家幸甚，臣等幸甚！

书中所陈八事，不能尽述，大旨无非归罪宦官，说他欺君害民，酿成大乱。中常侍张让、赵忠等，得悉陶书，无不切齿，遂共白灵帝道："前因张角事发，诏书晓示威恩，臣等并皆改悔；今四方安静，陶乃嫉害圣政，专言盗贼。试想州郡并未上闻，陶何由得知底细？显见他与贼通情，所以先来恫吓，要想把臣等尽置死地，方好任所欲为。愿陛下勿为所欺！"是为肤受之诉。灵帝视让、忠如父母,总道他痛痒相关,不至诬妄,遂下诏遣陶,收系黄门北寺狱。狱为黄门所掌,当然归阉人鞫问,横加搒掠。陶自知必死,张目顾问宦官:"朝廷已经省悟,加恩臣身,今为何又误信谗言?陶恨不与伊、吕同俦,反与三仁并命!"殷有三仁,即微子、箕子、比干。说至此,竟用手扼吭,气闭身亡。前司徒陈耽,亦尝反抗宦官,张让、赵忠,索性将他罗织在内,拘系狱中,亦被掠死。赵忠反超任车骑将军。忠欲位置私人,更追论讨贼功臣,凡从前并未从军,只教是阉党走狗,多纳贿赂,便说他与讨黄巾,奏请授官。执金吾甄举,往见赵忠道:"傅南容前在东军,有功不侯,天下失望;今将军亲当重任,应该进贤理屈,下副众心!"忠也为点首,待甄举辞去后,即遣弟城门校尉赵延,往访傅燮,乘间与语道:"南容肯稍答我常侍,万户侯便可立致了!"燮正色道:"人生通塞,乃是命中注定,若有功不赏,何莫非命?燮岂可妄求私赏哩?"说得赵延无言可答,返报乃兄。乃兄忠越加衔恨,惟因燮为众所推,未敢加害;但将他调任汉阳太守。燮抵任数月,已是中平三年。贼帅韩遂,杀死同党边章,及北宫伯玉,纠众十余万,进围陇西,太守李相如,不能御贼,反与贼连和,猖獗益甚。汉阳贼王国,又自号合众将军,起应韩遂,四出寇掠。凉州刺史耿鄙,号召六郡兵马,进讨贼众,令治中陈球为先驱。球素性贪婪,为民所怨,鄙亦未协舆情,傅燮知鄙出必败,乃向鄙进谏道:"使君统政日浅,民未知教。孔子有言:'以不教民战,是谓弃民。'今若率平素不教诸人,越陇讨贼,恐十举十危。且贼闻大军将至,必万众一心,与为对垒,锋不可当。使君又统领新兵,上下未和,万一内变,虽悔何追?愚意不若息军养威,明赏必罚,阴加训练。贼得逍遥境外,必谓我决不能战,自致骄盈,由骄生衅,同恶相残。使君率已教人民,讨已离盗贼,尚患不能奏功么?今不为万全计策,反自就危途,窃为使君不取呢!"鄙自恃兵多,不从燮言,即日引军起行。甫经狄道,果有别驾应贼,先杀陈球,后杀耿鄙。鄙司马扶风人马腾,亦拥兵不救,自主一方。王国、韩遂等,遂进围汉阳;城中兵少粮尽,燮尚拼死守住。贼党中有北地胡骑数千,与燮同里,夙受燮恩,见燮登城抵御,各跪叩城下,愿送燮还乡;燮将他叱退。燮子干年甫十三,从父在任,知父性刚气锐,恐不能免,因向燮跪谏道:"国家昏乱,致令大人不容朝廷;今天下已叛,孤城决难久守,乡里羌胡,夙怀恩德,欲送大人弃城归里,大人不如从权允许,还乡以后,率厉义徒,俟至天下有道,再出未迟!"燮听得数语,便慨叹道:"汝难道知我必死么?古人有言:'圣达节,次守节。'我闻暴如殷纣,伯夷且不食周粟,饿死首阳;今朝廷昏德,尚不如纣,我岂可自绝伯夷?况前时不能高隐,居位食禄,怎得见危即去?我已决死此地,汝有才智,后当自勉!主簿杨会,便是我程婴,可以托孤,我死亦瞑目了!"程婴保孤事见列国晋时。幹流涕哽咽,不能复言,左右亦皆泣下。忽由故酒泉太守黄衍,叩城求见,燮传令放入,幹乃起入帐后,待衍进来。燮延令入座,问明来意,衍实为王国所遣,来作说客,因开口语燮道:"成败事已可预知,君能先机起事,上可为霸王事业,下亦不失为伊、吕,看来天下终非汉有,明府如果有意,衍等当奉为君师,愿受驱策,幸勿失此时机哩!"燮不禁变色,拔剑置席道:"汝亦做过大汉臣吏,反为贼来下说词么?本当斩汝,徒污我刃,我权寄汝头颅,回报叛贼,毋再妄想!"衍怀惭自去。燮即传齐将士,开城搦战,与贼众接仗多时。贼众自恃势盛,上前围燮,环绕数匝,燮尚冒死冲突,格毙贼党数十人;怎奈兵残力竭,外无援应,终落得捐躯殉国,毕命沙场。燮子幹由杨会护出,得归故

拼杀贼傅燮捐躯

里。朝廷闻燮阵亡,赐谥壮节,且予干世荫。后来干已长成,具有才名,仍得出仕,官至扶风太守。可见得忠臣有后,食报非迟。当时还有一位名贤,在家寿终,大将军何进,遣使吊祭,海内赴丧,多至三万余人。这人为谁？就是前太丘长陈寔。寔为太丘长后,隐居不出,党锢狱兴,寔亦连坐,系狱得释,嗣因中常侍张让父丧,屈节往吊,故颖川党人幸得全宥。见前文。寔居乡有年,平心率物,遇有争讼,辄求判正,无不悦服；里人多感叹道:"宁为刑罚所加,毋为陈公所短。"会遇岁歉民饥,有窃贼夜入寔家,隐踞梁上,寔已瞧见,故意不言,但呼子孙训戒道:"人不可不自勉,恶人非生性使然,传染恶习,遂致不返；试看梁上君子,便可了然！"贼在梁上听着,大惊投地,叩头谢罪。寔徐语道:"看君状貌,不似恶人,若能改过迁善,自可不虑贫困了！"乃令子孙取绢二匹,赠与窃贼,贼拜谢而去；非陈仲弓,不能为此。于是一县无复盗窃。前太尉杨赐及司徒陈耽,入朝拜官,群僚毕贺,赐等以寔未为相,自己反先登台辅,尝引为惭恨；大将军何进等屡次派人敦聘,寔终不肯出,婉谢来使道:"寔久谢人事,饰巾待终罢了,幸君善为我辞！"嗣后闭门悬车,栖迟养老,至中平四年夏季,考终家中,享寿八十四岁。吊祭诸徒,共至墓前瞻拜,代为刊石立碑,谥曰文范先生。遗有六子,纪、谌最贤,孙群亦有盛名,事见后文。小子有诗赞道:

到底仁人克善终,光前裕后子孙隆。
宣城书法今犹在,千古争传陈仲弓。《后汉书》为宋宣城太守范晔所著。

老成凋谢,丧乱弘多,欲知后来变端,且至下回胪叙。

董卓曾受朝命,归车骑将军张温节制,温召卓不至,显违主帅,其跋扈情形,已见一斑。孙坚劝温诛卓,温独不从,虽若谨守臣道,不敢专诛,但闻以外将军制之,汉文曾有明训,温果能为国除奸,就使得罪被戮,较诸他日之受害于卓,为益多矣。哀哉温之临事寡断,卒酿成无穷之祸也。傅燮困守孤城,可去不去,迹亦近拘。然城存与存,城亡与亡,本人臣之大义,幼子泣请而不从,庞使进言而被斥,见危授命,大义凛然,虽死且不朽矣！语云:"板荡识忠臣。"信然！

第六十四回

登将坛灵帝张威　入宫门何进遇救

却说灵帝中平年间，朝政日紊，国势愈衰，灵帝只知信任阉人，耽情淫乐，今岁造万金堂，明岁修玉堂殿；铸铜人四具，分置苍龙、玄武门外；制黄钟四架，分悬玉堂云台殿中；又特在平门左右，用铜范成天禄虾蟆，天禄,兽名。中设机枢(II)，口中喷水，谓可除秽辟邪。种种构造，统系掖庭令毕岚监工。就是一班刑余腐竖，亦无不建筑第宅，侈拟皇宫。灵帝常登台顾景，为消遣计，赵忠等恐他望见私第，向前进言道："人主不宜登高，登高恐百姓乖离！"出自何典？是即赵高指鹿为马之类,忠亦姓赵,总算善承世德。灵帝遂不敢登台，阉党益肆行无忌，但教瞒过一人耳目，还怕什么百官万民？哪知内蠹不休，适召外侮，西羌连年扰攘，未曾告平，鲜卑豪酋檀石槐，虽已病死，部落犹众，仍然出没塞下，屡寇幽、并诸州。他如腹地的盗贼，真是群起如毛，几难尽述。江夏散兵赵慈，戕杀南阳太守秦颉，纠众作乱，幸亏荆州刺史王敏，发兵破灭，得诛赵慈。未几中牟令落皓，及主簿潘业，又被荥阳贼杀死，当由河南尹何苗督师往剿，毙贼多人，暂时告靖。长沙贼区星，零陵贼观鹄，又相继造反，朝廷命议郎孙坚出守长沙，先斩区星，后斩观鹄，荆、湖始平。偏渔阳人张纯、张举，接连发难，攻杀右北平太守刘政、辽东太守杨终及护乌桓校尉公綦稠。举自称天子，纯号弥天将军，同掠幽、冀二州。外如休屠各胡，亦乘隙为变，入寇西河，击杀郡守邢纪，转攻并州，刺史张懿与战，不幸败亡。黄巾余孽郭太等，因西河为胡所掠，也在白波谷揭竿，联络胡人，分扰太原河东。左屠各胡，复胁迫南单于，一同叛命，骚扰朔方。冀州刺史王芬，因见乱端四起，日夜戒备，累得寝食不安；适故太尉陈蕃子逸，自戍所赦归，往谒王芬，谈及天下大乱，俱由阉竖专权所致，芬亦为叹息。旁有术士襄楷在座，奋袖起谈道："天文不利宦官，看来黄门常侍，均要族灭了！"陈逸大喜道："果有此事，不但国家可安，即如我先人埋冤地下，亦得从此伸雪，含笑九泉！"芬亦接口道："若果天象有凭，芬愿为国家驱除阉贼！"襄楷指手画脚，力言阉人夷灭，不出一二年。语颇不谬，但未识何人能除阉党，为术终疏。芬乃召集豪俊，筹备饷械，上书言盗贼日滋，攻劫郡县，宜厚蓄兵马，分途剿平。灵帝不加理会，且欲北巡河间旧宅，指日起行。芬等闻信，遂欲用兵劫驾，尽诛黄门、常侍，乘势废立。济南相曹操，已入拜议郎，与芬本系相知，芬因操足智多谋，遂使人与言秘计，乞为内援。操摇首道："废立二字，乃天下最不祥的名目，古人惟伊尹、霍光，行过此事。伊、霍位居首辅，诚能动众，所以事出有成；今诸君未及古人，漫思造作非常，期在必克，这岂不是求安反危，图福得祸么？"阿瞒毕竟性灵。遂嘱来使还白王芬，务求慎重，切勿鲁莽从事。芬尚未信操言，又召平原人华歆、陶丘洪，共定大计。洪欲应召前往，歆急为劝阻道："废立大事，伊、霍不过幸成，芬才疏望浅，怎能成事？不如勿行！"洪乃中止。会北方有赤气亘天，夜半愈盛，横贯东西，太史奏言北方有阴谋，不宜出巡，灵帝乃无心北幸，并敕王芬罢兵。俄而征芬还都，芬疑是秘谋泄露，不敢应命，当即解去印绶，私走平原；尚恐朝廷拘拿，仓皇自尽。陈逸、襄楷，幸得免累，就是议郎曹操等，亦毫不牵连，这都是芬谋未泄，故俱得无恙，徒断送王芬一命罢了。死得无名。

且说太常刘焉，本前汉鲁恭王后裔，鲁恭王名余，系景帝子。徙居竟陵，因属汉朝宗室，得通仕籍，由中郎迁至太常。他见朝政多阙，祸乱相寻，乃建言"刺史、太守，由赂得官，刻剥百姓，乃致离叛，应急选清名重臣，出任牧伯，剿抚兼施，方可削平世乱"等语。这计议尚未得行，有侍中董扶与焉友善，私下与语道："京师将乱，闻益州分野，却有天子气，未知属诸何人？"焉含糊对答，心下却觊觎非常，恨不得即赴益州。可巧益州乱起，刺史郗俭苛敛害民，为黄巾余党马相所杀，相僭称皇帝，抄掠巴蜀。警耗连达都中，刘焉得复申前议，进白灵帝，灵帝即命焉为益州牧，封阳城侯，出平蜀郡。焉喜如所望，受命即行。到了荆州东界，前途多盗，不便西进，逗留了好多日。也是他时来福凑，官运亨通，益州伪皇帝马相，被益州从事贾龙起兵，连战皆捷，诛戮无遗，因遣吏卒迎焉入蜀，奉为州主。益州治所，本在洛县，焉以郗俭被杀，恐多不利，乃徙治绵竹，招携纳叛，笼络人心。侍中董扶,闻焉既得志,亦求为蜀郡西部属国都尉,灵帝准令赴蜀,扶便西往,为焉参谋,不必细述。同时宗正刘虞,也是汉家支派,为东海王强后人,强为光武帝子。以孝廉被举,累迁至幽州刺史,恩信及民,内外詟服,后来因事去官。至黄巾作乱,复起为甘陵相,亦善抚绥,进为宗正,奉职无阙。自张纯、张举作乱渔阳,幽州大扰,灵帝已遣骑都尉公孙瓒往讨,复因虞前在幽州,为民所服,乃特命为幽州牧,持节赴镇。汉制设州统郡,州有刺史,位置在郡守上,但比郡国守相,尚差一等;汉成帝时,方改称州牧,位次九卿,权同守相;光武中兴,又规复旧制,仍改州牧为刺史;自经刘焉、刘虞两人任命,于是复有州牧,得操重权,中原分裂,就从此开端了。为群雄割据张本。灵帝迭闻寇警,也不免忧从中来,默思小黄门蹇硕,身材壮健,具有武略,比诸车骑将军赵忠,强弱不同,不如令他专任戎事,保护宫廷。乃将赵忠撤销兵权,特授蹇硕为上军校尉,屯卫西园。蹇硕以下,更设校尉七人。虎贲中郎将袁绍为中军校尉,屯骑校尉鲍鸿为下军校尉,议郎曹操为典军校尉,赵融为助军左校尉,冯芳为助军右校尉,赵、冯并为议郎。谏议大夫夏牟为左校尉,淳于琼为右校尉,琼亦为谏议大夫。俱归蹇硕调度,共称西园八校尉。七人为宦官爪牙,俱不值得。

会由术士望气告变,说是京师将有大兵,恐致两宫喋血,灵帝意图厌禳,特征四方兵会集京师,就平乐观作讲武场,观中筑一大坛,上建十二重华盖,高约十丈,坛东北另设小坛,复建九重华盖,高约九丈。四面张着赤帜,分列步骑数万人,结成方阵,借壮外观。灵帝亲擐(huàn)甲胄,跨马临军,使大将军何进为前驱,秉旄杖钺,直抵坛前,御驾就大坛驻足,自立大华盖下;复用手挥进,令趋就小坛,在小华盖下立着,然后传令各军,操演阵法。军士一齐应令,万马齐奔,东驰西驱,前后继进,形色上似甚整齐,映入灵帝眼中,但觉得五花八门,赏心夺目。你要张幕看戏,大众即演戏一出与你看看。当下想入非非,竟自称一个徽号,叫做无上将军;就令左右书在旗上,作为大纛,向前导引。随即纵辔离坛,跃马四驰,就阵中绕行一周。只听得军吏喧声,齐呼万岁,不由得兴致越高,精神越奋,再兜了两个圈子,方将兵符交付何进,返驾入宫。讨虏校尉盖勋随着,即回首顾语道:"朕今日讲武,规模如此,卿以为善否?"勋应声道:"臣闻先王曜

德不观兵,今寇贼远距京师,陛下乃在都中列阵,臣恐未足扬威,徒自黩武罢了!"灵帝听着,忽觉感悟道:"卿言甚是!朕见卿恨晚,群臣从未有此言呢!"勋拜谢而退,途遇中军校尉袁绍,略述问答情形,且与语道:"主上聪明过人,但为左右所蔽,不免荧惑,真是可惜!"绍即前司空袁逢庶子,素好游侠,目睹阉寺擅权,素加愤恨,至是听得勋言,便邀至私宅,谋诛阉党,彼此约定,待机乃发。太尉张温,时已征还,左迁为司隶校尉。温举勋为京兆尹,灵帝方欲使勋内任,随时顾问,不愿相离,偏蹇硕等忌勋正直,劝灵帝依从温言,乃拜勋为京兆尹。勋既被外调,所有机谋,眼见得不能如约了。忽闻凉州贼警,日甚一日,陈仓为贼渠王国所围,危急异常,灵帝复拜皇甫嵩为左将军,并使董卓为前将军,受嵩节制,同救陈仓。嵩与卓合兵二万人,行至中途,屯兵不进,卓请速赴陈仓,嵩独未许,卓愤然道:"卓闻智士不后时,勇士不留决。将军受命前来,无非为陈仓起见,速救方可保城,否则必为贼有了!"嵩驳斥道:"君言错了!从来百战百胜,不如不战屈人。陈仓虽小,城守完固,王国虽强,未必能攻下坚城。我待贼疲敝,然后出兵往击,贼乃骇溃,这乃所谓不战屈人哩!"卓拗他不过,只得静待。约莫过了八十多日,陈仓尚是守住,王国却解围退去;嵩闻国退去,便下令军中,从速追击。卓又入请道:"兵法有言穷寇勿追,今我兵追国,便是与兵法相背了!试想困兽犹斗,况国尚势盛,怎可穷追哩?"嵩复驳说道:"我前不速击,是避贼锐气;今欲往追,是乘贼势衰。国众已走,莫有斗志,不得以穷寇相比。君且为后拒,试看我前驱追贼,必能成功,不怕王国不死哩!"已操胜算。说罢,即麾军前进,使卓为后应,果然连得胜仗,斩首万余级,国竟窜死;卓自愧无功,遂与皇甫嵩有嫌。越年征卓为少府,令将部曲归嵩管辖;卓诡词乞留,迁延不赴。嵩兄子郦在军中,向嵩进言道:"本朝失政,天下倒悬;若欲安危定倾,责在叔父,次为董卓。今叔父与卓有怨,势不两容。卓奉诏委兵,乃上书抗辩,已是逆命,又因京师浊乱,踌躇不进,更是怀奸;且卓凶戾无亲,将士不附,叔父现为元帅,何妨声罪致讨,上显忠义,下除凶害,岂不是桓文盛业么?"嵩叹息道:"专命有罪,专诛亦未尝无罪。为今日计,不如据实陈奏,请主上自行裁夺便了!"遂不从郦言,但上了一篇弹文。灵帝颁诏责卓,卓恨嵩益深。嵩原不能讨卓,灵帝也不能制卓,卓坐是专恣,要从此斫丧汉室了!张温可诛卓而不诛,皇甫嵩可讨卓而不讨,虽是两人胆怯,亦关汉朝气数。

惟王国窜死,凉州略平;幽州由两张作乱,尚未平定。自称弥天将军的张纯,曾做过中山守相,失官以后,因凉州叛乱,致书前车骑将军张温,愿督同乌桓突骑,往徇凉州,温置诸不答,纯遂与同郡张举,攻杀校尉、太守,霸占一隅。就是张举亦尝任泰山太守,失职生怨,谋为不轨,居然想身登九五,南面称尊。上文用总叙法,略而不详,故此处再用补笔。骑都尉公孙瓒,奉使出征。瓒本前中郎将卢植门徒,见六十二回。由小吏起家,辽西侯太守奇瓒状貌,妻以爱女,瓒从此发迹,随军有年。至是往讨两张,引兵至蓟,适值张纯攻略蓟中,由瓒一马当先,率军直上,奔入贼阵,贼皆披靡,瓒追杀至数十里外,方才安营。纯既败走,复去诱同乌桓部酋丘力居等,再寇渔阳、河间、渤海,进入平原,瓒更引兵往击,至石门山,大破贼虏,纯等远走塞外,连妻子尽行弃去;张举亦立脚不住,随纯同奔。瓒却未肯回马,追贼出塞,向北深入,进至辽西管子城,反为丘力居等所围,相持至二百余日,粮尽食马,马尽食弩盾,险些儿饿死全军,犹幸天降大雪,虏亦饥寒,撤围远去,直奔柳城,瓒乃得驰归。有诏进瓒为降虏校尉,封都

亭侯。可巧幽州牧刘虞,亦持节到任,与瓒相见,瓒再拟扫房,虞独欲招降,探得张纯、张举两人遁入鲜卑,因遣使至鲜卑中,晓谕利害,劝令送两张首级。鲜卑酋步度根,檀石槐孙。犹豫未决,纯客王政,却将纯刺死,枭首送虞,丘力居素慕虞名,亦遣使请降。公孙瓒独心怀忮(zhì)忌,阴使人邀截胡使,胡使探悉情由,绕道诣虞。虞乃上书请罢屯兵,但留瓒率万人驻守右北平,瓒始终未惬,遂与虞结下怨仇,连年不解了。与董卓相去不远。灵帝因虞有功,拟加重赏;会值太尉马日䃅免官,乃超拜虞为太尉。自从张温降职司隶,后任太尉,两年中改换四五人,如司徒崔烈、大司农曹嵩、永乐少府樊陵,以及射声校尉马日䃅,迭升迭降,好似弈棋一般;就是光禄大夫许相,继杨赐为司空,再代崔烈为司徒,也不过历职年余,终致罢免;惟光禄勋丁宫,迁任司空、司徒,还算任职较长;司空刘弘,也是由光禄勋超迁,才略都不过平庸。且当群阉擅权时候,三公俱若赘疣,窃位苟禄,备员全身,乃是当日三公的避灾总诀,无庸一一絮述了。语虽简略,意仍周匝。

且说中平六年四月,灵帝有疾,卧床数日,不能视朝,公卿以下,各请册立太子，杳无复音；待至旬余，不闻召入大臣，宣扬末命。只上军校尉蹇硕，却出入寝宫，得与灵帝商决后事。始终信任宦官。正想依旨宣布，不料灵帝病变，仓猝归阴。硕秘不发丧，矫诏召大将军何进，入受顾命。进接了诏旨，匆匆入宫，甫至宫门，正与硕司马潘隐相遇，隐举手示意，叫他休入。进与隐本系故交，慌忙退归营中，隐亦随至，向进报告道："御驾已崩，蹇硕欲杀将军，迎立皇子协为帝，愿将军另图至计！"进不觉大惊，亟引兵往屯百郡邸，汉时郡国百余，皆置邸，京师总邸，叫作百郡邸。静听后命。俄而何后又派人召进，进详细问明，方敢驰入。究竟宫内有何隐情，由小子直道其详。原来灵帝长子辩，为何后所生，轻佻无仪，灵帝意欲舍嫡立庶，又恐何后与兄，共有违言，所以迟延未发。上军校尉蹇硕，为灵帝所亲信，早已窥透上意，密劝灵帝遣进西征，灵帝当即依议，命进西击韩遂。进亦知灵帝不怀好意，未肯轻出，乃奏遣袁绍募兵徐、兖，俟绍还都，方可西行。蹉跎了一二年，灵帝病竟不起，自知顾命难宣，没奈何与蹇硕密商，叫他拥护次子。硕欲先诛何进，然后立皇次子协，偏又为潘隐所败露，不能遽谋，乃只好听命何后，立皇长子辩为嗣主。进既已问明原委，自然放胆入宫，奉皇子辩即位，尊何后为皇太后。辩年才十四，未能亲政，当由何太后临朝，大赦天下，改元光熹；灵帝尚未发丧，如何便要改元？封皇弟协为渤海王，命后将军袁隗为太傅，与何进同录尚书事。进既秉朝政，遂思除去蹇硕，为报怨计，可巧袁绍还京，为进参谋，不但欲将硕加诛，且拟尽诛宦官，扫清宫禁。进因袁氏累世贵宠，引绍为助，且征何颙为北军中候，荀攸为黄门侍郎，郑泰为尚书，与同心腹，期在必成。蹇硕亦暗地加防，因与中常侍赵忠、宋典等密书，使同党郭胜投递。胜与进同籍南阳，素相关照，竟趋至大将军府，出书示进。进展书一阅，不由得吃了一惊，正是：

　　外戚内阉争死命，败家亡国兆凶机。

欲知书中所说何事，容至下回叙明。

　　整军经武，本人主之要图。况盗贼四起，寇乱相寻，宁尚可不修武备耶？但如灵帝之所为，则以兵事为儿戏，张威不足，召辱有余。蹇硕一阉竖耳，遽授为上军校尉，袁绍以下，皆归节制，试思天下有义勇之将士，肯听阉人之驱策欤？袁绍辈不足道，智如曹操，乃甘就职，正其所以为奸雄也。若平乐观中之讲武，设坛张盖，夸示威风，灵帝自以为耀武，而盖勋乃以黩武为对，犹非知本之谈。黩武二字，惟汉武足以当之，灵帝岂足语此？彼之所信任者，妇寺而已，如皇甫嵩、朱儁诸才，皆不知重用；甚至一病不起，犹视蹇硕为忠贞，托孤寄命。范史谓灵帝负乘，委体宦孽，征亡备兆，《小雅》尽缺，其亦所谓月旦之定评也乎？

第六十五回

元舅召兵泄谋被害　权阉伏罪奉驾言归

却说何进见了郭胜，就胜手中取书展览，顿致惊惶失色。书中约有数百言，有数语最足惊人，略云：

大将军兄弟秉国专朝，今与天下党人，谋诛先帝左右，扫灭我曹，但知硕典禁兵，故且沉吟。今宜共闭上阁，急捕诛之！

进踌躇多时，方问郭胜道："赵常侍等已知悉否？"胜答说道："彼虽知悉，亦未肯与硕同谋。大将军但嘱黄门令，收诛蹇硕，片语便可成功了。"进依了胜言，即使胜转告黄门令，诱硕入宫，当即捕戮，一面宣示硕罪。所有硕部下屯兵，概不干连，移归大将军节制。屯兵得免牵累，自然愿听约束，各无异言。惟骠骑将军董重，为永乐宫中董太后从子，本与何进权势相当，两不相下；再加皇次子协，寄养永乐宫，颇得董太后宠爱，所以董太后与重密谋，拟劝灵帝立协为储，将来好挟权自固。偏与灵帝说了数次，灵帝始终为难，不便遽决，终致所谋无成。及何后临朝，何进秉国，只恐董氏出来干政，辄加裁抑。董太后很是不平，东宫愤詈道："汝恃乃兄为将军，便敢鸱张怙势，目无他人？我若令骠骑断何进头，势如反掌，看他如何处置呢？"大言何益？语为何太后所闻，即召进入商，叫他除去董氏，免致受害。进即出告三公，及亲弟车骑将军何苗，共奏一本，略言孝仁皇后常使故中常侍夏恽、永乐太仆封谞等，交通州郡，婪索货赂，珍宝尽入西省，败坏国纪，向例藩后不得留居京师，舆服有章，膳羞有品，今宜仍遵祖制，请永乐后仍还本国，不得逗留云云。这奏章呈将进去，立由何太后批准，派吏迫董太后出宫；何进且举兵围骠骑府，勒令董重交出印绶。重惶急自杀，董太后亦忽然暴崩。或谓由何进使人下毒，事关秘密，史笔未彰，大约是不得善终，含冤毕命。一双空手见阎王，何苦生前作恶？中外人士，多为董氏呼冤，才不服何进所为了。何太后乃为灵帝发丧，出葬文陵。总计灵帝在位二十一年，寿只三十有四。补叙灵帝历数，笔不少漏。就是董太后遗枢，亦发归河间，与孝仁皇合葬慎陵。渤海王协，却被徙为陈留王。校尉袁绍，复向何进献议道："前窦武欲诛内竖，反为所害，无非因机事不密，坐堕忠谋。当时五营兵士，俱畏服中宫，窦反欲倚以为用，怪不得自取灭亡。今将军兄弟并领劲兵，部曲将吏又皆系英俊名士，乐为效命，事在掌握，这真是天赞机缘呢！将军宜为天下除患，垂名后世，幸勿再迟！"进也以为然，遂入白太后，请尽黜宦官，改用士人。何太后沉吟半晌，方答说道："中官统领禁省，乃是汉家故事，何必尽除？且先帝新弃天下，我亦未便与士人共事，得过且过，容作缓图。"妇人之仁，往往误事。进不敢再争，唯唯而出。袁绍迎问道："事果有成否？"进皱眉道："太后不从，如何是好？"绍急说道："骑虎难下，一或失机，恐将遭反噬了！"进徐答道："我看不如杀一儆百，但将首恶加罪，余何能为？"绍又说道："中官亲近至尊，出纳号令，一动必至百动，岂止杀一二人，便可绝患？况同党为恶，何分首从？必尽诛诸竖，方可无忧！"进本是优柔寡断的人物，终不能决。哪知张让、赵忠等已微闻消息，忙用金珠玉帛，赂遗进母舞阳君，及进弟何苗，与为结好。天下无难事，总教现银子，当由舞阳君母子，屡至太后宫中，替宦官善言回护，曲为调停，并言大将军专杀左右，权力太横，非少主福。得了金银，连骨肉都可不顾，阿堵物之害人如是。说得太后也为动容，竟与进渐渐疏远，不复亲近。进越觉失势，未敢逞谋；独袁绍在旁着急，又为进划策，请召四方猛将，及各处豪杰，引兵入都，迫令太后除去阉人。失之毫厘，谬以千里。进依了绍计，即欲檄召外兵，主簿陈琳谏阻道："谚云'掩目捕雀'，是讥人自欺！试想捕一微物，尚且不宜欺掩，况国家大事呢？今将军仗皇威，握兵权，龙骧虎步，高下在心，若欲诛宦官，如鼓洪炉，如燎毛发，容易得很，但当行权立断，便可成功。乃今欲借助外臣，嗾令犯阙，这所谓倒持干戈，授人利柄，非但无功，反且生乱呢！"进置诸不睬，竟令左右缮好文书，遣使四出。典军校尉曹操，闻信窃笑道："自古以来，俱有宦官，但世主不宜假彼权宠，酿成祸乱；若欲治罪，当除元凶，一狱吏便足了事，为何纷纷往召外兵，自贻伊戚？我恐事一宣露，必致失败呢！"见识原高，乃不去进谏，其奸可知。已而前将军董卓，自河东得檄，即嘱来使返报，指日入京。进闻报大喜。侍御史郑泰入谏道："董卓强忍寡义,贪欲无厌,若假以政权,授以兵柄,将来必骄恣不法,上危朝廷。明公望隆勋戚,位据阿衡,欲除去几个权阉,何须倚卓?且事缓变生,殷鉴不远,但教秉意独断,便可有成。"进仍不肯听。泰出语黄门侍郎荀攸道："何公执迷不悟,势难匡辅,我等不如归休了!"攸尚无去意,独泰毅然乞归,退去河南故里,安享天年。所谓见机而作,不俟终日。尚书卢植亦劝进止卓入都,进愎谏如故,且遣府掾王匡,骑都尉鲍信,还乡募兵,并召东郡太守乔瑁,屯兵成皋,武猛都尉丁原,率数千人至河内,纵火孟津,光彻城中。就是董卓也引兵就道,从途中遣使上书,请诛宦官,略云:

中常侍张让等窃幸承宠,浊乱海内。臣闻扬汤止沸,莫若去薪,溃痈虽痛,胜于养毒。昔赵鞅兴晋阳之甲,以逐君侧之恶,今臣鸣鼓如洛阳,请收让等,以清奸秽,不胜万幸!

何太后得了此书,还是游移观望,不肯诛戮宦官;实是不能。何苗亦为诸宦官袒护,慌忙见进道："前与兄从南阳入都,何等困苦?亏得内官帮助,得邀富贵。国家政治,谈何容易?一或失手,覆水难收,还望兄长三思!现不若与内侍和协,毋轻举事!"进听了弟言,又累得满腹狐疑,志忐不定,乃使谏议大夫种劭,赍诏止卓。卓已至渑池,抗诏不受,竟向河南进兵。劭晓谕百端,劝他回马,卓疑有他变,令部兵持刃向前,竟欲害劭,劭也无惧色,瞋目四叱,且责卓不宜违诏。卓亦觉理屈,才还驻夕阳亭,遣劭复命。袁绍闻知,惧进变计,因向进胁迫道："交构已成,形势已露,将军还有何疑,不早决计?倘事久变生,恐不免为窦氏了!"进乃令绍为司隶校尉,专命击断,从事中郎王允为河南尹。绍使洛阳武吏,司察宦官,且促董卓等驰驿上书,谓将进兵平乐观中。何太后乃恐慌起来,悉罢中常侍小黄门,使还里舍;惟留进平日私人,居守省中。诸常侍小黄门等,皆诣进谢罪,任凭处置,进与语道："天下汹汹,正为诸君贻忧。今董卓将至,诸君何不早去?"众闻言,默然趋退。绍复劝进从速决议,进又不肯从。一个是多疑少决,逐日迁延;一个是有志求成,欲速不达。两人虽是同谋,不能同意。直至绍再三怂恿,仍激不起懦夫心肠。如何干事。绍竟私行设法,诈托进命,致书州郡,使捕中官亲属,归案定罪。越弄越坏。中官得此消息,遂至惊慌。张让子妇,系何太后女弟,让急不暇择,跑回私第,

一见子妇何氏,便匍匐地下,向她叩头,奇极。慌得他子妇连忙跪下,惊问何因。让流涕说道:"老臣得罪,当与新妇俱返故乡;惟自念受恩累世,今当远离宫殿,情怀恋恋,愿得再见太后,趋承颜色,然后退就沟壑,死亦瞑目了!"原来为了此事,俗语谓"欲要好,大做小",想即本此。子妇见让这般情形,自然极力劝慰,情愿出头转圜,让乃起身他去。让子妇匆匆出门,亟往见母亲舞阳君,乞向太后处说情,仍令张让等入侍。太后毕竟女流,难拂母命,不得不任事如故。偏何进为袁绍所逼,入白太后,面请答应下去,于是尽诛中常侍以下,并选三署郎官,监守宦官庐舍。何太后不答一言,进只得退出。有其兄必有其妹,始终误一疑字。张让、段珪等,见进入宫,早已动疑,潜遣私党蹑踪随入,伏壁听着,具闻何进语言,当即返告让、珪,让、珪遂悄悄定计,又令私党数十人,各怀利刃,分伏嘉德殿门外,且诈传太后诏命,召进议事。进还道太后依议,贸然竟往,甫入殿门,已由张让等待着,指进发言道:"天下扰扰,责在将军,怎得尽归罪我侪? 从前王美人暴殂,先帝与太后不协,几致废立,我等涕泣解救,各出家财千万为礼,和悦上意,始得挽回。事见前文。今将军不忆前情,反欲将我等种类,悉数诛灭，岂非太甚？现在我等也不能再顾将军，赌个死活罢了！"无瑕者乃可戮人，进亦太不自思。进无言可对，瞿然惊起，离座欲出。让哪里还肯放过？招呼伏甲，汹汹直上，尚方监渠穆，拔刀争先，奋力砍进，进手无寸铁，如何招架，竟被渠穆砍倒地上，再是一刀，枭落首级。自寻死路，怎得不死？段珪就擅写诏敕，命故太尉樊陵为司隶校尉，少府许相为河南尹，罢去袁绍、王允两人。这伪诏颁示尚书，各尚书不免生疑。卢植与进有旧，更为惊愕，急至宫门外探信，且请大将军出宫共议，不料宫内有人大呼道："何进谋反，已经伏诛！"声才传出，即掷出一个鲜血淋淋的头颅，植慌忙审视，正是进首，当即俯首拾起，驰入大将军营中，取示将士。将吏吴匡、张璋，且悲且愤，挥兵直指南宫；就是袁绍亦已闻变，立遣从弟虎贲中郎将袁术，往助吴匡、张璋。宫门尽闭，由中黄门持械守阁，严拒外兵，袁术等在外叫骂，迫令宫中交出张让等人，好多时不见影响，天已垂暮，索性在青琐门外放起火来，火势猛烈，照彻宫中。张让等也觉惊心，入白太后，只言大将军部兵叛乱，焚烧宫门。太后尚未知进死，惊惶失措，当被让等掖住太后，并劫少帝、陈留王，及宫省侍臣，从复道往走北宫。

　　尚书卢植，早已料到此着，擐甲执戈，在阁道窗下守候，遥见段珪等拥逼太后，首先入阁，便厉声呼道："珪等逆贼，既害死大将军，还敢劫住太后么？"珪乃将太后放松，太后急不择路，就从窗外跳出，植急忙救护，幸得免伤。始终难免一死，何如死在此时？是时袁术、吴匡、张璋等，已攻入南宫，搜诛阉竖，止得小太监数名，杀死了事，独未见常侍、黄门等人。适值袁绍趋至，术等具述情形，绍即与语道："逆阉虽众，今日已无生路，逃将何往？惟樊陵、许相两人，甘为逆党，不可不除！"说着，即矫诏召入樊陵、许相，一并处斩。可巧车骑将军何苗，也闻警驰来，绍即与潜赴北宫，行抵朱雀阙下，兜头碰见中常侍赵忠，立由绍麾众拿下。忠自北宫前来探视，冤冤相凑，被绍拘住，自然叱令枭首。忠见何苗在旁，还想求救，凄声呼语道："车骑忍见死不救么？"苗虽未答说，却已侧目向绍，似有欲言不言的苦衷。无非为他平日馈遗。待至忠首砍落，更不禁露出惨容。吴匡等素怨何苗不与乃兄同心，且见他形色惨沮，越觉可疑，遂传语部兵道："车骑与杀大将军，吏士能为大将军报仇否？"道言未绝，众皆应命，当即把苗抓去，砍作两段，弃尸苑中。兄弟同死，可谓两难。绍尚想拦阻，已是不

及,乃引众突入北宫,关住大门,分头搜寻阉党,见一个,杀一个,见十个,杀十个,无论老少长幼,但看他颏下无须,尽行杀毙,接连杀至三千余人;有几个本非宦官,只因年轻须少,也被误杀,同做刀下鬼奴。想是与阉党同命,应该同日致死。只张让、段珪诸权阉,尚未伏诛,料他伏处内宫,守住太后、少帝、陈留王,于是引兵再进,深入搜查。惟何太后孑身留着,余皆不见,至问及太后,太后亦不甚明悉,但言尚书卢植救我至此,卢尚书向我说明,皇帝兄弟,被张让等劫出宫外,不知何往,现卢尚书已保驾去了。绍乃仍请何太后摄政,并派官吏往追少帝、陈留王。究竟少帝、陈留王两人,被张让等劫往何方?原来张让、段珪,因外兵已入北宫,势难再留,乃与残兵数人,劫迫少帝兄弟,步出北门,夜走小平津;公卿无一相从,连传国玺都不及携取。到了夜半,才由尚书卢植,及河南中部掾闵贡,相继赶来,贡手下带得步卒数人。既谒过少帝兄弟,便叱责张让、段珪道:"乱臣贼子,尚想逃生,我今日却不便饶汝了!"说着,即拔剑出鞘,信手乱挥,劈倒了几个阉奴;独张让、段珪,陪立少帝左右,急切无从下手,因用剑锋指示,勒令自杀。让与珪无力抗拒,没奈何向帝下跪,叩首泣辞道:"臣等死了,愿陛下自爱!"语罢起身,见前面便是津涯,因急走数步,一跃入水,随波漂去。这真叫做浊流了。

贡见让、珪等皆死,乃与卢植扶住少帝兄弟,觅路趋归。少帝与陈留王向在宫中抚养,年龄尚稚,从未走过夜路,并且满地荆棘,七高八低,天色又黑暗得很,虽是有人扶着,尚觉得步步为难;幸有流萤三五成群,透出微光,飞到身旁,好似前来导引,因此尚见路影,踯躅南行。约走数里,路旁始有民家,门外置有板车,下有轮轴,闵贡瞧着,便令随卒取车过来,也无暇敲门问主,就请少帝兄弟,并坐车上,由步卒在后推轮,慢慢儿行到洛驿,听得驿中柝声,已转五更,天空中雾露迷蒙,少帝等又皆困倦,料难再行,才就驿舍中留宿。俄顷便已天明,卢植先起,面白少帝,愿赴召公卿,来此迎驾,少帝当然依议,植即辞去。闵贡以驿舍不便久留,也即动身,驿舍中只有两马,一马请少帝独坐,贡与陈留王共坐一马,出舍南驰。方有朝中公卿,陆续趋到,扈驾同趋。经过北邙山下,忽见旌旗蔽日,尘土冲天,有一大队人马到来,截住途中,百官统皆失色,少帝辩更觉惊慌,吓得涕泪交流,不知所措。惊弓之鸟。嗣见旌旗开处,突出一员大将,眉粗眼大,腰壮体肥,穿着满身甲胄,径至驾前,群臣惊顾,并非别人,乃是前将军董卓,稍稍放心。慢着。卓本在夕阳亭候命,经袁绍伪书敦促,因引兵再进,至显阳苑,望见都中火起,料有急变,便夤夜趱程,驰抵都城西偏,天已破晓,探悉公卿前去迎驾,因亦移兵北向,往迓少帝;可巧在北邙山前相遇,就跃马进谒。陈留王见帝有惧色,传诏止卓,当由侍臣向前,高声语卓道:"有诏止兵!"卓张目道:"诸公为国大臣,不能匡正王室,至使乘舆摇荡,卓前来迎驾,并非造反,为什么反要禁阻呢?"侍臣无语可驳,乃引卓谒帝。帝惊魂未定,好似口吃一般,不能详言,还是陈留王从容代达,抚慰以外,并略述祸乱原因,自始至终,无一失言。小时了了,大未必佳。卓暗暗称奇,隐思废立,面上尚不露声色,即请御驾还宫。先是京师有童谣云:"侯非侯,王非王,千乘万骑上北邙。"至是果验。及少帝还宫后,即日颁诏,大赦天下,改光熹年号为昭宁,只传国玺已经失去,查无下落。汉已垂危,还要什么传国玺?

骑都尉鲍信,前奉何进差遣,从泰山募兵还都,既见时局大变,就往白袁绍道:"董卓拥兵入都,必有异志,今不早图,必为所制,可乘他新至疲劳，乘隙捕诛，除去此獠，国家方有宁日呢！"绍惮卓多兵，且因国家新定，未敢遽发，免不得语下沉吟，信长叹数声，拱手告退，仍引还所招新兵，弃官归里。小子有诗咏鲍信道：

　　　　良谋不用便还乡，智士见机幸免殃。
　　　　若使后来常匿采，沙场未必致身亡。<small>鲍信战死兖州，事见后文。</small>

　　袁绍不敢诛卓，卓遂肆行无忌，欲逞异图。究竟卓如何横行，待至下回再表。

　　何进之谋诛宦官，反为所害，其事与窦武相同，而情迹少异。武之失，在于轻视宦官；进之失，则又在重视宦官。轻视宦官，故有临事出阁之疏，为人所制而不之觉；重视宦官，故有驰檄召兵之误，被人暗算而不之防。要之皆才略不足，优柔寡断之所致耳。且与武同谋者为陈蕃，蕃以文臣而致败，败在迂拘；与进同谋者为袁绍，绍以武臣而致败，败在粗豪。然蕃死而绍不死，卒得歼灭阉竖二千人，此由若辈恶贯已盈，必尽歼乃可以彰天罚，天始假手绍等，使之屠戮，非真视蕃为少优也。况引狼入室，绍实主谋，鲍信进诛卓之方，犹不失为中计，而绍又不能信从。绍非特害进，并且覆汉，其罪亦弥甚矣！若太后、少帝及陈留王，被劫宦官，几濒于死，妇人小子，知识愚蒙，任人播弄，尚不足怪焉。

第六十六回

逞奸谋擅权易主　讨逆贼歃血同盟

却说董卓引兵入都，步骑不过三千人，自恐兵少势孤，不足服众，遂想出一法，往往当夜静时，发兵潜出，待至诘旦，复大张旗鼓，趋入营中，伪言西兵复至，都中人士，竟被瞒过，还道日夜增兵，不知多少。既而何进兄弟所领部曲，均为卓所招徕，卓势益盛。武猛都尉丁原，表字建阳，有勇善射，何进曾令他屯兵河内，威吓宫廷；见前回。及众阉伏诛，少帝还驾，乃征原为执金吾。原麾下有一主簿，少年英武，力敌万人，姓吕名布，字奉先，籍隶九原，为原所爱，待遇极优。卓欲笼络吕布，特遣心腹吏李肃，与布结交，赠他名马一匹，叫作赤兔，浑身如火，每日能行千里，此外尚有许多珍宝，作为送礼，引得布心花怒开，非常感激。肃却说出一种交换条件，叫他刺杀丁原，转投董卓。可恶。布竟为财物所买，不管什么主仆情义，觑个空隙，将原刺死，携首送入卓营。卓盛筵相待，备极殷勤，面许布为骑都尉。布大喜过望，屈膝下拜，愿认卓为义父。主仆不可恃，父子果可恃么？卓复取出金帛若干，令布招诱丁原旧部，尽归麾下。因此卓声焰益横。会天雨不止，卓讽有司上奏，劾免司空刘弘，即由自己代任；又闻得蔡邕才名，征令入都。邕为中常侍程璜所谗，流戍朔方，见五十八回。嗣遇赦得还，尚恐不免，亡命江湖十二年，取柯亭竹为笛，得焦尾桐为琴，倘佯山水，倒也放浪自由。偏董卓派吏征召，与邕相遇，迫令就道，邕称疾不赴。卓得吏返报，不禁大怒道："我力能诛人家族，蔡邕敢违我命，是自寻灭门大祸，休想再逃！"说着，又檄令州郡召邕，即日诣府，否则逮狱问罪。邕不得已入都见卓，卓使为祭酒，敬礼有加，阅日迁官侍御史，又阅日转补侍书御史，又阅日擢拜尚书，三日间周历三台，荣宠得了不得。旋有诏出邕为巴郡太守，复由卓留为侍中。卓已得握大权，遂有心废立，自思袁氏四世三公，可倚为党援，压服人心，因擢举前司徒袁隗为太傅，且召司隶校尉袁绍,婉颜与语道:"今上冲暗,不合为万乘主,每念灵帝昏庸,令人愤悒;今陈留王年虽较稚,智却过兄,我意欲立他为帝,卿意以为何如?"绍直答道:"汉家君临天下,垂四百年,恩泽深厚,兆民仰戴;今上尚值冲年,未有大过宣闻天下,公欲废嫡立庶,恐众心未服,还请三思!"卓勃然道:"天下事操诸我手,我欲废立,谁敢不从?"绍又答道:"朝廷岂无公卿?公亦不宜专断,且绍亦须禀明太傅,方可报命。"卓闻言愈怒,拔剑置案道:"竖子敢尔!岂谓董卓刃不利么?"全无大臣体态。绍亦奋然道:"天下健夫,岂独董公?"一面说,一面也横引佩刀,作揖而出,匆匆趋至上东门,解去印绶,悬诸门首,当即跨马加鞭,自奔冀州去了。引狼入室,不为狼吞,还是幸事。卓尚不肯罢议,遂召集百僚,会议大事,公卿以下,不敢不至。卓首先开口道:"皇帝暗弱,不足奉宗庙,安社稷,今欲仿伊尹、霍光故事,改立陈留王,可好么?"大众听了,彼此相觑,莫敢发言。卓又继说道:"我闻霍光定策,延年按剑,如有人敢阻大议,应该军法从事!"忽有一人出答道:"昔太甲既立不明,伊尹乃放诸桐宫;昌邑王嗣位仅二十七日,罪过千余,故霍光将他废去,改立宣帝;今皇上春秋方富,行未有失,怎得以前事相比呢?"卓不禁大愤,怒目瞋视,乃是尚书卢植,当即拔剑起立,恶狠狠地向植扑去,植离席趋避,百官皆散。卓尚未肯甘休,追植出来,旁边走过侍中蔡邕,将卓拦住,劝他息怒,议郎彭伯,亦趋前谏卓道:"卢尚书海内大儒,有关人望,若先加害,反使天下不安!"卓乃止步不追;惟怒尚未解,趋入朝堂,迫令他尚书草诏,罢免植官。植匆匆出都,恐卓遣人行刺,绕道还乡;果然卓派吏往追,长途未见植踪,方才退归。卓复将废立草议使人持示太傅袁隗,隗不敢反抗,报称如议。九月甲戌日,卓至崇德前殿,会同太傅袁隗等,胁何太后策废少帝,说是皇帝在丧不哀,无人子礼,不宜为君,应该废立,当由太傅袁隗,扶出少帝,解去玺绶,使就北面,何太后为威所迫,未敢发言,只有珠泪两行,滔滔不绝。妇人只此伎俩。哪知董卓利害得很,不但废去少帝,还要幽禁太后,因复当众宣议道:"太后尝逼死永乐太后,背妇姑礼,无孝顺心。古时伊尹放太甲,霍光废昌邑王,著在典册,后世称扬,今太后宜如太甲,皇帝宜如昌邑,方可上追成宪,下慰舆情!"百官闻言,虽然意中反对,但畏卓凶横,只好唯唯从命。卓即令尚书缮好册文,在朝宣读道:董卓敢颁册文,莫非汉祖宗不成?

　　孝灵皇帝,不究高宗眉寿之祚,早弃臣子,皇帝承绍,海内侧望;而帝天姿轻佻,威仪不恪,在丧慢惰,缞如故焉,凶德既彰,淫秽发闻,损辱神器,忝污宗庙。皇太后教无母仪,统政荒乱,永乐太后暴崩,众论惑焉。三纲之道,天地之纪,而乃有阙,罪之大者。陈留王协,圣德伟茂,规矩邈然,丰下兑上,有尧图之表;居丧哀戚,言不及邪,岐嶷之性,有周成之懿;休声美称,天下所闻,宜承洪业,为万世统,可以承宗庙。兹废皇帝为弘农王,皇太后还政,徙居永安宫;谨奉陈留王为皇帝,应天顺人,以慰臣民之望。

　　尚书读毕,即由卓率领百僚,拥出陈留王协,奉上皇帝玺绶,掖登御座,南面受朝;就是废帝辩,亦使列朝班,以兄拜弟。陈留王协年才九岁,睹此情形,很觉不安,但已为董卓所制,不得不权示镇定,拱手受成,史家称为献帝,就是汉家的末代主儿。当下颁诏大赦,改昭宁元年为永汉元年。少帝于四月嗣位,九月被废,相距仅五月间,改元两次。至献帝既立,又复改元,一岁中有四个年号,也是奇闻。朝贺既毕,献帝还宫,卓即勒

令弘农王辩，带同宫妃唐姬，出居外邸，一面迫何太后迁居永安宫。何太后只得迁移，但满腔悲愤，无处发泄，免不得带哭带骂，口口声声，咒诅董卓老贼。*亲手铸成大错，骂卓何益？徒自速死。*当有人报知董卓，卓派吏赍着鸩酒，至永安宫中，胁令何太后饮下；何太后求生不得，一吸立尽，毒发而亡。*你要害死王美人、董太后，自然有此惨报。*计自献帝登基，相距不过三日。卓令献帝至奉常亭举哀，公卿但白衣会葬，不成丧礼；惟与灵帝尚得合墓，追谥为灵思皇后。董卓且因永乐太后与己同姓，力为报怨，既将何太后鸩死，复查得何苗遗骸，已经有人棺殓，索性再令剖发，把尸支解，抛掷道旁；又拘苗母舞阳君，一并处死，裸弃枳棘中，不准收葬。*《后汉书·何皇后纪》，舞阳君为乱兵所杀，惟《三国志》及《纪事本末》皆云由卓杀死，今从之。*卓自为太尉，奉老母为池阳君，令太尉刘虞为大司马，太中大夫杨彪为司空，进豫州刺史黄琬为司徒；凡公卿以下，至黄门侍郎子弟，各得选一人为郎，服役省禁，补前时宦官遗缺；至若承宣帝命，伺候皇后，专委侍中给事黄门侍郎，分充职使，共计得一十二人。又追理陈蕃、窦武，及诸党人宿冤，悉复爵位，遣使吊祭，擢用子孙。所有宦官家产，一体抄没，纤毫不遗。卓复自封郿侯，加斧钺、虎贲；未几又晋位相国，入朝不趋，赞拜不名，剑履上殿。使司徒黄琬为太尉，司空杨彪为司徒，光禄勋荀爽为司空。爽为前当涂长荀淑子，幼年好学，十二岁能通《春秋》《论语》；至桓帝时，入拜郎中，陈言不用，弃官自去；嗣因钩党狱兴，遁居海上十余年。董卓入朝废立，虽然凶暴，尚欲牢笼物望，要结人心。尚书周㻅，城门校尉伍琼，因劝卓力矫前弊，征用天下名士；卓乃命召荀爽及陈纪，*即陈实子。*韩融，*系前赢县长韩韶子。*郑玄、申屠蟠。蟠与玄谢病不至。爽为吏所迫，受命为平原相，行至宛陵，复调回都中，迁官光禄勋，视事只阅三日，即超拜司空。陈纪、韩融，皆不得已就征，纪为侍中，融为大鸿胪。卓又举尚书韩馥为冀州牧，侍中刘岱为兖州刺史，孔伷为豫州刺史，张邈为陈留太守，张咨为南阳太守，数人皆非卓亲旧，得邀简放，总算是推贤进士，冀博美名。惟回忆袁绍抗命，尚有余恨，特悬赏购拿，严令迭下；周㻅、伍琼，却与绍为故交，乘间说卓道："废立大事，原非常人所能为。袁绍不达大体，因惧出奔，并无他志。今若购拿过急，反至激成变乱，袁氏树恩四世，门生故吏，充满天下，万一与公相拒，收豪杰，聚徒众，独霸一方，恐山东非公所有了。不如从宽赦宥，拜为郡守，绍喜得免罪，必且感公，何至再生他变呢？"卓乃拜绍为渤海太守，封邟（Kàng）乡侯，又使袁术为后将军，曹操为骁骑校尉。术终恐罹祸，奔往南阳；操亦不愿事卓，出都东归。罗氏《三国演义》中有曹操献刀事，史传不载，恐系附会。行至成皋，过故人吕伯奢家，适伯奢外出，家中留有五子，与操素相认识，当然接待，留操食宿。操本是个多心人，夜卧床中，不遑安枕，忽闻宅后有磨刀声，不禁跃起，侧耳细听，又模模糊糊的有"快杀"两字，更觉动疑，暗想我背卓潜逃，莫非卓已派人到此，叫他杀我？不如速走为是。当下启扉欲行，偏被吕子闻知，出来挽留，形色似觉慌张，益足令人生怖，于是不问虚实，竟拔出佩刀，劈死吕子；转思一不做，二不休，索性闯入后宅，杀个净尽，吕家未曾防着，见操持刀进来，不及逃避，被操一阵乱斫，除伯奢五子外，又杀死妇女三人；搜至厨下，却见一猪被缚，尚未宰割，才知自己错疑，误杀好人，不由的凄然泪下，嗣又转念道："宁我负人，毋人负我！"操之奸由此二语。遂掉头不顾，亟夜出奔。道出中牟，正遇亭长巡逻，见操夜行带刀，疑为匪类，把他拦住；问讯姓氏，操不肯自说姓名，语多支吾，亭长疑上加疑，便将操执送县中。县廨有一功曹，曾与操见过一面，知为乱世英雄，因向县令前代为缓颊，始得释放。罗氏《三国演义》指县令为陈宫，史无实据，故亦从略。操侥幸脱身，匆匆东去。卓因操不别而行，也曾行文缉拿，但自恃威权，以为无人敢抗，就使操等不服，潜踪自去，也是无关轻重，不足为忧，所以拿获与否，未尝严究。且因得志以后，恋及财色，尝纵兵搜索豪富，见财便取，见色便掳，号为"搜牢"。洛中贵戚甚多，往往积有资财，拥娇妻，蓄美妾，坐享荣华，一经搜牢令下，都害得倾家荡产，连床头的美人儿，也被掠入相国府中，不知生死。董卓在府中坐待，每遇兵士抢掠回来，必亲自查验，最贵的珍宝，输入内藏，最好的妇女，充入下陈；余皆散给将士，令得分尝一脔。也算是与众同乐。卓尚嫌不足，又从宫中取出采女，无论已幸未幸，但教姿色可人，便即牵归；甚至娇娇滴滴的公主，亦被他掠回，每日逼令侍寝，轮流取乐。可怜这妙年女郎，含苞未吐，枉遭那硕大无朋的淫贼，恣情蹂躏，求生不得，求死不能，岂不是无辜招殃么？总是怕死之故。

转瞬间已是年暮，有诏除光熹、昭宁、永汉三个年号，仍称中平六年，

越年元旦,乃改号初平,百官俱先至相国府贺谒,然后由董卓带领入宫,朝见献帝。及退班散去,卓回至府中,召集一班粉面油头,通宵筵宴,醉赏升平。约莫过了旬余,又要安排元宵灯席,大庆团圞(luán)。忽由外面递入警报,乃是关东牧守,合兵声讨,公然要他身家性命,取谢国人;卓也不禁着忙,再令干吏往探消息,原来事起东郡,由太守桥瑁发生。瑁为故太尉桥玄族子,曾为兖州刺史,颇著循声;及调任东郡太守,正值董卓废立,逆恶昭彰,海内豪雄,多欲起兵讨卓,只因先发无人,未敢轻举。瑁有志讨逆,亦恐势孤力弱,不足济事,乃诈作三公密敕,移书州郡,陈卓罪恶,征兵赴难。时冀州牧韩馥,由卓推举,到任数月,探得渤海太守袁绍,日夕募兵,有图卓意,自思渤海隶属冀州,正好遣吏监束,使绍不得妄动,方得报卓知遇;主见已定,偏接到桥瑁移文,展阅一周,又累得满腹狐疑,乃召问诸从事道:"今果当助董氏呢?还是助袁氏呢?"语尚未毕,即有治中从事刘子惠,挺身出答道:"起兵为国,何论袁、董!"两言可决。馥被他提醒,面有惭色,乃致书与绍,听令起兵。绍得韩馥赞成,越加胆壮,遂派使四出,约同举义。东郡太守桥瑁,与冀州牧韩馥,当然如约。绍从弟后将军袁术，山阳太守袁遗，也即响应；还有豫州刺史孔伷，兖州刺史刘岱，陈留太守张邈，广陵太守张超，河内太守王匡，均复书答绍，同时并举。前典军校尉曹操，逃归陈留，散家财，募义徒，为讨卓计，又得孝廉卫兹出资帮助，集成了五千人，一闻袁绍起事，即率兵往会。就是前骑都尉鲍信，引兵返里，并未遣散，反多招了万余名，合得步兵二万，骑兵七百，辎重五千余乘，与弟鲍韬督练成军，援应各州郡义师。袁绍引军至河内，与王匡合兵；韩馥留驻邺城，督运军粮；袁术屯鲁阳，余军屯集酸枣，设坛祭天，歃血为盟。各牧守互相推让，莫敢先登，突有广陵郡功曹臧洪撩衣登坛，操盘歃血，当即向众宣言道：

　　汉室不幸，皇纲失统，贼臣董卓，乘衅纵害，祸加至尊，虐流百姓，大惧沦丧社稷，剪覆四海。今由渤海太守袁绍等，纠合义兵，并赴国难，凡我同盟，齐心戮力，以致臣节，殒首丧元，必无贰志。有渝此盟，俾坠其命，无克遗育。皇天后土，祖宗明灵，实共鉴之！

洪字子原，系广陵人，为故匈奴中郎将臧旻子，前曾举孝廉为郎，因乱弃官，还隐家中；太守张超，延为功曹，起兵向义，实由洪怂恿出来。洪身长八尺，状貌魁梧，声如洪钟，当登坛宣众时，说得慷慨激昂，声泪俱下，大众听了，无不动容。歃血既毕，遂由各牧守推选盟主，群言袁绍四世三公，应为领袖；绍辞让至再，经大众合词要求，然后应允。徒以门生推举，未免失真。绍自号车骑将军，领司隶校尉，使曹操行奋武将军，一面传檄天下，历数董卓罪恶，杀有余辜。于是长沙太守孙坚，承檄起兵，袭杀荆州刺史王睿，直指南阳；前西园假司马张杨，回籍募兵，道经上党，接得绍檄，也即在上党发难，纠合义徒数千人，进趋河内。共计讨卓人马，先后得十有四路，陆续会集，伐鼓渊渊，振旅阗阗，也好算得一场豪举了。反衬下文。小子有诗叹道：

　　仗义联盟德不孤，为王讨逆效前驱。
　　当年若果同心力，元恶何忧不立诛？

既而檄文传入京师，连董卓亦得瞧着，卓又惊又愤，复想出一条逆谋，嘱使郎中令李儒照行。欲知他如何行逆，下回再当说明。

　　少帝之废，谁致之？何太后致之也！何太后以屠家女，得为国母，可称万幸,假令知足不辱,谦尊而光,则衅隙无自而生,祸难即可不作,何至母子兄弟,同归于尽,而国祚且为之阴移欤?夫惟其鸩死王美人,逼死董太后,念念为嗣子计,又念念为母族计,而后苍苍者乃嫉恶之。千里草,何青青?正天之巧为驱集,所以死悍后而彰恶报也。董卓为汉末乱贼,人人得而诛之,关东各路之兴师,名正言顺,谁曰不宜?独惜各牧守有讨贼之举,而无讨贼之才,且推袁绍为牛耳长,使主齐盟,绍固一引卓祸汉者,奈之何以门望相推也?当时之智勇较优,厥惟曹操、孙坚二人,然观于后来,皆非汉家柱石。韩馥以下无讥焉。罗氏《三国演义》乃更以孔融、陶谦、马腾、公孙瓒羼入之,四子并未讨卓,安能与列?虽曰小说,亦不应穿凿失真,一至于此也。

第六十七回

议迁都董卓营私　遇强敌曹操中箭

却说郎中令李儒,受了董卓的密嘱,依言行事。看官道是何谋? 原来卓因关东兵起,檄文指斥罪恶,第一件便是废去少帝。暗思少帝虽已废为弘农王,但尚留居京邸,终为后患,不如斩草除根,杀死了他,免得他虑,乃嘱李儒往鸩弘农王。儒即携鸩酒至弘农王邸中,托词上寿,举酒献王道:"请饮此酒,可以辟邪!"弘农王摇手道:"我无疾,何须饮此酒? 想是汝来毒我呢!"儒逼令取饮,弘农王皱眉不答,儒竟张目道:"董相国有令,怎得不从? 就使不饮此酒,难道还想延年么?"为虎作伥,可恨可杀。时王妃唐姬在侧,情愿代饮,儒又叱道:"相国并不令汝死,怎得相代?"弘农王自知难免,遂与唐姬永诀,涕泣作歌道:

天道易兮我何艰,弃万乘兮退守藩! 逆臣见迫兮命难延,逝将去汝兮适幽玄!

歌罢,且令唐姬起舞。唐姬且舞且泣,且泣且歌道:

皇天崩兮后土颓,身为帝兮命夭摧。死生路异兮从此乖,奈我茕独兮心中哀!

弘农王闻歌悲咽,相向失声。李儒在旁催逼道:"相国立等回报,岂一哭便能了事么?"弘农王取过鸩酒,顾语唐姬道:"卿为王妃,不能再为吏民妻,幸此后自爱!"唐姬泣不能仰,弘农王已将鸩酒饮下,须臾毒发,晕死地上,年只一十五岁。或云十八岁。李儒见王已死,当即返报董卓。唐姬抚尸枕股,大哭一场,待至棺殓粗毕,复有吏人前来,迫姬出邸,姬对柩拜别,归赴颍川母家。父瑁曾为会稽太守,见女青年守釐,意欲改嫁,姬矢志靡他,因听令居住,后文慢表。

且说董卓既鸩死弘农王,乃召百僚会议,欲大发兵马,出击关东各路义师,突有一人插嘴道:"为政在德不在众!"卓才听得一语,便怒目注视，见是尚书郑泰，便叱问道："如卿所言，兵果无用么？"泰答说道："泰非谓兵可勿用，但以为山东诸牧守，虽然发难，不必烦劳大兵。试想光武以来，中国无警，百姓安逸，忘战日久。仲尼有言：'不教民战，是谓弃之。'今山东州郡连结，看似强盛，实皆乌合，不能为害，这是第一件不烦大兵。明公起自西州，出为国将，练习兵事，屡践战场，名振当世，人怀慑服，这是第二件不烦大兵。袁本初绍字本初。系公卿子弟，生长京师，张孟卓邈字孟卓。乃东平长者，坐不窥堂，孔公绪徒清谈高论，吹枯嘘生，并无什么韬略，足为公敌，这是第三件不烦大兵。山东将士，素少精悍，勇不若孟贲，捷不若庆忌，但教偏师一出，即可成功，这是第四件不烦大兵。就使果有健将，也是尊卑无序，王命不加，徒然恃众怙力，星分棋峙，胜不相让，败不相救，怎肯同心共胆，持久不敝？这是第五件不烦大兵。泰虽诡词对卓，但此条实为泰所料，不幸多言而中。关西诸军，夙习兵事，近来又屡与羌斗，妇女尚能戴戟操矛，张弓发矢，况为勇夫壮士，使当关东散卒，定可全胜，这是第六件不烦大兵。现在天下所畏，无过并、凉人及羌胡义从，公得收作爪牙，遣使拒敌，譬如驱虎赴羊，一可当百，何庸多兵自扰？这是第七件不烦大兵。且明公将吏，统是干城腹心，周旋日久，恩信相结，忠诚可任，智谋可恃，少许足胜人多许，这是第八件不烦大兵。泰闻战有三亡，以乱攻理者亡，以邪攻正者亡，以逆攻顺者亡，今明公秉国平正，讨灭阉竖，忠义卓著，有此三德，待彼三亡，奉辞伐罪，何人敢当？这是第九件不烦大兵。东州郑玄，学赅古今，北海邴原，清高直亮，众望所归，足为儒生矜式，彼诸将若就询计划，非不可虑，但燕赵六国，终为秦灭，吴楚七国，卒败荥阳，成败利害，凭诸理势，如郑玄、邴原诸人，怎肯赞成逆谋，造乱长寇？这是第十件不烦大兵。明公若因刍议所陈，稍有可采，正不必四出征发，惊动天下；否则弃德恃众，反损威望，非徒无益，反且有害呢！"

这一番话，说得董卓呵呵大笑，满口夸奖道："公业泰字公业。真不愧智士呢！"遂面授泰为将军，使统诸军，出击关东，泰也觉暗喜，拜谢而出。

看官阅过前文，应知郑泰已经归里，为何又出任尚书？回应六十五回。原来董卓搜罗名士，征泰入朝，泰不得已，应召而至，受职尚书。他见卓凶横不道，也想设法除奸，一时无从下手，巧遇关东兵起，乐得乘间进言，好教卓倚作股肱，可以联络外人，暗中摆布。及卓使为将军，正中坎，当即部署兵马，即拟起行；谁知有人窥透泰意，向卓效忠道："郑公业智略过人，尝思结谋外寇，今反资以兵甲，令就党与，窃为明公担忧呢！"卓乃止泰出兵，留为议郎，嗣是格外加防，特擢义子吕布为中郎将，侍卫左右，行止不离。难道就靠得住么？侍御史扰龙宗，诣卓白事，未解佩剑，即由卓叱他无礼，呼布击死。越骑校尉伍孚，代为不平，尝在朝服内，披着小铠，怀着利刃，意欲伺便刺卓。一日入阁启事，交代明白，便即辞出；卓因孚素有重望，特别敬礼，起送数步。孚见卓子身相送，还道命该断绝，就故意回头拦阻，乘隙取出藏刀，向卓砍去；卓眼明手快，立即侧身闪过，再仗着两臂气力，牵住孚腕，不使再动；那吕布早已瞧着，抢前救卓，将孚揪倒地上。卓怒问道："谁教汝反？"孚亦回詈道："汝非我君，我非汝臣，有什么反不反呢？汝乱国弑主，罪大恶极，天下孰不想食汝肉，寝汝皮！今日是我死日，故来诛汝。可惜可恨，不能磔汝市朝，以谢天下！"卓闻言益怒，立命将孚牵出，置诸极刑。或说即伍琼，但史称琼与周毖同死，当是两人。孚既杀死，警报日急，不但关东军事，日有所闻，还有白波贼帅郭太，连年骚扰，聚众至十余万，寇太原，破河东，气焰甚盛。白波贼见六十四回。卓亟遣女夫中郎将牛辅往讨白波贼，另派中郎将徐荣等带领重兵，出屯近畿，阻遏关东各路人马。会都中有童谣云："西头一个汉，东头一个汉，鹿走入长安，方可无斯难。"卓偶有所闻，证诸图谶，亦是汉运将终，因即思迁都长安，借避兵锋。当下与公卿商议，公卿等皆不欲西迁，只是惮卓凶威，未敢反抗，大都默默无言。时车骑将军朱儁，方为河南尹，卓因儁多年夙将，外示亲昵，阴实嫉忌，恐他交通关东，乃表迁儁为太仆，使副相国，即日派出朝使，赍诏召儁。儁辞不肯受，且语朝使道："国家西迁，必辜民望，且反足示弱，使关东益张声势，殊属非宜。"朝使诘问道："召君受拜，君乃谢绝，不问迁都事宜，君偏龂龂有词，这是何故？"儁答说道："臣本不才，怎堪为相国副手？若迁都计议，须公诸舆论，何妨直言？"朝使又问道："迁都尚未决定，事不外闻，君果从何处得来？"儁微笑道："董相国已商诸公卿，且与臣亦曾说过，所以得闻。"朝使不能再诘，乃返报董卓，取消太仆成命。卓复大集百僚，再议迁都事宜，太尉黄琬，司徒杨彪，司空荀爽等，并皆列席，卓先倡议道："昔高祖都关中，计十有一世，及光武帝都洛阳，至今也十有一世。我看天运循环，应仍还都

议迁都董卓营私

长安,方为适宜。"大众仍面面相觑,莫敢发言。惟司徒杨彪起语道:"移都改制,事关重大,即如盘庚迁亳,实避河患,殷民尚且胥怨,必待再三晓谕,始无异辞;今无故迁都,必致百姓惊动,糜沸蚁聚,反且增忧,不如仍旧为是。"卓驳说道:"《石苞室谶》曾云汉终十一帝,若非速迁,难道就此罢休么?"彪复说道:"《石苞》谶语,多属邪言,不可凭信,况关中经王莽祸乱,未曾修复,所以光武帝改都洛邑,今历年已久,百姓安乐,何必迁乔入谷,自蹈危机?"卓作色道:"关中物产丰饶,形势利便,故秦得并吞六国。若因宫阙残破,陇右材木甚多,运输最便,杜陵南山下,有瓦窑数千处,并工营造,指日可成。百姓何足与议?尽管西迁便了!"彪又说道:"关东方起乱兵,若闻我迁都,必更西进,不可不防!"卓狞笑道:"这更可无虑了!我既迁居长安,居高临下,势若建瓴,且有陇西劲旅,驱逐乱众,可令他出沧海之外,请君不必劳心!"彪尚将易动难安,宁逸毋劳,絮絮的说了数语,惹得董卓性起,扬眉张须道:"公欲阻挠大计么?"太尉黄琬从旁婉劝道:"这系国家大事,杨公所言,未始无见,还请三思!"卓斜目视琬,忿然不答。司空荀爽,见卓声色逼人,恐害及彪等,乃从容进言道:"相国本意,想亦不愿多劳,无非因山东兵起,未可立平,所以迁地为良,据关自固,这也是秦、汉开国的至计呢!"聊为解嘲。卓听得此说,意乃少解,面色渐平。黄琬、杨彪、荀爽等,也即退出。卓竟借灾异为名,奏免黄琬、杨彪二人,另进光禄勋赵谦为太尉,太仆王允为司徒。适尚书周毖,与城门校尉伍琼,同至卓前,谏阻迁都,卓并不一睬,二人又复力谏。卓不觉触起前恨,拍案痛叱道:"卓入朝时,二君劝用善言,故卓辄依议。今韩馥等受官赴任,反举兵图卓;袁绍为二君所保荐,今且为戎首。若再听二君计议,恐卓命要从此断送了!卓不负二君,二君负卓太甚!"说至此,竟翻转脸皮,叱令左右牵出两人,同时斩首。二人虽是枉死,不得与伍孚并论。复使司隶校尉宣璠,率领吏士,往杀太傅袁隗,及太仆袁基,系袁术兄。所有两家眷属,无论男女老小,全体骈戮,共死五十余人,把一大堆尸骸,载至青城门外,同埋一穴。黄琬、杨彪,尚留寓都中,只恐连坐被诛,慌忙至相国府中,自谢前时失言;卓嘉他悔过,复表琬、彪为光禄大夫。琬为黄琼孙,彪为杨震曾孙,畏死媚贼,俱未免有愧祖风。

随即决计西迁,先使文武百官,扈跸出都,再驱洛阳人民数百万口,尽徙长安。宫廷内外,没一人情愿西行,只为董卓所迫,不敢不草草整装,准备起程。哪知董卓凶恶得很,严定限期,不准捱延时日,豪家富室,总有若干财产,匆匆不及安排,吁请宽限,卓却斥他违命不道,派吏收捕,斩首示威,并将财产籍没,充作军粮。可怜官民人等,弃其田园庐舍,只带得些须细软物件,扶老携幼,仓皇就道,随着献帝车驾,陆续前行,途中步骑驱蹙,更相践踏,再经道旁盗窃乘隙偷夺,无论贫富贵贱,都害得颠沛流离,饥苦冻馁,甚至饿莩载道,暴骨盈途。谁为为之?孰令致之?卓尚拥着兵马,屯驻洛阳罼圭苑中,饬令军士纵火,尽毁宫庙民庐,二百里内,统成赤地,鸡犬不留。于己无益,何苦为此?又使吕布发掘诸陵,及公卿以下坟墓,收取珍宝,充入私囊。难道自己好长生不老,受享终身?一面再遣将士,出击关东诸军。会闻河内太守王匡,进兵河阳津,窥取洛阳,卓用疑兵前往挑战,潜使锐卒从小平津偷渡,绕出匡军背后,前后夹攻,大破匡军,拿住许多军士,各将布帛缠束,外用膏油浇灌,然后引火焚身,从下至上,好多时才得烧死,号声震地,臭气熏天,真是耳不忍闻,目不忍睹。那王匡败还河内,报知袁绍,绍正得悉隗、基族灭,很是悲愤,檄令各军猛进,不料匡

遇强敌曹操中箭

军败还,各路夺气,连袁绍也不胜彷徨。**本初原是无能**。奋武将军曹操宣言道:"举义兵,诛暴乱,大众已合,还有何疑?设使董卓挟持天子,据守旧京,东向以临天下,虽无道横行,尚足为患;今乃焚烧宫阙,劫迁车驾,海内震动,不知所归,这真是天怒人怨、诛锄首恶的时机。若能并力西讨,一战就可平定了!"**到底还是曹阿瞒**。各军帅皆虎头蛇尾,莫敢先进,绍亦逡巡不发。**国仇家怨,不思急报,做什么盟主?** 只陈留孝廉卫兹,本来与操同志,至此亦欲与操同行,商诸太守张邈,得兵数千,愿为操助。操毅然独进,自率部曲为先锋,使卫兹为后进,经成皋,达荥阳,一路顺风,所向披靡。董卓闻操为先锋,西向进兵,沿途连破数垒,劲气直达,不由得惶急起来,暗想关东人马,不下数十万,若随操继进,人多势盛,如何抵敌?不若用缓兵计,使人修和,乃遣大鸿胪韩融,少府阴循,执金吾胡母班,将作大匠吴循,越骑校尉王瓌,东出宣慰,劝令罢兵。袁绍等当然不从,拘戮胡母班、吴循、王瓌,袁术亦执杀阴循,惟韩融素有名德,释令西归。卓闻报大怒,飞饬中郎将徐荣,扼住汴水,不准放过关东一卒,又拨锐兵助荣。荣奉卓命,在汴水旁严行防守,可巧曹操驰至,即开营搦战。两军对阵,荣兵比操兵约多数倍,操兵未遇劲敌,一见便惊,各有退志,还是操慷慨誓师,引兵突出,与荣大战一场,自午前杀至日昃,兀自支撑得住。荣见部兵战操不下,抽出锐骑,专攻操阵中坚,又使余众开张两翼,包围操军。操军已经战乏,禁不住荣军围裹,只好各顾生命,分头乱跑;惟有几个曹氏亲将,如曹仁、曹洪、夏侯惇、夏侯渊等,还算保住曹操,舍命冲突。操料不能支,拍马返奔,偏后面追军,喊杀不绝,天时又至昏暮,路黑难行,正在危急万分的时候,猛听得弓弦声响,连忙闪避,已是不及,项下已中了一箭,接连又是一声,马随声倒,把操倾翻地上。当有敌兵数人,竟来杀操,亏得曹洪驰至,抡刀赶散,复一跃下马,将操扶起,拔镞裹疮,掖令坐上己马,自愿步行。操顾洪道:"我弟岂可无马?倘或追兵到来,如何厮杀!"洪应声道:"天下可无洪,不可无公!"从兄弟尚且如此,同胞当如何?操正在叹息,后面喊声复至,乃加鞭急走。行约里许,前面忽火炬通明,又有一军趋至,操与洪俱不胜惊忙,及仔细审视,乃是后军卫兹,方才放心。兹到了操前,见操狼狈得很,也不暇多说,拥操回马,连夜趋还酸枣。酸枣屯兵,共有数路,差不多有十数万人,张邈、刘岱、桥瑁、袁遗诸太守,均按兵不动,镇日里置酒高会,快活消遣。操目睹情形,向众愤语道:"诸公在此屯留,莫非待贼坐毙不成?如肯听我计,最好请袁本初引河内众士,移至孟津、酸枣间,诸公分守成皋,据敖仓,塞镮辕、大谷,制贼死命,再使袁公路率南阳兵甲,攻入武关,耀威三辅,然后可深沟高垒,勿与彼战,但用疑兵左出右入,使彼自相惊乱,必亡无疑。今兵以义动,专在此徘徊观望,惹人耻笑,窃为诸公不取哩!"张邈等微哂道:"孟德新败,锐气方挫,只好休养数日,再作良图。"全然不关痛痒。操闻言益愤,掉头径出,自与曹洪、夏侯惇等,东赴扬州,进见刺史陈温,及丹阳太守周昕,勉以忠义,共讨董卓。二人亦庸碌无奇,只因碍着情面,拨给兵士四千人。操乃还至龙亢,夜宿帐中,忽帐外哗声四起,急忙起视,但见烟尘缭乱,火势炎炎,一时不暇细问,想必是营兵谋变,当下拔剑在手,冲将出去,砍倒了十数人;可巧曹洪、夏侯惇等亦执械进护,才得将乱兵驱散,扑灭余火。彻底调查,只有五百人不动,由操用言奖勉,乘夜起行。沿途复招得壮士千余人,仍至河内。闻得刘岱、桥瑁,互相仇杀,瑁竟被岱刺死,改任王肱为东郡太守,操不禁嗟叹道:"逆恶未除,先自推刃,如何得成事呢?"

好容易过了残年，关东诸将，发生一种议论，要推立幽州牧刘虞为帝。虞为汉室支裔，已见前文，应六十四回。自莅任幽州后，招携怀远，课农劝耕，开上谷胡市，通渔阳盐铁，民安物阜，颇称小康。青、徐士庶，避难归虞，约有百万余口，经虞收视抚恤，各得重生。董卓尝拜虞为大司马，且进加太傅，只因道路梗塞，使命难通，所以虞仍守原任，安镇一方。关东牧守，因闻洛都西迁，天子幼冲，未卜存亡，乃拟奉虞为主。袁绍却也乐从，转询曹操，操慨然道："我等举兵西向，远近莫不响应，无非因师出有名，乃得致此。今幼主微弱，受制贼臣，非有昌邑亡国的罪孽，乃一旦改易，是我等亦将为董贼了！诸君如欲北面，我却仍然西向，不改初心。"说得袁绍哑口无言，再使人致书袁术，术答书不从。看官阅此，几疑袁术、曹操，宗旨相同，其实术已阴图自立，操尚有志效忠，试阅后文，自见分晓。小子有诗叹道：

谋国只应定一尊，如何横议欲分门？

袁曹抗辩非无理，心迹犹难共比论。

究竟袁绍等曾否立虞，待至下回再详。

山东兵起，董卓遣将出御，未闻败衄，而忽议西迁，意者其即由贼胆心虚，有以慑其魄而夺其气欤？然于伍孚行刺，则杀之；于周珌、伍琼之进谏，则亦杀之；于袁隗、袁基之有关绍、术，则又杀之。穷凶极恶，何其残忍乃尔？且屠戮富人，焚毁宫室，二百里内，不留鸡犬，虽如秦政、项羽之暴虐，亦未有过于是者。诚使袁绍等同心戮力，联镳西进，则以顺攻逆，何患不胜？乃貌若相合，心实相离，口血未干，私争已启，徒赖一气盛言宜之曹操，亦何能济？汴水之败，非操之罪，乃诸牧守之罪耳！寡不可敌众，弱不可敌强，愚夫犹且知之，且牧守逗留不进，任令操之孤军深入，不败何待？操虽败犹奋，尚欲募兵再往，此时之曹阿瞒，固不可骤然加责也。若袁绍诸人，其固所谓尸居余气者乎？

第六十八回

入洛阳观光得玺　出磐河构怨兴兵

却说袁绍等欲推戴刘虞,虽经曹操、袁术二人梗议,但尚未肯罢休,即遣故乐浪太守张岐,赍书至幽州劝进。虞厉声叱责道:"今天下崩乱,主上蒙尘,我受国厚恩,恨未能扫清国耻,诸君各据州郡,正宜戮力王室,同诛首恶,奈何反造作逆谋,来相垢污呢?"说着,便掷还来书,拒绝张岐。岐扫兴还报,袁绍、韩馥再遣使诣幽州,请虞领尚书事,承制封拜;虞复不听,并将使人斩首,杀使亦未免过甚。于是众议乃息。但袁绍等始终不进,渐至兵疲粮尽,陆续解散。独长沙太守孙坚,豪气逼人,自荆州至南阳,有众数万,向太守张咨借粮,咨不肯发给。坚即假称急病,愿将部众交咨接管,咨也恐有诈,率五六百骑至坚营,坚令部将佯与周旋,自从后帐突出,直至咨前,举剑一挥,剁落咨首。咨部下五六百人,无不股栗,情愿投诚。坚至城内取得军粮,即转赴鲁阳城,与袁术相见。术表坚行破虏将军,领豫州刺史。坚乃向术约定,自往冲锋,由术输粮接济,当下引兵急进,所向无前。董卓闻报,忙调中郎将徐荣,截击坚军。荣素有勇略,先引轻骑驰抵梁县,令大队从后继进。坚方屯兵梁东,探得荣兵不多,未以为意;谁知到了夜间,营外火起,竟有敌兵前来劫营。坚也曾防着,一闻有变,便披挂上马,引众出战,既至营外,从火光中望将过去,但见四面八方,统是敌军旗号,也不禁暗暗生惊,自思营垒已陷入围中,万难保守,不如令部兵各自为战,得能杀出重围,再作计较。于是下令军中分队冲杀,坚亦自当一队,驱率亲兵,拼命杀出;待至跳出围外,只有亲将祖茂,及残骑数十人随着。那敌兵尚不相舍,在后急追,茂劝坚脱下赤帻,与自己盔帽掉换,让坚先走,留身断后,坚急驰得脱。独茂为敌骑所麾,情急智生,把赤帻挂在冢间柱上,悄悄下马,走伏草中,敌骑望见赤帻,四面绕集,环至数匝,想就此活捉孙坚。有几个胆大的军士,奋拳张臂,抢步前拿,一声怪响,倒把拳头爆回,血染淋漓,仔细辨认,才知是个石柱,并不是个孙坚,只得叹声晦气,转身引去。这是黑夜中贪功之失。

茂亦得脱逃,归见孙坚,坚很是喜慰,贪夜收集败卒,尚得一二万人。次日复部署成军,移屯阳人聚。徐荣闻报,又领兵往攻。坚此时已惩着前辙,不敢浪战,先令亲将程普、韩当、黄盖诸人,三伏以待,看到敌军近攻,方亲出诱敌,战至数合,便拍马返奔。徐荣部下有一骁将,叫做华雄,平时出入敌阵,无人敢当,至此见坚已败逃,就不顾得失,挺身出追,部军自然随上。荣见坚军寥寥,也道是众可制寡,挥军直上。坚引敌入伏,一声号令,程普、韩当、黄盖先后杀出,围住华雄,雄仗着一柄大刀,左招右架,还是勉强支持,不防箭声四起,利镞攒飞,一刀如何敌百矢?眼见得附贼骁雄,身受重创,倒毙马下。罗氏《三国演义》中谓为关羽所杀,真善附会。雄既射死,所领部兵,也被坚军杀尽。待至徐荣到来,得知前军覆没,慌忙退回,累得自相践踏,辙乱旗靡;再经坚军驱杀一阵,十死五六,匆匆逃归。败报传入洛阳,董卓亟使陈郡太守胡轸为大督护,义子中郎将吕布为骑督,领兵东出,助荣击坚。轸自恃年长,瞧布不起,预在军中扬言道:"今日出军,须先斩一青绶,方可使士卒效命,杀敌扬威。"布不胜愤懑,待行至广成,去阳人聚约数十里,遂不愿再进,让轸先往。轸因人马困乏,也拟休息一宵,待旦进攻,夜间在旷野安营,不及设栅,军士远来疲倦,统皆解甲就寝。约莫睡了片刻,蓦听得有人大呼道:"贼来了!快走!"各军从梦中惊起,四散狂奔,甲不及披,马不及乘,统皆弃去;就是胡轸也觅路乱跑。急走了十余里,并不闻有敌军影响,究竟声从何来?实是吕布欺轸的诡计。好容易等到天明,再至原处,拾取兵械,不意尘头大起,果有敌兵杀到,为首大将,正是破虏将军孙坚。轸军都皆失色,回头就逃,稍迟一步,便被坚军杀死。轸复仓皇窜还,直至数十里外,后面才无追兵。最奇怪的,吕布一军,不知去向;待了多时,方有溃军趋集,十成中已丧失四五成,惟吕布仍然不见。那时轸垂头丧气,自思不能再战,只好奔回洛阳。及入报董卓,见布已在侧,方知布早趋还,连忙叩头谢罪。好在布亦投鼠忌器,但言坚军势盛,未尝指斥轸过,轸始得免谴;由卓说了且退二字,好似皇恩大赦,再磕了几个响头,起身出外去了。大是幸事。

孙坚既两得胜仗,遣人报知袁术,且催术运粮济师。术误听逸言,惟恐坚得洛阳,不能再制,遂靳粮不发。坚得去使归报,即乘夜驰白袁术,用杖画地道:"坚与董卓,本无怨隙,所以挺身前来,不顾生死,一是为国家讨贼,二是为将军报仇! 今大勋垂捷,将军乃听人谗构,不发军粮,无怪吴起抱恨西河,乐毅转投赵国呢!"术面有惭色,不得已拨粮给坚。坚还屯阳人聚,可巧卓遣将军李傕(jué)来求和亲,坚勃然大怒道:"卓逆天无道,荡覆王室,若不夷他三族,悬首示众,我虽死不能瞑目,尚欲向我和亲么?"说罢,传令将傕撵出。何不将他枭首? 也可预除一贼。傕回洛复命,卓尚欲张皇威武,镇定人心,乃遣兵往阳城。适值民间结社祀神,男女毕集,兵士突然阑进,尽杀男子,枭首系住车辕,并将妇女全数掠归,歌呼入城,只说是攻贼大获。卓令将首级焚去,所掠妇女分赏兵士。忽有军吏入报道:"孙坚兵入大谷,距此止九十里了!"卓当然着急,顾见长史刘艾在旁,便与语道:"关东各军,屡次败衄,皆无能为;独孙坚颇能用人,与我为难。当传语诸将,小心对敌,我当亲出督战,与决雌雄!"说着,即命吕布为先锋,自为元帅,出城迎敌。行抵诸皇陵间,见坚军奋勇杀来,气势甚锐,当令布持戟出战。坚使程普、韩当等敌住吕布,自率精骑直捣中坚,来攻董卓。卓将李傕、郭汜,慌忙拦阻,统被坚一人杀退。卓看坚骁勇异常,也为震悚,当即策马回走。帅旗一动,全军皆乱,吕布虽然多力,不能不舍敌保卓,踉跄西奔。卓不愿入洛,竟与布同走渑池。坚得驰入洛阳,扫除宗庙,祠以太牢,凡董卓所掘陵寝,饬军吏一体掩护,使复原状;又分兵出新安、渑池间,追击卓兵。卓使中郎将董越、段煨等,分守要隘,自与吕布径赴长安。孙坚闻卓西去,也不亲追,但在洛阳城内,四面巡逻,筹备修筑。怎奈满城瓦砾,到处荒凉,教坚从何着手? 徘徊凭吊,禁不住流涕唏嘘。忽见城南有一道毫光,向空冲起,凝成五色,不知是何物作怪。因即驰将过去,凝神细视,乃是井口发光,如釜中蒸气一般,袅袅不绝,井栏上面镌有"甄官井"三字;再从井中俯瞩,尚有流水停住,深不见底,无从辨明。当下饬令军士,先将井水汲干,然后用一辘轳,载兵入井,须臾复出,取得一匣,捧呈与坚。坚启匣看视,乃是一方玉玺,回圆四寸,上有五龙交纽,下有篆文,镌着"受命于天,既寿永昌"八字,惟旁缺一角,用金镶补。坚料是秦、汉二朝的传国宝,不由的玩弄一番;但不知如何缺角,如何投井。及仔细追查,才知王莽篡位时,由孝元皇后掷给玺绶,致缺一角;至

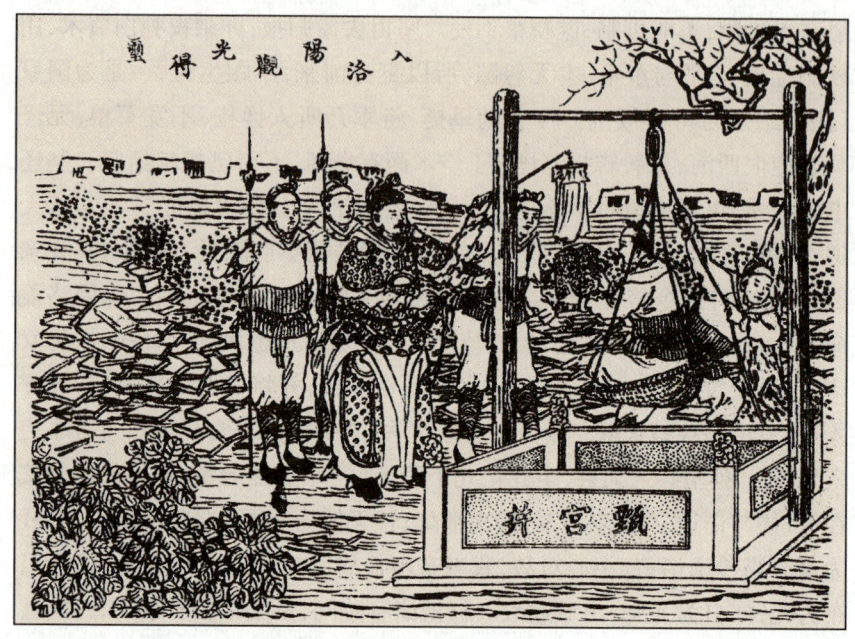

少帝为张让所逼,由北宫出走小平津,仓猝间不及携玺,那掌玺的内侍,只恐被人夺去,索性投入井中;应六十五回。后来内侍被杀,无人得知,因此久沉井底,延至孙坚入洛,方始发现。坚既得了传国玺,顿生异想,当即携玺还营,住了一宿,便令军士拔寨齐起,趋回鲁阳。欲知无限意,尽在不言中。

袁绍久屯河内,探知孙坚入洛,也想乘势进兵,无如各路兵马已多散归,再加冀州牧韩馥,阴持两端,掯(kèn)粮不发,又致绍进退两难。绍客逢纪献议道:"将军欲举大事,乃徒仰人资给,如何自全?"绍答说道:"我亦虑此,但冀州兵强,我亦无法与争。"纪复说道:"何不致书公孙瓒,叫他进攻冀州?韩馥乃一庸才,若遇瓒相攻,必然骇惧,公可遣一辩士,为陈祸福,不患馥不让位呢!"绍依计而行,果得公孙瓒允许,兴兵攻冀州。馥遣兵出御,俱为所败。正焦急间,有两人踉跄趋入道:"车骑将军袁绍,已从河内退兵,还驻延津了!"馥注视两人,乃是荀谌、郭图,曾为门下宾客,便启问道:"两君如何知晓?"谌答道:"现由袁甥高幹,前来报闻,因此知晓。"馥惊喜道:"莫非他前来救我么?"谌又说道:"公孙瓒率燕、代健士,乘胜南下,锋不可当;袁车骑亦乘此东向,不先不后,居心亦属难料。谌等颇为将军加忧!"馥皱眉道:"如此奈何?"谌接入道:"袁绍为当世人杰,岂肯为将军下?若瓒攻北面,绍攻西面,区区孤城,亡可立待!但思袁氏与将军有旧,且系同盟,今不如举州相让,归与袁氏;袁氏得冀州,必感将军德惠,厚待将军,还怕什么公孙瓒呢?"馥性本怯懦,又听他说得天花乱坠,便即依议,拟遣使往迎袁绍。长史耿武、别驾闵纯、治中李历等,相率进谏道:"冀州带甲百万,支粟十年,真好算做天府雄国。今袁绍孤客穷军,仰我鼻息,譬如婴儿,在股掌中,一绝哺乳,就可立毙,奈何反举州相让呢?"馥摇首道:"我本袁氏故吏,才又不及本初,让贤避位,古人所贵,诸君何必多疑?"耿武等只得退去。从事赵浮、程涣,又入谏道:"袁本初军无斗粮,势必离散,浮等愿出兵相拒,不出旬月,定可退敌,将军但当闭阁高枕,自可无忧!何用拱手让人?"馥又不听,竟遣子赍着印绶,送与袁绍,迎他入城;自挈家眷出廨,徙居前中常侍赵忠旧宅。袁绍引兵直入,自领冀州牧,使韩馥为奋威将军,但只畀他虚衔,并没有什么兵吏。所有馥部下旧属,一律撤换,另用从事沮授为监军,田丰为别驾,审配为治中,许攸、逢纪、荀谌、郭图为谋主,分治州事。好好一位冀州牧韩馥,弄得无权无柄,反致寄人篱下,事事受人监束,始悔为荀谌、郭图所卖,悄悄地逃出州城,往投陈留太守张邈。后有绍使至陈留,与邈屏人私语,馥疑是图己,竟至惶急自尽,这真叫作自治伊戚了。人生原如幻梦,一死便休,试看袁绍结果,亦未必胜过韩馥。

惟曹操屯兵河内,已有多日,见绍引众自去,各路人马,亦皆解散,料知讨卓无成,也只得自寻出路。鲍信与操为莫逆交,虽由绍表为济北相,仍然随操。至是与操计议道:"袁绍名为盟主,因权专利,将自生乱,恐一卓未除,一卓又起。为将军计,若急切除绍,恐亦难能,不如进略大河以南,静待内变,再作计较。"操叹为至言。可巧黑山贼党十余万,即褚燕党羽,事见六十二回。寇掠东郡,太守王肱,不能抵敌,弃城逃生。操即引兵往击,至濮阳杀败贼众,收复东郡,尚向袁绍处报捷。绍因表操为东郡太守。颍川荀彧,为荀淑孙,少时便有才名,何颙尝称为王佐才;及天下大乱,彧率宗族奔冀州,欲依韩馥,馥已避位,乃进见袁绍,绍却优礼相待,视若上宾。彧见绍才疏志鄙,料不能成大业,乃转投曹操。操迎入与语,见

或应答如流,不禁大喜道:"君真可为我子房哩!"居然以高祖自居。遂令彧为奋武司马,事必与商。操复尽驱黑山贼出境,东郡咸安。右北平屯将公孙瓒,前由袁绍嗾使,出击冀州牧韩馥;至绍夺馥位,瓒亦退兵。幽州牧刘虞,与瓒宗旨未合,积有宿嫌,见六十四回。但表面上还彼此含容,互相往来。虞子和方为侍中,随献帝迁至长安,献帝仍思东归,使和潜出武关,绕道诣虞,令虞率兵迎驾。远道求援,也是妄想。和道出南阳,得见袁术,与语帝意,术竟将和留住,嘱令作书与虞,愿与虞会师西行。及虞得和书,拟遣数千骑南下,适为公孙瓒所闻,以为术有异志,劝虞留兵不发;虞不肯听信,竟促骑兵登程。瓒又恐术闻风生怨,亦遣从弟越引兵诣术,阴教术拘和仇虞。太觉取巧。和得知风声,觑隙北遁,行至冀州,又被袁绍截住。绍因术不肯戴虞,复书无礼,已觉不平;见前回。术又与公孙瓒书,谓绍非袁氏子,于是兄弟相构,仇隙越深。绍使部将周昂为豫州刺史,与孙坚争领豫州。术令公孙越助坚攻昂,坚将昂击走;惟越身中流矢,竟至毙命。术乃发回越丧,并怂恿公孙瓒,令就近图绍。瓒得书愤愤道:"我弟越死,祸由袁绍;且绍赖我得冀州,未闻割地相酬,今反害死我弟,此仇不报,枉为丈夫!"谁叫你听人唆使?且不怨袁术独怨袁绍,意亦太偏。当下出屯磐河,为攻绍计。绍未免心虚,尚想与瓒释怨,特将渤海太守印绶,授瓒从弟公孙范,遣令赴任。范抵郡后,反率渤海兵助瓒,与瓒破灭黄巾余贼,夺取甲仗资粮,不可胜计。瓒威震河北,遂决计攻绍。且先上表长安,数绍十罪,文云:

  臣闻皇、羲以来,君臣道著,张礼以导民,设刑以禁暴。今行车骑将军袁绍,托承先轨,爵任崇厚,而性本淫乱,情行浮薄。昔为司隶,值国多难,太后承摄,何氏辅朝,绍不能举直措枉,而专为邪媚,招徕不轨,贻误社稷,至使丁原焚烧孟津,董卓造为乱始,绍罪一也。卓既无礼,帝主见质,绍不能开设权谋,以济君父,而弃置节传,进窜逃亡,忝辱爵命,背违人主,绍罪二也。绍为渤海太守,当攻董卓,而默选戎马,不告父兄,至使太傅一门,累然同毙,不仁不孝,绍罪三也。绍既兴兵,涉历二载,不恤国难,广自封殖,乃多引资粮,专为不急,刻剥无方,百姓嗟怨,绍罪四也。逼迫韩馥,窃夺其州,矫刻金玉,以为印玺,每有所下,辄皂囊施检,文称诏书。昔亡新僭伪,渐以即真,观绍所拟,将必阶乱,绍罪五也。绍令星工伺望妖祥,赂遗财货,与共饮食,克期会合,攻钞郡县,此岂大臣所当施为?绍罪六也。绍与故虎牙都尉刘勋,首共造兵,勋降服张扬,累有功效,而以小忿,枉加酷害,信用谗慝,济其无道,绍罪七也。故上谷太守高焉,故甘陵相姚贡,绍以贪婪,横责其钱,钱不备具,二人并命,绍罪八也。《春秋》之义,子以母贵,绍母亲为傅婢,地实微贱,据职高重,享福丰隆,有苟进之志,无虚退之心,绍罪九也。此三条借此补叙。长沙太守孙坚,领豫州刺史,遂能驱走董卓,扫除陵庙,忠勤王室,其功莫大,绍遣小将盗居其位,断绝坚粮,不得深入,使董卓久不服诛,绍罪十也。昔姬周政弱,王道陵迟,天子迁徙,诸侯背叛,故齐桓立柯会之盟,晋文为践土之会,伐荆楚以致菁茅,诛曹卫以彰无礼。臣虽阘茸,名非先贤,蒙被朝恩,负荷重任,职在铁钺,奉辞伐罪,誓与诸将州郡,共讨绍等!若大事克捷,罪人斯得,庶续桓、文忠诚之效,攻战形状,当前后续闻。

此表上后,即进攻冀州,各州郡不能御瓒,多半服从。瓒乃令部将严纲为冀州刺史,田楷为青州刺史,单经为兖州刺史。还有前安喜尉刘备,奔走有年，当山东讨卓时，亦思仗义从军，嗣闻各军解散，乃与关羽、张飞走依公孙瓒。*回应六十二回。*瓒与备本系同学，自然欢迎，且使为平原相。备见瓒部下有一少将，身长八尺，相貌堂堂，武力与关、张相类，遂密与结纳，引为至交。正是：

　　英雄独有赏心处，豪杰应当刮目看。

欲知少将姓名，待至下回再叙。

　　讨卓一役，惟曹孟德与孙文台，挺身犯难，尚足自豪。曹以孤军致败，虽败犹荣；孙文台返败为胜，卒能逐走董卓，攻克洛阳，观其祠宗庙，修陵寝，遣将西进，何其壮也？迨得玉玺于甄宫井中，即拔营东归，而其志乃骤变矣。夫关东各军，非不欲诛卓徼功，特以卓势犹盛，惮不敢发；有孙文台之三战三克，得播先声，则懦夫亦当知奋，诚使再为号召，联镳齐进，诛卓亦易易耳。乃得玺即还，卷甲无言，谓非阴怀异志，谁其信之？惜乎坚之有初鲜终也。彼公孙瓒之与袁绍，忽合忽离，合不为公，离益营私，其性情之反复，殊不足道。然袁绍身为盟主，不能雪国耻，复家仇，徒为欺人夺地之谋，其罪比瓒为尤甚。瓒虽不足讨绍而数绍十罪，并非虚诬，本回备录全文，所以诛绍之心，而于瓒固不屑播扬也。

第六十九回

骂逆贼节妇留名　遵密嘱美人弄技

却说公孙瓒部下的骁将，姓赵名云，表字子龙，乃是常山郡真定人氏。本属冀州管辖，袁绍据住冀州，士多趋附，独云往依公孙瓒。瓒且喜且嘲道："闻贵州人多愿从袁氏，君独何心，乃来依我？"云答说道："天下汹汹，未知孰是。百姓方苦倒悬，但得仁政所在，便当依托，正不必计及远近呢！"瓒闻言大悦，留居麾下，款待颇优。嗣云见瓒行同市井，不足图成，也自悔进身太急；凑巧来了刘备，气谊相投，遂与结好，就是关、张两人，亦视为知己，常相往来。惺惺惜惺惺。至备赴平原，邀云同行，且代白瓒前，乞云为助，瓒允如所请，备与云即同赴平原去了。不但赵云不宜放去，即刘、关、张三人，亦不宜轻离，以是知瓒之失人。袁绍闻瓒军来攻，郡邑多叛，已有戒心，又恐他约同袁术，南北并举，更不可当，乃遣使至荆州，说通刺史刘表，使他牵制南阳，免得双方夹攻。表字景升，籍隶高平，少有才名，列入八俊，八俊见前文。灵帝末年，曾为北军中侯，至荆州刺史王叡为孙坚所杀，坚向西行，表奉诏为荆州刺史，乘虚入城，略定江表，因通使袁绍，愿合兵讨卓，出屯襄阳，作为后应。后来绍赴冀州，表终按兵不发，惟与绍仍使命不绝，绍因此托他防术。术也恐为表所袭，致书孙坚，令攻荆州，坚即进兵往攻。表遣部将黄祖逆战，被坚杀得大败亏输，奔还襄阳，坚驱兵大进，竟将襄阳城围住。表夜遣黄祖等出袭坚营，坚当先迎敌，亲斩敌兵百余人；程普、韩当等挥军继进，杀获甚多，黄祖不获回城，却引了残骑数百，窜入岘山。坚恃勇轻进，驰至山下，见黄祖等已进山坳，尚不肯住马，猛力赶上，后军尾随不及，只有轻骑数十人，与坚同行。黄祖遁匿林间，从月光下望见坚马，便令骑将吕公等，弯弓射坚，杂以巨石，坚尚用槊拨箭，且拨且进，不料顶上来一巨石，不及闪避，竟被压下，一声怪响，脑浆迸流，死于非命，年止三十七岁。好勇者往往不得其死。坚已惨死，黄祖等即踊出林外，把坚骑一律杀尽，舁去坚尸，下山驰回。程普、韩当等正率军寻坚，不料城中亦杀出蒯越、蔡瑁等人，来援黄祖，两下里争杀一场，互有死伤。黄祖、蒯越、蔡瑁竟合兵自去，程普、韩当再至岘山中寻视，只有各骑兵尸首，独不见有孙坚，料知凶多吉少，还营休息。未几天明，襄阳城上，已将坚首悬出，吓得程普诸人，没法摆布。还是孝廉桓楷，与表相识，自愿入城请尸，费了一番唇舌，得将坚尸首领回，归葬曲阿，程普等亦皆退归，下文再表。

且说袁绍既南连刘表，牵制袁术，遂督领全军，出拒公孙瓒。行至界桥，正与瓒军相遇。瓒众约三万人，列成方阵，又分突骑万匹，为左右翼，军容甚盛。绍令部将麴（Qū）义，领精兵八百人，左挟盾，右挟弓，作为前驱。瓒见来军寥寥，纵骑冲击。义令军士用盾为蔽，屹立不动，待至瓒军将近，将盾撒开，弯弓竞射，呼声动地，瓒军多被射倒，自然退却。义麾军猛进，兜头碰着严纲，正是瓒所新命的冀州刺史，两马并交，被义舞动大刀，劈落马下。绍将颜良、文丑，俱是有名的猛将，望见义前驱得胜，怎肯落后？当即拍马继进，双槊并举，搅入瓒阵，钩倒帅旗，瓒军大乱，纷纷遁去。绍在后尚有数里，闻瓒军已溃，料无他虑，乐得下马暂憩，只有亲兵数百骑随着；不防瓒引步卒二千人，从间道抄至面前，将绍围住，矢如雨下。绍有别驾田丰，时在绍侧，欲扶绍入短墙中，暂避敌锋，绍脱鍪投地道："大丈夫当向前斗死，怎得入墙内偷生呢？"说着，也麾军对射，与瓒相持。可巧麴义亦还军相救，将瓒击退，瓒始引去。既而瓒复出兵龙凑，与绍再战，又复失利，乃退还蓟城，不复亲出。那时穷凶极恶的董卓，却早已安安稳稳的到了长安，在陕公卿，统已出城恭候，拜迎车下。先是左将军皇甫嵩，屯兵扶风，与京兆尹盖勋，共谋讨卓。卓预先防备，征嵩为城门校尉，勋为议郎。嵩长史梁衍，劝嵩不必就征，嵩惧卓势盛，未敢违抗，乃入都就职；勋不能独立，也只可应征还都。嗣嵩任御史中丞，勋迁任越骑校尉，并扈跸西迁，履任逾年，闻得董卓将至，不能不随同百官，共出迎卓。卓与嵩积有微嫌，见六十四回。见嵩亦拜谒车前，禁不住志得气骄，呼嵩表字道："义真可服我否？"嵩惭谢道："凡夫肉眼，但顾目前，不图明公竟得至此！"卓捻髯说道："鸿鹄本有远志，燕雀怎能知晓？"嵩又答道："嵩与明公皆为鸿鹄，只明公今日变成凤凰，怪不得鸿鹄落后呢？"变正为谀，太无气节。卓乃对嵩一笑，总算释嫌。惟与卫尉张温，结恨如故，见六十三回。一入长安，便诬温交通袁术，拘系狱中。且胁朝廷下诏，加官太师，位在诸侯王上，车服僭侈，不亚乘舆；进弟旻为右将军，兼封鄂侯；兄子璜为侍中，领中军校尉，并典兵事。外如宗族亲戚，多居显要，子孙虽在髫龀，俱得拜爵，男受侯封，女号邑君。会闻孙坚战死岘山，更以为大患已除，无人敢侮，乃在长安城东隅，择一隙地，构造大厦，作为太师邸第；再至郿县依山筑垒，叠石为城，内造宫室府库，积谷可支三十年，号为郿坞，亦称万岁坞，自云事成当雄据天下，万一不成，退守坞中，也足娱老。

卓生平本来好色，至老益淫，特派亲吏四出，采选民间少女八百人，入居坞中，尚有九十岁的老母，与一班妻妾子孙，悉数迁入坞内，坐享奢华。此外金玉珍宝，锦绣绮罗，逐日运积，不可胜数。故度辽将军皇甫规，去世有年，遗有寡妇孤儿，还居安定原籍。规元配早卒，继妻颇有才名，工草书，善属文，又生得天然秀媚，历久未衰。不知何人报知董卓，令卓艳羡异常，遽用轩辐百乘，马二十匹，奴婢钱帛，充途塞道，往聘规妻。规妻毅然

拒绝，不愿就聘。卓怎肯罢休？再三催逼，先啗重利，继迫淫威，规妻自知不免，索性毁容易服，自诣卓门，长跪陈情，词甚凄切。卓出视规妻，虽是黯淡无华，仍然姿容未减，一双色眼，惹起淫魔，恨不即刻搂来，与同欢乐，当下开言劝解，说出许多好处，使她心动。偏规妻不肯从命，任卓舌吐莲花，只是峻颜相拒。顿时惹动卓怒，令左右拔刀围住，且与语道："孤令出必行，四海风靡，难道汝一妇人，敢不相从么？"规妻听了，突然起立，指卓叱骂道："汝本羌胡遗种，毒痛（pū）天下，尚以为未足么？我先人清德奕世，皇甫氏文武上才，为汉忠臣，岂若汝人面兽心，行同狗彘？汝死在旦夕，还敢向汝君夫人前，欲行非礼，真正妄想！我若怕汝，也不敢前来了！"*读至此，可浮一大白。*卓被她一骂，无名火高起三丈，即使左右揪住规妻发髻，系住车轭，横加鞭挞，规妻顾语道："何不从重下手，速死为惠？"俄顷气绝，弃尸野外。当有人悯她贞节，私为殡葬，后世绘成图像，号为礼宗。*千古不朽。*卓尚余恨未消，无从排解，因特赴郿坞消遣，出都启行。郿坞与长安相隔约二百六十里，亦须三五日可到。卓临行时，百官俱至横门外饯别，设帐置筵，备极丰腆。饮至半酣，适有北地降卒数百人，前来报到。卓即号令卫士，把降卒为下酒物，先截舌，次斩手足，又次凿眼目，再用大镬烹煮，呼号声震彻都门；座中与宴诸官僚，吓得魂不附体，或至战栗失箸，卓独当筵大嚼，谈笑自如。忽又记起卫尉张温，在狱未死，竟命吕布诣狱提温，将他笞死市曹，然后起座撤席，向司徒王允拱手，嘱托朝事，登车自去。允字子师，为太原祁县人，尝与同郡人郭泰友善，泰许允为王佐才；后以军吏进阶，出刺豫州，与左中郎将皇甫嵩，右中郎将朱儁等，剿抚黄巾贼党，立有巨勋；嗣为权阉所陷，下狱遇赦，起为从事中郎，转河南尹；*回应六十二回。*寻且入拜太仆，代杨彪为司空。董卓迁都关中，允悉收聚兰台、石室诸书，随驾入关，故经籍俱存，不致被毁。时卓尚留住洛阳，朝政大小，委允主持，允亦曲意取容，事多白卓，卓因结为密友，无嫌无疑。其实允是买动卓心，好教卓不复加防，暗地里得设法图卓。前太尉黄琬，复为司隶校尉，与允同志，还有尚书郑泰，也尝朝夕过从，决定密谋，表请护羌校尉杨瓒行左将军事，执金吾士孙瑞为南阳太守，并率兵出武关，托名往攻袁术，乘间取卓，然后奉驾还洛，仍复旧都。哪知卓却刁猾得很，不准举兵，遂致允计无成。*一挫。*允乃荐瓒为尚书，瑞为仆射，引作臂助，徐为后图。会河南尹朱儁，移守洛阳，潜与山东诸将交通，东出中牟，移书州郡，招兵讨卓。徐州刺史陶谦，遣兵助儁，推儁行车骑将军事，他郡亦稍有资给。允在内闻警，亟遣使至郿坞，报知董卓，卓即日入朝，允欲使杨瓒等出征，又复为卓所疑，只调亲将李傕、郭汜等，领兵拒儁。允尚望儁杀败傕、汜，乘胜入关，自己可作内应，偏偏不如所料，儁竟败退，卓得大安。二挫。司空荀爽，本意亦欲除卓，未遂而殁。从孙荀攸，少有智略，入拜黄门侍郎，潜与尚书郑泰、长史何颙、侍中种辑等，同谋刺卓，就是允亦曾预闻。事机将成，又被卓略悉风声，收系颙、攸，颙忧愤自杀，攸却无惧色，在狱仍言论自如，卓查无实据，故得缓刑。惟郑泰却逃出关外，东奔袁术，术举泰为扬州刺史，泰就道得病，竟致暴亡，图卓事又致失败。三挫。允日思除奸，历久不能得志，累得形神憔悴，眠食彷徨。幸喜卓只疑他人，未曾疑到自己身上，还好留待时机，再行设策。卓见允面色尪（wāng）瘠，总道是为己分劳，格外体恤，表封允为温侯，食邑五千户，允固辞不受。仆射士孙瑞进言道："执谦守约，须依时宜，公与董太师并位俱封，乃欲独崇高节，怎得称为和光呢？"允闻言感悟，乃受封二千户，并至卓府中称谢。卓很自喜慰，又欲自号尚父，问诸左中郎将蔡邕。邕已由侍中迁官郎将。邕劝阻道："昔周武受命，太公为师，辅佐周室，翦除暴商，故尊为尚父。今明公功德，非不巍巍，但欲比诸尚父，还当少待，宜俟关东平定，车驾仍还旧京，庶几名足称实，无人非议了！"卓乃罢议。会遇夏季地震，卓又向邕咨询，邕复答说道："地震乃阴盛侵阳，臣下逾制的现象，公平时所乘青盖车，远近以为非宜，宜从简省！"卓亦依邕议，改乘皂盖车。但卓甚刚愎，邕恐因言取祸，常欲避去，卒因无路可奔，延宕了一两年。当决不决，终归于尽。初平三年春季，霪雨至六十余日，尚未晴霁，司徒王允与士孙瑞、杨瓒等登台祈晴，觑着一息空隙，再提前谋。瑞进说道："自从岁暮至今，太阳不照，霖雨积旬，昼阴夜阳，雾气交侵，此时若不除奸，后患无穷。愿公速图，毋再迟延！"允点头会意，回至府中，踌躇多时，只有从董卓义子吕布着手，方好进步。乃取家藏珠宝馈送吕布，布当然拜谢，嗣是互相往来，结成好友。允又想到少年心性，一喜财，二喜色，有了财物作饵，还须得一美人儿，献示殷勤，才可笼络吕布。主见已定，随时物色，可巧有一歌妓貂蝉，秀外慧中，非常伶俐，允即召入府中，厚意接

待,视若己女。貂蝉不见史传,但证诸稗史,传闻凿凿,谅非无稽。好容易已有数月,貂蝉感念允恩,阴图报答,见允常皱眉不乐,欲言不言,因乘左右无人的时候,向允探问。允正欲与她言明,便引至密室,与谈密谋,貂蝉慨然道:"贱妾蒙大人厚恩,恨无以报,今既有此谋,就将贱妾献与吕布,叫他刺杀董卓便了!"允复叹道:"布与卓情同父子,岂肯为汝一言,便去行刺?事若不成,我王氏且灭门了!"貂蝉听了,也不禁沉吟。允徐徐说道:"我有一计,可以使布杀卓,但未知汝能照行否?"貂蝉应声道:"愿听尊命,虽死不辞!"允乃附耳与语,说明如此如此,惹得那貂蝉花容,忽红忽白,待至说毕,方毅然答道:"果与国家有益,贱妾亦何惜一身?谨从钧命便了!"却是一位女英雄。允又恐她轻自泄谋,再三叮嘱,经貂蝉对天设誓,才向貂蝉下拜,为国家而拜。貂蝉惊伏地上,待允起身,方才告退。越日即由允特设盛筵,邀布夜宴,酒至数巡,即召貂蝉侍席,貂蝉满身艳装,冉冉出来,行同拂柳,翩若惊鸿,到了吕布座前,先道万福,然后轻抬玉手,提壶代斟。布见她一双柔荑,已是消魂,再睁眼看那芳容,真个国色天姿，见所未见，更利害的是秋波一动，竟把那吕奉先的灵魂儿，摄了过去；待听到王允语音，有"将军请酒"四字，方觉似梦初醒，魂返躯壳。饮过一杯，又是一杯，接连是两三杯，统觉得沁人心脾，迥异寻常。匪酒之为美，美人之贻。允再令貂蝉歌舞侑觞，貂蝉振娇喉，运轻躯，曼声度曲，长袖生姿，尤引得吕布耳眩目迷，心神俱醉，铿然一声，歌罢舞歇，竟至布座前告辞，凝眸一笑，返身即去。神仙归洞府。布目送归踪，尚是痴望，好一歇方顾问王允道："此女何人？"允答言义女貂蝉。布又问及曾否字人，允又答言未字；布尚赞不绝口。允竟直说道："将军如不嫌鄙陋，谨当使侍巾栉！"布跃起道："司徒公是否真言？"允微笑道："淑女当配英雄，英雄莫如将军，还恐小女无才，不合尊意，怎得说是虚言呢？"布倒身下拜道："果承司徒公见赐，恩德无量，誓当图报！"允即与约定吉期，然后送女，布喜跃而去。过了两三日，允伺布外出，请卓过宴。卓盛驾赴约，由允朝服出迎，大排筵席，水陆毕陈。卓高坐正位，允在旁相陪，且饮且谈，说了许多谀词，哄动卓意，俟卓已微醺，仍令貂蝉出堂歌舞，脆生生的歌喉，娇怯怯的舞态，倾倒一时。卓本是个色鬼，见了这般好女郎，怎不心爱？便问及此女来历，允直称歌妓，不言义女。卓赞美道："这真可谓绝无仅有了！"允即答道："既蒙太师见赏，便当上献！"卓不禁大喜，待至酒阑席散，便命貂蝉随卓同去。一详一略，笔不板滞。嗣为吕布所知，跑至王允府中，责允负约，允却佯说道："太师谓允有义女，配与将军，特亲来接取，允怎敢推阻？只好使小女随行，想是太师看重将军，故有此举，将军奈何怪允？且去问明太师，与小女结婚便了！"布似信非信，返入太师府中，探听下落，那心上人竟被董卓占住，布怒气填胸，复去问允。允尚劝解道："这恐是府中人误传，太师望重一时，怎肯奸占子妇？莫非因吉期未到，因此迟留，请将军再去探明为是。"布是个有勇无谋的人物，听了允言，又回去探问。可巧董卓入朝，便大踏步入凤仪亭，正与貂蝉相遇。貂蝉见了吕布，便泪下如丝，哽咽不止；布看她泪容满面，好似带雨梨花，复惹动一副情肠，替她拭泪。貂蝉且泣且语道："将军休污贵手，妾身已为太师所占，只望得见将军一面，死也甘心。今幸如妾愿，从此永诀！妾为王司徒义女，许侍将军箕帚，生平愿足，不意堕入诈谋，被人强占，此身已污，不能再事将军，罢！罢！"说到第二个罢字，竟撩起衣裾望荷花池内便跳。布忙抢前一步,抱住纤腰,曲意温存;貂蝉若迎若拒,似讽似嘲,急得布罚起咒来,非娶貂蝉,誓不为人。正絮语间,突有一人趋入,声如牛吼,布转身一看,不是别人,正是那义父董卓,慌忙向外逃走;卓顺手取得一戟,挺矛刺布,布手快脚快,把戟格开,飞步跑出,卓身肥行慢,追赶不上,乃用戟掷布,布已走远,戟亦不及。卓怒责貂蝉,又被貂蝉花言巧语,说是布来调戏,亏得太师救了性命,卓为色所迷,由她哄骗过去。这便是女将军兵谋。布却趋至司徒府中,一五一十,告知王允。允低头佯叹,仰面佯视,说出几句抑扬反复的话儿,挑动布怒,竟致拍案大呼,拟杀老贼。继又转念道:"若非关系父子,布即当前往!"允微笑道:"太师姓董,将军姓吕,本非骨肉,掷戟时岂尚有父子情么?"这数语提醒吕布,奋身欲行,即想去杀董卓;还是允把他拦住,与他耳语多时,布一一应允,定约而去。小子有诗咏道:

帷中敌国笑中刀,纤手能将贼命操。

虽是司徒施巧计,论功首属女英豪。

欲知如何诛卓,容待下回表明。

本回标目,以两妇为总纲,皇甫妻固烈妇也,拼生骂贼,足愧须眉。若貂蝉者,其亦一奇女子乎?司徒王允,累谋无成,乃遣一无拳无勇之貂蝉,以声色为戈矛,反能制元凶之死命,红粉英雄,真可畏哉!或谓妇女以贞节为大防,如皇甫妻之宁死不辱,方为全节;彼貂蝉既受污于董卓,又失身于吕布,大节一亏,虽有他长,亦不足取。庸讵知为一身计,则道在守贞;为一国计,则道在通变。普天下之忠臣义士,猛将谋夫,不能除一董卓,而貂蝉独能除之,此岂尚得以迂拘之见,蔑视彼姝乎?或谓貂蝉为他人所捏造,故不见史传,然观唐李贺《吕将军歌》云:"搕(kē)搕银盘摇白马,傅粉女郎大旗下。"可见当时必有其人。貂蝉!貂蝉!吾爱之重之!

第七十回
元恶伏辜变生部曲　多财取祸殃及全家

却说初平三年,献帝有疾,好多日不能起床,至孟夏四月,帝疾已瘥(chài),乃拟亲御未央殿,召见群臣。太师董卓,也预备入朝,先一日号召卫士临时保护,复令吕布随行。布趋入见卓,卓恐他记念前嫌,好言抚慰,布亦谢过不遑,唯唯受教。并非遵卓命令,实是遵允计议。是夕有十数小儿,立城东作歌道:"千里草,何青青?十日卜,不得生!"当有人传报董卓,卓不以为意。次日清晨,甲士毕集,布亦全身甲胄,手持画戟,守候门前。骑都尉李肃,带领勇士秦谊、陈卫、李黑等,入内请命,布与肃打了一个照面,以目示意,肃早已会意,匆匆径入;未几复出语布道:"太师令肃等前驱,肃在北掖门内,恭候驾到便了!"布向肃点首,肃即驰去。原来布与肃为同郡人,前次说布归卓,未得重赏,不免怏怏。见第六十六回。惟与布交好如故,布因引做帮手,同谋诛卓。及肃既前去,又阅多时,这位恶贯满盈的董太师,内穿铁甲,外罩朝服,大摇大摆,缓步出来,登车安辔,驱马进行,两旁兵士,夹道如墙。吕布跨上赤兔马,紧紧随着,忽前面有一道人,执着长竿,缚布一方,两头书一口字,连呼"布""布"。卓从车中望见,叱问为谁;声尚未绝,已由卫士驱去道人。卓虽觉诧异,但以为陈兵夹护,自府中直至阙下,防卫周匝,谅无他虞,乃放胆再进。将至北掖门前,马忽停住,昂首长嘶,卓至此不禁怀疑,回语吕布,意欲折回。布答说道:"已至阙前,势难再返,倘有意外,有儿在此,还怕什么?"正怕是你。说着,即下马扶轮,直入北掖门。卫兵多在门外站住,只布驱车急进,蓦见李肃突出门旁,觑准卓胸,持戟直搠,谁料卓衷甲在身,格不相入;肃连忙移刺卓项,卓用臂一遮,腕上受伤,堕倒车上,大呼"吕布何在"。布在后厉声道:"有诏讨贼!"卓怒骂道:"庸狗也敢出此么?"以狗嗾贼,正合身分。道言未绝,布戟已刺入咽喉,李肃又复抢前一刀,枭取首级。

布即从怀中取出诏书,向众宣读,无非说是卓为大逆,应该诛夷,余皆不问。内外吏士,仍站立不动,齐呼万岁。看官道诏书何来?乃是尚书士孙瑞,早已缮就此诏,密授与布,布得临时取出,宣告大众。大众都怨卓残暴,无人怜惜,所以视死不救,反共欢呼。还有一班百姓,恨卓切骨,闻得卓已伏诛,交相庆贺,舞蹈通衢。司徒王允,喜如所望,即使吕布回抄卓家,又令御史皇甫嵩率兵往屠郿坞。布跨马急去,驰入太师府内,所有董氏姬妾,一概杀死,单剩一个美人儿貂蝉,载回私第。<u>总算如愿以偿,可惜已变做残商。</u>皇甫嵩到了郿坞,攻入坞门,先将董旻、董璜剁毙,再领兵杀将进去,遇着一个白发皤皤的老妪,携杖哀诉道:"乞恕我死!"嵩定睛一瞧,乃是卓母,便赏她一刀,分作二段。他如董氏亲属,不分男女老幼,尽行处斩,只所藏良家妇女,一体释放。再将库中搜查,得黄金二三万斤,银八九万斤,珍奇罗纨,积如丘山,当由嵩指挥兵士,一古脑儿搬入都中。时已天暮,见市中有一尸横路,脂膏涂地,尸脐中用火燃着,光明如昼,嵩惊异得很,问明守尸小吏,才知是贼臣董卓的遗骸。先是袁隗等为卓所害,埋尸青城门外,<u>见六十七回。</u>至卓造郿坞,恐尸骨为他人所盗,复搬至坞中；卓既诛灭，袁氏门生故吏，得往坞中拾骨收葬，且将董氏亲属的尸骸，取至袁氏墓前，焚骨扬灰，不使再遗。报应更惨。

献帝命司徒王允录尚书事，进吕布为奋威将军，加封温侯，共秉朝政。允再查究董氏党羽，或黜或诛。左中郎将蔡邕，在座兴嗟，为允所闻，便勃然怒叱道："董卓逆贼，几亡汉室，今日伏诛，普天称庆；君为王臣，乃顾念私恩，反增伤痛，岂不是同为逆党么？"邕起谢道："邕虽不忠，颇闻大义，怎肯背国向卓？但卓族骈诛，并及僚属，一时生感，遂致叹惜，自知过误，还乞见原！倘得黥首刖足，俾得续成《汉史》，皆出公惠，邕亦得稍赎愆尤。"允闻言益怒，竟令左右系邕下狱，众官为邕救解，皆不见从。太尉马日䃅亦谏允道："伯喈蔡邕字，见前文。旷世逸才，多识汉事，当令续成《汉史》，为一代大典；今坐罪尚微，若遽处死刑，恐失人望。"允摇首道："昔武帝不杀司马迁，使作谤书，留传后世；今国祚中衰，四郊多垒，若再使佞臣伴侍幼主，执笔舞文，不但无补圣德，并使我辈亦蒙讪议，我所以不便轻恕哩！"日䃅退语同僚道："王公恐将无后呢！善人足为国纪，制作乃是国典，今欲灭纪纲，废典章，怎能长久？眼见是为祸不远了！"邕非无罪，但处死未免太甚，日䃅之言不为无见。允竟嘱令狱吏，将邕逼死狱中。是时卓婿牛辅方移兵陕州，防御朱儁，校尉李傕、郭汜、张济等，击败儁军，大掠陈留、颍水诸县，所过为墟。吕布使骑都尉李肃，先讨牛辅，辅出兵与战，将肃杀败，肃竟遁还。布怒责道："汝如何挫我锐气？敢当何罪！"肃因诛卓有功，仍不得迁官，亦怀怨望，免不得反唇相讥。布怎肯忍受？竟命左右推肃出辕，枭首军门，可为丁原泄忿。遂欲亲往击辅。辅素惮布勇，阴有戒心，手下兵士，亦皆惶惧，一夕数惊。辅知不可留，收拾金宝，带得家奴胡赤儿等数人，弃营夜走。赤儿贪辅财物，竟将辅刺死，献首长安。布既得辅首，复商诸王允，拟传诏河南，尽诛李傕、郭汜诸将，允怃然道："此辈未尝有罪，不宜尽诛！"布又请将董卓私财，颁赐公卿将校，允又不从。允与布虽同执朝政，但看布是一介武夫，未娴文事，所以国家政事，往往独断独行，不与布商。布又意气自矜，未肯相下，遂致两人生隙，意见不同。允与仆射士孙瑞商议，拟下诏赦卓部曲，继复自忖道："彼既党逆，不应轻赦，且俟将来再说。"嗣又欲悉罢李、郭等军。或劝允委任皇甫嵩出统各部，俾镇陕州，允亦迟疑不决。当断不断，反受其乱。李傕、郭汜等部兵，俱系凉州丁壮，当时有讹言传出，谓朝廷将尽诛凉州人，李、郭、张三将，互相告语道："蔡伯喈为董公亲厚，尚且坐罪。今我等既不见赦，复欲使我解兵，今日兵解，明日即尽被鱼肉了！"当下议定一法，使人诣长安求赦，允仍不许，催等益惧，不知所为，意欲各自解散，逃归乡里。讨虏校尉贾诩，本在牛辅麾下，辅死后，奔投催军，因即献议道："诸君若弃军东走，一亭长便足缚君，不如相率西进，攻扑长安，为董公报仇，事得幸成，奉国家以正天下；否则走亦未迟。"一言丧邦，诩实祸首。催等遂传谕部曲道："京师不下赦文，我等总难免一死，今欲死中求生，计惟力攻长安，战胜可得天下，不胜当抄掠三辅，夺取妇女财物，西归故乡，尚可延命。"全是盗贼思想。大众听着，应声如雷，随即一拥齐出，倍道西行。王允闻警，召入凉州弁目胡文才、杨整修二人，忿然与语道："关东鼠子，果欲何为？卿等可呼与同来，听我发落！"片语可慑群虏么？胡、杨虽受命东往，心下很是不平，到了催等营内，反言允、布异心，劝他急进。催等沿路收兵，所有牛辅部下诸散卒，悉数趋附，还有董卓旧将樊稠、李蒙等，亦同时会合，数约十余万人，直抵长安。吕布登城拒守，相持八日，部下有蜀兵生变，潜开城门，纳入外兵，催等纵兵四掠，阖城鼎沸。吕布仗戟与战，自辰至午，虽得刺死多人，怎奈乱兵甚众，并且拼死进来，前仆后继，越战越勇，布亦禁遏不住，部兵又多散去，不得已杀开血路，出走青琐门，使人招王允同奔。允长叹道："若蒙社稷威灵，得安国家，乃允所素愿，万一无成，允惟有一死以谢。主上幼冲，所恃惟允，临难苟免，允不忍为，请为允传语关东诸公，努力国家，易危为安，允死亦瞑目了！"人之将死，其言也善。布乃将卓头悬诸马下，带领残骑数百人，东出武关，投奔袁术去了。

　　催等逐走吕布，遂率众围攻宫门，卫尉种拂愤然道："为国大臣，不能禁暴御侮，反使乱徒白刃向宫，去将安往？"说着，即带着卫士，出宫力战，终因寡不敌众，受创捐躯。催与汜突入南掖门，杀死太仆鲁旭、大鸿胪周奂、城门校尉崔烈、越骑校尉王颀，此外吏民约死万人。王允扶献帝上宣平门楼，俯瞰外兵，几如排墙相似，势甚汹汹。献帝尚有主宰，呼语催等道："卿等放兵纵横，究怀何意？"催等望见帝容，还算尽礼，即伏地叩头道："董卓为陛下尽忠，乃为吕布所杀，臣等前来，系是替卓报仇，非敢图逆；待事毕以后，当自诣廷尉受罪！"献帝又说道："布已出走，卿等如欲执布，尽可往追，奈何围攻宫门？"傕等又答道："司徒王允，与布同谋，请陛下遣允出来，由臣等面问底细！"允得闻此言，拼生下楼，出语傕等道："王允在此，汝曹有何话说。"傕等皆起指斥王允道："太师何罪，被汝害死？"允张目道："董卓罪不胜诛，长安士民，一闻卓死，无不称庆，汝等独不闻么？"傕等复驳说道："太师就使有罪，与我等无干，何故不肯赦免？"允复叱道："汝等党逆害民，怎得说是无罪？即如今日称兵犯阙，岂非大逆？尚有何说？"傕等不与多言，竟挥兵将允拥去，且逼献帝大赦天下，并自署官职，表请除授。献帝不得已，颁下赦书，授傕为扬武将军，汜为扬烈将军，樊稠、张济等皆为中郎将。傕既得志，遂收司隶校尉黄琬，与王允并系狱中；复召左冯翊宋翼，右扶风王宏，入朝听命。翼、宏皆太原人，与允同郡，允使镇三辅，倚为外援，宏不愿应召，遣使语宋翼道："李傕、郭汜，因我二人在外，故尚未害王公，若今日就征，明日俱族，计将安出？"翼答说道："祸福原是难料，但朝命亦究不可违。"宏使又语翼道："山东兵起，无非为了董卓一人，今卓虽伏诛，党羽益横，若举兵声讨，入清君侧，料山东亦必响应，这乃是转祸为福的良谋呢！"翼不从弘言，便即入都，宏不能独立，也只好诣阙。甫进都门，便被军吏拘住，交付廷尉，先杀黄琬，继杀王允，又继杀宋翼、王宏。宏与司隶校尉胡种有隙，种欲修旧怨，促令处斩。宏临刑时，望见宋翼在侧，向他唾詈道："宋翼竖儒，不足与议大计。胡种幸灾乐祸，宁得久存？我死且不饶此人！"及宏死仅数日，种辄见宏在旁，用杖扑击，不胜痛楚，未几遂死。全是心虚所致。李傕恨允最深，将允尸陈诸市曹，并杀允妻子，及宗族十余人；弘兄子晨、陵，得脱身亡归。天子感恸，百姓丧气。平陵令赵戬，本允故吏，独弃官至京，收葬允尸，后亦无恙。仆射士孙瑞，前曾与谋诛卓，口不言功，故幸得免祸。傕、汜追寻卓尸，已无余骨，只有残灰尚在，收入棺中，移葬郿坞。墓门方启，突有狂风暴雨，吹向墓中，霎时间水深数尺，变穴成潭，经工役将水泄去，然后下窆（biǎn）；哪知风雨复至，水势又涨，仍把棺木漂出，一连三次，由工役抢堵墓门，草草封讫；哪知天空中又起霹雳，一声怪响，震开墓穴，接连又是一声，棺亦劈碎，连残灰俱被卷去，无从寻觅了。天道难容。

太尉马日䃅，与傕等无甚嫌怨，由傕等推为太傅，录尚书事。傕迁车骑将军，领司隶校尉，汜为后将军，樊稠为右将军，张济为镇东将军，并受封列侯。济出屯弘农，傕、汜、稠共握朝政，令贾诩为左冯翊，拟给侯封，诩推让道："诩不过为救命计，幸得成事，何足言功？"乃改授诩为尚书典选，诩方才就职。李傕恐关东牧守，声罪致讨，特表请简派重员，东行宣慰。乃遣太傅马日䃅，及太仆赵岐，出赴洛阳，宣扬国命。百姓不知内容，望见朝廷使节，却额手相庆道："不图今日复见朝使冠盖呢！"时兖州刺史刘岱，出讨黄巾余孽，战败身死，黄巾复盛，号称百万。东郡太守曹操，从郡吏陈宫计议，乘虚入兖州，自为刺史。济北相鲍信，会同曹操，迭击黄巾，黄巾众盛，操兵寡弱，战辄失利；嗣经操抚循激励，乘间设奇，方转败为胜，终得击退黄巾。惟鲍信战死，尸无下落，操四觅不得，刻木为像，亲自祭奠，哭泣尽哀；实是笼络众心。众志益奋，追黄巾至济北，大杀一阵，黄巾败却，一大半弃械投降，操得降卒三十万众，汰弱留强，随时训练，号为青州兵。至赵岐奉诏东行，操出城远迎，备极殷勤。就是袁绍、公孙瓒两人，争夺冀州，转战不息，一经岐代为和解，便两下罢兵。岐又与约奉迎车驾，期会洛阳，更南行至陈留，往说刘表；偏偏途中得病，累月不痊，勉强到了荆州，病益加剧，缠绵床褥，于是洛阳期会的预约，竟至无效。也是献帝该遭巨劫。那太傅马日䃅，行抵南阳，招诱袁术，术阴怀异志，将他留住，诈言借节一观，竟致久假不归。日䃅一再求去，始终不允，气得日䃅肝阳上沸，呕血而亡。独曹操既领兖州，颇思效法桓文，徐图霸业。平原人毛玠，素有智略，由操辟为治中从事，玠亦劝操西迎天子，号令诸侯。操即遣使至河内，向太守张扬借道，欲往长安，扬不欲遽允。定陶人董昭，曾为魏郡太守，卸任西行，为扬所留，因劝扬交欢曹操，毋阻操使；并为操代作一书，寄与长安诸将，令操使赍往都中。李傕、郭汜得书后，恐操有诈谋，拟将操使拘住。还是黄门侍郎锺繇，谓关东人心未靖，惟曹兖州前来输款，正当厚意招徕，不宜拘使绝望，于是傕、汜优待操使，厚礼遣归。

操乃搜罗英俊，招募材勇，文武并用，济济一堂，自思有基可恃，理当迎养老父，共叙天伦。因遣泰山太守应劭，往琅琊郡迎父曹嵩。嵩为中常侍曹腾养子，官至太尉，当然有些金银财宝，储蓄家中，自从去官还谯，复避卓乱，移迹琅琊，家财损失有限，此时接得操书，不胜喜欢，便挈了爱妾，及少子曹德，并家中老少数十人，押着辎重百余辆，满载财物，径向兖州前来。道出徐州，又得牧守陶谦派兵护送，总道是千稳万当，一路福星，不料变生意外,祸忽临头,行抵泰山郡华、费间,竟被谦将张闿杀死,全家诛戮,不留一人。究竟是否陶谦主使,还是张闿自己起意呢?谦字恭祖,籍隶丹阳,少时尝放浪不羁,及长乃折节好学,以茂才见举,得为卢令,再迁至幽州刺史,居官清白,著有廉名。嗣调任徐州刺史,剿灭黄巾余党,下邳贼阙宣作乱,僭号天子,又由谦督兵剿平,且屡遣使,间道入贡,谨守臣节,朝廷加谦为安东将军、徐州牧,封溧阳侯。陈寿作《陶谦传》语多不慊,寿推尊曹操,故叙谦多诬,实难尽信。及李傕、郭汜诸将,兴兵入关,挟主怙权,谦特推河南尹朱儁为太师,并传檄牧伯,约同讨逆;偏儁就征入朝,任官太仆,遂致谦计无成,事竟中止。嗣闻曹操有志勤王,正欲向他结交,可巧操父过境,乐得卖个人情,特派都尉张闿,领兵护送。闿系黄巾贼党,战败降谦,毕竟贼心未改,看了曹嵩许多辎重,暗暗垂涎,至夜宿旅舍间,觑隙下手,先将曹德杀毙;曹嵩闻变,亟率爱妾逃至舍后,穿墙欲出,怎奈妾体肥胖,一时不能脱身,那张闿已率众杀入,逃无可逃,没奈何扯住爱妾,避匿厕旁,结果是为闿所见,左劈右剁,同时毕命。为财而死,为色而死,可见财色最足误人。曹氏家小,亦被杀尽,只有应劭逃脱,不敢再复曹操,便弃

官投依袁绍。张闿劫得曹家辎重,也奔赴淮南去了。曹操方因袁术北进,有碍兖州,特督兵出拒封丘,击败术军。术还走寿春,逐去扬州刺史陈瑀,自领州事。操尚想乘胜进击,适值一门骈戮的信息,传入军中,险些儿将操惊倒,顿时哭了又骂,骂了又哭,口口声声,要与陶谦拼命。待至哭骂已毕,遂在军中易服缟素,誓报父仇。留谋士荀彧、程昱等,驻守鄄、范、东阿三县,自率全部人马,浩浩荡荡,杀奔徐州。小子有诗叹道:

　　杀父仇难共戴天,如何盛怒漫相迁?

　　愤兵一往齐流血,到底曹瞒太不贤!

欲知徐州战事,待至下回再详。

以千回百折之计谋,卒能诛元恶于阙下,孰不曰此为司徒王允之功?顾王允能除董卓,而不能弭傕、汜诸将之变者,何也?一得即骄,失之太玩耳。傕、汜诸将,助卓为虐,必以王允之不赦为过,亦非至论。但允若能出以小心,如当日除卓之谋,溃其心腹,翦其爪牙,则何不可制其死命?乃目为鼠子,睥睨一切,卒使星星之火,遍及燎原。允虽死,犹不足以谢天下,而酿祸之大,尤甚于董卓怙势之时;然则天下事岂可以轻心掉耶?若曹嵩之被害,亦何莫非由嵩之自取?嵩若无财,宁有此祸?然吕伯奢之全家,无故为操所屠,则曹氏一门之受害,谁曰不宜?杀人之父,人亦杀其父;杀人之兄,人亦杀其兄。古人岂欺我哉?观诸曹嵩而益信云。

第七十一回

攻濮阳曹操败还　失幽州刘虞絷戮

却说曹操为父复仇，亲督全队人马，直入徐州。徐州自陶谦就任后，扫平贼寇，抚辑人民，百姓方得休息，耕稼自安。不意曹兵大至，乱杀乱掠，连破十余城，不问男女老小，一律屠戮，可怜数十万生灵，望风奔窜，尚难逃生；结果是同入泗水，积尸盈渠。陶谦连得警报，只好发兵拒敌，才出彭城，已遇操兵杀来，两下相见，便即奋斗，操麾众直上，势如潮涌，叫陶谦如何抵挡？没奈何退保郯县。郯城虽小，势颇险固，操追至城下，四面猛扑，终不能入；乃往攻睢陵、夏丘等邑，焚掘一空，连鸡犬都无遗类，总算是为父报仇。断笔冷隽。谦急得没法，遣使至青州求救。青州刺史田楷，意欲赴援，但恐操兵势大，独力难支，乃致书于平原相刘备，嘱令同行。田楷与刘备俱由公孙瓒委任，事见六十八回。备方东援北海相孔融，往讨黄巾余孽管亥。说来又有一段遗闻，不得不随笔补叙。孔融履历，已见前文。弱冠以后，当由州郡荐举，屡征不就，寻由三府辟召，乃入为司空掾，迁官虎贲中郎将。会董卓废立，因融不愿阿附，出为北海相，立学校，讲儒术，礼贤下士，禁暴安良。适有黄巾贼管亥，纠众侵掠，猖獗异常，融出拒都昌，为贼所围。东莱人太史慈，尝避难赴辽东，有母家居，由融随时赡给，融在都昌城被困，可巧慈还家省母，母因嘱慈往赴融急，借报夙惠。慈即徒步前往，突围入城；复奉融命，再出至平原乞援。慈素来娴习骑射，箭无虚发，因此出入围中，贼不敢近。既至平原，即入见刘备道："慈系东莱鄙人，与孔北海亲非骨肉，谊非乡里，但因北海高义，当与分灾，故特来乞师。今贼目管亥，围攻都昌，北海危急万分，好义如君，谅不忍袖手旁观，坐听成败呢！"措词亦善。备敛容答说道："孔北海也知世间有刘备么？"慨然自负。乃与关、张两人，率同精兵三千，往救北海。关、张本来骁勇，太史慈亦武力过人，三条好汉，杀入贼垒，好似虎入羊群，纵横无敌，管亥走死，余贼尽散，都昌当然解围。孔融出城迎接，邀备入宴，犒赏备军，不消细说。待至备还平原，青州使人已待守了两三天，相见后，交付田楷书信，由备阅毕，毫不推辞，便率军至青州，与田楷会师，共救陶谦。曹操攻郯不下，粮食将尽，又探得田楷、刘备合军来援，自知不能取胜，引兵退去。田楷闻操兵已还，当即折回。独刘备至郯城会谦，谦见备仪表出群，格外敬礼，且留备同居，表为豫州刺史。备一再告辞，经谦殷勤劝阻，使屯小沛，作为声援。备难却盛意，只得依言，引兵至小沛城，修葺城垣，抚谕居民，百姓也爱戴。备屡丧嫡室，至此得了一个甘家女儿，作为姬妾。那甘氏生得姿容绰约，妩媚清扬，艳丽中却寓端庄，袅娜间不流轻荡，尤妙在肌肤莹澈，独得天成，尝与玉琢美人，并座斗白，玉美人尚逊色三分。刘备虽具有大志，不在女色上计较妍媸，但有此丽姝，自然欢爱，遂令她摄行内事，视若正妻。语有分寸，不涉猥亵。好容易过了数旬，闻得曹操又进攻陶谦，来夺徐州，备感谦厚待，不得不引兵往援。行至郯城东隅，正值操兵杀来，千军万马，势不可当。备恐为所围，麾众亟退，操追了一程，见备军去远，便移兵再攻郯城。陶谦很是焦灼，拟欲出走丹阳，勉强守了一宵，操军忽然退去，到了天明，城外已寂静无人了。原来陈留太守张邈，本与操相友善，从前关东兵起，邈列同盟，操亦相从，盟主袁绍尝有骄色，邈正议责绍，绍不甘忍受，使操杀邈；操独谓天下未定，不宜自相鱼肉，因此邈得安全，遇操益厚。操攻陶谦时，以死自誓，曾语家属道："我若不还，可往依孟卓。"即张邈字。哪知张邈竟弃好背盟，私下结交吕布，使布潜入兖州，进据濮阳。说来也有原因，自吕布奔出武关，往依袁术，术留居幕下，款待颇优，布不安本分，恣兵钞掠，乃为术所诘责，转投河内太守张扬；嗣复舍扬赴冀州，助袁绍击褚燕军，恃功暴横，又遭绍忌，乃再遁还河内。反复无常，终非大器。路过陈留，由张邈遣使迎入，宴叙尽欢，临别时尚把臂订盟，缓急相救。邈亦多事。待布去后，又闻九江太守边让，为了讥议曹操一事，被操捕戮，连妻子一并杀死，邈自是不直曹操，且怀着兔死狐悲的观念，未免心忧。可巧兖州从事陈宫，也因让有才名，无辜遭害，见得曹操有我无人，不能常与共事，意欲乘隙离操，另择他主；适操再攻徐州，嘱宫出屯东郡，宫即密书致邈道："方今天下分崩，豪杰并起，君拥众十万，地当四战，抚剑顾盼，也足称豪，乃反受制人下，岂非太愚。近日州军东出，城内空虚，君不若迎入吕布，使作前驱，袭取兖州。布系天下壮士，善战无前，必能所向摧陷。兖州既下，然后观形势，待世变，相机而动，也不难纵横一时呢？"背操则可，迎布也可不必。邈依了宫计，遂与弟广陵太守张超，联名招布。布正东奔西走，无处安身，一得邈等招请，仿佛喜从天降，立即带着亲从数百骑，直赴陈留。邈接见后，更拨千人助布，送往东郡。当由陈宫迎入，推布为兖州牧，传檄郡县，多半响应，惟鄄、范、东河三城，由操吏荀彧、程昱等扼守，坚持不动。或亟使人报知曹操，操乃收军急回，途次复接警报，系是吕布已夺去濮阳，陈宫且进攻东阿，一时忧愤交集，恨不得即刻飞归，星夜遄返，得驰入东阿城，幸有程昱守住，尚然无恙。昱向操慰语道："陈宫叛迎吕布，事出不意，几至全州尽失，今惟三城尚得保全，昱已遣兵截住仓亭津，料宫不能飞渡，想此城当可无虞了！"操忙执昱手道："若非汝固守此城，我且穷无所归呢！"遂令昱为东平相，移屯范城。嗣又得荀彧军报，谓已守住鄄城，击退吕布，布仍还屯濮阳，请急击勿失。操掀髯微笑道："布有勇无谋，既得兖州，不能进据东平，截断亢父泰山通道，乘隙邀击，乃徒屯兵濮阳，有何能为，眼见是不足虑呢！"布原失策，但操为此语，要先在镇定军心。遂引兵往攻濮阳。吕布出城拒操，仗着一枝画戟，直奔曹军。曹军素知布勇，未战先怯，及见布左挑右拨，果然厉害得很，当即纷纷返奔。操还想禁遏，不意势如山崩，自相践踏，反将操马挤倒。那吕布更骤马直前，挺戟刺操，还亏曹洪、曹仁、夏侯惇等，拼命抵敌，才得挡住吕布，救起曹操。第一次死里逃生。当下且战且行，直退至十里外，布方收兵还城。操始好择地安营，到了夜间，由操想出一法，立下军令，要去袭击濮阳西偏的屯营。这屯营是吕布预先设置，与城内为犄角，操遣侦骑探悉情形，所以乘夜前往，欲使布恃胜无备，折彼羽翼。当下悄悄出寨，仍由操亲自督领，直抵濮阳城西，一声喊呐，杀入营中，果然营内未曾预防，得被操军捣破，逐去守军，占了营垒。部署未定，突由布将高顺，驱军杀来，操不得不麾兵抵敌，两下混战，将及天明，东方鼓声大震，吕布亲引兵杀到，急得操不能再留，只好弃寨走还。偏偏布截住归路，不肯放行，曹仁、曹洪等虽然敢战，却非吕布敌手，连番冲突，均被吕布击退；自清晨斗至日昃，已有数十百回合，伤亡甚众，仍无出路可寻，操不禁性起，拍马先进，自去突阵。不料布阵内梆声骤响，发出许多硬箭，射住操马，任你如何大胆，也未敢冒险再进。正在进退彷徨的时候，忽跃出一员猛

将,手持双戟,驰出操前,顾语从人道:"虏来十步然后呼我。"兵士听罢,看到敌已近前,便向韦大呼道:"十步到了。"韦仍然不动,复与语道:"五步乃呼我。"兵士又呼称五步已到。韦手中已取得十余戟,连番掷刺,一戟一人,应手而倒,无一虚发,当下戳死十余人,余皆惊走。韦再执着双戟,冲杀过去,布军并皆恟惧,纷纷避开,连布亦禁遏不住;顿被韦荡开血路,引着后军,奋勇杀出,曹仁、曹洪、夏侯惇等,保住曹操,并力向前,好容易突过布阵,天色已暮。布也无心恋战,听令过去,操得匆匆走脱,驰回营中。**第二次死里逃生**。当下重赏典韦,加官都尉,引置左右。韦系陈留人氏,勇悍无敌,本在太守张邈部下,充当牙役,嗣因不得升官,转投夏侯惇,战必居先,杀敌有功,得拜司马,至是更为操所擢用,自然感激驰驱,为操效死。**隐伏后文**。那吕布返入濮阳,与陈宫再行商议,设法破操。宫查得濮阳城中,田氏最富,口丁数百,僮仆数千,乃教布捏造书信,托名田氏,诈降曹操,愿为内应。布即依计办理,使人投书操营。操因两次失败,愤无可泄,一得田氏愿降书报,便不察虚实,立即重赏使人,约期夜间,里应外合,使人喜跃而出,返报吕布,布即四置伏兵,悄悄待着。是夜月色朦胧,星月掩映,操带着将士,衔枚疾进,直至城下,但见东门大开,不禁暗喜,当命典韦为前导,夏侯惇为后劲,自率曹仁、曹洪诸将,居中驱入,一进城阈,前面并无一人,才觉可疑;意欲叫转典韦,不令轻进,偏韦已冒冒失失,不管前途利害,有路便走,与操相距颇远,急切无从招回,操恐失一爱将,不得已驰马再进。突听得一声炮响,鼓角齐鸣,四面喊声,同时俱起,仿佛如江翻海沸一般,操料知中计,忙拨回马头,急转东门,不料前面烟焰冲霄,火光骤起,截住去路,敌骑复围绕拢来,喧声聒耳,不是杀操,就是擒操。急得操五内如焚,眼见得东门难出,只好觑隙他走,跑往北门,偏途次遇着敌兵,不放操行,操手下的将士,又多失散,不能上前厮杀,没奈何转趋南门。南门也有敌兵守住,又是不能出去,乃再向北门狂窜,兜头碰着一员大将,挺戟过来,火光中隐约辨认,不是别人,正是吕布。为操急杀。操情急智生,反从容揽辔,低头趋过。布因东门里面,不见曹操,便疑操往奔别门,所以回马寻捉,既与曹操相遇,应该一戟刺死,偏见他揽辔徐行,又在昏夜中间,看不清曹操面目,总道操没有这般大胆,定是别人,乃横戟喝问道:"曹操何在?"操用手遥指道:"前面骑黄马的,想是曹操。"真聪明!真灵变!道言未绝,布便纵马前去。当面错过,可见得吕布卤莽。操亟返奔东门,恰好与典韦相遇,引操杀出,路旁统是残薪败草,余焰未消,韦用双戟拨开火堆,冒险冲出,操紧紧随着,亦得驰脱。曹仁、曹洪、夏侯惇等正在门外待着,拥操回营。第三次死里逃生,真是万幸。操欲安定人心,当夜检点人马,丧失了一二千名,尚幸将吏无伤,余外焦头烂额的兵士,却也不少,由操亲自抚慰,并笑语道:"我急欲灭贼,以致误中诡计,此后誓必攻下此城,方消我恨。"将士见操谈笑自若,才各自安心,陆续归帐。次日操复早起,饬营中亟办攻具,连夜制造,三五日已得完备,复督众攻城。吕布督众拒守,矢石交下,操军亦无隙可乘,嗣是一守一攻,相持至三阅月,彼此俱精疲力尽,勉强支持。会值蝗虫四起,食尽禾稻,军中无从得食,操乃退回鄄城。濮阳城内,也是十室九空,布亦只好往山阳就食,权且罢兵。

是时大司马幽州牧刘虞,与公孙瓒嫌怨越深,瓒纵兵四掠,由虞上表陈诉,瓒亦劾虞掯粮不给,互相诋毁。朝廷方有内忧,李傕、郭汜等互争权势,管什么牧守相争。瓒愈欲图虞,特在蓟城东南,筑一小城,引兵驻扎,为逼虞计。虞愁恨交并,屡邀瓒面论曲直,瓒竟不肯往;虞乃征兵十万,出城

讨瓒。瓒不意虞兵猝至,拟弃城东奔,及登陴俯视,见虞兵行伍不整,旗帜错乱,料知虞无能为,因留守不出。虞又爱民庐舍,不令焚毁,且申禁部众道:"毋伤民兵,但诛一伯珪罢了!"瓒字伯珪。部众虽是遵令,但丝毫不得掠取,已是兴味索然,再经城下逗留,屡攻不下,更觉得疲惰不堪,各有归志。瓒却连日登城,窥望敌容,起初虽不甚严肃,还有些雄赳赳的气象,后来逐渐倦怠,暮气日深,乃决意出击。简募壮士数百人,缒城夜出,因风纵火,慌得虞军东逃西窜,不战先溃,瓒趁势出城,直捣虞营,虞营已经自乱,怎经得瓒军捣入,霎时四散,只剩得一座空垒。虞率亲从狼狈逃回,谁料瓒军追至,突入城闉,没奈何挈同妻子,出奔居庸关,瓒尚不肯舍,乘胜追攻。虞众逃散殆尽,只有残兵数百,如何防守? 相拒三日,关城被陷,虞也受擒。所有全家眷属,一古脑儿做了俘囚。瓒收兵还蓟,将虞锢住一室,尚使他管领文书,署名钤印。适有朝使段训,奉诏到来,加虞封邑,监督六州,又拜瓒为前将军,晋封易侯。瓒捺定诏书,诬虞与袁绍通谋,欲称尊号,且请训矫诏斩虞,训尚不肯从。瓒用兵威胁迫,不问训应允与否,遽令兵士把虞牵出,硬邀训同往市曹,号令一下,虞首落地,又将虞妻子,尽行骈戮,即遣使人携虞首级,解往长安。虞素有仁声,北州吏民,无不感叹。故常山相孙瑾、幽州掾张逸、张瓒等,忠义奋发,愿与虞同死。瓒竟令交斩,孙瑾等骂不绝口,至死方休。尚有虞故吏尾敦,在途潜伏,要截瓒使,夺去虞首,用棺埋葬。瓒留训为幽州刺史,上书奏报,其实是借训出面,要他做个傀儡;所有幽州措置,全由瓒一人主持。瓒意气益豪,复想出图冀州。袁绍也曾防着,因欲南连曹操,与同攻瓒,乃派吏至鄄城,劝操徙居邺中,互相援应。操新失兖州,军食又罄,颇思将计就计,应允下去。东平相程昱闻报,忙驰至见操道:"将军欲与袁绍连和,迁家居邺,此事果已决断否?"操答说道:"原有此事。"昱接口道:"将军此举,大约是临事而惧,昱以为未免太怯了!试想袁绍据有燕、赵,志在并吞天下,力或有余,智却不足。将军今迁家往邺,自思能北面事绍否? 昔田横为齐壮士,犹不甘为高祖臣,难道将军聪明英武,反情愿为绍下么?"操徐答道:"我何尝甘心事绍?但兖州已大半失去,恐难存身,所以暂与连和,再图良策。"昱又说道:"兖州虽然残缺,尚有三城,战士且不下万人,智勇如将军,若再招罗智士,募集壮丁,合谋并力,再图大举,不但可规复兖州,就是霸王事业,也是计日可成哩!"操不禁鼓掌道:"汝言甚是,我便依汝。"说着,即召入绍使,与言迁居不便,叫他回去复绍,绍使辞归。操于是购粮募兵,招贤纳士,休养数旬,再拟与吕布决一雌雄。小子有诗咏道:

  寄人篱下本非谋,暂挫其锋未足忧。
  善战不亡垂古训,桑榆尚可望重收。

欲知操、布复战情形,待至下回再叙。

  曹操虽智略过人,而经验未深,遂至事多失败。观其为父复仇,不问其父之为何人所杀,徒逞毒于徐州百姓,任情屠戮,是谓忿兵,忿兵必败。陶谦兵微将寡,原不能与操敌,然有陈宫之内变,与吕布之外入,几比败军之祸为尤甚,微荀彧、程昱二人,则兖州尽失,操且穷无所归矣! 此而不悛,尤复力攻濮阳,三战三败,可见忿兵之不足恃。操得幸免,乃天意不欲亡操,非操之智略果优也。刘虞为汉室名裔,恩信夙孚,乃以战略之未娴,谬思讨瓒,卒至身死家亡,为天下笑! 盖以楚得臣之忿,兼宋襄公之愚,其不至为人禽戮者几希,区区小惠,不足道焉。

第七十二回

糜竺陈登双劝驾　李傕郭汜两交兵

却说曹操欲再攻吕布，移屯东阿，进袭定陶。济阴太守吴资，已与吕布连合，急引兵保守南城，一面向布乞援；布率军驰至，被曹操扼险要击，输了一阵。操复攻定陶，连日不下。布将薛兰、李封留屯巨野，与定陶相距不远，操恐他援应定陶，因分兵围定陶城，自引健将典韦等往攻巨野，捣破薛、李屯营；及吕布闻信驰救，又被曹军击退，薛兰、李封先后战死，操得占住巨野，复至乘氏县追击吕布。忽由徐州传来消息，乃是陶谦病殁，把徐州让与刘备，禁不住大怒道："刘备不劳一兵，坐得徐州，天下事有这等容易么？况陶谦是我仇人，我不得手刃谦头，亦当往戮谦尸，今且移捣徐州，报复大仇，然后再来灭布，也是不迟。"道言甫毕，即有一人入谏道："不可不可！"操闻声瞧视，乃是谋臣荀彧，便问他何故不可。彧即答道："昔高祖保关中，光武帝据河内，类皆深根固本，方得经营天下，进足胜敌，退足坚守，故虽有困败，终成大业。今将军首事兖州，得平山东，河、济为天下要地，仿佛关中、河内，怎得因一时小失，便弃置不顾呢？操以子房比荀彧，彧亦以高祖、光武拟曹操。况我军已破薛兰、李封，先声已振，再勒兵收麦饷军，进击吕布，无虑不克。布既破灭，便可南占扬州，共讨袁术，临兵淮、泗，不怕徐州不为我有。若今日舍布东行，布必乘虚进袭，我多留兵，便不足取徐，我少留兵，又不足守兖，兖州尽失，徐州未取，岂不是一举两失么？"操尚愤愤道："陶谦已死，刘备新任，民心未定，兵力又虚，我若往取徐州，势如反掌，有何难事。"彧微笑道："只恐未必。陶谦虽死，刘备继起，彼惩去年覆辙，自惧危亡，势且辗转结援，合力抗我。现在时当仲夏，东方麦已收入，一闻敌至，必坚壁清野，固垒坐待，攻不能克，掠无所得，不出旬日，全军皆困。况前攻徐州，遍加威罚，子弟念父兄遗耻，拼死相争，胜负更难预料；就使得破徐州，人心未服，待至我军一移，亦必反侧,这真叫做舍本逐末,易安就危,图远忽近,愿将军熟思后行。"洞中利害。操乃不复移军,专与吕布对垒,且令兵士四处割麦,作为军粮。百姓晦气。蓦有探马入报,吕布与陈宫等率兵万余,前来攻城。操因兵士四出,一时不及召回,忙驱百姓登城,无论男妇,一齐充役,自率守兵出城拒敌。好多时不见布至,又有探骑入报道:"布军至西面大堤旁,探望许久,又复退去了!"操大笑道:"这是吕布恐我有伏,故欲进又止。彼见堤南多林,容易伏兵,所以动疑,哪知是太觉多心了!明日布必来烧林,然后再进,我却偏要设伏,看他能逃我计中么?"是谓知彼知己。待至夜间,便召曹仁、曹洪道:"汝两人可至堤旁,约距林南里许,引兵下伏,俟我亲去挑战,诱布赶来,两下杀出,休得有误。"曹仁、曹洪领命去讫。到了翌晨,西面烈焰冲天,果然吕布前来烧林,操喜语道:"不出我所料,今日定当破布了!"遂麾军出营,前往搦战。行至堤畔,布已将林木遍焚,并无一人杀出,即放胆再进,才越半里,正与操军相遇,两下交战,操佯败急走,布以为前面无林,驱军急进,不意伏兵从堤下突起,竟将布军冲成两撅。布顾前失后,当然着忙,再加操引军杀转,猛将典韦,双戟很是利害,除吕布无人敢当,布已心慌意乱,也不暇与韦赌胜,当即拍马退回,仓皇中杀开走路,部兵已折去多人。操军直追至布营,天色已晚,方才引归。布经此一败,锐气尽丧,便黉夜遁去。是不及曹操处。陈留太守张邈,闻得布军败走,料知操必来报怨,乃使弟超保着家属,守住雍丘,自向袁术处求救。操攻拔定陶,就移攻雍丘城,城内守备单微,持援不至,竟至失陷,超惶急自尽,家小等均被操军杀死。邈至扬州,亦为从吏所杀,一门殄绝,情状惨然。实是陈宫害他,然亦可为轻率者戒。嗣是兖州复归曹操,操自称兖州牧,不过上了一道表文,声明情迹罢了。吕布失去兖州,又害得无地自存,只好挈着家眷,奔投徐州。徐州刺史陶谦,殁时已六十三岁,临终这一夕,嘱语别驾糜竺道:"我死以后,非刘备不能安此州,汝曹可迎他为主,毋忘我言。"说毕遂瞑。竺为谦棺殓,即率州人至小沛,迎备入刺徐州,备辞不敢当。下邳人陈登,表字元龙,凤具大志,弱冠后得举孝廉,除授东阳长,养老恤孤,视民如伤,陶谦表登为典农校尉,劝民耕桑,广兴地利,至是亦随竺迎备。见备不肯受任,便向前力劝道:"今汉室陵夷,海内倾覆,立功立业,莫如今日。徐州殷富,户口百万,欲屈使君抚临州事,使君正可借此

发迹,奈何固辞?"备尚推让道:"袁公路术字公路。近据寿春,此君四世三公,众望所归,何妨请他兼领徐州。"登答说道:"公路骄豪,不足拨乱,今欲为使君纠合步骑十万,上足匡主济民,创成霸业,下足割地守境,书功竹帛,若使君不见听许,登等却未敢轻舍使君哩!"备还有让意,真耶假耶?可巧北海相孔融到来,由备延入,谈及徐州继续事宜,融便说道:"我此来正为此事,诚心劝驾,君今欲让诸袁公路,公路岂是忧国忘家的大臣!我看他虽据扬州,不过一冢中枯骨,何足介意。今日徐州吏民,俱已爱戴使君,天与不取,反受其咎,将来恐悔不可追了!"备乃勉从融议,由小沛移居徐州,管领州事。适值吕布来奔,备因他进袭兖州,得解徐围,与徐州不为无功,所以出城迎入,摆酒接风,席间互道殷勤,颇称欢洽,罢席后送居客馆。过了两三日,布设宴相酬,备亦赴饮,酒至数巡,布令妻妾出拜,格外亲昵,想貂蝉应亦在列。到了醉后忘情,就呼备为弟,有自夸意。备见布语无伦次,未免不谐,但表面上仍然欢笑,不露微隙,及宴毕告辞,方令布出屯小沛。布意虽未惬,究属不便争论,越宿即与备叙别,自往小沛去了。为下文袭取徐州张本。且说李傕、郭汜等在朝专政,已越二年，献帝加行冠礼，改元兴平，追谥本生妣王氏为灵怀皇后，改葬于文昭陵。时献帝已十有六岁了。四府三公，换易数人，太尉迭更四次，乃是皇甫嵩、赵忠、朱儁、杨彪，相继承受。司徒迭更三次，若赵谦，若淳于嘉，若赵温，有名可稽。司空更换了四次，系是循资超迁，先为淳于嘉，次为杨彪，又次为赵温，温进职司徒，后任叫作张喜，由卫尉升任，统共得十余人，大都无从建树，只好随俗浮沉，与时进退，一切军国重权，俱归李傕、郭汜等掌握。傕欲招抚陇西，特使人卖嘱马腾、韩遂等，饵以重赏，征令入朝；马腾、韩遂见前文。腾与遂各贪厚利，乃率众共诣长安，朝廷命遂为镇西将军，遣还凉州，腾为征西将军，留屯郿县。腾虽得官爵，心尚未足，更向李傕索赂，傕不肯照给，遂致触动腾怒，与傕有嫌。谏议大夫种邵，为故太常种拂子，前次傕等犯阙时，拂曾遇害，亦见前文。邵欲报父仇，恨傕甚深；且见傕等拥兵逼主，为国大患，乃与侍中马宇，左中郎将刘范，共拟招腾入都，为诛傕计，腾亦与盗贼无异，招腾诛傕即得成功，未必遽安，邵等所见亦误。密使往返；腾即允诺，进兵至长平观中。傕料有内应，先行搜查，种邵等情虚出走，同奔槐里。樊稠、郭汜及傕兄子李利，由傕遣攻腾军，腾交战失利，奔走凉州。樊稠督兵追赶，驰马疾行；李利既不力战，又致落后，被稠促召至军，怒目叱责道："人欲枭汝父头颅，还敢这般玩惰，难道我不能斩汝么？"利无奈谢罪，随稠再进。行抵陈仓，凑巧韩遂兵至，来援马腾，及见腾等军败绩，乃勒马相待；至樊稠先驱追来，便上前拦阻道："我等所争，并非私怨，不过为王室起见，遂与足下本属同乡，何苦自相残杀？不若彼此罢兵，释嫌修好为是。"稠听他说得有理，乐得息事，与遂握手言别，还入都中。傕又遣他再攻槐里，种邵、马宇、刘范等并皆战死，于是迁稠为右将军，郭汜为后将军。稠复请赦韩遂、马腾二人，安定凉州，方好一意东略，免得西顾。有诏依议，免韩、马二人前罪，使腾为安狄将军，遂为安降将军，惟出关东略的计议，傕尚在踌躇，未肯遽允；稠却再三催促，自请效力，反令傕疑窦益深。李利记着前嫌，复向傕密报，述及韩、樊共语事，傕不禁大怒道："军前密谈，定有私意，若不速除此人，后必噬脐。"遂与利商定计划，借会议军事为名，邀稠入室。稠还道他是准议发兵，欣然前往。谁知入座甫定，即由傕呼出健卒，持刀直前，把稠劈死，一面宣告稠罪，说他私通韩、马，与有逆谋，诸将似信非信，互生疑谤，连郭

李傕郭汜两交兵

汜亦内不自安。傕欲交欢郭汜,屡请汜入室夜宴,或请留宿,汜妻甚妒,只恐汜有他遇,从旁劝阻。一夕傕复邀汜饮,汜被妻牵住,设词婉谢。偏傕格外巴结,竟遣人携肴相赠,汜妻即捣豉为药,置入肴中,待至汜欲下箸,妻便说道:"食从外来,怎得便食。"当即用箸拨肴,取药示汜道:"一栖不两雄,妾原疑将军误信李公。"说着,向汜冷笑。妒态如绘。汜才知妻含有妒意,力自辩诬,妻却带笑带劝道:"总教将军不往李府,妾自然无疑了。"汜应声许诺。转瞬间已是兼旬,又将前言失记,至傕家饮得大醉,踉跄归来,一入室门,呕哕满地。汜妻泣语道:"将军尚不信妾言么?明明中毒,奈何奈何!"说着,汜亦焦急起来,捶胸言悔,还是汜妻替他设法,忙用粪绞汁,令汜饮下。汜顾命要紧,没奈何掩鼻取饮,未几心中作恶,复吐出若干秽物,稍觉宽怀;你不肯听从闺命,就要罚你吃屎。随即愤然说道:"我与李傕共同举兵,每事相助,奈何反欲害我?我不先发,还能自全么?"越宿就检点部曲,令攻李傕。傕闻汜无故来攻,更怒不可遏,出兵拒战,辇毂以下,居然大动干戈,无法无天。傕且遣兄子李暹率数千人围住宫门,胁迁车驾,太尉杨彪出语李暹道:"自古帝王不闻有徙居臣家,君等举事,当合人心,为何轻率若此!"暹抗声道:"我家将军恐郭汜入宫为逆,故遣我迎驾,暂避凶焰。君敢来相阻,莫非与汜通谋不成?"彪不便再言,入白献帝。献帝新立皇后伏氏,甫越三日,便遭此变,急得无法可施。李暹用车三乘,入宫促逼,一乘载献帝,一乘载伏后,一乘由催吏贾诩、左灵共载,监押帝、后至李傕营。天子已成傀儡,由他播弄,余如宫廷侍臣,还有什么主意? 只好随着乘舆,步行同出。暹复纵兵入宫,掠妃妾,掳财物,所有御库金帛,悉数搬至李傕营中;更可恨的是放起火来,把宫阙一律毁尽。董卓毁洛阳宫阙,李傕毁长安宫阙,两京为墟,呜呼炎汉。献帝到了傕营,虽由傕另设御幄,供奉衣食,但比那宫中安养,迥不相同,累得献帝寝食不遑,日夕担忧。乃命太尉杨彪、司空张喜、尚书王隆、光禄勋邓渊、卫尉士孙瑞、太仆韩融、廷尉宣璠、大鸿胪刘邵、大司农朱儁等,至郭汜营内讲和。汜不肯依议,反将群臣留住,逼令同攻李傕。杨彪勃然道:"群臣共斗,一劫天子,一拘公卿,古今曾有是理么?"还讲什么道理? 汜闻言起座,拔剑指彪,凶威可怖,彪却无惧色,正容答语道:"卿尚不念国家,我亦何敢求生!"中郎将杨密,忙上前劝止,汜才罢手,但尚未肯放还群臣,仍与李傕相争不息。傕召羌胡数千人,分给御物缯彩,令他攻汜,且谓诛汜以后,当加赏宫人、妇女。汜亦阴贿傕党中郎将张苞,约为内应,自率众夜攻傕营,矢及御幄。傕慌忙出拒,仓猝间闻有箭声,亟向右侧闪过,那左耳上已中了一箭,忍痛拔去,血流如注,忽又有烟焰从营后出来,料知有人图变,更觉惊惶;幸亏都将杨奉,引兵援应,方将汜兵杀退,再查及营后,火光已经销灭,独不见中郎将张苞,才知苞阴通郭汜,纵火未成,奔投汜营去了。傕经此一吓,免不得顾前防后,遂将献帝迁居北坞,使校尉监守坞门,隔绝内外,饮食不继,侍臣均有饥色。献帝向傕求米五斗,牛骨五具,分给左右。傕怒说道:"朝夕上饭,何用米为?"乃只把臭牛骨送入。献帝见了,不胜懊恨,便欲召傕责问。侍中杨琦急奏道:"傕自知所为悖逆,欲劫车驾往池阳,愿陛下暂时容忍,静待后机。"献帝乃低头无语,用巾拭泪罢了。末代皇帝,实是难做。司徒赵温见献帝为傕所制,因致书与傕,语多责备。傕又欲杀温,经傕弟李应劝解,才得罢议。惟傕迷信鬼怪,常使道人及女巫击鼓降神,诳惑部兵,又为董卓作祠北坞,屡往祷祭。每当祭后,顺道省视献帝,不释甲械,奏对时亦言语不伦,或称帝为明陛下，或呼作明主；且言郭汜种种不道，应该加诛。献帝只好随他意旨，面为敷衍。傕欣然出语道："明陛下真贤圣主！"嗣是无害帝意。献帝复遣谒者皇甫郦往与两造解和。郦先诣郭汜营，用言婉劝，汜颇有允意，转至李傕处调停，傕独不肯从，悻悻与语道："我有讨吕布的大功，辅政四年，三辅清静，为天下所共闻，郭多*汜小名为多*。系盗马虏，怎敢与我抗衡？且擅劫公卿，罪在不赦，我所以定欲加诛。君为凉州人，看我方略士众，足胜郭多否？"郦听他语言不逊，也忍无可忍，便应声道："古时有穷后羿，自恃善射，不思患难，终归灭亡，近如董公强盛，亦致身亡族灭。可见得有勇无谋，反足取祸。今将军身为上将，持钺仗节，子孙宗族，多居显要，国恩亦岂可遽负？且郭多劫质公卿，将军胁迫至尊，孰轻孰重，不问可知，张济、杨奉诸人，尚知将军所为非是，将军若再不悔悟，恐一旦众叛亲离，虽悔无及了！"*语虽切直，究非和事佬声口*。傕怎肯听服，呵令出去。郦趋出营中，遇着侍中胡邈前来探信，郦即呼语道："李傕不肯奉诏，词多悖逆。"邈急摇手道："毋为此言，徒自取辱。"郦瞋目道："胡敬才，*邈字敬才*。汝亦国家大臣，奈何也作此语？郦累世受恩，得侍帷幄，君辱臣死，义所当然！今若为李傕所杀，莫非天命，何惧之有！"邈不待说毕，匆匆还白献帝，献帝恐郦得罪李傕，急遣人召还。傕果遣虎贲将王昌呼郦，昌鉴郦忠直，纵令还报，只说是追郦不及，入报李傕，且劝傕不宜多戮直臣，傕乃无言。及郦还白献帝，诏令他免官归里。郦与故太尉皇甫嵩同族，嵩已病殁；郦以忠直闻名，幸得不死，这未始非天眷忠诚，才得脱离虎口呢！*寓劝于褒*。献帝尚恐傕怀怒，特擢傕为大司马，位重三公。傕归功诸巫，重赏金帛，独不及将士。部将杨奉，至是越不愿事傕，潜与傕军吏宋果谋杀傕，奉还天子，不幸谋泄，果为傕所杀，奉得逃脱，傕众亦陆续叛去。可巧镇东将军张济引兵入都，进谒献帝，请宣诏谕和傕、汜，并愿奉驾东幸弘农，献帝自然乐从，当下遣使持诏，分谕傕、汜两人。傕、汜尚有异言，经使臣仆仆往来，直至十次，方得言和，汜乃释放群臣，杨彪等并皆告归。惟朱儁因愤成病，已先释出，回家便死。*何不早死数年，免丧英名*。张济捉驾登程，择定兴平二年七月甲子日，启跸就道。偏有羌胡数千人，窥探御帐，喧声杂呼道："李将军尝许我宫人，今可蒙颁给否？"献帝听着，心上加忧，因遣侍中刘艾，商诸贾诩。诩由李傕荐举，已拜为宣义将军，既奉上命，乃召语羌胡酋帅,许予封赏,叫他禁止部属,不得啰唣,羌胡方皆引去。既而启跸期届,由群臣拥护帝、后,登车出宣平门,将过吊桥,突有骑士数百人,拦住桥上,不许乘舆过去,惹得献帝又惊又恼,大费踌躇。正是:

  困龙失势遭虾戏,毒蟒回头遣蝎来。

  毕竟献帝能否出险,容至下回再详。

  陶谦识刘备为英雄,愿让徐州,不可谓非知人。备之一再谦让,或谓其故为谦饰,亦岂真能知备者!徐州为曹操所必争,只因吕布入兖,不得已回顾根本,彼固未尝须臾忘徐州也!备知兵力之不足敌操,故不愿承受。迨经陈登、孔融等之力为劝驾,方许兼领,而于吕布之奔至,欢然迎入,仍为合力拒操起见,备之用心亦艰且苦矣。李傕、郭汜之乱,始误于王允,继误于种劭,允与劭皆图报君亲,而计划未良,不但杀身,并且祸国。厥后乃因一汜妻之播弄,遂致两贼寻仇,兵争不已,一劫天子,一质公卿,汉室纪纲,扫地尽矣!宣圣有言,女子小人,最为难养,斯固千古不易之定论矣。

第七十三回

御跸蒙尘沿途遇寇　危城失守抗志捐躯

却说献帝出宣平门，突被乱兵阻住，当由护驾诸臣，探问来因。兵士齐声道："我等奉郭将军令，把守此桥，不准吏民自由往来。"侍中刘艾出诘道："吏民不得往来，天子也不得往来么？"兵士尚云须亲见天子，方可取信。侍中杨琦，便高揭车帷，刘艾又大呼道："天子在此，快来见驾。"兵士乃向前审视，献帝亦面谕道："诸兵何敢迫近至尊，快快退去。"兵士乃却，让车驾过桥东行。夜抵霸陵，从臣皆饥，由张济分给干粮，才得一饱。李傕不愿随驾，已出屯池阳。郭汜仍引兵追上，献帝命张济为骠骑将军，郭汜为车骑将军，杨定为后将军，定亦董卓旧部。杨奉为兴义将军，皆封列侯；又使牛辅旧将董承为安集将军，同赴弘农。郭汜独不愿东往，请献帝转幸高陵，献帝遣人谕汜道："弘农与洛都相近，容易奉祀郊庙，幸卿勿疑。"汜不肯受诏。献帝遂终日不食，懊怅异常。汜乃云可幸近县，及行至新丰，汜又欲胁帝还郿。侍中种辑，密告杨定、董承、杨奉，约与抗阻。汜见人众我寡，乃弃军径入南山，余党夏育、高硕等，还想承汜遗意，劫帝西归，遂在营外纵火图乱。杨定、董承拥帝，后入杨奉营。夏育等便来劫驾，还是杨定、杨奉，内应外护，杀退夏育等众，才得无恙。越宿复奉驾起行，到了华阴，宁辑将军段煨出营迎谒，供献帝、后服御，及公卿以下资粮，且请乘舆过幸营中。偏杨定与煨有隙，联结董承、杨奉等人，诬煨交通郭汜，希图劫驾。挟天子为奇货，故以小人之腹度君子之心。献帝疑信参半，未加煨罪，定与奉遽引兵攻煨，煨亦出兵相拒，连战十余日，未分胜负。惟煨遣使供奉，仍然不绝，并上书自陈心迹，不敢生贰。当由献帝遣令侍臣，替他和解，方得息争。这叫做和事皇帝。不意一波才平，一波又起，那李傕、郭汜二人，又复连合，来追乘舆。忽离忽合，是谓小人之交。杨定闻傕、汜又至，恐不能敌，索性弃去帝、后，走还蓝田。中途被郭汜截击,落荒逃窜,单骑走亡荆州。**本欲扶主逞强,反致弃君逃命,贪心不足者可引以为鉴。**还有张济亦生贰心,谋至杨奉营内,夺还乘舆。杨奉窥知情状,即与董承夜奉车驾,潜走弘农。及张济闻知,尾追不及,竟会合李、郭两军,一同赶来。杨奉、董承不得不督兵力战,毕竟寡不敌众,杀得大败亏输,从臣卫侍,纷纷挤入东涧,多半溺死,所有御物国籍,抛弃垂尽,单剩得帝、后两车,由董承拼死保护,方得走脱。射声校尉沮儁,受伤坠马,为催所执,催问左右道:"此人尚可活否?"儁大骂道:"汝等为逆,劫迫天子,使公卿遭害,宫人流离,自来乱臣贼子,未有这般凶恶,将来不被人诛,必遭天殛。我为主效命,死且留名,不似汝等遗臭万年哩!"催闻言愤甚,掣出佩剑,将儁杀死。再纵兵大掠弘农,鸡犬一空。献帝挈了伏后,仓皇东走,窜入曹阳境内,天已垂暮,无处栖身,没奈何露宿一宵。杨奉收集败兵,与董承会议道:"我军已败,不堪再战,只好向他处乞援,方可抵敌追兵。"董承也以为然。两人想了多时,远处不及呼救,只河东一隅,尚有故白波贼帅李乐、韩暹、胡才,及南匈奴右贤王去卑等,可以招抚,叫他速来救驾,一面用缓兵计,遣人与催等议和,佯为周旋。既而李乐等陆续趋

御跸蒙尘沿途遇寇

至，共约得骑士数千，董承、杨奉令他充当先锋，往攻催等。催等遥望旗帜，乃是河东援兵，顿觉心惊，不由的退却下去。李乐、韩暹、胡才诸人并辔追击，再加董承、杨奉从后继进，大破催等，斩获无算，待催等逃至数十里外，始收军还营。诘旦再奉驾东驱。约行数里，后面尘头大起，催、汜、济三路人马，又分头赶到，原来催等探得河东援兵，不过数千，更知白波贼众，向系乌合，不足深虑，因复驱兵来追。董承、李乐忙保驾先走，杨奉、韩暹、胡才及匈奴右贤王去卑，率兵断后。谁料催、汜、济三面夹攻，横冲直扫，把杨奉等截作数撅；奉等队伍大乱，伤毙甚多。催、汜、济乘胜肆威，见人便杀，光禄勋邓渊，廷尉宣璠，少府田芬，大司农张义，奔避不及，俱为所害。司徒赵温，太常王绛，卫尉周忠，司隶校尉管邰，被催截住，几遭毒手，还亏贾诩竭力解免，方幸重生。也有幸有不幸。董承、李乐，随献帝走不数里，背后追兵大至，李乐狂呼道："事急了！请天子上马速行。"献帝哽咽道："不可，百官何辜，朕怎忍舍去。"还不失为仁主之言。李乐等且战且走，彼此兵士，前奔后追，连缀至四十里，才得至陕。日光又暮，追兵少缓，乃结营自守；将士十丧七八，虎贲羽林军，不满百人，催、汜、济三路叛兵，辄绕营叫呼，侍从等相惊失色，各谋散去。李乐请献帝乘夜渡河，东走孟津，投依关东诸牧守。太尉杨彪道："夜渡岂可无船，且从人尚多，何能一一尽渡。"李乐道："且待我前去寻船，如有船可渡，当举火为号，请君等保帝同来。"彪应声许诺。待乐去后，约历更许，见河滨火光冲起，料知船已备就，乃拥帝出营，徒步夜走。伏皇后云鬓蓬松，花容惨淡，从未经过这般苦楚，至此也只好跟着献帝，踯躅同行。后父伏完，一手扶后，一手尚挟绢十匹。也是个死要财帛。被董承瞧入眼中，心下不平，竟使符节令孙徽从卒，上前争夺，格毙一人，连伏皇后衣上，也为血迹所污。伏皇后吓得发抖，亟牵住献帝衣裾，涕泣求救。献帝出言呵止，争端方息。及至河滨，河中只有船一艘，泊住岸边，天寒水涸，岸高数丈，叫帝、后如何下去。亏得伏完手中，残绢尚存，乃将绢裹住帝身，用两人拽住绢端，轻轻放下。伏完尚有勇力，背负皇后，一跃下船。杨彪以下，依次下投，船中已有数十人，不能再容，董承、李乐，即跳落船头，解缆欲驶，吏卒等多不得渡，争扯船缆。承与奉用戈乱击，剁落手指，不可胜计。早有侦骑报知李催，催等出兵往追，见帝、后已经东渡，不能截回，惟将岸上未渡士卒，一并掠去。

卫尉士孙瑞,亦不得从渡,徘徊岸上,突被乱兵杀死。尚幸李傕等专务劫掠,不遑东追,帝、后始得渡到彼岸,跟跄登陆。步行数里,才抵大阳,天色已大明了。董承、杨奉各至民间搜取车马,毫无所得,只有牛车一乘,取载帝、后,余皆联步相随。趋至安邑,河内太守张扬,河东太守王邑,方得车驾蒙尘的消息。扬使人奉米,邑使人奉帛,献帝拜扬为安国将军,邑为列侯。李乐、韩暹、胡才等又举荐党徒数十人,各授官职,印不及刻,但用锥划石,粗成字迹,便即颁发;帝、后居棘篱间,门不关闭,群臣议事,就借茅舍作为朝堂,简直是不成体统了。献帝尚恐傕等渡河,特使太仆韩融,西赴弘农,与他讲和。傕等掠得子女玉帛,颇已满欲,乃许从融议,放还所掠吏士,及乘舆器物等类。杨奉、韩暹便欲就安邑建都,太尉杨彪等俱拟东还洛阳,文吏拗不过武弁,只好暂时驻驾,徐待后图。献帝命韩暹为征东将军,李乐为征北将军,胡才为征西将军,使与董承、杨奉并秉朝政。适值蝗虫四起,岁旱无禾,从官无从得食,但取菜果为粮;眼见是不能安居,可巧张杨自野王来朝,也请献帝还都洛阳,杨奉等仍有违言,杨乃复回野王去了。

　　是时关东重望,首推二袁,袁术复蓄异图,隐然有帝制自为的思想,怎肯西向救主?袁绍虽未敢称帝,但因冀州新定,也不愿轻离。从事沮授进谏道:"将军累代辅政,世笃忠贞;今朝廷播越,宗庙残毁,为将军计,正应西迎帝驾,安宫邺中,挟天子足以令诸侯,蓄士卒足以讨不庭,名正言顺,事必有成,愿将军勿失此机。"**原是最好机会。**绍颇被感动,有出兵意,偏有两人入阻道:"汉室久衰,势难再兴。且英雄并起,各据州郡,连徒聚众,动辄万计。这好似嬴秦失鹿,先得可王的时势了!今若迎入天子,动须表闻,从命即失权,违命即被谤,不如勿行。"授见是同僚郭图、淳于琼出来阻挠,即驳说道:"今奉迎天子,既合大义,又得时宜,若不早图,必落人后。授闻权不失机,功在速捷,请将军急自裁断,毋惑人言。"绍听了三人议论,各执一是,又累得迟疑不决。**即此可见袁、曹之成败。**会闻东郡太守臧洪,背绍自主,绍遂将迎驾问题搁置不顾;竟发兵围攻东郡,数月不下。东郡本属冀州管辖,臧洪得为太守,也是由绍简放出去;当曹操围雍丘时,**见前回。**张超曾向洪乞救,洪尝为超功曹,因联兵往讨董卓,慷慨宣言,**见前文。**得邀袁绍赏识,留参帷幄,嗣即使领青州,盗贼屏息,乃复调任东郡。他本生有侠气，好济人急，一闻张超求援，便徒跣号泣，向绍请师。绍与操尚无怨隙，不愿援超，超竟被灭族，洪由是怨绍，绝不与通。绍恨他背惠，驱兵往攻，偏洪誓死固守，历久相持。绍尚爱洪多才，不忍遽迫，乃令里人陈琳，作书晓谕，力劝洪悔罪投诚；洪竟执意不屈，复书约千余言，略云：

仆本因行役，谬窃大州，恩深分厚，宁乐今日；自被兵接刃，登城望主人之旗鼓，感故友之周旋，抚弦搦矢，不觉流涕之满面也，何者？自以辅佐主人，无以为悔，主人相接，过绝等伦，盖幸赞襄大事，共尊王室。乃者本州见侵，洪系广陵人，故称雍为本州。郡将遘厄，杖策乞师，一再见拒，使洪故君遂至沦灭；区区微节，无所获伸，斯所以忍悲挥戈，收泪告绝者也。昔张景明超字景明。亲登坛歃血，奉辞奔走，卒使韩牧让印，主人得地，指韩馥让位时。曾几何时？不蒙观过之贷，反受赤灭之祸；足下试思，景明负主人乎？抑主人负景明乎？吾闻之，义不背亲，忠不违君，故东宗本州以为亲，援中扶郡将以安社稷，一举二得以徼忠孝，未敢为非。足下乃欲使吾轻本忘家，倾向主人。主人之于我也，年为吾兄，分为笃友，道乖告去以安君亲，亦可谓顺矣！若吾子之言，则包胥宜致命于伍员，不应号哭于秦庭也？足下或者见城围不解，救兵未至，感亲邻之义，推平生之好，以为屈节而苟生，胜于守义而倾覆也。昔晏婴不降志于白刃，南史不曲笔以求生，故身著图像，名垂后世。主人苟鉴谅苦衷，正当返斾退师，治兵邺垣，西向迎驾，岂可徒盛怒暴威于吾城下哉？行矣孔璋，琳字孔璋。足下徼利于境外，臧洪投命于君亲，吾子托身于盟主，臧洪策名于长安，子谓余身死而名灭，仆亦笑子生死而无闻焉！悲哉！本同而末离，努力努力！夫复何言？

陈琳得了复书，当即呈示袁绍。绍阅书中来意，已知洪倔强到底，不肯再降，乃增兵急攻东郡。臧洪昼夜督守，害得力竭身疲，不得已遣二司马，缒城夜出，南赴徐州，向吕布处告急。看官，你想吕布方寄食小沛，自顾不遑，怎能往救臧洪？洪待了旬余，毫无影响，更兼粮尽矢穷，朝不保暮，因召集吏士，涕泣与语道："袁氏无道，所图不轨，且不救洪郡将。洪为义所迫，不得不死。诸君与洪有别，毋与此祸，可就城未陷时，挈眷逃生,洪从此与诸君永诀了!"吏士皆垂泪答道:"明府与袁氏本无嫌怨,只为了本州郡将,自致困迫。明府不忍舍故主,我等也何忍遽舍明府呢?"于是同心誓死,守一日,算一日。初尚掘鼠为食,煮筋充饥;极至鼠无可掘,筋亦俱尽,内厨只有粝米三斗,由主簿据实启闻,谋为饘(zhān)粥。洪叹息道:"我何甘独食?可作薄粥,分饷众人。"至粥已煮就,召众共饮,须臾立尽;洪复取出爱妾,亲自下手,把她杀死,烹肉啖众。众皆涕泗滂沱,莫能仰视。可为唐张巡先声,但与巡相较,亦有微异。结果是人人枵腹,同为饿莩。等到城池陷没,男妇七八千名,已皆死尽,无一叛亡;洪亦气息奄奄,坐被擒去。绍盛设帷帐,大会诸将,令将洪推至面前,拈须与语道:"臧洪何相负如此,今日可服我否?"洪据地瞋目道:"诸袁事汉,四世五公,可谓受恩深重!今王室衰乱,不能急往扶翼,反且觊觎非望,屈害忠良。可惜洪兵少势孤,不能推刃乱臣,为国报仇,有什么服不服呢?"责绍无君,却有至理。绍不禁怒起,叱令左右推出斩首。忽有一人出阻道:"将军首举大义,本欲为天下除暴;今乃先诛忠义,上违天心,下乖人望,且臧洪抗命,实为故将效节,将军应该格外鉴原,奈何加戮?"绍闻声

瞧着，乃是前东郡丞陈容，与洪同籍，便怒叱道："汝已被臧洪遣出，寄居我侧，怎得尚私袒臧洪？"容顾绍道："人生只凭仁义，不徇爱憎，蹈义为君子，背义为小人，容宁与臧洪同死，不愿与将军同生！"*也是硬汉*。绍怒上加怒，亦令左右牵容出帐，与臧洪同受死刑。列席诸将，无不叹惜，或私相告语道："奈何一日杀二烈士？"还有臧洪遣往求救的两司马，自小沛还报，探得城陷洪死，亦皆自杀。可见得汉末士人，尚重气节，得失利害，在所不计，要死就死罢了！*言下有感慨意*。

绍既杀死臧洪，又欲进图幽州。幽州为公孙瓒所据，日渐骄矜，记过忘善，黜正崇邪。*八字是致亡原因*。前幽州从事鲜于辅，潜集州兵，欲为刘虞报仇，州民多怀虞恨瓒，乐为效死。燕人阎柔，素有恩信，为胡人所悦服，辅即推为乌桓司马，令他招诱胡骑，一同攻瓒。瓒所置渔阳太守邹丹，闻风防御，被辅、柔连兵进攻，把丹击死。又探得刘虞子和，留居袁绍幕下，尚然存在，*见前文*。乃相率至冀州，欲将刘和迎归；袁绍当然允许，并遣大将麹义，领兵十万，护送刘和，长驱入幽州境。公孙瓒连忙出阻，麾下兵却也不少，但与麹义等交锋，一边是劲气直达，一边是观望不前，眼见是有败无胜。鲍丘一战，瓒军大败，好头颅被敌斫去，约有二万余颗，瓒遁还蓟城，不敢出头。代郡、上谷、右北平等处，皆响应鲜于辅、刘和等军，戕吏叛瓒，瓒越觉孤危。先是幽州有童谣云："燕南垂，赵北际；中央不合大如砺，惟有此中可避世。"瓒得闻歌谣，暗想燕赵交界，莫如易地；因即由蓟徙易，缮堑自固。复设围堑十重，就堑筑室；内分数层，每层高五六丈，悬梯相接，中层最高，由瓒自居，熔铁为门，屏除左右。但令姬妾旁侍，凡男子七岁以上，不准擅入，遇有文书往来，辄悬絚(gēng)上下，以免需人传递；又饬妇女习为大声，宣扬教令。一切谋臣猛将，罕得接见。嗣是群下懈体，雍隔不通。或问瓒何故为此，瓒喟然道："我北驱群胡，南扫黄巾，方谓天下可一麾而定，哪知海内愈乱，兵革迭兴，看来非我所能荡平，不如休兵息民，静待时变。兵法有云：'百楼不攻。'今我设楼橹数十重，积谷三百万斛，可以安食数年，食尽此谷，再作后图便了。"看官阅此，应无不笑瓒为愚，只是命未该绝，还有两三年的运数，所以麹义等捣入境内，为了粮运不继，引军退去；反被瓒追击一阵，夺得许多车仗，满载而回。麹义还报袁绍，只言瓒势尚盛，未可遽灭。袁绍乃暂缓进兵，但心中总想并

吞幽州,方肯罢手;那迎驾勤王的大计划,反拱手让诸别人。这真叫做一着弄错,满盘尽输,岂不是大可惜么? 小子有诗叹道:

　　欲图大业在乘时,一念蹉跎便觉迟。
　　尽有机宜甘自误,袁曹从此判雄雌。

欲知迎驾大功,属诸何人,且看下回续叙。

　　李傕、郭汜,贼也;张济、杨奉、董承,亦无一非贼;至如李乐、韩暹、胡才,则固以贼自鸣,更不足道矣。堂堂天子,顾委身于贼臣之手,尚有何幸? 其所以间关跋涉,苟延残喘者,贼胆尚虚,未敢公然篡逆也。当时之力,与勤王足成大业者,莫如袁绍。向使从沮授之计,西向迎驾,光复东京,则上足媲齐桓、晋文,下亦不失为曹阿瞒,何至身名两败,死且无后乎? 若臧洪之所为,迹同小谅,未足与语大受。但观其复琳一书,与责绍数语,辄以未安王室为咎,是固犹以忠义为切劘(mó),安汉不足,愧绍则固有余也。后人以烈士称之,不亦宜哉?

第七十四回

孟德乘机引兵迎驾　奉先排难射戟解围

　　却说董承、杨奉等护着献帝车驾，驻扎安邑，一住过年，改元建安。太尉杨彪等名为三公，毫无政权，行止进退，俱由武夫作主，文臣不得过问。杨奉等拟就安邑定都，独董承欲奉驾还洛，与杨奉等更生龃龉，奉竟遣将军韩暹袭击董承。承奔往野王，投依张杨。杨决意调兵迎驾，使归旧都，乃令董承先赴洛阳，修筑宫室，并致书荆州刺史刘表，请他为助。表却履书如约，陆续派遣兵役，输送资粮，总算是有心王室，戮力从公。杨奉、韩暹等闻信知惧，出屯险要，拒绝张杨、董承；还是献帝下谕譬解，令他扈跸入洛，奉与暹方才奉诏，还至安邑，护驾东行。惟胡才、李乐，仍留居河东，不愿相随，时已为建安元年秋季了。建安年号最久，且为汉朝末代正朔，故一再提明。七月初旬，献帝驾至洛阳，宫阙尚未修成，暂借故常侍赵忠第宅，作为行宫；郊祀上帝，大赦天下。张杨在中途迎驾，一同至洛，先就南宫督修殿宇，半月告竣，号为杨安殿，自志己功；便请帝、后迁居杨安殿，且语诸将道："天子当与天下共戴，朝廷自有公卿大臣，不劳我辈干涉，杨当出御外难便了。"乃辞归野王。杨奉亦出屯梁地，韩暹、董承并留宿卫。献帝封赏功臣，命张杨为大司马，兼安国将军，杨奉为车骑将军，韩暹为大将军，领司隶校尉，皆假节钺。惟洛阳宫府，已被董卓毁尽，急切不能修复，除杨安殿外，尚是瓦砾成堆，荆榛满目。八字写尽荒凉。百官无处安身，暂就破壁颓垣，作为栖处；并且无粮可因，遣人向州郡征求，十无一应。自尚书郎以下，往往亲出采稆（lǔ），野谷曰稆。煮食充饥，甚至朝夕不继，往往饿死；或被兵士沿途劫夺，辄遭格毙。这消息传到兖州，雄心勃勃的曹阿瞒，遂欲托名勤王，挟主称雄。见识原高人一等。部下将吏，多言山东未定，不宜轻出，且韩暹、杨奉负功恣睢，未可猝制，不如从缓为是。独荀彧进说道："昔晋文公纳周襄王，终成霸业；高祖为义帝缟素，天下归心。近自董卓倡乱,天子播越,将军首举义兵,徒因山东扰乱,未敢远赴关右,但尚分遣将吏,冒险通使,上达朝廷,是将军志在效忠,人所共晓。今乘舆旋轸东京,义士思汉,人民怀旧,诚因此时上奉帝驾,下从物望,便是大顺;内秉至公,外服雄杰,便是大略;首持仁义,旁招英俊,便是大德。四方虽有逆节,亦何能为?韩暹、杨奉出身盗贼,更不足虑了。若一失此机,让人占先,将来恐无此机会呢!"曹操大喜道:"文若所言,正合我意。"遂遣中郎将曹洪,引兵西进。将至洛阳,偏为董承等所阻,用兵扼险,不许交通。时骑都尉董昭,方由河内至安邑,随驾入洛,迁职议郎;他本与曹操结交,见前回。因复为操设法,冒名作书,寄与杨奉,略云:

操与将军闻名慕义,便推赤心;今将军拔万乘之艰难,反之旧都,翼佐之功,超世无俦,何其休哉!方今群凶猾夏,四海未宁,神器至重,事在维辅;必须众贤以清王轨,诚非一人所能独建。心腹四肢,实相恃赖,一物不备,则有阙焉。将军当为内主,操为外援,操有粮,将军有兵,有无相通,足以相济,死生契阔,相与共之。

奉得书甚喜,即表荐操为镇东将军,袭父嵩爵,为费亭侯。操正在汝南、颍川一带征剿黄巾余党,斩贼目黄邵,收降贼党何义、何曼,回军驻许,接到洛阳诏使,得袭侯爵,尚不过循例拜命,无甚惬意。过了数日,又接得董承来书,邀令速诣洛阳,方喜如所望;即日引兵起程,与曹洪中途会合,直抵东都。董承本欲拒操,阻洪西进,此次为了韩暹专恣,遇事牵掣,所以变易初心,召操入卫。何进召董卓,董承召曹操,统是引狼入室、自速危亡。操既至洛阳,先将大队人马,驻扎都城内外,然后登殿朝谒,三呼如仪,献帝赐操平身,宣谕慰劳,操拜谢而退。出见董承,承与语韩暹罪状,操并忌张杨,连章劾奏。暹惧诛即走,奔往大梁。献帝因暹、杨扈跸有功,不愿加惩,诏令免议。张杨无罪可言,操之劾杨,全是私心。独假操节钺,领司隶校尉,录尚书事。操得揽政权,严核功罪,有罪请诛,有功请赏;于是杀三人,封十三人,追赠一人,胪述如下:

尚书冯硕、侍中壶崇、议郎侯祈并处死刑。卫将军董承、辅国将军伏完、侍中丁冲种辑、尚书仆射锺繇、尚书郭溥、御史中丞董芬、彭城相刘艾、左冯翊韩斌、东郡太守杨众、议郎罗邵伏德赵蕤并封列侯。故射声校尉沮儁追赠为弘农太守。

　　看官听说，这辅国将军伏完，便是伏皇后的父亲，籍隶琅玡，八世祖就是伏湛，系东汉开国功臣，官终大司徒。完得袭世爵为不其侯，曾尚桓帝女阳安公主，生子女二人，子即议郎伏德，女即伏皇后。伏后履历，就此补叙明白。卫将军董承从驾有功，献帝又选董女为贵人，选承为车骑将军。伏、董两家，统算是皇家贵戚了。缀此一笔，为下文两家诛夷伏案。议郎董昭，已迁官符节令，操与他情好甚深，遂引与同坐，向他问计。昭答说道："将军兴义师，诛暴乱，入朝天子，辅翼王室，这真所谓当代桓文，功业无比哩！但昭看诸将异心，未必服从，今若留此匡辅，诸多未便，不若移驾都许，方为上策。但朝廷播越有年，新还旧京，方冀少安，今复徙驾，必滋众议。昭闻行非常事，乃有非常功，愿将军临事果断，勿涉迟疑。"操拈须道："我意也是如此，惟杨奉在梁，拥有重兵，可无他变否？"昭又答道："奉虽拥众，素乏党援，尝思与将军交好；镇东费亭侯的封典，全是奉一手造成，将军可随时遣使，厚为馈谢，慰悦奉心；一面明告内外，但言京都无粮，只好奉驾迁许，往彼就食。奉为人有勇寡谋，必不遽疑，待他出师相阻，将军已好奉驾至许了！"操欣然称善，遣使诣奉，厚遗金帛，自己入朝面奏,请献帝东幸许城,免致乏粮。献帝不得不从,群臣皆畏操兵威,莫敢异议。当即指日登程,道出镮辕,东向进行。操预恐有人劫驾,步步为营,且使曹洪等分领锐卒,往伏阳城山谷中,专防杨奉前来。奉得操馈赠,倒也无心劫驾;惟韩暹奔梁依奉,从旁怂恿,乃出兵邀击,才抵阳城,被曹洪等发伏并起,左右夹攻,杀得大败而回。操得安然抵许,筑宫殿,立宗庙社稷,奉帝居住;进操为大将军,封武平侯。太尉杨彪,司空张喜,见操大权独揽,并皆辞职。操复请献帝下诏,严责袁绍,说他地广兵多,不务勤王,专自树党,擅相攻伐。自失时机,便被他人藉口。绍乃上书申辨,且请献帝转幸鄄城;献帝出书示操,操当然批驳,但请授绍为太尉。诏使到了冀州,绍怒说道:"曹操已濒死数次,赖我救活,今反挟持天子,敢来令我么?"谁叫你不先迎驾。遂拒诏不受。操得使人归报,恐绍兴兵来争,乃请将大将军一职,暂让与绍,并封绍为邺侯,绍仍辞还侯封,惟与操不复争论。操自为司空,行车骑将军事,当即声讨杨奉,责他出兵阳城,敢图犯驾,罪同大逆,应坐诛夷等语。诏檄先传,兵马继发,张旗鸣鼓,直捣大梁。杨奉、韩暹开营逆战,俱被曹军杀败;惟奉有部将徐晃,骁勇过人,驰突无前,操诱令归降。奉既失良将,复丧士卒,弄得势孤力竭,只好弃营东走。韩暹恃奉为生,当然与奉同行,奔往扬州,投归袁术去了。为后文联合袁术,合攻吕布伏案。

曹操最忌杨奉,既得除去,很是喜慰,乃表荀彧为侍中尚书令,或子修为军师,郭嘉为司空祭酒。两荀皆颍川名士,智略俱优。郭嘉字奉孝,也是颍川人氏,少有远图,往投袁绍幕下,及见绍多谋少决,乃去绍还乡。操令彧访求才俊,或即荐嘉才能,召与操语,相见恨晚,操谓嘉必佐成大业,嘉亦谓操真吾主,两荀一郭,参谋帷幄,真是如虎生翼,势力益张。句中有刺。余如曹洪、曹仁、夏侯惇、夏侯渊,惇族弟。及典韦、李典、乐进、于禁、徐晃等,皆为操属下猛将,各得封官;又征前北海相孔融,为将作大匠。融在北海,喜交宾客,尝自叹道:"座上客常满,樽中酒不空,我亦可无忧了!"在郡六年,颇得民心,惟与袁、曹不相往来。绍子谭为青州刺史,引兵攻融,自春及夏,战无虚日,兵士大半伤亡,所存只数百人,流矢雨集,戈矛内接,融尚隐几读书,谈笑自若。及城被陷没,乃奔往东山。迂疏士,实不中用。操素闻融名,乃征融为将作大匠。融尝师事北海人郑玄,特替他另立一乡,号为郑公乡,会因黄巾入境,玄避居徐州,数年乃还。融既入许,操亦征玄为大司农,玄托病不至,在家考终。却是高士。玄尝笺注经书,凡百余万言,齐、鲁间称为经师,所以身虽没世,遗籍流传。操复令羽林监枣祗为屯田都尉,骑都尉任峻为典农中郎将。祗本姓棘,由先人避难易姓,至祗始出仕;曾为东阿令,助操守城,不为吕布所陷,操因此亲信。祗见岁旱荐饥,军食不足,乃创议屯田许下,为固本计。任峻为河南中牟人,操起兵时,峻为县中主簿,劝中牟令杨原举城应操,得操欢心,操将从妹许与为妻,引为戚侣。峻与祗戮力劝耕,才阅数年,得积谷数百万斛,且令州郡各置田官,所在丰饶。操因此得用兵四方,不劳输运,卒能战胜攻取,兼并群雄;曹氏功臣,祗、峻当居首列呢!比诸两荀一郭,殊不相让,可惜都为虎作伥。

话分两头。且说刘备管领徐州已阅年余,仍用糜竺、陈登为辅,并引北海人孙乾为从事,韬甲敛兵,与民休息。不意袁术自扬州起兵,来与刘备争夺徐州。术自得扬州后,号称徐州伯,专务张皇。时当李傕等挟权秉政,欲结术为外援,特请旨授术为左将军,封阳翟侯。术阳为受命,阴欲代汉为帝,取快一时,且少年时已见谶文,谓当涂高应当代汉,当涂高,系是魏字。《魏志·文帝纪》载:"故白马令李云遗言,当涂高者,魏也。魏阙当道高大。"谶文所云,阴寓以魏代汉之意。暗思自己名字,适应谶文。古者百家为里,里十为术,术为邑中大道,可作涂字解释;路亦为涂,名与字俱相暗合。术字公路。又因袁氏系出陈国,为帝舜后,舜以土德王天下,土德属黄,黄可代赤。汉秉火德五行,火生土,故云以黄代赤。遂常思代汉,僭号称尊。前时孙坚得玺,为术所闻,见六十八回。坚死岘山,丧归曲阿,玺为坚妻吴氏所藏,术乘他奔丧还里,拘留坚妻,索交玉玺。玺既到手,便拟称帝,为主簿阎象等所阻,权就迁延。惟思徐、扬二州,壤地毗连,能得并吞徐州,拓地较广,庶几僭号天子,较为有名。于是调遣将士,侵入徐州界内。刘备闻术兵犯境,不得不亲出抵御;乃令张飞留守下邳,即徐州治所。自与关羽等往屯盱眙,交战数次,未分胜负。不料袁术致书吕布,令他袭取下邳,许助军粮。布素好反复,竟不顾地主情谊,反颜从术,悄悄的引兵东下,由小沛进袭徐州。守将张飞,性喜嗜酒,醉后又不免使性,怒责徐州旧将曹豹,鞭笞数十。豹为此挟嫌,开城迎布,飞仓猝迎敌,已是不及,只好杀出东门,奔往盱眙,连刘备的家眷,都失陷城中。酒之误事也如此。备正与术军相持,突见张飞狼狈奔来,问明情由,才知下邳被吕布夺去;那时顾家情急,只好引兵退回,与布争论。偏偏距城数里,全军皆溃,不得已转走广陵,收集散卒,再作后图。可巧糜竺、孙乾等从下邳逸出,仍来依备。竺本饶家产,尝至洛阳为贾,归遇美妇,求竺同载,经竺慨然允许,令妇上车,行及数里,并未斜睨妇人;妇感谢下车,临别语竺道:"我为天使,当往烧东海糜竺家,感君共载,故特相告。"竺惊问道:"可禳免否?"妇人道:"天命难违,君当亟归,搬徙人财,一过日中,便无及了!"言讫不见。竺慌忙还家,挈眷出门,所有财物,约略搬出;果然日中火发,屋宇尽焚,惟遗资尚存,不致大损。好义之报。此次本与张飞同守,飞为布所袭,仓猝走脱,竺收拾细软,带领眷属,混出城门,追寻刘备,至广陵相遇。备询及眷属,竺言在城内尚安,但有布兵监护,无法解救,故不能偕来,备当然叹息。竺携有一妹,年已及笄,遂进奉巾栉,为备解忧;且将随身所带的金银,一律取出,充作军资。备赖以不困,孤军复振,乃寄书与布,略述旧情,请他送还家眷,互释嫌疑。布与备本无仇隙,为了一时贪念,遂致背好起兵,既入徐州,究竟天良未泯,所以刘备家小,仍令兵士保护,不得入犯。嗣复遣使诣术,索取军粮。术竟欲悔约,谓必须擒获刘备,方可践言。布得了此报,恨术无信,仍拟与刘备讲和。适得备书递到,乐得照允,且许备还屯小沛,备乃驰回小沛城,布亦派吏送出甘夫人。甘、糜相见,却也情同姐妹,式好无尤。一番挫折的刘玄德,虽失去下邳,反得了两美并头,不可谓非转祸为福了。语意隽永。

独袁术探得布复和备,复思设计离间,又遣使驰至徐州,愿为子求婚布女,结作姻亲,且助布米麦各若干斛;布又复大喜,礼遣来使,愿如所约。仍是贪心未泯。术得使人返报,即命部将纪灵等领兵数万,进攻小沛。备使孙乾向布求援,布不愿援备,经乾揭破术谋,说是小沛不保,徐州亦必不独存,布又被提醒,亲往救备。纪灵正引兵大进,直抵小沛城下,不防吕布亦骤马趋至,与纪灵相对安营,纪灵不知布助何人,派吏问明。布答说道:"我与袁公路既结姻好,理当相助,明日请纪将军过叙便了。"纪灵得报甚喜,待至翌日,径诣布营,甫入营门,蓦见刘备在座,不禁大惊,转身退回,谁知营中趋出吕布,一把扯住,不得动弹。便骇问道:"将军是否

欲杀纪灵?"布答言非是。又问是否邀灵杀备,布亦说非是。害得纪灵莫名其妙,只是发愣。但听布呵呵大笑道:"布性不喜斗,转喜解斗,玄德乃是我弟,今为将军所攻,布愿代为调停,各息兵争!"说至此,即将纪灵拉入帐中,令与刘备相见。备也由吕布邀至,故先在座,见了纪灵,不由的惊诧起来。布偏叫他行相见礼,彼此没法,勉强作揖,只心中俱忐忑不定,各怀猜疑。布顾语二人道:"我劝两君罢兵讲和,恐两君尚不见信,待我决诸天命,天意倘使汝两君息争,两君不得有违。"二人含糊答应,尚未知他如何处置。布却令左右搬出酒肴,与二人共宴,左纪灵,右刘备,自己居中。饮过三巡,布令左右取过画戟,至辕门外面插定。因笑语纪灵、刘备道:"两君可看我射戟,如或射中,君等应各自罢兵;否则安排厮杀,与布无涉。如不从布言,布即视作仇敌,不能以亲友相待了!"纪灵、刘备均无异言。布便起座取弓,搭上雕翎,就从座旁射将出去,飕的一声,那箭镞如鹰隼腾空,远飞至百数十步外,不偏不倚,正中画戟小枝;帐内帐外,无一不高声喝采。我亦喝采。小子有诗赞道:

一箭能销两造兵,温侯也善解纷争。

辕门射戟传佳话，如听当年嚆矢声。

布射中画戟，便掷弓地上，笑顾纪灵、刘备，要他罢兵。究竟两人是否乐从，待至下回详叙。

迎驾入许，为汉魏兴衰之一大关键，魏因此而兴，汉即因此而亡。然观于当日之时势，微曹操迎驾之举，则建安正朔，尚不能延至二十余年。杨奉、韩暹等但知劫驾，不知佐治，若令其长此秉政，其亡汉也益速！袁绍资望独优，不能上法桓、文，尊王定霸；袁术且有异图，妄思代汉。刘备本为汉胄，而兵少势孤，不足有为。余子碌碌，均非英杰，所差强人意者，惟一曹操。操之迎驾入许，彼时尚第欲为五霸，固未尝有心篡汉也。立宗庙，定社稷，光复汉室，诚能守此不变，操亦何愧为汉室功臣乎？若吕布为反复小人，始依备，继袭备，后复和备，始终误一贪字，安望有成？但观其保护备家，不屑淫掠，至射戟一事，更为刘备排难，此亦未始非豪侠所为。后之朝亲暮仇者，且不布若，可胜慨哉！

第七十五回

略横江奋迹兴师　　下宛城痴情猎艳

却说吕布掷弓地上，笑顾纪灵、刘备道："这是天意令汝罢兵呢！"备即起座献觞，向布道谢；惟纪灵面有难色，既不便悔赖前言，又不好满口应允，沉吟半晌，方对布道："将军天威，令人敬服，灵自当遵命，但如何回报主人？"布应声道："这有何难！由布修书一函，即烦将军带回便了。"纪灵不能不允，起身告辞；布且与两造约定，明日续宴，并与纪灵饯行。纪灵因未得布书，只好留屯一宵。到了次日，复与刘备共集布营，两下宴叙，比昨日稍为欢洽；待至饮罢，布乃出书给与纪灵，彼此揖别，纪灵拔营自归。备迎布入城，免不得盛筵相待，伸谢德惠，宾主尽兴，布乃辞了刘备，回下邳城。那纪灵回报袁术，呈上布书，术阅书大怒，拟亲自攻布；还是纪灵力为谏阻，谓吕布只可计取，不可力敌，且与他联成姻好，务令除去刘备，方可图布。借婚姻为吞并，古今军阀如出一辙。术方才忍耐，仍与吕布通使，虚作应酬；一面从孙策计议，使策出定江东。策即孙坚长子，表字伯符，本居寿春，少年英达，喜结交游。舒人周瑜，字公瑾，与策同年，亦具大志，闻得策慷慨好友，遂自舒城至寿春，一见倾心，约为昆仲，策长瑜两月，瑜便事策如兄；劝策徙家至舒，并让道南大宅，俾策全家居住，登堂拜母，有无与共。及策年十七，方思出立功名，不意凶信传来，策父坚败殁岘山；坚死岘山见前文。策哀恸异常，即偕母吴氏，迎榇东归。策舅吴景，方为丹阳太守，因拟将父榇安葬曲阿；曲阿为丹阳所辖，道过扬州，偏被袁术截住，胁令策母交出玉玺，策母无奈取交，才得释去。策有从兄孙贲，将叔父坚遗众数千，也交与袁术接管，术使贲为丹阳都尉。广陵人张纮（hóng）避难江东，博通经术，策屡次往访，具述志趣，且殷勤询问道："方今汉祚中微，天下扰扰，四方枭杰，各拥众营私，不务大义，先君与袁氏共破董卓，功业未就，偏为黄祖所害。策虽庸稚，有志复仇，欲往从袁扬州,求得先君余众,东据吴会,西略荆襄,报怨雪恨,为朝廷外藩。君若以为可行,幸乞赐教。"纮方丁母忧,婉词逊谢;再由策鸣咽陈词,声泪俱下,纮才为感动,慨然作答道:"卓荦少年,有此大志,何患不成?最好先投丹阳,收兵吴会;然后据长江,奋威德,复仇洗耻,匡君泽民,功业且高出桓文,岂止守藩了事?待纮服阕,当与君同好,共图南济,君却先往建功便了!"策复说道:"策有老母并弱弟三人,可否相托,使策不致忧家?"纮毫不推辞,当即许诺。<u>也是季布流亚</u>。策乃径诣寿春,入谒袁术道:"亡父曾从长沙入讨董卓,与明使君共会南阳,同盟结好,不幸遇难,勋业不终。策感念先人遗志,欲自凭结,还请明使君垂察微诚,济师雪恨。"术见他英姿豪爽,语言明达,禁不住暗暗称奇,但尚未肯将策父旧部,直捷拨还,因语策道:"我已用贵舅为丹阳太守,贤从兄为都尉;丹阳为三吴要地,不乏健儿,汝可往彼招募便了。"

　　策乃与汝南吕范,族人孙河,同往丹阳。策舅吴景当然接纳,且嘱策归迎母弟,同至丹阳。策遂返至舒城,奉母吴氏,及弟权、翊、匡,与一幼妹,共抵曲阿,依父庐墓旁居住;辗转召募壮士,得数百人,寻为泾县贼帅祖郎所袭,丧失过半。没奈何再往见术,涕泣拜求,愿给还亡父部曲,术始将孙坚遗众拨出千余人,交策收领。<u>仍然不肯全给</u>。表拜策为怀义校尉,且谓当迁任九江太守。策拜谢而出,收集乃父旧部,自立一营,故将程普、韩当、黄盖等,亦归麾下。有一骑士犯令私逃,奔入术营,匿居内厩,策察知情隐,率吏掩捕,牵出斩首,因诣术谢罪。术答说道:"叛兵应当共恨,不杀何待,毋庸言谢!"<u>术此语又似明白</u>。策乃趋退。军中始知策胆略,不敢轻视,就是术部将乔蕤、张勋,亦皆服策英明,互相敬礼。术尝自叹道:"使我有子如孙郎,死亦无恨了!"话虽如此,惟心中总不免怀忌。九江太守出缺,仍不肯使策代任,另用丹阳人陈纪接任。后向庐江太守陆康征米三万斛,不得如愿,乃遣策攻康,临行与语道:"日前错用陈纪,致负前言,今烦卿攻拔庐江,便当令卿为庐江守了!"策领兵往攻,力战数次,得将陆康逐去,据有全城,向术报捷。谁知术又召策回郡,另委故吏刘勋为庐江太守。策自是恨术,不过因兵力未充,勉从术命,将庐江城交与刘勋,怏怏引归。适朝廷遣侍御史刘繇,东下为扬州刺史,州治本在寿春,因寿春为袁术所据,乃改至曲阿,逐去丹阳太守吴景及都尉孙贲,景与贲退

居历阳,报知袁术。术愤不可遏,即使故吏惠衢为扬州刺史,更命吴景为督军中郎将,与孙贲共击刘繇。心目中已无汉帝。繇令部将樊能、于麋陈横屯江津,张英屯当利口,分头防守。吴景等屡攻不克,丹阳人朱治,前为孙坚校尉,此时复归孙策,劝策往助吴景,收取江东。策因进白袁术道:"亡父前在江东,本有旧惠,今愿助舅氏共略横江,横江得下,可招募土著人士,能得三万兵甲,上佐明公,天下可不难平定了!"术知策隐怀怨望,但闻刘繇据住曲阿,兵力不弱,且有会稽太守王朗,为繇后援,总道策未能与敌,乐得听他出去,败死无怨。好良心! 遂令策为折冲校尉,行殄寇将军事。策部下兵只千余人,马只数十匹,容易部署,即日启行,途中招徕宾从,陆续趋集,及抵历阳,差不多有五六千人了。策母吴氏,及子女五人,已随吴景至历阳,策谒母即行,乘便寄书周瑜,请他出师。瑜有从父周尚,方为丹阳太守,由瑜前往省视,途次接得策书,遂向丹阳贷粟借兵,顺道迎策。策大喜道:"公瑾远来,我事必谐了!"遂进攻横江,捣入当利口,击走守将张英,与吴景、孙贲等会师;再破樊能等军,渡江入牛渚营,尽得粮谷战具,军势大振。一鸣惊人。

时有彭城相薛礼,下邳相笮融,俱走依刘繇,推繇为盟主。礼据秣陵城,融屯县南。策先领兵攻融,融出营交战,被策击败,伤亡五百余人,奔入营中,不敢再出。策移攻秣陵,日夕猛扑,慌得薛礼手足无措,乘夜溃走。策得入秣陵城,安抚居民,禁兵侵掠。忽有探马入报,乃是樊能、于糜等,复袭夺牛渚营,断策归路;策奋然起座,当即督兵回攻,大破樊能、于糜,擒获万余人,能、糜等统皆遁去,因复转击笮融。融令弓弩手分伏营门,待策趋近,一声号令,万矢齐飞,策尚用槊拨箭,不肯遽退,百忙中不免一疏,股上突然中箭,翻身落马;左右忙将策救起,用车载策,驰还牛渚营。将佐俱入帐问安,策已拔去箭镞,用药敷搽,笑语诸将道:"我伤未及重,何至落马?此中寓有深谋,汝曹可说我已死,举哀退兵,笮融必来追我,我就好设法擒融了!"诸将俱拍手称善。策即遣将置伏,一一办妥,然后令军士佯哭,拔寨齐起。早有细作报知笮融,融果遣部将于兹,率兵追策;策军尚是伪退,诱兹入伏,四面攒击,立将于兹射死,扫尽余军。于兹却是个替死鬼。策乘胜复逼融营,融正想接应于兹,出兵就道,忽有一彪人马杀到,首领为一赳赳少年,厉声大呼道:"孙郎在此,叫笮融速来受死!"自称孙郎,趣甚。融不意孙策复生,驱军亟遁,策追杀数里,得了许多甲胄,方才还军;本编皆采自《吴志》,与罗氏《三国演义》情事略殊。于是破海陵,陷湖孰、江乘,直指曲阿。刘繇闻策军将至,急忙整备兵械,为守御计。可巧太史慈前来省繇,繇因太史慈与己同郡,不得不传入相见。慈入帐行礼,繇自居前辈,不过欠身作答,且问慈道:"闻汝曾依孔北海,今日何故到此?"慈答说道:"北海早已解围,现闻明公亦至受敌,故特来效力,愿为前驱!"北海事见七十一回。繇却淡淡的相答道:"我亦知汝忠勇,可惜少未更事;既来助我,可为侦察敌情,待破敌后,迁擢未迟!"不识英雄,怎能破敌?慈失望而出。或谓慈英武过人,不妨使为大将,繇摇首道:"我若重用子义,子义即太史慈字。许子将能无笑我么?"子将即许劭,善操月旦评,事见前文。待至策军已经近城,驻营神亭。慈只率骑卒二人,前往侦探,突与孙策相遇,将慈阻住。策有从骑十三人,就是韩当、黄盖诸宿将。慈本未识策,但看他青年威武,料知不是常人,便喝问道:"谁为孙策?"策见慈独饶胆量,也觉称奇,即应声道:"只我便是!"好汉识好汉。慈又说道:"人人皆怕汝孙郎,我太史慈独不怕汝！可能与我交战百合否？"策笑答道："要战就战，我岂怕汝？且愿与汝独身自斗，免得说我恃多欺寡哩！"说着，即令韩当等退后，自己纵马向前，与太史慈大战数十合，不分胜负。慈喝采道："好孙郎，名不虚传。"一面说，一面拍马便走。策怎肯舍慈，且追且呼道："休得用诈败计诱我，我总要擒汝方回！"慈尽管前走，策尽管后追，彼此跑了数里，慈忽兜回马头，与策再战；大约又是数十合，策觑隙刺慈，慈眼明手快，纵辔一跃，槊中马首，马忍痛一俯，慈亦把头一低，背上短戟，被策掣去。策正在得意，不防慈又复跃起，竟将策兜鍪取去，两人正在相持，韩当等已经赶到，刘繇亦遣将觅慈，又复混战；俄而两下俱有大军驰至，天色垂暮，始各鸣金收军。太史慈还见刘繇，繇反责他轻战启衅，禁令再出。不但慈灰心懈体，连他将也觉不平，于是人人生贰，不愿替繇尽力，终致城池失守，繇奔丹徒，太史慈亦西走泾县。

曲阿遂由孙策占住，入城安民，秋毫无犯。又檄告诸县，凡刘繇、笮融等部曲来降，不究既往，人民愿来从军，一门得免徭役，否亦听令自便。才阅旬日，趋附甚众，约得现兵二万余人，马千余匹，威震江东。策遣吏迎接家眷，还居曲阿，自引兵出徇会稽。吴景欲先平吴中群盗，然后南下，策慨然道："吴中盗贼，只有严白虎最强，但素无大志，容易成擒；一俟会稽平定，还扫鼠辈，好似拉朽摧枯，值得什么费力呢？"遂引众渡浙江，进取会稽。会稽太守王朗意欲出拒，功曹虞翻谓策起兵东来，无人敢当，不如暂避为是。朗未肯听从，发兵拒敌，一再败衄，索性弃城夜遁，浮海至东冶。策又从后大破朗军，朗乃请降。策遂自领会稽太守，仍用虞翻为功曹，待以客礼，惟王朗不得复职，留居幕下。再引兵还讨严白虎，白虎料不能敌策，坚守勿出，且使弟舆至策营请和。策闻舆有勇名，意欲面试短长，乃延舆入帐，与谈和约，且待以酒肴；酒至半酣，策故作醉状，拔剑砍席，舆吓得一跳，耸身欲走，策笑语道："闻君矫健异常，聊以戏君，非有他意！"舆答说道："白刃当前，不得不尔。"实自献丑。策不待说毕，便取过手戟，向舆掷去，应手刺倒，当即鸣鼓进兵。白虎所恃惟弟，弟舆一死，如失左右臂，勉强开营搦战，哪里敌得过策军？遂北走余杭，终至窜死。虎遇狮儿，不死何为？策乃使吴景为丹阳太守，孙贲为豫章太守，朱治为吴郡太守；礼聘广陵人张纮、彭城人张昭等为参谋，居然与袁术抗衡，不复再承术命。术闻报大愤，便欲兴兵攻策。部将纪灵、桥蕤等入帐劝阻，谓宜先取徐州，后伐江东。术问取徐方法。纪灵答道："吕布、刘备同在徐州，必为大患。今仍须履行前计，使吕布攻杀刘备，自翦羽翼，那时一鼓掩击，便可稳取徐州。"术乃依议，再派使人往说吕布，提及婚议，且谓刘备在小沛城，招军买马，如何不防？布着人探听，果闻备集兵万余人，遂率兵往围小沛。备自知难敌，索性带领家小，与关羽、张飞两人，杀出重围，竟奔许都，投依曹操。操方礼贤下士，笼络人心，一闻刘备来奔，便即迎入，待若上宾。备具述吕布逼迫情形，操慰语道："布本无信义，徒恃勇力；将来当助君擒布，尽请纾忧。"备起座称谢。操复置酒宴备，至晚方罢，送备出居客馆。程昱进言道："备亦一当世英雄，志不在小，今不早图，必为后患。"操默然不答。待昱退出，适值郭嘉入见，操即与述昱言。嘉接口道："昱所见未尝不是，但明公提剑起义，为百姓除暴，推诚仗信，招罗豪健，犹恐未逮；今备有英名，穷蹙来归，若遽行加害，是使智士各启危疑，别图择主，试问公将与何人共定天下呢？"也是备不该死，故有郭嘉相救。操喜答道："卿言正合我心。"翌日即举备为豫州牧，拨兵数千人助备，令至沛城就任，东击吕布。备即日辞行，挈眷引兵，出赴沛城。

操还想亲出接应，与备共灭吕布，忽由南阳传来军报，乃是张济南攻穰城，中箭身死；从子绣代领遗众，屯兵宛城，用贾诩为谋士，连结刘表，意图犯阙。操大怒道："幺幺小丑，也想跳梁，我当先除此竖，然后讨布便了！"遂大兴兵马，亲督诸将，出讨张绣。绣闻操督军自至，颇有惧色，即与贾诩商议；诩亦谓操兵方强，挟主令众，未易抵敌，不如遣使求和。绣乃令诩至操营通款。诩夙长应对，见了曹操，不过三言两语，便使曹操倾心。操欲留诩为辅，便与语道："卿尝为尚书，迁拜宣义将军，今何不随我入朝？我当表卿复任。"诩答说道："自从御驾东迁，诩即缴还印绶，西走华阴，转投南阳；今得张绣厚待，不忍遽弃，蒙公厚惠，愿以他日为期。"隐伏下文。操允从和议，送诩出帐，殷勤嘱别。诩还报张绣，绣即亲至操营，当面投诚，操自无异言，温语遣归。惟一时未曾退兵，尚在宛城驻扎。一日挈着长子昂，与从子安民，跨马出营，游览形势。遥见一轻车徐徐过来，中坐淡妆妇人，缟衣素袂，飘飘若仙，再瞧那一副芳容，红白相间，真个是桃腮杏靥，秀色可餐。操生平本来好色，弱冠前已娶妻丁氏，纳妾刘氏，

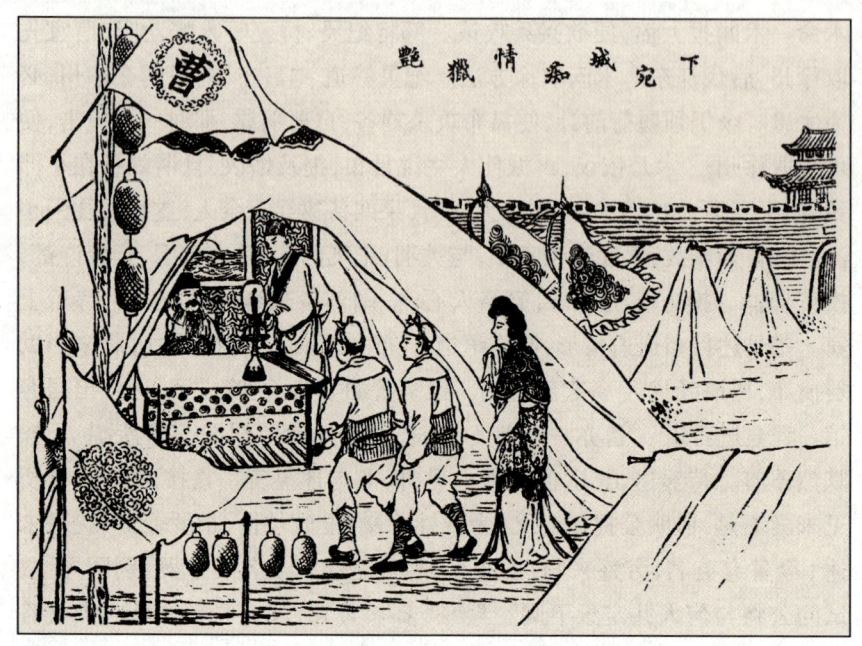

嗣见娼家女卞氏有姿，复购作媵姬，大加宠爱，携入洛都。董卓为乱，操避难东行，不及挈回卞氏，洛中讹传操死，或劝卞氏图欢，卞氏不从，誓以死殉。莫谓娼女无节。乱事少定，卞氏得出都归操，操敬爱有加。及见了宛城少妇，比卞氏更增妩媚，禁不住色眩神迷，最利害的是少妇秋波，也把操瞬了又瞬，更觉得脉脉含情，勾魂动魄。少顷间车行已过，操犹用目注送，看他入城自去，才回营中，心下未肯舍割，密使从子安民，探听该妇下落。安民去了半日，当即返报。原来是张绣叔母，张济继妻，操喟然叹惜，拟作罢论。偏安民逢迎操意，谓济死已久，寡妇何妨取来？谅绣亦无可如何。说得操怦怦心动，待至日光垂暮，令安民带着数十骑士，往取该妇。全是为色所迷，遂致不顾利害。好容易将该妇取到，引入后帐，拜倒操前，操起座相扶，挽住该妇玉腕，该妇全然不避，一任操牵引柔荑，低首无语；及操问明名姓，果系济妻邹氏。当下在帐后开筵，与邹氏相坐欢饮，灯光旁映，四目相窥；男有情，女有意，不由的痴心倦倦，软语喁喁。到了酒阑灯灺（xiè），肴撤席空，一对宿世冤家，居然就军营中，作了洞房，相偎相抱，并枕同衾，彻夜的凤倒鸾颠，几不知东方既白了！小子有诗咏道：

女色原为肇祸媒,倾城倾国不胜哀。

谁知一代奸雄魄,也被孀姝勾引来。

露水情缘,欢娱无限,当有人报知张绣,绣不禁大怒,欲与操拼命,究竟如何争闹,待至下回说明。

孙伯符以童稚之年,即能结交名士,奋志功名,其锐气之特达,原不在乃父下。及乞师进取,攻略江东,袁术非不加忌,卒之纵虎出柙,俾得横行。或谓术不先害策,酿成尾大不掉之弊,吾意以为策非负术,实术之不能用策,有以致之也。曹操为乱世奸雄,乘机逐鹿,智略过人。袁绍、袁术诸徒,皆不足与操比,遑论一张绣乎?乃宛城既下,遽为一孀妇所迷,流连忘返,几至身死绣手,坐隳前功。董卓之死也,衅由妇人;操之不死于妇人之手,盖亦仅耳!谚云:"色上有刀。"诚哉是言!

第七十六回

策十胜郭嘉申议　劝再进贾诩善谋

却说张绣既降曹操,闻得操奸占叔母,不由的怒气上冲,便与贾诩密议,谋袭操营。操为色所迷,日夕与邹氏取乐,竟至忘归;惟邹氏自觉情虚,只恐为绣所闻,前来干涉,因此喜中带忧,劝操加防。操笑说道:"我有大将典韦,守卫营门,就使千军万马,也所不惧;况我非长久居此,过了三五日,就要动身,卿随我回去,安享荣华便了!"何不速行?话虽如此,但亦隐有戒心,探得绣麾下健士,首推胡车儿,特使左右暗地结交,馈赠巨金,叫他乘间刺绣;不意车儿受金以后,反向绣报知。绣迫不及待,就在夜间号召将士,往攻操营。操令典韦夜守营门,总道是一夫当关,万夫莫入,将与邹氏安心作乐,别无他忧。黄昏已过,重效于飞,殢(tì)雨尤云,倍觉缱绻,渐觉得神情疲倦,魂梦迷离,竟吁吁的睡熟了!典韦虽奉令守门,因见夜静更深,也已解甲就寝。蓦听得一声呐喊,急忙跃起,驰至门首,已是光火四彻,有无数人马刀械,杀入营门。韦即挺身出阻,仗着双戟,挡住许多兵器,还有余隙可刺敌兵,戮倒了数十人,敌众不敢前进,却从旁栅攻入,累得韦不及兼顾,狂呼乱跳,回旋阻拦;随身尚有十数壮丁,亦皆拼死角斗,以一当十。偏敌人愈来愈多,又用长矛攒刺,几与芦苇相似。韦身无片甲,上下被数十创,兀自死战,一战辄摧数矛,两战辄摧数十矛。待至戟已残缺,不堪复用,左右又死伤殆尽,敌众得环近韦身,四面攻击,韦索性掷去双戟,徒手搏人,提起两个敌卒,代作双戟,抵御敌军,又打倒了八九人,敌复退却,再掣出短刀,向前乱劈,砍下好几十个头颅;身上受伤益重,不能复支,乃大吼一声,血流如注,倒地而亡。敌军尚不敢近,及见韦全然不动,方上前枭取首级,捣入后营。此时的曹操,早已惊醒,与邹氏一同起床,慌忙从营后跨马,逃了出去。长子曹昂,与从子曹安民,也飞马赶上,保护曹操。至敌兵搜寻帐后,只有一张合欢床,并不见曹操踪迹,料他由营后逃走,遂并力追赶。驰至清水河边,遥见前面有数人急奔,定是曹操无疑,当下用弓搭箭,接连射去,曹安民中箭先亡,曹操马亦受伤,不能再驰。还是曹昂让马与操,操得跃马渡河,好好的一个爱子,一个情妇,抛弃对岸,从此死别,不复相见了!不肯与情妇同死,终嫌薄幸!看官阅此,恐不免惹起疑团:曹操引军至宛,想总有几万人马,为何张绣劫营,独有一典韦守着,他将并未往援啊?原来操得邹氏,昼夜宣淫,也防军中异议,特遣各将巡视他处,慰谕旁县;就使尚有余兵,亦令散驻宛下,未尝相聚,只留着亲子亲侄,与猛将典韦,带领亲兵千人,守住本营。到了张绣掩袭,营兵从睡梦中惊起,俱已骇走,所以无人抵敌。单有典韦挡住营门,死战多时,终至送脱性命。但当日若无典韦,曹操万难逃脱,恐早与邹氏同入冥途了。闲话休表。

且说曹操渡过清水,方由诸将闻风驰至,护操还都。行至舞阴,才闻典韦丧生,不禁流涕,便募间谍往觅遗骸,幸得取回,厚加棺殓,亲自祭奠,恸哭一场,乃派吏送丧,归葬襄邑;授韦子满为郎中,自引军驰回许都,再拟整顿兵马,攻绣复仇。忽闻袁术在寿春僭号,置六宫,设百官,祠南北郊,自称仲氏。操不禁微哂道:"此子也配做皇帝么?"乐得揶揄。道言未绝,又由军吏呈上一书,当即启视,署名系是大将军、冀州牧袁绍,语多傲慢。顿时触动操怒,把书藏下,默不一言,左右见操有愠色,未敢进问。约莫有两三天,尚觉操心神未定,坐立不安。侍中锺繇,私问同僚荀彧道:"曹公近日似患心疾,莫非为了征宛失利么?"彧摇首道:"胜败乃兵家常事,曹公决不为此;近日必有他虑,待我往询,自见分晓!"说罢,即别繇谒操。操不待彧言,便出袁绍书示彧。心心相印,不劳问答。俟彧阅毕,便与语道:"我欲往讨不义,恐兵力未敌,如何是好?"彧欲作答,巧值祭酒郭嘉进来,抢先接入道:"古今成败,但视智愚,不在强弱。刘、项存亡,公所深知。今绍有十败,公有十胜,绍虽称强,何足深虑?绍繁礼多仪,公纯任自然,便是道胜;绍以逆动,公以顺取,便是义胜;绍失之过宽,公能济以猛,便是智胜;绍用人多疑,专任私人,公立贤有方,不问远近,便是度胜;绍多谋少决,坐失机宜,公能断大事,应变无穷,便是谋胜;绍高谈揖让,徒务虚名,公至诚待人,实事求是,便是德胜;绍见人饥寒,非不知恤,但往往顾近略远,公与绍相反,近事或有所忽,远虑却无不

周，便是仁胜；绍大臣争权，谗言惑乱，公御下以道，浸润不行，便是明胜；绍不识是非，赏罚失当，公洞察贤否，黜陟咸宜，便是文胜；绍自大好夸，未知兵要，公以少克众，用兵如神，便是武胜。据此看来，胜负已分，怕他什么？"操闻言喜慰道："如卿所言，绍必败，孤必胜，但孤方自愧无德，何足当此？"老奸巨猾。嘉又说道："明公不必过谦，惟徐州吕布，实心腹大患；今绍方与公孙瓒相持，我当乘他远出，东取吕布。否则我欲攻绍，布必袭我，为害正不浅哩！"或亦接说道："吕布未除，河北亦必难图。"操皱眉道："我所虑尚不止此！倘绍更侵扰关中，西略羌胡，南诱蜀汉，是彼势益强，我势益弱；区区兖、豫，还能保守得住么？"有此心事，怪不得坐立不安。或答说道："关中将帅，惟马腾、韩遂最强，今若抚以恩德，与彼连和，虽未能长久相安，目前总可无虑！或知侍中钟繇，夙具智略，若托付西事，定能弭兵，公可免西顾忧了！"操点头道："此议甚善。"当即令左右缮表，荐举钟繇为司隶校尉，持节出督关中诸军；献帝惟言是从，即遣繇往镇长安，繇贻书腾、遂，为陈祸福；腾、遂俱遣子入侍，誓无贰心。操得安心东略，拟出兵先攻吕布。

嗣闻布与袁术结亲，又恐术为布援，未易攻下，乃改用反间计，特使奉车都尉王则，赍奉诏书，往拜吕布为左将军。且由操备书与布，令王则一同带去。王则尚未至徐州，袁术已遣使韩胤，向布求婚，布当即应允，连夜备办妆奁，送女前往。韩胤自然偕行。布既遣女出嫁，入廨休息，忽由沛相陈珪，扶病求见；布不知何因，延入与语，珪开口道："袁术叛汉称帝，将军奈何与彼和亲？"布瞿然道："这……这也何妨？"珪申说道："孙策借兵袁术，得取江东，今尚不肯帝袁，抗词拒绝，策拒袁术借口叙明。试想骄侈如术，可成得大事么？况曹公方奉迎天子，翊赞国政，一旦奉诏讨逆，海内响应，术必灭亡！将军与彼结婚，显系从逆，能勿因此及祸么？"数语已足吓布。布不禁变色，俯首沉吟。珪复说道："为将军计，最好是通使朝廷，协同曹公；既足保名，复足安身，比诸与术结婚，祸福利害，相差甚远哩！"布蹙额道："我女已去，怎得复回？"珪急答道："去尚未久，尽可追还！"布听了此语，立遣轻骑往追；才阅半日，已得将女追回，并拘住韩胤，监禁狱中。珪复劝布解胤入许；即举子陈登为使。原来就是登父，可谓举不避亲。布尚在踌躇，可巧朝使王则到来，开读诏书，赍给左将军印绶，布欣然拜受；则又出操私书，交布展阅，内容多敬慕语，喜得布手舞足蹈，厚待王则，优礼饯归，并遣陈登持了谢表，随则入都。临行时与登密谈，要他代白曹操，荐为徐州牧；登谓宜解胤入都，自得所望，布亦乐允，就将胤推入槛车，令登带去。登至许都，呈入谢表，谒见曹操，操闻韩胤一并解到，立命处斩。真是枉死。登因白操道："吕布有勇无谋，轻于去就，明公宜早图为是！"操喜答道："我素知布狼子野心，不宜久养，卿父子善察情伪，幸为我从中代谋。"登应声如命，操即表增珪秩为二千石，登为广陵太守；且留登数日，方许告归。尚握登手叮咛道："东方事尽行付卿，卿勿相忘！"登喏喏受教，驰回徐州，报知吕布，具述父子邀恩，独不及徐州牧事。布不觉怒起，拔剑斫几道："汝父劝我协同曹操，绝婚公路，今我所求不得，汝父子乃得叨显贵，是明明为汝父子所卖，还敢回来见我么？"始终不脱孩儿气，怎得成事？登夷然自若，从容答说道："登见曹公，原为将军进言，谓养将军譬如养虎，当令食肉得饱，不饱且将噬人；曹公独批驳登言，比将军如养鹰，饥可为用，饱即扬去，所以未肯实授州牧，将军自思，究竟何如？"布转怒为笑道："曹操竟视我为鹰么？"

一语甫毕,当有探卒入报道:"袁术遣大将张勋、桥蕤,与韩暹、杨奉连兵,步骑数万,分作七道,来攻徐州了!"布大惊道:"我兵不逾万,马不满千,如何敌得住袁术?"说着,复瞋目视登道:"都是汝父教我绝婚,惹出此祸,汝速去叫父前来,为我敌术;如不能敌,休想活命!"登大笑道:"将军为何这般懦弱,登看袁术七军,好似七堆腐草,立可扫平。"是谓元龙豪气。说到此语,那陈珪已经趋至,复由布问及御敌方法。珪即说道:"珪正为此事前来,今袁术虽起七军,势同乌合,韩暹、杨奉未必为术用;但教将军作书相招,定可倒戈,若术果亲至,保为将军擒术哩!"布乃说道:"作书通使,仍须烦卿父子,幸勿推辞。"珪答说道:"我子登一人能为,毋烦老朽。"说罢即去。登即为布缮就书牍,当先交布阅过,大略说是:

　　二将军拔大驾来东,有元功于国,当书勋竹帛,万世不朽。今袁术造逆,当共诛讨,奈何与贼联兵攻布?布有杀董卓之功,与二将军俱为功臣,可因今共击破术,建功于天下,此时不可失也!

布览毕大喜,便遣登持书前去。过了数日,登趋回报布道:"韩暹、杨奉愿为内应,专候将军进兵,会同击术,不致有误!"布因即起兵,带同张辽、高顺、陈宫、臧霸等一班将吏,出城迎敌。行至数十里外,与术将张勋相遇,勋未敢交锋,闭营自守,静待各军接应;布即压营结垒,相去仅数百步。俄而喊声大起,韩暹、杨奉两军杀到,勋望见两路旗帜,总道他前来相助,当即开营出战,不意暹与奉反招呼吕布,三面夹击,杀得张勋叫苦连天,慌忙引兵奔还。逃至汝滨,士卒堕水溺死,不可胜计。布与暹、奉二军,乘胜南下,直指寿春,水陆并进,沿途大掠。行抵锺离,见有重兵把守,乃投书讥术,还渡淮北。术接得败报,方率健卒五千,亲至淮上,与布等隔水相望。布令部兵辱骂一场,班师径归。韩暹、杨奉欲与布同至徐州,布将所掠财物,分赠二人,令他留屯徐、扬交界,防御袁术,二人乃依言分驻,免不得纵兵四出,劫掠平民。豫州牧刘备,方在沛城,闻得暹、奉为殃,诱令入宴,阴嘱关羽、张飞,突至席间,把他两人杀死,余众闻变骇散,民得少安。当时与暹、奉挟帝东行,尚有胡才、李乐,留屯河东,乐自病死,才被怨家所害;就是李、郭、张、樊四将,同时作乱,樊稠为李傕所杀,张济战死穰城,郭汜入居郿坞,也由部将伍习刺死,但剩得李傕一人,收拾残众,混迹关西,宁辑将军段煨奉诏往讨,阵斩李傕,诛及三族。可见天道昭彰,无恶不报,人生何苦作奸行暴,累得身家绝灭,宗族凌夷呢?当头棒喝。

惟曹操得知袁术败耗,方拟东图吕布,忽又接到陈国警信,乃是陈王刘宠,明帝子,敬王羨曾孙。与陈相骆俊,俱为刺客所伤,相继殒命。这刺客系由袁术差遣,术向陈乞粮不获,故有此举。操想术如此不道,乐得声罪致讨,先灭淮南,再攻徐州,乃表请东征,即日检阅三军,亲出讨术。术闻操大举东来,弃军急走,但留部将桥蕤、李丰、梁纲、乐就等居守蕲阳。操引众围城,一鼓突入,把桥蕤等尽行擒斩,再追术至淮上,术渡淮窜去,操乃还师。途次遇一壮士许褚,挈众来归,自称沛国谯人,与操同籍。操见他身逾八尺,腰大十围,容貌壮伟,气象粗豪,料他必有勇力,便问他所长何技,许褚答道:"生平无他技能,但力能任重,足举百钧。从前汝南多贼,褚尝倒曳牛尾,行百余步,才得将贼吓退,故乡族党赖褚保全。闻明公礼罗豪俊,故挈众归诚,投效麾下。"操尚恐他所言未实,令他曳牛试技,果如所言,乃喜抚褚背道:"卿真可为我樊哙哩!"又想做汉沛公了。当下面授褚为都尉,引入宿卫,就是与褚同来的武夫,亦因他各具膂力,仍令归褚管辖,号为虎士。自从典韦死后,得褚为继,也算是无独有偶,视亡若存,操复得高枕无忧了!可惜邹氏不能复生。及行抵叶县,闻得张绣结合刘表,谋袭许都,操便令许褚为先锋,移军至宛,就在清水旁追祭亡将,哭至失声。将吏都上前劝慰,操流涕道:"他将尚可懋置,惟典韦在此捐躯,令我余哀未忘哩!"还有一位邹夫人更觉可哀。正唏嘘间,探马报刘表将邓济,进据湖阳,为绣声援。操即下令将士,速击湖阳。许褚奉令先行,操亦继进,将至湖阳城下,许褚已擒济还报,操录褚为首功,将济斩首。湖阳城不攻自降,再分兵略舞阴,也即攻下。乃进围穰城,穰城由张绣亲守,见操军声势甚盛,不敢出战,惟飞使向刘表求援。表遣兵救绣,截操后路。操正拟分兵抵御,突接许都来函,系由侍中荀彧所发,内称袁绍有袭许意,不如速归,但归途务请小心。操复彧书道:"刘表屯兵安众,断我归路,我若一退,绣追我后,表扼我前,原是危道。我已定有良策,一到安众,必能破绣,愿君勿忧!"此书既发,立即撤围西归。到了安众地界,果然后有追兵,前有阻卒,操却令军士夤夜凿险,作伪遁状,暗中用部兵分伏两旁,自率骑士待着。绣、表两军,联合入险,为尾追计,不防伏兵突发,左右夹攻,再加操纵骑迎击,大败联合军,伤亡无数,余众遁还。先是绣

欲追操,贾诩曾预为谏阻,绣不肯从,果致败回,绣始悔不用诩言,诩却劝绣道:"今可再往追操,必获大胜。"绣颓然道:"我军已败,奈何复追?"诩答说道:"兵有变通,此番往追,如若不胜,诩甘坐罪!"绣乃收集散卒,亲自追去。操兵果不敢回战,尽将辎重抛弃,仓皇遁去;绣尚驱众追赶,突有一彪人马,前来截住,为首将弁,大呼李通在此,休得逞威。绣见有援军,方才退回。李通也即还军,送操入许。

通系江夏人氏,表字文达,以勇侠得名。建安初归依曹操,操令他为中郎将,出屯汝南西境。及闻操出攻张绣,正引兵来会大军,凑巧操军退归,为绣所追,便从刺斜里突出,截住绣兵,操方得全师入都,通得超拜裨将军,封建功侯。惟张绣夺得许多辎重,还至穰城,由贾诩郊迎贺捷。绣笑问道:"前用精兵追退军,公云必败;后用败卒追胜兵,公谓必胜。今果尽如公言,究竟从何料着?"诩答说道:"这也是容易知晓。将军虽善用兵,究非操敌。操未尝败衄,急急退兵,必因许都有事,所以驰回,他防我军追击,定使劲兵断后,严堵我军。故诩知我军必败。及操已得胜,总道我军不至复追,安心回去,将军掩他不备,追杀过去,就使不能擒操,败操自有余了！故诩知我军必胜。"一经道破,人人易知。绣乃省悟,很加佩服。荆州兵仍然还镇,毋庸细表。

且说曹操既归许都,使人探视袁绍行踪,未曾出发,才觉放心。忽由沛地驰到急足,呈上要书,乃是刘备为吕布所攻,飞乞援师。操问明来使,方知吕布复通好袁术,进攻刘备。当下遣夏侯惇领兵数千,往援沛城。原来备与布失和后,互生嫌怨,彼此相图。布在徐州,使人诣河内买马,运至中途,被备略夺了去。布当然动愤,立遣部将高顺、张辽等,率兵攻沛,备自恐不支,因向许都求救。惇行至沛城,尚未安营,不防高顺部下,有锐骑七百余人,叫做陷阵军,所向无前,乘隙攻惇。惇慌忙接战,不到数合,已被高顺踏破行阵,部兵四散,急得惇脚忙手乱。正拟拍马返奔,左目上突然中箭,鲜血直流,一时忍痛不住,险些儿堕落马下,幸亏亲兵拥护出险,始得逃生。那高顺既击走夏侯惇,又还攻沛城,适值刘备带着关、张出城,接应夏侯惇。谁知惇已败退,正与高顺相遇,只好逆战,偏张辽袭备背后,竟将关、张二人冲散,单剩得刘备一军,寥寥无几,如何支持？且前后俱无去路,不得已骤马斜奔,窜往梁地。沛城里面只有孙乾、糜竺等几个文人,哪里还能固守？眼见得全城被陷,署舍一空,好好两位甘、糜二夫人,束手遭囚,由高顺派兵监押,送往徐州去了。前只甘氏被掳,此次又添一糜氏,为英雄妇却亦甚难。小子有诗叹道：

不经险难不艰贞,多少英雄血铸成。

只是娉婷双弱质,迭遭兵祸可怜生。

欲知刘备后事,且至下回再详。

曹操之所虑者,惟一袁绍,然献帝播迁,绍不先迎驾,反让操之挟主争雄,其无能为可知矣！十胜十败之说,原多谀语。而操之必胜,绍之必败,自在意中,虽非郭嘉、荀彧,犹能料及,即操亦何尝不自知之明,其所以徘徊瞻顾者,恐张绣、刘表之掎(jǐ)其左,吕布、袁术之掣其右也。攻张绣攻袁术,再攻吕布,看似闲着,实是要算。诸子得除,然后可专力河北,锐攻袁绍。诸葛公谓曹操用兵,仿佛孙、吴,固有见而云然尔。然一攻绣而濒死宛城,再攻绣而几厄贾诩。以操之智,且不免百密一疏,为敌所乘,彼吕布辈何足道焉！

第七十七回

愎谏招尤吕布殒命　　推诚待士孙策知人

却说刘备奔至梁地，仓皇穷蹙，几无所归，忽见前面来了无数人马，张着曹字旗号，飘飘前来。备暗想道："莫非曹操自来救我吗？"及军已行近，走马过问，果由曹操亲来讨布。备即自述姓名，叫曹兵引往见操。操与备相晤，便亲握备手道："孤督兵来迟，致令玄德受惊，幸勿见怪！"权术可爱。备拜谢盛情，且言败状。操复说道："我接夏侯惇败报，方知吕布势盛，沛城难免失守，所以督兵亲来。但吕布是一无谋匹夫，必为我败，玄德放心，看我指日擒布。"说得到，做得到。说着，遂与备并辔齐进，直指彭城。时夏侯惇伤目未痊，已由操召回许都，令他调养。惟余兵在途中接着，仍然随操东行。既至彭城，守将侯谐不顾好歹，竟敢开城出战，操将许褚，上前接斗，约有数合，便将侯谐活捉了来。彭城无主，自然被陷，操令将彭城兵民，一体屠戮，何亦残虐至此？再引军进攻下邳。广陵太守陈登挈众迎操，为操先驱，浩浩荡荡，杀到下邳城下。布亲出交锋，战辄失利，乃回保城中，不敢再出。操军四面设栅，昼夜围攻；关羽、张飞，也收合残兵，来会刘备，与操军并力攻城。布登城督守，俯视操兵如蚁，不免惊心。可巧有一箭飞上，箭镞中贯着一书，由军吏取示吕布。布拆开细阅，系是操劝己投降，不失侯封。布执书下城，商诸陈宫，意欲出降。宫因前时背操迎布，恐无生路，乃极力劝阻，且为布定策道："操军远来，势难久持，将军可率步骑出屯城外，宫率余众闭守城内，操若攻将军，宫即出攻操背，若转来攻城，将军即引兵回救，互相呼应，作为犄角，不出旬日，操兵粮尽，自然退去。那时好并力追击，无虑不胜了！"未始非计。高顺亦接说道："公台所言甚善！宫字公台。将军出屯，非但可作为犄角，并可截操粮道；操若乏粮，不走何待？"说得布易惧为喜，即令高顺助宫守城，自己收拾戎装，即拟出城立营。到了晚间，入语妻妾，妻严氏劝阻道：

"宫与顺素不相和,若将军一出,两人岂肯同心守城?倘有差失,将军如何自立?且曹氏尝厚待公台,不啻骨肉,公台尚舍彼归我;今将军待遇公台,未必出曹氏右,乃欲委全城,托妻子,孤军远出,一旦有变,妾岂得复为将军妻乎?"妇人从一而终,难道吕布有失,便好作他人妇?布听了妻言,又觉沉吟。严氏复流泪道:"妾前在长安,已为将军所弃,亏得庞舒匿护妾身,才幸与将军再聚;不料今日又欲弃妾,妾始终难免一死,尽听将军自便,毋以妾为念!"补述前事,意在反跌,比上文还要利害!布怎忍割舍,只好用言温存,决不他去,一面使属吏许汜、王楷,缒城夜出,悄悄的混过敌垒,至袁术处乞援。术怒问道:"布不与我女,反将我使人致死,理当失败;我且欲向他问罪,他还想我往救么?"汜、楷齐声道:"这为曹操反间计所误,今已知悔,故向明上求援!术已僭号,故呼为明上。明上若不援布,与自败何异?布为操所破,明上恐亦不免了!"术面色渐平,乃与语道:"布既自知前误,可送女前来,我当遣兵救他便了!"汜与楷不便再言,只好返报吕布。布情急无奈,不得不将女遣嫁,但城外满布敌兵,如何送去?想了又想,得了一计,俟至夜半,用绵缠住女身,背负上马,提戟出城。好一条送亲方法,但严氏不肯令布出城,此时何故漫许?才行数十步,已被曹军察觉,上前截住。布挺戟当先,后面又有张辽等将,跟杀上去,倒也冲破了好几重。怎奈操军变计,不用兵刃接斗,但用弓矢攒射,飞矢雨集,无缝可钻;布虽多力,究竟没有避箭方法,且恐爱女中箭,无益有损,没奈何退入城中。

　　河内太守张杨,素与布善,闻布为操所围,出兵东市,遥为声援。不意部将杨醜,谋叛张杨,竟将杨刺死,拟传首送操;他将眭固,替杨复仇,复纠众杀毙杨醜,北通袁绍,屯驻射犬,终未敢东出援布。布只得振作精神,与陈宫等拼死拒守。约莫过了月余,操攻城不下,也有归志。荀攸、郭嘉入谏道:"吕布屡败,锐气已挫,陈宫虽智,性多迟疑。今布气未复,宫谋未定,乘此急攻,自可擒布,奈何无故退兵呢?"操拈须说道:"顿兵城下,积久必疲,奈何?"郭嘉道:"可决沂泗两河,灌入城中。"操欣然道:"此计甚善,应即照行。"说着,即分拨将士,令他决水灌城,不到一日,城内外变作水乡,滔滔不绝,操军尽徙居高阜,坐待内变。布日夕守城,幸尚不致疏忽,至城被水淹,禁不住惶急起来,登城四望,遍地汪洋,当然愁眉

双锁,露出惧容。操军在高阜瞧着,且笑且呼道:"吕布何不速降!"布答语道:"卿曹幸毋困我,我便当自首明公。"陈宫在侧,独怒目视布道:"逆贼曹操,怎得称为明公?今若出降,如卵投石,尚能自全么?"布无奈下城,与妻妾饮酒解闷。过了翌晨,揽镜自照,形容已消瘦许多,不由的失惊道:"我瘦损至此,想是为酒所误,此后应严禁为是。"遂下令城中,不得酿酒。自己戒酒,却禁别人酿酒,一何可笑。会有部将侯成,失去名马数匹,连忙查究,幸得取回,诸将向侯成道贺,各馈酒肉。侯成恐有违军令,先将酒肉分献与布。布大怒道:"我方禁酒,汝等偏酿酒入献,藐我太甚!无非欲谋我不成?"一面说,一面令将成处斩,还是他将宋宪、魏续等代为跪求,方许贷死,尚命杖责数十下。侯成惭愤交并,潜与宋宪、魏续密谋,待至夜间,竟率众为乱,突把陈宫、高顺拘住,开城出降。吕布闻变,慌忙趋登白门楼。待至天色熹微,楼下已遍集操军,剑戟声与哗噪声杂作一团。布自觉势穷,见左右尚有数人,便顾语道:"汝等从我无益,不如取我首级,往献曹操,尚可邀功。"左右不忍杀布,却劝布下楼降操,或可保全身家;布急得没法,依议下楼。操军见了,都七手八脚,来捉吕布;布已经求降，不便动手，只好由他绑缚，军士尚恐吕布力大，格外缚紧，牵送至曹操座前。操已引军入城，泄去水势，升帐高坐，诸将侍立两旁，布被军士牵入，望见曹操，便大呼道："布被缚太急，请赐从宽。"操笑语道："缚虎不得不急。"布复说道："明公所患，当莫如布，布今已心服了，天下不足忧，公为大将，布为公副，何事不能成功哩！"操素知布勇，意欲收用，免不得心下踌躇，凑巧刘备进来，即欠身延坐。布复顾备道："玄德公！汝为座上客，布为阶下囚，何不代布一言，从宽发落？大丈夫视死如归，何必向人乞怜？备闻言微笑。操语备道："公意如何？"备且笑且答道："公不见丁原、董卓事么？一语已足。操不禁点首。布戟手指备道："大耳儿最无信义，令人可恨！汝亦知有信义否？忽有一人入呼道："要死就死！何必多言？"布见是高顺，徒呼负负。原来高顺屡次谏布，布不肯听，因此及难。操亦知顺忠勇，劝顺投降。顺复大呼道："宁死不降！"倒是烈士。布又见高顺左右，站着宋宪、魏续两人，复指语曹操道："布待诸将不薄，若辈叛布负德，明公何不加诛？"操驳说道："闻君听妻妾言，违诸将计，怎得称为不薄呢？"布默然不答。悔已迟了。操即命将布、顺牵出，一同缢死，然后枭首。及陈宫推至，操与语道："公台！卿尝自谓智计有余，今果如何？"宫叹恨道："吕布不从宫言，所以致此；若肯从我计，何至成擒！"操又说道："今日当如何处置？"宫大声道："为臣不忠，为子不孝，应该受死！"双关语。操又道："卿不惜死，可记得老母否？"宫慨然道："宫闻以孝治天下，不害他人父母。宫母存亡，听诸公命。"操又问宫妻子如何，宫复答道："圣王施仁，罪不及孥，妻子存否，亦惟公命。"说罢，即欲趋出。操问宫何往，宫毅然道："出去就死，尚有何言？"操不禁起座，流涕相送。猫哭老鼠，假慈悲。至宫受戮后，操使人抚恤宫母妻子，不使失所；就是吕布妻小，亦载回许都，免令连坐。不知貂蝉曾否在内？布将张辽、臧霸皆降，前尚书令陈纪子群，在布军中，亦为操所录用；还有吴敦、尹礼、孙观等，并命臧霸招致，各授官职，令守青、徐沿海诸境。刘备妻妾甘、糜二夫人，幸尚无恙，复得重会，悲喜兼并。独操邀备回许，只留将军车胄居守徐州，权任刺史，加封陈登为伏波将军，仍守广陵；自与备率军西归，饮至犒赏，不消细叙。

且说孙策既略定江东，即与袁术分张一帜，为独立计。至袁术僭号，策致书与术,责他不忠。术大失所望,愁沮成疾,但未肯取消帝制;终致策与术绝交,上表献帝,自陈心迹。曹操称策为猘(zhì)儿,欲加笼络,特使议郎王辅赍诏东行,拜策为骑都尉,袭爵乌程侯,领会稽太守,使讨袁术。策受命后,复遣张纮赴许,贡献方物。操又表策为讨逆将军,进封吴侯;留张纮为侍御史,且征还前会稽太守王朗,使为谏议大夫。策已得荣封,声望日隆,江东人士,陆续趋附,得众数万,因令周瑜还镇丹阳。适袁术令从弟胤为丹阳太守,接替周尚后任。尚为瑜从父,既已卸职,便邀瑜同返寿春,瑜不得不从。尚引瑜见术,术看他仪表非凡,欲令为将,瑜独固辞,但自求为居巢长,术未识瑜意,当即依允。瑜即日辞行,到了居巢,闻得临淮人鲁肃,慷慨好施,就率数百人往访,乘便贷粮。实是试肃。肃一见倾心,便指家中储米两囷(qūn),分赠与瑜,每囷约三万斛。瑜以为与肃初会,便得他一囷厚赠,益信肃名不虚传,遂握手论交,订为知己,方才告辞。肃别瑜后,忽接袁术使命,令署东城县长,他阳为拜受,潜挈家中老幼,及同志少年百余人,竟诣居巢,就瑜商议。瑜问明来意,即呼肃表字道:"子敬与我同意,我亦知术终无成,故乞得此差,以便东行。"说着,即弃官整装,与肃渡江,使肃家留居曲阿旧宅,自偕肃往见孙策。策闻瑜复至,亲出迎瑜。瑜导肃相见,策与谈数语,亦知肃非常人,改容敬礼,且授瑜为建威中郎将,给兵二千人,骑五十匹,使偕肃出屯牛渚营;自领兵往讨丹阳贼帅祖郎,亲与搏战,活擒归营。郎匍匐谢罪,策微笑道:"我前在曲阿,被尔无端掩袭,砍破马鞍,今被我擒来,本应处死,但自念创军立业,不宜记嫌,尔诚能自知前过,我当赦汝,不必惊慌。"郎接连叩头,情愿投诚。策即命释缚,署为门下贼曹。缉贼之官。

会闻刘繇旧将太史慈窜居芜湖山中,结众数千人,自称丹阳太守,出略泾县,号召山越,欲与刘繇复仇。策复提兵往讨,连战数次,未能得手;嗣至勇里设伏,诱慈入险,才得将慈执住。策亲与解缚,笑握慈手道:"尚记得神亭时么?若尔时为卿所获,可相害否?"慈亦笑答道:"也未可知。"策大笑道:"今当与君同休戚,幸卿毋嫌!"说着,即携慈入,延令上坐,咨问进取方法。慈谦让道:"破军之将,何足论事?"策婉驳道:"昔韩信得李左车,咨询大计,终得成功;今策欲向卿决疑,愿卿勿辞!"惟能虚心用人,才为英雄。慈乃说道:"刘军新破,士卒离心,若至四散,恐难复聚,愚意欲出抚余众,引为公助,未知公可相信否?"策起谢道:"这正为策所深愿,明日日中,望卿归来。"慈应声即去。诸将进谏道:"太史慈如何纵去? 恐明日必不复还。"策摇首道:"子义乃青州名士,素尚信义,决不相欺。"能知人,方能用人。诸将似信非信。到了次日,策预备酒食,立竿候影,影至日中,太史慈果挈众归报。策下座相迎道:"卿真信人,不负策一番赏识呢!"遂命左右搬出酒肴,与共欢饮,至暮方散。越宿即署为门下督,使与祖郎同作前驱,班师还吴。嗣闻刘繇转奔豫章,得病身亡,余众万余人,欲奉豫章太守华歆为主,歆尚未敢受。策即进太史慈为折冲中郎将,遣令前往招安,且语慈道:"刘繇受命朝廷,名正义顺,我非敢与繇相抗,只因我先君遗众数千,尽属袁公路,不得不借此索兵,进据曲阿。我本遣从兄贲往守豫章,终因朝廷简授华子鱼,留贲不遣。子鱼即华歆字,孙贲为豫章太守,由策所授,事见七十五回。至此借策叙明前后,方不至矛盾。公路僭逆,我即与绝交,可见我非真叛汉,不守臣节。今刘繇遽亡,恨我不及与他面辩;今繇子在豫章,未知华子鱼待遇如何,亦未知旧部肯否相依。卿可往宣我意,慰谕该部。该部愿来,便与同来,不愿来亦

听彼自便,并看华子鱼能否抚民。一切劳卿裁夺,需兵若干,也由卿自酌罢!"慈答说道:"将军量同桓、文,宥慈死罪,慈当尽死报德。今奉命往抚,并非与争,兵不宜多,多兵反使滋疑,数十人便足敷用了!"说罢,即出外治装,隔宿起行。程普等进言道:"慈若出使,必北去不还!"策慨然道:"子义舍我,将依何人?"*知彼知己*。翌晨为慈送行,亲至昌门饯别,把腕与语道:"何时可还?"慈答称约六十日。两下分手,一出一归。左右尚谓遣慈非计,策作色道:"诸君勿复言,我知子义不轻然诺,行必践言,何至负我?"已而两月届期,慈果回吴,报称华子鱼无他方略,但期自守。策抚掌大笑道:"我亦料子鱼不过如此。"

转眼间已是建安四年,策正拟出兵西略,可巧袁术病死江亭,策扬眉吐气道:"袁皇帝也病死么?"*不意上下数千年,有两个袁皇帝*。究竟袁术如何病死,当时由策使人探明,小子也正好随笔补叙。自袁术僭号称尊,骄盈益甚,后宫数百,皆服绮罗,餍粱肉,独未肯赡给穷民。故司隶冯方家眷,避乱扬州,有女甚美,为术所羡,就令吏士强取入宫,列作嫔嫱,宠幸无比。后宫诸妇,各相妒忌,竟将冯女扼死,悬诸厕梁。术还道她别怀抑郁,投缳毕志,当即恸哭一场,厚礼丧葬。嗣是悼亡益甚,酿成心疾。又因孙策不肯相助,引为深忧,再加将士屡败,粮食告空,不得已毁去宫室,走向灊(Qián)山,奔依部将雷薄、陈兰。谁知两将已有贰心,把他拒绝,士卒又沿途离散,害得他忧惶迫切,不知所为,乃遣使至冀州,愿将帝号让与袁绍。绍子谭方为青州刺史,寄书迎术。术改辕北往,道出徐州,偏有大军截住;探明何事,乃是刘备奉曹操令,在此邀击,自知不足敌备,慌忙退还。那后军辎重,已被备军夺去,没奈何欲南归寿春,行至江亭,距寿春尚八十里。时当盛暑,粮饷皆绝,只剩麦屑三十斛,分给随从,供不敷求,自己但食粗粝,不能下咽,欲乞蜜浆止渴,又无所得,不由的大呼道:"袁术袁术!奈何至此?"说到此语,胸前作恶,哇的一声,呕出许多狂血,接连不已,竟至斗余,倒毙床上。*一场皇帝梦至此告终*。妻子等抚尸哭罢,草草棺殓,携榇奔庐江,欲依太守刘勋。前广陵太守徐璆,闻得术有传国玺,纠众还截,迫将玉玺缴出,方准过去。术妻无法,出玺付璆。*一报还一报*。璆始引众退去,自赴许都献玺,得拜高陵太守。一代国宝,总算是仍还故主,可惜也不能久有了!*为曹氏篡汉伏笔*。庐江太守刘勋,本为袁术部将,术家来奔,当然收纳,又招集袁术部曲,得数万人,兵势颇盛,苦未足食。事为孙策所闻,正好乘间西略,便召周瑜为中护军,部署兵马,即日起行。瑜献计道:"刘勋新得术众,若与交战,必费兵力,最好是劝他往取上缭。上缭豪民,各自举帅,拥粮甚多,勋必垂涎。待他往取,我借出讨黄祖为名,乘虚掩入,一举可得庐江了!"策闻言大喜,即遣使赍书与勋,加赠珠宝。果然勋利令智昏,出攻上缭,策与瑜倍道进兵,行抵石城,令从兄贲、辅两人,率兵八千,往屯彭泽,截勋归路;自偕瑜领兵二万人,往袭皖城。皖城为庐江治所,因勋他出,守兵不多,蓦闻策兵到来,并皆骇散。策得长驱入城,掳住刘勋妻子,就是袁术家属,亦尽作俘囚。部众除溃走外,统皆投降。惟策素严军律,不许残掠,所有术、勋两家妻小,均令释放,仍加抚养,余如子女玉帛,概不妄取。独访得乔公二女,皆有国色,因遣人礼聘,得邀乔公允许,送入一对姐妹花;策纳大乔,瑜纳小乔。小子有诗咏二乔道:

  两英雄配两婵娟,作合天成算有缘。

  可惜郎君皆不寿,红颜自古福难全。

  郎才女貌,谐成伉俪,当然两情相惬,恩爱缠绵。嗣复接得孙贲捷报,已经击走刘勋,真是喜气重重,无求不遂了!欲知孙贲战胜后事,待至下回叙明。

  吕布之勇,足以敌曹操,而智谋之不逮操也远甚。操之图布也久矣,督师东来,目无吕布。但布若能用陈宫之计,内外呼应,犄角相援,则操亦未必有成;就使挫失,布在城外,亦可远走,何至为操所擒乎?乃始则被惑于妇人,继则见嫌于部将,虎为人缚,摇尾乞怜,嗟何及哉!刘备之劝操杀布,亦知布之反复图己,终为后患,故借丁原、董卓事以晓操;而布乃死,而备乃得去一害,是固非徒为操计也。孙策继承父志,略定江东。而于祖郎之不报宿嫌,已昭大度;至擒太史慈于勇里之间,更能释缚周咨,坦然相与,一遣慈而不疑,再遣慈而仍不疑。慈固信士,然何莫非由策之推心置腹,有以致之。用人如策,乃足使人效死,袁术反是,宜其失猘儿之心,身死江亭,终为人笑也。

第七十八回

穿地道焚死公孙瓒　害国戚勒毙董贵妃

却说刘勋为孙策所欺，出攻上缭，上缭土豪皆坚壁清野，敛守城中，勋竟无所得，屯兵海昏，为攻城计。忽闻孙策袭击皖城，慌忙退回，路过彭泽，被孙贲、孙辅截击一阵，败走流沂，遣使至夏口，向江夏太守黄祖处求援，祖遣舟师五千人援勋。当由孙贲申报孙策，策督兵亲往，大破勋军。勋逃往许都，勋部兵二千余人，及黄祖所遣战船数百艘，俱为策军所获。策得乘胜西进，锐击黄祖，祖率水军迎敌，并向刘表乞师。表遣从子虎，及部将韩晞，率长矛队五千人，助祖拒策。一场交绥，晞竟战死，虎亦逃回。黄祖孤立无助，也即退走，船械尽失，连妻子一概抛去，士卒杀溺至数万人。策乃回徇豫章，屯营椒丘，使功曹虞翻招降华歆。歆有文无武，怎能御策？当即派吏欢迎，待策至豫章，自服葛巾出谒。策因歆素有才望，执子弟礼，待若上宾。于是实授孙贲为豫章太守，且分豫章为庐陵郡，增置郡守，即令孙辅任职，留周瑜镇守巴丘，旋师入吴。小子叙到此处，不得不将刘备事迹，赶紧接入。是用笔过峡处。先是备随操入许，得见献帝，献帝与叙宗系，应呼备为叔，当然慰劳有加；操且表举备为左将军，出同车，坐同席，待遇甚优。惟备见操揽权逼主，隐怀不平，只因兵力甚微，无法报国，不得不容忍过去。操更诬称故太尉杨彪，私通袁术，收系狱中；还亏将作大匠孔融，侍中荀彧，许令满宠等，力为解救，始得赦出。议郎赵彦恨操专横，上书劾操，为操所杀。操请献帝出猎许田，操射得一鹿，群臣错疑为献帝所射，齐呼万岁，操直受不辞。刘备与关羽等随驾同猎，羽见操如此无礼，愤欲杀操，经备从旁阻止，方才住手；献帝也为怏怏。罢猎回宫，默思盈廷大臣，只有车骑将军董承，位兼勋戚，尚可与言，但无端宣召，又露形迹，不得已密令董贵人制就玉带一条，把手书藏入带中，用线缝好，赐与董承。承心知有异，剖视带中，得见密诏，乃与将军吴子兰、王服，及长水校尉种辑等,阴谋诛操,并邀同左将军刘备,共预密盟。备因谊关宗室,不能不允,但因操势方强,应从缓图,不可欲速,一面恐操生疑,就寓宅后园种菜,韬晦待时。会操邀备小宴,并坐饮酒,谈及四方枭杰,掀髯笑语道:"今天下英雄,惟有使君与操。"话未说完,备不觉一惊,竟将手中所执的匕箸,失落席下。方图韬晦,忽被曹操叫破,怎得不惊?可巧天公做美,空中起了一个霹雳,响震厅堂,备即借此语操道:"天威如此,怪不得圣人有言,迅雷风烈必变呢!"为此一语,得将自己失惊的情状,轻轻瞒过。及袁术欲奔往青州,备遂向操讨差,愿率关、张等前去邀击。操遣裨将朱灵、路招,偕备同行,名为帮助,实使监制。哪知备既离虎口,得遂鸿飞,岂是朱、路两庸将所得牵掣?一到徐州,截得袁术若干辎重,即使朱灵、路招返报;自与关、张抵下邳城,伪传操令,诱刺史车胄出迎。车胄刺徐州及刘备截袁术,俱见前回。车胄不知是计,开城迎备,兜头碰着关羽。手起刀落,把胄劈做两段,当即枭首入城,只言车胄谋反,所以处死,余众无辜,一律免罪。兵民也未识真假,但教保全生命,自无异言。备省视家属,甘、糜二夫人相安如故,却也放心。插叙一笔,为下文再失妻小张本。便留关羽守下邳城,自往小沛招集散兵,约得万人;复恐曹操遣兵来攻,特遣从吏孙乾,通好袁绍,倚为外援。绍方击死公孙瓒,得并幽州,原想南下攻操,既由刘备使命,乐得与他连和,即遣孙乾归报,备稍稍纾忧。但回忆公孙瓒为同学旧友,一跌赤族,不免伤心;且自别瓒以后,南救陶谦,正值赵云丧兄,辞归常山,好几年不与相见,亦未知他寄身何处,八九回不及赵云,恐致阅者怀疑,故此处急忙补叙。死别生离,俱劳感念,不得不北向歔欷。究竟公孙瓒如何战死?亦应就此叙明。瓒徙居易城,高处层楼。见七十三回。袁绍屡攻不克,贻书慰解,欲与释憾连和,瓒独不答,增修守备,且语长吏关靖道:"当今四方虎争,无一能坐我城下,袁本初虽强,亦奈何我不得呢。"绍得闻此语,便大举攻瓒,各守将接连告急,瓒并不赴援,反语左右道:"我若往救一人,人人都想我救,不肯力战了。"全是呆话。守将待援不至,或降或溃,绍军长驱直进,竟抵城下。瓒又急得没法,遣子续求救黑山,待久不至,乃欲自领突骑,出迎黑山援军,侵入冀州,横断绍后,偏经关靖谏阻,说是:"主将一出,城必失陷,不如坚守待援,可却绍军。"瓒因即罢议。

　　已而黑山贼帅张燕，<u>即褚燕，改姓为张。</u>使人诣瓒，报称起兵十万，来救易城，瓒当然大喜。过了旬日，仍然不至，乃复使人赍书促燕，且嘱子续引兵速来，举火为号，以便内应。不意瓒使出城，被绍军擒去，搜得瓒书，将计就计，便分兵埋伏北郊，纵火诱瓒。瓒还道由续举火，忙开北门，引军出应，哪知伏兵突起，奋击瓒军，瓒慌忙奔还，部众已伤亡大半，剩得残骑数百，逃回城中。绍督兵合围，暗凿地道，通瓒楼下，瓒重楼寂处，未曾知晓。嗣由绍军在地穴内，用柱燃楼，楼辄倾倒，瓒始知难免，先缢死妻子姐妹，然后引火自焚，一道冤魂，随了祝融回禄，同往南方；部将田楷战死。关靖叹道："我若不阻将军出城，或得济事，今乃至此，我闻君子陷人危地，必与同难，将军既死，我岂尚可独生么？"遂拍马赴敌，力战而亡。<u>史称靖本酷吏，谄事公孙瓒，乃得邀宠，但观其甘与同殉，尚有忠忱。</u>黑山贼帅张燕，闻易城已破，当然罢兵。瓒子公孙续无家可归，流离朔方，旋为屠各胡所杀。

　　绍送瓒首入许都，曹操暗中加忌，对着绍使，说他未奉朝命，擅取幽州。绍使归报，触动绍怒，即欲兴兵攻操。监军沮授进谏道："近讨公孙瓒,师出历年,百姓疲敝,仓廪空虚,未可轻动。不如务农息民,养足锐气,然后进屯黎阳,规划河南,作舟楫,缮器械,分兵四出,令彼不得安,我乃用逸待劳,方可得志。"从事田丰亦与授言相同,独郭图审配,希承绍意,主张出兵。授又说道:"授闻救乱诛暴,方为义兵;恃众凭强,乃为骄兵。义兵无敌,骄兵必败。今曹操奉天子,令天下,若我军往攻,名义既乖,且曹氏法令既行,士卒精练,比那公孙瓒安坐受敌,全然不同。若不察敌情,驱众求胜,胜未可必,败实可忧!窃为明公不取哩。"郭图等仍然抗辩,决计南下,且谮授不从主意,未便监军,绍竟为所惑,分设三督,使授与郭图、淳于琼,各典一军,调兵十万,选马万匹,指日南行,为攻操计。

操正使曹仁、史涣诸将出略河北,击毙张杨,遣将眭固,攻下射犬城。眭固北通袁绍,屯驻射犬,见前回。操亦自至河上,遥助军威。嗣闻绍将南来,乃还驻敖仓,与诸将会议进止。诸将恐绍军势盛,难与争锋,操奋然道:"我知袁绍为人,志大而智小,色厉而胆落,忌克而少威,兵多而分划不明,将骄而政令不一。土地虽广,粮草虽丰,徒为我资,何惧之有?"虽是安定众心,但袁绍之失,实尽此数语。乃使臧霸等东进青州,防御袁谭,留于禁屯河上,复因官渡为南北要冲,派兵严堵,自还许都,安排粮械,准备敌绍。一面分遣辩士,招抚张绣、刘表。绣与操有隙,见了操使,听他一番词辩,却也有些动情,因此迟疑不决。

适袁绍亦遣使招绣,绣无所适从,特召贾诩入商,诩未曾申议,便顾语绍使道:"劳汝归谢袁本初,兄弟尚不相容,怎能容天下国士呢?"说得绍使无言可对,匆匆别去。绣惊诧道:"奈何拒绝袁氏?"诩直答道:"袁本初怎能成事?将军往从,徒自取祸。"绣接说道:"难道便投曹操么?"诩接说道:"不如往从曹公!"绣皱眉道:"袁强曹弱,操又与我有仇,怎可往从?"诩申说道:"正惟如此,所以宜从。曹氏方奉承天子,一宜从;袁氏方强,即去从彼,必不见重,曹氏尚弱,得我必喜,二宜从;曹氏既来招将军,岂尚记嫌,必且格外加亲,昭示大度,三宜从。将军勿再怀疑,即日往从便了!"诩既劝绣降操,前日何不玉成邹氏?吾恐邹氏有知,死不瞑目。绣乃带领亲从,与诩同赴许都,投降曹操。操见绣大喜,亲握绣手,欢颜抚慰,并开筵接风,殷勤款待。越日即引绣朝见献帝,面举绣为扬武将军,诩为执金吾,献帝自然依议。待朝退后,复愿与绣结婚,聘绣女为庶子均妇，绣也觉乐从，安居都下。前日失去一位叔母，此时复赔了一个女儿，种种吃亏，尚有何乐？

惟刘表观望不前，未肯遽与操合，操因刘表多疑少决，不足深虑，乃待诸后图。适孔融表荐一人，姓祢名衡，字正平，系平原少年，说他淑质贞亮，英才卓跞，见善若惊，嫉恶若仇，有鸷鸟累百，不如一鹗等语。操即使人召衡，衡素刚傲，不肯事操，一再托病，谢绝操使，并有狂言讥操。操闻报后，未免愤怒；但因衡素有才名，不便加刃，惟遣兵吏迫衡入府，衡无可再辞，昂然趋至，长揖不拜。操亦不命坐，由他站立，衡仰天叹道："四海虽大，恨乏人才。"操瞋目道："许都新建，贤士四集，怎得谓尚乏人才？"衡抗答道："大儿孔文举，即孔融。小儿杨德祖，系弘农人杨修。尚有才名。余子碌碌，皆不足数！"操狞笑道："想汝甫入皇都，未识朝中才士，就是我幕下文武，何一非才。"衡微哂道："公以为才，何人敢说是不才。但据衡看来，统是一姓家奴，毫无干济。荀彧但可使吊丧，荀攸但可使守墓，程昱但可使关门闭户，郭嘉但可使白词念赋，张辽但可使击鼓鸣金，许褚但可使牧牛放马，乐进但可使取状读诏，李典但可使传书送檄，吕虔但可使磨刀铸剑，满宠但可使饮酒食糟，于禁但可使负版筑墙，徐晃但可使屠猪杀犬，夏侯惇可称完体将军，曹子孝可呼要钱太守。子孝即曹仁字。此外更不必说了！"痛快淋漓！操怒问道："汝有何能？"衡答说道："上期致君，下期泽民，不似那庸夫坐食，但务逢迎！"操怒说道："闻汝纯盗虚声，徒善击鼓，可在我门下做一鼓吏罢！"衡也不推辞，应声趋退，操不容外出。待至次日，即大集宾佐，置酒宴会，使鼓吏在阶下挝鼓。鼓吏例当易服，皆改装而入，衡独蹀躞登阶，见鼓便击，迭成《渔阳》三挝（zhuā），章节悲壮，如骂如讽，座上客听入耳中，俱为动容。三挝已毕，衡进至操前，为吏所阻，且叱衡道："鼓吏何不改装？乃敢轻进！"衡并不答言，竟将衣服脱去，裸体立着，孔融也在座间，只恐衡得罪曹操，麾令下堂。衡退至鼓旁，徐徐更衣，又复三挝，声愈激越，挝罢自去。操笑语宾佐道："本欲辱衡，衡反辱孤。"阖座并皆不欢，席终散归。惟孔融心下未安，出责祢衡道："正平，大雅君子，可如是么？"衡默不一语。融再述操礼贤诚意，嘱衡往谢，衡沉吟半晌，方才允诺。融乃复入见操，谓衡有狂疾，现已清醒，当来谢罪，操点头会意；待融去后，饬门吏不得阻客，专望衡至。等到日暮,由门吏跟跄入报道:"大胆祢衡,敢在营门外面,用杖棰地,呼号叫骂,语多狂悖,请收案治罪。"操艴(bó)然道:"弥衡竖子,我欲杀他,不啻雀鼠,惟此人颇有虚名,人将谓我不能容物,所以加诛。今我有一法,叫他往谕刘表便了。"却是一条好法儿。于是传令出去,叫衡前往荆州,招降刘表,限他越宿起行,且预嘱门下谋士,在城南饯行。到了翌晨,便命骑士促衡登程。衡尚不欲往,经骑士再四催逼,乃草草收拾行李,上马出城。但见南门外摆着酒肴,有一簇人马待着,只好下骑相见,哪知一班衣冠楚楚的人物,名为饯行,俱端然坐着,并不起迎。衡用目四顾,失声大哭,大众不能不问,衡挥泪道:"坐为冢,卧为尸,我与尸冢相对,怎得不悲。"说罢,仍然上马,加鞭径去。大众还报曹操,操笑说道:"我不杀衡,自然有人杀衡,看他狂生能活到几时?"

言未已,忽有人入报道:"刘备在徐州勾通袁绍,谋袭都城。"操愤愤道:"备前遣还朱灵、路招,擅杀车胄,我正要讨伐,他还敢前来谋我么?"长史刘岱方在操侧,听了操言,即自请效力,东出击备。此刘岱与前兖州刺史同名异人,兖州刺史刘岱已死,罗氏《三国演义》并作一人,实是误会。操乃令与中郎将王忠,引兵万人,往攻徐州。岱、忠两人,本来是没甚智略,一到徐州境内,便已遇着备军,当下摆好阵势,请备答话。备纵马出见,岱责备忘恩负义,难逃一死。备从容答道:"我非敢有背曹公,实因车胄谋害,不得不将他杀死,请二将军返报曹公,免伤和气。"岱、忠齐声道:"何人信汝谎言,快快下马受缚,免得我等动手!"备不禁失笑道:"曹公自来,胜负或未可知,如汝等碌碌庸材,就是来了一百个,我也不怕。"当面嘲笑。岱、忠听着,双槊并举,上前攻备,备背后已突出关羽、张飞,把他截住,四将四骑,绕场厮杀,岱、忠哪里是关、张敌手?不到数合,便即败走。关、张驱杀一阵,由备鸣金收军,方才退回。岱、忠窜至数十里外,方敢下营,遣人至许都报操,再请济师。操因残腊已届,勉强忍耐,拟在许都度过新年,乃亲出攻备,好容易已是建安五年。

车骑将军董承见操专横日甚,潜使人致书刘备,使作外援,自为内应,一面与吴子兰、王子服等,暗地安排,日夕筹备;谁知事机不密,竟为操所探悉,立即遣派兵吏,把董承等一并拿下,拘系狱中。操带剑入宫,竟向献帝索交董贵人,献帝方与伏后闲坐,谈及曹操弄权,互相叹息,蓦

害国戚勒毙董贵妃

见操抢步趋入,满面怒容,不由的大惊失色。操开口道:"董承不道,竟敢谋反,请陛下即日治罪。"献帝嗫嚅道:"董承系朝廷勋戚,如何也至谋反呢?"操又说道:"老臣迎驾至此,并未尝有负陛下,董承自恃国戚,竟想害死老臣,臣若被害,陛下恐亦连及,岂不是谋反么?"献帝道:"果有实据否?"操张目道:"证据昭然,并非诬陷,陛下如袒护董承,莫非教他杀臣不成?"全是无赖徒口吻。献帝本有密诏谕承,至此越觉心虚,只好说是:"董承有罪,当依法惩治。"操厉声道:"尚有董承女儿,在宫伴驾,应该连坐。"说着,即喝令卫士往拿董贵人,卫士不敢不依,去了半晌,便将董贵人牵出。操复向献帝道:"此女应即处死。"献帝呜咽道:"董女方怀妊数月,俟分娩后,治罪未迟。"操悍然道:"无论董女尚未生育,就使已生子嗣,亦当尽戮,怎得留下种子,为母报仇?"竟欲绝龙种耶?与弑逆何异?献帝听了此语,吓出一身冷汗,连话儿都说不出来,看那董贵人的惨容,更似万箭穿胸,异常痛苦,再听得一声呼叱,竟将董贵人拖出宫去,急得献帝说出数语道:"曹公!汝若能相辅,幸勿过甚,否则不妨相舍。"操掉头不顾,趋出宫外,令将董贵人勒死,再至朝堂,晓示刑官,令将董承、吴

子兰、王子服、种辑等一并斩首,并夷三族。可怜一班奉诏图奸的大臣,竟至全家诛戮,惨不忍闻! 小子有诗叹道:

> 敢将毒手逞宫闱,凄绝屏皇空泪挥。
> 为语古今名阀女,生生莫作帝王妃!

曹操既杀死董承等人,复督兵出攻刘备。欲知刘备能否敌操,且至下回详叙。

公孙瓒之致死,其失与袁术相同。术死于侈,瓒亦未尝不由侈而死。观其建筑层楼,重门固守,妇女传宣,将士解散,彼且诩诩然自夸得计。一则曰吾有积谷三百万斛,食尽此谷,再觇时变。再则曰当今四方虎争,无一能坐吾城下。谁知绍兵骤至,全城被围,鼓角鸣于地中,柱火焚于楼下,有欲免一死而不可得者,较诸袁术之结局,其惨尤甚! 传有之:"侈为恶之大。"非虚言也! 若张绣、刘表,亦皆碌碌不足道,以视弥正平之渔阳三挝,俱有愧色。正平虽狂,骂曹一事,却是痛快! 曹操犹不知悛,竟诛夷国戚,勒毙皇妃,操之目无汉帝,至此尽露。而陈寿作《三国志》,尚事事回护操贼,操得为忠,王莽如何为逆乎?

第七十九回

袁本初驰檄疗风疾　孙伯符中箭促天年

　　却说曹操整缮军马,出攻刘备。诸将恐袁绍南下,乘虚袭许,多有异言。操独谓刘备人杰,定宜早除。还有祭酒郭嘉,亦赞成操意,说是绍性多疑,来必迟缓,不如先击刘备,较为得计。操遂督兵出都,直达徐州,刘备闻报,自知寡不敌众,急遣从事孙乾,驰往冀州,向绍乞援。

　　绍因幼子有疾,无意进兵。别驾田丰进谏道:"曹、刘相争,未可猝解,何不乘机袭许,既可杀备,又可灭操。"绍唏嘘道:"我三子中,惟少子尚最中我意,今不幸罹疾,累我忧劳,尚有何心再谈军事?"说着,即遣归孙乾,但言子疾得痊,才可出救,乾无奈别归。田丰趋退,用杖击地道:"欲图天下,乃因婴儿得病,坐失机会,岂不可惜么?"此机一失,袁、曹成败从此分了!绍终不变计,敛兵如故。

　　刘备日夕待援,至孙乾归报,方知绍无心出救,只好督率张飞,引众出敌。操兵约数万人,比备兵多过数倍,就使张飞骁勇,究竟敌不住操兵。操且令部众分作数路,前后左右,四面杀入,顿致刘备、张飞,不能相顾,及两人杀出重围,彼此失散,又被操军遮断归路,不能再回小沛城。飞向芒砀山窜去,备竟走青州。

　　操得攻下小沛,复移军转攻下邳,下邳由关羽把守,就是甘、糜二夫人,也居住城中。操军漫山遍野,奔至城下,把全城团团围住,关羽屡次杀出,均被操军截回。操令张辽招降关羽,羽想自己单刀匹马,尚可突围,惟二嫂俱系女流,如何得脱?没奈何与张辽定约,只降汉,不降曹;且与刘备义同生死,若闻备投向何方,即当往依云云。为关公保全身分,故采入稗史中语。张辽返报曹操,操一一允许;再由辽告知关羽,羽乃出降。操挈羽归许,羽偕二嫂同行,沿途寄宿馆驿,操令羽与二嫂同室,羽秉烛达旦,坐读《春秋》,彻夜不倦。操自此重羽,回都以后,拜羽为偏将军,待遇甚厚,五日一大宴,三日一小宴,并将吕布遗下的赤兔马,转赠予羽。羽虽然拜谢,心下总不忘刘备。操尝使张辽探试羽意,羽慨答道:"我亦感曹公厚惠,但与刘将军誓同生死,义不可忘,我终不能常留此地。但须立功报效曹公,方敢辞去。"两面顾到,情至义尽。辽闻言叹息,回报曹操。操不禁赞美道:"好义士!事主不忘本,恨不能叫他久留呢!"辽答道:"羽受公恩,谓必当立功以报,想一时总不至遽去。"操点首道:"我所以称他义士呢。"足令奸雄心服。

过了旬余,操患头风,痛卧病床上。忽由左右呈入一纸,由操取阅,乃是一篇檄文。但见纸上写着:

盖闻明主图危以制变,忠臣虑难以立权,是以有非常之人,然后有非常之事;有非常之事,然后立非常之功。夫非常者,固非常人所拟也。曩者强秦弱主,赵高执柄,专制朝命,威福由己,终有望夷之祸,污辱至今。及臻吕后,禄、产专政,擅断万机,决事省禁,下陵上替,海内寒心,于是绛侯、朱虚绛侯周勃,朱虚侯刘章。兴戎奋怒,诛夷逆乱,尊立太宗,故能道化兴隆,光明显融,此则大臣立权之明表也。司空曹操,祖父腾,故中常侍,与左悺、徐璜,并作妖孽,饕餮放横,伤化虐民。父嵩,乞丐携养,因赃假位,舆金辇璧,输货权门,窃盗鼎司,倾覆重器。操赘阉遗丑,本无令德,僄(piào)狡锋侠,好乱乐祸。幕府昔统鹰扬,扫夷凶逆,续遇董卓,侵官暴国,于是提剑挥鼓,发命东夏。方收罗英雄,弃瑕录用,故遂与操参咨策略,谓其鹰犬之才,爪牙可任。至乃愚佻短虑,轻进易退,伤夷折衄,数丧师徒。幕府辄复分兵命锐,修完补辑,表行东郡太守;领兖州刺史,被以虎文,授以偏师,奖就威柄,冀获秦师一克之报。引用《春秋》秦孟明事。而操遂乘资跋扈,肆行酷烈,割剥元元,残贤害善。故九江太守边让,英才俊逸,天下知名,直言正色,论不阿谄,身被枭悬之戮,妻孥受灰灭之咎。自是士林愤痛,民怨弥重,一夫奋臂,举州同声,故躬破于徐方,地夺于吕布,彷徨东裔,蹈据无所。幕府惟强干弱枝之义,且不登叛人之党,指吕布。故复援旌擐甲,席卷赴征,金鼓响震,布众破沮,拯其死亡之患,复其方伯之任。是则幕府无德于兖土之民,而有大造于操也。后会銮驾东返,群贼乱政,时冀州方有北鄙之警,匪遑离局,故使从事中郎徐勋，就发遣操，使缮修宗庙，翼卫幼主。是袁绍自己回护之笔。而便放志专行，胁迁省禁，卑侮王官，败法乱纪，坐领三台，专制朝政，爵赏由心，刑戮在口，所爱光五宗，所恶灭三族，群谈者蒙显诛，腹议者受隐戮，道路以目，百官钳口，尚书记朝会，公卿充员品而已！故太尉杨彪，历典三司，享国极位，操因睚眦，被以非罪，榜楚并兼，五毒俱至，触情放慝，不顾宪章。又议郎赵彦，忠谏直言，议有可纳，是以圣朝含听，改容加锡，操欲迷夺时权，杜绝言路，擅收立杀，不俟报闻。又梁孝王为先帝母弟，坟陵尊显，松柏桑梓，尤宜恭肃，而操率将校吏士，亲临发掘，破棺裸尸，略取金宝，至令圣朝流涕，士民伤怀！操攻徐州，焚庐发墓，连及梁孝王冢，操知而不问。又特置发丘中郎将、摸金校尉，亦是深文之笔。所过隳突，无骸不露，身处三公之官，而行桀虏之态，殄国虐民，毒流人鬼。加以细政惨苛，科防互设，罾缴充蹊，坑阱塞路，举手挂网罗，动足蹈机陷；是以兖、豫有无聊之民，帝都有嗟吁之怨。历观古今书籍，所载贪残虐烈无道之臣，于操为甚！幕府方诘外奸，未及整训，加绪含容，冀可弥缝，而操豺狼野心，潜包祸谋，乃欲摧挠栋梁，孤弱汉室，除灭忠正，专为枭雄。往岁伐鼓北征，讨公孙瓒，强寇桀逆，拒围一年，操因其未破，阴交书命，欲托助王师，以相掩袭，故引兵造河，方舟北济，会其行人发露，瓒亦枭夷，故使锋芒挫缩，厥图不果。今复屯据敖仓，阻河为固，乃欲以螳螂之斧，御隆车之隧！幕府奉汉威灵，折冲宇宙，长戟百万，骁骑千群，奋中黄、育、获之士，骋良弓劲弩之势，并州越太行，青州涉济、漯，大军泛黄河以角其前，荆州下宛、叶而掎其后。雷集虎步，并集虏廷，若举炎火以爇飞蓬，覆沧海而沃熛（biāo）炭，有何不消灭者哉？方今汉道陵迟，纲弛纪绝，圣朝无一介之辅，股肱无折冲之势，方畿之内，简练之臣，皆垂头搨（tà）翼，莫所凭恃，虽有忠义之佐，胁于暴虐之臣，焉能展其节？操又以精兵七百，围守宫阙，外托宿卫，内实拘执，惧其篡虐之萌，因斯而作，此乃忠臣肝脑涂地之秋，烈士立功之会，可不勖哉！未及董承父女事，想袁绍尚未闻知。今操矫命称制，遣使发兵，恐边远州郡，过听给与，违众旅叛，旅，助也。举以丧名，为天下笑，则明哲不取也。即日幽、并、青、冀，四州并进，郡邑亦各整义兵，罗落境界；举武扬威，并匡社稷,则非常之功,于是乎著。其得操首者,封五千户侯,赏钱五千万!部曲偏裨将校诸吏降者,勿有所问。广宣恩信,班扬符赏,布告天下,咸使知圣朝有拘迫之难。如律令!

操阅罢檄文,不由的汗流浃背,连头风病都皆发散,一跃而起。顾问左右道:"这想是袁绍传来的檄文,文笔却佳,可惜武略不足呢!"遂遣侦骑四出,往探绍军动静。

绍因幼子患病,不愿援备,及备奔至青州,由刺史袁谭迎入。谭系绍长子,曾由备举为茂才,至是格外敬礼,作书报绍。绍亲至邺中,迎备入冀州,便拟起兵攻许。田丰复入谏道:"曹操既破刘备,班师回许,许都已不复空虚,未便进攻。且操善用兵,更难轻敌。今将军据有四州,依山带河,诚能外结英雄,内修农战,然后简选精锐,作为奇兵,乘虚迭出,分扰河内,彼救左,我击右,彼救右,我击左。我尚未劳,彼已大困,不出三年,操可坐灭了!"亟肆以疲之,多方以误之,确是古今良策。绍不肯依言,丰再三强谏,致忤绍意,竟将丰械系狱中;特令记室陈琳,草就檄文,数操罪恶,颁行远近。琳前为大将军主簿,避乱至冀州,由绍用为记室,本来是一支

大手笔,所以传檄至许,能令操头风忽痊,叹为奇文。

绍即调齐四州人马,共十余万,进攻黎阳;特遣大将颜良,攻白马城。监军沮授预料绍不能胜操,只因田丰得罪,未敢再谏,临行时取出家资,分给宗族道:"主骄卒惰,轻出必败。扬雄有言:'六国蚩蚩,为嬴弱姬。'今日情势,却是相似,我此行恐不复返了!"至绍遣颜良攻白马城,乃进谏道:"良虽骁勇,但性情促狭,不宜专任。"绍仍不听。东郡太守刘延,因白马被围,向操告急。操已探得袁绍出兵,正拟亲往拒敌,一闻刘延告急,当即倍道趋救;关羽亦辞过二嫂,随操同行。意在报操。将至白马,军师荀攸白操道:"敌众我寡,宜遣偏将西出延津,作为疑兵,待绍西向防堵,我乃直达白马城,掩他不备,定能擒住颜良了。"操依计而行,果闻绍中计西往,当即进逼颜良,压营立阵。良不意操兵骤至,仓猝接战。甫经出营,在麾盖下指挥兵士,不料突来了一位大刀将军,骤马直前,冲开甲仗,手起一刀,向颜良面上劈入,良措手不及,竟被他砍落马下,枭取首级;回马出阵,如入无人之境。看官道是将为谁?原来就是立功报曹的关云长。河北兵士失了主将,当然大乱,操军乘势追杀,斩获甚多,余众皆遁,白马解围。操见了颜良首级,即录关羽为首功,表封汉寿亭侯,一面移屯河西。

绍闻颜良战死,顿时大怒,亟渡河来追操军。沮授又谏绍道:"胜负变化,不可不详,今宜留驻延津,分守官渡,量敌后进,方为善策。"绍哪里肯从?还有骑将文丑,与颜良并名河北,并相友善,誓为颜良报仇,愿作先锋;且闻颜良为关羽所杀,特邀刘备同往一行,验明虚实。绍即令先往,并使刘备继进,备毫不推辞,欣然同去。也欲探听关公消息,且若不与文丑同行,更足惹疑取祸。绍亦督领大军,随后渡河,沮授行至河滨,望流兴叹道:"上骄下贪,不败何待?悠悠黄河,奈何遽渡呢!"说罢,即托称有疾,向绍辞职,绍又不肯许;惟裁减沮授属部,归入郭图管领,授无奈渡河,至延津南岸,方由绍下令安营,专待前军消息。文丑领兵急进,遥见操军在南陂驻扎,不过数千人,惟马匹散放甚多,明是诱敌。当下纵兵抢马。操军大呼道:"贼军来了!请急收马匹。"操独不顾,好狡猾。荀攸向前摇手道:"这正是诱敌计,何必收回?"说到此句,回顾操容,作微笑状,乃退不复言。荀攸亦乖。说时迟,那时快,文丑兵已争抢马匹,行伍错乱,操却麾军进击,大破醜军。醜自恃有力,还想拼命力战,不防操军中突出一将,提刀截住,交战数合,又将醜劈下马来,这人就是新任汉寿亭侯关羽。史传只称羽斩颜良,不及文醜,但稗史俱归功关公,今从之。刘备尚在后部,因文醜被杀,操兵追赶过来,也只得退回。绍连失大将二员,不禁夺气,待至刘备回军,起初尚没甚话说,及探闻颜良文醜,俱死关羽手中,禁不住怒气冲冠,欲向刘备问罪。还是刘备能言善辩,谓当招回关羽,共灭曹操,说得绍又心动,便令备致书相招,自屯军阳武县境,与操相持。

操还想再战,会闻黄巾余党刘辟,起兵汝南,响应绍军,连下河南诸郡县,许都戒严,那时不得不回顾根本,只好退军官渡,令将士等闭垒固守,自率关羽等回许。羽至许都,方接到刘备来书,乃告知二嫂,将累次所得赏赐,封置库中,送还汉寿亭侯印绶,作书辞操。操将印绶发还,遣使慰留;羽亲往告辞,操托故不见。于是羽迫不及待,竟备车载好甘、糜二嫂,带了十余名旧役,即日起行,把印绶悬挂堂上,余物一概不取,但将赤兔马乘坐了去。当有人报知曹操,操很是叹惜。诸将请引兵追还,操摇首道:"不忘故主,来去分明,真是天下第一义士,我前已许约,未便失信,听他自去,不必追还了!"是奸雄过人处。羽奉二嫂驰出都门,一路无阻。稗史中有过关斩将事,未免附会,操既不愿追还,自无阻碍,故不从稗史。

途次有一骑士奔来,叩马拦阻,羽勒缰视明,并非别人,乃是刘备亲吏孙乾,因问他何故到此。乾答说道:"刘将军投奔袁绍,颇见优待;惟因绍性多疑,部将又互相猜忌,恐将来未必有成,所以向绍讨差,往会汝南刘辟,恐公未知情迹,误投绍军,或反被害,特使乾前来关照,今幸得相遇,请转往汝南便了!"羽乃与乾拍马南行,路过古城,得见张飞。飞还道羽降曹操,挺着长矛,恶狠狠的与羽拼命,亏得甘、糜二夫人,从旁劝解,并述历来艰苦,飞始掷矛至地,向羽哭拜,是谓莽将。导入城中,设宴话旧。羽令飞保护二嫂,暂住古城,自与孙乾同赴汝南,往会刘备,哪知备又还赴绍军。原来操遣曹仁为将,往击刘辟,辟众究系乌合,战败即奔,备无可依止,只好仍投袁绍,累得关公奔走南北,白费艰辛,没奈何再向北行,待至后文再表。

且说孙策吞并江东,通好曹操。操方经营河北,无暇顾及江南,又因策英武迈众,特加笼络,许将弟女配策季弟匡,又为次子章娶孙贲女,礼辟

孙伯符中箭促天年

策弟权、翊。策亦知操为奸雄,虚与酬应,通使往来。嗣闻操出拒袁绍,也想进袭许都,奉迎献帝,乃密治军马,届期待发,忽由巡江将吏,拿住细作一名,密书一封,解送策前。策披书阅毕,不禁大怒。看官道是何书?由小子略述如下:

> 孙策骁勇,与项籍相似,宜加贵宠,召还京邑。彼若被诏,不得不还,否则常留外镇,必为后患!

书末署名,乃是吴郡太守许贡。策怒问细作,才知贡阴通曹操,故有是书。当下派吏召贡,托名议事;贡尚未知使人被获,便即趋至。策取书示贡,贡还想抵赖,即与寄书人对质,贡无从再辩,呆如木偶。策诃叱道:"汝欲断送我性命么?"遂顾令左右,将贡牵出,绞死了事。

策性喜微行,更好游猎,功曹虞翻常为谏阻,策亦知翻忠,终未能改。一日带了骑士数名,出猎西山,突有一鹿趋过马前,急驰而去。策即纵马逐鹿,马甚雄骏,捷足如飞,从骑都不能及,偏鹿亦向前腾跃,窜入林中。此鹿亦孙策冤家。策尚不肯舍,向林探望,鹿却不知去向,只有三人持弓立着,策便疑问道:"汝等何人?"三人答系韩当部兵,在此射鹿。策还有疑意,且行且顾,不意一箭飞来,正中面颊,当下忍痛拔箭,取弓回射,一人应弦倒地。尚有两人大呼道:"我等是许贡家客,特来与主人报仇!"说着,即用箭乱射,策用弓抵拒,一箭未了,又是一箭,正危急间,从骑已到,一拥上前,把两人砍作肉泥。策面上受伤,流血不止,忙纵马归来,命医调治,医称箭头有毒,必须静养,不宜动怒,过了百日,方可无虞。

看官试想,这孙伯符年少气锐,怎肯百日不出,安养府中?勉强休息数天,觉得创痕渐愈,遂召集将佐,出阅城楼。凭眺良久,闻得城下有喧哗声,当即俯首一瞧,见有许多士民,绕住道人,团围下拜,不由的忿怒起来,正要顾问将佐,不料将佐亦纷纷下楼,迎拜道人。策勃然怒道:"是何妖人,惑众至此?左右快与我擒来!"左右齐声道:"这道人叫做于吉,普施符水,救人百病,地方上呼为神仙,未可轻拿。"策愈怒道:"汝等敢违命令么?"一语说出,左右不敢不遵,只得下城去拿于吉,策亦回至府舍,专待于吉拿到。未几已将于吉拥至,策拍案道:"汝敢妖言惑众,罪应斩首!"于吉答道:"贫道在曲阳泉上,得神书百余卷,依方疗病,并未惑人,何致坐罪?"策叱道:"想汝就是张角余党,若不加诛,贻害无穷。"说至此,即欲将吉处斩,将吏各上前劝阻,惹得策怒上加怒,喝令立斩于吉。忽有屏后趋出内侍,口传太夫人命令,召策入语,策乃命将于吉暂系狱中,入谒母夫人吴氏。吴太夫人语策道:"于先生亦助军作福,医护将士,不宜加害。"策懊恨道:"于吉妖妄,煽惑众心,儿方阅城楼,将佐等多弃儿下楼,往拜妖道。母亲试想,儿为城主,号令不行,反使妖道逞志,还当了得么?"言未已,外面又有连名保章递入,乞赦于吉。策盛怒复出,又欲杀吉,还是将吏想出一法,说是天方干旱,可令于吉祈雨,如若不应,再杀未迟。策乃命从狱中提出于吉,令他祷雨,缚置地上,就烈日中晒了多时。吉念念有词,果然黑云四合,大雨滂沱。于吉若果能祷雨,何至不能逃生?这恐是史乘误传,不足尽信。将士等无不腾欢,争至吉前,释缚称谢。策瞧入眼中,越加忿恨,竟抢步趋出,拔剑在手,喝开众人,把于吉挥作两段,且命将吉尸陈诸市曹,不准收殓;越宿复使人往视吉尸,报称不知所在。想是由将士偷葬。策又欲追究,可巧母夫人吴氏趋至,向策泣语道:"汝连日瘦损,奈何尚不知静养呢?"策乃揽镜自照,一声惊呼,金疮

迸裂,晕倒地上。小子有诗叹道:

> 暴虎冯河死亦宜,圣人垂戒不吾欺。
> 猘儿逐鹿犹遭厄,才信躬行贵自持。

欲知孙策性命如何,且至下回再详。

陈琳一檄,原是杰作,后世尚脍炙人口,无惑乎曹操之惊为绝倒,一跃而起也。惟他人处此,必怒不可遏,而操独目笑存之,操之所以过人者无他,即此不动声色,处变如常耳!至若关羽既降,立功白马,即决然舍去,羽之义原足以服操,操之信亦足以孚羽,盖不失信于一人,乃足以驭千万人,操固人杰,惜乎其心术不纯,终至播恶也。若孙策之少年盛气,虽若可以有为,而意气未平,卒遭仇人之暗算。或谓其冤杀于吉,被祟而亡。夫于吉亦何能祟策,策之死实受伤于许贡之三客耳。然于吉之戮非其罪,究不得谓策之明刑。古人云:"有容德乃大。"如策之度量褊浅,虽天假之年,亦未必能建大功,故舍德论才,吾不能不首推阿瞒云。

第八十回

焚乌巢曹操屡施谋　奔荆州刘备再避难

却说孙策揽镜照形,遂致晕倒,究竟为着何事?原来镜中现出于吉,令策生惊,所以倒地,及经左右舁置床上,竭力施救,方得复苏。自知不能再起,乃召长史张昭等入嘱道:"中国方乱,不能遽平,我得据有吴越,地控三江,吴淞江,钱塘江,浦阳江。根本既立,本思与卿等共图大业,不意天不永年,无可挽回,卿等可善辅我弟,静观成败。"说至此,顾见弟权在侧,便将印绶取交,且语权道:"决机战阵,与天下争衡,卿不如我;举贤任能,各使尽心,安保江东,我不如卿。卿宜念父兄创业艰难,毋自贻误。"权涕泣拜受,策又与母吴氏,妻乔氏等诀别,瞑目竟逝,年止二十六岁。难为大乔。

权见策已殁,哭倒床前,张昭从旁劝止道:"这时非一哭所能了事,应勉承先志为是。"乃使权易服,扶他上马,使出巡军;且率僚属上表朝廷,下饬内外文武百官,照旧供职。周瑜在巴丘闻讣,星夜奔丧,驰入吴会,权令与张昭共掌国事,一面料理丧葬,措置如仪。时权年方冠,各属地未尽服从,幸亏张昭、周瑜悉心辅弼,招贤求治,始得复安。太夫人吴氏,亦明达事机,在内赞划,诸政毕理。

既而许都遣回张纮,令为会稽东部都尉,且赍奉诏书,授权为讨虏将军,领会稽太守。纮前为孙策所遣,入贡方物,曹操留他为侍御史,差不多有两三年。至袁、曹相争,策欲袭许,颇有风声传入都中,自操以下,俱有戒心;独郭嘉料策轻佻无备,必为匹夫所制,未足深忧,果然不出所料,策即殒命。操得策凶耗,便欲乘丧东略。侍御史张纮谓乘丧非义,倘或不克,反致弃好成仇,不如羁縻为是。名为曹氏,实助孙权。操乃表权为讨虏将军,即使纮东还辅权,劝权内附,纮因此奉诏归吴。权母吴太夫人,因权尚年少,委纮与张昭共事,纮随时献替,知无不言。

周瑜复荐入鲁肃，说他才足匡时，权即引为宾佐。又有琅玡人诸葛瑾，表字子瑜，避乱江东，敏达有识，权亦闻名延入，待若上宾，嗣即令为长史，转中司马。他如汝南人吕蒙，擅长军事，令为别部司马，教练甚勤。会稽人骆统，素孚物望，令为功曹，行骑都尉事。统尝劝权尊贤接士，勤求民隐。下蔡人周泰，寿春人蒋钦，余姚人董袭，庐江人陈武，皆随策有年，转战立功。泰字幼平，曾随权居守宣城，突遇山贼围攻，权几为所害，亏得泰翼权出围，身中数十创，死里逃生，因此权倚若心膂，待遇较优。尚有吴人陆绩，年六岁往谒袁术，术出橘为饷，绩怀藏三枚，至拜别时，橘竟堕地。术笑语道："陆郎来此作客，乃怀橘引去么？"绩跪谢道："欲归遗老母。"术乃叹为奇儿。至孙策在吴，与张昭、张纮等共谈武治，绩年少末坐，起身遥答道："管仲相齐桓公，九合诸侯，不用兵车，孔子亦谓远人不服，须修文德。今闻诸公徒尚武力，绩虽童蒙，未敢赞同，还请诸公三思！"*名论不刊*。说得张昭等俱为动容，策亦另眼相看。后来绩博览群书，兼通历数，事权为奏曹掾，以忠直闻。此外一班旧将，如程普、韩当、黄盖、太史慈等，并戮力辅权，江东基业，得从此渐固了。*总叙一段，见得孙权守业，全赖得人之力。*

　　且说曹操既表封孙权，羁縻东方，乃复出临官渡，与袁绍决战。绍屯兵阳武，探得操再出督师，也欲引军前进。沮授进谏道："我军虽众，勇猛不若彼军；彼军虽精，粮储不若我军。彼军利战，我军利守，最好是坚持不动，待至彼军粮尽，不战亦溃，还怕不能制胜么？"绍怒叱道："汝怎得屡沮士心，看我前去破操，再来问汝！"说着，便麾军大出，进逼官渡，择地立营，绵亘至数十里。操亦分营抵御，发兵挑战。绍军锐气方盛，并力杀出，无人可当，曹军招架不住，且战且退，还丧失了好多人马，操亲率精兵援应，方得战退绍军，收军回营。过了两日，整军再出，又复失利，乃还营静守，徐觇敌变。绍却至操营外面，四筑土山，上设高橹，令弓弩手登楼射箭，飞入操营，操兵大惊，慌忙用盾蔽身，尚有数人中箭毕命。操见军心慌乱，忙集谋士商议，想出一种御敌器械，连夜制造，叫作发石车，车中储石，扳机发动，能击空至数丈以上。车既造成，便向着土山，冲击上去，石势激射，毁坏楼橹，绍军无处藏躲，多被打得头破血流，因骇呼为霹雳车。*此即后世用炮之滥觞。*嗣是绍军不敢登高放箭，操营少安。绍又令军士夜凿地道，欲通操营。操命在营内四面掘堑，环水自固，绍亦计无所施。两下里持至月余，操军渐疲，粮又不继，各将士多有归志，累得操亦踌躇莫决，自思侍中荀彧留守都中，不如派人往询，令决进退，乃使人赍书致彧。数日即得彧复书，操急忙展览，书中略云：

> 绍悉众聚官渡，欲与公决胜负，公以至弱当至强，若不能制，必为所乘，是天下之大机也。且绍布衣之雄耳，能聚人而不能用，以公之神武明哲，而辅以大顺，何向而不济？今谷食虽少，未若楚、汉在荥阳、成皋间也。是时刘、项不肯先退者，以为先退则势屈也。公以十分居一之众，划地而守之，扼其喉而不得进，已半年矣，情见势竭，必将有变，此用奇之时，不可失也，惟明公图之！

操阅书后，决计不退，但令侦骑四探敌踪。忽由徐晃部将史涣，拿住绍谍一人，问明敌情，得知绍遣将韩猛，至冀州运粮，即日可至，因报知徐晃。晃转白曹操，荀攸在旁进议道："绍将韩猛恃勇轻敌，若使良将绕道往击，定可得胜。"操问何人可使，攸即举徐晃。晃亦自愿效力，便率史涣等往截韩猛。猛押粮车数千乘，将到官渡，适被徐晃截住，两下厮杀，倒也是个敌手，不防史涣潜至猛后，放起一把火来，焚毁粮车，遂致猛心慌意乱，拍马返奔。晃驱军杀上，与史涣合烧辎重，数千辆粮车，统化劫灰，乃引兵回报，得操奖叙，自不必说。独韩猛剩了一双空手，回见袁绍，绍即欲斩猛，经众官一再劝解，才得免死。

绍复遣兵运粮，特选大将淳于琼，带领万骑，驻扎乌巢，保护运兵来往。*也算惩前毖后，可惜仍遣醉汉。*琼领命自去。沮授复入白道："琼出屯乌巢，尚系孤军，未足深恃，可另遣偏将蒋奇，作为支队，巡弋乌巢，既可防操，又可援琼，庶不致误。"绍摇首不答，授怅怅趋出。又由谋士许攸入谏道："操兵本来不多，今悉众拒我，许都必虚，若遣军袭许，幸得攻克，可奉帝讨操，操必成擒，就令未下，亦好使操首尾奔命，破操也不难了！"*确是妙计。*绍仍然不从。攸尚欲有言，忽由统军审配趋入，报称攸家属犯法，应拘系论罪，绍遂怒目顾攸道："汝不能正家，还敢向我饶口么？"说得攸且惭且愤，奋然出帐，自思与操有旧，径奔操营。操闻攸来奔，跣足出迎，抚掌笑语道："子远肯来，事无不济了！"子远即攸表字。操延攸入座，殷勤问计。攸先说道："我曾劝绍轻兵袭许，首尾夹攻。"操不待说毕，

便惊顾道:"子远奈何施此毒计?"攸接入道:"公不必惊惶,袁绍无知,未肯听我,反将我家属收系,所以背绍来奔。"操喜答道:"绍不能用君,怎得不败?"攸复反诘道:"公今尚有几何粮饷?"操答言可支一年,攸冷笑道:"这怕未必!"操又言足支半年,攸拂袖遽起,向操作色道:"公不欲破袁氏么?奈何相欺!攸当告辞。"操忙将攸挽住,低声与语道:"军中不便明言,实告子远,军粮只有一月了!"攸又笑道:"我料公粮食垂尽了!内无粮草,外无救援,危急在目前了!"操皱眉道:"子远既不弃旧交,惠然肯来,应当为我设法。"攸乃说道:"绍有辎重万余,屯积乌巢,派淳于琼把守。琼嗜酒无备,公可用轻骑掩袭,焚彼积聚,不出三日,绍军自乱,尚有不败么?"操闻言大喜,优待许攸。

操即选马步兵五千人,密制袁军旗帜,乘夜至乌巢劫粮;留曹洪、荀攸守营,使许攸同住营中;自己披甲上马,带同许褚、徐晃等一班猛将,及五千人马,至黄昏后起行,人负薪,马衔枚,打着袁军旗号,从间道急走,直指乌巢。乌巢距绍营约四十里,淳于琼虽奉令把守,但恃有大营为蔽,自谓无虞,且酷嗜杯中物,喝得酩酊大醉,高枕卧着,四更将尽,陡闻寨外有哗剥声,方才惊醒,起视全营,已是火光四射,如同白昼。慌忙召兵迎敌,兵士皆脚忙手乱,毫无纪律,如何敌得住曹军？曹军四面杀入,捣破琼营。琼尚有三分醉意,气力不加,勉强上马出战,兜头碰见许褚,接住厮杀,约有六七回合,手臂一松,便被许褚劈落马下,部众亦斗死千人,余皆溃散。操令将士焚毁积谷,烈焰熊熊,光彻百里,绍营中亦得瞧着,便有巡兵入报,绍恐乌巢有失,急欲遣将往援。郭图献议道："操军若攻乌巢,寨内必空,我何勿往劫彼寨哩？"绍喜说道："此计甚妙。就使操能破琼,我已拔彼大寨,彼亦穷无所归。"遂命部将张郃、高览,往袭操营。郃进说道："操善用兵,营内必然预备,不如先往救琼,若琼被一破,粮被焚劫,我等俱束手成擒了。"绍答说道："我自有区处,汝等尽管往袭操营,我当遣蒋奇往援乌巢便了。"郃乃与高览同行,才至操营外面,一声号炮,左有曹洪,右有荀攸,各引兵两路杀来,郃与览分头抵敌,尚是不能支持,只好败回。郭图闻信,自愧失计,遂进白袁绍道："郃等以败为喜,不肯效力,现已报称退回。"绍顿时大怒,立派营弁召回二人,从重治罪。营弁驰告郃、览,郃、览俱恐受诛,索性返奔操营,自请投降。曹洪正收兵回营,闻得郃、览来降,疑不敢受。荀攸道："郃等战败惧诛,故来乞降,尚有何疑？"洪乃开营纳入,专待操自来发落。操尚在乌巢,焚粮未尽,正值蒋奇引兵趋至,操军见援兵到来,忙请分兵迎敌。操大喝道："贼至背后,回战未迟！"及蒋奇进攻,乃麾兵返斗,许褚、徐晃,双马突出,夹击蒋奇。蒋奇措手不及,立被杀死,众又骇奔；操也不追赶,但看辎重焚尽,方令将绍兵尸骸,各割一鼻,牛马各割唇舌,引军自归。

到了营中,由曹洪引见张郃、高览。操好言抚慰,留居麾下；并使人将人鼻兽舌,取示绍军。原来为此！绍军恂惧,自相惊扰。操又四布谣言,谓将驱兵攻邺,绝绍归路,绍军疑为实事,纷纷溃归,连绍亦惊惶失措,与长子谭微服跨马,单骑渡河。操接得侦报,督兵追去,已不及擒绍父子,但截住残兵数万,呼令归降,残兵无路可走,无奈降操。操见他未出真诚,悉数坑毙。残虐得很！又擒得绍监军沮授,操与授本系相识,令左右替他释缚,授大呼道："我非降将,既已受擒,情愿一死！"操慰语道："本初无谋,不知用君,今丧乱未定,方当与君共图大事,幸毋执迷！"授抗声道："叔父母弟,悬命袁氏,若蒙公惠,速死为福！"操又说道："我若早能得君，天下已平定了！"因厚礼相待，使留帐下。授在营中盗马，仍欲奔还，被操将察出破绽，当即白操。操见授终不为用，方命处斩，仍为礼葬。是笼络士心处。操驰入绍营，见有文书一束，多系都人交通信札，即令一律焚去，且语大众道："当绍强盛时，我尚不能自保，何况众人？"又收得财物等件，尽赏将士，众皆欢跃。惟操营内粮食已尽，绍营中亦无粮可因，乃移军至安民就食，休养疲兵，再图进取。

那袁绍渡河奔归，神色沮丧，走入黎阳北岸屯营，戍将蒋义渠出帐迎接，绍握手与语道："兵败至此，今日当以首领付卿！"义渠力为劝解，并避帐居绍，使得传宣号令，招谕溃卒，兵士稍稍趋集，寻觅父子兄弟，多半散亡，渠且泣且语道："向若从田别驾言，当不至此！"这语为袁绍所闻，绍亦自悔，顾语护军逢纪道："我前日不听田丰，致有此败，我今归去，羞见此人。"逢纪即进谗道："丰在狱中，闻主公败还，抚手大笑，自谓不出所料。"绍大怒道："竖儒竟敢笑我么？"遂遣吏杀丰。丰羁狱已久，由狱吏入报绍军败状，丰太息道："我今死了！"狱吏惊讶道："主公败回，必自悔前事，释君出狱，大加重用。"丰摇首道："军若得胜，主公心喜，或将赦我，今战败自惭，我有何望？"说着，果有绍使到来，传命杀丰，丰因即自刭。人之云亡，邦国殄瘁。是时冀州城邑，相率生贰，绍收集散卒，分道四略，稍得平定。

独刘备南北驱驰，两次投绍，复两次离绍，道出邺城，得与赵云相遇，阔别有年，重复聚首，当然喜如所望。再至汝南招寻刘辟，途中始会见关羽，又是一番悲喜交并。再由羽述及甘、糜二夫人，与张飞同住古城，乃亟诣古城相见，夫妇团圆，弟兄欢聚。再加糜竺、孙乾等亲从毕集，仿佛重光日月，再造家乡。好容易过了几宵，备因古城狭小，不堪久住，决计挈家引侣，偕往汝南，四觅刘辟，不见下落；惟刘辟余党龚都，却占住汝南，迎备入城。未几得袁绍败信，备语关、张二人道："我见绍外宽内忌，党与纷歧，已料非曹操敌手，前次到了汝南，已欲与绍脱离，适值曹军到来，不得已再往依绍；嗣见绍不听良谋，败亡在迩，我所以再与绍言，叫他南连刘表，乘机乞使，复得南来。绍不必虑，所虑惟操，只恐此地亦未能安居哩！"借备口中，叙离绍始末。正在踌躇未定，便有侦骑入报道："曹操部将蔡阳，领兵入境，想是来攻此城！"张飞跃起道："我愿去取蔡阳首级!"关羽、赵云亦愿同往,备允他出敌。三员虎将,连镳并出,不到半日,便取得蔡阳头颅,欣然回城。备又喜又惊道:"我斩蔡阳,操必自至,彼方胜袁绍,锋不可当,不如径投刘表为是。"张飞道:"操果到来,何妨再战!难道操能必胜么?"关羽却说是:"频年依人,终非了局,且待操果亲至,再作计较。"备乃留居汝南,使人专探曹军举动。过了数旬,果有急报传至,乃是曹操亲督大军,杀奔前来,备忙令束装起行,张飞还要出战,经备阻止,匆匆带领家小,及关、张、赵等将吏,驰出南门,直抵荆州。汝南城内,只剩了龚都一人,亦知不能拒操,仓皇避去。至曹操到了城下,已是虚若无人,由他进城,操总算禁止侵掠,出榜安民,当即顺道还许,与荀彧商议道:"我本想渡河灭绍,偏被刘备据住汝南,拊我背后,不得不移军往讨。今闻备往奔刘表,我意欲乘势南下,攻取荆州,君意以为何如?"彧答道:"袁绍新败,部众离心,不乘此时略定河北,乃欲移军江汉,倘绍收合余烬,乘虚出袭公后,公将如何对待呢?"操乃罢议,就在许都过年。至建安七年正月,复进军官渡,规图河北。

袁绍已还冀州,惭愤成疾,吐血不止,顿时惶急了一个继妻,借着侍疾

为名，日夜进言，劝立少子，累得绍益增愁闷，病势日增。原来绍有三子，长名谭，次名熙，幼名尚，尚为继妻刘氏所出，面目清扬，为绍所爱。刘氏早请立尚为嗣，绍因舍长立幼，恐遭物议，特使谭出继兄后，出为青州刺史。当时沮授等已有异言，绍却向众解释道："我欲令诸子各镇一州，试验才能，方好择立后嗣。"乃又使次子熙为幽州刺史，独留尚不遣。还有并州刺史一缺，派外甥高幹赴任。至官渡一役，绍将谭、熙等尽行调集，不幸为操所算，败回河北，命谭、熙等回镇本州；且令河上各戍营，坚壁勿战。残年将尽，忽病呕血，娇妻爱子，涕泣床前，已是愁上增愁，闷中加闷。谁料曹操又进军官渡，捣破仓亭，急得绍鲜血直喷，昏倒床上。妻子等慌忙呼唤，虽得苏醒片时，但已时气喘声嘶，不能详嘱，少顷间两眼一翻，呜呼归阴。*枉费一生心血*。绍妻刘氏亟召入审配、逢纪，托称遗命，立尚为嗣。配与纪皆与谭有隙，情愿事尚，即奉尚主丧，颁谕四州。绍有宠妾五人，并来举哀，刘氏不禁动恼，指挥卫士，把五妾一并杀害，且令髡发毁面，指尸叱骂道："汝等生前献媚将军，恃色邀宠，今在我掌握，教汝死且无颜，免得再去卖俏了！"*如此妒悍，安能有后？* 袁谭闻丧奔至，不得为嗣，很是怏怏。尚使谭为车骑将军，出屯黎阳，并令逢纪监军。谭因黎阳为拒操要冲，请尚拨添重兵，尚但给数千人马，并传语逢纪，催谭速行，遂致谭忍无可忍，索性杀死逢纪，自往黎阳去了。小子有诗叹道：

　　兄弟如何竟阋墙？外兵未入内先伤。
　　追原祸变非无自，乃父贻谋太不臧！

谭至黎阳，正值操军进攻，究竟谭能否敌操？待至下回再表。

　　曹操处处能用谏，袁绍处处是愎谏，即此已见袁、曹之兴亡，不待战而始决耳！况粮饷为行军之根本，军若无粮，败可立待。袁绍一失之韩猛，再失之于淳于琼，用人不明，贤否倒置，是尚能与操争胜乎？刘备能知绍之必败，其智识远出绍上；操亦目备为英雄，故绍败而不急追，反于势孤力弱之刘备，却郑重视之，戮之于汝南之间，使备不得息肩。操之窘备，亦甚矣哉！彼袁绍既自误其身，复遗误其子，身死以后，两子相争，卒致覆祚，以坐跨幽、冀之袁本初，反不若奔走南北之刘玄德，善败不亡，卒能创业垂基，与曹氏抗衡终古也！才与不才之判，固如是欤？

第八十一回

守孤城审配全忠　嫁二夫甄氏失节

却说袁谭出屯黎阳，才阅数日，即闻曹军杀到。谭手下不过数千人马，如何抵得住大队曹军？只好向袁尚处告急。尚本不欲救谭，只因黎阳一失，关系非轻，乃自率兵往援，与谭共战曹军；连败数次，没奈何闭城固守。另遣河东太守郭援，会同并州刺史高干，共向平阳进兵，意图牵制曹军；且阴与关中将马腾通书，使他遥应。腾颇有允意，司隶校尉锺繇，方出督关中，见七十六回。探闻消息，也亟遣使往抚马腾，极陈利害，并约腾同御敌兵，腾乃遣子超领兵万人，与繇相会。繇即偕超出发。行抵汾河，适值郭援渡河西来。援本为繇外甥，繇专心助曹，不暇顾及私谊，便麾兵急击，掩他不备；校尉庞德，素有勇力，执刀前驱，兜头遇着郭援，当即交锋，不到十合，已将援首级取去，援众大乱，无论已渡未渡，一古脑儿逼入水中，溺死过半；高干闻败，也即退回。庞德携着郭援首级，向繇报功，繇见了援首，不禁下泪。德深为诧异，嗣知繇与援有甥舅谊，复入帐谢罪。繇怃然道："援虽我甥，今为国贼，理应加诛，何故言谢？"繇徒知援为国贼，不知操亦一国贼。徒忠于操，殊不足道。遂驰书告操，请操免忧。操接得捷音，不必西顾，便猛攻黎阳。谭、尚两人保守不住，走还邺城。操督兵追击，刈麦为粮，还想乘胜攻邺，会闻祢衡为黄祖所杀，且喜且愤，召语将佐道："祢衡狂士，我能容受，他人怎肯相寄？我已料他必死了。明是借刀杀人。但衡是由我遣去，黄祖敢杀我使，也是藐我，我总要前去问罪，免致小视。"衡赴荆州，见七十六回。郭嘉即乘间进说道："何不就移讨荆州？"语尚未毕，诸将谓谭、尚将灭，奈何移师？嘉又说道："谭、尚本不相睦，急乃连兵，缓必生变，我正好乘此退去，南向荆州；待他兄弟阋墙，然后再进，庶一鼓可灭了。"家必自毁，然后人毁之。操拈须称善。但留部将贾信屯守黎阳，自率大军还许，搜乘补卒，南攻刘表。表前时接见祢衡，也知衡为北方才士，优礼相待；嗣因衡傲慢不恭，乃遣往江夏，使见黄祖。祖亦慕衡名，命掌文牍。长子射<u>音亦</u>。尤好文辞，尝托衡作《鹦鹉赋》，文不加点，援笔立成，词旨甚是典赡，大为射所赞赏，视衡如宾师一般。后来黄祖在舰中宴客，衡亦与座，酒后抢白起来，衡骂祖为死么，祖性褊急，欲令军士挞衡；谁知衡骂詈不休，惹动祖怒，竟将衡一刀杀死，年止二十六。祖子射徒跣来救，已是不及；祖亦酒醒知悔，厚加棺殓。但死已无知，有何益处？衡原自取，祖亦贻讥。<u>八字公评。</u>

曹操计毙祢衡，反得借衡为名，进攻刘表，正是妙策。军至西平，忽由袁谭遣使辛毗，叩营求见。操召毗入问，毗答言谭、尚相攻，谭败奔平原，事关危急，情愿向公投诚，乞公援助。操乃召将佐会议。群下多谓谭、尚衰乱，已不足忧，刘表方强，应趁早平定，免为后患，独荀攸进说道："天下多事，群雄逐鹿。刘表坐拥江汉，不能展足四方，无志可知。袁氏据有四州，带甲数十万，若使二子和睦，共守成业，势且永固不摇。今兄弟构衅，理难两全，我不乘隙相图，待他并合为一，力雄势厚，也难制服，机不可失，幸即移师！"<u>见识高人一等。</u>操也以为然，允即援谭，遣毗先归，自督兵再至黎阳。谭、尚本同走邺中，及曹操南还，谭意欲追操，请尚举兵相从，尚又觉动疑，不肯依议，谭当然怀愤；再加郭图、辛评两人，在旁撺掇，就不遑后虑，引兵攻尚。尚兵较多，谭兵较少，一场冲突，谭又败走。别驾王修，自青州援谭，谭更欲还军攻尚，修谏阻道："兄弟犹左右手，譬如与人将斗，自断右手，尚能向人争胜么？况兄弟不亲，何人可亲？彼谗人离间骨肉，为害甚大，愿将军立诛谗佞，讲信修睦，自足安内攘外，横行天下！"<u>语亦激切。</u>谭终执定己见，率兵回攻。哪知尚却已赶来，就南皮城外接仗，谭复失利，败奔平原。尚追至平原城下，督兵围攻。郭图等又劝谭降操，向操求救，谭更为所惑，乃使辛毗乞师；待毗既归报，操亦进兵。尚自然得知消息，忙撤围还邺。部下闻操军大至，俱有惧色，吕旷、高翔两将，竟叛尚降操。偏谭谋招致旷、翔，阴刻将军印信，使人赍给二人；二人既诚心归操，反取印白操，操微笑不答，<u>欲知言外意，尽在不言中。</u>且派吏至平原，令为子整说婚，愿聘谭女，谭不敢不从；操又借口乏粮，引军暂退。<u>好狡诈。</u>尚总道是操已还军，可以无虑，但留审配守邺，复督军往攻平原。审配更献书与谭道：

配闻良药苦口利于病,忠言逆耳利于行,愿将军缓心抑怒,终省愚辞!盖《春秋》之义,国君死社稷,忠臣死君命,苟图危宗庙,剥乱国家,亲疏一也。是以周公垂涕以毙管、蔡之狱,季友啼嘘而行叔牙之诛,何则?义重人轻,事不获已故也。昔先公出将军以续贤兄,立我将军以为嫡嗣,上告祖灵,下书谱牒,海内远近,谁不备闻?何意凶臣郭图,妄画蛇足,曲辞谄媚,交乱懿亲,致令将军忘孝友之仁,袭阋沉之迹,阋伯、实沉为高辛氏子,日寻干戈,以相征讨。语见《春秋左传》。放兵钞突,屠城杀吏,冤魂痛于幽冥,创痍被于草棘。我州君臣若拱默以听执事之图,则惧违《春秋》死命之节,且诒太夫人不测之患,损先公不世之业,岂不痛哉?伏惟将军至孝蒸仁,发于岐嶷,友于之性,生于自然,章之以聪明,行之以敏达。览古今之举措,睹兴败之征符,何意奄然沉迷,堕贤哲之操;积怨肆忿,取破家之祸;翘企延颈,待望仇敌,委慈亲于虎狼之牙,以逞一朝之忿。言之伤心,闻者流涕。若乃天启尊心,革图易虑,则我将军当匍匐呼号于将军股掌之上,配等亦当敷躬布体,以听斧锧之刑。如又不悛,祸将及之,愿熟详吉凶,以赐环玦!配再拜以闻。

看官试想,谭与弟尚已经势不两立,怎肯为了审配一言,幡然变计?于是再向操乞援,催令进兵攻邺,牵制尚军。操原要待谭求救,然后再进,既接谭使,便麾动人马,直指邺城。审配闻操兵复至,急忙整缮守具,为御敌计,一面使武安长尹楷,屯兵毛城,接济粮饷。配将冯礼,阴蓄异志,开门待操,操兵前队千余人,踊跃趋入;才有一小半进城,城上大石如飞,没头没脑地掷击下来,操兵闪避不及,正想退去,猛听得豁喇一声,放下闸板,将门掩住,把操兵内外隔断。操兵陷入城内,约有三百多名,无路可奔,立被守兵围裹,杀得一个不留,连冯礼也因此毕命。原来审配闻变,赶急登城,指挥士卒,掷石下堑,所以操兵虽入,并不慌张,反结果了三百人性命。配亦能军。至操随后赶到,奋怒攻城,但见矢石齐下,无缝可钻,乃令大小三军,绕城驻扎,且攻且围,好几日不能得手;因想出许多方法,筑土山,掘地道,仰瞰俯临,伺隙掩击。那审配却是能耐,日夕严防,一些儿没有疏虞;再加尹楷随时运粮,源源不绝,所以全城镇定,累日坚持。极写审配忍耐,反衬曹操智计。操连攻不下,特留曹洪等围邺,自引兵往击

毛城。正值尹楷输粮赴邺，被操在途截夺，大破楷军。又分兵拔邯郸，降易阳、涉县，剪去邺城羽翼，仍然还军邺城，索性将土山地道，一律毁撤，专命军士凿堑城外，周周四十里，广约丈许，深只数尺。审配在城上遥望，见他开壕甚浅，不以为意；谁知操计中有计，到了夜间，却使军士掘深壕堑，竟至二丈有余，沟通漳水，灌入城中。配至此悔不早争，误中操计，但已是无及，不得已悉众登陴，聊避洪流；又阅数日，粮食垂罄，饿死多人。可巧袁尚率兵回援，前锋已至阳平亭，距邺城只十七里，探马报入操营，诸将谓尚军驰归，必将死斗，不如避彼锐气，再作计较。操扬言道："尚若从大道趋至，我当避彼；若由小路至此，心已先怯，一战便可成擒了！"料敌甚明。嗣经探马续报，尚果从小路还援，操大喜道："我料尚是无能为呢！"遂令曹洪等堵住守兵，自去对敌袁尚。尚已至阳平，就夜间举火为号，遥示城中，城中亦举火相应，两下里得通消息，满望内应外合可破曹军；偏偏待至天明，曹军却杀到阳平，并不闻审配影响。尚将马延、张颢，望见曹操势盛，未战先降，他将统皆骇走，尚亦只好返奔；所有辎重器械，尽行抛弃，甚至印绶节钺，亦为操兵所得。操也不穷追，引还邺下。

审配曾出兵城北,想去接应袁尚,适被曹洪截回,退守城中;及操又还攻,将阳平所获物件,取示守兵,兵心大沮。审配尚誓众固守道:"操军已疲,料难久持;且幽州必来相援,何患无主?汝等但坚守死战便了!"操再拟猛攻,正值袁谭遣使辛毗,复来操营,操令毗招降审配。毗至城下,呼配与语,配大怒道:"袁氏兄弟,全由汝兄辛评与郭图党同挑拨,以致失和,甘召外侮,今汝兄家属已系狱中,他日拿住汝曹,当一并枭首,上谢先君!尚敢向我招降么?"说着弯弓欲射,慌得辛毗连忙退回。原来袁谭去邺时,郭图、辛毗等家眷俱得随行,独辛评妻子迟走一步,为尚所收,所以系住狱中,无从逃脱。及辛毗返报曹操,操知配决计不降,冒矢督攻,箭彻车盖,指挥如故,入夜不休。审配自守东南隅,令兄子审荣抵御西北;荣不愿坐毙,竟献门迎操,操军当然拥入。配在东南角楼上,遥见西北失守,亟遣人驰诣狱中,杀毙辛评全家,自率残兵下城巷战,战到兵尽力穷,倒地受擒。时辛毗入救兄家,已嫌太晚,回到操营,巧巧碰着审配被兵士押解过来,冤冤相见,格外眼红,即举起手中马鞭,乱挞配首道:"死奴也有今日么?"配亦反詈道:"狗辈破我冀州,恨不诛汝!"及入见曹操,操颇怜配忠壮,有意劝降,乃故意问配道:"汝知献门为谁?"配答言未知,操说是审荣所献,配愤愤道:"儿辈无行,乃竟至此!"操又说道:"孤至城下督兵,何箭多乃尔?"配厉声道:"恨少恨少!"操尚慰语道:"卿为袁氏尽忠,不得不然;今已成擒,还有何说?"配直答道:"城亡与亡,何必多言?"语可屈铁。操犹豫未忍,辛毗在旁号哭道:"兄家一门遭戮,乞速杀此贼,借慰冤魂!"配瞋目视毗道:"汝为降虏,配作忠臣,生不如死,可速杀我!"操方令左右牵出,置诸死刑。配叱刑士道:"我主在北,不应南面受诛!"乃听令北向引颈受戮。虽死犹生。操命将遗尸棺殓,茔葬城北,然后出营入城。

次子曹丕,年方十八,随父从军,当即跃马先驱,径诣府舍。府中已由操兵监守,见了曹丕进来,当然让入。丕提剑下马,径入后堂,但见一中年妇人,兀坐垂泪,膝下有一少妇跪着,用首枕膝,乱发蓬头,作颤动状。丕瞧入眼中,见少妇发光可鉴,已是动情,遂按剑问道:"汝等为谁?"中年妇人答说道:"我为袁将军妻刘氏。"又用左手遮少妇玉颈,右手指着道:"这是次男熙妻甄氏,年轻胆怯,幸乞垂怜!"妒妇也不能不丢脸了。丕

和颜道:"既系刘夫人,我当代为保全。可令新妇举头,不必惊慌。"刘氏乃推起少妇,嘱令道谢。丕留心注视,已哭得花容狼藉,脂粉模糊,但一种娇羞情态,已是欲盖弥彰,动人怜惜;当下揽袖近前,替她拂拭,一经去垢,露出庐山真面,端的是桃腮杏脸,妖艳绝伦。烈妇被人牵臂,且断腕全贞,熙妻任令曹丕拭面,其不贞可知。丕即自述姓名,叫她放心。刘氏闻是曹操世子,忙令甄氏下拜敛衽,且与语道:"此后可不至忧死了!"总教人尽可夫,何致遽死? 甄氏含羞拜毕,偷觑丕容,正是一位翩翩少年,英姿潇洒,仪表风流,不由得勾动芳心,含情脉脉。丕痴立多时,忽听外面人声嘈杂,乃掉头趋出,往迎乃父。适曹操已入府厅,升帐上坐,问及袁氏家属,丕抢步上前道:"袁家只有姑媳两人,尚存内室,狼狈相依,幸乞怜恕!"操点首道:"我与本初起兵讨逆,誓同患难,不幸为好不终,致兴兵革;如果全家投顺,应该一视同仁,何况妇女呢?"奸雄狡词。这数语正中曹丕心坎,更入内引出袁氏姑媳,使见曹操。操见甄氏花貌雪肤,也为叹赏,便问刘氏道:"汝家如何止留二人?"刘氏答道:"子妇等并皆远出,惟次媳愿侍妾身,所以尚留在此;现蒙世子曲意保全,实为万幸。"操已闻言知意,旁顾曹丕,见他两目盯住甄氏,几不转瞬,益知丕暗里寓情,遂嘱丕引还二妇,安心居住;一面下令安民,豁免租赋一年,百姓自然喜悦,相率安堵。操遂置酒高会,宴集将佐,就是袁氏姑媳,也并馈酒肉,一例看待。将佐饮毕,均向操申谢,独许攸醉意醺醺,顾操大言道:"阿瞒若非我相助,恐未能坐得此州!"操不禁动怒,强颜为笑道:"汝言亦是,当录汝首功!"攸狂笑自去。死期将至,还在梦中。操复上表奏捷,有诏授操为冀州牧,操拜受诏命,愿将兖州让还。将佐俱入帐道贺,惟曹丕却尚怏怏。俗语说得好:"知子莫若父。"当由操使人作伐,愿娶熙妻甄氏为子妇,刘氏不敢不从,商诸甄氏,也无异言,当下就府舍为礼庐,择吉成婚。待至洞房合卺,并蒂谐欢,柳絮随风,轻狂乏力,桃花逐浪,含笑无言,两口儿枕席绸缪,不消絮述。只委屈了幽州刺史袁熙,叫他去做死乌龟,未免不甘。还有将作大匠孔融,已调任大中大夫,闻得操为子娶妇,就是袁熙妻室,因戏致操书道:"昔武王伐纣,尝以妲己赐周公,想明公有心希古,敢不拜贺?"操得书后,还道融博学多闻,定有所见。后来与融晤谈,问及前书来历,融笑答道:"这是由愚衷揣度得来,当时武王明圣,谅不致戮及美人,赐与周公,岂不是两美相谐么?"语足解颐,可惜招尤。操方知融语带讥嘲,蓄恨谋害,事见下文。

且说曹操既得冀州,复想并吞幽、并诸州;幽州刺史高幹闻风纳款,自请归降,操仍令幹守原职。会闻袁尚窜入中山,为谭所攻,复走幽州,谭收得尚众,还屯龙凑,有自主意,乃遣使贻书,责谭背约,与他绝婚,当即出兵进击。谭不能敌操,退保南皮;操追至城下,围攻了一两月,尚未能拔。时已为建安十年正月,腊尽春来,残雪初霁,操为议郎曹纯所激,亲执枹鼓,促兵登城,兵士并力直上,搴旗斩将,齐集城楼。谭下城出走,甫离北门,突被曹洪截住,心慌力怯,由洪大喝一声,劈落马下;郭图、辛评尚在城内,俱为操军所擒,操命把郭图斩首,但将辛评贷死。青州别驾王修,正从乐安运粮回来,得知谭已被杀,便下马号哭道:"无主何归?"乃径诣操营,乞收葬谭尸。操嘉修忠义,准如所请,仍使修至乐安运粮。乐安太守管统不肯降操,操嘱修取统首级,修不忍杀统,执统诣操,代请赦罪,操也即依从,且留修为司空掾。郭嘉劝操延揽名士,借孚众望,操因随处招致,但有才艺可称,即辟为掾属,独不赦袁绍记室陈琳,悬赏购缉,竟得擒来。小子有诗叹道：

  下笔千言气亦雄，冀州一破术皆穷。

  若非曹氏怜才切，颈上难逃剑血红。

欲知陈琳性命如何，容至下回表明。

审配为袁氏旧臣，始不闻以立长之经劝袁绍，继不闻以友于之义谏袁尚，亡袁之咎，配亦难辞；但观其誓守孤城，死不降曹，亦有足多者。本回于配之守邺，叙述独详，盖即善善从长之意，不忍没其忠也。独于甄氏之再适曹丕，却未肯下一曲笔，可褒则褒，可贬则贬。古称妇人从一而终，夫死尚当守节，胡为袁熙未亡，甄氏即背夫改适耶？至若曹丕之霸占人妻，与曹操之妄纳子妇，皆为名教罪人，贬甄氏，正所以贬操、丕也。人情孰不贪生而恶死，况属妇人？而迫命改醮者，实由操、丕，操、丕之不道可知矣。

第八十二回

出塞外绕途歼众虏　顾隆中决策定三分

却说陈琳被曹军擒住，解至操前，操盛怒相待；及见琳温文尔雅，不禁起了怜才的念头，即霁颜问琳道："卿前为本初作檄，但可罪状孤身，奈何上及祖父呢？"琳答说道："箭在弦上，不得不发。公今罪琳，琳亦知罪了。活琳惟公，杀琳亦惟公。"操听了琳言，怒意益平，遂赦免琳罪，使与陈留人阮瑀，同为记室。袁氏旧臣崔琰，曾劝绍守境述职，不宜用兵，绍不肯听，终败官渡；后来谭、尚交争，各欲用琰，琰托疾并辞，为尚所囚，亏得陈琳营救，才释归河东。至是琳与操说及，操遂召琰为别驾从事。琰应召到来，操与语道："孤查本州户籍，可得三十万甲兵，故向称大州。"琰从容道："今天下分崩，九州幅裂，二袁兄弟，日寻干戈，冀民暴骨原野，未闻王师布德，存问风俗，救民涂炭，乃先估计甲兵，似非鄙州士女想望明公的本意，望明公见察！"操乃改容称谢，视若上宾，使为世子丕师傅，留居邺城。不为丕求淑女，虽有贤傅，恐亦寡效。自己部署人马，欲往攻幽州。忽由袁熙部将焦触、张南，使人投递降书，内称慕风归义，已将袁尚、袁熙，逐奔乌桓，特此报闻。操当然大喜，特派吏宣慰，表封焦触、张南为列侯。已而并州刺史高幹，举兵守壶口关，复与操绝；操遣部将乐进、李典，率兵往攻，多日不下。河内人张晟，河东掾卫固、范先等，又纠众应幹，转寇渑、崤间。操用荀彧计，议调西平太守杜畿为河东太守。畿抵任后，阳与固、先联络，暗中却解散叛众，使不相连；再由操遥结马腾，使击固、先，里应外合，便将固、先擒斩，再移兵讨灭张晟，河东复安。独高幹据住并州，负嵎如故。建安十一年正月，操亲率大军，出击壶口关，围攻至两月有余，关上守兵不堪疲敝，因开关纳入曹军。高幹闻壶口失守，无险可恃，不得已留吏守城，自诣匈奴求救。匈奴久已服汉，不愿与操构衅，当即拒绝高幹。幹率数骑驰回，途次闻知并州降操，害得无家可归，乃南奔荆州。道过上洛，被都尉王琰截住，斩首献操，并州又为操有了。袁绍属地，至此悉亡。先是山阳人仲长统，游学至并州，得幹优待，屡问世事，统直答道："君具有雄志，惜乏雄才，也知好士，未能择贤，愚颇为君代虑，愿预先戒慎，勿务高深！"幹闻言不乐，微露愠意，统即辞去；及幹已败死，果如统言。荀彧素知统才名，特举为尚书郎，操便即引用。操复顺道东略边疆，黑山豪帅张燕率众十万人来降，受封列侯，独海贼管承不肯归附。操使李典、乐进为先锋，击走承众，承窜入海岛，操乃还师，至邺城度过残冬。经春行赏，奏封功臣二十余人为列侯，且特陈荀彧功状。彧已受封万岁亭侯，至此更增封千户。又欲进爵三公，彧使荀攸再三辞让，方才停议。操尝谓忠正密谋，抚宁内外，莫如文若，次为公达。文若即荀彧字，公达即荀攸字。彧封侯后，攸亦得封陵树亭侯，叔侄并荣，一时称最。操且将爱女嫁彧长子，联为姻娅，好算是相得益欢了。彧妻为中常侍唐衡女，今得操女为子妇，比妻尤荣。

且说袁尚、袁熙，奔往乌桓。乌桓部酋蹋顿，为故王丘力居从子，占住辽西偏隅，素与袁氏相往来。袁绍曾立他为单于，使家奴冒充己女，遣嫁蹋顿，蹋顿未知真假，遂认绍为妇翁，聘问不绝；及尚、熙往奔，当然迎纳，拨众相助，使复故土。早有幽州边吏报达曹操，操更拟北伐，先凿平虏、泉州二渠，作为运道，然后指日出师。诸将皆有疑议，或谓尚、熙垂亡，蹋顿未必有用；或谓大军北征，刘表、刘备将乘间袭许，不可不防。独郭嘉与操同意，排斥众议道："袁氏厚待乌桓，蹋顿不忘旧惠，必为效力。若袁尚兄弟号召华夷，大举入寇，青、冀、幽、并，随在可危。彼刘表不过一坐谈客，自知才不足驭刘备，未肯重任，备亦未乐为表用，两人异心，断难成事。公虽虚国远征，亦可无忧，但放心前往便了。"操因即起行。既至易城，欲下令休息，郭嘉又进议道："兵贵神速，况千里袭人，更宜掩彼不备，最好是留住辎重，只令轻骑速进，猝临乌桓，必可破虏，愿公勿疑。"操接说道："卿言甚是。但北路崎岖，无人引导，却也难行。"嘉又答道："公若留心访察，何至无人？"操如言探访，果得右北平人田畴。畴曾为幽州牧刘虞从事，虞为瓒所杀，畴适自长安北还，哭祭虞墓，险遭拘戮，嗣有人替他解免，始得脱归。见前文。袁绍灭瓒，遣使招畴，授将军印，畴辞不就。操使传命，一召即来，当由操延入咨问，畴直答道："畴志不在官，所以愿见明公,实因乌桓不道,害我乡贤,畴早思往讨,苦未能逮;今得公北征,为民除害,畴敢不前来,勉献刍言?"操相见恨晚,即拜畴为蓨(Tiáo)县令,畴不愿就职,但引操军进次无终。时方溽暑,大雨时行,海滨污下,泞滞不通,虏众又分扼蹊径,无路可通,操乃复向畴问计,畴献策道:"此路原未易交通,水浅时不通车马,水涨时不载舟船,若要向前进兵,处处为难。惟旧北平郡治在平冈,道出卢龙,可达柳城,自从建武以来,行人稀少,尚有一径可通。今虏众无知,总道大军就此北进,但教守住要口,便可无虞。若使改道从卢龙口,潜越险阻,直捣虏巢,蹋顿虽强,不怕不为公所掳了。"操自然乐从,扬言退军,且在路旁署木为表,上刻数语道:"今当夏暑,道路不通,且俟秋冬,乃复进军。"欺虏已足。随即令田畴为向导,改从卢龙口进兵,堑山堙谷,潜行五百余里,乃通白檀,历平冈,涉鲜卑庭,东指柳城。蹋顿得侦骑还报,总道操军已退,不必严防;偏操军悄悄进行,距柳城仅百余里,才得闻知,当下仓皇部署,带同袁尚兄弟,领数万骑,出截操军。操正抵白狼山,与敌相遇,遥见虏众甚盛,部下多有惧色,操登山望虏,顾语部将张辽道:"虏众不整,虽多无益,卿可为我先驱擒虏!"辽应声下山,

出塞外绕途 歼虏众

当先突阵，许褚、徐晃、于禁等，随后继进，立将敌阵捣破。蹋顿正在惊惶，不防张辽杀到，兜头一槊，刺落马下，眼见得不能活命了。尚、熙早知曹兵利害，又见蹋顿落马，慌忙返奔，胡众大溃。操下令招降，胡汉兵民，先后投诚，共得二十余万口；遂整军驰入柳城，表封田畴为亭侯，畴向操固辞，操乃中止。嗣探得袁尚兄弟奔投辽东太守公孙康，诸将请进击辽东，操微笑道："不必不必！尚与熙自投死路，管教康送首到此，还费什么兵力呢？"大众将信将疑，操却分兵屯守柳城，自率诸将还师。将士伤亡无几，只郭嘉不服水土，竟至得病，返至易城，病重而亡，年只三十有八。操亲为祭奠，哭泣尽哀，荀攸等从旁劝解，操与语道："诸君年龄，与孤相等，惟奉孝最少，我欲托彼后事，不期中年夭折，岂非天命？"乃表述嘉功，请加封谥。嘉已受封洧阳亭侯，至是复追增封邑八百户，予谥曰贞，令子郭奕袭爵。正拟由易还邺，忽由辽东遣使到来，献上首级二颗，一是尚首，一是熙首，<u>未知甄氏闻之，曾否泪下</u>。诸将俱服操先见，但尚未知操如何料着，因齐声问操，请操析疑。操笑说道："公孙康素畏尚、熙，今尚、熙穷蹙往投，我若急击，彼且并力拒我，惟我已退兵，免彼后虑，彼乐得杀死尚、熙，向我示惠，这是情理上应有事件，诸君但未细思哩！"众将方皆拜服。

究竟公孙康杀死尚、熙，是何意见，应该就此表明。康父名度，本系辽东人氏，由董卓举为辽东太守，乘乱自主，号称辽东侯，领平州牧；东伐高句骊，西击乌桓，又越海收东莱诸县，独霸一方。操因辽东路远，但欲奉诏羁縻，拜度为武威将军，封永宁乡侯，度怒说道："我已自王辽东，还要什么永宁乡？"遂将所赐印绶，搁置武库中。既而度死康嗣，就将永宁侯封，转给弟公孙恭。袁绍据冀州时，尝欲并吞辽东，未得如愿；及尚、熙败走，途中私相谋议道："我兄弟为操所攻，致失四州，今不如投奔公孙康，康若出见，就好把他格毙，得了辽东，尚可借地容身哩。"<u>四州且一并失去，还欲窥伺辽东，真是妄想</u>。不意公孙康比他狡诈，待至二人报到，预先埋伏甲士，然后延令入见。二人佩剑进去，才至中门，便由甲士突出，把他抓住，连拔剑都来不及，只好束手受缚，牵置门外。时已初冬，塞外早寒，尚为风所吹，求给坐席，熙怅然道："头颅且远行万里，要席何用？"<u>爱妻已向人送暖，自可死心塌地</u>。果然席不得给，反赠他一碗刀头面，同时毕命。康即将两首献入曹军，操表封康为襄平侯，拜左将军，并将尚首悬竿示众,下令敢哭者斩。袁氏故吏牵招独设祭举哀,操却叹为义士,举作茂才;田畴也往吊祭,操亦不问,不顾前令,全是奸雄手段。惟仍欲封畴为侯,畴以死自誓,决不就封,但挈家族三百余人,随操同返邺中。操见畴志决词坚,乃不予封邑,使为议郎;何不并议郎辞去?一面养兵蓄锐,再图南略。会闻荆州牧刘表,遣刘备出屯新野,为北伐计,乃遣部将夏侯惇、于禁等率兵万人,南行拒备。备自汝南奔依刘表,光阴易过,倏忽五年。建安六年九月,备奔荆州,此时已建安十二年了。曹操北攻袁氏,即劝表乘虚袭许,表素无大志,不愿远图,果不出郭嘉所料。及袁氏败亡,操回邺城,表复觉生悔,乃邀备与宴道:"前日不用君言,坐失机会,很觉可惜!"备反慰语道:"今天下分裂,干戈四起,前失机会,怎知日后不得再逢?但教后此毋误,就不必追恨了。"话虽如此,心中总不免惆怅。少顷起座如厕,自视髀肉复生,不觉潸然泪下,回至席间,面上尚有泪痕,为表所见,向备诘问。备实告道:"备尝身不离鞍,髀肉皆消,今久不骑马,髀里肉生,日月如流,老已将至,功业却毫无建树,所以不能无悲呢!"表乃遣备出屯新野,备宴毕即行。既至新野,得与颍川人徐庶相遇,延为宾佐,凑巧操将夏侯惇、于禁,引军来攻,庶为备划策,自烧屯粮,出城南走。惇与禁疑备怯战,麾兵急追,不意伏兵四起,掩击一阵,杀得夏侯惇等七零八落,收拾残众,逃回邺中。

备复至新野,待庶益厚,庶语备道:"南阳有诸葛孔明,世称卧龙,将军亦愿相见否?"备忙说道:"既有这般名士,怎不愿见?但比君才具何如?"庶答说道:"孔明尝自比管仲、乐毅,如庶不才,怎得相拟?"备又说道:"君既与彼相知,请即劳君一行,邀与俱来。"庶摇首道:"此人可就见,不可屈致。将军宜枉驾相顾,或可出来预谋;否则虽厚礼招聘,恐卧龙未必出山呢。"备听了庶言,乃留庶与赵云等守城,自偕关、张二人轻车简从,径往南阳。一时访不着孔明,只遇一襄阳名士司马徽,两造叙述姓名履历,才知徽字德操,隐居不仕。备虽与徽初次会面,但见他道貌清癯,料非庸俗,因叩问世事,并乞相助。徽答语道:"山野鄙夫,未识时务,识时务须求俊杰。此间有伏龙、凤雏,皆济世才,得一人便可定天下。"备问伏龙、凤雏姓甚名谁,徽答称诸葛孔明、庞士元。备即说道:"此来正欲访伏龙先生,可惜未遇。"徽答说道:"卧龙高卧隆中,若果诚心相访,当肯出

见,幸勿轻视此人。"备唯唯谢教,方才告别。越日又往隆中,访问孔明。隆中系是山名,在襄阳城西二十里,为南阳属地。孔明名亮,本系琅玡郡阳都县人,就是故司隶校尉诸葛丰后裔,父珪早卒,亮与弟均随叔父玄徙居南阳。玄与刘表有旧,旋亦病殁,亮遂就隆中结一草庐,躬耕陇畔,好为《梁父吟》。平居与博陵人崔州平,汝南人孟公威,颍川人石广元,常相往来;就是徐庶,亦与为知友。徐庶等学务精纯,惟亮独持大体,尝与庶等晤叙道:"君等出仕,可至刺史、郡守。"及庶等问亮志趣,亮微笑不答。自命不凡。他知刘备过访,未肯遽见,第二次复谢绝,直至备三次往顾,方才出迎。备见亮身长八尺,貌秀神怡,头戴纶巾,纶音关。身披鹤氅,飘飘然如神仙中人,不由得肃然起敬,便向亮拜手道:"久闻先生大名,如雷贯耳;前已两次晋谒,留告姓名,今日得蒙接见,不胜荣幸。"亮从容答礼,亦自道歉衷,彼此谦逊一番,各归坐位。备始自述本意,请亮出山,亮推辞道:"素性愚野,无志功名,将军如忧国忧民,还请另访高士。"备慨然道:"德操、元直并极称扬,先生不出,如何安国?如何定民?"亮乃笑问道:"将军意欲如何?"备移坐密告道:"汉室倾颓,奸臣窃命,主上蒙尘已久,备不度德量力,欲为天下声明大义;只恨智浅术短,迄无所成。惟私心耿耿,不甘作罢,所以敬候先生,幸乞赐教。"亮因说道:"自从董卓构乱以来,豪雄并起,跨州连郡,不可胜数。曹操比诸袁绍,名微众寡,乃竟并吞袁氏,转弱为强,虽赖天时,亦借人谋。今操已拥众百万,挟天子令诸侯,此实不可与争锋。孙权据有江东,已历三世,国险民附,贤能乐为彼用,根基已固,不可轻图,只能与他结好,恃为外援。荆州北据汉、沔,利尽南海,东连吴会,西通巴、蜀,自古称为用武之地,主不得人,决难坐守,天今留待将军,将军可有意否?还有益州险塞,沃野千里,向号天府,高祖尝得此以成帝业。今刘璋暗弱,张鲁在北,民殷国富,不知存恤,草野智士,望得明君。将军为帝室世胄,信义著闻四海,总揽英雄,思贤如渴,若跨有荆、益,保守岩阻,西和诸戎,南抚夷越,外结孙权,内修政治,待天下有变,可命一上将,自荆州出向宛、洛,将军自率益州众士,出向秦川,百姓必且箪食壶浆,欢迎将军,岂不是霸业可成,汉室可兴么?"规划分明,了如指掌。备喜答道:"先生所言,足开茅塞,但愿不弃庸陋,出山相助,俾备得随时领教。"亮又推让道:"将军雅意,本当敬从,但亮疏懒已久,恐多废事,未敢应命。"备黯然道:"先生具此大才,不肯为备屈驾,备原不幸,汉且垂亡。"说至此,语带哽咽,竟至泪下。肝胆如揭。亮不禁感激,因即允诺。备乃命关、张入拜,留赠玄纁束帛,亮不肯受,经备再三诚恳,方才收下。亮有妻黄氏,为沔南耆士黄承彦女,发黄面黑,才德独优,亮不嫌丑陋,竟纳为妇。南阳人有谣言云:"莫作孔明择妇,止得阿承丑女。"亮听人嘲笑,独谐伉俪,毫无闲言。梁孟以后,应推诸葛夫妇。至是令弟均奉嫂家居,自与刘、关、张三人,同至新野,当由徐庶等接入,故人聚首,当然相亲;徐庶走马荐诸葛,出自罗氏《三国演义》,按《蜀志·诸葛亮传》中,庶尚留新野,未曾诣操,今从之。备更待亮若师,情好日密。关、张二人,颇有疑议,备独与语道:"我得孔明,仿佛如鱼得水,幸勿复言。"关、张乃止。可见得才如诸葛,惟刘备方能揽用。自是君臣相得,言听计从,三分天下的政策,就此开始了。小子有诗咏道:

　　茅庐三顾感情真,前席才将伟略陈。
　　未届壮年才冠世,知公不是等闲人。亮出山时,年方二十七岁。

过了数日,备与亮方商议整军,忽由刘表遣人致书,邀备至荆州议事。欲知备曾否应召，且至下回再详。

　　田畴不肯事袁绍，独于曹操之北伐，一召便来，虽为乡里报怨，愿诛蹋顿，然蹋顿为汉虏，操亦一汉贼耳。就使蹋顿可诛，而袁氏二子，不应迫之同毙！畴曾得袁氏之征辟，知己之感，宁独无之？岂可因前日之未往，即视袁氏如眼中钉，必歼灭之而后快乎？然则袁尚兄弟之毕命，下手者为公孙康，实则畴实使之。吾不知畴何憾于袁氏，何德于曹操也。及尚首揭竿，向之吊祭，侯封所及，誓死固辞，此特矫情干誉之为，有识者固已齿冷矣。必如诸葛孔明之隐处南阳，不屑轻出，待至刘备三顾，勤勤恳恳，方效驱驰，名士之出处，如此慎重，岂田畴辈所得望其项背乎？三国人才众矣，如孔明者，其固超类轶群哉！

第八十三回

入江夏孙权复仇　走当阳赵云救主

却说刘备接得荆州来书，即与诸葛亮商议行止，亮答说道："想是因黄祖败死，故请将军往议抵御东吴，将军不妨前去，亮愿随行。"备闻言甚喜，便偕亮出城，同诣荆州。看官欲知黄祖败死情形，还须从源至委，补叙一番。先是孙权继承先业，安踞江东，见七十九回。曹操恐权强盛，责令遣子入侍，为抵质计。权与张昭等会议，犹豫未决，独周瑜入白吴太夫人，极言送质非计，吴太夫人乃嘱权道："公瑾与伯符同年，相差只有一月，我视公瑾如子，汝当事公瑾如兄，不得违议！"慧眼识人。权唯唯受教，遂不应操命。惟权弟孙翊，出任丹阳太守，好酒渔色，未洽众心；督将妫览，郡丞戴员，尝为翊所责，阴怀不平，密与翊亲吏边鸿结为心腹，有害翊意。可巧孙权为父报仇，出攻黄祖，览、员两人趁势发作，嘱使边鸿行刺，适丹阳属县令长，诣郡大会，翊出见后，送客至门，被鸿在后刺死。翊妻徐氏，秀外慧中，颇善数理，曾卜得一卦，爻象大凶，劝翊不宜会客，翊不听妻言，终遭奇祸。徐氏抚尸大恸，并饬将佐等速拿凶手。妫览戴员便将边鸿拿住，不待问讯，当即处斩。览遂入居军府中，强取翊家姬妾，及左右侍御；并因徐氏姿色可人，亦思占为己妾。徐氏阳为许诺，但言须俟至晦日，设祭除服，方可成婚；暗中却召入旧将孙高、傅婴，授与密计。到了晦日，设祭堂上，尽哀易服，沐浴薰香，浓装艳裹，好像另做新人模样，且派侍婢出室邀览。览喜如所望，也即盛服进去，徐氏从容迎入，待览坐定，一声暗号，突出孙高两将，双刃并举，剁落览首；一面伪传览命，邀员入宴，也即处死。徐氏再著丧服，持得两贼首级，往祭翊墓，军士方共称为智妇。实是烈妇。孙权在椒丘闻报，急回丹阳，见二贼已经授首，索性尽诛逆党，擢孙高两人为牙门将，令守丹阳；接归徐氏，及孤儿松，厚加抚养，保全节孝。独权母吴太夫人悼翊非命，积哀成疾，奄忽一两年，终至不起，弥留

时召见张昭等,托付后事,悠然而逝。权依礼丧葬,守制逾年,复议往伐黄祖。还有少年都尉凌统,因父操从征江夏,为黄祖部将甘宁射死,志在复仇,自请冲锋效力。权即亲督军马,克期出发。适由都尉吕蒙,引一降将进见,问及姓名,就是凌统仇人甘宁,表字兴霸。他本巴郡临江人,少好游侠,杀人亡命,奔走江湖间;后来折节读书,往投刘表,表不能用,因是东行入吴。道出夏口,被黄祖留住军中,一再立功,不见重赏,祖部下军将苏飞替宁保举,反为祖所呵斥,飞乃更为设法,调宁为鄂县长,使他自图去就,宁始得脱身入吴。因恐前时射杀吴将,求荣反辱,故先见吕蒙,探问凶吉,蒙一力担承,决无他害,乃引宁见权。权亦开诚相见,谈及江夏情形,宁进策道:"今汉祚日微,曹操擅权,必为篡窃。荆南为操所必争;刘表素无远虑,诸子又劣,万难保守,将军若不早图,恐操将捷足先得了!今请先取黄祖,祖年已昏耄,专嗜货利,不修战备,有船无兵,有兵无律,将军往攻,必能灭祖;祖既破灭,鼓行西进,楚关一下,巴蜀亦可规取了!"<u>宁策恍似诸葛孔明</u>。权大喜道:"复仇雪恨,就在此举呢!"<u>权志但在复仇上,故下文得半而止</u>。当下命周瑜为大督,率同吕蒙、董袭、凌统诸将,充作先驱,即使甘宁为前导,溯江上行。至沔口前面,有两大艨艟,挡住要隘,鼓声一响,艨艟中千弩齐发,箭如雨集,吴军不得前进。董袭、凌统分募敢死士各百人,令被重甲,乘舟执刀,冒矢冲入,斫断艨艟缆索,艨艟分流,吴军便得大进。黄祖忙令都督陈就带领水军,鼓棹迎战,被吕蒙、甘宁等一阵驱杀,就军大败,蒙亲枭就首,进攻江夏。祖将苏飞,开城出战,又为所擒。黄祖挺身出走,由吴军追杀过去,斫死祖身,取首报功。于是周瑜、孙权,先后入江夏城,函盛祖首,拟归祭孙坚墓前;尚有一函制就,将盛苏飞首级。飞向甘宁求救,宁传语道:"彼若不言,宁岂忘心?"会权为诸将犒劳,置酒大会,宁下席泣拜道:"宁若不得苏飞,早死沟壑,怎能效命麾下?今飞罪当夷戮,乞将军开恩一线,为宁赦飞!"以德报德,不愧义士。权动容道:"今为卿赦飞,飞若逃去,卿肯受责否?"宁又答道:"飞已蒙赦,感恩不浅,还肯逃走吗?如果逃走,宁头当代入函中!"权乃命将飞释出槛车,且召令与宴。飞入谢权恩,正欲随宁就坐,忽席间有一人跃起,拔剑出鞘,竟刺甘宁。宁慌忙趋避,连苏飞亦窜一隅。诸将忙起座拦住。权亦起身惊视,仗剑的并非别人,就是凌统,因即出言劝解道:"兴霸射死卿父,彼时各为其主,不得不尔;今同聚一堂,只好不念旧仇,愿卿息怒!"统叩头大哭道:"父仇不共戴天,统岂可与仇人共席?"说得权也为欷歔,因令宁领兵五千,带着苏飞,出屯当口,宁拜谢自去,席亦遽撤。权未免扫兴,掳得男女万余口,班师径回。

这时候正是刘表着忙,邀入刘备同议拒吴,诸葛亮早已料着,劝备模糊对付。备见了刘表,只言宜详探军情,再图抵敌。表因使人再探,返报权已回军,表乃放下了心;但邀备与宴,酒至半酣,表叹息道:"我年已老,诸子又皆不才,看来我死以后,此州非君莫属了!"备惊起避席道:"公何出此言?备怎敢当此重任?况公子皆贤,幸勿过忧!"表再欲有言,听得屏后有环珮声,乃不复出口。备亦从旁窥透,起身告辞,退至客馆,与亮述及,亮笑语道:"将军何不承认下去?"备摇首道:"景升刘表字。待我颇厚,我若夺彼位置,岂非薄情?我决不忍出此!"亮喟然道:"将军仁厚过人,但恐将来多费谋力了!"料定后文。正谈论间,外间来了表子刘琦,因即延入,琦说了几句套话,便请屏人密谈。亮不待备命,立即趋出。琦乃向备泣拜,悄悄地谈叙片时,备眉头一皱,计上心来,因与琦附耳数言,琦始别去。原来琦为刘表长子，少年失恃，表娶继室蔡氏，生子名琮，蔡氏因琦非己出，常劝表舍长立幼，且并娶侄女为琮妇。表溺爱后妻，免不得被他人蛊惑，所以立嗣问题，始终未定。这位蔡夫人，又硬要干政，每遇表会见宾客，往往隔屏窃听，所以备入宴时，有环珮声，传出外庭，便是蔡氏私听秘言。释明上文。琦年已长成，恐为后母所害，日夜危疑，因此向备求计。备嘱他转问诸葛，又知亮小心慎重，未肯代谋，乃特为设法，令琦照行。次日备佯称未适，使亮答拜刘琦，琦延入密室，自述苦况，求亮指教。亮默然不答，琦乃邀亮游览后园，共上高楼，琦复长跪求计，亮尚辞谢道："这乃公子家事，外人怎敢与谋？"说着便欲下楼，哪知楼梯已经撤去，此非亮中备计，实防外人窃听，故有是举。琦复哀请道："今日上不至天，下不至地，言出君口，但入琦耳，先生奈何尚未赐教？"亮乃低语道："公子应阅史事，独不闻申生在内而危，重耳在外而安么？"这两语将琦提醒，当即拜谢，便取梯接楼，送亮出去。亮返告刘备，备已知秘计，就拟向刘表辞行，凑巧表复来邀备，备闻召即入。表蹙额道："江夏重地，必须得人接守，我欲遣长子往镇，未识可否？"备已知琦从中运动，因即怂恿道："黄祖性暴，所以致祸，长公子宽厚仁恕，必能爱民，况有亲子弟为外藩，更足免虑，有何不可？"表又说道："闻曹操在邺中整兵，意将南下，如何是好！"备即答道："备愿出屯樊城，幸请免忧！"表当然乐允。备即起辞，回馆整装，顺便接取家眷。是时甘夫人已生有一儿，取名为禅，表字公嗣。甘夫人尝梦吞北斗，故又为禅取一乳名，叫做阿斗。阿斗生于建安十二年，至是已将周岁了。特志年岁。备见他体质壮伟，恰也心欢，当下使他母子乘坐一车，又用一车载着糜夫人，自与亮跨马同行。至新野召集关、张等人，一古脑儿移入樊城。才阅数旬，忽由荆州来了急使，说是主公病重，请将军速临一诀。备欲召问孔明，偏值孔明外出，迫不及待，只好带了赵云，匆匆至荆州。趋入刘表寝室，见表病已垂危，不禁泪下，表亦感动流涕，与语道："前与君谈及后事，谅君尚未忘怀？"备接入道："备当竭力辅佐公子，不敢负托！"表复说道："我子不才，奈何奈何？"备又劝慰道："公子并能守城，何必多虑？"表拱手道："全仗贤弟教导，愚兄就要长别了！"郑重托孤，未始无见，其如疏不间亲何？说罢，痰喘不止，备不便多坐，当即辞退。偏由表妻舅蔡瑁，及他将蒯越，邀备会议善后事宜，备只好暂留外厅，与他议事。瑁、越二人，俟与备商及立嗣问题，备沉吟无语。俄有一人入语道："曹操已发兵邺中，来取荆州！"说至此，以目视备。备见是山阳人伊籍，素在刘表幕下，相识有年，此时两目相对，料知有异，乃伪起如厕。籍亦随往，低声语备道："蔡瑁心怀不良，公宜急走。"备不禁着忙，亏得籍导至后园，开门引出；备尚忧无马，籍答说道："籍已将公坐骑，牵到此处，请公上马速行。"备又言赵云在外，尚未得知，恐遭毒手，籍复说道："籍当往报赵将军，请公先行一步。"备乃加鞭疾驰，直出西门，再经里许，前面有一檀溪，阔约数丈，清流激湍，映带潆(yíng)洄。备所乘马，叫作的卢，颇甚雄骏，惟额边生有白点，相马家谓不利主人，备却听诸命数，仍然乘坐。及至檀溪，眼见是不能飞越，回顾后面，又见尘头大起，想有追兵到来，一时情急无奈，只好跃马下溪，马足陷入淤泥，几乎蹶倒，备惊惶道："的卢的卢，今日果要害我了？"话才说完，那马竟一跃三丈，跳过彼岸。殆有神助。备惊魂未定，似醉似痴，猛听得夹岸大呼道："使君何故遽去？"这一声方将备叫醒，遥顾对岸，是蔡瑁人马，也不暇答话，纵马驰去。瑁亦暗暗诧异，收军自回，途次遇见赵云，问及刘备，瑁答言已经回去。云已得伊籍通报，故无心详问，策马自行。到了檀溪，又为备吃一大惊。返问守门军士，各言刘使君跃过檀溪，千真万确，云乃绕道至樊城，果然备已早归，安然无恙。既而伊籍亦至，报称表已病殁，刘琦省疾被拒，仍回江夏；蔡瑁、蒯越已立表次子刘琮为主了。从伊籍口中叙过，省却许多文字。诸葛亮在旁叹息道："刘琮竖子，怎能守此荆州？若不早图，必为操有。"伊籍接口道："何不借吊丧为名，袭取荆州？"亮拍手赞成，备独不愿，但派吏至荆州吊丧罢了。此时却失之过厚。

且说曹操既平河北，即思南取荆州，因恐朝右大臣从中牵掣，索性奏罢三公，自为丞相，用崔琰为西曹掾，毛玠为东曹掾，司马朗为主簿，司马懿为文学掾。懿即朗弟，系河内温县人，朗字伯达，懿字仲达，崔琰尝谓朗不及懿，故操特引用。懿佯称风痹，不肯就职，经操察知懿诈，欲加收禁，懿始出就职。懿甫出现，即怀诈意，曹操何必定要使诈？操安排已定，便拟整军南下，适大中大夫孔融奏称王畿以内，不宜封建诸侯，又谓天下粗定，疮痍未复，不宜兴师。明明与曹操反对，操当然怀恨，御史大夫郗虑，与融有隙，竟诬融在北海时，招合徒众，图为不轨，入朝后暗通孙权，讪谤朝廷,且与祢衡互相赞扬,衡谓仲尼不死,融答颜回复生,大逆不道,应坐诛夷。操有词可借,便令廷尉系融下狱。融有二子,并在幼年,闻父被收,尚对坐弈棋,左右劝令急走,二子说道:"覆巢下何有完卵!"道言甫毕,缇骑已至,把融妻及二子一并拘去,与融同斩东市,暴尸示众。京兆人脂习为融故友,尝戒融刚直太过,恐遭奇祸,融终因此遇害。习往抚融尸,嚎陶大哭,有人报知曹操,操命人执习,习长叹道:"文举融字文举。已死,我亦不愿求生了!"操又偏不使习死,将他释放。习遂将融全家尸首,收殓埋葬,操亦不复问,便督率大队人马,疾驱南来。才抵宛城,荆州大震,蔡瑁、蒯越慌张失措,掾属傅巽、王粲等想出一条乞降的末策,入内白琮。琮庸稚无能,有何主见?琮母蔡氏,至此也急得没法,不得不顾全性命,情愿将荆州全土,献与曹操。痴心立爱,终归无效。遂命王粲缮好降表,派吏送去。刘备留屯襄城,闻得操军南下,亟使人问琮,琮尚讳言降曹,未肯详告;直至操军已到新野,方遣掾吏宋忠诣备报命,备才知琮已降操,且惊且怒道:"汝曹既欲降操,何不早告?今曹军已至,方来报我,可惜可恨!"说着,复拔剑指忠道:"今虽断汝首级,尚未足泄恨,但大丈夫已经临别,杀人何为?汝可速去,教刘琮自思罢了。"忠抱头出去。备急与诸葛亮等会议行止,亮进言道:"上策莫如取襄阳,下策只好走江陵;若待操军大至,区区樊城,如何能保守哩?"备踌躇半晌,方开口道:"据宋忠言,刘琮已赴襄阳,迎候曹操,今往取襄阳,势必害琮。刘荆州临殁时,向我托孤,我不能保护彼子,反去加害,他日死后,有何面目再见刘荆州?我意不如径往江陵。"备之失机在此,备之留名亦在此。乃悉众尽行。路过襄阳,在城下驻马呼琮,琮惧不敢出,蔡瑁等且登城拒备,乱箭射下,备不得已,至襄阳城东,拜辞表墓,涕泣而去。荆襄士民,见备如此仁慈,不愿相舍,竟陆续赶上,随备同行。备抵当阳,众至十余万,辎重数千辆,不能急走,每日只行十余里,将佐多向备进议道:"此去江陵,程途尚远,急宜倍道疾趋,方能速至。况士民相随,不能争战,虽多无益;若还要兼顾,恐曹操兵到,免不得玉石俱焚了。"备流涕道:"欲济大事,全赖人心,人愿归我,我何忍弃去?"诸葛亮接说道:"将军既不忍弃民,应遣云长先赴江夏,借得战船数百艘,速来接应,方可无虞!"备依言遣羽,羽即驰去,亏有此着。备仍徐行如故。忽有探马走报道:"曹操已亲率大军,长驱追来了!"备因使张飞断后,赵云保护家小,孙乾、糜竺、伊籍等照顾百姓,自与诸葛亮、徐庶,缓辔同行。

哪知曹操煞是厉害,既由刘琮迎入襄阳,便调琮为青州刺史,勒令东往,所有蒯越以下,悉数截留,阳封蒯越等为列侯,阴实翦琮羽翼,不使相从;一面自率轻骑万人,兼程追备。一日一夜,得越三百余里,径达当阳。备正在前进,猝闻曹军从后追到,还想保全百姓,挥令同行,诸葛亮着急道:"祸在眉睫,奈何迟延?"遂促备疾驰,自与徐庶护备同进。哪知曹军已从后掩至,单靠一张飞截击,也是拦阻不住。曹军冲入前面,顿将大众驱散,连甘、糜二夫人也只好各走各路,不能相顾。赵云仗着一干长枪,左挑右拨,杀开一条血路,已不见甘、糜二夫人,再从乱军中杀入,得将甘夫人觅着,引回长坂坡。可巧张飞已走至坡上,据桥立马,见赵云送到甘夫人,便让令过桥,问及婴儿阿斗,知由糜夫人抱去,云不顾死活,再回旧路,一枝枪神出鬼没,无人敢当,好多时杀散曹军,救出糜夫人。糜夫人身已受伤,尚抱住阿斗,不肯释手,见了赵云,方将阿斗交付与云,一跃入枯井中,竟至殉难。史传中未见载明,姑从罗氏《演义》。云不遑捞尸,即将

走当阳赵云救主

阿斗裹入怀中，单骑走回。张飞尚立在长坂桥上，等候赵云。云方至桥畔，后面追兵又至，忙呼飞求援，飞应道："有我在此，请君放心！"遂让开一步，令云过桥。须臾，曹军大至，飞令手下二十余骑，在桥后伏着，自己横矛桥上，瞋目大呼道："我是燕人张翼德也，可来与我决一死战！"这声呼喝，好似空中起一霹雳，吓得曹军纷纷倒退，没一人敢上桥与争。小子有诗咏道：

　　一声叱咤敌先惊，长坂桥头独著名。
　　身是燕人张翼德，好凭七字作长城。

张飞既吓退曹军，乃拆断桥梁，拍马见备。欲知备再走与否，试看下回便知。

　　黄祖本无才智，而孙坚死于祖手，孙策又不能亲复父仇，命为之，势为之也。坚阻于命，策限于势。至权承父兄之业，用瑜、蒙诸将，一出再出，方举黄祖而枭夷之，《春秋》之义大复仇，如孙仲谋者，其固不愧为令子乎？曹操谓生子当如孙仲谋，若刘景升诸儿，与豚犬等，原非虚言。但刘景升亦非杰出才，偷息荆襄，不思展足，其无能已可概见；至如惑后妻，远长子，卒至身死未几，全州归曹；而于真诚坦白之刘玄德，若即若离，反使其仓皇奔走，濒死当阳，玄德不负景升，景升实负玄德耳。赵云百战长坂坡，保全甘夫人母子，可谓忠臣；而糜夫人甘心殉难，亦可谓贤妻。孙徐氏以不死报夫仇，刘糜氏以宁死全夫嗣，俱足为彤史生光云。

第八十四回

召周郎东吴主战　破曹军赤壁鏖兵

却说刘备奔走途中，幸有张飞断后，始得脱难。及见赵云救回甘氏母子，又闻糜夫人伤亡，禁不住百感交萦，潸然泪下。到了张飞驰至，报称毁桥拒敌，备失声道："桥梁不断，曹军尚恐有伏，未敢追来，今已拆去，彼料我胆怯，必然追我，不如速走罢！"遂带领残众，从小路斜投汉津。行抵沔口，后面果有追兵驰至。正在惊惶，那江中有许多船只，扬帆驶到，船头立一大将，披甲横刀，正是云长关羽。名字并举，乃是特笔。备转忧为喜，忙率众人登舟。羽留心审视，独不见糜夫人，便向备问明，备太息道："甘氏母子，尚亏是子龙救回，子龙入围数次，或说他北投曹操，我料子龙必不弃我，果然仗着百战，救回妻孥，糜氏已经殉难了！"羽悲愤道："往日猎许田时，若从羽言，可不至有今日的困厄！"备答道："当时投鼠忌器，所以劝止，若天道辅正，怎知不转祸为福呢？"说着，遥见追兵将到，急命开船。羽说是不妨，江夏太守刘公子，悉众来援，就在后面。道言未绝，果由刘琦引船千艘，顺流来会。羽索性挥兵登岸，要与曹军决个胜负。就是张飞、赵云，亦跃至岸上，与羽驱杀过去，曹军又皆吓退，反被关、张、赵三将，夺取许多甲仗，方才回船。当下招集溃众，次第趋集，备等稍稍安心。独徐庶未见老母，很是担忧，备欲遣将往寻，有归卒禀报道："徐母已被曹军拘去了！"庶不禁流涕，即起身辞备道："本欲与将军共图大业，今失去老母，方寸已乱，不能为谋，请从此别！"备亦欷歔道："卿莫非往投曹营么？"庶泣答道："欲全老母，不得不尔；但此心仍属将军，决不为操设谋！"说至此，又与诸葛亮告辞道："孔明大才，必能弼成王业，庶虽去，亦得放怀了。"于是舍舟登陆，由备、亮等送至十里外，始与诀别。《三国志·诸葛亮传》详载此事。庶归曹操，系在备当阳败后，且庶母亦不闻自杀，与罗氏《演义》不同。庶径诣曹营，幸母未死，乃留住曹操麾下，后由操表为御史中丞，这且搁过不提。庶母若死，庶亦不肯依操，可见罗氏附会之失。

且说刘备等返至船中，方命解缆行驶。到了夏口，适与东吴使人鲁肃相遇，彼此接见，互道殷勤。肃本来请命孙权，欲与刘备联络，共拒曹操，因借吊问荆州为名，乘便见备。可巧备自当阳败走，在途晤谈，肃即探试备意，问欲何往，备佯答道："前与苍梧太守吴巨有旧，拟即往投。"以假应假。肃素忠厚，便直说道："苍梧僻处岭南，何足为助？愚意不如东投孙氏，孙讨虏聪明仁惠，敬贤礼士，江左英豪，都愿归附。曹操表权为讨虏将军，见前文。今为君计，最好是与他联络，共御曹军。"说到拒曹，是鲁肃一生宗旨。备尚未及答，诸葛亮即从旁插嘴道："刘使君与孙将军素未会面，如何轻投？"肃笑答道："令兄子瑜，现为江东长史，与肃友善，肃愿偕君同至江东，既可与令兄聚首，复可与孙将军共议大事。"亮乃语备道："事机已急，愿奉命往见孙将军，合谋拒操。"本有此意，偏待鲁肃相邀，才肯说出。备点首允诺，亮即偕肃登舟，共赴江东。时曹操已进据江陵，复拟东下，孙权出屯柴桑，观望成败。肃引亮入见，权起座相迎，延亮入座。亮见权方颐大口，目有精光，料非庸主可比，因开口说权道："海内大乱，将军起兵，据有江东，刘豫州亦收众汉南，与曹操并争天下，两主志趣相同，真所谓无独有偶了。"徐徐引入。权蹙眉道："今曹操拥兵百万，顺流东来，或为我主战，或为我主和，究竟和为是，战为是呢？"亮又答道："曹操芟夷群雄，平河北，破荆州，威震四海，虽有英雄，无从用武；故刘豫州遁逃至此，将军请自为计！若能举吴、越兵众，与中国抗衡，不如早与操绝；否则按兵束甲，北面事操，尚可偷息苟安。今将军外似服从，内实犹豫，当断不断，祸至无日了。"用反激语。权不禁作色道："刘豫州何不降操？"亮续说道："田横一青齐壮士，犹守义不辱，况刘豫州为汉室胄裔，英才盖世，众士并皆仰慕；事若不济，也是天命使然，怎肯卑躬屈节，甘心事操呢？"再激再厉。权至此亦勃然道："我不能举全吴土地十万甲兵，俯首事人，计已决了，非刘豫州莫与敌操。但刘豫州新遭败衄，如何能抵制操军？"亮申说道："刘豫州虽新败当阳，尚有关羽水军，不下万人，刘琦合江夏战士，亦在万人以上。操众远来疲敝，闻他追刘豫州，日夜行三百余里，古所谓强弩之末，势不能穿鲁缟，就是此意。《兵法》亦垂诫云：'必蹶上将军。'且北方人士，不习水战，荆州百姓，为操所迫，并非心服，可见操非真不可敌呢！将军诚能督选猛将，统兵数万，与刘豫州协力同心，必能破操；操破亦必北返，荆吴势盛，鼎足形成，就在此举了。"仍是三分决策。权大喜道："先生伟论，令人敬服，孤当与刘豫州合拒曹军。"遂命肃引亮出帐，使与诸葛瑾相见。瑾字子瑜，就是鲁肃所说的江东长史，本为亮兄，避乱东吴，因即臣事孙氏，补前文所未及。兄弟重逢，自有一番密谈，不消絮述。惟孙权既闻亮言，便召群下，会议出兵。适曹操遣使致书，由权展阅，书中略云：

近者奉辞伐罪，旌麾南指，刘琮束手。今治水军八十万众，愿与将军会猎于吴，将军其留意焉！已露骄态。

权览毕后，取示群下，大众统皆失色，长史张昭说道："曹操挟天子威望，用兵四方，若欲拒绝，名不正，言亦不顺。况将军足以拒操，惟赖长江，今操得荆州，据有艨艟战舰，沿江东来，是长江天险已无所用，不如往迎为便。"余众亦多附和昭言，独鲁肃不发一语，嗣见权入内更衣，当即随入，权已知肃意，握手与语道："卿意如何？"肃答说道："众议专欲误将军，众可降操，独将军不应迎操。"权更问何因，肃又答道："如肃等降操，名位未必遽失，就使失位，也得安然还乡；将军降操，将归何处？愿早定大计，毋惑众言。"权叹息道："子敬所言，正合我意；但欲敌操军，须用何人督师？"肃接口道："莫如周瑜。"权从肃议，立即使人至鄱阳，召瑜入商。瑜方在鄱阳湖督练水军，奉召即至。权与言和战情形，瑜奋然道："操名为汉相，实是汉贼，将军承父兄遗烈，奄有江东，地方数千里，兵精粮足，当为汉家除残去害，奈何往迎汉贼哩？"快人快语。权徐答道："我并不欲迎操，只恐众寡不敌，故召卿一商。"瑜扬眉说道："操今东来，实犯数忌。北土未平，马腾、韩遂，尚在关西，为操后患，操乃一意东略，就是一忌；南人善水战，北人善陆战，操竟舍鞍马，仗舟楫，弃长用短，与吴、越争衡，就是二忌；时值隆冬，天气盛寒，马无藁草，就是三忌；驱中原士众，远涉江湖，不习水土，必生疾病，就是四忌。操犯此数忌，多兵何益？将军擒操，正在今日，瑜愿将精兵数万人，出屯夏口，保为将军破贼，将军勿忧。"慨当以慷。权听了瑜言，投袂起说道："老贼久欲篡汉，只忌二袁、吕布、刘表与孤数人，今数雄已灭，惟孤尚存，孤与老贼势不两立，卿言当击，甚合

周郎主战东吴

孤意,这是皇天以卿授孤哩。"瑜又说道:"将军可决意否?"<u>再逼一句</u>。权拔剑斫案,剁去一角,向众宣言道:"诸将吏如再言迎操,可视此案!"张昭等在侧,并皆失色,瑜乃辞去。当由鲁肃见瑜,具述诸葛亮求援情事,瑜即令肃邀亮,亮与瑜相见,寒暄已毕,谈及军事,亮笑语道:"一傅众咻,恐孙将军尚有疑虑,应该替他剖解,使知操军虚实,了然无疑,方可成事。"瑜闻言称善。待亮别后,日已垂暮,吃过夜餐,乃复入见孙权道:"诸人劝将军迎操,无非因操虚张声势,说有八十万众,所以惊惶。其实操军断无此数。操所得北方兵士,不过十五六万,且久战成疲。至若荆州降兵,至多不过七八万,尚怀疑贰。试想以疲兵疑卒,沿江东来,人数虽多,实不足惧;瑜得精兵五万,便可制操了。"权起抚瑜背道:"公瑾所言,足释我疑。张子布等<u>子布即张昭字</u>。各顾妻孥,毫无远见,大失孤望,独卿与子敬与孤同心,孤已选得三万人,备齐粮械,烦卿与子敬、程普,即日先发,孤当再集军马,为卿后应。卿前军倘不如意,便还兵就孤,孤誓与操亲决一战,更无他疑。"<u>至是始决计主战了</u>。瑜乃告退。

翌日即命周瑜、程普为左右督,鲁肃为赞军校尉,领兵三万,往会刘备,并力敌操。程普在诸将中,年齿最长,乃反为瑜副,未免怏怏;及见瑜调署人马,井井有条,才为叹服。瑜见诸葛亮智出己上,欲招与同事,特向孙权陈明,令诸葛瑾留宽仕吴。权当然告瑾,瑾奉命留亮,亮反邀瑾同行,瑾乃返报道:"瑾弟亮已委质刘氏,义无贰心,弟不留吴,亦犹瑾不往刘;且彼此既合力拒操,也不必计及亲疏了。"权因复告瑜,瑜便与亮同行,辞过孙权,联樯西进,行至樊口,刘备已守候多日,既见东吴水军,便使麋竺犒军致意。瑜语麋竺道:"我本欲见刘豫州,共议良策,只因身统大军,不便轻离;若刘豫州肯屈驾来临,深慰所望。"竺应声还报,备即单舸往会,问瑜带得若干兵马,瑜答称三万人,备尚嫌太少,瑜微笑道:"兵不在多,恃在将才。刘豫州但看瑜破操便了!"*自负语*。备赞了数语,当即辞回,自去安排将士,助瑜攻操。瑜统军再进,舟抵赤壁,与操军前驱相遇,两下交锋,操军败退,瑜收军结营,屯驻南岸,操亦驻军北岸,夹岸相持。惟操军多系北人,不服南方水土,动辄呕吐,筋疲力软,未堪争锋,所以逗留不战;瑜亦未得胜算,静觇敌变。转眼间已阅旬余,操见江中波浪,时作时止,舟军一经颠簸,便患晕眩,因此想出一法,把各舰连环锁住,免得动摇。*罗氏《演义》谓为庞统献计,亦系附会*。吴将黄盖,探知曹军动静,便向周瑜献计道:"寇众我寡,难与久持,操军方钩连船舰,首尾相衔,但教用火一烧,不怕不走!"瑜微笑道:"我亦早有此意,但操军沿江巡弋,恐不容我舰过去,如何纵火?"盖跃起道:"何勿用诈降计!"瑜鼓掌道:"此计非公复*盖字公复*。不行,可先使人献书曹操,操若中计,便可成功。"盖奉令修书,交与周瑜阅过,待至夜静,乃派人送去。*史传中未及阚泽,故不羼入*。是夜寒月横空,水天一色,操对月感怀,与将佐痛饮数杯。乘着三分酒兴,出寨登舰,眺览夜景,忽见乌鹊一丛,向南飞去,不由的取过一槊,横搁船头,信口作歌道:

　　对酒当歌,人生几何?譬如朝露,去日苦多。慨当以慷,忧思难忘。何以解忧?惟有杜康。*杜康作酒*。青青子衿,悠悠我心。但为君故,沉吟至今。呦呦鹿鸣,食野之苹。我有嘉宾,鼓瑟吹笙。明明如月,何时可掇?忧从中来,不可断绝。*迭言忧字,便是不吉之兆*。越陌度阡,枉用相存。契阔谈宴,心念旧恩。月明星稀,乌鹊南飞。绕树三匝,何枝可依?山不厌高,海不厌深。周公吐哺,天下归心。

歌方罢唱，蓦有军吏入报，谓东吴有人献书，操即将吴使召见，由吴使呈上书信，就阅灯下。书中系吴将黄盖署名，但见纸上写着：

盖受孙氏厚恩，常为将帅，见遇不薄；然顾天下事，当知大势，用江东六郡山越之人，以当中国百万之众，众寡不敌，海内所共见也。东方将吏，无有愚智，皆知其不可，惟周瑜、鲁肃偏怀浅戆，意未解耳。今日归命，志在择主，乞保吴民。瑜所督领，自易摧破。交锋之日，盖为前部，因事变化，效命在近。书不尽言。**此书本《吴志·周瑜传》。**

操看了又看，回环数次，方问吴使道："汝由黄盖遣来，莫非诈降不成？"吴使极言黄盖诚意，操又说道："黄盖如果愿降，当授高爵，我处不必答复，但烦汝口述便了。"吴使自然归报，黄盖大喜，即转告周瑜，瑜令盖预先筹备，待令乃发。盖选得轻舸十艘，预备燥荻枯柴，满载船中，灌以火油，上覆赤幔，船头插一青龙旗，船尾各系走舸，布置停当，专待周瑜号令。瑜却未敢遽发，只因隆冬时候，常有西北风，独少东南风，操军在北，非东南风如何纵火？所以迁延不决，特请诸葛亮密商。亮素知天文，已料定冬至节边，有东南风，便起座道："亮不才，颇能祈风，当为君借助一帆，可好么？"**风安可借？故先叙明来历。**瑜大喜过望，便请亮择地设坛，自去祈祷。过了一日一夜，果然东南风渐起，瑜不胜诧异，使人视亮，亮已轻舟一叶，自往樊口，回见刘备去了。于是瑜即下令，悉众夜发，使黄盖再致书曹操，说是待夜来降，但看船上有青龙幡，便是降船。操得书后，尚信为真情，俟至黄昏，亲率将佐出营，眼巴巴地望盖来降。**智谋如操，也为所愚，可见行军不易。**约阅片时，星光闪烁，月色迷濛，江中刮起一阵大风，扑面生寒，侵人肌骨；操尚不以为意。忽见对岸有许多军舰，顺风前来，隐约有青龙旗飘动，操迎风开颜道："黄盖果来降了！"程昱、贾诩等在侧，齐声语操道："来船甚众，不可不防，且东南风刮得利害，倘彼因风纵火，如何抵敌？"操不禁省悟，**已经迟了。**传令各船将弁，小心戒备，且派巡船出探虚实。号令才下，那敌船已经驶近，相距不过二里，霎时间火焰冲天，被狂风卷火过来，烧及曹军各舰，军士连忙援救，已是无及，但见得火趁风威，风助火势，烧了这船，延及那船，船又被铁环锁住，急切里无从奔避，再加来船乘风突入，接连放火，不但北船被毁，甚至岸上营寨，亦皆延烧。可怜操军焦头烂额，扑通扑通地都投入水中。操见不可支，还想从岸上逃走，幸亏张辽驾一小舟，上前救操，操得跳入舟中，如飞遁去。黄盖从火光中瞧着，连忙追操，不防一箭飞来，正中肩窝，翻身落水；后面便是韩当水军，盖在水中大呼求救，为当所闻，急令军士将盖捞起，拔箭易衣，送回大营医治。当代盖追操。操部下尚有残舰，随操遁走。哪知东吴舟帅，相继驶集，就是吴大都督周瑜，亦乘船摇鼓，从后追来，操军十死七八，余亦多半受伤。赤壁山成火焰国，扬子江作死人堆，曹操在水路中，逃了数十里，方敢登岸，百忙中寻了一匹快马，扳鞍上坐，向北急奔；吴兵也上岸紧追，还亏操部下诸将陆续赶到，保护操身，且战且走。谁料刘备也遣到关、张、赵诸将，沿路追截，杀开一重，又是一重，等到重围杀透，东方已明，检点残兵，不过数千骑了。操拟奔南郡，就华容道小路进行，较为近便，偏偏疾风未息，暴雨又来，一阵淋沥，害得曹操等拖水带泥，不堪狼狈，路上泥淤马足，壅滞难行，操令羸兵负草填堑，骑乃得过。羸兵已尽疲乏，等到堑坑填满，不能再进，往往卧倒道旁。操等只恐追兵又至，跃马前奔，也不管羸兵死活，蹀躞过去。罗氏《演义》中，有关公放操一段，史传中并无其事，故亦从略。好多时才到南郡，操兵已寥寥无几了。操仰天长叹

道:"今日若郭奉孝犹存,当不使孤至此!"说着复大哭道:"哀哉奉孝!痛哉奉孝!惜哉奉孝!"诸将佐统皆惭沮,勉强安息一宵,越日由操升帐,命征南将军曹仁、横野将军徐晃留守江陵,折冲将军乐进出守襄阳,布置已毕,乃下座跨马,自回许都。这一番赤壁鏖兵,若非孙、刘合力,瑜、亮并智,哪里杀得过曹军?可见得曹军一熸(jiān),乃有吴、蜀,虽曰天命,亦赖人谋。小子有诗咏道:

一火延烧百里军,神州从此定三分。

老天有意存刘裔,权把东风借使君。

周瑜等追至南郡,曹仁已备好兵马,与瑜对敌。欲知后来胜负,且至下回说明。

予幼时阅《三国演义》,至赤壁一战,联篇叙述,多至七八回,每叹罗氏演写此役,最为刻意经营之作。及年稍长,得见陈寿《三国志》与各种史籍,乃知罗氏所述,多半附会,虽未始不足餍阅者之目,空中楼阁,总觉太虚,且反足滋后人之疑窦,毋亦所谓得半失半欤?祈风之说,尤为荒诞。诸葛公犹是人耳,宁有幻术?假使诸葛公有此神奇,则当阳长坂之时,何至为操所追,使刘玄德之抛妻撇子,奔走仓皇乎?即此以观,罗氏且自相矛盾,无从自解矣。本编简而不漏,信而有征,虽不若罗氏之烘云托月,而实事求是,不等虚诬。盖借说部以传真,非假辞说以斗靡,亦何苦荒诞为也?至若赤壁一役,为三分鼎足之所由始,书中已详言之,不赘述焉。

第八十五回

续嘉偶老夫得少妻　上遗笺壮年悲短命

却说周瑜引兵至南郡，与曹仁夹江相持，曹仁固守勿战，瑜亦未便急攻；甘宁独请进取夷陵，瑜乃拨兵三千，付宁带去，驶至夷陵，一鼓即下。曹仁闻夷陵失守，分兵往援，竟将夷陵城围住，宁向瑜求救，瑜欲统兵救宁，又恐曹仁出击，累得进退两难。吕蒙进说道："但留凌公绩在此，凌统字公绩。蒙与都督往援，当可从速解围。蒙保公绩能十日固守，不致有误。"瑜乃令凌统守住营寨，自与吕蒙等赴援；到了夷陵城下，击退曹兵，夺得战马三百匹，当即驰回。凌统果然无恙，屯兵北岸，相机进攻。孙权闻瑜大捷，亦引兵自攻合肥，连日不克。曹操遣将军张喜，率众驰援，许久未至。扬州别驾蒋济，伪言援至，遣使赍书语城中，为孙权巡兵所获，得书呈阅，权信为真情，撤围退去。那刘备却用诸葛亮计议，表举刘琦为荆州刺史，分遣关、张、赵三将，往取武陵、长沙、桂阳、零陵，嗣经三将先后略定四郡。就中有一段却婚轶闻，为赵云生平亮节，可法可传，不应从略。云奉刘备命令，往略桂阳，桂阳太守赵范，开城迎降，邀云入宴；云坦然直入，与范对饮，彼此虽非同族，却是同姓，杯酒言欢，很觉融洽。到了兴酣意畅，复由范邀入后园游览，片时洗盏更酌，接连如是数觥，范托词更衣，既入复出，引着一少年美妇，姗姗前来，行至赵云座旁，嫣然含笑，替云斟酒，云连忙避席，辞不敢当。再举目看那丽姝，淡妆浅抹，缟衣綦巾，恰似一枝秋后海棠，愈白愈艳，但究不知她为谁眷属，是何意见，一时又未便遽问，只好拱手为礼。那妇人却斜送秋波，把云上下打量一回，方才辞去。文君原是多情，怎奈武夫不比文人，空负那一片雅意。云方才就座，问及该妇来历，范答说道："这是家嫂樊氏，青年寡居，令人怅惜。"云听这数语，越加诧异，原是怪事。正要出言责范，范又说道："守节为妇人难事，范探明家嫂意见，亦思他适，但必择一出色英雄，方肯改嫁，天缘凑巧，幸遇将军，又与范为同姓，如将军不嫌寒陋，愿为玉成。"云不禁动恼，勉强答语道："云与卿同姓，卿兄即我兄，卿嫂即我嫂，奈何使我乱伦？这事断不敢闻命！"说得范无词可答，满面生惭。云当即辞出，尚恐范心下芥蒂，暗中为变，乃命部兵昼夜加防，并遣急足，往迎刘备。及刘备闻信到来，范竟先逃去，云具白辞婚情事，备笑语道："这也无妨！"云应声道："赵范新降，情未可测，云怎敢遽应彼请？况彼令寡嫂改嫁，既使失节，又甘背兄，无礼无义，心迹可知。天下不少美女人，云岂可为此堕行哩？"备当然赞叹，遂授云为偏将军，领桂阳太守。云将赵范家眷，及寡嫂樊氏，遣兵护送回籍，自在桂阳就职。备又尊诸葛亮为军师，兼职中郎将，使督零陵、桂阳、长沙三郡，量收赋税，拨充军实。长沙太守韩玄，零陵太守刘度，武陵太守金旋，自降备后，仍使为官。又有攸县守将黄忠，年老力强，亦来请降，由备录用。就是庐江营帅雷绪，也率部曲数万人归备，备乃得所借手，开创初基。偏是好事多磨，悲歌又起，似玉似花的甘夫人，竟为了长坂一役，受惊成疾，缠绵床缛，好容易延过一年，竟致不起，玉殒香消，备迭次悼亡，无限伤感，不在话下。为后娶孙夫人伏笔。

且说吴督周瑜，围攻江陵，积久未下；瑜年壮气盛，定欲力破此城，反被曹仁用诱敌计，佯开城门，与瑜厮杀，瑜恐军士未肯尽力，跃马当先，亲自掠阵。仁诈败回城，等到瑜追至城旁，却预使部将伏住城楼，觑准瑜身，飕的一箭，中瑜右胁，翻身落马，仁复从城中杀出，意欲擒瑜。幸由韩当、徐盛一班吴将，截住仁军，救瑜回营；吴兵自相践踏，伤亡甚多，江陵城却不损分毫。瑜拔出箭头，虽然用药调治，却是肿痛难消，好多日不能督军。仁闻瑜不能起，屡来挑战，瑜力疾上马，突出阵前，大声呼道："曹仁匹夫，可认得周郎么？"仁军大惊，俱皆骇退，倒被瑜驱杀一阵，毙敌无数。从此曹仁气沮，待援不至，没奈何弃城北走，瑜得入江陵城，报捷至吴。孙权命瑜领南郡太守，屯兵江陵；程普领江夏太守，寄治沙羡（yí）；吕范领彭泽太守；吕蒙领寻阳令；召鲁肃等还吴。曹操得江陵败报，不胜惭恨，适因九江人蒋幹，雅擅口才，谓与瑜为故交，可以招降，操即令前往。幹布衣葛巾，至江陵投刺见瑜，瑜出厅迎幹，笑呼幹字道："子翼远来良苦，但莫非为曹氏作说客么？"一语道破。幹只好设词道："幹与足下，相别有年，遥闻芳烈，特来叙阔，并观盛仪，奈何疑我为说客呢？"瑜又笑道："我虽未及夔、旷，夔，舜臣；师旷，晋国人。闻弦赏音，已知雅曲了。"原来瑜少精音律，乐有阙误，瑜一闻即知，既知必顾，幹与瑜有旧，当然识瑜有顾曲癖，故瑜即说此解嘲。既而留幹共饮，引观仓库军资，及服饰器玩，更向幹笑语道："丈夫处世，既得人主知遇，名为君臣，实同骨肉，言行计从，祸福与共，就是苏、张更生，郦、贾复出，亦无从容喙，足下幸不为说客，否则岂能移人，恐反致绝交了。"这一席话言，弄得幹有口难宣，因即告别。罗氏《演义》载此事于赤壁战前，证诸周瑜本传，应在战后。返报曹操，称瑜雅量高致，非言辞所得招徕，操亦无法，只得休养疮痍，徐图报怨，江东得以无事。孙权闻鲁肃还吴，与诸将出城迎肃，及肃既相见，向权下拜，权亦下马答礼，因与语道："子敬劳苦，孤今日出城迎卿，卿以为显扬否？"肃直答道："尚未！尚未！"大众俱为愕然，肃举鞭徐说道："愿将军威德，旁讫四海，总括九州，得成帝业，再用安车蒲轮，迎肃入辅，肃始觉显扬了。"权抚掌大笑，偕肃入城，欢宴竟日。肃具言赤壁大捷，也亏刘氏相助，所以成功，此后应当始终并力，方可拒曹，权也以为然。会值刘琦病殁，权乃使备领荆州牧，且使周瑜分南岸地，属备管辖；备乃得移屯油口，改名公安。权有妹年已逾笄，尚未字人，闻备连丧妻妾，因拟将妹嫁备，作为继室。备亦有意联吴，乐从婚议，待至两造说妥，应由备至东吴亲迎，诸葛亮语备道："将军此行，忧喜参半；亮不怕孙权，但怕周瑜，瑜非真心愿和，还是鲁肃从中调停，才议和亲。将军如必欲赴吴，往返皆须从速，且宜择人护卫，方保无虞。"遂将赵云调回，随备同行。备既至江东，由权迎入，两人初次会面，自有一种特别酬酢，无容细叙。但彼此统是汉末英雄，谈到投机时候，也觉心心相照，欢洽逾恒。惺惺惜惺惺。权代择吉期，留备在东吴成婚，备亦只好应允。转瞬间便已届吉，就把客馆中铺设停当，准备行礼。等到万灯齐灿，双炬联辉，便有一班乐府仙仗，引入鸾舆，恭请新人登堂，与备交拜。百余侍婢，簇拥了一位珠围翠绕的佳人，步上红毯，立在右侧；备亦整肃衣冠，至左首参拜天地，大礼告成，同入洞房。堂上客犹未散，免不得由备复出，与为周旋，大约酒阑席散，已是斗转月横的时候。备送客出馆，返入房中，新夫人当然未寝，惟两旁刀枪森竖，杀气腾腾，侍婢等俱佩剑侍立，仿佛娘子军出征气象，原是一座好战场。吓得备大惊失色，忙问何因。侍婢答道："郡主少好武事，随身不离兵器，故有

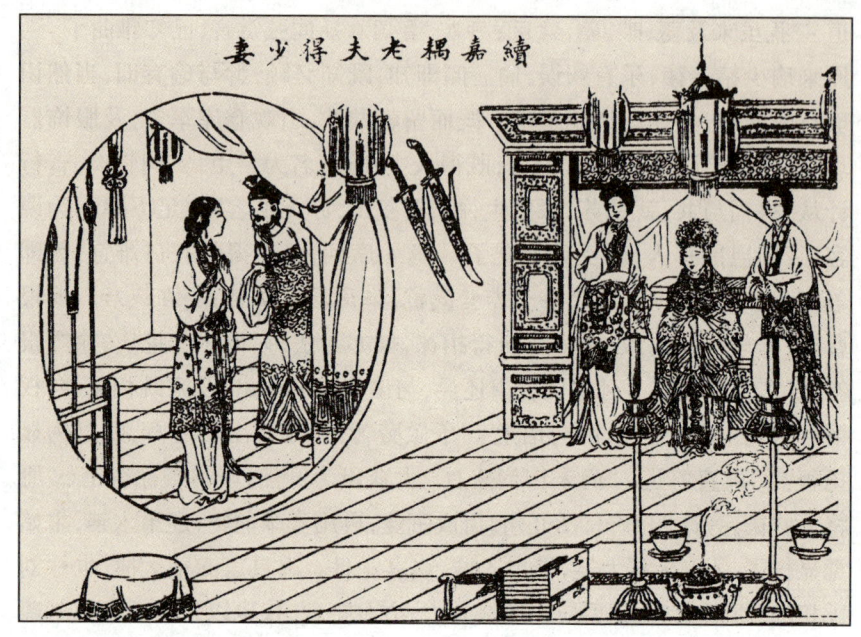

此布置。"备又说道:"今夕不妨暂去。"侍婢转告孙夫人,孙夫人微哂道:"厮杀半生,尚畏兵器么?"*此夜武事,却是有别。*乃命侍婢撤去刀枪,并脱佩剑,自己也卸了华服,改作浅妆。灯光交映,四目相窥,一个是英气未衰,丰神奕奕,一个是雌威已敛,态度雍雍,是过来人合解温存,为奇女子不加羞涩。写孙夫人处,自得身分。等到三敲更鼓,四屏娇鬟,两人便携手入帏,谐成燕好,阳台巫峡,乐趣可知。接连住了月余,备虽身入温柔乡,却也记起荆州来了,一日过见孙权,说起荆州故吏,多半相依,所得分土,还恐未足容众,加承厚惠,乞借荆州全土云云。权不及深思,慨然许诺,备起座称谢,且欲即日辞归,经权一再挽留,尚未得返。已被江陵太守周瑜闻知,飞使上书道:

> 刘备以枭雄之姿,有关、张、赵诸将,更得诸葛为谋,必非久屈人下者。愚意宜留备在吴,为筑宫室,多给美女玩好,以娱其耳目;分此数人,各置一方,然后使如瑜者,得挟与攻战,大事定矣。今猥割土地,以资业之,且纵令西归,恐蛟龙得云雨,终非池中物也,愿将军熟图之!

权得瑜书，出示鲁肃、吕范诸人，范谓宜从瑜言，独肃驳说："将军虽神武命世，势力尚不及曹操。操志在报败，仍思夺还荆州，今若不将荆州借备，遣彼归抚，令当操军要冲，外足拒曹，内足蔽吴，方为上计。"计固甚是。权听了肃言，又觉他说得有理，遂不坚留备。备稍有所闻，遂商恳孙夫人，即欲乘隙西归，孙夫人却也豪爽，执定嫁夫随夫的主意，收拾细软，当即起程。备但留书辞权，自与赵云等轻舟西去。待至权得览备书，亟乘飞云大船，亲率鲁肃、张昭等十余人，追送备行，竟得相及；备从容见权，具言曹操方眈视荆州，不能不返，权亦未尝诘责，惟置酒饯别，且邀孙夫人过宴。鲁肃等未便列席，避入后仓。酒至半酣，备低声语权道："公瑾文武兼全，为万人杰，只恐他器量远大，未必肯久为人臣，愿公预防为是！"也欲谮毁周瑜耶？权含笑无言，待至宴罢，备夫妇仍出登轻舸，扬帆径去；权亦退归。事见周瑜本传，罗氏《演义》向壁虚造，究属不经。及备至公安，由诸葛亮等接入，备语亮道："天下智士，所见略同，前日先生虑孤东行，也是为此；若仲谋信从周瑜，恐孤不能与卿等再见哩。"诸葛亮等并皆起贺，一面开筵庆赏，喜气盈庭。备复重赏赵云，留居麾下，不复再回桂阳；且作书寄吴，索借荆州。适周瑜自江陵诣吴，问权何故纵备，权以防操为辞。瑜复说道："曹操新败，忧在腹心，未能遽与将军构衅，刘备方结姻好，一时当不致失和；但备不窥吴，必将图蜀，最好是先发制人，瑜愿偕奋威将军仲异，名瑜，系孙坚弟静次子，时为丹阳太守。同取巴蜀，即留仲异居守彼地，与马腾子超结援，瑜再还与将军夺据襄阳，向北蹙操，方可图功。操若得破，刘备更可无虑了。"权应声称善，即使瑜归整军马，为取蜀计。瑜返至江陵，途中得病，尚力疾至巴丘阅操，且嘱孙瑜速赴夏口；并请孙权致书刘备，预为关照，免受牵制。权乃使人至公安，赍书与备，略云：

   刘璋不武，不能自守，若使曹操得蜀，则荆州危矣。今欲先攻取璋，次取张鲁，一统南方，虽有十操，无所忧也。

看官，这刘璋、张鲁，究是何人？璋即益州牧刘焉少子，曾任奉车都尉，留居京师，献帝使璋抚焉，焉不愿报命，索性使璋随侍蜀中。沛人张鲁，系五斗米道张陵孙，世承祖业，流寓蜀中。鲁父衡早殁，鲁母颇有姿色，兼通鬼道，出入焉家，得焉亲信，恐不免暗作鬼戏。焉遂令鲁为督义司马，出屯汉中。既而焉生背疽，竟致暴亡，璋得袭职为益州刺史。张鲁积渐骄恣，不服璋命，璋竟杀鲁母，与鲁成仇。**鲁母始实通鬼道。**鲁就据住汉中，自号师君，大行鬼道，号学徒为鬼卒，学道有年，进号祭酒，所行制度，约略与黄巾相似。璋屡与争战，互有杀伤，因此双方对峙，未分胜负。刘备与璋统是汉室苗裔，既得权书，便出示诸葛军师，诸葛亮进议道："要取益州，何劳东吴？今且作缓兵计，复书相报，再作计较。"备即令亮缮好复书，交与吴使带回。吴使归报孙权，由权展阅，但见书中说是：

> 益州民富地险，刘璋虽弱，足以自守。今将军出师蜀汉，转运万里，欲使战克攻取，举不失利，此孙、吴之所难也。**孙膑、吴起为古良将。**议者见曹操失利于赤壁，谓其力屈，无复远志；试思操三分天下，已有其二，将欲饮马于沧海，观兵于吴会，何肯守此坐老乎？若转攻蜀汉，授操以隙，使得乘间东下，甚非计也。且备与璋，托为宗室，冀凭英灵，以匡汉朝；今璋即得罪于左右，备独悚惧，非所敢闻，愿加宽贷，谨布腹心。

权将来书阅毕，即寄示周瑜，瑜怎肯罢手，仍催孙瑜引兵就道。孙瑜颇谙韬略，与周瑜又相契合，**两人同名，应该投契。**当即由丹阳发兵，溯江至夏口，遥见前面排列战舰，阻住去路，不得不向他问明。忽有一人遥呼道："请吴将答话！"孙瑜望将过去，乃是荆州牧刘备，便与言奉命取蜀，备朗声答道："君欲取蜀，请从他道，备已贻书孙将军，劝他得休便休，若必欲取蜀，备当披发入山，决不敢为天下失信哩！"瑜再欲有言，备竟退入船中，累得孙瑜无法再进，又不好与他交战，自伤和气；只得麾舟退回，报知周瑜。瑜正想督军继进，接得此信，不由得忿怒异常，俗语说得好，怒气伤肝，周瑜得病未愈，哪禁得一番盛怒？顿致口吐狂血，晕倒地上，经左右舁瑜至床，已是气息奄奄，延医调治，始终无效；自知病终不起，因令书记草一遗笺，口授数语道：

> 瑜以凡才，昔受讨逆将军之遇，**指孙策。**委以腹心，遂荷荣任，统御兵马，志执鞭弭，自效戎行。规定巴蜀，次取襄阳，凭赖威灵，谓若在握；至以不谨，道遇暴疾，延医疗治，有加无已。人生有死，修短命也，诚不足惜；但恨微志未展，不得复奉效命耳。方今曹操在北，疆场未静；刘备寄寓，有似养虎；天下事尚未知终始，此朝士旰食之秋，至尊垂虑之日也。鲁肃忠烈，临事不苟，可以代瑜。人之将死，其言

也善,倘或可采,瑜虽死不朽矣。

口授至此,已喘急得了不得,复大呼道:"既生瑜,何生亮?"呼罢即亡,寿止三十六岁。毕竟美人薄命,小乔又复丧夫。当由部将替他棺殓,并将遗书飞报孙权。权流泪叹惜道:"公瑾有王佐才,今忽短命,孤赖何人?"及阅瑜遗笺,举肃自代,因即命肃为奋武校尉,使至巴丘,代领瑜营。瑜有两子一女,奉榇还吴,权加意抚恤,后来女配权子登,长子循得尚权女,拜骑都尉,颇有父风。循又早卒,弟胤官兴业都尉,封都乡侯,这且慢表。且说鲁肃往代瑜任,道出寻阳,晤见寻阳令吕蒙。蒙系汝南人,少年好武,不读经书,经孙权勖令求学,方专心攻习,手不释卷。肃与蒙相见,蒙置酒款待,谈论古今时事,各中窍要,肃起抚蒙背道:"吕子明,蒙字子明。我不意卿才如此,竟非复吴下阿蒙了!"蒙笑答道:"士别三日,当刮目相看,大兄何轻事觑人?"肃乃进拜蒙母,珍重言别。及抵江陵,仍执定前意,请暂将荆州,借与刘备,权复书依议,于是召孙瑜还守丹阳,把江陵、南郡等地,借备管领。备令诸葛亮守南郡,关羽守江陵,张飞守秭归,自驻屖陵。曹操闻周瑜死耗,心下甚喜,正拟亲颁手书,嘱曹仁等再

取荆州，忽又接到探报，乃是孙权将荆州借备，不觉转喜为惊，举笔投地，乃将进取荆州问题，暂从搁置。自就邺中造一铜雀台，随时游赏，且更迭下令，访求才士，不计名节，但尚智谋。此为曹阿瞒意中之才士。嗣复让还三县，故意鸣谦，自称出仕本意，但望为国家讨贼立功，得一侯爵，他日死后，题志墓道，号为"汉故征西将军曹侯之墓"，于愿已足。适值国家多难，举兵四讨，幸得削平群慝，位至宰相，贵显已极，尚复何望？但若今日无孤，正不知几人称王，几人称帝。或见孤兵势强盛，疑有异志，实为大谬。周文王三分有二，尚服事殷，私心耿耿，每怀古人。本拟解职就国，但恐兵柄一解，为人所害，慕虚名，受实害，窃所未甘。如果人人心服，何必防害？惟封邑可得辞去，今且上还阳夏、柘、苦三县，只食武平万户，少减孤责，且期免谤云云。说来似属娓娓可听，一经明眼人瞧着，早已知他饰辞欺人，欲盖弥彰了。小子有诗叹道：

　　心同王莽口周文，汉贼何曾知有君？
　　怪底后人多踵智，好将伪语诳同群。

　　曹操虽自言无他，但拓土争雄的思想，日甚一日，免不得又要动兵了。欲知他何处用兵，待至下回续叙。

　　孙权以妹妻刘备，详阅史传，并非计出周瑜，而罗氏《演义》，谓瑜使用美人计，弄假成真，说得周瑜如何刁狡，诸葛亮如何神奇，褒之太过，毁之亦太甚。虽系小说，究不应如是雌黄，得是书以矫正之，则足以存史之真，而不至为野乘所误耳。周瑜年第逾壮，方可有为，乃以意气之未除，遽致短命，不无可惜。至若三气周瑜之说，亦属无稽，尽信书不如无书，况燕谈郢说乎？

第八十六回

拒马儿许褚效忠　迎虎主刘璋失计

　　却说关西一带,向由马腾、韩遂驻扎,两人本相和好,结为异姓弟兄,嗣因部曲相侵,竟成仇敌。曹操奉承诏命,替他和解,征马腾为卫尉使,腾子超代领部众。操欲往攻汉中,先遣亲将夏侯渊,发兵河东,与关中督军锺繇相会。关西诸将,闻事生疑,马超少年好勇,更恐操征父入朝,不怀好意,又复联同韩遂,及侯选、程银、李湛、张横、梁兴、成宜、马玩、杨秋八部兵马,会师十万,进攻潼关。操得知警报,便加罪马腾,阖家下狱。据《马超传》中,超起兵后,为操所败,操始灭马家。可见罗氏《演义》所叙无据。当即命曹仁率同诸将,驰往守关,嘱使坚壁勿战,然后亲督大军,从后继进。建安十二年七月,出发邺中,使子丕为五官中郎将,与奋武将军程昱等留守邺城,此外谋臣猛将,统皆从操西行。好容易到了潼关,与超夹关立营,或谓关西兵士,多习长矛,非精选前锋,不能与敌,操掀须微笑道:"战与不战,主权在我,贼众虽持长矛,我若使他无所用处,怎能便刺诸君?但看我破贼便了。"乃但令将士固守,潜遣朱灵、徐晃二将,率步骑兵四千人,渡蒲坂津,沿河屯扎。马超闻曹军分扎河滨,料操必将北渡,来袭背后,乃急向韩遂献议道:"操军若得至河北,势难与敌,超愿引兵截住渭河,使他不得北渡,彼远来乏粮,不消二十日,河东粮尽,怎能不走?到那时我军追击,必获全胜。"遂答说道:"何必如此?待他半渡时,出兵奋击,岂不更快么?"遂计未始不是,但不若超计之完善。超意虽未惬,但也以为不失中计,专探听南岸消息。翌晨得探马走报,曹操已带领全军,将要渡河了,超亟率部众万余人,驰往截击。遥见操踞坐南岸,麾兵渡河,便即纵马过去,直前奔操,操尚端坐不动,好胆略。旁由许褚大叫道:"贼来了,请丞相赶紧下船!"操还说贼至无妨,回头一瞧,相距不过百余步,倒也心惊,因即起身离座。许褚忙将操拖了过去,正要登舟,超已杀到,亏

得操手下亲从,拼命敌住,操才得下船。岸上余兵,半被超军杀死,剩得若干残卒,逃回河边,争欲上船避敌,船重将覆,许褚竟执刀乱砍,把船旁危立的兵士,都劈落水中,急命水手开船西驰。哪知南岸的马超,麾兵攒射,箭如飞蝗,曹操船上的水兵,尽被射死;连船中士卒,亦多中箭倒毙。许褚恐操受伤,左手举马鞍蔽操,右手握木篙撑船,再用两足夹舵,向西摇去。操至此也叹息道:"马儿不死,我无葬地了!"适有渭南县令丁斐,在南岸散放牛马,作为敌饵,超众不免贪利,都去夺取牲畜,无心追操,操方得安抵北岸。

至蒲坂下营,割须弃袍事,不见史册,故亦不载。将士等各来请安,操大笑道:"我今日几为小贼所困,幸得许仲康救我。"仲康即许褚字。许褚接说道:"还幸南岸有牛马四放,贼争取牛马,始得渡河。"操亟问牛马为何人所放,褚亦不知,至派人访问,才知由丁斐所为,当即擢斐为典军校尉,并加厚赐。一面饬诸将带同兵役,就河岸筑起甬道,由北至南,甬道外多张旌旗,作为疑兵,暗中却用舟载兵,偷过渭水,筑造浮桥,便在渭南结营立栅。偏又为马超所闻,屡来冲突,营不得立,地又多沙,栅树便倒,害得操无计可施。忽来了一个娄子伯,黄冠野褐,向操献计,不知此是何人?说是秋尽冬来,天气骤冷,但教夜间起沙为城,用水灌沃,凌晨凝冱,一日可成;操依言施行,果得奏功。超急来攻击,已是不及,乃与韩遂会计,夤夜劫营。不防曹操预先设伏,反把超军围住,经超奋力杀出,已伤折了许多人马。超经此一败,锐气顿挫;又见韩遂等不肯努力,专靠自己一人厮杀,越觉怏怏。此反间计之所由来也。韩遂本来无能,更欲易战为和,向操议款,超怀着满腔懊闷,不愿争议,听令遣人求和,遂即派人至操营,自请割地纳质,各息兵戈。操不肯遽允,独贾诩进言道:"彼来求和,何妨慨许?明日与韩将军相见便了!"说着,以目视操,操已经会意,即遣来使返报。至来使去后,又问贾诩道:"计将安出?"诩附耳语操,说是如此如此,操鼓掌称善。越日排队出营,专请韩遂会叙。操与遂父同举孝廉,又与遂同时出仕,两下相见,只把旧事重谈,并不提起军情。超在遂后面,相距颇远,听不出什么问答,惟欲乘间刺操,骤马向前,蓦见操背后立着一人,怒目持刀,好似地煞星一般,因不敢率尔举手,但向操问道:"汝军中虎侯为谁?"操回顾许褚,褚厉声道:"即我便是!"超不复多言,勒马便回;遂亦与操罢谈。正要话别,遂军各上前观操,操扬鞭与语道:"汝等欲观曹公么?曹公与人无异,并非四目两足,不过智识较多呢!"说至此便向遂拱手,径回营中,遂亦自归。超不能再忍,就问操有何言,遂答称操无他说,止叙旧谊,说得超越起疑心。过了一宵,又由操贻书与遂,书中多半改窜,遂展书阅毕,正在惊讶,忽由超入帐索书,取过一看,越看越疑,总道是韩遂有心改抹,悻悻趋出;越宿与成宜、李堪两军,率军攻操。操先令轻骑接战,约阅多时,一声鼓响,发出两翼,抄击超军,超支持不住,向后倒退,成宜、李堪被操军包裹了去,先后战死,操军愈奋,超军愈怯,韩遂又不肯援超,超只好西奔,遂亦遁去。操麾兵追超,至数十里外方回,关中复安。操下令班师,凉州参军杨阜,进见曹操道:"马超骁勇,不亚吕布,羌胡等并皆畏服,若大军遽归,不复设备,恐陇上诸郡,终非国家所得有哩!"以曹操为国家,都是被欺。操闻阜言,不免迟疑,会得河间警信,乃是土豪田银、苏伯等作乱,乃决计还军,令阜辅翼州刺史韦康,镇守河北,留夏侯渊屯长安,使为援应,自引兵还邺中。遣将讨平田银、苏伯,然后上书奏报,且请诛马腾家族,于是马腾阖门一二百口,并受诛夷,虽由超私忿忘亲,毕竟是曹瞒毒手杀人,如刈草芥呢! 一语断定。

且说益州刺史刘璋,袭父遗业,因与张鲁屡年战争,也恐人心未服,特向朝廷上表,且遣使致意曹操。操承帝命,令璋领益州牧,加封振威将军,璋庶兄瑁为平寇将军。瑁忽发狂疾,竟致殒命。为下文刘备纳瑁妻伏笔。既而璋复遣别驾张松,向操修好,操方击破马超,还兵至邺,见了张松,颇有骄态,傲不为礼。松即日回蜀,劝璋绝操,璋疑虑道:"我若绝操,操兵必来进攻,如何抵敌?"松答说道:"将军如何舍近图远?好好一个宗亲,不去结交,却要去孝敬曹操,真令人不解了!"璋问为何人,松即把刘备大名,陈说出来。璋又虑无人可使,松又举荐一人,叫作法正。正籍隶扶风,曾为益州军议校尉,有所陈请,不得施行,所以居常抑郁,每与松谈及世事,互相叹息。至此由松推举,叫他出使,他却故意推让,经璋面命至再,方赴荆州。好多时才得归来,具言刘备宽仁长厚,足为外援,又退见张松,独谓备雄武过人,可以奉作州主,松亦怀有此意,乐得与正定谋,待时乃动。会值曹操命锺繇发兵,进逼汉中,张松即乘机说璋道:"操兵西来,势不可当,若既据汉中,必入巴蜀,将军将如何抵御呢?"璋怆然说道:"我正为此担忧,未知卿有无良策?"松答说道:"莫若先迎刘豫州。刘豫州为将军宗室,且与曹操有仇,必能帮辅将军,同心并力。今趁操军未入汉中,亟请刘豫州来蜀,使讨张鲁,鲁必破灭;鲁灭以后,益州无虞,操军虽来,也是无能为呢。"拒狼引虎,终要噬人。说得刘璋喜出望外,即命正调兵四千人,往迎刘备。正奉命欲行,突有一人趋入道:"不可不可!刘备素有英名,岂肯屈居人下?今招令入蜀,视若部曲,彼必不服,待以客礼,免不得喧宾夺主,客得安如泰山,主人却危如垒卵,决不可从!"璋见是主簿黄权,进来谏阻,便怫然道:"曹操若长驱入境,试问汝能抵拒否?"权答说道:"益州不少将士,宁独一权?倘曹兵入境,权愿与诸将深沟高垒,据险固守,也未必定为操胜呢。"璋摇首道:"单靠本州将士,怎能敌操?待至兵败地失,还有何幸?"权再欲有言,璋竟不令多说,叫他出任广汉长,权只好去讫。又有从事王累,亦阻璋迎备,璋亦不听,遂使法正起行。正到了荆州,刘备、诸葛亮以下,很表欢迎,比初次还要优待。正即向备献策道:"如明公大才,何必局促居此?益州天府,刘牧庸愚,公若不取,必为操有;现宜从速进行。张别驾又为内应,何患不成?"备踌躇道:"刘季玉璋字季玉。与我同宗,我不忍夺取,还须从长计议。"

正谈话间,有文吏趋入,扬眉与语道:"天与不取,反受其咎,愿将军勿疑。"刘备瞧着,乃是副军师庞统,便欠身邀坐。庞统就是庞士元,号为凤雏,籍出襄阳。见八十二回。吴督周瑜,尝契重统才,当夺取江陵时,曾荐统为南郡太守。未几瑜殁,统送丧至吴,吴人陆绩、顾劭、全琮等,皆与统交结,引统入见孙权。权见他面貌不扬,淡漠相待,仍令还守原职。统返至南郡,适荆州借与刘备,由诸葛亮前来接取,见前回。亮与统本来熟识,且关亲谊,统为庞德公从子,德公尝娶亮姐为妻,故云亲谊。当即代作荐书,使统诣备。统复向鲁肃辞行,肃正欲与备结好,许令前去。及备得见统,也与孙权一般思想,但使他为耒阳县令,统到任后,高卧不治,被备下令免官。可巧鲁肃使至,遗书通问,书中询及庞士元,谓士元非百里才,当使为治中别驾,方得展彼骥足等语。备尚以为疑,及诸葛亮面与备言,详述统历来闻望,备始猛忆道:"彼就是司马德操所说的凤雏么?"亮答言正是,且谓德操雅善知人,世因称他为水镜先生。补前文所未及。备忙邀入庞统,亲自谢过,进为治中从事,嗣且拜为副军师中郎将,待遇与亮相同。及法正愿献益州,备尚迟疑未决,因即入帐怂恿,劝备速行。备尚拟从缓,统申说道:"荆州荒残,人物凋敝,且东有孙吴,北有曹操,如何得志?今益州户口百万,土广财富,可资大业,奈何不往?"备半晌方说道:"我与曹操,常相水火,操以急,我以宽,操以暴,我以仁,操以谲,我以忠。今若贪利忘义,食言背信,不但操将笑我,天下亦且叛我,如何行得?"非虑曹操,实怕孙权。统微笑道:"将军但知守经,未知达变。方今四海流离,不能拘守一道,汤武尝兼弱攻昧,不失为顺,若事机顺手,得取益州,封璋大国,亦不失为信义。今日不取,徒为人利,将军原是有损,刘璋岂真有益吗?"备不禁心动,乃遣法正归报刘璋,约期相见。待正既去,复请诸葛亮决议,亮所说略如统言,因留亮居守荆州,关、张、赵三将为辅;自己带同庞统,及黄忠、魏延诸将,令步卒数万人,西赴益州。刘璋先得法正归报,已知备即日将至,便令地方官吏,沿途供张,不得有慢,至备既入境,官吏都出郊迎接,馈遗不绝。行抵巴郡,太守严颜,独拊膺叹息道:"这叫做独坐深山,引虎自卫呢!"话虽如此,但既奉璋命,不得不

　　照例供给。备得一路无阻，直抵涪城，刘璋亲率步骑三万余人，至涪城迎备。黄权又复力阻，璋终不从。王累且倒悬州门，俟璋出城，抗声强谏，璋仍置诸不理，累竟用刀割绳，跌毙城下。璋使法正为先驱，驰白刘备。正已与张松筹定密计，见备后，便劝备乘会袭璋，备摇首不答。庞统进说道："今若在会所执璋，一举便可得益州了。"备蹙然道："初入他国，恩信未著，仓卒欲行此事，莫谓益州无人。"遂不用正谋。既而刘璋已到涪城，与备会面，叙及世系，应该兄弟相称，当下略迹言情，备极欢洽，今日合宴，明日会饮，差不多有数十天。璋推备行大司马，领司隶校尉，备亦推璋行镇西大将军，领益州牧，互相标榜，互相敬重，几比同胞兄弟，还要亲昵三分。璋乃请备出击张鲁，备毫不推辞，由璋厚加资给，握手送行。

　　备北至葭萌关，接到荆州报信，乃是孙夫人由吴迎去，备子禅本与偕行，幸由张飞、赵云，将禅截回云云；未几又得孙权致书，说是曹操攻吴濡须坞，兵锋甚盛，乞备还援。原来孙权从张纮议，由吴会徙居秣陵，改号建业，筑造石头城，即金陵，为六朝建都之始基。又用吕蒙计策，就濡须水口，创设船坞，预备拒曹。旋闻刘备西入益州，自背前言，权不禁大怒道：" 猾虏乃敢如此么？" 妹婿为猾虏,妹亦可呼为猾妹。遂潜遣舟船迎妹。赵云受刘备嘱托,管理家事,此时巡弋江面,便截住孙夫人,又得张飞为助,夺还刘禅,但放孙夫人过去。权既将妹迎还,便想进袭荆州,不防曹操已乘隙东来,进攻濡须坞口,权与备失和被操利用,可见鲁肃之主张和备,实为上计。权急出师堵御,与操对垒多日。操见权军伍整齐,防堵严密,也极口称赞道：" 生子当如孙仲谋,若刘景升诸子,真是豚犬,有何用处？"既而得权来书,内言春水方生,公宜速去；又云足下不死,孤不得安。操笑语诸将道：" 权不欺我！"遂撤军西归。权本欲移攻荆州,恐曹操以退为进,乃寄书刘备,致意乞援,令备不得安取益州。备得信生怒道：" 彼无故劫我妻孥,尚敢向我求援么？"庞统道：" 吴不欲我得益州,故借求援为名,促我还师,我既到此地,怎肯空回？现在却有三计,请将军自择。"备当然愿闻,统便说道：" 今若潜遣精兵,昼夜兼道,径袭成都,璋既不武,又无预备,我军猝至,一举便定,这是上计；杨怀、高沛,为璋名将,现方据守白水关,曾闻他上书谏璋,毋归我军,我正好因孙、曹相争,伪言还顾荆州,即日东归,杨、高二将,喜我退师,必来送行,我就将他擒住斩首,长驱捣入,乃是中计；若退还白帝城,空回荆州,徐作后图,便变做下计了！" 备答说道：" 愿从中计。"当下贻书刘璋,只言曹操东攻孙吴,荆州地处要冲,也属可危,备不得不还兵自顾,幸借精兵万人,粮万斛,返击曹操,俟操退兵,再讨张鲁未迟。这书到了成都,璋展览后,自思迎备入蜀,本为灭鲁拒操起见,今备还援荆州,与己无益,还要借索如许兵粮,殊属不情；且除张松、法正外,无论文武官吏,多言备不可亲,也未免有所感动,因止给羸兵四千人,劣米五千斛,交与刘备。备怒对来使道：" 我为益州讨御强敌,师劳力殚,今汝主靳财吝赏,如何得使将士效死哩？"来使返报刘璋,张松在旁听着,还道备真要东归,忙遣法正驰告道：" 今大事将成,如何舍此他去？请亟进兵为要。"哪知备尚未进兵,松谋已为乃兄所泄。乃兄叫作张肃,曾为广汉太守,一闻松谋,恐灭门遭累,竟去报告刘璋。璋至此如梦初醒,捕系张松,立命斩首,且令关隘守将,不得复与刘备交通,但已是无及了。小子有诗咏张松道：张松献西川地图,亦属后人附会,概不羼入。

食禄应思勉效忠,如何卖主妄邀功？

西川未去头先落,奸猾由来少善终。

张松方死,刘备已进赚杨怀、高沛,把他拘戮。欲知被戮情形,下回再行详叙。

马超猛将,韩遂庸奴,两人皆非曹操敌手。但操先轻视马超,当引兵北渡时,危坐不动,微许褚之翼操下船,几已为马超所毙矣。及已知超勇,始用贾诩计议,立马语遂,抹书间超,超刚而遂愚,适堕操计,此用兵之所以尚谋也。刘璋暗弱,即使不迎刘备,亦未必常能守成;益州不为备有,亦必为曹操听取耳。但张松、法正并为璋臣,璋可辅则辅之,不可辅则去之;必卖主而求荣,殊非人臣之道,松之受诛宜也!法正特幸而脱祸耳,是可为后世之不忠者戒焉。

第八十七回

失冀城马超奔难　逼许宫伏后殒殃

　　却说刘备用庞统中计,佯欲东归,即遣人至白水关,报告杨怀、高沛二将;杨、高巴不得刘备东归,亲出送行,突被备军擒住,说他居心不良,立命斩首,遂占据白水关,进拔涪城。是时法正才到,始知备系诈言东归,当即入贺。备留住法正,探听成都消息,得悉张松被诛,关隘不通,益州从事郑度向璋献计,教他坚壁清野,固垒勿战,免不得心下担忧,因即转问法正,正慰解道:"刘璋无谋,终不能用此计,请将军放心。"果然璋不从度言,但遣部将刘璝、冷苞、张任、邓贤等引兵拒备,累战皆败,退保绵竹。备置酒大会,宴集将士,饮至半酣,顾语庞统道:"今日宴会,不可谓不乐了!"统直答道:"伐人家国,反以为乐,仁主用心,不宜如此。"备已酒意醺醺,听得统言,很觉逆耳,便作色道:"武王伐纣,前歌后舞,难道不算为仁主么?卿言殊不合理,可速退去!"统大笑而出,备亦因醉入寝,一睡竟夕。翌旦方起,自觉前言未忘,深加后悔,遂延统入厅,向他谢过;统却不答谢,谈笑自若。备复说道:"昨日言论,我为最失。"统方答道:"君臣俱失,何必追忆?"善于分谤。备乃开颜大笑,欢叙如恒。既而刘璋复遣吴懿、李严、费观诸将出御备军,先后败挫,反皆降备,备军益强,分遣诸将略定蜀地。冷苞、邓贤战死,张任、刘璝,退至雒城,璋子循奉了父命,至雒助守。任素有胆力,屡出冲围,虽屡被击退,气不少衰。备与庞统商定计策,诱任出城,引过雁桥,把桥拆断,前后夹攻,害得任进退无路,为备所擒。备劝任投降,任抗声道:"忠臣岂肯复事二主?速死为幸。"备始令推出斩首,收尸礼葬。任死雁桥,在庞统未死之前,史可覆按;罗氏《演义》指为任之受擒出自诸葛,且雁桥上加一"金"字,不知何据。且命诸军四面筑垒,并力围城。刘循、刘璝不敢再出,但从严防守,积久未懈,城中所需粮食,又由刘璋源源接济,故相持逾年,尚得守住。备正在焦急,忽接到葭萌关来书，乃是守将霍峻，报称张鲁诱降，已经叱退；现由璋将扶禁、向存等来攻，正由峻设法抵御等语。原来备自葭萌关还袭益州，留中郎将霍峻守关，部兵不过千人，张鲁遣将杨帛招峻，峻怒叱道："我头可得，城不可得！"帛乃退出。嗣由刘璋遣兵万余人，从阆水上攻，统将就是扶禁、向存，亏得峻战守有方，尚得以少制众。惟备得了此信，越觉加忧，既不便分兵援峻，又恐巴东有警，截断后路；不得已致书荆州，请诸葛亮派兵相助。独庞统急欲邀功，亲出督军，猛攻洛城，城上矢如雨下，竟将统射中要害，回营毕命。落凤坡诸说，亦属无稽。

备失去庞统，如断右臂，飞使邀请诸葛军师入蜀参谋。诸葛亮已遣张飞西行，至此闻庞统又殁，不得不亲身入蜀；乃将荆州全权，尽委关羽，自率赵云等，溯江西进。时张飞已至巴郡，为太守严颜所遏，不得前往。飞用诱敌计，擒住严颜，瞋目呵叱道："大军到此，汝何故不降，反敢拒战？"颜亦抗语道："汝等不道，侵犯我州，我州只有断头将军，没有降将军！"飞闻言愈怒，顾令左右道："快把这老匹夫，砍下头来！"颜神色不变，向飞笑语道："要砍便砍，盛怒何为？"说得飞也为心软，竟下座释颜，延诸上座，优礼相待；颜感飞厚遇，乃许投诚。莽张飞也有奇谋。飞遂令颜为前导，畅行无阻，直抵洛城，与备会师。诸葛亮亦令赵云先驱，从外水经过江阳、犍为，所至皆降，也得至洛城相会。洛城固守年余，已经力乏，怎禁得备军大至？不由的慌乱起来。刘循开城夜遁，刘璝为乱军所杀，洛城遂为备有了。备正思进攻成都，有人报知张鲁援蜀，特遣骁将马超，领兵西来。超素有勇名，为备所知，当即商诸葛亮，亮笑答道："将军勿忧，但遣一辩士往说，便可招降。"乃留意简选，得了一个建宁人李恢，前为郡中督邮，方来投备，雅善口才，遂遣令前往。究竟马超如何投依张鲁，又如何助鲁援蜀，说来又是话长，不得不从简补叙。

超自为曹操所败，西奔凉州，果如杨阜所料，略夺陇上诸郡，回应前文。又复进攻冀城。刺史韦康，忙遣别驾阎温，告急长安。不料温出水关，被超擒斩，急得韦康没法，只好请降。杨阜哭谏不从，竟开门迎超，超却将韦康杀死，独用杨阜为参军，自称征西将军，领并州牧，督凉州军事。长安屯将夏侯渊闻信驰救，反为超所杀败，只好退还。会阜遇妻丧，乞假归葬，路过历城，得见抚夷将军姜叙，叙与阜为中表弟兄，当然延入。阜面有戚容，叙还道他是悼亡心切，不便多问。及进谒叙母，索性泪下不止，叙忍不住诘问道："妻殁不妨续娶，何必过哀？"阜摇首道："何从为此？"叙复问何因，阜凄然道："守城不能完，主亡不能死，恨无面目再见尊亲；但阜无权无勇，不能力讨超贼，独怪兄拥兵历城，忍心坐视，咎亦难辞，《春秋》书赵盾弑君，便是此意。"叙慨叹道："我非不欲讨超，实恐超勇悍过人，急切难图。"阜又说道："超强暴无义，非真难除。"叙母亦接口道："汝不早图，尚待何时？即如韦使君遇难，亦岂尽由义山负责？阜字义山。汝亦与有过失呢！人谁不死？死得有名，奈何不为？汝若虑我年老，我已将生死置诸度外，毋劳汝忧。"叙母亦一女丈夫，可惜见理未明。叙乃与校尉赵昂、尹奉等合谋讨超。又由阜致书冀城，潜结军吏梁宽、赵衢，使为内应，安排已定。惟赵昂有子名丹，在超麾下，昂引为己忧，归语妻室，妻厉声道："为君父雪耻，殒首亦属无妨，何况一子呢！"又一奇妇人，但究不知谁为君父。昂意乃决，遂据住祁山，与姜叙、杨阜同声讨超。叙、阜两人进兵卤城，超听赵衢诡议，亲出拒战，留衢与梁宽守城。及与叙、阜交锋，不能得利，引兵退归；哪知城门紧闭，连呼不应，但掷出头颅数枚，超

不瞧犹可，瞧了一遍，险些儿坠落马下。看官，这是何故？原来是娇妻爱子的首级。**有勇无谋，如何保家？** 当下越悲越怒，恨不把城池踏破，可奈姜叙、杨阜及赵昂等两面杀到，只好回头就走。赵昂子丹，由超带着，就将他一刀两段，复悄悄的掩袭历城，竟得冲入，搜获姜叙老母，用刀搁颈，逼令召叙回来。叙母大骂道："汝乃背父逆子，杀君恶贼，为天地所不容！尚敢横行人世么？"说到末句，头已落地。

杨阜闻历城失守，忙引兵还援，与超交战城下，拼死力斗，身中五创，尚不肯退。嗣由姜叙、赵昂等一齐杀到，方将超众杀败。超乃南走汉中，投依张鲁。鲁令超为都讲祭酒，且因超妻子被戕，欲把爱女嫁为继室。或谓超不知爱亲，怎能爱人，鲁乃罢议。超从鲁乞师，往围祁山。姜叙等又向夏侯渊告急，渊使偏将张郃，率五千军先行，自督万人继进，击走超军；复移兵长离，大破韩遂残众，然后还师。超败回汉中，鲁以为超无能为，礼貌浸衰。鲁将杨伯等更欲害超，超当然愤恨。适刘璋失去洛城，急不暇择，反使人向鲁求救。鲁与璋本系世仇，怎肯赴急？偏马超欲乘此图功，愿去取蜀。鲁乐得遣超一行，阳助刘璋，阴图刘璋。超有部将二人，一系从弟马岱，一系南安人庞德，并皆勇敢。德适遇疾，不能从军，留居汉中养疴。超只偕岱西进，由鲁拨兵数千，给令同行。到了武都，正值李恢奉刘备命，前来招降。恢本来善辩，再加超乞得此差，原为避祸起见，一经恢巧言说合，自然语语投机，当下随恢同进，直指成都。刘备已自洛城进发，先至成都城下，既得马超来降消息，便欣然说道："我定可得益州了！"乃潜分兵数千，使会超军，嘱令屯驻城北，交逼刘璋。璋还道马超来援，登城俯问，哪知超扬鞭仰指，口口声声，叫璋出降刘豫州，吓得璋面色如土，几乎跌倒。经左右扶璋下城，璋长叹道："不听忠言，悔无及了！" **庸主往往如此。** 会由刘备遣从事简雍，入劝璋降。璋城中尚有兵士三万人，谷帛足支一年，吏民多欲死战。璋流涕道："我父子在州二十余年，并无恩德加及百姓，百姓为璋攻战数年，已害得膏血涂野，璋何忍再令死斗，使无孑遗？不如出降为民罢了！"说得群下都为流泪，璋无可奈何，只得与简雍并舆出城，径诣备营。备开门迎璋，面加抚慰，复偕璋入城安民，所有璋私储财物，一并检还，令佩振威将军印绶，徙居公安。一面大开筵宴，遍飨士卒，取库中金银，分赏将吏，多寡有差。备自领益州牧，进诸葛亮为军师将军，黄忠为讨虏将军，魏延为牙门将军，糜竺为安汉将军，简雍为昭德将军，孙乾为秉忠将军，伊籍为左将军从事中郎，马超为平西将军，法正为蜀郡太守，兼扬武将军。旧益州太守董和，得掌军中郎将，并署左将军府事，旧广汉长黄权得为偏将军。尚有严颜、吴懿、费观、李严、秦宓、许靖、费诗、孟达、彭羕（yàng）等一班降官，约数十人，并皆录用。独零陵人刘巴，夙负才名，曾由备具书招致，巴不肯从，反自交阯入蜀，奔依刘璋；及璋迎备，巴一再谏阻，拟备为虎，终不见听，乃闭门称疾。备攻成都，即下令军中，谓有人害巴，诛及三族。故成都既下，得巴甚喜，令为左将军西曹掾，巴无奈受命。璋将扶禁、向存，前尝围攻葭萌关，逾年不克，至成都围危，两将当然撤还，被守将霍峻，追击一阵，向存授首，扶禁遁去。备因霍峻有功，授峻为梓潼太守，全蜀悉平。惟刘璋家眷，已俱随璋东徙，只有璋寡嫂吴氏，为刘瑁妻，即吴懿妹，依兄居住，仍在成都。吴氏少时，有相士谓当大贵，璋父刘焉因娶为子妇。偏偏结缡未几，竟丧所天，相士所言，似乎未验。<u>想由相士未便详说，留此缺陷。</u>到了备据益州，独少内助，孙夫人已经还吴，备恨她迹同专擅，且与孙夫人虽为夫妇，仿佛一闺中敌国，随时加防，故由她大归，不愿再迓。于是左右从吏，竟将懿妹吴氏，向备关说。备使人觇视，华颜未老，丰韵犹存，却也有些合意；但自思与瑁同族，未免含嫌，<u>何必定纳嫠妇？不但同宗有嫌！</u>乃更问法正。正答说道："晋文且纳怀嬴，比诸将军，相去何如？将军尽可从权呢。"<u>恐是逢君之恶。</u>备乃决纳吴氏，重整鸾凤，领略温柔滋味。这且不必絮谈。

且说法正得掌重任，外统都畿，内参帷幄，无德不酬，无怨不报。尝擅杀仇人数名，或请诸葛亮转达刘备，预加抑制，亮独驳说道："主公在公安时，北畏曹操，东惮孙权，内复为孙夫人所制，日夜不安，幸得法孝直入为羽翼，导引西翔，今主公已得高飞，难道孝直独应下降么？"但口中虽有此论，心下也不无微嫌，遂改订治蜀条例，概从严峻。法正语亮道："昔高祖入关，约法三章，公初至益州，亦应缓刑弛禁，借慰民望，奈何反从严峻呢？"<u>正要你知法守正！</u>亮正色道："君但知一不知二。秦尚苛法，高祖不得不从宽；今刘璋暗弱，德政不举，威刑不肃，蜀土人士，无法已久，我今以法率民，法行然后知恩，以爵限吏，爵加然后知荣，恩荣并济，上下有节，方可挽回宿弊，否则恐复蹈故辙了！"法正也为佩服，渐自敛戢，不敢犯禁。吏民亦各守法规,比那前时的上疲下玩,已好得许多,这就叫作乱国用重典呢。且说曹操攻吴不克,撤兵还邺,休息了一两年,但时常示意左右,表扬功德;有诏令操剑履上殿,入朝不趋,赞拜不名。既而长史董昭复谓操宜进爵国公,加九锡礼。侍中苟彧独向昭驳说道:"曹公本仗义兴师,匡朝宁国,岂徒为安富尊荣起见?君子当爱人以德,不宜谄谀若此!"昭怀惭而退;偏被曹操闻知,暗生忿恨。会值彧有小恙,乞假数日,操竟借馈食为名,使人持送一盒;及彧揭视,乃系一个空器,并没有什么珍馐,遂长叹数声,服毒自尽。死得迟了。彧子恽讣告曹操,操佯为举哀,予谥曰敬,令恽袭爵为侯。越年建安十八年。由御史大夫郗虑,赍奉册书,命操为魏公,兼加九锡。策文有云:

朕以不德,少遭愍凶,越在西土,迁于唐、卫。当此之时,若缀旒然;幸天诱厥衷,诞育丞相,保乂我皇家,弘济于艰难,朕实赖之。今将授君典礼,其敬听朕命:昔者董卓不道,挠乱王纲,赖君首启戎行,得平大憝;后及黄巾,反易天常,侵我三州,延及平民,君又剪之,以宁东夏,此则君之功也。韩暹、杨奉专用威命,君则致讨,克黜其难,遂迁许都,造我京畿,设官兆祀,不失旧物,此又君之功也。袁术僭逆,肆于淮南,慴惮君灵,用丕显谋,蕲阳之役,桥蕤授首,积威南迈,术以陨溃,此又君之功也。回戈东征,吕布就戮,乘辕将返,张杨殂毙,眭固伏罪,张绣稽服,此又君之功也。袁绍逆乱天常,谋危社稷,凭恃其众,乘兵内侮,君奋其武怒,运其神策,致屈官渡,大歼丑类,俾我国家,拯于危坠,此又君之功也。济师洪河,拓定四州,袁谭、高幹,咸枭其首,海盗奔迸,黑山顺轨,此又君之功也。乌桓三种,崇乱二世,袁尚因之,逼据塞北,束马悬车,一征而灭,此又君之功也。刘表背诞,不供贡职,王师首路,威风先逝,百城八郡,交臂屈膝,此又君之功也。马超、成宜同恶相济,滨据河、潼,求逞所欲,殄之渭南,献馘万计,遂定边境,抚和戎狄,此又君之功也。鲜卑、丁零重译而至,单于、白屋请吏率职,此又君之功也。君有定天下之功,重之以明德,班叙风俗,旁施勤教,恤慎刑狱,吏无怀慝;敦崇帝族,表继绝世,旧德前功,罔不咸秩。虽伊尹格于皇天,周公光于四海,方之蔑如也。我为阿瞒羞死。朕以眇眇之身,托于兆民之上,永思厥艰,若涉渊冰;非君攸济,朕无任焉!今以冀州之河东、河内、魏郡、赵国、中山、常山、钜鹿、安平、甘陵、平原凡十郡,封君为魏公,锡君玄土,苴以白茅,爰以丞相领冀州牧如故,又加君九锡。其敬听朕命,简恤尔众,时亮庶功,用终尔显德,对扬我高祖之休命。

当时九锡典礼,一是车马,**大辂、戎辂各一**。二是衣服,**衮冕之服,赤舄副焉**。三是乐悬,**王者之乐**。四是朱户,**户用朱色**。五是纳陛,**所以登阶**。六是虎贲,**三百人**。七是斧钺,八是弓矢,九是秬鬯(Jùchàng)、圭瓒。操既得此异数,应思如何报答,哪知他愈贵愈横,愈荣愈恶,不但建宗庙,立社稷,置尚书、侍中、六卿,僭拟皇家;甚且一朝国母,也被曹操害死,连二子也送入黄泉,说来尤令人发指。先是董贵人遇害,伏皇后内不自安,尝与父伏完手书,数操罪恶,乞完伺隙密图。完虽尝授职辅国将军,却是性甘恬退,不愿与曹操争权,所以接得后书,始终未发。至操为魏公,伏完已殁过三四年了。操有三女,长名宪,次名节,又次名华,长、次俱纳入皇宫,惟季女尚幼,在闺待年,拟及笄时,续行送入。**芥只献入一女,操却纳入三女,总算忠心。**献帝并封为贵人。甫越期年,不意伏后致父

书信，竟被伏家怨仆偷献曹操，操不禁大怒，立入宫中，胁迫献帝，废去伏后。献帝踌躇未忍，操不待许可，便使尚书令华歆代草诏书，逼帝盖印。书中有云：

> 皇后伏后名寿。得由卑贱，登显尊极，自处椒房，二纪于兹，既无任、姒徽音之美，文王母太任，武王母太姒。又乏谨身养己之福，而阴怀妒害，包藏祸心，弗可以承天命，奉祖宗。今使御史大夫郗虑，持节策诏，其上皇后玺绶，退避中宫，迁于他馆。呜呼伤哉！寿自取之，未致于理，为幸多焉！

诏至中宫，伏皇后惊出意外，不敢不将后玺缴出，正想出徙别馆，忽闻外面人声嘈杂，好似来捕大盗一般，吓得伏后三脚两步，急至复壁间躲避。谁知助操为虐的华歆，引兵入宫，四觅不见，竟由歆破壁得后，麾兵动手，兵士尚有难色，歆竟亲揪后发，拖至外殿。适值献帝与郗虑坐谈，见后披发跣足，状甚凄惨，不禁泪下。伏后泣语道："竟不能复相活么？"献帝呜咽道："我亦不知命在何时！"又顾语郗虑道："郗公！天下果有是事么？"那华歆不由分说，竟牵伏后入暴室中，与后所生二皇子，一体鸩死。小子叙至此处，随书一绝句道：

> 诛奸无力反招灾，巾帼拚生剧可哀。
> 前有董妃后伏后，魂兮可向许官来！

伏后已死，伏氏家族，骈戮至百余人，华歆方向操复命。欲知歆为何等人物，待至下回表明。

马超多勇无谋，卒致上害父母，下及妻孥，设非投入刘备，则其身尚不能保，遑问与曹操为敌乎？姜叙母及赵昂妻，名为劝忠，实则知其一不知其二，仍不过为妇人女子之见，无足取焉。刘备之取成都，势固难已，而情究未安；至纳刘瑁妻为继室，尤足贻讥后世，"操以暴我以仁"之说，殆亦未免欺人欤？若操之所为，黯无天日，贵妃可杀，皇后可弑，其与篡逆相去，能有几何？假令老而不死，吾知其繁阳受禅，固不待曹丕也！

第八十八回

见外使奸雄代捉刀　察重伤功臣邀赐盖

却说华歆弑了伏后，并戮伏氏家族，然后复报曹操，操当然心喜，录为首功，寻且表歆为军师。说起华歆履历，本来是有些名望，曾与北海人管宁、邴原为同学友，时号三人为一龙，歆为龙头，原为龙腹，宁为龙尾。但歆佯为高尚，阴实贪婪。宁尝在园种蔬，锄地见金，掉头不顾，歆却在旁拾视，然后掷下。宁见歆如此举措，已怀鄙薄。一日同坐观书，闻户外有车马声，宁不为所动，独歆弃书出观，自是宁与歆割席，不复与友。后来宁庐居山谷，终身不仕。邴原虽由曹操辟召，入为丞相征事，但仍闭门自守，非公事不出，两人志趣，俱有足称。惟歆得为豫章太守，已归服孙吴，嗣复得曹操征命，往投许都，参司空军事。荀彧死后，竟代彧为尚书令，竭诚事操，居然为虎作伥，弑起皇后来了。比操尤恶。惟献帝自伏后死后，悲怀未释，操却进言道：“臣女已并邀宠御，次女最贤，可立为中宫。”献帝无奈，遂于建安二十年正月，册立曹贵人节为皇后。百官因是魏公操女儿，格外谀颂，且并至魏公府中拜贺，自不消说。只难为了曹操长女，名为阿姐，却要向妹子朝参。操复起兵西征，命夏侯渊、张郃为先锋，自率诸将为后应，往图汉中。张鲁闻报，忙与弟张卫商议，鲁谓操兵势大，不如出降；独卫以为汉中险阻，可以拒操，遂号召兵马，据守阳平关。关在丛山峻岭中，却是天然险要，居然有一夫当关，万夫莫开的形势。操连攻旬月，竟不能下，欲引兵退归。西曹掾郭谌入帐谏阻，略言：“鲁兄弟同守异心，必有内变，不如缓待时机，总可得志。”操却想出一计，扬言退军，拔寨齐起。张卫闻得操兵引回，即出关追击，哪知行至半途，突有野鹿数千头，掩入卫军，卫军自相惊溃，阵势遂乱。不意操将后军变做前军，蜂拥杀来，卫如何抵挡？当即奔回。操兵复乘胜进逼，四面围攻，守兵已无斗志，纷纷遁去，卫亦只好夜走，与张鲁窜入巴中。鲁临行时，左右请尽毁仓库，免为敌资，

鲁独慨然道:"我本欲归命国家,只苦意不得达,今不得已出奔巴中,仓廪府库,应归国有,奈何毁去?"当下一律封藏,方才西走。操既入阳平关,一路无阻,直抵南郑,见鲁封库自去,料有降意,便遣人慰谕张鲁,叫他前来投诚,不失侯封。鲁复书愿降,操便派吏往迎,待以客礼,拜鲁为镇南将军,封阆中侯。鲁五子及部将阎圃等,亦各得封爵,还有马超遣将庞德,也降操受封。操乃令鲁就国,留夏侯渊、张郃同守汉中,即日下令班师。主簿司马懿献议道:"刘备以诈力房刘璋,蜀人尚未归心,今公已得汉中,益州必然震动,若乘胜进攻,定致瓦解,圣人不能违时,亦不应失时哩。"操笑答道:"人生苦不知足,既得陇,还望蜀么?"遂不听懿言,起行还邺。**即此可见懿之贪狡更过于操。**

先是操妻丁氏无出,姜刘氏生子昂,殉难宛城。**见七十五回。**操复纳娼女卞氏,生子丕、彰、植、熊,遂得专宠。操竟以妾为妻,废黜丁氏,进卞氏为继室。**操本来不知礼义。**植性机警,才又敏赡,尝作《铜雀台赋》,援笔立就,彬彬可观,操独加宠爱,欲立植为嗣子。问诸贾诩,诩默然不答,及操再三诘问,诩始微笑道:"适有所思,思袁本初、刘景升父子呢!"一语足矣。操大笑而止。已而丁仪、杨修等复屡誉植才,劝操立嗣,操又觉动疑,密书问及百官,尚书崔琰独露板作答道:"《春秋》大义,立子以长,五官将指丕。仁孝聪明,宜承正统,琰愿誓死守道,不敢违经。"操得书后,未免叹息。且因植为琰侄婿,不私所亲,更加推重。琰尝荐举钜鹿人杨训,辟为丞相属掾;至操自汉中引归,群吏复议进操为王,杨训更发表称颂,备极阿谀,琰览表不悦,即贻书责训道:"省表事佳耳,时乎时乎!会当有变!"操竟令左右入白献帝,取得诏命,晋爵魏王。可巧南匈奴单于呼厨泉遣使入朝,并谒贺魏王操。操恐仪容不足服众,特使琰作为替身,自己执刀旁立,琰眉目疏朗,须长四尺,甚有威重,所以操有此举。及外使谒毕自归,单于呼厨泉问及魏王德仪,使人笑答道:"魏王原非凡姿,但捉刀人却是真正英雄。"独具只眼。呼厨泉乃亲自入朝,为操所留,岁给钱帛刍米,如列侯例,但使右贤王去卑监管匈奴。嗣且分匈奴为五部,令呼厨泉子弟皆作部长,选汉人为司马,充作部监,意在分铄房势,不令猖獗。但胡人多散居内地,无复防闲,华夷界限,逐渐溃裂,不可谓非曹操作俑哩。特笔提叙。操自以为威德及远,无人可比。嗣探得崔琰书语,说是会当有变,遂目为怨谤,收琰下狱,罚充徒隶。一夕登台玩赏,想是铜雀台上。望见植妻乘车出游,满身衣绣,装束得非常艳丽,心下不禁愤恨,竟罢赏归家,逼令自尽。复因植妻为琰兄女,迁怒及琰,亦将琰赐死,时人无为琰呼冤。东曹掾毛玠伤琰无辜,作文哀吊,亦被逮系;幸由僚佐桓阶、和洽代为申理,始得释出,免官归里。

操因南匈奴已服,忽记起故中郎将蔡邕有女名琰,陷入匈奴,乃特遣使赍金北去,将琰赎归。琰字文姬,博学多才,兼精音律,邕尝夜坐鼓琴,琴弦忽断,琰知为第二弦,邕疑琰偶然猜着,再鼓再绝,琰复答称第四弦,并无差谬。嗣嫁与河东卫仲道为妻,不幸夫死无子,归宁母家。及邕为王允所杀,家室流离,琰竟被胡人掳去,没入右贤王帐下,生得二子,作《胡笳十八拍》,流传远近。操与邕素相善,故特赎琰归国,令再嫁屯田都尉董祀为继妻。有才无节,终留遗憾。祀甫得才妇,竟致犯法,当坐死罪。文姬太无帮夫运。琰蓬头跣足,诣操乞免。操正大会宾客,冠笏盈堂,有属吏入白数语,操因顾语宾客道:"蔡伯喈女在外,诸君亦愿一见否?"宾客齐称愿见。操即令吏引琰入厅,琰至阶前下跪,为夫乞免,措词甚哀,满座皆为改容,操语琰道:"情实可矜,但文状已去,如何是好。"琰泣答道:"明公厩马万匹,虎士成林,何惜一快足,不为援手哩?"操也被感动,乃即饬属吏,驰递赦书,贷祀死罪。且嘱琰起身入厅,赐琰头巾履袜,因即顾问道:"令先人遗传文籍,可曾留藏否?"琰答说道:"昔亡父赐书四千余卷,流离涂炭,所存无几,今所诵忆,只四百余篇。"操又说道:"今当派文吏十人,就夫人处录述。"琰接口道:"妾闻男女有别,礼不亲授,乞给纸笔,真草惟命。"操乃遣琰归家,使琰随时录送。琰将《曹娥碑》文一并录入。碑文为邯郸淳所撰,独文后有八字云:"黄绢幼妇,外孙齑臼。"为琰父邕所题。操瞧这八字,不解所谓。查及曹娥履历,乃是顺帝年间的孝女,女父盱为巫祝,在上虞江迎婆婆神,堕水溺死,捞尸不获。曹娥年仅十四,沿江号哭,阅十有七日,也投入江中,背负父尸,同浮江面,里人因为埋葬。事在顺帝建安二年。后来县长度尚,复为改葬,就在墓道旁立碑,使弟子邯郸淳为文。邕南游吊古,就在碑后续题八字,时人都莫名其妙,连足智多谋的曹阿瞒,也被难倒。转问左右文吏,独有主簿杨修,能识邕意,谓黄绢系由丝染色,色旁加丝,便是"绝"字;幼妇即少女,少女拼成一字,便是"妙"字;外孙为女之子,女旁加子,便是"好"字;齑味属辛,臼受辛器,便是受旁辛字,合成"辞"字。总计是"绝妙好辞"一语。操不禁叹服,但亦未免忌修多才,阴为加防。不脱奸雄故智。叙入此段,实为二女写照。好容易已是建安二十六年,操因孙权不服,复出师东下,进至居巢。权先遣部将吕蒙,攻拔皖城,擒住庐江太守朱光;嗣又由权亲率大军,进围合肥。合肥在皖城北,由操将张辽、李典、乐进居守。操预防孙权进攻,致与密函,谓待敌至乃发。及吴军大至,张辽等始敢发书,书中只有三语云:"若孙权到来,张、李将军出战,乐将军守城,勿得同出。"李典、乐进尚以众寡不敌为疑,辽独慨然决战,典与进始无异言。当下募得敢死士八百人,椎牛夜饮,诘旦开城猝发,辽挺戟先驱,陷入权营,直至权麾盖前面。权走登高阜,挥兵围辽,绕至数匝。辽十荡十决,无人敢当,再加李典引兵援应,也是踊跃无前。自清晨战至日中,吴人夺气,辽与典乃徐徐引归,登城固守,众心始安。权围城逾旬,竟不能拔,撤兵东归,自与诸将断后;尚在逍遥津北,不意被辽察悉,遽率步骑掩至,权将吕蒙、甘宁急忙抵敌,还是招架不住。张辽仗戟突入,领兵围权,幸亏权亲将凌统,翼权出围,再回马与辽接战,不使再进,权得驰上津桥,放马过去。哪知桥南已被辽军拆断,相隔丈余,慌得权仓皇失措,进退两难。牙将谷利请权退后数步,自在马后扬鞭一击,马始奋足腾跃,飞过桥南。凌统截住张辽,血战多时,左右尽死,统亦身受数创,料知权已走脱,方才奔回。吕蒙、甘宁也都败退,沿津逃生。权得部将贺齐舟师,下船避敌,遥见将士等绕河散走,亦令贺齐划船接下,方得渡回。贺齐流涕谏权道:"此后主公须当自重,不可轻敌,今日儿危险不测了。"权答说道:"谨当铭心,不但书绅。"乃收军回保濡须,抚视疮痍,缓图报复。

　　适为了荆州问题,龃龉多日,方得解决;详情见下。忽报曹操亲督大兵,来到居巢,权不得不整军迎敌。操兵号称四十万,权兵只七万人,客主异形,吴人多有惧色。何不记及赤壁时耶?甘宁独挺身效命,愿为前锋,权拨精兵三千人,随宁先进。宁选得健儿百人,俟夜与饮,各尽一觞,当即披甲上马,引百骑潜袭曹营;到了营旁,拔开鹿角,呐喊而入。曹军惊惶失措,被甘宁等左劈右斫,斩首至数十级,宁尚欲冲突进去,里面却用车仗穿连,排若铁桶,无隙可钻,操真能军。宁只得左右驰逐,喧噪了好多时;

及见曹营中举火如星,兵马汇集,便领兵还寨,百骑中不折一人,因即夜报孙权。权喜说道:"孟德有张辽,孤有兴霸,足与相敌了。"遂赐宁绢十匹,刀百口。既而两军大战,水陆分争。吴将徐盛、董袭,督领舟师,至水口鏖斗,盛杀得性起,登岸冲锋,袭守船击鼓,陡有暴风刮来,荡覆数舟,兵士请袭避去,袭仗剑大喝道:"将受君命,在此防贼,怎得弃船自去?敢有复言者斩!"说至此,狂飙尤甚,白浪滔天,袭坐船被覆,竟致溺死。徐盛孤军深入,幸得陆军接应,不致陷没。但操军究竟势大,东一支,西一队,把吴军冲作数截,权数被围住,幸有周泰保护,脱围退走。偏将军陈武,竟致战死,各将纷纷引还,驰入濡须坞中;操亦收军引去。权检点士卒,伤失颇多,自思战虽失利,还亏诸将努力,得免大损,乃设宴犒劳。行酒至周泰前,权令泰解衣,见泰创痕累累,问及所苦,泰述述前后受创,约数十处,并言为主效力,虽死不恨。权不禁流涕道:"卿为孤兄弟不惜身命,被创数十,肤如刻划,孤亦何心,敢不视卿如骨肉呢?从此当与卿同休戚,借报战功。"说着,亲起把盏,连酹三大觥,泰且饮且谢,尽醉方休。待泰回营时,命将自己麾盖,移与护送;越日复另制青盖为赐,特示宠荣。惟与操相拒月余,不能取胜,乃从张昭等计议,令都尉徐详至操营请和。操亦因江东难下,许从和议,留夏侯惇、曹仁、张辽三将屯守居巢,自回邺中。权亦进周泰为平虏将军,使督濡须;引兵还都。才阅数旬,即由陆口屯将鲁肃报称病重求代,权派吏问疾,赏给医药,一时尚未令卸职,叫他在任养疴。

时肃年未满五十,本是服官从政的时候,因平居为国经营,煞费心力,所以未老即老,病不能兴。他始终主张联刘,荆州借备,谋出一人。当备取益州时,权令诸葛瑾索还荆州,关羽不允,几至失和,还是肃出为周旋,请羽单刀相会,面述权命,请羽把荆州缴还。羽勃然道:"乌林一役,赤壁在江南,乌林在江北,故不妨互言。左将军身在行间,戮力破敌,难道独无一块土相酬,乃尚来索地么?"肃亦正色道:"前与刘豫州相遇长坂,豫州为操军所败,计穷力竭,将图远窜,当由肃转报吾主,特加矜愍,不爱土地兵甲,力却曹军;又因刘豫州无地可容,权借荆州,今刘豫州既已得蜀,仍将荆州占住,背德失好,恐难免天下耻笑。肃闻贪而弃义,必为祸阶,今君身当重任,奈何不以义相辅,反欲以力相争,有伤和气呢?"两人所说,俱非无理。羽尚未及答,旁有为羽握刀的随将,叫做周仓,瞋目大呼道:

"天下土地，惟德所与，难道必归汝东吴么？"羽佯叱周仓道："这是国家大事，汝有何知？乃亦来多言，可速出去！"仓已会意，立即出外，驾舟迎羽。羽即与肃告别，说是当转达左将军，从长商议，语毕即行。肃复与刘备直接交涉，备乃许分荆州，就湘水为界，自长沙、江夏、桂阳以东属吴，自南郡、零陵、武陵以西仍为备有，权亦允议，再使诸葛瑾与备订约，始得息争。肃竟于建安二十二年病殁，权亲自临丧，赙赠甚厚。荆州人士，俱为叹息；连诸葛亮亦为发哀。后任为吴左护军吕蒙。蒙生性狡诈，与鲁肃心术不同，于是孙、刘和谊，渐致破裂。那曹阿瞒反得一意西略，幸而天意三分，不使曹氏混一，所以汉中地已得复失，反被刘备夺去。操本使夏侯渊为都护将军，督同张郃、徐晃诸将屯守汉中，且命丞相长史杜袭为驸马都尉，留督汉中事，张郃奉操军令，进略三巴；刘备方令张飞驻守巴西，与郃相拒至五十余日，飞用了一计，袭破郃营，郃败还南郑，飞乃向备告捷。法正乘间说备道："曹操西降张鲁，得定汉中，不乘此入图巴蜀，乃留夏侯渊、张郃屯守，匆匆北返，这非由操智不及，力尚未暇哩！今观渊、郃才略，未必能胜我将帅，我正好进取汉中，为蜀屏蔽，此机不可再失了。"备乃留诸葛亮居守成都，即用法正为参谋，率诸将进兵汉中。行过巴西，由张飞出迎大军，备即命飞移屯下辨，且遣马超、吴兰为助，自率诸将，进次阳平关。操闻刘备东出，亟命夏侯渊等拒备，另遣曹洪领兵，往争下辨。张飞使马超、吴兰出战，兰竟阵亡，超收军入城，与张飞合力拒守。备在阳平关上，遣将攻夏侯渊等，亦未得大捷，乃再贻书诸葛亮，促令济师。亮再拨兵二万人赴关，特遣老将黄忠为统帅，往助刘备。自经黄忠一行，遂使曹氏大将，就此丧元。正是：

倚老不妨重卖老，妙才未必果多才。夏侯渊字妙才。

欲知后来交战情形，待至下回再表。

捉刀一事，见得曹操浑身诡谲。即如接见外使，本在无足轻重之例，乃必令崔琰为代，岂非多事？琰敢代操，操已隐忌之矣；置琰于死，岂仅为书语之不逊耶？且赎文姬所以沽名，妒杨修所以嫉才，操之举措，纯然为老奸伎俩，欺一时尚可，欺后世固不可也！孙权不能敌张辽，安能敌曹操？一败于逍遥津，再败于濡须口，仅赖周泰等之拼生翼护，才得脱围，可见赤壁之战,微孙、刘之合力,则东吴未必幸存。云长之拒索荆州,非真强词夺理,而鲁肃以联刘为本旨,始终不变,盖诚有见乎大者。鲁肃殁而孙、刘之好破,孙、刘失好而曹氏篡汉之局成,故鲁肃之存亡,不第关系吴、蜀已也。

第八十九回

得汉中刘玄德称王　失荆州关云长殉义

却说黄忠率领援师驰至阳平关,备与夏侯渊相拒,已经逾年,既得黄忠来助,遂命为先锋,出关南行,渡过沔水,择得定军山要隘,安营下寨。夏侯渊闻报,当即引兵来争,一面奉书曹操,请速接应。操遂亲督全军,西指汉中,先遣使诫渊道:"为将当有怯弱时,不可徒恃勇力。勇为体,智为用,有勇无智,一匹夫敌。还宜谨戒为是!" *老瞒未始不知人,可惜垂诫太迟。* 渊不肯少改,定欲争踞定军山。法正劝备坚壁不动,徐俟敌变。那心粗气暴的夏侯渊,麾动部众,一再进搏,俱被备军射退;待至日昃,渊军锐气已衰,势将退去。法正语备道:"敌兵已懈,可乘间进击了!"备即令黄忠登高临下,一鼓作气,忠骤马当先,跃下山来,突入夏侯渊阵中,敌皆披靡。渊正思亲出抵敌,陡与忠马相值,砉然一声,便将渊首劈落马下。益州刺史赵颙急来救渊,已是不及,遂按住黄忠,交战数合,又被黄忠劈死。备见忠已经得手,策军继进,杀得曹军东逃西散,好似天崩地塌一般。还是张郃引军援应,才得收拾败卒,奔回营中。督军杜袭与渊司马郭淮因军中骤失主帅,莫由禀命,势且益危,乃权推郃为军主,勒兵按阵,军心稍定;一面飞报曹操,敦请进兵。备已得大胜,临兵汉水,意欲东渡;只因夹岸有曹兵守住,恐他半渡截击,只好从缓。忽见汉水对面,尘头大起,有许多人马到来,料知曹操亲至,不禁笑语道:"操虽自来,也无能为,我此番定得汉川了!" *已有把握。* 遂敛众据险,不与交锋。操亦未敢进逼,但与备军隔水相持,约阅旬余,未分胜负。黄忠探得操军运粮,多在北山下屯聚,便欲引军袭取,备乃令黄忠先进,赵云后继。忠自欲邀功,但与云约定期间,过期方令云进援。看官试想,曹操专喜劫人粮草,岂有自己运粮不加重防的道理?黄忠恃勇轻进,悄悄的渡过汉水,直抵北山,果见粮车蚁聚,一声呐喊,杀将过去,看守兵当然骇走,忠正拟向前夺取,不防连珠炮响,曹军两面杀到,一是张郃,一是徐晃,统是曹操手下的猛将。还亏黄忠一柄大刀,左招右架,冲开一条走路,且战且行。赵云在营中候信,已过黄忠所约的期间,尚未见还,乃出营瞭望,遥见黄忠为操将所追,败奔回来,当即怒马直前,让过黄忠,截住操兵。操兵虽众,却被赵云挺枪突入,搅乱阵势,驰骤了好多时,方才退回。张郃、徐晃怎肯相舍?仍然从后追来。云还至营中,令兵士掩旗息鼓,大开营门,但令两旁伏住弓弩手,静待敌军,自己匹马单枪,伫立营外。郃与晃追至云营,见云孤身独立,不觉称奇,好一歇方敢向前,望云奔来。云仍然不动,惟把手中枪从后一挥,箭如雨注,攒射曹兵,曹兵统皆骇走。再加天色昏黄,不知云有多少伏兵,免不得自相践踏,仓皇奔命。云更鸣鼓尾追,吓得曹兵纷纷投水,溺毙无数。云将曹兵驱过汉水,夺得许多甲械,乃收兵回营。越日由备至云处亲视战处,不禁赞美道:"子龙一身都是胆呢!"胆大还须心小,子龙非仅胆大。

乃复搜乘补卒,与操坚持。操军不得一胜,又遇疫气传染,十死二三,不由的怀着退志。忽由许中传到急警,乃是少府耿纪,司直韦晃,太医令吉本,猝然生变,射伤督军王必;必与典农中郎将严匡,合兵讨平等语。原来操在邺中,尝留长史王必,督领许中军事。必与京兆人金祎友善,互相通问。祎系前汉宰辅金日䃅后裔,慷慨任侠,自思世为汉臣,不愿事魏,所以谋夺必军,暗结耿纪、韦晃、吉本诸人,拒操迎备。待至建安二十三年的元夜,许中悬灯庆贺,王必亦在营中宴饮,席尚未终,变忽骤起,营外一片火光,照彻营内,必慌忙上马,出营逃生;忙乱中遇着一箭,正中左肩,忍痛逃往金祎家门,意图躲避。祎家闻有叩门声,还道祎等成功归来,漫然相应道:"王长史已杀死了么?"必才知祎实同谋,忙转身投入严匡营内,匡即号召兵马,出攻乱党。耿纪等本无军士,只带了家仆数百名,东冲西突,哪里敌得过严匡?金祎、吉本相继战死,耿纪、韦晃被擒,枭首市曹;诸家老小,尽坐诛夷,匡与必乃联名报操。操心虽慰,总尚不能无忧;嗣复得知王必病死,更加系念,于是拟班师退去。但从此弃掉汉中,心又不甘,因复欲与刘备大战一场,才定行止,当下使人约战,夹水列阵。备用法正计议,使黄忠、赵云等潜渡上流,绕出曹军旁面,冲击过去,一面用舟渡兵直攻操阵。操只顾前面,不防两旁有敌军杀入,只得分兵对敌,自己徐徐引退。备得安渡汉水,进逼操军。操再整军出战,备遣养子刘封出马,向前突阵,操即令徐晃截住厮杀,且扬鞭指语道:"卖履儿惯使假子冲锋,若叫我黄须儿来,看汝假子能相敌否?"语尚未毕,封已退去。操正思麾兵追击,忽闻备营中金鼓齐鸣,又未便轻进,因使人往召黄须儿。黄须儿系操子彰,膂力过人,能手格猛兽,不避险阻;惟颏下生须如铁,色却纯黄,故呼为黄须儿。及黄须儿奉命西来,操已退入长安了。原来操因屡战无功,退至斜谷时,当晚餐庖人呈入鸡汤,由操且食且饮,适由帐下弁目,入请夜间口号,操随口说出"鸡肋"两字,弁目不敢细问,便传令出去,将士不知所谓。独主簿杨修连夜束装欲归,旁人惊问何因,修答说道:"鸡肋两字,寓有深意,弃之不甘,食之无味,据此看来,是必归无疑了!"将士等听到此言,便各整归装。事为曹操所闻,查诘大众,俱言由杨修所教,操忌修益甚。但看众情已有退志,料难再战,不若弃去汉中,即日旋师,于是拔寨齐起,退还长安。途中与曹彰相遇,嘱令同回,黄须儿难违父命,也即折还。刘备遂得据有汉中。并得降将王平,乃是曹操麾下的署理校尉,素知汉中地理,遂引备将刘封、孟达,攻破房陵,再进略上庸,收降太守申耽,汉中大定,群僚遂表请备为汉中王。备再三推辞,嗣经群臣固请,

方才勉允,即于建安二十三年七月,在沔阳筑设坛场,陈兵列众,由群佐拥备登坛。备戴王冠,披王服,佩王玺绶,受群下谒贺。礼成以后,立夫人吴氏为王后,子禅为王太子,进许靖为太傅,法正为尚书令,关羽为前将军,张飞为右将军,马超为左将军,黄忠为后将军,赵云为翊军将军。此外文武百僚,俱进位有差,留镇远将军魏延留守汉中,兼领汉中太守,自引大军还治成都。军师诸葛亮,当然出迎,备握手道故,具极欢洽。据《亮列传》中,亮并未随攻汉中,故本回从正史,不从罗氏《演义》。亮劝备表奏献帝,缴还左将军宜城亭侯印绶,备自然照行。亮复进言道:"黄忠名望,与关、马不同,从前马超来降,云长尚欲与较优劣,今使忠与彼同列,彼必不服,宜从斟酌。"备笑答道:"我自能向彼解说,军师勿忧。"

　　先是关羽尝与亮书,谓马超人才,可比何人,亮尝答书道:"孟起马超字。兼资文武,雄烈过人,也不愧为一时人杰;但却是黥英布。彭越。流亚,只可与翼德等并驾齐驱,尚未能及髯公的绝伦超群呢。"羽素美须髯,故亮称为髯公。自羽得此书后,始无异言。至是由司马费诗奉使荆州,授羽印绶;羽见了费诗,问及他将爵位,知黄忠得授职后将军,与己并肩,不由得愤愤道:"大丈夫岂可与老兵同列?请君将印绶赍还。"这是云长傲气。诗从容道:"君侯也太固执了。从前萧、曹与高祖并起,最为亲旧,及韩信亡命后至,却擢为统帅,嗣且封王爵,位出萧、曹上,萧、曹并不以为嫌。今汉中王与君侯譬犹一体,休戚相关,不过按功行赏,宜擢黄忠,并无他意,君侯当体王苦衷,不宜以名位高下,爵禄多少,心存芥蒂呢。"羽闻言感悟,因即受命,且愿乘势攻取襄樊,面托费诗归报。刘备壮羽忠奋,准如所请,羽乃部署人马,慷慨誓师,使糜芳守江陵,傅士仁屯公安,责令输粮济师,不得有违;当下自督将士,往攻樊城。樊城为操将曹仁所守,探得关羽兵至,即飞书报操,请即济师。操遣于禁为统将,庞德为先锋,带领七队人马,星夜援樊。既至樊城,与仁相见,仁令于禁等屯兵樊北,作为声援。及羽兵进迫城下,内有曹仁守住,外有于禁、庞德等接应,羽急切不能取胜,也觉愁烦。可巧秋凉水涨,霖雨连宵,汉江一带,两岸泛滥,羽登高瞭望水势,默有所会,计上心来,便令部兵筹备舟筏,暗遣子平往堵江口,灌决樊城。樊北地势较低,首当水冲,于禁、庞德,全未防及,一夕风雨大作,洪水暴涨,于禁所领七军,都不知水从何至,仓皇乱窜,吓得于禁魂胆飞扬,急往堤上避水,独庞德跃马水中,尚无惧色。时已黎明,忽听得鼓声大震,来了许多战船,顺水杀来,德据住堤上,未肯退去。哪知来舰上一齐放箭,状若飞蝗,操兵多被射倒,德尚张弓挟矢,向他对射,相拒了好多时。日已亭午,水势益高,连堤上亦将淹没,魏将董衡、董超,劝德降敌,德大怒道:"我受魏王厚恩,怎肯降人?"说着即将二董劈分四段,德亦非曹魏故吏,奈何甘殉曹氏? 复顾语督军成何道:"我闻良将不怕死,烈士不毁节,今日是我死日了;卿亦当努力死战,勿负国恩。"成何依令向前,立被射落水中,余众大骇,都向敌舰中奔入,弃械请降。连于禁亦偷生乞命,匍匐长堤,束手受缚。独庞德提着大刀,跃入堤边一小船,砍倒船中军士,用刀作橹,意欲驶往樊城,偏兜头遇一大筏,竟被撞翻,德随船落水,方为所擒。关羽大获全胜,升帐讯囚,于禁跪伏乞怜,由羽发往江陵,系狱待刑;及讯至庞德,德兀立不跪。羽与语道:"汝兄柔现在汉中,汝旧主马超亦在蜀中为大将,汝何不早降?"德怒目答道:"匹夫敢叫我投降么?魏王方带甲百万,威振天下,汝刘备乃系庸才,怎能与敌?我今日死,明日汝亦不得生了!"羽当然愤起,遂命将德推出斩首,给棺埋葬。复乘水势未退,麾令大小将校,分坐战船,进薄樊城。是夕暂宿舟中,恍惚有野猪进来,啮住左足,忍不住失声叫痛,因致惊醒,方觉是南柯一梦。旁有关平在侧,问及何因,羽自述梦状,且因足上余痛犹存,亦知凶多吉少,不免叹息。平请羽退还荆州,羽慨然道:"我年近六旬,死亦何憾?况樊城将下,奈何遽归?"过刚必折。待至天明,即挥兵攻城。城中已变成泽国,内外水溢,垣墙逐渐摧陷,守兵搬土运石,填塞罅隙,尚忧不逮;再加羽军进攻,累得守吏日夜不安,或语守将曹仁道:"危城难保,恐将不支,不若乘舟夜走,尚可全身。"仁也觉自危,转语参军满宠,宠谏阻道:"洪水骤至,岂能久存?不数日自当退去,且魏王以此城托付将军,正望将军力当冲要,若弃城北走,恐黄河以南,皆非国家所有了!"这一席话,说得曹仁亦为感奋,毅然誓众,与城存亡,大众始有固志。羽连攻数日,竟不能克,乃分兵往取襄阳,收降刺史胡修,及太守傅方;再命襄阳兵进扰郏下。河南土豪望风响应,警报连达邺中。曹操先闻于禁败降,庞德被杀,不禁长叹道:"我于于禁,三十年故交,奈何反不及庞德呢?"因封德二子为列侯。及闻关羽进兵至郏,威震河南,遂与将吏会商,拟移徙许都,避羽锐气。这是曹操狡诈处。忽有二人闪出道:"于禁等为水所没,并非力竭败亡,不足深惧。臣等以为刘备、孙权,外亲内疏,若使关羽得志,权必不愿,今何勿致书孙权,叫他潜蹑羽后?且许割江南地封权,权当必乐从。彼既起兵,羽回救不遑,何敢再争樊城呢?"曹操瞧着,一是司马懿,方为军司马,一是蒋济,方为西曹掾。操掀须笑道:"两卿所见甚是,应即照行。"遂使人致书东吴,并令宛城屯将徐晃引兵援樊。嗣接孙权复书,愿依操命,攻羽自效,操当然放心。

先是孙权从鲁肃计议,与羽结好,至吕蒙代肃后任,尝欲图羽。回应前回。权尚欲先取徐州,后据荆州,蒙谓徐州易取难守,不如取羽为宜。权还有疑意,又遣使至江陵,为子求婚羽女,羽不肯许婚,反将吴使叱回,毕竟太傲。权因动怒。及曹操致书相约,便即依允,密饬吕蒙进图荆州。蒙复疏道:"羽往攻樊城,仍留重兵驻守江陵,无非为防蒙起见。蒙常有病,请召还建业,托名养疴,另遣他人代任,羽以为东顾无忧,必调兵尽赴襄樊,蒙却潜军直进,攻彼无备,一举便可成功了。"权依了蒙言,即召蒙还都;蒙复举陆逊自代。逊系吴人,字伯言,为权侄婿,官拜定威校尉,年少多才,未经大任,权虑他望轻资浅,未足代蒙,蒙面答道:"正惟逊未有远名,非羽所忌,故特为荐举;蒙知逊外敛内明,必能任重,幸勿多疑。"权乃令逊为偏将军,任右都督,代蒙守陆口。逊奉命到任,即作书贺羽,备极谦恭。言甘者心必苦。羽竟为所欺,不加后防,且调江陵兵,合攻樊城。是时操将徐晃已出援曹仁,屯兵阳陵坡。羽闻徐晃将至,急围樊城,尽力督攻;正指挥间,不料城上偷放一箭,正中左臂,箭头敷有毒药,镞虽拔去,毒已入骨,遂致肿痛未消,不能运动。幸亏得沛人华佗,夙长医术,延请调理。佗谓毒陷骨中,必须割骨去毒,方可无恙。羽便伸臂令治,毫无难色。将吏都入帐探视,由羽邀与共饮,右手执杯,左手剖臂,一任华佗刲(kuī)刮,血满盘器,仍然引酒举觜(zī),谈笑自如。及刲刮已毕,用药敷治,缝裹合口,臂即自能展舒,痛苦自消。羽欢然道谢,留佗夜宴,酬以百金。越宿佗即告辞,劝羽息怒静养,方可复原。羽志在讨曹,怎肯中止?且因天晴水退,樊城仍未能克,越觉焦灼,营中兵士日众,粮食不继,屡向糜芳、傅士仁催索,未见时至,禁不住大怒道:"他二人敢慢我军令,他日回军,定当尽法惩治。"遂行文再催,反至杳无影响。羽不得已,拨兵至湘

第八十九回 得汉中刘玄德称王 失荆州关云长殉义

关截取吴米,聊济军需,谁知米虽截得,那吕蒙已潜领舟师,扮作商船,使白衣人摇橹过江,掩至江陵,招降糜芳、傅士仁,竟将南郡、公安,一并取去。云长之后路已断。羽尚未闻知,仍想力攻樊城,城几垂陷,忽由徐晃统兵杀来。羽与晃本系故交,当即拍马往迎,既与徐晃见面,各在马上寒暄数语,晃突然回顾将卒道:"谁能取得云长首级,当重赏千金。"羽惊讶道:"公明晃字。何骤出此言?"晃朗声答道:"晃为国家大事,怎敢因私废公?况素知云长效忠刘备,今南郡、公安已被吴将吕蒙袭入,云长且进退无路,不死将何待呢?"恶极。说罢,即挥兵齐进。羽亦引军抵敌,约有几个回合,羽部下都系念江陵,并皆溃退;任你力敌万人的关云长,也只好且战且走。不料樊城里面的曹仁,又复冲出,与徐晃合兵夹攻,羽兵大乱,引将士急奔襄阳。就是偃城、四冢的屯兵,已由晃射入军书,说明荆州失守,纷纷记念家室,相率奔还。羽退至沔口,尚疑晃摇惑军心,下令驻营,探听荆州确耗。偏接侦骑回报,果然糜芳、傅士仁挟嫌降吴,荆州尽失,顿致悔恨交并,箭疮复裂;急切无从设法,勉依将吏计议,使人致书吕蒙,责他背盟夺地。及去使还报,谓由蒙格外优待,所有关公全眷,及从军

将士诸家属，无不周恤，秋毫无犯，惟言荆州本是吴地，所以收还。愈甘愈毒。说得羽恨上加恨，奋髯张目道："好奸贼！我虽死尚不饶汝！"遂遣使至刘封、孟达处乞援，一面引兵渡江，再欲夺还荆州。行至半途，正值吕蒙、陆逊分兵邀击，把羽军困在垓心，经羽奋力杀出，部众多被荆州士兵招诱回去，单剩数百骑亲从将吏，走保麦城。再使人催召刘封、孟达，两人竟不奉羽命，托言山郡初附，未便出师。眼见得这位关公，势穷援绝，没奈何弃去麦城，夜出西奔，随身只有子关平及周仓等十余人。行至临沮，伏兵骤发，吴将朱然、潘璋，左右杀出，羽不能再战，夺路急走；前面山径丛杂，夜色昏蒙，一脚踏空，跌入陷坑，潘璋部下马忠领兵追至，竟将关公父子一并擒去。看官试想，关公是一位忠肝义胆的丈夫，岂肯临危怕死？孙权虽欲劝降他，却誓不承认，遂致杀身成仁，父子同尽；周仓等亦皆为主捐躯。罗氏《演义》谓关平为关公养子，史传但言子平，今从之。小子有诗叹道：

　　赤胆忠心誓报刘，越江讨贼死方休。
　　东吴不念东风惠，万古江潮咽恨流。

欲知关公殁后情形，待至下回便知。

　　刘玄德据荆、益，定汉中，智谋如曹阿瞒，且敛锋避锐，此正蜀汉全盛时代。及关羽北击樊城，锐意讨曹，正应妥选良将，代守南郡，使羽得免后顾之虑；况当时蜀中安堵，赵云、黄忠并在左右，何一不可遣往？乃令羽孤军无继，卒致败亡，此其误非尽在关公，玄德实尸其咎，诸葛孔明亦与有责焉。或谓孔明预知天数，未便救羽，此则为罗氏《演义》所荧惑，不足取信。荆州为巴蜀下游，关系甚大，若果如罗氏所言，则孔明尤为忍人，不为预筹良策，坐令父子捐躯，荆土全失，何其忍心若是？君相有造命之权，宁可如常人之徒诿天数乎？若关公之败，失之过刚，吕蒙虽胜，不能无罪，亲汉贼而仇汉裔，蒙亦何心？此后人之所以深嫉吕而不能忘怀于鲁子敬也。

第九十回
济父恶曹丕篡位　接宗祧蜀汉开基

却说吴王孙权闻报荆州得手，也亲至江陵，犒赏军士。至关公父子遇害，大功告成，乃大会将士，置酒称庆，并释出魏将于禁，令共列席。禁亦知愧否？吕蒙为首功，陆逊为次，分坐权侧。权进酒数觥，欣然与语道："孤自嗣业以来，幸得公瑾、子敬及子明诸人。公瑾破孟德，拓荆州，雄才大略，不幸早亡；子敬初见孤时，便谓宜逆击孟德，力排众议，劝孤重任公瑾，后开霸业，这是第一件快事，既知孟德宜拒，此时何反投孟德？后虽劝借荆州与玄德，未免计短，但不能掩彼所长；子明少时，孤即知他具有胆略，可比公瑾，今果能夺还荆州，不负孤言，孤当与子明共保富贵，进爵铭功。"蒙离席谢奖，拜跪下去。权正起座相扶，不意蒙陡然倒地，满口谵言，自骂吕贼，惊得权缩手倒退，忙令左右掖起蒙身，舁入内室，一团高兴，化作冰消，草草终席，入内探视，蒙尚胡言乱道，不省人事。权亟宣召医官，多方诊治，仍未见效。入夜且叫骂益甚，权连夜出令，谓有人能疗蒙疾，赏赐千金。偏是阴灵缠绕，药石无灵，好容易过了一宵，才觉蒙有些知觉，当即拜蒙为南郡太守，封孱陵侯，赐钱一亿，黄金五百斤。蒙自知不久，俟权入视时，当面固辞，权教他静心保养，幸勿纷心。至亭午颇能下食，权更为欣慰。哪知他到了黄昏，病又发作，忽痛詈，忽惨呼，比昨宵尤为喧闹，权再自临视，被蒙厉声叱出，不得已使巫祝请命，延至夜半，蒙竟七窍流血，呜呼毕命，年止四十有二。大小将士，统猜是关公索命，连权亦将信将疑。莫谓无神！一面为蒙棺殓发丧出埋，一面将关公尸骸，用侯礼安葬；只首级已经往献曹操，不能追回。操已督军出驻摩陂，援应樊城，既闻关羽败退，乃还屯洛阳。会值吴使至洛，献上羽首，操举首一瞧，见他英灵未泯，面色如生，不由的吃一大惊，乃令刻木为身，葬用侯礼。但经此一吓，头风复作，好几日卧床不起。访得名医华佗，疗疾如神，急忙派人召至，佗用针砭治，随手即瘥，瘥后又发，佗谓非剖洗不可，操愤然道："头可劈么？"佗申答道："大王如不愿剖洗，针治只能救一时，不能救数年。"操但令针治，佗知不可愈，诈言家中妻病，须归视再来，及归去后，竟不复往。操屡呼不应，饬吏拘佗下狱，拟成死罪。或谓佗善医人，不宜处死。操怒说道："彼欲斫我头，怎可再留？且天下亦何至少此鼠辈呢！"到死尚且疑人。遂催吏杀佗。佗临死时，出书一卷与狱卒道："感君善事，愿将此持赠，可以活人。"狱卒畏法不敢受，佗竟索火毁书，服毒自尽。或谓狱卒受书回家，被妻取焚，经狱卒上前抢救，已只剩得一两页，就是阉鸡阉猪等小法，所有解剖诸术，尽成灰烬，不复流传，这真所谓千古遗恨呢！操不但杀佗，并致良方俱毁，即此已为千古罪人。

佗既死后，操头风终不得痊，反且加剧，自思主簿杨修依附子植，且为袁氏外甥，将来我死，他必导植为非，乱坏我家，因诬修泄漏机密，勒令自杀。既而吴使又至，呈入孙权书笺，劝操为帝。操阅书毕，颁示属僚，且语众道："是儿欲使我居炉火上么？"当有侍中陈群，尚书桓阶，盛称曹操功德，宜应天顺人，速正大位。陈群为仲弓孙，何亦如此龌龊？操笑说道："孔子有言：'施于有正，是亦为政。'若天命果当属我，我就做周文王罢了。"明是教子篡逆。遂表授孙权为骠骑将军，封南昌侯，领荆州牧，遣吏赍敕，偕吴使同赴荆州。看官，你道孙权何故媚操？他自占取荆州，只恐刘备出师报复，自己抵敌不住，所以向操献媚，求他援助；操亦狡猾得很，给他高爵，使拒刘备，两下私意，无非是叫人出头防御刘备起见。究竟刘备西据成都，作何举动？备与关羽情同骨肉，岂有闻羽败亡，不加痛愤？当下与大小将士，一体举哀，追谥羽为忠义侯，令羽子关兴袭封。即日部署人马，讨吴报仇。惟自诸葛亮以下，多言是先当伐魏，然后讨吴，一时议论纷纭，尚难解决。蹉跎逾年，由洛阳传到消息，乃是曹操病死，于是备一意恨吴，无心及魏。魏且横行无忌，公然做出篡逆的事情了。建安二十五年正月，是年为后汉末年，故大书特书。曹操病倒洛阳，不遑回邺，镇日里心绪不宁，精神恍惚，一夕梦见有马同槽共食，醒来不知主何吉凶，阿瞒虽智，要亦难详。转问许多谋士，或说是禄马吉兆，应受天禄，无非谄媚。操也不复疑。但一经合眼，往往看见男女冤魂，环立床侧，想是伏后、董妃等出现。因疑及洛阳故宫，未便寄住，特使大匠苏越，另造建始殿，以便移居。越素知濯龙祠旁有一极大梨树,高十余丈,可建栋梁,当即禀明曹操,督工采伐,才砍数斧,树中忽漂出血来,众工不敢再斫,越亦大为诧异,匆匆返报。操尚未信,力疾乘车,自去看验,拔剑试斫,树血飞溅身上,淋漓满体,打了好几个寒噤,慌忙返车,易衣奄卧,从此不能再起。到了病笃,方密嘱近臣,谓安葬以后,须置七十二疑冢,免人发掘。又遗命后宫姬妾,分取名香,此后须勤习女工,卖履自给。说到此处,已是口舌蹇涩,不能再言,少顷即逝,年终六十有六。从前方士左慈,自言为庐江人,尝入见曹操,列坐末席,与客共饮,席间珍馐俱备,惟少松江鲈鱼,慈独索铜盘,使贮清水,自用短竿钓取,连得数尾。操又谓恨乏蜀姜,慈向西举手一挥,姜即从空落下,座客无不喝采,偏操满怀猜忌,目顾左右,欲就座上执慈,慈却避入壁中,倏忽不见。操更觉惊忙,派兵侦缉,明明见慈在市上,追将过去,慈向人丛中一混,市人统变做慈状,不辨真假,及仔细审视,真左慈已经走远,扬长自去。嗣复在阳城山头,得见左慈,兵役又急忙追逐,慈走入群羊,由兵役牵住群羊,归操自讯,操知不可得,令就群羊中宣告道:"我本无意杀君,聊试君术,幸勿隐身!"还想骗他。道言甫毕,空中忽现一左慈,拍手大笑道:"土鼠随金虎,奸雄一旦休!"操命左右射慈,慈又不见,此后遂不知所往。操死时正当子年寅月,适如慈言。

　　操子丕留守邺中,接到丧讣,即欲嗣位,侍臣谓须俟诏命,方可嗣立,尚书陈矫大声道:"王薨于外,爱子在侧,倘或生变,岂非摇动社稷么?"遂传王后卞氏慈命:立丕为魏王,操嘱及分香卖履,而于继统大事,反不提及,实是乖刁。尊卞氏为王太后,然后报答献帝。先立后奏,目已无君。御史大夫华歆,本操私党,立逼献帝下诏,命丕袭封,仍为丞相、魏王、领冀州牧。丕既受诏命,乃出郊迎丧,奉操遗榇,安葬西陵,追谥曰武。何不谥为文王?丕弟彰、植、熊等俱来奔丧,彰已受封鄢陵侯,植亦受封临淄侯,与丕、熊均为同母弟;熊不久即逝。此外尚有异母弟十余人,一并会葬。史传载操有二十五子,数子早殇。彰多力,植多文,二人素为操所爱,丕恐他夺位,蓄猜已久,甫经丧毕,便欲遣令就国。彰本期大用,一闻消息,便怏怏自去;植待遣乃行。丕留华歆为相国,进大中大夫贾诩为太尉,大理王朗为御史大夫,侍中陈群为尚书。群请立九品法,分贤愚为九等,使州郡各置中正,官名。区别等第,借便黜陟,丕即依议施行。上品无寒门,下品无贵族,弊由此起。又选主簿贾逵为豫州刺史。逵明经知兵,受操宠眷,尝护操丧还邺,主持丧务。曹彰问及先王玺绶,被逵正色拒绝。丕因此德逵,授任豫州,锄强抑暴,兴利除弊,为吏民所称仰。丕复布告天下,令以豫州为法,封逵为关内侯。丕即欲篡汉,特仿汉高祖、光武故事,率领甲士数十万,南巡谯城,遍召故乡父老,各给宴饮,谯城为曹氏故里。并设伎乐百戏,欢宴终宵。可巧蜀将孟达遥奉降书,愿举上庸城属魏,丕授达为新城太守。武都氐王杨仆,挈种内附,丕使入居汉阳郡。一面亲笔下令,自陈威德,于是谐子媚臣,或报称黄龙出现,或报称凤凰来仪。丕即授意左中郎将李伏,太史丞许芝,令与华歆、贾诩、陈群、王朗等先入许都,胁令献帝禅位。献帝以为曹操已死,可望亲政,因改建安二十五年为延康元年,与民更始。哪知一班新朝走狗,竟来逼令让国,要他拜献江山,献帝大吃一惊,不禁泪下。李伏即抗声奏请道:"孔子玉版中,已有预言,谓定天下,出魏公子桓。今魏王表字,适合谶文,丕字子桓。所以祯祥毕集,嘉应显然,陛下即宜应天顺人,仿行圣朝禅让故事。"说到此语,许芝也接说道:"臣职司天象,默察星纪,魏当代汉,就是证诸图谶,语却尽符。《春秋·汉含孳》云:'汉以魏,魏以征。'《春秋·佐助期》云:'汉以许昌失天下。'故白马令李云上书,曾言许昌气见诸当涂高,当涂高便是魏阙,魏当代汉,自许昌始。《易运期》又云:'鬼在山,禾女连,王天下。'鬼女禾三字,拼成魏字,天数如此,陛下亦怎可违天?"种种佐证,不知如何捏造出来。献帝无言可答,只是两袖拭目,泪湿龙袍。还有华歆等更疾言厉色,几乎要将献帝吞噬下去。皇后可弑,皇帝自然可废。献帝尚未肯承认,忽外面有许多甲士,持械入殿,气焰很是利害,慌得献帝起座返奔。华歆等竟抢步追入,直至中宫,曹皇后闻声出迎,见献帝形色慌张,惊问何事,献帝泣说道:"汝兄欲夺我帝位呢。"曹后听着,禁不住竖起柳眉,让过献帝,阻住华歆等人,开口叱骂道:"汝等希图富贵,敢造逆谋,试想我父功盖寰区,尚且始终事汉,我兄嗣位未几,便思攘窃神器,应不至此,总是汝等撺掇出来。"华歆听了,也无惧色,只因曹后是魏王丕妹,不得不略顾面目,权将天命人事的套话,敷衍数语。若非曹丕之妹,又要动手拖发了。曹后全然不采,歆等不得已暂退。越日闻曹丕已将到许,又会合群臣,力请献帝出殿,献帝被逼不过,勉强出来。华歆等已草

就禅诏,硬迫献帝颁行,献帝含糊答应,当即遣御史大夫张音赍诏送丕。丕行至曲蠡,接诏展读道:

朕在位三十有二载,遭天下荡覆,幸赖祖宗之灵,危而复存。然仰瞻天文,俯察民心,炎精之数既终,行运在乎曹氏。是以前王既树神武之绩,今王又光曜明德,以应其期,历数昭明,信可知矣。夫大道之行,天下为公,选贤与能,故唐尧不私于厥子,而名播于无穷。朕羡而慕焉,今其追踵《尧典》,禅位于魏王,王其勿辞!

丕读诏毕,心下甚喜,但形式上未便遽受,不得不上表推辞,即遣张音返报。华歆等忙驰书劝进,一面胁献帝交出玺绶。献帝流涕道:"玺绶由皇后收藏,不在朕身。"歆等因再向曹后求玺,曹后仍然不与,乃转报曹丕,丕竟遣曹洪、曹休两族人,引兵入宫,劫取玺绶。曹后料不能坚持,将玺绶掷抵轩下,且泣且语道:"天不祚尔!"曹洪得玺,未便亲交曹丕,再由华歆等续缮诏书,仍使张音持玺献丕。更可恨的,是硬要帝女二人,充作魏嫔,一齐献去。好算是善法《尧典》。丕在曲蠡待诏,见张音奉玺到来,并有娇娇滴滴的两帝女,随玺同至,真是喜气重重,大快所望。但见禅

诏有云：

> 惟延康元年十月乙卯，皇帝曰：咨尔魏王，夫命运否泰，依德升降，三代卜年，著于《春秋》，是以天命不于常，帝王不一姓，由来尚矣。汉道陵迟，为日已久，安、顺以降，世失其序，冲、质短祚，三世无嗣，皇纲肇亏，帝典颓沮，暨于朕躬，天降之灾，遭无妄厄运之会，值炎精幽昧之期。变兴蕞毂，祸由阉竖，董卓乘衅，恶甚浇、豷（yì），逢蒙子，见《夏纪》。劫迁省御太仆宫庙，遂使九州幅裂，强敌虎争，华夷鼎沸，蝮蛇塞路。当斯之时，尺土非复汉有，一夫岂复朕民？幸赖武王德膺符运，奋扬神武，芟夷凶暴，清定区夏，保乂皇家。今王缵承前绪，至德光昭，声教被四海，仁风扇鬼区，是以四方效琛，人神响应；天之历数，实在尔躬。昔虞舜有大功二十，而放勋禅以天下；大禹有疏导之绩，而重华禅以帝位。汉承尧运，有传圣之义，加顺灵祇，昭天明命，釐（lí）降二女，以嫔于魏，使使持节行御史大夫事太常音，奉皇帝玺绶；王其永终万国，敬御天威，允执其中，天禄永终。敬之哉！

丕得此诏，即欲老实接受，还是太尉贾诩等叫他再还玺绶。丕乃将帝女二人留住，先行受用；丕妹为帝后，则帝女应为丕甥，丕可谓善效楚成王了。再使张音将玺奉还。至第三次下诏，内有天不可违，众不可拒，重华不逆尧命，大禹不辞舜位等语，仍由音赍玺奉丕，丕不复再让，命在繁阳亭，筑受禅坛，择于十月庚午，代汉登基。公卿列侯，及大小将吏，届期至坛下候驾等候；片时由侍从拥着魏王，乘舆到了坛前，由丕徐徐下车，升坛受玺，南面称尊。文武百官，拜倒坛下，齐称万岁，即位礼成，丕下坛祭告天地，望燎乃返。顾语群臣道："舜禹受禅，我今方知道了！"恐不像汝所为。遂驰入许都，改延康元年为黄初元年，国号魏，废献帝为山阳公，曹后为山阳公夫人，勒令出宫就封；惟仍得用汉天子礼乐，算做另眼看待。追尊父操为武皇帝，庙号太祖，称母卞氏为皇太后。改号相国为司徒，御史大夫为司空，余官亦多易旧名。就是郡国县邑，亦陆续改称，许县变作许昌县，算是魏国首都。又在洛阳大营宫室，作为陪都。

这消息传入蜀中，但言曹丕篡汉，未及汉帝下落，或且谓汉帝已经遇害。汉中王刘备即为发丧成服，遥谥献帝为孝愍皇帝。蜀中一班将佐，遂劝备绍承汉统，即日正位，备不从所请。将佐等又援引谶讳，摭拾嘉符，再三怂恿,仍未见从。会由刘封奔还成都,谓孟达、申耽并皆叛去,反引魏兵袭封,封寡不敌众,只好奔回。备怒叱道:"汝知荆州危急,并不往救,今反敢来见我么?"封答说道:"孟达从中挠阻,孤身不能赴援,所以中止。"备不待说毕,即喝声道:"我闻汝与孟达不和,故达敢阻挠,汝当思食人禄,忠人事,怎得复听达言?我若贷汝,如何服人?"封跪伏求饶,适诸葛亮在侧,备顾语道:"封罪当诛否?"亮答称凭王裁夺四字,备乃赐封自尽。封临死自叹道:"我悔不听孟子度言!"子度就是达字,这语传入备耳,才知达降魏后,曾有书招封,封毁书斩使,致为所逐,备不免生悔,懊怅了好几天。封本姓寇,为长沙刘氏外甥,备至荆州时,尚未生禅,因留封为养子。封颇有膂力,随诸葛亮入益州,转战有功,乃得受职副中郎将。诸葛亮虑封刚暴,后终难制,故不为请免,听令加诛。封之罪固不免于死。转瞬月余,亮与许靖等会衔上笺,申请正位。略云:

比闻曹丕篡位,湮没汉室,窃据神器,劫迫忠良,酷烈无道,人鬼忿毒,咸思刘氏。今上无天子,海内惶惶,靡所式仰。群下前后上书者八百余人,咸称述符瑞,图谶明征,吁称绍德。伏惟大王出自孝景

皇帝中山靖王之胄,本支百世,乾祇降祚,圣姿硕茂,神武在躬,仁覆积德,爱人好士,是以四方归心焉。宜即帝位,以篡二祖,绍嗣昭穆,光复旧物,天下幸甚! 录劝进书,与专言符谶,一味虚谀者不同。

刘备览笺,尚欲固辞,再经诸葛亮等进陈兴灭继绝的大义,乃准如所请,令博士许慈、议郎孟光订定礼仪,就在成都武担山南,筑坛登位,并昭告天地,由祝礼官代读祝文道:

> 惟建安二十六年四月丙午,延康改元,备尚未接诏,故文中仍用建安年号。皇帝备敢用玄牡,昭告皇天上帝后土神祇。汉有天下,历数无疆。曩者王莽篡盗,光武皇帝震怒致诛,社稷复存。今曹操阻兵安忍,戮杀主后,滔天泯夏,罔顾天显。操子丕,载其凶逆,窃据神器,群臣将士,以为社稷堕废,备宜修之,嗣武二祖,恭行天罚。备虽否德,惧忝帝位,询于庶民,外及蛮夷,佥曰天命不可以不答,祖业不可以久替,四海不可以无主。率土式望,在备一人。备畏天明命,又惧汉邦将湮于地,谨择元日,与百僚登坛,受皇帝玺绶。修燔瘗,告类于天神,类系祭名。惟神飨祚汉家,永绥四海,垂于无穷!

祝告既毕,受百僚朝贺,颁诏大赦,改元章武,仍称汉帝。史家号为蜀汉,示与后汉有别。且因刘备殁后,庙谥昭烈,又沿称昭烈皇帝。惟陈寿作《三国志》,但称为蜀。寿本魏人,出仕晋朝,晋受魏禅,不得不微辞寓意,惟始终称备为先主,与《吴志》直呼孙权不同,是寿亦隐以正统予蜀,与朱子《纲目》书法名异实同。小子此后演述,就沿称备为先主。自是中土三分,势成鼎足。未几吴亦改年黄武,寻且称帝,居然是三帝并峙了。惟蜀承汉统,幅员虽小,名号最正。刘先主既已正位,进诸葛亮为丞相,许靖为司徒,置百官,立宗庙,祫(xiá)祭高祖以下诸世系;立夫人吴氏为皇后,子禅为皇太子。典制粗定,便欲兴师东下,讨吴雪耻。忽有一将进谏道:"国贼曹操,并非孙权,陛下不应置魏先吴。"先主听着,默然不悦,那将军又继续陈词,讲出一段绝大的理由。小子录述至此,即随写一诗道:

> 君父仇深兄弟轻,后先应自辨分明。
> 忠臣伏阙陈言后,英主如何不听行?

欲知何人进谏,申明理义,请看下回再详。

司马温公退居洛阳,阅陈寿《三国志》,识破一事,谓操留遗嘱,下至分香卖履,如家人婢妾,莫不处置详尽,独无一语及禅代之事,其意以为禅代乃子孙所为,吾固未尝教之也,此正为操之大奸处。然操尝以周文王自拟,亦何曾不教丕篡汉乎?且温公既知操之奸,不应有帝魏寇蜀之书法,陈寿尚称刘备为先主,温公何嫌何疑,乃必以正统予魏也?本回就事论事,未尝明辨,而于魏、蜀之称帝,前后写来,自觉邪正之不同,文人手笔,具有阳秋,岂必龂龂然评论善恶哉?

第九十一回

陆伯言定计毁连营　刘先主临危传顾命

却说刘先主筹备军马，意欲伐吴，有一将军伏阙谏阻，谓当先行伐魏。看官，这是何人？原来是翊军将军赵云。云先言魏为国贼，比吴为重，未见先主听从，乃复申谏道："曹操虽死，子丕篡位，陛下宜出图关中，扼住河渭上流，声讨逆贼；臣料关东义士，必将裹粮策马，欢迎王师。待魏既讨灭，吴亦可不劳而服了。"至理名言。先主终不肯从，再经诸葛亮联名奏阻，稍有回意；忽有一大将，踉跄趋入，拜伏先主座前，抱足大哭。先主瞧着，乃是车骑将军张飞，飞已由右将军升任车骑将军。不由的潸然泪下。飞且哭且语道："桃园盟誓，陛下奈何遽忘，不为二兄报仇。"先主答道："朕早欲讨吴，百官谓先宜讨魏，是以稽迟。"飞急说道："陛下不去，臣愿自往。"确是急性子。先主道："朕怎忍令卿独去？卿可速回阆州，起兵来会，惟有一语相诫，幸勿嗜酒，迁怒部下；既加鞭挞，不得再令在左右，至要至嘱！愿卿勿忘！"飞奉命即去。先主乃决计兴师，无论何人进谏，统皆拒绝。留丞相诸葛亮辅太子禅，居守成都，先主譬亮为鱼水。水不并行，鱼安得活。自率诸军东下。是时黄忠已殁，罗氏《三国演义》谓忠曾随军东出，中箭阵亡。按诸史志，忠殁在建安二十五年，可知罗氏附会之误。马超出镇凉州，只有赵云是老成宿将，先主因他谏阻东征，不使前驱，但令他督运军粮，作为后应。此外所率将士，多系新进，毅然出都。益州从事秦宓，叩马力谏，面陈天时不利，违天行师，恐防有失；说得先主怒从心起，竟将宓下狱羁囚，俟回师时再行定罪，遂麾兵东下，直指秭归。途次接得阆州来表，总道是张飞遣至；及取阅表文，乃是飞营内都督署名，不禁惊诧道："难道飞已死了么？"忙展开一阅，果系飞怒挞左右，为帐下将张达、范强所害，携首投吴。顿时放声大哭，更触起关公遗痛，号恸不休，将佐等从旁力劝，方才收泪，追谥飞为桓侯。查得飞长子苞,已经早亡,乃令次子绍袭爵。史传载苞早夭,罗氏《三国演义》无稽可知。正在下诏抚恤,忽由东吴来了使人,呈上一笺,系由南郡太守诸葛瑾差来,先主已有愠色,撕开函封,但见笺中有数语云:

> 陛下以关羽之亲,何如先帝?荆州大小,孰与海内?俱应仇疾,谁当先后?若审此数,易于反掌矣。

先主阅到此处,即掷笺委地,喝将来使斩讫,还是将佐援引古义,奏言两国相争,不斩来使;且诸葛瑾为丞相兄,更宜曲为顾全,从宽贷宥。先主才命赦死,喝将来使逐回。原来吴主孙权,闻刘先主督师东来,兵势甚盛,料他志切报复,不能轻敌,因命诸葛瑾作书求和。或谓瑾不可恃,恐将借此降蜀,权摇首道:"孤与子瑜为生死交,从前孔明来吴,孤使子瑜留住孔明,子瑜谓弟不留吴,犹瑾不往刘,此言可贯神明,今难道反有贰心么?"嗣得瑾遣人报命,果言蜀无和意。已而张达范强,复献到张飞首级,权只好收纳,但自思越弄越坏,万难言和,乃亟遣部将李异刘阿等,率兵四万,往御秭归。一面向魏上表,称臣纳贡,并送魏将于禁等还魏,为乞援计。魏王曹丕当即受降,群臣皆贺,独侍中刘晔进谏道:"孙权无故求降,必因蜀兵大举,自恐难敌,又虑我乘隙进攻,国将不保,所以委地称藩,今不若出师渡江,进袭江东,蜀攻外,我攻内,吴必不支;吴亡蜀孤,怎能久持?这便是一举两得的至计。"丕答说道:"彼既来降,我反加讨,是适令天下疑沮,如何能怀柔远人?"遂不听晔言,遣归吴使,并使太常邢贞赍册至吴,封孙权为吴王,加九锡礼。贞到了江东,孙权亲率百官,出城迎接。甘心事魏,便是逆党。贞昂然前来,见了孙权,并不下车,恼了吴长史张昭,厉声叱责道:"礼无不敬,法无不肃,君乃敢自尊大,藐我江南,莫非我江南果无寸刃么?"争此小节,抑何太晚?贞乃下车相见,偕权入城,宣读魏诏,取交封印,由权北面拜受。中郎将徐盛在侧,且愤且泣道:"盛不能奋身致命,为国家取魏吞蜀,反令吾主屈身受封,岂不可耻么?"贞听得盛言,不禁叹语道:"江东将相如此,当不至久居人下呢。"权盛筵待贞,留居三日,贞乃辞归。权复遣中大夫赵咨报谢,咨入谒曹丕,丕即向问道:"吴王为何等主?"咨便答道:"聪明仁智,雄略兼优。"丕微笑道:"这也太觉过夸了。"咨又答道:"并非由臣过夸。能用鲁肃,不失为聪;能拔吕蒙,不失为明;既获于禁,终未加害,不失为仁;安取荆州,兵不血刃，不失为智；据有三州，虎视四方，乃竟能屈身陛下，岂非雄略兼优么？"丕复问道："吴王亦曾学问否？"咨便答道："吴王任贤使能，志存经略，有暇即熟览经史，但不似书生寻章摘句，徒事咿唔。"丕又问："吴可征否？"咨正色道："大国有征伐雄师，小国亦有备御良策。"丕谓："吴不畏魏么？"咨答言："吴国带甲百万，江汉为池，何必畏人？"丕改容道："吴如大夫才辩，能有几人？"咨应声道："聪明特达，约有八九十人，若以臣为例，却是车载斗量，不可胜数。"丕乃说道："如卿可谓不辱使命了。"当下待遇如礼，越日遣归。惟丕仍不欲助吴，坐观成败，只是按兵不动。那吴将李异刘阿等，军行至秭归，与蜀将吴班冯习等相遇，一场交战，吴军败退。孙权闻报，不免彷徨，默思盈廷将佐，只有陆逊才略过人，乃特授逊为大都督，面授节钺，使督同朱然、潘璋、韩当、徐盛、宋谦、鲜于丹、孙桓诸将，领兵五万，出拒蜀兵。逊以年轻望浅为辞。权令他便宜从事，先斩后奏，于是逊受命启行。孙桓为权族子，父名河，出继姑母俞氏，嗣仍复姓为孙，年方二十有五，得拜安东中郎将；状貌魁梧，饶有勇略，权尝称为宗族颜渊。至是随逊西行，愿充前锋，逊慨然允诺，桓即带领偏师，驰至彝陵。适来了蜀将吴班，便与交锋，当先突阵。班见桓气势凶猛，引军便退，诱桓至彝道间，骤鸣鼓角，号召伏兵。但见蜀兵四起，弥山盈谷，向桓杀来。桓虽然骁勇，究竟寡不敌众，被蜀军困在垓心；桓率部下竭力冲围，竟由桓杀得性起，掷去长槊，拔出短刀，冒险冲突。可巧吴将朱然引兵来援，才得杀透重围，奔回彝陵。吴班引军再进，把城围住，桓使朱然向逊求救，逊独不肯发兵。诸将俱上帐前请道："孙安东系是公族，今为敌所困，奈何不救？"逊徐答道："彝陵城高粮足，孙安东又得士心，定能坚守，不致疏虞；待我出军破备，安东自然解围了。"诸将复道："都督欲与备交锋，请即传令，末将等便当前往。"逊微笑道："且慢。"诸将道："既不救彝陵，复不击刘备，难道待蜀兵自毙么？"逊变色道："我自有计破蜀，诸君但当各守营垒，阻敌前进，毋得违我号令。"诸将乃退。韩当徐盛等统是凤将，心已轻逊，又见他逗留不进，越觉愤闷，俱相率私叹道："用此书生为都督，江东休了！"**反跌下文。**

且说刘先主已到秭归，连接捷报，当然欣慰。嗣闻吴用陆逊督军，统兵五万，在猇(Xiāo)亭东南屯营，料知必有剧战，因令各军严行加防，准备厮杀。待了旬余,不见动静,乃拟亲出攻逊。治中从事黄权进谏道:"吴人耐战,我军又沿流直下,易进难退,况吴魏近时通和,陆逊多智,未始非待魏进兵,为夹攻计。臣愿效力前驱,抵当吴寇,陛下宜为后镇,静守要隘,方无他虞。"先主不从,但命权为征北将军,督守江北,防御魏人,自率诸将东进,直抵猇亭。吴将闻先主亲至,各向陆逊前请战,逊与语道:"刘备举军东下,锐气方盛,不宜急攻,待他日久敝生,一举且可破灭了。"诸将不信,还欲争辩,逊拔剑置案道:"备为天下枭雄,曹操尚且生畏,今与我交兵,正是劲敌。诸君并受国恩,当思计出万全,共剪此虏;仆虽书生,受命主上,正惟仆能忍辱负重,故托付全权。军法如山,不应轻犯,如有妄言生事,立当斩首!"说至此,面色如铁,非常森严,诸将不敢再言,悻悻退出。好多日不闻战令,那蜀军却遍地扎营,自巫峡延至猇亭,约有数十万屯,前部督叫作张南,大督就是冯习,且由刘先主调回吴班,引兵数千,就吴营面前立寨。吴将忍耐不住,又复请战,陆逊只是不允。韩当徐盛等齐声道:"如若不胜,愿按军法。"逊引诸将出营,遥望多时,扬鞭西指道:"前面山谷中,隐笼杀气,必有伏兵,彼欲诱我入伏,可以掩击,我岂肯堕他诡计?故不允诸君出战。"诸将听了,尚暗暗冷笑,不得已,随逊回营。过了三日,班竟退兵,山谷间果有蜀兵,拥着主子,徐徐回去,吴将方知逊先见。惟相持数月,未见逊出一谋,总不免笑他庸懦,逊却上表孙权,指日破蜀。诸将闻悉,不知他葫芦里卖什么药,互有疑言;蹉跎蹉跎,逊与蜀军相拒,差不多过了半年,好坚忍。时阅盛暑,红日炎炎,蜀军大营,移至树林间屯驻,借便纳凉,逊也未尝发兵截击。到了翌晨,忽召入诸将道:"今日方可破蜀了。愿大家努力!"诸将道:"破蜀当在初时,今令蜀兵深入五六百里,连营相望,又持久至七八月,彼已固守要隘,怎能破得?"逊笑说道:"备转战一生,更事甚多,今率锐东来,初至时必思虑周详,未易与敌;及屯留多日,未得逞志,兵疲意沮,计不复生,欲破此虏,正在此时。"遂命鲜于丹引兵往攻,韩当徐盛为后应,陆续前去,不到半日,三将败回,入帐禀报道:"蜀兵势大,难与争锋,末将等攻他一营,各营齐至,首尾相应,因此致败。"逊答道:"我已有破蜀计策,今夕定可成功,诸君可早食晚餐,入帐授计。"未几,日已西昃,将士等饱食一餐,入听号令,逊方说出"火攻"二字,分拨诸将,各执火具,往烧蜀营。刘先主在营夜

坐,正与将佐等谈论军机,从事程畿道:"近日军营上面,有黄气罩住,长十余里,广数十丈,恐与全军有碍,不可不防。"先主道:"吴军屡战屡败,怕他什么?"骄必败！畿答说道:"陆逊多谋,恐有狡计。"先主道:"朕使侍中马良安抚五溪蛮夷,昨得奏报,谓已一体响应,俟他毕集,与陆逊大战一场,看他如何敌我?"营上黄气,与安抚溪蛮,俱借口叙过。

正谈论间,忽由军吏入报道:"吴兵来攻,各屯火起。"先主忙说道:"快快传语冯习张南等将,小心迎敌。"军吏方出,又有一人趋入道:"冯张二营,已被吴兵毁破了。"先主大惊,忙披甲上马,出营瞭望,四面八方,火光燎绕,连树木俱被延烧,渐渐地侵及御营,并且喊声四震,不知有多少吴兵,前来劫营。蓦见将军傅肜踉跄前来,报称冯习张南并皆阵亡,吴兵很是厉害,请速回銮。先主即使傅肜断后,自率亲军西走,一面令从事程畿,往谕水师,上岸援应。程畿自去,傅肜随驾徐行。到了马鞍山,吴军四面环集,进退无路,不得已上山驻扎,令傅肜据住山口,堵御吴兵。遥见火势燎原,熊熊不绝,好容易俟至天明,望得长江一带,尸骸重叠,随流而下。先主且愤且惭道:"我乃为陆逊竖子所折辱,岂非天数?"不能

第九十一回 陆伯言定计毁连营 刘先主临危传顾命

尽诰诸天。言未已,又有军弁趋至道:"吴军放火烧山,傅将军危急万分,请御驾速行裁夺。"先主乃决意再走,领兵杀下,冲突了好几次,仍然不能出围。未几又是傍晚,吴兵各去晚餐。稍稍宽缓,傅彤拼命杀出山口,让过先主,请他前行,自率残兵,截住吴军。吴军竟来环击,彤与他力战多时,看看手下垂尽,还是挺枪死斗,吴兵叫他投降,彤呵声道:"吴狗!大汉将军,岂肯降汝?"说着,复格死吴兵数人,身受重创,力竭捐躯。死且不朽。先主仓皇西奔,后面吴兵穷追,又复大至,乃令将士脱甲塞路,纵火焚甲,断住追兵。吴兵拨去残甲,仍然追赶。蜀兵沿路溃散,只剩得骑士百余,尚随先主,先主长叹道:"我命休了!"道言甫毕,前面有蜀兵趋至,为首大将,乃是翊军将军赵云,先主方转忧为喜,忙令他截住吴兵,自引百余骑,入白帝城。云本在江州督粮,因见东南火光冲天,不知前军胜败,因领兵前来,亏得有此一举,方得杀退敌兵,保回主驾。此外蜀中将士,多半伤亡。从事程畿奉命往招水军,水军已被吴兵掩击,逃得精光;畿乘得孤舫,溯江徐退。从吏催畿道:"追兵将至,何不速驶?"畿慨然道:"君辱臣死,我岂可畏死偷生?"既而吴兵果到,围住畿船,畿拔剑自刎。足与傅将军并光蜀史。尚有蛮王沙摩柯,挈众从蜀,亦至战死。余如蜀将杜路刘宁等,穷蹙投吴;镇北将军黄权被吴兵截断,却引兵投魏去了。

魏主曹丕闻蜀兵连营七百里,知蜀必败,群臣问为何因,丕与语道:"刘备不晓兵机,岂有连营七百里,尚可拒敌?兵法有言:'包原隰险阻而成军,必为敌擒。'江东捷书将至了。"过了七日,吴果呈入捷书,丕却令吴送子入质,吴置诸不答。丕即命曹休等出洞口,曹仁出濡须,曹真等围南郡,三路兵约有数万,同时攻吴。前可攻而不攻,至此乃欲攻吴!丕亦徒知料人,不能察己。吴兵既得胜蜀,欲进攻白帝城,陆逊独下令班师,适值彝陵围解,孙桓来见陆逊,逊慰劳一番,桓语逊道:"前因公连日不救,未免滋疑,今始知公调度有方,终得破蜀,但何故不乘胜进攻呢?"逊答语道:"曹丕外托助我,内实谋我,我若穷兵入蜀,必为所算。"乃收军东归。将返荆州,果闻魏兵三路进攻,当即飞报孙权,遣将防堵。权已闻知消息,使将军吕范等率水师拒曹休,诸葛瑾拒曹真,朱桓拒曹仁,决意与魏绝好,改元黄武,临江把守。曹丕闻吴抗命,也自许昌督师南下,接应三路兵马。刘晔复谏阻道:"吴方破蜀,上下齐心,况复襟江带湖,到处可守,

刘先主临危传顾命

不如缓攻为是。"丕不肯从,竟引军至宛城,忽接得探马来报:曹休出兵洞口,颇得胜仗,嗣由吴军援应,休被杀败,只好退回。丕方才惊讶,旋又有人报称曹仁败还,部将常雕阵亡,王双被擒,丕更觉心惊。只有曹真一路围攻江陵,尚无音响,丕方遣夏侯尚督领水军,往助曹真。江陵守兵,适患疫病,吴将诸葛瑾等,不能却敌,险些儿支持不住;可巧陆逊遣到朱然,带着舟师万人,与夏侯尚鏖斗一场,尚兵败溃,曹真孤军失势,不得不报告曹丕,丕乃懊怅道:"悔不用刘晔言,多事劳师。"说着,即遣使召还曹真及曹休曹仁两军,并还洛阳。吴主孙权尚恐蜀人报怨,未敢追击魏兵,且将王双送还。曹丕乐得示惠,虚言慰谕,自回许昌去了。

且说刘先主奔回白帝城,还想收合余烬,再行讨吴,可奈七万余人死亡大半,溃卒虽然渐集,不过一二万名,还是焦头烂额,疲敝不堪,一时如何成军?惹得先主又悔又恨,又恨又悲。嗣由东吴传来耗闻,乃是孙夫人得知兵败,误传先主被害,竟濒江遥祭,投江殉节。说本《枭姬传》。先主本因她无故归吴,置诸度外,不料她有这般贞烈,未免有情,谁能遣此?

遂至怏怏成病，起居不适。赵云等请回成都，又不见许；且因白帝城为鱼复县治所，就改县名为永安，馆舍为永安宫。会由吴使至白帝城，报称孙夫人丧信，并请罢兵息争。无非因与魏绝交，故有是使。先主含糊答应，也遣大中大夫宗玮赴吴报命。惟心中总不能无嫌，终日里郁郁寡欢，忘餐废寝。看官试想，刘先主年逾六十，怎能禁得起这般神伤？迁延半年，终致不起，遂召丞相诸葛亮及尚书令李严等到永安宫，听受遗命。章武三年二月，亮等到了永安，尚有先主庶子鲁王刘永，梁王刘理，一同随至，俱到先主榻前问安。先主见了诸葛亮，唏嘘与语道："朕不能用丞相言，悔已无及了。"亮劝慰道："陛下须善自珍摄，幸勿再忆故事。"先主道："命数已终，看来是无可挽回；惟与丞相契合有年，深蒙辅导，乃智短命穷，将成长别，奈何奈何！"说至此，泪流满面。亮亦不禁涕下，但见先主精神未敝，不致遽危，故尚忍泪劝解，率众暂退，只留二王侍侧。嗣是逐日入省，就是留居成都的官僚，亦陆续到来请安。成都令马谡，系侍中马良弟，良有兄弟五人，并有才名。良字季常，谡字幼常，余亦以常字为号，惟良眉中有白毛，里谚谓马氏五常，白眉最良。良奉命抚慰五溪，及猇亭败后，归路遽断，竟至遇害。诸葛亮尝器重马谡，特荐为成都令。至是请安已毕，退出行宫，越宿由亮入视，先主顾语道："马谡言过其实，不可大用，君宜留意。"亮应命而退。到了孟夏，先主病已垂危，乃召诸葛丞相等托孤寄命。正是：

覆辙自知由智短，托孤尚幸得人贤。

欲知刘先主顾命如何，且至下回详叙。

曹操之败于赤壁，一骄字致之；刘先主之败于猇亭，亦未始非误于一骄耳。夫献帝之为魏所篡，与关公之为吴所害，皆先主之大仇也。然权其轻重，则仇魏为先，而仇吴为后，赵云之谏，最明大义。就使志欲报吴，但命一二将东出可也。乃孤注一掷，连营七百里，旷日持久，卒败于陆逊之手，虽曰天命，岂非人事？且无猇亭之败，先主或尚得永年，亦未可知。或谓诸葛公坐守成都，既不能出救关公，又不能出救先主，陈寿谓其将略非所长，并非刻论；是说也，余亦疑之。

第九十二回

尊西蜀难倒东吴使　平南蛮表兴北伐师

却说刘先主病到弥留，宣扬未命，丞相诸葛亮、尚书令李严等并侍榻前。先主顾亮道："君才十倍曹丕，必能安邦定国，终成大事。嗣子可辅，劳君匡辅；若不可辅，君可自取。"先主亦知嗣子禅不才。亮慌忙拜倒道："臣敢不竭股肱，效忠贞，誓死毋贰，勉报圣恩？"先主乃命李严代作遗诏，留嘱嗣君。且唤永理二兄弟至前，叫他父事丞相，不得有违。又与翊军将军赵云，叮咛数语，无非是托他辅国，说至此，长叹一声，瞑目竟逝，享寿六十三岁。诸葛亮主持丧事，棺殓如仪，使李严为中都护，留镇永安，自率百官奉丧还成都。太子禅年方十七，在都留守，不遑奔丧，但出都门，守候梓宫；及灵榇已到，迎入正殿，举哀行礼。礼毕展读遗诏，诏云：

　　朕初得疾，但下痢耳；后转杂他病，殆不自济。人年五十，不称夭，朕已六十有余，何所复恨？不复自伤。但以汝兄弟为念。勉之勉之！勿以恶小而为之，勿以善小而不为！惟贤惟德，乃可服人！汝父德薄，不足效也！汝兄弟当父事丞相，更求闻达，无替朕命！

太子禅拜受遗诏，亮即请禅嗣位，改元建兴，是为后主。崇谥先主为昭烈皇帝，奉葬惠陵；尊皇后吴氏为皇太后，颁诏大赦。益州从事秦宓已得释狱，由亮选为益州别驾。宓少有才名，也是法正一流人物。亮因法正早殁，尝叹为孝直若在，必不令主上东征，就使东行，也不致一败若此；故秦宓因谏得罪，亮甚为叹惜，至赦免后，随即录用。后主封亮为武乡侯，开府治事；嗣复使领益州牧，政无巨细，皆归裁决，后主惟拱手受成。亮约官职，修法制，信赏必罚，风化肃然。忽闻益州耆帅雍闿戕杀益州太守，叛蜀附吴，亮因新遭大丧，未便动兵，且意在和吴伐魏，故决计缓征。广汉太守邓芝，方入为尚书，窥知亮意，请向东吴修好。亮欣然道："我早有此意，一时苦乏使才，今始幸得人了。"芝问为谁，亮答言莫如使君，芝亦不辞,奉命即行。吴王孙权,正再迁鄂县,改名鄂为武昌,作为吴都。百忙中补叙此文。闻蜀中遣使到来,心下狐疑,不肯即见。芝待了两日,作书致权道:"臣今到此,非但为蜀,并且为吴,若大王不愿见臣,臣就去了。"权得阅此书,即召芝入见,芝行礼毕,便开口问权道:"大王,今日欲与魏和呢?抑与蜀和呢?"权答说道:"孤非不欲和蜀,但恐蜀主幼国小,不足敌魏,所以怀疑。"芝应声道:"大王为命世英雄,诸葛亮亦一时俊杰,蜀有重险,吴有三江,若互为唇齿,进可兼并天下,退可鼎足峙立。今大王甘心事魏,魏必征大王入朝,索王子入侍,一不从命,便当奉辞伐叛,蜀亦顺流进取,臣恐大王两面受敌,江东地不能复有了。请大王熟思!"权沉吟良久道:"君言亦是,孤当与蜀连和,烦君先归通报,孤当遣使订盟便了。"芝乃辞归。倏忽间已过一年,吴乃遣中郎将张温报聘。温至成都,后主当即接见,并由诸葛丞相等优礼相待,与申盟好。温谈笑自若,颇有傲容,过了两日,便辞行东还。丞相亮带领百官,亲与饯行;独秦宓不至。亮屡使人敦促,好多时未见到来,温疑问道:"尚待何人?"亮答言益州学士秦宓。既而宓至,温即笑问道:"君为益州学士,究竟所学如何?"宓正色道:"蜀

尊西蜀难倒东吴使

中三尺童子，尚皆就学，何况我辈？"温接问道："君既宿学，必知天文，天可有头否？"问得无谓。宓随口答一"有"字。温问在何方，宓答："天在西方。《诗》云：'乃眷西顾。'可知西方有头。"温问："天有耳否？"宓又答道："天处高听卑。《诗》云：'鹤鸣于九皋，声闻于天。'若天无耳，如何得闻？"温问："天有足否？"宓复引《诗》言"天步艰难"一语，证明有足。温又问："天有姓否？"宓答言姓刘。温问宓："如何知晓？"宓答称天子姓刘，可以推知。随口道来，都成妙谛。温复说道"日生于东"，宓不待说毕，就接口道："日虽东升，至西必没。"说得温瞠目结舌，不敢再言。宓却把天道盈虚，转诘张温，温无词可答，急得汗流浃背，满面生惭；还是诸葛亮替他排解，方勉强饮了数杯，逡巡告别。亮复令邓芝偕行，既至武昌，请温先报孙权，然后进见，权与语道："两国通好，若得同心灭魏，天下太平，从此可二主分治，岂非快事？"芝直答道："天无二日，民无二王，如得灭魏，尚未识天命所归；但使君各茂德，臣各尽忠，那时势均力敌，或当再起战争，必待统一以后，方得太平致治哩。"权大笑道："君何诚款乃尔！"因厚礼送归。嗣是吴蜀又往来如初了。总结一笔。

惟魏主曹丕闻得吴蜀联盟，自知不妙，便召群臣商议，即欲起兵伐吴。侍中辛毗进谏道："天下新定，土广民稀，骤欲劳师，未必果利。为今日计，不若养民屯田，待十年后，足食足兵，方可吞吴并蜀，混一天下。"十年为期，并非迂言。丕雄心勃勃，十个月且不肯待，怎肯待至十年以后？当下叱退辛毗，进司马懿为尚书仆射，留镇许昌。此为司马氏篡魏之兆。看官听说，丕多亲弟，又有长子，为何不嘱子弟监国，却叫司马懿留守？说来又有特因，不得就此补叙。丕弟彰植，同为卞太后所生，因丕素性猜忌，为魏王时，就将二弟遣往就国。见九十回。丕妻甄氏，容既绝世，发尤美观，尝将万缕青丝，挽就云鬟，号灵蛇髻，光泽可鉴。她本为袁熙妇，当再嫁曹丕时，植也为艳羡，只因丕捷足先得，无奈让兄，惟心中未免失望，颇有怨言，丕益加妒恨。植既出封临淄，监国灌均阴承丕意，劾植使酒悖慢，遂由丕征植入朝，意欲加诛，还亏卞太后从中保护，才得不死，但尚限令七步成诗，即以兄弟为题，不准直说，植随口答咏道："煮豆燃豆萁，豆在釜中泣。本是同根生，相煎何太急？"丕听了此诗，心稍知感，恨终未除，特贬植为安乡侯。会因丕多内宠，除献帝二女外，见前文。尚有郭李阴三贵人,最宠爱的乃是郭氏。郭氏为安平人郭永女,少即秀慧,永号为女王;长成后艳名愈噪,为丕所闻,遂纳为姬妾,格外爱怜。郭氏不特善媚,并且善谋,丕得立为太子,也是受教阃中,所以宠郭尤甚。至丕既篡汉,进郭氏为贵嫔,本想立她为后,只因甄氏尚存,一时未便发表。郭氏却谋夺后位,多方谮间,丕竟为所迷,将甄氏留置邺中,且说她心怀怨望,平白地将她赐死。何若早死邺中,为袁熙殉节。郭氏无出,独甄氏有一子名叡,为丕所爱,丕立郭氏为后,就将叡交与郭氏,令她抚养。叡生性聪颖,明知母死由后,但不得不勉承后颜,谨问起居。到了十五岁时,随丕出猎,见有大小二鹿,由丕一箭射去,大鹿即毙,丕令叡射小鹿,叡凄然道:"陛下已射死鹿母,怎忍再杀鹿子?"丕不禁心动,将弓掷下,罢猎回宫。未几即封叡为平原王,但终不使为太子。就是彰植二弟,虽照例增封,彰为任城王,植为鄄城王,毕竟不见亲信。所以丕亲出伐吴,独使司马懿居守许昌,这也是天心播弄,特令他亲疏倒置呢!

丕复特置龙舟,亲自乘坐,督率大小战船数千艘,由蔡颍二水入淮,越过寿春,直至广陵。吴将徐盛奉命防御,故意把战舰匿入港中;至曹丕舟达江北,远远眺望,并不见一船,未免诧异,一时不敢轻进,就在江北停泊一宵。翌日起视,忽见江南一带,连城绵亘,城楼上插满旗械,遍列士卒,丕不觉大惊,且望且叹道:"魏虽有武骑千群,至此都成无用;江南人物如此,未可进图呢。"语尚未毕,蓦有巨风刮起,白浪滔天,龙舟在水中狂簸,险些儿不能支持;丕急改乘小舟,仓皇北返,各战舰亦没命逃归。一场兴作,空去空来,风师原巧弄曹丕。惟江南一带城楼,究从何来?原来是吴将徐盛,乘着夜色迷蒙的时候,放舟出港,排列江滨,舟中预备假城疑楼,沿江张设,士卒统是芦苇缚成,外罩军衣,惟旗械是真。可巧秋江盛涨,岸阔雾浓,魏自曹丕以下,都不能仔细端详,遂至吓退,吴得不劳一卒,安堵依然。

蜀相诸葛亮闻知吴魏相攻,料他无暇侵蜀,乃筹足军饷,定议南征。适永昌功曹吕凯,府丞王伉,接连上书,报称雍闿势盛,屡次入寇;更有牂牁太守朱褒,与越嶲夷王高定,皆叛应雍闿,随处骚扰。亮因调齐兵马,辞别后主,督兵南下。成都令马谡,已由亮署为参军,送亮出都,亮与语道:"与君共谋数年,今可更惠良规,免得误事。"谡答说道:"南中蛮人自恃险远，不服王化，就使兴师入境，所向皆捷，窃恐今日得破，明日复叛；若必杀尽遗种，永除后患，亦非仁人所忍为，且须连年积月，或可奏功。谡闻用兵伐人，攻心为上，攻城为下，心战为上，兵战为下。丞相此次南征，最好使他心服，方可一劳永逸呢。"却是高见。亮笑答道："君言甚是，我亦有此意呢！"谡送行至数十里外，亮始遣还成都，自率大军径进。蛮人素无纪律，怎能敌得过王师？再加诸葛亮用兵有方，事事占人先着，因此所向无阻，势如破竹。当下自越巂进兵，斩雍闿，诛高定，传檄诸郡，剿抚兼施。门下督马忠，隶籍牂牁，自请效力，亮便拨兵与忠，叫他前往。才阅半月，即得忠捷书，谓朱褒已经受戮，牂牁复安，叛虏头目，诛灭已尽。

本来是大功告成，可以旋师，偏有一蛮酋孟获，收合雍闿余众，出拒蜀兵。亮探得孟获生平，虽无智略，却甚骁悍，为夷汉所畏服，因此打定主意，决将孟获收为己用，使他死心塌地，庶无后虞。孟获不识军谋，一味蛮抗，战了一次，便由亮诱他入伏，一鼓擒住，亮问他心服否，获抗言不服。亮却藏过精兵，故意使羸卒站列，令他周视。获更笑说道："向不知汝兵虚实，被汝诱获，今看汝兵，不过如此，有何难胜呢？"蛮子蛮语。亮因纵使回去，整军再战。获返至蛮寨，纠众来劫亮营，又被亮预设机谋，四面兜拿，复擒孟获。获仍然不服，亮更纵还。获渡过泸水，负险自固。时当五月，溽暑熏蒸，水中又无船只可行，蜀兵俱畏难欲退，亮下令道："我兵若归，虏必再出，我去彼来，我来彼去，何时始得平定？今惟有再接再厉，渡泸进去，捣穴平蛮，就在此举，愿大众努力，后当重赏。"兵士听了，方才踊跃起来。亮即命将士潜造木筏，至夜间悄悄渡泸，直抵蛮峒。孟获自恃险固，并不加防，待至蜀兵深入，仓猝迎敌，好容易又被蜀军擒去。亮仍不加诛，令获还峒，获更避入深巢，又为蜀兵所破。直至七纵七擒，获无处可容，方才拜服。亮尚欲遣归再战，获泣谢道："丞相天威，无坚不摧，南人誓不复反了！"是谓攻心。遂引蜀兵入滇池，奉亮如神，无论蛮子蛮妇，并来拜谒。亮好言抚慰，仍令孟获管理蛮众，听蜀政令，众皆欢跃去讫。罗氏《三国演义》满纸捏造，什么朵思大王，什么木鹿大王，什么祝融夫人，好像《封神传》《西游记》一般，看似五花八门，实则十虚九幻，不值识者一噱。或请亮留置官吏，与孟获同守蛮方，亮慨然道："设官有三不易：留官必当留兵，兵无所食，必将生变，是一不易；蛮人屡败，父兄伤亡，免不得记恨官兵,互生衅隙,是二不易;汉蛮易俗,当然异情,留官抚治,怎肯相信?是三不易。今我不留人,不运粮,但使他相安无事便了,若欲令彼同化,容待他年。"于是下令凯旋,孟获率众拜送,并献金银丹漆耕牛战马,作为军用。亮分犒将士,一无所私。惟途中往返,辄患暑疫,经亮采查药物,合锉为末,用瓶收贮,每人各给一瓶,遇有中暑中疫等症,吹鼻即解,故盛暑行军,奔波万里,得免死亡。今药肆所售"诸葛行军散",就是当时留下的秘方,这且无庸絮述。且说诸葛亮班师回国,饮至行赏,人人欣悦,朝野清平。南中复按时进贡,各呈方物。亮复与民休息,安养两年,国富民饶,乃拟出师北伐,规复中原。时魏主曹丕已经病殁,遗嘱中军大将军曹真、镇军大将军陈群、抚军大将军司马懿等,立平原王叡为太子,即日嗣位。叡谥丕为文帝,尊太后卞氏为太皇太后,皇后郭氏为太后,即用一班顾命大臣,秉持国政,统驭四方。吴主孙权乘丧进攻,围江夏城。魏太守文聘登陴拒守,坚持不下。吴将诸葛瑾,转击襄阳,也被司马懿击退。权乃收军东归。诸葛亮却缓了一年,然后兴师。外使中都护李严移屯江州,护军陈到驻永安,作为东防;内使中部督向宠典宿卫兵,尚书陈震、侍中郭攸之费祎董允、长史张裔、参军蒋琬,分治宫府诸事。乃上《出师表》一篇,陈明宗旨。表云:

　　臣亮言:先帝创业未半,而中道崩殂。今天下三分,益州疲敝,此诚危急存亡之秋也。然侍卫之臣不懈于内,忠直之士忘身于外者,盖追先帝之殊遇,欲报之于陛下也。诚宜开张圣听,以光先帝遗德,恢弘志士之气;不宜妄自菲薄,引喻失义,以塞忠谏之路也。宫中府中,俱为一体,陟罚臧否,不宜异同。若有作奸犯科及为忠善者,宜付有司,论其刑赏,以昭陛下平明之治;不宜偏私,使内外异法也。侍中、侍郎郭攸之、费祎、董允等,此皆良实,志虑忠纯,是以先帝简拔以遗陛下。愚以为宫中之事,事无大小,悉以咨之,然后施行,必能裨补阙漏,有所广益。将军向宠,性行淑均,晓畅军事,试用于昔日,先帝称之曰能,是以众议举宠为督。愚以为营中之事,事无大小,悉以咨之,必能使行阵和穆,优劣得所也。亲贤臣,远小人,此先汉所以兴隆也;亲小人,远贤臣,此后汉所以倾颓也。先帝在时,每与臣论此事,未尝不叹息痛恨于桓、灵也。数语最关紧要,谁知后主他日,又用黄皓。

侍中、尚书、长史、参军,此悉贞良死节之臣也,愿陛下亲之信之,则汉室之隆,可计日而待也。臣本布衣,躬耕于南阳,苟全性命于乱世,不求闻达于诸侯。先帝不以臣卑鄙,猥自枉屈,三顾臣于草庐之中,咨臣以当世之事,由是感激,遂许先帝以驱驰。后值倾覆,受任于败军之际,奉命于危难之间,尔来二十有一年矣。先帝知臣谨慎,故临崩寄臣以大事也。此诸葛自述要语。受命以来,夙夜忧叹,恐托付不效,以伤先帝之明。故五月渡泸,深入不毛。今南方已定,兵甲已足,当奖帅三军,北定中原,庶竭驽钝,攘除奸凶,兴复汉室,还于旧都。此臣所以报先帝,而忠陛下之职分也。至于斟酌损益,进尽忠言,则攸之、祎、允之任也。愿陛下托臣以讨贼兴复之效,不效,则治臣之罪,以告先帝之灵。若无兴德之言,则责攸之、祎、允等之咎,以彰其慢。陛下亦宜自谋,以咨诹善道,察纳人言,深追先帝遗诏,臣不胜受恩感激。今当远离,临表涕泣,不知所云。

这表上陈,系在建兴五年三月间,后主禅年已逾冠,立故车骑将军张飞女为后,生男育女,年富力强;只是生性庸懦,未识大体,一切军国重事,幸由诸葛丞相处理。诸葛既表请北伐,后主自然依从,当下催趱人马,次第出发,振旅阗阗,伐鼓渊渊,由阳平关进兵,往驻汉中。写得堂堂皇皇,不愧为北伐之师。小子有诗咏道:

  三分鼎足早纤筹,受托讨曹志更道。
  史笔煌煌称北伐,紫阳书法足千秋。

  蜀兵出驻汉中,当有探马报达许昌。欲知魏主叡如何抵敌,且看下回说明。

  欲承汉不得不伐魏,欲伐魏不得不和吴,诸葛公之所以出此者,全为时势所迫,非真不欲报先主之耻也。为吴使则遣邓芝,难吴使则命秦宓,折冲樽俎,用当其才,此尤为诸葛公之妙算。至若南征孟获七纵七擒,盖不如是不足以服蛮人之心。南蛮不服,终无由专心北伐耳。然必如罗氏《三国演义》之荒诞成文,几似诸葛公之具有神术,毋乃惑人?中国小说,往往谈仙说怪,酿成近世义和团之乱;救国不足,病国有余,罗氏其流亚也!《前出师表》一篇,内外兼顾,备极殷勤,录此可见诸葛公之仗义,阅此益知诸葛公之效忠。

第九十三回

失街亭挥泪斩马谡　返汉中授计戮王双

　　却说诸葛亮领兵伐魏,已出汉中,屯驻石马城。魏主曹叡甫经嗣位,改元太和,闻得蜀兵进攻,即欲亲出御敌。散骑常侍孙资,谓南郑斜谷险阻异常,不宜劳师进取,但命大将据守要害,自足震慑寇敌,静镇疆场,叡乃罢议。但进抚军将军司马懿为骠骑大将军,都督荆豫二州诸军事,屯兵宛城,堵御东西。大将军曹真都督关右,专拒蜀兵。新城太守孟达,本来由蜀投魏,孟达降魏,事见九十回。与魏侍中桓阶,将军夏侯尚友善,尚、阶相继病殁,达心不自安。事为诸葛亮所闻,嘱中都护李严招达,达复书如命;偏魏兴太守申仪,与达有隙,时常侦伺,一闻达阴通蜀使,即报知曹叡,叡令司马懿相机进讨。懿佯为慰解,暗中却调动兵马,潜赴新城。达得懿书,迟疑未决,因遣人访问诸葛亮。亮令达赶紧加防,毋堕懿计。达尚复书与亮道:"宛城距洛阳八百里,至新城且一千二百里,若司马懿前来,亦当表闻魏主,往返须一月间事,达城池已固,自足拒懿,幸请放怀。"这书递至石马城,亮阅毕惊叹道:"达必为司马懿所擒了!"果然不到半月,便由达飞书乞援,内称达举事八日,懿兵即到城下,神速异常,请即发兵相救。亮又叹为无及,不得已派遣偏师,往援新城。兵方就道,孟达败死的消息,便即传到,亮乃将偏师调回,合力北向。行至南郑,镇北将军魏延出迎,亮即使延为丞相司马,统领前军。延献议道:"魏令夏侯楙(mào)都督长安,楙系惇子,曾娶操女为妻,年少志骄,毫无谋略,延愿得精兵五千,取道褒中,沿秦岭东进,绕出子午谷,不过旬日,可到长安;楙闻延掩至,必不敢持久,弃城东走,丞相可从斜谷,进与延会合,并力一举,咸阳以西,便可平定了。"计却甚是。亮摇首道:"此计甚危,不如安从坦道,方保万全。"延又说道:"丞相从大道进兵,彼必沿路防守,旷日持久,何时得取中原?"亮慨叹道:"天若祚汉,何患不胜?"遂不从延计,延怏怏退出。暗伏下文。亮佯言由斜谷取郿,却使赵云为镇东将军,邓芝为扬武将军,据住箕谷,作为疑兵;一面亲率诸军,进攻祁山,队伍整齐,号令严肃。南安天水安定三郡,闻风请降。惟天水太守马遵,正与参军姜维、功曹梁绪等,案行属县,闻得蜀兵已至祁山,郡县响应,料知无路可归,拟往投上邽。维劝遵仍归郡治,遵疑维有异志,夤夜自去。维还至天水郡中,吏民已相率降蜀,闭门拒维,害得维进退维谷,没奈何奔投蜀营。维本天水郡冀县人,字伯约,少读兵书,熟谙韬略。亮引与共语,皆中机要,当然心喜,遂举维为仓曹掾,加号奉义将军。事依姜维本传,不同罗氏《三国演义》。

魏大将军曹真方督兵守郿,哪知蜀兵却西出祁山,连下南安天水安定三郡,急切无分身法,只好飞报魏主,请派将扼守关西。魏主叡遂起兵五万,使右将军张郃为前驱,自为后应,同至长安,并调司马懿由东会师,共击蜀兵。蜀将马超时已早殁,不略马超。只有超从弟马岱,从军出征,岱勇略不及马超,虽为蜀将,未堪大任,故亮得三郡,不复令再镇凉州。会亮闻张郃司马懿合兵来攻,遂召诸将与语道:"魏兵两路前来,必攻街亭,街亭为汉中咽喉,非得大将把守,不能无虞。"参军马谡正随亮北伐,便向前请命道:"谡愿往守街亭。"魏延吴懿亦愿前往,亮因谡素有智略,不致误事,遂使谡统兵二万人,出屯街亭。临行时再三叮嘱,叫他坚守城寨,毋得疏忽;且使王平为偏将军,与谡同往;又遣魏延等往驻阳平关,遥应马谡。也算严密。谡与王平行至街亭,见街亭前面有山,便欲引兵登冈,据山立寨。平独谓宜据城守栅,阻住敌锋,不宜屯兵山上,谡傲然不从。平复说道:"倘敌兵前来围山,计将若何?"谡笑答道:"居高临下,势若建瓴,敌若来围,我即麾兵四下,还怕不能杀退么?"平又说道:"倘敌兵断我水道,又将若何?"谡大笑道:"我既能杀退敌兵,还怕他断什么水道?"平还要苦谏,谡瞋目道:"丞相行事,尚且每事问我,汝怎得挠我兵谋?"也是误一"骄"字。平知不可阻,乃请分军相应,作为犄角。谡恨平违令,只拨兵千人给平,平引兵据城听令。马谡上山,但递人走报祁山大营。哪知司马懿张郃两军夤夜杀到,谡尚据住山顶,扬旗招飐(zhǎn),自鸣得意。待至翌晨,魏兵已环集山麓,把山围住,谡麾兵杀下,魏兵全然不动,惟用强弩仰射,蜀兵多被射倒,只好退回。谡尚欲与敌拼命，驱兵再下，一连冲杀数次，毫无效力。张郃更堵住水道，不放蜀兵汲水，蜀兵无从饮食，当然自乱。嚷至夜半，竟纷纷下山，投降魏营，谡禁遏不住，尚望王平救应。看官试想，平手下只有千人，哪里杀得过十多万魏兵？他也曾努力相救，半途被魏兵截回，没奈何坚壁自持，保全危寨。谡待援不至，无法把守，只得率兵窜出山谷，向西逃走。魏兵截杀一阵，二万人所存无几，还亏魏延从阳平关杀来，方得将谡救出。延见魏兵气势甚盛，不敢恋战，忙与谡退保阳平关。王平自知难守，在城中佯鸣鼓角，作进兵状，暗中却收集溃卒，徐徐退去。魏将张郃疑他诱敌，不敢进逼，平得全师引归。好王平。

司马懿不去追谡，却统兵径趋祁山，来攻诸葛亮大营。亮接王平军报，已知马谡误事，急忙退回西城，且檄令天水诸郡守吏，齐回汉中，并饬赵云邓芝收军还阳平关。忽报司马懿统兵十余万，蜂拥前来，城中留兵不多，欲趋往阳平关，已是不及，将士等并皆失色，亮独谈笑自若，但说无妨。如此镇定，方可将兵。待懿兵将到，传令城上偃旗，城中息鼓，大开四门，每门令军役洒扫，不准妄动，自引小僮两人，携琴登城，在城楼上焚香操琴。有胆有识。司马懿当先跃马，来攻西城，遥见诸葛亮如此布置，不禁大疑，端详了好多时，一些儿没有破绽，乃麾令退兵。部将问为何因，懿与语道："我闻亮不入子午谷，煞是谨慎；今大开城门，岂肯这般疏略？明明是诱我入城，为掩杀计。我宜速退，休为所算。"说毕自去。亮见司马懿退兵，不由得鼓掌大笑。参佐问亮道："司马懿号称能军，为何忽来忽去？"亮笑说道："懿知我谨慎，不肯弄险，他见我如此模样，必疑有伏，所以退去。我料他不走大路，必沿北山遁去，今还要送他一程，截留一些辎重，也不负他一番奔走哩。"说着即派部将吴懿等速赴北山，只准在山谷中呐喊，不准厮杀，如敌有辎重，即可夺取，运回阳平关便了。吴懿等奉命即行，亮率参佐等出了西城，赶归阳平关。那司马懿果为亮所料，绕走北山，蓦闻后面喊声大震，总道是蜀兵追来，慌忙抛弃辎重，没命跑去。吴懿等谨依将令，不敢追袭，但将辎重运回阳平关。亮已退入阳平关内，由魏延马谡等接着。谡跪伏请罪，亮作色道："汝违我节度，几至倾覆全师，若非明正军法，何以服众？"谡泣答道："丞相视谡如子，谡亦视丞相如父，今自知偾事，罪该万死；但愿丞相思殛鲧兴禹故事，谡虽死，亦感深恩。

亮不禁挥泪道:"汝若早听王平计议,何致此败? 今事已至此,不能挠法,汝家小自当抚恤,汝子与我子相等,不必挂怀。"说至此,即令左右将谡推出,斩首徇众,仍令缝合尸骸,具棺埋葬;且亲自临祭,月给谡家钱米,抚养遗孤。先公后私。亮更太息道:"先帝尝谓谡言过实,不可大用,今果应此言,自愧不明,致误军事。谡果有罪,我亦难辞。"遂拟上表自劾,可巧赵云邓芝自箕谷退归,缴还军令,云自言无功,应受惩戒。亮问明邓芝,芝言魏将曹真率兵追袭,幸由云亲身断后,步步为营,始得全军归来。亮唏嘘道:"街亭军退,兵将不复相顾;箕谷军退,兵将并不相失。可见用兵在人,原不在多寡呢。"云尚有军资带还,亮使分赏将士。云答称军事无利,何为有赏? 且暂贮库中,作为冬赐;亮点首称善。因即表请自贬,云亦附表请惩。后主得表,召问蒋琬费祎,祎等谓应从亮言,暂行降职,乃贬亮为右将军,行丞相事;降赵云为镇军将军,使蒋琬赍诏至营。亮受诏后,留琬共饮,琬语亮道:"昔楚杀得臣,晋文公然后心喜;今天下未定,遽杀马谡,自失智士,岂不可惜?"亮流涕答道:"孙武所以能制胜天下,全赖法严;今四海分裂,兵交方始,若复废法,何以治军?"琬劝亮回成

都，亮摇首道："奉诏讨贼，奈何罢休？"琬复说道："如再欲伐魏，必须增兵。"亮怅然道："街亭败退，非由兵少，实由亮误用马谡，致有此败；不肯讳过。今当减兵省将，明罚思过，惩覆辙，慎将来，且望在朝诸公，勤补吾阙，然后事可定，贼可灭，功可跷足而待了。"琬当然佩服，旋即辞去。亮乃考劳勋(yì)，扬壮烈，引咎责躬，厉兵讲武，再作后图。既而吴鄱阳太守周鲂用诈降计诱魏攻皖，魏扬州牧曹休误听鲂言，当即发兵；魏主曹叡又使司马懿向江陵，建威将军贾逵向东关，三道俱进。吴用陆逊为大都督，朱桓全琮为副，领兵击休。休恃众深入，被吴兵邀击石亭，大破休军。休奔回夹石，又由吴兵追及，险些儿不能脱身，还亏贾逵兼道援休，才得幸免；所有军士粮械，丧失垂尽。司马懿中道折还，休惭愤成疾，疽发背上，不久即死。继任为魏将满宠，老成持重，控御有方，遂成重镇。独诸葛亮闻吴人败魏，复欲乘隙北伐。正要调动军马，不料镇军将军赵云病亡，亮大为恸惜，后主禅亦甚悲悼，两次救护，安得不悲？追谥云为顺平侯，令云长子统袭封。群臣谓失一大将，不宜兴师，独诸葛亮锐意北伐，未肯中止，乃更上表奏闻道：

先帝虑汉、贼不两立，王业不偏安，故托臣以讨贼也。慷慨激昂。以先帝之明，量臣之才，故知臣伐贼，才弱敌强也。然不伐贼，王业亦亡；惟坐而待亡，孰与伐之？是故托臣而勿疑也。臣受命之日，寝不安席，食不甘味，思惟北征，宜先入南，故五月渡泸，深入不毛，并日而食。臣非不自惜也，顾王业不可偏全于蜀都，故冒危难以奉先帝之遗意，而议者谓为非计。今贼适疲于西，又务于东，兵法乘势，此进趋之时也。谨陈其事如左：

高帝明并日月，谋臣渊深，然涉险被创，危然后安。今陛下未及高帝，谋臣不如良平，而欲以长计取胜，坐定天下，此臣之未解一也。刘繇、王朗各据州郡，论安言计，动引圣人，群疑满腹，众难塞胸，今岁不战，明年不征，使孙策坐大，遂并江东，此臣之未解二也。曹操智计殊绝于人，其用兵也，仿佛孙吴；然困于南阳，险于乌巢，危于祁连，逼于黎阳，几败北山，殆死潼关，然后伪定一时尔；况臣才弱，而欲以不危而定之，此臣之未解三也。曹操五攻昌霸不下，四越巢湖不成，任用李服，而李服图之，委任夏侯，而夏侯败亡；先帝每称操为能，犹有此失，况臣驽下，何能必胜？此臣之未解四也。自臣到汉中，中间期年耳；然丧赵云、阳群、马玉、阎芝、丁立、白寿、刘郃、邓铜等，及曲长屯将七十余人，突将无前，賨（Cóng）、叟、青羌散骑、武骑一千余人，此皆数十年之内，所纠合四方之精锐，非一州之所有；若复数年，则损三分之二也，当何以图敌？此臣之未解五也。今民穷兵疲，而事不可息，事不可息，则住与行，劳费正等，而不及早图之，欲以一州之地，与贼持久，此臣之未解六也。夫难平者，事也，昔先帝败军于楚，当此时，曹操拊手，谓天下已定。然后先帝东连吴越，西取巴蜀，举兵北征，夏侯授首，此操之失计，而汉事将成也。然后吴更违盟，关羽毁败，秭归蹉跌，曹丕称帝。凡事如是，难可逆料，臣鞠躬尽瘁，死而已已。注重在此二语。至于成败利钝，非臣之明所能逆睹也。

这道表文，蜀人称为《后出师表》，后主惟亮是从，随即批准。亮复引兵数万，道出散关，进围陈仓。魏大将军曹真使将军郝昭守陈仓城。昭字伯道，太原人氏，知兵善战，智勇兼全。智能敌蜀，勇足保城，故特详叙履历。既至陈仓，当即缮城修郭，筹足守具，及亮兵攻城，已是坚固得很。亮累攻不下，持遣郝昭乡人靳详诣城下招降，昭在城楼上应声道："魏家科法，君所深知，我已为魏臣，誓死毋惑，请君不必多言。但教回报诸葛，能攻即攻，不能攻即退。"详知不可动，便还营告亮。亮再遣详至城下，与语顺逆利害，毋贻后悔，昭奋然道："前言已定，何劳再说！我与君原是相识，恐箭头无眼，不能识君呢。"说至此，即拈弓搭箭，欲射靳详。详慌忙退回，亮也觉动怒，麾兵猛攻。城上矢石如雨，无隙可乘，亮特制云梯数十具，四面攀登。昭用炙箭注射，梯被烧断，兵皆坠死。亮再用火冲车攻城，昭又用绳索穿石，猛力掷下，冲车皆折。亮更遣人运土填堑，暗掘地道入城，昭内筑重壕，横截地穴，使蜀兵无从钻入。好容易已越兼旬，城完如故。曹真遣将军费耀援昭，魏主叡亦使张郃驰救。亮正虑军食不继，又闻魏兵大至，乃撤围引归，但授魏延密计，使他领兵断后。延徐徐退回，忽后面扬起飞尘，喊声逼紧，料有魏兵追来，延令部兵张旗先行，自率锐骑数十，伏林箐中，静候魏将。魏将乃是王双，望见前面旗帜，挥兵急追。延待他骤马跑过，却握刀突出，大喝一声，不俟王双

回头,便从他背后劈去,连肩带头,砍落马下。魏兵见主将毙命,当然骇散。延得驱杀一阵,枭得许多首级,然后返入汉中,向亮缴令。

亮休养月余,又是冬尽春来,时为建兴七年。乃再遣部将陈式出攻武都、阴平二郡。魏雍州刺史郭淮引兵驰援,与陈式相持数日;亮用奇兵助式,击退郭淮,遂得攻下二郡城池,留将把守,自回汉中。后主禅复拜亮为丞相,亮尚固辞,经诏使费祎相劝,然后受命。嗣闻吴主称帝,遣使至蜀,拟与蜀平分中原。蜀臣聚讼纷纭,多主绝交,亮仍拟和吴,入都觐见后主。后主正因吴事未决,向亮咨问。亮陈议道:"孙权意图僭号,非自今始,我朝与他修好,无非为声援起见。今若加显绝,仇我必深,更当移兵东戍,与彼角力。彼贤才尚多,将相辑睦,划江自固,守御有余,我却屯兵上游,坐而待老,反使北贼得计,甚非良图。故不如仍与周旋,俟北伐得志,东略未迟。"后主唯唯受教,遂使卫尉陈震往吴庆贺,权依礼相待,与申盟誓,约定平魏以后,豫青徐幽四州归吴,兖冀并凉四州归蜀,惟司州以函谷关为界,震如约西归。当时三国鼎峙,魏地最大,有州十三,除上文所说九州外,尚有荆扬秦凉四州,但只得片土,未据全境。吴只有荆扬交广郢五州，荆、扬且与魏分据。蜀土最小，仅得遂州，惟分益为梁，又得凉交二州边隅，算作四州。从前汉武帝时，分中国全土为十三郡，不列郢、广，郢、广二州名，乃是由吴分置出来。详明地理，万不可少。吴孙权久欲称帝，因畏魏东下，所以迟迟；及见魏兵东西致败，乃放胆称尊。吴臣趁势献谀，谓有黄龙出现武昌，因即改黄武八年为黄龙元年，追尊父坚为武烈皇帝，兄策为长沙桓王，立子登为太子，进陆逊为上大将军，诸葛恪为太子左辅，张休为太子右弼。休为张昭少子，昭已年老，入朝贺权，褒赞功德。权笑说道："假使如张公计，早为魏仆，恐今已乞食了。"指赤壁事。说得张昭伏地惭汗，谢罪而出，当即上书乞休，由权封为娄侯，食邑万户，归家不起，又得享寿八年，至八十一岁乃终。权复还都建业，留上大将军陆逊辅太子登，驻守武昌。这消息传入蜀都，诸葛亮因权还江东，更可免忧，复欲北向讨魏。部署了好几月，已是建兴八年的夏季，忽有警报传入，乃是魏将曹真司马懿两路进兵，来夺汉中。正是：

西陲方见三军集，北寇先闻两道来。

欲知魏兵如何寇蜀，且看下回再详。

甚矣哉，知人之难也！以诸葛孔明之才识，犹且失之马谡，况他人乎？谡前进攻服南蛮之议，为孙吴兵法所未详，乃独出己见，卒如所言，是谡固非不足行军者；且在营参议，语多扼要，而于街亭一役，偏不从孔明之节度，王平之计议，上山被困，坐失要区，论者几目为天命使然。然刘先主尝谓谡言过实，不可大用；孔明误用而偾事，咎有攸归，固不能尽诿诸天也。空城计一事，史传中列入小注，疑为未确。但故老相传已久，不便略去，果有此役，诸葛其亦危矣哉。及再攻陈仓，遇郝昭之善守，累攻不下。惟退兵之时，得斩王双。魏将多才，而蜀仅得一诸葛，至鞠躬尽力而后已。北伐北伐，名称虽正，其如将佐之乏人何也？

第九十四回

木门道张郃毙命　五丈原诸葛归天

却说魏大将军曹真收复南安天水安定三郡,自恃有功,尚想出师报怨,乃上书曹叡,请由斜谷攻蜀,数道并进,可以大克。真是贪心不足。叡依了真言,便命大将军司马懿溯汉西上,与真会攻汉中。司空陈群上言,斜谷险阻,转运为难,不宜遽从真议。实系不欲攻蜀。叡转询曹真,真又表从子午谷进兵,群又言未便,真却不待复诏,当即启行。蜀丞相诸葛亮接得警报,即引兵出汉中,分屯成固赤阪,严营待敌。一面召李严率兵二万,至汉中会师,表严子丰为江州都督,继严后任。东顾无忧,故可调严并力。会值秋雨兼旬,山谷水溢,曹真自长安出发,随在阻滞,就途月余,尚不能度子午谷。当由魏太尉华歆、少府杨阜、散骑常侍王肃等迭请班师,魏主叡乃召还曹真。司马懿本来乖刁,当然借天雨为名,按兵不进。亮却遣司马魏延西入羌中,招抚羌众,与魏雍州刺史郭淮,大战阳溪,斩获甚众,奏凯而还。时长史张裔病殁,亮迁蒋琬为长史。琬字公琰,籍隶湘乡,尝随先主入蜀,受命为广都长,沉湎不治;先主意欲加诛,独亮器重琬才,代为请免。及后主嗣立,亮遂举琬为参军,进任长史。琬尝筹足饷糈,供给军用,故亮每出师,馈运无阙。亮每言公琰托志忠雅,可属大事。到了建兴九年仲春,亮复兴师伐魏,进攻祁山。魏曹真已升任大司马,抱病甚重,不能督军,乃调司马懿西屯长安;未几真即去世,由子曹爽袭爵。为后文懿杀曹爽伏笔。懿得握军事全权,即使部将费曜戴陵率精兵四千,保守上邽,自偕将军张郃等往救祁山。张郃请分守雍、郿,懿谓兵分势散,适为敌擒,因悉众西行。亮闻懿亲来援应,偏不去迎战,但留王平攻祁山,自率魏延姜维等从间道往攻上邽。守将费曜戴陵仓皇出战,哪里是蜀兵对手? 四千人几被杀尽,还亏雍州刺史郭淮领兵援应,才得救回。二将闭城静守,天气清和,陇上麦熟,亮令军士四散割麦,作为兵粮。郭淮等不敢出争,只遣人飞报司马懿,促令还援,懿急忙回军。行抵上邽城东,适值蜀将魏延姜维等分路杀来,当即下令军中结阵自固,只许放箭,不许出战。魏延姜维左右夹攻,都被魏兵射退,不得已收军回营。*司马懿能军。*懿却敛兵依险,坚壁拒蜀,蜀将一再挑战,只是不出。亮引军还抵卤城,懿反从后追逼,亦至卤城东偏下寨。亮使魏延高翔吴班等将分头埋伏,自往懿营搦战,懿仍然不出;蜀兵在懿营外百般辱骂,懿置若罔闻。恼动了大将张郃,入帐语懿道:"蜀兵远道来攻,请战不得,知我利在不战,必将变计困我;为今日计,不如与彼一决,如得胜仗,彼自退去,祁山亦可解围了。"懿摇首道:"诸葛亮军孤食少,便要退兵,我兵将来追击,自可得胜,何必定要急斗哩?"郃又说道:"正惟敌军将退,越好追击,且众志皆奋,何患不胜?"懿终是不从,反且依山掘壕,为久屯计。*以守为战,却是好计。*忽有二将趋入道:"蜀兵又来挑战了!"懿接口道:"由他挑战,我总固垒不动,看他有何妙法。"二将齐声道:"人言公畏蜀如虎,岂不可耻?况我军比蜀较多,难道竟不能一战么?"懿被他一激,也有些忍耐不住,乃语二将道:"既如此说,可传语各营,指日决战。"二将得令趋出,便向各营通报。这二将叫作贾栩魏平,年少气盛,既已分头传令,便即磨拳擦掌,专等厮杀。过了两日,懿召诸将入议道:"欲击蜀兵,必须两道并进,一路攻卤城,一路救祁山,使他不得相顾,方可奏功。"张郃出应道:"郃愿往祁山。"懿乃拨兵万人,令郃引去,自率大军出战。亮闻懿营中有鼓角声,料他发兵前来,便授计与魏延高翔吴班三将,使他分头行事,自率大队出城,就城外布成阵势,从容待着。*好整以暇。*约阅片时,便见懿兵过来,亮却令前军用连臂弓射住懿兵。连臂弓由亮特制,一弓能连射十箭,懿兵虽然锐悍,究竟禁不住许多箭镞,一再冲激,都被射回。待至锐气少衰,忽蜀阵内一声鼓号,万军潮涌,猛扑过来,懿忙督众截住;甫经交锋,刺斜里杀到一支人马,乃是蜀将高翔的旗号,当即分兵对敌,抵死不退。谁知后面喊声大震,蜀将吴班,又复杀到,懿始大惊,麾兵退回。蜀兵三路追击,懿且战且行,才经半途,蓦见一彪军横截路中,为首一员大将,拍马舞刀,大呼魏延在此,吓得懿魂驰魄散,几乎坠马,幸亏骁将贾栩魏平等保住懿身,奋力夺路,才得走脱。这番交战,蜀兵大捷,斩获甲首三千级,衣铠五千领,战具不可胜计。

　　懿得脱归营,埋怨部将好战,致有此败。嗣是决计坚守,不敢再出。张郃闻懿兵败,却也即退还,两下又相持旬月。魏将郭淮调集雍凉劲卒,拟从间道往袭剑阁,偏被蜀营探卒侦知,飞报大营,诸葛亮便派兵守险,使姜维马岱等带领前去。长史杨仪报称现存八万人,四万人应该更替,现因来兵未到,新旧难继,只得暂从权变,留屯一月,方可遣归。亮微笑道:"我自统兵以来,未曾失信,今既到了更替的时候,理应如约遣还。且应归军士,想已束装待返,家中父母妻子,并皆悬望,就使大敌当前,我却不能临危失信,乃令他如期归去便了!"欲留故纵。仪出传亮命,军中偏不愿速行,共称丞相大恩,死且难报,愿留营再战,誓扫魏兵。正持论间,忽由李平差到参军狐忠,督军成藩,呈上平书,请亮即日还师。亮不免惊疑,但想李平是老成宿望,当必另有所见,且平方督主粮运,粮若不继,亦难行军,因决意退归。先遣狐忠成藩还报,一面召集将士,示以归意,且谓魏兵追来,须努力退敌。将士等都想再战,听到班师命令,尚觉失望;欲要他力敌追兵,巴不得杀敌多人,借报恩遇,所以军令一下,齐声相应。亮复说道:"诸君肯努力杀敌,还有何说?但死战也是无益,我当诱彼至木门道,并力围攻,就使他有千军万马,也不能脱逃了。"当下遣人至祁山,嘱令老将王平,乘夜潜退;自在卤城拔寨齐起,却是堂堂皇皇,还向汉中。

早有魏谍报知司马懿,懿再使探明虚实,果然卤城内外,不见蜀兵,乃笑语诸将道:"蜀兵已退,何人敢去追击?"部将都称愿往,惟张郃默不一言,懿目视张郃道:"将军意见,莫非是不宜追去?"郃答说道:"兵法有言:'归军勿追。'"语见《张郃传》。懿微哂道:"公亦未免前勇后怯了。"为此一语,激得张郃性起,竟奋然道:"郃临阵至今,向不落后,要追就追,岂肯怯敌?"懿复语道:"公为前驱,我为后应,但教兵多将奋,不怕诸葛诡计。"说罢即令轻骑万人随郃先行,自率三万人继进。郃长驱直往,追及蜀兵,蜀将魏延回马与战,约有数十回合,方才徐退。郃步步紧逼,不肯相舍,延又回战数次。及见张郃后面尘沙飞起,料有魏兵踵至,索性引兵急奔,甚至兵士弃甲抛戈,塞满道路。郃亦恃有后军接应,放心再赶。延驰入木门道中,道路逼狭,佯作人马蹞乱的情形,诱郃追来。郃骤马急进,已入窄径,两旁统是高阜,一声炮响,万矢齐下,可怜张郃不及回马,已被飞矢射中右膝,倒毙马下。魏兵跟入道中,都被射死;只有后队仓皇逃回,又被蜀兵驱杀多名,幸由司马懿驰至,让过败卒,截住蜀兵。蜀兵如熊如虎,锐不可当,懿知是难敌,翻身急退,已丧失了千余人。蜀将魏延依着亮命,不复穷追,收兵自归。亮已早入汉中,会晤李平。看官,这李平为谁?原来就是中都护李严,严改名为平,自亮调入汉中,叫他督运,他因夏天多雨,恐粮不能继,拟劝亮还军;及与亮相见,又满口支吾,反欲归咎狐忠成藩。亮不屑与辩,径入成都,面奏后主。后主方得平表,谓亮佯退诱贼,亮乃取呈李平手书,劾他颠倒迷罔,居心不良,因黜平为庶人,徙置梓潼;惟仍用平子丰为中郎将,参赞军事。罪不及孥,纯然王道。亮乃劝农讲武,推演兵法,作八阵图,立石为表,俾便练习。又命军吏采办材木,制成牛马,内用机椻转旋,自能行动,可运粮米,叫做木牛流马;预约三年以后,再行出征。魏将司马懿返入长安,当然不敢寇蜀,但敕诸将,严守要害罢了。

且说魏主叡即位以后,仍守乃父遗志,专任异姓,不重同宗。任城王曹彰,在曹丕黄初二年,便已暴亡;独甄城王曹植尚存,徙封雍丘,再徙浚仪,很不满意。会因入朝许昌宫,得见金缕玉带枕,为甄夫人故物,更不免触动旧怀,格外悲悼,回应九十二回。还经洛水,作《感甄赋》,可歌可泣。何劳阿叔这般多情?魏主叡嗣位时,虽已追谥生母甄夫人为文昭皇后,但于甄夫人冤死情形,尚未详悉。相传甄夫人死不成殓,甚至披发覆面,用糠塞口,就中都由郭后暗地安排,一手掩住,不令叡知。叡虽郭后抚养成人,但尚有李贵人暗受丕嘱,从中监护,所以叡得无恙,安然嗣位。哪知天下事若要不知,除非莫为,郭后害死甄夫人种种情弊,却被曹植一一侦悉。太和四年,太皇太后卞氏病殁,植还都奔丧,乘间白叡,述及甄夫人惨死情状,叡尚疑信参半,密询庶母李贵人,才知植言非诬,不胜悲愤。因命甄夫人兄子甄象,以中郎将兼代太尉,持节赴邺,改葬甄夫人,号朝阳陵,且改封植为陈王。植虽得增封,仍然不获大用,就国以后,得病即亡,谥曰思。叡复搜植遗著,得赋颂诗铭,杂论百余篇,内有一篇《感甄赋》,迹近嫌疑,改名《洛神赋》,这且毋庸细表。惟叡尝立毛氏为皇后,出入同辇,伉俪甚谐。嗣复得河西太族郭氏女,美丽无双,拜为夫人,宠逾毛后。郭氏生女名淑,数月而夭,叡哀痛异常,适甄后从孙甄黄,亦致幼殇,因特替他阴配,取棺合葬,为女予谥立庙,并追封甄黄为列侯,且令举朝素服。司空陈群、少府杨阜联名谏阻,均不见听。溺爱至此,古今罕闻。既而为避灾计,与郭夫人出幸摩陂,特筑景福承光殿,作为行宫。忽闻摩陂井中出现青龙,便挈郭夫人往观,井中果隐见鳞甲,蛇耶?龙耶?遂号摩陂为龙陂,改太和七年为青龙元年。寻且想入非非,命郭夫人从弟郭德过继甄黄,承袭亡女淑封爵,淑为平原懿公主,德即袭封平原侯。德为郭夫人从弟,即为叡女淑从舅,从舅可为甥女继子,真是荒谬。并常至郭太后前,诘问甄后死状,郭太后忿然道:"先帝自赐彼死,与我何干?况汝为人子,何必追仇死父,为前母逼死后母呢?"叡更加气愤,凡郭太后饮食服用,故意裁减,气得郭太后有口难言,郁郁致死。叡令内侍棺殓,使如甄后故事,惟表面上治丧如仪。郭太后生平颇知守俭,不好音乐,又能抑损母族,力戒骄奢,只因逞妒甄氏,终至结局不良,天道好还,莫谓善恶无报呢!暮鼓晨钟。会因山阳公病逝,魏主叡总算尽礼,素服举哀,仍许用天子礼丧葬,墓号禅陵,追谥为孝献皇帝。东汉自光武帝起,至献帝止,共历八世,凡十二主,得国一百九十六年;献帝在位三十一载,被篡后又阅十四年,寿终五十有四。孙康嗣为山阳公,再传二世,至晋怀帝永嘉年间,五胡乱华,山阳公秋被杀,祚绝国亡。**总结汉事,笔无渗漏。**

献帝方葬,忽有军报传入许昌,乃是蜀相诸葛亮,与吴主孙权,东西进攻,两国各兴兵十万,浩荡前来。魏主叡亟使将军秦朗督兵二万,往长安会合司马懿,一同拒蜀,自率将士东行,抵敌吴师。吴主权正出兵巢湖,进攻合肥新城,并遣陆逊等入江夏沔口,西指襄阳;孙皓等入淮北,向广陵淮阴。魏主叡也遣将分堵,惟自乘龙舟东下,直达寿春,援应合肥。合肥守将满宠,欲设一欲取姑与的计策,佯弃合肥新城,诱敌至寿春城下,合兵围攻,叡却不从,但使宠饬众坚守,静待援应。会陆逊献策孙权,愿出奇兵,截叡归路,不幸使人被魏逻骑所得,计不得行。吴将诸葛瑾闻知,忙即报逊。逊方催人栽种菜菽,自与诸将弈棋,闲暇如常,瑾不胜惊异,逊见他慌张情状,不待详说,便与语道:"军机漏泄,我已探知,但若遽退,敌必来追,岂非危道么?"说罢,复邀瑾入后帐,密嘱数言,瑾欣然趋出,仍督舟师向襄阳城;逊亦催动陆军,与瑾并进。襄阳守将刘劭,本已接到叡令,出兵攻瑾,一闻陆逊亲出,慌忙退还。逊至白河口,潜遣部将周峻等分略江夏新市、安陆、石阳;魏兵俱不敢出,任他来去自由。**极写逊才。**那吴主权督攻新城,反被满宠招募壮士,毁去攻具,权失利退归。逊闻吴主已退,然后徐徐引还,毫无损失,安然抵镇。孙韶等也即回军。魏王叡素闻逊名,还恐他截击后路,既闻吴兵东返,也不愿进逼,回棹西行;诸将请径赴长安,合兵击蜀。叡独说道:"吴既却兵,蜀自丧胆,司马大将军自足制敌,无烦我亲往了。"遂遣返许昌。嗣接司马懿军报,谓蜀兵出屯五丈原,未分胜负,现惟以守为战,彼若粮尽,自然退师等语。叡揣知懿意,饬令懿约束诸将,坚壁拒敌。原来懿与诸葛亮战过数次,败多胜少,此次闻亮进攻,当然打定主意,但守勿战。当亮出军渭南时,懿即引兵渡渭,背水立寨,且语诸将道:"亮若出武功,依山东进,却是可忧;若西出五丈原,便可无虑了。"**这也安定军心的巧言。**嗣闻亮果屯五丈原,乃使郭淮据住北山,为犄角计,及蜀兵到了北原,已由郭淮扼守,进击无效,因即退去。亮已命运粮军士,用着木牛流马,运米集斜谷口,尚恐日久告罄,特派兵屯田,散处渭滨;惟严申禁令,不准侵扰居民,兵民相安无事,亮亦欣慰,满望就地得粮,好与司马懿坚持到底,免得奔波往返,再致徒劳。一面使人送下战书,促懿出战,无论斗将斗兵斗阵,

任懿自择。懿只是不出,经亮催逼不过,方才出斗阵法。亮布成八卦阵,懿亦认识,及遣戴陵等攻打,按着兵书,嘱令前往。哪知戴陵等一入阵中,辨不出什么方向,没头乱撞,终被蜀兵个个擒住。亮命把魏兵剥去衣甲,一律放回,叫他转语司马懿,要懿自来攻阵。懿佯约明日,收兵还营,竟不复出。亮使人责懿背约,懿始终忍辱,置诸不答。及亮贻懿巾帼女服,懿假意笑说道:"孔明竟视我作妇女么?"好一番忍耐工夫。说着,厚待来使,问及孔明寝食,及事情烦简,使人答道:"诸葛公夙兴夜寐,凡罚在二十以上,皆须亲览,日食不过数升。"懿闻言大喜。及使人辞去,即顾语将佐道:"孔明食少事烦,不能长久了。"诸将以为遣我女服,受辱太甚,俱请一战泄忿,懿禁遏不住,故意表请出战。魏主叡见了表文,询及卫尉辛毗,毗谓懿志在拒守,恐将佐违言,欲得诏旨压服,方免群议,叡也以为然,统是司马知己。乃令毗持节传诏,只准守,不准战。事为蜀护军姜维所闻,入告诸葛亮道:"敌营内有辛毗到来,定是如懿所愿,不复出战了。"亮叹息道:"懿本无战志,不过佯为请战,借此服众;古称将在外,君命有所不受,若果能制我,何必千里请战呢?"

嗣是懿竟不出，相持至三月有余，亮郁愤成疾，渐致不起。后主闻信，忙遣仆射李福省视，并咨大计，亮略与谈论，遣福返报。福已经辞去，数日复来，亮病愈加重，见了福面，便与语道："我知君来意，后事不暇细谈，可尽问蒋公琰。"福又说道："公琰后谁可大任？"亮答言费文伟。福再问其次，亮却不答，汉祚已终，不消再说。惟召入杨仪姜维，密嘱后事，并及退军方法，且令左右扶起榻中，出营四望。时正黄昏，夜色沉沉，忽有一大星，自东北来，色赤有芒，流至西南，欲向营中坠下，亮不禁失色，哇的一声，呕出了一口鲜血，接连尚带着喘声，左右见不可支，扶令返寝。亮顾杨仪姜维道："天象如此，命已难延，只恨不能与诸君讨贼了！"遂口授遗表，令仪写讫。挨至夜半，竟尔寿终，享年五十有四，时为蜀汉建兴十二年八月二十三日。详志月日，遗恨无穷。小子有诗叹道：

　　危厦徒凭一木支，明知艰险且驱驰。
　　臣心未已臣躬瘁，遗表流传两出师。

杨仪姜维遵嘱办事。欲知如何措置，请看下回再叙。

　　木门道之射死张郃，可为马谡泄恨；谡非死于诸葛，实死于张郃之手。郃为魏著名大将，街亭一役，郃实主之；诸葛公计毙此獠，马谡有知，能无快意？至若吴蜀联盟，东西夹攻，本为一时之胜算，乃吴兵无功而退，蜀与司马懿相持数月，天丧诸葛，赍恨而终，此非天之佑魏，实天之阴欲启晋也。不然，如曹操父子之篡汉，曹叡之举措乖谬，宁反能仰邀天眷乎？惟罗氏《三国演义》演写诸葛之六出祁山，说成许多奇诞，与七擒孟获相同，按诸史事，十虚七八；且诸葛尝六出汉中，并非六出祁山，褒扬失实，何若存真之为愈也！

第九十五回

王子均昌言平乱　公孙渊战败受擒

却说杨仪姜维依着诸葛亮遗嘱，秘不发丧，但将尸骸安载车上，拔营徐退。当有魏谍报知司马懿，懿闻诸葛亮已死，放胆追来，将及蜀兵，忽见蜀兵回旗鸣鼓，前来截击，并有一派喧声，齐呼司马懿休走，此番中计，快来受死！司马懿听着，拍马便奔，魏兵都弃甲曳兵，仓皇逃命，跑了好几十里，不见后面动静，方才停住。再使人探听蜀兵虚实，回报蜀兵尽退入斜谷，扬起白旗，为亮发丧，懿再转身往追，驰至赤岸，毫无影响，料知蜀兵去远，只得退还。越乖越丑。途人有歌谣云："死诸葛走生仲达。"懿听见后，却也不恼，但宣言解嘲道："我能料生，不能料死。"忍辱含垢，却是司马懿一生特长。及回视蜀兵营垒，无一不布置有方，因即叹美道："孔明真天下奇才哩！"又顾语诸将道："国家有福，丧敌良才，从此可高枕无忧了！"遂引回长安，表陈魏主，不消细说。

且说蜀兵已入斜谷，扬幡举哀，全体素服，方将故丞相遗骸，妥为棺殓，然后扶榇南归。将登阁道，遥见前面火光冲天，喊声盈路，杨仪姜维不知何因，急忙令人探问，返报前军帅魏延，截住去路，不放杨长史过去。原来魏延自恃才勇，藐视杨仪，只因仪为丞相长史，不得不稍从含忍，及丞相病殁，仪欲令延断后，先令司马费祎，往探延意，延勃然道："丞相虽亡，难道就不去击贼？杨仪等为丞相官属，尽可奉丧还葬，我仍当留此讨虏。且杨仪何人？敢令魏延断后哩？"祎劝解道："这是丞相遗命，不宜有违。"延瞋目道："丞相若依我计，已早至长安；我今官居前军帅征西大将军，受封南郑侯，应继丞相后任，杨仪不必托名丞相，使君诳我，可即将兵符缴来。"祎知不可说，支吾对付，飞马回报。仪乃与姜维商议，维想出一法，从槎山小路进发，绕出栈道，昼夜兼行，抄到魏延背后。延闻仪等已至南谷，亟往谷口迎击，并奏称杨仪造反；仪亦劾延作乱。两表递入成都，后主方得李福还报,说是丞相亮寿终,免不得悲恸逾恒;忽又接得延仪二人的评奏,心下大惊,急召侍中董允,留府长史蒋琬,入示二人表文,询明顺逆。允与琬齐声道:"臣等愿保杨仪,不保魏延。"后主道:"丞相新亡,两人便自相争杀,岂非大患?"蒋琬答道:"丞相非不知魏延骄戾,只因他勇力过人,妥为驾驭;臣料丞相必有遗策,授与杨仪,请陛下勿忧。"蒋琬料事如见,不负诸葛所托。后主稍稍放心,专待延仪二人消息。仪等到了南谷,令王平为先行。平至谷口,适与魏延相遇,彼此各摆开兵马,互相答话,平叱延道:"汝何敢造反?"延亦叱平为叛党,挥兵击平。平扬鞭指语道:"丞相待汝军士,何等厚恩?今丞相骨尚未寒,汝等为何从逆?况汝等俱系蜀人,不乘此时回家团聚,静候赏赐,反且助延为乱,自取灭门,汝等试想,该不该呢?"道言甫毕,延部下同声应响,纷纷散去。魏延大怒,挥刀出战。平接住厮杀,未及数合,又有马岱来助王平,延虽多力,终因部卒尽散,不敢恋战,拍马返奔。马岱从后追去,王平留报杨仪。史鉴或称何平,按诸《王平传》中,平本养外家何氏,后复姓王,且传文载入前屯祁山,及迎击魏延诸事,故本编独书王平。仪闻魏延败窜,乃偕平西进。未几,即由马岱回

王子均言昌平乱

军,持入延首,仅用足蹴踏道:"贼奴!尚敢作恶么?"遂表请夷延三族。仪亦过甚,怎能善终?先是延梦头上生角,问诸占梦赵直,直诈言麟角呈祥,必主吉兆,及退语密友道:"角字上从刀,下从用,头上用刀,必遭大凶。"至是果验。延并非欲反,实因与仪有隙,妄思除仪代亮,哪知舆情不服,害得势孤力竭,身败家亡,这也可谓自作孽不可活呢。留府长史蒋琬欲分主忧,特出宿卫各营,出都赴难,行约数十里,得接杨仪军报,延已受诛,乃退回成都。过了两日,仪等奉亮遗榇,已至都门。后主带领百官,亲出迎丧,哭声载道,当下扶榇入城,暂停丞相府中。亮子瞻年尚幼弱,一切丧葬,尽由蒋琬等监理。杨仪呈亮遗表,即由后主展阅,略云:

伏闻生死有常,难逃定数;死之将至,愿尽愚忠。臣亮赋性愚拙,遭时艰难,分符拥节,专掌钧衡;兴师北伐,未获成功。何期病入膏肓,命垂旦夕,不及终事陛下,饮恨无穷。伏愿陛下清心寡欲,约己爱民,达孝道于先皇,布仁恩于宇下;提拔幽隐,以进贤良,屏斥奸邪,以厚风俗。臣家有桑八百株,薄田十五顷,子孙衣食,自有余饶。至于臣在外任,随身所需,悉仰于官,不别治生,以长尺寸;臣死以后,不使内有余帛,外有赢财,以负陛下也。

后主阅罢,复潸然泪下,随即传旨卜葬,杨仪面奏道:"丞相已有遗言,命葬汉中定军山,因山为坟,但足容棺罢了。"后主依议,择期奉葬,又拟定谥法,加予册文道:

惟君体资文武,明叡笃诚,受遗托孤,匡辅朕躬,继绝兴微,志存靖乱;爰整六师,无岁不征,神武赫然,威震八荒,将建殊功于季汉,参伊周之巨勋。如何不吊?事临垂克,遘疾殒丧!朕用伤悼,肝心若裂。夫崇德序功,纪行命谥,所以光昭将来,刊载不朽。今使使持节左中郎将杜琼,赠君丞相武乡侯印绶,谥君为忠武侯。魂而有灵,嘉兹宠荣。呜呼哀哉!呜呼哀哉!

后来朝野官民,追念亮恩,屡请立庙致祭,乃筑祠沔阳,四时享祀。诸葛瞻年至十五,拜为骑都尉,得尚公主,后文再表。后主谨从亮议,进蒋琬为尚书令,总统国事;吴懿为车骑将军,出督汉中。忽闻吴增兵巴丘,数约万人,后主不胜惊疑,亟问蒋琬,琬请一面添兵永安,防备不测;一面保举中郎将宗预,出使东吴,探明动静。后主一律依从,遂遣宗预东行。

预至吴都。吴主权反诘他添兵永安,是何意见? 预答说道:"江东增戍巴丘,西蜀增戍白帝城,无非为事势所迫,不劳细问。"权欣然道:"卿真不亚邓伯苗。芝字伯苗。我闻诸葛丞相病殁,恐魏人乘丧侵蜀,故就巴丘增兵,遥为蜀援,并无他意。"预又答道:"东西联盟,和好已久,当然彼此相关;陛下且增戍援蜀,难道蜀可不增戍应吴么?"权乃优礼待预,并使预代达己意,决不负约。预拜谢西归,报知后主,后主当然喜慰,蜀中亦闻信咸安。独杨仪返成都后,虽得进拜中军师,却已撤销兵权,有名无实。仪自谓才逾蒋琬,资望又比琬为优,乃反位出琬下,未免怨望。后军师费祎,暇时过谈,仪慨然道:"曩时丞相初亡,我若举军就魏,何至落寞如此?"祎假意劝慰,及辞退后,密将仪言入告,后主遂废仪为庶人,徙置汉嘉郡。仪至徙所,心愈不平,还要上书诽谤,结果是一道诏旨,收系郡狱,仪惭愤自杀。不至夷族,还算幸事。于是迁蒋琬为大将军,即授费祎为尚书令。琬举止不苟,喜怒不形,祎应事敏速,识悟过人,两人同心辅政,力守诸葛成规,故蜀安如故,魏与吴亦敛兵守境,好几年不动刀兵。百姓之福。独魏主叡坐享承平,恣意淫乐,既作许昌宫,又治洛阳宫,起昭阳太极殿,筑总章观,高十余丈,徭役不休,农桑失业。司空陈群等上书力谏,辄不见从,且欲铲平北邙,上筑台观;卫尉辛毗,中书郎王基,少府杨阜,交章谏诤,方才罢议。魏青龙三年秋季,洛阳华殿被焚,叡问太史令高堂隆道:"汉柏梁殿失火,尝大起宫殿,作为厌胜,卿可识此义否?"高堂隆道:"这乃越巫所为,不合古训,愿陛下毋惑邪言。"叡不以为然,立命博士马钧,征发民夫数万,昼夜督造,穷极技巧,殿前有九龙环绕,号为九龙殿。又引榖水,通过殿前,旁设玉井绮栏,神龙吐出,蟾蜍合受。马钧更仿造指南车,叫作司南车,俾叡得随意游幸。并在殿北设立八坊,专选美貌妇女,序居坊中,最上封贵人,次封夫人,就中有数人知书识字,特任为女尚书,出纳章奏。他如歌姬舞妓,采女宫娥,不可胜计。殿外特造芳林园,搜罗奇花名卉,珍禽异兽,中凿陂池,编列画舫,每舫贮佳丽数人,教以楫棹越歌,俱臻灵妙。叡随时游幸,遇有中意的美人儿,当即召御,未有虚夕。谁知连宵跨凤,累岁绝麟,叡已越壮年,未得一子,廷尉高柔,请叡简省侍女,育精养神,方可螽斯衍庆云云。叡虽然优诏报闻,却仍是肆淫不已,寻且就宗室中取得二儿,一名芳,一名询,充作己子,即立芳为齐王,询为秦王。

皇后毛氏，性颇端淑，与叡向无闲言，自郭夫人专宠后，遂将毛后爱情渐渐移到郭后身上；回应前回。后来贵人以下，承接甚多，更将毛后撇置中宫，不复过问。一日叡游芳林园，郭夫人等并皆随行，独毛后不与，郭夫人问叡道："何不一请皇后同行？"恐是故意诘问。叡频频摇首，且嘱左右，不得通报中宫。及既至园中，赏花饮酒，备极欢娱，直至日落西山，方才回宫。毛皇后怆怀失宠，郁郁寡欢，镇日里望断乘舆，免不得嘱托宫娥，探听魏主行止，适有人得知游园消息，走报毛后，毛后益觉怏怏，甚至一宵废寝。翌日早起，特至西宫外候着，等到日上三竿，方见叡乘辇出来，当即迎前笑问道："陛下昨游北园，可极乐否？"说尚未毕，但见叡勃然变色，满脸怒容，禁不住吓退三步，叡掉头径去。到了傍晚，竟由宫宦赍入谕旨，劝令毛后自尽。可怜毛皇后又悲又愤，又愤又悔，想到无可奈何的时候，竟取过鸩酒，一口吸干，转瞬毒发，便致暴亡。前有甄后，后有毛后，可谓两次同命。叡尚恨左右违旨，擅敢漏泄，不问他是否通报，竟杀死了十余人。不过表面上说不过去，伪言毛后暴崩，依礼丧葬，加谥曰悼，号后墓为愍陵，是年为魏青龙五年。茌县茌音仕。报称黄龙出现，青变为黄，已寓死兆。有司乐得献谀，说是魏得地统，宜改正朔，易服色，一新观听。叡遂改元景初，建丑为正，服色尚黄，牺牲尚白。又用太史令高堂隆奏议，在南北郊，营方圜二丘，圜丘祀天，方丘祀地，诏称曹氏系出有虞，应以虞帝舜配天，皇祖武皇帝配地。武皇帝即曹操，见前文。已而徙长安诸钟虡，及秦始皇所铸铜人，汉武帝所制承露盘，尽至洛阳。铜人重不可致，留置霸城，承露盘在途折断，声闻数十里。叡乃另采他铜，铸成铜人二个，号为翁仲，分列司马门外；更铸铜龙铜凤，置内殿前，龙高四丈，凤高三丈余。有何用处？还要在芳林园中，增筑土山，限令三日告就，土役无暇，即令公卿群僚，荷畚担土，好容易堆成高阜，上植松竹杂木，作为美观。司徒掾董寻，太子舍人张茂，陆续奏谏，始终无效。高堂隆得病将死，口占遗疏，请叡黜奢崇俭，亲亲任贤，也徒博得区区褒赠，赍志以终。只有大将军司马懿，进官太尉，位高责重，却是片言不发，噤若寒蝉。数语已足诛心。嗣由幽州刺史毌（Guàn）丘俭，报称公孙渊僭号燕王，改元绍汉，置官吏，诱胡虏，纠众入寇，骚扰北方。叡乃亟召司马懿入朝，与议讨渊。渊为辽东太守公孙度孙，父名康，曾斩袁尚袁熙首级，献与曹操，操表封为广平侯。

见前文。康死时，渊尚幼弱，官属立康弟恭。恭庸劣不能治事，及渊年渐长，胁夺恭位，上表曹丕，不意在羁縻，拜渊为扬烈将军，领辽东太守。未几，渊与魏有贰，遣使至吴，愿为吴藩。吴主权乃使太常张弥、执金吾许晏等赍着金宝珍货，航海授渊，且封渊为燕王。渊又恐魏人讨伐，收没货赂，诱杀张弥许晏，传首至魏。魏进渊为大司马，封乐浪公。刁狡至此，宁能久存？吴主权闻渊反复，即欲督兵讨渊，陆逊薛综连章谏阻，权方中止。谁知渊又贪心不足，复欲背魏，对着魏使，时出恶声。幽州刺史毌丘俭，奉魏王命，赍玺书征渊，渊竟发兵抗俭，俭因众寡不敌，退还幽州。渊遂自称燕王，屡寇魏境，毌丘俭乃表请济师。太尉司马懿为了讨渊一事，奉召入都，谒见曹叡，叡问及方略，懿答言得兵四万，自足破贼。叡又问道："卿料渊行动若何？"懿又答道："渊若弃城预走，乃是上计；据守辽东，抗拒大军，乃是中计；若坐守襄平，便成下计，必为臣所擒了。"叡问渊能行上计否，懿谓渊徒凶狡，不知兵谋，定出下计。叡复问大军往还，应需几时，懿预约往百日，攻百日，还百日，又须休息六十日，大约满足一年，就可了事。武侯已殁，应让司马争雄。叡闻言大喜，便令懿带兵启程。公孙渊闻懿出讨，也觉心惊，又遣使向吴称臣，谢罪乞援。吴主权欲戮渊使，嗣经谋臣羊衜等计议，衜即古道字。阳为许援，阴图乘隙，所以发兵驻境，静观成败。那司马懿驱兵大进，再指辽东，渊令部将卑衍杨祚，分率步骑数万，屯踞辽隧，设堑二十余里，堵遏懿兵。懿用胡遵为先锋，引兵挑战。渊令衍、祚守寨，自出交锋，被遵杀退，自是坚守不出。也想学袭司马懿旧法么？懿笑语诸将道："贼不与我战，欲我老师糜饷，粮尽退兵，我岂肯为贼所料？且贼众多在此处，巢穴必虚，我不如潜攻襄平，一举破贼哩。"乃多张旗帜，佯作南行，卑衍等尽锐南追。懿却潜渡济水，北趋襄平。至衍等察觉，转向北进，却被懿用伏兵掩击，杀得七零八落，窜往首山。懿兵追入山中，卑衍战死，杨祚乞降，于是懿得进围襄平。公孙渊出战失利，退守危城。会值秋雨兼旬，辽水暴涨，运粮船直达城下，平地水深三尺，懿兵行立不便，各欲移营，懿反下令军中，敢言移营者斩。都督令史张静入帐固请，竟被斩首，悬竿示众，军人乃不敢再动。城中见懿营阻水，乐得出外樵牧，魏军司马陈珪，请出兵截击，懿独不从。珪疑问道："太尉前攻上庸，昼夜兼进，故能立拔坚城，擒斩孟达；今远来反缓，又纵贼樵牧，究是何意？"

懿笑答道："孟达兵少粮多，我粮多兵少，若非急进，出彼不意，怎能取胜？今贼众我寡，贼饥我饱，何必速攻？正当任彼内乱，然后纵兵合击，可以聚歼。倘或掠彼牛马，截彼樵采，是驱令远走，反为不妙。"陈珪听了，方才拜服。既而天雨晴霁，懿乃分兵合围，四筑土山，登高俯攻，矢石不绝，守兵死伤甚多，并且粮食垂尽，不能再支，只得遣使请和。懿怒斩来使，送还首级，檄令渊自缚来营。渊窘急无法，再令亲臣卫演求降，愿送子入质，懿忿然道："军事大要有五，能战当战，不能战当守，不能守当走，不能走当降，不能降当死，何必遣子为质，多来絮聒？"说罢即叱演使归。**司马大出风头**。先是渊家有犬，冠帻绛衣，上屋驰行；民居午炊，有小儿蒸死甑中；襄平北市，土中生肉，周围数尺，头目口鼻俱全，独无手足。占验家已预知凶兆，说是有形不成，有体无声，国必灭亡。至是围城紧急，夜有流星数十丈，从首山东北，坠下襄平城东南，自公孙渊以下，并皆惊骇。又值卫演返报，无术图存，不得已挈子公孙修等，突出南门。懿早已防着，预令先锋胡遵屯兵梁水，等到渊父子逃来，便即截住，后面又由大兵追上，立把渊父子擒住。司马懿已攻入城中，搜获公孙渊家族及吏士七千余人。可巧渊父子解到,懿即喝令斩首,并将所获人犯,一体诛夷,筑成京观;<u>狠甚</u>。惟渊首传送洛阳。渊叔恭为渊所囚,许得释放,俾存一脉。凡中原人流寓辽东,听令还乡,辽东遂平,懿亦班师。途次接得朝旨,喻令回镇长安,及行到河内,偏来了宫使辟邪,叫懿速至洛阳。正是:

　　内旨两歧成柄凿,外臣一入据钧衡。

究竟懿行止如何,待至下回续表。

　　魏延杨仪,心术相同,延不过早为发作,自速其死耳。若仪之与费祎言,谓不若前时就魏,是延之所未及设想者;而仪欲为之,其居心尤出延下。微诸葛丞相之善为驾驭,几何而不先作乱也?曹叡奢淫无度,违理蔑伦,种种荒谬,俱足亡国,而反得平定辽东,擒斩公孙渊父子,是所谓天夺之鉴,而益其疾也。司马懿为莽操流亚,功不显,位不高,乌得擅权窃国?公孙死而司马益崇,魏之不亡亦仅矣。谁谓荒淫之主,能贻厥子孙哉?

第九十六回

承遗诏司马秉权　缴印绶将军赤族

　　却说魏主叡淫荒过度,酿成疾病,年仅三十有五,已害得骨瘦如柴,奄奄不起;当下立郭夫人为皇后,命燕王宇为大将军。宇为曹操庶子,与叡素来亲善,故叡欲嘱咐后事。又使领军将军夏侯献,武卫将军曹爽,曹真子。屯骑校尉曹肇,曹休子。骁骑将军秦朗等,与燕王共同辅政。偏有中书监刘放,中书令孙资,意图揽权,不愿燕王等入辅,每思乘间进谗,苦未得隙。会接司马懿班师奏报,燕王宇便向叡请旨,令懿仍回镇长安。叡已不能治事,任令燕王主持。一夕叡气喘不休,宇恐有急变,自去宣召曹肇等,与谋大计。独曹爽侍侧未退,刘放、孙资急排闼泣奏道:"陛下若有不讳,后事果付托何人?"叡惨然道:"卿尚不闻朕用燕王么?"放申奏道:"先帝有诏,藩王不得辅政,且陛下方病,曹肇、秦朗等托词入省,辄与宫人戏言,燕王并不监束,反拥兵宫外,不令臣等进奏,这与古时的竖刁、赵高,尚有何异?况太子幼弱,未能亲政,外有强寇,内有金壬,恐国家从此多事了。臣久叨恩宠,不忍漠视,故敢冒死入陈。"所谓朕受之诉。叡不禁怒起,急问刘放道:"卿以为谁可大任?"放见曹爽在旁,不便立异,便举爽代宇;资亦随口赞同。叡即顾爽道:"卿自思能胜任否?"爽汗流浃背,不能措词,放急伸足蹑爽,爽才逼出一语道:"臣……臣愿死奉社稷。"曹真生此庸儿,何能保家?放、资又接入道:"太尉懿才略过人,可参大政。"叡点首称善,放便欲请旨召懿。适值曹肇趋入,放、资乃避出殿外,叡与语及召懿情事,肇涕泣固谏,引董卓事为戒,何不即引曹操?叡又觉心动,不愿召懿。待至肇退,放、资又即趋进,极言肇有异心,叡复依放言,嘱令草诏,放答说道:"请陛下自作手书。"叡唏嘘道:"我已病重,不能执笔。"放竟取过文具,握住叡手,勉强书诏,草草告成,便赍出大言道:"有诏免燕王等官,不得再停殿省中。"燕王宇性本温和，当即出去，献、肇、朗三人亦无法可施，流涕归第。放即令内使辟邪，驰召司马懿。懿见前后诏旨两歧，料知宫中有变，星夜赶至洛阳，入宫求见。叡握懿手与语道："朕忍死待君，今得相见，托付后事，我无遗恨了。"否则懿怎得揽权？懿顿首受命。叡复召入齐、秦二王，与懿相揖；又指齐王芳语懿道："这就是他日储君，请卿审视，勿误勿忘！"懿非目盲，应早认识。又教芳前抱懿颈，懿流涕道："陛下放心！难道不忆及先帝临崩，曾将陛下嘱臣乎？"叡开颜道："如此甚好。愿卿与爽共辅此子便了。"乃即立芳为皇太子，曹爽为大将军，懿仍守官太尉，辅导东宫。越宿叡即告终，曹爽、司马懿奉太子芳即位。芳年才八岁，或谓系任城王曹楷子。楷即彰子。尊皇后郭氏为皇太后，追谥叡为明皇帝，葬高平陵。加爽、懿侍中职衔，并假节钺，都督中外诸军事，录尚书事。一切兴作，皆托称遗诏，即令罢免。便是懿笼络人心的手段。爽、懿各领兵三千人，轮流宿卫，权势相埒；惟爽年轻望浅，常事懿如父，每事咨访，不敢专行，懿亦佯为谦抑，故尚得相安。

时有东平人毕轨，南阳人何晏、邓扬、李胜，沛人丁谧，并有才名，挟

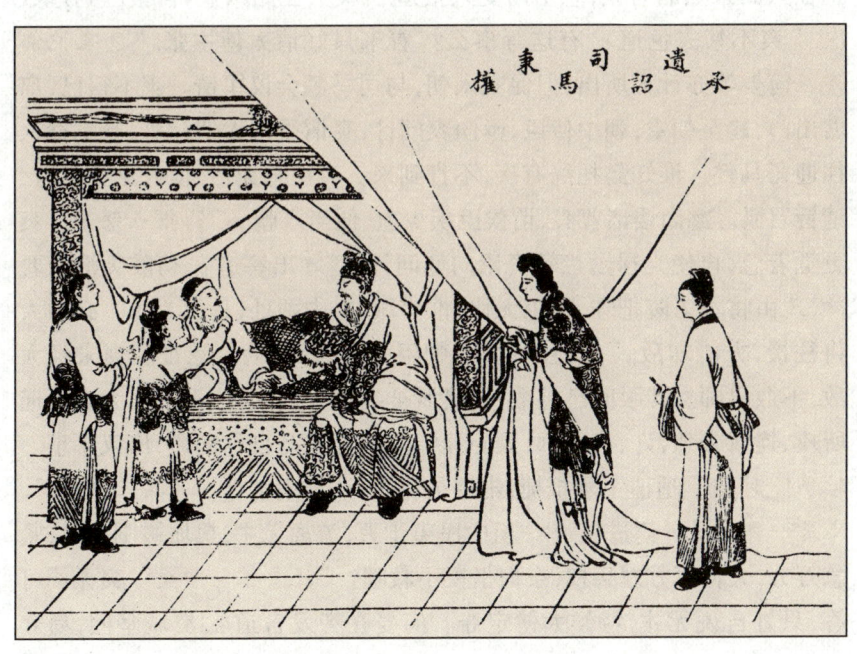

策干进。魏主叡在位，曾说他浮华躁竞，屏黜不用，偏爽引为僚佐，一经秉政，便相继录用，视若腹心。晏等即为爽划策道："国家重权，不宜轻委异姓，今可入白天子，加懿为太傅，外示推重，内慎防维，此后尚书奏事，先白大将军，免为懿所牵掣，大权庶不致旁落了。"为爽划策，看似尽心，实欲以傀儡待爽。爽闻言称善，遂推懿为太傅，且举弟羲为中领军，训为武卫将军，彦为散骑常侍。又徙吏部尚书卢毓为仆射，即令何晏代任，进邓扬、丁谧为尚书，毕轨为司隶校尉，李胜为河南尹，拔茅连茹，交相庆贺。黄门侍郎傅嘏（gǔ）密语爽弟曹羲道："何平叔晏字平叔。外静内躁，铦（xiān）巧好利，将来必摇惑君门；幸转达大将军，毋轻委任。"羲即将嘏言告爽，爽方恃晏为心膂，怎肯信嘏？反说嘏从中逸构，把他黜免。嗣复出卢毓为廷尉，寻且罢官；众论多为毓讼冤，乃更用毓为光禄勋。大将军长史孙礼亮直不挠，为晏等所嫉忌，出为扬州刺史。司马懿冷眼旁观，早已窥透情隐，但因爽尚存礼貌，姑与周旋，不加干涉。这是郑庄公待段秘诀。越年改元正始，迁中书监刘放为左光禄大夫，中书令孙资为右光禄大夫。定是司马懿荐举。又越年孟夏，爽与何晏等选色征歌，饮酒作乐，正在兴高采烈的时候，忽由门吏入报道："吴兵三路入寇，警报已到过数次。"爽不禁失色道："有这等事么？看来只好请太傅主张。"急来抱佛脚。何晏等亦计无所出，但促爽入朝，与司马懿会议军情。爽不得已，离席出门，趋至朝堂，朝中侍臣，亟向爽问计，爽谓须待太傅计事，当下遣人往迎司马懿。谁知懿托辞有疾，不肯到来。爽惶急无措，忙入见少主芳，请旨召懿。懿尚诿诸曹爽，谓俟臣疾少愈，便当入朝；乐得摆点架子。爽更觉着急，再使光禄勋卢毓赍诏向懿问计，懿才出答道："芍陂为淮南要冲，现由将军王陵把守，可以无忧，惟樊城、柤中两处，柤读为祖。必须大将往援，方能却敌。"毓还朝复旨，朝臣瞩望曹爽，劝令东征。爽未经大敌，不敢出师。转眼间已越数日，樊城被吴将朱然围住，柤中亦为诸葛瑾所攻，连章告急，许、洛两都，人心惶惶。司马懿乃自称病愈，出议军事。时乎！时乎！适值王陵报捷，击退吴将全琮，淮南解严。吴兵三路分写，又是一种笔墨。懿进议道："柤中民夷十万，流离无主，樊城被围逾月，紧急万分，大将军方握兵权，奈何坐视不救哩？"还要推与曹爽。爽无词可答，只好自说无才，特候太傅定夺。何晏在旁发言道："樊城坚固，易守难攻，敌众屯兵城下，不战亦疲，但用长策制御，自足屈人。"懿微哂道："疆场骚动，主少国疑，不乘此时出师却贼，如何安定社稷？大将军能往则往，如若不能，懿年虽老，愿督军一行。"明明是奚落曹爽。朝臣闻懿愿出师，当然赞成，懿即调动人马，克日南征。少帝芳亲率百官，送至津阳城门外。懿拜别而去。才经旬月，便得捷书，樊城解围，吴兵夜遁，柤中亦击退吴人，于是宣诏班师。太傅司马懿振旅而还，献俘行赏，又有一番张皇气象，毋庸细述。独曹爽相形见绌，未免减色，邓飏、李胜劝爽相机立功，方足敌懿。事有凑巧，闻得蜀大将军蒋琬，进任大司马，出屯涪城，谋袭魏境。爽即听飏、胜等言，自请伐蜀。司马懿谓蜀未进兵，何用劳师？因复迁延了两三年。

是时蜀后张氏已殁，更立后妹为继后，长子璇为太子，次子瑶为安定王，改建兴十六年为延熙元年。车骑将军吴懿又病亡出缺，诸军皆归蒋琬节制，监军姜维为副。琬与维分驻汉中及涪城。至延熙六年，琬抱病甚重，因令姜维屯涪城，另简镇北大将军王平往守汉中。魏曹爽得此消息，复拟攻蜀。还有征西将军夏侯玄，为爽姑子，附和爽议，怂恿兴师。司马懿再出劝阻，爽不肯从，乃于魏正始五年，即蜀延熙六年，春日发兵，与玄会师长安；计得十余万众，逾骆谷，逼汉中，声焰甚盛。蜀兵在汉中驻守，不满三万，诸将各有惧色，拟婴城固守，静待涪城援军；镇北大将军王平独宣言道："此去涪城约千里，援兵怎能骤至？倘贼众攻入阳平关，就为大患，不可不防。"说罢，即遣护军刘敏引兵万人，往据兴势山，多张旗帜，绵亘百里。兴势山为关口保障，与关内互相呼应，便成重镇。魏兵为兴势所阻，不能前进；长安运饷多艰，沿途跋涉，非但役夫奔命，辄致道亡，甚至牛马亦相继僵仆。爽与玄屯兵月余，粮食将尽，寸筹莫展；玄复接懿手书，内称《春秋》责大德重，兴势至险，已为蜀兵所据，万难进兵，若再不知退，恐必致覆军，究由何人负责？故先咨照等语。明见万里，究竟要算此老。玄即将懿书转告曹爽。爽未肯遽归，忽由探马入报，蜀已任尚书费祎为大将军，统兵来援，爽知不可敌，方与玄议决退师。还至三岭，沈岭、衙岭、分水岭为汉中入骆谷通道。岭间已满布蜀兵，旗帜上面，表明汉大将军费字样，吓得魏兵人人胆怕，个个心寒。爽到此无路可走，只得令玄为先锋，自为后应，硬着头皮，麾兵过去，接连冲突数次，才得杀开血路,越岭奔回;所有辎重甲仗,抛弃殆尽,十万人丧亡过半,狼狈还都。*徒为司马懿所笑。*蜀大将军费祎奏凯还朝,受封成乡侯。蒋琬本兼益州刺史,因见祎才略冠时,固让州职,乃令祎兼刺益州,侍中董允代祎为尚书令,佐祎辅政。越年蜀太后吴氏寿终,接连是大司马蒋琬、尚书令董允得病去世;蜀人称诸葛亮、蒋琬、费祎、董允为四圣相,亦号四英,至是惟祎尚存。祎用选曹郎陈祗为侍中,祗多技巧,好行小智,与黄门丞黄皓相昵。皓素来便佞,见宠后主,惟畏一公忠体国的董休昭,*休昭即董允字。*董殁后,皓无所忌惮,又由陈祗入侍,遂得朋比为奸。且后主从此亲政,擢皓为中常侍,亲小人,远贤臣,诸葛公苦口垂箴,终成空论,免不得日就倾颓了。*令人三叹。*

且说曹爽旋师后,不知引咎,仍任首辅;少主芳虽已加元服,立后甄氏,究竟年龄尚稚,不过十五六岁,未识贤愚。郭太后深居宫中,守着曹丕遗诏,不预外事,*魏黄初三年,诏令群臣不得奏事太后,后族不得辅政。*所以曹爽丧师,无人纠劾,爽越得专恣,植党营私,骄奢无度。郭太后稍有违言,爽即徙太后居永宁宫,派人管束。且至宫中搜寻美女,见有姿色可人,不论她曾否召幸,便即取去。魏主叡身后遗妾,封过才人,也被爽强取数名,藏入窟室,轮流奸淫。*好算得内无怨女。*他如饮食衣服,僭拟天子尚方,珍玩充牣府中;又建重楼画阁,雕宇峻墙,昼与私党纵饮,夜与姬妾交欢,真个是事事称心,无求不遂。爽弟羲深以为忧,屡次泣谏,爽终不从。有时与弟训、彦等出外游畋,日暮不归。司农桓范进谏道:"将军总万机,典禁兵,不宜与兄弟并出;若有人闭城拒绝,谁为纳入?还乞三思。"爽瞋目道:"何人敢为此事?汝太多心。"范无奈趋退。独太傅司马懿又复称疾,累月不出。河南尹李胜欲回官故乡,求爽表荐,爽即表胜为荆州刺史。胜向懿辞行,见懿拥被卧着,令二婢左右分侍,目眴口謇,似乎不省人事,胜连叫数声,才应响道:"汝为何人?"胜答语道:"河南尹李胜,今奉诏命,调为荆州刺史,特来拜辞;不意太傅竟病体至此。"懿为喘息道:"并州么?君……君受屈此州,地近朔方,须好好防备。"胜急说道:"当刺本州,并非并州。"懿故意错说道:"君从并州来么?"胜复答道:"现奉调为荆州刺史。"懿才大笑道:"年老耳聋,未解君言,君今还官本州,威德壮烈,好建奇勋;可惜我死在旦夕,不得复见了。"胜复以吉人天相为解，懿唏嘘道："人生总有一死，只我子师、昭两儿，才浅识短，还望君等念我旧情，代为照拂；且请将我意代达大将军。"说至此，声带呜咽，旁顾二婢，用手指口，似作渴状，亏他装做。一婢取汤与饮，懿将口就汤，不能尽吸，流下沾襟，一婢忙取襟揩拭，累得懿不堪疲乏，气竭声嘶。活像将死情状。胜不便再说，因即告辞，当由懿子师、昭二人，送出门外。胜飞马至曹爽家，向爽报告道："司马公尸居余气，形神已离，可无再虑了。"爽亦大喜。胜别过曹爽，自去赴任。何晏、邓扬等闻懿病笃，无不开怀。平原人管辂，雅善卜《易》，远近著名，晏延至家内，与辂论《易》，邓扬亦闻声趋至，列座倾听，约阅片时，便问辂道："君自谓善《易》，何故语中不及《易》义？"辂应声道："善《易》不言《易》。"晏含笑赞辂道："可谓要言不烦。但我有疑虑，烦君一卜。"辂问有何疑，晏与语道："我位可至三公否？且连日梦见青蝇聚鼻，究为何兆？"辂接口道："这亦何必卜《易》？从前元、恺辅舜，周公佐周，并皆和惠谦恭，享受多福。今君侯位尊势重，人鲜怀德，徒多畏威，恐非小心求福的道理。且鼻为天柱，与山相似，高而不危，贵乃长守，今梦集青蝇，适被沾染，亦非吉兆，位峻必颠，轻豪必亡，愿从此哀多益寡，非礼勿履，然后三公可至，青蝇可驱了。"煞有至理。扬嘲笑道："这也不过是老生常谈。"辂复应声道："老生见不生，常谈见不谈。"说罢便拂袖径去。路过舅家，为述与何、邓二人语意，舅惊问道："何、邓方握重权，汝奈何出言唐突？"辂怡然道："与死人语，何必避忌？"舅又问道："何谓死人？"辂详解道："邓扬行步，筋不束骨，脉不制肉，起立倾倚，若无手足，此为鬼躁；何晏视候，魂不守宅，血不华色，精爽烟浮，容若槁木，此为鬼幽。眼见得死期将至，怕他什么？"一目了然。舅尚是不信，斥辂为狂，辂亦自归。哪知过了残年，果然应验，竟如辂言。

魏正始九年正月，少主芳出谒高平陵，曹爽兄弟及私党并随驾出都，独司马懿称病已久，未尝相从，爽总道是懿病将死，毫不加防。哪知懿与师、昭二子已经伺隙多日，此番得着机会当即发难，勒兵闭城，使司徒高柔假节行大将军事，据曹爽营，太仆王观行中领军事，据曹羲营，然后入白郭太后，只言爽奸邪乱国，应该废斥。郭太后为了迁宫一事，颇恨曹爽，当即允议。太尉蒋济、尚书令司马孚为懿草表，由懿领衔劾爽，使黄门赍出城外，往奏少主；懿自引亲兵，诣武库取械授众，出屯洛水桥。爽有司马鲁芝留住大将军府中,蓦闻变起,即欲出城见驾。商诸参军辛敞,敞狐疑不决,转询胞姊辛宪英。宪英为太常羊耽妻,秀外慧中,谈言多中,既见敞踉跄进来,便问何事。敞急说道:"天子在外,太傅谋变,我姐尚未闻知么?"宪英微笑道:"太傅此举,不过欲杀曹大将军呢。"敞又问道:"太傅可能成功否?"宪英道:"曹将军非太傅敌手,成败可知。"明于料事,可谓女诸葛。敞复问道:"如姐言,敞可不必出城?"宪英道:"怎得不出?职守为人臣大义,常人遇难,尚思顾恤,况为人执鞭,事急相弃,岂非不祥?我弟但当从众便了。"敞即趋出,与鲁芝引数十骑,夺门径去。早有人报知司马懿,懿因司农桓范素有知略,恐他亦出从曹爽,乃托称太后命令,召范为中领军。范欲应命,独范子谓车驾在外,不可不从,范遂出至平昌城门。门已紧闭,守吏为范旧属司蕃,问范何往,范举手中版相示,诈称有诏召我,幸速开门。蕃欲取视诏书,范怒道:"汝系我旧吏,怎得阻我?"蕃不得已,开门纵范,范顾语蕃道:"太傅谋逆,汝可速随我去。"蕃闻言大惊,追范不及,方才退回。司马懿闻范出走,急语蒋济道:"智囊已往,奈何?"济笑答道:"驽马恋栈豆,怎肯信任智囊?请公勿忧。"懿即召侍中许允,尚书陈泰,使往见爽,叫他速自归罪,可保身家。待许、陈二人去后,又召殿中校尉尹大目,婉言相告道:"君为曹将军故人,烦为致意曹将军,免官以外,别无他事;如若不信,可指洛水为誓。"无非是牙痛咒。大目亦依言去讫。那曹爽尚随着少主射鹰走犬,高兴得很;忽有黄门驰至驾前,下马跪呈,少主芳接受后,启封览表,但见上面写着:

> 臣懿言:臣昔从辽东还,先帝诏陛下、秦王及臣,升御床,把臣臂,深以后事为念。臣谓太祖操高祖丕亦属臣后事,皆为陛下所见,无所忧苦,万一有变,臣当以死奉明诏。今大将军爽背弃顾命,败乱国宪,内则僭拟,外则专权,破坏诸营,尽据禁兵,群官要职,及殿中宿卫,皆易用私人;又以黄门张当为都监,伺察至尊,离间二宫,伤害骨肉,天下汹汹,人怀疑惧,此非先帝诏陛下,及引臣升御床之本意也!臣虽朽迈,敢忘往言?太尉臣济、尚书令臣孚等皆以爽有无君之心,兄弟不宜典兵宿卫,奏永宁宫皇太后,令敕臣如奏施行。臣因敕主者及黄门令,罢爽、羲、训吏兵,以侯就第,不得逗留,以稽车驾;否则即以军法从事!臣力疾出屯洛水浮桥,伺察非常,谨此上闻!

少主芳阅罢,交与曹爽,爽目瞪口呆,面如土色。俄而鲁芝、辛敞到来,报称城门四闭,太傅懿出屯洛水桥,请大将军速定大计。爽与兄弟等商议,俱无良策,可巧桓范亦到,下马语爽道:"太傅已变,大将军何不请天子幸许都,调兵讨逆?"爽皇然道:"如卿言,我家属尽在城中,必遭屠戮了。"真是驽马。范见爽当断不断,又顾语羲道:"若不从范言,君等门户,岂尚能保全?试想匹夫遇难,还想求生,今君等身随天子,号令四方,谁敢不应?奈何自投死地呢?"羲亦默然。范复进议道:"此去许昌,不过一宿可至;关南有大将军别营,一呼即应,所忧惟有谷食,幸范带有大司农印章,可以征发。事在急行,稍迟便要遇祸了。"道言甫毕,许允、陈泰又至,传达懿言,请爽兄弟归第,可保身家。爽更觉滋疑。未几又由尹大目驰至,谓太傅指洛水为誓,但要大将军免去兵权,余无他意。爽信为真言,稍展愁眉;时已天晚,便留宿伊水南岸,发屯田兵数千名,聊充宿卫,自在帐中,执刀徘徊,直至五鼓,尚无把握。范入帐催逼道:"事已燃眉,何尚未决?"爽举刀投地道:"我虽免官,尚不失为富家翁。"休想。范大哭出帐道:"曹子丹即曹真。也算好人,奈何生汝兄弟,愚同豚犊。

我不意到了今日,坐汝族灭哩。"待至天明,爽竟白少主,自愿免官,并把大将军印绶,解付董允、陈泰,赍还洛阳。主簿杨综慌忙谏阻道:"公挟主握权,何事不可为? 怎可轻弃印绶,徒就东市呢?"爽尚自信道:"太傅老成重望,谅不食言。"呆极。遂将印绶付给许、陈自去。爽兄弟奉主还宫,懿当然迎驾,且听令爽等还家。是夕即由懿遣兵围住爽第,越日即由廷尉奏称,谓已拿讯黄门监张当,却将先帝才人,私送爽第,且与爽兄弟三人,及何晏、邓扬、丁谧、毕轨、李胜等一同谋反,约于三月间举事,司农桓范知情不报,应该连坐。于是分头拿捕,结果是一同下狱,陆续斩首,并夷三族。桓范之死,实由替爽划策,并非出城之过。鲁芝、辛敞、杨综三人,亦为有司所收,谳成重罪,懿独慨然道:"彼三人各为其主,不必处刑。"仍是笼络人心。当下释出三人,使复旧职。辛敞出狱自叹道:"我若不谋诸我姐,险些儿陷入非义了。"小子有诗赞辛宪英道:

变起争权事可知,教忠仍使守纲维。
羊家智妇辛家姐,留播千秋作女师。

还有一位烈妇,也是扬名彤史,千古流芳。欲知烈妇为谁,下回再当报明。

曹爽一庸奴耳,不度德,不量力,竟以一时之侥幸,入为首辅,就使小心谨慎,犹难免覆竦之凶;况淫奢无度,酒色是耽,何晏、邓扬诸人毫无伟略,引为谋士,兄弟中仅一曹羲,犹有一隙之明,而爽不肯从,其能保家保国乎? 当日即无司马懿,吾知爽亦未必不亡也。惟懿之奸雄,不亚曹操,始则纵爽,继则赚爽,终则拒爽,玩爽于股掌之上,卒使爽无噍类,何居心之阴鸷若是! 然回忆操之欺人,与懿略符,天生一操,又生一懿,正冥冥中之巧为安排,于爽乎何恤也? 而后世之机械变诈者,可知所返矣!

第九十七回

猛姜维北伐丧师　老丁奉东兴杀敌

却说曹爽被诛，祸及宗族，无论男妇老幼，一概丧生。惟爽从弟文叔早亡，妻夏侯氏，青年无子，乃父夏侯文宁欲令女改嫁，女名令女，号泣不从，甚至截耳出血，誓不他适；及爽被诛，令女适归宁母家，不致累及。文宁方为梁相，上书与曹氏绝婚，又使家人讽女改嫁。令女佯为允诺，悄悄的趋入寝室，取刀割鼻，蒙被自卧，女母迭呼不应，揭被审视，血满床席，不禁大骇。家人忙为敷药，且劝解道："人生世上，如草上轻尘，何苦出此？况夫家夷灭已尽，尚与何人守节呢？"令女泣语道："仁人不以盛衰改节，义士不以存亡易心。曹氏盛时，尚欲保终，及今衰亡，便思背弃，这与禽兽何异？我宁死不肯出此。"贞节可风。家人闻言，无不感动，乃听令守节。事为司马懿所闻，也觉起敬，因使令女乞子自养，为曹氏后。烈女足愧奸雄。还有晏妻金乡公主，系是操女，为操妃杜夫人所出，性情端淑，夙有贤名。晏自诩风流，雅好修饰，粉白不去手，行步顾影，无丈夫气，时人号为傅粉何郎。惟性亦渔色，又尝嗜酒，日与曹爽等为长夜饮，不问家事。金乡公主归语母杜夫人道："晏为恶日甚，恐难保身家。"杜夫人还疑公主妒忌，笑言诘责；谁料晏阅时无几，竟至杀身。晏有一男，年才五六岁，由杜夫人取匿宫中，遣人向司马懿缓颊，请勿连坐；懿素闻公主贤明，并看公主同母兄沛王林情面，乃赦他母子，不复加诛。但晏好清谈，与夏侯玄、荀粲、王弼等引为同调，虽身已受戮，尚煽余风，魏晋清谈的流弊，实自晏始。特志祸根。这且慢表。

且说司马懿计杀曹爽，得专政权，光禄大夫刘放、孙资等咸称懿有大功，应升任丞相，并加九锡。少主芳不敢违议，便使太常王肃，赍册授命，懿固辞不受，方将册命收回。是年改元嘉平，即蜀汉延熙十二年。后主禅进监军姜维为卫将军，与费祎并录尚书事。维具有胆略，尝欲继丞相

姜维猛北伐衔命

亮遗志,北伐中原,独费祎不以为然,隐加裁制,但使维统兵万人,不令逾限。且与维相语道:"我等才智远不及丞相,丞相尚未能戡定中原,何况我辈?不如保国安民,静待能人,今不可希冀侥幸,轻举妄试,一或挫失,后悔无及了。"未始非持重之言。维因权在祎手,不便与争,只好蹉跎过去。会有一魏将奔入蜀境,叩关请降,自述姓名,叫作夏侯霸,当由关吏报知姜维。维惊疑道:"霸系夏侯渊次子,与蜀有仇,何故前来乞降;莫非怀诈不成?"渊死于定军山,事见前文。维系魏人,应该知霸履历。遂嘱关吏严行盘诘,嗣接关吏复报,才知霸为曹爽外弟,官拜护军,归魏征西将军麾下,爽被诛后,玄奉诏入朝,改派雍州刺史郭淮代任。霸与淮有隙,又恐坐爽亲党,必将及祸,不得已奔入蜀中,路过阴平,仓皇失道,甚至随身粮尽,杀马为食,步行荆棘,履穿足破,千辛万苦,始得入蜀逃生。既已情真语确,当然由维召入,霸跪伏地上,泣诉前情,维亲为扶起,用言抚慰。复引霸入见后主,后主亦慰劳一番,令为维参军,霸拜谢而出。维问霸道:"司马懿专政,未知他来窥我国否?"霸答说道:"懿方营立家门,无暇顾及外事,惟锺士季年少有才,他日得志,必为蜀患。"维问锺士季为谁,霸谓故太傅锺繇子,现为秘书郎。维听到此语,乃欲先机伐魏,遂上表固请,奉诏出师。夏侯霸随维同行,到了雍州境内,审视地势,见有曲山可据,即引兵占住,分筑二城,使部将勾安、李韶居守,自募羌胡遗众,往略诸郡。魏征西将军郭淮急令雍州刺史陈泰往攻二城。泰发雍州兵前往,把二城团团围住,令他水汲不通,城中无水可取,将士枯渴。亏得初冬下雪,融作饮料,尚得苟延残喘。维闻二城被困,引兵趋救,方至牛头山,即被陈泰阻住。泰才识炼达,料知维军来援,必过此山,故就山设垒,亲自守候。维连日攻扑,终不能克,突有探骑入报道:"魏将郭淮前来援泰,先驱已渡过洮水了。"维亟与夏候霸商议道:"郭淮进至洮水,定来截我归路,如何是好?"霸皱眉道:"看来不如速退,免得丧师。"维乃令霸先行,自为断后,星夜退归。那曲山二城,待援不至,守将勾安、李韶无术图存,只好降魏。姜维初次出师,便丧二将,不利可知。独维还入汉中,心下未惬,因拟约吴夹攻,遣使东下。

吴主孙权年已昏耄,为了许多内宠,遂致嫡庶争权,内政尚且丛脞(cuǒ),还有何心外略?所以对着蜀使,模糊应付,当即遣归。自从吴主权称帝以来,差不多有二十余年,初次纪元黄龙,越三年改号嘉禾,又越六年改号赤乌,又越十三年改号太元。权元妃谢氏无出,纳妾生子,长名登,次名虑,登已立为太子,虑未冠而亡。权有外弟徐琨女新寡,貌美无双,为权所羡,复纳为妃。琨父名真,真妻为权姑母,琨女初嫁陆尚,尚卒,乃为权妃,事见史传。谢氏恚恨成病,不久即殁。权使徐氏抚养子登,登得为太子,群臣请立徐氏为后。偏后宫又有步氏、袁氏,及王氏两夫人,步氏亦有姿色,与徐氏可称伯仲,徐氏性妒,步氏量宏,故权复右袒徐氏,终至后位不定。步氏无子,只生二女,长名鲁班,小字大虎,前配周瑜子循,后适全琮;次名鲁育,又字小虎,前配朱据,后适刘纂。何孙氏多再醮妇。至徐氏病殁,步氏因未曾生男,亦不得为后。袁氏即袁术女,品性最良,也无子嗣,步氏又不幸疾终,权欲立袁氏为后,袁氏以无子固辞。两王夫人,一生和、霸二子,一生子休。后来权复得一犯女潘氏,娇小玲珑,使充妾媵,几度春风,生子名亮。赤乌四年,太子登卒,和依次立为太子;和弟霸受封鲁王,群臣谓母以子贵,应立和母王氏为后,权颇欲依议。哪知全公主即鲁班。与和母有嫌,屡进谗谤,权竟信女言,常责和母,和母王夫人无从辩白，忧郁致死，和亦因此失宠。和弟霸为权所爱，与和同居东宫，礼秩如一，群臣多上书谏诤，权乃命分宫别僚，二子自是生嫌。霸阴谋夺嫡，交结朝臣杨竺、全寄、吴安、孙奇等人，谗构乃兄，权渐为所惑，嫉和益甚。上大将军陆逊已代顾雍为丞相，仍守武昌，闻得太子兄弟不相和协，因上书切谏，略言："太子正统，鲁王藩臣，当使宠秩有差，然后上下得安。"权置诸不理，逊书亦数上，仍无影响。太子太傅吾粲请遣鲁王出镇夏口，并出戍杨竺等，不准留京，词尤激切，反触权怒。霸、竺乘间谮粲，粲愤无可诉，致书陆逊，自鸣不平，偏又被霸、竺所闻，诬他交通外臣，蓄谋不轨，竟致下狱毙命。权复遣使责逊，逊年已垂老，禁不住连番愤闷，也即病终。逊子抗为建武校尉，代领逊众，送葬东还。权召抗入问。抗陈乃父苦衷，声泪俱下，权稍稍感悟，才知霸、竺所言，不情不实，于是霸宠亦衰。后宫里面的潘夫人，尚在华年，独承恩宠，眼见和、霸二子俱已失爱，乐得乘机献媚，为子谋储；且与全公主往来日密，并纳公主侄孙女全氏为子妇。权可纳姑母孙女为妃，亮亦何妨娶阿姐之侄孙女为妻？于是彼此益亲，日在吴主权面前，谗毁和、霸，劝立幼子孙亮。权内惑宠妃，外信爱女，遂欲废和立亮，密语侍中孙峻道："子弟不睦，恐将蹈袁氏覆辙；指袁谭、袁尚。若使朕不为变计，后患且无穷了。"峻为权叔父孙静曾孙，有姐为全尚妻，尚女嫁亮，亲上加亲，当然祖亮母子，赞成权议。惟权虽有此言，尚因废储事大，难免众谤，复延宕了好几年。

赤乌十二年间，右大司马全琮病殁，全公主又致守孀，年近四十，还是好淫，因孙峻壮年伟岸，即多方勾引，与他私通。乃母步氏以仁惠称，不意生此坏女。两下里暗地绸缪，密商长策，决拟将太子和挫去，改立孙亮，方好久图富贵，安享欢娱。未必。峻入侍吴主时，遂肆意诬蔑太子，惹动吴主宿嫌，竟将太子和幽锢别室。骠骑将军朱据、尚书仆射屈晃固谏不听，两人泥首自缚，连日伏阙，请赦太子，终不见许。无难营军督陈正、五营军督陈象吴置左右无难营，又置五营，各设军督。上书切谏，反致族诛。据与晃且被牵入殿，各杖百下，谪据为郡丞，斥晃归里；太子和被废为庶人，徙置故鄣。鲁王霸亦同时赐死。霸党杨竺、全寄、吴安、孙奇等一体受诛，遂立少子亮为太子，亮母潘氏居然被象服，著翚衣，进位皇后，统掌吴宫。吴王改年太元，便是为了册立潘后，有此特举。惟潘后得如所望，免不得恃宠生骄,比那前时的柔媚情形,迥不相同。吴主权亦瞧透三分,始悟太子和无辜,转生怜惜。是年八月朔日,天空中忽起大风,江海汹涌,平地水深八尺,吴主先陵所种松柏尽被拔起,直飞到建业城南门外,倒插路旁,权因此受惊成疾,月余不能视事。到了仲冬,才觉少瘥,乃亲祀南郊,途次又冒风寒。及还宫后,复至患肿,意欲召和入侍,全公主及侍中孙峻、中书令孙弘力言不可,方才罢议。好容易挨过残年,权病不能起,命立故太子和为南阳王,使居长沙;王夫人子休为琅玡王,使居虎林;还有一子名奋,乃是后宫中仲姬所出,年比太子亮少长,授封齐王,使居武昌。过了月余,权稍有起色,有司奏称凤凰来仪,乃复改年神凤。不料皇后潘氏遽尔暴亡,权力疾往视,见潘项下有痕,舌不能藏,料有他故,因令左右秘密调查。嗣得察出破绽,乃是潘后待下甚暴,各有怨言,她见权老病垂危,即使宫人出问中书令孙弘,考察汉吕后称制故事。宫人因潘后临朝,必好残杀,不如先机下手,俟她夜间熟睡,竟将她项中扼死。权亦知她咎由自取,但看到惨死情状,不免悲愤交并,乃将与谋行凶的宫人杀死数名。嗣是心绪不宁,病益沉重,又拖延了两三月,气绝身亡,寿已七十有一。太子太傅诸葛恪,太常滕胤,中书令孙弘,侍中孙峻,将军吕据,并受顾命,立太子亮为嗣主,夹辅朝政。弘与恪积不相容,意欲矫诏诛恪,商诸孙峻,峻反向恪报知,恪遂诱弘议事,把他杀死。然后为权发丧,追谥权为大帝。亮既嗣位,改元建兴,进恪为帝太傅,胤为卫将军,领尚书事,孙峻以下,俱进爵有差。

恪为诸葛瑾长子,少年颖悟,词辩过人,权闻名召见,欲试恪才,特遣人牵入一驴,用笔题面云"诸葛子瑜"。子瑜就是瑾表字,瑾面似驴,故以此为戏。*天子无戏言,权以驴戏瑾,亦太失体*。恪即跪请道:"乞赐笔更添二字。"权将笔给恪,恪在诸葛子瑜下,添入"之驴"二字,举座称奇,权亦为称赏,便把驴赐恪。恪年甫弱冠,便拜为骑都尉,为太子登宾友,已而升任抚越将军,出平山越,更擢任威北将军,封都乡侯,望重一时。惟瑾谓恪非保家子,引为深忧。及瑾病殁,恪自矜才智,好陵上位,丞相陆逊辄贻书相诫,恪不少悛。既而逊又去世,恪竟得为大将军,代领逊众,驻节武昌。吴主权病笃,召恪受遗,恪遂为首辅,欲收时望,缓逋责,除关税,宣布惠泽,远近腾欢,乃修筑东兴堤,左右倚山,夹筑两城。堤在巢湖东面,久废不治,恪恐湖水泛滥,并为吴、魏冲道,故集众兴修,使全端、留略二将分

守二城。复因休、奋二王封地濒江，关系重要，恐他据境谋变，特将琅玡王休徙封丹阳，齐王奋徙封豫章。奋不肯遵行，由恪致笺恫吓，然后迁往。恪有族叔诸葛诞，仕魏为征东将军，闻吴修堤筑城，当即详报魏廷，请先机伐吴。时司马懿已死，长子师进任抚军大将军，代父执政，颇善诞言；再加征南将军王昶，征东将军胡遵，镇东将军毌丘俭，各献军谋，力主东征，师遂令诸葛诞集兵七万，会同胡遵，直攻东兴。又遣王昶攻南郡，毌丘俭攻武昌，三路进发。探报驰达江东，诸葛恪忙率同将士，昼夜兼行，往救东兴。吴冠军将军丁奉，老成练达，愿为前驱，恪令他将吕据、留赞、唐资三人引兵二万，与奉并进；自率二万人为后应。奉向吕据等申议道："兵多行缓，若被贼据险，难与争锋，我宜速往，君等随后接应，方可无虞。"说着遂率麾下三千人，轻舸前行，顺风扬帆，两日余即达东关，据住徐塘。魏将胡遵已在湖滨筑造浮桥，渡过军士，结营东兴堤上，分兵攻扑两城，三日不下。适值天寒雨雪，未便急攻，遵高坐营中，与将佐置酒豪饮，闻得吴兵来援，乃遣将探望，返报吴兵寥寥，不过二三千人，遵不以为意，仍然畅饮；仿佛酒鬼。但命兵士数百人，守住营门。丁奉见魏兵未出，即拢船近岸，顾语部众道："取封侯爵赏，正在今日，愿诸君努力。"说着，即脱去战袍，轻装持刀，一跃登堤，兵士亦相率解甲，甚至袒裼露臂，左执盾，右执刀，随奉上岸。魏兵瞧着，以为天寒至此，不战先僵，相率大笑，谁知丁奉用刀一挥，众皆踊跃，直扑魏营，魏兵始仓皇入报。魏前部督韩综、桓嘉起座出战，摇头摆脑的趋至营外，曲尽醉态。可巧碰着丁奉，一刀砍来，正中韩综头颅，倒毙地上。综系东吴叛将，屡为吴害，奉正欲枭取首级，不防桓嘉一戟刺来，亏得奉眼明手快，用刀格开，嘉酒尚未醒，倒退了两三步，被奉趋前一刀，砍伤左肩，又复倒地。魏兵见两将毕命，统皆逃入营中，奉得从容枭首，麾兵再进，三千吴兵，冲入魏营，胡遵即上马对敌，哪禁得吴兵厉害，所向无前？慌忙弃去前屯，退入后寨。可巧吴将吕据、留赞、唐咨等陆续杀到，眼见得魏兵骇走，连后寨都不能保守，你贪生，我怕死，纷纷向浮桥渡回，人多桥坏，溺死了好几万人；胡遵飞马先走，幸得逃命，所有辎重甲仗，尽被吴兵搬归。魏将王昶、毌丘俭接得胡遵败报，也烧屯退回。诸葛恪行至东兴，赏劳诸将，奏凯还朝；特将叛将韩综首级，献入大帝庙中，声罪报功，恪得加封阳都侯，领荆、扬二州牧，都督中外诸军事。

越年，恪复欲出兵伐魏，群僚固谏不从，当即遣司马李衡，西行至蜀，约同举兵。蜀大将军费祎，方被降将郭修刺死，将佐多不愿出师；独卫将军姜维有志北伐，以为有机可乘，不行何待？乃率数万人出石营，经董亭，进围狄道。诸葛恪得李衡归报，也领兵入淮南，环攻新城。魏大将军司马师用主簿虞松计，使毌丘俭等堵御吴兵，坚壁勿战；另檄征西将军郭淮、雍州刺史陈泰尽发关中士卒，速援狄道。淮与泰奉檄驰援，甫抵洛门，那姜维已探知消息，自恐粮食不继，撤围引去，诸葛恪却尚屯兵新城，连日督攻。城将陷落，守将张特佯为乞降，只言魏法须守城百日，方可出降，家族免罪，今被围已九十余日，乞恩许满限，然后开城拜纳等语；恪信为真言，饬兵缓攻。不意特乘夜修城，补阙完残，至次日登城大呼道："我情愿斗死，岂肯降汝吴狗？"特为一牛之称，牛固不宜事狗。恪闻言大怒，再饬攻城，竟不能克，军士锐气已衰，更兼天气蒸闷，多半遇疫，死亡相继。恪尚虐待将士，说他不肯尽力，众益离散。魏将毌丘俭等且乘敝进援，吴兵大恐，不战自溃，恪也只好逃归。沿途散失军械，不可胜计，于是吏民失望，怨讟交乘，恪不自引责，反苛求将吏过失，或诛或黜，累日不绝。且恐他人暗算，累得精神恍惚，寝食不安。先是恪出兵淮南，整装将行，忽有一人满身素服，趋入阁中。内吏问为何事，那人谓至寺院迎僧，为亲超荐，不意误走至此内，吏将他叱出，转语外门守卒，俱言持械把门，并不见有一人进来，大众都为诧异。及出行后，舟车左右，时有白虹环绕，家中厅屋栋梁，无故自断，家人都目为不祥，替恪担忧，恪却安然归家，总算幸事；但与恪语及，恪也觉惊心。一日早起盥洗，闻水中有血腥气，连易数盆，血腥如故，待至戴冠加衣，衣冠上亦有腥气，正惊疑间，忽侍中孙峻，赍诏到来，召恪入宴。恪亦防有他变，诈言腹疾，不便饮酒，峻忙说道："天子设宴宣召，欲与太傅共议大事，请太傅力疾一行；若因御酒不便下饮，尽可自赍药酒，随身带去。"以诈应诈。恪因峻素来亲信，计划周到，料无他谋，乃令峻先行，自易朝服出门。门内豢有黄犬，突至恪前，衔住恪衣，恪愕然道："犬不欲我出门么？"乃还坐片刻，少顷复出，犬衔衣如故，恪不禁动怒道："犬亦敢来戏我么？"遂令卫士将犬赶出，登车入朝。散骑常侍张约、朱恩为恪爪牙，呈递密书，劝恪毋入。恪省书欲归，适遇太常滕胤，问将何往，恪以腹痛甚剧为辞，胤答说道："既已到此，应该一见主上，方可告归。"恪踌躇多时，又由孙峻出来敦促，乃剑履上殿。这一番，有分教：

列席未终头已落，覆巢以下卵无完。

恪既入殿，究竟有无祸变，试看下回便知。

姜维之主张北伐，欲继诸葛遗志，非不足嘉，所惜者有志乏才耳。费祎阴加裁制，不令兴师，亦为知己知彼之论。然伐亦亡，不伐亦亡，诸葛武侯之《后出师表》，详哉言之。天不祚汉，武侯阻于中寿，姜维才不逮武侯，而又辅佐无人，此北伐之所以寡效也。牛头山一役，未得寸土，既丧二将，先声已挫，后事可知，蜀其尚能长存乎？孙权承父兄遗业，任才尚计，史谓其有勾践遗风，乃内宠相寻，晚年益愦，废长立幼，乱本已成；诸葛恪、孙峻诸徒，皆不足托孤寄命，而权则倚为心膂，嘱令辅政。恪修缮湖堤，筑城自固，尚为保境之良策；东兴破敌，功由丁奉，班师东返，遽沐侯封，恪之幸也。乃小胜即骄，穷兵不已，至于新城顿挫，犹且不知引咎，作福作威，虽欲不亡，乌可得耶？语有之："小时了了，大未必佳。"观诸葛恪而益信；若孙峻则更不足齿矣。

第九十八回

司马师擅权行废立　毌丘俭失策致败亡

却说诸葛恪剑履上殿，见过吴主孙亮，列席饮酒，恪辞不能饮，无非防他下毒。孙峻即进言道："太傅有药酒带来，何勿敢取饮？"恪即命从人取入，放心酌饮。酒至数巡，亮托称更衣，起座入内，峻亦如厕，脱去长袍，改著短服，怀刃趋出，大声说道："有诏收诸葛恪。"恪惊起拔剑，尚未出鞘，峻已一刀斫至，剁落恪首。散骑常侍张约坐在恪旁，急掣恪剑砍峻，峻向右一闪，稍伤左手，右手亟持刀劈约，约趋避不及，右臂中断，殿侧已先伏甲士，一齐突出，把约杀死。座上诸官，统皆惊走。峻复宣言道："恪谋逆已诛，余人无罪，尽可归座。"大众听着，乃复留片刻，旋即辞去。峻令甲士舁出二尸，用苇席包裹，竹篾扎缚，投诸城外石子岗；一面遣令甲士往收诸葛恪妻孥。恪妻正在室中，见有一婢进来，带着血腥，禁不住掩鼻诘问，婢忽跃起道："诸葛公乃为孙峻所杀，冤乎不冤？"道言甫毕，恪子竦、建踉跄趋入，哭报乃父被诛，捕吏将至，请母亟奔。恪妻听了，也不及举哀，慌忙出门登车，与二子逃出都门；偏被骑督刘承追至，把他们围住，尽行拿下，押还都市，一齐枭首。恪甥都乡侯张震，及常侍朱恩等，连坐处死，并夷三族。临淮人臧均，表请收葬恪尸，辞多凄恻，乃听令收埋。当时建业有童谣云："诸葛恪，芦苇单衣篾钩落，于何相求成子阁？"成子阁即石子岗别名，钩落就是苇带，至是谣言果验。这谋杀诸葛恪的计议，出自孙峻，峻得受拜丞相大将军，都督中外诸军事，加封富春侯。太常滕胤，本未预谋，且为恪子竦妇翁，因乞辞职。峻笑语道："鲧禹犹不相及，滕公为何出此？"遂仍使守位，且进爵高密侯。南阳王和妃张氏，为恪甥女，峻为此收和印绶，且逼和自尽。胤可免罪，和何故受诛？和接到朝命，与张妃泣别，张妃凄然道："吉凶当相随，妾终不独生。"遂与和一同服毒，相继毕命。和妾何氏，独叹息道："若皆从死，何人抚孤？"乃留育和子皓、德、谦、俊四男。皓即为东吴末主，后文再表。

且说魏主曹芳嗣位已十余年，正始九年，嘉平六年，共十有五年。仍用夏正，一切政事，俱归司马氏裁决。司马懿前杀曹爽，威震朝野，到了临死这一年，尚杀扬州都督王凌，及凌甥兖州刺史令狐愚，说他谋立楚王彪，请旨赐彪自尽，并将诸王公锢置邺中，派人管束，不准与郡国交通。补叙之笔。及司马师继懿辅政，权过乃父，魏主芳年已逾冠，一些儿没有主权，当然不乐。嘉平三年，芳后甄氏病逝，越年立光禄大夫张缉女为继后，缉不得与政，反令避嫌家居，亦怀怨望。太仆李恢，有子名丰，少有清名，为世所称，独恢严令约束，饬令闭门谢客。与诸葛恪父子情迹相同。恢既去世，丰遂出为尚书仆射，司马师且擢他为中书令。丰与夏侯玄亲善，玄自被召入都后，因为曹爽亲属，致削兵权，但得了一个太常职衔，居常怏怏，辄与丰秘密商议诛司马氏，为爽复仇。丰子韬得尚齐长公主，官拜给事中，父子常入侍宫廷，参预机要，魏主芳亦视为心腹，与语司马氏专横情状，往往流涕。丰虽为司马氏所拔擢，但心常属夏侯玄，隐恨司马师，更兼魏主涕泪相嘱，因即一力担承，愿除权蠹；且使韬转告后父张缉，联为指臂，缉当然相从。嘉平六年二月，魏主芳拟封后宫王氏为贵人，丰暗与黄门监苏铄、永宁署令乐敦、冗从仆射刘贤等私下定谋，拟俟魏主临轩，召诛司马师，即令夏侯玄代为大将军，张缉为骠骑将军。就使司马师被诛，尚有昭在，计亦未周。

谁知事机不密，为师所闻，立遣舍人全祎引兵召丰；丰也知谋泄，不敢不往。既与司马师相见，一再盘诘，丰不禁动恼道："汝父子包藏祸心，将图篡逆，可惜我无力诛汝，死亦当为厉鬼以击贼。"师勃然大怒，便令武士执着刀环，猛击丰腰，丰即刻晕毙。师遂遣吏收捕夏侯玄，及后父张缉，交付廷尉锺毓。毓亲自讯玄，玄正色道："我有何言？随汝定谳罢了。"毓乃令玄系狱，自作谳词，流涕示玄，玄不加辩论，当即点首。待至谳词呈入，公卿等都惮师威权，不敢异议，遂将玄、缉二人，斩首东市，玄颜色不变，引颈就刑。玄子韬以尚主赐死。再执苏铄、乐敦、刘贤等，一体交斩，并夷三族。师意未足，带剑入宫，见了魏主芳，便瞋目道："张女何在？"芳战栗道："谁为张女？"师厉声道："就是张缉女儿！"芳起揖道："张缉有罪，该女并未知情，乞大将军宽恕。"皇帝丢脸，但亦忆及乃祖逼宫时候？师又说道："逆犯女儿，就使未尝知情，亦岂可为国母？应该即日废置。"芳俯首无言，师竟逼令张后出宫，可怜张后毁妆易服，哭辞魏主，由内侍拥出宫门，幽锢别室。与伏皇后何异？师方才趋出，始令词臣草诏，废去皇后张氏。不到数日，张氏暴亡，想是被司马师谋死了。毒逾乃父。魏主曹芳无法可施，只得册王氏为贵人，即将王氏续立为后，后父奉车都尉王夔迁官光禄大夫，受封广明乡侯。但芳虽不能制师，始终怀嫌，师亦心下忌芳，潜谋废立。适蜀将姜维复出陇西，收降魏狄道长李简，进拔河关、临洮诸县，司马师接得警耗，拟调亲弟安东将军司马昭引兵拒蜀。当即入白魏主，请旨召昭。昭留守许昌，奉召入见，魏主芳至平乐观劳师，中领军许允，与魏主左右侍臣，欲乘间杀昭，勒兵收师，当下密奏曹芳，芳亦允议。及昭入辞行，芳见他威风凛凛，不由得胆战心惊，因将密谋搁起，未敢遽发。偏昭乖刁得很，微有所觉，退白乃兄司马师，师嘱暂留洛阳，觇察内外动静。一时查不出什么确音，只有许允屡次入内，与魏主背地私议，乃即诬他擅散官物，谪戍乐浪郡，且遣壮士夤夜追上，把允刺死。手段真辣。会接陇右守将徐质军报，与蜀兵连战数次，击死蜀将张嶷，蜀兵已退，姜维三次无功，即从魏将口中叙过。师乐得表留亲弟，与议废立事宜。昭狠戾不亚乃兄，极口赞同。师遂入朝，大会群臣，首先倡议道："今主上荒淫无道，亵近娼优，听信谗言，闭塞贤路，几与汉昌邑王相同，若长此守位，必危社稷，敢问诸公意见何如？"群僚并皆畏师，只好随声附和道："伊尹放太甲，霍光废昌邑王，俱为安定社稷起见；今日事亦惟公命。"师欣然道："诸公既以伊、霍望师，师亦何敢避责呢？"说着，即从袖中取出奏稿，令众署名。众见奏稿，是请命太后，说得曹芳如何昏愚，如何淫乱，明明是十有九虚，但欲违师命，必致诛夷，乃依次署讫。使人呈入永宁宫，郭太后本不预外政，看到这般奏本，默不一言。师在朝候信，且与群僚议定，将迎立彭城王据为嗣君，惟太后复命好多时不见颁到，因再遣大鸿胪郭芝入问。芝驰至永宁宫，见太后与魏主芳对坐，并带愁容，芝竟顾芳道："大将军欲废陛下，改立彭城王。"太后道："待我面见大将军，从容决议。"芝作色道："太后有子不能教，今大将军已与群臣商决，勒兵坐待，尚有何言？"简直似太上皇训令。太后无词可答，不禁泪下，俄而复有人驰入，手持齐王印绶，交与曹芳，令他退就旧藩。芳知不可留，拜辞太后，与郭芝

同至殿中,别过百僚,出乘王车,竟赴故邸。为主无权,不如勿为。有几个忠厚官员,送了一程,太尉司马孚,悲不自胜,余亦未免唏嘘;独司马师昂然自若,复使郭芝往索玺绶,太后与语道:"彭城王据是武帝庶子,为先皇季叔,若果迎立,试问将我置诸何地?且明帝从此绝嗣,大将军想亦未安,我意不如迎立高贵乡公髦,髦系文帝长孙,明帝从子,准诸古礼,小宗应继大宗,可与大将军谨议,再来报我。"芝听了此言,倒也不便驳斥,便出告司马师。师也觉正论难违,只好依命,使芝再白太后,仍取玺绶。太后道:"高贵乡公小时,即由我见过他,既入嗣,我当亲交玺绶便了。"徒保玺绶,也是无益。芝复出告师,师乃遣使持节,往迎高贵乡公髦,一面肃清宫禁,降王皇后为齐王妃,勒令出宫就邸,专待曹髦到来。髦系明帝弟,东海定王霖子,正始五年受封高贵乡公,年才十四。既至洛阳,群臣迎拜西掖门,髦下车答拜,礼官谓不必答礼,髦正色道:"我亦人臣,今奉太后征召,未知何事,怎得见了群僚,便不答拜呢?"十四岁便能如此,聪慧可知。说着,即步行入殿,郭太后早已闻知,在太极殿东堂坐待,及髦拜见后,嘱咐数语,交与玺绶,髦固辞不获,方受玺易衣,御殿登座,朝见百官,即改嘉平六年为正元元年,大赦天下。假大将军司马师黄钺,入朝不趋,奏事不名,剑履上殿,其余文武百官,亦封赏有差。废立既得增封,何妨篡弑?

未几,已是一年上元,庆贺方才告毕,忽报扬州都督毋丘俭,与刺史文钦,托名讨逆,渡淮前来。司马师方病目瘤,延医割治,在府养病,闻得此报,急召河南尹王肃、尚书傅嘏、中书侍郎锺会等入议军情,且与语道:"我本欲亲征叛乱,可惜目瘤未愈,不能出行。"锺会起答道:"此事非大将军亲出,恐一时未能荡平。"王肃等亦赞成会议,师蹶然跃起道:"诸君既勉我亲征,我亦顾不得目疾了。"遂命弟昭兼中领军,暂摄朝政,自乘软舆督军,命荆州刺史王基为监军,向东进发。基向师献议道:"淮南人民,非真思乱,不过为俭等胁迫而来,若大军一临,必然瓦解,基愿统率前军,速往平乱。"师欣然依议,基即星夜进兵,先将南顿城据住。毋丘俭因王凌死后,代督扬州,素与夏侯玄、李丰友善,玄、丰受诛,俭亦不安,因与刺史文钦结交。钦本与曹爽同乡,为爽所爱,乃得擢用。爽与玄、丰二人,同为司马氏所害,故钦、俭并恨司马氏。曹芳被废,俭子甸请父兴师,乘机讨逆,俭乃矫托郭太后密诏,移檄州郡,号召兵马,讨司马师;自率州兵渡淮,行至项城,探悉王基据守南顿城,乃就项城驻扎,使健足赍书至兖州,往招刺史邓艾。艾字士载,籍隶棘阳,口吃不能急言,尝自呼"艾艾",少年丧父,为人牧牛,每见高山大泽,辄留心形势,时人笑他为痴;独同郡吏见他聪慧,给资使学,终得成材。初入为太尉掾,继迁尚书郎,出参征西军事,任南安太守,调擢兖州刺史,有所规划,无不合宜,因此与锺士季齐名。为锺、邓二人入蜀张本。此次接着俭使,看罢来书,竟随手扯碎,且将俭使斩讫,立率万余人趋乐嘉城,与师相应。师命镇南将军诸葛诞由安风出取寿春,征东将军胡遵由青州出谯、宋地,截俭归路,自引兵往就邓艾。适文钦进袭乐嘉城,猝与师遇,不战即却。钦子鸯年方十八,骁勇绝伦,独无惧色。且请与钦夜袭师营,分兵夹攻,钦从东进,鸯从西入。父子计议已定,待到夜半,鸯率壮士,至师营前,鼓噪杀入。师本善行军,自有预备,当即传令坚守营门,不准妄动。将士虽遵令守住,怎奈营外的喧声,愈响愈震,师病卧帐中,惊愤交并,急得目睛突出,痛不可耐,但又未便呻吟,强为镇定,啮被皆破,好容易挨至黎明,营尚未陷。那文鸯专待父至,两路进攻,哪知钦竟不到,日已高升,只得引兵退去。行未里许,后面来了许多追

兵,统将乃是司马班,钦匹马单枪,回头杀入,无人敢当,纷纷倒退,钦乃复去。司马班又麾兵追钦,钦返战六七次,杀死班兵六七百名,班不敢再进,钦乃徐徐引还。途次始遇见乃父,问明情由,系是夜间失道,不得已觅路归来,钦很是叹惜。父不及子,奈何?及还抵项城,毌丘俭已经遁去。原来吴丞相孙峻闻俭出兵逾淮,料知扬州空虚,乘间进攻寿春。再加诸葛诞亦出安风津,向寿春进发,俭闻得此信,慌忙走还。钦父子孤军无继,也只得弃了项城,奔回寿春。背后忽有一人追呼道:"文刺史何不暂留数日,乃如此急走呢?"钦回顾来骑,乃是尹大目,便骂他负爽旧恩,助师为逆,大目尚欲有言,钦竟弯弓欲射,大目且却且语道:"罢了罢了!幸各努力!"说毕即返。其实大目是有心曹氏,来报师目突出,教他留守项城,静心待变;偏钦闻言不悟,竟致大目白走一遭。心粗胆怯,怎能成事?至行近寿春,闻得城中已溃,无家可归,没奈何投降孙峻去了。毌丘俭遁出项城,意欲南归,被胡遵截杀一阵,部兵四散,乃北走慎县,随身已无一卒,独至水草中暂憩,适为安风津民张属所见,把他射死,献首军前。俭子甸未曾随父,逃往新安,终被捕诛。尚有甸子弟数人,亦奔投吴军。吴军方至橐皋，诸葛诞已入寿春，孙峻料已无及，也即引还。司马师已平定淮南，即令诞都督扬州，自率大军还都。甫抵许昌，目痛愈剧，一经朦胧，便见夏侯玄、李丰、张缉等立在面前，自知性命不保，不能至洛，可巧司马昭前来省疾，便即嘱咐后事，语尚未毕，眼中一声怪响，鲜血直流，顿致毙命。昭取得乃兄印绶，即总督人马，上表讣闻。魏主髦令昭留屯许昌，援应内外。昭询诸中书侍郎锺会，会劝昭回驻洛南，昭不待朝命，便即引归。魏主髦无可奈何，只得使昭继承兄职，嗣是大权复归昭有了。也可谓兄终弟及了。

且说蜀将姜维探知司马师已死，复议乘间伐魏，大将军张翼，以为国小民劳，不宜黩武，劝维守险自固，为休养计。维不肯依议，竟请准朝命，与车骑将军夏侯霸等率兵数万，进兵枹罕。魏征西将军郭淮已殁，由雍州刺史陈泰升任，新刺史姓王名经，轻率寡谋，引兵出拒，两军会战洮西。维令夏侯霸绕出经后，前后夹攻，经军大败，丧师无算，乃退保狄道城。维欲进攻狄道，张翼又谏阻道："大功已立，可止则止；若再行进兵，恐如画蛇添足，将隳前功。"维反恨他阻挠，驱军径进。魏征西将军陈泰，夤夜往援，就狄道城东南山上，鸣鼓举烽，张皇声势；再加兖州刺史邓艾，也受了朝旨，迁官安西将军，领兵来助陈泰。维闻两路兵到，急收兵退驻锺题。四次无功。泰与邓艾相会，置酒谈兵，将佐毕集，俱谓蜀兵却退，未敢再来。艾独笑说道："洮西方败，彼必思乘胜再举，是一当来攻；彼屯兵汉中，容易出发，且知我将易兵新，更思乘隙，是二当来攻；彼用船行，我从陆行，我劳彼逸，是三当来攻；狄道、陇西、南安、祁山，皆为边境，我须四处把守，彼得一路直进，是四当来攻；彼出南安、陇西，可资羌谷，若出祁山，可就食陇麦，是五当来攻。我料他不出一年，就要前来了。"知己知彼，百战百胜。将佐始服艾远虑，交口称善。艾往屯祁山，逐日练兵，专待敌至。越年魏主髦改元甘露，就是蜀汉后主禅延熙十九年。蜀将姜维进位大将军，又自锺题出兵，北向祁山，途中探得祁山有备，乃改趋南安。偏为邓艾所料，引兵往据武城山，截住蜀兵去路，山势险峻，蜀兵连攻不克，维又欲移攻上邽，檄令镇西大将军胡济会师，就留夏侯霸屯武城山，自率部众夤夜渡渭，潜向上邽进发。走至天明，见两面山路崎岖，不便驰骤，正在疑虑，前驱已返报道："此处名为段谷，谷后旗帜飘扬，恐有伏兵。"维变色道:"段谷名称未佳,不如退师。"遂掉头回走,不料邓艾却挥兵杀来,兜头拦住,蜀兵已经心慌,更加道途逼窄,不能成列,被艾军一阵截击,杀得七零八落。维还望胡济来援,哪知待久不至,只好向前冲突,艾却纵兵兜围,不令窜逸。维兵越战越少,幸亏夏侯霸前来救应,才得拔出,姜维奔回汉中。这番姜维败回,丧失甚多,实皆被邓艾占了先着,处处设防,所以维有此败。第五次又失败了。嗣是蜀人怨维,维亦上表自贬,降为后将军,仍行大将军事。过了一年,魏扬州都督诸葛诞又起兵讨司马昭,于是吴、蜀两国,亦各东西出兵。小子有诗叹道:

  阵云扰扰起神州,未一舆图战不休。
  汉土三分数十载,可怜尸血满江流。

欲知诸葛诞何故讨昭,且看下回分解。

  有曹操之废伏后,乃有司马师之废张后。操废后而止,至废帝一事,留待其子曹丕;而师独以一身兼之,既废张后,复废魏主芳,乱贼效尤,比前为甚,无怪后事之愈出愈凶。然使前无曹操父子,后亦必无司马师兄弟。天鉴不远,加倍相偿,世人欲为子孙计,亦何勿稍留余地乎?毋丘俭等之讨司马师,史笔尝嘉予之,然才不逮志,终致覆灭。俭子甸知讨贼之义,而不能为父先驱,坐致赤族;文钦有子,似胜毋丘,然子有勇而父无谋,其曷能济?此所以俟起俟仆也。然天欲覆曹而生司马氏,岂容毋丘俭之讨贼有成乎?

第九十九回

满恶贯孙綝伏诛　竭忠贞王经死节

却说诸葛诞驻节寿春,坐镇扬州,他本与夏侯玄、邓飏诸人互相标榜,号为八达,至玄等夷灭,诞力不敌司马氏,乃隐忍不发。及毌丘俭等发难,复助司马师平乱,因得代俭位置,且进封高平侯,加官征东大将军。但自思王凌、毌丘俭相继诛夷,恐不免再蹈覆辙,乃赦罪犯,蓄死士,散财赡众,收结人心,且借口防吴,更请添兵筑城,为自固计。初志已出毌丘俭下。司马昭方秉国政,颇有疑意,长史贾充请借慰劳为名,遣使观变。昭即使充至寿春,与诞相见。诞留充宴饮,与语时事,充用言探试道:"洛中诸贤,皆愿禅代,君以为何如?"诞不禁作色道:"君非贾豫州嗣子么?充系豫州刺史贾逵子。世受国恩,奈何出此妄言?"充惭沮道:"充不过将人言告公。"诞不待词毕,又厉声道:"洛中有变,我当效死报国,身为人先。"何不与毌丘俭等同时报国。充已知诞意,饮罢告辞,返报司马昭,并向昭献议道:"诞在扬州,颇得众心,不如征令入都,免为后患。"昭蹙眉道:"恐诞未必肯来。"充又说道:"充亦知他未肯应召,但召他不至,反速祸小,否则反迟祸大,愿明公裁察。"昭乃请旨,征诞为司空。诞果然迟疑,且见诏书中云,可将兵符交与扬州刺史乐綝,更觉得乐綝从中倾轧,不由的愤嫉交乘,当即带领数百骑,径赴扬州,佯言将奉诏入洛,与綝辞行。綝不知有诈,迎诞入厅,诞便指挥骑士,一拥上前,吓得綝逃至楼上,终被杀死。于是诞征兵聚粮,准备起事;且遣长史吴纲,送少子靓入质东吴,称臣乞援。吴相孙峻骄淫无道,国人侧目,司马桓虑、将军孙仪等先后谋峻,俱被杀死。全公主与峻私通,往来日久,因前曾谮害太子和,妹夫朱据与妹朱公主,均有异言。据已贬死,惟妹尚存。全公主余恨未消,竟诬妹与孙仪通谋,朱公主复致坐死。是何戾气,出此淫悍残忍之妇人?峻年未四十,恶贯满盈,忽患心痛,自称为诸葛恪所击,半日即毙,后事属诸从弟孙綝。綝已为偏将军，至是进任侍中，拜武卫将军，领中外诸军事。骠骑将军吕据素嫉孙綝，遂与诸督将连衔，表荐卫将军滕胤为丞相，綝独奏调胤为大司马，使他出镇武昌。胤尚未行，据已由江都回来，使人告胤，共黜孙綝。綝得知消息，遣从兄孙虑引兵御据，且促胤即日赴镇。胤不肯依言，反勒兵自卫，綝遂奏称胤谋反，率军攻胤，将胤杀死，并夷三族。胤不自量力，死亦自取。据既失内应，复为孙虑所阻，害得进退两难，或劝据北行奔魏，据慨然道："我若为叛臣，有何面目对我先人？"遂服毒自尽。据为故大司马吕范次子，自杀以后，由綝奏为叛首，亦夷三族。吴主亮下诏改元，号为太平。亮嗣位时，改元建兴，越二年改元五凤，五凤三年又改号太平。进綝为大将军，封永宁侯。綝从弟宪引兵还都，未得升迁，且见綝倨傲无礼，心甚怏怏，因与将军王惇同谋诛綝，不幸事泄，惇即受诛，宪亦自杀。过了一年，正值诸葛诞遣子入质，称臣请救，綝方欲图功耀威，当然乐从，便命将军全端、全怿、唐咨等，与降将文钦父子，领兵三万，往救寿春。

魏大将军司马昭闻得诸葛诞起兵，急忙入宫面奏，逼令魏主髦亲征，且请郭太后慈驾同行。挟天子并挟太后，无非防有内变。郭太后及魏主髦，不敢不从，当由昭调集大兵二十六万，陆续东下，自拥两宫车驾，出屯丘头，使镇东将军王基，与安东将军陈骞，领兵十万，进图寿春。基等方至城下，吴将全端、全怿等已先入寿春城中，助诞固守；基挥兵围城，再向司马昭请兵十万，把寿春四面环住，围的水泄不通。文钦等屡出犯围，均被击退。吴又遣将军朱异率三万人至安丰，为寿春外援。魏亦令将军石苞，督同兖州刺史周泰、徐州刺史胡质等击败朱异。异走报孙綝，綝乃大发士卒，出屯镬里，仍使异同将军丁奉、黎斐等引兵五万，再救寿春。异将辎重留屯都陆，自出黎浆，不意魏将石苞等又复杀来，异与战失利，仍然失败。还有魏泰山太守胡烈，潜引精兵五千，从间道绕出都陆，把朱异所留的辎重，一炬成灰；异兵丧粮尽，不得已仍回见孙綝。綝怒责道："汝两次失败，何颜见我？"异以魏兵势大为辞，綝复叱道："再去决一死战，不必向我饶舌。"异答言有兵无粮，不能再往。綝拍案道："谁叫汝辎重被毁？到此还敢违我令么？"一味蛮话。异尚欲再辩，綝竟拔剑起座，把异劈为两段。异为东吴名将，骤被杀死，将士都有违言。綝自知支持不住，索性退归吴都。适吴将全怿兄子祎、仪因讼得罪，奉母奔魏，可巧司马昭亲来督攻，即收纳祎等，且伪作祎书，嘱祎从人赍送寿春，递与全怿。书中大意，说是孙綝还都，责诸将救诞无功，罪及家族，因此奔魏逃命。怿得书惶急，即与全端带领部众，出城降魏，寿春城内，兵力益孤。诞部将蒋班、焦彝劝诞背城一战，诞又不从，二人料诞必败，也出降魏军。寿春自被围后，差不多已有半年，勉强过了残冬，粮食垂尽，诞屡次突围，终不能脱。文钦向诞献议，请将北兵尽行驱出，但留吴兵，与诞坚守，方可省食，诞不禁起疑，钦说至再三，诞勃然大怒道："汝教我尽去北军，连我也好送死了！"说着即拔刀砍死文钦。钦子文鸯、文虎，闻乃父被杀，当然痛愤，便逾城奔投魏营，军吏请按他前罪，一并加诛，司马昭独解说道："钦敢叛国，应受族诛，但今却不应出此。钦子穷迫来降，若将他诛戮，反使城内守兵誓死拒我，岂不可虑？"乃召入鸯、虎二人，面加抚慰，更表为偏将军，封关内侯。能收能放，奸谲不亚老瞒。一面使骑士数百人，绕城大呼道："文钦子尚不见诛，反加封赏，汝等何不早降，同受爵禄呢？"守兵听着，俱被诱动，往往縋城出降，昭乘势攻城，一日一夜，便得登陴，杀入城中。诸葛诞率亲兵数百人，开城欲走，被魏司马胡奋追及，一刀毕命。奋指挥部曲，将诞亲兵一齐缚住，劝令投诚。谁知他都不肯降，杀一个，劝一个，随劝随杀，竟至杀尽，并将诸葛诞全家诛戮，夷及三族。吴将唐咨降魏，惟偏将军于诠慨然太息道："大丈夫受命行军，不能救人，反甘屈节，我所不为。"说罢，竟免胄突阵，致为乱军所杀。可见吴大帝于地下。司马昭安民已毕，查点吴兵，乞降不下一二万人。或谓吴兵家小，尽在江南，将来必有他变，不如坑死了事，昭摇首道："古时良将出师，全国为上，但教元恶歼除，何必多戮他人？"遂令降卒分布三河，听令安处，拜唐咨为安远将军，咨以下有裨将数人，亦各予名位，众皆悦服。司马昭子孙得为帝数年，未始非这件阴功。惟昭欲乘胜伐吴，由镇东将军王基谏阻。又闻蜀将姜维复出汉中，乃留基都督扬州，自率大军西归。途次接得邓艾军报，乃是蜀兵已经却退，昭得放心，还抵丘头，奉着两宫车驾，回到洛阳。群臣又称昭功德应授荣封，魏主髦乃令昭为相国，封晋公，加九锡，昭尚推辞再四，方将成命收回，这且待后再表。

且说吴大将军孙綝引兵还都，威名虽挫，骄横如故。吴主亮年已十六，亲揽政事，见綝专权好杀，未免不平，往往因綝入朝，设词问答，綝辄为所窘,乃托疾不朝。使弟据为威远将军,入宫宿卫;恩为卫将军,幹为偏将军,闿为长水校尉,分屯诸营,为自固计。吴主亮尝翻阅旧案,得见朱公主死状,疑有冤诬,乃召问全公主,全公主胆虚心怯,反谓朱公主罪证,是由朱据二子熊、损所言。熊已督虎林,损亦督外部,亮责他有心害母,立使将军丁奉赍诏赐死。损妻为孙峻妹,綝因上书谏阻,亮独不从。全公主恐祸及己身,故意讨好亮前,叙述孙綝兄弟罪恶,<u>被孙峻奸污有年,乐得借此出气</u>。亮遂与他谋诛孙綝,且引将军刘承密商计划。亮妃为全尚女,时已立为皇后,尚子纪为黄门侍郎,亮召入与语道:"孙綝遇事专擅,藐我太甚,若不早图,必将及祸;卿父为中军都督,烦为密告,叫他严整军马,我当亲率各营,围取孙綝,但切勿使卿母闻知,妇人不晓大事,且为綝从姐,倘或漏泄,贻误非轻!"纪唯唯受教,出告父尚。尚素无远虑,竟向妻孙氏漏泄,孙氏即使人报綝。<u>但顾母家,不顾夫族,妇人误事,往往如此</u>。綝闻报大怒,夜使弟恩袭执全尚,并在苍龙门外,诱杀刘承,然后引兵围宫。亮亦愤不欲生,上马带鞬,持弓欲出,且语近侍道:"我为大帝嫡子,在位已五年,中外大臣,孰敢不从?贼綝敢这般放肆么?"<u>也是一厢情愿</u>。近侍等向前拦住,极力谏阻,全后也已闻知,与亮乳母一同趋至,牵住亮衣,不令外出,亮叱全后道:"汝父糊涂,败我大事!"全后本有姿色,更兼泪容满面,令人生怜,惹得亮欲行又止,将弓掷地,一面使人召纪。纪对来使道:"臣父奉召不谨,负上实甚,臣无颜再见陛下。"说至此,竟拔剑自刎。<u>可谓烈士</u>。使人当即返报,亮不胜叹息,尚想设法解围,哪知孙綝敢作敢为,嘱使光禄勋孟宗往告太庙,废亮为会稽王,且列亮罪状,班告远近。尚书桓彝不肯署名,被綝当场杀死。又遣中书郎李崇带兵入宫,夺取玺绶,迫亮夫妇出宫,由将军孙耽押送就国。亮始终无法,只好挈眷去讫。綝复徙全尚至零陵,全公主至豫章;尚在途中,又被綝使人刺死。<u>独不刺全公主,莫非尚为亡兄顾全私爱么?</u> 綝欲自立为主,恐众情不服,商诸典军施正,正劝綝迎立琅玡王休。綝乃令宗正孙楷,与中书郎董朝,迎休入都。休尝梦见乘龙上天,有首无尾,惊为奇事,<u>是不得传子之兆</u>。至是启行至曲阿,有老人于休前请道:"事久变生,愿大王速行。"休乃兼程入都,留驻便殿。孙恩奉上玺绶,三让乃受,即日登正殿嗣位,下令大赦,改元永安。孙綝自称草莽臣,缴还印绶节钺,乞避贤路,<u>死期将至,何必故作?</u> 休特旨慰谕，命綝为丞相荆州牧，恩、幹、闿皆晋爵加官，余亦封赏有差。

先是丹阳太守李衡，因休徙封丹阳，见九十七回。屡加侵侮，衡妻习氏，劝谏不从。休上书乞徙他郡，乃改迁会稽；至休入嗣位，衡惧休报怨，意欲奔魏。习氏复谏道："君本布衣，荷蒙先帝拔擢，未曾报德，乃反虐待诸王，自贻嫌衅，一误已足，奈何再叛主降虏呢？"义正词严。衡皱眉道："今将奈何？"习氏道："琅玡王素好声名，当不致肆行报复，但为君计，须先诣狱请罪，妾料君不但免祸，并可复官。"衡听了妻言，自诣建业，入狱待罪。果然奉诏赦免，说他在君为君，不必多疑，仍令还郡治事，并加威远将军职衔。辛敞有姐，李衡有妻，并录之以示女界。后来衡欲治产，习氏又屡次加诫，但在武陵，种橘千株，故卒得令终。惟孙綝一门五侯，并典禁兵，权倾人主；吴主休阳示恩宠，内实加防。綝尝奉牛酒入宫，向休上寿，休谦谢不受，綝乃持酒至张布府中，与布共饮。酒后触起私忿，便向布直告道："我前废少主，朝臣多劝我自立，我为今上贤明，故迎他为君，今我奉酒上寿，反致见拒，莫非疑我不成？看来只好变计呢。"布方超任左将军，为休心腹，与綝别后，即入宫密报。休很是不安，没奈何优给赏赐，

满恩贯孙琳伏诛

遇綝请求，无不勉从。綝佯请出屯武昌，调兵给仗，擅取武库兵器。将军魏邈，与卫士施朔，便入奏道："綝必将谋变，不可不防。"休因急召张布密议，布举荐老将丁奉可任大事，休乃再征奉入宫，与谋诛逆。奉答说道："丞相兄弟，支党甚多，不易猝制；好在腊日将到，大会群臣，待綝入席，便可下手，内属左将军布，外属老臣便了。"休闻言大喜，即嘱布、奉两人秘密行事，并令魏邈、施朔为助。未几已届腊会，先一夜间大风拔木，飞石扬沙，杀一孙綝，何干天怒？想是适逢其会。綝也觉惊心，托言有疾，不愿赴会，偏中使屡来敦促，只好应召。家人从旁劝阻，綝勃然道："朝命已至，何惮不往？万一有变，可令府中放火为号，我自当速归。"言讫遂行。到了朝堂，百官统皆待着，迓綝入殿，连吴主休亦起座相迎，綝行过了礼，昂然高坐，当即开宴聚饮。酒至半酣，望见殿外浓烟冲起，即诈言何处失火，起座欲归。休忙劝止道："外兵甚多，何劳丞相出视？"綝不肯应命，离席便行，张布举杯一掷，便有武士突出，立将孙綝拿下。吴主休喝声道："斩！"綝慌忙跪叩道："乞贷一死，愿徙交州。"休怒叱道："汝不徙滕胤、吕据等人？"綝复碰头道："愿没为官奴。"休又叱道："何不使胤、据为奴？"两诘甚妙。布即将綝押出殿门，一刀斩讫，持首示众道："罪止孙綝，余皆不问。"殿内外听了此言，俱肃静无声。俄而丁奉牵入孙恩、孙幹，亦由休叱令枭首。惟孙闿乘船北走，由魏邈、施朔追去，终得擒诛。孙綝兄弟家属，一概骈戮。追夺孙峻官爵，剖棺戮尸。改葬诸葛恪、滕胤等冢。廷臣或请为恪立碑，吴主休驳说道："盛夏出师，徒丧士卒，不可谓能；受遗辅政，身死贼手，不可谓智；怎得无端立碑呢？"驳得甚是。惟休妃为朱据女，母即休姐朱公主。以甥女为妻，亦太悖谬。朱公主为峻所杀，埋尸石子岗，无从辨识，惟有老宫人尚记主衣，再使两巫至乱冢前祷祝，夜见一妇人，从冈上来，冉冉入冢，因即开验，果如宫人所言，乃得改葬。册朱妃为皇后，立子𩅦为太子，𩅦读如弯。封南阳王和子皓为乌程侯，皓弟德为钱塘侯，谦为永安侯。所有与谋诛綝诸将，如张布、丁奉等并膺懋赏，江东乃安。

惟吴得诛逆臣孙綝，魏却反弑嗣主曹髦，下手是舍人成济，主使实大将军司马昭。语似老吏断狱。先是魏宁陵井中，两现黄龙，群臣上表称贺，魏主髦独叹息道："龙为君象，上不在天，下不在田，乃屈居井中，有何祥瑞可言？"遂作《潜龙诗》以自讽云：

　　　　伤哉龙受困,不能跃深渊。上不飞天汉,下不见于田。蟠居于井底,鳅鳝舞其前。藏牙伏爪甲,嗟我亦同然！

这诗为司马昭所闻,很是不悦,乃复阴图废立。每见魏主曹髦,辄用言讥嘲,惹得髦忍无可忍,乃召侍中王沈,尚书王经,散骑常侍王业,私下与语道："司马昭居心叵测,路人皆知,我不能坐受废辱,今当与卿共讨此贼。"经当即谏阻道："昔鲁昭公不忍季氏,散走失国,为天下笑；今大权久归司马氏,内外公卿,俱为彼爪牙,不顾顺逆,陛下宿卫空虚,甲兵单弱,如何能出讨权臣？还乞慎重三思。"髦愤然起座道："我已决意出讨,虽死不惧,况未必遽死哩。"说着,即从袖中取出诏书,投诸地上,自往永宁宫禀白太后去了。太觉卤莽。王沈等跟踉趋出,沈即语王经道："此事只好往白司马公,免致同尽。"业也以为然,独王经不从,二人径走告司马昭。昭即通告中护军贾充,叫他整兵防备。那魏主髦自永宁宫出来,竟不顾利害,但集殿中宿卫,及苍头官僮数百人,鼓噪出宫,自己拔剑升辇,当先押队,直奔止车门。门外有屯骑校尉司马伷,系是昭弟,当即引兵拦住；髦厉声喝退,向前再行。方至南阙,见贾充带着兵士数千,前来迎战,髦呼喝不住,两下竟厮杀起来。太子舍人成济颇有勇力,随充军前,便问充道："此事究应如何处置？"充悍然道："司马公养汝何用？正为今日！"济复问道："当杀呢？当缚呢？"充复答道："杀死便了！何必多问。"济遂挺矛趋进,驰至辇前,髦尚大喝道："我为天子,贼臣怎得无礼？"济并不答话,横矛直刺,髦用剑招架,挡不住成济的长矛,霎时间胸际受伤,撞落辇下,济再顺手一刺,刃透背上,呜呼毕命。这叫做螳臂挡车,自不量力。卫士僮仆等统皆逃散,充竟往报司马昭,昭假意大惊,自投地上。太傅司马孚闻变奔往,手枕髦股,且哭且语道："陛下被杀,实由臣罪！"身为太傅,不能事前调护,徒哭何益？当下命从吏棺殓髦尸,舁入偏殿,司马昭趋至殿中,召群臣会议,百官皆至,独陈泰已为尚书仆射,在都不入。昭令泰舅荀𫖮往召,泰唏嘘道："时人谓泰可比舅,今舅反不如泰呢。"泰子弟俱劝泰一行,泰素服入朝,先至灵前,恸哭一番,然后见昭。昭伴为流涕道："今日事该如何办理？"泰泣答道："独斩贾充,稍可以谢天下。"昭沉吟半晌,又复问道："再思及次。"泰朗声道："只有比此更进,何次可言？"

昭乃不复问,令左右为太后作诏,诬髦忤逆不孝,意图弑母,宜废为庶人;尚书王经,敢逢君恶,亦应重惩等语,当即使人至永宁宫,迫令太后钤印,即日颁发。昭却与司马孚等联衔请用王礼葬髦,吾谁欺?欺天乎?惟拘王经全家入狱。经尚有老母,亦被囚系,经因向母叩谢道:"不孝子累及慈亲,奈何奈何?"母反破涕为笑道:"人谁不死?但恐死不得所!今因此并命,死亦何恨呢?"比滂母更胜一筹。越日王经全家就诛,满城士民,无不泪下。司马昭见人心未死,乃归罪成济,派兵收捕。济不肯就拘,裸体登屋,丑诋司马昭,把他主使贾充,及所有弑君阴谋,和盘说出。却是痛快,但汝何故从逆?嗣经兵士四面放箭,济无从逃避,当然射倒,临死尚骂不绝口,昭竟夷济三族。小子有诗叹道:

> 王经报主甘从死,成济弑君亦受诛。
> 等是身家遭绝灭,流芳遗臭两悬殊。

欲知嗣立何人,且至下回续表。

孙綝出救诸葛诞,弃师而归,犹且骄横如故,安能久存?吴主亮若能濡忍以待，则如休之所为，未必不能为之。盖綝之怀逆，与司马昭相同，而才力之不逮昭也远甚。昭父兄累建功勋，为人畏服，綝无是也；昭之智不让父兄，倾动内外，朝臣俱受彼牢笼，綝又无是也。綝兄孙峻作恶多端，及身幸得免诛，而綝则丧师辱国，众怨交乘，挥而去之，固易事耳。亮所托非人，因致失败，非綝之不易诛也。魏主髦卤莽从事，仿佛孙亮，亮且不能诛綝，髦亦安能诛昭？南阙遇弑，莫非其自取耳。惟王经见危授命，始则进谏，继则抗逆，身虽被戮，名独流芳，而经母亦含笑就刑，贤母忠臣，并传千古，以视成济之为虎作伥，亦夷三族，其相去为何如乎？

第一百回

失蜀土汉宗绝祀　篡魏祚晋室开基

却说司马昭既诛成济，遂议另立嗣君，决迎燕王宇子璜为魏主。使长子中垒将军司马炎行中护军事，持节至永次县常道乡，迎璜入都。璜为常道乡公，年方十五，既入洛阳，即至永宁宫，谒过太后，登殿嗣位，更名为奂，改号建元，进司马昭为相国，封晋公，加九锡礼，昭仍然固辞。何必做作？是年故汉献帝夫人曹节病殁，追谥为献穆皇后，丧葬礼仪，皆依汉朝故例。特笔书此，以志曹女之犹不忘汉。越年，又命司马昭晋爵，昭谦让如故。又越年十月，洮阳递入军报，乃是蜀姜维复为大将军，出兵攻魏。昭令安西将军邓艾，过意严防。先是蜀汉主禅延熙二十一年改元景福，正值魏兵出攻寿春，蜀将姜维欲乘虚北伐，特率数万人，通道骆谷，进攻长城。此长城系是县名，非秦所修筑之长城。魏安西将军邓艾，与长城都督司马望，坚壁拒维，相持不下。及魏平寿春，司马昭还师，维乃引还。是补前回未详之阙。但自姜维执掌军政，主张北伐，至此已经过六次，差不多是连年兴师，蜀民当然愁苦。中散大夫谯周曾作《仇国论》讽维，维尚无回意。尚书令陈祗，与中常侍黄皓，在内用事，扰乱国政，已而祗死，后主禅用仆射董厥为尚书令，尚书诸葛瞻为仆射；嗣且进厥、瞻为将军，共平尚书事，命侍中樊建为尚书令。厥本义阳人，曾仕丞相府中令史，诸葛亮尝称为良士。瞻即亮子，得尚公主，位兼勋亲，但两人素性慎重，未能力除黄皓。独樊建不与皓往来。皓累承宠眷，蒙蔽后主，伐异党同。右将军阎宇与皓亲善，皓欲黜去姜维，以宇为代。维察知阴谋，入白后主道："皓奸巧专恣，将败国家，请陛下速诛此人。"后主笑答道："皓一趋走小臣，有何能为？从前董允嫉皓，朕常以为过甚，卿幸勿介意。"说着，复呼皓出谢姜维，维不便多言，当即趋出。好一个和事天子。至景耀五年，维又欲伐魏，车骑将军廖化劝阻不从，退语亲属道："兵不戢，必自焚，伯约姜维字。恐难逃此语呢！上语本《左传》。智既未优，力又未足，乃用兵无厌，何以自存？"果然维进攻洮阳，前锋夏侯霸中箭阵亡；维与邓艾交战侯和城下，又复失利，只得退还。姜维七伐中原，至此才了，罗氏《三国演义》添入计赚王瓘一回，称作八伐，不知何指？黄皓遂乘间进谗，请令阎宇代维，后主虽未依言，心下却有疑意。维在途中得知消息，乃自请种麦沓中，不复还都。才阅两月，即得魏人窥蜀消息，上表后主，请遣左右车骑将军张翼、廖化督领兵马，出镇阳平关，及阴平桥头，防备不虞。后主接得此表，乃与黄皓计议，皓复奏道："这又是姜维贪功，故有此表。臣料蜀中天险，魏人亦未必敢来，陛下如尚怀疑，都中有一师巫，能知未来，可传旨问明。"后主遂令皓往问师巫，未几返报，谓巫已请得神言，说是陛下后福无穷，何来外寇？全是捣鬼。后主信以为真，乐得耽情酒色，坐享太平，所有姜维表文，置诸不理。适有都乡侯胡琰妻贺氏美丽绝伦，因入宫朝见皇后，被留经月，方许还家。琰疑贺氏与后主私通，竟呼家卒至贺氏前用履挞面，差不多有数十百下。看官试想，好好一张俏庞儿，能禁得这般糟蹋么？琰俟家卒挞罢，将妻驱出。可怜贺氏哭哭啼啼，竟至宫中面诉冤情。后主见她面目青肿，不禁大怒，立命左右拘琰下狱，饬有司从重定谳，谳文有云："卒非挞妻之人，面非受履之地，罪当弃市！"于是琰处斩。时人因琰罪轻法重，越生疑议，遂致舆情失望，怨谤交乘。后主似痴聋一般，全无知觉。且自姜维上表后，过了半年，并不见魏兵入境，益觉得黄皓忠诚，远过姜维。

谁知霹雳一声，震动全蜀，魏兵竟三路杀到，势如破竹，管教那岩疆失守，全蜀沦亡。魏大将军司马昭因蜀人屡次犯边，意欲遣客入蜀，刺死姜维，从事中郎荀勖道："明公当堂堂整整，出师讨蜀，奈何令刺客西行，无名无望呢？"说得司马昭跃然心动，遂拟大举攻蜀。朝臣多以为未可，独锺会竭力赞成。昭即令会为镇西将军，都督关中，部署人马，再使邓艾为征西将军，与会并进。艾以蜀未有衅，屡陈异议。昭遣主簿师纂为艾司马，再三劝勉，艾无奈奉命。本非情愿，已为后文埋根。约阅数月，锺会已筹足饷械，便统率十余万人，分从骆谷、斜谷、子午谷，直趋汉中。邓艾督三万余人，自狄道入沓中，牵掣姜维。再令雍州刺史诸葛绪督三万余人，自祁山往武卫桥头，绝维归路。三路魏兵，同时出发，又由昭遣廷尉卫瓘，持节监军。瓘行过幽州，由刺史王戎出迎，与瓘宴叙。席间谈及行军得失，戎与语道："道家有言，为而不恃，可见得成功不难，保守为难呢。"瓘复述参军刘实微言，谓锺、邓二人，必能破蜀，但皆不得生还，戎微笑道："我意亦然，君应守秘密，且看将来。"瓘乃尽兴而去。

从前刘先主手定汉中，曾在阳平关外，分置边戍，严防外寇；至姜维用事，谓不如敛兵聚谷，退守汉寿及汉、乐二城，较为简省；寇若攻关，势难遽拔，待他粮尽引还，可由诸城并出搏击，自足歼敌等语，后主依议施行。因将各边戍撤退，惟饬将军傅佥守住关隘，王含、蒋斌分戍汉、乐二城。外户不守，撤屯引敌，这是姜维第一失计。此次锺会进兵，遂得长驱无阻，直达阳平关下，自督诸军攻关，使前将军李辅，与护军荀恺，各率万人，往围汉城、乐城，使他隔绝不通。阳平关本来险峻，守将傅佥，扼住关口，任凭锺会有十万大军，一时总难飞越。惟佥恐寡不敌众，忙遣使飞报成都，乞师相助。未几来了一个蒋舒，本为武兴军督，由后主调他助佥。佥意在坚守，舒偏要出战，两人各执一是，结果是佥仍守关，舒出迎敌。谁料舒出关以后，竟向魏营乞降，反引魏先锋胡烈同来叩关。佥在关上俯瞩，明明是蒋舒还军，当然开关接入。关门甫辟，魏兵如潮涌进，乱杀守兵，佥始知为舒所卖，下关格斗，力杀魏兵数十人，自己身受重伤，血满袍铠，当下用剑拟颈，忍痛力挥，一道忠魂，往寻乃父傅彤去了。父子同为蜀死，节足光汉乘。魏已入关，锺会率队进来，得了许多粮草甲仗，很是喜慰，便即犒赏军士，就在关上休息一宵。越日得李辅、荀恺军报，乃是汉、乐二城已经归降，会就放胆前进，行经定军山，忽见阴云布合，愁雾迷蒙，几乎连前面路径，都不可辨。会亟问降将蒋舒道："山上有无神庙？"舒答言并无庙宇，只有蜀故丞相诸葛亮墓，全蜀将亡，怪不得阴云愁惨。会恍然道："诸葛公遗惠及民，理应致祭。"遂谨备牲醴，亲往墓前祷祀，且誓言入蜀以后，决不妄杀一人，待至祷毕，云雾徐开，然后再进。

后主闻汉中失守，急遣左右车骑张翼、廖化，及辅国大将军董厥，领兵拒魏，迟了！迟了！且遣使向吴求援，一面下令大赦，改景耀六年为炎兴元年。姜维尚在沓中，闻得魏兵进攻，慌忙调兵抵御，可巧邓艾引兵杀到，便与对垒，相持了好几日。忽由探马来报，汉中失守，傅佥战死，维大惊道："汉中一失，我无归路，只好速退罢。"当下拔寨齐退。行至强川口，后面追兵又至，维无心恋战，且斗且走，丧失部兵多人。将抵阴平，后有探马走报道:"魏将诸葛绪进据桥头,截我去路。"维闻言沉吟,想命军士改向北行,扬言将截击绪后。绪果为所绐(dài),退兵三十里,四面窥探,并无蜀军,哪知维已还向桥头,趋回剑阁去了。蜀将廖化、张翼、董厥等奉命拒魏,正与姜维相遇,维谓剑阁险阻,必可固守,不如并力扼住,待敌粮尽退归,再可规复汉中。廖化等也以为然,遂合兵同至剑阁,依险分屯,果然锺会兵至,无隙可乘,就是邓艾、诸葛绪一齐趋集,也是屡攻不克,徒费奔波。会知难欲退,偏邓艾冒险进取,引兵自行,惟诸葛绪仍与会合军。会因艾不受节制,迁怒及绪,密奏绪畏懦无功,竟将他槛车送归,所有绪兵三万人,悉归会管辖。会且留攻剑阁,专探邓艾消息。艾却率领部曲,就阴平僻道,趋入前面,都是丛山峻岭,渺无人迹;艾不顾艰险,勒令军士逢山开道,遇水架桥,到了危崖峭壁的地方,却用毡裹住身体,先滚下去,将士等不敢落后,如法遵行,及至无毡可裹,各用绳索束腰,攀木挂树,鱼贯而进。艾不久即死,何苦为此。途次尚有二废垒,虚无一人,艾指示将佐道:"此间空垒尚存,想诸葛孔明在日,定必派兵把守,今已废置,是天使我成功了。"及行近江由,路渐平坦,总计所经路险,约有七百余里,部众在途伤亡,亦不下数千人,自是有进无退,只好拚死杀入。江由守将马邈漫不加防,一闻艾兵已到城下,吓得魂飞胆落,慌忙开城迎降。蜀卫将军诸葛瞻方守涪城,闻得江由被陷,忙调兵抵御;尚书郎黄崇劝瞻急出据险。瞻因兵尚未集,不便遽出,才阅两日,魏兵已将险要占去,眼见得涪城难守,不得已退保绵竹。艾令子忠及司马师纂引兵追瞻,被瞻一鼓击退,还见邓艾,报称敌未可击。艾大怒道:"存亡利害,在此一举,若非冒死进击,难道还有生路么?"忠与纂乃复驰去,与瞻再战。这番接仗,与前次迥不相同,魏兵俱怀死志,锐不可当,瞻正虑招架不住,偏又有大队杀来,乃是邓艾自来接应,两军杀至日暮,蜀兵四散,瞻与尚书黄崇并皆阵亡。瞻子尚年将弱冠,登城遥望,见父瞻陷入阵中,不禁恸哭道:"我父子荷国重恩,应该效死,只恨朝廷不早斩黄皓,致有此祸!今我父已死,我何生为?"遂策马杀出,格毙魏兵数名,也即捐躯。父死忠,子死孝,不愧为武侯子孙。艾遂杀入绵竹城,守兵尽溃。绵竹距成都只百余里,败报早发夕至,急得后主禅束手无策,忙召朝臣商议,或谓宜东出奔吴,或谓且避往南中七郡,惟光禄大夫谯周,谓不如降魏,后主迟疑未决,流涕还宫。何不叫

师巫退敌？

是时吴太后与梁王理皆早殁，鲁王永徙封甘陵，不在都中，余如张后及太子璿等毫无主见，只有在旁陪泪。忽有一人趋入道："如果势穷力屈，祸败必及，便当父子君臣，背城一战，同死社稷，方好见先帝于地下！奈何遽欲出降呢？"后主瞧着，乃是第五子北地王刘谌。刘禅庸主，不意有此奇儿。原来后主有七子，长名璿，已立为太子，次为安定王瑶，又次为西河王琮，时已去世。又次为新平王瓒，第五子就是北地王谌，六子恂封新兴王，七子虔封上党王，谌最号英明，故有此谏。后主怒说道："童子何知？也来多言！"谌大哭道："先帝创业艰难，一旦拱手让人，岂不可惜？谌宁死不受辱呢。"后主将他叱退。俄而谯周复入报道："魏兵将到城下，陛下若依臣言，还可保全爵禄，必无他虞，臣愿至魏营力争，决不使陛下罹灾。"后主听到此语，心下稍宽，总教性命可保，何惜屈膝？乃使周缮就降表，与侍中张绍、驸马都尉邓良同赴艾营请降。艾方至雒城，得表大喜，答书有"微子归周，当为上宾"等语，因遣绍、良持书返报，自率部兵径诣成都，后主面缚舆榇，出城降艾。艾令焚榇释缚，好言抚慰，仍令还宫安民。是日，北地王刘谌挈妻子至昭烈庙中，哭拜一番，起拔佩剑，先杀妻子，然后自杀，虽死犹生。汉至此乃亡。总计蜀汉自先主开基，称帝三年，后主禅嗣位四十年，合得四十三年，独详蜀汉历数，隐宗紫阳书法。三汉共二十六主，总计得四百六十九年。再加一笔。

邓艾既入成都，禁止将士掳掠，独收锢黄皓，意欲加诛，皓赂艾左右，终得免死。奈何不诛此竖？艾依东汉邓禹故事，承制拜后主为车骑将军，太子诸王，各有封职；但使后主驰书剑阁，饬令姜维降魏。维闻诸葛瞻败死，还援成都，行至郪县，接得后主敕书，踌躇多时，乃令部兵还降锺会，就是廖化、张翼、董厥诸将，亦偕维同降。将士统皆愤激，拔刀砟石，尚欲与魏兵决一死战，经维密为晓示，方随至会营。会素闻姜维才名，开营迎入，莞然笑语道："伯约来此何迟？"维流涕道："维不能保主，本当一死，因闻将军仁明英武，故不惜来降，今日至此，尚为太速呢。"会听了此语，忙起握维手，引置上座，与谈心腹，并使维依旧领兵，维自然暗喜，遂导会至涪城驻扎。会闻艾恃功专断，心甚不悦，艾又上书司马昭，请乘胜伐吴，并封降王刘禅父子，使吴人望风畏服云云。昭表封艾为太尉，会为司徒，独未肯遽从艾请。特檄监军卫瓘谕艾，叫他事须先报，不得专行。艾奋然道："大夫出疆，苟利社稷，何妨专命？艾惟知《春秋》大义，怎得无端牵掣呢？"说得瓘无词可答，走白锺会。蜀将姜维得此知信，便进语锺会道："公自入蜀以来，算无遗策，今反位出艾下，已伏内疑；维闻陶朱沼吴，泛舟绝迹；张良破楚，辟谷全身。公何不上效古人，保功立名呢？"故意反激。会笑答道："君言错了！我年强仕，何能行此？"维接口道："公若不愿高蹈，凭公智力，何事难为？无烦老夫陈策了。"明是逼他谋反。会乃屏去左右，与维议定秘谋，即与卫瓘联名上书，白艾反状。

司马昭既防邓艾，复防锺会，先请魏主下诏，因艾解京，一面使锺会进兵成都，一面令贾充将兵入斜谷，自奉魏主出屯长安。着着防到，昭才实过锺、邓。会接到诏敕，便欲麾兵直进，维急劝会道："艾若拒公，必且劳动兵戈，不如先遣监军卫瓘，前去收艾，然后进兵不迟。"会极口称善，立遣卫瓘引兵百骑，往拘邓艾，自率全军继进。瓘却也乖巧，明知前去收艾，危险异常，他却就夜间驰往成都，待晓入城，托言有要事密商，竟至邓艾卧室中。艾尚高卧未起，瓘竟叱从兵将艾缚住，艾子忠起身入问，亦为所执，因厉声大呼道："奉诏收邓艾父子,余皆不问。"当下牵艾父子入槛车。待至艾部众齐集,意欲阻挠,偏城外已由锺会大军一拥直入,众乃不敢再动,听锺会处置。会入城谕众,各守专职,但派遣将吏将艾父子押送洛阳。忽由魏廷颁到哀诏,乃是郭太后病亡,会乘机谋变,佯召诸将举哀,驱置一室,待至哀毕,突从怀中取出一纸,向众宣言道:"太后有遗诏颁来,使会入讨司马昭。"诸将问昭有何罪,会拔剑置案道:"南阙弑君,罪状昭然,诸君如甘心从逆,请试吾剑!"众皆惊愕,勉强应命。会却将诸将锢住室中,不准私出,独卫瓘诈称有疾,得居外廨。会因瓘手下无兵,许令自由;复与维密议起兵,使为先驱。维一口应承,但言诸将未服,不可不防。会即举剑示维道:"有此物在,何必多忧?"维大喜趋出,往报后主禅道:"愿陛下忍辱数日,便可使社稷复安,日月重明了。"哪知汉祚已终,不能再挽,才隔一宵,就起变端。魏护军胡烈,亦被锢禁室中,独子渊尚在外面,烈使亲兵出外取食,嘱他寄语,伪言锺会已作大坑,并办就大杖数千,将驱众尽死坑中。渊闻语大惊,传告诸军,一夕皆遍,到了日中,由渊击鼓召众,顷刻便集至万人,杀入殿中。会方与姜维共坐内殿,密商出兵事宜,蓦闻殿外有鼓噪声,会惊起道:"莫非是外兵变乱么?"维答说道:"就使有变,一击便了!"语尚未毕,乱兵已经趋入。会急拔剑出御,忽被一箭射着,仓猝倒地;维尚欲救会,忽觉心痛难当,乃仰天大呼道:"我计不成,岂非天命?"说至此,就举剑自刎,须臾毕命。人定不能胜天。乱兵将会杀死,再剖维腹,胆大如卵,并皆咋舌,于是乘势杀掠,骚扰全城。胡烈等也穿屋驰出,一同行凶,不但姜维家属尽遭屠戮,甚至蜀太子璿,及蜀将数人,也为所害;蜀民死亡无数,积尸盈途,想是百姓应该遭劫。还亏卫瓘出来弹压,好几日才得平安。邓艾旧部将吏,飞骑追艾,幸得相遇,忙将艾父子放出槛车,仍向成都回来。将至绵竹,见有一彪军驰至,艾仔细审视,先驱为部将田续,当即拍马相迎。续忽手起一刀将艾劈落马下,艾子忠向前救父,又被续顺手杀死。看官,这是何因?原来续前越阴平,畏难不进,被其叱辱一番,心中记恨,此次为卫瓘所遣,叫他袭杀邓艾父子,免得艾还蜀报仇,续只说是奉诏诛逆,无人敢抗,当即持首还报。既而贾充入蜀,遂将后主禅等共徙洛阳。蜀臣惟秘书令郤正,及殿中督张通,随禅北行。司马昭已奉主回洛,待禅到来,封他为安乐公。昭邀禅与宴,命奏蜀乐,郤正等并皆感伤,禅乃嬉笑自若。昭乃语贾充道:"此人可谓无心,就使诸葛亮尚存,亦难保护,何况是一姜维呢?"乃复问禅道:"颇思蜀否?"禅答说道:"此间乐,不思蜀了!"安乐公名副其实。待至宴毕,禅辞别回邸,郤正入语道:"主公前次失言,倘他日再如前问,应流涕相答,说是先人坟墓,远在蜀中,怎能不思?"禅点首记着,后来果由昭再问,禅依郤正言答昭,只苦一时无泪,乃闭目作态。昭忽问道:"此语何似郤正所言?"禅开目惊视道:"诚如尊命!"昭不禁失笑,左右亦吃吃有声。禅乃惘然告退,但亦得使人不疑,安享余生。至晋泰始七年,方才病终,倒也活得六十有五岁,这且搁过不提。呆人呆福。

且说吴主休嗣位六年,因蜀使告急,曾遣大将军丁奉向寿春,偏将丁封、孙异向沔中,为蜀声援;嗣闻蜀已入魏,乃令各军退回,惟心中不能无忧,奄忽成疾,猝致不起。遂召丞相濮阳兴入宫,嘱咐后事。休已不能言,但握住兴手,使太子䨳出拜,算是托孤的遗命,是夕遂殁。兴却与左将军张布商议,谓蜀已新亡,势将及吴,太子䨳年尚幼弱,恐难保国,不如迎立乌程侯皓,较为得计,布也即赞成,遂入宫禀白朱后。朱后是一柔顺的女流,潸然答道:"我一寡妇人,何知大虑?但凭卿等裁决罢了。"妇道尚柔,此处似因柔召祸,但误在兴、布,不能为朱氏咎。兴等趋出,便迎皓嗣位,改年元兴。当即为休发丧,奉葬定陵,追谥休为景皇帝。皓为休从子,既已入嗣休位,例应尊休后朱氏为太后,且群臣已将太后玺绶送入宫中。偏皓将玺绶夺还,但号朱氏为景皇后,独崇谥父和为文皇帝,尊庶母何姬为太后,封休子䨳为豫章王,勒令就国,立妃滕氏为后。系是故卫将军滕胤族女,父名牧,得封高密侯,拜卫将军。皓初次颁发优旨,如发仓廪,赈贫乏,放宫女,出苑禽等事,倒还有些贤明;后来骄淫不道,沉湎酒色,丞相兴与将军布未免生悔,轮流进谏。皓竟目为怨谤,杀毙两人,寻且逼死朱后及后二子,残虐如此,怎得久存?那魏大将军司马昭平蜀有功,始受封相国晋公,及九锡典礼。太尉王祥、司徒何曾、司空荀顗又请加封昭为晋王,昭亦直受不辞。至此已无庸做作了。一班趋炎附势的臣僚,就将禅让的典礼,争先呈入。昭因东吴未平,还想少待,惟命长子炎为副相国;百官又趁势逢迎,表进炎为抚军大将军。越年,为魏主曹奂咸熙二年,昭已立炎为世子,复进称太子。未几昭死,炎嗣为相国、晋王,迁魏司徒何曾为

晋丞相,令骠骑将军司马望为晋司徒。魏主奂名为人君,早与傀儡无异,左右侍臣无一非司马氏爪牙。好容易在位六年,还是司马昭不肯受禅,才得迁延时日。*无非想学曹操。*及炎承父爵,不肯再缓,端的要帝制自为了。*与曹丕何异?*是年秋季,襄武县中报称有大人出现,身长三丈余,迹长三尺二寸,白发黄巾,拄杖自呼道:"我乃民王,传语兆民,国运将改,从此太平!"言讫不见。*真耶?伪耶?*何曾等遂推为晋瑞,向炎劝进。炎佯为推辞,偏朝臣已逼令魏主,就南郊筑受禅坛,择于咸熙二年十二月壬戌日禅位。转眼间已是届期,百官至晋王府前,请炎受禅。炎居然戴冕旒,服衮衣,乘辇出来,由大众拥至南郊,下车登坛。早有黄门官捧着皇帝玺绶,敬谨上献。炎接受后,当燔柴告天,一如魏受汉禅故事,*真好报应。*礼毕还朝,御殿受贺,国号晋,改元泰始。废魏主奂为陈留王,即日徙居金墉城。奂含泪别去。太傅司马孚拜辞故主,流涕唏嘘道:"臣年老将死,尚不失为大魏纯臣哩。"*自称自赞。*未几又徙奂至邺城,直至晋太安元年寿终,追谥为元皇帝。废主曹芳,由齐王降封为邵陵公,殁时追谥为厉。余如魏氏诸王,皆降封为侯,魏历五主而亡。独吴至太康元年,方为晋灭,

事见《晋史演义》中。汉事已完,墨干笔秃。小子只有绝诗两首,作为本编的煞尾声。诗曰:

春陵起义汉重光,后嗣昏庸又致亡。
赢得蜀中延一线,谁知宦竖且贻殃?

妇寺原为乱国媒,群雄扰攘亦堪哀。
试看两汉同三国,多少兵民付劫灰?

姜维才不逮诸葛,而欲与魏争胜,连岁出师,致民劳苦,不可谓非失计。然如后主之昏愚,亲小人,远贤臣,就使维不伐魏,蜀亦宁能久存乎?况维闻魏人窥蜀,即表请遣将守险,而为一黄皓所误,卒至魏兵三路,长驱直入;是咎在黄皓,于维无尤也。剑阁守险,钟会屡攻不克,而邓艾从阴平进兵,直趋涪城,诸葛瞻不依黄崇之议,让敌深入,猝至战死,是咎在诸葛瞻,于维亦无尤也。成都虽危,尚堪背城借一,后主宁从谯周,不从北地王谌,面缚出降,坐丧蜀土,是咎在后主,于维更无尤也。至大势已去,维尚诈降钟会,意图规复,乃不幸失败,一死谢国,维之报主,至矣尽矣!天不祚蜀,何维之足尤乎?若夫司马氏之篡魏,实为天道之循环,不有曹操父子之作俑于前,何有司马昭之效尤于后?故篡魏者晋,实则魏自诒之也。而晋之亡,当于《晋史》中寻其源,故不赘云。

蔡东藩历朝通俗演义 绣像本

第二部

后汉通俗演义 附三国 （上）

蔡东藩 著

中华书局

自 序

　　客岁编《前汉演义》，就二百一十年间之事迹，撮要演述，而于女宠外戚之祸，独详载无遗，举前辙所以戒后车也。乃者赓续汉事，复及东京，并暨西蜀，而窃按东京，历数与西京略同，而其亡国之厉阶，则亦肇自女宠，成于外戚。或者谓后汉之亡，宦寺方镇实尸之，于女宠外戚似无与焉。岂知木朽则虫生，墙罅则蚁入，不有女宠外戚之播弄于先，何有宦寺方镇之交讧于后？四星耀斗，百桷摧栋，阳弱阴强，刘轻曹重，其所由来者渐矣，谳辨之不早辨也。昔范蔚宗作《后汉书》，于后妃列传中，一则曰权归女主，再则曰委事父兄，三则曰终于凌夷，大运沦，神宝亡，盖嗟叹之不足，故长言之。他如《外戚》《党锢》等传中，且连类并书，又复特创新例，作《宦者传》，冠其文曰："邓后以女主临政，帷幄称制，下令不出闺闱之间，不得不委用刑人，寄之国命。"又曰："自曹腾说梁冀，竟立昏弱，魏武因之，遂迁龟鼎。"夫邓后，女宠也，梁冀，外戚也，曹腾，宦寺也，魏武，方镇也，穷原尽委，举一例百，不已昭然揭橥（zhū）欤？洎乎昭烈偏安，聊延一线，而其后复为一黄皓所误，则宦官之流毒使然，诸葛公所痛恨于桓灵者，不意于后主时又见之，良可慨已！惟史册浩繁，谁遑卒阅？至若编年纪事，各书不一而足，阅者更未免有汪洋之叹，反不若近代之通行《东西汉演义》暨《三国志演义》，则脍炙人口，俗之欢迎也。夫东西汉之叙事脱略，且多臆造，应为有识者所鄙夷；若罗氏所著之《三国志演义》，则脍炙人口，加以二三通人之评定,而价值益增,然与陈寿《三国志》相勘证,则粉饰者十居五六。寿虽晋臣,于蜀魏事不无曲笔,但谓其穿凿失真,则必无此弊。罗氏第巧为烘染,悦人耳目,而不知以伪乱真,愈传愈讹,其误人亦不少也。本编续《前汉演义》之体例,始于新莽之篡汉,终于司马氏之代魏,中历东汉蜀汉之二百数十年,事必纪实,语不求深,合正裨为一贯,俾雅俗之相宜,而于兴亡之大关键,如女宠,如外戚,酿而为阉祸,迫而为兵争,尤三致意焉。先民有言,"文不苟作",鄙人固无当斯言,特以视附会荒唐,无关世道者,则相去殆有间欤?海内君子,幸鉴正之!

　　　　　　　　　　　　　　　中华民国十五年秋节古越蔡东帆叙。

后汉世系图

凡十二主,共一百九十六年

❶光武帝刘秀[在位三十三年]──❷明帝庄[在位十八年]──❸章帝炟(dá)[在位十三年]──┬──❹和帝肇[在位十七年]──❺殇帝隆[在位一年]
　　└──清河王庆──❻安帝祜[在位十九年]──❼顺帝保[在位十九年]──❽冲帝炳[在位一年]
　　千乘王伉──乐安王宠──渤海王鸿──❾质帝缵[在位一年]
　　河间王开──┬──蠡吾侯翼──❿桓帝志[在位二十一年]
　　　└──解渎亭侯淑──解渎亭侯苌──⓫灵帝宏[在位二十二年]──┬──少帝辩[被废]
　　└──⓬献帝协[在位三十一年]

三国世系图

蜀汉 凡二主,共四十三年

① 昭烈帝刘备 [在位三年] —— ② 后主禅 [在位四十年]

魏 凡五主,共四十六年

① 文帝曹丕 [在位七年] —— ② 明帝叡 [在位十三年] ——┬── ③ 废帝齐王芳 [在位十五年]
                                                    ├── 东海王霖 —— ④ 废帝高贵乡公髦 [在位六年]
                                                    └── 燕王宇 —— ⑤ 元帝奂 [在位五年]

吴 凡四主,共五十二年

① 大帝孙权 [在位二十四年] ——┬── ② 会稽王亮 [在位六年]
                              ├── ③ 景帝休 [在位六年]
                              └── 南阳王和 —— ④ 乌程侯皓 [在位十六年]

樊崇　劉盆子　淮陽王劉玄　公孫述　隗囂

桓榮　東海王劉彊　漢明帝　馬皇后　馬援

虞美人　漢沖帝　漢順帝　梁皇后　漢哲帝　梁冀　孫壽

杜喬 李固 李膺 杜密 范滂

劉璋　劉表　袁紹　袁術　公孫瓚

孫休　吳主孫權　潘夫人　孫亮

孫皓

目 录

第 一 回	假符命封及卖饼儿 惊连坐投落校书阁	1
第 二 回	毁故庙感伤故后 挑外衅激怒外夷	9
第 三 回	盗贼如猬聚众抗官 父子聚麀因奸谋逆	17
第 四 回	受胁迫廉丹战死 图光复刘氏起兵	25
第 五 回	立汉裔淯水升坛 破莽将昆阳扫敌	34
第 六 回	害刘縯群奸得计 诛王莽乱刃分尸	41
第 七 回	杖策相从片言悟主 坚冰待涉一德格天	49
第 八 回	投真定得婚郭女 平邯郸受封萧王	57
第 九 回	斩谢躬收取邺中 毙贾强扬威河右	65
第 十 回	光武帝登坛即位 淮阳王奉玺乞降	72
第十一回	刘盆子乞怜让位 宋司空守义拒婚	80
第十二回	掘园陵淫寇逞凶 张挞伐降王服罪	87
第十三回	诛邓奉惩奸肃纪 戕刘永献首邀功	95
第十四回	愚彭宠卧榻丧生 智王霸举杯却敌	102
第十五回	奋英谋三战平齐地 困强虏两载下舒城	110
第十六回	诣东都马援识主 图西蜀冯异定谋	117
第十七回	抗朝命甘降公孙述 重士节亲访严子陵	125
第十八回	借寇君颍上迎銮 收高峻陇西平乱	133
第十九回	猛汉将营中遇刺 伪蜀帝城下拼生	141
第二十回	废郭后移宠阴贵人 诛蛮妇荡平金溪穴	149
第二十一回	洛阳令撞柱明忠 日逐王献图通款	157
第二十二回	马援病殁壶头山 单于徙居美稷县	165
第二十三回	纳直言超迁张佚 信谶文怒斥桓谭	173

回次	回目	页码
第二十四回	幸津门哭兄全孝友　图云台为后避勋亲	180
第二十五回	抗北庭郑众折强威　赴西竺蔡愔求佛典	187
第二十六回	辨冤狱寒朗力谏　送友丧范式全交	194
第二十七回	哀牢王举种投诚　匈奴兵望营中计	201
第二十八回	使西域班超焚房　御北寇耿恭拜泉	208
第二十九回	拔重围迎还校尉　抑外戚曲诲嗣皇	216
第三十回	请济师司马献谋　巧架诬牝鸡逞毒	224
第三十一回	诱叛王杯酒施巧计　弹权威力疾草遗言	232
第三十二回	杀刘畅惧罪请师　系郅寿含冤毕命	240
第三十三回	登燕然山夸功勒石　闹洛阳市渔色贪财	248
第三十四回	黜外戚群奸伏法　歼首虏定远封侯	256
第三十五回	送番母市恩遭反噬　得邓女分宠启阴谋	264
第三十六回	鲁叔陵讲经称帝旨　曹大家上表乞兄归	272
第三十七回	立继嗣太后再临朝　解重围副尉连毙虏	280
第三十八回	勇梁慬三战著功　智虞诩一行平贼	288
第三十九回	作女诫遗编示范　拒羌虏增灶称奇	296
第四十回	驳百僚班勇陈边事　畏四知杨震却遗金	304
第四十一回	黜邓宗父子同绝粒　祭甘陵母女并扬威	312
第四十二回	班长史捣破车师国　杨太尉就死夕阳亭	320
第四十三回	秘大丧还宫立幼主　诛元舅登殿滥封侯	328
第四十四回	救忠臣阉党自相攻　应贵相佳人终作后	336
第四十五回	进李固对策膺首选　举祝良解甲定群蛮	344
第四十六回	马贤战殁姑射山　张纲驰抚广陵贼	352
第四十七回	立冲人母后摄政　毒少主元舅横行	360
第四十八回	父死弟孤文姬托命　夫骄妻悍孙寿肆淫	368
第四十九回	忤内侍朱穆遭囚　就外任陈龟拜表	376
第五十回	定密谋族诛梁氏　嫉忠谏冤杀李云	384
第五十一回	受一钱廉吏迁官　劾群阉直臣伏阙	393

回次	回目	页码
第五十二回	导后进望重郭林宗　易中宫幽死邓皇后	401
第五十三回	激军心焚营施巧计　信谗构严诏捕名贤	409
第五十四回	驳问官范滂持正　嫉奸党窦武陈词	417
第五十五回	驱蠹贼失计反遭殃　感蛇妖进言终忤旨	425
第五十六回	段颎百战平羌种　曹节一网殄名流	433
第五十七回	葬太后陈球伸正议　规嗣主蔡邕上封章	441
第五十八回	弃母全城赵苞破敌　蛊君逞毒程璜架诬	449
第五十九回	诛大憝酷吏除奸　受重赂妇翁嫁祸	457
第六十回	挟妖道黄巾作乱　毁贼营黑夜奏功	465
第六十一回	曹操会师平贼党　朱儁用计下坚城	473
第六十二回	起义兵三雄同杀贼　拜长史群寇识尊贤	480
第六十三回	请诛奸孙坚献议　拼杀贼傅燮捐躯	488
第六十四回	登将坛灵帝张威　入宫门何进遇救	495
第六十五回	元舅召兵泄谋被害　权阉伏罪奉驾言归	503
第六十六回	逞奸谋擅权易主　讨逆贼歃血同盟	511
第六十七回	议迁都董卓营私　遇强敌曹操中箭	519
第六十八回	入洛阳观光得玺　出磐河构怨兴兵	527
第六十九回	骂逆贼节妇留名　遵密嘱美人弄技	535
第七十回	元恶伏辜变生部曲　多财取祸殃及全家	543
第七十一回	攻濮阳曹操败还　失幽州刘虞絷戮	551
第七十二回	糜竺陈登双劝驾　李傕郭汜两交兵	558
第七十三回	御跸蒙尘沿途遇寇　危城失守抗志捐躯	566
第七十四回	孟德乘机引兵迎驾　奉先排难射戟解围	574
第七十五回	略横江奋迹兴师　下宛城痴情猎艳	582
第七十六回	策十胜郭嘉申议　劝再进贾诩善谋	590
第七十七回	愎谏招尤吕布殒命　推诚待士孙策知人	598
第七十八回	穿地道焚死公孙瓒　害国戚勒毙董贵妃	606
第七十九回	袁本初驰檄疗风疾　孙伯符中箭促天年	614

第 八 十 回	焚乌巢曹操屡施谋	奔荆州刘备再避难	623
第八十一回	守孤城审配全忠	嫁二夫甄氏失节	631
第八十二回	出塞外绕途歼众虏	顾隆中决策定三分	639
第八十三回	入江夏孙权复仇	走当阳赵云救主	647
第八十四回	召周郎东吴主战	破曹军赤壁鏖兵	655
第八十五回	续嘉偶老夫得少妻	上遗笺壮年悲短命	663
第八十六回	拒马儿许褚效忠	迎虎主刘璋失计	671
第八十七回	失冀城马超奔难	逼许宫伏后罹殃	679
第八十八回	见外使奸雄代捉刀	察重伤功臣邀赐盖	687
第八十九回	得汉中刘玄德称王	失荆州关云长殉义	695
第 九 十 回	济父恶曹丕篡位	接宗祧蜀汉开基	703
第九十一回	陆伯言定计毁连营	刘先主临危传顾命	712
第九十二回	尊西蜀难倒东吴使	平南蛮表兴北伐师	720
第九十三回	失街亭挥泪斩马谡	返汉中授计戮王双	728
第九十四回	木门道张郃毙命	五丈原诸葛归天	736
第九十五回	王子均昌言平乱	公孙渊战败受擒	744
第九十六回	承遗诏司马秉权	缴印绶将军赤族	752
第九十七回	猛姜维北伐丧师	老丁奉东兴杀敌	761
第九十八回	司马师擅权行废立	毌丘俭失策致败亡	769
第九十九回	满恶贯孙綝伏诛	竭忠贞王经死节	777
第 一 百 回	失蜀土汉宗绝祀	篡魏祚晋室开基	786

第一回

假符命封及卖饼儿　惊连坐投落校书阁

　　有汉一代,史家分作两撅,号为前后汉,亦称东西汉,这因为汉朝四百年来,中经王莽篡国,居然僭位一十八年,所以王莽以前,叫作前汉,王莽以后,叫作后汉,且前汉建都陕西,故亦云西汉,后汉建都洛阳,洛阳在关陕东面,故亦云东汉。《前汉演义》由小子编成百回,自秦始皇起头,至王莽篡国为止,早已出版,想看官当可阅毕。此编从《前汉演义》接入,始自王莽,结局三国。曾记陈寿《三国志》,谓后汉至献帝而亡,当推曹魏为正统。司马温公沿袭寿说,也将正统予魏,独朱子《纲目》黜魏尊蜀,仍使刘先主接入汉统,后人多推为正论。咳!正统不正统,也没有什么一定系绪,败为寇,成为王,古今来大概皆然,何庸聚讼? 一部廿四史从何说,便是此意。不过刘先主为汉景帝后裔,班班可考,虽与魏吴分足鼎峙,地方最小,只是就汉论汉,究竟是一脉相传,必欲拘拘然辨别正统,与其尊魏,毋宁尊蜀。罗贯中尝辑《三国演义》,名仍三国,实尊蜀汉,此书风行海内,几乎家喻户晓,大有掩盖陈寿《三国志》的势力。若论他内容事迹,半涉子虚,一般社会,能有几个读过正史? 甚至正稗不分,误把罗氏《三国演义》当作《三国志》相看,是何魔力? 摄人耳目。小子不敢訾议前人,但既编《后汉演义》,应该将三国附入在内。《前汉演义》附秦朝,《后汉演义》附三国,首尾相对,却也是个无独有偶的创格。可谓戞戞独造。惟小子所编历史演义,恰是取材正史,未尝臆造附会;就使采及稗官,亦思折衷至当,看官幸勿诮我迂拘呢。

　　若要论及后汉的兴亡,比前汉还要复杂:王莽篡国,祸由元后,外戚为害,一至于此。光武中兴,惩前毖后,亲揽大权,力防外戚预政。明帝犹有父风,国势称盛。章帝继之,初政可观,史家比诸前汉文景,不意后来宠任后族,复蹈前辙。和帝以降,国事日非,外立五帝,安帝懿帝质帝桓帝灵帝。临朝六后，章帝后窦氏，和帝后邓氏，安帝后阎氏，顺帝后梁氏，桓帝后窦氏，灵帝后何氏。妇人无识，贪揽国权，定策帷帟（yì），委政父兄，嗣主积不能容，势且孤立，反因是倒行逆施，委心阉竖。于是宦官迭起，与外戚争持国柄，外戚骄横不慎，动辄为宦官所制，辗转消长，宦官势焰熏天，横行无忌，比外戚为尤甚。正人君子，被戮殆尽，天变起，人怨集，盗贼扰四方，不得已简选重臣，出为州牧，内轻外重，尾大不掉，势孤力弱的外戚，欲借外力为助，入清君侧，结果是外戚宦官，同归于尽，国家大权，归入州牧掌握。一州牧起，群州牧交逼而来，又酿成一番州牧纷争的局面，或胜或败，弱肉强食，董卓曹操，先后逞凶，天子且不知命在何时，还有什么汉家命令？当时中原一带，尽被曹氏并吞，惟东南有吴，西南有蜀，力保偏壤，相持有年。曹丕篡汉，仅存益州一脉，不绝如缕，又复出了一个庸弱无能的呆阿斗，终落得面缚出降，赤精衰歇，都随鼎去，岂不可悲？岂不可叹？慨乎言之！总计自光武至章帝，是君主专政的时代，自和帝至桓帝，是外戚宦官更迭擅权的时代，自桓帝至献帝，是宦官横行的时代；若献帝一朝，变端百出，初为乱党交讧时代，继为方镇纷争时代，终为三国角逐时代，追溯祸胎，实启宫闱。母后无权，外戚宦官，何得专横？外戚宦官无权，乱党方镇，何得骚扰？古人有言："哲夫成城，哲妇倾城。"这是至理名言，万世不易呢。即如近数十年间之乱事，亦启自清慈禧后一人，可谓古今同慨。

　　大纲既布，须叙正文。且说王莽毒死汉平帝，又废孺子婴，把一座汉室江山，平白地占据了去，自称新朝，号为始建国元年。佯与孺子婴泣别，封他为定安公，改大鸿胪府为定安公第，设吏监守。所有乳母佣媪，不得与孺子婴通语，一经乳食，便把他锢置壁中。尊孝元皇后为新室文母，命孝平皇后为定安太后，一是姑母，一是女儿，所以仍得留居深宫。当下封拜功臣，先就金匮策书，按名授爵。这金匮是梓潼人哀章，私造出来，持至高庙，欺弄王莽，见《前汉演义》末回。王莽视为受命的符瑞，就借此物欺弄吏民。计金匮中所列新朝辅佐，共十一人，首列王舜、平晏、刘歆、哀章，莽号为四辅，令舜为太师安新公，晏为太傅就新公，歆为国师嘉新公，章为国将美新公。四辅以后，就是甄邯、王寻、王邑，莽又号为三公，令邯为大司马承新公，寻为大司徒章新公，邑为大司空隆新公。尚有四人号为四将,甄丰为更始将军,孙建为立国将军,王兴为卫将军,王盛为前将军。这一道新朝诏旨颁将出来,哀章是喜得如愿,买得一套朝衣朝冠,昂然诣阙,三跪九叩,谢恩就封。余如王舜、平晏、刘歆、甄邯、王寻、王邑、甄丰、孙建等八人,本是王莽爪牙,即日奉命受职。只有王兴、王盛两姓名,乃是哀章随笔捏造,当然无人承认,好几日没有影响,哀章不敢直陈,只是背地窃笑。偏王莽遣人四访,无论贫富贵贱,但教与金匮中姓氏相符,便命诣阙授官。事有凑巧,访着一个城门令史,叫做王兴,还有一个卖饼儿,叫做王盛,当即召他入朝,赐给衣冠,拜为将军。这两人凭空贵显,还道身入梦境,仔细审视,确是无讹,无端富贵逼人来,也乐得拜爵登朝,享受荣华。天落馒头狗造化。

莽又因汉家制度,未免狭小,特欲格外铺张,自称为黄帝虞舜后裔,尊黄帝为初祖,虞舜为始祖,凡姚、妫、陈、田、王五姓,皆为同宗,追尊陈胡公为陈胡王,田敬仲为田敬王,齐王建孙济北王安为济北愍(mǐn)王。其实齐王安本姓田氏,齐亡后尚沿称王家,因以为姓。莽藉端附会,故由齐追及虞舜,由虞舜追及黄帝。硬要夸张。立祖庙五所,亲庙四所,称汉高祖

庙为文祖庙，凡惠、景以下诸园寝，仍令荐祀。惟汉室诸侯王三十二人，贬爵为公，列侯一百八十一人，贬爵为子，所有刚卯金刀的旧例，不得再行。向来汉朝吏民，于每年正月卯日，制符为佩，或用玉，或用金，或用桃木，悬以革带，一面有文字镌着云"正月刚卯"，谓可避一年疫气。金刀乃是钱名，形如小刀，通行民间，莽以刘字左偏有卯有金，右偏从刀，故将刚卯金刀一律禁止，另铸小钱通用，径只六分，重约一铢。又欲仿行井田遗制，称天下田曰王田，人民不得私相买卖。如一家不满八口，田过一井，应将余田分给九族乡党。且不准私鬻奴婢，违令重罚，投畀魑魅。后从国师刘歆奏议，遵照周制，立五均司市泉府等官。此外所有官职，多半改名，大约是不古不今的称号，胡弄一番，*换名不换人，有何益处？后世亦多蹈此辙。*惟俸禄尚未酌定，往往有官无俸。后来又欲踵行封建，封了好几千诸侯，但用菁茅及四色土，作为班赏，并没有指定采邑，但给月钱数千，使居都中。看官试想，这种制度，果可行不可行呢？

正在喜事纷更的时候，忽由徐乡侯刘快，起兵讨莽，进攻即墨，莽方拟遣将往御，那即墨已传来捷报，刘快已经败死了。原来快系汉胶东恭王授次子，*恭王授系景帝五世孙。*有兄名殷，嗣爵胶东王，莽降殷为扶崇公，殷未敢叛莽，独快却志在讨逆，纠众数千人，从徐乡趋即墨城，意欲踞城西向，偏即墨城中的吏民，闭城拒守，快众多系乌合，不能久持，渐渐溃散。守吏趁势杀出，把快击走，快竟窜死长广间。殷闻弟快起兵，惶恐得很，紧阖城门，自系狱中，一面上书谢罪。莽既得捷报，只命快妻子连坐，赦殷勿问。越年为始建国二年，莽恐刘氏余波，仆而复起，索性将汉室诸侯王，一体削夺，废为庶人。只有前鲁王刘闵，中山王刘成都，广阳王刘嘉，曾颂莽功德，侈陈符命，故仍得受封列侯。*无耻之徒。*嗣复由立国将军孙建等奏言："汉氏宗庙，不当复在长安，应与汉室一同罢废。"莽欣然许可，惟言国师刘歆等三十二人，夙知天命，夹辅新朝，可存宗祀。歆女为皇子妃，使仍刘姓，余三十一人皆赐姓王氏，并改称定安太后为黄皇室主，示与汉绝婚。

定安太后虽是莽女，却与乃父性情不同，自从王莽篡位以后，镇日里闷坐深宫，愁眉不展，就是莽按时朝会，亦屡次托病，未尝一赴。莽还道她年方二九，不耐孀居，所以将她改号，好与择配，暗思朝中心腹，虽有多人，惟孙建最为效力，建有子豫，又是个翩翩少年，若与黄皇室主配做夫妻，恰是一对佳偶。当下召入孙建,与他密商,建欣然受命,归询子豫,也是喜出望外。得皇后为妻室,且是现成帝婿,有何不愿? 于是想出一法,由豫盛饰衣冠,装束得与子都宋朝相似,带着医生,托词问疾,竟至黄皇室主宫中。宫中侍女,不敢拦阻,将他放入。豫得进谒黄皇室主,说是奉旨探视。黄皇室主大为惊异,又见他一双色眼,尽管向自己脸上瞟将过来,料知来意不佳,慌忙退入内室,传呼侍女,责她擅纳外人,亲加鞭扑。豫立在外面,听得内室有鞭扑声,当然扫兴而去,报知王莽。莽始知女儿志在守节,打消前议。

谁知此事一传,偏有一个纨袴郎君,艳羡黄皇室主,要想与她做个并头莲。这人为谁? 乃是更始将军甄丰子甄寻。寻素来佻达,专喜渔色,前闻王莽要招孙豫为婿,不由的因羡生妒,背地含酸。后来豫事无成,寻私心窃幸,还道是大好姻缘,应该轮着自己身上,死在目前,还想快活。朝夜思想,定下一计,便悄悄的自去施行。从前寻父甄丰,与王舜刘歆等,同佐王莽,不过依莽希荣,尚未欲导莽篡位,至符命诸说,纷然并起,丰等也不得不顺风敲锣,争言符瑞。莽既据国,尝遣五威将帅,分使五方,颁示符命四十二篇,笼络人心,因此符命诸说,充满天下。且内外官吏,一陈符命,往往封侯,有几个不愿捏造,辄互相嘲戏道:"汝奈何没有天帝除书?"统睦侯司命陈崇,司命,官名,由莽创造。密白王莽道:"符命可暂用,不可久用,若长此过去,奸人都好借此作福,反致生乱。"莽点首无言,俟崇退出,即颁出命令,谓非五威将帅所颁,尽属无稽,应下狱论罪。嗣是符命伪谈,渐渐绝口。甄丰本为大司空,资格名位,不亚王舜刘歆,就是甄寻亦得受封茂德侯,官居侍中,兼京兆大尹。至莽封功臣,依照金匮符命,但拜丰为更始将军,使与卖饼儿王盛同列,不但与王舜刘歆等人,相去太远,甚且也不及弟,连甄邯都出丰上,丰父子当然怏怏。实在由丰素性刚强,平时未免唐突莽前,所以莽有意贬抑,借着符命为名,把丰贬置下列。丰子寻垂涎莽女,错疑莽真信符命,遂从符命上做出文章,先借别事一试,只说新室应当分陕,设立二伯,甄丰可为右伯,太傅平晏可为左伯,得周公召公故事。这道符命呈将进去,竟得王莽批准,令甄丰为右伯,使他西出。丰尚未行,寻越觉符命有效,又是一篇进陈,内言:"故汉氏平帝后,应为甄寻妻。"满望王莽再行准议,好教黄皇室主下嫁过来,做个乘龙娇客,哪知

宫中传出消息,很是不佳,据言:"王莽怒气勃勃,谓黄皇室主为天下母,怎得妻寻?"寻才知弄巧成拙,若再不走,必被逮捕,当下密取金银,一溜烟似的逃出家门。不到半日,果有许多吏卒,来围甄第,入捕甄寻。甄丰尚未知寻所犯何罪,及问明情由,也吓得魂飞天外,急忙自己寻觅,意欲绑子入朝,为自免计。偏偏四觅无着,又经朝使坐索,迫令交出,一时无法对付,只好拼着老命,服毒自尽。朝使见甄丰已死,又入室搜捕,终不得寻,乃回去复命。

莽闻寻出走,下令通缉,一面穷究党羽,查得国师刘歆子侍中刘棻,棻弟长水校尉刘泳,及歆门人骑都尉丁隆,与大司空王邑弟左关将军王奇等,统是甄寻好友,一古脑儿拿入狱中,逐加讯问。数人因甄寻在逃,无从对质,自然极口抵赖,不肯承认。案情悬宕多日,那在逃未获的甄寻,竟被获到。寻本跟着一个方士,逃入华山,蛰居多时,想到外面探询音信,适被侦吏遇着,便将他一把抓住,解入长安。他与刘棻等虽是友善,惟此番想娶故后,假托符命,全是他一人作主,未曾商诸别人,既经到案,却也自作自认,供称刘棻等不过相识,并未通谋。偏问官有心罗织,严刑逼供，没奈何将刘棻等牵扯在内。刘棻等已被扳入，百喙难辞，遂都连坐罔上不道的罪名，谳成死罪。倒是生死朋友，患难与共。还有刘棻的问业师，系是莽大夫扬雄，莽大夫三字头衔，乐得叙出。也做了此案的嫌疑犯，竟遭传讯。雄字子云，蜀郡成都人，素来口吃，却具文思，平时尝慕先达司马相如，每有著述，辄为摹仿。汉成帝时，由大司马王音举荐，待诏宫廷，献入《甘泉》《河东》二赋，得邀成帝特赏，授职为郎，嗣经哀平两朝，未获超迁，平居抑郁无聊，但借笔墨消遣，著成《太玄经》及《法言》。《法言》是摹拟《论语》，文尚易解，《太玄经》摹拟《周易》，语多难明。独刘歆借阅一周，尝语扬雄道："《太玄经》词意深奥，非后生小子所能知，将来恐不免覆瓿呢。"瓿音部，是贮酱小瓮。话虽如此，意中却很重雄才，特令子棻拜雄为师，学习奇字。此时雄得为莽大夫，方在天禄阁校书，忽闻被刘棻案情牵连，要去听审。自思年过七十，何苦去受严刑，不如一死为愈，乃即咬定牙龈，竟从阁上跃下，跌了一过半死半活。我说他是条苦肉计。朝吏见他老年投阁，撞得头青面肿，很觉可怜，慌忙将他扶起，令人看守，自去返报王莽，具述惨状，且说他并未知情。莽才令免议，但命将甄寻刘棻等，一并诛死。

更有一种可笑的事情，莽欲仿行虞廷故事，流刘棻至幽州，放甄寻至三危，殛丁隆至羽山。三人已经就戮，却将他尸首载入驿车，辗转传致，号为三凶。此外牵连朝臣，也不下数百人。独扬雄九死一生，想去趋奉王莽，特著一篇《剧秦美新文》，谨敬呈入。时人因此作谣道："惟寂寞，自投阁。爱清静，作符命。"为此一谣，文名鼎鼎的扬子云，遂致贻讥千古。雄至王莽天凤五年，方才病死，小子有诗咏扬雄道：

才高倚马算文豪，一落尘污便失操。

赢得头衔三字在，千秋笔伐总难逃。

扬雄投阁以后，却有一位铁中铮铮的老成人，为汉殉节，亘古流芳，与扬雄大不相同。欲知此人为谁，待至下回说明。

本回除楔子外，叙入王莽封拜功臣，爰照金匮符命，分授四辅三公四将，连卖饼儿亦得厕入。夫以王莽之狡诈，宁不知金匮之为伪造？其所以依书封拜者，无非为欺人计耳。不知欺人实即欺己，以卖饼儿为将军，宁能胜任？多见其速亡而已。宁待法令纷更，激成众怒，而始决莽之必亡耶？莽女为汉守节，不类乃父，尚有可称，何物甄寻，欲妻故后？其致死也固宜。刘棻丁隆等人，不免枉死，史家因其同为逆党，死不足惜，故不为辨冤。扬雄甘为莽大夫，投阁不死，反为美新之文以谄媚之，老而不死是为贼，区区文名，何足道乎？揭而出之，亦维持廉耻之一端也。

第二回

毁故庙感伤故后　挑外衅激怒外夷

却说前汉哀帝时候,有个光禄大夫龚胜,年高德劭,经明行修,他因王莽擅权,上书乞休,退归楚地原籍,家食自甘,不问世事。及莽已篡位,意欲罗致老成,特遣五威将帅,赍着羊酒,问候胜家,嗣又召为讲学祭酒,胜一再托疾,不肯应命。莽立夫人王氏为皇后,即王盛女,见《前汉演义》。生有四男。长子宇为了卫姬一案,被莽逼死；卫姬系平帝生母,莽不令入宫,宇谋近卫姬,事泄被杀,亦见《前汉演义》。次子获无故杀奴,亦由莽迫使自杀；三子安向来荒荡,为莽所嫉。因立四子临为太子,且为临招致师友各四人,一是故大司徒马宫,令为师疑；一是故少府宗伯凤,令为傅丞；一是博士袁圣,令为阿辅；一是故京兆尹王嘉,令为保拂,音弼。这便叫做四师。又用故尚书令唐林为胥附,博士李充为奔走,谏大夫赵襄为先后,中郎廉丹为御侮,这便叫做四友。胥附、奔走、先后、御侮,语见《诗经》。莽假古立官,故有是名。四师四友以外,还欲添设师友祭酒,因再派吏至楚,使持玺书印绶,征胜入都。

吏奉莽命,到了楚地,料知胜不愿就征,预先邀同郡守县吏,及三老诸生,约千余人,齐集胜门,强为劝驾。胜自称病笃。奄卧床上,首向东方,朝服拖绅,方邀朝使入室。朝使入付玺书,并给印绶,胜当然辞谢,经朝使先劝后迫,定要胜应召入朝,胜喟然叹道:"胜素愚昧,更兼老病侵寻,朝不保暮,若迫令起行,必死途中,转负新朝养老盛意,如何是好？"朝使听了,倒也不敢硬逼,退居郡舍,每阅五日,必与郡守一问起居,且向胜子及胜徒高晖,屡言朝廷厚意,将加侯封,就使病不能行,亦当出居传舍,示有行意,此事关系子孙,不可错过等语。晖等颇为所动,入内白胜,胜作色道:"我受汉家厚恩,愧无以报。今年已老迈,旦暮入地,难道尚好出事二姓么？"说罢,即命二子预备后事,自己绝粒不食,饿至十有四日,气绝而亡，年终七十九岁。朝使闻得死耗，尚疑胜有诈谋，亲与郡守往吊，审视尸体，果已绝气，方才慨然辞去。胜家当即开丧，门徒毕集，代为料理。忽有一老翁策杖前来，径至灵帷前哭了一场，哭毕又叹惜道："薰以香自烧，膏以明自销，呜呼龚生，竟夭天年，非吾徒也！非吾徒也！"一面说，一面走，扬长自去。确是一奇。大众莫名其妙，也不知他何姓何名，后来到处查问，有人识他是个彭城隐士，年约百岁，姓名不传，但共号为彭城老父罢了。

朝使复报王莽，莽也为唏嘘。未必真情。转思唐林唐尊纪逡诸人，俱系一时名士，幸已罗置朝端。尚有齐人薛方，著名已久，亦应遣使招徕。乃更命安车驷马，往迎薛方。方向来使拜谢道："尧舜在上，且有巢由，今明主方著唐虞盛德，小臣愿守箕颍高风，请善为我辞。"措词甚妙。使人回复朝命，备述方言，莽听他称颂自己，很觉惬意，遂不复再征。南郡太守郭钦，兖州刺史蒋翊，常因廉直得名，当王莽居摄时，已皆托病辞职，终身不起。又有沛人陈咸，此非前汉时陈万年子。曾为哀帝时尚书，莽杀何武鲍宣，见《前汉演义》。咸即惊叹道："《易》称见几而作，不俟终日，我亦好从此去了。"当下谢职归田。莽篡汉后，召为掌寇大夫，仍称病不就。咸有三子参丰钦，俱已出仕，由咸陆续召归，杜门不出。平时尚用汉家祖腊，或说他未合时宜，咸勃然道："我先人怎知王氏腊呢？"遂家居以终。此外还有齐人栗融，北海人禽庆苏章，山阳人曹竟，并以儒生为吏，因莽辞官。这都是洁身自好的志士，可法可传，比诸莽大夫扬雄，原是清浊不同呢！历举志士，维持风节。惟孝元皇后死后谋文，还是莽大夫扬雄所作，语虽寥寥，尚将她列入汉家，不把那新室文母四字，提叙出来。曾记得谋语有云：

> 太阴之精，沙麓之灵，作合于汉，配元生成，著其协于元城。

相传孝元皇后王政君，初生时曾有奇异，母李氏梦月入怀，方孕政君，所以谋文中说为太阴之精。政君为元城人，元城郭东，有五鹿墟，就是春秋时代的沙麓地方。春秋鲁僖公十四年。沙麓崩，《春秋传》作沙鹿。晋史卜得爻辞，见有"阴为阳雄，土火相乘"二语，尝叹为六百四十五年后，宜有圣女兴起，大约应在齐国田氏。是一个亡国妇人，何有圣女？王氏为齐王建后裔。见前回。王贺徙居元城，正当沙麓西偏，孙女便是王政君，为元帝后，经元成哀三朝，尚然健在。哀帝时由政君摄政，正与鲁僖公十四年,相隔六百四十五载。所以诔文中说为沙麓之灵。扬雄援据故事,叙入诔文,原为颂扬元后起见。但汉无元后,或不致为王莽所篡,是元后实系亡汉罪魁,何足称道?不过她见莽篡位,也觉悔恨,且莽改称元后为新室文母,与汉绝体,越令元后不安。莽又毁坏刘氏宗庙,连元帝庙亦被拆去,独为新室文母预造生祠,就将元帝庙故殿基址,作为文母篡食堂。篡音撰,具也。建筑告成,号称长寿宫。特请元后过宴,元后至新祠中,见元帝庙废彻涂地,不禁惊泣道:"这是汉家宗庙,当有神灵,为何无端毁去,颓坏无余?若使鬼神无知,何必设庙?倘或有知,我乃汉家妃妾,怎得妄踞帝堂,自陈馈食呢?"王莽听了,毫不介意,仍请元后入席,元后不得已坐下,勉强饮了几杯,便即起身告归,私语左右道:"此人慢神太甚,怎能久叨天祐?我看他败亡不远哩!"语虽近是,但试问由何人纵成?

莽见元后怏怏回去,料她心怀怨恨,不得不格外巴结,卖弄殷勤,所有一切奉养,常亲往检视,不使少慢。那元后却愈加愁闷,镇日里不见笑颜。汉制令侍中诸官,俱着黑貂,莽独使改着黄貂,独元后宫中的侍御,仍着黑貂,且不从新莽正朔,每遇汉家腊日,自与左右相对,饮酒进食,总算度过

残年。好容易过了五载。至王莽始建国五年二月,得病告终,享寿八十有四。若早死一二十年,当可少许免咎。莽为元后持三年服,奉柩出葬渭陵,虽与元帝合墓,中间却用沟夹开。所建新室文母庙中,岁时致祭,反令元帝配食,设座床下,这真叫做阴阳倒置,妇可乘夫了。想就是阴为阳雄之验。

惟元后在日,曾云王莽不得久安,莽总道是老妪恨语。哪知元后殁时,已经内外变起,岌岌不宁。先是莽遣五威将帅王骏,率同右帅陈饶等,北抚匈奴,使单于交出汉玺,改换新朝图印,镌文为新匈奴单于章。匈奴乌珠留若提单于,即囊知牙斯。问明情由,才知汉朝绝统,另易新皇,却也没甚话说,就将图印换讫。陈饶恐单于变计,再求故印,即将原印用斧劈毁。到了次日,果由单于遣人持印,出语王骏道:"我闻汉朝制度,凡诸侯王以下印绶,才称为章,我虽受汉册封,原是称玺,今易去玺字,又加新字,是与中国臣下,毫无分别了!我不愿受此新章,仍须还我旧印为是。"陈饶闻言,将原印取示,已经分作数片,且与语及新朝体制,与汉不同。番使返白单于,单于知已受欺,待至莽将南归,便即勒兵朔方,伺隙入寇。

警报到了长安,莽正欲耀武塞外,特改号匈奴单于为降奴服于。莽生平无甚奇巧,不过善改名目。简派立国将军孙建等,募兵三十万人,约期大举,进击匈奴,且分匈奴国土为十五部,饬立前单于呼韩邪子孙十五人,同为单于。呼韩邪子孙,散处朔漠,各有职使,哪个肯来应命?莽乃再遣中郎将蔺苞,副校尉戴级,率兵万人,多赍金帛出塞,招诱呼韩邪诸子,前来听封。匈奴右犁汗王咸,居近中国,闻有金帛相赠,不免心动,因率子助登二人,来会蔺苞戴级,蔺戴即传述莽命,拜咸为孝单于,赐给黄金千斤,杂缯千匹;助为顺单于,赐给黄金五百斤。咸受金后,便欲挈子同归,不意蔺苞戴级,将他二子截留,只准咸一人归庭,咸怏怏自去。蔺苞戴级,遂把助登传送长安,王莽大喜,封苞为宣威公,拜虎牙将军,级为扬威公,拜虎贲将军。事为乌珠留单于所闻,顿时大怒道:"先单于受汉宣帝恩,原不可负,今天子非宣帝子孙,如何得立!我岂肯从他伪命么?"当下纵兵入塞,大杀吏民。莽得知消息,更选出十二部统将,令分率募兵三十万众,各赍三百日粮草,分道并出,为灭胡计。将军严尤,亦奉命与征,独上书谏莽道:

臣闻匈奴为害,所从来久矣,未闻上世有必征之者也。后世如周秦汉征之,亦未闻有得上策者。周得中策,汉得下策,秦无策焉。当周宣王时,猃狁内侵,至于泾阳,命将征之,尽境而还。其视戎狄之侵,譬犹蚊虻之螫,驱之而已,故天下称明,是谓中策。汉武帝选将练兵,约赍轻粮,深入远戍,虽有克获之功,胡辄报之,兵连祸结三十余年,中国罢耗,罢音疲。匈奴亦创艾,而天下称武,是谓下策。秦始皇不忍小耻而轻民力,筑长城之固,延袤万里,转输之行,起于负海,疆境虽完,中国内竭,卒丧社稷,是谓无策。今天下遭阳九之厄,比年饥馑,西北边尤甚,若发三十万众,具三百日粮,必东援海代,南取江淮,然后乃备。计其道里,一年尚未集合,兵先至者聚居暴露,师老械敝,势不可用,此一难也。边既空虚,不能奉军粮,内调郡国,不相及属,此二难也。计一人三百日食,须用粮十八斛,非牛力不能胜,牛又当自赍食料,加二十斛,重矣。胡地沙卤,辄乏水草,以往事揆之,军出未满百日,牛必尽毙,余粮尚多,人不能负,此三难也。胡地秋冬甚寒,春夏多风,多赍釜镬(fù)薪炭,重不可胜,兵士又不服水土,动有疾疫之忧,故前世伐胡,不过百日,非不欲久,势有不能,此四难也。辎重自随,则轻锐者少,不得疾行,虏徐逃遁,势不能及,幸而逢虏,又累辎重,如遇险阻,衔尾相随,虏要遮前后,危且不测,此五难也。大用民力,功不可必立,臣窃忧之。今既发兵,宜纵先至者,令臣尤等深入霆击,但期创艾胡虏足矣。若必穷兵累日,转饷经年,非臣之所敢闻也。严尤助逆,本不足取,但其言可采,故录之。

王莽得书,不肯听从,仍饬照前旨办理。看官试想,这三十万兵士,三百日粮草,岂是容易所能办到?百姓又最怕当兵,最怕输粮,地方官刑驱势迫,东敲西逼,招若干壮丁,备好若干刍粟,还要陆续转运出去,不是雇船,就是装车,舟子车夫,又没有多少工资,统皆畏缩不前,眼见得有年无月,不能成事。严尤所言,还多从塞外立说,其实内地已不堪征求,民皆疲命,始终总是一死,不如去做盗贼,还可劫掠为生。国家之乱,大率如此。莽待了数月,闻得兵粮尚未办齐,更遣中郎绣衣执法各官,四面督促,勒定严限。一班似虎似狼的奸吏,乐得依势作威,压迫州郡,于是法令愈苛,地方愈乱。那匈奴却屡为边寇,外患日甚一日,莽所遣派各将帅,都因兵饷未集,不敢出击,一听胡骑纵横边境,饱掠而去。从前北方一带,自汉

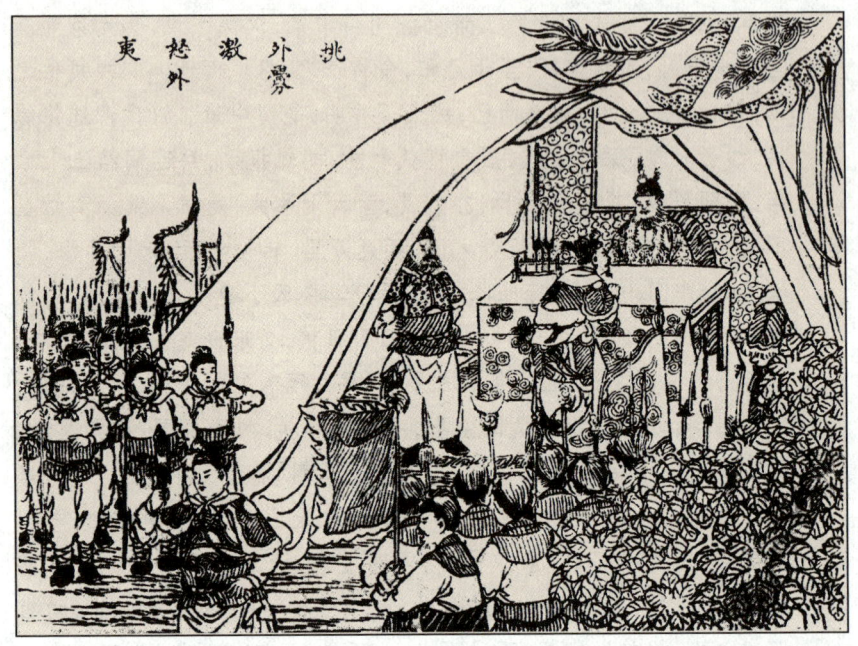

挑衅外番 激怒外夷

宣帝后,好几代不见兵革,户口浸繁,牛马满野。至莽与匈奴构衅,人畜不及迁避,多被掠夺,又害得尸骸盈路,朔漠一空。莽尚望孝单于咸,肯为效力,牵制匈奴,所以咸子助登,入都以后,还是好生看待,优赐廪饩。助不幸病死,莽令登代为顺单于,哪知孝单于咸,前次出塞归廷,自恨为莽将所欺,便去告诉乌珠留单于,涕泣谢罪。乌珠留单于贬咸为于粟置支侯,且令他入寇中国,将功补过。咸乃令子角出没塞上,会同匈奴部众,骚扰不休。莽将陈钦王巡,出屯云中,分兵防堵,捕得匈奴游骑,讯知为咸子角部下,忙即报达王莽。莽当然发怒,立将顺单于登拿下,枭首市曹。

一波未平,一波又起,西夷钩町王弟承,起兵攻杀牂牁大尹周钦,扰乱西陲。钩町与牂牁相近,汉武帝时征服西南,建置郡县,但蛮夷部酋,往往仍使王号。钩町王亡波,曾助汉兵平乱,得受册封,传至王莽时候,被莽派出五威将帅,传达朝命,硬要他贬王为侯。钩町王邯,系亡波支裔,自思未曾得罪,何故遭贬?免不得与五威将帅,略有违言。偏莽得了五威将帅报告,遂使牂牁大尹周钦,诱杀钩町王邯,全是鬼蜮手段。邯弟承为兄报仇,倾国大举,攻入牂牁,把钦击死。牂牁附近诸州郡,慌忙连合拒守,飞章上闻。莽正想专力灭胡,不防西夷也这般利害,只好另简冯茂为平蛮将军,往讨钩町。茂方起行,又得益州警耗,乃是蛮夷部落,响应钩町,攻杀益州大尹程隆。莽闻蛮夷迭叛,恐冯茂兵少势孤,不足平蛮,乃令茂大发巴蜀犍为吏士,就地征饷,分讨蛮夷。这消息传到西域,各国亦皆有贰心。车师先叛,降入匈奴。戊己校尉刁护,戊己校尉,系汉时所置。遣吏属陈良终带,扼守要害,免得匈奴车师串同入寇。陈良终带潜怀反侧,竟将刁护刺死,胁掠吏士二千余人,也去投降匈奴。匈奴收纳良带,使为乌贲都尉。莽方想扫平匈奴,谁料到变端百出,连西域也是生乱,边吏胆敢刺死校尉,去做胡奴,那时无名火高起三丈,更派使至高句骊国,征发兵民,要他速渡辽河,夹攻匈奴。高句骊为汉武所灭,夷作郡县,虽遗种尚受侯封,却没有什么兵甲,急切如何成行?偏王莽一再催逼,恼动高句骊遗众,索性拒绝莽使,也为寇盗。

嗣是东西南北诸边疆,无一不乱,弄得王莽顾此失彼,踽踽(jújí)不安。未几焉耆国又叛,西域都护但钦被戕,越使王莽焦急,临朝时常带愁容。群臣见莽有忧色,还要当面献谀,只说是夷狄为乱,无伤圣德,不久便可荡平。莽亦意气方张,未肯悔过,但务剿袭古制,粉饰太平。自从小钱颁行,民感不便,莽更作金银龟贝钱布诸品,号为宝货,种类错杂,名目纷繁,民间愈觉烦扰,屏诸不用,但将汉朝遗留的五铢钱,买卖交易。莽乃将宝货停办,另铸五十大钱,使与一文小钱并行,所有汉朝的五铢钱,概令销毁,如百姓尚敢私藏,罪当投荒。官吏藉端搜索,闹得鸡犬不宁,偶被搜出,即将全家充戍,如有私铸铜钱,责令五家连坐,一并充军。最可恶的是犯人夫妇充发出去,不准完聚,竟将妇女另行改配,或罚做军人奴婢,永不放还,这真是古今罕有的虐政。莽仿行周官王制,周官即《周礼》,王制即《礼记》。特置卒正连率,同帅。及大尹属令属长州牧,更分六乡六尉六队六服,合为万国,所有郡县名称,辄为变易,一郡易至五名,官吏都不能记忆。莽且自为得计,以为制度改定,天下自然平定。因此召集公卿,日夕会议,聚讼纷纭,甚至各处案件,申报上来,无暇批发出去,就是守令各官,也不遑考绩,听他作恶舞弊,贻害闾阎。每岁虽有绣衣执法,与十一公士,十一公,即前四辅三公四将等官,公之掾属称士。特节出巡,名为察吏善恶,稽民勤惰,实是纵他出刮地皮,到处索贿,死要铜钱。地方官怎肯破囊?无非是取诸民间,移作赆(jìn)仪。有几处吏民抱屈,诣阙诉冤,亦被尚书搁置，连年守候，不得告归。至若拘系郡县，无故待质，也是沉滞得很，往往至莽下赦文，然后得出。这是乱时通病，不特新莽时为然。就是内外卫兵，本可一年交代，或且迟至三年，边兵陆续招赴，不下一二十万，都要仰食县官，县官无从取给，只好暴敛横征。五原代郡诸民，受祸最烈，为乱最早。莽不问民生疾苦，只知遣兵征剿，百姓外遭胡寇，内受兵灾，除死以外，几无他法。还亏匈奴乌珠留单于，一病遂死，右骨都侯须卜当，方执大权，素与于粟置支侯咸友善，把他拥立，劝咸与中国和亲。咸自称乌累若鞮(dī)单于，颇怨乌珠留将他贬号，也把乌珠留诸子降职，且尚未知子登死状，所以依着须卜当计议，遣使入塞，有意请和。莽查得须卜当妻，就是王昭君女须卜居次，因此封昭君兄子王歙为和亲侯，王飒为展德侯，使他赍着金币，往贺单于即位，伪言侍子登无恙，但教单于送出陈良终带诸人，便可将登遣归。单于贪得莽赂，又欲与登相见，遂捕交陈良终带，及手杀刁护贼芝音等人。王歙兄弟，将良带等押解长安，莽援《周易》"焚如死如"的遗训，放起一把大火，把良带等推入火中，烧成灰烬！良带等原是该杀，但必用火烧，亦是过虐。下令召还诸将，罢归屯兵，一番劳师动众的大祸，总算暂时打消。是年王莽改元号为天凤元年。小子有诗咏道：

　　未谙武略想平胡，功未成时万骨枯。
　　买得罪人付一炬，可怜民命已难苏。

　　莽与单于言和，单于遣使报谢，并迎侍子登归国。登已早死，如何遣还？欲知王莽对付情形，容待下回再表。

　　偏爱者不明，好诈者必败，是二语好为王氏姑侄，作一注脚。孝元皇后之宠莽，全为爱莽而起，莽以媚术博姑母之欢，使之堕入计中而不之觉。迨莽篡窃汉祚，始悔偏爱之失策，晚矣。夫帝可弑，国可盗，则汉室宗庙，何不可毁？孝元后之且惊且泣，料莽不永，纯是妇人咒詈口吻，岂真能预测先几？且黑貂汉腊，何益夫家，大事已去，小节无论已。莽挟诈以欺国人而不足以欺外夷，匈奴发难，边警迭闻，尚不肯从严尤之请，竟欲大举平胡，北征之师未出，而东西南三面，变端迭起。莽已旰食之不遑，尤复师心稽古，一何可笑。孔子所谓"反古之道，灾必及身"，况如莽之身为乱贼，无在非诈乎？好诈必败，王莽其已事也。

第三回

盗贼如猬聚众抗官　父子聚麀因奸谋逆

却说乌累单于，遣使至长安报谢，拟即迎登回国，王莽如何交得出？只托言登方病死，当令人送丧出塞，一面厚赒胡使，遣令归报。乌累单于，又觉得为莽所欺，但因自己新立，威信未行，不能不暂时容忍，姑与言和。不过近塞戍兵，仍听劫掠，未尝禁止。莽闻边境未靖，还想讨伐匈奴，适值天变迭兴，彗星出现，乃不敢动兵。既而灾异不绝，日食无光，莽不知责己，但知责人。太师王舜，大司马甄邯，已经早死，莽独咎太傅平晏，免去尚书事，省侍中兼职；又将继任大司马逯并，一并策免。哪知变异越多，时有所闻：当夏陨霜，草木枯死，盛暑时黄雾四塞，新秋后大风拔树，雨雹杀牛羊。至天凤二年仲春，日中现星，都下人民，讹言黄龙堕死黄山宫中，相率往观。莽自称黄德，不免寒心，令有司捕系百姓，问及讹言缘起，亦无从证实。适匈奴又遣使到来，求登尸骸，莽因复遣王歙等送登棺木，出至塞下，当由须卜当子大且渠奢，来迎登丧。歙等将棺木交讫，复传述莽命，另赠乌累单于金帛，叫他改号匈奴为恭奴，单于为善于。用了若干金帛，买出恭善两字，有何益处？并封须卜当为后安公，大且渠奢为后安侯，各给印绶，并赐多金。大且渠奢称谢而返，报知乌累单于。乌累单于利得金帛，就依了莽命，遇有使节往来，暂称恭奴善于。既得实惠，何惜虚名？莫谓胡儿不智！惟部兵入塞寇掠，仍然如故。

越年夏季，长平坂西岸堤崩，泾水不流，莽遣大司空王邑巡视。邑还朝奏状，偏有几个媚臣谐子，向莽上寿道：“'河图'所谓'以土填水'，应该匈奴灭亡，速讨勿迟！"如何附会上去？莽以匈奴虽然言和，尚是寇盗不息，非大加惩创不足示威，凑巧群臣有这种计议，正好趁势发兵，乃遣并州牧宋弘，及游击都尉任明等，先出屯边，准备北讨。复令五威将帅王骏，西域都护李崇，率同戊己校尉郭钦等，往抚西域，也欲仿汉武遗计，截断匈奴右臂,免得相连。王骏等到了西域,诸国多出郊迎接,奉献方物。骏因焉耆国前杀但钦,意欲乘便袭击,为钦报仇,当下使戊己校尉郭钦,与偏将何封,另率精兵后进,自与李崇先行。焉耆国王,刁猾得很,佯遣人恭迓骏崇,谢罪乞降。骏以为乐得前进,好使焉耆无备,可以得志。哪知焉耆境内四布伏兵,一俟骏兵入境,突然杀出,把骏围住。李崇见不是路,拍马返奔,单剩骏陷入围中,冲突不出,竟致毙命。焉耆兵复追赶李崇,幸喜郭钦何封,率兵驰至,才得将崇救免,复麾众敌焉耆兵,焉耆兵也即退去,遗下老弱数百人,被郭钦等杀得精光,引兵归报。莽拜钦为填外将军,填同镇。封剑胡子;剑音艾,绝也。何封为集胡男;令李崇退镇龟兹,静待后命。

天下不如意事,十常八九。那平蛮将军冯茂,往击钩町,差不多已两三年,兵马调动了好几万,赋敛民财,值十取五,弄得怨声载道,仍一些儿没有功劳,反报称部下士卒,多染疫病,十死六七。顿时触动莽怒,立将冯茂召还,下狱论死。别遣宁始将军廉丹,统兵往剿。大发天水陇西骑士,及巴蜀吏民十万人,浩荡前进,转输相望。初至时还算得手,斩馘(guó)数千;后来蛮夷据险死拒,丹军渐至疲困,疫气熏蒸,粮道不继,仍落得无功而还。越巂蛮酋任贵,见官军再举无成,也乘隙为乱,杀死太守枚根,自称邛谷王。莽再想发兵继进,哪知内地乱民,已经蜂起,骚扰的了不得,还有什么余力,与蛮夷角逐呢?这叫做剥皮及肤。

先是莽有事四夷,岁需浩大,特设出六筦名目,课税民间,一盐税,二酒税,三铁税,四名山大泽采办税,五赊贷税,六铜冶税。如有人违法不纳,即科重罪,贫民无自谋生,富民亦不能自保。当时草泽中间,已多伏莽;再加蠹胥猾吏,代为驱迫良民,叫他去投盗贼,于是愈聚愈众,到处揭竿。临淮人瓜田仪,依据会稽长洲,首先发难。未几即有琅玡妇人吕母,也聚党数千人,入海为盗。吕母是一个老妪,为何胆敢作乱?她本来家况小康,未尝犯法,只因有子为海曲县吏,被县宰冤枉杀死,遂致吕母忿起,散财募士,招致少年百余人,攻入海曲,杀死县宰,取首祭子。自思祸已闯大,不能中止,索性逃入海中,明目张胆,去做强盗。就近的亡命无赖,陆续趋附,竟至一万多人。未几又有新市人王匡王凤,也纠结徒众,出没江湖。原来荆州岁饥,人民无谷可食,都到野田间去采凫茈(cí),即荸荠。

烹食为生,你抢我夺,免不得有争斗情事。王匡王凤,本是就地土豪,出与排解,处置公平,大众统皆悦服,愿受指挥,独地方官罔恤民艰,非但不知赈给,还要向他加征。饥民忿恨异常,遂推匡凤两人为首领,反抗官吏,聚众起事。南阳人马武,颍川人王常成丹,也是著名盗目,闻风趋集,一同入伙,就借洞庭湖北的绿林山,作为巢窟。绿林山势甚险峻,可居可守,党徒聚至七八千人,四出打劫,搬回山中。官吏虽派兵往捕,终因山高势险,不敢深入。一班绿林豪客,竟得快活逍遥。后世称盗薮为绿林,便本此事。同时南郡人张霸,江夏人羊牧,亦分头为盗,党羽亦不下万人。王莽连闻盗警,没奈何遣使招抚,叫他急速解散,方可赦罪。群盗方兴高采烈,怎肯听命?使臣只好返报,莽问及盗贼情形,使臣禀白道:"百姓因法禁烦苛,不得安居,力作所得,又不敷租税,就使闭门自守,还要被铸钱挟铜的邻伍,牵连犯罪,大众无从求生,只得去做盗贼了。"莽见他出言不逊,立即撵逐出朝,革职为民,另遣他人查办。他人不敢实报,复称乱民狡黠,应该捕诛;或谓时运适然,不久必灭。莽很觉惬意,辄命超迁,自己亲往南郊,祷天禳灾,采办五彩药石,镕(róng)一铜斗,象北斗形,长二尺五寸,号为

威斗，谓可厌胜众盗。斗既铸成，付司命官掌管。莽出巡时，令他背负前行，入令在旁相随，仿佛与儿戏一般。无非欺人。

好容易混过一两年，已是天凤五年了。前此诸盗，一处不得荡平，反增添了好几处警耗。琅玡人樊崇，勇猛绝伦，为群盗所敬惮，奉为盗魁，盘踞莒县，一岁间聚至万余人。又有樊崇同郡人逄安，及东海人徐宣谢禄杨音，亦皆起应樊崇，转掠青徐二州间。再加刁子都，《汉书》作力子都。横行东海，独张一帜，亦在徐兖二州，打家劫舍，出没无常。莽改抚为剿，屡遣兵吏防御。偏是这班兵吏，只能欺贫压懦，不能获丑歼渠，一遇盗贼，大都畏缩不前，反被盗贼击退，这真徒唤奈何了。

天凤六年春月，莽因盗贼四起，特令太史推算三万六千岁历纪，决定六岁一改元，下书布告天下，自言当如黄帝升天，意在诳耀百姓，销解盗贼。谁知百姓已瞧透机关，知莽专事欺人，无一尊信，反加诽笑，群盗更无所畏忌，越聚越多。会匈奴乌累单于病死，弟舆继立，号为呼都尸道皋若鞮单于。他因乌累单于在世时，常得中国厚赂，至此也想骗取金银。特令须卜当子大且渠奢，入报嗣位日期，并献各种方物。莽又想入非非，召入和亲侯王歙，阴嘱秘谋，使他照计行事。歙依了莽命，带着一队人马，托词送奢，偕行出塞，使奢往召须卜当，同来领赏。须卜当转告单于，单于眼巴巴的望得财帛，一闻赏赐颁来，当然心喜，便令须卜当父子，往会和亲侯王歙。不意王歙见了须卜当，说是朝廷有旨，要他入都觐见。须卜当不禁诧异，但手下没甚兵士，只有两子随来，长子大且渠奢，又被王歙管束，不得脱身，乃命次子回报单于，自与奢入都见莽。莽见须卜当父子入朝，格外优待，面拜须卜当为须卜善于，兼后安公。看官道莽怀何意？无非欲诱服匈奴，他想匈奴易主，未见得服从中国，只有须卜当为王昭君女夫，素主和亲，若将须卜当立为单于，自然感恩降服，又恐须卜当身在匈奴，不便应允，所以将他诱来，特赐尊号，并拟出兵护送，使他归国为王。实是呆想。哪知呼都尸道皋单于，接得须卜当次子归报，非但不得财帛，且将须卜当父子劫去，气得两目圆睁，立即调动兵马，入寇边疆。是时严尤为大司马，知莽失计，曾劝莽勿迎须卜当，莽不肯听尤。及闻匈奴侵入边界，欲遣尤与廉丹，共击匈奴，赐姓征氏，号为二征将军，且面加慰勉，大致说是诛舆立当，舆即单于，名见上文。可使匈奴久服，一劳永逸。严尤独面驳道：

第三回 盗贼如猬聚众抗官 父子聚塵因奸谋逆

"陛下且先忧山东盗贼,匈奴事且置作后图。"莽闻言变色,竟将严尤免官,改擢降符伯董忠为大司马,广募天下丁男,及死罪囚吏民奴,充作锐卒,并税天下吏民家资,三十取一,厚兵聚饷,出讨匈奴,又征集天下奇能异士,为冲锋选。说也可笑,竟有数人应召前来,或言能渡水不用舟楫,只用马匹接连,足渡百万兵士;或言出兵不费斗粮,但教服食药物,便能永久不饥;或言插翅能飞,一日远翔千里,不难窥探敌情。首二说未便立试,只自言能飞的技士,叫他当场试演。那人取出两翼,乃是鸟羽编成,系诸身上,两翼中间,绾住机纽,用手一扳,果然徐徐飞起,约数十步,便即堕落,不能再飞。也是后世飞机的滥觞,不可蔑视。莽亦明知无用,但欲激励他人,夸示外国,不得不随便收纳,使为理军,赏给车马。忽有夙夜即东莱不夜城,莽时改为夙夜。连帅韩博,保荐一人,用着大车四马,装载入都。这人叫做巨毋霸,生长蓬莱海滨,身长一丈,腰大十围,卧尝枕鼓,箸尝用铁,轺(yáo)车不能载,三马不能胜,所以特用大车四马,载至阙下。王莽召见巨毋霸,果然是个硕大无朋的人物,却也暗暗称奇。待巨毋霸行过了礼,略问数语,便叫他充当卫士,随侍銮舆,巨毋霸谢恩退朝。那王莽忽然踌躇起来,暗思自己表字,叫做巨君,韩博应亦知悉,如何不令巨毋霸改名,公然敢触犯忌讳?并且毋霸两字,也觉可疑,莫非叫我毋行霸道,故意替他取这名字,侮弄朕躬?越想越恨,竟不管他是是非非,传旨召博入都,从重处罪。博还道荐贤有功,特蒙宠召,匆匆的赴都听命,不料一到阙下,便见卫士趋出,宣读莽诏,说他慢上不敬,绑出斩首。可怜博希旨求荣,反害得身首两分,不明不白。谁叫你去巴结逆莽。博既杀死,由莽命巨毋霸改名,号为巨母氏,取义在文母授玺,助己霸王的意思。巨字犯讳,何故不改?

越年本为天凤七年,莽依六岁改元的诏命,改号为地皇元年,春夏二季,只是筹备兵马,想击匈奴。适须卜当寄寓长安,不得回国,愁病而亡。莽令须卜当子大且渠奢,袭爵后安公,且将庶女陆逮任,嫁为奢妻。陆逮系莽女封邑,莽改称公主为任,故名陆逮任。奢得为莽婿,倒也安心住下。莽更加意抚慰,谓俟兵马调齐,总当送他回国,立为单于。无如莽有此想,天不相容。莽尝改称未央宫前殿,叫做王路堂,忽被一阵极大的秋风,吹倒许多墙壁。莽以为天变告儆,或由临为太子,安独向隅,舍长立幼,因致上干天怒。乃封安为新建王,临为统义阳王,撤消皇太子名称,聊自解嘲。

先是临母王氏，因二子宇、获被杀，时常悲悼，涕泣失明。宇子名宗，曾封功崇公，私服天子衣冠，擅刻玺章，又由莽查出情弊，迫令自尽；宗姐妨为卫将军王兴夫人，诅姑杀婢，莽使中常侍豢恽责妨，并及王兴，薆音带。兴夫妇又皆自杀。莽自娶王氏，又将孙女亦嫁王家，好古者奈何如是？莽后王氏，既哭二子，又哭孙儿孙女，遂致悲上加悲，激成疾病，奄卧不起。莽令临入侍母疾，日夕在侧。偏有一个黠婢原碧，生有三分姿色，楚楚动人，更兼口齿伶俐，眉目轻佻，王氏倚为心腹，宠爱逾恒。该女却不安本分，常向莽殷勤献媚，引得莽欲火上炎，往往瞒着王氏，与她演几出秘戏图。至临入宫奉母，时与原碧相见，原碧又卖弄风骚，勾动临心，临虽已娶刘歆女为妻，他觉得原碧姿容，比妻尤艳，况由她自来勾引，乐得移篙近舵，兜搭成欢。父子聚麀(yōu)，倒是古训。俗语说得好："月里嫦娥爱少年"，临年正少壮，与原碧谐欢鱼水，比乃父大不相同，原碧很是快意。不过原碧既为莽所幸，怎得再与临私通？倘或发觉，坐致送命，因此喜中带忧，有时与临欢卧，装出一种嗟叹声，说出几句蹊跷话。临不禁心疑，搂住细问，才知她怕着这老厌物，自己也不觉吃惊。原碧又故意撒手，欲与临中断情缘,此时临已为所迷,怎肯中止? 辗转思想,只有弑父一法,尚可免患,当下告知原碧,正中原碧心坎,既得除去眼中钉,复好做个现成妃子,哪有不赞成之理? 于是两人商定,待时下手。临妻刘愔,得父歆家传,能观星象,夜见金木二星,聚会一处,心知有异,趁着临回至东宫,即与临语道:"星象告变,恐宫中将有白衣会。"临听了白衣会三字,想是指着丧服,大约莽命该死,谋将有成,心下当然暗喜,却未便与妻说明,支吾一番,又跑入中宫,告知原碧。原碧得了此信,正拟安排毒药,俟莽入宫,加入茗中,把他毒死。偏莽颁下诏书,贬临为统义阳王,迁出宫外,临只好向母告辞,又与原碧流涕诀别,姑从缓图。莽因妻病未瘳,虽将临迁出东宫,尚未遣令就国。临既不得见慈母,又不得会情女,满怀怅望,愁极无聊,乃寄书与母,略言父皇待遇子孙,很是严酷,前次兄侄等多壮年早死,臣儿年亦及壮,恐母后不测,儿亦不知命在何时。王氏见书,愈增伤感,就将临书掷置案上。可巧莽入宫问疾,览着临书,又起了一种疑心,意欲彻底查问,及见妻病垂危,不便发作,因将临书藏入袖中,怱然趋出。过了数日,莽妻竟死,由莽饬令左右收殓,不准临入宫会丧,待至丧葬已毕,就要将临事追究,仔细考察。得知临与原碧通奸,当下召入法吏,拿下原碧,把她刑讯起来,原碧是个柔弱女子,禁不起粗鞭大杖,一经敲扑,就一五一十,供出实情,通奸以外,还有逆谋,当由问官详报,莽立命捶死原碧,并嘱心腹人刺毙问官,把尸首并埋狱中,省得他传扬出丑。掩耳盗铃,徒滋人怨。一面赐临鸩毒,逼令饮下。临不肯取饮,宁可自刭,拔刀刺胸,须臾毕命。莽赐谥曰缪。又有诏书付与刘歆,谓临本不明星学,事由临妻刘愔妄言,致临犯罪云云。这数语明是归咎刘愔,叫歆转嘱女儿,歆自恐坐罪,慌忙将女儿召去,责备一番,愔无从诉冤,含泪回来,服药自尽,这是地皇二年正月间事。这一月内,莽子新建王安,及莽孙公明公寿,统皆病死,匝月四丧,莽还不自恐惧,反毁坏汉武汉昭两帝庙室,腾出空址,作为子孙葬地,看官试想王莽所为,恶不恶,凶不凶呢? 小子有诗叹道:

亲生骨肉且寻仇,事到其间也可休。

祸变至斯犹未悟,恶人到底不回头。

莽既这般凶恶,报应不远,自然要东反西乱,来杀这逆莽了。欲知后来乱事,且看下回再详。

古人有言："外宁必有内忧"，独王莽则先挑外衅，而内忧乃因之而起，此则莽自欲速祸，故有此变例耳。莽不欲用兵夷狄，则租税当不致过苛，租税不苛，则盗贼亦不致过繁，天下方受莽欺而不之察，若莽能噢咻（yǔxǔ）示惠，逆取顺守，其或能保全身家，亦未可知。乃外夷未叛而莽独迫之，平民未乱而莽又殴之，何其悖谬若此！意者其天夺之魄而益其疾欤？况内有逆子，又有淫婢，暗设机谋，欲行大事，祸机伏于肘腋，莽之不死亦仅矣。然天不欲莽之死于儿女子手，姑使之自翦（jiǎn）子孙，然后孤危莫救，供人商割，足快众心。恶愈稔者报愈酷，非药死所足蔽辜也。

第四回

受胁迫廉丹战死　图光复刘氏起兵

却说钜(Jù)鹿地方，有一男子马适求，闻莽暴虐不道，意欲纠合燕赵壮士，入都刺莽。事为大司空掾属王丹所闻，立即上告，莽即发兵捕到马适求，把他磔死。又遣三公大夫，穷治党与，辗转株连，杀毙郡国豪杰数千人，于是人心益愤，共思诛莽。魏成大尹李焉，素与卜人王况友善，况进语李焉道："新室将亡，汉家复兴，君姓李，李音属徵，音止。徵有火象，当为汉辅，不久必有应验了。"焉深信况言，厚自期许，况又东凑西掇，集成谶文十万言，出示焉前，焉奉为秘本，嘱吏抄录，吏竟窃书逃走，入都报莽。莽忙命捕焉及况，下狱杀死。汝南人郅恽，研究天文历数，知汉必再受命，慨然上书，劝莽还就臣位，求立刘氏子孙，方能顺天应人，转祸为福。莽自然动怒，饬将恽拘系诏狱；转思恽未起逆谋，不过妄言无忌，情迹还有可原，因此格外加恩，下令缓决，后来下诏大赦，才得将恽释放。想是恽命未该死，故得重生。真正侥幸。莽见人心思汉，越起恶心，索性遣虎贲将士，携着刀斧，驰入汉高庙中，左斫右劈，毁损门窗户牖，又用桃汤赭鞭，鞭洒屋壁，即将高庙作为兵营，使轻车校尉住着。又记起王况谶文，谓汉室当兴，李氏为辅，因特拜侍中李棽(shēn)为大将军扬州牧，赐名为圣，遣令统兵击贼。上谷人储夏，自请招降盗首瓜田仪，莽即授官中郎，使他招抚。储夏去了一趟，取得仪降书，返报王莽，请莽加恩封赏，莽又令储夏召仪入朝，面授官爵，谁知储夏再往，仪已死去，只得向莽复命，莽再命往求仪尸，厚加棺殓，代为起冢设祠，赐谥瓜宁殇男，想借此羁縻余盗；偏偏一盗甫死，又添出男女强盗两人，男强盗叫做秦丰，在南郡间纠众人，劫掠良民；女强盗叫作迟昭平，家居平原，粗通文字，擅长博弈，居然招集亡赖少年，约数千人，也想入山落草，做个一时无两的女大王。前有吕母，后有迟昭平，可谓无独有偶。莽闻报惊心，召集群臣，详询平盗方略，群臣尚应声道："这都是天囚行尸,命在漏刻,何必多忧？"独左将军公孙禄抗声道："盗贼蜂起,咎在官吏,现在太史令宗宣,迷乱天文,贻误朝廷；太傅唐尊,崇饰虚伪,偷窃名位；国师刘秀,即刘歆,详见后文。颠倒五经,毁灭师法；明学男官名。张邯,地理侯孙阳,造作井田,使民弃业；羲和亦官名。鲁匡,创设六筦,毒虐工商；说符侯崔發,阿谀取容,壅塞下情；为陛下计,亟应诛此数人,慰谢天下,更宜罢讨匈奴,仍与和亲,休兵息民,方可图治。臣看新室大患,不在匈奴,却在这封域间呢！"对牛弹琴,徒失人格。这一席话,说得莽跷起短须,现出一张哭丧脸,遽命殿前虎贲,将禄驱出,但严令内外牧守,督捕盗贼。荆州盗王匡王凤等,盘踞绿林,气焰甚盛,牧守接到莽诏,不敢违慢,只好选募壮士二万人,往讨绿林。王匡等出来迎击,大破官军。荆州牧自去督战,又被王匡等击败,夺去许多辎重,吓得荆州牧屁滚尿流,慌忙返奔,约行里许,忽突出一大队强徒,截住去路,为首一位彪形大汉,须眉似戟,手持一竿长矛,厉声呼道："好汉马武在此,尔等快留下头来！"后来马武降汉,称为中兴名将,故此处独留身份。荆州牧魂飞天外,忙令驱车旁逸,哪知马武的长矛,已刺入车中,回手一钩,立将车辕钩倒,把一个金盔铁甲的荆州牧,复出地上。荆州牧已拼着一死,又听马武大叫道："我等为饥寒所迫,苛政所驱,不得已落山为盗,并非敢戕杀命官,怎奈汝等蠹吏,不思救民,反要虐民,岂不可恨！我今权寄下汝首,叫汝知过必改,勿再肆虐,如若不信,请看此人！"说着,手中戈起,刺死骖乘一将,呼啸而去。荆州牧方敢扒起,旁顾左右,已皆散走,只有一尸首横在地上,越觉得胆战心寒,勉强按定惊魂,呆立片刻,才见逃兵陆续趋回,七手八脚的竖起复车,请令乘坐,急急的奔归州署。此后再不敢轻出击贼,但闭门高卧罢了。

　　王匡等杀败官军,复攻破竟陵城,转掠云社安陆,虏得妇女数十人,仍回绿林山中,纵欢取乐。百姓失去妻女,无从追寻,报官也是无益,徒落得家离人散,十室九空。皇天有眼,也不使绿林盗贼,安享温柔,蓦然降下一场大疫,把绿林山中的喽啰,瘟死无数,可见盗贼亦有恶报。盗目乃不敢安居绿林,分途引散。王常成丹西入南郡,号为下江兵；王匡王凤马武,及支党朱鲔张卬（áng）等北入南阳,号为新市兵。莽遣司命大将军孔仁,出徇豫州,再起严尤为讷言大将军,与秩宗大将军陈茂,同略荆州。两路已发,又接东海警报,盗魁樊崇,势甚猖狂,乃更命太师王匡,与更始将军廉丹,率兵讨崇。莽曾改更始将军为宁始将军,至此复称更始。是时郡国官吏,多畏盗如虎,不敢进剿,惟冀平连帅田况,素称勇敢,募得壮丁四万人,各给库械,明定赏格,刻石为约,樊崇等闻风知惧,相戒不入。况上书自请击贼,所向皆克,莽擢况领青徐二州牧事。况又上书白莽,略言:"盗贼始发,为势甚微,咎在地方长吏,不以为意,县欺郡,郡欺朝廷,实百言十,实千言百,朝廷忽略,不加督责,遂致蔓延连州。及遣发将帅,出击盗贼,又索郡县供张,竭资迎送,犹恐不足,尚有何心再顾盗贼?将帅复不能躬率吏士,奋勇前敌,每战辄为贼所创,遂致罢兵豢寇,酿成巨变。今洛阳以东,连年饥馑,米石数千钱,臣闻朝廷复遣太师与更始将军,东向讨贼,二人为爪牙重臣,兵多人众,沿途饥匮,何处供求?愚以为不如慎选牧尹,明定赏罚,叫他收合灾民,徙入大城,积藏谷食,并力固守,贼来攻城,急不得下,退亦无从掠食,势难久存,然后可剿可抚,攻必破,招必降。若徒然多遣将帅,劳苦郡县,恐为害且过盗贼,请陛下即日征还各使,俾郡县少得休息。臣况既蒙委任,二州以内,自可平定,愿陛下俯允臣言,定能奏效。"这一篇奏章,正是当时良策,偏莽阴加猜忌,疑他沮挠军心,遽召况为师尉大夫,另派别人替代。

况一入都,齐地遂空,樊崇等只畏田况,闻况奉调入朝,相率庆贺,可巧女盗吕母病死,余盗多散归樊崇,党羽益盛,遂有意窥齐,严申约束,杀人抵命,伤人偿创,居然定出军律,檄示山东。那莽太师王匡,与将军廉丹,奉命东征,就择定地皇三年孟夏,辞行出都,文武百官,都至都门外饯行。适值天下大雨,全军皆湿,有几个老成练达的长者,看着兵士带水拖泥,不禁背地长叹道:"是谓泣军,泣军不祥。"天雨也是常事,实因人心怨莽,才有是言。王匡廉丹,共率锐士十万人,长驱东进,沿途征饷索械,备极严苛,东人作歌谣云:"宁逢赤眉,莫逢太师;太师尚可,更始杀我。"原来樊崇闻匡丹东来,必有大战,恐党徒与官兵混斗,致不相识,因令徒众用朱涂眉,作为记号,嗣是号作赤眉。崇自申明纪律以后,稍禁掳掠,反不若官军过境,驱胁吏民。廉丹颇得军心,惟纵兵为虐,比匡尤甚,故时人有此歌谣。百姓恐慌得很,更兼饥不得食,大率扶老携幼,奔入关中,关吏次第报闻,差不多有数十万人。莽不得已开发仓廪,派吏赈饥,吏多贪污,窃

取廪粟,饥民仍不得一饱,十死八九。中黄门王业,掌管长安市政,有事白莽,莽问及饥民情形,业诡答道:"这等皆是流民,并非真由饥荒,臣看他流寓都门,还是持粱齿肥呢!"乃出取市上所卖粱饭肉羹,入宫示莽,说是流民所食,大概如是。莽信作真言,遂以为关东饥荒,全是虚报,乃一再遣使至军,催促廉丹,赶紧剿贼。丹得书惶恐,夜召掾属冯衍,出书相示。衍乘间进说道:"海内人民,怀念汉德,好比周人追思召公,人所鼓舞,天必相从,将军今日,莫若屯据大郡,镇抚吏士,选贤与能,兴利除害,方可显扬功烈,保全福禄,何必冲锋陷阵,委身草野,反弄得功败名丧,贻笑后人呢?"丹摇首不答,衍乃退出。越宿即拔营再进,到了无盐,正值土豪索卢恢等,据城附贼,丹与王匡麾兵进攻,一鼓直入,杀死索卢恢,斩首万余级,当即飞书告捷。莽遣中郎将赍着玺书,慰劳军士,晋封匡丹为公,赏赐有功将吏十余人。王匡既得荣封,急思荡平盗贼,探得赤眉别校董宪等,聚众数万,据住梁郡,乃遽令出兵击宪。廉丹进谏道:"我军新拔坚城,不免劳乏,今且休士养威,徐徐进行!"匡忿然道:"行军全靠锐气,既得胜仗,正好鼓勇深入,君若胆小,我愿独进。"说着,便号令军士,速赴梁郡，自己一跃上马，扬鞭出城。丹不好坐观，也只得带领亲兵，随后继进。行至成昌，望见前面排着贼阵，几与泰山相似，军士不战先慌，纷纷倒退，王匡连声喝阻，尚不肯止。那贼众已驱杀过来，势如潮涌，锐不可当。匡知不能支，也即退走。惯说大话，往往无能。贼众在后追赶，杀毙官军无数。匡抱头逃回，正与廉丹相值，高声说道："贼势浩大，不可轻敌，快逃走罢！"丹不觉瞋目道："能战方来，不能战便死，奈何遽走！"匡满面怀惭，俯首无言。丹越觉气愤，从怀中取出印绶符节，掷付与匡道："小儿可走，我为国大将，除死方休。"一面说，一面即跃马前进，突入贼军。贼一拥齐上，把丹困住垓心，丹格杀贼徒数十人，终因寡不敌众，力尽身亡。为莽战死，殊不值得。麾下校尉汝云王隆等二十余人，同声说道："廉公已死，我等何为独生？"当即拼命血斗，并皆战死，只王匡已经走脱，不得不据实报闻，莽下书哀悼，谥丹为果公。国将哀章，自愿赴军平贼，也要出去送死了。莽即遣章东行，与王匡合力御盗，又使大将军阳浚屯兵敖仓，大司徒王寻统兵十万，镇守洛阳。嗣闻严尤陈茂一军，先胜后败，未见得利，免不得焦灼万分，乃拟遣风俗大夫司国宪等，俱是莽时官名。分巡天下，饬除井田奴婢山泽六筦诸禁，与民更始。

书尚未发，忽觉得一声霹雳，突出一位汉家后裔，起兵南阳白水乡，即春陵封地。要来讨灭王莽，索还汉室江山。真命天子出现，应该大书特书。这人为谁？乃是汉景帝七世孙，为长沙定王發嫡派，本姓是刘，单名为秀，表字文叔，身长七尺三寸，美髯眉，大口隆准，确是汉朝龙种，比众不同。从前景帝生长沙王發，發生春陵侯买，买生郁林太守外，外生钜鹿都尉回，回生南顿令钦，钦娶湖阳樊重女为妻，生下三子，长名縯(yǎn)，次名仲，又次名秀。秀生时，适有嘉禾一茎九穗，因以秀字为名。九龄丧父，寄居叔父刘良家，成童后好稼穑。长兄縯表字伯升，独有大志，好侠养士，常笑秀为耕佣，比诸高祖兄仲。秀受兄揶揄，也觉业农非计，乃入都求学，拜中大夫许子威为师，肄习《尚书》，能通大义，嗣因资用乏绝，仍然归家。秀有一姐，曾适新野人邓晨，彼此谊关郎舅，时相往来。一日邀秀至穰人蔡少公家，适值宾朋满座，叙谈朝事，晨与秀都是后生，幸得少公招呼，参坐末席。少公素习图谶，与大众述及谶语道："将来刘秀当为天子！"座中有一人起问道："莫非就是国师刘秀么？"原来莽臣刘歆，也尝究心谶

纬，依着谶文，故意改名为秀，回应上文。所以座客闻少公言，还道是秀为国师，容易得为天子，故有是问。少公尚未及答，但听末座上笑声忽起，接说一语道："怎见得不是仆呢？"大众闻声瞧着，乃是刘秀发言，都不禁哄堂大笑，谁知果然是他。秀扬长趋出，晨亦告退。

宛人李守，曾为莽宗卿师，素好星历谶纪，尝私语子通道："刘氏不久当兴，李氏必将为辅。"通将父语记诸心中，也想做个攀龙附凤的功臣。至新莽地皇三年，新市兵窜入南阳，平林人陈牧廖湛，也聚众千余人，起应王匡王凤，号平林兵，闹得南阳境内，风鹤皆惊。李通从弟李轶，因向通进说道："今日四方扰乱，想是汉室当兴，南阳宗室，只有伯升兄弟，泛爱容众，可与共谋大事，愿兄勿失此机！"通欣然道："我意也是如此。"可巧刘秀来宛买谷，通与轶乘便迎入，与商起义，秀并不推辞，即与订约，归告兄缜。缜自王莽篡位后，常怀不平，暗中散财倾产，结交豪杰，约莫有百余人，至此一齐召集，面与计议道："王莽暴虐，海内分崩，今复枯旱连年，兵革并起，这是天亡逆莽的时候，我等正好举事，起复高祖旧业，平定万世了！"众豪杰统拍手赞成，乃分遣亲友四出，招募士卒，自发舂陵子弟，指日兴师，子弟视为畏途，各谋躲避，竞言伯升造反，必将杀我。嗣见刘秀亦穿着军装，披绛衣，戴大冠，不由的惊疑道："他是有名谨厚，为何也这般装束，莫非果好起事么？"究竟是谨厚的好处。乃稍稍趋集，共得子弟七八千人。縯自称柱天都部，秀年方二十有八，助兄举义，专待李通兄弟到来。通使弟轶出招徒众，自在宛城暗暗布置，准备起应。不料事机未密，被人发觉，当由守吏带着兵役，来捕李通，通闻风逃去，通父守与全家眷属，不及奔避，尽被拘去，官吏立即报莽，莽立即下令族诛，共死六十四人。一事未成，便至倾家，也觉可怜。縯探得李通家属，俱被捕戮，料知通不能起应，乃使族人刘嘉，往说平林新市诸头目，求他帮助。嘉素有口才，凭着那三寸舌，说动了两路兵，彼此定议，合兵进攻长聚，又捣入唐子乡，诱杀湖阳县尉，沿途夺取财物，却是不少，盗众欲据为己有，刘氏子弟也要分肥，两下里争夺起来，势且决裂，亏得刘秀临机应变，好言劝解族人，令将所得财物，尽畀两路盗兵，盗众方才喜欢，愿与刘秀共攻棘阳。棘阳守兵寥寥，两三日即得夺下，李轶邓晨，亦从他处招得壮丁，来会刘縯。縯拟进取宛城，率众至小长安聚，忽来了莽将甄阜梁丘赐，带领兵马，截住中途。縯怎肯退还？自然麾众接战，已杀得难解难分，暮见天空中降下大雾，笼住两军，咫尺不辨南北，莽军多系骑兵，趁势蹴踏，縯众统是徒步，如何支持？一时纷纷四散，溃走各方。此次縯倾寨前来，连家眷都带在后面，满望顺风顺势，直达宛城，不防途中遇着这般败仗，只好各走各路，顾不得家属存亡。刘秀亦匹马奔逃，路旁碰着女弟伯姬，急忙唤令上马，并骑前奔，走了半里，又与姐遇，复促令上马同逃。姐即邓晨妻室，单名为元，见秀已挟妹同走，怎好三人一马？便扬手一挥道："弟妹快走！此时已不能顾我了！毋令一齐丧命！"秀还想要劝，怎奈后面喊声震地，有追兵驱杀过来，那时只得急走，可怜姐元及三女儿，尽被追兵杀死。还有秀从兄刘仲，及族人数十，亦败死乱军中。

縯退保棘阳，收集残兵，十去四五，及见秀与妹到来，心中稍慰。秀与述及姐元兄仲，陷入敌兵，恐怕不能生还，縯待了许久，未见踪迹，想是已死，禁不住涕泪交并。俄而新市平林两路贼目，入见刘縯道："莽将甄阜梁丘赐，已渡过潢淳，屯兵泚水。闻他兵势浩大，不下十万，所有辎重，悉数留住蓝乡，他却断桥塞路，示无还心，眼见得来夺棘阳，与我拼命，我等寡不敌众,弱不敌强,如何抵御?不如弃城先走,还可保全生命!"刘縯听了,很是焦急,只得好言劝慰,教他少安毋躁,另筹良谋。正惶惑间,忽有一人驰入,朗声呼道:"下江兵已到宜秋,何不前去乞援呢?"刘秀在旁接口道:"李兄前来,好了好了!"*却是一条生路*。縯尚未知来人为谁,及刘秀与他说明,才知便是李轶的从兄李通,当下延通入座,问及下江兵来历,通答说道:"通未曾起事,家属先亡,只剩得孑身孤影,奔走四方,探闻下江兵帅王常,颇有贤名,特地致书相招,邀他来攻宛城,今彼已到宜秋,又知君困守棘阳,所以急忙赶来,请君往会下江兵。"縯问通曾否熟识王常,通答说道:"素来相识,何妨往见?我等俱有口舌,还是怕他不成?"刘縯大喜,即与通同行,并嘱秀随往,一径至宜秋军营。营兵见縯等驰至,问明来意,縯即答说道:"愿见下江一位贤将,与议大事。"兵士当即入报。此时下江营内,王常以外,尚有成丹等人,共推王常出见,常乃迎入縯等,见縯兄弟姿表不凡,已是起敬。两下问答姓名,叙及军事,縯口讲指画,词辩滔滔,再加李通从旁参议,常顿时大悟道:"王莽残虐,百姓思汉,今刘氏复兴,就是真主,常愿助君一臂,佐成大功。"*豪爽得很*。縯笑答道:"事若得成,难道我家独享么?"当下面订契约,起座告别。常送出营外,还白党徒,成丹等齐声道:"大丈夫既经起事,当思自主,何必依人?"常摇首道:"王莽苛酷,致失众心,现在人皆思汉,蠢然欲动,所以我等得乘机起事,但欲建大功,必须应天顺人,若徒负强恃众,虽得天下,亦必复失。试想秦皇项羽,何等威武,尚致覆亡,何况我等布衣,啸聚草泽呢?今南阳诸刘,举族起兵,我看他来议诸人,统是英雄,非我辈所能及,若与并合,必成大功,这是上天保佑吾侪,不可错过!"成丹张卬,方才悦服,即与常引兵至棘阳,与縯相会。新市平林诸兵,见有援兵到来,亦皆欢跃,这一番,有分教:

　　漫道鲸鲵吞海甸,好看龙虎会风云。

　　欲知刘縯如何调度,且至下回叙明。

　　食人之禄,忠人之事,此为古今通论。但如廉丹之战死成昌,史家不予其死节,或反大书特书曰:"赤眉诛廉丹。"夫赤眉贼耳,廉丹助逆,亦不过一贼而已,以贼杀贼,独书曰诛,词似过激,然即此可以见出处之大防,

助逆而死，死且遭讥，为人臣者，顾可不择主而事乎？刘縯倡义，秀乃辅之，阅史者必以为秀之中兴，实赖长兄，不知秀亦非真事田产，无志光复者，观其安知非仆之言，已见雄心；乃绛衣大冠，身服军装，而族中子弟，谓谨厚者亦复如是，此正所以见秀之权略耳。遵养时晦，一飞冲天，秀之才实过乃兄，宜乎兄无成而弟独得国也。

第五回

立汉裔清水升坛　破莽将昆阳扫敌

却说刘縯会合下江兵，气势复振，连新市平林诸兵，亦改易去志，摩拳擦掌，专待厮杀。縯令各路兵分作六部，休息三日，大排筵宴，与各将士痛饮一宵，申立盟约，时已为新莽地皇三年十二月中。各将士过了三日，便请縯发令出兵，縯谓出兵尚早，当再缓数天。好容易到了除夕，大众方预备守岁，忽由縯传发军令，叫他潜师夜起，进袭蓝乡。蓝乡距棘阳城约数十里。莽将甄阜、梁丘赐，曾在该处留屯辎重，见前回。縯为劫粮起见，留秀守城，自率各路人马，偃旗息鼓，悄悄地行至蓝乡，蓝乡辎重屯聚，非无守兵，只因除夕守岁，大都饮酒至醉，睡梦甚酣，蓦被縯军攻入，连逃避都是不及，还有何心保守辎重？有几个脚长手快的，披衣急起，开步就逃，侥幸保住头颅；若少许迟慢，便做了刀下鬼奴。縯等扫尽守兵，就将所屯辎重，一古恼儿搬运回城，天色不过黎明，已经是正月元日了，縯又点齐军士，置酒犒劳，大众喜气洋洋，巴不得立攻沘水，诛死莽将。縯见士气可用，立命毕饮，引军再出，直向沘水进发。莽将甄阜、梁丘赐，方接得蓝乡败报，辎重尽失，急得仓皇失措，不意敌众复到眼前，没奈何出兵抵敌。縯分部兵为左右翼，使下江兵攻东南，自率本部攻西南。甄阜、梁丘赐，也分队接仗，阜拒縯众，赐敌下江兵。下江兵锐厉无前，才阅半时，便把赐阵突破，赐望后退走。甄阜方督兵奋斗，望见赐军已溃，不禁气沮，部下愈加汹惧，一动百动，尽皆散走，阜禁遏不住，随势返奔，偏后面有潢淳水阻住，急切无从飞渡，一大半不顾死活，纷纷投水，一小半是尚在徘徊，被后面追兵赶到，乱戳乱剁，杀毙了万余人。甄阜、梁丘赐心慌意乱，先后毙命，潢淳水中，又溺毙无数。尚有残众好几万人，得渡彼岸，统觅路逃生去了。*寥寥数语，却写得有声有色。*

莽将严尤陈茂，闻知下江新市诸兵，连合刘縯，杀毙甄阜、梁丘赐，料知宛城垂危，慌忙引着大军，前来守宛。早有探马报达刘縯，縯因宛城坚固,倘被莽兵守住,与前途大有妨碍,因即陈师誓众,焚积聚,破甑釜,鼓行直前。两军在淯(Yù)阳相遇,縯匹马当先,持槊陷阵,各将士奋勇继进,一当十,十当百,百当千,杀得莽兵东逃西散,人仰马翻。严尤陈茂,从未经过这般利害,只恐丧掉性命,拍马走还,连部兵都不暇顾及,兵士见无主将,多半投械乞降,逃走的不过二三成。縯乘胜进攻宛城,查点降卒,不下二三万,自己部兵也有一二万,加入新市平林下江三大部,差不多有十万人,此外尚有陆续投附,今日数十,明日数百,真是多多益善,如火如荼。縯即扎下大营,命各军分布城外,把一座宛城,围得铁桶相似。诸将以兵多无主,不便统一,欲立刘氏为主,借从人望。南阳豪杰,均拟立縯,独新市平林诸头目,惮縯威明,选出一个庸懦无能的人物,奉为汉帝。这人也是刘氏宗室,名玄字圣公,系是舂陵侯买长子熊渠曾孙,前回所叙郁林太守外,就是熊渠少弟。与刘縯兄弟系出同支,曾在平林军中,列入头目,号为更始将军,生性懦弱,无甚勇略。新市渠帅王匡王凤朱鲔张卬,平林渠帅陈牧廖湛,都欲利用刘玄,暗中定议,叫他做个傀儡皇帝,方好任所欲为。縯尚未闻知,及各渠帅与縯说明,縯始慨然道:"诸将军欲推立汉裔,厚情可感,惟愚见略有不同。目下赤眉啸聚青徐,有众数十万,若闻得南阳已立宗室,必然照样施行,彼一汉帝,此一汉帝,两帝不能并立,怎能不争?况王莽未灭,宗室先自相攻,坐失威权,如何再能破莽?自古以来,首先称尊,往往不能成事,陈胜项羽可为前鉴。今舂陵去宛三百里,尚未攻克,便想立尊,是使后人得乘吾敝,宁非失策?愚意不如暂称为王,号令军中,若赤眉所立果贤,我等不妨往从,当不致夺我爵位。否则西破王莽,东收赤眉,然后推立天子,也不为迟。"刘縯此议,未尝轻玄,而轻玄之意,自在言外。南阳诸将,听了縯语,当然称善,就是王常亦极口赞同,不料新市党徒张卬,怒目起座,拔剑击地,且悍然道:"疑事无功,今日我等已经定议,不得再有二言!"縯只好含忍过去,默然无语。诸将见縯且如此,乐得做个好好先生,于是决议立玄,就在淯水岸上,筑起一坛,择期二月朔日,立刘玄为皇帝。玄首戴帝冕,身服皇袍,由诸将帅拥登坛上,南面升座,大众都称臣拜贺。玄不敢坐定,战兢兢的起立座前,心中七上八下,好似小鹿儿乱撞,听得众人山呼万岁,不由的面庞发赤,冷汗直流。如此无用,何不固辞?待至朝贺礼毕,悯然下坛。回入营中,自有一班捧戴的臣工,预先拟定国号,称为更始。又封拜王匡王凤为上公,朱鲔为大司马,刘

缜为大司徒，陈牧为大司空，刘秀为太常偏将军，此外诸将，亦各有职使，不及备述。史家载是年为更始元年，削去王莽地皇年号，但是十月，莽亦被诛，事见后文。划清眉目。

且说王莽闻刘缜起兵，大加震惧，特悬出重赏，购缉刘缜，如有人将缜擒住，封邑五万户，赐金十万斤，位居上公，又令长安中官署，及天下乡亭，各绘缜象，每旦起射，作为厌胜。呆贼。一面佯示镇定，命有司广选淑女，得一百二十一人，送入都中，莽亲自审视，个个是美貌娉婷，最看中有一丽姝，乃是杜陵人史谌女儿，轻盈裊娜，艳冶无双，可惜薄命！当下选为继后，召入史谌，特给黄金三万斤，当作聘礼，还有车马奴婢，杂帛珍宝，不可胜计。莽年已六十有八，须发尽白，他却用煤涂发，用墨染须，假充壮年男子。且使史氏女出外复入，载以凤辇，直至殿前下舆，由莽行亲迎礼，出殿迓女，至上西堂同牢合卺(jǐn)，备极隆仪，封史谌为和平侯，拜宁始将军，谌子二人，并授官侍中。又将一百二十名淑女，悉数纳入后宫，赐号和嫔美御。和为上号，计三人，禄秩如公；嫔为次号，计九人，禄秩如卿；又次为美，计二十七人，禄秩如大夫；又次为御，计八十一人，禄秩如元士。既要纵乐,何必附会古制,多设名目？这一百二十人添居宫内,意欲轮流召幸,可奈年力已衰,不能如愿,乃再征方士入宫,叫他制合仙药,务使返老为童,可御诸女。方士等有何仙术？无非把提神兴阳的药品,熔合成丸,供莽服食。莽略觉有济,勉力合欢,也是这一百二十个美人儿,数合遭晦,无端做那老贼的玩弄品！想莽贼亦自知速死,乐得肆淫。莽又大赦天下,饬令四方盗贼,一律解散,不咎既往,若有迷惑不返,将遣百万雄师,一体剿绝。复命各路将士,赶紧进兵,沿途遇贼来降,不得妄杀,否则合力殄灭云云。此等文书,连日颁发,约莫有好几十万。偏文告日多一日,乱端亦日盛一日,俄而刘玄称帝的消息,传入宫中,又俄而刘縯围宛,刘秀等又别攻颍川,下昆阳,拔郾县,入定陵,急得王莽无心纵乐,不得不召集群臣,会议发兵。当时只有大司空王邑,大司徒王寻,系莽心腹子弟,最算效忠,当由莽遣令至洛,大发郡国兵马,拟召集百万,号为虎牙五威兵,使邑便宜行事,得专封赏。邑乘驿先行,寻复继进,既到洛阳,分头征兵,好容易调动四十二万人,号称百万,直指昆阳。莽又选募知兵能人,得六十三家,人数有好几百,使至军前参谋。再命巨毋霸为垒尉,归王邑王寻节制。巨毋霸能役使猛兽,特至上林兽圈内,放出许多虎豹犀象,使作前驱,一路上张牙舞爪,耀武扬威,直抵王邑王寻营中。就是严尤陈茂,收合败兵,尚有二三万人,一并与王邑王寻会合,旌旗辎重,千里不绝,自从秦汉以来,没有见过这般大军,几乎好横行天下,无人敢当。反跌下文。刘秀正奉更始皇帝命令,带同王凤王常李轶等,连下数城,留守昆阳,闻得莽军大至,乃遣偏师数千人,往截阳关。数千人到了关外,正值莽兵远远驰来,望将过去,好似蚂蚁攒集,不胜指数,更奇怪的是前驱大将,身长体伟,面丑髯张,坐下一乘极大的兵车,两面插着虎旗,带领一大群猛兽,摇尾前来。汉兵见所未见,不知是何妖魔来助新莽,你也惊,我也慌,索性回头就跑,逃还昆阳。刘秀问他何故逃归？大众一片哗声,说得莽军如何利害,如何怪异,不但守兵闻言大骇,连王凤王常李轶诸人,也是面面相觑,形色仓皇,衬跌刘秀。独刘秀从容自若,还像没事一般。王凤忍不住说道:"莽兵如此奇悍,来迫我城,小小昆阳,眼见是固守不住,何如知难先退,还得共保身家？"众皆应声如响,无一异词,刘秀慨然道:"今兵谷既少,突遇强寇,全靠将士并力抵御,方可图功,若望风解散,必至玉碎,万难瓦全。况宛城未下,不能相救,再加昆阳一破,寇众长驱直进,恐在宛诸部,亦被灭亡。

诸公不思同心合胆，共立功名，反欲牢守妻子财物，难道妻子财物，果能就此保全么？"眼界独超。王凤等闻言发恨道："刘将军有何胆略，竟敢如此？"秀一笑而起。诸将各分头理装，亟欲出走，忽又有探马报入，莽兵已至城北，迤逦数百里，不见后队，大约总有数十万人。诸将听了，越加失色，转思敌临城下，走亦嫌迟，只可别图良策，暂济眉急。当下无人可商，只有刘秀纡徐不迫，究未知他有何良谋，乃再与秀计议。秀答说道："诸公若听我言，未必有败无成。今日城中只有八九千人，势难出战，幸亏城坚壕阔，尚可相持，但外无救兵，内乏现粮，最多亦不过守住旬余，眼前只有派出数人，至郾与定陵两县，招集守兵，背城一战，方可解围。究竟谁守谁出，还请诸公自认。"王凤因敌已凭城，不敢轻出，因高声答应道："我愿居守！"秀再问何人敢出，好多时不闻声响，乃毅然直任道："诸公既都愿守城，由秀自往。"言未毕，又一将道："我亦愿往！"全是激出来的。秀见是李轶应声，遂邀与同行，留王凤王常居守，自率壮士十人，束装停当，待夜乃发。还有将军宗佻，见秀义勇可嘉，亦愿从行，共计有十三人，乘着天昏月黑，潜开南门，跨马衔枚，向南疾走。莽军初临城下，统在城北驻扎，休息一宵，约定诘旦攻城，未尝顾及城南，秀等十三骑竟得驰脱。也有天幸。

到了翌晨，王邑纵兵围攻昆阳，严尤向邑献议道："昆阳虽小，城郭甚坚，今刘玄盗窃尊号，乃在宛城，我军不若乘锐趋宛，彼必骇走，宛城得胜，哪怕昆阳不服哩！"邑摇首道："我前为虎牙将军，围攻翟义，一时不得生擒，便遭诘责，今统兵百万，遇城不拔，如何示威？我当先屠此城，喋血再进！"说着，即指挥部众，环绕昆阳城，约数十匝，列营百数，钲鼓声达数十里，一面竖起楼车，高十余丈，俯瞰城中，且用强弩乱射，箭如飞蝗，城中守兵，辄受箭伤，甚至居民汲水，统是背着门户，不敢昂头。再用冲车撞城，泥土纷坠如雨，王凤等提心吊胆，寝食不遑，没奈何投书乞降。王邑不许，自谓旦夕可下此城，要想杀个痛快，表扬声威。严尤复进谏道："兵法有言，围城必阙一角，宜使守兵出走，免得死斗，况有兵逃出，亦可使宛下伪主望风破胆，岂不更善？"邑勃然道："我正要屠尽此寇，还好纵令逃走么？"又不听尤言，意气甚豪。是夜有流星坠入营中，到了诘旦，复有黑气蔽营，状如山倒，当营陨下，营兵统皆惊伏，诧为奇事。覆败之兆。

约莫过了旬余，已是六月朔日，城中守卒，待援不至，已觉得无法再生，可巧刘秀李轶等，悉发郾定陵两邑守兵，冒险进援。两邑兵也不过万人,由秀自为前锋,领着步骑千人,向着王邑大营,远远挑战。王邑在营中遥望,见来兵寥寥无几,不值一扫,因只遣数千人出敌。秀麾兵猛进,斩首数十级,竟把敌兵吓退,诸将不禁喜跃道:"刘将军生平,见小敌尚有惧容,今遇大敌,反觉勇气百倍,真正奇极,我等愿前助刘将军。"不如是不成为刘将军。于是人人思奋,个个争先,随着刘秀追杀过去,又枭得数百颗头颅。邑闻前军败退,再遣数千人援应,也阻不住汉兵,反被他砍倒无数,只好纷纷倒退。刘秀得直抵城下,遥呼守兵道:"汝等无恐!宛下兵已悉数来援了!"看官听着,这是秀故意伪言,安定城中士心,城上守兵,虽略有所闻,但见来兵不多,尚未敢出城夹击,秀又使弁目佯堕军书,使王邑部兵拾去,书中无非说是宛兵大至,请守吏无恐等语。王邑得书,也觉惊心,但尚自恃人多势旺,足敷抵御,下令诸营不得妄动,自与王寻等列阵城西,依水待着。也欲摆背水阵么?昆阳城西北有滍(Zhì)川,东流入汝,王邑就在岸上踞住。刘秀选得敢死士三千人,直冲邑阵,统是以一当百,不顾死生。从来行军接仗,越惜命越是要死,越拼命越是得生,秀部下都是拼命,邑部下都是惜命,所以邑兵虽众,反不及秀军的利害。好容易突入中坚,杀得邑兵七零八落,呆头呆脑的王寻,还想上前拦截,被刘秀大喝一声,吓退三步,秀部下的敢死士,知是敌营大将,一拥上去,你一刀,我一枪,把王寻砍落马下,立时毙命。王邑见王寻被杀,无心恋战,只有退走一法,各营复守着军令,不便出援,那汉兵胆气越壮,喊杀声震动天地,再加昆阳城内的守兵,望见援军得胜,也由王凤等带同出城,来凑顺风。莽军垒尉巨毋霸,本尚依令守营,耐心待命,及闻王寻阵亡,王邑退却,不由的咆哮起来,当即驱出猛兽,冲突汉兵,汉兵倒也着忙,只恐为兽所噬,稍稍住脚。蓦听得雷声大震,雨势狂奔,豁喇喇的几阵怪风,竟将虎豹犀象等吹转,反去冲动巨毋霸。巨毋霸弄得没法,也只好向后退走,后面就是滍川,退无可退,偏猛兽不省人事,尽管向巨毋霸挤去,巨毋霸立脚不住,扑通一声,坠入水中,身重脚沉,不能上跃,简直是无影无踪,漂入水国去了。这叫做巨而毋霸,名足副实。巨毋霸一死,各营皆震,统是不待军令,弃营乱跑,虎豹犀象等兽,还在岸边狂窜,往往连人带兽,并堕入水,水复骤涨,就使素善泅水的兵士,也落得无技可施,活活溺死。王邑严尤陈茂等,跨马凫水,亏得水中有许多死尸,替他填底,才得渡过彼岸,狂奔而去。刘秀传令军士,不必穷追,但命将敌营辎重,搬运入城,一时不能尽

破莽将昆阳扫荡

取,听令遗留,待至明日再取,所有数十万莽兵,除死亡数万人外,任他四逸,自与诸将缓辔入城。**真是好整以暇**。次日再令兵士出搬辎重,仍然不尽,接连搬运了好几日,还有零碎什物剩下,付诸一火。这便是昆阳大捷,成就了汉室光复的首功。小子有诗赞道:

　　身当大敌反从容,一鼓能销百万锋。
　　水涨血流风效顺,天公毕竟助真龙。

昆阳解围,群情鼓舞,更可喜的是一座宛城,早由刘縯攻下了。欲知宛城攻克情形,待看下回分解。

　　刘伯升知首事之难成,劝诸将不必立玄,言固甚是,但伯升亦自犯首事之戒。若稍示退让,姑且韬晦,则使他人当其咎,而一己受其成,亦未始非权宜之善策,惜乎其英锋太露,为人所嫌,卒至宵小播弄,不得其死,可悲亦可悯也。若乃弟文叔,则深知此道矣,见小敌反怯,见大敌独奋,令人无从端倪。昆阳一战,以十不及一之兵士,能摧王邑王寻之军锋,是何神勇,得此奇捷,虽天心助顺,风雨齐来,然必有义勇之过人,始得仰邀天佑耳。史称昆阳一役,为汉室中兴之基础,本回摹写声容,亦觉笔酣墨舞,有其事不可无其文,勿遽以小说目之可也。

第六回

害刘縯群奸得计　诛王莽乱刃分尸

却说昆阳大捷以前,宛城守将岑彭,已经出降。彭字君然,系是棘阳人氏,居守本县。棘阳为刘縯所夺,彭率家属奔往甄阜,阜责他不能固守,拘彭母妻,令他立功赎罪。至阜败死,彭得挈领母妻,奔入宛城,与副将严说共守。刘縯等进军攻宛,约经数月,城中粮食已尽,望援不至,累得势穷力竭,只得与严说一同出降。诸将欲将彭处斩,縯独劝阻道:"彭系宛城吏士,尽心固守,不失为义! 今既举大事,当表义士,不如封他官爵,方可劝降。"刘玄乃封彭为归义侯,隶縯麾下。岑彭亦中兴名臣,故详叙履历。宛城既下,再加昆阳解围,汉威大震,海内豪杰,往往起应,杀死牧守,自称将军,用刘玄更始年号,静待诏命。刘秀由昆阳出略颍川,屯兵巾车乡,擒住郡掾冯异,面加讯问。异字公孙,颍川郡父城人。少好读书,颇通兵法,曾为颍川郡掾,监督五县。当时留居父城,与父城县长苗萌,为莽拒汉。及闻刘秀出兵略地,料他必来攻父城,父城守兵甚少,因欲向旁县招兵,孑身外出,不料被秀军擒住。押入见秀,异既供述姓名履历,复申说道:"异孑然一身,无关强弱,死亦何妨? 但有老母留居城中,若明公肯释异见母,异愿归据五城,聊报公恩! "秀听他语诚意美,即纵令回去。异返至父城,对着苗萌,极言刘秀仁明,不如归降。萌依了异言,即与异出降刘秀。异为传檄四城,尽令归汉。秀即留异与萌,共守父城。

嗣是縯秀二人,威名日盛。新市平林诸将,阴怀猜忌,尝向刘玄处进谗,以为刘縯不除,必为后患。刘玄本不识好歹,又被他一番浸润,当然动心,乃与诸将商定密谋,待机发作。会王凤李轶等,自昆阳城输运粮械,接济宛城,诸将以为时机已至,即入献狡谋,借着犒军名目,大会将吏,縯当然在列。刘玄见縯佩剑,故意的说它奇异,欲即取视。縯性情豪爽,不知有诈,当即拔剑出鞘,付与刘玄。玄接剑在手,把玩不释,新市

平林诸将不禁着急，忙使绣衣御史申徒建献上玉玦，玄仍然不发一言，我说他还是厚道。诸将无可奈何，只暗怨刘玄无能。未几罢会，玄将剑仍付与缤，返身入内。缤携剑趋出，大众皆散。缤舅樊宏私下语缤道："我闻鸿门大会，范增尝三举玉玦，阴示项羽，今日申屠建复献玉玦，我看他居心叵测，不可不防！"缤似信非信，微笑无言。其实刘玄向缤取剑，明是有人教他，待缤将剑奉上，便好诬他谋弒罪名，把他杀死，偏玄迟疑未决，不敢照行，申屠建献入玉玦，就是叫玄速决的意思，玄又不省，总算缤命尚未绝，才得脱身，但缤以为刘玄庸弱，不足深虑，因此一笑作罢。独新市平林诸将，未肯就此罢休，又去联络李轶，一同设法。轶本在刘缤部下，不属新市党派，偏他谄事新贵，卖友希荣，竟甘心做那两党爪牙，与谋除缤。从前刘秀在宛，曾见轶行为奸诈，劝缤不可信任，缤以为用人不疑，待遇如故，谁知他反复无常，果如秀言。这是刘缤粗豪之失。有部将刘稷，勇冠三军，当刘玄称帝时，稷怒说道："此次起兵讨逆，全是伯升兄弟两人做成，更始何功，乃敢称尊号呢？"玄颇有所闻，特授稷为抗威将军，稷不肯受命，玄遂与诸将陈兵数千人，召稷入问，不待开口，便将他拿下,喝令推出斩首。恼动了刘䌟一人,挺立玄前,极力固争,玄又觉没有主意,俯首踌躇,不意座旁立着朱鲔李轶,左牵右扯,暗中示意,逼出刘玄说一拿字,道声未绝,已有武士十余人,跑到䌟前,竟将䌟反绑起来,䌟自称无罪,极口呼冤,偏偏人众我寡,不容分说,立被他推至外面,与稷同斩。一位首先起义的豪杰,竟枉送性命,徒落得三魂渺渺,驰入鬼门关去了。阅至此不禁长叹。

刘秀时在父城,闻得阿兄遇害,痛哭一场,当即起身诣宛,见了刘玄,并不多言,只引为己过。司徒官属,向秀迎吊,秀亦惟依礼答拜,不与私谈,又未敢为䌟服丧,一切起居饮食,仍如常时。有人问及昆阳战事,他却归功诸将,毫不自矜。何等深沉,原非乃兄所能及。刘玄见秀不动声色,反觉得自己怀惭,乃拜秀为破虏大将军,封武信侯,再遣王匡进攻洛阳,申屠建李松等进攻武关。

两路兵马,领命去讫。那王莽闻得昆阳大败,险些儿心胆俱碎,还想诡托符命镇压人心。明学男张邯进言符命,妄引《易经》同人卦九三爻辞云:"伏戎于莽,升其高陵,三岁不兴。"这三语说作当代的谶文,莽系帝名,升即刘伯升,高陵即高陵侯子翟义,伯升与义,在新室下暗伏兵戎,最多不过三岁,终不能兴。亏他援引,亏他解释。群臣听邯满口荒唐,未免窃笑,不过对着莽前,还只得顺旨阿谀,齐呼万岁。莽又令东方将士,解送罪犯数人入都,途次扬言是刘伯升等,已经擒获,特送入正法云云。百姓也知他是骗语,无人轻信,付诸一笑。假面具总要戳破。时有莽将军王涉,素信道士西门君惠。惠好谈天文谶记,尝语王涉道:"谶文谓刘氏复兴,国师公姓名,就当应谶文了。"涉记着惠言,往告大司马董忠,复与忠屡至国师殿中,谈及谶纬,国师不应。既而王涉屏人与语道:"涉欲与公共安宗族,奈何公不肯信涉呢?"国师就是刘歆,早已晓得谶文,因改名为秀。他见涉语真情挚,才答说道:"我仰看天文,俯察人事,东方必能有成。"涉接口道:"我知新都侯幼年多病,指莽父。功显君平素嗜酒,指莽母。未见得定有生育,现在新室皇帝,恐非我家所出。涉与莽同宗,故自称我家。现在董公指董忠。主中军,涉领宫卫,公长子伊休侯主殿中,歆长子名叠,封伊休侯,为莽中郎将。若能同心合谋,劫帝降汉,彼此宗族,都可保全,否则难免夷灭了!"歆不禁心动,赞成涉议,且语涉道:"当待太白星出现,方可举事。"

涉将歆言转告董忠，忠因司中大赘莽时官名。起武侯孙伋（jí），亦尝主兵，不得不邀令同谋。伋却也许诺，归至家中，神色顿变，食不下咽。伋妻瞧着，料有他事，一经研诘，伋竟和盘说出，伋妻大惊，劝伋速去讦发，一对混账夫妻。伋尚觉不忍，经妻舅陈邯得知，从旁怂恿，且云伋不自首，邯当独告，伋无可奈何，只得同去告发。莽忙使卫士分召忠等，忠方阅兵讲武，忽闻诏使到来，便欲应召，护军王咸进说道："谋久不发，恐致漏泄，不如斩使起事，免为人制！"忠不敢遽发，当即入朝，刘歆王涉，也是奉召前来。莽先召忠入，使黄门官荦恽问状，忠含吾对答，即由中黄门把忠拿住。忠正拟拔剑自刎，又听得侍中王望传旨，但说出大司马反四字，已被中黄门锋刃交下，将忠砍死。莽意欲厌凶，再使虎贲诸士，持斩马剑分砍忠尸，盛以竹器，使用醯醢毒药白刃丛棘，掺杂器中，掘坎埋着，又是奇想。一面下令收捕忠族，惟不闻传召歆涉二人。歆涉已知忠被诛，料亦难免，并皆自杀，莽亦不加查究。看官道是何故？他因歆为勋戚，涉系宗室，统是心膂重臣，若将他声罪定罚，反致张扬内乱，不如令他自尽，反好暗瞒过去，因此不愿明言。且查得歆子伊休侯，素性恭谨，实未与谋，但免去中郎将官职，另授中散大夫。歆本汉宗正刘向子，饶有才名，能承父业，平居尝汇集群书，编成《七略》，上达汉廷，一辑略，二六艺略，三诸子略，四诗赋略，五兵书略，六术数略，七方技略。都下人士，无不因他广见博闻，啧啧称赏，只是助莽为逆，热中富贵，终弄到身死名裂，贻笑后人，这岂不是一朝失足，千古衔悲呢？语重心长，为文人者其听之！话休叙烦。

且说王莽内遭离叛，外复师臣，愁得坐卧不安，未遑顾及军事，乃征还王邑为大司马，进张邯为大司徒，崔发为大司空，苗䜣（xīn）为国师，自己但饮酒啖鱼，排遣愁闷，暇时又披览军书，倦辄假寐，不复就枕，连那一百二十个美人儿，也是无心顾及。忽又接得外来警报，乃是成纪人隗崔隗义，起兵应汉，推崔兄子嚣为上将军，移檄郡国，号召四方，所有雍州牧安定大尹，俱被杀死，凡陇西武都金城武威酒泉敦煌等郡县，统被夺去，急得莽愁上加愁，长叹了好几声。转思檄文上面，不知如何说法，密令心腹卫士西出，取得一纸，还都呈阅。莽见檄文所说，历数自己罪恶，约十余条，第一条就是鸩杀平帝。当下出坐王路堂，召集公卿，启示从前为安汉公时，代帝请命的策书，并装出一种涕泣情形，晓谕群臣。平帝有疾，莽仿周公遗事，藏策金滕(téng)。事见《前汉演义》。正在装腔做势的时候，又有两处急报传来，一是导江郡卒正公孙述，起兵成都；一是故锺武侯刘望，起兵汝南。莽以成都较远，公孙述又不是汉裔，倒还无甚要紧，只是刘玄未平，又出了一个刘望，却是可忧。未几又闻望自立为帝，连故将严尤陈茂，统去投降，不由的失声大叫道："反了反了。"叫杀也是无益。亟派亲信将吏出都，探听虚实。好几日得了回报，方知刘望已死，严尤陈茂并皆伏诛。莽又觉手舞足蹈，连声呼道："好！好！"才说到第二个好字，复听得将吏接口道："不好哩！刘望与严尤陈茂，统被刘玄部将刘信击死，现在刘信占住汝南了！"莽复惊起道："有这等么事？"忽又有人驰入道："不好了！不好了！"莽只说两个好字，反引出三个不好来。莽大骇道："为什么大惊小怪？"那人说道："刘玄部将王匡攻洛阳，申屠建李松攻武关，已是猖獗得很，今又有析县人邓晔(yè)于匡，起兵相应，自称辅汉左右将军，攻入武关。武关都尉朱萌，已投降了他，右队大夫宋纲阵亡，连湖县都失守了！"索性将四方乱事，并作一束，随笔写下，较为突兀得势。莽闻武关攻破，已觉得藩篱撤去，势甚可危，再加湖县是京兆属县，也致失守，简直是寇入堂奥，祸等燃眉。当下无可为计，慌忙召入王邑张邯崔发苗䜣四大臣，及一班文武百官，商量御寇要策。王邑等仓皇失色，不知所出，崔发独进言道："臣闻《周礼》及《春秋左传》，俱言国有大灾，宜哭以厌之，故《易》亦云先号咷(táo)而后笑，今事变至此，正宜号泣告天，亟求救解！"好一条良策。莽不待说毕，便起座道："快去快去！"说着即下殿乘舆，由群臣簇拥出城，直至南郊，降舆跪祷，自陈符命本末，且仰天泣语道："皇天既将大命授与臣莽，何不殄灭众贼？若使臣莽有罪，愿下雷霆殛死臣莽！"天将假手磔汝，不屑雷霆。说罢，拊胸大哭，哭止再祷，磕了无数响头，然后起立，再命词臣作告天策文，自陈功劳千余言，一面召集诸生小民，使他朝夕会哭，特命有司给与粥饭，视有哭得悲哀，并能朗诵策文，即拜为郎官。于是登舆回朝，策拜将军九人，号为九虎，令率北军精兵数万人，东出御寇。好像儿戏。待九虎临行时，要他送入妻子，作为抵押，每人又只给钱四千，此时宫中尚藏有六十匮黄金，一匮约万斤，此外各官署中，统有好几匮藏着，珠玉珍宝，尚不胜计，莽越加吝惜，只有每人四千文，作为赏赐。试想这般，将士尚肯为莽效力么？

九虎将至华阴回溪，据险自守；于匡率弓弩手数千人，登高挑战，邓晔率二万余众，从阌（Wén）乡南山，绕道北行，直出回溪后面，突入九虎营垒。九虎将顾前失后，顿时慌乱。于匡从高阜望见晔军，当即驰下夹击，杀得九虎将大败亏输，夺路四逸。二虎将史熊王况，诣阙待罪，莽问他余众何在，史熊王况对答不出，抽刀自刎，尚有四虎将窜去，不知下落，只郭钦陈翬成重三虎将，收集散卒，退保京仓。邓晔开了武关，迎入汉将李松兵马，共攻京仓，数日不下。晔使弘农掾王宪为校尉，率数百人渡过渭水，攻城略地，所过皆降。李松亦遣偏将韩臣等，西出新丰，杀败莽将波水将军，追奔至长门宫。诸县大姓亦纠众来会，各称汉将，王宪乘势招集，直逼长安都城。莽赦城中囚犯，各给兵械，杀豨与盟道，<u>大猪名豨。</u>"如有与新室异心，社鬼当记罪不贷。"盟毕饮血，令后父宁始将军史谌，带领出敌。谌至渭桥，各罪犯一哄而散，单剩谌一人一马，如何御寇？立即拍马逃回。城外各路兵士，乐得恃众横行，发掘莽祖父妻子坟墓，毁去棺椁，并将莽九庙明堂辟雍，尽付一炬，火光照彻城中，昼夜不绝。十月朔日，各兵攻入宣平城门，正值莽司徒张邯出巡，被大众劈头乱砍，立即倒毙。莽司马王邑，带回王林王巡䕫恽等，分头堵御，哪里抵得住一班乱兵？勉强支持了一日，乱兵汹涌异常，各官府邸第，尽行逃亡。到了次日，城中少年朱弟张鱼等，恐被掳掠，也投入乱兵，充作前导，火烧作法门，斧劈敬法闼，<u>敬法殿之小门。</u>哗声大呼道："反虏王莽，何不出降？"连呼了好几声，里面仍绝无声响。各少年恐有埋伏，不敢遽进，但烦劳那祝融氏作了先锋，接连放火，火势窜入掖廷，延及承明宫。宫中为莽女黄皇室主所居，就是汉平帝的皇后，<u>莽女自投火中，还算节烈，故特为叙明后号。</u>她见火已向迩，不能避免，遂望火泣下道："我何面目再见汉家？"说着竟奋身一跃，自投火中，眼见得乌焦巴弓，随那祝融氏去了。莽避居宣室前殿，但见宫人妇女等，披头散发，跟跄奔入道："奈何奈何？"莽亦没法相救，但披着绀服，<u>青赤色为绀。</u>佩着玺绂，手持虞帝匕首，令天文郎持栻（shì）在前，<u>栻即近时星盘之类。</u>自己回旋坐席，随着斗柄所在，且坐且语道："天生德于予，汉兵其如予何？"<u>到死还要做作，可笑。</u>转眼间又过了一夜，乱兵愈逼愈近，群臣仓皇趋进，劝莽避入渐台。莽已二日不食，头眩目晕，一时不能起行，由群臣扶掖出殿，南下阁道，西出白虎门，门外已有轻车待着，由莽登车前行，少顷已到渐台。渐台筑在池中，上架桥梁，四面皆水,群臣以有水可阻,因劝莽至此暂避。莽下车后犹抱持符命威斗,过桥登台,从官尚有千余人。司马王邑,日夕战守,累得人困马乏,返奔入宫,四处寻莽,不见形影,乃辗转至渐台,途中遇见子王睦,脱去衣冠,意欲逃生,邑怒叱道:"我为大司马,汝为侍中,应该为主死节,为何逃去?"睦不得已退至台下,邑亦随入,父子共替莽固守。时乱兵已杀入殿中,狂呼狂叫道:"反贼王莽何在?"适有宫女出室,颤声答应道:"已往渐台。"大众遂赶至台前,围绕至数百重,望见桥梁已断,一时不能进去,只用强弩乱射。台上众官,亦接连放箭,两下里对射一阵,矢已皆尽,乱兵见台上无箭,便用板迭桥,蜂拥而入,王邑父子,及䜣挥王巡等,还想堵住台门,奋力接战。战至天暮,究竟众寡不敌,并皆战死。死得无名。乱兵攻入台门,拾级登台,台上尚有众官守着,又接斗了好多时,陆续毕命。著名的是苗䜣唐尊王盛王揖赵博,卖饼儿也结果了。以及中常侍王参等,均皆被杀。台上已无莽臣踪迹,单不见莽一人,校尉公宾就,已与众兵混做一淘,想去杀莽报功,蓦见有一人持着玺绶,从内室中出来,便问说道:"玺绶从何处得来?"那人回顾道:"就在内室!"正问答间,又有众兵到来,便由公宾引入室中,寻至西北角上,果有尸

身卧着,仔细一认,正是王莽,当下乱刀分尸,劈做数十段,只有莽首为公宾所枭,持报王宪。其实下手杀莽,便是夺取玺绶的人物,那人本是商民,姓杜名吴。莽年三十八岁为大司马,五十一岁居摄,五十四岁称尊,六十八岁诛死,自居摄至伏诛,居然改元四次,共计一十八年。小子有诗叹道:

粉身碎骨有谁怜?死后还教臭万年。
用尽机心翻速祸,才知翘首有苍天。

王宪得了莽首,遂自称汉大将军,拥兵入宫。欲知王宪如何处置,待至下回叙明。

有大过人之材智,方有大过人之功业,观刘文叔之所为而益信矣。当其昆阳大战,冒险直前,何等奋勇?及闻兄縯被害,束身诣宛,独能不动声色,躁释矜平,奸党不能害,刘玄不能杀,乃知刘縯之死,非无自取之咎,令乃弟处之,亦何至死于非命乎?莽至死且欲欺人,乱兵四逼,尚欲效法周孔,卒至身膏锋刃,授首他人,作伪心劳日拙,如莽其尤甚者也。而后世之机械变诈者,亦可以知返矣。

第七回

杖策相从片言悟主　坚冰待涉一德格天

却说王宪拥兵入宫，官吏已皆逃散，只有一班妇女，无从趋避，统是缩做一堆，抖得杀鸡相似。宪见妇女们多有姿色，免不得惹起淫心，当令众兵出外驻扎，只说是妇女无辜，不宜侵犯，但发出库藏金帛，分犒众兵。大众得了犒赏，却也应令趋出，独王宪住下东宫，到了夜间，就去传召一班美女，叫她们侑酒侍寝，就是王莽继后史氏，偷生怕死，也只好出见王宪，供他糟蹋，直闹得一塌糊涂。胜似嫁与老夫。宪居然穿帝服，乘法驾，向商人杜吴处，取得天子玺绶，出警入跸，也想做起皇帝来了。京仓守将郭钦等，闻得京师失守，王莽毙命，没奈何出降汉营。李松邓晔，驰入都城，将军申屠建赵萌，从后继至，查得王宪私怀玺绶，奸占后宫，即把他捕出斩首，宪只快活了三四日，也落得身首两分。乐极悲生，奈何不慎？当下取莽首级，派人传送至宛。刘玄命将莽首示众，百姓恨莽切骨，多去掷击，甚至将莽舌割下，切作数片，分啖立尽。刘玄因都城已下，会议行止，忽由洛阳传到捷报，乃是上公王匡，已将洛阳收降，缚住莽太师王匡，国将哀章，械送宛城。王匡缚王匡却是异闻。刘玄乃待了数日，等到囚犯解入，遣刑官问讯数语，立命诛死。哀章挟诈得官，至此也送命了。又闻得莽将李圣孔仁，并见前文。俱皆败亡，豫洛肃清，诸将都劝玄暂都洛阳，不必远诣长安。玄本来没有决断，就依了众议，命破虏大将军刘秀，行司隶校尉事，先往洛阳整修官府，以便定都。

秀自遭兄丧，不愿与闻政事，尝在官舍中闲居度日，想起从前游学长安时，曾自明志愿，留有二语云：「仕宦当作执金吾，官名。娶妻当得阴丽华。」现在身为大将军，比长安城中的执金吾，似乎还胜过一筹，独阴丽华年约及笄，未知她曾否适人，遂着人往探消息。丽华系南阳新野人，秀前适新野，见过一面，虽是淡妆素服，却生得姿容韶秀，落落大方。秀心中时常记着，以为娶妻不得如丽华，宁可终鳏，自古英雄多好色。所以在舂陵时，年至二十有八，尚未成婚，也是丽华应配真龙，到了十有九岁，尚未许字。至刘秀着人探问，与丽华兄阴识谈及，识已无父，乐得与阿妹作主，叫她去做汉大将军妻室。丽华亦喜逢佳配，便由阴识与来人说明，托他还报。秀欣如所望，当即聘娶，六礼告成，两美合璧，自然如鱼得水，好合无尤。及秀奉玄命为司隶校尉，乃与阴氏告别，仍使归居新野，自率吏士径赴洛阳。于是置僚属，作文移，从事司察，一秉旧章，待至宫府修成，报知刘玄。玄择日起行，当时三辅官吏，京兆，左冯翊，右扶风，号为三辅。东迎刘玄，见玄麾下诸将，首戴冠帻，服近妇人，莫不暗中窃笑，惟见了司隶僚属，都不禁心喜道："不图今日复见汉官威仪。"嗣是皆归心刘秀，不愿属玄。玄既都洛阳，遣使招降赤眉。樊崇等闻汉室复兴，却也有心归汉，因留部众分驻青徐，自与部目二十余人，径投洛阳，入见刘玄。玄并封为列侯，未给国邑。崇等见刘玄没甚威仪，已失所望，又不得采邑分封，更难如愿，厮混了一二旬，乘隙出走，返入老营，分为二部，崇与逢安为一部，尚有徐宣谢禄杨音等党羽，另成一部，仍然反抗汉命，略地称兵。此外又出了一个淮南王，乃是庐江连帅李宪，曾由王莽命为偏将军，出徇江淮，因闻王莽被杀，遂据住庐江，自称淮南王。刘玄诸将却无意东讨，独谋北略，当下议派遣大将，往定河北。大司徒刘赐，继縯后任，系是刘玄从兄，独谓刘秀才可大用，应即遣往，朱鲔等意在阻秀，语多蹊跷，赐却一力保举，驳去众议，乃令秀行大司马事，持节渡河，镇抚州郡。蛰龙出海了。秀不带多兵，但率亲从数百骑逾河，沿途无犯，察官吏，明黜陟，赦囚徒，革除王莽苛禁，规复前汉官名，吏民大悦，争持牛酒迎接道旁，秀一律却还，婉言慰谕，无不欢呼。再前行至邺城，有一士人杖策追来，报名求见，秀立命延入，下座相迎。这人为谁？乃是南阳人邓禹，系东汉佐命元功，为将来云台二十八将的领袖。郑重言之。他少时游学长安，曾与秀同学，气谊相投，至是久别重逢，当然欢慰。寒暄甫毕，秀却笑问道："我得承制封拜，仲华远来，莫非想做官么？"原来仲华是邓禹表字，故秀有是称。禹笑答道："禹不愿为官。"秀又笑说道："官不愿为，何苦仆仆风尘，前来寻我？"禹应声道："但愿明公威加四海，禹得效尺寸功劳，垂名竹帛，便足称快了。"并非不愿做官，实想做个功臣。秀鼓掌大笑，就留禹同食同宿，与语军情。禹乘势进言道:"现今山东未安,赤眉等到处扰乱,动辄万计。更始乃是庸才,不能刚断,部下诸将,又没有什么豪杰,不过志在财帛,但顾目前。明公试想这等庸奴,岂能深谋远虑,尊主安民?将来四方分崩,必致败亡!从来帝王崛兴,必须天时人事,相与有成。今更始方立,天变不绝,便是不得天时,且中兴大业,岂凡夫所能胜任?便是不协人事。明公虽得为藩辅,终属受制他人,不能自主,依禹愚见,如公盛德大功,为天下所响服,何不延揽英雄,收服人心,立高祖大业,救万民生命,一反掌间,天下可定,胜似俯首依人,事事受制哩!"秀不觉大悦,"安知非仆"之志愿,从此激成。令禹常居左右,事必与商,且饬部众呼禹为邓将军。

　　先是秀居兄丧,阳为谈笑,阴寓悲伤,枕席间常有泪痕。父城留守冯异,当秀入洛阳时,路过父城,异尝开门出迎,奉献牛酒,秀乃令为主簿,使前县长苗萌为从事,异遂从秀至洛,且荐举同里铫期铫音姚。叔寿段建左隆等,并为掾吏。嗣是异一心事秀,秀亦推诚倚任。异见秀平时纳闷,料知秀不忘乃兄,时为劝解。秀摇手道:"卿勿多言。"及秀往河北,得遇邓禹说了一篇独立的计议,异亦稍有所闻,也向秀进说道:"更始乱政,百

杖策相从片言悟主

姓失依，譬如人当饥渴，一遇饮食，容易充饱。今公专任方面，宜急分遣官属，徇行郡县，理冤结，布惠泽，方好收拾人心！"秀点首称善，依议施行。复北向至邯郸，骑都尉耿纯，出城迎谒，秀温颜接见，偕纯入城。纯字伯山，钜鹿宋子县人，父艾为王莽济平尹，至刘玄称帝，使李轶招抚山东，艾即请降，纯亦随见。轶使艾为济南太守，并因纯应对不凡，承制拜为骑都尉，授纯符节，令他抚集赵魏各城。纯奉令往抚，留寓邯郸，因此得迎谒刘秀。秀待遇有恩，自然惬意，及趋退后，复见秀部下官属，各有法度，益加敬服，意欲格外结纳，特献马及缣帛数百匹。纯亦中兴名臣之一。故赵缪王子刘林，缪王为景帝七世孙，名元。尚在邯郸，入见刘秀道："赤眉现在河东，但教决水灌去，就使他众至百万，也好使作鱼鳖了。"秀以为此计太忍，默然不应，竟留耿纯守邯郸，自率邓禹冯异等出徇真定。

刘林因计不见听，怏怏不乐，自思卜人王郎，向与友善，不若就去问卜，使决后来吉凶。郎素好诞言，见了刘林，便为道贺。林愕然问故，郎说道："谁不知刘氏当兴？君系刘氏宗室，难道不就此复封么？"林与言献计刘秀，不得见从，甚是可惜，郎又说道："君可径自称尊，何必仰仗别人？"林颇有难色，郎复进策道："我闻得王莽在日，曾由将军孙建，谓有妄男子武仲，冒充成帝子子舆，已经诛讫，君本姓刘，何妨就作为子舆，号召四方？"《汉书·王莽传》曾有武仲冒充子舆，谓为成帝小妻所生，今特借口补叙。林笑道："我自我，子舆自子舆，怎可混充？ 如我可冒充子舆，君亦尽可冒充了！"郎跃起道："君若肯助我起事，我就冒充刘子舆。"好好卖卜，也想称尊，真是该死。这一席笑语，竟至弄假成真，遂去连结赵国大豪李育张参等，决议起兵。育与参本认识王郎，平时常向郎卜易，却有几句被郎说着，所以信郎甚深。此次郎欲起事，想他必有把握，因此慨然允许，就将家中私财，搬取出来，招募壮丁，不到旬日，就聚集至数千人。当下拥戴王郎，就在邯郸城内，据住官舍，南面称尊。邯郸百姓，晓得什么真假子舆，并且无拳无勇，如何反抗？ 只好让他去做皇帝。独有耿纯不服，与从吏亹夜出走，手中尚持着汉节，发取驿舍车马数十乘，载与俱驰，奔归宋子。至王郎派人捕纯，纯早已扬去。郎遂假称刘子舆，传檄郡国，略言圣公未知，误称帝号，翟义不死，已诣行宫，一派荒诞无稽的文告，布示远近，吏民哪里知晓？ 闻风响应。于是赵国以北，辽河以西，多半向郎上表，自请投诚。上谷太守耿况，已受刘玄使命，遣子弇(yǎn)驰赴长安，贡献方物。弇字伯昭，年方二十有一，与属吏孙仓卫包偕行，道出宋子县，正值耿纯带领从兄䜣、宿、植等，约有数百人，起程北趋。弇与纯本不认识，见纯从行多人，不由的诧异起来，探问行人，才知邯郸有独立消息，称尊的叫做刘子舆，耿纯不肯从命，所以他往。弇乃与孙仓卫包两人共商行止，仓与包应声道："刘子舆既为成帝后人，应承正统，我等舍此不归，还想远行，果将何往？"弇不以为然，按剑叱责道："子舆小丑，终为降虏。我今至长安，与国家说明，渔阳上谷的兵马，勇悍可用，然后求得使节，还出代郡，大约在途数十日，便可归至上谷，征发突骑，驱除小寇，好似摧枯拉朽，立见扫平。两君不识去就，恐误投匪人，转眼间就要灭族了！"弇未识破假子舆，又欲去投刘玄，亦非良策，惟知邯郸不能成事，也觉有识。仓包未信弇言，竟悄然逃去，亡归王郎。只剩弇踯躅道旁，孤踪西向，忽有途人传说，谓刘秀转赴卢奴，自思卢奴与上谷相近，不如还投刘秀，较为得计，乃即返辔北行。

时耿纯已与秀相会，报知王郎为乱，势甚猖獗。秀恐幽蓟一带，为郎所欺，因拟先定幽蓟，还击王郎。可巧耿弇亦至，遂留为长史，与他同行至蓟州。既得入蓟州城，乃令功曹王霸，募兵市中，将攻邯郸。霸字元伯，系颍阳人氏，少为狱吏，慷慨有大志。前时秀略颍川，道出颍阳，得霸与俱，命为功曹令史，至此奉令募兵，偏市人无一应募，转用冷语相侵。霸不禁怀惭，还白刘秀。秀见人心未附，便拟南归，官属也都有归志，独耿弇进谏道："明公从南方到此，大势未定，奈何南行？现在渔阳太守彭宠，与公有同乡谊，弇虽家世茂陵，但弇父方为上谷太守，耿弇籍贯，借他自述，省得另表。耿弇王霸皆中兴之名臣，故叙笔不略。若征发两郡兵马，控弦万骑，直捣邯郸，还怕什么假子舆呢？"秀乃有留意，惟官属统思南归，相率喧哗道："死且南首，奈何北行入囊中？"秀笑指耿弇道："这是我北道主人，何用多忧？"随即依了弇议，致书渔阳上谷，征发援兵，时已为更始二年春月了。秀尚留住蓟城，专待两郡兵马到来，进击王郎。不料王郎移文至蓟，购索刘秀，标明十万户为赏格，有一个故广阳王刘嘉子接，嘉系武帝五世孙。贪得厚赏，纠众应郎，全城扰乱，讹言百出，纷纷说是邯郸兵至，将捉刘秀。秀因兵单将寡，不便久留，当即带领亲信将士出南城门。城门

已闭,由铫期斩关夺路,方得走脱,晨夜南驰,未敢轻入城邑。行至芜蒌亭,天寒风烈,食尽肠鸣,冯异至民间乞得豆粥,取供刘秀,秀勉强食讫,复起行至饶阳,一班从吏,连豆粥都不得觅食,真是饿肠辘辘,无力再行。秀乃伪称邯郸使人,趋入驿舍,索供饮食,驿吏依言进供,偏是这班从吏,好象地狱中放出饿鬼,争先抢食,顷刻便尽,那驿吏当然动疑,自去槌鼓数十通,托言邯郸将军,不久便到,众皆失色,秀亦升车欲驰,忽然情急智生,徐徐还坐道:"既系邯郸将军到来,我等应当相见,不妨从缓!"一面说,一面传语驿吏道:"请邯郸将军入见!"催一句,愈妙。驿吏本是假语,偏刘秀要当起真来,哪里寻得出邯郸将军? 只好含糊对答,秀方知驿吏诈谋,安坐了好多时,才起身呼众道:"邯郸将军想是路上逗留,我等也不便久待了。"众皆应声而出,秀即上车驰去。赖有机变。仍然昼夜兼行,一路上蒙犯霜雪,冻得面无人色,肤皆破裂。吃得苦中苦,方为人上人。到了下曲阳,传闻邯郸追兵,即在后面,大众又惊慌得很,急趋至滹沱河,前驱候吏,还言河水长流,无船可渡。秀再命王霸往视,霸驰至河滨,但见流水潺潺,寒风猎猎,东西南北,并无一船,不由的嗟叹起来。转思追兵在后,死生总须一渡,不如扯一个谎,叫众人齐至河边,再作计较,乃趋还白秀道:"河冰方合,正好速渡!"此君也有应变才。众闻言大喜,开步便走。说也奇怪,待至大众临河,果然冰坚可涉,当即依次渡河,渡到对岸,冰又解散,霸暗暗称奇,一时也无暇说明。莫非人定胜天。及抵南宫,兜头刮起一阵大风,雨随风下,滴沥不绝,累得大众衣衫尽湿,冷不可当。又是一番苦楚。秀见道旁有一空舍,当即下车避入,好在空舍中贮有积薪,复有宿麦,并且厨灶兼全,邓禹冯异,就做了两个火夫,一爇(ruò)火,一抱薪,锅中煮饭,灶上烘衣,秀脱去外袍,烘了片时,略觉干燥,麦饭亦已煮熟,便由异盛了一碗,奉与刘秀,尚有余饭未尽,与众同食,不够半饱,但稍稍得过饭瘾,已算幸事。此时也不遑寻问主人,由秀登车复走,众亦随出。趋至下博,四面各有歧路,不知所从,俄有白衣老人,踉跄前来,并未问及行踪,即举手指示道:"努力努力!此去南行八十里,就是信都。信都太守,尚为长安守住此城,可以前往。"秀正要向他称谢,不意白衣老人,回头急走,倏忽不见,大众不胜惊异,秀亦知白衣老人不是凡品,遂依他指导,径往信都。信都太守任光,表字伯卿,籍隶宛县,素性谨厚,少为县吏,汉兵至宛,见光衣服鲜明,意欲加害,亏得光禄勋刘赐,替他救免,荐为安集掾,寻拜偏将军,随秀至昆阳,同破王邑王寻,得迁信都太守。及王郎僭号,传檄信都,光不肯服从,独与都尉李忠,县令万修等,协力固守。郡掾持檄劝光,光将他斩首示众,招集精兵四千人,为死守计。适刘秀狼狈到来,光正虑孤城难全,得秀亲至,喜出望外,立即开城迎入,吏民素闻秀仁名,亦皆欢呼万岁。秀略述途中苦况,并言王郎势大,恐难与敌,意欲还见刘玄,请兵北讨。任光见秀兵寥寥,自己亦不过数千部众,只有护秀西行的能力,没有助击王郎的军容,心下颇费踌躇。李忠万修亦谓不若派兵送秀,以便请兵。正迟疑间,忽报和戎太守邳彤来会,光当然出迎,与同见秀。彤字伟君,家世信都,曾为莽和成卒正,居下曲阳,前次秀徇河北,彤举城出降,因改名和成为和戎,使彤居守。彤感念秀德,故与任光同无贰心。两人皆隶名云台,故分叙履历。彼此相见益欢,共商行止。彤闻秀议定西行,慨然谏阻道:"海内吏民,歌吟思汉,已有数年,所以更始称尊,天下响应。今卜人王郎,假名乘势,集众乌合,虽得牢笼燕赵,究属根本未固,若明公号召二郡兵民,仗义往讨,何患不克?今欲舍此西归,非但空失河北,必且惊动关洛,堕威失机,甚非良策!试想明公西去,邯郸无事,必且缮兵整甲,长驱南来,吏民谁肯千里送公?统皆系念妻孥,中途逃归,人心一散,尚可复收么?"秀恍然道:"伟君所言甚是,我当照行。"遂留住信都。光即行文旁县,征发兵士,好几日只得四千人,秀尚嫌不足,欲向城头子路及刁子都两处借兵,当有一人闪出道:"不可不可!"正是:

　　莫呼将伯求为助,毕竟男儿当自强。

欲知何人出谏刘秀,待至下回报明。

　　邓禹杖策追秀,相见之下,从容计划,即进秀以兴汉之谋,此为中兴名臣所未及,故虽智不及良平,勇不及韩彭,而后人推为功臣之冠,良有以也。王郎僭号,刘林助虐,秀狼狈南趋,几不得免,豆粥麦饭,何等困穷?孟子所谓"天降大任于是人,必先苦其心志,劳其筋骨,饿其体肤,然后动心忍性,增益其所不能。"彼刘秀亦犹是耳。必至如滹沱河之不得济,乃出神力以助之;河冰甫合,复继以大风雨,此正天之巧为磨炼也!非历过诸艰,宁能造成真主乎?

第八回

投真定得婚郭女　平邯郸受封萧王

却说刘秀欲向城头子路,及刁子都处乞援,即有一人出为谏止,那人就是信都太守任光。光进说道:"城头子路刁子都,俱是亡命盗贼,何足深恃?兵不在多,但教协力同心,自能成功!明公前破莽将时,尝以一敌十,何患王郎?"秀乃罢议。究竟这城头子路,乃是何人?他姓爰名曾,字子路,本东平人,曾与肥城人刘诩,起兵卢县城头,因号为城头子路,聚众至二十万,寇掠河济间。刘玄初立,曾与诩亦上表称贺,玄拜曾为东莱太守,诩为济南太守,皆行大将军事,暂示羁縻。刁子都起兵东海,前文已经叙及,见第三回。惟刁子都亦受刘玄封爵,拜扬州牧。后来城头子路刁子都,皆为部下所杀,这且慢表。随笔了过。惟刘秀既听了任光,不愿乞援,遂拜任光为左大将军,兼信都都尉,李忠为右大将军,邳彤为后大将军,仍任和戎太守,万修为偏将军,并封列侯。李忠字仲都,东莱黄县人,万修字君游,扶风茂陵人,补叙履历,不略功臣。这数人皆身任军将,从秀出城,留南阳人宗广领信都太守事。耿纯自请回乡招兵,前来会师,秀即令去讫。任光多作檄文,颁示河北,文中伪云"大司马刘公,率城头子路刁子都各兵,有众百万,从东方来,击诸反虏"等语。河北吏民,本多为王郎所欺,望风听命,此次得了檄文,又不禁惶惑起来,转相告语,未知适从。秀挈众至堂阳县境,时已昏暮,趁着天色昏黑,扬旗纵火,散骑泽中,吓得堂阳县吏,魂魄飞扬,急忙开城迎降。转至贯县,县吏无法抵敌,也照堂阳一般,出城迎入。昌城人刘植,方聚兵数万,据城自守,当由秀使人招抚,植即投诚。秀使植为骁骑将军,仍领旧部,于是兵威少震。可巧耿纯亦招集宗族宾客,共二千余人,连老幼男女一并带来,与秀相见。秀使为前将军,封耿乡侯。纯从兄䜣、宿、植,并皆授职偏将军,拨兵为助,令他兄弟前抚宋子城,县吏却也听命。纯使䜣、宿、植归烧庐舍,然后返报。秀问纯何

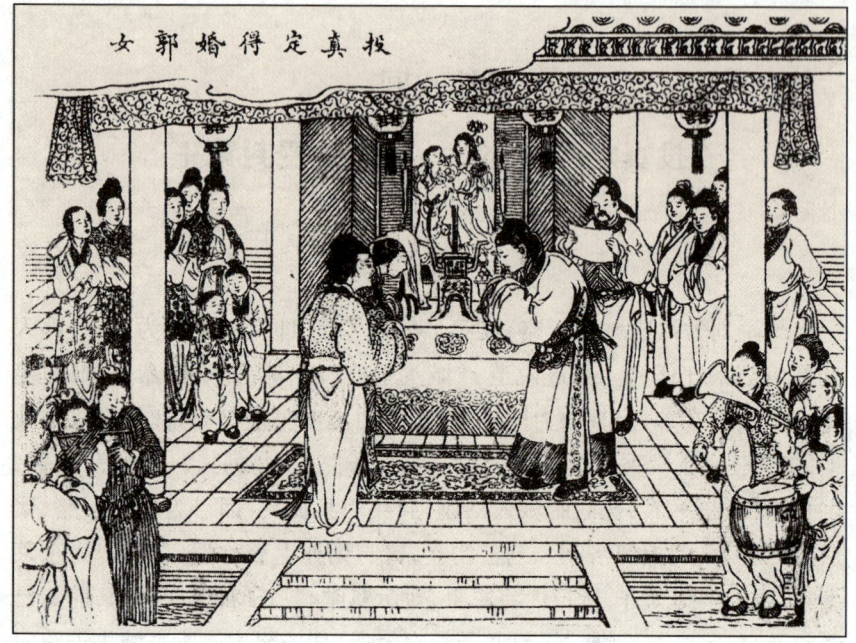

故毁及家庐,纯答说道:"明公单车出使,镇抚河北,本没有什么重赏,可以饵人,不过靠着平时德惠,曲示怀柔,才见士众乐附,所过皆降;今邯郸自立,北州疑惑,纯虽举族归命,老弱皆行,犹恐宗人宾客,或有异心,仍然逃归,因此烧去庐舍,绝他返顾,方能使他凝神一志,服事明公哩!"秀不禁赞叹。再命纯带领前军,北向出发,降下曲阳,进攻中山。秀亦率众继进,得拔卢奴,再传檄至边郡,令他共击邯郸,郡县又陆续响应。惟故真定王刘扬,聚众十余万,联合王郎,未肯归附。秀颇以为忧,骁骑将军刘植献议道:"植与扬有一面交,愿藉三寸不烂的舌根,说使归降!"秀闻言大喜,便令植往说刘扬。植只带得随身数骑,径往真定,过了数日,便即返报道:"扬已被植说下了,但扬欲与公结为姻亲,植亦替公承认,事同专擅,特来请罪。"秀惊疑道:"我尚无子女,如何联姻?有妹伯姬,又许字李通为继室,已有成议了。"应上起下。植答说道:"扬有甥女郭氏,愿奉箕帚。"秀又以曾娶阴氏为嫌,植笑答道:"天子一娶九女,诸侯且一娶三女,两妻也不得为多,况刘扬新附,若不与结为姻亲,如何可恃?植所以擅事代允哩!"谢媒酒稳当了。秀乃心喜,即令植赍着金币,送作聘礼,自己也即随往。扬率众迎接，开馆延宾，择了一个黄道吉日，即将甥女郭圣通，装束停当，送至宾馆，与秀成婚。秀见郭氏丰容盛鬋(jiǎn)，华服靓妆，虽不及阴丽华的秀雅，却也纤秾合度，不等凡姝。当下行过了礼，洞房合卺，并枕交欢，不消细叙。嗣闻女父郭昌，素有义行，曾将田宅财产数百万，让与异母兄弟，名著全国。女母刘氏，乃是真定恭王普女儿，普为景帝七世孙。生长王家，独循礼教，持身节俭，有贤母风。秀想父母如此，该女当必不俗，因此由爱生敬，由敬生宠，比从前待遇阴氏，加厚三分。叙明郭氏家族，复伏下被废祸根。

过了数日，就出击元氏房子二县，先后攻下。再进至鄗(Hào)，鄗城县长，却也不敢迎敌，投书请降；偏有大姓苏氏，不愿迎秀，竟去召入王郎将吏李恽，率兵来敌汉军。当有探马报知耿纯，纯请秀暂留驿舍，自领前军埋伏城隅，专待李恽到来。恽不防有伏，昂然驰至，被纯挺马突出，兜头一枪，把李恽刺落马下，各兵惊溃，纯乘胜抢入城中，得将鄗城据住。查得大姓苏氏头目，杀死数人，余皆崩角稽首，不敢违命。鄗城一下，移军进攻柏人，王郎大将李参，方在柏人驻扎，听得汉军前来，便引兵至要路截击，两下交锋，汉军很是奋勇，杀得李参招架不住，奔还柏人。刘秀麾兵追赶，直抵城下，扑攻数日，不能得手。适有汉中校尉贾复，长史陈俊，奉着汉中王刘嘉命令，诣营下书，此刘嘉与前文广阳王同名异人。秀立即召见，取阅来书，才知嘉已得势，定都南郑，收降武当山草寇延岑，集众数十万人，此次与秀通问，意在联盟，且将贾复陈俊，荐入秀营，俾作臂助。秀览毕大悦，赐令二人旁坐，问明履历，二人答称同居南阳，不过互分县籍，复字君文，系南阳冠军县人，俊字子昭，系南阳西郑县人；书法见前。秀与嘉系出同支，嘉为舂陵侯刘买玄孙，是秀族兄，王莽时被黜为民，刘玄即位，封嘉为汉中王。秀因族兄举荐人才，定必不谬，且看他英姿吐属，确非庸常，乃即拜复为破虏将军，俊为安集掾。两人方拜命趋出，忽有弁目入报道："舍中儿犯法不谨，被军令祭遵格毙了！"祭，读如债。秀勃然道："祭遵敢擅杀我舍儿么？"说着，顾令左右，即欲捕遵。主簿陈副在侧，忙进说道："公尝欲军队整齐，今遵奉法不避，明明是仰承公令，怎得言罪？"秀乃省悟，赦遵不究，且进拜遵为刺奸将军。尝语诸将道："诸卿当慎防祭遵，他敢杀我舍中儿，必不肯私庇诸卿哩！"甚得用人之道。诸将听了，当然畏服祭遵。遵字弟孙,颍川颍阳人,少好经书,家本饶富,独遵如贫人,恶衣菲食,及丧母时,亲自负土起坟,县吏目为鄙吝,屡加侵侮,遵乃散财结客,击杀县吏,时人因此惮遵。至秀破王邑王寻,还过颍阳,遵孑身投谒,居秀门下,遂得逐渐知名。遵亦中兴名臣。

秀军久围柏人,兼旬不克,或劝秀留此无益,不如移军钜鹿,进图东北。秀乃引兵略钜鹿郡,拔广阿城。夜间披览地图,见邓禹在旁,便指示道:"天下郡国甚多,现在什只得一,汝前言反掌可定,谈何容易?"禹答说道:"方今海内扰乱,人望明君,如望慈母,总教有德便兴,不在大小缓急哩!"要言不烦。秀一笑而罢。越宿再拟进兵,忽闻外面哗声不绝,急忙传问,有人报称渔阳上谷兵马,已到城外,恐是由王郎遣来。帐下诸将,听了此言,未免失色。秀将信将疑,亲登城楼,俯首诘问,蓦见来军中跃出一人,倒身下拜,仔细审视,不是别人,乃是蓟城相失的耿弇。当下大喜过望,即命开城延入,详问一番。弇备述颠末,方知渔阳上谷兵马,实是耿弇招来。先是蓟城乱起,弇迟走一步,未及相随,待至混出城门,追了数里,仍然不及,自思前行无益,不如北还上谷,发兵助秀,当下掉头急走,归见父况,请发兵急攻邯郸。况正接得王郎檄文,踌躇莫决,既闻弇言,便即集众会议。功曹寇恂、门下掾闵业同声道:"邯郸猝起,未可信响,今闻大司马秀,系刘伯升母弟,尊贤下士,何不相从?"况皱眉道:"邯郸方盛,我不能独拒,如何是好?"寇恂道:"今上谷完固,控弦万骑,正可详择去就,恂愿再东约渔阳,齐心合众,邯郸便可荡平了。"况颇以为然,乃遣恂东往渔阳。时渔阳太守彭宠,亦由王郎移檄,促令归附。宠部下多欲从郎,独安乐令吴汉,护军盖延,狐奴令王梁,劝宠从秀,宠也觉狐疑。吴汉出止外亭,尚欲设法谏宠,适有一儒生趋至,面目文秀,汉召与共食,询及道路传闻,生言邯郸所立,实非刘氏,只有大司马刘公,所至归心。吴汉大喜,便诈为秀书,征发渔阳兵士,嘱生持往见宠,且使具述所闻。生如言持去,汉复随入,两人先后白宠,方将宠心说动。可巧寇恂驰到,证明邯郸伪主,请宠速发突骑二千人,步兵千人,与上谷会师,同攻邯郸。宠依言发兵,即令吴汉盖延王梁为将,与恂偕行,南经蓟郡,偏遇王郎大将赵闳,并力杀去,将闳砍死。恂使吴汉等守待界上,匆匆报知耿况,况即照渔阳兵数,调发出来,亦令三人为将,一是寇恂,一是耿弇,一是上谷长史景丹。三人领兵出境，与吴汉等相会，六条好汉，所向无前，沿途击斩王郎将士，约三万级，连下涿郡中山钜鹿清河河间等二十二县，直抵广阿，摹写声容数语已足。遥见城上遍悬大汉旗帜，便由景丹勒马高呼道："城守为谁？"守兵答道："是汉大司马刘公！"其声震耳。丹等大喜，便令耿弇前导，共至城下。适值刘秀登城，弇一见便拜，起身入城，具述大略。秀即使弇迎入诸将，诸将一一参见，秀看他个个威武，统系将才，便依次问明籍贯姓字。寇恂答称昌平人，字子翼；景丹答称栎阳人，字孙卿；吴汉答称宛人，字子颜；盖延答称安阳人，字巨卿；王梁字君严，与盖延籍贯相同，俱是二十八将中人，籍贯姓氏由他自述，与初叙耿弇时略同。耿弇前已从秀，当然不必问答了。秀问毕大悦道："邯郸将帅，屡言发渔阳上谷兵，我亦谓将发二郡兵马，聊与相戏，不意二郡将吏，果为我前来，我当与诸君共图功名便了。"于是宰牛设宴，大飨将士，待至饮毕，立即开城出兵，东赴钜鹿，令景丹寇恂耿弇吴汉盖延王梁六人，俱为偏将军，一面承制封拜，遥授耿况彭宠为大将军，并封列侯。军至钜鹿，正遇刘玄所遣尚书仆射谢躬，亦率兵来讨王郎，两下会合，将钜鹿城团团围住。守将王饶，固守不下，忽由信都传来急报，乃是城中大姓马宠，潜降王郎，迎纳郎将，执住留守宗广，及右大将军李忠家属。忠不禁大怒，因马宠弟随为校尉，当即召入，把他格死，诸将皆大惊道："君家属在人手中，奈何格死人弟？"忠慨然道："为国忘家，敢纵贼不杀么？"秀闻言赞美，便使忠还救家属，忠尚不肯往，旋闻刘玄已遣兵攻破信都，乃使忠还行太守事。王郎又遣将倪宏刘奉，率数万人来救钜鹿，秀率部将至南䜌音恋。逆战，前军失利，景丹麾使突骑出击，纵横驰骤，大破敌兵，倪宏等仓皇遁去。秀欣然道："我闻朔方突骑，乃天下精兵，今果所见不虚了！"道言甫毕，即由耿纯献议道："久围钜鹿，徒致疲敝，不若往攻邯郸，邯郸一破，钜鹿不战自服了！"说得甚是。秀乃留将军邓满攻钜鹿，自督将士进攻邯郸，连战皆捷，直抵邯郸城下。王郎势穷力蹙，使谏议大夫杜威至军，奉书乞降。秀责王郎伪充刘氏，罪在不赦，杜威不肯承认，还说王郎是成帝遗体，秀奋然道："就是成帝复生，天下且不可得，况是个假子舆呢？"快语。威复说道："明公以仁信著名，今日邯郸既降，亦应封邯郸主为万户侯。"秀又答道："他敢冒充汉裔，待以不死，也算宽仁，还要想做万户侯么？"威知不可说，转身自去。秀督兵猛攻，

平邯郸受封萧王

又过了二十多日,城内不能支持,王郎少傅李立,夜开城门,纳入汉兵。王郎刘林,从后门出走,觅路窜去。秀将王霸,与臧宫傅俊等人,趁夜追郎,郎被追及,一介卜人,何来武勇?立被王霸一刀劈死,枭了首级;只有刘林不知去向,无从追寻。当即携首归报,秀录霸功劳,加封王乡侯,连臧宫傅俊等,亦并给厚赏。臧宫字君翁,颍川郏人,初为亭长,继入下江兵中,转从刘秀,屡立战功;俊字子卫,亦为颍川襄城县亭长,襄城为俊故里,合族聚居,及秀至襄城,俊投入秀军,家族被莽吏收诛,故秀与王邑交战时,俊争先突阵,杀敌最多。两人俱列入云台。两人与霸同郡,甚是投契,在军中常与霸同营。惟霸善驭士卒,恤死抚伤,事必躬亲,所以后来刘秀即位,任霸为偏将军,兼领宫俊两部兵马,另用宫俊为骑都尉,事见后文。

且说刘秀既收复邯郸,诛死王郎,所有郡县吏民,与王郎往来文书,悉令毁去,顾语诸将道:"好使反侧子自安。"一面部署吏卒,支配各营,众言愿属大树将军。看官道大树将军为谁?原来是偏将军冯异。异为人谦退不矜,与诸将相遇,常引车避道,进退皆有表识,秩序井井;每当休息时候,诸将并坐论功,独异屏居大树下,毫不置议,因此军中呼异为大树将军。秀闻众言,也为赞许,待异益厚。护军朱祐,系南阳宛人,素与刘秀兄弟交游,留居幕中,至是从容语秀道:"更始不君,未能定国,惟公有日角相,中庭骨起状如日,故云日角。天命所归,不宜自误!"秀不待说毕,便笑语道:"快召刺奸将军,收逮护军。"文叔也会使诈。祐乃不敢复言。会由长安使至,持入刘玄封册,封秀为萧王,即令罢兵西归,另派苗曾为幽州牧,韦顺上谷太守,蔡充为渔阳太守。秀暗暗惊异,面上却未曾流露,照常迎入使人,依册受封,又复细询来使,始知刘玄迁都长安,大封功臣,所以自己亦得封拜。究竟刘玄如何迁都? 如何授封? 应该就此叙明:自从刘玄由宛迁洛,居住了四个月,长安军将申屠建李松,屡遣人请玄入关,玄乃令刘赐为丞相,入关缮修宫室。更始二年二月,宫室复旧,遂由申屠建李松等,迎玄至长安,入长乐宫,升坐前殿,郎吏两旁站立,玄面有怍容,惟俯首摩席,不敢仰视。实是无用。诸将朝贺已毕,李松赵萌,劝玄封功臣为王,朱鲔独抗议道:"从前高祖有约,非刘氏不王,今宗室且未曾加封,如何得封他人?"松与萌乃请先封宗室,后封诸臣,于是封刘祉为定陶王,祉系刘玄族兄。刘庆为燕王,庆系刘秀族兄。刘歙为元氏王,歙为刘秀族父。刘嘉为汉中王,嘉并见前。刘赐为宛王,赐亦刘秀族兄。刘信为汝阴王,信为赐从子。宗室毕封,乃封王匡为沘阳王,王凤为宜城王,朱鲔为胶东王,王常为邓王,申屠建为平氏王,陈牧为阴平王,张卬为淮阳王,廖湛为穰王,胡殷为随王,李通为西平王,李轶为舞阴王,成丹为襄邑王,宗佻为颍阴王,尹尊为郾王。独朱鲔辞不受命,乃令鲔为左大司马,又使赵萌为右大司马,李松为丞相,共秉内政;命刘赐李轶镇抚关东,李通镇荆州,王常行南阳太守事。赵萌有女,颇具姿色,由萌纳入后宫,大得玄宠。因此玄委政赵萌,萌专权自恣,任情予夺,群小膳夫,都向萌极力逢迎,萌各授官爵,俱着锦衣。长安有歌谣云:"灶下养,中郎将。烂羊胃,骑都尉。烂羊头,关内侯。"为此种种腐败,遂致关中人士,大失所望。

至刘秀得平邯郸,遣使告捷,玄乃封秀为萧王。秀受命后,不由的惶惑不定,昼卧邯郸宫温明殿中,默想方法。耿弇乘间趋入,向秀说道:"吏民死伤甚多,弇愿归上谷,添招兵马。"秀应声道:"王郎已破,河北略平,还要添什么兵马?"弇答道:"王郎虽破,兵革方兴,圣公无才,定难成事,恐不久便将败灭了。"秀惊起道:"卿失言了,我当斩卿!"弇又说道:

"大王待弇，情同父子，弇所以敢披赤心。"秀半晌才说道："我何忍害卿？卿且说明！"弇申说道："百姓患苦王莽，复思刘氏，闻汉兵起义，莫不欢腾，如脱虎口，复归慈母。今圣公为天子，诸将擅命山东，贵戚纵横都内，政治昏乱，比莽更甚，怎能不败？大王功名已著，天下归心，若决计自取，传檄可定，否则恐转归他姓了！"前有邓禹，后有耿弇，前推后挽，自见成功。秀听了弇言，点头无语，忽又有一人进言道："大王请听弇言，幸勿迟疑！"秀瞧将过去，乃是虎牙将军铫期。小子有诗咏道：

  明良会合最称难，要仗臣心一片丹。
  莫道攀龙原易事，庸才何自庆弹冠？

欲知铫期如何陈词，容至下回再叙。

  刘秀既娶阴丽华，复纳郭氏女为室，阴先郭后，理应以阴为正妻，郭为次妻，乃以刘赐见助之故，加宠郭氏，厥后且立郭氏为后，名不正，则言不顺，无怪其凶终除末也。本编于秀娶阴氏，不过标题，而独于郭女之成婚，特为揭出，所以志先事之未慎耳。王郎之败，本意中事，以之敌秀，不亡何待？惟玄于入关以后，委政宵小，不思笼络刘秀，徒假以萧王之虚名，令秀速归，是正所以促其离心耳。蛟龙得势，志在奔腾，宁待耿弇铫期之谏阻乎？

第九回

斩谢躬收取邺中　毙贾强扬威河右

却说虎牙将军铫期，趁着耿弇进言的时候，也入内白秀道："河北地近边塞，人人习战，号为精勇。今更始失政，大统垂危，明公据有山河，拥集精锐，如果顺从众心，毅然自主，天下谁敢不从？请明公勿疑！"秀闻言大笑道："卿尚欲如前称趩（bì）么？"原来铫期出蓟州城时，为众所阻，期奋戟大呼道："趩！"众皆披靡，方得出城。看官道趩字何义？古时惟天子出入，才得警跸，趩与跸同，乃是辟除行人的意思。秀因期直前勇往，气敌万夫，平时很加器重，所以有此戏言。于是决计自立，出见长安来使，与言河北未平，不便还都，来使只好辞去。其实邯郸内外，原已早平，就是钜鹿也相继投降，秀不过设词拒复，未肯西归。从此秀自据一方，竟谢绝了更始皇帝。*句中有刺。*是时梁主刘永，擅命睢阳，*永为梁孝王八世孙，更始元年，由刘玄使永袭封*。公孙述称王巴蜀，*见第六回*。李宪自立为淮南王，*见第七回*。秦丰自号楚黎王，*见第四回*。张步起琅玡，董宪起东海，延岑起汉中，田戎起夷陵，并置将帅，侵略郡县。又有铜马、大肜、高湖、重连、铁胫、大抢、尤来、上江、青犊、五校、檀乡、五幡、五楼、富平、获索等贼，乘势蜂起，名目繁多，多约一二十万，少约数万，大约不下数十万众，所在寇掠。秀拟出兵四讨，先遣吴汉北往，调发各郡兵马，幽州牧苗曾已到，不肯听命，被吴汉拔剑出鞘，乘曾不备，把他砍死。当下夺得兵符，四处征调，北州震慑，莫不望风而从，发兵来会，共计得数万骑，由汉引兵南行。还有耿弇亦奉着秀令，至渔阳上谷二县征兵，亦收斩韦顺蔡充，*苗曾韦顺蔡充共见前回*。招得许多突骑，南下返报。可巧秀出至清阳，接着两路人马，自然喜慰。便拜吴汉耿弇为大将军，往讨铜马贼。铜马贼帅东山荒秃上淮况等，方在鄡（Qiāo）城，*鄡音枭*。闻得刘秀引军进攻，意欲先发制人，立即遣众挑战。秀却令各军坚壁不动，伺贼至他处劫掠时，却潜出偏

师,截击要路,夺回财物,一面断贼粮道。贼求战不得,求食无着,勉强支持数日,累得饥乏不堪,黾夜遁去。汉军从后追蹑,到了馆陶,大破贼众,一大半弃械乞降,尚有余众四窜。适值高湖重连两路贼兵,从东南来,与铜马余众会合,又来抵御汉军。秀乃鼓励兵士,进至蒲阳交战,复将贼众杀得大败。贼势穷力蹙,只好投降。秀封贼目为列侯,贼尚不自安,只恐将来有变。秀窥知贼意,饬令各军归营,自乘轻骑巡行各寨。降众方相语道:"萧王推心置腹,亲疏无二,我等能不替他效死么?"嗣是全体悦服。秀因将降众分配各营,得众数十万,因此关西号秀为铜马帝。莫非权略。

秀又探得赤眉别帅,与青犊、上江、大彤、铁胫、五幡,合十余万众,在射犬城,当即乘锐进击,连毁数十营垒,贼皆西遁。秀顺道南略,招谕河内吏民。河内太守韩歆,举城出降。歆同邑人岑彭,前曾受刘玄封爵,得为归义侯,见第六回。嗣为淮阳都尉,道阻不得就任,乃至河内依歆,歆既出降,彭亦进见,面语刘秀道:"彭蒙前司徒秒全,未曾报德,今复得遇大王,愿为大王效力!"秀温语奖勉,即令彭与吴汉,往击邺城。邺城由谢躬居守,从前与刘秀共定邯郸,还屯邺中,见前回。秀南击青犊,曾使人语躬道:"我追贼至射犬,必能破贼,尤来在射犬山南,必当惊走,若仗君威力,击此散虏,定可一鼓歼灭了!"躬亦称好计。及秀破青犊,尤来果北走隆虑山,躬留将军刘庆及魏郡太守陈康守邺,自率将士往击尤来。偏偏穷寇死斗,锋不可当,躬反吃了一大败仗,遁还邺城。秀因躬留邺中,动遭牵掣,此次乘躬外出,先遣辩士说下陈康,然后轻兵继进,径入城中。谢躬尚全无所闻,还至城下,门正开着,便纵辔进去。不意城门左右,埋伏汉军,一声鼓号,便把躬拖落马下,用绳捆住。岑彭尚欲数躬罪状,独吴汉瞋目道:"何必再与鬼徒说话?"道言未绝,已从腰间拔出佩剑,手起剑落,把躬劈作两段,当下枭首徇众,众皆慑伏,不敢异言。躬亦南阳人氏,与刘秀同乡,前曾与秀相识,同事刘玄,至此积不能容。躬妻尝密诫道:"君与刘公积有嫌隙,乃不知预备,恐遭暗算!"躬视为迂谈,终为所戮。就是躬妻亦被陈康拘禁,连将军刘庆也被拘住,结果是难免一死,同归于尽。<u>臣殉主,妻殉夫,也似不可厚非。</u>

吴汉岑彭,既平定邺城,仍使太守陈康留戍,自引部兵回报刘秀。秀欲乘胜北上,略定燕赵,自思长安孤危,将来必为赤眉所破,因又拟遣兵西出,伺衅并吞。乃拜邓禹为前将军,特分麾下精兵二万人,属禹调度,所有偏裨以下,许得自选,指日西行。禹即部署粗定,向秀告辞,秀复问禹道:"更始虽入关中,朱鲔李轶等,尚据守洛阳,若我辈北去,将军又复西行,他必来窥我河内。河内新定,地方完富,不可不择人居守。究竟是何人可使,还请将军教我!"禹答说道:"偏将军寇恂,文武全材,足当此任。"秀点首称善。遂召恂入帐,面授恂为河内太守,行大将军事。恂先辞后受,并请任贤为助。秀因中说道:"从前高祖尝任用萧何,关中无阻。我今举河内委公,愿公坚守转运,给足军粮,率厉士马,能勿使他兵北渡,便是现今的萧鄚(zàn)侯。<u>萧何曾封鄚侯</u>。至若扼住河上,为公外援,我自当另遣良将便了。"恂拜谢而去。秀再命冯异为孟津将军,使统魏郡河内各兵马,屯守河上,拒遏洛阳,异亦受命启行。既至孟津,择要筑垒,屏蔽河内,河内太守寇恂,越得安心筹备,具糇(hóu)粮,治器械,接济北军,源源不绝。萧王刘秀,自然放胆北进,往击北寇去了。

是时刘玄方封李轶为舞阴王,田立为穰丘王,使与大司马朱鲔,白虎公陈侨,带领部曲,号称三十万众,保守洛阳,又令武勃为河南太守,管领粮食,闻得刘秀北行,将乘虚进攻河内。冯异早已料着,特写了一书,遣人投与李轶，书中略云：

  愚闻明镜所以照形，往事所以知今。昔微子去殷而入周，项伯叛楚而归汉，周勃迎代王而黜少帝，霍光尊孝宣而废昌邑，彼皆畏天知命，睹存亡之符，见废兴之事，故能成功于一时，垂业于万世也！苟令长安尚可扶助，延期岁月，亦恐疏不间亲，远不逾近，公岂真能安居一隅哉？今长安坏乱，赤眉临郊，王侯构难，大臣乖离，纲纪已绝，四方分崩，异姓并起，是故萧王跋涉霜雪，经营河北。方今英俊云集，百姓风靡，虽邠（Bīn）岐慕周，不足以喻。公诚能觉悟成败，亟定大计，论功古人，转祸为福，在此时矣！若待猛将长驱，严兵围城，虽有悔恨，亦无及已！

  李轶得书，踌躇了好多时，暗想从前起事，本与刘秀兄弟，很相亲爱，悔不该陷没刘縯，构成嫌隙。现在刘玄庸弱，不足有为，赤眉渠帅樊崇逢安谢禄杨音等，分道入关，**樊崇等见第七回。**西兵连败，长安危急，眼见他不能久存，若又事刘秀，恐触彼前嫌，复难自全，不得已含糊作复，交与来使带回。冯异正待使归报，既得复书，忙展开一阅，但见书中写着：

  轶本与萧王首谋造汉，结死生之约，同荣枯之计。今轶守洛阳，将军镇孟津，俱据机轴，千载一会，思成断金，惟期转达萧王，愿进愚策，以佐国安人。

  冯异览罢，已知轶意，当然喜慰。**反间计已得告成了。**遂只留数千人屯守，自督锐卒万余，北攻天井关，连拔上党两城，再回师河南，略定成皋以东十三县，削平各堡，收降至十余万众。河南太守武勃，闻得成皋一带俱降冯异，不由的愤惧交乘，忙率兵万人，往徇成皋。到了士乡亭边，正值冯异引兵到来，两下相见，不及答话，便即彼此交锋。异军素皆整练，又皆是百战雄师，无人可敌，偌大武勃，怎能抵挡得住？大约交战了一二时，勃众多半败退，独有勃不顾死活，还想上前厮杀，巧巧碰着大树将军，**见前。**横刀拦住，刀戟相交，不到几个回合，但听得砉（huā）的一声，勃首已经落地，**太不经杀。**败兵慌忙逃散，一半儿做了刀头鬼，冯异趁势攻下河南。果然李轶在洛，不发一兵，坐听武勃授首，袖手旁观。异因李轶践言，才将轶原书报知刘秀。秀此时已至河北，连破尤来大枪五幡等贼，追至顺水北面，突被贼众袭击，仓猝抵御，竟为所败。秀只率数骑急走，后面有群贼追来，刃及马腹，马负痛欲倒，亏得秀纵身一跃，投落岸下。说时迟，那时快,将军耿弇,带同突骑王丰等,前来寻秀,见秀危急万分,当即奋力杀贼,砍死贼目数人,方将余贼击退。王丰见秀在岸下,忙下马引秀,把他扶起岸上,执辔相授。秀足已受伤,抚住丰肩,方得上马。耿弇上前请安,秀顾弇微笑道:"几为贼笑!"是镇定语。言未已,又有贼众鼓噪前来,耿弇忙弯弓力射,箭无虚发,射倒前驱贼数名,贼始骇退,弇乃保秀入范阳。余众为贼所迫,前已四散,及贼已退归,才敢趋集,诸将大半聚首,互问主子,都云不见,众皆错愕,不知所为。大将吴汉道:"卿等但期努力,就使我王失踪,尚有王兄子等在南阳,何患无主呢?"诸将听着,稍稍安心。过了数日,才知秀已退保范阳,乃相偕往会。秀得收集将士,搜乘补阙,不到旬日,军势复振,乃复进兵安次,再击贼众。贼众飘忽无常,一党败去,一党复来,秀军虽连日得胜,终究相持不下,五校贼尤为猖獗,竞斗不退。恼动了一位强弩将军,姓陈名俊字子昭,籍隶南阳,目无北房,杀到难解难分的时候,挺身突出,与贼渠短兵相搏,拖贼下马,格去贼手利刃,挥拳击贼,中脑毙命。再持短刀杀入贼队,所向披靡,贼方才胆落,纷纷窜去。俊又当先追击,直赶至二十余里,斫死贼目数人,然后驰还。刘秀望见叹息道:"战将若尽能如此,还有何忧?"力赞陈俊,与前文分叙中兴功臣,同体异文。正赞叹间,陈俊已到面前,报称贼众已退入渔阳。秀且喜且忧道:"渔阳险固,贼若负嵎自守,倒也未易荡平!"俊答说道:"贼众轻佻,无粮可因,全恃剽掠为生计,最好是我出轻骑,绕过贼前,谕令百姓坚壁清野,阻绝贼锋,贼进不得食,退无所据,自然解散,不战可平了!"秀依计而行,即遣俊带领轻骑,驰出贼前,巡视民间堡寨,劝令缮守,且代为瞭望保护,所有田野积聚,一并收藏。贼众无从掠取,果然饥乏,逐渐散去,刘秀益称俊为神算。

正要遣将平贼,适接到冯异捷报,附上李轶原书,秀览罢后,即手书报异,略言季文多诈,切勿轻信。季文即李轶字。一面将原书颁示守尉,饬令戒备,部将多以为非策。哪知萧王秀是计中有计,将乘此借刀杀人,报复兄仇。也是李轶自取其祸,不得谓刘秀忌刻。约阅月余,轶竟被人刺死,主使的乃是朱鲔。鲔与轶同守洛阳,分领部曲,本来是没甚嫌隙,至轶书宣露,鲔始知轶有异谋,使人毙轶。复遣部将苏茂贾强,领兵三万余人,渡过巩河,直攻温邑,再由鲔自率数万兵马,进捣平阴,牵制冯异。警报与雪片相似,迭传河内,太守寇恂当即勒兵出城,移文属县,谕令发卒御敌,

同会温下。军吏都向恂谏阻,谓宜待众军毕集,方可前往。恂慨然道:"温邑为郡城屏蔽,失去温邑,郡城将如何保守呢?"遂不从众议,驱兵急进。既至温下,诸县兵亦陆续到来,就是冯异也遣兵来援,士马四集,旌旗蔽空。恂令士卒乘城,大呼刘公兵到,接连喧噪了好几声。望见敌军阵动,便麾兵出击,踊跃直前,敌军里面的苏茂,最是胆怯,不战先溃;贾强勉力支持,禁不住恂军奋迅,只好退去。一经退走,阵伍便乱,那寇恂如何肯舍? 自然招呼各军,并力追来,渐渐逼至河滨。苏茂渡河先遁,茂部下多半溺死;贾强迟了一步,即被恂军围住,一时冲突不出,竟至战死。武勃不武,贾强不强,何况一庸弱的刘玄呢? 残众不及渡河,都为恂军所获。恂长驱渡河,拟迫洛阳,可巧冯异亦引兵过河击朱鲔,途次与恂会师,同至洛阳城下,环攻了一昼夜,见城上守兵尚盛,料非旦夕可下,乃收兵退归,各向刘秀处报捷。秀闻河内有警,惟恐失守,及恂书传入,方大喜道:"我原知寇子翼可重任呢。"子翼即寇恂字,见前文。诸将联翩入贺,并上尊号,秀摇首不答。忽有一将闪出道:"大王自甘谦退,难道不顾宗庙社稷么? 今宜先即尊位,然后可言征伐,否则彼此从同,究竟谁王谁贼?"

快人快语。秀闻声审视,见是前锋将马武,不禁作色道:"将军休得妄言,莫谓钢刀不利呢!"想是言不由衷。武乃趋退。

先是武为绿林豪客,表字子张,也是南阳人氏。自从刘玄称尊,武与刘秀同事刘玄,共破王寻,因此倾心刘秀,后来又随谢躬同攻王郎,王郎破灭,谢躬受诛,武乃投入刘秀麾下,充当前锋。秀爱他材勇,颇加信任,至此独拒绝所请,引军还蓟。马武履历至此补出。复令马武为先驱,耿弇景丹等为后应,吴汉为统帅,出兵数万,穷追尤来等贼,斩首至三千余级,直至俊靡,方才班师。余贼窜入辽西辽东,为乌桓貊人所抄击,杀掠殆尽。惟都护将军贾复,追五校贼至真定,十荡十决,大破贼党,身上亦受了许多创痕,退卧营中,几不能起。当下报达刘秀,秀大惊道:"贾复勇敢绝伦,我尝不令他自统一军,正恐他轻敌致伤,今果至此,岂不是失我名将?我闻他妻室有孕,如若生女,将来即为我子妇,幸得生男,我女即嫁彼为媳,不使他忧及妻子呢!"叙得得体。这一番言语,传入复耳,复格外感激,静心调养,竟得渐痊。因即驰赴蓟城,与秀相见,秀慰劳甚厚,待遇益隆。复字君父,亦南阳人,少时习《尚书》学,师事舞阴人李生,李生见复英姿卓荦,许为将相器。后事汉中王刘嘉,任为校尉。及刘秀出略河北,复辞嘉从秀,战必先登,不顾身家,真定一战,受伤颇重,危而复安,好算得一大幸事。复亦二十八将之一。小子有诗赞道:

摧锋陷阵敢争先,勇士轻生不受怜。
幸有天心阴鉴佑,伤痕复合庆生全。

贾复至蓟,正值同僚诸将,共议劝进,复当然列名,究竟刘秀曾否允议,待看下回自知。

刘秀之出师河北,为蛟龙出水之权舆,而其危难之处,亦不亚于昆阳遇敌之时。东北有群贼,西南有群敌,秀以孤军支拄其间,一或失算,即有跋前疐(zhì)后之虞,岂非危难交迫乎?幸而吴汉岑彭诱斩谢躬,邺城下而不忧牵掣;寇恂冯异击毙贾强,河内固而不患侵陵,故本回事迹颇繁,而独以二事为标目,揭其要也。若夫贼众乌合,本不足道,驱而逐之,尚非难事,然顺水一役,以智勇深沉之汉光武,且为贼党所乘,几不得免,战事岂可轻言乎?故刘氏之得中兴,虽曰人事,岂非天命?

第十回

光武帝登坛即位　淮阳王奉玺乞降

却说刘秀在蓟，诸将又共思劝进，表尚未上，偏秀又下令启行，从蓟城转至中山，大众只好整装随行。及已到中山城下，秀尚无意逗留，不过入城休息，权宿一宵，诸将趁此上表，请秀速上尊号。秀仍不许，诘旦复出城南趋，行至南平棘城，又经诸将面申前议，秀答说道："寇贼未平，四面皆敌，奈何遽欲称尊呢？"诸将见秀无允意，正欲退出，将军耿纯奋进道："士大夫捐亲戚，弃乡土，来归大王，甘冒矢石，无非欲攀龙附凤，藉博功名，今大王违反众意，不肯正位，士大夫望绝计穷，尽有去志，恐大众一散，不能复合，大王亦何苦自失众心呢？"秀沉吟半晌，方答说道："待我三思后行。"口吻已渐软了。说着，复前行至鄗，沿途接得两处军报，一是平陵人方望等，从长安劫取孺子婴，到了临泾，立婴为帝，自称丞相，当被刘玄闻知，遣部将李松往攻，一场交战，望被击毙，连孺子婴亦死乱军中。婴自被王莽废黜，锢居定安公第中，及年近弱冠，尚不能识猪狗，莽尝以女孙妻婴，即王宇女。及莽已受诛，婴才得自由，不料方望等把他劫去，硬加推戴，做了一个月傀儡皇帝，竟致毙命，这真叫做祸不单行呢！了过孺子婴。还有一个公孙述，击走刘玄部将李宝，已自立为蜀王，此时复听了功曹李熊谀言，僭称帝号，纪元龙兴。述字子阳，本系茂陵人氏，因自成都发迹，遂号为成家，即用李熊为大司徒，使弟光为大司马，恢为大司空，招集群盗，奄有益州。刘秀闻得孺子婴惨死，尚为叹惜，惟公孙述胆敢称帝，未免不平，因思一不做，二不休，不如依了诸将的计议，乘时正位，免落人后。主见已定，再召冯异至鄗，与决可否。异奉命进谒，从容献议道："更始必败，天下无主，欲保宗庙，惟仗大王，大王正应俯从众请，表率万方！"秀答说道："我昨夜梦赤龙上天，醒后尚觉心悸，恐帝位是不易居呢！"异听言甫毕，忙下席拜贺道："天命所归，精神相感，还有什么疑义？若醒后心悸，这是大王素来慎重，乃有此征，不足为凭。"秀尚未及答，忽有军吏入报道："有一儒生从关中来，自称为大王故人，愿献祥符。"秀问及姓名，军吏答称姓强名华。秀猛然记着，便向军吏说道："我少年游学长安，曾有同舍生强华，今既到此，应该由他进见便了。"军吏闻言，便返身出帐，引入强华。秀起座相迎，顾视强华，形容非旧，状态犹存，当然有几分认识，便向他寒暄数语，然后询及来意。强华从袖中取出一函，双手捧呈，秀接过一阅，封面上标明赤伏符三字，及被阅内文，开首有三语云：

刘秀发兵备不道，四夷云集龙斗野，四七之际火为主。

秀看这三语，已觉费解，乃复质问强华。强华道："大汉本尚火德，赤为火色，伏有藏意，故名赤伏符。所云四七之际，四七为二十八，自从高祖至今，计得二百二十八年，正与四七相合。四七之际火为主，乃是火德复兴，应该属诸大王，愿大王勿疑！"借口释义。秀开颜为笑道："这果可深信否？"强华道："谶文相传，为王瑞应，强华何敢臆造呢？"究是何人所造，我愿一问。秀乃留华食宿，与谈古今兴废事宜，夜半乃寝。翌晨即由诸将递入表文，大略说是：

受命之符，人应为大，万里合信，不议同情，周之白鱼，曷足比焉？今上无天子，海内淆乱，符瑞之应，昭然著闻，宜答天神，以塞群望。

秀批准众议，乃命有司就鄗南设坛，择日受朝。有司至鄗城南郊，看定千秋亭畔，五成陌间，筑起坛场，高约丈许，并拣选六月己未日，为黄道吉辰，请萧王刘秀即皇帝位。届期这一日，巧值天高气爽，旭日东升，萧王刘秀，戴帝冕，服龙袍，出乘法驾，由诸将拥至南郊，燔柴告天，禋(yīn)六宗，祀群神。祝官宣读祝文，文云：

皇天上帝，后土神祇，眷顾降命，属秀黎元，为人父母，秀不敢当。群下百辟，不谋同辞，咸曰：王莽篡位，秀发愤兴兵，破王寻王邑于昆阳，诛王郎铜马于河北，平定天下，海内蒙恩，上当天地之心，下为元元所归。谶记曰：刘秀发兵捕不道，卯金修德为天子。与赤伏符又不同。秀犹固辞，至于再，至于三，群下佥曰：皇天大命，不可稽留。秀敢不敬承？钦若皇天，祇承大命。

祝文读毕，祭礼告终，萧王刘秀，缓步登坛，南面就座，受文武百官朝

贺,改元建武,颁诏大赦,改名鄗邑为高邑。是年本为更始三年六月,史家因刘秀登基,汉室中兴,与刘玄失败不同,所以将正统归于刘秀,表明建武为正朔,且因秀后来庙号,叫做光武,遂沿称为光武皇帝。小子依史演述,当然人云亦云,此后将刘秀二字搁起,改名光武帝,看官不要驳我前后矛盾呢!特笔叙明。

且说刘玄称尊三载,毫无建树,部下诸将,多半离心。再加赤眉称兵入关,守将闻风瓦解,因此关中大震。河东守将王匡张卬,又为汉前将军邓禹所破,奔回长安,私下语诸将道:"河东已失,赤眉且至,我等不如先掠长安,径归南阳,事若不成,复入湖池为盗,免得在此同尽呢!"诸将均以为然,遂由张卬入白刘玄,劝玄为东归计。玄默然不应,面有愠色,卬乃退出。是夕即由刘玄下令,使王匡陈牧成丹赵萌等出屯新丰,李松移军陕城,守边拒寇。张卬心甚怏怏,复与将军申屠建等密谋,欲劫刘玄出关,仍行前计,建等亦皆赞成。还有御史大夫隗嚣,就是前时自称上将军,应玄招抚,入关受职,隗嚣见第六回。至是闻光武即位,也劝玄见机让位,归政河北。玄哪里肯从?嚣因与张卬等通谋,指日劫玄,不料为玄所闻知,竟诱申屠建入殿,伏甲出发,把建杀死。一面遣人召嚣,嚣早已防着,称疾不入。玄遂使亲兵围住嚣第,并捕张卬,嚣与门客突围夜出,奔还天水。卬却号召部曲,返击玄宫。玄亲督卫士,且守且战,哪知卬纵火烧门,烈焰飞腾,急得刘玄走头无路,慌忙开了后门,挈领妻子车骑百余人,奔往新丰,投依赵萌。萌女为刘玄夫人,见第八回。见玄夫妇狼狈来奔,当即迎纳。玄与谈及张卬叛乱,并疑王匡等亦有异志,意欲一并除去。萌乃替玄设计,诡传玄命,并召王匡陈牧成丹三人,入营议事。陈牧成丹闻召即至,突被萌兵杀出,砍死了事。只有王匡命未该绝,偏偏迟了一步,当有人通知风声,匡急忙拔营入都,与张卬合兵拒玄。玄既庸弱无能,还要猜忌他人,安得不亡?玄遣赵萌收抚陈牧成丹两营,往攻长安。张卬王匡据城相持,连日未下。玄再遣使至陕城,召还李松,自与松督兵援萌,猛扑长安城门。张卬王匡,出战败绩,分头窜去。玄乃得返入长安,故宫被毁,残缺不全,因徙居长信宫。

怎奈内讧未平,外寇又至,那赤眉渠帅樊崇等,竟从华阴长驱驰入,迫近长安。先是赤眉部众,分道西进,见前回。连败刘玄诸将,会集华阴。适有方望弟方阳,欲为兄望报仇,因迎谒樊崇,乘间献议道:"更始荒乱,政令不行,故使将军得至此地,今将军拥众甚盛,西向帝都,乃尚无一定名号,反使人呼为盗贼,如何可久?计不如求立宗室,仗义讨罪,那时名正言顺,自不致有人反抗了!"崇徐答道:"汝言亦自有理,我当照行。"原来崇部下有一齐巫,尝托词景王附身,为崇所信。景王就是高帝孙刘章,当时曾与平吕氏,复安刘宗,得由朱虚侯晋封城阳王,殁谥曰景。齐巫借此惑众,或笑巫妄言不道,动辄致病,因此部众亦惮服齐巫,并及景王。崇得方阳计议,颇思求立景王后裔。齐巫亦乘机怂恿,乃决意探访景王后人。可巧军中掠得刘氏子二名,一名茂,一名盆子,二人原是一门弟兄,盆子最幼,为樊崇右校刘侠卿牧牛,呼为牛吏。侠卿查问盆子履历,确是景王嫡派,当下报知樊崇。崇尚嫌他出身卑微,不足服众,因再四觅景王支裔,共得七十余人,及与盆子兄弟,互叙世系,惟前西安侯刘孝,及盆子兄弟,总算是直接景王。崇乃率众进至郑县,令在城北筑起坛场,设立景王神主,祷告一番,然后书札为符,共备三份,置诸箧中。两份系是空札,惟一份写着上将军三字。上将军的名义,系是樊崇创说,以为古时天子将兵,尝称上将军,因将这三字作为代名。刘孝年长,先就篋中摸取,启视札中,不得一字。刘茂继进,也摸了一个空札。独盆子取得上将军符号,樊崇遂扶盆子南向,领众朝谒,再拜称臣。盆子年仅十五,被发跣足,敝衣垢面,蓦见诸将下拜,不禁大骇,惶急欲啼。比刘玄还要不如。樊崇忙劝慰道:"不必惊恐,好好藏符!"盆子因惧成愤,竟将符号啮破,掷弃坛下,仍然还依侠卿。侠卿为制绛衣赤帻,轩车大马,使得服御乘坐,盆子反视为不便,往往偷易旧衣,出与牧儿闲游。侠卿乃将盆子锢居一室,不准出入,就是樊崇等亦未尝问候,不过假名号召,愚弄人民。崇本欲自为丞相,因不能书算,才将丞相职衔,让与徐宣,自为御史大夫,使逄安为左大司马,谢禄为右大司马,他如杨音以下,尽为列卿,或称将军。于是向西再进,直抵高陵,张卬王匡便往迎降,反导樊崇等入攻长安。刘玄闻赤眉到来,亟遣将军李松,领兵出御,自与赵萌闭城拒守。侍郎刘恭,系是刘盆子长兄,前曾入关事玄,受封式侯,此次闻赤眉拥弟为帝,来攻都城,不得不诣狱待罪。玄无暇究治,但望李松杀退赤眉,尚可求全。哪知李松败报,传入都中,不但松军败死多人,连松都被活擒了去。玄心慌意乱,忙召赵萌入议战守,偏是待久不至,再四催促,反报称不知去向,累得玄仓皇失措,顿足呼天。忽又有一吏入报道:"陛下快走!赤眉已入都城了!"玄颤声道:"何人敢放赤眉入城?"吏答说道:"就是李松弟李汜。"玄不及再问,抢步出宫,上马独行。奔至厨城门,门已大开,加鞭急驰,蓦听后面有妇女声,连呼陛下,且云陛下何不谢城?于是速忙下马,向城门拜了两拜,这是何礼?令人不解。再上马出城,落荒遁去。

樊崇等既得李松,使人走语城门校尉李汜,叫他速开城门,方活乃兄。汜为救兄起见,当然开门纳入,赵萌等统皆投降。补叙明白。刘恭尚留狱中,及闻刘玄出走,乃脱械出狱,追寻玄至渭滨,才得相见。右辅都尉严本,托词从玄,阴怀叵测,欲将刘玄献与赤眉,为邀功计,因此劫玄至高陵,领兵监守。樊崇等虽入长安,不得俘玄,遂颁令远近,说是圣公来降,圣公即刘玄字,见前。封为长沙王,若过二十日,虽降勿受。玄已穷蹙得很,得此命令,只好遣刘恭往递降书。当由樊崇等准令投降,使谢禄召玄进见。玄随禄还都,肉袒登殿,殿上坐着十有五龄的小牛吏,倒也没甚凶威,只两旁站着许多武夫,统是粗眉圆眼,似黑煞神一般,吓得刘玄不敢抬头,没奈何屈膝殿庭,奉上玺绶。何如一死?刘盆子不发一言,旁有丞相徐宣,代为传命,总算说了免礼二字,玄始敢起立。张卬王匡等人,怒目视玄,手中按着佩剑,各欲拔刀相向。还是谢禄心怀不忍,急引玄退坐庭下。卬等尚未肯甘休,又经谢禄代为说情,刘恭极力吁请,仍然无效。卬与匡同白盆子,必欲杀玄报怨。盆子有何主见?只是闭口无言,卬不待应允,便挥玄出去。玄含泪趋出。刘恭追呼道:"臣已力竭,愿得先死!"说罢,即拔出佩剑,意图自刎。亏得樊崇眼快,慌忙下殿阻恭。恭请崇赦免刘玄,方可不死。崇乃还告盆子,请赦玄为畏威侯。盆子自然许可,就是张卬等亦惮崇势力,未便遽抗,玄始得暂保头颅,就借谢禄居宅,作为寄庐。刘恭又进告樊崇,谓应实践前言,封玄为王,藉示大信。崇也以为然,方封玄为长沙王。惟光武帝闻玄破败,犹怀前谊,有诏封玄为淮阳王,所以史家相传,但把淮阳王三字,作为刘玄的头衔,至若赤眉授玄的封爵,却搁过不提,这且毋庸絮表。看官莫视作闲笔。惟刘玄既依着谢禄,更兼刘恭随时保护,幸得苟且偷生。也不过是个寄

生虫。无如赤眉暴虐,苛待吏民,京畿三辅,即京兆,左冯翊,右扶风。不堪受苦,还觉得刘玄为主,较为宽平,因拟纠众入都,将刘玄救出虎口,仍把他拥戴起来,好与赤眉为难。可巧光武帝所遣的邓禹,扫平河东,渡河西进,沿途严申军律,不犯秋毫。关中人民才将救取刘玄的计策,暂从搁置,专待邓禹到来。外如关西一带的百姓,已是扶老携幼,往迎禹军,禹辄停车慰勉,俯从民望,百姓无不感悦,真个欢声载道,喜气盈衢。禹部下亟请入关,偏禹老成持重,不欲速进,独面谕诸将道:"我兵虽多,不耐久战,且前无寇粮,后乏馈运,一或深入,反多危险!赤眉新拔长安,粮足气盛,未可猝图,必须待他群居致变,方得下手,现不若往略北道,就食养兵,俟衅乃动,一鼓可下,何必劳敝将士,与这盗贼拼命呢?"部将才不复多言。禹即北徇栒(Xún)邑,所过郡县,陆续归附。惟长安人民,眼巴巴的望着王师,不意禹军迂回北去,愈望愈远,好多时没有影响,又欲试行前计,盗取刘玄。张卬等恨玄切骨,一得消息,正好借这名目,把玄杀死,当下与樊崇等说明利害。崇亦觉得留玄贻患,乃召谢禄入商,嘱使杀玄。禄尚不忍许,卬勃然道:"诸营长多欲篡取圣公,一旦失去,合兵来攻,公岂尚能自存么?"说得谢禄也为所动,退至宅中,伪言至郊外阅马,邀玄同行。玄只得从去,及出诣郊外,由禄指示兵士,将玄挤落马下,用绳缢死。是夕为刘恭所闻,方把尸骸收殓,草草藁葬,两年有余的过渡皇帝,弄到这般结局,也觉可怜。莫非自取。后来邓禹入长安,接奉光武帝诏谕,为玄徙葬霸陵。玄有三子求、歆、鲤,奉母往洛阳,俱得封爵。求受封为襄邑侯,承玄遗祀;歆为谷孰侯;鲤为寿光侯,这都是光武帝的例外隆恩。小子有诗叹道:

不是真龙是假龙,玄黄血战总成凶。
圣公一死犹称幸,妻子安然沐帝封。

刘玄死时,光武帝已入洛阳。欲知光武帝入洛情形,且至下回再叙。

少康复夏,宣王绍周,历史上传为美谈。若汉光武之中兴,亦夏少康周宣王之流亚耳。自鄗南即位,而帝统有归,当时之盗名窃字者,至此始逐渐湮没。盖明月出而爝火无光,理有固然,亦何足怪?必假强华之呈入谶文,资为号召,得毋犹迹近欺人乎?彼庸弱如刘玄,与光武相差甚远,乃欲拥众称尊,是真所谓不度德、不量力者。况古人有言,无为祸首,将受其咎。项羽百战百克,犹难免垓下之败亡,何物刘玄,敢贪天位?无惑乎其肉袒奉玺,逃死不遑也。然玄以弱败,非以暴亡,子孙得受世禄,虽曰幸事,亦有由来。项王无嗣,更始有儿,读史者可知所鉴矣。

第十一回

刘盆子乞怜让位　宋司空守义拒婚

却说光武帝即位以后，曾授大将军吴汉为大司马，使率朱鲔岑彭贾复坚谭等十一将军，往攻洛阳。洛阳为朱鲔所守，拼死拒战，数月不下。光武帝自鄗城出至河阳，招谕远近。刘玄部将廪丘王田立请降。前高密令卓茂，爱民如子，归老南阳，光武帝特征为太傅，封褒德侯。茂为当时循吏，故特夹叙。一面遣使至洛阳军前，嘱岑彭招降朱鲔。彭尝为鲔校尉，持帝书入洛阳城，劝鲔速降。鲔答说道："大司徒被害时，鲔曾与谋。指刘縯冤死事。又劝更始皇帝，毋遣萧王北伐，自知罪重，不敢逃死，愿将军善为我辞！"彭如言还报，光武帝笑说道："欲举大事，岂顾小怨？鲔果来降，官爵尚使保全，断不至有诛罚情事。河水在此，我不食言！"彭复往告朱鲔，鲔因孤城危急，且闻长安残破，无窟可归，乃情愿投诚。当由彭遣使迎驾，光武帝遂自河阳赴洛。鲔面缚出城，匍匐请罪。光武帝令左右扶起，替他解缚，好言抚慰。鲔当然感激，引驾入城。光武帝驻跸南宫，目睹洛阳壮丽，与他处郡邑不同，决计就此定都。洛阳在长安东，史称光武中兴为后汉，亦称东汉，便是为此。回应前文，语不厌烦。光武帝封朱鲔为扶沟侯，令他世袭。这也未免愧对乃兄。鲔不过一个寻常盗贼，侥幸得志，但教保全富贵，已是满意，此后自不敢再有贰心了。

御史杜诗，奉着诏命，安抚洛阳人民，禁止军士侵掠，独将军萧广纵兵为虐。诗持示谕旨，令广严申军纪，广阳奉阴违，部兵骚扰如故。遂由诗面数广罪，把他格死，然后具状奏闻。光武帝嘉诗除害，特别召见，加赐棨（qǐ）戟。棨戟为前驱兵器，仿佛古时斧钺，汉时惟王公出巡，始得用此；杜诗官止侍御，也得邀赐，未始非破格殊荣。嗣是骄兵悍将，并皆敬惮，不复为非，洛阳大安。惟前将军邓禹，已由光武帝拜为大司徒，令他迅速入关，扫平赤眉。禹尚逗留枸邑，未肯遽进，但遣别将分攻上郡诸县；更征兵募粮，移驻大要，留住冯愔宗歆二将，监守栒邑。谁知冯愔宗歆，权位相等，彼此闹成意见，互相攻杀，歆竟被愔击毙。愔非但不肯服罪，反欲领兵攻禹。累得禹无法禁遏，不得已奏报洛阳。邓禹实非将才。光武帝顾问来使道："冯愔所亲，究为何人？"使臣答称护军黄防。光武帝又说道："汝可回报邓大司徒，不必担忧。朕料缚住冯愔，就在这黄防身上呢！"来使唯唯自去。光武帝便遣尚书宗广，持节谕愔，并嘱他暗示黄防。果然不到月余，防已将愔执住，交与宗广，押送都门。是时赤眉肆虐，凌辱降将，王匡成丹赵萌等，不为所容，走降宗广。广与共东归，行至安邑，王匡等又欲逃亡，为广所觉，一一诛死；但将冯愔缚献朝廷。愔膝行谢罪，叩首无数。光武帝欲示宽大，贷罪勿诛。叛命之罪，不可不诛，光武虽智足料人，究难为训。一面再促邓禹入关。

禹自冯愔抗命，军威稍损，又复徘徊河北，未敢南行。于是梁王刘永，自称为帝，见第九回。招致西防贼帅佼强，联络东海贼帅董宪，琅琊贼帅张步，据有东方。还有扶风人窦融，累代仕宦，著名河西，尝与酒泉太守梁统等友善，归附刘玄，授官都尉。至是因刘玄败死，为众所推，号为大将军，统领河西五郡，武威张掖酒泉敦煌金城，称为河西五郡。抚结豪杰，怀辑羌胡。此外又有安定人卢芳，诈称武帝曾孙刘文伯，煽惑愚民，占据安定，自称上将军西平王，且与匈奴结和亲约。匈奴迎芳出塞，立为汉帝，复给与胡骑，送归安定，声焰渐盛。就是隗嚣奔还天水，见第十回。仍然招兵买马，蟠踞故土，自为西州上将军。三辅耆老士大夫避乱往奔，嚣无不接纳，引与交游。以范逡为师友，赵秉苏衡郑兴为祭酒，申屠刚、杜林为持书，马援王元等为将军，班彪金丹等为宾客，人才济济，称盛一时。邓禹闻他名震西州，乃遣使奉诏，命嚣为西州大将军，使得专制凉州朔方事宜。嚣答书如礼，与禹连和。禹乃放心南下，往击赤眉。

赤眉将帅虽奉刘盆子为主，但不过视同傀儡，无一禀命。建武元年腊日，赤眉等置酒高会，设乐张饮，刘盆子出坐正殿，中黄门等持兵后列。酒尚未行，大众离座喧呼，互相争论。大司农杨音拔剑起詈道："诸卿多系老佣，今日行君臣礼，反敢扰乱至此，难道宫殿中好这般儿戏么？若再不改，格杀毋悔！"大众听了，并皆不服，霎时间闹做一堆，口舌纷争，拳械并起。刘盆子慌得发抖，幸经中黄门扶他下座，躲入后廷。杨音见不可

当,只好却走。乱众大掠酒肉,饱嚼一顿,还想入内杀音。卫尉诸葛稚,勒兵入卫,格毙乱党百余人,方得少定。余众陆续散去,稚始引兵退出,杨音亦得驰归。惟刘盆子遭此一吓,不敢出头,但与中黄门同卧同起,苟延性命。当时掖庭里面,尚有宫女数百人,赤眉置诸不问。不去掠做婢妾,还算有些礼义。可怜这班宫女,镇日幽居,无从得食,或在池中捕鱼,或就园中掘芦菔根,即萝卜根。胡乱煮食,终究是不得疗饥,死亡累累,积尸宫中。尚有乐工若干人,衣服鲜明,形容枯瘦,出见刘盆子,叩首求食。盆子使中黄门觅得粮米,每人给与数斗,才得一时救饥。未几又复绝粮,仍做了长安宫中的饿鬼。俗语说得好:"宁作太平犬,毋为乱世人。"照此看来,原非虚言。建武二年元旦,赤眉等又复大会,聚列殿廷。式侯刘恭,料知赤眉无成,已在前夜密教盆子,嘱使让位。是日樊崇以下,俱请盆子登殿受朝。盆子尚有惧意,勉强跟着刘恭,慢步出来。恭即开口语众道:"诸君共立恭弟为帝,厚意可感;但恭弟被立一年,扰乱日甚,恐将来徒死无益,情愿退为庶人,更求贤才为主,惟诸君省察!"崇等随声作答道:"这皆崇等罪愆,与陛下无涉!"恭复固请让位。突有一人厉声道:

第十一回 刘盆子乞怜让位 宋司空守义拒婚

"这岂是式侯所得专主？请勿复言！"恭被他一驳，惶恐避去。盆子记着兄言，急解下玺绶，向众下拜道："今蒙诸君推立天子，仍无一定纪律，党徒四掠，人民怨愤，盆子自知无能，所以愿乞骸骨，退避贤路。必欲杀死盆子，下谢臣民，盆子亦无从逃避。若承诸君不弃，曲赐矜全，贷我一死，感且无穷！"说着，涕洒如雨。亏他记忆，不忘兄教。樊崇等见他情词悱恻，不禁生怜，乃皆避席顿首道："臣等无状，辜负陛下，从今以后，不敢放纵，请陛下勿忧！"语毕皆起，抱持盆子，仍将玺绶佩上，盆子号呼多时，终由樊崇等竭力劝解，护送入内。待大众退出后，各闭营自守，不复出掠。三辅同声称颂，所有避乱的百姓，争还长安，市无虚舍。不意赤眉等贼心未改，连日不得劫掠，已皆仰屋唏嘘，且人民返集都中，免不得携筐提箧，载货同归。赤眉越加垂涎，又复出营打劫，一倡百和，索性大掠一番，无论财货粮食，一古脑儿取夺得来。暮闻汉大司徒邓禹，领兵西来，大众无心对敌，遂收取珍宝，纵火焚阙，把宫庭付诸一炬，方将刘盆子载出，拔队西行。众号百万，自南山转掠城邑，驰入安定北地，沿途所过，鸡犬皆空。邓禹已经入关，探得长安空虚，倍道进兵，径入长安，屯兵昆明池，大飨士卒。嗣率诸将斋戒三日，礼谒高庙，收集十一帝神主，遣使奉诣洛阳。光武帝加封禹为梁侯，此外各功臣亦晋封侯爵，各赐策文。文云：

> 在上不骄，高而不危；制节谨度，满而不溢。敬之戒之，传尔子孙，长为汉藩！

封赏已毕，便就洛阳建置宗庙社稷，并在城南设立郊天祭坛，始正火德，色仍尚赤。正在制礼作乐的时候，突接到真定警报，乃是真定王刘扬，与绵蔓县贼勾通，私下谋反。光武帝乃遣将军耿纯，持节往幽冀间，借着行赦为名，探验虚实，便宜行事。扬为郭夫人母舅，从前光武帝尝投依真定，得纳郭氏，结为姻亲。见第八回。至光武即位，扬忽阴生异志，不愿称臣。他与光武帝世系相同，均为高祖九世孙，又尝项上患瘿，故诡造谶文，说是赤九之后，瘿扬为主，意欲借此欺人，传闻远近。纯既至真定，留宿驿舍，探得扬造作讹言，谋反属实，乃邀扬相见。扬因纯母为真定刘氏，颇有亲谊，料纯不敢为难，且胞弟让与从兄绀，俱各拥兵万人，势亦不弱，怕什么一介朝使？于是带领将士，及兄弟二人，昂然出城，亲至驿舍中拜会。纯出舍相迎，延扬入内，备极敬礼，复请扬兄弟一同面谈。扬兄弟不以为意，就令将士留待门外，大踏步趋入舍中。纯与他周旋片刻，只说有密诏到来，当闭门宣读，俟门已扃闭，立即指麾从吏，把扬兄弟三人拿下。扬兄弟还自称无罪，经纯详诘反状，说得他有口难分。诏命一传，三首骈落。当下开门径出，宣布扬兄弟逆案，举首示众，众皆瞠目无言。纯又谓汝曹无罪，应该奏闻天子，立扬亲属，仍为汝主。众情尤为悦服，喏喏连声，遂引纯入真定城。纯慰抚刘扬家属，叫他静听后命，方才还报。光武帝果封扬子德为真定王，使承宗祀，真定复平。想仍为了郭夫人面上。

上党太守田邑，举部请降。光武帝使邑持节，招降河东军将鲍永。永即前司隶校尉鲍宣子，宣为王莽所杀，永伏居上党，以文学知名。更始二年，征永出仕，迁擢尚书仆射，行大将军事，镇抚河东。永领兵赴任，击破青犊等贼，得超封中阳侯。至刘玄破败，三辅道绝，光武帝遣使招谕，永尚有难意，拘系使人。及田邑持节招降，方知刘玄已死，乃释放来使，遣散部曲，封上将军列侯印绶，但与故客冯衍等，幅巾束首，径诣河内见驾。光武帝召永入问道："卿拥有重兵，今已何往？"永离席叩首道："臣前事更始，不能保全故主，负惭实甚，若再拥众求荣，更觉无颜。所以一并遣散，束身来归。"光武帝作色道："卿言亦未免自大呢！"说着，即挥永使退。时怀县守吏为刘玄亲将，负固不服，光武帝遣将往攻，多日不克，乃更召永与语，使永招降。永与守吏素来相识，奉命往抚，片言即下。帝始大喜，拜永为谏议大夫，引令对食，且赐他上商里宅，永拜辞不受。寻闻东海盗帅董宪，分兵扰鲁，因拜永为鲁郡太守，拨兵数千，使他平乱。永受命即行，独永客冯衍，向有才名，与永来归，也想博取爵位，藉展才能。偏光武帝恨他迟迟来降，废黜不用，衍未免失望。永就职时，私自慰衍道："从前高祖诛丁公，赏季布，具有微权，今我与君同遇明主，何必过忧？"衍意终未释。后来做了一任曲阳令，诛获剧盗，仍然不得超迁，坎壈终身，惟著述甚富，传诵当时。后人谓光武知人，尚失冯衍，几拟衍为贾长沙即贾谊。董江都一流人物，说亦难信，看官但阅《冯衍列传》，自有分晓，毋庸小子哓哓了。叙入鲍永，所以阐扬桓鲍夫归之前行，至附评冯衍，阴短文人，亦自有特见。

且说光武帝援据谶文，始登大位，因见人心悦服，诸事顺手，乃将赤伏符作为秘本，事多仿行。符中曾有谶语云："王梁主卫作玄武。"玄武系水神名号,光武帝以为司空一职,管领水土,想符中玄武名目,当是司空代词。可巧王梁为野王县令,当即遣使召入,擢梁为大司空。王梁履历已见第八回中。梁自随光武帝,平定邯郸,便令他出宰野王。至入任司空,才未称职,年余罢去,改用长安人宋弘。弘曾为哀平时侍中,王莽使为共工,及赤眉入关,胁弘就职,弘投入渭水,经家人救出,佯作死状,始得免归。光武帝闻他清正有操,特征为大中大夫。弘正色立朝,仪容端肃,更为光武帝所称赏,乃迁为大司空,使代王梁后任,加封枸邑侯。弘持身俭约,所得俸禄,分赡九族,因此位列公卿,不啻寒素。光武帝体贴入微,徙封弘为宜平侯。宜平采邑,比枸邑为多。弘仍分给族里,家无余资。尝荐沛人桓谭为给事中,为帝鼓琴,辄作繁声。弘朝服坐府第中,召谭加责,不稍徇情。既而光武帝大会群臣,复使谭入殿弹琴。弘正容直入,惹得谭手足失措,弹不成声。光武帝未免惊异,顾问桓谭。谭尚未及答,弘离席免冠,顿首谢罪道:"臣荐谭入侍,无非望他忠诚辅主,称职无惭。不料他诡道求合,反令朝廷耽悦郑声,这是臣所荐非人,理应坐罪!"光武帝闻言改容,仍令戴冠,嘱谭退席,不复听琴。弘更别求贤士,引为侍臣。一夕入宫进

谒，见御座旁所列屏风，尽绘列女。光武帝屡次顾及，弘即从旁进规道："未见好德如好色，圣训果不谬呢！"光武帝听着，即命将屏风撤去，向弘微笑道："闻善即改，卿以为何如？"弘答说道："陛下德业日新，臣不胜喜庆呢！"光武帝有二姐一妹，长姐名黄，次姐名元。元即邓晨妻室，先已殉难。见前文第四回。妹名伯姬，已嫁李通为继室。建武二年，追封次姐元为新野长公主，又封长姐黄为湖阳长公主，妹伯姬为宁平长公主。召通入卫，封固始侯，拜大司农。独湖阳长公主，方在寡居，光武帝怜她岑寂，特与语及大臣优劣，微窥姐意。公主说道："我看朝上大臣，莫如大司徒宋公，威容德器，非群臣所可及！"光武点首道："我知道了。"光武顾重名节，奈何欲姐再醮？待至宋弘进见，乃令公主坐在屏后，自出语弘道："俗语有言：'贵易交，富易妻。'这也是常有的人情，卿可知此否？"弘正色道："臣闻贫贱交，不可忘；糟糠妻，不下堂！"光武帝不待说毕，便回顾公主道："事不谐了！"公主怏怏返入，弘亦徐徐引退，一场婚议，从此打消。小子有诗赞宋弘道：

夫宜守义妇宜贞，礼教昌明化始成。
毕竟宋公能秉正，糟糠不弃两全名。

帝姐不得再婚，帝后却已册定。欲知何人为后，请看下回再详。

刘永刘扬，虽系汉家支裔，与盗贼不同，然皆非帝王气象，不足有为，遑问一刘盆子？但盆子固非欲为帝者。一介童子，为盗所掠，得充牧牛小吏，幸全生命，已自知足。无端被迫，胁使为帝，惶怖之念，出自真诚，观其承受兄教，向众宣言，亦非蚩蚩无知者比。厥后之得保首领，廪禄终身，亦天之所以报其谨厚耳。永扬皆死，而盆子不死，有由来也。彼湖阳长公主之寡居，度其年已逾三十，就令不耐守孀，光武亦宜正言晓谕，完彼贞节。万一不可，亦惟有代为择偶已耳。乃使之自择大臣，且令其坐诸屏后，公然炫鬻，微宋弘之守正不阿，岂非导人为不义之行，使之易妻娶孀乎？光武为中兴令主，犹有此失，而宋公之威容德器，诚哉其不可及欤！

第十二回

掘园陵淫寇逞凶　张挞伐降王服罪

却说建武二年五月，册立郭贵人为皇后，子强为皇太子。郭氏即刘扬甥女，随驾入洛。当光武帝即位时，得产一男，取名为强。时阴丽华也迎入洛阳，*阴丽华见第七回*。与郭女同受封贵人。丽华容色，实过郭女，并且性情和顺，毫无妒意，光武帝本欲立她为后，她却以为郭氏有子，理应正位中宫，且郭氏生长王家，与自己出身不同，所以情甘退逊，将后位让与郭氏。*看到后来，实可不必。*光武帝乃立郭氏为后，就将二岁幼儿，作为储君。这且待后再表。帝又分封宗室，封叔父良为广阳王，*后来徙封赵王*。族父歙为泗水王，族兄祉为城阳王，歙子终为淄川王，追谥兄缜为齐武王，仲为鲁哀王，缜子章授封太原王，*后来徙封齐王*。仲殁无子，命缜次子兴过继，袭封鲁王。封爵已定，乃再拟荡平群寇。惟一时人心未靖，乱端不已，除上文所述诸渠魁外，尚有渔阳太守彭宠，破虏将军邓奉，相继造反，警信频闻。*提叙一笔，暗伏下文。*光武帝虽遣将出讨，但尚无暇全力对付，只好先就近处着手，次第廓清。自从刘玄败死，诸将吏散处南方，未肯归命洛阳。光武帝召集诸将，会议出师，当下向众宣言道："郾城最强，次为宛城，何人敢率兵进击？"语未绝口，即有一人突出道："臣愿攻郾城！"光武帝见是执金吾贾复，就笑说道："执金吾前去击郾，朕复何忧？宛城当属大司马便了！"复领兵自去。另遣大司马吴汉，往略宛城。郾城守将尹尊，曾由刘玄封为郾王，与贾复相持月余，城中食尽，因即出降。就是宛城为宛王刘赐所守，一经吴汉兵到，退保沟阳，未几亦即归降。两处先后报捷，光武帝因赐本族兄，前曾共事，所以召赐入见，封为慎侯。再命贾复进略召陵新息，统得平定。

复有部将过颍川郡，妄杀良民，正值河内太守寇恂，调往颍川，立即拘复部将，枭首示众。复引为己耻，顾语左右道："寇恂敢杀我部将，藐我太甚,我当前去见恂,手刃此仇!"遂自颍川进发。粗莽可笑。恂闻复挟怒前来,料无好意,故不愿与见。姐子谷崇语恂道:"崇为军将,应带剑侍侧,就使有变,也可抵挡得住,相见何妨!"恂摇首道:"我闻蔺相如不畏秦王,独为廉颇屈志,彼区区赵国,尚知先公后私,难道我反悍然不顾么?"好寇君。乃饬属县盛设酒肴,遇有执金吾军入界,全体供给,一人须兼二人饮食,县吏自然遵令,不敢怠慢。恂托辞出迎,行至中途,因疾折回。复正勒马待着,按剑欲试,不意恂已驰归,惹得怒上加怒,亟欲勒兵追恂。偏部兵已皆被酒,不愿进行,复亦孤掌难鸣,只好罢休。恂使谷崇具状奏闻,光武帝召复班师,并征恂入朝。恂奉命进谒,见复在御座前,急起欲避。光武帝与语道:"天下未定,两虎怎得私斗?朕当与两卿和解,互释前嫌。"说着,赐令共坐,宴叙甚欢。及退出殿外,复令同车并出,两人曲体主心,自然释怨平争,言归于好,恂复辞回颍川去了。

大司马吴汉,方自宛城往略南阳,忽报檀乡贼与五校贼会合,寇掠魏郡清河。光武帝召汉还师,自督诸将至内黄,进击五校贼,大破贼众,收降至五万余人。适值吴汉领兵来会,乃将军事付汉,折回都中。汉与檀乡贼连战数次,无不获胜,斩馘数万,降服数万。先是檀乡贼徒,统是刁子都余党,刁子都见前文。子都为部曲所杀,余众转走檀乡,后纠集他处盗匪,号为檀乡贼,共计得十余万名。及为吴汉所败,或死或降,所余无几,遁入西山,再推贼目黎伯卿为渠帅。伯卿负嵎数月,仍被吴汉捣破,窜死崖谷间,河右复安。光武帝接得捷书,亲往慰抚,增封吴汉采邑,由舞阳侯晋封广平侯。此外随汉同征,尚有建义大将军朱祐,大将军杜茂,执金吾贾复,扬化将军坚镡(xín),偏将军王霸,骑都尉刘隆马武阴识等,亦各有功绩,俱得奖叙。朱祐字仲先,南阳宛人,曾从刘氏起义,转战有年。杜茂字诸公,南阳冠军人,自光武帝出徇河北,投入麾下,效力戎行。坚镡字子伋,颍川襄城人,尝为郡县掾吏,颇有干才,或向帝前推荐,方得召用,积功为扬化将军。惟刘隆字元伯,本与光武帝同宗,乃父名礼,前与安众侯刘崇讨莽,并皆败死,隆年尚幼,幸得免祸,后来游学长安,刘玄召为骑都尉,隆见玄不能成事,托词迎取家眷,转至河内从光武帝,光武帝使仍旧职,加封列侯。四人俱列二十八将中,故特提叙。至若贾复王霸马武履历,已见前文,不复追叙。独阴识为阴贵人兄,受封阴乡侯,光武帝因他从军有功,拟加封邑。识叩头固让道:"臣托属掖庭,累加爵土,不可以示天下,幸勿加恩!"光武帝见他意诚,乃不复加封。识小心谨慎,未尝以贵戚自骄,就是出征有功,亦谦退不伐,因此为士论所称。却是难得。

光武帝慰劳已毕,复遣汉还定南阳,连下涅阳郦穰新野诸城。复与偏将军冯异,北击五楼五幡诸残贼,所向皆捷。偏大司徒邓禹,入关抚民,又经赤眉还寇长安,屡战不利,竟从长安退至高陵,兵士饥困,几难成军。于是光武帝另费踌躇,不得不改遣他将,往讨赤眉。赤眉前次出关西行,意欲入陇,回应前回。陇右方为隗嚣所据,遣将杨广统率锐卒,迎头截击。杀得赤眉七零八落,慌忙回走,所掠财物,抛弃殆尽。道出阳城山谷中,适遇大雪,冻死多人,尸骸满道,没奈何再返长安。他想长安内外,十室九空,无从再掠,且长安已由邓禹守住,料不易入,不如往发汉朝陵寝,或可劫取遗藏,免致落空。乃一哄而往,闯入园陵,守陵吏民,逃得精光,赤眉得任意掘坟。最注意的是后妃各冢,连棺椁尽被劈开,有几椁用玉匣为殓,尸皆未烂,面目如生。查汉制收殓后尸,自腰以下,用玉为札,长一尺,阔二寸半,垂至两足,用黄金缕缀系,叫做玉匣,尸骸得借宝玉精华,历久

不朽。谁知这种奢华的制度，反使各女尸身后不安，当时短命致死，颜色未衰，却被赤眉贼触动淫心，竟把她剥去衣服，赤条条的卧在地上，侮辱一番。这也可谓生死交。更可怪的是吕后遗骸，全然不变，面色反比生时娇嫩，至此也竟受污。待到污辱以后，尸才变色，这难道是生前淫妒，应该受此恶报么？吕后死时，年已将迈，乃遭此报，定是天道恶淫，故孔圣谓丧欲速朽。独霸陵为文帝遗冢，文帝素尚俭德，如所幸慎夫人等，衣不曳地，想来总没有什么厚殓，故赤眉不去发掘，幸得保全。更有杜陵为宣帝墓所，却由汉中豪帅延岑，引众居守，赤眉不敢过犯，安然如故。延岑系南阳人，也是一个绿林流亚，起兵汉中，杀败汉中王刘嘉，据境称雄。刘嘉向关中乞师，刘玄尚未败没，特遣部将李宝，领兵往会，与嘉并击延岑。岑寡不敌众，乃由汉中北出散关，进屯杜陵。他虽往来剽掠，迹同盗贼，但与赤眉相比，尚觉得稍有纪律，差胜一筹。邓禹闻赤眉发掘陵寝，亟令将士往击，反为赤眉所败，伤亡甚众。禹乃督兵自出，行至云阳，又接长安警耗，被赤眉乘虚捣入，长安失守，累得禹无路可归。会闻赤眉将逢安，往攻延岑，也想伺隙进袭。好容易到了长安城下，正要麾兵攻扑，偏又来了赤眉将谢禄，一场交战，禹又败走，不得已退至高陵。军中随带粮食，本属有限，渐渐的食尽囊空，势难久持，因特奏报洛阳，急求接济。光武帝筹划再四，已知邓禹兵敝，不堪再用。此时惟有偏将军冯异，智勇兼优，可代禹任，乃特召异入见，嘱令西征。异拜命出都，光武帝亲送至河南，赐异车马宝剑，并面嘱道："三辅人民，迭遭变乱，生灵涂炭，无所依诉，今遣卿讨贼，并非欲卿略地屠城，期在平定安集，救民疾苦。朕看诸将亦多健斗，往往未善抚循，独卿平日能驭吏士，所以委卿重任，卿此行须除暴安良，勿负朕望！"保民而王，莫之能御。异顿首受教，拜别车驾，向西进发。途中宣布威德，民皆畏服，群盗多降。光武帝还居洛阳，连接冯异军书，知异威爱并用，定能胜任，乃决计召还邓禹，专任冯异。会得邓禹奏称，刘玄旧将廖湛，联合赤眉，并攻汉中，汉中王刘嘉，出谷迎战，大破寇众，阵斩廖湛，嘉因军士乏食，就谷云阳，正好乘便招抚云云。光武帝准禹所请，令禹传诏谕嘉，禹当然照行。嘉妻为来歙女弟，歙系光武帝姑子，与帝戚谊相关，因即劝嘉从命。嘉始浼（měi）禹转达表文，自请效顺。将表文驿递洛阳，并言廖湛一死，赤眉失势，近日赤眉将逢安，又被延岑击败，约毙十余万人，臣料赤眉

不久必灭,俟臣筹足军食,便可一鼓歼灭等语。先生休矣！何必妄想？光武帝已遣异代禹,不改初衷,因复颁诏寄禹,略云:

　　卿慎毋与穷寇争锋,赤眉无谷,自当东来,吾以饱待饥,以逸待劳,折棰笞之,非诸将忧也,卿其速归,无得复妄进兵!

　　邓禹得诏,尚以无功为耻,未肯遽归洛阳。可巧三辅大饥,人自相食,城郭皆空,白骨蔽野,赤眉无从掳掠,果然东下,余众还有二十万人。光武帝得知消息,使破奸将军侯进等出屯新安,建威大将军耿弇等出屯宜阳。出发时复传谕道:"贼若东走,可引宜阳兵会新安；贼若南走,可引新安兵会宜阳。"一面令冯异择险邀击,决歼此虏。创业之主,必有良谟。异奉命进驻华阴,正值赤眉东来,即扼要拒击,先后六十余日,交战至数十仗,多胜少败,收降赤眉将卒五千余人。

　　未几已是建武三年,朝命异为征西大将军,节制西行人马,且促邓禹交代,限期还都。禹还想鼓励饥卒,邀击赤眉,仍然失利,才率车骑将军邓弘等东归。途次与冯异相遇,又欲与异共攻赤眉。贪功之心,何竟至此？异从容道:"异与贼相拒数十日,虽得俘获贼将,但贼众尚多,须推示恩信,徐徐招诱,未可遽劳兵力！且皇上已遣诸将分屯渑池,使异在西夹击,彼此并力,一举聚歼,乃是万全的计策。公不若遵旨东还,待异荡平此虏便了。"禹听了异言,还道异不肯分功,益加猜忌。就是邓弘亦有此私意,决欲一战,遂自请为先锋,引兵邀进。赤眉齐来接仗,交战多时,见弘军微有饥容,却不望前进,反向后退。弘军当然追逼,赤眉抛弃辎重,纷纷却走,弘军尚不知是计,但见辎重车上,有豆载着,争相掬食,顿致行伍散乱,无心恋战。不防赤眉翻身杀转,猛击弘军,弘军已经乱伍,仓猝间不能成列,自然四溃,弘亦只得返奔。邓禹在后面望着,忙邀冯异一同往援,两人并辔驰往,麾动部兵,截杀赤眉,复酣斗了一歇,赤眉稍稍退去。还是诱敌。异亟向禹进谏道:"赤眉小却,并非真败,我军已多饥倦,宜暂休息,毋使前进！"禹不肯听异,反驱兵急进。异未便停马,相偕进军,蓦听得几声胡哨,赤眉等四面兜集,踊跃来前。禹与异慌忙对敌,怎禁得赤眉涌至,驰突入阵,把禹异两军冲作数截。禹异两军,已是饥乏得很,望见敌势汹涌,统皆怯战,觅路乱逃。禹亦自知不支,但率亲兵二十四骑,冲开血路,径向宜阳奔去。邓弘已早经遁走,不知去向,单剩得冯异一军,也是东逃西散,如何支持?异急走至回溪阪,溪长四里,旁有峭壁,状甚陡峻。异弃马逾溪,与麾下数人跃登峻阪,方得驰脱。这番战仗,汉军死伤至三千余人,余皆散逸。还亏冯异脱身回营,下令收集溃卒,军士方知异无恙,贪夜奔投,复得万人,守住营壁。越日复由异整兵募众,遍召各处城堡戍卒,一并会聚,再与赤眉约期会战。赤眉恃胜生骄,轻视冯异,待至战期已届,便令万人为前驱,凌晨挑战。异早经部署,申定号令,一闻寇至,但使锐卒一二千人,出营交锋。赤眉见异军寥寥,越加蔑视,存了一种灭此朝食的妄想,悉众来围异军。异乃纵兵大出,与赤眉鏖战一场,两下里旗鼓相当,兵刃交接,呐喊声震动远近,好容易杀到日昃,还是未分胜败,相持不舍。异却把红旗一招,突有一支人马,向赤眉阵中搅入,衣服与赤眉相同,赤眉错认是自己党羽,慌忙招呼,谁料到劈头一撞,都害得颈血模糊,十死五六。赤眉后队,顿时大乱。再经异麾军纵击,杀毙赤眉,不可胜计。看官道这支人马,究从何处杀来?原来冯异知赤眉势盛,但凭力敌,未易杀退,所以预先设计,令壮士千人,改服赤眉衣饰,夜伏道旁,约用红旗为号,叫他搅乱贼军。果然赤眉中计,一败涂地。当由异军追至崤底,截住男女八万人,谕令降者免死。八万男女,一体匍匐,束手归诚。尚有残众十余万,东走宜阳。将恃谋,不恃勇,于此可见。异驰书报捷,光武帝特赐玺书云:

赤眉破平,士卒劳苦,始虽垂翅回溪,终能奋翼渑池,可谓失之东隅,收之桑榆,方论功赏,以答大勋。

玺书既下,光武帝复亲率六军,至宜阳截住赤眉。赤眉正拼命东走,到了宜阳,见前面戈铤耀日,旌旗蔽天,当中拥着汉天子御驾,黄屋大纛,八面威风。吓得赤眉叫苦不迭,如樊崇逢安等人,经过百战,杀人未尝眨眼,至此亦仓皇失措,不知所为。当下经众会议,只有乞降一法,乃遣刘恭持书请降。恭既至汉营,得见光武帝,行过了礼,呈上降表。光武帝准令降顺,恭面请道:"盆子率百万众降陛下,敢问陛下如何待遇?"光武帝接说道:"待他不死便罢。"王言如纶。恭因即返报,盆子率徐宣以下三十余人,肉袒归降,献上所得传国玺绶,并将所有兵甲悉数缴付,堆积宜阳城外,高与熊耳山相齐。光武帝令县厨赐食,降众正苦饥馁,随到随食,总算十万余人,并得一饱。光武帝见降贼甚多,恐有反复,特就次日清晨,大陈兵马,遍布洛水岸旁,令盆子等随驾观兵,且顾语盆子道:"汝自知当死否?"盆子跪答道:"罪原当死,但求陛下恩赦呢!"光武帝微笑道:"儿亦太黠,宗室中原无愚人!"说至此,又顾问樊崇等道:"汝等曾悔降否?朕愿遣汝等回营,鸣鼓相攻,再决胜负,可好么?"好权术。徐宣等叩头道:"臣等出长安东都门,君臣计议,已愿归命圣德,惟百姓可与图成,难与虑始,所以未曾遍告。今日得降,如脱去虎口,得依慈母,诚喜诚欢,还有什么悔恨呢?"光武帝语徐宣道:"卿可谓铁中铮铮、庸中佼佼了!"乃敛兵归营。更谕诸降将道:"汝等大为不道,所过成墟,屠老弱,溺社稷,污井灶,残暴已极,本应骈诛。但朕念汝等尚有三善:攻破城邑,几遍天下,妻妇未尝弃易,算是一善;立君能用宗室,算是二善;他贼乘乱立君,待至危急,往往弑君持首,乞降邀功,独诸卿尚知大义,奉主来降,算是三善。朕所以网开三面,法外行仁。此后总宜洗心革面,共享太平!"降将都一齐跪下,齐呼万岁。光武辩论善恶,亦俱得当。光武帝挥众令起,启行还都,令降将分居洛阳,每人赐宅一区,田二顷,余众给资遣归。惟杨音与帝叔刘良有旧,良先依刘玄,玄败没时,独良得杨音礼待,才得免害。

因此光武帝为叔报德,封音为关内侯,得与徐宣安享天年。刘恭替刘玄报仇,刺死谢禄,系狱自首,亦得贷死。独樊崇逢安,居洛数月,又想造反,谋泄被诛。**不死胡为？** 光武帝矜怜盆子,赏赐甚厚,使为叔父良部下郎中。盆子病目失明,方令免官,尚给荥阳均输官地,食税终身。小子有诗咏道:

　　牛吏何堪作帝王,崤山一跌便沦亡。
　　得全首领犹云幸,总为童儿质尚良。

赤眉已平,余寇犹炽,免不得再加征伐,劳动王师。欲知后来情事,且看下回续叙。

　　项羽掘始皇冢,后人以凶残嫉之,顾未有如赤眉之甚者。赤眉不法,发掘园陵,裸辱女尸,阅《汉书·刘盆子传》中载入此事,谓有玉匣附殓者,多被淫秽,姓氏不概传,独于吕后则标明之。意者其亦嫉吕后生前之奢淫,特揭此以为后人戒欤？邓禹已入长安,不能捍卫陵寝,咎实难辞,乃复以饥疲之卒,贪功邀战,屡致失利,甚且累及冯异,同致覆师。微异之奋翼渑池,则赤眉东来,众尚二十万,即如光武之勒兵亲征,截击宜阳,胜负亦未可料,安能不战屈人乎？光武能专任冯异,卒成大功。至若刘盆子之降,待以不死,陈兵示威,笑语屈贼,光武固一英辟也欤？而樊崇逢安之自外生成,终遭诛殛,何一非恶贯满盈之果报也！

第十三回

诛邓奉惩奸肃纪　戕刘永献首邀功

却说赤眉既降,关中无主,盗贼又乘机蜂起,各据一隅。下邽(guī)有王歆,新丰有芳丹,霸陵有蒋震,长陵有公孙守,谷口有杨周,陈仓有吕鲔,汧(Qiān)骆有角闳,长安被张邯占住,各称将军,互相攻击。独延岑屯据杜陵,击破赤眉将逄安,意气自豪,再移部众入蓝田,僭称武安王,分置牧守,居然想做关中霸主。闻得征西大将军冯异进兵,亟诱同张邯等众,共攻异军。一番接仗,竟被异军杀毙千余人。张邯等战败先逃,延岑亦向东南窜去。异进驻上林苑中,号令远近,先抚后剿,所有前时附近诸堡寨,附属延岑,至此都向异投诚。异又遣复汉将军邓晔,辅汉将军于匡,领兵追岑。到了析县,正值岑督众围城,一遇邓晔等到来,慌忙解围对敌,偏部众惩着前败,不敢再战,裨将苏臣等投械先降。岑不敢再持,奔归南阳,又被汉建威大将军耿弇等,迎头截击,斩首三千余级,生擒将士五千余人。岑势孤力竭,但率数骑奔投秦丰,嗣复转诣西蜀,下文自有交代。惟邓奉本光武帝姐夫邓晨兄子,从征有功,官拜破虏将军。自吴汉出略南阳,兵多侵暴,连邓奉故乡新野县中,亦遭蹂躏。奉返省乡里,庐舍荡然,不由的怒气填胸,竟纠合流氓,造起反来。乡里遭殃,何妨劾奏吴汉,奈何造反?当即攻入淯阳,逐去守兵。顾应前回。尚有堵乡人董䜣,杏聚人许邯,亦纠众应奉,四出骚扰。董䜣攻入宛城,拘住南阳太守刘驎(lín),幸汉扬化将军坚镡尚未远去,一闻宛城失守,便引兵夜至城下,使壮士悄悄登城,斩关纳入兵士,一鼓而进。䜣未曾防备,势难招架,只好弃城窜去,逃归堵乡。光武帝时已闻警,亟授岑彭为征南大将军,使讨邓奉董䜣,且拟添将助彭。适值王常自邓来归。常即前时下江帅,与光武帝同破莽军,转事刘玄。玄曾命常为廷尉大将军,封知命侯,进爵邓王。至是方挈眷入洛,谒见光武。光武帝与语道:"王廷尉良苦,每念前时与同艰险,无日忘

怀！奈何至今始来相见哩？"常顿首谢道："臣蒙大命,得效鞭策,始遇宜秋,继会昆阳,幸赖陛下威武,终破大敌。更始不量臣愚,委任南州。赤眉入关,伤心失望,以为天下复失纲纪。今闻陛下即位河北,如日重明,臣等得见阙廷,虽死亦无遗恨了！"光武帝笑说道："我与卿戏言,不必介意,今得见卿,南顾无忧了。"遂指常语诸将道："王将军曾率下江诸将,辅翼汉室,心如金石,真好算是忠臣呢！"于是面授常为汉忠将军,使与朱祐贾复耿弇郭守刘宏刘嘉耿植等,一同南下,由征南大将军岑彭节制。彭率众至杏聚,击破许邯,邯穷蹙始降。再顺便进攻堵乡,董䜣向邓奉乞援,奉率锐卒万余,往救董䜣,两人并力拒守。岑彭等连攻数月,尚不能克。到了建武三年夏间,光武帝下诏亲征,带领六军出都。行至叶县,适遇董䜣别将数千人,沿途拦阻,车驾不得前进,正要麾兵开道,巧值彭亦引兵杀到,前后夹攻,一霎时扫得精光。光武帝进军堵阳,邓奉不禁胆怯,夜奔淯阳。董䜣独力难支,自缚出降。积弩将军傅俊,骑都尉臧宫,奉着帝命与岑彭等追赶邓奉,驰抵小长安,得及奉兵,当然再战。奉抵死格拒,酣斗经时,互有杀伤。蓦闻光武帝亲来接应,车骑大至,汉军越加奋勇,杀死奉兵无数，奉欲逃无路，迫急乃降。光武帝记奉前功，且由吴汉起衅，拟从赦宥。岑彭与耿弇进谏道："邓奉背恩造反，致王师暴露经年，罪无可逭（huàn）！若不诛奉，何以惩恶？"说得光武帝不便徇情，乃将奉正法示众。国法原是难容。惟许邯董䜣，幸得贷免。光武帝启驾还都，但使岑彭与傅俊臧宫等三万余人，南击秦丰去了。

过了月余，得虎牙大将军捷报，说是刘永授首，睢阳报平。究竟刘永如何败死？应该详叙情形：永在睢阳僭称帝号，专据东方。见第十一回。内有沛人周建等为爪牙，外有佼强董宪张步等为羽翼，除国都睢阳外，如济阴山阳沛楚淮阳汝南等二十八城，俱归管辖，差不多将青兖徐三州包括了去。光武帝曾拜盖延为虎牙大将军，使与降将苏茂，相偕东征。茂本刘玄部将，前与朱鲔共守洛阳，鲔既出降，茂亦归命。及随盖延东行，独不肯受延节制，分军自去，掠得数县，据住广乐，反向刘永处遣使称臣。永拜茂为大司马，封淮阳王。盖延独进攻睢阳，且奏达苏茂叛状，光武帝再遣驸马都尉马武，骑都尉刘隆，护军都尉马成，偏将军王霸等，往助盖延，为延副将，合攻睢阳城。彼此经过好几次战仗，城中兵不能取胜，闭门死守。两下里复相持数旬，延尽收田间禾麦，作为军粮，守兵无粮可因，渐生恟（xiōng）惧，当被延军窥出间隙，缘梯夜登，入城击永。永不知所措，亟引兵走出东门，延等追杀一阵，横尸遍野，只剩得骑士数十人，保住刘永家属，奔往虞城。虞城人不愿纳永，反将永母及妻子一并杀死，永仓皇走脱，得抵谯邑。永将苏茂佼强周建等，合兵三万余人，至谯救永，永复得成军，再拟拒延。延连拔薛城沛城，斩鲁郡太守梁丘寿，及沛郡太守陈修，长驱追永。永率苏茂等三将军，至沛西逆战，又吃了一大败仗，不得已再弃谯城，转奔湖陵，苏茂奔还广乐，惟佼强周建，还是与永同行，未曾舍去。

盖延乘胜略地，收抚沛楚、临淮各城。光武帝也遣太中大夫伏隆，持节使青徐二州，招谕郡国。青徐群盗，多望风请降。就是琅玡盗帅张步，亦迎谒伏隆，敛兵听命。隆许为归报，嘱步静候朝旨，步乃使掾吏孙昱，随隆诣阙，贡献鰒（fù）鱼。鰒似蛤，即石决明。光武帝迁隆为光禄大夫，仍使隆赍着诏书，拜步为东莱太守。隆即与步掾孙昱，仍向东行。哪知为刘永所闻，忙遣人立步为齐王，并封东海贼帅董宪为海西王。步贪得王爵，欲背隆约，及隆持诏前来，竟摆起国王的架子，拒诏不受。隆探悉情隐，因向步晓谕道："高祖与天下约,非刘氏不得封王。今君果去逆效顺,总不失为万户侯,何必贪受伪封,但顾目前,不顾日后哩?"步不以为然,惟留隆共守青徐二州,隆愤然道："君不受朝命,必有后悔!我奉命到此,谕君反正,岂肯随君附逆?我就此返报便了。"说着,持节欲行,步却麾动左右,把隆拘住,锢居一室。隆缮就密书,交付从吏,嘱使乘间脱身,归报朝廷。从吏一住数日,觑得步兵防检少疏,乘夜逸出,好容易奔还洛阳,把隆书呈递进去。光武帝立即展阅,但见书中写着:

臣隆奉使无状,受执凶逆,虽在困厄,授命不顾。步固桀骜,属吏知其反畔,心不附之,愿以时进兵,无以臣隆为念!臣隆得生到阙廷,受诛有司,此其大愿;若令没于寇手,以父母昆弟长累陛下。愿陛下与皇后太子永享万国,与天无极!臣隆待死上言。

光武帝览罢,知隆已陷入寇中,亟召隆父伏湛,示隆来书,且流涕与语道："隆节同苏武,忠诚贯日,朕却恨他不如姑许,自求生还哩!"这是无聊慰语,莫被光武瞒过。湛泣拜而退。湛为济南伏胜九世孙,世传经学。伏胜为秦时耆儒,见《前汉演义》。高祖伏孺徙居琅琊郡东武县,父伏理曾为高密太傅。湛承父荫,补充博士弟子员,王莽时为绣衣执法;刘玄入关,使为平原太守;光武帝即位,闻湛才名,征拜尚书,令订旧制。至是因伏隆被执,意欲加慰湛心,擢任公卿。时邓禹已早还都中,自愧无功,缴上大司徒及梁侯印绶,光武帝赐还侯印,但将大司徒一职,悬缺不补。回应前回。此次拟迁擢伏湛,正好使他代任大司徒,乃即日锡命,使行大司徒事。未几即命他实授,加封阳都侯,一面调遣大司马吴汉,率同骠骑大将军杜茂等,会攻刘永。并拟另派别将,专讨张步。忽由幽州牧朱浮,驰使告急,请速济师。顿令光武帝不遑东顾,又要筹及北防。

这朱浮告急的原因,便是为了彭宠造反,逼迫幽州。彭宠本为渔阳太守,尝发突骑助光武军,得平王郎。至光武正位,封赏功臣,如宠所遣的吴汉王梁,皆位跻三公,宠仍守原官,不获超迁,因此不平。光武帝也未免负宠。幽州牧朱浮,年少好客,尝向渔阳征取银米,充作廪饩。宠不肯照发,且有怨言。浮致书责宠,讥他为辽东白豕,只好夸示辽阳,不足比衡河右。宠得书越加恨浮。浮更密表谮宠,光武帝乃征宠入都。宠请与浮一同就征,奉诏不许,宠遂怀疑惧。宠妻素好干政,劝宠不必应征,尽可自主；此外属吏亦无人劝行，于是迁延不发。宠有从弟子后兰卿，随光武帝居洛阳，光武帝因遣令谕宠，宠留住子后兰卿，竟出兵二万余人，往攻朱浮。又因上谷太守耿况，也是功高赏薄，与己相同，不妨诱与同反，于是一再遣使，驰诣上谷。哪知有去无来，所遣使人，俱被耿况斩首了。彭宠造反，前回已曾提及，此外所叙各事，参观前文便知。光武帝闻朱浮被攻，曾遣游击将军邓隆，引兵援浮。隆与浮立营太远，呼应不灵，被宠兵突破隆营，隆仓猝走脱，部下多死。浮不能相救，只好还守蓟城，与宠相拒。既而涿郡太守张丰，也与宠连兵，自称无上大将军。宠得一帮手，气焰越张，索性大举围蓟。朱浮不敢出战，惟飞章入洛，乞请援师。

　　光武帝得报，想了数日，一时腾不出兵马粮饷，乃令来使还报，教他静守毋战，俟筹足军实，方可来援等语。浮又固守了好几月，城中粮尽，人自相食，那外面却攻扑甚急，险些儿陷没全城，就使弃城不顾，也是无路可出，眼见得危急万分，朝不保暮。亏得上谷太守耿况，遣到两三千骑兵，冲破围城一角，浮得趁此机会，开城杀出，由上谷兵在外接应，才得走脱。只蓟城吏民，不及随行，上谷兵又复退去，无人相救，没奈何出降宠军。宠既得蓟城，复陷右北平上谷数县，遂自称燕王，北通匈奴，南结张步，又收集朔方遗贼，称雄一隅。光武帝时思北讨，但恐刘永未平，一或远征，免不得顾此失彼，患生眉睫，所以耐心待着，只望盖延吴汉两军，早日平永，便好移师北行。偏偏事多周折，波浪层生。前次睢阳城已经攻下，只逃脱了刘永一人。及盖延往略沛楚，永又从间道还至睢阳，睢阳人又反城迎永。盖延再去围攻，急切又不能得手。惟吴汉一军，行至广乐，与永将苏茂连战数次，茂奔广乐见上文。茂败入城中。吴汉督兵猛攻，四面架起云梯，将要登城，不防来了一个周建，带着大队十多万人，救茂击汉。汉自率轻骑，前去截击，虽是敌众我寡，倒也未尝胆怯。一场混战，毕竟杀不过茂众，看看将败退下去，汉不禁性起，怒马向前，挺戟突阵，刺死敌兵数人。蓦然来了一箭，射中马首，马负痛一蹶，把汉掀翻地下，幸亏左右将士，抢前力救，才得将汉扶归。汉膝上受伤，不能起立，困卧榻上，诸将只得闭垒自固，一听周建入城。到了日晚，吴汉尚病不能兴，未免呻吟。杜茂等入语道："大敌在前，公乃因伤久卧，恐致摇动众心，还请详察。"汉听言未毕，便跃然起坐，裹创出帐，椎牛飨士，下令军中道："贼众虽多，统皆乌合，胜不相

让,败不相救,并没有什么忠义。今日为诸君立功时候,杀贼封侯,在此一举,望诸君勉力。"麾下不禁鼓舞,齐称得令,将士同心,不忧不胜。于是士气复振,待旦厮杀。到了昧爽,城中已有鼓角声,传入汉营。汉知周建等又来挑战,遂选四部精兵黄头吴河等,黄头系首戴黄巾,为敢死士。及乌桓突骑三千余人,作为先驱,自督诸将随出,号令全军,闻鼓齐进,退后立斩。当下大开营门,严阵以待。望见周建领兵出来,即由汉亲自擂鼓,蓬蓬勃勃,激动士气,前驱奋勇杀出,后军继进,一古脑儿冲入建军。建军抵挡不住,立即返奔,被汉军快马追上,守卒不及闭门,顿至门前挤住,彼此争入,结果是全城捣毁,周建苏茂,夺路遁去。汉入城安民,留杜茂陈俊居守,自率兵追蹑建茂,直抵睢阳。建与茂入城见永,相偕守御。汉会同盖延,昼夜急攻。城中被困,已将百日,兵吏皆有菜色,再加建茂败兵,从外窜至,人数虽是较多,粮食越加不济,没奈何保住刘永,溃围出走。延军截住辎重,从后追击。永等拼命乱跑,将抵酇城,众已四散,连建茂亦自去逃生。只有永将庆吾,还是跟着,眉头一皱,计上心来,竟悄悄的拔出佩刀,向永脑后劈去,永未曾预防,当然被杀。庆吾遂枭了永首,迎献延军。

延令庆吾携首入都，伏阙呈报，庆吾得受封为列侯。好侥幸。永弟防尚守住睢阳，闻得永已毙命，也开城出降。独永子纡随着建茂，同至垂惠。建茂因立纡为梁王，收合余烬，再图起复。永将佼强走保西防，仍与建茂等，遥为声援，共保刘纡。纡且使人至剧城，传报嗣立情状，剧城为张步所居，正在拥兵拓土，夺得齐地十二郡，侈然自大。既接刘纡使命，意欲尊纡为帝，自称定汉公。也想摹仿王莽么？独琅玡太守王谏阻道："梁王尝归附刘宗，所以山东听命，今若尊立彼子，恐众情未必翕从。且齐人多诈，不可不防！"步乃罢议，但将来使遣归。王闳即王莽从弟，王谭子，颇有胆略，为莽所忌，遣为东郡太守。至刘玄为帝，闳率东郡三十余万户，拜表降玄，玄因令闳移守琅玡。张步起事，受永封爵，闳与战不胜，单骑见步，步陈兵相见，怒目视闳道："步有何过，乃为君所不容，屡次见攻？"闳按剑道："闳为大汉太守，奉命守土，今文公张步字。拥兵相拒，不服朝命，闳只知讨贼，管什么有过无过呢？"步为闳所折，不禁心服，遂离席跪谢，陈乐献酒，待遇如上宾礼，仍使闳守郡如故。闳此次进谏，是知刘纡不能成事，意欲张步仍归顺洛阳。步但不愿帝纡，未肯从洛，且杀死洛阳使臣伏隆，据境自雄。正是：

狐鼠徒知争窟穴，螳蚰原不识春秋。

张步尚是专横，彭宠却已速死。究竟宠何故毙命，请看官续阅下回。

邓奉为邓晨兄子，与光武帝戚谊相关，乃以新野被掠之嫌，遽敢造反，实属罪无可贷。光武帝之欲加赦宥，未免徇私。岑彭耿弇，共请正法，所言甚当。卒之叛臣伏罪，国法得伸，光武帝之曲从众请，诚哉其以公灭私也。刘永亦高祖后裔，名位与光武相类，光武可帝，永亦未尝不可帝；但永之才智，不逮光武，必欲据有青齐，抗衡河洛，不败何待？不死胡为？惟庆吾既为永臣，乃乘永穷蹙之时，遽加手刃，携首求功，光武帝竟封为列侯，毋乃过甚。帝尝语盆子诸臣，谓其奉主来降，不失为善，是明知弑臣之非义，奈何犹加封赏也？耿弇诸将，能谏阻光武之赦奉，不知谏阻光武之封吾，其亦一得一失也欤！

第十四回

愚彭宠卧榻丧生　智王霸举杯却敌

却说彭宠僭称燕王，已阅年余。光武帝意欲亲征，预备六军出发，文武百官，未敢异议。独大司徒伏湛上疏谏阻，略云：

臣闻文王受命，而征伐五国，犬戎、密须、耆、邘、崇。必先询之同姓，然后谋于群臣，加占著龟，以定行事，故谋则成，卜则吉，战则胜，然后俟时而动，三分天下而有其二。陛下承大乱之后，受命而兴，出入四年，灭檀乡，制五校，降铜马，破赤眉，诛邓奉之属，不为无功。今京师空匮，资用不足，未能服近而先事边外，似属非宜。且渔阳之地，逼接北狄，黠虏困迫，必求其助。又今所过县邑，尤为困乏，大军远涉二千余里，士马罢劳，转粮艰阻。今兖豫青冀，中国之都，寇贼纵横，未及归化。渔阳以东，本备边塞地，贡税微薄，安平之时，尚资内郡，况今荒耗，岂足先图？而陛下舍近务远，弃易就难，四方疑怪，百姓怨惧，诚臣之所惑也。愿远览文王重兵博谋，近思征伐前后之宜，顾问有司，使极愚诚，采其所长，择之圣虑，以中土为忧念，则不胜幸甚！

光武帝览疏，方才罢议。但使建义大将军朱祐，建威大将军耿弇，征虏将军祭遵，骁骑将军刘喜等，出略北方。涿郡太守张丰，叛应彭宠，为宠屏蔽。祭遵以张丰不除，无从灭宠，乃引军先行，倍道至涿郡城下，一鼓登城。城中大乱，张丰仓猝欲奔，被功曹孟厷（hóng）缚住，献与遵军。丰素信方术，有道士向丰谀媚，谓丰当为天子，且用五彩囊裹住一石，令丰系诸肘后，伪云石中有玉玺，俟得就尊位，方可剖取。丰信为真言，因即谋反。此次做了罪囚，推至遵前，遵诘问反状，丰尚述道士讹言，举肘示遵。遵令将五彩囊解下，取出一石，用椎击破，并无玉玺，便掷石示丰，丰始知被诈，仰天叹道："当死无恨。"真是呆鸟。遵即命推出斩首，传诣洛阳。光武帝闻张丰伏诛，撤去渔阳羽翼，当然心慰。惟因岑彭往击秦丰，数月不得捷音，见前回。乃将朱祐调回，使助岑彭，留祭遵屯良乡，刘喜屯阳乡，使耿弇进击渔阳。弇因父况与宠同功，迹近嫌疑，且无兄弟留侍京师，益恐遭忌，未敢独进，因上书求还洛阳，愿将渔阳事让与祭遵。光武帝览悉内容，即下诏赐弇道："将军尝举宗相依，为国忘家，功效卓著，今何嫌何疑，反欲求征？且屯兵涿郡，勉图方略，平叛课功。"弇接到诏谕，乃暂驻涿郡，并作书禀父，请况为国效力，夹攻彭宠。况得书后，已知弇意，便遣弇弟耿国入侍。光武帝嘉况忠诚，晋封况为喻（Yú）麋侯。会因彭宠出兵两路，分攻祭遵刘喜，一路由宠引兵数万，自击祭遵；一路使弟纯领着匈奴骑兵，约有好几千人，往击刘喜。纯行至军都，忽刺斜里突出一彪人马，大刀阔斧，拦住厮杀，纯不及措手，慌忙倒退。有两个匈奴统将，不识利害，向前接战，谁知上谷骑士，比胡骑还要利害，左冲右突，无人敢当。且有一位青年骁将，横槊当先，飘飘飞舞，锋刃到处，流血淋漓，两个匈奴军将，都做了无头鬼奴，余众自然骇散，纯亦逃归。看官道来将为谁？就是耿况次子耿舒，倒戟而出。况曾遣谍骑往探渔阳消息，既知彭纯出发，即遣次子耿舒，率锐邀截。纯却不曾防备，适被耿舒横击一阵，败回渔阳。军都乃是县名，本已附属彭宠，此次由耿舒乘胜进攻，也是垂手得来。宠闻彭纯败还，军都失守，不由的心惊胆落，连忙引兵折回，自保巢穴，尚恐祭遵刘喜，与耿况连兵捣入，日夕不安。就是渔阳城内的百姓，也是担忧得很，未遑宁处。

　　蹉跎过了数月，已是建武五年。彭宠妻夜卧床间，恍恍惚惚，觉得自己裸体登城，被髡徒推堕城下，骇极大呼，才得惊寤，醒后始知是一场恶梦，大为惶惑。越夕由宠升堂，闻火炉下有虾蟆声，阁阁乱鸣，宠将火炉移开，并不见有虾蟆形迹，再令左右掘地寻觅，亦无影响。为此种种怪异，便召卜人筮易，术士望气，统云不必防外，但当防内。宠闻言细思，只有从弟子后兰卿，由洛阳到来，见前回。莫非蓄有阴谋，潜图为变？乃将他调戍边防，不令居内。且欲祀神禳灾，先朝斋戒，移居静室。苍头子密等三人，见宠心绪烦乱，后必无成，遂暗中密谋，拟将宠夫妇杀死，往降汉营。当下伺宠卧着，踅将进去，把宠缚住床上，再出告外吏，说是大王斋禁，令众归休。待外吏散去，又伪传宠命，收缚奴婢，分置密室，然后召出宠妻。宠妻不知何因，趋入斋室，蓦见宠被绳捆住，忍不住惊叫道："叛奴造反！"说

愚彭宠卧榻丧生

到反字,已被子密等揪住头发,用掌击颊,打得宠妻面目红肿,不敢作声。**谁叫你唆宠造反?** 宠慌忙大呼道:"快为诸将军办装,不必多言!"子密等乃释放宠妻,随她入取宝物,但留一奴守宠。宠顾语道:"汝为我所爱,想为子密胁迫至此,若肯解我缚,当使女珠嫁汝,家中财物,与汝同分!"守奴颇为所动,出视户外,见子密尚未他去,因不敢替宠释缚。子密等取得金玉珍宝,复将宠妻牵入宠室,迫使缝两缣囊,盛贮各物,宠妻不敢不从。到了缣囊缝就,已经夜半,子密又放开宠手,使他亲写手敕,谕告城门将军,但言今遣子密等往报子后兰卿,速即开门,毋令稽留。宠已同傀儡一般,如言写就,子密便拔刀在手,剁落宠头;转身把宠妻也是一刀,首随刀落。当即取两首盛入囊中,与宠书一并携着,出室跨马,赚开城门,径奔洛阳。斋室门至晓不开,外吏敲门不应,逾垣进去,见宠夫妇尸身委地,各无头颅,不禁大骇。当下召齐官属,查缉凶手,早已不知去向。尚书韩立等,收殓宠夫妇遗尸,立宠子彭午为王,召入子后兰卿为将军。才经数日,又被国师韩利,枭取午首,持献汉征虏将军祭遵。遵驰诣渔阳,夷宠家族,然后遣使奏闻。就是子密亦驰至阙下,呈上宠夫妇首级,光武帝封子密为不义侯。既云不义，如何封侯？

　　北方既平，只有东南一带，尚未告靖。征南大将军岑彭，与秦丰部将蔡宏相持，累月不见胜负，光武帝已遣朱祐往助，复传诏责彭逗留。彭且惧且奋，不待祐至，便夜勒兵马，佯云当西向进击，又故意纵去俘虏，使他还报秦丰。丰即悉众西行，邀击彭军。彭却引兵潜渡沔水，悄悄东进，袭破丰将张扬，又从川谷间伐木开道，进捣黎丘。黎丘是秦丰巢穴，在西方接得警报，慌忙还救。彭与诸将驻营东山，严兵待着。丰与蔡宏夤夜攻彭，彭开营迎击，大破丰军，丰遁还黎丘。蔡宏被彭军追及，回马再战，一个失手，头已落地，彭遂进逼黎丘。秦丰相赵京，方守宜城，惧威出降。彭据实上奏，光武帝进封彭为舞阴侯，拜赵京为成汉将军。彭引京同围黎丘，就是建义大将军朱祐，也领兵会彭，共攻秦丰。丰有女夫田戎，尝拥众夷陵，自称扫地大将军，闻得秦丰被围，惊惶得很，即欲降服洛阳。惟丰有数妻，一妻母家姓辛，有兄辛臣，曾在田戎帐下，入谏田戎道："今四方豪杰，各据郡国，洛阳地处四塞，未必稳固，不如按甲敛兵，静待时变！"戎摇首道："强大如秦王，尚为征南所围，何况是我？我已决计降汉了！"本意原是不错。乃留辛臣守夷陵，自率众沿江溯沔，进向黎丘，拟至岑彭处请降。不意辛臣盗取珍宝，弃去夷陵，先从间道降彭，但作书招戎。戎恨他前后反复，且恐他先进谗言，祸将不测，因此未敢降汉，反说是往救秦丰，与丰合兵，表里相应。岑彭留朱祐围城，自引兵攻击戎营，又是好几月不下。后来戎支持不住，连战皆败，部将伍公投降彭军，戎逃归夷陵。光武帝亲至黎丘，慰劳吏士，封赏至百余人。探得城中势弱，兵只千余，粮亦将尽，不久可克，乃令朱祐独攻黎丘，使彭与积弩将军傅俊，往讨田戎。一面谕令秦丰，出降免死。丰复命不逊，乃将军事委任朱祐，期在必克，自己启驾还都。彭与俊移军夷陵，尽力攻扑。戎出兵搏战，伤亡无算，遂将夷陵弃去，向西逃走。彭追至秭归，因戎越山奔蜀，不便穷追，方才班师。独朱祐围攻秦丰，丰自知孤危，忙向外郡飞召党羽，还援巢穴。适有丰将张康，从蔡阳进援，与祐军鏖战兼旬，并将粮食输送秦丰，城内又复得食，拼命坚守。祐分兵绕出张康营后，先断张康粮道，然后鼓动部曲，捣入康营，康军自然溃乱，不战便走。祐从后追击，将抵蔡阳，巧值截粮军回来，拦住康前，康进退无路，免不得手忙脚乱，被祐赶至马前，一刀砍死。祐枭取康首,回示黎丘守兵。守兵俱有惧色,但因粮食未尽,还想坐守过去。至建武五年夏间,兵尽粮竭,丰无法可施,只得与母妻九人,肉袒出降。祐囚丰入都,光武帝责他负嵎不服,罪无可赦,因即谕令正法,敕祐还师。又了结一个盗首。另遣捕虏将军马武,骑都尉王霸,往攻垂惠,再击刘纡。纡向海西王董宪求救。宪正拟率众赴援,不意兰陵守将贲休,举城降汉,遂致宪怒气上冲,先去围攻兰陵。虎牙大将军盖延,方屯楚郡,闻得兰陵被围,愿与平狄将军庞萌,同援兰陵。光武帝答诏道:"宪巢窟在郯,若直捣郯城,兰陵自可解围了。"这却是釜底抽薪的妙计。盖延奉诏,领兵出发,途次屡接兰陵警报,危在旦夕,不得已先诣兰陵。董宪但遣偏将挑战,由延军一阵击退,长驱入城。入城也是失着。过了一宵,宪竟纠合大队,合围兰陵。延始知中计,引兵突出,方去攻郯。一误再误。光武帝得报,急传谕责延道:"朕令将军先去攻郯,无非欲掩他不备,使他情急还援,将军失算,先救兰陵,不能击退贼众,尚欲往攻郯城,贼既知备,兰陵益危,岂不是一举两失么?"延等已至郯城,不能复返,只好奋力督攻,果然守备甚固,累攻不下。那兰陵城已被宪陷入,贲休战死,枉送了一条性命。独刘纡待宪不至,使苏茂出招徒党。茂收得五校遗众,还救垂惠,约有四千余人,截击汉军粮路。汉骑都尉马武,闻信驰救,见茂来军不多,意在轻视,正在交战时候,城中复突出周建,引兵夹击,武腹背受敌,慌忙冲开血路,奔至王霸营前,大呼求救。霸佯作痴聋,坚壁不出,军吏统劝霸出军,霸摇首道:"茂招集亡命,来势甚锐,马都尉已经败还,但望我军出援,士无斗志,若我军开营接战,军心不一,势必两败。今我闭营固守,示不相援,贼必乘胜轻进,逼压马军,马军无援可恃,不得不拼死与战,待至贼众疲乏,我出乘彼敝,何忧不胜?诸君但听我号令便了!"军吏方才退去,整甲待命。已而苏茂周建,带着两路兵马,围裹马军。马武见霸不肯出救,愤然下令,与茂建决一死斗,两下里喊杀连天,撼动山谷。约有两三个时辰,霸尚按兵不动,营中壮士路润等,忍耐不住,截发请战,霸乃下令出救,却不开前门,独引精骑潜出后帐,绕至敌军背后,喧呼入阵。茂与建正双战马武,蛮横得很,谁料后队已乱,来了一位金盔铁甲的大将军,摆动一干方天画戟,左挑右拨,破入中坚。建急忙回马接战,未及三合,胁上已为戟所伤,负痛亟走。苏茂瞧着,也即舍了马武,觅路退回。马武正危急万分,见来将击退茂建,当然大喜,仔细审视,正是王霸。便将前时恨霸的心思,变作感激,索性再奋余勇,驱杀一阵。霸部下统是生力军,踊跃追击,杀得敌众大败亏输,奔入城中,霸与武才收兵回营。又越两日,茂建复鼓众出来,独至王霸营前挑战,霸却安坐营中,与军吏饮酒作乐,谈笑自如。又要作怪。突有一贼箭飞来,将近霸颊,霸用手中所执的酒杯,轻轻格去。杯系铜制,但听得叮当一声,箭坠席前,军吏统皆变色,霸镇定如故,徐语军吏道:"苏茂带着客兵,来救此城,我料他粮食不足,所以一再挑战,幸图一胜。今我闭营休士,以逸待劳,便是不战屈人,指日可下了。"军吏似信非信,好容易俟至日暮,营外已无哗声,敌皆退尽。夜半有逻骑入报,谓茂建不得入城,奔往他方。霸拈须微笑道:"我已知他不能久恃了。"军吏又请发兵往追,霸又笑道:"穷寇勿追,况在昏夜?料他亦无能为呢!"越宿由城中守将周诵,递到降书,霸慨然允降,与马武勒兵入城。周诵当然迎谒,不必絮述。惟周诵究是何人?为何不顾茂建,径来降汉?原来诵系周建兄子,与建有嫌,且因苏茂招来贼众,不守法度,徒耗粮食,城中积粟已罄,势必俱尽,因此拒绝茂建,决计降汉。惟刘纡本在城中,猝然闻变,亟率卫士

数十骑,夺门出走,奔往西防,投依佼强。周建负创未愈,又恨兄子为变,怒不可遏,激动创痕,流血不止,就在途中毙命。茂走至下邳,与董宪合军。时盖延攻郯未克,顿兵城外,忽由平狄将军庞萌,起了歹意,竟嗾动军士,反袭延营。延猝不及防,仓皇走脱,北渡泗水,沉舟毁桥,方得截住庞萌。萌本为下江盗首,转依刘玄,玄令为冀州牧,使随谢躬同攻王郎,郎死后躬亦被戮,见前文。乃归降光武。平时颇知逊顺,为光武帝所信爱,尝谓托孤寄命,非萌莫属,因拜为平狄将军。知人则哲,惟帝其难之。至是与盖延共讨董宪,诏书独不及庞萌,萌暗里怀疑,且因延违诏无功,恐延嫁祸己身,所以遽叛。延具状奏闻,光武帝不禁大愤,且与诸将玺书道:"我尝称庞萌为社稷臣,卿等能勿笑我妄言否? 老贼罪当族诛,愿卿等各厉兵秣马,会集睢阳,待我亲往督战!"这玺书颁发出去,随即启跸亲征,行抵蒙城,闻知彭城失陷,太守孙萌,为萌所执,几至被杀,还亏郡吏刘平,伏住太守身上,泣求代死,方得释免。光武帝不遑休息,留下辎重,竟率轻骑驰赴亢父。日已将暮,从臣奏请停跸,不得邀允,再驰越十余里,始至任城留宿。庞萌自号东平王,探悉车驾亲征,飞报董宪。宪令刘纡入兰陵,苏茂佼强,合助庞萌。萌亟移屯桃城,阻住车驾来路。桃城距任城仅六十里,总道御跸亲临,定有一场恶战,谁料待了三日,并无音响。不由的大惊道:"前闻汉帝远来,昼夜兼行,疾驰至数百里,今乃高坐任城,不发一兵,究是何意? 真正令人不解呢!"乃与茂强等猛攻桃城。城中已知帝驾在迩,可以无恐,自然安心静守。萌连攻二十余日,仍不能下。忽由光武帝亲督大军,前来援应,车骑如云,驺(zōu)从如雨,所有吴汉王常盖延马武王霸等百战良将,一齐会集,尽抵桃城。庞萌等望尘先怯,没奈何硬着头皮,率众迎敌,仿佛似卵敌石,如蛾扑火,不消半日,已经十死四五。苏茂佼强,引兵先溃,庞萌也落荒窜去。小子有诗咏道:

  用人容易识人难,误把忠奸一例看。
  犹赖庙谟能补过,叛臣一举便摧残。

桃城围解,光武帝入城犒赏,休军数日,复启行南下。欲知驾幸何地,且至下回再表。

彭宠与耿况,同助光武,宠因功高赏薄,怏怏失望,且又为朱浮所激,卒至反戈，情迹虽似可原，然耿况不反，而宠独反，宠将何以自解乎？宠妻一妇人耳，不以大义劝夫，反且促成叛乱，祸生梦寐，衅起帷墙，其夫妇同死也宜哉！惟宠为逆，而光武讨之，子密既为宠奴，竟敢手刃其主，亦一逆也！光武明知其非义，乃封以侯爵，又以不义为名，不义可侯，谁愿守义？以视庆吾之得受侯封，其误尤甚。及秦丰伏诛，董宪未灭，刘纡以睢阳余孽，奔赴宪军，死灰复燃。盖延失计，马武又败，幸有智勇深沉之王霸，能战能守，谈笑却戎。光武帝录取人才，胜任者多，不胜任者少，此所以一失之彭宠，再失之庞萌，而终无碍于中兴也。

第十五回

奋英谋三战平齐地　困强虏两载下舒城

却说光武帝自桃城启行，转幸沛郡，亲祠高庙，复进至湖陵，探得董宪刘纡，合众数万，屯据昌虑，因即督兵往攻。到了蕃县，与昌虑相隔百里，忽又由探马走报，董宪招诱五校余贼，进逼建阳。诸将以贼来较近，请即出击，光武帝面谕道："五校远来，粮必不继，食尽自退，何必与群贼争命呢？不如坚壁待敝，自足制胜！"与前回王霸义意，大致相同。诸将乃奉谕静守。过了数日，五校食尽，果然引去。惟庞萌苏茂佼强三人，自桃城败走后，辗转奔依董宪。宪拥众生骄，不甚戒备，光武帝却探知消息，督率将士，驰至昌虑。不待安营布阵，便使将士分攻宪营，四面并举。宪慌忙分兵四防，勉强支持了三昼夜，被汉军捣破营壁，一齐突入，刀枪杂进，好似研瓜切菜一般。宪不能再持，跨马急奔，庞萌亦与宪同走，逃往缯山。苏茂不及偕行，走依张步，刘纡乱窜出营，惟佼强解甲请降。光武帝既得大捷，再遣吴汉率军追剿，宪与萌复自缯山潜出，招集散卒百余骑，还入郯城。吴汉等从后追至，宪萌兵微将寡，自知不能守郯，再奔朐城。吴汉不肯遽舍，仍然追去。朐城属东海郡，形势险固，储粮颇多，宪萌依次扼守，就是吴汉乘间围攻，倒也不能遽下。惟刘纡穷无所归，东跑西走，厮混了好几日，被随兵高扈，剁落头颅，持献汉营。

光武帝因梁地已平，还幸鲁地，致祭孔子。且使建威大将军耿弇，进兵向剧声讨张步。步闻耿弇将至，亟遣部将费邑屯兵历下，又分兵驻守祝阿，另就泰山钟城等处，列营数十，专待交锋。耿弇渡河直进，先攻祝阿，半日即下，却故意开城一角，纵令守兵逸去。守兵齐奔钟城。钟城人闻祝阿失陷，当然悯惧，你也逃，我也走，只剩得空垒数所，阒寂无人。弇却不往夺取，反引兵转攻巨里。巨里为费邑弟费敢所守，当然报闻费邑。弇使人到处砍树，扬言将填塞坑堑，一面严令军中，促修战具，限期三日，当力破巨里城。这消息又为费邑所闻,邑恐乃弟失守,自率锐卒三万余人,来救巨里。耿弇得报,喜语诸将道:"我正欲诱他前来,今他果中我计,是自来送死了!"遂派将士三千人,直压巨里城下,自引精兵万人,往截费邑来路,择得一座高山,上冈伏着。那费邑仗着锐气,驱兵过来,才到山前,只听山上一声鼓响,竖起一面大旗,上书一个耿字,随风飘荡,却没有一人下山。邑伫望多时,不见人影,便顾语部曲道:"这是疑兵,不必怕他!"说着,仍挥军前进,哪知山上的鼓声,又复继起,并有数百人出现山顶,持械欲下。邑又待了半晌,仍然不见下来,又要纵辔前行,偏是鼓声越紧,旗帜越多,迷眩耳目,令人莫测。原是一条疑兵计。猛听得一声呐喊,已有无数人马,冲入军中。邑急忙对敌,怎禁得来兵势盛,好似生龙活虎,不可捉摸;且军心已经散乱,无复行列,越弄得手足无措,血肉横飞。邑正要退走,不防一大将跃马来前,劈头一刀,不及趋避,慌忙把头一偏,却晦气了左臂,竟被砍断。邑痛彻心腑,自然昏晕过去,撞落马下,再由来将顺手砍下头颅,了结性命。好头颅已被人取去了,军中失了主帅,顿时大溃,迟逃一步的,都登鬼箓。看官不必细猜,便可知汉将耿弇,计斩费邑,先用旗鼓乱彼耳目,然后从山旁绕出,骤入彼阵,使邑措手不迭,马到成功。费敢在巨里城中,已知乃兄来援,拟即出兵接应,无奈城下有汉兵数千,堵住城门,未便轻出,弇之拨兵压城,原是为此。只好登陴(pí)遥望,守待援军。蓦见汉兵大至,先驱执着长竿,血淋淋的悬着一颗首级,急切里尚难辨认,但闻汉兵高呼道:"这是费邑头颅,汝等细看,若再不出降,也要与这头颅相似了!"费敢审颜察貌,果是兄首,不由的涕泪交流。守卒莫不惊慌,无心守御,夤夜出走,敢亦遁归剧城。弇入城收取积聚,又分兵连下四十余垒,得平济南。

张步亟使弟蓝,率兵二万守西安,更征集诸郡吏士万余人守临淄,两城相隔四十里。弇进抵画中,居二城间,饬诸将校部署人马,约五日后会攻西安。与前计大同小异。至五日期届,诸将校齐集听命,弇令大众蓐食,夜食床蓐间,故曰蓐食。待旦至临淄城。护军荀梁,因军令与前不符,入帐申请道:"攻临淄不如攻西安,临淄有急,西安必且往救;西安有急,临淄却不能赴援,且前令原会攻西安,何必改约?"弇喟然道:"汝不知兵机,无怪相疑。西安虽小,却甚坚固,蓝兵又精,未易攻克。若临淄名为大城,守兵乃是乌合,一鼓可下。我前言将攻西安,明是声东击西的计策,今我不攻西安,独攻临淄,掩人无备,容易得手。临淄一下,西安亦孤,张蓝与步隔绝,必且亡去,一举两得,莫如此计。否则顿兵坚城,死伤必多,就使得克,张蓝必还奔临淄,并兵合势,与我相持,我深入敌地,复无转输,不出旬月,便是束手坐困了。奈何攻西安,不攻临淄?"荀梁方默然退去。弇即乘夜出兵,径攻临淄,城内果不及备,半日即下。再拟移攻西安,那张步已弃城遁去,奔回剧城。于是荀梁等拜服弇谋。弇乃揭榜安民,严禁军中掳掠,惟张步罪在不赦,若自来受死,毋得轻纵,手到擒来。这数语传入剧城,步不禁大笑道:"我自兴兵以来,战胜攻取,如尤来大枪十数万众,我且踹营破灭,今大耿兵不如彼,又皆转战疲劳,反说出这般大言,要想擒我,岂不可笑?看我与彼一战,究竟谁胜谁负?"正要诱你出来。当下与三弟张蓝张弘张寿,及大枪降盗重异等兵,号称二十万,进至临淄城东,连营数里,指日攻城。弇闭城严守,不与争锋。事为光武帝所闻,恐弇寡不敌众,驰书劳问。弇复奏道:"臣得据临淄,深沟高垒,守备有余,张步从剧县来攻,疲劳饥渴,臣不与交战,待他气竭欲归,当发兵追击,用逸待劳,用实击虚,约阅旬日,步首可坐致了。"这复文已呈递行在。弇乃出兵淄水,列阵岸旁。重异领着旧部,径来挑战。弇军即欲迎战,偏弇故意示怯,反令各军退回小城,但使都尉刘歆,及泰山太守陈俊,分兵列阵,驻扎城下。重异疑弇军怯战,越逼越紧,就是张步,亦自恃兵众,随后涌至,冲动刘歆陈俊两军,歆与俊不得不战,遂即督兵接仗,奋斗起来。临淄本属齐都,旧有王宫,宫中有台,半已圮毁,惟基址尚存。弇登台瞭望,见城外两军交战,势甚汹涌,因即下台跨马,麾动健卒,跃出东门,向步军横突过去。步连忙拦阻,阵势已乱,被弇兵一场蹂躏,伤毙甚多。急得步招架不住,忙令弓弩手放箭射弇,弇用盾遮护,且战且进,突有一流矢穿入弇股,弇仍不惊慌,但执刀截去箭镞,督兵如故。毕竟步兵多势盛,虽然杀伤不已,还是不肯退去,战至日暮,方才败却。弇亦鸣金收军,翌晨复勒兵出列城下。光武帝时在鲁地,接得弇书,尚自放心不下,因引军东行,亲往救弇,先遣人向弇报知。弇方拟与步再战,陈俊进说道:"强寇势盛,不如闭营休士,静待驾至,再与决斗未迟!"弇奋然道:"乘舆且至,臣子当椎牛酾(shī)酒,接待百官,奈何反以贼虏遗君父呢?"说毕,遂出兵待战。适值步众趋至,便接住厮杀,自旦及暮,大破步众,积尸满壕。弇料步将退,特令偏师绕出步背,分伏两旁。待至天昏月黑,步果引退,才行半里,两面伏兵突出,纵横驰骤,所向披靡,步众都有归志,不意冤家路狭,竟碰着两支催命军,并且昏黑不辨,如何对敌?只好夺路乱奔。偏弇军很是利害,在后力追,逃得越快,追亦愈紧,步抱头先窜,后队往往剩落,都做了无头的僵尸,直至钜昧水上,去临淄城已八九十里,追兵方渐渐缓行;但沿路收截辎重,约有二千余车,饱载而回。究竟谁胜谁负?过了数日,光武帝驾至临淄,弇率诸将从容迎谒,拜伏道旁,当由帝面慰数语,令弇等起身入城。及车驾进至齐王故宫,下舆升座,大飨群臣。酒酣席散,再由光武帝赐谕耿弇,嘉奖功绩,略云:

昔韩信破历下以开基,今将军攻祝阿以发迹,此皆齐之西界,功足相方。而韩信袭击已降,见《前汉演义》。将军独拔劲敌,其功乃难于信也!又田横烹郦生,及田横降,高帝诏卫尉,即郦商。不听为仇。张步前亦杀伏隆,若步来归命,吾当诏大司徒释其怨,又事尤相类也。将军前在南阳,建此大策,常以为落落难合,有志者事竟成也!

先是光武帝尝幸舂陵，亲祠园庙，大会故人父老，置酒旧宅，欢宴竟日，耿弇曾扈驾同行。及启驾还都，弇曾向驾前献议，请收上谷兵，定彭宠，取张丰，平张步等。光武帝大为嘉纳，依议进行。后来张丰受擒，彭宠授首，弇皆与征有功。至是弇受命专征，复得击走张步，所以末数语中，说他有志竟成。弇再拜谢奖。光武帝休息一宵，便即与弇进攻剧城。步经过一番大创，才知耿弇多谋，不可力敌。*晓得迟了*。且闻光武帝亲来督攻，越加惊慌。张蓝张弘张寿，比步还要胆小，分兵自去；步亦停足不住，弃城出奔。城中无主，待到御跸临城，自然开门迎降。弇不暇进城，再引兵穷追张步，步往奔平寿。可巧苏茂出招旧部，得万余人，来援张步。步与语及战败情形，茂作色道："善战如延岑，又率着南阳健卒，尚被耿弇击走，*见第十三回*。大王奈何遽攻彼营？茂一出即还，难道不能少待么？"步赧然道："负负，事已至此，也不必再说了。"已而弇军大至，纷纷薄城，步不敢出战，惟与茂婴城拒守。光武帝使人招步，嘱令斩茂来降，不失封侯。步竟将茂杀死，自奉茂首，出诣弇营，肉袒请降。弇送步至剧城，请光武帝发落；自入城中安抚兵民。见步众尚有十多万人，因特竖起十二郡旗帜，鸣鼓示众，使步兵各自认旗上郡名，分立旗下。步兵依令分投，再由弇检点名数，嘱令毋哗。一面收验辎重，尚有七千余车，当即酌给步众，使他得资归乡，众皆拜谢去讫。步至剧城，匍匐谢罪，光武帝不食前言，封步为安丘侯，并传诏赦免步弟，步弟蓝弘寿相继归降。就是琅琊太守王闳，亦诣剧投诚。光武帝迁陈俊为琅琊太守，并使弇荡平余贼，自率张步还都，令与妻子同居洛阳。陈俊入琅琊境，盗贼皆散。弇略地至城阳，尽降五校余党，齐地悉平，乃振旅还朝。张步居洛未久，复起异心，潜挈妻子逃奔临淮，意欲再招旧部，入海为盗，被琅琊太守陈俊截住，立即击死，妻子一体骈诛。*可为伏隆雪恨*。

话分两头。且说齐地告平以后，忽忽间又阅一载，就是建武六年，一交春令，便得了两处捷音。小子不能双管齐下，只好依次写来。自从李宪据住庐江郡，僭号淮南王，*见第七回*。至建武三年，居然自称为帝，也设立九卿百官，管辖九城，有众十余万，*区区九城，也想做皇帝么？* 越年由汉扬武将军马成，奉诏讨宪。马成字君迁，系南阳郡棘阳县人，少为县吏，光武帝前徇颍川，使成守郏，至光武移军河北，成弃官渡河，屡从征伐。建武纪元,迁官护军都尉,越四年授扬武将军,使率诛虏将军刘隆,振威将军宋登,射声校尉王赏,调发会稽丹阳九江六安四郡兵马,进攻舒城。马成为二十八将之一,前文已叙过二十七将,至成乃毕。舒城为李宪根据地,设守甚严,马成到了城下,巡阅一周,见他城高壕阔,已觉得不易攻取,并且城上守兵,多半雄壮,甲仗等又很鲜明,断非指日可下。乃择地安营,但求自固,不求进取。一面上表洛阳,具述情势,谓须俟一二年后,方可报功。光武帝复谕马成,准他便宜行事。成遂坚壁不动,宪屡出挑战,始终严守,数月不接一仗。惟分兵袭宪粮道,截夺了好几次,于是逐渐围城,四面筑栅,还是以守为攻。宪复遣兵冲突,屡被击退。直至建武六年,城中食尽,乃鼓励将士,并力扑城,不到旬日,便即攻入。宪拼命杀出,连妻子都不及带走,落荒窜逸。马成将李氏家属,全体诛戮,更遣将追捕李宪。隔了两日,有人持首来献,问明底细,乃是宪部吏帛意杀宪来降。马成乃传首诣阙,乘势略定九城,江淮悉平。成奏凯班师,晋封平舒侯,帛意亦得邀封渔浦侯。同时吴汉亦攻下朐城,擒住董宪妻孥。宪与庞萌夜走赣榆,乘虚袭入,偏为琅玡太守陈俊所闻,亟引兵往攻。宪萌无兵可守,再走泽中,途

困强虏两载下舒城

穷日暮，四顾仓皇，随从只有数十骑，又都是刀残械缺，甲胄不全。宪不禁唏嘘道："数年称王，一朝覆灭，妻被人掳，子被人掠，家亡国破，尚有何言？"说至此，顾语从骑道："诸卿依我数年，为我所累，流离辛苦，竟弄到这般结局，岂不可怜？此后请各择羁栖，努力自爱！"骑士等听了此言，并皆涕下。猛觉得后面尘起，又有追兵杀来，宪慌忙即飞奔，行近方与，竟被来将追及，一阵扫荡，宪即毙命，首级为来将取去。来将乃是吴汉部下的校尉韩湛。湛枭取宪首，复追觅庞萌。萌从乱军中逃出，夜无可归，趋入方与人黔陵家内。黔陵见他狼狈情形，一再盘诘，由萌说出真名真姓，陵佯为留宿，趁他睡熟时候，取刀杀萌，把首级送往吴汉军前。汉即将宪萌二首，传诣洛阳，并报明韩湛黔陵两人的功劳，两人俱得沐封侯。山东亦平，<u>黔陵封侯，比诸庆吾帛意等较为得当</u>。各将吏奉诏西归。小子有诗咏道：

　　扰扰中原太不平，真人崛起渐澄清。
　　鼠偷狗窃俱无效，才识兴王莫与京。

东征已毕，光武帝乃续议西征。欲知西征详情，容至下回再叙。

　　张步拥兵数年，据有齐地，初事刘玄，继臣刘永，彼亦以尊刘为得计，奈何托身非人，独于白水真人而忽之。意者其亦如朱鲔等之戴圣公，樊崇等之戴盆子，如其易与而阳奉之欤？伏隆被杀，耿弇出征，彼尚恃强生骄，大言不惭。迨三战以后，铩羽请降，宜其惩前毖后，安老洛阳；乃犹潜逃临淮，妄图入海，一误再误，不死何待？大盗毙而良将功成，此识时者之所以为俊杰也。马成攻舒，两载乃下，智略似未及耿弇，然卒能扫锄强虏，肃清江淮，其亦一人杰矣哉！彼吴汉等之得平董宪庞萌，未始无功，但宪与萌已成弩末，汉犹积久而后平之，其功尤出马成下。观本回叙事之有详略，便知功绩之有高下云。

第十六回

诣东都马援识主　图西蜀冯异定谋

　　却说建武六年夏月，光武帝因关东平定，乃拟西略陇蜀，先抚后攻。蜀地为公孙述所据，称王称帝，自霸一方。惟陇西一带，要算隗嚣为西州领袖，名盛一时。公孙述两见前文，隗嚣为西州大将军，见十一回。嚣前曾附汉，助击赤眉，尝受汉大司徒邓禹署爵，号为西州大将军，专制凉州朔方事宜。及赤眉平定，嚣特遣使上书，称颂功德。光武帝答书示谦，用敌国礼。会陈仓人吕鲔拥众数万，与公孙述联合，入寇三辅。汉征西大将军冯异，且战且守；嚣复遣兵助异，击走吕鲔。异与嚣俱上书言状，光武帝手书报嚣，格外嘉奖。书中有云：

　　慕乐德义，思相结纳。昔文王三分，犹服事殷。但驽马铅刀，不可强扶。数蒙伯乐一顾之价，伯乐为古时之善相马者。而苍蝇之飞，不过数步，即托骥尾，得以绝群。将军南距公孙之兵，北御羌胡之乱。指卢芳。是以冯异西征，得以数千百人，踯躅三辅。微将军之助，则咸阳已为他人禽矣。今关东寇贼，往往屯聚，志务广远，多所不暇，未能观兵成都，与子阳角力。子阳系公孙述表字。如或子阳到汉中三辅，愿因将军兵马，旗鼓相当。倘肯如言，蒙天之福，即智士计功割地之秋也。管仲曰："生我者父母，成我者鲍子。"自今以后，手书相闻，勿惑旁人逸构之言。

　　看官阅到此书，应知光武帝待遇隗嚣，也好算是推诚相与了。时公孙述已经称帝，特用大司空扶安王印绶，遣使授嚣。嚣因光武帝相待不薄，未便背汉，特将来使斩首，出兵防边。述闻报大怒，即日发兵击嚣。嚣连破述军，述亦无可如何，置作缓图。适关中汉将，屡上书请攻西蜀，光武帝将原书寄嚣，意欲使嚣会师同讨。嚣以为时机未至，因遣长史上书，极言三辅单弱，刘文伯在边，卢芳诈称刘文伯，见第十一回。未宜谋蜀。光武

帝始疑嚣阴持两端,音问渐疏,就使略通信使,也与对待群臣一般,不少假借。因此嚣亦改易初衷,渐有异图。嚣有部将马援,表字文渊,系扶风郡茂陵县人,曾祖父马通,尝仕汉为重合侯,因坐兄马何罗叛案,伏法受诛。见《前汉演义》。援再世不显,少年又复丧父,依兄为生,具有大志。长兄况另眼相看,尝谓援当大器晚成。未几况竟病殁,援守制期年,不离墓侧,又敬事寡嫂,不正衣冠,未敢相见。叙此以告人弟。嗣为扶风郡督邮,押送罪犯至司命府,王莽尝置司命官,纠察吏民。罪犯辗转哀号,援不觉动怜,纵使他去,自己亦亡命北地。会遇王莽行赦,乃寓居牧畜。过了几年,得有牛马羊数千头,谷数万斛,附近人士,多往归附。援尝语宾客道:"大丈夫穷当益坚,老当益壮!"宾客亦叹为至言。及王莽末年,四方兵起,援复叹息道:"人生积蓄财产,须要赒(zhōu)济亲朋;否则徒为守钱奴,有何益处?"鄙吝者其听之!乃将家产分给兄弟故旧,自着羊裘皮裤,转游陇汉间,后来寄寓西州。适值隗嚣奔还天水,收揽人才,因即招援入幕,使为绥德将军,与参谋议。援与公孙述少同里闾,素相认识,至是嚣满怀犹豫,联汉联蜀未能决定,特使援先往蜀中,觇察虚实。援既到成都,总道述相见如旧，欢语平生，谁知述盛设仪仗，方延援入，彼此一揖，略谈数语，便令援出居客馆。一面替援制就衣冠，向宗庙中大会百官，特设宾座，邀援入宴。述坐着銮驾，旗旄警跸，呵道前来，既入庙门，才下舆见援，屈躬示敬。当下开筵相待，备极丰腆。酒至半酣，便令左右取入衣冠，送至援前，愿授援侯，封官大将军。援起座语述道："天下久乱，雌雄未定，公孙不吐哺走迎国士，与图成败，乃徒知修饰边幅，如木偶相似，这般情形，怎能久留天下士呢？"说罢，就拱手告辞，掉头径去。匆匆返至西州，入语隗嚣道："子阳乃井底蛙，未知远谋，妄自尊大，不如专意东方为是！"**独具只眼。** 嚣乃使援再奉书洛阳。援行抵阙下，报过了名，即由中黄门引见光武帝。光武帝在宣德殿下，祖幨坐迎，笑颜与语道："卿遨游二帝间，今来相见，令人生惭！"援顿首称谢道："当今时代，不但君择臣，臣亦择君；臣本与公孙述同县，少相友善，前次臣往蜀中，述乃盛卫相见，今臣远来诣阙，陛下安知非刺客奸人，为何简易若此？"光武帝复笑说道："卿非刺客，乃是一个说客呢。"援答说道："天下反复，盗名窃字的，不可胜数，今见陛下恢廓大度，同符高祖，才知帝王自有真哩。"光武帝因留援在都，常使从游。过了数月，方使大中大夫来歙，持节送援，西归陇右。隗嚣见援回来，很是欢昵，与同卧起，详问东方流言，与京师得失。援因进说道："前到洛都，引见十余次，每与汉帝接谈，自朝至暮，确是一位英明主子，比众不同。且开心见诚，毫无隐蔽，阔达多大略，与高帝智识相同。又博览政事，文辩无比，真是古今罕见哩！"嚣复问道："究竟比高帝何如？"援答说道："略觉不如，高帝无可无不可，今上颇好吏士，动必如法，又不喜饮酒。"说到此句，嚣不禁作色道："如卿所言，比高帝还胜一筹！怎得说是不如呢？"既而大中大夫来歙，去后复来，传旨谕嚣，并劝嚣遣子入侍。嚣闻刘永彭宠，均已破灭，乃遣长子恂随歙诣阙。马援亦挈家偕往，同至洛阳。光武帝使恂为胡骑校尉，封镌羌侯。惟马援居洛数月，未得要职，自思三辅地旷，最宜屯垦，因上书求至上林苑中，自去屯田。光武帝准如所请，援乃辞去。**光武帝不遽用援，未知何意？** 独隗嚣虽遣子入侍，终不免心怀疑贰，尝与部吏班彪，谈及秦汉兴亡沿革，且谓应运迭兴，不当再属汉家。彪却谓汉德未衰，必当复兴。嚣尚不以为然，彪退作《王命论》，反复讽示。论文有云：

昔尧之禅舜曰："天之历数在尔躬。"舜亦以命禹。洎于稷契，咸佐唐虞，至汤武而有天下。刘氏承尧之祚，尧据火德而汉绍之，有赤帝子之符，故为鬼神所福飨，天下所归往。由是言之，未见运世无本，功德不纪，而可崛起在此位者也。俗见高祖兴于布衣，不达其故，至比天下于逐鹿，幸捷而得之，不知神器有命，不可以智力求也。悲夫！此世之所以多乱臣贼子者也。夫饿莩流隶，饥寒道路，所愿不过一金；然终转死沟壑，何则？贫穷亦有命也！况乎天子之贵，四海之富，神明之祚，可得而妄处哉？故虽遭罹厄会，窃其权柄，勇如信布，强如梁籍，成如王莽，然卒润镬伏锧(zhì)，交臨分裂。又况么么，远不及数子，而欲暗干天位者乎？昔陈婴之母，以婴家世贫贱，猝富贵不祥，止婴勿王。王陵之母，知汉王必得天下，伏剑而死，以固勉陵。夫以匹妇之明，犹能推事理之致，探祸福之机，而全宗祀于无穷，垂策书于春秋，而况大丈夫之事乎？是故穷达有命，吉凶由人，婴母知废，陵母知兴，审此二者，帝王之分决矣。英雄陈力，群策毕举，此高祖之大略，所以成帝业也。若乃灵瑞符应，其事甚众，故淮阴留侯，谓之天授，非人力也。英雄诚知觉寤，超然远览，渊然深识，收陵婴之明分，绝信布之觊觎，拒逐鹿之瞽说，审神器之有授，毋贪不可冀，为二母之所笑，则福祚留于子孙，天禄其永终矣！

嚣见了此文，仍然未悟。彪见他执迷不返，遂托故辞去，避迹河西。河西五郡大将军窦融，与彪同籍扶风郡，窦融见第十一回。闻彪去嚣来游，即遣使延入，辟为从事，待若上宾。彪乃替融划策，知无不言。先是融僻居河西，与洛阳隔绝音问，惟随着隗嚣，遵受建武正朔，嚣尝发给将军印绶，与通往来。及嚣有异志，特遣辩士张玄，游说河西，劝融联络陇蜀，为合纵计。融曾召部属计议，部吏多谓汉承尧运，历数延长，今皇帝姓名，实应图谶，且宅中主治，兵甲最强，将来必当统一天下，务请倾心结纳，毋惑异言云云。融乃婉谢张玄，遣令回去。及得见班彪，听他计议，更决意事汉，使他撰成表文，交与长史刘钧，驰诣洛阳。光武帝将有事陇蜀，亦发使招谕河西，途次与钧相遇，乃即偕钧同还。钧入阙上书，由光武帝好言慰劳，特赐盛宴，并令折回复谕，授融为凉州牧，赐金二百斤。融自是有绝嚣意，虽尚通使节，不过虚与应酬。嚣矜己饰智，自比周父，每欲僭称王号。

河南开封人郑兴,曾为凉州刺史,免官寓居,得嚣敬礼,引为祭酒,兴因一再谏嚣毋徒自尊。嚣意虽不怿,倒也未敢遽违正议,毅然称王。兴已窥悉嚣意,特借归葬父母为名,辞嚣东归。见机而作。还有茂林人杜林,素有志节,由嚣破格优待,引为治书。林见嚣反复无常,不愿屈事,屡次托疾告辞。嚣不肯令归,且出令道:"杜伯山,林字伯山。天子不能臣,诸侯不能友,譬如伯夷叔齐,耻食周粟,今且暂为师友,待至道路清平,必使遂志!"到了建武六年,三辅早平,林弟成正当病逝,乃许送丧回籍。林已东去,嚣复生悔,密遣刺客杨贤,追杀杜林。即此可见嚣之必败。贤追至陇坻,见林亲推鹿车,护送弟丧,不由的感叹道:"现当乱世,谁知行义,我虽小人,何忍杀义士?"乃随林出陇,掉头亡去,林始得安抵扶风。

看官听说,隗嚣部下的豪杰,第一个要推马援,马援以外,如班彪郑兴杜林,统是博学多闻,饶有见识。嚣不能慰留,自失羽翼,遂至黄钟毁弃,瓦釜雷鸣。一班贪功徼利的鄙夫,怂恿嚣前,要想他为皇为帝,迫入阱中。当时有一个部将王元,靠着三分膂力,藐视中原人物,便乘机语嚣道:"从前更始入关,四方响应,天下喁喁,相望太平,一旦败坏,大王几无处安身。竟称嚣为大王。今南有子阳,北有文伯,江湖海岱,王公十数,尚欲信儒生迂谈,弃千乘宏基,羁旅危国,希图万全,这真是覆辙相循,求得反失。现在天水完富,士马精强,元请以一丸泥,为大王东封函谷关,乃是万世一时的机会。否则蓄养士马,据险自守,旷日持久,静待世变,就使图王不成,也足称霸。总之大鱼不可离渊,神龙失势,穷等蚯蚓,愿大王三思为是。"嚣未曾听罢,已经颔首,及听毕以后,不由的眉飞色舞,意气洋洋。独治书申屠刚进谏道:"愚闻人与必天归,汉帝乃是天授,非全是人力所能为。今玺书屡至,委国全信,欲与将军共同吉凶,试想一介布衣,尚且不负然诺,况万乘至尊,何致背约? 将军若疑虑却顾,自招祸变,恐不免上负忠孝,下愧当世呢!"嚣听了刚言,又觉得愀然不乐,俯首沉吟。实是一个多疑少断的人物。刚乃趋出,元亦引退。嚣总不欲终事汉室,且依了王元的后策,徐起图功。乃再遣部吏周游诣阙,佯表殷勤。

游道出关中,过征西大将军冯异营前,竟为仇家所杀。于是谣言纷起,谓异将自为咸阳王,不服汉命,故杀嚣使。甚至有人上书劾异,居然以假当真。异入关已三年有余,除暴安良,人民悦服,闻得流言摇惑,心不

自安,因上书乞请还都,亲侍帷幄。光武帝优诏不许,但使宋嵩西往,赍示弹章。异惶恐陈谢,申请入朝。光武帝方图陇蜀,欲与异面商,乃准令入谒。异既至阙下,叩首行礼,光武帝顾语群臣道:"这是我起兵时主簿,为我披荆棘,定关中,功劳很大呢!"说着,又旁令中黄门,取出珍宝衣服钱帛,当面赐异。异受赐再拜,光武帝谕令起坐,温言与语道:"芜蒌亭豆粥,滹沱河麦饭,至今不忘,恨尚无以报卿。"事见前文。异复起身拜谢道:"臣闻管仲对齐桓公,愿君毋忘射钩,臣无忘槛车,君臣相勉,终霸齐国!臣今愿陛下毋忘河北时,臣亦不敢忘陛下隆恩!"异被获邀赦,亦见前文。光武帝大喜,召异同入内庭,与商陇蜀事宜。光武帝说道:"朕因将士久劳,本欲将二子置诸度外,怎奈公孙述未肯敛迹,隗嚣又阴持两端,将来必为朕患,卿意究应如何处置?"异答说道:"臣看两人分据西南,非大加惩创,终难降服,臣虽不才,愿为国家效力!"光武帝又说道:"关中为陇蜀要冲,最关紧要,卿亦未便遽离,必不得已,朕当亲至长安,调度兵马,先行讨蜀。"异乃申陈陇蜀地势,及行军纪略,差不多有数千言,至日昃方才退出。嗣复引见数次,定议讨蜀,始辞回关中。前时异受命西征,未挈家眷，至此接奉特旨，令带妻子同行，无非是坦怀相待的意思。

是时公孙述方收集延岑田戎两军，令岑为大司马，封汝宁王；戎亦邀封翼江王。延岑奔蜀，见十三回。田戎奔蜀，见十四回。特使部将任满，与戎同出江关，沿途收戎旧部，窥取荆州诸郡。一面妄引谶纪，说是孔子作《春秋》，尊周尚赤，周尚赤。共得十二公；汉亦用赤帜，自汉高至平帝，中加吕后称制，也是十二代，历数已尽，一姓不能再兴。又引《录运法》中遗语，谓"废昌帝，立公孙"，尚有《括地象》云"帝轩辕受命，公孙氏握"，《援神契》云"西太守，乙卯金"。述曾任蜀郡太守，故把西太守三字，作为己证，且将乙字作轧字讲解，谓将轧绝卯金。种种附会，诱惑人心。再因掌文中常刻公孙帝三字，诩作奇瑞，移书远近。光武帝尚不欲遽讨，作书贻述，内云：

> 图谶言公孙即宣帝也，代汉者当涂高，君岂高之身耶？乃复以掌文为瑞，王莽何足效乎？君非吾乱臣贼子，仓猝中人皆欲为君事耳，何足数也！君日月已逝，妻子弱小，当早为定计，可以无忧。天下神器，不可力争，宜留三思。是书原不能折服公孙述。

书后署名，称述为公孙皇帝，称呼亦误。述置诸不答。部下有骑都尉荆邯，向述献议，请急速发兵东向，令田戎出据江陵，延岑出汉中，定三辅，又收降天水陇西，与汉争衡。述召问群臣，博士吴柱等，多言不宜远出；有弟名光，亦劝述依险自固。累得述欲前又却，瞻顾彷徨。也是隗嚣一流人。延岑田戎，屡请发兵，述又以为降将难恃，未足深信。惟出入警跸，添置仪卫，夸示表面上的威风。且立两幼子为王，使食犍为广汉各数县。左右谓成败难定，将士暴露，不应遽封皇子，专顾私恩，述亦不从。于是人心懈体，阴兆土崩。光武帝恨述倔强，势难罢手，当即亲幸长安，谒祠园陵。各陵前被赤眉毁掘，已由冯异入关，修葺告成。回应十二回，亦不可少。及光武帝谒祠已毕，遂命建威大将军耿弇，虎牙大将军盖延等七军，从陇道伐蜀。兵将启行，先遣来歙赍奉玺书，往谕隗嚣，令他即日发兵，夹击公孙述。歙已迁官中郎将，一到天水，即将玺书交付与嚣，嚣阅书后，好多时不发一言。歙问他愿否出兵，嚣仍不应。歙不禁愤起，奋然责嚣道："朝廷以君知臧否，识废兴，并将手书赐示足下，足下曾效忠国家，遣子入侍，今乃接书不决，忽思背约，上叛君，下负子，忠信何在？恐不久便要族灭哩！"说得隗嚣作色起座，投袂欲入。歙欲拔剑刺嚣，究竟嚣多卫士，无从下手，乃杖节出厅，登车欲行。偏由嚣将王元，目顾兵士，意图害歙；嚣亦怒不可遏，竟使牛邯追歙，用兵围住。还是他将王遵谏阻，谓两国相争，不斩来使，况歙为汉帝外兄，郑重将命，歙为光武姑子，见前。加刃无益，徒激彼怒！伯春嚣子恂字。留质洛阳，何苦以一子易一使，不如遣归为是！嚣尚以爱子为念，乃纵歙使归，惟使王元领兵万骑，出据陇坻，伐木塞道，阻住汉军前行。这一番，有分教：

　　一著误施全局去，三军尽覆满城哀。

　　隗嚣既抗阻汉军，免不得有一场战事。欲知胜负如何，待至下回再详。

　　公孙述据蜀自雄，隗嚣负陇自固，当其号令一隅，延揽物望，亦若庸中佼佼者流，以视赤眉铜马，固相去有间矣。然述多夸而嚣多疑，疑与夸，皆非霸王器也。马援笑述为井底蛙，而劝嚣事汉，已料二子之不足有为。及东至洛阳，见光武帝之脱帻相迎，即有君择臣臣择君之语，一见倾心，愿效奔走，援诚不愧智士，抑光武帝之驾驭英雄，令人心服故也？至若冯异之遭人谗构，而光武不以为疑，且以河北故事相劝勉，然后进图讨蜀，与定密谋。大树将军，原非彭宠庞萌可比。然非光武之推诚相与，亦安能感人肺腑乎？且光武不忘河北之难，异不忘巾车之恩，君臣一德，安不忘危，以此定国，有余裕矣。彼隗嚣公孙述辈，曷足以知之？

第十七回

抗朝命甘降公孙述　重士节亲访严子陵

却说王元奉着隗嚣命令,出据陇坻,阻遏汉军。汉军尚未知确音,贸然前往,途次遇着来歙,也不过说是隗嚣拒命,未及王元出兵情形。耿弇盖延诸将,以为陇坻一带,尚无阻碍,待至来歙别归,即匆匆赶路,期在速进。哪知王元已安排妥当,静待汉军。汉军行近陇坻,见前途塞住木石,已觉惊心,但尚未遇兵将,还想进去。当下将木石搬徙,徐徐引入,好容易开通一路,走了一程,又是七丫八杈,横截道路;再辟再走,费去了许多气力,还是不能尽通。并且羊肠峻阪,逐步崎岖,害得军不成伍,马不成群。蓦闻陇上鼓角齐鸣,一彪军从高趋下,持着长枪大戟,奔向汉军。汉军已人困马倦,如何抵敌?没奈何倒退下去。那敌势很是凶悍,再加领兵主将,就是隗嚣部下主战的王元,锐气方张,迫人险地,满望一鼓荡平汉军,怎肯轻轻放过?汉军叫苦连天,慌忙退走,已是不及,前队多被杀死,后队自相蹴踏,又伤毙了许多。耿弇盖延,虽都是能征惯战,怎奈势不相敌,无法可施,也只好引兵出险,且战且行。何故轻进?王元紧追不舍,又来了隗嚣大队,漫山蔽谷,悉众前来。汉军只恨脚短,逃得不快。嚣与元步步进逼,一些儿不肯放松,恼了汉捕虏将军马武,激励勇士,返身断后,手持一干长戟,向嚣兵冲杀过去,勇士一齐随上,击毙追兵数百人。嚣兵乘兴进来,不防有这场回马阵,倒吓得脚忙手乱,一齐退去,嚣与元也恐有失,鸣金收回,汉军才得退入长安。

光武帝时已还都,闻诸将败还,亟令耿弇移军漆邑,祭遵移军汧城,使吴汉等保守长安,另遣冯异出屯枸邑。异奉命即往,行至半路,有探马报称嚣将行巡,来攻枸邑,兵已下陇。异申令将士,倍道亟进。部将统言虏兵方盛,不可与争,宜择地安营,徐思方略。异勃然道:"虏兵临境,幸得小胜,便思深入,若枸邑被取,三辅动摇,岂不可虑?兵法有言:'攻者不足,守者有余.'我若得先至据城,用逸待劳,便可阻住虏马,并不是急欲与争呢!"确是有识之言。乃长驱急驰,竟得入城,但使将士静守,偃旗息鼓,待着敌军。行巡引众至城下,见城上毫无守备,总道是唾手可取,不如休息片时,再行督攻。部众得令,并皆下马散坐,无复纪律。异从城楼上悄望,备悉虏情,当即击鼓扬旗,麾兵杀出。行巡未及防备,当然着忙,部下越加惊乱,上马亟奔,被异追杀数十里,斩获无算,方才收军回城。同时祭遵在汧,亦得击走王元军,汉军复振。北地诸豪长耿定等,俱闻风献表,背嚣降汉。马援在上林苑屯田,上书阙廷,具陈破嚣计划,且言:"臣非负嚣,嚣实负臣。臣初次诣阙,嚣曾与约事汉,不料他反复如此,所以臣愿献密议,决除此虏。"光武帝因召援进见,面询方略。援请先翦羽翼,继攻腹心。光武帝乃给发突骑五千,带领前往,便宜从事。援即往来游说,离间嚣将高峻任禹等人。嚣自觉势孤,始上书谢过,略云:

  吏民闻大兵猝至,惊恐自救,臣嚣不能禁止。兵有大利,不敢废臣子之节,亲自追还。昔虞舜事父,大杖则走,小杖则受。臣虽不敏,敢忘斯义?今臣之事,在于本朝,赐死则死,加刑则刑,如遂蒙恩,更得洗心,死骨不朽!

书至阙下,诸将以嚣虽陈谢,言仍不逊,请光武帝诛嚣质子,大举入讨。光武帝心尚未忍,复使来歙至汧,传递复谕。谕云:

  昔柴将军柴武。与韩信书云:信系韩王信,非淮阴侯。"陛下宽仁,诸侯虽有亡叛而后归,辄复位号,不诛也。"以嚣文吏,晓义理,故复赐书。深言则似不逊,略言则事不决。今若束手听命,复遣恂弟诣阙,则爵禄获全,有浩大之福矣。吾年垂四十,在兵中十载,不为浮语虚词,如不见听,尽可勿报!

嚣得谕后,已知光武帝察破诈谋,竟不作答。凉州牧窦融,遣弟友上书,自陈忠悃(kǔn)。适因隗嚣叛命,道梗不通,友从中途折回,另遣司马席封,从间道至长安,呈上书奏。光武帝答书慰藉,情意兼至。融乃贻书责嚣,语多剀切,由小子再录如下:

  伏惟将军国富政修,士兵怀附,亲遇厄会之际,国家不利之时,守节不回,承事本朝。后遣伯春即嚣子恂,见上。委身于国,无疑之诚,于斯有效。融等所以欣服高义,愿从役于将军者,良为此也。而悆悁（yuān）之间，改节易图，君臣分争，上下接兵，委成功，造难就，去纵义，为横谋，百年累之，一朝毁之，岂不惜乎？殆执事者贪功建谋，以至于此，融窃痛之。当今西州地势局迫，民兵离散，易以辅人，难以自建。计若失路不返，闻道犹迷，不南合子阳，则北入文伯耳。夫负虚狡而易强御，恃远救而轻近敌，未见其利也。融闻智者不违众以举事，仁者不违义以要功。今以小敌大，于众何如？弃子徼功，于义何如？且初事本朝，稽首北面，忠臣节也。及遣伯春，垂涕相送，慈父恩也。俄而背之，谓吏士何？忍而弃之，谓留子何？自起兵以来，转相攻击，城郭皆为丘墟，生民转于沟壑，今其存者，非锋刃之余，则流亡之孤。迄今伤痍之体未愈，哭泣之声尚闻，幸赖天运少还，而将军复重其难，且使积疴不得遂瘳，幼孤复将流离，其为悲痛，尤足愍伤，言之可为酸鼻，庸人且犹不忍，况仁者乎？融闻为忠甚易，得宜实难。忧人太过，以德取怨，知且以言获罪也。区区所献，惟将军省焉！<u>想是班彪手笔。</u>

　　融既贻嚣书，专待使人返报。过了旬日，使人回来，甚是懊怅，报称被嚣斥归。融也觉动怒，召集河西五郡太守，部署兵马，并上疏行在，请示师期。光武帝优诏褒美，且因融七世祖广国，为孝文皇后亲弟，<u>文帝后窦氏，见《前汉演义》。</u>曾封章武侯，谊关姻戚，特赐汉祖外属图等，表示情好。一面敕令右扶风太守，修理融父坟墓，祭用太牢。所有四方贡献珍物，往往转赐与融，使命不绝。融当然感激，毁去嚣所给将军印绶，令武威太守梁统，刺死嚣使张玄，更发兵攻入金城，大破嚣党先零羌封何，夺得牛马羊万头，谷数万斛，充作军实，守候车驾西征。嚣因汉军压境，河西失和，自觉孤立无助，不得已遣使诣蜀，称臣乞援。<u>仍要向人称臣，何苦背汉？</u>述封嚣为朔宁王，遣兵往来，与为犄角。嚣正拟发兵内犯，又闻得汉将冯异，夺去安定上郡各城，因即率步骑三万人，往攻安定。行抵阴繁，适与冯异相遇，交战数次，不获一胜，怏怏引还。再令别将攻汧，又为祭遵所破，退回天水。两番跋涉，统是空劳，反丧失了若干士卒，若干刍粮。嚣将王遵，屡次进谏，俱不见纳，会得来歙招降书，因潜挈家属径投洛阳，诣阙请降，得拜大中大夫，封向义侯。光武帝欲亲往讨嚣，偏遇日食告变，乃暂罢军事。诏求直言，并敕公卿以下，举贤良方正各一人。先是建武五年，光武

抗朝命甘隆公孙述

　　帝尝访求高士,得周党王良等人,三征始至。周党字伯况,籍隶太原,素有清节,王莽篡位,更托疾杜门,足迹不涉乡里。及征车迭至,不得已奉命诣阙,布衣敝巾,坦然入见。到了光武帝座前,虽然跪伏,却是未尝呼谒,但自言山野布衣,不谙政事,仍请放还云云。光武帝并未加责,叫他退朝候命。独博士范升,上疏奏劾道:

　　　　臣闻尧不须许由巢父,而建号天下;周不待伯夷叔齐,而王道以成。伏见太原周党等,蒙受厚恩,使者三聘,乃肯就车;及陛见帝廷,党不以礼屈,伏而不谒,偃蹇骄悍,有失臣道。党等文不能演义,武不能死君,钓采华名,希得三公之位。臣愿与坐云台之下,考试图国之道,倘不如臣言,臣愿伏虚妄之罪;果党等敢私窃虚名,夸上求高,亦当罪坐不敬,为天下戒。臣昧死上闻。

　　光武帝览毕,将原疏颁示公卿,另行下诏道:

　　　　自古明王圣主,必有不宾之士。伯夷叔齐,不食周粟;太原周党,不受朕禄,亦各有志焉。其赐帛四十匹,许遂所志。

　　党受诏即归,与妻子隐居渑池,著书成上下篇,寿考终身。邑人共称党为贤,设祠致祭,岁时不绝。惟东海人王良,受官沛郡太守,迁任大中大夫,进为大司徒司直,在位恭俭,妻子不入官舍,布被瓦器,如寒素时。司徒史鲍恢,因事至东海,过候王家,良妻布裾曳柴,方从田间归来,恢素未相识,错疑是良家佣妇,便昂然与语道:"我为司徒掾属,便道至此,欲见王司直夫人!"良妻答道:"妾身便是! 掾史得无劳苦么?"恢不禁惊讶,慌忙下拜,并问良妻有无家书。良妻答称在官言官,不敢以家事相烦。恢叹息而还。贤妇风范,比义夫尤为难得。后来良因病辞归,病愈后应征复起,道出荥阳,探访故友。故友不肯出见,但传语道:"不有忠言奇谋,乃窃取大位,岂不可耻? 奈何尚仆仆往来,不自惮烦呢?"良听了此言,未免自惭,乃谢病归里,终不就征。此外尚有太原人王霸,隐居养志,亦被征入都,引见时称名不称臣,有司向霸诘问,霸答道:"天子有所不臣,诸侯有所不友,原是儒生本分呢!"时大司徒伏湛免官,进用尚书令侯霸为大司徒,侯霸素重霸名,情愿推贤让能,霸独乞病告归,偕妻逃隐,茅屋蓬户,安享余年。又如北海人逢萌,雁门人殷谟,累征不起,并为逸民。

最著名的乃是七里滩边的钓夫,羊裘一袭,遗范千秋,小子述及姓名,想看官应亦早有所闻,此人非别,本姓是庄,单名为光,表字子陵,会稽郡余姚县人。汉史避明帝名讳,改庄为严。因此后人只称他为严子陵先生,不叫他做庄子陵。特别提出,复特别辨明。光武帝少时游学,曾与他一同肄业,到了光武即位,他却移名改姓,避家他去。光武帝忆念故人,令会稽太守访问踪迹,不见下落;再令海内各处搜求,亦无影响。光武帝终不肯忘怀,口述形容,使画工绘成肖像,到处物色。天下无难事,总教有心人。果然有人奏报,说在齐国境内,有一男子身披羊裘,屡钓泽中,面目与画图相似。光武帝大喜道:"这定是子陵无疑了!"仿佛得宝。忙命有司备安车,携玄纁(xūn),往齐礼聘。严光接着,尚未肯自道姓名,只说是朝廷误征。使臣哪里肯放? 不论他是真是假,定要请他上车,三请三却,毕竟一难当十,被朝使手下的随员,前推后挽,竟将他拥至车上,飞驰入都。光武帝闻光到来,尚防他乘间逸去,特命就舍北军,妥给床褥,使太官主膳之官。朝夕进膳,奉若神明。大司徒侯霸,与光为旧识,忙使部属侯子道,奉书问候。光踞坐床上,启书读讫,半晌才顾问道:"我与君房

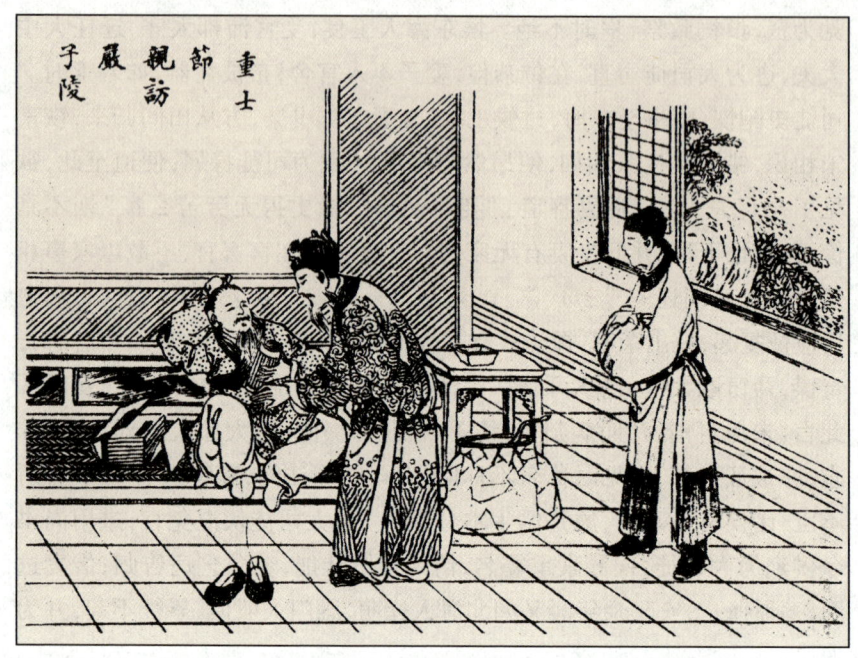

相别已久,侯霸字君房。君房素有痴疾,今得为三公,痴疾可少愈否?"奇人奇语。子道答道:"位居鼎足,怎得再痴?"光正色道:"既无痴疾,为何遣汝来此?"子道接口道:"司徒闻先生辱临,本欲即来问候,适因公务匆忙,未能脱身,愿俟日暮稍闲,前来受教。"光又笑道:"汝言君房不痴,这岂不是痴想么?天子使人征我,三请方来,我尚不欲见人主,难道就先见人臣?"子道听罢,也不便多与絮聒,但求光复书还报。光托言手不能书,只好口授,因接说道:"君房足下,位至鼎足,甚善。怀仁辅义天下悦,阿谀顺旨要领绝!"说到末语,便即住口。子道再欲请益,光大笑道:"君莫非来买菜么?求益何为?"原是够了。子道乃返报侯霸。霸将光语录出,封奏进去。光武帝微哂道:"这也是狂奴故态,不足计较!"说着,即命驾出宫,亲往访光。早有人向光报闻,光置诸不理,高卧如故,佯作闭目熟睡状。亦太矫情。光武帝亲至床前,见光坦腹卧着,因用手抚腹道:"咄咄子陵,何故不肯相助为理?"光仍然不起,良久始张目熟视,也不陈谢,但答说道:"从前唐尧有天下,帝德远闻,尚有巢父洗耳。士各

第十七回 抗朝命甘降公孙述 重士节亲访严子陵

有志,奈何相迫如是?"光武帝喟然道:"子陵!我竟不能屈汝么?"乃升舆还宫。既而令侯霸邀光入阙,略迹谈情,与叙旧事,光始从容坐论,不从倨傲。光武帝婉颜问光道:"君看我比前日何如?"光答道:"似胜往时!"光武帝鼓掌大笑,留光食宿,与同寝卧。光用足加帝腹上,伪作鼾声,好一歇方才移去。到了诘旦,即由太史入奏,谓客星侵犯御座,状甚危迫。光武帝笑说道:"朕与故人子陵共卧,难道便上感天象么?"因面授光为谏议大夫,光并不称谢,亦不辞行,拂袖自去。返至富春山中,仍旧做那耕钓生涯,年至八十乃终。今浙江省桐庐县南,有严陵濑,与七里滩相接,背后有山,叫做严山,山下有石,能容十人,就是严光钓鱼处,俗呼为严子陵钓台。地因人传,流芳百世,可见得亮节高风,比那封侯拜相,还要光荣十倍哩!热中者可以反省。这且搁过不提。

且说渔阳告平以后,光武帝尝使茂陵人郭伋,就任渔阳太守。伋镇抚百姓,纠除群盗,境内咸安。惟卢芳窃据北塞,屡引匈奴兵入寇,大为边患。伋复整勒士马,修缮堡寨,阻绝胡骑南下,一尘不惊,人民得安居乐业,户口日蕃,中外都称为贤太守。会因大司空宋弘,有事免职,朝臣多举伋代任。光武帝以卢芳未平,不便将伋内调,所以未曾允议。建武七年春三月晦日,太史又奏称日食,有诏令百官各上封事,毋得言圣。当时杜林郑兴等人,弃嚣归乡,见前回。统由光武帝闻名召入,各授官职:林为侍御史,兴为大中大夫。此次因变陈言,谓应俯从众议,调任郭伋为大司空,且言日月交会,数应在朔,今日食每多在晦,乃是月行太速,故有此变。君为日象,臣为月象,君元急故臣下促迫,致见咎征,望陛下垂意洪范,勉思柔克等语。光武帝也优诏褒答,惟仍不愿调回郭伋,却令妹夫李通代任。通首先倡义,弼成大业,身尚公主,仍然谦恭自持,不敢骄盈,故得保全爵位,以功名终。富贵寿考,全赖谦冲。太傅褒德侯卓茂,已经病殁,特赐棺茔地,表彰耆硕。叙笔载明生卒,亦无非阐扬名士。并因前侍御史杜诗,累任沛郡汝南各郡尉,所在称治,乃更调任南阳太守。南阳为光武帝故乡,从龙诸臣,半出南阳,历任太守,反视为畏途,只恐得罪贵戚。及杜诗莅郡,兴利除害,政治清平,无论贵贱,一体衾服。又修治陂池,广拓土田,在郡数年,家给人足,时人比诸前汉的召信臣。信臣曾为南阳太守,也是一位施德行惠的好官。南阳人所以传出两语云:"前有召父,后有杜母。"小子亦有一诗，录述于后：

> 黄堂太守一麾来，万汇全凭只手栽。
> 召父已亡推杜母，养民毕竟仗贤才。

转眼间又是一年，光武帝顾念陇西，又要遣将往讨了。欲知何人西征，待至下回发表。

　　隗嚣据有西州，自称上将军，因时乘势，崛起图功，原不必定居人下。迨既受邓禹之承制封拜，则君臣之名义已定，又何得再怀反侧乎？设当光武讨蜀之时，率兵效命，功且十倍窦融，他日即不得封王，公侯可坐致也。乃惑于訾言，反复不定，始则助汉而诛蜀使，继且叛汉而为蜀臣，同一屈膝，朝秦暮楚胡为者？况洛阳如旭日，而蜀如朝露，一可恃，一不可恃，于可恃者而背之，不可恃者而亲之，甚矣其愚也！彼如严子陵之孤身高蹈，抗礼阙廷，后世不讥其无君，反称其有节，诚以其敝屣富贵，超出俗情，云台诸将，且不能望其项背，遑论隗氏子哉！若周党王霸逄萌诸人，亦子陵之流亚，而王良其次焉者也，然亦足以风矣。

第十八回
借寇君颍上迎銮　收高峻陇西平乱

却说建武八年春月，中郎将来歙，与征虏将军祭遵，奉命西征，进取略阳。遵在途遇病，折回都中，独歙率精兵二千余人，伐山开道，绕出番须、回中，直抵略阳城下。守将叫做金梁，在城安坐，一些儿没有豫备。等到城外鼓声大作，方才登陴瞭望，足未立定，头已不见。怪语。原来歙远道进行，实为偷袭城池起见，途中并未声张，到了城下，还是悄悄的整备云梯，架住城堞，一经办妥，方击鼓麾众，缘梯直上。可巧金梁跑上城来，正好凑那歙兵的快手，一刀劈去，适中头颅，鸣呼哀哉。城中失了统将，或逃或降，才阅片时，便由歙据住略阳城。有溃卒走报隗嚣，嚣大惊道："这军从何处进来？有这般神速哩！"话尚未毕，王元行巡诸部将，已闪出两旁，请即发令出军。嚣使元拒陇坻，巡守番须口，王孟塞鸡头道，牛邯戍瓦亭，自率大众数万人，围攻略阳。略阳为西州要冲，自为歙所攻入，飞章奏捷，光武帝闻报大喜，笑语诸将道："来将军得攻克略阳，便是捣入隗嚣腹心，心腹一坏，肢体自然渐解了！"忽又由吴汉等，呈上表章，报称出师应歙。光武帝又复懊恨道："谁叫他进兵？须知隗嚣失去要城，必悉锐往攻，略阳城坚可守，旷日不下，嚣兵必敝，那时方好乘危进兵了！"知己知彼，百战不殆。说着，忙遣使持节西出，追还吴汉等人，听令来歙独守略阳。并非弃歙，实已早知歙才。隗嚣率众往攻，把略阳城团团围住，四面攻扑，终不能下。公孙述亦遣部将李育田弇，助嚣攻歙，亦不能克。好容易过了两三月，一座略阳城，仍然无恙，惹得隗嚣发急，斩木筑堤，决水灌城，费尽无数计划。歙督兵固守，随机应，箭已放尽，即毁屋断木，作为兵器，誓死不去。光武帝闻略阳围急，乃下诏亲征，部署既定，便即启行，光禄勋郭宪进谏道："东方初定，车驾未可远征。"光武帝摇首不答，宪拔出佩刀，截断乘舆中马缰，帝终不从。西行至漆邑，诸将亦多言王师重大，不宜深入险阻，累得光武帝也费踌躇，不能遽决。适值马援夤夜到来，报名求见，光武帝立即召入，与商军情，且述及群议，使定行止。援驳去众口，独伸己见，力言隗嚣将士，已兆土崩，王师一进，必破无疑。又在帝前聚米为山，指画形势，详陈路径，何处可攻，何处可守，说得明明白白，昭然可晓。光武帝不禁大悟道："虏已在我目中了！"次日早起，即麾军大进，抵高平第一城。凉州牧窦融，率领五郡太守，及羌虏小月氏等番兵前来相会，共计得步骑数万人，辎重五千余车。光武帝置酒待融，遍犒来军，趁着兴高采烈的时候，合兵上陇，分道深入，势如破竹。隗嚣闻报，自知不能抵敌，退保天水，略阳城才得解围。大中大夫王遵，自弃嚣归汉后，得帝宠眷，参与军谋，王遵降汉，见前回。此次随驾西征，因与嚣将牛邯，素相友善，遂奏明光武帝，作书招邯。书云：

  遵前与隗王歃盟为汉，自经历虎口，践履死地，已十数矣。于时周洛以西，无所统一，故为王策，欲东收关中，北取上郡，进以奉天人之用，退以惩外夷之乱，数年之间，冀圣汉复存，当挈河陇奉旧都以归本朝，生民以来，臣人之势，未有便于此时者也。而王之将吏，群居穴处之徒，人人抵（zhǐ）掌，欲为不善之计。遵与孺卿即邯字。日夜所争，害几及身者，岂一事哉？前计抑绝，后策不从，所以吟啸扼腕，垂涕登车。幸蒙封拜，得延论议。每及西州之事，未尝敢忘孺卿之言。今车驾大众，已在道路，吴耿骁将，云集四境，而孺卿以奔离之卒，拒要厄，当军冲，其形势何如哉？夫智者睹危思变，贤者泥而不滓，管仲束缚而相齐，黥布杖剑以归汉，去愚就义，功名并著。今孺卿当成败之际，遇严兵之锋，宜断之心胸，参之有识，毋使古人得专美于前，则功成名立，在此时矣。幸孺卿图之！

牛邯得书，观望了好几日，觉得西州一隅，终非汉敌，不如依书投降，乃谢绝士众，奔诣行在。光武帝慰勉有加，亦拜为大中大夫。邯为隗嚣部下的骁将，一经归汉，全体瓦解，不待王师云集，已是望风趋附。约阅一月，嚣将十三人，属县十六城，兵士十余万，俱向行在乞降。嚣惶惧的了不得，亟使王元赴蜀求援，自挈妻子奔往西城，投依大将军杨广。就是蜀将田邯李育，一时也不能还蜀，退保上邽。光武帝到了略阳，来歙率众出郊，迎驾入城。当下置酒高会，因歙攻守有功，赐坐特席，位居诸将上首，至欢宴已毕,又赐歙妻缣一千匹,歙当然拜谢。光武帝又进幸上邽,驰诏告嚣道:"汝若束手自归,保汝父子相见,不咎既往。必欲终效黥布,亦听汝自便!"嚣仍不答报。甘为黥布,有死而已。光武帝传诏诛恂,即嚣子。使吴汉岑彭围西城,耿弇盖延围上邽,加封窦融为安丰侯,融弟友为显亲侯,此外五郡太守,亦俱封列侯,一古脑儿遣令还镇。融尚自请从军,另求派员代镇凉州,光武帝复谕道:"朕与将军如左右手,乃屡执谦退,转失朕望,其速返原镇,勉抚士民,毋擅离部曲!"这数语柔中寓刚,反令融爽然若失,拜辞行在,率众西去。光武帝调度各军,满拟即日平嚣,然后凯旋。忽接到都中留守大司空李通奏报,略言颍川盗起,河东守兵亦叛,京师骚动,请即回銮靖寇云云。光武帝不禁叹息道:"悔不从郭子横言,今始觉费事了!"横即郭宪字,语见上文。说罢,即自上邽起程,昼夜东行,马不停蹄。途次赐岑彭等书云:"两城若下,便可将兵南击蜀虏。人生苦不知足,既平陇,复望蜀,每一发兵,头发皆白,未知何日能肃清哩!"这是聪明人口吻。及既还洛阳,幸尚安谧,前颍川太守寇恂,已入任执金吾,扈跸往还,随侍左右。光武帝因与语道:"颍川逼近京师,亟应平乱,朕思卿前

守颍川，盗贼屏迹，今仍委卿前往，当可立平。卿忠心忧国，幸勿辞劳！"恂答说道："颍川人民，素来轻狡，闻陛下远逾险阻，有事陇蜀，遂不免为匪徒所惑，乘间思逞；今若乘舆南向，先声夺人，贼必惶怖归死，怎敢抗命？臣愿执锐前驱便了。"光武帝乃使命驾南征，使恂先驱。直至颍川，果然盗贼尽骇，沿路跪伏，自请就诛。恂禀命驾前，但诛盗首数人，余皆赦免。郡中父老，夹道迎恂，且共至驾前匍匐，乞复借寇君一年。为官者，不当如是耶？光武帝勉从众请，乃留恂暂居长社，安抚吏人，收纳余降，自率禁军还宫。适东郡济阴县亦有盗贼，警报入都，光武帝再遣大司空李通，与大将军王常，领兵剿捕。又因东光侯耿纯，尝为东郡太守，威信并行，因召他诣阙，拜为大中大夫，使与大兵共赴东郡。东郡闻纯入界，无不欢迎，盗贼九千余人，皆诣纯乞降，大兵不战而还。诏即令纯为东郡太守，连任五年，境内帖然。后来病殁任所，赐谥成侯。东汉功臣，多能牧民，如纯，如恂，其尤著者。

且说吴汉岑彭围住西城，月余未下，光武帝传诏至军，叫他遣归羸卒，但留精锐，免得虚糜粮食等语。汉情急邀功，未肯遽遣，又探得杨广病死，城中失恃，越想并力攻城，日夕不息，军令倍严，吏士日久苦役，不免逃亡。嚣将王捷，登城大呼道："汉军听着！我等为隗王守城，誓死无二，必欲与我相持过去，愿以颈血相易，我为首倡，请汝等看来！"说到末语，竟拔刀挥颈，血溅头殊，身尚立着，好一歇方才扑倒。何故乃尔？汉军见他无故自杀，统皆诧异，又想他人人拚命，就使攻下城池，亦必有一场恶斗。眼见是性命相搏，彼此俱难免伤亡，惧心一起，不觉气馁，遂致易勇为怯，懈弛下去。岑彭因持久不克，想出一计，分兵至谷水下流，用土堵住，使水势涌入城中。谷水由西至东，绕过西城，下流被遏，水无去路，自然向城中灌入，渐涨渐高，距城头仅及丈许，守兵虽然悃惧，却还未肯出降。蓦听得城南山上，鼓声四震，有一大队披甲勇士，长驱驰下，先行执着一杆大旗，上书一个斗方大的蜀字，炫人眼目，且乘风大呼道："蜀兵有百万人到来了。"一面说，一面直迫汉垒。汉军猝不及防，竟被冲破，且因来军大声恫吓，多半骇散。暮气已深，怎能再战？吴汉岑彭，也不能支持，觅路退去。就是谷水下流的汉兵，都一哄儿逃得精光。其实蜀兵只有五千人，由嚣将王元借来，用了一条虚喝计，竟得吓退汉军，安然入城，城内水已骤退，复得安居。王元且勒兵复出，来追汉兵。汉兵已经乏粮，且恐蜀兵大至，无心恋战，遂由吴汉下令，焚去辎重，逐步退走。待至王元追来，还亏岑彭返斗一阵，击走王元，才得全师东归。惟校尉温序，为嚣将苟宇所获，迫令降嚣，序怒叱道："叛虏怎敢迫胁大汉将军？"说着，持节乱挝，打倒数人。宇众大愤，争欲杀序，宇摆手道："这是当代义士，可给彼剑！"乃拔剑付序。序接剑在手，亟拈须衔入口中，顾语左右道："既为贼所杀，毋令须污血！"说毕，把剑一横，魂归天上。**不没忠臣**。从事王忠，随序陷虏，苟宇却令他收殓序尸，送归洛阳。光武帝特赐墓地，并召序三子为郎。序本太原人氏，留葬洛中，乃是旌示忠臣的意思。

自从吴汉等引兵退还，耿弇盖延亦撤围引归，独祭遵尚留屯汧城。未几已是建武九年，遵病殁营中，讣至洛阳，光武帝悲悼异常，令冯异驰领遵营，派员护丧东归。遵为人廉约小心，克己奉公，所得赏赐，尽给士卒，家无私财，身无华服，取士专用儒术，对酒设乐，必雅歌投壶，饶有儒将风规。遵妻裳不加缘，相夫克俭，惟生男不育，终致无嗣。遵兄午买女送遵，使为遵妾，遵为国忘家，却还不受，临殁时不言家事，但遗嘱从吏，只用牛车载丧，薄葬洛阳。及丧至河南，有诏令百官先会丧所，然后由车驾素服亲临，哭奠尽哀，予谥曰成，葬后尚就墓御祭，顺道存问家属。遵妻当然拜谒。光武帝见他家无婢妾，室宇萧条，不由的悲感道："怎得忧国奉公，如祭征虏一流名将呢？"嗣后帝思遵不忘，辄加叹息。**无非是借励诸将**。惟自冯异接任，吏士亦俱悦服，驻守如故。独隗嚣不愿再居西城，移居冀邑，复遣兵分略各城，于是安定北地天水陇西，复为嚣有。只因粮饷不继，屡患乏食，嚣又积劳成病，多卧少起，没奈何出城谋食，惟得了数斛大豆，粗粝不堪下咽，越觉恚愤得很，还入城中，病即加剧，不久便死。部将王元周宗等，立嚣少子纯为王，总兵据冀，仍向公孙述处称臣乞援。述将田弇李育已经归蜀，述复使田弇北行，惟将李育留住，换了一个赵匡，与弇同至冀城，援助隗纯。汉将冯异，奉诏进讨，相持未下。公孙述欲大举攻汉，为纾忧，特使翼江王田戎，大司徒任满，南郡太守程汎，率兵数万人下江关，攻入巫峡，拔夷陵夷道二县，据住荆门虎牙两山，横江架桥，并设关楼，面水倚山，结营自固，差不多有进窥两湖，退挟三川的威势。汉大司马吴汉等，尚屯兵长安，光武帝特使来歙监军，马援为副，观察陇蜀情势，取示

进止。歙因上书献策道：

> 公孙述以陇西天水为藩蔽，故得延命假息，今若平荡二郡，则述智计穷矣。宜益选兵马，储积资粮。昔赵之将帅多贾人，高帝悬之以重赏。今西州新破，兵民疲惟，若招以财谷，则其众可集。臣知国家所给非一，用度不足，然有所不得已也。

光武帝览奏，乃诏令有司备谷六万斛，用驴四百头输运，尽至汧城交卸，积作西征军输。到了秋高马肥，兵精粮足，特遣歙为统帅，率同征西大将军冯异、建威大将军耿弇、虎牙大将军盖延、扬武将军马成、武威将军刘尚等，共攻天水。冯异已与蜀将田弇赵匡，会战数十次，蜀兵伤亡过半，再加耿弇等率兵会集，士气百倍，大破蜀兵，阵斩田弇赵匡。独隗纯留居冀城，使王元等驻扎落门，依险拒守；还有高平第一城，又为嚣将高峻所据，未肯服汉。于是冯异等进攻落门，耿弇等进攻第一城，两路分攻，越年未下。冯异且在军抱病，竟至谢世，光武帝赐谥节侯，令异长子彰袭爵，且复议亲征西州。执金吾寇恂，已自长社还洛，仍然随驾起行。既至关中，恂叩马谏阻道："长安道里居中，应接近便，安定陇西，闻车驾出驻长安，必然震惧，自当望风来降，若必以万乘之尊，亲履险阻，实非所宜，颍川前辙，不可不戒！"也说得是。光武帝不以为然，驱车再进，直抵汧城，方使恂招降高峻。峻本已由马援说下，受汉封为关内侯，拜通路将军，所以汉军出入，峻常为引导，不致阻碍。援说高峻，见前回。及吴汉等败还长安，峻乃复归故营，据住高平，坚守不下。寇恂奉诏谕峻，峻遣军师皇甫文出谒，语多倨傲，貌亦骄盈，两下里辩驳一番，惹动寇恂怒意，顾令左右缚文，拟置死刑。文尚不肯服礼，反唇相讥，诸将向恂进谏道："高峻拥兵万人，且多强弩，西遮陇道，连年不下，今欲将峻招降，奈何反杀峻使？"恂瞋目道："要斩便斩，怕他什么？"说着，即命把文处斩，将首级交文随员，使他带归。且嘱令传语道："军师无礼，已经正法，欲降即降，不降固守！"斩钉截铁。这数语传将进去，峻竟开城出降，迎纳汉军。诸将莫名其妙，都向恂请问道："杀死来使，反得降峻，究是何因？"恂答说道："皇甫文系峻腹心，受遣来会，我看他辞意不屈，必无降志。我若将他放还，反损军威，惟杀死了他，使峻胆落，自不得不降了。"诸将才拜贺道："寇君神算，我等不及。"恂将峻解往行在，幸得免诛。中郎将来歙，因落门尚未攻破，即与耿弇盖延等，鼓励将士，猛扑不休。守兵不能再支，各有降意，周宗行巡苟宇赵恢，拥着隗纯，开门出降；独王元引着残部，突围奔蜀，陇右乃平。光武帝令将隗氏宗族，徙居京师，自率寇恂等还朝。后来隗纯复与宾佐数十人，潜逃朔方，行至武威，被地方官捕住，杀死了事。小子有诗咏道：

　　敢将螳臂当王车，一举三年便覆家。
　　父死子降犹受戮，可怜全族半虫沙。

　　得陇望蜀，光武帝已操成算。至建武十一年春间，遂遣大司马吴汉，率同刘隆臧宫刘歆三将，与征南大将军岑彭，会师伐蜀。毕竟蜀地能否荡平，再至下回分解。

　　陇右未平，颍川又乱，处兴亡绝续之交，其欲制治也难矣。幸有寇恂扈驾南征，节钺一临，盗贼四伏，非素得民心者，其能若是乎？父老遮道，乞借寇君，莫谓小民果蚩蚩也。厥后西赴高平，斩皇甫文于城下，成算在胸，卒收劲敌，不战屈人，寇君有焉。他若耿弇七军，轻进致败，吴汉诸将，劳师无功，谋之不臧，乌能制胜？视寇君有愧色矣。独祭征虏公而忘私，国而忘家，人皆去而彼独留，功未竟而命先殒，何怪光武帝之哀恸逾恒乎？要之云台诸将，非无优劣，本书叙人述事，自有阳秋，阅者于夹缝中求之，即知所区别矣。

第十九回

猛汉将营中遇刺　伪蜀帝城下拼生

却说征南大将军岑彭，自引兵下陇后，不与陇西战事，但在津乡驻兵，防御蜀军。津乡地近江关，江关为蜀兵所踞，堵塞水陆，负嵎自雄。岑彭屡督兵往攻，终因江关险阻，不能奏功。光武帝乃遣大司马吴汉，率同刘隆臧宫刘歆三将，调发荆州兵六万余人，骑五千余匹，行抵荆门，与彭会师。彭曾备有战舰数十艘，所用水手，统从各郡募集，不下一二千名。吴汉谓水手无用，多费粮食，拟酌量遣归。想是惩着西域前辙，哪知情势不同。彭独言蜀兵方盛，今靠水战得利，方可深入，怎宜遽减水手？两下里互有龃龉，特表达洛阳，请旨定夺。光武帝复谕道"大司马惯用步骑，未习水战，荆门事决诸征南公，大司马毋得掣肘"云云。明见千里。彭得伸己见，越加感奋，当下号令军中，募攻浮桥，有人先登，应受上赏。俗语说得好："重赏之下，必有勇夫。"遂由偏将军鲁奇，应募前驱，鼓棹直上。可巧东风狂急，吹满征帆，奇船顺势向前，直冲浮桥。桥旁设有攒柱，丛木为柱。柱上有反扎钩，钩住奇船，早被蜀兵瞧着，齐来截击。奇拼死与斗，且令随兵燃着火炬，飞掷桥楼，火随风猛，风促火腾，那桥楼是用木造成，一经燃烧，势不可遏。复有许多黑焰，迷乱蜀兵眼目，如何再能打仗？又加岑彭等率着众舰，顺风并进，所向无前，蜀兵大乱，溺毙至数千人。蜀大司徒任满，措手不及，被鲁奇一刀砍死。蜀南郡太守程汛，下桥欲奔，被刘隆跃登岸上，手到擒来。只有蜀翼江王田戎，飞马逃生，得还江州。岑彭等驰入江关，禁止军中掳掠，沿途人民，都奉献牛酒，迎劳彭军。彭辞还不受，面加慰谕，百姓大悦，开门争降。当下露布告捷，举刘隆为南郡太守，并录叙鲁奇首功。有诏悉依彭议，命彭为益州牧，所下各郡，即由彭兼行太守事。彭进军江州，探得城内积粮尚多，料不易下，但留偏将冯骏围攻，自引兵直指垫江，攻破平曲，取得粮米数十万斛，分给各军。大司马吴

汉,攻克夷陵,筹备露桡数百艘,露桡,船名。桡系小楫,露系在外,故名露桡。在后继进。还有护军中郎将来歙,虎牙大将军盖延等,亦引兵入蜀。蜀中大震,公孙述忙授王元为大将军,使与领军环安,出拒河池。凑巧来歙盖延,两路杀到,即与元安两军接战,自午至暮,大破蜀兵,斩馘数千。元与安狼狈奔回,歙等复捣破下辨城,麾军再进,至夜深时,方才下营。军中不遑安寝,但凭几假寐,守待鸡鸣。不料双目蒙眬的时候,忽觉心中一阵奇痛,惊醒睡魔,用手抚胸,有物格住,不瞧犹可,剔灯审视,乃是亮晃晃的匕首,插入胸前,血流不止,连忙叫起帐后卫士,使请盖将军入营。盖延闻信,飞奔进来,见歙已遭毒手,禁不住泪下潸潸,不能仰视。歙瞋目叱延道:"虎牙何敢作此态! 今我为刺客所伤,无从报国,故呼君嘱托军事,乃反效儿女子哭泣么? 须知刃虽在身,尚能勒兵斩公,奈何不察?"歙之不得其死,恐亦由性暴所致。延勉强收泪,愿听歙遗命。歙乃使从吏取过纸笔,自写遗表道:

  臣夜人定后,为何人所贼,伤中臣要害,不敢自惜,诚恨奉职不称,以为朝廷羞。夫理国以得贤为本,大中大夫段襄骨鲠可任,愿陛下裁察！又臣兄弟不肖，终恐被罪，陛下哀怜，数赐教督。

写到末句，实已忍不住苦痛，把笔掷去，抽刃出胸，大叫一声，竟尔气绝。盖延大恸一场，替他棺殓，立遣人赍歙遗表，驰奏殿庭。光武帝闻报大惊，省书流涕，特赐给策文，追赠歙征羌侯印绶，予谥节侯。另命扬武将军兼天水太守马成，继歙后任。一面部署六军，亲出征蜀，由洛阳进次长安。公孙述闻得车驾亲征，亟使部将王元延岑与吕鲔公孙恢等，悉众出拒广汉，及资中要隘；又遣他将侯丹率二万余人，屯守黄石。岑彭令臧宫领兵五万，从涪水至平曲，截住延岑，自分兵引还江州，另溯都江上流，往袭侯丹，出丹不意，把他击走。当即倍道急进，日夕不停，直驰二千余里，径抵武阳。武阳守吏，立即骇走，只有一座空城，被彭安然据住。彭再使锐骑进击广都，距成都仅数十里，势若风雨，无人敢当。公孙述高坐成都，总道汉兵尚相持平曲，隔离尚远，不料岑彭从黄石进兵，数日间即至广都，反绕出延岑等背后，不由的慌张万分，举手中杖掷击地上，顿足狂呼道："汉军有这般迅速，莫非神兵不成？"你已倒运，自然有此急变。当下募兵出守广都，并飞报延岑等人，叫他分兵还援。延岑方陈兵沉水，与臧宫相持不决。宫因兵多食少，转输不继，正觉得进退两难，不能持久，适光武帝遣使诣岑彭营，有马七百匹。宫得知此信，情急智生，竟伪传诏命，截留来马，使骑士跨马张旗，登山鼓噪，一面麾动战船，逆流而上，两岸夹着步骑各军，进薄蜀营，呼声动地，旗影蔽天。延岑正接到成都警信，忐忑不定，又见汉军水陆大集，越觉惊忙。登高遥望，对山复有许多敌骑，由高趋下，几不知有多少兵马，会集来攻。大众都是股栗，回头就跑。延岑亦急忙返奔，霎时间旗靡辙乱，好似风卷残云，向西四散。臧宫纵兵追击，但教刀快戟长，乐得把头颅多剁几颗。蜀兵怎敢还手？尽管向前急奔。越是逃得快，越是死得多，最便宜的是弃械乞降，倒还有一条生路，不致毙命。所有辎重粮草，统让送了汉军。总算慷慨。延岑只引了数十骑，走回成都。臧宫军至平阳乡，收得降兵，差不多有十多万人。全蜀精锐，已经荡尽，就是一向主战的王元，也束手无策，举众来降。非但对不住隗嚣，也恐对不住公孙述。光武帝连得捷音，尚欲招降公孙述，遣使致书，晓示祸福，并举大义相勉，誓不相害。述览书叹息，出示心腹将常少张隆，少与隆俱劝述降汉。述瞿然道："废兴由命，天下岂有降天子么？"还要夸口。少隆不敢再言，自思亡在旦夕，相率忧死。

　　光武帝因平蜀有日，不必亲往督军，下令回銮，将入都城，忽有急报传来，乃是征南大将军舞阴侯岑彭，又被公孙述遣人刺死。彭自进军广都，所驻营地，叫作彭亡，当时未知地名，因即下寨，及有人传报，彭始知地名不祥，拟即徙往别处。适有一弁目来降，自称为公孙述亲随，被挞来奔。彭不防有诈，收入帐下，到了夜半，竟被降卒混入，把彭刺死。当由大中大夫郑兴，代领部曲，飞使奏闻。彭治军有法，秋毫无犯，邛谷王任贵闻彭威信，数千里驰使输诚，并贡方物。光武帝方重加倚任，满望他进扫成都，特授懋赏，一闻被刺，当然生悲，遂将任贵所献各物，尽赐彭妻子，且赐谥彭为壮侯。一面敕大司马吴汉，即日进军，继彭入讨。吴汉接诏，便由夷陵出发，率三万人溯江直上，至鱼涪津。述已遣将魏党公孙永，踞住津口，结筏自固。吴汉挥动将士，一鼓击退，乘胜进围武阳，又遇述婿史兴来援，把他痛击一阵，扫得精光，兴单骑逃免。会有诏令至吴汉营，嘱汉直取广都，据蜀心膂，汉奉命急进，捣入广都城，守兵尽遁，再遣轻骑绕成都市桥。成都吏民，无不震惊，将士等陆续夜遁，述虽严刑示惩，尚不能止。那光武帝虽屡次闻捷，还恐成都兵众，总有一番鏖斗，所以必欲降述，因复颁书谕述道：“勿以来歙岑彭，受害自疑，今若亟来诣阙，保汝宗族安全，否则后悔难追！”述得书后，仍无降意。总要做个死皇帝。甚至江州为冯骏所夺，田戎已被擒去，还想坚持到底，不肯转头。光武帝待述复报，始终不至，乃复传谕吴汉道：“成都虽困，守兵尚有十余万，不可轻敌！卿但坚据广都，勿与争锋，待他力屈计穷，前去奋击，自然一战可下了！”吴汉急欲邀功，未肯依谕，竟率步骑二万人，进逼成都。去城约十余里，阻江为营，中架浮桥，自引兵立营江北，使副将武威将军刘尚，率万余人屯江南，相去二十余里。当下奏达朝廷，具陈进兵安营情状，且谓可立破成都。光武帝大惊失色，忙亲书手谕道：“近敕公千条万端，奈何临事错乱？既已轻敌深入，又与尚隔江立营，缓急不能相倚。若贼出兵缀公，别遣大众攻尚，尚营一破，公还能站得住么？速速引还广都，幸勿急攻！”英主见识，毕竟过人。这道手谕，交付亲将，叫他飞寄吴汉，究竟途程辽远，朝发不能夕至，那吴汉果为述将所困，险些儿败没虏中。原来公孙述因汉军相迫，特遣部将谢丰袁吉，率众十余万，分作二十余营，并出攻汉。又命别将万余人，渡江击尚，使他不能相救。汉与谢丰等大战一日，竟至挫衄，退入营中。谢丰袁吉，便将汉营围住。汉待尚不至，料知尚被牵制，无法驰援，乃召集将士，面加鼓励道："我与诸君逾越险阻，转战千里，无攻不胜，得入深地。今与刘尚两处受围，声援隔绝，祸且不测，计惟潜师救尚，并力御贼，诚能同心合力，人自为战，大功可成；否则一败无遗，如何报命？成败在此一举，愿诸君努力！"诸将齐声应诺。赖有此尔。于是飨士秣马，闭营三日，固守勿出。谢丰等攻扑数次，亦不得入，索性不去挑战，专待汉军食尽，然后再攻。哪知汉伺他懈弛，夜半开营，引军疾走，竟得渡过江南，驰入尚营。谢丰等尚未察觉，等到天明，望见汉营中旗帜高张，烟火不绝，还道汉营如故，哪知吴汉已与刘尚合军，击退江南蜀兵。蜀兵走入谢丰营中，丰等才悔中计，莫非半死不成？不得已分兵南渡，攻击汉尚。汉与尚早已守候，见他越江过来，不待蜀兵成列，便张开左右两翼，夹击过去。蜀兵仓猝，接仗已觉着忙，再加两面受敌，越发招架不住，不过人数众多，总想勉力支撑，幸图一胜。偏汉兵越斗越勇，蜀兵愈战愈怯，渐渐的势不相当，败退下去。袁吉一个失手，竟被汉将砍倒，结果性命。两将中死了一人，顿时全军慌乱，如山遽倒。谢丰麾军急退，自为后拒。恰巧吴汉追到，与谢丰交战数合，砉的一声，已把丰头脑劈去，倒毙马下，蜀兵大溃。汉与尚追杀一阵，毙敌无算，获甲首五千余级，方才勒兵回营。适值朝使亦至，交付光武帝手书。吴汉阅罢，不禁伸舌，幸亏转败为功，还好有言相答。乃即留尚拒述，自领兵还驻广都，具状奏闻，深自引责。光武帝又复谕道："公还广都，很属得宜，述必不敢舍尚击公，若彼先攻尚，公可从广都赴援，彼此相应，破述无疑了。"汉懔（lǐn）遵谕旨，不敢违慢，待至蜀兵来攻，方才应敌。果然述兵屡出，由汉率军屡击，八战八克，复逼成都。还有臧宫一支人马，也得拔绵竹，破涪城，斩公孙恢，长驱直达，与吴汉共会成都城下，并力合攻，捣入外郭。急得公孙述不知所措，慌忙召入汝宁王延岑，向他问计。岑答说道："男儿当死中求生，怎可束手待毙？今惟有倾资募士，决一死战。若能击退汉兵，财物复可积聚，何足介怀？"述乃悉出金帛，募得敢死士五千人，充作前锋，使岑统领残兵作为后继。一声号令，麾众齐出，几似疯狗一般，逢人便噬。吴汉见来势凶猛，勒军遽退，至市桥中拣一旷地，列阵待着。岑令前锋鸣鼓挑战，暗率部众绕道，袭击吴汉背后。

汉只遏前敌,不及后顾,竟被延岑冲破后队,搅乱阵势。汉军腹背受敌,当然溃散,汉被挤入水中,几至灭顶,亏得眼明手快,攀住马尾,马系汉素常骑坐,能识人意,方得将汉徐徐引出。好在臧宫兵尚未遽溃,百忙中援应一阵,蜀兵始退,汉得安回营中。兵事真不可测。检查兵士,丧失尚不过千余人,只是粮食将尽,不过七日可支,乃令阴具船只,伺隙欲归。谒者张堪,方奉使命劳军,输送缣帛,在途又受官蜀郡太守,驰诣成都。闻得军中乏粮,汉有退志,因亟往见汉,谓述亡在即,不宜退师。汉勉从堪议,使臧宫屯兵咸门,自在营中偃旗息鼓,故意示弱,诱令蜀兵出战。约阅三日,公孙述亲出搏战,直攻汉营;令延岑往敌臧宫,两路并举。岑拼命死斗,三合三胜,宫几难支持,忙使人向汉求援。汉与述已战了半日,未分胜负,急切不便援宫,但见述兵已有饥色,特使护军高午唐邯,领着锐卒万人,向述众横击过去。这支兵马,乃是汉留住营中,故意不发,待至述兵已疲,才令突出。述不防有此生力军,挺击过来,连忙号召将士,拦阻兵锋,已是不及。高午持槊急进,猛刺述胸,述痛不可耐,撞落马下,左右抵死救护,才得扶起述身,舁(yú)至车上,逃入城中。延岑在咸门酣战,得知述负伤消息,当然惶急,鸣金退回,反被臧宫还杀一阵,伤了许多人马。好容易入城见述,述已晕过两次,经岑唤醒,勉强睁眼一看,不禁下泪,模糊说了数语,无非是嘱咐后事,挨到日暮,便即毙命。岑为具棺殓,草草办就,到了翌晨,自觉无术拒守,乃开城出降。吴汉等纵辔入城,枭述尸首,传诣洛阳,尽屠公孙氏家族,并将延岑处斩,戮及妻孥,再纵火烧述宫室,付诸一炬,是为建武十二年事。述欲称帝时,尝梦有人与语云:"八厶(sī)子系,十二为期。"醒后告知妻室,妻答说道:"朝闻道,夕死尚可,况期限十二呢?"想是急思为后,故有此语,但不知杀头时候,可追悔否?述因即僭号。至是全家灭亡,刚刚应了十二为期的梦兆。妖梦是践。光武帝闻汉入城屠掠,遣使责汉,又谕副将军刘尚道:"城降三日,吏民从服,孩儿老母,人口万数,一旦纵兵放火,居心何忍?汝系宗室子孙,尝居吏职,奈何亦为此残虐?仰视天,俯视地,未必相容,大非朕伐罪吊民的初意呢!"一将功成万骨枯,故王者耀德不观兵。

先是述尝征广汉人李业为博士,业称疾不起,述惭不能致,使人持药酒相迫。业抚膺叹道:"古人云:'危邦不入,乱邦不居。'我情愿饮药便了。"遂服毒自尽。述又聘巴郡人谯玄,玄亦不应,述又劫以毒药。玄慨然道:"保志全高,死亦何恨?"遂对使受药。玄子瑛叩头泣血,愿出千万钱赎父,方得幸免。至成都残破,玄已早终。更有蜀人王皓王嘉,亦不肯事述。述先将他妻子系住,胁令出仕。皓对来使说道:"犬马尚且识主,况我非犬马,怎得妄投?"说着,竟拔剑自刎。述竟将他妻子杀死。王嘉闻皓自杀,也即戕生。犍为人费贻,漆身为癞,佯狂避征;同郡任永冯信,都伪托青盲,巧辞征命。此次光武帝因蜀地告平,申命吴汉等访求遗逸,方得查出数人志节,奉诏表李业闾,祀谯玄以中牢,为王皓王嘉伸冤,抚恤后裔,特诏费贻任永冯信入都,面授官职。永信同时病殁,惟贻入见,后拜为合浦太守。此外如述将程乌李育,颇有才能,亦由光武帝下诏叙用,不令向隅。又追赠述故臣常少为太常,张隆为光禄勋。常少张隆,见前文。于是西土悦服,莫不归心。小子有诗咏道:

抚我为君虐我仇,安民有道在怀柔。
井蛙小丑何知此?身死家亡地让刘。

蜀地平定,吴汉等振旅还朝。欲知后事如何,且看下回再表。

公孙述一夸夫耳,无他功能,乘乱窃据,但以僻处西陲,依险自固,故尚得苟延岁月,僭号至十有二年。及关东已平,王师西指,述不能用荆邯之策,空国决胜,乃徒恁二三刺客,戕来歙,害岑彭,何济于事?彼既不愿为降天子,何勿堂堂正正,与决胜负?成固甚善,败亦有名,仅恃此鬼蜮伎俩,暗杀汉将,汉将岂能一一被刺乎?来歙岑彭,不幸遇刺,而吴汉臧宫诸将,长驱直前,进捣成都,述尚欲死中求生,背城借一,卒至洞胸坠马,亡国覆宗。诈术果可恃耶?不可恃耶?项羽谓天实亡我,非战之罪;公孙述谓废兴有命,是皆不度德,不量力。一败涂地,乃诿诸天命,无聊之语,可笑亦可悯也!

第二十回

废郭后移宠阴贵人　诛蛮妇荡平金溪穴

却说蜀地告平,全军凯旋,凉州牧窦融,上表称贺,有诏令融与五郡太守,一同入朝。融遂与武威太守梁统、张掖太守史苞、酒泉太守辛肜(róng)、敦煌太守竺曾,金城太守库钧,奉诏入都。既抵阙下,即缴上安丰侯凉州牧印绶。光武帝赐还侯印,即日召见,赏赐恩宠,无与伦比。寻拜融为冀州牧,融辞不就任。适大司空李通因病去职,由扬武将军马成,暂行代理,未尽胜任,乃进融为大司空,并授梁统为大中大夫。凉冀二州,另行简员镇守。好在陇蜀已平,西北无事,只有卢芳伪称刘文伯,连结匈奴乌桓,常为边患。屡见前文。骠骑大将军杜茂等,奉诏往讨,历久未平。芳部将随昱留守九原,阴通汉军,欲胁芳降汉。芳与十余骑逃入匈奴,昱即诣阙请降,得拜五原太守,封镌胡侯。后至建武十六年间,芳复入居高柳,遣使奉上降书。光武帝乃立芳为代王,令他和辑匈奴。芳申请入朝,奉诏批准。及芳南至昌平,又遇朝使传谕,叫他折回。芳不免疑惧,仍背汉投胡,既而病死。自是函夏无尘,全国统一。光武帝增封功臣,得三百六十五人,外戚封侯,计四十五人,惟宗室诸王,却为了将军朱祐计议,反降封为公侯。如赵王良、由广阳徙封。齐王章、即刘缜长子。鲁王兴、缜子过继刘仲,均见前。三人统称为公。长沙王兴、真定王德、即刘扬子。河间王邵、中山王茂四人,俱景帝后裔。统称为侯。更封孔子后裔孔安为宋公,周公后裔姬常为卫公,此外宗室封侯,共一百三十七人。光武帝久在兵间,厌心武事,且知天下疲耗,益欲息肩,自陇蜀平定后,非遇急警,不复言兵。皇太子强,年已十余,有时侍侧,问及攻战方略,光武帝正色道:"从前卫灵公问陈,孔子不对,此事非尔所宜问呢!"此实一权宜之语,并非至训。邓禹贾复,知帝欲偃武修文,不愿功臣拥众京师,乃投戈讲道,修明儒学。耿弇等亦缴还大将军印绶,并以列侯就第。朱祐尝荐贾复端重，可为宰相，光武帝置诸不答。惟移封邓禹为高密侯，使食四县。贾复为胶东侯，使食六县。李通已封固始侯，位兼勋戚，因得与邓禹贾复，参议国家大事，恩遇从隆。其余功臣数百人，不过给与廪禄，令他安享太平，不复重用。保全功臣，莫如此策。至若朝廷宴会，辄召功臣集饮，济济盈堂，无不守礼。光武帝当大宴时，历问群臣道："卿等若不得遇朕，果有何为？"邓禹起答道："臣尝学问，可做一文学掾吏。"光武帝笑道："这也未免太谦了！卿志行修整，可官功曹。"及问至马武，武答言："臣粗具膂力，可为守尉，督捕盗贼。"光武帝又笑说道："且自己不为盗贼，做个亭长罢了！"武平素嗜酒，任气使性，常在御前折辱同列，故光武帝随事加诫，略示裁抑。但功臣稍有过失，帝必曲为优容，所有远方进贡珍甘，亦尝先赐列侯，不少悭吝。故功臣皆怀德畏威，不生怨望，安上全下，比那高祖时代，迥然不同。这是光武帝的识量过人，故有是良法美意，卓越古今。应该称扬。

独骠骑大将军杜茂，尚留守北方，备御匈奴。光武帝不欲劳兵，特使吴汉等北往，督徙边民，尽入内地，但谕茂缮治城障，阻住胡烽。茂令兵士屯田筑堡，毋敢少疏。会因军吏冤杀无辜，遂致连带免官，减削食邑，由修侯降为参蘧乡侯，另命蜀郡太守张堪为骑都尉，使他往领茂营。匈奴闻茂去职，乘隙进攻，兵至高柳，被张堪督兵邀击，大破胡兵，飞章告捷。光武帝因令茂为渔阳太守，兼辖军民。茂赏善罚恶，公正无私，吏士并乐为用。匈奴以高柳被挫，再图报复，竟发万骑入渔阳。才入境内，即有数千健卒，当头截住，仿佛与长城相似，丝毫不能动摇。再加张堪领着后队，鸣鼓继进，锐厉无前，把胡骑冲得七零八落。匈奴将帅，连忙奔还，十成中已丧失了四五成，从此畏堪如神，不敢近塞。堪乃劝民耕稼，特就狐奴地方，开稻田八千余顷，不到数年，桑麻菽麦，遍地芃（péng）芃。百姓踊跃作歌道："桑无附枝，麦穗两歧。张公为政，乐不可支！"总计堪守郡八载，户口蕃庶，物阜民康。光武帝欲征堪内用，堪竟病逝，有诏褒扬政绩，赐帛百匹。堪字君游，系南阳郡宛县人，少时已有志操，号为圣童，入蜀时不私秋毫，布被终身。中兴循吏，杜诗以外，要算张堪。赞美循吏，借以风世。

沛郡太守韩歆，亦刚直有声，建武十三年间，大司徒侯霸病逝，特擢歆为大司徒。歆就职后，每好直言，尝在帝前指天画地，不少隐讳。光武帝未免动怒,歆仍不少改,在任二年,坐被遣归。未几又颁诏申责,歆愤激自杀,子婴亦死。都人士替他呼冤,为帝所闻,乃追赐钱谷,具礼安葬。遇主如光武,且以直言贾祸,遑问他人。后来欧阳歙戴涉,相继为大司徒,俱坐罪论死,光武帝亦稍稍严急了。最错误的是废后一事,为光武帝平生大累。事在建武十七年间。光武帝既立郭氏为皇后,嫡子强为皇太子,相安有年,见十二回。郭后复生子四人,一名辅,一名康,一名延,一名焉。阴贵人亦生五子,长名阳,次名苍,次名荆,又次名衡,名京。尚有一子名英,为许美人所出。许美人无宠,当夕甚稀,故只生一男。就中总算这位阴贵人,最得宠爱,光武帝有时出征,尝命阴贵人随行。阴贵人初次生男,曾在元氏县中分娩,彼时从征彭宠,适当有娠,故在行辕中产儿,取名为阳,两颊甚丰,至十岁时能通《春秋》,光武帝目为奇童。夺嫡之兆,已寓于此。建武十五年,大司马吴汉等,上书请封皇子,三奏乃许。使大司空窦融告庙,封皇子辅为右翊公,英为楚公,阳为东海公,康为济南公,苍为东平公,延为淮阳公,荆为山阳公,衡为临淮公,焉为左翊公,京为琅玡公。这是因年序封,故与上文叙次不同。诸子受封,才及月余,有诏令天下州郡,检核

垦田户口,刺史太守,依诏施行,次第奏报。独陈留吏牍中夹入一纸,上书二语云:"颍川弘农可问,河南南阳不可问。"光武帝瞧着,问所从来,吏人谓由长寿街上拾取,误夹牍中。这是因光武好谶引惹出来。光武帝因疑生怒,顿有愠色。东海公阳,年才十二,适侍帝后,便乘间进言道:"河南帝城,必多近臣,南阳帝乡,必多近亲,田宅逾制,不便细问,故有是言!"光武帝大悟,再使虎贲将穷诘吏人,吏人无从隐蔽,所对如东海公语。光武乃更遣谒者巡行河南南阳,纠察长吏,实地钩考,免得徇私。但自此爱阳有加,自悔立储太早,不得使阳为冢嗣。天下事不宜生心,一有芥蒂,免不得形诸词色。郭皇后暗中窥透,当然怀嫌,因此对着帝前,往往冷嘲热讽,语带蹊跷。光武帝积不能容,遂致夫妻反目,动有违言。到了十七年冬月,竟突然下诏道:

  皇后怀势怨怼,数违教令,不能抚循他子,训长异室。宫闱之内,若见鹰鹯(zhān),既无关雎之德,而有吕霍之风,岂可托以幼孤,恭承明祀?今遣大司徒戴涉,时涉尚未坐罪。宗正刘吉,持节往谕,其上皇后玺绶。阴贵人乡里良家,归自微贱。自我不见,于今三年。两句援引《诗经》,为追忆之词。宜奉宗庙为天下母。异常之事,非国休福,不得上寿称庆,特颁诏以闻。

诏既颁发,群臣互相错愕,莫敢发言。郭皇后只好缴出印绶,徙居别宫。那色艺兼优的阴贵人,竟得超居中宫,母仪天下。句中有刺。殿中侍讲郅恽进奏道:"臣闻夫妇情好,父子间尚且难言,况属在臣下,怎敢参议?但望陛下慎察可否,勿令天下贻议社稷,方可无忧!"光武帝答道:"卿能曲体朕意,朕亦不为已甚哩!"乃暂不易储,更进郭后次子辅为中山王,号郭后为中山太后。余如东海公阳以下,俱进封为王。嗣且命赵齐鲁三公,均复王爵,这且待后再表。

且说光武帝即位以后,尝出幸舂陵,亲祠先人园庙,旋又改舂陵乡为章陵县,永免徭役,比拟高祖时代的丰沛。至建武十七年冬季,复至章陵祭祖,治旧宅,观田庐,置酒作乐,大会宗室,无论男妇老幼,并得列席。酒至半酣,诸母相与絮语道:"文叔光武帝小字,见前文。少时谨信,与人交际,无甚款曲,不过柔顺有容,素无争忤。谁料今日尊荣至此?"光武帝凑巧听见,不由的接口道:"我御天下,亦欲以柔道为治,并不致后先矛盾

第二十回　废郭后移宠阴贵人　诛蛮妇荡平金溪穴

哩！"说着，鼓掌大笑。诸宗室相率腾欢，至日暮方才散席。越宿由光武帝谕令有司，为宗室尽建祠堂，然后命驾起行，还至宫中，已将残腊。倏忽间又是建武十八年了，孟春无事，过了一月，忽得蜀郡警报，乃是守将史歆，据住成都，自称大司马，猝攻太守张穆，穆逾城走入广都，飞书乞援。光武帝亟令大司马吴汉，率同臧宫刘尚二将，领兵万余，往讨史歆。汉至武都，再发广汉巴蜀三郡兵马，进围成都，数旬即下，把史歆擒斩了事。宕渠人杨伟，朐䏰(Chǔnrùn)人徐容等，本已为史歆诱惑，各纠众数千人，与歆相应。吴汉等既收复成都，再乘桴沿江，进至巴郡。杨伟徐容，闻风骇走，终被汉军擒诛，余党皆降，徙居南郡长沙。蜀郡复平，汉等还朝复命。

　　不意南方交阯，突出了两个蛮女，公然聚众造反，寇掠岭南六十余城。吕母迟昭平后，复出了两个蛮女，甚是奇特。两蛮女叫做征侧征贰，本是一对姐妹花，为麓泠县雒将女儿。麓泠音糜零，交阯僻处南海，从前未设郡县，为土人所分据，随地垦田，有雒王雒将雒民等名。面貌不过寻常，身材很是长大，力举千钧，霸占一方。侧尤骁勇，已嫁与朱鸢人诗索为妻，她却不安家室，惟与妹征贰玩刀耍枪，练习武艺。及刀枪纯熟，自谓技艺无敌，想做一个南方女大王。可号为井底雌蛙。于是号召徒众，待机即发。适交阯太守苏定，执法相绳，饬令缴械散众，不得生事。侧与贰遂愤然发难，攻陷郡城，苏定出走，南方大乱。九真日南合浦各蛮夷，哗然起应，郡守纷纷内避，被她闹得一塌糊涂，所有岭南六十余城，并罹兵厄。侧竟自立为王，令贰为大将，两蛮女振动雌威，名闻远近。警报传到洛阳，光武帝怎能坐视？便选出虎贲中郎将马援，使为伏波将军，令与扶乐侯刘隆，督率楼船将军段志等，南下讨贼。援前为大中大夫，与来歙同为监军。见十八回。歙尝奏言陇西侵残，羌种杂沓，非马援不能平定。光武帝因拜援为陇西太守，援连破叛羌，征服余众，缮城治坞，辟田劝耕，陇西以安。嗣被召为虎贲中郎将，屡得进见，尝与光武帝谈论兵法，意俱相合。再出讨皖城妖人李广，一鼓即平。这是补叙之笔。至是复受命南征，航海前进。军至合浦，段志得着急病，竟至逝世。援令弁目护丧归葬，自与刘隆并领水军，水尽登岸，辟山通道，得达浪泊。征侧方安据交阯，南面称尊，总道是天高地回，任所欲为，蓦闻汉军已至浪泊，也不禁吃了一惊。当下升帐点兵，得数万人，使妹征贰为先锋，自为后应，至浪泊中掇战。两

阵相交,金鼓连天,约莫有两三个时辰,蛮众究竟乌合,敌不过百战雄师,一败便走,势若散沙。征侧征贰,但靠着两臂蛮力,目无中原,至此才知王师利害,觅路逃生。援驱军追杀,斩首数千级,收降万余人,女流究属无用,不堪一战。趁势至交阯城下,四面围攻。征侧自觉孤危,即与征贰商议道:"我与汝奋臂一呼,远近响应,不到数月,得攻克六十余城,满望杀往岭北,进据中原,哪知中朝天子,遣到精兵猛将,锐不可当,现今坐困危城,如何是好?"征贰想了多时,才答说道:"据妹子看来,此城断不可守,不如奔往金溪穴中,扼险自固,就使猛将如云,亦不能捣破此穴,待他粮尽引退,我等复好出据此城了。"征侧点首称善,随即弃城夜遁。马援闻知,率众力追,行抵金溪,连战数阵,蛮众除杀死外,多半溃散。惟征侧征贰两姐妹,拼命逃走,得入金溪穴中。穴甚深邃,四围有大山包住,只有一口可通,也是险厄得很。侧与贰窜入此穴,使残众堵住穴口,大有一夫当关,万夫莫开的形势。援率众到了穴前,察视四周,除穴口外,竟是无缝可钻,到也踌躇得很。自思航海南来,费尽千辛万苦,得入此地,倘若畏难即退,岂不是尽隳前功?况且留此两妇,终究是将来祸祟,理应斩草除根,方免后患。于是下令军士，随山伐木，就谷口筑起巨栅，容纳全师；再命游骑巡弋四围，截阻蛮众，想得几个俘虏，询问路径，或有一线可通，便好令他向导，捣杀进去。谁知一住半月，竟无人迹，山上瘴气熏蒸，军士一不小心，往往触瘴致疾，真个是欲退不得，欲进不能。援却抱定主意，誓灭此虏，勉令将士围住谷口，一面分兵略定各郡，收聚粮食，输运军前。征侧征贰总以为汉军无法，定必速退，且穴中曾备有粮草，足资一年，但教安心耐守，自可解围。螺蚌缩入壳中，能长此不开么？不意过了数月，汉兵不退，又过数月，仍然不退，直至岁暮年阑，汉兵尚在谷外扼住，未曾退去。穴内粮食，已将告罄，且水道亦被汉兵塞断，涓滴不见流入，害得又饥又渴，无可为生。勉强过了残冬，已是建武十九年正月。侧与贰不能再伏穴中，只得驱众杀出，众兵已困惫不堪，没奈何硬着头皮，冲出谷口，汉兵早已出栅待着，见一个，杀一个，见两个，杀一双，吓得蛮众又复倒退。马援知蛮众不济，传令投降免死，蛮众听着，遂一齐抛去兵械，匍匐乞降。惟征侧征贰两人，罪在不赦，只得不管死活，舍命格斗，结果是跌倒地上，双双就擒，当由汉军缚住，推至马援面前，两人跪倒磕头，哀求饶命。马援作色道："无知贱婢，也想抗拒天朝，今日还想求生么？"说毕，即令刀斧手将两人推出，一同枭首，献入都中。恐洛阳城中，难得见此好头颅。有诏封援为新息侯，食邑三千户。援乃宰牛酿酒，大飨将士，且笑且语道："我从弟少游，与我志趣不同，尝谓人生在世，但教饱食暖衣，乘下泽车，跨款段马，做一个郡县掾吏，老守坟墓，乡里间称为善人，也好知足，何必奔波劳碌，妄求功名？我当初意不谓然，今至浪泊西里，转战年余，下潦上雾，毒气弥漫，仰视飞鸢摇摇，似堕水中，卧念少游平生时语，几不可得。还亏诸君戮力，得破二妇，乃先受恩赏，独得佩金拖紫，食采封侯，真令我且喜且惭了！"将士等都离席跪伏，喧呼万岁。援复令起饮，至醉方散。越日又率楼船大小二千余艘，战士二万余名，四处搜捕余孽，斩获五千余人，岭南乃平。援再至交阯，设立铜柱，上书"大汉伏波将军马援建此"，然后振旅而还。小子有诗咏道：

何来蛮女敢称雄，负险经年扼谷中。
幸有老成操胜算，坚持到底庆成功。

欲知马援还朝情形，待至下回再详。

光武帝能容功臣,独不能容一妻子,废后之举,全出私意,史家多讥其不情。吾谓光武之误,不在于废后之时,而在于立后之始。阴氏女娶于先,郭氏女纳于后,岂可因出身之贵贱,为后先之倒置乎? 况"娶妻当得阴丽华",光武帝已有成言,本昵爱之初衷,得相攸于微贱,正应立彼为后,不负前盟。故剑可求,杜陵之遗规犹在,何得以郭氏之早生皇子,超列中宫? 古人有言:"慎厥初,惟厥终",未有初基不慎,而可与之图终者也。彼征侧征贰,以南方之妇女,敢尔称兵,想亦由戾气所钟,故有此异事耳。幸而伏波往讨,务绝根株,千里奔波,一年耐久,卒得擒二妇于窟穴之间。倘非坚持不敝,贯彻始终者,亦安能若是耶? 伏波铜柱,照耀千秋,宜哉!

第二十一回

洛阳令撞柱明忠　日逐王献图通款

却说马援讨平交阯,振旅还朝,将抵都门,朝中百官,或与援素有交谊,并皆出都远迎。待援到来,彼此下马欢叙,就在驿馆中休息片时。平陵人孟冀,系援老友,亦在座中,当即起身称贺。援笑说道:"我望先生劝善规过,奈何亦作此俗谈?从前伏波将军路博德,开置南方七郡,见《前汉演义》。不过受封数百户,今我不过擒斩二妇,略具微劳,乃得叨封大邑,滥沐恩荣,功薄赏厚,如何持久?究竟先生如何教我?"谦谦君子。冀答谢道:"愚实未足知此。"援又说道:"方今匈奴乌桓,尚扰北边,我还想自请出击。男儿要当拼死边野,用马革裹尸还葬,怎能僵卧床上,在儿女子手中讨生活呢?"老当益壮,此公固不负前言;但亦未始非后来谶语。冀接入道:"既为烈士,原该如此。"大众亦无不赞叹。随即相偕入都,由援诣阙复命,奏明一切。光武帝当然慰劳一番,特赐援兵车一乘。援谢恩退朝,复因从征军士,除战死外,遇疫身亡,差不多十中四五,乃具录上闻,请得许多银粮,抚恤兵士家属,慰死安生,这且无庸细表。

且说建武十九年正月,五官中郎将张纯,及太仆朱浮等计议,谓人子当事大宗,降私亲,应为本支先祖,增立四庙。光武帝览奏后,自思昭穆次第,当为元帝后裔,乃追尊宣帝为中宗,更祀昭帝元帝于太庙,成帝哀帝平帝于长安,春陵节侯买。以下于章陵,各设太守令长,为典祠官。正在制礼作乐的时候,忽报河南原武县中,出了一班妖贼,为首的叫做单臣傅镇,拘住守吏,据有县城,自称大将军。光武帝特遣前辅威将军臧宫,发黎阳营兵数千人,往讨贼众。原武城内,积粟甚多,贼得据粮坚守,累攻不克,反丧亡了若干士卒。光武帝未免忧劳,特召集公卿王侯,商议方略。群臣多请悬赏购募,东海王阳独进说道:"妖巫胁众为乱,势难久持,就中必有心中悔恨,意欲出亡,只因外围紧急,无从脱身,没奈何拼命死守。今宜敕军前缓围，纵令出城，贼众解散，渠魁孤立，一亭长亦足擒斩了。"足智多谋，可称肖子。光武帝甚以为然，即遣使传谕军前，令臧宫缓围纵贼，果然，贼众陆续出奔，顿致城内空虚。宫得一鼓入城，击毙单臣傅镇，原武遂平。嗣是光武帝愈爱东海王。只有皇太子强，自母后被废后，常不自安；又见东海王逐日加宠，越觉生忧。殿中侍讲郅恽，遂进白太子强道："殿下久处疑位，上违孝道，下近危机。从前殷高宗为一代令主，尹吉甫亦千古良臣，尚因纤芥微嫌，放逐孝子。《家语》载：曾参出妻，不复再娶，尝谓高宗以后妻杀孝子，尹吉甫以后妻放伯奇，吾上不及高宗，中不比吉甫，何如不娶？至若《春秋》大义，母以子贵，为殿下计，不如引愆让位，退奉母氏，方为不背所生，毋亏圣教呢！"太子强听了恽言，便表请让位，愿为外藩。光武帝不忍遽许，强又密托诸王近臣，再三恳请，乃决意易储，当即下诏道：

  《春秋》之义，立子以贵。东海王阳，皇后之子，宜承大统。皇太子强，崇执谦退，愿备藩国，父子之情，重久违之，其以强为东海王。此诏。

强奉诏后，便缴上太子印绶，即日册立东海王阳为太子，改名曰庄。惟郭后母子，虽皆被废，光武帝顾念郭氏亲属，恩尚未衰。郭况为故后亲弟，受封绵蛮侯；郭竟为故后从兄，尝官骑都尉，从征有功，受封新郪（qī）侯；竟弟匡亦得封发干侯；郭梁为故后从父，早死无子，有婿陈茂，且因外戚贻恩，封南䜌侯。䜌读若绵。况谦恭下士，颇得声誉，光武帝亦格外恩宠，更徙封况为阳安侯，食邑比前加倍。至建武二十年间，徙封中山王辅为沛王，即令中山太后郭氏为沛太后，即郭皇后，见前文。又进况为大鸿胪，车驾屡至况第，会集公卿列侯，一同宴饮，赏赐况金银缣帛，不可胜计。京师称况家为金穴。况母刘氏，素号郭主，至病殁时，由光武帝临丧送葬，百官大会，并迎况父郭昌遗柩，由真定至洛阳，与郭主合葬。追赠昌为阳安侯，予谥曰思。这也算是光武帝不忘旧情，所以有此恩遇呢！虽属厚恩，究难补憾。话休絮烦，惟帝姐湖阳长公主，经宋弘拒婚后，见十一回。总算守孀全节，光武帝格外怜悯，厚赐财物。因此公主得豢养家奴，数以百计。家奴中良莠不齐，有几个狡悍苍头，往往倚势作威，横行都市，甚至白日杀人，避匿主家，地方官不便往捕，致成悬案。会公主出外闲游，即令苍头骖乘,昂然从行。究竟不似节妇行为。洛阳令董宣,正因前案未了,屡次候着,可巧碰见了公主苍头,正是杀人要犯,便即驻车下马,拦住公主辇前,不令前行。公主不免动怒,欲叱董宣。宣拔出佩刀,画地有声,直斥公主纵奴为暴,罪当连坐。一面令苍头下车,词色甚厉,苍头无奈,下车谢罪。哪知董宣竟不容情,把手中宝刀一挥,将苍头劈作两段。然后放公主过去。公主究是女流,一时不便与争,只好悻悻的驰还宫中,向帝前哭诉一番。妇人不知己过,专用这般伎俩。光武帝也不禁动怒,立召宣入,责他冲撞公主,令左右执棰挞宣。宣叩头道:"愿乞容臣一言,然后处死!"光武帝勃然道:"汝尚有何言?"宣答说道:"陛下圣德中兴,乃令长公主纵奴杀人,如何制治天下?臣不须棰,请自杀便了!"说着,用头撞柱,血流满面。光武帝听言辨色,也觉得董宣理直,怒为少平,因嘱小黄门官名。将宣扶住,不使再撞,但令他叩谢公主。宣不肯依谕,再由小黄门揿住宣头,叫他对公主叩首。宣两手据地,终不肯俯。公主顾光武帝道:"文叔为布衣时,藏匿亡命,吏役不敢至门,今贵为天子,反不能威行一令么?"光武帝笑答道:"天子与布衣不同。"究竟是聪明主子。说至

此，复语宣道："强项令可即出去！"宣依谕即出。寻复有诏嘉宣守法，特赐钱三十万。宣拜受恩赐，散给诸吏。从此宣搏击豪强，威震都下。宣字少平，陈留人，都人为作歌道："枹鼓不鸣董少平。"后来在任五年，因病去世，年已七十四岁。有诏遣使临视，只一布被覆尸，妻子相向对泣，内室惟大麦数斛，敝车一乘，使人还报光武帝。帝很是叹惜，命用大夫礼安葬。史家因他历任守令，好刚任杀，特列入酷吏传中，虽是尚宽禁暴的意思，但看他不畏豪强，非常廉洁，究竟是一位好官。试问古今以来的守令，能有几个似董少平呢？*可为董君吐气。* 光武帝待遇董宣，还算不薄，惟对着三公，却是不肯轻轻放过。自从大司徒韩歆，逼令自杀，*见前文。* 继任大司徒戴涉，又为了太仓令奚涉罪案，失察下狱，竟坐死刑。并将大司空窦融，牵入在内，亦令罢官。独大司马吴汉，就职有年，未尝遇谴，平时谨慎小心，持重不苟，一经出师，朝受诏，夕即就道，并没有什么留滞。至若从驾出征，或有挫失，诸将皆惶惧不安；惟汉意气自如，仍然整理器械，训勉士卒。光武帝尝使人觇视，得知情状，每叹为吴公大材，隐若敌国，所以一心委任，到老不衰。汉妻孥因汉出兵，偶买田宅，汉还家诘责道："将士在外，粮饷不足，奈何多买田宅哩？"说着，即将田宅分给兄弟外家。总计汉居官二三十年，不筑一第；夫人先死，薄葬小坟。至建武二十年间，一病不起，光武帝亲往临视，问所欲言，汉答说道："臣本愚蒙，无甚知识，但愿陛下慎勿轻赦哩！"*轻赦二字，怎能包括大政？汉此语亦未免有失。* 及车驾还宫以后，汉即谢世，有诏予谥曰忠。发北军五校轻车甲士送葬，如前汉大将军霍光故事。另任中郎将刘隆为骠骑大将军，行大司马事。擢广汉太守蔡茂为大司徒，太仆朱浮为大司空，这也不必细表。

单说伏波将军马援有志从戎，不遑宁处，尝因匈奴乌桓，屡扰北方，震惊三辅，因此复自请防边。光武帝乃令援出屯襄国，令百官祖饯都门，黄门郎梁松窦固，时亦在列。援顾语二人道："人生幸得贵显，当使可贱，如卿等长欲富贵，须居高思危，小心自保，幸勿轻弃鄙言！"两人口虽答应，心中却未以为然。原来松为大中大夫成义侯梁统长子，曾尚帝女舞阴公主，固为窦融弟显亲侯友长子，亦尚帝女涅阳公主。两人俱得为馆甥，贵宠逾恒，总道是与国同休，怕什么意外变故？援与梁统窦友，同官为僚，尝相来往，因恐他嗣子青年，挟贵致骄，故出言相诫。*未始非一片好意，谁*

知反种下祸根。语毕即行,引兵自去。说起这个乌桓国,本是东胡支裔。西汉初年,匈奴单于冒顿(Mòdú),翦灭东胡,余众奔回乌桓鲜卑二山,分为二部,在乌桓山一支,就号作乌桓国,在鲜卑山一支,亦号作鲜卑国。《前汉演义》中亦曾叙及。二部苟延残喘,仍不得不臣服匈奴。及武帝时卫青、霍去病。为将,屡破胡虏,匈奴乃衰,乌桓乃徙入内地,分居上谷渔阳右北平辽东诸郡间,背胡事汉,生齿渐蕃。昭帝元凤年间,乌桓欲报前仇,出掘匈奴单于祖墓,匈奴复击破乌桓。大将军霍光,曾遣度辽将军范明友,率二万骑往辽东,邀击匈奴。匈奴兵已早出境,明友转袭乌桓,斩获甚多。嗣是乌桓复与汉有隙,匈奴部酋乘间引诱乌桓,连兵寇汉,直至光武中兴,仍然不息。事迹虽已见《前汉演义》,但此书亦不能不叙。马援出屯襄国,部署兵马,越年领三千骑出五院关,掩袭乌桓。乌桓兵先已扬去,援追赶一程,只斩得虏首百级,收兵南归。乌桓却狡黠得很,伺援班师,复来尾追。还亏援星夜趋还,才得全师;但马已死了千余匹。鲜卑与中国,本不相通,因见乌桓扰边,屡有劫掠,也不禁暗暗垂涎;再加匈奴亦遣人招诱,自然利欲熏心,同来生事。建武二十一年秋间,鲜卑引万余骑入塞,寇掠辽东。太守祭肜,系故征虏将军祭遵从弟,素有勇略,能开三百斤强弩。至是闻鲜卑入境,自率数千人迎击,披甲持刀,当先陷阵,部兵一拥齐上,杀死虏众多人,虏兵统皆骇走,急不择路,各跃入断涧中,溺毙过半。祭肜穷追出塞,斩首至三千余级,获马好几千匹。于是鲜卑震怖,不敢入犯。可巧匈奴亦连年旱荒,人畜多死,也不能南下寇汉,朔方少安。先是西域各国,已为汉属;王莽篡位,贬易侯王,西域因此瓦解,转降匈奴。匈奴征求无厌,诸国皆不堪命,且闻光武中兴,汉威再震,乃复遣使入洛,乞请内附。光武帝因天下初定,未遑外事,竟谢绝番使,不从所请。莎车王贤,承袭祖父遗业,雄长西域,未肯臣事匈奴,特与鄯善王安,贡献方物,再求属汉。廷臣如窦融等,并上言莎车王事汉,初衷不改,宜加赐位号,毋失彼望。光武帝乃赐贤西域都护印绶,及车旗锦绣等物。前汉本有西域都护,中经莽乱,此官乃废。偏敦煌太守裴遵,得知此事,独奏称夷狄无信,不可假以大权,遂致光武帝翻悔前言,收还西域都护印绶,另命贤为汉大将军。出尔反尔,亦属不合。贤从此怀恨,虽将印绶缴还,尚诈称大都护,蒙骗各国。各国未识真假,只得听命。贤逐渐骄横,意欲并吞西域,先向

各国苛求赋税,稍不如意,便发兵相迫。各国敌他不过,没奈何请命洛阳,遣子入侍,愿另简都护,镇定西陲。无如光武帝坚持初意,见了各国侍子,但用金帛为赏,一律遣归。各国闻信,忙与敦煌太守裴遵檄文,托他代为申奏,仍请留侍子,置都护,威惩莎车。遵当然代奏,光武帝迁延不报,各国侍子,久留敦煌,均怀归志,竟分途潜返。莎车王贤,知汉廷无意西方,遂致书鄯善,劝令绝汉。鄯善王安,不纳贤书,且将来使杀死,贤因发兵报怨,攻入鄯善。鄯善王迎战败绩,逃往山中。贤复移兵袭杀龟兹王,并有龟兹国土,气焰益张。鄯善王安,再上书洛阳,复请遣子入侍,速简西域都护。光武帝使人复谕道:"朝廷方偃武修文,不欲劳师勤远,若诸国力不从心,东西南北,尽请自便。"这也太觉迁拘。鄯善王得此复谕,乃与车师等国,悉附匈奴。匈奴在前汉时代,呼韩邪单于入朝归命,与汉和亲,娶得汉宫美人王昭君,产下一男,叫做伊屠知牙师。惟呼韩邪已有二妻,生了数子,故伊屠知牙师不得继立。至呼韩邪死后,长子雕陶莫皋嗣为单于,号称复株累若鞮单于。雕陶莫皋奉母遗训,传国与弟,弟且麋胥,得嗣立为搜谐若鞮单于。且麋胥再传弟且莫车,为车牙若鞮单于。且莫车又传弟囊智牙斯，为乌珠留单于。囊智牙斯在位时，正值王莽篡汉买嘱匈奴，改授新匈奴单于章。至囊智牙斯病殁，弟咸入嗣，名乌累若鞮单于。咸复传弟呼都而尸道皋若鞮单于，名叫作舆。舆弟就是伊屠知牙斯，应由右谷蠡王进为左贤王。左贤王即匈奴储君，累世单于，往往经过此职。偏舆心想传子，诬杀伊屠知牙斯。当时恼动了一个贵官，系是日逐王比，为乌珠留单于长子，私下怨恨道："依兄终弟及的制度，右谷蠡王应该序立，否则我为前单于长子，应该由我继承，怎得诬杀右谷蠡王，妄思立子呢？"差不多似吴公子光。自是与舆有嫌，庭会稀疏。舆竟立子乌达鞮侯为左贤王，且派遣心腹，监领比部下士卒。既而舆死，乌达鞮侯立为单于。未及一年，又复病逝，弟蒲奴进承兄位。适值旱蝗为灾，赤地数千里，人马死亡大半，蒲奴恐中国出师，乘隙进击，乃遣使入塞，至渔阳乞求和亲，复敦旧好。光武帝亦遣中郎将李茂，传达复命。独日逐王比，满怀怨望，无从发泄，也密遣汉人郭衡，赍奉匈奴地图，南诣西河，恳请内属。前时由舆所派的心腹将士，监领比众，至此忙报知蒲奴，请即诛比。比弟斩将王亦一官名。在蒲奴帐下，得悉风声，慌忙驰报乃兄，比且惧且愤，遂召集八部兵四五万人，说明蒲奴兄弟，不当为主；并为伊屠知牙斯伸冤。八部酋长，相率赞成，遂即联同一气，共抗蒲奴。蒲奴遣兵讨比，见比拥众自固，不敢进攻，靡然退去。于是八部共推比为主，仍袭先祖遗名，叫做呼韩邪单于，一面款塞通诚，愿为藩蔽。光武帝闻报，询问公卿，众谓天下初定，中国空虚，不应受此降虏。惟五官中郎将耿国，援据孝宣帝故事，力请受降。光武帝依耿国言，许令归附。比遂自称呼韩邪单于，向汉称臣，作为外藩。匈奴从此分为南北了。小子有诗咏道：

　　招携怀远本仁声，况复胡人自款诚。
　　夷狄浸衰中国利，朔方从此少兵争。

南匈奴奉藩称臣，汉廷上下，共相庆贺。忽由南方传来急报，乃是武威将军刘尚，战殁蛮中。究竟如何战殁，待至下回叙明。

　　兼听则明，偏听则暗，人情大都如此，而抚有国家者，尤不可不三复斯言。试观光武帝为中兴令主，犹以女兄一言，几欲置董宣于死地。曾亦思皇亲犯法，庶民同罪？公主纵奴杀人，罪应连坐，乃反欲因董宣之守法，加以不测之诛,可乎不可乎?微董宣之直言无隐,拼死撞柱,则光武且为公主所蒙,而宣且枉死矣!此偏听之所以最易生憎也。尤可怪者,西域内附,一再却还,至日逐王比,款塞通诚,议者犹以拒绝为得计,夫不能自强,即闭关坚守,亦难免外侮之内侵。幸耿国排除众议,独伸己见,而光武帝亦恍然知悟,慨允投诚,可见西域之谢绝,实由无人为之谏诤耳。兼听则明,斯事亦其一证乎?

第二十二回

马援病殁壶头山　单于徙居美稷县

却说洞庭湖西南一带,地名武陵,四面多山,山下有五溪分流,就是雄溪樠(Mán)溪酉溪辰溪。这五溪附近,统为蛮人所居,叫作五溪蛮。相传蛮人是槃(Pán)瓠种,槃瓠乃是犬名。古时高辛氏帝喾,屡征犬戎,犬戎中有个吴将军,勇敢绝伦,无人可敌。帝喾乃悬赏购募,谓有人能得吴首,当配以少女。部下尚无人敢去,独有一犬,为宫中所蓄,毛具五采,取名槃瓠,他虽然不能人言,却是能通人性,竟潜至犬戎寨下,啮死吴将军,衔首来归。帝喾以犬虽有功,究竟人畜两途,不便践约,还是少女为父守信,自愿下就槃瓠。槃瓠负女入南山,作为夫妇,生了六男六女,互相配偶,辗转滋生,日益繁盛。这是无稽之谈,不足尽信。历代多视为化外,听他自生自养,只有他出来骚扰,不得不用兵征剿,稍平即止。建武二十三年,蛮酋单程等,又出掠郡县,由武威将军刘尚,奉诏往征,沿途遇着蛮众,一击便走,势如破竹。安知非诱敌计?尚以为蛮众无能,乐得长驱深入,好乘此捣穴平巢,谁知越走越险,越险越艰,满眼是深山穷箐,愁雾浓烟。此时正是建武二十四年春季,点明年月。天方暑湿,瘴气熏人,军士不堪疲乏,尚亦自觉难支,正拟回马退归,忽蛮峒中钻出许多蛮人,持刀执械,蜂拥前来。那时尚不及奔回,只好舍命与争。怎奈蛮众四至,数不胜计,霎时间把尚军围住,尚冲突不出,力竭身亡;手下都被杀尽,无一生还。未始非平蜀时候,屠戮蜀人之报。蛮众得了胜仗,愈无忌惮,便出寇临沅。临沅县令飞章告急,并陈明刘尚败没情形。光武帝又遣谒者李嵩,及中山太守马成,引兵前往,虽得保住临沅一城,终究是惩尚覆辙,未敢轻进。光武帝待了数月,不见捷音,免不得与公卿谈及,面有忧容。伏波将军马援,已自襄国还朝,闻得蛮众不平,复向光武帝前,自请出征。兵乃凶事,何苦常行?光武帝沉吟半晌,方与语道:"卿年已太老了!"援不待说毕，便答说道："臣年虽六十有二，尚能披甲上马，不足言老。"光武帝仍然沉吟，援急欲一试，便走至殿外，取得甲胄，穿戴起来，再令卫士牵过战马，一跃登鞍，顾盼自豪，示明可用。光武帝在殿内瞧着，不禁赞叹道："矍铄哉是翁！"乃命援出征，带同中郎将马武耿舒刘匡孙永等人，并军士四万余人，经秋出发，故友多送援出都，援顾语谒者杜愔道："我受国厚恩，年老日暮，常恐不得死所，今得受命南征，万一不利，死亦瞑目；但恐权豪子弟，在帝左右，或有蜚言，耿耿此心，尚不能无遗恨呢！"实是谶语。杜愔闻言，也觉得援语不祥，惟不便出口，只好劝慰数语，珍重而别。

　　看官阅过前回，应知援前次北征，曾规诫梁松窦固二人，二人不能无嫌，其实援与二人，积有嫌隙，尚不止为此一事。从前援尝有疾，梁松往援家问候，直至援榻前下拜，援高卧如故，不与答礼。及松去后，诸子并就榻问援道："梁伯孙松字伯孙。系是帝婿，贵重朝廷，公卿以下，无不惮松，大人奈何不为答礼？"援慨然道："我为松父友，彼虽贵，难道可不识尊卑么？"诸子才不敢再言。但松即从此恨援。援有兄子严敦，并喜讥议廷臣，援引为己忧，当出军交阯时，亦尝致书诫勉，教他谨言慎行，勉效龙伯高，毋效杜季良。伯高名述，当时为山都长，季良名保，为越骑司马。会保有仇人上书，劾保蔽群惑众，并连及梁松、窦固，说他与保交游，共为不法；一面觅得马援诫兄子书，作为证据。光武帝览奏后，召责松、固，且示及援书，松、固叩头流血，方得免罪，但将保褫职，擢述为零陵太守。自经此两番情事，松与固并皆嫉援，松且尤甚。援亦知两人挟嫌，恐他从中谗构，故与杜愔谈及后患。既知两人为患，何必定要出征。不过因皇命在身，未遑他顾，所以引军南下，冒险直前。途中饱历风霜，到了下巂，已是腊尽春来的时候。援在下巂县城中，度过残年，即使人探明武陵路径，计有两道可入，一从壶头山进去，路近水险；一从充县进去，路远地平。中郎将耿舒，谓不如就充县进行，较为妥当。援却拟舍远就近，免得旷日费粮。将帅各持一议，再由援上书奏明，无非说是急进壶头，扼贼咽喉，成功较速等语。光武帝当然从援，复诏依议。援遂由下巂出发，行至临乡，距壶头山约数十里，蛮众已闻援将至，出来堵截，被援驱杀一阵，斩获至二千余人，蛮众四散，尽向竹林中逃去。援命军士四处追寻，不见一贼，乃即进诣壶头山。壶头山高一百里，广袤至三百里，是第一著名的天险；再加急湍深滩,千回百折,几乎没有一片坦途,费了若干时日,才寻出一块平原,扎下营寨。举头相望,见蛮众已在高冈守着,堵住隘口,虽有千军万马,一时也杀不上去,援只得耐心静守,俟机再动。怎奈一住数日,并无机会,天气忽尔暴热,瘴疠交侵,士卒多染疫身亡,援亦不免困惫,乃穿壁为屋,入避炎气。有时闻蛮众鼓噪,不得不力疾出来,防备不测,甚至喘息频频,还要三令五申,亲励将士。左右见他尽瘁王事,无不叹惜,有几个且为涕下。中郎将耿舒,系建威大将军耿弇胞弟,因见前议不用,终致顿兵壶头,饱尝艰苦,心中很觉不平,遂寄书与弇,大略说是:

前舒上书当先击充,粮虽难运,而兵马可用,军人数万,争欲先奋。今壶头竟不得进,大众怫郁,行且坐死,诚可痛惜!前到临乡,贼无故自至,若夜击之,即可殄灭。伏波类西域贾胡,到一处辄止,以是失利,今果疾疫,皆如舒言。

耿弇得书,恐舒困顿蛮中,连忙将原书入奏。光武帝乃授梁松为虎贲中郎将,使他赍诏责援,且代监军。这个差事,想是由梁松运动得来。及松行抵壶头,援已病殁,松正好借端报怨,飞书上闻,不但劾援贻误军机,

并诬援在交阯时,曾取得无数珍宝,满载而归,甚至与援同行的马武,及于陵侯侯昱等,昱系前大司徒侯霸子。亦交章毁援,俱云援载宝还朝,确有此事。光武帝信以为真,立遣使收还新息侯印绶,还想追论援罪。至援柩运归,妻子不敢报丧,惟在城西买田数亩,草草藁葬,宾客故人,莫敢往吊。援妻子尚恐被谴,与援兄子严草索相连,诣阙请罪。光武帝方颁出松书,令他自阅。妻子才知为松所诬,连忙上书诉冤,书上至第六次,辞甚哀切,方得从宽。原来援在交阯时,尝饵薏苡仁,俗呼米仁。得祛风湿,轻身益气,后来功成将归,特因南方薏苡,颗粒较大,因收买数斛,载回家中。哪知松等诬为珠宝,几遭奇祸,僚友不为一言,还是前云阳令朱勃,与援同郡,独诣阙上书,为援讼冤。书云:

臣闻王德圣政,不忘人之功;采其一善,不求备于众。故高祖赦蒯通,即蒯彻,避汉武讳,改彻为通。而以王礼葬田横,大臣旷然,咸不自疑。夫大将在外,谗言在内,微过辄记,大功不计,诚为国之所慎也!昔章邯畏口而奔楚,燕将据聊而不下,岂其甘心末规哉!末规犹言下计。悼巧言之伤类也!

窃见故伏波将军新息侯马援,拔自西州,钦慕圣义,间关险难,触冒万死,孤立群贵之间,旁无一言之佐,驰深渊,入虎口,宁自知得遨七郡之使,膺封侯之福耶?建武八年,车驾西讨隗嚣,国计狐疑,众营未集,援建宜进之策,卒破西州。及吴汉下陇,冀路断隔,惟狄道为国坚守,士民饥困,寄命漏刻。援奉诏西使,镇慰边众,乃招集豪杰,晓谕羌戎,卒救倒悬之急,存几亡之城,兵全师进,因粮敌人。陇冀略平,而独守空郡,兵动有功,师进辄克,诛锄先零,缘入山谷,猛怒力战,飞矢贯胫。又出征交阯,土多瘴气,援与妻子生诀,无悔吝之心,遂斩灭征侧,克平一州。间复南讨,立拔临乡,师已有功,未竟而死,吏士虽疫,援不独存。夫战或以久而立功,或以速而致败,深入未必为得,不进未必为非。人情岂久乐屯绝地,不思生归哉?惟援得事朝廷二十二年,北出塞漠,南渡江海,触冒蛮瘴,为国捐躯,乃名灭爵绝,国土不传,海内不知其过,众庶未闻其毁,卒遇三夫之言,横被诬罔之谮,三夫见《韩子》,即三人言市中有虎之讹。家属杜门,葬不归墓,怨隙并兴,宗亲怖栗,死者不能自讼,生者莫为伸冤,臣窃伤之!臣闻

《春秋》之义，罪以功除，圣王之祀，臣有五义，若援，所谓以死勤事者也。愿下公卿平援功罪，宜绝宜续，以厌海内之望！臣年已六十，常伏田里，窃感栾布哭彭越之义，冒陈悲愤。战栗阙庭，伏乞明鉴。

这书呈入，光武帝始许援归葬旧茔。好在武陵蛮亦已乞降，由监军宋均奏报，于是援事更不追问了。看官阅此，应疑前次征蛮，何等艰难，后来收降蛮众，为何又这般容易？说将起来，仍不得不归功马援。援在壶头数月，军士原劳顿不堪，蛮众登高拒守，不得下山，也是饥困得很。谒者宋均，本在援营监军，探得蛮众疲敝，意欲矫制归降，得休便休。惟援已病殁，军中无主，何人敢赞同均议？均却毅然说道："忠臣出境，有计议可安国家，何妨专命西行！"乃矫制调伏波司马吕种，赍着伪诏，驰入蛮营，晓示恩信；一面鸣鼓扬旗，作进攻状。蛮首单程，不免惶惧，因与吕种定约，情愿投降。种返报宋均，均复邀单程出见，好言宣抚，特为设置长吏，事毕班师。途次先遣使上书，自言矫制有罪，听受处分。光武帝略罪论功，待均还朝，敕赐金帛。惟马援四子，不得嗣封，援葬后亦无赠恤明文，但置诸不论罪罢了。未免寡恩。是时大司空朱浮免官，进光禄勋杜林为大司空，林受任数月，又复去世，大司徒蔡茂亦殁。乃更擢陈留太守玉况为大司徒，太仆张纯为大司空。既而玉况又卒，光武帝又记起前议，要想变易旧章。原来故建义大将军朱祐，曾奏称唐虞时代，契作司徒，禹作司空，并无大字名号，圣贤且未敢称大，后人岂易当此？应令三公并去大名，以法经典，奏入不报。此时朱祐已殁，遗疏尚存，又值蔡杜等人，接连病逝，光武帝以大字不祥，不如追从祐议，令二司不得称大，并改大司马为太尉。即日将行大司马事刘隆，免去职衔，另授太仆赵熹为太尉，大司农冯勤为司徒。特叙此事，为下文叙述各官标明沿革。熹与勤无甚奇勋，特以从驾有年，积劳已久，得膺上选。惟司空张纯，为前汉富平侯张安世玄孙，世袭封爵，敦谨有守，建武初先来朝谒，故仍使复国。建武五年，拜为大中大夫，使率颍川突骑，安集荆徐扬各州，管领粮道，接济诸将帅军营，颇称有功。嗣又屯田南阳，迁五官中郎将。有司奏称前代列侯，若非宗室，不宜复国，光武帝因纯有勋劳，未忍削夺，但徙封武始侯，比富平禄食减半。及继杜林为司空，志在萧规曹随，即萧何曹参，见《前汉演义》。清静无为，故亦无特迹可纪。光武帝亦注重安民，不喜纷更，故自中原平定以后，惟简用

二三老成人,作为三公。如蔡茂杜林诸徒,半是清廉有操,靖共尔位,虽与开国功臣,劳逸不同,但太平时候,得此守法奉公的大吏,也可谓称职无惭了。持论平允。至若守令中间,却有几个著名的循吏:桂阳太守卫飒,九真太守伍延,庐江太守王景,都是为民兴利,教养有方。还有江陵令刘昆,遇着火灾,向火叩头,火竟灭熄,再迁为弘农太守。弘农多山,山中有虎,并皆负子渡河。事为光武帝所闻,特召昆入问道:"前在江陵,反风灭火,后守弘农,虎北渡河,究竟有何德政,能致是事?"昆答说道:"这也不过偶然遇此呢!"却是真话。左右听了,不禁窃笑。光武帝独赞叹道:"这真是忠厚长者,言无虚饰,若他人作答,不是自夸,便是贡谀了!"遂命书诸策中,面授昆为光禄勋,昆始谢恩退去。未几又有前京兆掾第五伦,管领市政,素有清名。光武帝召伦入见,与语政事,伦奏对称旨,遂拜伦为会稽太守。伦莅政后,为政廉平,民皆称颂,备述贤吏,不没循声。光武帝也有意劝廉,增置吏俸,禄养既足,方使专心牧民,这未始非上以是求,下以是应呢!重禄劝官,本是要道。

且说匈奴日逐王比,既自立为单于,向汉称藩,时人遂称比为南单于。光武帝特遣中郎将段郴，音琛。副校尉王郁，往授南单于玺绶，且准令入居云中。南单于欣然受命，一面遣子入侍，奉表谢恩。光武帝复嘉谕南单于，使得徙居西河郡美稷县，并授段郴为中郎将，王郁为副，嘱他留戍西河，拥护南单于。南单于亦设置诸侯王，助汉捍边。凡云中五原朔方北地定襄雁门上谷代八郡边民，前时避寇内徙，至此各赐钱谷，悉数遣归。独北匈奴单于蒲奴，恐南单于导引汉兵，乘间进击，乃将从前所掠汉民，陆续放还，且遣使至武威郡，乞请和亲。武威太守据实奏闻，光武帝令群臣集议，连日不决。皇太子庄进言道："南单于新来归附，北虏自恐见伐，故前来请和。若遽尔允许，恐南单于将有贰心，不如勿受为是。"光武帝乃复谕武威太守，谢绝来使。朗陵侯臧宫，扬虚侯马武，却联名上书，请击北匈奴，略谓匈奴贪利，不知礼信，穷乃稽首，安即侵盗，现在北虏饥荒，疲困乏力，万里死命，悬诸陛下，诚使命将出塞，招募羌胡，厚加购赏，并力攻击，不出数年，定可平虏等语。光武帝不愿依议，独下诏答复道：

《黄石公记》曰："柔能制刚，弱能制强。"舍近谋远者，劳而无功；舍远谋近者，逸而有终。故曰务广地者荒，务广德者强，有其有者安，贪人有者残。残灭之政，虽成必败。今无善政，灾变不息，百姓惊惶，人不自保，而复欲远事边外乎？孔子曰："吾恐季孙之忧不在颛臾。"且北狄尚强，而屯田警备，传闻之事，恒多失实。诚能举天下之半，以灭大寇，岂非自愿？苟非其时，不如息民。诸王侯公卿，其各知朕意！

越年为建武二十八年，北匈奴又遣使诣阙，贡马及裘，更请和亲，并请音乐，且求率西域诸国胡客，一同朝贡。光武帝再令三公以下，商议可否。当有一位文学优长的掾史，胪陈计议，拜表上闻。正是：

明主倦勤惟偃武，词臣弭笔且和戎。

欲知何人具奏，所奏何词，容待下回再叙。

光武帝优待功臣，独于伏波将军马援，轻信梁松之谮，立收印绶，不使归葬，后人多讥光武之寡恩，为盛德累，固矣！夫马援之进军壶头，尝上书奏闻，明邀俞允，即使失策，光武亦不能辞责，况不过兵士劳顿，并无败军覆师之罪，光武何嫌？乃以梁松一言，暴怒至此。意者其由松为帝婿，有舞阴公主之媒孽其间,乃激成此举欤? 援既知蜚言之可惧,而不先引身乞退,自蹈祸机,殆亦明于料人,昧于责己耳! 南单于欵塞通诚,不妨受降,惟不宜徙入内地,华夷之界,不可不严,一或溃防,后患匪浅。汉虽未遭其害,而典午适当其祸,推原祸始,不能不为光武咎。光武对内则失之伏波,对外则失之南单于,为政固非易事哉。

第二十三回

纳直言超迁张佚　信谶文怒斥桓谭

却说北匈奴一再求和，公卿等聚议纷纷，尚难解决。独司徒掾班彪，陈述己见，请光武帝暂与修和，并为草拟诏书，大略如下：

臣闻孝宣皇帝敕边守尉曰："匈奴大国多变诈，交接得其情，则却敌折冲；应对失其宜，则反为所欺。"今北匈奴见南单于来附，惧谋其国，故屡乞和亲；又远驱牛马，与汉合市，重遣名王，多所贡献，斯皆外示富强，以相欺诞也。臣见其贡益重，其国益虚；求和愈数，为惧愈多。然今既未获助南，则亦不宜绝北，羁縻之义，理无不答。谓可颇加赏赐，略与所献相当，明加晓告以前世呼韩邪郅支行事。报答之辞，必求适当，今立稿草并上曰：下文是代诏书口吻。"单于不忘汉恩，追念先祖旧约，欲求和亲，以辅身安国，计议甚高，为单于嘉之。往者匈奴数有乖乱，呼韩邪郅支，自相仇隙，并蒙孝宣帝垂恩救护，故各遣侍子，称藩保塞。其后郅支忿戾，自绝皇泽；而呼韩附亲，忠孝弥著。及汉灭郅支，遂保国传嗣，子孙相继。今南单于携众向南，款塞归命，自以呼韩嫡长，次第当立，而侵夺失职，猜疑相背，数请兵将，归扫北庭，策谋纷纭，无所不至。惟念斯言不可偏听，又以北单于比年贡献，欲修和亲，故拒而未许，将以成单于忠孝之义。汉秉威信，总率万国，日月所照，皆为臣妾，殊俗百蛮，义无亲疏，服顺者褒赏，叛逆者诛罚，善恶之效，呼韩郅支是也。今单于欲修和亲，款诚已达，何嫌而欲率西域诸国，俱来献见？西域国属匈奴与属汉何异？单于数连兵乱，国内虚耗，贡物裁以通礼，何必献马裘！今赍杂缯五百匹，弓鞬韇(dú)丸一，矢四发，遣遗单于；又赐献马左骨都侯右谷蠡王，并匈奴官名。杂缯各四百匹，斩马剑各一。单于前言先帝时，所赐呼韩邪竽瑟箜篌皆敝，愿复裁赐。念单于国尚未安，方厉武节，以战攻为务，竽瑟之用，不如良弓利剑，故未以赍。朕不爱小物于单于，便宜所欲，遣译以闻。"

光武帝得书后，颇觉彪言有理，即照他所拟草诏，缮发出去，所有赏赐各物，亦俱如彪言。北匈奴受诏而去。会值沛太后郭氏，即废后。见二十一回。得病身亡，光武帝命从丰棺殓，使东海王强奉葬北邙。并使大鸿胪郭况子璜，得尚帝女淯阳公主，进璜为郎。亲上加亲，还是不忘故后的意思。且因东海王强去就有礼，加封鲁地，特赐虎贲旄头钟虡（jù）等物，徙封鲁王兴为北海王。兴系齐武王刘缜子，见前文。惟自东海王强以下诸兄弟，虽俱受王封，还是留居京都，未尝就国。当时诸王竞修名誉，广结交游，门下客多约数百，少亦数十人。王莽从兄王仁子磐，自莽被灭后，幸得免祸，家富如故，平时雅尚气节，爱士好施，著名江淮间。旋因游寓京师，与士大夫往来，名誉益盛，列侯公卿，喜与接谈，就是诸王邸中，亦常见王磐足迹。故伏波将军马援，有一侄女，嫁磐为妻。援却不甚爱磐，且闻他出入藩邸，愈为磐忧，尝与姐子曹训道："王氏已为废族，为子石计，磐字子石。理应屏居自守，乃反在京浪游，妄求声誉，我恐他不免遭殃呢！"已而复闻磐子肃来往北宫，及王侯邸第，乃复语司马吕种道："国家诸子并壮，不与立防，听令交通宾客，将来必起大狱！卿等须预先戒慎，免得株连！"观人不可谓不审，料事不可谓不明。吕种似信非信，总道诸王势大，可以无虞，因此将援言撇诸脑后，也在藩邸中奔走伺候，曲献殷勤。哪知郭氏殁后，便有人诣阙上书，说是王肃父子，漏网余生，反得为王侯宾客，终恐因事生乱，亟宜加防。光武帝览书生愤，便饬郡县收捕王肃父子，并及诸王宾佐，辗转牵引，系狱至千余人。吕种亦遭连坐，不禁悔叹道："马将军真神人呢！"但祸已临头，嗟亦无及，就使没有什么大罪，到此已玉石不分，无从辩诉。冤冤相凑，又出了一种杀人的巨案。从前刘玄败没，光武帝尝封玄子鲤为寿光侯。鲤记念父仇，迁怨刘盆子兄弟，因将盆子兄故式侯刘恭，乘间刺死。鲤与沛王辅友善，案情且连及沛王。故鲤坐罪下狱，沛王亦一同被系。光武帝恨上加恨，遂将王肃父子，并诸王宾客，相率处死。沛王系狱三日，经王侯等力为救请，才得释出，乃一并遣令归国，不得仍留京师。诸王奉诏，不得不入朝辞行，分道去讫。

皇太子庄，春秋渐高，留居东宫，光武帝欲为选师傅，辅导储君，因向群臣咨问,令他各举所知。太子舅阴识,已受封原鹿侯,官拜执金吾,群臣俱上言太子师傅,莫如阴侯。独博士张佚进说道:"今陛下册立太子,究竟为天下起见呢?还是为阴氏起见呢?为阴氏起见,阴侯原可为太子师傅;若为天下起见,应该选用天下贤才,不宜专用私亲!"光武帝点头称善,且顾语张佚道:"欲为太子置师傅,正欲储养君德,为天下计。今博士且能正朕,况太子呢?"当下拜佚为太子太傅,佚直任不辞,受职而退。还有太子少傅一缺,另任博士桓荣,各赐辎车乘马等物。荣沛郡人,资望比张佚为优,少时游学长安,师事博士朱普,习《尚书》学,家贫无资,佣食自给,十五年不归问家园。及朱普病殁,送丧至九江朱家,负土成坟,遂在九江寓居,教授生徒,多至数百人。王莽末年,天下大乱,荣怀藏经书,与弟子逃匿山谷,虽时常饥困,尚是讲学不辍。待乱事既平,乃复出游江淮,仍以教授为生。建武十九年,始得辟为大司徒掾属,年已六十有余。弟子何汤,为虎贲中郎将,在东宫教授《尚书》。光武帝尝问汤师事何人,汤以荣对,乃召荣入见,令他讲解《尚书》,确有特识,因即擢为议郎,亦使教授太子。寻复迁为博士,常在东宫留宿,朝夕讲经。太子庄敬礼不衰。及为

太子少傅，荣已七十余岁，乃大会诸生，具列车马印绶，欢颜语众道："今日得蒙厚恩，全由稽古得力，诸生可不加勉么？"以学术博取富贵，志趣亦卑，桓荣一得自矜，不足为训。越二年复改任太常，事见后文。

且说建武三十年仲春，光武帝命驾东巡，行至济南，从驾诸臣，俱表陈光武帝功德，宜就泰山行封禅礼，光武帝不许，毅然下诏道：

朕即位三十年，百姓怨气满腹，吾谁欺，欺天乎？曾谓泰山不如林放乎？何事污七十二代之编录？若郡县远遣吏上寿，盛称虚美，必髡，令屯田。特诏。

诏书既下，群臣既不敢复言，待至光武帝东巡已毕，即奉驾还宫。好容易过了两载，已是建武三十二年，光武帝偶读《河图会昌符》，谶记书名。有云："赤刘之九，会命岱宗。"不由的迷信起来，暗想前次东巡，群臣都劝我封禅，彼时我未见此书，还道封禅无益，所以驳斥。今谶文如此云云，莫非真要我行此古礼？乃命虎贲中郎将梁松等，按索河洛谶文，计得九世封禅，共三十六事。不知从何书查出。司空张纯等，即希旨上书，奏请封禅，略云：

自古受命而帝，治世之隆，必有封禅以告成功焉。《乐·动声仪》曰：《动声仪》系《乐纬》篇名。"以雅治人，风成于颂。"有周之盛，成康之间，郊祀封禅，皆可见也。《书》曰："岁二月，东巡狩，至于岱宗柴。"则封禅之义也。说得牵强。伏见陛下受中兴之命，平海内之乱，修复祖宗，抚存万姓，天下旷然，咸蒙更生，恩德云行，惠泽雨施，黎元安宁，夷狄慕义。《诗》曰："受天之祜，四方来贺。"今摄提之岁，《尔雅》云："太岁在寅，曰摄提格。"苍龙在寅，德在东宫，太岁号苍龙。宜及嘉时，遵唐帝之典，继孝武之业，以二月东巡狩，封于岱宗。明中兴，勒功勋，复祖统，报天神，禅梁父，祀地祇，传祚子孙，万世之基也。谨拜表上闻。

这书呈入，便蒙批准。未免自相矛盾。司空张纯，忙将汉武帝封禅旧例，纂辑成编，呈将进去。光武帝以汉武故事，尝有御史大夫从行，此次援照旧仪，就命纯比御史大夫，伴驾东出。择定二月初吉，启行出都，沿途仪仗，比前较盛。既到东岳，便柴望岱宗，封泰山，禅梁父，俱如汉武成制。惟刻石文，另行撰就，无非是歌功颂德的套话，小子无暇记录。但封禅礼告成以后，准备回銮，不料张司空骤然得病，医药罔效，延挨了三五日，一命呜呼。想是东岳请他修文去了。光武帝不免扫兴，当即拨司空从吏，护丧西归，自己亦匆匆还宫。惟既行封禅礼，不得不循例大赦，蠲免泰山郡一年田租，且改建武三十二年为中元元年。擢太仆冯鲂为司空，使继纯职。哪知司徒冯勤，也是一病不起，惹得光武帝越加懊怅，暂时不令补缺，直至孟冬时候，方授司隶校尉李䜣为司徒。群臣尚一意贡谀，竞言祥瑞，或谓京中有醴泉涌出，或谓都下有赤草丛生，就是四方郡国，也奏称甘露下降，说得百灵效顺，四海蒙庥。君有骄心，必有佞臣。一班公卿大夫，且上言天下清宁，祥符显庆，宜令太史撰集，传诸来世。还是光武帝虚灵不昧，未肯听许，所以史官只略载一二，不尽铺张。会值孟冬蒸祭，冬祭曰蒸，见《礼记》。光武帝使司空告祠高庙，先日颁诏云：

昔高皇帝与群臣约，非刘氏不王，吕太后贼害三赵，赵幽王友，赵恭王恢，赵隐王如意。专王吕氏，赖社稷之灵，禄产伏诛，天命几坠，危朝更安。吕太后不宜配食高庙，同祧(tiāo)至尊。薄太后母德慈仁，孝文皇帝贤明临国，子孙赖福，延祚至今。其上薄太后尊号曰高皇后，配食地祇，迁吕太后庙主于园，四时上祭。垂为永典，毋愆尔仪。

嗣是起明堂，筑灵台，作辟雍，又在北郊设立方坛，主祀地祇，略与南郊祭天坛相似，惟形式不同。费了若干工役，才得告成，乃宣布图谶，昭示天下。先是光武帝从强华言，援据赤伏符谶文，乃即帝位。见前文。及四方寇乱，依次削平，越觉得谶文不爽，迷信甚深，给事中桓谭，尝上书规谏道：

臣闻人情忽于现事，而贵于异闻。观先王之所记述，咸以仁义正道为本，非有奇怪虚诞之事。盖天道性命，圣人所难言也，自子贡以下，不得而闻，况后世浅儒，能通之乎？今诸巧慧小才技数之人，增益图书，矫称谶记，以欺惑贪邪，诖误人主，焉可不抑远之哉？臣谭伏闻陛下穷折方士黄白之术，甚为明矣；而乃欲听纳谶记，又何误也？其事虽有时适合，譬犹卜数只偶之类。陛下宜垂明听，发圣意，屏群小之曲说，述五经之正义，略雷同之俗语，详通人之雅谋，则不必索诸虚无，太平自庶几矣！臣自知愚戆，谨冒死上陈。

光武帝览疏，甚是不怿。及建筑灵台，择视地点，又欲决诸谶文，谭

信谶文怒斥桓谭

复极言谶文不经,光武帝大怒道:"桓谭非圣不法,罪当处死!"谭不胜惊惧,叩头流血,方蒙宽宥,惟尚降谭为六安郡丞。谭怏怏就道,得病即死,年已七十余岁。何不早去?又有大中大夫郑兴,因光武帝语及郊祀,拟从谶文取断,兴直答道:"臣不览谶文。"光武帝作色道:"卿不览谶文,莫非不信谶么?"兴慌忙叩谢道:"臣素愚昧,书多未读,并非不信谶文。"光武帝方才无语,但终不留任内用。后来兴被侍御史讦奏,说他出使成都时,私买奴婢,应该加罪,遂谪兴为莲勺令。兴赴任后,正欲缮修城郭,以礼教民,又奉朝命免官,归老开封原籍。兴素好古学,尤通《左氏》《周官》,善长历数,如杜林桓谭诸人,往往向兴问业,取承意旨,故世言《左氏春秋》,多半宗兴学说。兴归里后,但至阌乡授徒,三公屡加征辟,不肯复起,得以寿终。识见比桓谭为高。子众能承父学,下文自有交代。

未几已是中元二年,光武帝已六十三岁,还是昧爽视朝,日昃乃罢,暇时辄召入公卿郎将,与谈经义,至夜静方才就寝。皇太子庄,常间间进言道:"陛下明若禹汤,独不似黄老养性,未免过劳,愿从此颐养精神,优游自适。"光武帝摇首道:"我乐为此事,并不觉疲劳呢!"话虽如此,究竟年老力衰,不堪烦剧,竟于中元二年二月间,染病日剧,在南宫前殿中,寿毕归天。总计光武帝在位,共三十三年,起兵舂陵,迭经艰险,终能光复旧物,削平群雄,可见他智勇深沉,不让高祖。至天下已定,务用安静,退武臣,进文吏,明慎政体,总揽权纲。并且崇尚气节,讲求经义,耳不听郑声,手不持玩好,与王侯等持盈保泰,坐致太平,比那高祖嫚骂儒生,诛夷功臣,纵吕后祸刘,实是相差得多哩!也是确评。惟妻妾易位,嫡庶乱序,嬖幸梁松,薄待马援,晚年尚迷信图谶,侈志东封,这虽是瑕不掩瑜,免不得有伤盛德呢!小子有诗咏道:

郁葱佳气早呈祥,苏伯阿善望气,顾视舂陵乡,尝叹语云:"气佳哉,郁郁葱葱然!"帝业重光我武扬。

三十三年膺大统,功多过少算明王。

光武帝崩,太子庄当然嗣位,是为孝明皇帝。欲知明帝即位情形,待至下回再详。

光武帝惩诸王之滥交,并令就国,乃慎选太子师傅,为储养计。阴识本太子母舅,原不宜为太子师,张佚斥群臣之谬论,请择用天下贤才,议固近是,乃其后居然自任,未闻有至德要道,进勖东宫,岂太子果不必指导欤?《后汉书》不为张佚列传,想因其无行可述,故略而不详。至少傅桓荣,独详为记载,有褒美意,但观其夸示诸生,称为稽古之力,但亦一借学沽名,骏而不醇。荣且如此,佚更可知。光武之因言举人,得毋为佚所欺乎?桓谭以善琴干进,尤不足道;及论图谶之不经,却是持正之谈。彼郑兴之学识,较谭为优,而光武帝俱斥而远之,亦思依谶东封,有何效益。匝月而张纯病死,逾年而车驾宾天,谶语果可信耶?不可信耶?光武逸矣!后之人幸勿过事迷信也。

第二十四回

幸津门哭兄全孝友　图云台为后避勋亲

却说明帝继承大统，即日正位，年已三十，命太尉赵熹主持丧事。时经王莽乱后，旧典多散佚无存，诸王前来奔丧，尚与新天子杂坐同席，藩国官属，亦得出入宫省，与朝廷百官无别。熹独正色立朝，横剑殿阶，扶下诸王，辨明尊卑；复奏遣谒者，监视藩吏，不得擅入，诸王且并令就邸，只许朝夕入临；整礼仪，严门卫，内外肃然。不可谓非赵熹才能。尊皇后阴氏为皇太后，奉葬光武帝于原陵，庙号世祖。光武帝曾有遗言：一切葬具，俱如孝文帝制度，务从节省，不得妄费。因此多从朴实，屏去纷华。志此以见光武之俭。山阳王荆，为明帝同母弟，性独阴刻，专喜害人。当闻丧入临时，哭亦不哀，且伪作飞书，用函密封，嘱使苍头冒充郭况家奴，送交东海王强。强展开一阅，大为惊异。但见书中写着：

君王无罪，猥被斥废，而兄弟至有束缚入牢狱者，指沛王辅，事见前文。太后失职，别守北宫，及至年老，远斥居边，海内深痛，观者鼻酸。及太后尸柩在堂，洛阳吏以次捕斩宾客，至有一家三尸伏堂者，痛亦甚矣！今天下有丧，弓弩张设甚备，梁松饬虎贲吏曰："吏以便宜从事，见有非法而拘常制，封侯难再得也！"郎官窃恶之，为王寒心屏息。今天下方欲思刻害王以求功，宁有量耶？若归并二国之众，东海与鲁。可聚百万，君王为之主，鼓行无前，功易于泰山破鸡子，轻于四马载鸿毛，此汤武兵也。今年轩辕星有白气，星家及喜事者，皆云白气者丧，轩辕女主之位。又太白前出西方，至午犹现，主兵当起。又太子星色黑，日辄变赤，黑为病，赤为兵，请王努力从事！高祖起亭长，先帝兴白水，何况于王为先帝长子，本故副主哉？上以求天下，事必举；下以雪沉没之耻，报死母之仇，精诚所加，金石为开。当为秋霜，毋为槛羊；虽欲为槛羊，又可得乎？窃见诸相工言王贵天子法也。人主崩亡,闾阎之伍尚为盗贼,欲有所望,何况王耶?夫受命之君,天之所立,不可谋也。今嗣帝乃人之所置,强者为右,愿君王为高祖先帝所志,毋为扶苏秦始皇长子。将间秦始皇庶子。徒呼天也。

是书却无署名,不过来人传言,谓是大鸿胪郭况亲笔。强亦不暇细讯,但将来使执住,解送阙下,并将原书呈入。明帝命将使人系狱,不令穷治,惟留心访察。知系山阳王荆所为,谋害东海王,自思荆为胞弟,未便举发,不如暂从隐秘。但遣荆出止河南宫,至丧葬事毕,首先令荆还国。一面颁发诏令道:

方今上无天子,下无方伯,若涉渊水,而无舟楫。夫万乘至重,而壮者虑轻,实赖有德左右小子。高密侯邓禹,元功之首;东平王苍,宽博有谋。其以禹为太傅,苍为骠骑将军。弼予小子,钦哉惟命!

原来东平王苍,系明帝同母长弟,少好经书,具有智略,明帝素与友爱,因特留任骠骑将军,位居三公上。高密侯邓禹,年已垂老,自从关中东归,深居简出,不求荣利。有子十三人,各使学成一艺,修整闺门,教养子孙,俱可为后世法则。光武帝在位时,曾因他杖策定谋,足为功首,所以特

加宠异，至是复拜为太傅，进见时却令东向，待若宾师。臣当北面，东向系宾师之位。禹就职逾年，已是永平纪元，朝贺以后，即患瘫疾，好容易延至五月，禄寿告终。明帝优加赙赠，予谥曰元。分禹封为三国，令禹长子震嗣爵高密侯，次子袭封昌安侯，三子珍封夷安侯。接连是东海王强，亦已病故，讣至阙下，明帝从阴太后出幸津门亭，遥为举哀，使司空冯鲂持节至鲁，护理丧事。诸王及京师亲戚，一体会葬，予谥恭王。强本封东海，嗣加鲁地。见前。从前鲁恭王余，景帝子。好筑宫室，建造灵光殿，规模宏敞，虽经变乱，此殿独存。光武帝怜强无罪，自愿逊位，故特加给鲁地，令他徙居鲁殿，安享天年。偏强寿命不永，殁时只三十四岁。遗疏以子政不肖，未便袭封，愿仍还东海郡，让还鲁地。明帝不忍依议，仍使政承袭旧封。果然政纵淫渔色，行检不修。后至中山王焉病逝时，焉系郭后所出，见前。政往中山送葬，见焉妾徐姬，姿容韶秀，竟将她诱取了去，据为己妾。又盗迎掖庭出女，载入都中，日夕图乐。鲁相及豫州刺史，奏请诛政，有诏但削去薛县，薄惩了事，政幸得令终。这是后话不表。已为章帝时事。

　　且说西海一带，西海即青海。向为羌人杂居地，秦初有无弋爱剑，为秦所拘，乘间脱去，匿居岩穴间。嗣出与劓妇相遇，谐成夫妇，劓女自耻失容，常用发覆面，羌人遂沿为习俗。且因爱剑匿穴不死，必有后福，遂共推为酋长，徙居河湟。后来子孙日蕃，各自为种，或因地得名，或因人得名。秦汉时叛服靡常，汉武帝始遣将军李息，讨平群羌，特置护羌校尉。宣帝因先零羌寇边，复使后将军赵充国，击破先零，屯田设戍。元帝时又有叛羌，再遣右将军冯奉世出剿，才得平定。自从爱剑五传至研，颇称豪健，威服诸羌，子孙遂以研为种号。再传八世，又出了一个烧当，雄武与研相同，子孙更自名为烧当种。王莽末年，中原大乱，四夷内侵，羌人亦还据西海，入寇金城。时隗嚣据有陇西，不能平羌，索性发粟接济，诱他拒汉。嗣经来歙马援两将军，一再征讨，羌势少衰。独烧当玄孙滇良，为先零卑湳（nǎn）诸羌所侵，发愤图强，招携怀远，竟得收集各部，袭破先零卑湳，据有两羌土地。滇良死后，子滇吾嗣，辗转收抚各羌种，教他攻取方略，作为渠帅。羌种沿革，已见大略。中元二年秋间，滇吾与弟滇岸等，带着步骑五千人入寇陇西。陇西太守刘盱，出兵拒战，为羌所败，丧亡五百余人。滇吾得了胜仗，趁势号召诸羌，于是为汉役属的羌人，亦起应滇吾，相率犯边。明帝方才嗣立,忙遣谒者张鸿,领兵出塞,会同陇西长史闲飒,共讨滇吾。哪知到了允吾县唐谷间,中了滇吾的埋伏计,四面兜击,全军覆没。于是再起马武为捕虏将军,使与监军使者窦固,中郎将王丰,右辅都尉陈䜣等,调集兵士四万人,大击滇吾。行至金城郡浩亹(mén),正值羌众前来,马武系百战老将,便当先冲锋,奔杀过去。羌众不能抵敌,向后退去,武得斩首六百级,乘胜追抵洛都谷。谷中两面削壁,不便驱驰,羌人却得依险返攻,来战汉军,汉军措手不及,前队多死。还亏马武行军有律,不致自乱,徐徐的退出谷外,安就坦途。羌众却也狡黠,掉头自去,相引出塞。武检点军士,已伤毙了千余人,尚幸全军锐气,未尽消失,乃复整阵追击,直抵塞外。羌人总道汉军败退,不致再追,乐得放心安胆,解甲韬弓,信口唱着番歌,向西归去。不意汉兵从后杀到,吓得羌众魂散魄驰,人不及甲,马不及鞍,又没有山谷可以暂避,偏偏在东西邯间,碰着大敌。东西邯有水分流,中央筑亭,叫作邯亭,邯亭左右,邯水分绕,因名东西邯。这乃是往来大道,并无险阻,汉兵正好纵击,大杀一阵,剁落四千六百颗头颅,擒住一千六百个生口。滇吾滇岸拼命逃生,余众或降或奔,不在话下。武乃振旅还朝,得增封邑七百户。越二年,武即病终。*垂暮得功,比伏波福运为优。*

　　同时辽东太守祭肜,亦遣偏将讨赤山乌桓,斩将搴旗,大获胜仗,威声四震,绝塞无尘。所有沿边屯卒,各请罢归,俾得休息。明帝因羌胡远遁,四海无惊,正好追承先志,修明礼教。乃与东平王苍等,议定南北郊祀礼仪,及冠冕车服制度,宗祀光武帝于明堂,登灵台,望云物,临辟雍,行大射礼。*总算是父作子述。*嗣复援照古制,就辟雍养老,创设三老五更。三老知天地人三事,五更知五行更代,并不是有三人五人。当下拜李躬为三老,桓荣为五更。三老服都纻(zhù)大袍,*织纻为美布,故曰都纻。*戴进贤冠,*即古淄布冠。*扶玉杖;*杖端刻玉为鸠,故称鸠杖,亦号玉杖。*五更衣冠与三老相同,惟玉杖不扶。明帝先至辟雍礼殿,就坐东厢,遣使用蒲轮安车,往迎三老五更。待他到来,由宾阶升堂,明帝亦起座相迎,作揖如仪。三老就东面,五更就南面,三公设几,九卿正履,明帝亲袒割牲,执酱而馈,执爵而酳(yìn),祝哽在前,祝噎在后,实行那夏商周的遗制。及养老礼成,始引太学弟子升堂,由明帝自讲经义,徐为引伸,诸儒执经问难,冠带搢绅,都来观听,环列桥门,以亿万计。于是赐荣爵关内侯,三老五更,皆以二千石禄养终身。*李躬事不见列传,且未得侯封,不知何故,令为三老?* 荣年已逾八十,屡因衰老乞归。明帝但加赏赐,不令告退,且始终以师礼相待,未尝失敬。荣由少傅调任太常,明帝犹随时存问,往往亲临太常府中,使荣就东面坐着,特设几杖,召集公卿百官,及荣门生数百人,向荣问业。诸生或向帝请益,帝辄谦让道:"太师在是,不必问我!"至罢讲散归,尽把太官供具,移赐与荣。荣有疾病,太官太医奉诏往视,陆续不绝。既而疾笃,由荣上疏谢恩,让还爵土。明帝又亲往问候,入街下车,拥经而前,抚荣垂涕,面赐床茵帷帐、刀剑衣被,好多时方才别归。自是公卿问疾,不敢复乘车到门,步至荣室,悉拜床下。及荣寿终,明帝亦亲自变服,临丧举哀,赐葬首阳山。荣长子雍早殁,少子郁应当袭爵,郁愿让封与兄子汎,明帝不许,郁乃受封,所得租赋,仍畀兄子,明帝甚以为贤,召为侍中。*郁之贤,实过乃父。* 惟明帝既尊礼师傅,复追忆功臣,特就南宫云台中,图绘遗像,共得二十八将,再加王常李通窦融卓茂四侯,合成三十二人。当时诸人多已物故,赖有云台遗迹,表著千秋,特将官爵姓名,照录如下:

太傅高密侯邓禹	中山太守全椒侯马成
大司马广平侯吴汉	河南尹阜成侯王梁
左将军胶东侯贾复	琅玡太守祝阿侯陈俊
建威大将军好畤(zhì)侯耿弇	骠骑大将军参蘧侯杜茂
执金吾雍奴侯寇恂	积弩将军昆阳侯傅俊
征南大将军舞阳侯岑彭	左曹合肥侯坚镡
征西大将军阳夏侯冯异	上谷太守淮阳侯王霸
建义大将军鬲侯朱祐	信都太守阿阳侯任光
征虏将军颍阳侯祭遵	豫章太守中水侯李忠
骠骑大将军栎阳侯景丹	右将军槐里侯万修
虎牙大将军安平侯盖延	太常灵寿侯邳彤
卫尉安成侯铫期	骁骑将军昌成侯刘植
东郡太守东光侯耿纯	城门校尉朗陵侯臧宫
捕虏将军扬虚侯马武	骠骑将军慎侯刘隆
横野大将军山桑侯王常	大司空固始侯李通
大司空安丰侯窦融	太傅褒德侯卓茂

这三十二人的籍贯，小子在前文中，俱已叙明，故不赘述。惟自邓禹至刘隆，共二十八将，并佐光武帝中兴，相传为上应二十八宿，或竟说他是星君下凡，这未免穿凿附会，不值一辩，所以小子亦不敢妄录。但将云台所纪，史官所采，依次列入罢了。尚有伏波将军马援，也是个中兴功臣，光武帝误听梁松，把他薄待，难道明帝也将他失记么？说来又有原因，还请看官听着。马援元配贾氏，早殁无子，继娶蔺氏，生有四子三女，少子客卿，幼即歧嶷，六岁能应接诸公，专对宾客，援甚加钟爱，因名为客卿。自援家遭谗失势，客卿亦哭父病亡，蔺夫人不胜悲悼，尝患怔忡，外事由援子廖防等主持，内事由援女料理。少女年仅十岁，才逾二姐，独能整办家事，驾驭僮仆，且勤且俭，事若成人；惟因生性好劳，常患疾苦。蔺夫人令卜人占验，卜人说道："此女虽有小恙，将来必当大贵，卜兆实美不胜言。"旋又召相士审视诸女，相士又言少女极贵，他日当为国母，不过子嗣稍艰，若养他人子为子，比亲生还要加胜哩！蔺夫人虽然心喜，但因遭际多艰，也未敢信为真言。援兄子严，见叔父被谗，祸由梁松窦固，不胜悲愤，本来与窦家结婚，为此将她离绝。且闻从妹生有贵相，特为求进掖庭，是时光武帝尚未崩逝，严即上书吁请道：

　　　　臣叔父援辜恩不报，而妻子特获恩全，戴仰陛下，为天为父。人情既得不死，便欲求福。窃闻太子诸王妃匹未备，援有三女，大者十五，次者十四，小者十三，仪状发肤，上中以上，皆孝顺小心，婉静有礼，愿下相工，简其可否。如有万一，援不朽于黄泉矣。又援姑姐妹，并为成帝婕妤，葬于延陵，臣严幸得蒙恩更生，冀因缘先姑，当充后宫。谨冒死以闻。

　　这书呈入，总算蒙旨恩准，派遣宫监，至援家选女，仔细端详，第三女最为韶秀，乃将她选入东宫。女年尚只十三，却能奉承阴后，旁接同列，礼仪修备，人无间言。后来年渐长成，越加顾晰，又生成一头美发，光润细长，常笼发四起，梳成大髻，尚觉有余，再将发梢绕髻三匝，方无余发。眉不施黛，惟左眉角稍有小缺，略加点染。身长七尺二寸，亭亭玉立，袅袅花姿，又能不妒不悍，上下咸安。看官试想如此淑媛，能不令人怜爱么？明帝未即位时，已是宠爱异常，至嗣承大统，便册为贵人。永平二年，竟立贵人马氏为后。可巧云台绘像，与立后同时，东平王苍至云台观图，独不见

亲勋避后为云台图

有马援遗容，便转问明帝道："何故不画伏波将军遗像？"明帝但微笑不答。揣明帝的用意，无非因援为后父，不便列入，省得他人滋议，其实是举不避亲，何妨列入？明帝意欲示公，反觉得不免怀私呢！小子有诗咏道：

薏苡冤深已掩忠，云台又复未铭功。
伏波若有遗灵在，地下应悲主不公。

马援不列云台，马后却传名千古，欲知马后懿行，待至下回续叙。

储君被废，往往不得其死，独东海王强，随遇而安，乃得令终。强固贤者，明帝亦未尝非贤，观其不信蜚言，亲爱如故；及闻强病殁，奉母后至津门亭，哭泣尽哀，宁非情义兼至者耶？然强年方逾壮，即致病殁，亦何莫非由几经忧虑，乃促天年。追溯厉阶，吾犹不能无咎于光武也！惟明帝嗣位以后，功臣多已凋谢，邓禹马武，岿然仅存，一则进为太傅，半载即终；一则出平叛羌，未几亦殁。明帝追念功臣，绘象云台，共得三十二人，垂为纪念，此亦未始非扬激之方。但以马伏波之关系后戚，特为避贤，未免为一偏之见。彰善瘅（dàn）恶，当示大公，若必以亲疏别之，则陋矣。

第二十五回

抗北庭郑众折强威　赴西竺蔡愔求佛典

却说马皇后正位中宫，尚无子嗣，惟后前母姐女贾氏，亦得选列嫔嫱，产下一男，取名为炟，后爱炟如己出，抚养甚勤，尝语左右道："人未必定自生子，但患爱养不至呢！"嗣又因皇子不多，每加忧叹，见有后宫淑女，辄为荐引，既得进御，待遇尤优。阴太后尝称她德冠后宫，故命立为后。平居能诵《周易》，好读《春秋》《楚辞》，尤喜阅《周官》董仲舒书，持躬节俭，但用大练为裙，不加缘饰。每月朔望，诸姬入朝，见后袍衣粗疏，反疑是绮縠制成，就近注视，方知是寻常粗帛，禁不住微笑起来。后已知众意，随口解嘲道："这缯特宜染色，所以取用，幸勿多疑。"后宫莫不叹息。明帝尝欲试后才识，故意将群臣奏牍，令后裁阅，后随事判断，并有条理，独未敢以私事相干。幸遇贤后，不妨相试，否则启后宫干政之渐。有时明帝出游，后辄谓恐冒风寒，婉言规谏。一日车驾往游濯龙园，六宫妃嫔，多半相随，独皇后不往，妃嫔等素蒙后爱，俱请明帝召后同行，明帝笑说着："皇后不喜逸乐，来亦不欢，不如由她自便罢！"后来后闻帝言，也不以为愠，但遇帝游览，往往称疾不从。是时国家全盛，海内承平，明帝政躬有暇，屡至濯龙园消遣。园近北宫，因欲增筑宫室，与园相连，当下传谕有司，召集工匠，大加兴筑。适值天气亢旱，盛夏不雨，尚书仆射锺离意，特诣阙免冠，上疏切谏道：

伏见陛下以天时小旱，忧念元元，降避正殿，躬自克责。而比日密云，终无大润，岂政有未得天心者耶？昔成汤遭旱，以六事自责曰："政不节耶？使人疾耶？宫室荣耶？女谒盛耶？苞苴行耶？谗夫昌耶？"窃见北宫大作，人失农时，此所谓宫室荣也。自古非苦宫室小狭，但患人不安宁，宜且罢止，以应天心。臣意以匹夫之才，得叨重禄，擢备近臣，不胜愚款，昧死上闻。

明帝览疏,当即答谕道:"汤引六事,咎在一人,其冠履,勿谢。"意乃整冠而退。是日即下诏停止工作,减省不急,果然天心默应,即沛甘霖。会明帝赐降胡十缣,尚书郎误十为百,转交大司农。大司农登入计簿,复奏上去,被明帝察破过误,顿时大怒,立召尚书郎入责,将加笞杖。锺离意慌忙入谒,叩头代请道:"过误乃是小失,不足重惩;若以疏慢为罪,臣当首坐。臣位大罪重,郎官位小罪轻,请先赐臣谴便了!"说罢即解衣待缚。明帝闻言,怒始渐平,仍令衣冠如故,并贷免尚书郎。意乃拜谢趋出。惟明帝素好讥察,发人隐私,每遇大臣有过,辄加面斥,近侍尚书以下,且亲手提曳,不肯少恕。尝因事怒斥郎官药崧(sōng),甚至自执大杖,欲加敲扑。崧惧走床下,明帝怒甚,连声疾呼道:"郎出郎出!"崧答说道:"天子穆穆,诸侯煌煌。未闻人君,自起撞郎。"<u>紧急时,尚能韵语,却是绝好口才</u>。明帝听着,倒也转怒为笑,掷杖赦崧。崧才出床下,谢恩乃去。但朝臣惟恐忤旨,莫不慑栗,独锺离意犯颜敢谏,屡次封还诏书,同僚有过被谴,辄为救解。明帝亦知他忠诚,终因直道难容,出为鲁相。意本会稽郡山阴人,以督邮起家,至鲁相终身。药崧河内人,性亦廉直,官终南阳太守。虎贲中郎将梁松,永平初已迁官太仆,松恃势益骄,屡作私书,请托郡县,致被明帝发觉,饬令免官。松尚不知改省,反阴怀怨望,捏造飞书,讪谤朝廷,结果仍事发坐罪,下狱论死。<u>终为马伏波所料</u>。先是明帝为太子时,常与山阳王荆,令梁松持取缣帛,往聘郑众。众即前大中大夫郑兴子,有通经名,<u>见二十三回</u>。性独持正,既与梁松晤谈,便慨然答道:"太子储君,无外交义,就是藩王,亦不宜私交宾客。旧防具在,还请为我婉辞!"松复劝驾道:"长者有意,不宜故违。"众正色道:"犯禁触罪,何如守正致死?"遂将缣帛却还,不肯就聘。及松罹死罪,松友连坐多人。众虽与松相识,终因却聘一事,得免干连,明帝且召众为明经给事中,再迁众为越骑司马,仍兼给事如故。会北匈奴又乞请和亲,明帝特遣众北行,持节报命。南匈奴须卜骨都侯,闻知汉与北庭修和,内怀嫌怨,意欲叛汉。因通使北匈奴,请他发兵相迎。众出塞后,探悉情形,遂缮好奏牍,嘱从吏驰递阙廷,大致谓宜速置大将,防遏二虏交通。明帝乃命就塞外置度辽营,使中郎将吴棠行度辽将军事,出驻五原;再遣骑都尉秦彭,出屯美稷,监制南北两匈奴。惟郑众径诣北庭,见了北单于,长揖不拜,北单于面有愠色,左右喧呼道:"汉使何不下拜!"众勃然答道:"众为汉臣,只拜天子,不拜单于。"北单于益怒,令左右曳众出帐,派兵围守,不与饮食。众语虏众道:"单于不欲与大汉和亲,倒也罢了;既欲和亲,应该优待汉使。须知和亲以后,谊关甥舅,不啻君臣,奈何与使人为难呢?如必迫众下拜,众宁可自杀,不愿屈膝。"说着,拔出佩刀,意欲自刎。虏众不禁慌张,一面劝众息怒,一面转报单于。单于恐众或自尽,有碍和议,乃改颜相待,更遣使人随众还都。朝议又拟遣众往报,众不愿再行,因上书陈请道:

　　臣伏闻北单于所以要致汉使者,欲以离南单于之众,坚西域三十六国之心也。又当扬汉和亲,夸示邻敌,令西域欲归化者局促狐疑,怀土之人绝望中国耳!汉使既到,便偃蹇自骄;若复遣之,虏必自谓得谋,其群臣之劝虏归汉者,亦不敢复言。如是则南庭动摇,乌桓亦有离心矣。南单于久居汉地,具知形势,万一离析,必为边害,今幸有度辽之众,扬威北陲,虽勿报答,不敢为患。惟陛下裁察!

　　明帝览书,不肯照准,仍令众即日北往。众复上言道"臣前奉使北庭,不为匈奴下拜,单于尝遣兵围臣,幸得脱免,今衔命再往,必见陵折。臣诚

不忍持大汉节，屈膝毡裘，如令臣为匈奴所屈，实损大汉威灵，故请陛下俯察愚忠，收回成命"云云。明帝依然不听，一味专制。众不得已出发，途中尚再四上书，固争不已，惹得明帝性起，竟饬使召还，系众下狱。后因匈奴使至，面问众与单于争礼情形，匈奴使臣据实对答，且言众意气壮勇，不亚苏武，明帝乃赦免众罪，遣归田里。

东平王苍，以至亲辅政，声望日隆，不免有位高震主的嫌疑，乃连上数疏，奉还骠骑将军印绶，情愿退守屏藩。明帝不忍拂意，许他归国，仍将骠骑将军印发还，使得兼职。此外三公却改易数人，永平三年，太尉赵熹，司徒李䜣，皆免官，另任南阳太守虞延为太尉，左冯翊郭丹为司徒。越年丹复免职，连司空冯鲂，一并罢去，改用河南尹范迁为司徒，太仆伏恭为司空。又越二年，皇太后阴氏寿终，年已六十，尊谥光烈，合葬原陵。九江太守宋均，即前伏波监军，矫制平蛮。自莅任后，政宽刑简，百姓乂安。向来郡中多虎，随处安设槛阱，终难免患，均命将槛阱撤去，虎患反息。有人谓虎已渡江东行，故得弭患。后来邻郡多蝗，独飞至九江境，辄东西散去，不害禾稼，因此名传远近。明帝闻均贤名，征拜尚书令，每有驳议，多合上意。均尝语僚友道："国家每喜文法廉吏，以为足以止奸。均见文吏好为欺谩，廉吏只知洁身，实与百姓无益。常思伏阙谏诤，无如积习难返，一时尚未可进言，他日总当一伸素愿呢！"未几均被调为司隶校尉，终不得言，有人向明帝报闻，明帝亦为称善，但也未能遽改旧俗，只好迁延过去。忽夜间梦一金人，顶上含有白光，驰行殿庭，正要向他诘问，那金人突然飞升，向西径去。不由的惊醒转来，开目一瞧，残灯未灭，方知是一场春梦。诘旦视朝，向群臣述及梦境，群臣俱不敢率答。独博士傅毅进言道："臣闻西方有神，传名为佛。佛有佛经，即有佛教。从前武帝元狩年间，骠骑将军霍去病，出讨匈奴，曾得休屠王所供金人，置诸甘泉宫，焚香致礼，现在已经乱后，金人当不复存。今陛下梦见的金人，想就是佛的幻影呢！"梦兆亦何足凭，傅毅乃以佛对，也是多事。这一席话，引起明帝好奇思想，遂遣郎中蔡愔秦景，西往天竺，求取佛经。天竺就是身毒国，身毒读如捐笃，即天竺之转音，今印度国便是。距洛阳约万余里，世称为佛祖降生地。佛祖叫作释迦牟尼，为天竺迦维卫国净饭王太子，母摩耶氏梦天降金人，方才有娠，生时正当中国周灵王十五年，天放祥光，地涌金莲，已有一种特别预兆。及年至十九,自以为人生在世,离不开生老病死四字,欲求解脱方法,惟有屏除嗜欲,自去静修。乃弃家入山,日食麻麦,参悟性灵。经过了十有六年,方得成道,独创出一种教旨,传授生徒。教旨又分深浅,浅义的名小乘经,深义的名大乘经。小乘经有地狱轮回诸说,无非劝化愚民;大乘经有明心见性诸说,乃是标明真谛,这也是一种独得的学识。不过与儒家不同,儒家讲修齐平治,佛氏主清净寂灭。修齐平治,是人己兼顾的;清净寂灭,是专顾自己的。也是确论。相传佛祖释迦牟尼,尝在鹿野苑中,论道说法。又至灵山会上,拈花示众,借灯喻法。从前天竺多邪教,能使水火毒龙,好为幻术,当释迦苦修时,邪教多去诱惑,释迦毫不为动。及道术修成,摧制一切,众邪帖服,都信心皈依,愿为弟子。男号比丘,女号比丘尼,剃须落发,释累辞家。释迦教他防心摄行,悬示五大戒:一戒杀,二戒盗,三戒淫,四戒妄言,五戒饮酒。这五戒外,尚有许多细目,男至二百五十戒,女至五百戒。总计释迦在世,传教阅四十九年,甚至天龙人鬼,并来听法。后至拘尸那城圆寂,圆寂便是尸解的意思。或说他圆寂以后,复从棺中起坐,为母说法,待至说毕,忽空中现出三昧火,把

棺焚去，本体化作丈六金身，涌起七尺圆光，顶上肉髻，光明透彻，眉间有白毫，毫中空右旋，宛转如琉璃筒，俄而不见。语太荒唐，不足听信。弟子大迦叶与阿难等五百余人，追述遗绪，辑成经典十二部，嗣是辗转流传，渐及西域。惟中国在秦汉以前，未闻有佛教名目，武帝时始携入金人，才有佛像。哀帝元寿元年，西域大月氏国，使伊存至长安，能诵佛经，博士弟子秦景宪，请他口授，语多费解，因此也不以为意。至蔡愔秦景，奉了明帝诏令，出使天竺，经过了万水千山，饱尝那朝风暮雾，方才到天竺国，访问僧徒。天竺人迷信佛教，僧侣甚多，闻有中国使人到来，却也欢迎得很，彼合掌，此拱手，虽是言语不通，尚觉主宾相洽；且有翻译官互传情意，更知中使奉命求经，于是取出经典，举示二人。愔与景学问优长，在洛阳都城中，也好算是文人领袖，偏看到这种经典，字多不识，还晓得什么经义？幸有沙门摄摩腾竺法兰，略知中国语言文字，与愔景二人讲解，尚可模糊领略，十成中约晓一二成。沙门就是高僧别号，住居寺中，愔景与他盘桓多日，好似方外交一般。遂邀他同往中原，传授道法。两沙门也欲观光，慨然允诺，遂绘就释迦遗像，及佛经四十二章，用一白马驮着，出寺就道。绕过西域，好容易得至洛阳，愔景入阙报命，并引入摄竺两沙门，谒见明帝。两沙门未习朝仪，奉旨得从国俗，免拜跪礼，何必如此？惟呈上佛像佛经，由明帝粗阅大略。佛像与梦中金人，未必适符，但也不暇辨别异同。所有佛经四十二章只看了开卷数语，已是莫明其妙，急切不便索解，想总是玄理深沉。遂命就洛城雍门西偏，筑造寺观，供置佛像，即使摄竺两沙门，作为住持，就是驮经东来的白马，亦留养寺中，取名为白马寺。寺内更造兰台石室，庋藏佛经，表明郑重的意思。这便是佛经传入中国的权舆。表明眉目。明帝日理万机，有什么空闲工夫，研究那佛经奥义？王侯公卿以下，多半是不信佛道，当然不去顾问。只有楚王英身处外藩，闻得佛经东来，意欲受教，特遣使入都，向二沙门访求佛法。二沙门录经相示，楚使亦茫乎若迷，不过将如何斋戒，如何拜祭，得了一些形式，返报楚王英。英遂照式持斋，依样膜拜，在楚宫中供着佛像，朝夕顶礼，祈福禳灾。适当永平八年，有诏令天下死罪，得入缣赎免。楚王英也遣郎中赍奉黄缣白绔三十匹，托鲁相转达朝廷。表文有云：

  托在藩辅，过恶累积，欢喜大恩，奉送绵帛，以赎愆罪。

明帝瞧着，很觉诧异。煞是奇怪。当即颁下复谕道：

　　楚王诵黄老之微言，尚浮屠之仁祠，洁斋三月，与神为誓，何嫌何疑？恐有悔吝，其将缣帛发还，以助伊蒲塞桑门之盛馔。特此报闻。

伊蒲塞亦僧徒别名，语本天竺，桑门即沙门。

楚王英接得复谕，颁示国中，于是借信佛为名，交通方士，创制金龟玉鹤，私刻文字，冒作祯祥。哪知后来竟求福得祸，化祥为灾，好好一位皇帝介弟，反弄得削藩夺爵，亡国杀身。小子有诗叹道：

　　无功无德也封王，只为天潢属雁行。
　　我佛有灵宁助逆？贪心不足总遭殃。

楚狱将起，先出了一种藩王逆案。欲知何人构逆，容待下回表明。

　　郑众出使匈奴，抗礼不屈，幸得脱身南归，是固可谓不辱使命者矣。明帝必欲令众再往，是使之复入虎口，于国无益，于身有害，无惑乎众之一辞再辞也。况众已具陈情迹，言之甚详，而明帝犹未肯听纳，强迫忠臣于死地，果胡为者？及召还系狱，嫉众违命，微庞使言，则罪及忠臣，几何不令志士短气耶？明帝对于药崧，欲自杖之，对于郑众，乃轻系之，虽其后闻言知悟，而度量之褊急，可以概见，盖已不若乃父矣。洎乎梦见金人，即令蔡愔秦景等，万里西行，往求佛法。夫修齐治平之规，求诸古训而已足，奚必乞灵于外族？就令佛家学说，亦有所长，究之畸人之偏身，未及王道之中庸，而明帝乃引而进之，反开后世无父无君之祸，是亦一名教罪人耳。丘琼山之讥，岂刻论哉？

第二十六回

辨冤狱寒朗力谏　送友丧范式全交

却说广陵王荆,自奉诏还国后,仍然怀着异图,应二十四回。暗中引入术士,屡与谋议,且日望西羌有变,可借防边为名,称兵构乱。事为明帝所闻,特将他徙封荆地,荆越加恚恨。至年已三十,复召相工人语道:"我貌类先帝,先帝三十得天下,我今亦三十岁,可起兵否?"相工支吾对付,一经趋出,便向地方官报明。地方官当即奏闻,朝廷遣使责问,荆因逆谋发觉,不免惊惶,自系狱中。明帝尚不忍加罪,仍令衣租食税,惟不得管属臣吏,另命国相中尉,代理国事,慎加约束。荆犹不肯改过,潜令巫祝祈祷,为禳解计。国相中尉只恐自己坐罪,详报上去,廷臣即劾他诅咒,立请加诛。诏尚未下,荆已自杀。胆小如此,何必主谋?明帝因荆为同母弟,格外怜恕,仍赐谥为思王。嗣且封荆子元寿为广陵侯,食荆故国六县,又封元寿弟三人为乡侯。荆死逾年,东平王苍入朝,时在永平十一年。寓居月余,辞行归国。明帝送至都门,方才与别。及还宫后,复怀思不置,特亲书诏命,遣使赍给东平太傅,诏曰:

　　辞别之后,独坐不乐。因就车归,伏轼而吟。瞻望永怀,实劳我心。诵及《采菽》,以增叹息。《采菽》见《诗经》,系天子答诸侯诗。日者问东平王处家何等最乐,王言为善最乐。其言甚大,启予多矣。今送列侯印十九枚,诸王子年五岁以上能趋拜者,皆令带之,王其毋辞。

原来光武帝十一子,惟临淮公衡,未及王封,已经殇逝,尚有兄弟十人,除明帝得嗣统外,要算东海王强,及东平王苍,最为循良。强逾壮即殁,事见前文;苍却持躬勤慎,议政周详,比东海王更有才智,所以保全名位,备荷光荣。独楚王英为许美人所生,许氏无宠,故英虽得沐王封,国最贫小。明帝嗣祚(zuò),系念亲亲,却也屡给赏赐,并封英舅子许昌为龙舒侯。偏英心怀非望,居然有觊觎神器的隐情,前次访求佛法,并不是有心清净,实欲仗那佛氏灵光,呵护己身。嗣是私刻图印,妄造灵符。到了永平十三年间,忽有男子燕广,诣阙告变,弹劾楚王英,说他与渔阳人王平颜忠等,造作图书,谋为不轨等语。明帝得书,发交有司复查。有司派员查明,当即复奏上去,略称楚王英招集奸猾,捏造图谶,擅置诸侯王公将军二千石,大逆不道,应处死刑。明帝但夺英王爵,徙英至丹阳泾县,尚赐汤沐邑五百户;又遣大鸿胪持节护送,使乐人奴婢妓士鼓吹随行。英仍得驾坐辒辌(píng),带领卫士,如有游畋等情,准卫兵持弓挟矢,纵令自娱。子女既受封侯主,悉循旧章,楚太后许氏,不必交还玺绶,仍然留居楚宫。时司徒范迁已殁,调太尉虞延为司徒,复起赵熹行太尉事。楚王谋泄,先有人告知虞延。延因藩戚至亲,未便举发,延捱了好几日,即由燕广上告,惹动帝怒,且闻虞延搁住不奏,传诏切责,延惧罪自尽。又枉死了一个。楚王英至丹阳,得知延不为奏明,尚且遭谴,自己恐再撄奇祸,索性也自杀了事。事闻阙下,有诏用侯礼葬祭,赗赠如仪,封燕广为折奸侯。一面且穷治楚狱,历久不解,自京师亲戚,及郡国吏士,辗转牵连,嫌重处死,嫌轻谪徙,差不多有千人;尚有数千人被系,淹滞狱中。何必兴此大狱?先是光武帝舅樊宏,曾受封寿张侯,光武帝母为樊重女,见前文。宏子儵(tiáo)承袭父爵,累世行善,戒满守谦。明帝因东平王苍,亲而且贤,特将寿张县移益东平,改封儵为燕侯。儵弟鲔尝求楚王英女为子妇,儵从旁劝阻道:"前在建武年间,我家并受荣宠,一门五侯,樊宏兄弟,并得封侯。当时只教一语进谏,便是子得尚主,女得配王。不过天道忌盈,贵宠太过,适足招灾,所以可为不为。今我家已不如前,怎得再联姻帝族?且尔只有一子,为何弃诸楚国呢?"鲔不愿从谏,竟为子赏娶得英女。及楚狱一起,儵已早逝,明帝曾闻儵前言,且追怀旧德,令儵诸子俱得免坐。英尝私录天下名士,编成簿籍,内有吴郡太守尹兴姓名,是簿被有司取入,按名逮系,不但将尹兴拘入狱中,甚且连掾史五百余人,俱执诣廷尉,严刑拷讯。诸吏不胜痛楚,多半致死,惟门下掾陆续,主簿梁宏,功曹驷勋,备受五毒,害得肌肤溃烂,奄奄一息,终无异词。续母自吴中至洛阳,烹羹馈续。续虽经毒刑,却是辞色慷慨,未尝改容,及狱吏替续母进食,续不禁下泪,饮泣有声。狱吏诧问原因,续且泣且语道:"母来不得相见,怎得不悲?"狱吏本未与续说明,又怪他何由得知,还要细问,续答说道:"这羹为我母所

调,故知我母必来。我母平日截肉,未尝不方,断葱以寸为度,今见羹中如是,定由我母到此,亲调无疑。"说至此,更涕泪不止。孝思可嘉。狱吏乃转达有司,有司具状奏闻,明帝也不觉动怜,才将尹兴等一并释放,使归原籍,禁锢终身。虽得不死,痛苦已吃得够了。

颜忠王平,连坐楚狱,情罪最重,自知不能幸生,索性信口扳诬,竟将隧乡侯耿建、郎陵侯臧信、护泽侯邓鲤、曲成侯刘建等,一古脑儿牵引进去。四侯到庭对簿,俱云与颜忠王平,素未会晤,何曾与谋?问官不敢代为表白,还想将他诬坐。侍御史寒朗,亦尝与问,独以为四侯蒙冤,使他们退处别室,再提平忠二人出讯,叫他说明四侯年貌。二人满口荒唐,无一适符,朗遂入阙复陈,力为四侯辨诬。明帝作色道:"汝言四侯无罪,平忠何故扳引?"朗亦正容答道:"平忠两人,自知犯法不赦,所以妄言牵引,还想死中求生!"明帝又问道:"汝既知此,何不早奏?"越问越呆。朗答说道:"臣虽察知四人冤情,但恐海内再有人告讦,故未敢遽行奏陈。"明帝不禁怒骂道:"汝敢首持两端么?"竟是使气。说着,即回顾左右道:"快将他提出去!"左右不敢怠慢,便牵朗欲出。朗又说道:"愿伸一言而死,小臣不敢欺君,无非欲为国持正罢了!"明帝道:"他人有否与汝同情?"朗答言无有。明帝复问道:"汝何故不与三府共商?"三府,即三公府。朗伸说道:"臣自知罪当族灭,不敢多去累人。"明帝问他何故族灭?朗复说道:"臣奉诏与讯罪犯,将及一年,既不能穷极奸状,乃反为罪人讼冤,料必将触怒陛下,祸且族灭。但臣终不敢不言,尚望陛下鉴臣愚诚,翻然觉悟!臣见决狱诸人,统说是妖恶不道,臣民共愤,与其失出,宁可失入,免得后有责言,因此问一连十,问十连百。就是公卿朝会,陛下问及得失,亦无非长跪座前,上言旧制大逆应该惩及九族,今蒙陛下大恩,止及一身,天下幸甚。及退朝归舍,口虽不言,却是仰屋叹息,暗暗呼冤,惟无人敢为直陈。臣自知死罪,理在必伸,死亦无恨了。"明帝意乃少解,谕令退去。过了两日,车驾亲幸洛阳,按录囚徒,得理出千余人。时适天旱,俄而大雨,明帝亦为动容,起驾还宫。夜间尚恐楚狱有冤,彷徨不寐,起坐多时,马皇后问明情由,亦劝明帝从宽发落,于是多半赦免。惟颜忠王平,不得邀赦,竟在狱中自尽。侍御史寒朗,自悔监狱不严,就系廷尉,明帝不欲穷治,只将朗免去官职,释归薛县故乡。任城令袁安,擢为楚郡太守,莅任时,不入官府,先理楚狱,查得情迹可矜,即具奏请赦。府丞掾吏,并叩头力争,谓纵容奸党,应与同罪,断不宜率尔上陈。安奋然道:"如有不合,太守愿一身当罪,决不累及尔曹!"也是一条硬汉。到了复谕下来,果皆许可,得全活四百余家。明帝且下诏大赦,凡谋反大逆,及诸不应宥诸囚犯,尽令免死,许得改过自新。一面敬教劝学,尚德礼贤,凡皇太子及王侯公卿子弟,莫不受经。又为外戚樊氏郭氏阴氏马氏诸子立学南宫,号为四姓小侯,特置五经师,讲授经义。他如期门羽林诸吏士,亦令通《孝经》章句。此风一行,人皆向学,连匈奴亦遣子肄业,愿沐陶镕。义士如范式李善等,俱由公府辟举,破格录用。

　　式字巨卿,山阳人氏。少游太学,与汝南人张劭为友。劭字元伯,游罢并告归乡里,式与语道:"二年后拟过拜尊亲。"劭当然许诺。光阴易过,倏忽两年。劭在家禀母,请具馔候式,母疑问道:"两年阔别,千里结言,难道果能践约么?"劭答说道:"巨卿信士,必不误期。"母乃为备酒餐,届期果至,升堂拜饮,尽欢乃去。已而劭疾不起,同郡人郅君章殷子征,日往省视,劭叹息道:"可惜不得见我死友!"子征听了,却忍耐不住,

便问劭道:"我与君章,尽心视疾,也可算是死友了,今尚欲再求何人?"劭呜咽道:"君等情谊,并非不厚,但只可算为生友,不得称为死友;若山阳范巨卿,方可为死友哩!"郅殷两人,未曾见过范式,并觉得似信非信。越数日,劭竟告终。时式已为郡功曹,梦见劭玄冠垂缨,曳履前呼道:"巨卿!某日我死,某日当葬,君若不忘,能来会葬否?"式方欲答言,忽然惊觉,竟至泣下。翌日具告太守,乞假往会,太守不忍拂意,许令前往。式即素车白马,驰诣汝南。劭家已经发丧柩至圹旁,重量逾恒,不肯进穴,劭母抚棺泣语道:"元伯莫非另有他望么?"乃暂命停柩。移时见有单车前来,相距尚远,劭母即指语道:"这定是范巨卿!"及素车已近,果然不谬。式至柩前,且拜且祝道:"行矣元伯!死生异路,永从此辞。"寥寥十二字,已令人不忍卒读。众闻式言,并皆泣下。式即执绋(fú)引柩,柩已改重为轻,当即入穴。式又留宿圹间,替他监工,待至墓成,并为栽树,然后辞去。如此方不愧死友。

后来式又诣洛阳,至太学中肄业,同学甚众,往往不及相识。有长沙人陈平子,与式未通謦欬(qǐngkài),却已知式为义士。一夕罹疾,服药无效,逐日加剧,势且垂危。妻子含泪侍侧,平子唏歔与语道:"我闻山阳范巨卿,信义绝伦,可以托死。我殁后,可将棺木舁置巨卿户前,必能为我护送归里,汝切勿忘!"言毕再强起作书,略说旅京得病,不幸短命,自念妻弱儿幼,未能携榇(chèn)归籍,素仰义士大名,用敢冒昧陈请,求为设法,倘得返葬首丘,存殁均感云云。书既写就,嘱妻使人送与范式,掷笔即逝。妻子依嘱办理。式方出门,未遇使人,至事毕归寓,见门前遗置棺木,已觉惊异,及入门省视案上,拾得平子遗书,展阅一周,竟至平子寓所,替他妻子安排,令得引柩回家,且亲送至临湘。距长沙止四五里,乃将平子原书取出,委诸柩上,哭别而去。平子尚有弟兄,闻知此事,亟往追寻,那范式已早至京师,不及相见了。此事比前事尤难。长沙官吏,也有所闻,因乘掾属上计时,汉制郡国州县,每岁应入呈计簿,故称上计。表奏范式行状,三公争欲罗致,驰书征召,式尚不肯起。嗣经州吏举为茂才,方才诣阙受官,累迁至荆州刺史。式既到任,行巡至新野县,县吏当然相迎。前有导骑一人,伛偻前来,式似曾相识,就近审视,确是同学友孔嵩,便把臂与语道:"汝莫非孔仲山么?"仲山系嵩表字。嵩南阳人,家贫亲老,特隐姓埋名,为新野县佣卒,至此不便再讳,只好直认。式复叹息道:"尔我尝曳裾入都,同游太学,我蒙国厚恩,位至牧伯,尔乃怀道隐身,下侪卒伍,岂不可惜?"嵩笑答道:"侯嬴长守贱业,侯嬴,系战国时魏人,年七十,为大梁门卒,信陵君闻名往聘,嬴不肯起。晨门自愿抱关,见《论语》。孔子欲居九夷,士不得志,贫贱乃是本分,何足叹息呢?"也是一个志士。式敕县吏派人代嵩,嵩以为受佣未毕,不肯退去。及式还官舍,当即上登荐牍,未几即由公府辟召。嵩就征赴都,途次投宿下亭,有数盗前往窃马,闻知为嵩所乘,互相责让道:"孔仲山乃南阳善士,怎可盗他坐骑呢?"盗亦有道。遂将马送还,当面谢罪。后来式迁庐江太守,嵩亦官至南海太守,并有循声。可见得义士所为,穷达不移,正自有一番德业哩!就是李善亦南阳人氏,从前本为李元家奴,建武中南阳患疫,元家相继病殁,惟孤儿续才生数旬,家资却有千万,诸奴婢互相计议,欲将婴儿杀死,分吞财产。善独力难支,潜负续逃隐瑕丘,亲自哺养,乳竟流汁,得饲孤儿,历尽许多艰苦,方得将续逐渐养成。续稍有知识,即奉善若严父,有事辄长跪请白,然后敢行。闾里都为感化，相率修义。及续年十岁，善挈续归里，诉诸守令。守令乃捕系诸奴婢，一鞫即服，分别诛戮，仍将旧业归续收管，嗣是善义声远闻。时锺离意方为瑕丘令，上书荐善，有诏令善及续并为太子舍人，公府复引善入幕，委治烦剧，事无不理，因再迁至日南太守。善从京师赴任，道出南阳，过李元墓，预脱朝服，持锄刈草，亲治鼎俎，供诸墓前，跪拜垂涕道："君夫人！善在此！"及祭毕后，尚留居墓下，徘徊数日，然后辞去。既至日南，惠爱及民，怀来异俗。再调为九江太守，途中遇病，仓猝寿终。续为善持服，如丧考妣，后来亦官终河南相，以德报德，两贻令名，岂不是行善有福么？**唤醒世人。**独叶令王乔，具有幻术。每月朔望，尝自县诣阙入朝，独不见有车骑相随，朝臣并惊为异事，明帝亦为动疑，密令太史伺乔踪迹。太史复称乔将至时，辄有双凫从东南飞来，于是静待凫至，举网抛凫，变做一舄。诏令尚**方官。** 验视，乃是前时赐给尚书官属，舄尚如新。尤奇怪的是当乔入朝，叶县门下鼓自能发声，响彻京师。后来空中有一玉棺，徐降至叶县大庭，吏人用力推移，终不能动。乔恍然曰："想是天帝召我呢！"乃沐浴衣服，僵卧棺中。俄而属吏就视，已无声息，越日才为盖棺，舁葬城东，土自成坟。是夕县中牛皆流汗喘乏，好是负重过甚，疲惫不堪，百姓益以为神，替他立庙，号叶君祠。吏民祠祷，无不应验；若有违犯，立致祸殃。或说他即仙人王子乔，**即周灵王太子晋，相传为吹笙缑岭，跨鹤升天。** 是真是假，小子亦无从证实，但究不如范式李善等人，可为世法呢！小子有诗咏道：

淑世应当先淑身，子臣弟友本同伦。
试看义士临民日，不藉仙传化自神。

还有高尚不仕的志士，也有数人，待至下回再表。

广陵王荆，与楚王英罪案相同，而楚狱独连坐数千人，岂楚事更甚于荆事耶？荆有三十举兵之言，见诸史传，谅必非后人虚诬。英则私造图书，而镌刻之为何文，未尝详载，是荆之罪证已明，而英之罪证，尚有可疑。英死而案已可了矣，乃辗转牵引，连累无穷，至寒朗挢生力辩，方得少回君意，何明帝之嫉视楚狱若此？意者其以英为许氏所出，不若荆之为同母弟欤？然以同母异母之嫌，意为轻重，明帝亦未免不明矣。若范式李善，信义可风，为古今所罕有，类叙以风后世，著书人固自有苦心也。

第二十七回

哀牢王举种投诚　匈奴兵望营中计

却说东汉初年的高士,最著名的是严子陵,子陵已见前文。后来复有扶风人梁鸿,与妻孟光,偕隐吴中。鸿字伯鸾,父让尝为王莽时城门校尉,迁官北地,使奉少皞(hào)祭祀,遭乱病殁,鸿无资葬父,用席裹尸,草草瘗(yì)埋。后来受业太学,博通经籍,因落魄无依,不得已至上林苑中替人牧豕,偶然失火,延及邻居,当即过问所失,用豕作偿,邻主人尚嫌不足,乃愿为作佣,服劳不懈。乡间耆老,见鸿非常人,免不得代为气忿,交责佣主,佣主人始向鸿谢过,将豕还鸿。鸿不受而去,仍归扶风。里人慕鸿高义,争与议婚,鸿一一辞谢。惟同县孟氏有女,年已三十,体肥面黑,力能举臼,尝择配不嫁,父母问为何因? 女答说道:"须得贤洁如梁伯鸾,方可与婚。"貌陋而心独明。父母闻言,便托人代达女言,传入鸿耳。鸿喜得知己,就向孟女家纳聘。女既许字,即预制布衣麻屦,及筐筥(jǔ)织绩等具,及吉期已届,不得不盛饰前往。相处七日,鸿不与答言,孟女乃跪请道:"妾闻夫子高义,择偶颇苛,妾亦谢绝数家,今得为夫妇,两意相同,乃七日不答,敢不请罪?"鸿方与语道:"我欲得布衣健妇,俱隐深山,今乃着绮罗,敷粉黛,岂鸿所愿? 鸿所以不便与亲呢!"孟女道:"夫子深甘高隐,妾自有衣服预备,何必劳心?"说着,即退入内室,不消片时,已将盛饰卸尽,改易布衣椎髻,操作而前,鸿大喜道:"这才不愧为梁鸿妻,能与我同志了!"因名孟女曰光,字曰德曜。同居数月,毫无间言,孟光独发问道:"妾闻夫子欲隐居避患,今奈何寂然不动,莫非欲低头相就么?"鸿从容答道:"我正欲徙居哩!"一面说,一面即摒挡行李,搬入霸陵山中,耕织为业,琴书自娱;暇时搜集前代高士,如四皓以来二十四人,共为作颂,借以为励。四皓,并隐居商山,见《前汉演义》。后来复隐姓改名,与妻子避居齐鲁间,转适吴中,依居富家皋伯通庑下,替人赁舂。每日归餐,孟光已具食以待,不敢在鸿前仰视,举馔相饷,案与眉齐。事为皋伯通所闻,不禁诧异道:"彼既为人作佣,能使妻相敬如此,定非凡人。"乃邀鸿在家食宿,鸿得闭门著书,共十余篇。已而病剧,始将真姓名相告,且出言相托道:"我闻延陵季子,曾葬子嬴博间,不归乡里,亦愿举此相托,幸勿令我子奔丧回乡。"伯通面为许诺。及鸿已殁,伯通为寻葬穴,至吴要离冢旁,得有隙地,便欣然道:"要离烈士,伯鸾清高,可令相近,地下当不致岑寂了。"恐怕是志趣不同。安葬已毕,孟光挈子拜谢,仍回扶风去讫。鸿有友人高恢,少好黄老,尝隐居华阴山中,与鸿互相往来,及鸿东游思恢,尝作诗云:"鸟嘤嘤兮友之期,念高子兮仆怀思,想念恢兮爰集兹。"嗣终因道远音稀,不复相见,恢亦终身不仕,相继告终。还有扶风人井大春,单名为丹,少时亦在太学受业,通五经,善谈论,京中人相语云:"五经纷纶井大春。"建武末年,沛王辅等,留居北宫,皆好宾客,遣使请丹,并不能致。信阳侯阴就,为阴皇后弟,向五王求钱千万,谓能使丹应召。五王即出资相给。阴就却暗嘱吏役,出丹不意,把他强劫至府,故意用菜饭饷食。丹推案起立道:"丹以为君侯能供甘旨,故强邀至此,奈何如此薄待呢?"就闻言后,乃改给盛馔,并亲自陪食,食毕就起,左右进辇。丹从旁微笑道:"夏桀常用人驾车,君侯岂也愿为此乎!"两语甫毕,盈庭失色,就不得已用手挥辇,徒步趋入,丹亦扬长自去,卒得寿终,这且不消细叙。

且说明帝在位十余年,国家方盛,四海承平,只有汴渠历年失修,常患河溢,兖豫百姓,屡有怨咨。明帝意欲派员修治,适有人荐乐浪人王景,善能治水,乃召景诣阙,令与将作谒者官名。王吴,调发兵民数十万,往修汴堤。汴渠自荥阳东偏,至千乘河口,延袤约一千余里,王景量度地势,凿山开涧,防遏要冲,疏决壅积,每十里立一水门,使水势更相回注,不致溃漏,于是修筑堤防,得免冲激。好容易缮工告竣,已是一年有余,糜费以百亿计。但东南漕运,全赖汴渠。从前河汴合流,水势泛滥,运船往往出险,至王景监工修治,分泄河汴水道,漕运方可无忧了。

是时哀牢夷酋柳貌,率众五万余户,乞请内附,明帝当然照准,遣使收抚,乘便勘验地形。哀牢先世有妇人沙壹,独居牢山,捕鱼为生。一日至水中捕鱼,偶触一木,感而成孕,产下男孩十人。忽水中木亦浮出为龙,飞向牢山,九孩骇走,一孩尚未能行,背龙坐着,龙伸舌舐儿,徐徐引去。

沙壹时亦惊避,待龙去后,返觅十孩,却是一个不少,惟幼孩从容坐着,毫不慌张。沙壹系是蛮人,声同鸟语,常谓背为九,坐为隆,因名幼孩为九隆。语近荒诞。后来诸孩长大,九兄以幼弟为父所舐,必有吉征,乃共推为王。可巧牢山下有一夫一妇,生得十女,适与沙壹十儿相配,遂各娶为妻室,真是无巧不成话。辗转滋生,日益繁衍。九隆回溯所生,不忘本来,因令种裔各刻画身体,状似龙鳞,且背后并垂一尾,缀诸衣上。到了九隆病死,世世相继,遂就牢山四面,分置小王,随地渔猎,逐渐散处,惟与中国相距甚远,未尝交通。至建武二十三年间,哀牢王贤栗,督率部众,乘筏渡江,击邻部鹿茤(jī),鹿茤人不及预备,多被擒获。不意天气暴变,雷雨交作,大风从南方刮起,撼动江心,水为逆流,翻涌至二百余里,筏多沉没,哀牢人溺死数千名。贤栗心尚未死,再遣六部酋进攻鹿茤。鹿茤部酋正拟兴兵报怨,闻得哀牢又来扰境,当即倾众出战。这番接仗,与前次大不相同,鹿茤人个个愤激,个个勇敢,杀得哀牢部众东倒西歪。哀牢六王,不知兵法,还想与他蛮斗,结果是同归于尽。残众抢回尸骸,分别藁葬,当夜被虎发掘,把尸骸一顿大嚼,食尽无遗。贤栗得报,方才惊恐,召集部众与语

道："我等攻掠边塞，也是常事，今进击鹿茤，偏遭天谴，摧残至此，想是中国已有圣帝，不许我等妄动，我等不如通使天朝，愿为臣属，方算上策。"大众齐声应诺。乃于建武二十七年间，率众东下，至越嶲（xī）太守郑鸿处乞降。鸿当即奏闻，有诏封贤栗为哀牢王，令他镇守原地。嗣是岁来朝贡。到了永平十二年，哀牢王贤栗早死，嗣王叫做柳貌，又挈五万户内附。明帝遣使勘抚，得接复报，遂决议建设郡县，即将柳貌属境，分置哀牢博南二县，罢去益州西部都尉，特置永昌郡，并辖哀牢博南，始通博南山，度兰沧水。惟山深水湍，跋涉维艰，行人多视为畏途，尝作歌云："汉德广，开不宾。度博南，越兰津。度兰沧，为他人。"中国人素惮冒险，即此可见一斑。歌谣虽是如此，但往来使人，每岁不过数次，却也无甚关碍。再加西部都尉郑纯，调任永昌太守，为政清平，化行蛮貊，自哀牢王柳貌以下，各遵约束，岁贡惟谨，西南一带帖然相安，不在话下。

惟北匈奴阳为修和，阴仍寇掠，回应二十三回。仆射耿秉，耿弇从子。屡上书请击北匈奴，明帝尚不欲遽讨，令显亲侯窦固，及太仆祭肜等，商议进止。众议以为应遣将出屯，相机进取。明帝乃拜耿秉为驸马都尉，副以骑都尉秦彭，窦固为奉车都尉，副以骑都尉耿忠，弇子。并为置从事司马，出屯凉州。转瞬间已是永平十六年，耿秉等急欲邀功，奏请出塞北伐，明帝因命祭肜出征，使与度辽将军吴棠征集河东西河羌胡各兵，及南单于兵万一千骑，出高阙塞；再遣窦固耿忠，率酒泉敦煌张掖甲卒，及卢水羌胡万二千骑，出酒泉塞；耿秉秦彭率武威陇西天水募兵，及羌胡万骑，出居延塞；骑都尉来苗，护乌桓校尉文穆，率太原雁门上谷渔阳右北平定襄各郡兵马，及乌桓鲜卑兵万余骑，出平城塞，四路兵共伐北匈奴。窦固耿忠行至天山，适与北匈奴西南呼衍王相遇，一番交绥，斩首至千余级，追杀至蒲类海，取得伊吾卢地，特置宜禾都尉，留吏士屯田伊吾卢城。耿秉秦彭，袭击北匈奴南部匈林王，颇有杀获，进至绝幕六百余里，直抵三木楼山，四望无人，乃收兵南归。来苗文穆，至匈河水上，虏皆奔走，无从截夺，也即退回。祭肜吴棠与南匈奴左贤王信，出高阙塞，驰行九百余里，不见一虏，只前面有一山相阻，山势不甚高峻，信却指为涿邪山，说是冈峦回阻，不便前进，因勒马下寨，好几日不闻动静，只好却还。其实由信与祭肜，两不相合，所以妄言误事。嗣经朝廷察觉，说棠与肜逗留畏懦，将他革职,召还系狱。肜系故征房将军祭遵从弟,素性沉毅,屯边有年,信及外夷,此次坐罪被系,当然有人替他救解,不过数日,便即释出。肜且惭且恨,竟至呕血不止,临终嘱语诸子道:"我蒙国厚恩,奉命出征,不能立功报国,死且怀惭。从前所得赐物,理应一律呈还。汝等能承我志,当自诣军营,效死戎行,聊补我恨!"言讫遂逝。遗恨无穷。长子逢依嘱上簿,具呈遗言。明帝已知肜忠诚,再拟任用,陡闻肜病重身亡,不胜惊悼,因召逢入见,详问乃父病状,悲叹不已,抚恤有加。及肜葬后,次子参遵父遗命,投入奉车都尉窦固营中,随征车师,后文另表。乌桓鲜卑,统慕祭肜威信,有时使人入京,每过肜冢,必拜谒号泣。辽东吏民,因肜前为太守,却寇安边,追怀功德,特为立祠致祭,四时不懈。生虽失荣,死俱含哀,可见得公道尚存,虽死犹生呢。好作后人榜样。

是年秋季,北匈奴复大举入寇,直指云中。太守廉范,督率吏士,出城拒敌。吏见虏众势盛,恐自己兵少难支,乃请范回城保守,移书他郡求援。范微笑道:"我自有却敌的方法,何用多忧!"说着,遂令军士安营静守,不准妄战。好在虏兵初至,倒也有意休息,未尝相逼。俄而日暮,范令

匈奴兵望营中计

军士各交缚两炬,三头爇火,环绕营外,好似有千军万马,趋集拢来。虏兵远远望见,总道是汉救兵至,不禁惶骇,正拟待旦退兵,不防汉营中已扬旗鸣鼓,出兵前来。那时不知有多少兵马,还是走为上计,一声哗噪,弃营尽走,却被范驱杀一阵,送脱了几百颗头颅。尚恐汉兵追蹑,狼狈急奔,甚至自相践踏,伤亡至千余人,嗣是不敢再向云中。范字叔度,系杜陵人,世为边郡牧守。独范父客死蜀中,范年十五,闻讣哀恸,往迎父丧。蜀郡太守张穆,为范祖廉丹故吏,厚赀赒范,范一无所受。携榇东行,路过葭萌,载船触石,竟致破没,范两手抱柩,随与俱沉。幸由旁人怜范孝义,并力捞救,才得免死。柩亦捞起,舁归安葬。乃诣都求学,师事博士薛汉,终得成名。既而薛汉连坐楚狱,伏法受诛,楚狱见前回。故人门生,莫敢过问,惟范收尸殓葬,为有司所奏闻。明帝大怒,召范入责道:"薛汉与楚王同谋,交乱天下,汝不与朝廷同心,反敢收殓罪人,难道不畏王法么?"范叩头道:"臣自知无状,但以为汉等受诛,身已伏辜,尸骸暴露,臣与汉谊属师生,不忍膜视,因此草草收殓,罪当万死!"明帝听着,怒亦少平,因复问道:"卿是否廉颇后人,与前右将军褒、大司马丹,有亲属关系否?"范答说道:"褒系臣曾祖,丹系臣祖考呢。"明帝叹道:"怪不得有此胆量,朕嘉卿知义,权贳卿罪!"范乃叩谢而退。孝义可风,故特详叙。自是义声益著,得举茂才,再迁为云中太守,却敌有功,名扬中外,嗣复历任武威武都二郡太守,随俗化导,并有政绩,再调守蜀郡。蜀俗素尚词辩,互讼短长,范每以醇厚相励,禁止告讦。成都民物丰盛,邑宇逼仄,旧制禁民夜作,冀免火灾,百姓更相隐蔽,屡兆焚如。范撤消旧令,但严令储水,火一触发,得水即灭,百姓称便。乃讴歌范德,编成数语云:"廉叔度,来何暮?不禁火,民安作,平生无襦今五裤!"范在蜀数年,坐事免归,居家考终。先是范与洛阳人庆鸿为刎颈交,始终不渝,时人谓前有管鲍,管仲、鲍叔。后有庆廉。庆鸿亦慷慨好义,位至琅琊会稽二郡太守,所至俱有政声,不消絮述。会由益州刺史朱辅,报称白狼王唐菆等,菆音丛。慕化归义,献上歌诗三章,重译以闻。明帝颁下史官,备录歌诗。第一章是《远夷乐德歌》,歌云:

大汉是治,与天意合。吏译平端,不从我来。闻风向化,所见奇异。多赐缯布,甘美酒食。昌乐肉飞,屈伸悉备。蛮夷贪薄,无所报嗣。愿主长寿,子孙昌炽!

次章为《远夷慕德歌》,歌云:

蛮夷所处,日入之部。慕义向化,归日出主。圣德深恩,与人富厚。冬多霜雪,夏多和雨。寒温时适,部人多有。涉危历险,不远万里。去俗归德,心向慈母。

末章为《远夷怀德歌》,歌云:

荒服之外,土地硗确。食肉衣皮,不见盐谷。吏译传风,大汉安乐。携负归仁,触冒险狭。高山岐峻,缘崖磻(pán)石。木薄发家,百宿到洛。父子同赐,怀抱匹帛。传告种人,长愿臣仆!

白狼以外,又有槃木等百余部落,俱在西南寨外,素与中国不相往来,至此皆举种称臣,奉献方物。端的是东都昌盛,不让西京。小子有诗咏道:

哀牢内附白狼归,万里蛮荒仰汉威。
读罢夷歌三迭曲,炎刘火德庆重辉。

南夷既已归附,乃更从事西戎,又出了一位大名鼎鼎的英雄,底定前功。欲知此人为谁,待至下回发表。

哀牢为西南夷之一部,龙种之说,实属讹传。彼夷人未知文教,数典忘祖,故诞言以夸示部众耳。班书虽援有闻必录之例,但以讹传讹,愈足滋惑。近儒谓中国无信史,说虽过甚,要亦不能无讥。历代史家,首推迁固,彼且如此,遑论自郐(kuài)以下乎?祭肜等四路出兵,无功而返。肜竟因此坐罪,呕血致死,论者惜之。廉范独以寡击众,有却敌之大功,而且历任郡守,迭著循声,此正当亟为褒扬,风励后世。较诸梁鸿井春诸人,第知正己、未及正人者,固尤为有关世道也。

第二十八回

使西域班超焚庑　御北寇耿恭拜泉

　　却说奉车都尉窦固,前与诸将出讨北匈奴。他将俱不得功赏,独固军至天山,斩获颇多,加位特进。固本前大司空窦融从子,父友曾受封显亲侯,友殁固嗣,又曾尚涅阳公主,显荣无比。明帝因他旧住河西,熟悉边情,所以委令北伐。及天山战胜,功出人上,复有诏令耿秉诸将,并受固节度。固得有专阃权,遂欲踵行汉武故策,招抚西域,截断匈奴右臂,用夷制夷。当下派使西行,特选出一个智勇深沉的属吏,令与从事郭恂,同往西域。这人为谁?乃是故文吏班彪少子超。彪擅长文辞,官至望都长而终。长子固,字孟坚,九岁即能属文,及年已成人,博通书籍,所有九流百家诸言,无不穷究。明帝召诣校书部,使为兰台令史,撰述史传。有弟名超,字仲升,少有大志,不修细节。当兄固应诏时,自与母随入都中,至官署中充作书佣,终日劳苦,所得寥寥,尝投笔愤慨道:"大丈夫无他志略,尚当效傅介子张骞,立功异域,博取侯封!怎能郁郁久事笔墨间呢?"傅张立功,并见《前汉演义》。左右听了,都不禁暗笑,超奋然道:"小子怎知壮士志,奈何笑人?"男儿当自强。既而与相士叙谈,问及将来穷达,相士道:"今日一布衣,他日当封侯万里!"超笑问原因,相士指超面道:"君燕颔虎颈,飞行食肉,这就是万里侯相呢!"未几果得朝廷特诏,令超与兄固同官,亦得拜兰台令史。就职年余,又复因事免官,独窦固器重超才,殷勤款接,及出握兵符,遂调超为假司马。前次追虏至伊吾卢城,超尝执戈前驱,得胜回营,事见前回。至此与郭恂同使西域,奉令即行。

　　自光武帝修文偃武,不愿用兵,西域一带,由他自主。因此车师鄯善等国,又去依附匈奴。见二十一回。莎车王贤,恃强用兵,并吞于阗大宛诸国,使部将君得率兵监守。于阗遣将休莫霸,收合余众,攻杀君得,自立为王。莎车王贤,当即大愤,督领诸国数万人,往攻休莫霸。偏又为休莫霸所败，伤亡过半，贤脱身走归。休莫霸进围莎车，身中流矢，方才退兵，途次殒命。国相苏榆勒等共立休莫霸兄子广德为王。时龟兹王则罗为国人所杀，则罗本莎车王贤少子，国人既敢杀死则罗，当然不服莎车，龟兹为莎车所并，亦见二十三回。又恐莎车往攻，索性联属匈奴，先击莎车。两下里争战不休，互有杀伤。于阗王广德，正好乘他疲乏，使弟仁督兵万人，直逼莎车城下。莎车王贤连被兵革，不堪再增一敌，没奈何遣使出城，至广德营中请和，愿将己女配与广德。广德踌躇半晌，方才允诺。待贤将女送交，便一拥而去。好容易过了一年，莎车城外，复来了于阗兵马，差不多有三四万人。莎车王贤登城俯眺，遥见广德押住阵后，跨马扬鞭，指挥如意，乃高声呼语道："汝为我女夫，无端兴兵相犯，究欲何为？"广德答说道："正因王为我妇翁，久不相见，所以前来问候！今愿请王出城结盟，再修前好。"贤听了此言，又似广德无意构衅，但既欲修盟，为何带来许多人马？当下狐疑不决，因向国相且运商议。且运忙说道："广德为大王女婿，谊关至戚，何妨出见？"贤遂释去疑团，坦然出城。广德跃马相迎，彼此问答，未及数语，忽由广德一声暗号，突出壮士数十名，拥至莎车王贤马前，把贤拖落马下，捆绑起来。贤尚想且运出救，哪知且运正私召广德，叫他前来捉贤，一见广德得手，便大开城门，纳入于阗兵马，趁势将贤妻子，一并拿下。当即由广德留下将士，与且运同守莎车，自押贤等归国，未几竟将贤杀死。大约是妆奁未足，故将头颅赔送。匈奴闻莎车被灭，恐广德乘此强盛，将为己害，乃征发龟兹焉耆尉黎等国骑兵，得三万人，统以五将，合围于阗。广德料不能敌，遣使乞降，并出长子为质，每岁贡给罽絮等物。匈奴乃退，另立莎车王贤子齐黎为莎车王，广德心惮匈奴，未敢与争。

惟西域诸国，要算广德最强，次为鄯善国王。鄯善自服属匈奴后，国内无事，见二十一回。嗣王广休养生息，势亦日昌。班超与郭恂等先到鄯善，国王广却殷勤款待，礼意甚周。越数日，忽渐疏懈。超密语吏属道："诸君可知鄯善薄待么？我想鄯善王广，必因有北房使来，未识所从，故礼不如前，智士能明几知微，况已情迹昭著呢？"道言甫毕，适有鄯善役使，来饷酒食，超故意问道："匈奴使来已数日，今在何处？"鄯善本讳莫如深，不意被超一口道破，还道超已有所闻，只好和盘说出。超将役使留住，闭门不放，潜集吏士三十余人，与共饮酒，酒至半酣，蹙然语众道："卿

等与我共来绝域，本欲建立大功，邀取富贵，今虏使才到数日，国王广礼意浸衰，倘彼见我吏属寥寥，出兵拘拿，械送匈奴，恐我等骸骨，徒为豺狼所食，奈何！奈何！"吏士闻言，俱愁眉相答道："事已如此，只得甘苦同尝，死生愿从司马！"遣将不如激将。超奋起道："不入虎穴，怎得虎子？为今日计，惟有乘着昏夜，火攻虏使，彼不知我等多少，定然惊骇，我若得将虏使击毙，鄯善自然胆落，功成名立，在此一举了！"大众听着，又觉得危疑起来，半响才说道："请与郭从事熟商！"超瞋目道："吉凶决在今夜，郭从事系文俗吏，闻此必恐！一或谋泄，反致速死，如何算得壮士呢？"仍是激将。众见超面带怒容，未免慑服，乃愿从超计。超即命吏士整束停当，待至夜半，率众三十余人，径奔匈奴使营。可巧北风大起，吹彻毛骨，众且前且却，尚有惧容，超与语道："这正是天助成功，尽可放胆前行，无容顾虑！"说着，遂令十人持鼓，绕出虏帐后面，且密嘱道："如见有火光，即当鸣鼓大呼，万勿失约！"十人领命去讫。又使二十人各持箭械，趲至虏帐，夹门埋伏。超自率数骑，顺风纵火，前后鼓噪声同时响应，虏使从梦中惊醒，走投无路，仆从越加惶怖，顿致大乱。超首先突入虏营，格毙三人,吏士一拥齐上,竟将虏使击毙,并杀虏使随兵三十余人,一面纵火焚营,把虏众百余名,一齐烧死。时已天明,超率众返告郭恂,恂方得闻知,不禁大骇。真是饭桶。既而俯首沉吟,超已知恂意,举手与语道:"从事虽未同行,但休戚与共,超亦岂欲独擅己功?"恂乃心喜,面有欢容。因人成事,还想分功。超即召鄯善王广,取示虏使首级,广吓得面色如土,再经超宣汉威德,叫他从今以后,勿得再与北虏交通,否则虏首可作榜样,幸毋后悔!广连忙伏地叩头,唯唯听命,遂纳子为质,随超还报。窦固大喜,且陈超功,并请选使再抚西域。明帝览奏,欣然说道:"智勇如超,何不再遣,还要派什么别人?"当下拜超为军司马,令他续成前功。窦固奉命,因复遣超西往于阗,并欲拨兵为助。超答说道:"于阗国大路遥,就使带兵数百,亦不足济事,多反为累,超但将前时从行三十六人,往彼宣抚,相机处置,便已敷用了。"言毕遂行。

好多日才抵于阗,于阗王广德,雄视西域,虽尝接见超等,却是傲然自若,不甚敬礼,且召巫入问向背。巫假意祷神,费了许多做作,方张目说道:"神有怒意,谓于阗王何故竟欲向汉?汉使有𫘦(guā)马骑来,可取以祠我!"广德素来迷信,即使人向超求马。超已侦得巫言,谓须巫亲自来取,巫竟如言趋至。超不与多言,突拔佩刀劈巫,砉然一声,巫首落地,有胆有识。便持了巫首,进示广德,且将前时制服鄯善情形,当面陈述,令广德自择进止。广德惊出意外,派人调查鄯善,果有虏使被杀、遣子入质等情,乃亦决计附汉,不属匈奴。匈奴本有将吏留守于阗,监护广德,广德即暗地发兵,攻杀匈奴将吏,携首献超。超随身带有金帛,当即出赠广德与广德以下诸官属。夷人素性贪利,得了馈遗,自然额手相庆,愿听约束。于阗鄯善为西域望国,两国既已归汉,余国多半听从,依次遣子入侍。西域与汉绝交已有六十五年,至此乃复与汉往来,奉汉正朔。独龟兹王建,为匈奴所立,未从汉命,并据有天山北道,攻杀疏勒王,另使龟兹贵人兜题为疏勒主。疏勒在于阗西北,超意欲袭取,就从间道入疏勒境,先遣从吏田虑,往抚兜题,拨吏士十余人随往,临行嘱虑道:"兜题非疏勒种,国人必不用命,卿前去招抚,若彼不即降,可乘虚执取,切勿有误!"虑也有干略,应声即往。到了兜题所居的槃橐城,报名进见,兜题却无降意,语多含糊。虑见他卫卒寥寥,即回引从士,抢步上前,立将兜题拖下,用绳捆住。兜题左右，不过数人，没一个前护兜题，统去躲闪一旁。虑得将兜题牵出，飞驰白超。超亟往疏勒，尽招该国将吏，慷慨与语道："龟兹无道，横行劫杀，汝等正当为故主报仇，奈何降房？"国人答以力不从心，只好缓图。超又说道："我乃大汉使臣，来抚汝国，汝能从我号令，何患狡房？现在故主有无遗裔，应该迎立为王！"国人答言故主无子，只有兄子榆勒尚存。超即命迎入，使王疏勒，更名为忠，国人大悦。当下牵入兜题，遍问大众道："此人可杀否？"众齐称可杀，超却唒然道："杀一庸夫，有何益处？不如把他放还，使龟兹知大汉威德，不在多诛。"众又相率赞成。超乃命将兜题释缚，叫他归告龟兹王，速即降汉。兜题幸得免死，诺诺连声，拜谢而去。*此等人，原不值污刀。*超既抚定疏勒，遣人往报窦固。固正奉诏出师，往讨车师，因檄超暂留疏勒，不必遽归，自与驸马都尉耿秉，骑都尉刘张，领兵出敦煌，越塞至蒲类海，击破白山房兵，直入车师。车师向分前后二庭，前王居交河城，后王居务涂谷，相去约数百里，从前尝附属西汉，汉衰乃转归匈奴。窦固入车师境，因虑后王道远，山路崎岖，不如就近攻击前王。独耿秉谓车师前王，乃后王安得子，若先攻后王，并力取胜，那时前王自服，不待劳师。固沉吟未决，秉奋身起座道："秉愿前行！"说着，即出营上马，挥兵北进，众军不得已随行。至务涂谷相近，攻破房垒，斩首数千级，后王安得大恐，慌忙出门迎秉，脱帽长跪，抱秉马足，俯首乞降。秉引与见固。固令安得招降前王，前王当然听命。车师全定，乃奏请复置西域都护，分设戊己校尉。当下简选陈睦为都护，司马耿恭为戊校尉，留屯车师后王部金蒲城，谒者关宠为己校尉，留屯前王部柳中城。固班师入塞，静候朝命，朝旨令他罢兵还京。固不敢违慢，自然南归。

未几已是永平十八年仲春，北匈奴闻汉兵已归，便遣左鹿蠡王率二万骑兵，往攻车师后庭。车师后王安得，本来庸弱，不能抵拒，当即飞使至金蒲城，向耿恭处乞援。恭部下不过二三千人，未便多出，但令司马领兵三百，往救安得。看官试想，三百人如何济事？一至务涂谷旁，不值房军一扫。匈奴兵杀尽汉兵，气焰愈盛，立即捣入务涂谷，乱斫乱杀，可怜车师后王安得，也被剁死乱军中。房骑乘胜长驱，进薄金蒲城，耿恭乘城搏战，预用毒药涂上箭镞，待至房骑蚁附，即令吏士四射，且射且呼道："汉家箭有神助，若被射着，必有奇变！"房骑不免中矢，顾视创痕，果皆沸裂，于是人人皆惊。凑巧天起狂风,继以暴雨,恭军正在上风,顺势逆击,杀伤甚众。匈奴兵益疑恭为神,相顾错愕道:"汉兵深得神佑,我等枉送性命,不如罢休!"乃相率引去。恭料匈奴必再窥西域,乃巡视疏勒城旁,此非疏勒国城。见有涧水可固,因即引兵据住。到了春去夏来,虏骑果复大至,来攻疏勒城。恭悬赏募士,得壮夫数千名,前驱陷阵,自率兵吏随后继进,击破虏骑,杀获颇多。虏尚未肯弃去,屯驻城下,堵住涧水,不使流入城中。恭回城拒夺,因军士无从得水,也觉焦灼,急命在城中阱井,掘地深十五丈,不得涓滴,害得全军皆渴,不得已压笮马粪,取汁为饮。恭仰天长叹道:"我闻从前李贰师,即李广利。尝拔佩刀刺山,涌出飞泉,今汉德重昌,岂无神明默佑?我当虔诚祷祝便了!"遂整肃衣冠,向井再拜,且拜且祝,约阅片时,竟有泉水奔出,滔滔不绝,大众皆称万岁。是即至诚格天。恭令吏士暂且勿饮,运水上城,和泥涂补,并沃水示虏,虏兵诧异道:"汉校尉真是神灵,何可再犯?"一声喧哗,万骑齐遁。恭也不去追赶,缮城自固罢了。

且说明帝在位,已阅一十八年,皇子烜为马后所爱,已早立为太子,

年已二九。此外尚有八子，俱系后宫妃嫔所出，长名建，封千乘王，幼年殇逝；次名羡，封广平王；又次名恭，封钜鹿王；又次名党，封乐成王；又次名衍，封下邳王；又次名畅，封汝南王；又次名昞(bǐng)，封常山王；最幼名长，封济阴王。诸王年皆童稚，均留居京师，未曾就国。明帝尝亲定封域，每国不过数县，比诸兄弟所封，才得一半。马皇后进言道："诸子只食采数县，得毋太嫌减损么？"明帝答道："我子岂宜与先帝子相同？但得岁入二千万，供彼衣食，已不为不足了。"意在言外，非徒俭约而已。当时司空伏恭，已经罢职，改任大司农牟融为司空。司徒邢穆接续虞延后任，回应二十五六回。就职两年，适值淮阳王延骄恣无度，延系明帝异母弟，为废后郭氏所出，已见前文。有人上书劾延，说他与姬兄谢弇，及姐婿韩光，招致奸猾，造作图谶，尝有祷禳咒诅等情。事下案验，连邢穆也受嫌疑，下狱论死，弇与光并皆伏法，惟延得因亲减罪，徙封阜陵，止食二县。另用大司农王敏为司徒。未几敏又病殁，召汝南太守鲍昱入都，擢为司徒。昱即故司隶鲍宣孙，前鲁郡太守鲍永子。宣娶桓少君为妻，鹿车回里，善修妇道，时人称为桓鲍，与梁孟齐名。即梁鸿孟光，见前回。永与昱先后出仕，桓少君尚福寿康宁，昱尝从容进问道："太夫人可忆挽鹿车时否？"少君应声道："先姑有言，存不忘亡，安不忘危，我怎敢相忘呢？"可巧鲍宣女，亦一贤妇。既而少君寿终，永丁忧回籍，服阕复入任司隶校尉，守法不阿，权戚敛手，终因抗直忤旨，出为东海相，病终任所。昱初为高都长，诛暴安良，再迁为司隶校尉，奉法守正，有祖父风。三世为司隶校尉，却是难得。旋出为汝南太守，筑陂捍田，政绩卓著。及代王敏为司徒，明帝特赐他钱帛什器，彰奖功能，昱子德亦得除为郎官，可见得善人遗泽，数世不衰。鲍宣虽然枉死，子孙终得显官，扬名后世，乃祖有知，也应含笑。就是桓少君的四德三从，从此亦扬徽彤管，并美留芳。小子有诗赞道：

　　修德由来获报隆，蝉联三代振家风。
　　须眉巾帼同千古，挽鹿齐心贯始终。

鲍昱得列三公，甫经年余，国内忽遭大丧，乃是明帝驾崩，事须详表，试看下回自知。

　　西汉有张骞，东汉有班超，皆一时人杰，不可多得。吾谓超之功尤出塞上，塞第以厚赂结外夷，虽足断匈奴右臂，而浪縻金帛，重耗中华，虽曰有功，过亦甚矣。超但挈吏士三十六人，探身虎穴，焚杀虏使，已见胆力；厥后执兜题，定疏勒，指挥任意，制敌如神，而于中夏材力，并不妄费，此非有大过人之才智，宁能及此？耿恭以孤军屯万里外，两却匈奴，始以药矢吓虏，具征谋略；继以拜井得泉，更见精诚。守边如恭，何需长城为哉？惜乎陈睦关宠，皆不恭若，车师将定而仍未定，此古人之所以闻鼙思将也。

第二十九回

拔重围迎还校尉　抑外戚曲诲嗣皇

却说永平十八年秋月，明帝患病不起，在东宫前殿告崩，享年四十八岁。遗诏无起寝庙，但在光烈皇后更衣别室，庋藏神主。光烈皇后，即阴皇后，见二十五回。前时所筑寿陵，椁广一丈二尺，长一丈五尺，不得逾限，万年后只许扫地为祭，四时设奠，如有违命，当以擅议庙制加罪。故宫廷遵照遗言，未敢加饰。在位十八年，谨守建武制度，不稍逾越。外戚不得封侯干政，馆陶公主系明帝女弟，为子求郎，明帝不许，惟赐钱千万，并语群臣道："郎官上应列宿，出宰百里，一或失人，民皆受殃，所以不便妄授呢！"群臣齐称帝德，百姓亦安居乐业，共庆承平。不过明帝好尚刑名，察察为治，所有楚王英及淮阳王延狱案，牵累多人，未免冤滥。至如求书天竺，也觉多事，反启邪说诬民的流弊，这也是美中不足，隐留遗憾哩！抑扬悉当。话休叙烦。

且说太子炟已将冠，即日嗣位，是为章帝。奉葬先帝于显节陵，庙号显宗，谥曰孝明皇帝，尊马皇后为皇太后。迁太尉赵熹为太傅，司空牟融为太尉，并录尚书事；进蜀郡太守第五伦为司空。伦履历已见前文，在蜀郡时，政简刑清，为各郡最，故章帝擢自疏远，俾列三公。忽由西域迭传警报，乃是焉耆龟兹二国，连结北匈奴，攻没都护陈睦。北匈奴亦出兵柳中城，围攻汉校尉关宠。朝廷方有大丧，未遑发兵救急。车师亦为北匈奴所诱，叛汉附虏，与匈奴兵共攻疏勒城。校尉耿恭，督励军士，登陴拒守，好几月不得解围，储粟已空，没奈何煮铠及弩，取食筋革。恭与士卒推诚相与，誓无贰志，所以众虽饥疲，仍然死守。北单于知恭已困，必欲生降，因遣使招恭道："如肯降我，当封为白屋王，妻以爱女！"恭佯为许诺，诱使登城，用手格毙，焚磔城上。北单于大怒，更益兵围恭；恭再接再厉，坚守如故，一面遣使求援。柳中城亦危急万分，再三乞救。有诏令公卿会议，司空第五伦谓嗣君初立,国事未定,不宜劳师远征。似是而非。独司徒鲍昱进议道:"今使人置身危地,急即相弃,外增寇焰,内丧忠臣,岂非大失? 若使权时制宜,后来得无边事,尚可自解;倘匈奴藐视朝廷,入塞为寇,陛下将如何使将,望彼效忠? 况两部兵只有数千,匈奴连兵围攻,尚历旬不下,可见他兵力有限,不难击走。今诚使酒泉敦煌二太守,各率精骑二千人,多张旗帜,倍道兼行,出赴急难,臣料匈奴疲敝,必不敢当,大约四十日间,便可还军入塞了!"章帝依议,乃使征西将军耿秉,出屯酒泉,行太守事;即令酒泉太守段彭,与谒者王蒙皇甫提,调发张掖酒泉敦煌三郡人马,及鄯善骑士,共得七千余人,星夜赴援,终因道途辽远,未能遽至。时已改岁,下诏以建初纪元。适值京师及兖豫徐三州,连月不雨,酿成旱灾,章帝令发仓赈给,且下咨消灾弭患的方法。校书郎杨终上疏,略谓近时北征匈奴,西开三十六国,百姓频年服役,转输烦费,怨苦所积,郁为沴气,请陛下速行罢兵,方足化沴成祥云云。司空第五伦亦赞同终议,独太尉牟融与司徒鲍昱,上言征伐匈奴,屯戍西域,乃是先帝遗政,并非创行,古人有言,三年无改,方得为孝,陛下不必因此加疑,但当勤修内政,自

可回天。昱又专名上书,谓:"臣前为汝南太守,典治楚狱,即楚王英事。逮系至千余人,或死或徙。窃念大狱一起,冤累过半,且被徙诸徒,骨肉分离,孤魂不祀,更为可悯。今宜一切赦归,蠲除锢禁,能使死生得所,当必上迓休祥!"章帝乃诏令楚案连坐,及淮阳事牵累,流戍远方,尽可回里,共计得四百余家,相率称颂。会接酒泉太守段彭捷书,报称进击车师,攻交河城,斩首三千八百级,获生口三千余人,北匈奴骇退,车师复降。章帝阅毕,当然心慰,不再发兵。但交河城与柳中相近,同在车师前庭。段彭等所得胜仗,只能救出关宠,未遑顾及耿恭。适值关宠积劳病殁,谒者王蒙等欲引兵东归,独耿恭军吏范羌,时在军中,固请迎恭同还。诸将不敢前进,惟给范羌兵二千人,从山北绕行。途次遇着大雪,平地约高丈许,还亏羌不辞艰险,登山过岭,吃尽辛苦,方得到疏勒城。城中夜闻兵马声,疑是虏骑凭陵,登城俯瞰,互相惊哗。范羌忙遥呼道:"我就是范羌,汉廷遣我来迎校尉哩!"城上闻言,始欢呼万岁,开门出迎,相持涕泣。越宿恭与俱归,只挈亲吏二十六人,出疏勒城,余众任他逃生。恭行未里许,后面尘头大起,虏骑陆续追至,当由恭率范羌等,且战且走,经过许多危险,才生入玉门关。亲吏已死了一半,只余一十三人,统是衣履穿决,困顿不堪。中郎将郑众守关,乃为恭等具汤沐浴,并出衣冠相赠,一面上疏奏陈恭功略云:

> 耿恭以单兵固守孤城,当匈奴之冲,对数万之众,连月逾年,心力困尽,凿山为井,煮弩为粮,出于万死无一生之望。前后杀伤丑虏数千百计,卒全忠勇,不为大汉耻。恭之节义,古今未有,宜蒙显爵,以厉将帅,不胜幸甚。

章帝得奏,尚未答复,恭已驰入洛阳。司徒鲍昱,复奏恭节过苏武,应加爵赏。乃拜恭为骑都尉,恭司马石修为洛阳市丞,张封为雍营司马,范羌为共丞,余九人皆补授羽林军将。赏亦太薄。恭母先殁,恭追行丧制,有诏使五官中郎将马严,赍赐牛酒,劝令释服,夺情就职。恭既退闲,奈何不许追服?寻复迁恭为长水校尉,恭只得受命,莅任去讫。章帝不欲再事西域,诏罢戊己校尉及都护官,召还班超。超尚寓居疏勒国,奉诏将归,疏勒国全体惊惶,不知所措。都尉黎弇流涕道:"汉使弃我,我必复为龟兹所灭,与其后日死亡,不如今日魂随汉使,送与东归!"说罢,即引刀自刎。超虽然悲叹，究因皇命在身，未敢迟留，便启行至于阗国。国中王侯以下，闻知超越境东归，并皆号泣，各抱超马脚，相持不舍。超大为感动，留抚于阗，越旬日复至疏勒。疏勒两城，已投降龟兹，与尉头国连兵背汉。超率吏士斩捕叛徒，击破尉头，疏勒始得复安。于是拜本陈状，仍请留屯西域，章帝才收回前命，准超后议，事且慢表。且说马太后平素谦抑，从未举母家私事，有所干请，就是兄弟马廖马防马光，虽得通籍为官，终明帝世未尝超迁，廖止为虎贲中郎，防与光止为黄门郎。及章帝嗣位，即迁廖为卫尉，防为中郎将，光为越骑校尉。廖等倾身交结，冠盖诸徒，争相趋附。司空第五伦恐后族过盛，将为国患，因抗疏上奏道：

　　臣闻忠不隐讳，直不避害，不胜愚狷，昧死自表。《书》曰："臣有作威作福，其害于而家，凶于而国。"传曰："大夫无境外之交，束脩（xiū）之馈。"近代光烈皇后，虽友爱天至，而卒使阴就归国，徙废阴兴宾客。其后梁窦之家，互有非法，明帝即位，竟多诛之。自是洛中无复权戚，书记请托，一皆断绝。又谕诸戚曰："苦身待士，不如为国，戴盆望天，事不两施。"臣常刻著五脏，书诸绅带。而今之议者，复以马氏为言。窃闻卫尉廖以布三千匹，城门校尉防以钱三百万，私赡三辅衣冠，知与不知，莫不毕给。又闻腊日亦遗其在洛中者钱各五千。越骑校尉光，腊日用羊三百头，米四百斛，肉五千斤。臣愚以为不应经义，惶恐不敢不以闻。陛下情欲厚之，亦宜有以安之！臣今言此，诚欲上忠陛下，下全后家，伏冀裁察。

疏入不报，且欲加给诸舅封爵，独马太后不从。建初二年四月，久旱不雨，一班谄附权戚的臣工，且奏称不封外戚，致有此变，未知他从何处说起。有司请援照旧典，分封诸舅。章帝即欲依议，马太后仍坚持不许，且颁敕晓谕道：

　　凡言事者，皆欲媚我以邀福耳！一语道着。昔王氏五侯，同日俱封，黄雾四塞，不闻澍雨之应。见《前汉演义》。夫外戚贵盛，鲜不倾覆，故先帝防慎舅氏，不令在枢机之位，又言我子不当与先帝子等，今有司奈何欲以马氏比阴氏乎？且阴卫尉即阴兴，系阴后兄弟。天下称之，省中御者至门，未尝不衣冠相见，此蘧伯玉之敬也！伯玉，春秋时卫人。新阳侯指阴兴弟就，曾封新阳侯。虽刚强，微失理法，然有

方略,据地谈论,一朝无双。原鹿贞侯 <u>指阴兴见识,曾封原鹿侯,殁谥曰贞</u>。勇猛诚信。此三人者,天下选臣,岂可及哉?是马氏不逮阴氏远矣!吾不才,夙夜累思,常恐亏先后之法,有毛发之罪,故不惮屡言,而亲属尤犯之不止,治丧起坟,又不时觉,是吾言之不立,而耳目为之塞也!吾为天下母,而身服大练,食不求甘,左右但着帛布,无香薰之饰者,欲以身率下也!以为外亲见之,当伤心自敕,但笑言太后素好俭耳。前过濯龙门上,见外家问起居者,车如流水,马如游龙,苍头衣绿褠(gōu),领袖正白,顾视御者,不及远矣。故不加谴怒,但绝岁用而已,冀以默愧其心,而犹懈怠,无忧国忘家之虑。知臣莫若君,况亲属乎?吾岂可上负先帝之旨,下亏先人之德,重袭西京败亡之祸哉?特此布诏以闻。

这诏传出,群臣自不敢复言。惟章帝览着,不胜感叹,再向太后面请道:"汉兴以后,舅氏封侯,与诸子封王相同,太后原谦德虚衷,奈何令臣独不加恩三舅呢?且卫尉年高,两校尉常有疾病,如或不讳,使臣遗恨无穷,今宜及时册封,不可稽留!"马太后怃然道:"我岂必欲示谦,使帝恩不及外戚？但反复思念，实属不应加封。从前窦太后欲封王皇后兄，窦太后，即文帝后；王皇后，即景帝后。丞相周亚夫，上言高祖旧约，无军功不侯。今马氏无功国家，怎得与阴郭两后，佐汉中兴，互相比拟？试看富家贵族，禄位重迭，譬如木再结实，根必受伤，决难持久。况士大夫私望侯封，无非为上奉祭祀，下图温饱起见。今祭祀已受大官赐给，衣食更叨御府余资，如此尚嫌不足，还想更得一县，岂非过贪？我已深思熟虑，决勿加封，幸毋多疑！从来人子尽孝，安亲为上，今屡遭变异，谷价数倍，正当日夕忧惶，不安坐卧，奈何先营外封，必欲违反慈母苦衷？我素性刚急，有胸中气，不可不顺！待至阴阳调和，边境清静，然后再行汝志，也不为迟。我庶可含饴弄孙，不再预闻政事了！"义正词严，不意宫廷中，有此贤母。章帝听了，只好俯首受教，唯唯而退。马太后又手诏三辅，凡马氏姻亲，如有嘱托郡县，干乱吏治，令有司依法奏闻。太后母蔺氏丧葬，筑坟微高，太后即传语弟兄，立命减削。外亲有义行上闻，辄温言奖勉，赏给禄位；否则召入加责，不假词色。倘或车服华美，不守法度，即斥归田里，杜绝属籍。于是内外从化，被服如一，诸戚震恐，不敢逾僭。又在濯龙园中，左置织室，右设蚕房，分派宫人学习蚕织。太后尝亲去监视，饬修女工。又与章帝晨夕相叙，谈论政事，并教授小王《论语》经书，雍容肃穆，始终不息。备录后德，可作彤史之助。

至建初三年，册立贵人窦氏为皇后。后为故大司徒窦融曾孙女，祖名穆，父名勋，并骄诞不法，坐罪免官。融年近八十乃殁，赐谥戴侯，赙赠甚厚；独因子孙不肖，尝令谒者监护窦家。嗣由谒者劾穆父子，居家怨望，乃勒令窦氏家属，各归扶风原籍。惟勋曾尚东海王强女泚阳公主，许得留住京师。偏穆又赂遗郡吏，乱法下狱，与子宣俱死，勋亦坐诛。惟勋弟嘉颇尚修饰，从未违法，乃授爵安丰侯，使奉融祀。勋遗有二女，貌皆丽姝。女母泚阳公主，常忧家属衰废，屡次召问相士，详叩二女吉凶。相士见了长女，俱言后当大贵。女年六岁，即能为书，家人皆以为奇。至建初二年，二女并选入后宫，风鬟雾鬓，丰姿嫣然，并且举止幽娴，不同凡艳。家虽中落，尚不脱大家风度。章帝已闻女有才色，屡问傅母，及得见芳容，果然倾城倾国，美丽无双。当下引见太后，太后亦不禁称赏，另眼相看。时宫中已有宋梁诸贵人，为章帝所宠爱，至二窦女入宫后，压倒群芳，居然夺宠。长女性尤敏慧，倾心承接，不但能曲承帝意，直使宫廷上下，莫不想望丰采，相率称扬。次年三月，竟得立为皇后，女弟亦受封贵人。可惜两女虽有美色，却未宜男，入宫承宠，倏已两年有余，不得一子。惟宋贵人已有一男，取名为庆，章帝急欲立储，乃立庆为皇太子。窦皇后未便阻挠，但心中很是怏怏，免不得从此挟嫌了。貌美者心多阴毒，试看下文自知。会因烧当羌豪滇吾子迷吾，连结诸种，入寇金城，杀败太守郝崇诏，烧当羌见二十四回。转寇陇西汉阳，杀掠尤甚。章帝乃命马防为车骑将军，令与长水校尉耿恭，调集兵士三万人，出讨叛羌。司空第五伦谓贵戚不宜典兵，上书谏阻，章帝不从。防即受命专征，大破羌人，斩首虏四千多名，余众或降或溃；惟封养种豪布桥等二万余人，尚屯驻望曲谷，负嵎不下。防又与恭进击，复得大胜，布桥亦穷蹙请降。当下露布告捷，奉诏征防还都，留恭剿抚余种。恭复迭有斩获，声威远震，所有众羌十三种，约数万人，皆诣恭投诚。先是恭出陇西，曾奏称故安丰侯窦融，前在西州，甚得羌胡腹心，子固复击白山，功冠三军，宜使他镇抚河西；车骑将军马防，不妨屯军汉阳，借示威重。这也是为防画策，免他远劳，哪知防反恨恭荐引他人，夺他权威，因此奉诏还都，即嗾令监营谒者李谭，劾恭不忧军事，被诏怨望。章帝不察真伪，反将有功无罪的耿校尉，严旨催归，遽令下狱。侥幸得免死罪，褫职回里，饮恨而终。汉待功臣，毕竟刻薄。马防竟得逞志，权焰愈张。到了建初四年，海内丰稔，四境清平，有司复请加封诸舅，章帝遂封防为颖阳侯，廖为顺阳侯，光为许侯。马太后未曾豫闻，及封册已下，才得知晓，不由的喟然道："我少壮时，但愿垂名竹帛，志不顾命；今年已垂老，尚谨守古训，戒之在得，所以日夜惕厉，思自降损，居不求安，食不念饱，长期不负先帝，裁抑兄弟，共保久安。偏偏老志不从，令人唏嘘，就使百年以后，也觉得赍恨无穷了！"廖防光等闻太后言，乃上书让邑，愿就关内侯。章帝不许，始勉受侯封，退位就第。是年太后寝疾，不信巫祝小医，戒绝祷祀，未几竟崩，尊谥为明德皇后，合葬显节陵。小子有诗赞道：

　　俭节高风已足钦，谦尊更见德深沉。
　　东都母范能常在，国柄何由属妇壬。

明德太后葬后，章帝顾及私恩，加封生母。欲知封典如何，待至下回再表。

耿恭以孤军出屯塞外,部下吏士,不过数千,累撄强虏之口,能战能守,百折不挠,此诚为东汉良将,非人可及。为章帝计,正宜亟选大员,拔恭出围;乃段彭等第救关宠,不救耿恭,微范羌,恭之不遭陷没者仅矣。至郑众鲍昱,相继上请,犹第拜恭为骑都尉,未就侯封;而于马氏私戚,必欲与之爵赏,何其私而忘公,不顾大局耶?马太后谦抑为怀,始终不欲加封兄弟,观其殷勤教诲,语语出自至诚,不第为皇室计,抑亦为母家计。而章帝终违慈训,致贻长恨之叹,甚且信马防之谗间,屈死耿恭,章帝其亦有惭为子、有愧为君矣乎?而明德马后,则固足千古矣!

第三十回

请济师司马献谋　巧架诬牝鸡逞毒

却说章帝生母，本是贾贵人，见二十五回。因为马太后所抚养，故专以马氏为外家，未尝加封生母；就是贾氏亲族，也无一人得受宠荣。至马太后告崩，乃策书加贾贵人赤绶，汉制贵人，但服绿绶，惟诸侯王得用赤绶。安车一驷，宫人二百，御府杂帛二万匹，大司农黄金千斤，钱二千万，安享终身。这也毋庸细说。惟校书郎杨终，上言国家少事，应即讲明经义，近年文士破碎章句，往往毁裂大体，不合圣贤微旨，当仿宣帝博征群儒，讲经石渠阁故事，永为后世模范云云。于是召令诸儒集白虎观中，考订五经，辩论异同，使五官中郎将魏应承制发问，侍中淳于恭应制条奏。章帝亲自临决，汇编白虎议案，辑成一书，后世所传《白虎通》，就是本此。当时有侍中丁鸿，表字孝公，系是颍川郡人，父名綝（chēn），曾受封陵阳侯。綝殁后，鸿当袭封，独托称有疾，愿将遗封让弟，朝廷不许。鸿奉父安葬，把缞绖（cuīdié）悬挂坟前，私下逃去。行至东海，与友人鲍骏相遇，骏问明行踪，出言相责道："古时伯夷季札，身居乱世，权行己志；今汉室重兴，正当宣力王事，汝但因兄弟私恩，绝父遗业，如何可行？"鸿不禁感动，垂涕叹息，乃还就陵阳。鲍骏复上书荐鸿，具陈经学至行，乃有诏征鸿为侍中，并徙封鲁阳乡侯。及白虎观开门讲经，鸿亦列席，据经论难，陈义最明，诸儒俱自愧不逮，时人因为传扬云："殿中无双丁孝公。"此外尚有少府成封，校尉桓郁，即桓荣子。兰台令史班固，见前。与雍丘人楼望，平陵人贾逵，以及广平王羡，明帝子，见前。并皆得与讲席，著有令名。越年为建初五年，二月朔日食，诏求直言极谏，大略说是：

朕新离供养，愆咎众著，上天降异，大变随之。《诗》不云乎："亦孔之丑。"又久旱伤麦，忧心惨切。公卿以下，其举直言极谏，能指朕过失者各一人，遣诣公车，将亲览问焉。其以岩穴为先，勿取浮华！

未几又诏令清理冤狱,虔祷山川,略云:

《春秋》书"无麦苗",重之也。去秋雨泽不适,今时复旱,如炎如焚,为备未至。朕之不德,上累三光,震栗切(dāo)切,痛心疾首。前代圣君,博思咨诹,虽降灾咎,辄有开匮反风之应,今予小子徒惨惨而已。其令二千石理冤狱,录轻系,祷五岳四渎及名山能兴云致雨者,冀蒙不崇朝遍雨天下之报,务加肃敬焉!

到了五月,复下诏云:

朕思迟直士,迟读若治,有待望之意。侧席异闻,其先至者各以发愤吐懑,略闻子大夫之志矣,皆欲置于左右,顾问省纳。建武诏书尝曰:"尧试臣以职,不直以言语笔札。"直犹但也。今外官多旷,并可以补任,有司其铨叙以闻!

看官觉到此诏,可知章帝诏求直士,亦无非虚循故事,非真出自至诚,否则直士征庸,理应置诸左右,常令补过,为什么调补外官呢? 讥评得当。内外臣僚,窥透意旨,待至得雨以后,即由零陵献入芝草,表称祥瑞。既而泉陵地方,又说有八黄龙出现水中。正在铺张扬厉的时候,太傅赵憙,遽尔病终。司徒鲍昱,已代牟融后任,融于建初四年病殁。进任太尉,另用南阳太守桓虞为司徒。自赵憙病殁逾年,昱复随逝,乃更擢大司农邓彪为太尉。老成迭谢,何足称祥? 忽由西域留守军司马班超,拜本入朝,大致在请兵西征,原文录后:

臣窃见先帝欲开西域,故北击匈奴,西使外国,鄯善于阗,即时向化,今拘弥、莎车、疏勒、月氏、乌孙、康居,复愿归附,欲共并力,破灭龟兹,平通汉道。若得龟兹,则西域未服者,百分之一耳。臣伏自念卒伍小吏,荷蒙拔擢,愿从谷吉效命绝域,庶几张骞弃身旷野。谷吉为元帝时人,张骞为武帝时人,俱见《前汉演义》。昔魏绛列国大夫,尚能和辑诸戎;况臣奉大汉之威,而无铅刀一割之用乎? 前世议者,皆曰取三十六国,号为断匈奴右臂。今西域诸国,自日之所入,莫不向化,大小欣欣,贡奉不绝,惟焉耆龟兹,独未服从。臣前与官属三十六人,奉使绝域,备遭艰厄,自孤守疏勒,于今五载,胡夷情意,臣颇识之,问其城郭大小,皆言倚汉与依天等。以是观之,则葱岭可通,龟兹可伐。今宜拜龟兹侍子为其国王,系前时入侍者。以步骑数百送之,与

诸国连兵进讨,数月之间,龟兹可平。以夷狄攻夷狄,计之善者也。超之得计在此。臣见莎车疏勒,田地肥广,不比敦煌鄯善间也。兵可不费中国,而粮食自足。且姑墨温宿二王,特为龟兹所置,既非其种,更相厌苦,其势必有为我所降者;若二国来降,则龟兹自破。愿下臣章,参考行事,诚有万分,死复何恨?臣超区区,特蒙神灵,窃冀未便僵仆,目见西域平定,陛下举万年之觞,荐勋祖庙,布大喜于天下,则臣超幸甚,国家幸甚!

原来超在疏勒,已与康居于阗拘弥三国,合兵万人,击破姑墨石城,斩首七百级,因此欲乘势进兵,荡平西域,所以恳切陈词,亟请济师。章帝也知超非虚言,拟派吏士助超。适有平陵人徐幹,与超同志,奋身诣阙,愿往为超助。章帝即令幹为假司马,率领弛刑及义从千人,即日西行。弛刑,谓课功赎罪诸徒;义从,谓奋愿从行之士。超日夜待兵,已是望眼欲穿,并因莎车叛附龟兹,顾虑疏勒都尉番辰亦有异志,更觉得忧劳,凑巧幹军驰至,遂相偕出击番辰,一鼓破敌,斩首千余级,番辰遁去。超更欲进攻龟兹,自思西域诸国,乌孙颇强,正好借他兵力,与约夹攻。乃奏称乌孙大国,控弦十万,故武帝尝妻以公主;至宣帝时,终得彼力,远逐匈奴;今正可遣使招慰,与其合兵,用夷攻夷,莫如此举。章帝也以为然,方遣使慰谕乌孙。使节未归,流光易逝,倏忽间已是建初七年。正月初吉,沛王辅,济南王康,东平王苍,中山王焉,联翩入朝。章帝先遣谒者出都远候,分给貂裘食物珍果,又使大鸿胪持节郊迎,再由御驾亲视邸第,预设帷床,钱帛器物,无不具备。至四王入都诣阙,赞拜不名,且由章帝起座答礼。礼毕入宫,再用辇迎接四王,至省阁乃下。帝亦兴席改容,欢然叙旧,使皇后出宫亲拜,四王皆鞠躬辞谢,不敢当礼。嗣是款留多日,直至春暮,方许诸王归国。但因东平王苍,老成重望,弁冕天潢,用再手诏挽留。直至仲秋已届,大鸿胪窦固,奏请将苍遣归,才得允许。特给苍手诏云:

骨肉天性,诚不以远近为亲疏,然数见颜色,情重昔时。念王久劳,思得还休,欲署大鸿胪奏,不忍下笔,顾授小黄门,系受诏颁发之官。中心恋恋,恻然不能言。

苍得诏后,入阙谢赐,随即辞行,章帝亲送至都门,流涕叙别,复赐乘舆服御,珍宝钱帛,以亿万计。苍还国遇疾,逾年竟殁,赙赠独隆,派使护丧,且令四姓小侯及诸国王主,一体会葬,予谥曰宪,子忠袭爵。叙笔特详,无非善善从长之意。总计光武帝十一子,至苍殁后,仅留四人,为沛王辅,济南王康,中山王焉;以外尚有阜陵王延,在明帝时已曾削封,见二十八回。建初中复被人讦发,说他谋为不轨,又贬爵为侯。琅玡王京,时已病逝。后来惟沛王辅最贤,身后留名。济南王康,及中山王焉,屡有过失,还幸章帝顾念亲亲,不忍加罪,才得保全。就是阜陵侯延,亦仍复王爵,安享余年。这也是章帝的厚德。只是夫妇父子间,凶终隙末,终害得不夫不父,有累贤明。说来又有特因,应该约略补叙。章帝已立太子庆,庆母为宋贵人,已见前回。惟宋贵人父名扬,为文帝时功臣宋昌八世孙,原籍平林,扬以恭孝著名,隐居不仕。胞姑为马太后外祖母,马太后闻扬有二女,才艺俱优,因选入东宫,得侍储君。章帝即位,并封二女为贵人,大贵人生庆,立为太子,扬因此入为议郎,赏赐甚厚。尚有前太仆梁松二侄女,亦入宫为贵人,小贵人生皇子肇。这四贵人位置相同,并承恩宠。惟宋大贵人素善侍奉,前时供应长乐宫,即马太后所居之宫。躬执馈馐,为马太后所垂怜,子庆得为储嗣,也是马太后从中主张。惟窦皇后暗怀妒

忌，视宋贵人母子，仿佛眼中钉一般。至马太后崩逝，后得恃宠生奸，尝与母沘阳公主，图害宋氏。外令兄弟窦宪窦笃，伺扬过失，内令女侍阉竖，探刺宋贵人动静，专谋架陷。俗语说得好："明枪易躲，暗箭难防。"宋贵人偶然得病，欲求生菟为药饵，菟即药品中菟丝子。特致书母家，嘱令购求，谁料此书被窦后截住，竟将它作为话柄，诬言宋贵人欲作蛊道，借生菟为厌胜术，咒诅宫廷。当下在章帝前，装出一副愁眉泪眼的容态，日夜谮毁宋贵人母子，且言宋贵人必欲为后，情愿将正宫位置，让与了他。曲摹妒妇口吻。章帝正与窦后非常恩爱，怎能不为所惑？遂将宋贵人母子，渐渐生憎，不令相见。窦皇后见章帝中计，辗转图维，想把那太子庆摔去，方好除绝根株，终免祸患。只是自己虽得专宠，终无生育，女弟轮流当夕，也总觉闭塞不通，毫无怀妊消息。这叫做秀而不实。百计求孕，始终无效，不得已求一替代的方法，把那小梁贵人所生的皇子，移取过来，殷勤抚育，视若己生。移花接木，终非良策。一面复阴使掖庭令，诬奏宋贵人通书前情，请加案验。章帝为色所迷，已弄得神昏颠倒，就批准掖庭令奏议，使他钩考。天下事欲加人罪，何患无辞？不但将宋贵人说成大恶，并连那太子庆亦诬作穷凶。一篇复奏，便由章帝下诏，废太子庆为清河王，立子肇为皇太子。诏书有云：

> 皇太子有失惑无常之性，爱自孩乳，至今益章。恐袭其母凶恶之风，不可以奉宗庙，为天下主。大义灭亲，况降退乎？今废庆为清河王。皇子肇保育皇后，承训襁褓，导达善性，将成其器，盖庶子慈母，尚有终身之恩，岂若嫡后事正义明哉？今以肇为皇太子，使得谨守宗祧，钦哉惟命。

太子既废，复出宋贵人姐妹，锢置丙舍，再依小黄门蔡伦考验。二姐妹当然不肯诬服，偏蔡伦阴承后旨，曲为锻炼，竟说二贵人咒诅属实，请付典刑。当即奉到复诏，移徙二贵人至暴室中。暴室，署名，为宫女疾病时所居。可怜姐妹花自悲命薄，愤不欲生，彼仰药，此服毒，同时毙命。宋扬削职归里。最可恨的是郡县有司，投阱下石，更将扬砌入罪案，捕系狱中，还亏扬友人张峻刘均等，替扬奔走解释，方得免罪。扬虽得出狱，悲伤憔悴，当即病亡。清河王庆，年尚幼弱，却能避嫌畏祸，不敢提及宋氏。太子肇本与相亲，晨夕过从，庆越加谦谨，勉博太子欢心。太子肇尝入白章帝，言庆并无恶意，章帝乃嘱皇后抚视，所有一切衣服，令与太子齐等，庆始得幸全。惟梁氏自松得罪后，家属并坐徙九真，松事见二十五回。大小二梁贵人，系没入掖庭，得承恩宠，小梁贵人幸得一男，进为储君，合家亦蒙赦还，欣然相庆。哪知为诸窦所闻，又恐梁氏得志，急忙转报窦后。窦后本已加防，一闻消息，就再掉动长舌，逸毁梁氏二贵人。并言贵人父竦，潜图不轨，欲为兄松复仇。章帝竟令汉阳太守郑据，捕竦入狱，冤冤枉枉，构成罪名，竦坐是瘐死，家属复徙九真。看官试想，这大小二梁贵人，尚能安然无恙么？美人善忧，况经此父死家亡，怎得不五中崩裂？两命同捐，呜呼哀哉。四贵人相继毕命，何若为平民妻，尚得相安！阴贼险狠的窦皇后，陷害了宋梁二家，尚嫌不足，更追恨及明德马太后纳入大小梁贵人，先得专宠；并且马氏兄弟，均列枢要，也欲趁势除尽，省得夺权。于是与兄弟内外毗连，构陷马氏。马氏已失内援，未知敛抑。马廖颇能自守，但秉性宽缓，不能约束子弟；防与光尝大起第观，食客常数百人，奴婢仆从，不可胜计，积资巨亿，往往购置洛阳美田。防且多牧马畜，赋敛羌胡。不念乃父裹尸时么？为此种种骄盈，已不免惹人讥议，更有窦氏从中媒孽，自然上达九重。章帝不忍惩治，但再三加诫，随时监束。嗣是马氏威权日替，宾客亦衰。廖子豫贻书友人，语多怨诽，适为窦氏私党所闻，上表弹劾，并奏称马防兄弟，奢侈逾僭，浊乱圣化，应悉令免官，徙就封邑。章帝准议。惟因光前遭母丧，哀毁逾恒，比二兄较为尽孝，因特留住京师，助祭先后；不过一切要职，已经褫去，眼见是前盛后衰，远不相符了。天下无不散的筵席。窦后兄宪，得进任虎贲中郎将，弟笃亦迁授黄门侍郎。兄弟亲幸，并侍宫省，一班豪门走狗，朝秦暮楚，又竞至窦氏兄弟门前，奔走伺候，趋承惟谨。窦宪恃势日横，凡王侯贵戚，莫不畏惮。沁水公主明帝女。有园田数顷，颇称肥美，宪强欲购买，但给钱值，公主不敢与较，只好饮泣吞声。此外尚有何人敢与争论？独司空第五伦不甘缄默，上疏陈请道：

　　臣得以空疏之质，当辅弼之任，素性驽怯，位尊爵重，拘迫大义，思自策励，虽遭百死，不敢择地，又况亲遇危言之世哉？伏见虎贲中郎将窦宪，椒房之亲，典司禁兵，出入省闼，年盛志美，卑谦乐善，此诚其好士交结之方。然诸出入贵戚者，类多瑕衅禁锢之人，尤少守约安贫之节；士大夫无志之徒，更相贩卖，云集其门，众煦飘山，聚蚊成雷，盖骄佚所从生也！三辅论议者，至云以贵戚废锢，复以贵戚洗濯之，犹解酲（chéng）以酒也。诐（bì）险趋势之徒，诚不可亲近。臣愚愿陛下中宫，严饬宪等闭门自守，无妄交通士大夫，防其未萌，虑于无形，令宪永保福禄，君臣交欢，无纤介之隙。此臣之所至愿也！臣不胜愚戆，谨此上闻。

章帝得疏，颇为留意，会与窦宪偕出巡幸，路过沁水公主园田，故意指问，急得宪满口支吾，不敢详对，章帝始知传闻是实。及还宫后，召宪严责道："汝擅夺公主园田，可知罪否？朕恐汝如此骄横，与赵高指鹿为马，有何大异？从前永平间，先帝尝令阴党阴博邓叠三人，互相纠察，故豪戚莫敢犯法；当时诏书切切，犹以舅氏田宅为言。今贵如公主，尚被枉夺，何况平民？国家弃汝，不啻孤雏腐鼠，有何足惜！汝自想该不该呢？"这数语很是严厉，几把窦宪的魂灵儿，撵往九霄云外，慌忙匍匐磕头，好似捣蒜一般。正在惶急万分，忽听得屏后微动，莲步悠扬，走出一位袅袅婷婷的丽姝，前来解围。好了！好了！救苦救难的观世音来了！正是：

　　外戚横行终忤主，内言巧啭竟回天。

欲知丽姝为谁,待至下回说明。

用夷攻夷,原攘夷之上策,但亦必才如班超,方足收功,否则平虏不足,启衅有余,几何而不丧师偾事耶!章帝驭将用人,不为无识,至待遇亲族,亦尚有恩。独于朝夕相亲之窦皇后,不能察知情伪,屡受其欺而不觉。始则二宋贵人,死于非命;继则二梁贵人,又复遭诬,并以忧死。同一抱衾与裯(chóu)之妇女,岂无情谊之相关,乃以色艺之少差,竟使后来居上,坐被谗间,何其薄幸若此?宋氏废,梁氏徙,而马氏亦间接夺权,色之蛊人,顾若是其甚耶?盖自章帝溺爱衽席,开子孙无穷之祸,而后之好色者不知所鉴。无惑乎牝鸡败家,代有所闻也。

第三十一回

诱叛王杯酒施巧计　弹权戚力疾草遗言

　　却说窦宪被章帝切责,非常震惧,叩首不遑,幸从屏后走出丽姝,冉冉至章帝前,毁服减妆,代为谢罪。这人为谁？便是六宫专宠的窦皇后,外戚窦宪的亲女弟！他闻阿兄遭责,恐致受谴,因即趋出外庭,仗着一副媚容,替兄乞怜,力图解免。章帝见她愁眉半蹙,粉面微皱,一双秋水灵眸,含着两眶珠泪,几乎垂下,就是平时的百啭莺喉,至此也呜咽欲绝,卿真多虑,我见犹怜,不由的把满腔怒意,化作冰消。窦皇后又半折柳腰,似将下跪,当由章帝连呼免礼,轻轻把她扶住；一面令窦宪起来,叫他退去。宪得了这个护符,当然易惧为喜,再行叩谢,然后起身趋出。章帝挈着窦后,返入后宫,不消细述。惟窦宪虽得免罪,却已为章帝所憎嫌,不复再加重任。所以宪在章帝时代,只做了一个虎贲中郎将,未闻迁调,但守着本身职务,旅进旅退罢了。这还是章帝一隙之明。新任洛阳令周纡,持正有威,不畏强御,甫行下车,即召问属吏,使报大族主名。属吏止将闾里豪强,对答数人,纡厉声道:"我意在详问贵戚,如马窦两家,子弟若干？照汝所说,统是卖菜佣姓名,何足计较？"属吏闻言,不禁惶恐,才将马窦子弟,约略报了数名。纡又嘱咐道:"我只知国法,不顾贵戚,如汝等卖情舞弊,休来见我！"属吏唯唯,咋舌而退。纡乃严申禁令,有犯必惩。贵介子弟,却也不敢犯法,多半敛迹,京师肃清。一夕黄门侍郎窦笃出宫归家,路过止奸亭,亭长霍延,截住车马,定要稽查明白,方许通过。笃随身有仆从数人,倚势作威,不服调查,硬将霍延推开。延拔出佩剑,高声大喝道:"我奉洛阳令手谕,无论皇亲国戚,夜间经过此亭,必须查究。汝系何人？敢来撒野！"也是个硬头子。窦氏仆从哪里肯让,还要与他争论,笃亦不免气忿,在车中大叫道:"我是黄门侍郎窦笃,从宫中乞假归来,究竟可通过此亭否？"亭长听了,才将剑收纳鞘中,让他过去。笃心尚不甘,再加仆从怂恿,即于次日入宫,劾奏周纡纵吏横行,辱骂臣家。章帝明知笃言非实,但为了皇后情面,不能不下诏收纡,送入诏狱。纡在廷尉前对簿,理直气壮,仍不少挠,廷尉也弄得没法,只好据实奏陈。章帝竟批令释放,暂免洛阳令官职,未几又擢任御史中丞。可见章帝原有特识,不过曲为调停,从权黜陟,此中也自有苦衷呢!若抑若扬,措词甚妙。

建初八年,乌孙国遣使入朝,乞请修好,就是招谕乌孙的汉使,也同与东归。回应前回。章帝甚喜,即授超为将兵长史,特赐鼓吹幢麾,并擢徐幹为军司马,别遣卫侯李邑,护送乌孙使人返国,且赐乌孙大小昆弥等锦帛。大小昆弥,系乌孙国王名,详见《前汉演义》。李邑方到于阗,闻得龟兹将攻疏勒,恐道途中梗,不敢前行,反上书奏称西域难平,长史班超,拥娇妻,抱爱子,安乐外国,无内顾心,所有先后奏请,均不可从等语。事为班超所闻,不禁长叹道:"身非曾参,乃蒙三至谗言,恐不免见疑当世了!"曾参事见《战国策》。当下将妻斥去,上书沥陈苦衷。章帝知超忠诚,因传诏责邑道:"超果拥妻抱子,属下千余人,岂不思归,怎能尽与同心?汝但当受超节度,就商行止,不必妄言!"又复书谕超,谓邑若至卿处,可留与从事。邑无奈诣超,超不露声色,另派干吏与乌孙使臣,同至乌孙,劝乌孙王遣子入侍。乌孙王惟命是从,即出侍子一人,送至超处。超令李邑监护乌孙侍子,偕往京师。军司马徐幹语超道:"邑前曾毁公,欲败公功,今何不依诏留邑,另遣他吏入京,护送乌孙侍子?"超微笑道:"我正为邑有谗言,留彼无益,所以令他回京,且内省不疚,何恤人言?如必留邑在此,称快一时,如何算得忠臣呢?"及邑返京后,却也不敢再毁班超。章帝因乌孙内附,侍子入朝,益信超言非虚。越年改号元和,特遣假司马和恭等,率兵八百,西行助超。超既得增兵,复征发疏勒于阗人马,共击莎车。莎车闻超出兵,特想出一法,阴使人赍着重赂,往饵疏勒王忠,叫他联合莎车,背叛班超。此计却是利害。疏勒王忠果为所愚,竟将重赂收受,与超反对,出保乌即城。超猝遭此变,忙立疏勒府丞成大为王,召回出发兵士,假道攻忠。乌即城本来险阻,不易攻入,超军围城数月,竟未攻下。忠复向康居乞援,康居出兵万人,往救乌即城,累得超进退彷徨,愈难为力。于是分头侦察,探得康居国与月氏联姻,往来甚密,乃亟派吏多赍锦帛,往馈月氏王,托使转告康居,毋为忠援。月氏王也是好利,当即

允许,立将超意转达,财可通神,莫怪夷狄。康居顾全亲谊,还管什么疏勒王忠?一道密令,转至乌即城中,反使部众将忠缚归。乌即城既失援兵,又无主子,只得举城降超。惟忠被康居执去,幸得不死,羁居了两三年,与康居达官交好,费了若干唇舌,又得借兵千人,还据损中,且与龟兹通谋,欲攻班超。龟兹却令忠向超诈降,然后发兵进击,以便里应外合。忠依计施行,遂缮好一封诈降书,写得恭顺异常,使人投呈超前。超展书一阅,已知情意,因即召语来使道:"汝主既自知悔悟,誓改前愆,我亦不追究既往,烦汝代去传报,请汝主速回便了!"来使大喜,即去返报。超密嘱吏士,叫他如此如此,勿得有误。吏士奉令,自去安排,专待忠到来受擒。忠还道班超中计,只率轻骑数十人,贸然前来。超闻忠已至,欣然出迎,两下相见,忠满口谢罪,超随口劝慰。彼此谈叙片刻,似觉得胶漆相投,很加亲昵。好一个以诈应诈。吏士早已遵着超嘱,陈设酒肴,邀忠入席,超亦陪饮,帐下更作军乐,名为侑酒,实是助威。酒过数巡,超把杯一掷,即有数壮士持刀突出,抢至忠前,如老鹰抓小鸡一般,把忠拿下,反绑起来。忠面色如土,还要自称无罪。超怒目责忠道:"我立汝为疏勒王,代汝奏请,得受册封。浩荡天恩,不思图报,反敢受莎车煽惑,背叛天朝,擅离国土,罪一。汝盗据乌即城,负险自固,我军临城声讨,汝不知愧谢,抗拒至半年有余,罪二。汝既至康居,心尚未死,尚敢借兵入据损中,罪三。今又诈称愿降,投书诳我,意图乘我不备,内外夹攻,罪四。有此四罪,杀有余辜,天网昭彰,自来送死,怎得再行轻恕哩?"这一席话,说得忠哑口无言,超即令推出斩讫。不到半刻,已由军士献上忠首,超令悬竿示众。立传将士千人,亲自督领,驰往损中。损中留屯康居兵,守候消息,不防班超引军趋到,一阵斩杀,倒毙至七百余人,只剩了二三百残兵,命未该绝,仓皇遁去,南道乃通。越年又改元章和,超复调发于阗诸国兵二万余人,往击莎车。莎车向龟兹乞师,龟兹王与温宿姑墨尉头三国,联兵得五万人,自为统帅,驰救莎车。超闻援兵甚众,未便力敌,筹画了好多时,便召入于阗王及将校等与语道:"敌众我寡,势难相持,不若知难先退,各自还师。于阗王可引兵东行,我却从西退回。但须待至夜间,听我击鼓,方好出发,免得为敌所乘呢!"说至此,便有侦骑入报道:"龟兹诸国兵马,已经到来,相距不过数里了!"超令于阗王及将校等各归本营,闭垒静守,听候鼓号。大众如言退去。超进攻莎车时,沿途已获住侦谍数人,系诸帐后。到了黄昏时候,故意释放,令得还报军情。龟兹王闻报大喜,亲率万骑,西向击超;使温宿王率八千骑,东向截于阗王。超登高遥望,见各虏营喧声不绝,料他已出发东西,便返入营中,密召亲兵数千人,装束停当,待至鸡鸣,悄悄地引至莎车营前,一声号令,驰马突入。莎车营兵,因闻超军将还,放心睡着,哪知帐外冲进许多兵马,惊起一瞧,统是汉军模样,急得东奔西窜,不知所措。超麾令部众,四面兜击,斩首五千余,尽夺财物牲畜,且令军士大呼道:"降者免死!"莎车兵无路可走,相率乞降;就是莎车王亦势孤力竭,只好屈膝投诚。超收兵入莎车城,再去传召全营将校及于阗国王。于阗王等正因夜间未得鼓声,不免诧异,及得超传召,才知超计中有计,格外惊服,遂共入莎车城中,向超贺捷。龟兹温宿诸王,探闻消息,也觉为超所算,未战先怯,各退归本国去了。自经超有此大捷,西域都畏超如神,不敢生心;就是北匈奴亦闻风震慑,好几年不来犯边。章帝得专意内治,巡视四方,修贡举,省刑狱,除妖恶党禁,免致株连,戒俗吏矫饰,务尚安静;赐民胎养谷,每人三斛;婴儿无父母亲属,及有子不能养食,俱廪给如律,不得漠视。

　　临淮太守朱晖，善政得民，境内作歌称颂道："强直自遂，南阳朱季。"晖为南阳宛人。章帝幸宛闻歌，即擢为尚书仆射。鲁人孔僖，涿人崔骃，同游太学，并追论武帝尊崇圣道，有始无终，邻舍生即讦骃僖诽谤先帝，讥刺当世。事下有司，骃诣吏受讯。僖上书自讼，略言武帝功过，垂著《汉书》，自有公评。陛下即位以来，政教未失，德泽有加，臣等亦何敢寓讥？就使陛下视为讥刺，有过当改，无过亦宜含容，奈何无端架罪云云。章帝得书省览，下诏勿问，且拜僖为兰台令史，旌美直言。庐江毛义，素有清名，南阳人张奉，慕名往候。才经坐定，忽有吏人传入府檄，召义为安邑令。义喜动颜色，捧檄入内。奉转目义为鄙夫，待义复出，即起座辞归。后闻义遭母丧，丁艰回籍，及服阕后，屡征不起。奉乃赞叹道："贤士原不可测，往日捧檄色喜，实是为亲屈志；今乃知毛君节操，实异常人！"章帝亦得闻义名，征义就官，义仍然谢绝。乃赐谷千斛，并令地方官随时存问，不得慢贤。还有任城人郑均，洁身自好，有兄尝为县吏，贪赃受贿，屡谏不悛，均竟脱身为人佣，积得工资若干，归授乃兄，且垂涕与语道："财尽尚可复得，为吏坐赃，终身捐弃，不能复赎了！"兄闻言感动，改行从廉。未几兄殁，均敬事寡嫂，抚养孤侄，情礼备至。州郡交章举荐，均终不应征。建初三年，司徒鲍昱，致书辟召，又不肯赴。至六年时，由公车特征，不得已入都诣阙。章帝即使为议郎，再迁为尚书，屡纳忠言。旋即因病乞休，解组回里，一肩行李，两袖清风，仍然与寒素相等。章帝东巡过任城，亲至均舍，见均家室萧条，感叹不已，因特赐尚书禄俸，赡养终身。时人号为白衣尚书，垂名后世。看似赞美章帝，实是阐表诸贤。只会稽人郑弘，为宣帝时西域都护郑吉从孙，少为灵文乡啬夫，乡官名。爱人如子，迁官驺令，勤行德化，道不拾遗。再迁淮阳太守，境内适有旱灾，弘循例行春，课农桑，赈贫乏，随车致雨，汉制各郡太守，当春巡行属县，是谓行春。又有白鹿群至，夹毂护行。弘问主簿黄国道："鹿来夹毂，主何吉凶？"国拜贺道："仆闻三公车辐（fān），尝绘鹿形，明府他日必为宰相！"弘付诸一笑，亦无幸心。建初八年，奉调为大司农，奏开零陵桂阳岭路，通道南蛮。先是交阯七郡，贡献转运，必从东冶航海，风波不测，沉溺相继，至南岭开通，舍舟行陆，得免此患。弘在职二年，省费以亿万计。时海内屡旱，民食常苦不足，国帑却是有余，弘又请省贡献，减徭役，加惠饥民。章帝亦颇以为然，下诏采行。元和元年，太尉邓彪免官，即令弘继任太尉。弘见窦氏权盛，恐为国害，常劝章帝随时裁抑。言甚剀切，章帝亦温颜听受，但优容窦氏，仍然如常。无非碍着牝后。虎贲中郎将窦宪，职兼侍中，出入宫禁，虽未敢公然骄恣，却是密结臣僚，引为心腹。尚书张林，洛阳令杨光，党同窦宪，贪残不法。弘忍无可忍，至元和三年间，极言弹劾，嘱吏缮陈。吏与杨光有旧交，先往告光，光闻言大惧，亟诣窦门求救。窦宪忙入白章帝，劾弘泄漏枢机，失大臣体。章帝问为何因，窦即先将弘所上弹章，约略陈述。已而弘奏呈上，果如宪言。章帝不能无疑，便令左右传诏责弘，且收弘印绶，另任大司农宋由为太尉。弘始知为属吏所卖，径诣廷尉待罪。旋复有诏赦弘，弘因乞骸骨归里，好几日不得复诏，顿令弘积愤成疾，奄卧不起。临危时尚强起草疏，力斥窦宪，仿古人尸谏的遗意。是卫史鱼故事。疏中有数语最为扼要，录述如下：

　　　　窦宪奸恶，贯天达地，海内疑惑，贤愚嫉恶，谓宪何术以迷主上？近日王氏之祸，昭然可见！陛下处天子之尊，保万世之祚，而信逸侫

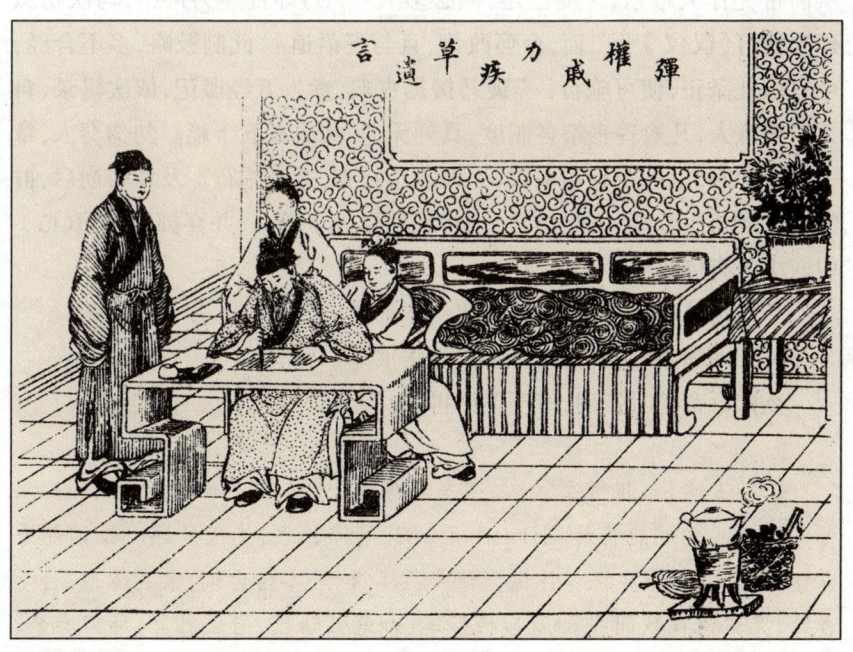

之臣，不计存亡之机。臣虽命在暑刻，死不忘忠，愿陛下诛四凶之罪，以餍人鬼愤结之望！

这书呈入，章帝始遣医往视，弘已病终。妻子遵弘遗嘱，悉还从前赐物，但将布衣为殓，素木为棺，轻车减从，奔丧还乡。章帝亦不加赗赠，听令自便。这却未免辜负好官，有私外戚哩！郑弘既殁，司空第五伦也老病乞休，有诏准令退位，惟终身赏给二千石俸秩，而加赐钱五十万，公宅一区。伦奉公尽节，言事不肯模棱，性质悫，少文采，在位以贞白见称，时人比诸前朝贡禹，后来寿逾八十，考终家中。太仆袁安，奉命继任。安字邵公，汝阳县人，祖父良，习《易》著名。安少承祖训，得举孝廉，累任阴平任城令长，迁守楚郡，再为河南尹，政号严明，吏民畏服。嗣由太仆超迁司空，守正如故。未及期月，又代桓虞为司徒。光禄勋任隗继为司空。隗字仲和，系故信都太守阿陵侯任光嗣子，好黄老言，品性清廉，与袁安并为三公，时称得人。博士曹褒，奏请考成汉礼，诏下公卿集议，安与隗各无异言，独词臣班固，谓宜广集诸儒，共议得失。章帝叹道："古谚有言：'筑室道谋，三年不成。'今欲集儒议礼，必致聚讼不休，互生疑异，笔不得下。从前帝尧作大章乐，一夔已足，何必多人？"乃即拜褒为侍中，与汉初叔孙通所订《汉仪》十二篇，令褒改订，且与褒语道："此制散略，多不合经，今宜依礼条正，使可施行！"褒乃援据古典，参入五经谶记，依次辑录，自天子至庶人，凡冠昏丧祭各制度，具列无遗，共成百五十篇。匆匆奏入，章帝未遑详阅，也不令有司平议，当即收付礼官，遽令施行。及章帝崩后，群臣多言褒擅更礼制，不足为法，因将新礼百五十篇，一并弃掷败字簏（lù）中。小子有诗叹道：

绵蕞朝仪不足征，操觚改制亦难凭。
一朝大礼谈何易，草草宁堪作准绳？

欲知章帝何时告崩，待至下回再表。

疏勒王忠，为超所立，乃以莎车之厚赂，甘心背超，戎狄之贪利忘义，可见一斑。幸超能将计就计，不烦血刃，缚而诛之，南道复通。或谓超专以诈计御虏，故虏亦报以诈谋。讵知兵不厌诈，本诸古训，宋襄陈余，为千古笑，况施诸戎狄间乎？厥后拔莎车，却龟兹诸国，老成胜算，游刃有余，而西域乃为之胆落。盖御虏之道,智略为先,兵力次之,不知是不足以挫彼凶横也!超真一人杰矣哉!章帝明知窦宪之奸,未能远斥,至郑弘一再进谏,又不见用,反且为窦宪所欺,收弘印绶,何其自相矛盾一至于此?意者其宁违忠谏,毋负椒房,而因有此刺谬欤?范书谓孝章以下,渐用色授,恩隆好合,遂忘淄蠹。数语实抉透章帝一生之大病。吕东莱讥其优柔寡断,盖犹非真知章帝者也。

第三十二回

杀刘畅惧罪请师　系郑寿含冤毕命

却说章帝在位十三年,已经改元三次,承袭祖考遗业,国势方隆,事从宽简,朝野上下,并称乂安。章帝春秋方富,做了十余年的太平皇帝,优游度日,好算是福禄两全。偏至章和二年孟春,忽然得病,竟至弥留,顾命无甚要嘱,但言毋起寝庙,如先帝旧制。俄而崩逝,年只三十一岁。窦皇后素性机警,即召兄弟入宫,委任枢要;一面立太子肇为帝,当日嗣位,是谓和帝。和帝甫及十龄,怎能亲政?当由窦宪兄弟,召集公卿,提出要议,尊窦皇后为皇太后,临朝训政。公卿等畏惮权威,不敢生异。当即酌定临朝典礼,颁诏施行。到了春暮,奉葬章帝于敬陵,庙号肃宗。窦太后欲令兄宪秉政,宪尚有所顾忌,未敢遽握总枢,因让诸前太尉邓彪,召为太傅。彪字智伯,与中兴元勋高密侯邓禹同宗,父名邯,曾官渤海太守,受封鄳(Méng)乡侯。彪少有至行,见称乡里,旋遭父丧,愿将遗封让与异母弟,因此益得令名,为州郡所辟召。累迁至桂阳太守,亦有政声。入为太仆,升任太尉,居官清白,为百僚式。后来因病乞休,回籍已有四五年,至是复由公车征入,接奉窦太后特诏道:

先帝以明圣奉承祖宗至德要道,天下清静,庶事咸宁。今皇帝以幼年茕茕在疚,朕且佐助听政。外有大国贤王,并为藩屏,内有公卿大夫,统理本朝,恭己受成,夫何忧哉?然守文之际,必有内辅,以参听断。侍中宪,朕之元兄,行能兼备,忠孝尤笃,是阿妹个人私言。先帝所器,亲受遗诏,当以旧典辅斯职焉!遗诏亦未必及宪。宪固执谦让,节不可夺,今供养两宫,宿卫左右,厥事已重,亦不可复劳以政事。故太尉邓彪,元功之族,三让弥高,海内归仁,为群贤首,先帝褒表,欲以崇化。今彪聪明康强,可谓老成黄耇(gǒu)矣!其以彪为太傅,赐爵关内侯,录尚书事。百官总已以听,朕庶几得专心内位。於戏!读如呜呼。群公其勉率百僚,各修厥职,爱养元元,绥以中和,称朕意焉!

彪受命供职,名为朝中领袖,但国家大权,实操诸窦氏手中。窦宪虽守侍中原职,却是内干机密,出宣诏命。窦笃升任虎贲中郎将,笃弟景瓌,并得入为中常侍。宫廷内外,只知有窦氏兄弟,不知有太傅邓彪。彪且做了窦氏的傀儡,窦氏有所施为,辄令彪代奏,彪不能不依,窦遂得任所欲为。宪父勋尝坐罪致死,见前文。谒者韩纡,与劾勋案,此时纡已病殁,宪却为父报仇,潜令门客刺杀纡子,割得首级,往祭父墓。窦太后亦为快意,置诸不问。都乡侯畅,系齐武王刘缜孙,入京吊丧,多日不归,私与步兵校尉邓叠亲属,互相往来。叠有母名元,出入宫中,为窦太后所亲爱,畅即厚礼馈遗,托她入白太后,为己吹嘘。元直任不辞,入宫一二次,即为说妥,由太后特旨召见。畅喜如所愿,进见太后,极力谄媚,叩了好几个响头,说了好几句谀词。妇人家最喜奉承,见畅口齿伶俐,礼貌谦卑,不由的引动欢肠,当作好人看待,问答了好多时,才令退去。未几复蒙召入,历久始出。又未几再蒙召入,居然有说有笑,格外投机。莫非要演吕后审食其故事么?宫中谁敢多嘴,只有窦宪瞧着,很是不悦,暗想太后一再召畅,定

有隐情，畅若得宠，必致夺权，宁止夺权而已。不如先发制人，结果性命，再作后图。主见已定，便暗嘱壮士，伺畅行踪，乘机下手。畅正满志踌躇，专望太后赐他好处，按日至屯卫营中，听候好音，不防背后跟着刺客，一不见机，竟致饮刃，晕倒地上，断命送终。刺客早已扬去。卫兵见了畅尸，当然骇愕，立即报闻。窦太后得知消息，很是惊悼，与汝有何关系？即令窦宪严拿凶手。宪反将杀人大罪，卸到畅弟利侯刚身上，说他兄弟不和，因有此变。窦太后信为真言，就饬侍御史与青州刺史，查究刚等罪状。原来刚封邑在青州，故兼令青州刺史考治。尚书韩棱，上言贼在京师，不宜舍近就远，恐为奸臣所笑。窦宪得了此语，恐棱疑及己身，急请太后下诏责棱。究竟贼胆心虚。棱虽然被责，仍旧坚执前言。三公皆袖手旁观，莫敢发议，独太尉掾何敞，进说太尉宋由道："畅系宗室肺腑，茅土藩臣，来吊大忧，上书须报，乃亲在武卫，致此残酷。奉法诸吏，无从缉捕，踪迹不明，主名不定。敞得备股肱，职典贼曹，意欲亲往纠察，力破此案！偏二府执事，二府谓司徒司空。以为朝廷故事，三公不与闻贼盗，公纵奸慝，无人问咎。敞不忍坐视，愿充此役！"宋由乃许令查缉。司徒司空二府，闻敞前往钩考，亦遣侦吏随行。天下无难事，总教有心人，结果查得刺畅凶手，实系窦宪主使，当即奏白太后。太后勃然大怒，立向窦宪问状。何必盛怒至此？宪亦无从抵赖，匍匐谢罪。太后竟将宪锢置内宫，有意加谴。宪恐遭诛戮，自请出击北匈奴，图功赎死。

是时北匈奴岁饥，部众离叛，邻国四面侵扰，优留单于为鲜卑所杀，北庭大乱。南单于屯屠何新立，上表汉廷，请乘北虏纷争，出兵征伐，破北成南，并为一国，令汉家无北顾忧。窦太后得表，取示执金吾耿秉，秉极言可伐，独尚书宋意上书谏阻，因未定议，窦宪乃想此出去，为逃死计。究竟窦太后顾念同胞，未忍将长兄处死，不过一时气愤，把他锢禁；转思宪既有志图功，乐得遣他出去，得能立功异域，也好塞住众口，免消失刑。于是依了宪议，且命为车骑将军，使执金吾耿秉为征西将军，为宪副将，发兵讨北匈奴。宪得出宫部署，仍然威震一时。兵尚未出，忽接护羌校尉邓训捷报，乃是击走羌豪迷唐，收服群羌等语。先是元和三年，烧当羌迷吾，与弟号吾率领羌众，复来犯边。陇西郡督烽掾李章，颇有智略，独不举烽火，暗地号召戍卒，埋伏要隘。号吾见陇西无备，轻骑入境，陷入伏中，慌忙突围返奔,偏值李章紧紧追来,强弓一发,射伤号吾坐骑,号吾被马掀下,为章所擒。章执住号吾,将献诸郡守,号吾乞怜道:"我既被擒,也不畏死,但杀死一我,无损羌人,不如放我生还,我当永远罢兵,不再犯塞了。"章以为说得有理,遂转禀太守张纡,纡乃放还号吾。号吾果解散羌众,各归故地,迷吾亦退居河北归义城。至章和元年,护羌校尉傅育,贪功启衅,募人阴构诸羌,令他自斗。羌人不肯从令,复生异心,走依迷吾。育发诸郡兵数万人,即欲击羌,大兵未集,仓猝出师,迷吾徙帐远去。育尚不肯罢休,自率三千骑穷追,恼动迷吾毒性,设伏三兜谷旁,邀截育军。育夜至谷口,尚不设备,顿致伏兵齐起,两面掩击,把育军杀死无算,育亦做了无头鬼奴。真是自去送死。还幸各郡兵赴救,拔出残众一二千人,迷吾引去。败报到了京师,有诏令张纡为护羌校尉,出驻临羌。迷吾复入寇金城,纡遣从事司马防,领兵截击,大破迷吾,迷吾乃致书乞降。纡佯为允许,待迷吾挈众到来,陈兵大会,置酒犒众,密将毒药置入酒中,羌众饮酒中毒,陆续倒地;迷吾亦筋软骨酥,不省人事。纡得指麾兵士,一一屠戮,且刬落迷吾首级,祭傅育墓,再发兵袭击迷吾余众,斩获数千人。诱杀迷吾计,与班超相同,但超诛诈降,纡戮真降,情迹悬殊,不能并论。迷吾子迷唐,独得逃脱,恨父被害,有志复仇,遂与诸羌种结婚交质,誓同休戚,据住大小榆谷,与纡为难。纡不能制服,拜表请兵。朝廷因纡赚杀诸羌,很是失计,因将纡免官召还,改任故张掖太守邓训代为护羌校尉。训字平叔,系故高密侯邓禹第六子,少有大志,厌文尚武,禹尝斥为不肖。哪知训熟习韬略,善抚兵民,章帝时已任乌桓校尉,与士卒同甘苦,大得众心,番虏惮训恩威,不敢近塞。嗣复调任张掖太守,边境清宁。及张纡免职,公卿多举训往代,因令改官。训莅任未几,迷唐即领兵万骑,来至塞下,一时未敢攻训,先胁令小月氏胡人,从早投服。小月氏胡尝散居塞内,约有数千名,就中多勇健富强,不服羌种。汉吏辄随时羁縻,令拒羌人,他却能用少制众,为汉效力。只因平时有功少赏,所以依违两可,向背无常。此次迷唐招降,威驱利迫,胡人倒也不愿相从,誓与死斗。训察知情迹,便派吏安抚诸胡,叫他不必致死,自当一体保护。吏佐以为羌胡相攻,于我有利,待他两下俱疲,正好出兵尽灭,为何无端禁护,留下后患?训却出言指驳道:"近因张纡失信,群羌大动,屡来犯边。综计塞下屯兵,多至二万,按时给饷,空竭府藏,尚不能有备无患,凉州吏民,命悬呼吸。今尚欲羌胡相攻,羌败胡盛,胡亡羌兴,终为我害,哪能一举灭尽?且诸胡反复无定,俱因我恩信未厚,所以致此。今若因彼迫急,用德怀柔,彼必感激厚恩,乐为我用。服胡平羌,就在此着,汝等亦怎知大计哩?"成竹在胸。当下大开城门,召入群胡妻子,安处城中,严兵守卫。羌人无从胁掠,相继引去。胡人果然感德,并言汉吏常欲图我,今邓使君待我有恩,开门纳我妻子,使免兵刃,这却是我重生父母,怎得不依?于是群集训前,跪伏叩头道:"惟使君命!"训乃简选壮丁,择得数百人,使为义从,推诚相待。胡俗耻言病死,每遇病危,即用刀自刭。训闻降胡有疾,辄使人拘持缚束,禁令自裁,但给他医治,往往服药得痊,胡人愈加感动,无论男妇长幼,莫不归仁。旋复赏赉诸羌,使相招诱。迷唐叔父号吾,便率种人八百户来降。训全数收纳,妥为抚慰;一面征发湟中秦胡羌兵四千人,出塞掩击迷唐,斩首虏六百余级,得马牛羊万余头。迷唐抵敌不住,弃去大小榆谷,逃入颇岩谷中,羌众亦逐渐散去。训方上书奏捷,汉廷共庆得人。既而和帝改年号为永元,春光初转,塞外雪消,迷唐欲复归故地,屡遣侦谍,往来榆谷,为训所闻,训亟发湟中兵六千人,使长史任尚为将,叫他缝革为船,置诸筏上,乘夜渡河,袭取颇岩谷。迷唐猝不及防,被任尚乘隙掩入,斩首千余,获生口二千人,马牛羊三百余头。迷唐仓皇走脱,收集余众,西奔千余里,诸羌种遂尽叛迷唐。烧当种豪酋东号,情愿内附,稽颡归命,余众亦款塞纳质。训抚绥诸羌,威信大行,随即遣散屯兵,各令归郡,惟留弛刑徒二千余人,分田屯垦,兼修城堡,务为休息罢了。实是邓禹肖子。

且说车骑将军窦宪部署人马,已将就绪,便拟辞阙请行。因恐出征以后,子弟犯法,特使门生赍书,投递尚书郅寿,托他回护家属,毋令得罪。哪知郅寿铁面无私,竟将窦氏门生,拘送诏狱,且上书极陈宪罪,比诸王莽。宪当然大愤,便欲设法害寿。寿尚不以为意,入朝遇宪,当面讥刺,说他大起第宅,擅兴兵甲,种种不法,显犯国章。宪怎肯服罪?自然争论廷前。偏是寿始终不让,仍是厉声正色,侃侃直谈。宪理屈词穷,转向太后前进谗,劾寿私买公田,诽谤宫廷。窦太后正在临朝,听得寿声浪甚高,也嫌他倨嫚无礼,便褫去寿职,命左右执送廷尉。廷尉阿旨承颜,谳成死罪,当即复奏,廷臣莫为解免。独太尉掾何敞,破案有功,得升任侍御史,此时又不忍袖手，即上书进谏，略云：

寿以机密近臣，匡救为职，若怀默不言，其罪当诛。今寿违众正议，以安宗社，岂其私耶？臣所以触死瞽言，非为寿也。忠臣尽节，以死为归，臣虽不知寿，度其甘心安之，但不欲圣朝行诽谤之诛，以伤晏安之化，杜塞忠直，垂讥无穷。臣敞谬与机密，言所不宜，罪名明白，当填牢狱，先寿僵仆，万死有余！

窦太后接阅敞书，才命减寿死罪，谪徙合浦。寿愤不欲生，竟致自刎；家属幸得免徙，仍归西平故乡。寿即郅恽子，郅恽事见前文。窦宪既害死郅寿，气焰越盛，且因启行在即，越摆出大将威风，颐指气使。三公九卿，也有些看不过去，因联名上书，谏阻北伐。接连奏了好几本，终不见报，太尉宋由，未免惊疑，不敢再行署奏，诸卿亦多半退缩。惟司徒袁安，司空任隗，还是守正不移，甚至免冠朝堂，极力固争，仍不见从。侍御史鲁恭，素怀忠直，因再详陈利害，抗疏切谏道：

陛下亲劳圣恩，日昃不食，忧在军役，诚欲以安定北陲，为民除患，定万世之计也。臣伏独思之，未见其便。社稷之计，万人之命，在

系郅寿含冤毕命

于一举。数年以来,秋稼不熟,民食不足,仓库空虚,国无储积;又新遭大忧,人怀恐惧。陛下方在谅阴,阴读如暗,天子居丧之名。三年听于冢宰,百姓阙然,三时不闻警跸之音,莫不怀思皇皇,欲有求而不得。今乃以盛春之月,兴发军役,扰动天下,以事戎狄,诚非所以垂恩中国,改元正时,由内及外也。万民者,天之所生。天爱其所生,犹父母之爱其子。一物有不得其所者,则天气为之舛错,况于人乎?故爱人者必有天报。昔太王重人命而去邠,故获上天之祐。夫戎狄者,四方之异气也,蹲夷踞肆,与鸟兽无别,若杂居中国,则错乱天气,污辱善人,是以圣王之制,羁縻不绝而已。今边境无事,正宜修仁行义,尚于无为,令家给人足,安业乐产。夫人道义于下,则阴阳和于上,祥风时雨,覆被远方,夷狄自重译而至矣!盖以德胜人者昌,以力胜人者亡。今匈奴为鲜卑所创,远藏于史侯河西,去塞数千里,而欲乘其虚耗,利其微弱,是非义之所出也!前太仆祭肜,远出塞外,不见一胡而兵已困,白山之难,不绝如缒,都护陷没,指陈睦。士卒死者如积,读若兹(zī)。迄今被其辜毒。孤寡哀思之心未弭,奈何复袭其迹,不顾患难乎?今始征发,而大司农调度不足,使者在道,分部督促,上下相迫,民间之急,亦已甚矣!三辅、并、凉少雨,麦根枯焦,牛死日甚,此其不合天心之验也!群僚百姓,咸曰不可,陛下独奈何以一人之计,弃万人之命,不恤其言乎?上观天心,下察人志,足以知事之得失。臣恐中国且不为中国,岂徒匈奴而已哉?惟陛下留圣恩,休罢士卒以顺天心,天下幸甚!

这篇奏章,也好算是痛哭流涕,说得激切,偏窦太后情深骨肉,置若罔闻,鲁恭亦只好罢论。惟鲁恭颇有异政,脍炙人口。他系扶风郡平陵县人,童年丧父,哀毁逾成人,嗣入太学习鲁诗,讲诵不辍,因此成名。章帝初年,召恭至白虎观讲经,为太尉赵熹所荐举,拜中牟令,专务德化,不尚刑罚。邻境有蝗虫为灾,独不入中牟界内。袁安方为河南尹,恐传闻失实,特遣掾属肥亲往视,果然不谬。恭与肥亲偕行阡陌,并坐桑下,见白雉过集座前,适有童儿在侧,亲顾语童儿道:"何不捕执此雉?"童儿笑道:"雉方怀雏!"亲不待说毕,瞿然起立,向恭告别道:"我奉公到此,实欲觇君政绩,今虫不犯境,便是一异;化及鸟兽,便是二异。我若久留,反劳贤令供给,多致不安,请从此别!"言讫自行,返报袁安,安亦大为惊异。嗣又闻得中牟署内,生有嘉禾,乃即奏报朝廷,极言恭以德化民,屡迓天庥。章帝因征恭入阙,擢为侍御史。后人尝称鲁恭三异,作为口碑。小子亦有诗赞道:

　　鲁公德政起中牟,阖邑兴仁俗不偷。
　　草木昆虫皆沐化,一时三异足千秋!

　　窦太后不从恭奏,仍遣窦宪等北征;且迁窦笃为卫尉,窦景为奉车都尉,颁发国帑,为造邸第。免不得物议沸腾,又有人出来谏阻了。欲知何人进谏,待至下回表明。

　　刘畅以外藩奔丧,事毕即当返镇,乃恋恋不去,求见太后,果何为者?窥其意不特具幸进心,并且为求欢计。窦太后以美丽闻,度其年不过三十,色尚未衰,畅之欲为审食其也明矣。史称其素行邪僻,言简意赅,太后屡次召见,几已入彀,微窦宪之从旁下手,几何而不为雄狐之刺耶?然宪究不当擅杀藩臣,讳无可讳,乃欲出师徼功,自赎死罪;太后又为所惑,竟允宪议。杀一人且不足,尚欲举千万人之生命,作为孤注,何其忍也!郅寿直言谏诤,反致得罪,蒙冤自尽,而三公九卿,又屡谏不从,偏憎偏爱,固妇人之常态,而国纪已为之毁裂矣!太傅邓彪,名为总己,乃片言不发,袖手旁观,其负国也实甚,国家亦焉用彼相为哉?

第三十三回

登燕然山夸功勒石　闹洛阳市渔色贪财

却说窦太后许兄北征，又为弟筑宅，当有一位正直著名的大臣，再加谏阻。看官欲知他姓名，就是侍御史何敞，谏草中大略说是：

臣闻匈奴之为桀逆久矣！平城之围，嫚书之耻，此二辱者，臣子所为捐躯而必死，高祖吕后，忍怒含怨，舍而不诛。伏惟皇太后秉文母之操，文母即周文王妃太姒。陛下履晏晏之姿，匈奴无逆节之罪，汉朝无可惭之耻，而盛春东作，兴动大役，元元怨恨，咸怀不悦！而猥复为卫尉笃、奉车都尉景缮修馆第，弥街绝里，臣虽斗筲之人，窃自惊异，以为笃景亲近贵臣，当为百僚表仪。令众军在道，朝廷忧劳，百姓愁苦，而乃遽起大第，崇饰玩好，非所以垂令德、示无穷也！宜且罢工匠，专忧北边，恤民之困，保存元气。匪惟为宗庙至计，抑亦窦氏之福也！自知昧死，不敢不闻。

奏入不省。敞亦平陵人氏，与鲁恭同乡，两人谏草，并光史乘。还有尚书仆射朱晖，已经乞病告归，亦上疏力阻北征，仍不见从。晖字文季，籍贯已见前文，在三十一回中。幼年丧父，具有至性，年十三，适遭世乱，与外家奔入宛城，道遇贼党，劫掠妇女衣饰，众皆股栗，晖独舞刀向前道："财物可取，诸母衣不可得，今日为朱晖死日，愿与拼命！"贼见其身小志壮，倒也惊怜，哑然失笑道："童子可收刀，我从汝！"说罢，呼啸自去。强盗也有善心。后来入朝为郎，乘便入太学肄业，进止有礼，名重儒林。新阳侯阴就，慕晖贤名，躬自往候，晖避匿不见。及东平王苍，辟为掾吏，晖知苍为贤王，方才应召。苍格外敬礼，待若上宾。同邑耆儒张堪，素有学行，尝在太学见晖，与为忘年交，且把臂与语道："他日当以妻子托朱生！"晖因堪为先达，不敢遽对，别后不复相见。及堪殁后，晖闻堪妻子贫困，乃自往问候，给赡养资。晖少子颉怪问道："大人未与堪为友，何故赈给？"晖答谕道："堪虽不与我久交，但尝以知己相托，我不忍忘怀，所以有此一举呢！"晖又与同郡陈揖友善，揖早逝世，有遗腹子，尝由晖出资赒济，使得成人。及桓虞为南阳太守，召晖长子骈为吏，晖却另荐他友，不使骈往。虞叹为义士，名誉益隆。嗣由临淮太守入为尚书仆射，以谠直闻。告老后尚因事陈言，真所谓进思尽忠，退思补过了！补述朱晖轶事，亦为通俗教育之一则。

且说车骑将军窦宪，奉了皇太后的宠命，与耿秉等同出朔方。至鸡鹿塞，度辽将军邓鸿，自稒（Gū）阳塞来会，就是南单于屯屠何，亦由满夷谷出兵，来迎汉将。各军大集涿邪山，当由宪调动人马，分遣副校尉阎盘、司马耿夔、耿谭，与南单于合兵万骑，进抵稽落山。适值北单于领众到来，两下交战，自午至暮，大败北虏。北单于抱头窜去，余众奔溃。窦宪得前驱捷报，亲率大军追击，诸部直至私渠比鞮海，斩名王以下万三千级，获生口马牛羊橐驼百余万头，收降北匈奴种落八十一部，约得二十余万人。史传虽有此语，恐亦未免夸张。宪与秉共登燕然山，出塞已三千余里，自谓声威远震，旷古无伦，遂令中护军班固，作文录石，表扬功德。固本擅长文

辞，曾由兰台令史迁官玄武司马，丁母丧去官。服阕后，正遇窦宪出征，招令同行，使为中护军，并兼参议。此时奉着宪命，遂得抒展长才，撰了一篇冠冕堂皇的铭词，冠以序文。文云：

  惟永元元年秋七月，有汉元舅车骑将军窦宪，寅亮圣明，登翼王室，纳于大麓，惟清缉熙。乃与执金吾耿秉，述职巡御，理兵于朔方。鹰扬之校，螭虎之士，爰该六师，暨南单于东乌桓西戎氐羌侯王君长之群，骁骑三万。元戎轻武，长毂四方，云辎蔽路，万有三千余乘，勒以八阵，莅以威神，玄甲耀日，朱旗绛天。遂陵高阙，下鸡鹿，经碛卤，绝大漠，斩温禺以衅鼓，血尸逐以染锷；温禺尸逐，并匈奴诸王名号。然后四校横徂，星流彗扫，萧条万里，野无遗寇。于是域灭区单，返旆而旋，考传验图，穷览其山川。遂逾涿邪，跨安侯，水名。乘燕然，袭冒顿之区落，冒顿读若墨特，系匈奴先世祖名，见《前汉演义》。焚老上之龙庭。冒顿子稽粥，号老上单于。上以摅高文之宿愤，光祖宗之玄灵；下以安固后嗣，恢拓境宇，振大汉之天声。兹所谓一劳而久逸，暂费而永宁者也！乃遂封山刊石，昭铭上德，其辞曰："铄王师兮征荒裔，剿凶虐兮截海外，夐（xiòng）其迩兮亘地界，封神丘兮建隆碣，熙帝载兮振万世。"

文既撰就，当即镌刻石上，班师南归。但遣军司马梁讽等，带领千骑，并携金帛，再向北方进行。沿途宣扬国威，服从有赏，不服从加诛。北虏甫经荒乱，闻得此令，自然争相趋附，求给赏赐，先后招降万余人。进抵西海，北单于正在避匿，探得汉官前来行赏，也即出迎。讽宣传诏命，嘱令归化天朝，拜受恩赐，北单于稽首受命。讽因劝导北单于，教他修复呼韩邪故事，保国安民。呼韩邪事见前文。北单于甚喜，即率众与讽俱还。至私渠海，才知汉兵已经入塞，乃只遣弟右温禺鞮王奉贡入侍，随讽诣阙。宪因北单于未肯亲来，竟将他侍弟遣还，不与修和。南单于屯屠何馈宪古鼎，鼎容五斗，旁有篆文云："仲山甫鼎其万年，子子孙孙永保用。"仲山甫，周人。宪将鼎进呈太后，太后大喜，且因宪立有大功，即使中郎将持节慰劳，拜宪为大将军，封武阳侯，食邑二万户。宪还想沽名，辞还封爵，太后未许，经宪再三固辞，乃暂罢侯封，但使为大将军。旧制大将军位置在三公下，独宪立功回朝，威震宫廷，朝臣多阿谀取容，奏请宪位次太傅，居三公上。窦太后自然乐从，颁诏如议。于是大开仓府，分赐将吏，查得从征诸军士，系是诸郡二千石子弟，悉令为太子舍人。越年七月，复由窦太后下诏道：

> 大将军宪，往岁出征，克灭北狄，朝加封赏，固让不受，舅氏旧典，并蒙爵土。其封宪冠军侯，邑二万户；笃为郾侯，景为汝阳侯，瓌为夏阳侯，各六千户，以示懋赏。其毋辞！

窦笃窦景窦瓌，并皆受封，惟宪仍让还，更率兵出镇凉州。征西将军耿秉，自班师回朝后，亦得封美阳侯，官拜光禄勋。另遣侍中邓叠行征西大将军事，佐宪赴镇。北单于以侍弟遣还，复使车谐储王等，款塞请朝，愿见大使。宪据实奏闻，即令中护军班固署中郎将，与司马梁讽，出迎北单于。偏南单于欲扫灭北庭，只恐北单于受汉保护，不得逞志，因发兵掩击北单于。北单于负创遁去，妻子被擒。班固等至私渠海，未得与北单于相见，折回凉州。南单于致书与宪，请即乘胜扫北。宪本来贪功，乐得依他计议，筹备兵马。至永元三年仲春，风和草长，复遣左校尉耿夔，司马任尚，出居延塞，往击北单于。星夜驰行，已出塞好几千里，未见北单于踪迹，再令侦骑四出探寻，方知北单于远驻金微山。山在漠北，去塞约五千多里，从前汉兵北征，从未到过此地。北单于挈领家属，至此匿踪，总道是个安乐窝，可以无恐。哪知汉将耿夔，执戈前驱，穷搜虏穴，竟趋至金微山下，围住虏庭，任尚等又随后继进，并力杀入。虏众不及措手，顿时乱窜，北单于慌忙逃避，已为流矢所伤，忍痛奔命，竟尔走死。所有名王以下五千余人，或被杀，或被拘，连单于母阏氏，也一古脑儿做了囚奴。老番妇有何用处？耿夔等扫荡虏庭，乃收兵南归。窦宪拜本奏捷，叙夔首功，有诏封夔为粟邑侯。惟窦宪既平北匈奴，功勋无比，势倾朝野，用耿夔任尚等为爪牙，邓叠郭璜为心腹，班固傅毅为羽翼，刺史守令，多出窦门，苞苴公行，毫无忌惮。司徒袁安，司空任隗，却还有一些刚骨，不肯从风尽靡，因联名举发二千石等因赂得官，共四十余人。窦太后不便回护，只好将他罢去。惟窦氏兄弟，引为大恨，不过因安隗两人，素负重望，未敢中伤。还想顾全名誉，未可厚非。河南尹王调，洛阳令李阜，谄媚窦氏，得叨禄位，莅任后举动自由，却被尚书仆射乐恢，上书奏弹。窦瓌闻知，欲替二人说情，往候乐恢，恢竟拒绝不见，瓌怏怏回车。恢妻从旁劝谏道："古人尝容身避害，何必多言取祸？"恢叹息道："我在朝为官，怎忍素餐？非但王李

二人不宜轻纵,就是窦氏一家,我亦要直言纠弹呢!"说着,因复上疏抗谏道:

> 臣闻百王之失,皆由权移于下,大臣持国,常以势盛为咎。伏念先帝圣德未永,早弃万国,陛下富于春秋,纂成大业,诸舅不宜干正王室,以示天下之私。经曰:"天地乖迕,众物夭伤;君臣失序,万人受殃。"政失不救,其极不测。方今之宜,上以义自割,下以谦自引,则四舅可保爵土之荣,皇太后永无惭负宗庙之忧,诚策之上者也!

看官试想,窦太后方宠任兄弟,怎肯为了乐恢一疏,便将他权位削去。恢待了数日,不见批答,乃再称病乞休。诏令太医视疾,恢遽称疾笃,另荐任城人郭均,成阳人高凤为代。偏又有诏令为骑都尉,恢复上疏辞谢道:

> 臣受国厚恩,无以报效。夫政在大夫,孔子所嫉;世卿持权,《春秋》所戒。圣人恳恻,不虚言也。近世外戚富贵,必有骄溢之败。今陛下思慕山陵,未遑政事,诸舅宠盛,权行四方,若不能自损,诛罚必加。臣寿命垂尽,临死竭愚,惟蒙留神!

这书呈将进去,竟邀批准,听还印绶,恢乃缴印归里。他本京兆长陵人,幼有孝行,父亲为县吏,身犯重罪,下狱待刑,恢年才十一,日至狱门,昼夜号泣,县令不禁垂怜,释亲出狱。及恢年渐长,笃志好学,成为名儒。京兆尹张恂,召恢为户曹史,秉公守法,请托不行。后任郡守,坐法被诛,故人莫敢往吊,恢独奔丧,致干吏议,终因义侠可风,从宽减免。后为功曹,同郡杨政,常当众毁恢,恢反举政子为孝廉。自是声容益著,为众所称。想是政子果可举孝廉,否则亦未免矫情。朝臣亦交章荐举,征拜议郎,迁至尚书仆射。偏因直言遭谴,免官还乡。更可恨的是大将军窦宪,恨恢不休,又嘱托京兆尹严加管束,不使自由。京兆尹希承宪旨,越觉得狐假虎威,督饬吏属,时去监察。恢虽居住家中,仿佛与囹圄无二,不由的郁愤填胸,仰药自尽。门弟子俱往吊丧,缞绖送葬,不下数百人;就是乡间百姓,无不衔哀。惟窦宪前杀郅寿,后杀乐恢,威焰逼人,炙手可热,还有何人不顾生死,再去老虎头上搔痒?窦氏得愈加骄横,兄弟四家,竞营台榭,穷极土木。窦笃且得加位特进,窦景迁官执金吾,窦瓌升授光禄勋,蟠踞内外,倾动京师。瓌少读经书,尚知敛范,笃与景并皆恣肆,景且尤甚。汉制执金吾属下向有缇骑二百人,景尚嫌不足,加入家僮门役。游行都市，见列肆有珍宝玩物，辄强行夺取，不给价值。民间妇女，具有姿色，便勒令送入府中，作为妾媵；倘若不从，即将家属硬行扳诬，充作罪犯。甚至僮仆等亦贪财渔色，相率效尤，强取人物，霸占民妇，不可胜计。商廛民宅，往往关门闭户，如避寇仇。有司莫敢举奏，还是窦太后留心外事，稍有所闻，乃免去景官，使就朝请。景爵如旧，故仍得朝请。汉制春日朝，秋日请。出瓌为魏郡太守。但窦氏族中，尚有十余人得为显宦：城门校尉窦霸，乃是窦宪叔父，霸弟褒为将作大匠，褒弟嘉为少府，此外为侍中及大夫郎。就是宪婿郭举，亦得为射声校尉，举父郭璜，并为长乐少府。即长乐宫之少府。互相连结，表里为奸。永元三年十月中，和帝出幸长安，宣召窦宪，至行宫相会。宪奉命后，自凉州入关，谒见车驾，尚书以下，统至十里外迎接，且拟向宪跪伏，齐称万岁。丑极。独尚书韩棱正色道："古人有言：'上交不谄，下交不渎。'窦大将军虽功勋赫耀，究竟是个人臣，如何得呼为万岁呢？"明明白白。大众闻言，倒也知惭，因即罢议。尚书左丞王龙，私向窦宪车从，奉献牛酒，被棱察出情弊，奏明和帝，罚为城旦。棱颍川人，素有胆略，与仆射郅寿、尚书陈宠并称。宪得知消息，虽然怀

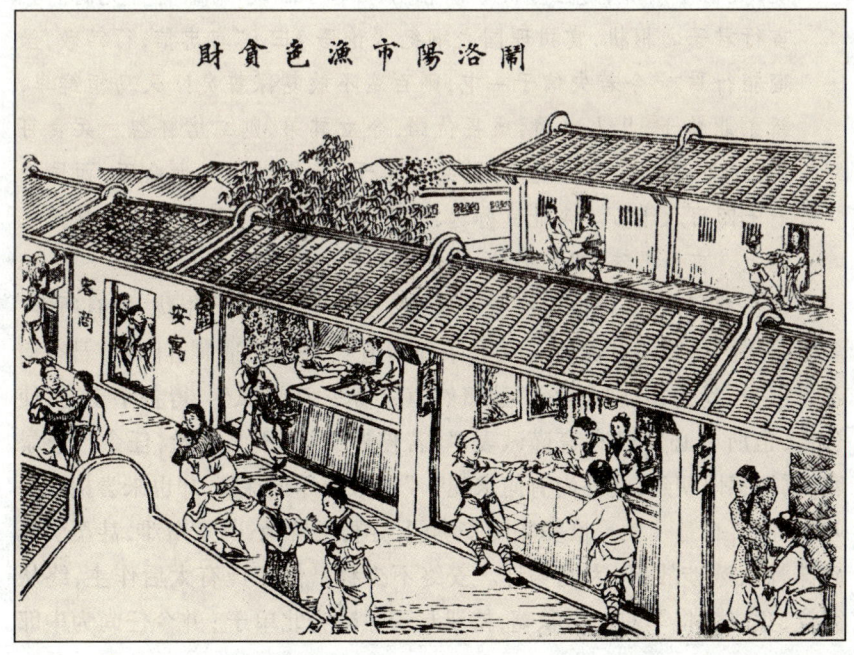

恨，却也无可如何。待至谒见已毕，仍回凉州，和帝亦即还宫。越年由宪奏称北单于走死，弟右谷蠡王于除鞬自立为单于，率众数千，款塞投诚，应即赐给册封，特置中郎将领护，如南单于故事云云。忽欲灭虏，忽欲存虏，究属何为？有诏令公卿会议，太尉宋由等以为可行，独袁安任隗谓北虏既灭，当令南单于返居北庭，并领降众，不必再立北单于，多增一虏。说本甚是，偏廷臣多逢迎权戚，互有异言。安恐宪议得行，又独出奏驳道：

臣闻功有难图，不可豫见；事有易断，较然不疑。伏惟光武帝之立南单于者，欲为安南定北之策也！恩德甚备，故匈奴遂分，边境无患。孝明皇帝奉承先意，不敢失坠，赫然命将，爰伐塞北。洎乎章和之初，降者十万人，议者欲置之滨塞，东至辽东，太尉宋由，光禄勋耿秉，皆以为失南单于心，决不可行，先帝从之。陛下奉承鸿业，大开疆宇，大将军远师讨伐，席卷北庭，此诚宣扬祖光，崇立弘勋者也，宜审其终，以成厥初。伏念南单于屯，先父举众归德，自蒙恩以来，四十余年，三帝积累，以遗陛下，陛下深宜遵述先志，成就其业。况屯首倡大谋，空尽北虏，辍而弗图，更立新降，以一朝之计，违三世之规，失信于所养，建立于无功。由与秉本与旧议，而欲背弃先恩。夫言行君子之枢机，赏罚理国之纲纪。《论语》曰："言忠信，行笃敬，虽蛮貊行焉。"今若失信于一屯，则百蛮不敢复保誓矣！又乌桓鲜卑，新杀北单于，凡人之情，咸畏仇雠，今立其弟，则二虏怀怨。兵食可废，信不可去。且汉故事，供给南单于，费值岁亿九十余万，西域岁七千四百八十万。今北庭弥远，其费过倍，是乃空尽天下而非建策之要也。言虽愚昧，实关至计，伏惟裁察！

这篇奏章，乃是司徒府掾周纡属稿。纡庐江人，学行俱优，安有所奏，多出纡手。窦氏门客徐齮（yǐ），私下吓纡道："窦氏已遣刺客图君，君奈何不思保身，尚为司徒尽言？"纡慨然道："纡一江淮孤生，得备宰士，就使被害，也所甘心！已有言谨诫妻孥，若猝遇飞祸，不必殡殓，任令尸骸暴腐，冀得感悟朝廷，此外尚有何求呢？"这数语斥退徐齮，却也未尝招灾。越是拼死，越是不死。惟窦宪闻安奏驳，亦再三陈请，与安辩难，甚至引光武诛韩歆戴涉故事，为恫喝计。安终不少移。但窦氏有太后作主，终从宪议，竟遣大将军左校尉耿夔，持册封于除鞬为北单于；并令任尚为中郎将，持节屯伊吾，监护北庭，如南单于旧例。惹得司徒安忧愤成疾，竟致不起。小子有诗叹道：

徒知扫虏已非谋，况复兴戎更启忧。

尽有危言终不用，老臣遗恨几时休？

欲知司徒安病殁情事，容待下回叙明。

窦宪请伐北匈奴，袁安以下，多半谏阻，而窦太后独违众议，假宪以权，竟立大功，似乎儒臣之守经，未及权戚之达变。不知章和之交，北匈奴已将衰灭，一南单于即足以制之，奚必劳大众，兴大役，然后有成？窦宪贪天之力，以为己功，勒铭燕然，虚张声势，何其诞也！且阳辞侯封，阴攫兵柄，兄弟姻戚，满布朝堂，害直臣，植私党，而窦景更纵使家奴，略人妇女，夺人财货。稔恶至此，未闻宪有言相诫，宪之为宪可知矣！至若除一北单于，更立一北单于，出尔反尔，说更不经。吾料窦宪当日，必有私取赂遗之举，特史家未之载耳。天道恶盈，几何而不倾覆哉？

第三十四回

黜外戚群奸伏法　歼首虏定远封侯

却说司徒袁安，郁郁告终，汉廷失了一位元老，都人士无不痛惜，只有窦氏一门，却称快意。也不长久了。太常丁鸿，代袁安为司徒。鸿系经学名家，砥砺廉隅，为和帝所特拔。和帝年已十四，也知窦氏专权自恣，必为后患，故选鸿代安，倚作股肱。会当季夏日食，鸿即借灾进规，上书言事道：

臣闻日者阳精，守实不亏，君之象也；月者阴精，盈毁有常，臣之表也。故日食者臣乘君，阴陵阳；月满不亏，下骄盈也。昔周室衰季，皇甫之属，专权于外，党类强盛，侵夺主势，则日月薄食。故《诗》曰："十月之交，朔日辛卯，日有食之，亦孔之丑。"《春秋》日食三十六，弑君三十二，变不空生，各以类应。夫威柄不以放下，利器不以假人，览观往古，近察汉兴，倾危之祸，靡不由之。是以三桓专鲁，田氏擅齐，六卿分晋，诸吕握权，统嗣几移，哀平之末，庙不血食。故虽有周公之亲，而无其德，不得行其势也。

今大将军虽欲束身自约，不敢僭差，然而天下远近，皆惶怖承旨。刺史二千石，初蒙除授，虽已奉符印，受台敕，不敢便去，久者至数十日，背王室而向私门，此乃上威损，下权盛也。人道悖于下，效验见于天。虽有阴谋，神照其情，垂象见戒，以告人君。间者月满先节，过望不亏，此臣骄溢背君，专功独行也。陛下未深觉悟，故天重见戒，诚宜畏惧，以防其祸。《诗》云："敬天之怒，不敢戏豫。"若敕政责躬，杜渐防萌，则凶妖销灭，害除福凑矣。

夫坏崖破岩之水，源自涓涓；干云蔽日之木，起于葱青。禁微则易，救末者难。人莫不忽于微细，以致其大。恩不忍诲，义不忍割，去事之后，未然之明镜也。臣愚以为左官外附之臣，依托权门，谄谀以求容媚者，宜行一切之诛。间者大将军再出，威振州郡，莫不赋敛吏人,遣使贡献。大将军虽不受,而物不还主,部署之吏,无所畏惮,纵行非法,不伏罪辜。故海内贪猾,竞为奸吏,小民嗟呼,怨气满腹。臣闻天不可以不刚,不刚则三光不明;王不可以不强,不强则宰牧纵横。宜因大变,改正匡失,以塞天意!

这封奏章,若被窦太后接阅,当然不欢。偏和帝已留心政治,密嘱小黄门收入奏牍,须先呈阅一周,再白太后,因此丁鸿一疏,得达主知。即命鸿兼官卫尉,屯南北宫。是时邓叠已受封穰侯,与窦宪同镇凉州。叠弟步兵校尉磊,与母元出入长乐宫,为窦太后所宠爱;宪婿郭举,亦得邀宠。彼此互争权势,两不相容,势将决裂。和帝已有所闻,很是焦灼,默想内外大臣,多是窦氏耳目,只有司空任隗,与司徒丁鸿,不肯依附窦氏,尚可与谋。但若召入密商,必致机关漏泄,转恐速祸。想来想去,惟有钩盾令郑众,素有心计,不事豪党,且平时尝随侍宫中,可免嫌疑。因此俟众入侍,屏去左右,与议弭患方法。十四岁的小皇帝,便能谋除权戚,可谓聪明,特惜商诸宦官,未及老成,终致流弊无穷。众请先调回窦宪,一体掩戮,方可无虞。计固甚是,然已可见中官之毒谋。和帝依言,乃颁诏凉州,但言南北两匈奴,已皆归顺,可弛边防,大将军宜来京辅政为是。一面往幸北宫,借白虎观讲经为名,召入清河王庆,共决大计。庆即前时废太子,为窦太后所谮,贬爵为王,见前文。和帝素与相爱,留居京师。此时召庆入议,也知他衔怨窦氏,必肯相助。庆果代为设法,欲援据前朝《外戚传》,作为引证,免致太后违言。惟《外戚传》不便调取,只千乘王伉,藏有副本,当由庆前往借阅,托言备查。原来章帝遗有八子,除和帝及清河王外,尚有伉全寿开淑万岁六人。伉年最长,为后宫姬妾所出,生母无宠,史不留名,章帝时已封为千乘王。全已早殇。寿母为申贵人,开淑万岁母氏,亦未详史策,大约与伉母相同。和帝永元二年,封寿为济北王,开为河间王,万岁尚幼,至永元五年,始封广宗王,一病即殇。补叙章帝子嗣,笔不渗漏。惟和帝因伉为长兄,常相尊礼。伉见庆借取《外戚传》,也不问明底细,立即取给。庆得书便归,夜纳宫中,和帝仔细披阅,如文帝诛薄昭,武帝诛窦婴,昭帝诛上官桀,宣帝诛霍禹等故事,并见《前汉演义》。虽俱载及,却是简略得很,因复令庆转告郑众,使他钩考详情。正在秘密安排的时候,窦宪邓叠等奉诏还都,和帝亟使大鸿胪持节郊迎,赏犒军吏,多寡有差。时已

天晚,宪等不及诣阙,须待翌日入朝。文武百官,已皆夤夜往候,如蝇附膻。哪知是夜已有变动,把邓叠兄弟,郭璜父子,一古脑儿拘系狱中。**仿佛天空霹雳**。自从和帝与郑众等定谋,专待宪至,即行发作。一闻宪已入都,立由郑众奉御车驾,夜入北宫,传命司徒兼卫尉官丁鸿,严兵宿卫,紧闭城门,速调执金吾五校尉等,分头往拿邓叠兄弟及郭璜父子。邓叠方回家卸装,与弟磊等畅叙离情;郭璜父子正迎谒窦宪,事毕归家,执金吾等奉诏往拿,顺手牵来,一个没有逃脱。窦宪尚倦卧家中,未曾闻知,一到天明,门外已遍布缇骑,由门吏传报进去,方才惊起。出问情由,偏已趋入谒者仆射,宣读诏书,收还印绶,改封为冠军侯,促使就国。宪只得将印绶缴出。待至朝使出门,使人探问兄弟消息,俱已勒还官印,限令就封。俄而邓氏郭氏诸家,统来报知凶信,累得窦宪瞠目结舌,不知所为。**也只有这般伎俩么**?嗣复闻邓叠兄弟,郭璜父子,俱皆绑赴市曹,明正典刑。又不多时,来了许多吏役,查明宗族宾客,一齐驱出,撵归原籍。已而执金吾到来,传布严诏,催宪启行,就是窦笃窦景窦瓌三人,亦俱促就道,不准逗留。宪拟至长乐宫告辞,面乞转圜,偏执金吾不肯容情,催趱益急。再密令家人通书长乐宫,又被外兵搜出,拿捉了去。于是力尽计穷,没奈何草草整装,出都自去。笃景瓌亦分路前往。随身只许挈领妻孥,所有广厦大宅,一律封闭,豪奴健仆,一律遣散。都中人民,统皆称快,偌大的侯门贵戚,倏忽成空。倪来富贵,原同幻梦。和帝策勋班赏,称郑众为首功,封为大长秋。官名。更钩考窦氏余党,贬黜多人,连太尉宋由,亦遭连坐,饬令罢职,由惧罪自尽。太傅邓彪,慌忙告病乞休,和帝因他年老龙钟,不忍苛求,听令辞职归里,彪幸得考终。司空任隗,亦即病逝。当时惟大司农尹睦,宗正刘方,常与袁安任隗,同抗窦氏,和帝乃擢睦为太尉,兼代太傅,方为司空。并特简严能吏员,嘱使往督窦宪兄弟,逼令自杀。河南尹张酺(pú),奉职无私,尝因窦景家奴击伤市卒,立派吏役多人,捕奴抵罪;景又使缇骑侯海等五百人殴伤市丞,复由酺拿住侯海,充戍朔方,至窦氏得罪,朝旨森严,酺却请从宽典,慨然上疏道:

臣实蠢愚,不及大体,以为窦氏既伏厥辜,而罪刑未著,后世不见其事,但闻其诛,非所以垂示国典,贻之将来,宜下理官与天下平之。方宪等宠贵,群臣阿附,惟恐不及,皆言宪受顾命之托,怀伊吕之忠;今严威既行,又皆言当死,不复顾其前后,考折厥衷。臣伏见夏阳侯瓌,每存忠善,前与臣言,常有尽节之心,检敕宾客,未尝犯法。臣闻王政骨肉之刑,有三宥之义,宁过厚,毋过薄。今议者为瓌选严能相,恐其迫切,必不完全,宜量加贷宥,以崇厚德!

和帝览疏,乃有意免瓌,惟将宪笃景三人,遣吏威迫,先后毕命。光禄勋窦固早死,未及坐罪;安丰侯窦嘉,本奉前司空窦融祭祀,入为少府,至是亦免官就国,总算还保存食邑,尚得自全。中护军班固,为窦氏党与,和帝但将他褫职了事。偏是洛阳令种竞,前被固家奴醉骂,怀恨未忘,此次正好假公济私,竟将固捕系狱中,日加笞辱。固年已六十有余,怎禁得这般凌虐?一时痛愤交迫,遂至捐生。竞自知闯祸,不得不罗织固罪,奏明死状,有诏将竞免官,狱吏抵死。固曾为兰台令史,奉诏修撰《前汉书》,见前文。大致粗备,尚缺八表及天文志,他人不能赓续,只有固妹班昭,博学多才,特征入东观藏书阁中,属令续成。班昭字惠班,一名姬,为同郡扶风人曹寿妻。寿字世叔,不幸早亡。佳人多薄命,但不如是不足成班昭之名。昭誓志守节,行止不苟。及奉诏入宫,贞操如故,后宫多奉为女师,号曰大家。<u>家读如姑。</u>惟西域长史班超，虽系班固兄弟，但在外有年，鲜与窦氏往来，当然不致得罪，且已积功升官，拜为西域都护。超自攻克莎车后，威扬西域，远近震慑。<u>回应三十一回。</u>独月氏国王曾遣兵助汉，击破车师，因此致书班超，欲与汉朝和亲，求尚公主。超不肯转奏，竟将来书掷还。月氏王心下不平，即于永元二年，遣副王谢领兵七万，进攻班超。超部下不过数千，欲召集各国兵马，又是缓不济急，遂致士心惶惶，相惊失色。超独从容镇静，并无忧容，且召语吏士道："月氏兵势虽盛，但东逾葱岭，远道至此，粮运定然不继，怎能久持？我若固守城堡，坚壁清野，彼必饥蹙求降，不过数十日，便可无事，何容过虑呢？"吏士亦无他策，只好依令奉行。月氏副王谢，自恃骁勇，前驱挑战；超督众坚守，旬月不出一兵。谢屡攻不下，又未得与超接仗，决一胜负，看看粮食将尽，不得不分兵抄掠。谁知四面都是荒野，并无粮草可取，一时情急思援，特遣使赍着金银珠玉，往赂龟兹，向他乞粮济师。偏早被班超料着，预遣兵往伏东境，待月氏使经过路旁，齐出袭击，尽行杀毙。当即枭了首级，并金银珠玉，悉数取回，向超缴令。超却把月氏使首，悬出城外，使谢闻知。谢果然大惊，遣使请罪，愿得生还。超语来使道："汝国无故犯我，罪有所归。我已知汝粮尽势穷，本当发兵乘敝，令汝片甲不回！但我朝方主怀柔，不尚屠戮，且汝既知罪，我亦乐得放汝回去。但此后须要每年贡献，休得误期，否则明日决战，莫怪无情！"来使唯唯听命，回营报谢。谢已但望生还，还有何心恋战？因即再遣使致书，愿如超约。超遂纵令西归，并不出追。<u>恩威两尽，不怕月氏不降。</u>谢当然感激，返告国王，说得超如何智勇，还是岁贡方物，尚可无忧。月氏王也觉惊心，依了谢言，岁贡如仪。

　　这消息遍传西域，龟兹温宿姑墨三国，并皆震恐，也遣人谢罪乞降，超乃据实奏闻。前次都护陈睦败殁，汉廷拟弃去西域，撤消都护及戊已校尉等官。至超复收服西域，乃将旧官重设，即擢超为西域都护，军司马徐幹为长史。并使龟兹侍子白霸归国为王，特令司马姚光，护送西行。光至西域，与超会商进止。超以龟兹本有国王，叫作尤利多，若使立白霸，尤利多必将抗拒；计惟带兵同往，方足示威，压倒尤利多。光闻言大喜，即与超同往龟兹，龟兹国王尤利多果欲拒绝白霸，嗣见来兵甚众，料知难敌，只好俯首帖耳，推位让国。超即使尤利多随着姚光，共诣京师。

尤利多不敢不从，便偕光出龟兹城，东往洛阳。超尚恐龟兹反复，特留居龟兹它乾城，使徐幹屯驻疏勒。于是西域诸国，大半归顺。只有焉耆危须尉犁三国，因前时攻没陈睦，未敢遽降。至永元六年孟秋，超发龟兹鄯善等八国兵马，合七万名，并及吏士贾客千四百人，共讨焉耆。兵入尉犁国境，先遣使晓谕三国道："汉都护率兵前来，无非欲镇抚三国，如三国果改过向善，宜遣酋长迎师，都护当为国宣恩，赏赐王侯以下，各有彩帛；若再执迷不悟，敢抗天威，恐大兵入境，玉石俱焚，虽欲面缚出降，也已无及了！"焉耆王广听到此语，即遣人探视超军，果然兵多将众，如火如荼，当下望风胆怯，忙遣左将北鞬支赍奉牛酒，出迎超军。超闻北鞬支曾为匈奴侍子，归秉国权，乃面加诘责道："汝为匈奴侍子，莫非尚欲臣事匈奴么？我率大兵到此，汝王不即出迎，想是汝在旁挠阻，所以迟来？"北鞬支慌忙答辩，不肯认罪。超反回嗔作喜道："汝既未曾挠阻，可即归告汝王，自来犒军！"说着，即令取帛数匹，赏给北鞬支，北鞬支拜谢而去。军吏向超进议道："何不便杀北鞬支？"超摇首道："汝等但知张威，未知立功。北鞬支在焉耆国中，威权甚重，若未入彼国，先将他杀死，适令彼国惊疑，设备守险，拼死相争，我如何得至焉耆城下呢？"无往不用智谋。军吏始皆拜服。

　　超即麾军进行，至焉耆国界，为河所阻。河上本架桥梁，叫做苇桥，本是焉耆国第一重门户。北鞬支回国，恐超军随入，故将桥梁拆去，杜绝交通。超在桥旁虚设营寨，但留老弱数百人，使他在营外司爨，晨夕为炊，自率大队绕道驰入，越山度岭，得于七月晦日，至焉耆城二十里外安营立寨，遣人促焉耆王犒师。焉耆王广，方因北鞬支返报，与商迎超事宜，不防超军已经深入，将到城下，那时心乱神昏，急欲挈众入山，共保性命。北鞬支以为无虞，但教广出城迎超，奉献方物，便可保全。已入班超计中。议尚未定，焉耆左侯元孟，从前尝入质京师，得蒙放归，心中尚感念汉德，乃密遣人报超，谓国王将入山保守。超不待说完，驱出斩首，示不信用，并与诸国王定一会期，扬言当重加赏赐。焉耆王广遂与北鞬支等三十人，如期出会；惟国相腹久等十七人，惧诛远遁。尉犁王汎也闻令趋至，独危须王不至。超大陈军士，传召二王入帐，甫经坐定，超即怒目诘广道："危须王何故不至？腹久等何故逃亡？"两语说出，便顾令吏

馘首定虏 封远侯

士,把二王以下诸人,全数拿下,押至陈睦所居故城,设立陈睦神主,就香案前绑住俘虏,一刀一个,杀得干干净净。陈睦有知,当亦喜出意外。当将二叛王首级,解送京都;一面纵兵抄掠,斩首五千余级,获生口万五千人,马畜牛羊三十余万头,更立焉耆左侯元孟为焉耆王。自留焉耆城半年,抚定人民。自是西域五十余国,俱纳质内附,重译来庭。和帝下诏酬庸,特封超为定远侯。诏曰:

> 往者匈奴独擅西域,寇盗河西,永平之末,城门昼闭。先帝深愍边氓,婴罹寇害,乃命将帅击右地,破白山,临蒲类海,取车师城。诸国震慑,相率响应,遂开西域,置都护。而焉耆王舜,舜子忠,独谋悖逆,恃其险隘,复没都护,并及吏士。先帝重元元之命,惮兵役之兴,故使军司马班超,安集于阗以西。超遂逾葱岭,迄县度,出入二十二年,莫不宾从,改立其王,而绥其人,不动中国,不烦戎士,得远夷之和,同异族之心,而致天诛,蠲宿耻,以报将士之仇。《司马法》曰:"赏不逾月,欲人速睹为善之利也。"其封超为定远侯,邑千户,以示国家报功之至意。

超受封拜爵，宿愿终偿，万里侯相的预言，至是果验。小子有诗赞道：

投笔从戎胆略豪，积功才得换征袍。
漫言生相原应贵，要仗胸中贯六韬。

西域已为超所平，北虏西羌，尚是叛服无常，屡劳征讨。欲知详情，试看下回续表。

先王立法，凡仆从侍御诸臣悉选正士为之，所以弼主德，杜祸萌也。后世不察，乃以阉人充选，名为禁掖设防，实为宫廷养患。如和帝之欲除窦氏，不能直接外臣，但与郑众设策，计虽得行，而宦官窃权之祸，自此始矣。窦宪等俯首服罪，实属无能，孤雏腐鼠之言，不为不验。设非窦太后之纵容姑息，宪等皆不过碌碌庸才，何至骄横不法，自取覆亡乎？班固文人，党附窦氏，终至杀身。独班超能立功异域，终得封侯。大丈夫原应自奋，安能久事笔砚间？观于超之有志竟成，而固之无志可知，一荣一辱，优劣判焉。乃知人生处世，立志为先，慎毋媚世谐俗为也！

第三十五回

送番母市恩遭反噬　得邓女分宠启阴谋

却说北单于於除鞬，本由窦宪主议，因得嗣立。宪本欲派兵护送，使归北庭，嗣因召还得罪，乃致中止。於除鞬闻窦氏伏辜，竟不待朝命，叛汉自去。汉廷得报，亟令将兵长史王辅，会同中郎将任尚，率领数千骑穷追。途中尚托词护送，使於除鞬不生疑心。於除鞬探悉谣传，果然中计，遂被汉兵追及，冲杀过去，於除鞬还疑汉兵误认，拍马向前，用言分辩。谁知汉长史王辅舞动大刀，抢步出阵，一声吃喝，竟将於除鞬劈落马下，结果性命。虏众慌忙四走，已是不及逃生，汉兵四面兜杀，但见得头颅滚滚，血肉横飞，霎时间便屠尽残虏，阒寂无人了。实为窦宪所害。王辅等还兵报捷，当有优诏褒奖，不消絮叙。惟南单于屯屠何，忽然病死，由宣弟左贤王安国嗣立。安国素乏声威，国人不甚信服。左谷蠡王师子，为安国从兄，狡黠多力，屡与汉兵掩击北庭，受汉赏赐，因此国中多敬惮师子，轻视安国。安国得为单于，师子当然为左贤王，因恐功高遭忌，不就左贤王庐帐，独徙居五原界中。安国果然怀嫌，笼络北庭降胡，欲图师子。每召师子会议，师子辄称病不往；汉度辽将军皇甫棱，亦保护师子，使得安居。安国怀愤益甚，上表汉廷，指斥皇甫棱，汉廷将棱免官，改任执金吾朱徽，行度辽将军事。但尚有一个中郎将杜崇，与皇甫棱同镇北方，未曾掉换，仍然守棱遗制，反对安国。安国再上书讦崇。崇却先令西河太守截住北使，不许通使，且转告朱徽谓安国有叛汉意，徽即与崇联衔会奏，略称安国疏远故胡，亲近新降，欲杀左贤王师子等，背叛汉廷，请饬西河、安定、上郡一带，严兵固守，以防不测。和帝览奏，令公卿集议方法。公卿等复言夷情难测，应派干员至单于庭，与杜崇、朱徽等，观察动静，如有他变，即令便宜从事云云。和帝如言施行。徽、崇闻命，立即发兵击单于庭，安国闻汉兵猝至，弃帐遁去。待至汉兵南归，复引众往攻师子，师子预先察悉，急率部众入曼柏城,及安国追到城下,门已先闭,不能攻入,乃移驻五原,与师子相持。朱徽遣吏调停,安国不从,因与杜崇发诸郡兵马,往讨安国。安国两面受敌,支持不住,当然惊惶。安国舅骨都侯喜为等,恐并遭诛灭,不得已格杀安国,迎立师子。南庭原无异议,独北庭降胡,感念安国遗惠,欲与复仇,黛夜袭师子庐帐,师子几为所乘。还亏汉安集掾王恬,率卫士往援师子,击走北庭降胡。怎奈降胡愈聚愈众,共计有十五部,二十余万人,统皆蠢动,另立前单于屯屠何子逢侯为单于,肆行焚掠,奔驰出塞。<u>若先使屯屠何北归就令,彼有内乱,亦不致扰动边疆。</u>汉廷再遣光禄卿邓鸿行车骑将军事,与越骑校尉冯柱,会合朱徽任尚等,统领汉胡兵四万余众,出讨逢侯。南单于师子与杜崇同屯牧师城,专待汉兵到来,会师北进。偏逢侯先发制人,竟率万余骑围牧师城,连日攻扑。可巧邓鸿至美稷县,距牧师城不过数十里,逢侯乃闻风解围,向满夷谷退去。邓鸿至牧师城下,再与师子杜崇等,共追逢侯至大城塞,斩首三千余级,得生口万余人。冯柱亦自率偏师,追击逢侯别部,斩首四千余级。任尚更率乌桓鲜卑等众,往满夷谷邀击逢侯,复得大捷,先后斩首万七千余级。逢侯带着残众,向北窜去,汉兵不能远追,只好退归。朝议以邓鸿沿途逗留,致失逢侯,召还论罪。旋复因朱徽杜崇轻挑边衅,并皆逮归,统令下狱,鸿徽崇三人,前后致死。但留冯柱屯守五原,另任雁门太守庞奋,行度辽将军事。但从此朔漠一带,又分作南北二部,扰攘频年,后文再表。

且说匈奴纷争的时候,羌人亦乘机思逞,再行犯边。前次羌众慑伏,全仗护羌校尉邓训,恩威两济,驾驭有方,所以全羌畏怀,不敢叛乱。永元四年,训竟病殁,羌胡如丧父母,朝夕哭临,且家家为训立祠,祷祀不绝。独迷唐回居颇岩谷,阴生幸心。<u>回应三十二回。</u>蜀郡太守聂尚,奉调为护羌校尉,他见邓训得羌人心,也想设法羁縻,沽恩市惠,乃遣译使招抚迷唐,叫他洗心归化,仍得还住大小榆谷。<u>真是多事。</u>迷唐常思规复故地,惟恐后来校尉,与邓训智勇相同,因此未敢遽发,凑巧来了译使,招回榆谷,正是喜出望外,当即挈领部属,仍至大小榆谷中居住。且使祖母卑缺,至聂尚处拜谢厚恩。聂尚大喜,统道迷唐受抚,出自真诚,即遣人迎入卑缺,格外优待,并出金帛相赠。及卑缺辞归,复亲送至寨下,为设祖帐饯行;又令译使田汜等五人,护送至榆谷中。看官试想,这狼子野心的迷

迷唐遣祖母遗恩反噬

唐,岂是区区小惠,所可牢笼?他遣祖母入谢,明明是巧为尝试,来觇虚实,既见聂尚无威可畏,乐得乘此反侧。于是拘住田汜等人,召集诸羌,把汜等当做牛羊,破胸取血,滴入酒中,使大众各饮一杯,约为同心,再图入寇。羌众本没有什么知识,忽散忽聚,可从即从,当下奉迷唐为酋长,听从命令,进扰金城。聂尚不能制服,反向朝廷乞援。廷议自然归咎聂尚,把他褫职,改命居延都尉贯友代任。贯友惩尚覆辙,主张讨伐,先遣译使分谕诸羌,诱以财帛,令他解散。诸羌又贪得贿赂,与迷唐背盟,不肯相从。贯友乃遣兵出塞,掩击大小榆谷,擒住首虏八百余人,夺得麦数万斛。惟迷唐又得幸免,逃出谷外。贯友未肯罢休,特在榆谷附近的逢留河旁,筑城坞,作大航,建造河桥,为大举计。迷唐却也惊恐,率众远徙,至赐支河曲避居。到了永元八年,友复逝世,令汉阳太守史充,继任护羌校尉。充决计扫灭迷唐,大发湟中羌胡出塞进攻,不意人多势杂,趋向不同,反被迷唐击败,伤亡至数百人。<u>聂尚以主抚败事,史充又以主剿丧师,统是无材所致</u>。充坐罪免归,再调代郡太守吴祉往代。越年迷唐又率众八千人,入犯陇西,胁迫塞内诸羌,共为盗寇。诸羌复多与联合,共得步骑三万名,击破陇西守兵,杀死大夏县长,蹂躏人民。警报传达京都,诏遣行征西将军事刘尚,及越骑校尉赵世,调集汉羌胡兵三万人,出讨迷唐。尚屯狄道,世屯枹(Fú)罕,再由尚司马寇盱,督诸郡兵,四面并进,声势甚盛,吓得迷唐胆战心惊,忙将老弱弃去,奔入临洮南山。尚等从后追蹑,好容易攻入山谷,与迷唐鏖斗一场,斩馘千余人,获马牛羊万余头,迷唐败走。汉兵死伤,却也不少,未敢再进,乃收兵退回。是年皇太后窦氏告崩,尚未及葬,忽由梁松子扈,令从兄禅古禅字。上书三府,即三公府。略称汉家旧典,崇贵母氏,梁贵人亲育圣躬,不蒙尊号,乞求申议等语。先是梁贵人自尽,由宫人草草藁葬,并不发丧。和帝时尚幼稚,向由窦后抚养,还道窦后是自己生母,不复忆及梁贵人。宫廷内外,都畏惮窦氏势力,何人敢与和帝说明隐情?至窦氏既败,方有人约略提及,但窦太后尚是生存,究竟还未便尽言。待到梁禅上书,正值太尉尹睦病终,由张酺进任太尉,酺召禅讯明颠末,方才入白和帝。和帝始知为梁氏所生,不禁悲恸,且泣且问道:"卿意以为何如?"酺答说道:"《春秋》大义,母以子贵,故汉兴以来,帝母无不尊显。臣愚以为宜亟上尊号,追慰圣灵,并应存录诸舅,顾全亲谊,方为两安。"和帝点首道:"非卿言,朕几罹不孝了!"酺退出后,又有奏章呈入,署名为南阳人樊调妻梁嫕,音意。就是和帝生母梁贵人的胞姐,和帝当即披阅,但见纸上写着:

　　妾嫕同产女弟贵人,前充后宫,蒙先帝厚恩,得见宠幸,皇天授命,诞生圣明。而为窦宪兄弟所见谮诉,使妾父竦冤死牢狱,骸骨不掩。老母孤弟,远徙万里。独妾幸免,逸伏草野,常恐没命,无由自达。今遭值陛下神圣之运,亲统万几,群物得所,窦宪兄弟奸恶,既伏辜诛,海内旷然,各获其宜。妾得苏息,拭目更视,乃敢昧死自陈所天。妾闻太宗即位,指汉文帝。薄氏蒙荣;即薄太后。宣帝继统,史族复兴。宣帝祖母史良娣遭难,嗣封史恭三子为侯。妾门虽有薄史之亲,独无外戚余恩,诚自悼伤。妾父既冤,不可复生。母氏年逾七十,及弟棠等,远在绝域,不知死生。愿乞收竦朽骨,使母弟得归故郡,则施过天地,存殁幸赖矣!

和帝看到末句,亟命中常侍掖庭令,传召梁嫕入宫。嫕已在阙下候命,一经宣召,当即入宫陈明,情词确凿,并无欺饰,掖庭令复报和帝,和帝因即引见。嫕举止大方，谈吐明白，说到母家蒙冤情事，禁不住珠泪盈眶，和帝亦为流涕。遂留嫕止宫中，旬月乃出，赏赐衣被钱帛，第宅奴婢，加号梁夫人。擢樊调为羽林左监。调系樊宏族孙，宏即光武帝母舅，曾为光禄大夫。是时司徒丁鸿，早已病逝，由司空刘方继任司徒，用太常张奋为司空。三公联名上奏，太尉张酺亦列在内。请依光武帝黜吕后故事，请贬窦太后尊号，不准与章帝合葬。和帝踌躇再四，究竟抚育有年，不忍依议，乃下诏答复云：

窦氏虽不遵法度，而太后常自减损。朕奉事十年，深惟大义，礼，臣子无贬尊上之文，恩不忍离，义不忍亏。案前世上官太后，亦未闻降黜，昭帝后上官氏，父安谋反被诛，后位如故。其勿复议！

手诏既下，群臣无复异言，乃奉窦太后梓宫，与章帝合葬敬陵，和帝此举，不失忠厚。尊谥为明德皇后。复将生母梁贵人，改行棺殓，追服丧制，与姐梁大贵人俱葬西陵，谥曰恭怀皇后。且追封梁竦为褒亲侯，予谥曰愍。即遣中使与嫕及梁松子扈，同赴汉阳，迎回竦丧，竦死汉阳狱中，见前文。特赐东园画棺，玉匣重衾，东园，署名，主司棺椁。就恭怀皇后陵旁，建造坟茔，由和帝亲自送葬，百官毕会。征还梁竦家属，封竦子棠为乐平侯，棠弟雍为乘氏侯，雍弟翟为单父侯，食邑各五千户，位皆特进，赏赐第宅奴婢车马兵弩等类。就是梁氏宗族，无论亲疏，俱得补授郎官。梁氏复转衰为盛，宠遇日隆。皇恩不可过滥，矫枉过正，又种下一段祸根。清河王庆，亦乞诣生母宋贵人茔前，祭扫致哀，和帝当然允许，并诏有司四时给祭。庆垂涕语左右道："生虽不获供养，终得奉承祭祀，私愿已足。倘再求作祠堂，恐与恭怀皇后相似，复涉嫌疑。欲报母恩，昊天罔极，此身此世，遗恨无穷了！"嗣又上言外祖母王氏，年老罹忧，病久失医，乞恩准迎入京师，使得疗疾。有诏许如所请，宋氏家属，亦得并至都中。庆舅衍俊盖暹等，并补授为郎。惟窦氏从此益衰，夏阳侯窦瓌，就国后虽得幸存，终因贷给贫人，致遭廷谴，徙封罗侯，不得役属吏士。贵盛时，受人货赂，尚且无罪；衰落时，出资贷人，反触朝章。世态炎凉，即此可见。及梁棠兄弟，奉诏还都，路过长沙，与罗县相距甚近，竟顺道往胁窦瓌，逼令自杀。和帝方加恩诸舅，不复查问。可见得天道无常，一反一复，荣耀时不知谦抑，总难免家破身亡，贻讥后世呢！当头棒喝。

第三十五回　送番母市恩遭反噬　得邓女分宠启阴谋

且说和帝春秋日盛，尚未立后。后宫里面已选入数人，入宫最早，承宠最隆，要算是前执金吾阴识的曾孙女儿。识为光烈皇后阴氏兄，即光武帝继后阴丽华。世为帝戚。阴女年少聪慧，知书识字，面貌亦秀丽动人，因此亦选入掖庭，即邀恩宠，受封贵人，永元八年，立为皇后。偏又有一位世家闺秀，相继充选，门阀不亚阴家，姿色且逾阴后，遂令施旦争妍，施旦即西施郑旦。尹邢斗艳，尹邢两婕妤，皆武帝时宫妃，事见《前汉演义》。正宫不免摇动，终落得桃僵李代，燕去鸿来。是女为谁？乃是故护羌校尉邓训女，前太傅高密侯邓禹孙。母阴氏，系光烈皇后侄女，生女名绥，五岁时已达书礼。祖母很加钟爱，亲为剪发，因年高目昏，误伤女额，女忍痛不言。旁人见她额上有血，未免惊问，女答说道："非不知痛，实因太夫人垂怜及我，倘若一呼，转伤老人初意，所以只好隐忍哩！"五岁弱女，能体贴老人心意，却是难得。左右俱为叹羡。六岁能作篆书，十二岁通《诗经》《论语》，诸兄每读经传，辄从旁问难。母阴氏常嘲语道："汝不学针黹（zhǐ），专心文学，难道想做女博士么？"女乃昼习妇工，暮读典籍，家人戏呼为女学生。父训亦另眼相看，事无大小，辄与详议。当阴后入选时候，女亦与选；适值父训病殁，在家守制，因此谢却。女日夕哭父，三年不饮酒食肉，憔悴毁容，几至人不相识，又共称为孝女。女尝梦两手扪天，荡荡正青，若有钟乳状，乃仰首舐饮。醒后亦自以为奇，询诸占梦，占者谓尧梦登天，汤梦咶天，咶与舐通。这统是帝王盛事，吉不胜言。又有相士得见女容，也是极口夸奖，称为成汤骨相。可惜是个女身。家人闻言，私相庆贺，不过未敢明言。太傅邓禹在世时，常自叹道："我统兵百万，未尝妄杀一人，后世必有兴旺的子孙。"禹从子陔，亦谓兄训为谒者时，修石臼河，岁活数千人，天道有知，家必蒙福。及女年十六，丧服早阕，衣食如常，竟出落得丰容盛鬋，广额修眉，如此方为福相。身长七尺二寸，肌肤莹洁，好似玉山上人。宫中复将她选入，大小粉黛，俱相对无颜。和帝年将及冠，正是好色华龄，一经瞧着，怎肯放过？当晚即挈入寝室，谐成好梦。一宵恩爱，似漆投胶，越日即册为贵人。好在这邓贵人承宠不骄，恭慎如故，平时进谒阴后，必小心伺候，战战兢兢，待遇同列，务极㧑（huī）谦；就是侍女隶役，亦皆好意抚驭，毫无倨容。因此阖宫悦服，誉满一时。只有一人未惬，奈何？偶然感冒，竟致罹疾，和帝忙令邓氏家属，入视医药，许得

自由往来,不限时日。邓贵人反屡次陈请道:"宫禁甚重,乃使外家得自由出入,上令陛下弛防,下使贱妾蒙谤,这乃是上下交损,妾实不愿叨此异恩!"和帝不禁赞叹道:"他人以得见亲属为荣,今贵人反以为忧,深自抑损,真非常人可及哩!"嗣是益邀帝眷,宠逾正宫。邓贵人仍然谨饬,并不矜张。每当六宫宴会,诸妃妾竞加修饰,簪珥衣服,焕然一新,独邓贵人淡妆浅抹,自在雍容。平时衣服,或与阴后同色,当即解易;若与阴后同时进见,不敢并行,不敢正坐;每承上问,必逡巡后对,不敢与阴后同言。和帝知她劳心曲体,辄顾语道:"贵人修德鸣谦,幸毋过劳!"既而阴后不育,邓贵人亦未得怀妊,后宫虽间有生产,辄致夭殇,贵人乃屡称有疾,另选她女入御,冀得孳生。独阴后相形见绌,妒恨日深,外祖母邓朱,出入宫掖,阴后常密与计议,拟令巫祝咒死邓贵人,然后泄恨。谁知邓贵人未曾遇祸,和帝却抱病垂危,阴后忿极,密语左右道:"我若得志,不使邓氏再有遗类!"外祖母亦曾姓邓,且邓贵人由阴氏所出,彼此戚谊相关,岂无香火情?乃存心如此,何妇人之阴狠乃尔?偏宫人多得邓贵人厚惠,竟将密语传告,邓贵人流涕道:"我尝竭诚尽心,侍奉皇后,乃不为所谅,竟致获罪于天!妇人虽不必从死,但周公请代,武王有疾,周公祷告三王,愿以身代死,事见《周书》。越姬自杀,越姬为勾践女,楚昭王妃,昭王有疾,姬先自杀,事见《列女传》。传为盛德,我当先自引裁,上报帝恩,中免族祸,下不使阴氏贻讥人魒,虽死亦得瞑目了!"人魒即戚夫人,事见《前汉演义》。说着,即欲仰药自尽。适宫人赵玉在旁,慌忙劝阻,且诈言帝疾已痊,可以无虞,贵人乃止。越日和帝果瘳,渐渐的把阴后密言,传入帝耳,于是阴后愈为和帝所憎。眼见得长秋宫中,要让与他人作主了!汉称中宫为长秋宫。小子有诗叹道:

　　螽斯麟趾尽呈祥,樛(jiū)木怀仁百世芳。

　　试看桐宫终饮恨,何如大度示包荒?阴后废居桐宫,详见下回。

毕竟阴后被废与否,待至下回再详。

　　夷狄无亲,非贪即狡,与其失之过爱,毋宁失之过戚。窦宪既灭北匈奴,复立於除鞬,卒有后来之叛去;幸而王辅一出,叛房授首,而北寇复平。至南单于之纷争,亦由杜崇等之左袒师子,致启兵戎。若聂尚之护送卑缺,见好迷唐,更不足道矣。迷唐为邓训所逐,徙居穷谷,防之且不暇,何可招之使归,与跅跅(jiǎo)言仁义?匪徒无益,反且招尤,聂尚遗事,其明证也。窦太后崩而梁氏复盛,邓贵人进而阴氏浸衰,外戚之兴亡,莫非由于妇女之播弄。自作之而自受之,故梁窦易势,阴邓易位。观于此而知妒妇之不可为也!史称邓贵人德冠后宫,称扬不绝;然观于后日之称制终身,不肯还政,意者其入宫之始,毋亦心灵手敏,巧于夺嫡欤?而阴后之褊浅难容,自诒伊戚,则固出邓氏下矣。

第三十六回

鲁叔陵讲经称帝旨　曹大家上表乞兄归

却说阴皇后妒恨邓贵人，已被和帝察觉，随时加防。到了永元十四年间，竟有人告发阴后，谓与外祖母邓朱等共为巫蛊，私下咒诅等情。和帝即令中常侍张慎，与尚书陈褒，会同掖庭令，捕入邓朱，并二子邓奉邓毅，及后弟阴轶阴辅阴敞，一并到案，严刑拷讯。三木之下，何求不得？当即录述口供，证明咒诅属实，应以大逆不道论罪，定谳奏闻。和帝已与阴后不和，见了张慎等复奏，也不愿顾及旧情，便命司徒鲁恭，持节至长秋宫中，册废皇后阴氏，徙居桐宫。鲁恭由侍御史擢至光禄勋，累蒙宠信。会司徒刘方，坐罪自杀，继任为光禄勋吕盖，不久又罢，遂升恭为司徒。恭奉命废后，后已无计可施，只得缴出玺绶，搬向桐宫居住。长门寂寂，闷极无聊，即不气死，也要愁死。况复父纲仰药，弟辅毙狱，外祖母邓朱及母舅奉毅，并皆为刑杖所伤，陆续毙命。阴邓两姓家属，都被充戍日南，单剩了自己一身，凄惶孤冷，且悔且愤，且愤且悲，镇日里用泪洗面，茶也不饮，饭也不吃，终落得肠断血枯，遽登鬼箓。谁叫你度量狭窄。宫人报闻和帝，总算发出一口棺木，草草殓讫，即日舁出宫外，藁葬平亭。邓贵人闻阴后被废，却还上书劝阻，太觉得假惺惺了。和帝当然不从。贵人即自称疾笃，不敢当夕，约莫有好几旬。有司请续立皇后，和帝说道："皇后为六宫领袖，与朕同体，承宗庙，母天下，岂可率尔册立？朕思宫中嫔御，只邓贵人德冠后庭，尚可当此！"这数语为邓贵人所闻，连忙上书辞谢，让与后宫周冯诸贵人。好容易又是月余，和帝决计立邓贵人为后，贵人且让至再三，终因优诏慰勉，方登后位。也好算得大功告成了。宫廷内外，相率庆贺；梦兆相法，果如前言。小子因一气叙下，未便间断，免不得中多阙漏，因再将和帝亲政后事，略述数条。和帝崇尚儒术，选用正士，颇与乃父相似。沛人陈宠，系前汉尚书陈咸曾孙，咸避莽辞职，隐居不仕，见《前汉演义》。常戒子孙议法,宁轻毋重。及东汉中兴,咸已早殁,孙躬出为廷尉左监,谨守祖训,未敢尚刑。宠即躬子,少为州郡吏掾,由司徒鲍昱辟召,进为辞曹,职掌天下讼狱,多所平反;且替昱撰《辞讼比》七卷,由昱上呈,颁为三府定法。嗣复累迁为尚书,与窦氏反对,出为泰山广汉诸郡太守,息讼安民。窦氏衰落,宠入为大司农,代郭躬为廷尉。躬通明法律,矜恕有声,任廷尉十余年,活人甚众。及躬病逝,由宠继任,往往用经决狱,务在宽平,时人以郭陈并称,交口揄扬。惟司空张奋免职,后任为太仆韩棱,棱以刚直著名,迭见前事,当然为众望所归。太尉张酺,因病乞休,尝荐魏郡太守徐防自代,和帝进大司农张禹为太尉,征徐防为大司农。禹襄国人,族祖姑曾适刘氏,就是光武帝祖母;祖况随光武北征,战殁常山关;父歆为淮阳相。禹笃厚节俭,师事前三老桓荣,得举孝廉,拜扬州刺史。尝过江行巡,吏民谓江有伍子胥神灵,不易前渡,禹朗声道:"子胥有灵,应知我志在理民,怎肯害我?"甚是。言毕,鼓楫径行,安然无恙。后来历行郡邑,决囚察枉,民皆悦服。嗣转兖州刺史,亦有政声。入为大司农,吏曹整肃,及擢拜太尉,正色立朝,为朝廷所倚重。徐防沛人,亦有令名,祖宣父宪,皆通经术,至防世承家训,举孝廉,乃入为郎。体貌矜严,品行慎密,累迁至司隶校尉,又出为魏郡太守。和帝因张酺荐引,召为大司农。适司空韩棱逝世,太常巢堪代任,未能称职,乃进防为司空。防留意经学,分晰章句,经训乃明。就是司徒鲁恭,亦以通经致用。恭弟丕更好学不倦,兼通五经。章帝初年,诏举贤良方正,应举对策,约有百余人,独丕同时应举,得列高第,除为议郎,迁新野令,视事期年,政绩课最。擢拜青州刺史,后复调为赵相。门生慕名就学,追随辄百余人,关东人互相传语云:"五经复兴鲁叔陵。"叔陵即丕表字。东汉自光武修文,历三传而并尚经学,故士人多以此见誉,亦以此致荣。旋复调任东郡陈留诸太守,坐事免官,侍中贾逵,独奏称丕道艺深明,宜加任用,不应废弃,和帝乃再征为中散大夫。永元十三年,帝亲幸东观,取阅藏书,召见侍中贾逵,尚书令黄香等,讲解经义,丕亦在列。贾逵为贾谊九世孙,累代明经,至逵复专精古学,尝作《左氏传》《国语》解诂五十一篇,献入阙廷,留藏秘馆,入拜为郎;又奉诏撰《尚书古文》同异,及齐鲁韩诗与毛氏异同,前汉时,辕固为齐诗,申公为鲁诗,韩婴为韩诗,毛苌为毛诗。并作《周官解故》,凡十数

卷,皆为诸儒所未及道,因此名重儒林。和帝迁逵为左中郎将,改官侍中,领骑都尉,内参帷幄,兼职秘书,甚见信用,盈廷俱推为经师。<u>逵以经学成名,故特从详叙。</u>黄香为江夏人,九岁失母,号泣悲哀,几致灭性,乡人称为至孝。年十二,为太守刘护所召,使居幕下,署名门下孝子,香得博览经典,殚精道术,京师称为天下无双,江夏黄童。嗣入为尚书郎,超迁至尚书令。看官试想这贾侍中黄尚书两人,一个是累代家传,一个是少年博学,平时讲贯有素,一经问答,统是口若悬河,不假思索。偏鲁叔陵与他辩难,却是独出己见,持论明通,转使贾黄两宿儒无词可驳,也不免应对支吾。和帝顾视鲁丕,不禁称善,特赐冠帻履袜,并衣一袭。<u>此时却难为贾黄。</u>丕谢赐而退,越日复上疏道:

> 臣以愚顽显备大位,犬马气衰,猥得进见,论难于前,无所甄明,衣服之赐,诚为优过。臣闻说经者传先师之言,非从己出,不得相让;相让则道不明,若规矩准绳之不可枉也。难者必明其据,说者务立其义,浮华无用之言不陈于前,故精思不劳而道术愈章。法异者,各令自

说师法,博观其义,览诗人之旨意,察雅颂之终始,明舜禹皋陶之相戒,显周公箕子之所陈,观乎人文,化成天下。陛下既广纳謇謇以开四聪,无令刍荛(ráo)以言得罪,既显岩穴以求仁贤,无使幽远独有遗失,则言路通而人才进,人才进而经说明,天下可不劳而理矣!

为此一疏,和帝乃下诏求贤,令有司选举明经洁行,使侍经筵,且敕边郡各举孝廉。敕书有云:

幽并凉州户口率少,边役众剧,束修良吏,进仕路狭。朕惟抚接夷狄,以人为本,其令缘边郡口十万以上,岁举孝廉一人,不满十万,二岁举一人,五万以下三岁举一人。

看官阅此,应疑和帝既令边郡各举孝廉,何故限人限岁,严格如此?哪知孝不易得,廉亦难能,且边郡人民,华夷杂处,性质多半愚蒙,尚未开明文化,能有几个孝子,几个廉士呢? 这且无容细叙。且说凉州西偏,屡有寇患,叛羌迷唐,自被刘尚赵世等击走,奔往塞外,汉兵引归。回应前回。廷议且谓尚、世畏懦,不敢穷追,应该坐罪,乃逮入诏狱,并令免职。议亦太苛。谒者王信,代领尚管,屯驻袍罕;谒者耿谭,代领世营,屯驻白石。谭复悬赏购募,招诱羌人,羌众又陆续来归。天下无难事,总教现银子。迷唐见部众离散,复起惊慌,因遣人乞降。谭令迷唐自至,方可允许。迷唐不得已趋诣汉营,谭与信会同受降,且遣迷唐诣阙投诚;余众不满二千,统皆饥乏,暂入居金城,拨给衣食。及迷唐入京,朝谒已毕,和帝令他还居榆谷,不得再叛。迷唐未便多言,拜辞西行。奈何复纵之使去?到了塞下,却不肯再回故地,他想榆谷附近,汉人已造河桥,往来甚便,如何保守得住? 因致书护羌校尉吴祉,托言种人饥饿,不肯远归。吴祉得书,还道他是真言,多赐金帛,令得籴谷购畜,便即出塞。不料迷唐心变,至金城挈领部众,顺便钞掠湟中诸胡,满载而去。王信耿谭吴祉,统皆坐罪,又致夺职还乡,改用酒泉太守周鲔为护羌校尉。永元十三年秋季,迷唐复至赐支河曲,率众犯塞。周鲔与金城太守侯霸,调集诸郡兵士,湟中小月氏胡,合三万人出塞,行至允川,未见羌踪。鲔安营驻扎,使侯霸前往探哨。霸骁勇敢战,在途巡逻,忽与迷唐相遇,毫不畏缩,即向前突阵,锐不可当,羌众慌忙退走,已晦气了四百多人,做了枉死的无头鬼。霸复驱兵追剿,急得羌众走投无路,多半匍匐乞降,共计有六千余口。迷唐只带了数百残骑,奔往赐支河北,伏匿岩谷间。及霸飞章告捷,汉廷因周鲔逗留,未曾与战,饬令还都论罪;擢霸为护羌校尉。置校尉如弈棋,也属不宜。既而安定降羌烧当种叛乱,由郡守发兵剿灭,没入妇女,尽为奴婢。于是四海及大小榆谷,无复羌寇。隃麋相隃麋为东汉侯国。曹凤,上书献议道:

西戎为害,前世所患,臣不能纪古,且以近事言之。自建武以来,其犯法者常从烧当种起事。所以然者,以其居大小榆谷,土地肥美,又近塞内,诸种易以为非,难以攻伐,南得杂种以广其众,北阻大河,因以为固,又有西海鱼盐之利,缘山滨水,以广田畜,故能强大,常雄诸种,恃其权勇,招诱羌胡。今者衰困,党援坏沮,亲属离叛,余兵不过数百人,窜走穷荒。臣愚以为宜及此时,建复西海郡县,规固二榆,广设屯田,隔塞羌胡交通之路,遏绝狂狡窥伺之谋;又殖谷富边,省委输之役,国家可无西顾之忧矣!

和帝览书,发交公卿会议,俱云可行。乃复置西河郡,即拜凤为金城西部都尉,出屯龙耆。嗣金城长史上官鸿,复开置归义建威屯田二十七部,霸亦增置东西邯屯田五部,及留逢三部,总计得三十四部。功将垂成,后因安帝永初元年,诸羌复叛,竟至中辍。惟迷唐孤弱失援,终至病死。有一子款塞来降,户口不满数千,西陲暂得少安。至若西北一带,自从班超抚定西域,各国归命,变乱不生。惟超由明帝永平十六年奉命西行,直至和帝永元十二年尚未得归,先后约三十载,超年将七十,思归故里。适值超掾史甘英,奉超令欲赴大秦,即罗马国。行至条支,即阿剌。西临大海,为安息人所劝阻,中道折回。安息国献入狮子,及条支大鸟,超因遣子勇偕同外使,共诣洛阳,特拜疏乞归道:

臣闻太公封齐,五世葬周;狐死首丘,代马依风。《韩诗外传》云:"代马依北风,飞鸟扬故巢。"夫周齐同在中土,千里之间,犹且如此,况远处绝域如小臣,能无依风首丘之思哉?蛮夷之俗,畏壮侮老,臣超犬马齿歼,常恐年衰,奄忽僵仆,孤魂弃捐。昔苏武留匈奴中,尚十九年,今臣幸得奉节,带金银,护西域,如自以寿终屯部,诚无所恨;然恐后世或因臣沦没西域,举以为戒。臣不敢望到酒泉郡,但愿生入玉门关。老病衰困,冒死謦言。谨遣子勇随献物入塞。及臣生在,令勇目见中土,亦所慰心。望阙哀鸣,伏冀垂鉴。

这疏呈入,和帝因超居西域,得外人心,急切无人可代,只得暂从搁置,俟后再图。转眼间又是二年,超久待朝命,杳无消息。但闻妹昭入宫续史,为后宫师,因特寄与一书,浼令设法求归。昭本善文,援笔立就奏章,伏阙上陈。略云:

妾同产兄西域都护定远侯超,幸得以微功特蒙重赏,爵列通侯,位二千石,天恩殊绝,诚非小臣所当被蒙。超之始出,志捐躯命,冀立微功,以自陈效。会陈睦之变,道路隔绝,超以一身奔走绝域,晓譬诸国。因其兵众,每有攻战,辄为先登,身被创痍,不避死亡,赖蒙陛下神灵,尚得延命沙漠。至今积三十年,骨肉生离,不复相识,所与相随时人士,皆已物故。超年最长,今且七十,衰老被病,头发无黑,两手不仁,耳目不聪明,扶杖乃能行,虽欲竭尽其力,以报塞天恩,迫于岁暮,犬马齿索。蛮夷之性,悖逆侮老,而超旦暮入地,久不见代,恐开奸宄(guǐ)之源,生逆乱之心。而卿大夫咸顾目前,莫肯远虑,如有猝变,超之气力,不能从心,便为上损国家累世之功,下弃忠臣竭力

曹大家上表乞兄归

之效,诚可痛也! 故超万里归诚,自陈苦急,延颈遥望,三年于今,未蒙省录。妾窃闻古者十五受兵,六十还之,亦有休息,不任职也。缘陛下以至孝理天下,得万国之欢心,不遗小国之臣,况超得备侯伯之位? 故触独死为超求哀,丐超余年。一得生还,复见阙庭,使国家永无劳远之虑,西域无仓猝之忧,超得长蒙文王葬骨之恩,子方哀老之惠。子方姓田,为战国时魏文侯师,文侯弃老马,子方为弃马非仁,收而养之。《诗》云:"民亦劳止,汔可小康;惠此中国,以绥四方。"超有书与妾生诀,恐不复相见。妾诚伤超以壮年竭忠孝于沙漠,疲老则便捐死于旷野,诚可哀怜。如不蒙救护,超后有一旦之变,如国家何? 妾冀幸超家蒙赵母卫姬先请之贷。赵母谓赵括母,惧括败,先请得不坐罪。卫姬系齐桓公姬,桓公与管仲谋伐卫桓公,入姬先请卫罪。并见《列女传》。愚戆不知大义,触犯忌讳,无任翘切待命之至。

和帝见了此奏,不禁感动,乃召超还朝,命中郎将任尚代为都护。超欣然奉命,与尚交代。尚问超道:"君侯在西域三十余年,远近畏怀,末将猥承君后,任重才浅,还求明诲!"超喟然道:"超已年老,耳目失聪,任君屡当大任,经验必多,何待超言? 但既承明问,敢不竭愚? 塞外吏士,本非孝子顺孙,类皆因平时犯罪,徙补边屯;戎狄又性同禽兽,难养易败。今君来此抚驭,他不足虑,只性太严急,还宜少戒。水清无大鱼,察政不得下和,宜改从简易,宽小过,总大纲,便可收效了!"尚虽然谢教,心下却未以为然,待超去后,私语亲吏道:"我以为班君必有奇谋,谁料他所言止此,平淡无奇,何足为训?"平谈中却寓至理,奈何轻视? 遂把超言置诸脑后,不复记忆。超至洛阳,诣阙进谒,和帝慰劳数语,令为射声校尉。超素患胸疾,至是益剧,入朝不过月余便致告终,年七十一。和帝遣使吊祭,赗(fèng)遗颇厚,令长子班雄袭爵。小子有诗咏道:

久羁外域望生还,奉诏登途入玉关。
老病已成身遽逝,此生终莫享余闲!

班超如此大功,生虽封侯,死不予谥;那宦官郑众,居然得加封为鄛(Cháo)乡侯,真是有汉以来,闻所未闻了! 欲知后事,试看下回续叙。

经者常也,六经即常道也。圣贤之所以垂训,国家之所以致治,于是乎在。自秦火一炬以后，简残编断，得诸爇余者，往往阙略不全。汉儒重兴经学，意为笺注，已失古人精义；但先王之道，未坠于地，则犹赖汉儒之力耳。鲁丕在东观讲经，能折贾黄二宿儒之口，当非强词夺理者可比。本回特从详叙，所以表章经术，风示后世。经废则常道不存，安在而不乱且亡也？班超有抚定西域之大功，年老不得召归，幸有同产女弟之博学贞操，为后宫所师事，方得以一篇奏牍，上感九重。至超归而月余即殁，狐死首丘，吾犹为超幸矣！夫苏武归而仅为典属国，班超归而仅得射声校尉，至病逝后，并谥法而且靳之，汉之薄待功臣久矣！无惑乎李陵之降虏不返也！

第三十七回

立继嗣太后再临朝　解重围副尉连毙虏

却说郑众封侯，乃是汉廷创例，和帝因他诛窦有功，班赏时又辞多就少，所以格外宠遇，竟给侯封。哪知刑余小人，只可备供洒扫，怎得视若公卿？就使郑众驯良可取，有功不矜，究不能封他为侯。贻讥作俑，这便是教猱升木，引蚁决堤。光武帝辛苦经营的天下，要为了郑众封侯，自启厉阶，终落得七乱八糟，不可收拾呢！引起下文乱事。话休叙烦，且说永元十五年间，孟夏日食，有司以阴气太盛，奏遣诸王就国。日食乃天道之常，就使果应人事，亦为邓后临朝预兆，奈何归咎诸王，请令就国？穿凿附会，殊属可笑。原来和帝性情友爱，遵遁乃父故事，令兄弟留居京师。及有司奏请遣发，和帝尚不忍分离，有诏作答道：

　　日食之异，责由一人。诸王幼稚，早离顾复，弱冠相育，常有《蓼莪》《凯风》之哀。《蓼莪》《凯风》见《诗经》。选懦仁弱之意。之恩，知非国典，且复须留。

未几又是冬日，和帝出祠章陵旧宅，光武帝改舂陵乡为章陵县，事见建武六年。令诸王一律从行。祠毕后大会宗室，饮酒作乐，备极欢洽。嗣又顺道进幸云梦，至汉水滨，方拟再诣江陵，忽接到留守太尉张禹奏章，乃是谏阻远游，和帝乃还。清河王中傅卫讦，与清河王庆并同随驾，沿途索赃，得千余万缗，事被和帝察觉，派吏鞠治，并责庆不先举发。庆答复道："讦位居师傅，选自圣朝，臣本愚昧，但知从事听，不便纠察，所以未先闻。"和帝听了，颇以奏对合宜，待抄出卫讦私赃，一并赐庆。庆辞让不许，乃拜受而退。太尉张禹，亦得蒙特赏。此外留守诸官，及随从诸臣并各赐钱帛有差。会岭南例贡生龙眼荔枝，十里一置，马递日置。五里一侯，司望曰侯。互相传送，昼夜不辍。临武县长唐羌，具陈贡献劳苦情形，且请和帝勿重滋味。乃有诏禁止贡献，饬太官毋受珍羞，这是和帝美政，故特表明。越年司徒鲁恭，因事免官，迁司空徐防为司徒，进大鸿胪陈宠为司空。宠已由廷尉进官大鸿胪。又越年改号元兴，大赦天下，凡宗室因罪削籍，并得赐复。既而雍地忽裂，时人讶为不祥。待至十二月间，和帝不豫，逐日沉重，竟至告崩，享年只二十七岁，在位一十七年。当时储君未立，后宫生子多殇，往往视宫中为凶地，遇有生育，辄使乳媪抱出宫外，寄养民间。及车驾将崩，群臣尚未知皇嗣下落，无从拥立，不得不禀明邓后，请旨定夺。邓后却知后宫生子，遗存二人，长子名胜，素有痼疾，未便迎立；少子名隆，生才百日，已在宫外寄养，乃即令迎入，立为太子。当夜即位，尊邓后为皇太后，临朝听政。不到半月，便已改岁，定年号为延平元年，进太尉张禹为太傅，司徒徐防为太尉，参录尚书事，百官总己以听。邓太后以帝在襁褓，欲令重臣入居禁内，乃令张禹留卫宫中，五日一归府；并擢光禄勋梁鲔为司徒，使继徐防后任，备位三公。封皇兄胜为平原王，奉葬和帝于慎陵，庙号穆宗。总计和帝在位十七年，英明仁恕，有祖父风，少年即能摈除窦氏，收揽权纲；后来尊儒礼士，纳谏爱民，凡蠲租减税，赈饥恤贫诸诏，史不绝书；遇有灾异，辄延问公卿，谕令极言得失，前后符瑞，得八十一处，皆自称德薄，抑而不宣。可惜天不假年，未壮即殁。只晚年荣封郑众，以致宦官继起用事，这乃是和帝一生遗累，种下绝大祸根。祸足亡国，故不惮烦言。丧葬既毕，清河王庆等，始俱令就国。庆追念和帝德惠，衔哀不已，甚至呕血数升，力疾就道。邓太后格外体恤，许得置中尉内史，所赐什物，皆取自和帝乘舆，俾作纪念。且因嗣皇幼弱，恐有不测，乃留庆长子祜，与嫡母耿姬，仍居清河邸中，以备非常。既有此虑，不如先立皇子胜，何必舍长立幼？一面使宫人归园，特赐周冯两贵人策书道：

朕与贵人托配后庭，共欢等列，十有余年。不获福祐，先帝早弃天下，孤心茕茕，靡所瞻仰，夙夜永怀，感怆发中。今当以旧典分归外园，惨结增叹，《燕燕》之诗，曷能喻焉？《燕燕》为卫庄姜送戴妫诗。其赐贵人以王青盖车采饰骆骖马各一驷，黄金三十金，杂帛三千匹，白越四千端；布名。冯贵人未有步摇环珮，亦加赐各一具，聊为赠别，不尽唏嘘。

周冯两贵人，奉策拜赐，辞别出宫，至园寝中陪侍山陵去了。邓太后复接连下诏，大赦天下，凡建武以来得罪被锢，皆复为平民。又减节太官

注：图中所题回目名当为"立继嗣太后再临朝"

导官尚方内署所供服食，太官掌御厨，导官掌择御米。自非陵庙祭祀，食米不得导择，朝夕惟一肉一饭，不得妄加。郡国贡献，悉令减半，斥卖上林鹰犬，蠲省离宫别馆米炭，所有掖庭侍女，及宗戚没入诸官婢，一律遣归，各令婚嫁。会因连月下雨，郡国或患水灾，即敕二千石据实详报，为除田租刍藁，不得欺隐。各处淫祀，不入祀典，概令罢免。这都是邓太后初次临朝的美政。总束一语。既而司空陈宠病殁，命太常尹勤为司空，且进虎贲中郎将邓骘为车骑将军。骘，邓训长子，为邓太后亲兄，表字昭伯，少时为窦宪府掾，及女弟立为贵人，乃与诸弟并为郎中，和帝尝欲加封邓骘，为邓后所推让，故迁官止虎贲中郎。及后既临朝，遇有一切政务，不能不引骘入议，较免嫌疑，因擢骘为车骑将军，仪同三司。三司就是三公，汉官中向无此名，自骘为始。太后临朝，势必引用外戚，后来一跌赤族，可慨可叹。骘颇知敛抑，且受祖父邓禹遗训，居安思危。但女弟既为太后，年仅花信，不便屡见大臣，自己托在同胞，出入较便，只好勉强受命，就职任事。光阴易过，又是仲秋，那小皇帝竟感冒风寒，仓猝夭殇，年仅二岁，殡殓崇德前殿中。邓太后忙与骘密商,议及继统事宜。好在清河王庆子祜,尚留邸中,当由邓太后创议迎立,骘亦赞成。再由骘商诸公卿,亦无异言,便夤夜使骘持节,用王青盖车迎祜入宫,先授封长安侯,然后准备嗣位。邓太后即下诏道:

先帝圣德淑茂,早弃天下,朕奉嗣皇,夙夜瞻仰日月,冀望成就。岂意猝然颠沛,天年不遂,悲痛厥心!朕惟平原王素婴痼疾,未便继承。念宗庙之重,思继嗣之统,惟长安侯质性忠孝,小心翼翼,能通诗论,笃学乐古,仁惠爱下,年已十三,有成人之志。亲德系后,莫宜于祜。《礼》"昆弟之子犹己子",《春秋》之义,为人后者为之子。不以父命辞王父命,其以祜为孝和皇帝嗣,奉承祖宗,案礼议奏。

公卿等依诏定议,复奏进去,又由宫中撰就策命,交付太尉张禹,引祜受策。当由禹对祜宣读道:

惟延平元年秋八月癸丑,皇太后曰:咨长安侯祜,孝和皇帝懿德巍巍,光于四海。大行皇帝古称帝丧为大行,大行者,不返之意。不永天年,朕惟侯系孝章帝世嫡皇孙,谦恭慈顺,在孺而勤,宜奉宗庙,承统大业。今以侯嗣孝和皇帝后,其君临汉国,允执厥中,一人有庆,万民赖之!皇帝其勉之哉!

张禹读罢,持策与祜,祜拜受后,再由禹奉上玺绶,乃拥祜即皇帝位,是为安帝。公卿以下,循例谒贺。但因安帝年甫十三,未能亲政,仍由邓太后临朝。越月将崇德前殿的殡宫,奉葬康陵,幼主无谥,且无庙号,只称作殇帝罢了。安帝本与嫡母耿姬,同居清河邸中,帝既入承大统,耿姬不便独留,邓太后即使中黄门送她归国。惟安帝生母叫作左姬,左姬字小娥,有姐字大娥,系犍为人,伯父圣坐妖言伏诛,家属俱没入掖庭,二娥当然在列,并有才色,小娥更善史书,能词赋,为众所称。会和帝命赐诸王宫人,清河王庆素闻二女艳名,特贿托宫中保姆,求得二娥。好容易得遂心愿,将二娥拨至清河邸中,庆得左拥右抱,其乐陶陶。废太子也想纵欢么?小娥有娠生子,便是安帝。相传安帝幼时,屡有神光照室,又有赤蛇蟠护床中,近视又复不见,因此称奇。这多是附会之谈,实则安帝入嗣,由乃父无辜被废,天道有知,巧为转移而已。年至十岁,好学史书,和帝亦叹为奇童,暇辄召见,与谈文字。只大小二娥,却是始终薄命,做了清河王的姬妾，还是没福消受，一对姐妹花，相继沦谢。*好花不久长*。到了安帝入嗣，二娥已逝世有年了。清河王庆，就国逾年，也是形销骨损，病入膏肓，至耿姬返后，病即垂危，乃嘱清河中大夫宋衍道："清河土薄，不堪茔葬，我意欲至我母坟旁，掘穴下棺。自思朝廷大恩，尚应赐筑祠室，俾得母子并食，魂灵有所依庇，死后亦无遗恨了！"说至此，即令宋衍缮就遗表，乞将骸骨赐葬亡母宋贵人旁，越宿竟逝，年才二十有九。遗表传达京师，邓太后也觉含哀，函遣司空尹勤持节，与宗正同往吊祭，特赐龙旗九旒，虎贲百人，饰终典仪，尽仿东海王强故事。一面使掖庭令送左姬遗棺，与庆合葬广丘，谥曰孝王，长子虎威袭封。越年为永初元年，邓太后又封宋衍为盛乡侯，并分清河为二国，封虎威弟常保为广川王，这且待后再表。且说车骑将军邓骘，自与太后定策立嗣后，不欲常居禁中，屡求还第，太后乃准如所请。骘有四弟，长弟京时已去世，次弟悝得升任城门校尉，三弟弘亦得为虎贲中郎将，季弟闾尚为郎中。邓太后复增封骘为上蔡侯，悝为叶侯，*叶音摄*。弘为西平侯，闾为西华侯，食邑各万户。骘以定策有功，加邑三千户。*邓太后前为兄弟辞封，此时何遽封为侯？*骘表辞不获，出都谢使，复恳切上陈，大略说是：

臣兄弟庸秽，无能可采，谬以外戚，遭值明时，托日月之末光，被云雨之渥泽，并统列位，光昭当世，不能宣赞风美，补助清化，诚惭诚惧，不胜疢心。陛下躬天然之姿，体仁圣之德，遭国不造，仍罹大忧，开日月之明，运独断之虑，援立皇统，奉承太宗，圣策定于神心，休烈垂于不朽，本非臣等所能补效万一，而猥推嘉美，并享大封，伏闻诏书，惊惶惭怖。追睹前世倾覆之诫，退自思念，不寒而栗。臣等虽无逮及远见之虑，犹有庶几戒惧之情，常聚母子兄弟，内相敕厉，冀以端悫畏慎，一心奉戴，上全天恩，下完性命。刻骨定分，有死无二，终不敢横受爵土，以增罪累。惶窘怔营，昧死待命。

邓太后接阅骘书，尚不肯许，骘再申前请，且欲窜迹穷荒，于是太后收回成命，召令还都；惟封生母阴氏为新野君，以万户供汤沐邑。虎贲中郎将邓弘，素治《欧阳尚书》，*欧阳生字伯和，师事伏生，为前汉武帝时人*。太后乃令他入傅安帝，自己亦从曹大家受经，兼习天文算数，昼治政事，夜览书籍，习以为常。*好算是巾帼丈夫，可惜阴盛阳衰*。偏是内忧少靖，外患又迭起不休。西域都护任尚,不肯依从班超遗诫,专务苛察,致失众心,西域诸国又相率叛汉,围攻任尚。尚上书求救,汉廷令北地人郎中梁慬(qín)为西域副校尉,使率河西四郡羌胡五千骑,星夜赴援。慬尚未至,尚已解围,因复据实报闻,有诏征尚还都,另任骑都尉段禧为都护,西域长史赵博为骑都尉,同驻龟兹它乾城。城中形势狭隘,梁慬往阅一周,谓西域方有变志,此城如何可守?乃特访龟兹王白霸,与述朝廷厚恩,嘱使勿负,且言龟兹势孤,当邀都护等入城共守。白霸本由汉廷遣归,得立为王,见三十四回。听了梁慬议论,当然乐允;惟吏士同声谏阻,霸皆不从。梁慬见众有贰心,急命从吏飞报段禧,请即引兵入龟兹城。禧遂与赵博率兵八九千至龟兹国都。龟兹部众,恨王招入汉军,却去联结温宿姑墨两国兵马,来攻白霸,共计有数万人,环绕龟兹城下,势甚汹汹。白霸原是惊惶,连段禧赵博两人,亦自悔仓猝失图,被他围住。独梁慬毫无惧色,慷慨誓师,出城奋击,三战三胜。叛众自恃势盛,虽屡经败衄,尚未肯退。慬出战一次,还守数日,出战两次,又还守数日,相持至好几月,看得叛众疲敝,索性与段禧赵博等,并力出战,大杀一阵,刀过处血风乱洒,槊落处胡马齐

倾，叛众抵挡不住，自然尽溃，温宿姑墨两国败兵，也即散走。懔复引兵追击，大振余威，复枭得许多头颅，夺得许多牲畜。总计先后斩虏首万余级，获生口千余人，骆驼牛羊万余头，力写梁。龟兹乃定。懔等自然奏捷。无如龟兹以外，余国尚未肯服从，遂致道路梗塞，奏报不通，待至捷书到达，差不多有百余日。一班公卿大夫，统是顾近忽远，并言西域遥隔，向背无常，朝廷多耗饷糈（xǔ），吏士屯田，连年劳苦，为费亦钜，不如取消都护，迎师回朝为是。邓太后亦不欲劳兵，依了众议，就遣骑都尉王弘，发关中兵，及西陲羌胡，往迎段禧赵博梁懔等，及伊吾卢柳中屯田诸吏士。看官听着，班定远数十年的劳绩，至此乃甘心弃去，尽隳前功，说将起来，统是任尚一人，贻误大事。可见得安内攘外，全仗人才，一或误用，未有不立时败坏呢！慨乎言之。朝廷大臣，不知另举才能，出镇西域，反以为撤消都护，可无外患。谁知一误不足，还要再误，为了迎还西师一役，又惹出羌人的变乱来了。先是烧当羌酋东号，挈众内附，见三十二回。有子麻奴，随父同降，寓居安定。东号死后，麻奴继立，种人滋生日繁，散居河西诸郡县。吏人豪右，往往目为贱种，随时差役，积成众怨。及王弘奉命征调，发遣金城陇西汉阳诸羌，使迎西师，羌人还疑是调署西域，往往裹足不前。郡县官吏，严行逼迫，约有数千百骑，到了酒泉，复不愿出关，陆续逃避。官吏当作叛羌相待，发兵邀截，非杀即拘，或把他旧居庐落，尽行毁去。于是诸羌益惊，哄然尽溃，麻奴亦支撑不住，也西走出塞。先零别种滇零，与锺羌诸种，反得乘隙为乱，据住陇道，大为寇掠。一时不得兵械，就将竹竿当作戈矛，板案充作盾牌，四出滋扰。郡县官无法抵敌，不得不连章奏闻，邓太后乃使车骑将军邓骘，发兵征羌；再用任尚为征西校尉，令归邓骘节制，一同西行。小子有诗叹道：

  良言不纳总无成，轻隳前功罪岂轻？
  如此庸才犹屡用，边陲何日得澄清？

  邓骘任尚西行征羌，究竟能否制服羌人，待至下回再叙。

  邓后以贤德见称，迹其行谊，殆亦得半失半，瑜不掩瑕。和帝崩后，应援立嗣以长之大经，咨询群臣，然后定议，奈何遽以生经百日之婴儿，骤使嗣位？谓非贪立幼主，希揽政权，其谁信之？及幼主已殇，又徒与亲兄定策,迎立清河王子祜。一朝元首,乃出自兄妹二人之私意,试问国家建置三公,果何为乎?且临朝未几,即封兄弟四人为侯,违反祖制,专顾私亲,而其他之煦煦为仁,转不足道。微邓骘等之犹知退让,几何而不为窦氏也?洎乎西域变起,措置失常,梁慬有却寇之材,不使专阃,反听朝臣鄙议,甘举西域而尽弃之,定远有知,能无隐恫?况弃西域而复构西羌,虽属内外之失人,究由宫廷之失策!《诗》曰:"哲夫成城,哲妇倾城。"邓后虽非倾城之妇人,其亦不能无讥乎?

第三十八回

勇梁慬三战著功　智虞诩一行平贼

　　却说车骑将军邓骘,与征西校尉任尚等出讨诸羌,因各郡兵马尚未到齐,乃留屯汉阳,但遣前哨数千骑,窥探诸羌动静。不意到了冀西,突与锺羌相遇,急切不能抵敌,竟被杀死千余人,余众狼狈逃归。可巧西域副校尉梁慬驰归,行抵敦煌,奉诏为邓骘援应,因即引兵转赴张掖,击破诸羌万余人,斩获过半。再进至姑臧,羌豪三百余人畏威乞降,慬曲为晓谕,遣还故地,各羌豪喜跃而去。是年边疆未靖,腹地多灾,郡国十八处地震,四十一处雨水,二十八处大风雨雹。太尉徐防,司农尹勤,相继引咎,上书辞职。邓太后准令免官,<u>三公以灾异罢免,实自此始</u>。命太傅张禹为太尉,太常周章为司空。宦官鄛乡侯郑众及尚方令蔡伦,乘机干政,为邓太后所宠幸。<u>外戚宦官,更迭干政,有何好处?</u>司空周章,屡次规谏,并不见用。章素性戆直,因见外戚宦官,内外蒙蔽,邓太后始终未晓,免不得愤激起来,当下密结僚友,谋诛邓骘兄弟,及郑众蔡伦诸人,并且废去太后嗣皇,改立平原王胜。事尚未发,竟致漏泄机关,把章褫职;章自知不免,忙即服毒自尽。<u>是何等事,乃敢仓猝妄行? 死不累家,尚是侥幸!</u>颍川太守张敏,入为司空;司徒梁鲔病逝,仍起鲁恭为司徒。<u>鲁恭免官,见前回</u>。越年二月,遣光禄大夫樊准吕仓,分巡冀兖二州,赈济灾民。准上移民政策,谓赈给不足济事,应将灾民徙置荆扬熟郡。邓太后依准所议,民得少苏。会仲夏大旱,邓太后亲幸洛阳寺,令若卢狱中囚犯,解入寺中,面加讯问。<u>官之所居曰寺,若卢狱为少府所掌,主鞫将相大臣</u>。有一囚徒犯杀人罪,实是屈打成招,冤枉牵累,当时已奄奄一息,由吏役扛抬至前,可怜他举头四顾,尚不敢言,太后察出情隐,温言讯鞫,具得实情,乃将囚徒释免,收系洛阳令抵罪。行未还宫,甘霖大降,群臣喧呼万岁。<u>太后虽有心恤囚,但以一妇人,亲加讯鞫,究非国法所宜</u>。未几又接任尚败报,复致忧劳。原来车骑将军邓骘,出屯经年,因使任尚及从事中郎司马钧,带领各部兵马,出讨羌豪滇零。到了平襄,与滇零等接仗多时,尚军大败,伤亡至八千余人,慌忙遁回。*此人原不堪典军。*滇零得了胜仗,竟自称天子,招集武都参狼上郡西河诸羌种,东犯赵魏,南入益州,攻杀汉中太守董炳,转掠三辅,气焰甚盛。湟中诸县,粟石万钱,百姓死亡,不可胜计。朝廷既要转饷输兵,又欲发粟赈民,弄得日夜彷徨,不知所措。故左校令庞参,坐法遭谴,充作若卢狱中工作,特令子俊上书道:

方今西州流民扰动而征发不绝,水潦不修,地力不复,重之以大军,疲之以远戍,农功消于转运,资财竭于征发,田畴不得垦辟,禾稼不得收入,搏手困穷,无望来秋,百姓力屈,不复堪命。臣愚以为万里运粮,远就羌戎,不若总兵养众,以待其疲。车骑将军邓骘,宜且振旅,留征西校尉任尚,使督凉州士民,转居三辅,休徭役以助其时,止烦赋以益其财,令男得耕种,女得织纴,然后蓄精锐,乘懈沮,出其不意,攻其不备,则边民之仇报,奔北之耻雪矣。臣身负罪戾,自知昧死,区区一得,不敢不闻,伏希赐鉴。

邓太后得书后,尚在踌躇。适光禄大夫樊准,自冀州回京复命,闻得庞参上书言事,具属可行,且素知参材足任事,因上疏荐参道:

臣闻鸷鸟累百,不如一鹗。昔孝文皇帝悟冯唐之言,而赦魏尚之罪,使为边守,匈奴不敢南向。夫以一臣之身,折方面之难者,选用得也。臣伏见故左校令河南人庞参,勇谋不测,卓尔奇伟,高材武略,有魏尚之风,前坐微法,输作经时,今羌戎为患,大军西屯,臣以为如参之人,宜在行伍。惟明诏采前世之举,观魏尚之功,免赦参刑,以为军锋,必有成效,宣助国威不难矣!谨此上陈,惟陛下裁察之。

为此一疏,参得蒙恩赦罪,进拜谒者,奉使西行,监督三辅诸军,屯田防边。且诏令梁慬进屯金城。慬得三辅军报,知叛羌随处骚扰,迫近园陵,乃即引兵往击,转战武功美阳间,*武功美阳皆县名。*身先士卒,连败羌众,夺还被掠生口多人,截获马畜财物,不可殚述。邓太后得慬捷书,心下少慰,特用玺书劳勉,委慬剿抚诸羌,节制各军;一面从庞参计议,征还邓骘,但留任尚屯兵汉阳。骘奉诏东归,途次又接太后恩诏,拜为大将军。*骘并无功劳,何得升官?可见太后全是为私。*既至都门,大鸿胪持节出迎，中常侍赍牛酒犒劳，王侯以下，相率候望，络绎道中。及诣阙入谒，复特赐束帛车马，真是宠灵显赫，震耀京师。若使扫平诸羌，不知如何待遇？太后既优待邓骘，不得不加赏任尚，遂封尚为乐亭侯，食邑三百户。败军之将，且得封侯，邓太后真是愦愦。惟将护羌校尉侯霸召还，说他不能驭羌，黜为庶人，也是冤枉。即令前西域都护段禧，代为护羌校尉。怎奈羌势日盛，终不能制。永初三年孟春，三辅告急，因复遣骑都尉任仁，督领诸郡屯兵，往援三辅。仁屡战屡败，羌众越加猖獗。当煎勒姐种羌，攻陷破羌县，钟羌攻陷临洮县，连陇西南部都尉，都被擒去。司徒鲁恭，年近八十，乞请致仕，乃改任大鸿胪夏勤为司徒。勤既就职，日虑国用不足，往往仰屋兴嗟，不得已商诸太尉张禹，及司空张敏，援照前汉入粟拜爵的故例，联名上奏，许令吏民纳入钱谷，得为关内侯，或虎贲羽林郎，及五官大夫府吏缇骑营士各有差。邓太后见三公同意，自然准议。无如天灾屡降，常患饥荒，上半年河洛水溢，京师大饥；下半年并凉水溢，人自相食。接连又传到许多警报，海贼张伯路等寇掠沿海九郡，渤海平原剧贼刘文河周文光等遥与勾连，搅乱得一塌糊涂。还有代郡上谷涿郡间，又由乌桓鲜卑两路叛胡，一再入犯，杀败五原太守，伤毙郡中长吏。南匈奴骨都侯，阴助乌桓鲜卑，也是逆焰滔天，不可收拾；甚且南单于亦背叛汉朝，把美稷守将耿种围住，危急非常。那时汉廷将相，无从隐讳，当然奏白邓太后。邓太后很是着忙，只好与亲兄邓骘等会议，一路一路的调遣人马，前去征讨。出剿海贼的一路，委任了侍御史庞雄；出救五原一路，委任了车骑将军何熙；出击南单于一路，委任了辽东太守耿夔；又调梁慬行度辽将军事，使出为耿夔后应。军书四达，鼛（gāo）鼓齐鸣，不但汉廷当日，忙乱得什么相似，就是小子一枝秃笔，从今追叙，也觉得东顾西应，煞费精神了。我说是好看得很。侍御史庞雄出剿海贼，究竟贼众乌合，不能抵敌王师，张伯路屡败乞降；渤海平原等剧贼也望风瓦解，四处避匿。庞雄遽报肃清，有诏迁雄为中郎将，令他引兵西行，往副车骑将军何熙。那辽东太守耿夔，与行度辽将军事梁慬，统皆百战名将，一经会师，便向美稷城进发，行至属国故城，遇着南匈奴部酋奥鞬日逐王，约有三千余骑，截住途中，夔当先冲阵，慬在后继进，两将似生龙活虎一般，搅入匈奴阵中，三千人不值一扫，奥鞬日逐单骑走脱，所有辎重什物，尽被汉军夺来。

此时南单于师子已早病亡，从弟檀嗣立为单于。永初三年六月间，曾诣阙入朝，随从有一降虏的汉人，叫作韩琮。朝毕还国，琮与语道："关东水潦为灾，兵民统皆饥死，若发兵进击，必可得志！"单于檀为琮所惑，因此叛汉兴兵，围攻美稷。至日逐王子身败还，才知汉军仍然利害，但还以为未曾亲睹，总要自己督兵，与汉军决一雌雄，方肯罢休。乃将美稷撤围，亲率精骑八千人，来敌汉军。凑巧与梁慬相遇，慬部下不过二三千人，单于大喜，总意以众敌寡，无患不胜，当下麾动骑兵，将慬围住。哪知慬全不惧怕，披甲持槊，跃马突阵，部曲各持械随上，一荡一决，十荡十决，把虏骑冲作数截，不能成围，只好退去；南单于檀，也是顾命要紧，奔还虎泽，未几又移寇常山。梁慬与耿种合兵万人，倍道往援，南单于又复却还。车骑将军何熙已到五原，击退乌桓鲜卑叛胡，庞雄亦至。熙适撄疾，闻得常山被攻，因遣雄驰救。及雄到常山，虏兵已退，遂与梁慬等会合，共得万六千人，进攻虎泽。南单于两番败走，已经胆落，又见汉军连营并进，布满旷野，越吓得魂魄飞扬，遂召责韩琮道："汝言汉人尽死，今是何等人到来，有此声威哩？"琮无辞可答，匍匐谢罪，当被单于斥退。**琮本汉人，乃敢**

诳虏为寇，死有余辜。南单于轻信琮言，也是笨鸟。即遣奥鞬日逐王至梁懂营中乞降；懂训斥一番，且令单于檀自来谢过，方可赦罪。单于檀接得复报，已是无可奈何，只得徒跣面缚，出来投诚。懂与庞雄耿种等排开兵马，列成数大队，各执兵械站着，然后传出号令，召檀进见。檀到了案前，不待斥责，已是把头乱捣，爆得怪响。经懂责他忘恩负义，不堪污刃，所以贷死，此后不得再作妄想，经须遣子为质，方才还军。檀慌忙承认，誓不复叛。方由懂等许令起来，改容相待，叫他回帐送出侍子。檀诺诺而去，不到半日，便遣子为质，且缴还前时所掠的汉民。懂等乃班师就道，移至五原。五原地方，尚有乌桓余党，出没往来，再经梁懂等领兵回击，斩获多人，残众乃降。车骑将军何熙，病不能起，竟致去世，汉廷实授梁懂为度辽将军，镇守塞下，召还中郎将庞雄，擢为大鸿胪。惟耿夔得功最少，且因他不能穷追单于，在道逗留，应该处罚，乃左迁为云中太守。北方一带，总算弭平。惟海贼张伯路悔罪乞降，隔了一年，又复与渤海平原贼相连，攻入厌次县，戕杀长官。诏遣御史中丞王宗，督同青州刺史法雄，征集幽冀兵数万人，大举从事，连破贼党。会有赦书到来，解散贼众，贼众以军未解甲，不敢投诚。王宗听部佐计议，意欲乘间出击，法雄独进谏道："兵系凶器，战乃危机，勇不足恃，胜不可必。贼若航海入岛，未易荡平，今正可宣布赦书，罢兵解严，使他解散胁从，然后轻兵裹甲，歼除贼首，这乃所谓事半功倍呢！"确是弭盗良策。宗方才称善，收兵敛迹，但将赦书宣示贼党，令将所掠人物，一体交还，许令免死。贼遵令而行。嗣见东莱郡兵，尚未解甲，因复遁匿海岛中，惟胁从多半散去，只剩了张伯路等几个头目。过了月余，岛中无粮可用，乃入内地劫掠，法雄早已严兵待着，把他截住，见一个，杀一个，见两个，杀一双，伯路等并皆授首，海贼乃平。三路并了。

是时独叛羌未服，屡扰西陲，羌豪滇零，且进寇褒中。汉中太守郑勤，移兵驻防。汉廷因任尚久戍无功，传旨召归，令率吏民还屯长安。谒者庞参复致书邓骘，谓宜徙边郡难民，入居三辅。骘颇以为然，且欲弃去凉州，专戍朔方。因召公卿等会议，公卿等尚有异辞，骘慨然道："譬如敝衣已破，并二为一，尚可完补；若非如此办法，恐两不可保了！"大众听了此言，只得勉强赞成。光禄勋李修，方因张禹病免，代为太尉。幕下有一个智士，方拜郎中，姓虞名诩，字升卿，系陈国武平县人。诩以谋略见称，故

<u>履历从详</u>。少时失怙,孝养祖母,县吏举为顺孙。及既为郎中,闻邓骘决弃凉州,甚以为疑,自觉官小职卑,未便入朝驳议;只有新任太尉李修,本是当道主人,不妨直言相告,托他挽回,因即向修建议道:<u>《通鉴辑览》误作张禹,此时禹已免官,应从《虞诩列传》。</u>

窃闻公卿定策,当弃凉州,求之愚心,未见其便。先帝开拓土宇,勤劳后定,而今惮小费,举而弃之,一不可也。凉州既弃,即以三辅为塞,则园陵单外,二不可也。谚曰:"关西出将,关东出相。"观其习兵壮勇,实过余州,今羌胡所以不敢入据三辅,为心腹之患者,以凉州在后故也。凉州士民,所以摧坚折锐,蒙矢石于行阵,父死于前,子战于后,无返顾之心者,为臣属于汉故也。今若弃其疆域,徙其人民,安土重迁,必生异志,倘猝然发难,因天下之饥乱,乘海内之虚弱,豪雄相聚,席卷而东,虽贲育为卒,太公为将,犹恐不足以御之。如此则函谷以西,园陵旧京,非复汉有,此不可三也!议者喻以补衣犹有所完,诩恐其疽食浸淫而无限极也。

李修既得诩议,大为感悟,便进诩与语道:"若非汝言,几误国家大事。但欲保凉州,须用何策?"诩答说道:"今凉州扰动,人情不安,防有他变。诚使朝中公卿,收罗该州豪杰数人,作为掾属,又引牧守子弟,授为散官;外示激扬,令他感激,内实拘致,防他为非,凉州有何难保呢?"这一席话,说得李修频频点首,当即入朝再议,公卿等俱同声称善。<u>好似墙头草一般。</u>邓骘见口众我寡,只好取消前议,但心中很是不平,意欲伺隙害诩。<u>设心如此,全是憸(xiān)人行径。</u>会闻朝歌贼宁季聚众数千,攻杀长史,猖狂日甚,州郡不能制,乃即命诩为朝歌长,促令指日到任。<u>竟欲借刀杀人。</u>故旧都为诩加忧,同时往吊,诩反笑说道:"志不求安,事不避难,乃是人臣的职分!若不遇盘根错节,如何得见为利器呢?"<u>早有成算。</u>说罢,当即束装就道,直抵朝歌,先谒河内太守马棱,棱叹息道:"君系儒生,应在朝就职,参赞谋猷,为何奉使到此?"诩答说道:"诩奉遣时,士大夫俱来吊诩,也道是诩无能为。诩既为人臣,何敢避难?诩思朝歌为韩魏郊野,背太行,<u>山名</u>。临大河,去敖仓只百里,青冀人民,流亡万数,贼不知开仓招众,劫库兵,守城皋,断天下右臂,可见他实无大志,不足为忧。惟目前贼势新盛,未可争锋,兵不厌权,愿明府宽假辔策,勿与拘牵,

诩自然有法平贼呢!"棱慨然许诺。**此公也特具青眼**。诩即告别就任,悬赏购募壮士,分列三等:上等是专行攻劫;中等是好为偷盗;下等是不事家产,游荡失业。这三等莠民,令掾史以下,各举所知,招罗得数百人,由诩亲自挑选,汰弱留强,尚得百余。当下设酒与宴,许贷前罪,嘱使投入贼中,诱令劫掠,一面伏兵待着。等到贼众前来,便由伏兵突出,并力兜拿,得擒斩数百人。余贼经此巨创,不敢出头。诩又想到别法,潜召缝纫为业,家况贫穷的男妇,叫他佣作贼衣,缝就记号,另许优给工资,遣令依计办理。百姓已恨贼切骨,得了诩命,自然往觅贼巢,替贼缝衣。贼众不知秘谋,待衣缝就,便往市里游行,不意为捕役所察,辄被拿住。捕役尚未肯与他说明,顿令贼犯莫名其妙,惊为神明,于是贼皆骇散,朝歌复安。小子有诗赞道:

不经盘错不成材,功业都从患难来。
试读升卿虞氏传,一回叹赏一惊猜。

诩既平贼,上书报功,邓骘至此,也无可如何了。欲知后事,且看下回再表。

邓骘统兵征羌,逾年两败,何功足言?及召之使归,反擢为大将军。任尚既失西域,复衄平襄,乃赏以侯封,汉廷之赏罚倒置,莫如此时!夫当日之号为良将者,无过梁慬,慬连败羌人,复制服南单于,功无与比,委以专阃,游刃有余;且胡人既服,正可调彼征羌,削平叛寇,奈何满朝将相,仓皇失措,反欲轻弃凉州耶?虞诩为国宣猷,保全西土,邓骘反视若仇敌,徙治朝歌,非诩之智能平贼,则陷谋士于群贼之中,天下皆引以为戒,不敢复闻朝廷事矣。吾嫉邓骘,吾尤不能无慊于邓太后云。

第三十九回

作女诫遗编示范　拒羌虏增灶称奇

却说永初四年九月，邓太后母新野君患疾，新野君见前文。太后亲往省母，连日留侍，未见还宫，三公上表固请，方才返驾。安帝此时已十有七岁，何不共请还政？既而新野君病剧，再去送终临丧，极尽悲哀，棺殓时给用长公主赤绂，特赠东园秘器，玉衣绣衾，东园秘器，注见前。使司空张敏持节护丧，仪比清河王临终遗制，谥曰敬君，清河王临终，见三十七回。又赐布三万匹，钱三千万。邓骘等辞还钱布，并乞退位守制，还居里第。太后尚未肯许，询诸曹大家班昭，昭因上疏覆陈道：

伏惟皇太后陛下，躬盛德之美，隆唐虞之政，辟四门而开四聪，采狂夫之瞽言，纳刍荛之谋虑，妾昭得以愚朽，身当盛明，敢不披露肝胆，以效万一？妾闻谦让之风，德莫大焉，故典坟述美，神祇降福。昔夷齐去国，天下服其廉高；太伯违邠，孔子称为三让。所以光昭令德，扬名于后者也。《论语》曰："能以礼让为国，于从政乎何有！"由是言之，推让之诚，其旨远矣。今四舅深执忠孝，引身自退，而以方隅未靖，拒而不许，如后有毫毛加于今日，诚恐推让之名，不可再得。缘见逮及，故敢昧死竭其愚诚，自知言不足采，聊以示虫蚁之赤心，伏冀鉴察。

邓太后素师事班昭，因即听从，许令骘等还第终丧，且封昭子曹成为关内侯。昭此时续著汉史，已经垂成，昭续《汉书》，见三十四回。出示士大夫，多半未解。故伏波将军马援从孙融，与昭同郡，得为校书郎，至阙下从昭受读。融兄名续，少甚敏慧，七岁通《论语》，十三明《尚书》，十六治《诗》，博览群经，又通《九章算术》。邓太后闻续才名，亦召入东观，使他参考《前汉书》，再为校正。故《前汉书》百二十卷，除班氏兄妹编著外，续亦略有损益，然后大成。见《曹大家传》。班昭复作《女诫》

七篇,作为内训:第一篇标目,是卑弱二字,第二篇是夫妇,第三篇是敬慎,第四篇是妇行,第五篇是专心,第六篇是曲从,第七篇是和叔妹,总计不下数千言,流传后世,近俗呼为《女四书》。小子无暇尽述,但记得她有一序文,照录如下:

  鄙人愚暗,受性不敏,蒙先君之余宠,赖母师之典训,年十有四,执箕帚于曹氏,于今四十余载矣。战战兢兢,常惧黜辱,以增父母之羞,以益中外之累。夙夜劬心,勤不告劳,而今而后,乃知免耳。吾性疏顽,教导无素,恒恐子穀负辱清朝。《后汉书》引《三辅决录》注云:子穀即曹成字。圣恩横加,猥赐金紫,即授封关内侯事。实非鄙人庶几之望也。男能自谋矣,吾不复以为忧也。但伤诸女方当适人,而不渐训诲,不闻妇礼,惧失容他门,取羞宗族。吾今疾在沉滞,性命无常,念汝曹如此,每用惆怅,闲作《女诫》七章,愿诸女各写一通,庶有补益,裨助汝身。去矣,其勖勉之!

校书郎中马融,见了七篇《女诫》,特为抄录,归示妻女,嘱令讲习,所以逐渐流传,千古不磨。此外尚有赋、颂、铭、诔、问、注、哀辞、书、论、上

疏、遗令，凡十六篇。至昭殁后，由子妇丁氏编成全集，自撰《大家赞》一则，附入集中。姑媳能文，可作彤史佳话。昭有夫妹曹丰生，亦有才慧，尝作书与昭论难，词亦可观。当昭逝世时，年已七十有余，邓太后且素服举哀，厚加赗赠，特派使臣监护丧事。这真好算作士女班头，生荣死哀了！**才德如曹大家，应该褒扬。**当时尚有广陵人姜诗妻，河南人乐羊子妻，也有贤名，并垂不朽。姜诗为广陵人，事母至孝，妻为同郡庞盛女，奉事尤谨。姜母好饮，江水去家约六七里，庞氏随时往汲，携归奉母。一日适遇大风，归家较迟，致母渴不能耐，诗因怒责庞氏，将她斥归。庞氏涕泣出门，借寓邻舍，日夕纺绩，托邻媪转遗姜母，数月间馈问不绝。姜母不免惊异，详问邻媪，邻媪始据实相告。姜母且感且惭，忙嘱诗召还庞氏，格外怜爱。庞氏益曲体母心，始终无违。有子少长，为姑汲流，竟致溺死，庞氏恐姑哀伤，未敢相告，但托言出外求学，未便常归。姜母更好嗜鱼鲙（kuài），又不愿独食，夫妇尝合力勤作，得资买鱼，为鲙供母，并令邻媪作陪，冀博母欢。既而孝感动天，有涌泉流出舍侧，每旦必双鲤跃起，使供母膳。庞氏亦再得生子，不致绝嗣。地方官吏，因举诗为孝廉，入拜郎中。寻复出宰江阳，颇有治绩，居官数年，病殁任所。人民为诗立祠，并将诗妻庞氏，一并绘像供奉。姜门双孝，流播千秋。**举此可以劝孝。**乐羊子妻，姓氏失传。羊子尝出外游行，拾得遗金一饼，还家示妻，妻瞿然道："妾闻志士不饮盗泉水，廉士不受嗟来食，**齐黔娄赈饥，见饿者，与语曰："嗟！来食！"饿者以其无礼，竟不食死。**奈何贪利拾遗，自污清行哩？"羊子大惭，亟将遗金还掷原地，一面寻师求学。逾年还，妻跪问归家理由，羊子道："久别怀思，并无他故。"妻起身取刀，趋近机前，指示羊子道："此织生自蚕茧，成自机杼，积缕累寸，积寸累尺，积累不已，方成丈匹，今若割断，便是自弃前功，终至无成。夫子既出外求学，应该学成乃归，若中道辍业，便与断机无异了！"羊子慌忙拦阻，情愿再出求学，妻始将刀放下。羊子遂去，七年不返。羊子尚有老母，妻殷勤奉养，又尝远馈羊子。会有邻鸡误入园中，羊子母竟盗鸡宰食，妻对鸡不餐，潸然泪下。母怪问何因，妻答说道："自伤居贫，使食有他肉。"母方有惭色，将鸡弃去。嗣有盗贼入门，逼妻受污，妻操刀趋出，盗见她执刀，便把羊子母劫住，且威吓道："汝若释刀从我，当使两全；否则先杀汝姑！"羊子妻举首仰天，长叹一声,竟举刀刎颈,流血毕命。盗也觉惊愕,舍去羊子母,扬长自去。羊子母报闻太守,太守捕盗抵罪,赐她缣帛,依礼安葬,号曰贞义。举此可以劝节。后来尚有汉中人陈文矩继妻,表字穆姜,生有二男,前妻亦有四子,文矩出为安众令,在任病故,穆姜与诸子携榇归葬。四子以穆姜本非生母,每有憎嫌;穆姜却慈爱温仁,加意抚养,衣食一切,比亲子还要加倍。邻人语穆姜道:"四子不孝,可谓已甚,何不与他分居,免得受嫌?"穆姜答说道:"我方欲以仁义相导,令他自知迁善,奈何反与分居呢?"邻人乃怀惭退去。嗣因前妻长子陈兴,遇疾甚笃,穆姜亲调药食,昼夜探问,不厌烦劳。好几月始疗兴疾,兴方才感悟,起呼三弟道:"继母仁慈,出自天授,我兄弟不识恩养,行同禽兽,虽母德从此益隆,我辈过恶,也从此益深了!"使他自悟,方为善教。说着,遂挈三弟诣南郑狱中,具陈母德,且述自己从前不孝,乞许就狱治罪。县令却暗暗称奇,往白郡守。郡守提讯四子,四子陈述如前,郡守乃劝谕道:"汝等既自知不孝,革面洗心,此后可在家侍奉,格外孝谨,借赎前愆,既往不咎,权从贷免罢了!"四子方相引归家,共至穆姜前跪下,愿受家法。穆姜道:"知过能改,还有何言?"说着,那郡中已遣吏至门,代为旌表,且免除全家徭役,穆姜率诸子拜谢。嗣是兴等悉遵母训,并为良士。穆姜年至八十余乃殁,遗命薄葬,不得好奢,诸子奉行惟谨,见称乡曲。举此可以劝慈。这三妇的德性,与曹大家相较,看似贵贱不同,行为互异,但试看古今妇女,能有几人懿言美行,得如三妇?怪不得史册流芳,推为贤媛呢!这且按下不提。

且说邓太后为母服丧,逾年乃毕,复因天时久旱,亲幸洛阳狱录囚,理出死罪三十六人,余罪八十人,方才还宫。至永元七年正月,率命妇等往谒宗庙,与安帝交献亲荐,礼毕乃还,诏省时物二十三种。古礼,天子入祭宗庙,与后并献。此时皇后尚未册立,所以母子交献如仪。待到安帝二十二岁,方册立贵人阎氏为后。阎氏母为邓弘姨,故得册立,后文自有交代。惟屡年羌寇不绝,边警频闻,汉中太守郑勤,战死褒中,郑勤出屯褒中,见前回。主簿段崇,与门下史王宗原展,奋身捍勤,并皆斗死。骑都尉任仁出援三辅,战无一胜,亦见前回。部下兵又不守纪律,乃由朝廷派遣缇骑,将仁絷(zhí)归,下狱处死。护羌校尉段禧病殁,接替乏人,不得不再起侯霸,使他出屯张掖,防御羌人。侯霸见黜,俱见前回。羌众转寇河内,百姓多南奔渡河,络绎不绝。北军中候朱宠,奉命率五营兵士,往守孟津,屯骑、越骑、步兵、长水、射声为五营。并有诏令魏郡赵国常山中山数处,缮筑坞候六百十六所,分段御边。偏是沿边长吏,多籍隶内郡,不愿在外战守,纷纷请徙郡县人民,暂避寇难。朝廷亦弄得没法,乃令陇西徙治襄武,安定徙治美阳,北地徙治池阳,上郡徙治衙县。这令一下,四郡长吏,当然大喜,急促人民徙居,自己也好避开虎口。我能往,寇亦能往,岂趋避所能了事?无如百姓多恋居故土,不愿徙去,惹动官吏怒意,饬吏役刈去禾稼,撤去墙屋,毁去营堡,除去积聚,硬迫百姓移徙。可怜百姓流离分散,颠沛道旁,老弱转沟壑,妇女踬山谷,一大半送命归阴;只有一小半壮丁,还能勉强支撑,随官流徙,侥幸生存。比羌寇还要利害。前征西校尉任尚,已经免官,再奉召为侍御史,出击叛羌。至上党牛头山,与羌众交锋数次,幸得胜仗,羌众散走,河内少安。乃撤回孟津屯兵,仍戍洛阳。俄而汉阳贼杜琦,及弟季贡,与同郡王信,聚众通羌,夺据上邽城,自称安汉将军,散布伪檄。汉阳太守赵博,潜遣刺客杜习,混入上邽,枭得杜琦首级,还献郡守。赵博以闻,诏封习为讨奸侯,赐钱百万;再令侍御史唐喜,领兵往讨杜季贡王信。信等据住樗泉营,被唐喜一鼓攻破,斩首六百余级,信亦伏诛。惟季贡逃脱,奔依滇零。适滇零病死,子零昌继为羌酋,年尚幼弱,未知大计,但使季贡为将军,别居丁奚城。这统是永初五六七年间的事情。到了永初八年,改号元初,又出了一个羌豪号多,为当煎勒姐诸羌总帅,钞掠武都汉中。巴郡有一种蛮人,当前汉开国时,曾受高祖恩诏,免输租赋,蕃息多年,因闻羌人屡扰汉中,所以奋然投效,愿为汉助。蛮俗好用板楯与敌相斗,时人号为板楯蛮。这板楯蛮约有数千,与汉中五官掾程信师,会出击号多,号多败走,退屯陇道,与零昌合。护羌校尉侯霸率同骑都尉马贤,复掩击号多,杀毙二百余人,号多复遁。越年侯霸病终,即令前谒者庞参接任。参招诱号多,恩威并用,号多乃率众请降。参遣号多入朝,蒙给侯印,使还原镇。参亦移治令居,专顾河西通道,防御零昌。既而屯骑校尉班雄,即班超子。出屯三辅。左冯翊司马钧奉命行征西将军事,督率右扶风仲光,安定太守杜恢,北地太守盛包等,合兵八千余人,与庞参分道出讨零昌。参部下亦有七八千,行至勇士县东首,为杜季贡所邀击,失利引还。独司马钧等进攻得胜,乘虚入丁奚城。季贡方击退庞参，回至城下，见城上已插汉帜，并不返攻，便即窜去。明明有诈。钧令仲光杜恢盛包三人，领兵数千，出刈羌禾，临行时亦嘱他谨慎，不得分兵。光等违钧节度，四处刈禾，只管深入，被季贡伏兵掩杀，不能相救。钧恨光等不遵号令，虽有所闻，也不赴援，终至光等败没。季贡复乘胜杀来，钧见孤城难守，又复走还。光等有应死之咎，钧坐视不救，罪亦相同。事为朝廷所闻，敕将司马钧庞参一并逮系狱中。又因北地安定上郡三处，并遭羌害，特使度辽将军梁慬，遣发边兵，救拔三郡吏民，徙入扶风界内。慬即遣南单于兄子优孤涂奴，引兵往徙，事毕回来，慬以涂奴有劳，先给羌侯印绶，然后报闻。哪知朝廷责他专擅，也召慬还都下狱。还亏校书郎中马融，力请赦免庞参梁慬二人，始蒙贷死；惟司马钧无人救解，自尽狱中。于是诏令马贤为护羌校尉，且将班雄调回，迁任尚为中郎将，督屯三辅。始终不忘此人。朝歌长虞诩，已调为怀令，进谒任尚，乘便献议道："兵法有言：'弱不攻强，走不逐飞。'这乃自然定理。今叛羌类皆骑马，日行数百里，来如风雨，去似断弦，若欲使步兵追击，如何能及？故虽屯兵二十余万，旷日持久，毫无效用。为使君计，莫如罢诸郡兵，各令出钱数千，就二十人兵饷，移买一马，可得万骑；万骑兵逐虏数千，尾追掩击，不患无功，这岂不是利民却敌，一举两得么？"此议尚无甚奇特，如何他人未曾想着？尚大喜道："君言甚是！"当即令诩主稿，奏达京师，复诏尽如诩议。尚汰兵买马，选得轻骑万人，袭击丁奚城。杜季贡仓猝出御，终不能支，尚军得斩首四百级，获马牛羊数千头，回营报功。尚复上书奏捷，邓太后乃器重虞诩，擢诩为武都太守。诩率吏属赴任，行近陈仓崤谷间，探得前面有羌众数千，截住要道，遂停车不进，扬言须请兵保护，方可前行。羌众信以为真，分掠旁县，诩得乘虚冲过。星夜急走，每日驰行百余里，且每一驻足，必令吏士各作两灶，逐日加倍，好容易至武都。属吏私下怀疑，至是方向诩启问道："古时孙膑行军，逐日减灶，今公乃令逐日加增；且兵法尝云：'日行不过三十里，所以防备不虞。'今乃日行至二百里，究为何因？"诩笑答道："寇众我寡，徐行必被追及，速行方可远害；我令汝曹增灶，无非示虏不测，虏见我灶日增，总道是郡兵来迎，众多行速，不宜追我，因此我得无忧。从前孙膑减灶，故意示弱；我今却欲示强，情势不同，虚实互异，汝等何必多疑？"属吏方才省悟，憬然退出。嗣闻羌人因诩脱

走,果来追诩,及见诩逐日增灶,然后却还,吏士越佩服诩谋。诩查阅郡兵,不满三千,又费踌躇,外面又传入警报,谓有羌众万人,围攻赤亭。诩急令军士操演箭法,约阅二三旬,技射并精,乃令赢兵至赤亭诱敌,有退无进。羌众踊跃追来,将到城下,诩因发出弓弩手数百名,先用小弩,后用强弓。小弩不能及远,只有数十步可射,羌众以为矢力甚弱,不足为惧,遂猛扑城壕,并力急攻;诩再发号令,使弓弩手各用强弩,且命二十人专射一羌,发无不中,中无不踣(bó),羌众前队多死,当然骇退。诩复亲率吏士,出城奋击,毙羌甚多,余羌退至数里外下营,诩亦收兵还城。翌日大开城门,环列士众,从东郭门入北郭门,复自北郭门入东郭门,回转数周,屡换军装。仍与增灶法同意,先后用一疑兵计。羌人遥望诩兵,不知有多少,士卒互相惊吓,仓皇夜走。到了浅水滩边,跃马乱渡,忽听得一声鼓号,有许多官兵杀出,齐声大呼道:"羌奴快留下头来!"正是:

　　一呼已破群羌胆,百变尤奇太守谋。

　　欲知浅水滩旁的官兵,从何而来,容待下回说明。

本回叙述曹大家遗事,并录《女诫》序文,实为《列女传》增一色彩。至若姜乐陈三妇,亦随笔叙入,并非画蛇添足,殆有鉴夫人心不古,女教益衰,不得不胪述前型,为女界留一榜样,作者之寓意甚深,其用心亦良苦也。《后汉书·列女传》中,尚有一周郁妻,不能谏夫,竟致自尽,盖犹有遗憾存焉,略而不记,去取从严,比范史且更进一层矣。虞诩增灶,千古称奇,厥后之奇谋迭出,更见智能。自永初元年羌人为乱,连扰至十余年,将士络绎,不绝于途,求一谋略如虞诩,不可再得,汉亦可谓无人,而诩之名乃益盛。谁谓白面书生,不可与语行军哉?

第四十回

驳百僚班勇陈边事　畏四知杨震却遗金

却说羌众奔渡浅水滩，被官军一声呼喝，已是心惊胆落；再加夜色昏暗，辨不出官兵若干，但觉得刀槊纵横，旌旗错杂，吓得羌众拼命乱跑，所有辎重，尽行弃去，命里该死的，统做了滩中水鬼，余皆逃散，再不敢还寇武都。其实这班官军，只有四五百名，由虞诩遣伏滩旁，料知羌众必从此返奔，正好乘夜掩杀，果然不出所料，大获胜仗，官军奏凯还城。诩犒劳已毕，复出巡四境，审视地势，添筑营垒百八十所，招还流亡，赈贷贫民，疏凿水道，开垦荒田。初到郡时，谷每斗千钱，盐石八千，户口只一万三千，及任职三年后，米斗八十，盐石四百，民增至四万余户，家给人足，一郡大安。此之谓为政在人。邓太后特简从兄邓遵为度辽将军，邀同南单于檀，及左谷蠡王须沈，合兵万骑，同至灵州，击破羌豪零昌，斩首八百级，有诏封须沈为破虏侯，并赐南单于以下金帛有差。至元初三四年间，中郎将任尚，也遣兵击破丁奚城，乘势招募敢死士，往攻北地，得捕诛零昌妻孥，搜得零昌父子僭号文书，把庐帐尽行毁去。尚再买结当阗种羌榆鬼等五人，使他投入杜季贡寨中，伺隙刺死季贡，携首归报。由尚替榆鬼请封，得受封破羌侯。季贡遇鬼，安得不死？三辅一带，羌势少衰。惟余羌流入益州，势尚蔓延，朝廷曾使中郎将尹就往讨，好多日不能荡平，乃将就征还坐罪，改命益州刺史张乔代领就军。乔剿抚并用，羌众或降或逃，渐归平靖。任尚已进为护羌校尉，再购募效功种羌号封，刺杀零昌，号封得受封为羌王。零昌虽死，尚有谋主狼莫，拥兵北地，未肯降附。于是尚与骑都尉马贤，合击狼莫，相持至两月余，与狼莫大战富平河畔，斩首五千，狼莫乃遁。诸羌自是知惧，次第诣邓遵营，橄械投降，陇右始平。惟狼莫在逃未获，由邓遵募得羌人雕何，伪寻狼莫，幸与相遇，狼莫引为腹心，终被刺死，将首级献与邓遵。遵报称大功垂成，且具陈雕何劳绩，诏封遵为武阳侯，食邑三千户；雕何亦得为羌侯。惟任尚与遵争功，互有龃龉，遵劾尚虚报虏首，并受赃至千万以上，邓太后偏信遵言，赫然震怒，竟派大员拘拿任尚，用槛车囚入都中。有司仰承凤旨，锻炼成狱，即将尚推出市曹，枭首示众，家产俱籍没充公。*尚有罪时，可诛而反赏，此次平羌，不为无功，且反弃市，真正令人不解！* 看官听说，自从羌人叛乱十余年，调兵遣将，岁时不绝，军需用去二百四十余亿，兵士死亡，不可胜数。至零昌狼莫刺死，群羌瓦解，三辅益州，方得不闻寇警，但并凉二州，从此耗敝，就是国家府库，亦用尽无余，汉廷元气，已渐就消磨了。到了元初七年间，立皇子保为太子，复改年号为永宁元年。皇子保为后宫李氏所生，安帝本欲立李氏为后，嗣因阎姬入宫，*阎氏名姬。* 饶有姿色，专宠后房，且与邓太后戚谊相关，遂得由贵人进为皇后。*阎姬为邓弘姨妹所生，已见前回。* 事在元初二年。阎后素性妒忌，视李氏如眼中钉，竟将李氏鸩死，惟保得仅存。安帝待后生男，五六年不得一产，乃立保为太子。阎后无法谏阻，只得由他册立。内外臣僚，方入宫庆贺，忽由敦煌太守曹宗，呈入奏章，请发兵击北匈奴，并取西域。原来西域为汉廷所弃，各国复为北匈奴所制，连兵寇边。敦煌太守曹宗，曾奏荐掾吏索班，使行长史事，出屯伊吾，招抚西域。车师前王及鄯善王，复闻风请降。永宁元年，车师后王军就，连结北匈奴兵马，攻杀索班，并击走车师前王，略有北道。曹宗乃表请北征，报怨雪耻。邓太后以事关重大，不得不召集群臣，会议进止。群臣以羌寇初平，疮痍未复，不如闭住玉门关，免得劳师。太后犹豫未决，继思前西域军司马班勇，为前定远侯班超次子，颇有父风，不妨召令与议。勇奉召入阙，独与众议未合，别伸己见，大略说是：

昔孝武皇帝患匈奴强盛，兼总百蛮，以逼障塞，于是开通西域，离其党与，论者以为夺匈奴府藏，断其右臂。嗣遭王莽篡逆，征求无厌，胡夷怨毒，遂以背叛。光武中兴，未遑外事，故匈奴负强，驱率各国。及至永平，再攻敦煌，河西诸郡，城门昼闭。孝明皇帝独抒庙策，命虎臣出征西域，故匈奴远遁，边境得安。及至永元，莫不内属。间者羌人叛乱，西域复绝，北虏遂遣责诸国，备其逋租，高其价值，严以期会。鄯善车师，皆怀愤怨，思乐事汉，其路无从。前所以时有叛者，皆以牧养失宜，还为其害故也！今曹宗徒耻于前负，而不寻出兵故

事,犹未度当时之宜也。夫徼功塞外,万无一成,若兵连祸结,悔无所及。况今府藏未充,师无后继,且示弱于远夷,暴 音仆。短于海内,臣愚以为不可许也!旧敦煌郡有屯兵三百人,今宜复之,复置护西域副校尉,居于敦煌,如永元故事。又宜遣西域长史,将五百人屯楼兰,西当焉耆龟兹径路,南强鄯善于阗心胆,北扞匈奴,东近敦煌,然后可徐图招怀,服西域而却北虏也!臣勇谨议。

这议既上,便由各尚书诘问道:"今立副校尉,如何称便?但置长史屯楼兰,有何利益?"勇答说道:"从前永平末年,始通西域,初遣中郎将居敦煌,复置副校尉住车师,既足节度胡虏,又禁止汉军侵扰,所以外域归心,匈奴畏威。今鄯善王尤还,为汉人外孙,若匈奴得志,尤还必死。彼等虽行同鸟兽,也知趋利避害,若使长史出屯楼兰,楼兰与鄯善相近,自足使尤还安心。故愚见以为便利呢!"道言甫毕,又有长乐卫尉镡显,廷尉綦毋参,司隶校尉崔据,同声出驳道:"朝廷前弃西域,无非因西域无益中国,反多糜费,所以决计弃去。今车师已属匈奴,鄯善未可保信,一旦反复,试问班司马能保北虏不为边害么?"口亦利害。勇复答道:"朝廷分建郡国,各置州牧,岂不是防寇诘奸,安民利国么?若州牧能长保治安,勇亦愿拼此身首,长保匈奴不为边害!试想今日能通西域,北虏势必衰微,自不致常为我害。若再不遣置校尉,分屯长史,西域诸国,更觉绝望。望绝必屈就北虏,合兵窥我,恐沿边诸郡,将屡为所侵,河西城门,终日长闭,不能复开了!照此看来,为了目前惜费,反令北虏势盛,难道是长久计策么?"驳得好。镡显等理屈词穷,只好默然。忽又有一人出诘道:"今若更置校尉,西域必络绎遣使,要索无厌。若一概给与,必致耗费无穷;不与便启彼异心。一旦为匈奴所迫,又要向我求救,徒致烦扰,有损无益,何必多此一举哩?"此说更属牵强。班勇瞧着,乃是太尉掾属毛轸,便开口辩难道:"今若将西域让与匈奴,匈奴果肯感念汉恩,不再犯边,倒也罢了;否则匈奴得西域租赋,养兵蓄锐,来犯我境,是适为仇雠增富,暴夷增势,如何可行?勇请再置校尉,意在令西域内向,杜北虏外侵,免得费财耗国,常为我忧!且西域诸国,无他需求,不过使节往来,稍费廪饩。若为此拒绝,俾归北虏,北虏必与西域并力,入寇并凉,那时不能不防,不能不御,劳师糜饷,不可胜计,何止千亿百亿呢?"仍是引伸前意。毛轸听了,也只得哑口无言。邓太后见班勇所议,确有至理,因复敦煌郡营兵三百人,置西域副校尉,使居敦煌。鄯善诸国,始无异志。惟匈奴与车师国,尚是连兵入寇,钞掠河西,待至班勇出屯,方见战功,后文再表。

且说前大将军邓骘,自母丧还第后,与诸兄庐墓守制,还算勉尽孝思。季弟阊哀恸过甚,竟至骨立,尤得时誉。及服阕后,邓太后召令复职,仍授前封,骘等固辞,乃止令并奉朝请,遇有大议,方诣阙参谋。已而邓弘病逝,邓太后亲服齐衰,安帝亦服缌麻,并往吊丧。有司请追赠弘骠骑将军,封西平侯,太后因弘有遗言,不愿加赠,但赐钱千万,布万匹。骘等复辞还不受,乃诏令大鸿胪持节,就弘灵前,封弘子广德为西平侯。嗣因弘曾为帝师,备有劳绩,复封广德弟甫德为都乡侯。都乡由西平分出,名为两侯,食邑实未尝加增,不过虚示显荣罢了。旋复封邓京子珍为阳安侯,兼职黄门侍郎。不意邓弘殁后,未及三年,邓悝邓阊,相继谢世,皆遗言薄葬,不受爵赠。早死为幸。太后并如所言,惟封悝子广宗为叶侯;阊子忠为西华侯,自是邓氏兄弟五人,惟骘尚存。何不速死?免有后责!骘子凤官拜侍中，尝与尚书郎张龛书，极称郎中马融才能，说他应居台阁。又复受中郎将任尚赠马，尚坐罪弃市，见上文。凤惧连坐，先在骘前自首，骘髡妻及凤，以谢天下，舆论称贤。邓太后尝征和帝弟济北河间王子女，济北王寿，河间王开，俱见三十四回。凡四十余人，又邓氏近亲子孙三十余人，为开邸第，教学经书，亲自监试，威爱兼施。且诏敕从兄河南尹邓豹，越骑校尉邓康等云：

吾所以引纳群子，置之学官者，实以方今承百王之敝，时俗浅薄，巧伪滋生，五经衰缺，不有化导，将遂陵迟，故欲褒崇圣道，以匡失俗。传不云乎："饱食终日，无所用心，难矣哉！"今末世贵戚，食禄之家，温衣美食，乘坚驱良，而面墙无术，不识臧否，斯故祸败所从来也！永平中，四姓小侯，皆令入学，所以矫俗厉薄，返诸忠孝。先公既以武功书之竹帛，兼以文德教化子孙，故能束身修心，不触刑网。诚令儿曹上述祖考休烈，下念诏书本意，则足矣。其勉之哉！

邓氏子弟，素承训诫，虽似保泰持盈，有所顾忌，但声势已是赫濯，宫廷内外，无不曲意趋承。时三公已皆易人，太尉李修，已经去世，后任为大司农司马苞，不久又殁，代以太仆马英；司空张敏罢职，改任太常刘恺为司空；未几司徒夏勤免官，进刘恺为司徒，用光禄勋袁敞为司空。三公为汉廷重官，故每有沿革，备叙不遗。敞为故司徒袁安子，廉正不阿，与邓氏子弟有嫌。尚书郎张俊，有私书与敞子，述及省中秘议，当时尚无人知晓。俊有同僚朱济丁盛，品行不修，为俊所嫉，意欲上书弹劾，偏两人得悉风声，转浼同官陈重雷义，代为缓颊。陈雷俱豫章人，向系好友，并有义行，陈重得举孝廉，让与雷义，义当然不受，两人交让数次，太守张云因相继并举，均得入为尚书郎。乡里有谣传云："胶漆自谓坚，不如雷与陈。"随笔叙入雷陈交谊，是消纳法。此次为朱济丁盛所托，两人不知他品行失检，只因同僚相委，不便固却，乃转告张俊，乞免奏弹。俊年少气盛，怎肯听从？雷陈亦乐得辞退，复告朱济丁盛。济与盛越加衔恨，遂私赂侍史，使求俊短，得俊与敞子书稿，便即封好上奏。朝廷因他漏泄省事，拘俊下狱，且责袁敞教子不严，交通郎官，策免司空官职。敞愤急自尽，俊坐罪论死。亏得他文艺素优，在狱上书侃侃论辩,邓太后爱他文辞,特驰诏赦免死刑。俊已被刑官推出都门,引颈待戮,死里逃生,可谓侥幸万分。敞子亦得免死,并赐复敞官,仍用三公礼殓葬。继任为太常李郃(hé)。郃未几罢官,复另任卫尉陈褒。司徒刘恺,与李郃同时罢免,特简太常杨震为司徒。震字伯起,弘农郡华阴县人。父名宝,习欧阳《尚书》,<u>注见前</u>。隐居不仕。相传宝年九岁时,出游华阴山北,见一黄雀为鸱鸮所伤,坠落树下,被蝼蚁困住,宝心怀不忍,将雀取归,置巾笥中,饲食黄花,百余日毛羽丰满,纵令飞去,是夕有黄衣童子入见,向宝再拜道:"我乃西王母使者,蒙君仁爱,拯我灾厄,谨酬白环四枚,令君子孙清白,位登三公,有如此环!"说毕,将环呈上,宝方才接受,转眼间童子已杳,诧为奇事。后来娶妻生子,取名为震。震少年丧父,能承遗志,博通经籍,家贫无资,课徒为生,暇辄亲植菜蔬,供养老母,门生替他种植,震却不愿,特拔起更种,免得弟子服劳,诸儒交口相赞道:"关西孔子杨伯起。"嗣复有鹳雀衔三鳣(zhān)鱼,飞集讲堂前,有都讲取鱼进说道:"蛇鳣为卿大夫服,鳣数有三,便是三台预兆,先生当从此升迁了!"<u>酬环衔鳣事,趁手</u>

叙明。时震年已至五十，果由大将军闻名辟召，得举茂才。四迁至荆州刺史。调任东莱太守，道经昌邑，县令王密，本由震举荐茂才，至是乘夜进谒，献金十斤。震勃然道："故人知君，难道君不知故人么？"密答说道："暮夜进馈，何人知晓？"震摇首道："天知地知，汝知我知，共有四知，何谓无知？"说着，举金掷还，密怀惭引退。震就任年余，又转为涿郡太守，持身廉介，不受私谒，子孙常蔬食步行。或劝震少营产业，留贻子孙，震正色道："使后世称我为清白吏，便是贻泽子孙，比较贻金积产，好得多哩！"四世贵显，赖此余泽。元初四年，征入为大司农，永宁元年，升任司徒，朝野无不钦慕，就是邓太后亦另眼相看。惟安帝年将及壮，邓太后尚未还政，临朝如故。先是郎中杜根，奏请归政嗣皇，语甚切直，惹动太后盛怒，令用缣囊盛根，下杖扑死。刑罚亦奇。弃尸城外，竟得复苏，逃奔宜城山中，为酒家保，埋名避难。还有平原郡吏成翊世，亦奏请太后归政，坐罪系狱。越骑校尉邓康，因宗族盛满为忧，屡劝太后恬退深宫，太后不从，康谢病不朝。太后使侍婢探视。侍婢本由康家入宫，服事太后多年，当时老年内侍，多称中大人，所以侍婢奉命视康，及门通名，亦以中大人自呼。康召婢入内，厉声呵叱道："汝出自我家，敢自称中大人么？"说得侍婢满面羞惭，回宫复命，便诬康心存怨望，诈称有疾。太后不禁怒起，竟将康罢免官职，但存夷安侯旧封，遣令就国，削绝属籍。若非邓氏支裔，性命休矣。及永宁二年仲春，太后不豫，咳逆唾血，尚力疾起床，乘辇出殿，召见侍中尚书，顺便至太子宫中监视。还宫后大赦天下，赐诸园贵人，及王侯公主钱帛有差。到了春暮，病势日笃，竟尔归天，享年四十一岁，临朝至十有八年。小子有诗咏道：

屈指临朝十八年，母仪虽美总贪权。

千秋书法留遗憾，何若含饴马氏贤？马氏指明帝后。

欲知邓太后临终后事，待至下回再详。

黩武穷边，古有明戒，然既已奏功于当日，不应隳绩于后时。试思班超以二三十年之劳苦，得定西域而却北虏，乃以后任非才，一旦轻弃，岂不可惜？勇承父志，再议屯边，朝臣多以为非计，即史家亦谓其复图西域，致贻河西以寇虏之忧。不知西域不通,河西亦未必免寇,勇之驳斥群僚,并非强词夺理。且观其后来出屯,终复父业,坐言起行,勇固为定远肖子乎!杨震不受遗金,四知之言,可质天地;并欲清白传子孙,卒能贻泽后人,休光四世。后之为子孙计者,何其熏心富贵,但知贻殃,未知贻德耶?而关西夫子杨伯起,卒以此传矣。

第四十一回

黜邓宗父子同绝粒　祭甘陵母女并扬威

却说安帝永宁二年三月，邓太后驾崩，安帝方得亲政。尊谥邓太后为和熹皇后，与和帝合葬顺陵。自从邓太后临朝以来，连年水旱，四夷外侵，盗贼内起，几至岌岌不安。还亏邓太后宵旰勤劳，知人善任，每闻民饥，辄达旦不寐，减膳撤乐，力救灾厄，故天下复安，岁仍丰穰。平时施恩布惠，常有所闻，就是废后阴氏家属，本已由和帝诏命，充戍日南，见三十六回。邓太后不念旧恶，仍令赦归，给还资财五百万。这都是太后宽仁，非寻常妇女可及。平望侯刘穰，尝上书安帝，请令史官著长乐宫圣德颂，虽不免献谀贡媚，却也非全出虚夸。不过临朝日久，未肯还政，邓氏外戚，总不免加恩太厚，遂致见讥当世，贻祸母家，下文便见叙明。小子且说安帝亲政，已将太后梓宫，奉葬顺陵，当即有一班希旨承颜的大臣，请追上安帝本生父母尊号。奏疏有云：

> 昔清河孝王至德淳懿，孝王即清河王谥法，见三十七回。载育明圣，承天奉祚，为郊庙主。汉兴，高皇帝尊父为太上皇，宣帝号父为皇考，序昭穆，置园邑。太宗之义，旧章不忘。宜上尊号曰孝德皇，皇妣左氏曰孝德后，孝德皇母宋贵人，追谥曰敬隐后，以存《春秋》"母以子贵"之大义，并彰陛下孝思维则之隆规，谨此奏闻。

安帝得奏，当然准议，遂告祠高庙，使司徒持节，与大鸿胪奉策书玺绶，至清河追上尊号；并添置园邑，号孝德皇墓为甘陵；又追封敬隐后父宋杨为当阳侯，予谥曰穆，杨四子皆封列侯。孝德皇元妃耿姬尚存，尊为甘陵大贵人。嫡母为贵人，生母为皇后，嫡庶倒置，究属不宜。耿贵人为牟平侯耿舒孙女，舒即故好畤侯耿弇弟，两姓袭封；孙耿宝尚嗣侯爵，为耿贵人兄，乃召使监羽林军，侯封如故。又封帝妹侍男等四人，皆为长公主，锡类推恩，备极优渥。句中有刺。惟因中常侍蔡伦，前承窦后意旨，附会成狱,逼令宋贵人自尽,<u>即敬隐后,事见前文</u>。此时回溯前冤,特令伦自诣廷尉,追究罪状。伦料难免辱,即沐浴整衣,饮药毕命。伦与鄎乡侯郑众,皆为邓太后所宠,尝受封龙亭侯,众已早死,伦尚为长乐太仆,时人因他功足抵罪,颇为叹惜。原来伦有才学,并有巧思,在宫中监作器械,无不精工;且有一种特别的制造,流行后世,就是古今通用的字纸。古时书契,多用竹简编成,笔或用铁,或用竹木,蘸墨为书。自秦蒙恬用兽毛作笔,柔软耐用,于是竹简亦改为缣帛。但简重缣贵,总嫌未便,经伦独出心裁,采用树皮麻头,及破布鱼网,捣煮如法,摊晒成纸,遂为后人所利用,时称为蔡侯纸。嗣伦且奉诏校书,监同通儒谒者刘珍,与博士良史等,并诣东观勘正经籍,功亦颇多。只为了屈死宋贵人一案,遂至不得令终,咎虽自取,但宦官中却也不能多得呢!<u>褒贬得当</u>。一蟹不如一蟹,果有中常侍江京李闰等,相继并起,取悦安帝,得窃政权。还有安帝乳母王圣,蟠踞宫掖,亦得肆行无忌,与江京等朋比为奸,遂致兴起大狱,要推翻那邓氏外戚,乘间徼功。

先是安帝兄平原王胜,多病伤生,殁后无嗣,邓太后令千乘王伉孙得过继。<u>伉系和帝长兄</u>。得父宠已改封乐安王,得因过继与胜,袭封平原王。未几得又病逝,亦无子息,乃再命河间王开子翼为平原王,仍奉胜祀。翼容止翩翩,温文尔雅,邓太后爱他韶秀,留住京师。安帝少时,亦号聪明,所以得立。及年既逾冠,喜昵群小,失德颇多,转为邓太后所嫌。乳母王圣,常恐安帝被废,密与江京李闰等,伺察太后颜色,报闻安帝,语中免不得带着蹊跷,叫安帝预先加防。安帝还道他是好人,引作心腹,暗中却怨邓太后寡恩。及太后既崩,加封宋耿二族,尚先封邓骘为上蔡侯。嗣由王圣等妄想图功,屡谈邓氏短处,再加后宫女寺,从前受过邓太后责罚,正好乘此报怨,遂诬告邓悝邓弘邓闾,曾从尚书邓访,查取废帝故事,谋立平原王。王圣与江京李闰,复从旁煽惑,不由安帝不信,况安帝素有心迹,自然一齐发作,便嘱令有司追奏邓氏兄弟,尝图废立,罪坐大逆。当日即有复诏批准,废去邓弘子西平侯广德,都乡侯甫德,邓京子阳安侯珍,邓悝子叶侯广宗,邓闾子西华侯忠,一古脑儿俱为庶人。<u>邓氏子弟封侯,俱见前回</u>。邓骘本应连坐,因前时未曾与谋,但徙封罗侯,遣令就国;宗族一体免官,勒归原籍。并抄没邓骘等资财田宅,充戍尚书邓访,及访妻子等

邓郦同子父绝粒

至远方。郡县官吏,更仰承上意,迫令广德及忠,并皆自尽。惟广德兄弟,与阎后有中表谊,因得不死,寓居都中。阎后母为邓弘姨,见三十九回。邓骘见家族被诬,无从诉枉,又闻王圣等从中媒孽,料知将来亦多凶少吉,一时忧愤交并,索性不饮不食,由他饿死了事。子凤见乃父绝粒,也即断食,一同毕命。骘从弟河南尹邓豹,度辽将军武阳侯邓遵,将作大匠邓畅,得知同宗并坐大罪,吓得心绪不宁,辗转图维,还是速死为上,免得逮系取辱,因皆服毒而终。只前越骑校尉邓康,前被太后削去属籍,徙往夷安,此时却得特邀宠命,征为太仆。邓康被黜,见四十回。平原王翼,也坐贬为都乡侯,遣归河间。亏得翼闭门谢客,不再与闻政事,方得幸免。朝臣自三公以下,莫敢进谏,惟大司农朱宠痛骘无辜遇祸,不忍不言,乃舆榇诣阙,肉袒上书。书中说是:

伏惟和熹皇后圣善之德,为汉文母。兄弟忠孝,同心忧国,宗庙有主,王室是赖。功成身退,让国逊位,历世外戚,无与为比。当享积善履谦之祐,而横为宫人单词所陷。利口倾险,反乱国家,罪无申证,狱不讯鞫,遂令骘等罹此酷滥,一门七人,死非其命,骘父子及豹遵畅与广宗忠,并死七人。尸骸流离,冤魂不返,逆天感人,率土丧气。宜收还冢次,宠树遗孤,奉承血祀,以谢亡灵。臣自知言出必死,但愿陛下俯纳臣言,臣虽碎首,亦无遗恨矣!舆榇待罪,生死惟命。

这封书奏,却是激切得很,安帝颇为动容。偏故司空陈宠子忠,劾宠党同邓氏,竟致免官。从前和熹皇后初正中宫,三公欲追封后父训为司空,陈宠时亦在朝,谓无故事可援,打消廷议,因此邓氏与宠有嫌。宠子忠素有才誉,父殁后浮沉郎署,不能得志,所以朱宠上言,忠不愿为邓氏洗罪,竟将朱宠劾去。统是器小不堪。哪知人心未死,公论犹存,百姓也为邓氏呼冤,连上封章,吁请公卿代陈。安帝不得已加谴郡县,责他逼迫广宗等人;且令骘等遗榇,还葬洛阳,派使致祭,祠以中牢;邓氏宗戚,亦使还居都中,这且无庸细叙。惟邓氏既除,安帝得报复私嫌,遂改永宁二年为建光元年,大赦天下,封江京李闰为列侯,且令阎后兄弟阎显阎景阎耀,入为卿校,并典禁兵。中常侍樊丰刘安陈达,皆为京闰羽翼,互作党援;乳母王圣,权势甚盛,甚至圣女伯荣,亦得出入宫掖,交通贿赂。妇女阉寺,互相炀蔽,累得安帝昏迷日甚,耳目不聪。太尉马英,已经病逝,再起前司徒刘恺为太尉。恺与司空陈褒,不过以资格充选,无甚材能,独司徒杨震,看得妇寺干政,忍不住热忱上进,即抗疏上奏道:

臣闻政以得贤为本,治以去秽为务。是以唐虞俊乂在官,天下咸服,以致雍熙。方今九德未事,嬖幸充庭。阿母王圣,出自贱微,得遭千载,奉养圣躬,虽有推燥居湿之勤,前后赏惠,过报劳苦,而无厌之心,不知纪极,外交嘱托,扰乱天下,损辱清朝,尘点日月。《书》诫牝鸡牡鸣,《诗》刺哲妇丧国。昔郑严公即郑庄公,明帝讳庄,故改庄为严。从母氏之欲,恣骄弟之情,几至危国,然后加讨,《春秋》贬之,以为失教。夫女子小人,近之喜,远之怒,实为难养。《易》曰:"无攸遂,在中馈。"言妇人不得与于政事也。宜速出阿母,令居外舍,断绝伯荣,莫使往来,令恩德两隆,上下俱美。尤愿陛下绝婉娈之私,割不忍之心,留神万机,戒慎拜爵,减省献御,损节征发,令野无《鹤鸣》之叹,朝无《小明》之悔,《大东》不兴于今,《劳止》不怨于下,《鹤鸣》《小明》《大东》《劳止》俱诗名,并见《小雅》。拟踪往古,比德哲王,岂不休哉?

这疏呈入，安帝竟取示王圣。圣略通文墨，看到这奏，自然忿懑得很，伴至安帝面前，自陈被诬，且泣请出宫。安帝正加宠遇，怎肯听她出去？反用好言劝慰，待遇益优；圣女伯荣，当然照常出入，毫无禁忌。时有泗水王刘歙从曾孙瓌，久居京师，生成一副媚骨，专与王圣母女交通。泗水王歙，为光武族父，传国至孙护，无子国除。伯荣年已及笄，见瓌放诞风流，惹动情窦，免不得与他笑谑。瓌正欲挑逗伯荣，凑巧针锋相对，自然不待媒妁，先偷试雨意云情，枕畔密盟，愿与偕老，然后向王圣说明，再行六礼。好一个自由结婚，若生今之世，必称她为文明女子。一对野鸳鸯，变作真鹣（jiān）鲽，卿卿我我，越觉情浓。伯荣遂替瓌入宫乞封，居然得邀恩准，使袭故朝阳侯刘护封爵，并官侍中。可谓妻荣夫贵。护为刘歙曾孙，且年龄比瓌为轻，不过早殁无嗣，因致绝封。瓌为护再从兄，怎得牵合过去？司徒杨震，又不禁愤激，再行上疏道：

>臣闻高祖与群臣约，非功臣不得封，故经制父死子继，兄亡弟及，以防篡也。伏见诏书封故朝阳侯再从兄瓌袭护爵为侯。护同产弟威，今犹见在。臣闻天子专封，封有功；诸侯专爵，爵有德。今瓌无他功行，但以配阿母女，一时之间，既位侍中，又至封侯，不稽旧制，不合经义，行人喧哗，百姓不安。陛下宜览镜既往，顺帝之则，勿使贻讥将来，则表率先端，垂誉无穷矣。

奏入不报。安帝既沉湎酒色，委政外戚内阉及王圣母女，就是边疆有事，亦置诸度外，不愿与闻。烧当羌酋麻奴，自奔徙出塞后，虽伏居不动，终未肯向汉投诚。护羌校尉马贤，亦因他首鼠两端，不甚抚恤，遂致麻奴党羽忍良等俱有怨言，于是怂恿麻奴，并寇湟中，转攻金城诸县。还算马贤引兵剿抚，解散诸羌，杀败麻奴。麻奴穷蹙饥困，方至汉阳太守耿种处乞降。耿种据实奏闻，安帝也无心详察，但令有司援照前例，假给金印紫绶，并赐金银彩缯，算作了事。嗣由鲜卑寇居庸关，云中太守成严及功曹杨穆，同时战殁；鲜卑复移掠雁门定襄，并及太原。警报传达京师，亦未闻发兵防讨，只晦气了边疆百姓，被他掠去若干，饱载而去。安帝置若罔闻，反至宠臣冯石家内，连日留饮，经旬方归。也好算是无愁天子。石为故阳邑侯司空冯鲂孙，冯鲂为司空，见前文。鲂子柱曾尚明帝女获嘉公主，石得袭爵获嘉侯，兼官卫尉。生平无他伎俩，专能逢迎上意，取悦一时,却是希宠梯荣的好手段。所以安帝格外加宠,时有赏赐;且进石子世为黄门侍郎,世弟二人并为郎中。是年秋冬二季,郡国水灾,多至二十七处,地震至三十五处,安帝反令翌年改元,号为延光元年。接连又是京师雨雹,或如斗大,损及室庐;未几京外郡县,又报地震,又报大水,安帝仍然不理,耽乐如故。高句骊为武帝时所灭,夷作郡县,东道始通。见《前汉演义》。至王莽篡位,发高句骊人伐匈奴,高句骊人不愿西行,亡奔塞外,遂为寇盗。东汉初兴,复遣使朝贡,因得赐复王封。明章以来,贡使不绝。及安帝嗣立,四方多难,高句骊亦停止贡献,抄掠辽河东西。建光元年,高句骊王宫复率马韩濊(Wèi)貊诸部落,进攻辽东,太守蔡讽,出战阵亡,宫复往围玄菟城,几被陷没,幸亏城北有扶余国,与汉廷通好有年,急遣子尉仇台领兵二万余人,来救玄菟,才得与郡守姚光,合破高句骊兵,宫乃遁还。既而宫死,子遂成立,姚光请乘丧往讨,朝议多半赞成,惟陈忠已擢任尚书仆射,援据《春秋》大义,不伐人丧,谓宜遣使往吊,且责让前罪。安帝巴不得疆场无事,遂从忠请。幸喜事还顺手,去使西归复命,谓高句骊嗣王遂成,情愿降汉,将前时所掠人口,一并放还,当即驰诏赦罪,东陲少安。招抚高句骊事,却还办理合宜,不得为陈忠咎。只姚光素性戆直,专喜纠发奸慝,幽州刺史冯焕,也与姚光相类,怨家遂伪造玺书,谴责两人;又矫诏传饬辽东都尉庞奋,叫他收系光焕,就地取决。奋不知有诈,遽令属吏赍诏杀光,复往幽州治焕。焕闻得光已被戮,连及自己,不如先时自尽,免得受刑。焕子熤却颖悟过人,劝父忍待须臾,察视真伪。待至辽东使人持诏到来,细阅诏书,果有疑窦,乃拒诏不受,竟上书自讼冤屈。朝廷果不知此事,立征庞奋到京,下狱抵罪。看官试想,庞奋所接的伪诏,想总由宫廷奸慝,主使出来,否则奋亦有口,岂能不辩?为何但将奋坐罪,并未究及主名哩?显见是安帝糊涂。安帝嫡母耿姬,居守甘陵,乳母王圣,及瓖妻伯荣,奉诏往祠陵庙,并省视耿大贵人。当即备齐车马,召集仆从,凡宫中大小宦官,及屯卫兵士,多半随行。王圣算是正使,高坐车中,威仪烜赫;伯荣算作副使,乘车先驱,绣帷高卷,故意露出娇容。但见她巧蟠凤髻,淡扫蛾眉,满头珠翠,遍体绫罗,上身披着全红猩氅,下面系着五彩蝶裙,仿佛是出塞昭君,可比那入吴西子。沿途经过郡县,所有当差官吏,都是望风伺候,先日绸缪。道里不平,发民缮治;驿传未足,派吏补充。一

切供张,统皆安排妥当,专待二贵使到来。好容易盼到使车,便不管命官体统,就在石榴裙下,屈膝叩头。伯荣首先承受,竟尔端坐不动,由他拜跪。甚至河间王开,及列侯二千石,俱出郊迎谒,甘拜下风。莫非想作刘瑾么?等到伯荣母女驱车过去,又取出许多金帛,献作赆仪,此外千乘万骑,亦统有馈赠。及行至甘陵,清河嗣王延平,是时清河王庆子虎威已殁,无嗣,由乐安王宠子延平过继。亦已在陵旁恭候,见了伯荣母女,也是望车拜倒,执礼甚恭。待祭过陵庙,谒过耿大贵人,徐徐的回京复命。那伯荣母女,已是出尽风头,贮满私囊,这正是一场好差事哩! 小子有诗叹道:

　　骏奔宗庙贵钦承,淫女如何使祭陵?
　　浊乱如斯君不悟,履霜宁特兆坚冰!

伯荣母女回朝复命,当有一个朝右大臣,闻知伯荣母女路上的威风,出头弹劾,欲知此人为谁,容待下回报明。

　　炎炎者灭,隆隆者绝。高明之家,鬼瞰其室。是为莽大夫扬雄遗言。雄之行谊不足称,但其言确有至理,豪宗贵戚,往往不能逃出数语。试观邓骘兄弟,守祖宗遗训,尚知敛抑,而卒为妇寺所诬,横罹大狱,七人毙命,全族遭殃。骘且如此,遑论窦宪耿宝诸人乎?王圣以乳养之劳,竟得干政,淫女伯荣,尤为骄横,连结中官,交通外戚,安帝不加检束,反令其出祭园陵,清河贤王地下有知,度亦不愿享此淫妇之主祭也!而清河王延平,与河间王开等,奴膝婢颜,尤为可耻。悍妪淫女,且大出风头,汉之为汉可知矣!

第四十二回

班长史捣破车师国　杨太尉就死夕阳亭

却说伯荣母女，奉命祭陵，骄纵不法，上干天变，下致人怨。尚书仆射陈忠，也不禁激发天良，缮疏上奏道：

臣闻位非其人，则庶事不叙；庶事不叙，则政有得失；政有得失，则感动阴阳，妖变为应。陛下每引灾自厚，不责臣司；臣司狃（niǔ）恩，莫以为负，故天心未得，灾异荐臻。青冀之域，淫雨决河；徐岱之滨，海水盆溢；兖豫螟螣（yuán）滋生；荆扬稻收俭薄；并凉二州，羌戎叛戾。加以百姓不足，府帑虚匮，自西徂东，杼柚将空。臣闻《洪范》五事，一曰貌，貌思恭，恭作肃；貌伤则狂，而致常雨。春秋大水，皆为君上威仪不穆，临莅不严，臣下轻慢，贵幸擅权，阴气盛强，阳不能禁，故为淫雨。陛下以不得亲奉孝德皇园庙，遣中使致敬甘陵，朱轩骈马，相望道路，可谓孝至矣。然臣窃闻使者所过，威权翕赫，震动郡县，王侯二千石，至为伯荣独拜车下，仪体上僭，侔于人主；长吏惶怖谴责，或邪谄自媚，发民修道，缮理亭传，多设储偫（zhì），征役无度，老弱相随，动有万计，赂遗仆从，人数百匹，颠踣呼嗟，莫不叩心。河间托叔父之属，河间王开为安帝叔父。清河有灵庙之尊，指清河王延平。及剖符大臣，皆猥为伯荣屈节车下，陛下不问，必以陛下欲其然也！伯荣之威，重于陛下，陛下之柄，在于臣妾，水灾之发，必起于此。昔韩嫣托副车之乘，受驰视之使，江都误为一拜，而嫣受欧刀之诛。刑人之刀谓欧刀。臣愿明主严天元之尊，正乾纲之位，职事巨细，皆任贤能，不宜复令女使干错万机。重察左右，得无石显泄漏之奸；尚书纳言，得无赵昌谮崇之诈；公卿大臣，得无朱博阿傅之援；外属近戚，得无王凤害商之谋。自韩嫣以下故事，并见《前汉演义》。若国政一由帝命，王事每决于己，则下不得偪上，臣不能干君，常雨大水，必当霁止,四方众异,亦不能为害矣!

安帝得疏,并不知悟,反封乳母王圣为野王君。有识诸徒,俱为扼腕。忠尝因安帝亲政,奏请征聘贤才,宣助德化,又荐引杜根成翊世等,入朝录用。杜根因请邓太后归政,扑死复苏,为宜城山中酒保,至是乃为忠所闻,派吏征召,入为侍御史。成翊世亦与杜根同罪,系狱有年,也亏陈忠保救,得为尚书郎。此外尚有几个隐士,曾由内外臣工荐举,特下征车,偏数人志行高洁,不愿投身危乱,相率固辞,史家播为美谈,垂名后世。相传汝南人薛包,年少失怙,父娶后妻,不愿抚包,把他逐出,包日夜号泣,不忍远离。后母怂恿乃父,横加鞭挞,不得已在户外栖宿,每旦复入内洒扫。谁知又触动父怒,不准他栖宿户外,乃至里门旁暂居,晨昏定省,依然如故。父母倒也感惭,仍使还家同住。及父母相继亡故,诸弟求分产异居,包不能止,因将家财按股照分,惟自己情愿认亏,瘠田敝器老奴婢,悉归自取。后来诸弟屡次破产,辄复赈给,因此人人称他孝友。名达朝廷,安帝召为侍中,包誓死不肯就职,乃许令归里,在家考终。同时汝南尚有黄宪,表字叔度,父为牛医。宪少年好学,履洁怀清,年方十四,与颍川人荀淑相遇,淑目为异器,相揖与语,终日方去,临别握手道:"君真可为我师表哩!"郡人戴良,才高性傲,独见宪必正容起敬,别后归家,尚惘然如有所失。良母辄已料着,便问良道:"汝复见牛医儿么?"良答道:"儿不见叔度,自谓相符;及既相见,毕竟勿如,叔度原令人难测哩!"还有同郡陈蕃周举,亦常相告语道:"旬月不见黄生,鄙吝心又复发现了!"太原人郭泰,少游汝南,先访袁闳,不宿即去,转访黄宪,累月乃还。或问泰何分厚薄,泰与语道:"奉高器量,奉高系袁闳字。譬诸泛滥,质非不清,尚易挹取;叔度汪洋,若千顷波,澄不见清,淆不见浊,这才是不可限量了!"宪初举孝廉,旋辟公府,友人劝他出仕,宪亦未峻拒,到了京师,不过住了一二月,便即告归。延光元年病终,只四十八岁,天下号为征君。黄宪以外,又有周燮,也是汝南人氏,学行深沉,隐居不仕,郡守举他为贤良方正,均以疾辞。尚书仆射陈忠,更为推荐,安帝特用玄纁羔币,优礼致聘,燮仍不起,宗族俱劝令就征,燮慨然道:"君子待时而动,时尚未遇,怎得轻动呢?"他如南阳人冯良,少作县吏,沉滞多年,三十岁奉县令檄,往迎督邮,途次忽然幡悟,裂冠毁衣,遁往犍为求学,十年不归,妻子都以为道死,替他服丧，不意他学成归来，励节隐居，朝廷亦遣使往征，始终谢病，不入都门。这虽是甘心肥遁，别具高风，但也是有托而逃，所以为此避人避世呢！*类叙高人，仍是箴励末俗。*

且说南单于檀降汉后，北方幸还少事，就是前单于屯屠何子逢侯，与师子构衅，奔往北塞，*见前文。*至此亦部众分散，无术支持，仍然款塞请降。汉廷从度辽将军计议，徙逢侯居颍川郡，*时度辽将军尚为邓遵。*免得复乱。独北匈奴出了呼衍王，收集遗众，得数万人，又复猖獗，常与车师寇掠河西。*亦见前文。*朝议又欲闭住玉门关，专保内地。敦煌太守张珰，独上书陈议，分作上中下三策，上策请即发酒泉及属国吏士，先击呼衍王，再发鄯善兵讨车师，双方并举，依次讨平，为一劳永逸的至计；中策谓不能发兵，可置军司马将士五百人，出据柳中，令河西四郡供给军糈，尚得相机进行，安内攘外；下策谓弃去西域，亦应收鄯善王等，徙入塞内，省得借寇赍粮，树怨助虏。这三议却是有条有理，毫不说谎，安帝将原奏颁示公卿，令他酌定可否。尚书仆射陈忠，拟采用张珰中计，因上疏说明道：

臣闻八蛮之寇，莫甚北虏。汉兴，高祖窘平城之围，太宗屈供奉之耻，故孝武愤怨，深惟长久之计，命遣虎臣，浮河绝漠，穷破虏廷。当斯之役，黔首陨于狼望之北，财币糜于卢山之壑，*狼望卢山，皆匈奴地名。*府库单竭，杼柚空虚，算至舟车，资及六畜，夫岂不怀？虑久故也。遂开河西四郡，以隔绝南羌，收三十六国，断匈奴右臂。是以单于孤特，鼠窜远藏。至于宣元之世，遂备藩臣，关徼(jiào)不闭，羽檄不行。由此察之，戎狄可以威服，难以化狎。西域内附日久，区区东望叩关者数矣，此其不乐匈奴慕汉之效也。今北虏已破车师，势必南攻鄯善，弃而不救，则诸国从矣。若然则虏财贿益增，胆势愈殖，威临南羌，与之交连，恐河西四郡，自此危矣。河西既危，不得不救，则百倍之役兴，不赀之费发矣。议者但念西域悠远，恤之烦费，不见先世苦心勤劳之意也。方今边境守御之具不精，内郡武卫之备不修，敦煌孤危，远来告急，复不辅助，内无以慰劳吏民，外无以威示百蛮。蹙国减土，经有明戒。臣以为敦煌宜置校尉，案旧增四郡屯兵，以西抚诸国，庶足折冲万里，震怖匈奴。谨此上闻。

这疏经安帝批准，且因前时班勇所陈，与忠议相合，遂令勇为西域长史,率兵五百人,出屯柳中。勇议见前文。勇受命即行,既至楼兰,即因鄯善诚心归汉,传诏奖勉,特加该王三绶。复派吏招抚龟兹。龟兹王白英,尚怀疑未服,勇再开诚示信,加意怀柔,白英乃自知悔罪,约同姑墨温宿二王,自行面缚,向勇乞降。勇亲为解缚,好言慰抚;令各处发步兵骑士,共讨车师。白英等既已投诚,自然从命,当下凑集万余人,受勇调度,直入车师前庭。前庭已归后王军就占领,军就仍居后庭,由北匈奴伊蠡王守住伊和谷,回应前文。被勇冲杀过去,不到多时,便捣破虏营,伊蠡王遁去;尚有军就留戍的兵士,及前庭被胁诸降卒,约有六七千名,见匈奴兵尚被击走,哪里还敢抵敌?当即逃去了一二千人,余皆跪伏军前,稽颡听命。勇全数收抚,共得五千人,仍令住居车师前庭,自至柳中屯田。柳中距前庭只八十里,呼应甚便,可以无虞。勇拟暂从休养,筹备刍粮,俟至士饱马腾,再击车师后王。好容易已越一年,系延光四年。春光和煦,塞外寒消,草木已渐生长,正好乘此兴师。勇遂发敦煌张掖酒泉三郡兵马,共六千骑,又征鄯善疏勒及车师前部兵,亦不下五六千,由勇亲自督率,往攻车师后王军就。军就亦领兵万余人,出庭迎敌,不意班勇部下,统是勇壮得很,

一阵交锋，已被杀得人仰马翻，军就连忙退回，部众已丧失了好几千名。一时惶急失措，欲向北匈奴求援，又恐道远难及，没奈何硬着头皮，再图守御。偏来兵利害得很，乘胜直入，锐不可当，部众出去招架，不是惊散，就是杀死。霎时间庭中大乱，只见外面大刀阔斧，一齐杀来，此时欲逃无路，还想拼死再战，蓦听得一声箭响，仔细审视，那箭镞已到面前，慌忙把头一偏，右肩上适被射着，痛不可耐，竟致晕倒。待至苏醒转来，四肢早经捆住，不能动弹；还有匈奴使人，也在旁边陪绑，束作一堆。俄而有数人驰至，把他两人扛抬了去，好似牛羊一般，直至汉前长史索班死处，作为祭品。号炮两振，军就与匈奴使人，头皆落地，魂灵儿从头中飞向鬼门关上挂号去了。不愿同生，但愿同死，两语可为两人写照。班勇既枭斩军就，传首京师，露布报捷。自是车师前后庭，又得开通，西域各国，复震慑汉威，陆续归附。真个是父作子述、两世重光呢！好肖子。

　　安帝闻得西域复通，心又放宽，乐得逍遥自在，倒把那班勇功绩，搁置一旁，并没有什么赏赉。且当时廉直大臣，第一个要算司徒杨震。永宁二年秋季，迁震为太尉，似乎知人善任，偏是小人道长，君子道消，结果是易明为昏，崇邪黜正，终落得朝廷柱石，化作尘沙，说来既觉可痛，尤觉可叹！太尉刘恺，因病免官，由震继为太尉，另用光禄勋刘熹为司徒。帝舅耿宝，已拜大鸿胪，特为宦官李闰兄弟说情，托震录用。震不肯相从，宝一再往候，且与震语道："李常侍为国家所重，欲令公辟除乃兄，主上亦曾允许，宝惟有传达上命罢了！"震正色道："如朝廷欲令三府辟召，应先敕下尚书，但凭私嘱，不敢闻命！"宝见震定意拒绝，悻悻自去。后兄阎显，亦进任执金吾，向震有所荐托，震亦不许。司空陈褒，已经罢去，后任为宗正刘授。他想讨好贵戚，一得风声，不待请托，便辟召李闰兄，及阎显意中的私亲，旬日间并见超擢。嗣复有诏为野王君造宅，王圣为野王君，见前文。大兴工役，中常侍樊丰，及侍中周广谢恽等，更相煽惑，倾动朝廷。震为汉家首辅，实属忍无可忍，因再上书力谏道：

　　　　臣闻古者九年耕，必有三年之储，故尧遭洪水，人无菜色。臣伏念方今灾害滋甚，百姓空虚，不能自赡，重以螟蝗，羌虏钞掠，三边震扰，战斗之役，至今未息，兵甲军粮，不能复给，大司农帑藏匮乏，殆非社稷安宁之时！伏见诏书为阿母兴起第舍，合两为一，合两坊为一宅里。雕修缮饰,穷极巧技。今盛夏土王,而攻山采石,转相迫促,为费巨亿。周广谢恽兄弟与国无肺腑枝叶之属,依倚近幸奸佞之人,与樊丰王永等,分威共权,属托州郡,倾动大臣。宰司辟召,承望旨意,招徕海内贪污之人,受其货赂,至有赃锢弃世之徒,复得显用。黑白混淆,清浊同源,天下喧哗,为朝结讥。臣闻师言,上之所取,财尽则怨,力尽则叛。怨叛之人,不可复使。故曰:"百姓不足,君谁与足?"惟陛下度之!

这书呈入,好似石沉大海一般,并不见答。樊丰周广杨恽等,统皆切齿,就是野王君王圣母女,亦视若仇雠,恨不将震即日摔去。且因安帝不从震言,越好肆无忌惮,匪但王圣第宅,造得非常工巧,连樊丰等一班权阉,也胆敢捏造诏书,调发司农钱谷,大匠现徒材木,各起冢舍园池,役费无数。遂致变异相寻,京都地动。杨震因屡谏不从,愤闷已极,何不引退?因岁暮不便陈词,勉忍至次年正月,申上直言道:

臣备台辅,不能奉宣德化,调和阴阳,去年十一月四日,京师地动。臣闻师言:"地者阴精,当安静承阳。"而今动摇者,阴道盛也。其日戊辰,三者皆土,位在中宫,此中臣近官持权用事之象也。臣伏惟陛下以边境未宁,躬自菲薄,宫殿垣屋倾倚,支柱而已,无所兴造,欲令远近咸知政化之清流,商邑之翼翼也。而亲近幸臣,骄溢逾法,多发徒士,盛修第舍,卖弄威福,道路喧哗,众所闻见,地动之变,近在城郭,殆为此发!又冬无宿雪,春节未雨,百僚焦心,而缮修不止,诚致旱之征也。《书》曰"僭恒旸若","臣无作福、作威、玉食"。惟陛下奋乾刚之德,弃骄奢之臣,以掩妖言之口,奉承皇天之戒,无令威福久移于下,则阳长阴消,天地自无不交泰矣!

震言虽然激切,怎奈安帝已为群小所蒙,任他如何说法,始终不理。且嬖幸愈加侧目,往往在安帝旁谤毁杨震,安帝已渐觉不平。惟震为关西名儒,群望所归,若一时将他除去,免不得物议沸腾,摇动大局,所以群小尚有畏心,未敢无端加害。尚知畏清议么?会有河间男子赵腾,诣阙上书,指陈时政得失,安帝不禁怒起,说他无知小民,也来多嘴,当即诏令有司,捕腾下狱。中官最恨谤言,私下嘱托有司,谳成讪上不道的罪名,处腾死刑。杨震身为太尉,怎能坐视不救?乃复上疏谏诤,略云:

　　臣闻尧舜之世,谏鼓谤木,立之于朝;殷周哲王,小人怨詈,则还自敬德。所以达聪明,开不讳,博采负薪,极尽下情也。今赵腾所坐,激讦谤语,为罪与手刃犯法有差,乞为加恩,全腾之命,以诱刍荛舆人之言,则国家幸甚!

　　安帝得疏,仍然不听,竟把赵腾处死,伏尸市曹。**伯起!伯起!何不起身亟去?** 是年为延光三年,安帝想往外面游览,借着望祀岱宗的名目,出都东巡。文武百官,多半扈行,独太尉杨震,及中常侍樊丰等,却都留住京都,未尝随去。丰等因乘舆外出,越好擅用帑藏,移修第宅。**原来为此,故未随行。** 偏被太尉掾高舒,召大匠令史等,底细考核,查出丰等前时捏造伪诏,呈与杨震。震因安帝东巡,未便举发,只好待回銮后,然后奏闻。**何不飞使驰奏?** 丰等闻信,很是慌张,日夕与党与密商,意欲先发制人,为自保计。也是杨伯起命运该绝,不先不后,竟有星变逆行的天象,被阉党作为话柄,构成邪谋。一俟安帝回来,将到都门,急忙先去迎谒,伪言还宫须待吉时,请安帝至太学中,暂时休息,应吉乃入。安帝还道他是真心爱主,当即依议。及驾入太学,丰等得乘间密奏,说是太尉杨震,袒庇赵腾,前因陛下不从所请,心怀忿怼,意图构逆,所以上见星变,显示危机,请陛下先行收震,方可入宫。安帝尚未肯信,踌躇半晌,方语樊丰道:"震为名士,难道也如此不法么?"丰应声道:"震为邓氏故吏,邓氏既亡,怪不得震有异心了!"谗口可畏,*震由邓骘辟举,见前文*。安帝愕然点首,便夜遣中使,往收太尉印绶,策免震官。震不防有此一举,既被权阉占了先着,悔亦无益,当将印绶交出,坦然归第,闭门韬晦,谢绝交游。哪知安帝还宫以后,擢耿宝为大将军,宝与震挟有宿嫌,又由樊丰等从旁煽构,竟奏称震不服罪,仍怀怨望。有诏遣震归里。震奉诏即行,至夕阳亭,慨然语诸子门人道:"人生本有一死,死不得所,也是士人常事。我叨居宰辅,明知奸臣狡猾,不能驱除,嬖女倾乱,不能禁遏,有何面目再见日月?我死后可用杂木为棺,粗布为被,盖形掩体,已自知足,不必归就墓次,添设祭祠了!"说毕,即饮鸩而死,时已七十余岁。小子有诗叹道:

　　拼死何如预见机?网罗陷入已难飞。
　　夕阳亭下沉冤日,应悔当年不早归!

　　杨震已死,樊丰等尚不肯甘休,还要设法摆布,欲知他如何逞毒,待至下回叙明。

　　西域诸国,势如散沙,各酋长亦皆庸鄙,无一有为,但得中国良将一人,出而镇抚,便得制驭各国,使之帖服,非若冒顿父子之桀骜难驯也。试观班氏父子之出使,不待劳师费财,即此用夷攻夷之一策,已能指挥如意,无往不宜,谁谓外域之不可以驭乎?惟安内之谋,比攘外为尤亟,安帝有一杨震而不能用,反且听信群小,黜逐正人,汉之纲纪,自此紊矣!惟震为关西名士,当知以道事君之义,合则留,不合则去,胡为乎刺刺不休,坐听谗人之构陷,而未能自拔也?彼薛包黄宪周燮冯良诸人,则倜乎远矣。

第四十三回

秘大丧还宫立幼主　诛元舅登殿滥封侯

却说樊丰等闻杨震已死，还不肯甘休，密遣心腹赴弘农郡，嘱令太守移良，徙吏至陕，阻住震丧，不准他携榇归葬，并令震诸子充当苦役，走驿传书。路人共知冤情，代为流涕。野王君王圣与大长秋江京，**大长秋，中官名。** 连结樊丰等一班权阉，复要寻事生风，谋易储位，见好中宫。先将太子保乳母王男，厨监邴吉，构成死刑，流徙家属；然后与阎皇后串同一气，谮毁太子及东宫属下的官僚。阎后尝鸩死太子生母李氏，**见前文。** 只恐太子长成以后，察悉毒谋，必图报复，因此处心积虑，欲将太子除去。且太子保已逾十龄，为了王男邴吉两人，无端致死，时常叹息。阎后及王圣江京等见太子已有知识，越觉情急，遂日夜至安帝前，诉说太子过恶。安帝本爱宠阎后，再加她三寸妙舌，一副娇容，装出许多泪眼愁眉，就使明知架诬，也要顾妻舍子，**枕席之言，最易动听。** 况又有乳母王圣，幸臣江京樊丰，从旁证实，几把那十龄童子，当作枭獍(jìng)一般。看官试想这糊涂皇帝，尚能不入他彀中么？**妇寺之所以可畏者，如此。** 当下召集公卿，拟废太子。大将军耿宝，首先赞成。惟太仆来历，与太常桓焉，廷尉张皓，同声梗议道："经有常言，人生年未满十五，过恶尚不及身；且王男邴吉，果有逆谋，亦未肯与童年说知，皇太子怎能预闻？应亟选贤良保傅，辅导礼义，自能弼成储德。若遽欲废立，事关重大，请圣恩且从宽缓，不可速行！"安帝不省，竟废太子保为济阴王，使居德阳殿西钟下。于是太仆来历，邀同光禄勋祋(Duì)讽，**祋，丁外反，姓也。** 宗正刘玮，将作大匠薛皓，侍中闾丘弘、陈光、赵代、施延，及大中大夫朱伥等十余人，共诣鸿都门，力白太子无过，吁请收回成命。安帝闻知，勃然变色，竟使中常侍草就诏旨，至鸿都门宣读道：

父子一体，天性自然，以义割恩，为天下也！历讽等不识大典，而与群小共为喧哗，外见忠直，而内希后福，饰邪违义，岂事君之礼？朝廷广开言事之路,故且一切假贷,若怀迷不返,当显明刑书,毋贻后悔！

这诏读罢,除太仆来历外,统皆失色,薛皓更汗流浃背,慌忙叩首道："诚如明诏！"语才说毕,即由来历从旁呵叱道："薛君近作何言,奈何遽先背约？大臣处置国事,难道好这般反复么？"皓又惧又惭,觍颜自去。役讽刘玮等,料知谏诤无益,依次引退。*实是首鼠两端*。来历独居宿阙下,好几日不肯退回,惹动安帝懊恼,使中常侍往谕尚书,叫他共劾来历。诸尚书不敢不遵,遂推陈忠领衔,劾历迹近要君,失人臣礼。*陈忠奈何复为此举？*安帝有词可借,便将历褫去官职,削夺国租,且黜历母武安长公主,不准入宫。原来历字伯珍,为故征羌侯来歙曾孙。歙子名褒,褒子名棱,皆袭侯爵。棱且尚明帝女武安公主,殁后公主尚存。子历既得嗣封,复因帝室姻戚,入朝登仕,由侍中迁至太仆,平素刚方持正,与权阉杜绝往来,至是因言得罪,闭户伏居,不与亲友交通,亲友亦无敢过问,可见得群阴交冱(hù),天地晦盲了！是年京师及郡国地震,共二十三次,大水雨雹,共三十六次,安帝毫不知儆,反于延光四年二月,趁着和风丽日,鼓动游兴,挈了娇娇滴滴的阎皇后,带同国舅阎显兄弟,并及宠竖江京樊丰等人,出都南巡。六龙并驾,五凤齐飞,驺从如云,旗旆如雨,说不尽的繁华烜赫,看不完的锦绮罗丛,沿途官吏,盛设供张,忙个不了。只是百姓又都遭殃,把卖男鬻女的血钱,供作龙舆凤辇等行乐费。*藻不妄抒*。好容易到了宛城,安帝忽然不豫,饮食无味,寒热交侵,*乐极生悲*。忙令御医诊视,服药罔效。那时不便再行,只好中途折回,才抵叶县,已是病入膏肓,不可再救,眼睁睁的看着阎后,及阎显兄弟等人,想传下两三句遗嘱,怎奈痰已上壅,不能出口,一刹那间,两目上翻,呜呼归天。在位一十九年,年止三十有二。阎后记得雨露深恩,不禁大哭,阎显兄弟与江京樊丰等在旁,连忙向后摆手,叫令休哭。待后收泪,即密语道："今皇上晏驾途中,济阴王尚在京师,倘被大臣拥立,必为所害,我等将身无死所了！"阎后听着,也觉着忙,急向大众问计。到底三五权阉,有些奸计,劝阎后秘不举哀,但言安帝病剧,移乘卧车,至入都后,方可发丧。阎后依计施行,便将帝尸置入卧车内,兼程还都,路上仍省问起居,及朝夕进食。鬼鬼祟祟的过了四日,方得驰入都中,尚伴遣司徒刘熹,往祷郊庙社稷,吁天请命。

俟至晚间,方由宫中传出哀耗,令即治丧,一面迎立济北王寿子北乡侯懿为嗣,尊阎后为皇太后,授阎显为车骑将军,仪同三司。济阴王保闻丧入哭,却被内侍阻住,不得上殿,但许在梓宫外面,遥望举哀。可怜保有冤莫白,有口难言,徒向那灵帏前大恸一场,几致晕倒地上,好多时方才趋出,接连不饮不食,约有数日。内外群僚,见他童年负屈,又能曲尽孝思,莫不唏歔流涕,代抱不平。**为后文迎立张本**。北乡侯懿,尚在冲龄,阎太后贪立幼君,所以与阎显等定策禁中,迎立幼主。既已即位,然后奉安帝梓宫,出葬恭陵。阎太后即日临朝,阎显揽政。显却阴忌大将军耿宝,及野王君王圣,中常侍樊丰等人,于是交欢三公,密图进行。时卫尉冯石,迭经超迁,已代杨震为太尉,**冯石见四十一回**。阎显且奏闻太后,擢石为太傅,进司徒刘熹为太尉,参录尚书事,起前司空李郃为司徒。石本是个唯唯诺诺的人物,又蒙显一力保举,当然惟命是从;刘熹李郃,也得拔茅连茹,感激不遑,何人再与阎氏反对?阎显遂与三公同奏一本,弹劾大将军耿宝、中常侍樊丰、侍中谢恽、周广、乳母野王君王圣结党营私,罪俱难逭云云。阎太后立即下诏,饬拿樊丰谢恽周广下狱,严刑拷讯,三人受不起痛苦,并

皆毙命。贬耿宝为辛侯,宝服毒自尽。王圣母女,流徙雁门。<u>当日威风,
而今安在?</u>于是擢阎景为卫尉,耀为城门校尉,耀弟晏为执金吾,兄弟并
处权要,威福自由。<u>前车覆,后车鉴,奈何仍然不知?</u>过了数月,幼主懿冒
寒得病,病且日剧。中常侍孙程,前曾为邓太后服役,与樊丰江京等志趣
不同,因见樊丰虽死,江京尚存,要想自己出头,总非容易,朝思夜想,不如
迎立济阴王,把阎显江京等一概推倒,乃是绝好机会,稳取侯封。主见已
定,即往语济阴王谒者兴渠道:"济阴王本系嫡统,并无失德,先帝误信谗
言,遂致废黜。若北乡侯一病不起,正好将王迎入,捽去江京阎显,事必可
成!"渠喜答道:"此计甚善,幸亟安排!"孙程即退约私党,秘密筹备。
先是中黄门王康,曾为太子保府史,太子被废,康常叹愤;又长乐太官丞
王国,与程素来莫逆,彼此会商,各愿效劳。十月二十七日,幼主懿竟尔殂
世,阎显替太后划策,再征诸王子弟,择为帝嗣。诸王俱在外藩,中使往返
需时,未能骤至,孙程忙连络十八人,约于十一月二日,共诣德阳殿西钟
下。届期十八人俱到,姓氏官职,备录如下:

   王国<small>长乐太官丞</small>。 王康 黄龙 彭恺 孟叔 李建 王成
张贤 史汎 马国 王道 李元 杨佗 陈予 赵封 李刚 魏猛
苗光<small>以上并为中黄门</small>。

  十八人聚集一处,与孙程议定密谋,截衣为誓。待至次日夜间,各持
利械,闯入章台门,直登崇德殿。内侍江京刘安李闰陈达四人,守卫殿中,
蓦见孙程等拥入,不知何因。京仗着累年威势,出来呵止,才说一语,已被
孙程拔出短刀,砍落京首。刘安陈达李闰惊慌的了不得,连忙向内逃入,
偏是心下愈急,脚下愈慢,走了几步,即为孙程王康追及,一刀一个,杀毙
刘安陈达。<u>凶狡何益?</u>只有李闰还是活着,抖做一堆,众人又欲将他杀
死,独孙程向众摇手,但用刀搁住闰肩,厉声与语道:"今日当迎立济阴
王,汝若赞成,无得摇动,否则立诛!"闰已吓倒地上,浑身乱颤,忙应了
几个诺字。原来闰在宫中,颇有权术,为内外所畏服,所以程胁使同事,不
愿加刃。既得闰连声允诺,乃扶闰起来,共至德阳殿西钟下,迎入济阴王
保,拥他登位。保年才十一,是为顺帝。孙程等宣传诏命,遍召尚书仆射
以下,扈从帝驾,转幸南宫云台;程等留守省门,捍蔽内外。阎显时在禁
中,听报顺帝即位,惊愕失措,不知所为。<u>实是没用的东西。</u>小黄门樊登,

见显双眉紧蹙,踟蹰不安,便向前献计,劝即用太后诏旨,传入越骑校尉冯诗,虎贲中郎将阎崇,守住朔平门,调兵御变。显如言颁诏,当即来了校尉冯诗,阎太后授诗符印,且与语道:"能得济阴王,封万户侯;得李闰,封五千户侯。"诗受印即出。显尚虑诗兵寥寥,特使樊登与诗偕行,至左掖门外号召吏士。哪知诗阳奉阴违,一出禁门,遽将樊登格杀,扬长自去。卫尉阎景闻报,急从省中还至外府,召集卫兵数百人,欲进盛德门。孙程传顺帝诏敕,令尚书郭镇,引羽林军出捕阎景。镇方卧病,闻命跃起,立刻点齐值宿羽林军,趋出南止车门,兜头碰着阎景,便扬声说道:"阎卫尉下车听诏!"说着,即一跃下马,持节宣读诏书。景不肯下车,且怨叱道:"这诏从何而来?"一面说,一面即拔剑出鞘,来斫郭镇。镇眼明手快,早已闪过一旁,掣出佩剑,刺入车中,喝一声着,景即从车中扑出,一个斤斗,仰堕地上。镇左右各持长戟,双管齐下,叉住景胸,因即将景擒住。景兵统皆溃散。当由郭镇送景入狱,景已受重伤,夜分即死。越宿辰刻,复遣使入宫,向阎太后索取玺绶。阎太后无可如何,不得不将玺绶交出,转呈顺帝。顺帝既得玺绶,便出御嘉德殿,使侍御史持节收系阎显,及显弟耀晏,一并下狱,各处死刑;并将阎太后迁居离宫。又是一贵戚推翻,报应何速?尚书令刘光等,乘机上奏道:

昔孝安皇帝圣德明茂,早弃天下,陛下正统,当奉宗庙,而奸臣交构,遂令陛下龙潜藩国,群僚远近,莫不失望。天命有常,北乡不永;汉德盛明,福祚孔章。近臣建策,左右扶翼,内外同心,稽合神明。陛下践祚,奉遵鸿绪,为郊庙主,承续祖宗无穷之烈,上当天心,下厌民望。而即位仓猝,典章多缺,请条案礼仪,分别具奏,臣等不胜待命之至。

未几即有复诏颁出,准如所请,令有司参考旧议,规定新制。一面开南北宫门,撤消屯兵,大封功臣。诏书有云:

夫表功录善,天下之通义也。故中常侍长乐太仆江京、黄门令刘安、钩盾令陈达,与故车骑将军阎显兄弟,谋议恶逆,倾乱天下。中黄门孙程、王康、长乐太官丞王国等,怀忠愤发,戮力协谋,遂归灭元恶,以定王室。《诗》不云乎:"无言不雠,无德不报。"程为谋首,康国协同,其封程为浮阳侯,食邑万户;康为华容侯,国为郦侯,各九千户;中黄门黄龙为湘南侯,食邑五千户;彭恺为西平昌侯,孟叔为中庐侯,李建为复阳侯,各四千二百户;王成为广宗侯,张贤为祝阿侯,史汎为临沮侯,马国为广平侯,王道为范县侯,李元为褒信侯,杨佗为山都侯,陈予为下隽侯,赵封为析县侯,李刚为枝江侯,各四千户;魏猛为夷陵侯,食邑二千户;苗光为东阿侯,食邑千户。朝廷量功加赏,无偏无私,尔众侯其因功加愍,毋忽朕命!

　　看官记着,这就叫做十九侯。前时窦氏伏法,封侯惟一郑众,食邑只千五百户,已为有识所忧,此次多至十九人,推孙程为首功,封邑竟至万户,阉人得志,无逾此时。从此汉朝与宦官共天下,眼见得贻祸无穷,不亡不止了!*扼要语。*李闰先未预谋,故不得加封。孙程且迁官骑都尉,并得了许多金银钱帛的赏赐,就是王康以下,亦量予金帛有差。*做着一注大买卖。*又诏谕司隶校尉,除阎氏兄弟及江京等私亲外,悉从宽贷。用王礼葬北乡侯,起来历为卫尉。赦免王男邴吉等家属,尽令还京,各给钱币。光禄勋祋讽、宗正刘玮、侍中闾丘弘等,均已去世,诸子皆选入为郎;侍中施延陈光赵代,及大中大夫朱伥等,皆见拔用,后至公卿。安平人崔瑗,前

由阎显辟为掾吏，见显迎立北乡侯，有失众望，免不得代为寒心，意欲乘间谏显，劝他改立济阴王，捕诛江京刘安陈达等人。怎奈显终日沉醉，始终不得进言，乃告长史陈禅，邀与共入求见。禅恐难挽回，迟疑未决，遂致瑗孤掌难鸣。迁延了好多日，阎氏果败，瑗亦坐斥，门人苏祇欲上书陈述前情，替瑗解免，瑗止令勿为。陈禅已进署司隶校尉，召瑗与语道："君何不听门生上书，乃自甘坐废呢？"瑗答说道："前时虽有此论，未曾举行，譬如儿女子屏人私语，怎得当真？愿使君不复出口，瑗从此告辞了！"说毕遂行，还至安平，杜门绝迹。州郡闻他狷介，再行辟举，屡征不起，韬晦终身。惟杨震门人虞放陈翼，闻知樊丰周广等诛死，却回忆师恩，诣阙陈书，追讼震冤。朝右亦共称震忠，乃下诏除震子牧秉为郎，震有五子，牧秉最为著名，事见后文。赐钱百万，许将遗柩改葬华阴潼亭，远近亲友，俱来会葬。先期十余日，有大鸟高约丈余，飞集柩前，俯仰悲鸣，泪下沾地，及安葬已毕，方才飞去。会葬诸人，都为称奇，郡吏亦举状上闻，可巧天灾不已，朝廷愈惜震枉死，因敕郡守致祭墓前，祠以中牢，且用诏书代策道：

故太尉震，正直是与，俾匡时政，而青蝇点素，同兹在藩。《诗》云："营营青蝇，止于樊。"樊藩同义。上天降威，灾眚（shěng）屡作，尔卜尔筮，惟震之故。朕之不德，用彰厥咎，山崩栋折，我其危哉！今使太守丞以中牢具祠，魂而有灵，傥其歆享。

震冤既雪，舆论益伸，时人更为立石墓旁，图刻大鸟形状，留作纪念。忠臣义士，到底流芳，比那一班权戚幸臣，死且遗臭，相去不啻天渊呢！后人其听之。就是如阎后一流妇女，位正椒房，身为国母，也算巾帼中的第一领袖，只为了贪心不足，弄得声名两败，徙居离宫。司隶校尉陈禅，更指斥阎太后生性妒忌，与顺帝无母子恩，请再徙居别馆，不当复行朝见礼。此议一倡，群臣相率赞成，好好一位太后娘娘，几乎要贬入冷宫，不见天日了。小子有诗咏道：

乾道主刚坤道柔，骄痴妒悍总招尤。

机关算尽徒增慨，十载雌风一旦休。

究竟阎太后再徙与否，容至下回再表。

安帝嗣子，只一济阴王，阎后先鸩死其母，复及其子，明明立为储君，乃交谮而废之，彼且自诩为得计，庸讵知阎氏赤族，已隐兆于此耶？传有之："众怒难犯，专欲难成。"阎后之构废济阴王，众怒之所由丛也；迎立北乡侯，专欲之所由败也。欲巧反拙，转利为害，而阎氏亡矣！孙程之谋立济阴王，即为阎氏专政之反动力。阎氏兄弟，固有可诛之罪，特惜其诛阎氏者，不出于三五公卿，而出于十九宦官，宦官得志，祸比外戚为尤烈。十九人同日封侯，汉家之气运已尽。幸而顺帝幼聪，尚能驾驭，故其祸不致遽发耳。然贻谋不臧，终为后世大患，读史至十九侯受封，已不禁为之长太息矣。

第四十四回

救忠臣阉党自相攻　应贵相佳人终作后

却说阎太后既徙居离宫，复被陈禅一疏，又将别徙，累得阎太后愁上加愁，悲复增悲。谁叫你有势行尽？还亏司徒橡周举，替她斡旋，进语司徒李郃道："昔瞽瞍（sǒu）尝欲杀舜，舜事瞍愈谨。郑武姜谋杀庄公，庄公誓决黄泉；秦始皇怨母失行，与母隔绝。后来终从颖考叔茅焦谏议，复修子道，书传播为美谈。今诸阎新诛，太后幽居离宫，若悲愁生疾，一旦不讳，主上将如何号令天下？陈禅所议非是，倘误从禅议，后世将归咎明公，恐明公亦无从解免了！今宜密表朝廷，仍率群臣朝觐太后，上餍天心，下副人望，方不失国家治道呢！"郃被他感动，因即上书陈述，毋从禅言，且请顺帝往朝太后。时已岁暮，倏忽逾年，改元永建，下诏大赦，顺帝乃率百官往朝阎太后。阎太后未免惭沮，并因母族衰亡，忧伤不已，害得花容憔悴，病骨支离，夜间梦寐不安，辄见顺帝生母李氏，前来索命，免不得悔恨交并，妇人心肠，能容得几多惆怅？顿致病体日重，一命呜乎。不死何为？顺帝仍援据旧典，为阎太后成服发丧，奉柩出葬，与安帝合瘗恭陵，谥曰安思皇后。司隶校尉陈禅，因前次上议不合，把他免官，召前武都太守虞诩，入朝代任司隶校尉。诩莅任仅及数月，即奏劾太傅冯石，太尉刘熹，阿附权贵，不宜在位。应该举劾。顺帝准奏，便将冯石刘熹免官，改用太常桓焉为太傅，大鸿胪朱宠为太尉。司徒李郃，亦患病乞休，另命长乐少府朱伥接任。朝廷为了虞诩一言，竟致三公并免，群臣已不禁心寒。诩又续劾中常侍程璜陈秉孟生李闰等私受货赂，虽数人未遭严遣，终惹起同僚侧目，讥诩过苛。会当盛暑，狱中罪囚甚多，当由公卿劾诩不审天时，至盛夏且多系无辜，为吏人患。诩闻自己被劾，亟上书自讼道：

臣闻法禁者俗之堤防，刑罚者人之衔辔。今州曰任郡，郡曰任县，更相诿责，百姓怨穷，以苟容为贤，尽节为愚。臣所发举赃罪，不止一二,三府以下,恐为臣所奏,遂加诬劾。臣将从史鱼死,即以尸谏耳!

顺帝看了,也知诩心怀忠贞,不复加罪。惟中常侍张防时方用事,每有请托受取等情弊,诩屡次案验,屡次不报。惹动诩忿懑不堪,竟自系廷尉,上书待罪道:

> 昔孝安皇帝任用樊丰,遂交乱嫡统,几亡社稷。今者张防复弄威柄,国家之祸,将重至矣!臣不忍与防同朝,谨自系以闻,无令臣袭杨震之迹,则不胜幸甚。

这书呈入,张防当然着忙,亟至顺帝前哭诉,说是虞诩加诬。顺帝也为所迷,派有司从严鞫讯,二日中传考四狱,狱吏劝诩自裁,诩奋然道:"宁伏欧刀,表示远近,不愿轻自捐生!"**硬头子**。会宦官孙程张贤等,颇怜诩直言获谴,相率入宫,为诩营救。*想是忌防夺权,故借题发挥*。既见顺帝,即由孙程面奏道:"陛下与臣等谋事时,常恨奸臣误国,今首正大位,乃自蹈此辙,如何得轻议先帝呢? 司隶校尉虞诩,为陛下尽忠,反受拘系;常侍张防,赃罪确凿,转得法外逍遥。今上天已经垂象,客星守羽林,占主宫中有奸臣,宜急收防下狱,借塞天变,毋致贻殃!"顺帝听着,面向

救忠臣
阉党
自相攻

后顾,防正在背后,面有愠色。孙程已瞧入眼中,竟大声叱防道:"奸臣张防,何不下殿!"防虽承帝宠,究竟拗不过孙程,只好趋就东厢。程又向顺帝催促道:"陛下宜急收防,毋使从阿母求情!"看官阅至此语,应疑阿母何人?原来乃是顺帝乳母宋娥。顺帝入立,娥亦与谋,故得干预政权,程备悉内情,故有此语。前有王圣,后有宋娥,真是无独有偶。顺帝尚犹豫未决,再召问尚书,以便决议。尚书贾朗,素与防善,竟答称防实无辜,诩独有罪。顺帝因谕孙程等道:"汝等且出,容我再思!"程等不得已趋退。诩子颉率同门生百余人,各举白幡,在宫门外候着。凑巧中常侍高梵,乘车出来,颉等遂向他陈冤,甚至叩头流血。向宦官叩头流血,阉人之势力可知。梵下车劝慰,并愿为诩申冤,大众同声道谢。梵乃折回宫中,竭力谏净,乃赦诩出狱,徙防戍边。贾朗等六人,罪坐阿党,贬谪有差。孙程再上言诩有大功,不应废置,顺帝因复征诩为议郎,越数日,迁诩尚书仆射。诩又举荐议郎左雄,雄南郡涅阳人,以抗直闻名,故诩荐表中有云:

臣见方今公卿以下,类多拱默,以树恩为贤,尽节为愚,至相戒曰:"白璧不可为,容容多厚福。"伏见议郎左雄,数上封事,至引陛下身遭难厄,以为儆戒,实有王臣謇謇之节,周公谟成王之风,宜擢在喉舌,必有匡弼之益。臣非敢援引私人,实为国家进一忠臣,以广言路,而成至治,伏惟垂鉴。

顺帝采用诩议,进拜雄为尚书,嗣又擢为尚书令。雄有犯无隐,所言皆明达政体,顺帝颇知嘉纳,无奈为阉竖所把持,不能尽用,多半为纸上空谈罢了。孙程等十九侯,自恃功高,往往上殿相争,不守臣节,顺帝已积不能容,当由有司仰承风旨,奏称孙程等干乱悖逆,久留京都,必为大患。顺帝即诏令程等免官,徙封远县,促令就国。司徒掾周举,独向司徒朱伥进言道:"主上在西钟下时,若非孙程等协力定谋,怎能入承大统?今遽忘大德,苛录微疵,如或道路夭折,转使主上滥杀功臣,贻讥后世!明公何不乘他未去,亟为上表转圜?"前劝李郃奏请朝后,尚有情理可说,此时却替阉人解免,太自失资格了。伥沉吟道:"今诏旨方有怒意,我独上表谏阻,必致罪谴,如何可行?"举又说道:"明公年过八十,位为台辅,不乘此时竭忠报国,尚有何求?就使因言得罪,犹不失为忠臣。若以举言为不足采,请从此辞!"保全几个阉人,怎得为忠?怎能报国?伥乃如言上表,果得顺帝依从，还十九侯原封，不过遣使就国的命令，仍然照行。过了年余，复召还十九侯，后文再表。且说顺帝即位以后，尚未知生母何人，至永建二年夏月，方得左右陈明，乃知生母李氏，曾瘗葬洛阳城北。当下因感生哀，亲至瘗所致祭，用礼改葬，追尊李氏为恭愍皇后，号园寝为恭北陵。已而司徒朱伥老病侵寻，不能任事，太尉朱宠却因事免官，顺帝乃进太常刘光为太尉，光禄勋许敬为司徒。惟司空一职，自宗正刘授接任后，见四十二回。中经顺帝入嗣，又换易了两人：刘授免职，另用少府陶敦；陶敦免职，又另用廷尉张皓。皓与许敬俱有重名。敬历任三朝，从未昵近贵戚，所以窦邓耿阎四族，迭起迭仆，士大夫辄被牵连，独敬素守清洁，毫不污染；皓为安帝废储一事，与桓焉来历等相率廷争，为士论所推重，见前回。至此擢为司徒，也是顺帝回忆前情，特加倚畀。皓籍隶武阳，敬籍隶平舆，地以人传，毋容琐叙。

顺帝又欲征求隐士，闻得鲁阳人樊英，遁居壶山，屡征不起，乃更用策书玄纁，优礼敦聘。英尝习京氏《易》，京氏及京房见《前汉演义》。得通星算，善能推步灾异，远方人士，往往负笈从游。尝有暴风从西方吹来，英语门人道："成都市必有大火，非禳解不可！"说着，遂汲水含口，向西喷去，并令门人记录日时。后有蜀客到来，传言某日大火，幸东方起一黑云，须臾大雨，火乃得灭。门人考证时日，果属相符，因此奉若神明。州郡礼请不应，安帝初召为博士，亦不就征，及顺帝备礼聘英，英仍然病辞。郡吏奉诏逼迫，硬把他载入车中，驰诣京师。英坚称病笃，不肯下舆，朝命连舆推入，直抵阙廷，英尚偃蹇不拜。顺帝瞧着，却也动怒，作色与语道："朕能生君，能杀君；能贵君，能贱君；能富君，能贫君！君何故敢慢朕命？"英从容答道："臣由天授命，命当死即死，陛下怎能生臣？怎能杀臣？臣见暴君如见仇雠，入朝尚且不愿，求什么贵官？平居环堵自安，南面王不易真乐，怕什么贱役？陛下怎能贵臣？怎能贱臣？禄不以道，虽万钟不受，独行己志，虽箪食不厌，陛下怎能富臣？怎能贫臣？"倔强语恰有至理。这一席话，说得顺帝无词可驳，怒亦渐平，乃令出就太医，服药疗疾，月致羊酒。过了两年，顺帝复为英设坛席，令公车导入阙中，尚书持奉几杖，视若宾师，英不得已退就臣礼，受职五官中郎将。未几又称病告辞，有诏命为光禄大夫，许得归养。朝廷遇有灾异，尝遣使致问，英所言必验。惟在朝应对，无甚奇猷，故时人或讥他纯盗虚声，不堪大用。独闻英家居时，偶然患疾，妻使奴婢拜问所苦，英必下床答拜。颍川陈实，少从英学，免不得暗暗称奇，便向英问明答拜的原因，英答说道："夫妻共奉祭祀，取义在齐，奈何可不答礼呢？"后英至七十余岁，在家考终。同时又有处士杨厚黄琼，就征入朝。厚字仲宣，广汉郡新都县人，通术数学，入阙进谒，预陈汉至三百五十年，当有厄运，不可不戒，顺帝命为议郎。黄琼字世英，就是江夏人黄香子。香博学能文，世称江夏黄童，见前文。后官终魏郡太守。琼承父荫，拜为太子舍人，丁忧归里，服阕不起。及与杨厚并下征车，琼未便违慢，登车至纶氏县，称疾不进，有诏命县吏敦迫，不得已再行就道。前司徒李邰子固，少年好学，改名求师，得为通儒，平时雅慕琼名，因从琼途中贻书道：

闻公车已度伊洛，近在万岁亭，岂即事有渐，将顺王命乎？先贤谓伯夷隘，柳下惠不恭，故传曰不夷不惠，可否之间，盖圣贤居身之所珍也。诚遂欲枕山栖谷，拟迹巢由，斯则可矣；若当辅政济民，今其时也。自生民以来，善政少而乱俗多，必待尧舜之君，此为志士终无时矣。尝闻语曰："峣峣者易缺，皦(jiǎo)皦者易污。"《阳春》之曲，和者必寡，盛名之下，其实难副。近鲁阳樊君，即指樊英。被征初至，朝廷特设坛席，如待神明，虽无大异，而言行所守，亦无所缺。乃毁谤布流，应时折减者，岂非以观听望深，声名太盛乎？自顷征聘之士，功业多无所采，是故俗论皆言处士纯盗虚声。愿先生弘此远谋，令众人叹服，一雪此言耳！

琼得书后，入朝拜官，亦为议郎，屡因灾异上书，颇邀采用，未几迁任尚书仆射，秉忠如故。顺帝时尚童年，独能虚心禽受，亦好算作东汉明君。惟西域长史班勇，平番有功，安帝时未曾加赏，顺帝永建二年，反因他出击焉耆，后期坐罪，逮系狱中，这却未免薄待功臣，太觉寡恩了！先是班勇勘定车师，更立后庭故王子加特奴为王，再使别校捕诛东且弥王，亦另立新主，车师等六国悉平。勇复大发诸国兵，击北匈奴，逐走呼延王，虏众二万余人皆降，车师一带，无复虏迹，城郭皆安。独焉耆国王元孟，未肯降服，由勇拜表奏闻，汉廷特遣敦煌太守张朗，率领河西四郡兵三千人，助勇进讨。勇征集诸国兵马，得四万余人，分为两路，往攻焉耆。使朗从北道进行,自率部众驰入南道,约会焉耆城下。朗先尝坐罪,意欲侥功自赎,遂星夜前进,直抵爵离关,焉耆兵开关搦战,被朗驱杀一阵,斩获至二千余人,残众败奔国都。焉耆王元孟,当然惊慌,急遣使至朗营求降,朗不待勇至,先期入焉耆国,受降而还。实是失信。勇在途次接得张朗军报,只好折回,据实上奏。偏有诏责他后期,召还系狱,好多日才得释出。还是因他前功足录,加恩贷罪,但官职已经褫免。勇郁愤成疾,返至家中,不久即殁。父子累建大功,徒落得身后萧条,岂不可叹?还有一种冤屈的事情,说来尤令人生愤。勇兄班雄,袭父遗封,曾为屯骑校尉,迁官京兆尹,病殁任所,子始袭爵,得尚清河孝王女阴城公主。公主为顺帝姑母,恃贵生骄,因骄思淫,竟引少年入帷,与他交欢。班始不愿做元绪公,自然与有违言,那公主却放胆横行,竟挈姘夫同坐帷中,召始进去,叱令跪伏床下。男儿总有一些气骨,看到这般情形,怎肯忍耐?顿时无名火高起三丈,立即出帷取刀,把一对奸夫淫妇,砍作四段。恰是快事。当有人报知顺帝,谁知顺帝不咎公主,单责始持刀行凶,立将始拿交诏狱,腰斩东市!甚至始同产兄弟,亦皆处死。惨乎不惨?冤乎不冤呢?这是永建五年间事。明明是导以纵淫。且说顺帝年至十五,举行冠礼,转眼间已是一十八岁,应该册立皇后。时后宫已有四位贵人,并得承宠。顺帝左右为难,意欲祷神探筹,卜定后位。尚书仆射胡广与尚书郭虔史敞等,联名进谏道:

  窃见诏书以立后事大,谦不自专,欲假之筹策,决疑灵神。篇籍所记,祖宗典故,未尝有也。恃神任筮,既不必当贤;就使得人,犹非德选。夫岐嶷形于自然,俔(qiàn)天必有异表,俔天之妹,见《诗经·大雅》。俔,譬喻也。宜参良家,简求有德,德同以年,年钧以貌,稽之典经,断之圣虑。政令犹汗,往而不返,诏文一下,形诸四方。臣等职在拾遗,忧深责重,是以焦心竭虑,冒昧陈闻。

  顺帝阅过谏章,也觉得所言有理,乃决诸己意,特就四贵人中,选出一位梁氏女来,册作中宫。梁女名妠,就是和帝生母梁贵人的侄孙女,父名商,袭父乘氏侯雍遗爵,雍为梁谦次子,见前文。官拜黄门侍郎。永建三年,选商女及妹,并入掖庭,俱为贵人,擢商为屯骑校尉。商女降生时,有红光发现室中,阖家称为奇事。及女粗有知识,便喜习女工,并好读书,九岁能诵《论语》,治《韩诗》,即韩婴所传之诗。颇知大义,常将列女图画,

置诸座右,作为鉴戒。父商尝语诸弟道:"我先人全济河西,活人无算,虽大位不继,积德必报,若庆流子孙,当就在此女身上呢!"不望子而望女,所见亦谬,故女可兴家,子卒赤族。已女年十三,与姑同充选后宫,相工茅通,见女容止过人,便向顺帝前再拜称贺道:"这所谓日角偃月,相法上应当极贵,臣相人颇多,未见有这般贵相哩!"顺帝令太史卜兆,亦得吉占,因即封为贵人,特加宠遇,屡命侍寝,梁女尝从容辞谢道:"妾闻阳道以博施为德,阴道以不专为义。螽斯衍庆,百福乃兴。伏愿陛下普施雨露,俾得均泽,使小妾得免罪谤,已是深感皇恩了!"顺帝闻言,深以为贤,乃于永建七年正月,特在寿安殿中,册立梁贵人为皇后,赐后父商安车驷马,并增国土,迁官执金吾,布诏大赦,改永建七年为阳嘉元年。过了一载,又封商子冀为襄邑侯,连顺帝乳母宋娥,亦得受封山阳君。尚书令左雄,一再进谏,语甚切至。疏中有云:

　　臣闻人君莫不好忠正而恶谗谀,然而历世之患,莫不以忠正得罪,谗谀蒙幸者,盖听忠难,从谀易也。夫刑罪,人情之所甚恶;贵宠,人情之所甚欲。是以时俗为忠者少,而习谀者多。故令人主数闻其美,稀知其过，迷而不悟，以至于危亡。臣伏见诏书顾念阿母旧德宿恩，欲特加显赏。案尚书故事，无乳母爵邑之制，惟先帝时阿母王圣为野王君。圣造生谗贼废立之祸，生为天下所咀嚼，死为海内所欢快。今阿母躬蹈俭约，以身率下，群僚蒸庶，莫不向风，而与王圣并同爵号，惧违本操，失其常愿。臣愚以为凡人之心，理不相远，其所不安，古今一也。百姓深惩王圣倾覆之祸，民萌之命，危于累卵，常惧时世复有此类，怵惕之念，未离于心，恐惧之言，不绝于口。乞如前议，岁以千万给奉阿母，内足以尽恩爱之欢，外可不为吏民所怪。梁冀之封，事非机急，宜过灾厄之运，然后平议可否，封冀未迟。幸陛下裁察焉！

　　自左雄有此奏牍，梁商乃为子冀辞封，顺帝尚未肯遽允，章至数上，乃收回封冀成命。独山阳君宋娥，不闻让还，适值京师地震，緱氏山崩，那謇謇谔谔的左伯豪，又不能不乘机进谏，再贡忠忱。<u>左雄字伯豪。</u>小子有诗咏道：

　　　　野王以后又山阳，徒顾私恩乱旧纲。
　　　　独有名臣持大体，不辞苦口砭膏肓。

　　欲知左雄如何进言，顺帝曾否从谏，请看官续阅下回，便见分晓。

　　孙程之迎立济阴王，并非持正，实欲邀功；厥后之保全虞诩，指斥张防，并非怜忠，实欲沽直。小人未尝无为善之时，但其所以为善者，亦不免为营私计耳。及观其上殿争功而肺肝具见，微顺帝之童年聪颖，徒封就国，遽削其权，孙程等宁能终安乎。周举号称正士，乃反请朱伥救解，甚矣其徒知小节，不顾大体也！梁后具有贵相，与窦后略同，正位以后，虽不若窦后之妒悍，然其后临朝专政，不能裁抑兄弟，终酿成梁冀之祸。梁商谓庆流子孙，应兴此女，庸讵知兴宗在此，覆宗亦即在此耶？夫贤德如马皇后，而马氏且未尽令终，如商所言，徒见其鄙陋而已，何足道哉？

第四十五回

进李固对策膺首选　举祝良解甲定群蛮

却说尚书令左雄,因见梁冀辞爵,宋娥独不让封,乃复借着地震山崩的变异,再上封章,略云:

先帝封野王君,汉阳地震,今封山阳君,而京城复震,专政在阴,其灾尤大。臣前后瞽言封爵至重,王者可私人以财,不可以官,宜还阿母之封,以塞灾异。今冀已高让,山阳君亦宜崇其本节,毋蹈愆尤,则所保者大,国安而山阳君亦安矣。

宋娥闻得左雄再三谏诤,亦有畏心,乃向顺帝辞还封号。偏顺帝专徇私恩,不肯照准,于是山阳君封号如故,左雄所言,依然无效,但雄名由此益著。雄尝因州郡荐举,类多失实,特奏请察举孝廉,必年满四十,诸生试家法,即一家之学。文吏课笺奏,乃得应选。若有茂才异行如颜渊子奇,方可不拘年齿。子奇齐人,年十八,齐君使宰东阿,阿县大化。顺帝依议,颁诏州郡。会广陵郡有孝廉徐淑,应举入都,年未四十,台郎诘以违格,淑答说道:"诏书有如颜渊子奇,不拘年齿,故本郡以臣充选!"郎官无言可驳,转告左雄,雄召淑入见,莞尔与语道:"昔颜渊闻一知十,孝廉能闻一知几呢?"说得淑无从对答,默然退归。尚书仆射胡广,曾与雄议不合,出为济阴太守,所举数人,并皆失当,坐是免官。此外尚有牧守滥举,亦遭罢黜。惟汝南人陈蕃,颍川人李膺,下邳人陈球等三十余人,才足应选,得拜郎中。安丘人郎𫖮,素有声誉,由顺帝特征入阙,面问灾异,𫖮详上条陈,大要在修德禳灾,且荐举议郎黄琼,茂才李固。顺帝命𫖮为郎中,𫖮辞病不就,飘然竟去。忽由洛阳令奏报宣德亭边,平地无故自裂,阔约八十五丈,顺帝乃令公卿所举各士人,入朝对策。峨峨髦士,挟策干时,遂皆摛(chī)藻扬华,发挥己见。就中名士颇多,如扶风人马融,南阳人张衡,亦俱在列。所上策文,由顺帝亲自展览,内有一篇佳作,系详言时政得

失,不涉虚浮,当即拔为第一。看官欲赏识此文,由小子抄录如下:

臣闻王者父天母地,宝有山川。王道得,则阴阳和穆;政化乖,则崩震为灾。斯皆关诸天心,效于成事者也。夫化以职成,官由能理。古之进者,有德有命;今之进者,惟财与力。伏闻诏书务求宽博,嫉恶严暴,而今长吏多杀伐致声名者,必加迁赏,其存宽和无党援者,辄见斥逐,是以淳厚之风不宣,雕薄之俗未革。虽繁刑重禁,何能有益?前孝安皇帝变乱旧典,封爵阿母,因造妖孽,使樊丰之徒,乘权放恣,侵夺主威,改乱嫡嗣,至令圣躬狼狈,亲遇其艰。既拔自困殆,龙兴即位,天下喁喁,属望风政。积敝之后,易致中兴,诚当沛然思惟善道,而论者犹云方今之事,复同于前。臣伏从山草,痛心伤臆!诚以汉兴以来,三百余年,贤圣相继,十有八主,岂无阿乳之恩?岂忘爵赏之宠?然上畏天威,俯案经典,知义不可,故不封也。勤谨之德,但加赏赐,足以酬其劳苦;至于裂土开国,实乖旧典。闻阿母体性谦虚,必有逊让,陛下宜许其辞国之高,使成万安之福。

夫妃后之家,所以少完全者,岂天性当然?但以爵禄尊显,专总权柄,天道恶盈,不知自损,故至颠仆。先帝宠遇阎氏,位号太疾,故其受祸曾不旋时。老子曰:"其进锐者,其退速也。"今梁氏戚为椒房,礼所不臣,尊以高爵,尚可然也;而子弟群从,荣显兼加,永平建初故事,殆不如此。宜令步兵校尉冀及诸侍中还居黄门之官,使权去外戚,政归国家,岂不休乎?

又,诏书所以禁侍中尚书中臣子弟,不得为吏察孝廉者,以其秉威权、容请托故也。而中常侍在日月之侧,声势振天下,子弟禄仕,曾无限极,虽外托谦默,不干州郡,而谄伪之徒,望风进举。今可为设常禁,同之中臣。昔馆陶公主为子求郎,明帝不许,见前文。赐钱千万,所以轻厚赐、重薄位者,为官人失才,害及百姓也。窃闻长水司马武宣、开阳城门侯羊迪等,无他功德,初拜便真。此虽小失,而渐坏旧章。先圣法度,所宜坚守,政教一跌,百年不复。《诗》云:"上帝板板,下民卒瘅。"刺周王变祖法度,故使下民将尽病也。

今陛下之有尚书,犹天之有北斗也。斗为天喉舌,尚书亦为陛下喉舌。斗斟酌元气,运乎四时;尚书出纳王命,敷政四海,权尊势

重,责之所归,若不平心,灾眚必至,诚宜审择其人,以辅圣政。今与陛下共理天下者,外则公卿尚书,内则常侍黄门,譬犹一门之内,一家之事,安则共其福庆,危则通其祸败。刺史二千石,外统职事,内受法则。夫表曲者影必邪,源清者流必洁,犹叩树本而百枝皆动也。《周颂》曰:"薄言振之,莫不震叠。"此言动之于内,而应之于外也。由此言之,本朝号令,岂可蹉跌?间隙一开,则邪人动心;利竞暂启,则仁义道塞。刑罚不能复禁,化导以之浸坏。此天下之纪纲,当今之急务。陛下宜开石室,陈图书,招会群儒,引问得失,指摘变象,以求天意。其言有中理,即时施行,显拔其人,以表能者,则圣听日有所闻,忠臣尽其所知。又宜罢退宦官,去其权重,第置常侍二人,方直有德者,省事左右;小黄门五人,才智闲雅者,给事殿中。如此则论者厌塞,升平可致也。臣所以敢陈愚瞽、冒昧自闻者,倘或皇天欲令微臣觉悟陛下,陛下宜熟察臣言,怜赦臣死。臣言有尽而意不尽,伏惟垂鉴。

看官道这篇策文,是何人所作?原来就是南郑人李固,即故司徒李郃的令子。固五察孝廉,再举茂才,皆不应召,至是为卫尉贾建所举,乃诣阙献词。顺帝特加鉴赏，置诸高第。即日令乳母宋娥，出居外舍，并责诸常侍干预政权。诸常侍悉叩头谢罪，朝廷肃然，因拜固为议郎。马融前曾为校书郎中，因上《广成颂》，隐寓讥刺，忤旨被黜，及此次对策，乃复使与固同官。张衡，南阳人，表字平子，素善机巧，更研精天文阴阳历算，尝作浑天仪，著《灵宪》《算罔论》，造候风地动仪，为前人所未有，当时已为太史令。衡不慕荣利，故累年不迁，好几载才得为侍中。这都由阉人当道，排摈清流，虽有名士，终致沉抑下僚，不获大用。浮阳侯孙程等，就国年余，仍复召还京师，命与王道李元，同拜骑都尉。**回应前回**。嗣复迁程为奉车都尉，程竟病死，追赠车骑将军印绶，赐谥刚侯。程临终遗言，愿将封邑传与弟美，顺帝将封邑中分一半畀孙美承受，一半使程养子寿袭封，这也是汉朝特别的创格。到了阳嘉四年，居然垂为定例，诏令宦官养子，俱得为嗣，承袭封爵。御史张纲，就是司空张皓子，皓为留侯张良六世孙，居官正直，至阳嘉元年病殁。纲少通经学，砥砺廉隅，既受任为御史，目睹顺帝宠遇宦官，引为己忧，慨然叹息道："秽恶满朝，不能致身事君，扫清宫禁，虽得幸生，也非我所愿哩！"当下缮就奏折，入朝进呈，奏中说是：

《诗》曰："不愆不忘，率由旧章。"溯自大汉初隆，及中兴之世，文明二帝，德化尤盛。观其理为，易循易见，但恭俭守节，约身尚德而已。中官常侍，不过两人，近幸尝赐，裁满数金，惜费重民，故家给人足。夷狄闻中国优富，任信道德，所以奸谋自消，而和气盛应。顷者以来，不遵旧典，无功小人，皆有官爵，富之骄之，而复害之，非爱人重器，承天顺道者也！伏愿陛下少留圣恩，割损左右，以奉天下，则治道其庶几矣！

书入不报。是时三公已换易数人，太傅桓焉，太尉朱宠，司徒许敬，皆相继罢去，用大鸿胪庞参为太尉，录尚书事，宗正刘崎为司徒，又因司空张皓出缺，进太常王龚为司空。太傅本非常职，暂从缓设。太尉庞参，就职至三年有余，最号忠直，内侍等不便舞弊，屡加谮毁，司隶亦党同阉竖，上书纠弹，独广汉郡上计掾段恭，力为庞参洗刷，请顺帝专心委任，顺帝乃任参如故。不料参后妻嫉妒，竟将前妻子推入井中，猝遭溺死，洛阳令祝良，与参有隙，当即入太尉府查勘属实，立时报闻，参因坐免，改任大鸿胪施延为太尉。越二年，施延免职，又起参为太尉。参年老多病，逾年寿终，司空张龚，继参后任。太常孔扶，迁官司空，未几又改用光禄勋王卓。司徒刘崎，亦坐事免官，特擢大司农黄尚为司徒。惟梁后父执金吾梁商，奉命为大将军，独不愿就任，托疾固辞，顺帝使太常奉策，就第册拜，商不得已诣阙受命。汉阳人巨览，上党人陈龟，并有才行，当由商辟为掾属。李固周举，亦由商特召，入为从事中郎。固见商谦和有余，刚断不足，乃上笺讽商道：

昔《春秋》褒仪父以开义路，贬无骇以闭利门。夫义路闭则利门开，利门开则义路闭也。前孝安皇帝，内任伯荣樊丰之属，外委周广谢恽之徒，开门受赂，署用非次，天下纷然，怨声满道。今上初立，颇存清静，未能逾年，稍复堕损，左右党进者，日有迁拜；守死善道者，滞涸穷路，而未有改敝立德之方。又，即位以来，十有余年，圣嗣未立，群下继望。可令中官博简嫔媵，兼采微贱宜子之人，进御至尊，顺助天意。若有皇子，母自乳养，无委保妾医巫，以致飞燕之祸。明将军望尊位显，当以天下为忧，崇尚谦省，垂则万方。而新营祠堂，费工亿计，非以昭明令德，崇示清俭。自数年以来，灾怪屡见，近无雨润，而沉阴郁泱，宫省之内，容有阴谋。孔子曰："智者见变思刑，愚者睹怪讳名。"天道无亲，可为祗畏。如近者月食既于端门之侧，既尽也。月者大臣之体也，夫穷高则危，太满则溢，月盈则缺，日中则移，凡此四者，自然之数也。天地之心，福谦忌盛，是以贤达功遂身退，全名养寿，无有怵迫之忧。诚令王纲一整，道行忠立，明公踵伯成之高，*唐虞时为诸侯，至禹即位，弃官归耕，事见《庄子》。*全不朽之誉，岂与此外戚凡辈，耽荣好位者，同日而论哉？固狂夫下愚，不达大体，窃感故人一饭之报，况受顾遇而可不尽言乎？愚者千虑，必有一得，幸赐裁览！

梁商亦知固效忠，但素性优柔，终不能用。宦官十九侯中，孙程早死，王康王国彭恺王成赵封魏猛等，亦陆续病亡，惟黄龙杨佗孟叔李建张贤史汎王道李元李刚九人，与乳母宋娥，交相蛊蔽，贿赂公行。太尉王龚，每恨宦官揽权，志在匡正，因极陈诸阉过恶，请即放斥。阉党不免惊惶，各使宾客诬奏龚罪，顺帝竟偏听谗言，命龚自白。李固闻知，即进告梁商，为龚辩诬，且谓三公望重，不应赴廷对簿，请即代为表明，毋令王公蒙冤。商乃入白顺帝,才得无事。商子冀,鸢肩豺耳,两眼直视,口吃不能明言,少时游荡无行,酒色自娱,凡博奕蹴鞠诸技,却是般般精通,又喜臂鹰走狗,骋马斗鸡,此外却无甚材能,不过略通书计。为了椒房贵戚,得列显阶,初为黄门侍郎,转迁侍中虎贲中郎将,及越骑步兵各校尉,至父商为大将军,冀竟代任执金吾。阳嘉五年,改号永和,调冀为河南尹。冀居职暴恣,多为不道。洛阳令吕放,进见梁商,偶然谈及冀过,商当然责冀。冀恨放多嘴,竟遣人伏候道旁,俟经过时,把他刺死。且恐乃父察悉,伪言放为仇家所刺,请使放弟禹为洛阳令,严行捕讯。禹接任后,总道是与冀无干,但将宗亲宾佐,逐加拷问,冤冤枉枉死了一百多人。冀一出手,便冤死多人,怪不得后来要杀皇帝。梁商尚被冀瞒过,顺帝更不必说了。是年武陵蛮叛乱,幸得新任太守李进,领兵讨平,且简选良吏,抚循蛮夷,郡境乃安。过了一年,象林蛮区怜等,纠众为乱,攻县廨,戕长吏,骚扰的了不得。交阯刺史樊演,发交阯九真兵二万余人,往救象林,兵士不愿远行,倒戈返攻,还亏樊演乘城拒守,觑隙出击,得将叛兵驱散,城郭无恙。但叛兵投入蛮帐,蛮众益盛。适侍御史贾昌,出使日南,闻得叛蛮猖獗,亟与州郡官吏,并力合讨,怎奈岭路崎岖,蛮众负嵎自固,官兵不能与敌,战辄失利,反为所围。贾昌等飞书乞援,诏令公卿百官,会议方略,群臣等请特简元戎,大发荆扬兖豫兵马,往讨叛蛮。独大将军属下从事中郎李固,力驳众议,独献良谟,大致说云:

>蛮荒辽远,用兵最艰,若荆扬无事,发之可也。今二州盗贼,盘结不散,武陵南郡蛮夷未辑,长沙桂阳数被征发,如复扰乱,必更生患,其不可一也。又兖豫之人,猝被征发,远赴万里,无有还期,诏书迫促,必致叛亡,其不可二也。南州水土温暑,加有瘴气,致死亡者,十必四五,其不可三也。远涉万里,士卒疲劳,及至岭南,不堪复斗,其不可四也。军行日三十里,而兖豫去日南九千余里,三百日乃到,计人粟五升,用米六十万斛,不计将吏驴马之食,但负甲自致,费便若此,其不可五也。军之所在,死亡必众,不足御敌,当复更发,其不可六也。九真日南,相去千里,发其吏民,犹且不堪,何况苦四州之卒,以赴万里之艰哉,其不可七也。前中郎将尹就讨益州叛羌,益州谚曰:"虏来尚可,尹来杀我。"后就征还,以兵付刺史张乔。乔因其将

吏,旬月之间,破殄寇虏。此发将无益之效,州郡可任之验也。宜更选有勇略仁惠任将帅者,以为刺史太守,悉使共住交阯。今日南兵单无谷,守既不足,战又不能,可一切徙其吏民,北依交阯,还募蛮夷,使自相攻,转输金帛以为其资。有能反间致头首者,许以封侯裂土之赏。前并州刺史祝良,性多勇决,又南阳张乔,前在益州,有破虏之功,皆可任用。昔太宗加魏尚为云中守,哀帝即拜龚舍为泰山太守,今宜师其遗意,拜良等便道之官,则不待劳师,自可收效,而蛮疆之绥辑不难矣。

这议一创,公卿等却多以为然,不复坚持成见。于是拜祝良为九真太守,张乔为交阯刺史,即日就道,同赴岭南。乔至交阯,开示恩信,解散胁从,叛众或降或归,不复生乱。良到九真,单车入蛮穴中,晓谕祸福,示以至诚,蛮众亦俯首帖耳,愿遵约束,投降至数万人,俱为良筑造府舍,仍复前观,岭外复平。朝廷未接捷音,尚使公卿等各举猛士,选为将帅。尚书令左雄,时已调任司隶校尉,独将前冀州刺史冯直,保举上去。偏尚书周举,谓冯直尝坐赃免官,如何得列入荐牍?因此劾雄所举非人,免不得有阿私情弊。雄以周举得为尚书，也由自己推荐，此次恩将仇报，太觉不情，当下往诘周举道："我素重君才，故敢进言，谁知反害及自身！"举慨然答道："昔赵宣子任韩厥为司马，厥反戮宣子仆，宣子语诸大夫道：'可以贺我！'今君不以举为不才，谬升诸朝，举不敢向君阿谀，致贻君羞。不料君意与古人不同，举始自知得罪了！"雄听了举言，忙改容称谢道："吾过，吾过！幸勿介意！"遂拱手别归。时人称举为善规，雄为善改，统是当时贤士，名不虚传。还有一班窃权揽势的宦官，乘机举用私人，竞卖恩势。独大长秋良贺，清俭退厚，一无所举，顺帝暗暗诧异，召问原因，贺直答道："臣生自草莽，长居宫禁，天下人才，臣未知悉，又与士类素乏交游，怎敢滥举？昔卫鞅因景监介绍，得见秦王，智士已料他不终，若使臣妄举数人，恐士人不以为荣，反且因此见辱了！"顺帝闻言，也为叹息不置。但内侍如贺，实是不可多得。此外多招权纳贿，往往酿成祸阶。永和四年元月，中常侍张逵，竟矫诏捕人，险些儿构兴大狱，连累无辜。小子有诗叹道：

> 刑余腐竖总难容，蟠踞宫廷定兆凶。
> 亦有驯良堪任使，古今能有几人逢？

欲知张逵矫诏情事，容至下回分解。

　　顺帝亦中智之君，观其召试群儒，能举李固为首选，退乳母，责阁人，宫禁肃然，其与乃父之庸暗不君，似不可同日语矣。然一时之明察，终不敌群小之欺蒙，虽有直臣，挽回无几。意者其尚有遗传性之留存，明于初而昧于终欤？梁商以谦退称，亦辛躅优柔之失，有子如冀，不能教以义方，遑问他事。李固讽商之言，尚未能直揭其弊，而商且不用，时人称商为顺帝贤辅，其然岂其然乎？及固荐引祝良张乔之抚蛮，而四府均赞成固议，卒得成功。度其时商为首弼，且握兵权，必有为之主宰其间者，况固为从事中郎，亦由商所辟召，盖亦一邓骘之流亚而已。语有之："善善从长，恶恶从短。"则商固非无一长之足采也。

第四十六回

马贤战殁姑射山　张纲驰抚广陵贼

却说中常侍张逵，素行狡黠，善能希旨承颜，得邀主眷。只是汉宫里面的宦官，多至千百，几不胜数，彼争权，此夺宠，所以互相奔竞，迭起不休。当时张逵以外，尚有小黄门曹节，及曹腾孟贲等，俱为顺帝所昵爱，揽权用事。甚至后兄梁冀，及冀弟不疑，常与往来，结为至交。大将军梁商，亦未尝禁止，反令儿辈通好权阉，作为护符，朝臣莫敢与抗。只张逵相形见绌，满怀不平，遂串同山阳君宋娥，及黄龙杨佗孟叔李建张贤史汜王道李元李刚等九侯，诬奏大将军梁商与曹腾孟贲等阴图废立，请即加防。顺帝却正容答道："必无此事！朕想汝等共怀妒忌，故有此言！"逵等都不禁失色，当即退出。只逵因妒生恨，因恨生惧，自思一不做，二不休，不如冒险一试，先除曹腾孟贲，再作后图。当下捏造伪诏，收捕腾贲下狱。好大胆子，想是活得不耐烦，故有此举。顺帝闻知，勃然大怒，立饬拿住张逵，交付法司，一经拷讯，水落石出，便将逵推出市曹，一刀两段。乳母宋娥，夺爵归田；黄龙等九侯，遣令就国，削去国土四分之一；释出曹腾孟贲，守职如故。自是阉党十九侯中，除已死及被黜外，只有广平侯马国，下隽侯陈予，东阿侯苗光，总算保全爵邑，富贵终身。也是这三人，不欲争权，故得幸免。这且搁过不表。

且说陇西塞外的杂羌，自经麻奴降服后，幸得少安。见前文。既而麻奴病死，弟犀苦嗣为烧当羌酋，阴有贰心，又嗾动钟羌叛汉，寇掠凉州。护羌校尉马贤，引兵出击，斩首千余级，余众多降，贤得进封都乡侯。嗣贤坐事征还，代以右扶风韩皓，皓不久复罢，由张掖太守马续继任。钟羌酋良封等，又复为乱，入寇陇西汉阳。有诏再起马贤为谒者，前往镇抚。贤至陇西，马续已击败良封，再由贤调发陇西吏士，及羌胡各骑兵，追封出塞，斩首千八百级，封穷蹙失势，被贤击毙，亲属俱降。贤复进剿钟羌支族且昌等,亦获大胜,且昌等率诸种十余万众,诣梁州刺史处投诚。汉廷乃仍使贤为护羌校尉,调马续为度辽将军。续莅任四年,恩威两济,颇得心。独南匈奴左部句龙王吾斯车纽等恃强不法,竟率三千余骑,入寇西河,复煽惑右贤王,合兵七八千人,进围美稷,杀死朔方代郡各长吏。度辽将军马续,因与中郎将梁并、乌桓校尉王元,发边兵及羌胡骑士,共二万余人,掩击吾斯车纽等联兵,斩馘颇多。吾斯车纽虽然败衄,却是屡散屡聚,随处骚扰。汉廷遣使赍诏,往责南单于,单于休利本未预谋,不得已脱帽避帐,至中郎将梁并处谢罪。并却好言抚慰,遣令归庭。未几并因病乞休,后任为五原太守陈龟。龟以南单于不能驭下,外顺内叛,逼令自杀。又欲徙单于近亲,入居内郡,遂致胡人生贰,各有违言。朝廷因他办理不善,逮还都中,下狱免官。大将军梁商,拟招降叛胡,不欲多劳兵戎,乃上表申议,略云:

  匈奴寇叛,自知罪大。穷鸟困兽,犹图救死,况种类繁炽,不可殚尽。今转战日增,三军疲苦,虚内给外,非中国之利。窃见度辽将军马续,素有谋谟,且典边日久,深晓兵要,每得续书,与臣策合。宜令续深沟高垒,以恩信招降,宣示购赏,明其期约,如此则丑类可服,国家无事矣。

顺帝依言,诏令马续招降叛虏,毋得一意用兵。梁商又致书与续道:

  中国安宁,忘战日久。良骑野合,交锋接矢,决胜当时,此戎狄之所长,而中国之所短也;强弩乘城,坚营固守,以待其衰,此中国之所长,而戎狄之所短也。宜务所长,以观其变,设购开赏,宣示反悔,勿贪小功,以乱大谋,是所至要!

马续既接朝旨,复得商书,当然专心招抚,敛威用恩。南匈奴右贤王部抑鞮等率领万三千口诣续乞降,惟吾斯车纽仍然未服。吾斯且推车纽为单于,东引乌桓,西收羌胡等数万人,攻破京兆虎牙营,戕上郡都尉及军司马,转掠并凉幽冀四州。未曾大挫强虏,徒欲一意主抚,亦为启寇之阶。朝廷尚主张退守,但徙西河治离石,上郡治夏阳,朔方治五原。待至寇势日迫,警报时闻,乃遣中郎将张耽,招集幽州乌桓诸郡营兵,出讨叛虏。耽有胆略,善抚士卒,军中乐为效死,行至马邑,与虏兵相值,一阵横扫,枭得虏首三千级,生擒无算。车纽与诸豪帅骨都侯等心惊胆落,匍匐请降。惟吾斯窜去,嗣复收拾余烬,再来寇边。耿与马续合兵奋击,追至谷城,大破吾斯。吾斯遁入天山,与乌桓兵依险自固。耿穷兵深入,逾涧攀崖,猱升而上,连斩乌桓渠帅,夺还被掠人畜,不可胜计。吾斯复遁,虏势乃衰。偏是北寇渐稀,西羌复炽,甚至蹂躏三辅,烽火连天。原来且昌羌等投降以后,余羌亦多被马贤击走,陇右却安静了年余。已而烧当羌酋那离等复叛,又为马贤所诛。贤奉调为弘农太守,另任来机刘秉为并凉二州刺史。机与秉出都时,往辞大将军梁商,商与语道:"古称戎狄荒服,蛮夷要服,是说他荒忽无常,全在镇抚得人,临事制宜,毋拂彼性。今二君素性嫉恶,太分黑白,孔子所谓人而不仁,疾之已甚,必致激乱,何况蛮夷戎狄哩?愿二君务安羌胡,防大赦小,方可无虞!"既知二君性刻,何勿上表谏诅?机等虽然应命,但本性难移,怎能遽改?到任以后,苛待群羌,多所扰发,于是且冻傅难锺羌等复叛,攻掠金城湟中,入寇三辅,杀害长吏,毒虐生民。朝廷闻警,急将机秉二人逮还,特拜马贤为征西将军,使骑都尉耿叔为副,带领左右羽林五校士,及诸郡兵十万人,出屯汉阳。大将军梁商虑贤年老难任,请改用太中大夫宋汉,顺帝不从。贤在途稽留,多日不进,时马融为武都太守,上书进谏道:

今杂种诸羌,转相钞掠,宜及其未并,亟请深入,破其支党,而马贤等处处留滞。羌胡百里望尘,千里听声,今逃匿避回,漏出其后,则必侵寇三辅,为民大害。臣愿请贤所不可,用关东兵五千,裁假部队之号,尽力率厉,埋根行首,以先吏士,三旬之后,必克破之。臣少习学艺,不更武职,猥陈此言,必受诬罔之辜。昔毛遂厮养,为众所嗤,终以一言,克定从要。从读如纵。臣又闻吴起为将,暑不张盖,寒不披裘。今贤野次垂幕,珍肴杂沓,儿子侍妾,事与古反。臣惧其将士将不堪命,必有高克溃破之忧也!高克,郑人,见《左传》。

书入不报。安定人皇甫规,闻马贤不恤军事,料其必败,亦据实上闻,顺帝既不从融言,怎肯听信皇甫规?当然搁置不理,惟遣使催促马贤进兵。贤进抵汉阳,尚是无心进战。至永和六年正月,且冻羌分道入寇,掠武都,烧陇关,蔓延甚盛,贤不得已挈领二子,及骑士五六千名,出御射姑山。羌众设伏以待,诱贤入谷,四面趋集,把贤困在垓心,贤与二子左冲右突,终不得脱,徒落得父子同殉,暴骨沙场。败报传达京师,顺帝未免叹息,特赐马贤家布三千匹,谷千斛,封贤孙为舞阳亭侯,更遣侍御史督录征西营兵,抚恤死伤。惟羌众得了大胜,势焰益张。向来羌人分作两派,居住安定北地上郡西河边境,号为东羌;居住陇西汉阳金城边境,号为西羌。至是东西连合,愈聚愈多,就中有一班巩唐羌,更是蛮野,趁着汉兵败衄,长驱深入,自陇西直抵三辅,焚园陵,扰关中,杀伤长吏。邵阳令任颛(yūn),引兵截击,因寡不敌众,竟至阵亡。独武威太守赵冲,击败巩唐羌,斩首四百余级,收降二千余人,有诏令护羌校尉,总督河西四郡兵马,便宜行事。安定时亦被兵,郡将因皇甫规智略过人,命为功曹,使率甲士八百人,出遏叛羌。规首冒锋刃,挥兵杀敌,斫死羌人前驱数名,羌众骇退,安定解严,乃举规为上计掾,诣都报册。规乘便上疏,自请效力,疏中有云:

  臣比年以来,数陈便宜。羌戎未动,察其将反,马贤始出,知其必败,误中之言,皆可考据。臣每惟贤等拥众四年,未有成功,悬师之费,且百亿计,出于平民,回入奸吏,故江湖之人,群为盗贼。青徐荒饥,襁负流散。夫羌戎溃叛,不由承平,皆由边将失于绥驭。乘常守安,则加侵暴,苟竞小利,则致大害,微胜则虚张首级,军败则隐匿不

言。军士劳怨,困于猾吏,进不得快战以邀功,退不得温饱以全命,饿死沟渠,暴骨中原,徒见王师之出,不闻振旅之声。首豪泣血,惊惧生变,是以安不能久,叛则经年,臣所以搏手叩心而增叹者也。愿假臣两营二郡,屯列坐食之兵五千,出其不意,与护羌校尉赵冲共相首尾。土地山谷,臣所晓习;兵势巧便,臣已更之。可不烦方寸之印,尺帛之赐,高可以涤患,下可以纳降。若谓臣年少官轻,不足用者,凡诸败将,非真由官爵之不高,年齿之不迈也!臣不胜至诚,没死自陈,翘首待命。

顺帝览疏,因规资轻望浅,不肯委任,规乃出都归郡。会巩唐羌复寇北地,北地太守贾福与赵冲合兵出讨,失利退还,羌众复转寇武威。顺帝闻羌寇充斥,凉州震惊,乃复徙安定北地吏民,入居扶风冯翊,一面使执金吾张乔行车骑将军事,引兵万五千人,屯守三辅。既而护羌校尉赵冲,招降罕种羌五千余户,复连败烧何烧当等羌,羌众乃散匿塞外,边患少纾。诏罢张乔屯兵,仍使还都。适大将军梁商得病,医治无效,顺帝亲往省问,见商卧不能起,料知危险,因问及后事,商且喘且答道:"尚书周举,从前坐事免官,由臣召为从事中郎,此人清高中正,可以重任,愿陛下留意!"<u>周举免官复起,借商口中补叙,但商知举之忠,奈何不知子之恶?</u>顺帝允诺,嗣见商无他言,便即辞去。商更召嘱诸子道:"我实不德,享受多福,生不能辅益朝廷,死或致耗费帑藏,如衣衾饭含玉匣珠贝等类,何益朽骨?况边境不宁,盗贼未息,岂尚可为我一人,虚縻国库?俟我气绝,即当载至冢舍,当即殡殓,殓已开冢,冢开即葬。祭食如我生存时,毋用三牲。孝子当善述父志,不宜违我遗言!"说毕即逝。诸子呈报遗命,顺帝不听,特赐东园寿器,涂以朱漆,饰以银镂,并玉匣什物二十八种,钱三百万,布三千匹,予谥忠侯。及出葬时,命兵车甲士护丧,皇后亲送,顺帝至宣阳门遥望灵輀(ér),并作诔云:"孰云忠侯,不闻其音。背去国家,都兹玄阴。幽居冥冥,靡所宜穷。"这诔文派员往读,即令商长子冀嗣封乘氏侯,并承父职为大将军,冀弟不疑为河南尹,且进周举为谏议大夫,一是报商旧绩,一是从商遗言。偏梁冀贪婪骄恣,与乃父大不相同,所有正人君子,俱为冀所不容。会值荆州盗起,连年不安,顺帝使李固为荆州刺史。固妥为慰抚,赦过宥罪,许贼更新。贼目夏渠等自缚归罪,由固遣令晓示,群贼一律反正,全州肃清。独南阳太守高赐等受赃惧罪，恐为固所按考，特派心腹，使载金入都，重赂梁冀。冀爱财如命，悉数收受，即替他千里移檄，嘱固从宽。固不阿权贵，纠察愈严。高赐等复向冀乞怜，冀竟左迁固为泰山太守。泰山亦多盗贼，郡守尝屯兵千人，随处防剿，终不能平。固到任后，却将屯兵罢遣归农，但留战士百余人，嘱令四处招诱，不到一年，贼皆弭散。惟他处牧守，多是贪污闒（tà）茸，但知巴结上官，不知安辑百姓，因此流离载道，半为盗贼。可恨这班牧守，讳无可讳，剿不胜剿，又只好归咎人民，奏报朝廷。顺帝特改永和七年为汉安元年，大赦天下，分遣侍中杜乔，及光禄大夫周举郭遵冯羡栾巴张纲周栩刘班等八人，巡行州郡，宣谕威德，表举贤良。如刺史二千石有贪污不法，即驰驿举劾；二千石以下，许得便宜收系。乔等拜命即行，惟张纲年齿最少，气节独高，出京不过里许，至洛阳都亭，竟将车轮埋藏地下，慨然说道："豺狼当道，安问狐狸？"当下缮好奏疏，还都呈入，弹劾大将军梁冀，及河南尹梁不疑，开篇即云：

  大将军冀，河南尹不疑，蒙外戚之援，荷国厚恩，以刍荛之资，居阿衡之任，不能敷扬五教，冀赞日月，而专为封豕长蛇，肆其贪叨，甘心好货，纵恣无厌，多树谄谀，以害忠良，诚天威所不赦，大辟所宜加也！

  后文又条陈冀等十五罪，说得淋漓透彻，慷慨激昂。<u>史传中止言无君之心，十五罪未曾详叙故事，故本书亦只从略。</u>时梁冀妹为皇后，内宠方盛，诸梁姻族，布满内外，纲却不顾利害，言人未言，廷臣都为震栗。幸顺帝知他忠直，未尝加谴，但不过将原奏搁起，置诸度外罢了。冀因此恨纲，辄思借端中伤。适广陵贼张婴，聚众数万，攻杀刺史二千石，寇乱徐扬间，非常猖獗。前任郡守，只求兵马卫护城闉，无一敢讨。冀乃嘱使尚书，举纲为广陵太守。纲单车赴任，但率郡吏十余人，径诣婴垒。婴不知何因，闭垒拒纲，纲手书谕婴道："我奉诏宣慰，并非征讨，汝等不必惊慌，且容我入垒明言，从与不从，悉听汝便，何必闭门拒我，自示张皇呢？"婴见纲来意和平，乃开门出迎，拜伏道旁。纲亲为扶起，偕行入垒，延令就座，问所疾苦。婴答言官吏暴虐，不得不变计逃生。纲随机晓谕道："前后二千石，多肆贪暴，致君等怀愤相聚，二千石原是有罪，但君等所为，亦属非义。今主上仁圣，欲以文德服人，特遣我来此抚慰，意在荣以爵禄，不愿迫以刀锯，这正是君等转祸为福的时会了。若闻义不服，天子必赫然震

怒,征调荆扬豫兖大兵,云集垒前,岂不危甚? 试想用弱敌强,怎得为明? 弃善取恶,怎得为智? 去顺效逆,怎得为忠? 身死嗣绝,怎得为孝? 背正从邪,怎得为直? 见义不为,怎得为勇? 利害得失,关系非轻,请君自择去就便了。"婴听纲说毕,不禁泣下道:"荒裔愚民,不能自达朝廷,坐遭侵枉,遂致啸聚偷生,譬诸鱼游釜中,喘息须臾,不遑后顾。今明府开诚晓谕,使婴等再见天日,尚有何言? 但恐既陷不义,一经投械,终不免拿戮呢!"纲与婴指天为誓,必不爽约,婴乃决计投诚。俟纲别去,遂遍告部众万余人,至次日齐至郡廨,与妻子面缚归降。纲再单车入垒,置酒大会,遣散叛党,任他自去。又亲为婴卜居宅,视田畴,凡子弟欲为郡吏,皆量材召用,众情悦服,南州晏然。纲论功当封,偏被梁冀从中阻挠,因此罢议。惟顺帝尚器重纲才,将加擢用,张婴等闻知消息,上书乞留,乃任纲如故。纲在郡一年,忽然抱病,竟至告终,年才三十有六。百姓扶老携幼,俱至府舍哭临。张婴等五百余人,并身服缞绖,执杖送葬,奉榇至武阳归葬,即由婴等负土为坟,顷刻即成。莫谓盗贼中,必无善人。事为朝廷所闻,也下诏叹息,拜纲子续为郎中,赐钱百万。小子有诗赞道:

敢弹首恶竟埋轮,出守防奸独布仁。

柔亦不茹刚不吐,宽严两济是能臣!

同时尚有几个好官,政声卓著,待小子下回报明。

兵不可常用,常用必败;将不可久任,久任必亡。如汉之马贤,防边有年,屡破羌人,未始非一时名将,但功多则易起骄心,位高则易生佚志,观马融之劾奏马贤,谓其野次垂幕,珍肴杂遝(tà),儿子侍妾,事与古反,是何莫非骄佚之所酿而成?天下有骄且佚者,而尚能胜敌徼功乎?姑射一役,父子俱死,非不幸也,宜也!张纲埋轮,力劾梁冀,虽未足扫除豺狼,而直声已流传千古。至徙纲为广陵守,单车谕贼,不杀一人,而万贼归降。梁冀本欲借贼以害纲,而纲反得收贼以愧冀,乃知天下事总在人为,直道而行,艰险固不必计也!惟忠贤如纲,而不使永年。天若无知而实有知,观于李固杜乔之枉死,而纲之早殁,实为幸事。天之保全名臣,固不在命之修短间欤。

第四十七回
立冲人母后摄政　毒少主元舅横行

　　却说顺帝时代的名吏，却也不少，除张纲抚定广陵外，尚有洛阳令任峻，冀州刺史苏章，胶东相吴祐。峻能选用人才，各尽所长，发奸如神，爱民如子，洛阳大治。章为冀州刺史，有故人为清河太守，贪赃不法，俟章行巡至郡，当然迎谒，章置酒与宴，畅叙甚欢，太守喜说道："人皆有一天，我独有二天。"章微笑道："今夕苏儒文与故人饮酒，乃是私恩；儒文系苏章表字。明日为冀州刺史按事，却是公法，公私原难并论呢！"这一席话，说得太守忸怩不安。果然到了次日，即被挂入弹章，罢官论罪。州吏闻章秉公无私，自然不敢枉法，全境帖然。吴祐政从仁简，民不忍欺。啬夫孙性，私赋民钱，市衣奉父，父怒说道："汝尚敢欺吴公么？快去向吴公伏罪，还可恕汝！"性惶惧自首，具述父言，祐与语道："汝以亲故受污名，还可原谅，古人所谓观过知仁，便是为此。但汝父确系老成，汝当归谢，所有衣服，仍奉遗汝父便了！"性乃拜谢而去。祐遇民事讼，往往闭阁自责，然后讯问两造，多方晓谕，不尚典刑，或身自至乡，曲为和解，因此闾阎悦服，囹圄空虚。苏章宴友，吴祐还衣，后人或讥为好名，但试问后世有几多贤吏？就是巡行州郡的八使，当时号为八俊。只张纲中道折还，出守广陵，病终任所；余如杜乔周举等人，亦皆不避权贵，所上弹章，统是梁氏姻亲，及宦官党羽。可奈宫廷里面，都由宵小把持，任他如何弹劾，只是搁置不理。嗣经侍御史种暠，复行案举，方得黜去数人。杜乔到了兖州，表奏泰山太守李固，政绩为天下第一，因召入为将作大匠，再迁为大司农。太尉王龚，因病告归，太常桓焉，及司隶校尉赵峻，相继为太尉。司空王卓病终，光禄勋郭虔继任，嗣又改用太仆赵戒。就是司徒黄尚卸任后，亦接连换易两人，一是光禄勋刘寿，一是大司农胡广。惟当时梁冀用事，三公九卿，统唯唯诺诺，无所可否。惟前太尉王龚子畅，入为尚书，倒还有些乃父风规,不偏不党。汉安二年,匈奴句龙王吾斯复率众寇并州,畅荐茂陵人马寔(shí)为中郎将,出使防边。寔募人刺杀吾斯,送首洛阳。越年又进击余党,收降乌桓余众七十余万口。朝廷下诏褒美,赐钱十万,一面册立南匈奴守义王兜楼储为单于,使他还镇南庭。兜楼储前时入朝,留居洛阳,至是由顺帝临轩,亲授玺绶,特赐车服,并命太常大鸿胪等,祖饯都门,作乐侑酒,待至饮毕,兜楼储乃拜辞还国。南庭有此主子,自然不忘汉恩,较为恭顺,北顾幸可无忧。惟西陲一带,经护羌校尉赵冲出镇,剿抚并用,连破烧何烧当诸羌,羌种前后三万余户悉降。后来护羌从事马玄,忽生异图,背冲出塞,羌众亦叛去不少。冲追击叛羌,遇伏战殁,诏封冲子义为义阳亭侯。但冲虽阵亡,羌亦衰耗,再加梁并为左冯翊,招降叛羌离湳、狐奴等,陇右少安。回应前回。到了汉安三年,顺帝年已及壮,尚未立嗣,梁皇后以下,多半不育,只后宫虞美人,生下一子,取名为炳,年才二岁,顺帝乃立炳为太子,改汉安三年为建康元年,颁诏大赦。适值中杜乔,还京复命,遂拜为太子太傅,又命侍御史种暠为光禄大夫,在承光宫中监护太子。一夕由中常侍高梵,单车迎太子入见,杜乔等向梵索诏,梵答言由帝口授,

立冲人母后摄政

并无诏书,乔惶惑失措,不知所为,种暠独拔剑出鞘,横刃当车道:"太子为国家储贰,民命所系,今常侍来迎,不持诏书,如何示信？暠宁死不从此命！"梵起初尚恃有帝谕,倔强不服,及见暠色厉词严,倒也理屈词穷,无从辩驳,因即驰还复奏。顺帝颇称暠持重,更用手诏往迎太子,太子乃入。杜乔出宫赞叹道:"种公可谓临事不惑呢！"种暠字景伯,河南洛阳人；杜乔字叔荣,河内林虑人。两人都被举孝廉,致身通显,并号名臣。未几出暠为益州刺史,乔却迁官大司农,再迁为大鸿胪。是年八月,顺帝不豫,数日即崩,年终三十,在位与安帝相同,也是一十九年。群臣奉太子炳即位,尊梁后为皇太后。两龄嗣主,如何亲政？当然援照前例,由皇太后梁氏临朝。进太尉赵峻为太傅,大司农李固为太尉,参录尚书。越月奉顺帝梓宫,出葬宪陵,庙号敬宗。是日京师及太原雁门地震,三郡水涌土裂。有诏令举贤良方正,并使百僚各上封事,极陈时政得失。前安定上计掾皇甫规奉诏奏对道:

  伏惟孝顺皇帝初勤王政,纪纲四方,几以获安。后遭奸伪,威分近习,畜货聚马,戏谑时闻,又因缘嬖幸,受赂卖爵,轻使宾客,交错其间,天下扰扰,从乱如归,故每有征战,鲜不挫伤,官民并竭,上下穷虚。臣在关西,窃听风声,未闻国家有所进退,而威福之来,咸归权幸。陛下体兼乾坤,聪哲纯茂,指梁太后。摄政之初,拔用忠贞,指用李固。其余纲维,多所改正,远近翕然,望见太平。而地震之后,雾气白浊,日月不光,旱魃为虐,盗贼纵横,流血川野,庶品不安,谴诫屡至,殆以奸臣权重之所致也。其常侍尤无状者,亟宜黜遣,披扫凶党,收入财贿,以塞民怨,以答天诫。今大将军梁冀,河南尹不疑,处周召之任,为社稷之镇,加与王室世为姻族,今日立号,虽尊可也。惟宜增修谦节,辅以儒术,省去游娱不急之务,割减庐第无益之饰。夫君者舟也,民者水也,群臣乘舟者也,将军兄弟,操楫者也。若能平志毕力,以度元元,所谓福也；如其急弛,将沦波涛,可不慎乎？夫德不称禄,犹凿墉之址,以益其高,岂量力审功,安固之道哉？凡诸宿猾酒徒戏客,皆耳纳邪声,口出谄言,甘心逸游,倡造不义,亦宜贬斥,以惩不轨。令冀等深思得人之福,失人之累。又在位素餐,尚书怠职,有司依违,莫肯纠察,故使陛下专受谄谀之言,不闻户牖之外。臣诚知阿

第四十七回　立冲人母后摄政　毒少主元舅横行

谀有福,直言贾祸,然岂敢隐心以避诛责乎?臣生长边远,希涉紫庭,怖慑失守,言不尽意,昧死以闻。

这篇奏对,是专从权戚嬖幸上立言,梁冀瞧着,先已忿恨,即黜规下第,授官郎中。规知不可为,托疾辞归。州郡望承意旨,常欲陷害皇甫规,规深居韬匿,但以《诗》《易》教授门徒,幸得不死。时扬徐盗贼复盛,扬州贼范容等据住历阳,九江贼马勉攻入当涂,居然自称皇帝,也建立年号,封拜百官,号党羽徐凤为无上将军。就是广陵降贼张婴,自张纲病殁后,又生变志,仍然号召党羽,扰乱堂邑、江都。梁太后正拟会集公卿,选将出讨,只因年残春转,朝廷改元永憙(xī),百僚连日庆贺,无暇问及军情。待至庆贺事毕,幼主忽罹重疾,一瞑不醒,年才三岁,宫中忙乱得很。梁太后因扬徐盗盛,恐国有大丧,愈致惊扰,特使中常侍诏谕三公,拟征集诸王列侯,然后发丧。太尉李固进言道:"嗣皇虽幼,犹是天下君父,今日崩亡,人神感动,岂有身为臣子,反可互相隐讳?从前秦始皇病崩沙丘,胡亥赵高隐匿不发,卒至扶苏被害,秦即乱亡;近北乡侯病逝,阎后兄弟及江京等亦共隐秘,致有孙程推刃等事。这乃天下大忌,不可不防!"实是防备梁冀,故有此言。梁太后乃依固议,即夕发丧。惟顺帝只有嗣子一人,嗣子已殁,不得不别求旁支,入承大统。因征清河王蒜,及渤海王子缵,同入京师。蒜系清河孝王庆曾孙,缵乃乐安王宠孙,宠即千乘王伉子,见前回。蒜年已长,缵尚只八岁。太尉李固欲立长君,特语大将军梁冀道:"今当立嗣君,宜择年长有德,及躬与政事,夙有经验的人才,方可主治国家,愿将军审详大计,如周霍立文宣,毋效邓阎二后,利立幼君!"冀不肯从,与梁太后秘密定议,竟迎缵入南宫,授封建平侯,即日嗣位,是谓质帝,仍由梁太后临朝,遣蒜还国。于是议为前幼主安葬,卜兆山陵。李固又进谏道:"方今寇盗充斥,随处都宜征剿,军兴用费,势必加倍,况新建宪陵,劳役未休。前帝年尚幼弱,可即就宪陵茔内,从旁附筑,费可减去三分之一。从前孝殇皇帝奉葬康陵,也是这般办法,今何妨依据前制呢。"梁太后复从固言,将前幼主梓宫出葬,谥为冲帝,墓号怀陵。固遇事匡正,辄见信用,黄门内侍,多半黜遣,天下都想望承平。独梁冀专欲好猜,每相忌嫉,再加阉人从中播弄,共作蜚语,架诬固罪。梁太后却不肯听信,因得无事。固又与太傅赵峻、司徒胡广、司空赵戒等荐举北海人滕抚有文武才,

可为将帅。有诏拜抚为九江都尉,往讨扬徐诸贼。抚连战连胜,破斩马勉及徐凤范宫等,因进抚为中郎将,都督扬徐二州军事。抚又进至广陵,击毙张婴。尚有历阳贼华孟,自称黑帝,亦为抚领兵击死,东南乃平。越年改元本初,诏令郡国各举明经,诣太学受业,岁满课成,拜官有差。自是公卿皆遣子入学,生徒多至三万余人,学风称盛。扬徐一带,又已平靖,西北两隅,也还安宁,正好偃武修文,日新政治。偏是贵戚梁冀,挟权专恣,恃势横行,甚至大逆不道,公然做出弑君的事情来了。原来质帝年虽幼冲,却是聪明得很,常因朝中会议,公卿满廷,独目顾梁冀道:"这正是跋扈将军呢!"聪明反被聪明误。冀听了此言,大为忿恨,暗想如此少主,已是这般利害,若待至长成,如何了得!不如除去了他,另立一人。乃暗嘱内侍,置毒饼中,呈将进去,质帝吃了数枚,才阅片时,便致腹中作怪,烦闷不堪,因召问太尉李固道:"食饼腹闷,得水尚可活否?"冀在旁接口道:"恐饮水后或致呕吐,不如不饮为是!"语尚未毕,那质帝已捧住胸腹,直声大叫,霎时间晕倒地上,手足青黑,呜呼哀哉。李固伏尸举哀,大哭一场。少顷梁太后到来,亦泪下潸潸。固停住了哭,面奏太后,请彻底查究侍臣，梁太后含糊答应。固欲再与梁冀说明，左右旁顾，并不见冀踪迹，乃退了出去。适司徒胡广，司空赵戒，闻丧哭临，固待他哭毕，出外与商善后事宜，且恐冀更另立幼主，因邀二人一同署名，致书与冀道：

> 天下不幸，仍遭大忧，皇太后圣德临朝，摄统万机，明将军体履忠孝，忧存社稷，而频年之间，国祚三绝。今当立帝，膺天下重器，诚知太后垂心，将军劳虑，必详择其人，务求圣明。然愚情眷眷，窃独有怀。远寻先世废立旧仪，近见国家践祚前事，未尝不询访公卿，广求群议，令上应天心，下合众望。且本初以来，政事多谬，地震宫庙，彗星竟天，正是将军忧劳之日。传曰："以天下与人易，为天下得人难。"昔昌邑之立，昏乱日滋，霍光忧愧发愤，悔之折骨。自非博陆忠勇，延年奋发，大汉之祀，几将缺矣。至忧至重，可不熟虑？悠悠万事，惟此为大。国之兴衰，在此一举，惟明将军图之！博陆，即霍光封邑，事见《前汉演义》。

梁冀得书，方召百官入议。李固与胡广赵戒，及大鸿胪杜乔，都请立清河王蒜，说他谊属尊亲，德昭中外，正好入主宗祧。冀默不一答，仍无成议。先是平原王翼，被贬为都乡侯，遣归河间，见四十一回。翼父开时尚生存，愿将蠡吾县为翼封邑，上表请命，朝廷准议，乃改封翼为蠡吾侯。翼殁后，由子志袭封。志酷肖乃父，面目清扬，可惜是个皮相。当顺帝告崩时，曾入都会葬，为梁太后所亲见，太后尚有女弟，意欲与志为婚，合成佳偶，只因国有大丧，一时未便与议，所以遣令归国。迁延至两年有余，志年已十五，乃由梁太后召令入朝，与商婚事。适值质帝暴崩，议立新主，梁冀意中即欲将志拥立，好做那双料国舅，永久擅权。国舅也有双料，真是奇语。不料三公会议，多主张清河王蒜，与己意殊不相合，急切又未便开口，只得闷闷无言。及公卿等退出后，时已天暮，冀吃过夜膳，正在踌躇，忽由中常侍曹腾等入见，希旨说冀道："将军累代为椒房姻戚，秉摄万机，宾伍如云，免不得稍有过失。清河王夙号严明，若果得立，恐将军必致受祸！不如立蠡吾侯，富贵当可长保哩！"冀皱眉道："我亦有此意，但公卿等未肯赞成，奈何？"腾复说道："将军据有重权，令出必行，何人敢违？"冀不待说毕，奋然起座道："我……我意决了！"冀本口吃，两我字形容毕肖。腾等欣然辞去。翌晨冀重集公卿，倡议立蠡吾侯志，怒目轩眉，语甚激切，胡广赵戒以下，俱为冀所震慑，同声接应道："惟大将军命！"独固与杜乔，坚持初议，尚有辩驳，冀不令多言，竟厉声喝道："罢会！……罢会！"语毕竟入。固亦趋出，尚望冀舍志立蒜，再贻冀书，反复申论。冀略略一阅，掷置地上。先向梁太后请下诏书，将固策免，然后至夏门亭迎入蠡吾侯志，即夕即位，夏门系洛阳西北门，门外有万寿亭。是为桓帝。梁太后犹临朝政，安葬质帝于静陵，追尊河间王开为孝穆皇，蠡吾侯翼为孝崇皇。孝穆皇陵号乐成陵，孝崇皇陵号博陵。帝生母匽（Yǎn）氏，本蠡吾侯翼媵妾，至是在园守制，亦得尊为博园贵人。越年改元建和，正月朔日，便报日食，诏令三公九卿各言得失。到了四月，京师地震，又诏大将军公卿等荐举贤良方正，及直言极谏各一人。看官试想，豺狼久已当道，欲要纠正时政，必为所噬，有几个肯拼出性命，去膏豺狼口吻？如果有贤良方正，也不愿出仕乱世。至若直言极谏，更不必论了！司徒胡广，已代李固为太尉，会因盛夏日食，将广策免，进杜乔为太尉。且追论定策功勋，益封梁冀食邑万三千户，冀弟不疑为颍阳侯，不疑弟蒙为西平侯，冀子清为襄邑侯。又封中常侍刘广等皆为列侯。太尉杜乔，守正不阿，独上书谏阻道：

  陛下越从藩臣，龙飞即位，天人属心，万邦攸赖，不急忠贤之礼，而先左右之封，伤善害德，兴佞长谀。臣闻古之明君，褒罚必以功过，末世暗主，诛赏各缘其私。今梁氏一门，宦者微孽，并带无功之绂，裂劳臣之土，其为乖滥，胡可胜言？夫有功不赏，为善失其望；奸回不诘，为恶肆其凶。故陈资斧而人靡畏，班爵赏而物无劝。苟遂斯道，岂伊伤政为乱而已，丧身亡国，可不慎哉！

书奏不省。从前乔为大司农时，永昌太守刘君世，铸黄金为文蛇，拟献梁冀，事为益州刺史种暠所劾，致将金蛇没入国库，归与大司农收管。梁冀尚欲索取，伪与乔言，借观金蛇，乔知冀不怀好意，婉词拒绝，冀因此挟嫌。冀有小女病死，公卿都前往吊丧，乔独不赴，又为冀所衔恨。至迎立桓帝时，又与李固等反抗冀议，冀更觉切齿。不过梁太后素知乔忠，乃进乔为太尉。乔抗直如故，复谏阻冀等加封，言不见听，徒增冀恨。桓帝由梁氏得立，自然允从婚议，愿纳冀妹为后。冀想乘此大出风头，拟令桓帝特备隆仪，迎娶乃妹，偏杜乔据执旧典，只准照前汉时惠帝纳后故事，毫不增饰。冀因乔为首辅,也不便硬与争论,惟心中芥蒂益深。及冀妹既纳为皇后,冀势力益张。适都中又复地震,遂归咎首辅杜乔,将他策免,进司徒赵戒为太尉,封厨亭侯;司空袁汤为司徒,封安国侯;汤由太仆升任。起前太尉胡广为司空,封安乐侯。三公各得侯封,遂皆党同梁氏,惟命是从,只有李固杜乔,不肯附梁,免不得为所倾陷,要同时绝命了。小子有诗叹道:

邪正由来不并容,保身何若且潜踪。
先机未悟终罹祸,过涉难逃灭顶凶!

欲知李固杜乔,如何毕命,且看下回续叙。

顺帝告崩,子炳嗣立,梁皇后援例临朝,犹可说也。但不当专信乃兄,委以重任。冀本一浮荡子耳,梁后关系同胞,岂无所闻?皇甫规首先进谏,言之甚详,奈何顾恋亲谊,不为国家大局计乎?夫以明德和熹两后之贤,而母族犹不免中落,梁后夙号知书,尝引《列女图》以为鉴戒,吾未闻古今列女,好为是以私废公也!冲帝夭折,莫如迎立长君,乃偏听冀言,舍蒜立缵,其贪权固位之心,已可想见。至质帝遇毒,顷刻暴崩,若使梁后未知冀谋,奈何不从李固之言,彻底查究?晋赵穿弑灵公于桃园,赵盾归不讨贼,史以赵盾弑君书之。例以《春秋》大义,梁后亦与有罪焉!况为妹联婚,复立桓帝,李固杜乔,同时抗谏,卒不见从。冀固首恶,试问谁纵之而谁使之耶?吾以是知妇人之仁,终无当于大体云。

第四十八回

父死弟孤文姬托命　夫骄妻悍孙寿肆淫

却说李固杜乔,虽相继免职,尚在都中居住,何不速归?外戚中宦,统因他平素抗直,引为大患。桓帝即位以后,宦官唐衡左悺(guàn)等,共入内进谗道:"陛下前当即位,李固杜乔首先抗议,谓陛下不应奉汉宗祀,真正可恨!"桓帝听了,也不禁愤怒起来。会值甘陵人刘文,与南郡妖贼刘鲔交通,讹言清河王当统天下,意欲立蒜邀功,当下劫住清河相谢暠,持刀胁迫道:"我等当立王为天子,君当为公,否则与君不便!"暠不肯听从,怒目相叱,致被刘文等杀死。清河王蒜素来严重,颇有纪律,闻得国相被劫,忙令王宫卫兵,出去救护。卫士等见暠被杀死,当然奋力与斗,刘文刘鲔部众无多,一时抵敌不住,立即遭缚,推至清河王面前,还有何幸,自然奉命伏诛。偏朝廷不谅苦衷,反信奸人蜚语,劾蒜不能无罪,坐贬为尉氏侯。蒜本无反意,遭此冤诬,愤不欲生,竟仰药自尽。死得冤苦,但亦等诸匹夫匹妇之为谅,不足成名。梁冀趁此机会,诬称李固杜乔与刘文刘鲔通谋,请逮捕治罪。梁太后素知乔忠,不许捕乔,冀即收李固下狱,迫令诬供。固怎肯承认?固有门生王调,贯械上书,替固讼冤;还有河内赵承等数十人,亦自伏斧锧,诣阙通诉。梁太后诏令赦固,固得释出狱,行至都市,百姓统欢呼万岁。梁冀闻报大惊,复入白太后,极言固买服人心,必为后患,不如趁早伏法。梁太后尚未允许,冀竟擅传诏命,复将固捕入狱中。固自知不免,因在狱中缮好手书,托狱吏转交太尉赵戒,司空胡广,书中略云:

固受国厚恩,是以竭尽股肱,不顾死亡,志欲扶持王室,比隆文宣。何图一朝梁氏迷谬,公等曲从,以吉为凶,成事为败乎!汉家衰微,从此始矣。公等受主厚禄,颠而不扶。倾覆大事,后之良史,岂有所私?固身已矣,于义得矣,夫复何言!

赵戒胡广得了固书,明知固是当代忠臣,为冀所害,但若出头救固,也恐触忤权奸，非惟富贵不保，连身家亦且难存，因此不敢代讼，只是心中悲愧，长叹流涕罢了。千古艰难惟一死。此外公卿大臣，名位较卑，乐得袖手旁观，免遭横祸。可怜一位为国尽忠的李子坚，子坚即李固字。竟就此死于非命，年五十有四。冀既杀李固，复使人胁迫杜乔道："请早裁决，尚可保全妻子！"乔未受明诏，怎肯为了梁冀私言，便去就死？到了次日，冀遣骑士至乔第探视，并不闻有哭声，乃入白太后，极言乔怨望不道，也不待太后命令，即捕乔下狱，当夜暴亡。并将固乔二尸，置诸城北，榜示四衢，说他串通叛逆，故加死刑，并下令有人哭临，一并同罪。固弟子郭亮，年始成童，游学洛阳，闻得固遭枉死，即左执章钺，右执鈇（fū）锧，诣阙上书，乞收固尸。朝廷不许，亮即往哭固丧，守尸不去。夏门亭长呵叱道："李杜二公，身为大臣，不知安上纳忠，乃反构造逆谋，君何为敢犯诏书，轻试刑法呢？"亮慨然道："皇天畀亮生命，使得戴乾履坤。李杜二公，何人不替他称冤？亮惟义是动，不计生死，何必大言吓我？"说得亭长亦为叹息，顾亮再说道："人生既处今世，天虽高，不敢不跼，地虽厚，不敢不蹐，耳目甚近，幸毋妄言！"亭长亦有心人。既而南阳人董班，亦至固尸旁恸哭，留连不去。杜乔故掾杨匡，自陈留奔丧，星夜入都，犹著前时赤帻，托为夏门亭吏，守卫尸丧，驱逐蝇虫。三人守至十有二日，由司隶察状奏闻，梁太后也为垂怜，尽加赦宥，且听令收葬二尸。董班送固丧还汉中，杨匡送乔丧还河内，家属都随榇归里。先是李固策免太尉时，已遣三子基兹燮还乡，燮年才十三，有姐文姬，嫁与同郡赵伯英为妻，贤慧过人，因见兄弟回里，便即过问情由，且叹且泣道："李氏恐从此灭亡了！自从祖考以来，积德累仁，奈何至此？"遂密与二兄基兹熟商，豫匿季弟，托言遣往京师，里人都信以为真。未几难作，郡守接得冀书，收固三子，基兹被捕，并死狱中，独燮由文姬藏匿，幸免毒手。文姬尚忧难保，因召父门生王成入室，流涕与语道："君在先公门下，素有义声，今当以孤子相托。李氏存亡，系诸君身，愿君勿辞！"成即应声道："凤受师恩，敢不如命？"好义徒！文姬乃将燮交与王成，成偕燮沿江东下，入徐州境，使变姓名为酒家佣，自己卖卜市中，仍与燮相往来。燮有暇即从成受学，朝夕不懈。酒家知非常人，意欲以女妻燮，女年已及笄，也料燮不居人下，情愿委身相事，于是择吉成礼，伉俪甚谐。却是一出奇缘记。燮勤学如故，遂得淹通经

父死弟孤文姬托命

籍。后来梁冀伏辜,赦书屡下,并求李固后嗣,燮始将本末详告酒家,酒家具礼遣归,方得为父追服,重会姐弟,复入朝拜为议郎,事且慢表。且说建和二三年间,国政虽出权门,内外尚幸无事,惟灾异常有所闻:二年五月,北宫掖廷中德阳殿及左掖门被火,车驾仓猝奔徙,避居南宫;三年六月,洛阳地震,宪陵寝屋俱被震坍;七月间廉县雨肉,形似羊肺,或如手掌,远近称奇;八月中有孛星出天市垣,京都大水;九月地震二次,山崩五处。太尉赵戒因灾免官,迁司徒袁汤为太尉,大司农张歆为司徒。梁太后下诏自责,令有司赈恤流民,掩埋饿莩,务崇恩施,禁止苛刻。越年正月,太后不豫,乃归政桓帝,大赦天下,改元和平。小子因将归政诏书,录述如下:

曩者遭家不造,先帝早世。永惟大宗之重,深思嗣续之福,询谋台辅,稽之兆占。既建明哲,克定统业,天人协和,万国咸宁。元服已加,桓帝于建和二年行冠礼。将即委付,而四方盗窃,颇有未靖,故假延临政,以须安谧。幸赖股肱御侮之助,残丑消荡,民和年稔,普天率土,遐迩洽同;远览"复子明辟"之义,近慕先姑归授之法,阎皇后被迁离宫,本非自愿,诏文中曲为转圜。及今令辰,皇帝称制。群公卿士,虔供尔位,戮力一意,勉同断金,展也大成,则所望矣!

梁太后既经归政,即在长乐宫养疴,迭召侍医诊治,多日无效,反致增剧,勉强起床,出幸宣德殿,召见宫省官属,及诸梁兄弟,本拟面加嘱咐,因痰喘未平,只得令左右草诏,用纸代言道:

朕素有心下结气,近且加以浮肿,逆害饮食,浸至沉困,比(读若毗)。使内外劳心请祷。私自忖度,日夜虚劣,不能复与群公卿士,共相终竟。援立圣嗣,恨不久育养,见其终始。今以皇帝及将军兄弟,委付股肱,其各自勉焉!

颁诏后还宫,越二日即致逝世,享年四十有五,尊谥顺烈皇后,合葬宪陵。桓帝生母匽贵人尚存,当由桓帝仰报慈恩,遣司徒张歆持节奉策,往诣博园,尊匽贵人为孝崇皇后,号住室为永乐宫,得置太仆少府等官,如长乐宫故事。所有朝廷政治,名为桓帝亲政,实仍在梁冀掌握中。当时颍川郡有两大耆儒,一个就是荀淑,表字伯和,出为当涂长;一个乃是陈寔,表字仲弓,出为太丘长。两人并有令名,又相友善。淑有八子,俭、绲、靖、焘、汪、爽、肃、旉(fū),并承家学,克肖乃父,时人号为八龙。颍阴令苑康,比诸古时高阳氏才子八人,因名荀氏居里曰高阳里。寔亦有六子,长次最贤。长名纪,字元方,次名谌,字季方,齐德同行,与父寔并称三君。郡人谓元方难为兄,季方难为弟。元方子群,幼亦颖慧。寔尝过访荀淑,使长子御车,次子执杖,嫡孙年小,并载车中。淑闻寔至,令三子靖应门,五子爽行酒,俭绲等相继进食,孙彧亦在稚年,引坐膝前。两家合宴,当然尽欢。不意上感天文,德星并集,朝中太史,即奏称五百里内,有贤人相聚。大将军梁冀但知作威作福,管什么贤人不贤人?嗣由光禄勋少府等,举淑为贤良方正,入朝对策。淑策文中多讥刺贵幸,为冀所忌,徙补朗陵侯相,莅事明理,世号神君。既而弃官归隐,家居数年,至六十七岁病终,时为桓帝建和三年。从前李固杜乔,尝师事荀淑,还有同郡人李膺,亦奉淑为师。淑殁时,膺已为牧守,自表师丧,郡县均为立祠。寔尚生存无恙,惟因权幸擅权,志不苟合,所以一官小试,终就沉沦,后文再当表见,姑从缓叙。*类叙荀淑陈寔,不没名士。*

梁冀嫉忠害良,终不少改,和平元年,且得增封食邑万户,连前封合三万户。弘农人宰宣,巧为迎合,上言大将军功比周公,应加封妻孥,今

既封诸子,妻亦宜加号邑君。有诏依议,遂封冀妻孙寿为襄城君,兼食阳翟租,岁入五千万,加赐赤绂,仪比长公主。这位襄城君孙寿,却是一个非常淫悍的妇人,面貌却很是艳冶,善为妖态。眉本细长,却故意蹙损,作曲折形,叫做愁眉;目本莹彻,却轻拭眼眶,作泪眦状,叫做啼妆;不必愁而似愁,不必啼而似啼,也是不祥之兆。发本黑软,却半脱不梳,成一懒髻,使它斜欹(qī)半偏,叫做堕马髻;腰本轻柔,行动时却摆动莲钩,好似瘦弱不禁,叫做折腰步;齿本整齐,巧笑时却微涡梨颊,好似牙床作痛,叫做龋齿笑。龋音矩,齿痛貌。引得梁冀格外怜爱,格外宠惮,稍一忤意,便装娇撒痴,吵得全家不安。冀本好色,为妻所制,未能自由纵欲,也不免心存芥蒂。可巧父死丁忧,托言城西守制,与妻异居,其实同一美人友通期,日夕肆淫,借居丧庐,为藏娇屋,任情取乐。看官欲问友通期的来历,乃是一个歌妓,由冀父商购献顺帝,事君当进贤士,奈何购献美人?商之行为可见一斑。顺帝留住后宫,时因通期有过,仍然发还梁家,梁商遣令出嫁,偏冀心爱通期,待至商殁,便嘱门下食客,暗将通期诱来,借偿夙愿。怎奈艳妻独处,已有所闻,俟冀他出,竟率健奴,突入丧庐,搜索通期。通期未曾预防,竟被寿揪住云髻,先赏她几个耳光,然后交与家奴,把她牵归。通期本生得一头美发,由寿用剪截去,再将她花容玉面,用刀刮开,更迫令脱去外衣,笞掠至数百下,打得通期无从申诉,痛苦不堪。冀归庐闻报,吃一大惊,慌忙趋至岳家,向妻母叩头似蒜,请她至妻前说情,饶放通期。寿母乃往与缓颊,寿始将通期放归。冀急去探视,见她创痕累累,鬓影星星,禁不住肉痛起来。当即替她抚摩,婉言谢过,并延名医调治,外敷内补,好几日才得告痊。通期感冀厚意,仍然与冀续欢,亲昵如故,未几私生一男,取名伯玉,匿不敢出。偏又为孙寿所探悉,竟令子胤带着家奴,各持刀械,闯入友氏家内,不论男女老幼,一概杀死,只有冀私生子伯玉,平时常藏匿复壁中,幸得漏网,不致污刃。梁胤已灭尽友氏,扬长归报。独冀亲往勘视,惨不忍睹,忙着人买棺收殓,一一埋葬。心中虽衔恨妻孥,但畏妻如虎,未敢返家诘责,只把那私生子格外珍惜,重价雇一乳媪,育养民间,时令藏匿。自己也不愿回家,另在外舍居住。孙寿见冀挟嫌不归,也去另寻主顾,为娱乐计。可巧有个太仓令秦宫,曾在冀家充过奴仆,面目俊俏,口齿伶俐,因为冀所怜爱,荐为县令。他却并未赴任,仍在冀家出入往来,甚至深房密室,也得进出无阻。孙寿竟垂青眼,有所役使,往往令宫充当。宫小心伺候,曲尽殷勤,寿见他体心贴意,越加喜欢,有时辄屏去左右,与宫私谈,耳环厮磨,情绪密切。看官试想,这秦宫是个有名的狡徒,岂有不瞧透芳衷,欢颜相接? 又况寿华色未衰,阃威又盛,这种主顾,真是毕世难逢,乐得放大了胆,趁这四目相窥的时候,将孙寿轻轻搂住。寿故作娇嗔,叱他无礼,那娇躯却全不动弹,一任秦宫拥入罗纬,解带宽衣,成就好事。好一场桃花运。嗣是宫内作情郎,外为宠竖,几乎大将军门下,要算他一人最出风头,且刺史二千石入都,求见大将军,必先谒赂秦宫,然后得通姓氏。宫又为冀夫妇互相调停,仍归和好,且劝他夫妇对街筑宅,穷极精工,左为大将军府,右为襄城君第,堂寝皆有阴阳奥室,连房洞户,曲折通幽,四围窗壁,统是雕金为镂,绘彩成图,此外尚有崇台高阁,上触云霄,飞梁石磴,下跨水道,差不多与秦朝阿房宫相似。又复广开园囿,采土筑山,十里九坂,取象崤函,山上罗列草木,驯放鸟兽,葱茏在望,飞舞自如。冀与寿共乘辇车,游观第内,前歌僮,后乐妓,鸣钟吹管,铿锵盈路,或且连日继夜,恣为欢娱。

既而府第冶游，尚嫌不足，再至近畿一带，广拓林囿，周遍近畿。又在河南城西，增设兔苑，绵亘数十里，移檄各处，调发生兔，刻毛为志，人或误犯，罪至死刑。冀二弟尝私遣门役，出猎上党，冀侦得消息，恐他杀伤生兔，立派家卒往捕，杀死至三十余人。另在城西构造别墅，收纳奸亡，或取良家子女，悉为奴婢，名曰自卖人。寿又向冀谮毁诸梁，黜免外官数人，阴令孙氏宗族补缺。孙氏宗亲，都是贪婪不法，各遣私人调查富户，诬以他罪，捕入拷掠，令出金钱自赎，稍不满意，辄予死徙。扶风富豪孙奋，性最悭吝，冀遗以乘马，向他贷钱五千万，奋只出三千万缗借冀，冀竟大怒，移檄太守，冒认奋母为府中守藏婢，说他盗去白金十斛，紫金千斤，应该追缴。太守奉命惟谨，即拘孙奋兄弟，逼令缴出原赃，奋等并无此事，怎肯承认？活活地被他敲死，资产悉被籍没，数至一亿七千余万缗，乱世时代，原不应拥资自豪。一大半献与梁冀，冀方才泄恨。嗣复派使四出，远至塞外，广求异物。去使多恃势作威，劫夺妇女，殴击吏卒，累得吏民痛心疾首，饮恨吞声。侍御史朱穆，本系梁氏故吏，因贻书谏冀道：

> 古之明君，必有辅德之臣，规谏之官，下至器物，各铭书成败，以防遗失。故君有正道，臣有正路，从之如升堂，违之如赴壑。今明将军地有申伯之尊，位为群公之首，一日行善，天下归仁，终朝为恶，四海倾覆。顷者官民俱匮，加以水虫为害，京师诸官，费用增多，诏书发调，或至十倍，各言官无现财，皆出于民，搒（péng）掠敲剥，强令充足。公赋既重，私敛尤深，牧守长吏，多非德选，贪聚无厌，遇民如虏，或绝命于棰楚之下，或自贼于迫切之求。又掠夺百姓，皆托之尊府，遂令将军结怨天下，吏民酸毒，道路叹嗟。昔秦政烦苛，百姓土崩，陈胜奋臂一呼，天下鼎沸；而面谀之臣，犹言安宁，讳恶不悛，卒之灭亡。又永和之末，纲纪少弛，颇失民望，才四五岁耳，而财空户散，下有离心，马勉之徒，乘敝而起，荆扬之间，几成大患。见前回。幸赖顺烈皇后，初政清静，内外向力，仅乃讨定。今百姓戚戚，困于永和，内非仁爱之心，所得容忍，外非守国之计，所宜久安也。夫将相大臣，均体元首，共舆而驰，同舟而济，舆倾舟覆，患实共之。岂可去明即昧，履危自安，主孤时困而莫之恤乎？宜时易宰守之非其人者，减省第宅园池之费，拒绝郡国馈遗，内以自明，外解人惑，使挟奸之吏，无所依

托,司察之臣,得尽耳目。宪度既张,远迩清一,则将军身尊事显,德耀无穷。天道明察,无言不信,惟冀省览!

冀得书不省,但援笔批答道:"如君所言,难道仆果无一可么?"何事为可,请汝说来。穆知冀怙过,不便再谏,只好付诸一叹。越年元旦,桓帝御殿,受文武百官朝贺,冀竟带剑入朝,忽左班闪出一人,大声叱冀,不令趋入,且使羽林虎贲诸将,把冀佩剑夺下。冀倒也心惊,跪伏阶前,叩头谢罪。正是:

  殿上直声应破胆,阶前权威也低头。

欲知冀曾否受谴,待至下回说明。

李固杜乔,号称忠直,而于质帝遇毒之时,既不能拼生讨贼,复不能避祸归田,得毋忠有余而智不足者耶?然无辜被害,远近呼冤,彼苍亦隐为垂怜。特生郭亮董班杨匡诸义士,拼死收骸,复有李女文姬,智能料事,明足知人,托孤弟于王成之手,而遗嗣得全。待至梁氏族灭,而李杜之后裔犹存,为善者其亦可无惧欤?梁冀凶悍无比,而独受制于艳妻,先贤所谓身不行道,不行于妻子,有明征焉。且冀私诱友通期,而冀妻即私通秦宫,我淫人妻,人亦淫我妻,报应之速,如影随形。冀至此犹不知悟,反穷极奢侈,愈逞凶威,是殆所谓天夺之魄,而益其疾者,朱穆一谏,亦宁能挽回乎?

第四十九回

忤内侍朱穆遭囚　就外任陈龟拜表

却说梁冀带剑入朝，突被殿前一人，叱令退出，夺下佩剑，这人乃是尚书张陵，素有肝胆，故为是举。冀长跪谢过，陵尚不应，当即劾冀目无君上，应交廷尉论罪。桓帝未忍严谴，但令冀罚俸一年，借赎愆尤，冀不得不拜谢而退。河南尹梁不疑，尝举陵孝廉，闻陵面叱乃兄，即召陵与语道："举公出仕，适致自罚，未免出人意外。"陵直答道："明府不以陵为不才，误见擢叙，今特申公宪，原是报答私恩，奈何见疑？"与周举同一论调。不疑听了，未免生惭，婉言送别。独冀因不疑举荐张陵，致被纠弹，当即迁怒不疑，嘱令中常侍入白桓帝，调不疑为光禄勋。不疑知为兄所忌，让位归第，与弟蒙闭门自守，不闻朝政。冀便讽令百官，荐子胤为河南尹。胤一名胡狗，年才十六，容貌甚陋，不胜冠带，都人士见他毫无威仪，相率嗤笑，惟桓帝特别宠遇，赏赐甚多。和平二年，又改号元嘉。春去夏来，天时和暖，桓帝乘夜微行，竟至梁胤府舍，欢宴达旦，方才还宫。是夕大风拔树，到了天明，尚是阴雾四塞，曙色迷离。故太尉杨震次子秉，已由郎官迁任尚书，上书谏帝微行，未见信用。俄而天旱，俄而地震，诏举独行高士。安平人崔寔即崔瑗子，崔瑗见四十三回。被举入都，目睹国家衰乱，嬖幸满朝，料知时不可为，乃称病不与对策，退作政论数千言，隐讽时政。小子特节录如下：

自尧舜之帝，汤武之王，皆赖明哲之佐，博物之臣，故皋陶陈谟而唐虞以兴，伊箕作训而殷周用隆。及继体之君，欲立中兴之功者，曷尝不赖贤哲之谋乎？凡天下所以不理者，常由人主承平日久，习乱安危。或荒耽嗜欲，不恤万几；或耳蔽箴诲，厌伪忽真；或犹豫歧路，莫适所从；或见信之佐，括囊守禄；或疏远之臣，言以贱废。是以王纲纵弛于上，智士郁伊于下。悲夫！自汉兴以来，三百五十余岁矣，政令垢玩,上下怠懈,风俗雕敝,民庶巧伪,百姓嚣然,咸复思中兴之救矣。且济时拯世之术,岂必体尧蹈舜,然后乃理哉? 期于补隙决坏,譬犹枝柱邪倾,随形裁割,要措斯世于安宁之域而已。夫为天下者,自非上德,严之则治,宽之则乱。何以知其然也? 近观孝宣皇帝,明于君人之道,审于为政之理,故严刑峻法,破奸宄之胆,海内清肃,天下密如,荐勋祖庙,享号中宗。及元帝即位,多行宽政,卒以堕损,威权始夺,遂为汉室基祸之主。政道得失,于斯可鉴。盖为国之法,有似理身,平则养疾,疾则攻焉。夫刑罚者,治乱之药石也;德政者,兴平之粱肉也。以德教除残,是以粱肉治疾也;以刑罚治平,是以药石供养也。方今承百王之敝,值厄运之会,自数世以来,政多恩贷,驭委其辔,马骄其衔,四牡横奔,皇路险倾,方将钳勒鞭辀(jiànzhōu)以救之,**以木衔口曰钳;辀为车辕;鞭,犹束也。**岂暇鸣和鸾,清节奏哉? 昔高祖令萧何作九章之律,有夷三族之令,黥、劓、斩趾、断舌、枭首,故谓之具五刑。文帝虽除肉刑,当劓者笞三百,当斩左趾者笞五百,当斩右趾者弃市。右趾者既殒其命,笞挞者往往至死,虽有轻刑之名,其实杀也。当此之时,民皆思复肉刑。至景帝元年,乃下诏曰:"加笞与重罪无异,幸而不死,不可为民。"乃定律减笞轻棰,自是之后,笞者得全。以此言之,文帝乃重刑,非轻之也,以严致平,非以宽致平也。必欲行若言,当大定其本,使人主师五帝而式三王,荡亡秦之俗,振先圣之风,弃苟全之政,蹈稽古之踪,复五等之爵,立井田之制,然后选稷契为佐,伊吕为辅,乐作而凤皇仪,击石而百兽舞。若不然,则多为累而已。

这篇政论,并非劝朝廷尚刑,不过因权幸犯法,有罪不坐,贪吏溺职,有过不诛,所以矫时立说,主张用严。看官若视为常道,便变成刻薄寡恩了。**揭出宗旨,免为暴主借口。**高平人仲长统,得读崔政论,喟然叹道:"人主宜照录一通,置诸座右!"这也是规戒庸主的意思。惟儒生清议,怎能遽格君心? 梁冀是当道豺狼,顺帝还当他麟凤相待,意欲再加褒崇,特令公卿议礼。时赵戒袁汤胡广,迭为太尉,光禄勋吴雄为司徒,太常黄琼为司空。胡广本模棱两端,因见梁氏势盛,遂称冀功德过人,应比周公,锡以山川土田。独司空黄琼进议道:"可比邓禹,合食四县!"**这八字,亦**

硬逼出来。于是有司折衷申议，奏定加冀殊礼，入朝不趋，履剑上殿，谒赞不名，礼比萧何，增封四县，礼比邓禹，赏赐金帛奴婢彩帛车服甲第，礼比霍光，每朝会与三公异席，十日一评尚书事。梁冀得此荣宠，还是贪心不足，心下怏怏。会桓帝生母匽氏病终，即孝崇皇后。桓帝至洛阳西乡举哀，命母弟平原王石为丧主，王侯以下，悉皆会葬，礼仪制度，比诸恭怀皇后。即顺帝生母梁贵人，事见前文。惟匽氏子弟，无一在位，这全由梁冀擅权，心怀妒忌，因此不令匽氏一门，得参政席。至元嘉三年五月，复改元永兴，黄河水涨，经秋愈大，冀州一带，河堤溃决，洪水泛滥，田庐尽成泽国，百姓流亡，至数万户。有诏令侍御史朱穆为冀州刺史。穆奉命即行，才经渡河，县令邑长，只恐穆举劾隐愆，解印去官，约有四十余人。及穆到郡后，果然纠弹污吏，铁面无私，有几个惶急自杀，有几个锢死狱中。宦官赵忠，丧父归葬，僭用玉匣，穆因他籍隶安平，属己管辖，特遣郡吏按验情实。吏畏穆严明，不敢违慢，竟发墓剖棺，出尸勘视，果有玉匣佩着，乃将赵忠家属逮捕下狱。谁知赵忠不肯认错，反向桓帝前逞刁，奏称穆擅发父棺，私系家眷，再加梁冀恨穆进规，也为从旁诬蔑，顿致桓帝大怒，立遣朝使拘穆入都，交付廷尉，输作左校。<u>左校，署名，属将作大匠管理，凡官吏有罪，令入左校工作，亦汉朝刑罚之一种。</u>当时激动太学生数千人，共抱不平，推刘陶为领袖，诣阙上书，代讼穆冤，<u>学生干政自此始。</u>略云：

  伏见前冀州刺史朱穆，处公忧国，拜州之日，志清奸恶。诚以常侍贵宠，父兄子弟，布在州郡，竟为虎狼，噬食小人，故穆张理天纲，补缀漏目，罗取残贼，以塞天意。由是内官咸共恚疾，谤讟(dú)烦兴，诬隙仍作，极其刑谪，输作左校。天下有识，皆以穆同勤禹稷，而被之鲧之戾，若死者有知，则唐帝怒于崇山，重华忿于苍墓矣！<u>舜葬于苍梧之野，故曰苍墓。</u>当今中官近习，窃持国柄，手握王爵，口含天宪，运赏则使饿隶富于季孙，呼噏则令伊颜化为桀跖。而穆独抗然不顾身害，非恶荣而好辱，恶生而好死也，徒感王纲之不振，惧天网之久失，故竭心怀忧，为上深计。臣等愿黥首系趾，代穆校作，不愿使忠臣之抱屈蒙冤也！谨此上闻，无任翘切。

桓帝得书，方将穆赦出，放归南阳故里。穆即故尚书令朱辉孙，表字公叔，年五岁，便以孝闻，后由孝廉应举，入为议郎，再迁侍御史，廉直有声，尝作《崇厚论》以儆世，称诵一时。至是罢归乡里。太学生刘陶等，又奏称朱穆李膺，履正清平，贞高绝俗，实是中兴良佐，国家柱臣，应召使入朝，夹辅王室，必有效绩可征云云。原来颍川人李膺，为故太尉李修孙，<u>在安帝时，见前回。</u>操守清廉，与朱穆齐名，也是由孝廉进阶，累迁至青州刺史，嗣复转调渔阳蜀郡诸太守，更任乌桓校尉。鲜卑屡兴兵犯塞，膺率步骑，临阵出击，亲冒矢石，裹创迭战，得破强虏万余，斩首至二千级，鲜卑始不敢窥边。寻因事免官，退居纶氏县中，教授生徒，及门常不下千人。刘陶等素重膺名，故与朱穆一同举荐，偏桓帝不肯听从，遂致名贤屈抑，沉滞至好几年。惟是君子道消，小人道长，上干天怒，灾异相寻，下丛民怨，盗贼四起。陈留贼李坚，自称皇帝；长平贼陈景，自号黄帝子；南顿贼管伯，自称真人；扶风人裴扰，亦自称皇帝。尚幸徒众乌合，不足有为，一经郡县发兵围捕，先后伏诛。只泰山琅玡贼公孙举东郭窦等，聚众较多，叛官戕吏，连年不平。到了永兴三年正月，复改号为永寿元年，大赦天下，与民更新。公孙举等顽抗如故，还有南匈奴左奥鞬台耆，及且渠伯德，<u>左奥鞬且渠，皆匈奴官名。</u>纠合羌骑，入寇美稷，东羌亦举种相应，亏得安定属国都尉张奂，东抚北征，收群寇，破奥鞬，降伯德，羌胡始定。过了一载，鲜卑都酋檀石槐，率同胡骑三千名，入寇云中。相传檀石槐生时，很是奇异，父为投鹿侯，尝从匈奴军，三年始归，妻竟生下一子，就是檀石槐。投鹿侯向妻诘责，妻谓昼行闻雷，仰视天空，有雹入口，吞而成孕，乃生此男。投鹿侯似信非信，决意将婴儿弃去，因即投掷野中。我亦不信，有此异闻。妻私语家令，仍然收养。年至十四五岁，勇健有智略，别部酋长，抄取檀石槐母家牛羊，檀石槐单骑追击，所向无前，尽将牛羊夺回，由是各部畏服。待至壮年，越加智勇，施法禁，平曲直，莫敢违犯，遂共推为大人。檀石槐乃立庭弹汗山，招兵买马，逐渐强盛。及寇掠云中，警报似雪片一般，传达京师，桓帝乃再起李膺为度辽将军，使他防御鲜卑。鲜卑素惮膺威，望风震慑，当将所掠男女牲畜，尽行弃置，出塞自去。膺也不复穷追，安民设障，塞下自安。

独公孙举等骚扰青徐，尚未平靖，嬴县地当要冲，贼踪出没，大为民害。朝廷闻警，由诸尚书简选能员，得了一个颍川人韩韶，使为嬴长。韶贤名卓著，一经到任，贼皆远徙，相戒不敢入境。流民万余户，仍得安然还乡，只是庐舍已空，一时无从得食，免不得待哺嗷嗷。韶即开仓赈饥，主吏谓未得上命，力争不可，韶慨然道："能起沟壑中人，复得生活，就使因此伏罪，也足含笑九泉了！"为民忘身，是谓好官。流民得粟疗饥，生全无算，郡守亦素知韶贤，并不加罪。时称颍川四长，一是荀淑，一是陈寔，见前回。一是锺皓，还有一人就是韩韶。皓初为本郡功曹，后迁任林虑长，不久即去。李膺尝将皓比诸荀淑，往往语人道："荀君清识难尚，锺君至德可师，两贤原无分轩轾呢！"皓兄子瑾，亦好学慕古，有退让风。瑾母就是膺姑，膺祖修累言瑾有志操，邦有道不废，邦无道得免刑戮，因复将膺妹配瑾为妻。瑾迭被州郡辟召，始终不起。膺谓瑾太无皂白，瑾转告诸皓。皓叹息道："昔齐国武子好招人过，终为怨本。诚欲保身全家，原不如守真抱璞，何必就征？"嗣是叔侄并皆隐处，不复出山，终得抱道自重，高尚终身。惟韩韶为嬴县长，只能保全县境，不能顾及他县，贼众飘逸山东，往来莫测，良民辄被劫掠，怨苦异常，地方长官，不得已申奏朝廷，请派大员督剿。是时太尉胡广，因日食免官，进司徒黄琼为太尉，光禄勋尹颂为司徒。颂因东方多盗，特举议郎段颎，拜为中郎将，引兵东讨。颎本故西域都护段会宗从曾孙,前汉元帝时,会宗为西域都护。世传武略,技击称长,又能洞明兵法,善抚士卒,此次出剿群贼,正如虎入羊群,连战皆捷,先毙东郭窦,继斩公孙举,累年逋寇,一鼓荡平。颎得受封列侯,长子亦进拜郎中。光阴易过,倏又为永寿四年,仲夏日食,太史令陈授,上言日食变异,咎在大将军梁冀。冀不禁大愤,立将陈授下狱,搒死杖下。已而飞蝗为灾,遍及京师,桓帝不知反省,但务改元,到了夏尽秋来,还要改年号为延熹元年,真是多事。且将太尉黄琼策免,再起胡广为太尉。已而南匈奴及乌桓鲜卑,连同入寇,度辽将军李膺已调入为河南尹,乃使京兆尹陈龟为度辽将军,出镇朔方。龟临行时,曾上疏白事道:

臣龟蒙恩累世,驰骋边陲,虽展鹰犬之用,顿毙胡虏之庭,魂骸不返,荐享狐狸,犹无以塞厚责,答万分也!臣闻三辰不轨,擢士为相;蛮夷不恭,拔卒为将。臣无文武之才,而忝鹰扬之任,上惭圣明,下惧素餐,虽没躯体,无所云补。今西州边鄙,土地塉埆(jíquè),鞍马为居,射猎为业,男寡耕稼之利,女乏机杼之饶,守塞候望,悬命锋镝,闻急长驱,去不图返。自顷年以来,匈奴数攻营郡,残杀长吏,侮略

良细,战夫身膏沙漠,居民首系马鞍,或举国掩户,尽种灰灭,孤儿寡妇,号哭空城,野无青草,室如悬磬,虽含生气,实同枯朽。往岁并州水雨,灾螟互生,老者虑不终年,少壮惧于困厄。陛下以百姓为子,百姓以陛下为父,焉可不日昃劳神,垂抚循之恩哉?唐尧亲舍其子,以禅虞舜者,是欲民遭圣君,不令遇恶主也。故古公杖策,其民五倍;文王西伯,天下归之。岂复舆金辇宝,以为民惠乎?近孝文皇帝感一女子之言,除肉刑之法,体德行仁,为汉贤主。陛下继中兴之统,承光武之业,临朝听政,而未留圣意。且牧守不良,或出中官,惧逆上旨,取过目前。呼嗟之声,招致灾害,胡虏凶悍,因衰缘隙。而令仓库殚于豺狼之口,功业无铢两之效,皆由将帅不忠,聚奸所致!前凉州刺史祝良,初除到州,多所纠罚,太守令长,贬黜将半,政未逾时,功效卓然,实应赏异以劝功能,改任牧守,去斥奸残。又宜更选匈奴乌桓护羌中郎将校尉,简练文武,授之法令;除并凉二州今年赋役,宽赦罪隶,扫除更始。则善吏知奉公之福,恶者觉营私之祸,胡马可不窥长城,塞下自无候望之患矣!

这疏呈入,桓帝倒也有些省悟,改选幽并二州刺史,并自营郡太守都尉以下,亦多所变更,蠲除并凉一年租赋,俾民少苏。及陈龟到任,州郡震栗,鲜卑也不敢犯塞,节省费用,岁约亿万。偏大将军梁冀与龟有隙,说他沮毁国威,沽取功誉,不为胡虏所畏,龟因坐罪征还,免官回里。嗣复征为尚书,累劾梁冀罪状,请即加诛,*也是个倔强汉*。桓帝始终不报。龟自知忤冀,必为所害,索性绝粒不食,七日乃殁。西域胡夷并凉民庶,统为举哀,吊祭龟墓。那匈奴乌桓等虏兵,闻得陈龟去职,复来寇边,朝廷乃调属国都尉张奂为北中郎将,往御匈奴乌桓。奂至塞下,正值虏众焚掠各堡,烽火连天,戍兵无不惊惶,独奂安坐帐中,谈笑自若,暗中却派人离间乌桓,使他掩击匈奴,捣破营帐,斩得匈奴别部屠各渠帅。再由奂统兵进讨,匈奴大恐,悔罪请降。奂因南单于车居儿*即兜楼储子*,叛服无常,将他拘住,奏请改立左谷蠡王。桓帝不许,仍使放还车居儿,征归张奂,命种暠为度辽将军。暠招携怀远,赏罚分明,羌胡相率效命,四境帖然。暠乃去烽燧,除候望,绥静中外,化光天日,连年抢攘的朔方,至此始得扫尘氛了。

小子有诗叹道:

防边尚易用人难,要仗臣心一片丹。

果有忠贤司阃外,华夷何患不同安?

欲知后事如何,且看下回分解。

　　崔寔政论,为桓帝失刑而设,然或误会其意,则为祸愈烈。桓帝之误,非不知用刑,误在当刑不刑,不当刑而刑耳。试观朱穆掘尸,见忤中官,立被逮归,输作左校,微刘陶等之上疏申救,则直臣蒙垢,常为刑徒,虽欲免归而不可得矣。然则桓帝之犹有一得者,在用刑之尚未过暴耳,若误会崔寔之言,几何而不为桀纣耶?李膺段颎陈龟张奂种暠诸人,皆文武兼才,相继任用,无不奏功,可见桓帝当日尚有一隙之明;陈龟临行上疏,而桓帝亦颇采用,是未始不可与为善。惜为权戚宦官所把持,以致忠贤之不得久任耳。桓帝固失之优柔,而欲以严刑救之,毋乃慎欤?

第五十回

定密谋族诛梁氏　嫉忠谏冤杀李云

却说桓帝皇后梁氏，专宠后庭，靠了姐兄荫庇，恣极奢华，所有帷帐服饰，统是光怪陆离，为前代皇后所未备。及乃姐顺烈皇后告崩，帝眷渐衰，后既无子嗣，复好妒忌，每闻宫人怀孕，往往设法陷害，鲜得保全。桓帝不免衔恨，只因心惮梁冀，未敢发作，不过足迹罕至中宫，惹得梁后郁郁成疾，至延熹二年七月，一命归阴，当依后礼殡殓，出葬懿陵。惟梁氏一门，前后七人封侯，三女得为皇后，六女得为贵人，父子俱为大将军，夫人女食邑称君又有七人，子尚公主又有三人，外如卿将尹校，共五十七人，真是一时无两，备极尊荣。盛极必衰。梁冀专擅威柄，独断独行，无论大小政治，统归他一人裁决，宫卫近侍，都是梁家走狗，莫不希旨承颜。凡遇百官迁召，必先进谒冀门，上笺谢恩，然后敢转诣尚书，受命赴任。下邳人吴树，得除宛令，向冀辞行。冀宾戚多在宛县，因即向树嘱托，树答说道："小人奸蠹，比屋可诛，明将军为椒房懿戚，位居上将，应该首崇贤善，借补朝阙。宛邑凤号大都，名士甚众，今树进谒明将军，得蒙侍坐，承诲多时，未闻称一名士，乃徒以私人相托，树不敢闻！"逆耳之言，独不畏死么？冀默然不答，面有愠色，树即辞去。既至宛邑，便调查梁氏宾戚，好几个贻害民间，竟饬属吏收捕下狱，按法处治，百姓统皆戴德，独梁冀怀恨益深。后来迁补荆州刺史，又复向冀谒辞，冀佯为设宴，暗地里置毒酒中，树饮罢出门，须臾毒发，竟致倒毙车中。又有辽东太守侯猛，不去谒冀，冀诬以他罪，腰斩市曹。郎中袁著，年甫十九，见冀凶横日甚，不胜愤闷，乃诣阙上书道：

臣闻仲尼叹凤鸟不至，河不出图，自伤卑贱，不能致也。今陛下居得致之位，又有能致之资，而和气未应，贤愚失序者，势分权臣，上下壅隔之故也！夫四时之运，功成则退，高爵厚宠，鲜不致灾。今大将军位极功成，可为至戒，宜遵悬车之礼，高枕颐神。传曰："木实繁者，披枝害心。"若不抑损权盛，将无以全其身矣！左右闻臣言，将侧目切齿。臣特以童蒙见拔，故敢忘忌讳。昔舜禹相戒，无若丹朱，周公戒成王，无如殷王纣，愿除诽谤之罪，以开天下之口，则臣等幸甚！天下幸甚！

梁冀得悉此书，气冲牛斗，即遣属吏捕著。著托病伪死，结蒲象人，买棺出葬，偏被冀察破诈谋，嘱吏四处侦缉，竟被拿获，立即笞死。太原人郝絜（jié）胡武，与著友善，冀竟屠武家，枉死至六十余人，絜自知不免，仰药毕命。安帝嫡母耿贵人殁后，从子耿承，得封林虑侯，冀向承求贵人遗珍，不得如愿，即杀死承家族十余人。涿郡崔琦，善属文，为冀所重，因作《外戚箴》讽冀，冀召琦入责，琦奋然道："琦闻管仲相齐，乐闻谤言，萧何佐汉，令吏书过。今将军累世台辅，位比伊周，乃德政未闻，黎民涂炭，尚不思结纳忠良，自救祸败，还要钳塞士口，杜蔽主聪，难道必欲使玄黄改色，鹿马易形么？"说得冀无言可对，但遣琦归里。琦匆匆就道，中途为骑士所捕，杀死了事。这骑士的来历，不必细猜，便可知梁冀所遣了。不如是，何致赤族？桓帝闻冀累杀无辜，也为惋惜。再加冀声色过人，每经朝会，只有冀可以发言，天子且不好抗议，因此桓帝积畏生忿，常抱不平。和熹皇后从子邓香，生女名猛，秀丽动人，香中年病殁，妻宣再嫁梁纪。纪系冀妻孙寿母舅，寿见猛色美，引入掖庭，得封贵人。冀欲认猛为己女，使她改姓为梁，又恐猛姐夫邴尊，方为议郎，或有漏泄情事，因使门客刺死邴尊，且欲将猛母宣一并刺死，才好灭口。真是无法无天。宣家在延熹里，与中常侍袁赦毗邻，冀遣刺客夜登赦屋，越入宣家，赦闻屋上有声，疑是盗至，立即鸣鼓会众，围捕刺客，好容易拿住一人，面加讯问，方知由梁冀差来，意在刺宣。赦急往宣家报明，宣因己女得为贵人，便入宫与语。贵人即转告桓帝，桓帝怒不可遏，起身如厕，有小黄门唐衡相随，因顾问道："宫中左右，何人与梁氏不和？"衡答说道："中常侍单超，小黄门左悺，前至河南尹梁不疑家，稍稍失礼，便被不疑拘他兄弟，收入洛阳狱中，超与悺踵门谢罪，才得释放。中常侍徐璜、黄门令具瑗，亦与梁氏有嫌，不过口未敢言，容忍至今。"桓帝不待说毕，便摇手道："我知道了！"写出慌张情状。当下由厕还宫，即召超悺入室，低声与语道："梁将军兄弟专柄多年，

定密谋诛族诛梁氏

胁迫内外，公卿以下，无人敢抗，朕意欲将他除去，常侍等意下如何？"要除即除，奈何向阉人问计？超悝齐声道："祸国奸贼，当诛已久，臣等才皆庸劣，还乞圣裁！"桓帝又道："常侍等以为可诛，与朕同意，但须秘密定谋，方无他患。"超悝又答说道："果欲除奸，亦非真是难事，但恐陛下不免狐疑。"桓帝道："奸臣胁国，理应伏辜，还有何疑？"乃更召徐璜具瑗入内，与定密议，且由桓帝亲啮超臂，出血为盟。超复申说道："陛下既已决计，幸勿再言，梁氏耳目甚多，一或败露，祸且不测！"说罢，便即退去。为此一番密议，果有人报知梁冀，惟所谋情事，尚未宣露。冀已心疑超等，亟使中黄门张恽入省宿卫，预备不虞。具瑗饬吏收恽，说他无故入省，欲图不轨，当即拥帝御殿，召诸尚书入谕密谋，即使尚书令尹勋，持节出勒丞郎以下，使皆执械守住省阁，尽收符节，缴入省中。一面由黄门令具瑗，招集左右厩驺，及虎贲羽林剑戟士，合得一千余人，会同司隶校尉张彪，往围冀第。并令光禄勋袁盱，收冀大将军印绶，降封冀为都乡侯。冀仓皇失措，仰药自杀；实是无用。妻孙寿亦无路逃生，也即将鸩酒饮下，一同毙命。愁眉啼妆，悉成幻影，只可惜丢下秦宫。冀子河南尹梁胤，与叔父屯骑校尉梁让、亲从卫尉梁淑、越骑校尉梁忠、长水校尉梁戟等,尽被拘入。还有孙寿内外宗亲,亦皆连坐,无论老幼,全体诛戮,弃尸市曹。冀弟不疑及蒙,先已病死,幸免追究,余如公卿列校刺史二千石,坐死数十人。太尉胡广,司徒韩缜,*尹颂病殁,由缜继任*。司空孙朗,并因阿附梁冀,一并坐罪,减死一等,免为庶人。四府故吏宾客,黜免至三百余人,朝廷为空。这事起自仓猝,中使交驰,官府市里,鼎沸数日,才得安定,百姓莫不称庆。有司隶冀家产,变卖充公,合得三十余万万缗。诏减天下税租半数,所有梁冀私园,悉令开放,给与贫民耕植,普及隆恩。就是安葬懿陵的梁皇后,亦追加贬废,降称贵人冢。封单超为新丰侯,食邑二万户,徐璜为武原侯,具瑗为东武阳侯,各万五千户,左悺为上蔡侯,唐衡为汝阳侯,各万三千户,这便叫作五侯。尚书令尹勋以下,计有功臣七人,皆封亭侯,勋为都乡亭侯,霍谞(xū)为邺都亭侯,张敬为西乡亭侯,欧阳参为仁亭侯,李玮为金门亭侯,虞放为冒都亭侯,周永为高迁乡亭侯。策文有云:

梁冀奸暴,浊乱王室,孝质皇帝聪明早茂,冀心怀忌畏,私行弑毒;永乐太后*即匽皇后*。亲尊莫二,冀又遏绝,禁还京师,使朕离母子之爱,隔顾复之恩,祸深害大,罪衅日滋。赖宗庙之灵,及中常侍单超、徐璜、具瑗、左悺、唐衡、尚书令尹勋等,激愤建策,内外协同,漏刻之间,桀逆枭夷,斯诚社稷之祜,臣下之力。宜班庆赏,以酬忠勋,其封超等五人为县侯,勋等七人为亭侯,其有余功足录,尚未邀赏者,令有司核实以闻。

这诏下后,单超复奏称小黄门刘普赵忠等,亦并力诛奸,应加封赏,乃复封刘赵以下八阉人为乡侯,*与十九侯相去未远*。从此宦官权力,日盛一日,势且不可收拾了。贵人邓猛,因色得宠,一跃为桓帝继后,后母宣得受封长安君。桓帝尚未知邓后本姓,还道她是梁家女儿,只因梁氏得罪,特令她改姓为薄。后来有司奏称后父邓香,曾为郎中,不宜改易他姓,于是使皇后复姓邓氏,追赠香为车骑将军,封安阳侯,香子演为南顿侯。演受封即殁,子康袭爵,徙封沘阳侯。长安君宣亦徙封昆阳侯,食邑较多,赏赐以巨万计。进大司农黄琼为太尉,光禄大夫祝恬为司徒,大鸿胪盛允为司空,初置秘书监官。黄琼首举公位,志在惩贪,特劾去州郡赃吏,约十余人,独辟召汝南人范滂,使为掾吏。滂有清节,尝举孝廉,得受命为清诏使,按察冀州。滂登车揽辔,有志澄清,行入州郡,墨吏不待举劾,便已辞去。滂还都复命,迁官光禄勋主事。时陈蕃为光禄勋,由滂入府参谒,蕃不令免礼,滂怀愤投版,**笏也**。弃官径归。黄琼嘉他有守,故既登首辅,当即辟召。适有诏令三府掾属,举奏吏谣,借核长吏臧否。滂即劾奏刺史二千石,及豪党二十余人。尚书嫌滂纠劾太多,疑有私故,滂答说道:"农夫去草,嘉禾乃茂;忠臣除奸,王道乃清。若举劾不当,愿受显戮!"尚书见他理直气壮,也不能再诘,只所劾诸人,未尽黜免。滂知时未可为,仍然辞去。光禄勋陈蕃转任尚书令,荐引处士徐穉、姜肱、韦著、袁闳、李昙五人,有诏用安车玄纁,征令入朝,五人皆辞不就征。说起五人品行,俱有贞操,名重一时。徐穉字孺子,南昌人氏,家素寒微,穉力田自赡,义不苟取,持身恭俭,待人礼让,乡民统皆禽服,屡辟不起。陈蕃为豫章太守,聘穉入幕,使为功曹,穉一谒即退,不愿署官。蕃越加敬礼,与他结交,每邀穉入府叙谈,至暮未散,特设一榻留宿,待穉去后,便将榻悬起,他客不得再眠。及朝廷礼聘人至,声价益高。姜肱为广戚人,表字伯淮,平居以孝友闻,尝与二弟仲海季江,同被共寝。一日与季弟偕赴郡县,途中遇盗,持刃相遇,肱与语道:"我弟年幼,父母所怜,又未聘娶,若杀我弟,宁可杀我!"季江亦急说道:"我兄齿德在前,驰誉国家,怎可轻死?我愿受戮,聊代兄命!"**真是难兄难弟**。盗见他兄弟争死,不由的发起善心,收刀入鞘,但将两人衣服褫去。两人到了郡中,郡守见肱无衣服,当然惊问,肱托言他故,终不及盗。盗闻风感悟,俟肱归家,即踵前谢罪,送还衣服。肱却用酒食相待,好言遣去。郡县举肱有道方正,并皆不就。韦著字休明,籍隶平陵,隐居讲授,不闻世事。袁闳系故司徒袁安玄孙,家世贵盛,惟闳洁身修行,耕读自安。李昙世居阳翟,少年丧父,继母酷烈,服事益恭,常躬耕奉母,所得四时珍味,必先进母前,母亦化悍为慈,乡里共称为孝子,惟不求仕进,高隐以终。还有安阳人魏桓,亦以狷洁著名,由桓帝下诏特征,友人多劝他入都。桓反诘问道:"士子出膺仕版,必须致君泽民,今试问后宫千数,可遽损否?厩马万匹,可遽灭否?左右权豪,可遽去否?"友人徐徐答道:"这却未必。"桓嚣然道:"使桓生行死归,与诸君有何益处呢?"遂却还征车,终不就官。**阐发幽元**。桓帝征求名士,本没有什么诚意,来与不来,由他自便,只对着故旧恩私,却是不吝爵赏,广逮恩施。中常侍侯览,献缣五千匹,便赐爵关内侯,又将他列入诛冀案内,进封高乡侯。览本无功,尚且借端影射,得受荣封,何况单超具瑗等五侯,自然格外贵显,因宠生骄,倾动中外。白马令李云,露布上书,移副三府,内有数语最为激切,略云:

梁冀虽恃权专擅,流毒天下,今以罪行诛,犹召家臣扼杀之耳,而猥封谋臣至万户以上,高祖闻之,得毋见非?西北列将,得毋懈体?古者有云:"帝者,谛也。"今官位错乱,小人谄进,财货公行,政化日损,尺一拜用,尺一指诏书。不经御省,是帝欲不谛乎?

桓帝看到"帝欲不谛"四字,震怒异常,立命有司逮云下狱,使中常侍管霸,与御史廷尉,共同审讯,将处严刑。弘农掾杜众,闻云因忠谏获罪,也不禁鼓动侠肠,即向朝廷请愿,与云同死。桓帝愈怒,并饬将众拘送廷尉。陈蕃已改官大鸿胪,与太常杨秉、洛阳市长沐茂、郎中上官资并上疏乞赦云罪,有诏切责,免蕃秉官,降茂资官秩二等。管霸见人心未顺,也在桓帝前跪请道:"李云草泽愚儒,杜众郡中小吏,情词狂戆,不足加罪。"桓帝呵叱道:"帝欲不谛,是何等语?常侍乃欲曲恕彼罪么?"说至此,复顾令小黄门传谕狱吏,将李云杜众处死,于是嬖宠益横。太尉黄琼自思力

不能制,乃称疾不起,桓帝尚未许休致,越二年始令免官,进太常刘矩为太尉。司徒祝恬已殁,代以司空盛允,不久复罢,可巧度辽将军种暠,召入为大司农,遂令暠继为司徒。司空一职,由太常虞放继任,又擢中常侍单超为车骑将军。超得握兵权,势焰益盛。前大鸿胪陈蕃,免归逾年,又由朝廷征为光禄勋。蕃见桓帝封赏逾制,内宠日多,更不禁愤然欲言,因上疏进谏道:

> 臣闻有事社稷者,社稷是为;有事人君者,容悦是为。今臣蒙恩圣朝,备位九卿,见非不谏,则容悦也。夫诸侯上象四七,谓二十八宿。垂耀在天,下应分土,藩屏上国。高祖之约,非功臣不侯。乃左右以无功传赏,至乃一门之内,侯者数人,故纬象失度,阴阳谬序,稼用不成,民用不康。臣知封事已行,言之无及,诚欲陛下如是而止!又近年收敛,十伤五六,民不聊生;而采女数千,食肉衣绮,脂油粉黛,不可资计。鄙谚云"盗不过五女门",以女足贫家也。今后宫之女,岂不足贫国乎?是以倾宫嫁而天下化,纣作倾宫,藏纳美女,武王克殷,乃归倾宫之女于诸侯。楚女悲而西宫灾。鲁僖公废楚女,居西宫,因兆火灾。且聚而不御,必生忧悲之感,以致水旱之困。夫狱以禁止奸违,官以称才理物,若法亏于平,官失其人,则王道有缺,天下人民,皆将谓狱由怨起,爵以贿成。伏思不有臭秽,则苍蝇不飞。陛下果采求得失,择从忠贤,尺一选举,悉委尚书三公,使褒责诛赏,各有所归,岂不幸甚!

这篇奏疏,总算蒙桓帝采用一二条,放出宫女五百余人,降邑侯邓万世黄僡为乡侯,仍旧是无关轻重。复起前太常杨秉为河南尹。秉莅任未几,又与权阉单超相忤,竟致得罪。先是超弟匡为济阴太守,受赃枉法,为兖州刺史第五种所闻,种即第五伦曾孙。使从事卫羽案验,查出赃五六十万缗,因即上书劾匡兄弟。匡未免惊惶,阴嘱刺客任方刺羽。羽早已防着,把方捕获,囚系洛阳。匡复恐杨秉出头,再加穷究,乃密令方突狱逃亡。尚书召秉责问,秉直答道:"方本无罪,罪在单匡,但教逮匡入都,下狱考治,自然水落石出,无从逃隐了!"这一番议论,本来是公正无私,偏单超在内把持,反诬秉私放任方,嫁祸单匡,竟将秉免官坐罪,输作左校,且将第五种构成他罪,充徙朔方。会值天气久旱,秉得遇赦,独第五种奉诏流徙，险些儿死于非命，不得生还。小子有诗叹道：

直臣报国敢偷生，被害阉人太不平。

留得一丝残命在，好教忠义两成名！ 末句为下文伏案。

欲知第五种何故濒死，下回自当叙明。

梁冀之恶，比窦宪为尤甚，而其受祸也亦最烈。窦宪伏法，未及全家，阎显受诛，尚存太后。若梁冀一门骈戮，即妻族亦无一孑遗，甚至三公连坐，朝右一空，设非平时稔恶，何由致此？天道喜谦而恶盈，福善而祸淫，观诸梁冀夫妇，而为恶者当知所猛省矣！惟前有十九侯，后有五侯，权戚之伏辜，必假诸阉人之手，汉廷其尚有人乎？桓帝经此大变，犹不自悟，复滥逮恩私，厌闻谠论。李云语稍激切，即置之死地；杜众吁请代死，又加毒刑。有帝如此，宁非"帝欲不谛"耶？虽有善者，其如帝之不谛何哉？

蔡东藩历朝通俗演义 绣像本

第三部

两晋通俗演义（下）

蔡东藩 著

中华书局

第五十一回

诛逆子纵火焚尸　责病主抗颜极谏

却说赵太子石宣谋害弟韬,并欲弑父,因恐计不得逞,往访高僧佛图澄,及与澄相见,并坐寺中,又不便直达私衷,但听塔上一铃独鸣,宣乃问澄道:"大和尚素识铃音,究竟主何预兆?"澄答道:"铃音所云,乃是'胡子洛度'四字。"宣不禁变色道:"什么叫作胡子洛度?"究竟心虚。澄不好直答,诡词相对道:"老胡为道,不能山居无言,乃在此重茵美服,这便叫作洛度呢。"说着,正值秦公韬徐步进来,澄起座相迎,待韬坐定,只管注目视韬。韬且惊且问,澄答道:"公身上何故血臭?老僧因此疑视。"隐语。韬周视衣襟,毫无血迹,免不得又要诘问。澄只微笑不答。宣虑澄察泄秘谋,遂邀韬同行,辞澄出寺去了。

越宿由石虎遣人召澄,澄即入见,虎语澄道:"我昨夜梦见一龙,飞向西南,忽然坠地,不知吉凶何如?"澄应声道:"眼前有贼,不出十日,殿东恐要流血,陛下慎勿东行。"虎素来信澄,倒也默然无言。忽见屏后有一妇人趋出,娇声语澄道:"和尚莫非昏耄么?宫禁森严,怎得有贼?"澄见是虎后杜氏,便微笑道:"六情所感,无一非贼,年既老耄,还属无妨,但教少年不昏,方才是好哩。"已经说出后事,可惜愚妇无知。已而遇秋社日,天空有黄黑云,由东南展至西方,直贯日中,及日向西下,云分七道,相去约数十丈,幻成白色,如鱼鳞相似,历时乃灭。韬颇解天文,顾语左右道:"天变不小,恐有刺客起自京师,未知由何人当灾哩。"是夕,韬与僚属会宴东明观,召令乐工歌伎,弹唱侑酒。宴至半酣,不觉长叹道:"人生无常,别易会难,诸君试畅饮一觥,各宜使醉,须知后会有期,应该乘时尽兴哩。"说至此,竟泫然涕下。死兆已见!大众听了,都不禁骇异,惟见韬涕泗横流,也不禁触动悲怀,相率唏嘘,都非佳象。到了夜半,众皆别去,韬趁便留宿佛寺中。

哪知事出非常，变生不测，仅越半夜，好好一个石家主子，竟变做血肉模糊的死尸。天已大明，寝门尚闭，韬有侍役，怪韬高卧不起，撬户入视，已是腹破肠流，手断足折，倒毙在寝榻前。旁有刀箭摆着，也不辨是何人所置，何人所杀，当下慌乱无措，不得已着人飞报。偏宫中已经得知，赵主石虎，正闻变惊恸，晕倒床上。宫人七手八脚，环集施救，好容易才得救醒，尚是悲号不止。究竟由何人先去报闻？杳将起来，乃是赵太子石宣。*应该由他先知。* 虎号哭多时，便拟亲往视丧。时百官已具入请安，闻虎命驾将出，各欲扈从前去。独司空李农进谏道："害死秦公，未知何人，臣料是萃起萧墙，危生肘腋，陛下不宜轻出，当速缉凶手，毋使幸脱。"虎得农言，猛然记起佛图澄语，不由的顿足叹息道："是了是了。究竟和尚通灵，朕到此才能觉悟呢。"遂停止不行。一面饬卫士戒严，一面派官吏治丧。太子宣驾坐素车，引东宫兵千人，往视韬殓，使左右举衾观尸，仔细一瞧，反呵呵大笑，掉头自去。*实是一个莽汉，若使韬知预防，何至被杀。* 还至东宫，将委罪韬吏，命收大将军记室参军郑靖尹武等人。*韬曾为车骑大将军。*

偏是恶报昭彰，难逃冥谴，有一东宫役吏史科，向石虎处讦发阴谋，虎始知祸由太子，气得两目咆哮，无名火高起三丈，亟命左右往召太子宣。宣不敢径往，中使诈称奉杜后命，叫他进去。宣还道是另有密商，因即入省，甫进宫门，便有人传着虎谕，把宣驱入别室，软禁起来。那时杨柸牟成赵生等，已闻风出走，生稍迟一步，致被卫士拘住，交与刑官拷讯。生无可抵赖，始供称杀韬情迹，实由杨柸等隐受宣嘱，伺韬留宿寺舍，夜用猕猴梯架墙，逾垣入室，因得逞凶。这供词呈将进去，虎不瞧犹可，既已瞧着，大呼："了不得，了不得。"便命将宣移禁席库，更用铁环穿通宣颔，锁诸柱上，且作数斗可容的木槽，中贮尘粪土饭，迫使宣食，仿佛似猪狗一般。一面取入杀韬刀箭，见上面尚有血痕，便伸舌吮舐，且舐且泣，哀声震彻内外。*徒哭何益？* 百官俱入内劝解，哪里禁遏得住？大众无法可想，只好往请佛图澄，前来解免。澄当然驰至，见了石虎，说出一番前因后果，稍得令虎止哀。惟虎即欲加宣极刑，澄复谏道："宣与韬皆陛下子，今宣杀韬，陛下又为韬杀宣，是反变成两重祸祟了。陛下今日，诚使息怒如慈，福祚尚保灵长，可延六十余年，若必欲诛宣，恐宣魂当化为彗星，将来要下扫邺宫呢。"这是何因何果,可惜尚未说明。虎执意不从,待澄趋退,便令左右至邺城北隅,堆积薪柴,就柴堆上竖一标竿,竿上架着辘轳,两端穿绳,悬垂上面,当下把宣牵就柴上,用绳系住,并使韬平时宠幸二阉,一叫郝稚,一叫刘霸,拔宣发,抽宣舌,斫宣目,刳宣肠,断宣手足,然后将宣尸用辘轳绞上,挂诸天空,下面纵火焚薪,薪燃火盛,烟焰冲天,不到半时,已将宣尸烂焦,如燔如炙,好一个烧烤。及绳被毁断,尸复下坠,立成灰烬。这是何刑?最可怪的是暴主石虎,挈领宫妾数千人,共登高台,瞭望火所,看他燔灼。莫非是看放焰火么?至火已垂灭,再令检出尸灰,分置诸门交道中,并收宣妻子二十九人,一并杀死。究竟是虎狼性格,名不虚传。宣有幼儿,年才数岁,伶俐可爱,虎不忍加诛,抱置膝上,向他垂涕。儿亦啼哭道:"这非儿罪。"虎欲赦儿不诛,偏秦府属吏,定请并诛此儿,看虎恋恋不舍,竟向虎膝上牵夺。儿揽住虎衣,狂叫痛号,甚至带绝手脱,始被猛掷出去,踢跶一声,登时断命。虎掩面入宫,敕废宣母杜氏为庶人,诛东宫僚属三百人,阉寺五十人,统皆车裂支解,弃尸漳水。洿(wū)东宫以养猪牛。还有东宫卫卒十余万人,全体谪戍凉州。太史令赵揽,已迁任散骑常侍,

前曾入白道："宫中将有变乱,宜豫备不虞。"及虎既杀宣,疑揽预知宣谋,独不实告,亦勒令处死。可为王波泄恨。贵嫔柳氏,系尚书柳耆长女,才色俱优,耆有二子尝侍直东宫,为宣所宠,此时已共诛死。虎复令柳女连坐,逼使自尽。既而追念柳氏姿容,未免生悔,幸柳氏尚有一妹,在家待字,便饬左右驱车接入,就在芳林园引见。细瞧芳容,不亚乃姊,就下座掖入寝床,令做乃姊替身,姿情淫狎,不消细说。姊妹花并堕虎口,死者固已矣,生者亦去死无几。

过了匝月,虎复议册立太子,太尉张举道："燕公斌有武略,彭城公遵有文德,惟在陛下自择。"虎答道："卿言正合我意。"语尚未终,偏有一人闪出道："燕公母贱,又尝有过,彭城公与前太子邃同母,母郑氏已经坐废,怎得再立她次子?还请陛下三思!"虎闻言瞧着,发言的系戎昭将军,就是前掳刘曜幼女的张豺。曜女安定公主,掳入赵宫,得虎宠爱,小子在前文中已曾叙过,至此生有一子,取名为世,已有十龄,豺因虎年长多疾,意欲立世为嗣,俟虎死后,世母刘氏为太后,必感豺德,令他辅政,所以特地进言,阴图逞志。果然虎为所动,沉吟多时,不答一言。豺乘机说虎道："陛下再立储宫,母皆倡贱,不足服众,所以祸乱相寻,今宜自惩前辙,必须母贵子孝,方可册立,免再生患。"虎爽然道："卿且勿言,朕已悟卿意了。"豺乃趋出。越宿由虎召集群臣,面加晓谕道："朕欲取纯灰三斛,自涤心肠,何故专生恶子?年过二十,便欲弑父,今少子世年方十岁,待他及冠,我已老了,就使世再不肖,也不至为我所见哩。"但期保全首领,也是无聊之思。道言未绝,即由太尉张举,司空李农,同时应声道："臣等愿奉诏立齐公。"原来齐公是世封爵,臣下不便直呼世名,因以齐公二字相代。农既倡议,大众便附和一辞,独大司农曹莫无言。张李二人,又谓应完备手续,先由公卿联名上疏,请立世为太子,及疏已草就,莫复不肯署名。虎使张豺问明莫意,莫答道："天下重器,不应立少,故不敢署名。"虎闻言叹道："莫为忠臣,可惜未达朕旨。惟张举李农,能体朕心,可转示委曲,免得误会。"举与农应命谕莫,相偕退去。虎遂立世为太子,进世母刘氏为皇后,命太常条攸为太子太傅,光禄勋杜嘏为太子少傅,并嘱使朝夕箴规,毋令太子再蹈前愆。何济于事?

又阅两月,虎在太武前殿,大飨百僚,佛图澄亦至。酒阑席散,澄起座告辞,褰衣行吟道:"殿乎殿乎?棘子成林,将坏人衣。"吟毕自去。虎料澄语必有因,即令左右发殿下石,果有棘子丛生,立命拔去。哪知佛图澄所说的棘子,并不是真棘子,乃是一个棘奴,棘奴究是何物?看官不必急问,待至下文,自当说明。是作者用笔狡狯处。惟佛图澄还至佛寺,环视佛像,唏嘘太息道:"可怅可恨,不得长此庄严。"嗣复自作问答,先发问道:"可得三年否?"答言:"不得。"又问:"可得二年么?一年么?百日?一月么?"答言:"不得,不得。"随即默然。返入禅房,弟子法祚等,见澄自说自话,多不可解,便随澄入问玄妙。澄乃明语道:"今年岁次戊申,祸机已萌,明年己酉,石氏当灭,我尚在此干甚么事,不如去罢。"法祚又问道:"当去何地?"澄仍作隐语道:"去……去!自有去处。"法祚等不敢再问,方才趋退。仅隔一夕,便遣徒侣往辞石虎道:"物理必迁,身命难保,贫僧化期已及,不能再延,素荷恩遇,用敢上闻。"虎怆然道:"昨尚无疾,今乃使人告终,岂不可怪?"便命驾自往省视。见澄形态如故,益加惊疑。澄微哂道:"出生入死,乃是常理。人命短长,定数难逃。但道重行全,德贵勿怠,道德无亏,虽死犹生,否则生不如死。贫僧死期已至,自思生平尚无大过,死亦何妨。不过国家心存佛理,建寺度僧,本宜仰蒙天祐,奈何政事猛烈,淫刑酷滥,显违圣典,隐悖法戒,如此过去,怎能得福?若亟降心易虑,惠以下民,那时国祚永长,道俗庆赖,僧虽就尽,可无遗恨了。"见道之意,非常僧所能道。虎似信非信,支吾半晌,便即退回。

先是虎为澄先造生墓,至是因澄言将死,又为凿圹营坟。约阅旬余,澄竟圆寂,坐化禅林。百官并往视殓,即将澄平时所用锡杖银钵,纳置棺中,移葬圹所,更由虎命为澄立祠,适天久不雨,陇土尽裂,虎诣澄祠虔祷,便有二白龙降下,引沛甘霖,泽遍千里。嗣有沙门从雍州来,曾见澄西入关中,及行至邺下,与僧侣晤谈,两不相符,彼此诧为奇事。又有郭门守吏,听得沙门传语,也猛忆前事,谓:"澄曾携一履出城,当时疑为目眩,今又由沙门相见,莫非真在人间,确是未死。"为此两人语言,遂至传遍邺中,连石虎亦有所闻,暗生惊异,遂命石工掘墓启视,说也奇怪,棺中只有一履,并无澄尸,惟多了一石。工人当即飞报,石虎且惊且恨道:"朕姓石,便是朕埋石棺中,莫非朕将死了么?"嗣是闷闷不乐,坐卧彷徨。尝见已死诸子孙,环立坐隅,不由的毛发森竖,悲悔交并,因此饮食无味,形体渐羸。蹉跎过了残冬,便是赵天王建武十五年的元旦,晋永和五年。虎疾少瘳,自恐余生有限,不如僭称帝号,借以自娱,乃命在南郊筑坛,即位称帝,改元太宁。诸子进爵为王,百官各增位一等,颁制大赦。惟前东宫卫卒等万余人,谪戍凉州,不在赦例。见上文。

卫卒中有一队长,呼作高力督,姓梁名犊,本来有些膂力,此时遇赦不赦,当然生怨;就是一班卫卒,也共抱不平。犊得乘隙煽动,聚众为乱,自称晋征东大将军,攻陷下辨,胁雍州刺史张茂为大都督,连拔秦雍间城戍,戍卒多半依附。进至长安,有众十万人。乐平王石苞,为长安镇帅,尽锐出战,反为所败,不得已回城固守。犊遂率众出潼关,趋洛阳。赵主石虎,忙命李农为大都督,行大将军事,统率卫军将军张贺度,征西将军张良,征虏将军石闵等,麾兵十万,出拒新安。犊众都挟着一种怨气,拼死前来,虽然兵甲不整,却是一可当十,十可当百。李农麾下,人数与犊众相等,只是气势不敌,一战败绩,再战又败,没奈何退保成皋。犊又东掠荥阳陈留诸郡,声焰大张。石虎惧甚,旧疾复发,再令燕王斌为大都督,与冠军大将军姚弋仲,车骑将军蒲洪,合兵讨犊。

弋仲入朝求见,虎适卧床养疴,传令免谒,但引弋仲至领军省,赐给御食。弋仲怒说道:"国家有贼,令我出击,主上理应面授方略,才可破贼,今乃徒赐我御食,难道我来乞食么?"说至此,即欲趋归。当有人报知石虎,虎乃力疾传见,弋仲抢步进去,怒尚未息,既见虎面,便大声诋虎道:"为儿生愁么?何故致病!有儿不教,纵使为逆,因逆加诛,还愁什么?我想汝病已久,反立幼儿为储,万一不测,天下必乱,汝先当忧及此事,贼尚不足忧哩。犊等穷困思归,相聚为盗,所过残虐,已失民心,我老羌当为汝出力,一举平贼。"看他口吻,仿佛《水浒传》中的李逵。虎听他出言不逊,也觉生忿,但因乱事日亟,要靠他出兵平乱,只好含忍三分。且弋仲素性戆直,到了气急时候,往往不顾尊卑,但呼汝我,事成惯例,更不足责。所以虎耐着性子,嘱令旁坐,面授弋仲为征西大将军,特赐铠马。弋仲并不称谢,唯起座申语道:"汝看我老羌能破贼否?"说着,即取铠披身,跨鞍上马,就中庭驰骋数周,乃扬鞭一挥,跃马自去。却是爽快。虎又气又笑,静待报命。

约过旬日,便得弋仲捷报,在荥阳大破犊众,已而捷音复至,将犊擒斩,扫平余党。*虚写以省笔墨。*虎传旨褒功,封弋仲为平西郡公,履剑上殿,入朝不趋。蒲洪为侍中车骑大将军,都督秦雍诸州军事,领雍州刺史,封略阳郡公。弋仲等尚未回邺,虎病已日深一日,因授彭城王遵为大将军,使镇关右。燕王斌为丞相,录尚书事。张豺为镇卫大将军,并受遗诏辅政。独刘后心下不悦,密召张豺入商,意图害斌,免为后患。豺即为定谋,遣使给斌道:"主上疾已渐愈,王若留猎,尽可自便。"斌本好猎嗜酒,得了此谕,乐得朝畋暮饮,流连数日。刘后遂与张豺发出矫诏,谓斌藐视父疾,不忠不孝,勒令免官归第;且使豺弟雄领龙腾军五百人,逼斌入室,严加管束。彭城王遵,时在幽州,奉诏至邺,刘后不令入省,但饬在朝堂受拜,即发给禁兵三万,遣往关右。遵涕泣而去。石虎全未预闻,因病得小瘥,勉强起床,出问遵已到否? 左右答言去已两日,虎愠道:"奈何不使见我?"说罢,复亲临西阁,见有龙腾中郎两军将士,环拜前面,约有二百余人。虎问他有何乞请? 大众哗声道:"圣体不安,宜令燕王入值宿卫,监制兵马。"还有几个随后续陈,请改立燕王为太子。虎惊疑道:"燕王尚未到京么?"左右诈言燕王酒病,不能入朝。虎又道:"可持辇迎入,当付玺绶。"左右虽然答应,却是阳奉阴违,并未往迎。虎无力支撑,竟至头晕

心摇,使左右掖还寝宫。张豺竟令雄矫诏杀斌,入报刘后。刘后大喜,擅命豺为太保,都督中外诸军,录尚书事。侍中徐统,自语亲属道:"大乱将作,我若再生,恐反遭夷灭了。不如早死为佳。"遂仰药自杀。邺宫内外,方无故自扰,那穷凶极恶的赵石虎,已不省人事,晕绝数次,结果是两眼一翻,两足一伸,呜呼毕命了。小子有诗咏道:

  如此凶人得善终,上苍降鉴似非聪。
  待看国乱家屠日,才识天心本大公。

虎既毙命,应由太子世入嗣,究竟有无乱端? 容至下回续表。

  石邃既诛,又有石宣,遣人杀弟,密谋弑父,其恶视邃为尤甚,杀之宜也。但此为石虎淫恶之报,虎不知反省,乃徒以毒刑加宣,令人惨不忍闻。况前诛邃妻子二十六人,至是又诛宣妻子二十九人,骨肉相关,全不体恤。有罪则固诛之,无罪亦并戮之,待子孙尚且如此,何怪他人之灭其子孙乎? 厥后信张豺言,舍长立幼,幼子世为刘女所生,刘曜一门,为虎所残,留女以祸石氏,亦一显然之报应也。姚弋仲快人快语,读之可浮一大白。虎尝滥杀群臣,独于出言不逊之姚弋仲,能优容之,并加厚赐。姚氏有昌后之机,固非石虎所能杀,抑亦由虎之隐有疚心,闻姚言而不能无愧欤? 石虎祸刘,张豺祸石,一虎一豺,两两相对,大造之巧为播弄,尤足使人称异云。

第五十二回

乘羯乱进攻反失利　弑赵主易位又遭囚

却说赵太子石世，年甫十一，由张豺等拥他即位，尊世母刘氏为太后。刘氏临朝称制，进张豺为丞相，豺面辞不受，情愿让与彭城王遵、义阳王鉴。他恐二王不服，所以有此推荐。刘氏乃命遵为左丞相，鉴为右丞相。豺又与太尉张举，谋杀司空李农，举素与农善，遣人密告，农出奔广宗。豺使举统领宿卫精兵，往围李农，一面授张离为镇军大将军，监中外诸军事，兼司隶校尉，作为己副。邺中群盗四起，迭相劫掠，豺与离不能禁遏，只好紧守宫门，得过且过。

彭城王遵，往诣关右，途次闻丧，乃屯次河内。可巧冠军大将军姚弋仲、车骑大将军蒲洪、安西将军刘宁、征房将军石闵等，平乱班师，<u>即前回梁犊之乱</u>。与遵相遇，当下同声说遵道："殿下年长且贤，先帝尝欲立殿下为嗣，至晚年昏耄，乃为张豺所误，今女主临朝，奸臣用事，众心未服，京内空虚，殿下若声讨张豺，鼓行东进，哪有不倒戈开门，欢迎殿下哩？"遵欣然相从，即从河内举兵，还指邺都。洛州刺史刘国等，并引兵往会，传檄至邺。张豺大惧，飞召张举还军。举未及归，遵已将到，急得豺形色仓皇，不能不调兵出御。偏都中耆旧羯士，互相告语道："天子儿来奔丧，我辈正当出迎，奈何反随张豺拒守哩？"于是相率逾城，陆续迎遵。豺虽严令禁止，滥加将戮，终不能止。继闻镇军大将军张离，亦率龙腾军二千，斩关出迎，越吓得手足无措。适宫中有旨传召，只好应命趋入。刘太后向豺泣语道："先帝梓宫未殡，便遇外祸，今上幼冲，国事尽托将军，将军将如何弭乱？现欲加遵重官，未知能撤兵免祸否？"<u>这叫作一厢情愿</u>。豺支吾半响，说不出一句话儿，唯有唯唯听命。

刘太后乃遣使谕遵，命为丞相，领大司马大都督，统辖中外诸军，录尚书事，并加黄钺九锡，增封十郡。遵不受命，谢绝来使，且进至安阳亭，邺中汹惧。张豺一筹莫展,没奈何硬着头皮,引众往迎。遵面加叱责,令左右将豺拘住,当即贯甲耀兵,自太武门驰入,直登太武前殿,擗踊尽哀,退至东阁,命兵士牵出张豺,至平乐市中枭首,并夷三族。且假传太后令云:"嗣子幼冲,为先帝私恩所授,但皇业至重,非幼子所能承受,今当令彭城王遵,入嗣大位,勉绍洪基"云云。遵伪让至三,朝臣依次劝进,乃御殿称尊,照例大赦。废石世为谯王,食邑万户,降刘太后为太妃。未几将刘氏母子,一并鸩死。可怜十一岁的小皇帝,在位只三十三日,冤冤枉枉的送了性命,就是如花似玉的刘太后,享受了数载尊荣,也落得香消玉殒,一命呜呼。富贵原似春梦。遵遂立生母郑氏为太后,妻张氏为皇后,故燕王斌子衍为皇太子,义阳王鉴为侍中太傅,沛王冲为太保,乐平王苞为大司马,汝阴王琨为大将军,武兴公闵都督中外诸军务,兼辅国大将军,录尚书事,下诏罢广宗围,召还张举。李农亦入都谢罪,仍复原官。

遵嗣位仅及七日,邺中暴风拔树,雷雨大作。下雹如盂,水火俱下,毁去太武晖华殿,及宫中府库,所有闾阎诸门观阁,亦尽成灰烬。乘舆服饰,大半被焚,火焰烛天,兼旬乃灭。已而,天复雨血,遍及邺城,时沛王石冲镇蓟;闻遵杀世自立,召语僚佐道:"世受先帝遗命,嗣立为君,遵敢擅加废弑,罪大恶极,孤当亲自往讨,可饬内外戒严,克日启行。"于是留宁北将军沐坚,居守幽州,率众五万,由蓟南下,一面传檄燕赵,所至云集。及抵常山,有众十余万,进次苑乡,遇有中使自邺都到来,传示赦书。冲忽变初志,顾语左右道:"遵亦我弟,既得定位,我何必再加残害?况死不可追,生宜相顾,得休便休,不如归去罢了。"道言甫毕,部将陈暹闪出道:"彭城篡弑自尊,实负大罪,王欲北旆,臣愿南辕,俟平定京师,擒住罪首,然后奉迎大驾,入清皇宫。"说着,即率部下兵自去。这是石冲的催命鬼。冲见暹前进,倒也不敢中止,只好麾兵随行。途中复接遵使王擢,赍到遵书,劝令罢兵。冲摇首不答,擢乃归报。遵假石闵黄钺金钲,令与司空李农等,统率精兵十万,出拒石冲。两军共至平棘,便即交锋,也是冲命数该绝,不幸碰着逆风,被石闵等顺风痛击,杀得七颠八倒,大败奔逃。冲策马还走,至元氏县,马蹄忽蹶,致为闵军追及,生生擒住。余众一半溃散,一半乞降。闵向遵报捷。遵下诏赐冲自尽,冲当然毕命。闵恐降兵变乱,掘坑诱入,全数活埋,共死三万余名,如此暴虐,怎得

善终？乃班师还邺。

遵因石冲已平，不复加虑，独闵入内白遵道："蒲洪是现今人杰，今领雍州刺史，镇守关中，恐将来秦雍二州，非国家所得复有，还请早图为是！"遵信闵言，遂撤去蒲洪官职，洪因此挟嫌；自领部曲，径归枋头，且遣使降晋。晋征西大将军桓温，已探得赵乱消息，出屯安陆，经营北方。赵扬州刺史王浃，举寿春城归晋。晋命西中郎将陈逵，往戍寿春。还有征北大将军褚裒，也想借此扬威，上表晋廷，请即伐赵，当日戒严，直指泗口。朝议谓："裒任重责大，不应深入，但宜先遣偏师，为渐进计。"这议案传到京口，裒不以为然，申表固请。略谓："前遣先锋督护王颐之等，径诣彭城，遍示威信，继遣督护糜嶷，进军下邳，守贼不战自溃，已由嶷安据城池，今宜速发大兵，助成声势。"晋廷乃加裒为征讨大都督，使率众三万人，向彭城进发。河朔士民，闻裒出兵，日来降附。朝野人士，各怀奢望，都说是规复中原，就在此举。惟光禄大夫领司徒蔡谟，引以为忧，尝语亲友道："此举未足灭胡，就使胡人得灭，反为国家贻患，故我谓不如勿行。"亲友听了，不免疑问，谟复说道："古来顺天乘时，弘济苍生，拨乱世，大一统，类皆由大圣英雄，方能出此。此外只有度德量力，不可妄动。我看今日时局，欲要平胡，非常材所能办到，必且经营分表，劳民求逞，至才略疏短，终难如愿，那时财已尽了，力已穷了，智勇两困，尚能不忧及朝廷么？"果然事机不顺，竟如所料。

褚裒发兵北进，适有鲁郡民五百余家，起兵来附。裒遣部将王龛李遇，率兵三千，往迎鲁民，行至代陂，正值赵都督李农，带兵二万，南下防戍，龛等无路可避，不得不上前交战。究竟寡不敌众，一场鏖斗，全军覆没。李农进逼寿春，晋将陈逵，恐为所乘，遂焚寿春积聚，毁城遁还。褚裒也不禁胆怯，退屯广陵，表请自贬。**何前勇而后怯？**有诏不许，但命他还镇京口，免去征讨都督职衔。会河北大乱，遗民二十余万渡河，欲来归附，偏值褚裒退还，无人抚纳，大众流离荡析，死亡殆尽。裒还至京口，沿途只闻哭声，顾问左右，究为何因？左右答道："代陂覆师，家属犹存，怎得不哭？"裒未免惭愤。还镇未几，即至病终。讣闻晋廷，诏赠侍中太傅，予谥文穆。另迁吴国内史荀羡，持节监徐兖二州，及扬州属郡晋陵诸军事，领徐州刺史。羡年方二十有八，东渡以后诸方伯，羡为最少，这真叫作人

无大小,达者为先哩。

　　且说赵乐平王石苞,得着石冲败死的消息,也动了兔死狐悲的观感,拟就长安镇所起兵,进攻邺都。左长史石光,及司马曹曜等,固谏不从,反被杀死,因此将吏离心。雍州豪酋,料知苞难成事,统驰使告晋。晋梁州刺史司马勋,率众往会,又有仇池公杨初,也遥应晋兵,袭赵西城。仇池自杨茂搜死后,传子难敌,难敌本降附刘曜,受封武都王,既而病死,子毅嗣立,因刘曜已亡,遣使朝晋,愿为藩属。偏族兄初阴图篡夺,袭杀杨毅,据有世祚,称臣石赵,嗣闻石氏内乱,复向晋通好。晋廷但务羁縻,管甚么篡位不篡位,即册初为征南将军,雍州刺史。仇池公初乃与晋兵约为犄角,共攻赵境。补叙前文所未及,且说明联晋情由。司马勋领兵出骆谷,破长城赵戍,进次悬钩,距长安约二百余里,遂遣治中刘焕,进逼长安,阵斩赵京兆太守刘秀离,得拔贺城。三辅豪杰 旧称京兆左冯翊右扶风为三辅。多杀守令应勋,共得三十余营,数约五万人。

　　赵乐平王石苞,只好把攻邺计谋,暂且搁起,专务防晋。当下派遣部将麻秋姚回,引兵拒勋。赵主石遵,已闻苞有异图,遂借击勋为名,使车骑将军王朗,带着铁骑二万,西趋长安,暗中却嘱使伺苞,俟击退晋兵,迫苞赴邺。晋司马勋闻赵兵大至,却也自虑兵少,不敢轻进。那赵将石遇,复奉赵主遵命令,攻陷宛城,擒去晋南阳太守郭启。勋亟移师往援,杀败石遇,克复宛城,斩赵新署南阳太守袁景,引还梁州。

是时,燕主慕容皝,已经病殁,由世子俊嗣位,平狄将军慕容霸,也欲乘石氏乱衅,兴兵攻赵,因上书白俊道:"石虎穷凶极恶,为天所弃,余烬仅存,自相鱼肉。今中原涂炭,群望仁施,若我军一出,势必投戈,此机不宜坐失哩。"北平太守孙兴,亦表言:"石氏大乱,宜乘时进取中原。"俊独以为新遭大丧,谢绝勿许。霸又驰诣龙城,当面语俊道:"时机难得易失,倘石氏衰后复兴,或有英雄凭借遗业,奋然跃起,不但我失此大利,且恐更为后患。"俊踌躇道:"邺中虽乱,尚有房将邓恒,据住乐安,兵精粮足,我若伐赵,乐安当我东路,恐难进取,势不能不绕道卢龙。卢龙山径险窄,若被房乘高据要,夹击我军,岂不是首尾受困,何从制胜?"霸又道:"邓恒虽为石氏拒守,部下将士,已不免闻乱思家,各怀归志,若大军一至,当然瓦解。臣愿为殿下前驱,东出徒河,西越令支,出彼不意,两路并进,彼必惶骇,上不过闭城自守,下不免弃城溃去,还有何心御我呢?殿下尽可安步前行,毋劳多虑。"*为后来灭魏伏线。*俊尚狐疑未决,转问五材将军封奕。奕答道:"敌强用智,敌弱用势,这是用兵要诀,所以大吞小如狼食豚,治易乱如日沃雪。大王自上世以来,积德累仁,兵强士练,石虎穷极凶暴,死未瞑目,子孙争国,上下乘乱,民苦倒悬,日望救拔。大王若扬兵南下,先取蓟城,继指邺都,宣耀威德,怀抚遗民,哪有不扶老携幼,恭迎大王?凶党将望旗胆落,逃死不暇,岂尚能为我害么?"从事中郎黄泓,与折冲将军慕容恪,亦先后进言。俊乃勉从众议,即命慕容恪为辅国将军,慕容评为辅弼将军,左长史阳骛为辅义将军,叫作三辅,分统军事。再令慕容霸为前锋都督,建锋将军,调集大兵二十余万,讲武戒严,定期攻赵。

赵尚未接燕军警信,已是内乱相寻,几闹得不可收拾。原来赵主遵入邺以前,曾许石闵为太子,嘱使努力。及入都篡位,自背前言,竟立燕王子衍为太子,遂致闵隐生怨望。闵素骁勇,屡立战功,为宿将所畏服,又复都督各军,得总内外兵权,声威益盛,平时抚循殿中将士,各奏署员外将军,爵关内侯,并各赐给宫女,隐树私恩。遵未悉闵意,但将闵所奏署的将士,

注：图中所题回目名当为"弑赵主易位又遭囚"

注明善恶，使知劝戒。众将士未免介意，怨遵日甚，感闵日深。中书令孟准，左卫将军王鸾，私下劝遵裁抑闵权，遵因此疏闵，闵益恨遵不置。可巧乐平王苞，自长安至邺，遵不暇除苞，但欲除闵，当下召苞入宫，并及义阳王鉴，汝阴王琨，淮南王昭等，一并入议。郑太后亦出御内殿，由遵先晓示道："闵目无君上，逆迹已萌，今欲设法加诛，是否可行？"鉴等皆随声道："闵既谋逆，应该就诛。"附和同辞，实是一班好乱人物。独郑太后摇首道："河内旋师，若无棘奴，哪有今日？就使棘奴稍稍骄纵，也当格外宽容，怎得骤然处死哩？"看官听说，这棘奴就是石闵小字，前回中叙及棘子，乃是佛图澄的隐语，庸耳俗目，怎能预解？此番祸已临头，小子也应该说明了。回应前回。

遵闻母言，默然不应。鉴与苞等随即退出，遵送母入室，自往后庭寻乐，与妃妾等弈棋为欢。才毕数局，忽听得一片噪声，由外传入，不由的惊惧交并，便出琨华殿探视，正值将军周成苏彦，带着许多甲士，持刀执械，蜂拥进来。看他形色狰狞,定非吉兆,一时无从趋避,只好勉强喝问道:"汝等来做甚么? 敢是造反不成?"大众哗声道:"来诛篡弑的逆贼!"遵又颤声道:"反……反!究是何人造反?"成厉声答道:"义阳王鉴,应该继立。"遵复道:"似我尚有今日,汝等立鉴,能……能有几时?"说到"时"字,已被成挥众上前,乱刀砍死。成等遂闯入内庭,索性将郑太后张皇后太子衍等,随手斫去,杀得精光。复捕戮孟准王鸾,及上光禄大夫张斐。遵僭位仅一百八十三日,至此一门毕命。比石世多百余日,地下亦好自夸。

看官欲问起乱原因,乃是石鉴出宫,密遣宦官杨环,报知石闵。闵即劫住司空李农,与右卫将军王基,同谋废立,当下遣苏周二将,入行大事。迅雷不及掩耳,竟得侥幸成功。于是拥鉴即位,改元青龙,进武兴公闵为大将军,封武德王,李农为大司马,录尚书事,张举为太尉,郎闿(kǎi)为司空,刘群为尚书左仆射,卢谌为中书监。鉴恃闵得立,心中却很是忌闵,夜召乐平王苞,中书令李松,殿中将军张才,使攻石闵李农。三人应命行事,总道是闵等无备,唾手可成,哪知闵却预防一着,自与农入宿琨华殿,分派殿中将士守卫。将士多系闵腹心,都抖擞精神,目不交睫,通宵守着。石苞等冒昧闯入,立被卫士杀退,霎时间禁中大扰。鉴知事无成,反诿罪石苞,及李松张才,待他还报,竟喝令左右,斫毙三人,然后把三人首级,出示石闵李农,诈言罪人已得,不必惊惶。闵亦料鉴预谋,但既有词可借,不如将错便错,俟后再图。乃下令将士,各归部伍,毋得再哗,总算安静了事。只平白地冤杀三人。新兴王石祇,也是石鉴兄弟,久镇襄国,因闻闵农为乱,遂与姚弋仲蒲洪通和,合兵连谋,起攻闵农。闵请诸石鉴,遣汝阴王琨为大都督,与太尉张举,侍中呼延盛等,率步骑七万人,往击石祇。中领军石成,侍中石启,前河东太守石晖,谋诛闵农,反为闵农所杀。龙骧将军孙伏都刘铢,号召羯士三千人,拟挟鉴讨闵农,适鉴在御龙观中,登台见伏都等,鱼贯而入,惊问何因? 伏都答道:"石闵李农谋反,已至东掖门,臣欲严兵往讨,谨来启问。"鉴抚慰道:"卿是功臣,好为官家出力,朕在台上观卿,事平以后,不吝重赏。"伏都等应声趋出,径攻闵农,连战不利,退屯凤阳门。闵农却率众数千,向金明门突入,来寻石鉴。鉴见闵农等进来,料知伏都等战败,忙从台上传令道:"孙伏都等谋反,卿等何不速讨,来此做甚？"又用老法儿来做挡牌。闵农等得了此令，便晓谕卫士，同击伏都，伏都虽有勇力，毕竟众寡不敌，眼见是败绩丧身。刘铢亦同时毕命。部下三千羯人，多被杀毙。自凤阳门至琨华殿，积尸累累，流血盈途。闵传令内外兵民，毋得执械，违令立斩。羯人或夺门窜去，或逾城出走，先后不可胜计。闵遂使尚书王简，少府王郁，领众数千，监守御龙观，不准鉴自由进出。就是鉴一饮一食，亦只由观门悬入，勿许他入进餐。好好一个赵主鉴，反变作瓮中鳖、釜中鱼了。小子有诗叹道：

　　腹中有剑笑中刀，入阱如何不获逃？
　　我欲害人人害我，才和作伪总徒劳。

闵既幽鉴，又想出一条计策，歼尽羯人，欲知他如何行计，且看下回表明。

　　石遵废世，石鉴又杀遵，石闵又幽鉴，数月之间，迭遭篡逆，石氏之乱，可云甚矣！夫如石虎之穷凶极恶，应该有此巨谴，不于其身，必于其子孙，固然无足怪也。惟石氏内乱如此，正予晋以可乘之隙，桓温之出屯安陆，犹不过徒示虚威，褚裒则一再上表，分兵北进，宜其规复中原。扫清宿耻，乃王龛等一败而即俱，便退屯广陵，自请贬职，嗒然若丧，是比诸庾亮庾翼，且逊一筹矣。要之东晋诸臣，专尚空谈，虚骄之气盛，实行之略疏，《左氏传》所云"张脉偾兴，外强中干"者，正此类也，而蔡谟之意料远已。

第五十三回

养子复宗冉闵复姓　屠主授首石氏垂亡

却说石闵幽主擅权,复下令城中,略言:"孙刘构逆,已得伏辜,支党并诛,不及良善。此后与官同心,尽可留住,否则任令他去,不复相禁。"遂大开城门,纵使出入。于是羯人相率出城,填门塞道,独赵人陆续趋入,远近争集,闵知羯人不为己用,因颁令内外赵人,斩一羯首送凤阳门,文官进位三级,武官立拜牙门。看官,试想人生无不欲富贵,得了这种机会,哪有不欢跃奉命的道理?才阅一日,携首来献,多至数万。闵且亲率赵人,再行搜诛羯种,羯人共毙二十余万,弃尸城外,馁饲豺狼狐犬。就是一班外戍羯士,也由闵分投书札,令身为将帅的赵人,诛戮殆尽。太宰赵庶,太尉张举,中军将军张春,光禄大夫石岳,抚军将军石宁,武卫将军张季,及诸公侯卿校龙腾军等万余人,至此都恐连累,出奔襄国。汝阴王琨,亦奔据冀州,抚军张沉据滏口,张贺度据石渎,建义将军段勤据黎阳,宁南将军杨群据桑壁,刘国据阳城,段龛据陈留,姚弋仲据滠头,蒲洪据枋头,众各数万,皆不附闵。王朗麻秋,也自长安奔洛阳。闵遣人召秋,令图王朗,秋袭杀朗部羯人千余名,朗幸逃免,转奔襄国。秋忽生悔意,亦走依蒲洪。

汝阴王琨及张举王朗,纠众七万,向邺讨闵。闵自率骑兵出拒,列阵城北,遥见敌军如墙而来,便跃马出阵,手持两矛,直奔敌军。敌军前队,远来疲乏,不防闵轻骑杀到,一时不及招架,便致倒退。琨等尚在后面,见前军纷纷退后,还道闵军甚盛,抵敌不住,自己顾命要紧,也即拍马返奔。为这一走,遂致全军奔溃,仿佛天崩地塌一般。闵得任情追杀,斩首至三千级,待至琨等逃远,方收兵还邺,琨等仍奔还冀州去了。*并非石闵善战,实是琨等无用。*闵既大获胜仗,复与李农率三万骑兵,往攻石渎。石鉴被锢御龙观中,因闵农外出,监守少懈,乃得写就一书,密令近侍赍送滏口,嘱令抚军张沉等乘虚袭邺。哪知近侍不去报沉,反将鉴书持达闵农。

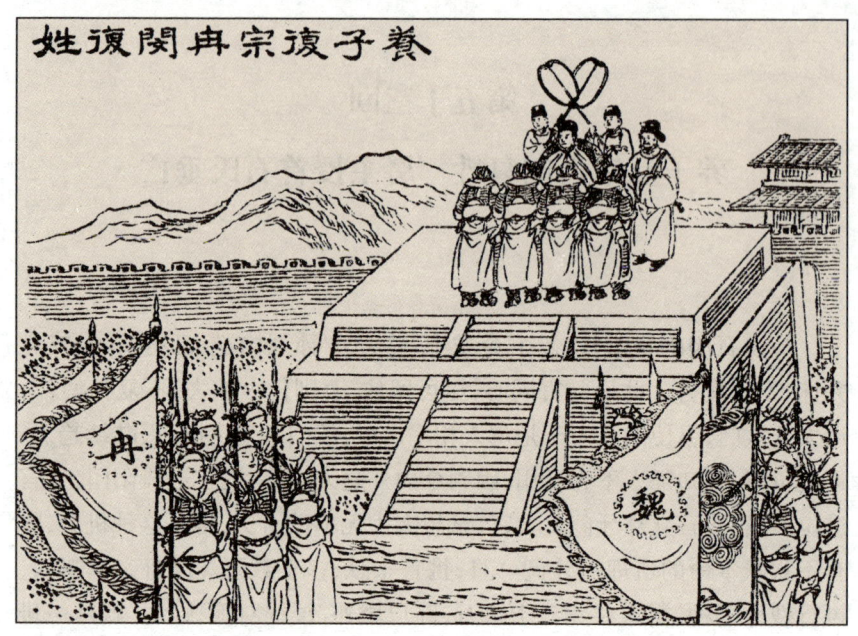

石苞李松孙伏都等，都为石鉴所卖，怪不得近侍使刁。闵农当即驰还，突入御龙观，责鉴反覆，褫去赵主的名目，又复赠他一刀，结果性命。鉴在位只一百零三日。闵索性大诛石氏，捕得石虎孙二十八人，骈戮无遗。惟尚有虎子数人，如石琨石祇等，统居外境，尚未遭难。

邺中已无石氏遗种，闵即欲僭号称尊，司徒申钟，司空郎闿，密承闵旨，联络朝臣四十八人，同声劝进。闵佯为退逊，让与李农。农不敢受，誓死固辞。辞与不辞相等，始终难逃一死。闵乃语众道："我等本是晋人，今晋室犹存，愿与诸君分割州郡，各称牧守公侯，奉表迎晋天子还都洛阳，诸君以为何如？"诚能如是，倒也完名全节，可惜言不由衷。尚书胡睦进言道："陛下圣德应天，宜登大位，晋氏衰微，远窜江表，岂尚能总驭英雄，混一四海么？"看汝能长为闵臣否？闵欣然道："胡尚书可谓识机知命，我当勉从。"遂至南郊即位，公然称帝，易赵号魏，复姓冉氏。纪元永兴，追尊祖隆为元皇帝，父曜为高皇帝，奉母王氏为皇太后，妻董氏为皇后，子智为皇太子，余子亦皆封王。命李农为太宰，领太尉，录尚书事，加封齐王，农诸子皆为县公。文武各进位三等，封爵有差。并遣使持节，尉谕各处军戍,一律免罪。

诸军屯皆不受命,赵新兴王石祗,闻鉴被弑,也在襄国称帝,改元永宁。用汝阴王琨为相国,并授姚弋仲为右丞相,待以殊礼。弋仲子襄为骠骑大将军,时戈仲据滠头,蒲洪据枋头,各思称雄关右,互生疑忌。秦雍流民,相率归洪,洪有众至十余万。戈仲恐洪过盛难制,遣子襄引兵击洪,为洪所破。洪遂自称大都督大将军大单于,兼三秦王,*即前秦之创始*。且因谶文有草付应王一语,乃改姓苻氏。洪第三子健,少娴弓马,勇武有力,尝为石氏父子所亲爱,洪因立为世子。赵将麻秋,既往依洪,洪命秋为军师将军。秋劝洪先收关中,然后东争天下,洪深服秋言。哪知人心不测,暗杀难防,洪引秋为知己,秋偏视洪若仇家,一无心,一有心,两人终夕晤谈,继以宴饮,秋竟置毒入酒,劝洪痛饮数杯。及秋辞宴退出,洪腹中忽然绞痛,不可忍耐,自知遭秋暗算,急召世子健入语道:"我拥众十万,据住险要,冉闵慕容俊等,本可指日荡平,就是姚襄父子,亦在我掌握,所以迟迟入关,实欲先清中原,再行西略;不意为竖子所欺,致我中毒。我死后,看汝兄弟未能肖我,休得再想中原,不如鼓行西进,得踞关中,也好独霸一方呢。"*一麻秋尚不能防,还说能平定中原,也是痴想。*言讫竟死。健秘不举哀,即率亲兵往捕麻秋。秋正安排兵甲,将乘丧为乱,不防苻健已先到来,急切不能抵御,立被健麾众拿下,一刀两段,报了父仇,然后为父发丧,承袭遗业。且遣使向晋报讣,自削王号,用晋封爵。原来洪先降晋,*见前回*。曾受封征北大将军,都督河北诸军事,冀州刺史,广川郡公。此时健即自称征北将军,向晋请命。赵石祗甫经称帝,也欲笼络苻健,命为镇南大将军,健佯为受命,在枋头修缮宫室,督兵种麦,示不复出;暗中却部署兵马,谋取关中。

关中本为赵属土,由将军王朗居守。朗自长安奔洛阳,复自洛阳奔襄国,*见上文*。当时但留司马杜洪,居守长安。洪常恐苻氏入关,阴加戒备。及苻氏父死子继,已放心了一大半,嗣闻健课农筑舍,更觉不以为意,谁知苻健竟自称晋征西大将军,都督关中诸军事,领雍州刺史,尽众西行,在盟津架起浮桥,渡河直进。至大众毕济,将桥毁断,仿佛破釜沉舟,有进无退。健弟雄先驱至潼关,洪始得报,乃遣部将张先出拒,与雄交战,倒还不分胜负。及健继至,先势孤难敌,败回关中。健虽得战胜,犹修笺致洪，并送名马珍宝，谓将自至长安，奉洪尊号。洪也虑苻健怀诈，顾语属吏道："这所谓币重言甘，明明是诱我呢。"乃尽召关中兵士，东出拒健。健已进次赤水，遣雄略地渭北，又追击张先至阴槃，把他擒住；再派兄子菁旁徇诸城，所至辄陷。洪出长安才数十里，迭接各处败报。又闻健乘胜杀来，急得面色仓皇。部众见主帅失色，越发惊心，你奔我逃，如鸟兽散。洪只剩得数百骑，眼见得不能对敌，并不敢再回长安，索性奔往司竹去了。

健竟入长安，据为都城，遣使至晋廷告捷，且向桓温修好。健有长史贾玄硕等，请依刘备称汉中王故事，表健为关中大都督大单于秦王。健佯怒道："我岂就好做秦王么？况晋使未返，我所应有的官爵，难道汝等所能预知么？"众始无言。越年为晋穆帝永和七年，晋使已归，不闻加封，他复密使心腹，讽玄硕等表上尊号。玄硕等不敢不从，遂请健为天王大单于。健尚假惺惺的谦让一番，至玄硕等两次劝进，便自号秦天王大单于，建元皇始。史家称为前秦。*为十六国中之一。*当下缮宗庙，置社稷，立妻强氏为天王后，子苌为天王太子，弟雄为丞相，都督中外诸军事，兼车骑大将军，领雍州刺史。自余封拜百官，位秩有差。又遣使四出，问民疾苦，旁求俊乂，除去赵时苛政。关中人民，赖是少安。

赵主祗方与冉闵相持，无暇西顾，因此健得从容布置，据有西秦。冉闵欲北向攻赵，赵主祗已遣汝阴王琨，及张举王朗等，统兵十万，南行攻闵。闵遣人临江传语晋吏道："羯贼扰乱中原，已数十年，今我已诛去羯首，只有余党未平，江东若能共讨，可即发兵前来。"晋使转报晋廷，廷议以闵亦乱贼，置诸不睬。闵欲自出拒敌，恐李农居中为变，竟将农诱入杀死，并戮农三子。*与人共事，人得利而已先受害，如李农辈，最不值得。*还有尚书令王谟，侍中王衍，中常侍严震赵升等，俱连坐农党，尽被骈诛，乃遣卫将军王泰为前锋，出击赵兵，自为后应。

会赵汝阴王琨，南入邯郸，与镇南将军刘国，会师并进。途次遇着王泰，一战败绩，死伤万余人。琨退归邯郸，国亦还屯繁阳。既而国与段勤张贺度靳豚等，复会兵攻邺，闵遣刘群为行台都督，率同诸将王泰崔通周成等，共十二万众，出堵黄城。闵自统精卒八万继进，与刘国大战苍亭，刘国等虽然连兵，却是将令不齐，众心未壹，反不如魏兵一致，鼓动一股锐气，东冲西荡，斫毙刘国连合军，共二万八千人。国等败遁，靳豚稍迟一步,中箭被杀,残众尽溃。闵振旅归邺,旌旗钲鼓,绵亘百余里,仿佛如石氏全盛时。既入邺城,行饮至礼,群下欢舞。闵且欲笼络人心,求才兴学,特备玄纁(xūn)束帛,礼征陇西辛谧。谧字处道,少有志操,博学能文,精草隶书,为时楷法,及长,尝杜门晦迹,谢绝交游。刘聪石勒,再三征召,终不肯起,及得闵征书,依然不就,但复书答闵道:

  昔许由辞尧,以天下让之,全其清高之节。伯夷去国,之推逃赏,皆显史牒,传之无穷,此往而不返者也。然贤人君子,虽居庙堂之上,无异山林之中,斯穷理尽性之妙,岂有识之者耶?是故不婴于祸难者,非为避之,但冥心至趣,而与吉会尔。谧闻物极则变,冬夏是也,致高则危,累棋是也。君王功已成矣,而久处之,非所以顾万全,远危亡之祸也。宜因兹大捷,归身本朝,指晋。必有许由伯夷之廉,享乔松之寿,永为世辅,岂不美哉?

  复书既去,尚恐闵不肯放过,竟自甘绝粒,不食而死。不没高人。闵怎肯听从谧言,又起步骑十万人,往攻襄国。封次子胤为太原王,进号大单于,署骠骑大将军,配以降胡千人,令他居守。光禄大夫韦謏谏言"降胡难恃,且不宜仿称单于"。哪知闵闻言大怒,反责謏离间戎夷,把他处斩,并杀謏子伯阳,直抵襄国城下,四面围攻。上筑土山,下穿地道,仰登俯凿,誓破坚城。赵主祇督兵固守,支持至百余日,幸还无恙。闵令军士筑室返耕,为久持计,于是祇相顾惶急,自去帝号,改称赵王。使张举诣燕乞师,许送传国玺,遣张春赴潊头,向姚弋仲处求援。弋仲即命子襄率骑兵三万八千,往援襄国,就是燕王慕容俊,也令将军悦绾,率骑兵三万人,救赵拒魏。再加赵汝阴王石琨,又从冀州赴急,三方会合,共得劲卒十余万,直逼闵垒。闵使将军胡睦御襄,孙威御琨,并皆战败,孑身遁还。闵自拟出击,卫将军王泰谏阻道:"今襄国未平,外援云集,若我军出战,必至腹背受敌,岂非危道?不若固垒相持,伺衅而动,方保万全。况陛下亲临行阵,万目共瞻,一或挫失,大事去了,请持重勿出,臣愿率诸将为陛下破敌。"闵点首称是。忽由道士法饶进言道:"陛下围攻襄国,旷日逾年,尚无尺寸功效,今群寇趋至,又避难不击,试问将如何使众哩?且太白入昴,当应赵分,百战百克,何待踌躇。"闵被他一说,不由的眉飞色舞,攘袂大言道:"我计决了,敢言不战者斩。"乃倾垒出发,与姚襄对阵交锋。可巧石琨从东面驰来,悦绾从西面趋至,尘头大起,惊动闵军。赵主石祗,又由城中冲出,前后左右,四集攻闵。闵军在外日久,已经疲敝,哪里挡得住四面兵马?顿时大溃,先走的得逃性命,后走的都做鬼奴。

闵与十余骑拼命飞跑,走还邺城,哪知次子冉胤,已被降胡执住,往降襄国。邺中大乱,所有司空石璞,尚书令徐机,车骑将军胡睦,侍中李绷,中书监卢谌以下,尽被杀死,人物歼尽,盗贼蜂起,司冀大饥,人自相食。闵已潜入邺中,邺人尚未闻知,内外恟恟。讹言闵已败没,射声校尉张艾,劝闵亲出抚慰,安定众心。闵乃至南郊收劳军士,讹言少息,遂诛道士法饶父子,支解以徇,追尊韦謏为大司徒,已经迟了。一面搜卒补乘,再图御敌。姚襄已还军滠头,姚弋仲责他不擒冉闵,杖襄百下,惟不复用兵。燕将悦绾,也即退去,独赵主祗更遣部将刘显,率众七万,再攻冉闵,进次明光宫,去邺止二十三里。闵急召卫将军王泰,商议拒敌方法。泰恨前言不用,托病不入。至闵亲往访问,泰仍固称病笃,不能参议。闵不禁大怒,还宫语左右道:"可恨巴奴,乃公岂定要靠他,才得保命吗?我当先灭群孽,再斩王泰。"说着,便悉众尽出,拼死杀去,得破显军,追至阳平,乘势斩杀,得首级三万余颗,杀得显穷蹙失措,几乎无路可奔,不得已遣使乞降,情愿杀祗自效。闵乃纵显使去,自还邺中。左右密承闵旨,诬言王泰将叛奔入秦。闵正要杀泰,听得此语,好似火上添油,立命将泰处斩,并夷三族。

过了匝月,果得刘显来文,报称杀赵主祗,乃丞相乐安王炳,太保张举,太宰赵庶等十余人,据定襄国,纳质请命。闵喜如所望,尚未复答,那赵主祗的头颅,已自襄国献入邺中。闵令悬示三日,焚诸通衢,乃封显为大单于,领冀州牧。看官听着,赵主祗称帝襄国,只越一年,便即遭弑,后赵至是乃亡,总计后赵自石勒建国,至祗已易六人,共得七主,只合成二十三年。了结后赵。刘显降闵,才阅百日,又欲自上尊号,谋袭冉闵,偏被闵预先探知,发兵邀击,杀退显兵,显狼狈走还。但闵虽得胜,所辖各土,已皆瓦解。徐州刺史刘启,兖州刺史魏统,豫州刺史张遇,荆州刺史乐弘,俱举州降晋。还有魏平南将军高崇,征虏将军吕护,执住洛州刺史郑系,也向晋请降。又如故赵将周成屯廪邱,高昌屯野王,乐立屯许昌,李历屯卫国,亦陆续归晋,就是刘显据住襄国,虽经屡败,也居然僭号称尊,且率众攻魏常山。常山太守苏彦,飞使至邺城乞援。闵使太子智留守邺城,以大将军蒋干为辅,自率锐骑八千人,往救常山,一战却敌。显前军大司马石宁,举枣强城降闵,闵势益盛,更进兵追显。显奔还襄国,大将军曹伏驹,知显无成,竟为闵内应,开门纳入追军。显无处奔避,眼见为闵军所困,乱刃分尸,所有家眷及伪署公卿,一古脑儿屠杀净尽。又放起一把无名火来,毁去襄国宫室。凡襄国遗民,尽被闵驱至邺中。可怜石氏遗种,单剩了一个汝阴王琨,系是石虎幼子,他已弄得无兵无饷,没奈何挈领妻妾,南走建康,向晋乞怜,保他一脉。晋廷追念宿仇,怎肯相容,立将琨绑缚起来,驱出市曹,一刀两段。琨妻妾亦同时骈首,于是石氏遂绝。小子有诗叹道:

　　莫道贻谋可不臧,祖宗积恶播余殃。
　　羯胡一败无遗类,到底凶人是速亡。

　　晋既杀死石琨,又想趁这机会,规复中原。欲知成功与否,待小子下回再详。

冉闵乘石氏之敝，起灭石氏，扫尽羯胡，僭帝号，复原姓，说者谓其志不忘晋，临江呼助，设晋果招而用之，亦一段匹䃅之流亚。吾意不然。段匹䃅之害刘琨，吾犹恨其昧公徇私，不能以厌次数言。遂为之恕。彼闵蒙乃父之余荫，受石氏之豢养，予以高官，给以厚禄，犬马犹知报主，闵犹人耳，何竟不顾私恩，对宠我荣我者而反噬之？况羯虽异族，远系从同，必欲尽歼无遗，设心何毒？是可忍孰不可忍？而谓其能顾祖国，必无是理。其所以临江相呼者，惧赵主祗之扼其背，与秦王健之掣其肘，不得已而为将伯之求耳。晋廷之置诸不理，吾犹幸晋吏之不为李农也。若赵主祗之终归陨灭，与汝阴王琨之被杀建康，覆巢之下，致无完卵，此乃石勒父子之孽报，不如是不足以暴其恶也，于他人乎何尤？

第五十四回

却桓温晋相贻书　灭冉魏燕王僭号

却说晋征西大将军桓温，因石氏乱亡，已屡请经略中原，辄不见报。晋穆帝年尚幼冲，褚太后女流寡断，一切国政，均归会稽王昱主持，领司徒光禄大夫蔡谟，本已实授司徒，诏书屡下，终不就职。褚太后遣使敦劝，谟仍固辞，且自语亲属道："我若实任司徒，必为后人所笑，义不敢受，只好违命罢了。"虽是谦让，但谓必贻笑后人，毋乃过虑。永和六年，复上疏陈疾，乞请骸骨，缴上光禄大夫领司徒印绶。有诏不许。会穆帝临朝会议，使侍中纪璩，与黄门郎丁纂，召谟入商。谟自称病笃，不能入朝。会稽王昱，谓谟为中兴老臣，定须邀他与议，从旦至申，使人往返，几十数次，谟终不至。殊太偃蹇。时穆帝尚只八岁，不耐久持，顾问左右道："蔡司徒尚不见来，究怀何意？临朝已将一日，为他一人，遂致早晚不顾，岂不可恨？难道他不到来，今夕不能退朝么？"左右转禀太后，太后亦自觉疲倦，乃诏令罢朝。

会稽王昱，不禁懊恨起来，顾语朝臣道："蔡公傲违上命，无人臣礼，若我辈都似蔡公一般，试问由何人议政呢？"群臣齐声应道："司徒谟但染常疾，久逋王命，今皇帝临轩，百僚齐立，候谟终日，若谟愿止退，亦宜诣阙自辞，今乃悖慢如此，自应明正国法，请即拘付廷尉，依律拟刑。"这番议案，尚未定夺，已有人传达谟第。谟方才惶惧，率子弟诣阙待罪。当有一人趋入朝堂，厉声大言道："蔡谟今日，果无疾来阙么？欺君罔上，应当何罪？宜置诸大辟，为中外戒。"朝臣听他语言激烈，也觉一惊，连忙注视，乃是中军将军殷浩。当下互相讨论，议久未决，浩尚与固争，还是徐州刺史荀羡，私语殷浩道："蔡公望倾内外，今日被诛，明日必有人借口，欲为齐桓晋文的举动了，公何苦激成乱衅呢？"暗指桓温。浩乃无言。大众遂请由太后裁决，太后谓："谟系先帝师傅，宜从末减，不忍骤加重

桓温贻晋相书

辟。"乃诏免谟为庶人。

那桓温闻浩擅权，很是动忿，一时无词劾浩，只把北伐为名，呈入一篇表文，略称："朝廷养寇，统为庸臣所误。"这句话明明是指斥殷浩。浩在内揞（kèn）住温表，不使批答，谁知温竟率众数万，顺流东下，屯兵武昌，隐然有入清君侧的寓意。廷臣闻报，相率骇愕。浩亦急得没法，至欲去位避温。实是没用。吏部尚书王彪之，进白会稽王昱道："浩若去职，人情必更张皇，殿下首秉国钧，倘有变乱，何从诿责呢？"又顾语殷浩道："温若抗表问罪，必举卿为首恶，卿虽欲自作匹夫，恐亦未能保全，不如静镇勿动，且由相王指会稽王。先与手书，为陈祸福，彼若不从，更遣中诏，再若不从，当用正义相裁，奈何无故匆匆，先自滋扰呢？"浩与昱依彪之书，即命抚军司马高崧，代昱草表，遣使致温。略云：

寇难宜平，时会宜接，此实为国远图，经略大算，能弘新会，非足下而谁？然异常之举，众情所骇，游声噂沓，想足下应亦闻之。苟或望风震扰，一时奔散，则望实并丧，社稷之事去矣。吾与足下，虽职有内外，安社稷，保国家，其致一也。天下安危，系诸明德，当先宁国而后图其外，使王基克隆，大义弘著，此吾之所深望于足下者也。区区诚怀,岂可复顾嫌而不尽哉？幸足下察之！

果然一缄书札,足抵十万雄师,才阅数日,即得温谢罪表文,自愿收军还镇去了。晋廷上下,才得放心。

已而姚弋仲遣使来降,有诏授弋仲为车骑大将军,六夷大都督,子襄为平北将军,兼督并州。弋仲年逾七十,有子四十二人,尝召集与语道："我因晋室大乱,起据西偏,嗣石氏侍我甚厚,我欲替他讨贼,借报私情,今石氏已灭,中原无主,从古以来,未有戎狄可作天子,我死后,汝等便当归晋,竭尽臣节,毋得多行不义,自取咎戾呢。"越年为永和八年,弋仲老病缠身,竟致不起,卒年七十三。子襄秘不发丧,竟率众攻秦。

秦王苻健,自僭称天王后,安据关中,嗣闻晋梁州刺史司马勋,与故赵将杜洪相应,侵入秦川,当即出堵五丈原,击退勋兵,再移兵往攻杜洪。洪正由司竹出屯宜秋,洪奔司竹见前回。欲应晋军,不料司马张琚,忽生变志,诱众杀洪。琚自立为秦王,分置官属,部署未定,健军已经掩至。他却冒冒失失的出来拒敌,一战败死,身首两分。健奏凯入关,即僭称秦帝,进封诸公为王,命子苌为大单于,又遣弟雄及兄子菁分略关东,招纳晋降将豫州刺史张遇,仍命镇守许昌。姚襄与苻氏挟有宿嫌,所以父丧不发,便即与秦为难。但苻氏气势方盛,将勇兵精,恁你姚襄如何骁悍,也一时攻不进去。

襄转向洛阳,行次麻田,与故赵将李历相遇,两下酣斗,襄马首忽中流矢,将襄掀下,部众相顾骇愕。李历乘隙闯入,飞马取襄,幸亏襄弟苌先到一步,把襄扶起,自将乘骑让兄,翼他出险,但经此一跌,部众已经奔散,丧亡无数。襄走回滠头,草草治丧,自悔前事冒昧,乃承父遗命,单骑南下,向晋款关,走依晋豫州刺史谢尚。尚自去仗卫,幅巾出见,推诚相待,欢若平生。襄为尚画策,令遣建武将军戴施,进据枋头。施奉令前往,果然得手,兵不血刃,即将枋头据住。可巧魏主冉闵,与燕鏖兵,战败被擒。闵子智尚守邺城,由将军蒋干为辅,派人至谢尚处乞援。尚即调戴施援邺,助守三台。

究竟冉闵如何战败,应该由小子表明大略。闵既克襄国,游食常山中山诸郡。故赵立义将军段勤,聚胡羯至万余人,保据绎幕,自称赵帝。燕王慕容俊,已遣辅国将军慕容恪略地中山,收降魏太守侯龛及赵郡太守李邺。还有辅弼将军慕容评,亦奉俊命,往攻鲁口,击斩魏戍将郑生。至是俊又命建锋将军慕容霸,出击段勤,更调慕容恪专攻冉闵。闵率兵御恪,行至魏昌城,与恪相遇,即欲交战。大将军董闰,车骑将军张温,俱向闵进谏道:"鲜卑兵乘胜前来,锐不可当,且彼众我寡,不如暂避敌锋,待他骄惰,然后添兵进击,不患不胜。"闵瞋目道:"我引军至此,方欲扫平幽州,擒慕容俊,今但遇一慕容恪,便这般胆小,将来如何用兵呢?"说毕,便将董张二人叱出。狃(niǔ)于襄国一胜,故有此骄态。司徒刘茂,及特进郎闿,私相告语道:"我君刚愎寡谋,此行必不返了,我等怎好自取戮辱,不如速死为宜。"遂皆服药自尽。

闵素有勇名,部兵虽不过万人,却是个个强壮,善战冲锋,当下与燕兵接仗,十荡十决,燕兵统被击退。闵兵俱系步卒,因燕皆骑士,恐被意外冲突,乃引趋林中。慕容恪巡劳军士,遍加晓谕道:"冉闵有勇无谋,不过一夫敌呢。且士卒饥疲,不堪久用,俟他怠弛,再击未迟。我军可分为三队,互相犄角,可战可守,怕他甚么?"参军高开献议道:"我骑兵利用平地,不宜林麓,今闵引兵入林,倚箐自固,不可复制。为目前计,应遣轻骑挑战,只许败,不许胜,得能诱他转身,仍至平地,然后好纵兵挟击了。"恪依开计,便拨兵诱敌,且行且詈。冉闵听了,哪里忍受得住,当即麾兵杀回。燕骑并不与战,拍马便走,惟口中辱骂如故。闵追了一程,停住不赶。燕骑复笑骂道:"冉贼!冉贼!我料你只能避匿林中,怎敢再至平地,与我等大战一场?"这数语传入闵耳,闵越觉动怒,索性还就平地,列阵待战。确是有勇无谋。

恪已分军为三队,部署妥当,见闵复来就平原,喜他中计,因诫令诸将道:"闵性轻躁,又自知兵寡,不便久持。今复来迎战,必拼死来突我军,我但严阵以待,守住中坚,诸君亦在旁静候,但看中军与闵合战,便好前来夹击,左右环攻,定可破贼。"诸将应命而去。恪复选得鲜卑箭手,共五千人,各使乘马,连环锁住,成一方阵,令充前队,自率劲兵后列,竖起一面大纛旗,作为全军耳目,徐徐前进。那冉闵跨一骏马,号为朱龙,每日能行千里,此时拍马来争,当先突出,左操一杆双刃矛,右持一柄连钩戟,直至燕军阵前,连挑连拨,无人敢当。燕兵慌忙射箭,有几个脚忙手乱,连箭都发不出来。闵毫不畏怯,左手用矛飞舞,所来各箭,尽被拨开。右手用戟乱钩,燕兵稍不及避,便被钩落马下。闵众挟刃齐上,随手下刃,所有落马的燕兵,头颅都不知去向。闵杀得性起,怎肯罢休,又望见前面有一大旗竖着,料是燕军中坚,索性趁势冲入,直攻慕容恪。恪正勒马观战,专待闵亲来送死,可巧闵引兵杀到,便令勇士摇动大旗,指挥各军,于是骑士大集,合力击闵。中军原一齐奋勇,抵敌闵军,就是左右两路,也从旁杀到,包围冉闵,环至数匝。究竟闵兵有限,单靠着自己勇力,总敌不住数万人马,他尚舍命冲突,形似猘(zhì)犬,好容易杀透重围,向东奔去。狂走二十余里,距敌已远,方敢下马少息。旁顾左右,不满百人,只有仆射刘群,与将军董闰张温等,还算随着。闵形色惨沮,如丧魂魄,身上亦血迹淋漓,创痕累累,勉强按定了神,想与刘群等商议行止。

不防鼓声四震,燕兵从后面追来,闵自知不能再战,仓皇上马,挥鞭急驰。刘群等也即随行。哪知燕兵来得真快,才经里许,便被追及,群回马与战,未及数回,即被杀死。董闰张温,无路可逃,双双就擒。闵所骑的朱龙马,本来是瞬息百里,迅速异常,偏偏跑了一程,无缘无故的停住不行,闵用鞭乱击,直至鞭折手痛,马仍然不动,反颓然向地倒下。仔细一瞧,已是死了。总由临敌受伤之故,史称朱龙忽毙,关系闵命亦未尽然。闵失了坐骑,好像失去性命,就使脚长力大,也是逃走不脱,眨眼间燕将攒集,七手八脚,把闵活捉了去,解送燕都。燕王慕容俊,面加呵责道:"汝乃奴仆下才,怎得妄自称帝?"闵仍不少屈,抗声答道:"天下大乱,汝等凶横,人面兽心,还想篡逆,我乃中土英雄,为甚么不得称帝呢?"却是个硬汉,可惜仁智不足。俊当然动怒,命左右鞭闵三百,拘禁狱中。

会接慕容霸军报,伪赵帝段勤,已与弟思聪举城出降。寻又得慕容恪捷书,谓已阵斩魏将金光,进据常山。俊即令恪为常山留守,召霸还军,另派慕容评等攻邺,邺中大震。闵子智与将军蒋干,闭城拒守,城外一带,俱被燕军陷没。智与干当然惶急,不得已遣使降晋,向谢尚处乞师。尚将戴施,率壮士百余人,往邺助守。蒋干见来兵甚寡,大失所望。施得间给干道:"汝主既降顺我朝,应该将传国玺出献。现今燕寇在外,道路不通,就使汝果献玺,也未便赍送江南,不如暂付与我,我当专使驰告天子,天子闻玺在我所,信汝至诚,必遣重兵,发厚饷,来救邺城。燕寇见我军大至,自然退去,保汝无恙。"好似一个大骗子。干尚怀疑未决,不肯出玺。适邺中大饥,人自相食,守兵无从觅粮,就将故赵宫人,烹食充饥。滋美如何?干弄得没法,只好将玺取出,交与戴施。施佯令参军何融,往枋头运粮,暗将传国玺付给融手,使至枋头转报谢尚。尚得融报,亟遣振武将军胡彬,率骑兵三百,至枋头迎玺,送入建康。晋廷交相庆贺,不消细叙。

且说邺城被困,已经月余,城中孤危得很,还亏枋头运到粮米数百斛,暂救眉急,守兵暂免枵腹,勉力支撑。燕将慕容评,屡攻不克,燕王俊又遣广威将军慕容军,殿中将军慕容根,右司马皇甫真等,统率步骑二万人,至邺助评。邺城守将蒋干,闻燕兵继至,焦急万分,意欲乘夜出袭,期得一胜,当下挑选锐卒五千人,俟至夜半,开城杀出,直捣燕营。不防慕容评早已预备,四面设伏,等到蒋干驰至,一声号令,伏兵齐起,把干军尽行围住,逞情杀戮。干弃去盔甲,扮作小兵模样,才得混出围中,奔还邺城,五千人尽致覆没,守卒益惧。慕容评等围攻益急,魏长水校尉马愿等,开城迎降。蒋干戴施,缒城出走,逃往仓垣。魏后董氏,太子冉智,及太尉申钟,司空条攸等,一古脑儿做了俘虏,送往燕都。惟魏尚书令王简,左仆射张乾,右仆射郎萧,并皆自杀。冉氏篡赵建国,阅三年即亡。

是时,燕王俊方出巡常山,遣将分徇魏地,及邺城传到捷报,乃返至蓟郡,命将冉闵牵送龙城,祭告先祖考庙中,然后推闵往遏陉山,枭首徇众。不料闵一杀死,山中草木,亦皆枯凋,并且连月不雨,蝗虫四起。自从闵被执至蓟,直至闵死后三月有余,尚是亢旱。俊疑闵暗中作祟,乃使用王礼葬闵,遣官致祭,谥为悼武天王。是日,遂得大雪三寸。崔鸿《十六国春秋》内,载冉闵被擒,系在四月,燕王杀闵,乃在八月,案八月深秋,草木应枯,且连月不雨,系是偏灾。闵何能为祟?俊之所为,不值一噱。旱灾未靖,符瑞盛传,是年燕都正阳殿,有燕来巢,生下三雏,顶上统有直毛。各城又竞献五色异鸟,于是群僚附会穿凿,共上美词,或说燕首有直毛,便是大燕龙兴,应戴通天冠的征验,燕生三子,数应三统。或说神鸟五色,便是国家将继五行帝箓,统御四海。彼献颂,此贡谀,说得天花乱坠,斐然成章。燕相封奕,遂联络一百二十人,劝燕王俊即称尊号。俊尚作逊词道:"我世居幽漠,但知射猎,俗尚被发,未识衣冠,帝箓非我所有,何敢妄想?卿等无端推美,如孤寡德,不愿闻此"云云。

既而冉闵妻子等,由慕容评解送至蓟,凡赵魏相传的乘舆法物,一并献入。俊诈称闵妻董氏。实献传国玺,特别传见,好言慰谕,封董氏为奉玺君,赐冉智爵为海滨侯,用申钟为大将军右长史,并授慕容评为司州刺史,使镇邺中。故赵将王擢等,前时拥兵,据有州郡,至此俱闻燕声威,遣使请降。俊任王擢为益州刺史,夔逸为秦州刺史,张平为并州刺史,李历为兖州刺史,高昌为安西将军,刘宁为车骑将军。惟故赵幽州刺史王午,尚据住鲁口,自称安国王。俊命慕容恪往讨,恪出次安平,储粮整械,为讨午计。适中山人苏林,起兵无极,伪称天子,恪乃先往讨林,又值慕舆根前来会攻,马到成功,将林击死,再攻王午。午已为部将秦兴所杀,恪乃奉表劝进。燕臣一致同词,共上尊号。俊始置百官,进相国封弈为太尉,恪为侍中,左长史阳骛为尚书令,右司马皇甫真为左仆射,典书令张悕(xī)为右仆射,其余文武均拜授有差。然后在蓟城即燕帝位,大赦境内,自谓得传国玺,改年元玺,追尊祖廆为高祖武宣皇帝,父皝为太祖文明皇帝,立妻可足浑氏为皇后,子晔为皇太子。晋廷方遣使诣燕,与燕修和,俊语晋使道:"汝归白汝天子,我承人乏,为中原所推,已得做燕帝了。此后如欲修好,不宜再赍诏书。"晋使怏怏自归。相传石虎僭位时,曾使人探策华山,得玉版文,内有四语云:"岁在申酉,不绝如线,岁在壬子,真人乃见。"燕

主俊僭号称帝,正当晋穆帝永和八年,岁次壬子,燕人即援作瑞应,史家号为前燕。即十六国中三燕之一。小子有诗咏道:

符谶遗文宁足凭,但逢战胜即龙兴。

须知乱世无真主,戎狄称尊问孰膺。

燕既称帝,与秦东西分峙,各称强盛,偏晋臣不自量力,又想规复中原。欲知底细,且看下回续表。

桓温之出屯武昌,胁迫朝廷,已启不臣之渐,然实由殷浩参权而起。浩一虚声纯盗者流,而会稽王昱,乃引为心膂,欲以抗温,是举卵敌石,安有不败?高崧代昱草书,而温即退兵还镇,此非温之畏昱服昱,特尚惮儒生之清议,未勇骤逞私谋耳。北伐北伐,固不过援为口实已也。彼冉闵之尽灭石氏,乃石虎作恶之报。闵一莽夫,宁能雄踞一方?燕王俊乘乱伐闵,得慕容恪之善算,即擒闵而归,诛死龙城,闵妻董氏及嗣子冉智,尚得滥叨封爵,未受骈诛,此犹为冉氏之幸事耳。闵恶未稔而即毙,故妻子犹得幸存,彼慕容俊以草枯天旱,疑闵为祟,反追谥而礼祭之,毋乃慎(diān)欤!

第五十五回

拒忠言殷浩丧师　　射敌帅桓温得胜

却说晋中军将军殷浩，累蒙迁擢，都督扬豫徐兖青五州军事。他本来大言不惭，至此因桓温屡请北伐，便想自担重任，得能侥幸一胜，方好压倒桓温，免受奚落。当下拟定草表，自请北出许洛，相机恢复。尚书左丞孔严，向浩进规道："近来众情摇惑，很是寒心，不识使君当如何善后哩？愚意以为材分文武，职区内外，韩彭应专征伐，萧曹宜守管钥，各有所司，方免误事。且廉蔺屈身，始能全赵，平勃交欢，方得安刘，使君材识过人，亦当先弭内衅，穆然无间，然后好保大定功呢。"浩不能从，竟将表文呈入。有诏依议，浩遂使安西将军谢尚，北中郎将荀羡为督统，进屯寿春。右军将军王羲之，贻书谏浩，并不见报。谢尚既奉浩令，即约姚襄同攻许昌，襄方寓居谯城，招集部众，便出兵会浩，相偕北行。姚襄奔晋见前回。

许昌为秦降将张遇居守，闻晋军将至，即向关中乞援。秦主苻健，使弟雄领兵往救，与谢尚等交战颍上，尚等大败，死亡至万五千人。尚奔还淮南，襄送尚至芍陂。尚尽将后事付襄，使屯历阳。苻雄击退晋军，驰入许昌，索性将张遇家属，及民户五万余家，迁到关中，另用右卫将军杨群为豫州刺史，留守许昌。张遇无法，只好随雄入关。遇有后母韩氏，年逾三十，华色未衰，丰姿依旧，入关以后，为健所闻，特别召见。韩氏应召入谒，由健仔细端详，果然是绝世芳容，不同凡艳。健妻强氏，曾册为皇后，姿貌不过中人，就是后宫妾媵，也没有与韩氏相似，惹得健目迷心眩，不肯放还。韩氏嫠居有年，伤心别鹄，每遇春花秋月，未免增愁，此时身入秦宫，撩起一番情绪，也不觉心神失主，如醉如痴。况苻健春秋鼎盛，面貌魁梧，端的是个乱世枭雄，番廷狼主，彼此互相慕悦，当然凑成了一对佳偶，颠倒鸳鸯，交欢数夕，居然由苻健下旨，册韩氏为昭仪，授张遇为司空。遇不免怀惭，但寄人篱下，如何反抗？只好含垢忍耻，模糊过去。只恐对不住乃父。嗣闻江东又要出兵,当即令人探听虚实,想乘此袭杀苻健,报复私仇。究竟晋军再举,是由何人主张? 说来说去,仍是那有名无实的殷深源。浩字深源,已见前文。殷浩自谢尚败还,未免扼腕,但雄心究还未死,仍拟整兵再举。王羲之因前谏不听,已遭败衄,一误不堪再误,乃更剀切陈书,重谏殷浩道:

近闻安西败丧,公私愧怛,不能须臾去怀。以区区江左,所营如此,天下寒心,固已久矣,而加之败丧,益令气沮。往事岂复可追? 愿思弘济将来,令天下寄命有所,自隆中兴之业;正以道胜,宽和为本,力争武功,非所宜也。自寇乱以来,处内外之任者,未有深谋远虑,括囊至计,而疲竭根本,竟无一功可论,一事可记。忠言嘉谟,弃而莫用,遂令天下将有土崩之势。任其事者,岂得辞四海之责哉? 今军破于外,资竭于内,保淮之志,非所复及,莫若还保长江,令督将各复旧镇。自长江以外,羁縻而已,秉国钧者,引咎责躬,深自贬降以谢百姓,更与朝贤思布平心,除其烦苛,省其赋役,与百姓更始,庶可允塞群望,救倒悬之急。使君起于布衣,任天下之重,尚德之事,未能事事允称,当重统之任,而丧败至此,恐阖朝群贤,未自与人分其谤者。今亟修德补阙,广延群贤,与之分任,尚未知获济所期。若犹以前事为未工,复求之于分外,宇宙虽广,自容何所? 明知言不必用,或反取怨执政,然当情慨所在,正自不能不尽怀极言,惟使君谅之!

这书去后,又上会稽王昱一笺,无非是谏阻北伐,大致说是:

古人耻其君不为尧舜,北面之道,岂不愿尊其所事,比隆往代? 况遇千载一时之运,何可自沮? 顾智力有所不及,岂得不权轻重而处之也? 今虽有可欣之会,内求诸己,而所忧乃重于所欣。传曰:"自非圣人,外宁必有内忧。"今外不宁,内忧以深。古之弘大业者,或不谋于众,倾国以济一时功者,亦往往而有之。诚独运之明,足以迈众,暂劳之弊,终获永逸者可也。求之于今,可得拟议乎? 夫庙算决胜,必宜审量彼我,万全而后动。功就之日,便当因其众而即其实;今功未可期,而遗黎歼尽,劳役无已,征求日重,以区区吴越,经纬天下十分之九,不亡何待? 而不度德,不量力,不敝不已,此封内所痛心叹悼,而莫敢吐诚者也。往者不可谏,来者犹可追,愿殿下更垂三思,解而更张，令殷浩荀羡，还据合肥。广陵许昌谯郡梁彭城诸军，皆还保淮南，为不可胜之基，俟根立势举，谋之未晚，此实当今策之上者。若不行此，社稷之忧，可计日待也。殿下德冠宇内，以公室辅朝，最可直道行之，致隆当年，而未允物望，受殊遇者所以寤寐长叹，实为殿下惜之。国家之虑深矣，常恐伍员之忧，不独在昔，麋鹿之游，将不止林薮而已。愿殿下暂废虚远之怀，以救倒悬之急，可谓以亡为存，转祸为福，则宗庙之庆，四海有赖矣。

一书一笺，统是直言谠论，痛切不浮。无如殷浩是情急贪功，不顾利害。会稽王昱，又是深信殷浩，总道他有作为，一败不至再败，所以羲之书笺，都付高阁，并不见行。浩复出屯泗口，遣河南太守戴施据石门，荥阳太守刘遁戍仓垣，甚至饷源无着，停办太学，遣归生徒，把经费拨充军需。不啻因噎废食。谢尚留屯芍陂，亦遣冠军将军王侠，攻克武昌，秦豫州刺史杨群，退守弘农。那晋廷却征为给事中，尚乃还戍石头。最可怪的殷深源，未出兵时，不能听信良言，但好刚愎，既已出兵，又不能推诚任人，但务疑猜。他闻姚襄安次历阳，广兴屯田，训厉将士，未尝表请北伐，总道他别有异图，意欲先加除灭，免滋后患，乃屡遣刺客刺襄。襄雅善拊循，颇得士心，刺客阳奉浩命，到了历阳，反将实情转告。襄因此加防，日夕巡逻。浩复遣心腹将魏憬，率众五千，潜往袭襄，偏被襄预先探知，出城邀击，杀死魏憬，并有憬众。浩恨计不成，索性明下军书，迁襄至梁国蠡台，表授梁国内史。襄益加疑惧，因使参军权翼，诣浩陈情。浩问翼道："我与姚平北共为王臣，休戚相关，为何平北尝举动自由，与我异趣呢？"晋封姚襄为平北将军，见前回。翼答道："姚平北英姿绝世，拥兵数万，乃不惮路远，来归晋室，无非因朝廷有道，宰辅明哲，想做一个盛世良臣。今将军轻信谗言，与彼有隙，愚谓咎在将军，不在平北。"浩忿然道："平北擅加生杀，又纵小人掠夺我马，这岂还好算得王臣么？"翼又道："平北归命圣朝，怎敢妄杀无辜？惟内奸外宄，有违王法，理宜为国行刑，怎得不杀？"浩又问何故掠马？翼正色道："闻将军猜忌平北，屡欲加讨，平北为自卫计，或至使人取马，诚使将军坦怀相待，平北也有天良，何至出此？"浩不禁笑语道："我也何尝欲加害平北，尽请放怀！"试问你何故屡遣刺客？遂遣翼归报，翼拜辞而去。

浩又阴使人招诱秦将雷弱儿等,令杀秦主苻健,许以关中世爵。王师宜堂堂正正,乃专为鬼祟,如何成事?弱儿等复称如约,且请师接应。浩遂调兵七万,自寿春出发,进向洛阳。哪知弱儿等将计就计,伪称内应,并非真心从浩。惟一个降将张遇,为了苻健奸占后母,且居然呼他为子,心有不甘,因贿通中黄门刘晃,拟夜入袭健,偏偏事机不密,为健所闻,立将遇捕入处死。惟察得韩昭仪未曾与谋,不使连坐,仍然宠爱如常。想韩氏正交桃花运,所以有此侥幸。浩接得苻秦内变消息,未悉确状,还道是弱儿等已经发难,即调姚襄为先锋,自督大军急进。吏部尚书王彪之,奉笺与昱,谓秦人多诈,浩不应率军轻行。昱似信非信,延宕多日,始拟着人往询军情,偏败报已经到来,姚襄叛命,返袭浩军,山桑一战,浩军大溃,辎重尽失,浩已走还谯城了。昱乃语王彪之道:"果如君言,张良陈平,亦不过如是哩。"有了张陈,惜无刘季。原来姚襄已经仇浩,佯作前驱,诱浩至山桑,返兵袭败浩军,俘斩万余人,尽得浩军资仗,乃使兄益守山桑,自己仍往淮南。浩遭襄暗算,且惭且愤,复遣刘启王彬之,往攻山桑。襄从淮南还援,内外夹攻,刘王以下,并皆败亡。前已死伤万余人,尚嫌不足,乃复

以二将部曲加之,浩之不仁极矣! 襄遂进屯盱眙,招掠流民,有众七万,分置守宰,劝课农桑。复遣使至建康,陈浩罪状,并自陈谢。诏乃命谢尚都督江西淮南诸军事,往镇历阳。嗣是殷浩大名,一落千丈,投阱下石的疏文,陆续进呈。就中有一疏最为厉害,署名非别,便是那殷浩的仇家桓温。疏云:

> 按中军将军殷浩,过蒙朝恩,叨窃非据。宠灵超卓,再司京辇,不能恭慎所任,恪居职次,而侵官离局,高下在心。前司徒臣蔡谟,执义履素,位居台辅,师傅先帝,朝之元老,年登七十,以礼请退,虽临轩固辞,不顺恩旨,适足以明逊让之风,弘优贤之礼,而浩虚生狡说,疑误朝听,狱之有司,几致大辟。自羯胡天亡,群凶殄灭,而百姓涂炭,企迟拯接,浩受专征之重,无雪耻之志,坐自封殖,妄生风尘,遂致寇仇稽诛,奸逆并起,华夏鼎沸,黎元殄悴。浩惧罪将及,不容于朝,外声进讨,内求苟免,出次寿阳,**即寿春。**顿甲弥年,倾天府之资,竭五州之力,收合亡赖以自卫,爵命无章,猜害罔顾。羌帅姚襄,率命归化,浩不能抚而用之,阴图杀害,再遣刺客,为襄所觉,襄遂惶惧,用致逆命。生长乱阶,自浩始也。复不能以时扫灭,纵放小竖,鼓行毒害,身狼狈于山桑,军破碎于梁国,舟车焚烧,辎重覆没,三军积实,反以资寇,精甲利器,更为贼用。神怒人怨,众之所弃,倾危之忧。将及社稷,臣所以忘寝屏营,启处无地。夫率正显义,所以致训,明罚敕法,所以齐众。伏愿陛下上追唐尧放命之刑,下鉴春秋无君之典,即不忍诛殛,且宜退弃,摈之荒裔,虽未足以塞山海之责,亦粗可以宣诫于将来矣。谨此表闻。

晋廷接到温疏,因惮温威势,不得已废浩为庶人,徙浩至信安郡东阳县。浩抵徙所,口无怨言,夷神委命,谈咏不辍。惟有时忧从中来,辄用笔书空,作"咄咄怪事"四字。浩甥韩伯,为浩所爱,随浩至东阳,经岁还都。浩送至渚侧,口吟古诗云:"富贵他人合,贫贱亲戚离。"**本曹颜远诗。**吟毕泣下。**未免有情。**后来桓温权倾内外,语掾属郗超道:"浩有德有言,使作令仆,亦足仪型百揆,前时朝廷用为外藩,原非所长,今拟起浩为尚书令,卿可为我致他一书,看他如何覆我?"超当即缮就一书,寄与殷浩。浩览书大喜,便即裁答,写了许多套话,无非是感激愿效的意思。

当下折就方胜,用函封固,又恐语中尚有错误,开闭至十数次,弄得精神恍惚,反将信笺遗落案下,竟把那一个空函,覆达桓温。温展函检阅,并无一字,疑浩故意使刁,大为忿恨,遂不复起召。越二年,浩竟病死。强作镇定,实是热中,患得患失,不死何为?

且说桓温既劾去殷浩,料知朝廷不敢反对,遂于永和十年二月,抗表伐秦。统率步骑四万,出发江陵,且命水师并进,自襄阳入均口,直达南乡,步兵由淅川趋武关,命梁州刺史司马勋出子午谷,直捣长安,别军攻上洛,擒住秦荆州刺史郭敬,进击青泥,连破秦兵。秦王苻健,遣太子苌,丞相雄,淮南王生,平昌王菁,北平王硕等,率兵五万,出屯蓝田。雄与菁已见前文,生、硕皆苻健子,生幼即无赖,一目盲瞽,祖洪在日,甚不悦生,尝对生语左右道:"我闻瞎儿一泪,未知信否?"左右答声称:"是。"生竟拔佩刀,从瞽目中自刺出血,指示洪道:"这岂不是一泪么?"洪不禁惊骇,寻又用鞭挞生。生不觉痛苦,反大喜道:"性耐刀槊,不宜鞭捶。"洪叱道:"汝乃贱骨,只配为奴。"生复道:"难道如石勒不成?"洪正任石氏,恐因生妄言招灾,急起掩生口,且召健与语道:"此儿狂悖,将来必破人家，应早除灭为是。"健虽然应诺，究竟情关父子，不忍下手，因转与弟雄熟商。雄劝阻道："待儿长成，自当改过，何必无故加诛。"说着，又向洪前替生缓颊，生得不死。既而年已成丁，力举千钧，雄悍好杀，能手格猛兽，走及奔马，击刺骑射，冠绝一时。至桓温入关，与太子苌等相偕出拒，生单骑前驱，一遇温军，便恃勇突入。温将应诞，上前拦阻，才经交手，便被生大喝一声，劈落马下。他将刘泓，又挺枪接战，才经数合，复被杀死。温军前队大乱，由生执刀旋舞，出入自如，再加太子苌等，随生杀入，几乎把晋军前队，枭斩略尽。善战者类多暴虐，叙此事以明苻生之发迹，为后文伏案。

忽听得晋军阵后，发出一声鼓号，声尚未绝，那箭杆似飞蝗一般，攒射过来。生用刀拨箭，毫不慌忙，偏背后有人狂叫，音带悲酸，急忙回首顾视，已见一人落马，那时不能不救，下马扶起，并非别人，乃是行军统帅太子苌。苌身中两矢，因此坠下，气息仅属，生只好掖他上马，保护回营。不防晋军纷纷杀来，势似暴风疾雨，不可遮拦，秦兵顿时披靡。苻生虽勇，只好保住太子苌，奔回要紧，不能再逞威风，眼见得全军溃散，一败涂地。看官阅此，应益知晋帅桓温，确是有些能耐呢。温弟桓冲，进军白鹿原，再与秦丞相雄交锋，又得胜仗。温亦转战直前，进至灞上。秦太子苌等退屯城南，秦主健领老弱兵六千，保守长安小城，尽发精兵三万，使雷弱儿为大司马，统率出城，会同苌军，并力御温。温抚谕居民，概令复业，禁兵侵犯。秦民多牵牛担酒，迎犒军前，男女多夹道聚观，耆老相顾泪下道："不图今日复睹官军。"于是三辅郡县，亦多遣使请降。三辅注见前。忽有一介儒生，从容前来，身上穿着一件褐衣，不衫不履，进谒桓温。温志在延揽人才，不拒贫士，当下传入相见。他但对温长揖，昂然就坐，扪虱而谈，旁若无人，顿使一军皆惊，目为怪物。小子有诗咏道：

何来狂客谒军门？绝肖当年辩士髡。
岂是读书遵孟训，巍巍勿视大人尊。

究竟来人为谁，等下回表明姓名。

王羲之之谏殷浩，与桓温之劾殷浩，皆深中浩之过失，谏之者为爱浩起见，而其言固关痛切，劾之者为排浩起见，而其言亦非虚诬。浩不能从谏于先,安能免劾于后乎? 浩一鄙夫,既忌姚襄而复用之,不败何待? 且与桓温龃龉(yǐhé)已久,而晚得温书,即欣喜过望,以致神情颠倒,误达空函,多疑寡断,嗜利无耻,彼尝"咄咄"书空,叹为怪事,吾谓如彼之行止,乃真可怪耳。桓温出师伐秦,蓝田一战,力挫苻氏,关中父老,牛酒欢迎,不可谓非一时杰;但进锐退速,外强中干,能败秦而不能灭秦,此贪功者之所以难成功也。

第五十六回

逞刑戮苻生纵虐　恣淫威张祚杀身

却说桓温方进逼长安，屯兵灞上，蓦来了一个狂士，被褐扪虱，畅谈当世时务，不但温军惊异，就是温亦怪诧起来。当下问他姓名，才知是北海人王猛。<u>猛为苻秦智士，故特笔书名。</u>猛字景略，幼时贫贱，尝鬻畚为业，贩至洛阳，有一人向猛购畚，愿出重价，但自云无钱，令猛随同取值，猛乃随往，不知不觉的行入深山，见一白发父老，踞坐胡床，由买畚人引猛进见。猛当即下拜，父老笑语道："王公何故轻我哩？"说着，即命左右取偿畚值，并送他白镪十两，即使买畚人送出山口。猛回顾竟无一人，只有峨峨的大山。走询土人，乃是中州的嵩岳。当下怀资归家，得购兵书，且阅且读，深得秘奥。嗣是往来邺都，无人顾问。及入华阴山中，得异人为师，隐居学道，养晦待时。至是闻温入关，方出山相见。温既问明姓氏，料非庸流，乃复询猛道："我奉天子诏命，率锐兵十万西来，为百姓扫除残贼，乃三秦豪杰，未见趋附，究是何因？"猛答道："公不远数千里，深入秦境，距长安不过咫尺，尚逗留灞上，未渡灞水，百姓未识公心，所以不至。"温沉吟多时，复注目视猛道："江东虽多名士，如卿却甚少哩。"遂署猛为军谋祭酒。

秦丞相苻雄等，收集败卒，再来攻温。温与战不利，伤亡至万余人。温初入关中，因粮运艰难，意欲借资秦麦，偏秦人窥透温计，先期将麦刈去，坚壁清野，与温相持。温无粮可因，不得已下令旋师，招徙关中三千余户，一同南归。临行时赐猛车马，拜为高官督护，邀与同还。猛言须还山辞师，温准猛返辞，与约后期。及届期不至，温乃率众自行。原来猛还入山中，向师问及行止，师慨然道："汝与桓温岂可并世？不若留居此地，自得富贵，何必随温远行呢。"猛乃不复见温，但寄书报谢罢了。温循途南返，为秦兵所追，丧失不资，就是司马勋出子午谷，孤军失援，也被秦兵掩击,败还汉中。温驰出潼关,径抵襄阳,由晋廷派使慰劳,毋庸琐叙。惟温尝自命不凡,私拟司马懿刘琨,有人说他形同王敦,大拂彼意。及往返西南,得一巧作老婢,旧为刘琨妓女,与温初见,便潸然泪下。温惊问何因?老婢答道:"公甚似刘司空。"温闻言甚喜,出外整理衣冠,又呼老婢细问,谓与刘司空究相似否? 老婢徐徐答道:"面甚似,恨薄;眼甚似,恨小;须甚似,恨赤;形甚似,恨短;声甚似,恨雌。"温不禁色沮,自往寝处,褫冠解带,昏睡了一昼夜。至睡醒起床,尚有好几日不见欢容。不及刘琨,也非真是恨事。这且待后再表。

且说秦主苻健,既击退晋军,正拟论功行赏。那丞相东海王苻雄,得病身亡,健闻讣大哭,甚至呕血,且呕且语道:"天不欲我定四海么?奈何遽夺我元才呢?"仿佛石勒之哭张宾。元才就是雄表字,雄位兼将相,权侔人主,独能谦恭奉法,下士礼贤,所以望重一时,交相推重。次子名坚,承袭雄爵,相传坚母苟氏,尝游漳水,至西门豹祠中祈子,豹系战国时魏臣。是夜梦与神交,遂致有娠。豹尝禁为河伯妇,岂此时反崇苟氏么? 越十二月生坚,有神光从天下降,照彻庭中。坚生时背有赤文,隐起成字,仔细辨认,乃是"草付臣又土王咸阳"八字。祖洪很是奇异,因即将臣又土三字,拼作一字,取名为坚。坚幼即聪颖,状貌过人,臂垂过膝,目有紫光,及长,颇具孝思,博学有才艺。苻健尝梦见天使降临,命拜坚为龙骧将军,及醒寤后,诧为异事,因在曲沃设坛,即将龙骧将军印绶,亲自授坚,且嘱语道:"汝祖曾受此号,今汝为神明所命,当思上承祖武,毋贻神羞。"坚顿首受命。嗣是厚自激厉,遍揽英豪,如略阳名士吕婆楼、强汪、梁平老等,皆与交游,为坚羽翼。坚因此驰誉关中,不让乃父。也隐为下文写照。坚既蒙父荫,得袭王爵,外此如淮南王生,因功进中军大将军,平昌王菁,升授司空,大司马雷弱儿,代雄为相,太尉毛贵,晋官太傅,太子太师鱼遵,得为太尉,惟太子苌箭疮复发,竟至逝世。

健因谶文有三羊五眼,疑为生当应谶,乃立生为太子,命司空平昌王菁为太尉,尚书令王堕为司空,司隶校尉梁楞为尚书令。未几,健忽罹疾,不能视事,平昌王菁,阴谋自立,独勒兵入东宫,欲杀太子。偏太子生入宫侍疾,无从搜寻,空费了一番举动;自思一不做,二不休,索性移攻东掖门,诡称主上已殂,太子暴虐,不堪为君,借此煽惑军心。不意秦主健力疾出宫，自登端门，陈兵自卫，并下令军士，速诛祸首，余皆不问。菁众见健尚活着，当然骇愕，统弃仗逃生，菁亦拍马欲遁，经健指挥亲军，出门追捕，把菁拘住，面数罪状，枭斩了事。此外一概赦免，便即还宫。越数日，健病加剧，授叔父武都王安为大将军，都督中外诸军事，一面召入丞相雷弱儿、太傅毛贵、太尉鱼遵、司空王堕、尚书令梁楞、左仆射梁安、右仆射段纯、吏部尚书辛牢等，嘱咐后事，受遗辅政；并语太子生道："六夷酋帅，及贵戚大臣，如有不从汝命，宜设法早除，毋自贻患！"<u>教猱升木，能无速乱？</u>生欣然受教。又越三日，健乃病殁，年三十有九。<u>如何处置韩氏？</u>

太子生当日即位，大赦境内，改元寿光。群臣俱进谏道："先帝甫经晏驾，不应即日改元。"生勃然大怒，叱退群臣。嗣令嬖臣穷究议主，乃是右仆射段纯所倡，因即责他违诏，立处死刑。<u>总算恪遵先命。</u>已而追谥苻健为明皇帝，庙号世宗，尊母强氏为皇太后，立妻梁氏为皇后，命太子门大夫赵韶为右仆射，太子舍人赵诲为中护军著作郎，董荣为尚书。这三人素以谄佞见幸，故同时登庸。又封卫大将军苻黄眉为广平王，前将军苻飞为新兴王。两苻原系宗室，但也是与生莫逆，因得受封，命大将军武都王苻安领太尉，弟晋王柳为征东大将军并州牧，出镇蒲坂，魏王庾为镇东大将军豫州牧，出镇陕城。二王受命辞行，由生亲出饯送，乘便闲游，蓦见一缟素妇人，跪伏道旁，自称为强怀妻樊氏，愿为子延请封。<u>实来寻死。</u>生便问道："汝子有何功绩，敢邀封典？"妇人答道："妾夫强怀，前与晋军战殁，未蒙抚恤。今陛下新登大位，赦罪铭功，妾子尚在向隅，所以特来求恩，冀沾皇泽。"生复叱道："封典须由我酌颁，岂汝所得妄求？"那妇人尚未识进退，还是俯伏地上，泣诉故夫忠烈，喃喃不休。当下惹动生怒，取弓搭箭，飕的一声，洞穿妇项，辗转毕命。生亦怏怏回宫。

越宿视朝，中书监胡文、中书令王鱼入奏道："近日有客星孛大角，荧惑入东井，大角为帝座，东井乃秦地分野，恐不出三年，国有大丧，大臣戮死，愿陛下修德禳灾。"生默然不答。及退朝后，饮酒解闷，自言自语道："星象告变，难道定及朕身？朕思皇后与朕，对临天下，若皇后死了，便是应着大丧，毛太傅呢，梁车骑呢，梁仆射呢，统是受遗辅政的大臣，莫非应该戮死么？"<u>想入非非。</u>近侍听了，还道他是醉语呓呓，莫名其妙，谁知过了数日，他竟持着利刃，趋入中宫。梁后见御驾到来，当然起身相迎，语

未开口，刃已及颈，霎时间倒毙地上，玉殒香销。这难道是乃父教他。生既杀死梁后，立即传谕幸臣，往拘太傅录尚书事毛贵，车骑将军尚书令梁楞，左仆射梁安，不必审问，即饬推出法场，一同斩首。贵系梁皇后母舅，安且是皇后生父，楞亦与后同族，朝臣俱疑椒房贵戚，有甚么谋逆情事？哪知他们并无罪过，但为了胡文王鱼数言，平白地断送性命，这真是可悲可痛呢！

生遂迁吏部尚书辛牢为尚书令，右仆射赵韶为左仆射，尚书董荣为右仆射，中护军赵诲为司隶校尉。两赵有从兄名俱，曾为洛州刺史，生本欲召俱为尚书令，俱托疾固辞，且语韶诲道："汝等不顾祖宗，竟敢做此灭门事么？试想毛梁何罪？乃竟诛死，我有何功？乃得升相，我情愿速死，不忍看汝等夷灭呢。"未几果以忧愤告终。丞相雷弱儿，刚直敢言，见赵韶董荣等用事，导主为恶，往往面加指斥，不肯少容。荣等遂暗地进谗，诬他构逆，生因杀死弱儿，并及他九子二十二孙。弱儿系南安羌酋，素得羌人信服，至无辜受诛，羌人当然怨生。生不以为意，名为居丧，仍然游饮自若，弯弓露刃，出见朝臣，锤钳锯凿，备置左右。即位未几，凡后妃公卿，下至仆隶,已被杀毙五百余人。司空王堕,又为董荣所谮,说是天变相关,把他处斩。堕甥洛州刺史杜郁,亦连坐受诛。

一日,生在太极殿召宴群臣,命尚书辛牢为酒监,概令极醉方休。群臣饮至尽醉,牢恐他失仪,不便相强。生大怒道:"汝何不使人饮酒,乃坐视无睹么?"说至此,手中已取过雕弓,搭矢射去,适贯牢项,便即倒毙。吓得群臣魂魄飞扬,不敢不满觥强饮,甚至醉卧地上,失冠散发,吐食污衣,弄得一塌糊涂。生反拍手欢呼,引为大乐,又连喝了数大觥,也自觉支持不住,方返身入寝去了。群臣如蒙恩赦,乃踉跄散归。

越年二月,生谕征东将军晋王柳,命参军阎负梁殊,出使凉州,招谕归附。凉州牧张重华,自击退赵兵后,重任谢艾,事必与商。应五十回。偏庶长兄长宁侯祚,与内侍赵长等,表里为奸,交谮谢艾,惹得重华也起疑心,复出艾为酒泉太守。嗣是重华不免骄怠,希见宾佐。晋廷尝遣御史俞归,册授重华为侍中,都督陇右关中诸军事,封西平公,重华方谋为凉王,不愿受诏,经归再三劝导,方才无言。嗣因燕降将王擢,为秦所逼,率众奔凉,即命擢为秦州刺史,使与部将张弘宋修,会兵攻秦,被秦将苻硕杀败,掳去弘修,惟擢得脱身逃还。重华不加擢罪,再拨众二万,使复秦州。擢感激思奋,拚死报怨,果得大败苻硕,仍将秦州夺还。重华乃拜表晋廷,请会师伐秦。晋但遣使慰谕,实授重华为凉州牧。重华因晋未出师,也不敢冒昧用兵。

天下不如意事,十常八九,最难堪的是中冓贻丑,敝笥含羞,防不胜防,说无可说,遂令一位年富力强的藩帅,酿成心疾,郁郁而亡。史未详言重华病因,作者读书得间,故有此论。重华嫡母严氏,奉居永训宫,生母马氏,奉居永寿宫。马氏本有姿色,为重华父骏所宠,骏殁时年将四十,还是丰容盛鬋(jiǎn)、蝤(qín)首蛾眉,就中有一个登徒子,暗暗垂涎,靠着那宗室懿亲,脂韦媚骨,出入宫禁,侍奉寝帏,费尽了许多心思,竟得将马氏勾搭上手,演成一回鹑鹊缘。那马氏美于宣姜,淫同夏姬,倒也不惜屈尊降贵,甘献禁脔,两口儿朝栖暮宿,非常狎昵,只瞒过了一个张重华。后来年深月久,不免暴露,竟被重华闻知,懊恼得不可名状。看官道淫夫为谁?就是重华庶长兄长宁侯祚。祚虽非马氏所生,名分上也称母子,此时以子烝母,怎得不使重华恨煞?重华意欲诛祚,计尚未定,忽有厩卒入报,厩马四十匹，一夜都自断后尾，转令重华惊愕得很，只恐诛祚生变，未敢径行。既而十月闻雷，日中现三足乌，变异迭出，益使重华寒心，且忧且愤，竟致成病，渐渐的沉重起来。乃命子耀灵为世子，且手诏征谢艾入侍。艾尚未至，重华已殁，年才二十有四。《晋书》作二十七。在位只八年。

耀灵甫及十龄，承袭父位，内事由祖母马氏主张，外政当然被伯父张祚，把持了去。名为伯父，实可呼为祖父了。右长史赵长尉缉等，向与祚秘密往来，结为异姓兄弟，至是矫托遗命，授祚为抚军大将军，都督中外诸军事。祚意尚未足，再嗾长等建议，说是时难未平，应立长君，一面自求马氏，乞从长意，立己为主。马氏身且委祚，哪有不从之理？这是枕席效劳的好处。当下废耀灵为宁凉侯，由祚自立，称大都督大将军凉州牧凉公。祚既得志，索性大肆淫虐，重华妃裴氏，年方花信，也生得妩媚可人，他竟召令入室，逼使伴寝；就是重华妾媵，俱胁与宣淫，甚至未嫁诸妹，也公然纳入，轮流奸污。专喜奸淫本家妇女，也是奇癖。重华有女，才阅十龄，玲珑娇小，未解风情，偏又被祚引诱入内，强褫下衣，任情摆布。幼女怎堪承受，徒落得床褥呻吟，无从诉苦。三代被淫，不知是何果报。凉州人士，争赋墙茨三章，作为讽刺，祚还管甚么清议，但教自快肉欲，彻夜寻欢罢了。

越年正月，越长尉缉等，复上书劝进，祚竟就谦光殿中，僭登王位，《晋书》作帝位，但观他尊三代为王，当是称王无疑。立宗庙，置百官，郊祀天地，用天子礼乐，下书谓："中原丧乱，华夷无主，因勉徇众请，摄行大统，俟得扫秽二京，再当迎帝旧都，谢罪天阙"云云。先是凉州遵晋正朔，未尝改元，惟沿用愍帝建兴年号，直至祚篡位时，尚称建兴四十一年，及是乃改建兴四十二年为和平元年，赦殊死，赐鳏寡粟帛，加文武爵各一级，追尊曾祖轨为武王，祖寔为昭王，从祖茂为成王，父骏为文王，弟重华为明王。立妻辛氏，次妻叱干氏，俱为王后，何不立马裴二氏？长子泰和为王太子，次子庭坚为建康王，弟天锡为长宁王，耀灵弟玄靓为凉武侯。是夕，天空有光，状如车盖，声若雷霆，震动城邑。翌日，大风拔木，日中如晦。祚反诱诛谢艾，大肆淫威。尚书马岌，直谏免官，郎中丁琪，再谏被杀。适晋征西大将军桓温入关，见前回。秦州刺史王擢，时镇陇西，遣使白祚，谓："温善用兵，如得克秦，必将及凉。"祚不禁惶惧，又恐擢乘急反噬，仍召马岌复位，与谋刺擢。密遣心腹将往陇西，不得下手，反被擢查出杀死。

祚得报益骇,号召士卒,托词东征,实欲西保敦煌。嗣闻温已南归,更遣平东将军牛霸等攻擢。擢拒战失利,奔降苻秦。

河州刺史张瓘,为祚宗室,外镇枹罕,士马盛强,祚常加猜忌,容忍了一年有余,不能再止,乃遣部将易揣张玲,带领步骑万余人,往击张瓘,并发兵三十余道,分剿南山诸夷。张掖人王鸾,素通术数,入殿白祚道:"军不可行,出必不还。凉州将有大变,不可不防。"祚叱为妖言。鸾即直陈祚恶,说他无道三大事,恼得祚气冲牛斗,立命推出斩首。鸾至法场大呼道:"我死后不出二十日,兵败王死,定难幸免了。"想鸾亦自知该死,故自来徼祸。祚不但杀鸾,又夷鸾族,然后发兵,再遣张掖太守索孚,往代张瓘。瓘不肯依令,斩孚誓众,出击易揣张玲。玲正前驱渡河,瓘军掩至,猝不及防,被打得落花流水,尽入洪波。只易揣尚在岸上,单骑奔回。瓘遂济河追蹑,直逼凉州,且传檄州郡,拟将祚废去,仍立耀灵。骁骑将军宋混,与弟澄聚众应瓘,引瓘并进。祚情急仓皇,想出一个釜底抽薪的计策,潜令亲将杨秋胡,趋入东苑,拉死耀灵,埋尸沙坑。他还道是斩草除根,免得外兵借口,哪知宋混等越觉有词,即为耀灵缟素举哀,一片白旗白甲,直捣姑臧。姑臧就是凉州的治所,祚愈急愈愤,命收瓘弟琚及瓘子嵩,先拟加诛。琚与嵩召集市人数百名,随处传呼道:"张祚淫虐无道,我父兄纠合义旅,已到城东,若再敢与祚同恶,无故拿人,罪及三族。"兵民等相率袖手,不敢干预。琚嵩等便杀死门吏四百余人,斩关招纳外军。祚避入神雀观,祚将赵长等惧罪,急忙入阁,呼马太后出谦光殿,改立耀灵弟玄靓为主,一面大开宫门,迎宋混等趋入殿中,顿时齐声欢呼,统称万岁。祚在神雀观中,听得一片欢呼声,错疑长等已经平乱,便出观慰劳,谁知殿外列着,统是宋混等军,此时已无从躲避,只好拔剑大呼,饬令左右死战。左右无一答应,纷纷避去。从前极力逢迎的赵长,反手持长槊,向祚乱刺。祚仗剑招架,短剑不及长槊的厉害,竟被刺中面颊,鲜血直喷,自知不能再战,还是逃命要紧,乃转身就跑,驰入万秋阁。兜头来了一个厨子,执刀劈来,正中祚首,立即晕毙阁下。小子有诗咏道:

　　残贼由来号独夫,况兼烝报效雄狐。
　　刀光一闪头颅落,如此淫凶应受诛。

欲知厨子姓名,容至下回续详。

　　苻生张祚，同时肆恶，一在关中，一在陇右。吾不知两人具何肺肠，而顾若此之稔恶为也，生之好杀过于祚，而祚之奸淫，亦甚于生。自古未有好淫好杀，而可以长享国祚者。况无故杀妻，灭绝人伦，公然烝母，遍污亲族，古称桀纣为无道，以苻生张祚较之，吾犹谓其彼善于此矣。宇宙之下，竟有此人面兽心，至于斯极者，虽曰速亡，其亦戾气之独钟乎？

第五十七回

具使才说下凉州　满恶贯变生秦阙

却说张祚被杀,下手的厨子,叫作徐黑。名足副实。黑既劈倒张祚,便出报外兵,宋混等入阁枭祚,取首悬竿,宣示中外,并暴尸道旁。凉州士民,同称万岁。祚二子泰和庭坚,均遭骈戮。总计祚篡国僭位,仅阅三年,已是恶贯满盈,身死子灭。将军易揣等,也已与宋混联络,引兵入殿,拿下赵长,并所有张祚幸臣,一一声罪伏诛。张瓘亦驰入姑臧,推立玄靓为大将军大都督凉王,尊马氏为太王太后。淫妇何堪再尊?怪不得凉乱未已。玄靓年才七岁,由瓘秉持政柄,自为尚书令凉州牧,行大将军事,都督内外兵马。授宋混为尚书仆射,改易百官,废去和平年号,复称建兴四十三年。陇西人李俨,据郡抗命,擅杀大姓彭姚,自立为王,遥奉东晋正朔,旬月间有众万人。瓘遣将军牛霸往讨,霸至中途,忽闻西平太守卫纵,亦据郡为乱,与俨相应,霸众顿时大溃,单剩霸一人奔还。瓘更遣弟琚击纵,得破纵兵。西平人田旋,密劝酒泉太守马基,起兵应纵,谓:"纵攻东面,我攻西面,不出六旬,可定凉州。"基信为奇谋,也即发难。哪知瓘司马张姚王国,已奉瓘命,兼程到来,突入酒泉。基部署兵马,尚未办齐,怎能与他对敌?眼见得束手就擒。就是主谋人田旋,亦被拿下,两人杀死一双,好头颅送入姑臧。纵闻酒泉失败,当然不敢再出,就是李俨亦负嵎自守,不敢出兵。

瓘兄弟自恃有功,浸成骄侈,也不免跋扈起来。适秦使阎负梁殊,到了姑臧,与瓘相见。回应前回。瓘启问道:"我凉州世为晋臣,不敢擅交外使,二君来此做甚?"阎负答道:"我秦王现镇并州,与贵国同为邻藩,所以遣使修好,何为见怪?"瓘又道:"我君臣尽忠事晋,迄今六世,今若与苻征东通使,便是上违先训,下堕臣节,故不愿闻命。"负殊齐声道:"晋室衰微,久失天命,所以令先王尝幡然变计,称臣二赵,知机顺时,应该如此。今大秦威德方盛,凉王欲自帝河右,必非秦敌,诚使以小事大,亦何如舍晋事秦，得长保福禄呢。"瓘微笑道："中州无信，好食誓言，从前我国与石氏通好，使车方返，戎骑即来，如此欺诈，怎得令人信服？我国已不愿再闻和议了。"负殊又道："三王异政，五帝殊风，岂可相提并论？况赵多奸诈，秦尚信义，本来是政教不同，风俗互异。今上更道合二仪，仁施四海，信义交孚，不分中外，奈何以二赵相比呢？"语多虚诈，但外交之道，应作别论。瓘复说道："果如君言，秦已威德无敌，何不先取江南，使天下尽为秦有？乃徒劳君等跋涉，来做说客，苻征东亦未免失计哩。"梁殊道："我先帝大圣神武，开构鸿基，强燕纳款，八州效顺。是二语更属虚言。今主上缵承遗绪，威爱兼施。以为吴会倔强，必须力征，凉州柔顺，可以义服，故遣行人等先申大好，免动兵戈。如凉人未达天命，我国当缓图吴会，先讨凉州，恐河右便非君有了。"瓘勃然道："我地跨三州，带甲十万，西包葱岭，东阻大河，伐人尚且有余，何况自守，难道便怕秦不成？"阎负道："贵州山河虽固，未若崤函，五郡虽众，未若秦雍，试想杜洪张琚，因赵成资，据天险，策锐卒，内陆外海，劲士风集，骁骑如云，兵强财富，自谓关中可据，天下可平，我先帝戎旗西指，冰消云散，才经旬月，便致易主。见五十四回。燕虽虎视关东，尚且震慑天威，俯首帖服；余如单于屈膝，名王内附，不可胜计。若我主上因贵州不服，赫然震怒，控弦百万，鼓行西来，未识凉州将如何对待哩？"好一副广长舌。瓘复道："秦果威德普及天下，江南何不入朝？"问及此语，瓘已未免退怯了。梁殊道："江南为文身旧俗，负阻江山，从古以来，道污必先叛，化盛且后宾，所以古诗有云：'蠢尔蛮荆，大邦为仇。'这正说他顽梗无知，不应与语德义，只好兵甲示威，才能制服，岂凉州也复如是么？"瓘又问及秦相如何？秦将如何？越问越馁。负殊两人，把苻氏王亲国戚，以及内外文武，都一一陈报出来，不是誉他经世奇才，便是称他折冲健将，你一唱，我一和，端的把关中人士，一古脑儿抬高声价，恍似伊吕重出，周召复生。这一席舌战词锋，说得瓘无言可驳，只能诿诸凉王玄靓，谓当禀命后行。负殊再逼进一步道："凉王虽英睿夙成，但年尚幼冲，究难明决，君居伊霍重任，关系安危，见机而作，责无旁贷，何必互相推诿呢。"瓘自思国乱初平，河西又所在兵起，倘或秦兵再至，势不可敌，不若暂与修和，再作计较，乃用玄靓命令，特派行人，与负殊偕行入秦，愿为藩属。秦王生即将来表所署官爵，授册赐封，毋庸细叙。

会姚襄遣使降燕,燕主慕容俊,命襄夹攻苻秦,襄复报如约,俊乃遣将军慕舆长卿等,率兵七千人,自轵关攻幽州,襄亦引众攻平阳,晋将军王度,也乘隙攻青州。秦主苻生闻报,命建节将军邓羌拒燕,新兴王飞御晋,遥饬晋王柳救平阳。羌至裴氏堡南,与燕兵交战,大破燕兵,擒住长卿,枭得甲首二千七百余级。晋将王度,接得燕兵败没消息,不战自退。独姚襄转战无前,击退苻柳援军,陷入平阳城外的匈奴堡,杀毙守将苻产,且将产众悉数坑死。既而襄却向秦假道,愿回陇西,秦主生欲从襄请,东海王坚谏阻道:"襄乃当今人杰,若纵还陇西,还当了得,不如诱以厚利,伺彼无备,击死了他,方绝后患。"生乃依坚议,遣使拜襄官爵。襄不愿受,杀死秦使,扯碎来册,又进兵侵掠河南。生当然大怒,适并州刺史张平,弃燕降秦,由生授为大将军,令率部众数万人击襄。襄自恐寡不敌众,乃卑辞厚币,与平结欢,面订盟约,结为兄弟,始各撤兵退回。

生因战事已平,乐得经营土木,遂发三辅民修治渭桥。金紫光禄大夫程肱谓:"有害农时,不应劳民。"反被生驱出斩首。未几,大风拔木,行人颠仆,秦宫中讹传贼至,自相惊扰,宫门昼闭,五日方息。生查得造谣数

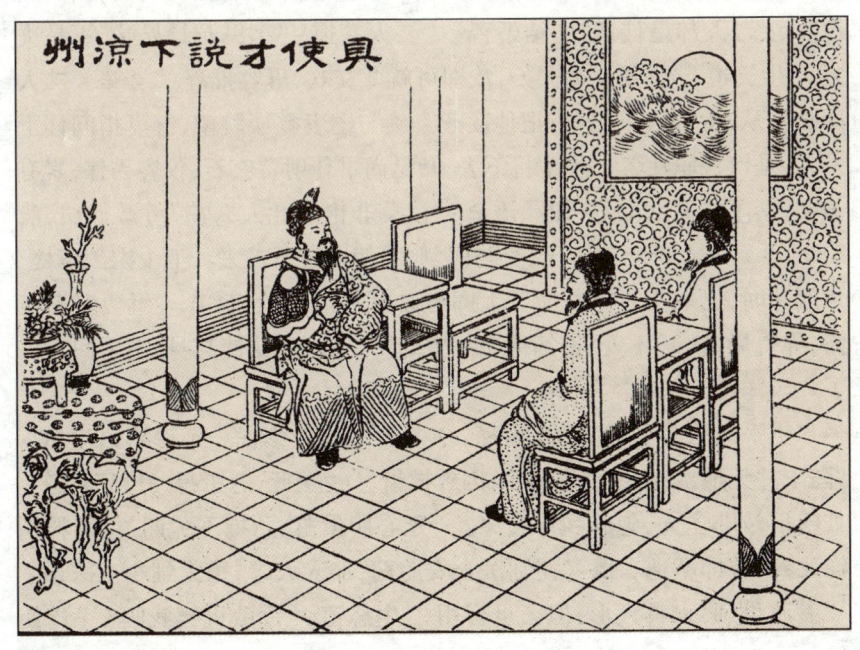

人，刳心剖胃，惨加极刑。光禄大夫强平，为生母舅，实在看不过去，便入殿切谏，劝生爱民事神，缓刑崇德，才能上弭灾祲，下息奸回。语尚未完，已惹动生怒，命左右取凿过来，凿穿平顶，不得少延。卫将军广平王黄眉，前将军新兴王飞，建节将军邓羌，时正在侧，急忙叩头固谏，谓："平系强太后弟，应从薄谴。"生哪里肯听，但促左右凿平。可怜平脑破浆流，死于非命。生且黜黄眉为左冯翊，飞为右扶风，羌为咸阳太守。这三人素有勇名，所以生尚不忍加诛，但示薄惩。那强太后却哭弟过哀，恨子不道，竟致忧郁成疾，绝食而亡。生毫无戚容，反自书手诏，颁示中外，略云：

朕受皇天之命，君临万邦，嗣统以来，有何不善？而谤讟（dú）之声，扇满天下，杀不过千，而谓之残虐，行者毗肩，未足为希，方当强刑极罚，复如朕何？

是时，潼关以西，长安以东，虎狼为害，日中阻道，夜间发屋，不食六畜，专务食人，百姓不敢耕桑，都徙居城邑。百官奏请禳灾，生狞笑道："野兽腹饥，自然食人，饱即不食，何必过虑。天道本来好生，正因民多犯罪，特降虎狼替朕助威，为甚么要去祈禳呢？"<u>可笑可恨</u>。一日，出游阿房，见有男女二人，行过道旁，容貌都尚秀丽，便令左右拉住二人，当面问道："汝二人却是佳偶，已结婚否？"二人答道："小民乃是兄妹，不是夫妻。"生笑道："朕赐汝为夫妇，汝即可就此交欢，毋容推辞。"<u>奇语</u>。二人固执不从，生即拔剑出鞘，把他砍死。旋与继妻登楼眺望，继妻指问楼下一人，是何官职姓名？生望将下去，乃是尚书仆射贾玄石，仪容秀伟，素有美名，禁不住惹起醋意，便顾语道："汝莫非艳羡此人么？"<u>亏你聪明，能知妻意</u>。说着，即召过卫士，交与佩剑，嘱使取玄石首来。卫士携剑下楼，才阅片时，已取玄石首复命。生掷与继妻道："赠汝何如？"继妻又惭又悔，弄得局蹐（jí）不安，匍匐待罪。生却怜妻有色，扶使起身，携手回宫去了。<u>只狂死了玄石</u>。

生平时最喜食枣，尝患齿痛，令太医令程延诊视。延诊毕语生道："陛下并无他疾，不过食枣太多，因致损齿。"说至此，忽听得一声狂吼道："咦！汝非圣人，怎知我多食枣？"延心胆俱落，急拟下跪谢过，不料剑锋已到，首即坠地。嗣又使别医合安胎药，加入人参，嫌太细小。医谓："参质虽细，未具人形，但已可合用。"生怒道："汝敢讥笑我吗？"遂使左右剜出医目,然后枭首。医官到死,尚未知所犯何罪,及他人察及剜目情由,才料到苻生误会,还道是借参寓讥,与自己瞽目有关,所以冤冤枉枉地杀死该医。

越年,为秦主生寿光三年,就是晋穆帝升平元年。穆年年阅十五,预行冠礼,褚太后撤帘归政,故改永和十三年为升平元年。秦与晋东西分峙,年号原是不同,惟史家推晋为正统,因此随笔叙明,聊醒眉目,看官不要嗤我夹七夹八呢。是年二月,太白犯东井,秦太史令康权上言道:"东井系秦地分野,太白罚星,恐主暴兵犯京师。"生狂笑道:"太白入井,想是因渴求饮,与人事有何关系呢?"不但生自己好笑,就是我亦闻言笑倒了。

又越两月,接得边地急报,乃是姚襄入据黄落,将逼长安。生不得不遣将调兵,出击姚襄。襄前时出没淮北,躐突河南,自称大将军大单于,据住许昌,并窥洛阳。洛阳本由魏将周成驻守,及冉魏败亡,成举城降晋,仍得晋廷委任。晋大将军桓温,尝请迁都洛阳,修复园陵,穆帝未许,但命温为征讨大都督,使讨姚襄。适周成复叛,襄亦引兵回洛,彼此相持,未分胜负。温乃自江陵发兵,遣督护高武据鲁阳,辅国将军戴施屯河上,自率大军继进。温登船楼北望中原,慨然叹道:"使神州陆沉,百年邱墟,王夷甫诸人,实难逭责呢。"当下进次伊水。襄撤洛阳围,移兵拒温,先使部下精锐,避匿林中,乃遣人语温道:"公率大军远来,襄愿奉身归命,与公相见,但请公敛兵少退,即当拜谒路旁。"温知襄有诈。掀须微哂道:"我自来恢复中原,敬谒山陵,干君甚事?君既归顺,便当来见,何必烦劳使人,多费纠缠呢。"襄使返报,襄知所谋不遂,乃与温夹水对垒。温亲被甲胄,督众过击,襄众大败,死伤数千人,奔往北山。温追襄不及,进略洛阳,周成率众出降。温执成送建康,自徙屯金墉城,修复诸陵,分置陵令,表请调镇西将军谢尚,都督司州诸军事,镇守洛阳。尚有疾不行,未几去世。温乃留戴施为河南太守,使与冠军将军陈祐,居洛卫陵,自率大军还镇。

襄西奔平阳,收降秦并州刺史尹赤,乃改图关中,进屯杏城。羌胡及秦民,陆续趋附,得五万余户,遂据黄落。黄落在长安南境,相距不过二三百里,秦即遣广平王黄眉,东海王坚,及将军邓羌,率步骑万五千人,直抵黄落。襄深沟高垒,固守不战。羌向黄眉献策道:"襄被桓温杀败,锐气已尽,今固垒不战,明明是惊弓伤鸟,未肯轻发,但我若长此顿兵,亦非良计。襄性刚狠,可以刚克,今宜鼓噪扬旗,直压襄垒,使他怒不可遏,勃然前来,我用埋伏计诱他入阱,必擒无疑。"黄眉依计施行,便令羌率骑兵二千,前往诱襄,自与坚埋伏三原,专待襄至。羌引兵至襄垒门,大声诟骂,襄果忍耐不住,尽锐出战。羌且战且却,退至三原,始回马力战。襄恃兵众,麾兵围羌,喊杀声震动山谷。俄而黄眉与坚,左右杀到,反将襄军裹入里面,羌从内杀出,黄眉等从外杀入,把襄兵冲得七零八落。襄所乘骏马,叫作鼃眉䯄(guā),雄骏非常,此时襄思急遁,慌忙挥鞭,不防马忽自倒,将襄倾落马下,即被秦兵擒住,牵至坚前。坚见襄年少面悍,料不可制,不如乘此翦除,乃叱令斩首,余众尽降。襄尝载父柩从军,亦为秦虏,坚因此招襄弟姚苌,谓苌若不降,当枭乃父尸。苌乃率诸弟投诚。<u>坚能料襄,不能料苌,也是苻坚气运。</u>秦兵奏凯班师,秦主生命葬襄父弋仲柩于孤磐,许用王礼,并用公礼葬襄,授苌为扬武将军。独黄眉等未得重赏,反加叱辱,黄眉忿甚,潜谋杀生,事发被诛。王公亲戚,亦多连坐,骈戮至数百人。

生尝梦大鱼食蒲,以为不祥,又闻长安有歌谣云:"东海有鱼化为龙,男便为王女为公,问在何所洛门东。"这三语是阴寓苻坚。坚为东海王,兼龙骧将军,住宅正在洛门东。生不明玄旨,反疑及广宁公鱼遵,平白地把他杀死,并诛及七子十孙。<u>谁叫你姓鱼?</u>长安市民,复起一种歌谣道:"百里望空城,郁郁何青青?瞎儿不知法,仰不见天星。"生听悉是歌,命将境内空城,悉数毁去。其实谣言预兆,乃是指清河王法。法为坚兄,后来起兵发难,便属此人,生怎能预知,一味儿轻举妄动罢了。

金紫光禄大夫牛夷,虑不免祸,乞请外调。偏生命为中军将军,召入与谑道:"牛性迟重,善持辕轭,虽无骥足,能负百石。"夷答道:"虽服大事,未经峻壁,愿试重载,乃知勋绩。"生笑道:"爽快得很,公尚嫌所载过轻么?朕将把鱼公爵位处公。"夷叩谢而出。转思生言,寓有别意,恐不免为鱼遵第二,遂服毒自杀。

生荒暴益甚,日夜狂饮,连月不出视事,或至日入时御朝,每醉必妄加杀戮,妻妾臣仆,误言残缺偏只字样,常以为讥他眇目,置诸死刑。暇时辄问左右道:"我自临天下以来,外人以我为何如主?想汝等应有所闻。"

或答言:"圣明治世,举国讴歌。"生怒叱道:"汝为何媚我?"立即杀毙。他日又问,左右不敢再谀,只答言陛下稍觉滥刑。生又叱他何故谤我?亦令处斩。真是别有肺肠。所以臣下得保一日,如度十年。他尚有一种奇嗜,专喜观男女淫亵事,往往上坐饮酒,呼令宫人与近臣,裸体交欢,如有不从,立杀无赦。或生剥牛羊驴马,活焰鸡豚鹅鸭,纵诸殿前,看他惨死。又尝剥死囚面皮,迫令歌舞,种种怪剧,不胜枚举。

寿光三年六月,太史令康权入奏,谓:"昨夜三月并出,孛星入太微,光连东井,且自去月上旬,沉阴不雨,直至今日,恐有下人谋上的隐祸。"生拍案道:"汝又敢来造妖言么?"立命扑死。御史中丞梁平老等,与东海王坚友善,便私语坚道:"主上失德,人怀贰心,燕晋二方,伺隙欲动。一旦祸发,家国俱亡,殿下何不早图呢?"坚颇以为然,但畏生趫(qiáo)勇,未敢遽动。会有宫婢报坚道:"主上昨夜饮酒,曾言'阿法兄弟,亦不可信,便当除灭'"云云。坚令转告兄法,法亟与梁平老强汪等密商。梁汪俱主张先发,法便遣人告坚,自与梁汪两人,号召壮士数百,潜入云龙门。坚亦与侍中尚书吕婆楼,带领麾下三百余人,鼓噪继进。宿卫将士,

皆释仗相从。生尚醉卧床中,至坚兵杀入,方起问左右道:"这等人何故擅入?"左右答言:"是贼。"生醉眼朦胧,尚满口胡言道:"既说是贼,何不拜他?"左右相将窃笑,连坚兵亦且笑且哗。生又催言何不速拜,不拜就斩。坚应声道:"不要汝拜,但教汝徙居别室。"说着,即指麾众士,至卧榻前,把生拖下,牵拉出去。生醉后无力,一任他拥入别室去了。小子有诗叹道:

  不防天变不忧人,似此凶狂正绝伦。
  待到萧墙生变祸,暴君毒已遍西秦。

欲知苻生性命如何,待至下回续叙。

  阎负梁殊,受秦主苻生之命,往说张瓘。掉三寸舌以服凉州,大有战国策士遗风,本回特从详叙,寓有微意。为世道计,则以尚诈少之,为使才计,则以专对多之。抑扬并见,固非浪费笔墨也。姚襄往来侵掠,卒死黄落,善战必亡,可以概见。苻生之恶,古今罕有,依史叙入,穷极凶顽,此殆真丧心病狂者。二年乃亡,吾犹恨其不速诛也。

第五十八回

围广固慕容恪善谋　战东阿诸葛攸败绩

　　却说苻生被徙入别室,醉尚未醒,当即有人传入,废生为越王,生亦不知为何人所授,及醒后已失权威,虽然懊恼异常,但已似鸟入笼中,无从跳跃,只好再向酒中寻乐,终日沉酣。那苻法苻坚,已废去暴主,无人反抗,遂议另立嗣君。法与坚互相推让,法谓:"坚系嫡嗣,且有贤名。"坚谓:"法年较长,应该序立。"兄弟谦说多时,迄无定议。惟群臣多主张立坚,坚母苟氏趋入道:"社稷重事,我儿既自知不能,不如让人。若谬膺大位,他日有悔,当由诸君任咎哩。"看到后文,才知苟氏所言,寓有深意。群臣一齐顿首,盛称坚贤,必能安邦定国。苟氏乃喜。遂由坚升殿即位,自立帝号,称大秦天王,诛董荣赵韶等二十余人,复遣使逼生自尽。生临死时,尚饮酒数斗,醉倒地上,不省人事,当被坚使拉毙,年只二十三,在位二年有余,坚谥生为厉王。生子靬尚直幼冲,许袭越王封爵,总算是秦王坚的仁恩。句中有刺。当下大赦改元,年号永兴,追谥父雄为文桓皇帝,尊母苟氏为皇太后,妻苟氏为天王后,子宏为太子,兄法为丞相,都督中外诸军事,诸王皆降封为公。从祖永安公侯为太尉,晋公柳为车骑大将军尚书令,封弟融为阳平公,双为河南公,子丕为长乐公,晖为平原公,熙为广平公,睿为钜鹿公,命李威为左仆射,梁平老为右仆射,强汪为领军将军,吕婆楼为司隶校尉,王猛为中书侍郎。

　　猛自还居华阴后,隐遁如故。应五十六回。坚欲图生,令吕婆楼延访人才,婆楼与猛有旧交,因即举荐。坚遂使婆楼往召,猛应召而至,与坚谈及时事,口若悬河,滔滔不绝,说得坚倾心悦服,自谓如刘玄德遇孔明,竭诚相待。及斩关废立,猛亦与谋。李威为苟太后姑子,坚事威如父,威亦知猛贤,劝坚委猛国事。坚尝语猛道:"李公知君,不啻管鲍。"所以猛事威如兄。坚又任薛赞为中书侍郎,权翼为给事黄门侍郎,令与猛并掌机密。赞与翼皆姚襄参军,降秦事坚,坚任为心膂,事辄与商,这且不在话下。

惟坚母苟氏,尊为太后,尝恐众心未附,嗣主不安,又因法为庶长,得揽大权,将来未免生变,特别加防。一日出游宣明台,路过法第,留心注视,正值车马盈门,非常热闹,她遂忧上加忧,返与李威密谋,即夕发出内旨,收法赐死。坚仓猝闻报,趋往东堂,与法诀别,流涕悲号,甚至呕血。法虽由内旨赐死,坚岂真不可挽回?乃佯为恸哭。欺人可知。及法死后,谥曰献哀,封法子阳为东海公,敷为清河公,于是举异才,修废职,课农桑,恤困穷,礼神祇,立学校,旌节义,如前时鱼遵雷弱儿王堕毛贵梁楞梁安段纯辛牢等后嗣,俱量能授用,且追复本身官爵,依礼改葬,吏民大悦。无非噢咻小惠。尚书左丞程卓,案多不治,勒令免官,代以王猛。既而并州镇将张平,据州叛命,坚遣建节将军邓羌往讨,杀败平军,擒平养子蚝,送入长安。平乃悔罪投诚,坚特旨赦免,仍署平为右将军,并命蚝为武贲中郎将,但徙平部曲三千户入关。是年秋季天旱,坚减膳撤悬,发出金帛锦绣,充作赈资。后宫后妃,悉去罗纨,开垦山泽,与民共利,因此旱不为灾。看官,试想从前苻生在位时,如何暴虐,如何昏狂,此次得了这位英主,与苻生判若天渊,真是倒悬立解,事半功倍,还有何人不歌功颂德,想望太平呢!其实是牢笼手段。

且说燕主慕容俊,僭号称帝,雄长朔方,接应五十四回。大封宗室诸臣,多授王爵。慕容军得封襄阳王,慕容恪得封太原王,慕容评得封上庸王,慕容霸得封吴王,慕容疆得封洛阳王,军为抚军将军,恪为大司马侍中大都督,录尚书事,皆留居蓟城。惟遣评为征南将军,都督秦雍益梁江扬荆徐兖豫十州诸军事,使镇洛水。疆为前锋,都督荆徐二州诸军事,进屯河南。霸为安东将军,领冀州刺史,留守旧都龙城。霸有勇略,前曾得乃父皝欢心,特名为霸,恩遇比世子为优。俊颇怀嫉忌,不过因霸常立功,未便加罪。霸少好畋游,堕马折齿,俊既僭位,令霸改名为𡙇(quē)。霸不愿受命,至是乃令减去右旁,但留垂字。霸始易名为垂。垂既镇龙城,抚众课民,得收东北大利。俊又恐他势盛,仍复召还。俊母段氏,系出徒河,与段辽从子龛,有中表谊。龛父名兰,兰死后,龛收遗众,东屯广固,自号齐王,向晋称藩,袭燕郎山,击走俊将荣国,乃贻书与俊,抗称中表,斥俊僭号。俊得书甚怒,即遣太原王恪为征讨大都督,尚书令阳骛为副,同讨段龛。

先是俊父皝临终时,曾有遗言嘱俊云:"恪智勇兼济,才堪任重,骛志行高洁,忠干贞固,可托大事。"俊谨记勿忘,凡军国重要,统与二人商决。此次因龛众方盛,特遣二人出师。龛弟罴骁勇过人,且有智谋,闻燕军将至,即向龛献议道:"慕容恪素善用兵,更有阳骛为助,率众前来,恐不可当,若听彼渡河,顿兵城下,虽欲乞降,亦不可得。王但固守城中,由罴带领精锐,往拒河上;幸得战胜,王可合兵力追,乘胜歼虏,使他匹马不返,万一不胜,即可请降,尚不失为万户侯哩。"龛不肯从。已而罴闻燕军近河,重申前议,龛仍不许,罴情急语戆,竟触龛怒,拔剑杀罴。未曾遇敌,先将亲弟杀死,安得不亡。那慕容恪方屯兵河上,安排舟楫,好几日不敢渡河,也恐龛遣兵掩击,格外持重。至探得杀罴消息,才知龛无能为,麾兵急渡,陆续东进,行至淄水南岸,方见龛自来拒战。恪与骛分军为二,包抄龛兵,龛左右遇敌,招架不住,遂至败退。龛弟钦被擒,右长史袁范等,统皆战死。

恪追龛至广固城下,龛闭门固守,恪但令军士筑栅,四面兜围,另分兵招抚旁郡。龛所有诸城,依次附燕。恪或仍令故吏居守,或请派新官往署,从容布置,进退咸宜;独未尝督攻围城,镇日里按兵不动。诸将莫名其妙,群请速攻。恪乃与语道:"用兵不宜执一,或宜缓行,或宜急取,若彼我势均,外有强援,一或顿兵,腹背受敌,自应急攻为是,冀速大利;倘我强彼弱,又无外援,不如羁住守兵,静待彼毙,兵法所谓十围五攻,便是此意。龛恩结贼党,众未离心,前此淄南一战,彼非不锐,不过用兵未善,为我所败;今我得凭阻天险,上下戮力,攻守势倍,行军常法,必欲急攻,谅亦数旬可克,但恐困兽犹斗,必须恶战,伤我士众,定在意中。我国家连年用兵,未得休息,我每念士卒疮痍,几忘寝食,奈何再轻残民命哩?故我意持久以取,勿贪近功。"诸将始皆下拜,自称未及。我亦佩服。就是军士闻言,亦皆悦服。于是严固围垒,屯田课耕。齐民亦争运粮刍,馈给燕军。

好容易过了半年,城中粮储已尽,樵采路绝,甚至人自相食,龛不得已悉众出战。恪早防到此着,开垒接仗,潜令骑兵抄到龛兵背后,截他归

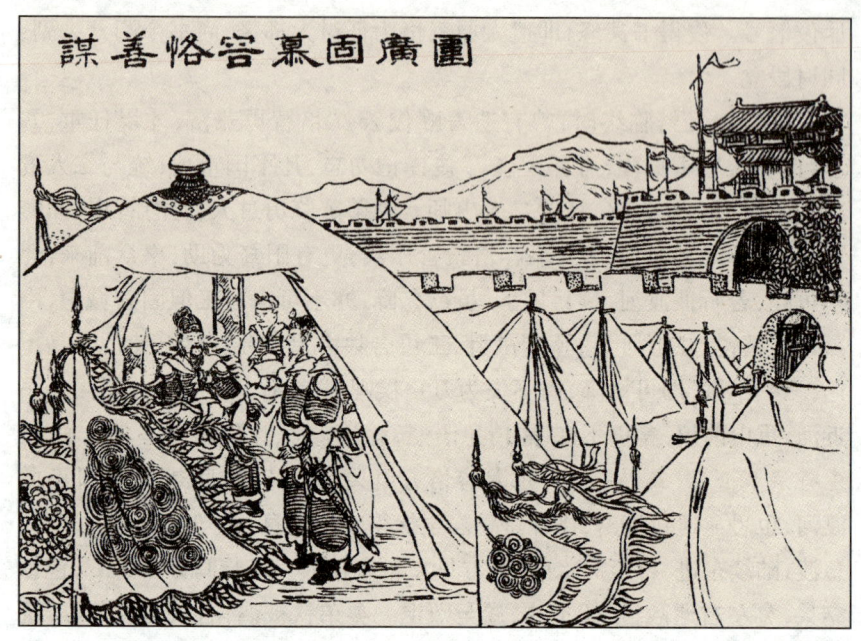

路。龛兵统皆枵腹,怎能杀得过燕军?一经交锋,便即败却,龛只好退回。不意到了城边,又被燕骑截住,弄得进退两难,没奈何拼生杀入,才得冲开走路,踉跄入城。燕骑也不去追逼,唯驱杀龛众,斩馘殆尽,守兵从此夺气,莫有固志。龛穷蹙万分,因使部将段蕴,缒城夜出,诣晋乞援。晋遣北中郎将荀羡,率兵往救,进次琅琊,探得燕军强盛,不敢轻进。阳郡守将王腾,方背龛降燕,他想讨好恪前,立些功绩,遂不待恪命,欲乘虚袭晋鄄城。将士方调发出去,谁知晋军已掩到城下,原来晋将荀羡,自恐逗留得罪,正思进攻阳郡,求功补过,凑巧阳郡出兵,城内空虚,遂引军扑城,日夜不休。老天有意做人美,连宵下雨,冲坍城墙,羡即乘隙攻入,把腾擒住,杀死了事。欲侮人者反为人侮,可见贪足杀身。腾所遣赴鄄将士,中途闻耗,当然骇散,不消细叙。惟段龛待援不至,无法支持,且经恪许他不死,乃面缚出降。恪入城安民,禁止侵掠,人民大悦,遂定齐地。命龛为伏顺将军,同返蓟城。留镇南将军慕容尘居守广固。龛后为俊所杀。

　　晋将荀羡,闻广固失陷,退还下邳,留泰山太守诸葛攸,及高平太守刘庄,率兵三千守琅琊。参军戴逯,率兵二千守泰山。燕将慕容兰屯汴

第五十八回 围广固慕容恪善谋 战东阿诸葛攸败绩

城。羡顺道进击,斩兰而去。越年燕太子晔(yè)病逝,谥曰献怀。俊立第三子暐(wěi)为太子,改元光寿。是年即晋穆帝升平元年。晋泰山太守诸葛攸,攻燕东郡,进兵武阳,俊复遣慕容恪、阳骛,及乐安王臧,俊之子。引兵拒攸。攸才略有限,哪里是慕容恪的对手,一战即败,逃回泰山,恪遂进兵渡河,连陷汝、颍、谯、沛诸郡县,分置守宰,振旅北归,还据上党,收降河内太守冯鸯,略定河北全境。燕主俊遂自蓟城徙都邺中,缮修宫殿,复作铜雀台,注见前。命昌黎、辽东二郡,建庙祀庬。范阳燕郡,建庙祀觥,即派护军平熙,领将作大匠,监造二庙。独吴王垂素遭俊忌,垂妃段氏,为故鲜卑单于段末柸女,才高性烈,自恃贵姓,又不肯尊事俊后。后可足浑氏引为深恨,遂与中常侍涅浩密谋,诬称段氏为巫蛊事,收付廷尉讯验。亏得段氏抵死不认,垂始得免连坐。段氏不堪棰楚,竟死狱中。俊颇加悔悯,乃授垂为东夷校尉,领平州刺史,出镇辽东。幸有此妇,应该终身顶礼。

秦右将军张平,复叛秦降燕,据有并州壁垒三百余所,得胡晋遗民十余万众。会燕调降将冯鸯为京兆太守,改令别将吕护代任。鸯与护阴相联络,通款晋廷,就是张平亦模棱两可,意欲联晋。俊遣上庸王慕容评讨鸯,鸯固守不下,再由燕领军将军慕舆根,奉命助评,合兵急攻。鸯乃开城夜遁,奔投吕护。评又移兵往攻张平,平正与兖州刺史李历,安西将军高昌,通使联盟,阳事燕主,暗通秦晋。张平见前文,李历、高昌见五十四回中。评侦实报闻,燕主俊使阳骛讨昌,乐安王臧讨历。历从濮阳奔荥阳,昌从东燕奔乐陵,平势日孤,所署征西将军诸葛骧,镇东将军苏象,宁东将军乔庶,镇南将军石贤等,又举并州壁垒百余所,降顺燕军。那时平支撑不住,也率众三千奔平阳,竟遣使向晋乞降。

俊因晋屡纳叛将,遂思大举南下,并拟经略关西,当下命州郡校阅现丁,详核隐漏,每户只准留一丁,余悉充当兵役,定额一百五十万,约期来春大集,进临洛阳。武邑人刘贵上书,极陈民力凋敝,不应过事征调,并陈时政失宜十三事。俊乃宽限征发,改来春为来冬,但中使仍然四出,募兵征饷,络绎道旁。郡县不堪供亿,相率咨嗟。太尉封奕,谓:"调发事宜,尽可责成州郡,不必另行遣使,所有从前使臣,概请召还,以省烦扰。"俊总算依议。已而晋北中郎将荀羡,攻入山茌,擒住燕泰山太守贾坚。坚祖父本皆晋臣，羡因劝坚降顺，且与语道："君世代事晋，不应忘本归房。"坚答说道："晋自弃中原，并非坚甘心忘本。今既身为燕臣，怎得再思改节呢？"遂绝粒而死。愚忠亦不足道。

忽由燕将慕容尘，遣司马悦明来救泰山。羡与战失利，只好退走。山茌复被燕军夺去，羡愤恚成病，上书求代。晋廷乃遣吴兴太守谢万为西中郎将，监督司、豫、冀、并四州军事，领豫州刺史。再命散骑常侍郗昙为北中郎将，都督徐、兖、青、冀、幽五州军事，领徐、兖二州刺史。二人才具，均不及羡，惟昙为故太尉郗鉴次子，万为故镇西将军谢尚从弟，皆以门阀邀荣，得列方镇。右将军王羲之曾贻万书，说他用非所长，既已受职建牙，应与士卒共同甘苦。万不能用。万兄谢安，亦诫万道："汝为元帅，须常接待诸将，联络欢心，不宜自命风流，矜才傲物。"万亦不少悛。临行时，由安亲托诸将，一一慰勉。万还道阿兄多事，怏怏而去。为后文败归伏线。荀羡解职还都，旋即去世。穆帝很加悲悼，叹为折一股肱，因追赠骠骑将军。羡尚有令名，故叙及病殁。

未几为升平三年，晋泰山太守诸葛攸，大起水陆兵士，共得二万余人，再往伐燕，自石门进次燕河，分遣部将匡超据确磝(áo)，萧馆屯新栅，督护徐冏，带领水军三千，游弋河中，泛舟上下，作为东西声援。燕主俊即命上庸王评，率同长乐太守傅颜等，领兵五万，往拒攸军。评屡经战阵，纪律颇严，部下又统皆精锐，踊跃争先，行至东阿相近，正与攸军遇着，不待列营休息，便即麾兵上前，步骑相间，纵横驰骤。攸虽有志平虏，怎奈才力不济，徒靠着一时血气，究竟敌不过百战雄师，两下交战多时，攸军多半受伤，眼见是旗靡辙乱，不能再奋，没奈何败退下去。评趋兵追击，大杀一阵，俘斩不可胜计，遂乘胜围攻东阿，且分兵进窥河洛。

晋廷诏令西中郎将谢万，出驻下蔡，北中郎将郗昙，出驻高平。万在军中，仍然啸咏自如，未尝拊循士卒，每经升帐，不发一言，但手执如意，指麾四座。将士统不服万，万尚不以为意，引众出涡、颍间，拟援洛阳。途次闻郗昙退屯彭城，不禁惶骇，也即拍马逃归。部将见他傲慢无能，相率鄙视，恨不得将他刃毙，只因受安嘱托，未敢妄言，但各走各路，分道引归罢了。究竟昙为何事退兵？后来传下诏书，才知昙因病自归，朝廷格外原谅，仅降昙为建武将军，惟谢万无故溃退，罪难轻恕，着即免为庶人。还是失刑。

燕上庸王慕容评,正想略定河洛,会接燕主俊寝疾消息,乃收兵还邺。俊自太子晔逝世,不免追悼,尝对群臣流涕,谓此儿若在,我可无忧。又因嗣子㬂年轻质弱,未及乃兄,深以为虑,因此寝馈不安,酿成心疾。一夕,梦见石虎闯入,牵臂乱啮,不由的猛呼一声,才将梦魇驱出,醒后尚觉臂痛,乃命发掘虎墓,有棺无尸。寻复悬赏百金,购人告发。适有故赵宫女李菟,得知石虎葬处,在邺宫东明观下,因即应募报闻。俊遂令李女引示,发掘至数丈以下,果得一棺,剖棺出尸,僵卧不腐。俊亲往验视,用足蹴踏,对尸怒叱道:"死羯奴敢梦扰活天子么?"说着,又命御史中丞杨约,数他罪恶,计数百件,逐加鞭挞,打得筋断骨折,乃投诸漳水中。死尚被罚,人何苦生前作恶?尸尚倚着桥柱,终未漂没。及苻秦灭燕,王猛始收尸埋葬,并杀女子李菟,这是后话。王猛亦未免好事。

惟俊既弃去虎尸,病仍未瘥,因召大司马太原王恪,入室与语道:"我病恐不起,将与卿等长别。人生寿数,本有定限,死亦何恨,但秦晋未平,景茂尚幼,㬂字景茂。怎能遽当大位?我欲效宋宣公故事,即以社

稷付汝，汝意以为何如？"恪答道："太子虽幼，秉性宽仁，必能胜残去杀，为守成令主。臣实何人，怎敢上干正统？"俊变色道："兄弟间还要虚饰么？"恪从容道："陛下既称臣能主社稷，难道不能辅少主吗？"俊乃转怒为喜道："汝果能为周公，我复何忧。"恪便趋退。俊复召吴王垂还邺，寻因病体少瘥（chài），复欲遣兵寇晋。越年正月，且出郊阅兵，派定大司马恪，及司空阳骛为正副元帅，定期出兵。是夕还宫，自觉劳倦。翌日，旧疾复发，遂至危笃，即召恪与阳骛，暨司徒评，领军将军慕舆根等，受遗辅政，言毕遂殂，年五十三，在位十有二年。燕人称俊为令主，小子有诗叹道：

六朝衰运慨泯棼，遍地胡腥不忍闻。

但得一方中主出，民间已是号贤君。

俊既病逝，百官复议立恪，究竟恪是否从众，容至下回叙明。

慕容俊僭号称尊，国势日盛，所恃者莫如慕容恪，次为慕容垂，而慕容评尚不足道也。观恪之往围广固，不欲急攻，非特深谙兵法，并且体恤全军。迨段龛出降，禁止侵掠，不嗜杀而齐地自定，虽古之良将，无以过之。俊能承父遗命，倚恪为重，并及阳骛，其致强也宜哉。且平时虽尝忌垂，而不忍加罪，垂妻被诬，仍免垂连坐，使镇辽东，俊其固有知人之明乎？慕容评粗具战略，视恪与垂，相去实远，而晋将诸葛攸等，尚为所败，晋实无人，此燕之所以横行河朔，而益得称雄也。

第五十九回

谢安石应征变节　张天锡乘乱弑君

却说慕容恪受遗辅政,当然拥立太子暐,百官多倾心事恪,意图推戴,恪哪里肯从,但言国有储君,不容乱统,乃由暐升殿嗣位。暐年方十一,恪率百官入朝,谨守臣节,当下循例大赦,改元建熙,追谥儁为景昭皇帝,庙号烈祖,尊儁后可足浑氏为太后,进太原王恪为太宰,专掌百揆。上庸王评为太傅,司空阳骛为太保,领军将军慕舆根为太师,夹辅朝政。根自恃勋旧,举动倨傲,且有异图,适太后可足浑氏,干预外事,根欲从中播弄,煽乱徽功,乃先向恪进言道:"今主上幼冲,母后干政,殿下宜预防不测,亟思自全,且安定国家,全是殿下一人的功劳,兄终弟及,古有常制,应俟山陵事毕,废去幼主,由殿下自践尊位,永保国基,方为长策。"恪惊诧道:"公莫非酒醉么?奈何敢出此言?我与公同受先帝遗诏,口血未干,怎得异议?"根不禁怀惭,赧颜退去。

恪转告吴王垂,垂劝恪速即诛根,恪摇首道:"今国家新遭大丧,二邻方在旁观衅,若宰辅自相诛夷,就使内乱不生,亦招外侮,不如暂忍为是。"秘书监皇甫真,又谓:"根已谋乱,不可不除。"恪仍然不听。无非慎重。哪知根竟入宫进谗,密白太后道:"太宰太傅,将谋不轨,臣愿率禁兵捕诛二人。"太后可足浑氏,素好猜忌,一闻根言,便欲依议,还是嗣主暐从旁进言道:"二公系国家亲贤,先帝特加选任,托孤寄命,想彼必不愿出此,莫非太师自欲为乱,因有此言?"小时了了,大未必佳。可足浑氏乃拒绝根议。根又思归东土,入白太后及暐道:"今天下萧条,外寇不一,国大忧深,不如仍还旧都。"太后与暐亦未从所请。

恪得闻根言,知根必将为乱,乃与太傅评联名,密陈根罪,即使右卫将军傅颜,引兵至内省诛根,并拘根妻子党与下狱,酌处死刑。中外未悉详情,还疑燕廷骤诛大臣,不免惊愕。恪独镇定逾恒,绝不张皇,每有出入,只令一人步从，或劝恪宜自戒备。恪答说道："人情方怀疑贰，非静镇不足安众，怎得自相惊扰呢？"果然不到数日，人心复定。惟各郡县所征兵士，乍闻大丧，并有内乱谣传，往往乘间散归，自邺以南，路人拥挤，几至断塞。恪授垂为镇南将军，都督河南诸军事，领兖州牧，兼荆州刺史，出镇蠡台。又令孙希为并州刺史，傅颜为护军将军，带领骑士二万，观兵河南，临淮而还。于是全国兵民，各知朝内无事，相率安堵，不复生疑了。如恪才为社稷臣。

且说晋穆帝自亲政后，立散骑常侍何准女为皇后，准兄充尝为骠骑将军，后以名门应选，受册后正位中宫，柔顺有仪，毋庸细叙。司徒会稽王昱，奉表归政，穆帝不许，内政仍付昱参决，外政多为桓温把持。前领司徒蔡谟，虽由褚太后特诏起复，仍使为光禄大夫，谟称疾固辞，不复朝见，寻即病殁。诏赠侍中司空，赐谥文穆。谟不失为良臣，故录及终身。自升平纪元，荏苒五年，江淮一带，尚无大变，不过与燕兵争战数次，均皆失利。西中郎将谢万，不战即溃，尤损国威。且王谢素号世家，当时风俗人心，统重门阀阶级，谢万得罪被黜，不但国家感受影响，就是谢氏门第，亦为一落。万兄谢安，幼即风神秀澈，长益智识深沉，善行书，工文诗，朝中权贵，互相钦慕，累征不起。祖籍本为阳夏人氏，随晋东渡建康。安独寓居会稽，与王羲之等为友，游山眺水，歌咏自娱。有司奏安屡不就征，性情乖僻，应禁锢终身，安不以为意，索性栖迟东土，放情丘壑，每出必挟妓从游，不拘小节。会稽王昱素闻安名，尝语僚属道："安石与人同乐，必肯与人同忧。"安石就是安小字。安妻刘氏，为丹阳尹刘惔妹，见伯叔多半富贵，独安隐居不仕，常语安道："大丈夫当不若是呢。"妇人总难免势利。安掩鼻道："卿所见未能免俗，岂丈夫定要富贵么？"及万已褫职，门第减色，安年已四十余，免不得顾虑家门，转思仕进。君亦未能免俗了。可巧征西大将军桓温，表请辟安为征西司马，朝旨立即召安。安便至都中。自新亭启行，朝士多往饯送，中丞高崧戏语道："卿累违朝旨，高卧东山，诸人互相私议，谓安石不出，如苍生何？苍生今亦将如卿何？"说毕大笑。安被他一嘲，也不禁惭愧起来，勉强支吾，终席即去。

既到江陵，与温相见，谈笑竟日，甚惬温意。及安趋出，温问左右道："汝等曾见有如此佳客否？"嗣温有事访安，至安居室，安适早起理发，久不出见。温在外坐待,始闻室内有人传呼,令人取帻。温即朗声道:"不必,不必,请司马即戴便帽,就好相见了。"安依言见温,坦然与语,取决如流。温满意乃去。晋廷复起谢万为散骑常侍,万受职未久,便即病死。安本不欲随温,无非借温干进,暂作过渡思想,及万已去世,遂假弟丧为名,投笺求归。温准令返家治丧,安此后不复诣温。寻由朝廷授为吴兴太守,便一麾赴郡去了。

升平五年五月,穆帝有疾,数日即逝,年仅十有九岁,在位十七年,帝尚无子,当由会稽王昱等,入白褚太后,请迎成帝长子琅琊王丕嗣位,褚太后依议施行,因即下令道:

帝奄不救疾,胤嗣未建,琅琊王丕,中兴正统,明德懋亲,昔在咸康,属当储贰,以年在幼冲,未堪国难,故显宗高让。今义望情地,莫与为比,其以王奉大统,毋坠厥命!

这令下后,当由百官备齐法驾,至琅琊王第迎丕入宫,升殿即位,是为哀帝。丕时年二十有二,曾纳司徒左长史王濛女为妃,至是册为皇后,封弟奕为琅琊王,奉葬穆帝于永平陵,庙号孝宗。尊所生母周氏为皇太妃,

谢安石应机变节

穆帝后何氏为穆皇后，又诏谕中外道：

  显宗成皇帝顾命，以时事多艰，弘高世之风，树德博重，以隆社稷，而国故不已，康穆早世，胤祚不融。朕以寡德，复承先绪，感惟永慕，悲痛兼摧，夫昭穆之义，固宜本之天属，继体承基，古今常道，宜上嗣显宗以修本统。特此诏告中外，俾使周知。

  越年改元隆和，会闻北方降将吕护，又背晋归燕，将攻洛阳，乃命吴国内史庾希为北中郎将，领徐、兖二州刺史，镇守下邳，前锋监军袁真为西中郎将，监督司、豫、并、冀四州军事，领豫州刺史，镇守汝南。两将方才莅镇，那燕吕护已驱动燕军，进逼洛阳。守将河南太守戴施，闻风奔宛，只冠军将军陈祐，飞使至桓温处告急。温留戴施、陈祐守洛阳事，见五十七回。温急檄北中郎将庾希，及竟陵太守邓遐，同率水师援洛阳。遐为建武将军广州刺史邓岳子，岳见前文。岳镇交、广二州，垂十余年，岭南颇仰岳声威，相率畏服。岳又得击破夜郎，加督宁州，进征虏将军，迁平南将军。当时伏波将军葛洪，迁官避地，居罗浮山炼丹。岳素重洪，极力劝挽，表请任洪为东官太守。洪固辞不就，只留兄子望在广州，为岳记室参军。洪自号枹(bāo)朴子，著书一百十六篇，类言长生要诀，分作内篇外篇，即以《枹朴子》名书。此外著作，不一而足，大约以方技杂事为最多，如《金匮药方》百卷，《肘后要急方》四卷，阐究医药，流传后世，医家奉为金针。洪至八十一岁时，寄书与岳，自言将远行寻师。岳即往送别，及抵罗浮山石室中，见洪兀坐不动，抚视已无气息，不过颜色如生。岳乃为棺殓，瘗葬山间。役夫举棺甚轻，因皆疑为尸解成仙。未几岳亦谢世。因邓遐事，补叙及岳，复因岳补叙葛洪，俱是文中销纳法。子遐勇力绝人，时人比诸樊哙，桓温辟为参军，从战有功。晋任冠军将军，累充各郡太守。襄阳城北沔水中，有蛟蛰伏，屡为人害，遐拔剑入水，与蛟角斗。蛟绕住遐足，遐挥剑斩蛟，截为数段，携蛟首而出。自是遂无蛟患。可与周处齐名。及为竟陵太守，受温檄使，便引兵进屯新城。庾希遣部将何谦为先驱，驾舟援洛，与燕将刘则交战檀丘，得获胜仗。刘则败去。西中郎将袁真，又从汝南运米五万斛，接济洛阳。洛城既得外援，复足粮食，当然支撑得住。

  桓温复表请迁都洛阳，谓："自永嘉以后，东迁诸族，须一切北徙，仍返故土,再由御驾朝服济江,仪表两河,宅中驭外。臣虽庸劣,愿宣力先锋,廓清中原"云云。看官,试想河洛一带,迭经戎马,已闹得乱七八糟,不可收拾,此时虽经桓温规复,终究是劫灰满目,景物萧条。况燕人又屡次窥伺,烽火不绝,怎好仓猝迁都,举乘舆为孤注哩?只是满廷大臣,多半畏温,明知温言难从,却又不敢驳斥。独散骑常侍兼著作郎孙绰上疏道:

昔中宗龙飞,非惟信顺协于天人,实赖万里长江,画而守之耳。今自丧乱以来,六十余年,洛河丘墟,函夏萧条,士民播流江表,已经数世。存者老子长孙,亡者丘陇成行,虽北风之思,感其素心,而目前之哀,实为交切。温今此举,诚欲大览终始,为国远图,而百姓震骇,同怀危惧,岂不以反旧之乐赊,而趋死之忧促哉?何者?植根江外数十年矣。一朝顿欲拔之,驱蹙(cù)于穷荒之地,提挈万里,逾险浮深,离坟墓,弃生业,田宅不可复售,舟师无从得依,舍安乐之国,适习乱之乡,将顿仆道涂,漂溺江川,仅有达者,此仁者所宜哀矜,国家所宜深虑也。臣之愚见,以为且宜遣将帅有威名资实者,先镇洛阳,扫平梁许,清一河南,运漕之路既通,开垦之积已丰,豺狼远窜,中夏小康,然后可徐图迁徙耳。奈何舍百胜之长理,举天下而一掷哉?谨此疏闻,伏希睿鉴。

绰系晋初冯翊太守孙楚孙,表字兴公,少慕高尚,尝著《遂初赋》以见志。自此表为温所闻,温甚是不乐,特遣人传语道:"致意兴公,何不寻君《遂初赋》,乃来预人家国事呢。"时朝廷忧惧,将遣使止温。扬州刺史王述道:"温但欲虚声威人,并非实事,朝廷亦何妨允许哩。"乃有诏复温道:

在昔丧乱,忽涉五纪,戎狄肆暴,继袭凶迹,眷言西顾,慨叹盈怀。如欲躬率三军,荡涤氛秽,廓清中畿,光复旧京,非忘身殉国,孰能若此?诸所处分,委之高算。但河洛丘墟,所营者广,经始之勤,致劳怀也。

温得诏后,果然不行,何必虚张声势。寻且议迁洛阳钟虡。晋廷因述智足料温,复命述答辞道:"永嘉不靖,暂都江左,方期荡平区宇,旋轸旧京,万一不克如期,亦当改迁园陵,不应先徙钟虡(jù)。"这数语理直气壮,又使温无可置喙,只好罢议。全是无谓。

会燕将吕护攻洛,中箭受伤,退守小平津,疮裂而死。他将段崇收兵北去，晋得解严。庾希自下邳还屯山阳，袁真自汝南还屯寿阳，这且待后再表。

且说凉州大将军张瓘，恃功骄恣，阴蓄异图，仆射宋混，素性忠直，为瓘所惮，瓘谋杀混及混弟澄，即废主自立，乃征兵数万，会集姑臧。混诇（xiòng）悉瓘谋，遂与澄率壮士数十人，奋入南城，宣告诸营道："张瓘谋逆，我兄弟奉太后令，速诛此贼。汝等助顺有赏，从逆立诛。"各营兵听到此言，立即趋附，得众二千，随混攻瓘。瓘出战败却，混策马追瓘，忽刺斜里有一槊刺来，几中腰下，亏得身穿坚甲，槊不能入。混将槊夺住，与他坚持，宋澄等复引兵拥上，那人料不可敌，弃槊返奔。混乘他转身，用槊横击，那人站立不住，倒地成擒，讯明姓氏，叫做玄胪。胪系张瓘部下的勇士，既被擒住，余众皆投械乞降。瓘势孤力尽，即与弟琚同时刎死。混夷瓘家族，声罪安民。凉王玄靓，乃进混为骠骑大将军，代瓘辅政。混劝玄靓去凉王号。复称凉州牧，又召玄胪与语道："卿前刺我，幸得不伤，今我辅政，卿可知惧否？"胪答道："胪受瓘恩，彼时但知有瓘，不知有公，尚恨刺公未深，有何足惧？"混称为义士，亲为释缚，优加待遇，胪始拜谢。

既而混罹重疾，不能起床，玄靓及祖母马氏，同往探视，且与语道："将军倘有不测，寡妇孤儿，将托谁人？可否以林宗继任？"混答说道："臣儿林宗，年尚幼弱，不堪重任，殿下若不弃臣家，臣弟澄尚可参政，但恐他材质迂缓，未足达权，还望殿下随时策励，才免误事。"*既知澄之迂缓，不宜推荐，且玄靓幼弱，能知策励乃弟么？* 及玄靓随马氏同归，混复召诫子弟道："我家受国厚恩，当以死报，慎勿挟势骄人。"嗣见朝臣俱来问疾，又惟举忠君爱国四字，一再劝勉，余无他言，寻即殁世。路人闻丧，统皆挥涕。

玄靓即命澄为领军将军，使代兄任，才阅半年，偏有一右司马张邕，恶澄专政，竟胁众杀澄，并灭澄族。*未始非夷瓘宗族之报。* 澄虽不及乃兄之贤明，惟骄恣却不若张瓘，邕敢擅杀大臣，罪应立诛，乃玄靓反授邕为中护军，使与叔父中领军天锡，同掌国政，说来也有一种原因。玄靓祖母马氏，本来是个淫妇班头，前次曾与张祚私通，祚死后复伤岑寂，见邕身材雄伟，不亚张祚，复不禁暗暗动心。邕知情识意，乐得乘间凑奉，居然两相情愿，合成好事。此番擅杀宋澄，马氏非不预闻，所以并未加罪，反令他代执政权。玄靓冲幼无知，一由马氏作主，从此淫人得志，生杀自专，复为国患。

天锡年未及壮，所结党羽。亦多属少年，有郭增刘肃二人，年皆止十八九，尝为天锡腹心，因密白天锡道："国家恐将复乱了。"天锡惊问何因？二人齐声道："今护军出入，仿佛长宁，张祚封长宁侯见前。怎得不乱？"天锡道："我亦早疑此人，未敢出口，今当如何处置？"肃答道："何勿早除了他。"天锡道："何人可使？"肃便自请效力。天锡道："汝年太少，须更求臂助。"肃又道："同僚赵白驹。颇有胆力，得他为助，便足诛邕。"天锡大喜，便召集壮士四百人，诘旦入朝。肃与白驹，当然随入，正值邕在门下省，肃即拔刀斫邕，被邕闪过。白驹继进，持刀乱斫。邕颇有勇力，跳跃盘旋，巧为趋避，嗣见壮士齐集，乃翻身逸去。天锡急与肃等驰入禁中，闭住禁门。才过须臾，即闻门外有呼噪声，由天锡登屋俯望，见邕领着甲士数百，前来攻门，便凭高大呼道："张邕凶逆，横行不道，既灭宋氏，又欲倾覆我家，汝将士世为凉臣，何忍兵戈相向？我不怕死，实恐先人废祀，不得不为除逆计。今我但欲取邕，他无所问，天地有灵，我不食

言。"汝心亦未必可质天地。邕众闻言,陆续散去。天锡即下屋开门,引众出击。邕只剩孤身,自知不能脱逃,遂引刃自杀。天锡悉诛邕党,入见玄靓,备陈邕罪。玄靓便令天锡为冠军大将军,都督中外诸军事,执掌朝政,天锡乃奉东晋正朔,改去建兴年号,并遣使通好建康。晋授玄靓为大都督,领凉州刺史,护羌校尉,封西平公。

已而玄靓祖母马氏,得病而死,该死久矣。因尊生母郭氏为太妃。郭氏以天锡权盛,与疏宗张钦等密谋,拟诛天锡,偏为天锡所闻,搜杀张钦,并引兵入宫,质问玄靓母子。玄靓大惧,情愿让位。天锡不应,悻悻趋出。刘肃已升任右将军,便向天锡进言,劝他自立,天锡遂使肃等入弑玄靓,诈称暴卒,年才十四,谥曰冲公,自称大都督大将军护羌校尉凉州牧西平公,他系张骏少子,为刘美人所出,所以天锡篡位,仍尊嫡母严氏为太王太后,生母刘美人为太妃,且遣司马纶骞奉表建康,请命乞封。小子有诗咏道:

  世变纷纷太不平,乱臣贼子敢胡行。
  江东气运衰微久,谁奉天威仗钺征?

欲知晋廷曾否给封,待至下回再表。

  谢安放情山水,无心仕进,及弟万被黜,即应温召,可见当时之屡征不起,无非矫情,而益叹富贵误人,非真高尚者。固不能摆脱名缰也。高崧戏言,可抵《北山移文》一篇,幸谢安聪敏过人,借温干进,旋即辞温告归,不致连污逆名耳。彼桓温之屡请迁洛,但骛虚声,王述且能逆料之,固无待谢安也。凉州之乱,始之者张祚。终之者天锡,而实皆成于马氏,不有马氏之通祚,则祚不得废耀灵,而张瓘之祸可免矣,不有马氏之通邕,则邕不得杀宋澄,而天锡之乱可免矣。张氏世笃忠贞,而误于一妇人之手,此尤物之所以万不可近也。

第六十回

失洛阳沈劲死义　阻石门桓温退师

却说凉州使臣,奉表至晋,晋廷徒务羁縻,管甚么篡逆情事,但教他奉表称臣,已是喜出望外,当下厚待来使,即将前封玄靓的官爵,转授天锡,来使拜谢自去。天锡又使人向秦报丧,并陈即位情形。秦王苻坚,亦遣大鸿胪至凉州,拜天锡为大将军、凉州牧,兼西平公。天锡受两国封册,安然在位,遂以为太平无事,乐得纵情酒色,坐享欢娱。越年元日,专与嬖幸亵饮,既不受群僚朝贺,又不往谒太后太妃。从事中郎张恁,舆榇切谏,并不见从。少府长史纪锡,上疏直言,又复不答。那太王太后严氏,本来是静居深宫,不预外事,及内变迭起,已不免忧惧交乘,天锡嗣位,名为尊奉,仍然不见礼事,越觉惹起懊恨,抑郁以终。天锡亦没甚悲戚,但循例丧葬罢了。

话分两头。且说晋哀帝嗣位逾年,又改元兴宁。太妃周氏,在琅琊第中寿终,帝出宫奔丧,命会稽王昱,总掌内外诸务。嗣因燕兵入寇荥阳,太守刘远弃城东走,乃加征西大将军桓温为侍中大司马,都督中外诸军事,并假黄钺。且命西中郎将袁真,都督司冀并三州军事;北中郎将庾希,都督青州诸军事。桓温令王坦之为长史,郗超为参军,王珣为主簿。超多须,时人号为髯参军;珣身矮,时人号为短主簿。尝有歌谣云:"髯参军,短主簿,能令桓公喜,能令桓公怒。"温尝睥睨一切,予智自雄,惟谓超才不可测,待遇甚厚。超亦深自结纳,为温效忠。又有谢安兄子玄,亦为温掾属。温辄语左右道:"谢掾年至四十,拥旄仗节,王掾当作黑头公,二人皆非凡才,前途正不可限量呢。"

越年哀帝寝疾,复请褚太后临朝摄政,拜温为扬州牧,使侍中颜旄,宣温入朝参政。温上表固辞,朝旨不许,再发使征温。温乃启行至赭圻,不料来了尚书车灌,止温入都,无非说是"秦燕内侵,仍须赖公外镇"云云。

想是虑他权重难制,故使中止。温不肯即还,便在赭圻筑城,暂时驻节,遥领扬州牧。那哀帝因迷信方士,好饵金石,以致毒性沉痼,生就一种慢性症,一时不至遽死,亦不能复愈。迁延过了一年,已是兴宁三年了,皇后王氏,却得了暴病,骤致不起,因即棺殓治丧,追谥曰靖。上元令节,变作哀期。适燕太宰慕容恪,复拟取晋洛阳,先遣镇南将军慕容尘,攻陷许昌汝南诸郡,然后使司马悦希驻盟津,豫州刺史孙兴驻成皋,渐渐的进逼洛水。洛阳守将陈祐,检阅部兵,不过二千,粮饷又不过数月,自知不能固守,不如引众先走,遂借援许为名,出城径去,但留长史沈劲守洛阳。劲系王敦参军沈充子,充受诛后,劲逃匿乡里,年三十余,不得入仕。吴兴太守王胡之,受调为司州刺史,特请免劲禁锢,起为参军,有诏依议。偏胡之忽婴疾病,未得莅镇。劲独上书自请,愿至洛阳效力,晋廷乃命劲为冠军长史,使自募兵士,赴洛从军。劲募得壮士千人,入洛助祐,前此得却燕围,劲力居多,至祐出城自行,将士多由祐带去,只剩下五百人,随劲留守。劲明知孤危,却反欣然道:"我志在致命,今可偿我初志了。"遂率五百人誓死守城。

那陈祐自洛阳出发,并未往许,竟奔趋新城。晋廷得报,即由会稽王昱,亲赴赭圻,与大司马桓温议御燕事。温乃移镇姑孰,表荐右将军桓豁监督荆州扬州的义城,及雍州的京兆诸军事,振威将军桓冲,监督江州荆州的江夏的随郡,及豫州的汝南西阳新蔡颍川诸郡军事。豁与冲俱系温弟,温虽是举不避亲,究竟有阴布羽翼,广拓声威的意思。直诛其心。会闻哀帝大渐,会稽王昱匆匆返都,及抵建康,哀帝已经升遐了。昱入见太后,与议嗣位事宜。哀帝无子,只好令哀帝弟奕,入承大统,当由太后褚氏下令道:

> 帝遂不救厥疾,艰祸仍臻,遗绪泯然,哀恸切心。琅琊王奕,明德茂亲,属当储嗣,宜奉祖宗,纂承大统,便速正大礼,以宁人神,特此令知。

昱奉令出宫,颁示百官,当即迎奕入殿,缵(zuǎn)承帝祚,颁诏大赦,奉葬哀帝于安平陵。哀帝崩时才二十五岁,在位只阅四年。晋廷丧君立君,方忙碌的了不得,那燕兵竟乘隙进攻洛阳,遂使壮士丧躯,园陵再陷,河洛一带,复为强虏所有了。言之慨然。

第六十回　失洛阳沈劲死义　阻石门桓温退师

燕太宰慕容恪，探知洛阳兵寡，遂与吴王垂率兵数万，共攻洛阳。恪语诸将道："卿等尝患我不肯力攻，今洛阳城虽高大，守卒孤单，容易攻下，此番可努力进取，不必疑畏。倘或顿兵日久，敌得外援，恐反不能成功了。"缓攻广固，急攻洛阳，慕容恪却是知兵。诸将得了恪令，个个是摩拳擦掌，踊跃直前，一到洛阳城下，便四面猛扑，奋勇争登。城中只有五百兵士，怎能挡得住数万雄师？守将沈劲，见危授命，明知城孤兵寡，当不可支，但一息尚存，不容少懈，因此登陴（pí）守御，力拒燕军。起初是备有矢石，掷射如注，就使燕军志在拔帜，前仆后继，究竟是血肉身躯，不能与矢石争胜，所以攻了数日，那一座孤危万状的围城，兀自保持得住。后来矢尽石空，守城无具，尚仗着一腔热血，赤手空拳，与敌鏖斗，待至粮食已尽，兵士饥疲，五百人丧亡一大半，眼见得势穷力尽，不能再持。燕兵并力登城，城上不过一二百人，如何拦阻？遂遭陷没。劲尚引着残卒，拼死巷斗，毕竟双拳不敌四手，被燕兵左右攒集，把他活捉了去，牵往见恪。恪劝劲降燕，劲神色自若，连说不降。恪暗暗称奇，欲加宽宥。中军将军慕容度道："劲虽奇士，看他志趣，终不肯为我用，今若加宥，必为后患。"恪乃将劲杀死，令左中郎将慕容筑为洛州刺史，镇守金墉，留卫洛阳，自与吴王垂

略定河南,直至崤渑,关中大震。秦王坚亲率将士,出屯陕城,备御燕军。恪见秦有备,方收兵还邺,惟使垂为征南大将军,领荆州牧,都督荆扬洛徐兖豫雍益凉秦等十州军事,配兵一万,驻守鲁阳。晋廷始终不发一兵,往复河洛,但追赠沈劲为东阳太守,聊旌忠节罢了。*劲若有知,尚留余恨。*

是年七月,帝奕立妃庾氏为皇后。后为前荆江都督庾冰女,亲上加亲,当然乾坤合德,中外胪欢。只是帝奕后来被废,殁无尊谥,历史上但称帝奕,小子不得不沿例相呼。*特别提明。* 庾氏得列正宫,好像是预知废立,不愿久存,才阅十月,便安然归天,予谥曰孝,当即奉葬。进会稽王昱为丞相,录尚书事,入朝不趋,赞拜不名,履剑上殿。是年,改元太和,算是帝奕嗣位的第一年。益州刺史周抚病殁,诏令抚子楚继任。抚在益州三十余年,甚有威惠,远近詟(zhé)服。梁州刺史司马勋,久思据蜀,只因抚有威名,惮不敢发,及抚死楚继,遂举兵造反,自称成都王,攻入剑阁,围住成都。周楚遣使至下流告急,桓温遣江夏相朱序往援,会同楚兵,内外夹攻,得将司马勋击毙,蜀地复平。序收兵东归。

惟燕兵复屡寇晋境,燕抚军将军慕容厉寇兖州,连陷鲁高平数郡。晋南阳督护赵亿,举宛城降燕。燕令南中郎将赵盘戍宛。越年初夏,燕镇南将军慕容尘,又寇晋竟陵,亏得晋太守罗崇,应变有方,出兵击退燕军,又与荆州刺史桓豁,合兵攻宛,走赵亿,逐赵盘,夺还宛城。崇还戍竟陵。豁追赵盘至雉城,复杀败盘兵,且将盘活擒归来。燕人始稍稍夺气,敛兵自固。并且燕室长城慕容恪,得病垂危,不能视事,所以境外军务,暂从搁置,不复进兵。

恪尝虑燕主庸弱,太傅评又好猜忌,将来军国重任,无人承乏,因此时记在心。适乐安王臧前来探疾,恪即握手与语道:"今南有遗晋,西有强秦,二寇都想伺机进取,只因我未有隙,不敢来侵。从来国家废兴,全靠将相,大司马总统六军,更宜量能授职。若果推才任忠,和衷协恭,就使混一四海,亦非难事,怕甚么秦晋二寇呢?我本庸才,猥受先帝顾托,每欲扫平关陇,荡一瓯吴,续成先帝遗志,乃忽罹重疾,势且不起,岂非天命?我死后以亲疏论,大司马一职,若非授汝,应该轮着中山王冲。汝两人未始无才,但少不更事,难免疏忽。惟吴王垂天资英敏,才略过人,汝等能交相推让,使握军权,自足安内攘外,幸勿贪利徇私,不顾国计哩。"臧唯唯而出。已而慕容评至,恪又申述大意,及病至弥留,由燕主晖亲往省视,恪复将垂面荐,再三叮咛,未几即殁,追谥曰桓。临死荐贤,不得谓其非忠。

晖偏不从恪言,竟令中山王冲为大司马。冲为晖弟,才不及垂。晖总道是懿亲可恃,所以舍垂任冲,但进垂为车骑大将军。会秦将苻庾举陕降燕,请兵接应,晖欲发兵救庾,因图关右。太傅评素无经略,谓不宜远出劳师。魏尹范阳王慕容德,表请乘机出兵,又为评所阻。时太尉阳骛,又相继谢世,继任的乃是司空皇甫真。真与垂统主张西略,并得苻庾来笺,极力怂恿,当由垂私下语真道:"今我所患,莫若苻坚王猛。主上年少,未能留心政事,太傅才识,远不及苻坚王猛。现在秦方有衅,可取不取,恐正如苻庾来笺,将有甬东后悔哩。"《春秋左传》,越灭吴,置吴王于甬东。苻庾笺中,曾引此为喻。真答道:"我亦与殿下同意,但言不见用,奈何奈何?"说着,与垂相对欷歔,挥涕而别。

旋闻陕城失守,苻庾被杀,还有庾党苻双苻柳苻武等,俱由秦王猛等讨平,一场好机会,坐致失去,垂与真更太息不已,徒恨蹉跎。俄而警报大至,晋兵大举西犯,前锋攻陷湖陆,宁东将军慕容忠,已经败没了。垂即自请出拒。燕主晖尚未肯任垂,但饬下邳王慕容厉为征讨大都督,给兵二万,使他前往。厉受命即行。究竟晋兵由何人率领,原来是晋大司马桓温。先是燕主慕容俊病殁,晋廷将相,统说是中原可图,独温谓慕容恪尚存,未可轻视。及闻恪死耗,温乃疏请伐燕,拟即大举。适平北将军徐兖二州刺史郗愔(yīn),因病辞职,朝旨授温兼代愔任,准令出师。温遂率弟南中郎将桓冲,及西中郎将袁真等,引兵五万,大举西进。参军郗超,谓漕运未便,不如缓行。温不肯依议,遣建威将军檀玄为先锋,进攻湖陆,一鼓即下,擒住守将慕容忠。温闻捷甚喜,即率大军进次金乡。

时为太和四年六月,天气亢旱,水道不通,温使冠军将军毛虎生,凿通钜野三百里,引汶水会入清水,乃从清水挽舟入河,舳舻达数百里。郗超又入谏道:"清水入河,仍难通运,若寇坚持不战,运道必绝,再思因寇为资,复无所得,岂非危道?计不若率众趋邺。彼惮公威,或即望风奔溃,北归辽碣,我即唾手可得邺城,若彼能出战,便与交锋,一战可决。倘恐胜负难必,务欲持重,何如顿兵河济,控引漕运,待粮储充足,来夏乃进? 舍此两策,徒连兵北上,进不速决,退更为难,寇得迁延岁月,设法困我,渐及秋冬,水更滞涸,北方早寒,三军未带裘褐,必叹无衣,不但无食可忧哩。"温仍然不从。超为温所信任,何此时两不见从?岂胜败果有数么?已而慕容厉领兵来战,温与厉对垒黄墟,麾兵猛斗,大败厉众,厉匹马奔还。燕高平太守徐翻,望风降晋。温复分遣前锋将邓遐朱序,往攻林渚,击败燕将傅颜,温节节进兵。适燕乐安王臧,奉燕王命,再统各军堵截晋师,被温迎头痛击,又大败亏输,逃之夭夭了。晋军随温进驻武阳,燕故兖州刺史孙元,挈领族党,起应温军,温直至枋头。

是时燕主暐及太傅评,连接败报,吓得魂魄飞扬,一面遣散骑常侍李凤,向秦求救,一面召集大臣,谋奔和龙。吴王垂奋然道:"臣愿统兵击敌,如再不胜,走亦未迟。"暐乃命垂为南讨大都督,使与征南将军范阳王德等,调集步骑五万,出御晋军。垂请令司空左长史申胤,黄门侍郎封孚,尚书郎悉罗腾,皆为参军。暐当然允准,惟尚恐垂难却敌,再遣散骑侍郎乐嵩,驰赴关中,催促援兵,情愿将虎牢西境,作为赠品。秦王坚与群臣集议东堂,群臣俱进言道:"从前桓温侵我,屯兵灞上,燕未尝发兵相援,今温自攻燕,与我无涉,我何必往救。且燕从未向我称藩,我更不宜往救呢。"温至灞上,见五十五回。大众异口同声,并作一词,只王猛在旁默坐,不发片言。胸有成竹。秦王坚退入后庭,召猛入问。猛答说道:"燕虽强大,慕容评实非温敌,若温举山东,进屯洛邑,收幽冀兵士,得并豫食粟,观兵崤渑,恐陛下大事去了。今不若与燕合兵,并力退温,温退燕亦疲,我可承他劳敝,一举取燕,岂不是良策么?"计固甚是,可惜太毒。坚抚掌称善,因遣将军苟池,洛州刺史邓羌,率步骑二万人救燕,出自洛阳,进至颍川。更遣散骑常侍姜抚,至燕报使,名为赴援,实是借此观衅,要想并吞燕土哩。

且说燕大都督慕容垂,带领将士,行近枋头,择地驻营,按兵不动。参军封孚,密向申胤道:"温众强士整,乘流直进,今我军徒逡巡南岸,兵不接刃,如何能击退强敌哩?"胤答道:"如温今日声势,似足有为,但我料他决难成功。现在晋室衰弱,温跋扈专制,想晋臣未必尽肯服温,所以温得逞志,众必不愿,势且多方阻挠,使温无成。且温恃众生骄,应变反怯,率众深入,应该急进,今反逍遥中流,坐误事机。彼欲持久取胜,岂不思粮道悬绝,转运为难么?我料他师劳粮匮,情见势绌,必且不战自溃了。"孚喜道:"诚如君言,我可坐待胜仗哩。"

翌日,慕容垂升帐,但命参军悉罗腾,与虎贲中郎将染干津等,引兵五千,授他密计,出营拒温。腾行至中途,遥见一敌将跃马前来,背后引着晋兵千余人。仔细辨认,乃是燕人段思,叛燕降晋,便语染干津道:"可恨此贼,定是来作向导,卿可诱他过来,我当设法擒他。"染干津听着,便率五百人前进,遇着段思,便与交锋。才经数合,便虚幌一枪,拍马就走。思不知是计,纵马追去,不料悉罗腾纵兵杀出,染干津亦回马夹攻。段思能有偌大本事,禁得起两路兵马?一场厮杀,被腾生擒活捉去了。腾将思解送大营,自与染干津共往魏郡。可巧兜头碰着李述,乃是故赵部将,归属晋军,当下告染干津道:"我都督曾料晋兵旁掠,特遣我等到此。今果与敌相遇,须力斩来将,方好挫他锐气。"借腾口中,叙明密计。染干津便跃马摇枪,往战李述。述非染干津敌手,战了片时,力怯欲遁。悉罗腾纵辔出阵,向述一刀,砍去左肩,返身坠地。染干津下马枭首,述众皆遁,被腾杀死大半,回营报功。垂已令范阳王德,与兰台侍御史刘当,分率骑士万五千人,往屯石门,截温运漕。更使豫州刺史李邽(guī),带领州兵五千,截温陆运。温方命袁真攻克谯梁,拟通道石门,以便运粮,偏燕将慕

容德等,已在石门扼住,不能前进。德复令将军慕容寅,前往挑战,引诱晋军追来,用埋伏计,杀毙晋军多人。温闻粮道梗塞,战又失利,当然不能久留,且探得秦兵又至,没奈何焚舟弃仗,遵陆退归。小子有诗叹道:

　　行军第一是粮需,饷道艰难即险途。
　　锐进由来防速退,事前何不用良谟。

欲知温退兵情形,本回不及再表,须看下回自知。

　　洛阳可救而不救,徒致沈劲之死节,晋廷可谓无人。然尸其咎者非他,桓温也。哀帝崩,帝奕立,当交替之际,晋廷之不能援洛,犹为可原,温自赭圻移镇姑孰,何不即日出师,往援洛阳乎?彼沈劲能盖父之愆,为晋殉节,变凶逆之族,为忠义之门,此本回之所以特从详叙也。桓温利恪之死,乃大举伐燕,不知恪虽死而垂尚存,垂之才不亚于恪,宁必为温所败?况郗超二策,上则悉众趋邺,次则屯兵河济,诚为当日不易之良谟,温两不见听,徒迂道兖州,被阻石门,师已老而屡战无功,粮将竭而欲输无道,卒致焚舟却走,仓猝退师,人谓温智,温亦自谓予智,智果安在哉?故洛阳之陷,有识者已为温咎,至枋头之败,温之咎更无可辞云。

第六十一回

慕容垂避祸奔秦　王景略统兵入洛

却说桓温自枋头奔归，焚舟弃仗，丧失不赀(zī)，但命毛虎生督东燕等四郡军事，领东燕太守。温从东燕出仓垣，凿井而饮，沿途饥渴交乘，很觉困顿。那燕大都督慕容垂，却未曾急追。诸将争请追击，垂与语道："我并非不欲往追，但行军须知缓急，不应轻动，今温方引兵退去，必严兵断后，我若骤然追击，恐难得志，不如暂缓一两日，他见追兵未至，定当昼夜疾趋，速离我境，至离我已远，力尽气衰，然后我倍道往追，无虑不胜了。"如垂智谋仿佛似恪，故恪之推荐，确有特识。说着，乃亲督精骑八千人，徐徐进行。温果兼程疾驰，力行至七百里，总道是去敌已遥，可以无忧，乃安营休息。早有燕骑探知消息，向垂返报。垂遣范阳王德，率劲骑四千名，从间道抄至襄邑，埋伏东涧中，截温去路，自引四千骑急进，直逼温营。温麾下尚有数万人，只因连日奔波，不堪再战，忽遇燕兵追到，顿时人人失色，个个惊心。温也捏了一把冷汗，没奈何出营厮杀。本来是我众彼寡，尽可支持，无如众无斗志，见敌即怯，温禁遏不住，只好且战且走。行至东涧相近，蓦听得一声胡哨，旷野中遍竖旗帜，引着许多铁骑，截杀过来。晋军猛吓得胆落，不暇辨视来兵多寡，只恨身上少生两翅，无术腾空，不得已觅路四窜，你也走，我也逃，越想逃走，越是送死。燕兵前拦后逼，煞是厉害，见一个，杀一个，好似斫瓜切菜一般。好容易逃脱一半，已是二三万人，断送性命了。温垂头丧气，还至谯郡，谁知又有一彪军杀出，截住温军，温慌忙挈着轻骑，拼命冲过，后队被来兵拦杀，死伤又近万人。好似曹操之战赤壁。究竟来兵从何处杀到？原来是援燕的秦军，统将叫作苟池。接应六十回。池得胜归去，晋军七零八落，回至姑孰，五万人只剩得六七千了。

温经此挫，自觉脸上无光，不得不设法分谤。适袁真自石门奔归，温遂说他拥兵观望，贻误饷源，以致粮尽丧师。当下拜表劾真，并把邓遐亦牵连在内。晋廷惮温如故，即免真为庶人，并夺遐官。遐得休便休，只袁真心下不服，也上表劾温罪状。好几日不见复诏，真竟据住寿春，叛晋降燕，遣人诣邺中求救。无罪遭诬，原是难受，但背主降虏，究属不合。燕遣大鸿胪温统，持册拜真为征南大将军，领扬州刺史，封宣城公。统在道病殁，免不得稽延使事，真望眼将穿，不得邺中消息，又通使关中，向秦乞降去了。这真叫做朝摩燕阙，暮谒秦关。惟燕故兖州刺史孙元，前次起应温军。及温军败还，元据武阳拒燕，燕使左卫将军孟高，率兵讨之。元战败遭擒，当然毕命。晋东燕太守毛虎生，在淮北站足不住，逾淮南归，温使虎生为淮南太守，镇守历阳。晋廷反遣侍中罗含，赍牛酒犒温军，又由会稽王昱，诣温会议，再图后举。昱返都后，诏授温世子熙为征虏将军，领豫州刺史。败不加诛，反给封赏，可怪不可怪呢！明是教猱升木。

且说燕将吴王垂，自襄邑还邺，威名益振。太傅评向来忌垂，至此益甚，垂表列将士功赏，统被评抑置，无一照行。垂不免忿怼，入阙面请，与评争论廷前。燕主㬊不能裁决，燕臣又惮评威势，不敢助垂，可怜垂舌敝唇焦，终无效果，反与评多结怨恨罢了。就中尚有一段情由，关系垂事。垂妃段氏，为燕太后可足浑氏所谮，冤死狱中，事见五十八回。垂格外悲悼，因娶段妃女弟为继室。偏可足浑氏胁令出妻，硬把亲妹长安君嫁垂，垂虽勉强遵命，心中很是不乐，名目上配合长安君，其实是心怀故剑，不及新欢，所以伉俪无情，看同陌路。这长安君遭夫白眼，怎能不上诉椒房？因此可足浑太后，时常恨垂。再加燕主㬊新立一后，就是可足浑太后的侄女，姑侄变成婆媳，亲上加亲，联同一气，太后与垂有嫌，皇后自应表同情，宫帏里面，交口毁谤，任你燕主㬊如何英明，也未免听信谗言，况㬊原是个糊涂虫，怎能不为所迷？太后可足浑氏见㬊亦嫉垂，遂召太傅评入议，将加垂罪，置诸死刑。独不怕阿妹守寡么？故太宰恪子楷，及垂舅兰建，诇得秘谋，即往告垂道："先发制人，后发为人制，今但除太傅评及乐安王臧，余众自无能为了。"垂慨然道："骨肉相残，自为乱首，我虽死，不忍出此！"二人乃退，越宿又来告垂道："内意已决，不如先发。"垂复答道："如果不可弥缝，我宁可出奔他方，此外不敢与闻！"心术可取。二人复进说道："就使出亡，也宜早行，等到祸机一发，欲行亦无及了。"说毕自去。

垂踌躇未决,在家闷坐,世子令尚未得知,但见垂有忧色,乃就前禀问道:"我父面带愁容,莫非因主上庸弱,太傅猜疑,功高身危,因劳忧虑么?"垂说道:"汝既能知吾心,可有良策否?"令答道:"主上方委政太傅,一旦祸发,必似迅雷。今欲保族全身,不失大义,莫若逃往龙城,逊辞谢罪,如古时周公居东,静待主悟,再得还邺,方为大幸。否则内抚燕代,外睦群夷,守险自固,亦不失为中策哩!"垂起语道:"汝言甚是,我计决了!"翌晨即托词游猎,挈领诸子,微服出邺,径向龙城进发。行次邯郸,不意少子麟背地逃还。垂素不爱麟,料知麟必走归邺中,告发隐情,乃亟令世子令断后,自率左右前进。果然不到半日,西平公慕容疆率骑追来,幸亏追兵不多,由世子令在后截住,倒也不敢进逼。延至日暮,追骑渐退,令走与垂语道:"本欲保守东都,为自全计,今事机已泄,谋不及行,现闻秦王方延揽英豪,不如暂时往投,再作计较!"垂不甚愿意,摇头道:"我自有计,何必投秦!"当下散骑晦迹,仍向南山绕道还邺,暂憩城外显原陵。适有猎人数百骑,四面环集,垂进退两难,仓皇失措,可巧猎鹰飞逸,

慕容垂避祸奔秦

众骑追鹰四散,才得无虞。垂乃杀马祭天,誓告从者。世子令又语垂道:"太傅评忌贤嫉能,不惬众情,邺中人士,莫不瞻望我父。若掩入城中,攻其无备,都人必欣然相应,定能唾手成功。事定以后,除害简能,匡辅主上,既能安国,更足保家。这乃今日上计,决不可失,但教给儿数骑,便可措办了。"策固甚佳。垂半晌才道:"似汝谋画,事成原是大福,倘或不成,追悔何及!汝前劝我西入关中,今日事等燃眉,不如依汝前言,就此西奔罢!"遂潜召段夫人,与兄子楷、舅兰建等,一同奔秦,只继妃可足浑氏,即长安君。听他居邺,不与偕行。到了河阳,为津吏所阻,垂拔刀杀毙津吏,挈众渡河,奔入关中。

秦王苻坚,方思图燕,只惮慕容垂,蓦有关吏入报,垂弃燕来奔,不禁大喜,急率吏郊迎,握手与语道:"天生俊杰,必相与同处,共成大功。今卿果前来依我,我当与卿共定天下,告成岱宗,然后还卿本邦,世封幽州,卿去国仍不失为孝,归我亦不失为忠,岂非一举两善么?"垂拜谢道:"远方羁臣,得蒙收录,已为万幸,怎能有他望呢!"坚又接见慕容令慕容楷等,都称为后起英雄,延入都城,优礼相待。关中士民,素慕垂名,交相倾慕,独王猛入谏道:"慕容垂父子,譬如龙虎,若借彼风云,必不可制,不如早除为是!"坚愕然道:"我方欲收揽英雄,肃清四海,奈何反杀降臣?况我已推诚相与,视同心腹,匹夫尚不食言,难道万乘主反好欺人么?"坚不肯杀垂,原是驾驭群雄之道,不得以后来叛去遮答当时。坚遂令垂为冠军将军,封宾都侯,垂兄子楷,为积弩将军,赏赐巨万,待遇甚隆。

是时秦与燕方敦和好,使节往来。燕散骑常侍郝晷,及给事黄门郎梁琛,相继赴秦。晷与王猛有旧,彼此叙谈,免不得将燕廷情事,约略告知。独琛自尊国体,不肯轻泄一语。琛从兄弈,仕秦为尚书郎,秦特使他为招待员,延琛往寓私舍。无非欲探刺隐情。琛说道:"从前诸葛瑾为吴聘蜀,与诸葛亮本为兄弟,亮惟公朝相见,退不私面。我与兄迹等古人,应该效法前贤,怎敢擅留兄室呢?"弈乃如言返报。秦主坚又命弈过问燕事,琛答道:"今秦燕分据东西,兄弟并蒙荣宠,食禄忠君,各尽本职,琛欲言东国美政,恐非西国所乐闻,此外又非使臣所得妄言,兄来问我做甚。"好一个使臣。弈又复报闻。王猛劝坚留琛,坚留琛月余,至慕容垂入秦,乃遣琛归燕。

琛兼程回国，一入邺城，便往见太傅慕容评，坐定即说道："秦人日阅军旅，聚粮陕东，无非意图东略，必不能与我久和。今吴王又去归秦，多一虎伥，太傅宜赶早筹备，勿堕敌谋！"评沉着脸道："秦岂肯信我叛臣，自败和好么？"呆话。琛答道："今二国分据中原，常思吞并。近来桓温入寇，彼发兵来援，并非真心爱我，实借援我为名，探我虚实。我若有衅，彼岂遽忘本志么？"评问秦王为何如人，琛说是英明善断。评又问王猛如何，琛说是名不虚传。评始终不信，冷笑作罢。琛再入告燕主暐，暐亦不以为然。琛复退告皇甫真，真疏请拨兵防边，毋恃和议。暐乃召评入商，评嚣然道："秦国小力弱，当恃我为援，苻坚名为贤主，亦未必肯纳叛臣，我何必无故自扰，反启寇心！"暐随口称善。

　　已而秦遣黄门郎石越报聘，评反盛设供张，夸示富丽。尚书郎高泰，及太傅参军刘靖，相偕语评道："秦使言动目肆，居心可知，公宜示以兵威，或可折服彼意，今反示以奢侈，恐益使轻视了！"评仍然不从，泰遂谢病归家。尚书左丞申绍，见燕政日紊，内由可足浑太后专政，外由太傅评等擅权，贪冒无厌，引用非才，不由的忧愤交并，因上书言事，极陈时弊。大略说是：

　　　　臣闻汉宣有言："与朕共治天下者，其惟良二千石乎！"是以特重此选，必揽英才。今之守宰，率非其人，或武臣出自行伍，或贵戚生长绮纨，既不闻选举之方，复不得黜陟之法，贪惏者无刑戮之惧，清修者无旌赏之劝，百姓困敝，侵昧无已，兵士逋逃，寇盗充斥，纲颓纪紊，莫相纠摄。且吏多政烦，由来常患。今之现户，不过汉之一大郡，而备置百官，加之新立军号，虚假名位，公私驱扰，人不聊生，是非并官省职，何由饬政安民？彼秦吴二虏，僭据一方，尚能任道捐情，肃谐伪郡，况大燕累圣重光，君临四海，而可政治失修，取陵奸寇哉！邻之有善，众之所望，我之不修，众之愿也。秦吴狡猾，地居形胜，非惟守境而已，乃有吞噬之心。中州丰实，户兼二寇，弓马之劲，秦吴莫及。比者赴敌后机，兵不速济何也？皆由赋法靡恒，役之非道。郡县守宰，每于差调之际，无不舍置殷强，首先贫弱。行留俱窘，资赡无所，人怀嗟怨，遂致奔亡，进阙供国之饶，退离蚕桑之要。兵岂在多，贵于用命。宜严制军务，精择守宰，复习兵教战，使偏伍有常，从戎之外，足营私业。父兄有陟岵(hù)之观,子弟怀孔迩之顾,虽赴水火,何所不从?夫节俭省费,先王格言,去华敦实,哲后恒宪。故周公戒成王,以丰财为本,汉文以皂帟变俗,孝景宫人,弗过千余,魏武宠赐,不盈十万,薄葬不坟,俭以率下,所以割肌肤之惠,全百姓之力也。今后宫之女,四千有余,僮仆厮役,过兼十倍,一日之费,价盈万金,绮縠罗纨,岁增常额,戎器弗营,奢玩是务,帑藏空虚,军士无赖,宰相王侯,迭尚侈丽,风靡之化,积习成俗,卧薪之谕,未足甚焉。宜罢浮华非要之役,峻定婚姻丧葬之条,禁绝奢靡浮烦之事,出倾宫之女,均农商之额,公卿以下,以四海为家,赏必当功,罚必当罪。如此则纲纪肃举,公私两遂,温猛之首,可悬之白旗,秦吴二主,可礼之归命,岂特保境安民而已哉!陛下若不远追汉宗弋绨(tí)之风,近崇先帝补衣之美,臣恐颓风弊俗,亦且改变靡途,中兴之歌,无以轸诸弦咏矣。更有请者,索虏什翼犍,疲病昏悖,虽乏贡御,无能为患,而劳兵远戍,有损无益,不若移置并豫,控制两河,重晋阳之戍,增南藩之兵,严战守之备,炫千金之饵,蓄力待时,庶乎一举而灭二寇,如其虔刘送死,俟入境而断之,可使匹马不返,非惟绝二国之窥窬,抑亦戡乱殄寇之要图也。惟陛下览焉!

这篇书牍,正是救燕的良策,偏燕主㬪,毫不加省,反令他出守常山。且秦使来索前约,请割虎牢西境,*见六十回*。燕太傅评反语秦使道:"行人失辞。救患分灾,系邻国常理,奈何来索重赂呢?"看官试想,这秦王坚早思西略,只恨无隙可乘,一时不便兴兵,此次燕人负约,正是师出有名,怎肯坐失机会!当下用王猛为辅国将军,使率建威将军梁成,洛州刺史邓羌,率领步兵三万,直压洛阳。洛阳守将乃是燕洛州刺史武威王慕容筑,*见前回*。他闻秦兵入境,当然集众守城,只苦部兵寥寥,挡不住西来雄师,因急遣使至邺,速请援兵。

时值燕主㬪建熙十年冬季,燕廷方准备过年,竟把洛阳事搁起,越年元旦,且援例庆贺,喜气盈廷,哪知洛阳已是万急,警报日至,才遣乐安王臧,出兵援洛。*是年燕亡,故特提叙燕历,以醒眉目*。慕容筑苦守孤城,待援不至,已是焦急异常,适有敌书从城外射入,由军吏拾起呈览,因即展阅,内云:

我国家已塞成皋之险,杜盟津之路,大驾虎旅百万,自轵(zhǐ)关取邺都,金墉穷戍,外无救援,城下之师,将军所监,岂三千敝卒所能支乎?语云。识时务者为俊杰,吴王已导于前,将军何不随踵其后,否则孤城一破,玉石俱焚,愿将军图之!

筑阅书后,自思吴王垂尚且降秦,燕必危亡,不如依了敌书,出降秦军,随即复书请降。王猛陈兵城下,待筑开城。筑率众出迎,由猛欢颜接见,麾兵入城,抚众安民,不劳而定。当命偏将杨猛,往探路踪,以便进取。杨猛行至石门,适值燕乐安王臧,引兵前来,急切无从趋避,手下又不过数百骑,如何抵敌,当被燕军困住,活擒了去。臧遂筑新乐,进屯荥阳。王猛得知消息,便遣梁成邓羌,统众往击,大破臧军,俘斩万余人。臧退保石门,梁邓二将,乘胜进逼,相持经旬。因得王猛军书,召他还洛,于是徐徐引退,羌在前,成在后。那乐安王臧,不知好歹,还道秦兵引退,乐得追赶。先锋杨璩,又是个冒失鬼,策马轻进,刚值梁成返军待着,兜头拦住,两下交战,才经数合,被成舒开猿臂,将杨璩一把抓来,掷诸地上,眼见由秦兵绑去。成复驱兵转杀,斩首至三千余级,吓得慕容臧伏鞍

急逃奔回石门。成始收兵还洛。王猛一一记功,留邓羌居守金墉,自与梁成等退入关中。

先是王猛出发时,引慕容令为参军,使作向导,且至慕容垂处叙别。垂设宴饯行,猛且饮且语道:"今当远别,君将何物赠我?使我睹物怀人。"垂莫名其妙,便解佩刀相赠。猛宴毕即行,慕容令当然随去。及抵洛阳,猛却召入帐下走卒,叫作金熙,密赠金帛,叫他诈充垂使,即将垂所赠佩刀,使他赍去给令,且嘱使传语,伪为垂词道:"我父子奔入关中,无非为逃死起见。今王猛嫉人如仇,谗毁交至,秦王虽阳示厚善,隐情究不可知,若我父子仍不免一死,何如归死首邱。近闻东朝已渐悔悟,主后相尤,我所以决计东归,已经就道,汝亦速行为要!汝若不信,可视佩刀。"令未识猛计,且前时赠刀一事,亦未得闻,总道是来使可信,况金熙曾在垂处,充过役使,佩刀又非赝鼎,尚有何疑?当下遣还金熙,悄悄的奔出军营,往投乐安王臧。猛即表令叛状,垂闻报即走。到了蓝田,被追骑赶着,不得已再回关中。秦王坚召垂入见,垂惶恐谢罪,坚坦然道:"卿家国失和,委身投朕,贤郎心不忘本,仍然返国,倒也不足深咎。不过燕已将亡,非贤郎所能使存,徒入虎口,有损无益。朕非暴主,也知父子兄弟,罪不相及,卿何必畏罪骇走呢?"垂拜谢而出。小子有诗讥王猛道:

　　楚材晋用亦何妨,但免忮(zhì)求咎不臧。
　　尽说英雄王景略,如何作幻惯诪(zhōu)张!

慕容垂幸得免罪,慕容令能否脱祸,容至下回表明。

微子奔周而商亡,由余奔秦而戎灭,伍胥奔吴而楚覆。自来豪杰出亡,甘为敌用,必致祖国沦胥,如慕容垂之奔秦,亦犹是也。燕之存亡,关系于垂之去留,垂去而燕尚能久存乎?本回特别叙明,志燕之所由亡也。况如梁琛皇甫真申绍等之进谏,而无一见用,内有妒后,外有贪相,虽欲不亡,不可得已。王猛以燕之背约,统兵入洛,理直气壮,无虑不胜,但必以慕容垂父子未可轻信,即劝秦王坚杀之,劝之不听,又设种种诈谋以陷害之,是何褊窄若此!厥后垂兴坚败,乃坚骄盈之咎耳,岂不杀垂之咎哉!

第六十二回

略燕地连摧敌将　拔邺城追掳孱王

却说慕容令奔至石门,见了乐安王臧。臧恐他来做奸细,面上伴表欢迎,心中很怀疑窦,当下报知燕廷,表明己意。燕主暐立即复谕,饬将慕容令谪徙沙城。沙城在龙城东北六百里,令被他徙往该处,正是满目荒凉,不堪郁闷,自思终不免祸,不如冒险图功,于是联络沙城戍卒,谋袭龙城。偏有人告知龙城守将,预先防备,往攻不克,恼丧而返。戍卒恐为令所累,竟将令刺死,函首送燕。东西跋涉,空落得身首分离,父子长别,这也是命数使然,可悲可叹呢。实是王猛害他。

且说晋桓温自枋头败还,尚拟再举,闻得秦人取洛,正好乘隙图燕,乃亟发徐兖州民,增筑广陵城,自率麾下兵士,由姑孰移镇广陵。当时征役繁重,疫疠又兴,十死四五,民不堪命。秘书监孙盛,是一个文章妙手,与散骑常侍干宝齐名。干宝尝作《搜神记》二十卷,刘惔号为鬼董狐,嗣复著《晋纪》二十卷,自宣帝起,宣帝即司马懿。至愍帝止,词旨婉直,世称良史。从孙盛带叙干宝,不没文名。盛亦继作《魏晋春秋》,直书时事,如桓温败绩枋头,他却据实纪载,毫不讳言。温得见盛文,怒不可遏,便召盛子潜与语道:"枋头虽然失利,何至如尊君所言,若此史得传,君家门户,亦休想保全呢!"说至此,张目如铃,奋须似戟,吓得孙潜魂不附体,慌忙下拜,情愿还家告父,即为修改。温乃将潜叱退。潜知盛家法素严,到老更辣,此时为身家计,不得不回家禀白,备述情形。盛愤愤道:"桓元子丧师辱国,还想我替他掩饰么。我若下一曲笔,算甚么史家书法!"潜跪请道:"现在桓氏权盛,朝廷尚且怕他,还请我父三思!"盛益怒道:"我不怕死!"潜再叩头泣请,就是一门家口,无论长幼,统环跪盛前,固请删改,保全家门。盛奋袖入室,仍然不许,且另抄别本,寄往北方。潜急得没法,只好瞒过乃父,私下修改,持示桓温,伪称是乃父手笔。温见原文已改去大半，并为极力回护，方才转怒为喜，令潜持还，一面部署兵马，先讨袁真。

真据住寿春，受燕封为扬州刺史，逾年病毙。陈郡太守朱辅，与真友善，也随真降燕，因立真子瑾为建武将军，领豫州刺史，保住寿春，遣子乾之及司马彝亮，赴邺请命。燕授瑾为扬州刺史，辅为荆州刺史，且遣兵助瑾，进至武邱。晋将竺瑶，已奉桓温军令，往击袁瑾，正值燕兵到来，便移军与战，得破燕兵。南顿太守桓石虔，为温从子，又由温遣攻寿春，突入南城。温连得捷报，亲率二万人继进，至寿春城下，筑起长围，内遏敌冲，外截援道，燕复遣左卫将军孟高，引兵救瑾，途中接得邺中急诏，乃是秦兵大举，攻克壶关，促高返御秦寇。高只好匆匆还军，不暇顾及寿春了。*接入秦燕交兵，时序不紊。*

先是王猛旋师，正因粮道不继，所以急归。秦王坚进猛为司徒，录尚书事，封平阳郡侯，猛固辞不许，乃整兵储粟，再拟伐燕。筹备至半年有余，俱已安排妥当，乃由坚下令，仍使猛为统帅，督同镇南将军杨安等十将，步骑六万人，袀(mà)纛出关。坚亲送猛至灞上，执卮与语道："今委卿经略关东，当先破壶关，继平上党，长驱取邺，如迅雷不及掩耳，方可成功。我当亲率万众，继卿星发，舟车粮运，水陆并进，卿尽管前行，可勿劳后顾呢。"说着，便将酒卮给猛，使猛取饮。猛拜受饮毕，慨然答说道："臣得仗威灵，奉成算，往平残胡，如风扫叶，不烦銮舆亲犯尘雾，但愿预敕有司，处置俘虏便了！"*踌躇满志。*坚闻言大悦，再赐猛尚方宝剑，准令便宜行事。猛拜领而去，坚当然还都。

猛麾军直逼壶关，遣杨安等往攻晋阳，燕主暐闻秦兵入境，亟令太傅慕容评，调集中外兵马三十万，出拒秦军。会邺中屡有妖异，暐颇以为忧，乃召散骑侍郎李凤，黄门侍郎梁琛，中书侍郎乐嵩入见，问及军事道："秦兵多少如何？今我军大出，王猛能与我战否？"*好似呓语。*李凤答道："秦国小兵弱，怎能敌我王师？王景略乃是常才，又非我太傅敌手，何劳忧虑！"*简直是梦话了。*琛与嵩却接入道："将在谋不在勇，兵贵精不贵多，秦兵远来为寇，怎肯不战？我当用谋求胜，奈何反望他不战呢！"暐初闻凤言，颇有喜色，及听得二人言论，又变作怒容。正愤闷间，外面已传入警报，乃是壶关失守，上党太守南安王越，被敌擒去，郡县相继降秦，急得昕面目又改，变做了一片土色；但使李凤出外催评，速即进兵。凤受命趋出，琛与嵩亦相继告退。

慕容评领兵出发，行至潞川，探得秦兵甚锐，不敢前进，便在潞川逗留。朝命虽然敦促，他总是顾命要紧，仍然不动。那王猛已攻入壶关，留屯骑校尉苟苌守着，自引兵往助杨安。安攻晋阳，连日未下，及猛至城下，见城池高深，不易力取，乃使虎牙将军张蚝，督领壮士数百人，夜凿地道。至地道已成，即由蚝与壮士，从地道偷入城中。燕兵但防秦军登城，不料蚝等从地中突出，大呼斩关，招纳秦军。燕并州刺史东海王庄，为晋阳守将，蓦闻急警，忙率兵拦阻。秦军如潮涌入，就使庄三头六臂，也是不及抵挡。当下拍马返奔，被张蚝持矛追及，刺落马下，捆绑了去。余众多降，晋阳遂破。两个燕室懿亲做了俘囚先导。猛又使将军毛当戍晋阳，自引大军趋入潞川，与评对垒。

评素贪鄙，在潞川逗留多日，私据鄣固山泉，令军人入绢一匹，方得给水二石。军人无可如何，只得向他购水，纳入钱帛，高等邱陵。这叫做死要铜钱。至闻猛悬军深入，仍然闭住营门，不准将士出战，但言当持重制敌，毋得妄动。猛侦知情形，不禁冷笑道："慕容评真是奴才，虽有众百万，也不足惧，何况止二三十万呢！我此行定能灭燕了。"遂召游击将军郭庆入帐，使率骑兵五千，夜袭燕兵辎重，不得有误。庆领命而去，当夜出发，从间道绕出燕营后面。正值三更时候，遥望燕辎重营，扎住山上，一些儿没有影响，料知辎重兵都已睡着，便令部众各燃火炬，跃马登山，呼噪直上，燕兵守住辎重，不过数千，仓猝惊醒，睡眼蒙眬，向下一望，差不多有几万火炬，大家惊惶得很，还是趁先逃走，较为见机，一动百动，纷纷乱窜，霎时间逃得精光。郭庆驰至辎重旁，已无一人，便集五千火炬，焚毁辎重，火盛风炽，山高焰飞，连邺城里面，都得了见。邺中大震。黄门侍郎封孚，私问司徒长史申胤道："此城可得保存否？"胤答道："此城必亡，我辈亦必为秦虏；但目前福德在燕，秦虽得志，不出一纪，燕可重兴了。"燕主昕遣侍中兰伊，驰赴潞川，传敕责评道："王系高祖嗣子，当以社稷宗庙为忧，奈何不抚战士，反榷卖泉水，自谋货殖呢！试想国家府库，朕与王应同享受，何虑贫穷？若寇得直进，家国破亡，王持钱帛，存置何处？皮且不存，毛将怎附！可急将钱帛散给三军，振作士气，得能平寇凯旋，立功报

国,朕与王才得安荣了!"

评接到此敕,惊惧交并,没奈何致书秦营,向猛请战。猛批回战期。届期这一日,猛陈师渭源,向众宣誓道:"王景略受国厚恩,任兼内外,今与诸君深入战地,应该竭力致死,有进无退,誓报国家,待功成归国,受爵君廷,称觞亲室,岂不是一大喜事么!"大众齐声应命,于是破釜弃粮,大呼竞进。猛在后督军,望见燕兵大至,趋集如蚁,也恐众寡不敌,私自踌躇。旁顾邓羌在侧,乃手抚羌背道:"今日大敌当前,非将军不能破灭,成败利钝,在此一举,愿将军努力!"羌应声道:"若能给我司隶一职,公可无忧!"*羌亦太贪富贵*。猛答道:"这非我所能及,将军如得立功,我当表请为安定太守,万户侯。"羌默然不答,反向后退去。猛不禁着急,驰呼羌还,准如所请。羌即与张蚝徐成等,跨马运矛,突入燕阵。秦军一齐随上,横厉无前,燕兵虽数倍秦军,可奈人无斗志,各思趋避,你推我诿,任凭秦军,出入自由。战至日中,燕兵大溃,秦军乐得追杀,俘斩至五万余人,逃去约十余万,乞降又六七万,评单骑走还邺城。

猛长驱围邺,一面遣使告捷。秦王坚返报道:"将军役不逾时,便即大捷,直抵寇都,功无与比。朕当亲率六军星夜前来,将军可休养将士,静待朕至。"猛乃屯兵城下,严申军律,法简政宽,远近帖然。燕民各安生业,喜相告语道:"不图今日复见太原王。"猛闻知舆论,不禁叹息道:"慕容玄恭,确是奇士,可称为古时遗爱了!"遂特具太牢,亲往祭墓。看官听着,这慕容玄恭,就是太原王恪的表字。

过了七日,秦王坚已自率精锐十万,到了安阳,猛潜往谒坚,坚戏语道:"昔周亚夫不迎汉文帝,今将军独临敌弃兵,究是何意?"猛答道:"亚夫不纳汉文,太觉好名,臣尝未敢赞同;且臣奉陛下威灵,东讨残虏,釜底游魂,立可荡平,何劳陛下远临?"坚又道:"朕留太子监国,李威为浦,内顾无忧,所以率甲远来,看卿灭贼。"猛太息道:"监国冲幼,未能守国,倘有不测,追悔何及!陛下独不记臣灞上语么?"坚但说无妨,俟平邺后,即当西归,猛乃辞别回营,督兵急攻。

先是燕宜都王桓,率众万余,屯居沙亭,为评后援,及闻评败,移驻内黄。坚使邓羌攻信都,信都与内黄相近,桓闻风惶惧,奔往龙城,邺中益震。燕散骑常侍余蔚等,率同扶余高句丽及上党质子五百余人,夜开邺城北门,纳入秦军。

燕主暐与太傅评,乐安王臧,定襄王渊,左卫将军孟高,殿中将军艾朗等,溃围北去。秦王坚得入邺城,即使游击将军郭庆,麾骑追暐。暐出邺城时,卫士尚有千余骑,既而沿途四散,惟十余人随暐北行,道旁又是荆棘,群盗又四起如毛。孟高扶侍燕主,护持二王,非常劳瘁,且所在遇盗,转斗而前。好几日行至福禄,依冢暂憩,不意有剧盗数十人,张弓挟矢,吆喝前来,高即持刀与战,杀伤数盗。及刀折力穷,自知不免,乃直前抱住一贼,同仆地上,凄声大呼道:"男儿今日死了!"言未已,身上已中数箭,呕血而亡。艾朗见高独战,也上前奋斗,与高俱死。暐乘马中箭,乃下鞍步行,踉跄急走。偏有大队人马,从后追到。回头一望,并非暴客,乃是秦将郭庆部下的先驱,叫作巨武,既至暐前,便指挥兵士,上前缚暐。暐叱道:"汝是何人,敢缚天子!"还要自称天子,总算大胆。武厉声答道:"我奉诏缚贼,何物小丑,尚敢自称天子呢!"暐无法撑拒,只好束手受擒,被武牵回邺中,独慕容评北奔龙城,外此数人,统作俘虏,一并解入邺中。秦王坚见暐后,问他何故不降,暐答道:"狐死尚正首邱,但欲归死先人墓侧"

呢。"坚也觉动怜,敕令还宫,使率文武出降。总计前燕自慕容廆据大棘城,至俊僭号,传㬂亡国,共八十五年。前燕了。

坚又使郭庆进攻龙城,慕容评东奔高句丽,慕容桓也逃往辽东。辽东太守韩稠,已通款降秦,闭城拒桓。桓攻城不下,复因郭庆追至,弃众潜奔。庆遣部将朱嶷追捕,嶷率轻骑急驰,行至数十里,便得见桓,击杀了事。慕容评被高句丽人拘住,械送邺中,秦王坚也加赦宥。封降王㬂为新兴侯,命评为给事中,所有燕宫子女玉帛,俱分赐将士,且下诏大赦道:

  朕以寡薄,猥承休命,不能怀远以德,柔服四维,至使戎车屡驾,有害斯民,虽百姓之过,然亦朕之罪也。其大赦天下,与之更始,特此诏闻!

先是燕黄门侍郎梁琛使秦,曾用侍辇苟纯为副,一切应对事宜,琛未尝与纯商议,纯因此挟嫌。及与琛返邺,当即进谗道:"琛在长安,与王猛很是亲善,莫非有异谋不成!"㬂尚未深信,琛屡言坚猛多才,不可不防,果然不到期年,秦即攻燕。燕兵屡败,㬂乃疑琛知秦谋,收琛系狱。琛若与秦通谋,岂肯劝㬂预防?㬂如此不明,怎得不亡?至是,秦王坚将琛释出,除授中书著作郎,又闻孟高艾朗,随主殉难,称为忠臣,俱命厚加殓葬,且引高朗子入见,拜为郎中,于是授王猛为关东六州都督,领冀州牧,进爵清河郡侯,镇守邺中。守令有阙,得便宜补授。封杨安为博平侯,邓羌为真定侯,郭庆为襄城侯,此外与战将士,封赏有差。州县守令,悉仍旧贯,惟进燕常山太守申绍为散骑侍郎,使与散骑侍郎韦儒,并为绣衣使者,循行关东州郡,观省风俗,劝课农桑,赈恤穷困,收葬死亡,旌扬节行,改革敝政。关东大悦,就是六夷渠帅,无不望风输诚。

秦王坚乃启驾西还,所有慕容㬙以下,如后妃王公百官,暨鲜卑四万余户,一古脑儿徙入长安。复拜㬙为尚书,皇甫真为奉车都尉,李洪为驸马都尉,李邽为尚书。封衡为尚书郎,慕容德为张掖太守,平睿为宣威将军,悉罗腾为三署郎。凡故燕稍有才望的官僚,各得署秩。独慕容垂见燕故僚,常有愠色。前郎中令高弼,私语垂道:"大王具命世才,遭兹妄运,流寓外邦,备极困苦,今虽国家倾覆,怎知不剥极再复,更得龙兴!他日重造江山,舍大王尚有何人?愚谓宜恢弘度量,延纳旧臣,为山九仞,始自一篑,若徒记前嫌,反失众望,窃谓大王不取哩!"却是良谋。垂欣然受教,从此待遇旧僚,仍归和好,惟不肯放过慕容评,独入白秦王道:"臣叔父评,为亡燕首恶,不宜再污圣朝,愿陛下声罪加诛,以谢燕人。"坚不愿戮评,惟出为范阳太守。余如故燕诸王亦徙补边郡。燕故太史黄泓叹道:"燕必中兴,将来定属吴王,可惜我年已老,恐不及见呢!"还有汲郡人赵秋,亦私语亲友道:"天道在燕,偏为秦灭,不出十五年,秦必复为燕有了。"

是时,晋桓温已攻破寿春,擒住袁瑾朱辅,送往建康。秦将王鉴张蚝,曾由秦王坚差遣,带领步骑二万人,往援寿春,为温击败,引兵退归。袁瑾朱辅到建康后,当然处斩,无容细叙。惟秦王坚因南援无功,改图西略,特命博平侯杨安等,带领步骑七万人,往伐仇池。仇池自杨初嗣位后,尝遣使至建康,向晋称藩。晋命初为雍州刺史,封仇池公。初为族弟宋奴所杀,初子国,又杀宋奴。国从父俊,复杀国。俊传子世,世传子纂,世臣事秦晋,纂独与秦绝好,所以秦兴兵往讨。众至鹫峡,纂集众得五万人,出拒秦军。晋扬州刺史杨亮,也遣督护郭宝卜靖,领千余骑助纂,与秦军交战峡中。秦军久经百战,个个是骁悍绝伦,仇池兵怎能与敌。一经交手,勇怯悬殊,只落得步步倒退。秦军直前乱斫,杀死仇池兵一二万人,连郭宝等亦俱战殁。纂拼命遁还。武都太守杨统系纂叔父,素与纂相仇杀,至此遂举城降秦。秦军进攻仇池,纂保守不住,没奈何面缚出降。当由杨安送纂入关,秦王坚接得捷报,即加安都督南秦州诸军事,留镇仇池,使杨统为南秦州刺史。小子有诗叹道:

外侮都缘内乱兴,仇池虽小亦堪惩。

从知骨肉相争日,瓦解无非兆土崩。

仇池被灭,梁州孤危,晋廷也无暇西顾。那大司马扬州牧桓温,平空起浪,闯出一场绝大的事情。看官欲问为何事,请即续阅下回。

燕有致亡之事四:忌慕容垂而逼之出奔,一也;任慕容评而令其专国,二也;轻许秦地,旋即背约,三也;不听谏臣,自弛边防,四也。王猛一入,三十万大众,不堪一战。潞川败绩,邺城遽陷,燕主晖仓皇北遁,终为所擒,其不致遽死也,尚为幸事。秦王坚灭燕以后,观其所为,几若汤武之流亚,诚使持盈保泰,始终不渝,则混一天下不难矣。燕亦何能再复乎?惜乎其有初而鲜终也!

第六十三回

海西公遭诬被废　昆仑婢产子承基

却说桓温得专晋政,威权无比。他本来是目无君相,窥觊非分,尝卧对亲僚道:"为尔寂寂,恐将为文景所笑!"文景指司马师兄弟。嗣又推枕起座道:"不能流芳百世,亦当遗臭万年!"为此一念,贻误不少。又尝经过王敦墓,慨望太息道:"可人!可人!"先是有人以王敦相比,温甚不平,至此反慨慕王敦,意图叛逆。会有远方女尼,前来见温,温见她道骨珊珊,料非常人,乃留居别室。尼在室中洗澡,温从门隙窥视,见尼裸身入水,先自用刀破腹,继断两足,温大加惊异。既而尼开门出来,完好如常,且已知温偷视己浴,竟问温道:"公可窥见否?"温料不可讳,便问主何吉凶?尼答云:"公若作天子,亦将如是!"温不禁色变,尼即别去。术士杜炅,能知人贵贱。温令言自己禄秩,炅微笑道:"明公勋格宇宙,位极人臣。"温默然不答。若非此二人相诫,温已早为桓玄子。

他本欲立功河朔,收集时望,然后还受九锡。自枋头败归,声名一挫,及既克寿春,因语参军郗超道:"此次战胜,能雪前耻否?"超答言尚未。既而超就温宿,夜半语温道:"明公当天下重任,年垂六十,尚未建立大功,如何镇惬民望!"温乃向超求计,超说道:"明公不为伊霍盛举,恐终不能宣威四海,压服兆民。"温皱眉道:"此事将从何说起?"超附耳道:"这般这般,便不患无词了!"此贼可恶。温点首称善,方才安寝。越日,便造出一种谣言,流播民间,但说帝奕素有痿疾,不能御女,嬖人朱灵宝等,参侍内寝,二美人田氏孟氏,私生三男,将建立太子,潜移皇基云云。看官试想,这种暧昧的情词,从何证实。明明是无过可指,就把那床笫虚谈,架诬帝奕,这真所谓欲加之罪,何患无词呢。

温既将此语传出,遂自广陵诣建康,奏白太后褚氏,请将帝奕废去,改立丞相会稽王昱,并将废立命令,拟就草稿,一并呈入。适褚太后在佛

屋烧香,由内侍入启云:"外有急奏。"太后出至门前,已有人持入奏草,捧呈太后。太后倚户展阅,看了数行,便怅然道:"我原疑有此事。"疑奕耶?疑温耶?说着,又另阅令草,才经一半,即索笔写入道:"未亡人不幸罹此百忧,感念存殁,心焉如割。"写毕,便交与内侍,饬令送还。废立何事,乃草草批答,褚太后亦未免冒失。温在外面待着,但恐太后不允,颇有忧容。及内侍颁还令草,无甚驳议,始改忧为喜。越日,温至朝堂,召集百官,取示令草,决议废立。百官都震栗失色,莫敢抗议;只是两晋相传,并没有废立故事,此次忽倡此议,欲要援证典章,苦无成制,百官都面面相觑,无从悬定。就是温亦仓皇失措,不知所为。仓猝废立,典礼都未筹备,乃百官莫敢抗议,晋廷可谓无人。独尚书仆射王彪之,毅然语温道:"公阿衡皇家,当参酌古今,何不追法先代!"温喜语道:"王仆射确是多能,就烦裁定便了。"彪之即命取汉《霍光传》,援古定制,须臾即成,乃朝服立阶,神采自若。逢迎权恶,装出甚么仪态。然后将太后命令,宣示朝堂道:

王室艰难,穆哀短祚,国嗣不育,储宫靡立。琅琊王奕,亲则母弟，故以入纂大位。不图德之不建，乃至于斯！昏浊溃乱，动违礼度，有此三孽，莫知谁子。人伦道丧，丑声遐布，既不可以奉守社稷，敬承宗庙，且昏孽并大，便欲建树储藩，诬罔祖宗，倾移皇基，是而可忍，孰不可怀？今废奕为东海王，以王还第，供卫之仪，皆如汉朝昌邑故事。**指昌邑王贺。**但未亡人不幸罹此百忧，感念存殁，心焉如割，社稷大计，义不获已。丞相录尚书事会稽王昱，体自中宗，明德劭令，英秀玄虚，神契事外，以具瞻允塞，故阿衡三世，道化宣流，人望攸归，为日已久，宜从天人之心，以统皇极。饬有司明依旧典，以时施行。此令。

总计帝奕在位六年，无甚失德，不过奕虽在位，好似儡傀一般，内有会稽王昱，外有大司马温，把持国政。他尝自虑失位，召术士扈谦筮易，卦象既成，谦据实答道："晋室方如磐石，陛下未免出宫。"至是竟如谦言。温使散骑侍郎刘享，收帝玺绶，逼奕出宫。时值仲秋，天气尚暖，奕但着白袷单衣，步下西堂，乘犊车出神兽门，群臣相率拜辞，莫不歔欷。**有何益处？**侍御史殿中监，领兵百人，送奕至东海第中。一面具备法驾，由温率同百官，至会稽邸第，迎会稽王昱入殿。昱戴平巾帻，单衣东向，拜受玺绶，呜咽流涕。**何必做作？**当即入宫改着帝服，升殿受朝，即改太和六年为咸安元年，史家称他为简文帝。温出次中堂，分兵屯卫，有诏因温有足疾，特命乘舆入朝，温欲陈述废立本意，及引见时，但见简文帝泣下数行，倒也无词可说，只好默然告退。

太宰武陵王晞，与简文帝系出同胞，简文即位，顾念本支，当然优礼相待。惟晞素好武事，又与殷浩子涓，常相往来。浩殁时，温遣人赍书往吊，涓并不答谢，为温所恨，因并及晞。新蔡王晃系从前新蔡王腾后裔，亦与温有隙，还有广州刺史庾蕴，太宰长史庾倩，散骑常侍庾柔，皆为前车骑将军庾冰子，就是废帝奕皇后庾氏的弟兄。庾后既连带被废，降为东海王妃，温恐庾家族大宠多，阴图报复，于是想出一法，先扳倒武陵王晞，诬他父子为恶，曾与袁真同谋叛逆，因即免官归藩。简文帝不得不从，出晞就第，罢晞子综璲（jīn）等官。温又迫令新蔡王晃，诬罪自首，连及武陵王晞父子，并殷涓庾倩庾柔等，一同谋逆，且将太宰掾曹秀，舍人刘强，凭空加入，一古脑儿收付廷尉。御史中丞谯王恬，**即谯王承孙。**阴承温旨，请依律诛武陵王晞。简文帝复诏道:"悲惋惶怛,非所忍闻,应更详议。"温复自上一表,固请诛晞,语近要挟。简文帝手书给温,内有晋祚未移,愿公奉行前诏;若大运已去,请避贤路云云。温览到此诏,也不觉汗流色变,始奏废晞及三子家属,皆徙新安郡,免新蔡王晃为庶人,徙锢荥阳。殷涓庾倩庾柔曹秀刘强,一律族诛。简文帝不便再驳,勉依温议,可怜殷庾两大族,冤冤枉枉死了若干人。炎炎者灭,隆隆者绝。庾蕴在广州任内,闻难自尽,蕴长兄前北中郎将庾希,季弟会稽王参军庾邈,及希子攸之,并逃往海陵陂泽中,独东阳太守庾友,也是蕴兄,因子妇为温从女,特邀赦免。温自是气焰益盛,擅杀东海王奕三子,及田氏孟氏二美人。旋复奏称东海废黜,不可再临黎元,应依昌邑故事,筑第吴都。简文帝商诸褚太后,请太后下令,谓不忍废为庶人,可妥议徙封。温复奏可封海西县侯,有诏徙封奕为海西县公。废后庾氏,积忧病殁,尚追贬为海西公夫人。会吴兴太守谢安,入为侍中,遥见温面,便即下拜,温惊呼道:"安石谢安表字见前。何故如此?"安答道:"君且拜前,臣难道敢揖后吗?"温明知安有意嘲讽,但素重安名,不便发作,且默记前时女尼微言,也有戒心,因即上书鸣谦,求归姑孰。诏进温为丞相,令居京师辅政。温仍然固辞,乃许他还镇。

秦王坚闻温废立,顾语群臣道:"温前败灞上,后败枋头,不知思愆自贬,遍谢百姓,反且废君逞恶,六十老人,作此举动,怎能为四海所容?古谚有云'怒其室,作色于父',便是桓温的注脚呢。"

温虽然还镇,揽权如故。且留郗超为中书侍郎,名为入值宫廷,实是隐探朝事。简文帝格外拱默,尚恐温再有异图,会荧惑星逆行入太微,简文帝越觉惊惶。原来帝奕被废以前,荧惑尝守太微端门,仅逾一月,即有废立大事。此番又经星文告变,哪得不危悚异常。当下召语郗超道:"命数修短,也不遑计,但观察天文,得勿复有前日事么?"超答道:"大司马温,方思内固社稷,外恢经略,非常事只可一为,何至再作?臣愿百口相保,幸陛下勿忧!"简文帝道:"但得如此,尚有何言!"超即告退。侍中谢安,尝与左卫将军王坦之,诣超白事。超门多车马,络绎不休,待至日旰,尚未得间。坦之欲去,安密语道:"君独不能为身家性命,忍耐须臾么?"坦之乃忍气待着,直至薄暮,才得与超清谈,语毕乃别。超父愔卸职家居,偶有不适,由超请假归省,简文帝与语道:"致意尊翁,家国事乃竟如此！自愧不德，负疚良深，非一二语所能尽意。"说至此，因咏昔人诗云："志士痛朝危，忠臣哀主辱。"二语本庾阐诗。咏罢泣下，超无言可对，拜别而去。

好容易过了残年，复遣王坦之征温入辅，温复固辞，惟与坦之言及，请将海西公外徙。坦之返报，乃徙海西公至吴县西柴里。敕吴国内史刁彝，就近防卫，并遣御史顾允，监督起居，免有他变。蓦闻庾希庾邈，联结故青州刺史武沈子遵，聚众海滨，掠得渔船，贪夜突入京口城。晋陵太守卞耽，猝不及防，逾城奔曲阿，于是建康震惊，内外戒严。嗣又得庾希等檄文，托称受海西公密旨，起诛首恶桓温，累得京畿一带，讹言蜂起，益相惊扰。平北参军刘奭，高平太守郗逸之，游军督护郭龙等，引兵往击，就是卞耽，亦调发县兵，并讨庾希等人。希众统是乌合，一战即败，闭城自守，再由桓温遣到东海太守周少孙，也有锐骑数千，合力攻城，攀堞杀入。庾希兄弟子侄，以及沈遵等人，没处逃奔，遂致陆续被擒，送到建康市中，伏诛了案。一番乱事，数日即平，晋廷诸臣，入朝庆贺，又像是化日光天。冷隽语。

哪知吉凶并至，悲喜相寻，简文帝忽然得病，医治罔效，差不多将要归天。当时皇后太子，俱尚未立，说将起来，又须溯述源流，表明巅末。简文帝为元帝少子，生母郑氏，受封建平国夫人，咸和元年病殁。简文帝受封王爵，追号郑氏为会稽太妃，嗣位后时日尚浅，故未及追尊。惟简文帝先娶王氏，生子道生，为世子，后来母子并失帝意，俱被幽废，王氏忧郁成疾，亦即去世。此外妾媵颇多，生有三男，又皆夭逝。未几道生又亡。简文帝年垂四十，迭丧诸子，未免悲悼，况膝下竟致无男，诸姬偏皆绝孕，不由的寸心焦灼，百感彷徨。会闻术士扈谦，善能卜易，因召令入筮。谦筮毕作答道："后房中已有一女，当生二贵男，长男尤贵，当兴晋室。"简文帝乃转忧为喜，但麒麟佳种，究未识属诸谁人？适徐贵人生下一女，眉目韶秀，酷肖生母。徐氏本以秀慧见幸，既得破胎，总望她接连有娠，得产麟儿。谁料一索再索，音响寂然。简文帝却年齿日增，望子愈切，不得已访求相士，得一叔服后人，叔服系周时内史，具相人术。令他入视诸姬，能否生男。偏他接连摇首，无一许可。乃再将婢媵等一齐出示，仍未称善。最后看到一个织婢，身长色黑，仿佛似乡僻女子一般，不禁惊诧道："这才算

崑崙婢產子承基

是贵相，必生贵男。"*别具只眼。*宫人听了，都葫芦大笑道："昆仑婢要发迹了！日前的好梦，才得实验了！"简文帝叱道："何故啰唣？"大众始不敢再言。嗣经简文帝问明底细，始知此婢姓李，名叫陵容，家世寒微，入充织坊女工。旁人因她形体壮硕，替她取一绰号，叫做昆仑婢。她尝梦见两龙枕膝，日月入怀，便欣然称为吉兆，屡与同侪说及。同侪相率揶揄，不是说她要做皇后，就是说她要做皇娘。偏偏弄假成真，变虚为实，简文帝竟令她侍寝，一度春风，遽结珠胎，十月分娩，居然一雄。临盆以前，李氏复梦一神人，送给一儿，且嘱咐道："此儿畀汝，可取名昌明。"李氏向神接受，忽觉一阵腹痛，遂致惊醒，当下起床坐蓐，立即产出一儿，呱呱坠地。时值黎明，李氏记受神嘱，使侍媪转启简文帝，呼婴儿为昌明。简文帝闻报，谓既得诸神授，当然不宜更换，惟以昌明为字，即将昌明二字的寓意，取名为曜。后来简文帝猛记前事，曾见一谶文云"晋祚尽昌明"，不觉流涕道："天数天数，只好听天由命罢！"*看到后文，又觉似是而非。*既而李氏又生一男一女，男名道子，后得封王专政，女长成后，至昌明嗣位，封为鄱阳长公主,这且再表。

且说简文帝寝疾经旬,渐至弥留,乃立皇子昌明为太子,并封道子为琅琊王,领会稽内史,使奉帝母郑太妃祀,又召大司马温入辅。一日一夜,连发四诏,未见温至。*此番架子却摆错了!* 乃命草遗诏,使大司马温依周公居摄故事,且谓少子可辅最佳,如不可辅,卿可自取。这草诏颁将出去,被王坦之接着。坦之已迁官郎中,看了草诏,便即趋入,直抵简文帝榻前,把草诏撕作数片。简文帝瞧着,已知坦之用意,便顾语道:"天下系傥来物,卿有何嫌!"坦之道:"天下乃宣帝元帝的天下,陛下怎得私相授受呢!"帝乃使坦之改诏道:"家国事一禀大司马,如诸葛武侯王丞相**指王导**。故事。"坦之改就,乃持诏而出。是夕,简文帝崩,年五十有三,在位实不满一年。只因过一元旦,两个半年,算做两年。

群臣会集朝堂,未敢立嗣,互相私议,或谓须归大司马处分,尚书仆射王彪之正色道:"天子崩,太子代立,这乃古今通例,大司马何致异言?若先面咨,恐反为所责了!"朝议乃定,遂奉太子昌明嗣即帝位,颁诏大赦,是为孝武帝。帝年尚只十龄,褚太后以冲人践阼,并居谅暗,不如使温依周公居摄故事,令照前议施行。王彪之又进言道:"这乃异常大事,大司马必当固让,恐转使万机倍滞,稽废山陵,臣等未敢奉令,谨即封还!"于是议遂不行。桓温颇望简文临终召己禅位,否则或使居摄,不意遗诏颁到,大失所望,乃贻弟冲书道:"遗诏但使我依武侯王公故事呢。"*一语已写尽怨望。*

是年十月,彭城妖人卢悚,自称大道祭酒,煽惑愚民八百余家,因遣徒许龙如吴,驰入海西公门,诈传太后密诏,奉迎兴复。海西公奕,几为所惑,幸保母在旁谏阻,始却龙请。龙愤然道:"大事垂成,奈何听信儿女子言!"奕答道:"我得罪居此,幸蒙宽宥,怎敢妄动?且太后有诏,应使官属来迎,汝系何人,乃敢妄来传旨呢?"*一经说明,其假立见,然非保母提醒,几去送死。* 龙尚不肯行,当由奕叱令左右,上前缚龙,龙始仓皇遁去。

是时,宫廷方料理丧葬,奉安简文皇帝于高平陵,庙号太宗。葬事才毕,忽有乱徒,突入云龙门,哗称海西公还都,直达殿廷,略取武库甲仗。卫士骇愕,不知所为,亏得游击将军毛安之,闻变入云龙门,引着部曲,奋击乱党,又有左卫将军殷康,中领军桓秘,从止车门驰入,也有部众数百人,与安之并力夹击。乱党不过三四百名,哪里敌得过猛将三员,虎旅千余,顿时死的死,逃的逃。那头目也情急欲遁,被毛安之截住厮杀,不到十合,已将他打倒地上,用绳捆住。讯明姓名,便是妖贼卢悚,当即按律拟罪,伏法市曹。海西公曾拒绝乱徒,得免连坐,但经此一吓,越觉小心,索性杜聪塞明,无思无虑,有时借酒消遣,有时对色陶情。时人怜他无辜遭废,为作哀歌。奕却屏去一切,得过且过,直至太元十一年冬,安然病逝,享年四十有五。小子有诗叹道:

废主由来少善终,居吴幸免海西公。

天心似为冤诬惜,不使屏王剑血红!

越年,改元宁康。大司马温,竟自姑孰入朝。都中复大起讹言,恟惧的了不得。究竟有无祸事,俟至下回说明。

桓温败绩枋头,仅得寿春之捷,何足盖愆,乃反欲仿行伊霍,入朝废主,真咄咄怪事!从前如操懿辈,皆当功名震主之时,内遭主忌,因敢有此废立之举,不意世变愈奇,人心益险,竟有如晋之桓温者也。况帝奕在位五年,未闻失德,乃诬以暧昧,迫使出宫,温不足责,郗超之罪,可胜数乎?会稽王昱,不思讨贼,居然受迎称帝,徒作涕泣之容,反长凶残之焰,朝危主辱,嗟何及乎?昆仑女入御以后,虽得生二男,然昌明道子,后来皆不获善终,且致斫丧晋祚。有子无子,同归于尽,徒庆宜男,亦何益哉?

第六十四回

谒崇陵桓温见鬼　重正朔王猛留言

却说孝武帝宁康元年，国乱粗定，大司马桓温，竟从姑孰入朝。朝臣重望，要算谢安王坦之。安已迁任吏部尚书，坦之仍任侍中。都下人士，相率猜疑，群谓温无故入朝，不是来废幼主，就是来诛王谢，谢安却不以为忧，独坦之未免焦灼。偏宫廷又发出诏命，竟使安与坦之，赴新亭迎温。坦之接诏，惊得面色如土，安仍谈笑自若，且语僚属道："晋祚存亡，在此一行。"安而行之，可谓名不虚传。当下启行出都，径往新亭，百官相随甚众。及与温遇，温大陈兵卫，延见朝士。凡位望稍崇的官员，但恐得罪，都向温遥拜，战栗失容，坦之更捏着一把冷汗，趋诣温前，几似魂灵出窍，连手版都致倒持。人生总有一死，何必这般股栗。惟谢安从容步入，一些儿不拘形迹。温见他态度异人，自然加敬，便即起身延坐，两下坐定。安眼光如炬，已有所见，乃即语温道："安闻诸侯有道，守在四邻，明公亦何须壁后置人？"温笑答道："恐有猝变，不得不然。"说着，即顾令左右，撤去后帐，帐后本列甲士，亦一齐麾退。安与温笑语移时，方才请温动身，同入建康。坦之呆若木鸡，一语不发，只背上的冷汗，已经湿透里衣，幸温无一语相责，始得将魂魄收回，偕行还都。他平时本与安齐名，经此一举，优劣乃分。

温入朝谒见孝武帝，讯及卢悚犯阙事，由尚书陆始，检察不严，以致贼入禁门，乃将陆始收付廷尉，按律治罪；此外没甚举动，朝臣才得少安。温寓居建康数日，安与坦之，屡往议事。忽觉凉风入室，吹开后帐，内有一榻，榻上卧着一人。安略略瞧着，便识是中书侍郎郗超，当即微笑道："郗生可谓入幕宾了。"超本受温密嘱，留卧帐后，窃听客谈，既被安瞧破机关，不得已起身出帐，与安相见。安谑而不虐，转使温超两人，愧赧交并。及安等去后，温心下亦很觉忌安，但因安素孚物望，一时未便下手，只好暂

从容忍,观衅后动。于是拟谒高平陵。诘旦登车,左右见他凭轼起敬,统暗暗称奇。途次复顾语道:"先帝究属有灵,汝等可得见否?"左右听着,亦不知他说何鬼话。到了陵前,温下车叩拜,且拜且语道:"臣不敢!臣不敢!"及拜毕后,还说臣不敢三字,左右俱莫名其妙。温仍驾车还寓,复问左右道:"殷涓如何形状?"左右答称涓身肥矮,温不觉失色道:"不错不错,他亦曾在先帝左侧呢。"疑心生暗鬼。是夕,即寒热交作,谵语不休,经医诊治,好几日才得少瘥,乃辞行还镇。

既抵姑孰,病又转剧,他还想荣膺九锡,特遣人入都请求。谢安王坦之未敢峻拒,不过逐日延挨,至温使再三催促,乃令吏部郎袁宏具草。宏有文才,援笔即就,偏谢安吹毛索瘢,屡嘱修改,逐至匝月未成。宏密问仆射王彪之,究应如何著笔,彪之道:"如卿大才,何烦修饰,这是谢尚书故意如此。彼知桓公病势日增,料必不久,所以借此迁延呢。"宏始释然。

温未得如愿,当然恚恨。适温弟江州刺史冲,过问温疾,见温病垂危,便问及王谢二人,温喟然道:"渠等非汝所能处分。我死后熙等庸弱,所有部曲,归汝统率便了。"冲应命而出。看官听说,温有六子,长名熙,次名济，又次为韵、祎、伟、玄。熙闻冲面受温命，将统遗众，心中很是不服，遂与弟济谋诸叔秘，意欲杀冲。冲诇悉阴谋，不敢复入，嗣由熙等报温死耗，召冲临丧，冲即遣力士直入丧次，拘住熙济，且逐秘出外，然后举哀。已而奏徙熙济至长沙，罢黜秘官，且称温遗命，以少子玄为嗣。晋廷追赠丞相，赐赙衮冕，予谥宣武，此外丧葬礼仪，一依汉大将军霍光及晋太宰安平献王孚故事。即命玄袭封南郡公。玄年才五岁，冲总道他幼弱易制，可无后忧，哪知他长成后，比乃父还要凶险呢？<u>暗伏下文</u>。相传玄为温庶子，生母马氏，夜坐月下，见流星坠盆水中，用瓢掬吞，因得有娠。及生玄时，有光照室，家人诧为神奇，乃取一小名，叫作灵宝。乳媪每抱玄省温，经过重门，必易人乃至，说是沉重异常，故温甚加宠爱。冲立玄为嗣，或果承温遗命，亦未可知，这且待后慢表。

且说桓温既死，有诏进冲为中军将军，都督扬雍江三州军事，兼扬豫二州刺史，使镇姑孰；加右将军荆州刺史桓豁为征西将军，都督荆扬广五州军事；豁子竟陵太守石秀，为宁远将军，兼江州刺史，使镇寻阳。或劝冲入诛王谢，专执朝权，冲将他叱退，力反温政，一切生杀予夺，皆先时奏闻，然后施行。晋廷上下，始得解忧。

谢安尚恐桓冲干政，拟请褚太后临朝。褚太后为康帝后，康帝系元帝孙，与孝武帝本为叔嫂。从前简文入嗣，比褚太后辈分较长，但因他既为太后，不得以家人礼相待，故仍称为太后，且因她居住崇德宫，特尊为崇德太后。至是由谢安倡议，再请训政，群僚皆无异词，独尚书仆射王彪之抗议道："前代人主，幼在襁褓，母子一体，故可请太后临朝，但太后亦未能专断，仍须顾问大臣。今主上年逾十岁，将及冠婚，反令从嫂临朝，表示人君幼弱，这难道好光扬圣德么？"<u>议固甚是</u>。安不肯从，竟率百官奏白太后，大略说是：

王室多故，祸难仍臻，国忧始周，复丧元辅，天下惘然，若无攸济，主上虽圣明天亶，而春秋尚富，兼在谅暗，蒸蒸之思，未遑庶事。伏维太后陛下，德应坤厚，宣慈圣善，遭家多艰，临朝亲览，光大之美，化洽在昔，讴歌流咏，播益无外，虽有莘熙殷，任姒隆周，未足以喻。是以五谋克从，人鬼同心，仰望来苏，悬心日月。夫随时之义，《周易》所尚，宁固社稷，大人之任，伏愿陛下抚综万几，厘和政道，以慰祖宗，以安兆庶，不胜喁喁待命之至！

褚太后俯从众议，便即复诏道：

> 王室不幸，仍有艰屯，览省启事，感增悲叹。内外诸君，并以主上春秋冲富，加以蒸蒸之慕，未能亲览，号令宜有所由。苟可安社稷，利天下，亦未便有所固执。当敬从所启，但暗昧之阙，自知难免，望尽弼谐之道，献可替否，则国家有攸赖焉。

这诏既下，次日便即临朝。进王坦之为尚书令，谢安为仆射，两人同心辅政，终安晋室。越年，令坦之出督徐兖等州事，但命谢安总掌中书。安好声律，虽遇期功丧服，不废丝竹，士大夫相率仿效，寖成风俗。坦之尝贻书苦谏，安不能用。这是谢安短处。安又尝与王羲之登冶城，慨然遐想，有出世志。羲之独规诫道："夏禹勤王，手足胼胝，文王旰食，日不遐给。今四郊多垒，宜思自效，若虚谈废务，浮文妨要，恐非当世所宜为呢。"安笑答道："秦用商鞅，二世即亡，岂必是清谈贻祸么？"未几，坦之病殁，留有遗书，分贻谢安桓冲，语不及私，但以国家为忧。晋廷追赠安北将军，赐谥曰献。坦之为故尚书令王述子，父子俱有重名，殁后不衰。只倒持手版一事，未免贻笑大方。

中军将军桓冲，因谢安素洽时望，愿将扬州刺史兼职，转让与安，自求外出。桓氏族党，莫不苦谏，冲竟出奏。有诏调冲为徐州刺史，令安领扬州刺史。宁康三年，孝武帝年已十三，册立前司徒长史王濛孙女为皇后。后即哀帝后侄女，以贵戚入选中宫。又越年正月朔日，帝行冠礼，褚太后归政，仍居崇德宫。下诏改元，号为太元元年。进谢安为中书监，录尚书事，征郗愔为镇军大将军，加桓豁为征西大将军，迁桓冲为车骑将军，兼尚书仆射。此外，文武百官，各进位一等，毋容絮述。

惟苻秦雄踞北方，尝出兵寇晋，连陷梁益二州。梓潼太守周虓（xiāo），固守涪城，遣兵送母妻东下，拟由汉水趋江陵，使她避难，偏途中为秦将朱肜所获，牵至城下，迫令招降，虓不得已出降。秦王坚素闻虓名，欲拜为尚书令，虓愀然道："虓蒙晋室厚恩，理宜效死，只因老母见获，没奈何屈节偷生，今得母子两全，已出望外，怎敢再邀富贵呢？"遂辞不受官，坚更加器重，时常引见。虓有时箕踞坐着，谩骂不逊，甚至呼坚为氐贼，既已降敌，何必再作此态。秦人无不动怒，坚独不以为意，反加优待，这也是大度包荒,非人所及。一面召冀州牧王猛入关,使为丞相,另调阳平公苻融为冀州牧。猛至长安,复加都督中外诸军事,猛辞章屡上,终不见许,乃受命就职。嗣是放黜贪庸,擢拔幽滞,督课农桑,练习军旅,官必当才,刑必当罪,国家大治,驯致富强。

会有彗星出尾箕间,长十余丈,经太微。历夏秋冬三季,光尚未灭。秦太史令张亚上言道:"尾箕二星,当燕分野,东井乃秦分野。今彗起尾箕,直扫东井,明是燕兴秦亡的预兆。十年后燕当灭秦,二十年后,代当灭燕。臣想慕容暐父子兄弟是我仇敌,今乃布列朝廷,贵盛无比,将来必为秦患。天变已著,不可不防。"果有天道,亦非人力所能挽回。坚不肯听。嗣又接到阳平公融谏书,略称燕据六州,南面称帝,经陛下劳师累年,然后得灭,彼本非慕义前来,不过穷蹙乃降,陛下格外亲信,令他父子兄弟,森然满朝,狼虎心肠,终未可养,况天象已经告变,务须留意为是。坚仍然未信,且报书道:"朕方混六合为一家,视夷狄如赤子,不劳汝等多忧。且修德方可禳灾,岂多杀反能免祸? 诚使内求诸己,无亏德行,还怕甚么外患呢!"果如汝言,自可不亡,可惜心口未符。已而,又有人入明光殿,厉声呼道:"甲申乙酉,鱼羊食人,悲哉无复遗?"坚听到此语,叱右左立即搜捕,人忽不见。于是秘书监朱肜,秘书侍郎赵整,同请诛诸鲜卑,以为鱼羊二字,便是鲜字左右两旁,坚又复不睬。

慕容垂寓居关中,常恐遭祸,特遣夫人段氏,屡入秦宫,侦探举动。段氏小字元妃,幼即敏慧,具有志操,尝语妹季妃道:"我终不作凡人妻。"季妃亦答道:"妹亦不作庸夫妇。"元妃姊曾嫁慕容垂,遭谗致死。见前文。元妃得为垂继室。季妃亦适慕容德,果然得配英雄。及元妃随垂入秦,为夫所遣,常入谒坚,凭着那玉貌冰肌,锦心绣口,惹得秦王坚目迷耳软,惟言是从。一日,坚竟引元妃同辇,游玩后庭。这岂是道德行为? 赵整随辇同行,信口作歌道:"不见雀来入燕室,但见浮云蔽白日。"坚听得歌声,回首返顾,见是赵整,也不觉内省怀惭,乃命元妃下辇,且改容谢整。整本来是个宦官,博闻强纪,善属文,好讽谏,颇得坚宠,故语多见从。

至秦王坚建元十一年,就是晋孝武帝宁康三年,秦丞相王猛有疾,秦王坚亲祈宗庙社稷,又分遣近臣,遍祷河岳,冀疗猛病,果得少痊,当复为猛赦死录囚,猛乃上疏称谢,且进规道:

重正朔王猛留言

臣累蒙宠遇,得总百揆,报称无方。忽罹重疾,不图陛下以臣之命,而亏天地之德,开辟以来,未之有也。臣闻报德莫如尽言,谨以垂没之命,窃献遗款。伏惟陛下威烈振乎八荒,声教光乎六合,九州百郡,十居其七,平燕定蜀,有如拾芥。夫善作者,不必善成,善始者,不必善终,是以古先哲王,知功业之不易,战战兢兢,如临深谷。伏惟陛下追踪前圣,天下幸甚!

坚览到此疏,不禁泪下。过了旬余,猛病复转剧,势且垂危。坚亲往省视,问及后事,猛喘着道:"晋虽僻处江南,究竟正朔相承,上下安和,臣闻亲仁善邻,足为国宝,臣死后,愿陛下勿再图晋。惟鲜卑西羌,是我仇敌,终为大患,宜逐渐剪除,免误社稷!"说到稷字,语不成声,两目一翻,呜呼毕命,年五十有一。

坚大哭一场,因即还宫,拨给帛三千匹,谷万石,使充丧费,又遣谒者仆射,监护丧事,追赠侍中尚书,余官如故。安排就绪,复诣猛第哭临,且挈太子宏同往。至棺殓时,往返已历三次,且语太子宏道:"天不欲使我平六合么?奈何夺我景略,有这般迅速呢?"随命葬礼如汉霍光故事,谥为武侯。朝野巷哭三日，方才罢休。猛之死，关系前秦存亡，故叙笔从详。先是王猛在日，因凉州牧张天锡遣使诣秦，骤告绝交，猛奉坚命，特作书贻天锡道：

> 昔贵先公称藩刘石者，惟审于强弱也。今论凉土之力，则损于往时，语大秦之德，则非二赵之匹，而将军幡然自绝，无乃非宗庙之福也欤？以秦之威，旁振无外，可以回弱水使东流，返江河使西注，关东既平，将移兵河右，恐非六郡士民所能抗也。刘表谓汉南可保，将军谓西河可全，吉凶在身，元龟不远，宜深算妙虑，自求多福，毋使六世之业，一旦而坠地也！

天锡得书，却也知惧，因复通使修好，谢罪称藩。秦王坚不复苛求，待遇如初。惟天锡沉湎酒色，不恤国事，敦煌处士郭瑀，虽屡经天锡征聘，终因他不足为，屏居绝迹。凉使孟公明，拘瑀门人，强胁瑀至，瑀叹道："我乃逃禄，并非逃罪，如何害及门人。"乃出诣姑臧。适值天锡母刘氏病殁，瑀即括发入吊，三踊遂出，仍返南山隐居去了。天锡也不再强留，由他自去。将军刘肃染景，曾助天锡诛死张邕，因功得宠，赐姓张氏，并使预政。又使肃景诸子，入侍左右，作为义儿，肃景得横行无忌，弄法舞文。

天锡长子大怀，已立为世子，偏天锡得了一个焦氏女，宠冠后庭。生子大豫，尚在襁褓，焦氏因宠生骄，屡在天锡面前，求立己子为世子。天锡为色所迷，竟遣大怀为征西将军，封高昌郡公，改立大豫为世子，号焦氏为左夫人。另有美人阎薛二姬，也为天锡所宠。天锡尝患重疾，顾语二姬道："汝二人将如何报我？我若不测，难道汝等愿为他人妻么？"二姬齐声道："尊驾倘若不讳，妾当死随地下，供给洒扫，决不敢再生异心！"既而天锡疾笃，二姬果皆自杀。二女入《列女传》，故并表明。哪知二姬死后，天锡反得渐瘳，因特加悲悼，丧葬用夫人礼，只天锡怙过不悛，荒耽如故，二姬亡后，仍然别选丽姝，入充下陈。

忽闻秦遣河州刺史李辩，据守枹罕，储粟募兵。枹罕系凉州要塞，为秦所踞，整顿戎务，当然不怀好意。那天锡也未免寒心，因就姑臧立坛，宰杀三牲，率领官属，遥与晋三公为盟，即遣从事中郎韩博，赍送盟文，直达江南，约为声援。偏偏弄巧成拙，得罪秦廷。至晋太元元年仲夏，秦王坚拟并吞凉州，下令国中道：

张天锡虽称藩受任，然臣道未纯，可遣使持节武卫将军苟苌，左将军毛盛，中书令梁熙，步兵校尉姚苌等，将兵临西河。尚书郎阎负梁殊，奉诏征天锡入朝，若有违王命，即进师扑讨，毋得稽延！

这令下后，就调集步骑十三万，归各将分领。再命秦州刺史苟池，河州刺史李辩，凉州刺史王统，率三州部众，作为继应。阎负梁殊，先期出发，直赴姑臧。小子有诗叹道：

十三万众下西凉，九世华宗一旦亡。

莫怨苻秦专黩武，败家覆国是淫荒。

究竟张天锡如何对付，且看下回再详。

桓温入朝，都下恟惧，而一无拳无勇之谢安，犹能以谈笑折强臣之焰，此由温犹知好名，阴自戒惧，故未敢倒行逆施，非真为安所屈也。且当其谒陵时，满口谵言，虽天夺其魄，与鬼为邻，而未始不由疚心所致。及还镇以后，复求九锡，理欲交战于胸中，不死不止。幸有弟如冲，能修温阙，桓氏宗族，不致遽覆。揆厥由来，犹食桓彝忠贞之报，至桓玄而祖泽乃斩矣。彼王猛之不愿随温，未尝无识，迨为苻秦将相，立功致治，而临殁遗言，唯以图晋为戒，后人谓其不忘祖国，相率称之。然何如终隐华山，不受虏职之为愈也。秦王坚以诸葛孔明比猛，坚固不得为刘先主，猛其亦其愧孔明乎！

第六十五回

失姑臧凉主作降虏　守襄阳朱母筑斜城

　　却说秦使阎负梁殊,行至姑臧,赍传秦命,征天锡入朝。天锡召集官属,与商行止,道:"今若朝秦,恐必不返;如或不从,秦兵必至,如何是好?"禁中录事席仂道:"先公原有故事,遣质爱子,赂遗重宝,今且照旧施行,缓兵退敌,徐作计较,这也是孙仲谋即吴孙权。屈伸的良法呢!"语才说毕,即由群僚指驳道:"我世事晋朝,忠节著闻海内,今一旦委身贼廷,辱及祖宗,岂不可耻?且河西天险,百年无虞,若悉众出拒,右招西域,北引匈奴,与秦一战,难道定不能胜敌么?"天锡听了,即攘袂大言道:"我计决了,言降即斩!"乃引负殊入语道:"汝两人欲生还呢?还是死返呢?"负殊仍不少屈,朗声辩论。天锡大怒,叱左右拿下负殊,牵缚军门,即命军吏射死二人,且出令道:"射若不中,是不肯与我同心,就当坐罪。"军吏齐声得令,弯弓竞射。忽有天锡母严氏出来,且泣且语道:"秦王起自关中,横制天下,东平鲜卑,南取巴蜀,兵不留行,汝若出降,尚可苟延性命。今欲将蕞尔一隅,抗衡大国,又命射死秦使,激怒敌人,国必亡了!家必灭了!"莫谓妇人无识。天锡不听,仍促军吏急射,两人是血肉身子,怎能禁得起许多箭镞,当然为国捐躯。

　　那张天锡即使龙骧将军马建,率兵二万,出拒秦兵。秦将梁彪姚苌王统李辩等,已至清石津,攻凉河会城。凉守将骁烈将军梁济,举城降秦。秦苟池又自石城津济师,与梁熙等会攻缠缩城,又得陷入。凉将马建,途次闻两城失守,不禁惊惶,反令前队变作后队,退屯清塞,且飞报姑臧,再请添兵。天锡复遣征东将军常据,率众三万,戍洪池,自领余众五万,驻金昌。安西将军宋皓,入白天锡道:"臣昼察人事,夜观天文,秦兵不可轻敌,不如请降。"天锡怒道:"汝欲令我为囚奴么?"遂将皓叱出,贬为宣威护军。广武太守辛章,保城固守,与晋兴相彭知正、西平相赵疑商议道:"马建出自行阵,必不肯为国家效死,若秦兵深入,彼若不走,定即迎降。我等须自为定计,且合三郡精卒,断他粮道,与争死命,方可保全陇西。"彭赵二人,恰也赞成,惟欲先通报常据,约为声援,当下由辛章遣报常据,据请诸天锡,天锡搁置不理,于是一条好计,徒付空谈!

秦兵却连日进行,姚苌为先驱,苟苌等陆续继进,行近清塞,马建只好出兵迎战。一边是奋勇直前,有进无退;一边是未战先怯,有退无进。彼此成了一个反比例,自然秦胜凉败。马建见不可敌,便即弃甲下马,匍匐乞降,余众多半逃散。苟苌既收纳马建,复移兵攻洪池。常据率兵奋斗,与马建却不相同,无如凉兵都不耐战,一经交锋,统是彷徨却顾,不敢直前。秦兵着着进逼,东斫西劈,煞是利害,单靠常据一腔忠忱,究竟不能支住,终落得旗乱辙靡,一败涂地。据马被秦兵刺死,偏将董儒另授他马,劝据奔避,据慨然道:"我三督诸军,再秉节钺,八统禁旅,十总外兵,受国宠荣,无人可比,今在此受困,应该致死,还要走到何处呢?"说着,步行回营,免胄西向,稽首再拜,自刎而死。军司席仂,见据已死节,也慷慨赴敌,格杀秦兵多名,伤重身亡。张轨四世忠贞,总算得此两人。

秦兵遂入清塞,天锡闻耗,亟遣司兵赵充哲,中卫将军史荣等,领兵五万,往拒苟苌。不意赤岸一战,全军覆没。秦兵长驱至金昌城,天锡不得已,出城自战。兵刃初交,狂风大起,天昏地黑,白日无光。凉兵本无斗志,经此一变,立即骇散。天锡也欲回城,偏是城门紧闭,不纳天锡,眼见得城中已叛,只好带着骑兵数千,奔还姑臧。金昌城内的守吏,即开城迎纳,秦军苟苌等,休息一宵,便向姑臧进发。

先是张骏为凉州刺史时,已有童谣云:"刘新妇簸米,石新妇炊榖(gǔ)羝(dī),荡涤簸张儿,张儿食之口正披。"这种不伦不类的歌谣,大众视为胡诌,不值研索,谁知一传十,十传百,百传千万,到了秦兵攻凉的时候,姑臧城内的童儿,无一不歌此曲。后来有人解释,谓刘曜石虎,先后伐凉,均不得克,及秦兵一至,方才迎降。解释亦不甚确当。

还有天锡所居西昌门,及平章殿,无故自崩。天锡又尝梦见一绿色狗,形甚长大,从城东南跃入,欲噬天锡,天锡避匿床上,狗尚未舍,惊极乃寤。自知此梦不祥,阴有戒心。及败回姑臧,婴城固守,才阅数日,秦兵已到城下。天锡登城巡阅,俯见敌军统帅,身着绿地锦袍,手执令旗,跨马指挥,督兵攻城,当下顾问军士,秦帅姓甚名谁?军士有几个认识苟苌,便即报告。天锡猛悟道:"绿色狗,绿袍苟,梦兆果不虚了!"遂下城太息,闷坐厅中。

接连警报数至,或说东门紧急,或说南门孤危,累得天锡心似辘轳,惊惶不定。可巧左长史马芮驰入,喘声说道:"东南门要被攻陷了!"天锡顿足道:"奈何!奈何!"马芮道:"现在已无他法,只有屈节出降,保全一城生灵。"天锡道:"能保我一门生全否?"芮答道:"待芮出投降书,凭着三寸不烂舌,为王请命。"天锡允诺,遂令芮草就降表,遣他出去。未几即得芮返报,许令不死,且保富贵。天锡大喜,因即素车白马,舆榇出城,走降秦营。秦帅苟苌,释缚焚榇,送天锡诣长安,于是凉州郡县,相继降秦。

秦王坚命梁熙为凉州刺史,留镇姑臧。天水太守史稷,前曾暴殁,五旬复苏,谓见凉州谦光殿中,尽生白瓜,至此梁熙镇凉,小名正是"白瓜"二字,岂非奇验。熙奉秦王坚命,徙凉州豪右千余户入关,余皆安堵如故。天锡入秦,亦得受封为归义侯,任北部尚书,迁右仆射。凉自张轨牧

守凉州，至天锡降秦，共历九主，计七十六年。天锡后事，下文慢表。

且说秦既灭凉，复拟攻代。凑巧匈奴部酋刘卫辰，为代所逼，向秦乞援，秦正好借此兴兵。即令幽州刺史行唐公洛，会同镇军将军邓羌，尚书赵迁，李柔，前将军朱彤，前禁将军张蚝，右禁将军郭禁等，共出步骑三十万，东向击代。代王什翼犍，本来是有些能力，尝与燕彼此和亲，燕为秦灭，又向秦入贡，不相侵犯。就是刘卫辰亦曾娶什翼犍女为妻，有翁婿谊。惟刘卫辰系刘虎孙，绰有祖风，素好反复，俄而附代，俄而叛代，什翼犍恨他无礼，发兵往讨，卫辰西走降秦。秦王坚送还朔方，遣兵助守。什翼犍拟部署兵马，再击卫辰，适部将长孙斤密图内乱，引兵入帐，将弑什翼犍，亏得什翼犍子寔，侍直帐中，奋身格斗，得将长孙斤截住。斤持槊刺入寔胁，寔尚忍痛与战，帐外卫士，也来助寔，遂把斤擒住，乱刀砍死。寔受伤已重，越月竟殁。寔尝娶东部大人贺野干女，生一遗腹子，取名涉圭，后改名珪。即拓跋珪，为后魏之祖。什翼犍喜得生孙，令赦境内死罪。一面因兵马整齐，复讨卫辰。卫辰南走，仍然向秦乞救。秦遂大发兵众，令卫辰为向导，侵入代境。叙事简净，且得回应前文。

代王什翼犍，忙使白部独孤部南御秦兵。两部出战数次，统遭败衄，乃改遣南部大人刘库仁抵敌秦军。库仁与卫辰同族，不过库仁为什翼犍甥，所以特遣，婿不可恃甥可恃耶？且调发十万骑兵，归库仁统带。库仁行至石子岭，正与秦军相值，战了一场，又复败绩，四面逃散。什翼犍又适患病，不能出拒，只得北奔阴山。已而秦兵渐退，乃还次云中。犍弟孤，尝分据部落，比犍先殁。孤子斤，失职怨望，时思构乱。犍子寔，本居嫡长，由犍立为世子。寔死后，尚未立嗣。犍继妃慕容氏，生有数子，俱尚稚弱，独有贱妾子寔君，年龄最长，秉性悍戾。斤正好乘间煽祸，密语寔君道："王将立慕容妃子，恐汝不服，先拟杀汝，汝肯束手就毙么？"寔君听了，无名火高起三丈，便浼（měi）斤为助，私集兵甲，突攻犍帐，杀死诸弟。犍闻寔君为乱，正思出帐弹压，偏乱众已经杀入，不管尊卑上下，竟持刀乱劈，把犍杀死。慕容妃已早亡故，尚有寔妻贺氏，挈子珪走依贺讷。讷就是野干嗣子，与珪有甥舅谊，当然容纳。此外如后庭男妇，都仓皇奔散，有几个反往投秦军，向敌乞援。秦兵虽然渐退，尚在君子津驻扎，既闻代乱，乐得乘机急进，直趋云中。家必自毁，然后人毁之，国必自伐，然后人伐

第六十五回 失姑臧凉主作降虏 守襄阳朱母筑斜城

之。寔君方拟据位，猝遇秦兵到来，如何抵敌？况部众俱已倒戈，益觉无力支撑，只好迎降秦军。

秦将露布告捷。秦王坚召代长史燕凤，问明情状，也勃然怒道："天下有这等乱贼么？身为臣子，敢弑君父，我当代为问罪，诛除大逆。"*你自己思想果能无愧么？* 当下飞敕尚书李柔等，拘送寔君及斤，到了长安，用五马分尸法，车裂以殉。又引问燕凤，谓什翼犍有无遗嗣，凤以珪对，坚欲遣使征珪母子，凤申请道："代王新亡，群下叛散，遗孙幼弱，不能统摄。别部刘库仁，骁勇有智，刘卫辰狡猾善变，各难独任，今宜将代众分属两部，就令他两人分辖。两人素有深仇，莫敢先发，俟珪年已长，方为册立。陛下果俯纳臣言，兴灭继绝，再存代祀，人非木石，能不感恩？他时子子孙孙，不侵不叛，永作秦藩，岂不是安边长策么？"坚喜从凤言，乃分代众为二部，河东属库仁，河西属卫辰，划境分管。

库仁迎珪母子，居养帐中，恩礼备至，未尝以废兴易意，且语诸子道："此儿志趣不凡，将来必能恢隆祖业，汝等须善加待遇，慎勿忘怀！"*为拓跋珪兴魏张本。* 随即招抚离散，厚意怀柔，凡代郡流亡人民，多半趋附，恩信聿著。秦王坚加库仁为广武将军，赏给幢麾鼓盖，隐示劝功的意思。卫辰无从得赏，向隅抱怨，攻杀秦五原守吏。秦令库仁往讨，库仁遂率众往击卫辰。卫辰屡战屡败，北奔阴山，经库仁追逐至千余里外，虏得卫辰妻子，方才还兵。卫辰自知穷蹙，不得已向秦谢罪。秦乃命卫辰为西单于，督辖河西杂胡，屯代来城，但从此僻处偏隅，无复从前威焰了。

秦王坚荡平西北，威声大振，凡东夷西羌诸国，联翩入贡，外使盈廷。坚大喜过望，免不得骄侈起来。*是前秦兴亡之枢纽。* 故赵将作功曹熊邈，屡次白坚，谓石氏宫室器玩，多用金银，非常华丽。坚乃命邈为将作长史，领尚方丞，大修舟舰兵器，就将石氏金银移用，作为饰品，备极精巧。慕容垂从子绍，为秦阳平国常侍，私与兄楷相语道："秦主自恃强大，转战不休，北戍云中，南守蜀汉，转运万里，民不堪命。今复筑舟铸兵，穷极奢侈，眼见是盛极必衰了。冠军叔父，智识英伟，必能恢复燕祚，我等但当爱身待时，不患无成。"还有垂子慕容农，亦密语垂道："自从王猛死后，秦法日颓，今乃加以汰侈，祸必不远。父王宜结纳豪杰，仰承天意，兴复燕宗，机不可失了！"垂笑道："天下事非尔等所及知，我自有区处呢！"*意在言中。*

会秦王坚欲图统一，经略江南，当有细作报知建康，晋廷诏敕内外诸臣，整顿防务。荆州刺史桓豁，表请调兖州刺史朱序为梁州刺史，驻守襄阳，孝武帝自然依议。已而桓豁病殁，有诏令桓冲代任，都督江荆梁益宁交广七州军事。冲以秦人强盛，欲移扼江南，乃奏自江陵徙镇上明，使冠军将军刘波守江陵，咨议参军杨亮守江夏。孝武帝除准奏外，复诏求文武良将，捍御北方，尚书仆射谢安，即以兄子玄应诏。孝武帝加安侍中，令都督扬豫徐兖青五州军事，即授玄领兖州刺史，监辖江北，又授五兵尚书王蕴，都督江南诸军事，领徐州刺史。蕴上表固辞，安劝阻道："卿为后父，与国家同休戚，不应妄自菲薄，致失上意。"蕴乃受命。

中书郎郗超，尝以父愔资望，出谢安右，偏安握重权，愔居散地，未免心下不平，屡生讥议。及闻安举兄子玄，却很是赞成，谓安能违众举亲，不失为明，如玄材具，将来必不负所举。或疑超如何变议，超答道："我尝与玄共在桓公府，早知玄有使才，足任方面，若无端加毁，岂非太诬蔑时贤么？"果然玄出镇广陵，练兵募材，连日不懈。得彭城人刘牢之，使为参军。牢之智勇兼全，常领精锐为前锋，所向披靡，时人号为北府兵。自有北府兵成立，方得与强秦抗衡，保全江左。暗伏下文。郗超且惭且愤，先父病殁。超本擅时誉，交游皆一时俊秀，惟党同桓温，遂为遗玷。父愔虽无甚功业，但心却忠晋，与子异趣。超平生与桓温计议，多不使愔知，临殁时，自出一箧，付与门生道："我死以后，倘我父为我悲悼，致损眠食，汝等可将此箧呈父，否则焚毁为要。"后来愔果悲超，寝食俱废，门生依超遗言，呈入一箧，经愔启阅，统与温往返密计，不禁大怒道："小子死已迟了！"遂不复记忆，病亦渐瘳。及太元九年乃殁，追谥文穆。叙此以别郗超父子之忠奸。这且无庸絮叙。

且说太元三年二月，秦王坚大举侵晋，遣征南大将军长乐公丕，都督征讨诸军事，率同武卫将军苟苌，尚书慕容暐，共步骑七万人，南寇襄阳。又命秦荆州刺史杨安，率樊邓二州兵马为先锋，与征虏将军石越，步骑万人，出鲁阳关；冠军将军京兆尹慕容垂，扬武将军姚苌，率众五万，出南乡；领军将军苟池，右将军毛当，强弩将军王显，率众四万，出武当，统在襄阳城下会齐，限期攻克。襄阳守将朱序，闻秦兵大至，不以为虞。看官道是何因？他恃汉水为阻，且探得秦兵，不具舟楫，总道他无术飞渡，可以放心;不料秦将石越,竟驱骑兵五千,浮渡汉水,直逼襄阳。序仓皇得报,才不觉脚忙手乱,立即调兵守城。中城已布置妥当,外城尚不及严防,竟被石越攻入,且夺去战船百艘,往渡余军。秦长乐公苻丕等,次第得渡,同来攻城,城中大震。

序有老母韩氏,颇通兵略,自挈婢仆等登城,亲行察视。至西北隅,便蹙眉道:"此处很不坚固,怎能保守得住呢?"说着,即督同婢仆,在城内增筑斜城,婢仆不足,另募城中妇女为助,即将库中布帛,及室内饰玩,作为犒赏,一日一夜,即将斜城筑就。工役方竣,那西北隅果被攻陷,坍坏数丈,秦兵一齐拥进,亏得城内尚有一道斜城,兀然竖着,仍将秦兵阻住。秦兵但得了一堆濠沟,仍无用处。襄阳人至此,始知序母确有识见,齐呼新城为夫人城。小子有诗咏道:

　　寇兵十万下襄阳,守备孤单未易防。
　　幸有夫人城不坏,彤编留得姓名香。

究竟襄阳城能否固守,且至下回续叙。

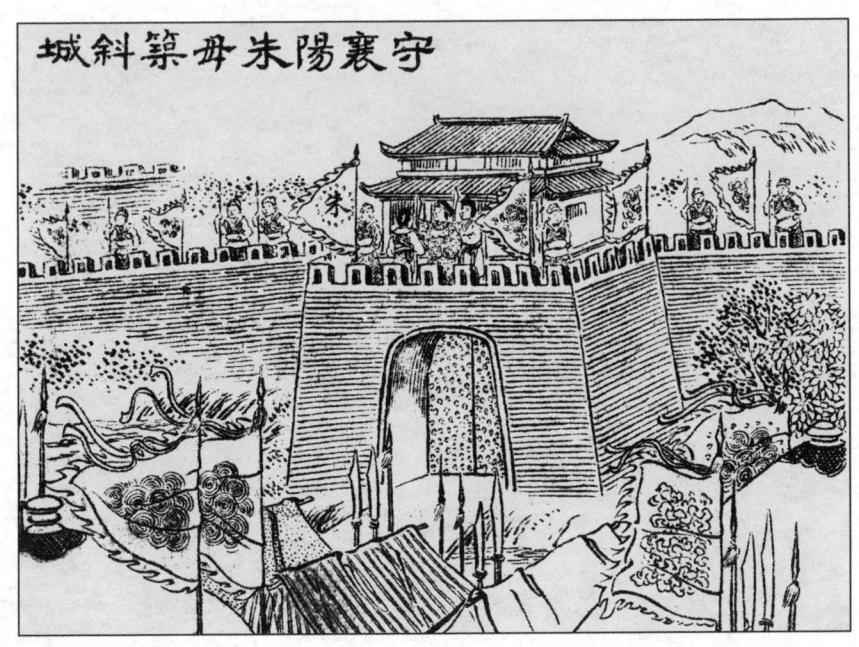
守襄陽朱母築斜城

降敌,非良策也。承先人数世之遗业,不能自振,乃伈(xǐn)伈俔(qiàn)俔,屈膝虏廷,宁不可耻? 但如张天锡之沉迷酒色,毫无备御,乃欲以一战屈人,谈何容易,况以十三万之秦军,猝然压境,就使凉兵素号精练,亦未必果能却敌。盖强弱之势,固不相同,客主之形,又甚悬绝故也。席仵一谏而不听,严母再诫而又不从,卒致忠臣毕命,陇右为墟,与其舆榇出降,亦何若先机谢罪之为愈乎?秦王坚乘天锡之愚而灭凉,复因寔君之乱而灭代,狃(niǔ)胜而骄,遽忘王景略遗言,下令侵晋,劳师近二十万,不能遽破襄阳,徒顿兵于夫人城下。城传而夫人益传,巾帼中有英雄,固宜特别阐扬也。

第六十六回

救孤城谢玄却秦军　违众议苻坚窥晋室

却说襄阳被围，西北隅坍陷数丈，幸有朱母预筑斜城，才得敛众拒守。但秦兵未肯退去，单靠这埭夫人城，仍是孤危得很。晋江荆都督桓冲，屯兵上明，有众七万，也怕秦兵强盛，未敢径进。秦长乐公苻丕，欲急攻襄阳，武卫将军苟苌道："我军十倍敌人，糇粮山积，但稍得汉沔人民，移往许洛，塞彼运道，断彼兵援，彼似网中鱼，笼中鸟，无虑不获，何必多杀将士，急求成功呢？"丕乃依议，暂从缓攻，惟饬兵围着，杜绝内外。

既而秦冠军将军慕容垂，攻克南阳，执住太守郑裔，亦至襄阳会师。秦复遣兖州刺史彭超，都督东讨诸军事，使与后将军俱难，右禁将军毛盛，洛州刺史邵保，统领步骑七万，寇晋淮阳盱眙，进攻彭城。晋命右将军毛虎生，率众五万，出镇姑孰。彼此相持多日，已阅暮冬。秦御史中丞李柔，劾奏长乐公丕，师老无功，请收下廷尉治罪。秦王坚因使黄门侍郎韦华，持节责丕，且赐丕剑道："来春不捷，汝可自裁，不必再来见我了。"丕接到此谕，当然惶急，时已残腊，在城下过了新年，乃誓众急攻。朱序督兵固守，有时见秦兵少懈，出奇猛击，杀伤秦兵多人，丕引退数里。序见秦兵退去，防守少疏，且因士卒多苦，略命休息。不料过了数日，秦兵又蜂拥攻城。序仓皇抵御，正在危急的时候，忽然北门洞开，纳入秦军。事出意外，令人不测，序只好拼命搏战。可巧督护李伯护前来，由序呼同效死，伯护佯为应诺，及趋近序旁，竟拔剑击伤序马，马负痛倒地，序亦坠下。伯护即麾动左右，缚序送秦军。看官不必细问，便可知这李伯护卖主求荣，私通外国了。罪不容于死。序母韩氏，却挈着健婢，及兵役数百人，从西门出走，绕道东归，幸得脱祸。智妇总不至枉死。

序被执送长安，秦王坚闻序能守节，拜为度支尚书，独责李伯护不忠，将他斩首。令中垒将军梁成，为荆州刺史，配兵一万，使镇襄阳。秦将军慕容越，复将顺阳夺去，擒送太守丁穆。坚欲授穆官爵，穆固辞不受。还有晋魏兴太守吉挹，也为秦将韦钟所攻，粮尽被陷，挹拔刀在手，意欲自刎，偏左右夺去挹刀，挹求死不得，为秦所执。挹自草遗疏，密授参军史颖，令他逃归建康，自在秦营数日，绝不一言，并不一食，竟尔饿死。秦王坚叹为忠臣。晋得史颖归报，亦追赠挹为益州刺史，不没忠忱。

　　惟彭城被围已久，由晋兖州刺史谢玄，率众万余，往救彭城。行次泗口，拟遣使往报彭城太守戴逯，大众都互相推诿，不敢轻往，唯部将田泓，慨然愿行，玄当然遣去。是时彭城外面，统是秦营扎住，端的是水泄不通，无路可入。泓泅水潜行，到了城下，探头出望，正与秦巡兵打个照面，巡兵大声呼捉，泓知不可逃，索性登岸，趋入秦营。秦将彭超，啖以重利，使他传语城中，只言南军已败，泓佯为允许。及趋至城下，却扬言道："戴太守以下诸将士听着！我是兖州部将田泓，单行来报，南军将至，望诸军努力待援，我不幸为贼所得，已不望生还了！"说至此，被秦将喝令斩首，刀光起处，碧血千秋。好与吉挹并传不朽。

　　秦兵急攻彭城，旦夕将陷，亏得晋后军将军何谦，奉谢玄命，来劫秦兵辎重。秦将彭超，方引兵还御，彭城太守戴逯，遂乘隙出奔，兵民始不致全没。但何谦一退，彭城便被秦兵占去。超留治中徐褒守城，自督兵南攻盱眙，掳去高密内史毛璪之，得将盱眙陷入。秦将俱难，亦攻克淮阴。再加秦将毛当王显，又从襄阳出发，来会彭超俱难两路人马，进攻三阿。三阿距广陵百里，晋廷大震，临江列戍，一面遣征虏将军谢石谢安弟。率舟师出屯涂中，右卫将军毛安之率步兵出屯堂邑。秦将毛当毛盛，夜袭毛安之军，安之惊溃。一毛不及二毛。独谢玄自广陵往救三阿，至白马塘，击斩秦将都颜，直至三阿城下。彭超俱难，并马来战，被谢玄麾军杀去，纵横驰骤，锐不可当。超与难虽经百战，未曾见过这般锐卒，顿时惊退，部兵折伤甚多，余兵随着两将，走保盱眙。谢玄入三阿城，与刺史田洛，招集邻境士卒，得五万人，进攻盱眙。难超出战，又复败绩，奔往淮阴。玄复遣后军将军何谦，带领舟师，乘潮直上，黉夜纵火，焚毁淮桥。秦淮阴留守邵保，出兵拦截，怎禁得火焰直冲，敌势又猛，徒落得焦头烂额，一命呜呼！难超欲上前救应，只见淮桥左右，笼着一片火光，不由的逡巡畏缩，再奔淮北。玄与何谦戴逯田洛等，并力追击，又大破难超等军。难超仓皇北遁，仅以身免。秦王坚闻报大怒，征超下狱，超惧罪自杀，难削爵为民。用毛当为徐州刺史，使镇彭城，毛盛为兖州刺史，使屯湖陆，王显为扬州刺史，使戍下邳。

晋谢玄凯旋广陵，详报捷状。孝武帝进玄为冠军将军，加领徐州刺史。并进谢安为司徒，领卫将军，开府仪同三司。桓冲亦并授开府，如谢安例。他将亦赏功有差。

越年为孝武帝太元五年，即秦王坚建元十六年，坚徙行唐公苻洛为散骑常侍，都督宁益西南夷诸军事，兼征南大将军，领益州牧，使镇成都。洛雄武有力，为坚所忌，故但使外任，不令预政。此次在幽州奉命，又要他由东至西，心甚不平，乃商诸将佐，意欲谋变。幽州治中平规，促令起事，洛遂自称大都督秦王，用平规为谋主，就在幽州发难，集众七万，西指长安，关中震动，盗贼四起。坚遣使责洛道："天下尚未统一，全仗兄弟戮力同心，廓清区宇，奈何无故谋反？请即还和龙，当仍以幽州为世封。"洛不受命，且语来使道："汝可还白东海王，幽州偏僻，不足容万乘，须还王咸阳，上承高祖遗业；若能在潼关迎驾，当位为上公，爵归本国。"这数语由使人返报，坚当然大愤，立遣左将军窦冲，及步兵校尉吕光，统率步骑兵四万，

东出拒洛；又命右将军都贵，驰传诣邺，发冀州兵三万为前锋，授阳平公融为征讨大都督，率兵援应；再使屯骑校尉石越，率骑一万，从东莱出石径，浮海四百余里，往袭和龙。

洛领众至中山，适北海公重，亦率众来会，共计得十万人。未几，由窦冲等驰至，与洛交战数次，洛皆失利。校尉吕光，素有勇略，料知洛将奔回，急从间道驰出洛后，截洛归路。果然洛引众退走，被光截住厮杀。洛将兰殊，拍马与战，才及数合，只听得踢蹋一声，殊已坠地，即为光手下捉去，洛众大溃。洛夺路欲逃，马蹄忽蹶，也致掀倒，为光所擒，独重没命乱跑，行至幽州附近，被光追及，一刀断命。和龙尚未接败报，但由平规居守，未曾加防，突来了一支秦军，掩入城门，劈死平规，及叛党百余人。这支人马，便是石越的骑兵，一鼓驰入，立下幽州。吕光械洛入关，并将兰殊随解。秦王坚特加赦宥，仍署兰殊为将军，惟流洛至凉州西海郡，屏诸远方，终身示罚。*洛虽立平，然已是衰乱之兆。*

当下征阳平公融为中书监，都督诸军，录尚书事；长乐公丕，为冀州牧；平原公晖，为豫州牧。且因诸氏族类繁滋，不便聚处，特将三原九嵕（zōng）武都汧（qiān）雍氏十五万户，使诸宗亲分道率领，散居方镇，如古诸侯世封成制。长乐公丕分得氏众三千户，辞阙启行。坚亲送至灞上，一樽属别，父子俱有戚容，就是三千户子弟，拜别父兄，亦皆恸哭失声，哀感行路。秘书侍郎赵整，援琴作歌道："阿得脂，阿得脂，伯劳舅父是仇绥，尾长翼短不能飞，远徙种人留鲜卑，一旦缓急当语谁？"坚知他有意嘲讽，但微笑不答。他为了苻洛一乱，格外加防，所以分遣氏众，免得他变生肘腋，哪知同族不可恃，他族更不可恃。坚徒防同族，不防他族，这真是顾及眉睫，不防肩臂呢！*为慕容氏叛秦张本。*已而坚调左将军都贵为荆州刺史，屯驻彭城，特置东豫州，令毛当为刺史，屯守许昌。都贵遣司马阎振，及中兵参军吴仲，领兵二万，入寇竟陵。晋江荆都督桓冲，飞饬从子南平太守石虔，与虔弟参军石民，出兵截击，大破秦军。振与仲退保管城，石虔乘胜攻入，擒住振仲，斩首七千级，俘虏万人，飞章告捷。有诏授石虔为河东太守，特封桓冲子谦为宜阳侯，仍令江淮戒严，防备秦寇。

秦王坚好大喜功，日思统一，尝就渭城作教武堂，命旁通兵法的太学生，教授将士。秘书监朱肜谏阻道："陛下南征北讨，已得海内十分之八，此时宜偃武修文，与民休息，乃反立学教战，徒乱人意，何足致治！况将士多经过战阵，莫不知兵，今更使受教书生，亦不足激励志气，与实无益，与名有损，不如不设为是。"坚乃罢议。

太常韦逞，素受母训，劬学成名。坚平时尝留心儒术，故命逞典礼。一日由坚亲临太学，问及博士经典，博士卢壶答道："废学已久，书传零落，近年多方搜辑，粗集正经，惟《周官》礼注，尚乏师资。窃见太常韦逞母宋氏，世学《周官》，夙承父业，今年垂八十，耳目犹聪，非此母不能讲解《周官》音义，传授后生。"坚不待说毕，便欣然道："既有韦母，何妨令诸生就学哩。"随即召逞与议，使他禀白老母，即就逞家设立讲堂，特遣生员百二十人，偕往受业。宋氏当然依命，隔幔授经，连日不辍。坚复赐给侍婢十人，号宋氏为宣文君。自是《周官》学复得发明，时称为韦氏宋母，传名后世。不没贤母。还有才女苏蕙，表字若兰，系陈留令苏道贤第三女，幼通文史，雅善诗歌，智识精明，仪容妙丽，年十六为窦滔妇，滔很是敬爱。嗣滔为秦州刺史，复纳一妾，叫做赵阳台，妖冶善媚，未免夺宠。苏蕙虽号多才，究不脱儿女性质，由妒生恨，渐与窦滔反目，滔因此疏蕙。旋滔坐罪被谴，徙往流沙，但挈阳台西去，留蕙家居。蕙独处岑寂，不免思夫，乃为回文诗数首，织诸锦上，宛转循环，寓意悱恻，共得八百四十字，寄与窦滔。滔接阅回文旋锦图，反复吟哦，也为泣下。可惜回文诗未曾录入。可巧秦王坚亦赦令回家，马上启行，东归探妇，伉俪重逢，和好如初。这也是一段情天佳话，后人播为美谈，看官幸勿笑我夹杂哩。不没才妇。

且说秦王坚阳若好文，阴仍尚武，始终不忘南略。勉强捱延了两年，正拟大举南侵，偏东海公苻阳，及侍郎王皮，尚书郎周虓，通同谋叛，定期举事。阳系法子，皮系猛子，虓系晋故益州刺史周抚孙，降秦受官。三人纠众作乱，倒也是一场大难，偏偏逆谋预泄，被坚饬人收捕，面加讯鞫。阳抗声道："臣父哀公。苻法死谥哀公，事见前文。死不当罪，臣欲为父复仇呢！"坚不禁流涕道："哀公致死，事不在朕，如何错怪？"虽由苟太后主张，坚亦不能尽诿。说至此，复问皮何故谋逆。皮答道："臣父丞相猛，有佐命大功，臣乃不免贫贱，为富贵计，不得不然。"遁辞。坚叱道："丞相临终，只贻汝十具牛，嘱汝治田，未尝为汝求官。朕念汝先父有功，擢汝为侍郎，汝反忘恩肆逆，这真叫做知子莫若父哩！"说着，又顾虓问状，虓答道："世受晋恩，生为晋臣，死为晋鬼，何劳再问？"虓果忠晋，不宜受秦官爵，既受秦封，如何谋叛？坚喝令系狱，叹息入宫。旋即颁发命令，曲贷三人死罪，惟徙阳至高昌，皮虓至朔方塞外，算作了案。未免失刑。

会西域车帅鄯善二国，遣使入朝，愿为向导，引秦兵经略西域，秦王坚即遣将军吕光为都督，统兵十万，往定西域。阳平公融入谏道："西域荒远，得民未必可使，得地未必可食，从前汉武西征，得不偿失，臣愿陛下毋循覆辙呢！"坚不肯从，竟令吕光西行。光出陇西，越流沙，收服焉耆诸国，惟龟兹王白纯一作帛纯。拒命，为光所逐。光遂居龟兹，威爱兼施，远近悦服，秦威大震。

适前高密内史毛璪之等，由秦逃亡，仍归晋室。璪之被获，事见上文。秦王坚乃亲御太极殿，大会群臣，当面宣谕道："今四方略定，只有东南一隅，未沾王化。现计我国兵士，可得九十余万，朕欲大举亲征，卿等以为可否？"尚书左仆射权翼道："昔商纣不道，三仁在朝，武王犹且旋师，今晋虽微弱，未有大恶，谢安桓冲，并皆江表伟人，君臣辑睦，内外同心，依臣愚见，晋却未可速图呢！"坚沉吟半响，又左右旁顾道："诸卿可各言所见。"太子左卫率石越应声道："今岁镇二星，适守南斗，福德在吴，未可轻讨。且彼有长江天险，民尚乐用，臣以为不宜加兵。"权翼是畏晋人和，石越并说及天时地利。坚说道："从前武王伐纣，逆岁违卜，天道幽远，未易可知。夫差孙皓，皆保据江湖，终归覆灭。今凭我百万兵马，投鞭江中，已足断流，怕甚么天险呢？"越又答道："三国君主，统淫虐无道，所以敌国往取，易如拾芥。今晋虽寡德，究无大愆，愿陛下且按兵积谷，坐待敌衅，果使有隙可乘，发兵未迟。"此外群臣各言利害，纷纭莫决。坚懊怅道："这便是筑室道旁，无时可成，看来惟我独断罢！"群臣见坚有愠色，自然不敢再言，相率退出。独阳平公融尚在座侧，坚顾语道："人主欲定大事，不过一二臣可以与谋，今众议纷纭，徒乱人意，我当与卿专决此事。"融答道："今欲伐晋，却有三难。天道不顺，就是一难；晋国无衅，就是二难；我国屡经征讨，兵力已疲，势转怯斗，就是三难。群臣谓不宜伐晋，确是忠谋，愿陛下依从众议！"坚忿然道："汝也来作此说么？我尚何望？试想我有强兵百万，资械如山，我虽未为令主，究非暗劣，乘我累胜，击彼垂危，何患不克？怎可复留此残寇，长为国忧呢？"融泣语道："晋未可灭，昭然易知，今欲劳师大举，实非万全计策。且如臣所忧,更不止此。陛下宠养鲜卑,羌羯布满畿甸,这统是萧墙大患,如陛下督师南征,太子独与弱卒留守京师,一旦变生肘腋,悔何可追?臣本顽愚,言不足采,王景略乃一时俊杰,陛下尝比为诸葛武侯,他临殁时,曾有遗诫,难道陛下忘记么?"比权石二人还要说得明白,这真是苦口忠言。坚愈加不乐,退入内庭,融当然趋出。

适太子宏入内问安,坚与语道:"我欲伐晋,以强临弱,可保必胜,朝臣皆言未可,我实不解!"宏婉答道:"今岁在吴分,晋君又无大过,若南征不捷,外损国威,内殚民力,所伤实多,无怪群下疑沮呢。"坚摇首道:"前我出兵灭燕,亦犯岁星,天道原不可尽凭。况古时秦灭六国,六国君主,岂必皆暴虐么!"说罢,便顾令左右,宣召冠军将军慕容垂入议。垂应召即至。坚问及伐晋事宜,垂抵掌道:"弱肉强食,乃是古今通例。如陛下神武应运,威加海内,虎旅百万,韩信。白起。满朝,乃蕞尔江南,独违王命,不伐何为?古诗有云:'谋夫孔多,是用不集。'愿陛下断自圣衷,不必多虑。陛下可记得晋武平吴,只有张杜二三臣,与他同意,若必从众议,如何能统一中原呢?"美疢(chèn)不如恶石。坚不禁起舞道:"与朕共定天下,独卿一

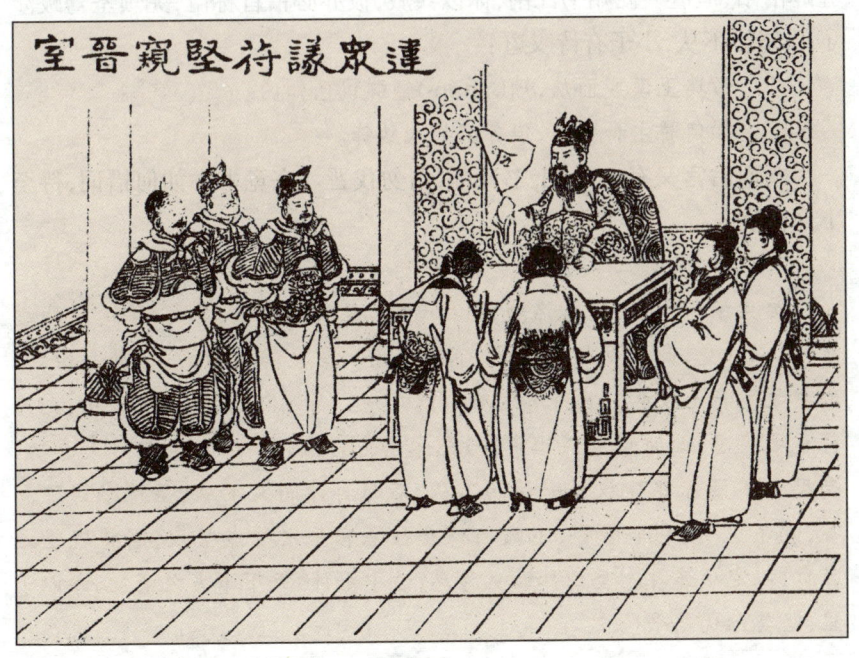

人。余子碌碌，何足与谋！"遂命赐帛五百匹。垂拜谢而出。

坚即命阳平公融为司徒，领征南大将军，并调谏议大夫裴元略为巴西梓潼二郡太守，嘱令速具舟师，指日南下。阳平公融，辞不受职，且再入谏道："知足不辱，知止不殆，自来穷兵黩武，鲜有不亡。况国家本系戎狄，正朔未归，江东虽然微弱，尚存中华正统，天意亦必不遽绝哩？"坚作色道："帝王历数，有何定例？刘禅非汉室苗裔么，何故为魏所灭？汝所以不能及我，就在此拘执的弊病呢！"融无言而退。坚仍授融为征南大将军，不过取消司徒职衔。融无奈受命。

坚素信沙门道安，群臣托他乘机进谏，道安允诺。一日得与坚同辇，出游东苑，坚笑语道："朕将与公南游吴越，泛长江，临沧海，公以为可乐否？"安接口道："陛下应天御宇，居中宅外，自足比隆尧舜，何必栉风沐雨，亲往遐方哩。况东南卑湿，容易染疫，舜禹俱巡游不返，陛下幸勿亲行。"坚驳说道："天下必统属一尊，方可太平，朕经略四海，已得八九，难道使东南一隅，独不被泽么？必如公言，是古时圣帝明王，何为不惮劳苦，巡狩四方呢？"道安见不可谏，乃更易一说道："陛下如必欲南征，也只可驻跸洛阳，但遣一使赍书江南，怵以兵威，彼亦必稽首称臣，无烦圣驾跋涉了。"坚终不从，小子有诗叹道：

　　帝典王谟戒面从，矧（shěn）经群议已知凶。
　　如何骄主矜张甚，但务穷兵未敛锋。

既而后宫又有一人，上书谏坚，请勿伐晋。究竟书中如何措词，待至下回再表。

秦兵横行江淮，连破名城，迭擒晋将，至三阿一役，彭超俱难，屡战屡败，仅以身免，此可见师老力疲，不堪久用。秦之转盛为衰，已见一斑，非谢玄之果能无敌也。况苻洛发难，内讧已起，而鲜卑羯羌，杂伏关中，尤为苻秦之隐患，此时唯急谋镇定，与民休息，尚足制治保邦，奈何好大喜功，尚思大举侵晋耶？权翼一谏而不从，石越再谏而又不从，至苻融详陈利害，尚不见听，利令智昏，不败何待？彼慕容垂之赞成坚议，固将觇坚之胜负，以定从违耳。坚但知面从为忠，适中垂计，天下事失之毫厘，谬以千里，坚其殆犹是乎！

第六十七回

山墅赌弈寇来不惊　淝水交锋兵多易败

却说秦王坚有一宠妾张氏，明敏有识，素得坚宠，号为张夫人。她闻坚欲侵晋，亦以为兵凶战危，不宜常动，乃上书规谏道：

妾闻天下之生万物，圣王之驭天下，皆因其自然而顺之，故功无不成。是以黄帝服牛乘马，因其性也；禹浚九川，障九泽，因其势也；后稷播殖百谷，因其时也；汤武率天下而攻桀纣，因其心也。自来有因则成，无因则败，今朝野之人，皆言晋不可伐，陛下独决意行之，妾不知陛下何所因也？《书》曰："天聪明，自我民聪明。"天犹因民，而况人主乎？妾又闻王者出师，必上观乾象，下采众祥，天道崇远，非妾所知，以人事言之，未见其可。谚云：鸡夜鸣者，不利行军；犬群噪者，宫室将空；兵动马惊，军败不归。自秋冬以来，众鸡夜鸣，群犬哀噪，厩马多惊，武库兵器，自动有声，此皆非出师之祥也，愿陛下详而思之！

坚得书览毕，搁过一边，且自语道："妇人有何见识？来管什么军旅大事？"正懊恨间，幼子中山公诜，亦驰入面谏道："臣闻国家兴亡，系诸贤才，用贤必兴，不用贤即亡，今阳平公为一国谋主，陛下奈何不用？晋有谢安桓冲，皆号贤才，陛下乃欲往伐，臣不胜滋疑，故敢直陈无隐！"坚又叱道："天下大事，儒子何知，也敢来饶舌吗？儿女犹知危殆，坚奈何不知？说得诜满怀惭愤，低头退出。

好容易又阅一年，晋桓冲率众十万，攻秦襄阳，使前将军刘波等攻沔北诸城，辅国将军杨亮攻蜀涪城，鹰扬将军郭铨攻武当。冲攻襄阳未下，分兵拔筑阳。当有警报飞达长安，秦王坚亟遣征南将军钜鹿公睿，冠军将军慕容垂等，率步骑五万救襄阳，兖州刺史张崇救武当，后将军张蚝，步兵校尉姚苌救涪城。桓冲闻秦兵大至，退屯沔南，惟郭铨击败张崇，掠得二千户东还。慕容垂为秦军前驱,进临沔水,与桓冲夹岸对垒。他却想出一法,夜命军士,各持十炬,燃系树枝,光彻数十里。冲果被吓退,自沔南还保上明。张蚝出斜谷,杨亮亦引兵东归。桓冲表荐从子石民为襄阳太守,使戍夏口,自求领江州刺史。有诏依议,乃各莅镇辖守。

秦王坚以晋敢先发,倍加震怒,遂下令全国,集众侵晋。约计民间十丁,抽一为兵;良家子年在二十以下,如有材勇,皆入选为羽林郎,共得三万余骑。拜秦州主簿赵盛之为少年都统,且预先下令道:"平晋以后,可令司马昌明为尚书左仆射,谢安为吏部尚书,桓冲为侍中。"朝臣闻令,俱嗤为太早。*我亦要笑*。独慕容垂姚苌,及良家子等,怂恿苻坚即速发兵。阳平公融又进谏道:"鲜卑羌虏,实我雠仇,所陈计画,无非利我疲敝,彼得乘间逞志,如何可从?良家少年,类皆富饶子弟,不娴军旅,但知逢迎上意,希宠求荣,陛下误信彼言,轻举大事!臣恐功既不成,且有后患,后悔将无及了!"坚始终不听,反饬融督同张蚝慕容垂等,率步骑二十五万为前锋,自率大军为后应,又命兖州刺史姚苌为龙骧将军,监督益梁二州军事,并面语苌道:"朕尝为龙骧将军,得建王业,今特将此职授卿,愿卿勉力!"左将军窦冲,在旁进言道:"王者无戏言,这乃是不祥征验呢!"坚默然不答。*亦自知失言么?* 苌即辞去。

慕容楷慕容绍私语慕容垂道:"主上骄矜日甚,亡象已见,叔父此行,正好规复旧业哩。"垂点首道:"这须由汝等合力,方可成功;今且勿言,俟南下观衅便了。"乃随坚出发长安,戎卒共六十余万,骑士约二十七万,旗鼓相望,前后千里。是时为晋孝武帝太元八年仲秋,凉风拂地,玉露横天。*正好行军*。秦王坚左杖黄钺,右秉白旄,安坐云母辇,徐徐启行,留太子宏居守。宠妃张夫人自请从征,当由坚敕备副车,令她随着,端的是须眉巾帼,八面威风。*力为后文反照*。

到了九月初旬,行抵项城,凉州兵始达咸阳,蜀汉兵方顺流东下,幽冀兵已到彭城,东西万里,水陆并进。苻融等前驱兵二十五万,先至颍口。江淮各戍,飞报建康,孝武帝急命尚书仆射谢石为征虏将军,兼征讨大都督,并授徐兖二州刺史,谢玄为前锋都督,与辅国将军谢琰,*谢安子*。西中郎将桓尹等,督众八万,出御秦军,又使龙骧将军胡彬,带领水军五千,往援寿阳。谢玄既奉朝命,也恐众寡不敌,未免加忧,因向谢安问计。安夷然答道:"已别有旨。"玄待了多时,并不闻有什么计议,自己不便渎陈,因令僚属张玄重请。安从容道:"且俟明日再谈。"到了翌晨,玄再往请教,安却召集亲朋,同游山墅,命玄亦相偕出游,玄只好随去。及抵山墅中,安绝口不谈军务,反令玄对坐弈棋。玄棋本胜安一筹,此时怀着鬼胎,无心下子,所以应接多疏,反致见输。约下数局,少胜多负,玄殊不耐烦。偏安强令续弈,直至傍晚,方才撤枰。安又与亲朋登山览水,入夜乃还,终不道及军情。**矫情镇物。**越日得桓冲来书,拟遣精锐三千人,入援京师。安对来使道:"朝廷处分已定,兵甲无阙,不劳桓公遣兵;且西藩关系重大,幸勿疏防!"来使受命返报,桓冲顾语僚佐道:"谢安石有庙堂雅量,可惜不谙军略,今大敌将至,尚务游谈,但遣诸不经事的少年,督师拒敌,兵又单弱,天下事已可知了,恐我辈不免左衽呢!"**谁知后来偏出所料。**

又越一月,秦苻融攻克寿阳,擒去守将徐元喜。晋龙骧将军胡彬,闻寿阳被陷,退保硖石,融复引兵进攻。秦卫将军梁成等,又率众五万,进屯洛涧,沿淮列栅,阻遏东兵。谢石谢玄等,至洛涧南岸,距梁成军二十五里,惮不敢进。胡彬因粮食将尽,潜遣人告石等道:"今贼势甚盛,硖石

乏粮，倘或不测，恐不能再见大军。"这使人行至中途，为秦逻骑所获，送入融营。融讯悉情形，便驰使白秦王坚道："贼少易擒，但恐逃去，宜急击勿失！"坚乃留大军在项城，自引轻骑八千名，倍道就融，且遣朱序至谢石营，劝令速降。序本晋臣，志在保晋，因私语谢石谢玄道："秦兵不下百万，若同时并至，诚不可敌。今乘诸军未集，速宜与战，若得败秦前锋，余众夺气，将不战自溃了！"亏有此人。石尚踌躇未决，玄赞成序议，并嘱序俟机归晋，序唯唯而去。玄既送序出营，便促石进兵。石仍有难色，谓秦王坚已到寿阳，未可轻敌，不如固垒勿动，待彼师老，然后进兵。辅国将军谢琰道："机不可失，敌不可纵，朱序此来，正天授我机宜，奈何勿从！"石乃依议，遂与玄商定进行。

玄遣广陵相刘牢之，率精骑五千，直趋洛涧，秦将梁成，阻涧列阵，静待厮杀。牢之麾兵渡水，奋击成军，成开阵与战，不防牢之持槊突入，左挑右拨，杀退秦兵，竟至成前，成措手不及，被牢之一槊刺来，正中腰胁，痛极坠马，死于非命。秦弋阳太守王咏，忙来救成，两下交手，才及数合，由牢之用槊格住咏刀，右手拔出宝剑，用力砍去，把咏劈作两段。秦兵既失梁成，又丧王咏，吓得心胆俱裂，各自逃生。再加谢玄谢琰，又来接应，大杀一阵，俘斩数千。牢之更往截秦兵归津，秦兵尽弃甲抛戈，越淮奔窜，有数千人不善泅水，并皆溺死。秦扬州刺史王显等，一并受擒。共计秦兵死伤万五千人，所有器械军资，都被晋军载归。于是晋军水陆继进，连谢石亦放大了胆，策马前行。

秦苻融得洛涧败报，趋回寿阳，与秦王坚登城遥望，见晋军踊跃到来，步伐井井，很是严整，已不禁暗暗生惊。再向东北隅的八公山，眺将过去，差不多有千军万马，布满山上。坚愕然语融道："这也好算得劲敌哩！怎得说他弱国？"融也觉寒心，乃下城部署，更谋一战。看官听说，八公山上并无兵马，不过草木蕃衍，经冬未衰，苻坚由惊生疑，还道是草木皆兵呢。有亏心者，易生惧心。坚既疑惧交并，累得寝食不安，但骑虎难下，只好督同苻融等人，再与晋军一决雌雄。当下驱动各军，出寿阳城，径至淝水沿岸列阵。谢玄见对岸尽是秦军，苦不得渡，乃遣使语苻融道："君悬军深入，志在求战，乃逼水为阵，使我军不得急渡，究竟是欲速战呢，还欲久持呢！若移阵稍退，使我军得济，与决胜负，也省得彼此久劳了。"融即

第六十七回　山墅赌弈寇来不惊　淝水交锋兵多易败

转白苻坚，坚欲依晋议，诸将皆谏阻道："我众彼寡，不如遏住岸上，使不得渡，才保万全。"坚驳说道："我军远来，利在速战，若夹岸相持，何时可决！今但麾兵小却，乘他半渡，我即用铁骑围蹙，可使他片甲不回，岂不是良策么！"计非不是,乃天人不肯相从奈何？融也以为然，遂麾兵使退。

秦军正如墙列着，一闻退军的命令，便即掉头驰去，不可复止。那晋军已控骑飞渡，齐集岸上，一面用着强弓硬箭，争向秦兵射来，秦兵越觉着忙，竟思奔避，忽又有一人大呼道："秦兵败了！"于是秦兵益骇，顿时大溃。苻融拍马略阵，还想禁遏部军，偏部众不肯回头，晋军却已杀到，急得融无法可施，拟加鞭西奔，哪知马足才展，忽然倒地，自己不知不觉，随马坠下。说时迟，那时快，晋军并力杀上，刀枪并举，乱砍乱戳，将融斫成肉泥。苻坚见融落马，惊惶的了不得，便即返奔，连云母辇都弃去。晋军乘胜追击，直达青冈，秦兵大败，自相践踏，死亡不可胜计。或侥幸逃脱性命，听得道旁风声鹤唳，都疑是晋军将至，昼夜不敢息足，草行露宿，冻饿交并，可怜百万大兵，十死七八，仿佛是曹操赤壁，王寻昆阳。

当时秦兵仓皇四散，究不知由何人呼败，惊动全军，后来朱序与徐元

喜乘势奔晋,始由序自述前因,佯呼兵败,吓退秦兵。照此看来,朱序实是破秦的第一功臣。还有前凉主张天锡,也随序归晋。谢石谢玄等,统表欢迎。复引兵夺还寿阳,拘住秦淮南太守郭褒。唯苻坚宠妃张夫人,得由亲兵保护,从寿阳城出走,奔依苻坚。坚身上亦中流矢,单骑狂奔。到了淮北,闻后面已无声响,料知距敌已远,方敢下马少憩,可奈饥肠乱鸣,辘轳不息,一时无食可觅,只得彷徨四顾,做了一个墦(fán)间乞食的齐人。百姓前来问讯,方识是秦王坚。乃进壶飧,奉豚髀,坚方得一饱。正虑无物可酬,凑巧张夫人驰至,带有绵帛等物,坚且悲且喜,即命取下绵帛若干,分赏百姓。百姓辞谢道:"陛下厌苦安乐,自取危困,臣民为陛下子,陛下为臣民父,怎有子奉父食,乃思求报么!"遂不顾而去。坚深为叹息,旁顾张夫人,见她花容憔悴,云鬓蓬松,不由的怜悯起来。转念自己狼狈至此,灭尽前日威风,便且泣且语道:"我今还有何面目再治天下!"何不当时依张妃言。张夫人不便答坚,也惟有相对下泪。未几有散骑陆续趋集,报称冠军将军慕容垂,独得全师,部众三万人,不折一名。坚乃率骑往依,垂迎坚入营,谨执臣礼。

垂子宝密白垂道:"祖国倾覆,天命人心,皆归至尊,不过因时运未至,晦迹埋名,今秦王兵败,委身属我,是天意亡秦,使我兴燕,此时不图,尚待何时?幸勿徒顾微恩,自忘社稷!"垂徐徐道:"汝言也自有理,但彼既诚心投我,如何加害!天若弃秦,何患不亡,不如暂为保护,聊报旧德。待至有衅可乘,然后举事,方不致有负宿心,且可仗义执言,取服天下。"宝乃无言。奋威将军慕容德入白道:"秦强时并吞我燕,今秦已弱,正可报仇雪耻,并非有负宿心,兄奈何得而不取,坐失机会呢?"垂说道:"我前为太傅所不容,置身无地,乃逃死关中,秦王以国士待我,恩礼备至。嗣复为王猛所卖,不能自明,赖秦王明我心迹,毫不加谴。此恩此德,何可遽忘?若氏运必穷,我当怀集关东,规复旧业,关西却非我所愿有了。"冠军行参军赵秋道:"明公当绍复燕祚,图谶甚明,今天时已至,尚复何待!若杀秦王,据邺都,鼓行西进,三秦可唾手而定,何必迟疑!"垂终不从,因举兵授坚。坚收集离散,偕垂同归。行至洛阳,溃兵次第趋还,尚不下十余万,百官仪物,才得少备。垂子农复启垂道:"尊不迫人于险,义声足感动天地,但尝闻秘记云:'燕若复兴,当在河阳。'譬如取果,或在未熟,

第六十七回　山墅赌弈寇来不惊　淝水交锋兵多易败

或待自落,先后相去,原不过旬日间,但难易美恶,未免悬殊,还请尊见裁择!"垂点首道:"我自有区处。"心已动了。

嗣又自洛阳抵渑池,将入潼关。垂向坚面请道:"北鄙人民,闻王师不利,互相煽动。臣愿得一诏书,驰往抚慰,且乘便过谒陵庙,请陛下准议。"想出法子来了。坚即许诺,垂欣然告退。

左仆射权翼亟进谏道:"国家新败,四方皆有贰心,应即召集名将,置诸京师,自固根本。垂勇略过人,世长东夏,前次西来,不过为避祸起见,岂得一冠军职衔,便已足望？陛下独不见养鹰么？饥乃附人,一遇风起,便思凌霄,只可谨备绦笼,系住不放,若一经宽纵,任彼所欲,难道还重来不成？"坚爽然道:"卿言亦是,但朕已许他前去,匹夫尚不食言,况为万乘主呢？天命果有废兴,亦非智力所能挽回,只好听诸天命罢了!"语近迂腐。翼又说道:"陛下重小信,轻社稷,终嫌失算,臣料垂一去不返,关东祸乱,从此开始了!"坚不肯听,即遣将军李蛮闵亮尹固等,率众三千送垂,又令骁骑将军石越,率精卒三千戍邺,骠骑将军张蚝,率羽林五千戍并州,镇军将军毛当,率部曲四千戍洛阳,俟各军分头出发,乃西入关中。

权翼密遣壮士百人,潜伏河桥,谋刺慕容垂。垂预防不测,使典军程同,扮作自己模样,衣冠马匹,悉数给同,自己却微服轻装,从凉马台编结草筏,悄悄渡河。那程同却挈着僮仆,夜逾河桥,昏黄遇伏,同急驰获免。权翼闻垂得脱去,自恨计策不成,垂头丧气,随坚入关。坚抵长安,在郊外辟坛祭融,大哭一场,追谥曰哀。方才入城。下令大赦,抚恤阵亡家属,这且不必细表。

且说谢石谢玄,既得破秦,便驰书告捷。司徒谢安,方对客围棋,接到捷书,草草一阅,便搁置案上,弈棋如故。客问为何事,安徐答道:"小儿辈已经破贼了。"客起身道贺,安仍无喜色,邀客终局。及弈毕,客去,返入内室,急跨门限,屐齿为折。看官阅此,应知谢安是未尝忘情,不过对客时故示镇定,好似忧怒不形,具有绝大度量。至客已辞去,遂不觉趾高气扬,流露喜色了。小子有诗咏道:

　　一生忧乐本常情,露布传来喜气生。
　　怪底当年谢太傅,欺人只是一棋枰!

既而谢石班师,奏凯还朝,晋廷当有一番封赏,且至下回说明。

秦苻坚大举伐晋,而谢安围棋别墅,一若行所无事,誉安者称其镇定,毁安者讥其轻弛,此皆属一偏之见,未足垂为定评。典午东移,积弱已久,欲以八万士卒,敌秦兵百万之众,虽有孙吴,亦难为谋。安非全无心肝,宁不知军情重大,成败难料？不过因万全无策,只可委心气运,与其张皇自扰,益乱人意,不若勉示镇静,稍定众心。此乃为安之苦衷,不足与外人道也。幸而朱序通谋,苻融失利,谢石谢玄等得一战而胜,奏功淝水。天不亡晋,幸有此捷,何怪安之喜出望外,履齿为折乎？故誉安者非,毁安者更非。诸葛空城,得退司马,乃其生平之第一幸事,安亦犹是耳。彼慕容垂之不忍杀坚,犹有知己之感,余尝以此多之。盖垂固不欲灭秦,第欲复燕。设秦王坚不遇姚苌,则燕秦并存可也。欲复燕为承祖计,不灭秦为报德计,垂其尚知有义乎？

第六十八回

结丁零再兴燕祚　索邺城申表秦庭

却说谢石班师，还至建康，孝武帝按功加赏，进谢石为尚书令，谢玄为前将军，谢安为太保，他将亦各从优叙。惟玄固辞不受，有诏嘉奖，赐钱百万，彩锦千段。并封张天锡为散骑常侍，兼西平公，朱序为琅琊内史，行赦境内，中外解严。嗣由谢安上疏，请乘苻坚丧败，经略淮北，乃复命前锋都督谢玄，率同冠军将军桓石虔，再趋涡颍，往定兖青冀各州。这三州俱为秦有，守吏当然报达长安。无如天下事，不堪一败，为了淝水战事，秦兵大挫，遂致土崩瓦解，乱端四起，累得秦王坚不遑抚近，哪里还能顾及远方！小子且先将苻秦乱事，依次叙来。

陇西有乞伏氏，系出鲜卑，从前有一部酋纥干，雄悍过人，得统附近部落，号乞伏可汗，传至祐邻，部众浸盛，据住高平川。祐邻四传至司繁，复迁居度坚山，为秦将王统所破，因向秦请降。秦王坚赐号南单于，征居长安，寻遣令西讨叛胡，留镇勇士川，甚有威惠。司繁死后，子国仁嗣，坚征为前将军，使从大军侵晋，但留国仁叔父步颓居勇士川。及淝水败还，步颓首先叛秦，坚使国仁往抚。步颓迎国仁入寨，愿推国仁为主，背秦独立，国仁乃置酒高会，攘袂大言道："苻氏因石赵乱畔，妄窃名号，穷兵黩武，跨僭八州。疆宇既宁，应该修德行仁，与民休息，彼乃广骛虚威，专谋远略，骚动苍生，疲敝中国，天怒人怨，致有此败。自来物穷必亏，祸盈必覆，天道如此，苻氏怎能违天？看来是终要覆亡了。我当与诸君据守一方，勉成霸业哩。"大众齐声应命。乃召集诸部，自张一帜，遇有未肯归附的胡人，即用兵力胁服，有众十余万。<u>为西秦立国基础。</u>

秦王坚正拟加讨，哪知铜山西崩，洛钟东应，丁零翟斌又起兵为乱，谋攻洛阳。丁零系西番种落，世居康居，辗转徙入河洛，服属苻秦，秦命翟斌为卫军从事中郎，至是因秦败挫，遂有贰心。再加燕族慕容凤，燕臣王腾，辽西段延等，各率部曲依斌，斌乐得拥众自主，兴兵图洛。

豫州牧平原公苻晖，飞书报坚，坚亟遣使至邺，嘱使冀州牧长乐公丕，传谕慕容垂，令率部兵讨斌。垂自离长安后，行至安阳，即遣参军田山，奉笺启丕，作问候状。丕也恐垂有异图，密谋袭击，侍郎姜壤进谏道："垂未露反形，明公擅加诛杀，似未合臣子大义，不如以礼接待，严加管束，密表情状，待敕后行。"丕乃依议，乃出郊迎垂，馆诸邺西。可巧长安使至，令转饬垂讨丁零，丕乃召垂与语道："翟斌兄弟，因王师小失，便敢肆逆。今得长安来敕，欲烦冠军一行。冠军英略盖世，定能灭贼。"垂答道："下官乃大秦鹰犬，敢不唯命是听！"垂亦自比为鹰，将乘此扬去了。丕乃厚给金帛，垂皆不受，惟请赐还旧田园，丕当然应允。独拨给羸兵二千，归垂统领，又遣部将苻飞龙，率领氐骑千人，作为垂副。临行时密嘱飞龙道："卿系王室肺腑，官秩虽卑，义同统帅，此去用兵制胜，防微杜贰，一委诸卿，愿卿毋忽！"飞龙受命，遂偕垂同行。镇将石越，驰入白丕道："王师新败，人心未定，丁零一倡，旬日间即得众数千，公奈何复遣垂出发。垂系故燕宿将，常思规复，今复畀彼兵甲，这真似为虎添翼了。"丕说道："垂在邺中，好似伏虎寝蛟，常恐为患，今遣令外出，可纾内忧。且翟斌凶悖，必不肯为垂下，使他两虎相斗，我得乘彼敝，用兵制伏，这就是卞庄子的遗策哩。"偏偏不从汝料奈何？

正议论间，有一外吏入禀道："慕容垂私谒燕庙，擅戕亭吏，且将亭毁去了。"丕尚未答言，石越在旁问吏道："垂已去否？"外吏道："已出城了。"越复顾丕道："垂敢轻侮方镇，杀吏烧亭，反形已露，望殿下速除此人！"丕说道："垂曾向我前面请，欲入城拜谒故庙，我尚未许，今敢烧亭杀吏，咎固难辞，但淮南一役，王师败衄，垂独侍卫乘舆，此功亦不可遽忘呢。"赵应声道："垂为燕臣，事燕尚且不忠，怎肯尽忠事我？失今不取，必为后患！"丕终不信。越出告僚佐道："长乐公父子，好为小仁，不顾大计，终当为人所擒呢！"

垂挈家属出行，只留慕容农慕容楷慕容绍在邺，使丕勿疑。及达汤池，适有私党从邺来报，述及丕与飞龙密语，垂不禁怒起，便宣告部属道："我事苻氏，不为不忠，彼乃专图我父子，我岂可束手就毙吗？"乃托言兵寡，暂停河内募兵，约阅旬日，得众八千。秦豫州牧苻晖，促使进兵，垂语飞龙道："今距寇不远,当昼止夜行,出彼不意,方可制胜。"飞龙亦以为然,谁知中了垂的诡计。垂少子麟,前曾告讦乃父,为垂所嫉。见七十一回。燕为秦灭,麟与母仍然归垂。垂杀死麟母,尚不忍杀麟,惟尝置外舍,罕得侍见。此次往来河洛,麟得随从军中,为垂画策,谋杀飞龙。飞龙不能调破,还道昼止夜行,却是好计。时当岁暮,寒夜无光,垂遣世子宝率兵居前,季子隆勒兵居后,令飞龙约束氐骑,五人为伍,居中急走。行至夜半,一声鼓号,宝与隆前后合兵,围杀飞龙。飞龙寡不敌众,又因昏夜,不辨南北,徒落得一刀两段,连氐兵都杀得精光,不留一人。未免残忍。垂自是以麟为能,宠爱如初。一面使田山赴邺,潜告慕容农等,令起兵相应。慕容绍因先出蒲池,盗丕骏马数百匹,守候农楷。到了除夕,农楷微服出邺,与绍相会,同奔往列人去了。翌晨为晋太元九年元旦,秦长乐公丕,大宴宾客,使人往邀慕容农,不见下落,才知农等已经遁去。再令左右四出侦察,遍求至三日有余,方闻他已往列人,追悔无及,徒唤奈何!

那秦苻晖待垂不至,只好另檄他将毛当,往剿翟斌。斌与慕容凤等商议对敌方法,凤奋然道："凤今将为先王雪耻,愿代将军斩此氐奴!"说毕,即披甲上马,当先出寨。丁零部众,随凤驰出,劲气直达,所向无前,秦兵相率披靡。凤闯入秦阵,突至毛当面前,手起刀落,竟将毛当砍倒,再加一刀,结果性命。当仓猝被杀,连魂灵儿都莫名其妙,只模模糊糊的走诣枉死城。

秦兵大溃,凤乘胜攻入凌云台戍,获得甲仗马匹,不计其数。会闻慕容垂济河焚桥,有众三万,将抵洛阳,凤乃劝翟斌迎垂,推为盟主。斌从凤议,遣使白垂,垂尚虑有诈,乃拒绝斌使道："我来救豫州,不来赴君;君既欲建大事,成败祸福,由君自择,我不愿与闻!"斌使乃去。及垂抵洛阳,苻晖闭门不纳,且责他擅杀飞龙。垂正在彷徨,适翟斌又遣长史郭通,来申前议。垂尚有疑色,通进言道："将军屡拒和议,莫非因翟斌兄弟,山野异类,无甚远略,所以不愿与谋?独不思将军今日,与斌合兵,可济大业,否则将军进为秦阻,退为斌扼,恐反致进退两难了!"垂乃允议,遣通返报翟斌。斌率众来与垂会,因劝垂即称尊号,垂谦言道："新兴侯指慕容暐,见前。乃是我主,当迎归反正,我怎好背主自尊呢!"恐非由衷之言。遂向众宣谋道："洛阳四面受敌,北阻大河,若欲控驭燕赵,实非易事,计

不如北取邺都，较得形便。"众齐声称善，垂因复东还。故扶余王余蔚，正为荥阳太守，邀同昌黎鲜卑卫驹等，迎垂入荥阳，垂又得万余人。群下再请上尊号，垂乃依晋中宗故事，称大将军、大都督、燕王，承制行事，号为统府，群下称臣，文表奏报，封拜官爵，皆如王制。命弟德为车骑大将军，封范阳王，兄子楷为征西大将军，封太原王，翟斌为建义大将军，封河南王，余蔚为征东将军，封扶余王，卫驹为鹰扬将军，慕容凤为建策将军。部署已定，即从石门筑起浮桥，渡河向邺。

慕容农奔列人时，借宿乌桓人鲁利家，利置馔饷农，农但笑不食。利入内语妻道："慕容郎乃是贵人，今到我家，自恨贫微，不能备具盛馔，为之奈何？"妻答道："郎有雄才大志，今无故到此，岂徒为饮食起见？妾料他必有隐图，君宜亟出与议，不必多疑。"此妇颇有特识。利因复出见。农语利道："我欲在此募兵，锐图兴复，卿可从我否？"利便答应道："死生唯命！"谨遵阃教。农大喜进食，醉饱尽欢。嗣又往约乌桓部豪张骧。骧亦愿为效死，于是农驱居民为士卒，斩木为兵，裂裳为旗，并使赵秋说下屠各东夷乌桓等众，约同举事。远近趋集，众至数万。农号令整肃，随才署职，上下帖然，兵民共悦。

长乐公丕，使部将石越，率着步骑万人，往击农军。农众请治列人城以便战守，农笑道："今纠众起义，惟敌是求，若得战胜，当以山河为城池，区区列人，何足整治呢！"旋闻越军将至，便命赵秋及参军綦毋滕击越前锋，斩俘数百人，得胜回营。参军赵谦白农道："越甲仗虽精，人心危骇，容易破灭，请急击勿延！"农答道："彼甲在外，我甲在心，若与彼昼战，我军见他外貌，未免怯惧，不如待暮出击，可保必胜！"遂令军士严装待命，毋得妄动。会见越立栅自固，复笑语诸将道："越兵精士众，不知乘锐来攻，反立栅为防，我知他无能为呢！"应为所笑。待至日暮，乃鸣锣动众，出阵城西。牙将刘木，请先攻越栅，农即使为先锋，令率壮士数百，前往拔栅，自率大众继进。刘木奋勇当前，毁栅直入，秦兵抵挡不住，向后退却。石越素号骁勇，不肯遽退，便持枪跃马，来与刘木决斗。月光隐约，火具模糊，彼此一来一往，战了数十回合，不分胜负。偏慕容农麾众入栅，喊声震地，刀光闪处，血肉横飞，秦兵多半骇散，越亦无心恋战，虚晃一枪，回马便走。木眼明手快，就从越背后直刺一刀，越不及顾避，大叫一声，撞落马下，木即下马割了越首，复上马追杀秦兵，血流数里，方才收军回城。越与毛当，皆秦骁将，秦王坚特使帮助二子，镇守冀豫，及相继败亡，秦人夺气。叙毛石二人战殁，笔法不同。

慕容农即使刘木，函送越首，驰报垂军，自引兵随后赴邺。垂至邺下，先接刘木捷报，继与农等相会。农本由大众推戴，权称骠骑大将军，都督河北诸军事，垂即令实授官阶。立世子宝为太子，改秦建元二十年为燕元年，史家称为后燕。亦十六国中之一。服色朝仪，概如旧章，大封宗室功臣，计王公侯伯子男百余人。

秦长乐公丕，使属吏姜让至垂营，责他负德。垂答道："孤受秦王厚恩，未尝背负，故欲保全长乐公，使他率众往赴长安，然后修我旧业，与秦永为邻好，若长乐公执迷不悟，未肯举邺城归还，孤只可悉众与争，一经决裂，恐长乐公匹马求生，也不可得了。"让厉声道："将军不容本国，奔命我朝，岂尚得有故燕尺土么？主上与将军风殊类别，一见倾心，亲如宗族，宠逾勋旧，从来君臣际遇，有如此隆厚么？今因王师小败，遂有异图。长乐公乃主上元子，受命镇邺，岂肯低首下心，便将全邺相让？将军欲裂冠毁冕，自可穷极兵势，何劳多言！不过将军年垂七十，叛道致败，悬首白旗，高世忠臣，反为逆鬼，实未免令人可惜哩！"垂听了让言，倒也无言可驳。惟左右都恨让不逊，俱请杀让，垂摇首道："彼此各为其主，让有何罪？"仍依礼遣归。因即麾众攻邺，且遣使上表长安，愿送丕入关，乞还邺城。表文有云：

  臣才非古人，致祸起萧墙，身婴时难，归命圣朝。陛下恩深周汉，猥叨微顾之遇，位为列将，爵忝通侯，誓在戮力输诚，尝惧不及。去夏桓冲送死，一出云消，回讨郧城，俘馘万计，斯诚陛下神算之奇，抑亦愚臣忘死之效。方将饮马桂州，悬旗闽会，不图天助乱德，大驾班师，陛下单马奔臣，臣奉卫匪贰，岂惟陛下圣明，鉴臣丹心，皇天后土，实亦知之。臣奉诏北巡，受制长乐，丕外失众心，内多猜忌，令臣野次外庭，不听谒庙。丁零逆竖，寇逼豫州，丕迫臣单赴，限以师程，惟给散卒二千，尽无兵仗，复令飞龙潜为刺客。及至洛阳，平原公晖，复不信纳。臣窃维进无淮阴功高之虑，退无李广失利之愆，但惧青蝇，交乱黑白，颠倒是非。丁零夷夏，以臣忠而见疑，乃推臣为盟主，臣受托善始，不遂令终，泣望西京，挥涕即迈。军次石门，所在云赴，虽周武之会于孟津，汉祖之集于垓下，不期之众，实有甚焉。语太自豪。臣欲令长乐公尽众西还，以礼发遣，而丕固守匹夫之志，不达变通之理。臣息农，收集故营，以备不虞，而石越倾邺城之众，轻相掩袭，兵阵未交，越已陨首。臣既单车悬轸，归者如云，斯实天符，非臣之力。且邺系臣国旧都，应即惠及，然后西向受命，永守东藩，上成陛下遇臣之意，下全愚臣感报之诚。今进兵至邺，并喻丕以天时人事，而丕不察机运，杜门自守，时出挑战。兵刃相交，恒恐兵矢误中，以伤陛下天性之念。臣之此诚，未简天听，辄遏兵止锐，不敢穷攻。夫运有推移，来去常事，惟陛下鉴之！

秦王坚得表，当然愤恨，也有一书报垂道：

  朕以不德，忝承灵命，君临万邦，二十余年矣。遐方幽裔，莫不来庭，惟东南一隅，敢违王命。朕爰奋六师，恭行天罚，而玄机不吊，王师败绩，赖卿忠诚之至，辅翼朕躬，社稷之不陨，卿之力也。中心藏之，何日忘之！方拟任卿以元相，爵卿以郡侯，庶弘济艰难，敬酬勋烈,何意伯夷忽毁冰操,柳惠俊为淫夫,览表愧然,有惭朝士。卿既不容于本国,匹马而投命,朕则宠卿以将位,礼卿以上宾,任同旧臣,爵齐勋辅,歃血断金,披心相付,谓卿食椹怀音,保之偕老,岂意畜水覆舟,养兽反害,悔之噬脐,将何所及!诞言骇众,夸拟非常,周武之事,岂卿庸人所可并论哉!失笼之鸟,非罗所羁;脱网之鲸,岂罟所制。翘陆任怀,何烦闻也。念卿垂老,老而为贼,生为叛臣,死为逆鬼,侏张幽显,布毒存亡,中原士女,何痛如之!朕之历运兴丧,岂复由卿,但长乐平原,以未立之年,遇卿于两都,虑其经略,未称朕心,所恨者此焉而已,余复何言!

垂览书不顾,但督兵围住邺城,攻入外郭。秦苻丕退守中城,与垂相持,经旬未下。垂遣老弱至魏郡肥乡,筑造新兴城,置守辎重,复令弟范阳王德,及从子太原王楷等,攻据枋头馆陶,置戍而还。自是关东六州郡县,依次降燕。

秦北地长史慕容泓,系前燕主慕容暐弟,闻垂已起兵恢复,遂亡奔关东,收集鲜卑遗众,得数千人,还屯华阴,自称都督陕西诸军事,大将军,

雍州牧，济北王。秦王坚急命钜鹿公睿为大将军，都督中外诸军事，并授左将军窦冲为长史，龙骧将军姚苌为司马，拨兵五万，使往讨泓。兵队方发，忽报平阳太守慕容冲，亦起兵河东，攻秦蒲阪。冲系泓弟，从前秦灭燕时，冲年尚只十有二岁，与乃姊清河公主同为秦俘，充入掖廷。清河公主，年方二七，具有绝色，正是芬含豆蔻，艳若芙蕖，坚怎肯放过，逼令侍寝。亡国女儿，不能自主，只好由他摆布，充做玩物。冲亦面若冠玉，与乃姊不相上下，坚又视若娈童，晨夕与共，扑朔雌雄，迷离莫辨。当时长安有歌谣云："一雌复一雄，双飞入紫宫。"王猛在日，极言切谏，坚不得已遣冲出宫。俟冲稍长，便令为平阳太守，哪知他得了尺符，也乘势发难，竟与兄起兵响应。小子有诗咏道：

　　到底男戎胜女戎，龙阳崛起亦称雄。
　　可知伊训由来旧，误毗顽童长乱风。

　　冲复叛秦，秦王坚不得不防，又只好调兵往御。欲知何人为将，且待下回再表。

　　秦王坚父子之纵垂，同一失策。垂可取坚而不取，至赴邺以后，杀吏烧亭，始露异谋。嗣且借征讨之名，袭杀苻飞龙，联合翟斌，公然叛秦，自号燕王，何其舍易而就难，先顺而后逆也。推垂之意，以为英雄举事，不迫人险，纵坚所以报私恩，联斌所以复旧业，晋文公退避三舍，卒败楚于城濮，后世不讥其负德，垂亦犹是耳。且观其上表秦庭，犹以臣道自处，虽仿之周武汉高，不无过夸，然其不欲以叛人自处，已在言表。坚之报书责垂，有悔恨语，不知坚之致亡，咎由自取。违众寇晋，一败涂地，即无慕容氏之发难，而姚苌等伺隙而动，宁不足以乱秦！秦固无久安之理也，于慕容垂乎何尤？

第六十九回

据渭北后秦独立　入阿房西燕称尊

却说慕容冲起兵平阳，进攻蒲坂，秦王坚欲调兵抵御，一时苦无统将，只好将钜鹿长史窦冲，拨使讨冲。钜鹿公苻睿，少了一个帮手，未免势孤，但睿是少年使气，粗猛任性，不管甚么利害，即倍道往攻华阴。慕容泓接得探报，说他来势凶猛，却也寒心，当下引众东走，将奔关东。睿便欲率兵邀击，司马姚苌进谏道："鲜卑各众，并皆思归，所以群起为乱。今彼既东行，正好驱令出关，由彼自去，不宜阻遏。试想鼷鼠甚微，被人执尾，尚能反噬；况乱党甚多，凶猛可知，倘或进退无路，必将向我致死，我一失利，悔将何及！故不若鸣鼓相随，但教张皇声势，彼已是奔避不遑了。"睿悍然道："今日驱出关外，他日待我旋师，彼又入关，终为后患。俗语有云：斩草除根。能乘此斩尽根株，岂不较善！况我兵比寇倍蓰，怕他甚么！"匹夫之勇，徒自取死。遂不从苌议，自为前驱，往截慕容泓。泓正防秦军掩击，却故意逗留华泽，分兵四伏，专待苻睿到来。睿未曾探明路径，但知向前乱闯，纵辔急进，行至华泽附近，见有一簇人马，停驻泽旁，便麾兵杀去。泓略略接战，当即退走，睿不肯舍泓，从后追赶。到了泽畔，正值春草繁茂，一碧连天，看不出甚么高低，辨不出甚么燥湿，睿尚自恃兵众，不以为意。猛听得胡哨声起，草泽里面，钻出许多伏兵，各执长槊，前来厮杀，睿忙督众抵敌，不防一面伏发，四面俱起，一齐围裹拢来，累得睿前后左右，统是敌兵。睿自知不佳，只好退兵，为了一退，顿致行伍错乱，没路乱窜。华泽中多是泥淖，一不经心，立即滑倒，断送性命，睿亦急不暇择，误蹈淖中，马足越陷越深，一时无从自拔，那敌兵即乘势攒集，你一槊，我一槊，戳得苻睿身上有几十百个窟窿，就使铜头铁脚，也是活不成了。余众亦大半陷没，只剩得残卒数千，还亏姚苌驰来援应，方得救回。

苌返至华阴，检查兵士，十失七八，几难成军，乃遣龙骧长史赵都，速

诣长安,报明败状,一面谢罪,一面请示。哪知赵都去后,杳无复音,派人探听,才知都被杀,且有敕命来拿姚苌。苌当然惶急,潜奔渭北,转至马牧。西州豪族尹祥、赵曜、王钦、狄广等,共挈五万余家,愿推苌为盟主,苌未肯照允。天水人尹纬进言道:"百六数周,秦亡已兆,如将军威灵命世,必能匡济时艰,所以豪杰驱驰,共乐推戴,将军宜降心从议,曲慰众望,不可坐观沉溺,同就沦胥。"苌踌躇半晌,自思秦已与绝,无路可归,不如就此独立,较为得计。全是苻坚激成。遂依了纬议,据万年为根本地,自称大将军、大单于、秦王,大赦境内,改元白雀。即用尹详庞演为左右长史,姚晃尹纬为左右司马,狄伯支焦虔等为从事中郎,王钦赵曜狄广等为将帅。历史上称苻氏为前秦,姚氏为后秦。为十六国中三秦之一。

时慕容冲为秦将窦冲所破,奔依兄泓。泓仍屯华阴,集众至十余万,因贻书秦王坚道:"吴王指慕容垂。已定关东,可速资备大驾,奉送家兄皇帝,指慕容暐。泓当率关中燕人,翼卫皇帝还主邺都,与秦以武牢为界,分王天下,永为邻好。钜鹿公轻戆锐进,为乱兵所害,非泓本意,还幸俯原!"若讥若讽,比唾骂还要利害。坚得书大怒,即召慕容暐入责道:"卿兄弟干纪僭乱,乖逆人神,朕应天行罚,拘卿入关,卿未必改迷归善,乃朕不忍多诛,宥卿兄弟,各赐爵秩,虽云破灭,不异保全,奈何因王师小败,便猖獗至此?垂叛关东,泓冲复称兵内侮,岂不可恨!今泓书如此,付卿自阅,卿如欲去,朕当相资助,如卿宗族,可谓人面兽心,不能以国士相待呢。"说着,将来书掷示慕容㬊。㬊连忙叩头,流血泣谢。坚怒意少解,乃徐徐说道:"古人云,父子兄弟,罪不相及,今三竖构兵,咎不在卿,朕非不晓,许卿无罪,仍守原官。但卿宜分书招谕,令三叛速即罢兵,各还长安,须知朕不为已甚,所有前愆,概从恩宥便了。"全是呆气。㬊唯唯而出,名为奉命致书,暗中却遣密使嘱泓道:"秦数已终,燕可重兴,惟我似笼中禽鸟,断无还理,且我不能保守宗庙,自知罪大,不足复顾。汝可勉建大业,用吴王为相国,中山王㬊曾封冲为中山王。为太宰,领大司马,汝可为大将军,领司徒,承制封拜,听我死耗,汝便即尊位,休得自误!"亡国主自知死罪,死期亦不远了。泓得㬊使传言,乃进向长安,改元燕兴,且致书与垂,互结声援。

垂围攻邺城,日久未下,因向右司马封衞问计,衞请决漳水灌城。垂依议施行,水入城中,固守如故。垂未免焦烦,特自往游猎,聊作消遣,顺便过饮华林园,不意为内城所闻,出兵掩袭,将园围住,飞矢如注,垂几不得脱,幸冠军将军慕容隆,麾骑往援,冲破秦兵,才得翼垂出围。

垂既得回营,太子宝入白道:"翟斌恃功骄恣,潜有贰心,不可不除!"垂说道:"河南盟约,不应遽负,况罪状未露,便欲下手,人必谓我嫉功负义。我方欲收揽豪杰,恢弘大业,奈何示人褊狭,自失人望呢!果使彼有异谋,我当预先防备,彼亦无能为了。"宝趋退后,范阳王德,陈留王绍,骠骑大将军农,俱进见道:"翟斌兄弟,贪骄无厌,必为国患。"垂又驳道:"贪必亡,骄必败,怎能为患?彼有大功,当听他自毙罢。"既而斌嘱使党与,代请为尚书令,垂复语道:"翟王功高,应居上辅,但现在台尚未建,此官不便遽设,且俟邺城平定,自当相授。"斌以所求不遂,竟致怀怨,潜与城中勾通,使人泄去漳水。当有人向垂报闻,垂不动声色,佯召斌等议事,斌与弟檀敏入帐,由垂叱令左右,将他兄弟拿下,面数斌罪,按律斩首。檀敏亦被杀,余皆不问。

斌从子真,却夜率部众,北走邯郸。嗣又还向邺下,欲与苻丕,内外相应。垂太子宝，与冠军大将军隆，凑巧碰着，迎头痛击，得将真众击退，向垂报功。垂又遣农楷二人，带着骑兵数千，北往追真。驰至下邑，见真众驻扎前面，多是老弱残兵。楷即欲进战，农谏阻道："我兵远来，已经饥疲，且贼营内外，未见丁壮，定有诈谋，不如安营自固，免堕彼计！"楷不听农言，径击真营，真弃营佯退，诱楷往追。楷恃勇追去，果为伏兵所围，冲突不出，势将覆没。还是农急往相救，杀开血路，方将楷拔出围中，狼狈驰还，兵士已伤毙不少了。垂见楷等败归，乃宣告大众道："苻丕穷寇，必且死守，丁零叛扰，乃我心腹大患，我且迁往新城，纵丕西还，既可谢秦王宿惠，复可防翟真来侵，这也未始非目前至计呢。"众无一异议，垂遂引兵去邺，北屯新城，再遣慕容农往攻翟真。真转趋中山，据住承营，复遣从兄辽，往扼鲁口，作为犄角。农乃先攻翟辽，辽屡战屡败，仍奔依翟真去了。

<u>垂借翟起兵，旋为翟累，他人之不可恃也如此。</u>

后秦王姚苌，进屯北地，秦王坚调集步骑二万人，亲出讨苌。行次赵氏坞，使护军杨璧，带领游骑三千，堵苌去路，又令右军徐成，左军窦冲，镇军毛盛等，三面攻苌，连破苌兵，并将苌营水道，扼住上源，不使通入。时当盛夏，苌军无从得水，当然患渴。苌令弟尹买出营，领着劲卒二万，往击上流守堰的秦兵，期通水道，不防秦将窦冲，埋伏鹳雀渠，待至尹买到来，一鼓齐出，竟将尹买击死，斩首至一万三千级，只余数千人逃回。苌众大惧，向地掘坎，不得涓流，去路又被塞断，好似竹管煨鳅，危险万状。约莫过了三五日，苌营内渴死多人，急得苌仰天长叹，焦灼异常。忽然间，黑云四布，雷电交乘，大雨倾盆而下，滂沛周流，苌众得饮甘霖，不由的欢跃逾恒，精神陡振。更可怪的是苌营里面，水深至三尺许，距营百步外，水仅寸余。秦王坚方在营用膳，得着雨信，甚至投箸起座，出指空中道："老天，老天！难道汝亦佑贼么？"<u>汝何尝非贼？</u>秦军见天意归苌，并皆气馁，苌军转衰为盛，又通使慕容泓，约为奥援。

会燕谋臣高盖等，因泓持法严峻，德望不及乃弟冲，竟引众杀泓，推立冲为皇太弟，承制行事，署置百官，即用高盖为尚书令。<u>杀兄者反举为首辅，可见冲实与谋。</u>姚苌闻冲得众心，特致书相贺，且遣子崇往质冲营，令冲速赴长安，牵制苻坚，一面集众七万，径攻秦军。秦将杨璧，挡住去路，被苌冲杀过去，立即荡破，且将杨璧擒住。再分头掩击徐成毛盛各营，无

第六十九回 据渭北后秦独立 入阿房西燕称尊

不摧陷，连徐毛二将，一并擒来，只窦冲得脱。苌却厚待杨璧徐成毛盛三人，与他宴饮，好言抚慰，以礼遣归。乐得客气。

秦王坚很是懊丧，又接长安警报，慕容冲兵马日逼，不得已舍了姚苌，奔回长安。适平原公苻晖，率领洛阳陕城兵众七万人，还援根本，坚遂命晖都督中外诸军事，配兵五万，出拒慕容冲。行至郑西，与冲接战，秦兵已成弩末，所向皆靡，晖只得退走。坚又遣前将军姜宇，与少子河间公琳，率众三万，御冲坝上，又复败绩。琳与宇相继战死，冲遂入据阿房城。冲小字凤皇，当时长安有歌谣道："凤皇凤皇止阿房。"秦王坚还道阿房城内，将有真凤凰到来，意谓凤凰非梧桐不栖，非竹实不食，特植桐竹数十万株，专待凤凰，哪知来的是人中凤皇，不是鸟中凤凰，反使秦王坚一番奢望，变作深愁。这岂非变生不测么？

俗语说得好，喜无双至，祸不单行。秦既为慕容氏姚氏所困，已闹得一塌糊涂，偏江左的桓谢各军，也乘势进略淮北，连下各城。荆江都督桓冲，已自愧前时失言，悔不该轻视谢氏，遂至恚愤成疾，病殁任所。回应六十七回中桓冲语，且因冲尚为贤臣，故随笔叙及冲之病殁。晋廷追赠冲为太尉，予谥宣穆。只从子桓石虔，方随谢玄逾淮北行，拔鲁阳，下彭城，逐去秦徐州刺史赵迁。玄表石虔为河东太守，使守鲁阳，自为彭城镇帅，使内史刘牢之，攻秦兖州，击走秦守吏张崇。崇奔依燕王慕容垂，牢之得进据鄄（juàn）城，晋军大振。河南城堡，陆续归晋。晋授太保谢安为大都督，统辖扬江荆司豫徐兖青冀幽并梁益雍凉十五州军事，并加黄钺，余官如故。安表辞太保职衔，情愿统兵北征，恢复中原全境，有诏不许。适谢玄进图青州，特遣淮阳太守高素，率兵三千，往攻广固。秦青州刺史苻朗，系秦王坚从子，放达有余，韬略不足，急得手足无措，只好奉书乞降。玄当即收纳，送朗入都，再分檄各将，北攻冀州。刘牢之进据碻（qiāo）磝，济阳太守郭满，又进据滑台，将军颜肱刘袭等，复进逼黎阳。秦冀州牧苻丕，闻报大惊，急遣将军桑据，至黎阳抵御晋军。不料黎阳又被陷没，更闻燕军复来围邺，正是愁不胜愁，拒不胜拒，没奈何遣参军焦逵，向晋乞和，宁让邺城与晋，但请假途求粮，西赴国难。

逵奉命后，密语司马杨膺道："今丧败至此，长安阻绝，存亡且不可知，就使屈节竭诚，径乞粮援，尚恐不得见许。乃长乐公豪气未除，语设两端,事必无成,奈何奈何?"杨膺道:"这也何难,但教改书为表,自称降晋,许以王师一至,便当致身南归,我想晋军方锐图冀州,定必前来援邺了。"焦逡犹有难色,膺附耳与语道:"君虑彼未肯相从吗?如果晋军到来,我等可逼令出降,否则生缚与晋,看他何法拒我?"好一个参谋。说罢,便将丕书私下改窜,令逡赍送晋军。

晋将接着,送逡往见谢玄。玄欲征丕子入质,然后出援。逡固陈丕无他志,且将杨膺所嘱,亦约略表露,玄始有允意,遣使转白谢安。安正与琅琊王道子有隙,乐得借此为名,出外督军,遂许玄收邺,自请往镇广陵,经略中原。孝武帝当即批准,亲饯西池,由安献觞赋诗,从容尽欢,然后别主出都,尽室偕行,径赴广陵去了。

且说慕容垂屯兵新城,遣子麟攻入常山,收降秦将苻定苻绍苻亮苻评,进拔中山,执住守将苻鉴,遂得入中山城。慕容农引兵会麟,与麟共攻翟真。驰至承营,两人并辔先驱,观察形势,随从只数千骑兵,真却驱众齐出,竟来角斗。燕兵俱逡巡欲退。慕容农语麟道:"丁零非不勇悍,翟真却是懦弱,我若简率精锐,专攻翟真,真必却走,众亦自散,可蘷使尽歼了。"说着,便回头返顾,见骁骑将军慕容国,方在背后,就使他率领锐骑百余,径冲翟真,真果返奔,众亦驰还。农与麟从后追逐,迫压营门,真众争门奔入,自相践踏,死伤甚众。燕军得夹杂进门,遂拔承营外郭。真慌忙逃入内城,闭门守住,有一半未及奔入,统弃械降燕。慕容农收了降众,再攻内城。相持多日,真粮将尽,潜开门遁往行唐。真司马鲜于乞叛真,将真刺死,自称赵王。真众不服,又共杀乞,拟推立翟辽为主。偏辽已奔往黎阳,只有从弟翟成,尚在军中,大众就奉为主帅,据住行唐,苟延残喘罢了。

慕容垂拟北都中山,将自新城启行,闻苻丕在邺,引晋援师,不由的怒气上冲,便语范阳王德道:"苻丕可去不去,与我争邺,且向晋乞援助守,情实可恨,我且去赶走了他,再作计较!"德也即赞成,因复引兵围邺,但留出西门一路,纵丕出奔。丕仍不肯去,居守如初。

垂在城下数日,接得慕容冲来书,乃是故主慕容暐被杀,在秦诸宗族,一律就歼,只垂幼子柔,与垂孙盛,脱奔冲营,幸得无恙,请垂放心。且说自己承暐遗命,已在阿房城称尊即位,勉承燕祚云云。垂不禁悲叹,将佐统向垂劝进,垂谓冲已称号关中,不应遽自加号,且从缓议为是。垂非不愿称尊,实恐柔盛为冲所害,故置诸缓图。将佐方才无言。究竟慕容晖如何被杀,应该约略叙明。

晖在长安,尚有宗族千余人,他本思奔往关东,苦无间隙。慕容绍兄肃,与晖密谋,将乘晖子婚期,请坚入室,为刺坚计,坚全未得知。既而婚期已届,晖入见坚,稽首称谢道:"臣弟冲不识义方,辜负国恩,臣罪该万死,蒙陛下恩同天地,许臣更生,臣次子适当结婚,愚意欲暂屈銮驾,幸臣私第,臣得奉觞上寿,不胜万幸!"坚当即许诺。会遇大雨,坚不果出,晖计遂败。乃决意出奔,密令部酋悉罗腾、屈突铁侯等,潜告鲜卑遗众,诈言自己将受命出镇,旧部俱可随去,应预先会集,在城外伺候,部众信以为真。内有一人名叫突贤,往与妹别,妹为秦将窦冲妾,不忍乃兄远离,请诸窦冲,乞留突贤。冲即入白秦王,秦王坚惊诧道:"朕并未有遣晖情事,为何设此谎言?"冲答道:"陛下既未有此意,定是慕容晖有异谋了。请速传召悉罗腾,讯明虚实。"坚即召腾入讯,备悉晖谋,因复传召晖肃。肃语晖道:"无故猝召,事必泄了,入即俱死,不如杀死来使,斩关出奔,或可得

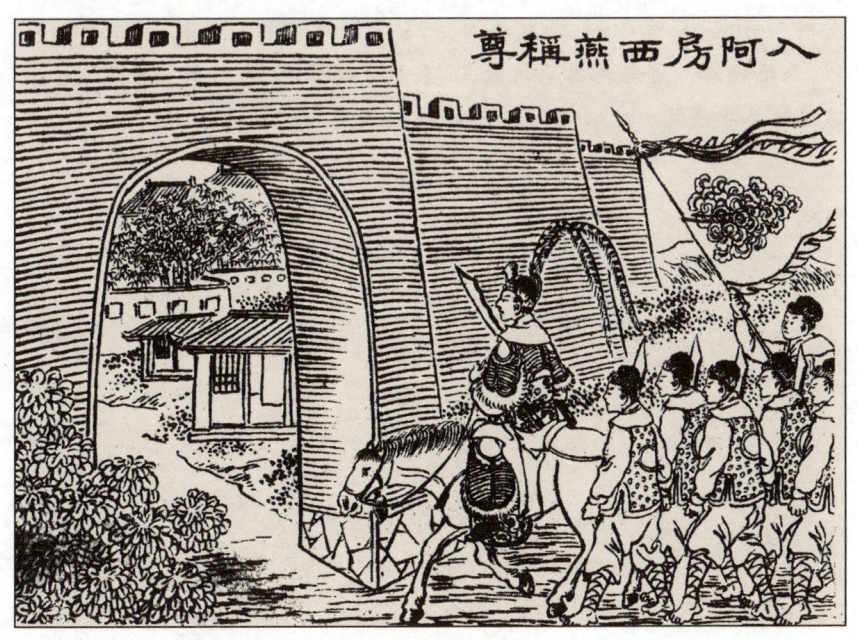

一生路。"晞尚谓秦王未必知谋,当有别事相商,遂与肃并入见坚。坚果盛气相向,叱晞负恩谋叛。晞尚思抵赖,肃直答道:"家国事重,顾不得小恩小义,我等不幸事泄,外面二王即至,秦祚总不久了。"坚竟大怒,喝斩晞肃,并令卫兵搜捕鲜卑各众,无论男女老幼,尽加诛戮。惟慕容柔寄养阉人宋牙家,幸得免死,且与慕容盛乘隙逃出,奔依慕容冲。

冲为晞发丧,托称受遗即位,称帝阿房,改元更始,因即贻书与垂,如上所述。史称慕容冲为西燕,但因他历年短促,不列入十六国中。**特别提醒**。小子有诗叹道:

桐竹纷披引凤皇,矫雏一举入阿房。
当年僭国俱垂史,独略西燕为速亡。

冲既称帝,复西逼长安。欲知秦王坚如何拒冲,请看官续阅下回。

本回事实,最为拉杂,总之为苻秦衰亡之兆。慕容垂慕容泓慕容冲,皆燕臣而降入于秦者也。姚苌为姚弋仲第二十四子,亦因兄襄之败没,率诸弟而降入于秦者也。垂之叛,秦纵之;苌之叛,秦实激之。纵之已为失策,激之尤属非计,故秦王坚之败亡,皆其自取耳。慕容泓慕容冲,因垂之发难而并起,紫宫之谶,凤皇之谣,何莫非坚之自召。乐极悲生,理有固然,无足怪者。晋与秦本为仇敌,其乘秦乱而出兵,尤势所必至者也。翟斌辈特其导线耳。故本回虽头绪纷繁,而实可一言以蔽曰:秦苻之乱亡。

第七十回

堕房谋晋将逾绝涧　　应童谣秦主缢新城

　　却说慕容冲进逼长安，众至数万。秦王坚登城俯视，见冲在马上耀武扬威，不禁失声道："此虏从何处出来，乃敢猖獗至此！"当还问自己。说着，复大声呼冲道："奴辈止可牧牛羊，何苦自来送死！"前时何亦引入紫宫？冲答道："正因不愿为奴，所以欲取尔位！"坚令将士登陴守御，自下城踌躇多时，乃遣使赍取锦袍一袭，出城送入冲营，且令传谕道："古人交兵，不绝使人，朕想卿远来草创，岂不惮劳，特命使臣赐汝一袍，聊明本怀，朕与卿何等恩情，卿为甚么变志？"冲亦遣詹事复答，自称皇太弟，谓现今心在天下，岂顾一袍小惠，如果知命，便可君臣束手，早送出皇帝梓宫，孤当宽贷苻氏，借报前惠，省得汝口口声声，自矜旧谊。龙阳之宠，原不足道。这一席话，气得苻坚两目圆睁，且怒且悔道："我不用王景略阳平公言，使白虏胆敢至此，岂不可叹！"秦人向呼鲜卑为白虏。遂调兵出战，互有杀伤。两下里相持兼旬，已战过了好几次，未决胜负。秦王坚不觉愤发，亲督将士，与冲交战仇班渠，得破冲军，进至雀桑，再战又捷，复进至白渠，陷入伏中，为冲所围。又是骄兵之过。殿中上将军邓迈，左中郎将邓绥，尚书郎邓琼，自相告语道："我家世受秦恩，怎可不死君难！"当下各执长矛，拼死突围，三将在前，诸军随后，一齐奋勇，立将冲兵冲散。坚得着走路，始克驰归。

　　冲收兵不进，到了夜间，却遣尚书令高盖，引众疾走，潜袭长安。城中未曾戒备，晨启南门，突被冲军掩入，门不及闭，幸左将军窦冲、前禁将军李辩等，从内城杀出，猛厉无前，得把高盖杀退，斩首八百，裒尸分食。盖败退后，复移兵往攻渭北诸垒，与秦太子宏相值，战复失利，奔回冲营。秦王坚又自出击冲，大获胜仗，遂冲至阿房城，城尚未阖，秦将请乘胜杀入，偏坚惩着前败，只恐城内有伏，不敢径进，竟鸣金收军，退回长安。前次轻进，此次轻退，总之气数将尽，无一合宜。

后秦王苌，闻冲入关，与僚佐共议进止，齐声道："大王宜亟西行，得能先取长安，方可立定根本，再图四方。"苌笑说道："诸君所论，皆非明见。今日燕人起兵，意在规复故土，就使得志，也必不愿久留关中，我当移屯岭北，广收资实，坐待秦亡，俟燕人既去，然后引众入关，长安可唾手而取了。"是即鹬蚌相争，渔翁得利之策。僚佐方才拜服。苌乃留长子兴居守北地，自率部众趋新平。从前石虎季年，清河人崔悦为新平相，被郡人杀死，悦子液奔入长安，至苻坚僭位，得官尚书郎，自表父仇不共戴天，欲与新平人拼命，坚代为调停，削去新平城角，作为纪念。新平土豪，引为己耻，常思自立忠义，得补前恨。及苌至新平，太守苟辅，因兵单难守，即欲降苌，郡人冯杰等入谏道："天下丧乱，忠臣乃见。昔田单仅守一城，尚得存齐，今秦犹连城数百，难道便灭亡不成？况既为臣子，服事君父，要当尽心竭力，除死方休，奈何甘作叛臣，遗臭万年呢！"辅乃誓众固守，多方抵御。苌筑土山，辅亦筑土山，苌凿地道，辅亦凿地道，内外相制，屡挫苌众。辅又为诈降计，诱苌入城，伏兵邀击，几得擒苌。苌幸得逃脱，部众丧亡万余人。嗣是苌不与辅战，但在城外，筑起长围，堵截粮汲，辅坚守数月，粮尽矢竭，连水道尚且不通，眼见是无力再支。苌探得消息，即遣吏语辅道："我方以义取天下，岂忍仇害忠臣？君可率众男女还长安，请勿他虑，我但求此城设镇罢了。"辅信为真言，遂率男女万五千口，开城西走，哪知苌已预设陷坑，坑旁置伏，一俟辅众出来，即发伏四蹙，迫使入阱，可怜万五千口兵民，都堕落陷坑中，尽被坑死，无一孑遗。如此暴虐，哪得久长？苌得入据新平，专探听长安消息，再议进行。

那邺城为燕王垂所困，再遣使至晋促援，晋前锋都督谢玄，乃遣刘牢之率兵二万，北援邺城，并馈秦兵粮米二万斛。燕王垂督众逆战，挡不住牢之锐气，纷纷溃退，垂不得已撤围北走。牢之不愿入城，便即长驱追击。秦长乐公丕，正出城迎接牢之，偏牢之已经过去，乃亦督兵继进。牢之恃勇轻追，昼夜疾驰二百里，至董唐渊，将及垂兵。垂语将佐道："秦晋瓦合，各自争强，胜不相让，败不相救，实非同心。今两军相继追来，势尚未合，我宜用计，先破晋军，晋军败去，苻丕亦何能为呢！"遂在五桥泽旁，散置辎重，作为晋饵，使慕容德慕容隆两将，分兵伏住五丈桥，静候晋军。牢之引众越五桥泽，见沿路尽是辎重，不禁欣羡起来，晋军又个个好利，统望前争取，遂致不顾行列,哪知慕容德慕容隆两军,左右杀出,急切里如何抵挡?再加慕容垂统着大众,又复杀回,三面受敌,料难招架,不得不拍马返奔,回至桥畔,禁不住叫一声苦,原来桥板已被燕兵拆去,只有涧水潺潺,络绎不绝。牢之逃命要紧,索性退后数步,将马缰一提,幸亏是匹骏马,腾空跃起,得将五丈涧跳过。也是牢之命尚未绝。部众无此马匹,相率投入涧中,好许多卷入漩涡,随水漂没,惟素能泅水的,还得幸逃性命。偏燕兵尚不肯舍,架起桥板,仍逾桥追来。牢之倍觉着急,适值苻丕踵至,才得保救牢之,击退燕兵。牢之随丕回邺,邺中大饥,前时由晋给与二万斛,经旬散尽。丕不得已引众至枋头,就食晋谷,只留牢之入守邺城。谢玄以牢之兵败,征还原镇。丕亦仍然回邺,察知杨膺前谋,将他诛戮,自是仍不服晋。

　　慕容垂亦无从觅粮,趋回中山,沿途但取桑椹代食,饥疲异常。关东前时,曾有谣言道:"幽州峨,生当灭,若不灭,百姓绝。"峨系慕容垂原名。曾见前文。垂与丕相持经年,害得百姓不安耕稼,遂致野无青草,人自相食,应了前日谣言;这也未始非劫运侵寻,所以有此兵争呢。实是争城者之罪。

且说慕容冲败回阿房,收集败军,再加整缮,复四出寇掠。秦平原公苻晖,屡次为冲所败,秦王坚使人责晖道:"汝为我子,拥众数万,不能制一白虏小儿,还想活着做甚?"晖闻言恚慨,竟至自杀。前禁将军李辩,都水使者彭和正,恐长安不守,召集西州人,出屯韭园,坚征召不至。高阳公苻方,与尚书韦钟父子,驻守骊山。方与冲战殁,钟父子并皆擒住。冲命钟子谦为冯翊太守,使招降三辅士民。冯翊垒主邰安民等,责谦道:"君系雍州望族,今乃从贼自失忠义,有何面目对人!乃尚敢来饶舌吗?"谦羞惭满面,返白父钟,钟不胜悔叹,仰药以殉,谦南下奔晋。秦左将军苟池,右将军俱石子,率骑五千,与冲争麦,冲族人征西将军慕容永,击杀苟池,石子奔邺。秦复遣骁将杨定,引兵击冲。定系故仇池公杨纂族人,仇池陷没,降入苻秦,秦灭仇池,见六十二回。坚爱定骁勇,招为女婿,拜领军将军。至是率左右精骑二千五百人,前击冲军,十荡九决,无人敢当,冲众大败,被定掳得万余人,还城报功。坚命将俘虏一并坑毙,再令定出徇坝上,又破慕容永。永退语慕容冲,谓定难力敌,宜用智取。冲乃设堑自固,俟养足锐气,再行进攻。嗣闻长安城上有群鸟数万翔鸣,俱作悲声,关中术士,多言长安将破,冲乃悉众攻长安。秦王坚亲出督战,飞矢集身,流血满体,不得已走还城中。

冲纵兵暴掠,民皆流散,道路断绝,千里无人烟。惟冯翊堡壁三十余所,推平远将军赵敖为统主,共结盟誓。辄遣人负粮助坚,途中多为燕兵所杀,不过二三人得入长安。坚使人传语道:"闻来使多不得达,忠义可嘉,列亡可悯。当今寇氛日恶,非数人可能拒灭,但望明灵照护,祸绝灾退,方有转机。卿等当善保诚顺,为国自爱,裹粮坐甲,静听师期,不可徒劳役夫,轻糜虎口,为此谕令周知。"等语。既而三辅豪民,又遣人告坚,请拨兵攻冲,愿放火为内应。坚又与语道:"诸卿忠诚,可敬可哀,但时运剥丧,恐无益国家,空使诸卿夷灭,益足伤心!试想我猛士如虎,利刃若霜,乃反为小丑所困,岂非天意?愿卿等善思为是!"天道恶盈,坚其果知此义否?偏豪民又复固请,情愿效死,坚乃遣骑士八百,往劫冲营。三辅人却也纵火,无奈风势不顺,焰反倒冲,竟致自焚,十有九死。

坚闻报益哀,就在长安设祭招魂,且亲制诔文道:"有忠有灵,来就此庭,归汝先父,勿为妖形。"一面遣护军仇腾为冯翊太守,往抚郡县,大众都感激涕零,誓无贰志。无如人心尚固,天意难回,长安城中,但闻有人夜呼道："杨定健儿应属我，宫殿台观应坐我，父子同出不共汝。"到了诘旦，遍索此人，查无踪迹。长安又有遗书，叫做《古苻传贾录》，内有"帝出五将久长得"一语。又秦人亦有谣传云，坚入五将久长得。坚知长安东北有五将山，还道是往至五将，便可久长得国。乃嘱太子宏留守长安，且与语道："谶文谣言，统谓我宜出五将。大约天意欲导我出外，集兵剿寇。今留汝兼总兵政，善守城池，不必与贼争利，我当出陇收兵，输粮给汝便了。"计议已定，先使将军杨定，出西门击冲，截住冲军，自与宠妃张夫人，及幼子中山公诜，幼女宝锦，率骑数百，东出五将。正要启行，即有败卒入报道："杨将军为贼所算，追贼不慎，堕入陷坑，竟被贼捉去了！"杨定被擒，事从虚写。坚不禁大骇，匆匆嘱别，出城自去。

长安城中的战将，首推杨定，定既被擒，阖城惊惧。燕兵又猛攻不息，秦太子宏，料不能守，奉母挈妻及宗室男女等，西奔下辨。百僚逃散，司隶校尉权翼等数百人，奔投后秦。慕容冲入据长安，纵兵大掠，死亡不可胜计。那秦王坚出长安城，行过韭园，麾骑袭击。前禁将军李辨奔燕，都水使者彭和正走死，坚乃径往五将山。

后秦主姚苌，探得苻坚出奔，正拟往袭，适值权翼奔来，益知苻氏虚实，遂遣骁骑将军吴忠，带领骑兵，往围五将山。忠星夜前进，行抵五将，一声鼓噪，把山围住。秦兵当即骇走，只侍御十余人，随着苻坚。坚神色自若，尚召宰人进膳，从容下箸。俄而后秦兵至，把坚拘往新平。所有坚妾，张夫人以下，一并被掳，幽禁新平佛寺中。姚苌不见苻坚，但使人向坚求玺道："苌次应历数，可将传国玺见惠。"坚瞋目怒叱道："小羌敢干逼天子，太无天理。图纬符命，有何依据？五胡次序，无汝羌名，玺已送晋，岂授汝小羌么？"苌尚不肯已，再遣右司马尹纬，迫坚禅位。坚见纬状貌魁梧，志气英挺，身长八尺，腰带十围，不由的惊问道："卿在朕朝，曾否得官？"纬答道："曾做过几年吏部令史。"坚叹息道："卿仪容不亚王景略，也是一宰相才，朕无耳目，独不知卿，怪不得今朝败亡哩。"纬乃援尧舜禅让故事，从容讽坚。坚变色道："禅让故事，惟圣贤可为，姚苌叛贼，怎得上拟古人！"汝也不配为圣贤。说着，复大骂姚苌背恩负义，唠叨不休。纬知不可说，返报姚苌，苌竟遣使逼坚自尽。坚临死时，顾语张夫人道："不可使羌奴辱我女儿。"遂拔出佩剑，先杀宝锦，然后投缳毕命，计年四十八岁。张夫人向尸

再拜,大哭一场,就把坚佩剑拾起,向颈一横,碧血飞溅,红颜委逝。中山公诜,也取剑自刎,随那父母灵魂,同往鬼门关去了。难得有此烈妇孝子!

后秦将士,得知此变,也为哀恸。姚苌至此,亦不欲自播恶名,只言坚父子自尽,许为殓葬,追谥坚为庄烈天王。先是,关中尝有童谣云:"河水清复清,苻坚死新城。"坚闻谣知戒,每出征伐,遇有地方名新,便即避去,但到头终缢死新平。又有童谣云:"阿坚连牵三十年,后若欲败时,当在江淮间。"又云:"鱼羊田升当灭秦。"前谣是应在淝水一役,后谣是应在鲜卑亡秦:鱼羊便是鲜字,田升乃是卑字。总计坚在位二十七年,为晋所败,后二年,燕入长安,走死五将,俱如谣言,这且不必细表。

且说秦太子宏,奔至下辨,为南秦州刺史杨璧所拒。璧妻本是坚女,叫作顺阳公主,为太子宏女兄,他却欲自保身家,不认郎舅,竟致拒绝。世态炎凉,可见一斑。宏乃转奔武都,顺阳公主也恨夫薄情,弃璧投宏。尚恐璧发兵来追,索性南下归晋。晋廷令处江州,寻给辅国将军职衔。惟秦长乐公苻丕,趋还邺城,尚有部众三万人,会王猛子幽州刺史王永,与平州刺史苻冲，屯兵壶关，遣使迎丕。丕恐燕军复来攻邺，不如先机出走，乃率男女六万余口，西往潞州。秦骠骑将军张蚝，并州刺史王腾，趋候途中，迓丕入晋阳。王永闻信，留苻冲守壶关，自率万骑见丕，述及长安失守，及故主凶终等情。乃就晋阳举哀，三军缟素，追谥坚为宣昭皇帝。

丕即日嗣位，为坚立庙，号称世祖，改建元二十一年为太安元年。命张蚝为侍中司空，王永为侍中，都督中外诸军事，兼车骑大将军尚书令，王腾为中军大将军，司隶校尉，苻冲为尚书左仆射，封西平王，余官亦进职有差。立妃杨氏为皇后，子宁为皇太子，颁告远近，大赦境内。适前尚书令魏昌公苻纂，自长安奔晋阳，丕拜纂太尉，封东海王。就是苻定苻绍苻谟苻亮等，亦皆闻风反正，自河北遣使谢罪。四苻降燕见前回。还有中山太守王兖，固守博陵，为秦拒燕，上表沥陈。丕授兖为平州刺史，兼平东将军，且拜苻定为冀州牧，苻绍为冀州都督，苻谟为幽州牧，苻亮为幽平二州都督，并进爵郡公。秦左将军窦冲，秦州刺史王统，河州刺史毛crab，益州刺史王广，俱奔集陇右，合图规复。领军将军杨定，亦从燕营脱走，趋至陇上。即如南秦州刺史杨璧，也居然为秦效节，一古脑儿奉表晋阳，请讨姚苌。杨璧拒宏奉丕，可谓狡变。丕大喜过望，封杨定等俱为州牧，即令王永传檄州郡，声讨慕容氏及姚苌。小子有诗叹道：

存亡继绝亦当然，一脉留贻得再延。

可惜苻丕非令主，晋阳兴替仅逾年。

欲知檄文中如何命词，请看下回便知。

苻氏衰微，兵端四起，正予东晋以规复之机会。谢安请命北征，正其时也。顾苻丕请援，即授意谢玄，遣将援邺。苻坚寇晋，仅越年余，淝水之战，侥幸一捷，此仇此恨，何可遽忘？声其罪而讨之，谁曰不宜？乃贪一邺城，反为寇援，已足见讥于外族。且刘牢之有勇鲜谋，冒险轻进，卒为慕容垂所算，弃师遁还，河洛以北，仍为左衽，是何莫非谢氏之失策耶！彼秦苻坚因骄致败，困守长安，假使招集三辅，背城借一，犹可图存，乃徒示口惠，复惑谶书，猝奔五将，受虏姚氏。新平之幽，蕲玺不予，亦何益哉？惟如张夫人之殉节，中山公诜之殉孝，虽曰戎狄，犹秉纲常，坚死有知，其尚足自豪乎？

第七十一回
用僧言吕光还兵　依逆谋段随弑主

却说苻丕嗣位以后,令侍中王永,都督诸军,拟讨慕容氏及姚苌,因先传檄州郡,号召吏民,檄文有云:

　　大行皇帝弃背万国,四海无主。征东大将军、长乐公丕,先帝元子,圣武自天,受命荆南,威镇衡海,分陕东都,道被夷夏,仁泽光于宇宙,德声侔于《下武》。永与司空蚝等,谨顺天人之望,以季秋吉辰,奉公绍承大统,衔哀即事,栖谷总戎,枕戈待旦,志雪大耻。慕容垂为封豕于关东,泓冲继凶于京邑,致乘舆播越,宗社沦倾。羌贼姚苌,我之牧士,乘衅滔天,亲行大逆,有生之巨贼也。永累叶受恩,世荷将相,不与骊山之戎,荥泽之狄,共戴皇天,同履后土。诸牧伯公侯,或宛沛宗臣,或四七勋旧,岂忍舍破国之丑竖,纵杀君之逆贼乎! 主上飞龙九五,实协天心,灵祥休瑞,史不辍书,投戈效义之士,三十余万,少康光武之功,可旬朔而成。今以卫将军俱石子为前军师,司空张蚝为中军都督,武将猛士。风烈雷震,志殄元凶,义无他顾,永谨奉乘舆,恭行天罚,君臣始终之义在三,忘躯之诚,戮力同之,以建晋郑之美,因申羿奡(ào)之诛,宁非善乎! 特具檄以闻。

这篇檄文,传递出去,却亦说得有条有理。无如苻氏已衰,不能复振,徒凭那纸上空谈,唤不起什么义举! 还有秦将吕光,自略定西域后,得受封安西将军、西域校尉。光定西域,见六十六回中。他闻关中大乱,拟留居龟兹,不愿东归。惟当时有西僧鸠摩罗什,为光所得,颇加信用,独劝光亟还陇右。光乃用橐驼二万余头,载运外国珍宝,及奇技异戏,殊禽怪兽,千百余品,并骏马万余匹,启程而还。

小子叙到此处,记得那鸠摩罗什的履历,也与后赵时的佛图澄,同一怪异,说将起来,又有一番特别源流。鸠摩罗什世居天竺,祖宗尝为国相,父鸠摩罗炎,秉性聪懿,将嗣相位,独辞避出家,东度葱岭,行至龟兹。龟兹王闻他重名,出郊迎入,尊为国师。王有妹年已二十,才慧过人,邻国交来乞婚,俱不见许,惟见了鸠摩罗炎,却是芳心相契,愿订丝萝。才女亦喜配和尚么? 炎不甚乐从,偏国王硬为要求,只好勉从王命,谐成一番欢喜缘。未几炎妻有孕,慧解逾恒,十月满足,产生罗什。过了七年,见罗什已有知识,乃挈与出家,命罗什从师受经。罗什过目成诵,日读千偈,无不记忆,且尽通晓。既而鸠摩罗炎,不知所适,罗什母也挈子远游。行至沙勒,颇得国王优待,乃暂寓沙勒国中。罗什更博览五明密论,及阴阳星算,莫不阐幽尽妙,所以吉凶休咎,都能预知。年至二十,声名大噪,国人多奉以为师。龟兹国王,遣使迎归。罗什广说诸经,四远学徒,无人能及。罗什母亦悟彻禅机,欲往天竺求佛,但当罗什传教东土,孑身西去,后来得成正觉,进登第三果,坐化了事。惟罗什留居龟兹,专以大乘教课徒,远近景仰。秦王苻坚,亦有所闻,拟密迎罗什至国。可巧太史奏称西域分野,出现明星,当有大智入辅中国,坚憬然道:"莫非就是鸠摩罗什么?"及将军吕光,受命西征,坚特与语道:"若得罗什,即当驰驿送来,休得迟慢!"光唯唯而去。罗什闻光军将至,便语龟兹王白纯道:"国运已衰,将有勍(qíng)敌从中国来,宜尽礼迎纳,勿抗敌锋。"白纯不从,果被光陷入国都,将纯逐走,掳住纯家属多人。一面搜访罗什,竟得相见。光因罗什年齿尚少,未有妻室,当将龟兹王女,强使为妻。罗什坚辞不受,光笑道:"道士贞操,岂过乃父,何必固辞?"罗什尚不肯依,光乃佯言罢议,但使罗什酗饮醇醪,待他沉醉,扶卧密室,又迫龟兹王女与他同寝。至罗什酒醒,始知中计,不得不将错便错,同效于飞。可谓作述重光。会光引军出巡,使罗什从行,道经山麓,下令安营,将士已皆休息,罗什白光道:"将军在此,必致狼狈,宜徙军陇上。"光以为妄言,笑而不纳。到了夜半,天果大雨,洪潦暴起,水深数丈,溺死至数千人,光始服罗什先见。及光欲久居龟兹,罗什又进谏道:"此处乃凶亡故土,不宜淹留,关陇自有福地可居,请即东还!"光因前次不从罗什,致遭水患,此番怎好再违忠告,自蹈凶机? 乃决计引归。

行至玉门,为凉州梁熙所拒,责光擅命还师,特遣子胤与部将姚皓,

别驾卫翰,引众五万,出击光军。一战即败,再战又败。胤率轻骑数百人东奔,被光将杜进追着,活擒而去。于是武威太守彭济,诱执梁熙,向光乞降。光杀熙父子,遂入姑臧,自领凉州刺史、护羌校尉,表杜进为抚国将军、武威太守,封武始侯,自余封拜各有差。陇西郡县,陆续归附,惟酒泉太守宋皓,南郡太守索泮,不服光命。光发兵往攻,依次陷入,执住宋皓索泮,责他违令不臣,泮朗声道:"将军受诏平西域,未闻受诏略凉州,梁公何罪,乃为将军所杀,泮不能为国报仇,深加惭恨,主灭臣死,何必多言!"*却是个硬头子。*光竟令斩泮,并及宋皓。

先是张天锡南奔,*见六十七回。*世子大豫,不及随从,走依长水校尉王穆家,穆与大豫同走河西。魏安人焦松齐肃张济等,纠众数千,迎大豫为主帅,占据一方。光入凉州,令部将杜进招讨,大豫麾众杀退杜进,追逼姑臧。王穆谏阻道:"吕光粮多城固,甲兵精锐,未可轻攻,不如席卷岭西,厉兵秣粟,然后东向与争,不出期年,便可得志了。"大豫不从,遣穆至岭西乞师。建康太守李隰,祁连都尉严纯阎袭等,统起兵相应。又有鲜卑旧部秃发思复鞬,即晋初叛酋树机能侄曾孙,避居河西,渐复旧业,树机能事见前文。此时也愿助大豫,遣子奚干等至姑臧。大豫屯兵城西,王穆与奚干屯兵城南,光猝发兵出南门,袭击奚干兵营,奚干不及防御,骤为所乘,竟至败殁。王穆亦被牵动,全军俱溃,就是大豫所率的兵士,也闻风骇退。于是大豫奔广武,王穆奔酒泉。广武人执住大豫,送至姑臧,被斩市曹。

会光得接长安音信,才知秦王坚为姚苌所害,乃令部曲丧服举哀,设祭城南,谥坚为文昭皇帝,大临三日。乃大赦境内,建元太安,自称中外大都督、大将军,领护匈奴中郎将、凉州牧、酒泉公。

看官欲知吕光的身世,原来就是秦太尉吕婆楼的长儿,源出氐族,素居略阳。婆楼为秦王坚佐命功臣,故得享尊荣,垂及子嗣。相传光生时曾有光绕室,因名为光。年十岁,与村童嬉戏,喜为战阵,自作统领,部署精详,侪类莫不悦服。惟不乐读书,专好驰马,及成年后,身长八尺四寸,目有重瞳,左肘有肉印,沉毅凝重。王猛尝目为异人,白诸苻坚,举为美阳令,颇有政声。嗣迁鹰扬将军,调任步兵校尉,累著战绩。及往略西域,左臂肉印中现出赤文,有巨霸二字;夜间安营,尝有黑物护住营外,头角崭然,目光如电,诘旦即云雾四周,不得复见。光疑为黑龙,杜进谓即龙飞九五的预兆,光以此自喜,遂有大志。返据凉州,乘机自立,这便是后梁建国的权舆。亦列入十六国中,故特从详叙。

同时乞伏国仁,亦在勇士川筑城为都,国仁见六十八回。自称大都督、大将军、大单于,领秦河二州牧,改元建义。何义之有?设置将相,分属境为十二郡,是为西秦。彼分此裂,不相统属,可见得苻秦一败,逐鹿已多,单靠着晋阳苻丕,孤危一线,欲系千钧,谈何容易!惟故尚书令魏昌公苻纂,为丕宗亲,自关中奔至晋阳,与丕相见,丕拜纂为太尉,进封东海王,遇事必咨,共图恢复。兵尚未发,那邺城已早被燕将慕容和据去。且博陵守将王兖,本是苻氏第一忠臣,偏被那燕王垂子慕容麟,引兵围住,害得粮尽援穷。功曹张猗,逾城出降,并为慕容麟招募丁壮,编成队伍,号为义兵。引至城下,呼ույ答话,劝令降燕。兖登城叱责道:"卿为秦人,我为卿主,卿乃纠众应贼,反称义旅,何名实不符,竟至如此?古人有言,求忠臣于孝子之门,卿有老母在城,甘心弃去,还说出什么忠义!我不料中州文物,偏出一卿,不孝不忠,试问卿有何面目长居人世呢?"说着,弯弓欲射。猗急忙驰退，才免箭伤。阅数日，城被陷没，兖被擒不屈，便即遇害。还有秦固安侯苻鉴，也为麟所杀。能为宗邦殉节，不论夷夏，俱属忠臣。

麟向慕容垂报功。垂已至中山，见城郭缮固，宫室构新，所有府库仓廪，统皆充溢，便顾语诸将道："这是乐浪王的大功，就使汉代萧何，想亦不过如是了。"看官，你道乐浪王为谁？乃是前燕主慕容俊第四子温。垂起兵攻邺时，温亦引众往会，由垂命为征东将军，封乐浪王，使与慕容农等同定中山，即留温居守。温劝课农桑，怀远招携，外拒丁零，内抚郡县，吏民争馈粮糈（xǔ），遂得富足，缮城筑室，措置裕如。垂既得此安乐乡，当然不愿他去，将佐复联笺劝进，乃以中山为国都，就南郊燔柴祭天，自称燕帝，改元建兴。署置公卿百官，缮修宗庙社稷，立世子宝为太子，余子农为辽西王，麟为赵王，隆为高阳王，范阳王德为尚书令，太原王楷为左仆射，乐浪王温为司隶校尉，领冀州刺史。追尊生母兰氏为文昭皇后，徙觥后段氏神主至别室，改奉兰氏配飨。博士刘详董谧，谓尧母位列第三，并未尝因尧为天子，上陵姜嫄，王道贵示大公，不宜自存私见。垂不肯依议，又废觥后可足浑氏，说他倾覆社稷，不足祔（fù）庙。实是报复前怨，事见六十一回。尊俊昭仪为景德皇后，配飨龙陵。龙陵为慕容俊墓。追谥先妃段氏为成昭皇后，册立继室段氏为皇后。可记秦王见幸时否？太子宝为先段后所出，后来宝多失德，后段后劝垂易储，议不果行，反惹出许多祸乱，事见下文。

且说西燕主慕容冲，逐去秦王坚父子，遂入据长安，怡然自得，渐即淫荒，赏罚不均，号令不明。慕容柔与慕容盛，尚在冲麾下，柔与盛奔依慕容冲，见六十九回。盛年方十三，密语叔父柔道："从来为十人长，亦须才过九人，然后得安。今中山王指冲，见前文。智未迈众，才不逮人，功尚未成，先自骄侈。据盛看来，恐必不能持久哩！"这也所谓小时了了，大未必佳。冲遣尚书令高盖，率众五万，往伐后秦。行至新平南境，与姚苌兵马相遇，两下交战，盖兵大败，十亡七八。盖恐还军得罪，索性与残众数千人，降附姚苌，苌令为散骑常侍。这音耗传到长安，冲好似失一左臂，乃惟与左仆射慕容恒，右仆射慕容永，协图政事，但也不甚信用，遂致群怨交集，众叛亲离。将军韩延等，因众心未悦，即与前将军段随商议道："今主上骄侈日甚，臣民不安，如何而可？我与将军百战疆场，才得关中，怎堪令庸主败坏呢！"段随道："据君意见，应该如何处置？"韩延附耳说了两语,随只是摇头。延变色道:"将军如不见信,恐难免灭族了!"随不觉失惊。延说道:"韩信彭越,功高天下,尚且被诛,试问将军能如韩彭么?"随听此一语,也觉动心,因即依延计,乘夜行事。

到了黄昏,便密召兵士,攻入宫中。冲尚在酣饮,猛见乱兵入室,始起坐惊问,一语未完,刀锋及项,立即颈血模糊,倒毙地上,左右皆已骇散。延即率兵登殿,召集文武,高声宣令道:"慕容冲饮酒淫荒,不堪为主,我等已为众除暴,另议立君,今段将军威德日闻,可为燕主,愿诸公同心辅戴,不得有违!"文武百官,皆错愕失容,不知所对。延竟顾视左右,令拥段随御座,且厉声道:"如不服新主,便当处斩!"大众闻一"斩"字,一时不敢违慢,只好勉强谒贺,再作后图。段随居然受谒,改元昌平。草草毕礼,才命殓葬慕容冲。

当时冲将王嘉,曾劝冲东还邺城。冲见长安宫阙崇宏,后庭充牣,便乐得久居,无志东归。嘉作歌讽冲道:"凤凰凤凰,何不高飞还故乡?何故在此取灭亡?"冲亦知凤凰二字,是自己的小字,六十八回中亦曾叙过。只因志在苟安,始终不从,遂遭此祸。

依逆谋段随弑主

慕容永与慕容恒，与冲同族，怎肯坐观成败，竟令外人霸据成业，安然称王？当下两人密谋，号召旧部，袭杀段随，并诛韩延等人，推立宜都王慕容桓子颛为主。桓系慕容俊弟，尝留镇辽东，燕亡时为秦将朱嶷所杀。长子便是慕容凤，曾劝丁零翟斌迎慕容垂，遂归垂麾下。见六十一回。垂为燕王，令凤承袭父爵。凤弟即慕容颛，随冲入关，永与恒乃奉为燕王，改元建明。且率鲜卑男女四十万，出关东行。才至临晋，不意恒弟慕容韬，阴怀异志，竟将颛刺死。永与武卫将军刁云攻韬，韬战败遁去。恒再立冲子瑶为主，改元建平，谥冲为威皇帝。大众不服恒所为，情愿依永，当即奉永攻恒，恒亦败走，瑶不及脱身，竟死乱军中，于是众情一致，戴永为主。永系慕容廆从孙，祖名运。自言序不当立，决计让去，另立慕容泓子忠。忠既嗣立，改元建武，即授永为丞相，封河东公。再东行至闻喜，始知慕容垂已称尊号，惮不敢进，即在闻喜县中筑造燕熙城，为自固计。偏刁云等又复杀忠，定要推永为主，永乃自称大将军、大单于，领雍秦梁凉四州牧，录尚书事，兼河东王。置君如弈棋。总之，晦气几个鲜卑小鬼。一面遣使至中山，向慕容垂处称藩，一面遣使至晋阳，向秦主苻丕处假道。看官试想，这秦主苻丕与慕容永，具有不共戴天的大仇，难道就肯假道么？小子有诗叹道：

　　大仇未复慢投戈，假道何堪谬许和。
　　可惜苻秦王气尽，遗灰总莫障颓波！

欲知苻丕当日情形，容至下回续叙。

　　佛图澄与鸠摩罗什，先后相继，留传史乘，此皆由世道衰微，圣王不作，乱臣贼子盈天下，故羽客缁流，得挟异技以干宠耳。佛图澄之于石勒，鸠摩罗什之于吕光，当其佐命之初，几若一指南之圭臬，然卒之徒炫小智，无关大体，此其所以忽兴忽衰，难与言治也。慕容冲以龙阳之姿，一跃而称燕帝，自宋朝弥子瑕以来，从未闻有此奇遇者。彼狡者童，何能为国？观其僭号以后，仅逾年而即死人手，不亦宜乎！惟段随既为冲臣，甘从韩延之逆谋，躬与篡弑，罪不容诛，虽延为主动，随为被动，然据位称尊，随实尸之。晋赵穿之弑灵公，《春秋》犹书赵盾，况段随乎？故本回以段随为首恶，遵《春秋》之大义也。

第七十二回

谋刺未成秦后死节　失营被获毛氏捐躯

却说秦自博陵失守，燕兵四至，冀州牧苻定，镇东将军苻绍，幽州牧苻谟，镇北将军苻亮，自知不能御燕，复向燕请降，受封列侯，就是王统王广毛兴等，亦互相攻夺。广败奔秦州，为鲜卑人匹兰所执，解送后秦，兴亦为枹罕诸氐刺死，改推卫平为河州刺史。平年已老，不能驭众。坚有族孙苻登，素有勇略，得受封为南安王，拜殿中将军，迁长安令，寻坐事黜为狄道长。关中陷没，登走依毛兴，充河州长史。兴颇重登才，妻以爱女，擢为司马。至兴被戕时，登孤掌难鸣，只好含忍过去。后来枹罕诸氐，悔立卫平，再议废置，连日未决。会七夕大宴，氐将啖青，拔剑大言道："今天下大乱，豺狼塞路，我等义同休戚，不堪再事庸帅。前狄道长苻登，虽系王室疏属，志略却很是英强，今愿与诸君废昏立明，共图大事；如有不从，便申异议，休得一误再误呢！"说至此，仗剑离座，怒目四视，咄咄逼人，大众莫敢仰视，俱俯首应诺；乃拥登为抚军大将军，都督陇右诸军事，领雍河二州牧，称略阳公。与众东行，攻拔南安，因遣使至晋阳请命。登为九年秦主，故不得不详所由来。秦主丕不能不从，准如所请，且授登为征西大将军，仍封南安王，命他同讨姚苌。

是时王永进为左丞相，已二次传檄，预戒师期。丕乃留将军王腾守晋阳，右仆射杨辅戍壶关，自率众四万进屯平阳。适值慕容永驰使假道，自愿东归，丕当然不许，且下令云：

  鲜卑慕容永，乃我之骑将，首乱京师，祸倾社稷，豕凶继逆，方请逃归，是而可忍，孰不可忍？其遣左丞相王永，及东海王纂，率禁卫虎旅，夹而攻之，即以卫大将军俱石子为前锋都督，誓歼乱贼，以复国仇，其各努力毋违！

令甲既申，诸军并出，总道是旗开得胜，马到成功，哪知天下不如意事，十常八九。丕在平阳静待数日,起初尚接得平安军报,只说是军至襄陵,与贼相遇,未决胜负,后来即得败报,前锋都督俱石子战死了,最后复得绝大凶信,乃是左丞相王永亦至阵亡,全军俱败溃了。虚写战事,又另是一种笔墨。丕不禁大惊,忙问东海王纂下落,侦吏报称纂亦败走,惟兵士死伤,尚属不多。这语说出,急得丕失声大呼,连说不佳。看官道是何因?原来纂从长安奔晋阳,麾下壮士,本有三千余人,丕恐纂为乱,胁令解散,此次又惧纂报复,所以越觉惊惶。匆匆不及细想,便率骑士数千,狼狈南奔,径赴东垣。探得洛阳兵备空虚,意欲率众掩袭。洛阳时已归晋,当由晋西中郎将桓石民,探知消息,即遣扬威将军冯该,自陕城邀击苻丕。丕不意中道遇敌,仓猝接仗,部骑惊溃。丕跃马返奔,马蹶坠地,可巧冯该追至,顺手一槊,了结性命。不度德,不量力,怎能不死?总计丕僭称帝号,不过二年。尚有秦太子宁,长乐王寿,及左仆射王孚,吏部尚书苟操等,俱被晋军擒住,连丕首共送建康。还算蒙晋廷厚恩,命将丕首埋葬,所有太子宁以下,一体赦免,饬往江州,归苻坚子宏管束。宏降晋见七十回。

东海王纂,与弟尚书永平侯师奴,招集余众数万,奔据杏城。此外后妃公卿,多被慕容永军掳去。永遂入长子,由将佐劝称帝号,便即被服衮冕,居然御殿受朝,改元中兴。他见丕后杨氏,华色未衰,即召入后庭,迫令侍寝。杨氏貌若芙蕖,心同松柏,怎肯失节事仇,含羞受辱?当下拒绝不从。永复与语道:"汝若从我,当令汝为上夫人;否则徒死无益!"杨氏听了"徒死无益"四字,不由的被他提醒,便佯为进言道:"妾曾为秦后,不宜复事大王,但既蒙大王见怜,妾亦何惜一身,上报恩遇!但必须受了册封,方得入侍巾栉,免致他人轻视呢。"永闻言狞笑道:"这亦不妨依卿,俟明日授册,与卿欢叙便了。"说罢,即使杨氏出宿别宫。翌日,下令册封杨氏为上夫人,令内官赍册入奉,杨氏接得册宝,勉为装束,专待夜间下手。夜餐已过,永即至杨氏寝室,来与调情,杨氏起身相迎,假意拜谢,永见杨氏浓妆如画,秀色可餐,比昨日更鲜艳三分,禁不住欲火上炎,便欲与他共上阳台,同谐好梦。偏杨氏从容进言道:"今夕得侍奉大王,须待妾敬奉三觞,聊表敬意。"永不忍推辞,乃令侍女取出酒肴,自己坐在上面,由杨氏侧坐相陪。杨氏先斟奉一觞,永一吸而尽,第二觞亦照样的喝干了。到了第三觞上奉,杨氏左手执觞,递至永口,右手却从怀中拔出短刀,向永猛刺。也是永命不该绝,先已瞧着,急将身子一闪,避过刀锋。杨氏扑了一个空,又因用力过猛,将刀戳入座椅,一时反不能拔出,更被永左手一挥,把杨氏推开数步,跌倒尘埃。杨氏自知无成,才竖起黛眉,振起娇喉,向永诟詈道:"汝系我国逆贼,夺我都,逐我主,反思凌辱我身,我岂受汝凌辱么?我死罢了,恨不能揕(zhèn)汝逆贼!"说着,已被永抽刀一掷,正中杨氏柔颈,血花飞溅,玉碎香消。完名全节,一死千秋!永怒尚未息,喝令左右入室,拖出尸身,自向别室寻乐去了。

慕容盛叔侄,随永至长子,见永所为不合,恐自己不免遭殃,因密白叔父柔道:"闻我祖父已中兴幽冀,东西未一,我等寄身此地,自居嫌疑地位,好似燕在幕上,非常危险,何不乘此机会,便即高飞,一举万里,免得坐待罗网哩!"柔也以为然,遂与盛等悄悄出奔,从间道趋往中山。途次遇着群盗,拦住去路,盛慨然与语道:"我是六尺男儿,入水不溺,在火不焦,还问汝敢当我锋否?汝若不信,试离我百步,高举汝手中箭镞,我若射中,汝可小心仔细,防着伤命,倘射不能中,便当束手待毙,由

注:图中所题回目名当为"谋刺未成秦后死节"

汝处置罢！"盗见他年少语夸,必有奇技,乃退至百步以外,举箭待着。脚才立定,已听得飕的一声,有箭射到,不偏不倚,插入箭镞。盗不禁咋舌,掷箭拱手道："郎君乃贵人子,具有家传绝技,我等但欲相试,岂敢相侵！"说罢,反从囊中取出白锵(qiǎng),作为赆(jìn)仪,让路送行。盛也不多辞,受赠作别,径往中山去了。

永闻盛等私奔中山,勃然大愤,竟收捕慕容俊子孙,无论男女少长,骈戮无遗。如此淫虐,能活几时？这且待后再表。

且说后秦主姚苌,探得慕容永等出关,料知长安空虚,遂自新平西进,驰入长安,御殿称帝,改元建初,国号大秦,改名长安为常安。立妻蛇氏为皇后,子兴为太子,分置百官,服色尚赤。追谥父弋仲为景元皇帝,兄襄为魏武王。命弟绪为征虏将军,领司隶校尉,留守长安,自率众往安定,击破平凉胡金熙,及鲜卑支酋没柔干,乘势转趋秦州。秦州刺史王统尚为苻氏旧将,出兵相拒,连战失利,不得已举城降苌。苌授弟硕德为征西将军、秦州刺史,都督陇右诸军事,领护东羌校尉,镇守上邽。适秦南安王苻登,招集夷夏三万余户,兵马浸盛,进攻秦州。姚苌正自上邽启行,欲还长安,途中闻秦州被攻,亟引兵返援,与硕德同出胡奴阪,截击苻登。不料苻登部下,勇健善斗,个个是冲锋上选,苌众无一敢当,竟被他蹂躏一场,伤亡至二万余人。苌连忙返奔,背上已着了一箭,为登将啖青所射,深入骨髓,犹幸未中要害,还得忍痛逃归。硕德亦走还上邽,婴城拒守。

时岁旱众饥,饿莩载道,登每战杀敌,即取尸肉蒸啖,号为熟食,且语军士道："汝等旦日出战,暮即得饱食人肉,还愁甚么饥馁呢？"以人食人,真是禽兽世界。军士闻令,争取死人为粮,每食必饱,故壮健如飞。姚苌察悉情形,急召硕德同归,并传语道："汝若不来,恐麾下兵士,定被苻登食尽了！"硕德遂弃去秦州,亦东奔长安。

登既得胜仗,再图进取,适值丕尚书寇遗,奉丕子渤海王懿,济北王昶,自杏城奔至登军,述及丕败死等情,于是登为丕发丧,三军缟素。拟即立懿为嗣主,部众都趋进道："渤海王虽先帝嗣子,但年尚幼冲,未堪继立,国家多难,须立长君,这是《春秋》遗义。今三房跨僭,寇贼盛强,豺狼枭獍(jìng),举目皆是,大王挺剑一起,便败姚苌,可谓威振华夷,光极天地,宜即正大位,龙骧奋武,光复旧京,再安社稷宗庙,怎可徒顾曹臧吴札小节,自失中兴盛业呢!"这一席话,恐是由苻登嘱使出来。曹臧吴札并见《春秋》。登乃命在陇东设坛,嗣为秦帝,改太安二年为太初元年,仿置文武官属。且就军中设立苻坚神主,仍依苻丕旧谥,称坚为世祖宣昭皇帝,见七十回。载以辒辌(píng),卫以虎贲,凡所欲为,必启主后行。当下集众五万,将讨后秦,便在坚神主前,拜祷读祝道:

> 维曾孙皇帝臣登,以太皇帝之灵,恭践宝位,昔五将之难,贼羌肆害于圣躬,实登之罪也。今收合义旅,众逾五万,精甲劲兵,足以立功,年谷富穰,足以资赡。即日星驰电迈,直造贼庭,奋不顾命,陨越为期,庶上报皇帝酷冤,下雪人民大耻。维帝之灵,降鉴厥诚!

读祝既毕,唏嘘泣下。将士莫不悲恸,志在必死,各刻鍪铠中,为死休字样,每战辄用长槊钩刃,列为方圆大阵,遇有厚薄,从中分配,所以人自为战,所向无前。前中垒将军徐嵩,屯骑校尉胡空,各聚众五千,结垒自固。既而受姚苌官爵,借避兵锋。及苻坚遇害,嵩等请领坚尸,以王礼营葬。苻登称帝,嵩与空复率众请降。登拜嵩为镇军将军,领雍州刺史,空为辅国将军,兼京兆尹,改葬坚柩,用天子礼。

越年正月,登立妃毛氏为后,渤海王懿为皇太弟,遣使拜东海王纂为太师,领大司马,都督中外诸军事,进封鲁王,纂弟师奴为抚军大将军,领并州牧,封朔方公。纂不欲受命,怒叱来使道:"渤海王系世祖孙,为先帝遗体,南安王何不拥立,乃妄自称尊呢?"来使以国难未平,须立长君为词,纂意终未释。独长史王旅进谏道:"南安已立,理难中改,今国雠未平,不宜先仇宗室,自相鱼肉,容俟二雠平定,再作后图。"说得有理。纂乃对使受职,遣令归报。登复调梁州牧窦冲为南秦州牧,雍州牧杨定为益州牧,南秦州刺史杨璧为梁州牧,并授乞伏国仁为大将军、大单于,封苑川王。

杨定与东海王纂,会攻后秦,进至泾阳,正值姚硕德奉行兄令,率众来战。定被纂两路夹攻,顿致大败。姚苌自督兵往救。纂乃退守敷陆,檄令他镇济师。窦冲进拔后秦汧(qiān)雍二城,苌移兵击冲,冲战败退还。秦冯翊太守兰犊,引众二万,自频阳入和宁,贻书苻纂,共图长安。纂正喜得一帮手,偏乃弟师奴,谓不如背了苻登,自进尊号,纂不肯从,竟为师奴所杀。师奴遂自称秦公,欲袭长安,途次遇着苌军,逆战大败,奔亡鲜卑。杀兄贼怎能济事!兰犊闻报,亦即退去。苌更遣将军梁方成引兵攻秦雍州刺史徐嵩军垒，嵩兵单力弱，不能支持，竟被陷入，且为所擒。方成责嵩反覆不忠，徒自取死。嵩怒骂道："汝姚苌已坐死罪，乃蒙先帝恩赦，授任内外，备极荣宠，今乃负恩忘义，身为大逆，连犬马尚且不如。汝附逆为虐，不知责己，反来责我，我不幸被执，情愿速死，早见先帝，收汝逆苌生魂，治罪地下。"说至此，怒眦尽裂，嚏（xùn）血横喷，惹得方成大愤，拔剑杀嵩，连斫三剑，嵩始陨命，遗众数千，俱被方成坑死。嵩虽曾降苌，仍为苻秦殉节，不失为忠。姚苌亦引兵来会，发掘秦王坚墓，劈棺鞭尸，剥去殓服，裹以荆棘，埋入坎中。伍胥鞭尸，且贻讥后世，何况姚苌？

苻登闻姚苌猖獗，出屯胡空堡，招集戎夏兵民十余万众，循陇西下，径入朝那（Zhūnuó）。苻懿得病而死，予谥献哀，登乃立子崇为太子，弁为南安王，尚为北海王。姚苌亦移据武都，与登相持，大小经数十战，苌多败少胜，退营安定。登粮亦垂尽，令大军就食胡空堡，自率精骑万余，进围苌营。四面大哭，哀声动人，苌亦命三军皆哭，与外相应，登乃引还。苌见登军中，载着苻坚神主，遂疑是坚有神验，故登战辄胜。当下想入非非，亦在军中立坚神主，作文致祝。文词似涉诙谐，颇堪一噱，由小子录述如下：

  往年新平之祸，非苌之罪。臣兄襄从陕北渡，假路求西，狐死首丘，欲暂见乡里，陛下与苻眉要路距击，不遂而殁。襄救臣行杀，非臣之罪。苻登陛下末族，尚欲复仇，臣为兄报耻，于情理何负？昔陛下假巨龙骧之号，尝谓臣曰："朕以龙骧建业，卿其勉之！"明诏昭然，言犹在耳，陛下虽没世为神，岂假手于苻登而图臣，竟忘前征时言耶？今为陛下立神像，可归休于此，勿记臣过，鉴臣至诚，永言保之！

杀其身，鞭其尸，还欲向之求庇，苌之愚暴，一何可笑。

既而苻登复进兵攻苌，望见苌军亦立坚神主，便登车楼语苌道："从古到今，难道有身为弑逆，反立神像求福，还想得益么？"苌闻言不答，登又大呼道："弑君贼姚苌出来，我与汝决一死战，看汝果能胜我否？"苌仍然不应。登乃下楼督军攻苌。苌遣将出战，败回营中，再战又败，军中每夕数惊。苌又伐鼓斩像，将像首掷入登营，自引兵退入安定城内，潜遣中军将军姚崇袭大界营。大界营是苻登安顿辎重的地方，所有登后毛氏，及登子弁尚等，俱在营中居住，留作后应。崇从间道绕至大界，偏为登所闻知，还军邀击，大破崇军，俘斩至二万五千人，崇狼狈遁还。

登因此次得胜，总道苌不敢再来掩袭，便进拔平凉，留尚书苻愿居守，再进拔苟头原，逼攻安定。哪知姚苌复自率铁骑三万，夜袭大界营，营中不及预防，竟被攻入。登后毛氏，顾皙多力，且善骑射，仓猝上马，带领壮士力战，左手张弓，右手发箭，弦声所至，无不倒地，苌众被射死七百余人。待至箭已放尽，寇仍未退，反一重一重的围裹拢来，毛氏弃弓用刀，尚拼死格斗，终因寡不敌众，马蹶被擒，就是登子弁尚，亦俱被拘去。

苌军将毛氏推至苌前，苌见她皎皎芳容，亭亭玉立，刚健婀娜，宜武宜文，<u>另有一番态度</u>。不觉惹动情魔，便令军士替他释缚，且涎脸与语道："卿能依我，仍不失为国母。"毛氏当面唾骂道："呸！我为天子后，怎肯为贼羌所辱！"苌老羞成怒道："汝不怕死么？"毛氏又道："羌奴！羌贼！可速杀我。"苌尚未忍加刑，毛氏仰天大哭道："姚苌！汝既弑天子，又欲辱皇后，皇天后土，岂肯容汝长活么？"苌听她越说越凶，遂命左右推出斩首，一道贞魂，上升天国去了。<u>与杨氏并传不朽</u>。登子弁尚，亦相继受戮。小子有诗赞毛氏道：

贞心亮节凛冰霜，一死留为青史光。

写到苻秦三烈妇，笔头也觉绕余香。

苌既杀毛氏母子，诸将请往击登军。究竟苌是否允议，且看下回便知。

本回叙述二苻兴亡，实为杨毛二后作传。苻丕嗣坚称帝，不二年即亡，其材之庸劣可知。苻登虽稍胜苻丕，然徒知黩武，害及妻孥，是亦未足与语中兴耳。惟坚之时有张夫人，后又有杨氏毛氏二后，义不受辱，并皆殉节。苻氏之家法不足传，独此三妇得并传不朽，名播千秋，是亦苻氏之光也。《晋书·列女传》但载坚妾张氏，登妻毛氏，而于丕妻杨氏独略之，殊为不解。《十六国春秋》中，虽经备述，但徒厕入秦后妃中，亦未足表扬贞节。得此书以阐发之，而幽光乃毕显云。

第七十三回

拓跋珪创兴后魏　慕容垂讨灭丁零

却说姚苌既破大界营,诸将欲乘胜击登,苌摇首道:"登众尚盛,未可轻视,不如回军为是。"乃驱掠男女五万余口,仍归安定。登闻大界营失陷,妻子覆没,悲悔的了不得,经将佐从旁劝慰,乃退回胡空堡,收合余众,暂图休养,两秦始罢战半年。是时中华大陆除江东司马氏外,列国分峙,大小不一。秦分为三:若秦,若后秦,若西秦。燕别为二:若燕,若西燕。尚有凉州的吕光,史称后凉,共计六国。此外又有一国突起,乃是死灰复燃,勃然兴隆,渐渐的扫清河朔,雄长北方,传世凡九,历年至百有五十,好算是当时最盛的强胡。这人为谁? 就是前文六十五回中所叙的拓跋珪。特笔。

珪为代王什翼犍孙,与母贺氏同依刘库仁,库仁待遇甚优,母子乃得安居。已而,库仁为燕将慕舆文等所杀,库仁弟头眷代统部众。头眷破贺藻,败柔然,兵势颇盛,偏库仁子显,刺杀头眷,自立为主,并欲杀拓跋珪。显弟亢埿(ní)妻,为珪姑母,得知显意,走告珪母贺氏。又有显谋主梁六眷,系代王什翼犍甥,亦使人告珪。珪年已十有六,生得聪颖过人,亟与母贺氏商定秘谋,安排出走。贺氏夜备筵宴,召显入饮,装出一番殷勤状态,再三劝酒,显不好推辞,又因贺氏虽然半老,丰韵犹存,免不得目眩神迷,尽情一喝,接连饮了数巨觥。醉得朦胧欲睡,方才归寝。珪已与旧臣长孙犍元他等,轻骑遁去。到了翌晨,贺氏又潜至厩中,鞭挞群马,马当然长嘶。显从睡梦中惊醒,急至厩中探视,但见贺氏作搜寻状,当下问为何因? 贺氏竟向显大哭道:"我子适在此处,今忽不见,莫非被汝等杀死么?"显忙答道:"哪有此事!"贺氏佯不肯信,仍然号啕不休。显极力劝慰,但言珪必不远出,定可放心,贺氏方返入后帐。显也不加疑,总道珪未识己谋,不致他去,所以劝出贺氏,仍未尝遣人追寻。

珪已奔入贺兰部，依舅贺讷，诉明详情，讷惊喜道："贤甥智识不凡，必能再兴家国，他日光复故物，毋忘老臣！"珪答道："果如舅言，定不相忘！"已而贺氏从弟贺悦，为刘显部下外朝大人，亦率部亡去，潜往事珪。显待珪不归，正在怀疑，及闻贺悦复遁，料知阴谋已泄，由贺氏居中设法，纵使他去，遂持刀往杀贺氏。贺氏走匿神车中，接连三日，幸得亢埿夫妇，向显力请，始得幸免。嗣南部大人长孙嵩，亦率所部七百余家，叛显归珪，显追嵩不及，怅怅而还。哪知中部大人庾和辰，乘显他去，竟入迎贺氏，投奔贺兰部。及显回帐，贺氏早已远扬，气得显须眉直竖，徒呼恨恨罢了。

　　珪居贺兰部数月，远近趋附，深得众心，偏为贺讷弟染干所忌，使党人侯引七，觊隙刺珪。代人尉古真，又向珪告知染干诡谋，珪严加防备。侯引七无隙可乘，只好复报染干。染干疑古真泄计，将他执讯，用两车轴夹古真头，伤及一目，古真始终不认，才命释去。惟引众围住珪帐，珪母贺氏出语道："染干，汝为我弟，我与汝何仇，乃欲杀死我子呢？"染干亦惭不能答，麾众引退。又阅数旬，珪从曾祖纥罗兄弟，及诸部大人，共请诸贺讷，愿推珪为主，贺讷自然赞成。遂于次年正月，奉珪至牛川，大会诸部，即代王位，纪元登国。即晋孝武帝太元十一年。使长孙嵩为南部大人，叔孙普洛为北部大人，分统部众。命张衮为左长史，许谦为右司马，王建、和跋、叔孙建、庾岳等为外朝大人，奚牧为治民长，皆掌宿卫。嵩弟长孙道生等，侍从左右，出纳教命。于是十余年灭亡的故代，又得重兴。珪嫌牛川地僻，不足有为，因徙居盛乐，作为都城，务农息民，众情大悦。北人谓土为拓，后为跋，因以拓跋为姓，且改代为魏，自称魏王。

　　先是前秦灭代，徙代王什翼犍少子窟咄至长安，从慕容永东徙，永令窟咄为新兴太守。刘显为逼珪计，特使弟亢埿引兵数千，往迎窟咄，使压魏境，并代为传告诸部，说是窟咄当为代王，诸部因此骚动。魏王珪左右于桓等，与部人同谋执珪，往应窟咄，幢将代人莫题等，亦潜与窟咄勾通。幸桓舅穆崇，与珪莫逆，预向珪处报明。崇亦知大义灭亲耶？珪捕诛于桓等五人，莫题等赦免不问。为了这番乱衅，珪不免日夕戒严，尚恐内难未绝，暗算难防，不得已再逾阴山，往依贺兰部，更遣外朝大人安同，向燕求救。燕主慕容垂，因遣赵王麟援珪。麟尚未至魏，窟咄又与贺染干联结，侵魏北部。北部大人叔孙普洛,未战先遁,亡奔刘卫辰,魏都大震。麟在途中闻报,急遣安同归报魏人。魏人知援军将至,众心少安。窟咄进屯高柳,珪与燕军同攻窟咄,杀得窟咄大败亏输,奔投刘卫辰。卫辰把他杀死,余众四散,由珪招令投诚,不问前罪,散卒当然归魏。乃改令代人库狄干为北部大人,犒赏燕军,送令归国。燕主垂封珪为西单于,兼上谷王,珪不愿受封,但托言年少材庸,不堪为王,即将燕诏却还。已见大志。

刘卫辰久居河西,招军买马,日见强盛,后秦主姚苌,封卫辰为河西王,领幽州牧,西燕主慕容永,亦令卫辰为朔州牧。卫辰因遣使诣燕,贡献名马。行至中途,被刘显部兵夺去,使人逃往燕都,只剩了一双空手,不得不向燕泣诉。燕主垂勃然大愤,便拟兴兵讨显。可巧魏主珪虑显进逼,再遣安同至燕乞师,燕主垂一举两得,立遣赵王麟与太原王楷,率兵击显。显地广兵强,浸成骄很,士众无论亲疏,均有贰心,至是倾寨出拒,略略交锋,便即溃散。显知不可敌,奔往马邑西山。魏王珪复引兵会同燕军,再往击显,大破显众。显走入西燕,所有辎重牛马,都为燕魏两军所得。彼此分肥,欢然别归。

自是魏势日盛,连破库莫奚、高车、叱突邻诸部落,雄长朔方,甚且密

谋图燕，特遣太原公仪，以聘问为名，至燕都窥探虚实。夷狄无信，即此可见。燕主垂诘问道："魏王何不自来？"仪答道："先王与燕尝并事晋室，约为兄弟，臣今奉使来聘，未为失礼。"垂作色道："朕今威加四海，怎得比拟前日！"仪从容道："燕若不修德礼，但知夸耀兵威，这乃将帅所司，非使臣所得与闻呢！"语有锋芒，但如垂所言，亦有令人可讥处。垂见他语言顶撞，虽然怒气填胸，却也无词可驳，留仪数日，遣令北还。仪返魏告珪道："燕主衰老，太子暗弱。范阳自负材气，非少主臣，若燕主一殁，内难必作，乃可抵隙蹈瑕，掩他不备，今尚未可速图呢！"珪点首称善，因与燕仍然往来，不伤和气。

彼此敷衍了一两年，珪复与慕容麟会集意辛山，同攻贺兰附近纥突邻、纥奚诸部，所过披靡，相率请降。会刘卫辰收合余烬，又来出头，令子直力鞮（dī）攻贺兰部，贺讷忙向魏乞援。魏王珪引兵援讷，直力鞮望风退走。珪乃徙讷部众，居魏东境。既而讷弟染干，与讷相攻，构兵不已。珪欲并吞贺兰部，想出一条借刀杀人的计策，使吏告燕，请讨贺讷兄弟，情愿自为向导。报舅之道，如是如是！燕主垂即遣麟督兵，出击贺讷。讷本没有甚么能力，更兼兄弟阋墙，闹得一塌糊涂，怎能再敌燕军？至燕军已经逼寨，向魏请救，杳无复音，没奈何硬着头皮，自出抵敌。打了一仗，兵败力竭，被麟军擒了过去。贺染干不敢进战，便诣燕营乞降。麟驰书告捷，燕主垂还算有恩，命麟归讷部落，但徙染干入燕都，且召麟班师。麟还都告垂道："臣看拓跋珪举动，必为我患，不如征令来朝，使该弟监国，较可无虞。"垂未以为然，经麟一再请求，方遣使至魏，征使朝贡。珪令弟觚，至燕修好，慕容麟等劝垂留觚，更求良马。珪不肯照给，使张衮至西燕求和，燕遂不肯释觚。觚伺隙潜逃，又被燕太子宝追还，燕与魏就从此失好了。为燕魏交战张本。

且说西燕主慕容永，称帝逾年，屡出兵侵晋河南，旋复率众寇晋洛阳。时晋太保谢安，曾在广陵遇疾，卸职还都，竟至病逝。晋廷赠官太傅，追谥文靖。不略谢安之殁，意在重才。另命琅琊王道子领扬州刺史，录尚书事，都督中外诸军，加前锋都督谢玄，统辖徐兖青司冀幽并七州军事，寻又录泚水战功，赠谢安为庐陵公，封谢石为南康公，谢玄为康乐公，安子琰为望蔡公。会泰山太守张愿叛晋，北方不靖，谢玄上疏请罪，自乞罢职。孝武帝不从所请，只令玄还镇淮阴，调豫州刺史朱序代镇彭城。玄又称病谢职，有诏令为会稽内史。未几，玄殁，年止四十六，比乃叔谢安寿数，短少二十年。**特叙此笔，补出谢安年纪**。晋廷追赠车骑将军，予谥献武。乃命朱序都督司雍诸州军事，移戍洛阳，谯王恬**无忌子**。都督兖冀诸州军事，就镇淮阴。会值慕容永侵洛，序即带领兵马，从河阴渡河，击走永军。永走还上党，序追至白水，尚未收军。忽由洛阳守吏，递到急报，乃是丁零翟辽，谋袭洛阳，序始引军亟归。中道与翟辽相遇，一阵猛击，辽众俱仓皇遁去。

看官阅过前文，应知辽奔就黎阳，丁零遗众，奉翟成为主帅，驻守行唐。**见六十九回**。后来成为燕灭，惟辽尚存。晋黎阳太守滕恬之，为辽所欺，非常爱信，辽竟起歹心，乘恬之出外时，闭城峻拒，恬之无路可归，东奔鄄城，又被辽引众追及，擒还恬之，据住黎阳。朱序曾遣将军秦膺等讨辽，辽且先发制人，遣子钊南寇陈颍，正与秦膺等相值，被膺击退。嗣高平人翟畅，执住太守徐含远，举郡降辽。高平已为燕属，燕主垂怎肯干休，即亲自出讨，命太原王楷为前锋都督，杀往黎阳。辽众皆燕赵遗旅，俱云太原王子，犹我父母，不可不降，遂相率投诚。辽闻风惊惧，亦输款燕营，垂乃授辽为徐州牧，封河南公，受降而还。不到数月，辽又叛燕，出掠燕境，寻又遣司马眭(suī)琼，诣燕谢罪。燕主垂恨他反覆，斩琼绝辽。辽竟自称魏天王，也居然建设百僚，改元建光，引众徙屯滑台，南图晋，北窥燕，阴使人赴冀州，诈降燕刺史乐浪王慕容温。**见七十一回**。温留置帐下，竟被刺死。燕辽西王慕容农，往捕刺客，得诛数人。辽自幸得计，又欲袭晋洛阳，幸为朱序击败，方才退还。序留将军朱党守石门，自引兵还镇。辽却雄心未死，又命子钊寇晋鄄城。晋将刘牢之领兵邀击，钊始败去。前泰山太守张愿叛晋，为燕所破，复投翟辽，辽令愿来敌牢之。愿知辽不可恃，致书牢之，自陈悔过，牢之乃许愿归降，并进逼滑台，再破辽众。辽入城固守，牢之猛攻不下，自恐饷运难继，才撤兵退回。

已而辽竟病死，由钊继立，改元定鼎。复欲承父遗志，攻燕邺城，失利而还。再遣部将翟都，侵燕馆陶，屯苏康垒，**好兵不戢，必致自焚**。于是燕主垂不能再忍，下令亲征，自率步骑十万，径压苏康垒前。翟都弃垒夜走，奔还滑台，翟钊闻燕兵大至，也不禁惶急起来，连忙缮就哀书，借兵西燕。西燕主慕容永，召集群臣商议行止，尚书郎鲍遵道："两寇相争，势必俱

注：图中所题回目名当为"慕容垂讨灭丁零"

敝，我随后出兵，乘敝制寇，便是卞庄刺虎的遗策了。"中书侍郎张腾道："强弱异势，何至遽敝，不如率兵往救，使成鼎足，方可牵制强燕。一面分兵直趋中山，昼设疑兵，夜设火炬，使彼自相疑惧，引兵自退，然后我冲彼前，钊蹙彼后，必可蹙燕。这乃天授机会，万不可失呢！"永不肯依腾，却回翟使，使人返报翟钊。钊只好调集部众，出拒黎阳。

燕主垂至黎阳北岸，临河欲济，钊列兵河南堵截。燕军见钊众气盛，颇有惧色，俱劝垂留兵缓渡。垂掀髯笑道："竖子有何能为？卿等可随朕杀贼哩！"诸将始不敢多言，但静待军令，严装候着。到了次日，垂忽下令拔营，迁往西津，去黎阳西四十里，具备牛皮船百余艘，载着兵仗，将溯流东上，进逼黎阳。钊见垂引兵西向，不得不随向西趋，防垂渡河。哪知垂是诱他过去，到了夜半，却暗遣中垒将军桂阳王镇，率骁骑将军国等，仍到黎阳津偷渡。平风息浪，竟达河南，当即乘夜筑栅，及旦告成。钊得知燕军东渡，急忙麾众赶回，来夺燕寨。偏燕军依栅自固，坚壁勿动，钊一再挑战，统被燕军射退。待至午后，钊士卒往来饥渴，只好引还，不意燕营内一声鼓角，驱兵杀出，竟来追钊。钊亟回军抵敌，两下里正在酣战，突有一彪人马到来，为首大将，乃是燕辽西王慕容农。他因钊众东回，得从西津渡河，前来助镇，左右夹攻钊众。钊如何抵挡得住，慌忙引众返走，已被燕军杀得七零八落，只带得残骑数百，奔归滑台。燕军陷入黎阳，再乘胜进逼，钊力不能支，没奈何挈着妻子，率数百骑北走，渡河登白鹿山，凭险自守。

燕军追至山下，望见山路险仄，林箐蒙笼，急切不敢进去，便在山下安营。一住数日，并无一人出山，慕容农语将士道："钊仓猝入山，粮必不多，断不能久居山中，惟我军常围山下，彼且惮死不出，不如佯为退兵，诱他下山，方可一鼓歼灭了。"父子兵略，俱属可观。将士当然赞成，便即引退，钊果下山西走，行未数里，燕军已两面突至，掩杀钊众。亏得钊乘着骏马，飞奔而去，所有妻子部曲，悉数被擒。钊所统七郡将吏，均向燕请降。垂从子章武王宙为兖豫二州刺史，居守滑台，徙徐州七千余户至黎阳，亦留从子彭城王脱居守，领徐州刺史，自引军还中山，命辽西王农都督兖豫荆徐雍五州军事，屯兵邺城。独翟钊单骑奔入西燕，西燕王慕容永好意延纳，授钊车骑大将军，领兖州牧，封东郡王。偏钊住了年余，又生异志，复思叛永。永察出阴谋，方将钊杀死了事，翟氏乃绝。小子有诗叹道：

居心反覆太无诚，不信如何得幸生！
试看丁零衰且尽，益知作伪总难成。

欲知后事如何，且看下回分解。

拓跋珪母子，屡濒死地，而卒得不死，是得毋天将兴魏，王者不死耶！然观诸珪之心术，实无足取。彼赖舅贺讷而得存，乃未几而导燕灭贺矣，彼恃慕容氏之援而得兴，乃未几而遣仪窥燕矣，无信无义，何以立国？顾竟得雄长朔方，历祚至百五十年，天道茫茫，殊不可问！岂其时方丁闰运，固凭力不凭理欤？丁零翟氏，燕之所借以规复者也，翟斌忽迎垂，忽又欲叛垂，事泄被诛，咎由自取。然翟真翟成翟辽翟钊等，辗转构难，虽相继败死，卒归于尽，而慕容氏之兵力，盖亦已半敝矣。夷狄无亲，难与共事，慕容垂固尝负秦，亦曷怪翟氏之反覆哉！

第七十四回

智姚苌旋师惊噩梦　勇翟瑥斩将扫屠宗

却说秦主苻登,自退屯胡空堡后,按兵不出。接应前回。后秦主姚苌,使弟硕德镇守安定,分置秦州守宰,派从弟常戍陇城,邢奴戍冀城,姚详戍略阳。秦益州牧杨定,出攻陇冀,阵斩姚常,并擒邢奴。姚详大惧,即将略阳城弃去,奔往阴密。定遂自称秦州牧,晋爵陇西王。秦主登方借定拒苌,不便斥责,只好许称王号,且加定为左丞相、上大将军,都督中外诸军事,领秦梁二州牧。一面进窦冲为大司马,兼骠骑大将军,都督陇东诸军事,领雍州牧,杨璧为大将军,领南秦益二州牧,约与共攻后秦。三人才略心术,俱难重任,登所用非人,宜其致败。又敕并州刺史杨政,冀州刺史杨楷,各率部曲相会,再图大举。

姚苌遣将军王破虏,略地秦州,为杨定所破,狼狈奔还。秦主登出攻鸳泉堡,由姚苌亲自驰救,登亦引退。苌嘱使东门将军任瓮等,致书与登,诈为内应,登得书后,即欲轻骑践约。征东将军雷恶地,在外将兵,得知此事,即驰入白登道:"姚苌多诈,怎可轻信?请三思后行!"登乃中止。嗣探得任瓮诈降,悬门以待,乃惊语左右道:"雷征东料敌如神,若非彼言,我几为竖子所欺了。"恶地因谏苌有功,亦未免语带矜夸,偏登又阴怀猜忌,只恐他另生恶念,逐渐见疏。莫非因他以恶为名,故致生忌?但好猜如此,何由御人?恶地果然疑惧,竟往降后秦,姚苌命恶地为镇军将军。

既而秦镇东将军魏揭飞,自称冲天王,号召氐胡部落,围攻杏城。杏城为后秦安北将军姚当成所守,便驰使报告姚苌,请速济师。苌自引精兵千六百人,往援杏城,哪知降将恶地,又与揭飞相应,反攻李润。镇名,在冯翊西。两人会合拢来,众至数万,氐胡又相继奔赴,络绎不绝,苌固垒不战,佯示怯弱。揭飞见苌兵弱少,意存轻蔑,毫不加防,不意后面有苌兵掩入,立致惊溃。苌既分兵绕击揭飞,自己在营中眺着,望见揭飞后营,尘头扰乱,料知揭飞中计,便即驱兵杀出,直击揭飞前营。揭飞前后受敌,吓得手足无措,只好没路的乱撞。偏偏冤家路狭,正与姚苌相值,再欲回头返奔,已是不及,那好头颅即被人取去了。揭飞有众三万人,死了一万,降了一万,逃去一万,霎时间成为平地。杏城守将姚当成,出迎姚苌,苌命就营址间,每一栅孔,改植一树,作为战胜纪念。当成嫌(qiàn)营地太小,苌笑道:"我自结发以来,与人交战,从没有这般奇捷。试想我军不过千余,能骤破三万贼众,可见营地以小为奇,如贼大营,有什么用处哩!"说着,复命移兵往击恶地。兵方启行,恶地已前来谢罪,俯伏投诚。苌传命宥免,令他随归长安,待遇如初。恶地首鼠两端,实可杀却。

过了一年,冯翊人郭质,忽起兵应秦,移檄三辅,数苌过恶。三辅多赍书归附,独郑县人苟曜不从,聚众数千,与质为敌。秦授质为冯翊太守,后秦授曜为豫州刺史。曜与质互相战争,质屡次失利,败奔洛阳,后来苟曜为秦所诱,密约秦主登出兵,愿为内应。胡人真多反覆。登督兵赴约,竟至马头原,姚苌引众逆战,为登所败,阵亡右将军吴忠。姚硕德等拼命拦截,才得勉强收军,不致大挫。苌令军士饱食干粮,再行进战,硕德旁问道:"陛下每战不胜,即有奇谋,今战既失利,又欲进攻,果有何策?"苌答道:"登用兵迟缓,不识虚实,今轻兵直进,竟据我东首,这定是苟曜竖子,与他通谋,所以冒险前来;若再不与战,日久势增,祸更难测,故不如更与交锋,使苟曜未得连合,登尚疑信参半,当可转败为胜,解散贼谋哩。"说毕,上马督兵,进攻登营。登不防姚苌再至,仓皇接仗,士无斗志,纷纷溃退,苌驱众追杀一阵,斩获无算,直至登奔往郿城,始命凯旋。诸将益佩服苌谋。

嗣闻登复移攻安定,苌命太子兴居守长安,自往拒登。临行时嘱兴道:"苟曜好为奸变,他闻我北行,必来见汝,汝宜将他捕戮,免贻后患。"兴唯唯受教。果然苌就道后,曜即入关见兴,当被兴喝令拿下,推出枭首,然后报达姚苌。苌闻苟曜已死,安心前行。至安定城东,见登引众来前,立即麾众与斗,把登击退。苌入城犒军,宴集将佐,诸将进言道:"今日魏武王尚存,苌谥兄裹为魏武王,见七十二回。必不令此贼久盛,陛下但务拒守,不愿进击,所以养寇到今,尚未荡平呢。"苌微哂道:"我原是不及亡兄,约算起来,共有四种。我兄身长八尺五寸,臂垂过膝,人一望见,便觉生畏,这是我第一种不及处。我兄与天下争衡,虽遇十万雄师,毫不畏缩,当先直进,横厉无前,这是我第二种不及处。我兄谈古知今,讲论道艺,善遇英雄,广罗俊异,这是我第三种不及处。我兄董率大众,履险如夷,上下咸服,人人愿尽死力,这是我第四种不及处。我事事不及亡兄,尚得建立功业,策任群贤,无非靠了一些智略,稍得过人一筹。苻登穷寇,将来总要覆亡,何必急速求功,反致败事哩!"于是群下咸称万岁。越日苌复下书,令诸镇各置学官,不得偶废,考试优劣,量才擢叙。会秦骠骑将军没奕于,率户六千,来降姚苌,苌授没奕于为车骑将军,封高平公。

既而苌遇重疾,因遣弟硕德镇李润,仆射尹纬守长安,亟召太子兴驰诣行营。那秦主苻登,方立昭仪李氏为继后,连日庆宴,闻得姚苌有病,不禁大喜,便欲乘机往攻,厉兵秣马,特向苻坚神主前祷告道:

  曾孙登自受任执戈,几将一纪,未尝不上天锡佑,皇鉴垂矜,所在必克,贼旅冰摧。今由太皇帝之灵,降灾疢于逆苌,以形类推之,丑虏必将不振。登当因其陨毙,顺行天诛,拯复梓宫,谢罪清庙。神祖有灵,实式凭之!

祷毕,复大赦境内,加百僚位秩各二等,遂督兵出行,进逼安定。去城只九十余里,忽由侦骑入报道:"姚苌已引兵出城,想是前来迎战了。"登惊诧道:"敢是苌已病愈了么?"随即带领轻骑,自往觇苌。行至中途,又有探马来报道:"姚苌已遣将姚熙隆,从间道绕出,攻我大营去了。"登又恐大营有失,勒马回营,望见距营数里,果有敌军扎住,因天色已晚,不欲往攻,但命部众戒严,枕戈夜宿,好容易过了一宵,差幸夜间无事,黎明即起,正在营中早餐,忽有逻骑入告道:"贼营都空空洞洞,不知所向了!"登大惊道:"这是何人?去令我不知,来令我不觉,人人说他将死,他偏又来出现,我与此羌同时,真是不幸极了!"遂引兵徐退,途次亦严勒部伍,井井不紊,才得安然还雍。究竟姚苌用何计策,得退登军?原来登出兵时,苌病小愈,他不欲与登剧战,所以想出了一条疑兵计,诡去诡来,使登无从测摸。等到登退兵还雍,他本已绕出登前,伏兵待着。及见登行列整齐,料不可犯,也乐得让他过去,自还安定罢了。<u>确是狡猾。</u>

秦雍州牧窦冲,已进任右丞相。冲徙屯华阴,被晋河南太守杨佺期击走。他尚矜才使气,上书登前,自请加封天水王。<u>是由杨定为王引使</u>

出来。登偏不许,冲竟僭称秦王,改年元光。登闻报大怒,即引兵攻冲。厚杨定而薄窦冲,登实不公。冲情急生变,遂向后秦乞降,请发援师。姚苌欲力疾赴救,尹纬进言道:"太子纯厚有声,惟将略未曾著闻,可遣令代征,使示威武,也是固本的要着哩。"苌乃召兴入嘱道:"闻冲兵现屯野人堡,汝若趋救,必有一场恶战,胜负未可逆料,不若径攻胡空堡,使苻登撤围还援,那时冲围自解,汝亦可全军引还了。"兴受计而去,行抵胡空堡,登果还救,兴遵着父命,不与交战,便即退归。

　　苌因久病未痊,命兴先还长安,自引从臣继发。到了新支堡,夜宿驿中,朦胧中见一金甲皇帝,领着数多将士毁门进来。仔细一瞧,那皇帝不是别人,正是秦王苻坚,当下骇惧欲奔。回头急望,恍惚见有宫门开着,便踉跄跑入,可巧有宫人出来,便向他呼救。宫人手中,各有长矛持着,应声拒敌,争把手中矛掷去,不意敌兵未曾击倒,自己的肾囊上,反被他掷中一矛,顿致痛彻肺腑。更可恨的是敌兵哗笑,拍掌欢语道:"正中死处,正中死处!"那时又痛又愤,咬着牙根,将矛拔去。矛才拔出,血即狂流,越觉痛不可耐,一声号呼,竟致惊寤,才知是一魇梦。心虚易致鬼揶揄。挑灯

审视，既没有甚么皇帝，又没有甚么将士，不过肾囊上却是有些暴痛，卸裳俯视，略略红肿，也不知是何病症。挨至天明，肿势又添了一半，便召医官入视，医官就病论病，无非说是疝气等类。外敷内治，全不见效，只觉得囊胀难忍，令医用针刺治。医官不得已如言施针，竟致血出不止，仿佛似梦，苌痛极致晕，不省人事。好容易灌救得活，仍是神志不清，狂言谵语，或云臣苌该死，或云杀死陛下，实为兄襄，并非臣罪，幸勿枉臣！半真半假，死且欺人。从官见苌病亟，不便逗留，只得将苌舁置车中，使他卧着，匆匆还入长安。苌偶觉清醒，便召太尉姚旻，尚书左仆射尹纬，右仆射姚晃，尚书狄伯支等，受遗辅政，且嘱太子兴道："受遗诸公，统是我患难至交，如有人无端诬毁，慎勿轻信！汝能抚骨肉以仁，接大臣以礼，待物以信，字民以恩，四德具备，自可永年，我虽死无忧！"言毕即逝，时年六十有四，在位八年。

兴恐内外有变，秘不发丧，急调叔父绪镇安定，硕德镇阴密，召弟崇还镇长安。硕德部下诸将佐，各进白硕德道："公威名素振，部曲最强，今闻故主已终，新君甫继，恐不免与公相猜，公不若径赴秦州，观望时势，自作良图，免贻后戚。"硕德怫然道："太子志度宽明，必无疑阻。今苻登未灭，即自寻干戈，是蹈三国时二袁覆辙，袁谭袁尚。徒取灭亡，我宁死不愿出此呢！"随即启行至长安，与兴相见。兴优待如常，遣令赴镇，一面自称大将军，授尹纬为长史，狄伯支为司马，部署将士，严备苻登。

登屡使侦骑觇视，探得姚苌死耗，当即还报，登欣然道："姚兴小儿，怎能敌我，但折杖以笞，便足使他屈服了。"夜郎自大。遂驱众尽出，但留弟安成王广守南安，太子崇守胡空堡，自督兵径向关中。复遣使拜金城王乞伏乾归为河南王，领秦梁益凉沙五州牧，并加九锡。这乞伏乾归，就是乞伏国仁弟。国仁尝受苻登封爵，称苑川王，见七十二回。逾年即殁，子公府尚在幼年，部众谓宜立长君，因推乾归为大将军、大单于，改元太初，徙居金城，且向秦报闻，秦遣使册封乾归为金城王。乾归雄武英杰，不亚乃兄，征服附近部落，威振边陲。立妻边氏为王后，用出连乞都为丞相，悌眷为御史大夫，也是一个小朝廷制度。苻登欲规取长安，所以加封乾归，联为声援，自引兵急进，从六陌趋废桥。后秦始平太守姚详，据住马嵬堡，堵截登军。姚兴恐详不能御，特遣长史尹纬，率兵助详。纬径至废桥拒登,登争水不得,兵多渴死,遂麾众攻纬。纬正欲与战,忽见狄伯支驰至,传达兴命,教他持重,不可轻战。纬勃然道:"先帝升遐,人情震惧,今不思奋力歼寇,乃使逆竖压境,日久变生,大事去了!纬情愿死争,不敢闻命!"说罢,便麾众出战,一当十,十当百,竟将登众杀败,追奔数里,斩馘甚多。

是夜,登竟溃归,纬乃旋师奏功。兴始为父发丧,举哀成服,命在槐里筑坛,嗣即帝位,大赦境内,改元皇初。寻由长安至安定,调集人马,再击苻登。登败回南安,不料弟广与子崇,都因闻败心惊,弃戍远窜,转令登穷无所归,没奈何奔至平凉,收集溃卒,走入马毛山。蓦闻姚兴又率众来攻,自思众心携散,不能再战,乃亟遣子崇驰诣金城,向乞伏乾归处求援,并进封乾归为梁王,愿将妹东平长公主嫁与乾归。乾归乃遣前将军乞伏益州,冠军翟瑥(wēn),分领骑兵二万,往救苻登。登闻援兵将至,出山探望,遥见山南有大兵驰到,正道是援兵前来,便即踊跃欢迎。待至两下遇着,才觉叫苦不迭,原来不是援兵,乃是姚兴进袭的潜师。那时退避不遑,只好与他交战,不到半时,部众一半伤毙,一半逃去,单剩登一人一马,返身乱跑,被兴兵快马追及,你矛我槊,戳死马下。总计登在位九年,大限五十二岁。

登子崇窜至湟中,得悉乃父死耗,还想据位称尊,草草登极,改元延初,再遣人至乾归处乞师。时乞伏益州等不及援登,中道折回,报明苻登战死情状,乾归即变易初心,逐回崇使。崇孤立无助,自知艰危,乃走依陇西王杨定。定闻乾归不肯发兵,投袂而起,召集步骑二万人,与崇共攻乾归。乾归得报,顾语诸将道:"杨定勇虐聚众,穷兵逞欲,我看他此次前来,乃是恶贯已盈,徒自取死。天方授我,此机正不可错过呢!"乃遣凉州牧乞伏轲殚,秦州牧乞伏益州,立义将军诘归等,出拒杨定。

益州为乾归弟,素称骁勇,先驱急进,驰至平川,正值杨定麾兵进来。益州兵少,杨定兵多,毕竟双拳不敌四手,被定杀败,夺路奔回。轲殚诘归,亦引众退还,独冠军翟瑥,趋入轲殚营中,仗剑进言道:"我王具神武英姿,开基陇右,东征西讨,无不席卷,所以威振秦梁,声光巴汉。将军身膺重寄,位重维城,理应宣力致命,保安家国,秦州虽败,二军犹全,奈何不思赴救,便即返奔,将军自思,尚有甚么面目,敢见我王呢?瑥虽

注：图中所题回目名当为"勇翟瑥斩将扫屏宗"

不才，愿为国效死！"可谓壮士。轲殚听了，不禁怀惭，便向瑥谢过道："我所以未赴秦州，正恐众心摇动，未肯向前，今如将军所言，已知众愤，且败不相救，当坐军罚，我难道敢自偷生，徒取罪戾么！"说着，即命瑥为先锋，自率骑兵继进，且遣人分报益州诘归。益州诘归，也勒众再进，夹攻杨定。定恃胜无备，陡遇三路杀来，竟至无法抵挡，主将慌忙，众愈骇散。那翟瑥舞着大刀，左斩右劈，如入无人之境。定尚思拦阻，不防瑥已至马前，砉（huā）的一声，头竟落地。就是秦嗣主崇，亦不及奔逃，致为敌军所杀。秦自苻健僭号，传至苻崇，合计六主，共四十四年而亡。小子有诗叹道：

善败不亡善战亡，苻秦一代费评章。

寿春六陌重寻辙，祸始佳兵终不祥。

苻氏已亡，乾归并有陇西巴蜀诸地，遂增置官属，张示声威，欲知他一切详情，待至下回再叙。

五胡十六国中，苻秦最盛，而衰败亦最速。苻坚以淝水之败，便至不振，卒死姚秦之手。苻登以废桥之败，即无所归，仍为姚氏所杀，而苻崇更不足道焉。即是以观，可见姚苌之梦见苻坚，并非坚之真能为祟，不过苌私心负疚，恐遭冥谴，迨至病危神散，乃有此梦魂之可怖耳。不然，坚能祸苌，宁独不能自保子孙耶！惟坚之得国，由于篡弑，故其后卒不得令终；苌虽叛坚，而为兄复仇，犹有可说，其得保首领以殁，盖于侥幸之中，有理数存焉。谁谓乱世之必无天理哉！

第七十五回

失都城西燕被灭　压山寨北魏争雄

却说乞伏乾归,增置官属,令长子炽磐领尚书令,左长史边芮为尚书左仆射,右长史秘宜为右仆射,翟瑥为吏部尚书,翟勃为主客尚书,杜宣为兵部尚书,王松寿为民部尚书,樊谦为三公尚书,方弘、麹景为侍中。此外拜授,一如魏武晋文故事,犹自称大将军、大单于。惟杨定死后,天水人姜乳,袭据上邽,因遣乞伏益州往讨。边芮王松寿入谏乾归道:"益州贵为介弟,屡立战功,因胜致骄,常有德色。古人谓骄兵必败,若令他专阃,恐非所宜。"乾归道:"益州骁勇,非诸将所能及,我但恐他刚愎自用,或致偾(fèn)事,今当另简重佐,便可无忧!"说着,遂派韦乾为行军长史,务和为司马,令与益州偕行。至大寒岭,益州果不加部勒,反纵军士解甲游畋,日夕酣饮,且下令道:"敢言军事者斩!"韦乾看不过去,只好邀同务和,违令进谏道:"将军为王室懿亲,受命专征,期殄凶丑,今贼已逼近,奈何解甲自宽,宴安鸩毒,古有明戒,望将军三思!"益州大言道:"乳众乌合,闻我到来,理应远窜,若欲与我决战,便是自来送死,我自有擒贼方法,卿等勿忧!"全是骄态,惟不杀韦乾,还算气宽。韦乾等只好退出,自加戒备。果然姜乳引众劫营,益州未曾预防,竟被陷入,仓皇惊溃。还亏韦乾等救护益州,且战且行,才得逃脱性命。乾归闻益州败还,也仿秦穆公悔过语云:"孤违蹇叔,致有此败,将士何罪,罪实在孤呢!"乃概令复职,悉置勿问,并令兵士休养,暂息干戈。

杨定无子,从弟盛先守仇池,特为定发丧,追谥武王,自称秦州刺史、仇池公。仇池前为秦灭,曾由杨安镇守,见六十二回。后来杨安他徙,辗转为杨定所据,定死盛继,仍算未绝,并遣使称藩东晋,晋廷但务羁縻,封盛为仇池公。盛与定原属氐族,因分氐羌为二十部护军,各自镇戍,不设郡县。乞伏乾归也不愿过问,仇池始得少安。事且慢表。

第七十五回　失都城西燕被灭　压山寨北魏争雄

且说燕主慕容垂，扫灭丁零，还至中山，闻翟钊奔入西燕，乃议兴兵西略，往攻慕容永。诸将俱说道："永未有大衅，不宜轻伐，且近来连岁战争，士卒久劳，居民亦不暇耕织，疮痍满目，哭泣盈途，宜乘此安抚兵民，待时而动，区区长子，无庸深忧呢！"独司徒范阳王德驳议道："昔三祖积德，遗训在耳，所以陛下龙兴，人皆思燕，不谋而合。永与陛下系出同宗，乃独僭称尊号，煽动华夷，惑民视听，致令群竖纵横，逐鹿不息，今若不先加除灭，恐民心不一，后患方长，怎得谓不足深忧！就使士卒疲劳，此举亦不能再缓了！"垂掀须语诸将道："司徒所议，与我同意，古称：'二人同心，其利断金。'我计决了！且我年虽老，扣囊底智，尚足歼除此贼，不宜再留遗患，累我子孙呢！"除去慕容永，亦未必子孙久长。乃发步骑七万人，遣镇西将军丹阳王瓒，及龙骧将军张崇，往攻晋阳，征东将军平视，往攻沙亭，自率大军赴邺。晋阳守将，为西燕主永弟武乡公友，沙亭守将，为西燕镇东将军段平。西燕主永，尚恐两处有失，因再遣尚书令刁云，与车骑将军慕容钟，率众五万，出屯潞川，使为援应。垂复使太原王楷出滏口，辽西王农出壶关，自出沙亭击永。

永急令从子征东将军小逸豆归，镇东将军王次多，右将军勒马驹等，率兵万余，往戍台壁。又派遣诸将，分道拒守。偏燕军沿途逗留，月余不进。永莫名其妙，但恐垂声东击西，佯从邺城进兵，暗中却分兵潜入太行，山名。绕击背后，所以预防一着，特调诸军还扼太行，严守轵关。惟留台壁军不遣。垂正要他调开各军，好使部众前进，既闻慕容永中计，立即趋就慕容楷，同进滏口，入天水关，直抵台壁。小逸豆归飞报慕容永，永遣太尉大逸豆归，至台壁助战，适垂将平视引兵驰至，垂即使与大逸豆归交锋，一阵痛击，大逸豆归败去。小逸豆归不得已与王次多勒马驹等，开壁出战，平视再与奋斗。正杀得难解难分的时候，忽由慕容楷慕容农杀到，两支统是生力军，纵横驰骤，锐不可当。小逸豆归自知不敌，急忙收兵入壁，偏敌军两面围裹，一时不能杀出，等到死命冲突，才得一条血路，奔入垒中。部兵万余名，伤亡了六七千。就是王次多勒马驹，也相继战死，连骸骨都无从夺回。更可怕的是台壁外面，统是敌军，围得铁桶相似，除非插翅腾空，不敢出去。小逸豆归坐守孤城，只眼巴巴的向西望着，专待援军到来。

时大逸豆归已奔还报永，永乃自率精兵五万，驰救台璧，屯兵河曲，贻垂战书。垂批回战期，列阵台璧南面，分农楷二军为左右翼，又使慕容国率兵千人，伏深涧下。越日交兵，由垂亲往挑战，两下里不及答话，便将对将，兵对兵，角斗起来。才及片时，垂竟拍马返奔，将士亦佯作败状，曳械遁走。永不管好歹，挥兵急追，人驰马骤，争向深涧中跃过，似乎有灭此朝食的气象。不料驰至半途，那慕容楷慕容农两军，出来截住，夹攻永军，垂又翻身转来，迎头痛击。永三面受敌，如何支持？只得回马奔还。追兵变做逃兵，逃兵反变做追兵，胜负变幻，真不可测。永驰还涧旁，不防慕容国又复杀出，截住去路。垂与农楷等在后紧追，累得永进退两难，顿致全军大乱，或被杀，或被溺，死了无数士卒。永还须迟死数月，所以幸得逃脱，奔还长子。永已用兵数年，连诱敌计都未预防，实是个没用家伙。

晋阳沙亭潞川各守将，统闻风逃散，慕容钟且奔降垂营。永闻钟叛去，竟将钟妻子拘住，悉数骈戮。死在目前，还要如此暴虐。又恐长子受围，拟留太子亮居守，自奔后秦。侍中兰英道："昔石虎攻我龙城，我太祖坚守不去，终得创业垂基，造成大燕。今垂七十老翁，厌苦兵革，难道能连年不返，长此围攻么？为今日计，但当缮修守备，坚壁勿战，待他师老粮尽，自然退去了。"永乃依议，婴城拒守。那燕兵即陆续趋至，环集城下，四面筑栅，把一座长子城，团团围住。一攻一守，约莫有四五十日，城中虽未被陷，却已孤危得很。乃遣子常山公泓，赍取玉玺一方，缒城夜出，向晋雍州刺史郗恢处求救，恢即请命晋廷。晋虽有诏许援，但征发需时，一时如何应急？永恐晋兵不至，又遣太子亮诣魏乞师。亮出城时，被燕将平视探知，引兵追及，把亮擒回。只有随骑逃脱，得至盛乐，见魏王拓跋珪，涕泣求援。珪本与西燕通好，见七十三回。乃命陈留公虔，将军庾岳，率骑五万，出屯秀谷，相机进行。怎奈长子城日危一日，晋魏兵又皆未至，急得守城将士，朝不保暮。大逸豆归与部将窦韬等，起了歹心，竟潜通外兵，开城延敌。慕容永惊悉内变，忙挈着眷属，奔往北门。冤冤相凑，兜头碰着燕军前队，一声呐喊，把永围住。永无从逃脱，只好束手受擒，所领家属，无一幸免，统被缚至慕容垂前。垂责他僭据位号，滥杀宗族，罪无可恕，叱出斩首，妻子等当亦受戮。慕容俊子孙前时被永所杀，至此始得瞑目。又执住刁云等四十余人，一体加诛。大逸豆归昂首进谒，还道是开城有功，得邀重赏，偏被垂叱他不忠，赏他一刀两段。该死！总计西燕自慕容泓改元，至永亡国，已易六主，合计只十有一年。

垂既灭西燕，得永所统八郡七万余户，令宜都王慕容凤为雍州刺史，镇守长子，丹阳王慕容缵为平州刺史，镇守晋阳，自率军驰还邺城，复东巡阳平、平原。因闻晋有救永意，特使慕容农渡河，与镇南将军尹国，攻晋廪丘阳城，先后陷入。晋平东太守韦简，引兵截击，败死平陆。晋高平太守徐含远，遣使至刘牢之处乞援，牢之不能赴援，遂致高平泰山琅琊诸郡，陆续奔溃。慕容农进兵临海，分置守宰，方才引还。垂北往龙城，告捷太庙。

会接得北方军报，谓魏王珪已出师秀谷，侵逼附塞诸郡。垂本拟亲出伐魏，因年已衰迈，疲病难行，乃遣太子宝为统帅，使与辽西王农赵王麟等，率步骑八万人，自五原伐魏。是时慕容柔慕容楷诸人，相继病殁，惟慕容德慕容绍掌兵如故。垂令绍统步骑一万八千，为宝后应。散骑常侍高湖，上书谏垂道："魏与燕世为姻婚，结好已久，今因求马不得，拘留彼弟，彼直我曲，不宜用兵。且拓跋珪沉鸷善谋，幼历艰难，饱尝世故，兵精士

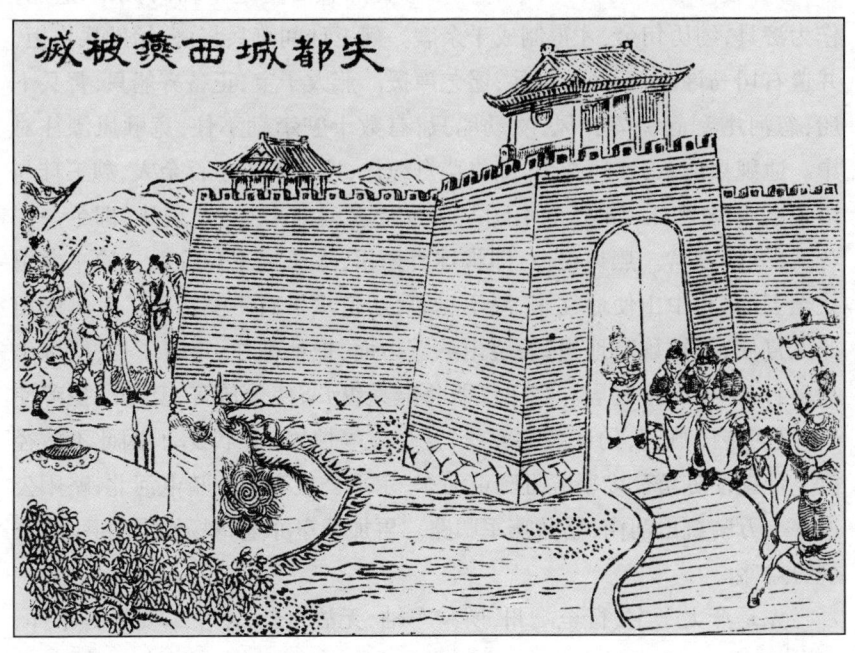

盛,更难轻敌。太子年少气壮,必且藐视珪众,诸多玩忽,万一挫失,大损国威,愿陛下慎重将事"云云。语皆合理。垂非但不从,反褫(chǐ)湖官爵,竟令宝等北进。老昏颠倒。

魏王拓跋珪,方讨平刘卫辰,斩获卫辰父子,并诛他宗党五千余人,只卫辰少子勃勃,逃往薛干部,不及追获。当下掠得战马三十余万匹,牛羊四百余万头,载归盛乐,充做国用。嗣又向薛干部索交勃勃。薛干部酋太悉伏,拒绝魏使,竟将勃勃一人,送往后秦高平公没奕于。魏王珪又恨他抗命,袭破薛干部帐,逐去太悉伏,入帐屠掠,尽把财物取归,因此国帑充足,士饱马腾。补叙数行文字,上结刘卫辰,下引赫连勃勃。此次燕军入境,长史张衮语珪道:"燕灭丁零,杀慕容永,一入滑台,再陷长子,今覆倾众前来,总道我亦无能为,一战可取。我不如暂避凶锋,佯示羸弱,使他骄怠无备,然后发兵邀击,定可得胜!这就是兵志所谓'居如处女,出如狡兔'呢。"珪喜从衮议,遂徙部落畜产,西行渡河,直至千余里外,方才休息。

燕军进至五原,收降魏别部三万余家,割取穄(jì)田百余万斛,穄读祭,形似麦而性不粘,为朔方特产。移置黑城。复进军临河,采木造船,作为济具,约历旬余,才得制成千余艘。魏王珪闻燕兵将济,始发兵出拒,并遣右司马许谦,至后秦借兵,遥乞声援。燕太子宝,正备齐船只,督兵下船,忽河中刮起一阵狂风,吹动船只,有数十艘牵勒不住,竟顺风漂往对岸。适魏兵前队,濒河游弋,即将燕舟缆住,搜获甲士三百余人,魏王珪与语道:"燕主已死,燕太子何不早归,反要渡河前来呢?"说毕,即令一一释缚,纵使归营。燕兵得命,即将珪言还报,太子宝不免惊疑。原来宝引兵至五原,与中山使命往来,屡不见答,还道垂果有不测情事。其实中山非无复使,统被魏暗地遣兵,绕出燕营后面,把他截住,牵缚了去,所以出兵多日,不得闻垂起居。魏王珪既将燕兵纵归,使他传言,复令所执燕使人,隔河传语燕营,伪证燕主死状,益令宝等惊惶,士卒骇动,因此不敢径渡。珪遂使陈留公虔率五万骑屯河东,东平公仪率十万骑屯河北,略阳公遵率七万骑绕出河南,堵截燕军归路。再加后秦亦遣将杨佛嵩引兵救魏,魏势益盛。

先是燕太子宝,行至幽州,所乘车轴,无故自断,术士靳安极言不祥,劝宝还军,宝不肯从。至是安复白宝道:"天时不利,咎征已集,急速还军,尚可幸免!"宝仍然不听。安退出告人道:"我辈并将委尸草野,不得生还了!"赵王麟部将慕舆皓,疑垂真死,密谋作乱,将就军中奉麟为主,事泄被诛。宝因此忌麟,自思顿兵非计,遂焚船夜遁。时值初冬,天不甚寒,河冰未结,宝料魏兵必不能渡,未设斥堠(hòu)。偏偏隔了一宵,河上朔风暴吼,天气骤冷,河冰四合。魏王珪竟引兵渡河,挑选锐骑二万余名,亟追燕军。

燕军还屯参合陂,突有大风裹着黑气,状若堤防,或高或下,从后过来,覆压军上。沙门支昙猛,知为凶象,急向宝进言道:"风气暴迅,魏兵将至,请遣兵抵御为要!"宝以为去敌已远,尽可无虑,但从鼻中嗤了一声,余不复言。昙猛固请不已,慕容麟在旁发怒道:"如殿下神武过人,拥兵甚众,自足威行沙漠,索虏怎敢远来?今昙猛无端絮聒,摇惑众心,按律当斩!"昙猛泣语道:"秦王苻坚驱动百万雄师,南下侵晋,一败涂地,正由恃众轻敌,不信天道所致。今天象已经告警,还斥昙猛多言,昙猛死亦何恨,只可惜许多将士哩!"宝虽不欲杀昙猛,但总未肯尽信。还是范阳王德谓:"宁可预防,毋贻后悔。"宝乃遣麟率众三万,作为殿军,借防不测。既从德言,何不即使德断后,乃仍委麟充任?总之麟宝各有忮心。麟之誉宝,实欲败宝,宝之遣麟,即欲害麟。营私如此,怎得不败!麟虽依令断后,总道魏兵不至来追,但纵骑游猎,不肯设备。

俄而黄雾四塞,日月无光,宝遣侦骑还调魏兵,侦骑只行了十余里,即解鞍卧着,魏兵昼夜兼行,到了参合陂西,偏燕军尚未察觉。靳安又白宝道:"今日西北风甚劲,定是追兵将至的应兆,宜饬兵士倍道速归;否则定难免祸了!"宝尚以诘旦为期,是夜还安宿营中。至次日天明,晨曦已上,方拟饬军启行,哪知山上已鼓角乱鸣,震动天地。开营仰望,见魏兵正从山腰下来,好似泰山压卵一般。这一惊非同小可,吓得燕军个个股栗,各思逃生。再加宝平日在营,不善拊循,毫无纪律,仓猝遇敌,哪个肯为宝效死,一声哗噪,都弃营飞奔。魏兵从上临下,正如风扫残叶,所过皆靡。燕军急不择路,统向涧中乱走。涧中虽有坚冰,到了人马腾踔(chuō)的时候,或被滑倒,或致踏碎,不是压死,就是溺死,迟一步的,即被魏兵杀死。及逾涧后,死伤已达万人;再经魏拓跋遵率兵冲出,截住去路,燕军

四五万人,都恨宝不用良言,致陷绝地,索性投戈抛甲,敛手就擒。只有数千将佐,保住太子宝等,杀开一条血路,踉跄走脱。陈留王慕容绍被杀,鲁阳王倭奴,桂阴王道成,济阴公尹国等,及文武将吏数百人被擒,还有太子宝宠妻,及东宫侍女,出兵打仗,何必挈此妻小?宝之淫昏,可见一斑!以及兵甲辎重,军粮资财,一古脑儿被魏掠去。

　　魏王珪但欲拣留数人,余皆赦还。偏有一人出阻道:"不可,不可!"珪看将过去,乃是中部大人王建,便问他有何评议。建抵掌高谈,强说出一番大道理来,遂令被擒的燕军,都做了异域的鬼奴。小子有诗叹道:

　　　　大德由来是好生,如何入帐敢相争?
　　　　片言断送多人命,惨比长平赵卒坑。

　　欲知王建如何说法,待至下回声明。

　　本回叙后燕战事,一胜一负,恍若有特别之报应,寓乎其间。慕容垂之顿兵不进,拓跋珪之避敌远徙也。慕容垂之分道攻永,拓跋珪之分军麾宝也,慕容垂善于诱敌,而拓跋珪适似之。垂能灭人国,覆人师,方自诩为囊底智术,运用无穷,而不意其子之不能肖父,竟为拓跋珪所赚,参合之败,全军覆没,父若虎而子若豚犬,何相反之若是其甚也!意者由父不修德,但务骋智,天道恶盈,乃有此极端之报复欤?靳安支昙猛辈,虽极口苦谏,宁能挽天道于无形哉?

第七十六回
子逼母燕太后自尽　弟陵兄晋道子专权

却说王建入帐，请魏王珪尽杀燕军，略谓燕恃强盛，来侵我国，今幸得大捷，俘获甚众，理应悉数诛戮，免留后患，奈何反纵使还国，仍增寇焰云云。珪尚以为疑，顾语诸将道："我若果从建言，恐南人从此仇视，不愿向化，我方欲吊民伐罪，怎可行得！吊民伐罪一语，不免过夸，但珪之本心却还可取。偏诸将赞同建议，共请行诛。建又向珪固争，珪乃命将数万俘虏，尽数坑死，才引还盛乐去了。燕太子宝，弃师遁还，不满人口，宝亦自觉怀惭，请再调兵击魏。范阳王德，亦向垂进言道："参合一败，有损国威，索虏凶狡，免不得轻视太子，宜及陛下圣略，亲往征讨，摧彼锐气，方可免虑，否则后患恐不浅了！"即能摧魏，亦未必果无后患！垂乃命清河公会领幽州刺史，代高阳王隆镇守龙城，又使阳城王兰汗为北中郎将，代长乐公盛镇守蓟郡。会为太子宝第二儿，与盛为异母兄弟，盛妻兰氏，即兰汗女，且与垂生母兰太后，系出同宗，所以亦得封王。垂使两人代镇，是要调还隆盛部曲，同攻北魏。定期来春大举，太史令入谏道："太白星夕没西方，数日后复见东方，不利主帅，且此举乃是躁兵。躁兵必败！"垂以为天道幽远，不宜过信，仍然部署兵马，准备出师。惟自参合陂败后，精锐多半伤亡，急切招募，未尽合用。尚幸高阳王隆，带得龙城部曲，驰入中山，军容很是精整，士气方为一振。垂复遣征东将军平视，发兵冀州，不料平视居然叛垂。视弟海阳令平翰，又起兵应视，镇东将军余嵩，奉令击视，反至败死。垂不得已亲出讨逆，视始怯遁。翰自辽西取龙城，亦由清河公会，遣将击走，奔往山南。于是垂留范阳王德守中山，自率大众密发，逾青岭，登天门，凿山开道，出指云中。魏陈留公拓跋虔，正率部落三万余家，居守平城，垂至猎岭，用辽西王农，高阳王隆，为前锋驱兵袭虔。虔自恃初胜，未曾设防，待至农隆两军掩至城下，方才知悉。他尚轻视燕军，即冒冒失失的率兵出战。龙城兵甚是勇锐,呐一声喊,争向虔军队内杀入。虔拦阻不住,方识燕军利害,急欲收兵回城,那慕容隆已抄出背后,堵住门口。待虔跃马奔回,当头一槊,正中虔胸,倒毙马下。内外魏兵,见虔被杀,统吓得目瞪口呆,无路奔逃,只好弃械乞降。隆等引众入城,收降魏兵三万余人,当即向垂报捷。垂进至参合陂,见去年太子宝战处,积尸如山,不禁悲叹,因命设席祭奠。军士感念存亡,统皆哀号,声震山谷。垂由悲生惭,由惭生愤,霎时间胸前暴痛,竟致呕血数升,几乎晕倒。左右忙将垂舁登马车,拟即退还,垂尚不许,仍命驱军前行,进屯平城西北三十里。太子宝等本已赴云中,接得垂呕血消息,便即引归。魏王珪闻燕军深入,却也惊心,意欲北走诸部,嗣又有人传报,讹言垂已病死阵中,复放大了胆,率众南追。途次得平城败耗,更退屯阴山。垂驻营中十日,病且益剧,乃逾山结营,筑燕昌城,为防魏计,既而还至上谷,竟至殁世。遗命谓祸难方启,丧礼务从简易,朝终与殡,三日释服,惟强寇在迩,应加戒备,途中须秘不发丧,待至中山,方可举哀治葬等语。太子宝一律遵行,密载垂尸,亟还中山,然后发丧。垂在位十三年,殁年已七十有一。由太子宝嗣即帝位,谥垂为神武皇帝,庙号世祖。尊母段氏为太后,改建兴十一年为永康元年。<u>垂称王二年,虽易秦为燕,未定年号,至称帝以后,方改年建兴,事见前文。</u>命范阳王德,都督冀兖青徐荆豫六州军事,领冀州牧,镇守邺城,辽西王农,都督并雍益梁秦凉六州军事,领并州牧,镇守晋阳,赵王麟为尚书左仆射,高阳王隆为右仆射,长乐公盛为司隶校尉,宜都王凤为冀州刺史。余如异姓官吏,亦晋秩有差。宝为慕容垂第四子,少时轻狡,本无志操,弱冠后冀为太子,乃砥砺自修,崇尚儒学,工谈论,善属文,曲事乃父左右,购得美名。垂因立为储贰,格外宠爱。其实宝是假名窃位,既得逞志,复露故态,中外因此失望。垂继后段氏,尝乘间语垂道:"太子姿质雍容,轻柔寡断,若遇承平时候,尚足为守成令主;今国步艰难,恐非济世英雄,陛下乃托以大业,妾实未敢赞成。辽西高阳二王,本为陛下贤子,何不择一为嗣,使保国祚。赵王麟奸诈强愎,他日必为国患,这乃陛下家事,还乞陛下图谋,毋贻后悔!"垂不禁瞋目道:"尔欲使我为晋献公么?"段氏见话不投机,只好暗暗下泪,默然退出。原来宝为先段后所出。麟农隆柔熙,出自诸姬,均与继后段氏,不属毛里。段氏生子朗鉴,俱尚幼弱,所以

子通母燕太后自盡

垂疑段后怀妒,从中进谗,不得不将她叱退。段氏既怏怏退出,适胞妹季妃入见,季妃为慕容德妻,见六十四回。因即流涕与语道:"太子不才,内外共知,惟主上尚为所蒙,我为社稷至计,密白主上,主上乃比我为骊姬,真是冤苦!我料主上百年以后,太子必丧社稷!赵王又必生乱,宗室中多半庸碌,惟范阳王器度非常,天若存燕,舍王无第二人呢!"段元妃未尝无识,惟为此杀身亦是失计。季妃亦不便多言,但唯唯受教罢了。古人说得好,属垣防有耳,窗外岂无人?段后告垂及妹,虽亦秘密相商,但已被人窃听,传出外面,为太子宝及赵王麟所闻。两人当然怀恨,徐图报复。到了宝已嗣位,故旧大臣,总援着旧例,尊皇后为皇太后,宝说不出从前嫌隙,只好暂时依议。过了半月,即使麟入胁段太后道:"太后前日,尝谓嗣主不能继承大业,今果能否?请亟自裁,还可保全段宗!"段太后听了,且怒且泣道:"汝兄弟不思尽孝,胆敢逼杀母后,如此悖逆,还想保守先业么?我岂爱死,但恐国家将亡,先祖先宗,无从血食呢!"说毕,便饮鸩自杀。虽不做凡人妻,但结果亦属欠佳。麟出宫语宝,宝与麟又复倡议,谓段氏曾谋嫡储,未合母道,不宜成丧。群臣也不敢进谏。惟中书令眭邃抗

第七十六回 子逼母燕太后自尽 弟陵兄晋道子专权

议道："子无废母的道理，汉时阎后亲废顺帝，尚得配享太庙，况先后语出传闻，虚实且未可知，怎得不认为母？今宜依阎后故事，遵礼发丧。"宝乃为太后成服祔葬，追谥为成哀皇后。这且慢表。

且说晋孝武帝亲政以后，权由己出，颇知尽心国事，委任贤臣。淝水一战，击退强秦，收复青兖河南诸郡，晋威少振。事俱散见前文。太元九年，崇德太后褚氏崩，朝议以帝与太后，系是从嫂，服制上不易规定。褚氏为康帝后，康帝为元帝孙，而孝武为元帝小子，简文帝三男，故对于褚后实为从嫂。独太学博士徐藻，援礼经夫属父道，妻皆母道的成训，推衍出来，说是夫属君道，妻即后道，主上曾事康帝为君，应事褚后为后，服后应用齐衰，不得减轻云云。孝武帝遂服齐衰期年，中外称为公允。惟孝武后王氏，嗜酒骄妒，有失阃仪，孝武帝特召后父王蕴，入见东堂，具说后过。令加训导。蕴免冠称谢，入宫白后，后稍知改过，不逾大节。过了五年，未产一男，竟至病逝。褚太后与王皇后，并见六十四回中。当时后宫有一陈氏女，本出教坊，独长色艺，能歌能弹，应选入宫。孝武帝方值华年，哪有不好色的道理，花朝拥，月夜偎，尝尽温柔滋味，竟得产下二男，长名德宗，次名德文。本拟立为继后，因她出身微贱，未便册为正宫，不得已仅封淑媛，但将中宫虚位，隐然以皇后相待。偏偏红颜不寿，翠袖生寒，到了太元十五年，又致一病告终。孝武帝悲悼异常。幸复得一张氏娇娃，聪明伶俐，不亚陈淑媛，面庞儿闭月羞花，更与陈淑媛不相上下，桃僵李代，一枯一荣，孝武帝册为贵人，得续欢情，才把陈淑媛的形影，渐渐忘怀，又复易悲为喜了。为下文被弑伏线。

惟自张贵人得宠，日伴天颜，竟把孝武帝迷住深宫，连日不亲政务。所有军国大事，尽委琅琊王道子办理。道子系孝武帝同母弟，俱为李昆仑所生。见六十三回。孝武即位，曾尊李氏为淑妃，嗣又进为皇太妃，仪服得与太后相同。道子既受封琅琊王，进位骠骑将军，权势日隆，太保谢安在位时，已因道子恃宠弄权，与他不和。见六十九回。安婿王国宝，系故左卫将军王坦之子，素性奸谀，为安所嫉，不肯荐引。国宝阴怀怨望，会国宝从妹，入选为道子妃，遂与道子相昵，常毁妇翁，道子亦入宫行谗。孝武帝素来重安，安又避居外镇，故幸得考终。但自安殁后，道子即首握大权，录尚书事，都督中外诸军，领扬州刺史。道子嗜酒渔色，日夕酣歌，有时入宫侍宴，亦与孝武为长夜饮，纵乐寻欢。又崇尚浮屠，僧尼日集门庭，一班贪官污吏，往往托僧尼为先容，无求不应。<u>也是结欢喜缘。</u>甚至年轻乳母，貌俊家僮，俱得道子宠幸，表里为奸。道子又擢王国宝为侍中，事辄与商，国宝亦得肆行无忌，妄作威福，政刑浊乱，贿略公行。

尚书令陆讷，望宫阙叹道："这座好家居，难道被纤儿撞坏不成？"会稽处士戴逵，志操高洁，屡征不起。郡县逼迫不已，他见朝政日非，越加谢绝，逃往吴郡。吴国内史王珣，在武邱山筑有别馆，逵潜踪往就，与珣游处兼旬，托珣向朝廷善辞，免得再召。珣与他设法成全，逵乃复返入会稽，隐居剡溪。<u>不略逸士。</u>会稽人许荣，适任右卫领营将军，上疏指陈时弊，略云：

  今台府局吏，直卫武官，及仆隶婢儿，取母之姓者，本臧获之徒，无乡邑品第，皆得命议，用为郡守县守，并带职在内，委事于小吏手中。僧尼乳母，竞进亲党，又受货赂，辄临官领众，无卫霍之才，而妄比古人，为患一也。佛者清虚之神，以五诫为教，绝酒不淫，而今之奉者，秽慢阿尼，酒色是耽，其违二矣。夫致人于死，未必手刃害之，若政教不均，暴滥无罪，必夭天命，其违三矣。盗者未必躬窃人财，讥察不严，罪由牧守，今禁令不明，劫盗公行，其违四矣。在上化下，必信为本，昔年下书，敕使尽规，而众议毕集，无所采用，其违五矣。僧尼成群，依傍法服，五诫粗法，尚不能遵，况精妙乎？而流惑之徒，竞加敬事，又侵逼百姓，取财为害，亦未合布施之道也。

疏入不报，会孝武帝册立储贰，命子德宗为皇太子。德宗愚蠢异常，口吃不能言语，甚至寒暑饥饱，均不能辨，饮食卧起，随在需人，所以名为储嗣，未尝出临东宫。<u>似此蠢儿，怎堪立为储君！</u>许荣又疏言太子既立，应就东宫毓德，不宜留养后宫，孝武帝亦置诸不理。

惟道子势倾内外，门庭如市，远近奔集，孝武帝颇有所闻，不免怀疑。王国宝谄事道子，隐讽百官。奏推道子为丞相，领扬州牧，假黄钺，加殊礼。护军将军车胤道："这是成王尊崇周公的礼仪，今主上当阳，非成王比，相王在位，难道可上拟周公么？"乃托词有疾，不肯署疏，及奏牍上陈，果触主怒，竟把原奏批驳下来。且因奏疏中无车胤名，嘉他有守。

中书侍郎范宁徐邈，守正不阿，指斥奸党，不稍宽假。范宁尤抗直敢言,无论亲贵,遇有坏法乱纪,必抨击无遗。尝谓王弼何晏二人,浮词惑众,罪过桀纣,所以待遇同僚,必以礼法相绳。王国宝为宁外甥,宁恨他卑鄙,屡戒不悛,乃表请黜逐国宝。国宝仗道子为护符,反构隙谮宁。**不顾姑翁,宁顾母舅!** 宁且恨且惧,遂乞请外调,愿为豫章太守。豫章一缺,向称不利,他人就任,辄不永年,朝臣视为畏途。孝武帝亦览表惊疑道:"豫章太守不可为,宁奈何以身试死哩!"宁一再固请,方邀允准。宁临行时尚申陈一疏,大略说是:

　　臣闻道尚虚简,政贵平静,坦公亮于幽显,流子爱于百姓,**子读若慈,见《礼记》**。然后可以轻夷险而不忧,乘休否而常夷,**否上声,读如痞**。先王所以致太平,如此而已。今四境晏如,烽燧不举,而仓庾虚耗,帑藏空匮。古者使民,岁不过三日,今之劳扰,殆无三日休息,至有残形剪发,要求复除,生儿不复举养,鳏寡不敢妻娶,岂不怨结人鬼,感伤和气! 臣恐社稷之忧,积薪不足以为喻。臣久欲粗启所怀,日延一日,今当永离左右,不欲令心有余恨,请出臣启事,付外详择,不胜幸甚!

孝武帝得了宁疏,却也颁诏中外,令公卿牧守,各陈时政得失。无如道子国宝,蟠踞宫廷,虽有良言,统被他两人抹煞,不得施行。就是范宁赴任后,也有一篇兴利除害的表章,大要在省刑减徭,戒奢惩佚数事,结果是石沉海底,毫无音响。惟王国宝前被纠弹,尝使陈郡人袁悦之,因尼妙音,致书后宫,具言国宝忠谨,宜见亲信。这书为孝武帝所见,怒不可遏,即饬有司加罪悦之,处以斩罪。国宝越加惶惧,仍托道子入白李太妃,代为调停,方得无恙。

道子贪恣日甚,卖官鬻爵,无所不为。嬖人赵牙出自倡家,贡金献妓,得官魏郡太守。钱塘捕贼小吏茹千秋,纳贿巨万,亦得任为谘议参军。牙且为道子监筑东第,迭山穿沼,植树栽花,工费以亿万计。道子且就河沼旁开设酒肆,使宫人居肆沽酒。自与亲昵乘船往饮,谑浪笑敖,备极丑态。孝武帝闻他筑宅,特亲往游览,道子不敢拒驾,只好导帝入游。帝眺览一周,使语道子道:"府内有山,足供游眺,未始不佳;但修饰太过,恐伤俭德,不足以示天下!"道子无词可答,只好随口应命。及帝既还宫,道子召语赵牙道:"皇上若知山由版筑,汝必坐罪致死了!"赵牙笑道:"王

在,牙何敢死!"倡家子也读过《鲁论》么?道子也一笑相答。牙退后并不少戒,营造益奢。茹千秋倚势敛财,骤致巨富,子寿龄得为乐安令,赃弘狼藉,得罪不诛,安然回家。博平令闻人奭据实弹劾,孝武帝虽怀怒意,终因道子袒护,不复查究。道子又为李太妃所爱,出入宫禁,如家人礼,或且使酒谩骂,全无礼仪。

孝武帝愈觉不平,意欲选用名流,任为藩镇,使得潜制道子。当时中书令王恭,黄门郎殷仲堪,世代簪缨,颇负时望,孝武帝因召入太子左卫率王雅,屏人密问道:"我欲外用王恭殷仲堪,卿意以为何如?"雅答道:"恭风神简贵,志气方严,仲堪谨修细行,博学能文,但皆器量褊窄,无干济才。若委以方面,天下无事,尚足称职,一或变起,必为乱阶。愿陛下另简贤良,勿轻用此二人!"雅颇知人。孝武帝不以为然,竟命恭为平北将军,都督青兖并幽冀五州军事,领青兖二州刺史,出镇京口,仲堪为振威将军,都督荆益宁三州军事,领荆州刺史,出镇江陵。又进尚书右仆射王珣为左仆射,王雅为太子少傅,内外分置心膂,无非欲监制道子。哪知内患

未去,反惹出一场外患来了,小子因有诗叹道:

> 恶习都由骄纵成,家无贤弟咎由兄,
> 尊亲尚且难施法,假手群臣乱益生!

欲知晋廷致乱情形,且至下回再表。

家无贤子弟,家必败,国无贤子弟,国必亡。慕容垂才略过人,卒能恢复燕祚,不可谓非一世雄,而独择子不明,失之于太子宝,反以段后所言为营私,垂死而段后遇弑,子敢弑母,尚有人道乎?即无北魏之侵扰,其必至亡国,可无疑也。所惜者,段元妃自诩智妇,乃竟不免于祸耳。彼晋孝武帝之纵容道子,弊亦相同。道子固同母弟也,然爱弟则可,纵弟则不可。道子不法,皆孝武帝酿成之,委以大权,与之酣饮,迨至道子贪婪骄恣,宠昵群小,乃始欲分置大臣以监制之,何其谬耶!而王国宝辈更不值评论也。

第七十七回

殷仲堪倒柄授桓玄　张贵人逞凶弑孝武

却说孝武帝防备道子，特分任王恭殷仲堪王珣王雅等，使居内外要津，分道子权，道子也窥透孝武帝心思，用王国宝为心腹，并引国宝从弟琅琊内史王绪，作为爪牙，彼此各分党派，视同仇雠。就是孝武帝待遇道子，也与从前大不相同，还亏李太妃居间和解，才算神离貌合，勉强维持。道子又想推尊母妃，阴竖内援，便据母以子贵的古例，启闻孝武帝，请尊李太妃为太后。孝武帝不好驳议，因准如所请，即改太妃名号，尊为太后，奉居崇训宫。道子虽为琅琊王，曾领会稽封国，为会稽太妃继嗣。会稽太妃，就是简文帝生母郑氏，见六十三回。郑氏为元帝妾媵，未列为后。故归道子承祀，至是亦追尊为简文太后，上谥曰宣。群臣希承意旨，谓宣太后应配飨元帝，独徐邈谓太后生前，未曾伉俪先帝，子孙怎得为祖考立配？惟尊崇尽礼，乃臣子所可为，所建陵庙，宜从别设。有诏依议，乃在太庙西偏，另立宣太后庙，特称宣太后墓为嘉平陵。

又徙封道子为会稽王，循名责实，改立皇子德文为琅琊王。德文比太子聪慧，孝武帝常使陪侍太子，凡太子言动，悉由德文主持，因此青宫里面，尚没有甚么笑话，传播人间。何不直截了当立德文为储嗣！惟道子内恃太后，外恃近臣，骄纵贪婪，终不少改。

太子洗马南郡公桓玄，就是前大司马桓温少子，见六十四回。五龄袭爵，及长颇通文艺，意气自豪，朝廷因父疑子，不给官阶，到了二十三岁，始得充太子洗马。玄以为材大官小，很是怏怏，乃往谒道子，为夤缘计。凑巧道子置酒高会，盛宴宾朋，玄得投刺入见，称名下拜。道子已饮得酣醉，任他拜伏，并不使起，且张目四顾道："桓温晚年，想做反贼，尔等曾闻知否？"玄听到此言，不觉汗流浃背，匍匐地上，未敢起来。还是长史谢重，在旁起答道："故宣武公温谥宣武，亦见六十四回中。黜昏登圣，功超伊霍，外间浮议纷纭，未免混淆黑白，还乞钧裁！"道子方点首作吴语道："侬知！侬知！"因令玄起身，使他下座列饮。玄拜谢而起，饮了一杯，便即辞出。自是仇恨道子，日夕不安。未几得出补义兴太守，仍郁郁不得志，尝登高望震泽湖，*即鄱阳湖。*唏嘘太息道："父做九州伯，儿做五湖长，岂不可耻！"因即弃官归国，上书自讼道：

臣闻周公大圣而四国流言，乐毅王佐而被谤骑劫，巷伯有豺虎之慨，苏公兴飘风之刺，恶直丑正。何代无之！先臣蒙国殊遇，姻娅皇极，常欲以身报德，投袂乘机，西平巴蜀，北溃伊洛，使窃号之寇，系颈北阙，园陵修复，大耻载雪，饮马灞浐，悬旌赵魏，勤王之师，功非一捷。太和之末，*太和系帝奕年号，见前文。*皇基有潜移之惧，遂乃奉顺天人，翼登圣朝，明离既朗，四凶兼澄，向使此功不建，此事不成，宗庙之事，岂堪设想！昔太甲虽迷，商祚无忧，昌邑虽昏，弊无三孽。因兹而言，晋室之机，危于殷汉，先臣之功，高于伊霍矣。而负重既往，蒙谤清时，圣帝明王黜陟之道，不闻废忽昆明之功，探射冥冥之心，启嫌谤之途，开邪枉之路者也。先臣勤王艰难之劳，匡平克复之勋，朝廷若其遣之，臣亦不复计也。至于先帝龙飞九五，陛下之所以继明南面，请问谈者，谁之由耶！谁之德耶？岂惟晋室永安，祖宗血食，于陛下一门，实奇功也。自顷权门日盛，丑政寔繁，咸称述时旨，互相煽附，以臣之兄弟，皆晋之罪人，臣等复何理可以苟存身世，何颜可以尸飨封禄，若陛下忘先臣大造之功，信贝锦萋菲之说，臣等自当奉还三封，受戮市朝，然后下从先臣，归先帝于玄宫耳。若陛下述遵先旨，追录旧勋，窃望少垂恺悌覆盖之恩，臣虽不肖，亦知图报。犬马微诚，伏维亮鉴！

看官阅读此疏，应知玄满怀郁勃，已露言中，后来潜谋不轨，逞势行凶，便可概见。那孝武帝怎能预料，惟将来疏置诸不理，便算是包荒大度。就是道子瞧着，也因玄无权无势，不值一顾，但视为少年妄言罢了。及殷仲堪出镇江陵，玄在南郡，与江陵相近，免不得随时往来。桓氏世临荆州，为士民所畏服，仲堪欲牢笼物望，不能不与玄联结，并因玄风神秀朗，词辩雄豪，便推为后起隽杰，格外优待，渐渐的大权旁落，反为玄所把持。*孝武方倚为屏藩，乃不能制一桓玄，无能可知。*玄尝在仲堪厅前，戏

马舞槊，仲堪从旁站立，玄竟举槊向仲堪，作欲刺状。中兵参军刘迈，在仲堪侧，忍不住说出二语，谓玄马槊有余，精理不足。玄听到迈言，并不知过，反怒目视迈，仲堪也不禁失容。及玄既趋出，仲堪语迈道："卿系狂人，乃出狂言，试想桓玄久居南郡，手下岂无党羽？若潜遣刺客，乘夜杀卿，我岂尚能相救么？况见他悻悻出去，必思报复，卿不如赶紧出避，尚可自全。"*倘玄欲刺汝，汝将奈何？* 迈乃微服出奔，果然玄使人追赶，幸迈早走一时，不为所及，才得幸免。征虏参军胡藩，行过江陵，进谒仲堪，乘便进言道："桓玄志趣不常，每怀怨望，节下崇待太过，恐非久计。"仲堪默不一言，藩乃辞出。时藩内弟罗企生，为仲堪功曹，藩即与语道："殷侯倒戈授人，必难免祸，君不早去，恐将累及，后悔不可追了！"企生亦似信非信，不欲遽辞，藩嗟叹而去。*良言不听，宜乎扼腕。*

　　看官听说，殷仲堪不能驾驭桓玄，哪里能监制道子？道子权威如故，孝武帝越不自安。中书侍郎徐邈，从容入讽道："昔汉文明主，尚悔淮南，*指厉王长事，见《汉史》。*世祖聪达，负悔齐王，*见前文。*兄弟至亲，相处宜慎,会稽王虽稍有失德,总宜曲加宽贷,借释群疑,外顾大局,内慰太后,庶不致有他变呢!"孝武帝经此一言,气乃少平,委任道子,仍然如初。爱弟之道,岂必定要委任!

惟王国宝有兄弟数人,皆登显籍,长兄恺尝袭父爵,入官侍中,领右卫将军,多所献替,颇能尽职,次兄愉为骠骑司马,进辅国将军,名逊乃兄,弟忱少即著名,历官内外,文酒风流,睥睨一切。王恭王珣,才望且出忱下。恭出镇江陵以前,荆州刺史一职,系忱所为,别人总道他少不更事,不能胜任,谁知他一经莅镇,风裁肃然,就是待遇桓玄,亦尝谈笑自如,令玄屈服。只是素性嗜酒,一醉至数日不醒,因此酿成酒膈,因病去官,未几即殁。国宝欲奔丧回里,表请解职,有诏止给假期。偏国宝又生悔意,徘徊不行,事为中丞褚粲所劾。国宝惧罪,只得再求道子挽回,都下不敢露迹,竟扮作女装,坐入舆中伪称为王家女婢,混入道子第中,跪请缓颊。道子且笑且怜,即替他设法进言,终得免议。权相有灵,国宝当自恨不作女身为他作妾。

已而假满复官,更加骄蹇,不遵法度,后房妓妾,不下百数,天下珍玩,充满室中。孝武帝闻他僭侈,召入加责,经国宝泣陈数语,转使孝武帝一腔怒气,自然消融。他素来是个逢迎妙手,探得孝武帝隐憎道子,遂竭力迎合,隐有闲言,并厚赂后宫张贵人,代为吹嘘,竟至相府爪牙,一跃为皇宫心腹。媚骨却是有用!道子察出情形,很觉不平,尝在内省遇见国宝,斥他背恩负义,拔剑相加,吓得国宝魂胆飞扬,连忙奔避。道子举剑掷击,又复不中,被他逃脱。嗣经僚吏百方解说,才将道子劝回。孝武帝得悉争端,益信国宝不附道子,视作忠臣,常令国宝侍宴。酒酣兴至,与国宝谈及儿女事情,国宝自陈有女秀慧。孝武帝愿与结婚,许纳国宝女为琅琊王妃,国宝喜出望外,叩头拜谢。至宴毕出宫后,待了旬余,未见有旨,转浼张贵人代请,才得复音,乃是缓日结婚四字,国宝只好静心候着,少安毋躁罢了。恐阎王要来催你性命奈何?当时有人戏作云中诗,讥讽时事云:

相王沉醉,　轻出教命,　捕贼千秋,　干预朝政。
王恺守常,　国宝驰竞,　荆州大度,　散诞难名。
盛德之流,　法护王宁,　仲堪仙民,　特有言咏。
东山安道,　执操高抗,　何不征之,　以为朝匠?

诗中所云千秋王恺国宝，实叙本名，想看官阅过上文，当然了解。荆州系指王忱，不指殷仲堪，法护系王珣小字，宁即王恭，仙民即徐邈字，安道即戴逵字。这诗句传入都中，王珣欲孚民望，表请征戴逵为国子祭酒，加散骑常侍，逵仍不至。太元二十年，皇太子德宗，始出东宫。会稽王道子兼任太子太傅。王珣兼任太子詹事，与太子少傅王雅，又上疏道：

会稽处士戴逵，执操贞厉，含味独游，年在耆老，清风弥劲。东宫虚德，式延正士，宜加旌命，以参僚侍。逵既重幽居之操，必以难进为美，宜下诏所在有司，备礼发遣，进弼元良，毋任翘企！

孝武帝依议，复下诏征逵，逵仍称疾不起。已而果殁。那孝武帝溺情酒色，日益荒耽，镇日里留恋宫中，徒为了一句戏言，酿出内弑的骇闻，竟令春秋鼎盛的江东天子，忽尔丧躯，岂不是可悲可愤么！当孝武帝在位时，太白星昼现，连年不已，中外几视为常事，没甚惊异。太元二十年七月，有长星出现南方，自须女星至哭星，光芒数丈。孝武帝夜宴华林园，望见长星光焰，不免惊惶，因取手中酒卮，向空祝语道："长星劝汝一杯酒，从古以来，没有万年天子，何劳汝长星出现呢？"真是酒后呓语。既而水旱相继，更兼地震，孝武帝仍不知警，依然酒色昏迷。仆射王珣，系故相王导孙，虽然风流典雅，为帝所昵，但不过是个旅进旅退的人员，从未闻抗颜谏诤，敢言人所未言。颇有祖风。太子少傅王雅，门第非不清贵。祖隆父景，也尝通籍，究竟不及王珣位望。珣且未敢抗辩，雅更乐得圆融，所以识见颇高，语言从慎。时人见他态度模棱，或且目为佞臣，雅为保全身家起见，只好随俗浮沉，不暇顾及讥议了。孝武帝恃二王为耳目，二王都做了好好先生，还有何人振聋发聩？再经张贵人终日旁侍，蛊惑主聪，酒不醉人人自醉，色不迷人人自迷，越害得这位孝武帝，俾昼作夜，颠倒糊涂。

太元二十一年秋月，新凉初至，余暑未消，孝武帝尚在清暑殿中，与张贵人饮酒作乐，彻夜流连，不但外人罕得进见，就是六宫嫔御，也好似咫尺天涯，无从望幸。不过请安故例，总须照行，有时孝武帝醉卧不起，连日在床，后宫妾媵，不免生疑，还道孝武帝有什么疾病，格外要去问省，献示殷勤。张贵人恃宠生骄，因骄成妒，看那同列娇娃，简直是眼中钉一般，恨不得一一驱逐，单剩自己一人，陪着君王，终身享福。描摹得透。有几个伶牙利齿的妃嫔，窥透醋意，免不得冷嘲热讽，语语可憎。张贵人愤无可泄，已是满怀不平。

时光易过,转瞬秋残,清暑殿内,銮驾尚留,一夕与张贵人共饮,张贵人心中不快,勉强伺候,虚与绸缪。孝武帝饮了数大觥,睁着一双醉眼,注视花容,似觉与前少异,默忖多时,猜不出她何故惹恼,问及安否,她又说是无恙。孝武帝所爱惟酒,以为酒入欢肠,百感俱消,因此顾令侍女,使与张贵人接连斟酒,劝她多饮数杯。张贵人酒量平常,更因怀恨在心,越不愿饮,第一二杯还是耐着性子,勉强告干,到了第三四杯,实是饮不下了。孝武帝还要苦劝,张贵人只说从缓。孝武帝恐她不饮,先自狂喝,接连数大觥下咽,又使斟了一大觥,举酒示张贵人道:"卿应陪我一杯!"说着,又是一口吸尽。死在眼前,乐得痛快。张贵人拗他不过,只得饮了少许。孝武帝不禁生忿,迫令尽饮,再嘱侍女与她斟满,说她故意违命,须罚饮三杯。本想替她解愁,谁知适令增恨!张贵人到此,竟忍耐不住,先将侍女出气,责她斟得太满,继且顾语孝武帝道:"陛下亦应节饮,若常醉不醒,又要令妾加罪了!"孝武帝听了加罪二字,误会微意,便瞋目道:"朕不罪卿,谁敢罪卿?惟卿今日违令不饮,朕却要将卿议罪!"张贵人蓦然起座道:"妾

偏不饮,看陛下如何罪妾?"孝武帝亦起身冷笑道:"汝不必多嘴,计汝年已将三十,亦当废黜了!朕目中尽多佳丽,比汝年轻貌美,难道定靠汝一人么?"说到末句,那头目忽然眩晕,喉间容不住酒肴,竟对张贵人喷将过去,把张贵人玉貌云裳,吐得满身肮脏。侍女等看不过去,急走至御前,将孝武帝扶入御榻,服侍睡下。孝武帝头一倚枕,便昏昏的睡着了。

惟张贵人得宠以来,从没有经过这般责罚,此次忽遭斥辱,哪里禁受得起,凤目中坠了无数泪珠儿。转念一想,柳眉双竖,索性将泪珠收起,杀心动了。使侍女撤去残肴,自己洗过了脸,换过了衣,收拾得干干净净。又踌躇了半晌,竟打定主意,召入心腹侍婢,附耳密嘱数语。侍婢却有难色,张贵人大怒道:"汝若不肯依我,便叫你一刀两段!"侍婢无奈,只好依着闺令,趋就御榻,用被蒙住孝武帝面目,更将重物移压孝武帝身上,使他不得动弹。可怜孝武帝无从吐气,活活闷死!过了一时,揭被启视,已是目瞪舌伸,毫无气息了。看官记着,这孝武帝笑责张贵人,明明是酒后一句戏言,张贵人伴驾有年,难道不知孝武帝心性,不过因华色将衰,正虑被人夺宠,听了孝武帝戏语,不由的触动心骨,竟与孝武帝势不两立,遂恶狠狠的下了毒手,结果了孝武帝的性命。总计孝武帝在位二十四年,改元两次,享年只三十有五。小子有诗叹道:

恩深忽尔变仇深,放胆行凶不自禁。
莫怪古今留俚语,世间最毒妇人心!

张贵人弑了孝武帝,更想出一法,瞒骗别人。究竟如何用谋,待看下回分晓。

桓玄一粗鄙小人耳,智识远不逮荞懿,即乃父桓温,犹未克肖,微才如王忱,且能以谈笑折服之,固不待谢安石也。殷仲堪懦弱无能,纵之出柳,至玄执槊相向,益复畏之如虎,莫展一筹,孝武帝欲借之以制道子,庸讵知其更纵一患耶?王雅谓其必为乱阶,何见之明而词之悚也。但孝武不能测一张贵人,安能知一殷仲堪,床闼之间,危机伏焉,环珮之侧,死象寓焉。经作者演写出来,尤觉得酒食之祸,甚于戈矛。褒妲之亡殷周,犹为间接,而张贵人竟直接弑君,甚矣,女色之不可近也!

第七十八回

迫诛奸称戈犯北阙　僭称尊遣将伐西秦

却说张贵人弑主以后,自知身犯大罪,不能不设法弥缝,遂取出金帛,重赂左右,且令他出报宫廷,只说孝武帝因魇暴崩。太子德宗,比西晋的惠帝衷,还要暗弱,怎能摘伏发奸?会稽王道子,向与孝武帝有嫌,巴不得他早日归天,接了凶讣,暗暗喜欢,怎肯再来推究。外如太后李氏,以及琅琊王德文,总道张贵人不敢弑主,也便模糊过去。王珣王雅等,统是仗马寒蝉,来管什么隐情,遂致一种弥天大案,千古沉冤。后来《晋书》中未曾提及张贵人,不知她如何结局,应待详考。

王国宝得知讣音,上马急驰,乘夜往叩禁门,欲入殿代草遗诏,好令自己辅政。偏侍中王爽,当门立着,厉声呵叱道:"大行皇帝宴驾,太子未至,无论何人,不得擅入,违禁立斩!"国宝不得进去,只好怅然回来。越日,太子德宗即位,循例大赦,是谓安帝。有司奏请会稽王道子,谊兼勋戚,应进位太傅,领扬州牧,假黄钺,备殊礼,无非讨好道子。有诏依议,道子但受太傅职衔,余皆表辞。诏又褒美让德,仍令他在朝摄政,无论大小政事,一律咨询,方得施行。道子权位益尊,声威益盛,所有内外官僚,大半趋炎附势,奔走权门。最可怪的是王国宝,本已与道子失欢,不知他用何手段,又得接交道子,仍使道子不念前嫌,复照前例优待,引为心腹,且擢任领军将军。无非喜谀。从弟王绪,随兄进退,不消多说。阿兄既转风使舵,阿弟自然随风敲锣。

平北将军王恭,入都临丧,顺便送葬。见了道子辄正色直言,道子当然加忌。惟甫经摄政,也想辑和内外,所以耐心忍气,勉与周旋。偏恭不肯通融,语及时政,几若无一惬意,尽情批驳,声色俱厉。退朝时且语人道:"榱栋虽新,恐不久便慨黍离了!"过刚必折。道子知恭意难回,更加衔恨。王绪谄附道子,因与兄国宝密商,谓不如乘恭入朝,劝相王伏兵杀恭。国宝以恭系时望，未便下手，所以不从绪言。恭亦深恨国宝。有人为恭画策，请召入外兵，除去国宝，恭因冀州刺史庾楷，与国宝同党，士马强盛，颇以为忧，乃与王珣密谈，商决可否。珣答说道："国宝虽终为祸乱，但目前逆迹未彰，猝然加讨，必启群疑，况公拥兵入京，迹同专擅，先应坐罪，彼得借口，公受恶名，岂非失算？不如宽假时日，待国宝恶贯满盈，然后为众除逆，名正言顺，何患不成！"恭点首称善。已而复与珣相见，握手与语道："君近来颇似胡广。"汉人以拘谨闻！珣应声道："王陵廷争，陈平慎默，但看结果如何，不得徒论目前呢。"两人一笑而散。

过了一月，奉葬先帝于隆平陵，尊谥为孝武皇帝。返祔（fù）以后，恭乃辞行还镇，与道子等告别。即面语道子道："主上方在谅暗，冢宰重任，伊周犹且难为，愿相王亲万机，纳直言，远郑声，放佞人，保邦致治，才不愧为良相呢！"说着，睁眼注视道子。旁顾国宝在侧，更生愠色，把眼珠楞了数楞。国宝不禁俯首，道子亦愤愤不平，但不好骤然发作，只得敷衍数语，送恭出朝罢了。

到了次年元旦，安帝加元服，改元隆安。太傅会稽王道子稽首归政，特进左仆射王珣为尚书令，领军将军王国宝为左仆射，兼后将军丹阳尹。尊太后李氏为太皇太后，立妃王氏为皇后。后系故右军将军王羲之女孙，父名献之，亦以书法著名，累官至中书令，曾尚简文帝女新安公主，有女无子。及女得立后，献之已殁，至是始追赠光禄大夫，之与乃父羲之殁时，赠官相同。史称羲之有七子，惟徽之献之，以旷达称，两人亦最和睦。献之病逝，徽之奔丧不哭，但直上灵床，取献之琴，抚弹许久，终不成调，乃悲叹道："呜呼子敬，人琴俱亡！"说毕，竟致晕倒，经家人舁至床上，良久方苏。他平时素有背疾，坐此溃裂，才阅月余，也即去世。叙此以见兄弟之友爱。徽之字子猷，献之字子敬，还有徽之兄凝之，亦工草隶，性情迂僻，尝为才妇谢道韫所嫌。事见后文。

且说王国宝进官仆射，得握政权，会稽王道子，复使东宫兵甲，归他统领，气焰益盛。从弟绪亦得为建威将军，与国宝朋比为奸，朝野侧目。国宝所忌，第一个就是王恭，次为殷仲堪，尝向道子密请，黜夺二人兵权。道子虽未照行，谣传已遍布内外，恭镇戍京口，距都甚近，都中情事，当然早闻，因即致书仲堪，谋讨国宝。仲堪在镇，尝与桓玄谈论国事，玄正思利

第七十八回 迫诛奸称戈犯北阙 僭称尊道将伐西秦

用仲堪,摇动朝廷,便乘隙进言道:"国宝专权怙势,唯虑君等控驭上流,与他反抗,若一旦传诏出来,征君入朝,试问君将如何对付哩?"仲堪皱眉道:"我亦常防此着,敢问何计可以免忧。"玄答道:"王孝伯*即王恭表字*。嫉恶如仇,正好与他密约,兴晋阳甲,入清君侧,*援引《春秋》晋赵鞅故事*。东西并举,事无不成! 玄虽不肖,愿率荆楚豪杰,荷戈先驱,这也是桓文义举呢。"仲堪听着,投袂而起,深服玄言。遂外招雍州刺史郗恢,内与从兄南蛮校尉殷觊,南郡相江绩,商议起兵。觊不肯从,当面拒绝道:"人臣当各守职分,朝廷是非,与藩臣无涉,我不敢与闻!"绩亦与觊同意,极言不可,惹得仲堪动怒,勃然作色。觊恐绩及祸,从旁和解。绩抗声道:"大丈夫各行己志,何至以死相迫呢? 况江仲元*绩自称表字*。年垂六十,但恨未得死所,死亦何妨!"说着,竟大踏步趋出。仲堪怒尚未平,将绩免职,令司马杨佺期代任,觊亦托疾辞职。仲堪亲往探视,见觊卧着,似甚困顿。乃顾问道:"兄病至此,实属可忧。"觊张目道:"我病不过身死,汝病恐将灭门。宜求自爱,勿劳念我!"仲堪怀闷而出。嗣得郗恢复书,亦不见允,因复踌躇起来。适值王恭书至,乃想出一条圆滑的法儿,令恭即日先驱,自为后应。恭得了复书,喜如所愿,便即遣使抗表道:

后将军国宝,得以姻戚频登显列,*道子妃为国宝妹,故称姻戚,事见七十六回*。不能感恩效力,以报时施,而专宠肆威,以危社稷。先帝登遐,夜乃犯阙叩扉,欲矫遗诏,赖皇太后明聪,相王神武,故逆谋不果。又夺东宫现兵,以为己用,谗嫉二昆,甚于仇敌。与其从弟绪同党凶狡,共相煽连,此不忠不义之明证也。以臣忠诚,必亡身殉国,是以谮臣非一,赖先帝明鉴,浸润不行。昔赵鞅兴甲,诛君侧之恶,臣虽驽劣,敢忘斯义! 已与荆州督臣殷仲堪,约同大举,不辞专擅,入除逆党,然后释甲归罪,谨受鈇(fū)钺之诛,死且不朽! 先此表闻。

为了王恭这篇表文,遂令晋廷大臣,个个心惊。当下传宣诏命,内外戒严,道子日夕不安,即召王珣入商大计。珣本为孝武帝所信任,孝武暴崩,珣不得预受顾命,名虽加秩,实是失权。及应召进见,道子便问道:"二藩作逆,卿可知否?"珣随口答辩道:"朝政得失,珣勿敢预;王殷发难,何从得知?"道子无词可驳,只好转语王国宝,且有怨言。国宝实是无能,急得不知所措。*此时用不着媚骨了。*没奈何派遣数百人,往戍竹里，夜遇风雨，竟致散归。国宝越加惶惧，王绪进语国宝道："王珣阴通二藩，首当除灭，车胤现为吏部尚书，实与珣同党。为今日计，急矫托相王命，诱诛二人，拔去内患，然后挟持君相，出讨二藩，人心一致，怕甚么逆焰呢？"**计颇凶狡。**国宝迟疑不答，被绪厉声催逼，方遣人召入珣胤。至珣胤到来，国宝又不敢加害，反向珣商量方法。珣说道："王殿与君，本没有甚么深怨，不过为权利起见，因生异图。"国宝不待说毕，便愕然道："莫非视我作曹爽不成！"**曹爽事见《三国志》。**珣微哂道："这也说得过甚，君无爽罪，王孝伯亦怎得比宣帝呢？"**宣帝即司马懿。**国宝又转顾车胤道："车公以为何如？"胤答道："昔桓公围攻寿春，日久方克。**即桓温攻袁真事，见六十二回。**今朝廷发兵讨恭，恭必婴城固守，若京口未拔，荆州军又复到来，君将如何对待呢？"国宝闻言失声道："奈何奈何！看来只好辞职罢！"珣与胤窃笑而去。胤字武子，系南平人，少时好学，家贫不常得油，夏月取萤贮囊，代火照书，囊萤照读故事，便是车胤古典。**一长可录，总不轻略。**成人后得膺仕籍，累迁至护军将军。前时王国宝讽示百官，拟推道子为丞相，胤不肯署名，独与国宝反对。所以绪将他牵入，欲加毒手。至计不得遂，因长叹道："今日死了！"国宝置诸不睬，即上疏解职，诣阙待罪。嗣闻朝廷不加慰谕，又起悔心，乃矫诏自复本官。不料道子与他翻脸，竟因他诈传诏命，立遣谯王尚之，收捕国宝及绪，付诸廷尉，越宿赐国宝死，命牵绪至市曹枭首。一面贻书王恭，自陈过失，且言国宝兄弟，已经伏诛，请即罢兵。恭乃引兵还屯京口。殷仲堪闻国宝已死，才遣杨佺期出屯巴陵，接应王恭。旋亦接到道子来书，并知恭已退归，因亦召还佺期，一番风潮，总算暂平。

国宝兄侍中王恺，骠骑司马王愉，与国宝本是异母，又素来不相和协，故得免坐，悉置不问。惟会稽世子元显，年方十六，才敏过人，居然得官侍中，他却禀白乃父，谓王殿二人，终必为患，不可不防。道子乃即奏拜元显为征虏将军，所有卫府及徐州文武，悉归部下，使防王殿。于是除了两个佞臣，又出一个宠子来了。**道子门下，无非厉阶。**

这且待后再表。且说凉州牧吕光，背秦独立，据有河西。**回应七十一回。**武威太守杜进，是吕光麾下第一个功臣，权重一时，出入羽仪，与光相亚。适光甥石聪自关中来，光问聪道："中州人曾闻我政化否？"聪答道:"止知杜进,不知有舅。"光不禁愕然,遂将杜进诱入,把他杀死。<u>好良心</u>。既而光宴会群僚,谈及政事,参军段业进言道:"明公乘势崛起,大有可为,但刑法过峻,尚属非宜。"光笑道:"商鞅立法至峻,终强秦室,吴起用术无亲,反霸荆蛮,这是何故?卿可道来。"业答道:"公受天眷命,方当君临四海,效法尧舜,奈何欲将商鞅吴起的敝法,压制神州!难道本州士女,归附明公,反自来求死么?"光乃改容谢过,下令自责,改革烦苛,力崇宽简。会酒泉被王穆袭入,也自称大将军凉州牧,<u>见七十一回</u>。诱结吕光部将徐炅,及张掖太守彭晃。光遣兵讨炅,炅奔往张掖,光亟自引步骑三万,倍道兼行,直抵张掖城下。晃不意光军骤至,仓猝守城,并向王穆处乞援。穆军尚未赴急,城中已经内溃,晃将寇颢,开城纳光。晃不及脱身,被光众擒斩。光复移兵掩入酒泉,王穆正出援张掖,途中闻酒泉失守,慌忙驰还,偏部将相率骇散,单剩穆一人一骑,窜至骍马。骍(xīng)马令郭文,顺手杀穆,函首献光。光乃从酒泉还军,适金泽县令报称麒麟出现,百兽相随,<u>恐未必是真麒麟</u>。光目为符瑞,遂自称三河王,改年麟嘉。立妻石氏为王妃,子绍为世子,追尊三代为王,设置官属。中书侍郎杨颖上书,

请依三代故事,追尊吕望为始祖,立庙飨祀,世世不迁。**吕望并非氏族,如何自认为祖?** 光欣如所请,因自命为吕望后人。

会张掖督邮傅曜,考核属县,为邱池令尹兴所杀,投尸入井,急图灭迹。偏是冤魂未泯,竟向吕光托梦,自陈履历,且言尹兴赃私狼藉,惧为所发,是以将臣杀害,弃尸南亭枯井中,臣衣服形状,请即视明,乞为伸冤云云。光闻言惊寤,揭帐启视,灯光下犹有鬼形,良久乃灭。次日即遣使案视,果得尸首,因即诛兴抵罪。时段业已任著作郎,犹谓光平日用人,未能扬清激浊,以致贤奸混淆,乃托词疗疾,径至天梯山中,拨冗著作,得表志诗九首,叹七条,讽十六篇,携归呈光。光却也褒美,但究竟未能听从,不过空言嘉许罢了。**业在此时也想做个直臣,奈何始终不符!**

南羌部酋彭奚念,入攻白土。守将孙峙,退保兴城,一面飞使报光。光遣武贲中郎将庶长子纂,与强弩将军窦苟,带领步骑五千,往讨奚念,大败而还。奚念进据枹罕,光乃大发诸军,亲自往击。奚念才觉惊慌,命在白土津旁,叠石为堤,环水自固,并遣精兵万名,守住河津。光遣将军王宝,潜趋河水上游,绕越石堤,夜压奚念营垒,光从石堤直进,隔岸夹攻,守兵俱溃,遂并力攻奚念营,奚念亦遁。光驱众急追,乘势突入枹罕,逼得奚念无巢可归,没奈何逃往甘松,光留将士戍枹罕城,振旅班师。

先是光徙西海郡民,散居诸郡。侨民系念土著,不乐迁居,乃编成歌谣道:"朔马心何悲,念旧中心劳;燕雀何徘徊,意欲还故巢!"光恐他互相煽乱,因复徙还。并因西海外接胡虏,不可不防,乃复使子复为镇西将军,都督玉门以西诸军事,兼西域大都护,镇守高昌。

光又自号天王,称大凉国,改年龙飞。立世子绍为太子,诸子弟多封公侯。进中书令王详为尚书左仆射,著作郎段业等五人为尚书,此外各官,不胜殚述。**时为晋孝武帝太元二十一年。** 史家称他为后凉。西秦王乞伏乾归,**见七十四回。** 尝向吕光称藩,未几即与光绝好。光曾遣弟吕宝等,出攻乾归,交战失利,宝竟败死。光屡思报怨,只因彭奚念入扰,不暇顾及乾归,坐此迁延。奚念本依附乾归,曾受封为北河州刺史。至奚念败窜后,光还称尊号,更欲仗着天王威势,凌压西秦。可巧乾归从弟乞伏轲弹,与乞伏益州有隙,奔投吕光,光不禁大悦,即日下令道:

乞伏乾归,狼子野心,前后反覆,朕方东清秦赵,勒铭会稽,岂令竖子鸱峙洮南,且其兄弟内相离间,可乘之机,勿过今也。其敕中外戒严,朕当亲征!

这令下后,即引兵出次长最,使扬威将军杨轨,强弩将军窦苟,偕子纂攻金城,作为中路。又遣部将梁恭金石生等,出阳武下峡,会同秦州刺史没奕于,从东路进兵。再命天水公吕延,征发枹罕守卒,出攻临洮武始河关,向西杀入。延为光弟,最号骁悍,接了光命,首先发兵,奋勇前驱,所向无敌。

当有警报传达乾归,乾归已徙都西城,便召集将佐,商议拒敌。众谓光军大至,不易抵敌,且东往成纪,权避寇锋。乾归怫然道:"昔曹孟德击败袁本初,陆伯言摧毁刘玄德,皆三国时事。统是谋定后战,以少胜多。今光兵虽众,俱无远略,光弟延有勇无谋,何足深虑!我能用谋制延,延一败走,各路皆退,乘胜追奔,当可尽歼了!"颇有小智。

正议论间,帐外驰入金城来使,报称万急。乾归只好亟援金城,自率部兵二万,行至中途,又接着急报。乃是金城陷没,太守卫鞬被擒。接连复得数处警耗,临洮失守了,武始失守了,河关又失守了,乾归至此,也不

觉大惊。小子有诗咏道：

> 扰扰群雄战未休，雄师三路发凉州。
> 须知兵众仍难恃，用力何如用智谋！

欲知乾归如何拒敌，待至下回表明。

　　会稽王道子，贪利嗜酒，实是一个糊涂虫。假使朝右有人，自足制驭道子，遑论王国宝。乃王珣王雅辈，徒事模棱，毫无建白，而又奉一寒暑不辨之司马德宗，以为之主，安得不乱！王恭之兴师京口，以讨王国宝兄弟为名，旧史已称之曰反，吾谓此时之王恭，志在诛佞，犹可说也。不然，国宝兄弟，窃位擅权，靡所纪极，将待何时伏诛耶！后凉主吕光，无甚才略，不过乘乱窃地，独据一方，观其所为，俱不足取。至倾师而出，往攻西秦，竭三路之兵力，不足以制乾归，毋怪为乾归所评笑也。

第七十九回

吕氏肆虐凉土分崩　燕祚浸衰魏兵深入

却说乞伏乾归连接警耗，不禁惶急起来。沉思多时，乃泣语将士道："今事势穷蹙，无从逃命，死中求生，正在今日。凉军虽四面到来，究竟相去尚远，不能立集，我果能败他一军，不怕凉军不退。"将士听了，统踊跃应声道："如大王命，愿效死力！"乾归道："我意总在杀退吕延。延甚骁勇，不可力敌，我当用计取他便了。"遂分派将士，散伏要隘，人卷甲，马衔枚，静候不动。一面令敢死士数人，佯探延兵，故意被擒，伪说本军退走。果然延拘讯死士，信为真言，即释令不诛，使为前导。此引彼随，直入陷阱，那死士不知去向。但听得数声胡哨，伏兵四面杀出，把延兵冲成数段。延情急失措，正要寻路返奔，又被万弩竞射，就使力大无穷，也禁不住许多硬箭，眼见是一命呜呼了。无谋者终不可行军。延有司马耿稚，本戒延轻进，延不用忠言，因致败死。稚尚在后队，急与将军姜显，结阵自固，收集逃卒，徐徐引退，才得还屯枹罕。光闻延败殁，神色沮丧，遂命各军退回，自己匆匆返入姑臧。乾归复进据枹罕，使定州刺史翟瑥居守，召入彭奚念为镇卫将军，命镇西将军屋弘破光为河州牧，因即还师。

惟吕光遭此一挫，声威顿减，遂令部将离心，又生出南北二凉来了。南凉为秃发乌孤所建，乌孤就是思复鞬次子。思复鞬尝使长子奚干，助张大豫拒光，为光所杀，事见前文。见七十一回。未几思复鞬亦死，乌孤嗣立，欲报兄仇，因与大将纷陁，谋取凉州。纷陁道："凉州方盛，未可急取，请先务农讲武，招俊杰，修政刑，巩固根本，然后观衅而动，可报前仇。乌孤依议施行，才越数年，已易旧观，振作一新。吕光欲羁縻乌孤，特遣使封乌孤为冠军大将军，领河西鲜卑大都统。乌孤问诸将道："吕氏远来授官，可接受否？"诸将多应语道："吕氏与我有仇，怎可与和？况近来士强兵盛，难道还受人制么？"乌孤道："我意亦是如此。"独有一人抗声道："欲拒吕光，今尚未可。"乌孤瞧着，乃是卫弁石真若留。便诘问道："卿怕吕光么？"石真若留道："今根本未固，邻近未服，还宜随时遵养，未可轻动。况吕光势尚未衰，地大兵众，若向我致死，恐不可敌，不如暂时受屈，使他不防，彼骄我奋，一举成功了。"胡人亦多智士。乌孤道："卿言亦是，我且依卿。"乃对使受封。及凉使去后，乌孤即整顿兵马，出破乙弗折掘二部落，又遣将石亦干筑廉川堡，作为都城。乌孤遂徙居廉川。

已而登廉川大山，但泣不言。石亦干在旁进言道："臣闻主忧臣辱，主辱臣死，大王今日不乐，想是为了吕光一人。光年已老，师徒屡败，今我得保据大川，养足锐气，将来一可当百，岂尚怕吕光不成！"乌孤道："吕光衰老，我非不知，但我祖宗德威及远，异俗倾心，今我承祖业，未能制服诸部，近且未怀，怎思及远！悲从中来，不能不泣呢。"旁又闪出大将苻浑道："大王何不振旅誓众，讨服邻近部落？"乌孤道："卿等肯同心协力，我便当出师。"苻浑等齐声应命。可见乌孤一泣，实是一激将法。随即出兵四略，迭破诸部。吕光闻乌孤日盛，进封乌孤为广武郡公。广武人赵振，少好奇略，弃家依乌孤。乌孤素慕振才，立即引见，与言国政，无不称意。遂大喜道："我得赵生，大事成了！"适凉州又有使人到来，进乌孤征南大将军益州牧左贤王，并给鼓吹羽仪等物。乌孤语来使道："吕王擅命专征，得有此州，今不能怀柔远人，惠安黎庶，诸子贪淫，群甥肆暴，郡县土崩，远近愁怨，我岂尚可违反人心，助桀为虐么？帝王崛起，本无常种，有德即兴，无道即亡，我将应天顺人，为天下主，不愿再事吕王了！"遂将鼓吹羽仪，一并留住，但拒绝封册，仍交原使赍回。于是自称大都督大将军大单于西平王，纪元太初，是年为晋安帝隆安元年。治兵广武，攻凉金城。凉王吕光，遣将军窦苟往援，到了街亭，被乌孤率兵邀击，苟兵大败，狼狈奔还。金城遂被乌孤夺去。复取凉乐都湟河浇河三郡，收纳岭南羌胡数万家，就是凉将杨轨王乞基，亦率户数千降乌孤。乌孤复改称武威王。史家因他占据各地，在凉州南面，所以号为南凉，免与前后凉相混，这也是史笔的界划呢。

南凉既兴，北凉又起，首先发难的，叫作沮渠蒙逊。蒙逊系张掖郡卢水胡人，先世尝为匈奴左沮渠王，因以沮渠为氏。蒙逊有伯父二人，一名罗仇,一名麴粥,均在吕光麾下,从光往伐西秦。吕延败死,光众退还,麴粥语兄罗仇道:"主上荒耄,骄纵诸子,朋党相倾,逸人侧目,今兵败将亡,必多猜忌,我兄弟素为所惮,必不见容,倘或徒死无名,何若勒兵径向西平,道出苕藿(diào),奋臂一呼,凉州可立下了。"罗仇道:"汝言亦自有理,但我家世代忠良,为西土所归仰,宁人负我,我却不忍负人哩。"既而光果听信谗言,竟将败军的罪名,诿诸罗仇麴粥身上,将他骈戮。死若有知,麴粥亦不免与兄相阋了。蒙逊素有谋略,博涉经史,并晓天文,突遭此变,当然悲愤交并,不得已殓葬两尸。诸部多为沮渠氏姻戚,多来送葬,数达万人,蒙逊向众哭语道:"吕王昏耄,滥杀无辜,我先世尝统辖河西,保安诸部,今乃受人戮辱,岂不可耻!我欲与诸公并力,为我二伯父复仇雪恨,不使他埋怨泉下,未知诸公肯助我否?"大众听了,都齐称万岁。当下结盟起兵,攻凉临松郡,阵斩凉护军马邃。临松令井祥,屯据金山。凉主吕光,遣子纂率兵往攻,蒙逊抵敌不住,逃入山中。

适蒙逊从兄男成,由晋昌纠众数千,起应蒙逊,酒泉太守垒澄引兵出击,临阵败死,男成遂进攻建康。此与东晋之都城异地同名。建康太守段业,正为仆射王详所排,出就外任,男成遣人说业道:"吕氏政衰,权臣擅

命，刑杀无常，人皆生贰，百姓嗷然，无所依附，近已瓦解，将必土崩，府君奈何以盖世英才，效忠危地！男成等今倡大义，欲屈府君抚临鄯州，造福百姓，尽使来苏，岂不甚善！"业不肯从，登陴拒守，且向姑臧乞师，相持至二旬余，援兵不至，郡人高逵史惠等，劝业不如俯从男成，业恐王详等居中反对，阻住援军，乃决与男成联络，开城纳入。男成即推业为大都督龙骧大将军，领凉州牧，号建康公，改吕氏龙飞二年为神玺元年。男成派人往召蒙逊，蒙逊遂出山投业。业授男成为辅国将军，委任国事，蒙逊为镇西将军，兼张掖太守。

　　蒙逊请速攻西郡，将佐互有异言。蒙逊道："西郡为岭南要隘，不可不取。"业乃令蒙逊为将，引兵往攻。蒙逊到了城下，相视地势，见城西有河相通，遂佯为攻扑，暗堵河流。西郡太守吕纯，为吕光从子，专在城上守着，不防河水灌入城中，汹涌澎湃，势如奔潮，兵民相率惊徙，不暇拒战。蒙逊得乘际杀入，城即被陷，吕纯无从奔避，被蒙逊督众擒归。于是晋昌太守王德，敦煌太守孟敏，俱举郡降业。业封蒙逊为临池侯，命德为酒泉太守，敏为沙州刺史，再使男成及王德，进攻张掖。张掖为光次子常山公弘所守，未战即溃，弃城东走。男成等得入城中，向业告捷。业即驰至张掖，誓众追弘。蒙逊谏阻道："归师勿遏，穷寇勿追，这乃兵法要言，不可不戒。"业不以为然，竟率众往追。适值纂奉了父命，领兵迎弘，望见业众追来，便分部兵为二队，命弘率右翼，自率左翼，夹道以待。至业已驱至，一声号令，两队夹击，杀得业左支右绌，慌忙返奔。吕纂等哪里肯舍，当然追赶。业落荒急走，手下不过百余人，幸得蒙逊前来救应，方得保业退还。吕纂见有援兵，也收兵自去。段业叹道："孤不能用子房言，致有此败！"以张子房视蒙逊，可惜汝不似沛公！懊怅了好几日，又命兵役往筑西安城，用部将臧莫孩为太守，蒙逊又谏道："莫孩有勇无谋，知进忘退，今乃令彼往守，是无异与彼筑坟，怎得称为筑城呢？"业复不从。奈何又不信子房。俄而吕纂兵至，莫孩战死，西安城果然失守，枉费了许多财力，蒙逊自此轻业。为后文弑业伏笔。业尚侈然自大，自号凉王，又复改元天玺，进蒙逊为尚书左丞，梁中庸为右丞，即以张掖为国都。张掖在凉州北面，所以史家号为北凉，南北相对，都从后凉分出，后凉吕氏，就此浸衰了。十六国中有五凉，上文叙过共计四凉。话分两头。

且说后燕主慕容宝，嗣位以后，即弑太后段氏，已失众心。回应七十六回。嗣又违背父命，溺爱少子，立储非人，益致内乱。宝有数子，最长为长乐公盛，次为清河公会，又次为濮阳公策，皆非嫡出。惟策母本出将门，最得宝宠；盛母较贱，会母尤贱。盛与会颇有智略，会更为祖垂所爱，每遣宝北伐，必令会代摄东宫诸事，已寓微意，嗣又以龙城旧都，宗庙所在，特使会往镇幽州，委以东北重任，国官府佐，俱采选一时名俊，使崇威望。及垂临死嘱宝，须立会为宝嗣，宝虽承遗嘱，心下却爱怜少子，未肯立会。会生年本与盛同，不过因月日较先，号为长男，盛因自己不得立储，也不愿会得嗣立，索性让与季弟，因向宝陈词，请立弟策。宝正合意旨，尚恐族议未同，特与赵王麟等商及，麟极口赞成。乃即立策为太子，并立策母段氏为皇后。策年才十二，外若秀美，内实蠢愚。盛为排会起见，劝宝立策。麟更怀着私意，利立愚稚，将来容易摔去，好行僭逆。宝怎知两人隐衷。无非是溺爱不明，背父遗言，暂图快意。还有会怏怏失望，很觉不平。暗中伏着如许祸祟，试想这后燕还能平静么？语足儆世。宝虽进封盛会为王，终难释怨。再加那北方新盛的后魏，常来掠扰，因此内乱外患，相继迭乘。

魏王拓跋珪，养兵蓄马，日见盛强。群臣劝称尊号，珪始建天子旌旗，出警入跸，改登国十一年为皇始元年。魏王珪纪元登国，见七十三回。魏人所惮，惟一慕容垂，垂既去世，拓跋珪以下，无不心喜。参军张恂，遂劝珪进取中原，珪乃大举攻燕，率步骑四十余万，南出马邑，逾句注山，旌旗达五千余里，鼓行前进，直逼晋阳，又分兵东袭幽州，燕并州牧慕容农，与骠骑将军李晨，督兵出战，挡不住魏兵锐气，并因寡不敌众，竟至大败，奔还晋阳。不料司马慕舆嵩在城居守，忽起歹心，竟将慕容农妻子，驱出城外，把城门紧紧关住。不杀慕容农妻子，还算好人。

农跑至城下，遇着妻孥诉苦，气得不可名状，但退无所归，进不能战，只好挈了妻子，向东急走。偏部众统皆惊骇，沿途四散，单剩数十骑随农。到了潞川，后面尘头大起，乃是魏将长孙肥，引兵追来。农逃命要紧，连妻子都不及顾了，挥鞭疾驰。距敌少远，背上尚着了一箭，忍痛逃脱，还至中山，随从只有三骑，那爱妻娇儿，久不见归，想总被魏兵拘去，悲亦无

益，只好入见燕主。燕主宝不好斥责，略略慰谕数语，令他归第休息。越日，即得警报，晋阳降魏，并州陷没了。

又过了两三天，复有急报传到，乃是魏将奚牧，攻入汾州，擒去丹阳王买德，及离石护军高秀和。燕主宝也觉着忙，亟召群臣会集东堂，咨问拒敌方法。中山尹苻谟道："今魏兵强盛，转战千里，乘胜前来，勇气百倍，若纵入平原，更不可敌，亟宜遣兵扼险，遏住寇锋，方可无虞。"中书令眭（guī）邃道："据臣意见，不如令郡县人民，聚众为堡，坚壁清野，但守勿战。彼寇骑往来剽锐，马上赍粮，不过旬日可以支持；若进无所掠，粮何从出，数日食尽，自然退去了。"尚书封懿道："眭中书所言，亦属未善；今魏兵数十万，蜂拥前来，百姓虽欲营聚，势难自固，且屯粮积食，转为寇资，计不如阻关拒战，还不失为上策哩。"宝听了众议，无从解决。胸无主宰，总难济事。因旁顾及赵王麟，麟答道："魏兵大至，锐不可当，宜完守设备，与他相持。待他粮尽力敝，然后出击，当无虑不胜了。"主意与封懿略同。于是修城积粟，为持久计，且命辽西王农，出屯安喜，作为外援。所有军事调度，悉归赵王麟主持。

魏主拓跋珪，已使部将于栗䃅公孙兰等，带领步骑二万，从晋阳出井陉路，拔木通道，俾便往来，复自率大军驰出井陉，进拔常山，擒住太守苟延。常山以东诸守宰，统皆惶惧，或望风输款，或弃城逃生。只有邺与信都二城，尚固守不下。魏主珪即命征东大将军东平公拓跋仪，率五万骑攻邺，冠军将军王建，左将军李栗等攻信都，自进兵直攻中山，掩至城下。城中已有预备，当然不致陷入。珪督兵围攻数日，毫不见效，乃顾语诸将道："我料宝不能出战，定当凭城固守，急攻必伤我士卒，缓攻又费我粮糈（xǔ），不如先平邺与信都，然后还取中山，我众彼寡，自然易克了。"诸将齐声称善。珪尚为示威计，再麾众猛扑一场，南城墙不甚固，几为魏兵所毁。燕高阳王慕容隆，镇守南郭，一面派兵修缮，一面率锐力战。自旦至暮，杀伤至数千人，魏兵乃退，乘夜南行。

先是燕章武王慕容宙，奉垂及段后灵车，往葬龙城，并由燕主宝命，叫他毕葬回来，顺便将前镇军慕容隆家属部曲，带还中山。清河王会，方代镇龙城，见七十六回。阴蓄异志，把他部曲，多半截留，不肯遽遣。宙拗他不过，只得挈隆家眷，及隆参佐等，趋还中山。途次闻有魏寇，驰入蓟州，与镇北将军慕容兰登城守御。兰系慕容垂从弟。魏将石河头，往攻不克，退屯渔阳。应上文东袭幽州句。魏主珪南抵鲁口，博陵太守申永，弃城奔河南，又有高阳太守崔宏，也出奔海渚。珪素闻宏名，遣骑追及，把宏擒归。急命释缚，用为黄门侍郎，使与给事黄门侍郎张衮，并掌机要，创立礼制。博陵令屈遵降魏，也即命为中书令，出纳号令，兼总文诰。后来拓跋氏各种制度，及所有谕旨，多出二人手裁。小子有诗咏道：

楚材入晋再弹冠，用夏变夷易旧观。
只是华人甘事虏，史家终作贰臣看！

欲知魏兵南下情形，且至下回再表。

秃发乌孤之背吕光，乘光之衰也，沮渠蒙逊之叛吕光，因光之暴也。乌孤与光，本有杀兄之宿嫌，不得已敛尾戢翼。受光之封，至毛羽已丰，不飞何待！蒙逊本为光臣，与光无怨，待诸父罗仇鞠粥无辜被杀，挟愤而起。一则蓄之于平素，一则迫之于崇朝，要之皆有词可援，非无因而至也。然使吕光能修明政刑无怠厥治，则乌孤不能崛兴，蒙逊何至猝变？分崩之祸，不戢自消，乃知瓦解土崩之患，莫非自召耳。后燕主慕容宝，背父弑母，舍长立幼，拂诸天理，必亡无疑，魏之大举深入，尚不足以亡燕，故当时之主战主守，不足深评，必至内乱纷起，然后外侮一乘，而国即亡矣。要之立国之道，惟仁与义，夷狄举仁义而尽废之，其速亡也宜哉！

第八十回

拓跋珪转败为胜　慕容宝因怯出奔

却说邺中镇守的燕将，乃是范阳王慕容德。见七十六回。他闻魏将拓跋虔来攻，便使安南王慕容青，系慕容皝曾孙。率领将士，乘夜出城，袭击魏营。拓跋虔未及防备，竟被捣破，伤了许多兵马，踉跄返奔，退入新城，青回城报功。到了次日，还要引兵追击，别驾韩諻(zhuó)劝阻道："古人先谋后战，昨夜掩他无备，才得胜伏，今不可轻击魏军，共有四端：悬军远客，利在野战，一不可击；深入近畿，向我致死，二不可击；前锋既败，后阵必固，三不可击；彼众我寡，四不可击。并且官军不宜轻动，亦有三要：本地争战，胜且扰民，一不宜动；倘或不胜，众心难固，二不宜动；城隍未修，敌来无备，三不宜动。为今日计，不如深沟高垒，持重勿战，彼师远来，无粮可因，难道能久留不去么？"慕容德依了諻言，止青勿出。

魏辽西公贺赖卢为魏主珪母舅，奉了珪命，来会拓跋仪攻邺。适魏别部大人没根，为珪所忌，投奔中山，燕主宝命为镇东大将军，封雁门公。没根素有胆勇，请还袭魏营，宝尚未深信，只给百余骑随去。行近魏主珪大营，适当日暮，没根走入僻处，令群骑吃了干粮，悄悄伏着。待到夜半，方趋至魏营门外，仿着魏兵口号，叩营径入。魏兵还道他是巡卒，并未拦阻，至没根直入中帐，始被珪卫士截住，两下里动起手来，喊声震动。魏主珪才从帐中惊醒，跣足趋入后帐，急命将士拒战。没根等东斫西劈，已得了首级百余，及见魏兵陆续趋集，方大喝一声，夺路走脱。魏兵因月黑天昏，不敢追赶，一听没根驰回。这次魏营被劫，虽然不致大损，但魏主珪常有戒心，倒也有三分胆怯了。无人不怕死。只拓跋虔围邺逾年，终未退去。燕范阳王德，也守得力倦神疲，不得已遣使入关，至后秦姚兴处乞救。后秦太后蛇氏，正患寝疾，兴颇有孝思，日夕侍奉，不愿出兵。兴尊母蛇氏为太后，见七十四回。邺使只好返报，守兵闻秦援不至，颇加悔惧。忽城外有书射入，经守兵拾呈慕容德，德展览后，颇有喜色。原来魏辽西公贺赖卢，自恃国戚，不愿受拓跋仪节制，互相猜疑。仪司马丁建阴与德通，因射书入城，报明魏营情形，令德放怀。德知魏军必有变动，当然易忧为喜。又越数日，大风暴起，白日如昏，贺赖卢营中爇炬代光，丁建伪报拓跋仪道："贺营已纵火烧营了，必乱无疑。"仪不禁着忙，急引兵趋退。贺赖卢莫名其妙，但见仪众退去，也只好撤还。丁建竟入邺降德。且言仪师老可击。德乃遣慕容青等带着精骑七千，追击魏兵，果然大得胜仗，夺了许多军械，搬回邺城。燕主宝得邺城捷报，也使左卫将军慕舆腾，收复博陵高阳，杀魏所置守令诸官，堵塞魏军粮道。

魏主珪因邺城难下，信都又复未克，乃亲督军赴信都，往助冠军将军王建。建攻信都与仪攻邺，俱见前回。燕冀州刺史宜都王慕容凤，已守了七十余日，粮食将尽，又闻魏主珪亲来围攻，自知不支，竟逾城夜走，奔归中山。信都失了主帅，所有将军张骧徐超等，不能再拒，便即开城出降。

燕失去信都，却得拔杨城，杀毙守兵三百余人。慕容宝拟大举击魏，尽取出府库金帛，购募壮士，不论良莠，悉数录用，甚至金帛不足，把宫中闲散侍女，也作为赏赐。还是活口赏人，可省口粮，似为得计，一笑。于是盗贼无赖，统皆应募，数日间得数万人。乌合之徒，宁足成事！会没根兄子丑提，为并州监军，闻叔降燕，恐连坐被诛，因即还国作乱。魏主珪防国都有失，意欲北归，乃遣国相涉延，诣燕求和，燕主宝不肯照允，便冗从仆射兰真，责珪负恩，悉发部众出拒，统计步卒十二万，骑兵三万六千，行至钜鹿郡内的柏肆坞，临滹沱河沿岸为营。可休勿休，岂靠着一班无赖，便足邀功么？魏主珪不得所请，当然怒起，叱还燕仆射兰真，即引兵至滹沱河南与燕军夹岸列寨。

燕主宝见魏兵势盛，又有惧容，还是高阳王隆，想出一计，自请潜师夜渡，往劫魏营。宝依了隆计，自在营中戒严，作为后援。隆从募兵中挑出勇士万人，各执火具，待到夜静更深，悄然渡河。一经登岸，便乘风纵火，且烧且进，突向魏营杀入，魏营中虽有夜巡，未及入报，魏兵从睡梦中惊醒，顿致大乱，自相践踏。魏主珪仓猝起视，见外面尽是火光，也不由惊心动魄，连衣冠都不及穿戴，匆匆逃脱。燕将乞特真，捣入魏主寝帐，那魏主已经走远，只剩得衣靴等件，劫取而回。魏主珪前曾被劫，至此又复弃营，

<u>也算善循覆辙。</u>此外粮械，由燕兵悉数搬运，你抢我夺，竟至互相争论，私斗起来。<u>可见兵宜训练，临时召募之徒，虽胜亦不中用。</u>魏主珪惊走数里，觉后面并无追兵，乃敢少息。溃兵亦次第趋集，仍然择地安营。复登高遥望，见燕军抢夺各物，自相斫射，不禁欣喜道："今夜尚可转败为胜哩！"随即回营伐鼓，号召散卒在营外遍布火炬，然后纵骑冲击燕兵。

燕兵方才罢斗，由慕容隆弹压平静，捆载各物，正要渡河还营，不防魏兵来打还复阵，好似怒虎咆哮，逢人便噬。燕军已无行列，又无斗志，逃的逃，死的死，将军高长，略略对敌，便被魏兵攒绕拢来，把他打翻，捆绑了去。慕容隆到此，也只好自管性命，奔回宝营。宝忙出兵援应，才得救回一二千人，此外不是被杀，就是被擒。越宿，魏兵又整队临河，对营相持，军容很是严肃，燕人大惧，上下夺气。慕容麟与慕容农，劝宝还师，宝乃拔营急归。魏兵越河追蹑，屡败燕军，并因春寒未解，风雪交乘，士多冻死，枕藉道旁。宝驱马急驰，不遑顾及全军，只带旧兵二万骑，匆匆北走，尚恐被魏兵追及，令士卒抛仗弃甲，赶紧行路，所有兵器数十万，一齐丧失，寸刃无遗。

燕尚书闵亮，秘书监崔逞，太常孙沂，殿中侍御史孟辅等，不及奔还，俱为魏兵所虏，悉数降魏。崔逞素有才名，魏张衮常为称扬，至是魏主珪得逞甚喜，即授官尚书，使录三十六曹，委以政事。一面麾众再进，竟抵中山城外，屯芳林园。

　　燕主宝奔入中山。喘息未休，尚书郎慕舆皓，竟阴谋杀宝，推立赵王麟。幸有人预先讦发，宝即派兵严查，皓自知谋泄，斩关奔魏。宝本欲罪麟，又闻魏兵进逼，不敢遽发，只好飞使往达龙城，召清河王会入援。会犹怀私怨，未肯遽赴。事见前回。但使征南将军库傉官伟，建威将军余崇，率兵五千，先驱进行。伟等到了卢龙，静待后应，约莫至三阅月，未见会至，所带粮饷，早已食尽，甚至宰牛杀马，烹食充饥，亦且无余。时中山已被困多日，燕主宝累诏催会，会尚托词练兵，迁延不发，目无君父。伟在卢龙，也觉焦急，意欲使轻骑先进，侦敌强弱，且为中山遥接声援，诸将皆互相推诿，不敢奉令，独余崇奋然道："今巨寇滔天，都城危迫，匹夫尚思致命，往救君父，诸君受国重任，乃如此贪生怕死么？若社稷倾覆，臣节不立，死有余辜。诸君尽管居此，崇愿自往一行，虽死无恨！"可惜会不闻此言！伟极口褒许，便选给精骑数百人，随崇出发。行至渔阳，遇魏游骑千余人，众皆彷徨，且前且却。崇又励众道："彼众我寡，不战必死，与战或尚可求生。"遂当先进击，众亦随上，格杀数十人，活捉十余人，魏骑骇退，崇亦引还。当下讯明俘虏，得知魏主亦有归志，乃驰使报会，会方引兵就道，沿途还是逗留，好几日才至蓟城。

　　燕都被围日久，将士统欲出战，高阳王隆，向宝献议道："魏主虽得小利，但顿兵经年，锐气已挫，士马亦大半死伤，人心思归，诸部离散，正是可击的机会，且城中将士，已尽思奋，彼衰我盛，战无不克，若持重不决，将士气丧，日益困逼，事久变生，恐无能为力了。"宝颇以为然，令隆整兵出战，偏赵王麟多方阻挠，竟致隆孤掌难鸣，欲出又止。

　　宝急得没法，因使人至魏营请和，愿送还魏主弟觚，并割让常山西境，即以常山为燕魏分界。魏主珪因母后贺氏，念觚致疾，竟至谢世，未免怀着余哀。回应前文，并了结贺氏。此次由燕许归觚，并得常山西境。乐得乘机罢兵，便不复多求，愿如所约。燕使请即撤围，然后照约履行，珪亦许诺，遣还燕使，自引兵退屯卢奴，谁知宝又复翻悔，不肯照行和约，自食前言。**好似儿戏。**魏主珪待了数日,杳无音信,复督诸将进攻中山,燕将士数千人,俱入殿自请道:"今坐守孤城,终致困敝,臣等早愿出战,陛下一再禁止,难道待死不成?且受围多日,无他奇策,徒欲延时积日,待寇自退,臣等见内外形势,强弱悬殊,彼必不肯无故舍去,请从众决战,背城借一,彼见我尚能奋力。自然知难即退了!"宝当面允许,又命隆率众出击。隆被甲上马,勒兵诣门,将要出城,偏慕容麟驰马急至。不准开门。隆亦未便与争,涕泣还第,大众从此灰心,各悻悻散去。

到了夜间,麟竟带领部众,迫左卫将军慕容精,入宫弑宝,精抗义不从,惹动麟怒,拔刀杀精,自率妻子出城,奔往西山,于是人情骇震。

燕主宝闻报大惊,只恐麟出夺会军,拟遣将迎会追麟,可巧麟麾下属吏段平子,背麟奔还,报称麟赴西山,招集丁零余众,谋袭会军,东据龙城。宝顿足道:"果不出我所料,奈何!奈何!"说着,即召农隆二王入议,欲弃去中山,走保龙城。**呆极。**隆应声道:"先帝栉风沐雨,成此基业,今崩未逾年,大局遽坏,岂非辜负先帝,但外寇方盛,内乱又起,骨肉乖离,百姓疑惧,原是不足拒敌,北迁旧都,未始非权宜计策。但龙城地狭民贫,若移众至彼,要想足食足兵,断非旦夕可成。陛下诚能节用爱民,务农训士,待至公私充实,可守可战,将来赵魏遗民,厌苦寇暴,追怀燕德,当不难返斾南来,克复故业。否则不如凭险自固,静镇不动,或尚足优游养锐哩。"**语意亦太模棱。**宝答道:"卿言确有至理,朕当一从卿意,今日是不能不迁了。"隆默然退出,农亦随退,辽东人高抚,素善卜筮,为隆所信。隆返第后,抚即入见,附耳与语道:"殿下北行,恐难及远,太妃亦未必相见,若使主上独往,殿下留守都城,不但无祸,并得大功。"**隆家属留居蓟城,事见前回,故云太妃未必相见。**隆摇首道:"国有大难,主上蒙尘,老母又在北方,我若得归死首邱,亦无所恨,怎得另生异志呢!"乃遍召僚佐,预嘱行期。僚佐多不愿从行,惟司马鲁恭,参军成岌,尚无异言。隆喟然道:"愿从者听,不愿从者亦听!"僚佐闻言,便各散归,隆遂部署行装,准备出走。慕容农与隆同意,亦即日整装,部将谷会归进谏道:"城中兵士,俱因参合一战,家属多亡,恨不得与敌拚命,只因赵王禁遏,不能伸志。今闻主上北徙,大众互相私议,俱谓得慕容氏一人,奉为主帅,与魏力战,虽死无怨。大王尽可留此,俯从众望,击退魏军,抚宁畿甸,奉迎大

驾,重整河山,岂不是忠勇兼全么?"比高抚言更为豪爽。农怫然不悦,意欲拔刀杀归。转思归有才勇,不忍下手,但作色与语道:"必如汝言,才可望生,我终不愿,宁可就死!"农从垂起兵时,颇有才识,此时何亦无生气耶?归只得告退。是夜燕主宝开城北走,除农隆二人随行外,尚有太子策,长乐王盛等,带着万骑,衔枚急奔。河间王熙,渤海王朗,博陵王鉴,皆垂子,见七十六回。年尚幼弱,不能出城,隆复入城迎接,护令同行,方得走脱。燕将王沈等降魏,乐浪王惠,中书侍郎韩范,员外郎段宏,太史令刘起等,挈工役三百余人,奔往邺城。

　　燕都无主,百姓惊惶,东门连夜不闭。事为魏主珪所闻,即欲引兵入城,偏冠军将军王建,志在掳掠,至魏主面前,谓夜间昏黑,恐士卒入盗库物,无从彻查,不如待至天明,魏主乃止。及晨鸡报晓,旭日已升,魏主始引兵至东门,哪知门已紧闭,城上守兵俱列,反比前日整齐,不由的惊诧起来。遂饬众并力猛攻,偏是矢石齐下,无隙可乘,自朝至暮,一些儿没有见功,反伤害了数百人。次日,又复攻扑,仍然无效,乃使人上登巢车,招谕守兵道:"慕容宝出城奔走,已弃汝等北去,汝等百姓,复替何人把守?难道汝等俱不识天命,徒自取死么?"守兵齐声答道:"从前参合一役,降且不免,今日守亦死,降亦死,所以不愿出降,情愿死守!况城中并非无主,去一君,立一君,难道汝魏人能杀尽我么?"魏主珪听了,顾视王建,直唾建面。当下遣中领将军长孙肥,左将军李栗,率三千骑追慕容宝,行至范阳,尚不见有宝踪迹,但新城戍兵,约有千人,索性攻将进去,俘得数百名,还报大营。魏主珪懊悔无及,尚拟攻克中山,未肯撤围。究竟中山由何人主持?原来是燕开封公慕容详。详系慕容青弟。详未曾出城,即由守兵奉为主帅,闭城拒守,因此宝虽北去,城尚保存。小子有诗叹道:

国都未破主先逃,遗族留屯差自豪。
假使岩垣长不坏,维城宗子也名高。

欲知慕容宝在途情状,等至下回再详。

慕容宝一鄙夫耳。喜怒靡常,进退无主,观其所为,即安内尚且不足,遑问拒外!魏人一至,可和不和,可战不战,可守不守,虽欲不败,乌得而不败?虽欲不亡,乌得而不亡?不然,魏主拓跋珪,智术亦疏,没根二击而惊走,慕容隆再击而猝奔,当两军对垒之时。无备若此。向令宝父尚存,珪亦安能逞志乎?慕容农与慕容隆,名为燕室忠臣,乃父中兴,两人亦尝佐命,乃小胜即喜,小败即怯,既不能监制慕容麟,又不能匡正慕容宝,都城可弃,何一不可弃耶?观此回可知后燕败亡之由来云。

第八十一回

攻旧都逆子忘天理　陷中山娇女作人奴

却说慕容宝弃都出走，行至阱城，适与赵王麟相遇。麟不意宝至，还道他亲自出讨，顿致惊溃，奔往蒲阴。宝不遑追击，但驱众北趋，到了蓟城。随从卫士，散亡殆尽。惟慕容隆部下四百骑，留卫行幄。慕容会率骑兵二万人，方至蓟南，闻宝已入蓟，乃进城相见。父子叙谈，会语多讽刺，面上亦很觉不平。宝俟会退出，即召农隆二人，入语会不平情形。二人均说道："会尚年少，专任方面，习成骄盈，所以有此情状。臣等执礼相绳，料彼也不致生异了。"除非立会为太子，或可释嫌。宝虽然许可，心中总未免疑会，遂欲夺会兵权，归隆统辖。隆恐会有变，当面固辞。宝犹分拨会众，给与农隆。又遣西河公库傉(nù)官骥，率兵三千，助守中山，一面尽徙蓟中库藏，北趋龙城。

魏将石河头引兵追宝，驰至夏谦泽，得及宝军。宝不欲与战，会抗声道："臣抚练士卒，正为今日，今大驾蒙尘，人思效命，乃狡虏敢来送死，太违情理。兵法有言：'归师勿遏。'又云：'置之死地而后生。'彼犯二忌，我得二利，若再不战，益启寇心，龙城亦岂可长保么？"宝乃从会言，列阵拒敌。会出当敌冲，使农隆两军，分攻魏兵左右，三路夹击，大败魏兵，追奔百余里，斩首数千级。隆尚未肯罢休，再追至数十里外，夺得许多甲仗，方才回军，归途语故吏阳璆(qiú)道："中山城积兵数万，不得伸展我意，今日虽得一胜，尚令我遗恨无穷。"说着，慷慨太息，泪下数行。独会经此一捷，骄夸愈甚，隆不得不从旁训勉，会非但不听，反加忿恨；又因农隆俱常镇龙城，名望素出己右，恐宝至龙城后，大权必在农隆掌握，自己越致失势，乃潜谋作乱。幽平二州士卒，统已受会牢笼，不愿归二王节制，遂向宝陈请道："清河王勇略过人，臣等愿与同生死，今请陛下与太子诸王，留住蓟宫，臣等从清河王南征，解京师围，还迎大驾便了。"宝似信非信，默然不答。大众退后,宝左右进言道:"清河王不得为太子,神色已很是不平;且材武过人,善收人心,陛下若从众请,臣恐解围以后,必有卫辄故事,不可不防。"卫辄拒父事,见《东周列国》。宝点首示意。侍御史仇尼归,系会私党,探悉宝情,便私下告会道:"大王所恃惟父,父已异图,所仗在兵,兵已去手,试问将如何自全呢? 不如诛二王,废太子,由大王自处东宫,兼任将相,匡复社稷,方为上策。"双方谗间,怎得不乱? 会尚犹豫未决。

宝语农隆道:"我看会已有反志,今若不除,难免大祸。"农隆齐声道:"今寇敌内侮,中土纷纭,社稷危如累卵,会镇抚旧都,来赴国难,威名远震。逆迹未彰,若一旦加诛,不但父子伤恩,人心亦必将不服呢。"宝慨然道:"逆子已不顾君亲,卿等兹恕,尚不忍诛,一旦变起,必先害诸父,然后及我,后悔恐无及了。"农隆为妇人之仁,不知弭乱,宝既知子恶,仍不加防,是亦妇人之见而已。话虽如此,但也不肯急切下手,仍向龙城进行。

到了广都黄榆谷,时已天晚,因即驻宿。农与隆二人为卫,卧至夜半,忽有一片哗噪声,从外而入,隆急忙起视,见有十数人持刀进来,料知有变,便欲返身入报,不防背上已中了一刀,痛彻心窝,立致晕倒,接连又被一刀刹下,自然断命。时农已披甲出来,跨马欲遁,偏被那强人阻住,用刀乱斫,农急忙闪避,左臂已着了刀伤,忍痛走脱,背后却有数健卒相随,代抱不平,俱奋力留拒强人,格翻几个,赶去几个,独擒得一个头目,仔细辨认,正是侍御史仇尼归。当下将他捆住,牵送慕容农。农已窜入山谷,健卒亦跟了进去,待至追及,由农讯问仇尼归,供称为会所遣。农乃裹创待晓,然后出山,返报慕容宝。

宝夜间闻变,正在惊惶,突见会踉跄趋入道:"农隆谋逆,臣已将他二人除去了。"宝知会有诈,一时不便叱责,乃佯为慰谕道:"我素疑二王,果然谋变,今得除去,甚好甚好。"此时倒还有急智。会喜悦而出。翌晨,由会排齐兵仗,严防他变,始拥宝就道。建威将军余崇,请收殓隆尸,载往龙城,会尚未许,经崇涕泣固请,方得邀允。即由崇殓隆入棺,用车载行。适慕容农自来谒宝,并押献仇尼归。宝不令农诉明情迹,但伪叱道:"汝何故负我?"遂令左右将农拿下。仇尼归乐得狡赖,只说农等为逆,拒战被擒,宝即令释缚,仍复原官。约行十余里,正要午餐,宝召群臣同食,且议加农罪。会方就坐,宝目顾卫军将军慕舆腾,暗嘱杀会。腾拔剑出鞘,向

会行刺。会把头一低,冠被劈去,略受微伤,身子向外一掠,竟得逃走。腾不及追杀,慌忙奉宝急奔,飞驰二百余里,得抵龙城。时已夕阳下山了。会号召徒党,追宝至石城,终不得及,乃使仇尼归为前驱,径攻龙城。宝令壮士夤夜出击,得破仇尼归。会且上书要求,请诛左右佞臣,并求立为太子。宝当然不许,惟乘舆器物及后宫妾御,不及随宝进城,尽被会掠去,分赏将吏,擅置官属,自称皇太子,录尚书事,引众再攻龙城,以讨慕舆腾为名。宝登城责会,会跨马扬鞭,意气自如,且令军士鼓噪扬威。城中将士,见会如此无礼,统皆愤怒,开城逆战。天下事全仗理直,理直自然气壮,一鼓作气,锐不可当,便将会众杀退。毕竟人心未死。会走还营中,到了夜半,侍御史高云,又从城中潜出,带着敢死士百余人,袭击会营。会众大乱,相率逃散。会不能成军,只带十余骑奔往中山。开封公慕容详,怎能容会,立将会拘住斩首,并派人传报龙城。宝乃颁令大赦,凡从前与会同谋,悉置不问,使复旧职。免罪尚可说得,复官未免太宽。又论功行赏,封侯拜将,共数百人。命慕容农为左仆射,兼职司空,领尚书令,进高云为建威将军,封夕阳公,养为义儿,追赠高阳王隆为司徒,予谥曰康。龙城一隅,暂得少安。

惟邺城尚被围住,积久未退,慕容详尚有能耐,坚持到底。魏主珪因军食不继,命东平公仪撤去邺围,徙屯钜鹿,筹运粟米。慕容详又暗遣步卒,出袭魏营,虽然魏主有备,杀败详兵,但终因粮道未通,解围自去,就食河间。详还道是威足却魏,竟僭称皇帝,改元建始,用新平公可足浑谭为车骑大将军,领尚书令。此外设官分职,居然备置百官。且闻慕容麟出屯望都,即遣兵掩击,逐麟入山,擒麟妻子还都。燕西河公库傉官骥,本奉燕主宝命,助守中山,见上文。及详既僭位,便思逐骥。骥与他反抗,遂致互阋,结果是众寡不敌,为详所杀。详尽灭库傉官氏,又杀中山尹苻谟,诛及家族。惟谟有二女娀(sōng)娥训英,娇小玲珑,幸得走脱,后文自有表见。天生尤物,不肯令其遽死。详既得逞志,便即淫荒,嗜酒无度,横加杀戮。所授尚书令可足浑谭直言进谏,适值详酒醉糊涂,竟不分皂白,喝令左右,把谭推出斩首。官吏等当然不服,均有异言,详更使人监谤,遇有私议政事的人员,不论贵贱,一体处斩。自详僭号以后,但阅一月,所诛王公以下,已五百余人,内外屏息,莫敢发言。

城中又复饥迫,百姓欲出外觅粮,偏详下令严禁,不准出入,因此人多饿死,举城皆恨详无道,欲就近往迎赵王麟。麟与详相去几何?百姓亦但管目前,未遑顾后。详尚未察悉,但因城中乏食,遣辅国将军张骥,率五千余人赴常山,督办粮糒。慕容麟伺隙复出,招集丁零余众,潜袭骥军。骥正在灵寿县,严加督责,戕害吏民,众心浮动,一闻麟至,都去欢迎,连骥部下各兵士,亦弃骥就麟。骥仓皇窜去,麟即引众掩至中山,城门不闭,得一拥直入,城中兵民,见麟到来,无不喜慰,从前被杀诸大臣家属,乐得乘机报怨,各引麟趋入伪宫,往捉慕容详。详醉后酣寝,未及逃避,即被大众七手八脚,把他捆住,牵出见麟。详尚睡眼模糊,不知为何人所执,但听得一片杀声,才开眼一睁,那刀光已到颈上,未及开言,头颅已落。得做醉鬼,详亦甘心。又搜杀详亲党三百余人。麟复僭称尊号,听民四出觅食,大众才得一饱。

魏主珪闻中山变乱,即遣中领军将军长孙肥,带领轻骑七千人,潜袭中山,得入外郭。麟忙集众出拒,肥始退去。麟复率步骑四千,追至派水,由肥麾众返击,彼此各有杀伤。麟丧失铠骑二百,肥亦身中流矢,两造统收军引还。魏主珪移驻常山九门,军中大疫,人马多死,将士多半思归,珪觇知众意,便语众将道:"前闻丑提作乱,本即北返,嗣因燕主悔约,丑提乱亦得平。从珪口中了过丑提。我意决拔中山,再作归计,今全军遇疫,岂天意不欲我取中山么?但四海以内,人民众多,无处不可立国,诚使我抚驭有方,谁不悦服?目前病死多人,也不足顾恤呢。"语不足法。诸将始不敢再言。珪即令抚军大将军略阳公拓跋遵,引兵再袭中山,割取禾稻,捆载而还。中山失禾,饥荒益甚。慕容麟不能安居,因率众三万余人,出据新市。

魏主珪已进兵攻麟,太史令晁崇进谏道:"今日进军,恐防不吉。"珪问为何因?崇答道:"纣以甲子亡,故后世称甲子日为疾日,今日适当甲子,不宜出兵。"珪笑道:"纣以甲子亡,周武不以甲子兴么?"崇无言可对。珪即启行至新市,与麟对垒。麟不免心怯,退屯泒水,依渐洳(rù)泽立营,意图自固,彼此相持数日。魏兵进压麟营,麟不得已开营出战,一场交手,哪里敌得过魏兵?二万人死了九千余,逃去一万余,单剩得数十骑,随麟奔还。麟妻前为详所拘,未曾处死,见上文。麟入中山,当然放出,此次复挈了妻子,遁入西山,从间道赴邺。魏主珪驰入中山,凡麟所署公卿将吏,及守城士卒,统皆迎降,共约二万余人。又得燕所传皇帝玺绶,并图书府库珍宝,以巨万计,还有后宫妇女,数亦盈千。并得慕容详遗女一人,青年貌美,秀色可餐。珪即纳为姜媵,晚令侍宿。详女亦只好随缘作合,供他淫污。越日,又发慕容详冢,锉尸焚骨,并查得拓跋觚死时,由燕人高霸程同下手,便将两人磔死,并夷五族。霸同为详所使,本不应置重辟,况又夷及五族,珪之淫虐如此,无怪其不得令终。于是班赏将士,多寡有差。

慕容麟奔至邺城,与范阳王慕容德相见,便向德献议道:"魏兵既克中山,必来攻邺,邺中虽有蓄积,但城大难固,且人心恒惧,恐难坚守,不如南赴滑台,较为万全。"德闻言心动,遂拟南迁。时滑台守将,为燕鲁阳王慕容和,亦遣人迎德,德因决计徙屯。好容易又是残冬,越年为燕主宝永康三年,即晋安帝隆安二年。正月上旬,德率户四万,南徙滑台,将吏当然随行。无故弃邺,也是失策。魏东平公拓跋仪,已进封卫王,引众入邺,追德至河,不及乃还。慕容麟等向德劝进,德依兄慕容垂故事,自称燕王元

第八十一回 攻旧都逆子忘天理 陷中山娇女作人奴

年,摄行帝制,备设官属,用慕容麟为司空,领尚书令,慕容法为中军将军,慕舆拔为尚书左仆射,丁通为右仆射,这便是南燕的始基。是为四燕之殿。看官听说!慕容麟劝德南徙,仍然为自己起见,他因河间常有麟现,自谓与己名相应,必得君临燕土,中山僭号,不满三月,匆匆奔邺,欲用德为傀儡,迁往河南,仍好废德自立,哪知天不助逆,竟至谋泄,被德赐死,狡猾半生,终归不得善终。可作晨钟之警。

那慕容宝尚未知滑台情形,还遣鸿胪卿鲁遽,册拜慕容德为丞相,领冀州牧,封南夏公,一面大阅兵马,仍欲规复中原。会魏主北归,慕容德亦命侍郎李延,向宝报闻,谓"魏国已返,中原空虚,正好及时收复"等语。宝心下大喜,即拟南行。辽西王农,长乐王盛进谏道:"今方北迁,兵疲力弱,魏新得志,未可与争,不如养兵观隙,更俟他年。"宝颇欲依议,偏抚军将军慕舆腾抗言道:"寇虏已返,我师大集,正宜乘机进取,百姓可与乐成,难与图始,惟当独决圣虑,不应广采异同,沮挠大计。"宝闻言奋袂道:"我计决了,敢谏者斩!"遂留慕容盛居守龙城,命慕舆腾为前军大司马,慕容农为中军,自为后军,统率步骑三万,自龙城依次出发,南屯乙连。

燕制称卫兵为长上，素随乘舆出入，不令迁调，此次宝统众南行，当然随着，但众情俱不愿征役，各有怨言。卫弁段速骨宋赤眉等，本为高阳王隆旧部，入充宿卫，此次因众心蠢动，遂纠众作乱，逼立隆子崇为主帅，立即发难，杀毙司空乐浪王慕容宙，中牟公段谊诸人。惟河间王熙，素与崇善，崇代为庇护，始得免难。燕主宝突然遇变，急率十余骑奔往农营。农急忙出迎，左右抱住农腰，谓营卒亦恐应乱，不宜轻出。农抽刀吓退左右，才得出营见宝，接入营中。一面遣人追还前军慕舆腾，一面拔营回讨段速骨等。谁知军心都变，俱弃仗散走，就是慕舆腾部下，亦皆溃散。宝与农只好奔还龙城，乱兵尚在后追赶，亏得龙城留守长乐王盛，引兵出接，才得迎入宝与农。小子有诗叹道：

  不从众议妄行师，祸起军中悔已迟。
  纵使一时能幸脱，窜身便是杀身时。

宝与农既入龙城，乱兵亦进逼城下，欲知乱事如何结果，容待下回表明。

  君君臣臣，父父子子，此为修齐治平之要素，先圣固尝言之矣。慕容宝之不君不父，乌足为国？观其立太子时，已启内乱之渐，以立长言，则宜立长乐公盛，以受遗言，则宜立清河王会，策为少子，又非嫡嗣，徒以溺爱之故，越次册立，无惑乎会之谋乱也。会固不子，宝实不父，而又当断不断，徒受其乱，亲为父子，反成仇敌，家且不齐，国尚能治乎？幸而会乱已平，正宜与民更始，休养生息，徐图规复，乃不察民生之困苦，不问将士之罢劳，冒昧径行，侈言南讨，是君不君也；君不君，臣即不臣，段速骨等之作乱，亦意中事，无足怪也。彼慕容农与慕容隆，心固无他，才实不足。慕容麟好行不义，终至自毙。燕事如此，即无拓跋氏之外侮，亦终必亡而已矣。

第八十二回

通叛党兰汗弑君　诛贼臣燕宗复国

却说段速骨等引着乱兵,进逼龙城,城中守兵甚少,由慕容盛募民为役,始得万人,登陴奋力拒守。速骨等人数虽多,但同谋不过百人,余皆胁从为乱,并无斗志。惟尚书顿邱王兰汗,本为慕容垂季舅,又是慕容盛妇翁,他偏起了歹心,与速骨等通谋,所以速骨等有恃无恐,日夕鼓噪,威吓城中;且诱慕容农出城招抚,愿与讲和。农恐城不能守,潜自夜出,往抚乱兵。乱兵未曾被衂,怎肯投诚?农潜往招抚,不啻送死。速骨怎肯依农,反把农拘住不放。翌晨,复引众攻城,城上守兵,拒战甚力,伤毙乱卒百余人。守兵正在得势,忽见速骨牵出慕容农,指示城上,呶呶乱语。农亦有口,奈何畏死不言。守兵本恃农为重,忽见农在城下,也不暇问明情由,骤然夺气,一哄而散。速骨等得缘梯登城,纵兵杀掠,死亡相枕。燕主宝与慕舆腾余崇张真李旱等,轻骑南奔。

速骨尚不敢杀农,但将他幽住殿内。另有同党阿交罗,为速骨谋主,意欲废崇立农,偏被崇左右闻知,就中有醜(zōng)让出力鞬两人,为崇效力,骤入杀农,并及阿交罗。农故吏左卫将军宇文拔,亡奔辽西,速骨恐人心忆农,必且生变,因归罪醜让出力鞬,把他诛死。哪知与他反对的,不是别人,就是前时通谋的兰汗。汗阳与勾通,暗中仍然嫉忌,速骨未曾防着,突被汗纠众袭击,见一个,杀一个,才阅半日,已将速骨等亲党百余人,一古脑儿送他归阴。当下废去慕容崇,奉太子策监国,承制大赦,且遣使迎宝北归。

时长乐王盛等,已逾城从宝,同至蓟城,接见兰汗来使,宝即欲北还。盛等俱进谏道:"兰汗忠诈,尚未可知,今若单骑往赴,倘汗有异志,悔不可追,不如南就范阳王,合众取冀州,就使不捷,亦可收集南方余众,徐归龙城,这却是万全计策呢。"宝乃依议,从间道趋邺。邺人颇愿留宝,宝独不许，南至黎阳，暂驻河西，命中黄门令赵思，召北地王慕容钟，使他迎驾。钟为慕容德从弟，曾劝德称尊，至是执思下狱，并即报德。德召僚属与语道："卿等为社稷大计，劝我摄政，我亦因嗣主播越，民神乏主，暂从群议，聊系众心。今天方悔祸，嗣主南来，我将具驾奉迎，谢罪行辕，然后角巾还第，不问国事，卿等以为何如？"全是假话。黄门侍郎张华应声道："陛下所言，未免失计，试想天下大乱，断非庸材所能济事，嗣主暗弱，不足绍承先绪，陛下若蹈匹夫小节，舍天授大业，恐威权一去，身首不保，社稷宗庙，岂尚得血食么？"将军慕容护亦接入道："嗣主不达时宜，委弃国都，自取败亡，尚何足恤？从前蒯聩出奔，卫辄不纳，《春秋》尚不以为非，孔圣亦未尝赞成。彼为子拒父，尚属可行，况陛下为嗣主叔父，难道不可拒犹子吗？"正要你二人说出此话。德半晌才道："古人逆取顺守，终欠合理，所以我中道徘徊，怅然未决呢。"护又道："赵思南来，虚实未明，臣愿为陛下驰往调察，再作计较。"德乃遣护前往，佯为流涕。多此做作。护率壮士数百人，偕思北往。适宝得樵夫言，谓德已僭号，料知不为所容，仍转身北去，护追宝不及，复执思南还。

德闻思练习掌故，召他入见，欲为己用。思慨然道："犬马尚知恋主，思虽刑臣，颇识大义，乞加惠赐归。"德作色道："汝在此受职，与在彼何异？"思亦发怒道："周室东迁，晋郑是依，陛下亲为叔父，位居上公，不能倡率群臣，匡扶帝室，乃反幸灾乐祸，欲效晋赵王伦故事，思虽不能效申包胥，乞援存楚，尚想如王莽时的龚胜，不屑偷生。归既不得，死亦何妨！"阉人中有此义士，恰也难得。德被他揶揄，容忍不住，便命将思推出斩首，真情毕露。嗣是遂与宝绝。

宝遣盛与慕舆腾，收兵冀州，盛因腾请兵启衅，激成祸乱，且素来暴横不法，为民所怨，因即将他杀死。总嫌专擅。行至钜鹿，遍谕豪杰，俱欲起兵奉宝，约期会集。偏宝闻兰汗祀燕宗庙，举动近理，便欲北还龙城，不肯再留冀州，于是召盛速还，即日启行。到了建安，留宿土豪张曹家，曹素武健，自请纠众效劳，盛又劝宝缓归，俟确觇兰汗情状，再定行止。宝乃遣冗从仆射李旱，往见兰汗，自在石城候信。

会兰汗遣左将军苏超，至石城迎宝，极陈兰汗忠诚。宝信为真言，不待李旱返报，遂自石城出发。盛涕泣固谏，宝仍不从，但留盛在后徐行。

盛与将军张真等下道避匿,不肯遽赴。盛为宝子,知父有难,不肯随往,亦太忍心。宝匆匆急返,抵索莫汗陉,去龙城只四十里,城中皆喜。兰汗惶惧,欲自出谢罪,兄弟同声谏阻。汗因遣弟加难率五百骑出迎,又令兄提闭门止仗,禁人出入。城中皆知汗有变志,但亦无法挽回。加难驰至陉北,与宝相见,拜谒甚恭。宝即令他护驾,昂然进行。颍阴公余崇,密白宝道:"加难形色不定,必有异谋,陛下宜留待三思,奈何径往?"宝尚说无妨。又行了十余里,加难忽喝令骑士向前执崇,崇徒手格斗,毕竟寡不敌众,终为所缚。崇大骂道:"汝家幸为国戚,叠沐宠荣,今乃敢为篡逆,天地岂肯容汝?不过稍迟旦暮,便当屠灭,但恨我不得手脍汝曹呢!"加难听了,竟拔刀杀崇。宝至此悔已无及,只好随了加难,同入龙城。加难不令入殿,但使寓居外邸,用兵监守。到了夜间,便遣壮士潜入邸中,将宝拉死。莫非自取。兰汗闻报,命为棺殓,追谥曰灵。又杀太子策及王公卿士以下百余人。汗自称大都督大单于大将军昌黎王,改元青龙,令兄提为太尉,弟加难为车骑将军,封河间王熙为辽东公。使如周时杞宋故例,备位屏藩。居然想作周天子了。

慕容盛在外闻变,即拟奔丧入城,将军张真,极力劝阻。盛说道:"我今拚死往告,自述哀穷,汗性愚浅,必顾念婚姻,不忍害我,约过旬月,我得安排妥当,便足伸志,这也是枉尺直寻的办法呢。"遂不从真言,径入城赴丧,先使妻兰氏进求汗妻,为盛乞免。汗妻乙氏,究是女流,见女涕泣哀请,自然代为缓颊。汗本意颇欲害盛,但见了一妻一女,宛转哀鸣,免不得心肠软活,化刚为柔。惟兄提及弟加难,谓斩草留根,终足滋患,不如一并杀盛。盛妻又向伯叔叩头,哀吁不已,提与加难尚有难色,汗独恻然道:"我就赦汝夫婿,但汝当为我传言,须怀我德,毋记我嫌。"盛妻当然应命。汗即遣子迎盛,引入宫中。盛见汗匍匐,且泣且谢。亏他忍耐。汗还道他是诚心归附,一再劝慰,且伪言宝实自尽,并非加害,当即为宝治丧,令盛及宗族亲党,一律送葬,复授盛为侍中,兼左光禄大夫。还有太原王奇,系前冀州牧慕容楷子,为汗外孙,汗亦将奇宥免,命为征南将军。奇既得受职,遂与盛同列,两人俱怀报复,且系从曾祖兄弟,当然患难相亲,于是盛得了一个帮手,尝与密谋。

兰提等随时防着,屡次劝汗杀盛,汗终不从,兄弟间遂有违言。提又骄狠荒淫,动逾礼法,就是与汗相见,亦往往恶语相侵。汗情不能忍,益生嫌隙。盛得乘间媒蘖,如火添薪,又潜使奇出外招兵,为恢复计。奇密往建安,募集丁壮,得数千人,使据城自固。提闻变报汗,汗即遣提往讨,偏盛入白汗道:"善驹即奇表字。小儿,怎敢起事?莫非有假托彼名,谋为内应不成?"汗瞿然道:"这是由太尉入报,当不相欺。"盛屏人语汗道:"太尉骄诈,不宜轻信,若使发兵出讨,一或为变,祸不胜言了。"汗闻盛言,即饬罢提兵,汗实愚夫,若使有一隙之明,定必不信。另遣抚军将军仇尼慕,率众讨奇。时龙城数月不雨,自夏及秋,异常亢旱,汗疑得罪燕祖,致遭此谴,乃每日至燕太庙中,顿首拜祷,又向故主宝神主前,叩陈前过,实由兄弟二人起意,应当坐罪云云。提与加难,得悉汗言,统怒不可遏,竟擅领部曲将士,出袭仇尼慕军,杀毙无算。

仇尼慕幸得不死,奔回告汗。汗不禁惊骇,立遣长子穆出讨。穆临行时,密语汗道:"慕容盛与我为仇,今奇起兵,盛必与闻,这是心腹大患,急宜除去,再平内乱未迟。"汗半疑半信,欲召盛入见,觇察情实,然后加诛。盛妻兰氏,稍有所闻,忙即告盛。盛伪称有疾,杜门不出。汗亦搁着不提。

燕臣李旱卫双刘忠张豪张真等，本与盛有旧交，因见兰穆势盛，虚与周旋，穆遂引为腹心，使旱等往来盛室，为监察计。哪知旱等反向盛输情，为盛谋主，伺隙起事。会穆击破兰提等军，回城献捷，汗遂大飨将士，欢宴终日，父子统饮得酩酊大醉，分归就寝。当有人诣盛通报，盛夜起如厕，逾墙趋出，直往东宫。李旱等已先待着，即拥盛斩关，入室寻穆。穆高卧未醒，被旱等手起刀落，立即毙命。盛得穆首级，携带出门，徇示大众，众未解严，尚扎住东宫外面，一闻盛起兵杀穆，大都踊跃赞成，便听盛指挥，往攻兰汗。汗醉寝宫中，至大众突入，才得惊醒，起视门外，遥见一片火光，滚滚前来，火光中露出许多白刃，料知不是好事，亟呼卫卒保护，偏卫卒已逃散，不知去向。任他喊破喉咙，并无一人答应。他想返身避匿，奈两脚如痿躄（bì）一般，急切不能逃走。那外兵已趋近身边，不由分说，便即劈头一刀，但觉脑袋上非常痛苦，站立不住，就致晕倒。一道灵魂，与长子穆先后归阴，同登森罗殿上，同燕主宝对簿去了。恐怕是同去喝黄汤哩！

汗尚有子和与扬，分戍令支白狼，盛连夜使李旱张真，驰往诱袭，相继诛死。兰提加难，也由盛遣将掩捕，同时受戮。人民大悦，内外帖然，盛因妻为汗女，当坐死罪，因拟遣他出宫，迫令自尽，盛之复兴，半由妻兰氏营救之功，奈何遽欲杀妻，男儿薄幸，可为一叹！亏得献庄太子妃丁氏，从旁力争，始得免死。看官道献庄太子为谁？就是慕容垂长子令。令前时走死，事见上文。在六十一回。垂称帝时，曾追谥令为献庄太子，令妻丁氏，尚得生存，宝尝迎养宫中，以礼相待。盛妻兰氏，奉侍维谨，所以丁氏壹力保护，极言兰氏相夫有功，如何用怨报德？说得盛无词可驳，不得不曲予通融。但后来盛称尊号，仍不立兰氏为后，终未免心存芥蒂，这且无容絮言。

且说慕容盛得复父仇，便告成太庙，大赦境内，一时不称尊号，暂以长乐王摄行统制，降诸王爵为公，文武各复旧官，并召太原公奇还都。奇听信谗言，竟抗不受命，勒兵叛盛，回屯横沟，去龙城只十里。盛亲督将士，出城击奇，奇手下虽有三万余人，究竟是临时召募，没有纪律，乘兴便至，见敌即逃。奇不能禁遏，如何拒盛？盛驱兵追杀，又令军士接连射箭，射倒奇马，奇坠地受擒，牵入龙城，立即处死。奇党严生王龙等，一并捕诛。遂命河间公熙为侍中，都督中外诸军事，改谥先主宝为惠闵皇帝，庙号烈

宗。宝尚有庶子元，受封阳城公，兼卫将军，东阳公根，为尚书令，张通为左仆射，卫伦为右仆射，李旱为辅国将军，卫双为前将军，张真为右将军，皆封郡公。又进刘忠为左将军，张豪为后将军，并赐姓慕容氏。既而步兵校尉马勒等谋反，事泄伏诛，案连高阳公崇，即段速骨等所立之慕容崇，因即将崇赐死。这是盛有心杀崇。

是夕，大风暴起，拔去阙前七大树，宫廷震悚，可见天道有知，隐隐为崇鸣冤。偏群臣一味迎合，还要向盛劝进。盛初尚不许，嗣复屡接奏牍，请上尊号，盛乃即燕帝位，改元建平，追尊伯考献庄太子为皇帝，宝后段氏为皇太子，献庄太子妃丁氏为献庄皇后，谥太子策为献庄太子。后来张豪张真张通及尚书段成，昌黎尹留忠等，相继谋叛，依次发觉，一并伏诛。就是东阳公慕容根，亦株连被戮。即用阳城公元为尚书令，改封平原公。才阅一年，复改元长乐。每有罪犯，盛必自矜明察，亲加鞫讯；且因宝宽弛失国，务从严刻，无论宗族勋旧，稍有过失，便置重刑。辽西太守李朗，在郡十年，威行境内，盛屡征不至，且阴召魏兵，阳吓燕廷。盛察知有诈，便将他留居龙城的家属，尽加屠戮，并遣辅国将军李旱，率骑讨朗。旱奉命出次建安，忽又接到朝使，召他还都。旱只得驰还。及抵阙下，谒盛问故。盛但云："恐卿过劳，所以召归休息。"旱乃退出。越宿，又遣旱从速出兵，群臣都莫名其妙，就是旱亦无从索解，只好依令奉行。

郎初闻旱兵出击，当然防守，及旱中途却还，总道是龙城有变，不复设备，留子养守住令支，即辽西治所。自往北平迎候魏兵。旱兼程前进，掩入令支，擒斩李养，复遣广威将军孟广平，引骑追朗。朗尚未抵北平，已被孟广平追及，纵骑奋击，攻他无备。朗慌忙抵敌，与广平战了数合，因见从骑溃散，未免胆怯，手下一松，即由广平觑隙猛刺，中朗左胁，坠落马下。广平再加一槊，断送朗命，当下枭了首级，取回报旱。旱即传首龙城，盛得捷报，方明谕群臣道："朗甫谋叛，必忌官威，或纠合同类，与我力敌，或亡窜山泽，据险自固，一时如何荡平？我所以前召旱还，使他无备，再令旱出，猝加掩击，这是避实击虚的妙计。今果一鼓平逆，得歼渠魁，总算是计不虚行了。"徒矜小智，无当大体。群臣自然贡谀，群称神圣。盛即将郎首悬示三日，一面召旱班师。旱应召西归，途次得卫双被诛消息，不禁惶骇，弃军潜奔，走匿板陉。盛知旱无他意，不过畏罪逃亡，乃遣使往谕，说是："卫双有罪，不得不诛，与旱无涉，可即日还朝。"旱乃入都谢罪，盛仍令复职，惟讨平辽西的功劳，已付诸汪洋大海，搁起不提了。小子有诗咏道：

> 用宽用猛贵相兼，但尚刑威总太严。
> 罚不当辜功不赏，君臣怎得免猜嫌？

盛虽得平辽西，魏兵却已出境，欲知燕魏交战情形，且至下回详叙。

观本回兰汗之弑慕容宝，与慕容盛之杀兰汗，芒刃起于萧墙，亲戚成为仇敌，皆权利思想之为害也。兰汗身为国舅，其女又为长乐妃，亲上加亲，应同休戚，乃潜通外叛，诱杀国君，宝不负汗，汗实负宝，盖比莽操之恶，为尤过矣。盛阳归兰汗，阴纵反间，冒险忍辱，卒举汗父子兄弟而尽戮之，甚且欲连坐贤妇，忘德报怨，阴鸷若此，可惊可畏，论者不以为暴，无非因盛之手刃父仇，大义灭亲故耳。然卒之好猜嗜杀，安忍无亲，宗戚勋旧，多罹刑网，诩诩然自矜明察，而以为杜渐防微，人莫余毒，庸讵知治国之道，固在仁不在暴耳，而盛之遇祸亦不远矣。

第八十三回

再发难王恭受戮　好惑人孙泰伏诛

　　却说魏主拓跋珪,自中山还军以后,复徙都平城。营宫室,建宗庙,立社稷,正封畿,制郊甸,遣使循行郡国,考核守宰,明正黜陟,又命尚书吏部郎刘渊,立官制,协音律,仪曹郎董谧制礼仪,三公郎王德定律令,太史令晁崇考天象,进黄门侍郎崔宏为吏部尚书,总司典要,纂定各制,垂为永式。就于魏皇始三年十二月,即晋安帝隆安二年。即皇帝位,改元天兴,命朝野皆束发加帽,追崇远祖毛以下二十七人,皆称皇帝。尊六世祖力微为神元皇帝,庙号始祖,祖什翼犍为昭成皇帝,庙号高祖,父寔为献明皇帝,仿行古制,定郊庙朝飨礼乐。又用崔宏条议,自谓黄帝后裔,以土德王,徙六州二十二郡守宰,及土豪二千家至代郡。凡自代郡以西,善无以东,阴馆以北,参合以南,俱为畿内。此外四方四维,分置八部帅监守,居然有体国经野之遗规。魏自拓跋珪称帝,为北方强国,故叙述从详。平城附近有秀容川,旧有酋长尔朱羽健服属魏主,且随攻晋阳中山,立有战功。魏主珪特别加赏,即就秀容川四围三百里,给为封土,于是尔朱氏亦蕃盛起来。独志祸本事,见《南北史演义》。

　　会因燕李朗遣使借兵,乃命材官将军和拔,入袭幽州。幽州刺史卢溥,旧为魏民,戕吏据州,叛魏降燕,至是被和拔突入,擒溥及子浚,押送平城,车裂以徇。燕主盛闻幽州被兵,亟遣广威将军孟广平往救,已是不及,但斩魏戍吏数人,引师退还。盛复去皇帝号,贬称庶人天王,封弟渊为章武公,虔为博陵公,子定为辽西公。适太后段氏病殁,谥为惠德皇后。襄平令段登,与段太后同宗,忽然谋变,由盛遣将捕诛,前将军段玑,系段太后兄子,迹涉嫌疑,恐致连坐,即逃往辽西,嗣复还都归罪,得邀赦免,赐号思悔侯,使尚公主,入直殿庭。养虎贻患。一面尊献庄皇后丁氏为皇太后,立子辽西公定为皇太子,颁制大赦,命百僚会集东堂,亲考器艺,超拔十有二人。并在新昌殿遍宴群臣，令各言志趣。七兵尚书丁信，年方十五，因为丁太后兄子，擢居显要，他独起座面陈道："在上不骄，居高不危，这是小臣的志愿呢。"这数语是因盛好杀，暗加讽谏，盛亦知他言中寓意，便微笑相答道："丁尚书年少，怎得此老成论调呢？"话虽如此，但盛终不肯反省，仍然苛刻寡恩，免不得激成众怒，终罹大祸。事且慢表。

且说晋青兖刺史王恭，及荆州刺史殷仲堪，分镇长江，势倾朝右。会稽王道子，惧他侵逼，既令世子元显为征虏将军，配给重兵，使为内备，事见七十八回。复因谯王尚之，及尚之弟休之，素有才略，引为谋士。尚之休之系谯王承子，无忌孙。尚之向道子进议道："今方镇强盛，宰相权轻，大王何不外树腹心，自增藩位？"道子听着，即令司马王愉为江州刺史，都督江州及豫州四郡军事。偏豫州刺史庾楷，不愿分权，抗疏辩驳，略言："江州系是内地，与豫州四郡，素不相连，不应使王愉分督。"疏入不报。楷因遣子鸿往说王恭道："尚之兄弟，为会稽羽翼，权过国宝，欲借朝威，削弱方镇，王愉又是国宝兄弟，前来督豫，公等若不早图，恐必来报复前嫌，祸且不测了。"王国宝事，亦见七十八回。王恭本虑道子报怨，一闻此言，当然着急，忙遣人报告殷仲堪。仲堪即与桓玄商议，玄本是个闯祸的头目，哪有不劝令为乱，况当时又有一种激刺，更增玄忿，尤觉得跃跃欲动，乘隙寻仇。原来玄在荆州，料为道子所忌，特故意上书，求为广州刺史，果得朝廷允准，且敕令兼督交广二州。当下佯为受命，暗中实无意启行。凑巧遇着王恭来使，阴约仲堪，此时不怂恿起事，更待何时？乃与仲堪拟就复书，愿推恭为盟主，约期同趋建康。恭得书后，便欲发兵，司马刘牢之进谏道："将军为国家元舅，义同休戚，恭为孝武后王氏之兄。会稽王乃天子叔父，又当国秉政，前因将军责备，诛及王国宝王绪，自割所爱，为将军谢过，将军亦已可谓得志了。现在王愉出镇江州，虽未惬人意，亦不为大失，就是豫州四郡，割配王愉，与将军何损？晋阳兵甲，可一不可再呢？"牢之谏恭之言，不为不忠，可惜后来变卦。恭不肯从，即上表请讨王愉，及尚之兄弟。

道子闻庾楷从恭，即使人说楷道："孤前与卿恩如骨肉，帐中共饮，结带与言，也好算是亲密了。卿今弃旧交，结新援，难道竟忘王恭前日的欺侮么？若欲委身事恭，使恭得志，恭也必疑卿反覆小人，怎肯诚心亲信？

身首且不可保，还望甚么富贵呢！"楷本为王国宝私党，事见前文，故道子又有此言。楷闻言大怒，即令使人还报道："王恭前赴山陵，相王忧惧无计，我知事急，发兵入卫，恭乃不敢猝发。去年恭勒众内向，我亦橐鞬待命，我事相王，未尝有负，相王不能拒恭，反杀国宝兄弟，国宝且死，何人再为相王尽力。庾楷身家百口，怎能再不见几，自取屠灭呢？相王今且责己，毋徒责人。"这一篇话报知道子，道子素来胆小，急得不知所为。独世子元显奋然道："前不讨恭，致有今日，今若再姑息，难道还有朝廷么？我虽年少，愿出当逆贼。"道子听了，稍稍放怀，乃将兵马大权，悉付元显，自在府第中日饮醇酒，作为排遣罢了。

殷仲堪闻恭已举兵，也即勒兵出发，但平时素无将略，所有军事，尽委南郡相杨佺期兄弟，使佺期率舟师五千，充作前锋。桓玄继进，自督兵二万为后应。佺期到了湓口，王愉尚全然无备，惶遽奔临川。桓玄遣偏将追愉，愉不及逃避，竟被擒去。建康闻报，很是震动，内外戒严，当即加会稽王道子黄钺，命元显为征讨都督，遣卫将军王珣，右将军谢琰，率兵讨王恭。谯王尚之率兵讨庾楷。楷方出兵至牛渚，突遇尚之统众杀来，一时彷徨失措，立致溃散，楷单骑奔投桓玄。会稽王道子，遂授尚之为豫州刺史。尚之有弟三人，除上文所叙休之外，尚有恢之允之，此时均授要职。休之为襄城太守，恢之为骠骑司马丹阳尹，允之为吴国内史，各拥兵马，为道子声援。不意桓玄乘锐杀入，所向无前，连破江东各戍，由白石直进横江。尚之驱车与战，竟为所败，仓皇遁走。恢之所领各舟军，又被玄捣破，悉数覆没，于是都城大震。道子自屯中堂，令王珣守北郊，谢琰屯宣阳门，严兵守备。元显独出守石头城，英气直达，毫不畏缩。当时会稽府中，多半谀媚元显，说他聪明英毅，有明帝风，他亦自命不凡，居然以安危为己任，因见敌势甚锐，遂多方探刺敌情，果被察出破绽，想就一条反间计来。

自王恭不用刘牢之言，贸然出兵，牢之虽尚随着，却不愿为恭效死。恭又淡漠相待，越使牢之灰心。正在懊怅的时候，忽有庐江太守高素，借入报军机为名，得与牢之密语，啖以厚利，大略劝牢之背恭，事成后即将恭位转授。牢之自然心动，踌躇不答。素见牢之情状，乐得和盘托出，便从怀中取出一书，交与牢之，作为凭信。牢之启视，乃是会稽王道子署名，书中所说,也与素言相符,这封书是元显手笔,托名乃父,牢之未尝不知,但已闻元显握有全权,足为道子代表,便深信不疑,因即遣素返报,愿如所约。一面语子敬宣道:"王恭曾受先帝大恩,今为帝舅,不能翼戴王室,反屡发兵寇逼京师,我想恭蓄志不轨,事果得捷,尚肯天子为相王所制么?我今欲奉国威灵,助顺讨逆,汝以为可行否?"敬宣答道:"朝廷近政,虽不能媲美成康,究竟没有幽厉的残暴,恭乃自恃兵威,陵蔑王室,大人与恭,亲非骨肉,义非君臣,不过共事有年,略联情好,但彼既营私负国,大人原不宜党逆叛君,今欲助顺讨逆,理应如此,何必多疑。"敬宣此言,原是正论。牢之乃与敬宣密谋,将乘间图恭。

恭参军何澹之,素与牢之不协,至是侦知机密,急入白恭。恭尚疑澹之挟嫌进谗,不肯遽信,且特置盛宴,邀请牢之,就在席间拜他为兄,所有精兵坚甲,悉归牢之统领,使率帐下督颜延为先锋,进攻建康。一误再误,且送死一个颜延。牢之谢过了宴,立即登程。行至竹里,即将颜延一刀两段,送首入石头城。并遣子敬宣,及女婿东莞太守高雅之,还军袭恭。恭方出城阅兵,拟为牢之后继,不防敬宣麾骑突至,纵横驰骤,乱杀乱剁,霎时间将恭兵驱散。恭匹马回城,城门已闭,城上立着一员大将,便是东莞太守高雅之。他已混入城中,据城拒恭。恭知不可入,忙纵马奔往曲阿。他平时本不善骑,急跑了数十里,髀肉溃裂,流血淙淙,不得已下马觅舟。适有曲阿人殷确,为恭故吏,乃用舟载恭,送往桓玄军营。行至长塘湖,偏被逻吏截住,将恭擒送建康。恭至此还有甚么希望,眼见是引首就刑。惟临死时,尚自理发鬓,颜色自若,顾语刑吏道:"我误信匪人,致遭此祸,但原我本心,岂真不忠?使百世以下,知有王恭,我死已值得了。"以此为忠,何人不忠?恭既受诛,所有子弟党羽,当然骈戮无遗。晋廷遂命刘牢之为辅国将军,都督兖青冀幽并徐扬各州军事,代恭镇守京口。

俄而杨佺期桓玄至石头,殷仲堪至芜湖,俱上表为恭伸冤,请诛刘牢之。元显见他势盛,却也生畏,遂悄悄的驰还京师,令丹阳尹王恺等发京邑士民数万人,共往石头。佺期与玄,方在石头城下,耀武扬威,猖獗得很,忽见建康兵士,如蜂拥,如蚁攒,漫山遍野,踊跃前来。两人不禁失色,当即麾军倒退,回屯蔡州。惟仲堪尚在芜湖,拥众数万,气焰未消。晋廷不知虚实,尚以为忧。左卫将军桓修,入白道子道:"西军情实,修已了如

指掌了,彼纠众为逆,殷桓以下,单靠王恭,恭既破灭,西军气阻,今若以重利啖玄,并及佺期,二人必然心喜,桓玄已足制仲堪,再加一佺期,便可使倒戈取仲堪了。"道子乃令玄为江州刺史,召还雍州刺史郗恢,使为中书,即命佺期代刺雍州,并都督梁雍秦三州军事。任修为荆州刺史,权领左卫文武,即日赴镇。遣刘牢之带领千人,护修前行。黜仲堪为广州刺史,使仲堪叔父太常殷茂,赍诏敕仲堪回军。

仲堪接诏,愤怒的了不得,便一再遣使,催促桓玄佺期进军。玄等得着朝命,颇为所动,犹豫未决。仲堪防他生贰,急从芜湖南归,又着人传谕蔡州军士道:"汝辈若不早散归,我至江陵,当尽诛汝等家属了。"蔡州军士,听到此言,当然惝惧。佺期部将刘系,潜率二千人先归,一军已去,余众皆动。玄与佺期,不能禁遏,也只好随众西还。众惧家属被诛,倍道还趋,行至寻阳,得与仲堪相值。仲堪已经失职,不能不倚玄等为援,玄等见仲堪众盛,一时也不便相离,虽是两下猜嫌,表面上只好联络,所以彼此叙面,各无异言,且比前日较为亲昵,你指天,我誓日,俨然有沥肝披胆的情形。甚至各出子弟,互相抵质,就在寻阳筑台,歃血为盟,仍皆不受朝命,并连名上疏，提出三大条件：一是请申理王恭，二是求诛刘牢之，及谯王尚之，三是诉仲堪无罪，不应独被降黜。明明兴兵犯阙,如何说得无罪？不过玄与佺期同罪异罚,仲堪应也呼冤。这篇奏牍呈将进去，又令道子以下，无法抗辩，莫展一筹，统是酒囊饭袋。结果是召还桓修，仍将荆州给与仲堪，还要优诏慰谕，明示和解。成何体统。御史中丞江绩，且劾桓修专为身计，贻误朝廷，于是修被褫官爵，放归田里。冤哉枉也！

仲堪等得了诏谕，虽尚未尽如愿，但名位各得保全，已足令人意快，不如得休便休，受了诏命。偏佺期又来作怪，密语仲堪，谓："将来玄必为患，索性乘早袭击，杀死了他，方免后忧。"仲堪非不忌玄，但寻阳联盟，还是仗玄声望，得吓朝廷；且佺期素有勇略，兄广及弟思平，又皆粗悍强暴，不易驾驭，若杀玄以后，必更嚣张，势益难制，所以不从佺期，且加禁止。佺期孤掌难鸣，只得罢手，辞别赴镇。仲堪亦与玄相别，各就镇所去了。

三镇暂息战云，东南忽生妖雾，遂致建康都内，又复恐慌，正是祸端日出，防不胜防，这也是典午将亡，所以有此剧变呢。先是钱塘人杜子恭，挟有秘术，为众所推，尝就人借一瓜刀，数日不还。刀主向他索取，子恭道："当即相还，但不必由我亲交呢。"刀主似信非信，不过因刀为微物，未便强索，乃辞即去。会刀主有事赴吴，舟行至嘉兴，忽有大鱼一条，跃入舟中，当下将鱼获住，剖腹待烹，腹中有刀一柄，仔细审视，就是前日借与子恭的瓜刀。刀主很是惊异，免不得传示他人，一传十，十传百，顿时轰动远近，大都称子恭为神，多往就学，负笈盈门。国家将亡,必有妖孽。当时有琅琊人孙泰，系是西晋时孙秀的后裔，世奉五斗米道，汉张陵有异术,往学者必先奉五斗米,故称五斗米道。闻子恭有异术，特南访子恭，愿为弟子。子恭即收泰为徒，便将生平秘技，一一传授。已而子恭病死，泰为子恭高弟，就将那师家秘传，试演一二，便是愚民信仰，奉若神明。泰性狡猾，青出于蓝，往往借端敛钱，自供挥霍，甚且为人禳灾祈福，见有年轻女子，便乘机引诱，据为婢妾。愚民有何知识，但教有福可求，有灾可避，就使倾赀竭产，也是甘心；至若女生外向，本要嫁给人家，何妨进奉仙师，可徼全家福利。于是泰既得财帛，又得子女，食必粱肉，衣必文绣，最快乐的是左拥娇娃，右抱丽姝，日夜演那彭祖采战的秘戏，生下六个红孩儿。左仆射王珣，闻他妖言惑众，即请诸会稽王道子，把泰流戍广州。偏广州刺

史王怀之,为泰所惑,竟使为郁林太守。他复借术欺人,名驰南越。太子少傅王雅,本与泰交游,竟向孝武帝前推荐,说他养性有方,因复召还都城,使为徐州主簿,寻迁辅国将军,兼新安太守。王恭发难,泰私集徒众,得数千人,号为义兵,为国讨恭。黄门郎孔道,鄱阳太守桓放之,骠骑咨议周勰等,都替泰揶扬,声誉日盛。就是会稽世子元显,也时常诣泰,求习秘术。泰见天下起兵,以为晋祚将终,乃聚赀巨亿,号召三吴子弟,意图作乱。朝士多知泰异谋,只因元显与泰相契,惮不敢发。独会稽内史谢輶,密白道子,揭发泰隐。道子乃使元显诱泰入都,泰昂然进见,不防道子厅前,伏着甲士,见泰进来,一齐突出,立将泰拿下,推出斩首,并发兵捕泰六子,尽加诛戮。只泰兄子孙恩,逃奔入海,愚民尚说泰蝉蜕成仙,纠赍送往海岛中,接济孙恩。恩得聚合亡命百余人,潜谋复仇。小子有诗叹道:

人道反常妖自兴,瓜刀幻术有何凭?
渠魁虽戮余支在,东海鲸波又沸腾。

究竟孙恩能否起事,待至下回再表。

王恭初次发难，以讨王国宝兄弟为名。国宝兄弟，骄纵不法，讨之尚属有名，至罪人已诛，收军还镇，已可谓遂志矣，谚有之："得意不宜再往。"况庾楷本国宝余党，王愉之兼镇豫州，所损惟楷，于恭无与，恭奈何偏信楷言，竟为楷所利用乎？引兵犯顺，一再不已，其卒至身首异处者，非不幸也，宜也。殷仲堪桓玄杨佺期，约恭进击，罪与恭同，幸得无恙，晋固威柄下移，而仲堪等蔑视朝廷，自相猜忌，有不至杀身不止者。无操懿之功，而思为操懿之行，未有不身诛族灭者也。孙泰妖言惑众，妄思借讨恭之名，号召徒党，乘机作乱，不旋踵而父子骈戮，同归于尽。《书》曰："惠迪吉，从逆凶。"亶其然乎？

第八十四回

戕内史独全谢妇　杀太守复陷会稽

　　却说孙恩逃往海岛,还想纠众作乱,只因亡命诸徒,陆续趋附,尚不过百余人,所以未敢猝发。适会稽王道子有疾,不能视事。世子元显,竟暗讽朝廷,解去道子扬州刺史兼职,授与元显,朝廷竟允所请。及道子疾得少痊,始知此事,未免懊恼,但事成既往,无可奈何,徒落得一番空恨罢了。谁教你溺爱不明?元显既得领扬州,引庐江太守张法顺为谋主,招集亲朋,生杀任意,并发东土诸郡,凡免奴为客诸人民,尽令移置京师,充作兵士。免奴为客,是得免奴籍,侨居东土诸客户,故有是称。东土嚣然苦役,各有怨言。孙恩因民心骚动,遂得乘势号召,集众至千余人,从海岛中出发,登岸入上虞境,戕官据城,沿途劫掠,复引众进攻会稽。

　　会稽内史谢輶(yóu),已经去职,换了一个王凝之。凝之就是前右军羲之的次子,由江州刺史调任,素性迂僻,工书以外,没甚才能,但奉五斗米道,讲习符箓祈祷诸事。他妻便是谢道韫,乃安西将军谢奕女,素有才名,略见前文。少时已善属诗文,叔父安尝问道韫,谓毛诗中何句最佳?道韫答云:"全诗三百篇,莫若《大雅·嵩高篇》云,吉甫作颂,穆如清风。仲山甫永怀,以慰其心。"安一再点首,谓道韫有雅人深致。又尝当冬日家宴,天适下雪,安问雪何所似? 兄子谢朗道:"撒盐空中差可拟。"道韫微哂道:"未若柳絮因风起。"安不禁大悦,极称道韫敏慧。已而适王凝之,归宁时谒见伯叔,很是快快。安问道:"王郎乃逸少子,羲之字逸少见前。并不恶劣,汝有何事未快呢?"道韫怅然道:"一门叔父,有阿大中郎,群从兄弟,有封胡羯末,不意天壤中乃有王郎。"以凤随鸦,无怪不乐。安也为叹息不置。阿大疑即指安,中郎系指谢万。万曾为西中郎将。万长子韶,小字为封,曾任车骑司马。胡系朗小字,父据早卒,朗官至东阳太守,乃终。羯即玄小字,乃是道韫胞兄,位望最隆,详见上文。还有谢川小字，就叫作末，也是道韫从兄，青年早逝。这四人俱有才名，为谢氏一门彦秀，所以道韫提及，作为凝之的反比例。看官阅此，便可知凝之的本来面目了。

凝之弟献之，雅擅风流，为谢安所器重，辟为长史。他本来善谈玄理，有时与辩客叙议，或至词屈，道韫在内室闻知，即遣婢白献之道："欲为小郎解围。"宾客闻言，一座皆惊。少顷用青绫步障，施设屏前，即由道韫出坐帷内，再申献之之前议，与客辩难，客亦词穷而去。才女遗闻，应该补叙。及凝之赴任会稽，挈家同行，才越半年，即由孙恩乱起，将逼会稽城下。凝之并不调兵，亦不设备，厅室中向设天师神位，每日焚香讽经，至是闻寇氛日逼，但在天师座下，日夕稽颡，且叩且诵，几把那道教中无上宝咒，全体念遍，又复起立东向，仗剑焚符，好像疯子一般，令人可笑。张天师以捉妖著名，恩虽为妖人余裔，奈部众统是强盗，并非妖怪，天师其如恩何。官吏入见凝之，请速发兵讨贼。凝之大言道："我已请诸道祖，借得神兵数千，分守要隘，就使有十万贼众，也无能为了。"哪知凝之虽这般痴想，神兵终未见借到，反致贼势日逼日近，距城不过数里。属吏连番告急，凝之方许出兵，兵未调集，贼已麇（qún）至，城中人民，夺门避难。凝之尚在道室叩祷，忽有隶役入报道："贼已入城了。"凝之方才惊起，急挈诸子出走，连妻谢道韫都不暇带去。才行至十里左右，已被贼众追及，仆从骇散。天尊无灵，只剩下父子数人，无从逃避，徒落强人手中，牵缚至孙恩面前，由恩责讯数语，但说他殃民误国，叱令枭首。凝之尚念念有词，不知诵什么避刀咒，无奈咒语仍然没效，但听得几声刀响，那父子数人的头颅，统已砍去了。好去见天师了。

谢道韫尚在内室，举动自如，及得凝之父子凶闻，始失声恸哭，下了数行痛泪。百忙中还有主宰，命婢仆等舁入小舆，自己挈着外孙刘涛，乘舆出走，弃去细软物件，但使各携刀械，防卫身体。甫出署门，即有数贼拦住，道韫使婢仆与斗，杀贼二人，余贼返奔，复去纠贼百余，前来抢掳。道韫见不可敌，索性下舆持刃，凭着那生平气力，也与贼奋斗起来。贼猝不及防，竟被砍倒数人，后来一拥齐上，才为所执。外孙刘涛，尚止数龄，自然一并掳去。道韫毫无惧色，但请往见孙恩。既至恩前，从容与语，说得有条有理，反令恩暗暗称奇，不敢加害；惟见了幼儿刘涛，却欲把他杀毙，

道韫又抗声道："这是刘氏后人,今日事在王门,何关他族?必欲杀儿,宁先杀我。"恩也为之动容,乃不杀涛,各令释缚,使她自去。

  道韫自是嫠居会稽,矢志守节,律身有法。后来孙恩被逐,会稽粗安,太守刘柳闻道韫名,特往求见。道韫素知柳才,亦坦然出来,素髻素褥,自坐帷中,与柳问答,柳整冠束带,侧坐与谈。道韫风韵高迈,叙谈清雅,先述家事,慷慨流涟,徐酬问意,词理圆到。柳谈了片时,乃告退自叹道:"巾帼中罕见此人,但瞻察言气,已令人心形俱服了。"强盗且不敢加害,何况刘柳。道韫亦云:"亲从阔亡,始遇此士,听他问语,亦足开人心胸。"这也是惺惺惜惺惺的意思。先是同郡张玄,亦有慧妹,为顾家妇。玄每向众自夸,足敌道韫。有济尼往游二家,或问及谢张两女优劣,济尼道:"王夫人神情散朗,自有林下风,顾家妇清心玉映,也不愧为闺房翘秀哩。"道韫所著诗赋诔颂,辑成卷帙,至寿终后,遗集流传,脍炙人口。但古来才女,总不免有些命薄,曹大家读若姑,见汉史。中年丧夫,谢道韫自伤不偶,且致守孀,难道天意忌才,果不使有美满因缘么?感慨中寓郑重之意。话休叙烦。

第八十四回 戕内史独全谢妇 杀太守复陷会稽

且说孙恩既陷入会稽,遂高张巨帜,号召远近。吴国内史桓谦,临海太守王崇,义兴太守魏隐,皆弃郡窜去。凡会稽吴郡吴兴义兴临海永嘉东阳新安八郡,土豪蜂起,戕吏附贼。吴兴太守谢邈,永嘉太守司马逸,嘉兴公顾胤,南康公谢明慧,黄门侍郎谢冲张琨,中书郎孔道等,相继被杀。冲邈皆谢安从子,明慧又是冲子,过继南康公谢石,故得袭封。邈兄弟且至灭门,罹祸尤惨。邈先纳妾郗氏,颇加宠爱,嗣娶继室郗氏,貌美心妒,为邈所惮。妾郗氏竟致见疏,阴怀忿怼,遂作书与邈,凄词诀绝。邈知文非妾出,疑为门下士仇玄达所作,因黜玄达。玄达竟投依孙恩,引贼执邈,逼令北面下跪。邈厉声道:"我未尝得罪天子,何用北面?"*此时颇有丈夫气,奈何前惮一妇。*说毕被害,玄达复搜邈家族,屠戮无遗。

时三吴承平日久,兵不习战,但知望风奔溃,或且降附孙恩。恩住会稽旬余,得众至数十万,遂自称征东将军,胁士人为官属,号为长生党,士民或不肯相从,立屠家属,戮及婴孩。每拘邑令,辄醢为肉酱,令他妻子取食,一不从令,即支解徇众。所过诸境,掠财物,毁庐舍,焚仓廪,无论男女,悉驱往会稽充役。妇人顾恋婴儿,未肯即行,便把她母子尽投水中,且笑祝道:"贺汝先登仙堂,我当随后就汝。"*想是恩自知结果,故有此谶语。*百姓横遭酷虐,不可胜数。恩恐师出无名,未足动众,乃上表罪会稽王父子,请即加诛。晋廷当然不许,遂内外戒严,复加会稽王道子黄钺,进元显为领军将军,命徐州刺史谢琰,兼督吴兴义兴诸军事,征兵讨恩。青兖七州都督刘牢之,自请击贼,拜表即行。谢琰为谢安次子,颇负重望,既奉诏督军,即调集兵士,长驱直进,行至义兴,与贼党许允之,一场大战,便将允之首级取来,义兴城唾手夺还。召回前太守魏隐,仍令照前办事。再移兵进攻吴兴,又破贼邱尪(wāng),可巧刘牢之亦麾军到来,遂与他分头征剿,转斗而前,所向皆克。琰留屯乌程,遣司马高素助牢之,南临浙江。有诏命牢之都督吴郡诸军事,牢之引彭城人刘裕为参军。看官听说,这刘裕系乱世枭雄,就是将来的宋武帝,此时正当发轫,自然英武特出,比众不同。相传裕为汉楚王交二十一世孙,交尝受封彭城,后裔就在彭城居住。嗣随司马氏东迁,方移居丹徒县京口里。裕字德舆,小名寄奴,幼时贫贱,粗识文字,好骑射善樗蒲,无计谋生,没奈何织屦为业。尝至荻州伐荻作薪,忽遇着大蛇一条,长约数丈,他急拔箭射去,适中蛇两目间,蛇负痛自去。次日复往,见有群儿捣药,便问作何用? 一儿答道:"我王为刘寄奴所伤,故遣我等采药,捣敷伤痕。"裕又问:"汝王为谁?"儿答为山神。裕惊诧道:"山神岂不能杀一寄奴?"儿又谓:"寄奴王者不死。"裕听了儿言,胆气益壮,便叱退群儿,把臼中药取归,每遇伤痕,一敷即愈。自此襟期远大,有出仕意,遂往投冠军将军孙无终麾下,充入行伍,未几即擢为司马。裕为一朝主子,故叙明履历。

牢之尝闻裕智勇过人,因即引参军事,与商计议,多出意表。牢之使裕率数十人,往探贼势。裕毅然径行,途次遇贼数千名,即挺身与斗,从人多死,裕亦逼坠岸下。贼欲下岸刺裕,裕手中执着长刀,仰斫数人,复一跃登岸,大呼杀贼,贼竟骇走。适牢之子敬宣,见裕久出不归,恐他遇险,因引兵往寻,及见裕子身驱贼,不禁惊叹,遂助裕进击,斩获贼党千余人,然后回营。

孙恩前据会稽,闻八郡响应,喜出望外,便笑语党羽道:"取天下如反掌了,我当与诸君朝服至建康。"嗣因贼党屡败,又闻牢之兵已临江,复对众叹息道:"我割浙江以东,尚不失为越勾践哩。"至牢之引兵渡江,防贼相继溃归,恩扼腕道:"孤不羞走,将来再出未迟。"遂驱男女二十余万口,向东急奔,沿途抛散宝物子女,赚弄官军。果然官军从后追蹑,见了珍奇的宝物,髫秀的子女,无不争取,遂致趱路迟滞,不得及恩,恩复逃入海岛中去了。高素亦连破贼党,斩恩所署吴郡太守陆瑰,吴兴太守邱尪,余姚令孙穆夫,东土人民,稍稍还复旧居。惟官军亦不免纵掠,以暴易暴,殊失民望。

朝廷虑恩复至,用谢琰为会稽太守,都督五郡军事,率领徐州文武,镇守海浦。琰以资望守越,时论总道他驾驭有方,可无后患,哪知他莅任以后,荒废职务,既不抚民,又不训兵,镇日里闲居厅舍,饮酒自遣。将佐多入请道:"强贼在海,伺人形便,宜广扬仁风,宽以济猛,俾彼自新。"琰傲然道:"苻坚拥兵百万,尚自送死淮南,况孙恩败奔海岛,怎能复出? 如或出来,乃是天歼贼党,令他速死了。"遂不从所请。

既而孙恩果复寇浃口,入余姚,破上虞,进逼邢浦,距山阴北只三十五里。琰乃遣参军刘宣之引兵往击,得破贼众,恩又退还海中。宣之还军报琰,琰益以为贼不足虑,高枕无忧。偏孙恩探得官军已返,复领众登岸,再攻上虞。太守张虔硕驱兵出战，为恩所破，败走邢浦，恩乘胜进击，戍兵多望风骇退，于是贼势复张，人情大骇。警报纷至琰所，琰尚不以为意，将吏又请诸琰前，谓："宜严加防堵，挫遏贼锋。"琰还摇首道："彼来送死，待我一出，便可立歼了。"谈何容易。或谓："贼颇猖獗，未可轻视，最好是预遣水军，埋伏南湖，俟他到来，发伏邀击，不患不胜。"此计最妙。琰付诸一笑，总道是贼党乌合，容易破灭，不必多设机谋。

迁延了一两日，贼已大至，琰尚未朝食，闻报即出，招集将士，便命击贼。帐下督张猛，请食毕后行。琰瞋目道："么麽小丑，一鼓可平，我当先灭此寇，再来会食未迟。"猛又道："众皆枵腹，如何从戎？"琰不待说毕，便厉声喝道："汝敢违我军令么？左右快与我拿下，斩讫报来！"他将见琰动怒，乃环跪帐前，为猛乞免。琰尚执着"死罪可免，活罪难饶"二语，令把猛笞杖数十，然后发放。一面出厅上马，命广武将军桓宝为先锋，匆匆出战。行至江塘，与贼相遇，宝颇有胆力，前驱陷阵，杀贼甚多。琰见先锋得胜，麾兵急进，怎奈塘路迫狭，不能四面直上，只好鱼贯而前。琰尚恨迟慢，从后催趱，不防江外有贼舰驱至，舰中贼弯弓迭射，竟向官军射来。

官军无法避免,多被射倒,贼复从舰中登岸,上塘冲击,把官军截做两段,官军前后不能相顾,前面的贼党,顿时起劲,围住桓宝。宝虽称骁悍,究竟不能久持,手下所领的兵士,又是饥敝得很,无力再战,宝自知必死,索性下马格斗,杀贼数十人,刀缺力竭,自刎而亡,余众尽做了刀下鬼兵。

那谢琰领着后队,不得前进,自然倒退,到了千秋亭,贼众不肯相舍,还是恶狠狠的赶来。琰正在着忙,忽背后有一骑驰至,用刀斫琰马尾,马负痛倒地,琰亦坠下,顶上又着了一刀,便即归阴。究竟是为何人所杀?原来就是帐下督张猛。猛既杀琰泄恨,逼官军降贼,官军或逃或降,贼得与猛同入会稽。一不做,二不休,可恨逆猛忍心,还要屠琰家眷。琰有二子肇峻,俱为所害,只有少子混曾尚晋陵公主,*孝武帝女*。就职都中,幸得免难。后来刘裕破贼左里,活擒张猛,押送与混。混刲出猛肝,生食泄忿。有诏谓:"琰父子陨于君亲,忠孝萃于一门,应并加旌典。"乃追赠琰为侍中司空,予谥忠肃。琰子肇得赠散骑常侍,峻得赠散骑侍郎。小子有诗叹道:

谢家琪草本多栽,况复东山受训来。
谁料骄兵遭败劫,捐躯徒使后人哀。

孙恩再入会稽,转寇临海,晋廷当然遣将抵御,欲知后事,请看官续阅下回。

孙恩能杀王凝之,而不能杀谢道韫,非有幸有不幸也。凝之迷信道教,不知战守,其死也固宜;道韫以一妇人,能从容抗贼,不为所屈,恩虽剧盗,亦诧为未有,纵之使去。林下高风,令人倾倒,是固《列女传》中独占一席者也。造物忌才而故阨之,又若怜才而特佑之,道韫有知,其亦可无遗恨欤?谢琰为安次子,资望并崇,当其奉诏讨贼,累战皆克,亦非真庸劣无能者比。厥后镇守会稽,乃不听将佐之谋,仓猝战败,致为怂将所戕,斯皆由骄之一字误之耳。曹操苻坚,拥兵百万,犹以骄盈覆众,况谢琰乎?

第八十五回

失荆州参军殉主 弃苑川乾归逃生

却说晋廷闻谢琰战殁,亟遣将军孙无终桓不才高雅之等,分讨孙恩。恩转寇临海,为雅之所击,退走余姚。雅之进兵再战,竟至败绩,退保山阴,部众十死七八,诏令刘牢之都督会稽五郡,率众击恩。恩颇惮牢之兵威,复走入海。牢之乃东屯上虞,使刘裕戍勾章,吴国内史袁崧,筑垒沪渎,作为后备,才得少安。惟荆州刺史殷仲堪,前次虽不听佺期,未袭桓玄,但心中也恐玄跋扈,足为己患,所以与佺期仍相联络,互结姻缘。玄也颇闻佺期密谋,先事预防,督兵屯戍夏口,用始安太守卞范之为长史,充作谋主,且引庾楷为武昌太守。楷尝挟嫌寻衅,见嫉朝廷,故仲堪等免罪,楷独不得遇赦。玄引罪人为心腹,已隐与朝廷反抗,偏又上告执政,谓:"殷杨必再滋事,请先给特权,以便控制。"云云。会稽王道子等,亦欲三人自相构隙,使他乖离,乃加玄都督荆州四郡军事。又以玄兄桓伟,代佺期兄广为南蛮校尉。佺期原是不平,广更忿恨的了不得,定要兴兵拒伟。惟佺期尚未敢遽发,禁广暴动,且出广为宜都建平二郡太守。会后秦主姚兴,寇晋洛阳,擒去河南太守辛恭靖,河洛一带,相继陷没。佺期想出一条声西击东的计策,部署兵马,阳言援洛,暗中实欲袭玄;自思兵力未足,仍遣使商诸仲堪。何苦寻衅。仲堪又恐佺期得势,也非己利,因复书苦劝,并遣从弟遹屯北境,防遏佺期。佺期不能独举,且未测仲堪命意,因此敛兵不动。仲堪多疑少决,咨议参军罗企生,密语弟遵生道:"殷公优柔寡断,终必及祸,我既蒙知遇,义不可去,将来必与彼同死了。"遵生也为太息。但见兄已决死,不好劝他引退,只好听天由命罢了。前时胡藩曾劝罗早去,罗终未决,虽士为知己者死,但仲堪非忠义臣,何必与同死生。是时荆州水溢,洪流遍地,仲堪遍发仓廪,赈济饥民。桓玄欲乘他空虚,先攻仲堪,继及佺期,表面上也以救洛为名,筹备军事,先遣人致书仲堪道:

佺期受国恩而弃山陵，宜共罪之。今当入沔，讨除佺期，已屯兵江口，若公与同心，可速收杨广杀之。如其不尔，便当率兵入江，公其毋悔！

仲堪得书，不答一词。玄遂遣兵袭入巴陵，夺取积谷，作为军粮。适梁州刺史郭铨，奉命赴官，道经夏口，玄把铨留住，诈称朝廷遣铨助己，使为前锋，拨给江夏部曲，督同诸军并进，且密报兄伟，使为内应。伟毫不预备，急切不知所为。仲堪亦稍有所闻，便迫伟入见，诘问桓玄消息。伟恐为所杀，只好和盘说出，谓与自己无干。仲堪将伟拘住，使与玄书，说得情词迫切，吁乞退军。玄览书微笑道："仲堪为人，素少决断，必不敢加害我兄，我可无忧，尽管准备进兵便了。"遂使部将郭铨苻宏，掩至江口，与殷遹军相值。遹仓猝接战，败还江陵。仲堪再遣杨广，及从子道护等往拒，又为玄军所败，江陵震骇；且因城中乏食，用胡麻代粮，权时充饥，偏桓玄乘胜进逼，前锋距江陵城，仅二十里，仲堪大惧，急召杨佺期过援。佺期道："江陵无粮，如何待敌？可请来相就，共守襄阳。"仲堪得报，不欲弃州他往，乃复遣人给佺期道："现已收储粮米，不虞无食了。"此事岂可骗得。佺期信以为真，即率步骑八千，直趋江陵，仲堪无粮可给，但使人挑出数担胡麻饭，饷佺期军。莫非使他尽去登仙。佺期始知被绐，勃然大怒道："这遭又败没了！"遂不暇入见仲堪，忙与兄广一同击玄。玄闻佺期挟锐前来，暂避凶锋，退屯马头，但令郭铨留戍江口。佺期杀将过去，铨兵少势孤，怎能抵敌？险些儿被他擒住，幸亏逃走得快，才保性命。佺期等既得胜仗，休息一宵，锐气已减，谁知桓玄领着大兵，突然杀到，闯入佺期营内。佺期兵立时哗散，单剩佺期兄弟二人，如何退敌？没奈何拚命逃生，奔往襄阳。途次被玄将冯该，引兵追到，佺期及广，无处可奔，束手受死。冯该怎肯容情，便将他兄弟缚去献玄。玄立命枭斩，传首建康。佺期弟思平，与从弟尚保孜敬，逃入蛮中。

仲堪闻佺期败走，即出奔郪(zàn)城，旋接佺期死耗，又率数百人西奔，将赴长安，行至冠军城，为玄军追及，数百人逃避一空，只有从子道护随着，四顾无路，两叔侄被捉去一双，还至柞城，逼令仲堪自杀。道护抚尸恸哭，也为所害。仲堪尝信奉释道，不吝财贿，惟专务小惠，未识大体；及桓玄来攻，尚求仙祷佛，毫无战守方略，终致败死。后由仲堪子简之，觅得遗骸,移葬丹徒,庐居墓侧,有复仇志,事且慢表。

先是仲堪出走时,文武官属,无一人送行,独罗企生随与同往,路经家门,适弟遵生待着,便语企生道:"今日作这般分离,何可不握手言别?"企生乃停辔授手,遵生素有膂力,竟将企生牵腕下马,且与语道:"家有老母,去将何往?"企生挥泪道:"我决与殷公同死,不宜失信,但教汝等奉养老母,不失子道,便是罗氏一门忠孝两全,我死亦无遗恨了。"遵生仍然牵住,不令脱身。仲堪回头遥望,见企生被弟掖住,料无脱理,因即策马自去,故企生尚得不死。及桓玄已杀仲堪,唾手得了荆州,自然急诣江陵。江陵人士,统去迎谒,惟企生不往,专为仲堪办理家事。有友人驰语企生道:"君为何不识时务?恐大祸就在目前了。"企生道:"殷公以国士待我,我何忍相负?前为我弟所制,不得随行,共除丑逆,今有何面目去见桓玄,屈志求生呢?"这数语为玄所闻,当然忿恨,但颇怜惜企生材具,乃使人传语道:"企生若肯来谢我,必不加罪。"企生慨然道:"我为殷荆州属吏,殷荆州已死,我还去谢何人?"玄因企生不屈,遂将他收系狱中,复遣人问企生,尚有何言?企生道:"前文帝尝杀嵇康,康子绍仍为晋忠臣,今我不求生,只乞活一弟,终养老母。"玄乃引企生至前,自与语道:"我待汝素厚,何故见负?难道真不怕死么?"企生道:"使君兴晋阳甲,出次寻阳,与殷荆州并奉王命,各还本镇,当时升坛盟誓,言犹在耳。今口血未干,乃遽生奸计,食言害友。企生自恨庸劣,不能翦灭凶逆,死已嫌迟,还怕甚么?"玄被他诘责,益觉恼羞成怒,因令左右将企生斩讫,总算释免遵生,不使连坐。企生母胡氏,尝由玄赠一羔裘,及企生遇害,胡母即日焚裘,玄虽然闻知,也置诸不理,企生尝列《晋书·忠义传》中,非不足以风世,但企生出处,亦欠斟酌。惟上表归罪殷杨,自求兼领荆州。晋廷但务羁縻,并不责玄专杀,只调玄都督荆司雍秦梁益宁七州军事,领荆州刺史,另起前将军桓修为江州刺史。玄得了荆州,失去江州,心仍不甘,再上疏固求江州。于是加督八州,兼领江荆二州刺史。玄兄伟未曾被害,由玄擅授为雍州刺史,且令从子振为淮南太守。朝廷不敢违忤,遂致玄肆无忌惮,越要恃势横行了。为下文谋逆伏案。

是时河北诸国,后秦最强,秦主姚兴,礼耆硕,登贤俊,讲求农政,整饬军容,尝遣弟姚崇寇晋洛阳。晋河南太守辛恭靖,固守百余日,援绝粮

尽,城乃被陷。恭靖被执至长安,得见姚兴。兴与语道:"卿若肯降我,我将委卿以东南重任,可好么?"恭靖厉色道:"我宁为国家鬼,不愿为羌贼臣。"再叙辛恭靖事,无非称美忠臣。兴虽不免动怒,将他幽锢别室,但也未尝加刑。后来恭靖逾垣逃归,兴也不欲追赶,由他自返江东。惟自洛阳陷没,淮汉以北诸城,多半降秦,姚兴并不矜夸;且因日月薄蚀,灾眚(shěng)屡见,自削帝号,降称秦王。凡群公卿士,将帅牧守,俱令降级一等,存问孤寡,简省法令,清察狱讼,严定赏罚,远近肃然,推为美政。

　　西秦主乞伏乾归,自杀退凉主吕光后,与南凉主秃发乌孤和亲,互结声援,又讨服吐谷浑,攻克支阳鹯(zhān)武允吾三城,威焰日盛。接应七十九回。只因所居西城南景门,无故忽崩,虑及不祥,乃复自西城迁都苑川。后秦主姚兴,恐乾归逼处四陲,势大难制,乃拟先发制人,特遣征西大将军陇西公姚硕德,统兵五万人攻西秦,趋南安峡。乾归出次陇西,督率将士,抵御硕德。俄闻兴潜军将至,因召语诸将道:"我自建国以来,屡摧劲敌,乘机拓土,算无遗策,今姚兴倾众前来,兵势甚盛,山川阻狭,未便纵骑与敌,计惟诱入平川,待他懈怠,然后纵击,国家存亡,在此一举,愿卿等努力杀贼,毋少退缩。若能枭灭姚兴,关中地便为我有了。"于是遣卫军慕容允,率中军二万屯柏阳,镇军将军罗敦,率外军四万屯侯辰谷。乾归自引轻骑数千,前候秦军。

会大风骤起,阴雾四霾,军士无故自骇,东奔西散,致与中军相失。姚兴却驱军追来,乾归忙驰入外军。诘旦天雾少靖,开营出战,敌不过秦军锐气,前队多半伤亡,后队便即奔溃。乾归见势不佳,弃军急走,逃归苑川,余众三万六千,尽降姚兴。兴遂进军枹罕,乾归不能再战,复自苑川奔金城,泣语诸豪帅道:"我本庸才,谬膺诸军推戴,叨窃名号,已逾一纪,今败溃至此,不能拒寇,只好西趋允吾,暂避寇焰,但欲举众前往,势难速行,倘被寇众追及,必致俱亡。卿等且留居此城,万一不能保全,尽可降秦,免屠家族,此后可不必念我了。"何前倨而后恭?诸豪帅齐答道:"从前古公杖策,豳人归怀,玄德南奔,荆楚襁负,临歧泣别,古人所悲,况臣等义深父子,怎忍相离?情愿随着陛下,誓同生死。"乾归道:"从古无不亡的国家,如果天未亡我,再得兴复,卿等复可来归,何必今朝俱死呢。况我将向人寄食,亦不便携带多人。"诸豪帅见乾归志决,乃送别乾归,恸哭而返。乾归遂率着家属,数百骑西走允吾,一面遣人至南凉,奉书乞降。

南凉主秃发乌孤,因酒醉坠马,伤胁亡身,僭位仅及三年,遗命宜立长君,乃立弟凉州牧利鹿孤为嗣主,改元建和,追谥乌孤为武王。才阅半年,即得乾归降书,乃令弟广武公傉檀,往迎乾归,使居晋兴,待若上宾。镇北将军秃发俱延,入白利鹿孤道:"乾归本我属国,妄自尊大,今势穷来归,实非本心,他若东奔姚氏,必且引兵西侵,为我国患,故不如徙置西陲,使他不得东往,才可无忧。"利鹿孤道:"我方以信义待人,奈何疑及降王,徙置穷边?卿且勿言!"俱延乃退,已而乾归得南羌梁弋等书,谓:"秦兵已撤回长安,请乾归还收故土。"乾归即欲东行,偏为晋兴太守阴畅所闻,驰白利鹿孤。利鹿孤遣弟吐雷,率骑三千,屯扎天岭,监察乾归。乾归恐为利鹿孤所杀,因嘱子炽磐道:"我因利鹿孤谊兼姻好,情急相投,今乃忘义背亲,谋我父子,我若再留,必为所害,今姚兴方盛,我将往附,若尽室俱行,必被追获,现惟有送汝兄弟为质,使彼不疑,我得至长安,料彼也不敢害汝呢。"炽磐当然从命。乾归即送炽磐兄弟至西平,作为质信。果然利鹿孤不复加防,乾归得潜身东去。去了二日,利鹿孤始得闻知,急遣俱延往追,已是不及。

那乾归径诣长安,往降姚兴,兴喜得乾归,即命他都督河南军事,领河州刺史,封归义侯。寻复迁还苑川,使收原有部众,仍然留镇。乞伏炽磐质押西平,常思乘间窃逃,奔依乃父。一日已得脱行,偏被利鹿孤探知,遣骑追还。利鹿孤欲杀炽磐,还是广武公傉檀,替他解免,说是:"为子从父,乃是常情,不足深责,宜加恩宽宥,表示大度。"利鹿孤乃赦免炽磐,不复加诛。炽磐心终未死,过了年余,竟得逃还苑川。乾归大喜,使他入朝姚兴。兴命为振忠将军,领兴晋太守。炽磐父子,总算共事姚氏,暂作秦臣。虎凶终难免出柙。

惟南凉秃发氏,与后凉吕氏,常有战争,小子宜就此补叙,表明后凉衰乱情形。吕光晚年,政刑无度,土宇分崩,除北凉段业,另行建国,已见前文外,见七十九回。尚有散骑常侍太史令郭黁(nún),连结西平司马杨统,叛光为乱,借兵南凉,于是两凉构兵,差不多有一年余。黁颇识天文,素善占候,为凉人所倚重。会荧惑星守东井,黁语仆射王详道:"凉地将有大兵,主上老病,太子暗弱,太原公指吕光庶长子纂。又甚凶悍,我等为彼所忌,倘或乱起,必为所诛。现田胡王乞基两部最强,东西二苑卫兵,素服二人，我欲与公共举大事，推乞基为主帅，俟得据都城，再作计较。"详颇以为然，与磨约期起事。不料事尚未发，谋已先泄，王详在内，首被捕诛。磨即据东苑，集众作乱。凉主吕光，急召太原公纂讨磨，纂司马杨统，为磨所诱，密告从兄桓道："郭磨举事，必不虚发，我欲杀纂应磨，推兄为主，西袭吕弘，据住张掖，号令诸郡，这却是千载一时的机会哩。"桓勃然道："臣子事君，有死无贰，怎得称兵从乱？吕氏若亡，我为弘演，尚是甘心哩。"<u>弘演系春秋时卫人，见《列国志》</u>。统见兄不从，恐为所讦，遂潜身奔磨。太原公纂，初击磨众，为磨所破。嗣由西安太守石元良来援，方得杀败磨兵。磨先入东苑，拘住光孙八人，及兵败生愤，把光孙一并杀死，肢分节解，饮血盟众。众皆掩目，惨不忍睹。<u>识天文者果如是耶</u>。

适凉人张捷宋生等，纠众三千，起据休屠城，与磨勾通，共推凉后军杨轨为盟主。轨遂自称大将军凉州牧西平公，令司马郭伟为西平相，率步骑二万人，往助郭磨。磨已打了好几个败仗，遣人至南凉乞援。南凉利鹿孤傉檀，先后发兵赴救，两路兵共逼姑臧，凉州大震，亏得吕纂已驱磨出城，严兵把守。磨兵十死五六，余众因磨性残忍，尽已离心。磨不禁气夺。至杨轨进营城北，欲与纂决一雌雄，反被磨从旁阻住，屡引天道星象，作为证据，只说是不宜急动，急动必败。<u>此时想又换过一天，故前后言行不符</u>。看官试想，行兵全仗一股锐气，若久顿城下，不战自疲；还有南凉兵远道前来，携粮不多，利在速战，但因杨轨等未尝动手，也只好作壁上观，不但兵粮日少一日，军心也日懈一日，相持至数阅月，已有归志。会凉常山公吕弘，为北凉沮渠男成所攻，拟自张掖还趋姑臧。凉主吕光，令吕纂发兵往迎，杨轨闻报，语将士道："吕弘有精兵万人，若得入姑臧，势且益强，凉州万不可取了。"乃与南凉兵邀击纂军。纂正防此着，驱军大杀一阵，南凉兵先退，轨亦败退，于是纷纷溃散。郭磨先东奔魏安，轨与王乞基等南走廉川。南凉兵当然归国，姑臧解严，纂与宏安然入都。惟吕光受了一番虚惊，老病益甚，要从此归天了。小子有诗叹道：

  重瞳肉印并奇闻，谁料耄昏治日梦。

  十载光阴徒一瞥，五胡毕竟少贤君。

欲知吕光临死情形，且至下回说明。

殷仲堪与杨佺期，皆非桓玄敌手，仲堪之失在畏玄，佺期之失在忌玄。畏玄者终为所制，忌玄者不能制玄，终必失败，其结果同归一死而已。罗企生不从胡藩之言，甘心殉主，徒死无益，殊不足取。惟当世道陵夷之日，犹得一视死如归之烈士，不可谓非名教中人，《晋书》之列入《忠义传》，良有以也。乞伏乾归，承兄遗业，斩杨定，杀吕延，拓地西陲，几若一鲜卑霸王，然姚兴兵至，一败即奔，又何其怯也？姚兴能屈服乾归，而吕光反为所屈，此后凉之所以一蹶不振也夫。

第八十六回

受逆报吕纂被戕　据偏隅李暠独立

却说后凉主吕光,老病已剧,自知不起,乃立太子绍为天王,自称太上皇,命庶长子纂为太尉,纂弟弘为司徒,且力疾嘱绍道:"我之病势日增,恐将不济,三寇窥觎,指南凉北凉西秦。迭伺我隙,我死以后,汝宜使纂统六军,掌朝政。委重二兄,尚可保国,倘自相猜贰,起衅萧墙,恐国祚从此殄灭了。"说毕,又召纂弘入嘱道:"永业绍字永业。非拨乱才,但因正嫡有常,使为元首,今外有强寇,人心未宁,汝兄弟能互相辑睦,自可久安,否则内自相图,祸不旋踵,我死亦难瞑目呢。"乘乱窃国,怎得久存。纂与弘受命而退。未几光死,享年六十三,在位十年。已算久长。绍恐有内变,秘不发丧。已忘父训。纂已闻知,排闼入哭,尽哀乃出。绍所忌惟纂,恐为所害,乃呼纂与语道:"兄功高年长,宜承大统,我愿举国让兄。"纂答道:"臣虽年长,但陛下系国家冢嫡,不能专顾私爱,致乱大伦。"绍尚欲让纂,纂终不从,绍乃嗣位,为父发丧,追谥光为懿武皇帝,庙号太祖。

光有从子二人,长名隆,次名超,皆为军将,此次送葬已毕,超即乘间白绍道:"纂连年统兵,威震内外,临丧不哀,步高视远,看他举止,必成大变,宜设法早除,方安社稷。"绍摇首道:"先帝顾命,音犹在耳,况我年尚少,骤当大任,方赖二兄安定家国,怎得相图? 就使彼若图我,我亦视死如归,终不忍自戕骨肉,愿卿勿言!"超又道:"纂威名素盛,安忍无亲,今不早图,后必噬脐。"劝人杀兄,难道非安忍无亲么? 绍半晌答道:"我每念袁尚兄弟,未尝不痛心忘食,宁可待死,不愿相戕。"恐非由衷之言。超叹息道:"圣人尝言知几其神,陛下临几不断,臣恐大事去了。"既而绍在湛露堂,适纂进来白事。超持刀侍侧,屡次顾绍,用目示意,欲绍下令收纂。绍终不为动,纂得从容退去。

弘前得光宠,望为世子,及绍得嗣立,弘常怀不平,至是遣尚书姜纪,私下语纂道："先帝登遐,主上暗弱,兄尝总摄内外,威震远迩,弟欲追踪霍子孟,即汉霍光。废暗立明,即推兄为中宗,兄以为何如?"又是一个乱首。纂尚觉踌躇,再经姜纪怂恿数语,动以利害,不由纂不从弘议,遂夜率壮士数百人,潜逾北城,攻广夏门。弘亦率东苑卫士,斫洪范门,与纂相应。左卫将军齐从,方守融明观,闻禁门外有哗噪声,即子身出视,问为何人?纂手下兵士齐声道:"太原公有事入宫。"从抗声道:"国有大故,主上新立,太原公行不由道,夜入禁门,莫非谋乱不成?"说着,即抽剑直前,向纂刹去。纂连忙闪过,额已被伤,左右争来救纂,与从对敌。从双手不敌四拳,终为所擒。纂称为义士,宥从勿杀。绍在宫中闻变,乃遣武贲中郎将吕开,率禁兵出战端门。吕超亦引众助战。偏兵士都惮纂声威,相率溃散。纂得入青光门,升谦光殿,绍知不可为,趋登紫阁,自刎而亡,超独出奔广武去了。

弘入殿见纂,纂见弘部众强盛,也不得不佯为推让,劝弘即位。弘微笑道:"绍为季弟,入嗣大统,所以人心未顺,因有此变,我违先帝遗训,愧负黄泉,若复越兄僭号,有何面目偷息人间?大兄年长才高,威名远振,宜速就大位,安定人心。"纂遂僭称天王,改元咸宁,谥绍为隐王,命弘为侍中大都督大司马车骑大将军,录尚书事,封番禾郡公。此外封拜百官,不胜具述。惟前左卫将军齐从,仍令复职。纂引从入见,且与语道:"卿前次砍我,未免太甚。"从泣答道:"隐王为先帝所立,臣当时惟知有隐王,尚恐陛下不死,怎得说是太甚呢?"纂仍嘉从忠,优礼相待,且遣人慰谕吕超,说他迹不足取,心实可原。超乃上疏陈谢,得复原官。

惟弘因功名太盛,恐不为纂所容,时有戒心,纂亦不免加忌。两下里猜嫌已久,弘竟从东苑起兵,围攻禁门。纂遣部将焦辨,率众出击,弘战败出奔,逃往广武。纂纵兵大掠,所有东苑将士的妇女,悉充军赏。弘妻女不及出走,也被纂兵掠去,任意淫污。纂自鸣得意,笑语群臣道:"今日战事,卿等以为何如?"侍中房晷应声道:"天祸凉室,衅起萧墙,先帝甫崩,隐王幽逼,山陵甫讫,大司马惊疑肆逆,京邑交兵,骨肉相戕,虽由弘自取夷灭,究竟陛下亦未善调和。今宜省己责躬,慨谢百姓,乃反纵兵大掠,污辱士女,衅止一弘,百姓何罪?况弘妻为陛下弟妇,弘女为陛下侄女,奈何使无赖小人,横加凌侮?天地鬼神,岂忍见此?说直可风。说罢,唏嘘泣下。纂亦不禁改容，乃禁止骚扰，召还弘妻及男女至东宫，妥为抚养。已被人污辱得够了。寻由征东将军吕方，执弘系狱，飞使告纂。纂使力士康龙，驰往杀弘。康龙将弘拉死，还归复命。身为戎首，宜其先亡。纂妻杨氏，为弘农人杨桓女，美艳绝伦，纂即立为皇后，授后父桓为散骑常侍尚书左仆射，封金城侯。且因内乱已平，侈图远略，遂拟兴兵往攻南凉。中书令杨颖进谏道："秃发利鹿孤，上下用命，国未有衅，不宜遽伐。今且缮备兵马，劝课农桑，待至有机可乘，然后往伐，乃可一举荡平。今日国家多事，公私两困，若非先固根本，内患恐将复起，愿陛下计出万全，毋轻用兵。"纂不肯从，竟引兵渡浩亹（wěi）河，侵入南凉境内，果为利鹿孤弟傉檀所败。纂尚未肯罢休，复移兵西袭张掖。尚书姜纪又谏道："今当盛夏，农事方殷，若废农用兵，利少害多，且逾岭攻虏，虏亦必乘虚来袭都下，不可不防，还请回军为是。"纂尚不以为然，傲然说道："利鹿孤有甚么大志，若闻朕军大至，自守尚且不暇，还敢来攻我都么？"已经一败，还要自夸。遂进围张掖。偏傉檀不即赴援，竟引兵入逼姑臧，当由姑臧守将，飞报纂军。纂慌忙驰还，傉檀乃收兵退去。

先是纂弑绍据国，姑臧城内，有母猪生一小猪，一身三头；又有黑龙出东箱井中，蟠卧殿前，良久方去。纂目为祥瑞，改殿名为龙翔殿。俄而黑龙又升悬九宫门，纂复改九宫门为龙兴门。大约是条黑蛇，纂强名为黑龙。时西僧鸠摩罗什，尚在姑臧，因吕光父子，不甚听从，所以闲居寺中，无所表白，至是闻纂用兵不已，才入殿告纂道："前时潜龙屡出，豕且为妖，恐有下人谋上的隐祸，宜亟增修德政，上挽天心。"纂虽当面应诺，下令罢兵，但性好游畋，又耽酒色，越是酣醉，越是喜游。杨颖一再谏阻，终不少改；再经殿中侍御史王回，中书侍郎王儒，叩马极谏，仍然不从。好容易过了一年，吕超调任番禾太守，擅发兵击鲜卑思盘。思盘遣弟乞珍，至姑臧诉纂谓超无故加兵。纂乃征超与思盘，一同入朝。超至姑臧，当然惧罪，先密结殿中监杜尚，永为内援，然后进见。纂怒目视超道："汝仗着兄弟威势，敢来欺我，我必须诛汝，然后天下可定。"超叩首求免，纂乃将超叱退。欲斩即斩，何必虚张声势，况超固有可诛之罪耶。

超趋出殿门，心下尚跳个不住，乃急往兄第。兄隆为北部护军，此时正返姑臧，便与超密商多时，决定异谋，伺机待发。也是纂命已该绝，不能

久待,越日即引入思盘,与群臣会宴内殿,又召隆超两人,一同预席,意欲为超与思盘,双方和解。当下和颜与语,谈饮甚欢。超佯向思盘谢过,思盘亦不敢多求,宴至日旰,大家都已尽兴,谢宴辞出,思盘亦随着退去。惟隆超两人,怀着异图,尚留住劝酒。纂是个酒中饿鬼,越醉越是贪饮,到了神志昏迷,才乘车入内。隆与超托词保护,跟入内庭,车至琨华堂东阁,不得前进。纂亲将窦川骆腾,置剑倚壁,帮同推车,方得过阁。超顺便取剑,上前击纂,因为车轼所隔,急切不得刺着。偏纂恃着勇力,一跃下车,徒手与搏,怎奈醉后晕眩,一阵眼花,被超刺入胸间,鲜血直喷,急返身奔入宣德堂。川腾与超格斗,超持剑乱斫,劈死二人。纂后杨氏,闻变趋出,忙命禁兵讨超,哪知殿中监杜尚,不奉后命,反引兵助超,导入宣德堂,把纂杀死,且枭首徇众道:"纂背先帝遗命,杀害太子,荒耽酒猎,昵近小人,侵害忠良。番禾太守超,属在懿亲,不敢坐视,所以入除僭逆,上安宗庙,下为太子复仇。凡我臣庶,同兹休庆。"这令一下,众皆默然,不敢反抗。

惟巴西公吕他,陇西公吕纬,居守北城,拟约同讨贼。他妻梁氏,阻他不赴,纬又为超所诱,佯与结盟,伪言将奉纬为主。纬欣然入城,立被拿下,结果性命。超径入宫中,搜取珍宝。纂后杨氏,厉声责超道:"尔兄弟不能和睦,乃致手刃相屠,我系旦夕死人,尚要金宝何用? 现皆留储库中,一无所取,但不知尔兄弟能久享否?"*倒是个巾帼须眉。*超不禁怀惭;又见她华色未衰,起了歹心,因暂退出。少顷,又着人索交玉玺。杨氏谓已毁去,不肯交付。自与侍婢十余人,收殓纂尸,移殡城西。超召后父杨桓入语道:"后若自杀,祸及卿宗。"桓唯唯而退,出语杨后。杨氏知超不怀好意,便毅然语桓道:"大人本卖女与氏,冀图富贵,一次已甚,岂可至再么?"遂向殡宫前大哭一场,扼吭自尽。*烈妇可敬。*

还有吕绍妻张氏,前因绍被弑,出宫为尼,姿色与杨氏相伯仲,并且年才二八,正是娇艳及时,前为吕隆所见,久已垂涎,此次已经得志,即自造寺中,逼她为妾。张氏登楼与语道:"我已受佛戒,誓不受辱。"隆怎肯罢手,竟上楼胁迫,强欲行淫。张氏即从窗外跳出,跌得头青额肿,手足俱断,尚宛转诵了几声佛号。瞑然而逝。*足与杨氏并传不朽。*

隆扫兴乃返,超遂请隆嗣位。隆有难色,超忙说道:"今譬如乘龙上天,怎好中途坠下呢?"隆遂僭即天王位,拟改年号。超在番禾时,曾得小鼎一枚,遂以为神瑞,劝隆改元神鼎。隆当然依议,追尊父宝*吕光之弟。*为皇帝,母卫氏为皇太后,妻杨氏为皇后,命弟超为辅国大将军,都督中外诸军事,封安定公。一面为纂发丧,追谥为灵皇帝,与杨后合墓同葬,总计纂在位不过年余,惟自晋安帝隆安三年冬季僭号,至五年仲春被弑,先后总算三年。纂平时与鸠摩罗什弈棋,得杀罗什棋子,辄戏言斫胡奴头。罗什从容答道:"不斫胡奴头,胡奴斫人头。"纂听了不以为意,谁料吕超小字胡奴,竟将纂斫死,后人才知罗什所言,寓着暗谜。真是玄语精深,未易推测呢。话分两头。

且说北凉主段业,虽得乘时建国,却是庸弱无才,威不及远,当时出了一个敦煌太守李暠,起初是臣事北凉,后来也居然自主,另建年号,变成一个独立国,史家叫作西凉。不过他本是汉族华裔,与五胡种类不同。*十六国中有三汉族,前凉居首,西凉次之,其三为北燕,见下文。*相传暠为汉李广十六世孙,系陇西成纪人。高祖雍,曾祖柔,皆仕晋为郡守。祖弇仕前凉为武卫将军,受封安世亭侯。父旭少有令名,早年逝世,

遗腹生暠。暠字玄盛,幼年好学,长习武略,尝与后凉太史令郭𪧐,及同母弟宋繇同宿。*想是母已改嫁宋氏*。𪧐起谓繇道:"君当位极人臣,李君且将得国,有騧(guā)马生白额驹,便是时运到来了。"*𪧐明于料人,暗于料己*。已而段业自称凉州牧,调敦煌太守,孟敏为沙州刺史。敏署暠为效谷令,宋繇独入任中散常侍。及孟敏病殁,敦煌护军郭谦,沙州治中索仙等,因暠温惠服人,推为敦煌太守。暠尚不肯受,适宋繇自张掖告归,即语暠道:"段王本无远略,终必无成,兄尚记郭𪧐遗言么?白额驹今已生了。"暠乃依议,遣使向业请命。业竟授暠为敦煌太守,兼右卫将军。至业僭称凉王,右卫将军索嗣,向业谮暠道:"李暠难恃,不可使居敦煌。"业乃遣嗣为敦煌太守,令骑兵五百人从行。将到敦煌,移文至暠,使他出迎。暠颇欲迎嗣,宋繇及效谷令张邈,同声劝阻道:"段王暗弱,正是豪杰有为的机会,将军已据有成业,奈何拱手让人?"暠问道:"若不迎嗣,当用何策?"宋繇遂与暠密谈数语,暠点首许可,乃即遣繇往见索嗣。繇与嗣晤谈,满口献谀,说得嗣手舞足蹈,得意扬扬。繇辞归语暠道:"嗣志骄兵弱,容易成擒,请即发兵击嗣便了。"暠遂使二子歆让,及宋繇张邈等引兵出击,出嗣不意,杀将过去。嗣不知所措,急忙拍马返奔,逃回张掖,五百人死了一大半,歆让等得胜回军。暠与嗣本来友善,此次反被谗间,当然痛恨,遂上书段业,请即诛嗣。业迟疑未决,适辅国将军沮渠男成,亦与嗣有嫌,从旁下石,借端复仇,于是业竟杀嗣且遣使谢暠;进暠都督凉兴巴西诸军事,领镇西将军。即此可知业之庸弱。

时有赤气绕暠后园,龙迹出现小城,众以为瑞应在暠,交相传闻。疑是暠捏造出来。晋昌太守唐瑶,首先佐命,移檄六郡,推皓为大都督大将军凉公,领秦凉二州牧。暠既得推戴,便颁令大赦。是年岁次庚子,系晋安帝隆安四年。即以庚子纪元,追尊祖弇为凉景公,父旭为凉简公,命唐瑶为征东将军,郭谦为军咨祭酒,索仙为左长史,张邈为右长史,尹建兴为左司马,张体顺为右司马,宋繇为从事中郎,兼折冲将军。即遣繇东略凉兴,并拔玉门以西诸城,屯田积谷,保境图强,是为西凉。北凉主段业,闻暠独立,也欲发兵出讨,无如庸柔不振,力未从心,再加沮渠蒙逊等从中作梗,连自己位且不保,怎能顾及敦煌,所以李暠背业自主,安稳过年,那段业非但不能往讨,甚至大好头颅,也被人取去。看官欲问业为何人所杀?便是那尚书左丞沮渠蒙逊。小子有诗叹道:

文弱终非命世才,因人成事反招灾。

须知祸福无常理,大祸都从幸福来。

究竟蒙逊如何弑业,要非一二语所能详尽,欲知底细,请至下回看明。

观本回后凉之乱,全由兄弟互阋而成,实则自吕光启之。光既知永业之非才,则舍嫡立长,未始非权宜之举;况纂有却敌之功,岂肯受制乃弟乎?光以为临危留嘱,可无后患,讵知口血未干,内衅即起。绍忌纂,纂亦忌绍,又有超与弘之隐相构煽,虽欲不乱,乌得而不乱?然纂之弑绍,弘实首谋,首祸者必先罹祸,故弘即被诛;纂不能逃弑主之罪,卒授手于超以杀之。胡奴斫头,何莫非因果之报应耶?惟绍妻张氏,纂妻杨氏,宁死不辱,并足千秋,吕宗之差强人意者,只此巾帼二人,余皆不足道也。西凉李暠,乘势自主,犹之吕光段业诸人。吕光氏也,段业籍隶京兆,虽非胡裔,而不得令终,暠为汉族,能崛起于河朔腥膻之日,亦未始非志在有为,庸中佼佼之称,暠其犹足当此也夫。

第八十七回

扫残孽南燕定都　　立奸叔东宫失位

却说北凉主段业,用沮渠蒙逊为尚书左丞,貌似信用,暗实猜嫌,蒙逊窥业意,深自晦匿。业授门下侍郎马权为张掖太守,甚见亲重。权自恃豪略,蔑视蒙逊,蒙逊遂伺隙谮权,业信以为真,将权杀死。蒙逊既除去一患,还想设法除业,因复语从兄男成道:"段业愚暗,非济乱才,信谗爱佞,鉴断不明,前有索嗣马权,为业心腹,未可急图,今已皆诛死,我正可下手,除业奉兄,兄以为何如?"男成道:"业本孤客,为我家所拥立,彼得我兄弟,情同鱼水,人既亲我,我不应背人,背人不祥。"蒙逊即默然趋出。越宿,即向业面陈,愿出为西安太守,业正虑蒙逊内逼,巴不得他离开眼前,既得此请,当即乐从。蒙逊佯赴外任,致书男成,约与同祭兰门山,暗中却先使司马许成,入告段业道:"男成将乞假为乱,若求祭兰门山,便见臣言不虚。"业疑信参半,到了次日,果由男成请假,谓须出祭兰门山。业遂信许成言,把他拿下,勒令自杀。耳软若此,不死何为。男成道:"蒙逊先与臣谋反,臣因兄弟至亲,但加斥责,不忍遽发,今与臣共约祭山,反诬臣为逆,臣若朝死,彼必夕发,为大王计,不若诈言臣死,暴臣罪恶,待蒙逊倡乱,然后出臣往讨,名正言顺,无忧不克了。"业竟不肯听,迫使速死。愚愤之至。

蒙逊闻男成死状,便泣告部众道:"我兄男成,忠事段王,反被枉杀,岂不可恨?况我等拥段为主,本欲安土息民,今段王如此无道,戮害忠良,试想我等还能安枕么?诸君如肯为我兄复仇,请速从我来。"杀兄求逞,心术之险,自古罕闻。部众未悉阴谋,并怀男成旧恩,便即泣涕应命,踊跃从行,霎时间已得万人。便由蒙逊引逼氏地,镇军臧莫孩,率众请降,羌胡亦多响应。蒙逊又进屯侯坞,业至此悔杀男成,亟授梁中庸为武卫将军,饬使专征。右将军田昂,得罪被囚,业复将他释放,令与中庸共讨蒙逊。

别将王丰孙入谏道："昂貌恭心险，不宜重用。且羁囚有日，定必怀仇，奈何反使他讨逆呢？"业蹙然道："我亦未尝无疑，但事至今日，非昂不能讨蒙逊，卿且勿言！"疑人勿用，业乃反是，真是该死。昂奉命出发，一至侯坞，即率骑五百，归降蒙逊。中庸麾下各将士，不战先溃，害得中庸无法可施，也只好向蒙逊请降。

蒙逊毫不费力，长驱直进，竟到张掖。昂兄子承爱，愿为内应，就斩关纳蒙逊军。业惶急万状，号召左右，已皆奔散，顿时抖作一团，没法摆布。俄而蒙逊率兵进来，业越加惊慌，不得已流涕语蒙逊道："孤孑然一身，为君家所推，勉居此位，今愿推位让国，但乞全我一命，使得东还，与妻子相见，便是再造宏恩了。"还想求生，徒形其丑。蒙逊回顾部众道："彼杀人时，并未加怜，今死在目前，倒想人怜惜，汝等以为可恕么？"部众听了，都说是可杀可杀，杀声一起，便由蒙逊顺手一挥，众刃齐进，就使段业铜头铁额，到此也裂成数段了。蒙逊既得斩业，便召集梁中庸等，拟立嗣主。全是诈为。中庸等当然推立蒙逊，蒙逊尚谦让三分，但自称大都督大将军凉州牧张掖公，改元永安，署从兄伏奴为镇军领张掖太守，封和平侯，弟拿为建忠将军，封都谷侯，田昂为镇南将军，领西郡太守，臧莫孩为辅国将军，梁中庸房晷为左右长史，张䣭谢正礼为左右司马，布赦安民，臣庶大悦。看官，你道蒙逊窃位的方法，善不善呢？刁不刁呢？

小子一支秃笔，演述这边，又不得不演述那边。当时南燕王慕容德，已自滑台徙都广固，竟由王称帝了，回应八十二回。说来又有一段表白，请看官浏览下去。五胡十六国时，实是头绪纷繁，不能不特笔表明。先是秦主苻登，为姚兴所灭，事见前文。登弟广收拾残众，奔依南燕。慕容德令为冠军将军，使居乞活堡，会荧惑守东井，有人谓秦当复兴，广遂自称秦王，击败南燕北地王慕容钟。德乃留鲁王慕容和守滑台，自率精骑讨广，竟得荡平，斩广了事。不意滑台留守慕容和，竟为长史李辩所杀，举城降魏。德闻报大怒，即欲引兵还攻。前邺令韩范谏阻道："前时魏为客，我为主，今日我为客，魏为主，客主情形，大不相同，人心危惧，不可再战。今宜先据一方，自立根本，然后养足兵力，取还滑台，方为上计。"正议论间，帐外报称右卫将军慕容云到来，此慕容云与高云不同。德即传入。云献上李辩首级，并言已拔出将士家属二万余口，一并带来。德军正系念家

眷,得了此信,统去分别认领,聚首言欢。

　　德又集将佐商议道:"苻广虽平,滑台复失,进有强敌,退无所依,将用何策?"给事中书令张华进言道:"彭城为楚旧都,依山带川,地广民饶,可取作基本,急往勿延。"德不甚赞成,犹豫未答。慕容钟慕舆护封逞韩𧨳等,谓不如仍攻滑台。独尚书潘聪献议道:"滑台四通八达,不易安居,且北通大魏,西接强秦,两国环伺,防不胜防。彭城土广人稀,坦平无险,又距晋甚近,晋必与我相争,我长陆战,彼长水战,就使我幸得彭城,到了秋夏霖潦的时候,江淮水涨,千里为湖,晋人鼓棹前来,如何抵御?故欲取彭城,亦非久计。惟青齐沃壤,向号东秦,地方二千里,户口十余万,右控山河,左负大海,可谓用武胜地;况广固为曹嶷所营,曹嶷事见前。山形险峻,足为皇都,今被辟闾浑据住,浑本燕臣,辜负国恩,今宜遣辩士先往招谕,再用大兵在后继进,彼若不从,一战可下,既得广固,然后闭关养锐,伺衅乃动,这也好似西汉的关中,东汉的河内呢。"德尚以为疑,特遣牙门苏抚,往询齐州沙门僧朗。朗素善占候,与抚相见,抚即自陈来意,并述群臣各议。朗答道:"三策中莫如潘议。按诸天道,亦无不合。今岁彗星起自奎娄，遂扫虚危，奎娄二星，当鲁分野，虚危二星，当齐分野，彗星适现，正是除旧布新的天象。今请先定兖州，巡抚琅琊，待至秋风戒令，乃可北转临齐，应天顺人。正在此举。"抚又密问道："将来历年几何？"朗微笑不言。抚再三固问，朗乃布蓍占易，详审卦兆，才密告道："燕衰庚戌，年适一纪，传世及子。"*为后文南燕败亡张本。*抚惊起道："有这般短促么？"朗说道："卦兆如是，无关人事，但留证后来便了。"*人定果不能胜天吗？*抚当即告别，还报慕容德，但说当进取广固，所有年数长短，不敢遽述。

德遂决意东行，引兵入薛城。兖州北鄙诸郡县，望风迎降，德另置守宰，禁兵侵掠，百姓安堵，统赍牛酒犒军。德又遣谕齐郡太守辟闾浑，闾浑抗命不从，乃命慕容钟率步骑二万，即日进攻，自率兵进据琅琊。徐兖人民，陆续归附，数达十余万户。兖州守将任安，弃城遁去。渤海太守封孚，就是后燕的吏部尚书，前次兰汗作乱，孚南奔辟闾浑，浑令他署守渤海。*兰汗乱事，见八十二回。*乃德至莒城，孚乃出降。德大喜道："我得平青州，尚不足喜，所喜者在得卿呢。"遂委任机密，事辄与商。再拟进军广固，为钟后援。辟闾浑闻德将至，徙八千余家守广固，遣司马崔诞守薄荀，平原太守张豁守柳泉，诞豁俱遣子奉书，向德投诚。浑孤立无助，当然惊骇，急挈妻子奔魏，行至莒城，被德将刘刚追及，擒住斩首。浑有少子道秀，自诣德营，愿与父俱死。德叹息道："父虽不忠，子独能孝，我何忍加诛呢？"遂赦免道秀，只杀浑参军张瑛，随即入据广固，作为都城，并为僧朗建神通寺，酬绢百匹。越年德自称皇帝，即位南郊，改元建平。因人民不易避讳，特在德字上加一备字，叫作备德，即援二名不偏讳故例，诏示境内。*名果能副实么？*复在宫南建筑祖庙，遣使致祭，奉策告成，追谥前燕主慕容暐为幽皇帝，用慕容钟为司徒，慕舆拔为司空，封孚为左仆射，慕舆护为右仆射，立妻段氏为皇后。后即段仪次女季妃，自誓不作庸夫妇，*见六十四回。*至此果得为南燕后，也可谓如愿以偿了。

惟备德为前燕主慕容皝少子，母公孙氏尝梦日入脐，因致怀孕，生备德时，尚昼寝未醒，及侍女惊呼，方醒寤起床。皝谓此儿寤生，颇似郑庄公，将来必有大德，乃以德为名。*郑庄亦未见有德。*及为范阳王，由后秦太史令高鲁，遗赠玉玺一纽，上有篆文镌着，系"天命燕"三字。又图谶秘文，载有四语云："有德者昌，无德者亡，德受天命，柔而复刚。"此外尚有童谣云："大风蓬勃扬尘埃，八井三刀卒起来，四海鼎沸中山颓，唯有德人据三台。"为了种种征验，所以备德入广固，终称尊号。独母公孙氏及兄慕容纳，陷落长安，备德前时别母，曾留金刀与诀，及从慕容垂起兵背秦，秦符昌收捕备德家属，杀纳及备德诸子，公孙氏因老免死。纳妻段氏方娠，下狱待刑，狱掾呼延平，为备德故吏，私释二人，同奔羌中。纳妻段氏，生下一男，就是慕容超。超年十岁，祖母公孙氏方殁，临危时取出金刀，付超垂嘱道："这是汝叔留下的纪念。若天下太平，汝可东往寻叔，赍刀送还便了。"超自然受教。呼延平代为理丧，复恐秦人掩捕，转挈超母子往投后凉。备德屡遣使入关，访问母兄，杳无下落，后由故吏赵融从长安东来，具述前情，才知母兄凶问，备德连番恸哭，甚至呕血，寝疾数日，经良医调治，始得渐愈。但兄纳妻子，逃入后凉，不但备德无从探悉，就是赵融亦未尝闻知，后来超得东归，容至下文表明，<small>叙入此段，为立超嗣位伏案。</small>小子却要叙入后燕了。

　　后燕主慕容盛，苛刻少恩，前文中已经叙过，<small>见八十三回。</small>勉强过了二年，宗族亲旧，多半携贰。盛尚不知恩抚，单靠着暗地钩考的思想，寻隙索瘢，不遗余力，独有一种暧昧的事情，发自太后宫中，盛虽自矜明察，反被他始终瞒着，毫无所闻。丁太后为盛伯母，看官应早阅悉，<small>见八十二回。</small>她本是个燕中的尤物。到了中年，还是丰容盛鬋（jiǎn），雪貌花肤，就中有个河间公慕容熙，素性渔色，又仗着皇叔懿亲，骠骑重任，时常出入宫廷，谒问太后。丁氏见他年甫逾冠，绰有丰仪，好一个翩翩公子，免不得另眼相看。熙就此勾引，朝挑暮拨，惹动丁氏情肠，你有情，我有意，彼此不顾嫂叔名义，竟凑成一番露水缘。宫中大小妇寺，就使得知，总教利诱势驱，自然不敢多口，只碍着主子慕容盛，不好明目张胆，夜夜交欢。盛又尝调熙远征，东伐高句骊，北讨奚契丹，情郎行役，闺妇怀愁，个中况味，惟有两人亲尝，不能与外人诉说，所以两人视盛，已似眼中钉一般，恨不得置盛死地，好让他日夜欢娱。<small>谋夫杀子，多由纵奸所致。</small>可巧燕主盛长乐三年，盛往伐库莫奚，大获而还，饮至行赏，宫廷交庆。左将军慕容国，与秦舆段赞等，谋率禁兵袭盛，熙与丁氏，稍有所闻，但望他一举成功，偏偏事机未密，被盛察觉，竟将慕容国等先行拿斩，连坐至五百余人，惟舆子兴赞子泰等,幸得逃脱。

过了数日,兴与泰串同思悔侯段玑,见八十三回。夜入禁中,鼓噪大呼,响震屋瓦。盛闻变起床,亟率左右出战,击退乱党,玑亦被创,走匿厢屋间。忽有一贼潜蹑盛后,用刀斫盛,盛闻声跃起,身虽闪免,足已受伤,回顾那贼,却一闪儿不见了。此贼恐系丁氏所遣。盛忍不住痛苦,忙乘辇出升前殿,申约禁卫,宣召叔父河间公熙,拟嘱后事。熙尚未至,盛已晕倒座上,经左右舁入内廷,便即断气。中垒将军慕容拔,冗从仆射郭仲,急入白太后丁氏。丁氏装出一副泪容,颦眉与语道:"嗣主不测,为贼所伤,现惟有亟立新君,捕诛贼党,方足安慰先灵。"慕容拔道:"太子在外,请即迎立。"丁氏道:"国家多难,宜立长君,太子年幼,恐不堪承祚呢。"郭仲从旁插入道:"太子既不可立,不如迎立平原公。"丁氏又复摇首。再由慕容拔等请示,丁氏乃推出那心上人儿,说他名望素隆,足靖国难。又温言笼络拔等,即令他乘夜往迎,休得漏泄。拔等奉命而出,适值慕容熙进来,遂导令入宫,准备即位。又好与丁氏续欢了。

转眼间,便是天明,群臣联翩入朝,才知盛已暴殁。内廷有择立长君的消息,当时平原公慕容元,系盛季弟,曾任司徒尚书令,群望相属,总道

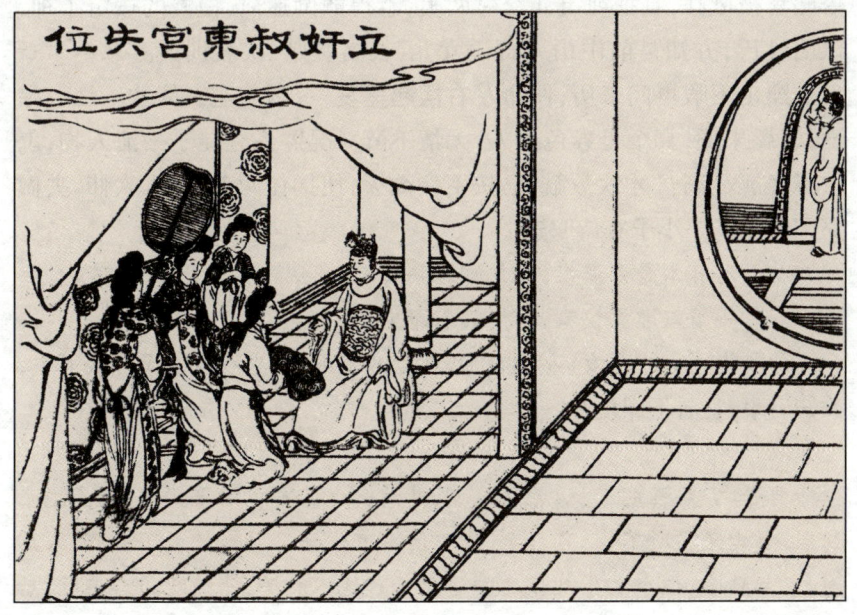

是不立太子,必立太弟,就是郭仲所说,也属此人。偏待了半晌,由内侍传出太后手诏,乃是继立河间公熙,竟使叔承侄统,大众未免惊愕。但因熙职掌兵权,不好反抗,只得联名上书,向熙劝进。熙尚谓元宜嗣位,故意推让。元当然固辞,熙遂僭即尊位,捕诛叛臣段玑,及秦兴段赞等人,并夷三族。且将平原公元,亦牵入案内,只说是与玑同谋,迫令自尽。**真是辣手。**乃下令大赦,为盛营葬。盛在位三年,殁时只二十九岁,追谥昭武皇帝,庙号中宗,出葬兴平陵。丁氏亦出都送葬,尚未还宫,中领军慕容提,及步军校尉张佛等,谋立故太子定,乘间发难。偏有人报知慕容熙,熙忙发兵捕获慕容提张佛,立即斩首,并将定一并赐死。**又下了一次毒手。**及丁氏回来,宫廷已安静如常了。熙再颁赦令,改元光始,把北燕台改称大单于台,置在右辅,位次尚书,每日除视朝外,惟与太后丁氏调情取乐,俨然与伉俪相似。丁氏亦华装盛饰,日夜陪着,还道天长地久,生死不离,哪知男子心肠,本多薄幸;再加丁氏华年,要比熙加长十余龄,熙未免嫌她年老,暗嘱左右幸臣,采选美人儿入宫。凑巧有一对姊妹花,流寓龙城,得被选入,经熙仔细端详,端的是面似桃花,眉似柳叶,目如点漆,发如堆云,齿若瓠犀,领若蝤(qiú)蛴,再加一副轻盈体态,画笔难描,真令熙喜极欲狂,真把魂灵儿交付两美,惹得颠倒迷离,慢慢的按定了神,讯明姓氏,方知是前中山尹苻谟女儿,长名娀娥,次名训英。**见八十一回。**熙也不暇再问来历,便命左右摆起盛宴,令两美左右侍饮。红灯绿酒,翠鬓朱颜,真个是春色撩人,无情不醉。况熙系登徒子一流人物,怎得不馋涎欲滴?才饮数觥,已按不住欲火,便搂住两美,同入欢帏,去做那阳台梦了。小子有诗叹道:

  冶容本是诲淫媒,况复娇雏并翼来。
  一箭双雕原快事,谁知极乐即生哀。

熙既得了大小苻女,左拥右抱,欢爱的了不得,当然将丁氏冷淡下去,欲知后事,且看下回便知。

典午之季,五胡云扰,无礼无义,其淆乱也甚矣。沮渠蒙逊,欲废主而窃国,虽卖兄亦所不恤,兄可卖,主亦何不可弑乎?慕容德之下青齐,入广固,定都称帝,似夺之于乱臣之手。于后燕绝不相关,然德既为后燕臣,后燕未亡,德乌能称帝？是德固无君也。若慕容熙更不足责矣。太后可烝,太子可杀,淫凶暴戾,陵侮孤寡,此而畀之以国,天道果真无知乎？但稔恶必亡,近报在身,远报在儿孙,觉于慕容熙之结果,不及慕容德,又不及沮渠蒙逊,乃知恶愈甚者亡愈速,天道固非尽无凭也。

第八十八回

吕隆累败降秦室　刘裕屡胜走孙恩

却说大小苻女，并邀宠幸，与慕容熙欢爱数宵，大苻女娥娥，受封贵人，小苻女训英，受封贵嫔，两姊妹轮流伴寝，说不尽的凤倒鸾颠。但小苻女年既娇小，态愈鲜妍，更足令人生爱，所以得熙专宠，比阿姊还突过一筹。看官试想，两苻女貌本相同，只为了年龄上长幼，略有区别，便觉大不如小，何况这太后丁氏，已过中年，任她如何美艳，究竟残花败叶，不及嫩柳娇枝，自从两苻女入宫，熙遂与丁氏断绝关系，好几月不去续欢。丁氏忍耐不住，尝遣侍女请熙，熙哪里肯往，有时还要谩骂侍女，侵及丁氏。痴心女子负心汉，教丁氏如何不恼，如何不怨？七兵尚书丁信，为丁氏兄子，当由丁氏召他入议，密谋废熙。天道祸淫，不使丁氏再得快意，竟至密谋发泄，信被执下狱，所有丁氏定策功劳，一笔勾销，反说她是谋逆首犯，活活的胁使自尽，还算保全太后脸面。丁氏至此，悔也无及，只有一死罢了。是淫妇结局，后之妇女其鉴诸。熙命用后礼殓葬，谥曰献幽皇后，想还念旧日恩情。惟将丁信处斩了事。高而不危之言，奈何忘却。越年，进大苻女为昭仪，嗣复立小苻女为皇后，阿妹竟高出阿姊么。大苻女好微行游宴，熙为凿曲光海，清凉池，盛暑兴工，役夫多半暍(yē)死。小苻女好骑马游畋，熙尝与她并辔出猎，北登白鹿山，东过青岭，南临沧海，沿途征索供亿，不堪骚扰，士卒多为豺狼所害，并因路上遇寒，冻死至五千余人。熙全不顾恤，但教得两美人的欢心，还管甚么兵民，眼见是要好色亡国了，好色未必亡国。好色不爱兵民，国必亡。

且说后凉主吕隆，僭称天王，壹意逞威，收捕内外叛党，不遗余力。杨轨王乞基等，早自廉川奔降南凉，郭黁亦自魏安奔依西秦。应八十五回。南凉主利鹿孤，本收纳杨轨等人，既而杨轨阴有异谋，为利鹿孤所杀。了却杨轨。西秦主乞伏乾归，服属后秦，势力方衰，郭黁虽然投奔，不过苟延残喘，未能唆使乾归，进图后凉。吕隆本可少安，偏他尚疑忌群臣，只恐为吕纂复仇，稍涉嫌疑，即加诛戮，因此内外骚然，各有戒心。魏安人焦朗，遣人至后秦，怂恿陇西公姚硕德道："吕氏自武皇弃世，后汉谥吕光为懿武皇帝，见前文。诸子相攻，政治不修，但务威虐，百姓饥馑，死亡过半，明公位尊分陕，威振遐方，何不弃吕氏衰残，吊民伐罪，救此一方涂炭呢？"也是一个虎伥。硕德遂转告秦主姚兴，兴令率步骑六万人，进攻后凉。乞伏乾归亦领七千骑从军。硕德自金城渡河，直逼姑臧，部将姚国方献策道："今悬军深入，后无援应，乃是危道，宜乘我锐气，与他速战，他总道我远来疲乏，可以力拒，我若得将他杀败，他自然生畏，无虑不克了。"硕德遂严申军律，准备厮杀。吕隆遣弟吕超，及龙骧将军吕邈等，出城迎战，兵刃甫交，秦军如潮涌进，十荡十决，杀毙凉兵无数。超慌忙遁回，邈迟走一步，已被秦军打倒马下，活捉去了。姑臧大震，巴西公吕他，率东苑兵二万五千，出降秦营。隆惊惶得很，急忙收集离散，婴城拒守。西凉主李皓，北凉主沮渠蒙逊，南凉主秃发利鹿孤，俱遣使贡秦，且贺秦胜凉。

凉尚书姜纪，前因隆超僭夺，惧奔南凉，南凉广武公傉檀，与谈兵略，甚相契合，坐必同席，出必同车。利鹿孤常语傉檀道："姜纪原有美才，但我看他目动言肆，必不肯在此久留。倘若入秦，必为我患，不如趁早除去。"傉檀闻言大惊，忙接口道："臣以布衣交待纪，料纪必不负我，请勿他疑。"未免过信。利鹿孤乃止。不意秦凉战起，纪竟潜奔秦军，往说硕德道："吕隆孤城乏援，明公率大军围攻，城中危急，势必乞降，但乞降乃是虚文，非真心服。公若班师，彼又抗命，现请给纪步骑三千，与焦朗等互为犄角，钳制吕隆，隆必无能为了。否则秃发在南，兵强国富，若乘公退兵，入据姑臧，威势益振，李暠沮渠蒙逊等，必且折入秃发，岂非公将来大患么？"硕德大喜，遂表为武威太守，给兵三千，使屯晏然，再督兵进攻姑臧。城中多谋外叛，将军魏益多，且煽惑兵士，谋杀隆超，事泄被诛，连坐至三百余家。于是群臣多向隆上书，请与秦军通和。隆尚不许，再经超一再进劝，略说"强寇外逼，兵粮内竭，上下嗷嗷，势难自固，不如遣使乞和，卑辞退敌，敌果退去，完境息民，若卜世未终，自可复旧，万一天命已去，亦得保全宗族"等语。隆乃依议，派使出城，乞降秦营，愿遣子弟为质。硕德不欲苛求，允如所约，一面转报长安。秦主兴即使鸿胪卿桓敦，册拜隆为镇西大将军,都督河西军事,领凉州刺史,封建康公。隆对使受命,乃遣母弟爱子,及文武旧臣慕容筑杨颖等五十余家,入质长安。硕德振旅而还,往返皆严肃部伍,秋毫无犯,西土皆称为义师。

过了两日,吕超又引兵攻姜纪,因纪严守不下,转攻焦朗。朗向南凉求救,南凉广武公傉檀,率兵赴援,到了魏安,见城下并无一人,只城门还是紧闭,一些儿没有影响。傉檀大是惊疑,即在城下大呼,促朗出迎,但听城上有人应声道:"寇已退走,无劳援军费心,也请退还,恕不送迎。"好似一种调侃语。傉檀勃然怒起,便欲麾兵攻城,部将俱延谏阻道:"朗但靠孤城,总难久持,今岁不降,明年自服,何必多劳士卒,同他拼命?且为丛殴雀,转非良策,不如退兵数里,发使晓谕,令他自知无礼,定然出来谢罪了。"傉檀依议而行,果由朗复使谢过,乃仍与朗联合,顺道进军姑臧,就胡坑立营。夜间防凉兵掩袭,蓄火戒严,兵不解甲。到了夜半,营外突然火起,凉将王集,果来劫垒,傉檀徐起,纵兵出击,内外火炬齐明,光同白昼。集部下不过千人,敌不住傉檀大营,便欲返奔。偏傉檀驱兵杀上,集措手不及,竟被砍死。败兵逃回姑臧,吕隆惊骇,与超密谋,想出一条诈计,致书傉檀,伪与修好,且请傉檀入盟。傉檀也恐有诈,因使将军俱延往代。俱延入城,由超引至东苑,发伏出攻。俱延不及上马,徒步急奔,还亏城阇(yīn)两旁,有南凉将军郭祖,引兵待着,让过俱延,截住超兵,且战且走,才得退归营中。傉檀大愤,遂攻显美城,昌松太守孟祎,固守待援,吕隆遣将荀安国石可等,领兵往救,中道却还。孟祎守了数旬,援军不至,竟被傉檀陷入,祎巷战被擒。傉檀问他何不早降?祎抗声道:"祎受吕氏厚恩,分符守土,若明公大军甫至,便即归附,如何对得住吕氏?想明公亦必斥为不忠呢。"傉檀改容礼祎,命即释缚,面授为左司马。祎固辞道:"吕氏将亡,圣朝必取河右,可无疑义。但祎为人守,城不能全,若再忝居显任,益增愧赧。果使明公加惠,令祎就戮姑臧,祎死且知感了。"词婉意诚,不失为忠。傉檀称为义士,纵使归去。且恐师劳粮绝,收兵自归。

会姑臧大饥,斗米值钱五千,人自相食,饿殍盈途。吕隆恐有变祸,饬闭城门,日夜不开,樵采路绝。百姓乞出城觅食,愿为胡虏奴婢,日有数百。隆恨他煽动众心,索性把他拘住,尽行坑死,尸积如山。北凉主沮渠蒙逊,乘隙攻姑臧,隆不得已卑辞厚币,向南凉乞援。南凉再使傉檀赴急,蒙逊闻傉檀将至,勒兵挑战,为隆所败,乃与隆讲和结好,留谷万余斛,赈济凉民,然后退还。傉檀到了昌松,得知蒙逊回兵消息,因亦引军折回,途次接到利鹿孤命令,嘱他移讨魏安,乃改辙北行,再攻魏安守将焦朗,朗无力守城,不得已面缚出降。傉檀送朗赴西平,徙魏安人民至乐都。嗣是复屡寇姑臧,再加沮渠蒙逊,与吕隆背了前盟,也去侵扰。傉檀在南,蒙逊在北,恰好似喝着同心酒,共图后凉,累得隆南防北守,奔走不遑。偏后秦又来作祟,遣使征吕超入侍,隆急得没法,只好令超赍着珍宝,奉献秦廷,情愿将姑臧归秦,请兵相迎。秦主兴遂遣左仆射齐难等,率步骑四万人迎隆,军至姑臧,隆素车白马,出候道旁。难令司马王尚署凉州刺史,给兵三千,权守姑臧,分置守宰,镇守仓松番禾二城。隆使吕胤告辞光庙道:"陛下前抒远略,开建西夏,德被苍生,威震遐裔,后嗣不肖,迭相篡弑,二房交迫,将归东京,谨与陛下诀别,从此长离。"早知今日,何必当初。胤告毕复命,隆即率宗族僚属,及民万户至长安。秦主兴授隆为散骑常侍,超为安定太守,其余文武三十余人,量才录用,不使向隅。但后凉自吕光开基,至隆亡国,共历四主,合十九年。

先是太史令郭䈬,占得术数,谓代吕者王,故叛凉起兵,先推王详,后

推王乞基。及吕隆东迁,代以王尚,恰如磨言,可惜磨徒算得一半,知姓不知名,所以终归失败。且奔投西秦后,从乞伏乾归降秦,又暗中推算,以为灭秦者晋！却是算着,但不能自算存亡,终归差了半着。乃复潜身东奔,偏被秦人追获,割去头颅,这叫作人有千算,天教一算,算到尽头,徒落得身首两分,追悔无及了。了过郭磨。那吕隆仕秦数年,亦连坐乱党,终至伏诛,待后再表,此处却要补述晋事了。

自孙恩被逐入海后,余灰复燃,又纠众进寇勾章,转攻海盐。接应八十五回。勾章守将刘裕,随地抵御,且就海盐添筑城堡。恩屡来攻城,由裕麾兵出击,得破孙恩,阵斩恩党姚盛,然后收兵还城。惟恩虽败挫,余焰未衰,城中兵少势孤,恐难久持,裕乃想出一法,待至夜半,把城上旗帜,一齐拔去,密遣精兵伏住城闉,到了天明,竟把城门大开,只遣几个老弱残兵,嘱咐数语,登城立着。恩探得城内空虚,驱兵复进,将到城下,遥见城门开着,便厉声喝问道："刘裕何在？"城上赢卒答应道："昨夜已引兵出走了。"贼众信为真言,拥众入城,陡听得一声鼓响,城门左右,突出两路伏兵,大刀阔斧,向贼乱斫。贼挤住城闉,进退无路,除被裕军杀死外,多半由自相蹴踏,倒毙无数。恩尚在城外,掉头急奔,幸逃性命,余众死了一半,一半随恩北走,径趋沪渎。

裕复弃城追击,海盐令鲍陋,遣子嗣之率吴军一千,从裕讨贼,嗣之年少,自恃骁勇,请为前驱。裕与语道："贼众善战,非吴军所能与敌,卿为前驱,倘或失利,必至牵动我军,不如随着我后,可作声援。"嗣之勃然道："将军亦未免小觑后生了。"嗣之决意前行,效力杀贼,虽死无怨。"确是前去送死。说着,引兵即去。裕明知不佳,没奈何从后继进,但使两旁多伏旗鼓,作为疑兵,等到前驱遇贼,两下交锋,裕令伏兵扬旗呐喊,擂鼓助威,贼果疑他四面有军,仓皇引退。偏嗣之不肯少停,策马急追,竟致裕军落后,无人相助,冒冒失失的闯将进去,被贼众翻身杀转,围住嗣之,嗣之独力难支,竟至战殁。贼众既得胜仗,便乘势来击裕军,裕见来势凶猛,也只得且战且走,走了数里,贼尚未肯舍去,麾下兵却死伤多人。裕索性下马,令左右脱去死人衣,故示闲暇。贼众见了,倒不禁生疑,勒马停住。裕反上马大呼,麾兵杀贼,贼始骇退,裕得从容引归。刘裕用兵仿佛曹阿瞒。孙恩知裕不易敌,竟北赴沪渎,攻入守将袁崧营垒,将崧杀死,崧部下伤毙四千人。恩劫掠三吴丁壮,胁使为贼,遂航海直往丹徒。党羽十余万,楼船千余艘,烽火夜逼建康,都城大骇,内外戒严。

百官入居省内,使冠军将军高素等守石头,辅国将军刘袭堵淮口,丹阳尹司马恢之戍南岸,冠军将军桓谦等备白石,左卫将军王嘏等屯中堂,征豫州刺史谯王尚之入卫京师。会稽都督刘牢之,自山阴发兵邀击孙恩,已是不及,乃使刘裕从海盐入援。裕闻命即行,部兵不满千人,偏兼程前进。恩甫至丹徒,裕亦踵至,丹徒守军,本无斗志,百姓多荷担欲逃。恩率众登岸,鼓噪登蒜山,声震江流,兵民益骇。独裕晓谕兵民,叫他勿惧,自率步兵上山奋击,一当十,十当百,竟把恩众击退,复乘胜杀下,大破恩众。恩狼狈遁回船中,贼党投崖溺水,不下万人。惟恩尚有余众八九万,势还猖獗,他想丹徒有刘裕守住,未可轻进,不如直趋建康,遂驶舰西上,步步进逼。会稽世子后将军元显,发兵拒战,并皆失利。会稽王道子,无他谋略,但向蒋侯庙中焚香祷襄,日日不休。蒋侯名叫子文,系东汉时广陵人,嗜酒好色,尝自谓骨具青色,死当为神。及汉末为秣陵尉,逐贼至钟山下,受创而死。吴据江东,有故吏见子文出现,乘白马,执白扇,遮道与

刘裕屡胜走孙恩

语道："我当为此间土神。"言讫不见。后来土地祠中，果常见灵异，吴主乃封为都中侯，加印绶，立庙堂，改钟山为蒋山，表示神灵。说明蒋侯来历，亦不可少。道子很是敬信，所以镇日祈祷，只望他暗中显灵，驱除贼寇，哪知寇氛甚恶，日逼日紧，宫廷内外，恂惧的了不得。幸亏谯王尚之，率锐驰至，入屯积弩堂。恩楼船高大，又遇逆风，不得疾行，莫非就是蒋侯显灵了。好几日才到白石，探得尚之已至建康，都城有备，倒也不敢径进。又恐刘牢之截住后路，或至腹背受敌，因浮海北走郁洲，另遣党羽攻陷广陵，杀毙守兵三千人。朝旨调刘裕为下邳太守，集兵讨恩。裕仗着谋力，与恩大小数十战，无一不胜。恩逃至沪渎，再走海盐，俱由裕督兵尾追，好似飚迅电扫一般，杀得恩抱头狂奔，仍然窜入海中。到了安帝六年，改年元兴，恩还想出来骚扰，入寇临海，被太守辛景一场痛击，几乎杀尽贼党，恩投海自溺，方才毕命。亲党及妻妾等，从死百人，残众还称他为水仙。小子有诗叹道：

　　黄巾左道尽虚诬，篝火狐鸣吓腐愚。

　　若果水仙通妙术，海滨何事伏兵诛。

　　恩既溺死，尚有残众数千，未曾解散，又由众推出一个头目来了。欲知头目为谁，容至下回报明。

　　吕隆吕超，篡逆得国，兄为君，弟为相，踌躇满志，谓可安享天年，孰知焦朗姜纪，为秦作伥，竟导姚硕德之进攻乎？超战败请降，奉军即返，威虽尽铄，国尚幸存，孰知北有沮渠，南有秃发，相逼而来，竟欲分割后凉而后快乎？隆超两人，无术保全，不得已弃国降秦，此非邻国之不肯容隆，实天意之不肯恕隆也。孙恩以海岛余孽，招集亡命，骚扰东南，得良将以扑灭之，原非难事，乃一误于王凝之，再误于谢琰，遂致匪党日盛，当时尚疑其妖术胜人，未可力敌，然观于刘寄奴之累战累胜，乃知恩固无术，徒为胁从之计而已。寄奴非能破法者，胡为足使水仙之返劫乎？

第八十九回

覆全军元显受诛　夺大位桓玄行逆

却说孙恩溺死，尚有妹夫卢循，未曾从死，为众所推，奉为头目。循系晋从事中郎卢谌从孙，双眸炯彻，眉宇清扬，少时工草隶书，并善弈棋，沙门惠远，有相人术，尝语循道："君可谓风雅士，可惜志存不轨，终乏善果，奈何奈何？"卢循听了此言，倒也不以为意。及长娶孙恩妹为妻，恩纠众作乱，与循通谋。循常劝恩抚绥士卒，故人乐为循用。恩死后即奉循为主，仍然蟠踞海岛，不服晋命。晋廷还想命刘牢之等，出兵剿循，偏长江上游，突起了一场大乱，几乎把东晋江山，席卷了去，于是不暇顾循，但期扫清长江乱事，好几年才得就绪。

看官欲问乱首为谁？就是都督八州，兼领荆江二州刺史的桓玄。应八十五回。玄先令兄伟为雍州刺史，晋廷不敢驳议，他遂得步进步，表移伟为江州刺史，镇守夏口。司马刁畅为辅国将军，监督八郡军事，镇守襄阳。且遣部将桓振皇甫敷冯该等，并戍湓口。移沮漳蛮二千户至江南，为立武宁郡，更招集流民万人，为立绥安郡。两郡俱增设郡丞。晋廷征广州刺史刁逵，及豫章太守郭昶之入都，俱被玄留住不遣。玄自谓地广兵强，势压朝廷，遂欲篡夺晋祚，屡上书报告祯祥，隐讽执政。更向会稽王道子上笺，再为王恭讼冤。会稽王父子，见了玄笺，当然惶惧。庐江太守张法顺，进白元显道："玄始得荆州，人心未附，若使刘牢之为先锋，再用大军继进，取玄不难了。"激成乱衅，斯为厉阶。元显本倚法顺为谋主，听了此言，自然心动。适武昌太守庚楷，密使人自结元显，请为内应，反覆小人，最为可恶。元显大喜，即遣法顺至京口，转告牢之，牢之颇有难色。法顺还报元显道："牢之无意效命，看他词色，将来必且叛我，不如召他入京，先斩此人，否则反多一敌，难免误事。"元显听了，不以为然，竟不从法顺所请，此议偏独不从，也是该死。一面大治水军，准备讨玄。

元兴元年元旦，竟由晋廷颁诏，数玄罪状，即授元显为骠骑大将军，征讨大都督，加黄钺，节制十八郡军马，小船怎可重载。使刘牢之为前锋，谯王尚之为后应，克日出发，前往讨玄。加会稽王道子为太傅，居中秉政。元显欲尽诛诸桓，骠骑长史王诞，为中护军桓修舅，力向元显解免，谓修等与玄，志趣不同，元显乃止。法顺又入请道："桓谦兄弟，谦即修兄。每为上流耳目，应速即加诛，借杜奸谋，况兵事成败，系诸前军，牢之居前，一或有变，祸败立至，最好令刘牢之杀谦兄弟，示无贰心，彼若不肯受命，隐情已露，我也好预先防备了。"元显怫然道："今非牢之不能敌玄，且三军甫出，先诛大将，人情亦必不安，这事怎可行得？"法顺再三固请，元显只是不从，且因谦父桓冲，遗惠及荆，特授谦荆州刺史，都督荆益宁凉四州军事，冀抚荆人。不杀反赏，真是颠倒。

桓玄坐踞江陵，自思东土未靖，朝廷不暇西顾，可以蓄力观衅。及闻元显已统军出讨，也不禁意外惊心，因欲完城聚甲，为自固计。长史卞范之道："明公声威，传闻远近，元显口尚乳臭，刘牢之大失物情，若进逼近畿，示以祸福，势必瓦解。明公自可得志，怎可延敌入境，自取穷蹙呢？"玄依范之言，遂抗表传檄，罪责元显。留兄伟守江陵，自举大兵东下。途次尚未免却顾，及行过寻阳，并不见有官军，才放大了胆，驱军急进，部众亦勇气加倍。又探悉庾楷诡谋，分兵诱袭，把他拘住，于是江东大震。元显甫出都门，接得桓玄来檄，已经心慌，再得庾楷被囚消息，免不得惊上加惊，勉强下船，终不敢发。晋廷上下，也不免着忙，特遣齐王柔之，系故南顿王宗之子，过继齐王同，承祀袭封。执着驺虞幡，出告荆江二州，谕令罢兵。途中遇着桓玄前锋，不服朝命，竟将柔之杀死。玄顺流直至姑孰，使部将冯该等，往攻历阳。襄城太守司马休之，即谯王尚之弟。婴城固守，玄军堵截洞浦，纵火焚豫州军舰。豫州刺史谯王尚之，率步卒九千，列阵浦上，又遣武都太守杨秋，屯兵横江。秋竟降玄军，反引玄军攻尚之，尚之众溃，自奔涂中，避匿数日，终被玄军擒去。休之出战败绩，弃城遁走。

刘牢之本来观望，不附元显，他想利用桓玄，除去元显父子，再伺玄隙，把玄翦除，然后好职掌大权，唯所欲为，算盘太精明了。所以牢之虽为前驱，始终未肯效力。下邳太守刘裕，此时也奉调从军，为牢之参谋，请牢之亟往击玄。牢之摇首不答。可巧牢之的族舅何穆,阴受玄嘱,进说牢之道:"从古以来,功高必危,试看越文种、秦白起、汉韩信,俱身事明主,尽忠戮力,功成以后,且不免诛夷,何况为暗主所任使呢?君如今日战胜,亦必倾宗,战败当然覆族,胜败俱不能自全,何若幡然改图,尚得长保富贵。古人射钩斩袪,还不害为辅佐,今君与桓玄,素无嫌隙,难道不好相亲么?"牢之正有此意,便令何穆报玄,阴与相通。刘裕再谏不从,牢之甥何无忌,为东海中尉,也极谏牢之,终不见听。裕又使牢之子敬宣入谏,以汉董卓比玄,请牢之急击勿失。牢之反怒叱道:"我也知桓玄易取,但平玄以后,试问骠骑能容我否?"敬宣不好违父,只得唯唯听受。牢之遂遣敬宣潜诣玄营,奉上降书。玄佯为优待,授任谘议参军,乘势进迫建康。

元显将要出发,忽有急报传到,谓玄已至新亭,吓得魂不附体,弃船返奔,退屯国子学。越日,出阵宣阳门外,军中自相惊扰,俄而玄军前队,鼓噪前来,大呼放仗。元显拍马急奔,还入东府,元显讨王恭时,曾以果锐见称,此时竟如此颓靡,倒已死得半截了。将佐统皆逃散,惟张法顺一骑随归。元显前曾录尚书事,与乃父东西对居,道子所居称东录,元显所居称西录,西府车骑辐辏,东府门可张罗,后来星孛天津,元显解职,仍加尚书令。吏部尚书车胤,密白道子,请抑元显。元显闻悉,谓胤离间父子,意欲害胤。胤竟惶急自杀。自是公卿以下,无一敢与元显抗礼。至元显败还,大都袖手旁观,无人顾恤,只有道子是情关骨肉,狼狈相依,虽平时亦隐恨元显,到此丢去前嫌,想替儿子设法。怎奈想了多时,不得一筹,惟有相对泣下。俄而从事中郎毛泰,导引玄军,闯将进来,七手八脚,把元显抓了出去,送往新亭,缚诸舫前,由玄历数元显罪恶。元显也不多言,但自称为王诞张法顺所误,懊悔不休。玄复命将王诞张法顺拿住,与元显同付廷尉,置诸狱中,一面整仗入京,矫诏解严,自为丞相,总掌百揆,都督中外诸军,禄尚书事,领扬州牧。令桓伟为荆州刺史,桓谦为尚书左仆射,桓修为徐兖二州刺史,桓石生为江州刺史,卞范之为丹阳尹,王谧为中书令。新安太守殷仲文,系玄姊夫,弃郡投玄,星夜入都,玄即授为谘议参军。晋安帝本同木偶,未晓国事,内政一切,统由琅琊王德文代理,德文又无兵无权,如何能制服桓玄?玄得独断独行,不过借着天子的名目,号令四方,当下

将元显等牵出狱外,先将元显开了头刀,次及谯王尚之,又次及庾楷张法顺,惟王诞本应同斩,桓修为舅乞怜,才得免死,流戍岭南。再收捕元显家属,得元显子六人,一并处死。只因道子为安帝叔父,不得不欺人耳目,先行奏闻,然后处置。奏中有"道子酗纵不孝,罪应弃市"等语。复诏援议亲故例,贷道子死,徙居安成郡,使御史杜竹林,偕往管束。竹林密承玄旨,鸩死道子,父子代握政权,威吓已极,至此相继遇害,这叫作自作孽,不可活呢。法语之言。

刘牢之留次溧州,静待好音,好几日才见朝命,但授为会稽内史。牢之惊叹道:"今日便夺我兵权,祸在目前了。"已而敬宣自建康驰至,乃是讨差出来,佯称替玄慰谕,暗中却为父设谋,进袭桓玄。牢之迟疑未决,私召刘裕入商道:"我悔不用卿言,致为桓玄所卖。今欲北趋广陵,联结高雅之等,起兵讨逆,卿可从我去否?"裕答道:"将军率劲卒数万,望风降玄,今玄已得志,威震天下,朝野人士,已失望将军,将军岂尚能再振么?裕只有弃官归里,不敢再从将军。"言毕即退,出外遇着何无忌,无忌密问道:"我将何往?"裕与语道:"我观刘公必不能免,卿不若随我至京口。

桓玄若守臣节，我与卿不妨事玄，否则与卿图玄便了。"无忌依议，也不向牢之告辞，竟偕裕同往京口去了。牢之大集僚佐，拟据住江北，纠众讨玄。参军刘袭进言道："天下惟一反字，最悖情理，将军前反王兖州，指王恭。近日反司马郎君，指元显。今又欲反桓玄，一人三反，如何自立？"这数句话说得牢之瞠目结舌，无言可答。袭亦退出，飘然自去。佐吏亦多半散走。牢之惊惧，使敬宣至京口迎家眷。敬宣愆期不还，牢之还道是机谋已泄，为玄所杀，乃率部曲北走，到了新洲，部众散尽，牢之悔恨已极，且恐玄军追来，竟解带悬林，自缢而死。真是死得不值。尚有左右数人，代为棺殓，草草了事。及敬宣奔至，惊悉牢之早死，无暇举哀，匆匆渡江，逃往广陵。桓玄闻报，命将牢之斫棺枭首，暴尸市中。牢之骁勇过人，当时推为健将，惟故太傅谢安在日，尝说牢之器小，不可独任，独任必败，至是果如安言。

桓玄又伪示谦恭，让去丞相，改官太尉，兼领豫州刺史，余官如故。国家大事，俱就咨询，小事乃决诸尚书令桓谦，及丹阳尹卞范之。自从安帝嗣位以来，会稽父子，秉权乱政，机闹得一蹋糊涂。玄初入建康，黜奸佞，揽贤豪，都下人民，欣然望治。过了月余，玄即奢侈无度，政令失常，朋党互起，凌侮朝廷，甚至宫中供奉，亦隐加克扣。安帝以下，不免饥寒；再加三吴大饥，民多饿死，临海永嘉，又遭孙恩卢循等侵掠，十室九空，百姓流离死亡，苦不胜言。桓玄出屯姑孰，意欲抚安东土，乃遣人招致卢循，使为永嘉太守。循虽然受命，仍是暗中劫夺，扰扰不休。玄却自诩有功，隐讽朝廷，录取前后勋绩，加封豫章桂阳诸郡公。又复表辞不受，暗嘱有司为子侄请封。晋廷怎敢不依，因封玄子昇为豫章公，玄兄子俊为桂阳公。乐得炫赫。一面钩求异党，再杀吴兴太守高素，将军竺谦之刘袭等人。数子皆牢之旧将，故一并遇害。袭兄冀州刺史刘轨，邀同司马休之刘敬宣高雅之等，共据山阳，欲起兵攻玄，被玄先期察觉，发兵控御。轨等自知无成，走投南燕去了。

越年二月，玄上表申请，愿率诸军讨平关洛，有诏授玄为大将军。玄命整缮舟师，先制轻舸数艘，装载服玩书画。有人问为何因？玄答道："兵凶战危，倘有意外，当使轻便易运，免为敌人所掠呢。"这语一传，大众始知他饰辞北伐，其实为求封大将军起见。果然不到数日，朝旨复下，饬

玄缓进。玄借朝命宣示将士,不复出兵。<u>一味诈伪</u>。已而荆州刺史桓伟病死,玄令桓修继任,从事中郎曹靖之说玄道:"谦修兄弟,专据内外,权势太重,不可不防。"玄乃令南郡相桓石康为荆州刺史,石康为玄从弟,仍系桓氏亲属,曹靖之徒费唇舌,反多为桓氏增一羽翼罢了。侍中殷仲文,散骑常侍卞范之,为玄心腹,密劝玄早日受禅,且由仲文起草,代撰九锡文及册命,玄当然心喜。朝右大臣,统是玄党,便即迫安帝下诏,册命玄为相国,总百揆,晋封楚王,领南郡南平宜都天门零陵营阳桂阳衡阳义平十郡,加九锡典礼,得置丞相以下官属。桓谦进任卫将军,录尚书事。王谧为中书监,领司徒,桓胤为中书令,桓修为抚军大将军。

时刘裕为彭城内史,修因召裕密问道:"楚王勋德崇隆,中外属望,闻朝廷将俯顺人情,仿行揖让故事,卿意以为何如?"裕应声道:"楚王为宣武令嗣,<u>温谥宣武见前文</u>。勋德盖世,宜膺大宝。况晋室衰弱,民望久移,乘运禅代,有何不可?<u>看到后文,实是请君入瓮</u>。修欣然道:"卿以为可,还有何人敢云不可呢?"裕暗笑而退。

新野人庾仄,为殷仲堪旧党,闻玄谋篡逆,即纠众袭击襄阳,逐走刺史冯该。当下辟地为坛，祭晋七庙祖灵，祃（mà）师誓众，传檄讨玄，也是汉翟义流亚，故特叙入。江陵震动。适值桓石康莅镇，引兵攻襄阳，仄出战败绩，奔投后秦。玄伪欲避嫌，自请归藩，桓修等入白安帝，请帝手诏慰留，安帝不得不从。玄又诈言钱塘临平湖忽开，江州有甘露下降，使百僚集贺庙堂，矫诏谓"相国至德，感格神祇，所以有此嘉瑞"云云。玄复自思前代受命，多得隐士，乃特征前朝高隐皇甫谧六世孙希之，为著作郎，又使希之固辞不就，然后下诏旌礼，号为高士，时人讥为充隐。都人士有法书好画，及佳园美宅，必为玄所垂涎，尝诱令赌博，使作孤注，得胜便取为己有。生平尤爱珠玉，玩不释手，至逆谋已成，遂假传内旨，加玄冕十有二旒，建天子旌旗，出警入跸，车驾六马，乐舞八佾，妃得称王后，世子得称太子。卞范之便代草禅诏，迫令临川王司马宝持入宫中，胁安帝照文誊录，盖用御印，当即发出。越宿逼帝临轩，交出玺绶，遣令司徒王谧赍给楚王，复徙帝出居永安宫。又越宿，迁太庙神主至琅琊庙，逼何皇后系穆帝后，尝居永安宫。及琅琊王德文，出居司徒府。何皇后行过太庙，停舆恸哭，衷感路人；后来为玄所闻，勃然怒道："天下禅代，不自我始，与何氏妇女何涉，乃无端妄哭呢？"你既要笑，何后怎得不哭。

　　王谧既将玺绶献玄，百官又统至姑孰，联名劝进。玄命在九井山北，筑起受禅台来，便于元兴二年十二月朔旦，僭即帝位，改国号楚，纪元永始，废安帝为平固王、王皇后为平固王妃，降何后为零陵县君。琅琊王德文为石阳公，武陵王遵为彭泽县侯，追尊父温为宣武皇帝，母南康公主为宣皇后，封子昇为豫章王。余如桓氏子弟族党，一律封赏，大为王，次为公，又次为侯。过了数日，玄乘法驾，设卤簿，驰入建康宫。途中适遇逆风，旌旗皆偃，及登殿升座，猛听得豁喇一声，御座陷落，好似有人在后推玄，险些儿跌将下来。小子走笔至此，因随书一诗道：

　　　　唐虞禅位传文德，汉魏开基本武功。
　　　　功德两亏谋盗国，任他狡猾总成空。

　　究竟玄曾否跌下，待至下回续表。

　　会稽父子，相继为恶，实为东晋厉阶。桓玄之起兵作乱，祸实启于元显一人，而道子之不能制子，亦宁得谓其无咎？故元显之枭首，与道子之鸩死,理有应得,无足怪也。惟刘牢之欲收鹬蚌之利,卒死于桓玄之手,党恶亡身,欲巧反拙,天下之专图利己者,其亦可自返乎? 桓玄才智,不及乃父,徒乘晋室之衰,遍树族党,窃人家国,彼方以为人可欺,天亦可欺,篡逆诈夺,任所欲为,庸讵知冥漠之中,固自有主宰在耶? 盖观于逆风之阻,御座之倾,而已知天意之诛玄矣。

第九十回

贤孟妇助夫举义　勇刘军败贼入都

却说桓玄上登御座,忽致陷落,几乎跌下。左右慌忙扶住,才得站住。群下统皆失色,独殿仲文向前道:"这是圣德深厚,地不能载,所以致此。"亏他善谀。玄乃易惊为喜,出殿还宫,徙安帝出居寻阳,纳桓温神主于太庙中,立妻刘氏为皇后。散骑常侍徐广,请依据晋典,建立七庙。玄自以为祖彝以上,名位未显,不欲追尊,但诡词辩驳道:"礼云三昭三穆,与太祖为七,是太祖应为庙主,昭穆皆在太祖以下。近如晋室太庙,宣帝反列在昭穆中,次序错乱,怎得奉为定法呢?"广乃默然退去,适遇秘书监卞承之,述及前言。承之喟然道:"宗庙祭祀,上不及祖,眼见是楚德不长了。"桓彝忠晋,桓玄篡晋,祖孙志趣不同,无怪玄之不愿追尊。承之谓楚德不长,岂尊祖便能长久么?

玄性苛细,好自矜伐,朝令暮更,群下无所适从,遂致奏案停积,纪纲不治;惟素好游畋,日必数出。兄伟葬日,旦哭晚游。且出入未尝预告,一经命驾,传呼严促,侍从奔走不暇,稍或迟慢,即遭斥责,所以众情咸贰,怨气盈廷。玄心中也不自安,时常戒备。一夕有涛水涌至石头城下,奔腾澎湃,突如其来,岸上人不及奔避,多被狂涛卷去,顿时天昏地黯,鬼哭神号。玄在建康宫中,也有声浪传到,矍然惊起道:"敢是奴辈发作么?如何是好?"说着,即命左右出外探听。及接得还报,方知巨涛为祟,才得放心。

寻遣使至益州,加封刺史毛璩为散骑常侍,兼左将军。璩不肯服玄,竟将来使拘住,扯碎玄书。因授桓希为梁州刺史,令他分派诸将,调戍三巴,严防毛璩。璩索性传檄远近,列玄罪状,慷慨誓师,克日东讨。仿佛似雷声一震。当下遣巴东太守柳约之,建平太守罗述,征虏司马甄季之,会攻桓希,大得胜仗,遂引兵进屯白帝城。玄又命桓弘为青州刺史,镇守广陵,刁逵为豫州刺史,镇守历阳。弘令青州主簿孟昶,入都报政,玄见他词态雍容,很加器重,便语侍臣刘迈道:"素士中得一尚书郎,与卿同一州里,卿可相识否?"迈与昶皆下邳人,素不相悦,至是即应声道:"臣在京口,不闻昶有异能,但闻他父子纷纷,互相赠诗哩。"玄付诸一笑,乃遣昶仍返青州。昶行至京口,正与刘裕相遇,彼此叙谈,颇觉投机。裕笑语道:"草泽间当有英雄崛起,卿可闻知否?"昶接口道:"今日英雄为谁,想便应属了。"看官听说,昶因刘迈从中媒孽,隐怀愤恨,所以见了刘裕,乐得乘间挑衅,要他去做个冲锋,推倒桓玄。

裕乃与昶共议匡复方法,当时有好几处机会,可以联络,一是弘农太守王元德,与弟仲德皆有大志,不服桓玄,此时卸职入都,正好使他内应。还有前河内太守辛扈兴,振威将军童厚之,亦寓居建康,与裕素有往来,亦可密令起应元德,做个帮手。二是裕弟道规,方为青州中兵参军,正好使他暗袭桓弘,当令孟昶还白道规,佐以沛人刘毅合同举事,三是豫州参军诸葛长民,也是裕一个密友,正好使他同时举发,袭取豫州刺史刁逵,据住历阳。安排已定,便分头通知。

孟昶立即辞行,返至青州,即向妻周氏说道:"刘迈在都中毁我,使我一生沦落,我决当发难,与卿离绝,倘然得遇富贵,迎汝未迟。"周氏接口道:"君有父母在堂,理应奉养,今君欲建立奇功,亦非妇人所能谏阻,万一不成,当由妾谨事舅姑,死生与共,义无归志,请君不必多心。"好妇人。昶沉吟多时,欲言不言,因抽身起座,意欲外出。周氏已瞧破情形,抱儿呼昶,复令返座道:"看君举措,并非欲谋及妇人,不过欲得我财物呢。"说着,又指怀中儿示昶道:"此儿如可质钱,亦所不惜。"昶乃起谢。原来周氏多财,积蓄颇饶,至此遂倾资给昶,昶得与刘道规等联同一气,相机下手,一面预报刘裕。裕与何无忌同居京口,无忌尝思为舅复仇,当然与裕同志,事必预谋。裕既决计起兵,令无忌夜草檄文,无忌母为刘牢之姊,从旁瞧着,不禁流涕道:"我不及东海吕母,王莽时人,见《汉书》。汝能行此,还有何恨?"随即问同谋为谁? 无忌答称刘裕。母大喜道:"得裕为主,桓玄必灭了。"孟昶有妻,何无忌有母,却是无独有偶。

过了两日,无忌偕裕出行,托词游猎,号召义徒,共得百余名,就中选得志士二十人,使充前队,自己冒作敕使,一骑当先,扬鞭入丹徒城。徐兖二州刺史桓修,闻有敕使到来,便出署相迎,兜头遇着无忌,正要启问,偏被无忌顺手一刀,头随刀落,当下大呼讨逆,众皆骇散。刘裕得无忌捷报,即驰入府舍,揭榜安民,片时已定。当将桓修棺殓,埋葬城外。召东莞人刘穆之为府主簿,穆之直任不辞。徐州司马刁弘,得知丹徒有变,方率文武佐吏,来探虚实。裕登城与语道:"郭江州指前刺史郭昶之。已奉乘舆,反正寻阳,我等并奉密诏,诛除逆党,今日贼玄首级,已当枭示大众,诸君皆大晋臣子,来此何干?"弘等闻言,信以为真,当即退去。适值孟昶刘毅刘道规,诱杀桓弘,收众渡江,来会刘裕。裕令刘毅追袭刁弘,杀死了事。

　　青徐兖三州已经略定,只有建康及豫州二路,尚未发作。裕令毅作书报告乃兄,乃兄就是刘迈,得了毅书,踌躇未决。致书人周安穆,见迈怀疑,恐谋泄罹祸,匆匆告归。迈正受玄命为竟陵太守,意欲黹夜出行,冀得避难,忽由桓玄与书,谓:"北府人情云何?卿近见刘裕,彼作何词?"迈阅书后,还道玄已察裕谋,竟默然待旦,自行出首。玄顿觉大惊,面封迈为重安侯,立饬卫兵出宫,收捕王元德辛扈兴童厚之等,骈戮市曹。已而有人向玄谮迈,谓迈纵归周安穆,不免同谋。玄遂收迈下狱,亦处死刑。迈

亦该死。

那刘裕已为众所推,作为盟主,总督徐州军事,用孟昶为长史,檀凭之为司马,当下号召徐兖二州众士,得一千七百人,出次竹里,传檄远近,声讨桓玄。玄因命扬州刺史桓谦为征讨都督,并令侍中殷仲文,代桓修为徐兖二州刺史,会同拒裕,谦请发兵急击,玄皱眉道:"彼众甚锐,向我致死,我若一挫,大事去了,不若屯兵覆舟山下,以逸待劳,彼空行至二百里,无从一战,锐气必挫,忽见我大军屯守,势必却顾,我再按兵坚垒,勿与交锋,使彼求战不得,自然散去,这乃是今日的上计哩。"谦尚执定前议,仍然固请。玄乃请顿邱太守吴甫之,右卫将军皇甫敷,北击裕军。各军陆续出发,玄心下还带着惊慌,绕行宫中,徬徨不定。左右从旁劝慰道:"裕等不过乌合,势必无成,至尊何必多虑。"玄摇首道:"裕乃当世英雄,刘毅家无担石,樗蒱且一掷百万,何无忌酷似彼舅,共举大事,何谓无成?"说至此,又忆从前不听妻言,懊怅不置。原来裕为彭城内史,曾在桓修麾下,兼充中书参军,修尝入都谒玄,裕亦从行。玄见裕风骨不凡,称为奇杰,待遇甚优,每值宴会,必召裕入座。玄妻刘氏,从屏后窥见裕貌,谓裕龙行虎步,瞻顾非凡,将来必不可制,因劝玄趁早除裕。玄欲倚裕为助,故终不见从,谁知裕还京口,果然纠众发难,做了桓玄的对头,玄怎得不悔?怎得不恨?但已是无及了。刘寄奴王者不死,蛇神且无如之何,玄夫妇怎能死裕。

刘裕率军径进,攻克京口,用朱龄石为建武参军。龄石父绰,曾为桓冲属吏,至是龄石虽受裕命,自言受桓氏厚恩,不欲推刃。裕叹为义士,但令随着后队,不使前驱。行至江乘,正值玄将吴甫之,引兵杀来。甫之向称骁勇,全不把刘裕放在眼中,拍马直前,挺槊急进。裕军前队,却被拨落数人,正在杀得兴起,蓦有一将驰至,厉声大呼道:"吴甫之敢来送死吗?"甫之未曾细瞧,已被来将大刀一劈,剁落马下。看官道是何人?原来就是刘裕。裕乘甫之不备,把他劈死,便即杀散余众,进军罗落桥。对面有敌阵列着,乃是玄将皇甫敷。裕又欲亲出接战,独司马檀凭之,纵马先出,与敷交锋,战了数十回合,凭之力怯,一个失手,为敷刺死。裕不禁大怒,自出接仗,敷素闻裕名,不敢轻与交手,惟麾众围裕,绕裕数重。裕毫不畏缩,倚着大树,与敷力战。敷呼裕道:"汝欲作何死?"说着,即拔戟刺裕。裕大喝一声,吓得敷倒退数步,不敢近前。可巧裕党共来救应,击破敷众,敷解围欲走,裕令军士一齐放箭,射中敷额,敷遇创仆地,裕持刀直前,将要杀敷。但听敷凄声语道:"君得天命,敷应受死,惟愿以子孙为托。"裕一面允诺,一面下手斩敷,随令军吏厚恤敷家,安抚孤寡,示不食言。且因檀凭之战死军中,特令他从子檀祗,代领遗众,仍然进薄建康。

桓玄闻二将战死,越觉惊心,忙召诸术士推算吉凶,并为厌胜诅咒诸术,并问及群臣道:"朕难道就此败亡么?"群臣皆不敢发言。独吏部郎曹靖之抗声道:"民怨神怒,臣实寒心。"玄瞿然道:"民或生怨,神有何怒?"靖之道:"晋氏宗庙,飘泊江滨,大楚祭不及祖,怎得不怒?"玄又道:"卿何不先谏?"靖之道:"辇下君子,统说是时逢尧舜,臣何敢多言。"玄无词可答,只长叹了好几声。威风扫尽。寻使桓谦出屯东陵,卞范之出屯覆舟山西,共合二万人。裕至覆舟山东,使军士饱餐,弃去余粮,期在必死,先令老弱残兵,登高张旗,作为疑兵,然后与刘毅等分作数队。进突谦阵。毅与裕俱身先士卒,拼死直前,将士亦踊跃随上,喊声动地。适有大风从东北吹来,裕军正在上风,便放起一把火来,火随风势,风助火威,烧得桓谦部下,都变了焦头烂额的活鬼,哪里还敢恋战,纷纷大溃。谦与范之,也一溜烟似地跑去,苟延生命。

玄因两军交战,时遣侦骑探报,侦骑见了疑兵,即返报裕军四塞,不知多少。玄亟遣武卫将军庾赜之,带领精兵,往援谦军,暗中却使领军将军殷仲文,至石头城预备船只,以便逃走。忽有探马踉跄入报,说是桓谦卞范之两军,俱已败溃,玄忙集亲信数千人,仓皇出奔,口中还声言赴战,挈同子昇及兄子浚,出南掖门。适遇前相国参军胡藩,叩马谏阻道:"今羽林射手,尚有八百,非亲即故,彼受陛下累世厚恩,应肯效力,乃不驱令一战,偏舍此他去,究竟何处可以安身?"玄不暇对答,但用鞭向天一指,便即策马西走,驰至石头,见仲文已备齐船只,即下船驶行。船中未曾备粮,经日不食。及驶至百里外,方从岸上觅得粗粝,刈苇为炊,大众才得一饱。玄勉强取食,咽不能下,由子昇代为抚胸,惹得玄涕泣俱下,复恐追兵到来,径往寻阳去了。

惟建康城内,已无主子,玄司徒王谧等,当然背玄,迎裕入都。王仲德

抱元德子方回,出城候裕。裕接见后,便将方回抱入怀中,与仲德对哭一场,面授仲德为中兵参军,追赠元德为给事中,然后将方回缴还仲德,引兵驰入都中。越日移屯石头城,设立留台,令百官照常办事,取出桓温神主,至宣阳门外毁去,另造晋室新主,奉入太庙。又派刘毅等追玄,所有桓氏族党,留居建康,尽行捕诛,再使部将臧熹入宫检收图书器物,封闭府库,熹一一敛贮,毫无所私。裕乃倡言迎驾,使尚书王嘏,率百官往寻阳,迎还安帝。嘏与百官奉令去讫,惟王谧居守留台,推裕领扬州军事。裕一再固辞,让谧为扬州刺史,仍领司徒,兼官侍中,录尚书事。谧复推裕都督扬徐兖豫青冀幽并八州,领徐州刺史。裕即受任不辞。辞扬州而不辞八州,其意可知。当下令毅为青州刺史,何无忌为琅琊内史,孟昶为丹阳尹,刘道规为义昌太守,凡军国处置,俱委任刘穆之,仓猝办定,无不就绪,朝野翕然。只诸葛长民前与裕约,谋据历阳,事尚未发,为刺史刁逵所闻,将他拘住,槛送建康。行至当利,闻得桓玄出走,建康已属刘裕,解差乐得用情,破槛放出长民,还趋历阳。历阳兵民,乘机反正,逐去刺史刁逵,逵弃城出走,正与长民相值,再经城中兵士追来,无从逃避,只好下马受缚,由他解送石头,一刀处死。子侄等亦皆骈戮,惟季弟给事中刁聘,宰得赦免。裕令魏咏之为豫州刺史,镇守历阳,诸葛长民为宣城内史。先是裕少年微贱,轻狡无行,名流多不与往来,惟王谧素来重裕,尝语裕道:"卿当为一代英雄。"裕亦因此自负。会与刁逵赌博,输资不偿,逵缚诸树上,责令还值,嗣由谧代为偿还,方得释裕。裕感谧愈深,恨逵亦愈甚,至是酬恩报怨,才得伸志。惟桓玄篡位时,谧实助玄为虐,手解安帝玺绶,献与桓玄。见前回。时论皆不直王谧,谓宜声罪伏诛,独裕力为保全,谧才得无恙。因私废公,终属非是。

桓玄奔至寻阳,将要息肩,闻得刘毅等又复追来,他急胁迫安帝兄弟,及何王二后,乘舟西行。安帝被徙寻阳,事见上文。留龙骧将军何澹之,与前将军郭铨,刺史郭昶之等,堵住溢口。刘毅等不能前进,尚书王嘏等,无从迎驾,只好还报刘裕。裕乃托称受帝密诏,迎武陵王司马遵为大将军,暂居东宫,承制行事。遵父名晞,就是元帝第四子,受封武陵,由遵袭爵,留官建康,任中领军。桓玄篡位,降遵为彭泽侯,勒令就镇。遵甫出石头,裕军已至,乃退还就第,此时总摄百揆,称制大赦,惟桓玄一族,不在赦例。可巧刘敬宣司马休之,自南燕奔归,遂令休之领荆州刺史,监督荆益梁宁秦雍六州军事,敬宣为晋陵太守,他两人奔往南燕时,曾与刘轨高雅之同行,见前回。后欲密图南燕王慕容备德,事泄南奔,轨与雅之被南燕兵追斩,独休之敬宣得脱,还为晋臣。休之奉命赴镇,但此时的荆州,尚为桓石康所据,怎肯让与休之,再加桓玄自寻阳奔赴,当然迎纳桓玄,与晋反抗。玄仍称楚帝,即以江陵为楚都,眼见得桓玄虽败,还有一片尾声。小子有诗咏道:

　　石头城内庆安全,半壁江山得少延。
　　只有荆襄还未靖,尚劳兵甲扫残烟。

欲知江陵如何攻克,待至下回再表。

　　刘裕起兵讨玄,主谋者实为孟昶,昶之怂恿刘裕,为私怨而发,非真知有公义也。观其对妻之言,全为刘迈一人,而周氏独能倾囊相助,且谓义无归志,彼知从夫之义,宁不能知报国之忠,其所由慨然给赀者,正欲昶之乘间除逆耳。周氏诚贤矣哉!本回特举以标目,所以扬巾帼,愧须眉也。

何无忌母,为弟复仇,犹其次焉者耳,刘裕一举,桓氏瓦解,师直为壮,曲为老,复得裕以统率之,何患不成?玄之惧裕,譬诸贼胆心虚,不寒自栗耳。然裕诛刁逵而不诛王谧,裕已第知有私,不知有晋矣,宁待篡位而始见裕之心哉?

第九十一回

截江洲冯迁诛逆首　陷成都谯纵害疆臣

却说桓玄退居江陵，仍称楚帝，署置百官，用卞范之为尚书仆射，倚作心腹，自恐奔败以后，威令不行，乃更加严刑罚，好杀示威。殷仲文劝玄从宽，玄发怒道："今因诸将失律，天文不利，故还都旧楚。今群小纷纷，妄兴异议，方当严刑惩治，奈何反说从宽呢？"仲文不便再劝，只好退出，玄兄子歆，贿结氐帅杨秋，进寇历阳，为魏咏之诸葛长民刘敬宣等击败，追至练固，将秋杀毙。玄再使武卫将军庾雅祖、江夏太守桓道恭，率数千人助何澹之，共守湓口。见前回。晋将何无忌刘道规，引兵至桑落洲，与澹之等乘舟交战，澹之平时的坐船，羽仪旗帜，很是辉煌，无忌语众将道："澹之必不居此，无非虚张声势，摇惑我军，我当先夺此船。"众将道："澹之既不在此船，就使夺得，也属无益。"无忌道："彼众我寡，胜负难料，澹之既不居此船，战士必弱，我用劲兵往攻，定可夺取，夺取以后，彼衰我盛，乘势迫击，破贼无疑了。"以实攻虚，也是一策。道规也以为然，遂遣精兵往攻。船中果无健将，立被晋兵夺来。无忌即令军士传呼道："我军已擒得何澹之了。"是谓以虚欺实。澹之军中，闻声大惊，自相哗扰，就是晋军也道是已得澹之，勇气百倍，当由无忌道规，麾军进攻澹之等。澹之各军，已经气夺，怎禁得晋军猛扑，奋勇杀来？顿时逃的逃，死的死，澹之等一齐遁去。无忌道规，得驶入湓口，进屯寻阳，取得晋宗庙主祏(shí)，奉还京师。

桓玄接得澹之等败报，复大集荆州士卒，得众二万人，楼船数百艘，再挟安帝东下，亲来督战。使散骑常侍徐放先行，入说刘裕等道："若能旋军散甲，当共同更始，各授爵位，令不失职。"裕等当然不从，更拨青州刺史刘毅，及下邳太守孟怀玉，会师寻阳，与何无忌刘道规两军，西出拒玄。两军相遇峥嵘洲，毅军尚不满万人，见玄军容甚盛，各有惧色，意欲退还寻阳。独刘道规挺身道："行军全在气势，不在多寡，今欲畏怯不进，必为所乘，就使得返寻阳，亦岂遂能固守？玄虽外示声威，内实恇怯，并且前次已经奔败，众无固志，临机决胜，在此一举，怕他什么？"说着，即麾众前进，毅等乃鼓棹随行。两下方在交锋，忽江面刮起一阵大风，吹向玄舟，道规大喜，即令军士纵火，顺风烧贼。毅等亦助薪扬威，烟焰迷濛，统望玄舟扑去。玄众本无斗志，再加大火冲来，船多被焚，哪里还敢对敌？当下散舟大溃，玄坐舫边备有小舸，慌忙挟帝换船，飞桨西走。时何王二后，亦被玄胁令从军，避火乱奔，行至巴陵，殷仲文收集散卒，背叛桓玄，奉二后奔往夏口，旋即东入建康。惟桓玄挟住安帝，再返江陵，玄将冯该，请再整兵拒战，无如人情离沮，号令不行。玄不得已乘夜出走，欲奔汉中，往依梁州刺史桓希。甫至城闉，忽暗中有数人闪出，持刀斫玄。玄手下尚有心腹百余人，慌忙代玄格住，玄才得免伤。彼此互相刺击，天又昏黑，不能细辨，但乱杀了一回，徒落得肝脑涂地，尸首塞途。玄单骑逃出，幸得下船，待了片刻，唯卞范之踉跄奔来，尚有嬖人丁仙期万盖等，也随后趋至，偕玄西行。好算是桓玄患难朋友。安帝才免挟去，由荆州别驾王康产，奉帝入南郡府舍。南郡太守王腾之，率领文武，为帝侍卫。琅琊王德文，始终随着安帝，不离左右。安帝至此，才觉惊魂粗定，稍安寝食了。慢着。

　　益州刺史毛璩，前曾移檄讨玄，因为桓希所阻，未曾东下，事见前回。有侄修之，为汉中屯骑校尉，与璩交通，他闻玄战败西奔，正好设法除奸，便亲诣玄舟，诈言蜀地无恙，不妨前往。玄已如漏网鱼，脱笼鸟，但教有路可奔，无不愿行，再加子侄辈陆续奔集，船中也有数十人，乐得一同西往，权寻一个安身窠。日暮途穷，还想择地安身么？适宁州刺史毛璠，在任病殁，璠系璩弟，由璩遣从孙毛祐之，及参军费恬，督护冯迁等，护丧归江陵，道出枚回洲，正与桓玄遇着，两边俱系舟行，祐之眼快，看见玄坐在舟中，便遥问道："逆贼何往？"一声喝着，舟中竞起，统弯弓放箭，射向玄舟。玄惊慌得很，嬖人丁仙期万盖，挺身蔽玄，俱被射死。益州督护冯迁，索性督同壮士，跃过玄舟，持刀径入。玄战声道："汝……汝何人？敢杀天子？"迁应声道："我来杀天子的贼臣。"道声未绝，刀光一闪，已将玄首劈下。玄子昇忙来救护，已是不及，反被冯迁等打倒，捆绑起来。毛祐之费恬等，一齐到玄舟中。劈死桓石康桓浚，惟卞范之凫水逃去。毛修之持了玄首，毛祐之锁住桓昇，同赴江陵，即遣人迎入安帝，暂借江陵为行宫，下诏大赦。惟桓氏不原,命将桓昇牵出市曹,一刀斩讫。进毛修之为骁骑将军,余亦封赏有差,一面传送玄首,悬示大桁。

刘毅等闻乘舆反正,总道江陵已平,不必速进,且连日为逆风所阻,未便行舟,所以沿途逗留。哪知死灰复燃,余孽再炽。玄从子桓振,自华容浦纠众出来,掩袭江陵城。桓谦本避匿沮中,也聚党应振,众又逾千。江陵空虚,只有王康产王腾之守着,蓦被桓振等陷入,慌忙抵敌,已是不及,两人相继战死。桓振跃马操戈,直入行宫,向安帝追索桓昇,张目奋须道:"臣门户何负国家,乃屠灭至此?"安帝面如土色,连一句话都说不出来。还是琅琊王德文,从旁代答道:"这岂我兄弟本意么?"语亦可怜。振尚不肯敛手,奋戈指帝。可巧桓谦驰入,斥振无礼,苦加禁阻。振乃敛容下马,再拜而出。越宿为玄发丧,伪谥武悼皇帝。又过一宵。桓谦等率领群臣,奉还玺绶,且上言道:"主上法尧禅舜,德媲唐虞,今楚祚不终,民心仍还向晋室,谨将玺绶奉缴,借副众望。"琅琊王德文,接了玺绶,交与安帝,又不得不婉言羁縻,令他退候诏旨,谦等奉命退出。未几即有诏命颁发,授德文为徐州刺史,桓振为荆州刺史,都督八郡军事,桓谦复为侍

中卫将军，加江豫二州刺史。于是桓氏又得专政，侍御左右，皆振爪牙。振少时无赖，为玄所嫉，至是振叹息道："我叔父不早用我，遂致败亡；若使叔父尚在，我为前锋，天下已早定了。今局居此地，果将何归？看来是不能久持呢。"颇有自知之明。谦劝振引兵东下，自守江陵。振方纵情酒色，肆行杀戮，欲安享几日的威福，怎肯再行赴敌？谦只得招募徒众，出堵马头，使桓蔚往戍龙泉。

刘毅何无忌刘道规等，接得江陵警耗，方鼓行西进，击破桓谦，又分兵再破桓蔚，兵势大振。无忌欲乘胜直趋江陵，道规谏阻道："兵法屈伸有时，不可轻进。诸桓世居西楚，群小皆为竭力，振又勇冠三军，难与交锋，今且息兵养锐，佯为示弱，待他骄怠，不患不胜。"无忌不从，引军直进。桓振果倾众出战。冯该卞范之等，又先后趋集，与无忌交战灵溪。无忌抵挡不住，前队多死，没奈何退保寻阳，与刘毅等上笺请罪。刘裕仍命毅节度诸军，惟夺去青州刺史官职。毅整署兵甲，修缮船械，再图西进。刘敬宣豫储粮食，拨给各军，所以无忌等虽然败退，不致大挫。休养数日，复从寻阳出发，前往夏口。桓振遣冯该守东岸，孟山图据鲁山城，桓仙客守偃月垒。共计万人，水陆互援。刘毅攻孟山图，道规攻偃月垒，无忌遏住中流，抵御冯该，自辰至午，晋军大胜，擒住山图仙客，独冯该走往石城。毅等进拔巴陵，军令严整，不准侵掠，百姓安堵如常。

刘裕复命毅为兖州刺史，规复江陵。时益州刺史毛璩，从白帝城引兵出发，袭破汉中，得诛桓希。桓氏势力日蹙，惟荆襄尚为所据。桓振令桓蔚驻守襄阳，勉强过了残年。一交正月，南阳太守鲁宗之，起兵讨逆，掩入襄阳城。桓蔚走还江陵，刘毅并集各军，再攻马头。桓振挟安帝出屯江津，遣使求割江荆二州，然后送还天子。刘毅不许。振正欲拒战，不防鲁宗之杀入柞溪，击破振将桓楷，进驻纪南。振不得不还防宗之，留桓谦冯该卞范之守住江陵，监视安帝兄弟。谦令冯该堵截豫章口，为刘毅等所击败，再奔石城。毅等直至江陵城下，纵火焚门，谦等弃城西遁。惟卞范之迟走一步，被晋军拦住，拿下处斩；随即扑灭余火，麾军入城。卞范之到此才死，总算桓氏的异姓忠臣。桓振到了纪南，杀退鲁宗之军。返救江陵，途中望见火起，料知城已被陷，部众溃散，振无路可归，逃往涢川。安帝再得正位，改元义熙，复下赦诏，惟桓氏仍不得赦。前丰城公桓冲，有功王室,特赦免冲孙胤一人,徙居新安。进刘毅为冠军将军,所有行宫政令,悉归毅主持。授鲁宗之为雍州刺史,毛璩为征西将军,都督益梁秦凉宁五州军事。璩弟瑾为梁秦二州刺史,瑗为宁州刺史,遣建威将军刘怀肃,追剿桓氏余党,阵斩冯该。桓谦桓蔚桓楷何澹之等,都西奔后秦。

会建康留台,备齐法驾,来迎安帝。何无忌奉帝东还,留刘毅刘道规居守夏口,江陵归荆州刺史司马休之入守,不意桓振再收遗众,又从郧川进袭江陵。司马休之未曾豫备,仓皇出敌,吃了一个败仗,奔往襄阳。振再入江陵,自称荆州刺史。建威将军刘怀肃,急引军救江陵城,刘毅又遣广武将军唐兴为助,夹攻桓振。振出战沙桥,还靠着一把大刀,盘旋飞舞,乱劈晋军。怀肃素知桓振利害,早备着强弓硬箭,与他对敌,兵刃初交,便令军士弯弓迭射,箭如骤雨一般。振众死了一半,逃去一半,那时振亦没法支持,拍马欲逃,偏偏马已中箭,掀倒地上,振亦坠马。怀肃急抢前一步,手起刀落,把振剁作两段。桓氏后起悍将,至此才尽。江陵城,当然夺还。

惟益州刺史征西将军毛璩,得了江陵再陷消息,集众三万,东出讨振。使弟瑗出外水,参军谯纵出涪江,偏蜀人不乐远征,多有怨言,纵将侯晖,与巴西人阳昧联谋,逼纵为主。纵不敢承受,自投水中,又为晖等捞起,再三固请,胁纵登车,往攻秦梁二州刺死毛瑾。瑾在涪城,闻变调兵,一时无从召集,即被侯晖等陷入,把瑾杀死,遂推纵为梁秦二州刺史。毛璩行至略城,才知纵等为乱,慌忙赶还成都。亟使参军王琼,率三千人讨纵,又令弟瑗领兵四千,作为后应。琼至广汉,适值侯晖引众拦阻,当由琼麾兵杀去,击毙晖众数十名,晖即引退。琼乘胜急追,瑗亦从后趋进,驰至绵竹,不意谯纵弟明子,奉了兄命,暗设两重伏兵,悄悄待着。琼陷入第一重伏中,尚然未觉,及深入第二重,前后胡哨大作,伏兵齐起,把琼困在垓心,琼拼命冲突,竟不得出。至毛瑗兵到,杀开血路,拔琼出围,琼众已十死八九,就是毛瑗麾下,也战死了一半。瑗与琼奔还成都,侯晖谯明子等追至成都城下,日夕攻扑。益州营户李腾,潜开城门,引入外寇,毛璩及瑗,不及逃避,均为所戕。侯晖谯明子,遂据住成都,迎纵为主。纵令从弟洪为益州刺史,明子为征东将军,领巴州刺史,使率部众五千,出屯白帝城,于是全蜀大乱,汉中空虚。氐帅仇池公杨盛,得遣兄子杨抚,乘虚袭

注：图中所题回目名当为"陷成都谯纵害疆臣"

据汉中，余地多归入谯氏。晋廷方搜捕桓氏余孽，不遑西顾，谯纵得安然为成都王，霸占一隅了。谯纵据蜀，不在十六国之列。且说晋安帝东还建康，留台诸官，诣阙待罪，有诏令一律复职，命琅琊王德文为大司马，武陵王遵为太保，刘裕为侍中，兼车骑将军，都督中外诸军事，领青徐二州刺史。刘毅为左将军，何无忌为右将军，分督扬州豫州军事。刘道规为辅国将军，督淮北诸军事。魏咏之为征虏将军，兼吴国内史。余官亦进职有差。惟刘裕固让不受，安帝还道他未足偿愿，优诏慰勉，再加裕录尚书事。裕又表辞，且恳请归藩。安帝复遣百僚敦劝，并亲幸裕第，面加劝谕，裕仍不受命，始终请调任外镇。居心可知。乃改授裕都督荆司梁益宁秦雍凉诸州军事，并前时扬徐等八州，合成十六州都督，驻守京口，裕始拜命而去。已将东晋江山，一大半归诸掌握了。

先是刘毅尝为刘敬宣宁朔参军，时人或称毅为雄杰，独敬宣说他"内宽外忌，夸己轻人，将来得志，必致陵上取祸"云云。毅得闻此言，衔恨甚深。及敬宣因功加赏，擢任江州刺史，毅使人白裕道："敬宣未预义谋，授为郡守，已属过优，今超任至江州刺史，岂不令人骇愕么？"是即夸己轻人之一斑。裕却未依毅议。敬宣已稍有所闻，自请解职，乃召还为宣城内史。毅复与何无忌等，分讨桓氏余党，所有桓亮符玄等遗孽，一概荡平。荆湘江豫四州，从此肃清。有诏命毅都督淮南五郡，无忌都督江东五郡，晋室粗安。惟永安何皇后自巴陵还都后，年已六十有六，累经跋涉，饱受虚惊，便即一病去世，追谥为章皇后。了结何后，笔不渗漏。当时宫廷虽经丧乱，但大憝已除，人心自然思治，共望升平。惟有一个彭泽令陶潜，系是故大司马陶侃曾孙，表字元亮，一字渊明，独因郡中遣到督邮，县吏谓应束带出迎。潜慨然太息，谓不能为五斗米折腰，遂于义熙二年，解印去县，归隐栗里，自作《归去来辞》，表明高志。后来诗酒自娱，屡征不起；到了刘宋开国，还去征召，仍然不就，竟得寿终，这也是危邦不居，无道则隐的意思。不没高士。小子有诗赞道：

摆脱尘缨且挂冠，何如归隐尚堪安。
北窗醉卧东皋啸，能效陶公始达观。

陶潜归隐，寓有深衷，实在是江左乱端，未曾平定，试看下回卢循等事，便可分晓。

桓玄无赫赫之功，足以名世，但乘会稽父子之乱政，闯入建康，窃取大位，其为舆情之不服也可知。刘裕刘毅何无忌等，奋臂一呼，玄即败溃，始则犹挟安帝为奇货，及一失所挟，即被诛于枚回洲，计其僭位之期不过半年，其亡也忽谁曰不宜？论者谓玄挟主而不敢弑主，至桓振再起，欲弑主矣，而卒为桓谦所阻，是桓氏犹有敬主之心。虽曰为逆，尚可少原。不知彼欲借主以逃死，并非活主以鸣恭，假使玄得在位一二年，安帝宁尚得再生乎？惟毛璩首先倡义，不愧为忠，至闻桓振复陷江陵，又率众东下，报主之心，可谓挚矣；乃其后卒为叛徒所戕，祸及灭门，忠而构难是亦当与刘越石同一叹惜也。然观于谯纵之速亡，璩亦可无遗恨也乎？

第九十二回

贪女色吞针欺僧侣　戕妇翁拥众号天王

却说卢循侵掠海滨，连年未已，虽前应桓玄招抚，受职永嘉太守，仍然未肯敛锋。见八十九回。当时为刘裕堵击，一再败循，循弃去永嘉，浮海南走。及裕起义讨玄，循复转寇南海，攻陷番禺，执住广州刺史吴隐之，自称平南将军，摄广州事，使姊夫徐道覆往袭始兴，掩入城中，把始兴相阮腆之拘住。于是循据广州，道覆据始兴。及安帝反正，得平逆党，循亦未免畏忌，乃使人入贡晋廷，窥探虚实。晋廷方欲休兵息民，无暇南讨，因令循为广州刺史，道覆为始兴相。实属不当。循复贻刘裕益智粽，裕报以续命汤。前琅琊内史王诞，时在广州，为循所迫，令为平南长史。诞因说循道："诞未习戎旅，留此无用，不若遣诞北上。"诞与刘镇军素来友善，前去必蒙委任，倘与将军交际，定当从中相助，仰答厚恩。"循颇以为然，正要使诞启行，忽接刘裕来书，令循释还吴隐之。循尚不肯从，诞复语循道："将军今留吴公，实非良策。孙伯符即孙策。岂不欲留华子鱼？即华歆。但一境不容二主，所以纵还，将军独未闻此义么？"好口才，循乃释出隐之，使与诞同还建康。裕因隐之既归，得休便休，奈何忘却阮腆之。且暂时羁縻卢徐，容后再图。小子亦暂搁循事，到后再表。

且说后秦主姚兴，自收纳吕隆后，应八十八回。闻西僧鸠摩罗什，道行甚高，也即遣人迎入，尊为国师，鸠摩罗什散见前文。令居西明阁及逍遥园，翻译佛经。罗什博通经典，所有西域梵音，无不熟诵，及见关中通行诸佛书，多半错谬，乃召集沙门僧睿僧肇等八百余人，传授奥旨，笔述经纶三百余卷。沙门慧睿，才识高明，尝随罗什传写，罗什每与慧睿详论西方辞体，商榷异同，且云："天竺国俗，甚重文制，大约以宫商声韵，可入管弦，最为美善，所以臣民觐见国王，必有赞德经中偈颂等，语皆叶调，无不谐音。惟因中土流传，多非大乘教旨。"因特撰实相论二卷，呈诸姚兴。兴奉若神明，亲率朝臣及沙门千余人，肃容静听。罗什登座谈经，从容演讲。一日讲了多时，忽下座白兴道："有二小儿登我肩上，致生欲障，不得不求卸妇人。"兴欣然道："大师聪明超悟，海内无双，若一旦入定，怎可使法种无嗣呢。"因即罢讲还宫，拨遣宫女一人，使伴罗什住宿。罗什一与交媾，果生二子，嗣是不住僧房，别立廨舍。兴敬礼不衰，优加供给，更拨女使十名，为充服役。罗什得了众女，索性肉身说法，与结大欢喜缘。高僧亦如是耶。僧徒等从旁艳羡，免不得互相效尤，作狭邪游。罗什乃持出一钵，召语僧徒道："汝等能将钵内贮物，取食净尽，方可蓄养妻妾，否则不得效我。"僧徒听了，都向钵中瞧着，不禁咋舌。原来钵中并非他物，乃是七大八小的绣花针，当下无人敢食，面面相觑。罗什却举匕钳针，一一进食，好似食韭一般，到口便软，自然熔化。恐怕是遮眼术。僧徒等不禁叹服，方才敛迹，相戒淫游。佛子佛孙，想已有许多传出了。后来罗什居秦九年，年已七十有四，自觉不适，因口出三番神咒，令外国弟子传诵，意图自救。偏是大命该绝，诵祷无灵，到了病危时候，与众僧诀别，但言"传译

诸经,俱系真旨,当使焚身以后,舌不燋(jiāo)烂"云云。西俗向用火葬,故罗什留有此语。罗什既死,姚兴令在逍遥园中,依西域法,用火焚尸,薪灭形碎,唯舌尚存。僧肇为作诔文,说得罗什非常神悟,共计有数千言。小子不忍割爱,特节录诔词如下:

先觉登遐,灵风缅邈,通仙潜凝,应真冲漠。丛丛九流,是非竞作,悠悠盲子,神根沉溺。时无指南,谁识冥度?大人远觉,幽怀独悟。冲恬静默,抱此玄素,应期乘运,翔翼天路。既曰应运,宜当时望,受生乘利,形标奇相。襁褓俊远,韶龀逸量,思不再经,悟不待匠。投足八道,游神三向,玄根挺秀,宏音远唱。又以抗节,忽弃荣俗,从容道门,尊尚素朴。有典斯寻,有妙斯录,弘无自替,宗无拟族。霜结如冰,神安如岳,外迹弥高,内朗弥足。恢恢高韵,可模可因,愔愔冲怀,惟妙惟真。静以通玄,动以应人,言为世宝,默为时珍。华风既立,二教亦宾,谁谓道消?玄化玄新。自公之觉,道无不弘,灵风退扇,逸响高腾。廓兹大力,燃斯慧镫,道音始唱,俗网以崩。痴根弥拔,上善弥增,人之寓俗,其徒无方。统斯群有,纽兹颓网,顺以四恩,降以慧霜。如彼维摩,迹参城坊,形虽圆应,神冲帝乡。来教虽妙,何足以臧?伟哉大人,振隆圆德。标此名相,显彼冲默,通以众妙,约以玄则。方隆般若,以应天北,如何运遭,幽里冥克。天路谁通,三途谁塞?呜呼哀哉!至人无为,而无不为,拥网遐笼,长途远羁。纯恩下钓,客旅上摛(chī),恂恂善诱,肃肃风驰。道能易俗,化能移时,奈何昊天,摧此灵规?至真既往,一道莫施,天人哀泣,悲恸灵祇。呜呼哀哉!公之云亡,时维百六,道匠韬斤,梵轮摧轴。朝阳颓景,琼岳颠覆,宇宙昼昏,时丧道目。哀哀苍生,谁抚谁育?普天悲感,我增摧衄。呜呼哀哉!昔吾一时,曾游仁川,遵其余波,纂承虚玄。用之无穷,钻之弥坚,跃日绝尘,思加数年。微情未叙,已随化迁,如何赎兮,贸之以千。时无可待,命无可延,惟身惟人,靡凭靡缘,驰怀罔极,情悲昊天。呜呼哀哉!

自从鸠摩罗什讲经以后,尚有道桓道标道融昙无成等,具为罗什高徒广传佛法,西僧佛陀耶舍、弗若多罗,及觉贤法明,亦间关入秦,与罗什辩疑析难,多所发明。秦人沿为风气,佞佛唪(fěng)经,十居八九。姚兴迷信释氏，煦煦为仁。关中臣民，颇免刑虐。但小信未孚，大体已失，姚氏国运，已启衰机。佛教是一种哲学，究非治平之道。晋十六州都督刘裕，因桓氏余孽，奔入关中，恐他引秦入寇，特遣参军衡凯之，诣秦通好。秦亦遣吉默报聘，由是使节往来，东西不绝。裕复求南乡诸郡，兴慨然许诺。廷臣多半谏阻，兴遍谕道："天下善恶，彼此从同。刘裕拔萃起微，匡辅晋室，乃能讨平逆党，修明政治，这正是当世英雄，我何惜数郡土地，不成彼美呢？"这也是信佛所致。遂将南乡顺阳新野舞阴等十二郡，割与东晋。惟仇池公杨盛，附魏抗秦，兴乃遣陇西公姚硕德，及冠军将军徐洛生等，往伐仇池，连得胜仗。盛穷蹙乞降，遣子难当及僚佐等数十人，入质长安。兴因署盛为征南大将军益州牧，都督益宁二州军事，召硕德等还师。硕德为姚氏勋戚，独具忠忱，兴亦特别待遇，每见硕德，必具家人礼，语必称字，车马服御，赏给甚丰。至此硕德凯旋，顺道入觐，兴盛筵相待，欢宴数日。待硕德辞行返镇，兴亲送至雍，然后与别，这也是兴优礼勋戚的好处。一节之长，不忍略过。

　　是时南凉王秃发利鹿孤，已早去世，由弟广武公傉檀嗣立，傉檀少时机警，颇有才略，乃父思复鞬，尝语诸子道："傉檀器识，非汝等所及。"因此乌孤传位利鹿孤，利鹿孤传位傉檀，兄终弟及，有吴子诸樊兄弟遗意。谁知傉檀竟至亡国，可见小时了了，大未必佳。傉檀既嗣兄位，自号凉王，迁居乐都，改元弘昌，他见姚秦势盛，不能不与为联络，因此上表秦廷，报称嗣立。秦主兴遣使册拜傉檀为车骑将军，封广武公。已而傉檀欲得姑臧，特向秦格外输诚，自去年号，罢尚书丞郎官，乃遣参军关尚诣秦入贡。秦主兴与语道："车骑投诚献款，为国屏藩，今闻他擅兴兵众，自造大城，究属何意？"尚答道："王公设险守国，系是古来成制，预备不虞，试想车骑僻处遐藩，密迩勍寇，南方逆羌未宾，西方蒙逊跋扈，一或有失，不但危及车骑，并且害有大秦，陛下奈何反启猜嫌呢？"兴闻言始笑道："卿言甚是，朕不免错怪了。"尚归报傉檀，傉檀乘机用兵，使弟文支出破南羌，向秦告捷，并求凉州。姚兴不许，但加傉檀散骑常侍，增邑二千户。傉檀再发兵攻北凉，沮渠蒙逊登陴固守，傉檀芟割禾苗，掠得牲畜数千头，引兵退还。于是再遣使至秦献马三千匹，羊二万只，复乞给凉州城。秦王兴以傉檀为忠，始命都督河右诸军事，进车骑大将军，领凉州刺史，镇守姑臧。召凉州留守王尚还长安。王尚守姑臧，见八十八回。

　　凉州人申屠英等，遣主簿胡威赴长安，请留王尚仍守凉州，兴不肯从，威流涕白兴道："臣州奉戴王化，迄今五年，仰恃陛下威德，良牧仁政，士民戮力固守，才得保全，陛下何故贱人贵畜，以臣等易马羊呢？若军国须马，但烦尚书一符，令臣州三千余户，各输一马，朝夕办，并非难事。昔汉武倾天下财力，开拓河西，截断匈奴右臂，今陛下无故弃五郡士民，俾资暴虏，窃恐虏情狡诈，不但虐我百姓，且劳圣朝旰食呢。"说得有理。兴始有悔意，使人止住王尚，并谕令傉檀缓进，哪知傉檀已率众三万，倍道行至五涧，逼尚出城。尚不得已让去姑臧，自还长安，傉檀遂入姑臧城，就宣德堂宴集群僚，酒至半酣，仰视建筑，很觉崇闳，便感叹道："古人谓作者不居，居者不作，今果然了。"凉州故吏孟祎进言道："从前张文王指前凉张骏，张祚尝尊骏为文王。筑造城宛，缮治宫庙，无非欲传诸子孙，永垂久远，乃秦兵渡河，全州瓦解；梁熙据有此州，拥兵十万，丧师酒泉，亡身彭济，吕氏掩入，势可排山，称王西夏，再传以后，率土崩离，衔璧秦雍，事并见前。昔人有言，富贵无常，忽乱易人，此堂建设，已将百年，共历十有二主，大约信顺乃可久安，仁义才能永固，愿大王慎图远久，无闲始终。"傉檀改容称谢。推为谠言，先令弟文支镇守姑臧，自还乐都，旋即迁居姑臧城，车服礼仪，统如王制，不过向秦称藩罢了。

　　先是魏主拓跋珪称帝，暂不立后，前文八十三回，叙述魏事未及立后，至此补足数语。珪本来好色，所得妃妾，不下十百，大都恃娇倚宠，想做一个正宫娘娘，无如旧不敌新，后来居上，那慕容宝的季女，被虏入魏，竟因年轻貌美，得宠专房。见八十一回。魏俗欲立皇后，必先范铜为像，像成乃得册立。慕容氏铸像适成，遂得立为魏后。约莫过了三五年，珪又想另选娇娃，特遣北部大人贺狄干，向秦求婚。秦王兴闻魏已立后，当然不从，且将贺狄干拘留，不令归魏。珪闻报大怒，便亲自督兵，出攻秦属没弈于诸部。当时北狄有柔然国，为东胡苗裔，姓郁久闾氏，始祖名木骨闾，本为代王猗卢骑卒，遁匿广漠，子车鹿会勇武过人，始纠众立国，号为柔然。后裔社仑，正与拓跋珪同时，连结后秦，屡侵魏境，至是复援秦拒魏，为珪所破，远徙漠北，夺高车为根据地，自号豆代可汗，不劳琐叙。惟秦主兴也遣弟姚平，率兵攻魏平阳，陷入乾壁。珪移众击平将平围住。平向兴乞援,兴自统兵往救,被珪邀击蒙坑,杀退兴军。姚平乃不得出围,粮竭矢尽,投水殉难。余将狄伯支等,尽被擒去。兴力不能救,举军恸哭,因遣使向魏请和。珪尚不许,且进攻蒲阪。守将姚绪,用了坚壁清野的计策,固垒扼守,珪无从抄掠,方才引还。嗣因柔然复盛,又为魏患,魏乃与秦通好,放还秦俘。秦亦遣归贺狄干,释怨罢兵,谁知反恼了一个降臣,恨秦通魏,居然叛秦自立,独霸一方。看官道是何人?原来是刘卫辰子勃勃。

卫辰为魏所灭,勃勃辗转入秦,奔依秦高平公没弈于。事见前文。没弈于妻以爱女,使谒姚兴,兴见他身八尺,腰带十围,仪容伟岸,应对详明,禁不住暗暗称奇,便面授骁骑将军兼奉车都尉,所有军国大议,常使参谋。兴弟邕入谏道:"勃勃天性不仁,未可轻近,愿陛下留意。"兴怫然道:"勃勃有济世才,我方欲与平天下,何为见疏?"这叫作养虎自卫。寻命勃勃为安远将军,封阳川侯,使助没弈于镇高平。且令朔方杂夷,及卫辰遗众三万人,拨归勃勃节制,使他伺魏间隙,报复宿仇。姚邕复与兴固争,力言不可。兴又道:"卿如何知他性气?"邕答道:"勃勃奉上慢,御众残,贪暴无亲,轻为去就,如欲过宠,必为边害。"兴乃罢议。未几,复拜勃勃为安北将军,封五原公,配以三交五部鲜卑,及杂虏三万余落,使镇朔方。勃勃既得专方面,号令一隅,免不得暗蓄雄心,跃跃思逞。会闻秦魏通和,遂与秦有嫌,起了叛意,适值柔然部酋社仑,遣使贡秦,有马八千匹,路过大城,竟被勃勃截住,夺为己有。又复召集部众三万余人,伪猎高平川,诱令没弈于出会。没弈干以女夫入境,定无歹心,便即坦然相迎。不料勃勃生成戾性,不顾妇翁,竟暗嘱部众,刺死没弈于,并有高平部曲,众至数万。晋安帝义熙二年,便僭称天王大单于,建元龙升,署置百官,自谓系出匈奴,乃夏后氏苗裔,因以夏为国号。也列入十六国中。命长兄右地代为丞相,封代公,次兄力俟提为大将军,封魏公,弟阿利罗引为征南将军,兼司隶校尉。异姓依次授任,尊卑有差。当下出击鲜卑薛干等三部,收降万余人,复进攻三城以北诸戍垒。

三城为秦要塞,由秦将杨丕姚石生等守着,既闻勃勃来攻,当然督兵堵击。偏勃勃兵锋甚锐,势不可当,杨姚二将,连战失利,相继败亡。勃勃尚随地侵掠,不肯少休。部将请定都高平,自固根本,勃勃道:"我新创大

业,士众未多,姚兴亦一时英雄,诸将用命,未可骤图,我若专恃一城,彼必并力攻我,亡可立待,不如东西飙突,攻他无备,彼顾后必失前,顾前必失后,劳碌奔波,不战亦敝,我得游食自如,不出十年,岭北河东,可尽为我有。待兴既死,然后进攻长安,兴子泓庸弱小儿,怎能敌我?我自有擒他的计策。古时轩辕氏亦迁居无常,至二十多年,始定国都,何必以我为怪呢。"确是狡谋。部将相率拜服。勃勃遂攻秦岭北诸城,忽来忽去,害得诸城门终日关闭,白昼不开。种种警报,传入长安,秦主兴方自叹道:"我不用黄儿言,致生此患,今已无及了。"小子有诗咏道:

狼性难驯本易知,献箴况复有黄儿。
如何不纳忠良语,坐昧先几后悔迟。

欲知黄儿为谁,且看下回便知。

观鸠摩罗什之所为,实是一种邪术,不足厕入高僧之列,否则六根已净,何致再生欲障,纳女生男。食针之举,特借此以欺人耳。吾尝谓佛图澄之入后赵,无救石氏之亡,鸠摩罗什之入后秦,反致姚氏之敝,释氏子之无益人国,已可概见。而鸠摩罗什之道行,且出佛图澄下,修己未能,遑问济人乎?姚兴自佞佛后,割南乡十二州以畀晋,弃凉州五郡以给南凉,皆误会佛氏舍身救人之义。而轻撒国防,至命赫连勃勃之镇朔方,尤为大误。勃勃胡种,与秦异族,狼子野心,岂宜重任?就使秦不和魏,亦必有反噬之忧,及僭号叛秦,侵轶岭北,而姚兴始有不用良言之悔,晚矣。

第九十三回

葬爱妻遇变丧身　立犹子临终传位

却说后秦主姚兴,连接岭北警报,始悔从前不听黄儿,黄儿就是姚邕小字,但此时已经无及,只好严饬边城防备。勃勃已杀死妇翁没弈于,不欲立妻为后,乃更遣使至南凉,向秃发傉檀乞婚。傉檀不许,勃勃遂率骑兵二万,进攻南凉。傉檀方与沮渠蒙逊,互起战争,少胜多败,又遇勃勃来攻,慌忙移军阳武,与他对敌。勃勃气势方盛,所向无前,南凉兵已经战乏,怎能招架得住?一场角逐,傉檀大败,将佐死了十余人,兵士伤毙万余,自与散骑逃入南山,才得幸免。勃勃裒尸成邱,号为髑髅台;又大掠人民牲畜,满载而归。

时西秦主乞伏乾归,自苑川入朝后秦,姚兴闻他兵势浸强,恐将来不易制服,因留乾归为主客尚书,惟令他长子炽磐,署西夷校尉,监抚部众。傉檀阴欲背秦,曾遣使邀同炽磐,共图姚氏。炽磐杀死来使,传首长安。兴得炽磐报闻,方知傉檀已有贰心,非但不肯往援,且欲声罪致讨。傉檀大惧,急还姑臧,并将三百里内民居,悉数徙入,国中骇怨。屠各部内的成七儿,劫众谋叛,幸亏殿中都尉张猛,设法解散,骑将白路等追斩七儿,才得无事。寻又由军咨祭酒梁裒,辅国司马边宪等,潜图不轨,事泄被诛,这是南凉气运未终,所以还有此侥幸呢。**暂作一结。**

小子因后燕构乱,正在此时,不得不插叙慕容熙事,成一片段文章。**回应八十八回。**慕容熙纳二苻女,姊为昭仪,妹为皇后,宠爱的了不得,大兴土木,筑造宫室,最大的叫作龙腾苑,广袤十余里,役徒二万人,苑内架叠景云山,台广五百步,峰高十七丈;又建逍遥宫甘露殿,连房数百,观阁相交。熙与苻氏两姊妹,朝游暮乐,快活异常,两女所言,无不依从,甚至刑赏大政,亦尝关白帷房,使她裁断。所以两女权力,几出熙上。会熙游城南,暂憩大柳树下,忽听树中有声发出,好似有人呼道:"大王且止!大王且止！"熙甚觉骇异，即命卫士用斧伐树。树方劈开，忽有一大蛇蜿蜒出来，长约丈余，闪闪有光，当由卫士各用长槊，竞相攒刺，好多时才得刺死。维虺维蛇，女子之祥。大苻女正随熙同行，见了这般大蛇，也觉惊心，追还宫后，遂至精神恍惚，体态惝怳，过了数日，便一病不起，奄卧床中。龙城人王荣，自言能疗昭仪疾病，愿为诊治。熙忙使入视，开方进药，连服了两三剂，竟把这如花似玉的苻昭仪，医得两眼翻白，一命呜呼。好一个医生。熙不胜悲愤，命将王荣拿下，责他妄言诞语，反使宠妾速亡，当下推出公车门，处以磔刑，支解四体，焚骨扬灰。庸医杀人，未尝无过，但何至犯此大罪。一面用后礼殓葬，追谥为愍皇后。熙经此悼亡，连日不欢，亏得宫中还有个小苻女，本来是宠过乃姊，以小加大，此次从旁解劝，格外绸缪，方把那慕容熙的悲肠，渐渐的淡了下去。蛾眉善妒，不问姊妹。熙固悼亡。安知小苻女不暗地生欢。

光始四年冬季，光始系慕容熙年号，见前。东方的高句骊国，入寇燕郡，杀掠百余人。越年孟春，熙督兵东征，令苻后从行。到了辽东，攻高句骊城，仰用冲车，俯凿地道，高下并进，守兵不遑抵御，几被陷入。熙偏号令军中道："待铲平寇城，朕当与后乘辇共入，休得着忙！"将士等得了此令，只好缓进，城内得严加堵塞，反致难下。会春寒加剧，雨雪霏霏，兵士多致冻僵，熙与苻后披裘围炉，尚觉不温，只好引兵退还。辽西太守邵颜，供应不周，致遭黜责，并欲将颜处死。颜亡命为盗，侵掠人民。熙遣中常侍郭仲往讨，用了无数的兵力，才得斩颜。转瞬间又是暮冬，苻后欲北往围猎，熙不得不依，出猎已毕，苻后尚不肯还宫，劝熙北袭契丹。熙乃在塞外过年，元旦已过，即与苻后进趋陉北，探得契丹兵戍，很是严密，料难进取，因拟收兵南归。偏苻后不欲空行，定欲出些风头，得着战胜的荣誉，方肯回南，熙不忍违抗后旨，又未敢轻迫契丹，只好想出别法，改向东行，再袭高句骊。途中不便载重，索性将辎重弃去，但率轻骑东趋。军行三千余里，士马俱疲，又适遇着大雪，冻死累累，勉强行至木底城，攻打了一二旬，全然无效，夕阳公慕容云，身中流矢，因伤辞归，士卒亦无斗志，苻后兴亦垂尽，乃一并引还。妇人之误国也如此。

慕容宝子博陵公虔，上党公昭，皆为熙所忌，诬他谋反，相继赐死。又为苻后起承华殿，高出承光殿一倍，负土培基，土与谷几至同价。宿卫典军杜静，载棺诣阙，上书极谏。熙怒令斩首，弃尸野中。苻后尝在季夏时，思食冻鱼脍，至仲冬时，思食生地黄。熙令有司采办，有司无从觅取，竟责他不奉诏命，辄置死刑。到了光始七年的元旦，复改元建始，大赦境内。太史丞梁延年，梦见月光散彩，化为五白龙，就在梦寐中占验吉凶，谓："月为臣象，龙为君象，将来臣化为君的预兆。"说着，竟被鸡声唤醒，想了片刻，觉得梦象不虚，乃起语家人道："国运恐要垂尽了。"

已而由春历夏，苻后忽然遘疾，急得慕容熙眠食不安，遍求内外名医，多方疗治。偏偏昙花易散，好梦难圆，茉苢无灵，芙蕖竟萎，熙悲号擗踊，如丧考妣，且在尸旁陪着，终日不离；自朝至暮，抚尸大哭道："体已冷了，难道果就此绝命么？"道言未绝，竟至晕倒地上。好一个义夫。左右慌忙救护，过了多时，才得苏醒，不如就此死去，省得后来饮刀。还是哭泣不休，嘱令缓殓。时当孟夏，天气温和，尸身不致骤坏，停搁两日，左右屡请殓尸，方才允准。大殓已毕，盖棺移殿。熙不许移棺，还望她起死回生，再命左右启棺审视，说也奇怪，那尸体原是未朽，并且面色如生，仍然杏脸桃腮，红白相衬。熙亲为摩抚，看一回，哭一回，嗣复想入非非，俯下了首，与死后接一个吻，两口相交，禁不住欲火上炎，竟遣开左右，扒入棺内，俯压尸身，把她卸去下衣，演出一番独角戏，闻所未闻。好一歇才平欲火，仍复出棺，见尸身忽然变色，蓬蓬勃勃的臭气，熏将出来。熙方始避开，召入侍从，把棺盖下，自己斩衰食粥，就宫内设立灵位，令百僚依次哭临；且暗令有司监视，凡哭后有泪，方为忠孝，若无泪即当加罪。于是群臣震惧，莫不含辛取泪，免受罪名。前高阳王慕容隆妻张氏，本为熙嫂，素美姿容，兼有巧思，熙将令为苻氏殉葬，特吹毛索瘢，把她襁褓拆毁，见有敝毡，即诬她厌胜，勒令自尽。三女叩头求免，熙终不许。可怜这位张嫠妇，平白地丧了性命。毕竟美人薄命。熙又传出命令，凡公卿以下，及兵民各户，统须前往营墓，墓制非常弘敞，周轮数里，内备藻绘，下及三泉，所费金银，不可胜计。熙语监吏道："汝等须妥为办理，朕将随后入此陵了。"右仆射韦璆等，并恐殉葬，沐浴待死，还算命未该绝，不见令下。至墓已营就，号为徽平陵，启殡时全体送葬，惟留慕容云居守。熙披发跣足，步随柩后，丧车高大，不能出城，因即拆毁北门，才得昇出。长老私相叹息道："慕容氏自毁国门，怎得久享呢？"

既至南苑,忽由中黄门赵洛生,踉跄奔至,报称祸事。看官道是何因? 原来中卫将军冯跋,左卫将军张兴,曾坐事出奔,至是得混入城中,与跋从兄万泥等二十二人,密结盟约,即推慕容云为主,发尚方徒五千余人,分屯四门。跋兄子乳陈等鼓噪入宫,禁卫皆散,遂由跋等闭门拒熙。熙得赵洛生警报,却投袂奋起道:"鼠子有何能为? 待朕还剿,便可荡平。"说着,即收发贯甲,驰还赴难。夜至龙城,门已紧闭,命卫士攻扑多时,无从得胜,乃退入龙腾苑中。越日由尚方兵褚头,逾城从熙,自称营兵将至,愿来助顺。熙未曾听明,便即趋出。前勇复怯,不死已饶。左右不及随行,待了半日,未见熙还,方向各处找寻,并无下落,只有衣冠留在沟旁。中领军慕容拔,语中常侍郭仲道:"大事垂捷,主上却无故出走,令人可怪,但城内已经悬望,不应久延,我当先往城中,留卿待着,卿如寻得主上,便应速来。若主上一时未归,我亦好安抚兵民,再出迎驾,也不为迟哩。"郭仲允诺。拔即率壮士二十余人,趋登北城。城中将士,还道是熙已前来,俱投械请降,已而熙久不至,拔无后继,众心疑惧,复下城赴苑,遂皆溃散,拔竟为城中人所杀。

慕容云既据龙城，令冯跋等搜捕慕容熙。熙自龙腾苑出走，错疑城中兵来攻，避匿沟下，累得拖泥带水，狼狈不堪；良久不见变动，方从沟中潜出，脱去衣冠，辗转逃入林中，为人所执，送至云处。云亲数熙罪，把他处斩，好与大小苻女，再去交欢，也不枉一死了。并杀熙诸子，同殡城北。总计熙在位七年，还只二十三岁，当时先有童谣云：一束藁，两头燃，秃头小儿来灭燕。"燕人初不解所谓，及熙死云手，才应谣言，藁字上有草，下有木，两头燃着，乃是草木俱尽，成一高字，云本姓高，系高句骊支庶，从前慕容皝破高句骊，被徙青山，遂世为燕臣。云父名拔，小字秃头，拔有三子，云列第三，所以称为秃头小儿，起初入事慕容宝，拜为侍御郎，旋因袭败慕容会军，宝乃养为义儿，封夕阳公，见八十一回。冯跋向与交好，所以推他为主，篡了燕祚，当下僭称天王，复姓高氏，大赦境内，改元正始，国仍号燕，命冯跋为侍中，都督中外诸军事，领征北大将军，开府仪同三司，录尚书事，封武兴公。冯万泥为尚书令，冯乳陈为中军将军，冯素弗为昌黎尹，兼抚军大将军，张兴为辅国大将军。此外，封伯子男及乡亭侯，共五十余人。所有慕容熙故臣，仍令复官。谥熙为昭文皇帝，与苻后同葬徽平陵。自慕容垂僭号称帝，至熙共历四世，凡二十四年。高云为慕容宝养子，或仍附入后燕谱录，其实是已经易姓，不能再沿旧称了。《通鉴》列高云于北燕，不为无见，惟《晋书》及《十六国春秋》，仍附云于后燕之末。

是时南燕主慕容备德，据住广固，势尚未衰，蹉跎过了五年，已是六十九岁，苦无后嗣，探闻兄子超流寓长安，乃遣使购求。超母子尝随呼延平奔入后凉，前文中已曾叙过，见八十七回。后因凉主吕隆，失国降秦，呼延平又挈超母子徙入长安，未几平殁，超号恸经旬，母段氏语超道："我母子死中逃生，全亏呼延氏保护，若受恩不报，必受天殃。平今虽死，我欲为汝纳呼延女，聊报前恩，汝以为何如？"超当然从命，遂娶平女为妻。平女嫁超，想有两三年称后的福气。惟因诸父在东，恐为秦人所捕。乃佯狂乞食，敝服游市中，秦人都目为贱丐。独东平公姚绍，看破隐情，即入白姚兴道："慕容超姿干魁伟，必非真狂，愿微加爵禄，略示羁縻。"兴便召超入见，详加研诘。超故为谬语，答非所问，兴顾语绍道："谚云'妍皮裹痴骨'，今始知是妄语哩。"乃叱超令退，不复加意。超得自由往来，无拘无束，途中遇着一个相士，叫作宗正谦，看超面目，便与语道："汝当大贵，奈

第九十三回 葬爱妻遇变丧身 立犹子临终传位

何混居市中？"超不禁着忙，亟引正谦入僻静处，详告履历，嘱使讳言。正谦系济阴人，即替超设法，使人密报南燕。备德才有所闻，因遣济阴人吴辩，往探虚实。辩至长安，先访宗正谦，当由正谦告超。超不敢转白母妻，竟与吴宗两人，变易姓名，潜行至梁父，投入镇南长史悦寿廨舍，方吐真名。寿报诸兖州刺史南海王法，法说道："昔汉有卜人，诈称卫太子，今怎知非此类呢？"遂不肯迎超。为下文伏案。悦寿即送超入广固，备德闻超到来，大喜过望，即遣三百骑往迎。超进谒备德，呈上金刀，具述祖母临终遗语，备德抚超大恸，泣下数行，当下封超为北海王，授官侍中，拜骠骑大将军，领司隶校尉。超仪表雄壮，颇肖备德，备德很加宠爱，意欲立超为嗣，乃为超筑第万春门内，规制崇闳，每日有暇，必亲自临幸，与超谈论国事。超曲意承欢，侍奉弥谨；又复开府置吏，屈己下人，内外誉望，翕然相从。

约莫过了一年，暮秋天凉，汝水忽竭，备德未免失惊，越两月，竟至寝疾。超请往祷汝水神，备德道："人主命数，本自天定，难道汝水神所能专主么？"遂不从所请。是夜，备德梦见父慕容皝，临榻与语道："汝既无

立犹子临终传位

男,何不立超为太子?否则恶人将从此生心了。"这恐是因想成梦。备德欲问恶人何名,偏有人从旁唤醒,开目一瞧,乃是皇后段氏,不由的唏嘘道:"先帝有命,令我立储,看来是我将死了。"翌日,力疾起床,勉御东阳殿,引见群臣,议立超为太子。事尚未决,忽觉地面震动,坐立不安。百僚都窜越失位,备德也支持不住,乘辇还宫,延至夜分,病已大渐,口不能言。段氏在旁大呼道:"今召中书草诏,立超为嗣,可好么?"备德张目四顾,见超已侍侧,便即颔首。段后因宣入中书,草定遗诏,立超为皇太子,备德遂瞑目而逝。年正七十,在位六年。

诘朝由超登殿,嗣为南燕皇帝,循例大赦,改元太上,尊备德后段氏为太后,命北地王慕容钟都督中外诸军,录尚书事。南海王慕容法为征南大将军,都督徐兖扬南兖四州诸军事。桂阳王慕容镇为开府仪同三司,尚书令封孚为太尉,鞠仲为司空,潘聪为左光禄大夫,段弘为右光禄大夫,封嵩为尚书左仆射。此外封拜各官,不必备述。追谥备德为献武皇帝,庙号世宗。惟奉灵出葬时,却先有十余柩,夜出四门,潜葬山谷,至正式告窆的东阳陵,实是一口空棺,谅想由备德生前的预嘱呢。小子有诗叹道:

奸诈几同曹阿瞒,不为疑冢即虚棺。

生前若肯留余地,朽骨何容虑未安?

欲知慕容超嗣位后事,且看下回再表。

符秦之灭,慕容氏为之,慕容氏之灭,符氏实为之,天道好还,因果不爽。且俱殒丧于妇人女子之手,何其事迹之相似也?慕容垂妻段氏,符坚尝与之同辇出游,慕容冲姊弟专宠,长安有雌雄凤凰之谣,至慕容熙纳符谟二女,宠爱绝伦,大符早殁,熙杀王荣,小符继逝,熙如丧考妣,衰服送葬,以嫂为殉,而叛徒即乘间发难,说者谓衅起冯跋,成于高云,于符氏何与?不知兴土木,倾府库,惟妇言是用,皆亡国之媒介也。岂尽得归咎于冯高二子哉?若慕容备德之立慕容超,犹子比儿,不违古义。且超内能尽孝,外能下士,贤名凤表,誉重一时,此而不立,将立何人?况有慕容觊之感及梦象哉!然其后终不免亡国,此非德立超之过,乃德叛宝之过也。德不知有主,安能传及后嗣?十余柩之潜发,德亦自知负疚矣乎?

第九十四回

得使才接眷还都　失兵机纵敌入险

　　却说慕容超既得嗣位,引亲臣公孙五楼为武卫将军,领司隶校尉,内参政事。五楼欲离间宗亲,多方媒孽。超因出慕容钟为青州牧,段弘为徐州刺史。太尉封孚语超道:"臣闻亲不处外,羁不处内,钟系国家宗臣,社稷所赖,弘亦外戚懿望,百姓具瞻,正应参翼百揆,不宜远镇外方。今钟等出藩,五楼内辅,臣等实觉未安。"超终信五楼,不听孚言,钟与弘俱不能平,互相告语道:"黄犬皮恐终补狐裘呢。"嗣为五楼所闻,嫌隙益深。超因前时归国,为慕容法所不容,因亦怀恨在心。备德殁时,法恐为超所忌,不入奔丧,至是超遣使责法。法遂与慕容钟段弘等,合谋图超。不意被超察悉,立召令入都,法与钟皆称疾不赴,超先搜查内党,捕得侍中慕容统,右卫将军慕容根,散骑常侍段封等,一体枭斩;复将仆射封嵩,镮裂以殉。然后遣慕容镇攻钟,慕容昱攻弘,慕容凝、韩范攻法,封嵩弟融,出奔魏境,号召群盗,袭石塞城,击杀镇西大将军馀郁。青土震恐,人怀异议。慕容凝也有异心,谋杀韩范,袭击广固。范侦得凝谋,勒兵攻凝,凝出奔后秦。慕容法亦保守不住,弃城奔魏。钟在青州,亦被镇引兵攻入,钟自杀妻孥,凿隧逃出,也奔往后秦去了。枝叶已尽,根本何存?

　　超既平叛党,遂以为人莫敢侮,肆意畋游。仆射韩谆切谏不从。百姓屡受征调,不堪供役,多有怨言。会超忆念母妻,特使御史中丞封恺,前往长安请求。秦主姚兴,本已将超母妻拘住,至此闻恺到来,乃召入与语道:"汝主欲乞还母妻,朕亦不便加阻,但从前苻氏败亡,太乐诸伎,悉数归燕,今燕当前来归藩,并将诸伎送还,否则或送吴口千人,方可得请呢。"恺如言还报,超使群臣详议。左仆射段晖,谓:"不宜顾全私亲,自降尊号。且太乐诸伎,为先代遗音,怎可畀秦,万不得已,不如掠吴口千人,付彼罢了。"是乃忍人之言。尚书张华,力驳晖议,说是:"侵掠吴边,必成邻怨,我往彼来,贻祸无穷。今陛下慈亲,在人掌握,怎可靳惜虚名,不顾孝养?今果降号修和,定能如愿,古人谓枉尺直寻,便是此意。"超大喜道:"张尚书深得我心,我也不惜暂屈了。"遂遣中书令韩范,奉表入秦。

秦主兴取阅表文,见他称藩如仪,便欣然语范道:"封恺前来,致燕王书,曾与朕抗礼,今卿赍表来附,莫非为母受屈么?还是以小事大,已识《春秋》古义呢?"范从容答道:"昔周爵五等,公侯异品,小大礼节,缘是发生,今陛下命世龙兴,光宅西秦,我朝主上,上承祖烈,定鼎东齐,南面并帝;通聘结好,若来使矜诞,未识谦冲,几似吴晋争盟,滕薛竞长,恐伤大秦堂堂国威,并损皇燕巍巍美德,彼此俱失,义所未安。"兴不待说毕,便作色道:"若如卿言,是并非以小事大了。"范又道:"大小且不必论,今由寡君纯孝,来迎慈母,想陛下以孝治人,定必推恩锡类,沛然垂悯呢。"不亢不卑,是专对才。兴方转怒为喜道:"我久不见贾生,自谓过彼,今始知不及了。"乃厚礼相待,欢颜与叙道:"燕王在此,朕亦亲见;风表有余,可惜机辩不足。"范答道:"'大辩若讷',古有名言。若使锋芒太露,便不能继承先业了。"兴笑道:"使乎使乎!朕今当为卿延誉了。"范复乘间骋词,说得兴非常惬意,面赐千金,许还超母妻。时慕容凝已早至长安,入白姚兴道:"燕王称藩,实非本心,若许还彼母,怎肯再来称臣呢?"兴意乃中变,又不好自食前言,但称天时尚热,当俟秋凉送还,因即遣范归燕,且使散骑常侍韦宗报聘。

超北面受秦诏敕,赠宗千金,再遣左仆射张华,给事中宗正元赴秦,送入乐伎一百二十人。兴喜如所望,延华入宴,酒酣乐作,雅韵铿锵,黄门侍郎尹雅语华道:"昔殷祚将亡,乐师归周,今皇秦道盛,燕乐来庭,废兴机关,就此可见了。"华不肯受嘲,忙即接口道:"从古帝王,为道不同,欲伸先屈,欲取姑与,今总章西入,必由余东归,由余戎人,入关事秦,见《列国演义》。祸福相倚,待看后来方晓哩。"兴听着华言,不禁勃然道:"古时齐楚竞辩,二国兴师,卿乃小国使臣,怎得抗衡朝士?"华乃逊辞道:"臣奉使西来,实愿交欢上国,上国不谅,辱及寡君社稷,臣何敢守默,不为仰酬?"也是一个辩才。兴始改容道:"不意燕人都是使才。"乃留华数日,许奉超母妻东还。宗正元先驰归报命,超乃亲率六宫,出迎母妻。彼此聚首,自有一种悲喜交并的情形,无容细表。

越年为太上四年,正月上旬,追尊父纳为穆皇帝,立母段氏为皇太后,妻呼延氏为皇后。超亲祀南郊,柴燎无烟。灵台令张光,私语僚友道:"今火盛烟灭,国将亡了。"及超将登坛,忽有一怪兽至圜丘旁,大如马,状类鼠,毛色俱赤,少顷即不知所在,但见暴风骤起,天地昼昏,行宫羽仪帷幔,统皆毁裂。超当然惶恐,密问太史令成公绥。绥答道:"陛下信用奸佞,诛戮贤良,赋税烦苛,徭役杂沓,所以有此变象哩。"超因还宫大赦,谴责公孙五楼等,疏远了好几日,旋复引用如前。再遇地震水溢诸变,毫不知儆,又荒耽了一年。

太上五年元旦,超御东阳殿朝会群臣,闻乐未备音,自悔前时送使入秦,乃拟南掠吴人,补充乐伎。领军将军韩诨进谏道:"先帝因旧京倾覆,戢翼三齐,遵时养晦,今陛下嗣守成规,正当闭关养锐,静伺贼隙,恢复先业,奈何反结怨南邻,自寻仇敌呢?"超怫然道:"我意已决,卿勿多言!"祸在此了。当下遣将军慕容兴宗斛谷提公孙归等,率骑兵寇晋宿豫,掳去阳平太守刘千载,济阴太守徐阮,及男女二千五百人,载归广固。超令乐官分教男女,充作乐伎。并论功行赏,特进公孙归为冠军将军,封

常山公。归为公孙五楼兄,故赏赉独隆。五楼且加官侍中尚书令,兼左卫将军,专总朝政。就是他叔父公孙颓,也得授武卫将军,封兴乐公。桂阳王慕容镇入谏道:"臣闻悬赏待勋,非功不侯,今公孙归结祸构兵,残贼百姓,陛下乃封爵酬庸,岂非太过? 从来忠言逆耳,非亲不发,臣虽庸朽,忝居国戚,用敢竭尽愚款,上渎片言。"超默然不答,面有怒容。镇只好趋退。群臣从旁瞧着,料知超喜佞恶直,遂相戒不敢多言。尚书都令史王俨,谄事五楼,连年迁官,超拜左丞,时人相传语云:"欲得侯,事五楼。"超又使公孙归等率骑五千,入寇南阳,执住太守赵光,俘掠男女千余人而还。

晋刘裕欲发兵进讨,先令并州刺史刘道怜,出屯华阴,一面部署兵马,请命乃行。时刘裕已晋封豫章郡公。刘毅何无忌,也分封南平安成二郡公。三公当道,裕权最盛。无忌素慕殷仲文才名,因仲文出任东阳太守,请他过谈。仲文自负材能,欲秉内政,偏被调出外任,悒悒不乐,因此误约不赴。无忌疑仲文薄己,遂向裕进谗道:"公欲北讨慕容超么? 其实超不足忧,惟殷仲文桓胤,是心腹大病,不可不除。"裕也以为然。适部将骆球谋变,事泄被诛,裕遂谓仲文及胤,与球通谋,即将他二人捕戮,屠及全家。二人罪不至死,惟为桓氏余孽,死亦当然。

已而司徒兼扬州刺史王谧病殁,资望应由裕继任。刘毅等不欲裕入辅政,拟令中领军谢混为扬州刺史。或恐裕有异言,谓不如令裕兼领扬州,以内事付孟昶。朝议纷纭莫决,乃遣尚书右丞皮沈,驰往询裕。大权已旁落了。沈先见裕记室刘穆之,具述朝议。穆之伪起如厕,潜入白裕道:"晋政多阙,天命已移,公勋高望重,岂可长做藩臣? 况刘孟诸人,与公同起布衣,共立大义,得取富贵,不过因事有先后,权时推公,并非诚心敬服,素存主仆的名义。他日势均力敌,终相吞噬,不可不防。扬州根本所系,不可假人,前授王谧,事出权道,今若再授他人,恐公终为人制,一失权柄,无从再得,不如答言事关重大,未便悬论,今当入朝面议,共决可否。俟公到京,彼必不敢越公,更授他人了。"裕之篡晋,实由穆之一人导成。裕极口称善;见了皮沈,便依言照答,遣他复命。果然沈去数日,便有诏征裕为侍中扬州刺史,录尚书事,裕当然受命。惟表解兖州军事,令诸葛长民镇守丹徒,刘道怜屯戍石头。

会闻谯纵据蜀,有窥伺下流消息,乃亟遣龙骧将军毛修之,会同益州刺史司马荣期，共讨谯纵。荣期先至白帝城，击败纵弟明子，再请修之为后应，自引兵进略巴州。不料参军杨承祖，忽然心变，刺死荣期，擅称巴州刺史，回拒修之。修之到了宕渠，接得警耗，退还白帝城，邀同汉嘉太守冯迁，即九十一回中之益州督护。同击承祖，幸得胜仗，把他枭首，再欲进讨谯纵。偏来了一个新益州刺史鲍陋，从旁阻挠，牵制修之。修之据实奏闻，刘裕乃表举刘敬宣为襄城太守，令率兵五千讨蜀，又命并州刺史刘道规，为征蜀都督，节制军事。谯纵闻晋师大至，忙遣使至后秦称臣，奉表乞师；且致书桓谦，招令共击刘裕。谦将来书呈入秦主，自请一行。秦主兴语谦道："小水不容巨鱼，若纵有才力，自足办事，何必假卿为鳞翼？卿既欲往，宜自求多福，毋堕人谋。"谦志在报怨，竟拜辞而去。到了成都，与纵晤谈，起初却还似投契，后来谦虚怀引士，交接蜀人，反被纵起了疑心，竟把他锢置笼格，派人监守。谦流涕道："姚主果有先见，求福反致得祸了。"已而谯纵出兵拒敌，与刘敬宣接战数次，均至失利，再遣人至秦求救。秦遣平西将军姚赏，梁州刺史王敏，率兵援纵。纵亦令将军谯道福，悉众出发，据险固守。敬宣转战入峡，直抵黄虎，去成都约五百里。前面山路崎岖，又为谯道福所阻，不能进军，相持至六十余日，军中食尽，且遭疫疠，伤毙过半，没奈何收兵退回。敬宣坐是落职，道规亦降号建威将军。裕因荐举失人，自请罢职，有诏降裕为中军将军，余官如故。

裕本欲自往讨蜀，因南燕为患太近，不得不后蜀先燕，于是抗表北伐，指日出师。朝臣多说是西南未平，不宜图北，独左仆射孟昶，车骑司马谢裕，参军臧熹，赞同裕议。安帝不能不从，便命裕整军启行。时为义熙五年五月，夏日正长，大江方涨，裕率舟师发建康，自淮入泗，直抵下邳，留住船舰辎重，麾兵登岸。步至琅琊，所过皆筑城置守。或谓裕不宜深入，裕笑道："鲜卑贪婪，何知远计？诸君不必多虑，看我此行破虏呢。"乃督兵急进，连日不休。

南燕主超闻有晋师，方引群臣会议，侍中公孙五楼道："晋兵轻锐，利在速战，不宜急与争锋。今宜据住大岘山，使不得入，旷日延时，挫他锐气，然后徐简精骑二千，循海南行，截彼粮道，别敕段晖发兖州兵士，沿山东下，腹背夹攻，这乃是今日的上计。若依险分戍，筹足军粮，芟刈禾苗，焚荡田野，使彼无从侵掠，彼求战不得，求食无着，不出旬月，自然坐困，这

也不失为中策。二策不行,但纵敌入岘,出城逆战,便成为下策了。"莫谓五楼无才,超本深信五楼,何为此时不用?超作色道:"今岁星在齐,天道可知,不战自克。就是证诸人事,彼远来疲乏,必不能久,我据有五州,拥民万亿,铁骑成群,麦禾布野,奈何芟苗徙民,先自蹙弱哩?不若纵使入岘,奋骑逆击,以逸待劳,何忧不胜?"辅国将军贺赖卢道:"大岘为我国要塞,天限南北,万不可弃,一失此界,国且难保了。"超摇首不答。太尉桂林王慕容镇又谏道:"陛下既欲主战,何不出岘逆击?就使不胜,尚可退守,不宜纵敌入岘,自弃岩疆。"超终不从,拂袖竟入。镇出语韩诼道:"既不能逆战却敌,又不肯徙民清野,延敌入腹,坐待围攻,是变作刘璋第二了。刘璋即汉后主。今年国灭,我必致死,卿系中华人士,恐仍不免文身了。"诼无言自去,径往白超。超怒镇妄言,收镇下狱,乃集梁与莒父二处守兵,修城隍,简车徒,静待晋兵到来。

　　刘裕得安然过岘,指天大喜道:"兵已过险,因粮灭虏,就在此举了。"慕容超方命五楼为征虏将军,使与辅国将军贺赖卢,左将军段晖等,率步骑五万人,出屯临朐,自督步骑四万,作为后应。临朐南有巨蔑水,距城四十里，公孙五楼领兵往据，方达水滨，已有晋将孟龙符杀来，兵势甚锐，不容五楼不走。晋军有车四千辆，分作左右两翼，方轨徐进，将至临朐城下，与慕容超大兵相遇，杀了半日有余，不分胜负。刘裕用胡藩为参军，至是问裕献策，请出奇兵径袭临朐城。裕即遣藩及谘议将军檀韶，建威将军向弥，引兵绕出燕兵后面，直攻临朐，且大呼道："我军从海道来此，不下十万人，汝等守城兵吏，能战即来，否则速降。"城内只有老弱残兵，为数甚少，惟城南有燕将段晖营，不及乞援，已被向弥擐甲登城，立即陷入。段晖闻变，料难攻复，只得遣人飞报慕容超。超闻报大惊，单骑奔还，投入段晖营中。南燕兵失了主子，统皆骇散，当被刘裕纵兵奋击，追到城下，乘胜踹入晖营。晖出营拦阻，一个失手，要害处中了一槊，倒毙马下。还有燕将十余人，相继战死。超策马急奔，不及乘辇，所有玉玺豹尾等件，一古脑儿抛去。晋军一面搬运器械，一面长驱追超。超逃入广固，仓皇无备，那晋军已随后拥入，竟将外城占据了去。小子有诗咏道：

设险方能制敌强，如何纵使入萧墙？
良谋不用嗟何及，坐致岩疆一旦亡。

欲知慕容超如何拒守，容至下回说明。

慕容超之迎还母妻，不可谓非孝义之一端。超母跋涉奔波，备尝艰苦，超既得承燕祀，宁有身为人主，乃忍其母之常居虎口乎？呼延女之为超妇，超母以报德为言，夫欲报之德，反使之流落长安，朝不保暮，义乎何在？所屈者小，所全者大，此正超之不昧天良也。惜乎有使才而无将才，顾私德而忘公德，无端寇晋，启衅南邻，迨至晋军入境，又不听公孙五楼之上中二策，纵使入岘，自撤藩篱，愚昧如此，几何而不为刘璋乎？史称超身长八尺，腰带九围，雄伟如此，乃不能保一广固城，外观果曷恃哉！

第九十五回
覆孤城慕容超亡国　诛逆贼冯文起开基

却说晋军入广固外城,急得慕容超奔避不遑,慌忙闭内城门,集众固守。刘裕督兵围攻,四面筑栅,栅高三丈,穿堑三重,抚纳降附,采拔贤俊,华夷大悦。超闷坐围城,无计可施,乃遣尚书郎张纲,诣秦乞援,并赦桂林王慕容镇,令督中外诸军,兼录尚书事。当即召入与语,自悔前误,殷勤问计。迟了迟了?镇慨答道:"百姓怨望,系诸一人,今陛下亲董六师,战败奔还,群臣离心,士民短气,今欲乞秦援兵,闻秦人亦有外患,恐不暇分兵救人。惟我散卒还集,尚有数万,宜尽出金帛,充作犒赏,更决一战。若天意助我,定能破敌,万一不捷,死亦殉国,比诸闭门待尽,恰是好得多了。"语尚未毕,旁有司徒乐浪王慕容惠接口道:"晋兵乘胜,气势百倍,今徒令羸兵与战,不败何待?秦虽与勃勃相持,未足为患,且与我分据中原,势如唇齿,怎得不前来相援?但不令大臣西向,恐彼未必遽出重兵,尚书令韩范,望重燕秦,宜遣令乞师为是。"超依了惠言,再令韩范前去。

是时秦主兴因南凉生贰,秃发傉檀内外多难,意欲乘此进讨,收还姑臧。应九十三回。先使尚书郎韦宗往觇虚实,宗与傉檀相见,傉檀纵横辩论,洞悉古今。宗大为叹服,归报秦主兴道:"凉州虽敝,傉檀权谲过人,未可骤图。"兴疑问道:"刘勃勃兵皆乌合,尚能击破傉檀,况我军曾经百战,攻无不克,难道还不及勃勃么?"宗答道:"傉檀为勃勃所欺,敝在轻视勃勃,不先留意,今我用大军往讨,彼必戒惧求全,兵法有言:'两军相见,哀者必胜。'臣所以为不宜轻攻哩。"兴不信宗言,竟令子广平公弼,及后军将军敛成,镇远将军乞伏乾归等,率领步骑三万,袭击傉檀。又使左仆射齐难,率领骑兵二万,往攻勃勃。吏部尚书尹昭入谏道:"傉檀自恃险远,故敢违慢,不若诏令沮渠蒙逊,及李暠往讨,使他自相残杀,互致困敝,不必烦我兵力哩。"是即下庄刺虎之计。兴仍然不从,惟使人致书傉檀,伪称:"我国发兵,实是往讨勃勃,请勿多虑!"兴自以为得计,谁知弄巧反拙。傉檀信为真言,遂不设备。谁知秦军已乘虚直进,攻克昌松,杀毙太守苏霸,直达姑臧城下。傉檀方知为秦所赚,急忙调兵登陴,日夕督守,伺敌少懈,密遣精骑夜出,劫破秦垒。秦统将姚弼退据西苑,暗使人嗾动城中,买嘱凉州人王钟宋钟王娥等,使为内应。偏被傉檀察悉,把他叛党坑死,再命各郡县散牛羊,作为敌饵。果然秦将敛成,纵兵抄掠,自紊军律。傉檀即遣将军俱延敬归等,开城纵击,大败秦兵,斩首七千余级。

姚弼收集败兵,固垒自守,且驰报长安,请速济师。秦主兴复遣常山公显,率骑二万,倍道赴援。显至姑臧,令射手孟钦等五人,至凉风门前挑战,不意城外已伏着凉将宋益,觑得孟钦走近,引兵突出。孟钦弦不及发,已被劈倒,余四人不值一扫,尽皆毙命。显始知傉檀有备,不易攻克,乃遣人与傉檀修好,委罪敛成,引众退归。还有齐难一军,驰入夏境,沿途四掠。勃勃却退兵河曲,佯示虚弱,乘难无备,潜师掩袭,俘斩至七千人。难慌忙退走,奔至木城,被勃勃引兵追到,四面兜围,把难擒去,余众皆为所房,数共万三千人。于是岭北一带,俱降勃勃,勃勃遍置守宰,分疆拒秦,秦已将亡,故两路俱败。秦主兴未免懊悔,尚欲再讨勃勃,适值南燕求援,自觉不遑东顾,但权允发兵,令张纲先行返报。

纲经过泰山,为太守申宣所执,送入晋营。刘裕素闻纲有巧思,善制攻具,便引纲入见,亲为解缚,好言抚慰,使登楼车巡城,呼语守吏道:"刘勃勃大破秦军,秦主无暇来救,只好由汝等自寻生路罢。"守吏听了此言,无不失色。慕容超惶急异常,乃遣使至裕营请和,愿割大岘山南地归晋,世为藩臣。裕拒绝不许,未几来一秦使,传语刘裕道:"慕容氏与秦毗邻,素来和好,今晋军无端加攻,秦已遣铁骑十万,行次洛阳,若晋军不还,便当长驱直进了。"裕怒答道:"汝可归白姚兴,我平燕后,便当来取关洛,若姚兴自愿送死,尽管速来。"秦使自去。参军刘穆之入白道:"公奈何挑动敌怒?今广固未下,再来羌寇,敢问公将如何抵御?"裕笑道:"这是兵机,非卿所解。试想姚兴果肯救燕,方且潜师前来,何至先遣使命,令我预防,这明明是虚声吓人,不足为虑。"一口道破。穆之乃退。

秦主兴本遣卫将军姚强,带着步骑万人,偕燕使韩范至洛阳,令与洛城守将姚绍合兵,往救广固。嗣闻勃勃杀败秦军,窥伺关中,乃追还姚强,

但用了一个虚张声势的计策,去吓刘裕。裕不为所动,秦谋自沮。只韩范怏怏自归,且悲且叹道:"天意已要亡燕了。"燕臣张华封恺,出兵击裕,均被裕军擒住。封融张俊,相继乞降。俊语刘裕道:"燕人所恃,惟一韩范,今范甫归,还道他能致秦师,若得范来降,燕城自下了。"裕乃表范为散骑常侍,致书招范。长水校尉王蒲,劝范奔秦,范慨然道:"刘裕起自布衣,灭桓玄,复晋室,今兴师伐燕,所向崩溃,这乃天授,未必全由人力呢。燕若灭亡,秦亦难保,我不可再辱,不如降晋罢了。"遂潜投裕营。裕得范大喜,即使范至城下,招降守将,城中愈觉夺气。或劝燕主超诛范家族,超因范弟谆尽忠无贰,因赦范家。嗣见晋军建设飞楼,悬梯木,幔板屋,覆以牛皮,上御矢石,料知此种攻具,定是张纲所为,遂将纲母捕到,悬缚城上,肢解以徇。死在目前,何必行此惨虐。

既而太白星入犯虚危,灵台令张光,谓天象亡燕,劝超降晋。超并不答言,便把佩剑拔出,剁落光首。好容易过了残腊,翌日为晋义熙六年元旦,超登天门,在城楼朝见群臣,杀马犒飨将士,并迁授文武百官。越宿,与宠姬魏夫人登城,见晋兵势甚强盛,不禁唏嘘泪下,与魏氏握手对泣。

韩诨从旁进言道："陛下遭际厄运,正当努力自强,鼓励士气,奈何反与儿女子对泣呢？"超乃拭泪谢过。尚书令董锐又劝超出降,超复系锐下狱。贺赖卢公孙五楼暗凿地道,通兵出战。晋军不及防备,几被掩入,幸亏裕军律素严,前仆后继,仍把燕军杀退。城门久闭不开,居民无论男女,俱生了一种脚气病,不能行走,就是超亦染了此症,乘辇登城。尚书悦寿语超道："今天助寇为虐,战士凋敝,城孤援绝,天时人事,已可知了。从来历数既终,尧舜尚且避位,陛下亦应达权通变,庶得上存宗庙,下保人民。"超怃然道："兴废原有天命,我宁奋剑致死,不愿衔璧求生。"颇有血性,可惜不知守国。

刘裕见城中困乏,乃下令破城,悉众猛扑。或谓："今日往亡,不利行师。"裕掀须道："我往彼亡,有何不利？"遂亲自督攻,不克不止。悦寿在城上望着,料知不能支持,因开门迎纳晋军。超与左右数十骑,逾城出走,才行里许,即被晋军追到,捉得一个不留。当下押至裕前,由裕叱责数语,大略是说他抗命不降,殃及兵民。超神色自若,但将母托刘敬宣,余无一言。裕乃命将超置入槛车,解送建康。且因广固围久乃下,恨及燕人,意欲把男子一并坑死,妇女尽赏将士。韩范入谏道："晋室南迁,中原鼎沸,士民失主,不得不归附外族。既为君臣,自当替他尽力,其实统是衣冠旧族,先帝遗民,今王师吊民伐罪,若不问首从,一概加诛,窃恐西北人民,将从此绝望了。"裕虽改容称谢,尚斩燕王公以下三千人,没入家口万余,毁城平濠,变成白地,然后班师。慕容超解入晋都,枭首市曹,年才二十有六。总计超僭位六年。与慕容备德合并计算,共得十有一年,南燕遂亡,慕容氏从此垂尽。就是慕容宝养子高云,已经篡位,仍复原姓。见九十三回。但使慕容归为辽东公,使主燕祀,是前燕后燕南燕三国,至此俱已沦亡。就是史家把高云僭位,列入后燕,也不过一年有余,便即告终。

云本由冯跋等推立,僭号天王,立妻李氏为后,子彭城王为太子,名目上算作一国主子,实际上统是冯跋专权。云亦恐跋等为变,心不自安,特养壮士为爪牙,令他宿卫。当时卫弁头目,一名离班,一名桃仁,日夕随侍,屡蒙厚赐,甚至高云的饮食起居,也慷慨推解,毫不少吝,居然有甘苦同尝的意思。哪知小人好利,贪婪无厌,任你高云如何宠遇,总有一二事未惬他意,遂致以怨报德,暗起杀心；迁延到一年有余,突然生变,班仁两

人,怀剑直入,向内启事。高云毫无所觉,出临东堂。桃仁递上一纸,交云展阅。云接纸在手,不防离班抽剑斫来。吓得云不知所措,还算忙中有智,把几提起,当住离班的剑锋,无如一剑未中,一剑又至,这剑乃是桃仁所刺,急切无从招架,竟被穿入腰胁,大叫一声,倒晕地下。再经离班一剑,当然结果性命。小人之难养也如此。

冯跋在外闻报,忙升洪光门观变。帐下督张泰李桑语跋道:"二贼得志,将无所不为,愿为公力斩此贼。"跋点首应诺,泰与桑伏剑下城,招呼徒众,扑入东堂。途中遇着离班,大呼杀贼,班迫不及避,也恶狠狠的持剑来斗,桑接住厮杀,徒众齐上,并力击班。独泰恐桃仁遁走,亟向东堂驰入,冤冤相凑,正值桃仁出来,由泰劈头一剑,好头颅左右分离,立致倒毙。可巧桑已枭了班首,进来助泰,见泰诛死桃仁,自然大喜,当下迎跋入殿,推他为主。跋情愿让弟素弗,素弗道:"从古以来,父兄得了天下,方传子弟,未闻子弟可突过父兄,今鸿基未建,危甚赘疣,臣民俱属望大兄,何必再辞?"张泰李桑等,亦同声推戴。跋乃允议,遂在昌黎城即天王位，改元太平，国仍号燕，是为北燕。**为十六国之殿军。**

跋字文起，世为汉族，系长乐郡信都人。祖父和曾避晋乱，迁居上党，父安雄武有力，尝为西燕将军。西燕灭亡，跋复东徙和龙，住居长谷。屋上每有云气护住，状若楼阁，时人诧为奇观。及慕容宝即位，署跋为中卫将军。跋弟素弗，素性豪侠，不务正业，尝与从兄万泥，及诸少年同游水滨，见一金龙出溪水中，问诸万泥等人，皆云未见。素弗捞得金龙，取示大众，无不惊异。后来被慕容熙闻知，暗加疑忌。熙既篡立，欲诛冯跋兄弟，增设禁令。跋适犯禁，惧祸潜奔，与子弟同匿山泽，每夜独行，猛兽尝为避路。跋乃奋然起事，与兄弟潜入龙城，弑熙立云。**补九十三回中所未详。**云既被戕，跋得称尊，总算不忘旧谊，为云举哀发丧，依礼奉葬。云妻子亦已遇害，统皆代埋，设立云庙，置园邑二十家，四时致祭。追谥云为惠懿皇帝。**一节可取。**一面追尊祖考，称祖和为元皇帝，父安为宣皇帝，奉母张氏为太后，立妻孙氏为王后，子永为太子，弟范阳公素弗为车骑大将军，录尚书事。次弟汲郡公弘为侍中，兼尚书仆射。从兄广川公万泥，领幽平二州牧，从兄子乳陈为征西大将军，领并青二州牧。余如张兴冯护等佐命功臣，亦皆封赏有差。

素弗当弱冠时，曾向尚书左丞韩业处求婚，业因素弗行谊不修，毅然谢绝。素弗再求尚书郎高邵女，邵亦弗许，至是得为宰辅，并不记嫌，待遇韩业等，反且加厚。又能拔寒畯，举贤能，谦恭俭约，以身率下，端的是休休有容，不愧相度，这也好算是难得呢。惟万泥乳陈，自命勋亲，欲为公辅，偏跋令居外镇，作为二藩。乳陈性尤粗悍，不顾利害，因密遣人告万泥道："乳陈有至谋，愿与叔父共议。"万泥遂往与定约，兴兵作乱。跋遣弟弘与将军张兴，率步骑二万人往讨，弘先传书招谕道："我等兄弟数人，遭际风云，鼓翼齐起。今主上得群下推戴，光践宝位，裂土分爵，与兄弟共同富贵，并享荣华，奈何无端起衅，自寻干戈呢？人非圣人，不能无过；过贵能改，方不终误。属在至亲，所以极诚相告，还望释嫌反正，同奖王室，勿再沉迷。"万泥得书，便欲罢兵谢罪，独乳陈按剑吼怒道："大丈夫死生有命，怎得中道生变，不战即降呢？"遂答书不逊，约同一战。张兴语弘道："贼与我约，明日争锋，恐今夜就来劫营，应命三军格外戒备，方保无虞。"弘乃密下军令，每人各携草十束，备着火种，分头埋伏，自与张兴出伏要路,静待乱兵到来。

　　黄昏已过,万籁无声,尚不闻有什么动静,到了夜半,果见尘头纷起,约莫有千余人,疾趋而来。弘不禁暗叹道:"张将军确有先见,贼众前来送死了。"再阅半时,那乱兵已经过去,才发了一声胡哨,号召各处伏兵,霎时间火炬齐明,呼声四集,吓得乱兵东逃西窜,拼命乱跑。怎奈四面八方,统已有人拦着,不是被杀,就是被擒,扰乱了小半夜,千余人全体覆没,无一得还。弘等得胜回营,天色已大明了。乳陈得了败耗,方才惊惧,与万泥诣营乞降。只有这般胆量,何必前此发威。弘召他入营,诘责罪状,即命左右推出斩首。余众赦免,然后班师。跋进弘为骠骑大将军,改封中山公,且署素弗为大司马,改封辽西公。嗣是除苛政,惩贪贿,省徭赋,课农桑,燕人大悦,恰享了好几年的太平。同时南凉的秃发傉檀复称凉王,改元嘉平。西秦的乞伏乾归,也逃归苑川,复称秦王,改元更始,这都因后秦浸衰,所以不甘受制,仍然独立。惟有那雄长朔方的拓跋珪,立国已二十四年,尚只三十九岁,被那逆子清河王绍,入宫弑死,这也是北魏史上的骇闻。小子有诗叹道:

　　　　父子相离已灭伦,况经手刃及君亲。

　　　　莫言胡俗无天性,祸报由来有夙因。

　　毕竟拓跋珪何故遇弑,且至下回再详。

　　慕容超之亡国,非刘裕得亡之,超实自亡之也。超之致亡,已见前评,及城不能保,尚未肯出降,自决一死,卒至为裕所虏,送斩建康。彼得毋援国君死社稷之义,诩诩然自谓正命耶。但王公以下,被杀之三千人,家口没入至万余,虽由裕之残虐不仁,亦何莫非由超之倔强不服,激成裕愤,区区一死,亦何足谢国人也。彼慕容云之愚昧,且出超下,其得立也出诸意外,其被戕也亦出乎意外。冯跋不必防而防之,离班桃仁,不宜亲而亲之,虽欲不死得乎?跋之称尊,不得谓其非僭,然较诸沮渠蒙逊辈,相去远矣,况有冯素弗之良宰辅乎。

第九十六回

何无忌战死豫章口　刘寄奴固守石头城

却说拓跋珪素来好色,称帝时曾纳刘库仁从女,宠冠后宫,生子名嗣,后因慕容氏貌更鲜妍,特立为后,已见前文。见九十二回。珪母贺氏,已早殁世,追谥为献明太后。太后有一幼妹,入宫奔丧,生得一貌如花,纤浓合度,珪瞧入眼中,暗暗垂涎,便想同她狎昵,无如这位贺姨母,已经嫁人,不肯再与苟合,惹得珪心痒难熬,竟动了杀心,密嘱刺客,把贺姨夫杀毙。贺姨母做了寡妇,无从诉冤,只好草草发丧,丧葬已毕,即由宫中差来干役,逼令入宫。贺氏明知故犯,不能不随他同去,一经见珪,还有什么好事,眼见得衾裯别抱,露水同栖;冤家有孽,生下了一个婴儿,取名为绍,蜂目豺声,与乃母大不相同,想是贺姨夫转世。渐渐的长大起来,凶狠无赖,不服教训,珪尝把他两手反缚,倒悬井中,待他奄奄垂毙,然后释出。他经此苦厄,稍稍敛迹,但心中愈加含恨。珪哪里知晓,还道他惧罪知改,特拜为清河王。后来珪势益盛,纳妾愈多,一人怎能御众?免不得求服丹药,取补精神。哪知这药性统是燥烈,愈服愈躁,愈躁愈厉,遂至喜怒乖常,动辄杀人。长子嗣本受封齐王,至是立为太子,嗣母刘贵人,反被赐死。珪召嗣与语道:"昔汉武将立太子,必先杀母,实预恐妇人与政,所以加防。今汝当继统,我不得不远法汉武了。"汉武杀钩弋夫人,宁足为训。况珪曾赖母得立,奈何不思。嗣闻言泣下,悲不自胜。珪反动怒,把他叱退。待嗣还居东宫,还闻他朝夕恸哭,又遣人召嗣入见。东宫侍臣,劝嗣不应遽入,因托疾不赴。卫王拓跋仪前镇中山,为珪所忌,召还闲居,阴有怨言。珪适有所闻,便说他蓄谋不轨,勒令自杀。贺夫人偶忤珪,亦欲加刃,吓得贺氏奔避冷宫,立遣侍女报绍,令他入救。绍本怀宿愤,又听得生母将死,气得双目直竖,五内如焚,当下招致心腹,贿通宫女宦官,使为内应,趁着天昏夜静,逾垣入宫,宫中已有人前导,引至内寝,破户直入。珪才从梦中惊醒,揭帐启视,刀已飞入,不偏不倚,正中项下,颈血模糊,便即毕命。*莫非孽报。*

绍既弑父,便去觅母。贺氏见绍夜至,问明情状,却也一惊,忙去视珪,果被杀死,不由的泪下两行。*曾忆念前夫么?* 绍却欲号召卫士,往攻东宫,意图自立。卫士多不愿助绍,相率观望。适东宫太子拓跋嗣,使人报告将军安同,促令诛逆。安同慷慨誓众,无不乐从,遂一拥入宫,搜捕逆绍。卫士争先应命,七手八脚,把绍抓出,送交安同。安同迎嗣登殿,声明绍罪,立命枭斩。绍母贺氏,一并坐罪赐死。*死后却难见二夫。* 于是嗣即尊位,为珪发丧,追谥为宣武皇帝,庙号太祖。后来改谥道武,这且慢表。

且说晋刘裕既平南燕,还屯下邳,意欲经营司雍二州,忽由晋廷飞诏召裕,促令还援。看官道是何因?原来卢循陷长沙,徐道覆陷南康庐陵豫章,顺流东下,居然想逼夺晋都了。先是卢徐二人,虽受晋官职,仍然阳奉阴违,伺机思逞。徐道覆闻刘裕北伐,致书卢循,劝他入袭建康,循复称从缓。道覆自往语循道:"我等长住岭外,岂真欲传及子孙?不过因刘裕多智,未易与敌,所以郁郁居此。今裕方顿兵北方,未有还期,我正好乘虚掩击,直入晋都,何*无忌*、*刘毅*等皆不及裕,无能为力。若我得攻克建康,裕虽南还,也不足畏了。"*却是个好机会。* 循尚狐疑未决。道覆奋起道:"君若不肯同行,我当自往。始兴兵甲虽少,也可一举,难道不能直指寻阳么?"循见他词气甚厉,不得已屈志相从。道覆即还至始兴,整顿舟舰。他本预蓄异谋,尝在南康山伐取材木,至始兴出售,鬻价甚贱,居民争往购取,不以为疑,其实是留贮甚多,至尽取做船材,旬日告成,遂与卢循北出长江,分陷石城,舣(yǐ)舟东指。

晋廷单靠刘裕,自然驰使飞召,裕即令南燕降臣韩范,都督八郡军事,封融为渤海太守,引兵南行。到了山阳,又接得豫章警报,江荆都督何无忌,为徐道覆所败,竟至阵亡。无忌系江左名将,突然败死,令裕也惊心。究竟无忌如何致败?说将起来,也是冒险轻进,有勇寡谋,遂落得丧师失律,毕命战场。当无忌出师时,自寻阳驶舟西进,长史邓潜之进谏道:"国家安危,在此一举,卢徐二贼,兵舰甚盛,势居上流,不可轻敌,今宜暂决南塘,守城自固,料彼必不敢舍我东去,我得蓄力养锐,待他疲老,然后进击,这乃是万全计策呢。"无忌不从。参军殷阐复谏道:"循众皆三吴旧贼,百战余生,始兴贼亦骁捷善斗,统难轻视,将军宜留屯豫章,征兵属城,兵至合战,也不为迟。若徒率部众轻进,万一失利,悔将何及?"无忌是个急性鬼,仗着一时锐气,径至豫章西隅,徐道覆已据住西岸小山,带了数百弓弩手,迭射晋军,晋军前队,多受箭伤,不敢急驰过去。惹得无忌性起,改乘小舰,向前直闯,偏偏西风暴起,将他小舰吹回东岸,余舰亦为浪所冲,东飘西荡。道覆乘着风势,驶出大舰,来击无忌,无忌舟师已散,如何抵挡,顿致尽溃。独无忌不肯倒退,厉声语左右道:"取我苏武节来。"左右取节呈上,无忌执节督战,风狂舟破,贼众四集,可怜无忌身受重伤,握节而死。虽曰忠臣,实是无益有害。

刘裕得知无忌死耗,恐京畿就此失守,便即卷甲急趋,与数十骑驰至淮上。可巧遇着朝廷来使,急忙问讯,朝使谓贼尚未至,专待公援。裕才放心前进,行至江滨,适值风急波腾,众不敢济。裕慨然道:"天若佑晋,风将自息,否则总是一死,覆溺何害。"此时尚是一大忠臣。说着,便挺身下舟,众亦随下。说也奇怪,舟行风止,竟安安稳稳的驶至京口。百姓见

裕到来，齐声相庆，倚若长城。越二日，裕即入都，因江州覆没，表送章绶，有诏不许。时青州刺史诸葛长民，兖州刺史刘藩，并州刺史刘道怜，各将兵入卫。藩系豫州刺史刘毅从弟，与裕相见，报称毅已起兵拒贼，有表入京。裕谓兵宜缓进，不可求速，遂展纸作书云：

吾往日习击妖贼，晓其态恋，贼新获利，锋不可当。今方整修船械，限日毕工，当与老弟同举。平贼以后，上流事自当尽委，愿弟勿疑。

书毕加封，令藩赍书诣毅，并嘱他传语乃兄，切勿躁进。藩趋往姑熟，投书与毅，且述裕言。毅展阅未毕，便瞋目顾藩道："前日举义平逆，权时推裕，汝道我真不及他吗？休说大话！说着，将书掷地，立集水师二万，出发姑熟。到了桑落州，正值卢循徐道覆合兵前来，船头很是高锐，毅舰低脆，一与相触，便致碎损。客主情形，既不相符，毅众当然惊避。卢徐乘势冲突，连毅舟都被撞碎。毅慌忙弃舟登岸，徒步奔还，随行只有数百人，余众都被贼虏去。果能及刘裕否？卢循审讯俘虏，得知刘裕已还建康，颇有戒心，意欲退还寻阳，攻取江陵，据住江陵二州，对抗晋廷。独道覆谓宜乘胜急进。彼此争论数日，毕竟道覆气盛，循不得不从，便即连樯东下。

警报传达建康，裕因都城空虚，亟募民为兵，修治石头城。或谓宜分守津要，裕摇首道："贼众我寡，再若分散，一处失利，全局俱动，今不如聚众石头，随宜应赴，待至徒众四集，方可再图。"诸葛长民孟昶等，探得贼势猖獗，舳舻蔽江，有众十数万，都不禁魂驰魄散，想出了一条趋避的计策，欲奉乘舆过江，独裕不许。昶料事颇明，曾谓何无忌刘毅出师，必遭败衄，后皆果如昶言。此时因北师甫还，战士已经疲乏，亦恐裕不能抗循，所以主张北徙，朝议亦大半赞成。惟龙骧将军虞邱面折昶议，还有中兵参军王仲德，也不服昶论，独向裕进言道："明公具命世才，新建大功，威震六合，妖贼乘虚入寇，闻公凯旋，自当惊溃，若先自逃去，威名俱丧，何以图存？公若误从众议，仆不忍同尽，请从此辞。"裕大喜道："我意正与卿相同。南山可改，此志不移呢。"正问答间，见孟昶踉跄进来，又申前议。裕勃然道："今重镇外倾，强寇内逼，人情惶骇，莫有固志。若一旦迁动，必致瓦解，江北岂果可得至么？就使得至，也不能久延。今兵士虽少，尚足一战，我能胜贼，臣主同休，万一不胜，我当横尸庙门，以身殉国，难道好窜伏草间,偷生苟活么?我计已决,卿勿再言!"昶还要泣陈,自请先死。裕忿然道:"汝且看我一战,再死未迟。"昶怏怏退出,归书遗表,略言"臣裕北讨,臣实赞同,今强贼乘虚进逼,自愧失策,愿一死谢过"云云。表既封毕,便仰药而死。愚不可及。

俄闻卢循已至淮口,不得不内外戒严,琅琊王德文督守宫城,刘裕出屯石头,使谘议参军刘粹,辅着四龄少子义隆,往镇京口。余将亦由裕调度,各有职守。裕登城遥望,见居民多临水眺贼,不禁动疑,顾问参军张劭。劭答道:"今若节钺未临,百姓将奔散不暇,尚敢临水观望吗?照此看来,定是有恃无恐,所以得此安详。"裕又凝望片刻,召语将佐道:"贼若由新亭直进,锐不可当,只好暂时回避,徐决胜负。若回泊西岸,贼势必懈,便容易成擒了。"将佐等听了裕言,便专探贼舰消息。徐道覆原欲进兵新亭,焚舟直上,偏卢循不肯冒险,逡巡未行,且语道覆道:"我军未向建康,闻孟昶已惧祸自裁,看来晋都空虚,必且自乱,何必急求一战,多伤士卒呢?"道覆终不得请,退自叹息道:"我必为卢公所误,事终无成。若使我独力驰驱,得为英雄,取天下如反手哩。"也是过夸,试看后来豫章之战。

既而刘裕登石头城,望见敌船,引向新亭,也觉失色。嗣看他退驻蔡洲,方有喜容。龙骧将军虞邱,请伐木为栅,保护石头淮口,又修治越城,增筑查浦药园廷尉官寺所居之处。三垒,杜贼侵轶。裕皆依计施行,人心渐固。刘毅奔还建康,诣阙待罪。有诏降毅为后将军,裕却亲加慰勉,使知中外留守事宜。再派冠军将军刘敬宣屯北郊,辅国将军孟怀玉屯丹阳郡西,建武将军王仲德屯越城,广武将军刘默屯建阳门外。又令宁朔将军索邈,用突骑千匹,外蒙虎皮,分扎淮北。部署既定,壁垒皆新。卢循探悉情形,才悔因循误事,急遣战舰十余艘,进攻石头城的防栅。栅中守卒,并不出战,但用神臂弓竞射,一发数矢,无不摧陷,循只好退去。寻又伏兵南岸,伪使老弱东行,扬言将进攻白石。刘裕留参军沈林子徐赤特防备南岸,截堵查浦,嘱令坚守勿动,自与刘毅诸葛长民等,往戍白石,拒遏贼军。卢循闻裕北去,自喜得计,遂引众进毁查浦,直攻张侯桥。徐赤特即欲出击,林子道:"贼众声往白石,乃反来此挑战,情诈可知。我众寡不敌,不如据垒自固,静待大军。况刘公曾一再面嘱,怎好有违?"赤特不

刘寄奴固守石头城

听,自引部曲出战,遇伏败走,遁往淮北。贼众趁势攻栅,喊杀连天,亏得林子据栅力御,又经别将刘钟朱龄石等,相率来援,方将贼众击退,循引锐卒趋往丹阳。

裕抵白石,未见贼至,料知贼有诈谋,急率诸军驰还石头,捕斩赤特,然后出阵南塘,令参军诸葛叔度,及朱龄石等渡淮追贼。贼众转掠各郡,郡守统坚壁待着,毫无所得。循乃语道覆道:"我兵老了,不如退据寻阳,并力取荆州,徐图建康便了。"乃留徒党范崇民,率五千,居守南陵,自向寻阳退去。晋廷进刘裕为太尉,领中书监,并加黄钺。裕表举王仲德为辅国将军,刘钟为广州太守,蒯恩为河间太守,令与谘议参军孟怀玉等,引兵追循,自还东府整治水军,增筑楼船;特遣建威将军孙处,振武将军沈田子,领兵三千,自海道径袭番禺,捣循巢穴。将佐谓海道迂远,不宜出发,裕微笑不答,但嘱孙处道:"大军至十二月间,必破妖贼,卿可先倾贼巢,截彼归路,不怕不为我所歼哩。"却是釜底抽薪的妙计。孙处等奉令自去。

那卢循退至寻阳,遣人从间道入蜀,联结谯纵,约他夹攻荆州。纵复称如约,并向后秦乞师。秦主姚兴,册封纵为大都督,相国蜀王,加九锡礼，得承制封拜，并使前将军苟林，率兵会纵。纵乃释出桓谦，令为荆州刺史，应九十四回。又使谯道福为梁州刺史，兴兵二万，与秦将苟林共寇荆州。荆州为贼寇所阻，与建康音问不通，刺史刘道规，曾遣司马王镇之，率同天门太守檀道济，广武将军刘彦之，入援建康。镇之行至寻阳，适值秦苟林抄出前面，击败镇之，镇之退走。卢循欢迎苟林，使为南蛮校尉，拨兵相助，会攻荆州。桓谦又沿途募兵，得众二万，进据枝江。苟林入屯江津，二寇交逼江陵，荆州大震，士民多思避去。刘道规会集将士，对众晓谕道："诸军欲去，尽请自便。我东来文武，已足拒寇，可不烦此处士民了。"说着，令大开城门，彻夜不闭，任令自由出入，暗中却日夕增防，士民不禁惮服，反无一人出走。会雍州刺史鲁宗之，自襄阳率军遇援，或谓宗之情不可测，道规独单骑迎入，推诚相待，引为腹心。虽是一番权术，却不愧为济变才。当下留宗之居守，自引各军士击桓谦，水陆齐进，直达枝江。天门太守檀道济，奋呼陷阵，大破谦众。谦单舸奔逃，被道规追击过去，一阵乱箭，把谦射死，再移军进攻苟林。

林闻谦败死，未战先逃，道规令参军刘遵，从后追赶，驰至巴陵，得将苟林击毙。道规回军江陵，检得士民通敌各书，一律焚去，不复追究，人情大安。鲁宗之当即辞去。忽闻徐道覆率贼三万，奄至破冢，将抵江陵，城中又复惊哗，一时谣言蜂起，且云："卢循已陷京邑，特使道覆来镇荆州。"道规也觉怀疑，自思追召宗之，已是不及，眼前惟有镇定一法，募众守城。好在江陵士民，绝感道规焚书德惠，不再生贰，誓同生死，因此秩序复定。可巧刘遵亦得胜回来，道规即使为游军，自督兵出豫章口，逆击道覆。道覆来势甚锐，突破道规前军，节节进逼。不防刺斜里来了战舰数艘，横冲而入，把道覆兵舰截作两段，道覆前后不能相顾，顿致慌乱。道规得乘隙奋击，俘斩无算。再经来舰中的大将，帮同拦截，杀得道覆走投无路，拼死的杀出危路，走往溢口去了。小子有诗赞刘道规道：

　　江陵重地镇元戎，战守随宜终立功。
　　尽有良谋能破贼，强徒漫自诩英雄。

究竟何人来助道规，得此胜仗，待至下回报明。

叙何无忌刘毅之败衄，益以显刘裕之智能。无忌猛将也，而失之轻，刘毅亦悍将也,而失之愎,轻与愎皆非良将才,徐道覆谓其无能为,诚哉其无能为也。然观于毅之苟免,犹不如无忌之舍生,虽曰徒死无益,究之一死足以谢国人,况观于后来之刘毅,死于刘裕之手,亦何若当时殉难,尚得流芳千古乎?刘裕临敌不挠,见机独断,诚不愧为一代枭雄,曹阿瞒后,固当推为巨擘,卢循徐道覆诸贼,何足当之?宜其终归败灭也。刘道规为裕弟,智力不亚乃兄,刘氏有此二雄,其亦可谓世间之英乎?

第九十七回

窜南交卢循毙命　平西蜀谯纵伏辜

却说刘道规至豫章口,击破徐道覆,全亏游军从旁冲入,始得奏功。游军统领,便是参军刘遵,当时道规将佐,统说是强寇在前,方虑兵少难敌,不宜另设游军。及刘遵夹攻道覆,大获胜仗,才知道规胜算,非众所及,嗣是益加敬服,各无异言。刘裕闻江陵无恙,当然心喜,便拟亲出讨贼。刘毅却自请效劳,长史王诞密白刘裕道:"毅既丧败,不宜再使立功。"裕乃留毅监管太尉留府,自率刘藩檀韶刘敬宣等,出发建康。王仲德刘钟各军,前奉裕令追贼,行至南陵,与贼党范崇民相持,至此闻裕军且至,遂猛攻崇民,崇民败走,由晋军夺还南陵。凑巧裕军到来,便合兵再进,到了雷池,好几日不见贼踪,乃进次大雷。越宿见贼众大至,舳舻衔接,蔽江而下,几不知有多少贼船,裕不慌不忙,但令轻舸尽出,并力拒贼,又拨步骑往屯西岸,预备火具,嘱令贼至乃发,自在舟中亲提橎(fān)鼓,督众奋斗。右军参军庾乐生,逗留不进,立命斩首徇众。众情知畏,不敢落后,便各腾跃向前。裕又命前驱执着强弓硬箭,乘风射贼,风逐浪摇,把贼船逼往西岸。岸上晋军,正在待着,便将火具抛入贼船,船中不及扑救,多被延烧,烈焰齐红,满江俱赤,贼众纷纷骇乱,四散狂奔。卢循徐道覆,也是逃命要紧,走还寻阳。卢徐二贼,从此休了。

裕得此大捷,依次记功,复麾军进迫左里。左里已遍竖贼栅,无路可通,裕但摇动麾竿,督众猛扑,砉然一声,麾竿折断,幡沉水中,大众统皆失色。裕笑语道:"往年起义讨逆,进军覆舟山,幡竿亦折,今又如此,定然破贼了。"覆舟山之战,系讨桓玄时事,见九十回。大众听了,气势益奋,当下破栅直进,俘斩万余。卢徐二贼,分途遁去。裕遣刘藩孟怀玉等,轻骑追剿,自率余军凯旋建康。时已为义熙六年冬季,转眼间便是义熙七年了。徐道覆走还始兴,部下寥寥,只剩了一二千人,并且劳敝得很,不堪再用。偏晋将军孟怀玉,与刘藩分兵,独追道覆,直抵始兴城下。道覆硬着头皮,拼死守城。一边是累胜军威,精神愈振,一边是垂亡丑虏,喘息仅存,彼此相持数日,究竟贼势孤危,禁不住官军骁勇,一着失手,即被攻入。道覆欲逃无路,被晋军团团围住,四面攒击,当然刺死。

独卢循收集散卒,尚有数千,垂头丧气,南归番禺。途次接得警报,乃是番禺城内,早被晋将孙处沈田子从海道掩入,占据多日了。回应前回。原来卢循出扰长江,只留老弱残兵,与亲党数百人,居守番禺,孙处沈田子,引兵奄至城下,天适大雾,迷蒙莫辨,当即乘雾登城,一齐趋入。守贼不知所为,或被杀,或乞降。孙处下令安民,但将卢循亲党,捕诛不赦外,余皆宥免,全城大定。又由沈田子等分徇岭表诸郡,亦皆收复。只卢循得此音耗,累得无家可归,不由得惊愤交并,慌忙集众南行,倍道到了番禺,誓众围攻,孙处独力拒守,约已二十余日,晋将刘藩,方驰入粤境,沈田子亦从岭表回军,与藩相遇,当下向藩进言道:"番禺城虽险固,乃是贼众巢穴,今闻循集众围攻,恐有内变,且孙季高系处表字。兵力单弱,未能久持,若再使贼得据广州,凶势且复振了,不可不从速往援。"藩乃分兵与田子,令救番禺。田子兼程急进,到了番禺城下,便扑循营,喊杀声递入城中。孙处登城俯望,见沈田子与贼相搏,喜出望外,当即麾兵出城,与田子夹击卢循。斩馘至万余人。循狼狈南遁。处与田子合兵至苍梧郁林宁浦境内,三战皆捷。适处途中遇病,不能行军,田子亦未免势孤,稍稍迟缓,遂被卢循窜去,转入交州。

先是九真太守李逊作乱,为交州刺史杜瑗讨平,未几瑗殁,子慧度讣达晋廷,有诏令慧度袭职。慧度尚未接诏,那卢循已袭破合浦,径向交州捣入。慧度号召中州文武,同出拒循,交战石琦,得败循众,循党尚剩三千人,再加李逊余党李脱等,纠集蛮獠五千余人,与循会合,循又至龙编南津,窥伺交州。慧度将所有私财,悉数取出,犒赏将士,将士感激思奋,复随慧度攻循。循党从水中舟行,慧度所率,都是步兵,水陆不便交锋,经慧度想出一法,列兵两岸,用雉尾炬烧着,掷入循船。雉尾炬系束草一头,外用铁皮缚住,下尾散开,状如雉尾,所以叫作雉尾炬。循船多被燃着,俄而循坐船亦致延烧,连忙扑救,还不济事,余舰亦溃。循自知不免,先将妻子鸩死,后召妓妾遍问道:"汝等肯从死否?"或云:"雀鼠尚且贪生,不愿就死。"或云:"官尚当死,妾等自无生理。"循将不愿从死的妓妾,一概杀毙,投尸水中,自己亦一跃入江,溺死了事。又多了一个水仙。慧度命军士捞起循尸,枭取首级,复击毙李脱父子,共得七首,函送建康。南方十多年海寇,至此始荡涤一空,不留遗种了。也是一番浩劫。晋廷赏功恤死,不在话下。

且说荆州刺史刘道规,莅镇数年,安民却寇,惠及全州,嗣因积劳成疾,上表求代。晋廷令刘毅代镇荆州,调道规为豫州刺史。道规转赴豫州,旋即病殁。荆人闻讣,无不含哀。独刘毅素性贪愎,自谓功与裕埒,偏致外调,尝郁郁不欢。裕素不学,毅却能文,因此朝右词臣,多喜附毅。仆射谢混,丹阳尹郗僧施,更与毅相投契。毅奉命西行,至京口辞墓。谢郗等俱往送行,裕亦赴会。将军胡藩密白裕道:"公谓刘荆州终为公下么?"裕徐徐答道:"卿意云何?"藩答道:"战必胜,攻必取,毅亦知不如公。若涉猎传记,一谈一咏,毅却自诩雄豪。近见文臣学士,多半归毅,恐未必肯为公下,不如即就会所,除灭了他。"裕之擅杀,藩实开之。裕半晌方道:"我与毅共同匡复,毅罪未著,不宜相图,且待将来再说。"杀机已

动。随即欢然会毅,彼此作别。裕复表除刘藩为兖州刺史,出据广陵,毅因兄弟并据方镇,阴欲图裕,特密布私人,作为羽翼。乃调僧施为南蛮校尉,毛修之为南郡太守,裕皆如所请,准他调去。是亦一郑庄待弟之策。毅又常变置守宰,擅调豫江二州文武将吏,分充僚佐;嗣又请从弟兖州刺史刘藩为副。于是刘裕疑上加疑,不肯放松,表面上似从毅请,召藩入朝,将使他转赴江陵。藩不知是计,卸任入都。便被裕饬人拿下,并将仆射谢混,一并褫职,与藩同系狱中。越日,即传出诏旨,略言:"刘藩兄弟与谢混同谋不轨,当即赐死。毅为首逆,应速发兵声讨"云云。一面令前会稽内史司马休之为荆州刺史,随军同行。裕弟徐州刺史刘道怜为兖青二州刺史,留镇京口。使豫州刺史诸葛长民监管太尉府事,副以刘穆之。

裕亲督师出发建康,命参军王镇恶为振武将军,与龙骧将军蒯恩,率领百舰,充作前驱,并授密计。镇恶昼夜西往,至豫章口,去江陵城二十里,舍船步上,扬言刘兖州赴镇。荆州城内,尚未知刘藩死耗,还道传言是实,一些儿不加预防。至镇恶将到城下,毅始接得侦报,并非刘藩到来,实是镇恶进攻,当即传出急令,四闭城门,哪知门未及闭,镇恶已经驰入,驱散城中兵吏。毅只率左右百余人,奔突出城,夜投佛寺,寺僧不肯容留,急得刘毅势穷力蹙,没奈何投缳自尽。究竟逊裕一筹,致堕诡计。镇恶搜得毅尸,枭首报裕。裕喜已遂计,即西行至江陵,杀郗僧施,赦毛修之,宽租省调,节役缓刑,荆民大悦。裕留司马休之镇守江陵,自率将士东归。有诏加裕太傅,领扬州牧,裕表辞不受,惟奏征刘镇之为散骑常侍。镇之系刘毅从父,隐居京口,不求仕进,尝语毅及藩道:"汝辈才器,或足匡时,但恐不能长久呢。我不就汝求财位,当不为汝受罪累,尚可保全刘氏一脉,免致灭门。"毅与藩哪里肯信?还疑乃叔为疯狂,有时过门候谒,仪从甚多,辄被镇之斥去。果然不到数年,毅藩遭祸,亲族多致连坐,惟镇之得脱身事外。裕且闻他高尚,召令出仕,镇之当然不赴,唯守志终身罢了。不没高士。

豫州刺史诸葛长民,本由裕留监太尉府事,闻得刘毅被诛,惹动兔死狐悲的观念,便私语亲属道:"昔日醢彭越,今日杀韩信,祸将及我了。"长民弟黎民进言道:"刘氏覆亡,便是诸葛氏的前鉴,何勿乘刘裕未还,先发制人?"长民怀疑未决,私问刘穆之道:"人言太尉与我不平,究为何故？"穆之道："刘公溯流西征，以老母稚子委节下，若使与公有嫌，难道有这般放心？愿公勿误信浮言！"穆之为刘裕心腹，长民尚且不知，奈何想图刘裕？长民意终未释。再贻冀州刺史刘敬宣书道："盘龙刘毅小字。专擅，自取夷灭，异端将尽，世路方夷，富贵事当与君共图，幸君勿辞！"敬宣知他言中寓意，便答书道："下官常恐福过灾生，时思避盈居损，富贵事不敢妄图，谨此复命！"这书发出，复将长民原书，寄呈刘裕。裕掀髯自喜道："阿寿原不负我呢。"阿寿就是敬宣小字。说毕，即悬拟入都期日，先遣人报达阙廷。

长民闻报，不敢动手，惟与公卿等届期出候，自朝至暮，并不见刘裕到来，只好偕返。次日又出候裕，仍然不至，接连往返了三日，始终不闻足迹，免不得疑论纷纭。裕又作怪。谁知是夕黄昏，裕竟轻舟径进，潜入东府，大众都未知悉，只有刘穆之在东府中，得与裕密议多时。到了诘旦，裕升堂视事，始为长民所闻，慌忙趋府问候。裕下堂相迎，握手殷勤，引入内厅，屏人与语，非常款洽。长民很是惬意，不防座后突入两手，把他拉住，一声怪响，骨断血流，立时毙命，遂舁尸出付廷尉。并收捕长民弟黎民幼民，及从弟秀之。黎民素来骁勇，格斗而死，幼民秀之被杀。当时都下人传语道："勿跋扈，付丁旿。"旿系裕麾下壮士，拉长民，毙黎民，统出旿手，这正好算得一个大功狗了。意在言中。

裕又命西阳太守朱龄石，进任益州刺史，使率宁朔将军臧熹，河间太守蒯恩，下邳太守刘钟等，率民二万，西往伐蜀。时人统疑龄石望轻，难当重任，独裕说他文武优长，破格擢用。臧熹系裕妻弟，位本出龄石上，此时独嘱归龄石节制，不得有违。临行时，先与龄石密商道："往年刘敬宣进兵黄虎，无功而还，今不宜再循覆辙了。"遂与龄石附耳数语，并取出一锦函，交与龄石，外面写着六字，云："至白帝城乃开。"龄石受函徐行，在途约历数月，方至白帝城。军中统未知意向，互相推测，忽由龄石召集将士，取示锦函，对众展阅，内有裕亲笔一纸云："众军悉从外水取成都，臧熹从中水取广汉，老弱乘高舰十余，从内水向黄虎，至要勿违。"大众看了密令，各无异言，便即倍道西进。前缓后急，统是刘裕所授。

蜀王谯纵，早已接得警报，总道晋军仍由内水进兵，所以倾众出守涪城，令谯道福为统帅，扼住内水。黄虎系是内水要口，此次但令老弱进行，

明明是虚张声势,作为疑兵。外水一路,乃是主军,由龄石亲自统率,趋至平模,距成都只二百里。谯纵才得闻知,亟遣秦州刺史侯晖,尚书仆射谯诜,率众万余,出守平模夹岸,筑城固守。时方盛暑,赤日当空,龄石未敢轻进,因与刘钟商议道:"今贼众严兵守险,急切未易攻下,且天时炎热,未便劳军,我欲休兵养锐,伺隙再进,君意以为可否?"钟连答道:"不可不可。我军以内水为疑兵,故谯道福未敢轻去涪城,今大众从外水来此,侯晖等虽然拒守,未免惊心,彼阻兵固险,明明是不敢来争,我乘他惊疑未定,尽锐进攻,无患不克。既克平模,成都也易取了。若迟疑不定,彼将知我虚实,涪军亦必前来,并力拒我,我求战不得,军食无资,二万人且尽为彼虏了。"龄石矍然起座,便誓众进攻。能从良策,便是良将。

蜀军筑有南北二城,北城地险兵多,南城较为平坦,诸将欲先攻南城,龄石道:"今但屠南城,未足制北,若得拔北城,南城不麾自散了。"当下督诸军猛攻北城,前仆后继,竟得陷入,斩了侯晖谯诜,再移兵攻南城。南城已无守将,兵皆骇遁,一任晋军据住。可巧臧熹亦从中水杀进,阵斩牛脾守将谯抚之,击走打鼻守将谯小狗,留兵据守广陵,自引轻兵来会龄石。两军直向成都,各屯戍望风奔溃,如入无人之境,成都大震。谯纵魂飞天外,慌忙挈了爱女,弃城出走,先至祖墓前告辞。女欲就此殉难,便流泪白纵道:"走必不免,徒自取辱,不若死在此处,尚好依附先人。"纵不肯从,女竟咬着银牙,用头撞碣,砰的一声,脑浆迸裂,一道贞魂,去寻那谯氏先祖先宗了。**烈女可敬。**纵心虽痛女,但也未敢久留,即纵马往投涪城。途次正遇着道福,道福勃然怒道:"我正因平模失守,引兵还援,奈何主子匹马逃来?大丈夫有如此基业,骤然弃去,还想何往?人生总有一死,难道怕到这般么?"说着,即拔剑投纵。纵连忙闪过,剑中马鞍,马尚能行。由纵挥鞭返奔,跑了数里,马竟停住,横卧地上。纵下马小憩,自思无路求生,不如一死了事,遂解带悬林,自缢而亡。**不出乃女所料。**巴西人王志,斩纵首级,赍送龄石。龄石已入成都。蜀尚书令马耽,封好府库,迎献图籍。当下搜诛谯氏亲属,余皆不问。谯道福尚拟再战,把家财尽犒兵士,且号令军中道:"蜀地存亡,系诸我身,不在谯王。今我在尚足一战,还望大家努力!"众虽应声称诺,待至金帛到手,都背了道福,私下逃去。**都是好良心。**剩得道福孤身远窜,为巴民杜瑾所执,解送晋营,结果是头颅一颗,枭示军门。总计谯氏僭称王号,共历九年而亡。小子有诗叹道:

　　九载称王一旦亡,覆巢碎卵亦堪伤。

　　撞碑宁死先人墓,免辱何如一女郎。

朱龄石既下成都,尚有一切善后事情,待至下回续叙。

　　卢循智过孙恩,徐道覆智过卢循,要之皆不及一刘裕,裕固一世之雄也。道覆死而循乌得生?穷窜交州,不过苟延一时之残喘而已。前则举何无忌刘毅之全军,而不能制,后则仅杜慧度之临时召合,即足以毙元恶,势有不同故耳,然刘毅不能敌卢循,乌能敌刘裕?种种诈谋,徒自取死。诸葛长民,犹之毅也。谯纵据蜀九年,负险自固,偏为朱龄石所掩入,而龄石之谋,又出自刘裕,智者能料人于千里之外,裕足以当矣。然江左诸臣,无一逮裕,司马氏岂尚有幸乎?魏崔浩论当世将相,尝目裕为司马氏之曹操,信然。

第九十八回

南凉王愎谏致亡　西秦后败谋殉难

却说朱龄石入成都后,上书告捷,晋廷叙功加赏,命龄石监督梁秦二州军事,赐爵丰城县侯。龄石恐降臣马耽,在蜀生事,特将他徙往越嶲。耽至徙所,私语亲属道:"朱侯不送我入凉,无非欲杀我灭口,看来我必不免了。"乃盥洗而卧,引绳扼死,既而龄石使至,果来杀耽。见耽已死,即戮尸归报,龄石乃安。可见龄石不免营私。后来龄石遣使诣北凉,宣谕晋廷威德,北凉王沮渠蒙逊,却也有些畏惧,因上表晋廷。略云:

上天降祸,四海分崩,灵曜拥于南裔,苍生没于丑虏,陛下累圣重光,道迈周汉,纯风所被,八表宅心。臣虽被发旁缴,才非时俊,谬经河右遗黎,推为盟主,臣之先人,世荷恩宠,虽历夷险,执义不回,倾首朝阳,乃心王室。近由益州刺史朱龄石,遣使诣臣,始具朝廷休问。承车骑将军刘裕,秣马挥戈,以中原为事,可谓天赞大晋,笃生英辅。彼亦唯知一裕。臣闻少康之兴大夏,光武之复汉业,皆奋剑而起,众无一旅,犹能成配天之功,著《车攻》之咏。陛下据全楚之地,拥荆扬之锐,宁可垂拱晏然,弃二京以资戎虏乎?若六军北轸,克复有期,臣愿率河西诸戎,为晋右翼,效力前驱,稟鞭待命。

看官听说,这时候的沮渠蒙逊已夺了南凉的姑臧城,从张掖徙都姑臧,自称河西王,改元玄始,差不多与吕光一律了。原来南北二凉,互相仇敌,争战不休。迭见前文。南凉王秃发傉檀,背秦僭位,称妻折掘氏为王后,子虎台为太子,也设置臣僚,封拜百官。应九十五回。且遣左将军枯木,与驸马都尉胡康等,往侵北凉,掠去临松人民千余家。北凉怎肯甘休?由蒙逊亲率骑士,称戈报怨,突入南凉的显美境内,大掠而去。南凉太尉俱延,引兵追蹑,被蒙逊回军奋击,大败遁还。于是傉檀也征兵五万,往攻蒙逊。左仆射赵晁,及太史令景保谏阻道:"近年天文错乱,风雨不时,陛下惟修德责躬,方可晋吉,不宜再动干戈。"傉檀勃然道:"蒙逊不道,入我封畿,掠我边疆,残我禾稼,我若不再征,如何保国?今大军已集,卿等反出言沮众,究出何意?"谁叫你先去害人?景保道:"陛下令臣主察天文,臣若见事不言,便负陛下。今天象显然,动必失利。"傉檀道:"我挟轻骑五万,亲征蒙逊,可战可守,有甚么不利呢?"景保还要强谏,惹得傉檀性起,锁保随军,且与语道:"有功当斩汝徇众,无功当封汝百户侯。"当下亲自出马,引众直趋穷泉。

蒙逊当然出拒,两下相见,北凉兵非常利害,杀得南凉人仰马翻,纷纷逃溃。傉檀亦单骑奔还,只有景保锁着,不能自由行走,致被北凉兵擒去,推至蒙逊面前。蒙逊面责道:"卿既识天文,为何违天犯顺,自取羁辱?"保答道:"臣非不谏,谏不肯从,亦属无益。"蒙逊道:"昔汉高祖免厄平城,赏及娄敬,袁绍败溃官渡,戮及田丰,卿谋同二子,可惜遇主不同,卿若有娄敬的功赏,我当放卿回去,但恐不免为田丰呢。"保又道:"寡君虽才非汉祖,却与袁本初不同,臣本不望封侯,亦不至虑祸呢。释还与否,悉听明断便了。"蒙逊乃放归景保。保还至姑臧,傉檀引谢道:"卿为孤蓍

龟,孤不能从,咎实在孤,孤今当从卿了。"乃封保为安享侯。已经迟了。

蒙逊进围姑臧,城内大骇,民多惊散。傉檀亦非常着急,只得遣使请和,遣子他及司隶校尉敬归,入质蒙逊。蒙逊乃引兵退去。归至胡坑,乘间逃还,他亦走了里许,仍被追兵拘住,将他械归。傉檀恐蒙逊复至,不敢安居,竟率亲党徙居乐都,但留大司农成公绪守姑臧。甫出城门,魏安人侯谌等闭门作乱,收合三千余家,占据南城,推焦朗为大都督,自称凉州刺史,通款蒙逊。蒙逊复进兵姑臧,焦朗未悉谌谋,纠众守城,偏偏谌为内应,潜开城门,迎纳蒙逊。朗不及出奔,束手受擒。还算蒙逊大开恩典,把朗赦免,再移兵往取北城。成公绪早已遁去,姑臧城遂全属蒙逊了。傉檀轻弃姑臧,原是失策,但易得易失,亦理所固然。蒙逊令弟拿为秦州刺史,居守姑臧,自率兵进攻乐都。

傉檀迁居未久,闻得蒙逊兵至,慌忙勒兵登陴,日夕守御。蒙逊相持匝月,尚幸全城无恙,惟守卒已死了多人,总觉岌岌可危,不得已再与讲和。蒙逊索傉檀宠子为质,傉檀不肯遽许,旋经群臣固请,才令爱子安周出质,蒙逊乃去。过了数月,傉檀复欲往攻蒙逊,邯川护军孟恺进谏道:"蒙逊方并姑臧。凶势方盛,不宜速攻,且保守境土为是。"傉檀急欲复仇,不听恺言,忽惧忽忿,好似小儿模样。遂分兵五路,同时俱进。到了番禾苕藿等地方,掠得人民五千余户,乃议班师。部将屈右入白道:"陛下转战千里,已属过劳,今既得利,亟宜倍道还师,速度险阨。蒙逊素善用兵,士众习战,若轻军猝至,出我意外,强敌外逼,徙户内叛,岂不危甚?"道言方绝,卫将伊力延接口道:"彼步我骑,势不相及,若倍道急归,必致捐弃资财,示人以弱,这难道是良策么?"屈右出语诸弟道:"我言不用,岂非天命?恐我兄弟将不能生还了。"傉檀徐徐退还,途次忽遇风雨,阴雾四塞。那蒙逊兵果然大至,喊声四震,吓得南凉兵魂不附体,没路飞跑。傉檀亦即返奔,弃去辎重,狼狈走还。蒙逊追至乐都,四面围攻,傉檀又送出一个质子染干,方得令蒙逊回军。亏得多男。

是时西秦王乞伏乾归,叛秦独立。见九十五回。乃号妻边氏为王后,子炽磐为太子,兼督中外诸军,录尚书事,屡寇秦境,陷入金城略阳南安陇西诸郡。秦主姚兴,不遑西讨,只好遣吏招抚,曲为周旋。乾归方欲图南凉,乃与秦修和,送还所掠守宰,答书谢罪。兴更册拜乾归为征西大将军,河州牧大单于河南王,都督陇西岭北匈奴杂胡诸军事。炽磐为镇西将军左贤王平昌公。乾归父子受了秦命,送遣炽磐及次子审虔,带领步骑万人,往攻南凉,击败南凉太子虎台,掠得牛马十余万匹而还。未几复与秦背约,寇掠略阳南平,徙民数千户至谭郊,令子审虔率众二万,赴谭郊筑城,筑就后又复迁都,但命炽磐留镇苑川。

从子乞伏公府,系国仁子,年已长成,自恨前时不得嗣立,深怨乾归。**公府事见前文。** 会乾归出畋五溪,有枭鸟飞集手上,忙即拂去,心中不能无嫌,惟未曾料及隐患。是夕,宿居猎苑,被公府招引徒党,突入寝处,刺死乾归。因恐炽磐往讨,走保大夏。炽磐闻变,立命弟智达木弈干等,引兵讨逆,留骁骑将军娄机镇苑川,自帅将佐至枹罕城。已而智达击败大夏,追公府至嵝崀(kānglàng)山,把他擒住,并获公府四子,解至谭郊,车裂以徇。炽磐遂自称大将军河南王,改元永康,迎回乾归遗柩,安葬枹罕,追谥为武元王,号称高祖。署翟勍为相国,麹景为御史大夫,段晖为中尉;当即兴兵四出,攻讨吐谷浑诸胡,先后俘得男女二万八千人。越二年余,有五色云出现南山,炽磐目为符瑞,喜语群臣道:"我今年应得大庆,王业告成了。"嗣是缮甲整兵,专待四方衅隙。适南凉王傉檀,西讨乙弗,炽磐拔剑奋起道:"平定南凉,在此一行了。"当下征兵二万,克日起行。

那傉檀连年被兵,损失不赀,国威顿挫。唾契汗乙弗,向居吐谷浑西北,臣事南凉,至是亦叛。因此傉檀定议西征。邯川护军孟恺,又进谏道:"连年饥馑,百姓未安,炽磐蒙逊,屡来侵扰,就使远征得克,后患必深,计不如与炽磐结盟,通籴济难,足食缮兵,相持乃动,方保万全。"傉檀不从,使太子虎台居守,预约一月必还,倍道西去,大破乙弗,掳得马牛羊四十余万头,饱载归来。哪知乐极悲生,福兮祸倚,中途遇着安西将军樊尼,报称:"乐都失守,王后太子,俱已陷没了。"傉檀听到此耗,险些儿晕了过去,勉强安定了神,问明情形,才知为炽磐所掩袭。乐都城内的兵民,仓猝奔溃,虎台不及出奔,遂致被掳,妻妾等统是怯弱,当然不能脱身了。傉檀踌躇多时,复号众与语道:"今乐都为炽磐所陷,男夫多死,妇女赏军,我等退无所归,只好再行西掠,尽取乙弗资财,还赎妻子罢。"说着,又麾众西进。偏将士俱思东归,多半逃还。傉檀遣镇北将军段苟往追,苟亦不返。俄而将佐皆散,惟安西将军樊尼,中军将军纥勃,后军将军洛肱,散骑常侍阴利鹿,尚是随着。傉檀泣叹道:"蒙逊炽磐,从前俱向我称藩,今我若穷蹙往降,岂不可耻?但四海虽广,无可容身,与其聚而同死,不若分而或生。樊尼系我兄子,宗祧(tiāo)所寄,我众在北,尚不下二万户,可以往依。蒙逊方招怀远迩,不致寻仇,纥勃洛肱,俱可同去。我已老了,无地自容,宁与妻子同死罢。"言若甚悲,实由自取。樊尼与纥勉洛肱,依言别去。傉檀掉头东行,随从只阴利鹿一人,因凄然顾语道:"我亲属皆散,卿何故独留?"利鹿道:"臣家有老母,非不思归,但忠孝不能两全,臣既不能为陛下保国,难道尚敢相离么?"傉檀感叹道:"知人原是不易,大臣亲戚,统弃我自去,惟有卿终始不渝,卿非负我,我实愧卿。"说毕,泪下如雨。利鹿亦泣慰数语,乃再相偕同行。

途次探得炽磐已归,留部将谦屯都督河右,镇守乐都,又任秃发赴单为西平太守,镇守西平,赴单系乌孤子,为傉檀侄。傉檀得此援系,当即往投。赴单已臣事西秦,自然报达炽磐。炽磐从前入质南凉,利鹿孤尝给宗女为妻,后来炽磐奔还,傉檀曾将炽磐女送归。及炽磐攻入乐都,掳得傉檀季女,见她艳丽动人,遂逼令侍寝。为此两道姻谊,所以遣使往迎傉檀,待若上宾,令为骠骑大将军,封左南公。就是虎台被他带归,亦优礼相待。傉檀乃遣阴利鹿归省,利鹿方去。

自从乐都失陷,南凉各城,尽归炽磐,惟浩亹守将尉贤政,固守不下。炽磐遣人招谕道:"乐都已溃,卿妻子都在我处,何不早降?"贤政答道:"主上存亡,尚未探悉,所以不敢归命。若顾恋妻子,便忘故主,试问大王亦何用此臣?"去使还报炽磐。炽磐再使虎台赍去手书,往招贤政。贤政见了虎台,便正色道:"汝为储副,不能尽节,弃父忘君,自堕基业,贤政义士,岂肯效汝么?"虎台怀惭而去。及傉檀受爵左南,才举城归附后秦。与阴利鹿志趣相同,犹为彼善于此。炽磐既并吞南凉,遂自称秦王,立傉檀女秃发氏为王后,前妻秃发氏为左夫人。重后转前,亦属非是。旋恐傉檀尚存,终为后患,竟遣人赍了鸩毒,往毒傉檀。傉檀一饮而尽,俄而毒发,痛不可当,左右请亟服解药,傉檀瞋目道:"我病岂尚宜疗治么?"言讫即毙。年终五十一,在位十三年。南凉自秃发乌孤立国,兄弟相传,共历三主,凡十有九年而亡。

傉檀子保周破羌、利鹿孤孙副周、乌孤孙承钵,皆奔往北凉,转入北魏,魏并授公爵,且赐破羌姓名,叫作源贺,后来为北魏功臣。就是傉檀兄子樊尼,亦入魏授官,不遑细叙。惟虎台仍在西秦,北凉王沮渠蒙逊,遣人引诱虎台,许给番禾西安二郡,且愿借兵士,使报父仇。虎台恰也承认,阴与定约。偏被炽磐闻知,召入宫廷,不令外出,但表面上还不露声色,待遇如初。炽磐后秃发氏,与虎台为兄妹,起初是无法解说,只好勉侍炽磐,佯作欢笑,及得立为后,历承恩宠,心中总不忘君父,自恨身为女流,无从报复。可巧乃兄召入,尝得相见,遂觑隙与语道:"秦与我有大仇,不过因婚媾相关,虚与应酬,试想先王死于非命,遗言不愿疗治,无非为保全子女起见,我与兄既为人子,怎可长事仇雠,不思报复呢?"虽含有烈性,究竟身已被污,也不免迟了一着。虎台点首退出,密与前时部将越质洛城等设谋,阴图炽磐。不料宫中却有一个奸细,本是秃发氏遗胄,偏他甘心事房,反噬虎台兄妹,这叫丧尽天良,可叹可恨呢。

看官道是何人?便是炽磐左夫人秃发氏。她自傉檀女入宫得宠,已怀妒意,又平白地失去后位,反使后来居上,越觉愤愤不平,但面上却毫不流露,佯与王后相亲,很是投机。秃发后仍以姊妹相呼,误信她为同宗一

派，当无异心，所以有时晤谈，免不得将报仇意计，漏说数语。她便假意赞成，盘问底细，得悉她兄妹隐情，竟去报知炽磐。炽磐不听犹可，听了密报，自然怒起，立把王后兄妹及越质洛城等人，一并处死。自是左夫人秃发氏，得快私愤，复沐专宠了。惟炽磐元妃早殁，遗下数男，次子叫作暮末，由炽磐立为太子。暮末弟轲殊罗，亦为前妻所出，后来炽磐身死，暮末继立，秃发左夫人做了寡妇，不耐嫠居，竟与轲殊罗私通，谋杀暮末。暮末闻知，鞭责轲殊罗，赦他一死，独勒令秃发氏自尽，事在刘宋元嘉六年，乃是东晋后事。小子因她妒悍淫昏，终遭恶报，所以特别提出，留作榜样。奉劝后世妇女，切莫效此丑恶事呢。是有心人吐属。因随笔凑成一诗道：

一门姊妹不相俦，谗杀同宗甘事仇。
待到后来仍自尽，何如死义足千秋。

西秦方盛，后秦却已垂亡，欲知详情，试看下回分解。

秃发傉檀，北见侵于蒙逊，东受迫于炽磐，其危亡也必矣。然使听孟恺之言，和东拒北，尚不至于遽亡，乃人方眈伺，彼尚逞兵，乙弗不必讨而讨之，乐都不可忽而忽之，卒至众叛亲离，束手降虏，举先人之基业，让诸他人，寻且服鸩自毙，嗟何及哉！傉檀女为西秦后，冀复父仇，谋泄而死，一介妇人，独有亢宗之想，计虽不成，志足悲也。彼左夫人亦秃发氏女，何忘仇无耻若是？同一巾帼，判若径庭，然则秃发后其可不传乎？特笔以表明之，所以补《晋书》之阙云。

第九十九回

入荆州驱除异党　夺长安蔪灭后秦

却说秦主姚兴嗣位后,曾立昭仪张氏为后,长子泓为太子,余子懿弼洸(guāng)宣谌愔璞质逵裕国儿等,皆封公爵。弼受封广平公,素性阴狡,潜谋夺嫡,外面却装作孝谨,深得父宠,出为雍州刺史,权镇安定。降臣姜纪,曾叛凉归秦,依弼麾下,劝弼结兴左右,自求入朝。弼如言施行,果得兴诏,征为尚书侍中大将军,得参朝政。嗣是引纳朝士,勾结党羽,势倾东宫,为国人所侧目。左将军姚文宗,与东宫常相往来,很是亲昵。弼因之加忌,诬称文宗怨望,嘱使侍御史廉桃生为证人。兴不察虚实,竟将文宗赐死,群臣益复畏弼,不敢多言。溺爱不明,适足致乱。弼令私人尹冲为给事黄门郎,唐盛为治书侍御史,伺察机密,监制朝廷。右仆射梁喜,侍中任谦,京兆尹尹昭,不忍坐视,乘间白兴道:"家庭父子,人所难言,但君臣恩义,与父子相同,臣等理不容默,故敢直陈。广平公弼势倾朝野,意在夺嫡,陛下反假他威权,任所欲为,时论皆言陛下有废立意,果有此事,臣等宁死不敢奉诏。"兴愕然道:"哪有此事?"喜等复道:"陛下既无此事,爱弼反致祸弼,应亟加裁制,方免他忧。"兴默然不答。喜等只好趋退。大司农窦温,司徒左长史王弼,为弼说情,劝兴改立弼为太子。兴虽然不允,亦未尝驳责,益令朝右生疑,但不过腹诽心议罢了。

未几,兴遇重疾,太子泓入侍,弼谋作乱,潜集党羽数千人,披甲为备,拟俟兴死后,杀泓自立。兴子裕侦悉弼谋,遣使四出,飞告诸兄。于是上庸公懿,治兵蒲阪,陈留公洸治兵洛阳,平原公谌治兵雍州,俱欲入赴长安,会师讨弼。尚幸兴病渐愈,弼谋不得遂。征房将军刘羌,乘兴升殿,泣告前情。兴慨然道:"朕过庭无训,使诸子不睦,负惭四海,今愿卿等各陈所见,俾安社稷。"京兆尹尹昭复请诛弼,右仆射梁喜,亦如昭议,惟兴始终不忍,但免弼尚书令,使以将军公就第。懿洸谌闻兴已瘳,各罢兵还镇。已而懿洸谌及长乐公宣，联翩入朝，使弟裕先入报兴，求陈时事。兴怫然道："汝等无非论弼得失，我已尽知，不烦进言了。"裕答道："弼果有过，陛下亦宜垂听，若懿等妄言，尽可加罪，奈何不令入见呢？"兴乃就谘议堂引见诸子。宣流涕极陈弼罪，兴徐嘱道："我自当处弼，何必汝等加忧？"宣始趋出。抚军东曹属姜虬疏请黜弼，兴将虬疏取示梁喜，喜复请早决，兴仍然不从，蹉跎过去，又越年余。

晋荆州刺史司马休之，据住江陵，雍州刺史鲁宗之，据住襄阳，与太尉刘裕相争，因驰书入关，乞发援兵。秦主兴遣将姚成王司马国璠等，率八千骑赴援，指日出发。究竟休之宗之，何故与裕失和？说来又是一番原因。休之出镇江陵，颇得民心，子文思过继谯王，留居建康，豪暴粗疏，为太尉裕所嫉视。有司希旨，阴伺文思过失，适文思捶杀小吏，正好据事纠弹。有诏诛文思党羽，本身贷死。裕将文思送给休之，令自训厉，意欲休之将子处死。休之但表废文思，并寄裕书，陈谢中寓讥讽意。裕因之不悦，特使江州刺史孟怀玉，兼督豫州六郡，监制休之。翌年，又收休之次子文质，从子文祖，并皆赐死，一面声讨休之，即加裕黄钺，领荆州刺史，起兵西行。裕令弟中军将军刘道怜监留府事，进刘穆之兼左仆射，佐助道怜，自己好放心前去。休之闻报，忙邀雍州刺史鲁宗之。及宗之子竟陵太守鲁轨，合拒裕军。裕使参军檀道济朱超石，率步骑出襄阳。江夏太守刘虔之，聚粮以待，偏被鲁轨暗袭虔之，把他击死。裕婿徐逵之，与别将蒯恩沈渊子等，出江夏口，又堕入鲁轨的埋伏计。逵之沈渊子阵亡，惟蒯恩得免。

裕连接败报，不由的怒气勃勃，麾军渡江，亲决胜负。休之也恐不能敌裕，因向后秦乞援。秦虽遣将为助，究因道途相隔，未能遽至。回应上文。休之子司马文思，与宗之子鲁轨，合兵四万，夹江扼守，列阵峭岸，高约数丈。裕舟近岸，将士见了峭壁，不敢上登。裕披甲出船，自欲跃上，诸将苦谏不从。主簿谢晦，把裕掖住，气得裕瞋目扬须，拔剑指晦道："我当斩汝！"晦答道："天下可无晦，不可无公。"有何用处？不过留他篡晋呢。将军胡藩，忙趋出裕前，用刀头挖穿岸上，可容足指，便蹑迹登岸。将士亦陆续随上，向前力战。文思与轨，稍稍却退。转瞬间裕亦上岸，麾军大进，顿将文思等击退，直指江陵。休之宗之，闻裕军锐甚，无心固守，亦弃城北遁。惟轨退保石城，裕令阆中侯赵伦之，参军沈林子攻轨,另遣武陵内史王镇恶,领着舟师,追蹑休之宗之。休之在途中收集败军,拟援石城,不意石城已被攻破。轨独狼狈奔来,乃相偕奔往襄阳。襄阳参军李应之,闭门不纳,休之等只好奔往后秦,行至南阳,正遇秦将姚成王等前来,彼此谈及,知荆雍已被裕军夺去,不如同入长安,再作后图,乃相引入关去了。

休之有亲属司马道赐,为青冀二州刺史刘敬宣参军,密拟起应休之,与裨将王猛子等合谋,竟将敬宣刺毙。敬宣府吏,当即召众戡乱,捕斩道赐猛子,青冀二州,仍然平定。裕饬诸军还营,奏凯入朝。廷旨加裕太傅扬州牧,剑履上殿,入朝不趋,赞拜不名。裕表辞太傅州牧,其余受命。是年,又命裕都督二十二州军事,越年,再任裕为中外大都督。裕闻后秦乱起,骨肉相残,已有亡征,乃说他援纳叛党,决计西讨;当下敕令戒严,准备启行。

自从秦主兴收纳休之,命为镇军将军,领扬州刺史,使他侵扰荆襄,且欲调兵接应。无如诸子相争,国内不安,天灾地变,复随时告警,忽而大旱,忽而水竭,忽而白虹贯日,忽而荧惑出东井,童谣讹言,哗传不息。兴

亦未免怀忧，乃不违出师。再越一年，已是秦主兴的末年了！正月元旦，兴御太极前殿，朝会群臣，礼毕退朝，群臣忽闻有哭泣声，仔细一查，乃是沙门贺僧。贺僧能言未来吉凶，为兴所敬礼，所以宴会时尝得列席。此次退朝哭泣，大众不免疑问，他且默然自去。尽在不言中。兴哪里知晓，北与拓跋魏和亲，特遣女西平公主，嫁与拓跋嗣为夫人，南使鲁宗之父子，寇晋襄阳。宗之道死，由鲁轨引兵独行，为晋雍州刺史赵伦之击退。兴自出华阴，调兵南下，不意旧疾复发，没奈何趋还长安。太子泓留守西宫意欲出迎，宫臣进谏道：“主上有疾，奸臣在侧，殿下今出，进不得见主上，退且有不测奇祸，不如勿迎。”泓蹙然道：“臣子闻君父疾笃，尚可不急往迎谒么？”宫臣答道：“保身保国，方为大孝，怎可徒拘小节呢？”泓乃不敢出郊，但在黄龙门下，迎兴入宫。时黄门侍郎尹冲，果欲因泓出迎，刺泓立弼，偏偏计不得遂，只好罢议。

尚书姚沙弥，为冲画策，拟迎兴入弼第。冲因兴生死未卜，欲随兴入宫作乱，故不用沙弥言。兴既入宫，命太子泓录尚书事，且召入东平公姚绍，使与右卫将军胡翼度，典兵禁中，防制内外。且遣殿中上将军敛曼嵬，往收弼第中甲仗，纳诸武库。未几，兴疾益剧，有妹南安长公主，入内问疾，兴不能答。于是阖宫仓皇，群谓兴死在目前。兴少子耕儿，出告兄南阳公愔道：“主上已崩，请速决计！”愔闻言即出，号召党羽尹冲姚武伯等，率甲士攻端门。敛曼嵬勒兵拒战，胡翼度率禁兵闭守四门，愔等不得突入，索性在端门外面放起火来，那时宫内臣妾，见外面火光烛天，当然骇噪。秦主兴耳目尚聪，力疾起问，才得乱报，便令侍臣扶掖出殿，传旨收弼，立即赐死。何若先事预防，或可免此惨剧。禁兵见兴出临，无不喜跃，争往击愔。愔败奔骊山。愔党建康公吕隆即后凉亡国主。奔雍，尹冲及弟泓奔晋，秦宫少定。兴已弥留，亟召姚绍姚赞梁喜尹昭敛曼嵬等，并入内寝，受遗诏辅政，越日兴殂。泓秘不发丧，便遣将捕诛南阳公愔及吕隆等人，然后发丧。追谥兴为文桓皇帝。总计兴在位二十二年，寿终五十一岁。

泓乃嗣位，改元永和。北地太守毛雍，起兵叛泓，泓命东平公绍往讨，将雍擒斩。长乐公宣，未知雍败，遣将姚佛生等，入卫长安。佛生既行，宣参军韦宗好乱，劝宣乘势自立，宣竟为所误，也即发难。再由东平公绍移军往击,大破宣兵。宣诣绍归罪,为绍所杀。既而西秦王炽磐,仇池公杨盛,夏主勃勃,先后交侵,秦土日蹙。再经晋刘裕引着大军,得步进步,姚氏宗祚,从此要灭亡了。

刘裕既兴兵讨秦,加领征西将军,兼司豫二州刺史。世子义符为中军将军,留监府事。左仆射刘穆之,领监军中军二府军司,入居东府,总摄内外。司马徐羡之为副,左将军朱龄石守卫殿省,徐州刺史刘怀慎守卫京师。部署既定,然后西讨军出都,分作数路。龙骧将军王镇恶,冠军将军檀道济,自淮泗向许洛,新野太守朱超石,宁朔将军胡藩趋阳城,振武将军沈田子,建威将军傅弘之入武关,建武将军沈林子,彭城内史刘遵考,率水军出石门,自汴达河,又命冀州刺史王仲德为征虏将军,督领前锋,开钜野入河。刘穆之语镇恶道:"刘公委卿伐秦,卿宜努力!"镇恶道:"我若不克关中,誓不复渡江。"当下各路出发,陆续西进。裕亦徐出彭城,连接前军捷报。王镇恶收服漆邱,檀道济降项城,拔新蔡,下许昌,沈林子克仓垣,王仲德亦入滑台,好算是势如破竹,先声夺人了。

惟滑台系是魏地,守将尉建,骤见晋军到来,不明虚实,便即遁去。魏主拓跋嗣闻报,即遣部将叔孙建公孙表等,引兵渡河。途遇尉建返奔,就将他缚住,押往滑台城下,一刀斩首,投尸河中。随即问城上晋兵,责他何故入犯?仲德使司马竺和之答语道:"刘太尉遣王征虏将军,自河入洛,清扫山陵,并未敢侵掠魏境,不过魏将弃城自去,王征虏暂借空城,休息兵士,缓日即当西去,便将原城奉还。"不假道而入城,究属牵强。叔孙建不便启衅,使人飞报魏主。魏主嗣又令建致书刘裕,裕婉词答复道:"洛阳系我朝旧都,山陵具在,今为西羌所掠,几至陵寝成墟,且我朝叛犯,均由羌人收纳,使为我患,我朝因此西讨,假道贵国,想贵国好恶从同,定无违言,滑台一军,便当令彼西引,断不久留。"这一席话,答将过去,魏人倒也无词可驳,只好按兵待着,俟仲德他去,收复滑台。

那晋将檀道济,进拔秦阳荥阳二城,直抵成皋。秦征南将军姚洸,屯戍洛阳,急向关中乞援。秦主泓遣武卫将军姚益男,越骑校尉阎生,合兵万三千人,往救洛阳。又令并州牧姚懿,南屯陕津,作为声援。姚益男等尚未到洛,晋军已降服成皋,进攻柏谷。秦宁朔将军赵玄,劝洸据险固守,静待援师,怎知司马姚禹,已暗通晋军,但请洸发兵出战。洸即令赵玄,领兵千余，出堵柏谷坞，广武将军石无讳，出守巩城。玄临行时，泣语洸道："玄受三帝重恩，理当效死，但公误信奸人，必贻后悔。"说毕，即与司马蹇鉴，驰往柏谷，正值晋军攻入，便与交锋。晋军越来越多，玄兵只有千余，又无后继，如何拦截得住？玄拼命冲入，身中十余创，力不能支，据地大呼。司马蹇鉴，抱玄泣下。玄凄声道："我死此地，君宜速去。"鉴泣答道："将军不济，鉴将何往？"遂相偕战死。不愧为姚氏忠臣。无讳至石阙奔还，姚禹逾城降晋。晋军直逼洛阳，四面围攻。姚洸待援不至，只好出降。檀道济俘得秦兵四千余名，或劝他悉加诛戮，封作京观。道济道："伐罪吊民，正在今日，怎得多杀哩？"是极。因皆释缚遣归，入城安民，秦人大悦。

姚益男等闻洛阳失陷，不敢再进，折回关中。刘裕使冠军将军毛修之往镇洛阳，再饬道济等前进。适西秦王炽磐，遣使诣裕，愿击秦自效。裕即表封炽磐为平西将军河南公，自引水军发彭城，接应前军。秦主泓方惶急得很，不防并州牧姚懿，到了陕津，误听司马孙畅计议，意图篡立，反倒戈还攻长安。秦主急遣东平公姚绍等引兵击懿。懿败被擒，畅即伏诛。接连是征北将军齐公姚恢，复自称大都督，托言入清君侧，自北雍州还趋长安，再由姚绍移军攻恢，恢方败死。懿为泓弟，恢为泓叔，不思共救国危，反相继谋逆，真是姚氏气数。姚绍得进封鲁公，升官太宰，都督中外诸军事，率同武卫将军姚鸾等，拥兵五万，东援潼关。别遣副将姚驴守蒲阪。晋将王镇恶入渑池，进薄潼关，檀道济沈林子，自陕北渡河，进攻蒲阪。蒲阪城坚难下，林子谓不若会同镇恶，合攻潼关。道济依议，便与林子回军，共至潼关下寨。姚绍开关搦战，被道济等纵兵奋击，丧亡千人，不得已退保定城，据险固守，再令姚鸾出击晋军粮道，偏为晋将沈林子所料，黉夜袭鸾，把鸾击毙。绍又使东平公姚赞，截晋水军，亦被沈林子击败，奔回定城。

秦主泓连接败报，仓皇失措，只好向魏乞援。晋刘裕泝河西上，亦使人向魏借道。魏主拓跋嗣集众会议，多说秦魏方通婚媾，理应拒晋援秦。秦女西平公主为魏夫人事，见上文。独博士祭酒崔浩，谓："秦已垂亡，往救无益，不如假裕水道，听他西上，然后发兵堵塞东路。裕若胜秦，必感我惠，否则我亦有救秦的美名，这乃是一举两得的上计。"拓跋嗣不能无疑，再经宫内的拓跋夫人,劝嗣拒晋,嗣乃遣司徒长孙嵩等屯兵河北,遏住裕军。裕引军入河,魏兵随裕西行,裕遣亲兵队长丁旿,率勇士七百人,坚车百乘,登岸列阵。再命朱超石领着弓弩手二千,登车环射魏兵,且射且进。再用大锤短槊,左右猛击,连毙魏兵无数。魏兵大溃,魏将阿薄干阵亡,裕军遂安然向西去了。

魏主嗣始悔不听崔浩,再与浩商议军情,欲截裕军归路。浩答道:"裕能得秦,不能守秦,将来关中终为我有,何必目前劳兵?臣尝私论近世将相,王猛佐秦,乃是苻坚的管仲,慕容恪辅燕,乃是慕容晔的霍光,刘裕相晋,乃是司马德宗的曹操,彼欲立功震世,篡代晋室,岂肯长留关中么?"*料事如神。*嗣乃大喜,不再出兵。晋将王镇恶,久驻潼关,粮食将尽,意欲弃去辎重,还赴大军。沈林子拔剑击案道:"今许洛已定,关右将平,前锋为全军耳目,奈何自阻锐气,功败垂成呢?"镇恶乃自至弘农,晓谕百姓,劝送义租,百姓应命输粮,军食复振。林子复击破河北秦军,斩秦将姚洽姚墨蠡唐小方。姚绍愧愤成疾,呕血而亡。秦兵失了姚绍,越加惊心,无心战守。晋将沈田子傅弘之等,领着偏师千余骑,袭破武关,进屯青

泥。秦主泓率众数万,前来抵御,弘之欲退,田子独慷慨誓众,鼓噪奋进。姚泓素未经大战,蓦见晋军各执短刀,冒死冲来,好似虎狼一般,不由的惊心动魄,急忙返奔,余众当然披靡,统皆溃散,所有乘舆麾盖,抛弃殆尽。沈林子恐田子有失,亟往驰救,见秦主已经败去,便相偕追入,再加刘裕到了潼关,令王镇恶自河入渭,亟捣长安。裕军继进,斩姚强,走姚难,直达渭桥。姚丕扼守渭桥,由镇恶舍舟登岸,身先士卒,大破丕军。姚泓引兵援丕,反被丕败卒还冲,自相践踏,不战即溃。泓匹马奔还,镇恶追入平朔门,长安已破,急得泓不知所为,挈妻子奔往石桥。姚赞还救姚泓,众皆散去,胡翼度走降晋军。泓无法可施,只得输款乞降。后秦自姚苌僭号,共历三世,凡三十二年而亡。小子有诗叹道:

　　霸踞关中卅二年,如何豆釜竟相煎?
　　内忧外侮侵寻日,莫怪姚宗不再延。

姚泓出降,独有一幼子涕泣谏阻,坠城殉国。欲知详情,下文还有一回,请看官仔细看明。

　　司马休之,晋宗室之强者也。刘裕既杀刘毅与诸葛长民,宁能再容休之?其所由使镇荆州者,亦一调虎离山之秘计耳。文思有罪,废之可也,乃必送交休之,令其处死,是明知休之之不忍杀子,可声罪以讨之。休之不能敌裕,卒致兵败西走,而鲁宗之父子,亦随与同行,裕之驱除异己,从此垂尽矣。后秦主姚兴父子,其恶皆不若姚苌,兴得幸免,泓竟速亡,祸实由苌贻之。内有诸子之相争,外有强邻之相逼,虽曰人事,亦由天道。如姚苌之狡鸷,犹得传祚三世,不可谓非幸事。姚泓以仁孝闻,卒致失国陨身,乃知凶人之必归无后也。

第一百回
招寇乱秦关再失　追禅位晋祚永终

却说姚泓幼子佛念,年才十二,他料乃父出降,未足自全,因涕泣语泓道:"陛下今虽降晋,亦必不免,还不如自裁为是。"泓怃然不应。佛念竟自登宫墙,跃坠下地,脑破身亡。倒是一个国殇。泓率妻子及群臣诣镇恶营前乞降,镇恶命属吏收管,待刘裕入城处置,一面出示抚慰,严申军令,阖城粗安。既而闻裕到来,出迎灞上,裕面加慰劳道:"成我霸业,卿为首功。"镇恶再拜道:"威出明公,力出诸将,镇恶何功足录呢?"裕笑道:"卿亦欲学汉冯异么?"说着,即偕镇恶入城,收秦仪器法物,送往建康,外如金帛珍宝,分赏将士。秦平原公姚璞,及并州刺史尹昭,以蒲阪降。东平公姚赞,亦率宗族百余人投降。裕尽令处斩,且解送姚泓入都,枭首市曹,年才三十。司马休之父子及鲁轨,已见机先遁,逃入北魏,裕无法追捕,只好罢休。

晋廷遣琅琊王德文,暨司空王恢之,并至洛阳,修谒五陵。裕欲表请迁洛,谘议将军王仲德,谓:"劳师日久,士卒思归,迁都事未可骤行。"裕乃罢议,惟暗嘱行营长史王弘,入朝讽请,加九锡礼。有诏进裕为相国,总掌百揆,封十郡为宋公,兼加九锡。裕反佯辞不受。请之而复辞之,全是狡诈。寻又封裕为王,裕仍表辞。时夏主勃勃雄踞朔方,就黑水南面筑一大城,作为夏都,自谓将统一天下,君临万邦,故名都城为统万城。又言祖宗误从母姓,实属不合,特改刘氏为赫连氏,取徽赫连天的意义。远族以铁伐为氏,谓刚锐如铁,并足伐人。无非杜撰。嗣是屡寇秦边,掠民突境。至闻刘裕伐秦,因笑语群臣道:"姚泓本非裕敌,且兄弟内叛,怎能拒人?眼见是要灭亡了。但裕不能久留,必将南归,但使子弟及诸将居守,我正好进取关中呢。"遂秣马厉兵,进据安定。秦岭北郡县镇戍,皆降勃勃。

裕得此消息，亦知勃勃必进图关中，乃遣使贻勃勃书，约为兄弟。勃勃使侍郎皇甫徽，预草答书，一诵即熟，乃对着裕使，口授舍人，令他书就，即交裕使赍归。裕问悉情形，并展读复书，不禁愧叹，自谓勿如，**也被勃勃所绐么？** 因欲经略西北，为弭患计。偏由建康递到急报，乃是左仆射刘穆之，得病身亡。裕恃穆之为腹心，府事统归他主裁，忽然病死，顿令裕内顾怀忧，当即决意东归，留次子义真为安西将军，都督雍梁秦州军事，镇守关中。义真年仅十三，特使谘议将军王修为长史，王镇恶为司马，沈田子毛德祖傅弘之为参军从事，留辅义真，自率诸军启行。**既知勃勃为患，乃使幼子守秦，裕亦有此失策，令人不解！** 三秦父老，各诣军门泣阻道："残民不沾王化，已阅百年，今复得睹汉仪，人人相贺，长安十陵，是公祖墓，咸阳宫阙，是公旧宅，去此将何往呢？"裕祖乃汉高帝弟交，**曾见前文，故秦民所言如此。** 裕只以受命朝廷，不得擅留为辞。且言："有次子义真及诸文武共守此土，可保无虞。**吾谁欺？欺天乎？** 秦民只好退去。王镇恶恃功贪恣，盗取库财，不可胜记，又与沈田子等不和，田子屡次白裕，谓："镇恶贪婪不法，且家住关中，不可保信。"裕终不问。至裕启程时，又与傅弘之同申前议。裕答道："猛兽不如群狐，卿等十余人，难道怕一王镇恶么？"**此语益错。** 语毕即行，自洛入河，开汴渠以归。

夏主勃勃，闻裕已东归，便召王买德问计，欲夺关中。买德道："关中为形胜地。裕乃令幼子居守，匆匆东返，无非欲去篡晋，不暇顾及中原，**一语窥破。** 我若不再取关中，尚待何时？青泥上洛，是南北险要，可先遣游军截住，再发兵东塞潼关，断他水陆要道，然后传檄三辅，兼施威德，区区义真，如网罟中物，自然手到擒来了。"勃勃大喜，遂命子赫连璝（guī）率兵二万，南向长安。前将军赫连昌，往屯潼关，使买德为抚军长史，出据青泥，自率大军继进。璝至渭阳，秦民多降。关中守将沈田子傅弘之等，督兵出御，因闻夏兵势盛，不敢前进，但退守刘回堡，遣使还报刘义真。王镇恶语王修道："刘公以十岁儿付我侪，理当竭力匡辅，今大敌当前，拥兵不进，试问虏何时得平？"说着，即遣还来使，自率部曲往援，田子得使人返报，益恨镇恶，随即造出一种讹言，谓："镇恶将自王关中，送归义真，杀尽南人。"军士闻言，当然惊惶。及镇恶到来，由田子邀入傅弘之营，诈称有密计相商，请屏左右。镇恶贸然径入，突被田子宗党沈敬仁，一刀刺死，复矫称"刘太尉密令，谓镇恶系前秦王猛孙，反覆难恃，所以加诛"云云。弘之本未与田子同谋，骤遭此变，急忙奔还长安，告知王修。修拥义真披甲登城，潜令军士埋伏城外，等到田子返报，即发伏拿下田子，责他擅杀大将，斩首徇众。当下命冠军将军毛修之，代为司马，与傅弘之同出拒战，连破夏兵，夏兵乃退。

王修遣人报知刘裕，裕表赠镇恶为左将军青州刺史，别遣彭城内史刘遵考为并州刺史，领河东太守，出镇蒲阪。征荆州刺史刘道怜为徐兖二州刺史，调徐州刺史刘义隆出镇荆州。义隆系裕第三子，年尚幼弱，辅以刘彦之张邵王昙首王华等人，四方重镇，统用刘氏子弟扼守，刘裕心术，不问可知了。已而相国宋公的荣封，及九锡殊礼，联翩下诏，裕居然受封，正要将篡立事下手进行，偏得关中警耗，乃是长安大乱，夏兵四逼，非但秦地难守，连爱子义真都命在须臾。裕不禁着忙，急遣辅国将军蒯恩，率兵西往，召还义真，再派右司马朱龄石为雍州刺史，代镇关中。龄石临行，裕与语道："卿到长安，速与义真轻装出关，待至关外，方可徐行，若关右必不可守，即与义真俱归便了。"既知爱子，何必令守关中？龄石领命而去。裕又遣龄石弟超石，宣慰河洛，随后继进，才稍稍放下忧心。

哪知关中变乱，统是义真一人酿成。所谓成事不足，败事有余。义真年少好狎，赏赐无节，王修每加裁抑，为众小所嫉视，遂日进谗言，诬修谋反。义真不明曲直，便使嬖人刘乞等，刺杀王修，于是人情疑骇，无复固志。义真悉召外兵入卫，闭门拒守，这消息传入夏境，赫连勃勃，即发兵南下，占据关中郡县，复自率亲军入踞咸阳，截断长安樵汲，长安大震。义真自然向裕乞援，到了蒯恩入关，促义真即日东归，偏义真左右，志在子女玉帛，一时未肯动身；及龄石踵至，再三敦促，义真乃出发长安。部下趁势大掠，满载妇女珍宝，方轨徐行，傅弘之蒯恩随着，一日只行十里。忽闻夏世子赫连璝轻骑追来，弘之急白义真，劝他弃了辎重，赶紧出关。义真还不肯从。俄而夏兵大至，尘雾蔽天，弘之即令义真先行，自与蒯恩断后，且战且走。夏兵不肯舍去，尽管追蹑，累得傅蒯两人，力战了好几日，杀得人困马乏，才到青泥。不料夏长史王买德，引兵截住，傅弘之蒯恩，虽然死斗，究竟敌不住夏兵，结果是同被擒去。司马毛修

之,也为买德所擒,单逃出一个义真,还是死的干净。义真见左右尽亡,避匿草中。幸遇中兵参军段宏,窃负而逃,又当夜色迷蒙,无人能辨,才得脱归。

夏主勃勃入攻长安,长安只有朱龄石居守,百姓不服龄石,把他撵逐。龄石焚去前朝宫殿,奔往潼关。弟超石奉令西行,亦入关探兄,兄弟方才相会,同入戍将王敬先垒中。偏夏将赫连昌,引众来攻,先截水道,后扑戍垒,垒中兵渴不能战,竟被陷入。龄石使超石速去,超石泣道:"人谁不死?宁忍今日别兄,自寻生路呢!"遂与敬先等出斗,力竭负伤,统为所擒。勃勃遂入长安,据有关中。龄石兄弟,及王敬先傅弘之等,并皆不屈,均遭杀害。勃勃且积人头为京观,号为髑髅台,然后命在灞上筑坛,自称皇帝,改元昌武;寻复还居统万城,留世子赫连璝为雍州牧,镇守关中,号为南台,这且搁下不提。

且说刘裕闻长安失守,未知义真存亡,顿时怒不可遏,即欲兴兵北伐。侍中谢晦等固谏,尚未肯从,嗣得段宏启闻,知已救出义真,乃不复发兵,但登城北望,慨然流涕罢了。是岁为晋义熙十四年,即安帝二十二年。西凉公李歆,遣使至建康,报称父丧,且告嗣位。歆父就是李暠,自与北凉脱离关系,据有秦凉二州郡县,初称凉公,嗣称秦凉二州牧。应八十六回。改年建初,由敦煌迁都酒泉,一再奉表建康,词极恭顺。就是境内自治,亦注重文教,志在息民。惟北凉主沮渠蒙逊,屡往侵扰。暠每出防堵,互有胜负。在位十九年,年已六十七岁,得疾而亡。临殁时,遗命长史宋繇道:"我死后,我子与卿相同,望卿善为训导,勿负我心。"繇当然受命,嗣奉暠子歆为西凉公,领凉州牧,改元嘉兴,追谥暠为武昭王,尊暠继妻尹氏为太后。暠元配辛氏,贞顺有仪,中年去世,暠尝亲为作诔,并撰悼亡诗数十首。续配尹氏,本是扶风人马元正妻,元正早卒,尹乃改嫁,自恨再醮失节,三年不言,抚前妻子,恩过所生。及暠创业时,多所赞助,故当时有李尹王敦煌的谣传。尹氏排入《晋书·列女传》,故文不从略。歆既嗣位,进宋繇为武卫将军,录三府事。繇劝歆仍事晋室,尹太后语亦从同,所以歆遣使报晋。晋授歆为镇西大将军,封酒泉公。北凉王蒙逊,闻歆得邀封,也遣使向晋称藩。有诏授蒙逊为凉州刺史,惟此时颁发诏旨,已为琅琊王德文所出,那晋安帝已被刘裕弑死了。

裕年逾六十,急欲篡晋,自娱晚年,尝查阅谶文云:"昌明后尚有二帝。"昌明即晋孝武帝表字,见前文。乃决拟弑主应谶,密嘱中书侍郎王韶之,贿通安帝左右,乘间弑帝。安帝原是傀儡,一切辅导,全仗弟琅琊王德文,德文自往洛阳谒陵后,便即还都,仍然日侍帝侧,不敢少离。韶之等无隙可乘,如何下手?会德文有疾,不得不回第调养。韶之趁势入宫,指挥内侍,竟用散衣作结,套住安帝颈中,生生勒毙。阅至此,令人发指。年止三十七岁,在位二十二年。韶之既已得手,便去报知刘裕,裕因托称安帝暴崩,且诈传遗诏,奉琅琊王德文嗣位,是为恭帝。越年正朔,改元元熙,立妃褚氏为皇后。后系义兴太守褚爽女,颇有贤名。可惜已成末代。恭帝因先兄未葬,一切典仪,概从节省。过了元宵,方将梓宫奉葬,追谥为安皇帝,一面加封百官,进刘裕为宋王。裕老实受封,移镇寿阳。嗣复讽令朝臣,再加殊礼,得用天子服驾,出警入跸,进母萧氏为王后,世子义符为太子。

好容易过了一年,裕在寿阳宴集群僚,伪言将奉还爵位,归老京师。僚属莫名其妙,只有一中书令傅亮,悉心揣摩,居然窥透裕意,到了席散出

厅,复叩扉请见道:"臣暂应还都。"裕掀髯一笑,并无他言。贼心相照。亮便即辞出,仰见天空中现出长星,光芒四射,不禁抚髀长叹道:"我尝不信天文,今始知天道有凭了。"越宿,即驰赴都中。未几,即有诏命传出,征裕入辅。裕留四子义康镇寿阳,参军刘湛为辅,自率亲军匆匆启行。到了建康,傅亮已安排妥当,迫帝禅位,自具诏草,进呈恭帝,令他照稿誊录。恭帝顾语左右道:"桓玄时晋已失国,亏得刘公恢复,又复重延,到今将二十年。今日禅位,也是甘心。"说着,即强作欢颜,操笔书就,付与傅亮;眼中想已包含无数泪珠。复取出玺绶,交给光禄大夫谢澹,尚书刘宣范,赍送宋王刘裕,自挈皇后褚氏等,凄然出宫去了。当时,司马氏中,稍有才望的人物,或逐或死,已经垂尽,只司马楚之有万余人,屯据长社,司马文荣引乞活千余人,屯据金墉城南,乞活见前。司马道恭自东垣率三千人,屯据城西,司马顺明集五千人屯陵云台,彼此统是晋室遗胄,志在规复,但没有一定统领,好似散沙一般,如何成事?结果是被各处戍将,驱逐出境,同奔北魏去了。强弩之末,势不能穿鲁缟。宋王刘裕,得了禅诏,表面上还三揖三让,佯作谦恭,那一班攀鳞附翼的臣僚,连番劝进,遂在南郊筑坛,祭告天地,即皇帝位,国号宋,颁诏大赦,改晋元熙二年为宋永初元年。废晋恭帝为零陵王,晋后褚氏为零陵王妃,徙居故秣陵县城,使冠军将军刘遵考率兵管束,东晋遂亡。更可恨的是狠心辣手的刘裕,暗想废主尚存,终是祸根,不如一律铲除,好免后患。自晋元熙二年六月受禅,到九月中,竟用毒酒一罂(yīng),命鸩零陵王司马德文,起初是遣琅琊郎中令张伟往鸩,伟竟取来自饮,毒发即亡。尚是一个晋氏忠臣,故特表出。后竟令兵士逾垣,再鸩德文。德文不肯饮鸩,竟被兵士用被掩死。可怜德文在位才及年余,便遭惨毙,年终三十六岁。宋主裕佯为举哀,辍朝三日,追谥曰恭。总计东晋自元帝至恭帝,共十一主,得一百零四年,若与西晋并合计算,共十五主,得一百五十六年。

至若刘宋开国,一切事实,具详《南北史演义》中,此书名为《两晋演义》,便应就此收场。惟东晋亡时,西凉亦亡,西凉主李歆,好兴土木,又尚严刑,累得人民不安,变异迭出。歆尚不知儆,从事中郎张显,切谏不从。北凉主蒙逊,乘隙图歆,佯引兵攻西秦,暗中却屯川岩,专待歆军,果然歆为彼所诱,拟乘虚往袭北凉。武卫将军宋繇等,苦口谏阻,终不见听,再经尹太后危词劝戒,仍然不从,遂将步骑三万人东行。中途被蒙逊邀击,一败涂地。或劝歆还保酒泉,歆慨然道:"我违母训,自取败辱,不杀此胡,有何面目再见我母呢?"当下收拾残兵,再战再败,竟为所杀。蒙逊遂进据酒泉,灭掉西凉。西凉自李暠独立,一传而亡,凡二主,共二十二年。只西凉母后尹氏,见了蒙逊,蒙逊却好言劝慰,尹氏正色道:"李氏为胡所灭,尚复何言?"蒙逊默然,乃令退去。或语尹氏道:"母子命悬人手,奈何倨傲若此?"尹氏道:"兴灭死生,乃是定数,但我一妇人,不能死国,难道尚怕加斧钺,求为他人臣妾么?若果杀我,我愿毕了。"蒙逊闻言,反加敬礼,娶尹氏女为子妇。后来尹氏自往伊吾,与诸孙同居,竟得寿终。特叙西凉之亡,全为尹氏一人。惟北凉沮渠蒙逊,传子牧犍,为魏所灭,西秦乞伏炽磐,传子暮末,为夏所灭。夏历二传,赫连昌赫连定。北燕只一传,冯跋弟弘。先后入魏。就是仇池杨氏,亦被魏吞并,这都属刘宋时事,详载《南北史演义》,请看官另行取阅便了。交代清楚。不过五胡十六国的兴亡,却有略表数行,录述如下:

(一)汉刘渊。(前赵)刘曜。匈奴汉历三主,分为二赵,前赵刘曜,为后赵所灭。

（二）北凉沮渠蒙逊。　　同上凡二主,为北魏所灭。

（三）夏赫连勃勃。　　　同上凡三主,为北魏所灭。

（四）前燕慕容皝。　　　鲜卑凡三主,为前秦所灭。

（五）后燕慕容垂。　　　同上凡五主,为北燕所篡。

（六）南燕慕容德。　　　同上凡二主,为晋所灭。

（七）西秦乞伏国仁。　　同上凡四主,为夏所灭。

（八）南凉秃发乌孤。　　同上凡三主,为西秦所灭。

（九）后赵石勒。羯凡七主,为冉闵所篡,闵复为前燕所灭。

（十）成（汉）李雄。氐凡三主,雄弟寿,改国号汉,寿子势为晋所灭。

（十一）前秦苻洪。　　　同上凡七主,为后秦所灭。

（十二）后凉吕光。　　　同上凡四主,为后秦所灭。

（十三）后秦姚苌。　　　同上凡二主,为晋所灭。

（十四）前凉张重华。　　汉族凡五主,为前秦所灭。

（十五）西凉李暠。　　　同上凡二主,为北凉所灭。

（十六）北燕冯跋。　　　同上凡二主,为北魏所灭。

小子叙述既毕,尚有煞尾诗二首,作为本编的余声,看官毋遽掩卷,且再阅后面两行。诗云：

　　百年遗祚竟沦亡,大好江东让宋王。
　　我篡他人人篡我,祖宗作法子孙偿。

　　彝夏如何溃大防?五胡迭入竞猖狂。
　　可怜中土无宁宇,话到沧桑也黯伤。

刘裕既得关中,乃令次子义真居守,彼岂不知义真尚幼,无守土才,况王沈诸将,嫌隙已萌,即无赫连勃勃之窥伺,亦未必常能保全。其所由遽尔东归者,篡晋之心已急,利令智昏,不暇为关中妥计耳。至裕一归而秦地即乱,诸将多死,惟义真幸得脱归,失于彼必偿于此,而裕之篡晋益急矣。弑安帝复弑恭帝,何其残忍至此! 意者其亦司马氏篡魏之果报欤? 然司马昭弑高贵乡公,其子炎犹不杀陈留王,故尚能传祚至百余年;裕以一身弑两主，欲子孙之得长世，难矣。本回叙东晋之亡，简而不略，诛刘裕之心也。（详见《南北史演义》中）末段复将五胡十六国始末，作一总结，以便收束全书，阅者得此，则回忆前文，更自了然，而作者之苦心，益可见矣。